教育部人文社會科學研究一般項目（12YJA751071）
復旦大學中國古代文學研究中心資助出版

世說新語評注輯存

（上卷）

羊列榮　周興陸　輯纂

文物出版社

圖書在版編目（CIP）數據

世説新語評注輯存／羊列榮，周興陸輯纂．—北京：文物出版社，2021.11

ISBN 978－7－5010－7252－1

Ⅰ.①世… Ⅱ.①羊… ②周… Ⅲ.①筆記小説—中國—南朝時代 ②《世説新語》—注釋 Ⅳ.①I242.1

中國版本圖書館 CIP 數據核字（2021）第 210032 號

世説新語評注輯存（全三卷）

輯 纂 者：羊列榮　周興陸

責任編輯：許海意
裝幀設計：譚德毅
責任印製：陳　傑

出版發行：文物出版社
社　　址：北京市東直門内北小街 2 號樓
郵　　編：100007
網　　址：http://www.wenwu.com
經　　銷：新華書店
印　　刷：寶蕾元仁浩（天津）印刷有限公司
開　　本：710mm×1000mm　1/16
印　　張：127.75
版　　次：2021 年 11 月第 1 版
印　　次：2021 年 11 月第 1 次印刷
書　　號：ISBN 978－7－5010－7252－1
定　　價：480.00 圓（全三卷）

前　言

一

　　《世説新語》，南朝宋臨川王劉義慶撰。劉義慶（403～444年），字季伯，南朝宋武帝劉裕之侄。年十三襲封南郡公。叔父臨川王道規無子，以義慶爲嗣，並襲封爲臨川王。文帝即位，屠戮皇室手足。義慶嘗以太白星犯左執法，乞求外鎮，爲荆州刺史，蓋欲以全身遠禍耳。文帝徙彭城王義康於豫章，義慶時爲江州，至鎮，相見而哭，爲文帝所怪，遂責調回京，改任南兖州刺史、都督，加封開府儀同三司。此後奉養沙門，頗致費損。元嘉二十一年，病逝於建康，追贈司空，謚康王。義慶爲性簡素，愛好文藝，廣招四方文學之士。聚於門下者，有袁淑、陸展、何長瑜、鮑照、盛弘之等，皆一時名彦。《世説》一書，蓋義慶爲江州後所作。魯迅以爲“成於衆手”（《中國小説史略》），是非常可能的；又説“纂輯舊文，非由自造”，此特就其素材言之耳，但文辭雋永，自成一格，後世乃有“世説體”之名，則義慶撰爲此書，固亦可謂之“自造”新文了。

　　目録學家一般將《世説》著録在“小説家”一類。《隋志》“小説家”是在子部，但另一部書《搜神記》則在史部，一是志人，一是志怪，豈非志人尚不如志怪更接近信史正傳？這是分類的依據不一致的緣故。《搜神記》序鬼物奇怪之事，是乃“史官之末事”，故屬於史部；《世説》合殘叢之語，依《漢志》例，乃“小説家流”之書，故列於子部。志人小説並非不通於史傳，但二者顯然也是被區別對待的。六朝人對於志人小説的史學性，一開始就是有所確認的，又知其寫作的動機，亦非出於嚴肅的史學旨趣。《文心·史傳》説：“俗皆愛奇。”蓋當時史家頗有“愛奇”之趣，如干寶既撰有《晉紀》，又寫了《搜神記》，被劉恢戲稱“鬼董狐”。在“愛奇”上，志人志怪，實出於一心。《文學篇》載袁宏作《名士傳》，謝安看了笑道：“我嘗與諸人道江北事，特作狡獪耳！彥伯遂以著書。”謝安商略西朝人物事蹟，原本意在助趣，不同於史家的嚴謹敘述。袁宏依據謝安的“狡獪”而作《名士傳》，只是“愛奇”而已，不是用來講大道理、敘大事件的，因此寫作的態度不用太嚴肅，跟他寫作《後漢紀》的旨趣不相同。《世說》大抵也是一部“名士傳”，則義慶編撰的旨趣自不遠於袁宏之撰《名士傳》。《傷逝篇》載王戎經黃公酒壚下過一事，孝標注引《竹林七賢論》曰：“俗傳若此。潁川庾爰之嘗以問其伯文康，文康云：‘中朝所不聞，江左忽有此論，皆好事者爲之也。’”《世說》取材於《七賢論》者不少，則庾亮此語義慶必有所知，而《世說》仍採錄王戎事，可知求證傳聞的真實性，正不是義慶的用意所在。其纂輯舊文，欲以饜足讀者之心者，要亦奇趣而已。凡人之奇者，事之奇者，才情之奇者，皆足以爲宴遊雅會之際的談資話柄，雖非關大道，而別有意致。既爲趣味而作，故常取材於草野傳聞，但若背離了真實性，此趣亦無所依附。所以作者之用意雖不在求真，但對於傳聞，在未證僞之前，固當保持信以爲真的態度，有意虛構初不在其寫作的動機之中。作者之趣尚如此，則讀者的趣味取向，必與習讀信史正傳有所不同，又與今人讀小說文學，從虛構與想象的世界中獲得審美趣味，亦不相同。《輕詆篇》載謝安貶斥裴啟《語林》杜撰其言，“於此《語林》遂廢”。此可證在寄義理於故事的寓言體之外，志人敘事的虛構性，還不能爲當時人所接受。《規箴篇》載庾翼“我欲爲漢高、魏武何如”之語，孝標注引宋明帝《文章志》曰：“庾翼名輩，豈應狂狷如此哉？時若有斯言，亦傳聞者之謬矣。”明帝不一定是針對《世說》而發此議論的，但其所議既爲《世說》所述之事，則“傳聞者之謬”的指斥，是適用於《世說》的。在接受過程中，作爲志人體的《世說》是免不了要經過這種真實性審視的，因爲讀者所欲獲得的，乃是基於真實人物與場景的奇趣，與得之歷史世界或虛構世界的心理體驗，都不相同。要之，《世說》一類的“小說”，以其所求者奇趣而非大道，故不同於“信以傳信，疑以傳疑”以求事實本相的史傳；以其所述者真實而非虛構，故有別於唐代“作意好奇”而趨於虛構之途的傳奇。不論是傳統目錄學家將這類“小說”歸於子部或史部，還是今人視之爲史學或文學的作品，其實都很難體現其真奇合一的特徵。

　　蓋因名士玄談之風氣的推動，這類“小說”在六朝大受歡迎。《文學篇》載：“裴郎作《語林》，始出，大爲遠近所傳。時流年少，無不傳寫，各有一通。”據《輕詆篇》“庾道季詫謝公曰”條注引《續晉陽秋》：“晉隆安中，河東裴啟撰漢魏以來迄於今日，言語應對之可稱者，謂之《語林》。時人多好其事，文遂流行。"《語林》的流行，證明六朝人極熱衷於品味"小說"的真奇合一之趣。乘此風氣，加上義慶的皇室身份，《世說》迅速流傳開來，而行世不久，即有敬胤和劉孝標兩家注。"世說學"以此爲開端。

敬胤當是宋齊間人，去義慶不遠。從汪藻《敘錄》所保存的部分敬胤注來推斷，其本來的規模是很大的。他對相關史事的引證務求詳盡，對所涉人物的世譜也交代得很詳細。其引用文獻，就所殘存的部分來統計，就有十五種。其用心之勤可知。這也說明《世說》在當時的影響確實很大。《尤悔篇》"劉琨善能招延"條敬胤注曰："《世說》苟欲愛奇而不詳事理。"這是強調奇趣性與真實性的統一，比如一日之間"數千人歸投"的說法就不合現實常理，"不詳事理"而"愛奇"，就成了弊病。這與劉勰在《文心·史傳》說的"俗皆愛奇，莫顧實理"，意思相近。但敬胤着重批評《世說》之敘事失實，對於"奇"則必無排斥之意，不然也不必用力爲之作注。而劉勰以"愛奇"爲弊，乃針對史傳之故。彼此重點不同，而時人對待"小說"的態度，與史傳有別，亦稍稍可見。

孝標注後來居上，取代敬胤注，但孝標注在體例與觀念上都與敬胤注關係甚大。關於孝標注的體例，陳寅恪的"合本子注"之說最有影響。他認爲孝標注與《三國志》裴松之注一樣都是"廣義之合本子注"（《徐高阮重刊伽藍記序》）。裴松之注《三國》，創爲注史新體例，陳寅恪以爲是"深受當時內典合本子注之薰習"的緣故（《陳述遼史補注序》）。裴氏受佛家合本子注之啓發的可能性雖不能絕然排除，但觀其《上三國志注表》，實因陳書之得失而定其體例，似不必借助於外在之影響。"補闕""備異"容與合本子注約略相似，但本也是史家分內之事，而"懲妄"與"論辯"，更非合本之體。且裴注旁徵博引，連篇累牘，周一良以爲"與同本異譯簡單明了的情況有很大不同"，所以與佛家合本子注傳統實無淵源（《魏晉南北朝史學著作的幾個問題》）。今考孝標之注，不僅有直接引用裴氏之說者，而體例尤與之相近，如周祖謨所言，"劉孝標注和裴松之《三國志注》的作法如出一轍"（《世說新語箋疏前言》），則謂其繼承裴氏之體可也，而不必以"廣義之合本子注"視之。按《文學篇》"康僧淵初過江"條余嘉錫注曰："《世說》注中孝標自敘所見，言必稱臣，蓋奉梁武敕旨所撰。"則孝標注《世說》，正是循裴氏奉敕作注之故事也。其中又不可忽略敬胤注的存在。敬胤注已具裴氏四義，所以用裴氏之體注《世說》，是始於敬胤。他以裴氏之體注《世說》，大量引證史料，與其他史學文本相關聯，以史證《說》，使《世說》的意義之門朝向史學打開。可知《世説》作爲"小説",而被定位於史學的系統中,也是從敬胤開始的。在體例上繼承裴氏,在觀念上將《世説》歷史化,是敬胤、孝標二家注的共同特徵,所以就"世説學"内部而言,也可以説是孝標繼承了敬胤。合本子注是子母相從,注文與本文的關聯性很强。觀敬胤注,常游離於《世説》本文的内容,比如《言語篇》"元帝始過江"條,敬胤竟用了一千多字詳述元帝登基前後的事情,不憚繁瑣,此固是弊病,但與合本之體的差别也更加明顯。孝標注經宋人删削,與《世説》本文的關聯性恐怕是被加强了,不至於如陳寅恪所推測,後人之删削使其合本子注之體例變得難以辨識了(《徐高阮重刊伽藍記序》)。另有一説,也涉及孝標注與佛學之關係。孝標早年曾出家並參與雲岡石窟翻譯《雜寶藏經》之事,而當時談佛教故事者多取材於此經,所以陳垣推斷,孝標後來注《世説》當是受此影響(《雲岡石窟之譯經與劉孝標》)。以講故事爲《世説》與佛經之相似點,作爲此説之證據,殊爲牽合。不論是諸子假託故事以明理,還是小説家記載異聞雜事,都是本來就有的傳統,孝標正不必因譯經而始留意於講故事之文。

以所存部分觀之,敬胤注也確實不盡如人意,有詳而不確、大而無當之病。孝標頗具史才,其注在史料上的取捨,較敬胤注要精當許多,所以劉知幾説:"孝標善於攻謬,博而且精。"(《史通·内篇·補注》)孝標之"博",體現於文獻的徵引更加典贍廣博。四庫館臣評曰:"所引諸書,今已佚其十之九,惟賴是注以傳,故與裴松之《三國志注》、酈道元《水經注》、李善《文選注》同爲考證家所引據焉。"(《世説新語提要》)據葉德輝的統計,《世説》注中所引書,凡得經史别傳三百餘種,諸子百家四十餘種,别集二十餘種,詩賦雜文七十餘種,釋道三十餘種等等(《世説新語注引用書目題記》)。孝標以博學著稱,所以在這一方面超越敬胤,不足爲奇。而尤可注意者,孝標似乎比敬胤更留意於《世説》之"趣",比如《德行篇》"鄧攸始避難"條,孝標引證了《晉陽秋》、鄧粲《晉紀》、王隱《晉書》、《中興書》四部史書的相關記載,串連起來,就是一個鄧攸避難的完整故事,其趣味性甚至超過了本文。孝標注補充了大量相關的名士逸事,確實爲《世説》增"趣"不少。高似孫説:"梁劉孝標此書,引援詳確,有不言之妙。"(《緯略》)就閱讀而言,這種"不言之妙"比旁徵博引更爲重要,所以孝標在提高《世説》的閱讀趣味上的貢獻值得特别讚賞。《世説》其書,以義慶之文、孝標之注合爲一體而傳於後世,從學術史與閱讀史兩方面看,皆非偶然。

二

　　敬胤與孝標以裴氏注史之法注《世説》，開啓了"世説學"史學化的進程。唐代史臣撰《晉書》，大量採用"小説"素材，其中多有與《世説》内容相重合的，可以説是《世説》的"正史化"。《世説》被重用了，然而其敘事之失實，往往有之，則其歷史化的進程，必使之處於史家的愈發嚴謹的審視中，致其真實性受到質疑，反而成爲被貶黜的對象。這就有了劉知幾的"妄言"之評。他説："近者宋臨川王義慶著《世説新語》，上敘兩漢、三國及晉中朝、江左事。劉峻注釋，摘其瑕疵，僞跡昭然，理難文飾。而皇家撰《晉史》，多取此書。遂採康王之妄言，違孝標之正説。以此書事，奚其厚顏。"（《史通·外篇·雜説中》）子玄明確主張將《世説》歸於史部，其意不僅僅是要在目録學上重新分類，也是強化了"小説"創作與批評的史學原則。"小説"作爲真奇合一的文體，讓它接受史學原則並不是問題，跟後來的"歷史演義"不一樣，但子玄單以信史的標準來衡量義慶之文，斥之爲"妄言"，只論其真，不品其趣，是不知義慶也。既貶抑義慶之文，又以孝標之注爲"正説"，遂尊彼黜此，割裂文注，不惟無視二者依存之情，亦將孝標注作爲一堆史料來對待，是不知孝標也。子玄堅決反對《世説》"正史化"是正當的，但"小説亂正史"其實是史家的問題，而他卻從"小説"那裏尋找原因，結果是犯了"正史亂小説"的病。且《晉書》所取之素材，不必盡出《世説》。看來《世説》在唐代已是影響巨大的一部"小説"，舉足輕重，因此子玄才把"小説亂正史"的咎責推在它身上。

　　劉子玄的"妄言"之評幾乎使《世説》無以自處，但史學化對於"世説學"意義更大。古代學術傳統的主體是經史之學，依托於史學，《世説》始有一條進入正統學術的通道。單以其"小説"的名分，這顯然是不可能的。孝標以裴氏之法注《世説》，爲後世留下一部經典注本，確實也是"世説學"在古代學術史上所能占得的最高位置了。没有史學化的進程，"世説學"必不能有這樣的成果，當然也離不開六朝社會"俗皆愛奇"的普遍趣味以及奉敕作注的學術機緣。所以孝標注是特定時代的產物，可以説孝標之後不復有孝標，好像"世説學"乃至"小説學"出現這樣的高峰，乃是偶然之事。《世説》作爲"小説"，無論是文體特徵還是學術地位，終不能自同於史傳，所以子玄黜文尊注，乃基於史學家的一般立場，雖非通達，亦屬常態。"小説"的非主流地位，決定了"世説學"在此後更長的時期內將處於學術史的邊緣地帶，而孝標注並不能穩定住"世說學"的學術高度。但是一部書的社會影響力也不完全取決於它的學術地位。汪藻在《敘錄》中提到《世說》"顏氏本""宋陳扶本""梁激東卿本"等等，都是唐代以前的寫本，經過唐代而傳到宋代的。可知《世說》傳播極廣。隨着刻本的出現，《世說》的傳播空間更是擴張了很多，所以才有了劉應登和劉辰翁的批點，批點之風亦由此逐漸興盛起來。在此階段，《世說》在學術史和閱讀史上的地位，出現了較大差異。

批點不屬於主流學術，但《世說》批點的興盛，並不表明"世說學"開始脫離學統的正軌。先後發生的事件，不一定構成學術衍變的邏輯，所以絕不可因爲批點出現在孝標注之後，遽斷定"世說學"已轉爲非主流的批點之學。在宋代，學術筆記開始大量出現。此體在方法上仍能接續傳統經史之學，但內容寬泛龐雜，往往將非主流的學術對象也包容進來。比如黃朝英的《靖康緗素雜記》、王楙的《野客叢書》、吳曾的《能改齋漫錄》等等，無不留意於《世說》，討論與《世說》相關的許多問題。是足以證明《世說》固未曾出於學者視綫之外，而維繫着"世說學"與主流學術之關係的，便是這些筆記學者。

宋代筆記學者所關注的問題相對集中，容易形成討論的話題。《言語篇》陸機以"有千里蓴羹，但未下鹽豉耳"一語答王濟，據黃朝英的記載，這句話在當時已有多種解釋，他不同意這些看法，認爲"千里"只是言路途之遠，"未下"也不作"末下"，是更爲合理的。孔平仲也是反對將"千里""未下"作地名解的，而胡仔認爲"千里"是湖名，反駁黃朝英的觀點。王楙說黃朝英、胡仔的觀點都不對，"千里"是建康邊上的地方，那麼"末下"也當是地名。明徐樹丕同意胡仔以"千里"爲湖名的觀點，而他對"未下鹽豉"的理解，與黃朝英相近。祁駿佳說"千里"是湖名，"末下"是地名，是調和胡仔和王楙二家之說。他們各持己見，而又彼此呼應，討論是延續性的，證明《世說》之學在學術筆記興起之後，即已形成一個相對連貫的學術系統。在批點之學興盛的時期，這個系統也不受影響。

保留晉世的大量口語方言，是《世說》的特徵，因此也成了筆記學者的討論重點。首先是"寧馨"一詞。把"寧馨兒"解釋爲佳兒是他們都反對的。馬永卿說"寧"作去聲，吳曾說平去皆可，洪邁說還是要讀平聲，後來劉淇說字本讀平聲，錢大昕又說有平去二聲。馬永卿說"馨"讀作"亨"，張淏表示反對。後來方以智說"寧馨"今云"能亨"，俞正燮說"馨""亨"本一聲，都同意馬永卿。馬永卿又説"寧馨"的意思是"恁地"，這個解釋大家都比較接受。另外一個詞是"阿堵"，明郎瑛説"若今之這裏"，楊慎説"今曰這個"，後一説比較通行，但清代郝懿行認爲不甚確切，"堵"當讀作"者"，而"這"讀若彥，不能作"這個"解。近人劉盼遂雖然同意郝懿行的讀法，但指出"這"是俗寫，則楊慎説也不誤。《汰侈篇》中的"咄嗟"，按照宋祁的記載，劉貢父讀作"咄喏"，宋祁解釋説"尊者呼左右曰咄，左右必曰喏"，蓋是汾晉之間方言。吳曾、葉夢得、王楙等都不認同劉貢父的説法。夢得説"咄嗟"是晉時語，猶言呼吸，王楙則説漢人已用此語。夢得之説較有影響，但郝懿行認爲當是咨嗟相命之聲。《排調篇》王導有"何乃渹"語，程大昌認爲是吳方言，表示涼冷之狀，而葉夢得説吳無此語。方以智認爲吳語中"何如"説成"那行"，即"何乃渹"之聲。胡文英認爲吳中呼"若何"爲"那渹"，可證方説。段玉裁、文廷式認爲"渹"同"瀩"，還是冷的意思。以上特以方言口語爲例，説明學術筆記方興之際，《世説》之學即已占得一席。而宋人發現問題，明清學者回應商榷之，又見《世説》筆記之學，自有其前後相承的脈絡。除此之外，宋人對於《世説》的疑難詞、名物、稱謂、制度、史事等均有考證，其較集中者約有二十來目，與傳統方言學、訓詁學、地理學、史學等相接，則雖然批點之風大行於須溪之後，但不得謂"世説學"之土脈即在批點也。

《世説》的學術系統，也體現在它與史評的關係上。史評原是紀傳體的一個部分，裴氏注亦有"論辯"之義，自胡寅著《致堂讀史管見》，遂爲獨立之一體，明代最盛，故《四庫全書》在史部單設"史評"一門。評家議論的一般是正史人物，但魏晉時期，其見載於正史而爲評家所注目者，也正是《世説》中的主角，況且《晉書》內容多與《世説》重疊，故評家之所議者，謂爲《晉書》人物固可，謂爲《世説》人物亦可。如殷浩屏居墓所，王濛、謝尚相謂曰"淵源不起，當如蒼生何"，《晉書》本傳與《世説·識鑒篇》俱載其事，則評家專論殷浩之出處，固不必有《書》《説》之分。胡寅以爲殷浩累辭徵辟，是"以退爲進"，王謝都不能鉤深燭隱，被他蒙蔽了。戴璟以殷浩"廢之而不肯去"之事，證其"辟之而不肯來"，不過是"少室山人索高價，終南處士指捷徑"之行徑耳。馮琦將殷浩與謝安作對比，認爲二人結局完全不同，在於殷浩"務爲譎詐"以求名位，卻沒有謝安圍棋賭墅那樣的器量。鍾惺認爲殷浩出處都爲虛名，若出則恐喪其名，所以開始不肯出；若堅決不出又恐世疑其實，也是喪其名，所以最後不得不出。《世説》載殷浩書空事，而空函事則未載。胡寅聯繫二事，見其被廢之後"眷眷台司"、"寵辱若驚”之態，與其出仕之前“若蟬蛻垢污，鶴戾塵表”形成鮮明對比。丁奉有“三變”之説，謂殷浩居墓所如高士，北伐如賢臣，書空空函如鄙夫，而唐順之則以爲“三變”其實一而已，始終只是盜虛名的鄙夫。種種議論，未必允當，然較之批點家所言“淵源矯情爲高”“必觀其真”云云，終是要深入詳明許多。其精者，揣摩人物心事，往往細緻入微。如《尤悔篇》載周顗不顧王導求救而暗救之，施德操認爲是“欲其盡出於元帝，不出於己，所以全君臣終始之義”，以此知周顗之賢。王楙則認爲周顗説“殺賊奴，取金印”這樣的話，乃自處曖昧之地，而自召禍端。他們雖持論有異，而對於當時情景，確實都能體貼得細膩。此批點家之所不及，非其識才不及，實爲批點之體所限。

史評家常帶入其所處時代的思潮，與義慶的立場頗有異同。義慶在《政事篇》記山濤舉嵇紹爲秘書丞事，固是稱賞山濤不負嵇康所託而又爲朝廷舉薦忠直賢才的政治品德，但史評家大都不以爲然。王志堅把嵇紹與終身不向司馬氏而坐的諸葛靚與王裒相對比，認爲“雖蕩陰之死，君子以爲傷勇”。洪垣也説嵇紹忘父事仇，於義終不能安，不若王裒之不就徵辟。郭子章更有長篇大論，謂濤與紹皆有過，而紹尤甚焉。蓋晉之殺康，失在君臣，固當得於父子，則紹不可事晉，何況爲之而死。但也有回護嵇紹的，如鄒泉認爲王裒全其孝，嵇紹竭其忠，所爲有異，而所由之理則同。從理學的角度看，嵇紹所爲，已陷於孝與忠的道德衝突，故爲評家所關切。《任誕篇》載阮籍居喪飲酒而爲何曾所斥事。義慶於阮籍越禮，本無貶黜之意。以同篇載阮籍葬母吐血之事證之，尤可見義慶對於阮籍之孝，實無所疑。後之評者持理學的立場，既不能認同阮籍的放誕，也不以阮籍爲孝。如尤侗指責他飲酒食肉，是“不孝”的行爲，其人格不足取。但王志堅卻是指責何曾，認爲何曾表面上是守禮之士，然其日食萬錢，無嬖幸卻有庶出之子，可見其所謂守禮，不過是“作僞之藪”而已。二人所見有別，蓋王志堅是萬曆年間人，熏陶於致良知之學，故抨擊何曾的虛僞。尤侗是清初人，其時王學受黜，他的立場是傾向於朱學的。

宋代以來“世説學”以筆記和史評雜著爲領地，保持其與傳統主流學術的關聯。但《世説》並不是整體而獨立的研討對象，而且通常是依附於正史的，所以筆記史評中的“世説學”不能視爲獨立之學問。這一點是不如批點之學。然筆記史評之學圍繞《世説》所展開的討論，自宋代以來，就有自己的問題與方法，自成一路，並延續於明清，而與現代“世説學”相接，構成較爲完整的研究史，特相對於批點之學而言，又不妨視爲一個相對獨立的學術系統。

三

雖然注釋最終都是服務於閱讀的，但注者之主體性卻存在學術本位與閱讀本位的差異。注之繁者，如孝標注旁徵博引，內容博贍，所以讀注與讀本文會有些衝突。孝標爲《世說》作注，本質上是與當下閱讀相分離的學術行爲，表現出學術本位的主體性，即孝標必由閱讀主體轉爲一獨立之學術主體。劉應登批注大抵訓釋詞語、疏通滯義而已，力求簡明，盡量不妨礙本文的閱讀，甚至可以直接參與當下閱讀。其主體性是閱讀本位的。在形式上看，批點是最貼近當下閱讀的，故爲應登所取。至於筆記史評之學，本來就不依附於《世說》本體，與當下閱讀過程的距離最遠。而批點者往往隨讀隨批，批本之刊行也離不開本體，最能體現閱讀本位的特徵。由此可以區分出"世說學"的兩條綫，一是學術本位的，一是閱讀本位的。

在學術史或閱讀史上，刻本的出現都是重要事件。余嘉錫說"刻書而書亡"，認爲刻本的出現而導致孝標注失其原貌，這是學術史的立場。但從閱讀史的角度說，閱讀群體從文士擴張到大衆，乃是刻本最大的閱讀史效應，這不僅使宋人的閱讀本位意識超過前代，而且開始關注大衆這一新的閱讀群體。這是宋人刪注的一個合理的原因，也是應登批注的動機所在。《文學篇》載桓玄登城樓欲爲王恭作誄，應登批曰："王恭爲司馬道子所害，桓玄復殺道子。"此交待歷史背景，蓋亦讀者所當知。王世懋按曰："此等亦須注邪？"可見應登作注，非爲學識高明之文士，他所預設之對象，大概只是具有一般知識水平的大衆讀者，所以其注多申講文義，使《世說》成一通俗讀本。

雖然應登批注對孝標注也有所資借，但兩者之間並未構成繼承的關係。應登批注與孝標作注的方向是相反的，不是擴增而是減少歷史內容，所以有刪注之舉。《德行篇》載庾亮有的盧馬，孝標引伯樂《相馬經》中的一段話來介紹此馬，而應登概括其意，只說："凶馬也，不利主。"這就不會影響閱讀的持續性了。應登以閱讀爲本位，欲爲大衆提供閱讀所需的基本知識，故去繁趨簡，不再沿用孝標注上搜舊聞、傍摭遺逸的風格，從學術上看，這是極大地削弱了《世說》與歷史的關係；在閱讀方面，則是可以避免文獻徵引給大衆造成接受上的負擔和障礙。應登動機在此，並非是他在"小說"觀念上有多大的變化。《德行篇》寫王愉爲殷桓所逐而奔竄豫章事，應登批曰："王愉爲江州刺史，因桓玄、楊佺期舉兵應王恭，乘流奄至而奔，而今曰‘殷桓’，與此小異，何也？"他根據孝標注所引徐廣《晉紀》的記載，懷疑本文的真實性。《文學篇》載庾闡作《揚都賦》事，賦中提到溫庾二人，所以應登批曰："疑溫嶠、庾亮俱曾爲揚州。"很難說他不是將《世說》當作史學文本去閱讀的。但應登批注力求簡略而改變了孝標注補闕備異的注史風格，與劉辰翁的去歷史化觀念相協。他的批點以應登批注本爲底本，大概有此原因。

須溪批點捨去史事考證的內容，這是去歷史化觀念的最直觀的反映。《德行篇》載王戎評王祥語，須溪批曰："祥，戎從祖，語似同時。"這裏稍稍涉於史事，然而後來王世懋指出："祥卒於晉初，戎實曾同時，劉此評何爲者？"敬美基於本文之外的史實指出須溪的疏忽，其實須溪只是從本文所敘的王戎語作判斷，重點是在王戎的語氣，而不是"同時"。這不單單是知識性的問題，更主要的是體現了閱讀方式的變化。須溪批點基本上是自足於本文情景，故輕於史事的考證。這必然直接影響到他對內容真實性的判斷。《讒險篇》載王寶國以"陛下不宜有酒色見之"之語，使孝武帝不見王珣，須溪批曰："情理具是具是。"以史事證之，王珣經王雅舉薦，自吳國內史授爲尚書右僕射，則《世說》所載，即有其事，也不免誇張，故《晉書》不取焉。但工寶國的話很高明，以忠臣的口吻勸諫孝武尊賢，孝武自然不能有接見王珣的理由。在須溪看來，這是完全合乎常理的，他的判斷標準，是所謂"情理"，也就是生活真實。《賢媛篇》載畫工爲王明君畫像事，王觀國以爲憑畫圖以定和親大事，恐不合朝制，所以《世說》所敘不可信。須溪則批曰："畫有巧拙，豈可披圖索耶？眼不見耶？"眼見爲實，這便是日常的情理，故知披圖之事不可信。《侈汰篇》寫石崇宴會斬美人事，須溪批曰："決無斬人勸飲，血當盈庭矣。"當場斬殺數人，必是血流滿庭，不得飲酒作樂，這也是日常情理。

但須溪用以取代歷史真實性標準的，並非只是生活真實性。《言語篇》載顧和詣王導事，須溪批曰："《世說》長處，在寫一時小小節次，如見可想。""如見可想"，指情景真實，表現爲生動的形象性。《方正篇》載郭淮遣妻追妻事，須溪批曰："語甚感動，節次皆是。"州府文武與百姓先是"號泣追呼"，然後是"如徇身首之急"，當時情景，令人動容，固不必考證事之有無，而情意已足。只要其情景真實，含情景趣味，傳聞虛實已非第一義。《雅量篇》寫羊孚往謝混家赴宴與二王周旋事，須溪批曰："寫得直截可憎，又自如見。人情有此，傳聞之穢，小說不厭。"所謂"傳聞之穢"，蓋指內容虛實雜糅。其意羊孚之事未必爲真，但寫得人物情態"如見"，"小説"故自"不厭"。然則"小説"之趣味，有見於虛實之外者，是爲情景趣味，正不必求諸歷史真實。《容止篇》載曹操殺匈奴使者事，須溪批曰："謂追殺此使，乃小説常情。"蓋亦以其事爲"傳聞之穢"，然合乎"小説常情"，即"小説"獨特之敘事情理，也就是情景真實。《儉嗇篇》寫庾亮噉薤留白事，須溪批曰："小説取笑。豈有熟薤更種耶？陶未易愚。"陶侃自不至於沒有常識，所以此事不可當真，然而小説的趣味，未必不在讀者的一笑之中。若然，則"小説"別趣，亦有得於生活情理之外者。須溪唯以情景真實爲宗趣，爲其去歷史化之歸宿。生活真實和歷史真實都可以納入其中，自有不相排斥者，此又不待證明。去歷史化而不排斥歷史真實，更契合《世説》的特性，足見須溪"小説"觀念的高明。

應登批注和須溪批點皆以閱讀爲本位，但側重點不同。應登批注有文字校勘、詞句解釋和人物介紹，都是閱讀前半程的事。據馮班《唐王右丞集跋》曰："《世説新語注》是劉應登者所刪，須溪因而評之。"則須溪批點以應登批注本爲底本，其側重點在閱讀的後半程，既不作人物介紹，又極少作文字校勘，正與此有關，但更重要的是"小説"觀念的變化，促使他尋求《世説》去歷史化之後的閱讀方向。應登批注捨去史料徵引，簡要不煩，還只是體例上的去歷史化；須溪更持以新的"小説"觀，以情景真實取代歷史真實，以情景趣味取代歷史趣味，始爲更高層次的去歷史化。

敘事的情景真實近乎今之所謂藝術真實，情景趣味近於今之所謂審美趣味，可以説劉須溪批點是走向了文學性閱讀。《識鑒篇》載周嵩向母親跪泣曰"阿奴碌碌，當在阿母目下"云云，須溪批曰："語甚可悲。"陳夢槐按曰："如讀此則，不多其識鑒，而傷其語之悲。須溪看書故別。""多其識鑒"尚不出義慶本意，而須溪卻讀出悲情。其品《世説》，正有近於品詩者。《言語篇》庾亮見臥佛曰"此子疲於津梁"，須溪批曰："有味外味。"此語正是詩家常談，而用以品《世説》，可見其"看書故別"處。《言語篇》又載桓溫經金城見舊時種柳事，須溪："寫得沈至，正在後八字耳。若止於桓大口語，安得如此悽愴！"此於桓溫"攀枝執條"之時，深感"悽愴"之情，正與詩家以景中有情論詩，同一具眼。《言語篇》又載劉惔"天之自高"語，應登解曰："蓋不喜王有長進之言，故謂己如天之本自高，特看者不測爾，非近日方長進也。皆戲語。"須溪評曰："深於談者，有深有淺，其義常解不能盡。"蓋王濛以"長進"品題劉惔，若先進之視後進者，有自高之意，故劉惔乃以天自比，則惔之高不可測，濛不可及。

名士高自標置，不甘屈居人下，雖戲語，亦其競心自然流露。應登但知其爲戲語，而不知戲中有真，是其所解，僅得義之淺者。須溪雖語焉未詳，卻領會到二人言談之中有"解不能盡"的深義，正不遠於詩家所謂"言有盡而意無窮"。須溪對《世説》的文學性閱讀，自不可以今"純文學"的標準來衡量，而且也只是局部的，卻將《世説》往文學的位置上推進了一步，與今人對《世説》的認知更爲接近。

四

劉須溪批點《世説》，除了趣味的文學化，還有釋義的平面化。

釋義平面化，首先是表達的感知化。須溪是最早把趣味體認帶入《世説》閱讀的。《文學篇》批曹植七步詩："妙！妙！"批司馬越救世子語曰："甚善，有味。"批世人品題庾亮庾翼曰："好語，有味。"批陳達望雞籠山語曰："可歎。"這些批語以最簡單的文字直取當下趣味感知，蓋因趣味不可言説，故須溪特以不立文字的方式，讓讀者去得意忘言。這是走到了敬胤、孝標注的另一端。但以三言兩語去逗露言外之趣而不作解析，無以呈現趣味本身所具有的內涵與深度，除非有相等的識力，這種提示性的批點文字只能使讀者徒知其"有味"，而不能得其味。這是批點之學的通弊。

置身於情景是須溪感知化評點的一個特點。《文學篇》記衛玠南渡時"見此芒芒，不覺百端交集"語，須溪批曰："似癡似孏，似多似少，轉使柔情易斷，非丈夫語。然非我輩，未易能言。"柔情之語，非"我輩"不能道，正有"情之所鍾正在我輩"意。是以我爲衛玠，衛玠爲我。《雅量篇》寫謝奉被免官而不失意，劉須溪批曰："我輩人也。"這是稱賞謝奉的通達，而須溪引爲同道，含蓄地表達了自己不欲爲仕途所累的情懷。《雅量篇》又寫戴逵與謝安論書琴而無吝色之事，須溪批曰："甚善，我輩所不及。"謝安不重戴逵，故不與之論正事，逵心無芥蒂，須溪以爲不及，而思齊之意著焉。《賢媛篇》寫謝道蘊不滿於王凝之，有"天壤之中，乃有王郎"之語，須溪批曰："怨恨至此，我輩所不能道，未可盡非。""未可盡非"是針對劉應登批點而説的。應登責道蘊"薄忿夫家"，非賢媛所爲，這是一種他者視角。但須溪認爲道蘊心有怨恨而出此苦語，乃出於情景體認。既曰"我輩"，"我"就被帶入情景之中，這是同情式閱讀，使自己之心度古人之心，消解彼此之間的時代距離感，確實是全新的閱讀方式，然而重情景體認而不由歷史背景進入，必消解文本在歷史語境中形成的意義深度。

消解意義的歷史深度，即爲平面化最重要的表現。《文學篇》載桓溫評謝安的簡文謚議是“碎金”，劉須溪批曰：“此語無識。”聯繫當時的歷史環境，桓溫因篡權不遂而在其言行中流露出來的對於簡文與謝安的不滿情緒，是不難體會的。須溪將桓溫的話只看作謚議評論，未得桓溫之情，這不妨歸咎於他對史事考證的忽視。《賞譽篇》載謝朗將作《王堪傳》，向謝安請教，謝安介紹了王堪的中表親戚。須溪批曰：“作文不知來歷，害事。謝公似不通。”其意爲人作傳，固當知其經歷，而謝安卻告以傳主的族親關係，所以須溪以爲“不通”。義慶本意，蓋以王堪族親無一不是當世名流，在門閥社會中，此正足以爲榮耀者，故入“賞譽”之門。魏晉之世，士族的政治地位與社會名望，實以其族親背景爲根基，其往來接引，也自然要重視對方的中表關係。可知謝安告誡謝朗的，乃是士族弟子的處世立身的根本，自有深意。須溪的“不通”之評，既不知謝安用心所在，亦不明魏晉世情。《世說》終非虛構之作，其意趣生成於特定之歷史語境，孝標注正爲此而作，而須溪的去歷史化，雖有得於情景趣味，卻致歷史意趣之流失，故不能無弊。

釋義的平面化是須溪對明人批點的最大影響。貴簡潔，去繁縟；重感受，輕考證；這些都是明人所承襲的須溪風格。須溪批點少見注疏家的嚴謹慎重，而李卓吾的批點更加灑脫隨性，自我意識更強。《文學篇》注引《名士傳》，言阮修不喜見俗人而樂與衛玠爲友，卓吾批曰：“似卓老。”由古及己，直是自我的表現。卓吾在名士的性格中，看到的是自己。《識鑒篇》載王含父子投王舒被沉江而王彬密具船以待之一事，卓吾批曰：“嗟嗟，予安得世儒而投之！”他不是以他者視角來評議王彬，而是以自我角色化的方式，用置身情景的內視角來表達其立場。《巧藝篇》寫庾亮戲評戴逵所畫行像太俗，逵曰“唯務光當免卿此語耳”，卓吾批曰：“此答未善。予因代答一轉語云：‘與俗人看，便是真俗。’”戴逵的意思是人都難免俗情未盡，爲自己辯護，又不冒犯庾亮。若卓吾之言，則不免咄咄逼人，倒與自己而不是戴逵的個性相合。《排調篇》寫桓溫乘雪欲獵，碰到劉惔、王濛，戲曰“我若不爲此，卿輩亦那得坐談”，卓吾：“此答無味，因代劉答一轉語云：‘坐則談清言，行則建事功。’”此代答實不知劉惔性格，亦大無味，不過是道出卓吾自己的觀點。《排調篇》又載郝隆“處則爲遠志，出則爲小草”語，是譏諷謝安出仕，卓吾批曰：“李生因代謝答一轉語云：‘參軍誤了，出則爲遠志，處則爲小草。’”重處輕出，魏晉風氣如此，謝安更非重出輕處之人，這也是卓吾站在自己的立場上而不是代謝安作答的。這種"代言"體批點，成爲卓吾表現自我的方式，不是我注《世說》，倒像是《世說》注我了。這在《世說》閱讀史上也算是獨具一格了，大概也體現了心學家"六經注我"的風尚。

《世說》批點之風的盛行，是在明代後期，也就是陽明心學興起之後。受心學影響，士人主張真性情，故契慕魏晉名士之風流。卓吾批謝公在東山畜妓事，以爲謝安真率外見，殷浩矯情爲高，一真一假相對，這是"性靈派"的手眼。《德行篇》載管華園中見片金事，卓吾批曰："揮鋤不必，捉擲亦詐。果内志於懷，固無所不可，吾未見其孰優孰劣也。"意近於須溪所議"捉擲未害其真"，然卓吾所貴者在"無所不可"，是率性之真，與須溪仍有細微之別。《儉嗇篇》注載和嶠計核責錢事，卓吾批曰："世間故自有一種貪夫也，然終勝口談仁義而心與嶠一般者。"内外一致的真小人，固勝於心行相悖之僞君子，此正是心學家的君子小人之辨。又《寵禮篇》載伏滔自誇爲孝武所寵遇之事，卓吾批曰："亦俗亦不俗。"伏滔自喜自矜，小人神態，故爲俗；然無所矯飾，又爲不俗。須溪重閱讀感知，而卓吾重自我意識，主觀性更強。其他批點家，大抵處其中。如王敬美與卓吾相比，其思想與心學較爲疏遠，所以他批點《世說》，較爲持重，風格更接近劉須溪。袁中道略近於卓吾。《言語篇》載庾亮問法暢麈尾何得在，法暢答曰"廉者不求，貪者不與"，中道批曰："此處當作一轉語：貪者求，廉者與。"代人物立言，是卓吾手法。中道用字極簡，口吻亦頗肖卓吾。明人批點，或從跡於須溪，或仿佛於卓吾，蓋亦視其所受心學影響的深淺而定，重性情，輕實證，則其同也。

明人批點重性情而輕考證，可謂與心學重內證而輕外證一脈相承，與劉須溪因重閱讀經驗而輕史事考證有所不同。深於心學的批點家，其所見於《世說》者，即是性靈之人、性靈之事以及性靈之文，他們以近乎禪家的機鋒，欲以最簡潔的一兩字逗出當下的性靈感知，自在而活潑，至於史事之考覈，語詞之訓詁，非其所擅長，亦非其所貴重。他們的批點，堪稱閱讀史上一獨特之景觀，固不失風致，但從學術史上看，卻很少貢獻新的實證性知識。在卓吾近兩百五十條的批點中，實證性的屈指可數，且庶無可取者。《言語篇》記樂廣"五男易一女"語，卓吾批曰："蓋古有此語。"不知所據。《言語篇》記高坐道人不作漢語事，卓吾批曰："元帝於冢邊立寺，因名高坐焉。"語勦孝標注引《塔寺記》。《言語篇》說周顗下車"隱數人"，卓吾批曰："'隱'字非'蔭映'也。"駁而不辨。《賢媛篇》說絡秀"得方幅齒遇"，卓吾批曰："四面一樣，皆得齒及。"說本須溪，而以"齒及"訓"齒遇"，不可通。《簡傲篇》記謝安語謝邁曰"阿螭不作爾"，卓吾批曰："'不作爾'，肯準爾也。'故作爾'，故如此也。""不作爾"劉本作"故作爾"，此分別釋之，亦不下斷語。凡五條耳。王敬美批點三百餘條，其具學術内容者，大概有五十多條，涉於史事考證者約有十六七條，訓釋詞語者十餘條，可取者不少。在明人批點家中，敬美已是最重學術的，但占其批點之數還不到二成，則其所留意者猶不在此，亦居然可知。明人因疏於考證，而不能解讀《世説》的歷史意義，固自不免。《言語篇》載袁閬問荀爽潁川人士事，卓吾批曰："無味。"按潁川荀氏與汝南袁氏爲中原兩大世族勢力，故孔融嘗與陳群論汝潁優劣（《藝文類聚》卷二二引），而袁閬與荀爽之對話，即以此爲背景。荀氏所以爲一地之望，有賴於一門之雋，荀爽"先及諸兄"，正爲此也。而一人之名位，亦需依借其一族之勢力，故漢代清議的綜核名實，漸變爲親族之間的相互提掖，荀爽所謂"親親之義"，不過其口實而已。不惟由袁閬之難，見出當時汝潁二族相較之勢，亦由荀爽之答，而知世族興隆之本，彼此交鋒，皆有深意，而卓吾竟以爲"無味"，不考史實之過也。《言語篇》載蔡洪赴洛而爲洛中人士所難事，卓吾批曰："大無味。"按《賞譽篇》蔡洪嘗論吳地舊姓，可與此參證。察舉之制，一士立其名位，有依於地望之高者，故"矜其鄉賢，美其邦族"（《史通·雜述》），漸爲風氣，此蔡氏所以極稱本郡舊姓者也。洛中士人以吳爲亡國之地譏之，而蔡氏以武王"遷頑民於洛邑"反脣，正關乎地望之爭。當其時，北方士人乘滅吳之勝，對南方之士心存歧視，故南北相輕，又成一時風氣。北方之士譏以"亡國之餘"，而蔡氏以"頑民"之説與之爭鋒相對，與陸機以"蒓羹"對王濟之"羊酪"，正復相同。其意雋永，而卓吾竟以爲"大無味"。明人往往昧於《世説》的歷史意義，而這恰恰是去歷史化的結果。劉須溪自足於本文情景的品賞，明人循其塗轍，加以心學内證之説的推動，亦往往有得於《世説》別趣，然不求外證，脱離時代語境，則其本意終有不可得者。故知解讀《世説》而不由史入，恐非本色當行。

五

　　孝標之後，"世説學"大抵以筆記史評爲一路，批點之學爲另一路，各屬學術史與閲讀史之範疇。明代批點之學較疏離筆記之學，其内部關係則甚爲密切。陸機曰"有千里蒓羹，但未下鹽豉"，卓吾批道："雋永。"蓋即須溪"深約"之意，而跟筆記所討論的問題不在一處。卓吾的批點，無關乎筆記之學，對於劉須溪的呼應，卻常常見到。卓吾批管華鋤菜見片金事曰"捉擲亦詐"，即爲須溪"捉擲未害其真"一語的反說。《識鑒篇》載簡文知謝安在東山畜妓而曰"安石必出"云云，須溪以爲簡文語"與劉真長說殷浩同"，是既以簡文與劉惔比，又以謝安與殷浩比。卓吾曰："安石真率外見，故簡文見其真；淵源矯情爲高，故真長識其假。"其意正由須溪來。《政事篇》載王導與賓客周旋事，須溪批曰："如此爲佞，亦足稱'政事'耶？"對於王導所爲，殊有貶意，而卓吾批曰："第一美政，只少解人。"蓋以須溪爲非解人也。至於所議相契者，往往有之。《言語篇》記王獻之評羊祜"不如銅雀臺上妓"，須溪批曰："此正墮淚之言。"卓吾批曰："子敬墮淚之言。"評者多以爲子敬輕詆叔子，獨此二家持"墮淚"之說。《識鑒篇》記裴潛評劉備語，須溪批曰："此語未有喻者。"卓吾亦批曰："此語無人會得。"《賞譽篇》記趙悅悉用謝安門生，須溪批曰："悅子自佳。"卓吾亦批曰："悅子佳哉！"《容止篇》記衛玠乃王濟外甥，須溪批曰："覺甥之好。"卓吾亦曰："王濟不如甥。"其意皆同，可知須溪對卓吾的影響非常直接。再以其他批點家證之。《德行篇》載荀巨伯遠看友人疾值胡賊攻郡事，敬美批曰："賊語亦佳。"須溪有"此賊亦入'德行'之選"語，故世懋下此"亦"字。《德行篇》載華歆、王朗乘船避難事，須溪有"管勝華，華復勝王，人不可以無辨"之批，故狄期進有"管勝華，華勝王，其然，其不然乎"之問。《德行篇》記樂廣見王平子、胡毋彥國諸人任放而曰"名教自有樂地"，王思任批曰："晉朝若有活骨，還記此言。""活骨"之說，本卓吾批語"不恨無韻，只恨無骨"。《任誕篇》記庾亮"人真終日無鄙言"語，卓吾批曰："是正是反？"袁中道則批曰："反語妙甚，又愛之至。"是答卓吾語。批點之學内部互動之勢可得而知也。

批點之學的自立，有其客觀的原因。就體例上說，筆記之學不嫌於翔實，而批點之學以簡潔爲貴，故考證訓詁，宜在筆記，而感知品味，批點爲優。主觀的原因，則是心學的興起，使批點家在内容上重性情，在方法上輕實證，遂與筆記之學分途。及清代興起考證訓詁之學，則批點風氣漸衰，固爲必然之趨勢。在明代，凌濛初本、凌瀛初本或《李卓吾批點世說新語補》等將批點之學帶入大衆傳播之中。而刊行於清代的，也還是這些批點本。在大衆閱讀史上《世說》能居於重要的地位，功在明人。清人並非不事批點，但與明人大異其趣，批點對他們來說只是個人的一種閱讀方式，隨讀隨批，隨批隨棄，不以爲著書立言之道也。筆記之學則作爲傳統經史之學的羽翼，被清人大爲青睞。批點之學在明代差可與筆記之學相抗衡，到清代已不能有此格局。此清代批點之學所以爲衰也。

清人精於具體實證，而所涉之範圍極廣。此列舉數例，以見清代"世説學"之一斑，而其上承宋明筆記之學，下接現代學術，與明代批點之學略不相涉，尤可得而證之。

所證問題，有宋人揭而出之而清人予以補正者。《世説》及注用"道人"一詞凡二十一例。宋葉夢得始考釋其義，以爲"道人"爲晉宋間僧人的通稱，其姓則從所授學。錢大昕認爲六朝以"道人"爲僧人之稱，不通於羽士。焦循則指出"道士""道人"本爲賢人之稱，六朝時崇尚僧人，故以此名歸之，不必爲道士之定稱，亦不必爲僧人之定稱。今人江藍生也指出，六朝時"道人""道士"可指稱沙門或羽士、巫師，並無嚴格區別，故錢大昕之説未允。《賞譽篇》載庾顒品題和嶠事，與《晉書·和嶠傳》合，但《庾敳傳》作溫嶠，故見疑於宋人。王觀國指出與庾敳同時者當是溫嶠。黃朝英據《庾敳傳》所載溫嶠舉奏庾敳事，推知溫嶠與庾敳同朝，亦以溫嶠爲是。清人注意此事者極多，趙翼、姚範都認爲庾敳爲太傅從事中郎，去和嶠卒年已踰一紀，不當有品題之事。錢大昕的考證則略近於黃朝英。近人余嘉錫補證云，作和嶠者出自王隱的《晉書》，作溫嶠者出自孫盛的《晉陽秋》，《晉書》雜採之而失於契勘。然徐震堮考得溫嶠與庾敳年董相去殊遠，所以認爲品題事當屬之和嶠。

有清人始考覈之而前人未及注意者。《言語篇》載桓溫北征經金城事，《晉書》將此事繫於永和十二年，但金城地在江乘，桓溫自江陵北伐，不當取道此地。錢大昕所疑如此。郝懿行考金城乃琅邪郡下小地名，桓溫北伐不經此地，所以《世説》必有誤。據周濟考證，桓溫此次北伐，當是太和四年伐燕，自姑孰出發，正經過金城，且上溯建元元年溫遷徐州刺史，時隔二十六年，柳亦可十圍。近人劉盼遂也認爲金城泣柳事當在太和四年之行，由姑孰赴廣陵，金城爲所必經，與周濟所考相合。余嘉錫則指出金城即南琅邪郡治，錢大昕和郝懿行對金城的地點考證不確。《世説》及注用"門生"一詞有八例，多異於今義，據顧炎武所考，相當於後世所説的門下人，所執皆奔走僕隸之役，初至皆入錢爲之。但趙翼認爲顧炎武將"門生"視同僮僕不確，僮僕"在私家"而"門生"則"在官人役，與胥吏同"，當時寒士多有做"門生"以爲入仕之路者。近人余嘉錫又指出趙翼"在官"之説也不確，《賞譽篇》載謝安爲門生求官職，則門生非在官之人可知，其初至時入錢爲之，蓋爲衣食客之類耳。六朝以"卿"稱人，多見於《世説》。袁枚指出，向人稱"卿"是以上臨下之詞，所以王渾妻對丈夫説

"卿卿"，乃爲謔語。趙翼也指出六朝以來大抵以"卿"爲"敵以下"之稱。而袁文則認爲夫婦皆可以"卿"相稱，見"古人閨閫之間，其情意如此"。近人劉盼遂據束晳《近遊賦》以"婦皆卿夫"自嘲其不迪檢柙，證"卿卿"之言非如賓之效。

清人重實證，故史學爲盛。其所考證之問題，大抵自正史出，而《世説》之學乃依附之而得以發展。如王鳴盛、趙翼、錢大昕等未嘗專治《世説》，而"世説學"受其益者正復不少。近世李詳之《箋釋》，程炎震之《箋證》，劉盼遂之《校箋》，余嘉錫之《箋疏》，先後著成，"世説學"遂成獨立之學問，而諸家皆偏重史證，足證現代"世説學"之興，乃承清代史風之盛。訓詁、校勘、目錄之學也都隨實證的風氣而興盛起來，有王先謙、葉德輝等對《世説》文本的系統校勘，有沈家本、葉德輝等對孝標注所引書目的系統考證，現代獨立之"世説學"，亦不能不以此爲先聲。

所當注意者，明代批點之學並没有爲清代"世説學"提供問題。在重實證的風氣下，重感知疏考證的批點之學難以預流，宜其爲清人所輕。更重要的是批點之學的去歷史化，與清代學術重史學的方向是相反的。考證家與批點家所關注的問題，很少交集。即以上文所示之例言之，大凡史學家所感興趣的話題，在批點家卻不以爲緊要。且清人的問題意識，不由閱讀產生，而明人批點卻最貼近閱讀，所以清代《世説》之學，庶無由批點之學導出問題者。因此可知，清代《世説》實證之學可以上承孝標之注及宋代筆記之學，而不能與明代批點之學相接。

亦當知清代"世説學"與明代批點之學的距離，即其與閱讀木身的距離。就學術而言，固不必看重其與閱讀的相關性，但從閱讀的角度説，考證所得若不能提升到趣味的層面，反爲累贅。如《世説》多記名士駕牛車事，趙翼指出西漢百官皆乘車，貧者以牛駕車；魏晉以來，則乘車而改用犢。錢大昕指出牛車本庶人所乘，漢初貴者已乘之，晉時並施於鹵簿。如《自新篇》注引《周處別傳》説處"吳郡陽羨人"，而《晉書·周處傳》説是"義興陽羨人"，張爌指出周處兒子玘破錢璯後乃置義興郡，周處時不得預稱"義興"。錢大昕指出陽羨縣後漢屬吳郡，吳孫皓已改屬吳興，故以"吳興"爲正。如此考證，非無益於史學，但漢晉車制如何，陽羨隸屬何郡，實與閱讀關係甚小。對於讀者而言，雖考證入微而不能融會於閱讀經驗，恐不爲桑榆之收，而以事實判斷取代趣味判斷，亦不免東隅之失。故未嘗不可由清人實證之所失，而知明人品鑒之所得，反之亦然，是皆可爲現代"世說學"之前鑒。

在現代學術的格局中，《世說》是史學、哲學、美學、文學、漢語史學的一個交匯點，所以研究視角的多元化成爲現代"世說學"的基本特徵。陳寅恪、唐長孺、錢穆等以《說》證史，頗能發明新義，雖其意在彼，亦足以裨益於此。"新文化"思潮是現代"世說學"發展的重要背景，經過馮友蘭的哲學闡釋和宗白華的美學體認，魏晉名士的風流神韻，也能契合於現代士人的個性主義與自由精神。尤其是現代"小說"概念的形成，給《世說》帶來新的評價標準和閱讀方式，但是也不必取代古人對於《世說》的認知。

凡　例

　　○以王先謙重雕紛欣閣本（即思賢講舍本）爲底本，含正文與劉孝標注。凡字有訛、脱者，皆存其舊。俗字一般改爲正字，如“寗”作“寧”，“蓺”作“藝”，“棊”作“棋”等。因《世説》條目衆多，爲檢覽方便，今於正文之前，皆標上數字以明次第。

　　○主體部分包括校、注、評，三者分別部居，不相雜廁。

　　○校文均採用腳注。校者所稱校本之名，或有異同，其有歧義者在徵引文獻部分略加説明。若干重要版本之異文，未見有他人校出者，略作補充。校勘而兼釋義者，酌情放在注的部分。

　　○注文置於正文下，仿傳統經傳注疏之例，略分段落，依次條列，不作標號。正文的注文在前，孝標注的注文在後。注者按時代先後排列，各家注文用○分隔。凡考證本事或解説段落之義者，均用◎標明，置於各段落的注文之下。

　　○評語置於注文之後，内容不拘一格，或評議人物，或揭明背景，或品鑒意趣。古今著論中凡與《世説》内容相關之評議，亦多有摭採。評者按時代先後排列。一家有不止一條評語者，以○分隔。

　　○所輯文獻原則上皆存其舊，一般採用正字。凡訛字而可以確定者，一律逕改。有脱字而增補者，以方括號標出。文獻若有不相關之内容或引證較繁者，不便全文輯録，則以不影響原意爲前提，略作删節，不增他字，若必要而有所增者，則用圓括號標出。

　　○凡對一家之評注有所異議或補證者，則用小字引述於此評注之後，以供參考，不代表輯纂者之立場。

　　○古者備其異説，今則取其菁華，此輯録之標準。大抵時代之遠者宜其寬，故有雜蕪而輯其全文者，有淺薄而存其議論者。去今之近者宜其嚴，故襲舊説而無獨見，求新異而無根據，皆無取焉。

　　○所用文獻之版本或論文期刊，參見"徵引文獻"。徵引僅一次者，或未盡列出。凡採自《世説》注本（即第一類文獻）的内容，均不標明出處。除此之外，古代文獻標明書名及卷數，現代文獻標明書名和頁碼，論文標明篇名。凡用簡稱者，其全稱亦參見"徵引文獻"。作者爲兩人以上的，皆署第一作者。

目　　录

德行第一

何良俊曰：“夫孔子以四科裁士，首列德行之目，故曰：‘我欲載之空言，不如見之行事也。’嗚呼，夫行胡可以爲僞？然事變遞陳，雜然泛應，士有百行，焉能以一概取哉？狂狷殊途，均能屬聖；剛柔異稟，善克則中。百慮一致，要本於德爾矣。”《何氏語林》卷一。○田中頤曰：“蓋人之所要，莫先乎德行焉，所以爲編首。”○陳寅恪曰：“其書分別門類，以孔門四科即德行、言語、政事、文學，及識鑒、賞譽、品藻等爲目，乃東漢名士品題人倫之遺意。”《關係》，《叢稿初編》頁二〇二。○趙西陸曰：“孔門以四科裁士，首列德行之目，《世説》分門，蓋規此。”○王叔岷曰：“《論語·先進篇》皇侃疏引晉范甯曰：‘德行，謂百行之美也。’《抱朴子》外篇《文行》：‘或曰：德行者，本也；文章者，末也。故四科之序，文不居上。’《世説新語》上卷四篇仿孔門四科之序，蓋亦以德行爲本也。”○楊勇曰：“本書分爲三十六類，殆即當時記録清談之大目。書以孔門四科冠首，可推見儒業隱然仍爲當時社會風氣及學術之主流。又當時之言德行，準則已非其舊。故本篇選録四十七則，六十餘人，雖皆一時名士，社會楷模，而記載事蹟則以孝行爲多，有十二條，十四人，佔全篇四分一以上；次即義事，亦七條，九人；他及爲官清廉之士，或以名教爲己任者，而又以禮賢下士爲首選。此作者所欲導揚風諭之意亦明矣。”○張萬起曰：“本門共收録四十七則，大都是表現儒家道德規範的故事，其中以至孝的故事爲多，這是魏晉時期歷代統治者標榜‘以孝治天下’的反映。”○蔣凡曰：“魏晉六朝的時代思想，玄風熾行，釋理禪義，熏染了一代士人。因而魏晉士人的思想面貌，道德標準及其言語行事，既繼往，又開來，在舊模式中又具有新內容和新突破。本門所稱‘德行’，當作如是觀。”

　　陳仲舉言爲士則，行爲世範，登車攬轡，有澄清天下之志〔1〕。《汝南先賢傳》曰：“陳蕃字仲舉，汝南平輿人。有室荒蕪，不埽除，曰：‘大丈夫當爲國家埽天下。’值漢桓之末，閹豎用事〔2〕，外戚豪橫。及拜太傅，與大將軍竇武謀誅宦官，反爲所害。”爲豫章太守，《海内先賢傳》曰：“蕃爲尚書，以忠正忤貴戚，不得在臺，遷豫章太守。”至，便問徐孺子所在，欲先看之〔3〕。謝承《後漢書》曰：“徐穉字孺子，豫章南昌人。清妙高跱〔4〕，超世絶俗。前後爲諸公所辟，雖不就，及其死，萬里赴弔〔5〕。常豫炙雞一隻，以綿漬酒中，暴乾以裹雞，徑到所赴冢隧外，以水漬綿〔6〕，斗米飯，白茅爲藉，以雞置前。酹酒畢，留謁即去，不見喪主。”主簿白：“群情欲府君先入廨〔7〕。”陳曰：“武王式商容之閭〔8〕，席不暇煖〔9〕。許叔重曰：“商容，殷之賢人，老子師也。”車上趨曰式。吾之禮賢，有何不可！”袁宏《漢紀》曰：“蕃在豫章，爲穉獨設一榻，去則懸之，見禮如此。”

---

〔1〕 “言爲士則行爲世範”，李詳曰：“蔡邕《陳太丘碑》：‘文爲德表，範爲世則。’《魏志·鄧艾傳》作‘文爲世範，行爲世則’。”趙西陸曰：“本書《言語》篇‘鄧艾口吃’條注引《魏志》作‘言爲世範，行爲世則’。”又，“言爲士則”至“天下之志”四句，程炎震曰：“《御覽》四百七十四《禮賢》引此文作《世説》，無‘言爲士則’四句，蓋删節之。”沈劍知曰：“《後漢書·陳蕃傳》無此辭，惟《范滂傳》：‘滂登車攬轡，有澄清天下之志。’袁宏《漢紀》同。”朱鑄禹曰：“‘言爲士則’四句，案《太平御覽》卷四十四《禮賢》引此文無此四句。”
〔2〕 “閹豎”，董刻本“豎”作“竪”。朱鑄禹曰：“袁本同，周本作‘豎’。案‘竪’爲‘豎’之俗字。”
〔3〕 “看之”，《御覽》四七四引“看”作“省”。王叔岷曰：“《太平廣記》一六四引梁殷芸《小説》‘看’作‘詣’。”
〔4〕 “高跱”，董刻本“跱”作“時”。王利器曰：“清妙高時，各本‘高時’作‘高跱’，是。‘高時’與下句‘超世絶俗’重複。《太平廣記》卷一六九引《世説》：‘郭泰秀立高峙，澹然淵停。’《御覽》卷三八八引《郭子別傳》，‘高峙’作‘高跱’；是‘高跱’爲《世説》習用語。”朱鑄禹曰：“袁本、周本均作‘跱’，是。”楊勇曰：“‘跱’，宋本作‘時’，非。”
〔5〕 “及其死萬里赴弔”，楊勇曰：“《後書·徐稺傳》注引謝承《書》，語與稍異，而以《後書》爲佳。”
〔6〕 “以水漬綿”，趙西陸曰：“《文選·劉孝標〈廣絶交論〉》李善注引‘以水漬綿’下有‘使有酒氣’四字，《御覽》五六一引同。”楊勇曰：“《後書》注有‘使有酒氣’四字，是。”
〔7〕 “欲府君先入廨”，王叔岷曰：“殷芸《小説》‘欲’下有‘令’字，‘廨’作‘拜’。”
〔8〕 “武王式”，王叔岷曰：“（殷芸《小説》）‘式’作‘軾’。‘式’‘軾’古通。”趙西陸曰：“《周書》：‘武成式商容閭。’《御覽》四七四引‘式’作‘軾’。”
〔9〕 “席不暇煖”，《御覽》四七四引“煖”作“暖”。王叔岷曰：“（殷芸《小説》）‘煖’作‘暖’。‘暖’，俗‘煖’字。《廣雅·釋詁》：‘煖，煗也。’王念孫《疏證》云：‘煗與煖同。’”

○“陳仲舉”至“天下之志”

“陳仲舉”，崔朝慶曰：“漢陳蕃，字仲舉，汝南人。桓帝末官至太傅，與大將軍竇武謀誅宦官，反爲所害。”

“言爲士則行爲世範”，吳金華曰：“‘言爲士則’與‘行爲世範’互文見義，指一言一行都是當世士人的楷模。正因爲如此，這兩句又可以説成‘言爲世範，行爲士則’。”《考釋》頁一。

“登車攬轡”，崔朝慶曰：“狀其神態不凡，若將總攬天下而澄清之也。”

○“爲豫章”至“先看之”

“爲豫章太守”，程炎震曰：“陳爲豫章，范《書》不記其年，以《穉傳》‘延熹二年，蕃與胡廣上疏薦穉’等推之，知在永壽間。”○崔朝慶曰：“豫章，今江西南昌縣。蕃爲尚書時，以忠正忤貴戚，遷豫章太守。”○龔斌曰：“蕃出爲豫章太守，大概在延熹五年五月之後。”

“孺子所在”，周一良曰：“‘所在’即‘在何處’。後漢魏晉時所譯佛經中之疑問句，亦多用‘所’字爲何所、何地、何處之意。”《史札》頁一七。○江藍生曰：“‘所’義爲‘何’，疑問代詞。‘所在’猶‘何在’。”《彙釋》頁一八八。

“先欲看之”，翟灝曰：“《韓非·外儲説》：‘梁車新爲鄴令，其姊往看之。’《世説》：‘陳仲舉爲豫章太守，至便問徐孺子所在，欲先看之。’又，‘周鎮泊清溪渚，王丞相往看之。’‘王恭從會稽還，王大看之。’按世以尊者造候卑者爲‘看’，其言古矣。”《通俗編》十三。○徐震堮曰：“訪候曰看，此六朝常語。”

○“主簿白”至“先入廨”

“主簿”，楊勇曰：“《通考·職官考》：‘古者官府皆有主簿官，上自三公及御史府，下至九寺五監，以至郡縣多置之。所掌者簿書，蓋曹掾之流耳。’”

“群情欲府君先入廨”，劉應登曰：“謂陳欲便看孺子，而主簿欲其候入廨後。”○大典顯常曰：“廨，公舍也。官屬所居。”《集成》。○恩田仲任曰：“群情，群下之情。府君，郡守之稱。”○秦士鉉曰：“廨，公舍也。官屬所居，太守所宜先問也。”○崔朝慶曰：“群情，衆意也。府君，太守之稱也。廨，官廨也。”

“府君”，顧炎武曰：“府君者，漢時太守之稱。”《日知録》卷三十四。○錢大昕曰：“漢人謂郡守爲府君，亦曰明府。漢時郡國辟掾屬如公府，故郡廨謂之府

3

寺，郡橄謂之府橄，而太守稱府君，魏晉以下猶然。"《恒言録》卷三。按參見《言語篇》"邊文禮見袁奉高"條"明府"。

○"陳曰"至"有何不可"

"武王式商容之閭"，秦士鉉曰："商容，見《書·武成》。"○崔朝慶曰："商容，殷之賢人，爲紂所貶，周武王式其閭巷。式，車上橫木，男子立乘，有所敬則俯而憑式，遂以式爲致敬之詞。"○沈劍知曰："《周書·武成》：'式商容閭。'"○王叔岷曰："《釋名·釋車》：'軾，式也。所伏以式敬者也。'"

"席不暇煖"，田中頤曰："此暗規不須入廨休息。"○秦士鉉曰："《答賓戲》：'孔席不煖，墨突不黔。'注：'暖，温也。'《文子》曰：'孔子無暖席。'又見《淮南子》。"○崔朝慶曰："言其匆遽也。"○王叔岷曰："陳仲舉以'席不暇煖'屬之武王，未知何據。"

○注"汝南先賢傳曰"

《汝南先賢傳》，葉德輝曰："《隋志》：五卷。云魏周斐撰。"《書目》。

"大丈夫當爲國家埽天下"，秦士鉉曰："蕃年十五，閒處一室，父友薛勤謂之曰：'孺子何不洒掃？'"○徐震堮曰："案《後漢書·陳蕃傳》曰："父友同郡薛勤來候之，謂蕃曰：'孺子何不洒掃以待賓客？'蕃曰云云。"《札記》。

"閹豎用事"，恩田仲任曰："閹，《正字通》曰：'生而隱宮者。又宮刑，男子有割勢者亦曰閹。'豎，《正字通》曰：'童僕之稱。又凡卑鄙者亦曰豎。'"○秦士鉉曰："閹豎，宮中侍人。謂'宦'者，即《周禮》'奄上'。"

○注"海内先賢傳曰"

《海内先賢傳》，沈家本曰："《隋志》：'《海内先賢傳》四卷，魏明帝時撰。'《舊唐志》'四卷'，脱'時'字。《新志》'五卷'。此注引稱'潁川先輩爲海内所師者，定陵陳稺叔、潁川荀淑、長社鍾皓'，《書鈔·政術部》引稱'陳寔爲海内高名'，此'海内先賢'之所由著也。"《古書目》卷四。○葉德輝曰："《隋志》入'雜傳'，題四卷，云魏明帝時撰。"《書目》。

"不得在臺"，恩田仲任曰："臺，尚書省。"○徐震堮曰："東漢統稱尚書、御史、謁者爲三臺（尚書爲中臺，御史爲憲臺，謁者爲外臺），陳蕃自尚書出爲豫章太守，故云。"

○注“謝承後漢書曰”

《後漢書》，沈家本曰：“《隋志》：‘《後漢書》一百三十卷，無《帝紀》，吳武陵太守謝承撰。’《舊唐志》同。《新志》多録一卷。《宋志》已佚其書。”《古書目》卷一。○沈劍知曰：“《隋志》：一百三十卷，云：‘無《帝紀》，吳武陵太守謝承撰。’按葉德輝《世說引用書目》漏録此書。”

“清妙高跱”，龔斌曰：“‘高跱’‘竦跱’‘清跱’其義相近，皆以山之聳立，以喻人物精神之挺拔卓立。”

“萬里赴弔”，岡白駒曰：“雖不就辟，必往弔，以其知己也。”○余嘉錫曰：“（黄）瓊嘗爲孺子所師事，宜其萬里赴弔，不徒感其辟舉之恩而已。然平生篤於風義，其所赴弔不獨黄瓊，凡故舊死喪，莫不奔赴。”○趙西陸：“《御覽》卷四百三引《海内先賢行狀》曰：‘徐孺子徵聘未嘗出門，赴喪不遠萬里。’”

“常豫炙雞一隻以綿漬酒”，朱熹曰：“徐孺子以綿漬酒，藏之雞中去弔喪，便以水浸綿爲酒以奠之，便歸。所以如此者，是要用他自家酒，不用別處底。所以綿漬者，蓋路遠，難以器皿盛故也。”《朱子語類》卷一三五。○徐震堮曰：“《文選·廣絶交論》‘門罕漬酒之彦’注引謝《書》，‘以水漬綿’下多‘使有酒氣’一句，語意更明。”○龔斌曰：“朱熹所解是。以綿漬酒之行爲，爲東漢最推崇之清節。袁宏《後漢紀》二二稱徐穉‘非其衣不服，非其力不食’；《後漢書》五三《周燮傳》言燮‘非身所耕漁，則不食也’；《後漢書》七九《儒林傳》云：‘（孫堪）清白貞正，愛士大夫，然一毫未嘗取於人。’皆爲不煩於人，不取於人之清節。”

“白茅爲藉”，恩田仲任曰：“藉，薦也。”

“酹酒畢留謁即去”，胡三省曰：“書姓名以自通求見曰刺，秦漢之間謂之謁。”《通鑒·漢紀四十七》注。○恩田仲任曰：“酹，酒沃於地以降神也。《歷朝綱鑒注》曰：‘謁，謂以札書姓名，若今之通刺也。’留謁者，留名刺在冢前也。”○秦士鉉曰：“謁，札書姓名也，即名刺。”

“不見喪主”，龔斌曰：“徐穉赴葬弔死，然又不令喪主得知，既是義風高張，又是突破禮制，真率通脱。”

◎沈劍知曰：“《後漢書·徐穉傳》章懷注引謝承《書》，與此有異，曰：‘穉諸公所辟雖不就，有死喪，負笈赴弔。常於家豫炙雞一隻，以一兩綿絮漬酒中，暴乾以裹雞。徑到所起冢墜外，以水漬綿，使有酒氣。斗米飯，白茅爲藉，以雞置前，酹酒畢，留謁則去，不見喪主。’”

5

○注“許叔重曰”

“許叔重曰”，秦士鈜曰：“許叔重，名慎。爲《五經異義》。”○天保手批曰：“《淮南子·主術訓》許慎注。”○汪之昌曰：“《史記·商紀》‘表商容之閭’注：‘鄭玄云：商家典樂之官，知禮容，所以禮署稱容臺。’”《青學齋集》卷二十六《雜録上》。○李慈銘曰：“所引許叔重云云，當出許君《淮南子注》，今《淮南·繆稱訓》‘老子學商容’，高誘注云：‘商容，神人也。’與許君異。”《簡端記》。○沈劍知曰：“叔重，漢太尉祭酒許慎字。此辭未詳所出，或在所撰《五經異義》中，今不可考。”○趙西陸曰：“《淮南子·主術訓》‘表商容之閭’注曰：‘商容，殷之賢人，老子師，故表顯其里。《穆稱篇》又云“老子業於商容，見舌而知守柔矣”是也。’陶方琦《淮南許注異同詁》曰：‘按此許注羼入高注中，故同。蘇氏《淮南子敍》云：“高氏注，每篇下皆曰訓。”茲所曰《穆稱篇》，穆、繆古通，稱“篇”，乃許氏之本也。《繆稱篇》許注亦云：“商容，賢人也。”’李氏偶失檢。”

“車上跽曰式”，田中頤曰：“車上跪曰式。”○沈劍知曰：“《說文》：‘跽，長跪也。’段氏改‘跽，長跽也’，注：‘係於拜曰跪，不係於拜曰跽。人安坐則形弛，敬則小跪，聳體若加長焉，故曰長跽也。’蓋古尺制短，故人長丈，稱丈夫，三尺三寸高之式，憑而致敬，非跽不可。”

○注“袁宏漢紀曰”

“袁宏漢紀”，何焯曰：“一説‘宏’當作‘閎’。與閎同時。袁閎，字夏甫，汝陽人也，並見范《史》，此傳寫之誤。《隋書·經籍志》入‘古史題’，《後漢紀》三十卷，袁彦伯撰。”○沈家本曰：“《隋志》：‘《後漢紀》三十卷，袁彦伯撰。’彦伯，宏字也。《唐志》卷同。”○葉德輝曰：“《隋志》入‘古史’，題《後漢紀》三十卷，云袁彦伯撰。”《書目》。

“爲穉獨設一榻”，趙彦衛曰：“《陳蕃傳》不書此事，卻云蕃爲樂安太守，郡人周璆，高潔之士，前後郡守招命莫肯至，惟蕃能致焉。字而不名，特爲置一榻，去則收之。璆字孟玉，臨濟人，有美名，而司馬温公《通鑒》亦只書徐穉事，不及周，故周璆之名益不顯。細考之，蓋陳蕃能尊敬賢士，爲豫章則下徐穉之榻，爲樂安則下周璆之榻，范史不能發明之耳。”《雲麓漫鈔》卷八。○虞兆漋曰：“同一陳蕃縣榻也，今人皆知徐稚，而不知周璆，或者以稚尤矯矯與？”《天香樓偶得》）。○姚範曰：“陳蕃爲徐孺懸榻，方又舉孔林之事。余謂江夏王義恭爲明僧允獨置一榻，時比之徐孺子。”《援鶉堂》卷三十六。按“方”蓋指方世舉，其説不詳。○程炎震曰：“今《後漢紀》云：‘初，爲豫章太守，獨設一榻，以候徐孺子，餘人不得而接。’文與此異。”○沈劍知曰：“今本《漢紀》與此文異，曰：‘蕃初爲豫章太守，獨設一榻，以候徐孺子，餘人不得接。’不云懸榻。惟《後漢書·徐稺傳》：‘蕃在郡不接賓客，唯稺來，特設一榻，去則懸之。’”○楊勇曰：“袁《紀》及《後書·徐稺傳》同。《後書·陳蕃傳》：‘郡人周璆，高潔之士，前後郡守招命莫肯至，唯蕃能致焉。字而不名，特爲置一榻，去則懸之。’是稺之外，爲蕃所禮遇者，尚有周璆耶？”

“榻”，王觀國曰：“古人稱牀榻，非特臥具也，多是坐物。王羲之東牀坦腹而食，庾亮登南樓據胡牀與佐史談詠，桓伊吹笛據胡牀三弄，管寧家貧坐藜牀欲穿。陳蕃爲豫章太守，徐孺子來，特設一榻，去則懸之。沈休文詩曰：‘賓至下塵榻。’凡此皆坐物也。雜書《初學記》之列於牀榻類中，不分坐臥，混而編之，亦誤矣。”《學林》卷四。○趙翼曰：“東漢末，始斲木爲坐具，其名仍謂之牀，又謂之榻，如向栩、管寧所坐可見。景侯升殿，踞胡牀垂腳而坐，《梁書》特記之以爲殊俗駭觀，則其時坐牀榻，大概皆盤膝，無垂腳者。”《陔餘叢考》卷三十一。○秦士鉉曰：“牀狹而長曰榻。”○楊勇曰：“劉熙《釋名·釋床帳》：‘長狹而卑者曰榻，其言榻然近地也。小者獨坐，主人無二，獨所坐也。’”

【彙評】

羅大經曰：“東漢徐孺子，矯矯特立，諸公薦辟皆不就。然及薦辟者死，炙雞漬酒，萬里赴弔。於清高不混俗之中，有忠厚不忘恩之意。其爲東漢人物之冠冕，不亦宜乎！”《鶴林玉露》卷九。

劉辰翁曰：“此可名酒乾矣。雞酒頗簡，斗米何多，萬里裹糧，此恐不易。”○曰：“有志性命者，尚無暇拭涕，其視天下，又不啻一室矣。”朱鑄禹引，不知所本。

楊慎曰：“蕃亦癡矣。爲郡守，採一郡之風謡；爲宰相，以天下爲耳目。若閉閣懸榻，乃干木、泄柳之所爲，豈郡守宰相之事乎？宦官之事，宜其及矣。”《升庵集》卷六十八。

鍾惺曰：“無此一段，便是作人憒憒。”評注謝承《後漢書》“常豫炙雞”一段。

○曰：“作守令胸中無主，不能作下賢事。”評注袁宏《漢紀》。

沈長卿曰：“（徐孺子）不見喪主，豈立異也哉！或其子弗類，爲彼藏拙，不欲露其慢耶？抑或慢端已露，故速掉臂去耶？予蓋曾有所試矣。”《沈氏日旦》卷十。

伯克利手批曰：“當時司牧猶以古侯伯自待於本治，有君民之分，故引用王之事不疑。”

2

周子居常云：“吾時月不見黃叔度〔1〕，則鄙吝之心已復生矣。”子居別見。《典略》曰：“黃憲字叔度，汝南慎陽人。時論者咸云‘顏子復生’，而族出孤鄙，父爲牛醫。潁川荀季和執憲手曰：‘足下吾師範也。’後見袁奉高曰：‘卿國有顏子，寧知之乎？’奉高曰：‘卿見吾叔度邪？’戴良少所服下，見憲則自降薄，悵然若有所失。母問：‘汝何不樂乎？復從牛醫兒所來邪？’良曰：‘瞻之在前，忽焉在後，所謂良之師也。’”

○“周子居常云”至“已復生矣”

“吾時月不見”二句，田中頤曰：“時月，不甚久之謂也。”○秦士鉉曰：“時月，一時一月，謂少時也。”○張永言曰：“泛指兩三個月，數月。”《辭典》頁三八八。

“鄙吝之心”，恩田仲任曰：“《正字通》曰：‘嗇於財，薄於禮者曰鄙吝。’”○田中頤曰：“言市俗之習氣也。”

“已復生矣”，劉淇曰：“此‘已’字猶‘又’也。”《辨略》卷三。○李調元曰：《世說》：‘鄙吝之心已復生矣。’又云：‘步兵曰：俗物已復來敗人意。’此‘已’字猶‘又’也。按‘已’音與噫譆相近。”《勦說》卷三。○裴學海曰：“‘以’猶‘又’也。‘以’與‘又’古同音，故‘以’可訓‘又’。字或作‘已’。”《集釋》卷一。

◎顧惇量曰：“《後漢書》：‘時月之間不見黃生，則鄙吝之萌，復存於心

---

〔1〕“時月”，平賀房父曰：“范史作‘時日之間’。”

8

矣。’陳蕃及周舉相謂語也。《世説》作周乘。”○天保手批曰：“《後漢書·黃憲傳》：‘同郡陳蕃、周舉常相謂曰：時月之間，不見黃生，則鄙吝之萌，復存乎心。’”○李慈銘曰：“子居名乘，見下《賞譽門》注引《汝南先賢傳》云云。《後漢書·黃憲傳》以此二語爲陳蕃、周舉之言。”《簡端記》。○程炎震曰：“范書《黃憲傳》載此語，作陳蕃、周舉相謂之詞。袁宏《後漢紀》則作子居語。”○沈劍知曰：“《後漢書·黃憲傳》：‘同郡陳蕃、周舉常相謂曰：時月之間，不見黃生，則鄙吝之萌，復存乎心。’按彼作周舉。惟袁宏《漢紀》亦作周子居，《後漢書》舉本傳，字宣光，不載交黃憲事。”○徐震堮曰：“《賞譽門》注引《汝南先賢傳》曰：周乘字子居，汝南安城人。《後漢書·黃憲傳》作‘同郡陳蕃、周舉常相謂曰’云云，舉字宣光，與此不同，未知孰是。”《札記》。○余嘉錫曰：“黃叔度嘗與周子居同舉孝廉，見《風俗通》及《聖賢群輔録》。本書《賞譽篇》注言‘子居非陳仲舉、黃叔度之儔則不交’。此宜是子居之言，范《書》蓋誤也。”龔斌按曰：“袁宏《後漢紀》記爲周子居之言，沈箋、余箋是。”○趙西陸曰：“《世説補》黃叔琳訂本注顧惇量按：《後漢書》：‘時月之間，不見黃生，則鄙吝之萌復存於心矣。’陳蕃及周舉相謂語，《世説》作周乘。”○楊勇曰：“《後書》周舉，當作周乘。舉字宣光，《後書》不載交黃憲。袁《紀》作周子居，是。”

○注“子居別見”

“子居別見”，沈劍知曰：“子居，周乘字。‘別見’者，注在‘賞譽’門‘陳仲舉歎曰’條下也。”

○注“典略曰”

《典略》，沈家本曰：“章宗源曰：‘（《典略》）紀載既廣，體裁亦雜，與《魏略》斷代爲書者，一爲正史，一爲雜史。’案《典略》爲敘事之體，章氏所言，乃零章斷句，安知非敘事中徵引之詞？不足以定其爲體裁之雜也。”《古書目》卷一。○葉德輝曰：“《隋志》：八十九卷。云：‘魏郎中魚豢撰。’”《書目》。

“慎陽”，楊慎曰：“豫州滇陽，音真，後訛作慎陽。”《丹鉛總録》卷十四。○沈劍知曰：“《前漢書·地理志》：‘汝南郡慎陽。’師古曰：‘慎’字本作‘滇’，音真，後誤爲‘慎’耳。今猶有真邱、真陽縣，字並單作‘真’，知其音不改。’闞駰云：永平五年，失印更刻，遂誤以水爲心。”○龔斌曰：“慎陽之得名，與慎水有關。水之北曰陽，慎陽，乃在慎水之北也。慎陽改爲真陽乃在後魏時。故顏師古所言不足信。”

“顏子復生”，趙西陸曰：“《初學記》十七引周斐《汝南先賢傳》曰：‘黃憲潔靜通理，齊聖廣淵，不矜名以詭時，不抗行以矯俗。論者咸曰：顏子復生乎漢代矣。’《御覽》四〇二引同。”

“戴良”，秦士鉉曰：“戴良字叔鸞，汝南慎陽人。自稱：‘吾若仲尼長東魯，大禹出西羌，獨步天下，誰與爲偶?’”○沈劍知曰：“《後漢書·逸民傳》：‘戴良字叔鸞，汝南慎陽人。’按其推服叔度之語，亦見《黃憲傳》及袁宏《漢紀》，與此略同。”

“瞻之在前”二句，徐震堮曰：“《論語·子罕》云云。戴借此語以見不可企及之意。”○朱鑄禹曰：“言其不可思議也。”

【彙評】

袁中道曰：“女人亦輕薄。”評注《典略》“母問”云云。《舌華録》卷九。

鍾惺曰：“世上唯少所服者，極能虛心。”評注《典略》“戴良少所服下”。○曰：“此母尤不凡。”評注《典略》“母問”云云。

田中頤曰：“德必有鄰。周自知鄙吝之心將生，輒思所以芟刈之，亦是不凡。黃不止無鄙吝之心，又使人亡此意，是爲‘德行’。”

蔣凡曰：“憲一介布衣，鄉間獸醫之子，能夠流譽人口，當與漢末士林清議或汝南月旦有關，隱約透露出激清揚濁的傳統美刺精神，是醫治濁世的一劑清醒劑。”

3

郭林宗至汝南[1]，造袁奉高，《續漢書》曰：“郭泰字林宗，太原介休人。泰少孤，年二十，行學至成皋屈伯彥精廬[2]。乏食，衣不蓋形，而處

[1] “郭林宗”，《太平廣記》一六九引“林宗”作“泰”。
[2] “成皋”，余嘉錫曰：“景宋本及袁本俱作‘城皋’。”王利器曰：“《後漢書·郭太傳》‘城皋’作‘成皋’，《世說》作‘城皋’，錯了。”徐震堮曰：“‘城皋’乃‘成皋’之誤。”楊勇曰：“宋本作‘城皋’，非。”方一新《雜識》曰：“‘皋’爲‘皋’之誤字，誠如《校箋》所校，古無‘城皋’其地，但不當謂‘城’爲‘成’的形近之誤。‘成’‘城’古以同音而通用，‘城皋’就是‘成皋’。”

約味道，不改其樂。李元禮一見稱之曰：'吾見士多矣，無如林宗者也〔1〕。'及卒，蔡伯喈爲作碑〔2〕，曰：'吾爲人作銘，未嘗不有慚容，唯爲郭有道碑頌無愧耳。'初，以有道君子徵。泰曰：'吾觀乾象、人事，天之所廢，不可支也。'遂辭以疾。"《汝南先賢傳》曰："袁宏字奉高〔3〕，慎陽人。友黃叔度於童齒，薦陳仲舉於家巷。辟太尉掾，卒。"車不停軌，鸞不輟軛。詣黃叔度，乃彌日信宿〔4〕。人問其故，林宗曰："叔度汪汪如萬頃之陂〔5〕。澄之不清，擾之不濁〔6〕，其器深廣，難測量也〔7〕。"《泰別傳》曰〔8〕："薛恭祖問之，泰曰：'奉高之器，譬諸汎濫〔9〕，雖清易挹也〔10〕。'"

---

〔1〕 "林宗"，董刻本"林"作"休"，王利器曰："各本'休'作'林'，是。"楊勇曰："宋本作'休宗'，非。"

〔2〕 "蔡伯喈"，董刻本"喈"作"唱"。王利器曰："各本'唱'作'喈'，是。"楊勇曰："宋本作'蔡伯唱'，非。"

〔3〕 "袁宏字奉高"，董刻本、沈校本"宏"作"閎"。又，董刻本"奉"作"表"。程炎震曰："'宏'宋本作'閎'。"沈劍知曰："沈校本、宋本皆作'閎'。"余嘉錫曰："《文選集注》百十六李善引范曄《後漢書》，正作'袁閎'。足見唐初人所見范《書》並不誤。其《文選注》及此注作'袁閎'者，乃宋時淺人據誤本范《書》改之耳。諸家紛紛考辨，雖復與古暗合，然今既見唐寫本，則此事不待繁言而自解矣。"王利器曰："《後漢書·黃憲傳》亦作'袁閎'。袁閎字夏甫，不字'表高'，'表高'各本都作'奉高'，是。《後漢書·黃憲傳》注：'閎一作閬。'又：'奉高，閬字也。'宋劉攽曰：'袁閎字奉高，閎字夏甫，此言奉高，則閎當作閬。'今案劉説是。"趙西陸曰："《御覽》二百六十四引《汝南先賢傳》'宏'作'閬'，不誤。"

〔4〕 "彌日信宿"，《事文類聚·別集》卷二十七引作"獨信宿"。

〔5〕 "萬頃之陂"，恩田仲任曰："《郭泰傳》作'千頃之波'。《正字通》曰：《黃憲傳》'波'作'陂'，訛誤。據此説，《世説》作'陂'，亦誤。"王叔岷曰："《後漢書·黃憲傳》'萬頃'作'千頃'，王先謙《集解》引惠棟曰：'"千頃"《續漢書》作"萬頃"。'與此合。"楊勇曰："《廣記》一六九引《世説》'萬'作'千'。"

〔6〕 "擾之不濁"，《太平廣記》卷一六九引、《事文類聚·別集》卷二十七引"擾"並作"撓"。徐子光《蒙求集注》卷下"黃憲萬頃"條曰："《世説》'千'作'萬'，'淆'作'撓'，與此小異。"按"此"指《後漢書·黃憲傳》。沈劍知曰："《後漢書·黃憲傳》'擾'作'淆'，《郭太傳》'擾'作'撓'，皆字殊義近。"

〔7〕 "難測量也"，《太平廣記》卷一六九引作"難測矣"。

〔8〕 "泰別傳"，《黜免篇》注引作《郭林宗別傳》。

〔9〕 "汎濫"，董刻本"汎"作"汜"。程炎震曰："'汎'當依范書《黃憲傳》作'沈'。"沈劍知曰："《後漢書·郭太傳》'汎濫'作'泛濫'，《黃憲傳》作'沈濫'。宋本《世説》作'汜濫'，本於《孟子》，較勝諸本。"徐震堮曰："《後漢書·黃憲傳》作'沈濫'，是也。《漢書敍傳》：'懷沈濫而測深庽重淵。'是此語所本。'沈'誤爲'汎'，《後漢書·郭泰傳》又誤作'泛'。"

〔10〕 "清易挹也"，程炎震曰："'也'宋本作'耳'。"沈劍知曰："沈校本、宋本'也'皆作'耳'。"余嘉錫曰："'也'字景宋本及沈本俱作'耳'。"按元刻本"也"亦作"耳"。

○“郭林宗”至“鸞不輟軛”

“郭林宗至汝南”，崔朝慶曰：“漢郭泰，字林宗，太原人。李元禮一見，稱之曰：‘吾見士多矣，無如林宗者也。’汝南，今河南汝南縣。”

“車不停軌鸞不輟軛”，岡白駒曰：“軌，車轍也。鸞，鈴也。軛，轅端橫木，駕馬領者。此言不移時而還也。”○崔朝慶曰：“鸞，車衡之鈴也。軛，車衡之兩端，作缺月形，以扼馬頸者。二語皆言絕不停留也。”○沈劍知曰：“《後漢書》作‘鸞不輟軛’。按經典多假‘鸞’爲‘鑾’。《説文》：‘軶，轅前也。’段注：‘轅前，謂衡也。’‘軶’‘軛’，古今字，知軛亦衡也。《周禮》孔疏引《韓詩傳》云：‘升車則馬動，馬動則鸞鳴。’此云‘鸞不輟軛’者，極言下車之暫，升車之速，鈴聲猶未止，而人已行也。”

○“詣黃叔度”至“難測量也”

“詣黃叔度”，田中頤曰：“凡至而速去曰‘造’；久在曰‘詣’。以上袁、黃優劣既見，故下其品目不必及袁也。”○崔朝慶曰：“詣，亦往訪也。黃憲，字叔度，汝南人，時論咸云‘顏子復生’。父爲牛醫。”○楊勇曰：“叔度卒安帝延光元年，林宗生順帝永建三年，二人不及見。《後漢書》本傳及謝承《書》等皆誤書。”○張撝之曰：“詣，多用於所尊敬者。”《選注》。

“彌日信宿”，劉淇曰：“此‘彌’字，竟也。”《辨略》卷一。○崔朝慶曰：“彌日，猶言連日也；信宿，留宿不止一日也。”○楊勇曰：“《詩·豳風·九罭》‘於女信宿’傳：‘在宿曰信。宿，猶處也。’”

“汪汪如萬頃之陂”，參見校文。岡白駒曰：“汪汪，深廣也。百畝曰頃。陂，池也。”○崔朝慶曰：“汪汪，狀水之深且廣也。陂，池也。”

“澄之不清擾之不濁”，田中頤曰：“喻非毀譽褒貶可以加勸懲也。”○周紹賢曰：“即磨而不磷，涅而不緇，不隨俗染化，故言其不可量也。”《述論》頁三九。○劉葉秋曰：“謂其氣量深廣，不爲物牽。”《散記》。

◎程炎震曰：“《御覽》四百四十六《品藻中》引此事云《郭泰別傳》。”○余嘉錫曰：“此出《郭泰別傳》，見《後漢書·黃憲傳》注及《御覽》四百四十六。”○龔斌曰：“郭泰並造袁奉高和黃叔度一事，亦見於謝承《後漢書》四。”

○注"續漢書曰"

《續漢書》，沈家本曰："《隋志》：'《續漢書》八十三卷，晉秘書監司馬彪撰。'《唐志》稱《後漢書》，卷同。《新志》多録一卷。《隋志》：'《後漢書》一百二十五卷，范曄本，梁郯令劉昭注。'似唐以前彪志已附於范《書》。《宋志》惟存劉昭補注《後漢志》三十卷，則彪之全書已亡，其八志幸附於范《書》，故尚存。"《古書目》卷一。○葉德輝曰："《隋志》：八十三卷。云：'晉秘書監司馬彪撰。'"《書目》。○沈劍知曰："彪撰《續漢書》及《志》，後人因范《志》不傳，遂以彪《志》合之，世稱《後漢書志》，清儒皆謂《續漢志》。"

"郭泰"，徐子光曰："後漢郭泰字林宗，辟舉不應。性明知人，好獎訓士類。容貌魁偉，褒衣博帶，周遊郡國，嘗於陳梁間行遇雨，巾一角墊，時人乃故折巾一角，以爲林宗巾，其見慕如此。或問范滂曰：'林宗何如人？'滂曰：'隱不違親，貞不絶俗，天子不得臣，諸侯不得友，不知其他。'林宗雖善人倫，而不爲危言覈論，故宦官擅政而不能傷。及黨事起，名士多被害，惟林宗、袁閎得免，閉門教授，弟子以千數。及卒，四方之士千餘人會葬，同志者共刻石立碑，蔡邕爲其文，謂盧植曰：'吾爲碑銘多矣，皆有慚德，唯郭有道，無愧色耳。'其獎拔士人，皆如所鑒。"《蒙求集注》卷下"林宗折巾"條。○靳榮藩曰："《後漢書·郭太傳》皆書'林宗'，《鄭太傳》皆書'公業'，蓋范蔚宗避其父名泰，而以'太'代'泰'，又以字代名也。"《綠漢語》上卷。○沈劍知曰："郭泰，《後漢書》作'郭太'，范蔚宗父名泰，故諱之也。"○孫人和曰："范氏《後漢書》以避其家諱，改爲'太'，而傳中但稱其字'林宗'。"

"太原介休"，沈劍知曰："本傳云：'字林宗，太原界休人也。'《前漢書·地理志》《續漢書·郡國志》並作'界休'，此引《續漢書》不應與《志》異而作'介休'。然《郡國志》云：'界休有界山，有縣上聚。'則地以介之推得名也。可知漢初原作'介休'，王莽乃改'界美'，東漢爲'界休'，晉又復其舊耳。司馬彪雖晉人，然撰前朝之史，自不可用今代地名，則《續漢書》云'介休'，必'界休'之誤也。"

"至成皋屈伯彦精廬"，沈劍知曰："《後漢書·郭太傳》：'家世貧賤。母欲使給事縣廷，林宗曰："大丈夫焉能處斗筲之役乎？"遂辭，就成皋屈伯彦學，三年業畢，博通墳籍。'袁宏《漢紀》：'年二十爲縣小吏，喟然歎曰："大丈夫焉能處斗筲之役？"乃言於母，欲就師問，母對之曰："無資奈何。"林宗曰："無用資爲。"遂辭母而行，至成皋屈伯彥精廬，并日而食，衣不蓋形，人不堪其憂，林宗不改其樂。'《林宗別傳》：'林宗貧，初欲遊學，無資，就姊夫貸五千錢，乃遠至成皋，從師受業，併日而食，衣不蔽形。'《高士傳》：'與同縣宗仲至京師，從屈伯彥學《春秋》。'按成皋屬河南尹，故亦可稱京師。"

"精廬"，王應麟曰："精廬，見《姜肱傳》，乃講授之地，即劉淑、包咸、檀敷傳所謂'精舍'也。《文選》任彥昇《表》用'精廬'，李善注引王阜事，五臣謂寺觀，謬矣。"《困學紀聞》卷十三。○方以智曰："精廬，猶精舍也。"《通雅》卷三十八。○沈劍知曰："《後漢書·儒林傳論》'精廬暫建'章懷注：'精廬，講讀之舍也。'"○王利器曰："《後漢書·儒林傳》注：'精廬，講讀之舍也。'"○徐震堮曰："學舍也。《後漢書·姜肱傳》：'乃就精廬求見徵君。'注：'精廬即精舍也。'王先謙《集解》引黃山曰：'《儒林蔡玄傳》：精廬暫建。彼注云：精廬，講讀之舍。'精廬、精舍，皆研精學術之地也。"按參見《棲逸篇》"康僧淵在豫章"條"精舍"。

"吾爲人作銘"三句，岡白駒曰："大抵碑、銘之述德行，必過褒焉，或阿君上，或逼於勢，不能不枉董狐之筆也。甚則反惡爲善，所謂生爲盜跖，死爲夷齊。獨自憶之，未嘗不有慚容也。"○沈劍知曰："《後漢書·郭太傳》：卒於家，時年四十二。四方之士千餘人，皆來會葬。同志者乃共刻石立碑，蔡邕爲文，既而謂涿郡盧植曰：'吾爲碑銘多矣，皆有慚德，唯郭有道無愧色耳。'"○徐震堮曰："《後漢書·郭泰傳》：蔡邕爲文，既而謂涿郡盧植曰'吾爲碑銘多矣'云云。"《札記》。

"有道君子"，桃井白鹿曰："有道君子，舉士科名。"○恩田仲任曰："《後漢書·黃瓊傳論》曰：漢初詔舉賢良、方正，州郡察孝廉、秀才，斯亦貢士之方也。中興以後，復增敦樸、有道、賢能、直言、獨行、高節、質直、清白、敦厚之屬。"○楊勇曰："漢時舉士有'有道'一科，意爲有德者之稱。"

"天之所廢不可支也"，大典顯常曰："《魯語》衛彪傒曰：'天之所壞，不可支也。'《後漢書·郭太傳》：'或勸林宗仕進者，對曰："吾夜觀乾象，晝察人事，天之所廢，不可支也。"遂並不應。'章懷注：'《左傳》晉汝叔寬之詞。支，猶持也。'"○沈劍知曰："《後漢書·郭太傳》云云，章懷注：'《左傳》晉汝叔之詞。'按《左傳》定公元年晉女叔寬曰：'天之所壞，不可支也。'而

《漢紀》《抱朴子》'壞'同作'廢'。'廢''壞'一音之轉，因而致誤耳。"
方一新《校讀札記》按曰："'廢'字本即崩壞、倒塌義。《呂氏春秋·壹行》：'故不可知
之道王者行之廢。'《漢書》卷五三《臨江閔王榮傳》：'軸折車廢。'高誘、顏師古注並云：
'廢，壞也。''廢''壞'既同訓，故得換用。是'天之所廢'即'天之所壞'，字雖異而
義實同，不誤。"○趙西陸曰："《左傳》定公元年：'天之所壞，不可支也。'"
○楊勇曰："晉汝叔寬詞，見《左傳》定公元年。《魯語》衛彪傒曰：'天之所
壞，不可支也。'"○龔斌曰："郭泰不願入仕，蓋深察東漢朝廷將傾，絕非人
力所可支撐。"

◎余嘉錫曰："《廣記》卷一百六十九引《世説》曰：'郭泰秀立高峙，澹然
淵停。九州之士，悉懍懍宗仰，以爲覆蓋。蔡伯喈告盧子幹、馬日磾曰：吾爲天
下作碑銘多矣，未嘗不有慚，唯爲郭先生碑頌，無愧色耳。'疑所引即是此注，
其詳略不同者，今本已爲宋人所刊削故也。"○王利器曰："《太平廣記》所引
的，當就是此注，而較今本詳細多了，這當是根據未經齊梁間人敬胤刪節的本
子。"○趙西陸曰："《御覽》卷三八八引《郭子別傳》。"

○注"汝南先賢傳曰"

"袁宏字奉高"，參見校文。凌濛初曰："按交叔度者袁閬，字奉高耳。獨
《世説》以奉高爲袁宏，後又有袁彥伯，亦名宏。"○沈欽韓曰："閬與閎同
郡，並有名，故易亂。劉孝標《世説》注《汝南先賢傳》：'閬字奉高，友黃
叔度於童齒。'則與叔度最親者閬也。又云：'閬爲慎陽人。'與憲同縣。考
《王龔傳》，龔於安帝末爲汝南太守，閬爲功曹，是時已辟召黃憲。閎之名蓋實
在閬先，閎是袁安玄孫，汝陽人，卒於靈帝中平之年，年五十七，恐未能與叔
度並列也。"《後漢書疏證》卷六。○葉德輝曰："案《後漢書·袁安傳》：'閎字
夏甫。'又《黃憲傳》：'先過袁閬。'劉攽校曰：'袁閬字奉高，閎字夏甫，此
下言奉高，則'閎'當作'閬'也。'據《安傳》及劉校，是閬字奉高，而本
書屢以閎爲奉高，明是注文之誤。"○李慈銘曰："《後漢書》：'袁閎字夏甫，
汝南汝陽人，司徒安之玄孫。終身未嘗應辟召。'而《黃憲傳》亦載'奉高之
器'云云，章懷注奉高爲閎字。然《王龔傳》云：'龔遷汝南太守。功曹袁閬
字奉高，數辭公府之命。'則奉高乃袁閬。此注引《汝南先賢傳》云云，似亦
閬而非閎。但范《書》未著閬爲何縣人，亦不言其卒於何官，而此下《言語
篇》有'邊文禮見袁奉高'云云，又有'荀慈明與汝南袁閬相見'云云，宋

劉原父謂《黃憲傳》袁閎乃袁閬之譌。近時洪筠軒説亦同。而孫頤谷謂當時蓋有兩袁閎，一字夏甫，一字奉高，又有一袁閬。然《黃憲傳》中先出袁閎，注云：'閎一作閬。'疑此'閎'字本是誤文。劉氏、洪氏之説差爲得之。若據孫説，不容汝南一郡之中，同時名士有兩袁閎；又不容慎陽一縣，並時有兩袁奉高也。"《簡端記》。○李詳曰："案《王龔傳》載功曹袁閬，又云：'閬字奉高。'《憲傳》章懷注有'閎一作閬'之説，則林宗所造者，自是袁閬，與字夏甫之袁閎有別。"○程炎震曰："閎是袁安玄孫。《安傳》云：'汝陽人。'閬嘗爲汝南功曹，見范書《王龔傳》，明著其字奉高。劉説是也。奉高、叔度同爲慎陽人，故林宗得並造之耳。《文選・褚淵碑》注引范《書》誤作'袁宏'，胡氏《考異》訂'宏'爲'閎'，足知唐初范《書》已誤袁閬爲袁閎矣。"○沈劍知曰："劉攽云云。按劉説是也。此既誤'閬'爲'閎'，又刓爲'宏'耳。袁閬字奉高，見《後漢書・王龔傳》。龔爲汝南太守，閬爲功曹，曾諫龔不當怒陳蕃，而除其録。又袁宏《漢紀》：閬爲郡功曹，舉蕃自代，正所謂薦陳仲舉於家巷者。今傳本亦'閬'亦誤作'閎'。其辟太尉掾，史雖無明文，然龔以永和元年拜太尉，則辟用舊僚，亦事之常，當在此時也。今曰'字奉高'，則閬也；曰'慎陽人'，又非閎也。曰'辟太尉掾'，則閎始終隱遁，且《漢紀》蕃舉五處士，閎在其中，安得反薦蕃乎？益知其爲'閬'之誤。"

"家巷"，秦士鉉曰："未仕在陋巷也。"

○注"泰別傳曰"

《泰別傳》，葉德輝曰："《郭泰別傳》，（《隋志》不著録。）《國志》注引用。"《書目》。

"譬諸汎濫"，參見校文。恩田仲任曰："'汎'當作'氿'，音軌。《爾雅》曰：'氿泉穴出。穴出，側出也。'郭璞曰：'從旁出也。'《爾雅》曰：'濫泉正出。'郭璞曰：'正出，涌出也。'"○沈欽韓曰："'譬諸汎濫'注：'《爾雅》曰：側出汎泉，正出濫泉。汎音軌。'按《爾雅》'汎泉'字當作'氿'，音軌。劉熙《釋名》：'氿，軌也，流狹而長如車軌也。'正文'汎'及音'軌'字皆誤。"《後漢書疏證》卷六。○沈劍知曰："（《後漢書・黃憲傳》）章懷引《爾雅》：'側出氿泉，正出濫泉。'又注：'氿音軌，濫音檻。'按《爾雅・釋水》：'濫泉正出，氿泉穴出。穴出，仄出也。'《釋》：氿，軌；仄，側。邢疏引《詩・大雅・瞻卬》'觱沸檻泉'，而彼釋'檻'胡覽反，章懷不當反讀

'濫'爲'檻'也。'氿濫'雖與'清易挹'之義相近，第同書同事而異文，又不敢必其然也。"

"清易挹"，劉辰翁曰："本語云奉高'清而易挹'，四字有味，不宜去。"按劉本刪去四字，故云。

【彙評】

劉辰翁曰："'不濁'易見，'不清'難知，故是能言。"

楊一奇曰："叔度固有量者，荀陳袁郭推崇太過，此風一起，互相標榜，黨人之議自此始矣。"《史談補》卷三。

王世懋曰："叔度直是難窺究竟，雅量第一。"龔斌按曰："叔度乃亂世中之和光同塵者，'難窺'與《世說》所謂'雅量'當有別也。"

鍾惺曰："此語殊難爲，人得其文者存没索然。當時文士有品如此。"評注《續漢書》"吾爲人作銘"三句。

伯克利手批曰："徵君少年，何傾動名流若此。"

牟宗三曰："品鑒有兩指向，一是實用之指向，一是内在於人格之本身而爲純美之欣賞。前者爲外在之利用，後者爲内在之興趣。如'林宗曰叔度汪汪如萬頃之陂'云云，此種品鑒即純爲内在之興趣。蓋於人格美之欣賞上而爲最高、最有風致者，不必能滿足實用上之需要；而政治上能名實相符者，也許爲品鑒上之最俗者。"《玄理》頁二○二。

蔣凡曰："其稱美黃憲'澄之不清，擾之不濁'，正是處於混濁之世，士人保持其高潔人格以示不與世俗同流合污的清醒認識。據《後漢書·郭泰傳》，宦官集團謀殺陳蕃等，泰悲慟而嘆：'人之云亡，邦國殄瘁。'正説明當時士人對於國事的關心與無奈之心態。晉葛洪批評郭泰：'周旋清談閭閻，無救於世道之淩遲。'實在是不明形勢的過激偏見。"

龔斌曰："郭泰作風與黃憲何其相似，故泰惺惺相惜，情契相得，以至'彌日信宿'。袁閬雖亦是名士，但曾作過汝南郡功曹，猶如一泓泉水，雖清而易挹，不如叔度深廣難測也，故造之卻不肯多逗留。由林宗之言行，正顯出奉高、叔度兩人之優劣。"

4

李元禮風格秀整，高自標持〔1〕，欲以天下名教是非爲己任。薛瑩《後漢書》曰："李膺字元禮，潁川襄城人。抗志清妙，有文武儁才〔2〕。遷司隸校尉，爲黨事自殺。"後進之士，有升其堂者，皆以爲登龍門。《三秦記》曰〔3〕："龍門，一名河津，去長安九百里。水懸絶，龜魚之屬莫能上，上則化爲龍矣。"

○"李元禮"至"是非爲己任"

"李元禮"，徐子光曰："後漢李膺字元禮，潁川襄城人。性簡亢，無所交接，舉孝廉高第，遷河南尹。及黨議起，流言轉入太學，諸生三萬餘人，郭林宗、賈偉節爲其冠，並與膺、陳蕃、王暢更相褒重。學中語曰：'天下模楷李元禮，不畏彊禦陳仲舉，天下俊秀王叔茂。'時張成善風角，推占當赦，教子殺人，膺案殺之。其弟子上書，告膺等共爲部黨，誹訕朝廷。桓帝震怒，逮捕黨人，收執膺等。後赦歸田里，禁錮終身，而黨名猶書王府。由是海内共相標榜，指名士爲之稱號，上曰三君，次曰八俊、八顧、八及、八廚，猶古之八元、八凱也。膺拜司隸校尉，諸黃門常侍鞠躬屏氣，休沐不敢復出宮省。是時朝廷綱紀頹弛，膺獨持風裁，以聲名自高，士有被其容接者，名爲'登龍門'。靈帝時，曹節諷有司奏捕前黨，皆死獄中。"《蒙求集注》卷上"元禮模楷"條。

"風格秀整"，秦士鉉曰："風，豐采；格，品格。"

"高自標持"，恩田仲任曰："標，高舉也。"○田中頤曰："謂其志氣，自許亦高。"○張撝之曰："標持，猶'標置'，標舉品格名目，排定地位身份。"《選注》。

"天下名教是非"，岡白駒曰："天下名教，天下是非。"○桃井白鹿曰："《類書纂要》：'躬行禮義人倫名實之教，謂之名教。'袁彦伯《三國名臣贊序》：

〔1〕 "高自"，董刻本"自"作"目"。王利器曰："各本'目'作'自'，是。"楊勇曰："宋本作'目'，非。"
〔2〕 "儁才"，董刻本"儁"作"雋"。沈劍知曰："沈校本作'雋'。"朱鑄禹曰："'儁'袁本作'雋'。"
〔3〕 "三秦記"，董刻本"秦"作"泰"。王利器曰："各本'泰'作'秦'，是。《水經注》及《太平御覽》諸書，常引辛氏《三秦記》，就是此書。"楊勇曰："宋本作'三泰記'，非。"

‘君臣離而名教薄。’”○恩田仲任曰：“《弘簡録》曰：‘宋田況著論，上之曰：從古以來，聖賢之道曰名教，忠義之訓曰名節。’《類書纂要》曰：‘躬行禮義人倫名實之教謂之名教。’”○田中頤曰：“謂凡禮義諸德、倫敍所關係之名教是非，欲一賴己之裁斷褒貶也。”○沈劍知曰：“《後漢書·鍾皓傳》：‘膺曰：孟子以爲人無是非之心非人也。’”○徐震堮曰：“儒者因名設教，故曰名教。‘名’謂名分。”

“爲己任”，趙西陸曰：“《孟子》曰：‘伊尹自任以天下之重。’《御覽》四四七引袁子正《書》曰：‘李膺言出於口，人莫得違也。有難李君之言者，則鄉黨非之。李君與人同輿載，則名聞天下。’”

◎沈劍知曰：“此條與袁宏《漢紀》所載同，惟‘標持’作‘標特’，‘名教’作‘風教’。”○余嘉錫曰：“此出袁山松《後漢書》，見《御覽》四百六十五。又出袁宏《後漢紀》二十二。”

○“後進之士”至“登龍門”

“登龍門”，岡白駒曰：“大鯉魚登龍門，化爲龍。登元禮門，號曰登龍門。”○恩田仲任曰：“《後漢書》注曰：‘以魚爲喻也。龍門，河水所下之口，在今絳州龍門縣。’《玉篇》曰：‘莪山，一名龍門山，在封州。大魚上即化爲龍，上不得，點額流血。’”○田中頤曰：“謂以其所是非太嚴，苟蒙其許可者，喜以爲如魚化龍。”○程炎震曰：“賢曰：河水所下之口，在今絳州龍門縣。”楊勇按曰：“即今山西河津縣西二里是也。”○沈劍知曰：“《後漢書·李膺傳》：‘士有被其容接者，名爲登龍門。’章懷注：‘以魚爲喻也。龍門，河水所下之口，在今絳縣。’”○趙西陸曰：“《太平廣記》四百六十六引《三秦記》曰：‘龍門山，在河東界，禹鑿山斷門一里餘。黃河自中流下，兩岸不通車馬。每暮春之際，有黃鯉魚逆流而上，得者便化爲龍。’《御覽》一八二引辛氏《三秦記》曰：‘河津，一名龍門，水陸不通，魚鱉之屬莫能上海，大魚薄集龍門下，數千不得上，上則爲龍。’”

○注“薛瑩後漢書曰”

“薛瑩後漢書”，沈家本曰：“《隋志》：‘《後漢記》六十五卷，本一百卷，梁有，今殘缺。晉散騎常侍薛瑩撰。’二《唐志》‘一百卷’，蓋後出全本也。案薛瑩，綜子，字道言，爲左國史光禄勳。入晉爲散騎常侍。太康三年卒。見《吳志·綜傳》，未言其爲《後漢記》，史略也。隋唐志稱‘記’，而此注則稱

19

‘書’。”《古書目》卷四。○葉德輝曰：“薛瑩《後漢書》，《隋志》題《後漢記》六十五卷，云：‘本一百卷，梁有，今殘缺。晉散騎常侍薛瑩撰。’”《書目》。

“李膺字元禮”，秦士鉉曰：“李膺爲河南尹，有人上書告膺等共爲部黨，誹訕朝廷。桓帝怒，逮捕黨人。後赦歸，禁錮終身。靈帝時，曹節諷有司奏捕前黨，皆死獄中。”

○注“三秦記曰”

《三秦記》，沈家本曰：“（隋唐志不著録。）《通典·州郡門》注謂辛氏《三秦》之類，皆自述鄉國靈怪。《文選·西京賦》注稱辛氏《三秦記》。”《古書目》卷四。○葉德輝曰：“《隋志》不著録。《水經注》引用，撰人題辛氏。”《書目》。

◎沈劍知曰：“（《後漢書·李膺傳》章懷注）亦引辛氏《三秦記》，文與此異，曰：‘河津一名龍門，水險不通，魚鼈之屬莫能上。江海大魚薄集龍門下數千，不得上，上則爲龍也。’”

【彙評】

劉辰翁曰：“此復何‘德行’？”

龔斌曰：“東漢最重名譽，而爲大名士稱譽乃是獲取聲名之絶佳途徑，後進之士因之奔波不絶於道。”

5

李元禮嘗歎荀淑、鍾皓，《先賢行狀》曰：“荀淑字季和，潁川潁陰人也。所拔韋褐臬牧之中〔1〕，執案刀筆之吏，皆爲英彥。舉方正，補朗陵侯相，所在流化。鍾皓字季明，潁川長社人。父、祖至德著名〔2〕。皓高風承世，除林慮長，不之官。人位不足，天爵有餘。”曰：“荀君清識難尚，

〔1〕 “之中”，天保手批曰：“‘中’一作‘士’。”
〔2〕 “至德著名”，董刻本“著”作“者”。王利器曰：“各本‘者’作‘著’，是。”楊勇曰：“‘著’宋本作‘者’，非。”

鍾君至德可師。"《海內先賢傳》曰〔1〕："潁川先輩,爲海內所師者:定陵陳穉叔〔2〕、潁陰荀淑、長社鍾皓。少府李膺宗此三君,常言:'荀君清識難尚,陳鍾至德可師。'"

○ "李元禮嘗歎荀淑鍾皓"

"荀淑",沈劍知曰:"《三國志·荀彧傳》[注]引《續漢書》曰:'淑有高才,王暢、李膺皆以爲師。'又張璠《漢紀》:'淑博學有高行,與李固、李膺同志友善。拔李昭於小吏,友黃憲於幼童,以賢良對策,譏切梁氏,出補朗陵侯相,卒官。'《後漢書·荀淑傳》:'荀卿十一世孫也。對策譏刺貴倖,爲大將軍梁冀所忌,出補朗陵侯相。蒞事明理,稱爲神君。頃之,棄官歸。'《潁川潁陰荀氏譜》:'淑,遂子,字季和,朗陵侯相,年六十七,建和三年卒。'《後漢書·鍾皓傳》:'(皓)少以篤行稱,公府連辟,爲二兄未仕,避隱密山,以詩律教授,門徒千餘人。前後九辟公府,徵爲廷尉正、博士、林慮長,皆不就。年六十九,終於家。'"○趙西陸曰:"《潁川潁陰荀氏譜》曰:'淑,遂子,字季和,朗陵侯相,年六十七,建和三年卒。'《魏志·荀彧傳》引張璠《漢紀》曰:'淑博學有高行,與李固、李膺同志友善,拔李昭於小吏,友黃叔度於幼童。'"

○ "荀君清識" 至 "至德可師"

"荀君",楊勇曰:"周法高《語法稱代篇》:'君爲對上之稱,後來變爲對方尊稱。'"

"清識難尚",大典顯常曰:"尚,上也,加也。言難尚之也。"○田中頤曰:"言其識宜可以處變,而人難爲之上。"○徐震堮曰:"《論語·里仁》:'好仁者無以尚之。'注:'尚,加也。'"○龔斌曰:"清識,清明之識鑒,識人所不識,難識之謂。"

"至德可師",田中頤曰:"言其德宜可以居常,而人尚得師法。"○王叔岷

〔1〕 "海內先賢傳",董刻本 "先" 作 "元"。王利器曰:"各本 '元' 作 '先',是。"楊勇:"'先'宋本作 '元',非。"
〔2〕 "陳穉叔",董刻本 "穉" 作 "鍾"。程炎震曰:"'穉'宋本作 '鍾'。"沈劍知曰:"沈校本、宋本並作 '鍾'。"王利器曰:"蔣校本、沈校本同。餘本 '鍾' 作 '穉'。案作 '穉' 是。"楊勇曰:"宋本作 '陳鍾叔',非。今依袁本。《魏志·鍾繇傳》注引《先賢行狀》同。"

曰："《周禮·地官·師氏》：'以三德教國子，一曰至德，以爲道本。'鄭注：'至德，中和之德。'"

◎沈劍知曰："《三國志·鍾繇傳》注引《先賢行狀》：'時郡中先輩爲海内所歸者，蒼梧太守定陵陳稚叔、故黎陽令潁陰荀淑及皓。少府李膺常宗此三人，曰：荀君清識難尚，陳、鍾至德可師。'按此云三人，與注引《海内先賢傳》同，惟《後漢書·鍾皓傳》：'李膺常歎曰：荀君清識難尚，鍾君至德可師。'與《世説》合。袁宏《漢紀》亦有荀、鍾而無陳。"○趙西陸曰："《後漢書·鍾皓傳》曰：時皓及荀淑並爲士大夫所歸慕。李膺常歎曰：'荀君清識難尚，鍾君至德可師。'《後漢書·鍾皓傳》、《袁宏紀》皆有荀、鍾而無陳，與《世説》合。"

○注"先賢行狀曰"

《先賢行狀》，恩田仲任曰："《通鑒》注曰：'行狀，狀其平生之行實，上之於朝以請謚，銘誌之於墓以傳後。'"○沈家本曰："《隋志》不著録。《唐志》'雜傳記類'：'李氏《海内先賢行狀》三卷。'裴注無'海内'二字，省文。《世説·德行篇》注引三事，亦無'海内'二字。《御覽·人事部》引四事稱《海内先賢行狀》，《職官部》引一事稱《漢魏先賢行狀》。大約所録多漢魏間人。"《古書目》卷二。○葉德輝曰："亦稱《潁川先賢行狀》，《書鈔·設官部十一》引用。"《書目》。

"潁川"，秦士鉉曰："《後漢書·郡國志》：'潁川郡屬豫州。'"

"韋褐芻牧"，恩田仲任曰："韋褐，《後漢書》注曰：'以韋皮爲帶，未仕之服也。求仕則服革帶。'褐，賤者之服也。"○秦士鉉曰："韋帶布褐，刈芻牧牛，皆賤人也。《漢書》注：'未仕者韋皮爲帶，求仕則革。'張協《七命》：'林無被褐，山無韋帶。'"

"執案刀筆之吏"，恩田仲任曰："《正字通》曰：'凡官府興除成例及獄訟論定者亦曰案。'刀所以削書，古者用簡牘，故吏皆以刀筆隨。"○秦士鉉曰："執案刀筆，皆賤吏也。"○龔斌曰："指主辦文案之低級官員。"

"朗陵侯相"，恩田仲任曰："《後漢書》曰：'臧宫封朗陵侯，至曾孫松，國除。永寧元年鄧太后詔封松弟申爲朗陵侯。'荀淑以建和三年卒，自永寧元年至建和三年，得三十年。淑所相，當是申若中子也。《聖賢群輔録》曰：'朗陵令潁川荀季和。'"

"除林慮長"，楊勇曰："林慮，今河南林縣治。"○龔斌曰："《史記索隱》：

'林慮，縣名，屬河内，本名隆慮，避殤帝諱，改名林慮。慮音廬。'《正義》：'林慮，相州縣也。'"

〇注"海内先賢傳曰"

"定陵陳穉叔"，大典顯常曰："《萬姓統譜》曰：'漢陳稚外，蒼梧太守，政事多暇，民醇訟簡，與之相安。'或疑稚叔此人。'外''叔'，以形似訛。"〇恩田仲任曰："《天中記》引謝承《後漢書》曰：'陳臨爲蒼梧太守，推誠而理，導人以孝弟。臨徵去，本郡以五月五日祠臨東門上，令小童潔服舞之。'陳臨，當即陳穉叔也。"〇王利器曰："《三國·魏志·鍾繇傳》注引《先賢行狀》：'時郡中先輩，爲海内所歸者，蒼梧太守定陵陳稚叔、故黎陽令潁陰荀淑及皓。少府李膺常宗此三人，曰：荀君清識難尚，陳鍾至德可師。'《御覽》卷三一引謝承《後漢書》：'陳臨爲蒼梧太守，推誠而理，導人以孝悌。'或者就是此人。"

"少府李膺"，大典顯常曰："膺嘗爲長樂少府。少府，掌服御諸物，衣服、寶貨、珍膳之屬。"〇楊勇曰："《後書·李膺傳》：'嘗爲長樂少府。'《百官志》：'少府掌服御諸物，衣服寶貨珍膳之屬。'"

◎程炎震曰："四長年輩，以范《書》考之，鍾無卒年。荀最早，生於建初八年癸未，長元禮二十七歲；陳最少，生於永元十六年甲辰，長元禮六歲。鍾年六十九，范史不著其卒於何年。《魏書·鍾繇傳》注引《先賢行狀》，寔少皓十七歲，則生於元和三年丙戌，長元禮二十四歲也。"〇趙西陸曰："《後漢書·黨錮列傳》：李膺性簡亢，無所交接，唯以同郡荀淑、陳寔爲師友。《魏志·鍾繇傳》注引《先賢行狀》曰：時郡中先輩爲海内所歸者，蒼梧太守定陵陳稚叔、故黎陽令潁陰荀淑及皓。少府李膺常宗此三人，曰：'荀君清識難尚，陳鍾至德可師。'"

【彙評】

錢穆曰："李之讚鍾皓，謂其至德可師。至德無名可指，換言之，即是其人無實際功德可言也。然即此正是其人内在價值所寄。東漢末期人爭崇顏淵，正因顏淵簞食瓢飲，在陋巷，更無塵世外在之表現，即此便是至德，正猶如桂樹之生泰山之阿也。李之讚荀淑，謂其清識難尚。苟能除卻人世間外在種種功德建樹，而認識得人生仍有其内在獨立之價值，此即所謂清識也。李膺此之所舉，實可謂是此下魏晉南北朝人所共同抱有之一種人生標準與人生價值之理想所在。"《關係》。

6

陳太丘詣荀朗陵[1]，貧儉無僕役[2]。陳寔字仲弓[3]，潁川許昌人[4]。爲聞喜令[5]、太丘長，風化宣流。乃使元方將車，《先賢行狀》曰：“陳紀字元方，寔長子也。至德絶俗，與寔高名並著，而弟諶又配之。每宰府辟召，羔雁成群，世號‘三君’，百城皆圖畫[6]。”季方持杖後從[7]。長文尚小，載箸車中。既至，荀使叔慈應門，慈明行酒，餘六龍下食。張璠《漢紀》曰：“淑有八子：儉、緄[8]、靖、燾、汪[9]、爽、

---

〔1〕 “荀朗陵”，《事文類聚》別集二十七引無“陵”字。

〔2〕 “僕役”，《御覽》八四九引“役”作“從”。

〔3〕 “陳寔字仲弓”，王先謙曰：“‘陳寔’上一本有‘陳寔傳曰’四字，是。《世説補》亦有，此脱。”程炎震曰：“‘陳寔’上王本有‘陳寔傳曰’四字，館本有，明本有。”沈劍知曰：“‘陳寔’上奪‘陳寔傳’三字。諸本皆有。”余嘉錫曰：“景宋本及袁本‘陳’字下皆有‘寔傳曰’三字。”

〔4〕 “許昌”，董刻本作“陳昌”。王利器曰：“各本‘陳’作‘許’，是。《續漢書·郡國志》，潁川有許昌，無陳昌。”楊勇曰：“《後書·陳寔傳》作‘許’。今按《續漢書·郡國志》潁川許下，劉劭注：‘縣東北有桐丘城，獻帝徙都改作許昌。’又《魏志》：黄初二年改許縣爲許昌。事亦在寔後。今當作‘許’是。作‘陳昌’‘許昌’者，皆非是。”龔斌曰：“魏受禪前無許昌之名，《後漢書》六二《陳寔傳》稱寔爲潁川許人，是。”

〔5〕 “聞喜令”，董刻本“聞”作“閒”。王利器曰：“各本‘閒’作‘聞’，是。《續漢書·郡國志》有聞喜，無閒喜。”

〔6〕 “百城圖畫”，大典顯常曰：“一本作‘百姓圖畫’。”桃井白鹿曰：“《魏志》注引《先賢行狀》‘百城’上有‘豫州’二字。”天保手批曰：“‘城’一爲‘姓’。”蔣凡批曰：“‘百姓’云者，爲後人妄改。”

〔7〕 “持杖後從”，何焯曰：“後從，一作‘從後’。董刻本、沈校本、《事類賦》前集二十四、續集四十七、《事文類聚》別集卷二十七引‘從後’。”沈劍知曰：“沈校本、宋本並作‘從後’。”余嘉錫曰：“景宋本及沈校本俱作‘從後’。”趙西陸曰：“《御覽》八四九引同。”楊勇曰：“袁本作‘後從’。”

〔8〕 “緄”，董刻本、沈校本、何焯校作“緄”。程炎震曰：“‘緄’當依范《書》作‘緄’，明本亦誤。朱子文集卷八十五引亦作‘緄’，則所見本不誤。”沈劍知曰：“《三國志·荀彧傳》裴注引張璠《漢紀》，淑八子，‘緄’作‘緄’。按《後漢書·荀淑傳》、《三國志·荀彧傳》、陶淵明《四八目》、《潁川潁陰荀氏譜》、惠棟《後漢書補注》引《荀氏譜》俱作‘緄’，則‘緄’自誤。”余嘉錫曰：“景宋本及沈校本俱作‘緄’。”趙西陸曰：“《魏志·荀彧傳》並注引張璠《漢紀》、《後漢書·荀淑傳》、《潁陰荀氏譜》、《聖賢群輔録》並作‘緄’。此誤。”徐震堮曰：“影宋本及沈校本作‘緄’，《後漢書·荀淑傳》正作‘緄’。”

〔9〕 “汪”，張爾《讀史舉正》卷三曰：“《後漢書·荀淑傳》‘詵’作‘汪’。”沈劍知曰：“（《三國志·荀彧傳》裴注引張璠《漢紀》）‘汪’作‘詵’。《後漢書·荀淑傳》、陶淵明《四八目》、惠棟引《荀氏譜》俱作‘汪’，《潁川潁陰荀氏譜》作‘詵’，而注云‘一作汪’。按荀或子名詵，當以‘汪’爲是。”徐震堮曰：“《魏志·荀彧傳》注引張璠《漢紀》作‘詵’。”楊勇曰：“《魏志·荀彧傳》注引張璠《漢紀》作‘詵’，陶淵明《四八目》作‘汪’，汪藻《荀氏譜》作‘詵’，注云：‘一作汪。’”

肅、敷〔1〕。淑居西豪里，縣令苑康曰〔2〕：‘昔高陽氏有才子八人。’遂署其里爲高陽里。時人號曰八龍。”**文若亦小，坐箸髍前。于時太史奏：“真人東行。”**檀道鸞《續晉陽秋》曰：“陳仲弓從諸子姪造荀父子，于時德星聚，太史奏：‘五百里賢人聚〔3〕。’”

○“陳太丘”至“載著車中”

“陳太丘”，沈欽韓曰：“《隷續·陳寔碑》：‘春秋八十三，中平三年卒。’《一統志》：‘陳寔故里在許州府長葛縣西四十里，今德星觀即其遺址。’”《後漢書疏證》卷八。○沈劍知曰：“寔之卒，《傳》云中平四年，年八十四卒於家。《碑》以爲中平三年秋八月丙子卒，春秋八十有三。趙明誠《金石録》據蔡邕《陳仲弓三碑》，證史之誤，説自精覈，而猶同在靈帝時，相去不過一年耳。惟《三國志·陳群傳》注引《魏書》，乃云靈帝崩，何進輔政，引用天下名士，徵寔欲以爲參軍，以老病，遂不屈節。則寔少帝時猶存，異於碑傳所載矣。然考《後漢書·靈帝紀》《何進傳》，中平元年二月，黃巾賊張角等起，以進爲大將軍；三月，大赦黨人。《寔傳》所謂黨禁始解，大將軍何進、司徒袁隗遣人敦寔，欲特表以不次之位者，則進之輔政，引用名士，皆在是時也。中平六年四月，靈帝崩，進脱蹇碩之害，稱疾，不臨喪，不送葬；逮碩誅，八月入宮白太后，欲盡去宦官，即爲渠穆所殺。則此數月間，進既稱疾不入朝，亟以誅除宦官爲事，復何暇徵辟

〔1〕 “敷”，汪藻《人名譜》、《魏志·荀彧傳》裴注引張璠《漢紀》、陶淵明《四八目》作“旉”。沈劍知曰：“‘旉’即‘敷’字。隷屬或作‘専’，故《後漢書·荀淑傳》切作‘専’，章懷注：‘専本或作敷。’益知其爲‘旉’之訛矣。”徐震堮曰：“《後漢書·荀淑傳》作‘専’（疑旉之誤），注云：‘本或作敷。’《魏志·荀彧傳》注引張璠《漢紀》作‘旉’。”楊勇曰：“‘旉’宋本作‘敷’，非。”
〔2〕 “苑康”，一本“苑”作“范”。何焯校：“‘苑’與‘范’，當再考。”沈家本《諸史瑣言》卷十一曰：“（《後漢書·黨錮傳》：）‘范康字仲真，渤海重合人也，再遷潁陰令。’按《荀淑傳》云‘潁陰令渤海苑康’，似‘范’字應作‘苑’。此傳與前敘文並作‘范’，與《淑傳》乖異。《寶武傳》又稱‘尚書郎苑康’。《魏志·荀彧傳》注引《漢紀》、《劉表傳》注引《漢末名士録》並作‘苑康’。”程炎震曰：“館本作‘范康’。”沈劍知曰：“《後漢書·黨錮傳》作‘范康’。《荀淑》《寶武傳》並作‘苑康’。按《廣韻》二十阮，‘苑’字下不云是姓，而‘菀’字下云：‘又姓，《左傳》齊大夫菀何忌。’‘宛’字下云：‘又姓，《左傳》有宛春。’則作‘范’固誤，‘苑’亦未必是。恐‘菀’‘宛’當居其一。且以‘范’‘苑’字形審之，疑或作‘菀’也。”楊勇曰：“各本及《三國志·荀彧傳》注、《後書·荀淑傳》、《寶武傳》作‘宛康’，《黨錮傳》作‘范康’。”龔斌曰：“陶澍注《陶靖節集》：‘宛、苑通，作‘范’則非也。’”
〔3〕 “五百里”，天保手批曰：“一本‘里’下有‘内’字。”楊勇曰：“‘里’下，《初學記》一引《世説》有‘内’字，《白帖》六同。”

黨人？且參軍命官，始於蜀漢，東京安得有此？王沈所言，皆非實錄，可謂謬矣。"○龔斌曰："《後漢書》本傳謂寔於中平四年卒，年八十四。蔡邕《陳太丘碑文》云春秋八十有三，中平三年八月卒。當以碑文爲准。"

"貧儉無僕役"，田中頤曰："清貧勤儉，以子弟代僕隸之役。"○張萬起曰："'儉'指不富裕，非儉朴義。"

"元方將車季方持杖後從"，田中頤曰："長少各有分宜，乃德行之狀入畫。"○沈劍知曰："《後漢書·陳紀傳》：'字元方，拜大鴻臚，年七十一卒於官。弟諶字季方，與紀齊德同行，早終。'《三國志·陳群傳》注引《魏書》：'諶爲司空掾，早卒。'《潁川許昌陳氏譜》：'諶謚獻文先生。'"○張萬起曰："將車，駕車。"

"長文尚小"，秦士鉉曰："長文，名群，元方子也。"○沈劍知曰："《三國志·陳群傳》：'字長文，青龍四年薨，謚曰靖侯。'《後漢書·陳紀傳》：'子群爲魏司空，天下以爲公慚卿，卿慚長。'"

○ "既至荀使"至"六龍下食"

"叔慈應門"，恩田仲任曰："應門，《莊子音義》曰：'自對門也。'"○大典顯常曰："叔慈，靖字。"《撮補》。○程炎震曰："《後漢書》注引皇甫謐《高士傳》曰：'靖字叔慈。'"○張萬起曰："應門，候門。"

"慈明行酒"，大典顯常曰："慈明，爽字。"《撮補》。○程炎震曰："范《書》曰：'爽字慈明。或字文若。'"

"六龍下食"，桃井白鹿曰："下食，設食也。"○恩田仲任曰："凡人才德出衆謂之龍。"○田中頤曰："龍，以其才他日必可成偉器言也。下食，謂辦廚也。此更添插一句，見相待極厚，食必精潔。"○徐震堮曰："下食是'設食'的意思，現在説'上菜'。設飲就叫'下飲'。"《釋義》。○朱鑄禹曰："下食，邵位西曰：'想謂送菜也。'"○吳金華曰："行、下，是古代俗詞。《禮記·月令》：'養衰老，授几杖，行糜粥飲食。'鄭玄注：'行，猶賜也。'《漢書·高帝紀》：'且法以有功勞者行田宅。'顏師古引蘇林注：'行，音行酒之行，猶付與也。'主人給客人分送飲食澡水之類叫做'行'，把飲食送到席上叫做'下'。"《小札》。

○ "文若亦小"至"真人東行"

"文若亦小"，沈欽韓曰："陳耀文《天中記》云：'按本傳，淑卒於桓帝建和三年，或生於延熹六年，相去已十三年。'則其妄自明。"《後漢書疏證》卷八。朱鑄禹曰："據此，若非《後漢書》紀年有誤，則劉氏之誤記。"○沈劍知曰："《潁陰荀氏譜》：'彧字文若，漢侍中、尚書令、萬歲亭侯、光禄大夫、參丞相軍事。年五十卒，謚曰敬。咸熙二年贈太尉。'"

"坐箸榻前"，田中頤曰："與'載著車中'對，於是宛爲一雙幅畫。"○徐震堮曰："箸，置也。"《簡釋》。○郭在貽曰："'箸'字當訓爲於、在，是介詞。'載箸車中'，即載於車中。'坐箸膝前'，即坐在膝前。"《考釋》。

"太史奏"，秦士鉉曰："掌天時星曆之官。"○龔斌曰："《高僧傳》二《鳩摩羅什傳》：'太史奏云：有星見於外國分野，當有大德智人入輔中國。'《法苑珠林》四六：'時太史奏虎云：有仙人星現，當有高士入境。'以上二事皆與陳寔造荀淑相類。"

"真人東行"，田中頤曰："此言世不易復見之嘉會也。"○劉盼遂曰："按《一統志》，潁陰，今許昌縣治，漢之許昌在今許昌縣西南，作'真人西行'爲是，星文與地理方隅相值也。"

○注"陳寔字仲弓"至"風化宣流"

"陳寔字仲弓"，沈欽韓曰："《陳寔傳》：'字仲弓。'《隸釋·太丘長壇碑》弓作躬。婁機云：'躬是借用。'"《後漢書疏證》卷八。○沈家本曰："《陳寔傳》，隋唐志不著録。《文選·求立太宰碑表》引《陳寔別傳》。"《古書目》卷四。○沈劍知曰："洪氏《隸續》載《陳寔碑》云字仲躬。"○趙西陸曰："錢大昕《二十二史考異》卷十二曰：'洪氏《隸續》載《陳寔碑》，云字仲躬。'《文選》古抄本《陳太丘碑》文亦作'仲躬'。"

"許昌人"，參見校文。沈劍知曰："《後漢書·陳寔傳》：'潁川許人。'按《續漢書·郡國志》'潁川郡許'劉昭注：'縣東北有桐丘城，獻帝徙都，改許昌。'又《三國志》：黃初二年改許縣爲許昌。皆在寔後，則寔時惟有許而無許昌也。"

"太丘長"，沈欽韓曰："《一統志》：'太丘故城在歸德府永城縣西北三十里。'"《後漢書疏證》卷八。○恩田仲任曰："《後漢書》注曰：'太丘縣屬沛國，在今亳州永城縣西北。'"○沈劍知曰："《寔傳》：'補聞喜長，旬月以期喪去官，復再遷除太丘長。'按《續漢書·百官志》：'縣萬户以上爲令，不滿爲長。'是令優於長也。若聞喜果屬令，則後補太丘長不應反曰'遷除'矣。"

○注“先賢行狀曰”

“羔雁成群”，桃井白鹿曰：“《書·舜典》‘五玉三帛二生一死贄’注：‘二生，羔雁。卿執羔，大夫執雁。’”○大典顯常曰：“言贄之多也。《曲禮》：‘凡贄：卿，羔；大夫，雁；士，雉。’”○秦士鉉曰：“羔雁，贄也。卿執羔，大夫執雁。”○徐震堮曰：“此以喻禮聘之物。”

“百城皆圖畫”，桃井白鹿曰：“《後漢·郡國志》：‘潁川郡屬豫州，豫州城九十九。’圖畫，圖畫三君之形象也。”○恩田仲任曰：“百城，蓋謂刺史所統。”○余嘉錫曰：“《古文苑》十九邯鄲淳《後漢鴻臚陳君碑》云：‘君諱紀字元方，太丘君之元子也。顯考以茂行崇冠先疇，季弟亦以英才知名當世。孝靈之初，並遭黨錮，俱處於家，號曰三君。及太丘君疾病終亡，喪過乎哀。禮既除，戚容彌甚。豫州刺史嘉懿至德，命敕百城，圖畫形象。’”○吳金華曰：“百城，一州範圍內郡、縣的總稱。”《考釋》頁二。

◎沈劍知曰：“《三國志·陳群傳》裴松之注、《後漢書·陳湛傳》章懷注並引之，裴注獨詳，曰：‘于時寔、紀高名並著，而湛又配之，世號三君。每宰府辟命，率皆同時。羔雁成群，丞掾交至。豫州百姓，按‘姓’字當從他引作‘城’。皆圖畫寔、紀、湛之形象。’”

○注“張璠漢紀曰”

“張璠漢紀”，天保手批曰：“裴松之曰：‘張璠撰《後漢紀》雖未成，辭藻可觀。’”○沈家本曰：“《隋志》：‘《後漢紀》三十卷，張璠撰。’《唐志》同。《宋志》不録，蓋已亡。袁宏書自序稱採張書，是張書在袁書之前。張璠，《晉書》無傳，《魏》三《少帝紀》注云：‘張璠，晉之令史，出爲官長。’璠撰《後漢紀》，雖似未成，辭藻可觀，是張書當世頗推重。”《古書目》卷一。○葉德輝曰：“《隋志》題《後漢紀》三十卷，云張璠撰。”《書目》。

“西豪里”，沈劍知曰：“《後漢書·荀淑傳》章懷注曰：‘今許州城內西南有荀淑故宅，相傳云即舊西豪里也。’”

“縣令苑康”，參見校文。秦士鉉曰：“苑康字仲真。”○徐震堮曰：“案《後漢書·荀淑傳》，苑康渤海人。”《札記》。

“高陽氏有才子八人”，秦士鉉曰：“高陽，顓頊也。才子八人，世謂之八龍，詳《左傳》宣元年。”○趙西陸曰：“《左傳·文公十八年》：‘昔高陽氏有才子八人，蒼舒、隤敳、檮戜、大臨、尨降、庭堅、仲容、叔達，齊聖廣淵，明允篤誠，天下之民謂之八愷。'"

"高陽里"，沈欽韓曰："《寰宇記》：'荀爽兄弟八人家在長社縣東北七里，地名荀村，里名高陽。'按《明一統志》云：'在許州城内。'"《後漢書疏證》卷八。

"號曰八龍"，徐子光曰："後漢荀爽字慈明，潁川潁陰人。父淑字季和，舉賢良方正對策，補朗陵侯相，涖事明理，稱爲神君。有子八人，儉、緄、靖、燾、汪、爽、肅、敷，並有名稱，時人謂八龍。爽幼好學，十二通《春秋》《論語》，太尉杜喬見而稱之，曰：'可爲人師。'爽耽思經書，慶弔不行，徵命不應，潁川爲之語曰：'荀氏八龍，慈明無雙。'獻帝即位，董卓輔政徵之，爽欲遁不得，就拜平原相。行至苑陵，進爲光禄勳，視事三日，拜司空。自被命及登台司，九十五日，因從遷都長安。爽見卓忍暴，必危社稷，辟舉才略之士，將共圖之，會病薨。"《蒙求集注》卷下"慈明八龍"條。○沈欽韓曰："《群輔録》：'荀氏八龍，儉字伯慈；儉弟緄，字仲慈，濟南相光禄大夫，或之父，年六十六；緄弟靖，字叔慈，太尉辟不就，年五十五；靖弟燾，字慈光，舉孝廉，年七十；燾弟汪，字孟慈，昆陽令，年六十；汪弟爽，字慈明，年六十三；爽弟肅，字敬慈，守舞陽令，年五十；肅弟甫，字幼慈，司徒掾，年七十。'見張璠《漢紀》及《荀氏譜》。"《後漢書疏證》卷八。○程炎震曰："按范《書》，荀淑年六十七，建和三年卒，荀或以建安十七年卒，年五十，則當生延熹六年，距荀淑之卒已二十四年矣。若非范史紀年有誤，則此事必虚。考袁山松《後漢書》亦載此事，而云荀數詣陳，蓋荀、陳二人州里故舊，過從時有，而必以文若實之，則反形其矯誣矣。"○沈劍知曰："八子名次，各書皆同，惟《潁川荀氏譜》作'旉儉緄靖燾詵爽肅'，列次獨異。錢大昕《廿二史考異》引陶淵明《四八目》：'儉字伯慈，緄字仲慈，靖字叔慈，燾字慈光，汪字孟慈，爽字慈明，肅字敬慈，旉字幼慈。'云見張璠《漢紀》。"○余嘉錫曰："八龍之名，見范書《荀淑傳》，而其事蹟，則惟爽有傳。靖附見《淑傳》云。八龍之中，慈明名最著，叔慈次之，餘六龍碌碌無所短長。足見純盜虛聲，原非實録。"○趙西陸曰："《史通・采撰篇》曰：'夫郡國之籍、譜牒之書，務欲矜其州里，誇其氏族。至於'江東五儁'始自《會稽典録》，'潁川八龍'出於《荀氏家傳》，而修漢晉史者，皆徵彼虚譽，定爲實録。''八龍'之説，根本不可靠。所謂'荀氏八龍'，只二龍稍知名，其餘六龍生平不可知。只陶潛《聖賢群輔録》述有八龍生平，當是采自《荀氏家譜》。晉人最重名門世家，故家譜、家傳僞造附會時有，不但其後人造，他人亦多爲之造，以相標榜之故也。"○朱鑄禹曰："蓋以荀之八子比高陽氏八子也。"

○注"檀道鸞續晉陽秋曰"

《續晉陽秋》，何焯曰："《續晉陽秋》止載晉末事耳，不應及荀、陳事蹟。據《文選》注，此本出劉敬叔《異苑》，蓋誤寫書名也。"○沈家本曰："《隋志》：'《續晉陽秋》二十卷，宋永嘉太守檀道鸞撰。'二《唐志》卷同，並奪'續'字。《舊志》作'檀道鸞注'，尤誤。《南史·檀超傳》：'超叔父道鸞字萬安，位國子博士、永嘉太守。亦有文學，撰《續晉陽秋》二十卷。'"《古書目》卷四。○葉德輝曰："《隋志》：二十卷。云：'宋永嘉太守檀道鸞撰。'"《書目》。

"德星聚"，徐子光曰："《異苑》：陳寔字仲弓，荀淑字季和。仲弓與諸子姪造季和父子討論。於時德星聚，太史奏曰：'五百里内有賢人聚。'"《蒙求集注》卷上"荀陳德星"條。○大典顯常曰："《史·天官書》：'景星者，德星也。'又：'天精而見景星，其狀無常，出有德之國。'"《集成》。○趙西陸曰："《史記·天官書》：'天精而見景星。景星者，德星也。其狀無常，常出於有道之國。'《太平廣記》引《汝南先賢傳》：'潁川陳實有子元方，次曰仲方，並以名德稱。兄弟孝養，閨門雍睦，海内慕其風，四府並命，無所屈就。兄弟嘗過同郡荀爽，夜會飲宴，太史奏德星聚。'"

◎沈欽韓曰："《藝文類聚·漢雜事》曰：'太史言有德星見，當有英才賢德同遊者。詔下諸郡縣問，潁川郡上事曰：有陳太丘父子三人俱共會社。'按劉孝標引檀道鸞《續晉陽秋》則云：'陳仲弓從諸子姪造荀父子，於時德星聚，太史奏：五百里賢人聚。'按此並造作虛文，所謂揚之可使上天，非通人所取。"《後漢書疏證》卷八。○趙西陸曰："《御覽》三八四引《漢雜事》曰：'陳寔，字仲弓。漢末太史家占星，有德星見，當有英才賢德同遊者，書下諸郡縣問，潁川郡上事，其日有陳太邱父子四人俱共會社，小兒季方御，大兒元方從，抱孫子長文。'此是也。"

【彙評】

劉辰翁曰："'六龍'語鄙。"李贄按曰："何鄙之有。"○曰："元注有'五百里内'，復不可少。"凌濛初按曰："《續晉陽秋》注，劉本所無，故云。"

唐順之曰："德星之奏，不足爲君子光，止足來小人之側目耳。論者曰：黨人之禍，自此作俑。不信然乎?"《兩漢解疑》卷下。

陳夢槐曰："慕兩家德素，風景儼然。"

狄期進曰："蘭根白芷，漸之滫中，矧在家庭哉? 宜大丘朗陵子孫森森兮，而文若爲燥，子房壽春自殺，則辱其祖矣。"

伯克利手批曰："如此兩家真成仁里。"

余嘉錫曰："父子同游，人間常事，何至上動天文? 此蓋好事者爲之，本無可信之理。據《漢雜事》所載，殆時人欽重太丘名德，造作此言，與荀氏無與焉。乃其後人自爲家傳，附會此事，以爲家門光寵，斯其誣罔虛謬，足令識者齒冷矣。"

錢穆曰："陳荀相會此一事，所以引起後人嚮往重視而傳述不輟者，正爲此兩家各有賢父兄賢子弟，而使此兩家門第能繼續存在不敝不敗之故。"《關係》。

蔣凡曰："故事描摹二家德素，風景儼然，使一次普通的應酬宴會，化爲宣揚賢人德行的'化妝'表演。所謂'太史奏真人東行'云者，不過是作者的狡獪之筆，誇顯星象以應人事，目的仍在宣揚傳統名教及賢人政治。"

7

客有問陳季方〔1〕：《海内先賢傳》曰："陳諶字季方，寔少子也。才識博達，司空掾公車徵，不就。" "足下家君太丘，有何功德，而荷天下重名〔2〕?" 季方曰〔3〕："吾家君譬如桂樹生泰山之阿〔4〕，上有萬仞之高，下有不測之深〔5〕；上爲甘

〔1〕 "季方"，王叔岷曰："宋曾慥《類說》三一引'季方'下有'曰'字。"
〔2〕 "而荷天下重名"，董刻本、元刻本"荷"作"何"。沈劍知曰："'荷'宋本作'何'。按《説文》：'何，儋也。'徐鉉曰：儋何即負荷，借爲誰何之'何'，今俗別作'擔荷'，非是。"楊勇曰："'何'各本作'荷'，古通用。"王叔岷曰："（宋曾慥《類説》三一引）'而何'亦作'而荷'。'何'俗作'荷'。宋本此文作'何'不作'荷'，正宋本之可貴也。"
〔3〕 "季方曰"，《類聚》八十九作"答曰"。
〔4〕 "吾家君"，王叔岷曰："《類説》（三一）引作'紀於家君，猶桂樹生太山之阿。'淮南小山《招隱士》：'桂樹叢生兮山之幽。'"
〔5〕 "生泰山之阿"至"不測之深"，趙西陸曰："《太平廣記》一百六十九引，'生'下有'於'字，'不測之深'作'不測之淵'。"

31

露所霑[1]，下爲淵泉所潤。當斯之時，桂樹焉知泰山之高，淵泉之深，不知有功德與無也！”

○“客有問”至“有功德與無也”

“家君”，翟灝曰：“《易經》：‘家人有嚴君焉。’後人因自稱其父曰‘家君’。《墨子·尚同篇》：‘家君發憲布令其家，又使家君總其家以尚同於國。’《晉書·隱逸傳》：‘桓沖詣劉遁之，辭曰：宜先詣家君。’《世説》陳元方對父客曰：‘君與家君期日中，日中不至，則是無信。’”《通俗編》卷十八。○錢大昕曰：“稱父曰家君。《後漢書·列女傳》：‘家君獲此，固其宜爾。’《晉書·袁宏傳》：‘何故不及家君？’又：‘家君勳跡如此。’”張鑑按曰：“此始見《易》及《墨子·尚同篇》。”《恒言録》卷三。○靳榮藩曰：“父稱‘家君’，自袁隗妻始也。”《綠溪語》下卷。○江藍生曰：“六朝人稱自己的父親爲‘家君’，對人稱自己的舅舅爲‘家舅’，‘家’含有‘我家’的意思。”《彙釋》頁九〇。

“吾家君譬如”云，劉辰翁曰：“意是耳，尚覺此語爲煩。”○徐震堮曰：“玩文義，諶蓋以桂樹自比，而以泰山比其父。‘吾’下疑脱‘於’字。”龔斌按曰：“徐箋理解有誤，而疑脱字更屬曲解。”○王叔岷曰：“《莊子·田子方篇》：‘其神經乎大山而無介，入乎淵泉而不濡。’彼以‘大山’‘淵泉’對文，猶此以‘泰山’‘淵泉’對文也。”○龔斌曰：“季方意謂家君非有意追求功德，似桂樹生於泰山之巔，不高而自高，自然至此，故曰‘不知有功德與無也’。”

“甘露所霑”“淵泉所潤”，王叔岷曰：“‘霑’‘潤’互文，‘霑’亦‘潤’也。《詩·小雅·信南山》：‘既霑既足。’孔疏：‘既已沾潤。’”○龔斌曰：“喻家君功德源於天地自然之滋養。”

◎余嘉錫曰：“枚乘《七發》云：‘龍門之桐，高百尺而無枝。中鬱結之輪囷，根扶疏以分離。上有千仞之峰，下臨百丈之谿。湍流遡波，又澹淡之。其根半死半生，冬則烈風漂霰飛雪之所激也，夏則雷霆霹靂之所感也。’云云。季方之言，全出於此。”

─────────────

[1] “甘露所霑”，王叔岷曰：“《類説》（三一）引‘霑’作‘沾’，‘霑’‘沾’正、假字。”

○注“海内先賢傳曰”

“公車”，秦士鉉曰：“門名。《後漢書·光武紀》：‘詔賢良方正詣公車。’”○龔斌曰：“漢代官署名。”

【彙評】

黃輝曰：“‘譬如’四語渾古。”

余嘉錫曰：“魏晉諸名士不獨善談名理，即造次之間，發言吐詞，莫不風流蘊藉，文采斐然，蓋自後漢已然矣。”

蔣凡曰：“潁川陳氏家族，寔議論不畏權貴，多直接的道德評議；而諶之品題，卻開始漢末清議向魏晉審美意識方向的轉化和過渡。其演變軌迹值得注意。”

龔斌曰：“由此條可見後漢人物品題之新風貌，頗值得注意。後漢人物評論，與鄉里選舉制度直接有關。其先品目人物之品行、學問、道德，語言質直。其後對人物之風度、氣質、性情、容貌等層面之賞鑒，語言亦漸趨抽象華美。季方之言即文采斐然。蓋因漢末人物品藻，由先之政治道德取向，變爲注重個性情感之審美，才成爲魏晉美學發生之一大契機，影響中國美學極爲深遠。”

8

陳元方子長文有英才，《魏書》曰：“陳群字長文。祖寔，嘗謂宗人曰：‘此兒必興吾宗。’及長，有識度，其所善，皆父黨。”與季方子孝先，《陳氏譜》曰：“諶子忠，字孝先。州辟不就。”各論其父功德，爭之不能決，咨於太丘[1]。太丘曰：“元方難爲兄，季方難爲弟。”一作“元方難爲弟，季方難爲兄”。

───────────

〔1〕“爭之不能決”二句，《事文類聚》後集卷八引無“能”字，“咨”作“諮”，王若虛《謬誤雜辨》引同。

○"陳元方"至"季方難爲弟"

"長文有英才"，田中頤曰："'有英才'三字斜插，意涉前後，見二人併其父皆不凡。"○趙西陸曰："《魏志·陳群傳》：'魯國孔融高才倨傲，年在紀、群之間，先與紀友，後與群交，更爲紀拜，由是顯名。'"

"孝先"，沈劍知曰："《潁陰荀氏譜》：'忠，諶子，字孝先，青州刺史。'"

"元方難爲兄"二句，王若虛曰："蓋言其賢相等，不能相勝也。晉王珣弟珉名出珣右，時人爲之語曰：'法護非不佳，僧彌難爲兄。'法護，珣小字；僧彌，珉小字也。北齊邢子良愛王晞之清悟，與晞兩兄書：'恐足下方難爲兄，不暇慮其不進。'此言弟過於兄也。後魏杜正元贊云：'難兄難弟，信爲美哉！'此言在昆季中最優也。今人作書簡，往往呼朋友爲難弟難兄，其義未安，豈別有據乎？"《滹南集》卷三十三《謬誤雜辨》。○淇園曰："難爲兄難爲弟，蓋言元方自謂身難爲季方兄，季方自謂身難爲元方弟也。"○恩田仲任曰："難爲，與《孟子》'觀於海者難爲水'之'難爲'同。"○田中頤曰："言爲人兄如元方不易爲之，爲人弟如季方不易爲之也。"○秦士鉉曰："難爲兄於季方，季方難爲弟於元方也。朱子曰：'兄賢，難做他弟；弟賢，難做他兄。'"○崔朝慶曰："言論行次固有長幼之差，論功德卻無長短之分也。"○嚴復曰："此記者述太丘語意耳，古無父字其子之事。"徐震堮按曰："嚴批見盛氏愚齋藏《世說新語》，全書僅寥寥數條。"又吳金華《考釋》按曰："嚴氏所謂'古無父字其子之事'的說法，過於籠統，至少在魏晉時代不完全如此。例如'子桓兄弟，過於三世'（《三國志》卷一《魏書·武帝紀》注引《魏武故事》），稱其子曹丕爲'子桓'。再如'其母知其慚也，字謂之曰'（同上卷二八《魏書·王凌傳》注引魚豢《魏略》），這是'母字其子'之例。"頁六至七。龔斌按曰："吳說是。"○楊勇曰："難兄難弟，蓋語本《論語·子路》。子曰：'魯、衛之政，兄弟也。'言其政相似不相高下也。"

○注"魏書曰"

《魏書》，沈家本曰："《隋志》'正史類'：'《魏書》四十八卷，晉司空王沈撰。'《舊唐志》'四十四卷'，《新志》'四十七卷'。《宋志》無，已亡。《晉書》本傳：'字處道，正元中典著作，與荀顗、阮籍共撰《魏書》，多爲時諱，未若陳壽之實錄也。'"《古書目》卷一。○葉德輝曰："《隋志》：四十八卷。云：'晉司空王沈撰。'"《書目》。

《陳氏譜》，葉德輝曰："《國志》注引用。"《書目》。

凌濛初曰："注語更自可思。"朱鑄禹按曰："晉人於王珣、王珉有云：'法護非不佳，僧彌難爲兄。'偏重其弟之詞。此互重其兄弟，本文似不合，注爲安。"○大典顯常曰："言元方難爲兄於季方，季方難爲弟於元方也。注則言元方難爲之弟，季方難爲之兄，語反而意同。"○劉盼遂曰："一本是也。《規箴篇》注：'王珉聲出兄珣右，時人語曰：法護非不佳，僧彌難爲兄。'陸龜蒙《小名録》卷一：'僧彌難爲兄，法護難爲弟。'可爲極佳之傍證。"○周一良曰："劉説是也。《北齊書》三一《王晞傳》，邢子良與晞在洛兩兄書：'賢弟彌郎，意識深遠，恐足下方難爲兄。'正是弟有才識則爲兄不易之意。《三國志‧魏志》九《曹爽傳》注引《魏略》桓範條，其妻曰：'君前在東坐（謂東中郎將），欲擅斬徐州刺史，衆人謂君難爲作下。今復羞爲吕屈，是復難爲作上。'《蜀志》一《劉備傳》注引《山陽公載記》：'備還謂左右曰：孫車騎長上短下，其難爲下。'《魏書》四○《陸俟傳》：'無禮之人，難爲其上。'《全隋詩》二李德林'相逢狹路間'有句'大子難爲弟，中子難爲兄'。皆足證注文'一作'爲長。蓋魏晉南北朝時習語也。"《世説札記》。

【彙評】

劉辰翁曰："家翁語。"

袁中道曰："此處極難轉語，非慧口不能。"評"元方難爲兄"二句。《舌華録》卷一。

9

荀巨伯遠看友人疾，《荀氏家傳》曰："巨伯，漢桓帝時人也。亦出潁川，未詳其始末。"值胡賊攻郡，友人語巨伯曰："吾今死矣[1]，子可去！"巨伯曰："遠來相視，子令吾去，敗義以求生，豈荀巨伯所行邪？"賊既至，謂巨伯曰："大軍至，一郡盡

---

〔1〕"吾今"，王叔岷曰："殷芸《小説》'今'作'且'，'今''且'並與'將'同義。"

空，汝何男子，而敢獨止〔1〕？"巨伯曰："友人有疾，不忍委之，寧以我身代友人命〔2〕。"賊相謂曰〔3〕："我輩無義之人，而入有義之國！"遂班軍而還〔4〕，一郡並獲全。

○"荀巨伯"至"所行邪"

"荀巨伯遠看友人疾"，崔朝慶曰："荀巨伯，漢桓帝時潁川人。"

"吾今死矣子可去"，田中頤曰："非病則賊死，故自訣也。"

"敗義以求生"，田中頤曰："此小人之事。"

○"賊既至"至"代友人命"

"汝何男子"，吳金華曰："'男子'是對沒有官職的成年男人的不敬之稱。"《考釋》頁八。

"敢獨止"，田中頤曰："'獨'字與'盡空'反映。此荀義氣形於色，故異問之也。"○崔朝慶曰："止，留居也。"

"不忍委之"，崔朝慶曰："委，棄也。"

○"賊相謂曰"至"一郡並獲全"

"相謂"，張撝之曰："互相議論。"《選注》。

"班軍而還"，大典顯常曰："《方言》：'班，徹列也。北燕曰班，東齊曰徹。'"《集成》。○田中頤曰："銳氣爲之挫折，故隊伍自不整正，各各散去。"○秦士鉉曰："班，亦還也。"○崔朝慶曰："班軍，旋軍也。"○王叔岷曰："案《左》襄十年《傳》：'請班師。'杜注：'班，還也。'"

─────────────

〔1〕"一郡盡空"三句，王叔岷曰："《藝文類聚》（二一）引作：'一郡並空，汝何男子，敢獨止此？'《御覽》（四百九）引作：'一郡並空，汝何男子，輕大軍而敢獨止？'"

〔2〕"友人命"，王叔岷曰："《藝文類聚》（二一）、《御覽》（四百九）引'命'上並有'之'字，殷芸《小說》同。"

〔3〕"賊相謂曰"，王叔岷曰："《御覽》（四百九）引作'賊知其賢，自相謂言'，'言'疑本作'曰'，涉'謂'字偏旁而誤。"

〔4〕"遂班軍而還"，王叔岷曰："《藝文類聚》（二一）引此作'疾旋軍而還'，《御覽》（四百九）引作'疾促軍而還'，恐非其舊。"

"一郡並獲全"，田中頤曰："見義之效大也。"

◎余嘉錫曰："桓帝時，羌胡並叛，其胡賊之難如此。然他胡輒爲漢所擊敗，惟鮮卑常自來自去，此條末云'賊班師而還'，則巨伯所值者，其鮮卑乎？其事既無可考，不知究在何年何郡也。又案：原本《說郛》卷四引《襄陽記》載此事，較《世說》爲略，蓋有刪節。第不知果出《襄陽記》原書否？當更考之。"

○注"荀氏家傳曰"

《荀氏家傳》，沈家本曰："《隋志》不著録。《舊唐志》'譜牒'：'《荀氏家傳》十卷，荀伯子撰。'《新志》卷同，無撰人。伯子《宋書》有傳，官東陽太守，不言著此書。此書至宋尚存。"《古書目》卷二。○葉德輝曰："《隋志》不著録。《唐志》入'譜牒'，題十卷，云荀伯子撰。"《書目》。

【彙評】

劉辰翁曰："巨伯固高，此賊亦入'德行'之選矣。"

李贄曰："有友如此，可以死。"○曰："千古一朋。"《初潭集》卷十九。

王世懋曰："賊語亦佳。"

陳師曰："噫，死生之際亦大矣！巨伯乃毅然肯捨生以代友，其慷慨奮義，兩間豈多得哉！末世同利則錙銖之不容，同仕則名位之相忌。平日傾肝膽，稱莫逆，一旦臨利害，反眦而排擠者不少也，視巨伯人品，軒輊何霄壤哉！且使胡賊感動旋軍，可見仁義之良心，強徒不泯，錫類之不難如此。"《禪寄筆談》卷四。

狄期進曰："愛其友，施及一郡，此其爲義大矣哉！"

10

華歆遇子弟甚整，雖閒室之内，嚴若朝典[1]。《魏志》

〔1〕 "嚴若朝典"，董刻本、元刻本、《續談助》卷四引作"儼"。《御覽》五一一引作"雖闇室之内，儼然若朝典也"。沈劍知曰："沈校本'嚴'作'儼'。"余嘉錫曰："'嚴'景宋本作'儼'。"徐震堮曰："影宋本及沈校本並作'儼'，《續談助》四引《小說》同。"蔣凡批曰："袁本作'嚴'，則有嚴肅如朝典之義，而宋本作'儼'，則除了恭敬莊重義外，還有'儼然'之義，即宛然似真之義。相較之下，〔見〕宋紹興本之優。"

曰："歆字子魚，平原高唐人。"《魏略》曰："靈帝時，與北海邴原、管寧俱遊學相善，時號三人爲一龍。謂歆爲龍頭，寧爲龍腹，原爲龍尾[1]。"陳元方兄弟恣柔愛之道，而二門之裏，兩不失雍熙之軌焉[2]。

○"華歆遇"至"嚴若朝典"

"華歆"，沈劍知曰："《三國志·華歆傳》：'太和五年，歆薨，謚曰敬侯。'裴注引《魏書》：'歆時年七十五。'"

"子弟甚整"，沈劍知曰："《歆傳》：'文帝分歆戶邑，封歆弟緝列侯。'裴注引華嶠《譜敘》：'歆有三子，表字偉容，仕晉，歷太子少傅、太常。稱疾致仕，拜光祿大夫。中子博，歷三縣內史。少子周，黃門侍郎、常山太守。'"○蕭艾曰："整，作嚴肅解。"《探幽》頁七六。

"嚴若朝典"，秦士鉉曰："朝典，朝廷典儀。"○徐震堮曰："儼，矜莊貌，見《曲禮》'儼若思'注。又，敬也，見《爾雅·釋詁》。'嚴'亦訓莊、訓敬。二字古通用。"○吳金華曰："'朝典'即臣、子按規定時間朝見君、父的禮儀，並不專指朝廷上群臣拜見君主的禮節。自古以來，不僅子女按時拜見父母叫'朝'，親屬及僕從拜見一家之主也叫'朝'。本文的'朝典'實際上指華歆在家中接受子弟拜見的規矩。"《續稿》。○龔斌曰："華歆以禮治家，禮分等級，不可僭越，此所謂'嚴若朝典'也。"

○"陳元方兄弟"至"雍熙之軌焉"

"兄弟"，余嘉錫曰："《後漢書·陳寔傳》：'有六子，紀、諶最賢。兄弟孝養，閨門雍和。'所謂'兄弟'，蓋兼舉六人言之，不獨元方也。惟《世說》之意，則似專指二人耳。"

"恣柔愛之道"，田中頤曰："恣，'整'之反。柔愛，'嚴'之反。"

"二門之裏"，楊勇曰："門，門第、門族也。《言語》'二門公'，《賢媛》'玉

---

[1] "歆爲龍頭"二句，徐震堮《札記》口："《魏志·華歆傳》注引作'原爲龍腹，寧爲龍尾'。"《校箋》曰："《魏志·華歆傳》注引《魏略》作'歆爲龍頭，原爲龍腹，寧爲龍尾'，《御覽》卷四〇七引《魏略》同。

[2] "雍熙之軌焉"，《續談助》卷四引作"其雍熙之軌度焉"。

臺一門’、‘一門叔父’，皆同義。”○周紀彬曰：“二門，猶言‘兩家’。《言語》篇：‘二門公甚相愛美。’意同。《賢媛》篇：‘遂原玉臺一門。’一門即一家。六朝世族言‘門’，常有門望之意，言其家族貴盛。《賢媛》篇：‘一門叔父，則有阿大中郎，群從兄弟則有封胡遏末。’其意尤顯，言謝家一族之盛。”《礼記》。

“雍熙之軌”，桃井白鹿曰：“《書·堯典》：‘黎民於變時雍。’又曰：‘庶積咸熙。’張衡《東京賦》：‘上下共其雍熙。’”○田中頤曰：“‘雍熙’二字原於《堯典》，謂是二者同致家門和睦，有古遺風之美績於其相反之地也。”○秦士鉉曰：“雍熙，和樂也。軌，則也。”○趙西陸曰：“《太平廣記》一百六十一引《汝南先賢傳》曰：陳元方、仲方並以名德稱，兄弟孝養，闍門雍睦，海內慕其風。”○楊勇曰：“雍熙，猶雍和也。《後書·陳寔傳》：‘紀兄弟孝養，闍門雍和，後進之士，皆推恭其風。’《書·堯典》：‘黎民於變時雍。’偽孔傳：‘雍，和也。’”

○注“魏志曰”

《魏志》，葉德輝曰：“即《三國志》之一，《隋志》統題《三國志》，六十五卷，云：‘晉太子中庶子陳壽撰。’”《書目》。

《魏略》，沈家本曰：“《隋志》‘雜史類’：‘《典略》八十九卷，魏郎中魚豢撰。’而無《魏略》之名。《舊唐志》‘正史類’：‘《魏略》三十八卷。’‘雜史類’：‘《典略》五十卷。’並魚豢撰。《新志》‘正史’不錄，‘雜史類’：‘《魏略》五十卷。’《隋》錄《典略》而不復列《魏略》之名，統言之也。《舊唐志》分列《典略》《魏略》，其卷數視《隋志》僅少一卷，蓋析言之也。《新志》刪正史類之《魏略》而改雜史類之《典略》爲《魏略》，恐失其實。”《古書目》卷一。○葉德輝曰：“《隋志》不著錄。《唐志》入正史，題三十八卷，云魚豢撰。”《書目》。

○注“魏略曰”

“歆爲龍頭”三句，唐庚曰：“邴原、管寧皆盛德之士，而歆爲之首，則歆之爲人可知矣。然《漢書》稱伏后之廢，操使歆勒兵入宮收后，后閉戶匿壁中，歆破戶發壁而入，豈盛德之士哉？操雖奸雄，然使人各當其理，方是之時，魏氏群臣如董昭、夏侯惇、賈詡、程昱、郭嘉之流爲不少，足以辦此，何至使歆爲之？歆果賢耶，操決不敢以此使之。以此事操，則歆決不得爲賢者。陳壽作《原傳》，稱少與管寧俱以操尚稱，初不及歆。至作《寧傳》，又稱與原、歆相友。豈三人相友而歆獨無操尚乎？朋友出處不齊，理宜有之；操尚不同，則非所以爲友矣。此余之所未解也夫！"《三國雜事》卷上。○楊慎曰："《三國志》云：'管寧爲龍頭，邴原爲龍腹，華歆爲龍尾。'余謂華歆爲蠆尾。"《升庵集》卷四十九。朱鑄禹按曰："今本《三國志·魏書》十三《華歆傳》注引《魏略》作'歆爲龍頭，原爲龍腹，寧爲龍尾'，與本注及楊用脩評語皆不同。"○洪亮吉曰："時人以三人相善而齊名，不當即分優劣，固以年之前後爲定。松之乃云原不應後歆，寧勿復當爲尾，誤矣。"《四史發伏》卷九。楊勇按曰："余《疏》引洪亮吉以年定先後者，非是。此當以德行才識爲高下也。"○程炎震曰："《魏志·華歆傳》注引《魏略》：'原爲龍腹，寧爲龍尾。'裴松之曰：'邴根矩之徽猷懿望，不必有愧華公；管幼安含德高蹈，又恐弗當爲尾。《魏略》此言，未足以定其先後也。'"○沈劍知曰："裴松之云云。據松之所論，則此引《魏略》，邴管腹尾互易。其爲訛誤無疑。"○王叔岷曰："據松之説，則時人以一龍之頭、腹、尾分號歆、原、寧三人，次序甚明。然則此文劉注引《魏略》末二句'寧爲龍腹，原爲龍尾'，'寧'、'原'二字必互誤矣。"楊勇按曰："今本《魏志》引《魏略》即以'歆爲龍頭，原爲龍腹，寧爲龍尾'者，王説有見。"

【彙評】

劉辰翁曰："寫得可觀。"

何良俊曰："華子魚輸心異代，大肆戈鋋，邴根矩避難殊方，自露瑰穎，較之幼安韜精戢羽，終始令德者，豈可同年而校其優劣哉？篤而論之，當以管爲龍頭，邴爲龍腹，華爲龍尾。"《何氏語林》卷一八。

方弘靜曰："若以'閑有家'之訓律之，則嗃嗃爲吉，嘻嘻爲吝，華氏乃可則也。家人有嚴君焉而家道正，《易》之旨達遠矣。"《千一錄》卷二十四。

鍾惺曰："亦奇想。"評注《魏志》"歆爲龍頭"三句。

吳文仲曰："歆勒兵弑后，此乃逆賊之尤，與幼安、根矩，不啻由、跖，而可並論耶？"

彭孫貽曰："華歆與邴、管齊名，作魏佐命，以兵收伏后，助人弑逆，名士固如此邪？傳中多述其名德，大節已虧，夫何所取！"《茗香茶史論》卷一。

尤侗曰："管寧不受魏徵，高節邈然，可以愧死華歆矣。世稱歆爲龍頭，吾以爲狗尾耳。"《看鑑偶評》卷二。

姜宸英曰："華歆一時名士，晚節披猖，至牽伏后出壁，黨惡與弑，知平時整暇與閨門振肅，皆枝葉耳。"梁章鉅《三國志旁證》卷十二引。

11

管寧、華歆共園中鋤菜[1]，《傅子》曰：“寧字幼安，北海朱虛人，齊相管仲之後也。”見地有片金，管揮鋤與瓦石不異，華捉而擲去之[2]。又嘗同席讀書，有乘軒冕過門者[3]，寧讀如故，歆廢書出看[4]。寧割席分坐，曰：“子非吾友也[5]。”《魏略》曰：“寧少恬静，常笑邴原、華子魚有仕宦意。及歆爲司徒，上書讓寧。寧聞之，笑曰：‘子魚本欲作老吏，故榮之耳。’”

○“管寧華歆”至“擲去之”

“鋤菜”，吕叔湘曰：“刨地種菜。文言常活用名詞做動詞，比白話自由。”

“見地有片金”，田中頤曰：“此一題，讀者須一省己處於此爲之如何。”

“揮鋤與瓦石不異”，田中頤曰：“不爲財移。”○崔朝慶曰：“言仍揮鋤，視金猶如見尋常瓦石也。”○吕叔湘曰：“不異，没有兩樣，一樣。”○徐文麟曰：“（謂）管寧還是下鋤，跟看見了瓦石没有兩樣。”

“捉而擲去之”，田中頤曰：“捉，心動故。尋悟，故是尚未見甚優劣。”○吕叔湘曰：“捉，握也。”○徐文麟曰：“（謂）華歆可檢在手裏再把它丢掉。”

○“又嘗同席”至“非吾友也”

“乘軒冕”，田中頤曰：“又一題，亦須一省。”○秦士鉉曰：“或云當讀

---

[1] “管寧華歆共園中鋤菜”，王叔岷曰：“《太平廣記》二三五引作：‘管寧與華歆友善，嘗共園中鋤菜。’”

[2] “見地有片金”三句，徐震堮曰：“‘揮鋤’《初學記》一七引《裴子語林》作‘揮鋤如故。’”王叔岷曰：“《太平廣記》（二三五）引作：‘見地有黄金一片，管寧鋤不顧，與瓦石無異。華捉而擲之。’《藝文類聚》六五、《御覽》四百九引‘擲’下亦並無‘去’字。《初學記》十七引裴啓《語林》有‘去’字，無‘之’字。”

[3] “有乘軒冕過門者”，《類聚》六十九引無“乘”字，《太平廣記》二三五引此句“者”字在“過門”上。

[4] “寧讀如故”二句，《御覽》七〇九引無“寧讀如故”四字，《書鈔》一三三、《類聚》六九引“讀”下有“書”字。《太平廣記》二三五引“寧”作“管”，“歆”作“華”。

[5] “管寧華歆”至“非吾友也”，程炎震曰：“《四庫全書》本合上爲一條，誤。明本亦誤。宋本提行起，不誤。而合下‘王朗’爲一條，則亦誤。”按程氏所稱“宋本”即沈校本，後同。王叔岷曰：“《御覽》四百十引《魏志·鍾繇傳》曰：‘管寧與華歆同學，歆聞車馬聲，出門。寧割席，曰：子非吾友也。’今本《鍾繇傳》無此文。”

'乘載軒冕'，'乘'字帶説耳。"○崔朝慶曰："蓋'乘軒被冠冕'之省語也。"○呂叔湘曰："古制大夫以上乘軒服冕。此處言有貴官過門也。"○徐文麟曰："（謂）門外有貴官經過，乘軒車，戴冠冕。"○沈劍知曰："《左傳》閔公二年：'鶴有乘軒者。'杜預注：'軒，大夫車也。''冕'不當言'乘'，此乃贅字。蓋因行文每'軒冕'連用，傳鈔時不覺誤入者。"○趙西陸曰："'冕'不當言'乘'，以'軒冕'時連用而及之耳。"○王叔岷曰："'軒'可言'乘'，'冕'不可言'乘'，'乘'字蓋衍文耳。《藝文類聚》六九引此正作'有軒冕過門者'。"○徐震堮曰："此處'軒冕'乃偏義複詞，僅取'軒'義。"楊勇按曰："徐説是。"龔斌按曰："翻檢群書，未見偏用其一者，更無有用'乘軒冕'者。疑徐箋不確。"

"寧讀如故"，呂叔湘曰："如故，照舊。"○徐文麟曰："管寧照樣讀他的書。"

"歆廢書出看"，田中頤曰："不能復制。"○呂叔湘曰："廢書，放下書本。"○徐文麟曰："華歆可放下了書本出去張望。"○江藍生曰："'廢'有棄置、停止義。'廢書'即放下書。"《彙釋》頁六二。

"割席分坐"，田中頤曰："優劣分明。"○呂叔湘曰："同席、割席，古人鋪席於地，坐於其上；一席常坐數人。如今擺酒稱幾席，仍是沿用此義。"

"子非吾友也"，田中頤曰："同志曰友，即言不同志也。"

○注"傅子曰"

《傅子》，沈家本曰："《隋志》：'《傅子》百二十卷，晉司隸校尉傅玄撰。'二《唐志》卷同。《宋志》'五卷'，蓋是殘本。"《古書目》卷二。○葉德輝曰："《隋志》：百二十卷，云：'晉司隸校尉傅玄撰。'"《書目》。

"寧字幼安"，沈劍知曰："《三國志·管寧傳》：'正始二年，太僕陶丘一、永寧衛尉孟觀、侍中孫邑、中書侍郎王基薦寧。於是特具安車蒲輪，束帛加璧聘焉。會寧卒，時年八十四。'裴注引《傅子》：'齊相管仲之後也。昔田氏有齊，而管氏去之，或適魯，或適楚。漢興，有管少卿爲燕令，始家朱虛，世有名節，九世而生寧。'"

○注"魏略曰"

"歆爲司徒上書讓寧"，程炎震曰："《魏志》十一卷《寧傳》云：'黃初四年，司徒華歆薦寧。明帝即位，太尉華歆遜位，讓寧。’蓋兩事。”○沈劍知曰：“《三國志·管寧傳》：‘黃初四年，詔公卿舉獨行君子，司徒華歆薦寧。明帝即位，太尉華歆遜位讓寧。’《華歆傳》：‘文帝踐祚，改爲司徒。黃初中，詔公卿舉獨行君子，歆舉管寧。明帝即位，轉拜太尉，稱病乞退，讓位於寧。’則歆爲司徒，舉寧獨行君子，而讓位於寧，則在爲太尉時。二傳皆同，諒必不誤。《魏略》云‘歆爲司徒讓寧’，‘司徒’當作‘太尉’。”○龔斌曰：“‘讓寧’應是‘薦寧’。其時應在文帝黃初四年。”

“欲作老吏故榮之”，岡白駒曰：“謂終身貪慕富貴也，故以此爲榮耳。”○平賀房父曰：“欲作老成之官吏也。”○秦士鉉曰：“老吏，老成之官吏也。蓋歆平生欲以仕宦顯，故今爲司徒，榮之耳。”

【彙評】

劉辰翁曰：“捉擲未害其真，强生優劣，其優劣不在此。”陳錫路按曰：“此評未當。彼歆既捉而又擲之，是亦慮爲幼安笑。捉則其真，擲則其僞也。劉顧以爲未害其真，尚未經勘破者。”《黃嬭餘話》卷一。

王若虛曰：“世皆優寧而劣歆。予謂以心術觀之，固如世之所論。至其不近人情，不盡物理，則相去亦無幾矣。畢竟金玉與瓦石豈無別者哉！此莊、列之徒自以爲達，而好名之士聞風而悅之者也。若夫君子之正論則不然，貴賤輕重，未嘗不與人同，特取捨之際，有義存焉耳。”《滹南集》卷二十七《臣事實辨》。

高拱曰：“問：管寧、華歆耦而耕，田有金，寧不視而過，歆取視而棄之，人以此爲優劣，然乎？曰：皆非也，無足優劣。夫貨，惡其棄於地也，不必藏於己。今只不必藏於己而已，棄於地何爲？曰：當何如處？曰：拾之。或有遺金者至則與之，果其無也，以周窮乏可也。而不視何爲？取視而棄之何爲？酒亂性，能使人顛頓失容，人有惡其顛頓失容者，則醉而矜持愈甚。夫矜持愈甚可矣，乃畢竟是爲酒所使，誠不若不矜持而自不亂者之爲安也。不視者，矜持愈甚者也。取視而棄者，矜持未甚而不能自主者也。皆知有金，皆是爲金所動，固不若只以尋常處之，而無所作意，乃是不爲金所動耳。”《本語》卷二。

范櫺曰：“天下之寶，當爲天下惜之，寧之揮金不顧，此豈近於人情哉？歆之擭，苟利諸己，誠無故之獲，以利諸人，亦不費之惠也。其擭也，不爲貪；其擲也，不爲廉。一揮一擭，奚優劣之足較？昔延陵季子游於齊，呼牧者取道上遺金，牧者不悦，曰：子何貌君子，而言之野也？豈寧固牧者之流，而歆亦季子之見耶？謂牧者優於季子，則吾不敢知也。然則二子果無優劣乎？曰歆沮王芬廢立之謀，似爲善士，故當時稱爲龍頭，然卒濡迹於曹操，至爲持節逼殺伏后，則已喪心病狂，不復知人間有羞恥事。貪昧之情，人固於攫金而窺其際矣。其視寧以不見成德，居然天下之高士，故寧卒於魏，《綱目》特筆起例，明其偶寓於魏，非魏所得而有也。此其優劣，豈直徑庭已哉！《雅言集》卷下。

吳崇節曰："寧避曹操渡海居遼，歆事曹操破壁收伏后，此揮金捉金之後驗也。"《古史要評》卷二。

李贄曰："揮鋤不必，捉擲亦詐。果內志於懷，固無所不可，吾未見其孰優孰劣也。"

陳師曰："夫出視軒車，祇欣慕貴游耳，固難語定静。若拾金而擲之，亦賢於人遠矣，寧乃竟分坐，弗與共學。古人取友之嚴如此，此所以爲聖賢之徒也。"《禪寄筆談》卷三。

陳繼儒曰："管寧、華歆鋤菜見金，管揮鋤與瓦石不異，華捉而擲去，時議以此定其優劣。浮屠師宗杲，宛陵人；法一，汴人。相與爲友，資皆豪傑，負氣好遊，出入市里自若。已乃折節同師蜀僧克勤，相與磨礱浸灌，至忘寢食。遇中原亂，同舟下汴。杲數視其笠。一怪之，伺杲起去，亟視笠中，杲有一金釵，取投水中。杲還，色頗動，一叱之曰：'吾期汝了生死，乃爲一金動耶？吾已投之水矣。'杲起整衣作禮，曰：'兄真宗杲師也。'交亦密。於虖！世多詆浮屠者，然今之士有如一之能規其友者乎？藉有之，有如杲之能受者乎？且功名之事，亦菜中金、笠中釵也，世情擾擾，我不敢望以管寧，若回首風塵，豪傑自命，則華歆之擲，法一之投，尚可救得。"《讀書鏡》卷十。

狄期進曰："伏后之弑，子魚壞户發壁，爲操鷹犬，遺臭萬年，而割席分坐時，幼安察其所安矣。"

王乾開曰："金未捉，心未動也。捉金，勉一擲之耳。後附阿瞞破壁牽后，見金已不見人，豈復能擲哉！"

凌濛初曰："既捉而擲去，便是華歆一生小樣子。"

范光宙曰："子魚以德量重於曹氏父子，致位三公，然曹公之殺伏后，子魚將命，至破壁出后而害之，忍於司馬昭之成濟，朱全忠之玄暉，其以龍頭名當代者，固如是乎？幼安於曹氏之亂，含德高蹈，就閑海表，終身不屈於曹氏。操辟之不就，丕徵之不就，叡以安車迎之又不至。寧攝於巖穴，而不屑於輪帛，誠潛龍以不見爲德哉！以視子魚，依操以爲鷹犬者，相去不愈遠乎？嗚呼！以一捉金羨榮之小，遂至於捐廉恥、墮名節如此，觀人者慎毋以細行而忽之。"范金英按曰："管輅嘗謂忠孝信義，人之根本，不可不厚；廉介細行，士之浮飾，不可爲務。余觀幼安之揮金，不過一端之介耳，而卒成高蹈之節，此其立志較然，始終不渝，固非公明之所概言也。"《史評》卷六。

沈長卿曰："路旁遺金，取之恐害他人，還之乃義也。土中遺金，不知何年物何許人所失，取之頗不傷廉，即不自潤而以施德市惠，不亦可乎？歆之捉者其常，擲者其矯也。矯則險，險則毒，直至殺伏后而後快。若寧者，即不矯亦屬迂闊，或所見似金原非真金，寧眼疾而歆眼鈍乎？"《沈氏日旦》卷十。

戴君恩曰："華歆、管寧耦而耕。有遺金於地，寧不視而過，歆取視而棄之。人以此定華、管之優劣。愚謂兩人雖有視不視之分，其見有金，一也；其爲矯情狗物，亦一也。何優劣之有？"《剩言》卷十五。

唐汝詢曰："幼安潛龍德，越海避風煙。就山爲廬室，因稅遼東田。遺金揮不取，木榻但高眠。澡灑清池裏，遨遊園圃前。布衣欣自得，琴書常晏然。不意蒲輪使，持書下九天。棲遲自有志，肯爲榮利牽。魏家軒冕客，割蓆已多年。"《顧氏詩史》卷七。

王夫之曰："管寧在遼東，專講詩書，習俎豆，非學者勿見。或以寧爲全身之善術，豈知寧者哉！土烈爲尚賈以自穢，而逃公孫度長史之辟命，斯則全身之術，而寧不爲也。天下一日不可廢者，道也；天下廢之，而存之者在我。寧之自命大矣，豈僅以此禍福所不及而利用乎？"《讀通鑒論》卷九。

蔣勵常曰："貨惡其棄於地也，不必藏於己。見金色動，亦人之恒情。管寧揮鋤不顧，或未及見耳，不然則矯矣。華歆見而捉之，亦未嘗不可，而後棄之則僞甚。然或因寧之不顧而出此，安知非羞惡之萌歟？以是論人，恐未足以盡之也。"《十室遺語》卷三。

田中頤曰："操心定固。"

博古堂佚名曰："此一節見華不如管。下二節見華勝於王。"

呂叔湘曰："管寧、華歆都是漢末名士，後來立身行事大異其趣，此處所記二事已見其端。"

　　王朗每以識度推華歆〔1〕。《魏書》曰："朗字景興，東海郯人〔2〕，魏司徒〔3〕。"歆蜡日，《禮記》曰："天子大蜡八，伊耆氏始爲蜡。蜡，索也。歲十二月，合聚萬物而索饗之。"《五經要義》曰："三代名臘：夏曰嘉平，殷曰清祀〔4〕，周曰大蜡，總謂之臘。"晉博士張亮議曰："蜡者，合聚百物索饗之，歲終休老息民也。臘者，祭宗廟五祀。《傳》曰：'臘，接也。祭則新故交接也。'秦漢以來，臘之明日爲祝歲〔5〕，古之遺語也〔6〕。"嘗集子姪燕飲，王亦學之〔7〕。有人向張華説此事〔8〕，張曰：

---

〔1〕　"王朗每以識度推華歆"，程炎震曰："《御覽》三三《臘》引此稱《世説》，'每'作'中年'，'推'下有'伏'字。"徐震堮曰："《御覽》卷三三作'王朗中年以識度推伏華歆。'"按《書鈔》一五五、《類聚》五、《續談助》四引"王朗"下均有"中年"二字，無"每"字。沈劍知曰："《藝文類聚》卷五、《太平御覽》三十三引此條，'王朗'下皆有'中年'二字，無'每'字。按王朗早歲名過華歆。《江表傳》：'虞翻説華歆：君自料名聲之在海内，孰與鄱郡故王府君？歆曰：不及也。'胡沖《吳歷》亦載歆答翻曰：'孤不如王會稽。'後歆名位轉盛，世論遂移，而景興亦爲心折矣。則'中年'二字，宜不可少。"

〔2〕　"東海郯人"，梁章鉅《三國志旁證》卷十二曰："《王朗傳》：'東海郡人也。''郡'字誤。《殿本考證》云：北宋本作'東海郯人'，《通志》同，是也。"沈劍知曰："《三國志·王朗傳》：'字景興，東海郡人。'《考證》謂北宋本作'東海郯人'，此注引《魏書》亦作'郯人'，則'郡'即'郯'之誤無疑。"

〔3〕　"魏司徒"，楊勇曰："《魏志》一三，朗爲司空。"

〔4〕　"夏曰嘉平"二句，秦士鉉曰："當作'夏曰清祀，殷曰嘉平'。"

〔5〕　"秦漢以來臘之明日爲祝歲"，何焯校改"祝"爲"初"。恩田仲任曰："'祝'當作'初'。"秦士鉉曰："本傳'祝'作'初'，是也。"程炎震曰："宋本'臘之明日爲祝歲'作'臘之明日爲初歲'。又《御覽》卷十七《歲部》引《晉書》亦作'初'。"沈劍知曰："'祝歲'宋本亦作'初歲'，蓋以形似而誤爲'祝'也。然證以崔寔《四民月令》：'臘明日謂小歲，進酒尊長，修刺賀君師。'徐爰《家儀》：'蜡本施祭，故不賀，其明日爲小歲，賀稱初歲福始，罄無不宜。'則'初歲'當作'小歲'，無論'祝歲'矣。又可證'秦漢以來有賀'一句，亦不應少，而此誤奪也。尚疑'有賀'下當有'初歲''福始'二語，不然何以云'此古之遺語'耶？"余嘉錫曰："'祝'景宋本及沈本俱作'初'。"徐震堮曰："影宋本及沈校本作'初歲'。"

〔6〕　"古之遺語"，秦士鉉曰："'古'上有'秦漢以來有賀'六字。'俗'舊作'語'，誤也。"

〔7〕　"嘗集子姪"二句，程炎震曰："（《御覽》三三《臘》引）'集'上有'會'字，'學'作'敩'。"沈劍知曰："'嘗集''嘗'下《御覽》（三十三）有'乃'字，'王亦學之''王'下《類聚》（卷五）有'朗'字。"王叔岷曰："《御覽》（三三）引'學'作'敩'，'學'乃'敩'之省，'敩'與'效'同。"

〔8〕　"有人向張華説此事"，沈劍知曰："《類聚》《御覽》作'有人向張茂先稱此事'。"王叔岷曰："《藝文類聚》五、《御覽》（三三）引'説'並作'稱'，義同。"

“王之學華〔1〕，皆是形骸之外，去之所以更遠〔2〕。”王隱
《晉書》曰：“張華字茂先，范陽人也。累遷司空，而爲趙王倫所害。”

○“王朗每以”至“王亦學之”

“王朗”，沈劍知曰：“裴松之注引《魏略》：‘朗本名嚴，後改爲朗。’”

“以識度推華歆”，田中頤曰：“華之識度可貴也。”○王叔岷曰：“《御覽》
三三引‘推’下有‘伏’字，‘伏’與‘服’古通。《賞譽篇》：‘王平子邁世有
儁才，少所推服。’‘推伏’猶‘推服’也。”

“蜡日”，秦士鉉曰：“《説文》：‘冬至後三戌，臘祭百神。’”○程炎震曰：
“漢以午祖戌臘，魏以未祖丑臘，並見《通典》四十四卷。然魏之改制在明帝
時，王、華當仍漢臘。”○沈劍知曰：“《禮記·雜記》：‘子貢觀於蜡。孔子曰：
賜也樂乎？對曰：一國之人皆若狂，賜未知其樂也。子曰：百日之蜡，一日之
澤，非爾所知也。’鄭注：‘黨正以禮屬民，而飲酒於序，以正齒位，於是時民
無不醉者，如狂矣。’按即《月令》之大飲烝。鄭君所謂天子諸侯與其臣飲於太
學，民飲於序者，其禮自漢已亡，天子以燕禮，郡國以鄉飲酒禮代之。蔡邕《獨
斷》：‘臘者歲終之祭，縱吏民宴飲。’則民亦不飲於序矣。漢魏以來，雖存舊
俗，而不依古禮也。”○趙西陸曰：“蔡邕《獨斷》：‘臘者歲終之祭，縱吏民宴
飲。’杜臺卿《玉燭寶典》曰：‘臘者祭先祖，蜡者報百神，同日異祭也。’漢以
戌日爲臘，魏以辰，晉以丑。《續漢書·禮樂志》劉昭注引高堂隆曰：‘帝王各
以其行之盛而祖，以其終而臘。’”

“王亦學之”，程炎震曰：“（《御覽》三三）又引《魏臺訪議》言王、華事，
蓋此事出於高堂隆也。”○趙西陸曰：“《御覽》三十三高堂隆《魏臺訪議》曰：
‘華歆常以臘日宴子弟，王朗慕之，蓋家由戶漸矣。’《玉燭寶典》十二曰：‘魏
世華歆常以臘日宴子弟，王朗慕之，蓋其家法。’”

○“有人向”至“所以更遠”

“王之學華”三句，淇園曰：“去之，言其人品之劣也。”○田中頤曰：“言

---

〔1〕“張曰王之學華”，程炎震曰：“（《御覽》三三《臘》引）‘學’作‘斅’，‘華’作‘茂先’。”沈
劍知曰：“‘張曰’《類聚》（卷五）作‘茂先曰’。”
〔2〕“更遠”，沈劍知曰：“《類聚》（卷五）‘遠’上有‘玄’字。”

王之學華，皆是擬形骸之外，而不在其內，故人品拙劣，去華卻所以更遠下也。"○秦士鉉曰："《莊子》：'今子與我遊於形骸之內，而子索我於形骸之外。'內，心也，德也；外，皮膚也。去之，言其有間也。"○趙西陸曰："郭注曰：'形骸外矣，其德內也。'謂王之學華，徒以形跡相繼也。"

○注"禮記曰"至"古之遺語也"

《五經要義》，沈家本曰："《隋志》：'《五經要義》五卷，梁有十七卷，雷氏撰。'二《唐志》：'《五經要義》五卷，劉向撰。'而無雷氏之書。案此條引及晉博士張亮議，其非劉向書可見。不知二《唐志》之誤，抑劉向別有此書？《宋志》不錄，已亡。"《古書目》卷三。○葉德輝曰："《隋志》：五卷。云：'梁有十七卷，雷氏撰。'"《書目》。

"三代名臘"云，秦士鉉曰："臘祭先祖，蜡祭百神。二祭各別。"○楊勇曰："《釋文》云：'夏曰清祀，殷曰嘉平，周曰蜡，秦曰臘。'兩説稍異。"

"晉博士張亮議曰"，葉德輝曰："晉博士張亮議，《隋志》不著錄。唐歐陽詢《藝文類聚·歲時部下》引用。"《書目》。○程炎震曰："《全晉文》一百二十七據《類聚》五、《御覽》三十三引作：'俗謂臘之明日爲初歲。秦漢以來有祝歲者，古之遺語也。'於文爲備，此恐有脫文。"○沈劍知曰："《藝文類聚》卷五、《太平御覽》三十三同引亮議，作：'臘，接也。祭宜在新故交接也。俗謂之臘之明日爲初歲。秦漢以來有賀，此古之遺語也。'按《世說》屢經宋人削改，未必爲孝標原文，自以《類聚》《御覽》所引爲正也。且'祭則新故交接'句，'則'字於詞不順，'宜在'二字故當勝之。"

"傳曰"，秦士鉉曰："未考。"

○注"王隱晉書"

"王隱晉書"，王鳴盛曰："建興中過江，祖納薦爲史官。元帝以草創務殷，未遑史官。太興初乃召爲著作郎，令撰晉史。預平王敦，功賜爵平陵鄉侯，以謗免黜歸家，後依征西將軍庾亮於武昌，亮供其紙筆，書成。年七十餘卒。"《商榷》卷四十三。○沈家本曰："《隋志》：'八十六卷，本九十三卷。今殘缺。'《唐志》'八十九卷'，較多三卷，其續出者歟？《史通·外篇》：'隱爲《晉書》八十九卷，咸康六年始詣闕奏上。'其卷數又與《唐志》合。考《玉海》四十六載《貞觀詔》敘《晉書》十八家，謂處叔不與於中興，然則隱書皆西晉事。"《古書目》卷一。○葉德輝曰："《隋志》：八十六卷。云：'本九十三卷。今殘缺。晉著作郎王隱撰。'"《書目》。

【彙評】

劉辰翁曰："名言。"

方苞曰："後世學古文者，多類景興，豈未聞茂先語？何昧昧也？"

李慈銘曰："華守豫章，兵至即迎；王守會稽，猶知拒戰。華黨曹氏，發壁牽后；王被操徵，積年乃至。此蓋所謂'學之形骸之外，去之更遠'者也。二人優劣，不問而知。晉人清談如此。"《簡端記》。

蔣凡曰："華歆之徒，於漢魏之替，威逼舊主，侍歡新朝，斯時清議，不以爲異，仍然成爲當時人們津津樂道的風流人物。賢如曹植，譽歆'志存太虛，安心玄妙。處平則以和養德，遭變則以義斷事'（《輔臣論》），是個德義俱佳的典型。於此可見，魏晉士人於德行，另有不同於漢儒傳統之標準。"

13

華歆、王朗俱乘船避難，有一人欲依附，歆輒難之。朗曰："幸尚寬，何爲不可？"後賊追至，王欲舍所攜人。歆曰："本所以疑，正爲此耳。既已納其自託，寧可以急相棄邪？"遂攜拯如初。世以此定華、王之優劣。華嶠《譜敍》曰："歆爲下邽令，漢室方亂，乃與同志士鄭太等六七人避世。自武關出，道遇一丈夫獨行，願得與俱。皆哀許之。歆獨曰：'不可。今在危險中，禍福患害，義猶一也。今無故受之，不知其義，若有進退，可中棄乎？'衆不忍，卒與俱行。此丈夫中道墮井，皆欲棄之。歆乃曰：'已與俱矣，棄之不義。'卒共還，出之而後別。"

○"華歆王朗"至"何爲不可"

"俱乘船避難"，程炎震曰："據華嶠《譜敍》，是獻帝在長安時，王朗方從陶謙於徐州，不得同行也。"○楊勇曰："《魏志·王朗傳》：'漢獻帝在長安，朗爲陶謙治中，尋遷會稽太守，後爲孫策所略，遂流寓江東。'又《華歆傳》：'何進徵鄭泰、荀攸及歆，歆至爲尚書郎。董卓遷天子長安，歆求出下邽令，遇病不行，改依袁術。'藉知王朗流寓江東，適歆應何進徵，朗、歆未嘗共處。故孝標引華嶠《譜敘》，謂歆與鄭泰等避世，而不及朗也。"

"依附"，田中頤曰："謂欲寄命。"

"輒難之"，劉淇曰："《廣韻》云：'專，輒也。'《世説》'歆輒難之'，此'輒'字，專辭，猶云獨也、特也。"《辨略》卷五。○田中頤曰："謂有難之色，此慮後患也。"○呂叔湘曰："輒，就。通常表示不止一次，無論上面有'每'字與否。如此處即指那個搭船的人數次要求，華歆都不允許。"○張萬起曰："難，爲難，畏難。"《詞典》頁二九〇。○方一新曰："'難'有不許、拒絕義，東漢以來典籍多見。《後漢書·明帝紀》：'館陶公主爲子求郎，不許，而賜錢千萬。謂群臣曰：郎官上應列宿，出宰百里，有非其人，則民受其殃，是以難之。''難之'猶言拒之，也就是上文的'不許'。"《校釋札記》。

"幸尚寬"，秦士鉉曰："舟中寬廣，尚可以容人。"

"何爲不可"，田中頤曰："此但快目前，曾無些後圖也。"

○"後賊追至"至"華王之優劣"

"欲舍所攜人"，淇園曰："舍之舟而行也。"○田中頤曰："有始者不必有終，王且前言如何？"○呂叔湘曰："舍，捨。"

"本所以疑"，大典顯常曰："疑，遲疑也，言心不從也。"○田中頤曰："'疑'字與'難'字應，以解其初意。"

"納其自託"，崔朝慶曰："言彼人自託命於我，而我既已納之也。"○呂叔湘曰："承認他的請託，應許他附載。"

"以急相棄"，田中頤曰："'急'字與'寬'字反映，以詰王今棄。"

"攜拯如初"，田中頤曰："謂華唯克終。"○朱鑄禹曰："拯，同'抍'，救也。"

◎梁章鉅曰："此與《譜敘》所載，當即一事，而傳聞小異耳。"《三國志旁證》卷十二。○沈劍知曰："此條恐非事實，故孝標舉華嶠《譜敘》所紀歆與鄭泰避亂出武關事，隱糾其謬也。《三國志·朗傳》：漢帝在長安，朗爲陶謙治中，與別駕趙昱等説謙勤王，謙乃遣昱奉章至長安，天子嘉其意，拜謙安東將軍，昱廣陵太守，朗會稽太守，則朗自徐州拜命，初未詣長安，正孫策略地江東，朗猶在會稽也。而《歆傳》何進徵鄭泰、荀攸及歆，歆至，爲尚書郎。董卓遷天子長安，歆求出爲下邽令，病不行，遂從藍田至南陽依袁術，旋拜豫章太守。則董卓之亂，朗、歆未嘗共處，而此云‘避難’，又云‘賊追至’，明在是時，故知不可信也。《後漢書·鄭太傳》，與何顒、荀攸共謀殺卓，事洩，顒等被執，公業脫身自武關走，東歸袁術，則與華嶠《譜敘》及《歆傳》事合時符，知《世說》即踐是事，而臕爲別説也。”

〇注“華嶠譜敘曰”

“華嶠譜敘”，沈家本曰：“此蓋《華氏譜》之敘也。或以爲華嶠《後漢書》之自序，恐非。”《古書目》卷二。〇葉德輝曰：“《隋志》不著録。《國志》引用。”《書目》。〇沈劍知曰：“嶠，華歆孫，字叔駿，晉秘書監。《三國志》注引用。”

“歆爲下邽令”，大典顯常曰：“下邽，在華州，古馮翊之地。”《集成》。〇趙西陸曰：“《魏志·華歆傳》：‘何進輔政，徵河南鄭泰、潁川荀攸及歆等，歆到爲尚書郎。董卓遷天子長安，歆求出爲下邽令，病不行，遂從藍田至南陽。’”

“避世”，沈劍知曰：“‘避世’二字無謂，歆初不隱遯也。《三國志·華歆傳》注引之，無此辭也，他亦少異。”

“歆獨曰”數句，秦十鉉曰：“言同志六七人，死生同之，義猶一也。今此人非有義理，受之不可也。既受之，雖前途有事，豈可中道而棄之乎？”〇蔡鏡浩曰：“‘進退’爲一詞，當指不利的變化。‘若有進退，可中棄乎’，猶如果發生不好的事變，難道可以中途拋棄他嗎？”《礼記》。〇吳金華曰：“進退，指意外的情況。‘進退’的本義是忽進忽退，比喻變化無常，語出《易經》。在魏晉口語中，‘進退’常用來喻指處於不利的狀況。”《考釋》頁一〇。

【彙評】

劉辰翁曰：“閱世而後知其難，賴有此語。”評“歆曰”。〇曰：“管勝華，華復勝王，人不可以無辨。”〇曰：“捄人逞計其後，政恨王初意未真至耳，故有終渝。若歆始念實爲殘忍，幸其終不遐棄，勝彼虛德，此是有作路人。如以爲至德可師，恐桑榆之仁，不能補若木之慘也。”朱鑄禹引。

李贄曰：“此君子小人之所以分也。彼平時愛買好，急則不顧。故凡買好者，皆非其心也。小人舉事不顧後，大率難以準憑。若此，國家將安所用之乎？”《初潭集》卷二十二。○曰：“非直有優劣，直君子小人之殊途也。彼閒時愛買好，急則不顧，蓋自買好時已存此心矣。小人舉事不慮始，大率類此。憑準若此，此國家所以無攸賴也。”

狄期進曰：“管勝華，華勝王，其然，其不然乎？”

鍾惺曰：“華歆一世虛名，惟此舉差强人意。”

余嘉錫曰：“自後漢之末，以至六朝，士人往往飾容止，盛言談，小廉曲謹，以邀聲譽。逮至聞望既高，四方宗師，雖賣國求榮，猶翕然以名德推之。華歆、王朗、陳群之徒，其作俑者也。觀《吳志‧孫策傳》注引《獻帝春秋》，朗對孫策詰問，自稱降虜，稽顙乞命。《蜀志‧許靖傳》注引《魏略》，朗與靖書，自喜目睹聖主受終，如處唐虞之世。其頑鈍無恥，亦已甚矣，特作惡不如歆之甚耳，比其優劣，無足深論也。”蔣凡按曰：“余氏借他人之酒杯，澆自己的塊壘。觀朗之爲人，廉己濟困，其德行較斂聚自養之徒，不可同日而語，豈能一筆抹煞？”

14

王祥事後母朱夫人甚謹〔1〕，《晉諸公贊》曰：“祥字休徵，琅邪臨沂人。”《祥世家》曰：“祥父融，娶高平薛氏，生祥。繼室以廬江朱氏，生覽。”《晉陽秋》曰：“後母數譖祥，屢以非理使祥，弟覽輒與祥俱。又虐使祥婦，覽妻亦趨而共之，母患〔2〕。方盛寒水凍〔3〕，母欲生魚，祥解衣，將剖冰求之〔4〕，會有處冰小解〔5〕，魚出。”蕭廣濟《孝子傳》曰：“祥後母忽欲黃雀炙〔6〕，祥念

---

〔1〕 “後母朱夫人”，趙西陸曰：“《御覽》四百十三引作‘繼母朱氏’。”

〔2〕 “母患”，沈劍知曰：“‘母患’爲句，辭意不足，顯有脫文。《晉書》採取孫盛此文，作‘朱患之，乃止’，則‘母患’下應補‘之乃止’三字。”趙西陸曰：“‘母患’下有脫文。《晉書‧王祥傳》作‘朱患之乃止’。”江藍生《彙釋》曰：“‘母患’即‘母病’，辭義無不足。沈箋以爲有脫文，蓋不詳‘患’可作‘患病’‘染病’講之故。”頁八二。蔣宗許《臆札》曰：“‘母患’猶言‘母病’，‘患’指生病，爲爾時常語，其後邊不一定須接續賓語方足語意。”

〔3〕 “水凍”，沈劍知曰：“宋本‘水’作‘冰’。”

〔4〕 “剖冰”，沈劍知曰：“宋本‘剖’作‘割’。”

〔5〕 “會有處”，桃井白鹿曰：“處，當作‘堅’。《魏志‧呂虔傳》注引孫盛《雜語》：‘王祥脫衣，將剖冰求之，有少堅冰解，下有魚躍出。’”秦上鉉曰：“‘堅’舊作‘處’，誤也。”趙西陸曰：“‘處’誤，《世說補》作‘堅’。”

〔6〕 “忽欲”，《北堂書鈔》一四五、《類聚》九十二、《御覽》八六三又九二二、《編珠》卷三“忽”作“病”。

難卒致〔1〕。須臾，有數十黃雀飛入其幕。母之所須，必自奔走，無不得焉。其誠至如此。"家有一李樹〔2〕，結子殊好，母恒使守之。時風雨忽至，祥抱樹而泣。蕭廣濟《孝子傳》曰："祥後母庭中有李〔3〕，始結子，使祥晝視鳥雀，夜則趁鼠〔4〕。一夜，風雨大至，祥抱泣至曉，母見之惻然。"祥嘗在別牀眠，母自往闇斫之。值祥私起，空斫得被。既還，知母憾之不已〔5〕，因跪前請死。母於是感悟，愛之如己子。虞預《晉書》曰："祥以後母故，陵遲不仕。年向六十，刺史呂虔檄爲別駕〔6〕，時人歌之曰：'海、沂之康，寔賴王祥；邦國不空，別駕之功！'累遷太保。"

○ "王祥事後母"至"抱樹而泣"

"王祥"，徐子光曰："《晉書》：王祥字休徵，琅邪臨沂人。性至孝。繼母朱氏不慈，而祥愈恭謹。母有疾，衣不解帶，湯藥必親嘗。母嘗欲生魚，時天寒冰凍，祥解衣將剖冰求之，冰忽自解，雙鯉躍出。母又思黃雀炙，復有黃雀數十飛入其幕。鄉里驚嘆，以爲孝感所致。有丹柰結實，母命守之，每風雨，輒抱樹而泣。篤孝純至如此。漢末遭亂，扶母攜弟避廬江，隱居三十年，不應州郡辟命。年衰耳順，乃應召舉秀才，累遷太尉，武帝拜太保。"《蒙求集注》卷下"王祥守柰"條。

"甚謹"，田中頤曰："二字冒頓，因揭下二事以實之。"

"家有一李樹"，沈劍知曰："《晉書·王祥傳》：'有丹柰結實，母命守之，每風雨，祥輒抱樹而泣。'"

"抱樹而泣"，田中頤曰："知有鳥雀，未慮風雨，試看泣泣血痕。"

---

〔1〕 "難卒"，趙西陸曰："《類聚》九十二、《御覽》九二二引作'卒難'。"
〔2〕 "李樹"，楊勇曰："'李'《晉書·王祥傳》作'柰'，《御覽》九七○作'柭'。"
〔3〕 "庭中有李"，沈劍知曰："《太平御覽》九百七十引作'庭有柭樹'。"
〔4〕 "晝視鳥雀夜則趁鼠"，大典本"雀"作"爵"，何焯校"趁"作"趂"。天保手批曰："趁，奔也。俗以爲'趨'，非也。王本爲'趁'。"程炎震曰："'趨'別一宋本作'趁'。"沈劍知曰："宋本沈校本'雀'作'爵'，'趁'作'趂'。"余嘉錫曰："'雀'、'趁'景宋本及沈本作'爵'、'趂'。"徐震堮曰："影宋本及沈校本作'趂'，是。"龔斌曰："'爵'同'雀'。"
〔5〕 "祥嘗在別牀"至"憾之不已"，趙西陸曰："《御覽》四一三作：'母常夜持刀往祥所，暗斫之，值祥私起，刃及被而已。祥知母怪意不已。'"
〔6〕 "別駕"，天保手批曰："'別駕'下一本有'州界清靜'四字。"

○ "祥嘗在" 至 "如己子"

"私起"，大典顯常曰："私，便旋也。" ○崔朝慶曰："私，溲溺也。" ○劉盼遂曰："左氏襄十五年《傳》：'師慧過宋朝，將私焉。'杜注：'私，小便也。'"

"空斫得被"，田中頤曰："被，衾也。在前風雨頗似可怨，至此孰道鬼神不保護孝子？" ○江藍生曰："'空'應釋爲'只''單'。"《彙釋》頁一一四。

"憾之不已"，大典顯常曰："憾，追恨也。此四字屬祥、屬母並通。"又曰："詳按語脈，屬祥爲是。《集韻》：'憾，心不安也。'"《集成》。○淇園曰："言其心必以其空斫爲憾不已也。" ○田中頤曰："謂母憾念之不釋。"

"跪前請死"，李調元曰："以卑承尊，有所啓請，故云'請'也。"《勦說》卷三。○平賀房父曰："王祥知以母既不得志，其憾念之不已，故請死也。" ○田中頤曰："亦唯欲母命之奉也。"

"愛之如己子"，田中頤曰："惑溺始解。" ○沈劍知曰："《晉書·王覽傳》：'祥喪父之後，漸有時譽。朱深疾之，密使酖祥。覽知之，逕起取酒。祥疑其有毒，爭而不與，朱遽奪反之。自後朱賜祥饌，覽輒先嘗。朱懼覽致斃，遂止。'按婦人凶毒，非不畏死，置鴆以可泯迹，喋血無所逃刑。且以祥之孝，事匪一端，朱氏初不爲感悟，豈以一朝請死，便翻然改悔，愛若己子者？《晉書》多採《世說》，迺不取是事，有識也矣！"

○注 "晉諸公贊曰"

《晉諸公贊》，沈濤曰："《隋書·經籍志》：'《晉諸公讚》二十一卷，晉秘書監傅暢撰。'案《晉書·傅暢傳》作《晉諸公敘讚》二十二卷，卷數不同，蓋《隋志》不數其敘之一卷。又《傅傳》云：'又爲《公卿故事》九卷。'《隋志》作《晉公卿禮秩故事》。"《熨斗齋》卷五。○沈家本曰："《隋志》：'《晉諸公贊》二十一卷，晉秘書監傅暢撰。'《新唐志》'二十二卷'。《晉書·傅暢傳》：'字師道，作《晉諸公敘贊》二十二卷。'《唐志》與本傳卷合。疑《隋志》'一'字誤也。"《古書目》卷一。○葉德輝曰："《隋志》：二十一卷。云：'晉秘書監傅暢撰。'"《書目》。

○注 "祥世家曰"

"繼室"，恩田仲任曰："《左傳》曰：'繼室以聲子。'《正義》曰：'適庶交

54

争，禍之大者。禮所以別嫌明疑，防微杜漸，故雖攝治内事，猶不得稱夫人，又異於餘妾，故謂之繼室。妻處夫之室，故《書傳》通謂妻爲‘室’，言繼續元妃在夫之室。”

○注“晉陽秋曰”

《晉陽秋》，王鳴盛曰：“《晉陽秋》成，温見之怒，謂盛子曰：‘枋頭誠爲失利，何至如尊君所説。若此史遂行，關君門户事。’時盛年老還家，諸子號泣請改，盛怒不許。盛寫兩定本，寄慕容儁，太元中孝武帝博求異聞，始於遼東得之以相考校，多有不同，書遂兩存。”《商榷》卷四十三。○沈家本曰：“《隋志》：‘《晉陽秋》三十二卷，訖哀帝，孫盛撰。’檀道鸞《續晉陽秋》二十卷，即續盛書。《文心雕龍》云：‘安國立例，乃鄧氏之規。’謂鄧粲始立條例，而孫氏用之也。其書《宋志》‘三十卷’，是其時尚存，不知亡於何時。”《古書目》卷一。○葉德輝曰：“《隋志》：三十二卷。云：‘訖哀帝，孫盛撰。’”《書目》。

“數僭祥”，朱鑄禹曰：“謂讒之於融。”

“祥解衣將剖冰求之”，秦士鉉曰：“《魏志·吕虔傳》注引孫盛《雜語》：‘王祥脱衣，將剖冰求之，有少堅冰解，下有魚躍出。’”○方弘静曰：“傳言王祥卧冰，非也。祥雖孝，冰寧可卧？祥以母故，將解衣剖冰，而冰忽小解，因得魚耳。”《千一録》卷十四。○劉盼遂曰：“《搜神記》卷四載楚僚爲後母卧冰求鯉事，與祥全同，想一事而傳歧歟？”○沈劍知曰：“祥解衣剖冰求魚，史臣取其異行，世俗播爲美談。夫藉軀體之微温，解堅冰於短晷，祥即淳朴，愚不至此。故不如《初學記》七、《御覽》六十八引臧榮緒《晉書》謂：‘祥朝朝冒屬風於河涯伺魚，一朝忽冰開小穴，有雙鯉跳出。’爲猶近情可信也。”○余嘉錫曰：“《初學記》三引師覺《孝子傳》云云。其敘事極爲明晰，可見祥未嘗卧冰。”○龔斌曰：“王祥卧冰得魚事誠不足信，但由此可見當時普遍信從‘至孝感應’之文化觀念。”

○注“蕭廣濟孝子傳曰”

“蕭廣濟孝子傳”，沈家本曰：“《隋志》：‘《孝子傳》十五卷，晉輔國將軍蕭廣濟撰。’二《唐志》同。”《古書目》卷四。○葉德輝曰：“《隋志》：十五卷。云：‘晉輔國將軍蕭廣濟撰。’”《書目》。

“念難卒致”，秦士鉉曰：“‘卒’‘猝’通。”○朱鑄禹曰：“‘卒’同

'猝'，言倉猝之間難獲得也。"

"使祥晝視"，秦士鉉曰："視，護視也。"

"趂鼠"，參見校文。秦士鉉曰："趂，逐鼠而趂之也。《初潭集》作'驅鼠'。"○徐震堮曰："《廣雅》：'趁，逐也。'何承天《纂文》：'關西以逐物爲趁。'"

◎趙西陸曰："《御覽》九百七十引蕭廣濟《孝子傳》曰：'王祥後母庭有椋樹，始着子使守視，祥晝驅烏雀，夜則驚鼠。時雨忽至，祥抱樹至曙，母見惻然。'《晉書·王祥傳》曰：'有丹柰結實，母命守之，每風雨，祥輒抱樹而泣。其篤孝純至如此。'"

○注"虞預晉書曰"

"虞預晉書"，王鳴盛曰："凡四十餘卷。預亦在東晉初，至蘇峻平後卒。"《商榷》卷四十三。○沈家本曰："《隋志》：'《晉書》二十六卷，本四十四卷，訖明帝。今殘缺。晉散騎常侍虞預撰。'二《唐志》'五十八卷'，亦後出增多者。"《古書目》卷一。○葉德輝曰："《隋志》：二十六卷。云：'本四十四卷，訖明帝。今殘缺。晉散騎常侍虞預撰。'"《書目》。

"陵遲不仕"，秦士鉉曰："陵遲，謂仕途蹉跎也。"○徐震堮曰："陵遲，淹滯之意。《晉書·卞壺傳》'陵遲積年'，與此同義。"

"年向六十"，劉辰翁曰："六十而仕，不害爲太保。"○姚範曰："按《魏志·呂虔傳》，文帝即王位，此建安二十五年，於是年受禪。遷徐州刺史，請王祥爲別駕。是祥爲別駕在建安二十五年後，黃初之初也。（裴）注引王隱《晉書》，祥始出仕，年過五十矣，稍遷司隸校尉，遷司空、太尉，泰始四年年八十九薨。按建安二十五年至泰始五年，五十年矣，祥年或八十五或八十九未定。總之，爲別駕時年尚少，非垂及耳順可知。"《援鶉堂》卷三十三。○錢大昕曰："祥以泰始五年薨，年八十五。《魏志》呂虔爲徐州刺史，在文帝時。計文帝黃初元年，祥纔三十有六耳。即使被徵在黃初之末，亦止四十餘，何得云耳順也。王隱《晉書》云：'祥始出仕，年過五十。'蓋據舉秀才除溫令而言，非指爲別駕之日也。"《考異》卷二十一。按張燨《讀史舉正》卷四曰："《王祥傳》：'泰始五年薨。'案《本紀》在四年四月。"勞格《校勘記中》曰："王隱《晉書》云'泰始四年薨'，與《本紀》合。案下云'時文明皇太后崩始踰月'，考后崩亦在四年，則云'五年'者誤矣。"○程炎震曰："《魏書》十八卷《呂虔傳》注引王隱《晉書》云'年過五十'。"○余嘉錫曰："若依王

56

隱書計之，則祥當生於漢光和三年，至延康元年，年四十有一；即下至黃初七年魏文崩時，亦止四十七。總之，與年垂耳順之語不合。此蓋臧榮緒誤依虞預，而唐史臣因之，未及考之王隱《書》也。”

“吕虔”，大典顯常曰：“《魏志》十八：‘吕虔字子恪，任城人，遷徐州刺史。’”

“別駕”，胡三省曰：“別駕從事，刺史行部則奉引録衆事。”《通鑒·漢紀五十》注。又曰：“杜佑曰：別駕從事史，從刺史行部，別乘一乘傳事，故謂之‘別駕’。”同上《漢紀五十八》注。

“海沂之康”，胡三省曰：“徐州地東際海，西距泗沂，故曰海沂。”《通鑒·魏紀九》注。○大典顯常曰：“按《一統志》，徐州東至淮安府，北至兗州府，實爲東海之地。沂水源發自青州府，沂水縣南流至沂州，與祊水合，《禹貢》‘淮沂其乂’是也。沂州在兗州府城東三百六十里，秦漢晉皆爲琅琊郡地，至後魏於此置北徐州。王爲琅琊沂人，而歌又曰‘海沂之康’，則當時蓋屬徐州也。”○秦士鈜曰：“海，東海。沂，沂水。當時屬徐州。”

【彙評】

朱熹曰：“王祥孝感，只是誠發於此，物感於彼。或以爲内感，或以爲自誠中來，皆不然。王祥自是王祥，魚自是魚。今人論理，只要包含一個渾淪底意思，雖是直截兩物，亦强衮合説，正不必如此。”《朱子語類》卷一三六。

劉應登曰：“臨沂王氏，衣冠極盛，與江左六朝相終始，皆祥之家，豈非孝友之報？”

方弘静曰：“諸葛亾與王祥同時，俱不得後母。祥幾不免，亾以誣遠徙。或謂祥有賢弟，而惜亾乃如伯奇也。夫祥篤行者也，亾清談士也，逆則誣之，狂則自取，惡可並論哉！”《千一録》卷二十五。

馮夢龍曰：“王祥事繼母至孝，母私其子覽，而酷待祥。覽諫不聽，每有所虐使祥，輒與祥俱，飲食必共。母感動，均愛焉。事與田叔暴坐待王類。”《智囊補》卷四。

凌濛初曰：“祥既難及，覽亦難，覽妻更難。”

潘游龍曰：“祥之至孝超卓，不事清談，又有政事之才，後用爲公輔，真可以表帥天下。惟當魏晉革命之際，初無一言，而亦隨衆拜遷也，君子惜之。至如石苞、賈充、王沈之徒，奚足責哉！按祥事繼母至孝，起爲三公，人所知也。祥弟覽，乃繼母所生，每與祥代勞，母嘗以酒毒祥，覽輒取飲，母驚，乃覆之。覽婦亦與祥婦均苦役，卒能調和母子如一。人知祥之孝，而不知覽之悌，乃所以爲孝也。可見爲王祥之孝子固難，爲王覽之悌弟更自不易耳。”《康濟譜》卷四。

計大受曰：“祥之事其繼母，以篤孝純至稱，乃爲魏太尉，復臣晉武，則何也？疑祥固矯情飾行，干竊時譽，躍冰之魚、入幕之雀，皆僞爲之而僞傳之者耳。不然，雖古大孝，所感未聞動人驚嘆至此。史臣曰孝爲德本，王祥所以當仁。其求生害仁，殺身成仁之義不亦乖乎？忠不可移於君，亦知本之未嘗立矣。”《史林測義》卷十三。

沈長卿曰：“王祥、李密，世所稱孝子也。祥歷仕漢魏，至高貴鄉公之立，以定策功封侯，拜光禄勳，轉司隸校尉，且尊崇爲太學師。及高貴鄉公弑，祥僅以涕淚塞默而已。晉武立，又拜太保進爵爲公。其出處如是。密與祥同時，以故君爲僞朝，悖義傷教，一至於此，而天下後世無非之者，豈忠孝有二道歟？抑溫嶠之絕裾真，而王祥之臥冰假歟？自徵聘途開，粉飾百出，篡漢之巨奸，固嘗舉孝廉者，何責於此輩哉！”《沈氏日旦》卷三。

黄可纘曰：“於繼母則爲解衣臥冰，幾至滅性於所天則，坐視賊臣揮刃，不發一言，求忠臣必於孝子之門，不幾爲虛語乎哉！”佚名《尚論編》卷七引。

唐汝詢曰：“晉廷諸世胄，王氏爲選首。虞刀光其前，淮水昌其後。問君何能爾，實維敦孝友。太保少無恃，偃蹇依嚚母。徒感冰間魚，難辭牛下篘。哲哉異母弟，連枝情更厚。楚撻每抱持，非禮咸趨走。繞樹泣丹柰，取觴翻毒酒。氣和恒致祥，家聲信能久。君親非二途，王公知之否。仁孝苟有餘，忠貞竟何如。晉王加九錫，猶爲長揖客。魏寢化爲墟，復戀承明廬。君看魏范粲，終身不下車。”《顧氏詩史》卷八。

王夫之曰：“當時人士所推而後世稱道弗絕者，傅嘏也，王昶也，王祥也，鄭小同也。數子者，以全身保家爲智，以隨時委順爲賢，以靜言處錞爲道，役於亂臣而不怍，視國之亡、君之死，漠然而不動於心，將孔子所謂賊德之鄉愿，殆是乎！風尚既然，禍福亦異，天下之圖安而思利者，固必塞裳而從之，禄位以全，家世以盛，而立人之道幾於息易。嗚呼！此無道之世所以崩風壞俗而不可挽也。雖然，有未可以過責數子者存焉。魏之得天下也不以道，其守天下也不以人，其進天下之士也不以禮，士生其時，不能秉耒而食，葛屨而履霜也。無管寧之操，則抑與之波流，保其家世而已耳。故昶與祥皆垂裔百年而享其名位，兢兢門内之行，自求無過，不求有益於當時。士之不幸，天所弗求全也。"《讀通鑑論》卷十。

方苞曰："祥難得，覽尤難得。冰魚躍出，炙雀飛來，天且能盛，而況於人！虐難如朱，悟而知愛矣。"

蔣凡曰："王祥之流位居台輔而不預政事，僅是司馬氏'以孝治國'的政治標本而已。朝廷利用王祥之孝名，王祥同樣也利用朝廷來興盛其家族利益。後來琅琊王氏家族，衣冠極盛，而與兩晉南朝相始終，祥與弟覽，開創之功不可沒。"

15

晉文王稱阮嗣宗至慎[1]，每與之言，言皆玄遠[2]，未嘗臧否人物。《魏書》曰："文王諱昭，字子上[3]，宣帝第二子也。"《魏氏春秋》曰："阮籍字嗣宗，陳留尉氏人，阮瑀子也。宏達不羈，不拘禮俗。兗州刺史王昶請與相見，終日不得與言。昶愧歎之，自以不能測也。口不論事，自然高邁。"李康《家誡》曰："黃書侍坐於先帝[4]，時有三長史俱見，臨辭出，上曰：'爲官長當清、當慎、當勤，修此三者，何患不治乎？'並受詔。上顧謂吾等曰：'必不得已而去，於斯三者何先？'或對曰'清固爲本'。復問吾，吾對曰：'清慎之道，相須而成，必不得已，慎乃爲大。'上曰：'辨言得之矣[5]。可舉近世能慎者誰乎？'吾乃舉故太尉荀景倩、尚書董仲達、僕射王公仲。上曰：'此諸人者，溫恭朝夕，執事有恪，亦各其慎也。然天下之至慎者，其唯阮嗣宗乎！每與之言，言及玄遠[6]，而未嘗評論時事，臧否人物，可謂至慎乎[7]！'"

---

〔1〕"至慎"，程炎震曰："'至慎'上《御覽》有'天下之'三字，蓋雜注文。"朱鑄禹曰："《太平御覽》三九〇《言語門》引'至慎'上有'天下之'三字，蓋誤雜入注文。"

〔2〕"言皆"，《太平御覽》三九〇引"皆"作"及"。

〔3〕"子上"，董刻本"子"作"于"。王利器曰："各本'于'作'子'，是。"楊勇曰："宋本作'于上'，非。"

〔4〕"黃書"，沈劍知曰："'黃書'乃'昔嘗'之訛，他本皆不誤。"周一良《批校》曰："黃書，昔嘗。"

〔5〕"辨言"，沈劍知曰："'辨'乃'卿'之訛，他本皆不誤。"周一良《批校》曰："辨，卿。"

〔6〕"言及玄遠"，恩田仲任曰："《淵鑒類函》引《家誡》作'言極玄遠'。"

〔7〕"可謂至慎乎"，程炎震校曰："'可謂至慎乎'別一宋本'謂'字上有'不'字。"朱鑄禹曰："《三國志·魏志》引《家誡》'乎'作'矣'。"

○“晉文王”至“臧否人物”

“至慎”，何焯曰：“馬昭謂嗣宗至慎，在《李通傳》注中。”趙一清《三國志注補》卷二十一引。○大典顯常曰：“余謂嗣宗不評論時事，臧否人物，蓋有心矣，豈徒慎乎？老賊寧復知之，而故言如斯夫！”○田中頤曰：“事曰謹，言曰慎。至慎，於言語無玷之謂。”

“玄遠”，田中頤曰：“言皆中理，無可疵瑕。”

“未嘗臧否人物”，恩田仲任曰：“《十八史略》注曰：‘言人善曰臧，言人惡曰否。’”○田中頤曰：“臧否，猶言是非好惡也。人物，猶言人材人德也，言未嘗褒貶黜陟人，心內之所有，恐有一不中，誤人不少故也。”○程炎震曰：“《文選》二十一卷《五君詠》注引臧榮緒《晉書》曰：‘阮籍雖放誕，不拘禮教，發言玄遠，口不評論臧否人物。’”○楊勇曰：“嵇康《與山巨源絕交書》曰：‘阮嗣宗口不論人過，吾每師之，而未能及，至性過人，與物無傷，唯飲酒過差耳。’”

○注“魏氏春秋曰”

《魏氏春秋》，沈濤曰：“《孫盛傳》：‘著《魏氏春秋》《晉陽秋》。’案盛避晉鄭太后諱改‘春秋’為‘陽秋’，則《魏氏春秋》亦當改為‘陽秋’。今仍作‘春秋’，《隋書·經籍志》亦作‘春秋’，當是後人追改。”《爮斗齋》卷五。○沈家本曰：“《隋志》‘古史類’：‘《魏氏春秋》二十卷，孫盛撰。’《唐志》卷同，‘氏’作‘武’，誤。《晉書》本傳亦作‘魏氏’也。其書宋世亦亡。”《古書目》卷一。○葉德輝曰：“《隋志》：二十卷。云孫盛撰。”《書目》。

“王昶”，秦士鉉曰：“王昶字文舒，魏司空。”

○注“李康家誡曰”

“李康”，恩田仲任曰：“王隱《晉書》曰：‘緒子秉，字玄冑，為時人所貴，官至秦州刺史。秉嘗答司馬文王問，因以為《家誡》。’”○秦士鉉曰：“李康字玄冑，魏秦州刺史。《晉書》‘康’作‘景’，東陽太守重之父。”○嚴可均曰：“《魏志·李通傳》注引王隱《晉書》：‘秉嘗答司馬文王問，因以為《家誡》。’又《世說·德行篇》注及《御覽》四百三十引王隱《晉書》並作‘李康’，因‘秉’字俗寫與‘康’形近而誤也。李康字蕭遠，中山人。《文選·運命論》注

60

引劉義慶《集林》，康早卒，未必入晉也。又案《世說・言語篇》注引《晉中興書》：'李充，江夏鄳人，祖康，父矩，皆有美名。'彼'康'字亦'秉'之誤。"《全晉文》卷五十三注。○勞格曰："《李重傳》：'父景，泰州刺史，都亭定侯。'景，《永嘉流人名》作'康'，王隱《晉書》作'秉'，《傳》作'景'係唐史臣避世祖諱。"《雜識》卷四《校勘記中》。○李慈銘曰："'李康'當作'李秉'。《三國志・李通傳》注引王隱《晉書》作'李秉'，'秉'與'康'字形近也。各本皆誤。秉字玄冑，通之孫也。所云先帝者，司馬昭也。秉官至秦州刺史、都亭定侯。唐修《晉書》附見其子《重傳》，改'秉'作'景'者，避世祖昞字嫌諱。"《簡端記》。○沈家本曰："李康《家誡》，隋唐志皆不著錄。此注所引爲康與司馬昭論清慎勤事，今附於儒家之後。"《古書目》卷五。○程炎震曰："李康，重之父，式之祖也。《魏書・李通傳》：'子基，兄緒。'裴注引王隱《晉書》曰：'緒子秉，字玄冑。秉子重，字茂曾。'亦引《家誡》此文。《晉書・重傳》則云：'父景。'知裴注作'秉'爲是。《晉書》乃唐人避諱所改，'康'則形近而誤。嚴鐵橋《全晉文》五十三亦定爲'李秉'，而未悟'景'即'秉'也。"○劉盼遂曰："'康'字皆'秉'之誤。《魏志》十八《李通傳》注引王隱《晉書》：'秉嘗答司馬文王問，因以爲《家誡》。'可證。《晉書・李重傳》：'過字茂曾，景子。'因'秉'音同'昺'，避唐祖嫌名，故易爲'景'。使玄冑名康，何緣改作'景'邪？魏時本有字蕭遠之李康，作《運命論》，特早卒，不及與晉文王問答也。"○唐鴻學曰："'康'爲'秉'之譌，《御覽》四百三十引王隱《晉書》亦譌。'康'，《魏志・李通傳》作'秉'，不譌。《晉書・李重傳》，重父景，景即秉也，此應訂正。《言語篇》引《晉中興書》亦譌'康'。秉字玄冑，江夏平春人，漢汝南太守孫，仕魏爲秦州刺史。晉受禪，封都亭侯，卒，謚曰定。"○沈劍知曰："李康《家誡》，待考。《世說書目》不列。"○王利器曰："'李康'當作'李秉'，《三國・魏志・李通傳》引王隱《晉書》：'李緒子秉，字玄冑，有儁才，爲時所貴，官至秦州刺史。秉嘗答司馬文王問，因以爲《家誡》。'"

"必不得已而去"，秦士鉉曰："見《論語》。"

"苟景倩"，秦士鉉曰："景倩，苟顗字。"

"溫恭朝夕"二句，大典顯常曰："《詩・商頌・那》篇語。"《集成》。

【彙評】

劉辰翁曰：“曠達之人，而稱其至慎。老賊復自有見也。”

沈作喆曰：“司馬昭稱阮嗣宗言及玄遠，而未嘗評論時事，臧否人物，可謂至謹。世皆以昭爲知嗣宗者，非也。昭方圖魏，惡人之知其微也，故爲此語以諷在位，使不敢言耳。大率姦臣擅國，皆深畏天下士議論長短，發其機謀，古今一律，可監戒也。”《寓簡》卷三。

李贄曰：“然則籍本高邁曠遠之士也，而晉帝以爲至慎，何哉？所謂亦各其慎也，難與俗士道矣。”《初潭集》卷二十四。

凌濛初曰：“猶多青白眼。”

鍾惺曰：“‘至慎’二字，說向嗣宗身上，驚人。具眼卓識，嗣宗知己。”○曰：“文王看嗣宗，盡深矣，然未免被嗣宗瞞過。英雄近疏，名士近密，各不相妨。”○曰：“‘禮俗’二字合來妙。”評注《魏氏春秋》“禮俗”。○曰：“問得妙。”評注李康《家誡》“爲官長當清”三句。○曰：“‘慎’之一字，特達曠觀。阮稱爲‘至慎’，而嵇自謂‘顯明臧否’；阮稱爲‘識密鑒洞’，而嵇自謂‘好善闇人’；此成敗吉凶之所以異也。然則有同乎？曰有。烏乎同？曰無欲，曰不偏。”《史懷》卷十九。

張端木曰：“清、慎、勤三字，後世奉爲寶訓，乃出自司馬昭，所謂不以人廢言也。”評注李康《家誡》“爲官長當清”三句。○曰：“魏晉人物，首及阮嗣宗、嵇叔夜、王濬沖。作書之宗旨已見。”

伯克利手批曰：“對姦逆人不得不自遠也，慎也。昭何足與慎者。”

方苞曰：“評論時事，臧否人物，最易遭尤而賈禍。有識者定當以嗣宗爲法。”

陶珽曰：“宋陳郁《藏一話腴》論籍察微見遠，寄託保身。可與此參看。見《說郛》鈔本卷五。”

湯用彤曰：“自東漢黨禍以還，曹氏與司馬歷世猜忌，名士少有全者。士大夫懼禍，乃不評論時事，臧否人物。此則由漢至晉，談者由具體事實至抽象原理，由切近人事至玄遠理則，亦時勢所造成也。”《論稿》頁一四。

陳寅恪曰：“夫自然之旨既在養生遂性，則嗣宗之苟全性命仍是自然而非名教。又其言必玄遠，不評論時事、臧否人物，則不獨用此免殺身之禍，並且將東漢末年黨錮諸名士具體指斥政治表示天下是非之言論，一變而爲完全抽象玄理之研究，遂開西晉以降清談之風派。然則世之所謂清談，實始於郭林宗，而成於阮嗣宗也。"《關係》，《叢稿初編》頁二〇七至二〇八。

盧盛江曰："阮籍之所以這樣，當然為了避禍，但另一方面，又何嘗不表現出一種性度的修養，一種超然一切的氣度？"《思想》頁六一。

16

　　王戎云："與嵇康居二十年，未嘗見其喜愠之色。"
《康集敘》曰："康字叔夜，譙國銍人。"王隱《晉書》曰："嵇本姓溪〔1〕，其先避怨，徙上虞移譙國銍縣〔2〕。以出自會稽，取國一支，音同本奚焉。"虞預《晉書》曰："銍有嵇山〔3〕，家於其側，因氏焉。"《康別傳》曰："康性含垢藏瑕，愛惡不爭於懷，喜怒不寄於顏。所知王濬沖在襄城，面數百，未嘗見其疾聲朱顏。此亦方中之美範，人倫之勝業也。"《文章敘錄》曰："康以魏長樂亭主婿遷郎中〔4〕，拜中散大夫。"

　　〇"王戎云"至"喜愠之色"

　　"未嘗見其喜愠之色"，沈劍知曰："《晉書·嵇康傳》：'戎自言與康居山陽二十年，未嘗見其喜愠之色。'《三國志·王粲傳》裴松之注引《魏氏春秋》：'康寓居河內之山陽縣，與之游者，未嘗見其喜愠之色。'"〇王叔岷曰："《論語·公冶長篇》：'令尹子文三仕為令尹，無喜色；三已之，無愠色。'"

　　〇注"康集敘曰"

　　《康集敘》，葉德輝曰："《隋志》有魏中散大夫嵇康集十三卷。"《書目》。

──────

〔1〕"姓溪"，何焯校"溪"作"奚"。桃井白鹿曰："溪，當作'奚'。《晉書·嵇康傳》作'奚'。"天保手批曰："一作'溪'，非。"沈劍知曰："宋本、沈校本'溪'作'奚'。據下云'音同本奚'，則'溪'自誤。虞預《晉書》亦作'奚'。"余嘉錫曰："'溪'景宋本及沈本俱作'奚'。"徐震堮曰："'溪'影宋本及沈校本作'奚'，是。下文'音同本奚'可證。"趙西陸校曰："據下文云'音同本奚'，則'溪'字誤。《志》注引虞預《晉書》亦作'奚'。袁本誤'奚'為'溪'。"

〔2〕"徙上虞"，桃井白鹿曰："徙，當作'從'。嵇康其先本會稽上虞人，以避怨徙譙國。"

〔3〕"銍有嵇山"，趙西陸曰："《志》注引虞預《晉書》作'一曰銍有嵇山'。《水經·淮水注》引此作《嵇氏譜》。'銍'作'譙'。《太平寰宇記》十七，嵇山在臨渙縣西北三十五里。"

〔4〕"亭主婿"，天保手批曰："'亭'當作'公'。"沈劍知曰："宋本'婿'作'聟'，古今字。"

○注"王隱晉書曰"

"嵇本姓溪",胡三省曰:"《晉書》曰:康之先姓奚,會稽上虞人,以避怨徙譙郡銍縣,銍有嵇山,家於其側,因以命氏。"《通鑒·魏紀十》注。○姚範曰:"虞預《晉書》云:'康家本姓奚,會稽人。先自會稽遷於譙郡銍縣,改爲嵇氏。取"稽"字之上,加"山"以爲姓,蓋以志其本也。一曰銍有嵇山,家於其側,遂氏焉。'余謂取'尤'而易'旨'爲'山'耳。"《援鶉堂》卷三十。○沈劍知曰:"《三國志·袁粲傳》裴注引(虞預《晉書》)云:'康家本姓奚,會稽人。先自會稽遷於譙之銍縣,改爲嵇氏。取"稽"字之上"山"以爲姓,蓋以志其本也。'按'取稽之上山以爲姓'句費解,意當謂取'稽'字之上半,配'山'字成'嵇',遂以爲姓也。'山'字上必有脫字。而此引王隱《晉書》云'以出自會稽,取國一支,音同本奚',其意亦同。"○徐震堮曰:"《魏志·王衛二劉傅傳》注引虞預《晉書》曰:'康家本姓奚,會稽人。先自會稽避於譙之銍縣,改爲嵇氏。取"稽"字之上,加"山"以爲姓,蓋以志其本也。'尤爲確證。"

"取國一支",岡白駒曰:"銍縣與上虞等皆會稽之所領,故云國一支。"○桃井白鹿曰:"國,嵇氏故國,即會稽。一支,分物之半。《魏志·盧全傳》:'豎裂其券,一支付勳人,一支付行臺。'言以其先出自會稽,分'會稽'二字,取其一支'稽'字,音同本姓奚,改姓爲'嵇'也。"《補遺》。○恩田仲任曰:"《太平廣記》引《神仙傳》曰:'吕恭字文敬,於太行山中採藥,忽見三人。一人曰"我姓吕字文起",次一人曰"我姓孫字文陽",次一人曰"我姓王字文上"。"公既與我同姓,又字得吾半支,此公命當應長生。"'云云。半支,猶言半體。一支,猶言一體。取'稽'字之上體,故曰'一支'。"○秦士鉉曰:"上虞屬會稽,'國'即郡也。"○沈劍知曰:"'國'謂會稽,'一支'謂字之偏旁,猶人之一支一體也。"

"銍有嵇山"三句,趙一清曰:"《水經注》引《嵇氏譜》。"《三國志注補》卷二十一。

○注"康別傳曰"

《康別傳》,葉德輝曰:"《嵇康別傳》,(《隋志》不著録。)《文選》注引用。"《書目》。沈劍知按曰:"《三國志·袁粲傳》注已引用。"

"含垢藏瑕",吴金華曰:"比喻寬容大量,特指對於一般人所不能容忍的壞

64

人壞事抱着寬容的態度。"《考釋》頁一〇至一一。

"喜怒不寄於顏"，恩田仲任曰："《康別録》云：'孫登謂康曰：君性烈而才滿，其能免乎？'然則登曾見其喜愠矣。故康臨終時作自責詩曰：'欲寡其過，謗議沸騰，性不傷物，頻致怨憎，昔慚柳下，今愧孫登。'"

○注"文章敘録曰"

《文章敘録》，沈家本曰："《隋志》：'《雜撰文章家集敘》十卷，荀勖撰。'《舊唐志》'五卷'，無'敘'字。《新志》與《舊志》同，亦作'五卷'，有'敘'字，'雜撰'作'新撰'，似即此書。"《古書目》卷二。○葉德輝曰："《隋志》不著録。《書鈔·設官部十八》引用。"《書目》。○張政烺曰："《新撰文章家集敘》一書，久佚不傳。《三國志注》《世説新語注》等書徵引，皆簡稱《文章敘録》。"余嘉錫引。

"長樂亭主"，桃井白鹿曰："《晉書》：'康與魏宗室婚。'《類書纂要》：'諸王女封鄉亭公主。'"○秦士鉉曰："康妻沛王林子之女。諸王女封鄉亭公主。"○余嘉錫曰："《魏志》二十'沛穆王林薨，子緯嗣'注云：'案《嵇氏譜》，嵇康妻，林子之女也。'據此知長樂亭主乃曹操之曾孫女。《文選·恨賦》注引王隱《晉書》曰：'嵇康妻，魏武帝孫、穆王林女也。'與譜異，當以譜爲正。"

"中散大夫"，秦士鉉曰："中散大夫六百石，掌顧問應對，無常事。"

【彙評】

劉辰翁曰："又與忤物致憎、靳鍾會意別。"

李贄曰："甚矣，史之文勝質也。方其揚槌不顧之時，目中無鍾久矣，其愛惡喜怒爲如何者？此雖中散之累，而不足以損中散之高，胡爲乎蓋之哉！"《初潭集》卷二十。

周紀彬曰："觀其《與山巨源絕交書》等文，也絕非平生謹小慎微、氣息奄奄者所能做得出的。以此觀之，所云'二十年未嘗見其喜愠之色'，未必全然可信，或僅是他爲人的一個方面而已。"《札記》。

羅宗強曰："與人交往而喜愠不形於色，是他的玄學思想修養，他所追求的和平寧靜的人生境界對於自己性情的一種自我制約的結果，而其實並不是他的性格的表現。他的性格，是剛直峻急。"《心態》頁一一七。

65

王戎、和嶠同時遭大喪，俱以孝稱。王雞骨支牀，和哭泣備禮。《晉諸公贊》曰：“戎字濬沖，琅邪人，太保祥宗族也。文皇帝輔政，鍾會薦之曰：‘裴楷清通，王戎簡要。’即俱辟爲掾。晉踐祚〔1〕，累遷荆州刺史，以平吳功，封安豐侯。”《晉陽秋》曰：“戎爲豫州刺史，遭母憂，性至孝，不拘禮制，飲酒食肉，或觀棋弈，而容貌毀悴〔2〕，杖而後起。時汝南和嶠，亦名士也，以禮法自持。處大憂，量米而食，然顇領哀毀〔3〕，不逮戎也。”武帝謂劉仲雄曰〔4〕：王隱《晉書》曰：“劉毅字仲雄，東萊掖人〔5〕，漢城陽景王後也。亮直清方，見有不善，必評論之。王公大人，望風憚之。僑居陽平〔6〕，太守杜恕致爲功曹，沙汰郡吏三百餘人。三魏僉曰：‘但聞劉功曹，不聞杜府君。’累遷尚書、司隸校尉。”“卿數省王、和不？聞和哀苦過禮〔7〕，使人憂之。”仲雄曰：“和嶠雖備禮，神氣不損；王戎雖不備禮，而哀毀骨立。臣以和嶠生孝，王戎死孝。陛下不應憂嶠，而應憂戎。”《晉陽秋》曰：“世祖及時談以此貴戎也。”

○“王戎和嶠”至“使人憂之”

“俱以孝稱”，田中頤曰：“名同而所爲則相反。”

〔1〕“踐祚”，朱鑄禹曰：“袁本作‘阼’。”
〔2〕“容貌”，董刻本“貌”作“皃”。沈劍知曰：“宋本‘貌’作‘皃’，古今字。”朱鑄禹曰：“袁本作‘貌’。案‘皃’，‘貌’之古字。”
〔3〕“顇領”，董刻本作“憔悴”。
〔4〕“仲雄曰”，董刻本、沈校本無“曰”字。何焯曰：“一無‘曰’字。”朱鑄禹曰：“袁本下有‘曰’字，是。”
〔5〕“掖人”，董刻本作“不夜人”。程炎震曰：“‘掖’別一宋本作‘不夜’。”王利器曰：“蔣校本同，袁本、曹本、王本、凌本、補本‘不夜’作‘掖’。《晉書·劉毅傳》亦云：‘東萊掖人。’案作‘掖’是。《晉書·地理志》下東萊國有掖縣，無不夜。‘不夜’當是‘掖’字誤分爲二，又把‘扌’錯成‘不’了。”楊勇曰：“疑‘不夜’爲‘掖’之離文。”
〔6〕“陽平”，徐震堮曰：“《晉書·劉毅傳》作‘平陽’。案《通鑑》九六《晉紀》注：‘魏郡、陽平、廣平爲三魏。’下云‘三魏僉曰’，則作‘陽平’是也。”
〔7〕“過禮”，董刻本、元刻本、何焯校無“禮”字。程炎震曰：“別一宋本無‘禮’字。”朱鑄禹曰：“袁本下有‘禮’字，是。”

"雞骨支牀"，劉應登曰："言其骨立。"○謝肇淛曰："王戎'雞骨牀'，注者不解所以，後人讀者釋有二義，一云飲酒食肉，所棄雞骨，至可以支牀；一云瘦骨若雞，僅堪支持牀上。二說覺後者爲長。"《文海披沙》卷一。○大典顯常曰："言殺雞之骨多已。《文海披沙》言瘦骨如雞僅堪支持牀上，太鑿，不通。"按恩田仲任亦曰："謝肇淛《文海披沙》云云，大誤，可笑。"○淇園曰："'支牀'是言以所食雞之餘骨置之於牀腳踑扅者之下以支撐之，即南方老人支牀颭之支牀也。王喪中食雞，故曰'不備禮'也。不然，'不備禮'三字義無所當矣。"○田中頤曰："謂瘦骨如雞，僅扶牀立。"

"哭泣備禮"，田中頤曰："謂哭泣辟踊，盡備禮制。"

"使人憂之"，田中頤曰："武帝心私，短王以問；仲雄因激，短和以對。"

○"仲雄曰"至"應憂戎"

"神氣不損"，田中頤曰："即'哭泣備禮'之注腳。"

"不備禮"，嚴復曰："所重性情而汰落儀節，此其所由爲'簡要'也歟？"

"哀毀骨立"，胡三省曰："骨立者，言其瘠甚，身肉俱消，唯骨立也。"《通鑒·魏紀十》注。○田中頤曰："即'雞骨支牀'之注腳。又'備禮'下省'而'字，自見其備禮之矯飾焉；'不備禮'下用'而'字，乃知其不備禮之情實焉。"○張萬起曰："哀毀，因悲哀而傷身體。"《詞典》頁六三二。

"和嶠生孝王戎死孝"，桃井白鹿曰："矯內飾外，生者之事。王戎神氣內損，禮法外廢，故曰死孝。"○大典顯常曰："生孝，言盡生人之禮也。死孝，言盡哀死之情也。"○平賀房父曰："生死，謂生死禮也。言和生用禮而行孝，王死滅禮而成孝。"○淇園曰："外面備禮故曰生，中心極哀故曰死。言和以示生人，王以悼死者也。"○田中頤曰："外面備禮以示生人，且其神全，故曰生孝。中心極哀，唯悼死者，且其神損，故曰死孝。"○沈劍知曰："《潛確居類書》七十引《典略》：'戴伯鸞母卒，居廬啜粥，非禮不行，弟叔鸞食肉飲酒，哀至乃哭，二人俱有毀容。世謂伯鸞死孝，叔鸞生孝。'按生孝死孝之稱，始見於是。惟以備禮者爲死孝，越禮者爲生孝，與《世說》所以稱戎嶠者適相反。"

"憂戎"，田中頤曰："'憂'字自'死孝'來，'死孝'自'哀毀骨立'來。"

◎程炎震曰："《晉書·王戎傳》云：'時和嶠亦居父喪。'考《嶠傳》不言父喪去官，而嶠父附見於《魏書·和洽傳》內，則未嘗入晉矣。《戎傳》云：

'自荆州徵爲侍中，後遷光禄勳、吏部尚書，以母憂去職。'《嶠傳》亦云：'太康末爲尚書，以母憂去職。'據戎爲豫州在咸寧五年，而劉毅卒於太康六年，知戎、嶠遭憂必在此數年中，而《晉書·戎傳》稱和嶠父喪，《嶠傳》稱太康末，皆有誤字也。"○王佩諍曰："此條均略見《晉書》戎本傳。"

○注"晉諸公贊曰"

"裴楷清通王戎簡要"，秦士鉉曰："清而能通，簡而能要，是爲吏部之選。"○嚴復曰："清通者，中清而外通也；簡要者，知禮法之本而所行者簡。二者皆老莊之道。"龔斌按曰："稱'簡要者知禮法之本'，則未必。""簡要"義參見《賞譽篇》"王濬沖裴叔則二人總角詣鍾士奇"條。

○注"晉陽秋曰"

"戎爲豫州刺史"，沈劍知曰："《晉書·王戎傳》：'遷光禄勳、吏部尚書，以母憂去職。'按戎爲豫州刺史，遠在吏部尚書前，未知孰是。"

"容貌毀悴"二句，天保手批曰："太宰純曰：焉有'飲酒食肉'而'容貌毀悴，杖而後起'者哉？《晉陽秋》之妄如此。"

"處大憂"，秦士鉉曰："大憂，謂親喪也。"

"量米而食"，秦士鉉曰："量米，謂朝一溢米，夕一溢米。"

◎鍾惺曰："此二段判定古今真僞公案。"

○注"王隱晉書曰"

"景王"，秦士鉉曰："景王諱章。"

"僑居"，秦士鉉曰："旅寓也。"○天保手批曰："旅寓而居也。"

"杜恕"，秦士鉉曰："杜恕字務伯，魏幽州刺史。"○程炎震曰："《魏志·杜恕傳》不言爲陽平，則別是一人，非元凱之父。"

"致爲功曹"，天保手批曰："致，召致也。"

"沙汰"，胡三省曰："以水淘去沙石謂之沙汰，故以喻去不肖。"《通鑒·梁紀五》注。○桃井白鹿曰："猶澄汰也。溫史《晉武帝紀》：'苟才不周用，皆宜澄汰。'注：'以用水爲喻，澄之使清，而汰去其沙泥也。'"○秦士鉉曰："孫綽：'沙之汰之，瓦礫在後。'又《齊民要術》：'淘汰漉而蒸之。'皆謂漉而分別之。"

"三魏"，胡三省曰："魏郡、陽平、廣平爲三魏。"《通鑒·晉紀十八》注。

【彙評】

林同曰："要以禮法論，休言哀毀同。但觀生和嶠，定勝死王戎。"《孝詩》。

劉辰翁曰："晉人故別，寫至此亦復別，今人誰辦？"

王思任曰："脈從冬日夏日來。"

狄期進曰："《禮》曰：'居喪之禮，毀瘠不形，視聽不衰。不勝喪，乃比於不慈不孝。'"

方苞曰："戎不拘禮制，嶠以禮法自持。"

章藻功曰："銷形容於雞骨，死孝奚堪？付性命於鴻毛，生機輒盡。"《思綺堂文集》卷一《悼亡婦文》。

田中頤曰："孝尚誠實。"

余嘉錫曰："孝友之道，關乎天性，未有孝於其親而薄於骨肉者。而孝之與友，尤不單行。王戎女貸錢數萬而色不悦，必待還錢乃始釋然。和嶠諸弟食其園李，皆計核責錢。二人之重貨財而輕骨肉如此。王戎猶可，若和嶠之視兄弟如路人，雖不得遽謂之不孝，而其所以事親養志者，殆未能過從其厚矣。"

18

梁王、趙王，朱鳳《晉書》曰："宣帝張夫人生梁孝王肜[1]，字子徽[2]，位至太宰。桓夫人生趙王倫[3]，字子彝，位至相國。" 國之近屬，貴重當時。裴令公《晉諸公贊》曰："裴楷字叔則，河東聞喜人，司空秀之從

---

〔1〕 "梁孝王肜"，程炎震："'肜'別一宋本作'彤'。"徐震堮曰："'肜'沈校本作'彤'，《晉書・本傳》同。"楊勇曰："宋本作'彤'，非。"

〔2〕 "子徽"，董刻本、元刻本作"子微"。楊勇曰："宋本作'子微'，非。"

〔3〕 "桓夫人"，董刻本"桓"作"栢"。程炎震："'桓'別一宋本作'柏'，是也。《晉書・宣五王傳》及《趙王倫傳》皆作'柏'。《文選・關中詩》注引亦誤作'桓'，胡氏《考異》據《晉書》正之。"吳士鑑《斠注》卷三十八："《世說・德行篇》注、《文選・關中詩》注引朱鳳《晉書》作'桓'，誤也。初當作'柏'，後人誤以爲'桓'，又避諱缺筆作'栢'也。"沈劍知曰："宋本'桓'作'栢'，《晉書・趙王倫傳》亦作'栢'。或宋刊避諱欽宗諱，闕畫作'栢'，又訛爲'柏'也。"王利器曰："各本'栢夫人'都作'桓夫人'，《文選・關中詩》注引朱鳳《晉書》亦作'桓夫人'；《晉書・趙王倫傳》作'栢夫人'，與宋本《世說》同。'栢'就是'桓'避宋諱缺末筆形近錯的。"

弟也。父徽，冀州刺史，有俊識。楷特精《易》義。累遷河南尹、中書令，卒[1]。"

歲請二國租錢數百萬，以恤中表之貧者。或譏之曰："何以乞物行惠[2]?"裴曰："損有餘，補不足，天之道也。"

《名士傳》曰："楷行己取與，任心而動，毀譽雖至，處之晏然。"皆此類。

○"梁王趙王"至"貴重當時"

"近屬"，崔朝慶曰："言最近之親屬也。"

"貴重當時"，田中頤曰："先寫富貴有餘之狀，勢焰如此，焉得容一指點!"

○"裴令公"至"天之道也"

"恤中表之貧"，桃井白鹿曰："中表，内外親黨也，《夙惠篇》'李元禮有盛名，詣門者皆俊才清稱及中表親戚乃通'是也。《晉書》作'親族'。"○恩田仲任曰："《文選》注：'中表，内外姨舅兄弟也。'"○秦士鉉曰："中表，内外親黨也。"○天保手批曰："中，同親；表，外戚。《文選》'中表'不同。李周翰云：'中表，内外姨舅兄弟也。'"○崔朝慶曰："恤，周濟也。中表，猶言内外，父之姊妹之子爲外兄弟，母之兄弟姊妹之子爲内兄弟，統稱中表。"○趙西陸曰："《文選》：'中表，内外姨舅兄弟也。'按，見庾亮《讓中書令表》注。"按"中表"義參見《言語篇》"孔文舉年十歲"條。

"乞物行惠"，田中頤曰："疑私惠親戚故。"

"損有餘補不足天之道也"，田中頤曰："用《老子》語以明是公而非私也。"○秦士鉉曰："竺常襌納曰：此佛家布施義也。'有餘'二句，老子語。按今僧飽而欲死，百姓飢而欲死，損百姓補僧徒，是不天之道。"○趙西陸曰："《老子》下篇第六十四章：'天之道，損有餘而補不足。'"

○注"朱鳳晉書曰"

"朱鳳晉書"，沈家本曰："《隋志》：'《晉書》十卷，本十四卷，今殘缺。晉中書郎朱鳳撰。訖元帝。'二《唐志》'十四卷'，後出完本。"《古書目》卷四。

---

[1]　"卒"，董刻本、何焯校"卒"上有"以"字。
[2]　"行惠"，元刻本作"布惠"。

○葉德輝曰："《隋志》：十卷。云：'未成，本十四卷，今殘缺。晉中書郎朱鳳撰。'"《書目》。

"位至太宰"，王鳴盛曰："晉人以避景帝諱改太師爲太宰，與太傅、太保爲三公。"《商榷》卷四十七。

○注"名士傳曰"

《名士傳》，葉德輝曰："《隋志》袁、劉外有《海内名士傳》一卷，無撰人，疑即是書。"《書目》。

"行己取與"四句，嚴復曰："此則是'清通'二字注腳。"○吳金華曰："'行己'猶言立身行事。"《考釋》頁一二七。龔斌按曰："此處'行己'作'行事'解較勝。"

【彙評】

劉辰翁曰："此語可入佛經注疏。第己奉不足，中表恨偏。"按恩田仲任曰："可入佛經注疏，言佛教布施義也。中表恨偏，言既行施賑恤，何止限中表也。"

田中頤曰："德人遺嘲。"

19

王戎云："太保居在正始中〔1〕，不在能言之流。及與之言，理中清遠〔2〕，將無以德掩其言〔3〕！"《晉陽秋》曰："祥少有美德行。"

○"王戎云"至"掩其言"

"太保居在正始中"，桃井白鹿曰："正始，魏齊王芳年號。"○程炎震曰：

---

〔1〕 "太保居"，程炎震曰："'居'別一宋本作'君'。"沈劍知曰："沈校本'居'作'君'。"
〔2〕 "理中"，沈校本、何焯校"理中"作"理致"。程炎震曰："'中'宋本作'致'，《晉書》亦作'致'。"沈劍知曰："沈校本'中'作'致'。"徐震堮《札記》曰："《晉書·王祥傳》作'理致清遠'，案《四部叢刊》本中正作'致'。"按徐氏《校箋》以爲"理中"不誤。趙西陸曰："《類說》卷三一引'理中'作'玄理'。"王叔岷同。
〔3〕 "掩其言"，王叔岷曰："（《類說》三一引）'言'下有'乎'字。"

“太保，王祥，武帝踐祚，拜太保。正始，魏齊王芳年號。”

“不在能言之流”，桃井白鹿曰：“時朝野諸賢，多能言者。”○秦士鉉曰：“能言，謂王、何輩。”○田中頤曰：“言當時多能言者，而太保不在其列。”

“理中清遠”，參見校文。田中頤曰：“此能言者流，尤所尊尚。”○秦士鉉曰：“《文學篇》：‘理中之談。’‘中’謂深旨。《史記》：‘深中寬厚。’注：‘中，心也。’”○徐震堮曰：“‘理中’是當時習語。《文學》三八‘豈是求理中之談哉’，《賞譽》一三三注引《王濛別傳》亦有‘談道貴理中’之語。”○楊勇曰：“‘理中’即《文學》之‘中理’。中理者，不偏至中之理也，猶今人所謂真理是也。”○張永言曰：“‘中’謂折衷至當。”《辭典》頁二六〇。○張萬起曰：“凡事理得其當者爲中。理中，即得理之中。”

“將無以德掩其言”，劉辰翁曰：“形容甚至。”○劉淇曰：“‘將無’猶云‘無乃’。”《辨略》卷一。○桃井白鹿曰：“《綱目集覽》：‘將無猶言無乃、得無之類。’胡三省《通鑒注》：‘意以爲是而未敢自主也。’”○平賀房父曰：“將無，當時語，即今‘無乃乎’也。”○淇園曰：“將無，言恐有也。”○田中頤曰：“‘將無’猶言‘無乃’也。凡其欲語之事，以己意揣度定之，不十分斷決，而仍憚其所聞之人意如何以告語之，用此‘將無’字也。此即言常以德掩匿其言，故不在能言之流也。”○徐震堮曰：“將無，商榷之辭。與‘得無’‘莫非’相同。”《釋義》。按“將無”義參見《言語篇》“謝靈運好戴曲柄笠”條、《文學篇》“阮宣子有令聞”條、《雅量篇》“謝太傅盤桓東山時”條。

【彙評】

劉辰翁曰：“祥，戎從祖，語似同時。”王世懋按曰：“祥卒於晉初，戎實曾同時，劉此評何爲者？”

胡三省曰：“正始所謂能言者，何叔平數人也。魏轉爲晉，何益於世哉？王祥所以可尚者，孝於後母，與不拜晉王耳。君子猶謂其任人柱石，而傾人棟梁也。理致清遠，言乎？德乎？清談之禍，迄乎永嘉，流及江左，猶未已也。”《通鑒·晉紀一》注。余嘉錫按曰：“胡氏之論王祥是矣，若其以祥之不拜司馬昭爲可尚，則猶未免徇世俗之論而未察也。”

蔣凡曰：“王祥雖具能言內質，外表卻偏是拱默裝呆。這實是光華斂盡以求明哲保身的人生態度。祥之‘德行’，如此而已。”

王安豐遭艱，至性過人。裴令往弔之，曰〔1〕：“若使一慟果能傷人，濬沖必不免滅性之譏〔2〕。”《曲禮》曰：“居喪之禮，毀瘠不形，視聽不衰。不勝喪，乃比於不慈不孝。”《孝經》曰：“毀不滅性，聖人之教也〔3〕。”

○“王安豐”至“滅性之譏”

“王安豐遭艱”，桃井白鹿曰：“艱，謂大喪。”

“至性過人”，田中頤曰：“謂天資情勝。”

“裴令”，張文虎曰：“濬沖，戎字。裴令者，裴楷也。楷爲中書令，故稱裴令。二人齊名交好，鍾會嘗稱裴楷清通，王戎簡要者，故其言若是。乃《晉書·戎傳》改‘裴令’爲‘裴頠’。按頠爲戎女夫，未有女夫對婦翁而可直呼其字者，雖晉世不拘禮法，亦不應倨傲至此。”《螺江日記》卷七。○程炎震曰：“《晉書》云：‘裴頠，戎之壻也’。”○徐震堮曰：“裴令謂裴楷，《晉書·王戎傳》作裴頠。”《札記》。又曰：“裴令，本書中率指裴楷。”

“若是一慟果能傷人”，田中頤曰：“言見若將一慟之色，猶如前察，能傷我心。”

“不免滅性之譏”，劉辰翁曰：“形容甚至。”○桃井白鹿曰：“孔融《論盛孝章書》：‘其人困於孫氏，妻孥湮没，單子獨立，孤危愁苦，若使憂能傷人，此子不得復永年矣。’與此事異義同。”○淇園曰：“言一慟必至死。”○田中頤曰：“言於其身必不斃則不已。”○張萬起曰：“滅性，指因喪親過度悲痛而危及生命。《孝經·喪親》：‘教民無以死傷生，毀不滅性。’古人認爲哀毀過情，滅性而死，不合孝道。”

---

〔1〕 “裴令往弔之曰”，大典顯常曰：“《晉書·戎傳》作‘裴頠往弔之謂人曰’。”

〔2〕 “濬沖”，楊勇曰：“‘濬’宋本作‘濬’，非。”

〔3〕 “聖人之教”，趙西陸曰：“《孝經》‘教’作‘政’。”

王戎父渾有令名，官至涼州刺史〔1〕。《世語》曰："渾字長源，有才望〔2〕。歷尚書、涼州刺史。" 渾薨，所歷九郡義故〔3〕，懷其德惠，相率致賻數百萬，戎悉不受。虞預《晉書》曰："戎由是顯名。"

○"王戎父渾"至"涼州刺史"

"王戎父渾"，張端木曰："此琅琊王渾也。太原王渾又是一人。"○錢大昕曰："同時有兩王渾，一太原人，一琅邪人。"《考異》卷二十一。○沈劍知曰："同時有兩王渾，一王戎父，涼州刺史，貞陵亭侯，屬琅琊臨沂王氏；一王濟父，司徒，景陵侯，屬太原晉陽王氏。"

"令名"，田中頤曰："爲下言'德惠'作地。"

"官至"，田中頤曰："即'歷九郡'，故用'至'字。"

○"渾薨"至"戎悉不受"

"義故"，胡三省曰："義故，故舊以義結者。"《通鑒·陳紀五》注。秦士鉉按曰："此應故吏有君臣義者。"○陳直曰："義故謂行義之故吏也。《漢書·龔勝傳》云：'使者與郡太守、縣長吏、三老官屬，行義諸生，千人以上，入勝里致詔。'又《隸續》卷十六《北海相景君碑陰》，有行義張放題名。皆與本文可以相互參證。"《札記》。○徐震堮曰："義謂義從，故謂故吏。晉州郡得自募部曲，亦曰義從。"

"賻數百萬"，恩田仲任曰："賻，《說文》：'助也。'《玉篇》：'以財助喪也。'《公羊傳》曰：'貨財曰賻。'注曰：'賻，猶助也。'"○田中頤曰："已上

〔1〕 "涼州"，程炎震曰："《御覽》作'梁州'，誤。"
〔2〕 "才望"，沈校本、袁刻本、何焯校"才"作"士"。
〔3〕 "九郡"，程炎震曰："《御覽》五百五十引'九郡'作'州郡'，是也。"沈劍知曰："《晉書·地理志》，涼州統郡八，曰金城，曰西平，曰武威，曰張掖，曰西郡，曰酒泉，曰敦煌，曰西海。此'九'字當作'八'。"楊勇曰："《晉書·地理志》，涼州郡八。當作'州郡'是。"王叔岷曰："《御覽》五百五十引'九郡'作'州郡'。"

說致賻太多之故，以歸重於戎。”○秦士鉉曰：“賻，以財資喪也。”○陳直曰：“兩漢二千石卒官以後，僚屬賻贈，極爲鋪張。《漢書·儒林歐陽和伯傳》附敘歐陽地餘事云：‘及地餘死，少府屬官共送百萬，其子不受。’《原涉傳》云：‘涉父哀帝時爲南陽太守，天下殷富，大郡二千石死官，賻斂送葬者，皆千萬以上。’《朝侯小子殘碑》云：‘僚贈送禮賻，五百萬已上，君皆不受。’與本文情況亦合，足證厚賻之風氣，至魏晉時猶然。”《札記》。

“戎悉不受”，田中頤曰：“由父不由己故。”

◎劉盼遂曰：“《漢書·游俠傳》：‘原涉父南陽太守没，涉讓還賻送千萬以上，由是顯名京師。’濬沖蓋規其事也。”○龔斌曰：“贈賻不受乃高讓之名，亦見於《魏志·管寧傳》：‘喪父，中表愍其孤貧，咸共賻贈，悉辭不受，稱財以送終。’”

○注“世語曰”

《世語》，沈家本曰：“《隋志》‘雜史類’：‘《魏晉世語》十卷，晉襄陽令郭頒撰。’《舊唐志》同，‘世’作‘代’者，避唐諱。《新志》作‘代説’，‘説’乃‘語’之訛也。”《古書目》卷一。○葉德輝曰：“《隋志》題《魏晉世語》十卷，晉襄陽令郭頒撰。”《書目》。

“有才望”，吳金華曰：“指既有才幹，又有聲望，是史家常語。”《考釋》頁一一。

【彙評】

王世懋曰：“晚節乃握牙籌，鑽李核。”秦士鉉按曰：“握鑽事見《儉嗇篇》注等。”大典顯常曰：“戎晚年有貨殖之誚，故劉評曰‘握牙籌，鑽李核’。”

陶珽曰：“亦是用‘千駟弗顧，一介不與’學問。第欲顯名，刻意自苦。晚見真性，戒得難持，相去霄壤耳。”

蔣凡曰：“戎性本狡獪，貪大不貪小，琅琊王家，魏晉時已成高門望族，家底丰厚，區區喪葬之贈，又何足道哉！故卻賻以邀譽，陶珽評其‘第欲顯名，刻意自苦’，史稱戎‘由此顯名’，信然。”

22

劉道真嘗爲徒，《晉百官名》曰：“劉寶字道真，高平人。”徒，罪役作者。扶風王駿虞預《晉書》曰：“駿字子臧，宣帝第十三子〔1〕，好學至孝。”《晉諸公贊》曰：“駿八歲爲散騎常侍，侍魏齊王講。晉受禪，封扶風王，鎮關中，爲政最美。薨，贈武王。西士思之〔2〕，但見其碑贊者，皆拜之而泣。其遺愛如此。”以五百疋布贖之，既而用爲從事中郎。當時以爲美事。

○“劉道真”至“爲美事”

“劉道真”，沈劍知曰：“《三國志·諸葛亮傳》裴松之注引《蜀記》：‘晉初扶風王駿鎮關中，司馬高平劉寶，長史熒陽桓隰，諸官屬士大夫，共論諸葛亮。’本書‘任誕門’又言其爲吏部郎。”○余嘉錫曰：“《隋書·經籍志》：‘《漢書駁議》二卷，晉安北將軍劉寶撰。’顏師古《漢書敘例》口：‘劉寶字道真，高平人。晉中書郎、河內太守、御史中丞、太子中庶子、吏部郎、安北將軍，侍皇太子講《漢書》，別有《駁議》。’”○蔣凡曰：“高平劉氏，自寶之後，又衍爲山東兗州的高門士族。”

“扶風王駿”，恩田仲任曰：“宣帝子。”○程炎震曰：“《蜀志》五卷《諸葛亮傳》注引《蜀記》，晉初扶風王駿鎮關中，有司馬高平劉寶。按駿初封汝陰王，泰始六年鎮關中，咸寧三年改封扶風。”○沈劍知曰：“《三國志·諸葛亮傳》裴松之注引《蜀記》：‘晉初扶風王駿鎮關中，司馬高平劉寶、長史熒陽桓隰諸官屬士大夫共論諸葛亮。’按駿初封汝陰王，泰始六年鎮關中，咸寧三年改封扶風。”

---

〔1〕“第十三子”，李慈銘曰：“‘十三子’李本作‘十七子’。案《晉書》，宣帝止九男，蓋當作‘七’子。”沈劍知曰：“宋本、別本作‘第十七子’。按‘十七’亦誤，當作‘第七’。《文選》任彥昇《爲范始興作求太宰碑表》李善注引臧榮緒《晉書》：‘扶風王駿，字子臧，宣帝第七子也。’”又曰：“諸本‘三’俱作‘七’。”周一良《批校》曰：“宋本‘三’作‘七’。按《晉書》三八《宣五王傳》言宣帝九男，不云駿是第幾子。依次敘數之，駿當是第七子。宋本作‘七’爲是，‘十’字則衍文也。”楊勇曰：“宋本作‘第十七子’，非。”

〔2〕“西士”，董刻本、袁刻本“士”俱作“土”。

【彙評】

龔斌曰："扶風王拔劉道真於徒役之中，有類當年秦繆公聞百里奚賢，以五羖羊皮贖之，授之國政，故時以爲美事。"

23

王平子、胡毋彥國諸人[1]，皆以任放爲達，或有裸體者[2]。《晉諸公贊》曰："王澄字平子，有達識，荊州刺史。"《永嘉流人名》曰："胡毋輔之字彥國，泰山奉高人，湘州刺史。"王隱《晉書》曰："魏末，阮籍嗜酒荒放，露頭散髮，裸袒箕踞[3]。其後貴游子弟阮瞻、王澄、謝鯤、胡毋輔之之徒，皆祖述於籍[4]，謂得大道之本。故去巾幘，脫衣服，露醜惡，同禽獸。甚者名之爲通，次者名之爲達也。"樂廣笑曰："名教中自有樂地，何爲乃爾也[5]！"

○"王平子"至"裸體者"

"王平子胡毋彥國"，胡三省曰："毋音無。《姓譜》：齊宣王封母弟於毋鄉，其鄉本胡國，因曰胡毋氏。漢有太史胡毋恭。"《通鑒·晉紀四》注。皮錫瑞《師伏堂筆記》二按曰："傳《公羊》之師胡毋生，或云當讀胡母，與《姓譜》不合。而《姓譜》不引胡毋生及東漢末人胡毋班，亦不可解。"○田中頤曰："特見其魁者姓字。"

"以任放爲達"，胡三省："任者任物之自然，放者縱其心而不制。"《通鑒·晉紀四》注。○田中頤曰："此以名教爲鄙也，與下'樂'之語反映。"○崔朝慶

---

[1] "胡毋"，董刻本作"母"，注同。周一良《批校》曰："宋本皆作'母'。"龔斌曰："作'胡母'是。《後漢書》九《孝獻帝紀》注引《風俗通》：'胡母姓，本陳胡公之後也。公子完奔齊，遂有齊國。齊宣王母弟別封母鄉，遠取胡公，近取母邑，故曰胡母氏。'"

[2] "或有裸體者"，程炎震曰："《文選》任彥昇《爲蕭揚州作薦士表》注引此條，'或有裸體者'作'或去衣裸體'。"

[3] "裸袒"，楊勇曰："'袒'宋本作'相'，非。"

[4] "祖述"，何焯曰："'祖'下有'傳'字。"

[5] "乃爾也"，程炎震曰："（《文選》任彥升《爲蕭揚州作薦士表》注引此條）末句無'也'字。"

曰："言以任性放浪爲通達也。"

"或有裸體者"，田中頤曰："用'或'字而不顯其名者，頗得古文法意。"

○"樂廣笑曰"至"乃爾也"

"樂廣笑曰"，田中頤曰："非督責辭。"

"名教"，桃井白鹿曰："此主指禮。"《補遺》。○平賀房父曰："事親爲孝，事君爲忠，聖人建此以爲教，謂之名教也。"○淇園曰："按《書·酒誥》云：'文王誥教小子：有正有事。'其下云：'聰聽祖考之彝訓，越小大德，小子惟一。''小大德'謂孝弟仁義之屬也。據此，以小大德之名爲教，自文王之時已然，故稱曰名教也。"○崔朝慶曰："名謂名分，教謂教化，凡彝倫之所關，聖賢之所訓，皆是也。"

"何爲乃爾也"，劉淇曰："此'爾'字，猶云如此也。"《辨略》卷三。○田中頤曰："蓋疑訝之辭。言彼似以禮法爲拘拘自苦者，殊不知此中有真樂，何捨此而就彼也？是唯篤行者而後自得知矣。"○崔朝慶曰："爾，如此，指以任放爲達，甚至裸體也。"○范壽康曰："在廣之意，以爲我們做人就依儒家的禮法也不見得十分拘束和苦惱，這種放蕩的行爲是不應該的。這一點就是玄論派與曠達派所以不同的地方了。"《魏晉的清談》。○王叔岷曰："'爾'猶'如此'也。陶淵明《雜詩》十二首之八：'正爾不能得，哀哉亦可傷。''爾'亦猶'如此'也。"

◎余嘉錫曰："樂廣此語，戴逵《竹林七賢論》盛稱之。"

○注"永嘉流人名曰"至"名之爲達也"

《永嘉流人名》，沈家本曰："注中所引甚多。永嘉，懷帝年號也。此以年號爲書名。流人當指渡江諸人。隋唐志皆不著錄。"《古書目》卷四。○葉德輝曰："《舊唐志》'職官類'有《晉永嘉流士》十三卷，云衛禹撰。"《書目》。

"露頭散髮"二句，秦士鉉曰："露頭，不冠也。散髮，被髮也。《史記》：'荊軻箕踞以罵。'注：'坐伸兩腳，其形如箕。'"

"祖述於籍"，恩田仲任曰："祖述，遠宗其道。"○劉師培曰："西晉之士，其以嗣宗爲法者，非法其文，惟法其行。用是清談而外，別爲放達。據《晉書》所載，則山簡、張翰、畢卓、庾敳、光逸、阮孚之流，皆屬此派，即傅玄所謂'魏氏虛無放誕之論，盈於朝野'，應詹所謂'以容放爲夷達'是也。"《文學史》頁五二。

"故去巾幘"，方以智曰："漢魏晉以來謂漆紗之冠曰幘，通用曰巾幘。"《通雅》卷三十六。

【彙評】

方弘静曰：“容止可觀，君子所貴乎道之一也。解散幘、斜插簪，江左所謂風流宰相者爾爾，無論躬行，即儀容之盛者，豈在斯乎？不恥其服而慕其詭，南風是以不兢也。遲行緩步，便得宰相，何以謀國折衝哉？”《千一録》卷二十六。

李贄曰：“嗣宗有託而逃。”

戴璟曰：“自君子觀之，廣之所謂名教，異乎吾儒之所謂名教矣。考史廣與王衍俱時清談，當時風流者以樂、王爲稱首，是廣以老莊之虛無爲名教也，其意以畢卓之嗜酒，不若吾之事清談乎？嗚呼！卓之放達固名教所不齒也，而廣之清談，亦豈名教所可容哉？要之以五十步笑百步，是亦走也。”《品藻》卷十六。

王思任曰：“晉朝若有活骨，還記此言。”

魏裔介曰：“王衍、樂廣爲清談之標準，而王澄、阮咸之流皆縱酒放達，不脩檢制，風俗由此而壞，國勢由此而傾，爲治者所宜急屏也。樂廣‘名教樂地’之語，談言微中，非澄、咸可比。”《鑑語經世編》卷九。

方苞曰：“名教中自有樂地，人而裸體者，與禽獸何異哉！”

李調元曰：“《世説》云：‘名教中自有樂地，何爲乃爾。’又云：‘正始之音，正當爾耳。’又云：‘君不得爲爾。’何其雅也。陳後山用入詩云：‘且然聊爾耳。’意在偷《世説》，近於惡道矣。”《勦説》卷三。

岡白駒曰：“阮籍之酣醉荒放，蓋有所爲矣，今此諸人祖述之，效顰吠聲爾，樂廣笑之，正以此也。”

黃恩彤曰：“清談已足廢事，任放爲達，則自棄於禮法之外矣。輔之之子直呼其字，（畢）卓乃爲酒盜。七賢末流，一至此乎！”《鑑評別録》卷十九。

朱建新曰：“樂廣的一句話，真是所謂‘詞婉而諷，義正而嚴’，是這時代的靜言了。”《研究》。

吕思勉曰：“同是清談之士，有能守禮法者，有不能守禮法者，亦由各率其情而行之，而未能變化之以學問也。樂廣曰‘名教中自有樂地，何必乃爾’；和嶠居喪，以禮法自持，而王戎母憂，不拘禮制。非必樂廣、和嶠操持過於王戎、王澄、胡毋輔之等，亦其性本謹飭耳。”《札記》頁八八○。

繆鉞曰：“阮籍之放曠，有其不得已之苦衷，且極不願他人效法，無奈其聲名才望既爲世所欣向，慕效成風，遂不可遏。西晉名士之作風，無論從政或私行，皆無阮籍之心而襲阮籍之迹，所謂貌同心異者。”《清談與魏晉政治》。

唐長孺曰："樂廣也是玄學名士，他卻不滿意那時的風氣。當時名士任放爲達，自以爲能得自然之趣，《抱朴子・疾謬篇》所云'嘯傲縱逸，謂之體道'，樂廣的意思是説名教中就能得自然之趣，就能體道，這是申述自然、名教合一之説以糾正不要名教的放恣之行。"《魏晉玄學之形成及其發展》，《論叢》頁三一八。

錢鍾書曰："實則此種任誕不特早於魏末，亦復早於漢末。應劭《風俗通》卷四《過譽》記趙仲讓'爲梁冀從事中郎將，冬月坐庭中，向日解衣裳，捕蝨已，因傾臥，厥形盡露'，梁妻怒欲推治，梁歎曰：'是趙從事，絶高士也！'《三國志・魏書・荀彧傳》裴注引張衡《文士傳》，又《後漢書・禰衡傳》記衡至曹操前擊鼓，吏訶其不改裝，'衡曰：諾。即先解衵衣，次釋餘服，裸體而立'。"《管錐篇》頁一一二八至一一二九。

24

郗公值永嘉喪亂[1]，在鄉里，甚窮餒[2]。鄉人以公名德，傳共飴之[3]。公常攜兄子邁及外生周翼二小兒往食[4]。鄉人曰："各自饑困[5]，以君之賢，欲共濟君耳，恐不能兼有所存。"公於是獨往食，輒含飯著兩頰邊[6]，還吐與二兒。後並得存，同過江。《郗鑒別傳》曰："鑒字道徽，高平金鄉人。漢御史大夫郗慮後也。少有體正，耽思經籍，以儒雅著名。永嘉末，天下大亂，饑饉相望[7]，冠帶以下，皆割己之資供鑒。元皇徵爲領軍，遷司空、太

---

〔1〕 "郗公值永嘉喪亂"，元刻本"郗"作"郄"。劉辰翁曰："'郗'誤作'郄'，後同。"沈劍知曰："按《北堂書鈔・太尉》、《初學記》十一、《事類賦注・燕》引臧榮緒《晉書》作'郗鑒'，《元和郡縣圖志》二十五'郗'亦作'郄'，皆誤。"又，趙西陸曰："《御覽》四八六引'值'作'遭'。"王叔岷曰："《御覽》三六七、四八七、五一二引'值'皆作'遭'，義同。"

〔2〕 "甚窮"，楊勇曰："'窮'上'甚'字，《蒙求下》，《白帖》六，《御覽》三六七、四八六、五一二引《世説》皆無。"

〔3〕 "飴之"，趙西陸曰："《御覽》四八六、五一二引'飴'作'食'。《蒙求》下引'飴'作'飯'。"

〔4〕 "外生"，何焯校"生"作"甥"。王叔岷曰："《御覽》四八六、五一二引'外生'作'外甥'，'生''甥'古通。《釋名・釋親》：'甥者生也。'"

〔5〕 "饑困"，董刻本"饑"作"飢"。趙西陸曰："《御覽》三六七、四八六、五一二引'饑困'作'窮餒'。"

〔6〕 "著兩頰"，朱鑄禹曰："袁本'著'作'箸'。"

〔7〕 "饑饉"，楊勇曰："'饑'宋本作'飢'，俗字。"

尉。"《中興書》曰："鑒兄子邁，字思遠，有榦世才略。累遷少府、中護軍。"**郗
公亡，翼爲剡縣**[1]**，解職歸，席苫於公靈牀頭，心喪終
三年。**《周氏譜》曰："翼字子卿，陳郡人。祖奕[2]，上谷太守。父儁，車騎咨
議[3]。歷剡令[4]、青州刺史、少府卿，六十四而卒。"

○"郗公"至"同過江"

"永嘉"，崔朝慶曰："永嘉，晉懷帝年號，時天下大亂，饑饉相望。"

"傳共飴之"，劉應登曰："謂傳食於衆人。"○崔朝慶曰："傳，輪流也。飴
之，飼以食也。"○徐震堮曰："此'飴'字讀食，去聲，養也，以食食人也。與
訓錫之飴音義並異。《晉書·王薈傳》'以飴餓者'，《南史·嚴世期傳》'飴之二十
年'，並同。傳，輪流也。"○王叔岷曰："傳，讀如《孟子·滕文公篇》'傳食於
諸侯'之'傳'，'傳共飴之'，謂展轉共以食食之也。"○吳金華曰："'傳共'云
云，猶如今語'大家輪流'之類。'共''傳'二字古籍通用。"《考釋》頁一三。

"不能兼有所存"，江藍生曰："'存'在六朝時有照顧、愛護之義。此言不
能兼相照顧。"《彙釋》頁三三。

◎沈劍知曰："《晉書·郗鑒傳》：'鑒陷陳午賊中，午尋潰散，鑒得歸鄉里。
于時所在饑荒，州中之士，素有感其恩義者，相與資贍。鑒復分所得以賙宗族及
鄉曲孤老，賴以全濟者甚多。'按石勒之攻乞活陳午，《通鑒》系於永嘉五年，
正《世説》所謂永嘉喪亂，郗公在鄉里時也。而既能分賙鄉族，則自贍有餘矣。
且兩頰含飯幾何，烏足全活二小兒？豈非過言哉？若謂在徐龕、石勒交侵兗州，
百姓饑饉，掘食鼠燕之時，則已是永興間事，鑒爲兗州刺史，無復窮餒之理矣。
《晉書·鑒傳》敘事已竟，復贅《世説》此文，蓋亦知其乖錯，無所附麗，而終
不能割者，溺其詞也。"○余嘉錫曰："《晉書》本傳云云，與《別傳》之言合。
而其後復襲用《世説》此條。夫鑒之力足以賙宗族鄉里，豈不能全活兩兒？揆
之事情，斯爲謬矣。"○楊勇曰："《晉書》之言，較《世説》爲近情理。"

---

[1] "剡縣"，余嘉錫曰："沈本作'郯縣'。"
[2] "祖奕"，楊勇曰："'奕'宋本作'弈'。"
[3] "咨議"，董刻本"咨"作"諮"。
[4] "歷剡令"，余嘉錫曰："'歷剡令'上當有'翼'字。"

○“郗公亡”至“終三年”

“剡縣”，楊勇曰：“剡，漢置，故城在今浙江嵊縣西南十二里。”

“席苫”，楊勇曰：“苫，居喪時編席以寢也。”

“靈牀”，恩田仲任曰：“《唐詩鼓吹》注曰：‘靈牀，儀牀，供靈之几筵也。’孝子之喪親也，朝夕上飲食，俗謂之靈筵。”

“心喪”，崔朝慶曰：“心喪，言無服而守喪也。心喪三年，古時師喪之道也。”○趙西陸曰：“《禮記·檀弓》：‘事師無犯無隱，左右就養無方，服勤至死，心喪三年。’注：‘心喪戚容如父而無服也。’朱子曰：‘事師者心喪三年，其哀如父母而無服，情之至而義有不得盡者也。’”

○注“郗鑒別傳曰”

“漢御史大夫郗慮後”，秦士鉉曰：“郗慮字鴻豫。”○楊勇曰：“《晉書·郗鑒傳》：‘漢御史大夫慮之玄孫。’”

“冠帶”，秦士鉉曰：“衣冠，富貴之家也。”

○注“中興書曰”

《中興書》，沈家本曰：“《隋志》：‘《晉中興書》七十八卷，起東漢，宋湘東太守何法盛撰。’二《唐志》‘八十卷’，《宋志》無南史。《徐廣傳》：‘時有高平郗紹亦作《晉中興書》，數以示何法盛。法盛有意圖之，謂紹曰：卿名位貴達，不復俟此延譽，我寒士，無聞於時，如袁宏、干寶之徒，賴有著述，流聲於後，宜以爲惠。紹不與。至書成，在齋內廚中。法盛詣紹，紹不在，直入竊書。紹還失書，無復兼本，於是遂行何書。’其書改‘紀’爲‘典’，見《陳書·何之元傳》；改‘表’爲‘注’，‘傳’爲‘録’，‘論’爲‘述’，均見《史通》、《文選》注所引。”《古書目》卷四。○葉德輝曰：“《隋志》：七十八卷。云：‘起東漢，宋湘東太守何法盛撰。’”《書目》。

“鑒兄子邁”，沈劍知曰：“邁，《晉書》無傳。《高平金鄉郗氏譜》：‘邁歷晉陵内史、兗州刺史、護軍。’其敘官與《中興書》異。《郗鑒傳》：‘臨終上疏，舉太常蔡謨可以爲都督徐州刺史，兄子晉陵内史邁堪任兗州刺史。’《蔡謨傳》：‘鑒卒，即拜謨爲征北將軍、都督徐兗青三州，領徐州刺史。’則晉帝於謨既悉依鑒疏遷授，其於邁宜不至獨靳，雖史無明文，而《郗譜》當非臆度也。”

"中護軍"，沈劍知曰："《譜》作'護軍'，《中興書》作'中護軍'。考《晉書·職官志》，資重者爲中護軍，資淺者爲護軍，恐《譜》誤脫'中'字也。"

【彙評】

劉辰翁曰："兩頰所箸能幾，足哺二兒？兒非甚小，在穀氣不絕耳。哀哉！"

25

顧榮在洛陽，嘗應人請，覺行炙人有欲炙之色，因輟己施焉。同坐嗤之。榮曰："豈有終日執之而不知其味者乎？"後遭亂渡江，每經危急，常有一人左右己，問其所以，乃受炙人也。《文士傳》曰："榮字彥先，吳郡人。其先越王句踐之支庶，封於顧邑，子孫遂氏焉，世爲吳著姓。大父雍，吳丞相。父穆，宜都太守。榮少朗俊機警，風穎標徹，歷廷尉正。曾在省與同僚共飲，見行炙者有異於常僕，乃割炙以啖之〔1〕。後趙王倫篡位，其子爲中領軍，逼用榮爲長史。及倫誅，榮亦被執。凡受戮等輩十有餘人。或有救榮者，問其故，曰：'某省中受炙臣也。'榮乃悟而歎曰：'一餐之惠〔2〕，恩今不忘，古人豈虛言哉！'"

○"顧榮在洛陽"至"其味者乎"

"應人請"，劉應登曰："謂以酒食請之。"○恩田仲任曰："《正字通》曰：'凡邀之使來曰請。'"○田中頤曰："請，謂招邀。"○呂叔湘曰："請，宴設。應人請，赴宴。"

"行炙人"，崔朝慶曰："行炙人，傳遞膳羞之人也。欲炙之色，欲得所持物而食之之神色也。"○呂叔湘曰："炙，烤肉。行炙人，烤肉的廚子。"○楊勇

---

〔1〕 "啖之"，余嘉錫曰："'啖'景宋本及沈本俱作'啖'。"楊勇曰："啖，袁本作'啖'，《晉書》作'啗'，義同。"

〔2〕 "一餐"，余嘉錫曰："'餐'景宋本作'飱'。"

曰："行炙，即進炙也。"○周一良曰："'行'乃周行分送之意。古代筵席及傳行酒餚之風習，人各一份，故顧榮得以啖人。"《史札》頁四六四至四六五。

"輟己施焉"，田中頤曰："謂乍察覺其色，因禁己欲食者，以施其人也，是出乎其恕，不有無後報。"○崔朝慶曰："言以己之食與之食也。"○呂叔湘曰："輟己，讓出自己的一份。"○張萬起曰："輟，通'掇'，拾取。"○董志翹曰："'輟己'之'輟'乃'舍出''讓出'之義，輟己即舍出、讓出屬於自己的。隋慧遠撰《大乘義章》：'輟己惠人目之爲施。'"《考索二》。

"豈有終日"句，田中頤曰："言人情宜然也。此爲其人解嘲。"○崔朝慶曰："不知，言不使知之也。"

○"後遭亂"至"受炙人也"

"遭亂渡江"，田中頤曰："人間必保無此艱乎？"

"一人左右已"二句，崔朝慶曰："左右，言護衛於左右也。"○呂叔湘曰："左右，扶助。已問其所以，已而問其故。或以'已'字爲'己'，屬上句。"

"乃受炙人也"，田中頤曰："一味之報亦大。"

◎程炎震曰："《南史》陰鏗事與此相類。《晉書》同《文士傳》。"○余嘉錫曰："《南史·陰鏗傳》云云。案此與顧榮事終未全同，疑爲後人因榮事而傅會。"

○注"文士傳曰"

《文士傳》，沈家本曰："《隋志》：'《文士傳》五十卷，張隱撰。'二《唐志》卷同，《舊志》'文士'作'文林'，《新志》'張隱'作'張騭'。《文選》注、《後漢書》注所引《文士傳》或作'張騭'或又作'隱'，今案證以《詩品》，'騭'字是。"《古書目》卷二。○葉德輝曰："《隋志》：五十卷。云張隱撰。"《書目》。

"其子爲中領軍"，桃井白鹿曰："其子，謂趙王倫子虔。"○恩田仲任曰："《通典》曰：'魏武爲漢丞相，相府自置領軍。建安十二年，改爲中領軍，以史渙爲之，與護軍韓浩，皆領禁軍。'"

"一餐之惠"二句，大典顯常曰："《戰國策》：中山君亡，有二人挈戈隨其後者，曰：'臣父嘗餓且死，君下壺湌臣父。父且死，曰：中山有事，汝必死之！故來死君也。'中山君嘆曰：'吾以一壺湌得士二人。'"《集成》。○天保手批曰：

"施炙之故在《中山策》之末。'嘆曰'下，《戰國策》中山君之言也。"

◎沈劍知曰："按《北堂書鈔·主簿》引臧榮緒《晉書》：'趙王倫篡位，倫子虔以榮爲長史，與同寮宴飲，見執炙者貌狀不凡，有欲炙之色，榮割炙啗之。坐者問其故，榮曰："豈有終日執之而不知其味！"及趙王倫敗，榮被執將誅，而執炙者爲督率，遂救之得免。'劉注引《文士傳》略同臧《書》，惟以宴飲同寮在爲倫長史前，又救者不言其是督率耳。然兩書皆以遇救在倫誅被收時，自較遭亂渡江之説爲可信，故《晉書·榮傳》獨采臧《書》也。"○余嘉錫曰："《晉書》《建康實録》均言榮爲趙王倫子虔長史，倫敗，榮被執，而執炙者爲督率，救之得免。此獨謂爲遭亂渡江時遇救，便自不同。疑《世説》采自顧氏家傳，故爲榮諱耳。"

【彙評】

朱翌曰："晉顧榮宴，見執炙者有欲炙之色，割炙啗之。客問其故，曰：'豈有終日執之而不知其味。'後榮爲趙王倫長史，將誅，而執炙者爲督率，救之得免。《南史》陰鏗飲，見行觴者，因回酒炙以授之，坐者笑，鏗曰：'吾儕終日酣飲，而執爵者不知其味，非人情也。'及侯景亂，擒鏗，行觴者救之得免。嗚呼！一觴一臠，心或有齐，人情所在，死生繫焉。以是知桑下之餓夫，淮南之守卒，效力於患難之際，不誣矣！"《猗覺寮雜記》卷下。

劉辰翁曰："不可謂無。"按《批補》"無"下有"知恩"二字。

陳師曰："此與秦繆公事略相類，受恩不同，而圖報則一也。"《禪寄筆談》卷五。

凌濛初曰："壺飱善馬之報，往往而是。"

狄期進曰："一餐之惠，可以全生。惠不在小，亦不在大。此與趙宣子食靈輒而免於難同。"

田中頤曰："克己以恕。"

方苞云："輟炙施人，卒受其救，所謂一餐之惠不忍忘也。"

徐樹丕曰："常語兒輩，凡事須體恤爲念。顧彦先察人有欲炙之色，即割炙以施。博施濟衆，不外是也。外舅姚詹事登第後，家中苦隘，欲廣隣居以爲走衕，寄家書歸云：'隣屋可闢則闢之，否則勿强。天下事有於己便，而於人甚不便者，不可不思也。'推此一念，聖賢不遠矣。"《識小録》卷三。

余嘉錫曰："榮蓋賞其人物俊偉，故加以異待，不徒因其有欲炙之色而已。

此其感激，當過於靈輒，宜乎終食其報也。”

蔣凡曰：“（顧榮）推己及人，‘輟己施焉’，是一種自然而然而不想回報的無心之舉。這説明儒家傳統道德中的恕道，已在他心中生根發芽，無所不在。魏晉之際，中原流行玄學，而江南則‘服膺儒學’，所受學術風氣熏染有異。”

26

祖光禄少孤貧，性至孝，常自爲母炊爨作食。王隱《晉書》曰：“祖納字士言[1]，范陽遒人，九世孝廉。納諸母三兄[2]，最治行操，能清言，歷太子中庶子、廷尉卿。避地江南，温嶠薦爲光禄大夫。”王平北聞其佳名[3]，以兩婢餉之[4]，因取爲中郎。《王乂别傳》曰：“乂字叔元，琅邪臨沂人。時蜀新平，二將作亂，文帝西之長安，乃徵爲相國司馬，遷大尚書，出督幽州諸軍事，平北將軍。”有人戲之者曰[5]：“奴價倍婢[6]。”祖云[7]：“百里奚亦何必輕於五羖之皮邪[8]？”《楚國先賢傳》曰：“百里奚字凡伯[9]，楚國人。少仕於虞，爲大夫。晉欲假道於虞以伐虢，諫而不聽，奚乃去之。”《説苑》曰：“秦穆公使賈人載鹽於虞，諸賈人買百里奚以五羊皮。穆公觀鹽，怪其牛肥，問其故，對曰：‘飲食以時，使之不暴，是以肥也。’公令有司沐浴衣冠之。公孫支讓其卿位，號曰五羖大夫。”

---

[1] “祖納”，董刻本、元刻本“納”作“訥”。周一良《批校》曰：“宋本皆作‘訥’。”楊勇曰：“宋本作‘祖訥’，非。”朱鑄禹曰：“《晉書》卷六十二本傳作‘納’。”
[2] “納諸母”，天保手批曰：“‘諸母’上有‘事’字。”
[3] “王平北聞其佳名”，《考異》“平北”作“北平”，“佳名”下有“知其常親供養乃”七字。
[4] “兩婢”，《考異》“兩”作“二”，下“因取爲中郎”作“因以爲吏”，《太平廣記》二百四十六引同。趙西陸曰：“《類聚》三十五引作：‘王北平聞而佳之，乃以二婢餉焉，因取爲吏。’”
[5] “有人”，《考異》“有人”作“人有”。
[6] “倍婢”，《類聚》三十五、《太平廣記》二四六引“婢”上有“於”字。
[7] “祖云”，《考異》作“祖答曰”。
[8] “邪”，董刻本作“耶”。
[9] “凡伯”，沈劍知曰：“‘凡伯’乃‘井伯’之誤。宋本别本皆作‘井’。”余嘉錫曰：“‘凡’景宋本及袁本俱作‘井’，是。”

○ “祖光禄”至“取爲中郎”

“祖光禄”，敬胤曰：“納字士言，祖逖兄也。《晉諸公贊》曰：‘納以名理稱，歷清職，太安中爲左丞，累官至護軍詹事、廷尉。洛陽破，入吳。’王隱《晉書》曰：‘納九世孝廉，諸母三事，齊軍霸城令。該字士略，少府士寧秀才。納門寒，初品爲征西參軍、太子舍人。清言名理，文義可觀，廷尉卿晉昌公秘書監。洛陽敗，避地壽春，同周馥覲天子，丞相以爲軍咨祭酒。納密白二弟難保，朝士以白約，約遂憎納如讎。朝廷因此放棄納，納志意自若。温嶠以納父黨拜之，因理納，諸貴人更往察納，如嶠言，始共啓之，得除光禄大夫。納婦，程玄良女。納畏婦，卒無子。”按“諸母三事”，沈劍知曰：“‘事’當從劉注作‘兄’，否則‘事’字屬下讀，而‘三’下脱‘兄’字。”“齊軍霸城令”，沈曰：“《晉書·地理志》：‘霸城縣屬雍州京兆郡。’齊軍，謂齊王冏，蓋其時諸王起兵割據，命官不由朝廷。祖逖曾辟齊王冏大司馬掾，其兄之爲霸城令，當亦受自軍府矣。”“該字士略”，沈曰：“‘該’此字刻本只存‘言’旁。據《晉書·祖逖傳》：‘兄該納等。’則必‘該’字也。”“少府士寧秀才”，沈曰：“《逖傳》：‘兄弟六人。’而該、納、逖、約只得其四，則少府秀才必其二兄，惜‘士寧’既脱其名，而‘秀才’者並字亦亡矣。”“約遂憎納如讎”，沈曰：“《晉書·納傳》：‘弟約與逖同母，偏相親愛。納與約異母，頗有不平。’而前云‘諸母三兄’，則納皆與其弟弟不同母矣。”“納婦程玄良女”，沈曰：“《御覽》五百十六引王隱《晉書》云：‘逖舅程玄良。’”

“自爲母炊爨作食”，田中頤曰：“即孤貧至孝之實，又見家無一炊婢，此是話柄。”

“王平北”，敬胤曰：“王乂。”○大典顯常曰：“注爲王乂，誤。此王敦也。敦亦爲平北將軍。”按朱鑄禹曰：“《晉書》卷六十二《祖納傳》作：‘平北將軍王敦聞之，遺其二婢，辟爲從事中郎。’錢大昕駁之。王乂爲王衍父。”○錢大昕曰：“王敦未嘗爲平北將軍，《傳》誤也。此事見《世説·德行篇》，但云‘王平北’，不著其名，劉孝標注以爲王乂也。《王衍傳》：‘父乂，爲平北將軍。’《世説》稱王敦，必云王大將軍，《晉史》好採《世説》，豈此例尚未之知邪？”《考異》卷二十一。○李詳曰：“《晉書·祖納傳》作：‘平北將軍王敦聞之，遺其二婢。’‘敦’乃‘乂’字之譌，王敦未嘗爲平北將軍。乂督幽州，納范陽人，爲其部民，故得餉之。”○程炎震曰：“《晉書》誤‘平北’爲‘王敦’，錢竹汀駁之。”○徐震堮曰：“乂，王衍父，世代疑不相及，《晉書·祖納傳》作‘平北將軍王敦’，然處仲未嘗官平北將軍，嚴可均以爲別是一人，蓋同時同姓名者。”《札記》。

"聞其佳名"，田中頤曰："即'至孝'。"

"因取爲中郎"，田中頤曰："即聞佳名故。"

○"有人戲之"至"五羖之皮邪"

"奴價倍婢"，劉應登曰："謂奴價高，故以婢餉之。戲言也。"○淇園曰："以中郎取祖，即是猶奴，而以兩婢取之，故曰'倍'。以兩婢餉之，猶賣與。"○田中頤曰："轉言祖人物僅當兩婢。"

"百里奚"句，岡白駒曰："言百里奚之賢非五羖皮之所當矣。"○平賀房父曰："或以二婢定己價，故以百里奚解之。凡賣者價重而貨輕，故曰輕。"○淇園曰："言奴價倍婢之例，自古有之，雖乃百里奚之見買以五羖之皮，何必謂五羖皮之價重於己價，不可相易邪？"○田中頤曰："'奚'與'傒奴'之'傒'音近，'皮'亦與'婢'音近，且一奴之與兩婢，百之與五，又相照應，因言不可以是爲輕重之率也，雖是謔浪，亦見其自許不卑。"○龔斌曰："人之戲言，意謂己價不過二婢，故祖以百里奚之事答之，言外之意是百里奚身價豈僅值五羊皮，己之身價亦非兩婢。"

○注"王隱晉書曰"

"諸母"，恩田仲任曰："父妾之有子者。"

○注"王乂別傳曰"

"二將作亂"，秦士鉉曰："二將，鍾會、鄧艾也。二人伐蜀，蜀亡，已而二人交搆作亂，並遇害。"

"大尚書"，胡三省曰："自晉以來謂吏部尚書爲'大尚書'，以其在諸曹之右，且其權任要重也。"《通鑒·宋紀一》注。

○注"楚國先賢傳曰"

《楚國先賢傳》，沈家本曰："《隋志》'雜傳'：'《楚國先賢傳贊》十二卷，晉張方撰。'《新唐志》卷同，無'贊'字。《舊唐志》作《先賢題》，楊方撰。《文選》應璩《百一詩》注引作張方賢《楚國先賢傳》，與隋唐志異。"《古書目》卷二。○葉德輝曰："《隋志》：十二卷。云張方撰。"《書目》。

"百里奚字凡伯"，參見校文。沈劍知曰："井伯與百里奚皆虞大夫，非一人也。其誤由於《史記·秦本紀》，晉虜百里傒以爲秦繆公夫人媵，而《左傳》僖五年：'晉襲虞，滅之，執其大夫井伯，以勝秦穆姬。'故《楚國先賢傳》因《史記》之誤而傅會之，以井伯爲百里奚字也。閻若璩《困學紀聞》箋云：'孟子言百里奚先去虞，自不至爲晉所虜。'益知井伯另一人也。"○王叔岷曰："此文注引《楚國先賢傳》，以百里奚、井伯爲一人，蓋從《史記》。"

"買百里奚以五羊皮"，趙西陸曰："百里奚自鬻以五羊之皮事，《莊子·庚桑楚篇》《國策》《說苑·臣術篇》《韓詩外傳》《史記·商鞅傳》等諸書所載不一。《孟子·萬章篇》已辨其不然，云好事者爲之辭矣。"

【彙評】

劉辰翁曰："若無炊爨事，只是'言語'。"

李贄曰："'言語'。"

王世懋曰："詳時人之戲，以王平北用二婢換得一奴，故光祿戲答如此。始雖稱祖孝行，既乃入於《排調》。"

27

周鎮罷臨川郡，還都，未及上，住泊青溪渚[1]。《永嘉流人名》曰："鎮字康時，陳留尉氏人也。祖父和，故安令。父震，司空長史。"《中興書》曰："鎮清約寡欲[2]，所在有異績。"王丞相往看之。《丞相別傳》曰："王導字茂弘，琅邪人。祖覽，以德行稱。父裁，侍御史。導少知名，家世貧約，恬暢樂道[3]，未嘗以風塵經懷也。"時夏月，暴雨卒至，舫至狹小[4]，而又大漏，殆無復坐處。王曰：

---

〔1〕"泊青溪渚"，趙西陸曰："古本《蒙求注》卷下引《世說》'泊'下有'於'字。"
〔2〕"鎮清約寡欲"，董刻本、沈校本無"鎮"字。沈劍知曰："宋本、沈校本無'鎮'字，袁本有。"楊勇曰："'清'上袁本有'鎮'，今從袁。"
〔3〕"恬暢"，《世說補》"暢"作"暘"，秦士鉉曰："'暘'或作'暢'，古本皆'暘'，《說文》徐注：'暘，長也，從田易聲，借爲通暢之暘。'俗作'暢'，非。"
〔4〕"舫至狹小"，趙西陸曰："《蒙求注》'舫'作'船'。《御覽》二十一引'舫至'作'舡舫'。《書鈔》卷三八、《御覽》二百六十二引'至'作'既'。"

"胡威之清，何以過此！"即啟用爲吳興郡。《晉陽秋》曰："胡威字伯虎〔1〕，淮南人〔2〕。父質，以忠清顯。質爲荆州，威自京師往省之。及告歸，質賜威絹一匹。威跪曰：'大人清高，於何得此？'質曰：'是吾奉禄之餘〔3〕，故以爲汝糧耳。'威受而去。每至客舍，自放驢，取樵爨炊。食畢，復隨旅進道。質帳下都督陰齎糧要之〔4〕，因與爲伴。每事相助經營之，又進少飯〔5〕，威疑之〔6〕，密誘問之，乃知都督也。謝而遣之〔7〕。後以白質，質杖都督一百，除其吏名。父子清慎如此。及威爲徐州，世祖賜見，與論邊事及平生。帝歎其父清，因謂威曰：'卿清孰與父？'對曰：'臣清不如也。'帝曰：'何以爲勝汝邪？'對曰：'臣父清畏人知，臣清畏人不知，是以不如遠矣。'"

○"周鎮罷"至"爲吳興郡"

"未及上"，朱鑄禹曰："'上'即後世赴官，所謂上任，或上車。'未及上'者，乃前任罷，尚未接任也。"○張攟之曰："上住，上岸住宿。"《選注》。○龔斌曰："上，謂上都。"

"胡威"，程炎震曰："《晉書》云：'胡威，淮南壽春人。'"

◎程炎震曰："《御覽》二百六十二《良太守門》引此條全文，惟'鎮'字誤作'顓'。"

○注"晉陽秋曰"

"胡威字伯虎"，沈劍知曰："《晉書·胡威傳》：'字伯武，一名貔。淮南壽春人。'蓋唐史臣避國諱，改'虎'爲'武'也。《三國志·胡質傳》裴松之注引《晉陽秋》此節較詳。"○趙西陸曰："唐人避諱改。"

"質賜威絹一匹"，秦士鉉曰："本傳：威受之，辭歸，卒取與質帳下都督。"

---

〔1〕 "伯虎"，《晉書》作"伯武"。吳士鑑《斠注》卷九十曰："《魏書·胡質傳》注、《世説·德行》注引《晉陽秋》均作'伯虎'，此唐人避諱改。"
〔2〕 "淮南人"，朱鑄禹曰："《晉書》卷九十《胡威傳》作'淮南壽春人'。"
〔3〕 "奉禄"，董刻本"奉"作"俸"。周一良《批校》曰："奉，俸。"
〔4〕 "陰齎糧要之"，楊勇曰："《魏志·胡質傳》注引《晉陽秋》作'陰資裝百餘里要之'。"
〔5〕 "又進少飯"，恩田仲任曰："《三國志》注作'又少進飲食'。"
〔6〕 "威疑之"，余嘉錫曰："《魏志·胡質傳》注引作'行數百里，威疑之'。"
〔7〕 "謝而遣之"，余嘉錫曰："《魏志》注作'因取向所賜絹答謝而遣之'。"

“隨旅進道”，秦士鉉曰：“旅，謂同行旅人。”

“齎糧”，秦士鉉曰：“糧，路費也。”

“進少飯”，秦士鉉曰：“《説文長箋》：‘正飯之後有小飯，如茶點之類。’”

◎余嘉錫曰：“（《魏志·胡質傳》）注引《晉陽秋》敘威事較此注爲詳，疑今本爲宋人所删除。”

【彙評】

劉辰翁曰：“政自畏人知耳，善推其父。”

鍾惺曰：“‘清畏人知’，四字便不止於清矣。”

陶珽曰：“東坡有服絹法，不必更易粟矣。”

余嘉錫曰：“都督此舉，誠有意爲詒，然雖相助經營，又進少飯，威已謝之以絹，無損於父子之清白。威誠不能隱而不白以欺其父。爲質者聞之，喚都督來，呵斥其非，使知愧悔足矣。此輩小人，何足深責。竟與除名，已嫌稍過，而又杖之一百，豈非欲衆口喧傳，使人知其清乎？好名之徒，傷於矯激，乃曰‘清畏人知’，吾不信也。”

28

鄧攸始避難，於道中棄己子，全弟子。《晉陽秋》曰：“攸字伯道，平陽襄陵人。七歲喪父母及祖父母[1]，持重九年。性清慎平簡。”鄧粲《晉紀》曰：“永嘉中，攸爲石勒所獲，召見，立幕下與語，説之[2]，坐而飯焉。攸車所止，與胡人鄰轂，胡人失火燒車營，勒吏案問胡，胡誣攸。攸度不可與爭，乃曰：‘向爲老姥作粥，失火延逸，罪應萬死。’勒知，遣之。所誣胡

---

[1] “七歲喪父母及祖父母”，徐震堮《札記》曰：“《晉書》本傳作‘七歲喪父，尋喪母及祖母’，‘祖’下無‘父’字，下云居喪九年，蓋連服三喪，故云九年，‘祖父’‘父’字明是衍文。”楊勇曰：“宋本‘祖’下有‘父’字，衍。”

[2] “説之”，董刻本、元刻本作“悦”。

厚德攸，遺其驢馬護送，令得逸。"王隱《晉書》曰："攸以路遠〔1〕，斫壞車，以牛馬負妻子以叛〔2〕，賊又掠其牛馬。攸語妻曰：'吾弟早亡，唯有遺民〔3〕。今當步走，儋兩兒〔4〕，盡死，不如棄己兒，抱遺民。吾後猶當有兒。'婦從之。"《中興書》曰："攸棄兒於草中，兒啼呼追之，至莫復及〔5〕。攸明日繫兒於樹而去，遂渡江，至尚書左僕射〔6〕，卒。弟子綏，服攸齊衰三平〔7〕。"既過江，取一妾，甚寵愛。歷年後，訊其所由〔8〕，妾具說是北人遭亂，憶父母姓名，乃攸之甥也。攸素有德業，言行無玷，聞之哀恨，終身遂不復畜妾〔9〕。

○ "鄧攸始避難"至"甚寵愛"

"始避難"，平賀房父曰："始，對'終'之辭。此晉始亂時也。"

"於道中"，桃井白鹿曰："或'於道中'屬上句讀，非也。"

"棄己子全弟子"，田中頤曰："是無乃好名者，然情事誠可哀。"

"過江"，桃井白鹿曰："晉自元帝以來都吳，自西則謂之江東，又曰江左。自北則謂之江南。凡至〔吳〕者曰過江，又曰渡江。"

○ "歷年後"至"不復畜妾"

"攸素有德業"二句，田中頤曰："上九字插上文。妾甥事似甚不謹，因語

〔1〕 "攸以路遠"，楊勇曰："'攸以路遠'句上疑有脫文。《晉書・石勒載記》：'石勒過泗水，攸乃斫壞車，以牛馬負妻子以逃。'云云，則上當有'石勒過泗水'五字。'斫壞車'上又當有'乃'字。"
〔2〕 "以叛"，平賀房父曰："或云'叛'當作'逃'，是。"程炎震："'叛'別一宋本均作'逃'。"沈劍知曰："沈校本'叛'作'逃'。"余嘉錫曰："'叛'沈本作'逃'，則'以逃'屬上句讀。"王利器曰："蔣校本、沈校本'叛'作'逃'，是。"徐震堮曰："'叛'沈校本作'逃'，是。"楊勇曰："'叛'，沈校、《晉書》本傳作'逃'，義同。"江藍生《彙釋》曰："沈校本不知何據，作'叛'不誤，自可通。"頁一五二。
〔3〕 "唯有遺民"，岡白駒曰："《晉書》作'唯有一息'。"
〔4〕 "儋兩兒"，董刻本、元刻本作"擔"。秦士鉉："'儋'舊作'擔'，誤。"
〔5〕 "至莫復及"，董刻本、元刻本"莫"作"暮"。大典顯常："'莫'通'暮'。"
〔6〕 "尚書左僕射"，周家祿《校勘記》卷四曰："《鄧攸傳》：'久之遷尚書右僕射。'《明帝紀》作'左僕射'。"
〔7〕 "三平"，董刻本、袁刻本"平"俱作"年"。沈劍知曰："'年'誤'平'，諸本不誤。"
〔8〕 "訊其所由"，程炎震曰："《晉書》云'訊其家屬'，恐非。"
〔9〕 "不復畜妾"，天保手批曰："無'復'字。"

其平生，以明非敢然，又以起下文。"○吳金華曰："'德業'跟'功業''學業'等相對而言，指道德修養方面的業績。"《考釋》頁一三。

"言行無玷"，王叔岷曰："《詩·大雅·抑》：'斯言之玷，不可爲也。'"

"聞之哀恨"，淇園曰："哀恨其以不究其所由。"○田中頤曰："且悲且悔。"

"不復畜妾"，田中頤曰："果於改過。"○江藍生曰："'畜'義爲養。六朝時'畜'可用於人，但限於妻妾侍婢等地位卑下者，義爲'收留'、'收養'。"《彙釋》頁二三七。

○注"晉陽秋曰"

"平陽襄陵人"，朱鑄禹曰："《晉書·地理志》曰：'平陽郡故屬河東，魏分立，統縣十二，襄陵是其一。'"

"持重九年"，大典顯常曰："謂服父祖之喪也。"《撮補》。○秦士鉉曰："持重，居喪也。"○天保手批曰："重，重喪也。三年之喪三，故曰九年。"○沈劍知曰："《晉書·鄧攸傳》：'攸七歲喪父母及祖母，居喪九年。'按《晉書》不言喪祖父亦在此時，是也。不然，不止持喪九年矣。"○朱鑄禹曰："持重者，持重喪服也。"

○注"鄧粲晉紀曰"

"鄧粲晉紀"，沈家本曰："《隋志》：'《晉紀》十一卷，訖明帝，晉荊州別駕鄧粲撰。'二《唐志》卷同。案《晉書》本傳：'長沙人，荊州刺史，桓沖請爲別駕。著《元明紀》十篇。'是其書本止十篇，而隋唐志並稱十一卷者，《文心雕龍·史傳篇》云：'鄧璨《晉紀》始立條例。'疑粲所作，別有條例一篇，故爲十一卷也。"《古書目》卷四。○葉德輝曰："《隋志》：十一卷。云：'訖明帝，晉荊州別駕鄧粲撰。'"《書目》。

"車營"，大典顯常曰："以車爲營。"

"誣攸"，秦士鉉曰："失火所燒。"

○注"王隱晉書曰"

"負妻子以叛"，江藍生曰："六朝時期'叛'字有'逃跑'義。"《彙釋》頁一五一。○吳金華曰："'叛'作逃離講，是漢魏六朝常語。"《考釋》頁一五。

"唯有遺民"，岡白駒曰："遺民，猶云遺兒也。"○秦士鉉曰："遺民，綏小字也，故云‘抱遺民’。”〇天保手批曰：“遺民，猶言遺子。”

〇注“中興書曰”

“攸棄兒於草中”，沈劍知曰：“《御覽》四一六引何法盛《中興書》，正可接於‘攸棄兒於草中’句之上。云：‘鄧攸字伯道，爲石勒參軍。勒過泗水，攸與鄉人河東陳嘏、平陽馬恬，共謀叛勒。破車以牛馬負妻子入草中，又遇賊掠牛馬去。又語妻曰：“吾弟早亡，唯有一息，今當步走，兩兒恐盡死，不如棄我兒，抱弟子遺民。”婦乃從之。’”

【彙評】

王楙曰：“前輩謂晉史誕妄甚多，最害名教者，如鄧攸遭賊，欲全兄子，遂棄己子，其子追及，縛於道傍。如此則攸滅天性甚矣，惡得爲賢！”《野客叢書》卷一。

俞德鄰曰：“鄧攸亦晉之賢者。世謂天道無知，使鄧伯道無兒。然考之晉史，攸遭賊，欲全兄子，遂棄己子。其子追及，縛於道傍。夫追而不及，尚當憐之。追及矣，而縛於道傍，其絕滅天理，甚矣！天之不祚伯道，亦豈以是歟！”《佩韋齋輯聞》卷一。

劉應登曰：“攸棄兒全姪，局於勢之不可兩全耳。兒追及之，繫之而去，毋乃無人心天理乎？不復有子，於此見天道之不可誣也。”凌濛初按曰：“本注如此，故前會孟批云然。”人典顯常按曰：“本傳：‘攸終無子，時人義而哀之，曰：天道無知，使鄧伯道無兒。’史臣曰：‘棄子存姪，以義斷恩，若力所不能，自可割情忍痛，何至預加徽纆，絕其奔走者乎！斯豈慈父仁人之所用心也？卒以絕嗣，宜哉！勿謂天道無知，此乃有知矣。’《晉書》所云如此，故劉王評云爾。”

劉辰翁曰：“謂繫兒樹上者，喜談全姪而甚之也，使其追及，任所能行，何事於繫？言‘繫’者謬，罪‘繫’又非。”

鄒泉曰：“伯道之用情，固在亡弟之一息，後來之天，不可料也。”《尚論編》卷九。

郎瑛曰：“《中興書》以其子至暮追及，攸復繫子於樹。予意子姪皆幼，勢難兩全，故棄子而全姪。今既追及，則不惟可與之同行，亦知道路者矣。劉須溪以爲無是事，此‘喜談全姪而甚之’之辭也。然考之本傳及當時之人［之］言皆同，則又實有是情。嗚呼，可與同行而又繫之樹，有人心者可忍之耶？此所以伯道無兒，何天道無知哉！噫，晉之好名，至此極矣。"《七修類稿》卷十七。

陳絳曰："君子曰：'其志可哀也。'蓋存者可胤也，弟亡矣，不再子也。雖然，棄其子可也。棄其子，子輒號而及之。寘之木加徽纆焉，使必無以爲生，何哉？"《金罍子》中篇卷五。

方弘靜曰："大古者買妾不知其姓，則卜之。伯道苟懲前事，審之可也，何安於無後？然則非天道之無知也。"《千一録》卷十四。〇曰："近有謂鄧伯道雖棄其子，子未必死，則伯道未必無嗣者。此其意傷天道之無知，而冀仁賢之有後，亦良厚矣！然史明言伯道無兒，弟子綏服喪三年，固無庸辯也。乃若繫子於樹，殊非人情。蓋傳者之過，則其論確矣。夫子與姪不能兩全，寧棄其子，不得不然者也。然棄之可耳，何以繫之？爲好事者稱人之善而過其實，適以誣之。文之勝質，史也，非止此一事也。"同上卷十六。

李贄曰："胡人知報義，不如中夏之亡也。"《初潭集》卷十八。

張鳳翼曰："昔人謂天道無知，使鄧伯道無兒。予謂父子天性至親，其視猶子自是有間。第五倫夜起之言，乃至情之不容僞者。當患難而棄其子，非人情，不可近也，矧繫之於樹，絶其奔走乎？其無後也，固宜。張範以陵易戩之事，亦復近之，幸而兩全耳。夏侯淵以歲凶棄其子，活其亡弟之女，知有義而不知權衡其義也。"《處實堂集》卷八《談輅》。

王世懋曰："世難萬不兩全，勢不周旋則可，何爲苦繫之於樹，必欲殺之？本欲頌鄧公高誼，乃令成一大忍人。《中興書》於是爲不情矣。"

張懋修曰："攸子既追及，則可相扶逃難矣，何必縛之？此忍心好名，天已窺見，故絶其嗣。又暗使婚甥以報其皎皎之行。何謂天道無知？天道極知人之隱耳。聖人之道，中庸而已。君子立身，勿爲矯行以震駭於俗，可也。"《墨卿談乘》卷四。

周洪謨曰："於乎！父子至親，雖顚沛之際，亦惟一子，則當竭力以圖而全。不幸而及禍，然後死生存亡，一聽之天可也。乃棄之若草芥！既朝棄而暮及，又繫之而去，則父子相戕，而陷於不仁矣。不仁而無後矣，理必然也。予嘗見有置酒者，召伶人獻技以娛賓客，伶人設爲攸事，使孺子爲攸子悲啼仿偟之狀，衆賓皆爲之灑泣。夫千載之下，見其彷彿者，猶不勝悲如此，而攸何忍之哉！然則，若攸者，可謂厚於兄弟而薄於父子者矣。其厚者固可以爲後世法，其所薄者亦可以爲後世戒也。"《箐齋讀書録》卷上。

朱國禎曰："世言伯道無兒，謂無天道。夫避難時子姪不兩全，棄子抱姪，猶曰念兄無後，不得已棄之。然子能脫縛走，至暮追及，獨不可並携去乎？又再縛之而去，則天性滅矣，其無子固宜。余謂此史臣描寫太過，伯道決不狠戾至此。甚矣，史之難信，觀者不可不辨也。"《湧幢小品》卷十八。

焦袁熹曰："鄧攸棄子存姪，晉史論之曰：'若力所不能，自可割情忍痛，何至預加徽纆，絕其奔走者乎？斯豈慈父仁人之用心也！卒以絕嗣，勿謂天道無知，此乃有知矣！'嗟乎！史臣之所以責攸者，攸其何辭哉！然而攸之心有至苦而未易言者。攸之棄其子於道也，朝棄而暮及，父子之間，喪亂之際，痛心如割，不待言也。攸自念再棄而再及，必有萬萬難爲情者，則且將收之，收之終不獲兩全，則惡知不全者不在其弟之子也？用是繫之於樹，使無再及而已，所謂萬不得已，忍而爲此者也，豈故絕其奔走之路，不聽其自生自死，而必欲死之以爲名哉！嗚呼！亦重可悲也已。其後卒以亡嗣，謂天道無知，信矣其無知也。推此而論，溫嶠之絕裾，其情事亦相類。然攸之心可諒，而嶠之罪終不可貰者，此又斷獄者輕重大小之定衡也。"《此木軒雜著》卷七。

方鵬曰："伯道以弟早亡，止有一息，寧棄其子，以存弟祀，意甚善也。其子追而及之，則已能步矣，縱之道路，人或憐而收之，未可知也。繫之於樹，絕其生理，不仁孰甚焉。及其置妾也，既不審於媒妁，又不卜於鬼神，直俟衽席之上，始扣其爲甥女而遠之，則已噬臍無及矣。坐是終身更不畜妾，以至絕嗣，是又懲噎而廢食也。由前言之則不仁，由後言之則不智，是皆不學之蔽也歟？"《責備餘談》卷下。

伯克利手批曰："不近人情。"

方苞曰："伯道之事，無所不取，復棄其子，天亦厭之矣。"

王鳴盛曰："鄧攸逃難，棄其子而攜其弟之子。其子朝棄而暮及，攸乃繫之於樹而去。嘻，甚矣！攸意以爲不棄其子，無以顯其保全弟子之名。好名如此，不仁可知。其後敬媚權貴，王敦已反而猶每月白敦兵數。納妾甚寵之，訊其家屬，方知是甥女。小人哉，攸也！斯人也，而可以入良吏乎？"《商榷》卷五十一。

田中頤曰："斷情取義。"

博古堂朱批曰："恐不應忍心至此，未可信。"

博古堂墨批曰："朝棄莫及，聽之可也，繫之何忍，尚望有子乎？"

周召曰："記人之善而過其實，有反足以增後世之疑者。如《中興書》載鄧攸棄子全姪事。攸棄兒於草中，兒啼鳴，追之，至暮復及。攸明日繫兒於樹而去。夫兒既能追及矣，即萬萬不能兩全，任其去止可也，必欲繫而死之。父子亦天性也，何忍至此！此亦必無之事。蓋譽之太過，而反沒其真耳。”《雙橋隨筆》卷三。

周濟曰：“據本傳，上言步走擔兒，則兒未能行，且果能行及，父母何爲繫之？史言誣矣。”《晉略·彙傳五·良吏》注。

余嘉錫曰：“古者姓氏有別，所買之妾若出於微賤，不能知其氏族之所自出，猶必詢之卜筮，以決其疑。自漢以來，姓氏歸一，人非生而無家者，未有不知其姓氏者。此妾既具知其父母姓名，而攸曾不一問，寵之歷年，然後詢其邦族，雖哀恨終身，何嗟及矣！白圭之玷，尚可磨乎？”

趙西陸曰：“此矯情以博孝友之虛名耳。”

29

王長豫爲人謹順〔1〕，事親盡色養之孝〔2〕。《中興書》曰：“王悅字長豫，丞相導長子也。仕至中書侍郎。”丞相見長豫輒喜，見敬豫輒嗔。《文字志》曰：“王恬字敬豫，導次子也。少卓犖不羈，疾學尚武，不爲導所重。至中軍將軍。多才藝，善隸書，與濟陽江彪以善奕聞〔3〕。”長豫與丞相語，恒以慎密爲端。丞相還臺，及行，未嘗不送至車後〔4〕。恒與曹夫人併當箱篋〔5〕。長豫亡後，

---

〔1〕 “王長豫爲人謹順”，《考異》“謹”作“恭”。楊勇曰：“句上《考異》有：‘王丞相夢，人欲以百萬錢買長豫，丞相甚惡之，潛爲祈禱者備矣。後作屋，忽掘得一窖錢，料之百億，大不歡，一皆藏閉。俄而長豫亡。’等字。下連至‘見敬豫輒嗔’爲一條。其餘另作一條。”

〔2〕 “盡色養”，《考異》“盡”作“有”。

〔3〕 “江彪以善奕聞”，余嘉錫曰：“‘彪’景宋本作‘虨’。”朱鑄禹曰：“袁本、王（世懋）本作‘江彪’。案虨父統，《晉書》卷五十六有傳，爲陳留圉人。與本注‘濟陽’不合，未知袁、王二本何所據而改，宜再考。”又，董刻本、袁刻本“奕”俱作“弈”。

〔4〕 “及行未嘗”，凌濛初曰：“諸本俱是‘及未行，嘗不送’，誤。今考《晉書》及劉本改正。”程炎震曰：“‘行未’二字明本倒，非也。”沈劍知曰：“袁本‘行未’誤乙。”孫人和曰：“何校本改‘未行’作‘行未’，今本已改。”

〔5〕 “恒與曹夫人併當箱篋”，《考異》“與”作“爲”。程炎震曰：“《晉書》作‘又恒爲母曹氏襞斂箱篋中物’。”

丞相還臺，登車後〔1〕，哭至臺門。曹夫人作簏，封而不忍開〔2〕。《王氏譜》曰：“導娶彭城曹韶女，名淑。”

○“王長豫”至“敬豫輒嗔”

“王長豫爲人謹順”，敬胤曰：“恬字敬豫，丞相第二子也。《中興書》曰：‘少卓犖不羈，疾學尚武，不爲公門所重。晚好士，多伎藝，善奕，江左第一。州別駕、秀才，司空辟，琅邪王友、中書郎，詔以爲中書，父固辭之。時南蠻校尉陶稱告庾亮反，詔以恬爲後將軍、魏郡太守，加給事中，領萬人監江州諸軍，戍石頭。導薨，去職。俄而明役（一作没）制城，起（一作越）恬爲前位，守石頭，遷豫章太守，不之遷後軍、吳郡、加常侍，徙會稽内史，常侍、將軍如故。遷中軍將軍，謚曰曼侯。’子混、浩等。”按“善奕”，“奕”當作“弈”。“詔以爲中書”，沈劍知曰：“‘中書’下脱‘令’字。《晉書·王恬傳》：‘帝欲以爲中書令，導固讓，從之。’”“陶稱告庾亮反”，沈曰：“稱告亮反，史不之載。然陶夏殺其弟斌，亮但表其罪，未即行誅，而稱謁亮，遽數其往惡而殺之，方以疏聞，執法失均，當由修怨，恐《中興書》所云可信，而史漏之也。”“戍石頭”，沈曰：“石頭在金陵，不得言‘戍’。此乃襄陽之石城，《王恬傳》亦誤‘石城’爲‘石頭’。”“明没制城”，沈曰：“四字當爲‘胡没邾城’之誤。蓋其時邾城没於石趙也。《晉書·成帝紀》：‘咸康五年秋七月王導薨，九月石季龍將張貉陷邾城，進圍石城。’即其事也。”“一作越”，沈曰：“‘越’字誤。”“恬爲前位”，沈曰：“前位，謂仍爲舊職後將軍也。”“守石頭”，沈曰：“亦當作‘石城’。”“遷中軍將軍”，沈曰：“‘遷’當作‘贈’。”“謚曰曼侯”，沈曰：“《恬傳》：‘謚曰憲。’‘曼’誤，‘侯’字亦衍，恬不襲爵也。”○王叔岷曰：“案下文‘長預與丞相語，恒以慎密爲端’，‘謹順’與‘慎密’相應，‘順’借爲‘慎’。《莊子·列禦寇篇》：‘順於兵，故行有求。’《釋文》本‘順’作‘慎’，即‘順’‘慎’通用之證。”

“色養”，張萬起曰：“承順父母顏色，孝敬侍奉父母。”

○“長豫與”至“不忍開”

“還臺”，洪邁曰：“晉宋間謂朝廷禁省爲臺。”《容齋續筆》卷五。○程炎震

---

〔1〕“登車後”二句，《考異》“登”作“發”。程炎震曰：“（《晉書》）作‘自悦常所送處哭至臺門’。”
〔2〕“曹夫人作簏”二句，《考異》“簏”作“奩”。程炎震曰：“（《晉書》）作‘其母長封作篋不忍復開’。”沈劍知曰：“‘曹夫人作簏’句費解。‘封’字疑當在‘作簏’上。”

曰：“‘臺’謂尚書省也。導時録尚書事，故云‘還臺’。《通典》：‘尚書省總謂尚書臺，亦曰中臺。’”

“曹夫人”，敬胤曰：“曹夫人，彭城人也。父韶，字道武，鎮東軍司馬。祖説，字祖嗣，征西參軍也。”

“併當”，吳曾曰：“‘併當’二字，俗訓‘收拾’。然晉已有此語。”《漫録》卷二。○余嘉錫曰：“（《文字典説》）五十八曰：‘摒當，《通俗文》除物曰摒擋，拼除也。’”○江藍生曰：“‘併當’原爲掃除義，‘併’字應作‘摒’。唐釋玄應《一切經音義》卷十二《賢愚經》第十四卷：‘摒當，謂掃除也。《廣雅》云：摒，除也。’由‘掃除’義引申出清理、收拾義。”《彙釋》頁一八。○楊勇曰：“併當，亦作‘屏當’，猶今謂料理也。”按參見《雅量篇》“祖士少好財”條“屏當”。

“曹夫人作簏”，參見校文。沈劍知曰：“‘作簏’者，謂長豫舊日所拼當之箱簏，曹夫人封之，不忍復開。”○楊勇曰：“《説文》：‘簏，高竹筐也。’《楚辭·九歌》王逸注：‘方爲筐，圓爲簏。’”○張萬起曰：“作簏，整理箱子，往箱中放衣物。”

○注“中興書曰”

“王悦字長豫”，姚鼐曰：“王導六子，長悦是曹夫人生。次恬、洽是妾雷氏生，見《世説》注引《語林》。又《世説》注引《妬記》：‘曹夫人見小兒可愛，左右對是四五諸郎。’則協、邵、薈皆庶出也。導於蘇峻亂攜二子出奔，所攜殆悦、恬乎？協等或繦褓，或尚未生，而《協傳》言爲元帝撫軍參軍，協安能上接元帝？蓋簡文帝爲撫軍將軍時，協爲其參軍耳。”《惜抱軒》卷五。○趙西陸曰：“《事類賦》十引《世説》曰：‘王導子悦，爲中書侍郎。導夢人以百萬錢買悦，意甚惡，之後掘地得錢，而悦未幾死。’”按《事類賦》所引爲《晉書》，非《世説》。

○注“文字志曰”

《文字志》，大典顯常曰：“《唐·藝文志》及《法書要録》：王愔《文〔字〕志》三卷，載古今能書之人。”《集成》。○葉德輝曰：“《隋志》不著録。”《書目》。

“善隸書”，沈劍知曰：“張懷瓘《書斷》，隸書能品二十三人，王恬列第十四。”

“以善奕聞”，沈劍知曰：“《晉書·王恬傳》：‘善弈棋，爲中興第一。’”

○注"王氏譜曰"

《王氏譜》，沈家本曰："《文學》引《王氏譜敘》當即爲此譜之敘文。"《古書目》卷四。

【彙評】

田餘慶曰："士族名士既無避世思想，一般又是重恬適而輕事功，無積極的處世態度。聲望最高的名士劉惔，孫綽誄其'居官無官官之事，處事無事事之心'，時人以爲名言。如果士族子弟耽好武事，就會受到異議，因而大大影響其聲譽和地位。王導對其子悅、恬二人的不同態度，就是顯例。"《政治》頁一四四。

龔斌曰："此反映出東晉望族看重孝道及好學風氣。思想或可通脫，但門風不容墮失禮法。"

30

桓常侍聞人道深公者，輒曰："此公既有宿名，加先達知稱，又與先人至交，不宜說之。"《桓彝別傳》曰："彝字茂倫，譙國龍亢人，漢五更桓榮十世孫也[1]。父穎[2]，有高名。彝少孤，識鑒明朗。避亂渡江，累遷散騎常侍[3]。"僧法深，不知其俗姓，蓋衣冠之胤也。道徽高扇，譽播山東[4]，爲中州劉公弟子。值永嘉亂，投迹楊土[5]，居止京

---

〔1〕"十世孫"，沈劍知曰："'十世'當作'九世'。《晉書·彝傳》作'九世'。《譙國龍亢桓氏譜》：'穎，楷子，榮八世孫。'彝乃穎子，則榮之九世孫也。《元和姓纂》作'八代孫'，亦誤。"徐震堮《札記》曰："《晉書》本傳'十'作'九'。"楊勇曰："'九世'宋本作'十世'，非。《晉書·桓彝傳》、汪藻《桓氏譜》並作'九世'，是。"

〔2〕"父穎"，沈劍知曰："《晉書·彝傳》作'父顗'，宋本、沈校本皆作'顗'。袁本以下悉誤作'穎'。"徐震堮《札記》曰："（《晉書》本傳）'穎'作'顗'，《四部叢刊》本'穎'正作'顗'。"余嘉錫曰："'穎'景宋本及沈本俱作'顗'。"周一良《批校》曰："穎，顗。"按何焯校亦作"顗"。

〔3〕"散騎常侍"，沈劍知曰："沈校本脫'常侍'二字。"余嘉錫曰："景宋本及沈本俱脫'常侍'，非。"

〔4〕"譽播"，董刻本"播"作"播"。

〔5〕"楊土"，董刻本"土"作"士"。

邑，内持法綱，外允具瞻，弘道之法師也。以業慈清淨〔1〕，而不耐風塵，考室剡縣東二百里岯山中〔2〕，同遊十餘人，高樓浩然。支道林宗其風範，與高麗道人書，稱其德行。年七十有九，終於山中也。

○“桓常侍”至“不宜説之”

“桓常侍”，大典顯常曰：“《後漢書》列傳二十七：‘桓榮字春卿，沛郡龍亢人。明帝時拜爲五更，遷太子少傅，賜以輜車乘馬。’《文王世子》：‘設三老五更群老之席位焉。’注：‘取象三辰五星。’又：‘老人知三德五事者。’”

“輒曰”，程炎震曰：“以兩人之年考之，桓且長於深公十歲，此恐是元子語，非茂倫語。”龔斌按曰：“若從《高僧傳》作‘八十九’推之，則桓彝與深公乃同歲也。”

“知稱”，張永言曰：“賞識，讚許。”《辭典》頁五九一。○張萬起曰：“知遇推舉。”

“與先人至交”，湯用彤曰：“是亦西晉名士已與釋子往還之確證也。”《佛教史》頁一三一。○龔斌曰：“《桓彝傳》言‘彝少孤貧’，可知其父顥早亡，則此條桓常侍云深公‘又與先人至交’爲不可信。”

“不宜説之”，劉應登曰：“謂父之交，不欲人言其名。”○劉辰翁曰：“謂‘不欲人名其父交’，非也。意必有長短之論。”○朱鑄禹曰：“深公時無定名，故多有長短之論。即本注‘不耐風塵’之評，亦似微辭。故桓彝云云，蓋不欲人議論其父交短長也。”○龔斌曰：“考《方正》四五：‘後來年少，多有道深公者。深公謂曰：黃吻年少，勿爲評論宿士。’桓常侍聞人道深公者，或許便是《方正》四五所載黃吻年少，多道深公。”

○注“桓彝別傳曰”至“山中也”

“漢五更桓榮”，秦士鉉曰：“後漢明帝永初二年，三雍宮成，行養老禮，拜桓榮爲五更。”

---

〔1〕 “業慈”，程炎震曰：“別一宋本作‘滋’。”沈劍知曰：“宋本沈校本‘慈’作‘滋’。”余嘉錫曰：“‘慈’景宋本及沈本俱作‘滋’。”周一良《批校》曰：“慈，滋。”楊勇曰：“‘滋’宋本作‘滋’。”按何焯校“慈”亦作“滋”。
〔2〕 “岯山”，沈劍知曰：“沈校本無‘岯山’。”楊勇曰：“‘岯山’宋本作‘岯山’，非。”

“僧法深”，秦士鈜曰：“此注必引僧傳文，而失書名。”○程炎震曰：“‘僧法深’上必有脫文，不知所引何書矣。”○趙西陸曰：“《言語篇》‘竺法深在簡文坐’、《方正篇》‘後來年少多有道深公者’、《排調篇》‘支道林因人就深公買印山’諸條注俱引《高逸沙門傳》，疑此亦出其書而脫其名也。《高僧傳》曰：‘竺法濟幼有才藻，作《高逸沙門傳》。凡此諸人皆潛之神足。’”

“不知其俗姓”，葉夢得曰：“王敦之弟。”《避暑錄話》卷上。○大典顯常曰：“《高僧傳》：‘竺道潛字法深，姓王，琅琊人。晉丞相敦之弟也。年十八出家，事中州劉元真爲師。’按敦有兄含，無弟。”○程炎震曰：“梁釋慧皎《高僧傳》四云：‘竺道潛字法深，姓王，琅琊人。晉丞相武昌郡公敦之弟也。’疑出附會。果爾，晉人不應無一語及之，且王敦亦未嘗爲丞相也。”○余嘉錫曰：“《高僧傳》以爲王敦之弟。考之諸家晉史，並不言王敦有此弟。疑因孝武詔中‘棄宰相之榮’語附會之。實則深公本衣冠之胤，所謂宰相，蓋別有所指，不必是王敦也。”

“爲中州劉公弟子”，恩田仲任曰：“《高僧傳》曰：道潛事中州劉元真，元真早有才辯之譽。”○趙西陸曰：“《高僧傳》曰：‘年十八出家，事中州劉元真爲師。’”○湯用彤曰：“劉公者，亦西晉清談之名士。按元魏太武帝毀法詔書，詆佛法爲劉元真、呂伯彊所僞造（《釋老志》），則其地位可知。孫興公讚其‘談能雕飾，照足開蒙’，想能融合佛法玄理之甚有關係人物。故支道林與高麗道人書美竺法深，特標揚其爲‘中州劉公之弟子’。法深之學，內外俱瞻，蓋均得之於元真。”《佛教史》頁一三一。

“外允具瞻”，岡白駒曰：“允，肯也。具，讀爲俱。”○桃井白鹿曰：“允，當也。‘具’與‘俱’通。謂外當人望也。《詩·小雅》：‘民具爾瞻。’”○秦士鈜曰：“允，當也。或云‘哀姜不允於魯’之‘允’。具瞻，衆人之所瞻仰也。”

“不耐風塵”，徐震堮曰：“風塵，謂世俗之事，亦即指世俗。”《簡釋》。

“考室”，岡白駒曰：“考，成也。”○楊勇曰：“成室也。《詩·小雅·斯干》序：‘斯干，宣王考室也。’鄭箋：‘考，成也。’”

“同遊十餘人”，趙西陸曰：“《高僧傳》曰：時岇山復有竺法友、竺法蘊、竺法濟、康法識，皆潛之神足。”

“與高麗道人書”，趙西陸曰：“《高僧傳》載遁《與高麗道人書》云：‘上座竺法深，中州劉公之弟子。體德貞峙，道俗綸綜。往在京邑，維持法網，內外具瞻，弘道之匠也。頃以道業靖濟，不耐塵俗。考室山澤，修德就閑，今在剡縣之岫山。率合同遊，論道説義。高棲皓然，遐邁有詠。'"

"道人"，葉夢得曰："晉宋間，佛學初行，其徒猶未有僧稱，通曰'道人'，其姓則皆從所授學，如支遁本姓關，學於支謙爲支；帛道猷本姓馮，學於帛尸梨密爲帛是也。至道安始言佛氏釋迦。今爲佛子，宜從佛氏，乃請皆姓'釋'。世以'釋'舉佛者，猶言楊墨申韓。今以爲稱者，自不知其爲姓也。"《避暑録話》卷下。王士禎《香祖筆記》卷十曰："葉石林云晉宋間佛學初行，未有'僧'稱，通曰'道人'。宣和崇道教，改沙門。"○袁枚曰："六朝以前僧俱稱'道人'，如支道人、慧琳道人之類，不稱僧也。"《隨園隨筆》卷十七。○錢大昕曰："六朝以道人爲沙門之稱，不通於羽士。《南齊書·顧歡傳》：'道士與道人戰儒墨，道人與道士辨是非。'《南史·陶貞白傳》：'道人道士，並在門中，道人左，道士右。'是道人與道士較然有別矣。《南史·宋宗室傳》前稱慧琳道人，後稱沙門慧琳，是道人即沙門。"《十駕齋養新録》卷十九。又曰："六朝稱僧爲道人。"《考異》卷二十二。○焦循曰："道士、道人，皆爲賢人之稱。《文子》二十五人，'道人'居第三。京房封事云：'道人始去。'《新序·節士篇》云：'介子推曰：謁而得位，道士不居也。'蓋尊崇其人而稱之耳。六朝時崇尚僧人，故以此名歸之，不必爲道士之定稱，亦不必爲僧人之定稱。譬之'先生'之稱，今且遍及醫卜胥吏，'道人''道士'之稱，其移而屬諸二氏，亦此例耳。"《簫録》卷十八。○汪藍生曰："錢氏謂六朝道人稱沙門，道士稱羽士，'較然有別'，似不盡符合實情。六朝時期'道人''道士'可指稱沙門或羽士、巫師，並未加以嚴格區別。"《彙釋》頁四〇至四二。○周一良曰："早期所譯佛經中，菩薩修行尚未得道時，亦稱道士，如吳康僧會譯《六度集經》五眜菩薩章及《摩天羅王經》等，皆稱信佛修行者爲道士。東晉桓玄與慧遠書中稱沙門爲道士，見《弘明集》一一。六朝僧人亦自稱貧道。"《史札》頁一一八至一一九。

"年七十有九"，程炎震曰："《高僧傳》云：'年十八出家，事中州劉元真爲師。晉永嘉初，避亂過江，中宗元皇及蕭祖明帝、丞相王茂弘、太尉庾元規並欽其風德，友而敬焉。中宗蕭祖升遐，王、庾又薨，乃隱迹剡山，當世三十餘載。至哀帝好重佛法，兩使徵請潛，以詔旨之重，暫游宮闕，雖復從運東西，而素懷不樂，乃啓還剡之岫山，以晉寧康二年，卒於山館，春秋八十有九。'"

　　庾公乘馬有的盧[1]，《晉陽秋》曰：“庾亮字元規，潁川鄢陵人[2]，明穆皇后長兄也[3]。淵雅有德量，時人方之夏侯太初、陳長文之倫。侍從父琛[4]，避地會稽，端拱凝然，郡人嚴憚之[5]。觀接之者，數人而已。累遷征西大將軍[6]、荊州刺史。”伯樂《相馬經》曰：“馬白額入口至齒者，名曰榆雁，一名的盧。奴乘客死，主乘棄市，凶馬也[7]。”或語令賣去。《語林》曰：“殷浩勸公賣馬。”庾云：“賣之必有買者，即當害其主[8]。寧可不安己而移於他人哉[9]？昔孫叔敖殺兩頭蛇以爲後人，古之美談。賈誼《新書》曰：“孫叔敖爲兒時，出道上，見兩頭蛇，殺而埋之。歸見其母，泣。問其故，對曰：‘夫見兩頭蛇者，必死。今出見之，故爾。’母曰：‘蛇今安在？’對曰：‘恐後人見，殺而埋之矣。’母曰：‘夫有陰德，必有陽報，爾無憂也。’後遂興於楚朝。及長，爲楚令尹。”效之，不亦達乎！”

---

〔1〕　“的盧”，程炎震曰：“《晉書》作‘的顱’。”沈劍知曰：“《晉書·庾亮傳》‘的盧’作‘的顱’。按《三國志·蜀·先主傳》注引《世語》劉備有馬名‘的盧’，則當作‘盧’也。”趙西陸曰：“《蜀志·先主傳》注引《世語》曰：‘備所乘馬名的盧。’《御覽》八百九十七引傅玄《乘輿馬賦》曰：‘太祖下廄有的盧馬，劉備撫而取之。’則當作‘的盧’也。”

〔2〕　“鄢陵”，余嘉錫曰：“‘鄢’景宋本作‘隔’。”朱鑄禹曰：“袁本作‘鄢’，《晉書》卷三十二《明穆庾皇后傳》亦作‘鄢’。”

〔3〕　“明穆皇后長兄”，沈劍知曰：“《文選》庾元規《讓中書令表》李善注引《晉陽秋》，‘長兄’作‘之兄’。《晉書·亮傳》亦但云名‘明穆皇后之兄’。按作‘長’爲是。庾琛子有傳者五人，亮字元規，懌字叔預，冰字季堅，條字幼序，翼字穉恭，其兄弟之字以元、叔、季、幼、穉爲序，則亮與懌之間應有字‘仲’者，而亮居長無疑也。”

〔4〕　“侍從父琛”，楊勇曰：“‘侍’下宋本有‘從’字，衍。汪藻《譜》：‘亮，琛子。’”

〔5〕　“嚴憚之”，董刻本“憚”作“僤”。王利器曰：“各本‘僤’作‘憚’，是。”楊勇曰：“‘憚’宋本作‘僤’，非。”

〔6〕　“大將軍”，趙西陸曰：“《亮傳》作‘征西將軍’，無‘大’字。”

〔7〕　“馬白額入口”六句，天保手批曰：“‘額’一爲‘顡’。”唐鴻學曰：“《齊民要術》十引作：‘白從額上入口名曰俞雁，一名的盧。云，大凶馬也。’”陳直《札記》曰：“《齊民要術·養牛馬驢騾第五十六》亦引伯樂《相馬經》本段文，惟‘入口’下少‘至齒’二字，‘榆雁’作‘俞膺’，‘的盧’作‘的顱’。”

〔8〕　“即當害其主”，袁刻本、凌刻本“主”作“生”。劉應登：“‘生’字作‘主’。”天保手批曰：“‘主’一爲‘生’。”程炎震：“‘當’明本、鄂本作‘復’。”周一良《批校》曰：“當，復。”

〔9〕　“寧可不安己而移於他人哉”，董刻本“他”作“它”。趙西陸曰：“《亮傳》作‘曷有己之不安而移之於人’。”

○“庾公乘馬”至“令賣去”

“的盧”，劉應登曰：“凶馬也，不利主。”○崔朝慶曰：“古傳說，馬白額入口至齒者，名曰榆雁，一名的盧。奴乘客死，主乘棄市，凶馬也。”

“或語令賣去”，田中頤曰：“凡曰‘或’，不稱其名者，率皆迷妄不經者之言，而不欲表揭之者，古人詳於善而略於不善之遺意耳。此以徒知有庾，不知有人言也。”

○“庾云”至“不亦達乎”

“即當害其主”，田中頤曰：“‘即’者，直就其說而語之辭。”

“寧可不安己而移於他人哉”，田中頤曰：“在己有害，在人無害，則移之可也，彼我同則不可也。”○王叔岷曰：“此孔子所謂‘己所不欲，勿施於人’也。宋景公不願以己之星禍移於百姓，亦此意。”

“孫叔敖殺兩頭蛇”，趙西陸曰：“《御覽》九三四引《嶺表録異》曰：兩頭蛇，嶺外多此類，時有如小指大者，長尺餘，腹下鱗紅，皆錦文。一頭有眼口，一頭似頭而無口眼，云‘兩頭蛇俱能進退’，亦繆也。昔孫叔敖見之不祥，乃殺而瘞之，恐他人見，復受其禍。南人見之爲常，其禍安在？”

“不亦達乎”，田中頤曰：“不惑俗說而嫁災，即達也。”

○注“晉陽秋曰”

“侍從父琛”，沈劍知曰：“《晉書·琛傳》《亮傳》、何法盛《中興書》皆云‘亮父琛’，此云‘從父’，誤衍‘從’字。若‘侍從’連讀，意雖可通，又非習用於父子之間也。”

“避地會稽”，吳士鑑曰：“琛爲會稽太守，不得云避地。”《斠注》卷七十二。○趙西陸曰：“亮《讓中書令表》曰：‘昔以中州多故，舊邦喪亂，隨侍先臣遠庇有道，爰客逃難，求食而已。’庾氏潁川人，值亂過江，故云‘避地’也。”

“端拱”，秦士鉉曰：“端正拱手。”

“嚴憚之”，張萬起曰：“嚴，形容程度高，猶‘極’。”《詞典》頁七〇八。○方一新曰：“‘嚴’有畏懼義。《孟子·公孫丑上》：‘無嚴諸侯。’朱熹《集注》：‘嚴，畏憚也。’《玉篇》：‘嚴，畏也。’‘嚴憚’連言，也已見於早期史籍。”《漫記》。

《相馬經》，沈家本曰：“《隋志》：‘《相馬經》一卷，無撰人。梁有伯樂《相馬經》，亡。’《舊唐志》：‘《相馬經》一卷，伯鑾撰。又二卷，無撰人。’

105

《新志》：‘伯樂《相馬經》一卷。又《相馬經》三卷，無撰人。’《舊志》‘伯
鑾’恐是‘伯樂’之訛。”《古書目》卷五。○葉德輝曰：“《隋志·五行》《相馬
經》下云：‘梁有伯樂《相馬經》《闕中銅馬法》《周穆王八馬圖》。’”《書目》。

○注“語林曰”

《語林》，沈家本曰：“劉注所引此卷及他卷但稱《語林》，《方正上》稱
《裴子》，《任誕》稱‘裴啓《語林》’，是劉氏亦以爲裴啓作也。《隋志》：‘梁有
《語林》十卷，東晉處士裴啓撰，亡。’二《唐志》不著録，豈真以謝公一言，
世遂不重其書，漸致銷亡邪？”《古書目》卷五。○葉德輝曰：“《隋志》小説家
《燕丹子》下云：‘《語林》十卷，東晉處士裴啓撰。’”《書目》。

“殷浩”，程炎震曰：“《晉書》同《語林》，亦以爲殷浩。”○徐震堮曰：
“《晉書》本傳正作殷浩。”《札記》。

○注“賈誼新書曰”

趙西陸曰：“又見《新序》卷一《雜事篇》，《列女傳》卷三。郝懿行曰：兩
頭蛇，嶺外極多，人視爲常，不以爲異，見劉恂《嶺表録異》，故《爾雅》云
‘中有枳首蛇’。枳首即歧首也。夫蛇有歧首，與魚比目正復相合。比目魚所在
皆有，而云兩頭蛇見之者死，此流俗妄談耳。”

【彙評】

李贄曰：“模倣孫叔敖，故雖達不達。”○曰：“雖少年，心自不同。”《初潭集》
卷二十。○曰：“不豪則自不達，不達則自非豪，唯達故豪，一也。但世有慕名作達
者，似達而非達；亦有效顰爲達者，雖達亦不達。庾公之不遺的盧也，曰：‘昔孫
叔敖殺兩頭蛇以爲後人，效之，不亦達乎？’方叔敖少時，寧知殺兩頭蛇之爲達而
後殺之耶？自分必死，故歸而向其母泣，唯自分必死，故寧我見之而死，不欲後人
復見之而死也，是之爲真達也；遂從而殺之，是之爲真豪也。彼豈有心仿效甚人來
耶！是故阮渾欲學達而嗣宗不許，惡其效也。山公之薦咸曰：‘清真寡欲，萬物不
能移也。使在官人之職，必妙絶於時。’識其真也。”《續焚書》卷三《庾公不遺的盧》。
陶珽曰：“濟玄德於厄渡，興元規之達懷，的盧故是吉馬，馬相豈足憑耶？”
龔斌曰：“庾亮欲效孫叔敖，並稱‘不亦達乎’，此‘達’與王澄、謝鯤等

輩之‘達’有別。”

32

　　阮光禄在剡，曾有好車，借者無不皆給。有人葬母，意欲借而不敢言。阮後聞之，嘆曰：“吾有車，而使人不敢借，何以車爲？”遂焚之。《阮光禄别傳》曰：“裕字思曠〔1〕，陳留尉氏人。祖略，齊國內史。父顗，汝南太守。裕淹通有理識，累遷侍中。以疾築室會稽剡山。徵金紫光禄大夫，不就。年六十一卒〔2〕。”

　　○“阮光禄”至“不敢言”

　　“阮光禄”，李慈銘曰：“《世説》於阮裕或稱光禄，或稱其字思曠，無舉其名者，臨川避宋武諱也。”《簡端記》。○吕叔湘曰：“阮裕嘗被召爲金紫光禄大夫，故稱阮光禄。”

　　“借者無不皆給”，田中頤曰：“謂人每借者，阮喜供其用。”○徐文麟曰：“（謂）人家來借，没有不給的。”

　　“葬母”，田中頤曰：“用之大者。”○龔斌曰：“晉人載柩須車，乃習俗也。”

　　“不敢言”，田中頤曰：“憚葬事之用。”

　　○“阮後聞之”至“遂焚之”

　　“嘆曰”，田中頤曰：“歎息聞之後期且不察己心。”

　　“吾有車”三句，田中頤曰：“言我有車，欲供吾人用，而還使人徒作憂慮，此有害而無益也。”○徐文麟曰：“（謂）我有了車子，卻教人家不敢來借，還要這車子做什麽？”○崔朝慶曰：“言何用有此車也。”

---

〔1〕　“思曠”，楊勇曰：“宋本作‘思曠’，非。”
〔2〕　“年六十一卒”，董刻本“年”作“季”。王利器曰：“‘季’當作‘秊’，各本都作‘年’。”楊勇曰：“‘年’宋本作‘季’，爲‘秊’之誤體。‘秊’，‘年’本字。”朱鑄禹曰：“《晉書》本傳作‘六十二卒’。”

"遂焚之"，田中頤曰："酷肖好名男子。"

○注"阮光禄別傳曰"

"齊國內史""汝南太守"，恩田仲任曰："《通典》曰：'漢初王國有內史，治國民。後漢有內史，如郡丞。晉改國相爲內史。'"○錢大昕曰："晉時郡置太守，王國置內史，行太守事，然名稱率相亂。如陸雲稱清河內史，亦稱太守；_{陸氏《異林》。}桓彝稱宣城內史，《成帝紀》及本傳。亦稱太守；桓溫、蘇峻諸傳。蘇峻稱歷陽內史，本傳。亦稱太守；《成帝紀》。孫默稱琅邪太守，《元帝紀》。亦稱內史；《石勒載記》。王曠稱丹陽太守，《陳敏傳》。亦稱內史；《顧榮傳》。王承稱東海太守，《王湛傳》。亦稱內史。《名士傳》。"《考異》卷二十一。按《養新錄》卷六有"內史太守互稱"條。○沈劍知曰："按《晉書》裕兄放傳：'祖略，齊郡太守。父顒，淮南內史。'敘官與此不同。"○徐震堮曰："《晉書·阮放傳》作'齊國太守''汝南內史'，案《晉書·職官志》，郡皆置太守，諸王國以內史掌太守之任，自當以《世說》注爲正，然二書於太守內史，往往混用，不甚別白。"《札記》。

"淹通"，秦士鉉曰："博涉書籍也。"

【彙評】

方弘靜曰："余以爲車宜借人耳，焚之則過已。既乏闕，無以濟人，是矯也。貨惡其棄，不必爲己。阮不得爲有道者哉！先大夫居家，凡器物借者無不給，嘗有匿而不還者，終不靳也。余每語家人，無忘先訓焉。中人之家，安能一一畢具，已不免假於人，又不欲假人，何可以言恕也！"《千一錄》卷二十五。

李贄曰："好名多事。"

焦袁熹曰："夫使人不敢借，阮以爲恨，而今人之所私以爲得計者也，其能學阮之焚車乎？曰：使一焚其車，而可以斷彼借者之意，所棄者一車，而所全者什百千萬無算也，則我知其不惜而焚之決也。夫且以謂古人之智，亦若我然也。"《此木軒雜著》卷四。

沈赤然曰："晉阮裕有好車，借無不與，有一人葬母，意擬借而不敢言，裕聞之歎曰：'家有車而使人不敢借，何必車爲！'命焚之。王昭素有一驢，人多來假，每將出，必先問外：'無借驢者乎？'曰：'無。'然後騎之出。此二事同一與共也，然裕尚似有意沽名，不若昭素之先人後己，不著一點痕迹，尤爲可法也。"《隨筆》卷五。

宗白華曰："這是何等嚴肅的責己精神。然而不是由於畏人言，畏於禮法的責備，而是由於對自己人格美的重視和偉大同情心的流露。"《晉人的美》。

龔斌曰："阮裕感歎己有車而使人不敢借，與司馬徽'何有以財物令人慚者'正相似，皆見道德境界之高。"按司馬徽語見《言語篇》"南郡龐士元聞司馬德操"條注引《司馬徽別傳》。

33

謝奕作剡令^[1]，《中興書》曰："謝奕字無奕，陳郡陽夏人。祖衡，太子少傅。父裒，吏部尚書。奕少有器鑒，辟太尉掾、剡令，累遷豫州刺史。"有一老翁犯法，謝以醇酒罰之，乃至過醉^[2]，而猶未已。太傅時年七八歲，箸青布絝，在兄郤邊坐，諫曰："阿兄！老翁可念，何可作此。"奕於是改容，曰："阿奴，欲放去邪？"遂遣之。

○"謝奕"至"何可作此"

"謝奕作剡令"，田中頤曰："凡新任曰'為'，舊在曰'作'。"○楊勇曰："剡，即今浙江嵊縣，縣有剡溪，故名。"○龔斌曰："謝奕作剡令當在晉成帝咸和初。"

"乃至過醉"二句，秦士鉉曰："老翁既至過醉，而謝奕罰之猶未已。"○王叔岷曰："乃，猶'已'也。"

"阿兄"，桃井白鹿曰："胡三省云：'阿，烏葛切。'阿父、阿母、阿奴、阿戎之類並同。"○田中頤曰："阿，親愛之辭。"

"可念"，田中頤曰："言老翁過醉，可念慮。"○崔朝慶曰："可念，可憐也。"

---

[1] "謝奕作剡令"，董刻本、元刻本"奕"作"弈"，注同。楊勇曰："宋本作'謝弈'，非。""剡令"，唐鴻學曰："'郯'訛'剡'。"

[2] "過醉"，楊勇曰："《御覽》五一六無'過'字。"

○“奕於是”至“遂遣之”

“改容”，田中頤曰：“值弟諫言，頓悟，視之不以幼童。”○張萬起曰：“改變臉色，指態度緩和下來。”

“阿奴欲放去邪”，田中頤曰：“即語其悟意也。已上孝友慈惠之狀可畫。”○沈劍知曰：“此云‘阿奴’，恐亦謝安小字，非泛稱也。”○余嘉錫曰：“‘阿奴’爲晉人呼其所親愛者之詞，故兄以此呼弟。”○王佩諍曰：“孫氏志祖《讀書脞録》以周伯仁呼兩弟謨、嵩均爲阿奴，以證注中阿奴周謨小字之非，雖未及引謝奕之於太傅，此處正復如是稱謂。然孫説固碻，特孝標去晉未遠，作注時不應不知此義。可知劉注中爲後人所竄雜者多矣。”○楊勇曰：“《伽藍記》卷二景寧寺條：‘吳人之鬼，住居建康，少作冠帽，短製衣裳，自呼阿儂，語則阿傍。’蓋中古時江左人語氣紆緩遲慢故也。《世説》中所謂阿兄、阿母、阿翁皆是也。唯《方正》‘阿奴好自愛’，注云：‘阿奴，謨小字。’《識鑒篇》：‘阿奴碌碌，當在阿母目下耳。’注引鄧粲《晉紀》曰：‘阿奴，嵩之弟周謨也。’及《品藻篇》：‘阿奴比丞相，但有都長。’注云：‘阿奴，濛小字也。’《品藻篇》：‘阿奴今日不減向子期。’此四條者，殆因親昵稱代詞，而轉爲某人之私名也。然又自習語演變而出無疑。徐《箋》、余《疏》以此爲孝標之誤，又覺武斷。蓋不當一概論之也。”按“阿奴”義參見《方正篇》“周叔治作晉陵太守”條。

○注“中興書曰”

“父裒吏部尚書”，徐震堮曰：“《晉書·謝安傳》作‘父裒太常卿’。”《札記》。

【彙評】

王世懋曰：“此不當入《夙惠》耶？然在兒年，故爲盛德。”
凌濛初曰：“奕亦自誕。”
王乾開曰：“治訟者飲以醇酒，獲盜者遺以布帛，雖以隆古稱，要非今人事也。”
宗白華曰：“謝安是東晉風流的主腦人物，然而這天真仁愛的赤子之心實是他偉大人格的根基。”《晉人的美》。
蔣凡曰：“謝安童蒙總角之時，即自然見其惻隱之心。”
龔斌曰：“此以孟子所言惻隱之心爲德行也。”

34

謝太傅絕重褚公，常稱：“褚季野雖不言，而四時之氣亦備。”《文字志》曰：“謝安字安石，奕弟也。世有學行，安弘粹通遠，溫雅融暢。桓彝見其四歲時，稱之曰：‘此兒風神秀徹，當繼蹤王東海。’善行書。累遷太保、錄尚書事，贈太傅。”《晉陽秋》曰：“褚裒字季野，河南陽翟人。祖䂀，安東將軍。父治[1]，武昌太守。裒少有簡貴之風、沖默之稱。累遷江、兗二州刺史。贈侍中、太傅。”

○“謝太傅”至“氣亦備”

“絕重褚公”，恩田仲任曰：“絕，猶極也。”○田中頤曰：“下用贊天語，故曰‘絕重’。”○程炎震曰：“裒長安十七歲。”

“四時之氣亦備”，劉應登曰：“謂外雖不言，而未嘗中無分別，即‘陽秋’之意。”○岡白駒曰：“‘天何言哉？四時行焉！’夫行焉，即有分別，劉得其旨矣。”○大典顯常曰：“《論語》所謂‘天何言哉？四時行’是也。又桓彝目季野有‘皮裏陽秋’，言外無臧否，而內有褒貶，亦斯意。”○田中頤曰：“此言雖以口不言，似無辨者，然其心則賞罰褒貶之可中於人之識有餘，唯不欲之言耳。”

○注“文字志曰”至“侍中太傅”

“王東海”，秦士鉉曰：“東海內史王承，為中興第一名臣。”

“錄尚書事”，胡三省曰：“漢尚書職典樞機，凡諸曹文書衆事皆由之。自是之後，凡受遺輔政，皆領尚書事。至東漢曰‘錄尚書事’。”《通鑒·漢紀十九》注。○恩田仲任曰：“《後漢書》注曰：‘錄，謂總領之也。’”

“沖默”，龔斌曰：“‘不言’即‘沖默’。”

【彙評】

戴璟曰：“昔人謂賞以春夏，罰以秋冬，謝安謂季野之褒人備春夏之溫和也，

---

〔1〕“父治”，董刻本、沈校本“治”作“洽”。程炎震曰：“‘父治’宋本作‘父洽’。《晉書》亦作‘洽’。”沈劍知曰：“《晉書·裒傳》：‘父洽，河南陽翟。’《褚氏譜》同。宋本、沈校本正作‘洽’。此本及袁本皆誤。”徐震堮《札記》曰：“《晉書》本傳‘治’作‘洽’，《四部叢刊》本正作‘洽’。”周一良《批校》曰：“治，洽。”朱鑄禹曰：“《晉書》卷九十三裒本傳亦作‘洽’。袁本作‘治’，誤。”

貶人備秋冬之肅殺也。豈知身在堂上，方能辨堂下人曲直，季野談《老》《易》，不過清虛之徒耳，而何以爲人物之權衡哉？且子貢方人，孔子不暇，縱使季野之臧否人物，盡出大公，猶不過格物之一端，而可謂備四時之氣乎？蓋謝安之事清談，與袁相類，故喜談而過譽之也。"《品藻》卷十七。

范櫧曰："其處也，不知藏用以待時；其出也，徒欲疲民而自逞，非順天而時行者也，四時之氣夫何有焉？但以善譚《易》《老》而爲桓彝、謝安之所許，究而論之，亦東晉風流之豪耳。"《雅言集》卷下。

35

劉尹在郡，臨終綿惙[1]，聞閤下祠神鼓舞[2]。正色曰："莫得淫祀！"《劉尹別傳》曰："惔字真長，沛國蕭人也。漢氏之後。真長有雅裁，雖蓽門陋巷[3]，晏如也。歷司徒左長史、侍中、丹陽尹[4]。爲政務鎮静信誠，風塵不能移也。"外請殺車中牛祭神。真長答曰："丘之禱久矣，勿復爲煩。"包氏《論語》曰[5]："禱，請也。"孔安國曰："孔子素行合於神明，故曰：丘之禱久矣。"

○"劉尹在郡"至"莫得淫祀"

"劉尹"，劉應登曰："劉尹名惔。"○龔斌曰："劉惔當卒於永和四五年間。"

"綿惙"，岡白駒曰："惙，短氣貌；綿惙，謂將死氣息也。"○桃井白鹿曰："綿，微也，連也，謂氣息沈微，纔屬未絕也。惙，胡三省《通鑑注》：'音陟劣切，又丑例切，困劣也。'《韻會》：'丑芮切，短氣貌。'"○大典顯常曰："蓋謂病危，僅有氣息也。"○平賀房父曰："氣息綿綿將絕也。"○恩田仲任曰："綿，微也。惙，困劣也。"○田中頤曰："謂連屬短氣將絕。"○博古堂墨批曰："惙，音拙，意不定。"○余嘉錫曰："'綿惙'正言其氣綿綿然，短促將絕之像也。"

---

[1] "綿惙"，天保手批曰："'惙'當爲'綴'。"
[2] "閤下"，董刻本、何焯校"閤"作"閣"。
[3] "蓽門"，董刻本"蓽"作"篳"。
[4] "丹陽尹"，唐鴻學曰："丹楊均誤'陽'。石刻碑誌'楊'從木，《金石錄》《隸釋》善本均從木。"
[5] "包氏《論語》"，何焯校謂"語"下當有"注"字。趙西陸校同。

○趙西陸曰：“病垂危而氣息僅屬也。”○范子燁曰：“‘綿’之本字爲‘緜’，‘緜惙’指病危、病重。《魏書》卷二十一《廣陵王羽傳》：‘叔翻沈痾緜惙。’‘緜’謂衰薄、衰弱。《素問·脈要精微論》：‘緜緜其去如弦絶死。’注：‘緜緜，言微微，似有而不甚應手也。’‘惙’，唐釋慧琳《一切經音義》卷一七引《聲類》釋云：‘短氣貌也。’同書卷六七引《孝聲》：‘惙，弱也。’蓋劉尹於病重之際，猶不改其平日之優雅與瀟灑，正是所謂名士風範。”《研究》頁二一八。

“祠神鼓舞”，劉應登曰：“謂祠祭禱疾。”○田中頤曰：“謂鐘鼓蹈舞祠神以祈生。”

“莫得淫祀”，劉應登曰：“不信鬼神，故不欲其爲淫祀也。”○田中頤曰：“淫者事當止而仍爲之不止之稱。言不欲爲不享之祀也。”

○“外請殺”至“勿復爲煩”

“外請殺車中牛祭神”，大典顯常曰：“外，謂府中僚屬也。”《撮補》。○田中頤曰：“上屬淫祠，此乃祠之正者。”○趙西陸曰：“車中牛，駕車之牛也。”○余嘉錫曰：“殺駕車之牛以祭神，乃晉人常有之事也。”○張萬起曰：“外，吏役。”

“丘之禱久”二句，田中頤曰：“言禱在平生，聖人既言之矣，雖我不肖，亦不欲爲爾。此皆以臨終之辭，故語特簡約，不能審詳也。”○徐震堮曰：“《論語·述而》：‘子疾病，子路請禱。子曰：有諸？子路對曰：有之。誄曰：禱爾于上下神祇。子曰：丘之禱久矣。’孔安國注云云。邢昺疏曰：‘孔子不許子路，故以此言拒之。’”

○注“劉尹別傳曰”

《劉尹別傳》，沈家本曰：“他卷亦稱《劉惔別傳》。”《古書目》卷四。

“沛國蕭人”，天保手批曰：“‘蕭’一爲‘相’。蕭本國後漢屬沛國。”○沈劍知曰：“《晉書·劉惔傳》：‘沛國相人也。’按《晉書·地理志》，相縣、蕭縣皆屬豫州沛國，未審孰是。”○楊勇曰：“《晉書·地理志》注：‘魏明帝景初二年，分蕭、相二縣爲汝陰郡，今屬沛國，當晉初所改。’按蕭、相二縣毗近，改屬頻繁，《晉書》後出，今從之。”

“雅裁”，恩田仲任曰：“雅，正也。裁，制也。”○張萬起曰：“高尚的志趣。”《詞典》頁七一○。○龔斌曰：“謂識鑒高明也。”

“蓽門”，秦士鉉曰：“《左傳》注：‘柴門也。’”

“司徒左長史”，恩田仲任曰：“《通典》曰：‘晉太尉、司徒、司空並有長史、司馬。泰始三年，司徒加置左長史，掌差次九品，銓衡人倫。’”

“侍中”，方以智曰：“晉以後之侍中乃宰相，非秦漢之侍中也。”《通雅》卷二十三。

“丹陽尹”，恩田仲任曰：“《通典》曰：‘後漢都洛陽，置河南尹。凡前代帝王所都皆曰尹。’《水經注》曰：‘尹，正也，所以董正京畿，率先百郡也。’《晉中興書》曰：‘太興元年改丹陽内史爲丹陽尹。’”

“風塵不能移”，秦士鉉曰：“言不能易奪其心也。《孟子》：‘威武不能移。’”○徐震堮曰：“風塵，寇警、變亂。引申爲流言紛擾。”《簡釋》。○江藍生曰：“道路多風塵，故以喻道路流言。”《彙釋》頁六四。

【彙評】

劉辰翁曰：“使人想見其度，益嘆其真，後人矜飾曠廢，皆當媿死。”天保手批曰：“（‘度’）一作‘量’。‘死’一本作‘也’，一本作‘此’。”

李贄曰：“無味。”

凌濛初曰：“真長口過，自須禱禳。”

36

謝公夫人教兒，問太傅：“那得初不見君教兒？”答曰：“我常自教兒。”《謝氏譜》曰：“安娶沛國劉耽女。”按：太尉劉子真，清潔有志操，行己以禮。而二子不才，並贓貨致罪[1]。子真坐免官。客曰：“子奚不訓導之[2]？”子真曰：“吾之行事，是其耳目所聞見，而不放效[3]，豈嚴訓所變邪？”安石之旨，同子真之意也。

○“謝公夫人”至“常自教兒”

“那得初不見君教兒”，劉淇曰：“此‘初’字猶云自來、從來也。”《辨略》

---

[1] “贓貨”，董刻本、元刻本“贓”作“瀆”。

[2] “訓導”，董刻本、元刻本“導”作“道”。王叔岷曰：“‘訓道’他本作‘訓導’，‘道’‘導’古今字。”

[3] “放效”，董刻本、元刻本“效”作“効”。

卷一。又曰："那得，何得也。"同上卷二。○陸以湉曰："那得，猶言何得也。"《雜識》卷一。

"常自教兒"，田中頤曰："言我平常所自履，即是家範教兒，蓋孔子'莫不行而與二三子'之旨。"○沈劍知曰："《晉書·謝安傳》：'幼有公輔之望，處家常以儀範訓子［弟］。'所謂'不言之教'也。"○趙西陸曰："《晉書·謝安傳》曰：'處家常以儀範訓子弟。'即《老子》所謂'行不言之教'也。"○楊勇曰："《晉書·謝安傳》：'處家常以儀範訓子弟。'身教也。"○張萬起曰："'自'，語綴，不爲義。"

○注"謝氏譜曰"至"之意也"

《謝氏譜》，葉德輝曰："《隋志》：一十卷。無撰人。"《書目》。

"劉耽女"，吳承仕曰："《晉書》七十九《謝安傳》曰：'安妻，劉惔妹也。'"余嘉錫引。○沈劍知曰："《晉書·謝安傳》：'安妻，劉惔妹也。'《劉惔傳》：'父耽，晉陵太守。'桓玄娶劉耽女，此別一人，乃劉喬之孫，南陽人也。"

"劉子真"，大典顯常曰："《晉書》列傳：劉寔字子真，平原高唐人。二子躋、夏。"《集成》。

"嚴訓所變"，王叔岷曰："'所變'猶'可變'。"

【彙評】

劉應登曰："謝公之言，即子真之意，不過身教而已。但安石雅善清言，故其辭微旨遠，子真不過直致。《世說》取此棄彼，亦言語文字之法也。"按凌刻本無"不過身教而已"句。

戴君恩曰："謝太傅云：'我常自教兒。'每誦此語，使人家庭之際，一事不敢復苟。"《剩言》卷五。

狄期進曰："'教誨爾子，式穀似之。'太傅此答，晉人大都若爾。"

蔣凡曰："對於童蒙教育，在魏晉時代產生了兩種不同的教育方式。一是繼承漢儒的傳統經學教育方式，重在師承的知識積累。一是受清談玄家的影響，力圖摒棄傳統教育的經學模式，在反復詰難中，採用了啓悟思維的新式教育方法。安之於教育，即取玄家新立場。"

37

晉簡文爲撫軍時，《續晉陽秋》曰："帝諱昱，字道萬，中宗少子也。仁聞有智度〔1〕。穆帝幼沖，以撫軍輔政。大司馬桓温廢海西公而立帝，在位三年而崩〔2〕。" 所坐牀上，塵不聽拂，見鼠行跡，視以爲佳。有參軍見鼠白日行，以手板批殺之，撫軍意色不説〔3〕。門下起彈，教曰〔4〕："鼠被害，尚不能忘懷，今復以鼠損人，無乃不可乎？"

○"晉簡文"至"不可乎"

"簡文爲撫軍時"，胡三省曰："《晉志》：撫軍大將軍位從公，班驃騎、車騎、衛、伏波等將軍下。"《通鑒·魏紀十》注。○程炎震曰："咸康六年，簡文爲撫軍將軍。永和元年，進撫軍大將軍。"

"所坐牀上"，楊勇曰："牀，坐具，又名交牀、交椅、胡牀也。"按參見《雅量篇》"郗太傅在京口"條"牀"、《自新篇》"戴淵少時"條"胡牀"。

"起彈教曰"，徐震堮曰："蔡邕《獨斷》曰：'諸侯言曰教。'《文選》有傅亮《爲宋公修張良廟教》、《爲宋公修楚元王墓教》、沈約《鍾山詩應西陽王教》。撫軍意色不悦，或有責備之言，故門下起而彈之。文曰'彈教'，意即彈府君也。"○蔣宗許曰："'彈''教'不當連文。彈，指彈劾，蓋晉簡文帝以參軍殺鼠而不滿，於是門下書吏便望風彈劾參軍；教，上司對下屬的批示、告諭、命令等。"《臆札》。

"以鼠損人"，劉應登曰："謂恐因彈鼠而誤發傷人也。"按劉辰翁批曰："解誤，可笑。"○劉繼增曰："此'彈'字，非'彈射'之'彈'，當作'糾劾'解。"

"無乃"，張萬起曰："恐怕。表示委婉語氣的詞。"

---

〔1〕 "仁聞"，董刻本、沈校本、何焯校"聞"作"明"。程炎震曰："'聞'別一宋本作'明'。"龔斌曰："作'仁明'是。《抱朴子·外篇·仁明》曰：'乾有明而兼仁，坤有仁而兼明。'"

〔2〕 "三年而崩"，程炎震曰："'三'《晉書·簡文紀》作'二'。"趙西陸曰："簡文以太和六年即位，改元咸安，次年卒，在位二年。此注'三'當作'二'。《言語篇》第五九'初熒惑入太微'則注引《續晉陽秋》，正作'在位二年而崩'。"

〔3〕 "不説"，董刻本、沈校本"説"作"悦"。

〔4〕 "教曰"，徐震堮曰："《續談助》四引《小説》'教'作'辭'。"

◎程炎震曰：“《御覽》二百三十九《撫軍將門》引此事作《語林》。”

○注“續晉陽秋曰”

“仁聞”，恩田仲任曰：“趙岐曰：仁聞，仁聲遠聞也。”

【彙評】

劉辰翁曰：“此復何足與於‘德行’？正應彈鼠，不應彈人。”

蔣凡曰：“人稱簡文清虛寡欲，尤善玄言，留心於典籍，而不以居處爲意，凝塵滿席，而坐處湛如，其自然之德如此。但坐牀聽任鼠迹白日橫行，則又見其矯飾作態。其道德豈足以號召天下而力挽狂瀾哉！其見欺於桓溫，實不足怪。故史稱其‘無濟世大略’，而被謝安評爲‘惠帝之流’，即亡國之君也，其德其能，如此而已！”

龔斌曰：“簡文之言行，體現出儒道兼融之人格特徵。又佛法不殺，慈悲爲心。簡文不忍害生，與其信佛也有關係。”

38

范宣年八歲，後園挑菜，誤傷指，大啼。人問：“痛邪？”答曰：“非爲痛，身體髮膚，不敢毀傷[1]，是以啼耳！”《宣別傳》曰：“宣字子宣[2]，陳留人，漢萊蕪長范丹後也。年十歲，能誦《詩》《書》。兒童時，手傷改容，家人以其年幼，皆異之。徵太學博士、散騎常侍，一無所就。年五十四卒。”宣潔行廉約，韓豫章遺絹百匹，不受。《中興書》曰：“宣家至貧，罕交人事。豫章太守殷羨見宣茅茨不完，欲爲改室，宣固辭。羨愛之[3]，以宣貧，加年饑疾疫，厚餉給之，宣又

---

〔1〕 “非爲痛”三句，楊勇曰：“《御覽》三七〇、八一七引《世說》作‘非爲痛也，但身體髮膚，不敢毀傷’云云。”
〔2〕 “子宣”，楊勇曰：“宋本作‘子宣’，非。《晉書》本傳及《文學篇》注均作‘宣子’，是。”
〔3〕 “羨愛之”，程炎震曰：“‘羨愛’《晉書》作‘庚爰’。”徐震堮《札記》曰：“《晉書》‘羨愛之’作‘庚爰之’，是也。爰之，庚翼之子。”余嘉錫曰：“《晉書·儒林傳》，餉給范宣者，乃庚爰之。吳士鑑注謂：‘《世說》注“羨愛之”三字爲“庚爰之”之譌。’其說是也。”朱鑄禹曰：“當從《晉書》，此殆緣字形近似而誤。”

117

不受。"《續晉陽秋》曰："韓伯字康伯，潁川人。好學，善言理。歷豫章太守、領軍將軍。"減五十匹，復不受。如是減半，遂至一匹，既終不受。韓後與范同載，就車中裂二丈與范，云："人寧可使婦無幝邪〔1〕?"范笑而受之。

○"范宣年八歲"至"百匹不受"

"挑菜"，岡白駒曰："挑，撥也。"○田中頤曰："挑，弄取也。"

"非爲痛"四句，田中頤曰："言心常欲奉此訓而今不能守，是以大啼也，責己超人。"○崔朝慶曰："《孝經》曰：'身體髮膚，受之父母，不敢毀傷，孝之始也。'"

"韓豫章"，張萬起曰："指韓伯。伯曾作豫章太守。"

"不受"，田中頤曰："多分不受，即爲潔行。"

○"減五十匹"至"笑而受之"

"既終不受"，劉淇曰："既終，猶云終已，亦重言也。"《辨略》卷四。○田中頤曰："加減不受，即爲廉約。"○楊勇曰："既終，同義複詞，猶終也、既也。《詩·終風》：'終風且暴。'王念孫《雜誌》：'終，既也。'"

"裂二丈與范"，田中頤曰："咄咄逼迫。"○楊勇曰："二丈，半匹也。《漢書·食貨志》：'布二尺四寸爲一幅，四丈爲一匹。'"

"人寧可使婦無幝邪"，田中頤曰："言縱不愛其身，寧不顧其婦耶?"○崔朝慶曰："褌，褻衣，貫兩腳，上系腰中。"○楊勇曰："《釋名·釋衣服》：'褌，貫也，貫兩腳，上繫腰中也。'尚秉和《褲襠考》：'褌爲直筒，貫兩腳直上，繫腰下垂以護其私，而兩股則承之以袴。'《晉書·阮籍傳》：'獨不見群蝨之處褌中，行不敢離縫際，動不敢出褌襠。'蓋漢魏時褌無襠，至晉而有襠也。"

"笑而受之"，田中頤曰："韓有辭，僅少勝得，范則以婦故，猶比之不受。夫指傷小也，絹一匹亦小也，而小且不苟，況於其大乎?"

---

〔1〕 "無幝"，程炎震曰："'幝'宋本、別一宋本作'褌'。"余嘉錫曰："'幝'景宋本及沈本俱作'褌'。"朱鑄禹曰："'褌''幝'通用，《集韻》音昆。"

○注“宣別傳曰”

“萊蕪長”，恩田仲任曰：“《晉令》曰：‘縣千户以上爲令，不滿此爲長。’”

“散騎常侍”，徐震堮曰：“散騎常侍顯職，范宣寒素，豈能驟膺此命，當從《晉書》本傳作‘散騎郎’。”《札記》。

○注“中興書曰”

“茅茨不完”，趙西陸曰：“《莊子·讓王篇》曰：‘茨以生草，蓬户不完。’成玄英疏曰：‘以草蓋屋謂之茨。’”

“欲爲改室”，王叔岷曰：“《晏子春秋·内篇·雜下》：‘景公欲更晏子之宅，晏子辭。’《中興書》之‘改室’，猶言更室也。”

【彙評】

劉辰翁曰：“情真語快。”

李贄曰：“還是痛。語用《孝經》。”按《批補》無“語用孝經”四字。○曰：“韓，趣人也。”○曰：“豫章欺人太甚。”《初潭集》卷三。

田中頤曰：“狷以爲行。”

龔斌曰：“范宣執意不受韓伯贈絹，以及固辭殷羨欲爲之改室，又拒庾爰之厚餉，皆體現出儒家不妄受他人資財之潔清美德。”

39

　　王子敬病篤，道家上章應首過，問子敬：“由來有何異同得失〔1〕?”子敬云：“不覺有餘事，惟憶與郗家離婚。”

《王氏譜》曰：“獻之娶高平郗曇女，名道茂，後離婚。”《獻之別傳》曰〔2〕：“祖

---

〔1〕“異同得失”，徐震堮曰：“《晉書》本傳無‘異同’二字。”
〔2〕“傳曰”，何焯校曰：“下有‘獻之字子敬’五字。”趙西陸曰：“劉孝標注義例，人物始見，必引傳記以明其姓字先世爵里，此注引《別傳》於祖父曠上疑脱‘王獻之字子敬’云云。”

父曠，淮南太守。父羲之，右將軍。咸寧中〔1〕，詔尚餘姚公主，遷中書令，卒。”

○“王子敬”至“異同得失”

“道家”，葉夢得曰：“漢末五斗米道出於張陵，今世所謂張天師者也。凡受道者出五斗米，故云五斗米道，亦謂之米賊，與張角略相同。張魯，蓋陵之孫，然其法本以誠信不欺詐爲本，而魯爲劉焉督義司馬，因與別部司馬張修共擊漢中太守蘇固，遂襲殺修而奪其軍，惡在其不欺詐耶？王逸少父子素奉此道，逸少人物高勝，必非惑于妖妄者，其用意故不可知。然盧循入會稽，其子凝之爲太守，以入靜室求鬼兵，不設備，遂爲循屠其家，亦可見矣。”《避暑錄話》卷下。○余嘉錫曰：“以右軍之高明有識，不溺於老莊之虛浮，而不免爲天師所惑，蓋其家世及婦家郗氏皆信道。”○趙西陸曰：“《晉書·王羲之傳》曰：‘王氏世事張氏五斗米道。’此‘道家’即五斗米道，一名天師道。《魏志·張魯傳》：‘祖父陵，客蜀，學道鵠鳴山中，造作道書以惑百姓，從受道者出五斗米，故世號米賊。魯遂據漢中，以鬼道教民，自號師君。其來學道者，初皆名鬼卒。受本道已信，號祭酒，各領部衆，多者爲治頭大祭酒。皆教以誠信不欺詐，有病自首其過，大都與黃巾相似。’”

“上章應首過”，胡三省曰：“道士有消災度厄之法，依陰陽五行數術，推人年命，書之如表章之議，并具贄幣、燒香陳讀，云奏上天曹，請爲除厄，謂之上章。”《通鑒·陳紀九》注。按此引《隋書·經籍志》文。○岡白駒曰：“道家禱病，上章陳悔隱慝。”○桃井白鹿曰：“首，有咎自陳述。”○恩田仲任曰：“《正字通》曰：‘有過自陳曰首過。’”朱鑄禹按曰：“《正字通》原作：‘有咎自陳及告人罪曰首。’‘咎，愆也，過也。’”○田中頤曰：“上章，蓋謂諸除厄書，自陳罪過曰首。”○李詳曰：“《後漢書·皇甫嵩傳》：‘張角自稱大賢良師，奉事黃老道，蓄養弟子，跪拜首過。’”○楊勇曰：“《三天内解經》卷上曰：‘疾病者，但令從年七歲有識以來，首謝所犯罪過，立諸詭議尊符，救療久病、困疾醫所不能治者，歸首則差。’《老君音誦誡經》曰：‘老君：道民家有疾病，告，歸到宅。師先令民香火在

---

〔1〕 “咸寧中”，恩田仲任曰：“‘咸寧’當作‘咸安’。按咸寧，武帝年號，相去久遠，蓋傳寫者誤也。”吳士鑑《斠注》卷八十曰：“《世説·德行篇》注《獻之別傳》‘咸寧’蓋‘咸安’之訛。”程炎震曰：“獻之以選尚主，必是簡文即位之後。此‘咸寧’當作‘咸安’。”楊勇曰：“‘咸安中’宋本作‘咸寧中’，非。《傷逝篇》注：‘獻之以太元十三年卒，年四十五。’據此而推，其生年當在建元二年。此間無‘咸寧’，當爲‘咸安’之誤。”

靖中，民在靖外，西向散髮叩頭謝，寫愆違罪過，令使皆盡，未有藏匿，求乞原赦。若過一事不盡，意不實，心不信，章奏何解。師亦別啓事云：民某甲，求乞事及病者，亦道首過。若過盡者，師亦得好感應；若過不盡，師亦不得好感應。報首過事，爲可並行符承銜民首辭，上章一日三過，上三日後，病人不降損，可作解先亡謫罰章。病家晝則向靖叩頭，夜則北向、向天地叩頭首過，勿使一時有闕。'詳《道藏考》。"

"由來有何異同得失"，大典顯常曰："言於事情有所違戾否也。"又曰："異同，猶言是非也。"《集成》。○田中頤曰："即問其爲罪過者。"○徐震堮曰："由來，猶云歷來，向來。'異同得失'，乃偶辭偏義之例。'異同'與'得失'各爲一詞，此處專着重後者，而'得失'一詞中，又專取一'失'字。'有何異同得失'，猶言有何過失。"

○"子敬云"至"與郗家離婚"

"不覺有餘事"二句，田中頤曰："言常行不覺有疚者，唯此離婚去卑就尊，遺憾不可忘也已。"○郭在貽曰："'餘'字當訓爲'別的''其它的'，與今日'餘'字所用之剩餘義不同。'餘'作'別'解，習見於漢魏六朝之文獻，佛典中尤爲多覯。"《考釋》。○江藍生曰："'餘'義爲'其他'、'別的'，不爲'剩餘'義。"《彙釋》頁二五四。

"與郗家離婚"，黃伯思曰："《奉對帖》云：'方欲與姊極當年之疋，以之偕老，豈謂乖別至此。'當是與郗家帖也。案子敬病篤云云。"《東觀餘論》卷上。余嘉錫按曰："《淳化閣帖》九有王獻之帖云云，黃伯思《東觀餘論》上謂當是與郗家帖，引《世説》此條爲證，是也。"○陳直曰："《淳化閣帖》九有王獻之帖云云，與本文離婚事完全符合，惟此書則爲離婚後與郗夫人者。"《礼記》。○曹道衡曰："王獻之與郗道茂離婚，郗超之卒與王獻之兄弟輕慢郗愔，蓋僅導火線耳。離婚當在郗超卒後，郗愔卒前，即孝武帝太元初。其後獻之即續尚新安公主，生女，爲安帝王皇后。"《叢考》頁二二○。

○注"獻之別傳曰"

"右將軍"，朱鑄禹曰："《晉書·王羲之傳》記王羲之職爲右軍將軍。《晉書·職官志》有左、右、前、後軍將軍。唐懷仁《集王書聖教序》作'晉右將軍王羲之'。作'右將軍'當是'右軍將軍'之省稱。"

"咸寧中"，參見校文。曹道衡曰："獻之尚主，自不得早於太元元年。吳士鑑、程炎震謂在咸安中，然其時桓溫尚在，新安公主無由與桓濟離異。"《叢考》頁二二〇。

"餘姚公主"，吳士鑑曰："'餘姚'與'新安'不同，豈重適後亦改封耶？"《斠注》卷八十。〇程炎震曰："'餘姚'《晉書》八十《獻之傳》、三十二《后妃傳》並作'新安'，蓋追封。新安公主，簡文帝女也，見《晉書·孝武文李太后傳》，母徐貴人。《初學記》卷十引王隱《晉書》曰：'安禧皇后王氏，字神受，太常王獻之女，新安公主生，即安帝姑也。'《御覽》一百五十二引《晉中興書》曰：'新安愍公主道福，簡文第三女，徐淑媛所生，適桓濟，重適王獻之。'獻之以選尚主，必是簡文即位之後。郗曇已前卒十餘年，其離婚之故不可知。或者守道不篤，如黃子艾耶？宜其飲恨至死矣。《王獻之傳》云'新安公主'，《后妃傳》謚曰'愍'。濟，溫子也。溫病時，與兄熙謀殺沖，俱徙長沙。子敬尚主，濟時尚存，亦離婚者矣。"〇龔斌曰："子敬選尚餘姚公主，出於詔命難違。"

【彙評】

劉辰翁曰："人生至此，足稱寡過，更以尚主爲慊耳。"

王世懋曰："此得入《德行》者，見子敬生平無隱慝耳。離婚以奉詔尚主，子敬嘗有書遺故婦，辭甚楚。以宋弘律之，不得爲無過。"天保手批曰："王子敬與郗氏妻曰：相遇終無復日，悽切在心，未嘗暫輟。一日臨坐，目想勝風，但有感動。"又曰："楚，辛痛也。宋弘，後漢人。"華慶遠《論世八編》卷九引王世懋曰："觀此見子敬生平無隱慝，然以宋弘律之，亦不免也。"

凌濛初曰："即此語，猶自楚。"

陳澧曰："王敬美評云：'此得入《德行》者，見子敬生平無隱匿。'澧謂《世說》可謂善言'德行'矣，人之一生，自問心無隱匿，豈易易乎？"《東塾雜俎》卷三。

余嘉錫曰："東晉士大夫不慕老莊，則信五斗米道，雖逸少、子敬猶不免，此儒學之衰，可爲太息。"

囬餘慶曰："獻之婚後離異，另尚簡文帝女餘姚公主。王氏棄舊圖新，攀援帝室，道義上有損，難逃內疚。這也許是王獻之臨死時上章首過的原因。"《政治》頁五一。

蔣凡曰："獻之和郗道茂，感情甚篤，其離異實出於強大的政治壓力。此獻之所以悔恨終身。其悔過出於內心真情的自然流露，而無絲毫的虛假和矯飾之態。人生悲劇很多，高門士人同樣無法逃脫厄運，這是時代和制度使然。"龔斌按曰："蔣凡'被迫離婚'之說，言而有據，然稱子敬與郗道茂感情幸福，恐有疑問。子敬篤愛小妾桃葉，作《桃葉歌》，何等纏綿。不過，子敬與道茂離婚後，覺得咎在己身，悵恨不絕，多次致書道茂，可證'惟當絶氣'之說並非表面文章，而臨終懺悔，真誠可信。"

40

殷仲堪既爲荆州，值水儉，食常五盌盤[1]，外無餘肴。飯粒脫落盤席間[2]，輒拾以噉之。雖欲率物，亦緣其性真素。每語子弟云："勿以我受任方州，云我豁平昔時意[3]。今吾處之不易。貧者士之常，焉得登枝而捐其本？爾曹其存之！"《晉安帝紀》曰："仲堪，陳郡人，太常融孫也。車騎將軍謝玄請爲辰史，孝武說之，俄爲黃門侍郎。自殺袁悦之後，上深爲晏駕後計，故先出王恭爲北蕃。荆州刺史王忱死，乃中詔用仲堪代焉。"

○ "殷仲堪"至"其性真素"

"既爲荆州"，程炎震曰："太元十七年，仲堪爲荆州。"

"水儉"，大典顯常曰："水儉、旱儉、歲儉，俱言歲之凶損。"《撮補》。○田中頤曰："水災歲歉。"○秦士鉉曰："儉，歉歲也。"○陶琪曰："'水儉'似當作

---

[1]　"五盌盤"，董刻本"盌"作"椀"。程炎震曰："'盌'別一宋本作'椀'。"朱鑄禹曰："袁本作'盌'，案《廣韻》、《集韻》、《韻會》並與'椀'同。"按余嘉錫以"盤"字下斷句，徐震堮以"五盌"下斷句。吳金華《考釋》曰："余氏的讀法是可取的。"頁一六。龔斌曰：《渚宮舊事》五：'仲堪每食五椀盤無餘，有飯粒落席，輒拾噉之。'可證'盤'字屬上句。"

[2]　"飯粒脫落盤席間"，趙西陸曰："《晉書·殷仲堪傳》'粒'作'粘'。《通俗編》卷二十七曰：'飯之狼籍者曰粘。'"又，董志翹《考釋》曰："'盤'有可能是承上而衍。《晉書·王恭傳》：'飯粘落席間。'唐許嵩《建康實錄》卷十：'飯粒落席間。'唐余知古《渚宮舊事》卷五：'飯粒落席。'《太平御覽》卷八五〇：'飯粒落席間。'《册府元龜》卷六七九：'飯粒落席間。'"

[3]　"云我豁平昔時意"，岡白駒曰："《晉書》'云'作'謂'。"天保手批曰："'平'當爲'乎'。"

123

'歲儉'。後'孔融被收'條注引《世語》：'魏太祖以歲儉禁酒。'與此同。又按黄汝琳校刊《世説新語補》，正作'歲儉'。○徐震堮曰："荒年穀不足叫'儉歲'，所以水荒叫'水儉'。"《釋義》。○龔斌曰："《晉書》二七《五行志上》：太元十九年荆、徐大水傷秋稼。二十年六月，荆、徐又大水。本條所記之事，即在太元十九或二十年。"

"五盌盤"，劉辰翁曰："五椀，即不爲少。"秦士鉉按曰："荆州大藩屏，五盌不爲多。"○田中頤曰："常以此節量。"○吳金華曰："《宋書》卷六一《武三王·江夏文王義恭傳》、《南齊書》卷二八《崔思祖傳》提到'五盞盤'，《晉書》卷九八《桓温傳》有'七奠柈'，都是跟'五盌盤'同一類型的食器。"《考釋》頁一六至一七。○張永言曰："魏晉六朝及隋唐時期流行於南方的一種成套食器。每套由一個圓形托盤及盛放於其中的五隻小碗組成，故名。亦稱五盞盤。"《辭典》頁四七五。○董志翹曰："'五盌盤'是指五碗菜肴。《宋書·武三王·江夏王義恭傳》：'諸子食不過五盞盤。'《南齊書·崔祖思傳》：'五盞盤桃花米飯。'《晉書·桓温傳》：'温性儉，每惟下七奠柈茶果而已。''五盞盤'當是指五碗菜肴，'五盞盤桃花米飯'當指五碗菜肴加桃花米飯，'七奠柈茶果'當指七碗菜肴加茶果。古文獻中'菜''食''盤'常互用義通。'"《考釋》。

"外無餘肴"，董志翹曰："指五碗菜外無他菜肴。'肴'一般指熟肉，亦泛指魚肉類之葷菜。"《考索》。

"率物"，岡白駒曰："率，先之領也。"○桃井白鹿曰："率，先導也，義如《論語》'子帥以正'之'帥'。物，人也。"○平賀房父曰："率，循也。因水災爲儉，是'循物'也。"○田中頤曰："謂欲帥導衆心。"○徐震堮曰："言爲人表率。"

"緣其性真素"，劉淇曰："緣，因也。"《辨略》卷二。○田中頤曰："謂其天資所然，而非矯飾。"○余嘉錫曰："《世説》盛稱仲堪之儉約，然《晉書》本傳云：'仲堪少奉天師道，又精心事神，不吝財賄，而怠行仁義，嗇於周急。'然則仲堪之儉，特鄙吝之天性耳。"

○ "每語子弟"至"其存之"

"受任方州"，胡三省曰："古語多謂州爲'方'，故八州八伯謂之方伯。"《通鑒·漢紀五十二》注。又曰："古者八州八伯謂之方伯，後世遂以州刺史爲方州。"《宋紀十六》注。○岡白駒曰："謂受方面之任也。"○桃井白鹿曰："方州，一方之州。"○余嘉錫曰："《爾雅·釋詁》云：'方，大也。'謂大州爲方州，乃晉人常用之語。《晉書・王敦傳》云敦上疏曰‘往段匹磾尚未有勞，便以方州與之’是也。”○吳金華曰：“方州，是‘方伯’與‘州牧’的節縮詞。漢魏六朝時代，以‘方州’指稱州刺史之職，是當時常語。”《續稿》。○龔斌曰：“即指爲荆州刺史。”

“豁平昔時意”，桃井白鹿曰：“平昔，猶平生也。‘平昔時’三字連讀。”○大典顯常曰：“平昔，言向來也。豁意，言快暢平昔艱苦之意也。”又曰：“杜甫《柴門詩》：‘書此豁平昔，回首猶暮霞。’正用此語。”《撮補》。○秦士鉉曰：“豁平，解釋也。言今受方面之任，身豐家富，於是縱意醉飽，發除昔時抑鬱也。”○天保手批曰：“平昔，猶平生也。晉王珣詩序：‘感想平昔。’”○徐震堮曰：“豁，捐棄的意思。”《釋義》。○蕭艾曰：“拋開平素的清操。”《探幽》頁七七。○龔斌曰：“豁，本義爲開朗貌。可引申爲‘丟開’‘丟棄’。仲堪意謂，不要以爲我受任方州，便説我平生真素節儉之願豁然散去矣。”

“處之不易”，田中頤曰：“言其居意之不變。”

“貧者士之常”，恩田仲任曰：“《列子》：‘榮啓期曰：貧者，士之常也。’”○田中頤曰：“言士常以貧爲心，不可忘此。”○楊勇曰：“見《家語・六本篇》。”○王叔岷曰：“《説苑・雜言篇》榮啓期對孔子曰：‘夫貧者士之常也。’（又見《家語・六本篇》、《御覽》五百九引嵇康《高士傳》、皇甫謐《高士傳》、《列子・天瑞篇》。）”

“登枝而捐其本”，大典顯常曰：“以富貴爲枝，而以貧賤爲本也。”○秦士鉉曰：“以富貴爲末，以貧賤爲本也。”○蔣凡曰：“因官職高升而忘本。”

“爾曹其存之”，田中頤曰：“言須記存上所語之旨也。是老大之語，反復懇到。”○楊勇曰：“存，念也。《溺惑篇》‘恒懷存想’，同。”

○注“晉安帝紀曰”

《晉安帝紀》，李慈銘曰：“‘安帝’‘安’字誤。考《隋書・經籍志》不載有晉諸帝之紀，此注所引，亦止有《安帝紀》，蓋其著唐初已亡。然海西被廢之事，不應載於安帝之紀，所未喻也。《隋志》載陸機、干寶、曹嘉之、鄧粲、劉謙之、王韶之、徐廣、郭季産八家《晉紀》，《舊唐志》陸機《晉紀》作《晉帝紀》，要皆荀悦《漢紀》之類，非以一帝爲一紀也。此注所引有鄧粲《紀》。”《簡端記》。按此注原在《言語篇》“初熒惑入太微”條。○沈家本曰：“注中所引極多，不著撰人，隋唐志皆不著録。”《古書目》卷四。○葉德輝曰：“此《晉書》中之一篇也。撰人無考。唐虞世南《北堂書鈔・武功部九》引桓玄置龍頭角一事，又《儀飾部一》引桓玄至京都一事，又《藝文類聚‧水部下》引吳隱之飲貪泉一事，均稱《晉安帝紀》，則其書在隋唐間猶存單行也。今附箸《晉書》後。”《書目》。○徐震堮曰：“考本注引此書之文，凡二十條，中如桓溫、王坦之、王羲之、謝安、王忱皆卒於安帝即位以前，則‘晉安’二字或係撰人姓名，故隋唐類書所引，皆稱《晉安帝紀》，初非如葉氏所云單行一篇也。著此存疑。”《札記》。

“太常”，恩田仲任曰：“奉常，秦官，掌宗廟禮。漢景帝更名太常。王者旌旗，畫日月，名太常，王有大事則建以行。禮官主奉持，故曰奉常，後改曰太常，尊大之義也。”

“袁悦之”，大典顯常曰：“袁悦字元禮，有寵於會稽王，每勸專攬朝政。孝武乃託以它罪殺悦於市中。”○天保手批曰：“殺袁悦，見《讒險》。”

“晏駕”，桃井白鹿曰：“諱崩之詞，見《史記‧范雎傳》。”○恩田仲任曰：“晏駕，天子當晨起方崩。稱晏駕者，臣子之心，猶謂宮車晚出也。”○天保手批曰：“《漢‧天文志》注：‘應劭曰：天子當晨起早作，而方崩殞，故稱晏駕。’韋昭曰：‘臣子之心，猶謂宮車當駕而［晚］出耳。’”

“先出王恭爲北蕃”，大典顯常曰：“《通鑒》：孝武帝十五年，時琅琊王道子恃寵驕恣，帝浸不能平，欲選時望爲藩鎮以潛制之，使王恭鎮京口，殷仲堪鎮荊州。仲堪後又都督荊益寧州軍事。”

“中詔用仲堪代焉”，胡三省曰：“詔出於禁中之意，故曰中詔。”《通鑒‧魏紀八》注。又曰：“詔自中出，不經門下者，謂之中詔，今之手詔是也。”《宋紀六》注。○岡白駒曰：“帝以會稽王非社稷之臣，擢所親幸，以爲藩捍。”○秦士鉉曰：“中詔，自中出上意也。”○天保手批曰：“中，禁中之‘中’。”○張萬起曰：“皇帝手詔，也稱內詔。不經主管官吏而由皇帝直接下達的詔命。”《詞典》頁六九五。

【彙評】

方弘静曰：“殷仲堪性真素，食常五盌，外無餘肴。夫五盌視季文子之無兼味爲侈矣，乃猶以儉素率物，江左靡汰之風可睹哉！蓋自何、王輩來矣。其曰‘貧者士之常，焉得登枝而捐其本’，此士人所當服膺也。”《千一錄》卷二十四。

潘游龍曰：“席間粒米尚手自掇噉，如此存心，是豈忍剝民膏者乎？至‘不可登枝忘本’一語，尤可爲不知稼穡者戒焉。殷仲堪惜米如珠，安貧如家，此意可思。使淺夫對此，未免笑其寒陋。”《康濟譜》卷四。

伯克利手批曰："登枝捐其本，莫若顆恩從賊。"

華慶遠曰："浩言'貧者士之常'，孔嵩言'貧者士之宜'，'宜'字勝。"
《論世八編》卷九。按此作殷浩語，誤記。

方苞曰："登枝而忘其本，與飲水而忘其源者何異？"

龔斌曰："《孟子·盡心上》曰：'故士窮不失義，達不離道。'仲堪之語，合孟子'達不離道'之義。"

　　初，桓南郡、楊廣共説殷荊州，宜奪殷覬南蠻以自樹[1]。《桓玄別傳》曰："玄字敬道，譙國龍亢人，大司馬温少子也[2]。幼童中，温甚愛之[3]。臨終[4]，命以爲嗣。年七歲，襲封南郡公，拜太子洗馬、義興太守[5]。不得志，少時去職，歸其國。與荊州刺史殷仲堪素舊，情好甚隆。"周祇《隆安記》曰："廣字德度，弘農人，楊震後也。"《晉安帝紀》曰："覬字伯道[6]，陳郡人。由中書郎出爲南蠻校尉。覬亦以率易才悟著稱[7]，與從弟仲堪俱知名。"《中興書》曰："初，仲堪欲起兵，密邀覬，覬不同。楊廣與弟佺期勸殺覬，仲堪不許。"覬亦即曉其旨，嘗因行散，率爾去下舍，便不復還，內外無預知者。意色蕭然，遠同鬬生之無慍。時論以此多之。《春秋傳》曰："楚令尹子文，鬬氏也。"《論語》曰："令尹子文，三仕爲令尹，無喜色；三已之，無慍色。"

---

[1] "殷覬"，程炎震曰："覬，《晉書》、《通鑑》皆作'顗'。"趙西陸曰："本書《輕詆》篇亦作'顗'。《規箴》篇作'覬'，亦誤。"楊勇曰："宋本作'殷覬'，非。《晉書》本傳、《通鑑》、《輕詆篇》並作'殷顗'，是。注同。"

[2] "少子"，楊勇曰："《晉書·桓玄傳》作'孽子'。"

[3] "愛之"，天保手批曰："'愛'上有'器'字。"

[4] "臨終"，何焯校曰："'愛之'下一無'臨終'二字，'臨終'二字脱。"

[5] "義興太守"，楊勇曰："句上《晉書》本傳有'出補'二字。"

[6] "伯道"，程炎震曰："《晉》作'伯通'。"徐震堮《札記》曰："《晉書》本傳作殷顗字伯通。"楊勇曰："宋本作'伯道'，《晉書》本傳及汪藻《殷氏譜》並作'伯通'。"

[7] "率易才悟著稱"，桃井白鹿《補遺》曰："'率易'《晉書》作'通率'。"又，董刻本"著"作"者"。王利器曰："各本'者'都作'著'，是。"

127

○“初桓南郡”至“以自樹”

“奪殷覬南蠻”，劉應登曰：“殷覬，字伯道，爲南蠻校尉。桓、楊説仲堪奪其職以自處。覬其兄也，遂自去官，不復還。”○田中頤曰：“奪，强取也，與下敍覬行事反映作地。”○秦士鉉曰：“奪南蠻，奪南蠻校尉官也。《晉·職官志》：‘武帝置南蠻校尉官於襄陽。’”○天保手批曰：“《元經》曰：‘桓玄説殷仲堪：國寶并緒，互相表裏，若用殷覬爲荆州，則君何以處？’”○程炎震曰：“仲堪奪殷覬事，在隆安元年。”○趙西陸曰：“奪南蠻，奪南蠻校尉官。《晉書·職官志》：‘武帝置南蠻校尉官於襄陽。’《通鑒》卷九六《晉紀》一八胡三省注：‘南蠻校尉，武帝初置於襄陽，後治江陵。’”

“自樹”，秦士鉉曰：“樹，封殖也。”

○“覬亦即曉”至“無預知者”

“因行散”，岡白駒曰：“晉人多服寒食散，又名八石散，今《千金方》中有數方是也。行散，謂服藥之後步行以宣導之也。”○桃井白鹿曰：“散，寒食散也。又曰五石散，或曰八石散。六朝貴族多好服之，服後步行以宣導之，謂之行散。”○大典顯常曰：“行散又曰行藥，《文選》鮑照《行藥至城東橋》詩。”○田中頤曰：“因，因托也。當時服散藥行步宣導，謂之行散。”○秦士鉉曰：“行散，行藥也。謂服五石散，行步而運氣也。”○余嘉錫曰：“服散之後，忌安坐不動，當强起行以調其關節，不能行者扶起行之，謂之行散，又謂之行藥。”《寒食散考》。○徐震堮曰：“魏晉南北朝士大夫好服五石散之類，藥性燥烈，服後須緩步以消釋之，謂之‘行散’，亦曰‘行藥’。”《簡釋》。按參見《言語篇》“何平叔云”條“五石散”。

“下舍”，桃井白鹿曰：“《晉書·謝安傳》：‘安薨，以無下舍，詔府中備凶儀。’”○恩田仲任曰：“鄭康成曰：‘舍，休沐處也。’蓋下舍，休下息偃之舍。”○吴金華曰：“‘下舍’即官府宿舍，專供各級行政機構在職官員及其下屬使用。”《考釋》頁一八。

○“意色蕭然”至“以此多之”

“意色蕭然”，岡白駒曰：“蕭然，恬静也。”○恩田仲任曰：“蕭然，安閒意。”○田中頤曰：“凡人慍怒，則熱生於心，紅發於面，而今不之見也。以上描寫無些爭氣戾意得好。”

"遠同鬭生之無慍"，田中頤曰："以近世無此長者可比，故較諸古人。"
○張文虎曰："《世說》載殷覬去官，而稱曰'遠同鬭生之無慍'，前未有稱子文爲'鬭生'者。此與夏侯太初稱樂毅爲'樂生'同屬創造。"《螺江日記續編》卷四。余嘉錫按曰："秦漢人稱人爲'生'，皆尊之之意。六朝人爲文沿用此例，稱古人爲某生，猶之先生云爾。"

"多之"，田中頤曰："多，猶'多鮑叔之知人'之'多'。"○蔣凡曰："多，褒美，讚揚。"

○注"周祗隆安記曰"

《隆安記》，恩田仲任曰："隆安，安帝年號。《舊唐書·藝文志》：周祗《崇安記》二卷。按唐避明皇諱，故改'隆'爲'崇'。"○葉德輝曰："《隋志》不著錄，《唐志》入編年，題《崇安記》二卷，云周祗撰。虞世南《北堂書鈔·設官部九》引作《龍安記》，均避明皇諱也。"《書目》。

○注"春秋傳曰"

趙西陸曰："《左傳》宣公四年：'鬭穀於菟以其女妻伯比，實爲令尹子文。'杜預注：'鬭氏始自子文爲令尹。'"

【彙評】

劉辰翁曰："如此去官，亦大善。"
田中頤曰："遯世無悶。"
許世瑛曰："殷覬是東晉安帝時人，他知道桓玄和楊廣都在勸說他的從弟仲堪，奪取他所管轄的南蠻，那時候他在作南蠻校尉。他不等人家下手奪取，先藉吃藥後必須行散，飄然逸去，視富貴如浮雲。臨川以令尹子文比他，不算過譽。"《一斑》。

42

王僕射在江州，爲殷、桓所逐，奔竄豫章，存亡未測。徐廣《晉紀》曰："王愉字茂和，太原晉陽人，安北將軍坦之次子也。以輔國司馬出爲江州刺史。愉始至鎮，而桓玄、楊佺期舉兵以應王恭，乘流奄至，愉無防，惶遽奔臨川，爲玄所得。玄篡位，遷尚書左僕射。”王綏在都，既憂慽在貌[1]，居處飲食，每事有降。時人謂爲試守孝子。《中興書》曰：“綏字彥猷，愉子也。少有令譽。自王渾至坦之[2]，六世盛德，綏又知名，于時冠冕莫與爲比。位至中書令、荆州刺史。桓玄敗後，與父愉謀反，伏誅。”

○“王僕射”至“試守孝子”

“僕射”，袁枚曰：“自魏置僕射，掌大拜授及百官班次，統謁者十餘人，從此迄於六朝，此官遂尊。僕射上表疏只稱名不稱姓。”《隨園隨筆》卷七。

“奔竄豫章”，劉應登曰：“王愉爲江州刺史，因桓玄、楊佺期舉兵應王恭，乘流奄至而奔，而今曰‘殷桓’，與此小異，何也？”○程炎震曰：“隆安二年八月，江州刺史王愉奔於臨川。”

“每事有降”，楊勇曰：“降，損抑也。”

“試守孝子”，劉應登曰：“謂未測其父存亡，而先爲喪容，故曰‘試守’。”○錢大昕曰：“居父母憂曰孝子。後漢石刻如《武梁碑》云：‘孝子仲章季章季立。’《种氏石虎》云：‘孝子种覽元博所造。’《三國志·諸葛恪傳》有‘孝子著縗衣入其閤中’。《晉書》：‘王綏父愉爲殷桓所捕，綏未測存亡，在都有憂色，居處飲食，每事貶降，時人每謂爲試守孝子。’”張鑑按曰：“《禮·雜記》：‘祭稱孝子孝孫。’劉熙《釋名》：‘祭曰卒哭，止孝子無時之哭也。期而小祥，孝子除首絰也云云。’”《恒言録》卷三。○趙西陸曰：“《禮·雜記》：‘祭稱孝子，喪稱哀子。’劉熙《釋名》曰：‘祭曰卒哭，止孝子無時之哭也。’今概謂居喪者曰孝子，其俗自晉宋來皆然。”○周紀彬曰：“‘試守孝子’一語，是晉人仿效職官稱謂而來。官吏未正式任命之前，先讓他主持其事，以試其才幹，謂之試守。《後漢書·齊武王縯

---

[1] “憂慽”，余嘉錫曰：“‘慽’景宋本及沈本俱作‘戚’。”
[2] “王渾”，何焯曰：“‘渾’當作‘澤’，見《王氏譜》，渾乃澤之孫，坦之曾祖湛兄也。”李慈銘曰：“《晉書·王綏傳》云：‘自昶父漢雁門太守澤已有名稱，忱又秀出，綏亦篤稱，八葉繼軌，軒冕莫與爲比焉。’可證‘渾’當作‘澤’，以字形相近而誤，各本皆同。王應麟《小學紺珠·氏族類》載王昶至坦之五世盛德，而注引《世説》注《中興書》亦作‘王渾’，則南宋時已誤。”余嘉錫曰：“景宋本作‘澤’，是。”

傳》：‘使試守平陰令。’李賢注：‘試守者，稱職滿歲爲眞。’《馬援傳》：‘右扶風請試守渭城宰。’注：‘《前書音義》曰：試守者，試守一歲，乃爲眞，食其全俸。’”《礼記》。○江藍生曰：“‘試守’本爲秦漢以來任命官吏的制度，即試用爲某職，非正式任命其職，只有在試用期間取得政績者，方可被正式任命。此處‘試用孝子’猶言實習孝子、預備孝子。王愉生死尚無確信，其子就‘憂戚在貌’、‘每事有降’，如同取官予先試一般，故被稱爲‘試守孝子’。”《彙釋》頁一八〇。

○注“徐廣晉紀曰”

“徐廣晉紀”，王鳴盛曰：“義熙初爲員外散騎常侍，領著作。尚書奏：聖代有造《中興記》者，道風帝典，焕乎史册，而太和以降，世歷三朝，元風聖迹，倏爲疇古，宜敕著作郎徐廣撰成國史。于是敕廣撰集。義熙十二年勒成《晉紀》四十六卷，表上之，年過八十。宋元嘉二年卒。三朝者，簡文帝、孝武帝、安帝也。”《商榷》卷四十三。○沈家本曰：“《隋志》：‘《晉紀》四十五卷，中散大夫徐廣撰。’二《唐志》卷同。《晉書》本傳：‘字野民，邈之弟也。尚書奏：太和以降，世歷三朝，宜敕著作郎徐廣撰成國史。於是敕廣撰集焉。十二年勒成《晉紀》，凡四十六卷，表上之。’《南史》作四十二卷，卷數參錯不同。古人著書多有序録，四十六卷連序録言之，‘四十二卷’則訛字也。”《古書目》卷四。○葉德輝曰：“《隋志》：四十五卷。云：‘中散大夫徐廣撰。’”《書目》。

“乘流奄至”，劉淇曰：“奄，《廣韻》云：‘忽也，遽也。’”《辨略》卷三。

○注“中興書曰”

“六世盛德”，張端木曰：“渾子承，承子述，述子坦之，坦之子愉，愉子綏，所謂六世也。”○李慈銘曰：“‘王渾’當作‘王澤’。澤生昶，昶生湛，湛生承，承生述，述生坦之，正得六世。若渾乃昶之長子，湛之兄，於坦之爲從曾祖，安得有六世。”《簡端記》。

“與父愉謀反伏誅”，余嘉錫曰：“《晉書·王愉傳》曰：‘劉裕義旗建，加前將軍。愉既桓氏壻，父子寵貴，又嘗輕侮劉裕，心不自安。潛結司州刺史溫詳，謀作亂，事泄被誅。子孫十餘人皆伏法。’此即《中興書》所謂‘綏與父愉謀反’也。”○趙西陸曰：“《中興書》謂綏與父愉謀反者，以反劉裕，故誣之也。

《通鑑》卷一一三曰：‘尚書左僕射王愉及子荆州刺史綏謀襲裕，事泄，族誅。’”

【彙評】

劉辰翁曰：“俗人薄語。正是不得不爾。”

伯克利手批曰：“安有孝子之謀叛覆宗者乎？”

余嘉錫曰：“綏爲玄所寵用，亦一賊黨也。蓋魏晉士大夫止知有家，不知有國。故奉親思孝，或有其人；殺身成仁，徒聞其語。王祥、何曾之流，皆不免黨篡。求忠臣必於孝子之門，竟成虛言。六代相沿，如出一轍，而國家亦幾胥而爲夷。”

周紀彬曰：“此所云‘試守孝子’，大抵係嘲諷之辭。因爲當時仍是‘以孝治天下’，一個人有無‘孝’的美名，與殺頭、做官以至做皇帝都很有關係，故有此嘲。”《礼記》。龔斌按曰：“周氏以爲‘嘲諷之辭’，恐未達當時禮制也。”

蔣凡曰：“桓玄之篡，（綏）急攀爲中書令，有孝而無忠，正見其道德特色。故其身死之後，名論殆盡，何德之有？”

43

桓南郡玄也。既破殷荆州，收殷將佐十許人，咨議羅企生亦在焉〔1〕。《玄別傳》曰：“玄克荆州〔2〕，殺殷道護及仲堪參軍羅企生、鮑季禮〔3〕，皆仲堪所親仗也〔4〕。”桓素待企生厚，將有所戮，先遣人語云：“若謝我，當釋罪。”企生答曰：“爲殷荆州吏，今荆州奔亡，存亡未判，我何顔謝桓公？”《中興書》曰：“企生字宗伯，豫章人。殷仲堪初請爲府功曹，桓玄來攻，轉咨議參軍。仲堪多疑少決，企生深憂之，謂其弟遵生曰：‘殷侯仁而無斷，事必無成。成敗天也，吾當死生以之。’及仲堪走，文武並無送者，唯企生從焉。路經家門，遵生給之曰：‘作如此分別，何可不

〔1〕 “咨議羅企生亦在焉”，董刻本“咨”作“諮”，注同。天保手批曰：“‘在’一爲‘與’。”
〔2〕 “克荆州”，董刻本“克”作“尅”。
〔3〕 “季禮”，董刻本、沈校本作“季札”。何焯校作“季札”。朱鑄禹曰：“袁本作‘禮’，是，從改。此殆因舊本書作‘礼’，字形近似致誤。”
〔4〕 “親仗”，天保手批曰：“‘仗’一爲‘任’。”

執手?'企生回馬授手，遵生便牽下之，謂曰：'家有老母，將欲何行?'企生揮淚曰〔1〕：'今日之事，我必死之。汝等奉養，不失子道，一門之內，有忠與孝，亦復何恨!'遵生抱之愈急。仲堪於路待之，企生遙呼曰：'今日死生是同，願少見待!'仲堪見其無脫理〔2〕，策馬而去。俄而玄至，人士悉詣玄，企生獨不往，而營理仲堪家。或謂曰：'玄性猜急〔3〕，未能取卿誠節，若遂不詣，禍必至矣!'企生正色曰：'我殷侯吏，見遇以國士，不能共殄醜逆，致此奔敗，何面目就桓求生乎〔4〕?'玄聞，怒而收之〔5〕。謂曰：'相遇如此，何以見負?'企生曰：'使君口血未乾，而生此奸計〔6〕，自傷力劣〔7〕，不能翦定凶逆，我死恨晚爾!'玄遂斬之。時年三十有七，眾咸悼之。"既出市，桓又遣人問欲何言，答曰："昔晉文王殺嵇康，而嵇紹爲晉忠臣。王隱《晉書》曰："紹字延祖，譙國銍人。父康，有奇才儁辯。紹十歲而孤，事母孝謹，累遷散騎常侍。惠帝敗於蕩陰，百官左右皆奔散，唯紹儼然端冕，以身衛帝。兵交御輦，飛箭雨集，遂以見害也。"從公乞一弟以養老母。"桓亦如言宥之。桓先曾以一羔裘與企生母胡，胡時在豫章，企生問至，即日焚裘。

○"桓南郡"至"亦在焉"

"桓南郡既破殷荊州"，崔朝慶曰："晉桓玄字敬道，譙國龍亢人，大司馬桓溫之少子，嗣父爲南郡公。殷仲堪，陳郡人，太常殷融之孫，官荊州刺史。其時官吏常自相鬥，朝廷無如何也。"○程炎震曰："隆安三年十二月，桓玄襲江陵，害殷仲堪。"

"咨議羅企生"，胡三省曰："諮議參軍，晉公府皆置之，蓋取諮詢、謀議軍

---

〔1〕 "揮泣"，董刻本、沈校本、何焯校"泣"爲"涕"。何焯曰："'泣'一作'淚'。"周一良《批校》曰："泣，涕。"

〔2〕 "見其"，天保手批曰："'其'字《晉書》爲'企生'。"

〔3〕 "猜急"，趙西陸："《晉書·羅企生傳》作'玄猜忍之性'，此'急'當作'忍'。"楊勇："宋本作'急'，非。《晉書》本傳作'忍'，是。"

〔4〕 "何面目"，楊勇曰："句上《晉書》本傳有'復'字，是。"

〔5〕 "怒而收之"，天保手批曰："'收'一本作'數'。"

〔6〕 "奸計"，何焯校"計"作"究"。

〔7〕 "力劣"，何焯校"力"作"才"。

事也，其位在諸參軍之上。"《通鑑·晉紀六》注。○崔朝慶曰："諮議，備諮詢之人也。"

○"桓素待"至"謝桓公"

"素待企生厚"，田中頤曰："上五字插，即下獨私於企生之所由。"

"若謝我"二句，田中頤曰："言欲以謝爲辭釋之。"○張萬起曰："謝，謝罪，認錯。"

"爲殷荊州吏"，田中頤曰："含蓄，幾多恩義。"

"何顏謝桓公"，田中頤曰："言恥而無辭可謝。"

○"既出市"至"如言宥之"

"出市"，田中頤曰："就刑。"○崔朝慶曰："言既決加誅，解赴行刑之市也。"

"問欲何言"，田中頤曰："既斷死，尚問所欲言，正與上'素厚'應。"

"晉文王"，徐震堮曰："企生晉臣，不當稱'晉文王'，《晉書》本傳但作'文帝'。"《札記》。

"從公乞一弟"，岡白駒曰："一弟，謂遵生。"○田中頤曰："從公，言從桓之言。此亦好處置。"○崔朝慶曰："乞，乞留之也。羅企生之弟名遵生。"

"宥之"，田中頤曰："宥所收一弟也，桓加厚處。"

○"桓先曾"至"即日焚裘"

"以一羔裘與企生母胡"，田中頤曰："語企生出市前有此事。表欲釋企生之意，先以示恩。"○余嘉錫曰："企生母蓋胡隨之女，藩之姑也。"

"問至"，岡白駒曰："問，訃問也。"○田中頤曰："訃音至也。"○秦士鉉曰："問，凶問也。"○徐震堮曰："書信、消息都叫做'問'。《左傳》莊公八年：'公問不至。'亦作'音問'，陶潛《贈長沙公詩》：'音問其先。'"《釋義》。又曰："問，信也，企生凶問也。"

"即日焚裘"，田中頤曰："喜其死節，以示不復用，母亦烈哉！"

○注"玄別傳曰"

"殷道護"，大典顯常曰："仲堪弟子也。"《集成》。

134

○注“中興書曰”

“殷仲堪初請爲府功曹”三句，岡白駒曰：“殷仲堪之鎮江陵，引企生爲功曹，累遷武陵太守，未之郡，而桓玄攻仲堪，仲堪更以企生爲咨議參軍。”

“死生以之”，秦士鉉曰：“《左傳》：‘苟利社稷，生死以之。’以，用也。”

“如此分別”，秦士鉉曰：“分別，分離也。”

“遵生抱之愈急”，秦士鉉曰：“遵生抱之不脫手。”

“人士悉詣玄”，秦士鉉曰：“人士，仲堪下吏也。”

“遇以國士”，恩田仲任曰：“國士，師古曰：‘爲國家之奇士。’國士之遇，謂尊寵之也。”

“致此奔敗”二句，何焯曰：“至於奔敗之餘，肯就桓求生乎？”

“相遇如此”，秦士鉉曰：“謂重禮企生。”○朱鑄禹曰：“意謂平日相待甚厚也。”

“口血未乾”，岡白駒曰：“凡盟禮，殺牲歃血，告誓神明。盟而未久，故云‘未乾’。”○桃井白鹿曰：“《左傳》襄公九年：‘與大國盟，口血未乾而背之，可乎？’”《補遺》。○大典顯常曰：“《晉書》：桓玄興晉陽甲，軍次尋陽，並奉王命，各還所鎮，升壇盟誓。”○秦士鉉曰：“仲堪、佺期、桓玄等於尋陽結盟，玄爲盟主，臨壇歃血，申理王恭。”

○注“王隱晉書曰”

“惠帝敗於蕩陰”，胡三省曰：“蕩陰縣，漢屬河內郡，晉屬魏郡。”《通鑒·晉紀七》注。○秦士鉉曰：“成都王穎反，東海王越奉帝征之。王師敗績於蕩陰。”○朱鑄禹曰：“《晉書》卷五十九《成都王穎傳》：‘永興初，左衛將軍陳眕、殿中中郎逯苞、成輔及長沙故將上官巳等，奉大駕討穎。王師敗績於蕩陰，侍中嵇紹死於帝側，左右皆奔散。’蕩陰，《晉書·地理志》：‘蕩陰縣屬魏郡。’”

【彙評】

劉辰翁曰：“恨哉！此母亦以是傳。”按《批補》“是”作“足”。

李贄曰：“好話，好話，可入‘言語’科。”按《批補》無“可入言語科”五字。

135

〇曰："千古一樣。"《初潭集》卷二十二。〇曰："既有此母，定生此子。"同上。

計大受曰："羅企生爲仲堪功曹，自謂見遇以國士。使企生而誠國士，欲報知遇之恩，必嘗深明順逆之理，禍福之幾。擅兵以脅制朝廷，其事大悖，其禍滅門，痛哭前陳，繼之以死，可也，乃當日不聞靜言，則亦從亂之人矣。及仲堪爲玄所攻，從本鄲城，其弟遵生力制不使去，誓與同死，見害於玄，雖忠於仲堪，而不知諫譬以大義，遏其亂萌，消其禍釁，於仲堪何有哉？所謂婢妾賤人感慨自殺同譏者也。如國士而思侔古烈，豈不審其死所，何至黨叛逆之臣而身以殉之。"《史林測義》卷十五。

余嘉錫曰："觀《中興書》所載企生對桓玄之語，詞嚴義正，生氣凜然。在有晉士大夫間，不愧朝陽之鳴鳳。而臨終不免遜詞乞憐者，徒以有老母故也。忠孝之道，於斯兩全。雖所事非人，有慚擇木，君子善善從長，可無深責爾矣。"

蔣凡曰："羅企生身爲貧寒之士，官不過地方佐史，但其人生態度，與王愉、綏父子之反復小人行徑，大相徑庭。重義輕生，節烈嚴霜；頸加白刃，而志不可屈。其錚錚之言，擲地有聲。其母胡氏，見問至而焚裘，大義懍然，有其母乃有其兒，可見一門忠義之風。"

44

王恭從會稽還，周祇《隆安記》曰[1]："恭字孝伯，太原晉陽人。祖父濛，司徒左長史，風流標望[2]。父蘊，鎮軍將軍，亦得世譽。"《恭別傳》曰："恭清廉貴峻，志存格正。起家著作郎[3]，歷丹陽尹、中書令。出爲五州都督、前將軍，青、兗二州刺史。"王大看之。王忱，小字佛大。《晉安帝紀》曰："忱字元達，北平將軍坦之第四子也[4]。甚得名於當世，與族子恭少相善，齊聲見稱。仕至荊州刺史。"見其坐六尺簟，因

---

〔1〕"周祇"，董刻本"祇"作"秖"。楊勇曰："'祇'宋本作'秖'，俗誤混。"
〔2〕"標望"，董刻本"標"作"摽"。楊勇曰："宋本作'摽'，非。"
〔3〕"著作郎"，董刻本"著"作"者"。王利器曰："各本'者'作'著'，是。"楊勇曰："《晉書》作'佐著作郎'。"
〔4〕"北平將軍坦之第四子"，董刻本"北平"作"平北"。王先謙曰："一本'北平'作'平北'，是。《世説補》同。此誤。"程炎震曰："北平，王本作'平北'，明本亦同。"又，董刻本"第"作"弟"。王利器曰："各本'弟'作'第'，是。"

語恭：“卿東來，故應有此物，可以一領及我。”恭無言。大去後，即舉所坐者送之。既無餘席，便坐薦上。後大聞之，甚驚，曰：“吾本謂卿多，故求耳。”對曰：“丈人不悉恭，恭作人無長物。”

○“王恭從會稽”至“恭無言”

“王恭從會稽還”，胡三省曰：“王恭字孝伯，孝武王皇后之兄弟也。”《通鑒·晉紀三十一》注。○程炎震曰：“王蘊爲會稽，當在太元四年之後，九年以前。”

“王大看之”，秦士鉉曰：“看，候視也。”○呂叔湘曰：“王大，王忱字佛大，亦稱阿大。”

“簟”，秦士鉉曰：“簟出東地。《吳都賦》：‘桃笙象簟，韜於筒中。’”○呂叔湘曰：“竹席。一說細葦席。”

“卿東來”，呂叔湘曰：“卿，六朝時習慣，尊者稱卑者爲‘卿’，同輩相暱亦互稱‘卿’。王忱與王恭同族而輩分高，故稱恭爲‘卿’。東來，東晉的國都在今南京，稱會稽一帶爲‘東’。‘卿東來’謂‘自東來’，但‘大江東去’則是‘向東去’。文言中方位詞上的‘自’和‘向’常常省去。”○周一良曰：“東來，謂自東來。”《批校》。

“故應有此物”，田中頤曰：“揣度其餘物富有。”○呂叔湘曰：“故，本來，自然。”○徐文麟曰：“（謂）你從東邊來，自然該有這東西。”

“以一領及我”，吳曾曰：“簟可以言一領。”《漫録》卷二。○田中頤曰：“一領，與下‘多’字反映。及，猶言分與。”○崔朝慶曰：“一領，簟一張也。及我，贈我也。”○呂叔湘曰：“一領，今稱‘一條’。”

“恭無言”，田中頤曰：“言無則嫌拒，言有則恥虛，不如無言之無疵。”

○“大去後”至“故求耳”

“即舉”，田中頤曰：“‘即’字見胸中既有定算，只遲其去。”

“無餘席便坐薦上”，劉應登曰：“謂只有一席，無餘席也。”○大典顯常曰：“槁曰薦，席曰莞。”○田中頤曰：“謂直坐其所舉之槁上，見其屬行如此，殆是俠者之徒。”○秦士鉉曰：“薦，草也。蓋以蒿草鋪牀上而坐也。”○呂叔湘曰：

“薦，草結之席，今仍云‘草薦’。”○徐文麟曰：“（謂）既然没有第二條席子，就坐在草薦上。”

“甚驚”，田中頤曰：“揣度之過故。”

“吾本謂”二句，田中頤曰：“即謝過之辭。”○徐文麟曰：“（謂）我本以爲你有得多，所以向你要一條。”

○“對曰”至“無長物”

“丈人不悉恭”二句，桃井白鹿曰：“不盡知恭作人。”○恩田仲任曰：“鄭康成曰：‘能以法度長於人，曰丈人。’悉，猶知也。”○田中頤曰：“言己立志，未曾欲留著膡物也。恭於此得無稍露前日無言之心，使人可見其醜惡乎？假令恭亦復無言於此，則德之爲大其如何也。”○沈濂曰：“《曲洧舊聞》：‘“丈人”之稱，不必婦翁。《漢書·匈奴傳》“漢天子我丈人行”、杜子美《上韋丞相詩》“丈人試静聽”是也。’案杜詩又有‘丈人屋上烏’，‘丈人’之不必婦翁固也。”《懷小編》卷十六。○吕叔湘曰：“古時卑幼稱尊長爲‘丈人’。後世專以稱妻之父。”○徐文麟曰：“（謂）您老人家不知道我，我這個人没有多餘的東西。”○張萬起曰：“作人，做人，爲人處事。”

“長物”，岡白駒曰：“長，去聲，剩也。”○恩田仲任曰：“《書敘指南》曰：‘膡物曰長物。’膡，《類編》：‘餘也。’徐楷：‘今俗謂物餘曰膡。’”○吕叔湘曰：“長物，猶言‘餘物’，多餘的東西。”○趙西陸曰：“長物，餘物也。陸機《文賦》：‘要辭達而理舉，故無取乎冗長。’鍾嶸《詩品》卷中評陶潛詩‘文體省净，殆無長語’。”○徐震堮曰：“長物，指多餘的東西。”《釋義》。○楊勇曰：“長，讀去聲，膡也。《類篇》：‘餘也。’徐楷：‘今物餘曰膡。’《書敘指南》：‘膡物曰長物。’《詩品》陶淵明條：‘文體省净，殆無長語。’”

○注“王忱小字”至“荆州刺史”

“小字佛大”，吳金華曰：“以‘佛大’爲字，見於佛典：‘婦遇生男，字曰佛大；後復生男，字曰僧大。’（南朝梁僧旻、寶唱《經律異相》卷一引《佛大僧大經》）王忱是王坦之第四子。坦之跟佛教大師交往甚厚，給王忱取字‘佛大’，取奉佛崇道之義。時人又稱忱爲‘忱大’，是‘忱佛大’的省稱。”《考釋》頁二一。

“族子”，恩田仲任曰：“祖之從父昆弟爲族祖父，族祖父之子爲族父，族父之子爲族昆弟，族昆弟之子爲族子。”

【彙評】

劉辰翁曰：“無緊無要，有襟有度。”按《批補》“襟”作“識”。

方弘靜曰：“簞雖微，安可使其坐薦上也。余每念此，殊爲元達悔之。元達當世名士，當不勝其悔矣。乃知一介之果，不可以不慎也。”《千一録》卷二十四。

45

吴郡陳遺，未詳。家至孝[1]，母好食鐺底焦飯。遺作郡主簿，恒裝一囊，每煮食，輒貯録焦飯，歸以遺母。後值孫恩賊出吴郡，《晉安帝紀》曰：“孫恩一名靈秀，琅邪人。叔父泰，事五斗米道，以謀反誅。恩逸逃於海上，聚衆十萬人，攻没郡縣。後爲臨海太守辛昺斬首送之[2]。”袁府君山松，別見。即日便征，遺已聚斂得數斗焦飯[3]，未展歸家，遂帶以從軍。戰於滬瀆，敗。軍人潰散，逃走山澤，皆多饑死[4]，遺獨以焦飯得活。時人以爲純孝之報也。

---

[1]　“家至孝”，淇園曰：“‘家’上疑脱‘在’字。”陶珙曰：“‘家’下疑脱‘居’字。或云‘家’字衍。”徐震堮曰：“‘家’字似衍文，或‘家’上有脱字。”
[2]　“臨海太守辛昺斬首送之”，董刻本“海”作“淮”。洪頤煊《諸史考異》卷二曰：“（‘辛昺’）今《（安帝）紀》作‘辛景’，是史臣避唐諱改。”王利器曰：“袁本、王本、補本‘臨淮’作‘臨海’，是。《晉書·安帝紀》：‘元興元年春正月，臨海太守辛景擊孫恩，斬之。’又《孫恩傳》：‘恩復寇臨海，臨海太守辛景討破之。’‘景’就是唐人避‘昺’字諱改的。”朱鑄禹曰：“袁本作‘臨海’，是。案《吴志》曰：孫亮二年，以會稽郡爲臨海郡。”楊勇曰：“宋本作‘臨淮’，非。‘送之’下當有‘京師’二字。”
[3]　“已聚斂得數斗焦飯”，董刻本“已”作“以”。周一良《批校》曰：“已，以。”吳金華《考釋》曰：“《南史》卷七二《吴遥傳》載此事作‘數升’，《法苑珠林》、《太平御覽》卷四一一也作‘數升’。‘斗’與‘升’隸、草形近，古書常常相混。以理推之，作‘斗’較爲近實。”頁二二。
[4]　“饑死”，董刻本、元刻本“饑”作“餓”。周一良《批校》曰：“饑，餓。”

139

〇 "吳郡陳遺" 至 "歸以遺母"

"吳郡陳遺"，徐子光曰："《南史》：宋初，吳郡陳遺少爲郡吏。母好食鐺底焦飯，遺在役，常帶囊，每煮食輒儲其焦以貽母。後孫恩亂聚，得數升常帶自隨，及敗逃竄，多有餓死，遺以此得活。母晝夜泣涕，目爲失明，耳無所聞，遺還，入戶再拜號咽，豁然朗明。"《蒙求集注》卷下 "陳遺飯感" 條。

"家至孝"，田中頤曰："謂自家居，未仕前之至孝。"

"好食鐺底焦飯"，田中頤曰："母之癖好，即是爲孝子者之公案。"〇楊勇曰："鐺，通作'鎗'，三足鬴，即釜也。"

"貯録焦飯"，岡白駒曰："録，取也。"〇田中頤曰："貯謂積，録謂收。"〇楊勇曰："録，漸積之也。溫州常語'積録'是也。《政事篇》'皆令録厚頭'，同。"

"歸以遺母"，田中頤曰："以上見陳雖於役亦未嘗不瞻望在母，而且後段忽有奇報，勿道焦飯之細事，夫誠之不可掩，其如斯，豈可誣哉！"

〇 "後值孫恩" 至 "帶以從軍"

"出吳郡"，楊勇曰："入吳郡、至吳郡也。"

"未展歸家"，岡白駒曰："展，省視也。"〇桃井白鹿曰：《周禮·春官·大宗伯職》'大祭祀展犧牲'注：'展，省閲也。'《論語》'歸孔子豚'注：'歸，饋也。'《文選》任彦升《奏彈劉整》：'米未展送。'"《補遺》。〇田中頤曰："其旨兼著欲令母見所得而喜怡之意。"〇秦上鉉口："展，省視也，猶'展親'之'展'。"〇徐震堮曰："未展，未及。任昉《奏彈劉整》言整就其嫂范求米，而范'米未展送'，下文作'范未得還'，是其證。"《簡釋》。〇江藍生曰："'未展'表示客觀條件或主觀能力辦不到，可釋爲'來不及'或'不能夠'。"《彙釋》頁二一至二二。

"帶以從軍"，田中頤曰："以即日可從，不得不帶之，亦天有所待，決非儻然也。"

〇 "戰於滬瀆" 至 "孝之報也"

"戰於滬瀆敗"，胡三省曰："滬瀆，今在平江府吳縣東。陸龜蒙敘矢魚之具云：'列竹於海澨曰滬。'是瀆以此得名。"《通鑒·晉紀三三》注。〇程炎震曰：

140

"隆安五年，袁山松死於滬瀆。"○楊勇曰："《吳郡志》：'松江東瀉曰滬海，亦謂之滬瀆。'"

"獨以焦飯得活"，田中頤曰："借客描艱危之狀，還以一句束得。"

"純孝之報"，田中頤曰："至孝，以天資稱。純孝，以誠感稱。彼時人方其聚斂焦飯，寧知有今日乎？"○王叔岷曰："《左》隱公元年《傳》：'君子曰：潁考叔，純孝也。'杜注：'純，猶篤也。'"

◎程炎震曰："《御覽》三百八十九《嗜好門》引此云'出《孝子傳》'。"○余嘉錫曰："《御覽》四百十一引宋躬《孝子傳》曰：'陳遺，吳郡人，少爲郡吏。'考《法苑珠林》四十九、《御覽》四百十一引宋躬《孝子傳》，《廣記》百六十二引《孝子傳》，並有陳遺事。字句大同小異，蓋同引一書也。"○王佩諍曰："陳遺事蹟僅見《南史·孝義潘綜附傳》，然仍采本書故實，大約無他書可印證矣。"○周紀彬："《法苑珠林》卷四十九引宋射《孝子傳》云云。所載陳遺事，與《世說》有出入。諸如'母晝夜泣憶遺，目爲失明，耳爲無聞。遺還，入，再拜號泣，母目豁明'等語，皆爲《世說》所無，而爲《南史》所採用。宋射，《隋書·經籍志》作'宋躬'。又作'宗躬'。"《礼記》。

○注"晉安帝紀曰"

"叔父泰事五斗米道"，岡白駒曰："漢季有張陵者，以妖術爲人療病，令病家出五斗米，號五斗米師。聚人爲寇，人謂之米賊。其後張魯傳其術，聚衆爲寇，遂襲取巴郡，至朝廷力不能征。孫恩叔父泰師事錢塘杜子恭，子恭即米賊徒也。子恭有秘術，嘗就人借瓜刀，其主求之，子恭曰：當即相還耳。既而刀主行至嘉興，有魚躍入船中，破魚得瓜刀。其爲神效往往如此。子恭死，泰傳其術。"○大典顯常曰："孫泰師事錢塘杜子恭，即米賊徒也。《晉書》列傳七十有《孫恩傳》曰：'恩復寇臨海，臨海太守辛景討破之。恩窮戚，乃赴海自沈。'"

【彙評】

劉辰翁曰："如此細事，寫得宛至，更有不厭。"
李贄曰："此真孝子。"按《批補》作"此孝子真"。
方苞曰："録焦遺母，卒全其生，純孝之報，天亦何負於人哉？"

田中頤曰："孝獲天祐。"

余嘉錫曰："考《世説》所載多魏晉之事，其下逮宋朝者，不過王謐、傅亮、謝靈運數人而已，皆名士之冠絶當時者。遺，南土寒士，仕纔州郡，獨蒙紀録，褒然爲一代稱首，蓋因其純孝足貫神明，不以微賤而遺之也。"

46

孔僕射爲孝武侍中，豫蒙眷接。烈宗山陵，孔時爲太常，形素羸瘦，著重服，竟日涕泗流漣，見者以爲真孝子[1]。《續晉陽秋》曰："孔安國字安國，會稽山陰人，車騎愉第六子也。少而孤貧，能善樹節，以儒素見稱。歷侍中、太常、尚書，遷左僕射、特進，卒[2]。"

○"孔僕射"至"真孝子"

"豫蒙眷接"，張萬起曰："'豫'同'預'，先期。眷接，禮遇、器重。"

"烈宗山陵"，趙西陸曰："《晉書·孝武帝紀》曰：'太元二十一年秋九月，帝崩，葬隆平陵。'"○朱鑄禹曰："《戰國策·觸龍説趙太后》：'一旦山陵崩。'後世多襲用，以指帝王之死。"

"孝子"，張萬起曰："子居父母之喪稱孝子。"

○注"續晉陽秋曰"

"愉第六子"，楊勇曰："汪《譜》：'愉四子：誾、汪、安國、祇。'"

"特進"，龔斌曰："兩漢魏晉皆以特進爲加官之號，意謂體制待遇之特別隆重，本身必另有職務。"

---

〔1〕 "真孝子"，朱鑄禹曰："《晉書》卷七十八《孔安國傳》作'真孝'。"
〔2〕 "特進卒"，楊勇曰："宋本作'特進卒'，非。《晉書·孔安國傳》作'卒特進左光禄大夫'，是。"

　　吳道助、附子兄弟，居在丹陽郡後[1]。遭母童夫人
艱，道助，坦之小字；附子，隱之小字也。《吳氏譜》曰："坦之字處靖，濮陽
人。仕至西中郎將功曹。父堅，取東苑童僧女[2]，名秦姬。" 朝夕哭臨。
及思至，賓客弔省[3]，號踊哀絕，路人爲之落淚。韓康
伯時爲丹陽尹[4]，母殷在郡，每聞二吳之哭，輒爲悽
惻，語康伯曰："汝若爲選官，當好料理此人。" 康伯亦
甚相知，韓後果爲吏部尚書。大吳不免哀制，小吳遂大
貴達。鄭緝《孝子傳》曰："隱之字處默，少有孝行，遭母喪，哀毀過禮。時
與太常韓康伯鄰居。康伯母，揚州刺史殷浩之妹[5]，聰明婦人也。隱之每哭，
康伯母輒輟事流涕，悲不自勝[6]，終其喪如此。謂康伯曰：'汝後若居銓衡，
當用此輩人。'後康伯爲吏部尚書，乃進用之。"《晉安帝紀》曰："隱之既有至
性，加以廉潔，奉祿頒九族[7]，冬月無被。桓玄欲革嶺南之弊[8]，以爲廣州
刺史。去州二十里有貪泉[9]，世傳飲之者其心無厭。隱之乃至水上，酌而飲
之，因賦詩曰：'石門有貪泉，一歃重千金。試使夷齊飲[10]，終當不易心。'爲
盧循所攻，還京師。歷尚書、領軍將軍。"《晉中興書》曰："舊云：往廣州，飲

---

〔1〕 "丹陽郡後"，程炎震曰："'陽'別一宋本作'楊'。"按一本"後"字屬下句。
〔2〕 "東苑"，恩田仲任曰："（'苑'）當作'莞'。"《晉書·地理志》曰：'太康元年分琅琊郡，置東莞
縣。'"程炎震曰："'苑'當是'莞'誤。館本亦誤，明本亦誤，別一宋本不誤。"
〔3〕 "弔省"，秦士鉉曰："'省'一作'者'。"
〔4〕 "丹陽尹"，董刻本、元刻本、何焯校無"尹"字。
〔5〕 "殷浩之妹"，程炎震曰："《晉書·吳隱之傳》作'殷浩之姊'。"
〔6〕 "自勝"，董刻本"自"作"目"。王利器曰："各本'目'作'自'，是。"楊勇曰："'自'宋本
作'目'，非。"
〔7〕 "奉祿"，董刻本"奉"作"俸"。
〔8〕 "弊"，董刻本作"敝"。
〔9〕 "貪泉"，董刻本、沈校本"泉"作"水"。楊勇曰："'泉'宋本作'水'，今依袁本改。"
〔10〕 "石門有貪泉"三句，程炎震曰："《晉書》作'古人云此水，一歃懷千金。試使夷齊飲'。《御覽》
二百五十六《良刺史門》上引《晉書》作'古人云此水，一飲重千金。若使夷齊飲'。"徐震堮
《札記》曰："'石門有貪泉'，《晉書》本傳作'古人云此水'。"周一良《批校》曰："《書鈔》三
八引《晉中興書》，詩曰：'古人云此水，一飲直千金。'"龔斌曰："疑《御覽》所引《晉書》爲
是，'歃'乃'飲'字之誤。"

貪泉，失廉潔之性。吳隱之爲刺史，自酌貪泉飲之，題石門爲詩云云。"

○ "吳道助"至"朝夕哭臨"

"吳道助附子兄弟"，徐子光曰："《晉書》：吳隱之字處默，濮陽鄄城人。博涉文史，以儒雅標名。弱冠而介立，有清操。年十餘，丁父憂，每號泣，行人爲之流涕。事母孝謹，及其執喪，哀毀過禮。與太常韓康伯鄰居。康伯母，賢明婦人，每聞其哭，輟餐投筯，爲之悲泣，謂康伯曰：'汝若居銓衡，當舉如此輩人。'及康伯爲吏部尚書，隱之遂階清級。廣州珍異所出，前後刺史多黷貨，朝廷欲革其弊，以隱之爲刺史。州有水曰貪泉，飲者懷無厭之欲。隱之至泉所，酌而飲之，因賦詩曰：'古人云此水，一歃懷千金。試使夷齊飲，終當不易心。'及在州，清操愈屬。後致仕，授光禄大夫金章紫綬。"《蒙求集注》卷上"隱之感鄰"條。○程炎震曰："《晉書》云：'濮陽鄄城人，魏侍中質六世孫。'"

"居在丹陽郡後"，田中頤曰："'居在'二字，見以事母無意進仕。"○徐震堮曰："郡後，謂府舍之後，故殷夫人得聞其哭聲。"○楊勇曰："《群書治要》三〇引《晉書》：'吳隱之居近韓康伯家。'"○龔斌曰："'郡'指郡府，郡後，指郡府之後。"

"哭臨"，恩田仲任曰："舉哀也。"○張萬起曰："集衆舉哀或到靈前弔祭。"

○ "及思至"至"爲之落淚"

"思至"，大典顯常曰："思慕之至，雖賓客在前，不覺號踊哀絶也。"《集成》。○平賀房父曰："言朝夕哭之外，每及思之至，又有賓客弔省，乃號踊哀絶也。"○田中頤曰："至，猶云達，謂以及哀思之至極，爲期必及無憾而罷。"○李慈銘曰："'思至'二字有誤，各本皆同。《晉書》作：'每至哭臨之時，恒有雙鶴警叫，及祥練之夕，復有群雁俱集。'疑此'思至'二字當作'周忌'。'思''周'形近，'至''忌'聲近。"《簡端記》。○朱鑄禹曰："《禮記》：'廬中思至則哭之。'《後漢書·朱暉傳》：'孫穆耽學，或時思至，不自知亡失衣冠。'此兩字連用，意謂思念之至耳，似非喪禮專辭。"○楊勇曰："思至，猶哀至。《方言》：'凡言相憐哀，謂之思。'思至，人死後每至七日祭期時也。"○方一新曰："'思至''念至''哀至'同義，謂念及、想起。"《斠詁》。○蔣宗許曰："'至'作爲一個詞素，在魏晉而後，其構詞能力很強，它常常居於一個單音詞後與之組成雙音詞，表示前者的

144

程度很高、很深。'思至'是説'思'得很深切。"《臆札》。〇蔣凡曰："一謂通於'緦経'，指穿守喪孝服。"

"哀絶"，田中頤曰："亦'思至'也。"

"路人爲之落淚"，田中頤曰："路人，無識之人，而落淚豈非至哀耶?"

〇"韓康伯"至"料理此人"

"選官"，秦士鉉曰："吏部，即銓衡也。"朱鑄禹釋曰："謂吏部執掌銓衡，選注官吏也。"

"當好料理此人"，李治曰："'料理'之語，見於《世説》者三。料理者，蓋營護之義，猶今俚俗所謂照顧覷當耳。"《敬齋古今黈》卷十。〇劉淇曰："好，猶善也，珍重付屬之辭。"《辨略》卷三。〇大典顯常曰："《類書纂要》：料理，營理其事也。"《集成》。〇田中頤曰："言孝則必忠，宜使此人重任稱職。"〇余嘉錫曰："凡營護其人，爲整治其事物，皆可謂之料理也。"〇楊勇曰："料理，照顧、照應也。"

〇"康伯亦甚"至"大貴達"

"亦甚相知"，田中頤曰："見心欲爲之作選官，故下曰'果'。"

"大吳不免哀制"，桃井白鹿曰："《淵鑒類函》引宗躬《孝子傳》曰：'吳坦之，隱之兄也。母之喪之夕，設九飯祭，坦之每臨一祭，輒號慟斷絶，至七祭嘔血而死。'"《補遺》。〇大典顯常曰："《晉書》列傳六十《吳隱之傳》：'吳坦之爲袁真功曹，真敗，將及禍，隱之詣桓溫乞代兄命。溫矜而釋之。'此外不見坦之事。觀此所云，坦之似居喪旋死。"〇田中頤曰："哀毀過禮，不能無滅性之譏也。"〇秦士鉉曰："不得終喪也。《後漢·黃香》：'思慕憔悴，殆不免喪。'免喪，終喪也。一説謂哀毀而滅性也。"〇程炎震曰："哀制，謂服中也。不免哀制，似謂不勝喪。然《晉書》云'坦之後爲袁真功曹'。"〇余嘉錫曰："《桓溫傳》太和四年，溫率西中郎將袁真北伐，溫軍敗績，歸罪於真，表廢爲庶人。(康)伯之官吏部，最早亦不過太元之初，上距袁真之廢免，凡六七年矣。坦之蓋不待府廢，已丁憂罷官，哭母以卒，故康伯不及用也。程氏謂後爲袁真功曹，殊失之不考。"〇周一良曰："《類聚》廿引宗躬《孝子傳》，坦之每祭輒號痛斷絶，至七祭吐血死。'不免哀制'指此。"《批校》。

"小吳遂大貴達"，田中頤曰："見韓母子識鑒，即是'好料理'。"

○注"鄭緝孝子傳曰"

"鄭緝孝子傳"，沈家本曰："《隋志》：'《孝子傳》十卷，宋員外郎鄭緝之撰。'二《唐志》作《傳讚》，《舊志》八卷，《新志》十卷。"《古書目》卷四。○葉德輝曰："《隋志》：十卷。云：'宋員外郎鄭緝之撰。'"《書目》。

"銓衡"，大典顯常曰："《説文》：'銓，衡也。'又，量也。衡，稱也。謂選舉人之職也，即吏部也。本傳作'居銓衡之職'。"

○注"晉安帝紀曰"

"嶺南之弊"，秦士鉉曰："嶺南多出貨寶，吏其地者多黷貨，故欲以廉吏革舊弊也。本傳：'廣州，珍異所出，一篋之寶可資數世，前後刺史多黷貨。'"

"以爲廣州刺史"，丁國鈞曰："《安帝紀》，隱之爲廣州在元興元年。此誤。"《校文》四。○龔斌曰："吳隱之爲廣州刺史時間，《晉書》本傳謂在隆安中，而《晉書》一○《安帝紀》謂在元興元年二月。'桓玄欲革嶺南之弊'，必在篡晉之後，故吳隱之爲廣州刺史當在元興元年，以《晉書·安帝紀》所載爲是。"

"貪泉"，趙西陸曰："《水經·耒水注》：'橫流溪水甚小，冬夏不乾，俗亦謂之爲貪泉，飲者輒冒於財賄，同於廣州石門貪流矣。廉介爲二千石，則不飲之。昔吳隱之挹而不亂貪，豈謂能渝其貞乎？蓋亦惡其名也。'《元和郡縣志》卷三十五：'石門水一名貪泉，出縣西三十里平地，即晉廣州刺史吳隱之飲水賦詩之處。'"○楊勇曰："《晉書·吳隱之傳》：'未至州二十里，地名石門，有水曰貪泉。'《書鈔》三八引《晉中興書》：'州北界有一水，名貪泉。'"

【彙評】

劉辰翁曰："本爲二吳孝行，而韓母在焉，善觀人者也。"

王世懋曰："隱之孝廉，乃爲桓玄吏，人無完行。"大典顯常《集成》按曰："余謂坦之爲袁真功曹更甚。蓋不恥名分，當時之風。"

方苞曰："吳處默禄頒九族，冬月無被，彼貪泉安能易其心哉？"

146

言語第二

【題解】

何良俊曰："余讀《韓詩外傳》，得趙倉唐對魏文侯事，歎曰：夫言何可以已哉！排難解結，釋疑辯誣，喻誠通志，協群情，定國是，使當時無倉唐之言，太子不得立，魏國幾殆。嗚呼，夫言何可以已哉！孔子曰：'誦《詩三百》，使於四方，不能專對，雖多亦奚以為?'又曰：'君子居其室，出其言，善則千里之外應之。'正以見言之不可已也。"《何氏語林》卷四。○楊勇曰："《論語·先進》：'言語：宰我、子貢。'唯本篇所載，有談家之慧語，有文士之巧言，警句霏霏，片言入微，與《文學篇》並載談家與文士之事相似，亦見時人對'言語'、'文學'之概念也。"○張萬起曰："魏晉時期儒學衰微，玄風大暢，煩瑣的經典章句之學受到輕視，努力追求語言的簡約機巧而意味深長，哲理精微而內涵丰富。言語成為當時審視士人才華高低的重要標準之一。"

1

邊文禮見袁奉高，閬也〔1〕。失次序。《文士傳》曰："邊讓字文禮，陳留人。才儁辯逸。大將軍何進聞其名，召署令史，以禮見之。讓占對閑雅，聲氣如流，坐客皆慕之。讓出就曹，時孔融、王朗等並前為掾，共書刺從讓〔2〕，讓平衡與交接。後為九江太守，為魏武帝所殺。"奉高曰："昔堯聘許由，面無怍色，皇甫謐曰〔3〕："由字武仲，陽城槐里人也。堯舜皆師而學

---

〔1〕 "閬也"，黃丕烈校"閬"作"閭"。程炎震曰："按范《書》，袁閬未嘗為太尉掾，益明此注'閬'字是'閭'字之誤。"唐鴻學曰："'閭'訛'閬'，前訛'宏'，注云'辟太尉掾'，可證。閬字奉高。"

〔2〕 "從讓"，趙西陸曰："'從'當作'候'。《後漢書·文苑·邊讓傳》作：'並修刺候焉。'"

〔3〕 "皇甫謐"，桃井白鹿《補遺》曰："'謐'下脱'高士傳'三字。"大典顯常《集成》曰："此出謐《高士傳》。"葉德輝曰："'謐'下當有'高士傳'三字，事見今本《高士傳》上卷。《御覽·逸民六》引此亦作'皇甫士安《高士傳》。'""

事焉，後隱於沛澤之中，堯乃致天下而讓焉。由爲人據義履方，邪席不坐，邪膳不食，聞堯讓而去。其友巢父聞由爲堯所讓，以爲污己，乃臨池洗耳。池主怒曰：‘何以污我水？’由於是遁耕於中嶽潁水之陽〔1〕，箕山之下，終身無經天下色。死葬箕山之巔〔2〕，在陽城之南十里。堯因就其墓，號曰箕山公神，以配食五嶽，世世奉祀，至今不絕也〔3〕。”先生何爲顛倒衣裳？”文禮答曰：“明府初臨，堯德未彰，是以賤民顛倒衣裳耳。”按：袁閎卒於太尉掾，未嘗爲汝南，斯說謬矣。

○“邊文禮”至“顛倒衣裳”

“失次序”，田中頤曰：“邊誤失相見之次序也。”○崔朝慶曰：“言舉止失常度也。”○余嘉錫曰：“失次序謂舉止失措，故下文云‘顛倒衣裳’。”○徐震堮曰：“‘失措’的緩呼。”《釋義》。○周一良曰：“《南齊書·劉善明傳》：‘憂深責重，轉不可據。還視生世，倍無次緒。’《陳書·戚衮傳》：‘摛詞辯縱橫，難以答抗。諸人懾氣，皆失次序。’《世說·言語篇》：‘邊文禮見袁奉高，失次序。’‘無次緒’、‘失次序’意略同，皆茫然自失、昏亂無秩序之意。”《論集》頁四六五。

“顛倒衣裳”，劉辰翁曰：“又添一怪。”○大典顯常曰：“用《詩》語，言其促遽也。”○淇園曰：“《詩·齊風》云：‘東方未明，顛倒衣裳。’”○田中頤曰：“用《詩》語，即喻‘失次序’也。此言堯與由，兩德相敵，且由素心無所求，故面無怍色。今邊急遽畏懼，失次序者，德有高下，而又有所欲之甚故也。”○崔朝慶曰：“語出《詩經》，取以形容舉止失常度也。”○楊勇曰：“嘲邊之舉止失措。”

○“文禮答曰”至“衣裳耳”

“明府初臨”三句，田中頤曰：“邊因言，袁其所自比之聖德初臨以來，望之良久，而未見其彰，因恐無之，以致此也。”

---

〔1〕 “中嶽”，龔斌曰：“嶽，宋本、沈校本並作‘岳’。按‘嶽’同‘岳’。”下文“五嶽”同。
〔2〕 “箕山之巔”，董刻本“巔”作“顛”。楊勇曰：“‘顛’各本作‘巔’，正、俗字。”
〔3〕 “至今”，董刻本“今”作“令”。王利器曰：“各本‘令’作‘今’，是。”楊勇曰：“宋本作‘令’，非。”

“明府”，李賢曰：“郡守所居曰府。府者，尊高之稱。《前書》韓延壽爲東郡太守，門卒謂之明府，亦其義也。”《後漢書·張湛傳》注。○趙與時曰：“唐人稱縣令曰明府，而漢人謂之明廷，見范曄書《張儉傳》。明府以稱太守，山陰老叟稱劉寵，劉翊稱种拂，高獲稱鮑昱，皆然。”《賓退錄》卷九。○秦士鉉曰：“漢時吏民通稱地方長官爲明府。”○陳宗起曰：“《容齋隨筆》云：‘唐呼縣令爲明府，丞爲贊府，尉爲少府。’今案《漢書·龔遂傳》：‘王生醉，從後呼曰：明府且止。’《後漢書·吳祐傳》：‘安丘男子丘長云：明府雖加哀矜。’此皆謂太守爲明府，蓋龔遂，渤海太守；吳祐，膠東相，膠東，郡國，相如太守。唐以稱縣令，非古也。府君者太守之定稱，明府者稱太守之美名。又《漢書·黃霸傳》：‘民有欲詣府口言事者。’府謂郡署，則太守稱明府，不得移而他屬矣。”《丁戊筆記》下卷。○左暄曰：“漢人稱太守爲明府。”《三餘偶筆》卷五。○程炎震曰：“漢時吏民尊稱守相爲明府。”○崔朝慶曰：“太守、牧令，古皆稱府君，或稱明府君，簡稱明府。言未見其如堯之德也。”○楊勇曰：“明府，英明之府君，漢時吏民通稱守相之謂。吳其昌《矢彝考釋》：‘明者，當時之美稱。’”按參見《德行篇》“陳仲舉言爲士則”條“府君”。

○注“閔也”

“閔也”，參見校文。大典顯常曰：“《後漢書·黃憲傳》荀淑‘至袁閬’注：‘一作閔。’劉放曰：按袁閬字奉高，袁閎字夏甫。《後漢書》列傳三十五有《袁閎傳》，桓帝時人，築土室，潛身十八年，卒。蓋與《先賢傳》‘袁宏’異，而邊文禮所見袁奉高名閬者，又別人矣。”○沈家本曰：“《黃憲傳》林宗曰‘奉高之器’注：‘奉高，閬字也。’按袁閬字奉高，見《王龔傳》。袁閎字夏甫，見《袁安傳》，並汝南人，又同時。此文即稱奉高，則上文‘袁閬’自應如劉放所說作‘閬’爲是。”《諸史瑣言》卷十一。

○注“文士傳曰”

“令史”，恩田仲任曰：“《通典》曰：‘大將軍官署有令史御屬三十一人。’”○龔斌曰：“《續漢志》曰：‘大將軍下有令史及御史屬三十一人。’”

“占對閑雅”，大典顯常曰：“《後漢書》：‘讓善占謝，能辭對。’《字彙》：‘隱度其辭，口以授其人，曰口占。’”《集成》。○楊勇曰：“占，平聲，致詞也。”○龔斌曰：“《後漢書》四五《袁安傳》附《袁敞傳》：‘俊自獄中占獄吏上書自

149

訟。’注：‘占謂口授也。’”

“平衡與交接”，大典顯常曰：“以同輩相遇也。”《撮補》。朱鑄禹釋曰：“以同輩相持，有抗禮不下之意。”

○注“皇甫謐曰”

“皇甫謐曰”，天保手批曰：“《高士傳》。”○沈家本曰：“注中所引，有稱‘皇甫謐《高士傳》’，有但稱《高士傳》，此注引許由事，又但稱‘皇甫謐曰’，殆省文。”《古書目》卷四。

“沛澤”，恩田仲任曰：“沛，《公羊傳》注曰：‘草棘曰沛。即水草漸洳處也。’澤，《風俗通·山澤篇》：‘水草交厝，名之爲澤。澤者，言其潤澤萬物，以阜民用也。’”

“據義履方”，楊勇曰：“方，道也，方內也。”

“污己”，秦士鉉曰：“污己耳也。”

“終身無經天下色”，秦士鉉曰：“經，經營也。”

○注“按袁閎卒”

“斯説謬矣”，何焯曰：“注駁甚當。但邊文禮，陳留人也。觀‘明府’、‘賤民’之稱，乃對本郡守之辭，注當云‘未嘗爲陳留’，偶誤言‘汝南’耳。”○岡白駒曰：“正文云‘明府初臨’，是爲汝南太守也。注據《汝南先賢傳》駁之。”○程炎震曰：“注中‘汝南’字當作‘陳留’。文禮，陳留浚儀人也。”○王利器曰：“此注駁《世説》甚當。但邊文禮是陳留人，《世説》所載‘明府’、‘賤民’這種稱呼，乃是對本郡郡守之辭，注當云‘未嘗爲陳留’，由於涉袁奉高是汝南人而錯了。”○趙西陸曰：“《御覽》二六四引《汝南先賢傳》曰：‘袁閎，字奉高，爲功曹，辟太尉掾。太守唐珍曰：“今君當應宰府，宜選功曹以自代。”因薦陳仲舉，珍即請蕃爲功曹。’”○楊勇曰：“宋本作‘汝南’，非。按孝標此注，原擬糾繆《世説》之誤，其説至當。然而邊讓，陳留人；袁閎，汝南人。故《世説》以袁閎爲明府，邊讓爲賤民也。”

【彙評】

劉應登曰：“奉高見一士，乃以堯聘許由自比，亦非。”天保手批曰：“（太宰）

150

純曰：不孫。”

劉辰翁曰：“奉高如此，不足道。”朱鑄禹按曰：“此蓋謂奉高竟以堯聘許由自比，狂妄不足道也。”

袁中道曰：“奉承語，非‘辯’。”《舌華録》卷八。按此條曹臣編入《辯語》。

莊永綏曰：“讀此可知邊文禮之寸舌駁辯，妙乎其神，可以代表晉代諸賢言論丰采之一斑。”《評》。

蔣凡曰：“一席對話，順勢而出，於當下情景中既解釋了‘失次序’的緣由，又表白了對袁的崇敬，確是活畫出了邊讓的口才和機智。此情此景，急湍轉流，展演了才士的風采。”

龔斌曰：“衆坐客皆慕邊讓‘占對閑雅’，即可證當時人格審美以言辭便捷爲美，魏晉清言之風於此開其端，影響後世甚巨。”

2

徐孺子_{稺也}。年九歲，嘗月下戲。人語之曰：“若令月中無物，當極明邪？”《五經通議》曰：“月中有兔、蟾蜍者何？月，陰也；蟾蜍，亦陰也〔1〕；而與兔並明，陰繫於陽也。”徐曰：“不然〔2〕，譬如人眼中有瞳子，無此必不明。”

○“徐孺子”至“必不明”

“月下戲”，田中頤曰：“‘戲’字見未嘗構思之時，而忽及問答，所以爲凤惠也。”○楊勇曰：“此‘戲’字，實指清談。”《論文集》頁一二。龔斌按曰：“其説非。《世説》中之‘戲’，所指非一，不可一概釋爲‘清談’。”

“若令月中無物”二句，田中頤曰：“即恨有物也。”○崔朝慶曰：“月中有

---

〔1〕 “蟾蜍亦陰也”，岡白駒曰：“《五經通義》作‘蟾蜍陽也’，此云‘亦陰也’，誤也。不爾，何得言陰繫於陽乎？”桃井白鹿曰：“《太平御覽》引《五經通議》作‘蟾蜍陽也’。”秦士鉉曰：“‘亦’字衍，當作‘蟾蜍陽也’。”趙西陸曰：“《類聚》卷一、《事類賦》卷一引作‘蟾蜍陽也’。”

〔2〕 “不然”，楊勇曰：“‘然’，《事類賦》一、《御覽》四、《廣記》一六四均作‘爾’，義同。”

151

黑影，言若無此黑影，或將更明也。"

"眼中有瞳子"，田中頤曰："譬喻的實。"

"無此必不明"，田中頤曰："言其有物所以明也，帶著玄旨。"

◎程炎震曰："《御覽》卷四《月門》引此事云《晉書》，恐誤。三百八十五《幼智下》引則作《世說》。"

○注"五經通議曰"

《五經通議》，沈家本曰："《隋志》：'《五經通義》八卷，梁九卷。'二《唐志》：'《五經通義》九卷，劉向撰。'案'議''義'古通用。《文選》注引作'通義'，《風賦》注。或作'通訓'，《雪賦》注。李氏亦不稱撰人。"《古書目》卷三。

"蟾蜍亦陰也"，參見校文。秦士鈁曰："陳後山以兔爲陰，曰：'月中真有兔乎？陰類相感，乃其理耳，是陰繫於陽也。'"○王叔岷曰："《藝文類聚》二引《五經通義》曰：'月中有兔與蟾蜍，何？月，陰也；蟾蜍，陽也。而與兔並明，陰係陽也。'此文注引《五經通義》'蟾蜍亦陰也'當作'蟾蜍，陽也'，乃與下文'陰繫於陽'相符。"

【彙評】

劉辰翁曰："此語極未易，正是玄勝。"評"徐曰"。

袁中道曰："若以此入《辯語》，則無佳致矣。"《舌華錄》卷一。按《錄》有《辯語》門。

狄期進曰："茅容問國事，孺子不答。郭泰曰：'是其知可及，其愚不可及也。'誰夙知而暮成？"

田中頤曰："難理妙解。"

3

孔文舉融也。年十歲，隨父到洛。時李元禮有盛名，爲司隸校尉，詣門者皆儁才清稱及中表親戚乃通。文舉至門，謂吏曰："我是李府君親。"既通，前坐。元禮問曰："君與僕有何親？"對曰："昔先君仲尼與君先人伯陽，有師資之尊，是僕與君奕世爲通好也〔1〕。"元禮及賓客莫不奇之。太中大夫陳韙後至〔2〕，人以其語語之。韙曰："小時了了，大未必佳！"文舉曰："想君小時，必當了了！"韙大踧踖。《續漢書》曰："孔融字文舉，魯國人，孔子二十四世孫也。高祖父尚，鉅鹿太守。父宙，泰山都尉。"《融別傳》曰〔3〕："融四歲，與兄食梨，輒引小者〔4〕。人問其故，答曰：'小兒，法當取小者。'年十歲，隨父詣京師〔5〕。河南尹李膺有重名〔6〕，融欲觀其爲人，遂造之。膺問：'高明父祖，嘗與僕周旋乎〔7〕？'融曰：'然。先君孔子與君先人李老君，同德比義而相師友，則融與君累世通家也。'眾坐莫不歎息，僉曰：'異童子也！'太中大夫陳韙後至，同坐以告。韙曰：'人小時了了者，長大未必能奇。'融應聲曰：'即如所言，君之幼時〔8〕，豈實慧乎？'膺大笑，顧謂融曰：'長大必爲偉器。'"

○"孔文舉"全"既通前坐"

"年十歲"，程炎震曰："文舉以建安十三年死，年五十六，則十歲爲延熹六年。《通鑒》以李膺自河南尹輸作左校，繫之延熹八年。蓋元禮尹京歷三年也。其爲司隸校尉，則在八年以後矣。范《書》亦稱河南尹，與《續漢書》同。孝

〔1〕 "奕世"，董刻本、元刻本"奕"作"弈"。楊勇曰："宋本作'弈'，非。"
〔2〕 "陳韙"，秦士鉉曰："范《史》'韙'作'煒'。"程炎震曰："范《書》作'陳煒'，《魏志·崔琰傳》注引《續漢書》亦作'煒'。"徐震堮《札記》曰："《後漢書》本傳作'陳煒'，《魏志·崔琰傳》注引《續漢書》同。"楊勇曰："《後漢書·孔融傳》作'陳煒'，注云：'煒，音于鬼反。'《魏書·崔琰傳》注引《續漢書》亦作'陳煒'。按'韙''煒'並諧韋聲，古通用。"
〔3〕 "融別傳"，王叔岷曰："注引《融別傳》云云，《後漢書·孔融傳》注作'融家傳'。"
〔4〕 "與兄食梨輒引小者"，董刻本"兄"作"元"。王利器曰："各本'元'作'兄'，是。"楊勇曰："宋本作'元'，非。"又，董刻本"引"作"尉"。余嘉錫曰："'引'沈本作'取'。"王利器曰："蔣校本、沈校本'尉'作'取'，餘本作'引'，宋本誤。"按何焯校亦作"取"。
〔5〕 "隨父詣京師"，陳直《札記》曰："'隨父詣京師'當爲'上計京師'之脫文。《漢官儀》謂上計由郡丞親行，孔宙官泰山都尉，亦兼管上計事，蓋特例也。"按此校"詣"作"計"。
〔6〕 "尹"，董刻本作"君"。
〔7〕 "與僕"，朱鑄禹曰："'僕'袁本誤作'儀'。"
〔8〕 "幼時"，楊勇曰："'幼'宋本作'勆'，非。"

標引《續漢書》，蓋隱以駁正本文也。若賢注引《孔融家傳》云‘太尉李固’，則誤甚。延熹六年，太尉是楊秉。又，《魏書·崔琰傳》注引《續漢書》作‘十餘歲’。”○陳直曰：“孔融爲孔宙之子，《金石萃編》卷十一《孔宙碑》文敘宙官泰山都尉，以延熹六年卒，年六十一。《後漢書》孔融本傳云‘年十三喪父’，則應當爲延熹六年事。融以建安十三年被害，年五十六，融當生於漢質帝本初元年。本文所指融十歲在京師見李膺，則應爲延熹三年事。”《札記》。龔斌按曰：“（孔融）年十歲爲延熹五年，陳直所説誤。”○趙西陸曰：“融以建安十三年卒，年五十六，則十歲時當桓帝延熹五年。《魏志·崔琰傳》注引《續漢書》作‘十餘歲’，袁宏《後漢紀》作‘十數歲’。”

“司隸校尉”，張撝之曰：“官名，掌糾察京師百官及所轄附近各郡，相當於州刺史。”《選注》。

“儁才清稱及中表親戚乃通”，顧炎武曰：“《路史》謂：‘但言親戚，非諸父昆弟之稱。’非也。古人稱其父子兄弟亦曰親戚。”《日知錄》卷二十四。○錢大昕曰：“中表猶言内外也。姑之子爲外兄弟，舅之子爲内兄弟，故有内外之稱。”張鑑按曰：《隋書·經籍志》有盧懷仁《中表實錄》二十卷，高諒《表親譜》四十卷。費鳳別碑：‘中表之恩情，兄弟與舅甥。’《恒言錄》卷三。又曰：“《曲禮》：‘兄弟親戚稱其慈也。’正義云：‘親指族内，戚爲族外。’”張鑑按曰：《左傳》：‘封建親戚以藩屏周室。’《史記》：‘箕子者，紂親戚也。’”同上。○靳榮藩曰：“《儀禮》‘姑之子’注：‘外兄弟也。’‘舅之子’注：‘内兄弟也。’其言‘内外’，猶後世所云‘中表’耳。《北齊·崔㥄傳》有‘外兄李慎’，《魏收傳》有‘外兄崔巖’，《梁書·徐摛傳》有‘外弟徐摛’，是晉以後猶有用古稱者。”《綠溪語》下卷。○田中頤曰：“非此二者，則不能通也。”○崔朝慶曰：“清稱，有清妙之稱譽者也。通，通報也。”○呂叔湘曰：“清稱，有名譽。中表，表兄弟姊妹爲中表親，此處泛指親戚。通，通報、傳達。”

“我是李府君親”，田中頤曰：“詭也。”○張撝之曰：“當時李膺正以司隸校尉的身份兼任洛陽太守。”《選注》。

○“元禮問曰”至“莫不奇之”

“君與僕有何親”，田中頤曰：“責問也。”○許世瑛曰：“‘僕’字非自謙之稱。”《釋“身”字》。

“伯陽”，呂叔湘曰：“《史記》謂老子姓李，名耳，字伯陽。”

“師資之尊”，桃井白鹿曰：“《老子》：‘善人者，不善人之師；不善人者，善人之資。不貴其師，不愛其資，雖智大迷。’”○趙西陸曰：“《後漢書》章懷注引《家語》曰：‘孔子謂南宮敬叔曰：“吾聞老聃博古而達今，通禮樂之源，明道德之歸，即吾之師也。今將往矣。”遂至周，問禮於老聃焉。’《史記·仲尼弟子列傳》：‘孔子之所嚴事，於周則老子。’”○呂叔湘曰：“師資，即‘師’。此處指孔子問禮於老子事。但此句意義欠明確。‘與’字或爲‘於’之誤，但仍可有兩種解釋。”○王叔岷曰：“《呂氏春秋·當染篇》：‘孔子學於老聃。’《韓詩外傳》五亦云：‘仲尼學於老聃。’《史記·孔子世家》《老子列傳》、《家語·觀周篇》，皆載孔子適周，問禮於老子事。”○蔣宗許曰：“師資，師生，師徒。”《大辭典》頁二八六。按《辭典》“師資”條曰：“老師。”與此不同。

“奕世爲通好”，崔朝慶曰：“奕世，累世也。”○呂叔湘曰：“奕世，累世、代代。”○張萬起曰：“通好，通家之好。漢魏以師友爲通家。”

○“太中大夫”至“躕大踧踖”

“小時了了大未必佳”，田中頤曰：“此陳以後至，未見其語氣雄豪不可犯，故有此諷刺耳。”○崔朝慶曰：“了了，言明白通曉也。”○呂叔湘曰：“了了，明悟、聰慧。”○江藍生曰：“了了，聰明、伶俐義，只用於兒童或少年，不用於大人。”《彙釋》頁一二八。○周一良曰：“《宋書》九四《戴法興傳》：‘大將軍彭城王義康，于尚書中覓了了令史。’了了，猶今言‘伶俐’。”《世說札記》。

“想君小時必當了了”，田中頤曰：“因以陳爲今不佳者。”

“踧踖”，秦士鉉曰：“《論語》注：‘踧踖，立不自安貌。’”○崔朝慶曰：“踧踖，不安之貌。”○呂叔湘曰：“踧踖，本訓‘恭敬’，後轉指局促不安貌。”○楊勇曰：“《論語·鄉黨》：‘踧踖如也。’朱注：‘恭敬不寧之貌。’”

○注“續漢書曰”

“二十四世孫”，劉盼遂曰：“《後漢書》融本傳及孔繼汾《闕里文獻考》皆謂融孔子二十世孫。注文‘四’字乃羨文，宜刪。”○徐震堮曰：“《魏志·崔琰傳》引作孔子二十世孫。案《孔宙碑》云：‘孔子十九世之孫也。’宙爲融父，則作‘二十’者是也。”《札記》。○余嘉錫曰：“《孔宙碑》云：‘君諱宙字季將，孔子十九世之孫也。’案宙爲十九世，則融不得爲二十四世，《續漢書》誤也。《後漢書》本傳作二十世孫，不誤。”

155

"父宙"，沈可培曰："問：《後漢書》：孔融父宙字季將，官太山都尉。融年十三父喪。又稱獻帝建安十三年融爲曹操所害，時年五十六。以此上推，融年十三時是桓帝延熹八年也，而曲阜孔廟現有宙碑明書宙卒於延熹六年，是宜何從？答曰：延熹六年是時融年十一，非十三也，當以碑爲正。金石文可正史書之譌以此。至趙明誠、歐陽永叔、王元美謂宙卒於延熹四年，朱竹垞又謂卒於延平四年，皆與碑異，亦與史殊，未審所據。"《漢源問答》卷八。〇陳直曰："據《孔融別傳》，宙有七子，融之次第六（見《隸釋·孔宙碑》，洪適跋語所引）。融之諸兄見於史傳者，僅有孔褒。褒字文禮，《金石萃編》卷十四有《豫州從事孔褒碑》，又見《韓敕禮器碑陰題名》。此外可考者有孔謙，《萃編》卷十九有《孔謙墓碣》，文云：'謙字德讓，宣尼廿世孫，都尉君之子也。'又云：'弱冠而仕，歷郡諸曹史，年卅四，永興二年遭疾不禄。'"《札記》。

"泰山都尉"，陳直曰："都尉在東漢初已罷廢，但郡國有兵事時仍暫設之。"《札記》。

〇注"融別傳曰"

《融別傳》，葉德輝曰："《孔融別傳》，（《隋志》不著録。）《藝文類聚·雜器物部》引用。"《書目》。

"引小者"，江藍生曰："'引'義爲'取'。"《彙釋》頁二四九。

"高明父祖"，恩田仲任曰："高明，漢人多呼後輩爲高明。高明者，高亢明爽之義。"〇楊勇曰："《孔氏雜説》：'謂人爲'明公'、'閣下'之類，亦可謂'高明'。'"〇吳金華曰："高明，對人的尊稱。漢魏以降，這個詞的用法相當於'公''君''足下'等尊稱。"《考釋》頁二三。

"累世通家"，郝懿行曰："漢魏以師友爲'通家'，故《世説·言語篇》注引《續漢書》孔融謂李膺云云。晉宋以姻親爲'通家'。"《晉宋書故》。按《續漢書》當作《融別傳》。

【彙評】

王世懋曰："注不如。"朱鑄禹按曰："謂注文不如正文之美也。"
袁中道曰："此段乃慧語。"評"昔先君仲尼"三句。《舌華録》卷四。
凌濛初曰："機鋒太迅，大自佳，大不免禍耳。"

鍾惺曰："以膚重名，而有十歲小兒欲觀其爲人，豈不可畏？"評注"欲觀其爲人"。〇曰："此語實爲儒道二家説合解紛。"評注"先君孔子"二句。

田中頤曰："愈出愈奇。"

狄期進曰："文舉一何知。童子志大言高，不減元禮風格。龍門之登，不因紹介，不嫌未同。何物老嫗，生此寧馨兒！"

張㧑之曰："可以看到當時品評人物的清議開始向相互詰辨的清談轉變的迹象。"《選注》。

4

　孔文舉有二子，大者六歲，小者五歲。晝日父眠，小者牀頭盜酒飲之。大兒謂曰："何以不拜[1]？"答曰："偷，那得行禮[2]！"

　〇"孔文舉"至"那得行禮"

　"大者六歲"二句，王楙曰："《世説》謂孔文舉有二子，大者六歲，小者五歲，相去纔一歲耳。而傳謂十二男、七歲女，相去懸絶，不可深詰。"《野客叢書》卷一。

　◎劉應登曰："此與後鍾毓、鍾會事同，疑只一事，訛而二之。"

【彙評】

　王世懋曰："此兩段可稱'夙惠'，未足當'言語'。"蔣凡按曰："小兒對話，用老成人腔調，越顯機巧可愛，因而編入此門。"

―――――

〔1〕"何以不拜"，楊勇曰："《御覽》三八五'何以不拜'上，有'酒以行禮'四字。"

〔2〕"行禮"，何焯曰："'禮'下一有'乎'字。"楊勇曰："'禮'下沈校本、《事文》前四六均有'乎'字。"

5

孔融被收，中外惶怖。時融兒大者九歲，小者八歲。二兒故琢釘戲，了無遽容。融謂使者曰："冀罪止於身，二兒可得全不？"兒徐進曰："大人豈見覆巢之下，復有完卵乎？"尋亦收至。《魏氏春秋》曰："融對孫權使有訕謗之言，坐棄市。二子方八歲、九歲，融見收，奕棋端坐不起〔1〕。左右曰：'而父見執〔2〕。'二子曰：'安有巢覆而卵不破者哉〔3〕！'遂俱見殺。"《世語》曰："魏太祖以歲儉禁酒，融謂酒以成禮，不宜禁。由是惑眾，太祖收置法焉〔4〕。二子齠齔〔5〕，見收〔6〕，顧謂二子曰：'何以不辟？'二子曰：'父尚如此，復何所辟？'"裴松之以爲《世語》云融兒不辟，知必俱死，猶差可安。孫盛之言，誠所未譬。八歲小兒，能懸了禍患〔7〕，聰明特達，卓然既遠，則其憂樂之情，固亦有過成人矣。安有見父被執，而無變容，奕棋不起，若在眼豫者乎？昔申生就命，言不忘父，不以己之將死而廢念父之情也。父安尚猶若茲〔8〕，而況顛沛哉！盛以此爲美談，無乃賊夫人之子與〔9〕？蓋由好奇情多，而不知言之傷理也。

○"孔融被收"至"了無遽容"

"被收"，崔朝慶曰："收，拘捕也。孔融爲曹操所忌，被誅。"

"中外"，張萬起曰："指朝廷內外。"

"時融兒大者九歲"二句，徐震堮曰："《後漢書》本傳作女年七歲，男年九歲。"《札記》。

〔1〕 "奕棋"，董刻本"奕"作"弈"，下注同。
〔2〕 "而父見執"，趙西陸曰："'而父見執'下當依《魏志》注引增'不起何也'句，語意始足。"
〔3〕 "巢覆"，何焯校"覆"作"毀"。余嘉錫曰："'覆'景宋本及沈本俱作'毀'。"
〔4〕 "收置法焉"，董刻本、何焯校無"置"字。
〔5〕 "齠齔"，董刻本"齠"作"鬌"。何焯校作"鬌"。
〔6〕 "見收"，朱鑄禹曰："《魏志》本傳注'見收'上有'融'字，是。"
〔7〕 "懸了"，劉繼增依《三國志》裴注改"懸"爲"玄"。
〔8〕 "尚猶"，劉繼增依《三國志》裴注改爲"猶尚"。
〔9〕 "情多"，劉繼增依《三國志》裴注改爲"多情"。

“琢釘戲”，周亮工曰：“金陵童子有琢釘戲，畫地爲界，琢釘其中，先以小釘琢地，名曰籤。以籤之所在爲主，出界者負，彼此不中者負，中而觸所主籤亦負。按孔北海被收時，兩郎方爲琢釘戲，乃知此戲相傳久矣。”《因樹屋書影》卷三。○岡白駒曰：“釘，讀爲‘丁’，凡玉佩鐵馬聲及金石擊物聲，皆曰丁當。琢釘，蓋棋子著局之聲也。”○桃井白鹿曰：“琢釘者，以釘琢著物也。小兒嬉戲，故當有此等事。未知允否？又或云：琢，與‘椓’通；釘，與‘丁’通。椓丁，棋子著局之聲，蓋取諸《詩·周南》‘椓之丁丁’，此同《觿》説而有所據，並存備考。”○淇園曰：“今本邦信濃松本藩，兒戲有名曰‘臧’者，先用木條長二尺許者，其末鋭如釘，一人擲之釘於地上，次擲者能以釘於前釘立之處，使之倒乃爲勝。此蓋琢釘之遺意。”

“了無遽容”，田中頤曰：“與‘惶怖’反映。”○崔朝慶曰：“遽容，惶急之容也。”○楊勇曰：“了，完全也。《文學篇》‘了不異人意’，同。”

○“融謂使者”至“尋亦收至”

“冀罪止於身”二句，秦士鉉曰：“《左傳》崔杼曰：‘崔氏有福，止余猶可。’”○許世瑛曰：“‘身’亦‘本身’之意。”《釋“身”字》。

“覆巢之下復有完卵乎”，田中頤曰：“此言若非人情者，然小聊欲以慰父也。”○秦士鉉曰：“《王制》：‘不殺胎，不覆巢。’”○王叔岷曰：“陸賈《新語·輔政篇》：‘秦以刑罰爲巢，故有覆巢破卵之患。’”

“尋亦收至”，田中頤曰：“相安就死耳。”

○注“魏氏春秋曰”至“言之傷理也”

“孫盛之言誠所未譬”，岡白駒曰：“此評者斷也。譬，曉也。《魏氏春秋》，孫盛所作也。”

“懸了禍患”，恩田仲任曰：“了，悟也。”○江藍生曰：“‘懸’有‘預先’‘事先’義，‘懸了’即‘預知’。”《彙釋》頁二三八。

“特達”，恩田仲任曰：“《禮記·聘義》曰：‘君子比德於玉焉。圭璋特達，德也。’孔穎達曰：‘謂行聘之時，唯執圭璋特得通達，不加餘幣也。’馬氏曰：‘圭璋特達，用其能達於德也。’”

“若在暇豫”，秦士鉉曰：“《晉語》：‘暇豫之吾吾。’”

“申生就命”，恩田仲任曰：“就命，《文選》注曰：‘謂就刑戮畢命也。’”

"好奇情多"，趙一清曰："《晉書·羊祜傳》：'祜母，孔融女，生兄發。'則戮不及嗣。可知裴世期之論爲有徵也。"《三國志注補》卷十二。

【彙評】

劉辰翁曰："語自可傷。"評"覆巢之下"二句。

王世懋曰："此論甚正，可據。"評注"孫盛之言"以下一段。

袁中道曰："丈夫淒語。"評"冀罪止於身"二句。《舌華録》卷一。

狄期進曰："文舉以譏侮當之大逆身死，妻子爲戮。桀紂之暴，未有也。老瞞歷世短促，有由然哉！"

伯克利手批曰："一篇正論。"評注"孫盛之言"以下一段。

6

潁川太守髡陳仲弓。按寔之在鄉里，州郡有疑獄不能決者，皆將詣寔，或到而情首，或中途改辭，或託狂悖[1]，皆曰："寧爲刑戮所苦，不爲陳君所非。"豈有盛德感人若斯之甚，而不自衛，反招刑辟，殆不然乎？此所謂東野之言耳！客有問元方："府君何如？"元方曰："高明之君也。""足下家君何如？"曰："忠臣孝子也。"客曰："《易》稱'二人同心，其利斷金；同心之言，其臭如蘭'。王廙注《繫辭》曰："金至堅矣，同心者其利無不入。蘭芳物也，無不樂者。言其同心者，物無不樂也。"何有高明之君而刑忠臣孝子者乎？"元方曰："足下言何其謬也！故不相答。"客曰："足下但因傴爲恭不能答[2]。"元方曰："昔高宗放孝子

---

〔1〕 "或託狂悖"，董刻本"託"作"記"。王利器曰："各本'記'作'託'，是。"楊勇曰："宋本作'記'，非。"

〔2〕 "因傴爲恭不能答"，王先謙曰："一本'恭'下有'而'字，是。《世説補》同。此脱。"程炎震曰："'不能答'上王本、館本、明本、鄂本皆有'而'字。"余嘉錫曰："'爲恭'下景宋本及袁本俱有'而'字。"按元刻本亦有"而"字。

孝己，《帝王世紀》曰：“殷高宗武丁有賢子孝己，其母蚤死，高宗惑後妻之言，放之而死，天下哀之。”尹吉甫放孝子伯奇，《琴操》曰：“尹吉甫，周卿也，有子伯奇，母死，更娶。後妻生子曰伯邦[1]。乃譖伯奇於吉甫，於是放伯奇於野。宣王出遊，吉甫從，伯奇乃作歌，以言感之。宣王聞之曰：‘此孝子之辭也。’吉甫乃求伯奇於野，而射殺後妻。”董仲舒放孝子符起。未詳。唯此三君，高明之君；唯此三子，忠臣孝子。”客慚而退。

○“潁川太守”至“故不相答”

“潁川太守”，余嘉錫曰：“此逮繫仲弓者乃許令，而非潁川太守。”

“髡陳仲弓”，田中頤曰：“髡，輕刑名。”○楊勇曰：“《說文》：‘髡，剔髮也。’古刑之一。”

“客有問元方”數句，田中頤曰：“客先問府君而後問其父，其詰問亦巧。”

“易稱二人同心”四句，岡白駒曰：“此言高明忠孝，本當同心。”○田中頤曰：“因言明君與忠臣，是誠爲同心，固非如譖言可問之類。”

“何有高明之君”句，田中頤曰：“其意乃謂爲非忠臣。”

“故不相答”，田中頤曰：“此陳知客爲太守說，因姑作此答，欲使客加極醜言也。”○天保手批曰：“‘不相答’猶《碩人》序所謂‘莊姜賢而不答’。”

○“客曰足下”至“恭不能答”

“因傴爲恭不能答”，岡白駒曰：“傴，痀僂也，言足下但因傴者爲恭，狀雖似乎，非也。高明之非高明乎，抑忠孝之非忠孝也，必居一於茲焉。是非不相答，實不能答也。”○桃井白鹿曰：“《論語》：‘陳子禽謂子貢曰：子爲恭也，仲尼豈賢於子乎？’《公羊傳》桓元年：‘其言假之何爲恭也。’注：‘爲恭，遜辭。’按，傴，‘再命而傴’之‘傴’，言臣子於君父，故當拜傴。今因拜傴爲恭遜，心知君父之非，而口不能言。”○大典顯常曰：“傴者，形近於拜，因傴爲恭，

[1]“伯邦”，徐震堮《札記》曰：“‘邦’當作‘封’。”楊勇曰：“《御覽》四六九引《韓詩》曰：‘《黍離》，伯封作也。’劉注引《琴操》作‘伯邦’，殆形近而誤也。”

蓋以虛爲實之語。此言足下本虛言，欲以爲實，故竄不能答耳，而矯曰足下言謬故不相答也。"○淇園曰："因傴爲恭，言本不得爲答者爲其質，今幸因謂謬故不答以爲其文也。"○平賀房父曰："足下曰我言謬故不答，是文過而誣人也，譬如因傴爲恭，本不能答焉。凡拜人者，其形傴，今非拜人而傴，因以爲恭人，喻濟失言也。"朱鑄禹釋曰："意謂傴者傴，遂假以爲拜，焉得遂謂之恭敬。取譬本不能解答，遂託言所問荒謬，而不置答。"○田中頤曰："言是其言猶因傴陽恭，而其實則非忠臣，故不能答也。"○余嘉錫曰："此言因己問及君父，元方乃不得不虛詞褒揚，本非誠意，猶之人有病傴者，其容不得不俯，非其心之實然也。"○趙西陸曰："因傴而恭，謂貌似實非也。"○楊勇曰："傴，曲背也。形近於拜，故言其恭，激語也。"

○ "元方曰昔高宗"至"客慚而退"

"昔高宗放孝子"三句，田中頤曰："此引明父亦有迷惑而放孝子之例也。而前並言忠臣孝子，今偏言孝子。蓋忠孝同旨，而前專屬忠臣，今專屬孝子，意各有所主指也。"

"唯此三君"四句，田中頤曰："説得浩博，其謬昭明。"

"客慚而退"，田中頤曰："客雖可羞淺見，亦爲太守慚居多耳。"

○注 "按寔之在鄉里"至"東野之言耳"

"到而情首"，楊勇曰："情首，有咎自陳曰首。"○朱鑄禹曰："有過自陳曰首，以情自首也。"○江藍生曰："'情首'，即主動交代罪過。'情'，誠也，猶'情願'之'情'，言真心也。'首'，自陳己過。"《彙釋》頁一六六。

"或託狂悖"，秦士鉉曰："《郅惲傳》所謂'自告狂病不覺所言'。"

"東野之言"，王世懋曰："按《［後］漢書·寔傳》：'有殺人者，同縣楊吏以疑寔，縣遂逮繫，考掠無實，而後得出。'正與此合。豈正史亦東野之言乎？恐亦非孝標注也。"○恩田仲任曰："《孟子》曰：'此齊東野人之語也，非君子之言。'"○程炎震曰："寔嘗逮繫，又以黨事請囚，遇赦得出。蓋緣此而增飾之耳。"○徐震堮曰："案《後漢書》本傳：'時有殺人者，同縣楊吏以疑寔，縣遂逮繫，考掠無實而後得出。'則《世説》所記，亦未可決其必無，或即此一事，而傳聞有異耳。"《札記》。○楊勇曰："寔爲太守所髡，殆是傳聞而誤。孝標以寔盛德，不至於此，亦有未安。今按史實，寔之晚年聲名轉盛，而元方之語，似在

162

兒時，正是寔之中年也。”

○注“王廙注繫辭”

“王廙注”，大典顯常曰：“《隋・經籍志》有晉驃騎將軍王廙注《周易》三卷。”《集成》。○沈家本曰：“《隋志》：‘《周易》［三卷］，晉驃騎將軍王廙注，殘缺。梁有十卷。’二《唐志》並作十卷。《釋文・易序錄》云：‘王廙注十二卷。廙字世將，琅邪臨沂人，東晉荆州刺史，贈驃騎將軍、武陵康侯。’《七志》《七錄》云十卷，是其書原本十卷，《序錄》作十二卷，或別一本也。其書不僅注《繫辭》，此引《繫辭》，故稱《繫辭》，如《詩》但稱《衛詩》《秦詩》、《禮記》但稱《曲禮》也。”《古書目》卷三。○葉德輝曰：“《隋志》題《周易》三卷，云：‘晉驃騎將軍王廙注，殘缺。梁有十卷。’”《書目》。

○注“帝王世紀曰”

《帝王世紀》，沈家本曰：“《隋志》：‘《帝王世紀》十卷，皇甫謐撰。起三皇，盡漢魏。’二《唐志》同，‘世’作‘代’，避唐諱也。《宋志》‘九卷’，則已亡其一。《玉海》四十七引《中興書目》‘九卷’，闕周中一卷，不知何時並此九卷而亦亡之。《宋志》入‘編年類’，考《御覽》諸書所引，似謐記乃分類爲篇，體裁惟在博考，故隋唐志並入‘雜史’，《宋志》恐誤。”《古書目》卷一。○葉德輝曰：“《隋志》：十卷。云：‘皇甫謐撰。起三皇，盡漢魏。’”《書目》。

○注“琴操曰”

“伯奇乃作歌”，秦士鉉曰：“《履霜操》云：‘履朝霜兮採晨寒，考不明其心兮聽讒言。孤息別離兮摧肺肝，何辜皇天兮遭斯愆。痛没不同兮恩有偏，誰能流顧兮知我冤？’”

【彙評】

李贄曰：“好言語。”

凌濛初曰：“刑辟之招，政不必不在盛德。世途足畏，是非何常。”

163

7

荀慈明與汝南袁閬相見[1]，荀爽，一名諝。《漢南紀》曰：
"諝文章典籍無不涉，時人諺曰：'荀氏八龍，慈明無雙。'潛處篤志，徵聘無
所就。"張璠《漢紀》曰："董卓秉政，復徵爽，爽欲遁去，吏持之急。起布
衣，九十五日而至三公。"問潁川人士，慈明先及諸兄。閬笑
曰："士但可因親舊而已乎？"慈明曰："足下相難，依
據者何經[2]？"閬曰："方問國士，而及諸兄，是以尤
之耳。"慈明曰："昔者祁奚內舉不失其子，外舉不失
其讎，以爲至公。《春秋傳》曰："祁奚爲中軍尉[3]，請老，晉侯問嗣
焉。稱解狐，其讎也。將立之而卒。又問焉。對曰：'午也可。'其子也。君子
謂祁奚可謂能舉善矣。稱其讎不爲諂，立其子不爲比。"公旦《文王》之
詩[4]，不論堯舜之德而頌文武者，親親之義也。《春秋》
之義，內其國而外諸夏。且不愛其親而愛他人者，不爲
悖德乎？"

○"荀慈明"至"以尤之耳"

"諸兄"，田中頤曰："心以諸兄爲賢故。"○趙西陸曰："諸兄，儉、緄、
靖、汪也，見《德行篇》注。"

"士但可因親舊而已乎"，田中頤曰："言士可以材德論之，不須徒賴其親舊
而虛譽也。"

---

[1] "袁閬"，凌濛初曰："此'袁閬'不注名字，必前'奉高'即此'奉高'，意或有二名耶？"李
慈銘曰："此處'袁閬'下無注，可知前所云'袁閬'皆'袁閬'之譌。故孝標注例，已見於前
者，不復注也。"

[2] "何經"，余嘉錫曰："'經'景宋本及沈本俱作'因'。"按元刻本、何焯校亦皆作"因"。龔斌
曰："當作'經'是。經，經典，經記。"

[3] "中軍尉"，董刻本無"尉"字。余嘉錫曰："景宋本及沈本俱無'尉'字。按應有，兩本蓋偶脫。"王利
器曰："蔣校本、沈校本同，他本'軍'下都有'尉'字，是。《左傳》成十八年正有'尉'字。"

[4] "文王之詩"，楊勇曰："'詩'，《廣記》一七三作'子'。"

"依據者何經"，秦士鉉曰："經，舊典也。"

"方問國士而及諸兄"，田中頤曰："以國士爲公，以諸兄爲私。"

○"慈明曰"至"悖德乎"

"昔者祁奚"二句，趙西陸曰："《左傳》襄公二十一年：'叔向曰：祁大夫外舉不棄讎，內舉不失親。'此慈明語所本。"○王叔岷曰："祁奚舉子、舉讎事，見《左》襄三年《傳》（如注引）及《史記·晉世家》。"

"以爲至公"，田中頤曰："此言苟有材德，則至親者子、至疏者讎，皆可也，是最易喻者。"

"公旦文王之詩"，余嘉錫曰："慈明以爲公旦所作，則《毛詩》無文，疑出三家《詩》遺説。"

"頌文武者"，楊勇曰："《釋文》：'《文王》至《靈臺》八篇，是文王之《大雅》；《下武》至《文王有聲》，是武王之《大雅》。'"

"親親之義也"，田中頤曰："此亦不妨爲公。"○楊勇曰："'親親之義'，見《孟子·告子》以及《禮記·中庸》。"

"春秋之義"二句，秦士鉉曰："諸夏，他諸侯也。"○王叔岷曰："《公羊》成十五年《傳》：'《春秋》內其國而外諸夏。'"

"且不愛其親"二句，田中頤曰："此亦據《孝經》言，如袁言則邪説而悖德也。一句轉束有力。"○劉盼遂曰："二句爲《孝經·聖治章》語。注於引經處，或不明出典。"

○注"漢南紀曰"

《漢南紀》，沈家本曰："《隋志》：'《後漢南記》四十五卷，本五十五卷，今殘缺。晉江州從事張瑩撰。'二《唐志》作《漢南紀》八十五卷，無'後'字，'記'作'紀'，與此注同。疑《隋志》'記'字誤。所紀爲後漢之事，故亦稱'後漢'也。"《古書目》卷四。○葉德輝曰："《隋志》題《後漢南記》四十五卷，云：'本五十五卷，今殘缺。晉江州從事張瑩撰。'"《書目》。

"吏持之急"，秦士鉉曰："持，不脱也。"

○注"春秋傳曰"

"將立之而卒"，岡白駒曰："將立解狐爲中軍尉而解狐卒。"○天保手批曰：

165

"襄三年將立解狐爲中軍尉而解狐卒。"

"不爲比"，秦士鉉曰："比，黨也。"

【彙評】

李贄曰："無味。"

袁中道曰："綿而無味。"《舌華録》卷八。

8

　　禰衡被魏武謫爲鼓吏[1]。正月半試鼓，衡揚枹爲《漁陽摻檛》[2]，淵淵有金石聲，四坐爲之改容[3]。《典略》曰："衡字正平，平原般人也。"《文士傳》曰："衡，不知先所出，逸才飄舉。少與孔融作爾汝之交，時衡未滿二十，融已五十[4]。敬衡才秀，共結殷勤，不能相違。以建安初北游，或勸其詣京師貴游者，衡懷一刺，遂至漫滅，竟無所詣。融數與武帝牋，稱其才，帝傾心欲見。衡稱疾不肯往，而數有言論。帝甚忿之，以其才名不殺，圖欲辱之，乃令録爲鼓吏。後至八月朝會，大閲試鼓節，作三重閣，列坐賓客。以帛絹製衣，作一岑牟、一單絞及小幝。鼓吏度者[5]，皆當脱其故衣，著此新衣。次傳衡，衡擊鼓爲《漁陽摻檛》，蹋地来前，躡踙腳足[6]，

―――――――――

〔1〕 "被魏武謫爲鼓吏"，《北堂書鈔》一〇八引"魏武"下有"帝"字。天保手批曰：《後漢書》'吏'爲'史'。"龔斌曰："作'鼓吏'是。"楊勇曰："'謫'宋本作'謫'，非。"

〔2〕 "揚枹爲漁陽摻檛"，天保手批曰："(《後漢書》)'摻'作'參'。注曰：參，曲奏之名。"程炎震曰："《御覽》三十《正月十五日》引'摻'作'參'，注音七甘切。"楊勇曰："'摻'，《後書·禰衡傳》、《御覽》三〇同作'參'，同。"王叔岷曰："《御覽》三十引'枹'作'桴'，'枹''桴'正、假字。"

〔3〕 "四坐"，董刻本、元刻本、《北堂書鈔》引"坐"作"座"。

〔4〕 "五十"，楊勇曰："《後書·禰衡傳》作'四十'。"

〔5〕 "度者"，天保手批曰："'度'字《後漢書》爲'過'。"

〔6〕 "躡踙腳足"，桃井白鹿曰："《太平御覽》引《文士傳》作'躡踢跋腳。'"大典顯常曰："'踢'作'跋'是。"姚範《援鶉堂筆記》卷三十六曰："注'躡踙足腳'方(世舉)改'踙'。按《後漢書》'躡踙足腳'，'踙'乃'踢'之訛，不必改'踙'。"程炎震曰："'踙'范《書》賢注引《文士傳》作'踙'，是也。此作'踙'誤，館本作'踢'尤誤。《御覽》引作'躡足跋腳'。"唐鴻學曰："躡踙腳足，訛'踙'。"

166

容態不常，鼓聲甚悲，音節殊妙。坐客莫不忼慨，知必衡也。既度，不肯易衣。吏呵之曰：'鼓吏，何獨不易服〔1〕？'衡便止。當武帝前，先脫幘，次脫餘衣，裸身而立。徐徐乃著岑牟，次著單絞，後乃著幘。畢，復擊鼓摻槌而去，顏色無怍。武帝笑謂四坐曰：'本欲辱衡，衡反辱孤〔2〕。'至今有《漁陽摻撾》，自衡造也。爲黃祖所殺〔3〕。"**孔融曰："禰衡罪同胥靡，不能發明王之夢。"**皇甫謐《帝王世紀》曰："武丁夢天賜己賢人，使百工寫其象，求諸天下。見築者胥靡，衣褐於傅巖之野，是謂傅説。"張晏曰："胥靡，刑名。胥，相也；靡，從也。謂相從坐輕刑也。"**魏武慚而赦之。**

○"禰衡被魏武"至"爲之改容"

"謫爲鼓吏"，田中頤曰："以忤旨故，欲屈辱之也。"○陳直曰："望都壁畫題字，有追鼓掾題名。南陽出土張景造土牛碑，亦有追鼓掾之記載。'追鼓'即'搥鼓'之省文。禰衡所作之鼓吏，蓋即追鼓掾也。"《礼記》。

"正月半試鼓"，曹道衡曰："擊鼓時日，《後漢書·禰衡傳》章懷注引《文士傳》記作'八月朝'。《魏志·荀彧傳》注引張衡《文士傳》、《世説新語·言語》注引《文士傳》同。《世説新語》多據傳聞，自當從《文士傳》。"《叢考》頁一三。

"揚枹"，王叔岷曰："《説文》：枹，擊鼓杖也。"

"漁陽摻撾"，李賢曰："搥及撾，並擊鼓杖也。參撾，是擊鼓之法。而王僧孺詩云：'散度廣陵音，參寫漁陽曲。'而於其詩自音云：'參，音七紺反。'後諸文人多同用之。據此詩意，則'參'曲奏之名，則'撾'字入於下句，全不成文。下云'復摻撾而去'，足知'摻撾'二字當相連，而讀'參'字音爲去聲，不知何所憑也。參，七甘反。"《後漢書·禰衡傳》注。余嘉錫按曰："蓋王僧孺音'七紺反'者，是以'摻'爲鼓曲之名，如琴之名'操'，笛之名'弄'。章懷因《後漢書》

---

〔1〕 "易服"，楊勇曰："《後書·禰衡傳》：'衡進至操前而止。吏呵之曰："鼓吏何不改裝，而輕敢進乎?"'疑'易服'下當有'而輕敢進'四字，於文氣方備也。"

〔2〕 "衡反辱孤"，潘眉曰："《太平御覽》五百八十二引《後漢書》，'衡反辱孤'下有'衡對曰：不敢以先王之法服爲伶倫之衣'。今裴注引《文士傳》無此二句，范《書》亦無，《唐書·李綱傳》引禰衡曰'不敢以先王法服爲伶人衣'，疑皆出謝承書。"《三國志旁證》卷十一引。

〔3〕 "爲黃祖"，秦士鉉曰："'爲黃'上當有'後'字。"

及《文士傳》皆'參檛'二字連讀，不以僧孺之説爲然，意謂'參檛'即是以鼓杖三擊鼓，故曰'參檛'是擊鼓之法。"○吳曾曰："楊文公《談苑》載徐楷仕江南爲中書舍人。校秘書時，吳淑爲校理，古樂府中有'摻'字，淑多改作'操'，蓋以爲章草之變。鍇曰：'不可，非可以一例。若"漁陽摻"，音七鑒反，三撾鼓也。禰衡作漁陽摻撾。古歌云："邊城晏開漁陽摻，黃塵蕭蕭白日暗。"'淑嘆服之。余按《詩·遵大路篇》云'摻執子之袪兮'，陸德明音所覽反及所斬反。《葛屨篇》'摻摻女手'，則又音以所銜、所感、息廉三反。則'摻'字元非一義。梁王僧孺《詠擣衣詩》云：'散度廣陵音，參寫漁陽曲。'自注云：'摻音憾。'然則'摻'字僧孺自有明注，不惟吳淑不知，而鍇復不援以爲證，何耶？桓譚《新論》有《微子摻》、《箕子摻》，乃知'摻'者，古已有之。"《漫録》卷三。盛世佐《儀禮集編》卷三十九曰："'摻''操'二字，義俱可通，而'摻'之義可以該'操'，'操'不可以該'摻'。吳淑校古樂府中有'摻'字，多改爲'操'，則未知'操'之不可以該'摻'也。"又余嘉錫按曰："《新論》兩'摻'字皆'操'字之誤，非鼓曲之'摻'。"○劉應登曰："摻，所斬切。"○顧炎武曰："'摻'乃'操'字。注引《文士傳》作'漁陽參撾'。王僧孺詩云：'散度廣陵音，參寫漁陽曲。'自注云：'參，音七紺反。'乃曲奏之名，後人添手作'摻'。後周庾信詩：'玉階風轉急，長城雪應暗。新綬始欲縫，細錦行須箺。聲煩廣陵散，杵急漁陽摻。'隋煬帝詩：'今夜長城下，雲昏月應暗。誰見倡樓前，心悲不成摻。'唐李頎詩：'忽然更作漁陽摻，黃雲蕭條白日暗。'正音七紺反。今以爲'操'字，而又倒其文，不知漢人書'操'固有借作'摻'者，而非此也。"《日知録》卷二十一。徐昂發《畏壘筆記》卷四曰："《日知録》但引王僧孺、庾信、李頎等詩，而云'正七紺反'，未及辨正其非，所未解也。"○惠棟曰："楊文公《談苑》載禰衡鼓歌：'邊城晏開漁陽摻，黃塵蕭蕭白日暗。'徐鍇曰：'參，音七鑒反，三撾鼓也。'以其三撾鼓，故因謂之'參'。"《後漢書補注》卷十八。余嘉錫按曰："惠棟《補注》所引《談苑》，乃從《能改齋漫録》卷三稗販得之，而又誤其句讀，遂有所謂'禰衡鼓歌'，似是衡所自作。以後漢人而作唐人歌行，尤爲可笑。徐鍇所謂'古歌'，疑即唐人李頎《聽觱篥歌》，本作'忽然更作漁陽摻，黃雲蕭條白日暗'，傳寫偶有不同耳，惡睹所謂'禰衡鼓歌'者乎！楷謂'摻'音七鑒反，是用王僧孺之説，而解爲三撾鼓，則又與章懷之意同。音義兩不相應，亦非定論。"○桃井白鹿曰："《正韻》：'摻，七紺切，鼓曲也。徐鍇云：三撾鼓也。'"○大典顯常曰："余謂僧孺所詠，乃詩家剪裁之辭耳，非分'摻''檛'云爾，其所謂擊鼓之法，即爲曲奏耳。賢説未當。按《洪武正韻》：'摻，七紺反，鼓曲也。徐鍇云：三摘鼓也。’此蓋以‘參’、‘三’通爲之説已。”○平賀房父曰：“蓋《漁陽》有弄枹之法，名之曰‘摻檛’也。‘摻’或作‘參’，或作‘散’。檛，張爪反。王僧孺詩云：‘散度廣陵音，參寫漁陽曲。’自音：‘參，七紺反。’徐鍇云：‘三摘鼓也。七鑒反。’《説文長箋》云：‘摻與操同。’《天中記》：‘吳淑校理《古樂府》中有“摻”字，多改爲“操”。’魏了翁云：‘魏晉間避國諱，“操”改作“摻”。“摻執子之袪”，本作“操”。’‘摻’與‘操’同。魏時避諱，改‘操’作‘摻’。”○田中頤曰：“枹，擊鼓杖也。《漁陽》，曲名。摻，參錯也。檛，亦枹也，謂《漁陽》曲中弄枹之事曰‘摻檛’也。又一説云：摻與操同，即避曹操諱。文理亦通。”○天保手批曰：“摻，取也。檛，擊鼓也。檛音髽。”○李慈銘曰：“‘摻檛’《後漢書》作‘參撾’，章懷注曰：‘參撾，足擊鼓之法，槌及撾並擊鼓杖也。’注引《文士傳》亦作‘參撾’，其下‘摻撾’作‘參槌’，章懷音參，七甘反。以音七紺反讀去聲者爲非。惠氏《補注》引楊文公《談苑》載禰衡鼓歌曰：‘邊城晏開漁陽摻，黃塵蕭蕭白日暗。’又引徐鍇曰：‘參，音七鑒反，三撾鼓也。以其三撾鼓，故因謂之參。’案古誠有蹋鼓之法，然此既云‘揚枹’，則非足擊可知。疑徐説爲是。”《簡端記》。余嘉錫按曰：“尊客先生偶據監本《後漢書》‘是’字誤作‘足’，遂謂章懷解爲以足擊鼓，又從而辯其非是，可謂郢書而燕説之矣。”○王叔岷曰：“‘摻’諧‘參’聲，與‘參’古通。宋本此文之作‘摻’，正與禰衡鼓歌合矣。”

“淵淵有金石聲”，岡白駒曰：“‘淵’本作‘鼘’，鼓聲也。”○田中頤曰：“擊鼓非其人，故憤懑之氣洋溢乎聲。”○秦士鉉曰：“金石，總謂聲音之清。”○天保手批曰：“《采芑》詩‘伐鼓淵淵’注：‘鼓聲也。’”○王叔岷曰：“《詩‧小雅‧采芑》：‘伐鼓淵淵。’傳：‘淵淵，鼓聲也。’”

○“孔融曰”至“慚而赦之”

“胥靡”，顏師古曰：“聯繫使相隨而服役之，故謂之胥靡，猶今之役囚徒以鎖聯綴耳。”《漢書‧楚元王傳》注。○胡三省曰：“《漢書音義》曰：‘胥，相也；靡，隨也。古者相隨坐輕刑之名。’謂罪不至於朴刑者，令衣褐帶索相隨以執役。朱元晦曰：‘胥靡者，連鎖役作也。’”《通鑒‧周紀二》注。○大典顯常曰：“劉敞云：《説文》作‘縃靡’，謂拘縛之也。”《集成》。○田中頤曰：“胥靡，輕刑名。此蓋借武丁夢知傅説之事，言禰雖令眾改容，獨不能警發魏武之迷心也。鼓吏司夜，與其言夢，非無緣故，譬喻得好。”○天保手批曰：“使刑人貫繩而率也。”○王叔岷曰：

169

"《吕氏春秋·求人篇》:'傅说,殷之胥靡也。'高注:'胥靡,刑罪之人也。'"

"不能發明王之夢",張撝之曰:"孔融在這裏把擊鼓的禰衡比作服刑的傅説,表面上説他不能像傅説那樣'發明王之夢',實際上是譏諷曹操不能像武丁那樣求賢識才。"《選注》。

"慚而赦之",田中頤曰:"反蒙屈辱。"

○注"文士傳曰"

"時衡未滿二十"二句,徐震堮曰:"《後漢書》本傳作'衡始弱冠而融年四十'。案融以建安十三年死,年五十六,則建安元年才四十四歲,融薦衡時衡年二十四。《後漢書》僅言建安初,不著何年,但云是時許都初建,賢士大夫四方來集,似即在建安元年。融薦衡表云:'近日路粹嚴象,亦用異才,擢拜臺郎。'《魏志·王粲傳》注引《典略》曰:'路粹建安初以高才與京兆嚴像擢拜尚書郎。'而《魏志·荀彧傳》注引《三輔決錄》:'嚴象爲揚州刺史,建安五年爲孫策廬江太史李術所殺。'象自尚書郎至刺史,亦不能少於四五年,則融之薦衡在建安元年無疑,二人之年不容相去三十餘歲,當以《後漢書》爲正。"《札記》。

"建安初北游",曹道衡曰:"曹操挾帝遷許,道路播遷,至十月而朝政初定。時衡在荆州,聞訊遊許,當在是年末或次年初。"《叢考》頁十四。

"衡懷一刺"二句,淇園曰:"許都,豪傑所萃之地,而禰只懷一刺,蓋先眼空一世,然猶日出以訪其可謁者,而無一可者,是以刺書亦漫滅也。"

"圖欲辱之",吳金華曰:"'圖欲',同義複詞,魏晉以來常語。'圖欲'可以倒作'欲圖'。"《考釋》頁二五。

"八月朝會",楊勇曰:"朝會,月朝會也。"

"岑牟",岡白駒曰:"'牟'與'鍪'通,鼓角士胄也。"○大典顯常曰:"本傳注:'《通史志》曰:岑牟,鼓角士胄也。牟與鍪同。岑,蓋岑樓之岑,謂高也。'"

"單絞",桃井白鹿曰:"絞,蒼黃色。"○大典顯常曰:"《玉藻》:'絞衣以裼之。'單絞,蓋絞色單衣也。"

"脱其故衣"二句,秦士鉉曰:"曹操欲使衡脱故著新,故爲此法耳。"

"躡跋腳足",參見校文。岡白駒曰:"'跋'當作'駁',躡駁,亂蹈爲節也。"○桃井白鹿曰:"駁,蘇合切,音跋,疾也。跋,《説文》:'進足有所攝

170

取也。'"○大典顯常曰:"《字彙》:'躘,登也,踏也;跋,足擷取也,又進足也。'"○平賀房父曰:"躘駮,爲足容也。"○李慈銘曰:"《後漢書》注引《文士傳》作'躘駮足腳'。駮,《説文》:'馬行相及也。'《玉篇》:'先合切,馬行貌。'《廣韻》:'蘇合切,馬行疾。'《集韻》:'悉合切。'《西京賦》:'駮娑駘盪。'案'躘駮'蓋本作'躘跋',跋,《説文》:'進足有所拾取也。''躘跋'雙聲字,'駮''跋'通借字,《後漢書》作'蹀躞而前'。'躘跋''蹀躞'皆雙聲疊韻字,行貌也。'蹀躞'亦作'蹀躞',皆以馬之行狀人之行。《西京賦》作'駮娑',雙聲字也。'駁'是誤字。"《簡端記》。○朱鑄禹曰:"此句承上句'躘地來前',蓋形容其步履輕疾飄舉,旁若無人,不爲魏武淫威所攝也。"

"忼慨",恩田仲任曰:"《品字箋》曰:'慷慨,感憤激切之意。'"

"黃祖",秦士鉉曰:"荊州劉表將也。"

【彙評】

劉辰翁曰:"只如《世説》,自可增入。脱衣無害,但覺度者在前,極是辛苦。彼鼓吏易衣,豈必在前耶?"○曰:"孔語倉猝爲操掩羞,固當有此。"朱鑄禹按曰:"孔語以衡比傅説,武丁拔之於版築之中,蓋諷操有賢之不能用,反侮弄之,故操'慚而赦之'。信如劉批,則孔乃一諂媚之徒,豈合北海之爲人耶?"

李贄曰:"北海何如人乎?"○曰:"妙!妙!"評"孔融曰"。《批補》。

袁中道曰:"妙。"評"禰衡罪同胥靡"二句。《舌華錄》卷六。

鍾惺曰:"節次一一可想。"評注《文士傳》。

彭孫貽曰:"孔文舉高才正氣,見忌曹操,然其疏放,已類晉人。觀其禁酒之事,妲己之謔,虎賁之飲,已是俳調放達,無大臣之度。郗慮、路粹得引譸浪之言,附會成罪,禍及子女,不已酷乎?"朱葵之按曰:"文舉究係漢室忠臣,不得以疏放疵之。"《茗香堂史論》卷一。

計大受曰:"融固英偉,爲時所宗,而剛直亦脂習致戒。見操雄詐漸著,數不能堪,發辭偏宕,多致乖忤,無王允折節以圖董卓之智。如使有謀,則淺中躁氣不免,不密害成。即天尚延漢祚,而誅操者必非融所克勝也。但融之嚴正,比烈秋霜,而論者以見殺於操,與邊讓、禰衡同爲恃才之鑒,悲夫!"《史林測義》卷十二。

蔣凡曰："兩個難茹難吐的芒刺，直逼得曹操以羞'慚'作罷。"

　　南郡龐士元聞司馬德操在潁川，故二千里候之。至，遇德操采桑，士元從車中謂曰："吾聞丈夫處世，當帶金佩紫，焉有屈洪流之量，而執絲婦之事。"《蜀志》曰："龐統字士元，襄陽人。少時樸鈍，未有識者。潁川司馬徽有知人之鑒，士元弱冠往見徽，徽采桑樹上坐，士元樹下共語，自晝至夜。徽異之曰：'生當爲南州士人之冠冕〔1〕。'由是漸顯。"《襄陽記》曰："士元，德公之從子也。年少未有識者，唯德公重之。年十八，使往見德操，與語，歎曰：'德公誠知人，實盛德也。'後劉備訪世事於德操〔2〕，德操曰：'俗士豈識時務，此間自有伏龍、鳳雛。'謂諸葛孔明與士元也。"《華陽國志》曰："劉備引士元爲軍師中郎將〔3〕，從攻洛〔4〕，爲流矢所中，卒。時年三十八。"　德操曰：《司馬徽別傳》曰："徽字德操，潁川陽翟人。有人倫鑒識，居荊州。知劉表性暗，必害善人，乃括囊不談議時人〔5〕。有以人物問徽者〔6〕，初不辨其高下，每輒言佳〔7〕。其婦諫曰：'人質所疑，君宜辨論，而一皆言佳，豈人所以咨君之意乎？'徽曰：'如君所言，亦復佳。'其婉約遜遁如此。嘗有妄認徽豬者〔8〕，便推與之。後得其豬，叩頭來還，徽又厚辭謝之。劉表子琮往候徽，遣問在不，會徽自鋤園，琮左右問：

---

〔1〕"生當爲南州士人之冠冕"，趙西陸曰："《魏志·龐統傳》作'稱統當南州士之冠冕'。"
〔2〕"世事"，楊勇曰："'世'宋本作'燕'，非。"
〔3〕"士元爲軍師"，董刻本"元"作"尼"，"師"作"帥"。王利器曰："各本'尼'作'元'，'帥'作'師'，都是。"楊勇曰："'士元'宋本作'士尼'，非。'師'宋本作'帥'，非。"
〔4〕"攻洛"，李慈銘曰："'洛'當作'雒'。《續漢志》廣漢郡有雒縣，爲刺史治。"程炎震曰："'洛'別一宋本作'雒'。"
〔5〕"括囊"，余嘉錫曰："《山谷內集》卷十三注引'括囊'下有'畏慎'二字。"
〔6〕"問徽"，董刻本"問"作"門"。王利器曰："各本'門'作'問'，是。"
〔7〕"每輒"，董刻本"輒"作"輶"。王利器曰："各本'輶'作'輒'，是。"楊勇曰："'輒'宋本作'輶'，非。"
〔8〕"有妄認徽豬"，余嘉錫曰："《山谷內集》十《戲答王定國題門絶句》云：'白鷗入群頗相委。'注云：'委，謂諳識也。《世說》司馬徽人有委認徽豬者。'則任淵在北宋時所見本是'委'，非'妄'字。"

‘司馬君在邪？’徽曰：‘我是也。’琮左右見其醜陋，罵曰：‘死傭〔1〕，將軍諸郎欲求見司馬君，汝何等田奴〔2〕，而自稱是邪！’徽歸，刈頭著幘出見琮〔3〕。左右見徽，故是向老翁，恐向琮道之。琮起，叩頭辭謝。徽乃謂曰：‘卿真不可，然吾甚羞之。此自鋤園，唯卿知之耳。’有人臨蠶求簇箔者〔4〕，徽自棄其蠶而與之。或曰：‘凡人損己以贍人者，謂彼急我緩也。今彼此正等，何爲與人？’徽曰：‘人未嘗求己，求之不與，將慚。何有以財物令人慚者！’人謂劉表曰：‘司馬德操，奇士也，但未遇耳。’表後見之，曰：‘世間人爲妄語，此直小書生耳。’其智而能愚皆此類。荆州破，爲曹操所得，操欲大用，會其病死。”“子且下車，子適知邪徑之速，不慮失道之迷。昔伯成耦耕，不慕諸侯之榮；《莊子》曰：“堯治天下，伯成子高立爲諸侯，禹爲天子，伯成辭諸侯而耕於野。禹往見之，趨就下風而問焉。子高曰：‘昔堯治天下，不賞而民勸，不罰而民畏。今子賞罰而民且不仁，德自此衰，刑自此立。夫子盍行邪？毋落吾事〔5〕！’”原憲桑樞，不易有官之宅。《家語》曰：“原憲字子思，宋人，孔子弟子。居魯，環堵之室，茨以生草，蓬戶不完，桑樞而甕牖，上漏下濕，坐而弦歌。子貢軒車不容巷，往見之，曰：‘先生何病也？’憲曰：‘憲聞無財謂之貧，學而不能行謂之病。今憲貧也，非病也。夫希世而行，比周而友，學以爲人，教以爲己，仁義之慝，輿馬之飾，憲不忍爲也〔6〕。’”何有坐則華屋，行則肥馬，侍女數十，然後爲奇？此乃許、

---

〔1〕 “死傭”，董刻本、袁刻本“傭”作“庸”。

〔2〕 “田奴”，董刻本“田”作“用”。楊勇曰：“宋本作‘用’，非。”

〔3〕 “刈頭著幘”，恩田仲任曰：“《唐類函》‘刷’條引《董正別傳》曰：‘徽於是歸內，更刷頭著衣，出見琮。’《淵鑒類函》引《司馬徽別傳》作‘刷頭飾服而出’，據此則‘刈’當爲‘刷’之誤。刷，剃也。”秦士鉉曰：“《秉穗錄》云：《淵鑒類函》引《司馬徽別傳》作‘刷頭飾服而出’，據此則‘刈’當爲‘刷’之誤。”程炎震曰：“‘幘’別一宋本作‘幬’。”楊勇曰：“宋本作‘幬’，非。刈，《徽傳》作‘刷’，剃也。”龔斌曰：“‘刈頭’當作‘刷頭’。刷頭，謂刷髮也。”

〔4〕 “簇箔”，王利器曰：“簇，當作‘蔟’，《説文》艸部：‘蔟，行蠶蓐。’”方一新《校釋札記》曰：“‘簇’並非誤字。《齊民要術》卷五《種桑柘》：‘凡蠶從小與魯桑者，乃至大入簇。’又：‘養蠶法：收得種繭，必取居簇中者。’又：‘設令無雨，蓬篙簇亦良。其在外簇者，脫遇天寒，則全不作繭。’唐代詩人王建《簇蠶辭》有‘新婦拜簇願繭綢，女灑桃漿男打鼓’的詩句，‘簇’均同‘蔟’，是其證。”

〔5〕 “毋落”，楊勇曰：“‘毋’宋本作‘母’，非。”龔斌曰：“當作‘毋’。毋，無也。”

〔6〕 “家語曰”云，王叔岷曰：“注引《家語》云云，見《七十二弟子解》，本作‘原憲，宋人，字子思’，無‘孔子弟子’以下之文。‘居魯’以下，見《莊子·讓王篇》，（又見《御覽》四百引《子思子》、《韓詩外傳》一、《新序·節士篇》、《高士傳》上。）疑劉氏據《莊子》文補之也。”

父許由、巢父。所以忼慨，夷、齊所以長歎。《孟子》曰："伯夷、叔齊目不視惡色[1]，耳不聽惡聲，與鄉人居，若在塗炭，蓋聖人之清也。"雖有竊秦之爵，千駟之富，《古史考》曰："呂不韋爲秦子楚行千金貨於華陽夫人，請立子楚爲嗣。及子楚立，封不韋洛陽十萬户，號文信侯。"以詐獲爵，故曰竊也。《論語》曰："齊景公有馬千駟，民無德而稱焉。"孔安國曰："千駟，四千匹。"不足貴也！士元曰："僕生出邊垂，寡見大義。若不一叩洪鐘，伐雷鼓，則不識其音響也！"

○"南郡龐士元"至"絲婦之事"

"司馬德操在潁川"，程炎震曰："龐統之卒，《通鑒》繫之建安十九年，則弱冠是初平、建安間，司馬德操當已在荊州，不在潁川矣。或是自襄陽往江陵也。"

"故二千里候之"，岡白駒曰："故，特也。"○田中頤曰："故意二千里而候，是必不常談。"

"從車中謂曰"，田中頤曰："故不作禮，欲以試之也。與'候'字照。"

"帶金佩紫"，桃井白鹿曰："金印紫綬。"○田中頤曰："與'絲婦'反映。"○朱鑄禹曰："謂帶金印，佩紫綬也。"

"屈洪流之量而執絲婦之事"，淇園曰："洪流之量，猶云江河之量也。"○田中頤曰："'洪流之量'猶言江河之量，而'絲婦之事'蓋言細小之事，故意相對曰'洪流'也。"○崔朝慶曰："洪流之量，喻才器之大也。"

○"德操曰"至"不足貴也"

"子且下車"，田中頤曰："此與言'坐，吾語汝'之類同旨，而欲令其降氣，詳聽己語也。"

"適知邪徑之速"二句，田中頤曰："逆天而求邪徑者，其行雖速，必有失

[1]　"伯夷叔齊"，趙西陸曰："《孟子·萬章下》無'叔齊'二字。"

174

迷之慮焉；順命而從大道者，其步雖遲，曾無顛躓之虞焉。而人自爲智者率邪徑，而我所爲智者是大道也。”○崔朝慶曰：“言子徒知速取富貴，而不慮其將迷失通路也。”○劉盼遂曰：“適，古音都歷反，《廣韻》入聲二十三錫，屬舌頭，與‘第’‘但’‘特’‘直’‘徒’‘獨’諸字相通，用爲詞之僅也。《孟子·告子篇》：‘口腹豈適爲尺寸之膚哉！’正以‘適’爲‘徒’之證。”

“伯成耦耕”四句，大典顯常曰：“此言長沮、桀溺之耦耕以當伯成耳。耦，二人並耕也。”《撮補》。○田中頤曰：“‘榮’謂富也，‘官’謂貴也。‘慕’就其志而言，‘易’以其行而言也。是司馬采桑，暗自居其列矣。”○崔朝慶曰：“言不願以有官守者之居宅易其桑樞也。”

“何有坐則華屋”四句，田中頤曰：“此與‘桑樞’‘耦耕’反映，言以是不爲丈夫。”

“雖有竊秦之爵”三句，田中頤曰：“言是雖富貴之極，實可陋也。”○余嘉錫曰：“‘竊秦’者，謂不韋以呂易嬴，有竊國之謀也。”

○“士元曰”至“其音響也”

“僕生出邊垂”，田中頤曰：“垂，與‘陲’通，謂偏僻地。”○許世瑛曰：“初稱‘吾’，後稱‘僕’，正所以見龐統之前倨後恭也。”《釋“身”字》。○余嘉錫曰：“襄陽之在漢世，不得謂之‘邊垂’。此明是魏晉人語。”

“叩洪鐘伐雷鼓”，大典顯常曰：“《前漢·王尊傳》曰：‘毋持布鼓過雷門。’顏注：‘雷門，會稽城門也。有大鼓，越擊此鼓，聲聞洛陽。’”○恩田仲任曰：“《周禮》注曰：‘六鼓，雷鼓八面，靈鼓六面云云。’”○田中頤曰：“雷鼓，大鼓也。雷，謂其大聲，此言善問而後知也，與‘候’字照。”○崔朝慶曰：“言不加叩問，即無以知德操胸中所懷也。”

◎余嘉錫曰：“據《蜀志》注引《襄陽記》，德公稱司馬德操爲水鏡，是德公甚服德操之爲人。德操嘗徑入德公室，呼其妻子使作黍，其妻子皆羅列拜於堂下，奔走供設。則二人交誼之深可知。士元以年少通家子承命往見，豈得不下車拜伏，而顧安坐車中呼而與之語乎？孔明嘗拜德公，又拜士元之父，士元與孔明比德齊名，不應傲慢如此也。且士元雅有人倫之鑒，故與陸績、顧劭、全琮一見即加以品題。德操之爲人，士元當聞之已熟，豈有於高士之前進其鄙陋之說，勸其‘帶金佩紫’者乎？若其言果如此，則亦不足爲南州士人之冠冕，德操必不欺爲盛德矣。觀其問答，蓋仿《客難》《解嘲》之體，特縮大篇爲短章耳。此必晉代文士所擬作，非事實也。"趙西陸按曰："余先生謂此條無其事。試觀劉孝標注，采桑可見龐士元當時年紀頗輕，司馬德操以之爲孺子，龐士元乃龐德公之仲子，龐士元以通家子弟往見司馬，而司馬與其叔父交厚，司馬有水鏡之稱，以有知人之明也，龐往見之，安能自車中向語事？此無理也。"

○注"蜀志曰"

"有知人之鑒"，趙西陸曰："《魏志·龐統傳》'有知人之鑒'作'清雅有知人鑒'。"

《襄陽記》，沈家本曰："《隋志》：'《襄陽耆舊記》五卷，習鑿齒撰。'二《唐志》卷同，'記'作'傳'。《宋志》卷同，'傳'作'記'。《文選·南都賦》注引亦作'記'。"《古書目》卷二。○葉德輝曰："《隋志》不著錄。《書鈔·政術部》引用，《初學記·州郡部》撰人題習鑿齒。"《書目》。

○注"華陽國志曰"

《華陽國志》，沈家本曰："《隋志》'霸史'：'《華陽國志》十二卷。'《舊唐志》'三卷'，《新志》'十三卷'，《宋志》'十二卷'，《崇文總目》'十五卷'，今本十二卷附錄一卷。璩字道將，李勢時官至散騎常侍。"《古書目》卷一。○葉德輝曰："《隋志》：十二卷。云常璩撰。"《書目》。

"時年三十八"，程炎震曰："《蜀志》云'年三十六'。"楊勇曰："《三國志·龐統傳》作'三十六'，未知孰是。"○趙西陸曰："《華陽國志》卷三：'建安十八年，劉先主自涪攻圍，且一年，軍師龐統中流矢死。先主痛惜，言則涕泣。廣漢太守南陽張存曰："統雖可惜，違大雅之體。"先主怒曰："統殺身成仁，非仁者乎？"即免存官。'與此文異。《蜀志·統傳》：'進圍雒縣，統率衆攻城，爲流矢所中，卒，時年三十六。'"

○注"司馬徽別傳曰"

《司馬徽別傳》，葉德輝曰："《隋志》不著錄。《太平御覽》引用。"《書目》。

"人倫"，秦士鉉曰："監定人物也。《曲禮》：'擬於人倫。'"

"劉表"，秦士鉉曰："劉表字景升，爲荊州刺史。苟越曰：'南據江陵，北守襄陽，荊州八郡，可傳檄而定。'表曰：'善。'下章注引《英雄記》。"

"括囊"，恩田仲任曰："括，結束也。《易》曰：'括囊，無咎無譽。'謂藏智也。”

“人質所疑”，秦士鉉曰：“質，質問也。”

“嘗有妄認黴豬者”，秦士鉉曰：“《後漢書》：‘卓茂出行，有人認其馬，解與之。他日別得諸府，送還。’與此略似。”

“遣問在不”，秦士鉉曰：“遣左右先問黴在家乎否。”

“死傭”，秦士鉉曰：“罵語。”○朱鑄禹曰：“《前漢書·樂布傳》：‘窮困，賣庸與齊。’師古注：‘謂庸作受顧也。’又《司馬相如傳》：‘與庸保雜作。’師古注：‘庸，即謂賃作者。’死庸，詈罵之辭。”

“將軍諸郎”，秦士鉉曰：“將軍，劉表也。”

“恐向琼道之”，大典顯常曰：“左右恐，而向琼自陳也。”

“琼起”，秦士鉉曰：“琼起，謂琼小便起而不在坐也。琼不在坐，故左右私向黴叩頭謝之。”

“卿真不可”四句，岡白駒曰：“‘卿真不可’，極言罵我，此真不可。‘然吾甚羞之，此自鋤園，唯卿知之耳’，言我此自鋤園，人不嘗知，唯卿見之，吾甚羞之。蓋言小人之情，以慰小人也。”○桃井白鹿曰：“卿指琼左右。言卿未嘗識吾，唯見吾自鋤園，知是田奴耳。卿罵吾真不可，然吾甚羞爲田奴狀。”○大典顯常曰：“言吾此自鋤園爲田夫態，未嘗爲人所視，而今始爲卿所知，使我甚羞之，故曰卿真正不可。不怒其見罵而咎其陳白使我羞也，亦盛德之言。”○平賀房父曰：“言向卿罵我，是真不可，然我亦甚羞自鋤園之醜態，使卿見，猶幸卿外無見之者，我不欲人之説我醜態，而我説卿不可，是吾曝我羞也。故我不説卿不可，卿亦勿言我事也。慰安之之辭也。”朱鑄禹釋曰：“言向者卿詈我，是真不可，然我亦以自鋤園爲醜，幸只有卿見，故自此我不咎卿之詈，亦冀卿勿向人道我鋤園之事。蓋慰藉之辭，以申當不向琼言之也。”

“人未嘗求己”，岡白駒曰：“大抵人情未嘗求於己，求於己則必不臨蠶求箔。今求之不與，則始省彼此正等而將慚也。”○桃井白鹿曰：“已，止也，非‘君子求諸己’之‘己’，言人未嘗求則止，求之不與，人將慚也。二‘求’字皆‘乞求’之‘求’。”○秦士鉉曰：“‘嘗求’下添‘則’字看。《莊子》有此句法。”朱鑄禹釋曰：“此省文，‘已’字上省去一‘則’字，意謂人如不求即止。《莊子》中有類似之句法。”

“何有以財物”，徐震堮曰：“‘安有’常作‘何有’。”《釋義》。

〇注“莊子曰”

“莊子曰”，王叔岷曰：“注引《莊子》云云，見《天地篇》。又見《吕氏春秋·長利篇》《新序·節士篇》。”

“夫子盍行邪”，岡白駒曰：“夫子，斥禹。行，去也。”

“毋落吾事”，大典顯常曰：“《莊子》林注：‘落，廢也。’”〇朱鑄禹曰：“此謂勿使我應對而荒廢我耕也。”

〇注“家語曰”

《家語》，葉德輝曰：“《漢志》題《孔子家語》二十卷，《隋志》同，云王肅解。”《書目》。

“原憲字子思宋人”，王叔岷曰：“《史記·仲尼弟子列傳》：‘原憲字子思。’《集解》：‘鄭玄曰：魯人。’梁玉繩《志疑》云：‘《家語》云宋人，當以鄭爲信。’《高士傳》上亦云宋人。”

“居魯”，王叔岷曰：“‘居魯’以下，見《莊子·讓王篇》。疑劉氏據《莊子》文補之也。”

“環堵之室”，秦士鉉曰：“堵，一丈也。”〇天保手批曰：“《禮·儒行》注：‘環堵，面一堵也。五版爲堵。’《左傳》注：‘方丈爲堵。’”

“蓬户不完桑樞而甕牖”，恩田仲任曰：“《莊子音義》曰：‘桑樞，屈桑條爲户樞也。’‘甕’同‘甕’，《莊子音義》：‘以破甕爲牖也。’《禮記》注：‘牕牖圓如甕口也。’”〇趙西陸曰：“《莊子》曰：‘桑以爲樞。’又‘甕牖’作‘甕牖’。司馬彪注：‘屈桑條爲户樞，破甕爲牖。’”

“軒車不容巷”，秦士鉉曰：“不容巷，謂巷途陋狹，軒車大也。”〇朱鑄禹曰：“此言巷狹小不能容高大之軒車。”

“希世而行”，岡白駒曰：“希，讀爲‘睎’，觀相也。”〇桃井白鹿曰：“《後漢書·黨錮傳》‘海内希世之流’注：‘希，望也。’”〇大典顯常曰：“希，冀望也。《公孫弘傳》：‘希世用事。’”《撮補》。

“比周”，恩田仲任曰：“比，當也。周，連結也。《家語》：‘比周以愚其君。’謂結黨朋以共愚其上。”〇秦士鉉曰：“比黨也。”

“學以爲人”二句，大典顯常曰：“爲人，言求名於外也；爲己，言收利於己也。”《撮補》。

178

"仁義之慝"，岡白駒曰："慝，穢也。"〇秦士鉉曰："慝，惡也。謂依託仁義爲姦惡也。"

◎天保手批曰："《莊子·讓王》之篇、《家語》七十二《弟子解》與此大異。"

〇注"孟子曰"

"若在塗炭"，恩田仲任曰："孔安國注《尚書》曰：'民之危險，若陷泥墜火，無救之者。'蔡沈曰：'塗，泥也。炭，火也。'"〇趙西陸曰："《孟子（·萬章下)》作：'思與鄉人處，如以朝衣朝冠，坐於塗炭也。'《公孫丑》上篇語略同，'處'作'立'，《韓詩外傳》作'居'。《公孫丑》篇趙注曰：'塗，泥也。炭，墨也。'"

〇注"古史考曰"

《古史考》，葉德輝曰："《隋志》：二十五卷。云：'晉義陽亭侯譙周撰。'"《書目》。〇王叔岷曰："《古史考》云云，本《史記·呂不韋傳》。"

"華陽夫人"，秦士鉉曰："秦華陽夫人，孝文王妃也。孝文王，昭襄王子。時爲太子，立三日薨，子楚立，是爲莊襄王。"

【彙評】

方弘静曰："司馬德操之處亂世也，既明且哲，君子哉。人有以人物問者，每輒言佳。其婦不然之，乃曰：'如卿言亦復佳。'其慎密如此，而李杜諸賢以臧否取禍者，昧矣。人有臨甕求簌箔者，自棄其甕而與之。或問之，曰：'人未嘗求我，求之不與，將慚。何有以財物令人慚者？'其公人已如此，而子夏之不可假蓋者隘矣。人有稱之於劉表者，表見之曰：'世間人妄語，此直小書生耳。'其韜晦如此，而龔君賓以蘭膏自煎者，非其徒矣。若人者，雖之蠻貊，無不得也，而況州里乎！"《千一録》卷二十五。

李贄曰："妙！妙！"

袁中道曰："果佳。"評注《司馬徽別傳》"如君所言亦復佳"。《舌華録》卷三。

凌濛初曰："缺陷世界中，此法最高。"評注《司馬徽別傳》。

鍾惺曰："行徑便奇。"評注《蜀志》"徽采桑樹上坐"二句。〇曰："厚德之言。"評注《司馬徽別傳》"人未嘗求己"四句。〇曰："孫登、阮籍皆用此道。使士至此，亂之象也。”

田中頤曰：“言以見志。”

劉公幹以失敬罹罪，《典略》曰：“劉楨字公幹，東平寧陽人。建安十六年，世子爲五官中郎將，妙選文學，使楨隨侍太子〔1〕。酒酣坐歡，乃使夫人甄氏出拜，坐上客多伏，而楨獨平視。他日公聞，乃收楨，減使輸作部〔2〕。”《文士傳》曰：“楨性辯捷，所問應聲而答。坐平視甄夫人，配輸作部，使磨石。武帝至尚方觀作者，見楨匡坐正色磨石。武帝問曰：‘石何如?’楨因得喻己自理，跪而對曰：‘石出荆山懸巖之巔，外有五色之章，内含卞氏之珍。磨之不加瑩，雕之不增文，稟氣堅貞，受之自然。顧其理枉屈紆繞而不得申。’帝顧左右大笑，即日赦之。”文帝問曰〔3〕：“卿何以不謹於文憲?”楨答曰：“臣誠庸短，亦由陛下網目不疏〔4〕。”《魏志》曰：“帝諱丕，字子桓，受漢禪。”按諸書或云楨被刑魏武之世〔5〕，建安二十年病亡。後七年文帝乃即位〔6〕，而謂楨得罪黄初之時，謬矣。

---

〔1〕 “太子”，程炎震曰：“‘太’別一宋本作‘世’。”余嘉錫曰：“景宋本作‘世子’。”徐震堮曰：“沈校本‘太’作‘世’。”

〔2〕 “減使輸作部”，董刻本、袁刻本“使”作“死”。程炎震曰：“‘使’明本、鄂本皆作‘死’。”

〔3〕 “文帝問”，秦士鉉曰：“‘文帝’當作‘武帝’。”龔斌按曰：“其説非。此當是劉楨獲罪，而楨時爲曹丕僚屬，故問之。”

〔4〕 “網目”，葉德輝曰：“袁本‘網’作‘綱’。”徐震堮曰：“‘網目’，各本皆同。王刻本作‘綱目’，是。按《政事》一四注中亦有‘網目不失’之語，可證。”周楞伽《殷芸小説輯注》曰：“‘綱目’，《世説》作‘網目’，誤。綱目不疏，暗喻法律苛細。”吴金華《校議》曰：“‘綱’論舉墜，‘網’論疏密。‘網目’連文是偏正式結構，‘綱目’連文是並列式結構，説‘網目不疏’則文從字順，説‘綱目不疏’則‘綱疏’難解。”蔣宗許《臆札》曰：“不當棄各本而從王本。古多以‘綱目’連文喻法律，且以‘綱目’疏密喻政令繁簡。”

〔5〕 “或云”，何焯曰：“‘或’疑當作‘咸’。”李慈銘：“‘或云’當作‘咸云’，各本皆誤。”程炎震曰：“‘或’當作‘咸’。館本亦誤。《文選·南都賦》注：‘咸以折盤爲七盤。’胡氏《考異》以‘咸’當爲‘或’，是‘咸’‘或’相混，可反證也。”余嘉錫曰：“‘或云’當作‘咸云’，各本皆誤。”王利器曰：“‘或’當作‘咸’。”

〔6〕 “後七年”，楊勇曰：“《魏志》作‘後四年’，是。”

180

○“劉公幹”至“綱目不疏”

“失敬罹罪”，田中頤曰：“是滑稽家常事。”○杭世駿曰：“楨以平視輸作，顏之推著《家訓》而訾以爲屈彊。吾以爲此不足以服楨也。恒人之情，有所忮忌，則必遷之他事以洩其不平之氣。矧魏武爲奸人之雄乎！甄氏之美，其欲之也久矣。‘今年破賊正爲奴’，是於父子之間特忍情抑怒，默而已矣，而五官乃命之出拜坐客，非所謂‘逢彼之怒’耶？楨亦不幸而遘此也。”《道古堂集》卷二十一《論劉楨》。余嘉錫按曰：“杭氏謂魏武妒其子之納甄氏而遷怒於楨，此臆測之詞，未必合於當時情事。”

“不謹於文憲”，岡白駒曰：“文憲，國家法典也。”○田中頤曰：“‘不謹’即與‘失敬’應，言其不謹於國典。”

“由陛下綱目不疏”，岡白駒曰：“謂法網苛密也。”○田中頤曰：“言是雖己質庸而才短之所致，亦專由其綱目太密不疏之所爲也。”○秦士鉉曰：“或史家追稱‘陛下’。不疏，苛密也。”○劉盼遂曰：“正文‘陛下’蓋指魏武，漢、晉之間通以‘陛下’爲人臣私言君上之辭。公幹正謂魏武綱目不疏，自與文帝無與。孝標於‘陛下’之稱未瞭，認爲公幹之斥魏文，因匡臨川之謬，失之。”○吳金華曰：“‘綱目不疏’或‘綱目不失’均從《老子》七三章‘天網恢恢，疏而不漏’八字演化而來，‘網’指禁令、法網。”《考釋》頁二七。○蔣凡曰：“婉刺曹氏多科條，密網令人損性。”

○注“典略曰”

“建安十六年”，曹道衡曰：“劉楨得罪之年，諸家據‘諸文學’而定於建安十六年正月曹丕爲五官將、置官屬時。說是，然乏的證。據《後漢書·劉梁傳》章懷注引《魏志》，載楨‘爲司空軍謀祭酒，五官將文學’。曹操於建安元年爲司空，十三年罷三公，操又爲丞相，是劉楨爲司空軍謀祭酒在十三年前，爲五官將文學自在十六年正月後。又據《魏志·王粲傳》注引《魏略》，‘五官將爲世子，質與劉楨等並在坐席。楨坐譴之際，質出爲朝歌長，後遷元城令’，質出朝歌長時在十六年。是楨之得罪、得釋必在十六年七月前，蓋七月曹操西征馬超，十七年正月始還鄴城。《藝文類聚》卷三七載楨《處士國文甫碑》，文甫卒於建安十七年四月，如楨尚在輸作，自不得作碑文。”《叢考》頁六十二。

“世子爲五官中郎將”，恩田仲任曰：“《前漢·百官表》及《歷代百官志》並有五官中郎將，而不釋五官之義也。《淮南子·兵略訓》曰：‘鼓不與於五音，而爲五音主；水不與於五味，而爲五味調；將軍不與於五官之事，而爲五官督。'又曰：'夫論除謹，動靜時，吏卒辨，兵甲治，正行伍，連什伯，明鼓旗，此尉之官也。前後知險易，見敵知難易，發斥不忘遺，此候之官也。隧路亟，行輜治，賦丈均，處軍輯，井竈通，此司空之官也。收藏於後，遷舍不離，無淫輿，無遺輜，此輿之官也。凡此五官之於將，猶身之有股肱手足也。'按尉、候、司空、輿，止有四官，疑脱司馬之一段。蓋此五官皆從其進止，故以爲官號也。"○秦士鉉曰："世子，曹丕也。"

"妙選"，天保手批曰："妙，精也。"

"坐上客多伏"，天保手批曰："'多'爲'咸'。"

"楨獨平視"，沈欽韓曰："《曲禮》注：'平視，謂視面也。'"梁章鉅《三國志旁證》卷十五引。

"公聞"，秦士鉉曰："公，曹操也。"

"減使輸作部"，參見校文。秦士鉉曰："減死罪一等，輸送匠作。"○朱鑄禹曰："作部，蓋屬尚方所轄者。"○楊勇曰："作部，尚方少府屬官。"

○注"文士傳曰"

"尚方"，恩田仲任曰："《通典》曰：'秦置尚方令，漢因之。'《後漢書》注曰：'主作手工，作供御刀劍、玩好器物及寶玉作器。'"○秦士鉉曰："《漢書》注：'主作供御品物之局。'"○天保手批曰："《漢·朱雲傳》師古曰：尚方，少府之屬官也，作供御器物。"

"配輸作部"，秦士鉉曰："《韻會》：'配，流刑隸也。'"

"磨之不加瑩"，天保手批曰："瑩，去聲，玉色。一曰潔也。"

○注"魏志曰"至"謬矣"

"建安二十年病亡"，程炎震曰："《魏志》云：'二十二年卒。'此或別有據。然云'後七年文帝即位'，亦不合，蓋傳寫誤耳。"

"謬矣"，王世懋曰："注是。"○曹道衡曰："'武帝'、'陛下'、'太子'之稱自是後人追擬，不足辨。"《叢考》頁六十二。

【彙評】

劉辰翁曰："説磨石甚有情致。"評注《文士傳》"磨之不加瑩"五句。○曰：

"失自責體，以教臣悖。"按《批補》"體"作"禮"。天保手批曰："'禮'一作'體'。"
○曰："狂宜有此，曹公不得不問。磨石甚奇，匡坐似晚。"

凌濛初曰："'平視'自佳。"評注《典略》"楨獨平視"。

11

鍾毓、鍾會少有令譽[1]。《魏書》曰："毓字穉叔，潁川長社人，相國繇長子也。年十四，爲散騎侍郎，機捷談笑有父風，仕至車騎將軍。"年十三，魏文帝聞之，語其父鍾繇《魏志》曰："繇字元常，家貧好學，爲《周易》《老子》訓。歷大理、相國，遷太傅。"曰："可令二子來[2]。"於是敕見。毓面有汗，帝曰[3]："卿面何以汗？"毓對曰："戰戰惶惶，汗出如漿。"復問會："卿何以不汗？"對曰："戰戰慄慄，汗不敢出[4]。"

○"鍾毓鍾會"至"汗不敢出"

"年十三"，程炎震曰："此似謂毓、會年並十三也。考《毓傳》云：'年十四，爲散騎侍郎，機捷談笑有父風。太和初，蜀相諸葛亮圍祁山，明帝欲親西征，毓上疏云云。'則太和之初年出十四矣。會爲其母傳，自云：'黃初六年生會。'則十三歲是景初元年，不惟不及文帝，繇亦前卒七年矣。此語誣甚。"

"汗不敢出"，參見校文。王叔岷曰："'敢'、'得'、'能'同義。《史記·封禪書》：'牽拘於《詩》《書》古文而不能騁。'《漢書·郊祀志》'能'作

---

〔1〕 "鍾毓鍾會"，程炎震曰："《御覽》（三百八十五）引首句無'鍾毓'二字，或是。"
〔2〕 "可令"，王叔岷曰："《御覽》三八五引'令'下有'卿'字，《太平廣記》一七四引殷芸《小説》同。"
〔3〕 "帝曰"，王叔岷曰："《御覽》（三八五）引'帝'下有'問'字，（《太平廣記》一七四引）殷芸《小説》同。"
〔4〕 "不敢"，趙西陸曰："《御覽》三八五引《世説》，'敢'作'得'。又三八七引作'敢'。《太平廣記》卷一百七十四引《小説》'敢'作'得'。"楊勇曰："'敢'，《御覽》三八五、《事文》後一八作'得'。"王叔岷曰："（《太平廣記》一七四引）殷芸《小説》亦作'得'。"

'敢'。《莊子列傳》：'自王公大人不能器之。'《高士傳》中'能'作'得'，即其證。"

○注"魏書曰"

"毓"，趙西陸曰："《魏志·鍾繇附毓傳》：'淮南既平，爲青州刺史，加後將軍，遷都督徐州諸軍事，假節，又轉都督荊州。景元四年薨，追贈車騎將軍。'"

○注"魏志曰"

"魏志曰"，趙一清曰："今《志》無此語。"《三國志注補》卷十三。○余嘉錫曰："《魏志》疑《魏書》之誤。"○趙西陸曰："侯康《補三國藝文志》卷一：'注引《魏志》曰云云，今《魏志》無此文，當是《魏書》或《魏略》之訛。'"

【彙評】

劉辰翁曰："可附'滑稽'。"
方苞曰："一汗，一不汗，說來俱有理。"
蔣凡曰："真的惶懼，汗是不由自主的，絕非'敢'與'不敢'。'戰戰慄慄，汗不敢出'，孩童的這一謊言，由於機巧敏捷而貌似玲瓏可愛，可它卻映射着其人的性格走向。後來的鍾會，多巧智事人，以'精煉策數'、多謀而顯名。"
龔斌曰："其事雖不可信，卻仍可從中看出當時推崇機辯之風。"

12

鍾毓兄弟小時，值父晝寢，因共偷服藥酒[1]。其父時覺，且託寐以觀之[2]。毓拜而後飲，會飲而不拜。《魏

---

[1] "藥酒"，余嘉錫曰："《北堂書鈔》卷八十五作'散酒'。"楊勇曰："藥酒即散酒。《書鈔》八五、《事類賦》一七、《御覽》八四五正作'散酒'。"王叔岷曰："(《太平廣記》一七四引) 殷芸《小説》亦作'散酒'。"
[2] "託寐"，徐震堮曰："《續談助》引《小説》作'假寐'。"

志》曰：“會字士季，繇少子也。敏惠凤成〔1〕。中護軍蔣濟著論，謂‘觀其眸子，足以知人’。會年五歲，繇遣見濟。濟甚異之，曰：‘非常人也！’及壯，有才數，精練名理，累遷黃門侍郎。諸葛誕反，文王征之，會謀居多，時人謂之‘子房’。拜鎮西將軍。伐蜀，蜀平，進位司徒。自謂功名蓋世，不可復爲人下。謂所親曰：‘我淮南已來，畫無遺策，四海共知，持此欲安歸乎〔2〕？’遂謀反，見誅，時年四十。”既而問毓何以拜，毓曰：“酒以成禮，不敢不拜。”又問會何以不拜，會曰：“偷本非禮〔3〕，所以不拜〔4〕。”

○“鍾毓兄弟”至“所以不拜”

“時覺”，徐震堮曰：“《後漢書·竇武傳》‘時見理出’注：‘時謂即時也。’時覺，猶言忽覺。”

“託寐以觀之”，田中頤曰：“觀人未嘗可無於此。”○吳金華曰：“‘託’應作‘訛’，‘訛’猶言‘僞’，是古來俗語。‘訛’在魏晉口語中經常用作副詞，表示佯裝、假裝的意思。當時也有‘訛寐’的説法。頗疑古寫本《世説》原作‘訛寐’，‘訛’是‘訛’的俗字。”《考釋》頁二九至三〇。方一新《讀考釋》按曰：“‘訛寐’自是可通，‘託寐’也未必誤。‘託’在漢魏六朝文獻中有假裝、佯裝義。”龔斌曰：“《吳志·賀劭傳》‘皓疑其託疾’，託疾，裝病也。亦是一例。”

“毓拜而後飲”二句，田中頤曰：“是並皆出於忽然不經思。”

“不敢不拜”，田中頤曰：“取諸成禮不怠。”

“所以不拜”，田中頤曰：“取諸非禮不苟。”○吳金華曰：“‘所以’相當於‘故’。”《考釋》頁三一。

◎余嘉錫曰：“此與本篇孔文舉二子盜酒事略同。蓋即一事，而傳聞異辭。”

---

〔1〕 “會字士季”三句，王叔岷曰：“注引《魏志》云云，《魏志·鍾會傳》‘少子’作‘小子’，‘敏’上有‘少’字，‘惠’作‘慧’。‘少’‘小’同義。既言‘敏惠凤成’，則‘敏’上不必有‘少’字。‘惠’‘慧’古通，其例習見。”

〔2〕 “持此”，余嘉錫曰：“景宋本及沈本俱作‘將此’。”楊勇曰：“‘將’，袁本及《魏志·鍾會傳》作‘持’，義同。”

〔3〕 “偷本”，余嘉錫曰：“《北堂書鈔》‘偷’下有‘酒’字。”楊勇曰：“‘偷’下《書鈔》八五、《事類賦》一七、《御覽》八四五均有‘酒’字。”王叔岷曰：“上文已言‘偷服藥酒’，則此‘偷’下不必有‘酒’字。殷芸《小説》即作‘偷本非禮’。”

〔4〕 “何以不拜”，龔斌曰：“《御覽》三八五引此文，‘何以’二字上有‘酒以行禮’四字。按《御覽》所引語意完足，此四字亦爲宋人所刪。”

○注“魏志曰”

“觀其眸子足以知人”，趙西陸曰：“《孟子·離婁篇》：‘孟子曰：存乎人者，莫良於眸子。眸子不能掩其惡。胸中正，則眸子瞭焉；胸中不正，則眸子眊焉。聽其言也，觀其眸子，人焉廋哉?’趙注曰：‘眸子，目瞳子也。’”

“有才數”，秦士鉉曰：“數，智計也。”

“諸葛誕反”，秦士鉉曰：“諸葛誕據淮反。”

“淮南已來”，大典顯常曰：“《魏志》二十八：諸葛誕，字公休，琅琊陽都人，爲揚州刺史，久在淮南，後疑貳，遂反。”○秦士鉉曰：“淮南，謂平諸葛誕。”○楊勇曰：“淮南，魏郡，治壽春。”

“畫無遺策”，秦士鉉曰：“畫，計畫也。無遺策，無失計也。”

“持此”，秦士鉉曰：“持此大功也。《史記》蒯通謂韓信曰：‘足下欲持是何歸乎?’”

【彙評】

袁中道曰：“毓小時即腐。”《舌華録》卷八。

狄期進曰：“《傳》曰：‘不忘恭敬，民之主也。’拜而後飲，不忘禮矣。稺叔之於士季勝之耶?”

13

魏明帝爲外祖母築館於甄氏。《魏本傳》曰[1]：“帝諱叡[2]，字元仲，文帝太子。以其母廢[3]，未立爲嗣。文帝與俱獵，見子母鹿，文帝射

---

〔1〕 “魏本傳”，董刻本“本”作“末”。桃井白鹿《補遺》曰：“古《世説》注作‘魏末傳’。按《隋經籍志》有《魏末傳》二卷。”葉德輝曰：“注‘魏本傳’云云，袁本作‘魏末傳’。按《魏志·明帝紀》注亦引作‘末’。《隋書·經籍志》雜史類有《魏末傳》二卷，即此書也。此作‘本’，非。”《書目》曰：“《魏末傳》，《隋志》：二卷。無撰人。”
〔2〕 “諱叡”，楊勇曰：“‘叡’宋本作‘散’，非。”
〔3〕 “其母”，董刻本“其”作“甘”。王利器曰：“各本‘甘’作‘其’，是。此‘甘’形就是‘其’的壞文。”楊勇曰：“‘其’宋本作‘甘’，非。”

其母，應弦而倒。復令帝射其子，帝置弓泣曰：‘陛下已殺其母，臣不忍復殺其子。’文帝曰：‘好語動人心。’遂定爲嗣。是爲明帝。”《魏書》曰：“文昭甄皇后，明帝母也。父逸，上蔡令。烈宗即位，追封上蔡君。嫡孫象襲爵〔1〕，象薨，子暢嗣，起大第，車駕親自臨之。”**既成，自行視，謂左右曰：“館當以何爲名？”侍中繆襲曰**：《文章敍錄》曰〔2〕：“襲字熙伯，東海蘭陵人。有才學，累遷侍中、光禄勲。”**“陛下聖思齊於哲王，罔極過於曾閔。此館之興，情鍾舅氏，宜以‘渭陽’爲名。”**《秦詩》曰〔3〕：“《渭陽》，康公念母也。康公之母，晉獻公之女。文公遭驪姬之難，未反而秦姬卒。穆公納文公，康公時爲太子，贈送文公于渭之陽，念母之不見也。我見舅氏，如母存焉。”按《魏書》，帝於後園爲象母起觀，名其里曰“渭陽”。然則象母即帝之舅母，非外祖母也。且“渭陽”爲館名，亦乖舊史也。

○ “魏明帝”至“渭陽爲名”

“爲外祖母築館於甄氏”，田中頤曰：“是念其母而不見，故爲〔外〕祖母築館，視之猶母也。”○秦士鉉曰：“帝之外祖母，是甄氏之婦也。其母者，即甄皇后。甄逸妻張氏是明帝之外祖母。此爲甄儼妻劉氏起館也。劉氏爲帝舅氏之妻。”○天保手批曰：“築於甄皇后宮牆之内。”

“聖思齊於哲王”，桃井白鹿曰：“《詩·大雅》：‘世有哲王。’”○田中頤曰：“聖思，謂孝思竭力。”

“罔極過於曾閔”，桃井白鹿曰：“《詩·小雅》：‘欲報之德，昊天罔極。’”○大典顯常曰：“此以言孝思。”○田中頤曰：“罔極，謂報德至深。”○秦士鉉曰：“《小雅》云云，此借言無極之思念也。曾參、閔損皆孝子。”

“情鍾舅氏”，田中頤曰：“其情兼其所生者，而今一鍾舅氏也。”○秦士鉉曰：“鍾，《左傳》注：‘聚也。’王戎曰：‘情之所鍾，正在我輩。’按鍾情在

---

〔1〕 “嫡孫象”，天保手批曰：“‘象’一爲‘像’。”龔斌曰：“《魏志·甄皇后傳》作‘像’。”
〔2〕 “文章”，董刻本“章”作“帝”。王利器曰：“各本‘文帝’作‘文章’，是。”楊勇曰：“‘章’宋本作‘帝’，非。”
〔3〕 “秦詩曰”，陶琪曰：“‘詩’下當有‘序’字。”

戎前。”

“渭陽爲名”，田中頤曰：“此事即類於《詩》渭陽故事故。”○秦士鉉曰：“《渭陽》，送舅詩也。今明帝爲舅氏之妻起館也。”○楊勇曰：“《詩·秦風·渭陽》：‘我送舅氏，曰至渭陽。’朱子曰：‘舅氏，秦康公之舅，晉公子重耳也。出亡在外，穆公召而納之，時康公爲太子，送之渭陽而作此詩。’後人以此言舅甥之誼。”

○注“魏本傳曰”

《魏本傳》，參見校文。沈家本曰：“《隋志》：‘《魏末傳》一卷，梁又有《魏末傳》並《魏氏大事》六卷，亡。’撰人姓名亦不具。《唐志》無。”《古書目》卷一。

“烈宗即位”，天保手批曰：“烈宗，明帝也。”

◎天保手批曰：“《魏志》引《魏末傳》文小異。”○趙西陸曰：“《魏志·明帝紀》注引《魏末傳》與此文微異。按《魏末傳》曰：帝常從文帝獵，見子母鹿。文帝射殺鹿母，使帝射鹿子，帝不從，曰：‘陛下已殺其母，臣不忍復殺其子。’因涕泣。文帝即放弓箭，以此深奇之，而樹立之意定。”

○注“按魏書”

“象母即帝之舅母”二句，趙西陸曰：“《魏志·后妃傳》曰：‘帝思念舅氏不已。暢尚幼，景初末，以暢爲射聲校尉，加散騎常侍，又特爲起大第，車駕親自臨。又於其後園爲像母起觀廟，名其里曰渭陽里，以追思母氏也。’”

“乖舊史”，秦士鉉曰：“《魏志》名其里曰渭陽，不言館名也，故注駁之。”

【彙評】

凌濛初曰：“‘渭陽’一名，侍中腹笥可測。”

田中頤曰：“能體君意。”

蔣凡曰：“魏明帝母子可謂‘患難母子’。此番築館於舅氏之家，個中背景深爲侍中繆襲所理解，他的話不同於一般的阿諛奉承，而是帶有動人的真意。”

14

何平叔云：“服五石散，非唯治病，亦覺神明開朗。”

《魏略》曰：“何晏字平叔，南陽宛人，漢大將軍進孫也，或云何苗孫也。尚主，又好色，故黃初時無所事任[1]。正始中，曹爽用爲中書[2]，主選舉，宿舊者多得濟拔。爲司馬宣王所誅。”秦丞相《寒食散論》曰：“寒食散之方雖出漢代，而用之者寡，靡有傳焉。魏尚書何晏首獲神效，由是大行於世，服者相尋也。”

○“何平叔云”至“神明開朗”

“五石散”，恩田仲任曰：“即寒食散也。《抱朴子》曰：‘五石，丹砂、雄黃、白礬、曾青、磁石也。’胡三省曰：‘晉人多服寒食散，今《千金方》中有數方。’”○田中頤曰：“老莊之言，譬猶藥石之不欲服而服之有效。”○郝懿行曰：“五石之名，雖未之前聞，要不越丹砂、雄黃、雲母、石英、鐘乳之屬，此等皆精剛內蘊，符采外標，所以六朝貴游，動云散發，蘊寒生熱，輒喪厥軀。假令何晏不誅，亦終夭没。《晉書·裴秀傳》：‘服寒食散，當飲熱酒而飲冷酒，泰始七年薨，年四十八。’《干戎傳》：‘戎偶藥發墮廁，得不及禍。’《皇甫謐傳》：‘服寒食藥，違錯節度，隆冬裸袒，食冰當暑。煩悶加以欬逆，或曰温瘧，或類傷寒，浮氣流腫，四肢酸重。’《賀循傳》：‘服寒食散，露髮袒身。’《鄧攸傳》：‘夜失火燒車，遂對以弟婦散髮温酒爲辭。’此皆藥之流毒，彰於歷試，安在平叔一人服食獨收神效！”《晉宋書故》。按參見《德行篇》“初桓南郡楊廣共説殷荆州”條“行散”。

“治病”，田中頤曰：“病，謂世俗心熱之病。”

“神明開朗”，田中頤曰：“亦世俗爲名利所閉塞之耳目神明，因此開朗聰睿也。”

○注“魏略曰”

“何苗”，秦士鉉曰：“進弟也。”○趙西陸曰：“何苗，進弟也。車騎將軍，濟陽侯。見《後漢書·何進傳》。刑昺《論語序疏》曰：'晏，何進之孫，咸之子。'"

"尚主"，秦士鉉曰："尚，娶天子女也。"

"好色"，蘇軾曰："世有食鐘乳、鳥喙而縱酒色以求長年者，蓋始於何晏。晏少而富貴，故服寒食散以濟其欲，無足怪者。"《東坡志林》卷五。按余嘉錫《寒食散考》曰："士安謂'何晏耽情聲色，始服此藥'，蘇軾《志林》亦云云。其說即本之於謐。"〇賀昌群曰："晏色欲過度，虛勞成疾，因遂服寒食散。"《初論》頁三四。

〇注"秦丞相寒食散論曰"

"秦丞相"，桃井白鹿曰："秦丞相，一作'秦承祖'，是。《隋書·經籍志》：'梁有秦承祖《本草》六卷。'又云：'秦承祖《藥方》四十卷。'"〇大典顯常曰："《名醫傳略》引《醫說》云：秦承祖者，南宋人也。性耿介有決斷，精於方藥，當時稱之爲上手。"《集成》。〇嚴可均曰："《世說·言語篇》注引秦丞相《寒食散論》。案愍帝嗣封秦王，爲丞相。"《全晉文》卷七注。〇文廷式曰："此乃'秦承祖'之誤。承祖醫書，《隋志》著録甚多，嚴鐵橋以愍帝曾嗣封秦王，爲丞相，因以入之，非也。"《枝語》卷四。〇沈家本曰："《隋志》：'《寒食散論》二卷，無撰人。'《新唐志》同。不知此所云'秦丞相'者何人也。"《古書目》卷五。〇葉德輝曰："秦丞相《寒食散論》，《隋志》二卷，不題撰人。"《書目》。章太炎按曰："'秦丞相'當是'秦承祖'之誤，隋末有《秦承祖藥方》四十卷，或《寒食散論》亦出其手。"《眉批集》頁四二。〇章太炎曰："疑當作'秦承祖'。"《眉批集》頁四二。〇王利器曰："'相'當作'祖'，各本都錯了。《唐六典·醫博士》注：'宋元嘉二十年，太醫令秦承祖奏置醫學博士，以廣教授，至三十年省。'《御覽》卷七二二引《宋書》：'秦承祖，性耿介。專好藝術，精於方藥，不問貴賤，皆療治之。多所全獲，當時稱之爲上手。撰方二十卷，大行於世。'明徐春甫《古今醫統》卷一：'秦承祖，不知何郡人。性耿介，而精於方醫，不分貴賤，咸治療之如一。出《宋書》。'元陶宗儀《南村輟耕録》卷二四《歷代醫師》條，於南宋列有秦承祖。是秦承祖爲劉宋元嘉時人。他的著作，《隋書·經籍志》子部醫方著録有：'梁有秦承祖《偃側雜鍼灸經》三卷，亡。梁又有《脈經》六卷，秦承祖撰，亡。梁有秦承祖《本草》六卷，亡。秦承祖《藥方》四十卷，目三卷。'劉孝標注所引的《寒食散論》，當就是《藥方》中文。"〇楊勇曰："《醫心方》一九有引秦承祖《寒石散論》。"

"寒食散"，秦士鉉曰："即五石散。"〇賀昌群曰："晏言五石散，而注謂之寒食散者，以其性酷熱，宜寒食，冷將息，惟須以熱酒飲之，若錯違節度，即致百病。”《初論》頁三四。按此説本余嘉錫《寒食散考》。

“何晏首獲神效”，胡三省曰：“晉人多服寒食散，今《千金方》中有數方。蘇軾云云。凡服之者疽背、嘔血相踵也。”《通鑒·晉紀三十七》注。○余嘉錫曰：“魏晉以後，服者相尋，殺人如麻，晏實爲禍首。”《寒食服考》。○賀昌群曰：“《魏志》卷二十九《管輅傳》注引《輅別傳》云：‘輅與趙孔曜至冀州見裴使君，使君曰：君顏色何以消減於故邪？孔曜言：體中無藥石之疾。’按裴徽爲冀州刺史，在正始九年以前，晏死於十年，則皇甫謐所言‘晏死之後，服者彌繁’，今觀趙孔曜之言，似何晏生前，服藥石者已繁有徒矣。”《初論》頁四三。又曰：“寒石散之服食，並不始於何晏，而清談家服餌寒石散，則起於何晏。”《札記》。

“服者相尋”，秦士鉉曰：“尋，繼也。”○周一良曰：“相尋，相接也。”《商兑》。

【彙評】

劉辰翁曰：“不足辱‘言語’之科。”

方弘靜曰：“五石散出自漢代，至何晏服之云效，遂大行焉，乃有服之至疾，輒云散動，死而不悟者。記傳所載非一矣，至今猶或不戒。夫愚人既鮮讀書，罔鑒前轍，無足異也，而豪傑自恃者往往相踵，以不終其天年，何哉？由妄冀非分之福，謂神仙可以力致耳。孔子藥未達不敢嘗，又曰生死有命，豈欺我哉！”《千一録》卷二十四。

王世懋曰：“六朝貴族，每病輒云散動以爲佳，往往死而不悟，蓋金石之毒也。平叔實始作俑。”秦士鉉按曰：“此亦猶郗愔服符耳，未可爲訓。”

俞正燮曰：“士大夫不問疾否，服之爲風流，則始於何晏。魏晉人服散，至死不悟，宴人子饑寒致病瘳云散發，其時以爲笑謔。晉人之散，唐宋人之丹，其爲鄙惡，直近時鴉片煙之比。”《癸巳存稿》卷七。

余嘉錫曰：“魏晉士大夫，慕晏之風流，從而效顰，而醫家又增減其方以治百病，遂致死亡相繼，駢首接踵而不悟。古詩云：‘服食求神仙，多爲藥所誤。’悲夫！”又曰：“寒食散之爲害，綿延數百載，而以兩晉爲尤盛。有病者恃以護命，無病者冀幸延年。詎刀圭入口，困頓終身。舉天下之壯夫，化而爲疲癃殘疾。求國無危，不可得也。由是積弱不振，神州陸沉，覆亡喪亂相隨屬。嗚呼！典午之禍，豈徒清談之罪也哉！”《寒食散考》。

賀昌群曰：“寒食散之服食，不特爲何晏等政治失敗之主要原因，即與六朝之士族政治，亦有密切之關係。清談名士有使神州陸沉之痛，不在其學術思想‘以老莊爲宗而黜六經，以虛誕爲辨而賤名檢’，良由寒食散藥性之激烈，將息之繁難，病狀之痛苦，服之往往致死，即或不死，亦必成爲痼疾，終身不愈，疲癃困頓，殆非人所能堪，而六朝士大夫慕何晏之風流，從而效顰，服者不絕，遂致死亡相繼，駢首接踵而不悟，綿延數百年，直至唐初，猶未竟絕，皆何晏之作俑也。”《初論》頁三四。

15

嵇中散語趙景真：嵇紹《趙至敍》曰：“至字景真，代郡人。漢末，其祖流宕，客緱氏。令新之官，至年十二〔1〕，與母共道傍看，母曰：‘汝先世非微賤家也〔2〕，汝後能如此不？’至曰：‘可爾耳。’歸便求師誦書，蚤聞父耕叱牛聲，釋書而泣。師問之，答曰：‘自傷不能致榮華〔3〕，而使老父不免勤苦。’年十四，入太學觀〔4〕，時先君在學寫石經古文，事訖，去。遂隨車問先君姓名。先君曰：‘年少何以問我？’至曰：‘觀君風器非常，故問耳。’先君具告之。至年十五，陽病〔5〕，數數狂走五里三里，爲家追得，又炙身體十數處〔6〕。年十六，遂亡命，徑至洛陽〔7〕，求索先君不得。至鄴，沛國史仲和，是魏領軍史渙孫也，至便依之，遂名翼，字陽和〔8〕。先君到鄴，至具道太學中事，便逐先君歸山陽，綍年。至長七尺三寸〔9〕，潔白黑髮，赤脣明目〔10〕，鬢須不

---

〔1〕 “十二”，李詳曰：“劉注引嵇紹《趙至敍》，今以《晉書》九十二《趙至傳》稍疏異同於下。‘十二’《傳》作‘十三’。”
〔2〕 “家也”，楊勇曰：“‘也’下《晉書‧趙至傳》有‘世家流離，遂爲士伍耳’。湯球《九家舊晉書輯本諸公別傳》引《御覽》亦有此二句。”
〔3〕 “致榮華”，大典顯常曰：“‘榮華’《晉書》作‘榮養’。”
〔4〕 “入太學觀”，大典顯常曰：“《晉書》作‘遊太學’，無‘觀’字。”
〔5〕 “陽病”，董刻本、沈校本、何焯校“陽”作“佯”。龔斌曰：“‘陽’‘佯’古通用。”
〔6〕 “炙身體”，程炎震曰：“‘炙’別一宋本作‘灸’。”
〔7〕 “亡命徑至洛陽”，李詳曰：“《（趙至）傳》作‘亡到山陽’。”
〔8〕 “至鄴”六句，李詳曰：“《（趙至）傳》作：‘游鄴，與康相遇，隨康還山陽。改名浚，字允元。’”楊勇曰：“‘遂名翼字陽和’《晉書‧趙至傳》作‘改名浚，字允元’。且其改名是還山陽之後，未知孰是。”
〔9〕 “七尺三寸”，趙西陸曰：“《晉書‧趙至傳》、《御覽》三百六十八引作‘七尺四寸’。”
〔10〕 “赤脣明目”，趙西陸曰：“《晉書‧趙至傳》、《御覽》三百六十八引作‘明眉赤脣’。”

多〔1〕，閒詳安諦，體若不勝衣。先君嘗謂之曰〔2〕：‘卿頭小而銳，瞳子白黑分明，視瞻停諦〔3〕，有白起風。’至論議清辯，有從橫才，然亦不以自長也〔4〕。孟元基辟爲遼東從事，在郡斷九獄，見稱清當〔5〕。自痛棄親遠游，母亡不見，吐血發病，服未竟而亡〔6〕。”“卿瞳子白黑分明，有白起之風，嚴尤《三將敍》曰〔7〕：“白起，平原君勸趙孝成王受馮亭，王曰：‘受之，秦兵必至，武安君必將，誰能當之者乎?’對曰：‘澠池之會，臣察武安君小頭而面銳〔8〕，瞳子白黑分明，視瞻不轉。小頭而面銳者，敢斷決也〔9〕；瞳子白黑分明者，見事明也；視瞻不轉者，執志强也。可與持久，難與爭鋒。廉頗爲人，勇鷙而愛士，知難而忍恥，與之野戰則不如，持守足以當之。’王從其計。”恨量小狹。”趙云：“尺表能審璣衡之度，《周髀》曰：“夏至，北方二萬六千里〔10〕，冬至，南方十三萬五千里，日中樹表則無影矣〔11〕。周髀長八尺，夏至日，晷尺六寸〔12〕。髀，股也；晷，句也。正南千里，句尺五寸；正北千里，句尺七寸。”《周髀》之書也〔13〕。寸管能測往復

---

〔1〕 “鬢須”，何焯曰：“一無‘鬢’字。”按董刻本無“鬢”字。《晉書·趙至傳》、《御覽》三百六十八“鬢須”作“髭須”。

〔2〕 “嘗謂”，楊勇曰：“‘嘗’宋本作‘常’，古通用。”

〔3〕 “視瞻”，趙西陸曰：“《御覽》三六六引趙至自敍，‘視瞻’作‘覘占’。”

〔4〕 “自長”，秦士鉉曰：“或作‘自展’。”

〔5〕 “孟元基辟爲遼東從事”三句，李詳曰：“《（趙至）傳》作：‘幽州三辟部從事，斷九獄見稱。’”徐震堮《札記》曰：“‘見稱清當’《晉書·文苑傳》作‘見稱清審’。”楊勇曰：“‘遼東’當作‘幽州部’。”唐長孺云：‘本傳云趙至在遼西占籍。照例郡掾應以本郡人充當，不應以遼西辟爲遼東從事。或爲幽州部從事爲合理。’”

〔6〕 “母亡服未竟而亡”，李詳曰：“《（趙至）傳》云‘卒時年三十七’。”

〔7〕 “嚴尤三將敍曰”，王叔岷曰：“注引嚴尤《三將敍》云云，又見《藝文類聚》十七。《御覽》三六四引《春秋後語》亦云，又略見三六六。”

〔8〕 “面銳”，趙西陸曰：“《御覽》七二九引《史記》‘面銳’作‘銳上’。”

〔9〕 “敢斷決也”，趙西陸曰：“《類聚》十七引嚴尤《三將敍》，《御覽》三六四又三六六引《春秋後語》作‘斷敢行也’，又無兩‘面’字。”

〔10〕 “北方二萬六千里”，董刻本無“二萬”二字，何焯校同。秦士鉉曰：“‘北’當作‘南’，‘二’字衍。”王利器曰：“蔣校本同，餘本‘方’下有‘二萬’二字。”楊勇曰：“‘北方’下各本有‘二萬’二字，是。”朱鑄禹曰：“按《周髀》曰：‘日，夏至，南萬六千里；日，冬至，南十三萬五千里，日中無影。’據此，則此處‘北方’當作‘南方’，又‘六千里’上脫‘萬’字。袁本亦誤作‘北方’，又‘二萬六千里’上衍‘二’字。”

〔11〕 “則無影”，秦士鉉曰：“當作‘側影’，‘無’字衍。”

〔12〕 “周髀長八尺”三句，秦士鉉曰：“此十二字當在下文‘晷句也’下。”

〔13〕 “周髀之書也”，桃井白鹿曰：“一本‘之書’作‘書名’。”大典顯常曰：“當做‘書名也’。”秦士鉉曰：“‘書名’舊作‘之書’，誤。”天保手批曰：“‘之書’作‘書名’。”

之氣〔1〕；《吕氏春秋》曰〔2〕："黄帝使伶倫自大夏之西〔3〕、崑崙之陰，取竹之嶰谷生，其竅厚薄均者〔4〕，斷兩節間而吹之，以爲黄鐘之管〔5〕。制十二箇，以聽鳳凰之鳴。雄鳴六，雌鳴六〔6〕，以爲律吕。"《續漢書·律歷志》曰〔7〕："十二律之變，至於六十，以律候氣。候氣之法：爲室三重，户閉，塗釁必周，密布緹幔，以木爲案，加律其上，以葭莩灰抑其内，爲氣所動者，其灰散也。以此候之。"**何必在大，但問識如何耳！**"

　　○"嵇中散語"至"識如何耳"

　　"嵇中散"，秦士鉉曰："嵇康官中散大夫。《續漢志》曰：'中散大夫，六百石。'又曰：'凡大夫、議郎皆掌顧問、應對，無常事，唯詔命所使。'胡廣曰：'世祖中興，有太中、中散大夫，於古皆爲天子下大夫，視列國之上卿。'"

　　"恨量小狹"，田中頤曰："言白黑分明，故見事甚明，然其所畜其智之量小狹，是唯可恨也。"

　　"尺表能審璣衡之度"，恩田仲任曰："立木爲表，以視日景。顔師古曰：'竪木爲之，若柱形也。'璣，機也。以璿飾璣，所以象天體之運轉也。衡，横也，謂横管也。以玉爲管，横而設之，所以窺璣而齊七政之運行。七政，日月五星也。七者運行於天，有遲有速，有順有逆，猶人君之有政事也，故曰七政。"○秦士鉉曰："《舜典》：'在璿璣玉衡。'璣，機也，所以象天體之轉運者。衡，横管也，横而設之，所以窺璣者。此謂天度也。"

---

〔1〕　"璣衡之度""往復之氣"，楊勇曰："'璣''氣'，《白帖》一二、《御覽》四四六作'璇'、作'晷'。"按大典本"璣"作"旋"，"氣"作"晷"。鍾仕倫曰："旋衡，'旋機玉衡'的省稱，又稱'璇機'、'機衡'，即古之渾天儀。晷，各本作'氣'。疑作'晷'是。'測往復之晷'，即測晷影，用以制定曆紀。"

〔2〕　"吕氏春秋曰"，王叔岷曰："注引《吕氏春秋》云云，見《古樂篇》。"

〔3〕　"使伶倫自大夏之西"，恩田仲任曰："《漢書·律歷志》作'伶綸'，《古今人表》作'泠論'。服虔曰：'淪音鰥，始造十二律者。'"秦士鉉曰："'自大'之'自'一作'在'。"

〔4〕　"取竹之嶰谷生其竅厚薄均者"，唐鴻學曰："《吕覽·古樂篇》作'取竹於嶰溪之谷，以生空竅厚均者'，'薄'字衍。"

〔5〕　"黄鐘之管"，唐鴻學曰："管，應作'宮'。"王叔岷曰："(《古樂篇》)'管'本作'宮'，《説苑·修文篇》同。"方一新《校讀札記》曰："'管'字各本同，當係'宮'字之訛。"

〔6〕　"雌鳴六"，余嘉錫曰："'鳴'景宋本及沈本俱作'亦'。"徐震堮曰："《吕氏春秋·古樂》：'雄鳴爲六，雌鳴亦爲六。'"

〔7〕　"律歷志"，董刻本"歷"作"曆"。

“寸管能測往復之氣”，淇園曰：“‘尺’‘寸’即與‘小狹’相應。然趙此答，亦自忌其量狹小之語耳。”○恩田仲任曰：“《易》曰：‘反復其道，七日來復，利有所往。’王弼曰：‘陽氣始剝盡至來復，時凡七日，往則小人道消也。’”○田中頤曰：“言尺表寸管，俱器之小者，而能審度能測氣，其用之則至大也。”○楊勇曰：“往復，即四時有往復也。”

“但問識如何耳”，田中頤曰：“言用之大小，不在器量之大小，其爲用者智識是也。既謂我爲有明智，又不須恨無用之量小狹也。”○賀昌群曰：“魏晉間第一流人物之所謂‘識’，蓋指根本義而言。”《初論》頁三七。○龔斌曰：“趙至推崇之‘識’，亦爲漢末以降評論人物之新標準。”

○注“嵇紹趙至敘曰”

“趙至敘”，沈家本曰：“（隋唐志皆不著録。）此亦敘一人之事者。至，《晉書》有傳，頗於嵇紹所敘同，似即取諸此也。”《古書目》卷四。○葉德輝曰：“亦見《文選》趙景真《與嵇茂齊書》注。”《書目》。○余嘉錫曰：“《御覽》三百六十八引‘趙志自敘曰’云云。趙志蓋即趙至。”

“其祖流宕”，秦士鉉曰：“‘宕’‘蕩’通，流蕩遠游也。”

“令新之官”，胡三省曰：“之，往也。之官，往服官事也。”《通鑒·陳紀十》注。○秦士鉉曰：“緱氏令新自京來。”

“入太學觀”，岡白駒曰：“入太學而觀看也。”○秦士鉉曰：“‘觀’如‘觀藝於魯’之‘觀’。”

“先君在學寫石經古文事訖去”，王世懋曰：“世人但知蔡中郎《石經》，不知有嵇中散。此注具一大典故。”○恩田仲任曰：“《後漢書》曰：‘蔡邕以經籍去聖久遠，文字多謬，俗儒穿鑿，疑誤後學，奏求正定《六經》文字。邕乃自書册於碑，使公鐫刻，立於大學門外。’注曰：‘《洛陽記》曰：太學在洛城南開陽門外，講堂長十丈，廣二丈。堂有《石經》四部，本碑凡四十六枚，西行，《尚書》《周易》《公羊傳》，十六碑存，十二碑毀；南行，《禮記》十五碑悉崩壞；東行，《論語》三碑，〔二碑〕毀。《禮記》碑上有諫議大夫馬日磾、議郎蔡邕名。’”○秦士鉉曰：“康亦寫蔡邕《石經》也。先君，指康。去，去太學。”○余嘉錫曰：“此謂嵇康寫石經古文者，魏正始中立石經，爲古文、篆、隸三體。康游太學見之，因傳寫其古文也。朱彝尊《經義考》二百八十八曰：‘正始石經，實康等所書也。’全祖望《鮚埼亭集外編》二十三《石經考異序》亦曰：

195

'正始石經亦出於淳，嵇康等祖之。'案二家之説皆非。三體石經之立久矣，尚待至此時始書之乎？此其顯而易見者。朱、全二家之説，皆不細考之過也。"

"風器非常"，恩田仲任曰："風器，風度才器。"

"陽病"，秦士鉉曰："佯狂也。"

"數數狂走五里三里"，吳金華曰："'五''三'連用，表示約數。'五'在前，'三'在後，是六朝的習慣用法。"《考釋》頁三二。○龔斌曰："數數，屢次。"

"亡命"，恩田仲任曰："脱名籍而逃亡也。"

"史涣"，秦士鉉曰："字公劉，子靜。仲和蓋静子。"

"閒詳安諦"，恩田仲任曰："安舒審諦。"○吳金華曰："安諦，猶言安静。多用來形容性格文雅、舉止安詳。"《考釋》頁三四。

"若不勝衣"，恩田仲任曰："《禮記》曰：'其中退然如不勝衣。'正義曰：'身形退然柔和，似不勝衣，言形貌之卑退也。'"○秦士鉉曰："見《檀弓》。注：'形貌柔和卑退也。'"

"清當"，恩田仲任曰："清澄允當。"

"自痛棄親遠游"四句，秦士鉉曰："《晉書·趙至傳》：遼西舉郡計吏。到洛，與父遇，時母既亡，父欲令其官立，弗之告，仍戒以不歸。至乃還遼西幽州，辟部從事，斷九獄，見稱精密。太康中赴洛，方知母亡，痛前志不就，號憤慟哭，歐血而卒，年三十七。"

○注"嚴尤三將敘曰"

"嚴尤三將敘"，秦士鉉曰："嚴尤，前漢人。見《王莽傳》。"○沈家本曰："（隋唐志皆不著録。）此敘三人之事。注中引白起事，餘二將未詳何人。"《古書目》卷四。○葉德輝曰："《三將敘》，《藝文類聚·人部一》引用；《太平御覽·人事部》七十八引作《三將軍論》。"《書目》。

"馮亭"，桃井白鹿曰："馮亭，韓將也，以上黨歸趙。"天保手批曰："事見《趙策》。"○大典顯常曰："《史記》：秦伐韓之野王。野王降秦，上黨道絶。其守馮亭與民謀曰：'秦兵日進，韓不能應，不如以上黨畈趙。'因使人報趙。平原君曰：'受之便。'"

"武安君"，楊勇曰："白起也。"

"澠池之會"，秦士鉉曰："見《藺相如傳》。"

○注“周髀曰”

《周髀》，桃井白鹿曰：“《晉書·天文志》：周髀者，即蓋天之説也。其本庖犧氏立周天曆度，其所傳則周公受於殷高，周人志之，故曰《周髀》也。髀，股也。股者，表也。其言天似蓋笠，地法覆盤，天地各中高外下，北極之下，爲天地之中，其地最高，而滂沱四潰，三光隱映，以爲晝夜。”○大典顯常曰：“《晉書·天文志》：言天體者三家，一曰周髀，二曰宣夜，三曰渾天。”○恩田仲任曰：“《周髀》曰：‘周髀者何？曰：古者天子治周，此數望之從周，故曰周髀。髀者，股也。股者，表也。正晷者，勾也。故以勾爲首，以髀爲股。’注曰：‘言周都河南，爲四方之中，故以爲望主也。首猶始，股猶末也。’”○秦士鉉曰：“《周髀》，算書，以勾股法度天地者，周公受之商高。”

“周髀曰”，秦士鉉曰：“甄鸞曰：‘南，戴日下立八尺表，表影千里而差一寸，是則天上一寸，地下千里。今夏至影有一尺六寸，故知其萬六千里。冬至影一丈三尺五寸，則知其十三萬五千里。’按萬六千里、十三萬五千里指日去立表之里數也。《周禮》疏：‘從上向下八萬里，故八尺爲法。’按立表地影一尺六寸，故從立表地至南千里，則影一尺五寸；從立表地至北千里，則影一尺七寸。”

○注“續漢書律歷志曰”

“嶰谷”，秦士鉉曰：“嶰，山澗間也。一説崑崙之北，谷名也。”

“塗釁必周”，恩田仲任曰：“《正字通》曰：‘凡罅隙曰釁。’”

“緹幔”，恩田仲任曰：“緹，《説文》曰：‘帛，丹黃色。’幔，幕也。”

“以葭莩灰抑其內”，桃井白鹿曰：“顏師古云：‘葭，蘆也。莩，其筒中白皮至薄者。’”○恩田仲任曰：“劉昭曰：‘葭莩出河內。’《月令》疏曰：‘河內葭莩爲灰，宜陽金門山竹爲管。熊氏曰：葭莩燒之爲灰而實之律管中，以羅縠覆之。氣至則吹灰動縠矣。’”○秦士鉉曰：“《文選》注：‘抑，塞也。’”

“爲氣所動者其灰散也”，桃井白鹿曰：“李善注引《續漢書》：候氣之法，爲室三重，戶閉塗釁必周密，布緹幔室中，以木爲案，每律各一，內庫外高，從其方位，加律其上，以葭灰抑其內端。按曆而候之，氣至者灰去，其氣所動者其灰散，人及風所動者其灰聚。”

【彙評】

劉辰翁曰：“爲貪慕叔夜至此，情痛可矜。嵇紹敘它感發來歷皆別此。孺子忽忽過一生，惜哉！”評注嵇紹《趙至敘》“自痛棄親遠遊”四句。〇曰：“本語量狹，文采支離，可恨耳。”

李贄曰：“奇甚。”朱鑄禹按曰：“此或是指嵇臨寫邕之《石經》。”〇曰：“童子尚能求侶，況老夫哉！”《初潭集》卷十九。〇曰：“真。”評注嚴尤《三將敘》“對曰”。同上。

鍾惺曰：“非此則景真爲營利中人矣。”評注嵇紹《趙至敘》“自傷不能致榮華”二句。〇曰：“賢師友相求相得，別有一副光景。”

蔣凡曰：“景真確實心胸不寬，經不住未盡奉養之孝而母亡又未及面別的打擊，嘔血而卒。他也有白起才長量狹的特點。由此看來，嵇康識人的確深刻。”

16

司馬景王東征，《魏書》曰：“司馬師字子元，相國宣文侯長子也。以道德清粹，重於朝廷，爲大將軍、錄尚書事。毌丘儉反[1]，師自征之，薨，諡景王。”取上黨李喜，以爲從事中郎[2]。因問喜曰：“昔先公辟君不就，今孤召君，何以來？”喜對曰：“先公以禮見待，故得以禮進退；明公以法見繩，喜畏法而至耳！”《晉諸公贊》曰：“喜字季和，上黨銅鞮人也。少有高行，研精藝學。宣帝爲相國，辟喜，喜固辭疾。景帝輔政，爲從事中郎，累遷光祿大夫，特進，贈太保。”

〇“司馬景王”至“而至耳”

“東征”，崔朝慶曰：“征冊丘儉也。”

---

〔1〕“毌丘”，董刻本“毌”作“母”。

〔2〕“李喜”，葉德輝曰：“《晉書》有傳，作‘李憙’。”李慈銘曰：“‘喜’《晉書》作‘憙’。”徐震堮曰：“《晉書》本傳作‘李憙’，《水經·濁漳水注》同。”楊勇曰：“《晉書》本傳、《裴秀傳》均‘憙’。《晉書·地理志上》、《文選·讓開府表》注引《晉諸公贊》則作‘喜’。古通用。”王叔岷曰：“胡克家《考異》云：‘喜、憙古字通。’《戰國策·中山策》‘司馬憙’，鮑本‘憙’作‘喜’，《史記·高祖本紀》‘秦人憙’，北宋景祐本‘憙’作‘喜’，並‘喜’‘憙’古通之證。”

“取上黨”，田中頤曰：“‘取’謂羅而致之也，與下‘法’字應。”

“辟君不就今孤召君”，田中頤曰：“‘辟’亦‘召’也，意暗言當以我爲可仕之君。”

“以禮見待”，張萬起曰：“見待，待我。”

“以禮進退”，田中頤曰：“言以禮優待不敢逼，故得以禮從容進退。此可仕之君而未仕也。”

“明公以法見繩”，胡三省曰：“漢魏以來，率呼宰輔岳牧爲明公。”《通鑒·晉紀十六》注。○張萬起曰：“見繩，繩我。繩，約束、整治。”

“畏法而至”，田中頤曰：“言以法嚴繩不少假，故畏懼法，不得已而至。此不可仕之君而既仕也。”

○注“魏書曰”

“録尚書事”，天保手批曰：“録，總領之也。”

“毌丘儉”，胡三省曰：“毌，音無。”《通鑒·魏紀八》注。○楊慎曰：“複姓有毌丘氏，諸姓氏書音母作無，非也。《漢書》有曼丘臣，顏師古曰：‘曼丘、毌丘本一姓。’此説近之，亦未考其原也。《史記·田齊世家》‘伐衛取毌丘’，《索隱》曰：‘毌音貫，貫丘，古國名，衛之邑也，今作毌丘，字殘缺耳。’《索隱》之説得其原矣，然以‘毌’字爲殘缺，亦非。蓋古字從省不用‘貝’耳。”《丹鉛餘録》卷十三。○方以智曰：“毌丘，當音貫。《史·田世家》‘伐衛取毌丘’注：《索隱》曰：毌丘即貫，古國名，今作毌字，殘缺耳。’然今《廣韻》《韻會》虞韻‘毌’字下載複姓引毌丘，誤矣。此因《漢書》有曼丘臣，師古曰：‘曼丘、毌丘本一姓。’故遂以爲‘毌’。然則漢時‘毌’已訛爲‘毌’。”《通雅》卷二十。○大典顯常曰：“毌丘儉事見《魏志》二十八。字仲恭，河東聞喜人。”○邵晉涵曰：“《高紀》注：曼邱、毌本一姓也，語有緩急耳。作‘母’者誤。《史通》音‘貫’是也。”《南江札記》卷四。

○注“晉諸公贊曰”

“特進”，恩田仲任曰：“《齊職議》曰：‘以功德特進見也。’”

【彙評】

劉辰翁曰：“語意疏直。”按凌瀛初本“直”作“正”。

李贄曰："哀哉！"《初潭集》卷二十三。

賀昌群曰："魏晉間去就易生嫌疑，觀此可以知當時士大夫栗栗危懼之情矣。"《初論》頁四〇。

蔣凡曰："看似調侃幽默的問對，實際表現了在下者的無奈，故雋永而耐人尋味。"

龔斌曰："司馬兄弟以峻法對待不合作者，故李喜自稱'畏法而至'。當時士人出處之艱難可想而知。"

17

鄧艾口喫[1]，語稱"艾艾"。《魏志》曰："艾字士載，棘陽人，少爲農人養犢。年十二，隨母至潁川，讀故太丘長碑文曰'言爲世範，行爲士則'[2]，遂名範，字士則。後宗族有同者[3]，故改焉。每見高山大澤，輒規度指畫軍營處所，時人多笑焉。後見司馬宣王，三辟爲掾[4]，累遷征西將軍。伐蜀，蜀平，進位太尉。爲衛瓘所害。"晉文王戲之曰[5]："卿云艾艾，定是幾艾[6]？"對曰："鳳兮鳳兮，故是一鳳。"朱鳳《晉紀》曰："文王諱昭，字子上，宣帝次子也。"《列仙傳》曰："陸通者，楚狂

───────────────

〔1〕"口喫"，恩出仲任曰："'喫'當作'吃'。"李慈銘曰："'喫'當作'吃'。《說文》：'吃，語蹇難也。'《玉篇》始有'喫'字，云：'唉，喫也。'後人遂分別口吃之吃爲'吃'，唉喫之喫爲'喫'。其實古祇有'吃'無'喫'也。故唉喫字可仍作'吃'，而口吃字不可作'喫'。《三國·魏志·鄧艾傳》作'吃'，不誤。"程炎震曰："'喫'別一宋本作'吃'。《御覽》作'吃'。"余嘉錫曰："景宋本及沈本俱作'口吃'。"蔣凡批曰："諸本作'口喫'，應以宋本'口吃'爲是，'喫'爲後起之字。"

〔2〕"言爲世範行爲士則"，秦士鉉曰："《文選》作'文爲德表，範爲士則'。"程炎震曰："《魏志》二十八《艾傳》作'言文爲世範，行爲士則'，此脫'文'字，然所引亦誤。《文選》五十八載碑文是'文爲德表，範爲士則'。"

〔3〕"有同者"，楊勇曰："'有'下《魏志·鄧艾傳》有'與'字。"

〔4〕"司馬宣王三辟爲掾"，董刻本"王三"作"帝王"。程炎震曰："'三'當作'王'，各本皆誤。"余嘉錫曰："止當作'司馬宣王辟爲掾'，景宋本誤增'帝'字，後人删之，又誤增'三'字。"趙西陸曰："'三'疑是'＝＝'，重上'宣王'二字也。《傳》作'見司馬宣王，宣王奇之，辟之爲掾'。"王利器曰："各本無'帝'字，'王'下有'三'字，'三'也是'王'字錯的。《三國·魏志·鄧艾傳》作'後爲典農綱紀，上計吏因使見太尉司馬宣王，宣王奇之，辟之爲掾。'據此，則宋本'帝'字，乃是'王'字之誤。"朱鑄禹曰："'帝'字當是衍文。"

〔5〕"晉文王"，徐震堮曰："《御覽》四一六引殷芸《小說》作'晉宣王'。"

〔6〕"定是"，楊勇曰："定，《類聚》二五、《御覽》七四〇、《事文》別二〇均作'爲'。"

接輿也。好養性，游諸名山。嘗遇孔子而歌曰：‘鳳兮鳳兮，何德之衰！往者不可諫，來者猶可追。’後入蜀，在峨嵋山中也。”

○“鄧艾口喫”至“故是一鳳”

“口喫”，大典顯常曰：“《説文》：言蹇難也。”○崔朝慶曰：“言語蹇難也。”○王佩諍曰：“《説文》：‘吃，言蹇難也。’又：‘欼，口便言也。’‘吃’‘欼’音義並同。《衆經音義》卷一引《通俗文》：‘言不通利謂之蹇吃。’又引《聲類》云：‘吃，重言也。’《管子·區言》：‘吾畏言不欲言，故行年六十而老吃也。’《史記·韓非傳》：‘非爲人口吃，不能道説，而善著書。’《廣雅》：‘讓極軋澀，吃也。’據諸書義例，則‘喫’‘吃’並不相通，惟不作言語蹇澀解，而作飲食解則通耳。”

“定是幾艾”，參見校文。劉淇曰：“定，的辭也。”《辨略》卷四。○淇園曰：“艾口吃，有時稱‘艾’或二三或三四，故曰‘定是幾艾’也。”○田中頤曰：“凡連稱呼名者，多用之凡劣僕役間，蓋輕呼之稱。且艾本蕭艾，而草之賤者，因戲之以嘲其非奇特士也。”○崔朝慶曰：“定，究竟也。”○吕叔湘曰：“定，到底、究竟。”○王叔岷曰：“定、爲，並與‘當’同義。陶淵明《擬古詩》之三：‘我心固匪石，君情定何如？’‘定’亦猶當也。”

“鳳兮鳳兮”二句，田中頤曰：“此亦連稱，卻是歎異之辭，非輕呼之謂，且鳳實靈鳥而羽之貴者，因以明己不害爲有德也。”○崔朝慶曰：“故，原來也。”○吕叔湘曰：“故是，原是。”○徐震堮曰：“故，作‘仍舊’、‘依然’解。”《簡釋》。

◎程炎震曰：“《御覽》四百六十四《訥》引此作裴啓《語林》。又四百六十六《嘲戲》引作《世説》。”○余嘉錫曰：“此出裴啓《語林》，見《御覽》四百六十四引。”

○注“魏志曰”

“少爲農人”，周一良曰：“‘農人’指爲典農部民，非農夫之謂。《三國志·魏志·鄧艾傳》注引《世語》：鄧艾少爲襄城典農部民。《晉書》四八《段灼傳》：‘上疏追理艾云：艾本屯田掌犢人，宣皇帝拔之於農吏之中。’”《批校》。

“故太丘長碑文”，大典顯常曰：“太丘長，即陳寔。其碑蔡邕撰，見《文選》。”《集成》。

“言爲世範”二句，秦士鉉曰：“此注所引二句，則臨川原本爲稱陳蕃之語。

未詳。”

“爲衛瓘所害”，恩田仲任曰：“艾既平蜀，頗自矜伐，請伐吳。司馬昭使監軍衛瓘喻艾。瓘與鍾會白艾有反狀。檻車徵艾，瓘襲殺艾。”

〇注“列仙傳曰”

“楚狂接輿”，恩田仲任曰：“楚狂，楚國狂人。”〇趙西陸曰：“《論語·微子篇》：‘楚狂接輿歌而過孔子曰：鳳兮鳳兮，何德之衰。’又見《莊子·人間世》篇。劉寶楠《論語正義》曰：‘《莊子·逍遙遊》《應帝王》篇、《荀子·堯問》、《秦策》、《楚辭·涉江》、《史記·鄒陽傳》多稱接輿，故馮氏景《解春集》謂‘接’是姓，‘輿’是名，引齊稷下辯士接子作證。皇甫謐《高士傳》：‘陸通字接輿。’妄擬姓名，殊不足據。《韓詩外傳》稱：‘楚狂接輿躬耕以食。楚王使使者賷金百鎰，願請治河南。接輿笑而不應，乃與其妻變易姓字，莫知所之。’觀此則接輿是其未隱時所傳之姓字也。”

“鳳兮鳳兮”四句，秦士鉉曰：“或云：連呼人名，本施之凡下，況蕭艾賤草乎？故以鳳凰靈鳥答之也。‘鳳’比孔子；‘衰’者，嘆世不能用孔子也。已往所行不可復諫止，自今以來可追自止。莊子引此語少異。”〇楊勇曰：“見《論語·微子》。”

【彙評】

劉辰翁曰：“佳對。”
王世懋曰：“倉卒對，乃妙絶。”
袁中道曰：“鄧艾口靈。”《舌華錄》卷四。
田中頤曰：“佳對禦侮。”
蔣凡曰：“滿紙風趣，令人歡然而笑，同時又儒雅不俗。”

18

嵇中散既被誅，向子期舉郡計入洛，文王引進，問曰：“聞君有箕山之志，何以在此？”對曰：“巢、許狷介之士，不足多慕。”王大咨嗟。《向秀別傳》曰：“秀字子期，河內人。少爲同郡山濤所知，又與譙國嵇康、東平呂安友善，並有拔俗之韻〔1〕，其進止無不同〔2〕，而造事營生，業亦不異。常與嵇康偶鍛於洛邑，與呂安灌園於山陽，不慮家之有無〔3〕，外物不足怫其心。弱冠著《儒道論》，棄而不録，好事者或存之。或云是其族人所作，困於不行，乃告秀，欲假其名。秀笑曰：‘可復爾耳〔4〕。’後康被誅，秀遂失圖〔5〕。乃應歲舉，到京師詣大將軍司馬文王，文王問曰：‘聞君有箕山之志，何能自屈？’秀曰：‘常謂彼人不達堯意，本非所慕也。’一坐皆説。隨次轉至黄門侍郎、散騎常侍。”

○“嵇中散”至“王大咨嗟”

“舉郡計”，崔朝慶曰：“舉郡計，郡國上計簿時，舉其才也。”○張萬起曰：“郡計，郡中計吏。計吏，掌計簿的小吏，每至年終要持計簿呈送京城。”

“箕山之志”，崔朝慶曰：“言隱居也。箕山在今河南登封縣東南。堯時，巢父、許由隱於此山。”○楊勇曰：“箕山，在今河南登封縣東南，亦稱崿嶺，又名許由山。堯時，巢父、許由隱此，其後伯益避禹之子亦隱此。後人稱箕山之志者，皆喻隱遁也。”

“狷介之士”，崔朝慶曰：“有所不爲曰狷，堅確不拔曰介。”

“不足多慕”，岡白駒曰：“言許由不達堯意故遁，此非我所慕也。”

“咨嗟”，徐震堮曰：“歎賞其應答之美。本書中‘咨嗟’字，大多表贊賞之意。”

○注“向秀別傳曰”

《向秀別傳》，葉德輝曰：“《隋志》不著録。《文選》注引。”《書目》。

“拔俗之韻”，岡白駒曰：“韻，風度也。”

---

〔1〕 “拔俗”，楊勇曰：“‘拔’宋本作‘柭’，非。”
〔2〕 “其進止無不同”，董刻本、何焯校“不同”作“固必”。程炎震：“‘不同’宋本、別一宋本均作‘固必’。《御覽》四百九《交友》四引《別傳》作‘無不畢同’。”余嘉錫曰：“‘不同’，景宋本及沈本俱作‘固必’。”徐震堮曰：“作‘不同’義長。”王叔岷曰：“《御覽》四百九引《向秀別傳》作‘其趍舍進止無不必同’。(趍，俗‘趨’字。‘必’與‘畢’通。)”
〔3〕 “家之有無”，余嘉錫曰：“‘之’景宋本及沈本俱作‘人’。”何焯校同。
〔4〕 “可復”，楊勇曰：“‘可’宋本作‘何’，非。”
〔5〕 “失圖”，楊勇曰：“‘失’宋本作‘夫’，非。”

"其進止無不同"，參見校文。秦士鉉曰："(《秀別傳》) 云'秀與嵇、呂趣舍不同'，與此不合。"○王叔岷曰："竊疑'無固必'三字乃此文之舊。《論語·子罕篇》：'子絕四：毋意，毋必，毋固，毋我。'蓋此'無固必'所本。"○朱鑄禹曰："'固必'意謂固執，必然。言其進退無堅定之意向。蓋隱括下文見嵇康被誅，遂改易操守，出圖仕宦以保身，其義較長。若作'不同'，則與下句'不異常'重疊，古人行文所避。"

"偶鍛"，徐震堮曰："'偶'与'耦耕'之'耦'義同。"

"可復爾耳"，參見校文。秦士鉉曰："猶言任汝所爲。"○朱鑄禹曰："意即今人口語'何必如此'。"

"失圖"，朱鑄禹曰："意謂喪失所圖，即失去操守，改弦易轍之意，與上文'其進止無固必'相呼應。"○龔斌曰："此指隱居避世之志。按好友嵇康被殺，究竟何去何從，向秀一時茫然無措，'失圖'即指此。"

【彙評】

王績曰："嵇康自逸，手鍛爲娛。曲池四繞，垂楊一株。銅煙寒竈，鐵焰分爐。箕踞而坐，何其傲乎？"《嵇康坐鍛贊》。

劉辰翁曰："向之此語，如負叔夜。"評"巢許狷介之士"二句。

鍾惺曰："戒心之言。"評"巢許狷介之士"二句。○曰："名士本色。"評注《向秀別傳》"外物不足怵其心"。○曰："'失圖'二字可憐。"

張端木曰："向秀畏死失節。"

陳寅恪曰："劉注引《向秀別傳》略云，則完全改圖失節，棄老莊之自然，遵周孔之名教矣。故自然與名教二者之不可合一，即不相同，在當日名士心中向子期前後言行之互異，乃一具體之例證也。"《關係》，《初編》頁二〇六。

朱鑄禹曰："注引《別傳》所云，向爲人殆一無定見者流，其對司馬氏之言，'彼人'實隱指叔夜。若是，大負流水之奏矣。"蔣凡按曰："讀向秀《思舊賦》和本傳，他後來'在朝不任職，容迹而已'，則秀實非'無定見'，更非屬賣友求榮者。"

羅宗強曰："向秀的這一回答，明白告訴了司馬昭對於名士的政策的成功，意味着司馬昭要借一個有甚大名聲的名士的生命，使桀驁的名士們臣服的策略的成功。"《心態》頁一六九。

盧盛江曰："嵇康的死對士林的震動太大了。很多士人即刻放棄了與司馬氏政權對立的態度。向秀自然便是一個典型的例子。在這之前，他雖然有過名教即自然的主張，但在行動上並沒有投靠司馬氏。但是嵇康被誅，他的態度馬上變了，主動投靠了司馬氏。"《思想》頁一一七。

19

晉武帝始登阼〔1〕，探策得"一"。《晉世譜》曰："世祖諱炎，字安宇〔2〕，咸熙二年受魏禪。"王者世數，繫此多少。帝既不說〔3〕，群臣失色，莫能有言者。侍中裴楷進曰："臣聞天得一以清，地得一以寧，侯王得一以爲天下貞。"帝說，群臣嘆服。王弼《老子注》云："一者，數之始，物之極也。各是一物，所以爲主也〔4〕。各以其一，致此清、寧、貞。"

○"晉武帝"至"群臣嘆服"

"探策"，桃井白鹿曰："探策之事，蓋以漢武爲始。"《補遺》。○秦士鉉曰："昔周成王定鼎於陝郟，卜世三十，卜年七百。衛人遷於帝丘，卜年三百。皆用龜卜。此曰策，則筮也。漢武帝探策岱宗上，見《風俗通》。"○陶琪曰："蓋削竹爲策，以代蓍草，以之占卜也。"

"侍中裴楷"，程炎震曰："《御覽》卷一《天部》引《晉書》云'吏部郎中裴楷'，亦與今《晉書》不同。據今《晉書·楷傳》，楷時已自吏部郎轉中書

〔1〕"登阼"，董刻本、元刻本"阼"作"祚"。
〔2〕"安宇"，何焯校"宇"作"世"。程炎震曰："'宇'宋本作'世'。"余嘉錫曰："沈本作'安世'，與《晉書·武帝紀》合。"王利器曰："蔣校本、沈校本'安宇'作'安世'，餘本都作'安宇'。案《晉書·武帝紀》、《文選·西征賦》注引臧榮緒《晉書》都作'安世'，作'安世'是。"
〔3〕"不說"，董刻本、元刻本作"悦"。下"帝說"同。
〔4〕"各是一物所以爲主"，董刻本"物"字下有"之"字，"物"屬下讀，何焯校同。程炎震曰："'各是一物'下別一宋本有'之'字。"王利器曰："蔣校本、沈校本同，餘本無'之'字。案《老子》王弼注，'之'下有'生'字，這裏脱了此字，當據補。"

郎。”○朱鑄禹曰：“據《晉書》卷三十五《裴楷傳》，楷是時已自吏部郎轉中書郎。此稱‘侍中’，是以後遷轉之官位。《太平御覽》卷一《天部》引《晉書》作‘吏部郎中’，則又誤稱其轉中書郎前官爵。”

“天得一以清”三句，淇園曰：“‘得一’之‘一’當作活字看。”○蔣凡曰：“裴楷釋‘一’，運用的是當時玄家義理的新觀念，主要來自於王弼。”《研究》頁一四二。

○注“晉世譜曰”

《晉世譜》，沈家本曰：“隋唐志不著録。裴松之《三國志》注所引有孫盛《蜀世譜》《魏世譜》，此疑亦孫盛所作。此注所引‘世祖諱炎’云云，與彼二書體例同也。”《古書目》卷四。

【彙評】

蘇軾曰：“晉武帝探策，豈亦如讖也耶？惠帝不肖，得一，蓋神以實告。裴頠詭對，士君子恥之，而史以爲美談，鄙哉！惠、懷、愍皆不終，牛繫馬後，豈及亡乎！”《東坡志林》卷四。

李贄曰：“此佞口亦甚好，‘言語’之選也。”《初潭集》卷二十三。

王世貞曰：“諸人雖取捷供奉，然語不妨雅致。若桓玄篡位，初登御牀而陷，殷仲文曰：‘將繇聖德深厚，地不能載。’縱極瞻辭，不能不令人嘔穢。”《智囊補》卷二十引。按“諸人”指裴楷、王份、王景文等。又，凌刻本引王世貞語作“此雖取絶捷供奉語不妨雅致”。

王世懋曰：“才故自應至此。魏篡漢無幾而亡，晉篡魏亦應無幾而亡。”按華慶遠《論語八編》卷八引王世懋曰：“晉武探策，裴楷引老子以對，自應至此，未可當‘言語’科。殷仲文之於桓玄，亦足稱耶？”

狄期進曰：“史言似有規意。”

程哲曰：“司馬篡魏，適得一世。惠之昏愚，屢遭幽廢，懷愍接踵，爲劉聰所殺，元固牛氏子矣，天數已定。楷即善佞，何益？”《蓉槎蠡説》卷九。

206

滿奮畏風。在晉武帝坐，北窗作琉璃屏〔1〕，實密似疏，奮有難色〔2〕。帝笑之。荀綽《冀州記》曰：“奮字武秋，高平人，魏太尉寵之孫也。性清平有識〔3〕，自吏部郎出爲冀州刺史。”《晉諸公贊》曰：“奮體量清雅〔4〕，有曾祖寵之風〔5〕，遷尚書令，爲荀顗所害。”奮答曰：“臣猶吳牛，見月而喘。”今之水牛，唯生江淮間，故謂之吳牛也。南土多暑，而此牛畏熱，見月疑是日，所以見月則喘。

○“滿奮畏風”至“見月而喘”

“滿奮畏風在晉武帝坐”，凌濛初曰：“滿奮豐肥，肉潰膚裂，每至暑夏，輒膏汗流溢，見《異苑》。如此人乃云畏風，不可曉。或謂異質。”○恩田仲任曰：“《天中記》曰：或云是胡質侍魏明帝坐。”○田中頤曰：“畏，猶云‘惡’也。”

“實密似疏”，田中頤曰：“其實密，故不透風，而似疏可漏也。”

“難色”，田中頤曰：“即‘似疏’故，有沮難之色也。與上‘畏’字應。”

“吳牛見月而喘”，劉辰翁曰：“謂其作勞過多，畏見月，疑日。若見日而喘，

---

〔1〕 “琉璃屏”，桃井白鹿曰：“按《西京雜記》作‘扉’爲是。”平賀房父曰：“於事理作‘扉’爲是也。”秦士鉉曰：“屏，《太平御覽》作‘扉’，是。《西京雜記》：‘昭陽殿窗扉多是綠琉璃，皆達照毛髮，不得藏焉。’按大西洋諸國皆用之。”田中頤曰：“‘屏’一作‘扉’，可從。”程炎震曰：“宋本‘璃’下有‘扇’字，‘屏’下有‘風’字。‘屏’字《御覽》作‘扉’。”余嘉錫曰：“景宋本及沈本俱作‘琉璃扇屏風’。”徐震堮曰：“作‘扉’疑是。扉，窗扇也。”楊勇曰：“袁本作‘北窗作琉璃屏’，《事類賦》二、《事文》前三與袁本同。《初學記》一、《御覽》四作‘北窗琉璃屏風’，又《御覽》八〇八作‘北窗作琉璃扉’。”王叔岷曰：“此文蓋一本作‘北窗作琉璃屏’，如《御覽》八百八所引；一本作‘北窗作琉璃屏風’，如《初學記》一、《御覽》四所引。其作‘北窗作琉璃屏’者，略‘風’字耳。宋本誤合二本爲一，又誤‘扉’爲‘扇’也。”

〔2〕 “難色”，《太平御覽》一八八引《郭子》、《御覽》八百八、《事文類聚》前集卷三引《世說》並作“寒色”，《藝文類聚》卷八四“難”作“疑”。

〔3〕 “有識”，趙西陸曰：“《魏志·滿寵傳》注引‘識’下有‘檢’字。”

〔4〕 “體量清雅”，秦士鉉曰：“《魏志》注‘清雅’作‘通雅’。”

〔5〕 “曾祖寵之風”，程炎震曰：“《寵傳》注引《世語》：‘子偉，偉弟子奮。’則奮是寵孫，誤衍‘曾’字。”余嘉錫曰：“‘曾’字誤衍。”王利器曰：“《三國·魏志·滿寵傳》注引《晉諸公贊》作‘有寵風也’。案‘曾’字當衍。《三國·魏志·滿寵傳》‘寵子偉’注引《世語》：‘偉弟子奮，’是寵實爲奮之祖，而非曾祖。《文選·奏彈王源》注引《世語》：‘偉弟子奮，元康中至司隸校尉。’以奮爲偉弟子，是。”趙西陸曰：“《志》注引《晉諸公贊》作：‘奮體量通雅，有寵風也。’”

直常語耳。"平賀房父按曰："劉似謂畏日間作勞，大謬。"○王世懋曰："蓋奮厭職事煩劇，故有此言。"蔣凡按曰："味此情景，似不至陰陽曲折，深言事君。"○恩田仲任曰："《風俗通》曰：'吳牛苦於日，故望月而喘。'喘，《説文》：'疾息也。'"○趙西陸曰："《風俗通》曰：'吳牛苦於日，故望月而喘。'"○王叔岷曰："《御覽》四引《風俗通》（佚文）云：'吳牛望見月則喘，使之苦於日，見月怖，喘矣。'"

◎程炎震曰："《御覽》一百八十八《窗門》引此條稱《郭子》。"○余嘉錫曰："此出《郭子》，見《御覽》一百八十八引。"

○注"荀綽冀州記曰"

《冀州記》，葉德輝曰："《隋志》不著錄，《文選》注引用。"《書目》。

"高平人"，程炎震曰："《魏書·滿寵傳》曰：'山陽昌邑人。'晉分山陽置高平，故奮爲高平人。"○趙西陸曰："《文選·奏彈王源文》曰：'云是高平滿族，寵奮胤胄。'"

"寵之孫"，趙一清曰："奮蓋滿炳之子。《文選》應休璉《與滿公琰書》李善引賈弼之《山公表注》曰：'滿寵子炳，字公琰，爲別部司馬。'"《三國志注補》卷二十六。

○注"晉諸公贊曰"

"遷尚書令"，趙西陸曰："《志》注引《世語》曰：'奮元康中至尚書令、司隸校尉。'"

"爲荀顗所害"，何焯曰："苗願殺滿奮事，見干寶《晉紀》。荀顗晉初名臣，奮遇害時顗卒已久，二字相似故誤作荀顗。"○秦士鉉曰："'荀顗'當作'苗願'。《文選·彈王源文》'滿奮身殉西朝'注'苗願殺滿奮'是也。"○程炎震曰："奮爲上官己所殺，見《晉書·周馥傳》，在惠帝永興元年，荀顗死久矣。此'荀顗'字必誤。《文選》沈約《奏彈王源文》注引干寶《晉紀》曰：'苗願殺司隸校尉滿奮。'明'苗願'字誤爲'荀顗'也。"○王利器曰："案奮元康中至司隸校尉。《晉書·荀顗傳》：'以泰始十年薨。'顗死在奮前約二十年，顗不能害奮。《文選·奏彈王源》注引干寶《晉紀》：'苗願殺司隸校尉滿奮。''荀顗'當即是'苗願'形近錯了的。"

21

　　諸葛靚在吳，於朝堂大會。《晉諸公贊》曰：“靚字仲思，琅邪人，司空誕少子也。雅正有才望。誕以壽陽叛，遣靚入質於吳，以靚爲右將軍、大司馬。”孫皓問：“卿字仲思，爲何所思？”對曰：“在家思孝，事君思忠，朋友思信，如斯而已[1]。”

【彙評】

　　劉辰翁曰：“與前‘得一’，皆過本色。”

　　蔣凡曰：“諸葛靚是外來之士，雖得重用，爲吳建過功業，但面對如此反復無常的殘暴君王，仍不能不謹慎戒懼。片言隻語，表達了他深藏塊壘的兢兢畏忌。”

　　龔斌曰：“孫皓爲暴君，諸葛靚是人質。靚之答，不惟言語巧妙，其實亦表白其謹慎守道之心態。”

22

　　蔡洪《洪集録》曰：“洪字叔開，吳郡人，有才辯，初仕吳朝。太康中，本州從事，舉秀才。”王隱《晉書》曰：“洪仕至松滋令。”赴洛，洛中人問曰：“幕府初開，群公辟命，求英奇於仄陋，采賢儁於巖穴。君吳楚之士，亡國之餘，有何異才而應斯舉？”蔡答曰：“夜光之珠，不必出於孟津之河；舊説云：“隋侯出行[2]，有蛇斷而中斷者，侯連而續之，蛇遂得生而去。後銜明月珠以報其德，光明照夜

[1]　“如斯而已”，何焯曰：“‘已’下一有‘矣’字。”程炎震曰：“‘如斯而已’下宋本有‘矣’字。”余嘉錫曰：“‘而已’下沈本有‘矣’字。”
[2]　“隋侯”，董刻本作“隨侯”，下同。周一良《批校》曰：“宋本皆作‘隨’。”楊勇曰：“各本作‘隋’。《世本》作‘竾’，注：‘女媧臣。’隨姓當出此。春秋時有隨國，楚滅之，有隨氏。隋文帝去‘辵’作‘隋’，遂爲二姓。此當作‘隨’，以示別於後‘隋’也。”

同畫，因曰隋珠。”左思《蜀都賦》所謂“隋侯鄙其夜光也”〔1〕。盈握之璧，不必采於崑崙之山。韓氏曰〔2〕：“和氏之璧，蓋出於井里之中。”大禹生於東夷，文王生於西羌，按《孟子》曰：“舜生於諸馮，東夷人也；文王生於岐周，西戎人也〔3〕。”則東夷是舜，非禹也〔4〕。聖賢所出，何必常處。昔武王伐紂，遷頑民於洛邑，《尚書》曰〔5〕：“成周既成，遷殷頑民，作《多士》。”孔安國注曰：“殷大夫心不則德義之經，故徙於王都，遍教誨也。”得無諸君是其苗裔乎？”按華令思舉秀才入洛，與王武子相酬對，皆與此言不異，無容二人同有此辭。疑《世說》穿鑿也。

○“蔡洪”至“而應斯舉”

“赴洛”，田中頤曰：“赴舉於洛。”○龔斌曰：“據《陸雲集·晉故散騎常侍陸府君誄》，序言喜卒於太康五年夏四月，則詔徵陸喜等當在三四年間。孝標注引《洪集錄》云洪太康中舉秀才，王隱《晉書》云‘幕府初開’，則疑蔡洪赴洛，與陸喜起用，可能都屬吳平後南士爲晉朝首批起用者，時間亦在太康三四年間。”

“幕府初開”二句，岡白駒曰：“將軍謂之幕府，軍行無常居，以幕簾爲府署。辟命，召也。”○大典顯常曰：“蓋謂齊王攸也。”○田中頤曰：“初政美事。”

“求英奇於仄陋”二句，田中頤曰：“言求采英奇賢俊之未經試用者。”○王叔岷曰：“案《書·堯典》：‘明明揚側陋。’《史記·堯本紀》説‘側陋’爲‘疏遠隱匿者’。‘仄’‘側’正、假字。”○吳金華曰：“英奇，英人奇人。”《考釋》頁三五。

---

〔1〕 “蜀都賦”，何焯校作“吳都賦”。
〔2〕 “韓氏”，趙西陸曰：“‘韓氏’疑當作‘韓子’。《韓非子·和氏篇》曰：‘楚人和氏得玉璞楚山中，命曰和氏之璧。’”
〔3〕 “西戎”，趙西陸曰：“《孟子·離婁下》‘西戎’作‘西夷’。”
〔4〕 “非禹也”，董刻本、何焯校“也”作“矣”。
〔5〕 “尚書”，趙西陸曰：“‘尚書’下當脫‘序’字，見《尚書·多士》。”

"有何異才而應斯舉"，田中頤曰："謂蔡爲厚顏人也。"○龔斌曰："距吳亡幾近二十年，然南士爲京官者竟無一人，則太康中蔡洪赴洛之時，自然會受到洛中人肆意嘲弄。"

○"蔡答曰"至"何必常處"

"夜光之珠"二句，淇園曰："與'亡國之餘'相反應。下同。"○田中頤曰："比'英奇'。"○張撝之曰："孟津之河，即黃河。"《選注》。

"盈握之璧"，田中頤曰："比'賢儁'。"

"大禹生於東夷"二句，謝肇淛曰："此語出陸賈《新語》而誤。《新語·術事篇》曰：'文王生於東夷，大禹出於西羌，世殊而地絕，法合而度同。'陸賈此語本出《孟子》，而洪誤引之耳。"《文海披沙》卷二。

"聖賢所出"二句，田中頤曰："果不由地。"

○"昔武王伐紂"至"其苗裔乎"

"遷頑民於洛邑"，淇園曰："與'崑崙''孟津'應。"○秦士鉉曰："《左傳》：'心不則德義之經曰頑。'"○周一良曰："案《洛陽伽藍記》五，洛陽城東北有上高里，殷之頑民所居處也。高祖名聞義里，遷京之始朝士住其中，迭相譏刺，意皆去之。《魏書》七九《成淹傳》王肅與成淹在朝歌亦以殷頑民爲戲笑，是此傳說自西晉歷北朝猶存。"《世說札記》。

"得無諸君是其苗裔乎"，田中頤曰："言如諸君之説，固陋殊甚，故疑頑民之苗裔也。"○王叔岷曰："《史記·項羽本紀贊》：'羽豈其苗裔邪？'《御覽》七八引'邪'作'乎'，義同。"○張撝之曰："得無，莫非。"《選注》。

◎李慈銘曰："《太平廣記·俊辯類》引劉氏《小説》載：'晉蔡洪赴洛，洛中人問曰'云云，與此一字不異。其下載'又問洪吳舊姓如何，答曰吳府君聖朝之盛佐'云云。劉氏《小説》亦義慶所作。《舊唐書·經籍志》載劉義慶《小説》十卷，其吳府君以下云云，亦見此書《賞譽門》，惟首云'有問秀才吳舊姓何如'，不言是問蔡洪，孝標注曰：'秀才，蔡洪也。'"《簡端記》。余嘉錫按曰："《廣記》所引《小説》，強相聯貫，非也。"

○注"洪集録曰"

《洪集録》，沈家本曰："《隋志》：'梁有松滋令蔡洪集二卷，亡。'《舊唐志》‘三卷’，《新志》‘二卷’。”《古書目》卷五。○葉德輝曰：“《隋志》‘晉安豐太守孫惠集’下云：‘梁有松滋令蔡洪集二卷，録一卷，亡。’”《書目》。

○注“舊説云”

“舊説”，恩田仲任曰：“孫奭《孟子注》曰：‘隨侯姓祝字元暢，往齊國，見一蛇在沙中，頭上血出。隨侯以杖挑於水中而去。後回還到蛇處，乃見此蛇銜珠來隨侯前。隨侯意不懌，是夜腳踏一蛇，驚起，乃得雙珠，後人稱爲“隨侯珠”矣。’高誘《淮南子注》曰：‘隨國在漢中，姬姓之後，出遊於野，見大蛇斷在地。隨侯令醫以續斷傅蛇，蛇得愈，去。後銜大珠報，蓋明月之珠，因號“隨侯之珠”，世以爲寶也。’”○秦士鉉曰：“隋珠事見高誘《淮南子》注及《搜神記》。”○唐鴻學曰：“舊説與《淮南·覽冥篇》高誘注同，又《説林篇》。”○王叔岷曰：“《史記·李斯列傳》《正義》引《説苑》（佚文）云：‘昔隨侯行，遇大蛇中斷，疑其靈，使人以藥封之，蛇乃能去。因號其處爲斷蛇丘。歲餘，蛇銜明珠徑寸，絶白而有光，（以報隋侯，）因號隨珠。’《淮南子·覽冥篇》高注亦有類此之文。”

《蜀都賦》，葉德輝曰：“見《晉書》本傳，亦見《文選》。”《書目》。

○注“韓氏曰”

“井里”，趙西陸曰：“《晏子春秋·雜上篇》：‘和氏之璧，井里之困也。’《孫卿子》曰：‘和氏之璧，井里之璞也。’楊倞注：‘井里，里名。’”

○注“按孟子曰”

喬戀敬曰：“孟子曰：‘禹生石紐，西夷人也。’見《外書》及《史記》注。”○趙西陸曰：“陸賈《新語·述事篇》曰：‘文王生於東夷，大禹出於西羌。’《鹽鐵論·病國篇》：‘禹出西羌，文王生北夷。’《後漢書·逸民·戴良傳》：‘良曰：我若仲尼長東魯，大禹出西羌。’章懷注：‘《帝王紀》曰：夏禹生於石紐，長於西羌，西夷之人也。’疑此當作‘文王生於東夷，大禹生於西羌’。”

○注“按華令思舉秀才入洛”

“華令思”，天保手批曰：“令思，華譚字，吳人。”
“酬對”，秦士鉉曰：“詞出《晉書》。”

“無容”，徐震堮曰：“不可能，不能。”《簡釋》。

“疑世説穿鑿”，程炎震曰：“《御覽》四百六十四《辯》下引《文士傳》亦作華譚。”○余嘉錫曰：“《書鈔》七十九引《晉中興書》曰：‘華譚舉秀才，至洛，王濟嘲之。’又引干寶《晉紀》云‘周浚舉華譚爲秀才，王武子嘲之’云云，其問答之辭，與《世説》頗異，而意同。唐修《晉書》，采入《華譚傳》，又稱譚嘗薦干寶於朝，則譚之言行，寶當知之甚詳。寶實良史，必不阿所好，勦襲蔡洪之辭以爲譚語。宜乎孝標以《世説》爲穿鑿也。”○趙西陸曰：“《太平御覽》四六四引《文士傳》：‘華譚，字令思。年十四，舉秀才，入洛，會宣武。塲座有辯者嘲南人：“諸君楚人亡國之餘，有何秀異，忽應斯舉？”衆無答，譚在下行，遥曰：“當今六合齊執，異人並出。吾聞大禹出於東夷，文王生於西羌。賢聖之在，豈常之有？昔武王伐紂，遷商頑民於洛邑，得無吾子是其苗裔？”時咸改視，辯者無以應也。’《書鈔》七十九引《晉中興書》曰：‘華譚舉秀才，至洛，王濟嘲之。’又引干寶《晉紀》曰：‘周浚之，揚州人，舉華譚爲秀才，至洛，王武子嘲之曰：君吳楚之人，亡國之餘，有何異秀而應斯舉？譚曰：秀異之奇，固産於外，不在於中域。珍珠大貝出於江潭之濱，夜光美玉出於荆楚之下。’《説郛》輯《零陵先賢傳》亦作華譚與王濟語。”

【彙評】

李贄曰：“大無味。”按《批補》作“無大味”。

凌濛初曰：“末便是‘排調’、‘輕詆’。”

龔斌曰：“見西晉初南北士人之間不信任甚至對立。北方士族以勝利者之傲慢，鄙夷南來士人，稱之爲‘亡國之餘’。”

23

諸名士共至洛水戲[1]。《竹林七賢論》曰：“王濟諸人嘗至洛水解禊事。明日，或問濟曰：‘昨游，有何語議？’濟云云。”還，樂令廣也。

〔1〕“洛水戲”，大典本“戲”作“共看”。

問王夷甫曰〔1〕："今日戲樂乎？"虞預《晉書》曰："王衍字夷甫，琅邪臨沂人，司徒戎從弟，父義，平北將軍。夷甫蚤知名，以清虛通理稱，仕至太尉，爲石勒所害。"王曰："裴僕射善談名理，混混有雅致〔2〕；《晉惠帝起居注》曰："裴頠字逸民，河東聞喜人，司空秀之少子也。"《冀州記》曰："頠弘濟有清識，稽古，善言名理。履行高整，自少知名。歷侍中、尚書左僕射，爲趙王倫所害。"張茂先論《史》《漢》，靡靡可聽〔3〕；《晉陽秋》曰："華博覽洽聞，無不貫綜。世祖嘗問漢事，及建章千門萬戶。華畫地成圖，應對如流，張安世不能過也。"我與王安豐戎也。說延陵、子房，亦超超玄箸〔4〕。"《晉諸公贊》曰："夷甫好尚談稱，爲時人物所宗〔5〕。"

○"諸名士"至"有雅致"

"至洛水戲"，胡三省曰："洛都游宴，多在河濱。"《通鑒·晉紀九》注。○大典顯常曰："戲，遊戲也。古詩：'遊戲宛與洛。'"○周一良曰："蓋洛陽以此爲遊觀之所，至北魏猶爾。"《世說札記》。○楊勇曰："戲，清談也。始見本篇徐稚。《雅量》'嘗夜至丞相許戲'、《雅量》'時與孫興公汎海戲'、《規箴》'那得與僧彌戲'、《任誕》'謝公始出西戲'、《簡傲》'言語談戲'、《汰侈》'石崇與王敦入學戲'，皆同。"○張萬起曰："戲，嬉戲，遊樂。"

"裴僕射善談名理"，牟宗三曰："此言裴頠善'名理'，但裴頠著《崇有

〔1〕 "樂令問王夷甫曰"，李詳曰："《晉書·王戎傳》作'或問王濟云云'。《太平御覽》十三引《竹林七賢論》：'王濟嘗解禊洛水。明日，或問王云云。'兩書皆屬濟，與此不同。"徐震堮《札記》曰："《晉書·王戎傳》作'或問王濟曰'。"
〔2〕 "混混有雅致"，大典本作"混有雅具"。
〔3〕 "靡靡"，大典本作"殊靡"。
〔4〕 "玄箸"，大典本作"亦超然箸"。王世懋曰："古本原作'箸'字，殆不可曉，後皆仿此。"岡白駒曰："'箸'與'著'通，直略反。"秦士鉉曰："本作'箸'，今作'著'，《字彙》辨之。"胡鳴玉《訂譌襍録》卷三曰："《世說》'著'字皆作'箸'，如箸帽、箸屐、箸袴之類。蓋'箸'本古'著'字，後世顓作匙箸用，而別出'著'字。王世懋：'《世說》"著"皆作"箸"，殆不可曉。'或概改作'著'，皆未明乎字學也。"崔朝慶："'箸'、'著'古通。"朱鑄禹曰："'箸'《廣韻》《集韻》並同'著'。此本凡'著'字多作'箸'，蓋古通用。"
〔5〕 "人物所宗"，董刻本"宗"作"祭"。天保手批曰："一無'物'字。"王利器曰："各本'祭'作'宗'，是。"楊勇曰："宋本作'祭'，非。"

論》，既反老莊之虛無，亦不見其論才性，然彼亦有思理而能持論。《世説》或以此而稱其爲善‘名理’乎？是則‘名理’一詞既不單屬於談才性者，亦不專屬形名家。”《玄理》頁二〇五。

“名理”，恩田仲任曰：“名教之理。”〇田中頤曰：“名教理義。”〇崔朝慶曰：“言辨別是非同異，爲名家之理論也。”〇湯用彤曰：“名理者，名分也，人君臣民各有其職位，此政治之理論也。又爲名目之理，識鑒人物，論人物之性也。晉人謂‘善談名理’，言玄理也，此非原來之意義。”《魏晉玄學聽課筆記》頁三〇九。又曰：“一如名理之學爲漢人清議之進一步，玄學亦爲名理之學之更進一步，故名理之學可謂準玄學。”同上，頁三一〇。〇賀昌群曰：“大概魏晉間所謂名理者，相當於今之邏輯，亦稱論理學，亦即印度之因名，爲一稱思辨推理之學，初無所謂‘派’也。”《初論》頁九。〇唐長孺曰：“從研究名實出發的學問即是名理學。名理家大抵以名辯方法考察名與實的關係，作爲推行正名與循名核實政治的張本。名理也即是刑名或形名之學，他們的目標具體一點來説即是企圖在原則上決定選舉和人與職稱配合的標準。”《魏晉玄學之形成及其發展》，《論叢》頁三〇七。又曰：“由於理論本身的發展，更由於現實政治的發展，名理學就歸本於道家而形成了玄學。”同上頁三一〇。〇馮友蘭曰：“魏晉人的思想，也是從名家出發底。所以他們於談玄時所談之理，謂之名理。‘善名理’，就是‘能辯名析理’，就是專就名而分析理，不管實際，不管事實。”《新原道》頁一〇三。〇唐君毅曰：“從先秦之談名實，至魏晉之談名理，卻又是中國思想史之一大轉進。魏晉之談名理，實際上是由漢末品評人物之風下來，亦與漢魏政治思想上綜核名實之形名之論相關。”《六義》。又曰：“名理之論，是一種關於理之同異之理，或論我們之一意中有無別一意之理。名理之論，必須以辨理意之相同異、相有無之關係爲主，而不以辨物之時空、數量，物之因果關係實體屬性關係爲主。”同上。〇牟宗三曰：“魏晉名理，雖若蜻蜓點水，頭緒繁多，觸處機來，時有明悟，然大要言之，不過兩類：一爲才性，一爲玄學。才性名理是中國所獨有，與先秦人性論爲並行之兩支，構成中國全幅人性之學問。至若‘玄學’名理，則由通道而引生。清言所及，大要不出此兩範圍。”《玄理》頁二二五。〇周紹賢曰：“由魏武‘霸術兼名法’，臣下‘校練名理’，因而有‘名理’一詞出現。名理家有品評人物之理論，論人物必以才性爲本，因而稱談才性者曰談名理。既而談玄之風盛，才性與名理，俱爲清談家所樂道，於是順一時之習慣，而談玄亦稱爲談名理。故‘名理’爲當時清談家談理之通稱，而才性與玄學，乃談理之兩大主題也。”《述論》頁三一。〇何啓民曰：“‘名’在魏晉南北朝，也是個極見流行的字眼，像‘名士’‘名流’‘名勝’‘名言’等等，不可勝數，而‘名理’之‘名’，正與此等詞之‘名’不殊，‘名理’的定義，也由是可知，它只不過是：在魏晉南北朝的某一時期中，所出現的有名之理。”《談風》頁六六。

“混混有雅致”，岡白駒曰：“混混，大水流貌，言議論如大水流也。”○恩田仲任曰：“混混，古本切，與‘滾’同，大水流貌。”○田中頤曰：“混混，言其談相隨不絶。有雅致，此談今以論俗而有高古之雅致也。”○李慈銘曰：“混混，讀如《孟子》‘原泉混混’之‘混’。”《簡端記》。○崔朝慶曰：“混混，原泉湧出之貌。”○趙西陸曰：“段玉裁注曰：‘混，豐流也，盛滿之流也。古音讀如袞，俗字作滾。’”○徐震堮曰：“《晉書·王戎傳》：‘裴頠論前言往行，袞袞可聽。’按《孟子》：‘原泉混混，不舍晝夜。’杜詩：‘不盡長江滾滾來。’音義並相近。‘混混’‘袞袞’，并狀其詞源不竭。”○蕭艾曰：“可能引自《七賢論》，謂裴頠清談滔滔不絶也。”《探幽》頁七八。

○“張茂先”至“超超玄箸”

“靡靡可聽”，岡白駒曰：“靡靡，連綿貌。”○淇園曰：“靡靡，亦不斷之貌。‘混混’以其所來言，‘靡靡’以其體微微細長言。”○田中頤曰：“靡靡，言其論逐次不斷。可聽，此談古有條理而言言可聽也。”○崔朝慶曰：“狀其隨順有條理也。”○朱鑄禹曰：“此與‘娓娓’之義通，蓋言辭傾吐不斷也。”○楊勇曰：“靡靡，猶霏霏、亹亹，即娓娓也。”

“延陵子房”，趙西陸曰：“《世說補》注：‘姚培謙曰：延陵，吳季札。子房，張良。’”

“超超玄箸”，劉辰翁曰：“玄箸，猶沉箸。”○岡白駒曰：“超超，超凡也。”○桃井白鹿曰：“凌氏《韻瑞·藥韻》引《法書苑》：‘吳皇象善行草書，世稱沉著痛快。’”○大典顯常曰：“據劉說，箸，直略反，附也，麗也。余又以爲‘箸明’之‘箸’，且‘沉箸’與‘超超’，似不相接。”○田中頤曰：“玄著，此亦談古人頗粗節而玄旨著在也。”○博古堂朱批曰：“箸，明也，章也。”○崔朝慶曰：“言言論深妙也。”○徐震堮曰：“玄著，疑即玄遠之義。”楊勇按曰：“亦玄勝。”○朱鑄禹曰：“‘玄著’蓋謂奧妙彰明耳。作‘沈著’解，似未允洽。”

◎楊勇曰：“《御覽》三九〇引《世說》：‘或問王濟云：“昨日游，有何語議？”濟曰：“張華善說《史》《漢》；裴逸民敘前言往行，袞袞可聽；王戎道子房、季札之間，超然玄著。”’與《世說》稍異。”

○注"竹林七賢論曰"

《竹林七賢論》，沈家本曰："《隋志》：'《竹林七賢論》二卷，晉太子中庶子戴逵撰。'二《唐志》同。《群輔録》：'竹林七賢，袁宏、戴逵爲傳，孫統爲贊。'"《古書目》卷四。○葉德輝曰："《隋志》：二卷。云：'晉太子中庶子戴逵撰。'"《書目》。

"解禊事"，秦士鉉曰："解禊，上巳於流水洗濯被除，謂之'被禊'、'解禊'，解罪求福也。《莊子》：'解之有痔病者，不可適河。'成公綏《洛禊賦》：'被除解禊，同會洛濱。'褚爽賦：'伊暮春之令月，將解禊於通川。'或云'解禊'當作'脩禊'。"○蔣凡曰："應劭《風俗通義》卷八引《周禮》《尚書》，述其爲古俗。《詩經·鄭風》韓詩説：'三月桃花水下之時，鄭國之俗，三月上巳，於溱洧兩水上，執芢蘭招魂續魄，被除不祥也。'到了魏晉，這一節日成了名士門的宴遊沙龍。"○龔斌曰："杜篤《被禊賦》：'譚詩書，詠伊吕，歌唐虞。'可知東漢時洛水被禊即有'譚詩書'之内容。"

◎程炎震曰："《御覽》三十引《竹林七賢論》此文，略異。"

○注"虞預晉書曰"

"爲石勒所害"，秦士鉉曰："永嘉五年，王衍奉東海王越喪還，石勒追之，全軍皆没。勒夜使人排墻殺之。"

○注"晉惠帝起居注曰"至"倫所害"

《晉惠帝起居注》，沈家本曰："《隋志》：'梁有《晉惠帝起居注》二卷，亡。'《唐志》不著録。《世説》各篇注引《惠帝起居注》十三事，不著撰人。"《古書目》卷二。○葉德輝曰："《隋志·起居注》《晉元康起居注》下云：'梁有《晉惠帝起居注》二卷，亡。'"《書目》。

"爲趙王倫所害"，秦士鉉曰："永康元年，賈后毒殺太子遹。趙王倫廢殺后，收裴頠、張華，皆殺之。"

○注"晉陽秋曰"

"千門萬户"，大典顯常曰："《東方朔傳》：武帝起建章宮，號千門萬户。"《集成》。
"畫地成圖"，朱鑄禹曰："《水經注》云：'張華得漢時宮殿簿，故能作千門

217

萬户之狀。’”

“張安世”，大典顯常曰：“《前漢》列傳二十九：張湯子安世，字子孺，武帝幸河東，嘗亡書三篋，詔問莫能知，唯安世識之，具作其事。後購求得書以相校，無所遺失。”○秦士鉉曰：“前漢張安世，字子孺，强記默識。見《賞譽篇》。”

【彙評】

李贄曰：“快活，真快活！”《初潭集》卷十五。

張端木曰：“王丞相屢言昔在洛水邊，則洛水之勝可想見。”

錢穆曰：“此事尚在渡江前，已見時人以談爲戲。無論所談是名理，是歷史，抑是古今人物，要之是出言玄遠，要之是逃避現實，而仍求有所表現。各標風致，互騁才鋒，實非思想上研覈真理、探索精微之態度，而僅爲日常人生活中一種遊戲而已。”《關係》。

24

王武子、《晉諸公贊》曰：“王濟字武子，太原晉陽人，司徒渾第二子也。有儁才，能清言。起家中書郎，終太僕。”孫子荆《文士傳》曰：“孫楚字子荆，太原中都人也。”《晉陽秋》曰：“楚，驃騎將軍資之孫，南陽太守弘之子[1]。鄉人王濟，豪俊公子，爲本州大中正，訪問弘爲鄉里品狀[2]，濟曰：‘此人非鄉評

---

[1] “太守弘”，董刻本、袁刻本“弘”作“宏”，下同。葉德輝曰：“《晉書·孫楚傳》本作‘宏’，此作‘弘’，非。”

[2] “訪問弘爲鄉里品狀濟曰”，桃井白鹿曰：“《晉書》‘品狀’下有‘至楚’二字。”秦士鉉曰：“‘品狀’下脱‘至楚’二字。《晉書》有之。”李慈銘曰：“‘宏’字誤。《晉書·孫楚傳》作：‘訪問銓邑人品狀，至楚，濟曰此非卿所能目，吾自爲之，乃狀楚曰云云。’”程炎震曰：“《魏志·孫資傳》注引《晉陽秋》云：‘訪問關求楚品狀。’《晉書·楚傳》云：‘訪問銓邑人品狀。’此注云‘訪問弘爲邑人品狀’，蓋衍‘弘’字。”王利器曰：“案‘宏’當作‘楚’，《三國·魏志·劉放傳》注引《晉陽秋》：‘楚鄉人王濟，豪俊公子也，爲本州大中正訪問。關求楚品狀，濟曰：此人非卿（當作‘鄉’）所能名。’自狀之曰：‘天才英博，亮拔不群。’”徐震堮曰：“案《孫楚傳》‘訪問銓邑人品狀’，《晉陽秋》‘訪問關求楚品狀’，曰‘銓’，曰‘關求’，皆動詞，有之語意乃備，則‘訪問’下當據《孫資傳》注補‘關求’二字，‘爲’字當删。或‘爲’字當在‘楚’字之上，傳鈔誤倒。”朱鑄禹曰：“《晉書》卷五十六《孫楚傳》曰：‘濟爲本州大中正，訪問銓邑人品狀，至楚，濟曰云云。’據此，‘宏’字衍，‘濟曰’上當有‘至楚’二字。”

所能名〔1〕，吾自狀之。'曰：'天才英特〔2〕，亮拔不群。'仕至馮翊太守。"

各言其土地人物之美〔3〕。王云："其地坦而平，其水淡而清〔4〕，其人廉且貞。"孫云："其山崒巍以嵯峨〔5〕，其水沺漼而揚波，其人磊砢而英多〔6〕。"按：《三秦記》《語林》載蜀人伊籍稱吳土地人物，與此語同。

○"王武子"至"磊砢而英多"

"地坦而平"，淇園曰："即'貞'。"○田中頤曰："此在人為永寧而貞。"

"水淡而清"，淇園曰："即'廉'。"○田中頤曰："此在人為寡欲而廉。"

"山崒巍以嵯峨"，大典顯常曰："崒巍，蓋與'崔嵬'同，高峻貌。"○淇園曰："即'磊砢'。"○田中頤曰："崒巍，高峻貌，此在人為卓犖而磊砢。"○王叔岷曰："'崒巍'與'崔嵬'同，亦作'崔巍'。《史記·司馬相如傳》：'於是乎崇山矓嵸，崔巍嵳嶯。'《正義》：'郭云：皆峻貌。'"○楊勇曰："'崒巍''崔嵬'古通用。《爾雅·釋山》：'石戴土謂之崔嵬。'"

"水沺漼而揚波"，岡白駒曰："沺漼，波貌，一云清徹也。"○桃井白鹿曰："郭璞《江賦》'長波浹渫'注：'水滂溏也。音洽牒。'"○淇園曰："即'英多'。"○田中頤曰："沺漼，水滂沱也。此在人為雄豪而英多。"○崔朝慶曰："沺漼，水波連綿貌。"○余嘉錫曰："慧琳《一切經音義》四十六《大智度論》音云：'《字林》：浹渫，謂冰凍相著也。《論》文作甲，非體也。''甲渫'蓋即'沺漼'之省寫。此云'沺漼而揚波'，蓋狀波動之貌，如冰凍之相著也。"○楊勇曰："沺漼，水滂沛也。郭璞《江賦》：'長波浹渫。'李善注引《埤蒼》曰：'浹渫，水滂溏也。'"○方一新曰："'沺漼'是聯綿詞。《廣韻》

〔1〕 "鄉評"，桃井白鹿曰："(《晉書》)'鄉評'之'鄉'作'卿'，指孫宏。"秦士鉉曰："'卿'舊作'鄉'，誤也。'卿'指孫宏。"龔斌曰："'鄉'《晉書·孫放傳》注引《晉陽秋》作'卿'。當作'鄉'，然作'卿'於義亦通。"
〔2〕 "英特"，趙西陸曰："《魏志·孫資傳》引《晉陽秋》'英特'作'英博'。《文選·辨命論》、《齊竟陵王行狀》注、《御覽》二六五又四四七引《郭子》、《晉書·孫楚傳》並作'英博'。"
〔3〕 "各言其"，王叔岷曰："《御覽》三百九十引'其'作'鄉里'。"
〔4〕 "淡而清"，程炎震曰："《御覽》三百九十《言語門》引此'淡'作'澹'。"
〔5〕 "崒巍"，程炎震曰："(《御覽》三百九十《言語門》引此)'崒巍'作'崔嵬'。"
〔6〕 "磊砢"，程炎震曰："(《御覽》三百九十《言語門》引此)'磊'作'礧'。"

入聲狎韻：'浹，浹渫，冰凍相著。'《集韻》入聲洽韻：'魶鰈，鱗次衆多也。一曰裝飾衆貌。'又入聲狎韻：'押蓹，重接貌。'《文選》卷一一何晏《景福殿賦》：'紅葩蓹鞣。'李周翰注：'蓹鞣，花相次比貌。'是'汩渫''浹渫''甲渫''浹渫''魶鰈''押蓹''蓹鞣'諸詞聲近義通，皆重疊相加之義，分別用來形容厚、密、多、濃等情狀。"《釋義》。

"人磊砢而英多"，桃井白鹿曰："《上林賦》'水玉磊砢'注：'魁礨貌。'《正字通》：'人性體卓特者，亦曰磊砢。'"○大典顯常曰："磊砢，衆石貌，人性卓犖不細膩者，亦曰磊砢。"○崔朝慶曰："磊砢，才情奇特也。"○王叔岷曰："《御覽》（三百九十）引'磊砢'作'礌砢'，同。《文選》左太沖《吳都賦》'金鎰磊砢'注：'磊砢，衆多貌。'"

○注"文士傳曰"

"大中正"，恩田仲任曰："杜氏《通典》曰：'魏司空以天臺選用，不盡人材，擇州之才優有昭鑒者除中正，自拔人才，銓定九品，州郡皆置。晉宣帝加置大中正，故有大、小中正，其用人甚重。'"朱鑄禹按曰："'司空'指陳群，'天臺'指朝廷。"○秦士鉉曰："大中正，掌州內人物品量望第。以本州門望高者領之，無品秩。又有小中正。"○程炎震曰："《御覽》二百六十五《中正門》：《孫楚集》奏曰：'九品漢氏本無，班固著《漢書》，序先往代賢智以九品條，此蓋記鬼錄次第耳，而陳群依之以品生人。又魏武拔奇決於胸臆，收人才不問階次，豈賴九品而後得人。今可令長守爲小人中正，各自品其編戶'。"○陸侃如曰："太始六年，王濟遷本州大中正，銓孫楚品狀。濟爲中正，本傳未言及。以楚與濟兩人事推之，似在濟爲中書郎及楚免參軍後數年中。"《繫年》頁六四三。○曹道衡曰："《晉書・職官志》不列中正，蓋例爲郡人高門之任職京師者兼任，銓敘品第，多憑門第，謬采虛聲。王濟與孫楚爲忘年交，相狎復又相敬，宜濟必欲自加品狀矣。《晉書・王濟傳》不書大中正，或當以爲兼官無關宏旨。其兼職之年已不可考。"《叢考》頁一七〇。

"訪問弘爲鄉里品狀"，參見校文。岡白駒曰："鄉人訪問宏之言行，以爲鄉里品狀。"○桃井白鹿曰："王濟訪問孫楚父宏，共爲鄉里人士品評也。"○李慈銘曰："訪問者，魏晉制中正以下皆設訪問。《晉書・劉卞傳》：'卞入太學試經，爲臺四品吏。訪問令寫黃紙一鹿車，卞曰：劉卞非爲人寫黃紙者也。訪問怒，言於中正，退爲尚書令吏。'"《簡端記》。○王利器曰："魏晉制，中正以下皆設訪問。”○徐震堮曰：“訪問，乃大中正屬官。”

“非鄉評所能名”，參見校文。桃井白鹿曰：“父爲子品評，故當難言，故王濟狀之。”○天保手批曰：“宏自狀其子，徒謂鄉人自好者也。”○龔斌曰：“鄉評義同鄉論、鄉品。”

“天才英特”二句，程炎震曰：“‘天才’二語，《文選》五十四《辨命篇》、六十《竟陵王行狀》注，兩引《郭子》作‘孫楚狀王濟’，蓋傳聞異詞。《御覽》二百六十五《中正門》亦引《郭子》，較《選注》所引爲詳，仍是王狀孫，非孫狀王也。”

【彙評】

王世懋曰：“注是也。吳蜀當此語是本色。按王、孫同爲太原人，不當土風之異如此。”天保手批曰：“無‘當’字。王湛本無‘按’字。”

狄期進曰：“不曰人傑地靈乎？”

張端木曰：“九品官人之法，觀此可知。”

龔斌曰：“論土地人物之美，乃漢末以後學術風氣，溯其源當起於漢代取士之地方察舉制度。”

25

樂令女適大將軍成都王穎。虞預《晉書》曰：“樂廣字彥輔，南陽人。清夷沖曠，加有理識。累遷侍中、河南尹。在朝廷用心虛淡，時人重其貞貴，代王戎爲尚書令。”《八王故事》曰：“司馬穎字叔度[1]，世祖第十九子[2]，封成都王、大將軍。”王兄長沙王執權於洛，《晉百官名》曰：“司馬乂字士度，封長沙王。”《八王故事》曰：“世祖第十七子[3]。”遂構兵相

---

[1] “叔度”，楊勇曰：“《書鈔》七〇引王隱《晉書·成都王傳》作‘章庭’，今從《晉書》本傳作‘章度’。”
[2] 世祖“第十九子”，徐震堮曰：“《晉書》本傳作‘武帝第十六子’。”
[3] “世祖第十七子”，徐震堮曰：“《晉書》本傳作‘武帝第六子’。”

圖。長沙王親近小人，遠外君子，凡在朝者，人懷危懼。樂令既允朝望[1]，加有婚親，群小讒於長沙。長沙嘗問樂令[2]，樂令神色自若，徐答曰："豈以五男易一女？"《晉陽秋》曰："成都王之起兵，長沙王猜廣，廣曰：'寧以一女而易五男？'又猶疑之，遂以憂卒。"由是釋然，無復疑慮。

○"樂令女"至"人懷危懼"

"成都王穎"，大典顯常曰："晉惠帝太安二年，河間王顒、成都王穎舉兵反，表長沙王乂論功不平，與僕射羊玄之、將軍皇甫商專擅朝政，請遣乂還國，誅玄之等。"○恩田仲任曰："《通鑒》注曰：'惠帝時，蜀亂，割南郡之華容、州陵、監利三縣，別立豐都一縣，置成都郡，爲成都王穎國。'"

"構兵相圖"，田中頤曰："樂被猜嫌，已見於此。"○秦士鉉曰："齊王冏驕恣，成都王使長沙王殺之，而後潛圖長沙王，事在太安二年。"

"長沙王親近小人"二句，王叔岷曰："諸葛亮《出師表》：'親小人，遠賢士，此後漢所以傾頹也。'"

○"樂令既允"至"無復疑慮"

"既允朝望"，岡白駒曰："允，當也。"○桃井白鹿曰："身當朝廷人望。"

"群小讒於長沙"，秦士鉉曰："群小，群小人也。出《詩經》。"

"問樂令"，田中頤曰："以朝望、婚親、讒言之三難一時得舉問也。"

"神色自若"，田中頤曰："與'懷危懼'反映。"

"豈以五男易一女"，胡三省曰："謂附穎則五男被誅。"《通鑒·晉紀七》注。○李贄曰："'棄一女保五男'，蓋古有此語。樂用之，非樂實有五男也。"龔斌按曰："《晉書》本傳謂廣三子凱、肇、謨，李贄所釋是。"○桃井白鹿曰："蓋取諸《夬》。若三四男一女，若五六男一女，皆可言之，非樂廣實有五男也。《夬卦》乾下兌上，五

---

[1] "既允"，余嘉錫曰："'允'景宋本及沈本俱作'處'。"按元刻本、《太平廣記》一七六引、何焯校及《晉書》本傳亦皆作"處"。徐震堮曰："作'處'於義爲長。"
[2] "長沙嘗問"，天保手批曰："無'長沙'二字。"

陽決去一陰之象。當時搢紳好言《周易》，故樂廣取《夬卦》以作此言。"《補遺》。
○秦士鉉曰："五男在京，故云。愛一女而黨成都王，則五男被誅。廣三子，凱、肇、謨。臨川原本謝景重曰'樂彥輔有言'云云，又《魏書》王誦曰：'昔人不以一女易眾男。'皆祖樂語。"

"無復疑慮"，余嘉錫曰："《晉陽秋》謂'乂猶疑之'，而《世說》以爲'無復疑慮'，蓋傳聞異辭。"○徐震堮曰："《晉書·樂廣傳》同《晉陽秋》，與《世說》異。"

○注"虞預晉書曰"

"虞預"，秦士鉉曰："《晉書》：預字叔寧，除散騎常侍。預著書四十餘卷。"
《八王故事》，沈家本曰："《隋志》：'《晉八王故事》十卷，無撰人。'二《唐志》：'十二卷，盧綝撰。'"《古書目》卷四。○葉德輝曰："《隋志》題《晉八王故事》十卷，無撰人。"《書目》。

○注"晉百官名曰"

《晉百官名》，沈家本曰："《隋志》：'《晉百官名》，無撰人。'二《唐志》不著録。《隋志》云：'或取官曹名品之書撰而録之，別行於世。宋齊已後其書益繁，而篇卷零疊，易爲亡散。'據此則《百官名》者，當日官曹之所録，有如今日之搢紳録矣。"《古書目》卷四。○葉德輝曰："《隋志》入'職官篇'，題三十卷，無撰人。"《書目》。

○注"晉陽秋曰"

"以憂卒"，余嘉錫曰："穎以大安二年起兵討乂，而樂廣即卒於次歲永興元年正月，則《晉陽秋》謂廣'以憂卒'，信矣。"

【彙評】

劉辰翁曰："一語坦然，敬服敬服。"評"豈以五男易一女"。按凌瀛初本"敬服敬服"作"敬服之"。天保手批亦改作"敬服之"。
呂思勉曰："能矯飾於外者，未必能無動於中也。此較告子之不動心，又遜一籌矣。"《札記》頁八七九。

26

陸機詣王武子，《晉陽秋》曰：“機字士衡，吳郡人。祖遜，吳丞相。父抗，大司馬。機與弟雲並有儁才。司空張華見而說之，曰：‘平吳之利，在獲二儁。’”《機別傳》曰：“博學善屬文，非禮不動。入晉，仕著作郎，至平原內史。”武子前置數斛羊酪，指以示陸曰：“卿江東何以敵此？”陸云：“有千里蓴羹，但未下鹽豉耳！”

○“陸機詣”至“下鹽豉耳”

“陸機詣王武子”，龔斌曰：“陸機詣王濟，當在太康十年赴洛不久，蓋張華薦之耳。”

“羊酪”，桃井白鹿曰：“酪，酒屬，以羊乳汁作之。其法見元《飲膳正要》。”○大典顯常曰：“酪，乳漿也。羊酪，以羊乳汁作之。”

“有千里蓴羹但未下鹽豉”，黃朝英曰：“晉陸機詣王武子，武子前有羊酪，指示陸曰：‘卿吳中何以敵此？’陸曰：‘千里蓴羹，末下（一作未下）鹽豉。’所載此而已。及觀《世說》又曰：‘千里蓴羹，但未下鹽豉耳。’或以謂千里、末下皆地名，是未嘗讀《世說》而妄爲之說也。或以爲‘千里’者，言其地之廣，是蓋不思之甚也。如以千里爲地之廣，則當云‘蓴菜’，不當云‘羹’也。或以謂蓴羹不必鹽豉，乃得其真味，故云‘未下鹽豉’。是又不然。蓋洛中去吳有千里之遠，吳中蓴羹自可敵羊酪，但以其地遠，未可卒致耳，故云‘但未下鹽豉耳’，意謂蓴羹得鹽豉尤美也。此言近之矣。今詢之吳人，信然。”《緗素》卷三。○孔平仲曰：“陸機云：‘千里蓴羹，但未下鹽豉耳。’《世說》具載此語，意謂生蓴羹在水中者也，後人謬以千里、末下爲地名，可删去‘但’字。劉禹錫《歷陽》詩‘一鍾菰葑米，千里水蓴羹’，亦陸機之意也。”《孔氏雜說》卷四。○黃徹曰：“‘千里蓴羹，未下鹽豉’，蓋言未受和耳。子美‘豉化蓴絲熟’，又‘豉添蓴菜紫’，聖俞《送人秀州》云‘剩持鹽豉煮紫蓴’，魯直‘鹽豉欲催蓴菜熟’。”《䂬溪詩話》卷九。○嚴有翼曰：“作晉史者，取《世說》之語，而删去兩字，但云‘千里蓴羹，未下鹽豉’，故人多疑之。或言‘千里’‘未下’皆地名，或言‘千里’言地之廣，或言自洛至吳有千里之遙，或言蓴羹必鹽豉乃得其真味，是皆不然。蓋千里，湖名也。千里湖之蓴菜，以之爲羹，其美可敵羊酪，然未可猝至，故云‘但未下鹽豉耳’。子美又有《別賀蘭銛詩》云：‘我戀岷下芋，君思千里蓴。’以‘岷下’對‘千里’，則‘千里’爲湖名可知。《酉陽雜俎》酒食品亦有千里蓴。”《藝苑雌黃》，胡仔《苕溪漁隱叢話後集》卷八引。○陸游曰：“蓴菜最宜鹽豉，所謂‘未下鹽豉’者，言下鹽豉則非羊酪可敵，蓋盛言蓴菜之美爾。”《戲詠山陰風物》“湘湖蓴菜豉偏宜”句自注。余嘉錫按曰：“自來解釋此兩句，惟此說最確。”○王楙曰：“或者謂千里、末下皆地名，蓴、豉所出之地。而《世說》載此語則曰：‘千里蓴羹，但未下鹽豉耳。’觀此語，似非地名。東坡詩曰：‘每憐蓴菜下鹽豉。’又曰：‘未肯將鹽下蓴菜。’坡意正協《世說》。然杜子美詩曰：‘我思岷下芋，君思千里蓴。’張鉅山詩曰：‘一出修門道，重嘗末下蓴。’觀二公所云，是又以千里、末下爲地名矣。前輩諸公之見不同如此。僕親見湖人陳和之，言‘千里’地名，在建康境上，其地所産蓴菜甚佳，計‘末下’亦必地名。《緗素雜記》《漁隱叢話》皆引《世說》之言，以謂‘末下’當云‘未下’，而《漁隱》謂‘千里’者湖名，且引《酉陽雜俎》酒食而亦有千里之蓴。僕謂‘末下’少見出處，‘千里蓴’言者甚多，如《南北史》載沈文季謂崔祖思曰：‘千里蓴羹，非關魯衛。’梁太子啓曰：‘吳愧千里之蓴，蜀慚七菜之賦。’吳均《移》曰：‘千里蓴羹，萬丈名膾。’千里之蓴，其見稱如此。”《野客叢書》卷十。○郎瑛曰：“人皆以蓴羹不減鹽豉之意也，殊不知‘末下’，末下也，當時誤寫‘未’字，並‘千里’皆蘇州地名。”《七修類稿》卷二十一。○王世懋曰：“千里，湖名，今《志》猶可考。”○陳志華曰：“《晉書》：‘千里蓴羹，未下鹽豉。’或云：謂千里、末下，是蒓豉所出之地。張鉅山詩曰：‘一出修門道，重嘗末下蓴。’”凌刻本引。○凌濛初曰：“按《岡南因話錄》曰：‘末’字誤爲‘未’。末下、千里，皆地名，其地今屬平江。”○徐樹丕曰：“千里，湖名，其地蓴菜最佳。陸機答謂未下鹽豉，尚能敵酪，若下鹽豉，酪不能敵矣。”《識小錄》卷三。余嘉錫按曰：“徐氏此解極妙，與余意合。”○祁駿佳曰：“說者謂‘千里’乃吳中湖名也。《南史·崔祖思傳》亦有‘千里蓴羹’之語。又杜公《別賀蘭銛詩》：‘我戀岷下芋，君思千里蓴。’以‘千里’對‘岷下’，並是地名，尤可證也。至於‘未下’，乃是‘末下’，而末下亦是地名。”《遯翁隨筆》卷上。○袁枚曰：“末下者，地名也，故舉食物以答人之問。東坡詩：‘肯將鹽豉下蓴菜。’是以‘末下’爲‘未下’，誤矣。嚴道甫曰：‘千里，湖名，即白臼湖。末下，即秣陵也。’”《隨園隨筆》卷十八。○朱亦棟曰：“此自以‘蓴羹’對‘羊酪’，故時人稱之爲名對。晉人最重蓴羹，觀張季鷹傳可見也。‘千里’或是湖名，‘末下’之名疑是後起，不可信也。當從《世說》

225

作‘未’字爲是。”《群書札記》卷三。○岡白駒曰：“蓴羹之未下鹽豉者，可以敵之，則其已下鹽豉者勝此可知矣。《正字通》引此云：‘未當作末，千里、末下，皆吳地名。’千里爲地名，固也；‘未’改‘末’，非也。豉，以豆配鹽造之。”○桃井白鹿曰：“杜甫詩：‘豉化蓴絲熟。’注：‘豉，鹽豉，蒸豆爲之。蓴羹得下鹽豉尤美。’”○大典顯常曰：“《説文》：‘䜴，配鹽幽尗也。’徐曰：‘尗，豆也。幽，謂造之幽暗也。’‘豉’本作‘䜴’。《史記·貨殖傳》：‘鹽豉千合。’陸言謂羊酪雖美，與蓴羹之未下鹽豉者差可相敵耳。蓋酪蓴同是凝滑，故以爲比。”○淇園曰：“下鹽豉則大勝於羊酪，故云‘但未下鹽豉耳’。”○恩田仲任曰：“《太平清話》曰：‘《南史》沈文季曰：“千里蓴羹，豈關魯衛。”湖在溧陽，至今産美蓴，俗呼千里滰，滰與故縣滰相連。’《寰宇記》曰：‘千里湖在溧陽東南，産蓴菜。杜子美詩注曰：千里，吳石塘湖名也。’”○田中頤曰：“千里，湖名，以對‘數斛’。蓴，味之甚淡者。鹽豉，蒸豆作之。言蓴羹既下鹽豉，則味更清矣，大勝於羊酪也，而兼譏其未試己之材，而倨傲過甚矣。”○秦士鉉曰：“羊酪以羊乳汁作之，其味淡而滑。蓴菜未下鹽豉，亦淡而滑，故爲名對。《晉書》無有‘但’‘耳’二字。《正字通》謂‘未’當作‘末’，‘千里’‘末下’均地名，《因話録》亦同。”○李慈銘曰：“《晉書》作‘有千里蓴羹，未下鹽豉’，《太平廣記·菲食門》引《世説》與此同；《詼諧門》引《啟顔録》無‘但’字。”《簡端記》。○劉盼遂曰：“《晉書·陸機傳》作‘千里蓴羹，未下鹽豉’。《金陵地志録》云：‘秣陵，據沈文季云：秣當作末。陸機云末下鹽豉，即秣陵。’據上二事，則《世説》‘未’爲‘末’誤。‘但’字由後來衍也。”○楊勇曰：“《世説》‘未下’，原當作‘末下’，即秣陵也。此晉人稱都爲都下、洛爲洛下之證。後人不識末下地名，遂妄爲億改，又以文氣不貫，於‘末’上增一‘但’字，皆非也。今按吾國古籍中凡地名、物名後有‘上’‘下’字者，皆有邊側之義。”○周紀彬曰：“‘未下鹽豉’一語，未見前人有單獨運用的，它的出現卻是常常和蓴羹之類物品相聯繫的。誤解‘千里’‘未下’爲二地名者，實受《晉書》的影響。修撰《晉書》的官員，因襲六朝文風，猶嫌屬對不工，遂成‘千里蓴羹，未下鹽豉’。後人又變‘未下’爲‘末下’，以與江南秣陵（即建業）牽合。蓴羹下鹽豉，始成吳中風味。若將‘蓴羹’‘鹽豉’平列爲二物，與羊酪相對，與文意亦不相合。”《札記》。

【彙評】

劉辰翁曰：“最得占對之妙，言外謂下鹽豉後尚未止此。第語深約，可以意得，難以俊賞耳。”按凌瀛初刻本“意得”作“味得”。

李贄曰：“雋永。”《初潭集》卷二十三。

袁中道曰：“清談。”《舌華錄》卷八。

徐樹丕曰：“劉云此陸‘占對之妙’，愚謂武子以豪舉自誇，而機以清味自適，有淳雲富貴意，其旨妙在言外。”《識小録》卷三。

蔣凡曰：“王、陸雙方表面借物以喻的委婉措詞，掩蓋不了一場南北士族脣槍舌劍的激烈論爭和情感對立。”《研究》頁三六。

龔斌曰：“王武子以數斛羊酪，指以示陸機云云，意不在誇耀北土物產之豐盛，乃是趾高氣揚，目中無南士。陸機性格慷慨，當即以‘千里蓴羹’對之，大爲南士吐氣。蔡洪赴洛，洛中人譏以‘亡國之餘’，蔡洪則嘲北方勝利者爲殷之苗裔。陸機詣王武子，與蔡洪赴洛之遭遇，正復相同。”

27

　　中朝有小兒，父病，行乞藥。主人問病，曰：“患瘧也。”主人曰：“尊侯明德君子，何以病瘧？”俗傳行瘧鬼小，多不病巨人。故光武嘗謂景丹曰[1]：“嘗聞壯士不病瘧，大將軍反病瘧耶[2]？”答曰：“來病君子，所以爲瘧耳。”

○“中朝有小兒”至“爲瘧耳”

“中朝”，大典顯常曰：“東晉時謂西晉爲中朝。”○楊勇曰：“《晉書目録》：‘晉以南渡以後稱洛陽爲中朝。’”

“行乞藥”，楊勇曰：“藥，五石藥也。今按五石散可以治瘧，故以‘瘧’諧‘虐’。”

“尊侯明德君子”二句，凌濛初曰：“《續博物志》曰：‘蜀人以疾瘧爲奴婢

〔1〕 “光武”，余嘉錫曰：“‘光武’下景宋本及沈本俱有‘皇帝’二字。”何焯校同。
〔2〕 “反病瘧耶”，葉德輝曰：“《後漢·景丹傳》注引《東觀記》作‘今漢大將軍反病瘧邪’，明此作‘耶’是。”趙西陸曰：“袁本‘耶’作‘耳’，誤。”

瘧。’”〇田中頤曰：“言瘧當暗昧，小人病之，君子則不病。”〇崔朝慶曰：“尊侯，尊稱人之父也。俗傳瘧有鬼，形小，不病巨人，故主人戲作如是問。”〇陶珙曰：“案《唐書》，高力士嘗借功臣圖避瘧。當循此説。”〇朱鑄禹曰：“《通鑒》胡注曰：‘晉人於人子之前稱其父爲尊君、尊公。’此則稱尊侯，蓋亦當時之習語。”

“來病君子”二句，王世懋曰：“轉語佳甚。”按《批補》“佳甚”二字倒。〇岡白駒曰：“‘瘧’‘虐’音同。”〇田中頤曰：“言君子固不當病瘧，而瘧冒來以病君子，所以謂爲瘧疾也。”

〇注“光武嘗謂景丹曰”

天保手批曰：“《後漢書》注引《東觀紀》云：丹從上至懷病虐，見上在前，瘧發寒慄，上笑曰：‘聞壯士不病瘧，今漢大將軍反病虐邪？’”

28

崔正熊詣都郡。都郡將姓陳，問正熊：“君去崔杼幾世？”答曰：“民去崔杼，如明府之去陳恒。”《晉百官名》曰：“崔豹字正熊，燕國人，惠帝時官至太傅丞。”

〇“崔正熊”至“去陳恒”

“都郡將”，大典顯常曰：“都郡，當謂河南郡。”《集成》。〇崔朝慶曰：“都，聚也。郡，群也。人所群聚之地也。”〇余嘉錫曰：“都郡將者，以他郡太守兼都督本郡軍事也。”〇周一良曰：“‘郡將’指太守。《三國志·魏志七·臧洪傳》，洪爲廣陵太守張超功曹，稱超爲‘郡將’。《晉書》六一《劉喬傳》，劉弘與東海王越書，稱喬爲‘吾州將’，以其爲豫州刺史，以漢人稱太守爲‘郡將’之例稱之也。又卷八九《周岐傳》稱湘州刺史譙王承爲‘州將’。又卷八九《沈勁傳》：‘以刑家不得仕進，郡將王胡之深異之。’‘郡將’即吳興太守。”《批校》。又曰：“都郡謂州郡所在地，郡將亦指太守。”《史札》頁一〇。

"去崔杼幾世"，田中頤曰："此已自鞭己者。諺云：'欲打泥土，先浼自身。'"

"民去崔杼"，許世瑛曰："晉時下級官吏對上級自稱曰'民'。"楊勇引。按"民"義參見《政事篇》"陸太尉詣王丞相咨事"條。

"如明府之去陳恒"，岡白駒曰："都郡將欲以弒君之後折辱之，故正熊答之以此。"○田中頤曰："崔杼、陳恒同世，皆弒其君，故以反之。"○秦士鉉曰："崔杼、崔陳，齊國大夫，皆弒君者。詳《春秋》。"○天保手批曰："齊崔杼弒莊公，陳恒弒簡公。"

◎天保手批曰："《搜神記》曰：昔太山皇帝召募諸方秀士，遣司徒崔皓試之，問其妍否。皓見雍州秀才陳龍文，多言巧辭，乃歎之曰：'子姓陳，與陳恒近遠？'龍文應聲答曰：'龍文與恒，還如公與杼，間密相似。'"○劉盼遂曰："《搜神記》卷四記崔皓問雍州秀才陳龍文事，全與此符，殆本一事，而誤易其名耳。"

○注"晉百官名曰"

"崔豹字正熊"，陳直曰："《大晉皇帝三臨辟雍碑》碑陰題名第一列，有'典行土鄉飲酒禮博士漁陽崔豹正雄'，不但仕歷較《晉百官名》爲詳，豹字正雄，亦與本文有異。"《札記》。

"太傅丞"，李慈銘曰："太傅無丞，'傅'當是'僕'字之誤。"《簡端記》。○趙西陸曰："太傅無丞，晉太子太傅則有丞。崔豹或爲太子太傅丞。"

【彙評】

王世懋曰："此問者自賣破綻。"

張端木曰："與陸士衡對盧志語同。"

方苞曰："晉人還有此種輕薄語，宜深惡而痛絕之。"龔斌按曰："方氏未諳魏晉人之活潑，故有此迂腐語。"

徐震堮曰："此條入《言語》不如入《排調》。"蔣凡按曰："入《言語》，或許是作者更看重對話中以機敏、學養爲底蘊的人物言語之美。"

龔斌曰："漢末以後，嘲戲之風盛行，君臣、師生、夫妻、朋友，常嘲戲取樂。以他人姓氏嘲之，乃爲嘲戲之一種。"

29

元帝始過江，朱鳳《晉書》曰：“帝諱叡[1]，字景文。祖仙，封琅邪王，父恭王瑾嗣[2]。帝襲爵爲琅邪王。少而明惠，因亂過江起義，遂即皇帝位。《謚法》曰：始建國都曰元。”謂顧驃騎曰：“寄人國土，心常懷慚。”榮跪對曰[3]：“臣聞王者以天下爲家[4]，是以耿、亳無定處[5]，《帝王世紀》曰：“殷祖乙徙耿，爲河所毀。”今河東皮氏耿鄉是也。“盤庚五遷，復南居亳。”今景亳是也。九鼎遷洛邑[6]。《春秋傳》曰：“武王克商[7]，遷九鼎於洛邑。”今之偃師是也。願陛下勿以遷都爲念[8]。”

○“元帝始過江”至“遷都爲念”

“顧驃騎”，龔斌曰：“驃騎將軍之職乃榮卒後所贈。此條稱‘驃騎’乃後來追述之語。”

“寄人國土”，敬胤曰：“元帝之鎮建業，于時天下雖亂，而朝廷猶存，經年之後，方還本國，葬太妃，方伯述職，何謂爲‘寄’也？”

“願陛下勿以遷都爲念”，敬胤曰：“元帝永嘉元年，以顧榮爲安東軍司。五年進號鎮東，榮爲軍司。其年榮卒。後七歲，元帝方爲天子，豈得此時便爲陛下，已曰‘遷都’邪？”○余嘉錫曰：“顧榮卒於元帝未即位以前，不當稱‘陛下’。”○楊勇曰：“元帝之鎮建鄴，於時天下雖亂，而朝廷猶存，而榮卒於永嘉六年，後此七年，元帝方爲天子，於云‘遷都’，殆是安東時也。”

---

[1] “諱叡”，《晉書·元帝紀》、《宣五王傳》及《文選·勸進表》注引王隱《晉書》“叡”作“睿”。楊勇曰：“‘睿’宋本作‘叡’，非。”

[2] “瑾嗣”，《晉書·元帝紀》、《宣五王傳》“瑾”俱作“覲”。楊勇曰：“‘覲’宋本作‘瑾’，非。”

[3] “對曰”，《考異》“對”作“答”。

[4] “臣聞王者”，程炎震曰：“《御覽》‘王’作‘事’，誤。”

[5] “王者以天下爲家”二句，《考異》無“天下爲家是以”六字。

[6] “遷洛邑”，《考異》“遷”作“移”。

[7] “克商”，楊勇曰：“‘商’宋本作‘商’，非。”

[8] “勿以”，《考異》“勿”作“無”。

○注“謚法曰”

《謚法》，葉德輝曰：“《隋志》《大戴禮記》下云：‘梁有《謚法》三卷，後漢安南太守劉熙注，亡。’”《書目》。

○注“今之偃師”

“偃師”，楊勇曰：“即殷西亳地，今河南府屬。”

【彙評】

蒙思明曰：“當日元帝亦幾認江南爲世族私地，倘無顧、賀諸氏的悉心贊助，則司馬氏百年的江左偏安亦將不見於史册了。”《社會》頁三五。

陳寅恪曰：“東晉元帝者，南來北人集團之領袖。吳郡顧榮者，江東士族之代表。元帝所謂‘國土’者，即孫吳之國土。所謂‘人’者，即顧榮代表江東士族之諸人。當日北人南來者之心理，及江東士族對此種情勢之態度，可於兩人問答數語中窺知。顧榮之答語乃允許北人寄居江左，與之合作之默契。此兩方協定既成，南人與北人戮力同心，共禦外侮，而赤縣神州免於全部陸沉，東晉南朝三百年之世局因是決定矣。”《述東晉王導之功業》，《叢稿初編》頁五九。説又見《講演録》頁一五二。

蔣凡曰：“司馬睿此言爲其‘始過江’，尚未建立東晉朝廷時的心理，顧榮之對，也是江東世族對是否擁戴北來權勢的態度回饋。”

龔斌曰：“由顧榮之答，見出南方士族從先前排斥北方士族，變爲與之合作。”

30

庾公造周伯仁。虞預《晉書》曰：“周顗字伯仁，汝南安城人，揚州刺史浚長子也。”《晉陽秋》曰：“顗有風流才氣，少知名，正體嶷然，儕輩不敢媟也。汝南貫泰淵通清操之士[1]，嘗歎曰：‘汝潁固多賢士，自頃陵遲，雅

〔1〕 “汝南貫泰淵通清操之士”，董刻本無“通”字。葉德輝曰：“《晉書・周顗傳》作‘貫嵩’。”徐震堮《札記》曰：“汝南貫泰，《晉書・周顗傳》作‘司徒掾汝南貫嵩’。”按《册府元龜》、《太平御覽》引並作“貫嵩”。又，楊勇曰：“‘貫泰淵’，《晉書・周顗傳》作‘貫嵩’，《考異》‘王大將軍在西朝時’條注引《晉陽秋》亦作‘貫泰淵’。疑嵩字泰淵，本一人也。”按此以“泰淵”二字連讀，備一説。

道殆衰，今復見周伯仁。伯仁將祛舊風[1]，清我邦族矣。'舉寒素，累遷尚書僕射，爲王敦所害。"伯仁曰："君何所欣説而忽肥[2]？"庾曰："君復何所憂慘而忽瘦？"伯仁曰："吾無所憂，直是清虛日來，滓穢日去耳。"

○"庾公造"至"滓穢日去耳"

"忽肥"，田中頤曰："此含譏而微，故其辭雖見反，又復反之，遂得勝焉。"

"何所憂慘而忽瘦"，田中頤曰："此呈嘲而顯，故雖能反之，亦見反焉。"○方一新曰："憂慘，即憂、憂愁義。'慘'也是'憂'的意思，二字同義連文。"《雜識》。

"直是"，徐震堮曰："古'直'與'特'一聲，與'但'字、'止'字同義。"《簡釋》。

"清虛日來滓穢日去"，田中頤曰："'欣説'暗指言富貴，'憂慘'暗指言貧賤。此欣説者肥，此憂慘者瘦，而今以其瘦爲清虛，以其肥爲滓穢。"○崔朝慶曰："言多清虛之氣，去滓穢之累，所以瘦也。"○張萬起曰："清虛，清淨虛無。《淮南子·主術》：'故有道之士，減想去意，清虛以待不伐之言，不奪之事。'滓穢，污濁，指世俗的意念。"

○注"晉陽秋曰"

"不敢媟也"，秦士鉉曰："媟，媟慢也。"

"汝潁"，秦士鉉曰："汝南、潁川也。"

"陵遲"，大典顯常曰："遲，讀爲'夷'。《字書》：'陵夷，言凡物始盛終衰，其頹替如丘陵漸夷也。'"《集成》。○恩田仲任曰："王肅《孔子家語》注曰：'陵遲猶陂池也。'遲，慢也。丘陵之勢漸慢也，喻積漸衰微也。"

"祛舊風"，秦士鉉曰："祛，開也。"○王叔岷曰："《廣雅·釋詁三》：

[1] "祛舊風"，沈校本、何焯校"祛"作"法"。程炎震曰："'祛'宋本作'法'。"楊勇曰："'祛'沈校作'法'，非。"王叔岷曰："'祛舊風'於義自通，無煩改字。"
[2] "欣説"，董刻本、《太平御覽》三七八引"説"作"悦"。蔣凡曰："諸本作'欣説'。"

232

‘祛、啓，開也。’祛舊風，謂開啓舊風。”○朱鑄禹曰：“祛，開也。《前漢書·兒寬傳》：‘封禪告成，合祛於天地。’注：‘李奇曰：祛，開散；合，閉也。’”

“舉寒素”，恩田仲任曰：“寒素，科名，猶言清白。”○楊勇曰：“晉有寒素科，‘寒素’猶言清白、平民。”

【彙評】

劉辰翁曰：“極鄙而隱。”

李贄曰：“太無味。”○曰：“稚子學語。”《批補》。

天保手批曰：“春臺：使人嘔。”

龔斌曰：“初看似有《韓非子》‘說肥瘦’之遺意，究其本意，恐仍是嘲謔耳。”按《韓非子·說林上》載子夏問曾子“何肥也”之事。

31

過江諸人，每至美日[1]，輒相邀新亭[2]，藉卉飲宴。《丹陽記》曰：“新亭，吳舊立，先基崩淪。隆安中，丹陽尹司馬恢之徒創今地[3]。”周侯顗也。中坐而歎曰：“風景不殊，正自有山

---

[1] “美日”，余嘉錫曰：“敦煌唐寫本《殘類書·客遊篇》引《世說》，‘美日’作‘暇日’。”趙西陸曰：“《太平御覽》一九四、敦煌古寫本《殘類書》之一《客遊門》引‘美日’作‘暇日’。”楊勇曰：“《類聚》二八、三九，《御覽》一九四、五三九，《晉書·王導傳》，《燉煌本殘類書》‘新亭’條，均作‘暇日’。”王叔岷曰：“宋本必有所承，兩存可也，不必改字。”吳金華《考釋》曰：“作‘暇日’義長。唐代及北宋的類書、史書都作‘暇日’，而‘美日’則出現於南宋以下的版本，足見‘美日’出自後來傳刻者之手。”頁三七。

[2] “輒相邀新亭”，程炎震曰：“《御覽》五百三十九引‘新亭’作‘江心亭’，‘邀’作‘要’，下有‘出’字。”余嘉錫曰：“(敦煌唐寫本《殘類書·客遊篇》引《世說》，)‘新亭’上有‘出’字。”趙西陸曰：“《太平御覽》一九四、敦煌古寫本《殘類書》之一《客遊門》引無‘輒’字，‘新亭’上有‘出’字。”楊勇曰：“要出，宋本作‘邀’。今依《類聚》二八、三九，《御覽》一九四、五三九，《晉書·王導傳》改。要、邀，意同。出，至也。”王叔岷曰：“‘出’字可補。”吳金華《考釋》曰：“唐人、北宋人所見本都有‘出’字。‘出’猶言前往，與文義正合。”頁七一。

[3] “丹陽”，程炎震曰：“別一宋本作‘丹楊’。”

233

河之異〔1〕!"皆相視流淚。唯王丞相_{導也}。愀然變色曰："當共戮力王室,克復神州,何至作楚囚相對〔2〕?"《春秋傳》曰:"楚伐鄭,諸侯救之。鄭執鄖公鍾儀獻晉,景公觀軍府,見而問之曰:'南冠而縶者爲誰?'有司對曰:'楚囚也。'使稅之〔3〕。問其族,對曰:'伶人也。''能爲樂乎?'曰:'先父之職,敢有二事。'與之琴,操南音。范文子曰:'楚囚,君子也。樂操土風,不忘舊也。君盍歸之〔4〕,以合晉、楚之成。'"

○"過江諸人"至"藉卉飲宴"

"過江諸人",大典顯常曰:"晉初都洛,爲漢劉聰所滅,海內大亂,獨江東差安。琅琊王睿收英俊,圖興復,一時名士皆過江歸之,睿後即位於建康,是爲元帝。"○田中頤曰:"自洛移吳諸人。"

"美日",田中頤曰:"美日,晴日也,爲下言風景刷色。"○王叔岷曰:"美日,猶良日、佳日。"

"相邀新亭",程大昌曰:"《丹陽記》:'新亭,吳舊立先基崩淪。隆安中,丹陽尹司馬恢之徙創今地。'案此所言,乃王導正色處,則凡晉宋間新亭,已非吳時新亭矣。"《演繁露續集》卷二。○胡三省曰:"《金陵覽古》曰:'新亭在江寧縣十里,近臨江渚。'按新亭蓋近勞勞亭。"《通鑒·晉紀九》注。○程炎震

〔1〕"正自有山河之異",余嘉錫曰:"(敦煌唐寫本《殘類書·客遊篇》引《世說》,)'正自有山河之異'句作'舉目有江山之異',與《晉書》同。"王利器曰:"《藝文類聚》卷三九引,《御覽》卷一九四、又卷五三九引,《景定建康志》卷二二引,都作'舉目有江河之異',《晉書·王導傳》同。作'江河'義較長。《通鑒》卷八七《晉紀》九亦作'舉目有江河之異'。"趙西陸曰:"《太平御覽》一九四、敦煌古寫本《殘類書》之一《客遊門》引'正自'作'舉目','山河'作'江山'。"楊勇曰:"《類聚》二八、三九,《御覽》一九四、五三九,《景定建康志》二二引《晉書·王導傳》、《燉煌本殘類書》'新亭'條,均作'舉目有江河之異'。"周一良《世說札記》曰:"伯希和三七一五號寫本《雜抄》典故,有楊嗣復相公云云,當是晚唐五代時書寫,其中有'過江'條云:'周侯坐中乃嘆息曰:風景不庶(殊字之誤),正有江山之異。'《晉書·王導傳》亦作'江山'。疑《世說》原作'江山',後人改爲'山河',意實無別。"
〔2〕"相對",楊勇曰:"'對'下,《類聚》三九、《御覽》一九四引《晉書·王導傳》均有'泣邪'二字。"王叔岷曰:"《御覽》五三九引'對'下有'而泣也'三字。"
〔3〕"稅之",程炎震曰:"宋本'稅'作'脫'。"余嘉錫曰:"'稅'景宋本及沈本俱作'脫'。"楊勇曰:"'脫'袁本作'稅',古通用。"
〔4〕"盍歸之",袁刻本"盍"作"蓋"。徐震堮曰:"影宋本及沈校本並作'盍',是,《左傳》正作'盍'。"龔斌曰:"當作'盍',盍,何不。"

曰：“《御覽》一百九十四《亭門》引《丹陽記》曰：‘京師三亭：新亭，吳舊亭也，故基淪廢。□□□□丹楊尹司馬恢移創今地。謝石創征虜亭，三吳搢紳創治亭，並太元中。’按缺處當是‘晉隆安中’四字。”○趙西陸曰：“新亭，在江寧縣南十里。《文選》謝玄暉《新亭渚別范零陵詩》李善注：‘《十洲記》曰：丹陽郡新亭，在中思里，吳舊亭也。’”○楊勇曰：“《六朝事迹》上：‘新亭，在建康城南十五里，俯近江渚。’《寰宇記》九〇：‘臨滄觀，在縣南勞勞山上，有亭七間，名曰新亭，亦謂之勞勞亭，古送別所。’按在今江蘇江寧縣南。”

“藉卉飲宴”，田中頤曰：“藉，猶坐也。卉，草之總名。以上寫閒豫之狀，與王語反映。”○秦士鉉曰：“藉，薦也。卉，草也。”○呂叔湘曰：“藉卉，坐於草上，席地。”○徐文麟曰：“坐在草地上飲酒聚會。”

○“周侯中坐”至“相視流淚”

“中坐”，趙西陸曰：“猶中觴，酒半也。”○呂叔湘曰：“飲宴中間。”○徐文麟曰：“在宴會中間。”

“風景不殊”二句，曾極曰：“洛陽四山圍，伊、洛、瀍、澗在中。建康亦四山圍，秦淮直瀆在中，故云‘風景不殊，舉目有山河之異’。李白云‘山似洛陽多’，許渾云‘只有青山似洛中’，謂此也。”《金陵百詠》“新亭”題注。○淇園曰：“言與北晉地之異。”○田中頤曰：“言美日風景粗相同，但山河則與洛異也。”○崔朝慶曰：“言山河日蹙，情感自異也。”○呂叔湘曰：“‘風景’兩句，謂風景不殊洛下，但故都已淪於夷狄，見此憶彼，因而興悲。正自，祇是。不殊，不異，相似。”○徐文麟曰：“（謂）這兒風景跟洛陽也沒有什麼兩樣，只是山河不同了。”

“山河”，參見校文。胡三省曰：“言洛都遊宴多在河濱，而新亭臨江渚也。”《通鑑·晉紀九》注。按《通鑑》“山河”作“江河”。周一良《世說札記》曰：“無乃失之穿鑿乎？”○趙紹祖曰：“《王導傳》本作‘有江山之異’，此大概言神州陸沉，非復一統之舊，故諸名士聞之傷心，相視流涕。《通鑑》偶易作‘江河’，遂爲之傅會，乃使情味索然。”《通鑑注商》卷四。○孫志祖曰：“《通鑑》八十七卷云‘舉目有江河之異’，胡三省注云云，解‘江河’二字最明晰。《世說·言語篇》改‘江河’作‘山河’，殊無義。《晉書·王導傳》作‘江山’，亦非是。”《讀書脞錄》卷七。○程炎震曰：“《晉書·王導傳》作‘舉目有江河之異’，《通鑑》

同，胡注云云，則當作‘江河’。”○陳垣曰：“‘江河’《世説新語》作‘山河’，《太平御覽》一九四所引同。《晉書·王導傳》，宋本作‘江河’，明監本及汲古閣本、清殿本均作‘江山’。趙君讀誤本《晉書》，先入爲主，故以‘江山’爲是，以‘江河’爲‘情味索然’。不知温公、身之所據之《晉書》，自作‘江河’，何得謂‘《通鑒》偶易’！又何得謂胡注‘傅會’！”《通鑒胡注表微》頁三九。○余嘉錫曰：“唐人所見《世説》固作‘江’。本篇袁彦伯歎曰：‘江山遼落，居然有萬里之勢。’知‘江山’爲晉人常語，不必改作‘江河’也。”○王叔岷曰：“宋本必有所承。陶淵明《擬古》之九：‘種桑長江邊，三年望當採；枝條始欲茂，忽值山河改。’末句與‘正自有山河之異’所慨者同。”○徐震堮曰：“作‘江河’語雖確切，而意盡於辭，情味反淺。作‘山河’語勢闊遠，情味尤淵永，所謂‘見此茫茫，不覺百端交集’，正不必以彼易此也。”楊勇按曰：“徐説是。《傷逝》：‘今日視此雖近，邈若山河。’與此意合。”

“相視流淚”，田中頤曰：“徒動鄉思。”

○“唯王丞相”至“楚囚相對”

“愀然”，張攝之曰：“形容神色嚴肅。”

“戮力”，吕叔湘曰：“勉力。”

“克復神州”，陳殷曰：“神州，中國。”《點注》卷四。○大典顯常曰：“《史記·孟軻傳》：‘中國名赤縣神州。’”○恩田仲任曰：“神州，中國，謂長安、洛陽。”○田中頤曰：“言丈夫須有大爲於時務。”○吕叔湘曰：“此處云‘克復神州’，蓋當時中原人自居爲‘中國’，猶視江南爲‘域外’也。”

“楚囚相對”，田中頤曰：“言對坐而流淚，無益於國也。”○吕叔湘曰：“王導以楚囚喻諸人，言其徒知懷故國之悲，不思奮發，如囚人也。”○徐文麟曰：“（謂）咱們應當替王家努力，克復中原，何至於像楚囚的樣子相對發愁呢？”○楊勇曰：“對，懟也，怨懟也。王導以楚囚喻諸人，意者諸君徒懷故國神州之悲，而不思奮發圖强之道，猶囚人之自相怨懟也。”

○注“丹陽記曰”

《丹陽記》，沈家本曰：“《文選》謝朓《登三山詩》注引山謙之《丹陽記》。”《古書目》卷四。○葉德輝曰：“《隋志》不著録。《書鈔·設官部二十四》引用，《初學記·州郡部》撰人題山謙之。”《書目》。

"丹陽尹司馬恢之"，恩田仲任曰："《晉書》曰：恢之，字季明，譙忠王尚之弟，歷官驃騎司馬、丹陽尹，爲桓玄所害。"

○注"春秋傳曰"

"郎公"，恩田仲任曰："楚縣令，讚稱公。"

"南冠而縶者"，岡白駒曰："南冠，楚冠也。"○大典顯常曰："'執郎公'見《左傳》成公七年，景公'見而問之'見同九年。"

"稅之"，岡白駒曰："稅，解也。"

"敢有二事"，岡白駒曰："言不敢學他事。"

【彙評】

李白曰："金陵風景好，豪士集新亭。舉目山河異，遍傷周顗情。四坐楚囚悲，不憂社稷傾。王公何慷慨，千載仰雄名。"《金陵新亭》。

劉辰翁曰："俯仰情至。"

汪元量曰："江左夷吾甘半壁，只緣無淚洒新亭。"《堯山堂外紀》卷六十三《題王導像》。

楊一奇曰："與其感時懷土，對泣於新亭，孰若同寅協恭，共復夫舊物。"《史談補》卷四。

吳崇節曰："王導之言壯矣，而卒不能挽吳江之水，以洗中原之羶，視夷吾一匡之績竟何如？蓋夷吾志在天下，王導志在偏安，宜其功業大相遜也。"《古史要評》卷二。

袁中道曰："佳。"《舌華録》卷九。

凌濛初曰："'藉卉'二字頗妙，花茵祖此。"

魏裔介曰："王導才望，亦東晉之巨擘，然非夷吾匹也。陳頵之論，切中時病矣，而導猶狗常情，焉能克復神州乎？"《鑑語經世編》卷九。

李鄴嗣曰："風景此不殊，正有山河異。忽見此茫茫，形神頓憔顇。此語太傷懷，吾重爲出涕。晉人初渡江，營建甚草昧。自有管夷吾，同灑神州淚。當軸適何人，兩京痛相繼。沉陸及江左，藉卉並無地。運自有興廢，人終任其罪。王謝舊知名，風雅誰得似。"《集世説詩》。

田中頤曰："醒覺怠心。"

許世瑛曰：“他的‘反帝都於洛陽，驅戎狄於朔漠’的大志，在這一條記載裏很明顯地表現了。”《王導政績和晉元帝中興》。

田餘慶曰：“在南渡士族中，王導有‘江左管夷吾’之譽，又曾作‘戮力王室，克復神州’的豪言。但是王導並沒有一匡九合的抱負，只是盡力於籠絡南士，和輯僑姓，以圖苟安。王馬朝廷居袞職而真正以‘克復神州’爲念的人，可說是絕無僅有。他們的最高願望，只在於保境苟安，盡量避免刺激劉、石，而無其他。”《政治》頁三一。

32

衛洗馬初欲渡江，形神慘頓[1]，語左右云：“見此芒芒[2]，不覺百端交集。苟未免有情，亦復誰能遣此！”
《晉諸公贊》曰：“衛玠字叔寶，河東安邑人。祖父瓘，太尉。父恒，黃門侍郎。”《玠別傳》曰：“玠穎識通達，天韻標令[3]，陳郡謝幼輿敬以亞父之禮。論者以爲出王眉子、平子、武子之右。世咸謂‘諸王三子，不如衛家一兒’。娶樂廣女。裴叔道曰：‘妻父有冰清之姿[4]，壻有璧潤之望，所謂秦晉之匹也。’爲太子洗馬。永嘉四年，南至江夏，與兄別於梁里澗，語曰：‘在三之義，人之所重，今日忠臣致身之道[5]，可不勉乎？’行至豫章，乃卒。”

○“衛洗馬”至“誰能遣此”

“衛洗馬初欲渡江”，陳繼儒曰：“洗馬，洗，先也，騎而爲太子先導也。”《枕譚》。○顧炎武曰：“洗馬者，馬前引導之人也。亦有稱馬洗者。此官古有之矣。”《日知錄》卷二十四。○李慈銘曰：“‘洗馬’之‘洗’，讀爲先，去聲。此官

---

[1] “慘頓”，董刻本“頓”作“悴”。
[2] “芒芒”，董刻本、何焯校並作“茫茫”。岡白駒曰：“‘芒’與‘茫’通。”朱鑄禹曰：“‘茫’‘芒’通。”
[3] “標令”，董刻本“標”作“摽”。王利器曰：“各本‘摽’作‘標’，是。”楊勇曰：“‘標’宋本作‘摽’，非。”
[4] “冰清”，董刻本“冰”作“水”。楊勇曰：“‘冰’宋本作‘水’，非。”
[5] “致身之道”，董刻本、袁刻本“道”俱作“運”。

始於東漢。《續漢志》：‘太子洗馬，比六百石，員十六人。太子出，則當直者前導威儀。’蓋洗馬猶前馬。《國語》：‘越王親爲夫差前馬。’《漢書》如淳注引作‘先馬’，云‘先’或作‘洗’。《韓非子》云：‘身執戈爲吳王洗馬。’洗者，‘先’之借字也。”《簡端記》。○龔斌曰：“衛玠爲太傅西閣洗馬。永嘉之亂，渡江至豫章。”

“形神慘顇”，恩田仲任曰：“慘，愁痛也。顇，勞苦見於面也。”○楊勇曰：“《説文》：悴，憂也。”

“芒芒”，淇園曰：“《詩》云：‘殷土芒芒。’”○田中頤曰：“猶‘荒荒’也。”○崔朝慶曰：“芒芒，廣大貌。”○朱鑄禹曰：“《詩·商頌》云：‘洪水芒芒。’陸機《歎逝賦》：‘嗟予今之方殆，何視天之芒芒。’”

“百端”，淇園曰：“蓋謂其失北地之憂。”○田中頤曰：“百端，凡百憂緒也，是人情之自然。”○崔朝慶曰：“言各種之憂懷也。”

“未免有情”，恩田仲任曰：“《莊子》曰：‘聖人有人之形，無人之情。’”○龔斌曰：“意謂常人非聖人，難免有喜怒哀樂之五情。”

“誰能遣此”，岡白駒曰：“遣，自寬也。”○田中頤曰：“知憂之無裨於事，而欲不憂，亦無由無憂，所以形神慘顇也。”○楊勇曰：“遣，自寬也，或排遣。”

○注“玠別傳曰”

《玠別傳》，葉德輝曰：“《衛玠別傳》，（《隋志》不著録。）《初學記·人部下》引用。”《書目》。

“天韻標令”，淇園曰：“標令，言標見於外貌而淑令。”○恩田仲任曰：“《正字通》曰：‘世人軼群者曰韻。’標，高也；令，善也。”○田中頤曰：“謂天資有韻之姿。標，令儀也。”○徐復觀曰：“‘天韻標令’，可用裴叔道所説的‘璧潤’作其注腳，正是説衛玠有一種如璧之潤的天生的情調、個性之美。”《精神》頁一○五。

“謝幼輿敬以亞父之禮”，恩田仲任曰：“《漢書》注曰：亞，次也，尊敬之次父。”○秦士鉉曰：“幼輿，謝琨之字。亞父，猶仲父也。”

“秦晉之匹”，大典顯常曰：“《左傳》僖公二十三年：‘晉公子重耳在秦，秦伯納女五人，懷嬴與焉。奉匜沃盥，既而揮之。怒曰：秦晉匹也，何以卑我？’”

“與兄別”，秦士鉉曰：“玠兄名璪，字仲寶。”○朱鑄禹曰：“玠兄名璪，

239

字仲寶，襲瓘爵，後改封江夏郡公，懷帝即位爲散騎侍郎。永嘉五年，没於劉聰。"

"在三之義"，岡白駒曰："謂父生之，師教之，君食之也。"○桃井白鹿曰："《晉語》：'民生於三事之如一，父生之，師教之，君食之。非父不生，非食不長，非教不知。生之族也，故壹事之。唯其所在，則致死焉。'《文選》桓溫《薦譙秀表》：'敦在三之節。'"○趙西陸曰："《文選》桓元子《薦譙元彦表》：'亦有秉心矯跡，以敦在三之節。'李善注：《國語·晉語》曰：'晉武公伐翼，殺哀侯，止欒子曰："苟無死矣，吾令子爲上卿。"辭曰："臣聞之，人生於三，事之如一，父生之，師教之，君食之。"'韋昭曰：'三，君、父、師也。'《晉書·衛玠傳》：玠以天下大亂，欲移家南行。母曰：'我不能舍仲寶去也。'玠啟諭深至，爲門户大計，母涕泣從之。臨別，玠謂兄曰：'在三之義，人之所重。今可謂致身之日，兄其勉之。'乃扶輿母轉至江夏。"○龔斌曰："衛玠對兄所言，意在國難當頭之際，爲君服勤至死，即所謂'今日忠臣致身之道'。此亦是其不惜與兄生離死別，渡江南來之原因。"

【彙評】

劉應登曰："此匆匆出語耳，而微辭逸旨，超然風埃之表。江左諸公，叔寶真'言語'之科也。"龔斌按曰："劉應登稱其'微辭逸旨'，直作玄理看，劉辰翁則稱'非丈夫語'，皆未得衛玠北來之情懷。"

劉辰翁曰："似癡似嬾，似多似少，轉使柔情易斷，非丈夫語。然非我輩，未易能言。"

王世懋曰："至今讀之欲絕，況在當時德音面聆者耶？"

狄期進曰："祖士稚中流擊楫耶？周伯仁新亭之歎耶？"

袁中道曰："佳。"《舌華錄》卷九。

凌濛初曰："竟不言'看殺'。"

宗白華曰："後來初唐陳子昂《登幽州臺歌》，不是從這裏脱化出來？而衛玠的一往情深，更令人心慟神傷，寄慨無窮。"《晉人的美》。

馮友蘭曰："桓溫看見他所栽底樹，有對於人生無常底情感。衛玠看見長江，'見此芒芒，不覺百端交集'，他大概也是有對於無常的情感。不過他所感到的無常，不是人生的無常，而是一切事物的無常。"《論風流》。

余嘉錫曰：“叔寶南行，純出於不得已。明知此後轉徙流亡，未必有生還之日，觀其與兄臨訣之語，無異生人作死別矣。當將欲渡江之時，以北人初履南土，家國之憂，身世之感，千頭萬緒，紛至沓來，故曰‘不覺百端交集’，非復尋常逝水之歎而已。”

羅宗強曰：“衣冠南渡，初並未預料司馬睿會在江東即位，建立江左政權。南行純以避亂爲目的，因之前途未卜爲一主要之心態，見江水之茫茫，不僅歎人世之匆匆，且憂念前途，故愴然傷懷。”《心態》頁二八五。

33

顧司空未知名，詣王丞相。丞相小極，對之疲睡。顧思所以叩會之，《顧和別傳》曰：“和字君孝，吳郡人[1]。祖容，吳荆州刺史。父相[2]，晉臨海太守。和總角知名，族人顧榮雅相器愛，曰：‘此吾家之騏驥也，必振衰族。’累遷尚書令[3]。”因謂同坐曰：“昔每聞元公顧榮。道公協贊中宗，保全江表，鄧粲《晉紀》曰：“導與元帝有布衣之好，知中國將亂，勸帝渡江，求爲安東司馬，政皆決之，號‘仲父’。晉中興之功，導實居其首。”體小不安，令人喘息。”丞相因覺，謂顧曰：“此子圭璋特達[4]，機警有鋒。”

---

[1] “吳郡”，董刻本、沈校本作“陳郡”。王利器曰：“各本‘陳’作‘吳’，是。”朱鑄禹曰：“案《晉書》卷六十八《顧榮傳》作‘吳國吳人也’，則作‘吳’是。”

[2] “祖容”“父相”，程炎震曰：“《晉書》作‘曾祖容’‘祖相’。”楊勇曰：“宋本作‘祖容’‘父相’，非。《晉書·顧和傳》：‘曾祖容，吳荆州刺史。祖相，臨海太守。’汪藻《顧氏譜》：‘和，敦子。敦，相子，字子固，處士。相，容子，字令光，臨海太守。’當作‘曾祖容’‘祖相’是。”

[3] “尚書令”，程炎震曰：“《晉書》‘贈侍中、司空’，此注未備，恐有脫文。”楊勇曰：“‘尚書令’下，《晉書·顧和傳》有‘卒年六十四，追贈侍中、司空’。”

[4] “謂顧曰此子”，徐震堮引嚴復曰：“‘謂顧’二字必有誤，不宜對本人而云‘此子’，不然則‘謂’字作品目解，非相謂也。按《晉書·顧和傳》‘此子’作‘卿’，是。”徐震堮《札記》曰：“《晉書·顧和傳》‘此子’二字作‘卿’。”方一新《斠詁》曰：“‘謂顧’當系‘顧謂’之誤倒。《輕詆》一四‘劉尹顧謂’云云，‘顧謂’後用用以指代說話對象的賓語都承上省略了，正與本條用法相同，是原文當作‘顧謂’之證。蓋因顧和姓顧，淺人遂改‘顧謂’爲‘謂顧’，導致文意扞格不通。”龔斌曰：“本篇三孝標注引《融別傳》‘膺大笑，顧謂融曰’，《文學》五五‘謝顧謂諸人’，《傷逝》二‘顧謂後車客’，皆其證。”

〇“顧司空”至“機警有鋒”

“小極”，沈濂曰：“《晉書·顧和傳》：‘和嘗詣導，導小極，對之疲倦。’《世說》亦謂：‘王夷甫昨已語多小極。’又晉明帝問沐啓云：‘沐伏久勞極。’元帝答問沐云：‘去垢甚佳，身不極也。’《藝文類聚》晉程曉裌襪子詩有云：‘疲倦向之久，甫問君極耶？’見《能改齋漫録》，皆以疲倦爲‘極’也。《風俗通》李冰謂官屬曰：‘鬭大極，可相助也。’則其語秦時已有。太史公亦云：‘勞苦倦極。’《説文》：‘徼佪受屈也。’《子虛賦》：‘徼訊受屈也。’郭璞注：‘訊，疲極也。’‘極’‘佪’‘訊’蓋同義。”《懷小編》卷八。〇程炎震曰：“‘小極’字亦見本書《文學篇》十一條。極，困也。《漢書·匈奴傳》：‘匈奴孕重墮殰，罷極，苦之。’師古曰：‘極，困也。’《魏志·華佗傳》：‘人體欲得勞動，但不敢使極耳。’”〇徐震堮曰：“小極，謂體中不適也。乃爾時常語。‘極’蓋‘訊’之借字。《史記·司馬相如傳》《集解》引郭璞曰：‘訊，疲極也。’《屈賈列傳》：‘勞苦倦極，未嘗不呼天也。’已借‘極’爲‘訊’。”蔣宗許《臆札》按曰：“《廣雅·釋詁》：‘疲、羸、券、佪，極也。’可見‘疲’‘極’同義，‘訊’‘極’乃同義詞，不當言‘借字’。”

“叩會”，朱鑄禹曰：“叩，《韻會》曰：‘問也，發也。’《論語》：‘我叩其兩端而竭焉。’疏：‘叩，發動也。’會，理會也。叩會，意謂以言發動使理會也。”〇蔣凡曰：“拜問交談。”

“元公”，楊勇曰：“顧榮謚曰元，故稱元公。”

“協贊中宗”，程炎震曰：“王導初爲揚州，以和爲從事，在元帝時，安得稱中宗？宜張南漪譏之也。”按張熷《讀史矕正》卷五曰：“《顧和傳》：和爲王導從事，曰：‘昔聞族叔元公道公叶贊中宗云云。’案下文有永昌初等語，則是時元帝尚未崩，安得稱中宗？”

“令人喘息”，朱鑄禹曰：“此蓋令人不安之意。”

“圭璋特達”，劉盼遂曰：“《小戴記·聘義》：‘珪璋特達，德也。’鄭注：‘惟有德者，無所不達，不有須而成也。’王丞相引《禮》文以贊顧，蓋用鄭義，謂顧不須紹介，自足通達也。”〇徐震堮曰：“喻和人才卓絶，高出餘子。”

【彙評】

劉應登曰：“偽言導病，以發其對。”

劉辰翁曰："《世說》長處，在寫一時小小節次，如見可想。"

李贄曰："不得不覺。"《初潭集》卷二十三。

34

會稽賀生，體識清遠，言行以禮。賀循，別見〔1〕。不徒東南之美，《爾雅》曰："東南之美者，有會稽之竹箭焉。"實爲海内之秀。

○"會稽賀生"至"海内之秀"

"體識"，龔斌曰："秉性識見。體，秉性，德性。"

"不徒東南之美"二句，李慈銘曰："'會稽賀生'上疑有脱文。《晉書·顧和傳》以'不徒東南之美'二句，皆是王導目和語。"《簡端記》。○徐震堮曰："'不徒'二語《晉書·顧和傳》接'機警有鋒'下，並王導稱顧和語。"《札記》。○余嘉錫曰："此不知何人之言，《世說》自他書摘出，失其本末耳。"

○注"爾雅曰"

"會稽之竹箭"，趙西陸曰："《吳志·虞翻傳》：孔融答翻書曰：'聞延陵之理樂，睹吾子之治易，乃知東南之美者，非徒會稽之竹箭也。'"

【彙評】

凌濛初曰："甚似'賞譽'。"

---

〔1〕"別見"，楊勇曰："宋本作'已見'，非。"

35

劉琨雖隔閡寇戎，志存本朝，王隱《晉書》曰："琨字越石，中山魏昌人。祖邁，有經國之才。父璠[1]，光禄大夫。琨少稱儁朗，累遷司徒長史、尚書右丞[2]。迎大駕於長安，以有殊勳[3]，封廣武侯。年三十五，出爲并州刺史，爲段日磾所害[4]。"謂溫嶠曰："班彪識劉氏之復興，馬援知漢光之可輔。《漢書敍傳》曰："彪字叔皮，扶風人，客於天水。隴西隗囂有窺覦之志，彪作《王命論》以諷之。"《東觀漢記》曰："馬援字文淵，茂陵人。從公孫述、隗囂游，後見光武曰：'天下反覆，盜名字者不可勝數，今見陛下寥廓大度，同符高祖，乃知帝王自有真也[5]。'帝甚壯之。"今晉祚雖衰[6]，天命未改，吾欲立功於河北，使卿延譽於江南。子其行乎！"溫曰："嶠雖不敏，才非昔人，明公以桓、文之姿，建匡立之功[7]，豈敢辭命！"虞預《晉書》曰："嶠字太真，太原祁人。少標俊清徹，英穎顯名，爲司空劉琨左司馬。是時二都傾覆，天下大亂，琨聞元皇受命中興，忼慨幽、朔，志存本朝。使嶠奉使，嶠喟然對曰：'嶠雖乏管、張之才[8]，而明公有桓、文之志，敢辭不敏，以違高旨？'以左長史奉使勸進，累遷驃騎大將軍。"

---

〔1〕"父璠"，董刻本、何焯校"璠"作"蕃"。徐震堮《札記》曰："'璠'《晉書》本传作'蕃'。"朱鑄禹曰："《晉書》卷六十二本傳亦作'蕃'。諸本作'璠'，非。"

〔2〕"尚書右丞"，余嘉錫曰："景宋本'書'下有'左'字。"王利器曰："蔣校本同。餘本無'左'字。《晉書·劉琨傳》作'爲尚書左丞'。宋本衍'右'字。"趙西陸："《晉書·劉琨傳》作'爲尚書左丞'，則'右'當作'左'，而董刻本衍'右'字。"周一良《批校》曰："據《晉書》六二本傳當作'左丞'。"

〔3〕"殊勳"，董刻本、何焯校"殊"作"異"。余嘉錫曰："景宋本及沈本俱作'異勳'。疑宋人刻書避晏殊名改。"蔣凡批曰："'異勳'諸本作'殊勳'，疑宋紹興本以晏殊所整理本爲底本，殊家子姪爲避殊名諱，故刻寫時改'殊'爲'異'。又按：琨迎駕之功，與衆合力同心，其功雖巨，然非'殊勳'。殊勳，特大之功。稱'異勳'更合適。"

〔4〕"段日磾"，朱鑄禹曰："《晉書》本傳作'段匹磾。'"楊勇曰："宋本作'段日磾'，非。"

〔5〕"有真"，楊勇曰："'真'袁本作'貞'。"

〔6〕"晉祚"，董刻本、元刻本"祚"作"祚"。徐震堮《札記》曰："《晉書·溫嶠傳》'祚'作'祚'。"

〔7〕"匡立"，徐震堮曰："《晉書·溫嶠傳》作'匡合'。"

〔8〕"管張"，《世説補》"張"作"趙"。秦士鉉曰："'趙'舊作'張'，誤也。趙，趙衰也。《考》作'狐'，狐偃也。《魏略》，劉廙謝劉表牋：'未有管狐、桓文之烈。'"

○“劉琨雖隔”至“子其行乎”

“隔閡寇戎”，岡白駒曰：“隔閡，隔絕、閉塞也。”○桃井白鹿曰：“謂爲寇賊所隔礙也。時劉聰、石勒等大亂中州，元皇渡江，未即帝位，劉琨在并州，遙望中興。”○平賀房父曰：“閡，止也。《吳都賦》：‘寒暑隔閡於邃宇。’”○秦士鉉曰：“寇戎，指劉聰等。”

“志存本朝”，大典顯常曰：“本朝，謂元帝中興。”《集成》。○田中頤曰：“劉身爲寇戎見阻隔閉塞，亦其志存本朝，在圖恢復也。”○徐震堮曰：“本朝，朝廷。《孟子·萬章》：‘立乎人之本朝而道不行，恥也。’宋翔鳳《趙注補正》：‘朝廷者，一國之本，故曰本朝。’”○楊勇曰：“存，在也，護也。”○龔斌曰：“指劉琨效忠於元帝，令溫嶠勸進。”

“班彪識劉氏”二句，大典顯常曰：“以比元帝之中興也。”

“天命未改”，田中頤曰：“言今可輔而復興之時。”

“使卿延譽於江南”，胡三省曰：“延譽者，爲之聲譽使所聞者遠。”《通鑒·齊紀七》注。○桃井白鹿曰：“《晉語》：‘悼公元年，使張老延君譽於四方。’注：‘延，陳也。’”○淇園曰：“即謂使溫爲使。”○田中頤曰：“言欲彼我在一方，各立功陳譽也。”

○“溫曰嶠”至“豈敢辭命”

“才非昔人”，田中頤曰：“與‘班’、‘馬’應。”

“桓文之姿”，岡白駒曰：“姿，性姿所操，讀與‘資’同。”○淇園曰：“桓文，齊桓、晉文。”

“匡立”，秦士鉉曰：“謂匡天下、立天子也。”

“豈敢辭命”，田中頤曰：“言己亦可輔劉而復興也。”

○注“王隱晉書曰”

“魏昌”，胡三省曰：“魏昌縣屬中山郡，本苦陘，漢章帝改爲漢昌，魏文帝改爲魏昌，唐爲定州唐昌縣。”《通鑒·晉紀二十一》注。

“迎大駕”，大典顯常曰：“謂愍帝也。”《集成》。○恩田仲任曰：“《後漢書·輿服志》曰：‘天子出，有大駕，有法駕，有小駕。大駕屬車八十一乘，法駕半之。祠宗廟尤省，謂之小駕。’”

“出爲并州刺史”，張熷曰：“《劉琨傳》：‘元嘉元年爲并州刺史。’案下表當在光熙元年十月。”《讀史舉正》卷五。

“爲段曰磾所害”，秦士鉉曰：“段匹磾，鮮卑種也。初與劉琨歃血相盟，期以翼戴晉室。既琨子羣爲段末杯所得，末杯欲與之襲匹磾，事泄，琨實不知，匹磾殺之。贈太尉，謚曰愍。”

○注“漢書敘傳曰”至“帝甚壯之”

《漢書敘傳》，葉德輝曰：“《隋志》：五卷。云項岱撰。”《書目》。

“隗囂”，秦士鉉曰：“隗囂字季孟，天水成紀人也。據隴西欲爲西伯之事。”

“窺覦”，秦士鉉曰：“下冀望於上也。”

《東觀漢記》，沈家本曰：“《隋志》：‘《東觀漢記》一百四十三卷，起光武記注至靈帝，長水校尉劉珍等撰。’《舊唐志》‘一百二十七卷’，《新志》‘一百二卷’，又録一卷。《宋志》‘八卷’，已多亡逸。《玉海》四十六引《中興書目》云八卷。按《劉珍傳》：‘永初中爲謁者僕射。鄧太后詔使與校書劉騊駼、馬融及五經博士，校定東觀五經諸子傳記、百家藝術。永寧元年，太后又詔珍與騊駼作建武已來名臣傳。’《李尤傳》：‘安帝時爲諫議大夫，受詔與謁者僕射劉珍等著作東觀，撰集《漢記》。’是《漢記》之名實始於珍等，故隋唐志題曰劉珍等也。”《古書目》卷四。○葉德輝曰：“《隋志》：一百四十三卷。云：‘起光武記注至靈帝，長水校尉劉珍等撰。’”《書目》。

“盜名字”，恩田仲任曰：“謂僭號天子也。”

○注“虞預晉書曰”

“嶠字太真”，恩田仲任曰：“《正字通》曰：‘道書名金爲太真。’梁漸子《隨筆》曰：‘溫嶠字太真，以丹嶠産金，故取爲字。’”

“爲司空劉琨左司馬”，楊勇曰：“《晉書·溫嶠傳》：‘討石勒，屢有戰功，琨遷司空，以嶠爲右司馬。’《文選·進勸表》注引王隱《晉書》：‘劉琨假守左長史西臺，除司空右司馬。’是。”

“二都傾覆”，大典顯常曰：“晉初都洛陽，懷帝時漢主劉聰陷洛陽，遷帝於平陽，遂弑之。聰又遣劉曜等攻長安，克之，以曜鎮長安，安定太守賈匹等帥兵向長安，大敗曜軍，奉秦王業爲皇太子，建行臺於長安。懷帝凶問至，太子即皇帝位，是爲愍帝，復爲劉曜所陷，帝出降，封爲懷安侯。”○秦士鉉曰：“二都，洛陽、長安也。劉聰陷洛陽虜懷帝，又陷長安虜愍帝。”

“忼慨幽朔”，岡白駒曰：“身在幽朔，聞之忼慨。”○大典顯常曰：“琨本傳：‘永嘉三年，拜琨爲司空，都督并、冀、幽三州諸軍事。元帝稱制江左，琨乃令長史溫嶠勸進云云。’”《集成》。○恩田仲任曰：“幽朔，幽州、朔方。”

“管張之才”，岡白駒曰：“‘張’當作‘趙’，管仲、趙衰也。”○桃井白鹿曰：“‘張’當作‘狐’，轉寫之誤。管狐，謂管仲、狐偃也。《魏略》劉廙《謝劉表牋》：‘未有管狐桓文之烈。’”○大典顯常曰：“張，未審，上以桓文對言，則當稱狐偃、趙衰、郤犯之徒。”○恩田仲任曰：“管張，一本作‘管趙’爲是，謂管夷吾、趙衰也。”○趙西陸曰：“管張，管仲、張良。”

“累遷驃騎大將軍”，趙西陸曰：“《晉書·溫嶠傳》：及賊滅，拜驃騎將軍、開府儀同三司。卒，贈侍中、大將軍。”

【彙評】

陳夢槐曰：“琨語磊落揚厲。”

36

温嶠初爲劉琨使來過江。于時江左營建始爾，綱紀未舉。溫新至，深有諸慮。既詣王丞相，陳主上幽越，社稷焚滅，山陵夷毀之酷，有《黍離》之痛。溫忠慨深烈，言與泗俱，丞相亦與之對泣。敘情既畢，便深自陳結，丞相亦厚相酬納。既出，懽然言曰：“江左自有管夷吾，此復何憂？”《史記》曰：“管仲夷吾者，潁上人。相齊桓公，九合諸侯，一匡天下。”《語林》曰：“初，溫奉使勸進，晉王大集賓客見之。溫公始入，姿形甚陋，合坐盡驚[1]。既坐，陳說九服分崩，皇室弛絶，晉王君臣莫不歔欷。及言天下不可以無主，聞者莫不踴躍，植髮穿冠。王丞相深相付託。溫公

―――――――――

[1]“合坐”，董刻本“坐”作“座”。

既見丞相，便游樂不住，曰：'既見管仲，天下事無復憂。'"

○"溫嶠初爲"至"與之對泣"

"溫嶠初爲劉琨使"，余嘉錫曰："《文選·勸進表》注引王隱《晉書》曰：'溫嶠字泰真，太原人也。劉琨假守左長史西臺，除司空右司馬。五年，琨使詣江南。'案：愍帝建興五年，即元帝建武元年。"

"幽越"，張萬起曰："遠遷。指晉懷、愍二帝被俘虜囚禁事。"

"山陵夷毀"，張萬起曰："先帝陵墓被夷平毀壞。"

○"敍情既畢"至"此復何憂"

"深自陳結"，張萬起曰："深自，深深。'自'爲詞尾，不爲義。陳結，表達結爲友好之意。"○蔣凡曰："陳結，傾談結交。"

"江左自有管夷吾"，陳殷曰："江左，江東也。管夷吾，喻導。"《點注》卷四。○錢大昕曰："《王導傳》：桓彝初過江，見朝廷微弱，謂周顗曰：'我以中州多故，來此欲求全活，而寡弱如此，將何以濟！'憂懼不樂。往見導，極談世事，還，謂顗曰：'向見管夷吾，無復憂矣。'案《溫嶠傳》亦云：江左草創，綱紀未舉。嶠殊以爲憂。及見王導，共談歡然，曰：'江左自有管夷吾，吾復何慮?'此一事而傳聞異辭也。"《考異》卷二十二。○趙西陸曰："以王導比管仲也。"○徐震堮曰："《晉書·王導傳》以此語屬桓彝，《溫嶠傳》亦載此事。"

○注"語林曰"

"植髮穿冠"，龔斌曰："植，立也，樹也。嵇康《養生論》：'壯士之怒，赫然殊觀，植髮沖冠。'"

【彙評】

劉辰翁曰："此處大少仿佛。"

李贄曰："説著了。"《初潭集》卷二十九。

戴璟曰："晉室之亂，五夷雲擾，聲勢咆哮，天子北狩，抱洗爵執蓋之恥，此臣子不共戴天者也。使管仲處之，必將興召陵之師，而發舒諸夏之氣矣，何至偏安一隅耶？王導亦一時人傑也，然素無進取中原之心，而率爲苟安之計，但聞其勸用人望，行清淨，立大學而已。夫睿之任王導，可謂篤矣，何乃祖逖渡江，聊以兵應其請，反從而制之，使不得有爲。愍再蒙塵，陽爲出師之勢，遷延顧望，終歸罪於無辜令史以塞責，雖曰睿之所爲，然茂弘在籌幄而坐視弗諫，則其爲人可知矣。管夷吾果如是乎？然則神州板蕩，戎馬縱橫，誰之咎哉？吾固謂王導乃夷吾之罪人也。"《品藻》卷十六。

陳夢槐曰："全在描畫出生韻，使我歆歔酸痛。"

范檟曰："東晉紹統，王導實左右之人，稱'江左夷吾'，是宜維四方，毗天子，撥亂世而反於正，斯不愧於夷吾矣。夫何秉興播遷尊攘之勳未著，中原雲擾匡合之略未聞，擬之夷吾，奚啻什百。且其處心行事，可議居多。故庾翼以嫗姁豪强爲前宰之謬，唐人以左晉之亡爲王導所致。蓋雖才美不足以匹夷吾，而巧於用詭，殆過之矣。"《雅言集》卷下。

范光宙曰："桓彝以茂弘爲江左夷吾。噫！管子，天下才也，茂弘何才而與爲匹乎？晉渡而南，與周遷而東，勢等也。顧夷吾糾諸侯而匡天下，其取威定霸，功赫赫盛焉。乃茂弘以顧命元老，所故握司馬之柄，假安東之節者，當是時，成都、河間諸王相攻擊如讎而不知制，劉曜、慕容廆、姚弋仲之徒相與執天子使，秉蓋前導而不知忿。王敦之反也，丞卓董移檄討逆，而彼徒闔門皇恐，曾不知以大義滅親。蘇峻之反也，溫嶠、陶侃皆奮義赴難，而彼徒容容充位，又不知以密謀勤賊。夷吾尊攘之烈，不如是也。人謂才不逮管而忠誠有餘，似異於假之者。噫！假之而霸，聖人仁之。若茂弘者，假手於敦，而甘心於顗，可謂誠乎？余故謂心術未純，而才略亦庸，未可與夷吾並云。"范道岸按曰："始興初，茂弘說帝辟百六掾，以興共事，亦心系王室矣。及新亭灑淚之時，不欲作楚囚相對，又何雄也。乃伯仁之賢，假手於敦；桓景之諛，引爲親昵。即建武以後，泯焉靡所表見，徒與世浮沈而已。故謂其有夷吾之望則可，有夷吾之功則不可。"《史評》卷六。

張溥曰："導執機政，亂生同本，不能發奸未形，止邪方焰，仲父之謂何？直以社稷爲三窟也。"《歷代史論二編》卷四。

許世瑛曰："《晉書》卷六一五本傳也說'桓彝初過江'云云，這兩段記載雖然一是溫嶠，一是桓彝，說話的人不同，可是同以管夷吾目之，也足見王茂弘在東晉的地位，正好比管夷吾之在春秋，全可以孔子的'微管仲吾其被髮左衽矣'一語作爲讚譽之辭的，那麼他的重要也可以想見的了。"《王導政績和晉元帝中興》。

37

王敦兄含爲光禄勳。《含别傳》曰：“含字處弘，琅邪臨沂人。
累遷徐州刺史、光禄勳，與弟敦作逆，伏誅。”敦既逆謀[1]，屯據南
州，含委職奔姑孰[2]。鄧粲《晉紀》曰：“初，王導協贊中興，敦
有方面之功。敦以劉隗爲間己，舉兵討之。故含南奔武昌，朝廷始警備也。”
王丞相詣闕謝。《中興書》曰：“導從兄敦舉兵討劉隗，導率子弟二十餘
人，旦旦到公車泥首謝罪。”司徒、丞相、揚州官僚問訊，倉卒
不知何辭。顧司空時爲揚州别駕，援翰曰[3]：“王光禄
遠避流言，明公蒙塵路次，群下不寧，不審尊體起居
何如？”

○“王敦兄含”至“起居何如”

“王敦”，張端木曰：“本傳：敦，司徒導之從父兄也。父基，治書侍御史，
亦王覽子。”

“屯據南州”，程炎震曰：“敦以太寧二年下屯於湖，自領揚州牧，故姑孰得
蒙州稱。若永昌元年，但進兵蕪湖，未據姑孰。劉注引鄧粲足以正本文之失矣。”
按“南州”義參見本篇“宣武移鎮南州”條。

“司徒丞相揚州官僚問訊”，程炎震曰：“永昌元年王敦叛，時導爲司空，
不爲司徒。至成帝咸康四年，改司徒爲丞相，以導爲之，去永昌之元，十六
七年矣。此‘司徒丞相’四字，‘徒’當作‘空’，‘丞相’二字當衍。止是
司空、揚州兩府官僚耳。”楊勇按曰：“程説‘司徒’爲‘司空’，是也，而‘丞相’
二字不衍。此言‘司空、丞相、揚州官僚問訊’者，乃指此三機關之僚屬以問王導之起
居也，故有下文‘明公蒙塵路次’之言。”○龔斌曰：“王導以太寧二年六月領揚
州刺史，此言‘揚州官僚問訊’，及下文‘顧司空時爲揚州别駕’，敘事皆

---

[1] “逆謀”，李慈銘曰：“‘逆謀’當作‘謀逆’，誤倒。”
[2] “姑孰”，董刻本、元刻本作“姑熟”。楊勇曰：“宋本作‘姑熟’，非。”
[3] “援翰”，董刻本、元刻本、何焯校“援”作“授”。楊勇曰：“宋本作‘授翰’，非。”

與時不合。”

“顧司空時爲揚州別駕”，余嘉錫曰：“《通典》三十二云《王丞相集》有教曰：‘顧和理識清敏，劭今端古，宜得其才，以爲別駕。’”○張萬起曰：“顧和死後贈司空。”

“遠避流言”，蔣凡曰：“此是對王含棄職奔姑孰、從王敦反的一種委婉諱飾的説法。”

“蒙塵路次”，張永言曰：“路次，途中停留之處。”《辭典》頁二八〇。○張萬起曰：“指王導詣闕請罪事。”

○注“中興書曰”

“泥首謝罪”，陳殷曰：“泥首，《筌蹄》云：‘囚首也。’”《點注》卷四。○周嬰曰：“陸倕《石闕銘》曰：‘嚴鼓未通，凶渠泥首。’李注引張溫表曰：‘臨去武昌，庶得泥首闕下。’繹曰：李善不釋‘泥首’之義，不若劉良注云‘泥其頭面以降’，差爲明暢。甄鸞《笑道論》曰：‘塗炭齋者，黃土泥面，驢蹎泥中，晉陸脩静猶以黃土泥額，欲反縛懸頭，衆望同笑。’然則‘泥首’是以泥塗首，自示污辱耳。”《卮林》卷二。

【彙評】

凌濛初曰：“寒温耳，粉飾可憎。”評“不審尊體起居何如”。

周嬰曰：“王含南奔，與敦同逆，而和云‘遠避流言’，諂媚擁戴，亂賊之黨也。歷尋往牒，誰敢以（‘蒙塵’）兩字施於臣下者？和乃舉屬丞相。丞相若非陰共勸進，則爲體昧尊卑，謂之能言，不亦謬乎？《世説》又曰：‘和詣王丞相，丞相對之疲睡。顧謂同坐曰：昔公協贊中宗，保全江表，體小不安，令人喘息。丞相大喜。’和直巧言令色，取悦容身者也。”《卮林》卷一。

龔斌曰：“王含明是共王敦作逆，奔武昌，顧和稱其‘遠避流言’；王導率子弟天天到公車謝罪，顧和謂是‘蒙塵路次’。文辭極爲委婉得體，故《世説》屬之‘言語’。”

38

郗太尉拜司空，語同坐曰〔1〕："平生意不在多，值世故紛紜，遂至台鼎。朱博翰音，實愧於懷。"《漢書》曰："朱博字子元，杜陵人。爲丞相，臨拜，延登受策，有大聲如鍾鳴。上問揚雄，李尋對曰〔2〕：'《洪範》所謂鼓妖者也。人君不聰，空名得進，則有無形之聲〔3〕。'博後坐事自殺〔4〕。"故《序傳》曰："博之翰音，鼓妖先作。"《易·中孚》曰："上九，翰音登于天，貞凶。"王弼注曰："翰，高飛也。飛者〔5〕，音飛而實不從也。"

○ "郗太尉"至"實愧於懷"

"郗太尉拜司空"，岡白駒曰："郗，丑饑反，俗本作'郄'，非。郗姓，江右名族，與'郄'別。黃長睿曰：郄詵，晉大夫郤縠之後。郗鑒，漢御史大夫郗慮之後。姓源既異，音讀各殊，後世因俗書相混，不復分別。"○田中頤曰："當受慶而欲人之弔己也。"○程炎震曰："咸和四年，郗鑒爲司空。"

"意不在多"，淇園曰："即謂不望台鼎也。"

"世故紛紜"，岡白駒曰："世故，世事也。"○趙西陸曰："謂蘇峻之亂也。"

"遂至台鼎"，田中頤曰："言平生志意不望台鼎之貴，但因世亂，不圖至此。"○秦士鉉曰："台鼎，三公也。"○朱鑄禹曰："《周禮·春官·大宗伯·司中》注疏：'《武陵太守旦傳》云：三台，一名天柱。上台司命，爲太尉；中台司中，爲司徒；下台司禄，爲司空。'"

---

〔1〕"同坐"，董刻本、元刻本、沈校本"坐"作"座"。
〔2〕"上問揚雄李尋對曰"，董刻本作"上問揚雄雄對曰"。何焯曰："'楊雄'下一有複出'雄'字，無'李尋'二字。"程炎震曰："'李尋'宋本作'雄'。"余嘉錫曰："'李尋對曰'《漢書》作'尋對曰'。"王利器曰："蔣校本、沈校本同，餘本作'上問揚雄李尋對曰'。案《漢書·五行志中》之下作'上以問黃門侍郎揚雄李尋，尋對曰。'宋本誤。"徐震堮曰："案《漢書·五行志中》，'對曰'上應據補'尋'字。"
〔3〕"則有無形之聲"，余嘉錫曰："《漢書》作'有聲無形，不知所從生'。"
〔4〕"博後坐事自殺"，余嘉錫曰："《漢書》作'博坐爲姦謀自殺'。"
〔5〕"飛者"，程炎震曰："別一宋本作'音者'。"余嘉錫曰："'飛'字景宋本作'音'。"王利器曰："各本'音者'作'飛者'。案當作'飛音者'。《易·中孚·九五》王弼注作：'飛音者，音飛而實不從之謂也。'"

“朱博翰音”二句，恩田仲任曰：“翰音，顔師古曰：‘高飛而自鳴，喻居非其位，聲過其實也。’”○秦士鉉曰：“朱博事見《前漢·五行志》。一説‘翰音’，雞也。見《禮記》。巽爲雞，故曰翰音。雞短羽，不能高飛，安能登天。”○田中頤曰：“言中心愧懼，處名無實，而致禍如朱博也。”○余嘉錫曰：“鑒志存謙退，故其言如此。”

○注“漢書曰”

“漢書曰”，余嘉錫曰：“注文《漢書》，係指《五行志》也。”○趙西陸曰：“‘杜陵人’以上《朱博傳》，以下在《五行志》。”

“臨拜”，秦士鉉曰：“拜丞相也。”

“延登受策”，大典顯常曰：“《漢舊儀》云：丞相、御史大夫初拜，皇帝延登親詔也。”《撮補》。○恩田仲任曰：“延登，顔師古曰：‘延入而登殿也。’”○秦士鉉曰：“策，詔也。”

“序傳”，秦士鉉曰：“《洪範五行傳論》，漢劉向著。《五行傳記》，漢許商著。”

“鼓妖先作”，恩田仲任曰：“妄聞之氣，發於音聲，有鼓妖也。”

“音飛而實不從”，余嘉錫曰：“王弼魏人，其注似未可以解《漢書》。然觀李尋謂博‘空名得進，有聲無形’，亦有音飛而實不從之義，則班固之意，當與王弼無大異也。”

【彙評】

劉辰翁曰：“解得精寠。”按《批補》“寠”作“爽”。天保手批曰：“‘爽’一作‘寠’。”

田餘慶曰：“郗鑒之意，以爲自己只不過是像朱博那樣的吏才而得登於台鼎，像雞飛上天一樣，在門閥社會中，這本來是想像不到的事。郗鑒兩拜三公，相隔近十年，而謙退旨趣前後如一。正因爲郗鑒不操其柄，無競於朝，所以能夠久任於京口，善始令終而無殉墜之虞。”《政治》頁八五。

蔣凡曰：“郗鑒以朱博故事來告誡自己，正深見其平生修養，決無矯情文飾之態。其知進知退、從容豁達的一句話，解得其人渾實、生動，呼之欲出。”

龔斌曰：“郗鑒之言，非僅謙退，亦緣真情。永嘉之亂，北方士族兵燹饑饉，死殁者不計其數。甚至鐘鳴鼎食之家，亦無復遺種。桓彝初過江，謂周顗曰：'我以中州多故，來此欲求全活。'（《晉書》六五《王導傳》）但求苟全性命於亂世。《晉書》七三《庾亮傳》：'明帝即位，以爲中書監，亮上書讓曰：昔以中州多故，舊邦喪亂，隨侍先臣遠庇有道，爰容逃難，求食而已。'其情其意，皆與郗鑒同。"

39

高坐道人不作漢語[1]，或問此意，簡文曰："以簡應對之煩。"《高坐別傳》曰[2]："和尚胡名尸黎密，西域人。傳云國王子，以國讓弟，遂爲沙門。永嘉中，始到此土，止於大市中。和尚天姿高朗，風韻道邁。丞相王公一見奇之，以爲吾之徒也。周僕射領選，撫其背而歎曰：'若選得此賢，令人無恨。'俄而周侯遇害，和尚對其靈坐，作胡祝數千言[3]，音聲高暢，既而揮涕收淚。其哀樂廢興皆此類。性高簡，不學晉語。諸公與之言，皆因傳譯。然神領意得，頓在言前。"《塔寺記》曰："尸黎密冢曰高坐[4]，在石子岡。常行頭陀，卒於梅岡，即葬焉。晉元帝於冢邊立寺，因名高坐。"

○"高坐道人"至"應對之煩"

"高坐道人"，張端木曰："晉時和尚皆稱道人。"○田中頤曰："道人，出家

---

[1] "高坐"，董刻本、沈校本作"高座"，注"高坐別傳""因名高坐"同。程炎震曰："別一宋本'坐'作'座'。"

[2] "別傳"，董刻本"傳"作"博"。王利器曰："各本'博'作'傳'，是。"楊勇曰："'傳'宋本作'博'，非。"

[3] "胡祝"，董刻本"祝"作"呪"。趙西陸曰："'祝'當作'呪'。《高僧傳》曰：'對坐作胡唄三契，梵響淩雲。次誦呪數千言，聲音高暢，顏容不變。'又曰：'密善持呪術，所向皆驗。初，江東未有呪法，密呪出《孔雀王經》，明諸神呪。又授弟子覓歷高聲梵唄，傳響於今。'"

[4] "尸黎密冢曰高坐"，余嘉錫曰："'冢曰'景宋本作'宋曰'者是。'宋曰'猶云'漢曰''晉曰'，謂以中國語譯西域語也。沈本作'冢曰'，亦非。"趙西陸曰："董刻本、沈校本'黎密'作'密黎'。'冢'董刻本作'宋'，沈本作'冢'。"徐震堮曰："宋王象之《輿地紀勝》'建康府仙釋帛尸黎密'條亦引《塔寺記》此文，正作'宋'字。"朱鑄禹曰："沈校本作'宋'作'冢'，袁本作'尸黎密冢'，蓋字形近致訛，今從袁本。"龔斌曰："作'宋'是。"

學道者之總稱。不作漢語，故意不欲作漢語也。”○余嘉錫曰：“宋周必大《二老堂雜誌》五引《高僧傳》，載高坐事，自注云：‘疑若今時謂僧爲上坐。’”按“道人”義參見《德行篇》“桓常侍聞人道深公者”條。

“問此意”，田中頤曰：“即問其不作之意。”○張萬起曰：“意，原故。”

“簡應對之煩”，田中頤曰：“世間無限贅語，宜不須應對，故唯捨言以取其意者而已。”

○注“高坐別傳曰”

“胡名尸黎密”，大典顯常曰：“尸黎密，此云吉友。”○秦士鉉曰：“胡，指西戎。”

“止於大市中”，徐震堮曰：“《高僧傳》：‘永嘉中，始到中國，值亂，仍過江，止建和寺。’則止於大市是過江前事，王導見而奇之乃過江後。”

“天姿”，岡白駒曰：“‘姿’與‘資’通。”○恩田仲任曰：“天資，天性也。”

“靈坐”，恩田仲任曰：“《唐詩鼓吹》注曰：‘儀牀供靈之几筵也。’”

“胡祝”，恩田仲任曰：“胡語祝辭。”○秦士鉉曰：“‘祝’‘咒’通，即陀羅尼咒也。”○程炎震曰：“《高僧傳》云：蜜善持呪術，所向皆驗。初，江東未有呪，蜜譯出《孔雀王經》，明著神呪，又授弟子覓歷高聲梵唄，傳響於今。”

“其哀樂廢興”，鍾惺曰：“‘廢興’二字，說哀樂甚深。”○大典顯常曰：“廢興，猶言舉措進止也。”

“晉語”，岡白駒曰：“晉語即漢語也，對其代言，謂之晉語，猶羅什云梵爲秦也。或曰：‘漢何以專華？’曰：‘漢時多事於西北夷，故西北夷人至於今謂華爲漢。唐時始通於東南夷，東南夷人亦至於今謂華爲唐。’”

“神領”，恩田仲任曰：“猶言神解。領，受也。”

“頓在言前”，蔡鏡浩曰：“‘頓’猶全，爲表範圍的副詞。‘頓在言前’即全在傳譯之語之前。‘頓’的這一用法當時常見。《魏書·郭祚傳》：‘高祖曰：先賢後哲，頓在一門。’‘頓在一門’即全出在一家門。”《礼記》。

○注“塔寺記曰”

《塔寺記》，恩田仲任曰：“《法苑珠林》曰：‘《京師塔寺記》，梁朝尚書、兵部郎中兼史學士臣劉璆奉敕撰。’”○沈家本曰：“《隋志》：‘《京師寺塔記》二卷，釋曇景撰。’‘寺塔’作‘塔寺’，此傳寫之偶倒也。”《古書目》卷四。○徐震堮曰：

《塔寺記》或出劉宋人之手。"龔斌按曰："徐箋疑此記出於劉宋人之手則非。"

"尸黎密冢曰高坐"，參見校文。李贄曰："元帝於冢邊立寺，因名高坐焉。"《初潭集》卷十一。○王世懋曰："高坐，寺名，迄今無改。"○徐震堮曰："'宋'以代中土，蓋謂'尸黎密'以漢語譯之，則爲'高坐'之義。"○楊勇曰："《高傳》一：'帛尸梨蜜多羅，此云吉友，西域人，時人呼爲高座。'"

"石子岡"，張舜民曰："高坐所居曰高坐寺。至咸康中葬於石子岡昇元寺，即瓦官寺，在城內西南隅後。"《畫墁集》卷七。○胡三省曰："《恪傳》曰：'建業南有長陵，名石子岡，葬者依焉。'按今高座寺後即石子岡。寺在建康城南門。"《通鑒·魏紀八》注。○恩田仲任曰："《水經注》曰：'江水東北流，逕石子岡，上有故城，即州陵縣之故城也。'"○楊勇曰："《江寧府志》：'今城南高座寺後，即石子岡之地。'又曰：'石子岡，在縣南十五里，一名石子墩，長二十里，高十八丈。《吳志》：孫峻殺諸葛恪投之此岡。'"

"常行頭陀"，大典顯常曰："頭陀，梵語，亦云杜多，此言抖擻，謂三毒如塵，能坌污真心，此人能振掉除去之。大品十二頭陀：一阿蘭若處，二常乞食，三次第乞食，四一受食，五節量食，六中後無飲漿，七敝衣（納衣也），八但三衣（五條七條大衣），九塚間住，十樹下坐，十一露地坐，十二長坐不臥。"

"卒於梅岡"，恩田仲任曰："梅岡疑即石子岡。"○徐震堮曰："梅岡，當即梅嶺岡。《景定建康志》云：'在城南九里，長六里，高二丈。舊經云：東豫章太守梅頤家於岡下，因名之。'"

"晉元帝於冢邊立寺"，程炎震曰："（《高僧傳》）一云：'晉咸康中卒，年八十餘。蜜常在石子岡東行頭陀。既卒，因葬於此。成帝懷其風，爲樹剎塚所。'於文爲順，且'元帝'當作'成帝'也。"○余嘉錫曰："《高僧傳》一《帛尸梨蜜傳》與注所引《高坐別傳》略同，惟云'晉咸康中卒，春秋八十餘'云，與注所引《塔寺記》大異。咸康是成帝年號，蜜既卒於咸康，則立寺者是成帝，而非元帝明矣。"

【彙評】

劉辰翁曰："可以逃敗。"

李贄曰："和尚雖不作漢語，然神領意得，頓在言前。"評注《高坐別傳》"其哀樂廢興皆此類"。《初潭集》卷十一。

256

鍾惺曰："王、周二公語各達甚，如此心服，方可對高僧。"○曰："高僧偏具一往深情。"評注《高坐別傳》"和尚對其靈坐"二句。

40

周僕射雍容好儀形，詣王公，初下車，隱數人，王公含笑看之。既坐，傲然嘯詠。王公曰："卿欲希嵇、阮邪？"答曰："何敢近舍明公，遠希嵇、阮！"鄧粲《晉紀》曰："伯仁儀容弘偉，善於俛仰應答，精神足以蔭映數人。深自持，能致人，而未嘗往焉。"

○"周僕射"至"遠希嵇阮"

"雍容好儀形"，田中頤曰："謂和雍寬容而善儀形也，即與'隱數人'映。"
"隱數人"，劉應登曰："隱，映也。"○劉辰翁曰："'隱'作'映'解。"○李贄曰："'隱'字非'蔭映'也。"○王世懋曰："'隱'字費解，不如'蔭映'二字。"按《批補》"不如"下有"注中"二字。○王思任曰："數人同在，一時為周所掩，故曰'隱'。'隱'字妙。"○岡白駒曰："隱，為之所掩也。標注以為'蔭映'是已。"○大典顯常曰："注以隱為陰映。卷九'裴令公精明朗然，籠蓋人上'，正於此同。片孝秩謂'隱，隱避也，使數人隱避也'。《檀弓》：'季孫之母死，哀公弔焉，曾子與子貢弔焉，閽人為君在，弗內也。曾子與子貢入於其廄而修容焉。子貢先入。閽人曰：向者既告矣。曾子後入，閽人辟之。涉內霤，卿大夫皆辟位，公降一等而揖之。君子言之曰：盡飾之道，斯其行者遠矣。'正與此合。"
○田中頤曰："隱，隱蔽也，謂周直進於數人之上，以隱蔽之。"○博古堂朱批曰："隱，即注內'蔭映'之意。"○陳錫路曰："按《晉紀》，是謂伯仁善俯仰應答，精神足以隱映數人。此言'初下車，隱數人'，'隱'字亦有意。試看'嵇延祖卓卓如野鶴之在雞'，則誰不為其所隱耶？"《黃嬭餘話》卷四。○劉盼遂曰："'隱數人'，解者多謂隱為蔭映。按此說非也。隱即'晉'之訛字。《說文·妥部》：'晉，有所依也。從妥工。讀與隱同。'故'晉'亦可用'隱'為之。《孟子》'隱几而臥'，趙注：'隱，倚也。'本書《賢媛篇》：'韓康伯母隱古几毀壞。'是'隱'解作‘依’之證，而‘隱’‘依’亦聲轉也。僕射之‘隱數人’，蓋謂馮依數人而行耳。本書《雅量篇》：‘子敬神色恬然，徐喚左右，扶憑而出，不異平常。’‘顧和始爲揚州從事’條注引《語林》曰：‘周侯飲酒已醉，箸白袷，馮兩人來詣丞相。’《宋書・五行志一》：‘謝靈運每出入，自扶接者常數人。民間謠曰：四人挈衣裙，三人捉就席。’是南朝人士出入扶依人者，自成見慣。僕射之下車隱數人，亦猶是矣。《容止篇》記庾長仁杖策將一小兒，始入門，諸客望其神姿，一時退匿云云。庾之將小兒與周之隱數人，蓋同一狂態矣。”周祖謨按曰：“‘隱’釋爲‘依’，極是。但不必謂‘隱’爲‘晉’之借字也。”○余嘉錫曰：“《莊子・齊物論》‘南郭子綦隱几而坐’，《釋文》云：‘隱，憑也。’鄧粲《晉紀》所謂伯仁‘精神足以蔭映數人’，別是一義，與《世說》語本不相蒙。若因此釋‘隱’爲‘蔭映’則誤矣。”○王叔岷曰：“‘隱’借爲‘晉’。《説文》：‘晉，有所依也。讀與隱同。’”○楊勇曰：“隱，憑也，將也，倚也。《宋書・五行志》：‘謝靈運出入自扶接者常數人。’此皆六朝士人好形儀，講排場之故。而詠嘯自若，逍遙俯仰之態，常因此而增飾其容儀也。今按孝標注引鄧粲《晉紀》謂爲‘蔭映數人’，意即如此。”

“含笑看之”，田中頤曰：“四字寫王簡傲之狀。”

“傲然嘯詠”，田中頤曰：“周意氣亦固簡傲。”○王叔岷口：“陶淵明《飲酒詩》之七：‘嘯傲東軒下。’”

“欲希嵇阮”，田中頤曰：“即尤其簡傲。”○江藍生曰：“‘希’有學習、仿效之義。”《彙釋》頁二一三。

“何敢近舍明公”二句，淇園口：“蓋以王爲甚於嵇阮。”○恩田仲任曰：“漢魏以來，率呼宰輔、岳牧爲明公。”○田中頤口：“即直反言其簡傲。”

○注“鄧粲晉紀曰”

“蔭映數人”，恩田仲任曰：“蔭，蔭覆也。《文選》李善注：‘映，猶隱也。’”

“深自持”二句，鍾惺曰：“二語名士本領。”○秦士鉉曰：“能致人，能使人至我，即養望意。”

【彙評】

凌濛初曰：“伯仁乃作爾語，阿智故當火攻。”
田中頤曰：“反復不屈。”

258

庾公嘗入佛圖，見臥佛，《涅槃經》云：“如來背痛，於雙樹間北首而臥。”故後之圖繪者爲此象。曰：“此子疲於津梁。”于時以爲名言。

○“庾公嘗入”至“以爲名言”

“入佛圖”，桃井白鹿曰：“《卓氏藻林》：‘佛圖即浮圖也。’”○田中頤曰：“謂入寺也。”○秦士鉉曰：“浮圖，即塔也。此言寺耳。本邦人呼佛爲浮圖家，亦是。”

“疲於津梁”，桃井白鹿曰：“津梁，喻濟度衆生。”○大典顯常曰：“津梁，本出《列子·湯問》，此以謂濟度也。”○田中頤曰：“言佛濟度衆生，而衆生自不濟度，因致疲倦而臥也。”○余嘉錫曰：“此譬喻之言，謂佛説法接引，普渡衆生，咸登覺岸，如濟水之有津梁也。”

“以爲名言”，田中頤曰：“此可以譬當時雖有志者不得如願，而徒易致疲倦，故以爲名言耳。”

○注“涅槃經云”

“背痛”，大典顯常曰：“《涅般經》云：‘我今身痛。’又言：‘極患腹痛。’《方等泥洹經》云：‘舉身皆痛。’又云：‘生身背痛。’《長阿含經》亦云‘背痛’。”《集成》。

“雙樹”，恩田仲任曰：“《翻譯名義集》曰：‘婆羅，此云堅固。冬夏不改，故名堅固。其樹似槲而皮青白，葉甚光潤。四樹特高。東方雙者，喻常、無常；南方雙者，喻樂、無樂；西方雙者，喻我、無我；北方雙者，喻難、不浄。四方各雙，故名雙樹。’”

【彙評】

劉辰翁曰：“有味外味。”

李贄曰：“仕宦不止車生耳。庾公殆借秦爲喻乎？”

袁中道曰："佛當喝醒。"《舌華録》卷一。

凌濛初曰："請於此處著一喝。"

田中頤曰："善發新意。"

蔣凡曰："見此臥佛，庾亮以俗喻雅，於情於理皆有所關合，其智其趣，遂成幽默。"

42

摯瞻曾作四郡太守，大將軍户曹參軍，復出作内史，《摯氏世本》曰："瞻字景游，京兆長安人，太常虞兄子也。父育，涼州刺史。瞻少善屬文，起家著作郎。中朝亂，依王敦爲户曹參軍。歷安豐、新蔡、西陽太守[1]。見敦以故壞裘賜老病外部都督。瞻諫曰：'尊裘雖故，不宜與小吏。'敦曰：'何爲不可？'瞻時因醉，曰：'若上服皆可用賜，貂蟬亦可賜下乎？'敦曰：'非喻所引，如此不堪二千石。'瞻曰：'瞻視去西陽，如脱屣耳[2]！'敦反，乃左遷隨郡内史。"年始二十九。嘗別王敦，敦謂瞻曰："卿年未三十，已爲萬石，亦太蚤。"瞻曰："方於將軍，少爲太蚤；比之甘羅，已爲太老。"《摯氏世本》曰："瞻高亮有氣節，故以此答敦[3]。後知敦有異志。建興四年，與第五琦據荆州以距敦[4]，竟爲所害。"《史記》曰："甘羅，秦相茂之孫也。年十二，而秦相吕不韋欲使張唐相燕，唐不肯行，甘羅説而行之。又請車五乘以使趙，還報秦。秦封甘羅爲上卿，賜以甘茂田宅。"

---

[1]　"歷安豐新蔡西陽太守"，董刻本、沈校本作"内史"，何焯校同。程炎震曰："宋本作'内史'。"余嘉錫曰："景宋本及沈本俱作'内史'。"楊勇曰："《晉書·地理志》安豐、新蔡、西陽皆是郡，故作'太守'是。"又，秦士鈜曰："'四郡'注出三郡。"余嘉錫曰："案《世説》言曾作四郡太守，而此只有三郡，疑有脱字。"

[2]　"如脱屣"，袁刻本"如"作"始"。

[3]　"答敦"，董刻本"答"作"合"。王利器曰："蔣校本、沈校本同，餘本'合'作'答'。'合'也有答意。"楊勇曰："宋本作'合'，非。"

[4]　"第五琦"，何焯校"琦"作"猗"。程炎震曰："宋本'琦'作'猗'。"余嘉錫口："'琦'景宋本及沈本俱作'猗'。"朱鑄禹曰："袁[本]'猗'作'琦'，是。"龔斌曰："當從《晉書》作'猗'。"

○“摯瞻曾作”至“始二十九”

“大將軍戶曹參軍”，桃井白鹿曰：“謂作大將軍屬戶曹參軍也。時王敦爲大將軍。”○恩田仲任曰：“晉大將軍屬官有戶曹。”○秦士鉉曰：“大將軍屬官有戶曹，開府位公者置帳下都督、外都督各一人。”○吳士鑑曰：“第五猗爲敦所斬，而瞻則敦用爲參軍也。”《斠注》卷五十八。余嘉錫按曰：“非也。”○余嘉錫曰：“瞻爲王敦參軍，當在建興四年以前。”

“年始二十九”，田中頤曰：“爲言甘羅作地。”

○“嘗別王敦”至“已爲太老”

“已爲萬石”，岡白駒曰：“此總計四郡太守、戶曹參軍及內史禄，以爲萬石。”○恩田仲任曰：“四郡太守各二千石，內史亦二千石，故云萬石。”○田中頤曰：“內史，復爲二千石，合前四郡，即爲萬石，而內史視之戶曹，則左遷也。”

“亦太蚤”，田中頤曰：“言摯當以此爲榮，其左遷不須恨也。”

“少爲太蚤”，張撝之曰：“少，稍稍，稍微。”《選注》。

“比之甘羅”二句，田中頤曰：“甘羅年十二封爲上卿。此言貴達在材不由年，故今尚榮則榮矣，然不可以此左遷也。”

○注“摯氏世本曰”上

《摯氏世本》，沈家本曰：“注〔引〕摯瞻事，是此書乃摯氏之家傳，非古《世本》也。”《古書目》卷四。

“外部都督”，恩田仲任曰：“《晉書·職官志》曰：‘諸公及開國位從公者，置帳下都督、外部都督各一人。’”

“貂蟬”，桃井白鹿曰：“《古今注》：貂者，取其有文采而不炳煥，外柔易而內剛勁也，蟬取其清虚識變也。”○大典顯常曰：“范史《輿服志》：‘侍中冠武弁大冠，加金鐺，附蟬爲文，貂尾爲飾，謂之惠文冠。’王敦歷侍中爲大將軍，蓋兼內任而冠貂蟬也。杜子美詩：‘總戎皆插侍中貂。’亦言大將兼內任者也。”

“非喻所引”，大典顯常曰：“言其喻不當也。”○朱鑄禹曰：“意謂引喻不當。諸葛亮《前出師表》：‘引喻失義。’”

“不堪二千石”，大典顯常曰：“怒其妄言而言之。”

“如脱屣耳”，恩田仲任曰：“屣，小履也。言其便易無所顧也。”○秦士鉉曰：“漢武曰：‘吾視棄妻子如脱屣耳。’”

“敦反”，李慈銘曰：“‘反’當是‘怒’字之誤。是時敦未反也。其後與第五猗拒敦被害，時敦方爲元帝所倚任。《晉書·周訪傳》至稱爲‘賊帥杜曾、摯瞻、胡混等’，則其冤甚矣。”《簡端記》。○余嘉錫曰：“瞻以大興二年五月被害，王敦至永昌元年正月始舉兵反，在瞻死後一年有餘。方瞻未死之時，敦固元帝之親信大臣也。而此已云‘敦反’者，蓋第五猗奉愍帝命來鎮荆州，而敦自以其從弟廙爲荆州刺史，發兵拒猗，是抗天子之命吏，故書之以‘反’，非謂其反元帝也。”

“左遷隨郡内史”，大典顯常曰：“《晉·職官志》：‘郡皆置太守，河南郡京師所在，則曰尹，諸王國以内史掌太守之任。’此未詳爲何國隨郡。”《集成》。○朱鑄禹曰：“古者尚右，故左遷爲降貶。《晉書·地理志》曰：‘惠帝分義陽立隨郡。’”○楊勇曰：“宋本作‘隨郡’，非。《晉書·地理志》隨爲國。漢初王國之制，有太傅輔王，内史治國民，中尉掌武職，丞相統衆官。後省内史，改丞相爲相。魏晉南北朝仍采漢代郡縣與封建並行之制，惟改相爲内史。在王國中即以内史當太守之任，其職位體制、組織皆與郡守同。”

○注“摯氏世本曰”下

“建興四年”，余嘉錫曰：“爲愍帝之末。明年元帝即位，改元建武。《晉書·元帝紀》云：‘建武元年八月，荆州刺史第五猗爲賊帥杜曾所推，遂與曾同反。周訪討曾，大破之。’與《摯氏世本》年月不合。《晉書》特因周訪之破曾在建武元年，遂總敘之於此，其實瞻之與猗以拒敦，不妨自在建興之末。”

“第五琦據荆州以距敦”，徐震堮曰：“猗據荆州以拒敦，《元帝紀》在建武元年，此云建興四年。王敦之反，在永昌元年，此去尚五六年，何以預知敦有異志，且與前注‘敦反乃左遷隨郡内史’相矛盾。”

“竟爲所害”，李慈銘曰：“注引《摯氏世本》云云，是瞻固晉之忠臣矣。第五猗受愍帝之命，由侍中出爲荆州刺史，時元帝已有江表之地，而長安旋没於劉聰，愍帝被虜，猗特不順於元帝，與華軼、周馥同科。元帝之討滅猗等，正與漢光武之殺謝躬無異。而《晉書·元帝紀》遽書猗與杜曾同反，已爲乖誤；至王敦此時方爲元帝所倚信，未有反迹。要之，摯瞻自以忤敦而死，而名爲‘賊帥'，何其謬耶！"《讀書記·晉書》。○余嘉錫曰："（《周訪傳》云：）'訪部將蘇溫收曾詣軍，並獲第五猗、胡混、摯瞻等，送於王敦。又白敦，說猗逼於曾，不宜殺。敦不從而斬之。'此即《元紀》大興二年五月事也。《世本》既言瞻以拒敦被害，則必與第五猗同時死矣。《晉書》及《通鑒》九十一竟不言瞻所終，則未考孝標之注也。"

○注"史記曰"

"年十二"，王叔岷曰："《史記·甘羅傳》：'甘羅年十二，事秦相文信侯呂不韋。'顧炎武《菰中隨筆》云：'《史記》：甘羅年十二，爲秦相文信侯呂不韋舍人。後人誤以"年十二爲秦相"作一句，昔人辯之已明。然北齊彭城王浟答博士韓毅曰："甘羅幼爲秦相，未聞能書。"則南北朝已有此語。'顧氏所引《史記》，非史文之舊，文意則略同。摯瞻所云'比之甘羅已爲太老'，蓋亦以甘羅年十二爲秦相也。"

【彙評】

李贄曰："醜。"

凌濛初曰："俗口，實市井能言。"

狄期進曰："田光曰：'騏驥衰老，駑馬先之。'故曰邁月征，學士可自警矣。"

蔣凡曰："王敦之語帶有欺凌、霸道的意味。摯瞻不畏淫威，着實回敬了他一個軟釘子，不卑不亢，機敏巧妙。王敦味此餘音，只能徒增恨恨。"

43

梁國楊氏子，九歲，甚聰惠[1]。孔君平王隱《晉書》曰："孔坦字君平，會稽山陰人。善《春秋》，有文辯。歷太子舍人，累遷廷尉

---

[1] "梁國楊氏子"三句，王叔岷曰："《金樓子·捷對篇》作'楊子州年七歲，甚聰慧'。《御覽》九七二引《金樓子》作'楊周年七歲，甚聰惠'，'楊'下蓋略'子'字，'州''周'古通。《左》襄二十三年《傳》'華周'，《漢書·古今人表》'周'作'州'，即其比。'惠''慧'古亦通。《初學記》十七引劉劭《幼童傳》、《御覽》三八五及四六四引《郭子》並載此事，'惠'皆作'慧'。"

卿〔1〕。"詣其父〔2〕，父不在，乃呼兒出，爲設果。果有楊梅，孔指以示兒曰："此是君家果。"兒應聲答曰："未聞孔雀是夫子家禽。"

○"梁國楊氏"至"夫子家禽"

"君家果"，田中頤曰："姓楊，即比楊梅。"

"夫子家禽"，恩田仲任曰："指君平爲夫子。《字典》曰：'先生長者曰夫子。'"○田中頤曰："姓孔，即比孔雀。"○朱鑄禹曰："此處'夫子'似指孔子。"龔斌按曰："晉人往往以'聖人''仲尼''尼父'稱孔子。《世說》無有以'夫子'稱孔子者。"○張撝之曰："夫子，古代對男子的敬稱。"《選注》。

◎李慈銘曰："《金樓子·捷對篇》作楊子州答孔永語。《太平廣記·詼諧門》引《啓顔録》作晉楊脩答孔君平。"《簡端記》。○程炎震曰："《御覽》三百八十五《幼智下》引此文作《郭子》，四百六十四《辯下》同。五百一十八引《郭子》作楊修、孔融。《初學記》卷十七引劉劭《幼童傳》注同此文，'劉劭'當作'劉昭'，見《隋志》。"○余嘉錫曰："敦煌本《殘類書》曰：'楊德祖少時與孔融對食梅。融戲曰：此君家菓。祖曰：孔雀豈夫子家禽?'與諸書又不同。皆一事而傳聞異辭。"

○注"王隱晉書曰"

"文辯"，楊勇曰："謂孔坦但有'文辯'，《後漢書·文苑傳》亦謂劉毅少有'文辯'稱，皆清談之同義辭也。"《論文集》頁一〇。○龔斌曰："文謂文筆，辯謂辯才。有文辯，謂既善屬文，又善口辯。"

【彙評】

田中頤曰："能對不窮。"

---

〔1〕"廷尉卿"，楊勇曰："《晉書·孔坦傳》作'廷尉'。漢制廷尉下有廷尉正、左右監、左右平，魏晉稱之爲廷尉三官，而無名'廷尉卿'者。'卿'字疑衍。"
〔2〕"孔君平詣其父"，王叔岷曰："《金樓子》'孔君平'作'孔永'，《御覽》九七二引《金樓子》作'孔君平'，與此合。《初學記》引《幼童傳》、《藝文類聚》八七、《御覽》三八五及四六四引《郭子》，皆作'孔君平'。《御覽》五一八引《郭子》載此，以爲孔融與楊脩問答事。"

孔廷尉以裘與從弟沈，《孔氏譜》曰：“沈字德度，會稽山陰人。祖父奕，全椒令。父群，鴻臚卿。沈至琅邪王文學。”沈辭不受。廷尉曰：“晏平仲之儉，祠其先人，豚肩不掩豆，猶狐裘數十年，劉向《別録》曰：“晏平仲名嬰，東萊夷維人。事齊靈公、莊公，以節儉力行重於齊。”《禮記》曰：“晏平仲祀其先人〔1〕，豚肩不掩豆，君子以爲儉也〔2〕。”又曰：“晏子一狐裘三十年，晏子焉知禮？”注：“豚，俎實也。豆，徑尺。言併豚之兩肩不能掩豆，喻少也〔3〕。”卿復何辭此？”於是受而服之。

○“孔廷尉”至“受而服之”

“沈辭不受”，龔斌曰：“裘爲貴者所服，無故賜下爲違禮。”

“晏平仲之儉祠其先人”，王叔岷曰：“《禮記·雜記下》：‘孔子曰：晏平仲祀其先人，豚肩不掩豆，賢大夫也，而難爲下也。’‘祠’‘祀’古通。《史記·晏嬰列傳》：‘晏平仲者，萊之夷維人也。事齊靈公、莊公、景公，以節儉力行重於齊。’即劉向《別録》云云所本。”

“猶狐裘”，楊勇曰：“猶，尚也。”

“卿復何辭此”，龔斌曰：“孔坦謂晏子祭祀先人如此吝嗇，一狐裘卻穿數十年，言外之意是說狐裘與禮無關，你何必不受？”

---

〔1〕 “祀其”，董刻本“祀”作“記”。王利器曰：“各本‘記’作‘祀’，是。《禮記·禮器》正作‘祀’。”楊勇曰：“‘祀’宋本作‘記’，非。”
〔2〕 “儉也”，趙西陸曰：“《禮記·禮器篇》‘儉也’作‘隘矣’。”
〔3〕 “豚之兩肩不能掩豆喻少也”，趙西陸曰：“《禮記·雜記下》注無‘之’字，‘掩’作‘覆’，‘少’作‘小’。”

佛圖澄與諸石遊，《澄別傳》曰：“道人佛圖澄，不知何許人，出於燉煌，好佛道，出家爲沙門。永嘉中，至洛陽，值京師有難，潛遁草澤間〔1〕。石勒雄異好殺害，因勒大將軍郭默略見勒〔2〕。以麻油塗掌，占見吉凶數百里外。聽浮圖鈴聲，逆知禍福。勒甚敬信之。虎即位，亦師澄，號‘大和尚’。自知終日。開棺無屍〔3〕，唯袈裟法服在焉〔4〕。”林公曰：“澄以石虎爲海鷗鳥。”《趙書》曰：“虎字季龍，勒從弟也。征伐每斬將搴旗。勒死，誅勒諸兒，襲位。”《莊子》曰〔5〕：“海上之人好鷗者，每旦之海上，從鷗游，鷗之至者數百而不止。其父曰：‘吾聞鷗鳥從汝游，取來玩之〔6〕。’明日之海上，鷗舞而不下。”

○“佛圖澄”至“爲海鷗鳥”

“與諸石遊”，田中頤曰：“遊，交也。”

“以石虎爲海鷗鳥”，劉辰翁曰：“謂玩虎於掌中耳。”○岡白駒曰：“我纔有意，彼則將害我矣。”○平賀房父曰：“以無心待之。”○田中頤曰：“言澄以虛心故，雖難親狎之人，亦能親狎相共浮沈也。”○徐震堮曰：“劉辰翁云云。此語未允。蓋謂澄以無心應物，故物我相忘也。”○張萬起曰：“林公的意思是説佛圖澄好似海上好鷗者，真誠坦蕩、清净無利害之心，而石虎並非海鷗鳥。”○龔斌曰：“林公由澄公與諸石遊之行事，感觸己與諸名士之遊處，言外之意是己著塵外之狎，似海人陶然忘機。”

○注“澄別傳曰”

“佛圖澄不知何許人”，平賀房父曰：“《神僧傳》：‘西域人也，本姓白氏。’

---

〔1〕 “草澤間”，董刻本、何焯校“間”作“聞”，字屬下讀。朱鑄禹曰：“袁本作‘問’，屬上句，似不如‘聞’字貫下，與下‘因’字相呼應。”

〔2〕 “郭默略”，徐震堮《札記》曰：“《晉書·藝術傳》作‘郭黑略’。”按《高僧傳》亦作“黑”。楊勇曰：“宋本作‘郭默略’，非。”

〔3〕 “無屍”，程炎震：“宋本‘屍’作‘尸’。”余嘉錫曰：“‘屍’景宋本及沈本俱作‘尸’。”

〔4〕 “在焉”，董刻本、元刻本、何焯校“在”作“存”。

〔5〕 “莊子”，何焯校作“列子”。

〔6〕 “玩之”，余嘉錫曰：“‘玩’景宋本作‘翫’。”

又云：‘以麻油雜臙脂塗掌，千里外事皆徹見掌中，如對面焉。’”○恩田仲任曰：“許，猶所也。《後魏書》曰：‘石勒時有天竺沙門浮圖澄，少於烏萇國就羅漢入道，劉曜時到襄國，後爲石勒所宗信，號爲大和尚。’”

“開棺無屍”，大典顯常曰：“《佛祖通載》：‘澄遷化，發棺視之，唯塊石存焉。’”○平賀房父曰：“《神僧傳》又云：‘發墓開棺視之，唯見一石虎曰：石者朕也，師葬我而去矣。未幾虎死。’”

“袈裟”，秦士鉉曰：“舊從毛，葛洪《字苑》改從衣。”

○注“趙書曰”

《趙書》，沈家本曰：“《隋志》：‘《趙書》十卷，一曰《二石集》，記石勒事，僞燕太傅田融撰。’二《唐志》：田融《趙石記》二十卷，又《二石記》二十卷。二石者，石勒、石虎也。此注所引乃石虎事，是《趙書》兼紀二石，《隋志》所言是。《唐志》既有《趙石記》，又有《二石記》，恐祇是一書，《唐志》複出也。田融爲太傅長史，《隋志》脱‘長史’二字。”《古書目》卷四。○葉德輝曰：“《隋志》入‘霸史’，題十卷。云：‘一曰《二石集》，記石勒事，僞燕太傅長史田融撰。’”《書目》。

“搴旗”，恩田仲任曰：“搴，拔也，取也。”

“勒從弟”，王世懋曰：“今史，虎爲勒從子。”按《批補》“爲”作“是”。○徐震堮曰：“《十六國春秋》：‘石虎，勒之從子。勒父朱幼而子之，故或謂之勒弟。’《晉書·載記》同。”

○注“莊子曰”

“莊子曰”，平賀房父曰：“當作‘列子曰’。”

“每旦”，龔斌曰：“每日。‘每旦’正是晉宋習語。”

“鷗之至者數百而不止”，田中頤曰：“以無心待之。”

◎程炎震曰：“今《莊子》無鷗鳥事，乃在《列子·黃帝篇》耳。然《宋書》六十七謝靈運《山居賦》云：‘撫鷗鯎而悦豫。’與‘鯎’並舉。其自注亦云：‘莊周云：海人有機心，鷗鳥舞而不下。’疑今本《莊子》有佚文也。”○劉盼遂曰：“海鷗鳥，今見《列子·黃帝篇》，實張湛摭《莊子》佚文而然，非孝標誤引。”楊勇按曰：“謝靈運《山居賦》：‘撫鷗鯈而悦豫。’注：‘莊周云：海人有機心，鷗鳥舞而不下。’亦證劉説之實。今本《莊子·天地篇》云：‘有機械者，必有機事；有機事者，必有機心。機心存於腦中，則純白不備；純白不備，則神生不定；神生不定者，道之所不載也。'"又曰："此文今見《列子·黃帝篇》，而《莊子》中俄空焉。蓋本《莊子》篇文，作偽《列子》者鈔襲之。孝標作注時，偽《列》尚未大顯，故及《莊子新論》而不及《列子》。後《莊子》此文放失，學者反據偽《列子》以疑孝標誤引矣。馬氏敍倫《列子偽書考》極精博，惜未知此。"按此爲《夙惠篇》"晉明帝數歲"條注。○余嘉錫曰："劉注所引，逸篇之文也。《列子》偽書，襲自《莊子》耳。《困學紀聞》十、《讀書脞錄續編》三所輯《莊子》逸文甚多，獨失載此條，蓋偶未檢。"○王叔岷曰："注引《莊子》云云，乃佚文。《文選》江文通《雜體詩》注亦引之，文較詳。'數百'作'百數'，此誤倒。又見《呂氏春秋·精諭篇》，'鷗'作'蜻'（即青鳥），'數百'亦作'百數'。《列子·黃帝篇》'鷗'作'漚'，（'鷗''漚'正、假字。）'數百'作'百住'，張注：'住，當作數。'"

46

謝仁祖年八歲，謝豫章鯤，子別見[1]。將送客，爾時語已神悟，自參上流。諸人咸共歎之曰："年少一坐之顏回。"仁祖曰："坐無尼父，焉別顏回？"《晉陽秋》曰："謝尚字仁祖，陳郡人，鯤之子也。齠齔喪兄，哀慟過人。及遭父喪，溫嶠唁之[2]，尚號叫極哀。既而收涕告訴，有異常童。嶠奇之，由是知名。仕至鎮西將軍、豫州刺史。"

○"謝仁祖"至"焉別顏回"

"謝豫章"，龔斌曰："此條所記，當在謝鯤爲豫章太守之前。"

---

[1] "鯤子別見"，何焯曰："'子'字疑衍。"楊勇曰："'鯤'下宋本有'子'字，疑衍。按謝豫章是鯤，非鯤子。"
[2] "唁之"，董刻本"唁"作"嗒"。程炎震曰："明本'唁'作'嗒'。"朱鑄禹曰："'嗒'與'唁'同，《説文》曰'弔生也'。"

"將送客"，徐震堮曰："將，挈也。謂挈以送客。"○朱鑄禹曰："《晉書·謝尚傳》曰：'鯤嘗攜之送客。'此'將'字下省'之'字。"

"爾時語已神悟"，劉淇曰："爾，此也，是也。《世説》'爾時［語］已神悟'，又云'爾夜風恬月朗'，爾時，是時也。爾夜，是夜也。"《辨略》卷三。○龔斌曰："'語'同'談''論'，皆指清言。"

"自參上流"，崔朝慶曰："參，間廁也，言自居於上等名流也。"

"年少一坐"，周一良曰："'年少'猶言'少年'。《文學篇》'時流年少'，《方正篇》'此年少非唯圍棋見勝''後來年少''黃吻年少'，《排調篇》'聞一年少懷問鼎'，《尤悔篇》'群謝年少'注：'遣諸不經事年少。'佚文'王曇首'條'王名家年少'。"《批校》。

"坐無尼父"二句，龔斌曰："彼時言談，顏回常配以仲尼。若少者贊長者爲仲尼，長者則美少者爲顏回。謝尚之答，意謂坐中無高識者，焉能分別卓異？"

○注"鯤子別見"

劉應登曰："鯤，字幼輿，仁祖之父。"

○注"晉陽秋曰"

"遭父喪"，程炎震曰："尚生於永嘉二年戊辰，鯤以永昌元年壬午卒，尚時年十五。"○趙西陸曰："謝鯤以太寧元年卒，尚時年已十六，已非幼童，《晉陽秋》所云，殆非其實。"

"仕至鎮西將軍豫州刺史"，周家禄曰："《穆帝紀》：'永和十一年進謝尚督并冀幽三州。是年進號鎮西將軍。'今按進號鎮西在永和中，進督四州正在此時。按尚本督豫州，由豫州進督并冀幽三州。"《校勘記》卷四。

【彙評】

劉辰翁曰："啟寵納侮。"按凌刻本"寵"作"龐"。

馮夢龍曰："果是顏回，不須尼父亦別；若真有尼父，恐顏回又未必屬君矣。"《古今譚概》第十二《矜嫚部》。

47

陶公疾篤，都無獻替之言，朝士以爲恨。《陶氏敍》曰：
"侃字士衡〔1〕，其先鄱陽人，後徙尋陽。侃少有遠概綱維宇宙之志〔2〕。察孝
廉〔3〕，入洛，司空張華見而謂曰：'後來匡主寧民，君其人也。'劉弘鎮沔南〔4〕，
取爲長史，謂侃曰：'昔吾爲羊太傅參佐，見語云："君後當居身處。"今相觀，
亦復然矣。'累遷湘、廣、荆三州刺史，加羽葆鼓吹，封長沙郡公、大將軍。贊
拜不名〔5〕，劍履上殿。進太尉，贈大司馬，謚桓公。"按王隱《晉書》載侃臨
終表曰："臣少長孤寒，始願有限，過蒙先朝歷世異恩。臣年垂八十，位極人臣，
啓手啓足，當復何恨！但以餘寇未誅，山陵未復，所以憤慨兼懷，唯此而已〔6〕！
猶冀犬馬之齒，尚可少延〔7〕，欲爲陛下北吞石虎，西誅李雄，勢遂不振，良圖
永息。臨書振腕〔8〕，涕泗橫流。伏願遴選代人，使必得良才，足以奉宣王猷，
遵成志業。則雖死之日，猶生之年。"有表若此，非無獻替。仁祖聞之曰：
"時無豎刁〔9〕，故不貽陶公話言。"《呂氏春秋》曰："管仲病，
桓公問曰：'子如不諱，誰代子相者？豎刁何如？'管仲曰：'自宮以事君，非人
情，必不可用！'後果亂齊。"時賢以爲德音。

○ "陶公疾篤" 至 "以爲德音"

"陶公疾篤"，程炎震曰："咸和九年，陶侃薨。"

---

〔1〕 "士衡"，徐震堮《札記》曰："《晉書》作'士行'。"
〔2〕 "綱維"，董刻本"綱"作"網"。王利器曰："各本'網'作'綱'，是。"楊勇曰："宋本作
　　 '網'，非。"
〔3〕 "察孝廉"，朱鑄禹曰："'察'劉應登本作'舉'。"
〔4〕 "沔南"，董刻本、沈校本"沔"作"江"。王利器曰："各本'江南'作'沔南'，是。《晉書·陶
　　 侃傳》云：'會劉弘爲荆州刺史，將之官，辟侃爲南蠻長史。'晉人常以沔漢稱荆州。"
〔5〕 "贊拜"，董刻本"贊"作"替"。王利器曰："各本'替'作'贊'，是。"楊勇曰："宋本作
　　 '替'，非。"
〔6〕 "唯此而已"，徐震堮《札記》曰："《晉書》本傳作'不能已已'，文勢尤順。"
〔7〕 "少延"，何焯校作"苟延"。
〔8〕 "振腕"，何焯校"振"作"扼"。程炎震："宋本'振'作'扼'。"余嘉錫曰："'振'景宋本
　　 及沈本俱作'扼'。"蔣凡批曰："應以宋本爲佳。'振腕'，揮筆舒腕，平鋪之敍。'扼腕'則有胡
　　 虜未滅、壯志未酬之恨。"申阜鑫曰："影宋本爲是。'扼腕'多與憂傷嘆息行止相合。"
〔9〕 "豎刁"，董刻本"刁"作"刀"。王叔岷曰："'刁'乃俗字，當從宋本。宋本《管子·戒篇》、
　　 《公羊》僖十八年《傳》、北宋景祐本南宋補版《史記·齊世家》皆作'刀'。"

"獻替之言"，岡白駒曰："獻可替否也。替，廢也。"○大典顯常曰："原出於《國語》：'薦可而替否，獻能而進賢。'"

"不貽陶公話言"，大典顯常曰："《說文》：'話，合會善言也。'《大雅》'慎爾出話'傳：'善言也。'"《集成》。○田中頤曰："話言，即謂獻替之言也。言朝庭得人，時又無豎刁可虞，故獻替之言無所用焉，故不貽傳陶公之話言於後世也。"

"以爲德音"，田中頤曰："其言足以令朝士安慰故。"○朱鑄禹曰："'德音'二字，後世屬之君上。"

○注"陶氏敘曰"

《陶氏敘》，沈家本曰："此當是譜敘。"《古書目》卷四。

"劉弘"，秦士鉉曰："劉弘字季和，沛國蕭人，封新城公。是時天下大亂，弘專督江漢，威行南國。"

"羊太傅"，秦士鉉曰："祜也。"

"君後當居身處"，岡白駒曰："居身處，羊公自謂己方今所居官。時羊祜爲太傅，言劉弘亦後當爲太傅也。"○桃井白鹿曰："身，自指詞。身處，猶言我今所在官。"○大典顯常曰："身，謂己也，六朝語，此言弘當爲三公也。"○恩田仲任曰："身，我也。猶言君以後當居我今日之官位也。"

"相觀亦復然"，岡白駒曰："劉弘言今相觀陶侃，如羊公之相己，後必當繼我爲刺史也。"○桃井白鹿曰："相，去聲，相人之'相'。"○秦士鉉曰："相，如字。"

"羽葆鼓吹"，大典顯常曰："羽葆，蓋車合聚五采羽爲幢也。"○秦士鉉曰："《宋·高祖紀》：'有大勳者，皆加羽葆。'《後漢·百官志》：'將軍賜鼓吹。'羽葆，蓋車合聚五彩羽爲幢也。鼓吹者，軍樂也。"

"贊拜不名"，大典顯常曰："凡朝儀，有贊禮者引百官進退，其令拜，必呼其名。其所敬異者，但以官稱，不名也。"《撮補》。

"劍履上殿"，秦士鉉曰："漢官儀，上公九命，則劍履上殿。《蕭何傳》：'帶劍履上殿，入朝不趨。'"

○注"王隱晉書載侃臨終表曰"

"憤慨兼懷"，楊勇曰："兼，累積也。"○吳金華曰："兼，超過、超出。'憤慨兼懷'指憤慨之情過於常懷。"《考釋》頁三八。

"西誅李雄"，秦士鉉曰："李雄，氐人，李特子也，自稱成都王。"○張熷

271

曰："《李雄載記》：'咸和八年死。'案《本紀》在咸和九年六月。又《魏書》：'烈帝六年李雄死。'即咸和九年也。"《讀史舉正》卷五。

"遴選代人"，大典顯常曰："遴，謹選也。代人，代己之人也。"《撮補》。

○注"呂氏春秋曰"

"子如不諱"，恩田仲任曰："不諱，謂死也。《後漢書》注曰：'死者人之常，故云不諱。'"

"自宮以事君"，秦士鉉曰："宮，割勢，即腐刑也。"○楊勇曰："自宮，自壞其勢也。"

◎王叔岷曰："注引《呂氏春秋》云云，見《知接篇》，惟字句與《史記·齊世家》所記較合，蓋直本於《史記》。"

【彙評】

劉辰翁曰："似厚似譏。"評"時無豎刁"二句。○曰："表辭甚佳。丈夫本志，反復略盡，復何求哉？若以外臣，輒及君側，有非可必於身後，流俗近言，非事實。"秦士鉉按曰："'若以外臣'以下疑有脫誤。"

李贄曰："牽強。"《初潭集》卷二十三。

48

竺法深在簡文坐，劉尹問："道人何以游朱門？"答曰："君自見其朱門，貧道如游蓬戶。"《高逸沙門傳》曰："法師居會稽，皇帝重其風德，遣使迎焉，法師暫出應命。司徒會稽王天性虛澹，與法師結殷勤之歡。師雖升履丹墀〔1〕，出入朱邸，泯然曠達，不異蓬宇也。"或云卞令。別見。

○"竺法深"至"或云卞令"

"道人"，恩田仲任曰："《智度論》曰：'得道者，名為道人。'"按"道人"義參見《德行篇》"桓常侍聞人道深公者"條。

―――――――――――

〔1〕"升履"，董刻本"升"作"昇"。楊勇曰："'昇'各本作'升'。"

“貧道如游蓬户”，平賀房父曰：“《僧史略》：‘沙門對君王，亦只稱貧道。’”
○恩田仲任曰：“謂我寡少此道，故曰‘貧道’。蓬户，《莊子音義》曰：‘編蓬爲
户也。’”○田中頤曰：“貧道，法深自稱也，蓋謙辭。此言劉本有意，因見朱門富
貴；我固無心，故如游蓬户中也。”

“或云卞令”，徐震堮曰：“卞壺死於蘇峻之亂，後四十餘年，簡文方即位。
此語未然。”

○注“高逸沙門傳曰”

《高逸沙門傳》，平賀房父曰：“即法深所著。”○恩田仲任曰：“法深弟子法
訥所著。”○葉德輝曰：“唐釋道安《法苑珠林》‘傳記篇’題一卷，云：‘晉武
帝時剡東仰山沙門釋法濟撰。’”《書目》。
“司徒會稽王”，楊勇曰：“即簡文帝。永和八年，進位司徒。”
“丹墀”，恩田仲任曰：“《廣韻》曰：‘《禮》有赤墀。《漢典職》：以丹漆
地，故有丹墀。’”
“朱邸”，恩田仲任曰：“《説文》：‘屬國舍。’徐曰：‘諸侯來朝，所舍曰
邸。’顔師古曰：‘漢制，凡郡國朝宿之舍，在京師者率名邸。’”

【彙評】

沈作喆曰：“予謂深妄生分别，未免於自縛也。”《寓簡》卷七。
凌濛初曰：“‘如游蓬户’已多一重公案，直言‘君自見朱門’可耳。”
田中頤曰：“便見素志。”

49

孫盛爲庾公記室參軍，《中興書》曰：“盛字安國，太原中都人。
博學強識，歷著作郎，瀏陽令。庾亮爲荆州，以爲征西主簿，累遷秘書監。”
從獵，將其二兒俱行[1]。庾公不知，忽於獵場見齊莊，

---

〔1〕 “其二兒”，周一良《批校》曰：“《御覽》三八五作‘其第二兒齊莊’。”楊勇曰：“‘二’上宋本無
‘第’字，非。《御覽》三八五作‘將其第二兒齊莊俱行’。當有‘第’字是。”

時年七八歲。庾謂曰："君亦復來邪？"應聲答曰："所謂'無小無大，從公于邁'。"

○"孫盛爲庾公"至"從公於邁"

"齊莊"，徐震堮曰："盛次子放，字齊莊。"

"無小無大從公于邁"，○余嘉錫曰："二語乃《詩·魯頌·泮宮》篇語。"

【彙評】

王世懋曰："小兒語，乃勝簡文。"

50

孫齊由、齊莊二人小時詣庾公，公問齊由"何字"，答曰："字齊由。"公曰："欲何齊邪？"曰："齊許由。"《晉百官名》曰："孫潛字齊由，太原人。"《中興書》曰："潛，盛長子也，豫章太守。殷仲堪下討王國寶，潛時在郡，逼爲咨議參軍[1]，固辭不就，遂以憂卒。"齊莊"何字"，答曰："字齊莊。"公曰："欲何齊？"曰："齊莊周。"公曰："何不慕仲尼而慕莊周？"對曰："聖人生知，故難企慕。"庾公大喜小兒對。《孫放別傳》曰："放字齊莊，監君次子也。年八歲，太尉庾公召見之。放清秀，欲觀試，乃授紙筆令書，放便自疏名字。公題後問之：'爲欲慕莊周邪？'放書答曰：'意欲慕之。'公曰：'何故不慕仲尼而慕莊周？'放曰：'仲尼生而知之，非希企所及；至於莊周，是其次者，故慕耳。'公謂賓客曰：'王輔嗣應答，恐不能勝之。'卒長沙王相。"

○"孫齊由"至"喜小兒對"

"公問"，田中頤曰："'問'字蒙齊由、齊莊二人。"

---

〔1〕"咨議"，董刻本"咨"作"諮"。

“齊由何字”，岡白駒曰：“本當云問‘潛’，而云問‘齊由’，此記者之辭，猶《左傳》稱‘桓公自莒先入’也。”○桃井白鹿曰：“此謂公問於齊由以表字云何也，非呼其字之謂。下文‘齊莊何字’，無‘問’字者，屬上‘問’字也。若庾公呼此兒，當云‘君’也。孔文舉年十歲李元禮呼之曰‘君’、楊氏兒九歲孔君平呼之曰‘君’之類是也。”○秦士鉉曰：“此節當作公問潛何字，問放何字，於文爲順。”

“齊許由”，田中頤曰：“足以察其志氣。”

“齊莊周”，田中頤曰：“是庾既嘉大兒答，又問小兒，答如大兒，因試推問，而小兒之答更偉，故下曰‘大喜’。”

“聖人生知”二句，田中頤曰：“亦足觀其才辨。”○崔朝慶曰：“生知，言不待學而知之也。”

○注“孫放別傳曰”

《孫放別傳》，葉德輝曰：“《隋志》不著錄。《北堂書鈔·舟部》引用。”《書目》。

“監君次子”，岡白駒曰：“孫盛晚年爲秘書監，故稱監君。”

“題後問之”，楊勇曰：“題，書寫之也。”

◎楊勇曰：“《書鈔》一三八引《孫放別傳》：‘庾公建學校，孫君年最幼，入爲學生，班在諸生之後。公問：“君何獨居後？”答曰：“不見船枻乎？在後所以正船也。”’”

【彙評】

牟宗三曰：“此雖孺子之言（時放年七八歲），不足爲憑，然亦足見一般之意識，於推尊聖人，乃無異議者。希老莊而推尊聖人，則其所以推尊者即在聖人能體老莊所談之道。道一，唯視誰能體而實有之耳。從造詣境界上説，老莊皆不及聖，此亦是魏晉人一般論調。”《玄理》頁一〇二。

田餘慶曰：“庾亮很賞識孫放的回答，説明庾亮本人雖好談玄學，卻不非儒，不廢儒家禮法事功。所以本傳稱他‘風格峻整，動由禮節，閨門之內不肅而成’，‘時人皆憚其方嚴’。庾亮出入玄儒，具有玄學表現和儒學內涵，這種個人素質，使他異於其時的多數名士，而頗類於王導。”《政治》頁八八。

51

張玄之、顧敷，是顧和中外孫，皆少而聰惠。和並知之，而常謂顧勝，親重偏至，張頗不懕〔1〕。敷別見。《續晉陽秋》曰：“張玄之字祖希，吳郡太守澄之孫也。少以學顯，歷吏部尚書，出爲冠軍將軍、吳興太守。會稽内史謝玄同時之郡，論者以爲‘南北之望’。玄之名亞謝玄，時亦稱‘南北二玄’，卒於郡。”于時張年九歲，顧年七歲，和與俱至寺中。見佛般泥洹像，弟子有泣者，有不泣者，和以問二孫。玄謂“被親故泣，不被親故不泣〔2〕”。敷曰：“不然，當由忘情故不泣，不能忘情故泣。”《大智度論》曰：“佛在陰庵羅雙樹間入般涅槃，臥北首〔3〕，大地震動〔4〕。諸三學人〔5〕，歛然不樂〔6〕，郁伊交涕。諸無學人，但念諸法〔7〕，一切無常。”

○“張玄之”至“俱至寺中”

“張玄之”，錢大昕曰：“《謝玄傳》：‘玄之名亞於玄，時人稱爲南北二玄。’此與前兩傳（《謝安傳》《謝道韞傳》）之‘張玄’同時同性，同爲謝幼度親舊，唯名多一‘之’字，豈即一人而傳聞異詞乎？玄之在吳興撰《山墟名藥史》，《寰宇記》屢引之。”《養新録》卷十二。○丁國鈞曰：“《謝安傳》之張玄之，亦即《謝道蘊傳》之張玄。晉人單名多加‘之’字。錢竹汀《養新録》疑非一人，失之。”《校文》卷四。

---

〔1〕 “不懕”，董刻本、《太平廣記》一七〇引、何焯校“懕”作“厭”。楊勇曰：“宋本作‘厭’。按懕，安也。‘厭’‘懕’古通用。”
〔2〕 “被親”“不被親”，劉應登曰：“‘被親’‘不被親’作‘彼親’‘不彼親’。”秦士鉉按曰：“如作‘彼’，下‘彼’字說不去。”余嘉錫曰：“‘被’景宋本及沈本俱作‘彼’。‘不被’景宋本及沈本俱作‘彼不’。”《太平廣記》一七〇引、元刻本、何焯校同。
〔3〕 “臥北首”，余嘉錫曰：“‘臥’，景宋本及沈本俱作‘床’。”
〔4〕 “大地”，何焯校作“天地”。
〔5〕 “諸三”，余嘉錫曰：“景宋本作‘諸二’。”
〔6〕 “歛然”，岡白駒曰：“歛，一本作‘默’。”桃井白鹿曰：“歛然，一本作‘默然’，是。《智度論》作‘嘿然’，‘嘿’與‘默’同。”
〔7〕 “但念諸法”，桃井白鹿曰：“《智度論》‘念’下有‘有爲’二字。”

“中外孫”，呂叔湘曰：“一孫一外孫，故合稱中外孫。孫不能單稱‘中孫’。”○徐震堮曰：“中外孫，謂孫子與外孫，亦曰中外生。子所生爲中，女所生爲外，故中表亦稱中外。”

“和並知之”，楊勇曰：“知之，愛之也。”

“不愜”，岡白駒曰：“愜，足也。謂不若愛顧敷之深也。”○桃井白鹿曰：“愜，足也。不愜，情不滿足也，故見佛弟子像，有‘被親故泣，不被親故不泣’之語。”○呂叔湘曰：“不愜，不滿。愜，飽也，足也。”○趙西陸曰：“《爾雅釋》注曰：‘愜，安也。’”

“張年九歲”二句，田中頤曰：“年歲與前章矛盾，亦存傳者之誤，蓋少者易與也。”○楊勇曰：“《夙惠篇》作‘年並七歲’，未知孰是。”

○“見佛般”至“忘情故泣”

“佛般泥洹像”，岡白駒曰：“‘泥洹’即涅槃也。釋氏謂死爲涅槃。涅槃，梵語也，華言示寂。”○呂叔湘曰：“即普通所稱臥佛像。”○楊勇曰：“般泥洹，即般涅槃，入滅也。僧人死亦謂般涅槃，謂圓成而息也。”

“被親故泣”二句，大典顯常曰：“蓋玄之比己以言也。”○田中頤曰：“此以泣［者］比顧，以不泣者比己。言如顧被親而有欲，故泣；我則不被親而無欲，故不泣也。”○呂叔湘曰：“被親，得其寵愛。”

“當由忘情故不泣”二句，田中頤曰：“此以不泣者比己，以泣者比張。言如我忘情而無求，故不泣；顧則不能忘情而有求，故泣也。”按“顧”當作“張”。○呂叔湘曰：“忘情，哀樂不動於中。”○龔斌曰：“譏刺張玄之不能忘情，以致内心不服。”

○注“續晉陽秋曰”

“出爲冠軍將軍”，秦士鉉曰：“出，出京師爲外官也。”

“南北二玄”，馬永易曰：“晉謝玄爲會稽内史，時吳興太守張玄之亦以文學顯，與玄同年之郡，而玄之名亞於玄，時人稱爲‘南北二玄’，論者美之。”《實賓錄》卷三。

○注“大智度論曰”

“陰庵羅雙樹”，大典顯常曰：“即娑羅雙樹也。此云堅固，冬夏不改，故名。《西域記》云：‘其樹類斛而皮青白，葉甚光潤，四樹特高大。’”

"諸三學人"，平賀房父曰："初果、二果、三果，謂之學人。第四果，爲無學人。"

"郁伊交涕"，桃井白鹿曰："郁伊，《智度論》作'喗咿'。嵇康《琴賦》：'含哀懊咿，不能自禁。'注：'懊咿，音郁伊，内悲也。'"○楊勇曰："郁伊，通'鬱伊'。孫楚《笑賦》：'呻吟郁伊。'"

"諸無學人"，天保手批曰："四果聖者。"

【彙評】

劉辰翁曰："非小兒語。"

李贄曰："俱勝，俱有規諷。"《初潭集》卷七。

王世懋曰："不辨優劣，今人自見。注引經論，又恰破的。"

袁中道曰："玄之凡兒。"《舌華錄》卷一。

張撝之曰："張玄之曲折地表露了他對外祖父的不滿，顧敷則表現了他關於佛學的知識。從對問題本身的回答來說，當然顧敷的理解要深一些，但張玄之借題發揮而又無跡可尋，也是很巧妙的。"《選注》。

52

庚法暢造庚太尉[1]，握麈尾至佳。公曰："此至佳，那得在[2]?"法暢曰："廉者不求[3]，貪者不與，故得

---

[1] "庚法暢"，《世說補》"庚"作"竺"，張文柱曰："《世說》古本'竺'作'庚'。"大典顯常《集成》曰："《康僧淵傳》作'康法暢'。"程炎震曰："庚法暢，當依《高僧傳》作'康法暢'，涉下文'庚太尉'而誤耳。別一宋本作'康'。"劉盼遂曰："慧皎《高僧傳》四《康僧淵傳》，同行過江者有康法暢。《太平御覽》七百三卷引《語林》'康法暢麈尾過麗'事，則'庚'爲'康'之誤字，亦族出西域。"余嘉錫曰："考晉代沙門，無以庚爲姓者。康爲西域胡姓。然晉人出家，亦從師爲姓，故孝標以爲疑。後《文學篇》注於康僧淵亦云：'氏族所出未詳。'足證二人皆姓康矣。"王利器曰："《藝文類聚》卷六九引'庚'作'康'；《御覽》卷七〇三引《語林》載此事，'庚'也作'康'。案'庚法暢'當作'康法暢'，這是涉下文'庚太尉'而錯的。梁慧皎《高僧傳》卷四：'康僧淵本西域人，生於長安，貌雖梵人，語實中國。容止詳正，志業宏深，誦放光、道行二般若，即大小品也。晉成之世，與康法暢、支敏度等俱過江。'下文即載庚元規問麈尾事，與《世說》同。唐釋道世《法苑珠林》卷六六與《高僧傳》同，是南北朝唐人都作'康法暢'，不誤。"

[2] "此至佳那得在"，賀昌群《札記》曰："《太平御覽》卷七〇三引《語林》，'至佳'作'過麗'。"王叔岷曰："《藝文類聚》六九引作'麈尾過麗，何以得在'，《御覽》七〇三引《語林》同。"

[3] "不求"，王叔岷曰："《藝文類聚》（六九）引'求'作'取'。《御覽》（七〇三）引《語林》作'求'。"

在耳。"法暢，氏族所出未詳。法暢著《人物論》，自敘其美云："悟鋭有神，才辭通辯。"

○"庾法暢"至"麈尾至佳"

"庾法暢"，參見校文。恩田仲任曰："《法苑珠林》曰：'康僧淵，晉成之世與康法暢、支敏度等俱過江。暢亦有才思，善爲往復，行每值名賢，清談終日。'"○嚴可均曰："《高僧傳》四《康僧淵傳》云：'康法暢著《人物始義論》等。'《世説》注作'庾法暢'，字之誤也。"《全晉文》卷一五七注。

"麈尾"，胡三省曰："麈，麋屬。尾能生風，辟蠅蚋，晉王公貴人多持麈尾，以玉爲柄。"《通鑑·晉紀十一》注。○趙翼曰："六朝人清談，必用麈尾。蓋初以談玄用之，相習成俗，遂爲名流雅器，雖不談亦常執持耳。"《廿二史劄記》卷八。○恩田仲任曰："陸佃曰：'鹿大者曰麈，群鹿從之，視麈尾所轉而往，故談者揮焉。'"○傅芸子曰："麈尾有四柄，此即魏晉人清談所揮之麈，其形如羽扇，柄之左右傅以麈尾之毫，絶不似今之馬尾拂塵。此種麈尾，魏齊維摩説法造像中多見之。按晉時庾亮有詰康法暢麈尾'過麗'之故事，可見自晉以來，麈尾已尚華麗，正倉院諸具，猶存其風。其後改用馬尾，尾益長而形制簡陋矣。又閻立本《歷代帝王圖》卷中之吳主孫權所持之麈，與正倉院亦同，均爲良證。"《正倉院考古記》。○賀昌群曰："麈尾，當是麈之尾所做，其尾毛細長而直，故亦稱'毫'。又有説，麈尾之名乃取其意。《格致鏡原》卷五十八引《釋藏指歸》云：'鹿之大者曰麈，群鹿隨之，皆看麈所往，隨麈尾所轉爲準。今講僧執麈尾拂子，蓋象彼有所指揮者耳。'麈尾與拂子，《釋藏指歸》既混爲一談，其實麈尾與蠅拂本不同，六朝人原有區別。"《礼記》。又曰："麈尾之形制，麈尾之毛向左右中三面射出，如閻立本畫《帝王圖》中，吳主孫權右手所執，是最好的一個圖樣。"同上。○余嘉錫曰："漢魏以前，不聞有麈尾，固當起於魏晉談玄之士。然未必爲講僧之所創有也。"按此文爲《容止篇》"王夷甫容貌整麗"條注。○趙西陸曰："《華陽國志·蜀志》：'廣漢郡郪縣宜君山出麈尾。'《埤雅》卷三曰：'麈，獸似鹿而大，其尾辟塵。《名苑》曰：鹿之大者曰麈，群鹿隨之，皆視麈所往，麈尾所轉爲準，古之談者揮焉，良爲是也。'周嬰《卮林》卷五：'麈尾有闓開自王、樂。然《埤雅》引《兼名苑》曰："鹿之大者爲麈，群鹿隨之，皆視麈所往，麈尾所轉爲準。於文主鹿爲麈，古談者揮焉。"按李尤銘曰："撝成

279

德柄，言爲訓辭。”則始自東京矣。’”

　　○“公曰此”至“故得在耳”

　　“此至佳那得在”，田中頤曰：“以爲富人可有之物。”○徐文麟曰：“（謂）這個東西很好，怎麽能得保存的？”

　　“廉者不求”二句，袁中道曰：“此處當作一轉語：貪者求，廉者與。”《舌華録》卷一。○岡白駒曰：“廉者若求之，我乃欲與之，而不求。貪者則我不欲與之。”○田中頤曰：“言無可求之理，又無可與之故，故永爲貧道之有也。”○徐文麟曰：“（謂）廉潔的人不向我要，貪心的人我不給，所以能得保存。”

　　○注“法暢著人物論”

　　《人物論》，恩田仲任曰：“《法苑珠林》曰：‘《人物始義論》一卷，晉成帝時沙門釋法暢撰。’”○王利器曰：“《高僧傳》：‘暢亦有才思，善爲往復，著《人物始義論》等。’《法苑珠林》卷六六同。又《法苑珠林》卷一一九：‘《人物始義論》一卷，右晉成帝時沙門釋法暢撰。’《人物論》即《人物始義論》。”

53

　　庾稚恭爲荆州，《庾翼別傳》曰：“翼字稚恭，潁川鄢陵人也。少有大度，時論以經略許之。兄太尉亮薨，朝議推才，乃以翼都督七州〔1〕。進征南將軍〔2〕、荆州刺史。”以毛扇上武帝。武帝疑是故物。傅咸《羽扇賦序》曰：“昔吴人直截鳥翼而摇之，風不減方、圓二扇，而功無加。然中國莫有

〔1〕“七州”，大典顯常曰：“本傳‘七’作‘六’。”秦士鉉曰：“‘六’舊作‘七’。”楊勇曰：“宋本作‘七州’，《晉書·庾翼傳》作‘六州’，今從之。”余嘉錫曰：“《文館詞林》四百五十七張望《江州都督庾翼碑銘》云：‘季兄司空薨逝，乃授都督江、荆、司、冀、雍、梁、益七州諸軍事。’據碑，亮薨後翼乃督七州。”
〔2〕“征南將軍”，大典顯常曰：“‘征南’作‘安西’。”余嘉錫曰：“注所引《別傳》有删節，又《（江州都督庾翼）碑》及《晉書·穆帝紀》、翼本傳均作征西將軍。此作‘征南’誤。”楊勇曰：“‘征西’宋本作‘征南’，非。《晉書·庾翼傳》作‘征西’，是。今從之。本書《排調篇》有‘庾征西’云云，亦證《晉書》之實。”

生意者。滅吳之後，翕然貴之，無人不用。”按庾懌以白羽扇獻武帝，帝嫌其非新，反之。不聞翼也。 **侍中劉劭曰**：《文字志》曰：“劭字彥祖，彭城叢亭人[1]。祖訥，司隸校尉。父松，成皋令。劭博識好學，多藝能，善草隸。初仕領軍參軍，太傅出東，劭謂京洛必危，乃單馬奔揚州。歷侍中、豫章太守。” **“柏梁雲構，工匠先居其下；管弦繁奏，鍾夔先聽其音**[2]。鍾，鍾期也。夔，舜樂正。 **稱恭上扇，以好不以新。”** 庾後聞之曰：**“此人宜在帝左右。”**

○ “庾稱恭” 至 “疑是故物”

“庾稱恭爲荊州” 二句，何焯曰：“二庾卒於成、穆之世，皆不逮事武帝。三‘武’字定屬傳寫之訛。‘武’當作‘成’，下並同。”○大典顯常曰：“庾爲荊州，在康帝穆帝之間，康帝之先爲成帝，‘武’字蓋誤。注以爲庾懌。懌是庾亮弟，翼則爲懌弟冰之弟，或當懌獻成帝。”○陶琪曰：“‘武帝’當作‘成帝’，庾翼、庾懌均不逮事武帝。”○李慈銘曰：“‘武帝’當作‘成帝’。《晉書·庾懌傳》言是懌上成帝。‘成’與‘武’字形相似也。各本皆誤。”《簡端記》。○程炎震曰：“庾翼、庾懌皆不及孝武帝時，此及注文‘武帝’字並是‘成帝’之誤。《晉書》正作‘成帝’。”○劉盼遂曰：“案《晉書·庾翼傳》，翼以穆帝永和元年卒，年四十一，後此二十八年武帝始即位。翼爲荊州時年方二十四，則距武帝時幾五十年矣，惡得貢獻及之哉？檢《庾懌傳》載懌嘗以白羽扇獻成帝，事與《世說》全同。知此固叔豫故實也。孝標注謂懌獻扇武帝，亦誤以成帝爲武帝。懌之卒更早於稱恭也。《晉書》爲得。”○王利器曰：“案《晉書·庾翼傳》，翼卒於晉穆帝永和元年，時年四十一，晉武帝在位之日，翼尚未生，不得以毛扇上武帝。此條正文與注文的‘武’字，都當作‘成’。‘庾稱恭’也是‘庾叔預’之誤。《晉書·庾懌傳》：‘懌

〔1〕 “叢亭”，董刻本作“諫亭”。王利器曰：“各本‘諫亭’作‘叢亭’。案作‘叢亭’是。《唐書·劉子玄傳》：‘彭城叢亭諸劉，出自宣帝子楚孝王囂，曾孫司徒居巢侯劉愷之後。’《新唐書·宰相世系表十一上》：‘（劉）茂字叔盛，司空太中大夫，徙居叢亭里。’本書《品藻門》注引《劉氏譜》有劉訥，正作‘彭城叢亭人’。”朱鑄禹曰：“袁本及諸本皆作‘叢亭’。”楊勇曰：“宋本作‘諫亭’，非。”
〔2〕 “鍾夔”，天保手批曰：“源子按：‘夔’字當作‘期’，音同誤。”趙西陸曰：“《類聚》卷六九、《御覽》卷七〇二引《語林》，‘鍾夔’作‘夔牙’。”

嘗以白羽扇獻成帝，帝嫌其非新，反之。侍中劉劭曰云云。'可證。"○趙西陸曰："《類聚》卷六九、《御覽》卷七〇二引《語林》載此事，正作'成帝'。"○楊勇曰："稺恭既當作叔預，則荊州亦當作豫州也。孝標注嘗發之，所注'武帝'二字，似又在孝標之後亂之也。"

"疑是故物"，田中頤曰："嫌非新也。"○崔朝慶曰："故物，舊物也。"○王東曰："《玉篇·子部》：'疑，嫌也。'《廣韻》上平七之韻：'疑，嫌。'"《商榷》。

○"侍中劉劭"至"在帝左右"

"柏梁雲構"四句，王世懋曰："劉公幹《答魏太子書》云：'夏屋初成，而大匠先立其下；嘉禾始熟，而農夫先嘗其粒。'劭語本此。"○淇園曰："二語言物占其新者，非尊貴所宜當也。"○恩田仲任曰："柏梁，《三輔故事》曰：'柏梁臺高二十丈，用香柏爲殿梁，香聞十里外。'《漢書》曰：'武帝元鼎二年春，起柏梁臺。'"○田中頤曰："言凡尊貴之所將進御者，新非其宜，必先經賤者之嘗試，而後當施用之。"

"以好不以新"，田中頤曰："言爲好忘故，其上出於其忠也，説得明白。"

"宜在帝左右"，龔斌曰："侍中本在帝左右。"

○注"傅咸羽扇賦序曰"

"傅咸"，秦士鉉曰："字長虞，有集十七卷，見《隋·經籍志》。"○朱鑄禹曰："咸，字長虞，傅玄之子。《晉書》卷四十七有傳。"

《羽扇賦》，葉德輝曰："《書鈔·服飾部》引用。"《書目》。

"功無加"，趙西陸曰："謂不加工飾也。《類聚》卷六九引晉傅咸《羽扇賦》曰：'此因資以爲用，不假裁於規矩。雖靡飾於容好，亦差池而有序。'"

"中國莫有生意者"，岡白駒曰："言中國人無意於此製也。"○趙西陸曰："言北人無意於此製。"○朱鑄禹曰："此處'中國'意猶中原，亦即謂晉政權所轄地域也。"

"滅吳之後"三句，余嘉錫曰："嵇含《羽扇賦序》曰：'吳楚之士，多執鶴翼以爲扇。雖曰出自南鄙，而可以遏陽隔暑。大晉附吳，遷其羽扇，御于上國。'與傅咸《序》可以互證。"

282

○注“文字志曰”

“叢亭”，參見校文。恩田仲任曰：“《晉書·地理志》彭城國無叢亭縣。按《續漢書·郡國志》琅邪國臨沂縣有叢亭，當是晉世割入彭城。《唐書·劉子玄傳》曰‘彭城叢亭里諸劉’云云，據此說，叢亭是里名，非縣名也。”

“太傅出東”，秦士鉉曰：“太傅，蓋東海王越也。永嘉四年，越以行臺自隨，悉兵空國而出。”

“奔揚州”，秦士鉉曰：“琅琊王時都督揚州。”

【彙評】

王世懋曰：“駢語乃玄。”

狄期進曰：“人惟求舊，器非求舊惟新。稚恭上扇，將允之戈、和之弓、乘之竹矢乎？”

54

何驃騎亡後，<small>何充，別見。</small>徵褚公入。既至石頭，王長史、劉尹同詣褚。褚曰：“真長，何以處我？”真長顧王曰：“此子能言。”褚因視王〔1〕，王曰：“國自有周公。”<small>《晉陽秋》曰：“充之卒，議者謂太后父褒宜秉朝政，褒自丹徒入朝。吏部尚書劉遐勸褒曰：‘會稽王令德，國之周公也，足下宜以大政付之。’褒長史王胡之亦勸歸藩，於是固辭歸京〔2〕。”</small>

---

〔1〕 “褚因”，董刻本、元刻本、何焯校本無“褚”字。
〔2〕 “歸京”，恩田仲任曰：《晉書》作‘歸藩’。天保手批曰：“‘歸京’之‘歸’字必有誤。”李慈銘曰：“此處‘京’下脱一‘口’字。各本皆脱。”程炎震曰：“‘京’下當有‘口’字，各本皆脱。”王利器曰：《晉書·褚褒傳》作‘於是固辭歸藩’，此文‘京’下當脱‘口’字。時褒鎮京口。”楊勇曰：“‘京’下宋本無‘口’字，非。《晉書·褚褒傳》：‘先授徐、兗二州刺史，假節鎮京口。’則此云歸藩，當是歸京口。又上文云‘自丹徒入’，亦可證其藩地爲京口也。”方一新《校釋札記》曰：“京口簡稱爲‘京’。‘歸京’就是回到京口，‘京’下無煩補‘口’字。”

○“何驃騎亡”至“自有周公”

“何驃騎亡”，程炎震曰：“永和二年何充卒。”

“王長史”，袁枚曰：“漢制一宰相兩長史，又邊防郡守亦有長史，是長史者似是掾屬之官。”《隨園隨筆》卷七。○趙西陸曰：“本書《傷逝篇》注引《王濛別傳》曰：‘濛以永和初卒。’此‘王長史’當系王胡之。”○龔斌曰：“《世說》中王濛率稱王長史，王胡之率稱王司州。”

“劉尹同詣褚”，曹道衡曰：“《世說》記作劉恢，或當是劉遐。”《叢考》頁二〇九。

“何以處我”，龔斌曰：“處，位置。”

“國自有周公”，劉應登曰：“謂宜遜會稽王也。”秦士鉉按曰：“會稽王即簡文。”○田中頤曰：“言國家自然有其人，猶周公天人所許，不可易也。”○張萬起曰：“自，本自，已經。”○龔斌曰：“會稽王早已居於攝政地位，此王長史所以稱之爲‘周公’也。”

○注“晉陽秋曰”

“太后父衰”，岡白駒曰：“即褚公也。”○大典顯常曰：“《晉書》列傳二：‘康獻褚皇后，名蒜子，河南陽翟人，父衰。’”○恩田仲任曰：“康獻皇后褚氏，諱蒜子。”

“衰自丹徒入朝”，大典顯常曰：“《晉書》列傳六十三《褚衰傳》，授都督徐、兗、青、揚州之晉陵吳國諸軍事、衛將軍、徐兗州刺史，假節鎮京口。京口里在丹徒縣，丹徒縣在晉陵。按《一統志》，中都鎮江府晉時僑置徐兗二州，丹徒縣，今在鎮江府。”○秦士鉉曰：“時衰都督徐兗青揚等州諸軍事，鎮京口。京口，在丹徒縣，即北府。”

“國之周公”，顧惇量曰：“‘國自有周公’句，非此注不明。”

“固辭歸京”，參見校文。恩田仲任曰：“謂自京師歸藩也。”○李慈銘曰：“褚衰先以都督徐、兗二州刺史，假節鎮京口。”《簡端記》。○趙西陸曰：“京，京口省稱也。《文學篇》：‘王孝伯立京行散。’”○方一新曰：“在《世說》一書中，‘京’既可以指京都、京城，也可指京口。蓋京口簡稱爲‘京’耳。《文學》：‘王孝伯在京。’‘在京’就是在京口”《校釋札記》。

55

桓公北征〔1〕，經金城，見前爲琅邪時種柳，皆已十圍，慨然曰：“木猶如此，人何以堪！”攀枝執條，泫然流淚。《桓溫別傳》曰：“溫字元子，譙國龍亢人，漢五更桓榮後也。父彝，有識鑒。溫少有豪邁風氣，爲溫嶠所知，累遷琅邪内史〔2〕，進征西大將軍，鎮西夏。時逆胡未誅，餘燼假息，溫親勒郡卒〔3〕，建旗致討，清蕩伊、洛，展敬園陵。薨，謚宣武侯。”

○“桓公北征”至“泫然流淚”

“桓公北征經金城”，胡三省曰：“金城在江乘之蒲洲，琅邪僑郡，亦以爲治所。”《通鑒·晉紀十九》注。楊勇按曰：“此之江乘，實是揚州丹楊郡縣屬。”○大典顯常曰：“《晉書》本傳，溫初除琅琊太守，後欲修復園陵，移都洛陽。自江陵北伐姚襄，行經金城。”○錢大昕曰：“溫少時嘗爲琅邪太守。《宋書·州郡志》：‘晉亂，琅邪國人隨元帝過江千餘戶，太興三年，立懷德縣。成帝咸康元年，桓溫領郡，鎮江乘之蒲洲上，求割丹陽之江乘縣境立郡。’則溫所治之琅邪，在江南之江乘。金城亦在江乘，今上元縣北境也。溫自江陵北伐，何容取道江南邪？推其致誤，乃因庾信《枯樹賦》有‘昔年移柳，依依漢南’之語，遂疑金城爲漢南地耳。不知賦家寓言，多非其實。”《考異》卷二二。○郝懿行曰：“金城是琅邪郡下小地名，控鎮南北，而《晉書·地理志》無之。《康帝紀》建元二年：‘以衛將軍褚裒都督徐兗二州諸軍事、兗州刺史，鎮金城。’《宋書·州郡志》亦無此縣，唯南琅邪郡下云：‘成帝咸康元年，桓溫領郡，鎮江乘之蒲洲、金城。’按：江乘，今江寧句容縣。《一統志》有‘金城’，在縣北。而《世說·言語篇》‘桓溫北經金城征’云云，按溫北征乃自江陵，何由至琅邪之金城？此《世說》誤耳。”《晉宋書故》。○周濟曰：“溫以建元元年自琅琊内史遷徐州刺史，至永和十

〔1〕 “桓溫北征”，程炎震曰：“《晉書》作‘溫自江陵北伐，行經金城’。”
〔2〕 “琅邪内史”，張燧《讀史舉正》卷五曰：“《桓溫傳》：‘除瑯邪太守。’案瑯邪故爲國，當準《本紀》作‘内史’。”
〔3〕 “勒郡”，何焯校疑“郡”爲“部”之誤。

二年，柳雖易長，亦未能便至十圍。且金城在臨沂僑縣西南三十五里蒲洲上，今攝山東北江中。温北伐姚襄，路不經此。太和年伐燕，自姑孰乘舟，順江而下，至金城而合。上溯建元元年得二十六年，柳可十圍。"《晉略·列傳二十五·桓温傳》注。〇李詳曰："《晉書·桓温傳》作'自江陵北伐'，即采此條。"〇劉盼遂曰："按《通鑒·晉紀》，穆帝永和十二年，温自江陵北伐。海西公太和四年，温發姑孰伐燕。金城泣柳事，當在太和四年之行，由姑孰赴廣陵，金城爲所必經。攀枝流涕，當此時矣。及唐修《晉書》，誤系此事於永和十二年北伐之役，可云大誤。温於永和十二年之役，北伐姚襄，由江陵赴洛陽，浮漢北上，寧容迂道丹陽？此一不合也。太和四年，枋頭之役，温時已成六十之叟，覽此樹之葱蘢，傷大命之未集，故撫今追昔，悲不自勝。若洛陽之役，在茲十年前，正温强武之時，寧肯積唐若是？此二不合也。緣《晉書》致誤，由於采攗《世説》及庾賦，而未加以覈校，故有此失。錢氏《考異》，亦止考其不合，而未能求其合也。"〇吕叔湘曰："桓温北征，前後三次，此處當是指太和四年伐燕的一次。上距温爲琅邪内史時幾三十年矣。金城，地名，當時屬丹陽郡江乘縣，地當京口（鎮江）與丹陽（南京，東晉國都）通道。"〇余嘉錫曰："金城即南琅邪郡治，先有金城，而後有琅邪。錢氏謂琅邪、金城皆在江乘，郝氏以金城爲埌邪郡下小地名，皆非也。"〇王利器曰："《藝文類聚》卷八九引作'桓温自江陵北行，往少時所種柳處。'案《晉書·桓温傳》，以此爲都督司冀二州諸軍事時事，《類聚》作'自江陵北行'，不可從。《通鑒》卷九九《晉紀》十九：'以褚裒爲左將軍，都督兖州徐州之琅邪諸軍事、兖州刺史，鎮金城。'胡三省注云云。案江乘乃揚州丹楊郡屬縣。《晉書·地理志上》徐州：'以江乘置南東海、南琅邪、南東平、南蘭陵等郡。'從這些材料看來，益知江陵之説不可從。"〇趙西陸曰："《建康實録》：'金城，吴築。晉桓温咸康七年出鎮江東之金城，後温北伐，經金城，見爲琅邪時所種柳，皆已十圍，因嘆云云。'《六朝事蹟編類》：'按《古圖經》，晉中宗於金城立琅琊郡，温嘗爲琅琊内史。至咸康七年，出鎮金城。前云琅琊，蓋指此也。今去府城三十五里。'"

"十圍"，吕叔湘曰："古時計圓形物之周之長多言'圍'。舊有兩説：或以兩手相合（拇指食指相接）爲一圍，或以合抱爲一圍，以合手義爲較近事實。十圍之樹，徑約三尺，柳樹能徑三尺而不朽敗者甚少。"

"木猶如此"二句，岡白駒曰："言人何以堪年歲之久。"〇劉盼遂曰："亦猶'爲此寂寂，殊令文景笑人'之意。或釋作陶潛'嘆萬物之得時，感吾生之行休'之意者，亦乖厥指。"

"攀枝執條"二句，田中頤曰："言天之好生，苟無爲，則木猶如此長大；而人逆天搆亂，互用干戈，此猶攀枝執條自斲而小之，誠人情所不忍也。"○楊勇曰："因見前咸康七年爲琅邪內史時所種柳，皆已十圍，故攀枝執條，泫然流淚者，以歲月之易逝，功名之未立也。"

○注"桓温別傳曰"

"漢五更桓榮"，秦士鉉曰："養老禮有三老五更。永平二年，行養老禮，以李躬爲三老，桓榮爲五更。榮字春卿，官太子少傅。"○王叔岷曰："'五更'即'五叟'，'叟'字隸書、俗書或作'更'。"

"累遷琅邪內史"，呂叔湘曰："桓温於咸康七年爲琅邪國內史，出鎮金城。琅邪封國本在今山東省，東晉時其地久已淪陷，成帝於丹陽江乘縣別立南琅邪。"

"西夏"，秦士鉉曰："江左人稱荆梁等州曰西夏。"

"餘燼假息"，桃井白鹿曰："《綱目》注：餘燼，遺民也。假息，猶言少延息也。"○大典顯常曰："餘燼，謂餘寇。假息，言猶存也。"《撮補》。○秦士鉉曰："餘燼，餘寇。假息，少延視息也，謂其未滅。"

"展敬園陵"，秦士鉉曰："永和十二年，温自江陵北伐，謁諸陵，墳墓毀壞者脩復之。"

【彙評】

劉辰翁曰："寫得沈至，正在後八字耳。若止於桓大口語，安得如此悽愴！"按《批補》"桓大"作"桓公"。

李贄曰："極感，極怨。"按《批補》"怨"作"悲"。○曰："極感。"《初潭集》卷二十三。

王世懋曰："大都是王敦擊唾壺意。"

狄期進曰："秦襄公作西時，太史公曰僭端見矣。余於桓元子之慨亦云。然未成而死耳。"

袁中道曰："英雄分外多情。"《舌華録》卷九。

天保手批曰："老驥伏櫪、志在千里之心。"

宗白華曰："桓温武人，情致如此！庚子山著《枯樹賦》，他深感到桓温這

287

話的淒美，把它敷演成一首四言的抒情小詩了。"《晉人的美》。

馮友蘭曰："八個字表示出人對於人生無常的情感。"《論風流》。

56

簡文作撫軍時，嘗與桓宣武俱入朝，更相讓在前。宣武不得已而先之，因曰："伯也執殳，爲王前驅。"《衛詩》也。殳，長一丈二尺，無刃。簡文曰："所謂'無小無大，從公于邁'。"

○"簡文作撫軍"至"從公于邁"

"更相讓在前"，田中頤曰："皆無意挾貴。"○程炎震曰："簡文以咸康六年爲撫軍將軍，永和元年進位撫軍大將軍。其年八月，溫亦自徐移荊，功名未立，位望未崇，簡文何爲有此讓耶?"○楊勇曰："時溫功名未立，望位亦低，不得已而先之者，清談家言也。"

"伯也執殳"二句，劉應登曰："殳，長丈二尺，無刃。"○淇園曰："以簡文帝爲王。"○田中頤曰："用《詩》語，言其在先之爲先導而不爲官。"○余嘉錫曰："見《詩·伯兮》篇。"

"無小無大"二句，淇園曰："以桓爲公。"○田中頤曰："又用《詩》語，言其在後之爲從而不爲年。"○余嘉錫曰："見《詩·魯頌·泮宮》篇。"

【彙評】

劉辰翁曰："兩得詞體。"○曰："兩用各極其致。孫齊莊以父子從獵，即事甚切，簡文以《詩》答《詩》，捷對天然。"朱鑄禹引，不知所本。

凌濛初曰："大不似簸揚沙汰。"

顧悦與簡文同年[1]，而髮蚤白。《中興書》曰：“悦字君叔，晉陵人。初爲殷浩揚州别駕。浩卒，上疏理浩。或諫以浩爲太宗所廢[2]，必不依許。悦固爭之，浩果得申。物論稱之。後至尚書左丞[3]。”簡文曰：“卿何以先白[4]？”對曰：“蒲柳之姿，望秋而落；松柏之質，經霜彌茂[5]。”顧凱之爲父傳曰：“君以直道，陵遲於世。入見王，王髮無二毛，而君已斑白，問君年，乃曰：‘卿何偏蚤白？’君曰：‘松柏之姿，經霜猶茂[6]；臣蒲柳之質[7]，望秋先零。受命之異也。’王稱善久之。”

○“顧悦與簡文”至“經霜彌茂”

“與簡文同年”，程炎震曰：“簡文崩時年五十三。”

“蒲柳之姿”，王觀國曰：“蒲柳者，乃柳之一種。其名爲蒲柳，是一物也。《春秋左氏傳》杜預注曰：‘蒲柳可以爲箭。’崔豹《古今注》曰：‘蒲柳，水邊生，葉似青楊，亦名蒲楊。’則蒲柳爲一物可知矣。《後漢·馬融傳》，《廣成頌》曰：‘樹以蒲柳，被以緑莎。’用蒲柳對緑莎，不誤也。《晉書》顧悦之對曰：‘松柏之姿，經霜猶茂；蒲柳之質，望秋先零。’以松柏對蒲柳，意謂蒲草與柳爲二物也，誤矣。”《學林》卷五。○楊慎曰：“《世説》：‘蒲柳之質，望秋先零。’

〔1〕“顧悦”，恩田仲任曰：“《晉書》作‘顧悦之’。”李慈銘曰：“《晉書》作‘顧悦之’。”楊勇曰：“《晉書·殷浩傳》、《顧愷之傳》均作‘顧悦之’，同。”

〔2〕“太宗”，楊勇曰：“‘太’宋本作‘大’，非。太宗，簡文帝廟號。”

〔3〕“尚書左丞”，秦士鉉曰：“《晉書》‘左丞’作‘右丞’。”徐震堮《札記》曰：“《晉書》本傳作‘尚書右丞’。”龔斌曰：“本篇八八注引丘淵之《文章録》謂顧悦爲尚書左丞，據此，疑作‘尚書左丞’是。”

〔4〕“先白”，楊勇曰：“‘白’，《類聚》一八，《事類賦》二五，《御覽》三八三、九五七，《事文》前〔四四〕皆作‘老’。”

〔5〕“經霜彌茂”，董刻本、沈校本、元刻本、何焯校作“凌霜猶茂”。楊勇曰：“《類聚》一八、《事類賦》二五、《御覽》九五七作‘隆冬轉茂’。”又，“蒲柳之姿”四句，王叔岷曰：“《御覽》三八三引作‘蒲柳之姿，望秋而先落；松柏之質，逢霜而彌盛’，‘盛’字疑‘茂’字聯想之誤。”

〔6〕“經霜”，董刻本、沈校本、何焯校“經”作“凌”。

〔7〕“蒲柳”，董刻本、沈校本、何焯校作“榆柳”。程炎震曰：“‘蒲’宋本作‘榆’。”

蒲，水楊也。《三齊地記》：‘無棣縣有秦王繫馬蟠蒲，堪爲箭。’非菖蒲之蒲也，若然，豈堪繫馬又中爲箭乎？《爾雅》：‘楊，蒲柳。’其言可証矣。”《丹鉛餘録》卷二。○岡白駒曰：“姿，讀爲‘資’，質也。”○桃井白鹿曰：“《爾雅·釋木》：‘楊，蒲柳。’《古今注》：‘蒲柳生水邊，葉似青楊。’一説此言‘蒲柳’，謂蒲與柳也。東坡詩：‘喬松百丈蒼髯鬣，擾擾下笑柳與蒲。’正用顧悦之言也。”○淇園曰：“自況。”○田中頤曰：“弱體比己，言未老已衰，此所以早白。”○沈家本曰：“蒲草與柳皆柔脆之物，故望秋先零，顧以蒲柳對松柏，未嘗誤也。若蒲柳乃柳之一類，可以爲矢，《古今注》以爲枝勁細，《本草》以爲枝條短硬，與柳全別者是也。《左傳》之蒲柳與《晉書》之蒲柳不可混而爲一，《學林》之説非。”《日南隨筆》卷二。

“松柏之質”，田中頤曰：“勁質比簡文，言既老猶壯，所以不白。”○王叔岷曰：“《莊子·讓王篇》：‘大寒既至，霜雪既降，然後知松柏之茂也。’（又見《吕氏春秋·慎人篇》、《淮南子·俶真篇》、《風俗通·窮通篇》。）”

○注“中興書曰”

“上疏理浩”，秦士鉉曰：“殷浩連年北伐，師徒屢敗。桓温因朝野之怨，上疏數浩之罪，廢爲庶人，徙信安，遂卒徙所。後顧悦上書訟浩，追復浩本官。”

“太宗”，秦士鉉曰：“簡文也。時撫軍大將軍輔政。”

“尚書左丞”，秦士鉉曰：“總領綱紀，無所不統。”

○注“顧凱之爲父傳曰”

“爲父傳”，葉德輝曰：“凱之父悦。”《書目》。

“斑白”，秦士鉉曰：“見《孟子》，注：‘半白斑然也。’按二毛之意。”

【彙評】

陳夢槐曰：“答語雅正而意愴。”

　　桓公入峽，絶壁天懸〔1〕，騰波迅急。《晉陽秋》曰：“溫以永和二年，率所領七千餘人伐蜀，拜表輒行。”迺歎曰：“既爲忠臣，不得爲孝子，如何？”《漢書》曰〔2〕：“王陽爲益州刺史，行部至邛僰九折坂〔3〕，歎曰：‘奉先人遺體，奈何數乘此險！’以病去官。後王尊爲刺史，至其坂，問吏曰：‘非王陽所畏之道邪〔4〕？’吏曰：‘是！’叱其馭曰：‘驅之，王陽爲孝子，王尊爲忠臣。’”

　　○“桓公入峽”至“孝子如何”

　　“桓公入峽”，桃井白鹿曰：“李氏據益州號後蜀，桓溫滅之，時舟師道峽。”○大典顯常曰：“時桓溫都督荆、梁等州諸軍事，伐漢主李勢。溫自將步卒，直指成都，勢敗降，漢亡。”

　　“絶壁天懸”二句，田中頤曰：“寫得險危至絶。”

　　“既爲忠臣”三句，田中頤曰：“言既爲忠臣，有進無退，但此險危履之，非奉遺體之意，則獨如之何不悲也。”

　　○注“晉陽秋曰”

　　“拜表輒行”，桃井白鹿曰：“上書於天子，謂之上表，又曰拜表，李密《陳情表》‘謹拜表以聞’是也。輒行，謂表奏伐蜀，不待命輒往也。《通鑑·晉紀》孫洵曰：‘受閫外之託，拜表輒行，有何不可。’注：‘輒，專也。’”○大典顯常曰：“《通鑑》注：謂拜上表，不及聞詔命而遂行也。”

【彙評】

　　李贄曰：“一强一弱，忠孝何干！桓公再翻，益以見妙。”《初潭集》卷二十五。

─────────

〔1〕 “絶壁”，董刻本“壁”作“璧”。楊勇曰：“宋本作‘璧’，非。”
〔2〕 “漢書曰”，楊勇曰：“‘漢書’下宋本無‘曰’字。”
〔3〕 “邛僰”，徐震堮曰：“《漢書·王尊傳》作‘邛郲’。應劭曰：‘在蜀郡嚴道縣。’臣瓚曰：‘郲，山名也。’”
〔4〕 “王陽”，董刻本“王”作“三”。王利器曰：“各本‘三’作‘王’，是，這是壞字。”

陳夢槐曰："慨傷悽屬。"

張端木曰："酈道元《水經注》多仿其筆。"

方苞曰："九折坂前，王陽去官，王尊叱馭，所謂士各有志，不可强也。"

龔斌曰："《禮記·曲禮上》曰：爲人子者，'不登高，不臨深'。意謂登高臨深近危，於父母爲不孝，王陽、桓溫所歎即其意。"

59

初，熒惑入太微，尋廢海西。《晉陽秋》曰："泰和六年閏十月，熒惑守太微端門。十一月，大司馬桓溫廢帝爲海西公。"《晉安帝紀》曰："桓溫於枋頭奔敗，知民望之去也，乃屠袁真於壽陽。既而謂郗超曰：'足以雪枋頭之恥乎[1]？'超曰：'未厭有識之情也。公六十之年，敗於大舉，不建高世之勳，未足以鎮厭民望。'因說溫以廢立之事。時溫凤有此謀，深納超言，遂廢海西。"簡文登阼[2]，復入太微，帝惡之。徐廣《晉紀》曰："咸安元年十二月，熒惑逆行入太微，至二年七月猶在焉[3]。帝懲海西之事，心甚憂之。"時郗超爲中書[4]，在直。《中興書》曰："超字景興[5]，高平人，司空愔之子也。少而卓犖不羈，有曠世之度。累遷中書郎、司徒左長史。"引超入曰："天命脩短，故非所計[6]，政當無復近日事不[7]？"超曰："大司馬方將外固封疆，内鎮社稷，必無若此之慮。臣爲陛下以百口保之。"帝因誦庾仲初詩

---

〔1〕"恥乎"，余嘉錫曰："'乎'景宋本作'耳'。"王利器曰："各本'耳'作'乎'。疑'耳'是'耶'字錯的。《晉書·郗超傳》作'乎'。"

〔2〕"登阼"，董刻本"阼"作"祚"。

〔3〕"二年七月猶在焉"，徐震堮曰："《晉書·天文志》作'二年三月猶不退'。案簡文帝以七月崩，似作'三月'爲是。"

〔4〕"中書"，徐震堮曰："'中書'下《御覽》四六九引《郭子》有'郎'字，與注合。"

〔5〕"景興"，楊勇曰："《文選·天台山賦》注引謝敷《答郗敬興書》作'敬興'。汪《譜》作'景興，一字嘉賓'。"

〔6〕"故非"，楊勇曰："宋本作'故'，《晉書·簡文紀》作'本'。"

〔7〕"政當無復近日事不"，董刻本"不"作"否"。周一良《批校》曰："《晉書》九本紀作'故當無復近日事邪'。後漢失譯《大方便佛報恩經》四《惡友品》：'故當萬有一冀。'俱作'故'爲是。"

庾闡《從征詩》也。曰："志士痛朝危，忠臣哀主辱。"聲甚悽厲。郗受假還東，帝曰："致意尊公，家國之事，遂至於此！由是身不能以道匡衛，思患預防，愧歎之深，言何能喻？"因泣下流襟。《續晉陽秋》曰："帝外壓彊臣[1]，憂憤不得志，在位二年而崩。"

○ "初熒惑入"至"聲甚悽厲"

"在直"，胡三省曰："入直省中也。"《通鑑·晉紀二十五》注。

"故非所計"，王叔岷曰："'故'與'固'同，固，猶本也。"○周一良曰："非所計，非所關懷也。"《箋疏》。

"政當無復近日事不"，王叔岷曰："'政'與'正'同，正，猶但也。陶淵明《神釋》：'甚念傷吾生，正宜委運去。''正宜'猶'但當'也，與此'政當'同義。"龔斌按曰："陶詩'正宜'有肯定義，而此'政當'表疑問意，'正宜'與'政當'意義有別。王說未安。"○周一良曰："'故當'猶言莫不。"《世說札記》。○蔣凡曰："近日事，指桓溫廢海西事。"

"方將外固封疆"，張萬起曰："方將，正在，正。"《詞典》頁九。

○ "郗受假"至"泣下流襟"

"受假還東"，胡三省曰："晉令急假者五日一急，一歲以六十日爲限。史書所稱取急、請急，皆謂假也。"《通鑑·晉紀二十五》注。○趙西陸曰："是超東還會稽也。"

"致意尊公"，方一新曰："致意，傳話，捎話給人。魏晉南北朝載籍中'致意'一詞習用，知爲當時俗語。王羲之《雜帖》：'君可致意，令速還。'《宋書·張暢傳》：'魏主致意太尉、安北。'《南齊書·王敬則傳》：'遣人致意劫帥。'"《釋義》。

"由是身不能"，許世瑛曰："'是身'當連讀，即'本身'之意，亦即'自

---

[1] "外壓彊臣"，余嘉錫曰："'壓'景宋本作'厭'。"楊勇曰："'壓'宋本作'厭'，古通用。"又，袁刻本"彊"作"疆"。徐震堮曰："'彊'原誤作'疆'，各本同。"

身'也。"《釋"身"字》。○趙西陸曰:"魏晉人多以'身'爲自謂之辭。《爾雅·釋詁》曰:'身,我也。'郭璞注:'今人亦自呼爲身。'"

"思患預防",吳金華曰:"'思患預防'是當時成語,取材於古代經典:'象曰:水在火上,既濟。君子思患而豫防之。'(《周易》卷下《既濟》)"《考釋》頁三九。

◎程炎震曰:"《文選》卷三十八任昉《爲齊明帝讓宣城郡公第一表》注引孫盛《晉陽秋》曰:'郗超假還東,簡文謂之曰:致意尊公,家國之事,遂至於此。'是文出於孫盛,而孝標不引。吾疑安國著書於枋頭敗後,未必及禪代事,或《選》注誤耶?《御覽》四百六十九《憂》下引此文則云《郭子》。"余嘉錫按曰:"《隋志》於《晉陽秋》下明注云'訖哀帝',則其書不得有簡文時事,無待繁言。《選》注'孫盛《晉陽春秋》'六字乃檀道鸞《續晉陽秋》之誤標。"

○注"晉陽秋曰"至"遂廢海西"

"太微端門",胡三省曰:"《天文志》:太微南蕃中二星間曰端門。"《通鑒·晉紀二十五》注。

"屠袁真於壽陽",徐震堮曰:"《晉書·桓溫傳》:'袁貞病死,其將朱輔立其子瑾以嗣。溫圍之,瑾衆潰,生擒之,並其宗族數十人及朱輔送京師斬之。'據此則袁貞已前死也。"

○注"中興書曰"

"卓犖不羈",秦士鉉曰:"卓犖,超絶也。不羈,謂其才氣不可雜縶也。"
"曠世之度",秦士鉉曰:"范史云:'曠世歷年。'謂千載一士,不可多得。"

【彙評】

胡三省曰:"此亦清談,但情溢於言外耳。"《通鑒·晉紀二十五》注。
凌濛初曰:"簡文通玄,何不'勸汝一杯酒'。"
張懋辰曰:"寫得悲楚。"

簡文在暗室中坐，召宣武。宣武至，問上何在。簡文曰：“某在斯。”時人以爲能〔1〕。《論語》曰：“師冕見，及階，子曰：‘階也。’及席，子曰：‘席也。’皆坐，子告之曰：‘某在斯，某在斯〔2〕。’”注：“歷告坐中人也。”

○“簡文在”至“以爲能”

“某在斯”，劉辰翁曰：“似譏不見也。”

簡文入華林園，顧謂左右曰：“會心處不必在遠。翳然林水〔3〕，便自有濠、濮間想也。濠、濮，二水名也。《莊子》曰：“莊子與惠子游濠梁水上〔4〕，莊子曰：‘儵魚出游從容，是魚樂也。’惠子曰：‘子非魚，安知魚之樂邪？’莊子曰：‘子非我，安知我之不知魚之樂也？’莊周釣在濮水〔5〕，楚王使二大夫造焉，曰〔6〕：‘願以境內累莊子。’莊子持竿不顧，曰：‘吾聞楚有神龜者，死已三千年矣，巾笥而藏於廟。此寧曳尾於塗中，寧留骨而貴乎？’二大夫曰：‘寧曳尾於塗中。’莊子曰：‘往矣！吾亦寧曳尾於塗中〔7〕。’”覺鳥獸禽魚〔8〕，

〔1〕 “以爲能”，李慈銘《簡端記》曰：“‘能’下當有‘言’字，各本皆脱。”方一新《斠詁》曰：“‘以爲能’自是漢晉人語。‘能’既可泛指有能力、有才能，也可專指思路敏捷，能言善對，不必補‘言’字。”
〔2〕 “某在斯”，董刻本“某”作“甚”。王利器曰：“各本‘甚’作‘某’，是。”朱鑄禹曰：“‘甚’袁本作‘某’，是。”楊勇曰：“下‘某’宋本作‘甚’，非。”
〔3〕 “林水”，程炎震曰：“《御覽》‘林水’作‘林木’。”朱鑄禹曰：“《太平御覽》三七六《心門》作‘林木’。”
〔4〕 “濠梁水上”，天保手批曰：“今本無‘水’字。”
〔5〕 “在濮水”，余嘉錫曰：“‘在’沈本作‘於’。”何焯校同。楊勇曰：“‘於’宋本作‘在’。”
〔6〕 “造焉曰”，董刻本、沈校本無“曰”字。
〔7〕 “於塗中”，余嘉錫曰：“景宋本及沈本皆無‘於’字。”
〔8〕 “覺鳥獸”，劉應登曰：“作‘不覺’。”程炎震曰：“‘覺’上宋本有‘不’字。”《文選·逸民傳論》注引無‘不’字，‘親人’下有‘爾’字。”余嘉錫曰：“‘覺’上景宋本及沈本俱有‘不’字。”何焯校“覺”亦作“不覺”。蔣凡批曰：“‘不覺’袁本作‘覺’，應以宋紹興本爲是。不覺者，不知不覺之謂也，自然與人渾然同一，更合乎玄家旨趣。”

自來親人。"

○"簡文入"至"不必在遠"

"華林園"，胡三省曰："魏氏作華林園、天淵池於洛中。晉氏南渡，放其制作之於建康。華林園在宮城北隅。"《通鑒·宋紀二》注。○趙翼曰："六朝時，華林園凡有三處。其在建業者，《金陵新志》云在臺城内，本吳舊宮苑也。晉南渡後，倣洛陽園名而葺之。簡文帝遊華林，謂左右曰云云，此建康之華林園也。蓋其始本自洛陽有華林園，因而晉南渡後，以吳氏舊宮苑倣之，於是有建康之華林。"《陔餘叢考》卷十六。

"顧謂左右"，田中頤曰："從容述懷，故曰顧。"

"會心處不必在遠"，田中頤曰："言苟會心得意處，其樂在近，不必要遠地。"○楊勇曰："會心處，即意與神相遇時也，已到至處而欣然之時也。本篇'時有入心處'意同。"○龔斌曰："莊子以爲道無所不在，則會心處亦無所不在。若有會心，則眼前林水，亦可致神情超遠，有濠濮間想之境界。"

○"翳然林水"至"自來親人"

"翳然"，田中頤曰："蔽障貌。"○趙西陸曰："暗貌。"

"便自有濠濮間想"，恩田仲任曰："《述征記》曰：'濠，汜水分也。其水注泗，有舊魚梁。莊子遊於濠梁，則此地也。'《莊子音義》曰：'石絶水曰梁。濮音卜，水出東郡濮陽，入鉅野。'"○田中頤曰："濠、濮，二水名，出於《莊子》。言小隱已有大隱之懷。"○趙西陸曰："簡文用此典以見願逸情山水之間，不樂富貴。"○張萬起曰："想，情懷。"

"鳥獸禽魚自來親人"，田中頤曰："鳥獸，與'林'應；禽魚，與'水'應。'也'讀'猶'，亦言其會心處，亦覺萬物爲一也。此證其前言。"按此以"也"字下讀。○趙西陸曰："此句暗用《列子》。《列子·黃帝篇》：'海上之人有好漚（鷗）鳥者，每旦之海上，從漚鳥遊。漚鳥之至者百數而不止，其父曰：吾聞漚鳥皆從汝遊，汝取來吾玩之。明日至海上，漚鳥舞而不下也。'此即所謂鷗鷺忘機。蓋謂人無機心者，即鳥獸禽魚之異類，亦可自來相與。"

○注"莊子曰"

"鯈魚"，恩田仲任曰："鯈音條，小白魚。小而長，時游水面，性好游，故名。”

“以境内累莊子”，秦士鉉曰：“謂委以國事也。”

“巾笥”，恩田仲任曰：“藏之以笥，覆之以巾。”

【彙評】

劉辰翁曰：“清言徑造。”

狄期進曰：“孔子之見温伯雪子於魯也，目擊而道存矣。”

袁中道曰：“語俊極。”《舌華録》卷五。

馮友蘭曰：“真正風流底人，有情而無我，他的情與萬物的情有一種共鳴。他對於萬物，都有一種深厚底同情。若簡文帝只見‘翳然林木’，不覺‘鳥獸禽魚，自來親人’；王子敬只見‘山川映發’，不覺‘秋冬之際尤難爲懷’；他們所見的只是客觀的世界。照《世説新語》所説，他們見到客觀的世界，而又有甚深底感觸。在此感觸中，主客觀融成一片。表示這種感觸，是藝術的極峰。”《論風流》。

劉葉秋曰：“胸襟開闊，則無往不適，隨處怡悦，覺萬物無不可親，其意既含哲理，語亦神韻悠遠，令人領略不盡。”《散記》。

謝太傅語王右軍曰：“中年傷於哀樂，與親友別，輒作數日惡。”王曰：《文字志》曰：“王羲之字逸少，琅邪臨沂人。父礦[1]，淮南太守。羲之少朗拔，爲叔父廙所賞。善草隸，累遷江州刺史、右軍將軍、會稽内史。”“年在桑榆，自然至此，正賴絲竹陶寫。恒恐兒輩覺損欣樂之趣。”

○“謝太傅語”至“欣樂之趣”

“中年傷於哀樂”三句，田中頤曰：“言中年來哀樂切至，兩爲相傷，彼親朋

---

[1]“父礦”，李慈銘曰：“‘礦’當作‘曠’，《晉書》作‘曠’，各本皆誤。”余嘉錫曰：“‘礦’景宋本作‘曠’，是。”

友不必同胞，猶每一別，心致不喜，數日不已。”○秦士鉉曰：“自中年後，或傷於哀樂，或與親友別，則輒爲數日惡，以言壯時不如此，而今心氣衰也。故王答曰：‘人至晚年，自然如此。’”○楊勇曰：“哀樂，猶哀也，偏指哀傷。”○蕭艾曰：“作惡，謂心中不舒適也。”《探幽》頁九五。

“年在桑榆”，田中頤曰：“桑榆，西山也，喻暮年。”○崔朝慶曰：“日落之時，其光尚留於桑榆之上，故借爲西方之稱，亦以喻晚年。”○余嘉錫曰：“桑榆，謂晚也。”○楊勇曰：“《初學記》一引《淮南子》曰：‘日西垂，影在樹端，謂之桑榆。’桑榆，喻晚年也。”

“自然至此”，劉淇曰：“此‘自然’，應合之辭。”《辨略》卷二。

“正賴絲竹陶寫”，劉淇曰：“《世説》‘正賴絲竹陶寫’，正，常也，端也。’”《辨略》卷四。○岡白駒曰：“陶，暢也。”○恩田仲任曰：“《韓詩》注：‘陶，寫也。’”○淇園曰：“陶者，謂人之體氣從其意氣之所發作，而以持諸其內也。”○秦士鉉曰：“‘陶’‘淘’通。”○王叔岷曰：“陶淵明《贈羊長史》：‘得知千載外，正賴古人書。’亦用‘正賴’一詞。”○朱鑄禹曰：“‘陶’與‘淘’通。陶寫，意謂淘汰、消遣也。”

“恒恐兒輩覺損欣樂之趣”，王若虛曰：“坡詩用其事，云：‘正賴絲與竹，陶寫有餘歡。’夫陶寫云者，排遣消釋之意也。所謂‘欣樂之趣’，有餘歡者，非陶寫其歡，因陶寫而歡耳。”《滹南詩話》下。○桃井白鹿曰：“蘇東坡《遊東西巖》詩全用王謝之言。‘坐令高趣闌’一句，即‘損欣樂之趣’之解也。又《遊西菩提寺》詩‘人生此樂須天賦，莫使兒曹取次知’注云：‘王羲之謂謝安曰：但恐兒輩覺云云。’”○大典顯常曰：“言老自多憂感，且賴絲竹陶寫其情，只欲兒輩不覷知斯意，若爲覷知，則又顧損陶寫之樂，益其憂感耳。”○平賀房父曰：“賴絲竹陶寫憂愁，得延日耳。我爲之不過陶寫憂耳，恒恐兒輩認我好之已，亦以爲欣樂之具，卻損我欣樂之趣。”○淇園曰：“兒輩覺其內氣力羸弱，故爲之則其喜氣爲之所衝散，故曰損趣也。”○田中頤曰：“此言老境自然至，如君言，正當賴絲竹陶化，寫除其憂愁之情，而唯恒恐兒輩誤覺爲遨遊之資，亦還損吾欣榮之趣也。‘中年’‘桑榆’‘兒輩’相接，須著眼。”○郭在貽曰：“‘覺損’二字應連讀。覺者，減也，差也；損，也有差、減的意思。‘覺損’是同義並列複合詞。今考《全晉文》卷十九王導書：‘改朔情增傷感，濕蒸事何如？頗小覺損不？’所謂‘頗小覺損’，即是稍許減輕的意思。”《考釋》。○蔣宗許曰：“‘覺’在魏晉南北朝有減輕、減少的意思，如王羲之《雜帖》‘熱如小有覺’。‘覺損’同義連文，也是減輕、減少的意思。”《臆札》。又曰：“因爲他時常傷於晚輩的夭亡，於是又言不由衷地説了‘恒恐’一語，如果補足語意，則是‘常常擔心晚輩出事影響歡樂的情趣’。”同上。○龔斌曰：“《抱朴子·外篇·交際》‘無之覺損乎’，《外臺秘要方》一八‘如未覺損’，以上二例中‘覺損’一詞，亦爲減輕、減少義。”

○注“文字志曰”

“叔父廙”，秦士鉉曰：“廙字世將，平南將軍。‘廙’或作‘翼’，字相通。”

“右軍將軍”，恩田仲任曰：“《晉書·職官志》曰：‘魏明帝時，有左軍，魏官也。武帝初，又置前軍、右軍。泰始八年，又置後軍。是爲四軍。’”○姚鼐曰：“王羲之、桓伊皆是右將軍，而本傳乃誤作右軍將軍，致王方慶進《右軍帖》所題銜亦襲其誤。而《樂毅論》後僞褚跋之誤，又不足論矣。”《惜抱軒》卷五。○朱鑄禹曰：“‘右將軍’當是‘右軍將軍’省稱。”

“會稽内史”，恩田仲任曰：“簡文帝時爲會稽王。”

【彙評】

劉辰翁曰：“自家潦倒，憂及兒輩，真鍾情語也。此少有喻者。”按恩田仲任曰：“潦倒，《通雅》曰：‘言頹落之態也。’”天保手批曰：“潦倒，衰貌。”

狄期進曰：“冶城之登，右軍謂夏禹胼胝，文王旰食。今四鄰多壘，宜思自效，而此云何也？”

田中頤曰：“網盡老態。”

宗白華曰：“人到中年才能深切地體會到人生的意義、責任和問題，反省到人生的究竟，所以哀樂之感得以深沉。但丁的《神曲》起始於中年的徘徊歧路，是其有深意的。”《晉人的美》。

余嘉錫曰：“謝安晚歲，雖期功之慘，不廢妓樂。蓋藉以寄興消愁。王坦之苦相諫阻，而安不從。至謂‘安北出户，不復使人思’，正憤其不能相諒耳。惟右軍深解其意，故其言莫逆於心。案右軍嘗諫安浮文妨要，豈於此忽相阿諛？蓋右軍亦深於情者。讀《蘭亭序》，足以知其懷抱。本傳言其誓墓之後，遍游名山，自言當以樂死。是其所好不在聲色，‘絲竹陶寫’之言，殆專爲安石發也。然持論之正，終不及坦之。讀者賞其名雋可耳。”

63

支道林常養數匹馬。或言道人畜馬不韻，支曰："貧道重其神駿。"《高逸沙門傳》曰："支遁字道林，河內林慮人，或曰陳留人，本姓關氏。少而任心獨往，風期高亮，家世奉法。嘗於餘杭山沈思道行[1]，泠然獨暢[2]。年二十五，始釋形入道。年五十三，終於洛陽。"

○"支道林"至"重其神駿"

"常養數匹馬"，恩田仲任曰："《吳郡疏》曰：'支道林好馬，其最愛者名曰頻伽。嘗飲頻伽於橋下，馬溲處忽生蓮花。'《吳郡志》曰：'支遁庵在南峰，古號支硎山，今有白馬澗。'"

"畜馬不韻"，恩田仲任曰："《品字箋》曰：'俗以作事寡趣曰不韻。'"○田中頤曰："譏道人而畜馬供用，似好利者。"○秦士鉉曰："不韻，寡雅趣也。"○龔斌曰："馬義爲武事。魏晉視武者爲賤，故稱道人養馬爲不韻。"

"重其神駿"，恩田仲任曰："《鷹鶻方》引《建康實錄》曰：'支遁好養鷹馬，而不乘放，人問之，曰：愛其神駿。'"○田中頤曰："言吾養馬非畜馬，唯重其神駿絶塵耳。"

○注"高逸沙門傳曰"

"風期"，恩田仲任曰："風情所期。"

"泠然"，恩田仲任曰："郭象曰：泠然，輕妙之貌。或曰：順利無礙之貌。《高僧傳》曰：'家世事佛，早悟非常之理。隱居餘杭山，深思道行之品，委曲慧印之經，卓焉獨拔，得自天心。'"

"終於洛陽"，程炎震曰："道林安得終於洛陽？下卷《傷逝門》引《支遁傳》云：'太和元年終於剡之石城山。'《高僧傳》則云：'先經餘姚塢山中住。

<hr>

[1] "餘杭山沈思道行"，董刻本"餘杭"作"餘抗"。王利器曰："各本'抗'作'杭'，是。"又，董刻本、元刻本、何焯校"行"作"術"。程炎震："宋本'行'作'術'。"徐震堮曰："'道行'影宋本及沈校本並作'道術'。案《高僧傳》云：'沈思道行之品，委曲慧印之經。'"

[2] "泠然獨暢"，董刻本、元刻本、何焯校"泠然"作"行吟"。程炎震曰："宋本'泠然'作'行吟'。"徐震堮曰："'泠然'影宋本及沈校本並作'行吟'。"周一良《批校》曰："宋本作'行吟獨暢'。"

晉太和元年閏四月四日終於所住，因葬焉。'”○湯用彤曰：“以太和元年閏四月四日卒於剡之石城山。《高僧傳》曰：卒於餘姚塢山中，或云終剡。《世説·言語篇》注引《高逸沙門傳》年五十三終於洛陽。《傷逝篇》注引《支遁傳》太和元年終於剡之石城山，因葬焉。”《佛教史》頁一三五。○趙西陸曰：“《傷逝篇》‘戴公見林法師墓’注引《支遁傳》曰：‘太和元年終於剡之石城山，因葬焉。’《高僧傳》曰：‘遁先經餘姚塢山中住，後病甚，移還塢中。晉太和元年閏四月四日，終於所住，春秋五十有三。即窆於塢中，厥塚存焉。或云終剡，未詳。’此云洛陽，誤也。”

【彙評】

劉辰翁曰：“高視世外。”

袁中道曰：“韻正在此。”《舌華録》卷五。

徐復觀曰：“支遁林答以‘重其神駿’，表示他並非以此謀利，而只把它當作藝術品來欣賞，這便合於玄的要求而韻了。”《精神》頁一〇五。

龔斌曰：“支遁學問主得意忘言。相馬亦復如是。馬形之肥瘦，毛色之玄黄，皆不關神駿。此與當時人物品題重神韻正同，忘象得意，深契玄學精神。”

64

劉尹與桓宣武共聽講《禮記》。桓云：“時有入心處[1]，便覺咫尺玄門。”劉曰：“此未關至極，自是金華殿之語[2]。”《漢書敘傳》曰[3]：“班伯少受《詩》於師丹。大將軍王鳳薦伯於成帝，宜勸學，召見宴睗[4]，拜爲中常侍。時上方向學，鄭寬中、張禹朝夕入説《尚書》《論語》於金華殿，詔伯受之。”

─────────

〔1〕“入心”，桃井白鹿：“‘入’一作‘人’，誤。”
〔2〕“之語”，李慈銘曰：“‘之’字誤。（朱筆校作‘中’。）”余嘉錫曰：“‘之’字不誤。”
〔3〕“傳曰”，董刻本“曰”作“田”。王利器曰：“各本‘田’作‘曰’，是。”
〔4〕“宴睗”，余嘉錫曰：“景宋本作‘宴昵’。”

○"劉尹與"至"華殿之語"

"咫尺玄門"，田中頤曰："言本以《禮記》爲禮儀之書，而今聽之時，間有入心處，未要深思，便覺其理甚近道德之教門。"○秦士鉉曰："咫，八寸也。咫尺，謂至近也。"

"未關至極"，劉應登曰："蓋言其講說可聽，而未到至處耳。"○大典顯常曰："關，涉也，由也。"○陶珙曰："言其講說可聽，而未到至處耳。語似有褒貶。"○王叔岷曰："日本舊鈔卷子本《莊子·天下篇》：'雖未至於極，關尹、老聃乎，古之博大真人哉！'"

"自是金華殿之語"，岡白駒曰："猶言儒生之常談也。"○張端木曰："所謂官樣話也。"○恩田仲任曰："師古曰：'在未央宮。'"○田中頤曰："言此言未關鎖至極，尚以爲外，自是玄門內金華殿上之談語也。"○湯用彤曰："魏初名士談論，均與政治人事有關，亦金華殿語也。"《論稿》頁一四。○余嘉錫曰："劉尹意謂所聽者不過儒生爲帝王説書之常談，非其至也。"○楊勇曰："《漢書·敘傳》注：'金華殿，在未央宮。'"

○注"漢書敘傳曰"

"召見宴暱"，岡白駒曰："《漢書》作'召見宴昵殿'，張晏注云：'親戚宴飲會同之殿也。'"○桃井白鹿曰："宴暱，殿名。"

【彙評】

劉辰翁曰："能言。"

凌濛初曰："宣武慕玄，不及舞脊。略有所聞，時時推附。"

唐長孺曰："桓溫聽禮，忽然有咫尺玄門的體會，假使不是講者與聽者先有名教與自然、儒之與道互相貫通的觀點，是不會有此想的。由禮以窺玄，即是在名教中顯示自然，這就是樂廣所云'名教內自有樂地'之説。劉惔認爲禮'未關至極'，因爲這畢竟不是'本'，不是道而只是廟堂的設施。然二人説雖不同，卻並不衝突，因爲劉惔只説'未關至極'，而桓溫也認爲禮與玄門還是有咫尺的距離的。"《魏晉玄學之形成及其發展》，《論叢》頁三二五。

田餘慶曰："劉惔聽來不過是儒生講經之語，桓溫卻以爲'咫尺玄門'，這是劉惔對桓溫不辨儒玄、學無根柢的諷刺。"《政治》頁一四三。

　　羊秉爲撫軍參軍，少亡，有令譽。夏侯孝若爲之敍，極相讚悼。《羊秉敍》曰："秉字長達，太山平陽人。漢南陽太守績曾孫，大父魏郡府君，即車騎掾元子也〔1〕。府君夫人鄭氏無子，乃養秉。齠齔而佳，小心敬慎。十歲而鄭夫人薨，秉思容盡哀，俄而公府掾及夫人並卒，秉群從父率禮相承〔2〕，人不間其親，雍雍如也。仕參撫軍將軍事，將奮千里之足，揮沖天之翼，惜乎春秋三十有二而卒。昔罕虎死，子產以爲無與爲善。自夫子之没，有子產之歎矣！亡後有子男，又不育，是何行善而禍繁也？豈非司馬生之所惑歟？"羊權爲黃門侍郎，侍簡文坐。帝問曰："夏侯湛別見。作《羊秉敍》絕可想。是卿何物？有後不？"《羊氏譜》曰："權字道輿〔3〕，徐州刺史悦之子也〔4〕。仕至尚書左丞。"權潸然對曰："亡伯令問夙彰，而無有繼嗣。雖名播天聽〔5〕，然胤絕聖世。"帝嗟慨久之。

────────────

〔1〕 "即車騎掾元子也"，岡白駒曰："有脱，亦爲强解。"平賀房父曰："此段難通曉，疑有脱誤。"秦士鉉曰："按《羊氏譜》，漢陽太守羊積，其子秘，京兆太守；其子繇，字堪甫，車騎掾；其子即秉也。《賞譽》篇注：'車騎掾娶樂國禎女，生五子，秉、洽、式、亮、忱。'然則'即'上脱'父'字，'元子'二字衍也。秘弟衡，上黨太守；其弟耽，太常。秉群從父無所考。"徐震堮曰："此文所敍羊氏世次多錯亂。原文當作：'漢南陽太守績曾孫，車騎掾之元子也。大父魏郡府君，府君夫人鄭氏無子，乃養秉。'"朱鑄禹曰："《羊秉敍》'即車騎掾元子也'一句，應即承上文'秉字長達'而言，係指羊秉爲車騎掾羊繇之元子，並無脱衍字。"方一新《斠詁》曰："注文不誤，毋須改動。'大父'句言秉之嗣父爲魏郡太守羊祜，下句'即車騎掾元子也'承上省略了主語羊秉，言秉本爲車騎羊繇之親子。"
〔2〕 "從父"，何焯曰："一無'父'字爲是。"程炎震曰："宋本無'父'字。"徐震堮曰："'父'字影宋本及沈校本並無，是。"
〔3〕 "道輿"，董刻本、元刻本、何焯校"輿"作"興"。王利器曰："各本'興'作'輿'，是，名'權'字'輿'，義正相應。"楊勇曰："宋本作'道輿'，非。按權字道輿，義協。"
〔4〕 "悦之子"，何焯校"悦"作"忱"。李慈銘曰："'悦'當作'忱'。卷中《方正篇》兩見，皆作'忱'。《宋書·羊欣傳》亦言曾祖忱，晉徐州刺史。"王利器曰："'悦'當作'忱'。本書《方正門》'羊忱性甚貞烈'條正作'羊忱'不誤。"楊勇曰："'忱'宋本作'悦'，非。"
〔5〕 "雖名播"，凌濛初曰："劉本無'雖'字。"按董刻本、何焯校俱無"雖"字。

303

○ “羊秉爲”至“嗟慨久之”

“爲之敘”，淇園曰：“敘，蓋敘其生平行狀以爲之文也。”○崔朝慶曰：“敘其生平行詣也。”○張萬起曰：“敘，作傳。”

“絕可想”，田中頤曰：“言以其讚悼，可想其人。”○崔朝慶曰：“言觀其文頗懷想羊秉其人也。”○張萬起曰：“可想，可心、可意。”○龔斌曰：“想，思也。”

“是卿何物”，劉應登曰：“謂是卿何親也。”按《批補》作“物字作親”。○岡白駒曰：“羊秉於卿何系族？”○平賀房父曰：“言是於卿何系屬也。”○沈赤然曰：“近人問有瓜葛者，輒曰：‘爾喚彼爲何物？’蓋本于《世説》。”《隨筆》卷五。○崔朝慶曰：“阮籍目王戎爲‘俗物’，温嶠稱桓温爲‘英物’，可見晉時常以‘物’字作‘人’字用。”○顧廷龍曰：“《方正篇》盧志條‘是君何物’，《雅量篇》褚公條‘牛屋下是何物’，皆爾時慣語，不足異也。”王佩諍引《校記》。○王佩諍曰：“物，猶人也。爲訓詁中常語。‘物’‘我’對言，經籍常語。《唐書·李揆傳》：‘帝曰：卿門第人物文學皆當世第一。’則以‘人物’爲人材。宋以來方志類目，則以‘人物’爲鄉賢代語。《世説新語》上述三見‘物’字，皆是此意。”

“令問”，崔朝慶曰：“與‘令譽’同。”○張永言曰：“猶言‘令聞’。”《辭典》頁二七二。

“名播天聽”，淇園曰：“即以夏侯湛序言。”○崔朝慶曰：“天聽，帝王之聽也，言承簡文歎賞也。”

“胤絕聖世”，崔朝慶曰：“胤，子孫相承續也。聖世，當代也，意取頌揚，故曰聖”。

○注“羊秉敘曰”

《羊秉敘》，大典顯常曰：“即夏侯湛所爲者。”《攝補》。○沈家本曰：“本文云：‘夏侯湛作《羊秉敘》。’注中亦引之，似又專敘一人之事者。”《古書目》卷四。

“車騎掾元子”，參見校文。岡白駒曰：“車騎掾，秉父也。鄭氏無子，則車騎掾，蓋府君妾所生也。”朱鑄禹按曰：“《觿》以爲‘車騎掾蓋府君妾所生’，亦屬臆測，是未能明羊氏系譜所致。據《羊氏譜》，車騎掾縣之父爲京兆太守祕，而魏郡府君應是羊祉，此見

《晉書·羊祜傳》，車騎掾非府君妾所生，其理甚顯。”○大典顯常曰：“秉，府君之孫，而掾之子也。”○李慈銘曰：“魏郡府君者，羊祉也；車騎掾者，羊緜也。但《晉書·羊祜傳》言魏郡太守祉爲京兆太守祕之子，據此《敍》稱大父，是祉與祕皆續之子，則祉爲祕弟，疑《晉書》誤也。”《簡端記》。朱鑄禹按曰：“此説可從。‘祉’‘祕’二字皆從‘示’，亦似兄弟輩。《羊秉敍》所言秉之大父爲魏郡府君羊祉，祉實爲秉之叔祖。”龔斌按曰：“蓋誤解《羊秉敍》中‘大父’爲祖父也。”○王佩諍曰：“管氏愚谷迂瑣曰：‘大父’至‘元子也’十三字不知是何句讀，是否大父名元子，官車騎掾，父何名未載，而母載氏獨詳。案晉劉韜墓志‘叔考處士君之元子也’是其例，此敍省一‘之’字，遂滋誤解。李氏慈銘《越縵堂日記》據《羊秉敍》，知祉與祕皆續之子，可證《晉書·羊祜傳》以祉爲祕子之誤。案據《晉書》祕官京兆太守，祉官魏郡太守，則此《敍》‘大父魏郡府君’顯指羊祉。《晉書·職官志》，大司馬、大將軍、太尉、車騎、軍騎、衛將軍、諸大將開府位從公者，置西東曹掾等各一人。車騎既爲開府位從公者，故此《敍》又稱公府掾。”

“公府掾及夫人”，岡白駒曰：“公府掾，即車騎掾也。夫人，即秉生母也。”

“人不間其親”，恩田仲任曰：“《論語》曰：‘孝哉閔子騫，人不間於其父母昆弟之言。’陳群曰：‘言閔子騫上事父母，下順兄弟，動靜盡善，故人不得有非間之言。’”

“昔罕虎死”二句，大典顯常曰：“《左傳》昭十三年：‘子產聞子皮卒，哭且曰：吾已無與爲善矣，唯夫子知我。’子皮，罕虎字。”

“自夫子之没”二句，桃井白鹿曰：“當作‘自子產之没，有夫子之歎矣’。王儉《褚淵碑文》：‘子產云亡，宣尼泣其遺愛。’注：‘《左氏傳》云：子產卒，仲尼聞之出涕曰：古之遺愛也。’”又曰：“夫子指鄭大夫子皮也。《左傳》‘子產聞子皮卒’云云。”《補遺》。○大典顯常曰：“此夫子指秉。言秉死，使我亦有子產之歎也。”

“司馬生之所惑”，桃井白鹿曰：“司馬遷《史記·伯夷列傳》：‘余甚惑焉，儻所謂天道，是耶？非耶？’”

【彙評】

劉辰翁曰：“重一語，故悲苦。”

王長史與劉真長別後相見，《王長史別傳》曰：“濛字仲祖，太原晉陽人。其先出自周室，經漢、魏，世爲大族〔1〕。祖父佐〔2〕，北軍中候。父訥，葉令〔3〕。濛神氣清韶，年十餘歲，放邁不群。弱冠檢尚，風流雅正，外絕榮競，內寡私欲。辟司徒掾、中書郎，以后父贈光禄大夫。”王謂劉曰：“卿更長進。”答曰：“此若天之自高耳。”《語林》曰：“仲祖語真長曰：‘卿近大進。’劉曰：‘卿仰看邪？’王問何意，劉曰：‘不爾，何由測天之高也。’”

○“王長史”至“自高耳”

“卿更長進”，劉淇曰：“此‘更’字，猶益也，愈也。”《辨略》卷四。

“天之自高”，程炎震曰：“天之自高，用《莊子·田子方篇》語，劉氏失注。”○趙西陸曰：“《莊子·田子方篇》曰：‘至人之德也，不修而物不能離焉。若天之自高，地之自厚，日月之自明，夫何修焉。’劉語蓋本此。”○王叔岷曰：“《莊子·田子方篇》：‘若天之自高。’《知北遊篇》：‘天不得不高。’”

○注“王長史別傳曰”

“檢尚”，秦士鉉曰：“檢括高尚。”

“后父”，大典顯常曰：“哀靖王皇后，名穆之，王濛之女，出《晉書》列傳二。”

【彙評】

劉應登曰：“蓋不喜王有長進之言，故謂己如天之本自高，特看者不測爾，

〔1〕 “大族”，董刻本“大”作“夫”。王利器曰：“各本‘夫’作‘大’，是。”
〔2〕 “祖父佐”，徐震堮《札記》曰：“《晉書·外戚傳》作‘祖佑北軍中候’。”余嘉錫曰：“《容止篇》注引《王氏譜》云：‘訥父祐，散騎常侍。’吳士鑑作《王濛傳注》，謂‘祐’爲‘佑’之譌，又誤作‘祜’，官名則各舉其一，其說是也。”趙西陸曰：“《晉書·王濛傳》作‘祖佑’，本書《容止篇》注引《王氏譜》作‘祐’，‘佐’當爲‘佑’之訛。”楊勇曰：“‘佑’宋本作‘佐’，非。《晉書·外戚傳》、汪藻《太原王氏譜》均作‘佑’，是。”
〔3〕 “父訥葉令”，徐震堮《札記》曰：“《晉書·外戚傳》作‘父訥新淦令’。”

非近日方長進也。皆戲語。"

劉辰翁曰:"深於談者,有深有淺,其義常解不能盡。"按《批補》在"劉尹與桓宣武共聽"條。

王世懋曰:"語大無當。"

袁中道曰:"俱狂。"《舌華錄》卷二。

李慈銘曰:"人雖妄甚,無敢以天自比者。晉人狂誕,習爲大言,所詡精理玄辭,大率摭襲佛老浮文支語,眩惑愚蒙,盛自矜標,相爲欺蔽。王、劉清談宗主,風流所歸。真長識元子之野心,戒車牛之禱疾,在於儕輩,最爲可稱,而有此譖言,至爲愚妄,臨川載之,無識甚矣。"《簡端記》。龔斌按曰:"若以'愚妄'目之,則《世説》僅有高頭講章,豈有名言雋語乎?"

67

劉尹云:"人想王荊産佳,此想長松下當有清風耳。" 荊産,王微小字也[1]。《王氏譜》曰[2]:"微字幼仁,琅邪人。祖父義,平北將軍。父澄,荊州刺史。微歷尚書郎、右軍司馬。"

○"劉尹云"至"有清風耳"

"想王荊産佳",田中頤曰:"每聞其名,輒想其佳,而不知其所以。"

"此想長松下當有清風",田中頤曰:"長松,比父祖世德;清風,喻王清德。言名家有佳士,猶長松下必有清風,正同此想也。"○朱鑄禹曰:"劉之語意,蓋謂人以王出世胄名門,故稱之,亦猶想像長松之下定有清風耳。"○江藍生曰:"'想'義爲'似'、'好像''仿佛'。此句意爲:人們因爲王微出自名家,所以猜想他人才一定好,這就好像高松下應有清風一樣。"《彙釋》頁二二三。

---

〔1〕"王微",余嘉錫曰:"注諸'微'字,沈本俱作'徽'。《晉書·澄傳》:'次子微,右軍司馬。'則作'徽'者是。"王利器曰:"蔣校本、沈校本'微'作'徽',餘本仍作'微',下並同。案作'徽'是。"楊勇曰:"'王徽'宋本作'王微',非。今依沈校、《晉書·王澄傳》、汪藻《琅邪臨沂王氏譜》改。"

〔2〕"王氏譜曰",董刻本、沈校本无"曰"字。

劉辰翁曰：“以其名家，意想其佳耳。”趙西陸按曰：“意似不滿。”〇曰：“竟似不滿。”按天保手批曰：“宜在前章。”“前章”指“劉尹與桓宣武共聽”條。

田中頤曰：“取譬能類。”

龔斌曰：“劉恢平素評論人物甚刻薄，味其言外之意，似以爲荊産未必佳。”

68

　　王仲祖聞蠻語不解，茫然曰：“若使介葛盧來朝，故當不昧此語。”《春秋傳》曰：“介葛盧來朝魯，聞牛鳴，曰：‘是生三犧，皆用之矣。其音云。’問之而信。”杜預注曰：“介，東夷國。葛盧，其君名也。”

　　〇“王仲祖”至“不昧此語”

“蠻語”，田中頤曰：“本是駃舌。”

“茫然”，田中頤曰：“即‘昧’故。”

“介葛盧”，劉應登曰：“介葛盧能辨牛鳴，謂蠻語亦然。”〇平賀房父曰：“認蠻人爲禽獸。”〇田中頤曰：“介葛盧嘗悟牛鳴，因言彼但當明此牛鳴的語也。”〇秦士鉉曰：“《列子》：‘東方介氏之國，其人解六畜之語。蓋偏知之所得。’《周禮》：‘夷隸掌與鳥言，貉隸掌與獸言。’注：‘夷隸，征東夷所得；貉隸，征北夷所得。’介是東夷，故其人當有知者。”〇朱鑄禹曰：“王之意蓋比蠻人於鳥獸也。”〇楊勇曰：“介葛盧朝魯事，見《左傳》僖公二十九年冬。”

“故當”，張萬起曰：“晉宋常用語。加強肯定判斷，相當於‘當然’‘肯定’。”

【彙評】

袁中道曰：“冷！”《舌華録》卷三。

69

劉真長爲丹陽尹[1]，許玄度出都就劉宿[2]。《續晉陽秋》曰："許詢字玄度，高陽人，魏中領軍允玄孫。總角秀惠，衆稱神童[3]，長而風情簡素，司徒掾辟[4]，不就[5]，蚤卒。"牀帷新麗，飲食豐甘。許曰："若保全此處，殊勝東山。"劉曰："卿若知吉凶由人，吾安得不保此[6]！"《春秋傳》曰："吉凶無門，唯人所召。"王逸少在坐曰："令巢、許遇稷、契[7]，當無此言。"二人並有愧色。

○ "劉真長"至"飲食豐甘"

"劉真長爲丹陽尹"，程炎震曰："劉惔爲尹，《晉書》不著何年。《德行篇》云：'劉尹在郡，臨終綿惙。'《惔傳》亦云'卒官'。《傳》又記孫綽詣褚裒，言及惔流涕事。按裒以永和五年卒，則惔必先於裒，而簡文輔政在永和二年，知惔之爲尹，亦在二年以後，五年以前矣。《晉書·王羲之傳》敘此事於永和十一年去官之後，殊謬。"○余嘉錫曰："《建康實錄》八云：'永和三年十二月，以侍中劉惔爲丹陽尹。'然則無煩考證矣。"

"許玄度"，桃井白鹿曰："名字取諸《左傳》'諮親爲詢，諮禮爲度'。"○李慈銘曰："許詢，《晉書》無傳。宋高似孫《剡錄》引《晉中興書》云：'父旼，元帝渡江，遷會稽內史，因居焉。'又引《許氏譜》云：'元度母，華軼

---

〔1〕 "丹陽尹"，程炎震曰："'陽'別一宋本作'楊'。"

〔2〕 "就劉宿"，程炎震曰："別一宋本無'劉'字。"余嘉錫曰："景宋本及沈本俱無'劉'字。"元刻本、何焯校同。

〔3〕 "神童"，董刻本"神"作"祖"。王利器曰："各本'祖'作'神'，是。"

〔4〕 "司徒掾辟"，李慈銘曰："當作'辟司徒掾'，各本皆誤倒。"吳金華："或作'司徒辟'亦通。"楊勇曰："司徒掾辟，即辟司徒掾也。便文也。不必注解。吳說反爲不通。"

〔5〕 "不就"，董刻本"不"作"大"。王利器曰："各本'大'作'不'，是。"

〔6〕 "吾安得不保此"，程炎震曰："《晉書》作'吾安得保此'，無'不'字。"徐震堮《札記》曰："《晉書·王羲之傳》奪'不'字。"

〔7〕 "令巢"，董刻本"令"作"今"。王利器曰："各本'今'作'令'，是。"

女。’”《簡端記》。○余嘉錫曰：“《建康實録》八曰：‘詢字玄度，高陽人。父歸，以瑯玡太守隨中宗過江，遷會稽内史，因家于山陰。詢幼沖靈，好泉石，清風朗月，舉杯永懷。中宗聞而徵爲議郎，辭不受職。遂託跡，居永興。肅宗連徵司徒掾，不就。乃策杖披裘，隱于永興西山。憑樹構堂，蕭然自致。既而移皋屯之巖，常與沙門支遁及謝安石、王羲之往來。’”又曰：“其父之名乃有‘旼’、‘助’、‘歸’、‘販’四字之不同。考《元和姓纂》六、《古今姓氏書辯證》二十三、上聲八語，均作‘式子畈’，即‘歸’字，與《建康實録》合。其作‘旼’作‘助’作‘販’者，皆以形近致誤也。”

“出都”，楊勇曰：“出都，猶入都，至都。下《賞譽》《傷逝》《任誕》所引同。”○周一良曰：“出都謂赴京都。”《史札》頁四二○。

“牀帷新麗”二句，田中頤曰：“二句富饒。”

○“許曰若保”至“並有愧色”

“保全此處”二句，岡白駒曰：“謝安嘗隱乎東山，後以爲隱地稱。”○平賀房父曰：“‘東山’非有所指處。”○田中頤曰：“‘此處’即斥言上八字，‘東山’斥言棲逸。言富貴誠可健羨，唯恐其難保全之也。”○秦士鉉曰：“東晉人謂棲逸之處爲東山。言子若得全此富貴，則勝於棲逸。然恐不能也。”龔斌按曰：“‘東山’指會稽東山，非謂棲逸之代名詞。”○楊勇曰：“東山，在會稽上虞縣西南四十五里，晉太傅謝安所居，一名謝安山。《雅量篇》‘謝太傅盤桓東山’，《賞譽篇》‘若安石東山志立，當與天下共推之’，正是此山。”

“安得不保此”，大典顯常曰：“《書·咸有一德》：‘惟吉凶不僭在人，惟天降災祥在德。’此言吉凶在人之德，而不在乎富貴貧賤也。”○淇園曰：“言德吉則得保全此處，則得保全此處者，是德之吉也。故云‘吾安得不保’。”○田中頤曰：“言吉凶由人，而吾德吉，可以保富貴也。”○劉盼遂曰：“《晉書·王羲之傳》無‘不’字，非也。此言富貴由我自致，我安得不保此牀帷與飲食乎？脱‘不’字，則神理全失。”○龔斌曰：“劉悛之言，意謂我知禍福由人，我豈不知保全此榮華耳！”

“令巢許遇稷契”，岡白駒曰：“令巢許與稷契語。”○淇園曰：“巢許，譬許。稷契，譬劉。”

“當無此言”，田中頤曰：“言劉許皆非高上，假令巢遇稷，則當無此等俗言也。”

趙西陸曰：“《左傳》僖公十六年：‘周内史叔興曰：吉凶由人。’又襄公二十三年曰：‘禍福無門，唯人所召。’劉注誤引。”

【彙評】

劉辰翁曰：“不謂真長、玄度有如此謬談。”

李贄曰：“逸少執古按今，落在二老圈櫃中矣。”秦士鉉按曰：“‘櫃’當作‘續’，‘續’亦作‘襀’。”○曰：“許初剌劉，最誚薄得好。劉亦不受許剌，直自認真去，又好。王乃並剌劉、許，落在劉、許圈襀中矣。余因代劉答一轉語云：‘我自有玄度新許，不用巢由舊許也。’”《初潭集》卷二十三。

王世懋曰：“二君故復有此破綻邪？”

王思任曰：“挦搖，然逸少之品在百尺樓上矣。”

袁中道曰：“王亦過望，不必巢許。”《舌華錄》卷七。

田中頤曰：“高言屈人。”

70

王右軍與謝太傅共登冶城[1]。《揚州記》曰：“冶城，吳時鼓鑄之所。吳平，猶不廢。王茂弘所治也。”謝悠然遠想，有高世之志。王謂謝曰：“夏禹勤王[2]，手足胼胝；《帝王世紀》曰：“禹治洪水，手足胼胝。世傳禹病偏枯，足不相過，今稱‘禹步’是也。”文王旰食，日不暇給。《尚書》曰：“文王自朝至于日昃[3]，不遑暇

〔1〕“冶城”，董刻本、元刻本“冶”作“治”。王利器曰：“各本正文及注文‘治城’都作‘冶城’，是。”
〔2〕“勤王”，元刻本、何焯校“王”作“邦”。
〔3〕“日昃”，楊勇曰：“‘昃’，宋本作‘昊’，各本作‘昃’。”王叔岷曰：“《無逸》‘日’下原有‘中’字。”

食。”今四郊多壘，《禮記》曰：“四郊多壘，卿大夫之辱也。”宜人人自效。而虛談廢務，浮文妨要，恐非當今所宜。”謝答曰：“秦任商鞅，二世而亡，《戰國策》曰：“衛商鞅，諸庶孽子〔1〕，名鞅，姓公孫氏。少好刑名學，爲秦孝公相，封於商。”豈清言致患邪？”

○“王右軍與”至“高世之志”

“共登冶城”，顧起元曰：“《金陵記》冶城北有謝公墩。”《客座贅語》卷十。○田中頤曰：“即爲言‘悠然’。”○崔朝慶曰：“在今江蘇江寧縣，吳時鼓鑄之所，朝天宮即其舊址。”按“冶城”參見《輕詆篇》“庾公權重”條。

“悠然遠想”，淇園曰：“與‘登城’相映。”

“有高世之志”，田中頤曰：“思隱逸也。”

○“王謂謝曰”至“日不暇給”

“夏禹勤王”，秦士鉉曰：“勤王，《左傳》語。”○崔朝慶曰：“禹初封夏伯，後受舜禪爲王。勤王，言勤勞王家之事也。”

“手足胼胝”，大典顯常曰：“胼胝，皮厚堅也。”○田中頤曰：“此言勤勞。”○崔朝慶曰：“手足皆生繭也。”○王叔岷曰：“《史記·李斯列傳》稱禹‘決淳水，致之海，手足胼胝’。”

“文王旰食”二句，大典顯常曰：“《左傳》：‘楚君大夫，其旰食乎？’旰，日晚。”《撮補》。○田中頤曰：“此又勤勞。”○王叔岷曰：“《說文》：‘旰，晚也。’《左》昭二十年《傳》：‘楚君大夫，其旰食乎？’杜注：‘將有吳憂，不得早食。’《漢書·董仲舒傳》：‘周文王至於日昃不暇食。’師古曰：‘昃，亦旰字。’”

---

〔1〕　“衛商鞅諸庶孽子”，何焯校“衛商鞅”作“衛鞅”。李慈銘曰：“此處‘衛’與‘商鞅’字誤倒，各本皆同。”徐震堮《札記》曰：“當作‘商鞅，衛之諸庶孽子’。”余嘉錫曰：“景宋本及沈本作‘衛鞅衛諸庶孽子也’。”

○“今四郊”至“當今所宜”

“四郊多壘”，趙西陸曰：“壘，軍壁也。數見侵伐則多壘。”

“自效”，岡白駒曰：“效，致也，言當致力也。”○大典顯常曰：“效，勉也，致力也。”○田中頤曰：“言今復世亂，亦宜勤勞之秋。”

“虛談廢務”二句，淇園曰：“二句與‘高世之志’相映。”○恩田仲任曰：“浮文，《正字通》：‘言文勝實害義，不根極領要也。’”○崔朝慶曰：“指當世所尚之清談也。”

“非當今所宜”，田中頤曰：“以上言謝高世之不可。”

○“謝答曰”至“致患邪”

“秦任商鞅”二句，淇園曰：“商鞅設法戒民游惰，故云爾。”○田中頤曰：“言設法戒人，亦似言宜。然心不在焉，而強相勤勞，固無益也。”○賀昌群曰：“蓋指魏晉政刑之峻刻，使士大夫不能致身於社稷之安危，是以皆不能永其傳耳。”《初論》頁四二。

“豈清言致患”，田中頤曰：“清言，即與‘虛談’‘浮文’應。言清言或可養志，未以此亂世也。”

◎姚鼐曰：“《晉書·謝安傳》載安登石頭遠想，羲之規之。按逸少誓墓之後，未嘗更入都，而安之仕進，在逸少去官後。安在官而有遠想遺事之過，逸少安得規之？此事亦出於《世說》，則《世說》之妄也。唐時執筆者蓋乏學識，故所取舍皆謬。”《惜抱軒》卷五。○程炎震曰：“王謝冶城之語，《晉書》載於安石執政時，誠誤。《晉略·列傳二十七·謝安傳》作‘咸康中，庾冰強致之。會羲之亦為庾亮長史，入都，共登冶城’云云，其自注曰：‘安執政，羲之已殤。’遞推上年，惟是時二人共在京師。考庾冰為揚州，《傳》不記其年。據本紀，當是咸康五年王導薨後。其明年正月一日，庾亮亦薨。如周說，則王、謝相遇必於是年矣。然是年安石方二十歲，《傳》云弱冠詣王濛，為所賞，中經司徒府辟，又除佐著作郎，恐庾冰強致非當年事。右軍長安石十七歲，方佐劇府，鞅掌不遑，下都游想，事或有之，無即未經事任之少年而責以自效也。吾意是右軍於永和二三年間為護軍時，安石雖累遭徵辟，而其兄仁祖方鎮歷陽，容有下都之事。且年事既長，不能無意於當世，故右軍有此言耳。過此以往，則右軍入東，不至京師矣。”○周一良曰：“共登冶城之背景或不可信，然羲之對謝安之規諫未必

313

全虛。此事亦足見其努力世務之一面。"《史札》頁九一。

○注"揚州記曰"

《揚州記》，沈家本曰："隋唐志不著録。《初學記·地部》、《御覽·天部》引劉澄之《揚州記》。"《古書目》卷四。○葉德輝曰："《隋志》不著録。《初學記·地部中》引用，撰人題劉澄之。"《書目》。

"鼓鑄之所"，恩田仲任曰："《左傳》正義曰：'動橐謂之鼓，今時俗語猶然。'"

○注"帝王世紀曰"

"足不相過"，恩田仲任曰："小步也。"

○注"尚書曰"

"尚書"，秦士鉉曰："《無逸》也。"

○注"禮記曰"

"卿大夫之辱"，趙西陸曰："《禮記·曲禮上》'卿'上有'此'字。鄭玄注：'辱其謀人之國不能安也。'"

○注"戰國策曰"

"戰國策曰"，李慈銘曰："《史記·商君列傳》：'商君者，衛之諸庶孽公子也。名鞅，姓公孫氏。'若《戰國策》無此語，《魏策》但載公孫痤曰：'痤御庶子公孫鞅。'又《秦策》衛鞅下高誘注云：'衛公子叔痤之子也。'疑劉氏誤記《史記》爲《戰國策》耳。"《簡端記》。○徐震堮曰："《策》無此文，蓋節引《史記·商君列傳》之誤。"《札記》。○王叔岷曰："注引《戰國策》云云，乃《史記·商君列傳》文。因《戰國策》亦載商鞅事，故標《戰國策》之名。"

"刑名學"，恩田仲任曰："《史記》曰：'法家嚴而少恩，然其正君臣上下之分，不可改矣。名家使人儉而善失真，然其正名實則，不可不察也。'劉原父曰：'刑名即並學兩家術耳。'"

"封於商"，恩田仲任曰："《水經注》曰：'衛水又北逕鄔縣故城東。《竹書紀年》曰：梁惠成王三十年，秦封衛鞅於鄔，改名曰商。'即是也。故王莽改名曰秦聚也。"朱鑄禹按曰:"'鄭'當作'鄭'。鄭,苦幺切,縣名,兩漢並屬鉅鹿郡。"

【彙評】

王應麟曰:"右軍所長,不止翰墨。其勸殷浩內外協和,然後國家可安;其止浩北伐,謂力爭武功,非所當作;其遺謝萬書,謂隨事行藏,與士卒同甘苦;謂謝安虛談廢務,浮文妨要,非當時所宜。言論風旨,可著廊廟,江左第一流也。"《困學紀聞》卷十三。

劉應登曰:"右軍之言,真當時之藥石。謝傅引秦喻晉,亦不類矣。"

劉辰翁曰:"惟謝東山能爲此言,他人不近。"按《批補》"近"作"追"。

陳繹曰:"王羲之嘗與謝安登冶城,謝悠然遠想,有高世之志,羲之以夏禹胼胝、文王旰食之事規焉。謝萬爲豫州刺史,羲之與桓溫箋,謂是違材易務,且貽書戒萬曰:'願食不二味,居不重席,與士之最下者同。'又曰:'濟否所由,實在積小以致高大。'詳味羲之此語,所以規戒二謝,知其非亡意當世者。其正色匡時,危言格物,蓋卜望之、傅休奕之流。使其會時行志,則陶士行之忠勤,祖士稚之壯烈,當不足過。雅性高潔,不能屈抑於世以售其才,故誓墓之志益堅,臨池之藝徒表,惜哉!"《金罍子》上篇卷十三。

李贄曰:"東山片言折獄。"《初潭集》卷二十九。

王世懋曰:"此在謝自爲德音,然王是救時急務。"

袁中道曰:"二公俱有經濟,但大小乘耳,謝大王小。"《舌華錄》卷八。

張文柱曰:"難與俗人言。"

顧悖量曰:"此當與'桓公入洛'一條參看。論世者自有定評,且各以言語輕詆目之,未審何義。"

張端木曰:"中流砥柱。"

鍾惺曰:"當時彊敵寇境,邊書續至,安鎮以和靖,御以長算,德政既行,文武用命,不存小察,弘以大綱,蓋不惟無廢務,此安所以能爲清言之本也。桓溫有言:'我不爲此,卿輩那得坐談。'安蓋以一身兼之矣,又焉知安經濟實用,不善藏於清言之中邪?"《史懷》卷十九。

伯克利手批曰:"自是正論。"評右軍語。

陳澧曰:"右軍不賞清致,而謝公駁之以商鞅,可見晉人清談是矯法家之弊,亦有深意也。"《東塾雜俎》卷十三。

許世瑛曰："右軍的話充分表示出他一貫的思想，以爲身在廊廟，就應該躬勤庶務，救國救民，反過來如果不在其位，也就不謀其政，所以他也在東土與名士像劉惔、許詢以及沙門支遁等遊山水，談哲理，可是都在他優游林下的時候，這也是他和謝安觀點不同處，或許他比安石偉大也正在此。"《王羲之父子與天師道之關係》。

繆鉞曰："由此段史事可以看出東晉人對於政治兩派不同之主張。王羲之之言代表綜覈名實勤理政務者之意見，卞壼、陶侃、庾氏兄弟、何充、桓溫等均屬此派；謝安之言代表清談家之意見，王導、殷浩、簡文帝均屬此派。尋謝安之意，以爲法家操切之政未必有益無損，而言外則清談家執政固亦有其作法，並非'清談廢務，浮文妨要'。此簡單之數言，蓋對當時人清談誤國之譴責作最鮮明之辯護者也。"《清談與魏晉政治》。

錢鍾書曰："謝語幾無異袁虎。"《管錐篇》頁一一三〇。案《輕詆篇》袁宏曰："運自有興廢，豈必諸人之過？"

孔繁曰："東晉建國以來，幾起幾落的內亂，也證明它在政治上不能採取積極有爲而應採取消極無爲，把精力用在調和士族內部的矛盾，以穩定政局，才可使它的政權得以維持和延續下去。謝安以'秦任商鞅'爲鑒戒，不能僅僅看做是他政治上無所作爲不求進取，而是當時的客觀情勢迫使他不得不這樣做。因此，看來是消極保守的'和靖'主張，卻蘊涵着政治家冷靜客觀的政治遠見。"《清談》。

張撝之曰："王羲之只是説清談足以誤國，並非説亡國皆由清談。謝安反問秦亡'豈清言所致患耶'，並未扣住論題。"《選注》。

71

謝太傅寒雪日內集，與兒女講論文義。俄而雪驟，公欣然曰："白雪紛紛何所似？"兄子胡兒曰：胡兒，謝朗小字也。《續晉陽秋》曰："朗字長度，安次兄據之長子。安甚知之。文義豔發，名亞於玄，仕至東陽太守。""撒鹽空中差可擬。"兄女曰："未若柳絮因風起。"公大笑樂。即公大兄無奕女[1]，左將

---

〔1〕"無奕"，董刻本"奕"作"弈"。

軍王凝之妻也〔1〕。《王氏譜》曰：“凝之字叔平，右將軍羲之第二子也。歷江州刺史、左將軍、會稽内史。”《晉安帝紀》曰：“凝之事五斗米道。孫恩之攻會稽，凝之謂民吏曰：‘不須備防，吾已請大道〔2〕，許遣鬼兵相助，賊自破矣。’既不設備，遂爲恩所害。”《婦人集》曰：“謝夫人名道藴，有文才。所著詩、賦、誄〔3〕、頌傳於世。”

○“謝太傅”至“空中差可擬”

“内集”，崔朝慶曰：“家内會集也。”

“雪驟”，恩田仲任曰：“疾速曰驟。”○田中頤曰：“驟，猶云‘暴’。”○秦士鉉曰：“驟，有數而速之意。”○崔朝慶曰：“驟，迅捷也。”

“紛紛”，田中頤曰：“即言‘驟’。”

“撒鹽空中差可擬”，田中頤曰：“此雖男兒之言，以‘撒’擬‘驟’，固未穩切也。”○崔朝慶曰：“差，約略之詞也。”○郭在貽曰：“‘差’字應該作‘頗’、‘甚’、‘很’講。‘差可擬’就是‘很可以用來作比擬’的意思。”《考釋》。

◡“兒女曰”至“王凝之妻也”

“兒女”，劉應登曰：“兒女名道藴，安兄無奕女，左將軍王凝之妻也。”○丁國鈞曰：“道藴名韜元，見唐陳子良《辨正論注》。”《校文》卷四。余嘉錫按曰：“唐釋法琳《辨正論》七子良注引《晉録》云云。此所引《晉録》不知何書，疑是何法盛《晉中興書鬼神録》也，所録荒誕不足據。”曹道衡《叢考》曰：“頗疑‘元’或是‘之’之形誤。”頁二二五。

“未若柳絮因風起”，淇園曰：“言雪雖驟多，而未若風絮也。”○田中頤曰：“言其驟，尚未若柳絮之輕便而因風飄起也。已上七言三句協韻。”○秦士鉉曰：“‘似’‘擬’‘起’三字押韻。”○劉盼遂曰：“謝家男婦，皆沈浸詩教，寒雪日集，自放漢武柏梁體聯句，故每句末押韻。‘似’‘擬’‘起’三字，均在《唐韻》上聲六止。唐人修《晉書》乃改作：‘安曰：何所似乎？’違其本恉遠矣。”

---

〔1〕 “即公大兄”二句，程炎震曰：“《初學記》卷二《雪第二》引無末二句。”
〔2〕 “已請”，董刻本“請”作“清”。王利器曰：“各本‘清’作‘請’，是。”
〔3〕 “賦誄”，沈校本、何焯校“誄”作“論”。楊勇曰：“‘誄’宋本作‘訦’，非。”

“大笑樂”，田中頤曰：“笑胡兒，樂兄女。”

“即公大兄無奕女”二句，田中頤曰：“傳者亦特嘉兄女也。”

○注“晉安帝紀曰”

“五斗米道”，恩田仲任曰：“《後漢書》曰：‘張陵造作符書，受其道者出米五斗，謂之米賊。’”

“大道”，秦士鉉曰：“大道，米道所稱天神也。”○吳金華曰：“當是太上大道玉宸君等之省稱。”《考釋續編》。

○注“婦人集曰”

《婦人集》，沈家本曰：“《隋志》：‘《婦人集》二十卷。梁有《婦人集》三十卷，殷淳撰。又有《婦人集》十一卷，亡。’二《唐志》：‘顏竣《婦人詩集》。’《新志》又有殷淳《婦人集》三十卷。”《古書目》卷五。○葉德輝曰：“《隋志》入‘總集’，題二十卷，無撰人。”《書目》。

【彙評】

劉辰翁曰：“有女子風致，愈覺撒鹽之俗。”

李贄曰：“真堪笑樂。”《初潭集》卷二。

陳夢槐曰：“太傅閒懷遠韻，晉人中第一品流。當其燕居，問子弟欲佳，車騎答其雅雋。問白雪何似，道蘊對更娟美。士女風流作家庭笑樂，千載豔人也。弇州以此入《賢媛》，即兩傷。”按王世貞編《世說補》，此條入《賢媛》。

凌濛初曰：“如此，寧不使有心女子恨極天壤。”評注“晉安帝紀曰”。

陳善曰：“撒鹽空中，此米雪也。柳絮因風起，此鵝毛雪也。然當時但以道韞之語爲工。予謂《詩》云：‘如彼雨雪，先集維霰。’霰即今所謂米雪耳。乃知謝氏二句，當各有謂，固未可優劣論也。東坡遂有‘柳絮才高不道鹽’之句，此是且圖對偶親切耳。”《捫蝨新話》上集。

余嘉錫曰：“二句雖各有謂，而風調自以道韞爲優。”

　　王中郎令伏玄度、習鑿齒《王中郎傳》曰："坦之字文度，太原晉陽人。祖東海太守丞〔1〕，清淡平遠。父述，貞貴簡正。坦之器度淳深，孝友天至，譽輯朝野〔2〕，標的當時。累遷侍中、中書令，領北中郎將，徐、兗二州刺史。"《中興書》曰："伏滔字玄度，平昌安丘人。少有才學〔3〕，舉秀才。大司馬桓溫參軍，領大著作，掌國史，遊擊將軍〔4〕，卒。習鑿齒字彥威，襄陽人。少以文稱，善尺牘。桓溫在荊州，辟爲從事。歷治中、別駕，遷滎陽太守〔5〕。"**論青、楚人物**。滔集載其論，略曰："滔以春秋時鮑叔、管仲、隰朋、召忽、輪扁、寗戚、麥丘人、逢丑父、晏嬰、涓子；戰國時公羊高、孟軻、鄒衍、田單、荀卿、鄒奭、莒大夫、田子方、檀子、魯連、淳于髡、盼子、田光〔6〕、顏歜、黔子、於陵仲子〔7〕、王叔〔8〕、即墨大夫；前漢時伏徵君、終軍、東郭先生、叔孫通、萬石君、東方朔、安期先生；後漢時大司徒、伏三老、江革、逢萌、禽慶、承幼子〔9〕、徐防、薛方、鄭康成、周孟玉〔10〕、劉祖榮、臨孝存、

---

〔1〕 "太守丞"，何焯校"丞"作"承"。程炎震曰："宋本'丞'作'承'。"王利器曰："'丞'當作'承'。《太原晉陽王氏譜》：'承，湛子，字安期，襲爵藍田縣侯，晉鎮東府從事中郎、東海太守。'《晉書》王承有傳。"徐震堮曰："沈校本作'承'，是。"

〔2〕 "譽輯"，董刻本"輯"作"緝"。

〔3〕 "少有才學"，董刻本"少"作"小"。楊勇曰："袁刻本作'少'，古通。"

〔4〕 "遊擊"，董刻本、袁刻本"遊"作"游"。

〔5〕 "滎陽"，楊勇曰："《文學篇》注引《續晉陽秋》作'衡陽'，《元和姓纂》一〇同。按桓溫之時，司州已非東晉所統，滎陽屬司州，故作'衡陽'爲是。"

〔6〕 "田光"，大典顯常曰："此疑'田文'即孟嘗君。"楊勇曰："宋本作'田光'，非。田光，戰國燕人，不屬青州。田文，齊人，屬青州。《渚事》五亦載此事，謂田光不及屈原，蓋亦沿《世說》而誤也。"

〔7〕 "仲子"，董刻本、何焯校作"子仲"。黃丕烈曰："'仲子'作'子仲'。"唐鴻學曰："'仲子'不訛，嵇康《高士傳》、皇甫謐《高士傳》均作'仲子'。"余嘉錫曰："'仲子'宋本及沈本俱作'子仲'。"王利器曰："蔣校本、沈校本同，餘本'子仲'作'仲子'。案'仲子'是，陳仲子居於陵，見《孟子·滕文公》下篇。"王叔岷曰："《戰國策·齊策四》、《史記·鄒陽傳》並作'於陵子仲'。《史記索隱》引《列士傳》云：'字子終。'《列女傳·賢明篇·楚於陵妻傳》亦作'於陵子終'。《漢書人表》作'於陵子中'。'仲'、'中'、'終'古並通用。《新序·雜事三》作'於陵仲子'（與此袁本合）。'仲'上略'子'字，'仲'下增'子'字，則美稱也。此文舊注，則必作'於陵子仲'也。"

〔8〕 "王叔"，王利器曰："'王叔'當作'王斗'。隸書'斗'字和'叔'形近。《戰國策·齊策上》：'先生王斗造門，而欲見齊宣王。'就是此人。《文選·齊竟陵文宣王行狀》注引《戰國策》此文，'王斗'也誤作'王叔'。"

〔9〕 "承幼子"，王利器曰："《後漢書·承宮傳》，宮字少子，琅邪人，當即此人。"

〔10〕 "周孟玉"，董刻本"玉"作"王"。王利器曰："各本'王'都作'玉'。案'王'當作'玉'。周璆字孟玉，臨濟人。見《後漢書·陳蕃傳》及《御覽》卷七〇六引謝承《後漢書》。"

侍其元矩、孫賓碩〔1〕、劉仲謀、劉公山、王儀伯〔2〕、郎宗、禰正平、劉成國；魏時管幼安、邴根矩、華子魚、徐偉長、任昭先〔3〕、伏高陽。此皆青士有才德者也〔4〕。”鑿齒以神農生於黔中，《邵南》詠其美化，《春秋》稱其多才，《漢廣》之風〔5〕，不同《雞鳴》之篇，子文、叔敖，羞與管仲比德〔6〕。接輿之歌《鳳兮》，漁父之詠《滄浪》，漢陰丈人之折子貢，市南宜僚、屠羊說之不爲利回，魯仲連不及老萊夫妻，田光之於屈原〔7〕，鄧禹、卓茂無敵於天下，管幼安不勝龐公〔8〕，龐士元不推華子魚，何、鄧二尚書獨步於魏朝，樂令無對於晉世。昔伏羲葬南郡，少昊葬長沙，舜葬零陵。比其人，則準的如此〔9〕；論其土〔10〕，則群聖之所葬；考其風，則詩人之所歌；尋其事，則未有赤眉黃巾之賊。此何如青州邪？滔與相往反，鑿齒無以對也。臨成，以示韓康伯。康伯都無言，王曰：“何故不言？”韓曰：“無可無不可。”馬融注《論語》曰：“唯義所在。”

○“王中郎令”至“可無不可”

“青楚”，岡白駒曰：“齊地在《禹貢》青州之域也，故齊爲青。”
“都無言”，田中頤曰：“即‘無可無不可’故。”

---

〔1〕 “孫賓碩”，朱鑄禹曰：“袁本作‘孫寶碩’。”楊勇曰：“各本作‘孫賓碩’，非。北海孫高字賓石，見《[後]漢書·趙岐傳》。”按徐震堮以爲作“孫賓碩”是。

〔2〕 “王儀伯”，恩田仲任曰：“當作‘王伯儀’。”王利器曰：“袁本、曹本、王本、凌本、補本‘王’都作‘玉’，蔣校本、沈校本無校記。案當作‘王’。《後書·黨錮傳》：‘王璋字伯儀，東萊曲城人，少府卿。’《陶淵明集·聖賢群輔録上》引《三君八俊録》：‘少府東萊曲城王商字伯義，海内賢智王伯義。’原注云：‘《後漢書》作王章。’《水經·汳水注》，有國相東萊王璋字伯儀。疑此文‘王儀伯’也是‘王伯儀’錯的。”

〔3〕 “任昭先”，楊勇曰：“宋本作‘任昭先’，非。《後書·鄭玄傳》：‘任蝦字昭光，鄭玄門人，魏黃門侍郎。’”

〔4〕 “青士”，董刻本“士”作“土”。

〔5〕 “漢廣”，董刻本作“廣漢”。

〔6〕 “管仲”，董刻本“仲”作“晏”。王先謙：“一本‘仲’作‘晏’，《世說補》同。”程炎震曰：“王本‘仲’作‘晏’。”朱鑄禹曰：“作‘管仲’非。”

〔7〕 “田光之於”，董刻本無“之”字。大典顯常曰：“田光以屈原並稱，當是‘田文’，以其同是邦之同姓貴威也。”程炎震曰：“嚴可均曰：‘田光之於’字當有誤。”王利器曰：“各本‘於’上有‘之’字，義義都不可通。唐余知古《渚宮舊事》卷五載此事作‘田光不及屈原’，義較長。”

〔8〕 “龐公”，王利器曰：“《渚宮舊事》‘龐公’作‘司馬德操’，義較長。”

〔9〕 “準的”，楊勇曰：“‘準’宋本作‘准’。”

〔10〕 “其土”，董刻本“土”作“士”。楊勇曰：“宋本作‘士’，非。”

“無可無不可”，大典顯常曰：“此假語《論語》以言不須褒貶也。與馬所注有別。”○田中頤曰：“用《論語》語，此言不論不言而可也。”○江藍生曰：“既不表示同意，也不表示不同意。韓康伯對伏、習二人的意見不置可否。”《彙釋》頁二〇七。

○注“王中郎傳曰”

“太守丞”，秦士鉉曰：“承字安期。‘太守’或作內史。”

“天至”，秦士鉉曰：“天性篤至。”

“譽輯”，秦士鉉曰：“輯，和也，集也。”

○注“滔集載其論略曰”

“滔集”，沈家本曰：“《隋志》：‘晉伏滔集十一卷，並目錄。梁五卷，錄一卷。’二《唐志》‘五卷’。注中所引《長笛賦敘》，又《青楚人物論》。”《古書目》卷五。○葉德輝曰：“《隋志》題‘晉伏滔集十一卷’，云‘並目錄’。”《書目》。

“鮑叔管仲”等，秦士鉉曰：“鮑叔、管仲、隰朋、召忽，見《左傳》《史記》。輪扁，以古人書爲糟粕者，見《莊子》。甯戚，擊牛角歌者，見《呂覽》。麥丘封人，年八十五，祝景公使君無得罪於民者，見《晏子》。逢丑父，代君而捕者，見《左傳》。涓子，好餌術至三百年，著《天地人經》者，見《列仙傳》。公羊高，子夏弟子，著《春秋傳》者，見《藝文志》。鄒衍、鄒奭、荀卿，出《史記·孟軻傳》。田單，用火牛者。莒大夫，敢勇士，其女爲齊襄王后者。田子方，子夏弟子，爲魏文侯師者。檀子守南城，楚人不敢爲寇；盼子守高唐，趙人不東漁於河。黔夫守徐州，燕人祭北門，趙人祭西門。魯仲連、淳于髡、即墨大夫，治即墨，田野闢，民人給。以上並見《史記》。顔歜，無事以當貴、早寢以當富、安步以當車、晚食以當肉者。於陵仲子，字子終。並見《高士傳》。王叔，恐是王斗，修道不仕、直諫宣王者，亦見《高士傳》。伏徵君，名勝，字子賤。聘不起曰徵君。東郭先生，敝履不完。萬石君，名奮。並見《史記》。終軍，字子雲。東方朔，字曼倩。安期生，賣藥海邊。並見班《史》。江革，字次翁，即江巨孝。逢萌，字子慶。禽慶，字子夏。承幼子，名宮。徐防，字謁卿。鄭康成，名玄。周孟玉，名璆。劉祖榮，名寵，從子劉公山，名岱。王伯儀，名章。郎宗，字仲綏。禰正平，名衡。並見范《史》。侍其元矩，侍其，複姓，其人未考。管幼安，名寧。邴根矩，名原。華子魚，名歆。徐偉長，名幹。並見

《魏志》。任昭光，名嘏，鄭玄門人。"

"麥丘人"，岡白駒曰："史逸其姓名，齊桓公田至麥丘，見邑人，即是也。"

"孟軻"，岡白駒曰："魯鄒，青州之域也。"

"大司徒伏三老"，秦士鉉曰："疑'大司'上脱'伏'字。伏大司徒名湛，字惠公，建武中爲大司徒。湛兄子恭爲司空，後爲三老，年九十卒。"○李慈銘曰："案《後漢書》，伏湛官大司徒，其兄子恭官司空，肅宗以爲'三老'。"《簡端記》。

"承幼子"，李慈銘曰："《後漢書》：'承宮字少子，琅邪人。'"《簡端記》。

"臨孝存"，周嬰曰："《鄭玄傳》有'臨孝存'，而伏滔《青楚人物論》曰：'後漢時鄭康成、周孟玉、劉祖榮、臨孝存、侍其元矩、孫賓碩、劉公山，皆青土有才德者。'此蓋以字稱耳。《鄭志》康成弟子有臨碩者，余嘗疑即其名。覽《周禮序》云：'臨孝存以《周官》爲末世瀆亂之言，作十論七難以排之。'鄭玄徧覽群經，知《周禮》乃周公致太平之迹，故能答臨碩之論難。予始曠若發蒙。"《巵林》卷十。○朱鑄禹曰："臨，北海人，早卒，孔融以不及見爲恨，命與甄子然同配食縣社。"

"侍其元矩"，周嬰曰："《玉海·姓氏急就篇》曰：'漢有侍其元矩，魏有侍其衡。'《水經注》：'侍其衡奏魏武王曰：近日路次齊郊瞻望桓公墳壟。'此曰'魏有侍其衡'是也。伏滔《風土人物論》稱後漢有侍其元矩，與孫賓碩、劉公山並敘，正當魏武帝時，又爲齊人，則元矩非即衡字耶？"《巵林》卷三。○恩田仲任曰："侍其衡當是字元矩，規矩權衡名字相配。"○李慈銘曰："王應麟《姓氏急就章》注引《七錄》：'漢有博士侍其生。'"《簡端記》。

"郎宗"，桃井白鹿曰："字仲綏，見《後漢書·樊英傳》。"

"漢廣之風"，岡白駒曰："《周南·漢廣序》云：'文王之道被於南國，美化行乎江漢之域。'江漢，楚地也。"

"雞鳴之篇"，岡白駒曰："《雞鳴》，齊詩也。"

"子文叔敖"等，秦士鉉曰："子文、叔敖，並楚令尹。接輿，楚狂士。漁父，見《楚辭》。漢陰丈人、市南宜僚、屠羊説，屠者，從楚昭王亡者，並見《莊子》。《左傳》白公曰：'宜僚不爲利誘，不爲威惕。'又：'君子不爲利回。'老萊子妻見《列女傳》。田文，舊作'田光'，上文同。鄧禹，字仲華。卓茂，字子康。龐公，即德公。並見范《史》。龐士元，名統，見《蜀志》。何晏，字平叔。鄧颺，字玄茂。並魏尚書。"

"魯仲連不及老萊夫妻"，岡白駒曰："魯仲連，齊人也。老萊子，楚人，逃亂耕於蒙山之陽，後與其妻遂去，止於江南。著書十五篇，述道家之要。後竟莫知其所終云。"

"赤眉黃巾之賊"，秦士鉉曰："赤眉賊，樊崇，王莽末，朱染其眉。黃巾賊，張角，靈帝末，皆著黃巾。"

【彙評】

凌濛初曰："據此注，則鑿齒爲勝矣，何又言'無以對'也？豈滔又別有難耶？"

田中頤曰："不妄談古。"

73

劉尹云："清風朗月〔１〕，輒思玄度。"《晉中興士人書》曰〔２〕："許珣能清言〔３〕，于時士人皆欽慕仰愛之。"

○"劉尹云"至"輒思玄度"

"清風朗月"二句，淇園曰："言許玄度風標如清風朗月。"○趙西陸曰："《蒙求》卷下曰：'劉真長夜在簡文座，愀然歎曰：清風朗月，恨無玄度。'"○楊勇曰："此言玄度清談猶如清風朗月也。"○龔斌曰："見清風朗月，俗情皆消，喻玄度精神境界之超凡脫俗。"

○注"晉中興士人書曰"

《晉中興士人書》，葉德輝曰："此《中興書》中之一，《士人》疑即《文

---

〔１〕 "朗月"，趙西陸曰："《類說》卷三一引'朗'作'明'。"
〔２〕 "晉中興士人書"，何焯校"士人"二字衍。王利器曰："'士人'二字，疑涉下文'于時士人'而衍。"徐震堮曰："《晉中興士人書》，當即《晉中興書》，'士人'二字疑衍。"
〔３〕 "許珣能清言"，大典本無"許珣"二字。徐震堮曰："'許珣'影宋本作'許詢'，是，《晉書》孫綽、謝安等傳並同。"

苑》之別名。《文選》江淹《雜體詩》李善注引作《晉中興書》。"《書目》。

【彙評】

李贄曰："但有相思，盡屬知己。"○曰："妙！"《初潭集》卷十九。

凌濛初曰："可思。"

蔣凡曰："許詢的人格特徵，就是一種'清風朗月'般的人生境界，其才情文詠，一生形跡，盡賦予對清澄人生的況味與追求，因而標示了這一生命境界的範本。"

74

荀中郎在京口，《晉陽秋》曰："荀羨字令則[1]，潁川人，光祿大夫崧之子也。清和有識裁，少以主壻爲駙馬都尉。是時殷浩參謀百揆，引羨爲援，頻莅義興、吳郡，超授北中郎將、徐州刺史，以蕃屏焉。"《中興書》曰："羨年二十八[2]，出爲徐、兗二州。中興方伯之少，未有若羨者也。"登北固望海，云：《南徐州記》曰："城西北有別嶺入江[3]，三面臨水，高數十丈，號曰北固。""雖未覩三山，便自使人有凌雲意[4]。若秦、漢之君，必當褰裳濡足。"《史記·封禪書》曰："蓬萊、方丈、瀛洲[5]，此三山，世傳在海中，去人不遠。嘗有至者，言諸仙人不死藥在焉。黄金

────────

[1]　"令則"，董刻本作"今則"。張文柱曰："'令'一作'全'。"王利器曰："蔣校本、沈校本'今'作'令'，餘本都作'全'。案作'令'是。潁川潁陰《荀氏譜》、《御覽》卷二五四引《晉中興書》都作'荀羨字令則'。"楊勇曰："宋本作'今則'，非。今依《晉書》本傳、沈校及汪藻《荀氏譜》改。"

[2]　"羨年二十八"，勞格《校勘記下》曰："《宋書·謝晦傳》'二十七'，《南史》作'二十九'，並誤。"周一良《史札》曰："《南史》十九《謝澹傳》又作'二十九'。吳氏《晉書斠注·荀羨傳》未引《世説》注，而云'《御覽》二百五十四引《晉中興書》作時年二十'。核以《世説》注所引，則《御覽》引文乃奪'八'字也。"頁一五六。

[3]　"西北"，董刻本"北"作"二"。王利器曰："各本'二'作'北'，是。"

[4]　"凌雲意"，董刻本"凌"作"陵"，元刻本、何焯校"意"作"氣"。

[5]　"瀛洲"，董刻本"瀛"作"嬴"。王利器曰："各本'嬴'作'瀛'，是。"

白銀爲宮闕，草物禽獸盡白，望之如雲。及至，反居水下。欲到，即風引船而去，終莫能至。秦始皇登會稽，並海上，冀遇三神山之奇藥。漢武帝既封泰山[1]，無風雨變至[2]，方士更言蓬萊諸藥可得[3]，於是上欣然東至海，冀獲蓬萊者[4]。”

○“荀中郎”至“褰裳濡足”

“京口”，恩田仲任曰：“《通鑒》注曰：‘其城因山爲壘，緣江爲境，因謂之京口。’《爾雅》曰：‘絶高曰京。’”○秦士鉉曰：“京口即丹徒。”

“北固望海”，余嘉錫曰：“《嘉定鎮江志》六云：‘北固山即今府治。’”○楊勇曰：“海，乃長江之通稱。”

“未覩三山”，淇園曰：“言海色。”

“有凌雲意”，田中頤曰：“言望見海色。所謂蓬萊、方丈、瀛洲三山者，應在此處。”○王叔岷曰：“《史記·司馬相如傳》：‘相如既奏《大人》之頌，天子大悦，飄飄然有凌雲之氣，似游天地之間意。’《漢書·揚雄傳》：‘往時武帝好神仙，相如上《大人賦》，欲以風帝，反縹縹有陵雲之志。’‘陵’‘凌’古通。”○龔斌曰：“即遊仙之意。”

“若秦漢之君”二句，淇園曰：“若秦漢之君，若使我爲秦始皇漢武帝。”○田中頤曰：“言其以有凌雲登仙意，必當裝體移步赴此。”○秦士鉉曰：“褰裳，濡足。見崔駰《達旨辭》注：‘褰裳，涉水也。《新序》曰：今爲濡足之故，不救人溺，可乎？’此言欲求仙也。”○崔朝慶曰：“二帝慕神仙，故謂其將褰裳濡足而往也。”○楊勇曰：“《詩經·鄭風·褰裳》：‘于惠恩我，褰裳涉溱。’”

○注“晉陽秋曰”至“若羨者也”

“潁川人”，勞格曰：“《荀崧傳》：‘潁川臨潁人。’《荀彧傳》：‘潁陰人。’”《雜識》卷五《校勘記下》。

“主壻”，秦士鉉曰：“荀羨尚尋陽公主。主，簡文帝同母妹也。”

“羨年二十八”，楊勇曰：“《晉書》本傳：‘殷浩以羨在事有能名，故居以重

---

〔1〕 “泰山”，楊勇曰：“宋本作‘秦山’，非。”
〔2〕 “無風雨變至”，徐震堮曰：“《史記·封禪書》作‘無風雨災’。”
〔3〕 “諸藥可得”，徐震堮曰：“‘諸藥’《史記·封禪書》作‘諸神’，‘可得’上有‘若將’二字。”
〔4〕 “冀獲蓬萊者”，徐震堮曰：“《史記·封禪書》作‘冀遇蓬萊焉’。”

任，時年二十八。’《御覽》二五四引《中興書》作‘時年二十’，《宋書·謝晦傳》作‘昔荀中郎年二十七爲北府都督’，《南史·謝晦傳》作‘時年二十九’，未知孰是。”

○注“南徐州記曰”

《南徐州記》，沈家本曰：“《隋志》：‘《南徐州記》三卷，山謙之撰。’二《唐志》同。”《古書目》卷四。○葉德輝曰：“《隋志》：三卷。云山謙之撰。”《書目》。

【彙評】

田中頤曰：“能言勝地。”

75

謝公云：“賢聖去人，其間亦邇。”子姪未之許。公歎曰：“若郗超聞此語〔1〕，必不至河漢。”《超別傳》曰：“超精於理義，沙門支道林以爲一時之俊。”《莊子》曰：“肩吾問於連叔曰〔2〕：‘吾聞言於接輿，大而無當，往而不反。怪怖其言〔3〕，猶河漢而無極也〔4〕。’”

○“謝公云”至“不至河漢”

“賢聖去人”，淇園曰：“人，常人。”
“其間亦邇”，淇園曰：“言唯其勉猶未能及之，是以似與人遠。”○田中頤曰：“言賢聖去常人，其間不遠，唯在其勉如何。”○龔斌曰：“亦屬魏晉新説。”
“未之許”，田中頤曰：“猶以爲遠。”

―――――――――

〔1〕 “聞此語”，楊勇曰：“‘聞’宋本作‘開’，非。”
〔2〕 “問於”，董刻本“問”作“開”。楊勇曰：“宋本作‘開’，非。”
〔3〕 “怪怖”，董刻本、元刻本作“堅梯”。余嘉錫曰：“‘怪’沈本作‘驚’。”王利器曰：“蔣校本、沈校本‘堅梯’作‘驚怖’，餘本作‘怪怖’。今本《莊子·逍遥遊篇》作‘驚怖’。宋本誤。”
〔4〕 “無極也”，朱鑄禹曰：“沈校本無‘也’字。”

"不至河漢"，淇園曰："言必以爲其理實當，而不至謂之猶河漢而無極也。"○田中頤曰："河漢，用《莊子》。此言若令郗超聞之，其人有識，故必不至以爲無當之言也。"

【彙評】

李贄曰："說'邇'猶是遠。"○曰："說邇尚疑，何況非邇。"《初潭集》卷五。

凌濛初曰："便是孔孟舊旨，何必嘉賓。"

田中頤曰："道不遠人。"

76

支公好鶴，住剡東岇山〔1〕。《支公書》曰："山去會稽二百里。"有人遺其雙鶴〔2〕，少時翅長欲飛。支意惜之，乃鎩其翮。鶴軒翥不復能飛〔3〕，乃反顧翅垂頭，視之如有懊喪意〔4〕。林曰："既有凌霄之姿〔5〕，何肯爲人作耳目近玩〔6〕？"養令翮成，置，使飛去。

---

〔1〕 "住剡"，唐鴻學曰："'郯'誤'剡'。"
〔2〕 "有人遺其雙鶴"，楊勇曰："《類聚》九〇、《事類賦》一八、《御覽》九一六均作'時有遺其雙鶴者'，《御覽》三八九作'時有人遺其雙鶴'。"
〔3〕 "鶴軒翥不復能飛"，楊勇曰："《類聚》九〇、《事類賦》一八、《御覽》九一六均作'鶴軒翥不復能起'，《御覽》三八九作'鶴騫翥不復能起'。"
〔4〕 "乃反顧翅垂頭視之"，楊勇曰："《類聚》九〇，《事類賦》一八，《御覽》三八九、九一六均作'乃舒翼反頭視之'。"
〔5〕 "凌霄"，董刻本"凌"作"陵"。葉德輝曰："《御覽·羽族部三》引作'凌'。"朱鑄禹曰："《太平御覽·羽族部》三引作'凌'，又周本（即紛欣閣本）亦作'凌'。'陵'與'凌'通。"
〔6〕 "近玩"，董刻本作"進說"。王利器曰："各本'進說'作'進玩'，'進玩'恐亦是'近玩'錯的。《臥遊録》作'之翫'。"楊勇曰："宋本作'進說'，非。各本及《類聚》九〇，《事類賦》一八，《御覽》三八九、九一六均作'近翫'，是。"

○“支公好鶴”至“乃鎩其翮”

“住剡東岬山”，恩田仲任曰：“《法苑珠林》作‘仰山’。《廣輿記》曰：‘放鶴亭在支硎山南峰，晉支遁放鶴於此。’《山堂肆考》曰：‘支硎山在吳縣西，晉僧支遁隱此，且山多平石，遂名支硎山。’”

“鎩其翮”，岡白駒曰：“鎩，剪也。”○田中頤曰：“剪翮曰鎩。此猶愛其體。”○秦士鉉曰：“翮，勁羽也。”○博古堂墨批曰：“鎩，摧翼也。”

○“鶴軒翥”至“使飛去”

“鶴軒翥不復能飛”，岡白駒曰：“軒翥，飛舉也。”○王叔岷曰：“《御覽》三八九作‘鶴騫翥不復能起’，‘騫’當作‘鶱’，‘軒翥’、‘鶱翥’並複語。《文選》王仲宣《贈蔡子篤詩》‘歸鴈載軒’注：‘軒，飛貌。’《說文》：‘鶱，飛兒。翥，飛舉也。’《廣雅·釋詁三》：‘鶱、翥，飛也。’《楚辭·遠遊》：‘鸞鳥軒翥而翔飛。’洪興祖校引一本‘軒’作‘鶱’，朱熹校引一本‘軒’作‘鶱’。張衡《西京賦》：‘鳳鶱翥於甍標。’《說文繫傳》引‘鶱’作‘騫’。又《藝文類聚》九〇、《御覽》九一六引此‘飛’亦並作‘起’，‘飛’字疑衍上‘欲飛’而誤。”○朱鑄禹曰：“‘軒’通‘鶱’，飛貌；‘翥’，飛舉貌。”

“顧翅垂頭”，田中頤曰：“即‘有懊喪意’故。”

“視之如有懊喪意”，岡白駒曰：“懊喪，懊恨也。”○桃井白鹿曰：“視之，支公視鶴也。懊喪，謂鶴憂惱失意也。”○周紀彬曰：“之，謂翅，非謂支遁。”《札記》。○楊勇曰：“視之如有懊喪意者，視其形如有懊喪意也。之，代名‘它’，謂鶴，非謂翅。”

“既有淩霄之姿”二句，田中頤曰：“此愛其志也，言己亦同其意。”○楊勇曰：“近玩，就近玩之，猶今言玩具也。”

“置”，田中頤曰：“置，放置也。悔過遠玩。”○江藍生曰：“置，放、釋放。”《彙釋》頁二七二。

【彙評】

陳夢槐曰：“事屬沖曠，意太悲愴。”

狄期進曰："莫把支公鶴認作右軍鵝。"

田中頤曰："以上描寫，字字動人。"評"鶴軒翥不復能飛"三句。○曰："因物言志。"

宗白華曰："晉人酷愛自己精神的自由，才能推己及物，有這意義偉大的動作。"《晉人的美》。

劉葉秋曰："適應天性，聽其自然，不願屈物以就己，老莊與儒釋之說，初無異同。支遁雖在方外，而多與名士往還，實亦爲文苑勝流，其放鶴之舉和鄭板橋主張種樹以養鳥，反對捕捉入籠的意思一樣，思想境界是很高的。"《散記》。

郁沅曰："對鶴的自由的珍惜，是出於對人的自由的肯定。由己及物，物我相通，衝舉淩霄的鶴，實乃魏晉時代精神的象徵。"《主潮》。

77

謝中郎經曲阿後湖，問左右："此是何水？"《中興書》曰："謝萬字萬石，太傅安弟也。才氣高俊[1]，蚤知名，歷吏部郎[2]、西中郎將、豫州刺史、散騎常侍[3]。"答曰："曲阿湖。"《太康地記》曰："曲阿本名雲陽[4]，秦始皇以有王氣，鑿北阬山以敗其勢[5]，截其直道，使其阿曲，故曰曲阿也。吳還爲雲陽，今復名曲阿。"謝曰："故當淵注渟著[6]，納而不流。"

---

〔1〕 "高俊"，董刻本作"爲後"。王利器曰："各本'爲後'作'高俊'，是。"朱鑄禹曰："沈校本、袁本及諸本並作'高俊'，是。"
〔2〕 "吏部郎"，王先謙曰："一本無上'郎'字，非，《世說補》有。"
〔3〕 "常侍"，董刻本"侍"作"待"。王利器曰："各本'待'作'侍'，是。"
〔4〕 "雲陽"，董刻本作"雲染"。王利器曰："各本'染'作'陽'，是。"朱鑄禹曰："沈校本、袁本並作'雲陽'，是。"
〔5〕 "鑿北阬山以敗其勢"，何焯校"北"作"地"。程炎震曰："別一宋本'北'作'地'。"余嘉錫曰："'北'沈本作'地'。"王利器曰："蔣校本、沈校本作'鑿地阬山，以敗其勢'，是。餘本作'鑿北阬山，以敗其勢'。"又，董刻本"敗"作"惎"。朱鑄禹曰："'惎'，字書無此字。"
〔6〕 "渟著"，董刻本"著"作"箸"。

○“謝中郎”至“納而不流”

“曲阿後湖”，恩田仲任曰：“《一統志》曰：‘丹陽縣北有後湖，即練湖也。’《建康實録》曰：‘吳孫皓寶鼎元年，開城北渠引後湖水，巡繞殿堂，窮極伎巧。’《輿地志》曰：‘曲阿出名酒，皆後湖水所釀，故淳冽也。’”

“故當淵注渟著”二句，岡白駒曰：“此其所以爲‘曲阿’也。雖非名稱本意，由是發義，所以爲‘言語’選也。”○桃井白鹿曰：“注，屬也。著，附也。淵渟並納水而不流，有附屬不離之狀。蓋通則流而不滯，‘曲阿’反是。謝此語似有感而發。”○平賀房父曰：“此疾‘曲阿’之名，以水戒人，言凡人故當淵注渟著，納而不流，反曲己從人，以阿諛爲事也。”○淇園曰：“此以‘曲阿’之名故謂之也。此蓋謝平生雅志之所在，因感湖以作是言耳。”○田中頤曰：“淵，水回也；渟，水止也。此就其名言此水回復留止，納而不流，猶小人曲阿，欲納而不欲出，故當同此情狀者也。”○秦士鉉曰：“此語不詳其義，似借曲阿湖以喻爲人不應曲己從人，阿諛取容，謂既名爲‘曲阿’，宜乎水之停著不流、藏垢納汙也。”○博古堂墨批曰：“注，灌也。渟，水止也。”○張萬起曰：“此感慨的喻意是：學識上只有兼收並蓄才能淵博而深厚。”○龔斌曰：“‘阿’有‘曲’義。湖水‘淵注渟著，納而不流’，正合‘曲阿’之義。”○蔣宗許曰：“淵注渟著，淵厚沉静而不流動，喻指學識上淵博深厚。”《大辭典》頁四二〇。

○注“中興書曰”

“太傅安弟”，曹道衡曰：“《類聚》卷四八引《晉中興書》曰：‘謝萬，升平五年詔曰：前西中郎萬，才義簡亮，宜居獻替，其爲散騎常侍。’是萬卒於此年，年四十二，逆推其生年爲元帝大興三年，與兄謝安同歲，其非一母所出可知。萬加西中郎將與出爲豫州同時，見《穆帝紀》。”《叢考》頁二〇一。

○注“太康地記曰”

《太康地記》，葉德輝曰：“《隋志》不著録。《國志》注及沈約《宋書·州郡志》引用。”《書目》。

78

晉武帝每餉山濤恒少。謝太傅_{安也}。以問子弟，車騎_{玄也}。答曰：“當由欲者不多，而使與者忘少。”《謝車騎家傳》曰：“玄字幼度，鎮西奕第三子也〔1〕。神理明俊，善微言。叔父太傅嘗與子姪燕集，問：‘武帝任山公以三事，任以官人〔2〕。至於賜予，不過斤合。當有旨不？’玄答有辭致也〔3〕。”

○“晉武帝”至“與者忘少”

“每餉山濤恒少”，田中頤曰：“視之常賜，其餉少也。”○崔朝慶曰：“贈人以物曰餉。”

“問子弟”，田中頤曰：“試子弟之才辨也。”

“欲者不多”，淇園曰：“自是知通達者之趣之語。”

“使與者忘少”，田中頤曰：“言其人恬澹寡欲，故自不親昵。不親昵，故自疏闊。疏闊故使忘其少也。”○龔斌曰：“欲者，指山濤。與者，指晉武帝。”

○注“謝車騎家傳曰”

“微言”，秦士鉉曰：“《列子》：‘人可與微言乎？’《漢書》：‘仲尼没而微言絶。’謂微妙之言。”

“三事”，岡白駒曰：“三事，三公也。見乎《詩·小雅·雨無正》。”○徐震堮曰：“濤以尚書僕射，加侍中，領吏部，故曰‘任以三事’云。”

“任以官人”，岡白駒曰：“謂令執銓衡也。”○大典顯常曰：“謂以濤爲吏部尚書也。”○秦士鉉曰：“官人，吏部也。《書·大禹謨》：‘知人則哲，能官人。’”

“辭致”，楊勇曰：“深意。”

---

〔1〕“鎮西奕”，楊勇曰：“‘奕’宋本作‘弈’，非。”

〔2〕“官人”，董刻本“官”作“宫”。王利器曰：“各本‘宫’作‘官’，是。”

〔3〕“玄答有辭致也”，董刻本“玄”作“至”。楊勇曰：“宋本作‘至’，非。”又，董刻本“也”作“山”。王利器曰：“蔣校本、袁本、曹本、王本、凌本、補本作‘玄答有辭致也’，是。沈校本作‘玄答有辭致’。”

劉辰翁曰：“此語甚精，有風有贊，復在世情之外。”
陳夢槐曰：“二語正極清微。”

79

謝胡兒語庾道季：道季，庾龢小字。徐廣《晉紀》曰：“龢字道季，太尉亮子也。風情率悟，以文談致稱於時。歷仕至丹陽尹，兼中領軍。”“諸人莫當就卿談〔1〕，可堅城壘。”庾曰：“若文度來，我以偏師待之；康伯來，濟河焚舟。”《春秋傳》曰：“秦伯伐晉，濟河焚舟。”杜預曰：“示必死。”

〇“謝胡兒”至“濟河焚舟”

“莫當”，參見校文。大典顯常曰：“莫當，敢爲之辭，下又有‘不當’，語略同。”又曰：“或讀爲‘暮’。”《集成》。〇秦士鉉曰：“‘莫’‘暮’同，今夕也。”〇文廷式曰：“‘莫’字揣摩之詞，意與‘或’近。秦檜言‘莫須有’之‘莫’字，正與此同。俗語‘約莫’，亦揣度之詞。”《枝語》卷十四。〇郭在貽曰：“‘莫’字當訓爲‘或’，有表示測度的意思。‘莫’有‘或’義，徐仁甫先生《廣釋辭》述之已詳。”《考釋》。

“可堅城壘”，淇園曰：“此言王文度、韓康伯之所論，諸人莫能當，便應欲就卿談，卿宜須堅城壘以待之。”

“以偏師待之”，桃井白鹿曰：“《左傳》宣十二年：‘彘子以中軍佐濟，韓獻子謂桓子曰：彘子以偏師陷，子罪大矣。’”〇淇園曰：“言不用全力而能勝之。”〇恩田仲任曰：“偏，猶單也。”

“濟河焚舟”，大典顯常曰：“言文度小敵，康伯大敵也。”《撮補》。〇淇園

〔1〕 “莫當”，董刻本、何焯校“莫”作“暮”。桃井白鹿曰：“‘莫’同‘暮’。”楊勇曰：“袁本《文學》注‘自旦及莫’，又‘賓主遂至莫忘食’，宋本或作‘暮’，或作‘莫’。袁本作‘莫’，實‘暮’也。余、郭以袁本之‘莫’爲‘或’，非是。”

曰："言決志戰鬥也。"〇田中頤曰："又用《左傳》，言竭全力而決勝敗。"〇秦士鉉曰："《春秋傳》見文三年。"〇楊勇曰："背水決死戰也。"〇朱鑄禹曰："'庾曰'云云，其意謂文度小敵，但以偏師應之即可；若康伯則大敵也，當效秦伐晉，濟河焚舟，決一死戰也。"

〇注"徐廣晉紀曰"

"風情率悟"，恩田仲任曰："率悟，真率明悟。"

"文談"，楊勇曰："清談之同義辭也。"《論文集》頁一〇。〇龔斌曰："文指文才，談指談論，即辯才。"

【彙評】

陶珙曰："此真可謂舌戰矣。"

80

李弘度常歎不被遇。《中興書》曰："李充字弘度，江夏郢人也[1]。祖康[2]、父矩，皆有美名。充初辟丞相掾、記室參軍，以貧，求剡縣[3]，遷大著作、中書郎。"殷揚州殷浩，別見。知其家貧，問："君能屈志百里不？"李答曰："《北門》之歎，久已上聞。《衛詩·北門》[4]，刺仕不得志也。窮猿奔林[5]，豈暇擇木！"遂授剡縣。

[1] "郢人"，董刻本"郢"作"鄳"，何焯校作"鄳"。葉德輝曰："《晉書·地理志》江夏有鄳無郢，此作'郢'，非。《本傳》止稱江夏人。"程炎震曰："宋本'郢'作'鄳'。《全晉文》卷五十三引亦作'鄳'。"王利器曰："蔣校本、沈校本、袁本、曹本'鄳'作'鄳'，是。王本、凌本、補本又作'郢'。案《晉書·地理志下》，荊州江夏郡有鄳無郢。"楊勇曰："宋本作'鄳'，非。《晉書·地理志》下：'荊州，江夏郡有鄳縣。'嚴可均《全晉文》五三引同，是。"
[2] "祖康"，董刻本"祖"作"秉"。秦士鉉曰："《晉書》'康'作'景'。"程炎震曰："'康'字誤，當作'秉'。"
[3] "剡縣"，程炎震曰："'剡'《御覽》四百八十五作'鄳'。"
[4] "衛詩"，王利器曰："當作'邶詩'。"徐震堮曰："此云'衛詩'，蓋三家說。"
[5] "奔林"，徐震堮曰："'奔'《晉書·李充傳》作'投'。"

○“李弘度”至“遂授剡縣”

“歎不被遇”，田中頤曰：“‘歎’即與下‘北門之歎’同，謂不得志也。”

“屈志百里”，岡白駒曰：“謂爲縣令也。”○桃井白鹿曰：“謂大才之人屈爲縣令也。《漢書·百官表》：‘縣大率方百里。’”○恩田仲任曰：“黃恭《十四州記》曰：‘縣萬户以上爲令，則子國也；千户以上爲長，男國也。今人呼縣爲百里，子男本方百里也。故言今之百里，古之諸侯。’”○田中頤曰：“此問君本懷千里之資，而今能屈其志於百里乎不？”○崔朝慶曰：“言治百里之小邑也。蜀龐統爲耒陽令，魯肅稱‘龐士元非百里才’。”

“北門之歎”二句，淇園曰：“即‘不被遇’。”○田中頤曰：“用《詩》，言吾不得志，雖貴人久已聞知也。”

“窮猿奔林”二句，田中頤曰：“‘窮’字與‘貧’字應。言今吾困急，猶窮猿奔林，靡有所擇，亦不敢辭也。”

◎大典顯常曰：“《晉書》作褚裒，文有異同。”○李詳曰：“《晉書·李充傳》事屬褚裒，非殷也。”○劉盼遂曰：“按《晉書·李充傳》作褚裒相問，不謂浩也。”○徐震堮曰：“‘殷揚州’《晉書》本傳作‘褚裒’。”《札記》。○余嘉錫曰：“《晉書》所據，自與《世説》不同，未可以彼非此。”○曹道衡曰：“王導以成帝咸康五年（三三九）卒，褚裒以外戚之重，康帝時始爲將軍刺史，充入其幕，似不得早於此時（三四三），其間四五年，仕履不明。褚裒以穆帝永和三年（三四七）授征北大將軍，殷浩爲揚州刺史在前此一年。或是褚裒問李充，而復屬殷浩，乃授剡縣。”《叢考》頁一九九。○龔斌曰：“殷浩爲揚州刺史，而剡縣屬揚州會稽郡，故此事屬之殷浩較爲可信。”

○注“中興書曰”

“江夏鄳人”，劉盼遂曰：“《賞譽篇》‘謝公與時賢共賞説’條注引《晉諸公贊》：‘李重，江夏鍾武人。’按重乃充之父行。《魏志·李通傳》：‘通，江夏平春人也。’按通乃充之高祖。《晉書·李重傳》：‘重，江夏人。’郡邑錯亂，不可究極。按鍾武當今河南信陽縣東南，平春當今信陽縣西北，鄳當今河南羅山縣西南，本非一地，而史家遽由便稱謂，未可訓也。”

張端木曰："實境苦語，莫盲作熱衷者。"

81

王司州至吳興印渚中看。《王胡之別傳》曰："胡之字脩齡，琅邪臨沂人[1]，王廙之子也。歷吳興太守，徵侍中、丹陽尹[2]、秘書監，並不就。拜使持節，都督司州諸軍事、西中郎將、司州刺史。"《吳興記》曰："於潛縣東七十里，有印渚，渚傍有白石山，峻壁四十丈。印渚蓋眾溪之下流也。印渚已上至縣，悉石瀨惡道，不可行船；印渚已下，水道無險，故行旅集焉。"歎曰："非唯使人情開滌[3]，亦覺日月清朗。"

○"王司州至"至"日月清朗"

"印渚中看"，淇園曰："此'看'字專爲其有白石山下此字者。"○田中頤曰："印渚水上流險，下流夷，此在其中，看見上下而有此歎也。"○程炎震曰："《御覽》四十六《印渚山》引《吳興記》云：'王胡之爲吳興太守，至印渚中。'又云：'傳云：渚次石文似印，因以爲名。'又云：'印渚山上承浮溪水，從渚以上云云。'"

"使人情開滌"二句，淇園曰："此專以其有白石山言，故曰'開滌'曰'清朗'。"○田中頤曰："言以自險入夷，人情險危漸開滌，而更以其開滌之眼視之，亦覺日月迥別，夷處特見其清朗也。"○張萬起曰："開滌，開朗、滌蕩。"

○注"吳興記曰"

《吳興記》，沈家本曰："《隋志》：'《吳興記》三卷，山謙之撰。'《唐志》

〔1〕 "臨沂人"，楊勇曰："'人'下宋本有'也'字。"朱鑄禹曰："'也'袁本作'王'，屬下文，是。"按下句董刻本"王廙"無"王"字。
〔2〕 "丹陽尹"，程炎震曰："別一宋本'陽'作'楊'。"
〔3〕 "人情"，程炎震曰："《御覽》（卷四十六引《吳興記》）'情'上有'心'字，當據補。"

無。”《古書目》卷四。○葉德輝曰：“《隋志》：三卷。云山謙之撰。”《書目》。

【彙評】

宗白華曰：“這樣高潔愛賞自然的胸襟，才能夠在中國山水畫的演進中産生元人倪雲林那樣‘洗盡塵滓，獨存孤迥’、‘潛移造化而與天遊’、‘乘雲御風，以遊於塵埃之表’，創立一個玉潔冰清、宇宙般幽深的山水靈境。”《晉人的美》。

82

謝萬作豫州都督，新拜，當西之都邑〔1〕，相送累日，謝疲頓。於是高侍中往，《中興書》曰：“高崧字茂琰，廣陵人。父悝，光祿大夫。崧少好學，善史傳，累遷吏部郎、侍中，以公累免官。”徑就謝坐，因問：“卿今仗節方州，當疆理西蕃，何以爲政？”謝粗道其意。高便爲謝道形勢〔2〕，作數百語。謝遂起坐。高去後，謝追曰：“阿鄻故麤有才具。”阿鄻，崧小字也。謝因此得終坐。

○“謝萬作”至“何以爲政”

“作豫州都督”，郝懿行曰：“古之‘都督’，今總督也。本以督軍，兼以督郡。

〔1〕 “西之都邑”，李慈銘曰：“‘西之’下當有‘鎮’字，各本皆脱。”楊勇曰：“無‘鎮’字亦通。此乃時人之習常簡省。本篇‘時人以爲能’，李亦以脱‘能’下‘言’字，皆不省時人敷文之習。”按徐震堮曰：“‘之’字疑衍，當於‘西’字斷句，豫州在西，故曰‘當西’。‘都邑相送累日’爲句，‘都邑’猶下節‘都下諸人’也。”龔斌曰：“徐氏因不明‘西之’乃省語，故疑‘之’字爲衍。然謂‘都邑’猶‘都下諸人’則不誤。”
〔2〕 “形勢”，徐震堮《札記》曰：“《晉書·高崧傳》‘形勢’作‘刑政之要’。據上文‘何以爲政’之語，作‘刑政之要’於義爲長。”

漢建武初，征伐四方，權置督軍御史，事竟則罷。魏黃初二年，始置都督諸州軍事，或領刺史。晉宋以還，多以都督領刺史，本於魏制。”《晉宋書故》。〇程炎震曰：“謝萬爲豫州，在升平二年。”

“當西之都邑”，張萬起曰：“都邑，指督府所在地。因豫州在建康西，故云。”

“於是高侍中往”，王叔岷曰：“‘於是’猶‘於時’。《爾雅·釋詁》：‘時，是也。’”

“西蕃”，胡三省曰：“東晉豫州鎮江西，建康在江東，故以豫州爲西藩。”《通鑑·晉紀二十二》注。〇徐震堮曰：“‘蕃’與‘藩’同。案西藩、北藩之類，大略以地域方位爲言，不專指一鎮。”

〇“謝粗道”至“得終坐”

“粗道其意”，劉淇曰：“粗與麤、麄、觕並通。《廣韻》云：‘略也。’《漢書敘傳》：‘觕舉僚職，並列其人。’師古云：‘觕，大略也。’《世說》：‘謝粗道其意。’又云：‘沖乃粗下意。’又云：‘阿鄏故麤有才具。’”《辨略》卷一。

“爲謝道形勢”，吳金華曰：“‘形勢’一詞，唐人尹知章在《管子·形勢篇》中作注云：‘自天地以及萬物，關諸人事，莫不有形勢焉。’其説甚爲閎通。唐元稹《故中書令贈太尉沂國公墓誌銘》：‘公既爲刺史子，又多才，好讀書，識理亂形勢。’其中‘形勢’也指政治情勢。”《考釋》頁四〇。

83

　　袁彦伯爲謝安南司馬，安南，謝奉，別見。都下諸人送至瀨鄉。將別，既自悽惘，歎曰：“江山遼落，居然有萬里之勢[1]。”《續晉陽秋》曰：“袁宏字彦伯，陳郡人，魏郎中令焕六世孫也[2]。祖猷，侍中。父勖，臨汝令。宏起家建威參軍，安南司

---

〔1〕 “萬里之勢”，程炎震曰：“《文選》任昉《爲范尚書讓吏部封侯表》注引‘江山遼落’二句，無‘之’字。”

〔2〕 “焕六世孫”，程炎震曰：“宋本‘焕’作‘涣’。”余嘉錫曰：“‘焕’沈本作‘涣’。”王利器曰：“沈校本‘焕’作‘涣’。案《陳郡陽夏袁氏譜》、《三國·魏志·袁涣傳》都作‘涣’。”

馬、記室〔1〕。太傅謝安賞宏機捷辯速〔2〕，自吏部郎出爲東陽郡，乃祖之於冶亭。時賢皆集，安欲卒迫試之，執手將別，顧左右取一扇而贈之。宏應聲答曰〔3〕：‘輒當奉揚仁風，慰彼黎庶。’合坐歎其要捷〔4〕。性直亮〔5〕，故位不顯也〔6〕。在郡卒。”

○“袁彦伯”至“萬里之勢”

“謝安南司馬”，秦士鉉曰：“謝奉，字宏道，見《雅量篇》。”○趙西陸曰：“《晉書·文苑·袁宏傳》：‘謝尚爲安西將軍、豫州刺史，引宏參其軍事。’不載爲安南謝奉司馬。”

“都下諸人送至瀨鄉”，恩田仲任曰：“《郡國志》曰：‘梁國苦縣有瀨鄉祠。’”○程炎震曰：“《吳書·孫登傳》：‘晝夜兼行，到賴鄉，自聞，即時召見。’”○楊勇曰：“都下，即《排調篇》之‘京下’。瀨鄉，在今江蘇溧陽縣境。”

“既自悽惘”，岡白駒曰：“失志也。”○田中頤曰：“心悽惻，意惘惘。”○秦士鉉曰：“悽惘，失意也。”○張萬起曰：“既自，已經。”

“江山遼落”二句，岡白駒曰：“居然，高蹲貌。”○桃井白鹿曰：“《類書纂要》：‘遼落，相距遠也。’《詩·大雅》‘居然生子’朱注：‘居然，猶徒然也。’《史記·秦始皇本紀贊》：‘豈世世賢哉，其勢居然也。’《三都賦序》：‘先王採詩，以觀土風，故能居然而辨八方。’此書又往往見‘居然’字，其義並同。就中《夙惠篇》‘日遠，不聞人從日邊來，居然可知’，此最爲易解。”○大典顯常曰：“居然，猶言‘自’也。”○平賀房父曰：“《肇論新疏》云：‘居然，猶顯然也。’”○恩田仲任曰：“遼落，闊遠之貌。居然，猶徒然也。”○田中頤曰：“言江山遼遠廓落，身未移步，坐而有萬里絕險之勢也。”○張萬起曰：“居然，顯然。表示肯定，而非出乎意料的語氣。”

---

〔1〕 “記室”，程炎震曰：“今《晉書·宏傳》云：‘累遷大司馬桓溫府記室。’此有脱文。”龔斌曰：“《文選》袁宏《三國名臣序贊》李善注引檀道鸞《晉陽秋》謂袁宏爲大司馬府記室參軍，與《晉書》同，可知‘記室’上當脱‘大司馬府’數字。”
〔2〕 “機捷”，程炎震曰：“《文選》五十九《安隆王碑文》注引《晉陽秋》‘機捷’作‘機對’，恐誤。”
〔3〕 “應聲答曰”，趙西陸曰：“疑此注文有刪節，故‘應聲’二字無根。”
〔4〕 “歎其要捷”，徐震堮《札記》曰：“《晉書》本傳‘要捷’二字作‘率而能要’。”
〔5〕 “直亮”，董刻本、何焯校作“亮直”。
〔6〕 “顯也”，楊勇曰：“‘顯’下宋本無‘也’字。”

○注"續晉陽秋曰"

"陳郡"，恩田仲任曰："《晉書·地理志》：'惠帝分梁國爲陳郡。'"

"自吏部郎出爲東陽郡"，龔斌曰："袁宏始爲吏部郎在寧康元年，當是桓溫卒後任朝官。寧康三年謝安爲揚州刺史，袁宏自吏部郎出爲東陽太守。"

"祖之於冶亭"，秦士鉉曰："祖，餞行也。"○楊勇曰："《輿地紀勝》一七：'冶亭在城東八里，晉太元中置。'《金陵記》：'京師有三亭：新亭、冶亭、征虜亭也。'"

"歎其要捷"，秦士鉉曰："要捷，捷辨而要約。"

"在郡卒"，李詳曰："《晉書·宏傳》：'太元初，卒於東陽，年四十九。'"

【彙評】

劉辰翁曰："黯然銷魂，直是注情語耳，未在能言。"

袁中道曰："語俊。"評注《續晉陽秋》"輒當奉揚仁風"二句。《舌華録》卷八。

黄輝曰："別語唯'春草碧色，春水緑波，送君南浦，傷如之何'與此二語千古作匹。"

陳夢槐曰："忽忽有此懷，是知別離者。"

張端木曰："可敵文通一賦。"

84

孫綽賦《遂初》，築室畎川[1]，自言見止足之分。

《中興書》曰："綽字興公，太原中都人。少以文稱，歷太學博士、大著作、散騎常侍。"《遂初賦敘》曰："余少慕老莊之道，仰其風流久矣。卻感於陵賢妻之言，悵然悟之。乃經始東山，建五畝之宅，帶長阜，倚茂林，孰與坐華幕、擊鍾

---

[1] "畎川"，余嘉錫曰："案（《輕詆篇》）注引孫統爲《柔集敘》曰：'柔營宅於伏川。''伏川'蓋'畎川'之誤。"徐震堮曰："'畎川'未詳。"楊勇曰："'畎川'乃'伏川'之誤。伏川，地名，殆在東山近。《輕詆》注'營宅於伏川'云云。今孫綽所築既與世遠鄰居，則此'畎川'必爲彼'伏川'之誤無疑。"按"伏川"見《輕詆篇》"高柔在東"條。

鼓者同年而語其樂哉！"齋前種一株松，恒自手壅治之。高世遠時亦鄰居[1]，世遠，高柔字也[2]。別見。語孫曰："松樹子非不楚楚可憐，但永無棟梁用耳！"孫曰："楓柳雖合抱，亦何所施？"

○"孫綽賦"至"止足之分"

"賦遂初"，恩田仲任曰："遂初，去官之謂。李太白詩曰：'久辭榮禄遂初衣。'"○田中頤曰："寓'止足'之意以示焉。"○秦士鉉曰："《楚辭》：'退將復修吾初服。'是此賦名所本。故李白詩云云。'"○龔斌曰："《遂初賦》乃孫綽早年之作。"

"築室畎川"，恩田仲任曰："《禹貢》曰：'岱畎絲枲。'孔安國曰：'畎，谷也，岱山之谷出此物。'"○田中頤曰："即'止足'也。"

"見止足之分"，淇園曰："其身當止足之分之所在。《老子》云：'知止不殆，知足不辱。'"○王叔岷曰："潘岳《閑居賦》：'於是覽止足之分。'"○張萬起曰："分，名分，本分。"

○"齋前種"至"亦何所施"

"種一株松"，淇園曰："蓋尚孤立介節之旨。"○田中頤曰："表見特立孤節之意。"

"自手壅治之"，田中頤曰："'壅'謂培養。"○方一新曰："自手，即親手，親自。"《詞語研究》。

"非不楚楚可憐"，岡白駒曰："楚楚，高起貌。"○桃井白鹿曰："卓明卿云：楚楚，枝葉盛密貌。"○田中頤曰："楚楚，有二義，一盛密貌，一苦辛也。此以孫比松樹，言孫非不可困而長，但材狹小，安於止足，故永無棟梁用，是可憐恤耳。"○秦士鉉曰："楚楚，枝葉整齊貌。按松所以無棟梁用者，以其楚楚

[1] "時亦鄰居"，李慈銘曰："《晉書》但作'鄰人'。"
[2] "高柔"，董刻本、沈校本"柔"作"崇"。余嘉錫曰："《輕詆篇》注曰'高柔字世遠'，宋本作'崇'者，非。"

然，不磊砢、無節目故也。”○趙西陸曰：“綽祖名楚。高云‘松樹子非不楚楚可憐’，蓋斥其祖名以戲之。”○徐震堮曰：“可憐，可愛的意思。”《釋義》。

“楓柳雖合抱”二句，大典顯常曰：“孫志在止足，故以無棟梁用嘲之。高綢繆閨情，故孫以楓柳比之。”《撮補》。○淇園曰：“‘楓柳’譬庸人。‘合抱’譬志於棟梁之用。”○田中頤曰：“‘合抱’亦有二義，一言體大，一喻志懷也。此以高比楓柳，言設是楓柳，則雖大而志於棟梁，亦無所用，故我止足於斯也。”○余嘉錫曰：“興公爲孫子荊之孫。高柔之言，乃斥其祖之名以戲之，孫答語中當亦還斥高柔祖父之名，但不可考耳。”○楊勇曰：“楓柳乃喻高柔名。楓樹高大，柳枝柔軟，皆無大用。已存諷意。晉人談戲如此。”

○注“遂初賦敘曰”

“仰其風流”，秦士鉉曰：“風流，流風也。見《孟子》。”

“於陵賢妻”，恩田仲任曰：“《漢書·地理志》曰：‘於陵縣屬濟南郡。’《列女傳》曰：‘楚王聞於陵子終賢，欲以爲相，使使者持金百鎰往聘迎之。於陵子終曰：“僕有箕帚之妾，請入與計之。”妻曰：“夫子織屨以爲食，非與物［無］治也。左琴右書，樂亦在其中矣。夫結駟車騎，所安不過容膝；食前方丈，所甘不過一肉。今以容膝之安，一肉之味，而懷楚國之憂，其可樂乎？亂世多害，妾恐先生之不保命也。”於是子終出謝使者，而不許也，遂相與逃而爲人灌園。’”

“經始東山”，恩田仲任曰：“毛萇曰：‘經，度之也。’正義曰：‘謂經理而度之。’始，謂方始爲之也。”

“華幕”，秦士鉉曰：“猶華屋也。”

【彙評】

狄期進曰：“知足不辱，知止不殆，天地盈虛，與時消息。”

王佩諍曰：“老子‘知足不辱，知止不殆’之語，《宋書》即取以爲類傳標目，《顏氏家訓》即取以爲揭櫫篇第，《世說》即取以爲抽象玄名，極見當時流行之廣。”

　　桓征西治江陵城甚麗，盛弘之《荆州記》曰：“荆州城臨漢江〔1〕，臨江王所治。王被徵，出城北門而車軸折，父老泣曰：‘吾王去不還矣！’從此不開北門。”會賓僚出江津望之，云：“若能目此城者有賞。”顧長康時爲客，在坐，目曰〔2〕：“遥望層城〔3〕，丹樓如霞。”桓即賞以二婢。

　　○“桓征西”至“賞以二婢”

　　“桓征西”，劉應登曰：“桓豁。”○程炎震曰：“案《愷之傳》，愷之雖嘗入温府，而始出即爲大司馬參軍，是不及温爲征西時矣。此征西當是桓豁。温既内鎮，豁爲荆州。寧康元年温死，豁進號征西將軍，太元二年卒，桓沖代之，則移鎮上明，不治江陵。”○余嘉錫曰：“自宋以前，地理書皆以此城爲温所築，相承無異説。考《晉書·哀帝紀》云：‘興寧元年五月，加征西大將軍桓温侍中、大司馬、都督中外諸軍事、録尚書事。’則温雖爲大司馬，未嘗去征西之號也。程氏之言，似是而非矣。”○龔斌曰：“光緒刊本《荆州府志》八云：‘晉永和元年，桓温都荆州，鎮夏口。八年還江陵，始大營城墻。’參以《渚宮舊事》等書，則治江陵城之‘桓征西’，確是桓温，而非桓豁。”

　　“目此城”，楊勇曰：“目，題目也，亦品題也。”

　　“遥望層城”二句，劉應登曰：“言高而麗也。”○淇園曰：“‘遥’字以身在江漢言之也。層城，本仙人之居名，《淮南子》云：‘崑崙山有層城九重。’顧以江陵城樓有數層之樓，遂比以目之曰‘層城’，而因遂又以其丹樓有數層，謂之‘如霞’，即所以證成其‘層城’之目所當其實。蓋曰‘如霞’，則以見其城自有仙氣也。”○田中頤曰：“丹樓如霞，有仙氣者，宛是蜃氣樓臺，出没

---

〔1〕　“漢江”，何焯校作“江漢”。
〔2〕　“目曰”，程炎震曰：“宋本‘目’作‘因’。”余嘉錫曰：“‘目’景宋本及沈本俱作‘因’。”元刻本、何焯校同。
〔3〕　“層城”，程炎震曰：“‘層’《御覽》（一百七十六）作‘曾’，是古字之僅存者。”

浮動也。"○王叔岷曰："《淮南子·地形篇》：'昆侖墟有增城九重。'《文選》張平子《思玄賦》注引'增'作'層'，古字通用。此以'層城'喻江陵城也。"

○注"盛弘之荆州記曰"

"盛弘之荆州記"，沈家本曰："《隋志》：'《荆州記》三卷，宋臨川王侍郎盛宏之撰。'二《唐志》無。《新志》別有郭仲産《荆州記》二卷，爲《隋志》所無。《文選》郭璞《游仙詩》注及《類聚·居處部》《地部》並引庾仲雍《荆州記》，《史記·五帝紀》正義、《類聚·居處部》、《御覽·服用部》並引范汪《荆州記》，《初學記·地部》引劉澄之《荆州記》，《隋志》皆不著錄。"《古書目》卷四。○葉德輝曰："《隋志》：三卷。云：'宋臨川王侍郎盛宏之撰。'"《書目》。

"臨江王"，大典顯常曰："《前漢》列傳二十三：臨江王榮，以孝景前四年爲栗太子，四歲廢爲臨江王。三歲坐侵廟壖地爲宮。上徵榮，榮行，祖於江陵北門。既上車，軸折車廢。江陵父老流涕，竊言曰：吾王不反矣。榮至，詣中尉府對簿，中尉郅都督責訊王，王恐，自殺。"○李慈銘曰："注引《荆州記》'王被徵'云云，亦見《漢書·臨江閔王傳》。'王'即景帝栗太子也。"《簡端記》。○王叔岷曰："《水經·江水注》亦載此事，與《荆州記》云云尤合。"

【彙評】

劉辰翁曰："菫菫四字，不直堪妒。"評"丹樓如霞"。
李贄曰："亦是虎頭畫筆。"
陳夢槐曰："杜詩有'都將百年興，一望九江城'，今日目此，忽一注念。"
凌濛初曰："虎頭每有畫意，此遽正本。"

　　王子敬語王孝伯曰："羊叔子自復佳耳，然亦何與人事？《晉諸公贊》曰："羊祜字叔子，太山平陽人也[1]。世長吏二千石[2]，至祜九世，以清德稱。爲兒時，游汶濱，有行父止而觀焉，歎息曰：'處士大好相，善爲之，未六十，當有重功於天下。即富貴[3]，無相忘。'遂去，莫知所在。累遷都督荆州諸軍事。自在南夏，吴人説服[4]，稱曰羊公，莫敢名者。南州人聞公喪[5]，號哭罷市。" 故不如銅雀臺上妓。"魏武《遺令》曰："以吾妾與妓人皆著銅雀臺上，施六尺牀、繐帷，月朝十五日，輒使向帳作伎[6]。"

　　○"王子敬語"至"臺上妓"

　　"自復佳"，田中頤曰："言羊無意令人墮淚，唯自復佳其身耳。"○張萬起曰："自復，確實。"

　　"何與人事"，岡白駒曰："獨善不及於人也。"○大典顯常曰："按謝安曰：'子弟亦何豫人事，而正欲使其佳。'此與今所云同，謂於他人並無所與也。孝武曰：'王敦、桓温小如意，好豫人家事。'此謂與他家事也，指王、桓起逆言之。"○平賀房父曰："羊公盛德，死使人墮淚，是自佳耳。然以人世之情觀之，不如魏武使妓歌舞遠甚矣。此相映比羊公與魏武，謂死後之心事，即'不如生前

---

〔1〕"太山平陽人"，吴士鑑《斠注》卷三十四曰："《地理志上》新泰故曰平陽，《晉贊》從舊名作平陽，《元和志》從新名作新泰，皆與本傳異。傳作南城人，以其所封之郡而言。"徐震堮《札記》曰："《晉書》本傳作'泰山南城人'。'南城'即《晉志》之'南武城'。"《校箋》曰："'南城'即《晉志》之'南武城'，'平陽'即《晉志》之'新泰'，並漢縣名。案'雅量門'注引《羊曼別傳》曰：'曼，泰山南城人。'曼，祜兄孫，則作'南城'爲是。"楊勇："宋本作'平陽'。《晉書·羊祜傳》作'太山南城人'，汪藻《人名譜》同，是。"曹道衡《叢考》曰："羊氏爲南城人，傳記作南城人，當是，非如吴説'以其所封之郡而言'。"頁一二三。龔斌曰："平陽爲泰山郡未分前之地名，《晉諸公贊》稱祜爲平陽人，蓋據舊地名。《晉書·羊祜傳》則據新地名。"

〔2〕"世長"，楊勇："'世'下宋本有'長'字，非。《晉書·羊祜傳》無。"

〔3〕"富貴"，董刻本"富"作"當"。楊勇："宋本作'當'，非。"

〔4〕"説服"，董刻本"説"作"悦"。

〔5〕"聞公喪"，董刻本、袁刻本"喪"作"哀"。王利器曰："餘本'哀'作'喪'，是。"朱鑄禹："沈校本作'喪'，是。"

〔6〕"向帳作伎"，秦士鉉曰："陸機《弔魏武文》'作伎'下有'汝等時時登銅雀臺，望吾西陵墓田'十四字。"

一盃酒'之意也。"○淇園曰："此是老莊家尚恬澹虛靜之旨。"○秦士鉉曰：
"譬如子弟學書善蠅頭字，其父兄或有不能把筆；子弟圍棋善鎮神頭，其父兄或
有不能解征勢。是子弟之道藝無益於父兄身上事。羊叔子亦然。州人追慕墮淚，
非不佳，然無益於叔子身後事，卻不如生前歌妓之爲樂也。"按此爲同篇"謝太傅
問諸子姪"條注。○蔣宗許曰："在魏晉六朝產生了一種無所謂尊謙的自稱用法，
那就是以'人'稱自己。'人事'猶言'我事'。"《雜說》。

　　"故不如銅雀臺上妓"，劉應登曰："此亦戲言。謂羊公清德自佳而已，不如
銅雀臺上妓，可以娛人耳目。"○大典顯常曰："余謂羊祜之死，州人號哭，立
廟享祀，墮淚其碑，故此章言羊叔子固自佳，然亦有何豫人事，而至使人追慕如
是也，故不如銅雀臺上妓，用武帝遺令奉之也。'不如'猶不同也。"○淇園曰：
"此譏人見峴山碑妄爲墮淚也，故不如銅雀臺上妓者，蓋其妓望潼陵而哭泣者，
其悼亡固以與己身相關，而非無所與而泣之比也。"○田中頤曰："言其墮淚，
本異乎銅雀臺上妓，身關於人事而泣者，則愈見恩德感人至深也。"○范子燁曰：
"在王子敬看來，羊公一生勤於王事，積勞成疾，以致溘然長逝，故其人雖然足
稱佳名，卻遠不如魏武帝銅雀臺上的女孩子們活得瀟灑自在。顯然，子敬對羊祜
並無貶意。"《研究》頁二二〇。○龔斌曰："謂羊叔子固自佳，然與我無涉，我何
必效法前賢，不如使銅雀臺上伎歌舞爲樂矣。"

　　○注"晉諸公贊曰"

　　"長吏二千石"，恩田仲任曰："《百官表》曰：'丞尉秩四百石至二百石爲長
吏，百石以下有斗食佐史之秩，是爲少吏。'二千石謂郡守。"

　　"處士大好相"，吳金華曰："'處士'是當時對平民百姓的尊稱。"《考釋》頁
四三。

　　"善爲之"，大典顯常曰："猶言自愛也。"《撮補》。

　　"即富貴"，王叔岷曰："即，苟也。　《史記·陳涉世家》：'苟富貴，無
相忘。'"

　　"南夏"，恩田仲任曰："南夏蓋亦謂荊州也。"○徐震堮曰："'南夏'猶今
言華南，初不專指某地，其言東夏、西夏、中夏亦然。"

　　"南州"，胡三省曰："南州謂荊州也。"《通鑒·晉紀二》注。○楊勇曰："指
荊州。時晉都洛陽，荊州居南，故名。後渡江都建康，則以荊州爲西州，姑孰爲
南州。"

"號哭罷市"，秦士鉉曰："祜卒，百姓於祜平生遊憩之所建碑立廟，歲時享祀。望其碑者莫不流涕，杜預因名爲'墮淚碑'。"

〇注"魏武遺令曰"

《遺令》，秦士鉉曰："見《文選》。"〇葉德輝曰："《三國志》注引用。"《書目》。

"繐帷"，恩田仲任曰："繐，布細而疏者。"

【彙評】

劉辰翁曰："此正墮淚之言，人不能識耳。"

李贄曰："子敬墮淚之言。"《初潭集》卷三。

王世懋曰："羊公盛德，此語殊傷子敬之厚。"按大典顯常曰："'不如'猶不同也，謂羊公盛德，自然遺愛，非萬乘所比也，言含蓄尤妙。如劉、王所解，是太憒憒。"

伯克利手批曰："比擬荒唐，此足以觇子敬。"

劉盼遂曰："子敬此語，於羊公可謂醜詆極矣。考《晉書·羊祜傳》：'時人語曰：二王當國，羊公無德。'本書《識鑒篇》注引《晉陽秋》及《漢晉春秋》羊祜事，綜合觀之，則知子敬輕詆羊公之故矣。"

余嘉錫曰："子敬吉人辭寡，亦復有此放誕之言，有愧其父多矣。"

朱鑄禹曰："此乃憤世不辨美惡，故作反語，以示憤慨耳。"

楊勇曰："王子敬之詆羊公，亦見當時風氣之變。王子敬事道，羊祜事儒，道不同必伐異。漢代已甚，至晉中葉，益爲劇烈。王之斯言，可見一斑矣。"范子燁按曰："羊公亦屬外儒內道之人。因此若從儒道關係方面來理解子敬之語，未免扞格。"《研究》頁二二〇。

蔣宗許曰："王子敬'然亦何與人事'，實際上是對羊祜的詆毀。王子敬詆毀羊祜有兩方面的原因。王氏家族與羊祜有宿怨，是原因之一。原因之二是處世原則與態度的不同。羊祜盡心職事，以建功立業爲人生目標，恪守的是封建士大夫的行爲準則；而王子敬兄弟則是典型的魏晉風流名士，追求的是倜儻高邁、縱心適意。"《人事》。

林公見東陽長山曰：“何其坦迤！”《會稽土地志》曰：“山靡迤而長，縣因山得名。”

○“林公見”至“何其坦迤”

“東陽長山”，程炎震曰：“《晉·地理志》：‘揚州東陽郡有長山縣。’李申耆曰：‘今金華縣。’《續漢志》會稽郡烏傷縣注：‘《越絕書》曰：有常山，古聖所採藥，高且神。《英雄交爭記》曰：初平三年，分縣南鄉爲長山縣。’《御覽》四十七《長山》引《郡國志》曰：‘長山相連三百餘里，一名金華山。’又引《吳錄·地理志》曰：‘常山，仙人采藥處，謂之長山。’”

“何其坦迤”，岡白駒曰：“坦，平；迤，邪。”○大典顯常曰：“《易》：‘履道坦坦。’此蓋嘆世路艱險云爾。”《集成》。○淇園曰：“此暗有思世情險危之意，故見長山，異其獨得坦迤也。”○田中頤曰：“此有思世情險危之意，而有此歎異也。言長山之長，而所以得其永静者，以其平坦邐迤相接也。”

○注“會稽土地志曰”

《會稽土地志》，沈家本曰：“《隋志》：‘《會稽土地記》一卷，朱育撰。’二《唐志》無。”《古書目》卷四。○葉德輝曰：“《隋志》有《會稽土地記》一卷，云朱育撰。”《書目》。

【彙評】

劉辰翁曰：“如此四字，極似無謂，亦有可思。”朱鑄禹按曰：“劉批謂此四字於平淡中有翛然遠味，恍然尼父川上之嘆。”

田中頤曰：“寄山述懷。”

朱鑄禹曰：“真指與平川，銷盡人心太行之險。但一經道破，便不可思矣。”

顧長康從會稽還，人問山川之美，顧云："千巖競秀，萬壑爭流，草木蒙籠其上，若雲興霞蔚。"丘淵之《文章録》曰："顧愷之字長康，晉陵人。父説〔1〕，尚書左丞。愷之，義熙初爲散騎常侍。"

○"顧長康"至"雲興霞蔚"

"萬壑爭流"，淇園曰："從千巖間流出也。"○田中頤曰："即千巖所出之水爭流也。此言諸人則耳目聰明。"

"蒙籠其上"，恩田仲任曰："'籠'當作'蘢'，其字從草。《正字通》：'蒙蘢，蔽覆貌。'"

"雲興霞蔚"，淇園曰："蒙籠之狀。"○恩田仲任曰："霞蔚，文彩深密貌。"○田中頤曰："雲霞，即蒙籠之狀也。此言諸人則文章富贍。"

【彙評】

王世懋曰："便是虎頭畫思。"恩田仲任按曰："虎頭，愷之小字。"

袁宏道曰："山陰山水如元人畫，人或無目，樹或無枝，山或無毛，水或無波，隱隱約約，遠意若生。"張懋辰按曰："顧語高華，袁語風致，並妙。"

張端木曰："每誦長康語，便知其畫筆入神。"

田中頤曰："作目擊看。"

89

簡文崩，孝武年十餘歲立，至暝不臨。宋明帝《文章志》曰："孝武皇帝諱昌明〔2〕，簡文第三子也。初，簡文觀讖書曰：'晉氏祚

---

〔1〕 "父説"，徐震堮《札記》曰："《晉書》本傳作'父悦之'。"余嘉錫曰："景宋本'説'作'悦'。"
〔2〕 "諱昌明"，徐震堮《札記》曰："本紀作'諱曜字昌明'。"

盡昌明。'及帝誕育，東方始明，故因生時以爲諱，而相與忘告簡文。問之，乃以諱對。簡文流涕曰：'不意我家昌明便出。'帝聰惠，推賢任才，年三十五崩。"左右啟："依常應臨。"帝曰："哀至則哭，何常之有！"

○"簡文崩"至"何常之有"

"孝武年十餘歲立"，程炎震曰："咸安二年，孝武年十一，《晉紀》云'年十歲'，蓋脫'一'字。"○徐震堮曰："《晉書》作'十歲'。案孝武帝以簡文崩之次年即位，在位二十四年崩，年三十五，簡文崩時帝年十一歲。"《札記》。

"至暝不臨"，岡白駒曰："暝，夜也。臨，哭也。"○桃井白鹿曰："'暝'與'冥'同，夜也。"○大典顯常曰："暝，暮夜也。臨，臨哭也。"○田中頤曰："自朝過夕，不臨哭也。"○楊勇曰："臨，衆哭也。《左傳》宣公十二年：'不臨大宮。'《漢書·高帝紀》：'哀臨三日。'"

"哀至則哭"，田中頤曰："心在盡情，不在矯飾也。"○趙西陸曰："《禮記·祭統篇》曰：'哀至則哭。'此孝武語所本。"

○注"宋明帝文章志曰"

《文章志》，沈家本曰："《隋志》：'《晉江左文章志》三卷，宋明帝撰。'《新唐志》'二卷'。此注但稱《文章［志］》者，省文也。《宋書·明帝紀》：'帝在藩時撰《江左以來文章志》。'"《古書目》卷四。○葉德輝曰："《隋志》題《晉江左文章志》三卷，云宋明帝撰。"《書目》。

"不意我家昌明便出"，劉應登曰："讖後不驗。"

【彙評】

劉辰翁曰："甚達。"按凌瀛初本"達"作"遠"。

90

孝武將講《孝經》，謝公兄弟與諸人私庭講習〔1〕。《續晉陽秋》曰："寧康三年九月九日，帝講《孝經》。僕射謝安侍坐，吏部尚書陸納〔2〕，兼侍中卞耽讀〔3〕，黃門侍郎謝石、吏部袁宏兼執經〔4〕，中書郎車胤、丹陽尹王混摘句〔5〕。"車武子難苦問謝，車胤，別見。謂袁羊曰："不問則德音有遺，多問則重勞二謝。"袁羊，喬小字也。《袁氏家傳》曰："喬字彥升〔6〕，陳郡人。父瓖，光祿大夫。喬歷尚書郎、江夏相。從桓溫平蜀，封湘西伯、益州刺史〔7〕。"袁曰："必無此嫌。"車曰："何以知爾？"袁曰："何嘗見明鏡疲於屢照，清流憚於惠風？"

---

〔1〕 "謝公兄弟與諸人私庭講習"，王叔岷曰："《書鈔》九八、《藝文類聚》五五、《御覽》六一七引'謝公'皆作'謝太傅'。"又，董刻本、蔣校本、何焯校"私"作"松"。王利器曰："餘本'松庭'作'私庭'，《藝文類聚》卷五五、《御覽》卷六一七引作'私逆'，《御覽》卷七一七引作'私相'。"楊勇曰："宋本作'松庭講習'，袁本作'私庭講習'，《類聚》五五作'私逆講習'，《御覽》六一七作'私逆講師'，又七一七作'私相講習'，《書鈔》八九作'私共講習'。今依袁本。"王叔岷曰："'松'乃'私'之誤。《藝文類聚》、《御覽》並引作'私逆'，'逆'蓋'廷'之誤，'廷''庭'古通。"

〔2〕 "陸納"，徐震堮《札記》曰："案《晉書·車胤傳》，'陸納'下有'侍講'二字。"按楊勇曰："侍講，撰文也。"

〔3〕 "兼侍中卞耽讀"，大典顯常曰："《車胤傳》載之，'讀'上有'執'字。"秦士鉉曰："事見《車胤傳》，舊無'執'字。"程炎震曰："《御覽》三十二《九月九日》引'讀'上有'執'字。"徐震堮《札記》曰："案《晉書·車胤傳》，'卞耽'下有'執'字，二'兼'字並無。"趙西陸曰："《御覽》三十二引'讀'上有'執'字。"

〔4〕 "吏部袁宏兼執經"，程炎震曰："（《御覽》三十二《九月九日》引）'兼執經'作'並執經'。"楊勇曰："宋本作'吏部袁宏兼執經'，《御覽》三二作'吏部袁宏並執經'。"

〔5〕 "丹陽尹王混摘句"，程炎震曰："（《御覽》三十二《九月九日》引）'王混'作'王溫'。別一宋本'丹陽'作'丹楊'。"余嘉錫曰："'混'景宋本及沈本俱作'溫'。"王利器曰："餘本都作'王混'。案作'王混'是。《琅邪臨沂王氏譜》、《晉書·王悅傳》都作'王混'。《御覽》卷三二引《續晉陽秋》亦誤作'王溫'。"又，董刻本"摘"作"樀"。王利器曰："'樀句'各本作'摘句'，是。"

〔6〕 "字彥升"，程炎震曰："'彥升'《晉書》作'彥叔'，名字相應，則'升'爲是。"徐震堮《札記》曰："《晉書》本傳作'字彥叔'。"趙西陸曰："《晉書·袁喬傳》作'字彥叔'，《陳郡陽夏袁氏譜》同。此作'彥升'，'升'與'叔'形近致訛。"朱鑄禹曰："如依名字相關合，則'升'爲是。"楊勇曰："宋本作'彥汃'，《晉書·袁喬傳》、汪藻《袁氏譜》均作'彥叔'，是。"

〔7〕 "益州刺史"，趙西陸曰："按《晉書·袁喬傳》，當作'卒贈益州刺史'。"楊勇曰："《晉書·袁喬傳》：'喬從桓溫征蜀，平，封湘西伯，尋卒，年三十六，溫甚悼惜，追贈益州刺史。''益州'上當有'卒，追贈'三字。"

○"孝武將講"至"重勞二謝"

"私庭講習"，恩田仲任曰："講，相與論説也。習，《增韻》曰：'習者服行所傳之業，熟復不已也。'"○田中頤曰："私庭先見苦問之無難。"○楊勇曰："私庭，私邸也。"

"車武子"，劉應登曰："胤，字武子。"

"難苦問謝"，平賀房父曰："恐謝煩之，故難於問之。"○張萬起曰："難，難於，不好意思。苦問，多次問，沒完沒了地問。"

"德音有遺"，田中頤曰："所以欲苦問。"○崔朝慶曰："德音，稱人之佳言也。言不問則於所講義理有遺漏不明也。"

○"袁曰必無"至"憚於惠風"

"何以知爾"，王叔岷曰："'爾'猶'此'也。《文學篇》：'田舍兒強學人作爾馨語。''爾'亦'此'也。"

"何嘗見明鏡"二句，劉應登曰："二謝當對，車言不欲重煩之，似有劣謝意。袁故曰：'何曾見明鏡以屢照而疲，水之清者，雖惠風揚之，亦不能溷也。'"○淇園曰："明鏡疲於屢照，喻人之喻。清流憚於惠風，清流譬欲教者，惠風譬問。惠風，蓋順水性之風。'明''清'二字，與'德音'應。"○田中頤曰："此皆類言其不厭倦於教，以喻苦問之無難也。"○崔朝慶曰："言明鏡屢照仍明，清流被風仍清，以喻多問不致勞二謝也。"

○注"續晉陽秋曰"

"卞耽讀"，參見校文。秦士鉉曰："執讀，釋經也。"

"袁宏兼執經"，恩田仲任曰："執經，答問。"○秦士鉉曰："執經，答難也。"

"摘句"，劉應登曰："摘句者，摘其疑以問。"

○注"袁羊喬小字"

"袁羊喬小字"，程炎震曰："袁喬從桓溫平蜀，尋卒，在永和中，安得至孝武寧康時乎？此必袁虎之誤。上注明引袁宏，此注乃指爲袁喬，數行之中，便不契勘。劉注似此，非小失也。"余嘉錫按曰："考桓溫以寧康元年卒，喬卒又在其前，自

351

不得與於寧康三年講經之會。程説是也。"〇楊勇曰："袁喬從桓温平蜀，尋卒，時在永和中，下迄孝武講經，相距二十餘年，此袁羊當爲袁虎之誤。孝標注既知袁宏執經，而不知袁羊爲袁虎，亦千慮之失。《御覽》六一七作'袁彦伯'，正是。宏字彦伯，小字虎。"

《袁氏家傳》，沈家本曰："隋唐志不著録。"《古書目》卷四。〇葉德輝曰："《隋志》不著録。《北堂書鈔·設官部二十一》引用。"《書目》。

【彙評】

劉辰翁曰："語自好。"

袁中道曰："善譬。"《舌華録》卷一。

狄期進曰："會禮之家，名爲聚訟審問，豈再三之瀆耶？"

伯克利手批曰："真佳話。"

91

王子敬云[1]："從山陰道上行，《會稽土地志》曰："邑在山陰，故以名焉。" 山川自相映發，使人應接不暇。若秋冬之際[2]，尤難爲懷。"《會稽郡記》曰："會稽境特多名山水，峰崿隆峻，吐納雲霧。松栝楓柏，擢榦竦條[3]，潭壑鏡徹，清流瀉注[4]。王子敬見之曰[5]：'山水之美，使人應接不暇。'"

〇"王子敬云"至"尤難爲懷"

"應接不暇"，田中頤曰："言不暇贊其美，此以其爲假獎，猶得少贊其

[1] "子敬"，董刻本"子"作"乎"。王利器曰："各本'乎'作'子'，是。"
[2] "若秋冬之際"，楊勇曰："《事類賦》五、《御覽》二五均作'若值秋冬之時'。"
[3] "擢榦竦條"，葉德輝曰："袁本'擢'作'攉'。"
[4] "瀉注"，董刻本"瀉"作"寫"。楊慎輯《世説舊注》亦作"寫"。
[5] "王子敬"，董刻本"王"作"正"。王利器曰："各本'正'作'王'，是。"

美也。"

"若秋冬之際"二句,劉淇曰:"尤,益甚之辭也。"《辨略》卷二。○岡白駒曰:"言甚於應接不暇,更添一段感歎矣。"○大典顯常曰:"言興趣尤多也,猶言春色惱人。"○淇園曰:"言應接不暇之尤甚。"○田中頤曰:"言不能景狀之,此以其真面目,故不容贊其美也。"○崔朝慶曰:"言尤覺玩賞不盡也。"○蔣宗許曰:"尤難爲懷,更難以用語言表達。"《大辭典》頁四一〇。

○注"會稽郡記曰"

《會稽郡記》,沈家本曰:"隋唐志皆不著録。《御覽·禮儀部》引《會稽郡十城地志》,不知是此書否?"《古書目》卷四。○葉德輝曰:"《隋志》不著録。《書鈔》引用。"《書目》。

"擢榦竦條",秦士鉉曰:"摧榦,枯樹也。"○龔斌曰:"狀枝條直上之勢。"

◎劉遂盼曰:"《戲鴻堂帖》載子敬《雜帖》云:'鏡湖澄徹,清流寫注,山川之美,使人應接不暇。'較《世説》爲詳備。注引《會稽郡記》文,與《雜帖》相合。殆取子敬文所綴歟?"

【彙評】

王思任曰:"此語勝顧,終是大家兒郎。"

袁宏道曰:"會稽諸山,遥望實佳,尖秀淡冶,亦自可人。昔王子敬語人但云'山陰道上','道上'二字,可謂傳神。"

凌濛初曰:"合長康、子敬語一閲,便可臥遊山陰道。"

鍾惺曰:"四字説山水之妙。"評"應接不暇"。

淇園曰:"李白詩'霜落荆門江樹空'一句,妙領得此語旨者。"評"若秋冬之際"二句。

田中頤曰:"妙狀美景。"

92

謝太傅問諸子姪：“子弟亦何預人事，而正欲使其佳？”諸人莫有言者，車騎答曰：_{謝玄。}“譬如芝蘭玉樹，欲使其生於階庭耳。”

○“謝太傅問”至“於階庭耳”

“何預人事”二句，岡白駒曰：“爾佳，自爾之事耳，本非預人之事。‘人’者，泛謂而亦以自謂也。”○恩田仲任曰：“人事，猶言我事。蓋言子弟之佳不佳，亦何與我事相預？雖然，正欲其佳耳。”○田中頤曰：“言所望於子弟者，亦不預人事之故，而正唯欲使子弟各獨自善其身而已。”○秦士鉉曰：“‘人事’謂自身上事也。孝武曰：‘王敦、桓溫磊砢之流，不可復得。小如意，好豫人家事。’曹操曰：‘司馬懿非人臣，必豫汝家事。’是自稱則曰‘人家事’，他稱之則曰‘汝家事’。可見‘人事’爲‘自家事’。”○楊勇曰：“‘人事’即己事意。”○田餘慶曰：“‘豫人事’，應當就是《世說新語·排調》‘孝武屬王珣求女婿’條中及《晉書·謝混傳》中所謂王敦、桓溫‘好豫人家事’之意，亦即覬覦晉室權力。”《政治》頁一七三。

“正欲”，劉淇曰：“此‘正’字，猶常也。”《辨略》卷四。○徐震堮曰：“正，亦作‘定必’解。”《釋義》。○張萬起曰：“只是想。”

“車騎答曰”，田中頤曰：“獨悟。”

“芝蘭玉樹”二句，王楙曰：“漢宮以槐爲玉樹，晉人所謂‘芝蘭玉樹’，蓋指此物也。”《野客叢書》卷五。○恩田仲任曰：“玄因答云，芝蘭玉樹，是植物中之佳者，雖不與我相預，然人皆欲其生庭階。欲使子弟佳，亦猶是也。”○田中頤曰：“此以‘芝蘭玉樹’應‘佳’字，以‘生於階庭’喻子弟也，言人才之生於家門者，猶芝蘭玉樹生於階庭，以爲嘉祥而可喜也。”○方一新曰：“‘階庭’應指‘庭院’。説‘庭’時連類而及‘階’。”《漫記》。

◎余嘉錫曰：“此出《語林》，見《類聚》八十一引。”

【彙評】

劉辰翁曰："對易問難，他人無此懷也。"按凌瀛初本"懷"作"情"。

袁中道曰："問者太難，未必能自了。"《舌華錄》卷一。

錢穆曰："謝安此問，正見欲有佳子弟，乃當時門第中人之一般心情。所謂了弟亦何預人事，則因時尚老莊而故作此放達語。若真效老莊，真能放達，更何希有佳子弟？然試問苟無佳子弟，此門第又如何得傳襲永昌？即在眼前當時，苟無佳子弟，此門第又如何裝點出一種氣派而表示其特出與可貴？正如崇階廣庭，苟無芝蘭玉樹裝點，眼前便感空闊寂寥，又何況盡長些穢草惡木？車騎之答，所以爲雅有深致。"《關係》。

田餘慶曰："《荀子・宥坐》孔子曰：'夫芷蘭生於深林，非以無人而不芳。'謝玄答謝安戒約子姪之問，蓋承孔子之言，欲始生於深林幽谷的芝蘭得隱於謝氏庭階之內而芬芳依舊。謝玄答語暗謂謝氏子弟當隱忍而不外露，不競權勢，不求非分。所以謝安悦其得己之心。"《政治》頁一七三。〇曰："處貴而遺權，正是謝氏自守的門風。《宋書》卷五六《謝瞻傳》載謝瞻語謝晦，説及謝氏家門以素退爲業之後，特別標榜'不願干豫時事'，更與謝安'子弟亦何豫人事'之言一致。謝氏門風形成，謝安起了重要作用。"同上頁一七四。

93

　　道壹道人好整飾音辭，王珣《游嚴陵瀨詩敘》曰："道壹姓竺氏。"《名德沙門題目》曰："道壹文鋒富贍。"孫綽爲之贊曰："馳騁遊説，言固不虛[1]。唯茲壹公，綽然有餘。譬若春圃，載芬載敷。條柯猗蔚，枝榦扶疏。"從都下還東山，經吳中。已而會雪下，未甚寒。諸道人問在道所經。壹公曰："風霜固所不論，乃先集其慘澹。郊邑正自飄瞥，林岫便已皓然[2]。"

─────────

〔1〕"馳騁遊説"二句，平賀房父曰："《高僧傳》作'馳辭説言，因緣不虛'。"程炎震曰："《高僧傳》五作'馳辭説言，因緣不虛'，是也。"余嘉錫曰："本注文義爲長，《高僧傳》妄有改竄，不可從。"徐震堮曰："'遊説'《高僧傳》作'説言'，'不虛'《高僧傳》作'因緣'，'敷'《高僧傳》作'譽'，'柯'《高僧傳》作'被'，'扶'《高僧傳》作'森'。諸此異文，似以本注爲優。"

〔2〕"便已"，董刻本"已"作"自"。《臥遊錄》引同。

○ "道壹道人"至"未甚寒"

"道壹道人"，恩田仲任曰："《高僧傳》曰：'姓陸，吳人也。'" ○程炎震曰："《高僧傳》五云：'道壹，姓陸，吳人也。晉太和中出都，止瓦官寺，從汰公受學，簡文皇帝深所知重。及帝崩汰死，乃還東，止虎邱山，以晉隆安中卒，年七十有一。'" ○張萬起曰："晉宋間佛學初行，佛徒猶未有僧稱，通稱'道人'。"按"道人"義參見《德行篇》"桓常侍聞人道深公者"條。

"好整飾音辭"，田中頤曰："常常談語，亦必不苟也。" ○王佩諍曰："顏黃門《家訓》以'音韻'爲'音辭'，疑即本此。" ○龔斌曰："道壹整飾音辭，即修飾聲文，此乃經師轉讀、梵唄時之要求。或許得支曇籥轉讀之法。"

"未甚寒"，田中頤曰："爲下曰'先集'句特著此三字。"

○ "諸道人"至"便已皓然"

"風霜固所不論"，大典顯常曰："言時節之寒，不須敘也。風霜，謂寒氣已。"

"先集其慘澹"，桃井白鹿曰："慘澹，雪將下時雲色。" ○大典顯常曰："《詩經·小雅》：'如彼雨雪，先集維霰。'慘澹，不溫和貌。" ○田中頤曰："'先集'原《詩》句，即言霰。"

"郊邑正自飄瞥"二句，岡白駒曰："瞥，過目也。塗中苦風霜，常人旅況，此固所不論，山川蕭條，集其慘澹，在韻士尤甚。已而會雪下，瞥然暫見之間，林岫忽改觀。'先集'二字見以此遣之，此言辭整飾之妙。" ○桃井白鹿曰："謂雪花飄閃，暫過人目也。" ○恩田仲任曰："瞥，《説文》：'過目也。'徐曰：'瞥然暫見也。'" ○田中頤曰："二句即言雪。已上六言四句，所謂'整飾音辭'者，而有使人速老之意也。" ○楊勇曰："飄瞥，即飄拂。" ○張萬起曰："正自，正在。"

○注 "王珣游嚴陵瀨詩敘曰"

"嚴陵瀨"，恩田仲任曰："《水經注》曰：'紫谿逕桐廬縣，東爲桐谿。孫權藉谿名以爲縣目。割富春之地立桐廬縣，自縣至於潛凡十六瀨，第二是嚴陵瀨，瀨帶山，山下有石室，漢光武帝時嚴子陵之所居也。故山及瀨皆即人姓名之。'"

"道壹姓竺氏"，徐震堮曰："道壹從竺法汰受學，故依師姓竺耳。" ○朱鑄禹曰："魏晉稱和尚道人，多於其名上冠'竺'字，蓋謂佛教從天竺來，猶後之稱'釋'，稱'沙門'，非姓氏也。"

《名德沙門題目》，沈家本曰：“隋唐志皆不著録。此題目沙門之有名德者。此所引者支遁、竺法深，《文學》又引于法開。”《古書目》卷四。○葉德輝曰：“《高僧傳》五引用。”《書目》。

“孫綽爲之贊”，葉德輝曰：“孫綽《道壹贊》，此《沙門贊》之一。”《書目》。

“綽然有餘”，秦士鉉曰：“《孟子》：‘綽綽然有餘裕。’”

【彙評】

劉辰翁曰：“小兒學語，體格未成，漫雜書袋，面目可憎。”按凌瀛初本、《批補》“漫雜”作“利錐”。大典顯常《集成》曰：“‘利錐’不審，恐是‘利用’之誤。《南唐書·彭利用傳》：言必據書史，斷章破句，以代常談，俗謂之掉書袋。傳中具載其語，多可笑者。”恩田仲任曰：“‘錐’當作‘用’。《南唐書》‘彭利用言必據書史’云云。”

張端木曰：“雪賦。”

王叔岷曰：“陶淵明《癸卯歲十二月中作與從弟敬遠》一首：‘傾耳無希聲，在目皓已潔。’狀雪之速積，與此二句相似，絕佳。”評“郊邑正自飄瞥”二句。

94

張天錫爲涼州刺史，稱制西隅。既爲符堅所禽[1]，用爲侍中。後於壽陽俱敗，至都，張資《涼州記》曰：“天錫字公純嘏[2]，安定烏氏人，張耳後也。曾祖軌，永嘉中爲涼州刺史，值京師大亂，遂據涼土。天錫篡位，自立爲涼州牧。符堅使將姚萇攻没涼州，天錫歸長安，堅以爲侍中、比部尚書、歸義侯。從堅至壽陽，堅軍敗，遂南歸。拜散騎常侍、西平公。”《中興書》曰：“天錫後以貧拜廬江太守。薨，贈侍中。”爲孝武所器。每入言論，無不竟日。頗有嫉己者[3]，於坐問張：

---

〔1〕 “符堅”，《晉書》載記“符”作“苻”。楊勇曰：“‘苻’宋本作‘符’，非。”
〔2〕 “字公純嘏”，王世懋曰：“世乃有三字字，不可曉。後過江，爲人所笑，乃減一字。”楊勇曰：“‘純’上各本有‘公’字。《晉書·張天錫傳》：‘初字公純嘏，入朝，人笑其三字，因自改焉。’”
〔3〕 “嫉己”，楊勇曰：“‘己’《御覽》九七三作‘之’。”王叔岷曰：“作‘己’作‘之’並可。”

357

“北方何物可貴？”張曰：“桑椹甘香，鴟鴞革響。《詩·魯頌》曰：“翩彼飛鴞，集于泮林。食我桑椹，懷我好音。”淳酪養性，人無嫉心。”《西河舊事》曰：“河西牛羊肥，酪過精好，但寫酪置革上，都不解散也。”

○“張天錫”至“無不竟日”

“張天錫”，余嘉錫曰：“《書鈔》五十八引臧榮緒《晉書》曰：‘張天錫字純嘏，爲苻融征南司馬。謝安等大破苻堅於淮肥，天錫於陣歸國，詔以爲散騎常侍左員外。’”

“稱制西隅”，平賀房父曰：“天子之詔曰制。西隅指涼州。”○田中頤曰：“稱制令於西方隅也。”○崔朝慶曰：“天子之言曰制書，謂爲制度之命也。”○張萬起曰：“張天錫爲涼州刺史，是獨立王國，因此説他‘稱制西隅’。”

“至都”，龔斌曰：“苻堅以太元八年十月大敗於肥水，則張天錫至都當在此時。”

“所器”，崔朝慶曰：“器，器重也。”

“無不竟日”，田中頤曰：“其用日渥。”

○“頗有嫉己”至“人無嫉心”

“頗有嫉己者”，田中頤曰：“以其敗辱人。”○徐震堮曰：《晉書》本傳作會稽王道子嘗問其西土所出。《礼記》○江藍生曰：“‘己’本爲代名詞，指稱自己，但六朝小説中屢見‘己’字用如第三人稱代詞。”《彙釋》頁八八。

“何物可貴”，田中頤曰：“問物之可貴者，將譏其敗辱無節義也。”○江藍生曰：“‘何物’是魏晉六朝人習語，義爲‘什麽’，其用法與‘何等’大致相同。”《彙釋》頁七七。

“桑椹甘香”四句，劉應登曰：“譏問者之嫉己。”○桃井白鹿曰：“革響，謂改音也，喻己改志歸晉。”○平賀房父曰：“言北方有桑椹之甘香，鴟鴞食之，故能變惡聲爲好音。又有淳酪之養性，人食之，故都無嫉心。以諷嫉己者也。”○田中頤曰：“桑椹、淳酪，並皆北方可貴之物，而桑椹與操實、淳酪與重厚義近，因以比己，言吾操誠實，故雖鴟鴞之惡鳥爲之改音。吾性淳厚，故雖他人之疏者爲之無嫉心，都異乎問者不改音且有嫉心也。”○崔朝慶曰：“鳥之翅曰革，言鷗鵃旋空，振翅作響也。淳酪，淳，厚也。北方以馬乳爲酪。”

○注“張資涼州記曰”至“贈侍中”

“張資涼州記”，沈家本曰：“隋唐志皆不著録。此記張天錫事，乃記事之書，非地理書。”《古書目》卷四。○葉德輝曰：“《隋志》題《涼記》八卷，云：‘記張軌事，僞燕右僕射張諮撰。’按‘資’‘諮’一字，即此人也。”《書目》。

“天錫簒位”，秦士鉉曰：“涼州張重華，永和二年自稱西平公，假涼王。其兄祚，自稱涼王，紀元和平。興寧元年，天錫殺兄子玄靚，簒立。”

“比部尚書”，恩田仲任曰：“《宋書·百官志》曰：‘比部主法制。’《正字通》曰：‘取校勘亭平之義，即今刑部。’”

“拜廬江太守”，桃井白鹿曰：“《晉書》：以其家貧拜廬江太守，本官如故。”

“薨贈侍中”，楊勇曰：“《晉書·張天錫傳》：‘卒年六十一，追贈金紫光禄大夫。’《御覽》一二四引《十六國春秋前涼録》：‘薨贈鎮西將軍，謚悼公。’皆與此異。”

○注“西河舊事曰”

《西河舊事》，沈家本曰：“《隋志》無。《新唐志》：‘《西河舊事》一卷。’無撰人。《後漢書·明帝紀》注亦引《西河舊事》。”《古書目》卷四。○葉德輝曰：“《隋志》不著録。唐章懷《後漢書》注引用。”《書目》。

95

顧長康拜桓宣武墓，作詩云：“山崩溟海竭，魚鳥將何依。”宋明帝《文章志》曰：“愷之爲桓温參軍，甚被親暱[1]。”人問之曰：“卿憑重桓乃爾，哭之狀其可見乎？”顧曰：“鼻如廣莫長風[2]，眼如懸河決溜。”《春秋考異郵》曰：“距不周風

---

〔１〕 “親暱”，余嘉錫曰：“景宋本作‘親昵’。”
〔２〕 “鼻如”，徐震堮《札記》曰：“《晉書》本傳無‘鼻如’以下十四字。”

四十五日，廣莫風至。廣莫者，精大備也。蓋北風也，一曰寒風。” 或曰：“聲如震雷破山，淚如傾河注海。”

○ “顧長康”至“傾河注海”

“桓宣武墓”，程炎震曰：“《御覽》五百五十六《葬送》四引謝綽《宋拾遺記》曰：‘桓溫葬姑熟之青山，平墳不爲封域，於墓傍開壙立碑，故謬其處，令後代不知所在。’” ○余嘉錫曰：“陸游《入蜀記》云：‘太平州正據姑熟溪北，桓溫墓亦在近郊。’《南齊書·周山圖傳》云：‘盜發桓溫塚，大獲寶物。’”

“作詩云”，程炎震曰：“《文選》卷二十三謝靈運《廬陵王墓下作詩》注引顧愷之《拜桓宣武墓詩》曰：‘遠念羨昔存，撫憤哀今亡。’蓋別一首。”

“鼻如廣莫長風”二句，劉應登曰：“此言其哭之之狀如此。” ○張萬起曰：“廣莫長風，强勁的北風。廣莫風是《淮南子》所謂‘八風’之一。決溜，河堤決口，水流奔瀉。”

“山崩溟海竭”，王叔岷曰：“《國語·周語上》：‘山崩川竭。’”

“震雷破山”，王叔岷曰：“《莊子·齊物論篇》：‘疾雷破山。’”

○注“春秋考異郵曰”

《春秋考異郵》，沈家本曰：“《隋志》：‘梁有《春秋緯》三十卷，宋均注。’二《唐志》：‘宋均注《春秋緯》三十八卷。’《後漢書·魏朗傳》注：‘孔子作《春秋緯》十二篇。’案《樊英傳》注《春秋緯》凡十三，曰《演孔圖》《元命苞》《文耀鉤》《運斗樞》《感精符》《合誠圖》《考異郵》《保乾圖》《漢含孳》《佑助期》《握誠圖》《潛潭巴》《説題辭》。《文選》注中所引《春秋緯》最夥，《考異郵》其一篇之名，是唐時其書尚存也。”《古書目》卷三。○葉德輝曰：“《隋志》‘春秋災異十五卷’下云：‘梁有《春秋緯》三十卷，宋均注。’此其中之一種也。《書鈔·天部三》引用，正作《春秋考異郵》。”《書目》。

【彙評】

劉辰翁曰：“問哭近譃，答固當俳。”

王思任曰：“終是畫意，安得作示寂圖。”

陶珙曰：“此是大言，可使與阿脩羅送喪。”

余嘉錫曰：“浩乃溫之所廢，而悅爲之訟冤，則與溫異矣。愷之身爲悅子，懷溫入幕之遇，忘其問鼎之姦。感激傷慟，至於如此。此固可見溫之能牢籠才俊，而當時士大夫之不識名義，亦已甚矣！愷之癡人，無足深責爾。”

96

毛伯成既負其才氣，常稱：“寧爲蘭摧玉折，不作蕭敷艾榮。”《征西寮屬名》曰：“毛玄字伯成，潁川人。仕至征西行軍參軍〔1〕。”

〇“毛伯成”至“蕭敷艾榮”

“毛伯成”，恩田仲任曰：“鍾嶸《詩品》曰‘齊參軍毛伯成文不全佳，亦多惆悵’云云，或是別人。或《詩品》誤‘晉’字爲‘齊’字耶？”〇陳直曰：“《詩品》有‘齊參軍毛伯成’，‘齊’當爲‘晉’字之誤。《隋書·經籍志》集部有晉《毛伯成集》一卷，總集又有《毛伯成詩》一卷。《詩品》云：‘伯成文不全佳，亦多惆悵。’”《札記》。

“既負其才氣”，岡白駒曰：“負才氣不遇，不用於時也。”〇張萬起曰：“既，表示程度，甚，很。”〇周一良曰：“才氣，氣，語尾。”《商兌》〇龔斌曰：“才氣，才能與志氣也。”

“寧爲蘭摧玉折”，平賀房父曰：“顏延年《祭屈原文》云：‘蘭薰而摧，玉縝而折。’”〇田中頤曰：“言不患簡傲不遇爲君子而死。”

“不作蕭敷艾榮”，岡白駒曰：“蕭，蒿也。敷，敷衍也。”〇大典顯常曰：“《離騷》：‘何昔日之芳草兮，今直爲此蕭艾也。’蕭艾，比小人。”〇田中頤曰：“不欲諂諛用世作小人而生也。”

---

〔1〕“行軍參軍”，恩田仲任曰：“‘行軍’之‘軍’恐衍。”

劉辰翁曰："恨甚。"

李贄曰："至言，至言！"《初潭集》卷十七。

97

范甯作豫章，《中興書》曰："甯字武子，慎陽縣人。博學通覽，累遷中書郎、豫章太守。"八日請佛有板。衆僧疑，或欲作答。有小沙彌在坐末曰："世尊默然，則爲許可。"衆從其義。

○"范甯作"至"衆從其義"

"范甯作豫章"，程炎震曰："《高僧傳》卷六《慧持傳》曰：'豫章太守范甯請講《法華毗曇》。'王珣《與范甯書》云：'遠公持公孰愈？'范答書云：'誠爲賢兄賢弟也。'"

"八日請佛有板"，劉應登曰："有板，槧文也。"○余嘉錫曰："王國維《簡牘檢署考》云：'至漢中葉，而簡策之用尚盛。至言事通問之文，則全用版奏，雖蔡倫造紙後猶然。晉人承制，封拜則曰版授，抗章言事則曰露版。'案請佛而用板者，蓋亦露版之類。所以表至敬，猶之禮佛之文，亦稱爲疏也。"○趙西陸曰："八日，蓋四月八日。《通鑒》卷六一胡三省注：'釋氏謂佛以四月八日生，事佛者以是日爲浴佛會。'《荆楚歲時記》：'四月八日諸寺設齋，以五色香水浴佛，共作龍華會。'"○徐震堮曰："八日，謂佛誕日。《長阿含經》謂二月八日佛出生。《瑞應經》謂四月八日生。俗以夏曆四月八日爲佛生日，故此云八日。《宋書·隱逸·沈道虔傳》：'累世事佛，推父祖舊宅爲寺。至四月八日，每請像，請像之日，舉家感慟焉。'板，簡牘也。請佛有疏，書於板上即謂之板。"○龔斌曰："支遁有《四月八日贊佛詩》、《詠八日詩》三首，寫四月八日請佛情形。"

"或欲作答"，程炎震曰："本書《文學篇》：'桓玄答五版。'蓋版必須答，晉制然耳。"

"世尊默然"二句，程炎震曰："《高僧傳》卷十《杯度傳》曰：'時湖溝有朱文殊者，少奉法。度多來其家，文殊謂度云："弟子脱捨身没苦，願見救度。脱在好處，願爲法侣。"度不答。文殊喜曰："佛法默然，已爲許矣。"'"

【彙評】

劉辰翁曰："代佛何默，小沙彌故俊。"

王世懋曰："義甚佳。"

袁中道曰："似戲。"《舌華録》卷一。龔斌按曰："似未達其義。"

余嘉錫曰："范武子湛深經術，粹然儒者。嘗深疾浮虚，謂王弼、何晏之罪，深於桀紂。其識高矣，而亦拜佛講經，皈依彼法。蓋南北朝人，風氣如此，韓昌黎所謂不入於老，則入於佛也。范氏不惟世奉三寶，乃至八日請佛，亦復傳爲家風。其行持之篤如此。然則彼之著論，詆毁王何，殆猶不免入主出奴之見也乎！"

98

司馬太傅齋中夜坐，《孝文王傳》曰[1]："王諱道子，簡文皇帝第五子也。封會稽王，領司徒、揚州刺史，進太傅。爲桓玄所害，贈丞相。"于時天月明净，都無纖翳。太傅歎以爲佳。謝景重在坐，《續晉陽秋》曰[2]："謝重字景重，陳郡人[3]。父朗[4]，東陽太守。重明秀有才會[5]，終驃騎長史。"答曰："意謂乃不如微雲點綴。"太傅因戲謝曰："卿居心不净，乃復强欲滓穢太清邪？"

---

〔1〕"孝文王傳"，徐震堮《札記》曰："《晉書》本傳作'會稽文孝王'，下'謝景重女適王孝伯兒'條注引《丹陽記》'孝文王'云云，亦當據《晉書》訂正。"

〔2〕"續晉陽秋曰"，董刻本作"檳賈樹秋曰"。王利器曰："各本作'續晉陽秋曰'，是。"

〔3〕"陳郡人"，董刻本"郡"作"和"。王利器曰："各本作'陳郡人'，是。"

〔4〕"父朗"，董刻本"父"作"哭"。王利器曰："各本作'父朗'，是。"

〔5〕"才會"，沈校本、何焯校"會"作"名"。恩田仲任曰："《晉書》作'才名'。"徐震堮《札記》曰："《晉書》'會'作'名'，《四部叢刊》本正作'名'。"

○“司馬太傅”至“歎以爲佳”

“司馬太傅齋中夜坐”，田中頤曰：“‘齋中’二字，下得有味，與‘清净’等字映。”○程炎震曰：“《御覽》卷四《月部》引《晉書》云‘謝太傅庭中夜坐’云云，亦與今《晉書·重傳》異，蓋以道子亦爲太傅，誤仅爲安石耳。”

“都無纖翳”，恩田仲任曰：“纖，細也。翳，蔽也，障也。”○田中頤曰：“與‘微雲’反映。”

“歎以爲佳”，田中頤曰：“與‘不如’反映。”

○“謝景重”至“太清邪”

“意謂乃不如微雲點綴”，岡白駒曰：“意謂，我意則謂。”○田中頤曰：“‘意謂’蓋謙辭。言其明净透徹之太顯易知，不及微雲有光之邃遠難見也。”

“因戲謝”，田中頤曰：“謝言固有一種微意，而戲説破之也。”

“卿居心不净”二句，田中頤曰：“言據此言，則卿以其不净之心，强欲延及之於太清者耶？”○崔朝慶曰：“太清，元氣之清者，言天也。”○張萬起曰：“乃復，竟然。”

○注“續晉陽秋曰”

“有才會”，徐震堮曰：“會者，領會之會。有會，謂多會心處。”○張萬起曰：“才會，猶才悟。”《詞典》頁六八二。○蔣宗許曰：“才會，猶言才致。‘有會’猶言有情致、有韻味。在六朝時，常以‘有會’來稱道談士的語言機趣蕴藉。”《臆札》。龔斌按曰：“謂‘才會’猶言‘才致’，恐不確。”

【彙評】

李贄曰：“答亦自佳。”○曰：“王又佳。”

凌濛初曰：“謝故有致。”

賀昌群曰：“夫本體圓融明净，有毫釐之缺，不得謂圓，有纖微之滓，不得謂净，有幾微之私，不得謂公，正如一片花飛減卻春，蓋本體可體會而不可名言也。”《初論》頁五九。

99

王中郎甚愛張天錫，問之曰："卿觀過江諸人，經緯江左，軌轍有何偉異？後來之彥，復何如中原？"張曰："研求幽邃，自王、何以還；因時脩制，荀、樂之風。"荀顗、荀勗脩定法制，樂則未聞。王曰："卿知見有餘，何故爲符堅所制？"張資《涼州記》曰："天錫明鑒穎發，英聲少著。"答曰："陽消陰息，故天步屯蹇；否剝成象[1]，豈足多譏？"

○ "王中郎" 至 "豈足多譏"

"王中郎"，程炎震曰："坦之卒於寧康三年，天錫以淝水之敗來降，不及見矣。此王中郎蓋別是一人。"

"經緯江左"，楊勇曰："經緯，猶謂思想也。下文謂'研求幽邃，王何以還'，正指此。"○王叔岷曰："《莊子·寓言篇》：'年先矣，而無經緯本末，以期來者，是非先也。'成疏：'上下爲經，傍通爲緯。'此句'經緯'一詞，蓋本《莊子》，謂上下傍通之才智也。"

"王何以還"，楊勇曰："王指王弼，何指何晏。"○朱鑄禹曰："此王何當指王導、何充。若談理者所稱王何，則是王弼、何晏，與過江經緯無涉。"

"荀樂之風"，趙西陸曰："樂，樂廣。"

"何故爲符堅所制"，王叔岷曰："《史記·淮陰侯列傳》：'上笑曰：多多益善，何爲爲我禽？'（'何爲'猶'何故'。）與此句法相似。"

"天步屯蹇"，恩田仲任曰："屯，難行難進也。蹇，所履艱棘也。"

○注 "荀顗荀勗修定法制"

"荀顗荀勗脩定法制"，徐震堮曰："《晉書·裴秀傳》：'魏咸熙初，釐革憲

---

[1] "否剝"，董刻本、元刻本 "否" 作 "不"。王利器曰："各本'不'作'否'。"

司，荀顗定禮儀，賈充制法律，而秀改官制焉。’《荀顗傳》：‘及蜀平，興復五等，命顗定禮樂。顗上請羊祜、任凱、庾峻、應貞、孔顥共刪改舊文，撰定晉禮。’《荀勖傳》：‘與賈充共定律令。’”

“樂則未聞”，余嘉錫曰：“廣未嘗脩定法制，故云‘未聞’。”

【彙評】

黃輝曰：“問語岸偉。”

100

謝景重女適王孝伯兒，二門公甚相愛美。《謝女譜》曰[1]："重女月鏡，適王恭子愔之。"謝爲太傅長史，被彈；王即取作長史，帶晉陵郡。太傅已構嫌孝伯，不欲使其得謝，還取作咨議[2]。外示縶維，而實以乖間之。及孝伯敗後，太傅繞東府城行散，《丹陽記》曰："東府城西，有簡文爲會稽王時第，東則孝文王道子府[3]。道子領揚州，仍住先舍，故俗稱東府。"僚屬悉在南門要望候拜，時謂謝曰："王甯異謀，阿甯，王恭小字也。云是卿爲其計。"謝曾無懼色，斂笏對曰："樂彦輔有言：‘豈以五男易一女？’"太傅善其對，因舉酒勸之曰："故自佳！故自佳！"

〔1〕“謝女譜”，何焯曰：“‘女’當作‘氏’。”余嘉錫曰：“當是‘謝氏譜’之誤。”王利器曰：“‘謝女譜’當作‘謝氏譜’，本書《文學門》‘林道人詣謝公’條注亦引‘謝氏譜’。”
〔2〕“咨議”，董刻本“咨”作“諮”。
〔3〕“孝文王”，楊勇曰：“‘文孝王’宋本作‘孝文王’，非。今依《晉傳》。”

366

○“謝景重女”至“帶晉陵郡”

“二門公”，徐震堮曰：“兩親家曰‘門公’。”《釋義》。又曰：“門公，猶言家公。門公、家公，並謂父。”《簡釋》。○楊勇曰：“即二門之父。”

“太傅長史”，徐震堮曰：“太傅，謂會稽王司馬道子。”

“王即取作長史”，劉應登曰：“謂謝已與道子有嫌，工亦與道子成隙，恐謝去職而還，爲道子所害，故留之依己也。”

“晉陵郡”，楊勇曰：“晉置毗陵郡，後改晉陵，今江蘇武進縣治。”

○“太傅已”至“故自佳”

“外示縶維”，楊勇曰：“《詩·小雅·白駒》：‘皎皎白駒，食我場苗，縶之維之，以永今朝。’縶維，謂羅致人才也。”

“繞東府城行散”，凌濛初曰：“‘行散’又見此。”○鄧安生曰：“晉安帝義熙十年，劉裕對東府作了整修擴建。《宋書·武帝紀中》：‘十年，息民簡役，築東府，起府舍。’所謂‘築東府’，當是建築東府的城牆，故《晉書·安帝紀》有‘城東府’之稱。所謂‘起府舍’，也即擴建府第之意。從此以後，東府又稱東府城，也有省稱東城的。”《東晉四府考略》。

“要望候拜”，張萬起曰：“要望，迎望。”

○注“丹陽記曰”

“東府”，胡三省曰：“東府在建康臺城之東。”《通鑑·晉紀二十六》注。按鄧安生《東晉四府考略》曰：“東府舊址，東晉時在臺城之南，今南京市通濟門外附近即是。胡氏謂在臺城之東，小誤。且東晉時王公府第在臺城之東者甚多，何獨以東府在臺城之東而名之？胡氏此說也難通。”○錢大昕曰：“此在元帝未即位以前，帝以鎮東大將軍領揚州刺史，故稱東府也。其後以京都所在，刺史不加征東、鎮東之號，而東府之名猶存，故揚州治所稱東府城也。”《考異》卷二十二。○趙西陸曰：“《建康實錄》卷一注曰：‘案《晉書》，孝武帝太元末，會稽王道子爲揚州刺史，治東第，時人呼爲東府。’《御覽》一百八十一引《晉書》曰：青溪橋東南臨淮水，週三里九十步。太宗舊第，後爲會稽孝文王道子宅。謝安薨後，道子領揚州刺史，於此理事，時人呼爲東府。至是築城，以東府爲名。其城東北角有靈秀山，即道子宅內山，嬖臣趙牙所築也。”○鄧安生曰：“東府就是鎮東大將軍府的省文。永嘉初，司馬睿以安東將軍、都督揚州諸軍事鎮建康，尋加鎮東大將軍、開府儀同三司。因此其軍府即爲鎮東大將軍府，省稱就叫東府，猶如後將軍府亦可省稱後府。咸和七年十二月，成帝遷居新宮（即臺城），此後直至東晉滅亡，東府不再作爲皇宮，而逐漸改爲揚州刺史或丞相兼揚州刺史的府第。這時的東府已不再是本來意義上的東府了，就是說，鎮東大將軍府的含義已不存在，而只是在丞相兼揚州刺史治原東府的府舍這個意義上稱東府了。"《東晉四府考略》。

　　桓玄義興還後，見司馬太傅。太傅已醉，坐上多客，問人云："桓溫來欲作賊[1]，如何？"《晉安帝紀》曰："溫在姑孰[2]，諷朝廷，求九錫。謝安使吏部郎袁宏具其草，以示僕射王彪之。彪之作色曰：'丈夫豈可以此事語人邪[3]？'安徐問其計。彪之曰：'聞其疾已篤，且可緩其事。'安從之，故不行。"桓玄伏不得起。謝景重時爲長史，舉板答曰："故宣武公黜昏暗，登聖明，功超伊霍[4]。紛紜之議，裁之聖鑒[5]。"太傅曰："我知！我知！"即舉酒云："桓義興，勸卿酒。"桓出謝過[6]。檀道鸞論之曰："道子可謂易於由言，謝重能解紛紜矣。"

〔1〕 "桓溫來欲作賊"，李慈銘曰："'桓溫'下當有一'晚'字，《晉書》作'桓溫晚途欲作賊'，可證，各本皆脱。"徐震堮《札記》曰："《晉書》道子本傳'來'作'晚途'。"吳金華《考釋》曰："'來'字之上未必脱字，'來'字無義，疑是'末'字之訛。從先秦以至南北朝，單音詞'末'一直是'末年'、'末途'、'晚節'、'晚途'的同義詞。'桓溫末欲作賊'正與'桓玄末雖篡位'的説法類似。今本誤作'來'，語不可通。"頁四四至四五。按"桓玄末雖篡位"語見《晉書·桓謙傳》。楊勇曰："吳說有見。《政事》《規箴》均有'丞相末年'句，可證吳說之實。"
〔2〕 "姑孰"，董刻本"孰"作"熟"。楊勇曰："宋本作'姑熟'，非。"
〔3〕 "丈夫豈可以"，董刻本、沈校本"丈"作"大"，無"可"字。何焯校："無'可'字。"楊勇曰："宋本作'大'，今依袁本。又'以'上並有'可'字，今從增。"
〔4〕 "功超"，劉應登曰："'超'作'越'。"何焯校同。
〔5〕 "裁之聖鑒"，徐震堮《札記》曰："《道子傳》作'宜裁之聽覽'。"
〔6〕 "桓出謝過"，程炎震曰："末句恐有誤字，《晉書》作'玄乃得起'。"

○“桓玄義興”至“伏不得起”

“桓玄義興還後”，程炎震曰：“《晉書》云：‘太元末出補義興太守。’”○余嘉錫曰：“《建康實錄》卷九云：‘太元十七年九月，除南郡公桓玄義興太守。’太元紀年凡二十一年，則十七年不得爲太元之末，傳語殊誤。《孝武紀》：‘太元十七年，十月，王忱卒。十一月，以殷仲堪爲荆州刺史。’玄以九月出爲太守，旋去職還都見道子，而十月已在江陵，則其到義興任不過十許日耳。玄擅自去官，而道子不問，亦不復用，又從而挫辱之，宜玄之益不自安，切齒於道子矣。《通鑒》卷一百八以爲玄先詣道子，後出補義興太守，亦非也。”《讀已見書齋隨筆》，《雜著》頁六四九至六五〇。

“桓溫來欲作賊”，參見校文。程炎震曰：“《晉書·道子傳》作：‘桓溫晚塗欲作賊，云何？’不如此語佳。蓋道子醉中以玄爲溫也。”○崔朝慶曰：“從下制上謂之賊。”○周一良曰：“《汰侈篇》：‘此客必能作賊。’‘作賊’，南北朝習語，猶言造反，非謂盜竊也。《宋書》八五《王景文傳》：‘吾自了不作偷，猶如不作賊。’‘偷’‘賊’對舉，尤爲確證。”《世說札記》。○朱鑄禹曰：“《晉書》卷六十四《會稽文孝王傳》作：‘桓溫晚塗欲作賊，云何？’似較此爲合。蓋道子童昏，加以酒醉，對子罵父，欲以辱玄，及聞謝語，即曰‘我知，我知’，蓋亦自覺其言之過矣。一說道子酒醉誤以玄爲溫，似未允。”

“桓玄伏不得起”，劉應登曰：“言其父惡，故伏地不起。”○余嘉錫曰：“玄之伏不能起，不徒以道子直斥溫名，加以大逆，使之無地自容而已，直恐其醉中暴怒，於座上收縛，或牽出就刑，故懼而流汗耳。”

○“謝景重時”至“桓出謝過”

“舉板”，周祈曰：“徐廣《車服儀制》曰：‘笏即手板，漢魏以來皆執手板，有事則插於紳間，故曰縉紳。’古人執笏搢笏，不獨對君也。”《名義考》卷|二。○徐震堮曰：“板，謂手板，笏也。”

“黜昏暗登聖明”，張萬起曰：“指桓溫廢海西、立簡文之事。”

“功超伊霍”，陳殷曰：“伊尹放大甲，霍光廢昌邑。”《點注》卷四。○崔朝慶曰：“商伊尹，名摯，湯之賢相。湯之孫太甲無道，尹放之於桐宮，三年，太甲悔過，復歸於亳。漢霍光，字子孟，平陽人。光以大司馬大將軍輔政，廢昌邑王，立宣帝，封博陸侯。”

369

"聖鑒"，崔朝慶曰："帝王之裁鑒也。"

○注"晉安帝紀曰"

徐震堮曰："桓溫卒於寧康元年，《謝安傳》亦言時孝武帝富於春秋，政不自己，溫威振内外。及病篤，諷朝廷加九錫，使袁宏具草，安見輒改之，由是歷旬不就。會溫薨，錫命遂寢。去安帝之立，尚二十五年，豈追敘舊事耶？"《札記》。

○注"檀道鸞論之曰"

"道子可謂易於由言"，徐震堮曰："易，輕也。由，用也。" ○楊勇曰："當作'道子可謂無易由言'是。《詩·大雅·抑》：'無易由言。'鄭箋：'由，於也。'"

【彙評】

劉應登曰："此乃道子醉中易言爾。謝乃舉其廢立之事言之。蓋溫廢海西，立簡文，道子乃簡文第五子也。可謂善解紛矣。"

李慈銘曰："桓溫桀逆，罪不容誅。當日王珣既被偏知，感恩短簿。謝公名德，亦以溫府司馬進身，故新亭之迎，九錫之議，當時懍懍，亦以不速斃爲憂。及至告終，哀榮備盡。蓋王謝二族，世執晉柄，終懷顧己之私，莫發不臣之迹。據《晉書·范宏之傳》：'宏之申雪殷浩，因列桓溫移鼎之迹，一疏甫上，遂爲王珣所讎，終身淪謫。'蓋諸臣既各持其門户，孝武亦私感其援立，簡文隱忍相安，終成靈寶之篡。觀此景重所答，動以廢昏立明藉口，歸功道子，即舉酒相勸，其君臣幽隱，已喻之深。道鸞尚稱謝重能解紛紜，何其無識！終晉之世，昌言溫罪者，唯宏之《上會稽王書》《與王珣書》，辭氣伉直，不畏彊禦，一人而已。"《簡端記》。

余嘉錫曰："道子於衆中辱玄，言桓溫晚來欲作賊，殆亦有（范）弘之所上之書存乎胸中，故於酣醉之餘，不覺乘興而傾吐之也。雖然，《春秋傳》不云乎：'當其時不能治也，後之人何罪。'東晉君臣畏桓氏之强，於溫之死，方寵以殊禮，稱爲伊霍。謝安於此，亦不能無責焉。道子身爲輔相，朝野具瞻，既不能用弘之之言，大明國典，復不能慎其嚬笑，知玄之雄豪可疑，而無術以制之，徒加以挫辱，使之愧恥無以自容，一旦得志，肆其憤毒，遂致父子俱死人手，爲

370

天下笑，非不幸也。"《讀已見書齋隨筆》，《雜著》頁六五一至六五二。○曰："桓玄飛揚跋扈，包藏禍心，蜷伏爪牙，觀釁而動，能早除之固善。然道子昏庸，見不及此。本無殺之之意，而乘醉肆詈，辱及所生，使之羞憤難堪。是時四坐動容，主賓交窘，景重出而轉圜，實足息一時之紛糾。其言宣武廢昏立明，不過權詞解圍耳。使道子果欲正溫不臣之罪，固當奏之孝武，明發詔令，豈容失色於杯酒間乎？道鸞就事立論，未爲大失。蕁客之評，藉端牽涉，竊所不取。至於謝傅處置桓氏，實具苦心。若於溫身後便削奪官爵，除其卹典，不知何以處桓沖。設竟激之生變，如庾亮之於蘇峻，小朝廷何堪再擾乎？蕁客云云，又不審時勢之言也。"

102

宣武移鎮南州，制街衢平直。人謂王東亭曰：《王司徒傳》曰："王珣字元琳，丞相導之孫，領軍洽之子也。少以清秀稱。大司馬桓溫辟爲主簿，從討袁真，封交趾望海縣東亭侯，累遷尚書左僕射，領選，進尚書令。""丞相初營建康，無所因承，而制置紆曲，方此爲劣。"《晉陽秋》曰："蘇峻既誅，大事克平之後，都邑殘荒。溫嶠議徙都豫章，以即豐全。朝士及三吳豪傑，謂可遷都會稽，王導獨謂：'不宜遷都。建業，往之秣陵[1]，古者既有帝王所治之表，又孫仲謀、劉玄德俱謂是王者之宅。今雖凋殘，宜修勞來旋定之道，鎮静群情。且百堵皆作，何患不克復乎！'終至康寧，導之策也。"東亭曰："此丞相乃所以爲巧。江左地促，不如中國；若使阡陌條暢，則一覽而盡。故紆餘委曲[2]，若不可測。"

○ "宣武移鎮"至"方此爲劣"

"移鎮南州"，程炎震曰："《文選》殷仲文《南州桓公九井作》一首注引《水經注》曰：'淮南郡之於湖縣南，所謂姑孰，即南州矣。'案趙一清曰：'今

---

〔1〕"往之"，楊勇曰："'往'宋本作'住'，非。"
〔2〕"紆餘"，何焯校"餘"作"徐"。

371

本《水經·沔水篇》無此文。'《晉書·哀帝紀》：興寧二年五月，以桓溫爲揚州牧，録尚書事。八月，溫至赭圻，遂城而居之。《通鑒》：興寧三年，移鎮姑孰。蓋遙領揚州牧，州府即隨之而移。以姑孰在建康南，故得南州之名，如西州之比矣。"○楊勇曰："南州，即姑孰，東晉時之通稱也。蓋以姑孰在建康之南故，猶揚州之稱西州是。"

"制街衢平直"，恩田仲任曰："《說文》：'衢，四通道也。'《爾雅》曰：'九達謂之衢。'"○田中頤曰："即與'紆曲'反。"

"丞相初營建康"，岡白駒曰："晉改建業爲建康。"○恩田仲任曰："《三體詩》注曰：'金陵，春秋屬吳，戰國屬越，後屬楚，秦改秣陵，漢丹陽郡，吳建業，晉以業爲鄴，後改建康。'晉愍帝諱鄴，改建鄴爲建康。"○田中頤曰："導也，東亭祖父。"○石川鴻齋曰："改建業爲建康，避愍帝諱也。"《點注》卷四。

"方此爲劣"，王叔岷曰："陶淵明《影答形》：'酒云能消憂，方此詎不劣。'"

○"東亭曰"至"若不可測"

"江左地促"二句，田中頤曰："促，小縮也。地與中國異，故其制置亦不同。"

"阡陌條暢"，恩田仲任曰："市中街東西爲阡，南北爲陌。"○田中頤曰："暢，長也，即'平'也。"

"若不可測"，田中頤曰："究竟從地便宜，是乃巧也。"

○注"王司徒傳曰"

"從討袁真"，秦士鉉曰："桓溫枋頭敗還，歸罪於袁真，廢爲庶人。真怨，據壽陽反，死。子瑾立，溫擊斬之。"○曹道衡曰："據《海西公紀》，桓溫與袁真未嘗有兵事。史臣未核，遂直書'討袁真'，實則討袁瑾也。時珣二十二歲。"《叢考》頁二〇四。

○注"晉陽秋曰"

"大事克平"，天保手批曰："國之大事，在戎與喪。"

"都邑殘荒"，秦士鉉曰："蘇峻之亂，宮城陷，臺省及諸營寺署一時燒盡，官府金銀絹布皆盡。"

"溫嶠議徙都豫章"，龔斌曰："當在咸和四年初。"

“三吴”，恩田仲任曰：“《水經注》曰：‘吴興、吴郡、會稽爲三吴。’”

“建業往之秣陵”，桃井白鹿曰：“《晉書》王導曰：‘建康，古之金陵，舊爲帝里。’”○秦士鉉曰：“往，往昔也。建業，金陵也，一名秣陵。楚威王因此地有王氣，埋金以鎮之，故名金陵。秦始皇亦以王氣爲嫌，改爲秣陵。孫權都此，改爲建業。晉改爲建康。東晉復都此，置丹陽郡。初，吴張紘以秣陵山川形勝，勸孫權爲治所，劉備亦勸權居之。”

“王者之宅”，恩田仲任曰：“《吴録》曰：‘張紘言於孫權曰：秣陵，楚武王所置，名爲金陵。秦始皇時，望氣者云：金陵有王者氣，故斷連岡，改名秣陵也。’《韻府》曰：‘孔明曰：鍾山龍盤虎踞，帝王居也。’”

“勞來旋定”，恩田仲任曰：“《毛詩序》曰：‘《鴻雁》，美宣王也，萬民離散，不安其居，而能勞來還定安集之，至於矜寡，無不得其所焉。’顔師古曰：‘勞，郎到反；來，郎代反。謂勸勉招懷百姓也。’”按顔師古注見《漢書·循吏王成傳》。○王利器曰：“旋定即還定。《詩·小雅·鴻鴈》序云云。”○楊勇曰：“《孟子·滕文公》：‘勞之來之。’疏：‘民之勤勞於事者，有以償其勞，故曰勞之；民之來歸者，有以償其來，故曰來之。’”

“百堵皆作”，大典顯常曰：“亦《鴻雁》詩中語。”

【彙評】

李贄曰：“至言，至言！”評“江左地促”數句。《初潭集》卷二十三。

田中頤曰：“能言地理。”

許世瑛曰：“街道平直紆曲似乎是末事小節，好像没有多大關係似的，殊不知其中還含着深意，王公真可當得起‘一飯三吐哺’的譽辭了。”《王導政績和晉元帝中興》。

103

桓玄詣殷荆州，殷在妾房晝眠，左右辭不之通。桓後言及此事，殷云：“初不眠，縱有此，豈不以‘賢賢易色’也？”孔安國注《論語》曰：“言以好色之心好賢人則善。”

○ “桓玄詣”至“易色也”

“殷荊州”，徐震堮曰：“殷仲堪。”

“不之通”，王叔岷曰：“‘之’猶‘與’也。”

“初不眠”，張萬起曰：“初不，從來不，根本没有。”

【彙評】

凌濛初曰：“飾語厚顔。”

104

桓玄問羊孚：《羊氏譜》曰：“孚字子道，泰山人。祖楷，尚書郎。父綏，中書郎。孚歷太學博士、州別駕、太尉參軍。年四十六卒[1]。” “何以共重吳聲？”羊曰：“當以其妖而浮。”

○ “桓玄問”至“妖而浮”

“桓玄問羊孚”，張萬起曰：“桓玄下都，羊孚往投，玄用爲記室參軍，後爲桓玄腹心。”

“吳聲”，蔣凡曰：“《樂府詩集》卷四四：‘蓋自永嘉渡江之後，下及梁陳，咸都建業，吳聲歌曲起於是也。’多爲情歌。”○龔斌曰：“指吳聲歌曲，是産生於建業及附近地區之民歌。原爲江南徒歌，永嘉南渡之後，受士人、樂工之喜愛，遂至紛紛仿作，被之管絃。”

【彙評】

王世懋曰：“既曰妖浮，那得共重？若爲‘輕詆’則可耳。”按凌瀛初本“共”

---

〔1〕 “年四十六卒”，龔斌曰：“《傷逝》一八作‘年三十一卒’。按當作‘年三十一卒’。”

作“其”，“若爲”作“若謂”。

張端木曰：“後世梨園並尚吳聲，不謂晉時已然。”

龔斌曰：“魏晉時期畜妓成風，妓妾皆唱吳歌艷曲。吳聲遂泛濫於上層社會，以至會稽王於東府宴集朝士，尚書令謝石乘醉唱起‘委巷之歌’。由此觀之，當時‘共重吳聲’確已形成風氣。”

105

　　謝混問羊孚：“何以器舉瑚璉？”《晉安帝紀》曰：“混字叔源，陳郡人，司空琰少子也。文學砥礪立名。累遷中書令、尚書左僕射。坐黨劉毅伏誅。”《論語》：“子貢問曰：‘賜也何如？’子曰：‘汝器也。’曰：‘何器也？’曰：‘瑚璉也。’”鄭玄注曰：“黍稷器。夏曰瑚，殷曰璉。”羊曰：“故當以爲接神之器。”

【彙評】

劉辰翁曰：“璉瑚者，不患不貴重，有時不可無耳。”

焦袁熹曰：“此言是也。若徒以珍麗取之，則一切金玉之物，便當與瑚璉爭價乎！”《此木軒四書説》卷三。

106

　　桓玄既篡位，後御牀微陷，群臣失色。侍中殷仲文進曰：《續晉陽秋》曰：“仲文字仲文，陳郡人。祖融，太常。父康，吳興太守。仲文聞玄平京邑[1]，棄郡投焉[2]。玄甚説之，引爲咨議參軍[3]。時王

---

[1] “仲文聞玄”，龔斌曰：“宋本無‘仲文’二字。”
[2] “棄郡投焉”，程炎震曰：“今《晉書》云：‘仲文爲新安太守，棄郡投玄。’此處蓋有脱文。”
[3] “咨議”，余嘉錫曰：“景宋本作‘諮議’。”

謐見禮而不親，卞範之被親而少禮。其寵遇隆重，兼於王、卞矣。及玄篡位，以佐命親貴，厚自封崇。輿馬器服，窮極綺麗，後房妓妾數十，絲竹不絶音。性甚貪吝，多納賄賂，家累千金，常若不足。玄既敗，先投義軍。累遷侍中、尚書。以罪伏誅。”“當由聖德淵重，厚地所以不能載〔1〕。”時人善之。

○“桓玄既篡”至“時人善之”

“篡位”，秦士鉉曰：“桓玄廢晉帝篡位，國號楚。”○程炎震曰：“元興二年，桓玄篡位。”

“進曰”，張萬起曰：“進，進言。”

○注“續晉陽秋曰”

“玄甚説之”二句，余嘉錫曰：“《文選集注》六十二江文通《擬殷東陽興矚詩》注引王韶《晉紀》云：‘仲文少有才，美容貌，桓玄姊夫。玄甚悦之，引爲諮議參軍。’”

“時王謐”二句，秦士鉉曰：“王謐、卞範之爲桓玄屬官。”

“先投義軍”，秦士鉉曰：“劉裕等起兵討桓玄斬之，晉帝復位，謂之義軍。投，投降也。”

【彙評】

劉應登曰：“此特諂篡之巧言爾，斯亦不足録也，而曰‘時人善之’，何重諂也？”

王世貞曰：“桓玄篡位，初登御牀而陷，殷仲文曰：‘將繇聖德深厚，地不能載。’梁武宮門災，謂群臣曰：‘我意方欲更新。’何敬容曰：‘此所謂先天下，天弗違。’又武帝即位，有猛虎入建康郭，象入江陵，上意不悦，以問群臣，無敢對者。王瑩曰：‘昔擊石拊石，百獸率舞，陛下膺籙御圖，虎象來格。’縱極

---

〔1〕 “聖德淵重厚地所以不能載”，朱鑄禹曰：“此疑衍‘重’字。《晉書》本傳作‘將由聖德深厚，地不能載’。”按朱校以“厚”字屬上讀。龔斌曰：“朱注誤。”

贍辭，不能不令人嘔穢。"《智囊補》卷二十引。

王世懋曰："群醜獻諛，讀之嘔噦，那得稱佳？"

張端木曰："陋語可刪。"

李慈銘曰："此學裴楷'天得一以清'之言，而取媚無稽，流爲狂悖。晉武受禪，至惠而衰，'得一'之徵，實爲顯著。靈寶篡逆，覆載不容，仲文晉臣，謬稱名上，而既棄朝廷所授之郡，復忘其兄仲堪之讎，蒙面喪心，敢誣厚地，犬彘不食，無忌小人。臨川之簡編，誇其言語，無識甚矣。"《簡端記》。

張萬起曰："仲文進言雖然機敏，卻是諛詞。"

107

桓玄既篡位，將改置直館，問左右："虎賁中郎省，應在何處〔1〕？"有人答曰："無省。"當時殊忤旨〔2〕。問："何以知無？"答曰："潘岳《秋興賦敘》曰：'余兼虎賁中郎將〔3〕，寓直散騎之省〔4〕。'"岳別見。其《賦敘》曰："晉十有四年，余年三十二〔5〕，始見二毛，以太尉掾兼虎賁中郎將，寓直散騎之省。高閣連雲〔6〕，陽景罕曜。僕野人也，猥廁朝列，譬猶池魚籠鳥，有江湖山藪之思。於是染翰操紙，慨然而賦。于時秋至〔7〕，故以《秋興》命篇。"玄咨嗟稱善。劉謙之《晉紀》曰："玄欲復虎賁中郎將，疑應直與不〔8〕，訪之僚佐〔9〕，咸莫

---

〔1〕 "應在何處"，唐鴻學曰："《文選·秋興賦》注引'應在'作'合在'。"
〔2〕 "殊忤"，董刻本、元刻本、何焯校作"絕忤"。黃丕烈曰："'殊'作'絕'。"唐鴻學曰："《文選·秋興賦》注引作'殊'，不應改。"又曰："《文選·秋興賦》注引'忤'作'忤'。"余嘉錫曰："'殊'景宋本及沈本俱作'絕'。"
〔3〕 "余兼"，唐鴻學曰："無'余'，注同。"
〔4〕 "寓直"，唐鴻學曰："'寓直於'，注同。"
〔5〕 "年三十二"，唐鴻學曰："'春秋三十有二'。"
〔6〕 "高閣"，董刻本"高"作"羞"。王利器曰："各本'羞'作'高'，是。《秋興賦》正作'高'。"
〔7〕 "于時秋至"，秦士鉉曰："《文選》'至'作'也'。"唐鴻學曰："'于時秋也'。"
〔8〕 "疑應"，董刻本"疑"作"宜"。楊勇曰："宋本作'宜'，非。"
〔9〕 "僚佐"，唐鴻學曰："'佐'作'屬'。"

377

能定。參軍劉簡之對曰〔1〕：'昔潘岳《秋興賦敍》云〔2〕："余兼虎賁中郎將，寓直於散騎之省。"以此言之，是應直也。'玄懅然從之。"此語微異，又答者未知姓名，故詳載之。

○"桓玄既篡"至"咨嗟稱善"

"直館"，恩田仲任曰："直宿之館。"
"虎賁中郎省"，岡白駒曰："省，署也。"
《秋興賦》，葉德輝曰："亦見《文選》。"《書目》。
"寓直散騎之省"，李匡文曰："常見直宿公署咸云'寓直'，徒以當'直'字，俗稍貴文言而不究其義也。案《字書》：'寓，寄也。''寓直'二字，出於潘岳之爲武賁中郎將。晉朝未有將校省，故寄直散騎省。今百官各當本司而直，固是當直，安可云'寓'，何異坐自居第而稱僑偁也?"《資暇集》卷中。
◎程炎震曰："《文選·秋興賦》注引此條。"

○注"劉謙之晉紀曰"

"劉謙之晉紀"，沈家本曰："《隋志》：'《晉紀》二十三卷，宋中散大夫劉謙之撰。'二《唐志》並'二十卷'。《宋書·劉康祖傳》：'父簡之，簡之弟謙之好學，撰《晉紀》二十卷。後爲太中大夫。'《南史》同。《唐志》卷與傳同，疑《隋志》'三'字衍，且題曰'中散大夫'，亦與《宋書》不合。"《古書目》卷四。○葉德輝曰："《隋志》：二十三卷。云：'宋中散大夫劉謙之撰。'"《書目》。

【彙評】

王世懋曰："注爲詳。"
田中頤曰："言以救過。"

─────────────

〔1〕 "劉簡之"，唐鴻學曰："劉苟之，此訛'簡'。"程炎震曰："劉簡之，《文選》注作'劉苟之'，《御覽》二百四十一《虎賁中郎將》引作'劉蘭之'，皆誤也。簡之者，謙之之兄，彭城呂人，見《宋書·劉康祖傳》。"
〔2〕 "秋興賦敍"，董刻本"敍"作"序"。

108

謝靈運好戴曲柄笠，丘淵之《新集録》曰：“靈運，陳郡陽夏人。祖玄，車騎將軍。父瑍[1]，秘書郎。靈運歷秘書監、侍中、臨川內史。以罪伏誅[2]。”孔隱士謂曰：“卿欲希心高遠，何不能遺曲蓋之貌？”《宋書》曰：“孔淳之字彥深，魯國人。少以辭榮就約，徵聘無所就。元嘉初，散騎郎徵，不到，隱上虞山。”謝答曰：“將不畏影者未能忘懷？”《莊子》云：“漁父謂孔子曰：‘人有畏影惡跡而去之走者，舉足逾數而跡逾多，走逾疾而影不離[3]，自以尚遲，疾走不休，絕力而死。不知處陰以休影，處靜以息跡，愚亦甚矣！子脩心守真[4]，還以物與人，則無異矣[5]。不脩身而求之人，不亦外事者乎？’”

○“謝靈運”至“曲蓋之貌”

“謝靈運”，徐子光曰：“《南史》：謝靈運，晉車騎將軍玄之孫。爲學博覽群書，文章之美，與顏延之爲江左第一。襲封康樂公，世稱謝康樂公。爲永嘉太守，郡有名山水，素所愛好，肆意遊遨。後爲侍中免官。尋山陟嶺，必造幽峻，登躡嘗著木屐。起爲臨川內史，有逆志，徙廣州棄市。靈運詩書皆兼獨絕，每文竟手自寫之，宋文帝稱爲二寶。”《蒙求集注》卷下“靈運曲笠”條。

“戴曲柄笠”，胡三省曰：“曲蓋者，蓋爲曲柄。《世說》：‘謝靈運好戴曲柄笠，孔隱士曰：何不能遺曲蓋之貌？’晉制，諸公任方面者，皆給節麾、緹幢、曲蓋。”《通鑑·晉紀十七》注。○桃井白鹿曰：“《古今注》：‘曲蓋，太公所作也。武王伐紂，大風折蓋，太公因折蓋之形而制曲蓋焉。戰國常以賜將帥，自漢朝乘

---

[1] “父瑍”，趙西陸曰：“《宋書》、《南史·謝靈運傳》、《南史·謝瞻傳》、《陽夏謝氏譜》並作‘瑍’。”楊勇曰：“‘瑍’宋本作‘渙’，非。今依《晉書·謝玄傳》、《宋書》、《南史·謝靈運傳》、汪藻《謝氏譜》。”

[2] “以罪伏誅”，余嘉錫曰：“景宋本及沈本俱無‘以罪’二字。”

[3] “影不離”，徐震堮曰：“‘離’下《莊子·漁父篇》有‘身’字。”

[4] “子脩心守真”，程炎震曰：“宋本‘子脩心守真’上有‘君’字。”

[5] “則無異矣”，桃井白鹿曰：“《莊子》‘異’作‘累’。”劉盼遂曰：“‘異’宜依《莊子·漁父篇》作‘累’，傳寫之誤也。”王利器曰：“今本《莊子·漁父篇》‘異’作‘累’，是。”徐震堮曰：“《莊子·漁父篇》作‘則無所累矣’。”

興用四，謂爲軿輬，蓋有軍號者賜其一也。’即今之曲柄繖也。”○程炎震曰："《晉書・藝術・陳訓傳》云：‘周玘問訓以官位，訓曰：酉年當有曲蓋。後玘果爲金紫將軍。’《蜀志・諸葛亮傳》注：‘亮南征賜曲蓋一。’《吳志・孫峻傳》注：‘留贊解曲印綬，付弟子以歸。’"○楊勇曰："戴，蓋也，用也。非今人所謂戴帽之戴。"

"何不能遺曲蓋之貌"，岡白駒曰："遺，忘也。好戴曲笠，是有意乎曲蓋之貌者也，故云‘不能遺’。"○平賀房父曰："此車蓋曲柄者，尊貴之所用也。孔淳子以爲靈運希富貴而模擬其貌，故云。"○田中頤曰："曲蓋，車蓋之曲柄者，蓋尊貴所用也。此言謝有其貌，故當有其心也。"○秦士鉉曰："靈運所戴固爲異形，其好僻者其志淫，故孔淳之規之曰：‘子志高遠，而不能遺如是奇物，何也？’本文‘好戴’二字，可見非常服矣。"○范子燁曰："曲蓋是榮名、權勢的象徵。靈運出身高門，雖寄情於山水，而實際並未忘懷功名富貴，所以孫淳之對其‘希心高遠’有所懷疑，因有‘何不能’之問。"《研究》頁二二二。

○"謝答曰"至"未能忘懷"

"將不畏影者"二句，劉辰翁曰："‘將不’，猶‘將無’也。"○王若虛曰："後漢陳煒謂孔融幼而聰慧，大未必奇，融曰：‘觀君所言，將不早慧乎？’‘將不’，亦猶‘將無’也。蓋以煒言融雖早慧，而大未必奇，故融復言煒既大而不奇，則疑於早慧也。或謂實言其不早慧，誤矣。《世說》云：殷仲堪之荊州，王東亭口：‘德以居全爲稱，仁以不害爲名。今宰牧華夏，處殺戮之任，與本操將不乖乎？’殷曰：‘皋陶造刑辟之制，不爲不賢。孔丘居司寇之任，未爲不仁。’《南史》荀萬秋對策，父昶以示釋道琳，道琳答曰：‘此不須看，若非先見而答，貧道不能爲；若先見而答，貧道奴皆能之。’昶曰：‘此將不傷道德邪？’答曰：‘大德所以不德。’竟不看焉。推此類，則其義可見矣。"《滹南集》卷三十三《謬誤雜辨》。○岡白駒曰："劉訓‘將不’爲‘將無’，不必假訓也。‘將’者，將然之辭。‘將不畏影’者，將脩心守貞也。既脩心守貞，處陰休影、處靜息跡，是無上之域，至此當無好惡矣。今將不畏者，未能至乎忘懷，所以有好惡也，所以戴曲蓋也。"○大典顯常曰："以辟孔之顧不能忘曲蓋之狀貌而言如是也。將不，猶言‘豈非’也。"○淇園曰："按笠之柄曲，則其柄上身居乎笠之正中，是其狀似常處陰以休影者，乃亦有可以爲畏影者之戒之貌者也。謝之好此，今因孔見問以自思，亦似夫畏影者之行未能忘懷，是以用此以自取鑑戒者，是以答辭云爾也。"〇田中頤曰："將，將欲也。'畏影'見於《莊子》。此謂心之形於貌者爲影也。謝言：我無其心，但有其貌，而不畏其影者，以其忘懷。今孔欲不畏其影者，尚有其心，爲顧其影。此以其未能忘懷也。謝不妨爲高遠，孔卻得曲蓋之名。"〇秦士鉉曰："靈運答曰：'欲所好之不僻者，是不能忘曲直之形於懷者也。'諺所謂'爲不畏鬼者即畏鬼'者也。"〇李慈銘曰："'將不'者，猶言'將毋'也，即今所謂'得無'。"《簡端記》。〇徐震堮曰："將不，商榷之辭。與'得無''莫非'相同。"《釋義》。〇王叔岷曰："《漢書‧枚乘傳》：'人性有畏其影而惡其迹者，卻背而走，迹愈多，影愈疾，不知就陰而止，景滅迹絶。'（又見《説苑‧正諫篇》。）亦本《莊子‧漁父篇》。"

〇注"丘淵之新集録曰"

《新集録》，沈家本曰："《隋志》無。《新唐志》：'丘深之《晉義熙以來新集目録》三卷。'《舊志》'新集'作'雜集'。'淵之'作'深之'者，唐避諱改也。"《古書目》卷四。〇葉德輝曰："《隋志》題《晉義熙以來新集目録》三卷，無撰人。《唐志》云：'邱深之撰。'避高祖諱。"《書目》。

"以罪伏誅"，秦士鉉曰："永嘉十年，靈運遊放自若，爲有司所糾，遣使收之。靈運執使者，興兵逃逸，作詩口：'韓亡子房奮，秦帝魯連恥。'説者云，靈運詩似不爲無心。然既仕宋，則與子房異矣。"

〇注"宋書曰"

《宋書》，沈家本曰："《隋志》：'《宋書》六十五卷，宋中散大夫徐爰撰。《宋書》六十五卷，齊冠軍録事參軍孫嚴撰。《宋書》一百卷，梁尚書僕射沈約撰。'凡三家，二《唐志》所録同，此注不著撰人，未詳爲何家之書。沈書成於齊永明六年，亦劉氏所及見也。"《古書目》卷四。〇葉德輝曰："《隋志》有徐爰、孫嚴、沈約三家，今沈書與所引不合，則未知爲孫爲嚴矣。"《書目》。

【彙評】

田中頤曰："無害於志。"

余嘉錫曰："笠者，野人高士之服，而曲柄笠，笠上有柄，曲而後垂，絶似曲蓋之形。靈運好戴之，故淳之譏其雖希心高遠，而不能忘情於軒冕也。靈運以爲惟畏影者乃始惡跡，心苟漠然不以爲意，何跡之足畏？如淳之言，將無猶有貴賤之形跡存於胸中，未能盡忘乎？"

蔣凡曰："孔隱士之論，正如同畏影子的人心裏沒能忘記影子，還沒達到境界，未存本真，心有繫累，因而才會看出'曲柄笠'的權勢印記。如此一來，孔隱士的問難，反變成了自我嘲諷。"

政事第三

【題解】

何良俊曰："孔子曰：'政寬則民慢，慢則糾之以猛；猛則民殘，殘則施之以寬。'此因子產遺訓，故言承敝易變之道大率如此。余觀孔子雅言，及古稱循吏炳煥竹素者，何嘗用猛哉？太史公曰：'奉法循理，亦可以爲治，何必威嚴哉！'斯言是矣。善哉，劉真長之言曰：'古之善政，司契而已，豈不以敦本正源，鎮静流末乎？'此語可著令甲。苟用此道，雖聖人之篤恭玄默，何以加諸！"《何氏語林》卷六。○恩田仲任曰："政事，謂治國之政也。"按此引《論語·先進篇》范甯注。○楊勇曰："本篇所載，多屬厚德化民、和静致治之事，以不忠不孝爲大惡置諸首，以威刑肅物爲不仁附篇末，排編選材，旨趣顯然。"○蔣凡曰："通貫於《政事》的一個主旨，就是以儒家的仁愛之德爲根本去治事理民。就中最爲動人的是王導、謝安的宰相風範。他們通時達變，謀深思遠，没有循規蹈矩，一任宰輔而求天下之全，東晋工朝盡享了他們的流惠。"

1

陳仲弓爲太丘長，時吏有詐稱母病求假。事覺收之，令吏殺焉。主簿請付獄，考衆姦。仲弓曰："欺君不忠，病母不孝。不忠不孝，其罪莫大。考求衆姦，豈復過此？"陳寔，已別見〔1〕。

---

〔1〕 "已別見"，趙西陸曰："依本書注例，'別'字衍。注於其人之籍貫、家世、仕履在後文者標'別見'。"楊勇曰："宋本作'已別見'，非。按孝標注《世說》有'已見''別見'及'已別見'例。'已見'者，其人行事已詳於前也。'別見'者，其人行事別在後詳之也。'已別見'者，必有二人以上，或已見於前，或別詳於後也。此唯陳寔一人，無由作'已別見'理。全書如此，其例嚴密，法自《漢志》，孝標仍之。後人不知其例，於此妄加'別'字，則於劉注體例相逆矣。"

383

○“陳仲弓”至“豈復過此”

“令吏殺焉”，王叔岷曰：“焉，猶‘之’也。”

“考衆姦”，秦士鉉曰：“衆姦，謂其他過錯。”○徐震堮曰：“《後漢書·安帝紀》注：‘考，謂考問其狀。’”○吳金華曰：“衆姦，指諸多姦邪之事。”《考釋》頁四六。

“病母不孝”，張萬起曰：“病母，説母病，咒母病。”

【彙評】

陳絳曰：“余謂此一事誣吾太丘矣。欺君誠不忠，然亦因事有大小，豈得一概執殺？詐稱母病殺，詐稱母喪，何所復施刑乎？且禮，‘大夫不稱君’，吏詐令長而曰‘欺君’，過矣。”《金罍子》上篇卷十一。

凌濛初曰：“恐亦未免矯枉。”

伯克利手批曰：“太丘爲政亦峻察若此。”

逯耀東曰：“出身潁川的陳氏有法家的傾向，此條所表現的更是法家的精神。説明當時的政事，也在轉變中。”《基礎》頁一三一。

蔣凡曰：“漢末道德式微，王綱不振，所謂‘聲教廢於上’，其結果便是世風混濁。爲吏無信而取‘詐’，就典型地表露了當時吏治的混亂狀況。陳寔抓住因其‘詐’中‘不忠不孝’的關鍵環節，嚴屬懲治，力矯世風。”

2

陳仲弓爲太丘長，有劫賊殺財主，主者捕之[1]。未至發所，道聞民有在草不起子者，回車往治之。主簿曰：“賊大，宜先按討。”仲弓曰：“盜殺財主，何如骨肉相殘？”按後漢時賈彪有此事，不聞寔也。

────────────

[1] “有劫賊殺財主主者”，大典顯常《集成》曰：“‘者’或作‘簿’。余以爲‘主’字衍，‘者’字屬上，義始判然。”秦士鉉曰：“‘主’字衍。”李慈銘曰：“下‘主’字疑衍，當云‘有劫賊殺財主者’爲一句。”

○“陳仲弓”至“回車往治之”

“有劫賊殺”，恩田仲任曰：“《說文》曰：‘人欲去，以力脅止曰劫。’《正字通》曰：‘强取也，奪也。’”○徐震堮曰：“劫，今語曰盜。本書《自新》陸機謂戴淵曰：‘卿才如此，亦復作劫邪？’《晉書·陶侃傳》：‘劫果至。’與此並作名詞用。‘賊殺’二字連文。”龔斌按曰：“徐箋非也。‘劫賊’指劫掠之賊，當連文不可分。”○江藍生曰：“‘劫’本爲動詞‘奪取’義，六朝時用爲名詞，作‘盜賊’講，甚爲普遍。”《彙釋》頁一〇四。○吳金華曰：“劫賊，是偏正式結構雙音節名詞，與下文主簿所謂‘賊’、仲弓所謂‘盜’是同義詞。這也是魏晉常語。”《續稿》。○蔣宗許曰：“此當以‘賊殺’爲詞，猶言殘殺。前言‘劫’，後言‘盜’，正相對應。而‘賊大宜先按討’，猶言‘賊殺的案情更爲嚴重’，更可見‘賊’不能上屬。”《大辭典前言》頁三。

“財主”，平賀房父曰：“財主，謂富民。”○田中頤曰：“財主，富民也。彼亦有罪，蓋以懷璧招禍者。”○翟灝曰：“《世說》陳仲弓曰：‘盜殺財主，何如骨肉相殘。’按古云‘財主’，俱對債者而言，非若今之泛稱富室。”《通俗編》二十三。○余嘉錫曰：“《左傳》云‘盜憎主人’，‘主’即對‘盜’而言。以其富有貲財，致爲盜所劫，故謂之‘財主’。”○徐震堮曰：“財主，物主也。《唐律疏議》十九：‘即得闌遺之物，財主來認。’”

“主者捕之”，恩田仲任曰：“《後漢書》注曰：‘謂主知盜賊之曹也。’”○田中頤曰：“主者，指言陳及主簿。”

“發所”，胡三省曰：“賊發之所。”《通鑑·漢紀三十九》注。○秦士鉉曰：“事所發起處，即殺人處。”

“在草不起子”，劉應登曰：“謂生子不收育之。”按《批補》無“之”字。○郎瑛曰：“今諺謂臨產曰坐草，起自漢也。陳仲弓爲太邱長，出捕盜，聞民有在草不起子者，回車治之。”《七修類稿》卷二十四。○岡白駒曰：“草，產蓐也，將產坐草。”○桃井白鹿曰：“在草，在產褥也。《通雅》引作‘坐草’。”○田中頤曰：“在草，謂在產褥也。不起，謂不舉子也。”○李詳曰：“《淮南子·本經訓》‘剔孕婦’高誘注：‘孕婦，姙身將就草之婦。’高誘去太邱時不遠，在草、就草，皆謂漢季坐蓐俗稱。”○劉盼遂曰：“草爲婦人分娩時藉薦之具。《晉書·惠賈皇后傳》：‘后詐有身，內槀物爲產具，遂取妹夫韓壽子養之。’《元帝紀》：‘生於洛陽，所藉槀如始刈。’槀亦草也。《高僧傳》四：‘于法開嘗投人家，值婦人在草危急。開針之，須臾，羊膜裹兒而出。’今沂沂之間謂小兒始生曰落草。”○徐震堮曰：“謂生子不舉也。在草，猶言坐蓐。”《札記》。○周一良曰：“‘起’猶言‘舉’。”《批校》。又曰：“‘舉’猶言撫育長養。‘舉’亦稱‘起’。”《史札》頁一五二。○楊勇曰：“晉時產子多在藉上，故用草為蓐。不起，生子不收育也。”○梁永昌曰：“‘在草’猶言‘臨蓐’，指婦女產孩子。‘在草不起子’意為‘生孩子而不養活’，如溺嬰之類。‘草’指草墊，也就是‘蓐’。這種說法是由當時風俗而來的，古代民間婦女產子大約只臥於草墊中，所以產子叫‘在草’。”《雜記》。

“往治之”，田中頤曰：“陳之意。”

○“主簿曰”至“骨肉相殘”

“先按討”，恩田仲任曰：“按，察也。討，尋也。”○田中頤曰：“主簿之意。”○張萬起曰：“按討，審查辦理。”

“盜殺財主”，田中頤曰：“此頑民聚斂者事，生貪欲而自脫政綱，所以可後也。”

“何如骨肉相殘”，田中頤曰：“何如，言其大孰與也。骨肉相殘，此窮民無告者，事涉至情而關係世教，所以可先也。”

○注“按後漢時賈彪有此事”

“賈彪有此事”，陳絳曰：“《東漢書‧黨錮傳》‘賈彪補新息長，小民困貧，多不養子’云云，數年間，人養子者以千數。此二事甚類。余意未必一時，兩人乃皆有斯事。或記者各集其所聞，而致有互異耳。”《金罍子》上篇卷十一。○秦士鉉曰：“賈彪事見《後漢書》列傳。事與陳仲弓正同。”○徐震堮曰：“此賈彪事。《後漢書‧黨錮傳》，彪補新息長，小民困貧，多不養子，彪嚴為其制，與殺人同罪。城南有盜劫害人者，北有婦人殺子者，彪出案發，而掾吏欲引南，彪怒曰：‘賊寇害人，此則常理；母子相殘，逆天違道。’遂驅車北行，案驗其罪。城南賊聞之，亦面縛自首。數年間，人養子者千數。”《札記》。○余嘉錫曰：“《後漢書‧黨錮傳》云云。仲弓、偉節，同時並有此事，何其相類之甚也。疑為陳氏子孫剿取舊聞，以為美談，而臨川誤以為實。然觀孝標之注，固已疑之矣。”

【彙評】

陳絳曰：“于此察殺人雖殘，而曾不若殺其子之甚，以盜跖知有妻子，而人安殺其兒。此司教化者所以尤痛心而疾首也。”《金壘子》上篇卷十一。

田中頤曰：“處事先情。”

3

陳元方年十一時，陳紀，已見。候袁公。袁公問曰：“賢家君在太丘，遠近稱之，何所履行？”元方曰：“老父在太丘[1]，彊者綏之以德，弱者撫之以仁，恣其所安，久而益敬。”袁宏《漢紀》曰：“寔爲太丘，其政不嚴而治，百姓敬之。”袁公曰：“孤往者嘗爲鄴令，正行此事。不知卿家君法孤？孤法卿父？”檢衆《漢書》，袁氏諸公，未知誰爲鄴令。故闕其文以待通識者。元方曰：“周公、孔子，異世而出，周旋動静，萬里如一。周公不師孔子，孔子亦不師周公。”

○“陳元方年”至“候袁公”

“陳元方年十一時”，余嘉錫曰：“《古文苑》十九邯鄲淳《後漢鴻臚陳君碑》云：‘年七十有一，建安四年六月卒。’以此推之，當生于漢順帝永建四年，其十一歲，則永和四年也。《後漢書·陳紀傳》雖不言卒於何年，然云‘建安初，袁紹爲太尉，讓於紀，紀不受。年七十一卒’，與碑未嘗不合。《陳寔傳》云：‘司空黃瓊辟選理劇，補聞喜長。旬月，以期喪去官。復再遷，除太丘長。’考《桓帝紀》元嘉元年冬閏月，太常黃瓊爲司空。二年十一月免。上距永和四年，十二三年矣。又延熹四年五月前太尉黃瓊所選舉，要不出元嘉、延熹之間，其除太丘長，又當在其後一二年。元方若於年十一時見袁公，安得問其家君太丘之政乎？此必魏晉間好事者之所爲，以資談助，非事實也。”

“袁公”，范子燁曰：“《世說》‘姓氏’加‘公’的別稱形式，通常不會在相應的人物名字未有交待的情況下獨自出現。袁紹的名字三見於《世說》，即

---

[1] “老父”，董刻本、元刻本作“先父”。楊勇曰：“宋本作‘先’，非。”

《捷悟》四和《假譎》一、五，故而《政事》三之'袁公'，非他莫屬。袁紹在漢末聲名赫赫，'袁公'正是彼時世人對他習用的稱呼。"《研究》頁二四五。又曰："《後漢書·陳紀傳》：'建安初，袁紹爲太尉，讓於紀，紀不受，拜大鴻臚。'陳紀是陳寔的長子，他與袁紹是同輩的朋友關係，而袁紹又欽慕他的名德，所以才有讓官之舉。因此，《世説·政事》的這位'袁公'就絶不可能是袁紹，否則就與'陳元方年十一時候袁公'的記述相抵牾了。'袁公'是陳寔的摯友袁隗，他是袁紹的叔父。"《"孤獨"的"袁公"》。

○ "袁公問曰"至"不師周公"

"家君"，江藍生曰："有時稱別人的父親也爲'家君'，這樣'家君'又成了'父親'一詞的尊稱。"《彙釋》頁九〇。

"老父在太丘"，參見校文。劉應登曰："時元方尚小，仲弓必在，而稱爲'先父'，不以爲諱。"朱鑄禹按曰："如此臆解，恐誤來者。"○劉辰翁曰："必無父在稱'先父'之理，未可以年十一故意之。如此注書，或誤來者。"○朱鑄禹曰："袁本作'老父'，是。父在而稱爲'先父'，古無此理。此所謂一字之乖，意誼迥別也。"

"正行此事"，崔朝慶曰："言治道正與此相同也。"

"法孤"，崔朝慶曰："法，效法也。"

【彙評】

劉辰翁曰："袁公語謬。"評"不知卿家君法孤"二句。

侯康曰："按《世説》亦云：'客有問陳季方：足下家君太丘，有何功德，而荷天下重名？'蓋袁公之問，於禮當正對，故元方以政事答之；客之問，徒驚太邱之名，故季方謙謂'不知'。各有所當也。"王先謙《後漢書集解》卷六十二《校補》引。

4

賀太傅作吳郡，初不出門。吳中諸强族輕之，乃題府門云："會稽雞，不能啼。"環濟《吳紀》曰："賀邵字興伯[1]，

---

〔1〕 "賀邵"，唐鴻學曰："'邵'從阝，誤邑，《説文》。"

會稽山陰人。祖齊，父景，並歷美官〔1〕。邵歷散騎常侍，出爲吳郡太守。後遷太子太傅。”賀聞，故出行，至門反顧，索筆足之曰：“不可啼，殺吳兒！”於是至諸屯邸，檢校諸顧、陸役使官兵及藏逋亡，悉以事言上，罪者甚衆。陸抗時爲江陵都督，《吳錄》曰：“抗字幼節，吳郡人，丞相遜子，孫策外孫也。爲江陵都督，累遷大司馬、荆州牧。”故下請孫皓，然後得釋。

○“賀太傅”至“殺吳兒”

“作吳郡”，秦士鉉曰：“作吳郡太守。”

“會稽雞不能啼”，淇園曰：“‘雞’與‘奚’音同，蓋以爲奚奴會稽人故。”○田中頤曰：“賀，會稽人。‘雞’與‘奚’音同，呼爲奚奴，不能啼者，言不能言也。此即輕賀之辭。”○秦士鉉曰：“賀會稽人，故云‘會稽雞’。‘雞’‘啼’押韻。不能啼，不能作事也。”

“故出行”，秦士鉉曰：“故，故意也。”

“不可啼殺吳兒”，岡白駒曰：“非不能也，不可也。啼則殺吳兒矣。”○田中頤曰：“‘兒’韻協。此通上二句，爲賀之意，言其所不可啼者，若一啼即以殺之也。此詭換法。”○秦士鉉曰：“‘啼’‘兒’古通韻。吳兒，即‘并州兒’‘長安兒’‘健兒’‘壯兒’之類。”

○“於是至諸”至“然後得釋”

“屯邸”，恩田仲任曰：“勒兵而守曰屯。邸，舍也。”○秦士鉉曰：“勒兵屯守所止舍云屯邸。”○余嘉錫曰：“屯邸者，於時顧陸子弟多將兵屯戍於外，而其居舍在吳郡，故謂之屯邸，如《吳志・顧承傳》‘承爲吳郡西部都尉，屯軍章阬’是也。”○唐長孺曰：“這一條指出了孫吳時期屯邸組織的特殊意義，它是以‘官兵’即‘逋亡’爲其組織基礎的，因此上面指出‘役使官兵’及‘藏逋亡’兩條罪狀。而諸顧陸之所以與屯邸發生關係，即因孫吳大族都擁有部曲之故。屯的意義本來只是屯聚，屯聚在一起的軍隊就是屯兵，屯聚在一起耕種就是

〔1〕“美官”，余嘉錫曰：“‘美’景宋本及沈本俱作‘吳’。”王利器曰：“餘本‘吳’都作‘美’。”

屯田。孫吳的屯即是軍士耕戰的組織。"《占領》。又曰："邸的別一意義乃是糧倉。所以稱爲'邸閣'，即因其爲儲藏物資之所，而建築的形式爲閣狀。孫吳大族領兵屯田，屯田所穫之穀物即儲於糧倉。《世說新語·政事篇》所説之'邸'即是邸閣。《太平廣記》卷二百五十三'賀循'條亦紀此事，'於是至諸屯邸'一句作'於是至諸屯及邸閣'，明白以'邸'爲邸閣。"同上。○徐震堮曰："《演繁露》：'爲邸爲閣，貯糧也。《通典·漕運門》：後魏於水運處立邸閣八所，俗名爲倉也。'此云屯邸，亦倉庫之類。豪門富室於此屯聚物資，經營商業，與民争利，至南北朝猶然。"

"顧陸"，秦士鉉曰："顧氏、陸氏，吳中强族。"

"藏逋亡"，秦士鉉曰："逋亡，受罪而逃逸者。"○余嘉錫曰："藏逋亡者，喪亂之時，賦繁役重，人多離其本土，逃亡在外，輒爲勢家所藏匿，官不敢問。"○楊勇曰："逋亡，逃亡之户口也。"○張萬起曰："藏匿逋亡直接影響政府户籍和税收，是明令禁止的。"

"江陵都督"，秦士鉉曰："江陵都督權勢甚重，故得遂其請。"

"故下請孫皓"，劉辰翁曰："謂以此故下都。不成語。"淇園按曰："劉蓋嫌有'故下'二字，然無此二字，請釋之事不足見其事體甚重，至於以動陸抗也。"秦士鉉按曰："劉謬矣。"○岡白駒曰："故，特也。下，下都也。"○田中頤曰："故意下都也。見其事體甚重。"○秦士鉉曰："吳都在江下流，江陵在上流，故云'下'。"

○注"環濟吳紀曰"

《吳紀》，葉德輝曰："《隋志》：九卷。云：'晉太學博士環濟撰。'"《書目》。

○注"吳録曰"

《吳録》，沈家本曰："《隋志》：'梁有張勃《吳録》三十卷，亡。'二《唐志》：'張勃《吳録》三十卷。'是先亡後出者。《史記·伍子胥傳》索隱：'張勃，晉人，吳鴻臚儼之子，作《吳録》。'《隋志》見'正史'，《唐志》入'雜史'，《通志略》入編年。《世説·賞譽篇》注引《吳録·士林》，似其列傳亦有標目。有志有傳，非編年，《隋志》入'正史'最是。"《古書目》卷一。○葉德輝曰："《隋志》《吳紀》下云：'梁有張勃《吳録》三十卷，亡。'"《書目》。

王世懋曰："賀公雅士，恐不當爾。"

蔣凡曰："吳中向來舊族聚居，不乏賢才，其鄉俗亦頗貌視外來戶。三國時，吳國割據江表，吳中大族更是從容發展，勢力非凡。會稽人賀邵到此，雖爲堂堂大吏，卻不免遭受書之府門的明言挑釁，就不難理解了。"

5

山公以器重朝望，年踰七十，猶知管時任。虞預《晉書》曰："山濤字巨源，河内懷人。祖本，郡孝廉。父曜，冤句令〔1〕。濤蚤孤而貧，少有器量，宿士猶不慢之。年十七，宗人謂宣帝曰〔2〕：'濤當與景文共綱紀天下者也〔3〕。'帝戲曰：'卿小族，那得此快人邪？'好莊老，與嵇康善。爲河内從事〔4〕，與石鑒共傳宿，濤夜起蹋鑒曰：'今何等時而眠也！知太傅臥何意？'鑒曰：'宰相三日不朝，與尺一令歸第，君何慮焉？'濤曰：'咄！石生無事馬蹄間也。'投傳而去，果有曹爽事，遂隱身不交世務。累遷吏部尚書、僕射、太子少傅、司徒。年七十九薨，謚康侯。"貴勝年少，若和、裴、王之徒，並共言詠〔5〕。有署閣柱曰："閣東有大牛〔6〕，和嶠鞅，裴楷鞦〔7〕，王濟剔嬲不得休。"王隱《晉書》曰："初，濤領吏部，潘岳内非之，密爲作謠曰：'閣東有大牛，王濟鞅，裴楷鞦，

〔1〕"冤句令"，黃丕烈曰："'冤'作'宛'。"唐鴻學曰："'冤'字不應改，'宛'字後人新改。"余嘉錫曰："'冤'沈本作'宛'。"又曰："濟陰郡有冤句縣，作'宛'者非。"朱鑄禹曰："沈校本作'宛'是。《晉書》卷四十三本傳亦作'宛句令'。"

〔2〕"宗人"，李慈銘曰："'宗人'下當有脫字。"

〔3〕"綱紀"，董刻本"綱"作"網"。王利器曰："各本'網'作'綱'，是。"

〔4〕"河内"，楊勇曰："《晉書·山濤傳》作'河南'，非。"

〔5〕"言詠"，余嘉錫曰："'言'景宋本作'宗'。"按袁刻本亦作"宗"。龔斌曰："當從王刻本作'言詠'。《晉書·羊祜傳》'置酒言詠，終日不倦'，《文學》五五'當共言詠，以寫其懷'，《晉書·謝安傳》'入則言詠屬文'。"

〔6〕"閣東"，程炎震曰："《晉書·潘岳傳》云'閣道東'。此及注文並當有'道'字。"徐震堮《札記》曰："《晉書·潘岳傳》'閣'下有'道'字。"

〔7〕"裴楷鞦"，徐震堮《札記》曰："（《晉書·潘岳傳》）'鞦'作'鞴'。"

和嶠刺促不得休。'"《竹林七賢論》曰："濤之處選，非望路絶，故貽是言。"

或云潘尼作之。《文士傳》曰："尼字正叔，滎陽人。祖最，尚書左丞。父滿，平原太守[1]。並以文學稱。尼少有清才，文詞溫雅。初應州辟，終太常卿。"

○"山公以器重"至"潘尼作之"

"言詠"，參見校文。徐震堮曰："宗，尊仰。詠，詠歎。"○龔斌曰："謂言談以抒懷抱也。"

"閣東"，參見校文。程炎震曰："《晉書·五行志》：'永興二年七月甲午，尚書諸曹火起，延崇禮闥及閣道。'蓋閣道與尚書省相近，故岳得題其柱耳。《文選》陸士衡《答賈謐詩》注引謝承《後漢書》云：'承父嬰，爲尚書侍郎，每讀高祖及光武之後將相名臣策文通訓，條在南宮，秘於省閣。唯臺郎升複道取急，因得開覽。'漢晉臺閣之制殆相似。"

"有大牛"，劉辰翁曰："謂豢人持之，使不知止。"○余嘉錫曰："岳意以大牛比山濤，言其爲人所牽制，不能自主也。"

"和嶠鞅裴楷鞦"，惠士奇曰："《説文》：'馬尾韃，今之般緧。'則般緧在馬尾，故曰緧其後。緧一作鞦。《釋名》曰：'鞦，遒也。在後遒迫，使不得卻縮也。'潘岳疾王濟、裴楷，乃題閣道爲謠曰：'閣道東，有大牛，和嶠鞅，裴楷鞦。'夾頸爲鞅，後遒爲鞦。言濟在前，楷在後也。"《禮説》卷十四。○楊勇曰："鞅，馬頸革，爲駕之具。鞦、鞦二字通用，駕車時絡於牛馬股後之革。"

"剔嬲"，方以智曰："《世説》和嶠'踢嬲不得休'，《晉書》作'刺促不得休'。"《通雅》卷十。○黃生曰："《世説》'踢嬲不得休'，《方言》云：'姍，擾也。'嵇康《絶交書》'嬲之不置'注：'擿嬈也。''踢嬲'即'姍擾'，即'擿嬈'。"《義府》卷下"踢嬲"條。余嘉錫按曰："宋明本俱作'剔嬲'，黃生清初人，未必別見古本，不足據也。"○胡文英曰："剔嬲，小兒絮音碎語也。今諺謂小兒善談曰'剔嬲'。"《吳下方言考》卷七。○博古堂墨批曰："嬲，戲相擾也。"○李詳曰："黃生《義府》引作'踢嬲'。《方言》：'姍，嬈也。'嵇康《絶交書》'嬲之不置'注：

---

[1]　"祖最"四句，程炎震曰："明本、鄂本'最'作'勖'。"徐震堮《札記》曰："《晉書》本傳作'祖勖漢東海相，父滿平原内史'。案《魏志·衛覬傳》並注與《文士傳》同。"余嘉錫曰："'最'景宋本作'勖'。"

'擿嬈也。''踢嬲'即'擿嬈'。又按胡氏紹煐《文選箋證》:《說文》:'嬈,苛也。'段注謂'嬲'乃'嬈'之俗。《眾經音義》引《三倉》,'嬲''嬈'同乃了切,'嬲''嬈'一字。孫氏星衍以爲'嬲'即'嫋'字,蓋'嬈'爲本字,別作'嫋',草書作'𡞄',遂誤而爲'嬲'。"○程炎震曰:"《文選》嵇康《與山巨源絕交書》曰'足下若嬲之不置善'注曰:'嬲,擿嬈也,音義與嬈同,奴了切。'胡氏紹煐《箋證》卷二十八曰:'按《說文》:嬈,苛也。段注謂嬲乃嬈之俗。《眾經音義》三引《三倉》:嬲、嬈同乃了切。嬲、嬈一字。'孫氏星衍以爲'嬲'即草書'嫋'字之訛。本書《洞簫賦》'優嬈嬈以婆娑'注:'嬈嬈,柔弱也。'《廣韻》:'嫋嫋,弱也。'《集韻》:'乃了切。'是'嬈'又作'嫋'。蓋'嬈'爲本字,別作'嫋',草書作['𡞄'],遂誤而爲'嬲'。"○唐鴻學曰:"玄應《一切經音義》卷四云:'《三倉》:嬈,弄也,乃了反。諸經或作嬲,音同。'又卷七:'嬲,乃了反,惱也。'"○徐震堮曰:"'剔'與'蹊'字聲近,《莊子·馬蹄》:'怒則分背相蹊。'《釋文》引李注:'蹋也。'即今之'踢'字,'剔'亦'踢'也。'剔嬲'二字連文,蓋煩擾不安之意。《晉書》作'刺促',義並相近。"○楊勇曰:"潘岳之意,以大牛比山濤,王濟絡其首,裴楷革其後,和嶠則常刺促之。喻山濤選舉所以得其正者,實由於此三人左右牽控週到,猶牛馬雖欲任意馳騁,亦不可得也。正是《七賢論》所謂'非望路絕'也。"

○注"虞預晉書曰"

"與景文共綱紀天下",桃井白鹿曰:"景帝司馬師,文帝司馬昭,並宣帝子。此史官追稱之詞。"○李慈銘曰:"《晉書》言濤與宣穆后有中表親。宣穆后者,司馬懿夫人張氏也。此云'景文'者,指懿子師、昭,乃後人追述之辭。然對父而生稱其子之謚,有以見預《書》之無法。"《簡端記》。○徐震堮曰:"此雖出於史家行文避諱,然對父而謚其子,未免不辭。"楊勇按曰:"此乃後人追述之辭,李《記》已發之。"

"卿小族",陳寅恪曰:"山氏是河內郡的小族。山濤原好老莊,後來在政治上依附司馬氏,改變了思想信仰。象山濤這樣的小族,可視爲與司馬氏同一個階級。"《講演錄》頁四。

"那得此快人",徐震堮曰:"快,快心、快意之義。快人乃令人快意之人。《後漢書·蓋勳傳》:'欲得快司隸校尉。'"○張萬起曰:"快人,能幹、使人快意之人。"《詞典》頁七二八。○吳金華曰:"在魏晉口語中,有才幹的人叫'快

393

人’‘可人’。”《考釋》頁四七。〇蔣宗許曰：“快人，即好人，指好的人才。魏晉南北朝，‘快’有‘好’義，十分常見。由‘好’義引申，凡水平技藝高、有才幹亦名之爲‘快’，如《汰侈》君夫‘自恃手快’。‘那得此快人’，猶言‘哪能有這樣好的人才’。”《臆札》。

“與石鑒共傳宿”，大典顯常曰：“《晉書》列傳十四：石鑒字林伯，樂陵厭次人。”〇徐震堮曰：“傳，傳舍也。古時驛站供過客止宿之所。《漢書·酈食其傳》：‘沛公至高陽傳舍。’注：‘傳舍者，人所止息，前人已去，後人復來，轉相傳也。’”

“太傅臥”，桃井白鹿曰：“時司馬懿爲魏太傅，稱疾不與政事，明年誅曹爽。”〇大典顯常曰：“太傅，司馬懿也。時詐病厚臥而不朝。”

“與尺一令歸第”，大典顯常曰：“《後漢書·陳蕃傳》‘尺一選舉’注：‘漢以尺一板寫詔書。’此言疾至三日，詔令歸第自養也。”〇徐震堮曰：“尺一，詔版之稱。”

“無事馬蹄間”，大典顯常曰：“言勿與亂也。”〇平賀房父曰：“無乃事馬蹄之間乎！”

“投傳而去”，桃井白鹿曰：“《後漢書·陳蕃傳》‘投傳而去’注：‘傳，符也。’《釋名》：‘傳，轉也。轉移所在，執以爲信也。’”〇平賀房父曰：“謂棄官而逃也。”〇徐震堮曰：“傳，符信也。《漢書·文帝紀》‘除關，無用傳’張晏曰：‘傳，信也，若今過所也。’張晏所云‘過所’，見劉熙《釋名》：‘過所，至關津，以示之也。’案猶今之通行證。”

“曹爽事”，大典顯常曰：“《魏志》九：曹爽字昭伯，曹真子，擅朝政，驕奢無度。正始十年爲司馬懿所殺，夷三族。”

〇注“王隱晉書曰”

“潘岳内非之密爲作謠”，程炎震曰：“山濤以太康四年卒。此事當在咸寧太康間。《濤傳》云：‘太康初，自尚書僕射還右僕射，掌選如故。’時和嶠爲中書令，裴楷、王濟並爲侍中也。潘岳嘗爲尚書郎，蓋在其時。《岳傳》載於河陽懷令之間，或別有本。潘尼則於太康中始舉秀才，爲太常博士，疑不及濤時矣。”〇陸侃如曰：“濤以僕射兼吏部，是在咸寧四年三月至本年（太康三年）十二月間。岳調外任，當在本年四月賈充卒後，作謠當在初奉命時。尼正家居養父，不象有這麽多牢騷，似以岳作爲是。”《繫年》頁七〇四。〇龔斌曰：“潘岳作謠與當時朋黨有關。山濤德行操守既與賈充異，在選用之事上自會與充發生矛盾。潘岳屬賈謐父韓壽黨，而壽乃賈充婿。山濤、和嶠與賈充行己有異，潘岳又屬賈黨，非望路絕之際，勢必譏謗山濤諸人，泄憤而作謠。"

"刺促不得休"，張萬起曰："刺促，煩擾不安。"《詞典》頁七〇一。〇方一新曰："'刺促'當爲雙聲聯綿詞，聯綴表義。《卜居》：'將呢訾栗斯，喔咿儒兒，以事婦人乎？''呢訾栗斯'一作'促訾栗斯'。王逸注'呢訾栗斯'云：'承顏色也。'洪興祖釋'呢訾'云：'以言求媚也。''刺促'蓋即'呢訾'或'促訾'之倒文，'呢訾''促訾'謂以言語求媚，'刺促'狀干犯、干擾貌，義亦相應。"《校釋札記》。

【彙評】

劉辰翁曰："此不當在'政事'之目。"

王世懋曰："嵇、阮以識推山公，此是也。"〇曰："此又似'排調'、'輕詆'，殊不與'政事'。"

6

　　賈充初定律令，《晉諸公贊》曰："充字公閭，襄陵人。父逵，魏豫州刺史。充起家爲尚書[1]，遷廷尉，聽訟稱平。晉受禪，封魯郡公。充有才識，明達治體，加善刑法，由此與散騎常侍裴楷共定科令[2]，蠲除密網，以爲《晉律》。薨，贈太宰。"與羊祜共咨太傅鄭沖。王隱《晉書》曰："沖字文和，滎陽開封人。有核練才，清虛寡欲，喜論經史，草衣縕袍，不以爲憂。累遷司徒、太保。晉受禪，進太傅。"沖曰："皋陶嚴明之旨，非僕闇懦所探。"羊曰："上意欲令小加弘潤[3]。"沖乃粗下意。《續晉陽秋》曰："初，文帝命荀勖、賈充、裴秀等分定禮儀律令，皆先咨鄭沖，然後施行也[4]。"

---

〔1〕 "充起家爲尚書"，董刻本無"充起家爲"四字。程炎震曰："宋本作'充早知名，起家爲尚書郎'。"余嘉錫曰："沈本'充'下有'早知名'三字，'書'下有'郎'字。按《晉書》本傳作'尚書郎'。"何焯校同。楊勇曰："宋本唯'尚書'二字，袁本作'充起家爲尚書'，沈校作'充早知名，起家爲尚書郎'，《晉書・賈充傳》：'充少孤，居喪以孝聞。襲父爵爲侯，拜尚書郎。'"

〔2〕 "科令"，何焯校"科"作"律"。

〔3〕 "欲令"，董刻本"令"作"今"。王利器曰："各本'今'作'令'，是。"

〔4〕 "行也"，何焯曰："一本無'也'字。"楊勇曰："宋本無'也'字。"

○“賈充初”至“粗下意”

“粗下意”，徐震堮曰：“提意見或表示意見曰‘下意’。出主意亦曰‘下意’。”《簡釋》。○吳金華曰：“楊樹達《讀後漢書札記》指出，‘下意’就是‘下己意’。此外，還有‘下心意’的説法。‘下心意’跟‘下己意’‘下意’一樣，意謂表示個人的意見。”《考釋》頁四九。

“小加弘潤”，李調元曰：“小，少也。古通。《世説》：‘上意小加宏潤。’又云：‘日小欲晚。’”《勸説》卷三。○劉淇曰：“小，少也，略也。”《辨略》卷三。

【彙評】

劉辰翁曰：“亦非‘政事’。”

7

山司徒前後選〔1〕，殆周遍百官，舉無失才。凡所題目，皆如其言。唯用陸亮，是詔所用，與公意異，爭之不從。亮亦尋爲賄敗。《晉諸公贊》曰：“亮字長興，河内野王人，太常陸乂兄也。性高明而率至〔2〕，爲賈充所親待。山濤爲左僕射領選，濤行業既與充異，自以爲世祖所敬，選用之事，與充咨論〔3〕，充每不得其所欲。好事者説充：‘宜授心腹人爲吏部尚書，參同選舉。若意不齊，事不得諧，可不召公與選，而實得敍所懷。’充以爲然。乃啓亮公忠無私。濤以亮將與己異，又恐其協情不允，累啓亮可爲左丞相〔4〕，非選官才。世祖不許，濤乃辭疾還家。亮在職

---

〔1〕 “前後選”，李慈銘曰：“‘選’上當脱一‘領’字。《晉書·山濤傳》作：‘前後選舉，周遍内外，而並得其才。’”楊勇曰：“此‘領’字可省，時人尚簡略也。”

〔2〕 “性高明而率至”，董刻本、沈校本、何焯校作“性高朗而率烈”，“至”字屬下讀。王利器曰：“餘本‘朗’作‘明’，無‘烈’字。”楊勇曰：“‘率’下宋本有‘烈’字，非。”龔斌曰：“‘高朗’爲品藻人物常用語，作‘朗’是。”

〔3〕 “咨論”，董刻本、何焯校“咨”作“諮”。

〔4〕 “左丞相”，程炎震曰：“‘左丞相’，晉無此官，‘相’字當衍。宋本作‘初’，或是。別一宋本亦作‘初’。”余嘉錫曰：“‘相’沈本作‘初’。案晉無左丞相。且安有不可爲吏部尚書而爲丞相者？‘相’字明是誤字，作‘初’是也。”朱鑄禹曰：“沈校本‘相’作‘初’，屬下句，是。”

果不能允，坐事免官。"

○ "山司徒"至"尋爲賄敗"

"山司徒前後選"，徐子光曰："《晉書》：山濤字巨源，河内懷人。少有器量，介然不群。年四十始爲郡上計，擢舉孝廉。武帝時遷吏部尚書，前後選舉，周徧内外，並得其才。官至右僕射，贈司徒。初，濤布衣家貧，謂其妻韓氏曰：'忍饑寒，我後當作三公，但不知卿堪作夫人不耳？'及居榮貴，貞慎儉約。裴楷有知人鑒，嘗謂：'濤若登山臨下，幽然深遠。'王戎亦曰：'濤如璞玉渾金，人皆欽其寶，莫知名其器。'梁任昉《爲范雲讓尚書吏部表》云：'在魏則毛玠公方，居晉則山濤識量，以臣況之，一何寥落。'"《蒙求集注》卷上"山濤識量"條。○楊勇曰："《晉書·山濤傳》：'還尚書吏部郎。'又曰：'濤再居選職十有餘年。'《魏志·王粲傳》注引《濤行狀》：'濤始景元二年除吏部郎。'《書鈔》六〇引《晉起居注》：'武帝太始八年詔曰：議郎山濤，至性簡静，凌虚篤素，立身行己，足以勵俗。其以濤爲吏部尚書。'此即前後選事也。"○龔斌曰："'領選'乃指濤爲吏部尚書。《晉書》本傳武帝下詔以濤爲吏部尚書，濤辭以喪病，實未嘗就職。會元皇后崩，'逼迫詔明，自力就職'。元皇后以泰始十年七月崩，則濤爲吏部尚書即在此時。此所謂領前選也。《晉書》本傳又載，咸寧初除尚書僕射，領吏部。濤辭以年老，上表久不攝職，後不得已，乃起視事。此後再居選職十有餘年。此所謂領後選也。"

"周徧百官"，岡白駒曰："言大抵百官皆出於山之選。"

"凡所題目"，袁枚曰："'題目'者，品題之意，非今之詩題、文題也。"《隨園詩話》卷一五。○賀昌群曰："魏晉清談亦最重人物之識鑒品藻，謂之'題目'，片言隻語，極簡約玄澹之致。"《初論》頁一七。

"皆如其言"，田中頤曰："謂其選極衆夥而其舉無失才，雖其不舉者，苟所題目，皆如其言。識鑒之精，莫以尚焉。"

"尋爲賄敗"，田中頤曰："此卻記一過舉，非其所失者，以加信前言也。"○秦士鉉曰："賄，納人之賄賂。"

◎余嘉錫曰："此出王隱《晉書》，見《書鈔》六十。"

○注"晉諸公贊曰"

"率至"，岡白駒曰："率，率略也，謂真率也。"○秦士鉉曰："真率天至。"

“領選”，胡三省曰：“領選者，領吏部選。”《通鑒・晉紀三十一》注。○秦士鉉曰：“爲吏部尚書也。”○蔣宗許曰：“兼管薦舉百官事宜。”《大辭典》頁二〇二。

“行業旣與充異”，楊勇曰：“行業，時人習語，即德行功業，猶今言操守是也。”○吳金華曰：“‘行業’是‘德業’‘操業’的同義詞，指人們在仁義道德方面的具體表現。”《考釋》頁四九至五〇。

“世祖”，秦士鉉曰：“晉武帝，名炎。”

“參同選舉”，秦士鉉曰：“參同於山濤選舉，分其權。”

“若意不齊”四句，岡白駒曰：“言僕射與吏部意不齊，則事不得諧矣，事不諧，則可不召公與選乎？”○秦士鉉曰：“公，謂賈。二人意不齊同，則天子必召充使辨之。”

“公忠無私”，龔斌曰：“陸亮爲太子（即惠帝）家令，而賈充女南風爲太子妃。充啓亮‘公忠無私’，即所謂授心腹人參同選舉。”

“協情不允”，平賀房父曰：“協其所私之情，而不允於人望也。”○秦士鉉曰：“蓋與己交情不相當也。”

8

　　嵇康被誅後，山公舉康子紹爲秘書丞。《山公啓事》曰：“詔選秘書丞。濤薦曰：‘紹平簡溫敏，有文思，又曉音，當成濟也[1]。猶宜先作秘書郎。’詔曰：‘紹如此，便可爲丞，不足復爲郎也。’”《晉諸公贊》曰：“康遇事後二十年，紹乃爲濤所拔。”王隱《晉書》曰：“時以紹父康被法，選官不敢舉。年二十八，山濤啟用之，世祖發詔，以爲秘書丞。”紹咨公出處[2]，《竹林七賢論》曰：“紹懼不自容，將解褐，故咨之於濤。”公曰：“爲君思之久矣！天地四時，猶有消息，而況人乎？”王隱《晉書》曰：“紹字延祖，雅有文才，山濤啟武帝云云。”

──────────

〔1〕“成濟也”，程炎震曰：“《三國志》注‘也’作‘者’。”
〔2〕“咨公”，董刻本、元刻本、何焯校“咨”作“諮”。

○“嵇康被誅”至“而況人乎”

“康子紹”，徐子光曰：“晉嵇紹字延祖。父康，與山濤善，臨誅，謂紹曰：‘巨源在，汝不孤矣。’後濤薦爲秘書丞。始入洛，或謂王戎曰：‘昨於稠人中始見嵇紹，昂昂狀若野鶴之在雞群。’裴頠亦深器之，每曰：‘使延祖爲吏部尚書，可使天下無復遺才。’累遷侍中。及惠帝蒙塵，馳詣行在所，王師敗績，百官及侍衛散潰，唯紹儼然端冕，以身捍衛，兵交御輦，飛箭雨集，遂被害於帝側，血濺御服。帝深哀嘆之。及事定，左右欲浣衣，帝曰：‘此嵇侍中血，勿去。’元帝表贈太尉，謚曰忠穆，祠太牢。”《蒙求集注》卷上“嵇紹不孤”條。

“咨公出處”，岡白駒曰：“問仕與否。”○桃井白鹿曰：“《易·繫辭》：‘君子之道，或出或處。’”○田中頤曰：“以父之故，疑義可仕否，就山諮議也。”○崔朝慶曰：“其父被誅，故以是否宜出仕爲問也。”

“天地四時”三句，桃井白鹿曰：“《易·豐·彖》：‘日中則昃，月盈則食。天地盈虛，與時消息，而況於人乎？況於鬼神乎？’”○田中頤曰：“‘出處’‘消息’，並皆用《周易》字。此言以大義觀之，無害於仕也。”○崔朝慶曰：“‘消’謂滅，‘息’謂增，言時運循環也。”○湯用彤曰：“是義非關漢代之陰陽，而指魏晉之自然。”《論稿》頁二八。○楊勇曰：“前人之出處進退，當與時屈伸，不可執一也。此濤以《周易》以爲勸，此魏晉人《老》《易》之學如此。”

○注“山公啟事曰”至“爲秘書丞”

《山公啓事》，陳殷曰：“跪陳其事曰啓。”《點注》卷三。○恩田仲任曰：“《晉書》曰：山濤爲吏部尚書，甄拔人物，各題目而奏之，時稱‘山公啓事’。”○沈家本曰：“《山公啓事》三卷，《舊唐志》：‘《山濤啓事》三卷。’《新志》作十卷。”《古書目》卷二。○葉德輝曰：“《山公啓事》，晉山濤撰，《隋志》不著錄，見本傳。”《書目》。

“成濟”，秦士鉉曰：“成濟政事。一云成濟紹身也。”

“便可爲丞不足復爲郎”，劉淇曰：“此‘不足’，猶云不必也。”《辨略》卷五。○秦士鉉曰：“丞貴於郎。”○徐震堮曰：“不足，不必，不值得。”《簡釋》。

“年二十八”，程炎震曰：“紹十歲而孤，康死於魏景元四年，則紹年二十八是晉武帝太康元年。”○陸侃如曰：“康卒後二十年，正是山濤的卒年，似乎太晚了。紹十歲而孤，二十八正是父卒後十八年，即濤卒前二年，似較合理。《晉

399

諸公贊》的話，當是就整數言。今繫於本年（太康二年），時濤兼吏部已四年。”《繫年》頁六九七。○楊勇曰：“康死於魏景元四年，紹時十歲。《晉諸公贊》云云，則山濤啓用之時，紹年不止二十八歲。王隱《晉書》與《晉諸公贊》必有一誤。又山濤死於太康四年，上距景元四年康被殺時恰二十年，則以《晉諸公贊》說近之。”

○注“竹林七賢論曰”

“懼不自容將解褐”，秦士鉉曰：“紹以父被法，若不仕則嫌於懷懟晉室之心，或將不容於世而亦被誅，故欲解褐。解褐，謂就官。”○吳金華曰：“自容，猶言容己，‘自侍’猶言侍己。‘自’字這種特殊用法，呂叔湘《讀三國志》已發其例。”《考釋》頁五一。

【彙評】

胡寅曰：“嵇紹處己之失，由山公語之者，非也。昔舜殛死崇伯，而禹事舜爲司空，又受其天下，何哉？至公故也。《書》曰：‘四罪而天下咸服。’言之云爾，何以見其服乎？以禹觀之，子尚不敢以殛其父爲憾，他人可知矣。此之謂‘天下咸服’。如紹者，終身不仕晉室如王裒，可也，爲人謀而不盡其道，使人忘父之怨，而從於祿仕之利，山濤之失大矣。且其所謂‘天地四時猶有消息，而況人乎’者，又非康紹父子義類之所存，紹聞之翻然而起者，何所悟也！無乃固有釋怨之萌，而會逢濤言之適歟？”《管見》卷六。

劉辰翁曰：“也是‘語言’，不當入‘政事’。”

鄒泉曰：“中散以膚受見誅，較諸王儀以抗言被戮，豈不咸死非其罪哉？乃偉元之於司馬，不肯西向，而延祖甘赴惠帝之危亡，何耶？蓋裒獨善其身，故得全其孝；而紹兼濟於物，故宜竭其忠。所趣之塗異，而所由之理同也。或論紹以死難致譏，揚摧言之，豈爲篤論也哉？”《尚論編》卷九。

王志堅曰：“諸葛誕、王儀、嵇康之死，禮所謂‘父不受誅，子復讎可也’，靚與裒終身不向朝廷而坐是也。紹之仕，是亦不可已乎？雖蕩陰之死，君子以爲傷勇矣。”《讀史商語》卷二。

丁奉口：“裒獨善其身，故得全其孝；而紹兼濟於物，理宜竭其忠。可謂桂蘭異質而齊芳，《韶》《武》殊音而並美。或有論紹者以死難獲譏，揚摧言之，未爲篤論。夫君，天也，可讎乎？安既享其榮，危乃獨違其禍，進退無據，何以立人。嵇生之殉身全節，用此道也。”鄭賢《古今人物論》卷十八引。鄭賢按曰：“嵇紹之忠，不殊於王裒之孝。其夫子稱殷三仁之意乎？”

洪垣曰：“夫王元偉痛父死於非命，終身未嘗西向坐。而紹因山濤四時消息之解，遂忘父事仇以悖父志，於義其終安乎？康以心魏而有規昭之忠，司馬昭以私意殺之。紹乃仕晉以公憤，爲晉死而忘魏也，雖有蕩陰之忠，其不當於康也必矣，故不若王裒之終不就徵辟爲得也。”《説史》卷二。

陳絳曰：“夫紹也，根性由天，議道自己，亦何山公之諉哉？濤爲人臣，臨難而改節，爲人子怙寵而奪情，豈足以語忠孝之理者。雖紹父臨絶之命，以山公爲託，紹要以無違禮爲孝可耳。”《金罍子》上篇卷十三。

商輅曰：“嵇侍中蕩陰之死，議者謂忠矣，未孝也。侍中亦何喙以謝天下萬世。然實山濤誤之也。侍中初不仕晉，豈不雅類王裒。濤乃曰：‘天地四時猶有消息，況於人乎？’夫天地四時有消息，忠臣孝子負不共戴天之讎，亦有消息乎？紹於時宜不聽濤，既已聽濤，而委質於人，則蕩陰安得不死？紹仕傷義，非死傷勇也。叔夜絶交，見濤早矣。”《蔗山筆塵》。

郭子章曰：“父子君臣之倫，其重於域中也，一也。設不幸勢乖時殊，無能兩全，爲人臣子，惡能以己意軒輊之，惟權義之得失，分家國之先後耳。得在君臣，失在父子，則先國而後家；得在父子，失在君臣，則先家而後國。舜之殛鯀，晉之誅沈充，得在君臣也，故禹受舜禪，勁死晉難，而後世不議其忘父。昭始誅王儀，既誅諸葛誕，失在君臣也，故裒隱居教授，靚固辭侍中，終身不向洛而坐，而後世不議其仇君。愚獨怪夫伍員、嵇紹者，見義不明，而處之未盡善也。楚平誅奢尚，晉昭誅嵇康，刑淫於賢，死非其辜，其君豈爲得哉？爲二子者，出奔于吳，終不臣楚；優游竹林，靖居私門；如是而已。乃員不勝報復之忿，興伐楚之師，入郢鞭平，倒行逆施，孝則孝矣，如吾君何！紹應祕書之召，與北征之役，周旋蕩陰，血濺御衣，忠則忠矣，如吾親何！予以爲是二人者之所爲皆過也，而予於紹尤責之備焉。自康被法後，紹杜門二十年矣，乃因山濤之薦，諉以出處，濤曰：‘爲君思之久矣，天地四時，猶有消息，而況人乎？’父子之恩，無所解於其心，何消何息，而濤以此誤紹。晉人清談，害理傷教，此亦其一也。孫興謂山濤：‘吾所不解，吏非吏，隱非隱。’而惡能決紹出處邪？或曰：紹以才名，不出懼戩及。是則然矣，同穎之亂，業已廢黜，免爲庶人，則亦可以全身以明孝。乘輿蒙塵，馳詣捍衛，飛箭雨集，倉卒殞軀，何紹德晉之深，而痛康之淺也！穆公問於子思曰：‘爲舊君反服，古與？’子思曰：‘古之君子，進人以禮，退人以禮，故有舊君反服之禮。今之君子，進人若將加諸膝，退人若將隊諸淵，毋爲戎首，不亦善乎！’孟子曰：‘君之視臣如土芥，則臣視君如寇仇，寇仇何服之有。’晉嵇氏蓋不翅隊之淵而土芥之矣，即使思孟處此，第不爲戎首，以存君臣之分耳，服之不可忍，從而臣之，又從而死之乎？故紹之處晉，未若王裒、葛靚之爲得也。裒、靚之不仕，得思孟之遺意，以成其義也。此義明，則後之爲人子者，知人臣無仇主之義，不可遏怒于國君；爲人主者，知孝子有不臣之志，不可濫刑于賢人。”李道生按曰：“權輕重于忠孝之間，非析義之精者，曷克語此。”《王郭兩先生崇論·郭青螺先生崇論》卷五。又，鄭賢《古今人物論》卷十八按曰：“紹可無蕩陰之忠，而世不可無王裒之孝。且據伍員、葛靚二事爲論，妙絕。”佚名《尚論編》卷五按曰：“紹之義，自以不仕爲得。若論才，無論不及父。即康在紹時，亦無殺理，蓋時非鼎革之際，而又無鍾會之譖故也。濤爲國故不妨薦紹，既薦紹自不得不爲消息之説以勉之出。若愛人以德，即此薦亦重傷叔夜之心，況丈夫出處，內斷於心，何事而復向濤咨之也耶？但既仕則蕩陰之節自不可少，不然是再誤矣。思孟之論，恐不可過泥。”

張端木曰：“人生天地間，直是無可奈何！”

唐汝詢曰：“終天恨無極，偉元淚沾柏。主辱臣無歸，侍中血濺衣。忠孝各有所，誰當議其非。儀康何爲死，實忤權臣旨。司馬篡神州，得非君父讎。裒無西向坐，紹顯鳳池頭。野鶴雖殊衆，蓬茭寧共愁。栖栖暗主側，一死安足惜。戀塚不移家，白璧原無瑕。”《顧氏詩史》卷八。

顧炎武曰：“有亡國，有亡天下，亡國與亡天下奚辨？曰：易姓改號，謂之亡國。仁義充塞，而至於率獸食人，人將相食，謂之亡天下。魏晉人之清談，何以亡天下？是孟子所謂楊墨之言，至於使天下無父無君，而入於禽獸者也。昔者嵇紹之父康被殺於晉文王，至武帝革命之時，而山濤薦之入仕。紹時屏居私門，欲辭不就。濤謂之曰：‘爲君思之久矣。天地四時，猶有消息，而況於人乎！’一時傳誦，以爲名言，而不知其敗義傷教，至於率天下而無父者也。夫紹之於晉，非其君也。忘其父而事其非君，當其未死，三十餘年之間，爲無父之人亦已久矣，而蕩陰之死，何足以贖其罪乎？且其入仕之初，豈知必有乘輿敗績之事，而可樹其忠名以蓋於晚也！自正始以來，而大義之不明遍於天下。如山濤者，既爲邪説之魁，遂使嵇紹之賢且犯天下之不韙而不顧。夫邪正之説不容兩立，使謂紹爲忠，則必謂王裒爲不忠而後可也，何怪其相率臣於劉聰、石勒，觀其故主青衣行酒，而不以動其心者乎？”《日知録》卷十三。

王夫之曰：“嵇康之在魏，與司馬昭俱比肩而事主，康非昭之所得殺而殺之，亦平人之相賊殺而已。且康之死也，以非湯武而見憚於昭，是晉之終簒，康且遺恨於泉下，而紹戴之以爲君，然則昭其湯武而康其飛廉、惡來矣乎！紹於是不孝之罪通於天矣。蕩陰之血，何不洒於魏社爲屋之日，何不洒於叔夜赴市之琴，而洒於司馬氏之衣也？”《讀通鑒論》卷十一。

焦袁熹曰：“嵇紹以父死非命不仕晉，濤以四時消息之理喻之乃仕，此於恩義蓋亦無所傷也。唐末有杜曉者，父讓能爲昭宗所殺，曉以父死無罪，自廢十餘年，辟除皆不應。或引山濤責嵇紹事以風之，曉遂仕梁至宰相，後竟爲亂兵所殺。夫使曉不聽或人之言以終其身，無論其身之及禍以否，而其志行固美矣。終若是焉，哀哉！紹能以忠節顯然，其始出仕，有愧於王偉元多矣！由此言之，紹猶可以弗仕，而況如杜曉者乎？如或人者，蓋可謂不善成人之美者也。”《此木軒雜著》卷三。

王鳴盛曰：“山濤掌選，舉嵇康自代。康與書絕交，詆斥難堪，而其後康被刑，謂其子紹曰：‘山巨源在，汝不孤矣。’後濤舉紹爲秘書丞。以康之詭激，而濤能始終之，何友誼之篤也。君子哉！”《商榷》卷四十八。

李慈銘曰：“嵇紹與王裒不可同年語也，裒父儀雖爲司馬昭所殺，然裒本昭之司馬，因軍敗不自請罪，而反歸罪於昭，因以致死，非不順昭者也。裒本可以仕而不肯仕，所以爲孝也。紹父康則以不黨司馬氏而死，紹之所處，當與諸葛靚同，觀靚之事，則紹必不可爲晉臣矣。山濤勸紹以仕，此竹林之頹風，清談之結習也。紹幸以一死蓋之，既仕則宜死也。《晉書》以裒入《孝友》，以紹入《忠義》，而論中以兩人並衡，謂趣異而理同，又引《左傳》天可讎乎之言，非也。守父之志而不仕，安得謂之讎乎？”《讀書記·晉書》。

陳寅恪曰：“‘天地四時’即所謂自然也。‘猶有消息’者，即有陰晴寒暑之變易也。出仕司馬氏，所以成其名教之分義，即當日何曾之流所謂名教也。自然既有變易，則人亦宜傚效其變易，改節易操，出仕父讎矣。斯實名教與自然相同之妙諦，而此老安身立命一生受用之秘訣也。嗚呼！今《晉書》以《山濤傳》、《王戎》及《衍傳》先後相次，列於一卷，此三人者，均早與嵇阮之徒同尚老莊自然之説，後則服遵名教，以預人家國事，致身通顯，前史所載，雖賢不肖互殊，而獲享自然與名教相同之大利，實無以異也。”《關係》，《叢稿初編》頁二一六。
〇曰：“濤答曰：‘天地四時，猶有消息，況於人乎！’意即謂天可變節，人亦可變。易言之，即自然與名教同一也。”《清談與清談誤國》，《雜稿》頁四五一。

余嘉錫曰：“紹自爲山濤所薦，後遂死於蕩陰之難。夫食焉不避其難。既食其祿，自不得臨難苟免。紹之死無可議，其失在不當出仕耳。《御覽》四百四十五引王隱《晉書》曰：河南郭象著文，稱嵇紹父死非罪，曾無耿介，貪位死闇主，義不足多。曾以問郄公曰：‘王裒之父，亦非罪死，裒猶辭徵，紹不辭用，誰爲多少？’郄公曰：‘王勝於嵇。’或曰：‘魏晉所殺，子皆仕宦，何以無非也？’答曰：‘殛鯀興禹，禹不辭興者，以鯀犯罪也。若以時君所殺爲當耶，則同於禹。以不當耶，則同於嵇。’又曰：‘世皆以嵇見危授命。’答曰：‘紀信代漢高之死，可謂見危授命。如嵇偏善其一可也。以備體論之，則未得也。’郭象之言甚善，不可以人廢言。郄鑒、王隱之論，尤爲詞嚴義正。由斯以談，紹固不免於罪矣。勸之出者豈非陷人於不義乎！所謂‘天地四時，猶有消息’，尤辯而無理。大抵清談諸人，多不明出處之義。”

蔣凡曰：“（山濤）怕是對嵇紹釋褐入仕的可能性及其前程早有周密的思考了，這是長者、智者、仁者之心。所以，山濤在嵇紹面前只是講了一個道理，讓他放心出仕，爲國效力。對老友嵇康，山濤不負所託；對晉室，他保舉了一個忠直賢才。”

9

王安期爲東海郡，《名士傳》曰：“王承字安期，太原晉陽人。父湛，汝南太守[1]。承沖淡寡欲，無所循尚[2]。累遷東海內史[3]，爲政清靜，吏民懷之。避亂渡江，是時道路寇盜，人懷憂懼，承每過艱險，處之怡然。元皇爲鎮東，引爲從事中郎。”小吏盜池中魚，綱紀推之。王曰：“文王之囿，與眾共之[4]。《孟子》曰：“齊宣王問：‘文王之囿，方七十里，有諸？若是其大乎？’對曰：‘民猶以爲小也。’王曰：‘寡人之囿，方四十里，民猶以爲大，何邪？’孟子曰：‘文王之囿，芻蕘者往焉[5]，與民同之，民以爲小，不亦宜乎？今王之囿，殺麋鹿者如殺人罪，是以四十里爲穽於國

_____

〔1〕 “汝南太守”，徐震堮《札記》曰：“《晉書》本傳作‘汝南內史’。”
〔2〕 “循尚”，董刻本、何焯校“循”作“脩”。
〔3〕 “東海內史”，徐震堮《札記》曰：“（《晉書》本傳作）‘東海太守’。”
〔4〕 “共之”，何焯曰：“一本‘共之’下無注。”
〔5〕 “往焉”，秦士鉉曰：“下脫‘雉兔者往焉’一句。”

404

中也，民以爲大，不亦宜乎？’”池魚復何足惜！”

○“王安期”至“復何足惜”

“綱紀推之”，大典顯常曰：“繩大曰綱，小曰紀，總之曰綱，周之曰紀，爲郡縣屬官，總管吏事者之稱。推，考問也。《晉書·忠義·王豹傳》：‘齊王冏爲大司馬，以豹爲主簿，豹致箋於冏曰：況豹雖陋，大州之綱紀，加明公起事險難之主簿也。’”○恩田仲任曰：“推之，推鞠也。”○程炎震曰：“《文選》三十六李注曰：‘綱紀，謂主簿也。教主簿宣之，故曰綱紀，猶今詔書稱門下也。’虞預《晉書》：‘東平主簿王豹白事齊王曰：況豹雖陋，故大州之綱紀也。’《魏書》十一《管寧傳》：‘廣平太守盧毓到官，綱紀白承前致版謁蒋。’按謂張蒋。”○趙西陸曰：“是綱紀即主簿也。”○楊勇曰：“推，猶推究、查究。”按“綱紀”義參見《紕漏篇》“王大喪後”條。

【彙評】

田中頤曰：“寬容相待。”
天保手批曰：“此章知政事也。如是後民應廉恥之心得生矣。”

10

王安期作東海郡，吏録一犯夜人來。王問：“何處來？”云：“從師家受書還，不覺日晚。”王曰：“鞭撻甯越以立威名，恐非致理之本[1]。”《吕氏春秋》曰：“甯越者，中牟鄙人也。苦耕稼之勞，謂其友曰：‘何爲可以免此苦也？’其友曰：‘莫如學

[1] “致理”，余嘉錫曰：“‘致理’當作‘致治’，唐人避諱改之耳。”楊勇曰：“宋本作‘致理’，《晉書·王承傳》作‘政化’，《蒙求》中作‘致化’。按各説皆非，當作‘致治’是。作‘致理’‘致化’者，避唐諱也。”王叔岷曰：“‘致理’《晉書》作‘政化’，‘政’蓋‘致’之誤。宋本‘理’字固是承唐人避高宗諱‘治’所改；《晉書》《蒙求》‘化’字，亦是唐人避高宗諱所改也。”

也。學三十歲〔1〕，則可以達矣。'甯越曰：'請以十五歲。人將休，吾不敢休；人將臥，吾不敢臥。'學十五歲而爲周威公之師也〔2〕。" 使吏送令歸家。

○"王安期"至"送令歸家"

"王安期"，徐子光曰："《晉書》：王承字安期，汝南內史湛之子。爲東海太守，政尚清靜，不爲細察。小吏有盜池中魚者，綱紀推之，承曰：'文王之囿，與衆共之，池魚何足惜耶！'有犯夜者爲吏所拘，承問其故，答曰：'從師受學，不覺日暮。'承曰：'鞭撻甯越，以立威名，非政化之本。'使吏送令歸家。其從容寬恕若此。渡江爲元帝鎮東府從事中郎，甚見優禮。承少有重譽，而推誠接物，衆咸親愛。名臣王導、衛玠、周顗、庾亮之徒，皆出其下，爲中興第一。"《蒙求集注》卷上"王承魚盜"條。

"錄一犯夜人"，恩田仲任曰："錄，收也。崔元始《正論》曰：'永寧詔曰：鐘鳴漏盡，洛陽中不得有行者。'"○秦士鉉曰："時禁夜行，故夜行者曰'犯'。"○崔朝慶曰："錄，本義爲錄於簿，此謂拘捕也。犯夜人，犯夜行之禁者也。"○徐震堮曰："收捕罪人也叫'錄'。"《釋義》○楊勇曰："《晉律》：'夜不能行。'"

"非致理之本"，參見校文。田中頤曰："言如彼所言，猶甯越日夜陪力之勉，而鞭撻之以立威名，無爲也。"○龔斌曰："王承所謂'致理之本'者，蓋亦清淨寬恕也。"

【彙評】

凌濛初曰："或是誑托，果甯越耶？"

---

〔1〕 "三十"，董刻本"三"作"二"。王利器曰："各本'二'作'三'，是。今本《吕氏春秋·搏志篇》正作'三'。"王叔岷曰："《吕氏春秋》《説苑·建本篇》並作'三十'。明程榮《漢魏叢書》本《説苑》作'二十'。"

〔2〕 "周威公"，董刻本"威"作"成"。唐鴻學曰："《吕氏春秋·博志篇》作'而周威王師之'。高誘注云，'師之者，以甯越爲師也。'此應據訂正。"王利器曰："各本'成'作'威'，是。《吕氏春秋》《説苑·建本篇》都作'威'。《漢書·藝文志》，儒家有《甯越》一篇，班固注云：'中牟人，爲周威王師。'劉子《新論·激通章》：'甯越激而修文，卒爲周威之師。'都作'周威王'，不誤。"王叔岷曰："《漢書·藝文志》班固自注誤爲'周威王'，《文選》韋弘嗣《博弈論》注引《吕氏春秋》亦誤作'周威王'。"

11

成帝在石頭，《晉世譜》曰："帝諱衍，字世根，明帝太子。年二十二崩。"任讓在帝前戮侍中鍾雅[1]、《晉陽秋》曰："讓，樂安人，諸任之後。隨蘇峻作亂。"《雅別傳》曰："雅字彥冑，潁川長社人，魏太傅鍾繇弟仲常曾孫也。少有才志，累遷至侍中。"右衛將軍劉超。《晉陽秋》曰："超字世瑜[2]，琅邪人，漢成陽景王六世孫[3]。封臨沂慈鄉侯，遂家焉。父徽爲琅邪國上將軍[4]。超爲縣小吏，稍遷記室掾、安東舍人。忠清慎密，爲中宗所拔。自以職在中書，絶不與人交關書疏，閉門不通賓客，家無儋石之儲[5]。討王敦有功，封零陽伯[6]，爲義興太守。而受拜及往還朝，莫有知者，其慎默如此[7]。遷右衛大將軍[8]。"帝泣曰："還我侍中[9]！"讓不奉詔，遂斬超、雅。《雅別傳》曰："蘇峻逼主上幸石頭[10]，雅與劉超並侍帝側匡衛，與石頭中人密期拔至尊出，事覺被害。"事平之後，陶公與讓有舊，欲宥之。許柳《許氏譜》曰："柳字季祖，高陽人。祖允，

---

〔1〕 "戮侍中"，董刻本、元刻本、何焯校"戮"作"錄"。程炎震曰："別一宋本'戮'作'錄'。"朱鑄禹曰："袁本作'戮'，非。案：若作'戮'，與下文'送斬'重複。"楊勇曰："'錄'各本作'戮'，義同。"

〔2〕 "世瑜"，徐震堮曰：《晉書》本傳作'世瑜'。案'瑜''超'義相扶，似當作'瑜'。"朱鑄禹曰："《晉書·劉超傳》作'瑜'，疑當從。"

〔3〕 "成陽景王六世孫"，徐震堮《札記》曰："《晉書·劉超傳》'六'作'七'。案《漢王子侯年表》有茲鄉孝侯弘，爲城陽荒王子。荒王爲景王六世孫，則作'七世'者是也。'成陽'當作'城陽'。"

〔4〕 "父徽"，余嘉錫曰："'徽'景宋本作'微'。"何焯校同。徐震堮曰："《晉書》本傳作'父和'。"朱鑄禹曰："袁本作'徽'，是。"楊勇曰："'和'宋本作'微'，各本作'徽'，皆非是。今依《晉書·劉超傳》。"

〔5〕 "儋石"，楊勇曰："'儋'宋本作'擔'，今依各本。"龔斌曰："作'儋'是。"

〔6〕 "零陽"，《晉書》本傳"陽"作"陵"。楊勇曰："'零陵'宋本作'零陽'，今依《晉書·劉超傳》。"龔斌曰："《晉書》七七《劉超傳》作'零陵'，未知孰是。"

〔7〕 "慎默"，董刻本"默"作"嘿"。

〔8〕 "右衛大將軍"，徐震堮曰："《晉書》本傳無'大'字。"楊勇曰："'將'上宋本有'大'字，非。"

〔9〕 "侍中"，程炎震曰："據文'侍中'下當脫'右衛'二字。《晉書·劉超傳》亦有。下同。"按"下同"指"殺我侍中者"句。

〔10〕 "蘇峻"，張增《讀史舉正》卷五曰："《劉超傳》：'超謀奉帝出，峻使任讓收超。'案此事在咸和四年正月，時蘇峻已死，當云'蘇逸'。"楊勇曰："'蘇逸'宋本作'蘇峻'，非。"龔斌曰："孝標注引《雅別傳》敘事簡略，致生誤解。"

魏中領軍。父猛，吏部郎。"劉謙之《晉紀》曰："柳妻，祖逖子渙女[1]。蘇峻招祖約爲逆，約遣柳以衆會。峻既克京師，拜丹陽尹。後以罪誅。" 兒思姒者至佳，諸公欲全之。《許氏譜》曰："永字思姒。" 若全思姒，則不得不爲陶全讓，於是欲並宥之。事奏，帝曰："讓是殺我侍中者，不可宥！" 諸公以少主不可違，並斬二人。

○ "成帝在石頭" 至 "並斬二人"

"任讓"，劉應登曰："任讓隨蘇峻作亂，劫帝居石頭。"

"少主"，張萬起曰："晉成帝幼年繼位，蘇峻亂時，不到十歲。"

○注 "晉陽秋曰"

"交關書疏"，徐震堮曰："交關，猶交通，乃爾時常語。" ○江藍生曰："六朝前後的文獻中，'交關'多作'往來'、'交往'解。'交關書疏'，指書信往來。"《彙釋》頁九七。

○注 "雅別傳曰"

"仲常曾孫"，楊勇曰："《元和姓纂》一：'鍾繇弟演，演元孫雅。'未知曾孫、玄孫孰爲是。"

"拔至尊出"，蔡鏡浩曰："'拔'爲拯救之義。魏晉時常見。如《魏書·道武七王傳》載肅宗詔：'遽令拔彼倒懸，救茲危急。''拔'與'救'互文。"《札記》。

12

王丞相拜揚州，賓客數百人並加霑接，人人有説色[2]。唯有臨海一客姓任《語林》曰："任名顒，時官在都[3]，預王公坐。"

---

[1] "祖逖子渙女"，董刻本 "逖" 作 "遜"。王利器曰："各本 '逖' 作 '遜'，是。"徐震堮曰：《通鑒》九三云：'遜妻，柳之姊也。'則柳爲遜之妻弟，顛倒錯亂，莫可究詰。"
[2] "説色"，董刻本、何焯校 "説" 作 "悦"。下 "大喜説" 同。
[3] "時官"，余嘉錫曰："'官'景宋本作 '宦'。"何焯校同。

及數胡人爲未洽，公因便還到過任邊云：“君出，臨海便無復人。”任大喜說。因過胡人前彈指云：“蘭闍，蘭闍。”群胡同笑，四坐並懽。《晉陽秋》曰：“王導接誘應會，少有牾者[1]。雖疏交常賓，一見多輸寫款誠，自謂爲導所遇，同之舊暱[2]。”

○“王丞相拜”至“有説色”

“拜揚州”，秦士鉉曰：“爲揚州刺史。”○程炎震曰：“王導拜揚州，一在建興三年，王敦拜江州之後；一在明帝太寧二年六月丁卯。此殆是初拜時。”○楊勇曰：“揚州，晉初治壽春，太康初治秣陵，東晉治建康。”

“並加霑接”，恩田仲任曰：“霑接，猶言恩意接對也。”○秦士鉉曰：“以惠澤霑，以恩意接。”

○“唯有臨海”至“任大喜說”

“數胡人爲未洽”，恩田仲任曰：“胡人，天竺人。洽，霑濡周遍也。”○吳其昱曰：“當時與中國關係密切的民族，似乎只有印度人慣以這種動作（彈指），表示高興、讚美、贊同等感情。”《蘭闍考》。○周一良曰：“隋唐以後‘胡’‘梵’兩字的分別漸嚴。‘胡’專指中亞胡人，‘梵’指天竺。六朝時‘胡’的用途還很廣，印度也每每被稱爲‘胡’，所以這裏的‘胡人’很可能是指印度人而言。王導爲聯絡感情，行了天竺彈指之禮，還要學說一個梵字。”《中國的梵文研究》。

“因便還到”，岡白駒曰：“便，溲也。”○桃井白鹿曰：“便，即也。還，與‘旋’同。一說‘便，溲也’，非是。”○大典顯常曰：“‘還’同‘旋’。便旋，小遺也。以爲語辭，則文義不成。”○秦士鉉曰：“便，便宜也。一云即也，又云溲也，謂自小便還。”朱鑄禹釋曰：“言因起而便溺還到，經過任邊也。此解似允。”○楊勇曰：“‘便’與‘旋’同。《左傳》定公三年：‘夷射旋焉。’杜注：‘旋，小便也。’”

“任邊”，蔡鏡浩曰：“‘邊’猶‘處’，即指某處所，而非旁邊之義。”《札記》。

“臨海便無復人”，劉淇曰：“此‘復’字，語助也。”《辨略》卷五。○田中

---

[1] “牾者”，余嘉錫曰：“‘牾’景宋本作‘迕’。”沈校本、何焯校同。楊勇曰：“各本作‘牾’。”
[2] “舊暱”，余嘉錫曰：“‘暱’景宋本作‘昵’。”

頤曰："言任臨海第一人。"○楊勇曰："復，語助詞，無義。下'不復'、'空復'、'且復'同。"

○"因過胡人"至"四坐並歡"

"彈指"，恩田仲任曰："《三千威儀經》曰：'若入師房，當具五法：一，於外彈指；二，當脱帽；三，作禮；四，正住教坐乃坐；五，不忘持經。'慧琳《音義》曰：'彈，但難切，作拳屈指頭，以大指捻彈作聲。'《正字通》曰：'鼓爪曰彈。'"○平賀房父曰："《法華文句》云：彈指者，隨喜也。"○吳其昱曰："'彈指'一詞或（a）指命令；（b）表責備之意；（c）表推辭、謝絶之意；（d）表漠不關心、蔑視之意；（e）表滿足、快樂之意。據王導故事上下文來看，以（e）條意義最爲恰當。"《蘭闍考》。○吳金華曰："'彈指'是打招呼的小動作。這是佛家的規矩，跟別人説話之前務必要彈指。王丞相一邊向胡人打招呼，一邊招呼説'蘭闍，蘭闍'，這是一種友好而有禮貌的表示。"《考釋》頁五六。

"蘭闍"，朱熹曰："謂胡僧曰'蘭奢，蘭奢'，乃胡語之褒譽者也。"《朱子語類》卷一三六。○王應麟曰："此即蘭若也。"《困學紀聞》卷二十自注。○沈自南曰："蘭闍，蓋贊美之詞也。"《藝林彙考·棟宇篇》卷六。○桃井白鹿曰："西竺譽人之語。"○朱亦棟曰："按'蘭闍'二字切音爲'胡'，當是稱呼胡人之語，故下云'群胡大笑，四坐並歡'。若'蘭若'則浮屠所居，於義何取耶？"《群書札記》十五。周一良按曰："（朱亦棟）謂'蘭若'乃浮屠所居，與蘭闍無涉，其言固是，然又云'蘭闍二字切音爲胡'云云，仍屬向壁虚造，與王氏翁氏之説，皆不諳梵語而從漢字字面臆爲之説也。"《史札》頁一一九。○劉盼遂曰："'蘭闍'或爲梵語之 ranja，此云樂也。"按此引陳寅恪説。○余嘉錫曰："茂宏之意，蓋讚美諸胡僧於賓客喧噪之地，而能寂静安心，如處菩提場中。然則己之未加霑接者，正恐擾其禪定耳。"○饒宗頤曰："前人或謂'蘭闍'爲阿蘭若，其説是也。阿蘭若，梵語爲 aranya，漢譯有阿練茹、阿蘭那等，其義爲閑静處、空寂。或譯作閑閑。析其字根，乃 a＋ranya，a 爲否定語前詞。阿蘭若，漢譯亦作無諍，或無諍聲，與静寂義合。王丞相對胡人使用此語，意指無諍，殆謂其少安無躁耶？"楊勇引。○吳其昱曰："'蘭闍'一語，大致爲梵語 ranja（歡悦）的漢語譯音。王導故事上下文及彈指的情形，亦證實此説。"《蘭闍考》。

【彙評】

朱熹曰：“王導爲相，只周旋人過一生。”《朱子語類》卷一三六。

劉辰翁曰：“如此爲佞，亦足稱‘政事’耶？”

李贄曰：“第一美政，只少解人。”《初潭集》卷二十九。

博古堂朱批曰：“導之叶握，想見當年。”

李塨曰：“真幹濟之宏才也。我之剛愎粗疏，其必以此爲師而後可。或者不免巧言令色之譏耶，以丞相下士則可矣，非我輩所當學也。”《閱史郯視》卷一。

許世瑛曰：“王公尚有一種長處，就是爲了要達到固國本、綏土人的目的，不惜用任何手段，即便自低身分，採用硜硜者流不屑行的方策。自命清高者流或許要笑話他太虛僞自卑了，可是那時候正值王室多故，吳人不服，稍一不慎，就有社屋的危險，而典午宗廟或將不得血食矣。他的不得已而爲之的苦心，後之讀史者也似乎應當原諒的啊。”《王導政績和晉元帝中興》。

蔣凡曰：“當西晉王朝風雨飄搖時，王導即先行輔助元帝司馬睿經營江左，準備退守半壁江山，建立東晉朝廷。賴他的遠識和努力，江左大族的巨子顧榮、賀循、紀瞻、周玘等紛紛歸附，成爲過江政權得以立足的基礎。”

13

陸太尉詣王丞相咨事[1]，過後輒翻異。王公怪其如此，後以問陸。《陸玩別傳》曰：“玩字士瑤，吳郡吳人。祖瑁[2]，父英，仕郡有譽。玩器量淹雅，累遷侍中、尚書左僕射、尚書令，贈太尉。”陸曰：“公長民短，臨時不知所言，既後覺其不可耳。”

○“陸太尉”至“其不可耳”

“王丞相咨事”，程炎震曰：“此蓋咸和中玩爲尚書左僕射時，導以司徒錄尚

---

〔1〕“咨事”，董刻本、元刻本、何焯校“咨”作“諮”。
〔2〕“祖瑁”，董刻本無“瑁”字。王利器曰：“各本‘祖’下有‘瑁’字，是。”

書事，故得咨事也。導猶領揚州刺史，故玩自稱‘民’。”

“過後輒翻異”，大典顯常曰：“過後，猶言既後也。”○淇園曰：“蓋若是之事不止一次。”○田中頤曰：“謂其所咨謀之事，陸退後翻異前議之所定也。蓋是事數數有之，故曰‘輒’。”○崔朝慶曰：“言於所決定有變更也。”

“公長民短”二句，劉應登曰：“‘民’乃自稱之辭。謂身有長短，當時聞之不悉，過後方覺爾。”○顧炎武曰：“晉時有自稱‘民’者。《世說》陸太尉對王丞相曰：‘公長民短。’”《日知録》卷二十四。○劉淇曰：“臨，猶及也，謂正當其時也。”《辨略》卷二。○岡白駒曰：“民，自稱也。臨時，方咨事之時也。”○淇園曰：“公長，公才長。民短，言己材短。”○田中頤曰：“民，陸自謙，稱己也。言才有長短，故我臨其時不知所言之可否，既後始覺其不可，是以變更也。”○崔朝慶曰：“此所謂長短，以勢位言也。”○徐震堮曰：“部民對地方官長，自稱曰民，雖顯達者亦不例外。”《簡釋》。又曰：“長短指名位言，猶尊卑。玩，吳人，導領揚州刺史，玩乃其部民，故稱‘民’。”○朱鑄禹曰：“晉人自稱曰‘民’，曰‘身’，對下屬亦如此。王羲之《十七帖》中有‘不令民知’，乃語家人之辭。”○楊勇曰：“長短，謙詞，亦指才德。”○龔斌曰：“長短，猶優劣，非指名位。陸玩‘公長民短’者，乃指對於諸事之見解，謂丞相長而己短也。”

○注“陸玩別傳曰”

“父英”，王利器曰：“《吳郡陸氏譜》，瑁第三子英，英第四子玩。”

“仕郡有譽”，朱鑄禹曰：“《晉書》卷七十七《陸曄傳》：‘父英，高平相，員外散騎常侍。’曄，玩之兄也。”

【彙評】

袁中道曰：“婉言可愛。”《舌華録》卷七。

戴君恩曰：“夫僚友諮謀，乃露長形短，至使人臨時不知所言，尚安所得集思廣益哉？”《剩言》卷八。

余嘉錫曰：“《方正篇》載導請婚於玩，而玩拒以義，不爲亂倫之始，可見其意頗輕導。此答以‘公長民短’，謙詞耳。亦可謂居下不諂矣。”

14

丞相嘗夏月至石頭看庾公。庾公正料事，丞相云：
“暑可小簡之。”庾公曰：“公之遺事，天下亦未以爲
允。”《殷羨言行》曰：“王公薨後，庾冰代相，網密刑峻〔1〕。羨時行，遇收
捕者於途，慨然歎曰：‘丙吉問牛喘，似不爾〔2〕！’嘗從容謂冰曰〔3〕：‘卿輩
自是網目不失，皆是小道小善耳。至如王公，故能行無理事。’謝安石每歎詠此
唱〔4〕。庾赤玉曾問羨：‘王公治何似？詎是所長〔5〕？’羨曰：‘其餘令績〔6〕，
不復稱論。然三捉三治，三休三敗〔7〕。’”

○“丞相嘗夏月”至“未以爲允”

“至石頭看庾公”，程炎震曰：“此是成帝初王導、庾亮參輔朝政時，陶侃所
謂‘君侯修石頭以擬老子’者也。蘇峻亂後，亮卒於外任矣。”

“料事”，朱鑄禹曰：“即料理事務也。”

“暑可小簡之”，田中頤曰：“即言爲夏暑可小簡事。”○龔斌曰：“王導以清
靜治政，故云。”

“公之遺事”，桃井白鹿曰：“視事慢忽，遺棄不省。《八王故事》：‘雅崇拱
默，以遺事爲高。’”○博古堂朱批曰：“遺事，當是諸事從簡略之意，觀下節
可見。”

“未以爲允”，岡白駒曰：“允，當也，肯也。”

---

〔1〕 “網密刑峻”，董刻本作“網所刑岐”。王利器曰：“蔣校本、沈校本作‘網密刑繁’，餘本作‘網密
刑峻’，宋本誤。”楊勇曰：“宋本作‘網所刑岐’，沈校本作‘網密刑繁’。”

〔2〕 “牛喘似不爾”，董刻本“喘”作“稱”。王利器曰：“各本‘稱’作‘喘’，屬上爲句。”楊勇曰：
“‘喘’宋本作‘稱’，非。”

〔3〕 “嘗從”，楊勇曰：“‘嘗’宋本作‘舊’，非。”

〔4〕 “此唱”，董刻本“此”作“折”。王利器曰：“各本‘折’作‘此’。”楊勇曰：“‘此’宋本作
‘折’，非。”

〔5〕 “詎是”，余嘉錫曰：“‘詎’景宋本作‘誰’。”

〔6〕 “令績”，董刻本“積”作“責”。王利器曰：“‘責’即‘積’壞字。”

〔7〕 “三捉三治”二句，程炎震曰：“別一宋本‘捉’作‘投’。”余嘉錫曰：“‘捉’沈本作‘投’。”
王利器曰：“蔣校本、沈校本‘捉’作‘投’。”蔣宗許《臆札》曰：“‘捉’字不誤。”又，董刻本
“三捉”作“二捉”，“三休”作“一休”。王利器曰：“各本‘二’‘一’兩字都作‘三’，是。”

○注"殷羨言行曰"

《殷羨言行》，沈家本曰："不稱'傳'，而實則傳體也。"《古書目》卷四。○葉德輝曰："《隋志》不著録。"《書目》。

"丙吉問牛喘似不爾"，岡白駒曰："似與否乎？'爾'字做'乎'看。"○大典顯常曰："言古宰相用心，與綱密者不同也。"《攟補》。○平賀房父曰："言彼赭衣載塗者，密網之所爲也，其與丙吉之寬政相似否？"○秦士鉉曰："《漢書》：丙吉爲丞相，逢群鬥，死傷橫道，不問。逢人逐牛，牛喘吐舌，問行遠近。掾吏怪之。吉曰：'民鬥死傷，京兆尹、長安令所當禁備，非宰相之所問也。方春，少陽用事，未可太熱，恐牛近行用暑故喘。三公典調和陰陽，是以問之。'掾吏以吉知大體。今庾冰所爲不似之。"○龔斌曰："殷羨以丙吉問牛喘事，慨歎庾冰網密刑峻，不施寬簡之政。"

"歎詠此唱"，徐震堮曰："晉人以發言爲唱。'此唱'猶'此言'。"

"庾赤玉"，朱鑄禹曰："是庾冰字。"

"詎是所長"，劉淇曰："'詎是'猶云那是、寧是也。"《辨略》卷四。

"三捉三治三休三敗"，岡白駒曰："三捉三治，蓋謂執政收賢也。周公一沐三捉髮，導相元、明、成三世，故假'三捉'以言。'三休'未詳，然如王敦之反也，詣臺請罪，是自黜退也；劉隗用事，導漸見疏遠；皆可謂'休'矣。"○桃井白鹿曰："此本稱王導政務寬恕，能不理事耳，非禮賢請休之謂也。捉，捕人也。《法華經》'窮子驚愕，稱怨大喚，我不相犯，何爲見捉'是也。治，治事之'治'。休，宥也，《書·吕刑》'雖休勿休'是也。敗，'豎儒幾敗乃公之事'之'敗'。蓋言三捕罪人則三宥之，三治事則三敗之也。"○大典顯常曰："王公相元、明、成三世，及王敦之反，詣臺請罪，劉隗用事，公漸見疏。捉、休，蓋謂用舍。凡曰三者不必數三。言每用王公必治，每舍王公必敗也。"○秦士鉉曰："謂用王公則治，舍王公則亂，可知其賢。言'三'者，不必拘數，言屢也。"○蔣宗許曰："捉者，握執也。'三捉三治三休三敗'當是説王導執政則朝野太平，王導罷政（即他人執掌權柄時）則朝廷事敗，天下紛亂。庾赤玉爲庾亮從子，庾、王一向貌合神離，庾赤玉的提問本'不懷好意'，而殷羨素不以庾氏爲然，因而以'三捉三治三休三敗'對之，充分肯定了王導的功績，也巧妙地譏刺了庾亮的無能，使庾赤玉碰了一鼻子灰。"《臆札》。

414

李贄曰：“安石知音，殷羡可人。”《初潭集》卷二十九。

沈作喆曰：“庾亮夏月料事，王導謂正暑可小簡之。亮曰：‘公之遺事，天下亦未以爲允。’陋哉斯言也。茂弘經營開國，正以簡静寬大得人心耳，漢曹相國之遺法也。而亮區區以簿書期會望之，謬矣！”《寓簡》卷三。

蔣凡曰：“這隅居江南，僅半壁江山的王朝，内憂外患，穩定如恐不及，庾氏兄弟偏皆崇尚刑威，‘亮任法裁物’，‘冰頗任刑威’，而頗以此失人心。王導見庾冰用功勤勉，苦操其術，便委婉地提醒他。可兩人觀點、方法有根本的差異，所以庾冰不能接受王導的告誡，反而反脣相譏。”

龔斌曰：“王、庾對話反映出二人治政作風不同，王寬恕簡易，庾巨細不漏。”

15

丞相末年，略不復省事，正封録諾之。自歎曰：“人言我憒憒，後人當思此憒憒。”徐廣《歷紀》曰〔1〕：“導阿衡三世，經綸夷險，政務寬恕，事從簡易，故垂遺愛之譽也。”

○“丞相末年”至“思此憒憒”

“省事”，朱鑄禹曰：“省，《説文》：‘視也。’又《爾雅·釋詁》：‘察也。’‘省事’猶今言‘視事’。”

“正封録諾之”，劉淇曰：“《世説》：‘今年破賊正爲奴。’又云：‘丞相末年，略不復省事，正封録諾之。’諸‘正’字猶止也。‘正’得爲‘止’者，‘即’之轉也。”《辨略》卷四。○岡白駒曰：“録，籍也。言有請事者，不率故事，輒諾之。”○大典顯常曰：“録，圖籍也。又籭也，籭竹篗。晉劉柳‘書篗’

---

〔1〕“歷紀”，何焯曰：“‘歷’當作‘晉’。”楊勇曰：“宋本作‘歷’。疑原作‘晉紀’，形近而誤也。”

是也。蓋言不披簿籍而漫應也。"○淇園曰:"言不復省故封録之其文書,而口則諾其請託。"○秦士鉉曰:"録,函也。丞相取他箋奏封在函中,而唯曰諾諾耳。"○徐震堮曰:"正,止也。録,簿也,此謂文書。諾,畫諾也。"○朱鑄禹曰:"録,《正韻》曰:'籍也。'此指言正封發册籍,導都無所可否,但畫諾而已。"○楊勇曰:"正,猶止也,只也。封,謂封事,奏章文書等屬之。"○王叔岷曰:"'正'猶'止'也,字亦作'政'。"

"憒憒",岡白駒曰:"昏眊貌。"○大典顯常曰:"《蜀志·蔣琬傳》:'或毁琬曰:作事憒憒。'憒憒,心亂貌。蓋謂百事不理也,上章所云'故能行無理事'是也。"○平賀房父曰:"無分曉貌。"○田中頤曰:"此言今人唯當言我徒憒憒耳,然至後人必體斯意,當思察此憒憒中憂慮太甚也。蓋以時勢宜然言之者。"○趙西陸曰:"《説文》:'憒憒,亂也。'"○王叔岷曰:"《廣雅·釋訓》:'憒憒,亂也。'王氏《疏證》云:'《大雅·召旻篇》:潰潰回遹。傳云:潰潰,亂也。'《莊子·大宗師篇》云:'憒憒然爲世俗之禮。''憒'與'潰'通。"

○注"徐廣歷紀曰"

《歷紀》,沈家本曰:"隋唐志皆不著録。此亦記事之書。"《古書目》卷四。○葉德輝曰:"《類聚》引用有徐整《三五歷紀》,疑即此書。"《書目》。○繆鉞曰:"《晉書·徐廣傳》言廣'勒成《晉紀》,凡四十六卷',《隋書·經籍志》史部古史類亦著録徐廣《晉紀》四十五卷,《世説新語》劉注所引徐廣《歷紀》,疑《晉紀》之誤。"《清談與魏晉政治》。

"阿衡三世",大典顯常曰:"阿衡,本伊尹之稱。阿,倚也。衡,平也。言天下所倚而群下取平也。"《集成》。○朱鑄禹曰:"《玉篇》曰:'阿,倚也。'阿衡,商官名。《書·太甲》:'不惠于阿衡。'鄭玄曰:'阿,倚也;衡,平也。伊尹,湯所以依倚而取平,故以爲官名。'是其職殆等後之宰輔也。"

"遺愛",秦士鉉曰:"《左傳》:'古之遺愛。'言後人愛之不忘也。"

【彙評】

洪邁曰:"此蓋非揚己取名、瞭然使户曉者,真名世英宰也。豈曰不事事哉!"《容齋隨筆》卷七。

劉辰翁曰:"當其時或自有見,以爲政事法則不可。"天保手批曰:"評理屈應此天網恢恢之意。"

李贄曰："遺愛何足道，正爲江左立根基耳。"《初潭集》卷二十九。○曰："晉祚卒延者何？王、謝之力也，偉焉哉！二公之於晉也，無求備，無取必，無敢僥倖，譬如人有虛怯之症，飲食可進則進之，不可進則俟之，不遽試以金石之藥，攻劫之劑，以無病視病，故其病不治而自愈矣。自道德教遠，世之言治者皆苟而已，不思因時之政，治以不治，雖黃帝不能違，而況於累卵之時歟？善乎王茂弘有言曰：'人言我憒憒，後人當思此憒憒。'謝安石亦曰：'不爾不成京師。'至哉言乎！於道德深且遠矣。吾獨怪夫有宋之末，其君臣俱犯虛怯之病，其不足有爲明矣，一時大賢起而欲救之，務爲求全，果於取必，乃白藥雜試，以圖僥倖，而遂壞之也，悲乎！"《藏書》卷九《大臣傳·謝安》。

袁中道曰："以無事補朝廷正此。"《舌華錄》卷三。

田中頤曰："能知時宜。"

天保手批曰："水至清魚無。"

施鴻曰："江東微弱，導以安靜鎮之，猶之病者，元氣已衰，以靜攝調養之而已，不宜復以藥物剝落之也，無近效而有遠功，故曰'歲計有餘'。然江東之病，不獨元氣之衰也。王敦死，錢鳳繼之，蘇峻又繼之，譬之元氣已衰而大癩暴下，又交伐之。治病者急則治其標，此亦治標之時也，導於此時不聞有救匡之策、消弭之略，雍容俯仰，因人成事而已，是已大癩暴下，猶舍藥物不用。"《澂景堂史測》卷三。

蒙思明曰："在王導、謝安兩人的言論中，實充分透露了他們爲政的苦衷。因爲當時立國，全憑世族之力以相維繫，倘以嚴法相繩，定將激啓異動，不得不以簡易寬恕爲政本，在敷衍豪强的作風下苟延歲月。王、謝之所以被稱爲江左名臣，想即以此。"《社會》頁七一。

許世瑛曰："王公爲政務主寬簡，刑措勿用，也是由於時勢不得不然，像他這樣真可算得眼光銳敏、切救時弊的大政治家了。"《王導政績和晉元帝中興》。

陳寅恪曰："東漢末年曹操、袁紹兩人行政之方法不同，操刑網峻密，紹寬縱大族，觀陳琳代紹罪操之檄，及操平鄴後之令，可知也。司馬氏本爲儒家大族，與袁紹正同，故其奪取曹魏政權以後，其施政之道號稱平恕，其實是寬縱大族，一反曹氏之所爲，此則與蜀漢之治術有異，而與孫吳之政情相合者也。東晉初年既欲籠絡孫吳之士族，故必仍循寬縱大族之舊政策，顧和所謂'網漏吞舟'，即指此而言。王導自言'後人當思此憒憒'，實有深意。江左之所以能立

417

國歷五朝之久，内安外攘者，即由於此。”《述東晉王導之功業》，《叢稿初編》頁六一。

田餘慶曰：“‘丞相末年’就是指咸康中，也就是庾、王對峙最爲緊張的時候。王導憒憒爲政，主要目的是和輯士族，求得彼此利益的均衡，特別是使庾、王之間相安無事。”《政治》頁五四。

蔣凡曰：“其政寬惠，甚至寬到顧和所云‘網漏吞舟’的程度，是王導理解時勢而得出的穩定東晉王朝所必須的基本綱領，也是他三朝輔政的一貫爲政作風。另外，成帝之朝，外戚庾氏家族當政，琅琊王家已呈衰勢，導不‘憒憒’，又當如何？”

16

陶公性檢厲，勤於事。《晉陽秋》曰：“侃練核庶事，勤務稼穡，雖戎陳武士，皆勸厲之。有奉饋者，皆問其所由〔1〕。若力役所致，懽喜慰賜；若他所得，則呵辱還之。是以軍民勤於農稼，家給人足。性纖密好問，頗類趙廣漢。嘗課營種柳，都尉夏施盜拔武昌郡西門所種。侃後自出，駐車施門，問：‘此是武昌西門柳，何以盜之？’施惶怖首伏，三軍稱其明察〔2〕。侃勤而整，自強不息。又好督勸於人〔3〕，常云：‘民生在勤，大禹聖人，猶惜寸陰，至於凡俗，當惜分陰〔4〕。豈可遊逸，生無益於時，死無聞於後，是自棄也。又老莊浮華，非先王之法言而不敢行〔5〕。君子當正其衣冠，攝以威儀，何有亂頭養望〔6〕，自謂宏達邪？’”《中興書》曰：“侃嘗檢校佐吏，若得樗蒲、博奕之具〔7〕，投之曰：‘樗蒲，老子入胡所作，外國戲耳。圍棋，堯、舜以教愚子。博奕，紂所造。諸君國器〔8〕，何以爲此？若王事之暇，患邑邑者，文士何不讀書？武士何不射弓？’

---

〔1〕“所由”，董刻本“由”作“曰”。王利器曰：“各本‘曰’作‘由’，是。《晉書·陶侃傳》及《通鑒》卷九三《晉紀》十五都作‘由’。”
〔2〕“三軍”，董刻本“三”作“二”。王利器曰：“曹本同，餘本‘二’都作‘三’。”
〔3〕“於人”，程炎震云：“宋本‘於’作‘他’。”余嘉錫云：“‘於’沈本作‘他’。”
〔4〕“當惜”，何焯校“當”作“常”。
〔5〕“先王”，楊勇曰：“‘王’宋本作‘三’，非。”
〔6〕“養望”，秦士鉉曰：“《晉書》作‘跣足’。”
〔7〕“博奕”，董刻本“奕”作“弈”，下同。
〔8〕“諸君”，董刻本“君”作“匿”。王利器曰：“各本‘匿’作‘君’，是。”楊勇曰：“宋本作‘匿’，非。”

418

談者無以易也。"作荆州時，敕船官悉録鋸木屑，不限多少[1]，咸不解此意。後正會，值積雪始晴，聽事前除雪後猶濕，於是悉用木屑覆之，都無所妨。官用竹皆令録厚頭，積之如山。後桓宣武伐蜀，裝船，悉以作釘。又云：嘗發所在竹篙[2]，有一官長連根取之，仍當足，乃超兩階用之。

○"陶公性檢厲"至"都無所妨"

"陶公性檢厲勤於事"，恩田仲任曰："檢，法度也。厲，嚴也。"○田中頤曰："檢，校也。厲，勉也。謂事雖小若細，而人所不用心者，其性莫不檢校勉勵以勤其事也。"○李慈銘曰："'檢'疑當作'儉'。"《簡端記》。○余嘉錫曰："'檢厲'蓋綜覈之意，'檢'字不誤。"○朱鑄禹曰："檢厲，意謂檢束、嚴肅。"○董志翹曰："或當作'陶公性檢，厲勤於事'。'厲勤'（字又作勵勤）乃同義複詞，爲'勤勵'義。"《考索》。

"録鋸木屑"，大典顯常曰："録，收也。"○徐震堮曰："録，收藏也。"

"正會"，胡三省曰："正會，正月朔旦朝會也。亦曰元會。"《通鑒·宋紀二》注。○徐震堮曰："元旦朝會叫'正會'。州刺史元旦會僚屬也叫'正會'。"《釋義》。○吳金華曰："'正會'就是'正旦大會'的節縮語。據《晉書·禮志》、《宋書·禮志》等文獻記載，'正會'是每年正月初一舉行賀儀的例會。"《考釋》頁五七。

"聽事前除雪後"，恩田仲任曰："中庭曰聽事，言受事察訟於是。漢晉皆作'聽事'，後加'厂'爲'廳'。前除，門屏之間曰'除'。"○秦士鉉曰："聽事，聽政事之堂。除，庭也。"○崔朝慶曰："聽事，聽事之所也。"○張永言曰："除，廳堂下的臺階。"《辭典》頁五九。○吳金華曰："《晉書·陶侃傳》中作：'聽事前餘雪猶濕，於是以屑布地。'推敲文義，本文'除雪後'三字可能是'餘雪'之誤。竊疑此文本作'餘雪'，'餘'字既已訛爲'除'，於是又增

---

[1] "不限多少"，徐震堮曰："此句下《御覽》二九有'悉藏之'三字。疑後人注語誤入正文。"
[2] "所在"，何焯校作"在所"。

出‘後’字。”《考釋》頁五八。

○“官用竹”至“兩階用之”

“厚頭”，大典顯常曰：“竹本也。”

“仍當足”，劉應登曰：“謂就連竹根以爲篙，以代鐵足。”^{劉辰翁按曰：“非此}解，殆不喻。”^{恩田仲任曰：“鐵足當即鐵鑽。”}○田中頤曰：“便存竹根，仍以當鐵足也。”○徐震堮曰：“仍，因。”《簡釋》。

“超兩階用之”，恩田仲任曰：“兩階，官階也，言嘉官長有材能，故使超兩階也。”○田中頤曰：“謂賞其人以躋二等也。已上又他人之類陶者而用之，以見陶天性有斯好耳。”

○注“晉陽秋曰”

“練核庶事”，秦士鉉曰：“核，覈實也。”

“趙廣漢”，大典顯常曰：“廣漢，聰明彊力，天性精於吏職。爲京兆尹，廉明威制豪彊。”《撮補》。

“課營種柳”，秦士鉉曰：“課，敕也。營，陣營也。”○朱鑄禹曰：“課營，責成軍營也。”

“惶怖首伏”，恩田仲任曰：“有咎自陳曰首。‘伏’與‘服’通，屈服也。”

“民生在勤”，秦士鉉曰：“《左傳》宣十一年楚莊王語。”

“猶惜寸陰”，秦士鉉曰：“《淮南子》曰：‘聖人不貴尺璧，而重寸陰，以時難得而易失也。’禹惜寸陰。”○朱鑄禹曰：“《正字通》曰：‘陰，日影也。’”

“當惜分陰”，秦士鉉曰：“分陰，一分之晷。”

“老莊浮華”，賀昌群曰：“浮華，蓋不實之意也。魏晉之際，遂以‘浮華’指清談。”《初論》頁七。

“正其衣冠”，秦士鉉曰：“《論語》語。”

“攝以威儀”，秦士鉉曰：“攝，檢束也。《詩·大雅》語。”

“亂頭養望”，大典顯常曰：“魏收《枕中篇》：‘不養望于丘壑，不待賈于城中。’蓋謂自高也。”《集成》。○恩田仲任曰：“望，名望也。《小學注》曰：‘養望，養其虛望也。’”○吳金華曰：“養望，釣取名望。‘養’字古有‘取’義。《詩·大雅·酌》：‘遵養時晦。’毛傳：‘養，取也。’所謂‘亂頭養望’，指故意用怪頭亂髮的形象引人注意，借此獲取瀟灑通達的名聲。”《續稿》。

420

○注"中興書曰"

"檢校佐吏"，胡三省曰："晉宋之間，藩府率謂參佐爲佐吏。"《通鑒·宋紀三》注。○恩田仲任曰："《通典》曰：'州之佐吏有別駕、治中、主簿、功曹書佐、簿曹、兵曹、部郡國從事史、典郡書佐等官。'"

"樗蒲"，程大昌曰："樗蒲則所用者五子而已，其初刻木爲之。劉裕挼喝五木，使之成盧，則其子用木而五也。"《演繁露》卷六。○胡三省曰："晉人多好樗蒲，以五木擲之，其采有黑犢、有雉、有盧，得盧者勝。"《通鑒·晉紀十五》注。○謝肇淛曰："博戲自三代已有之，穆天子與井公博三日而決。仲尼曰：'不有博弈者乎？'莊周曰：'問穀奚事？則博塞以遊。'今之樗蒲，是其遺意，但所用之子，隨時不同。古有六博，謂大博則六著，小博則二熒，其法今不傳矣。魏晉時始有五木之名，梟、盧、雉、犢、塞也，其制亦不可考。大約黑而純一色者爲盧，相半者爲雉，黑而有雜色者爲犢塞。"《五雜組》卷六。○恩田仲任曰："《博物志》曰：'老子入胡，作五木也。'唐李翺有《五木經》。崔師本有《五木法》。"○蔣超伯曰："古之樗蒲，斲木爲之。《御覽》載繁欽《威儀箴》曰：'操榪弄棋，文局樗蒲，言不及義，勝負是圖。'注：'榪，博子也。讀與瓊同。'是其初本以木爲質，其後始改而用玉用牙耳。"《南漘楛語》卷五。○石川鴻齋曰："《博物志》：'樗蒲，老子入西戎所造。'或云胡亦以此卜也。"《點注》卷四。

"博弈"，恩田仲任曰："《正字通》曰：'《說文》：博，局戲也。六箸十二棋也。古者烏曹作博。'鮑宏有《博塞經》。弈，圍棋也。"

"諸君國器"，恩田仲任曰："顏師古曰：'言其器用重大，可施爲國政也。'《品字箋》曰：'國器者，通國莫倫之器局也。'"○秦士鉉曰："國器，國家器幹之材。出《漢書·韓安國傳》。"

"邑邑"，大典顯常曰："与'悒'同，言心鬱也。"○秦士鉉曰："'邑''悒'通。悒悒，不平意。《史記·商君傳》：'安能邑邑待數十百年，以成帝王乎？'"○朱鑄禹曰："《說文》：'悒，不安也。從心邑聲。'"

"無以易"，秦士鉉曰："無能改易陶公之論。"

【彙評】

楊一奇曰："晉俗之弊，在於清談廢事，而侃能勤事如此，可謂砥柱中流，不爲晉俗所移，賢於王導、謝安遠矣。養心吳氏。”《史談補》卷四。

夏寅曰：“士行惜分陰之論，真格言也。是時中原板蕩，劉石虎哮，東晉諸臣，風流晏安，曾無奮志，獨士行恭勤自屬，酒器蒲博之棄，竹頭木屑之儲，自庾元規、王茂弘之徒，視之何啻老農俗吏，遂使顧命褒進，皆削不及，而士行孤踪特立，卒就事功，大懟克清，強胡遠懾，可謂豪傑之士矣。”《政監》卷十四。

劉曰寧曰：“夫竹頭木屑，小物也，非人情之所甚急者。彼皆籍之而竟不積于無用，是謂綜理之微密，而顧慮之周悉，胸中智巧概可見矣。苟小者之不能任，烏足以成天下之大事？忽略微務，又胡能勉於其大而不淪於迂疏者哉？此其坐鎮八州，功安典午，識者謂其賢於清談廢事之王謝，非虛語矣。”鄭賢《古今人物論》卷十八引。

鍾惺曰：“陶公經濟學問，全出商韓，然是東晉要梁。”

伯克利手批曰：“多事時鼓舞人得如此。”

佚名曰：“才大而細。若專以此見長則瑣矣。”《智囊補》卷八手批。

范光宙曰：“陶士行歷刺八州，威名烜然，常欲致力中原，而日以斃習勞，其戒逸遊而投酒器蒲博之具，惡放誕而返蓬頭跣足之風，勤綜理而檢竹頭木屑之細，視王謝輩，誠哉中流之砥柱矣。然吏治精，而於臣子大義，或未之諳也。”呂光輪按曰：“士行非純臣也，與唐李臨淮相似。臨淮功大於侃而不能終，亦於大義未諳耳。然則兩公者，稱名將焉可也。”《史評》卷六。

彭孫貽曰：“陶侃一代偉人，徒以不受顧命勤王，觀望不前，見譏當代，然其綜核名實，纖悉不遺，矯一代清言無用之弊，遂爲風流所嫉，天門八翼之夢，著其不臣，無乃非實錄乎？以侃忠勇，諒不至此。又謂富過天府，侃竹頭木屑，雖微必錄，善於生聚，謹於節用，誠宜有之，富國強兵，真有用之材。以此爲譏，宜顛沛不振。”《茗香堂史論》卷一。

魏裔介曰：“晉之風俗靡弊極矣，侃以勤勵矯之，是以克有成功。”《鑑語經世編》卷九。

蔣凡曰：“因其早孤微寒，嘗到了寒素底層的艱辛，所以能勤儉而惜人、惜物。能細到木屑、竹頭都惜而致用，獎賞能變廢爲用的小吏，其實反映了他的寒素本色，這與世家大族出身之官僚習慣於揮霍鋪張、暴殄天物，大異其趣。”

17

何驃騎作會稽，《晉陽秋》曰：“何充字次道，廬江人。思韻淹通，有文義才情。累遷會稽内史、侍中、驃騎將軍、揚州刺史。贈司徒[1]。”虞存弟謇作郡主簿，孫統《存誄敘》曰：“存字道長，會稽山陰人也[2]。祖陽，散騎常侍。父偉，州西曹。存幼而卓拔，風情高逸，歷衛軍長史、尚書吏部郎。”范汪《棋品》曰：“謇字道真[3]，仕至郡功曹。”以何見客勞損，欲白斷常客[4]，使家人節量，擇可通者，作白事成以見存。存時爲何上佐，正與謇共食，語云：“白事甚好，待我食畢作教。”食竟，取筆題白事後云：“若得門庭長如郭林宗者[5]，當如所白。《泰別傳》曰：“泰字林宗，有人倫鑒識。題品海内之士，或在幼童，或在里肆，後皆成英彦六十餘人。自著書一卷[6]，論取士之本，未行，遭亂亡失。”汝何處得此人？”謇於是止。

○“何驃騎”至“成以見存”

“何驃騎作會稽”，秦士鉉曰：“作會稽内史。”○程炎震曰：“《晉書》云：‘在郡甚有德政，薦徵士。’虞《書》：‘拔郡人謝奉、魏顗等。’”又曰：“《通典》

---

[1] “贈司徒”，徐震堮曰：“《晉書》本傳作‘贈司空’。”楊勇曰：“‘司空’宋本作‘司徒’，今依《晉書·何充傳》。《考異》何次道往王丞相許條注引《晉陽秋》同。《寰宇紀》九一：‘吳縣岸嶼山東一里，有晉司空何充墓。’”方一新《斠詁》曰：“‘司徒’本當作‘司空’，今《世説》各本皆誤。《法苑珠林》卷四二引《冥祥記》：‘晉司空廬江何充，字次道。’《梁書·何敬容傳》：‘何氏自晉司空充、宋司空尚之，世奉佛法。’又《何胤傳》：‘何氏過江，自晉司空充並葬吳西山。’《南史·何胤傳》《何敬容傳》同。”龔斌曰：“《隋志》有晉司空何充集四卷，亦爲一證。”
[2] “人也”，沈校本無“也”字。
[3] “道真”，程炎震曰：“宋本‘真’作‘直’。”余嘉錫曰：“‘道真’沈本作‘道直’。”徐震堮曰：“影宋本及沈校本並作‘道直’，是。”
[4] “欲白斷”，余嘉錫曰：“景宋本及沈本俱無‘白’字。”朱鑄禹曰：“袁本‘欲’下有‘白’字，當是衍文。”龔斌曰：“‘白’字非衍文。”
[5] “門庭長”，董刻本“庭”作“亭”。程炎震曰：“‘庭’當作‘亭’。”徐震堮曰：“影宋本及沈校本並作‘門亭長’，是。”王利器曰：“沈校本同，餘本‘亭’都作‘庭’。案作‘亭’是。”
[6] “著書一卷”，董刻本無“書”字。王利器曰：“各本‘著’下有‘書’字，是。”

卷三十三：‘晉成帝咸康七年，省諸郡丞，唯丹陽丞不省。’知充作會稽，在咸康七年以前也。證之《充傳》亦合。”〇龔斌曰：“《晉書》九一《虞喜傳》記咸康初，內史何充上疏薦虞喜。推知何充始作會稽內史在咸和四年至咸康元年此五六年間。”

“郡主簿”，恩田仲任曰：“録省衆事者。”〇秦士鉉曰：“郡，即會稽也。”〇余嘉錫曰：“《書鈔》卷七十三引韋昭《辨釋名》云：‘主簿者，主諸簿書，簿，普也，普聞諸事也。’《通典》卷三十二云：‘主簿一人，録門下衆事，省署文書。’強汝詢《漢州郡縣吏制考上》云：‘主簿爲親近吏，郡守家事亦關之也。’案虞謩欲爲何充斷常客，並使其家人節量者，正以主簿得普聞衆事，且治郡守家政故也。”

“勞損”，田中頤曰：“煩勞毀損。”

“欲白斷常客”，岡白駒曰：“下告上曰稟白。”〇恩田仲任曰：“述事陳義曰白，下告上曰稟白。”〇田中頤曰：“白，稟白也，猶告。”〇龔斌曰：“意謂欲稟告不接待常客。”

“節量擇可通者”，恩田仲任曰：“節量，《小學注》曰：‘猶言裁度。’”〇田中頤曰：“節量，謂不超常度。通，通謁也。”

“作白事成以見存”，劉應登曰：“謂擇可通者書之以白，所書成，以示其兄。”凌濛初按曰：“此注非也。白事，白家人節量之事。若擇可通者書之，家人可按書而通，何必林宗？”〇岡白駒曰：“白事，所稟白事主之書。見，猶示也。”〇秦士鉉曰：“白事，所稟白于上官之書。”〇徐震堮曰：“僚屬向府主請示或報告所用之公文，猶舊時官署中之稟帖。”《簡釋》。

〇“存時爲”至“食畢作教”

“存時爲何上佐”，程炎震曰：“《晉職官志》：郡屬主簿爲首。存猶爲上佐，必是丞矣。”〇余嘉錫曰：“上佐蓋謂治中也。治中與別駕並爲州府要職，故稱上佐。”

“白事甚好”二句，田中頤曰：“此存固嘉謩之愛何，而顧唯其事不可行，亦難顯言之，故欲書以示之也，不辱爲上佐者之見。”

“作教”，徐震堮曰：“晉宋間府主對僚屬所下之諭帖或批示亦曰教。”《簡釋》。〇江藍生曰：“魏晉六朝時期，‘教’的使用範圍擴大，凡上司對部下所作的批示、所下的命令，都可以叫‘教’。‘作教’，爲書面批示。”《彙釋》頁一〇〇。

〇“食竟取筆”至“謩於是止”

“門庭長”，參見校文。恩田仲任曰：“‘庭’當作‘亭’。《晉職官志》曰：‘州有門亭長。'《宋百官志》曰：'刺史官屬有門亭長一人，主州正門。'"○程炎震曰："《續漢志》：司隸校尉所屬假佐二十五人，本注有門亭長。又每郡所屬正門，有亭長一人。晉多仍漢制。《職官志》：州有主簿、門亭長等。郡有主簿，不言門亭長，而別有門下及門下史。知門下及門亭長得通稱矣。袁宏《後漢紀》：'延熹七年，史弼爲河東太守，初至，敕門下：有請，一無所通。常侍侯覽遣諸生齎書求假鹽稅及有所屬，門長不爲通。'此門長即門亭長之省文。知郡屬之門下，即門亭長職也。"○王利器曰："《晉書·職官志》，州有門亭長；《宋書·百官志下》，刺史官屬有門亭長一人，主州正門。"○周一良曰："《後漢書·百官志》司隸校尉下云'門亭長主州正門'。郡之屬吏正門有亭長一人。《晉書·職官志》特進置門亭長一人。州刺史屬吏有門亭長，郡有府門亭長，縣亦有門亭長。《世説》作'門庭長'，因古人往往'亭''庭'互用。門亭長之職司爲傳達。郭泰以有'人倫鑒識'，善於'題品海內之士'著稱，故虞存以爲必須得郭泰之流爲門亭長，始能識別來客，'擇可通者'，否則不宜'斷常客'也。"《史札》頁三七〇。

"如郭林宗者當如所白"，劉應登曰："謂司客之人，如林宗之鑒別，則可以擇人而白見之也。"○岡白駒曰："賢者不可不見，不肖固不見可也。門庭長非有鑒識者，焉能別客之賢不肖哉？"○大典顯常曰："非如林宗之能鑒識人，焉能擇客之可迪誨與否乎？"○田中頤曰："言若得家人如郭之鑒識人者，則其言可行，而此人無由可得也。"

○注"范汪棋品曰"

《棋品》，大典顯常曰："《説郛》中有王肅《棋品》，而無范汪者，且不載虞謇。"《撮補》。○秦士鉉曰："今不傳。"○沈家本曰："《隋志》：'《棋九品序録》一卷，范汪等注。'二《唐志》：'范汪等注《棋品》五卷。'"《古書目》卷五。○葉德輝曰："《隋志》入'兵家'，題《碁九品序録》一卷，范汪等注。"《書目》。

○注"孫統存誄敘曰"

《存誄敘》，沈家本曰："《隋志》：'晉餘姚令孫統集二卷，梁九卷，録一卷。'二《唐志》'五卷'。注又引《高柔集序》。《輕詆》。"《古書目》卷五。

○注"泰別傳曰"

"有人倫鑒識"，陳寅恪曰："東漢清議的要旨爲人倫鑒識，即指實人物的品題。郭泰與之不同。《後漢書》列傳五八《郭泰傳》云：'林宗雖善人倫，而不爲危言覈論，故宦官擅政而不能傷也。'郭泰爲黨人之一，'有人倫鑒識'，可是'不爲危言覈論'，而'周旋清談闒闠'，即不具體評議中朝人物，而只是抽象研討人倫鑒識的理論。故清談之風實由郭泰啓之。郭泰之所以被容於宦官，原因也在這裏。"《講演錄》頁四四至四五。

【彙評】

劉辰翁曰："語甚是，然亦非所謂'政事'。"

李贄曰："可惜。"《初潭集》卷十八。

余嘉錫曰："充之爲人，乃不擇交友者。其作會稽時，必已如此。虞騫蓋嫌其賓客繁猥，故欲加以節量，不獨慮其勞損而已。"

18

王、劉與林公共看何驃騎，驃騎看文書不顧之。《晉陽秋》曰："何充與王濛、劉惔好尚不同，由此見譏於當世。"王謂何曰："我今故與林公來相看，望卿擺撥常務，應對玄言〔1〕，那得方低頭看此邪？"何曰："我不看此，卿等何以得存？"諸人以爲佳。

○"王劉與林公"至"以爲佳"

"王劉與林公"句，岡白駒曰："王劉，王濛、劉惔也。看，候問也。"○程炎震曰："康帝初，充以驃騎輔政，時支遁未嘗至都。此'林公'字必是'深公'

〔1〕 "玄言"，余嘉錫曰："景宋本及沈本俱作'共言'。"按元刻本、蔣校本、何焯校本同。王利器曰："餘本'共'作'玄'，義較長。"楊勇曰："共言，猶共論、共語、共談也。並見《文學篇》九、二二、三一。袁本作'玄言'，其意同。"

之誤。《高僧傳》云：‘司空何充尊以師資之敬。’是其證也。淺人習見林公，罕見深公，故輒改耳。”龔斌按曰：“《世說》稱何充爲何驃騎，乃後人追記之辭，故不能據驃騎之稱，謂充此時正作驃騎，遂定在康帝初。”○湯用彤曰：“（支遁）年二十五出家，當爲成帝咸康三年也。或於此年後遊京師。《世說·政事篇》載王濛、劉惔與林公共看何驃騎。按康帝即位以何充爲驃騎將軍，即其至京時事。當時已爲名士激賞。”《佛教史》頁一三三。

“文書”，程炎震曰：“《周禮·小宰》鄭注曰：‘贊治，若今起文書草也。’《續漢志·百官志》‘侍郎三十六人’本注曰：‘一曹有六人，主作文書起草。’《御覽》二百十五卷引《魏武集·選舉令》曰：‘若郎不能爲文書，當御令史，是爲牽牛不可以服箱，而當取辦於繭角也。’又《漢書·刑法［志］》曰：‘文書盈几閣。’《中論·譴交篇》曰：‘文書委於官曹。’並指官文書言，如今云公文耳。”

“故與林公來相看”，劉淇曰：“此‘故’猶云‘特’也，言特地爲此一事也。”《辨略》卷四。

“擺撥常務”，秦士鉉曰：“擺撥，排而振之也。”○朱鑄禹曰：“擺撥，謂擺脫撥去。”○王叔岷曰：“‘擺撥’猶‘擺落’，陶淵明《飲酒詩》之十二‘擺落悠悠談’是也。亦即‘擺脫’，韓偓《送人入道詩》‘擺脫是良圖’是也。”

“應對玄言”，崔朝慶曰：“言以玄妙之清談相應對也。”

“那得方低頭看此”，田中頤曰：“即告來看之意以責何。”○江藍生曰：“‘方’作‘仍然’、‘還’、‘尚’解，表示動作或狀態不因有某種情況而改變，六朝小説中多見。”《彙釋》頁五七。

“卿等何以得存”，大典顯常曰：“存，生存也，存問也，並通。言我急於政務，以故卿等得如是優游。”○田中頤曰：“言我不看此，則天下之事廢，卿等不得生活，故爲卿等看也。”○秦士鉉曰：“存，生活也。”○崔朝慶曰：“謂如不治常務，爾等欲徒爲清談，將不可得也。”

【彙評】

袁中道曰：“‘故’字妙。”評“故與林公來相看”。《舌華錄》卷九。

秦士鉉曰：“此章當與下‘殷劉桓公問答’章並看。”

莊永綏曰：“由此可見當時玄妙清談風行之盛。以驃騎也治政，足爲當代行政精明之繩準，進一步可見當時常務之冗繁，即其時社會之紊亂也。”《評》。

田餘慶曰：“何充事功之臣，不以玄言見長，與王濛、劉惔好尚不同，由此見譏於當世。但其‘我不看此，卿等何以得存’之語，王、劉輩是能夠理解的。”《政治》頁一四四。

19

桓公在荆州，全欲以德被江、漢〔1〕，恥以威刑肅物。《溫別傳》曰：“溫以永和元年自徐州遷荆州刺史，在州寬和，百姓安之。”令史受杖，正從朱衣上過〔2〕。桓式年少〔3〕，從外來，式，桓歆小字也。《桓氏譜》曰：“歆字叔道〔4〕，溫第三子，仕至尚書。”云：“向從閣下過〔5〕，見令史受杖，上捎雲根〔6〕，下拂地足。”意譏不著〔7〕。桓公云：“我猶患其重。”

○“桓公在荆州”至“朱衣上過”

“桓公在荆州”，張萬起曰：“晉穆帝永和元年，溫調任荆州刺史。”
“全欲以德被江漢”，田中頤曰：“被，‘光被’之‘被’也。是其志。”○王叔岷曰：“《世說》習用‘都’字，凡用‘都’字之句，主語往往是單數，（楊伯峻《列子集釋》附錄三、《列子著作年代考》有説，甚詳。）‘全’猶

---

〔1〕 “桓公在荆州”二句，趙西陸曰：“《書鈔》卷四五、《御覽》卷六五〇引‘桓公’作‘桓宣武’，下同。無‘全’字。”王叔岷曰：“宋本《御覽》亦無‘全’字，《渚宮舊事》五同，蓋不得其義而刪之。”
〔2〕 “正從”，楊勇曰：“‘正’，《事文》別一六、二二作‘止’。”王叔岷曰：“《渚宮舊事》‘正’亦作‘止’。”
〔3〕 “桓式”，余嘉錫曰：“‘式’，《北堂書鈔》引作‘武’，非。”
〔4〕 “歆字叔道”，徐震堮《札記》曰：“《晉書·桓溫傳》‘歆’作‘韵’。”《校箋》曰：“作‘韵’是形近之訛，《通鑑》作‘歆’。”
〔5〕 “閣下”，董刻本、元刻本、何焯校“閣”作“閤”。
〔6〕 “雲根”，何焯校“根”作“眼”。平賀房父曰：“‘根’本作‘眼’。按今言高下之極，則自是‘根’字。”恩田仲任曰：“一作‘雲眼’。”
〔7〕 “意譏”，楊勇曰：“‘譏’下《書鈔》四五、《御覽》鮑本六五〇有‘其’字。”王叔岷曰：“宋本《御覽》‘譏’下亦有‘其’字。《渚宮舊事》無‘其’字。”

'都'也。"

"威刑肅物"，岡白駒曰："肅，威嚴也。"○崔朝慶曰："肅，正也。言不欲以威嚴刑罰正人也。"

"令史"，秦士鉉曰："《晉·職官志》：'公府有令史。'《宋·百官志》：'大將軍以下椽屬置令史。'"○張萬起曰："晉時中央或地方州郡中的低級官吏，掌文書或庶物。"

"正從朱衣上過"，劉淇曰："'正'字猶'止'也。"《辨略》卷四。○田中頤曰："謂杖輕輕過去其受杖者之朱衣上而已。"○秦士鉉曰："朱衣，《晉·職官志》曰：'主簿以下，令史以上，皆著絳衣。'即朱服也。"○崔朝慶曰："言杖止著令史之朱衣，不著其體也。"

○"桓式年少"至"猶患其重"

"上捎雲根"二句，岡白駒曰："捎，掠也，謂輕拂也。"○大典顯常曰："反而言之，戲譏之也。"○田中頤曰："此以其從衣上過，反言也。"○崔朝慶曰："捎，拂也。二語甚言杖上著天，下著地，唯不著罪人之身也。"○楊勇曰："雲根，喻高也。王筠《開善寺碑》：'修篁繞乎雲根，和鈴響乎天外。'"○劉葉秋曰："'上捎雲根'言舉杖之高；'下拂地足'，謂著地多，著人少。"《散記》。

"譏不著"，田中頤曰："即譏其輕。"

"猶患其重"，田中頤曰："言其輕之反也。蓋老大寬容如此。"

◎程炎震曰："《金樓子·立言下》云：'桓元子在荊州，恥以威刑爲政。與令史杖，上捎雲根，下拂地足，余比庶幾焉。'蓋用此文。然'雲根'云云，乃桓式語。梁元認爲事實，毋亦如顏介所譏吳臺之鸛耶？"

【彙評】

王楙曰："齊明帝時，尚書郎坐杖罰者皆科行。蕭琛謂郎有杖自後漢始。僕又觀《世說》，桓溫在荊州，恥用刑罰，令史受杖，從朱衣上過。夫服朱衣而使之受杖，亦可謂甚矣。此正明驗郎官、令史之秩卑如此。"《野客叢書》卷二十。

凌濛初曰："每見桓公有仁厚之處，愈覺阿黑之狠。"

顧炎武曰："撞郎之事始於漢明，後代因之，有杖屬官之法。曹公性嚴，椽屬公事往往加杖。宋劉道錫爲廣州刺史，杖治中荀齊文垂死。魏劉仁之監作晉陽

429

城，杖前殷州刺史裴瑗、并州刺史王綽。《晉書·王濛傳》：‘爲司徒左西屬。濛以此職有譴則應受杖，固辭；詔爲停罰，猶不就。’則不獨外吏矣。《世說》桓公在荆州云云，是令史服朱衣而受杖也。”《日知錄》卷二十八。

余嘉錫曰：“恥以威刑肅物，在州寬和，殊不類温之爲人。”

簡文爲相，事動經年，然後得過。桓公甚患其遲，常加勸勉。太宗曰：“一日萬機，那得速！”《尚書·皐陶謨》：“一日萬機。”孔安國曰：“幾，微也。言當戒懼萬事之微。”

　　○ “簡文爲相”至“那得速”

“事動經年”，張萬起曰：“動，動輒，動不動。經年，一年。”○龔斌曰：“動，往往，常常。”

“得過”，平賀房父曰：“猶云得濟成。”○田中頤曰：“過，猶了也。視事苟善，不患其遲。”

“太宗”，岡白駒曰：“即簡文。”○余嘉錫曰：“上稱‘簡文’，下云‘太宗’，一簡之内，稱謂互見，此左氏之舊法，《世說》亦往往有之。如《言語篇》‘元帝始過江’條，上稱‘顧驃騎’，下稱‘榮’是也。”楊勇按曰：“此後人追記之詞，故爾。不必求之太深。”

“一日萬機那得速”，劉辰翁曰：“一日萬機，正欲速。”淇園按曰：“劉只看‘萬’字，不省‘幾’字，殊不知‘幾’字即榮辱興廢之機也。”○岡白駒曰：“萬機戒懼，不欲倉卒，那得速？”○田中頤曰：“用《書》語，此知人也。夫幾者，機也，微也，萬事榮辱之機，不可不戒慎焉，而僅一日有此萬幾矣，則因言其欲速而不可得也。”○秦士鉉曰：“萬機至重，不欲倉猝，那得速？”○崔朝慶曰：“言當戒懼萬事之微。”

【彙評】

王世懋曰：“簡文能言，謝安石以爲惠帝之流，其當坐此。”

山遐去東陽，王長史就簡文索東陽云："承藉猛政，故可以和静致治。"《東陽記》云："遐字彦林，河内人。祖濤，司徒。父簡，儀同三司。遐歷武陵王友、東陽太守。"《江惇傳》曰："山遐爲東陽[1]，風政嚴苛，多任刑殺，郡内苦之。惇隱東陽，以仁恕懷物，遐感其德，爲微損威猛。"

○"山遐去"至"和静致治"

"山遐去東陽"，程炎震曰："《晉書·遐傳》云：'郡境肅然，卒於官。'與此不同。又云'康帝下詔'云云，然簡文於穆帝時始輔政，遐或於永和初年去郡，旋卒耳。"

"索東陽"，劉應登曰："謂求爲代也。"○余嘉錫曰："《方正篇》云：'長史求東陽，撫軍不用。後疾篤，臨終命用之。'然則濛雖有此求，而簡文未之許也。"

"承藉"，吳金華曰："'承藉'是晉代語言，用得相當廣泛。'承藉'應該解作繼承憑藉的意思。上文王東亭是繼承憑藉桓宣武，王長史是繼承憑藉山遐，都不是繼承先人的户籍。"《考釋》頁六〇。按此引徐復説。楊勇曰："吳《釋》不安。《雅量》謂王東亭承藉有美譽，《識鑒》謂李勢承藉累葉，皆指蔭藉、門地也。"龔斌曰："吳説是。王長史'承藉猛政'一語，乃評價山遐爲政嚴苛之作風，即遐唯憑藉猛政而治。"○楊勇曰："承藉，即蔭藉、門地，時人習語。《晉書·楊佺期傳》：'自云門户承籍，江表莫比。'《宋書·荀伯子傳》：'自矜蔭藉之美。'是也。'籍''藉'古通用。唐《宰相表》：'有爵爲卿大夫，世代不絶，謂之門户。'門户、承籍複詞，承籍即門户也。"按"承藉"義參見《雅量篇》"王東亭爲桓宣武主簿"條。

○注"東陽記云"

《東陽記》，沈家本曰："《隋志》不著録。二《唐志》有鄭緝之《東陽記》一卷。"《古書目》卷四。○葉德輝曰："《隋志》不著録。《書鈔·武功部八》引

---

[1] "山遐"，余嘉錫曰："景宋本'遐'下有'之'字。"

用，撰人題鄭緝之。"《書目》。

"武陵王友"，楊勇曰："友，晉官，武帝太始三年置。王，友一人。"

【彙評】

劉辰翁曰："大是乖漢。"

李贄曰："寬大之餘，必有苛察。濤、簡之後，固宜有遏也。"《初潭集》卷二十七。

許世瑛曰："王長史希望繼山遏爲東陽太守，以寬簡治民，完全想造福人群，救國濟世。那時候的士大夫差不多全是一方面談析名理，彷彿超然物外，同時另一方面卻注重事功，不敢稍忽，絕不似正始時何平叔、王夷甫輩之'唯談老莊爲事，居宰輔之重，不以經國爲念'（用《晉書》卷四十三《王衍傳》語），長史不能例外，又何足疑。"《衛玠與王濛》。

22

殷浩始作揚州，《浩別傳》曰："浩字淵源，陳郡長平人。祖識，濮陽相。父羨，光祿勳。浩少有重名，仕至揚州刺史、中軍將軍。"《中興書》曰："建元初，庾亮兄弟、何充等相尋薨，太宗以撫軍輔政，徵浩爲揚州，從民譽也。"劉尹行，日小欲晚，便使左右取襆，人問其故，答曰："刺史嚴，不敢夜行。"

○"殷浩始作"至"不敢夜行"

"殷浩始作揚州"，田中頤曰："'始'字須觀其初政如何。"○程炎震曰："永和二年三月丙子，浩爲揚州刺史，七月始拜。蓋其時愉尚未爲尹也。"○余嘉錫曰："《晉書·穆帝紀》，永和二年三月，以殷浩爲揚州刺史。《浩傳》云：'浩頻陳讓，自三月至七月，乃受拜焉。'據《建康實錄》八，永和三年十二月始以劉愉爲丹陽尹，距浩受拜時已一年有半。而謂之'始作'者，蓋浩嘗以父憂去職，服闋復爲揚州刺史。以其前後兩任，至永和九年始被廢去職，治揚頗久，故以初任爲‘始作’也。”龔斌按曰：“疑余箋非是。浩於永和二年爲揚州後，無有父（母）喪及去職之事。又《世説》中劉惔率稱‘劉尹’，然未可據此便斷定所記之事必在劉惔爲丹陽尹之後。”

　　“取襆”，劉應登曰：“襆如今人包袱之類。欲早宿也。”○王世懋曰：“襆，被也。”○恩田仲任曰：“襆，帊也。帛三幅曰帊。”○田中頤曰：“襆，蓋覆面巾類。”○俞正燮曰：“史炤《通鑑釋文》於‘衣襆’云：‘襆，博木切。《爾雅》：裳削幅，謂之襆。胡三省辨誤云：《爾雅》乃縴字，此襆當音房玉切，帊也，所以包裹衣物。俞玉吾《席上腐談》云：襆頭，以幅巾裹首，字音伏，與襆被之襆同，今譌音爲僕。’是宋時多有誤音。《説文》云：‘襆，帊也。’《集韻》‘逢玉切’，云‘帊也’。襆頭即帊首，即今包頭，襆被、衣襆即包被、衣包。其從衣之‘襆’爲或從字‘袱’，則今俗字。”《癸巳存稿》卷十。○程炎震曰：“《玉篇》：‘襆，布木切，裳削幅也。’《廣韻·一屋》：‘襆，博木切，同襆。’《爾雅》曰：‘裳削幅，謂之襆。’《晉書·魏舒傳》：‘襆被而出。’《音義》曰：‘房玉切。’《陸納傳》：‘爲吴興太守，將應召，臨發，止有襆被而已。’”○楊勇曰：“‘襆’下疑有‘被’字。《郭子》作‘日小暮，便命左右取被襆’，亦誤倒。《晉書·魏舒傳》：‘襆被而出。’又《陸納傳》：‘吴興太守將應召，臨發，止有襆被而已。’是也。”○江藍生曰：“‘襆’字通‘幞’，巾帕也。古人以巾帕包裹物品，稱之爲襆或襆子，猶今語之‘包裹’。”《彙釋》頁六五。

　　○注“浩別傳曰”至“從民譽也”

　　“濮陽相”，秦士鉉曰：“《晉書》：淮南王允，咸寧三年封濮陽王，後徙淮南。”
　　“中軍將軍”，姚範曰：“禁中有左軍、右軍、前軍、後軍四將軍，魏晉之制也，官雖小於前後左右將軍，而宿衛禁近則過之，故西晉有以重號將軍而兼領此職者，若泰初置中軍將軍盡統宿衛七軍，最爲重職，以羊祜爲之。旋罷，改祜爲衛將軍，西晉卒無中軍將軍，諒亦以權過盛也。東晉復置，卞壺、殷浩皆爲此官，然權不如羊祜時，亦未必責以宿衛，第終是内臺之官，故何充云‘殷浩居門下’也。”《惜抱軒》卷五。
　　“建元初庾亮兄弟”，趙西陸曰：“此注引《中興書》‘庾亮兄弟’當作‘庾冰兄弟’。據《穆帝紀》，建元二年十一月，庾冰卒，永和元年七月，庾翼卒。而庾亮之卒，在成帝咸康六年，已先此數年矣。”○徐震堮曰：“‘庾亮’《晉書·殷浩傳》作‘庾冰’。按建元二年九月，穆帝即位，十一月，庾冰卒。明年改元永和，

433

七月庚翼卒。二年正月，何充卒。而庾亮先卒於成帝咸康六年。據此，‘庾亮’當作‘庾冰’，‘建元’當作‘永和’。”

“太宗”，秦士鉉曰：“簡文帝，時爲撫軍大將軍。”

23

　　謝公時，兵廝逋亡[1]，多近竄南塘下諸舫中[2]。或欲求一時搜索，謝公不許，云：“若不容置此輩，何以爲京都[3]？”《續晉陽秋》曰：“自中原喪亂，民離本域，江左造創，豪族并兼，或客寓流離，名籍不立。太元中，外禦强氏，蒐簡民實，三吴頗加澄檢，正其里伍。其中時有山湖遁逸[4]，往來都邑者。後將軍安方接客[5]，時人有於坐言宜糺舍藏之失者[6]。安每以厚德化物，去其煩細。又以强寇入境，不宜加動人情。乃答之云：‘卿所憂，在於客耳！然不爾，何以爲京都？’言者有慚色。”

　　○“謝公時”至“爲京都”

　　“謝公時”，劉應登曰：“謝安。”○平賀房父曰：“爲將軍時。”○秦士鉉曰：“謝安秉政時。”○張萬起曰：“晉孝武帝初繼位，安爲侍中、後將軍，掌朝政。”

　　“兵廝”，大典顯常曰：“《國語》韋昭注曰：‘析薪曰廝，炊烹曰養。’”○恩田仲任曰：“《正字通》曰：‘廝、養，庸賤之通稱。’”○田中頤曰：“廝，謂賤役。”○秦士鉉曰：“兵卒。供薪炊曰廝。”

　　“南塘下”，胡三省曰：“晉都建康，自江口沿淮築堤。南塘，秦淮之南塘岸也。”《通鑒·晉紀十五》注。○程炎震曰：“《明紀》：‘太寧二年，破王敦軍於南塘。’《通鑒》：‘劉裕拒盧循，自石頭出，屯南塘。’本書《任誕篇》：‘祖逖曰：昨夜復南塘一出。’”

---

[1] “兵廝”，程炎震曰：“《御覽》一百五十六《敘京都》下引此條‘廝’下有‘養’字。”
[2] “多近”，程炎震曰：“（《御覽》一百五十六《敘京都》下引此條）‘近’作‘外’。”
[3] “京都”，程炎震曰：“（《御覽》一百五十六《敘京都》下引此條）‘京都’作‘京師’。”
[4] “山湖”，張文柱曰：“‘湖’一作‘胡’。”天保手批按曰：“非。”
[5] “接客”，秦士鉉曰：“一作‘接容’。”
[6] “舍藏”，天保手批曰：“‘舍’一作‘含’。”

“諸舫”，秦士鉉曰：“‘舫’本字‘方’，竝舟也。後加‘舟’。又單舟亦曰‘舫’。”

“一時搜索”，田中頤曰：“近竄易收故。”

“何以爲京都”，胡三省曰：“晉景王諱師，晉人避之，率謂京師爲京都。”《通鑒·魏紀十》注。○田中頤曰：“爲，猶言‘謂’。京，大也。言容置此輩，乃京都之所以爲京都也，是上必有甚於下者，亦謝公之所以爲謝公矣。”○秦士鉉曰：“京都所以爲大，正在此等事。”○余嘉錫曰：“‘京都’《御覽》一百五十五引作‘京師’。按《公羊》桓九年《傳》云：‘京師者何？天子之居也。京者何？大也。師者何？眾也。天子之居，必以眾大之辭言之。’《獨斷》上云：‘天子所居曰京師。京，水也。地下之眾者，莫過於水；地上之眾者，莫過於人。京，大；師，眾也。故曰京師也。’據此二義，京師之所以爲京師，正以其爲眾所聚，故謝公云爾。”

○注“續晉陽秋曰”

“中原喪亂”，恩田仲任曰：“中原，《文選》注曰：‘謂洛陽也。’”○秦士鉉曰：“中原，中國，洛都也。”

“豪族并兼”，秦士鉉曰：“并兼，吞併貧弱而有之。”

“名籍不立”，龔斌曰：“猶隱瞞户口。”

“強氏”，恩田仲任曰：“氏，西羌別種。”○朱鑄禹曰：“秦主符堅本氏族。”

“蒐簡民實”，岡白駒曰：“民實，户口也。”○恩田仲任曰：“‘蒐’與‘搜’通，索也。簡，謂簡閱也。”○秦士鉉曰：“民實，民户之實數。”○朱鑄禹曰：“‘蒐’通‘搜’，‘簡’同‘檢’。”

“三吳”，秦士鉉曰：“江左建康所在。”

“山湖遁逸”，秦士鉉曰：“亡命遁山間湖中者。”

“舍藏之失”，大典顯常曰：“言隱匿遁逸者也。”○秦士鉉曰：“舍藏，謂隱匿遁者、亡命者。舍，止宿也。”

“在於客”，秦士鉉曰：“客，謂遁逸逋者。”

【彙評】

劉辰翁曰：“此語有可有不可。游手尚可容，軍政不可忽也。”恩田仲任按曰：“《正字通》曰：失棄本業曰遊手。”秦士鉉按曰：“此評是。”

戴君恩曰："'若不容此輩，何以爲京師'，我不敢以此言爲然。京師天下根本，而容姦宄潛處其間耶？"《剩言》卷八。

張端木曰："亦是鄉願語。"

伯克利手批曰："時方多事，亦權宜之語。"

田中頤曰："不用苛察。"

蒙思明曰："因爲庇隱户口及廣括徒屬的世家大族强烈地反對清查户口和徵發私屬，所以息事寧人的政客們總是主張因仍苟且，反對改弦更張，寧可讓國家吃虧，不願開罪世族。屬帝（司馬懿）曰'宜弘以大綱，則自然安樂'，這是主張不清户口以利世族的論調。謝公曰'若不容此輩，何以爲京師'，這又是不敢蔭蔽逋亡者的託辭。"《社會》頁一〇二。

周一良曰："謝安寬政。《晉書》七九本傳：'德政既行，文武用命，不存小察，弘以大綱，威懷外著，人皆比之王導，謂文雅過之。'"《批校》。

蔣凡曰："兩晉之際，北方寇亂，江北地區的流民便多逃至今江蘇南京、鎮江、常州一帶。他們流離失所，依附江南世家大族，而大族也藏匿户口以增財力。山遐就曾嚴法以處置藏匿户口與國爭利的豪族。這些可説是積久難辦的老問題、大問題，而且極易引起不安定的内亂。這裏，人勸搜索隱匿，此舉雖是處理眼前逃亡的兵士、僕役之類，弄不好也會由此牽起勢族隱匿户口之事，所以謝公不許。這是謝安把握'鎮以和靖''不存小察'的大原則、大方向。"

24

　　王大爲吏部郎，王忱，已見。嘗作選草，臨當奏，王僧彌來，聊出示之。僧彌，王珉小字也。《珉別傳》曰："珉字季琰，琅邪人，丞相導孫，中領軍洽少子。有才藝，善行書，名出兄珣右，累遷侍中、中書令。贈太常。"僧彌得便以己意改易所選者近半，王大甚以爲佳[1]，更寫即奏。

---

[1] "王大"，余嘉錫曰："'王大'景宋本及沈本俱作'主人'。"何焯校同。《小字録》引作"佛大"。

○“王大爲”至“更寫即奏”

“嘗作選草”，周一良曰：“吏部郎作選草，當即所謂小選。”《批校》。○張萬起曰：“選草，草擬的選用官吏名單。”

“臨當奏”，劉淇曰：“臨，猶及也，謂正當其時也。”《辨略》卷二。

“所選者近半”，劉淇曰：“近，《廣韻》云：‘幾也。’案：將及之辭也。”《辨略》卷三。

【彙評】

劉辰翁曰：“兩得。”

李贄曰：“如此選郎，千載一見。”《初潭集》卷九。

王思任曰：“大約取破格事。”

伯克利手批曰：“晉時大都皆知爲國，故皆能無我。”

余嘉錫曰：“此見王珉意在獎拔賢能，不以侵官爲慮。而王忱亦能服善，惟以人才爲急，不以侵己之權爲嫌。爲王珉易，爲王忱難。”蔣凡按曰：“（王忱）主持選官，權重位尊，能夠聽任別人更改他選擬的名單近半，實屬不易。”

25

王東亭與張冠軍善。張玄，已見。王既作吳郡，人問小令曰：《續晉陽秋》曰：“王獻之爲中書令，王珉代之，時人曰‘大小王令’。”“東亭作郡，風政何似？”答曰：“不知治化何如，唯與張祖希情好日隆耳。”

○“王東亭”至“日隆耳”

“與張冠軍善”，田中頤曰：“素交。”○朱鑄禹曰：“張玄字祖希，曾官冠軍將軍。”

“既作吳郡”，秦士鉉曰：“作吳郡太守。”

“小令”，田中頤曰：“東亭弟。”

“風政何似”，秦士鉉曰：“風政，風化政教。”○張永言曰：“何似，怎麼樣。”《辭典》頁一六六。

“不知治化”，田中頤曰：“謙辭，言不須造作治化也。”

“與張祖希情好日隆”，田中頤曰：“張祖希，冠軍。言日與善人親，乃美化自敷也。”○余嘉錫曰：“玄之少以學顯，論者以爲與謝玄同爲南北之望，名亞謝玄。可見玄之甚爲時人所推服。小令爲東亭之弟，不便直譽其兄，故舉此以見意耳。”○江藍生曰：“‘情好’義爲‘交情’、‘感情’。”《彙釋》頁一六六。○蔣凡曰：“一心尊賢敬能，其風政不問可知。”

【彙評】

李贄曰：“此是一等治化。”

王世懋曰：“此似非愛兄之言。”朱鑄禹按曰：“蓋珉不欲顯稱其兄，故以此見意。王評未當。”

黄輝曰：“答語安雅，有丈人風。”

田中頤曰：“唯善爲化。”

26

殷仲堪當之荆州，王東亭問曰[1]：“德以居全爲稱，仁以不害物爲名。方今宰牧華夏，處殺戮之職，與本操將不乖乎？”殷答曰：“皋陶造刑辟之制，不爲不賢；《古史考》曰：“庭堅號曰皋陶，舜謀臣也。舜舉之於堯，堯令作士，主刑。”孔丘居司寇之任，未爲不仁。”《家語》曰：“孔子自魯司空爲大司寇，三日而誅亂法大夫少正卯[2]。”

---

〔1〕“問曰”，程炎震曰：“宋本‘問’作‘謂’。”余嘉錫曰：“‘問’沈本作‘謂’。”元刻本、何焯校同。

〔2〕“三日”，董刻本“三”作“七”。

○“殷仲堪”至“未爲不仁”

“處殺戮之職”，龔斌曰：“即處刺史之職。東亭之言，仍用‘刺’之舊説。”

“與本操將不乖乎”，崔朝慶曰：“言恐與仁德之本懷相乖遠也。”○裴學海曰：“‘將’猶‘得’也。《識鑒篇》‘武昌孟嘉作庾太尉州從事’條注引《嘉別傳》：‘將無是乎？’《政事篇》‘殷仲堪當之荆州’條：‘與本操將不乖乎？’”《集釋》卷八。

○注“古史考曰”

“堯令作士”，王叔岷曰：“案《書·堯典》：‘帝（舜）曰：皋陶，蠻夷猾夏，寇賊姦宄，汝作士。’（僞《古文》在《舜典》）《史記·舜本紀》‘帝曰’作‘舜曰’，是舜令皋陶作士，非堯令作士也。”

○注“家語曰”

王叔岷曰：“案《荀子·宥坐篇》：‘孔子爲魯攝政，朝七日而誅少正卯。’（楊注：‘爲司寇而攝相也。’）注引《家語》云云，見《始誅篇》。‘亂法’作‘亂政’，《史記·孔子世家》亦作‘亂政’。”

【彙評】

龔斌曰：“王珣之問，當別有用心。《識鑒》二八記荆州刺史王忱死，朝貴人人有望。時殷仲堪雖居機要，資名輕小，人情未以方嶽相許。晉孝武以殷爲荆州，事定，詔未出，王珣問殷曰：‘陝西何故未有處分？’殷曰：‘已有人。’王歷問公卿，咸云非。王自計才地，必應在己。復問：‘非我邪？’殷曰：‘亦似非。’其夜，詔出用殷。王語所親曰：‘豈有黃門郎而受如此任！仲堪此舉，迺是國之亡徵。’王珣大失所望，又輕視仲堪，所問殷‘德以居全爲稱’云云，實並不高明，簡直是挑釁而已。”

文學第四

【題解】

何良俊曰："仲尼之徒，身通六藝者七十二，而以文學顯者二人，可不謂難哉！子夏序《詩》，與《六經》並垂宇宙，何可掩也！獨子游無所考見，説者以爲南方之學，得其精華。嗚呼，夫文與義皆天地之賾也，苟非得其精華者，曷足以與此！後世言有枝葉，若與古少異矣。然覽其豎義綴文，理榦辭條，蔚然並茂，非有義根，曷從生哉！枝葉雖繁，又烏可少也。"《何氏語林》卷七。〇恩田仲任曰："范甯曰：文學謂善先王典文。"〇王叔岷曰："《論語·先進》：'文學：子游、子夏。'皇疏：'范甯曰："文學，謂善先王之典文。"文學，指博學古文。'邢疏則釋爲'文章博學'。諸家所釋'文學'，皆指經典而言。《漢書·西域傳》'諸大夫郎爲文學者'，師古注：'爲文學，謂學經書之人。'亦承《論語》'文學'之義。《世説》所謂'文學'，雖本《論語》四科之一，而内容包羅更廣，經學、玄學、佛學、純文學皆屬之。"〇楊勇曰："本篇所舉，則係文章博學，與《言語篇》所載，並無大異，可見時人對文學概念之實。綜其要旨，蓋分爲三類。一至四條屬經學範圍，時人謂之儒學。五至六十五條屬玄學範圍，有《周易》、《老》《莊》、佛典等，人稱玄學。其餘三十九條屬文學範圍。而競唱之盛，風尚既靡，爲清談之主目，亦本書組成之重要部分。"〇鄭學弢曰："'文學'這個詞從孔門四科而來，它原來包括學術和文辭兩個方面，劉宋元嘉十五年，設立文學館，才與儒學、玄學、史學區別開來。《世説新語》可能成書在元嘉十年之前，所以它的《文學篇》還包括兩個方面：從'鄭玄在馬融門下'起至桓玄'自歎才思轉退'，共六十五條，記載了我們今天歸入學術領域的事；從曹植做七步詩起至羊孚投版桓玄，共三十九條，記載了我們今天歸入文學領域的事。《世説新語》雖然把它們合在一篇，卻又各按時代先後排列，説明二者的分科當時已成爲必然的趨勢了。"《札記》。又曰："《世説·文學篇》所録，自馬、鄭、王、何，以迄支遁、慧遠，涉及兩百年間學術流變，而撰集者兼收並蓄，不左袒一家。漢、晉學術風氣之不同，於斯可見。"同上。

　　鄭玄在馬融門下，《融自敘》曰：“融字季長，右扶風茂陵人。少而好問，學無常師。大將軍鄧騭召爲舍人，棄，遊武都。會羌虜起，自關以西道斷。融以謂古人有言：‘左手據天下之圖，而右手刎其喉，愚夫不爲。何則〔１〕？生貴於天下也〔２〕。豈以曲俗咫尺爲羞，滅無限之身哉？’因往應之，爲校書郎，出爲南郡太守。”三年不得相見，高足弟子傳授而已〔３〕。嘗算渾天不合，諸弟子莫能解。或言玄能者，融召令算，一轉便決，衆咸駭服。及玄業成辭歸，既而融有“禮樂皆東”之歎。《高士傳》曰：“玄字康成，北海高密人。八世祖崇，漢尚書。”《玄別傳》曰：“玄少好學書數〔４〕，十三誦五經，好天文占候、風角隱術。年十七，見大風起，詣縣曰：‘某時當有火災。’至時果然，智者異之。年二十一，博極群書，精歷數圖緯之言，兼精算術。遂去吏，師故兗州刺史第五元先。就東郡張恭祖受《周禮》《禮記》《春秋傳》〔５〕。周流博觀，每經歷山川，及接顏一見，皆終身不忘。扶風馬季長以英儒著名，玄往從之，參考同異。季長后戚，慢於待士，玄不得見，住左右，自起精廬，既因紹介得通。時涿郡盧子幹爲門人冠首，季長又不解剖裂七事〔６〕，玄思得五，子幹得三。季長謂子幹曰：‘吾與汝皆弗如也。’季長臨別，執玄手曰：‘大道東矣，子勉之！’後遇黨錮，隱居著述，凡百餘萬言。大將軍何進辟玄，乃縫掖相見。玄長八尺餘，須眉美秀，姿容甚偉。進待以賓禮，授以几杖。玄多所匡正，不用而退。袁紹辟玄，及去，餞

〔１〕　“何則”，王叔岷曰：“《後漢書·馬融傳》作‘所以然者’。”

〔２〕　“生貴於天下也”，唐鴻學曰：“《墨子·貴義》：‘天下不若身之貴也。’《呂覽·不侵》：‘天下輕於身。’《淮南·泰族》‘身精神’訛‘生’。此亦應作‘身’。”龔斌曰：“《册府元龜》七七八、《文子》卷下皆作‘身’。《後漢書》六〇上《馬融傳》較孝標注引融《自敘》多出‘殆非老莊所謂也’一句。”

〔３〕　“高足”，恩田仲任曰：“《後漢書》‘高足’作‘高業’。”秦士鉉曰：“本傳作‘高業’。”

〔４〕　“書數”，何焯校“數”作“年”，屬下讀。

〔５〕　“張恭祖”，鄭珍《鄭學錄》曰：“唐史承節撰《鄭康成碑》石刻作‘欽祖’，此作‘恭祖’，未詳。”胡元儀《北海三考》卷一曰：“《後漢書》及《鄭君別傳》皆作‘恭祖’，史承節此碑作‘欽祖’者，承節此碑金承安五年重立，金人避金顯宗允恭諱也。阮氏《山左金石志》已言之。”

〔６〕　“又不解剖裂七事”，《世說補》“又”作“有”，張文柱曰：“‘有’一作‘所’。”桃井白鹿曰：“‘又’當作‘有’。”大典顯常曰：“‘又’疑‘有’字。”徐震堮《札記》曰：“‘不解剖裂七事’《太平廣記》一百六十九引《世說》作‘不解割裂書七事’。”

之城東，欲玄必醉。會者三百餘人，皆離席奉觴，自旦及莫[1]，度玄飲三百餘杯[2]，而溫克之容，終日無怠。獻帝在許都，徵爲大司農，行至元城卒[3]。”恐玄擅名而心忌焉。玄亦疑有追[4]，乃坐橋下，在水上據屐。融果轉式逐之，告左右曰：“玄在土下水上而據木，此必死矣。”遂罷追，玄竟以得免。馬融海内大儒，被服仁義。鄭玄名列門人，親傳其業，何猜忌而行鴆毒乎？委巷之言，賊夫人之子。

○“鄭玄在”至“傳授而已”

“鄭玄在馬融門下”，劉應登曰：“融字季長，玄字康成。”○王鳴盛曰：“馬融卒於延熹九年，年八十八。鄭康成卒於建安五年，年七十四。”《蛾術編》卷五十八。○程炎震曰：“季長以章帝建初四年己卯生，年八十八，桓帝延熹九年丙午卒。康成以順帝永建二年丁卯生，少季長四十八歲，季長卒時，康成年四十。”

“三年不得相見”，田中頤曰：“馬過矜式，而鄭不見，知之久也。”○王鳴盛曰：“（本傳）‘三年不見’，《世說》亦有此語。《英華》卷六百六十四：‘唐顧雲投翰林劉學士啓：某聞鄭康成之謁馬融，不知不去，三年常在門庭。’蓋以此時儒學無出於馬公，正指此。”《蛾術編》卷五十八。

“高足弟子”，袁枚曰：“今人稱人弟子爲貴高足，本《世說新語》：‘鄭康成在馬融門下，三年不得相見，高足弟子傳授而已。’言融不能親教，使高弟傳之之耳。然顏師古注《高祖本紀》云：‘凡乘傳者，四馬高足爲置傳，四馬中足爲馳傳，四馬下足爲乘傳。’是‘高足’二字在漢時以名馬，而竟以之稱弟子，《世說》先誤矣。”《隨園隨筆》卷十八。按袁氏此說又見《隨園詩話》卷十五。○朱亦棟曰：“‘高足’二字蓋本此也。”《群書札記》卷二。○岡白駒曰：“謂升堂進者也。”○恩田仲任曰：“‘高足’亦云‘上足’。陶弘景弟子數十人，唯王遠知、陸逸沖稱上足焉。”

○“嘗算渾天”至“皆東之歎”

“算渾天”，大典顯常曰：“《天文志》云：‘言天體者三家，一曰周髀，二曰

---

[1] “及莫”，董刻本“莫”作“暮”。
[2] “杯”，董刻本作“盃”。
[3] “行至”，秦士鉉曰：“‘至’一作‘及’。”
[4] “有追”，趙西陸曰：“《異苑》卷九載此事，‘追’下有‘者’字。”

宣夜，三曰渾天。’《渾天説》曰：‘天之形狀似鳥卵也，地居其中，天包地外，猶卵之裹黄也。圓如彈丸，故曰渾天。’漢武帝時落下閎始經營之，鮮于妄人又量度之，至宣帝時耿壽昌始鑄銅而爲之象，宋錢樂又鑄銅作渾天儀。”○李慈銘曰：“《説文》：‘筭，長六寸，計數者。算，數也。’是‘筭’爲籌筭實字，‘算’爲算數虛字。然古書多不分別。此處李本作‘算’是也。”《簡端記》。○程炎震曰：“‘算渾天不合’以下，《御覽》三九三引作《語林》。”○張萬起曰：“渾天，即渾儀、渾天儀。‘算渾天’即用渾儀器測算日月星辰的位置。”

“融有禮樂皆東之歎”，田中頤曰：“鄭既見知勢，不止美聲也。”○秦士鉉曰：“前漢丁寬受《易》田何，學成東歸，何謂門人曰：‘《易》東矣！’融語本此。”

○“恐玄擅名”至“竟以得免”

“恐玄擅名”，田中頤曰：“上既語鄭絶倫，而尚以在馬門下，其於師未見執良，因以定優劣也。”

“在水上據屐”，周一良曰：“據，即‘據胡牀’之‘據’，謂垂足而坐。”《批校》。

“轉式逐之”，劉辰翁曰：“式，所以卜追。其兆如此，故知其死而不知其出於逃遁之術也。”○桃井白鹿曰：“《博雅》：‘式，局也。’局有天地，所以推陰陽占吉凶，以楓子棗心木爲之。”○大典顯常曰：“‘式’與‘栻’通，木局，以楓子棗心木爲之，所以推陰陽占吉凶。《史記·日者傳》：‘分策定卦，旋式正棋。’轉，猶旋也。”○秦士鉉曰：“局上下方圓倣天地，以楓子棗心木爲之。”○郝懿行曰：“古來占易有轉式之法。式即栻也，占者所用之盤。《史記·日者傳》‘旋式正棋’《索隱》曰：‘式即栻也。旋，轉也。栻之形，上圓象天，下方法地，用之則轉天綱，加地之辰，故云旋栻。棋者，筮之狀。正棋，蓋謂卜以作卦也。’觀《索隱》所言，《世説·文學篇》馬季長轉式追康成，即用此法。《漢書·藝文志》有《羡門式法》，《隋書·經籍志》有《式經》一卷，《六壬式經雜占》九卷，《六壬式兆》六卷，此則式法與六壬同實異名。《晉書·藝術傳》：‘郭麞少明式易。’《宋書·蔡興宗傳》：‘爲郢州府參軍，彭城顔敬以式卜曰：亥年當作公，官有大字者，不可受也。’《夷蠻傳》：‘百濟王餘毗表求《易林》《式占》，太祖並與之。’是晉宋以後，其書猶存。”《晉宋書故》。○李慈銘曰：“案《史記·日者傳》：‘旋式正棋。’《索隱》曰：‘式即栻也。旋，轉也。栻之形上

443

圓象天，下方法地，用之則轉天綱，加地之辰，故云旋杙。'《周禮》'太史抱天時與太師同車'鄭司農注云：'抱式以知天時。'《漢書·藝文志》有《羨門式法》二十卷。《王莽傳》云：'天文郎按式於前。'師古注曰："杙所以占時日天文，即今之用杙者也。音式。"《簡端記》。○趙西陸曰："《史記·龜策列傳》云：'宋元王夢龜，問博士衞平，平乃援式而起。'褚先生曰：'平運式，定日月，分衡度，視吉凶。'按《廣雅》卷八《釋器》：'曲道杙，桐也。'《唐六典》卷十四：'今其局以楓木爲天，棗心爲地。'知其局蓋以木爲之。今樂浪漢墓出土漢式（殘存）則漆制。海城于氏雙劍誃藏一象牙質者，完整無闕。"○鄭學毅曰："'式'，亦作'杙'，《周禮》已見，六朝至唐猶用此爲占。'轉式逐之'，謂據式盤所指方位以推尋鄭玄之蹤跡。"《札記》。

"玄在土下"二句，蔣凡曰："古時橋多土石填砌而成，故稱'土下'。而木者，則可有棺木之象。玄坐橋下而據木屐，則爲水上據木之象。據《易》象顯示：'土下水上而據木'，即棺木沉埋於水土之中的兆象，非死而何？"《研究》頁一四四。

"竟以得免"，田中頤曰："馬雖奇中，而鄭又轉勝也。"

◎凌濛初曰："一說康成師馬融，三載無聞，融鄙而遣還。玄過樹蔭假寢，夢一老父以刀開腹心，傾墨汁著肉，曰：'子可以學矣。'於是寤而即返，遂精洞典籍。融歎曰：'詩書禮樂皆以東矣。'潛欲殺玄，玄知而竊去。融推式以算玄，玄當在土木上，躬騎馬襲之。玄入一橋下俯伏柱上。融踟躕橋側，云：'土木之間，此則當矣。有水非也。'從此而歸，玄用免焉。《異苑》中二說並載。按《續搜神記》曰：張華原爲豫章人守，善易卜。令當死者悉放歸別父母。時有一人在路號哭，經趙朔家，朔問故，曰：'爲盜犯法，給假辭別，限滿就刑，所以悲哭。'朔曰：'何不逃去？'曰：'使君善易，逃者皆獲，是以不敢。'朔曰：'可取竹筒，盛水三尺，安於腹上，仍於黃沙中臥，三日可免矣。'其人從之。至限滿，法司以名申聞，華原卜之，卦成，曰：'腹上水深三尺，背臥黃沙，必投水而死矣。'與此絕似。"○程炎震曰："'算渾天不合'以下《御覽》三百九十三《坐門》引作《語林》。"

○注"融自敘曰"

"學無常師"，秦士鉉曰："《論語》：'大子學無常師。'"

"召爲舍人"，袁枚曰："顏師古曰：'舍人者，供役使之人。'《史記》嫪毐幸時諸客求爲舍人者以十數。李斯亦爲呂不韋舍人，蓋親近左右之通稱也。至六朝而權傾天下，茹法亮以舍人出爲司農而泣。"《隨園隨筆》卷九。○恩田仲任曰："舍人，顏師古曰：'猶家人也。一説私屬官，主家事者也。'"

"融以謂古人有言"，秦士鉉曰："（本傳）又云：融既飢困，乃悔歎，謂其友人云云。"○王叔岷曰："以謂，猶以爲。"

"左手據天下之圖"，秦士鉉曰："據圖，言按圖籍而有天下也。"○王叔岷曰："《御覽》四七四引《韓詩外傳》（佚文）：'《莊子》曰：僕聞之，左手據天下之圖，右手刎其吭，愚者不爲也。'《淮南子·精神篇》：'使之左手據天下圖，而右手刎其喉，愚夫不爲。由此觀之，生貴於天下也。'《泰族篇》亦云：'使人左據天下之圖，而右刎喉，愚者不爲也。身貴於天下也。'融《敍》云云，蓋直本於《淮南子》。"龔斌按曰："馬融受老莊思想影響頗深，故前人或稱其爲開魏晉風氣人物。王《補正》謂'直本於《淮南子》'，恐未得其源。"

"豈以曲俗咫尺爲羞"二句，大典顯常曰："本傳曰：'今以曲俗咫尺之羞，滅無貲之軀，殆非老莊之所謂也。'"《集成》。○秦士鉉曰："曲俗，曲隨世俗也。一説，巷曲俗習也。咫尺之羞，以就小官爲羞也。"○朱鑄禹曰："此蓋云豈同曲俗之見，以就小官爲羞，得罪大將軍而招致殺身之禍乎？"

"因往應之"，桃井白鹿曰："《本傳》：'鄧騭召爲舍人，非其好也，遂不應命，客於涼州武都、漢陽界中。會羌虜飇起，邊方擾亂，米穀踴貴，自關以西，道殣相望。融既饑困，乃悔而歎息，謂其友人曰：古人有言云云。故往應騭召。'"

"爲校書郎"，桃井白鹿曰："永初四年，拜爲校書郎，詣東觀，典校秘書。"

○注"高士傳曰"

《高士傳》，孫志祖曰："《續博物志》云：'皇甫謐《高士傳》亦七十二人。'而《直齋書錄解題》則云：'皇甫謐《高士傳》十卷，自被衣至管寧八十七人。'是宋本已不同矣。今本《高士傳》止三卷，自被衣至焦先九十一人，卷數少而人數多，蓋亦出於後人之增損也。今本謐自序云：'自堯至魏凡九十餘人。'疑亦後人僞撰。"《讀書脞錄》卷四。○沈家本曰："《隋志》：'《高士傳》六卷，皇甫謐撰。'《舊唐志》'七卷'，《新志》'十卷'，《宋志》亦'十卷'。今本蓋非其舊。其自序稱采自堯至魏九十餘人，《玉海》五十八所引亦同，《讀書志》稱九十六人，與自序亦無不合。而《書錄解題》自披衣至管寧八十七人，南宋李石

《續博物志》又稱七十二人，是宋時傳本已多不同。”《古書目》卷二。○葉德輝曰：“《皇甫謐高士傳》，亦稱《高士傳》，亦稱‘皇甫謐曰’，皆省文。《隋志》：六卷。云皇甫謐撰。”《書目》。

○注“玄別傳曰”

《玄別傳》，沈家本曰：“隋唐志不著録。”《古書目》卷二。○葉德輝曰：“《鄭玄別傳》，（《隋志》不著録。）《國志》注引用。”《書目》。

“學書數”，恩田仲任曰：“書者，文字也。數者，算術也。”

“十三誦五經”，王鳴盛曰：“十三歲爲永和四年己卯。十七歲爲漢安二年癸未。”《蛾術編》卷五十八。

“占候風角隱術”，胡三省曰：“賢曰：風角，謂候四方四隅之風，以占吉凶。”《通鑒·漢紀四十四》注。按李賢注見《後漢書·郎顗傳》。○秦士鉉曰：“隱術，蓋諸隱秘術。謂隱形術者，恐非。”

“遂去吏”，岡白駒曰：“鄭玄少爲鄉嗇夫，不樂爲吏，故遂去吏。”○桃井白鹿曰：“《書敘指南》：‘棄官曰去吏。’”○王鳴盛曰：“爲嗇夫當十八九，去吏出游當二十四五或二十六七。觀其後游學十餘年，過四十乃歸則可知。”迮鶴壽按曰：“《別傳》明言‘年二十一遂去吏’云云，則是二十一即游學矣，與《戒子書》所言‘去廝役之吏，游學周秦之都’云云正合，其下直接‘其過四十乃歸’，本傳稱‘游學十餘年’乃約數之詞也，先生以爲去吏出游當二十四五，何所據乎？”《蛾術編》卷五十八。○胡元儀曰：“袁宏《後漢紀》云：‘玄爲嗇夫，隱恤孤苦，閭里安之。家貧，雖得休假，常詣校官誦經，太守杜密異之，爲除吏禄。’《後漢書·杜密傳》云：‘杜密爲北海相，行春到高密縣，見鄭玄爲鄉佐，知其異器，即召署郡職，遂遣就學。’”《北海三考》卷一。

“師故兗州刺史第五元先”，秦士鉉曰：“第五，姓，元先名。”○迮鶴壽曰：“第五氏其先爲京兆人，與康成本傳所云‘師事京兆第五’合矣。種於永壽中爲兗州刺史，後坐罪免，既與康成同時，而臧冥又稱之曰‘故兗州刺史第五種’，正與《別傳》所稱合，然則‘元先’豈即‘興先’與？”《蛾術編》卷五十八注。○鄭珍曰：“元先、恭祖皆字也。二人不專一經，皆通儒也。惜史傳別無可考。”《鄭學録》卷一。○胡元儀曰：“第五元先實係字，非名，范《書》及《別傳》皆然。惟史承節碑作‘第五元’，顯係脱去‘先’字，而阮太傅《山左金石志》反從其誤，未免好新太過矣。”《北海三考》卷一。又曰：“元先疑即第五倫之曾孫種也。史傳不言種通經術，故疑事毋質，謹列種傳於左而志所疑，以俟博通君子。”同上卷五。

446

“禮記”，鄭珍曰：“禮，《儀禮》也；記，《小戴記》也。非今稱《禮記》是一書。”《鄭學録》卷一。

“季長后戚”，秦士鉉曰：“明帝馬皇后，馬援之女。融，援兄。余之孫，嚴之子也。故云后戚。”

“因紹介得通”，秦士鉉曰：“紹介，因也，因人以見也。”

“涿郡盧子幹爲門人冠首”，王鳴盛曰：“康成因盧植以事馬融，故袁宏云：‘盧植，字子幹，涿人，師事扶風馬融，與北海鄭康成友善。’《三國志》注引《續漢書》云：‘盧植少事馬融，與鄭康成同門相友。’《御覽》卷四百九十三引《東觀漢記》云：‘馬融才高博洽，教養諸生，常有千數。涿郡盧植、北海鄭康成皆其徒也。’”《蛾術編》卷五十八。

“季長又不解剖裂七事”，參見校文。王鳴盛曰：“康成素習《九章算術》，《九章》中鈎股算渾天所必用，而掊裂者謂鈎股割圜法也，是又鈎股中之精者，康成工此，宜融自屈矣。”《蛾術編》卷五十八。○大典顯常曰：“解，能也。剖裂，剖析文理也。”○秦士鉉曰：一説融於經書有不解，故使剖析之，凡七事。”○徐震堮曰：“剖裂七事及割裂書事並未詳。”

“吾與汝皆弗如也”，秦士鉉曰：“《論語》語。”

“後遇黨錮隱居著述”，王鳴盛口：“時杜密與李膺爲黨魁，而密守北海，康成受知，且游學久，所交多名士，故入黨人。平原相史弼不舉鈎黨，從事責曰：‘青州六郡，其五有黨，平原何獨無？’五郡中北海其一，康成一處士，非宦官所甚惡，不至收捕，惟禁錮而已。《靈帝紀》：‘光和二年四月大赦天下諸黨人，禁錮小功以下皆除之。’自桓帝延熹九年丙午至此己未，十四年也。時康成年五十三。”迮鶴壽按曰：“黨事後於延熹九年，其時康成年止三十九，蓋是年尚未株連。及康成至次年歸來，客耕東萊，供養父母，教授弟子，安然無恙。又三年之後，康成年四十五，始被禁錮，直至中平元年，康成五十八，然後得赦，故曰十有四年也。”《蛾術編》卷五十八。按沈可培《灤源問答》卷九曰：“黨錮事起於建寧二年己酉十月，解於中平元年甲子三月，計十有六年，此云十有四年，舉其詔下所司之歲月言之。”○鄭珍曰：“康成之被錮，以杜密爲北海相時故史也。自熹平四年禁錮，至中元元年禁解，《戒子書》故曰‘坐黨錮十有四年而蒙赦令也’。”《鄭學録》卷一。○胡元儀曰：“鄭君自序云：遭黨禁之事，逃難注禮。”《北海三考》卷一。

“何進辟玄”，王鳴盛曰：“何進之辟，年六十，是中平三年丙寅也。”《蛾術編》卷五十八。○鄭珍曰：“時年六十，則何進之辟康成在中平二年也。進以元年三月爲大將軍，而黃忠書云：‘幕府初開，特加殊禮，經過二載，所尚益固。’知進辟（申屠）蟠在元年，爲大將軍之初，忠與蟠書在二年康成進見之後，故云然。”《鄭學録》卷一。

“縫掖相見”，恩田仲任曰：“縫掖，《正字通》曰：‘大袂單衣。’”○秦士鉉曰：“縫掖，儒服也。《禮記》注：‘逢，猶大也。’”○徐震堮曰：“縫掖，即逢掖。《禮記·儒行》：‘丘少居魯，衣逢掖之衣。’鄭注：‘逢猶大也。大掖之衣，大袂禪衣也。此君子有道藝者所衣也。’”○朱鑄禹曰：“‘縫掖’猶言‘縫衣’，儒者之服。《莊子·盜跖篇》：‘今子脩文武之道，掌天下之辯，以教後世。縫衣淺帶，矯言僞行，以迷惑天下之士。’‘縫掖相見’蓋謂以儒服相見也。”

“進待以賓禮”四句，连鶴壽曰：“與傳小異。案《後漢紀》述進辟申屠蟠不至，使黃忠與書曰：‘大將軍幕府初開，並延英俊。潁川荀爽興病在道，北郡鄭元北面受署。’康成一宿逃去，安有其事，此妄造以誘蟠也。”《蛾術編》卷五十八注。○鄭珍曰：“（黃）忠言康成北面受署，此必非虛夸塗飾以欺掩申屠之語。蓋進辟康成時，必以其府屬曹掾加之，與徵荀爽爲其從事中郎相似。康成雖不肯就，而既入都見之，即謂之受署可也。其時縫掖幅巾，不服所署官服，進固不能相強，而以賓師相待，在康成進退原可自如，當彼禮數，豈忘裨益。《別傳》謂‘多所匡正，不用而退’，得其實矣。嵇叔夜云‘一宿逃去’，緣視康成太高，未免言之過情。”《鄭學録》卷一。

“几杖”，秦士鉉曰：“《曲禮》：‘謀於長者，必執几杖以從之。’”

“袁紹辟玄”，王鳴盛曰：“《世說》注‘袁紹辟玄’云云。袁宏《後漢紀》：‘袁紹嘗遇康成而不禮也。’《三國志》注引《九州春秋》同，又引《英雄記》魏太祖作《董卓歌》，辭云：‘德行不虧缺，變故自難常。鄭康成行酒伏地氣絶，郭景圖命盡於園桑。’案紹敬康成甚，安得有不禮事？曹操妄造‘行酒伏地’之語，殊堪駭笑。本傳明言紹迫之從軍，至元城疾篤不進，遂卒，豈在紹軍乎？操欲以此爲紹罪狀耳。”《蛾術編》卷五十八。○徐震堮曰：“《後漢書》本傳：‘時袁紹總兵冀州，遣使邀玄，大會賓客，玄最後至，乃延升上坐。’下云：‘紹乃舉玄茂才，表爲左中郎將。公車徵爲大司農，玄乃以病自乞還家。袁紹與曹公相距於官渡，令其子譚遣使逼玄隨軍。不得已，載病到元城，疾篤不進，其年六月卒。’與《玄別傳》不同。”

“玄飲三百餘杯”，沈濂曰：“李白詩：‘一日須傾三百盃。’又云：‘中宵出飲三百盃。’正用此事。魏武帝《董逃歌》云：‘鄭康成行酒，伏地氣絶。’則康成嘗爲酒困矣。"《懷小編》卷十三。

"溫克"，桃井白鹿曰："《詩·小雅》：'人之齊聖，飲酒溫克。'"○恩田仲任曰："溫克，溫和自克，不沉湎號呶也。"

"徵爲大司農"，王鳴盛曰："本傳此事無年，而袁宏《紀》云建安三年，時康成年七十二。合之劉孝標所引《別傳》'獻帝'云云，則袁《紀》以爲三年者是。"《蛾術編》卷五十八。○鄭珍曰："康成自家拜受大司農之命，旋乘安車至許，而後上病乞還也。康成官銜以前稱博士，奏記於朱雋是也。以後稱司農，如華歆表稱'故漢大司農鄭某'是也。二者雖未到任，而詔命即家授之，已經拜受，則是此官矣。近人有以稱司農即是鄭仲師，康成不得云司農，殊誤。"《鄭學録》卷一。○胡元儀曰："據《後漢紀》，徵爲大司農在建安三年，據本傳五年乃卒，《世説》注引《別傳》必非原文，'徵爲大司農'下必有脱文，不然即孝標節《別傳》成此誤也。"《北海三考》卷二。○沈可培曰："先生未嘗爲大司農，以有公車之徵，後世遂以大司農稱之，如華歆薦小同表曰'伏見故漢大司農北海鄭玄，當時之學，名冠華夏，爲世儒宗'云云是也。又中平五年徵爲博士不至，而《朱雋傳》亦有'博士鄭玄'之稱。"《灤源問答》卷九。

"行至元城卒"，徐昂發曰："范史《康成傳》云：'建安五年寢疾，袁紹遣使逼玄隨軍不得已，載病到元城縣，疾篤不進，其年六月卒，年七十四。'而裴松之《三國志》注引《英雄記》載魏太祖作《董卓歌辭》云'德行不虧缺，變故自難常。鄭康成行酒，伏地氣絶，郭景圖命盡於園桑'如此之文，則康成無病而卒。案裴注與范史迥異，或魏武所言爲傳聞之譌，亦未可定。"《畏壘筆記》卷一。○王鳴盛曰："孝標所云'行至元城卒'，則大謬。本傳於'徵大司農乞還家'下書五年，方敘袁紹逼康成隨軍，至元城疾篤不進，卒於元城，此五年事，何得以爲三年徵大司農事乎？且以地理考之，元城縣今隸大名府，治在東漢屬冀州。《魏·郡國志》：'冀州刺史治常山國高邑。'時紹領冀州牧，其與曹操相距官渡，雖在今河南中牟縣，其治自在高邑縣，今屬真定府。康成儒者，未必往赴其軍壘，大約欲往高邑。自高密東北行至元城，而留滯甚久以卒也。若赴司農之徵，而欲往許都，則但東行，何反折北至元城乎？故知孝標所引非也。"迮鶴壽按曰："高密在今萊州府，元城即今直隸大名府，在高密之直西，而先生云自高密東北行至元城，則大相反矣。許都即今河南許州，在高密之西南，而先生云欲往許都，但當東行，又大相反矣。"《蛾術編》卷五十八。

○注“馬融海内”至“夫人之子”

“委巷之言”，胡三省曰：“委巷，曲巷也，言其屈曲僻陋。”《通鑒·唐紀五十一》注。○恩田仲任曰：“《檀弓》注曰：‘委巷，猶街里，委曲爲之。’正義曰：‘委細屈曲，街巷之禮。’《正字通》曰：‘巷，里中巷直曰街，曲曰巷。’”

“賊夫人之子”，秦士鉉曰：“夫人之子，指馬融。此語出《論語》。”○朱鑄禹曰：“《論語·先進》：‘子路使子羔爲費宰。子曰：賊夫人之子。’後用以謂事之無益於己而有害於人者。”

◎王世懋曰：“注駁甚正。”○王鳴盛曰：“此注是。”《蛾術編》卷五十八。○鄭珍曰：“《太平御覽·坐部》引《語林》同此。《異苑》：‘鄭康成師馬融，三載無聞，融鄙而遣還。元過樹陰下，假寐夢見一老父，以刀開其腹心，謂曰：‘子可以學矣。’於是寤而即返，遂精洞典籍。融歎曰：‘詩書禮樂皆已東矣。’潛欲殺元，元知而竊去。融推式以算元，元當在土木上，躬騎馬襲之。元入一橋下，俯伏柱上。融跦躕橋側，云：‘土木之間，此則當矣。有水非也。’從此而歸，元用免焉。’按劉敬叔與劉義慶、裴啓同時，此與《世說》《語林》所載並，劉孝標斥爲委巷之言，不足詰辨，以其爲晉宋間競傳康成事，故並出之。”《鄭學録》卷一。

【彙評】

劉應登曰：“師友之懿如此，而謂融忌其能，使人追殺之，有此理否？玄又先疑其師追之，預坐橋下。融以其在土下水上，便以爲死，皆謬亂之辭。此一節當止於‘禮樂皆東’之一句。”

劉辰翁曰：“皆其門人互相神聖所傳，不足多辨。”

郎瑛曰：“予嘗歎其師於弟子何忌才如此，馬融又安得爲大儒耶？因思世傳張長史學吳畫不成而爲草書，顔魯公學張草不成而爲真書，世豈知其然哉？此弟子忌師故也。夫二子才氣既與師等，則功雖與齊，名必在下，故欲別成一藝以自名。嗚呼！世不古也，自非大聖賢，孰無争忌之弊哉？”《七修類稿》卷十五。

陳絳曰：“考玄本傳，玄西入關事馬融，會融集諸生，考論圖緯，聞玄善筭，乃得召見。玄因從質疑義，問畢辭歸。融曰：‘鄭生今去，吾道東矣。’觀元岱重玄，屬以吾道，計必無追殺事。”《金罍子》中篇卷四。

李贄曰："必是盧子幹逐之。"○曰："或出投刺門生，未可知也。或如神秀之徒惠明乎？此必然是盧子幹，然盧植實非惡人。"《初潭集》卷十三。按《批補》"投刺門生"作"求帖門人"，無"此必然"二句。秦士鉉曰："'求帖'李贄《初潭集》作'投刺'。帖，名帖。謂求謁。"

洪園曰："馬融門下求帖之弟子爲之也。"

臧琳曰："夫董卓以刳肝斮趾之殘忍，而欲快志於忠賢，不足爲異。季長海內大儒，博通古學，而亦效盜賊之爲，行之於高第弟子，斯可怪矣。卒之，卓既授首車中，母妻男女盡焉族滅。融亦不保令名，後之學者羞稱之。或疑融事不實，要非無因也。嗟夫！使盧、鄭二子不早爲之備，致宵小得遂其姦謀，殊非明哲保身之義矣。"《經義雜記》第三。按《後漢書·盧植傳》記董卓欲誅盧植事。

沈可培曰："馬融以附和梁冀，爲正直所羞，其他非無足錄者，何至忌才如此？《世說》或得之傳聞。"《濼源問答》卷九。

王鳴盛曰："馬長於鄭四十八歲，融欲害鄭，未必有其事，而鄭鄙融卻有之。蓋融以侈汰爲貞士所輕，載《趙岐傳》注。鄭雖師融，著述中從未引融語。獨於《月令》注云：'俗人云：周公作《月令》。未通於古。'疏云：'俗人，馬融之徒。'"《蛾術編》卷五十八。

洪亮吉曰："或謂融漢世大儒，必不至此。然余以爲《世說》所言，必非僞造。融既可爲梁冀草奏誣李固，固以此遂致殺身；又作《西第頌》以媚冀，則其心死久矣。忌才而害及門下士，尚其小者耳。范蔚宗以融及蔡邕傳合爲一卷，然邕聞董卓之死，尚歎息動色，則與融合傳，伯喈當亦羞之。蔚宗《傳贊》乃云：'籍梁懷董，名撓身毀。'是以一例論之，不可謂平允矣。"《曉讀書齋四錄》卷上。

连鶴壽曰："馬融之卒年已八十有八，而康成辭歸即在是年，豈能親自轉式逐之？《世說》云云，其荒誕也可知矣。"《蛾術編》卷五十八注。

沈兆沄曰："扶風女樂後堂陳，學似康成叵耐貧。門下三年難一見，不知高足更何人。""禮樂皆東歎弗如，妒心潛起送歸初。殘生幸免危橋上，枉喜師門博美譽。"《織帘書屋詩抄》卷十二《世說新語載馬季長事戲詠二絶》。

胡元儀曰："《世說新語》注云云。愚謂晉宋間競傳其事，人人筆之於書，則其事似非無稽之談。然以鄭君在馬融下七年考之，鄭君辭融東歸，融已暮年，何以猜忌至此？小說記載，多得自傳聞流言，不實遂成丹青。殆因融草奏殺李固，不厭人心，是來醜詆耳。居乎下流，惡乃歸之，古今類然矣。"《北海三考》卷一。

李詳曰："元和曹叔彦編修著《復禮堂文集》，有《子鄭子非馬融弟子考》一篇，言讀《世說新語》注所引《鄭君別傳》，但言就融參考同異，不言師事。因舉諸經注中得鄭顯駁融說者數處，非弟子施與先師議論。其辭甚辨，雖不能盡翻前案，而學者不可不知。至於劉孝標注'馬融海內大儒，被服仁義。鄭玄名列門人，親傳其業，何猜忌而行鴆毒'云云，夫融黷貨黨梁，何所不可。轉式追玄之說，又安知非實邪？"

劉盼遂曰："劉敬叔《異苑》九亦載此事，而說尤奇離。考鄭君注書，累引前儒，而絕不稱引季長。獨於《小戴·月令》注云：'今俗人云周公作《月令》，未通於古。'疏云：'俗人謂馬融之徒，皆云《月令》周公所作。'觀鄭玄觳於師門之情，則臨川之言，固非無因也。"

余嘉錫曰："觀《語林》《異苑》之所載，知此說爲晉宋間人所盛傳。然馬融送別，執手殷勤，有'禮樂皆東'之歎，其愛而賞之如此，何至轉瞬之間，便思殺害！苟非狂易喪心，惡有此事？裴啓既不免矯誣，義慶亦失於輕信。孝標斥爲委巷之言，不亦宜乎！"

2

鄭玄欲注《春秋傳》，尚未成時，行與服子慎遇宿客舍，先未相識，服在外車上，與人說己注《傳》意。《漢南紀》曰："服虔字子慎，河南滎陽人。少行清苦，爲諸生，尤明《春秋左氏傳》，爲作訓解。舉孝廉，爲尚書郎、九江太守。"玄聽之良久，多與己同。玄就車與語曰："吾久欲注，尚未了。聽君向言，多與吾同。今當盡以所注與君。"遂爲服氏注。

〇"鄭玄欲注"至"爲服氏注"

"先未相識"，田中頤曰："此蓋奇遇，面目未識，而氣機暗合也。"

"服在外"，淇園曰："外，蓋門外。"

"遂爲服氏注"，田中頤曰："能濟人之美也。"

◎惠棟曰："《經籍志》云：'服虔《春秋左氏傳解誼》三十一卷。'按服氏《解誼》，僖十五年'遇《歸妹》之《睽》'，宣十二年'在《師》之《臨》'，皆以互體説《易》，與鄭氏合。《世説》所稱爲不謬矣。"《後漢書補注》卷十八。○鄭珍曰："按《六藝論》序《春秋》云：玄又爲之注。是康成實注《左傳》，自言明甚。其所以世無鄭注者，盡用所注之文與服子慎，而與服比注耳。義慶之旨，爲得其實。"《鄭學録》卷三。○皮錫瑞曰："鄭君注《左傳》未成，以與子慎，見於《世説新語》。是鄭、服之學本是一家，宗服即宗鄭，學出於一也。"《經學歷史》頁一七〇。○王叔岷曰："《後漢書·服虔傳》：'作《春秋左氏傳》，行之於今。'王氏《集解》引惠棟曰云云。"

【彙評】

李贄曰："便是大賢心事。"《初潭集》卷十二。

田中頤曰："舍己達人。"

3

鄭玄家奴婢皆讀書。嘗使一婢，不稱旨，將撻之。方自陳説，玄怒，使人曳箸泥中。須臾，復有一婢來，問曰："胡爲乎泥中？"《衛·式微》詩也。毛公曰："泥中，衛邑名也。"答曰："薄言往愬，逢彼之怒。"《衛邶·柏舟》之詩。

○"鄭玄家奴婢"至"逢彼之怒"

"不稱旨"，崔朝慶曰："言不稱主人之意旨也。"

"方自陳説"，田中頤曰："自謂無過也，即與'愬'字應。"○江藍生曰："'方'作'仍然'、'還'、'尚'解。"《彙釋》頁五七。

"曳箸泥中"，崔朝慶曰："言牽令著地也。"○郭在貽曰："著，當訓爲

'於'、'在'，是介詞。"《考釋》。

"胡爲乎泥中"，田中頤曰："用《詩》語以慰問之。"○秦士鉉曰："泥中，泥塗中。毛公謂邑名者，僻也。"○崔朝慶曰："泥中本爲衛邑，借用泥爲水和土之泥。"

"薄言往愬"二句，恩田仲任曰："毛萇曰：'薄，辭也。言，我也。'程頤曰：'薄言，發語辭。'朱熹曰：'薄，猶少也。言，辭也。'"○田中頤曰："又用《詩》語以自申明其冤屈也。"

◎王鳴盛曰："《御覽》卷五百引之。"《蛾術編》卷五十八。

○注"衛式微詩也"

恩田仲任曰："'衛'當作'邶'。"○徐震堮曰："'衛式微詩也'，又云'衛邶柏舟之詩'，案二篇皆在《邶風》，注並目《邶》《鄘》《衛》爲《衛》詩，三名一實，猶是三家舊説。"《札記》。○楊勇曰："'衛''邶'古時互稱，故孝標通言之。又《柏舟》，見今本《詩經·邶風》，今'衛''邶'並見，似有未安。"

【彙評】

李贄曰："此數婆娘皆可文學之選也，鄭家婢兩個當一個。"《初潭集》卷二。

王思任曰："雋奴婢，割捨撻得？"

陳師曰："夫二婢逢詬怒，倉皇之際，猶應對閑雅，不忘文墨，固可嘉尚。而玄之詩書文藝，漸被至及婦人女子，亦足徵其雅哉！"《禪寄筆談》卷九。

凌濛初曰："寧馨哉婢，'胡爲乎泥中'！康成不韻。"

田中頤曰："學行於家。"

逯鶴壽曰："'胡爲乎泥中'云云，似晉人氣習，且鄭公厚德，安有曳婢泥中之事？小説家欲以矜鄭，適以誣鄭耳。"《蛾術編》卷五十八注。

丁晏曰："若夫義慶之説，婢曳泥而知書；樂天之詩，牛觸墻而成字；小説附會，亦無取。"《漢鄭君年譜》。余嘉錫按曰："丁氏必斥其傅會，所謂'固哉高叟之爲《詩》也'！"

胡元儀曰："據此見鄭君家庭嚴肅。"《北海三考》卷二。

余嘉錫曰："子政童奴，皆吟《左氏》；劉琰侍婢，悉誦《靈光》。斯固古人所常有，安見鄭氏之必無？既不能懸斷其子虛，亦何妨姑留爲佳話。"

4

服虔既善《春秋》，將爲注，欲參考同異。聞崔烈集門生講傳，摯虞《文章志》曰："烈字威考，高陽安平人[1]，駰之孫，瑗之兄子也[2]。靈帝時，官至司徒、太尉，封陽平亭侯[3]。"遂匿姓名，爲烈門人賃作食。每當至講時，輒竊聽户壁間。既知不能踰己，稍共諸生敍其短長。烈聞，不測何人，然素聞虔名，意疑之。明蚤往，及未寤，便呼："子慎！子慎！"虔不覺驚應，遂相與友善。

○"服虔既善"至"相與友善"

"崔烈集門生講傳"，田中頤曰："即《春秋傳》。"○余嘉錫曰："崔氏蓋世傳《左氏》者也。烈承其家學，故亦以《左傳》講授，與服子慎共術同方，則其於《春秋》爲不淺，得此可補史闕。"

"賃作食"，秦士鉉曰："賃，傭而取直也。"

"竊聽户壁間"，田中頤曰："故爲賤役者，爲欲全聽也。"

"不能踰己"，崔朝慶曰："言知崔所講義不能勝己也。"

"敍其短長"，田中頤曰："既盡其所蘊，無復所求故。"○楊勇曰："品其高下也。"

"未寤"，崔朝慶曰："寤，覺也，言當其未醒時也。"

"子慎子慎"，田中頤曰："此崔以其說逾己，必度其服，因連呼其字以試之也。"

"相與友善"，田中頤曰："本以其非有所挾，故相得親善爲益友也。"

---

[1] "高陽安平人"，恩田仲任曰："'高陽'《後漢書》作'涿郡'。《晉書·地理志》曰：'高陽國，泰始元年置，統縣四。'無安平縣，安平縣屬博陵郡。疑此注誤。"徐震堮曰："《後漢書》作'涿郡平安人'。按《後漢書·郡國志》，冀州安平國，安平故屬涿郡。又河間郡高陽故屬涿。是高陽、安平故皆涿郡屬縣，不得云'高陽安平'也。"

[2] "瑗之兄"，董刻本"瑗"作"援"。王利器曰："各本'援'作'瑗'，是。"

[3] "陽平亭侯"，董刻本"侯"作"候"。王利器曰："各本'候'作'侯'，是。"

○注“摰虞文章志曰”

《文章志》，沈家本曰：“《隋志》：‘《文章志》四卷，摰虞撰。’二《唐志》同，《晉書》本傳同。”《古書目》卷二。○葉德輝曰：“《隋志》：四卷。云摰虞撰。”《書目》。

【彙評】

凌濛初曰：“然明故智。”
田中頤曰：“爲學盡意。”

5

　　鍾會撰《四本論》，始畢，甚欲使嵇公一見。置懷中，既定[1]，畏其難，懷不敢出[2]，於戶外遙擲，便回急走[3]。《魏志》曰：“會論才性同異，傳於世。四本者：言才性同，才性異，才性合，才性離也。尚書傅嘏論同，中書令李豐論異，侍郎鍾會論合，屯騎校尉王廣論離。文多不載。”

---

〔1〕 “既定”，秦士鉉曰：“或云‘定’字衍。”程炎震曰：“宋本‘既定’作‘既見’。”余嘉錫曰：“‘定’沈本作‘見’。”王利器曰：“蔣校本、沈校本‘定’作‘見’。”徐震堮曰：“‘定’字無義，作‘見’亦非，下云‘於戶外遙擲’，則未見嵇也。疑此文本作‘既詣宅’，脫去‘詣’字，又誤‘宅’爲‘定’耳。”楊勇曰：“宋本作‘既定’，蔣、沈校作‘既見’，《御覽》三九四引《世說》作‘既詣定’，《續談助》四作‘既詣宅’。”王叔岷曰：“‘既定’當從《續助談》作‘既詣宅’。‘定’乃‘宅’之誤，上又脫‘詣’字也。《御覽》三九四引此作‘既詣定’，‘詣’字未脫，‘定’亦‘宅’之誤。”
〔2〕 “畏其難”二句，王叔岷曰：“《御覽》（三九四）引作‘畏其有難，不敢相示’。”
〔3〕 “便回急走”，董刻本“回”作“面”。程炎震曰：“（宋本）‘便回’作‘便面’。《御覽·人事部·面門》，又三百九十四《走門》引此作《世說》，‘回’字均作‘面’字，是也。”余嘉錫曰：“‘回’景宋本及沈本俱作‘面’。”王利器曰：“蔣校本、沈校本同，餘本‘面’作‘回’。案《御覽》卷三六五、又三九四引作‘面便走’。”朱鑄禹曰：“袁本作‘回’，疑可從。”方一新《校讀札記》曰：“當以‘面’字爲是。”蔣宗許《臆札》曰：“相較之下，作‘面’義長。”

○"鍾會撰"至"便回急走"

《四本論》，秦士鉉曰："《魏志》：傅嘏嘗論才性同異，鍾會集而論之。"○楊勇曰："《魏志·鍾會傳》：'會嘗論《易》無互體、才性同異。及會死，後於會家得書二十篇，名曰《道論》，而實刑名家也。'依此而言，《才性四本》，殆亦名家《道論》也。惜文章早已散佚，内容不復之詳。今能知其大略者，據《南史·隱逸顧歡傳》：'會稽孔珪嘗登嶺尋歡，共談四本。歡曰：蘭石危而密，宣國安而疏，士季是而非，公深謬而是。'太氏論同異者，在釋才、性二名辭而已。主同者，以本質爲性，本質之表現於外爲才。主異者，以操行爲性，以才能爲才。離、合二家，似又以性爲操行，才爲才能，然後比較二者之關係也。諸書推《四本》之説，殷浩之外，别無長者。本篇五一所載，支道林亦不免墜其谷，而殷仲堪、阮裕諸人，則自以不知《四本》爲恥，可見此論之難也。"按此説本唐長孺《魏晉才性論的政治意義》。

"既定"三句，參見校文。大典顯常曰："定，坐定也。難，難之也。"又曰："既而定，畏康之難己也。前解注'坐定'，謬矣。"《撮補》。○淇園曰："説定。"○田中頤曰："定，前定也。謂於未示之前料定，而畏惡其難之，置懷不敢出示。"○崔朝慶曰："言不敢探懷出論文示之也。"○張萬起曰："既定，到了那裏以後。'定'置於動詞（這裏省略了動詞）後，表示動作完成。"○蔣宗許曰："'定'在六朝時常用在動詞或動詞性詞組之後，表示動作行爲的完成以及持續狀態。'置懷中既定'是説鍾會把《四本論》已在懷中放好了。"《臆札》。張徹《書札》按曰："鍾會拜訪嵇康，依照常理，當是在出發之前將書稿揣在懷裏，而下文鍾會突然已在嵇康門外，前後時空轉換頗爲突兀，因而蔣説仍有未安。"

"便回急走"，參見校文。朱亦棟曰："《漢書·張敞傳》：'無威儀走馬章臺街，自以便面拊馬。'顔師古曰：'便面，所以障面，蓋扇之類也。不欲見人，以此自障面則得其便，故曰便面。亦曰屏面。今之沙門所持竹扇，上斜平而下圜圝，即今之便面也。'又《匡謬正俗》云：'便面者，所執持以平面，或有所避，或自整飾，藉其隱翳，得之而安，故呼便面耳。今人所持，縱自蔽者，總謂之扇，蓋轉易之稱乎？'按'便面'二字切音爲'扇'，此切音之以音而兼義者也。"《群書札記》卷二。○王叔岷曰："《漢書·張敞傳》：'自以便面拊馬。'師古注：'便面，所以障面，蓋扇之類也。不欲見人，以此自障面而得其便，故曰便面。亦曰屏面。'《王莽傳》：'後常翳雲母屏面。'注：'屏面，即便面，蓋扇之類也。'師古謂'屏面即便

457

面’，是也。謂‘以自障面而得其便故曰便面’，則是望文生訓。‘屏’‘便’，正、假字。《説文》：‘屏，蔽也。’此文‘便面’，非扇類，惟‘便’亦‘屏’之借字，‘便面急走’猶言‘蔽面急走’耳。”○鄭學弢曰：“‘回’紹興八年刻本作‘面’，通‘偭’。‘面便去’，猶今言‘轉身便走’。”《札記》。○方一新曰：“‘面’字當讀爲‘偭’，背也。《史記》卷七《項羽本紀》：‘馬童面之。’《集解》引張晏曰：‘以故人故，難視斫之，故背之。’《漢書》卷四六《張歐傳》：‘面而封之。’顏師古注：‘面謂偭之也，言不忍視之，與吕馬童面之同義。’並‘面’通‘偭’之例，是其證。‘便面急走’謂隨即轉身而跑。”《校讀札記》。

【彙評】

王世懋曰：“令人畏至此，那得不爲所中？”按張懋辰本作劉辰翁語。

馮夢龍曰：“此子可教。”《古今譚概》卷十八《顏甲部》。

陳寅恪曰：“孟德三令，大旨以爲有德者未必有才，有才者或負不仁不孝貪詐之污名，則是明白宣示士大夫自來所尊奉之金科玉律，已完全破產也。由此推之，則東漢士大夫儒家體用一致及周孔道德之堡壘無從堅守，而其所以安身立命者，亦全失其根據矣。故孟德三令，非僅一時求才之旨意，實標明其政策所在，而爲一政治社會道德思想上之大變革。顧亭林論此，雖極駁嘆，然尚未盡孟德當時之隱秘。蓋孟德出身閹宦家庭，而閹宦之人，在儒家經典教義中不能取有政治上之地位。若不對此不兩立之教義，摧陷廓清之，則本身無以立足，更無從與士大夫階級之袁氏等相競爭也。然則此三令者，可視爲曹魏皇室大政方針之宣言，與之同者，即是曹黨，與之異者，即是與曹氏爲敵之黨派，可以斷言矣。夫仁孝道德所謂性也，治國用兵之術所謂才也。當魏晉興亡遞嬗之際，曹氏司馬氏兩黨皆作殊死之鬥爭，不獨見於其所行所爲，亦見於其所言所著。《四本論》之文，今雖不存，但四人所立之同異合離之旨，則皆俱在。苟就論主之旨意，以考其人在當時政治上之行動，則孰是曹魏之黨，孰是司馬晉之黨，無不一一明顯。傅（嘏）、鍾（會）皆司馬氏之死黨，其持論與東漢士大夫理想相合，本極自然之理也。王（廣）、李（豐）乃司馬氏之政敵，其持論與孟德求才三令之主旨符合，宜其忠於曹氏，而死於司馬氏之手也。《世說》此條所記鍾士季畏嵇叔夜見難擲與疾走一事，未必盡爲實録，即令真有其事，亦非僅由嵇公之理窟詞鋒，使士季震懾避走，不敢面談。恐亦因士季此時別有企圖，尚不欲以面争過激，遂致絶交之故歟？今考嵇、鍾兩人，雖爲政治上之死敵，而表面仍相往還，終因冊丘儉舉兵，士季竟勸司馬氏殺害叔夜。《世説》記此一段逸事，非僅可供談助，而論古今世變者，讀書至此，亦未嘗不爲之太息也。”《書世説新語文學類鍾會撰四本論始畢條後》，《叢稿初編》頁五一至五四。周一良按曰：“司馬氏繼承東漢士大夫理想，貴經義，主張仁孝廉讓爲本爲體，治民治軍爲末爲用，本末必兼備，體用必合一，故司馬氏一黨認爲才性必相結合。其説極是。”《史札》頁三一。○曰：“曹操求才三令，講的實際就是才性異、才性離的問題。三令爲曹魏皇室大政方針之宣言，與之同者即是曹黨，反之即是與曹氏爲敵的黨派。有關四本論的四個人，傅嘏、鍾會論同與合，李豐、王廣論異與離。就其黨系而言，後二人爲曹黨，前二人則屬於與曹氏爲敵的黨派。”《講演録》頁四六。

牟宗三曰：“劉劭、傅嘏、盧毓、鍾會、李豐、王廣，兹舍其個人之事業人品不論，就其論才性言，爲同一系，可名曰‘才性名理系’。鍾會稍晚，已接上王弼，俱在少年知名於世。鍾會注《老》論《易》，可謂由‘才性名理’至‘玄學名理’之轉關人物。”《玄理》頁二〇四。

6

何晏爲吏部尚書，有位望，時談客盈坐，《文章敍録》曰：“晏能清言，而當時權勢，天下談士，多宗尚之。”《魏氏春秋》曰：“晏少有異才，善談《易》《老》。”王弼未弱冠往見之。晏聞弼名[1]，《弼別傳》曰：“弼字輔嗣，山陽高平人。少而察惠，十餘歲便好莊老[2]。通辯能言，爲傅嘏所知。吏部尚書何晏甚奇之，題之曰：‘後生可畏[3]。若斯人者，

---

[1] “晏聞弼名”，程炎震曰：“《御覽》四百七十四《禮賢》引此文作《世説》，‘晏聞弼名’作‘聞弼來，乃倒屣迎之’。”唐鴻學曰：“‘晏聞弼來，倒屣出户迎之’，《御覽》六百十七引補正。《書鈔》九十八引，亦有‘倒屣迎之’四字。”楊勇曰：“宋本作‘晏聞弼名’，《書鈔》九八引《世説》作‘晏乃倒屣迎之’，又一三六引《世説》作‘晏聞來，乃倒屣迎’，《御覽》四七四引《世説》作‘聞弼來，乃到［屣］迎之’，又六一七引《世説》作‘晏聞來，倒屣出户迎之’，又六九八引《世説》作‘晏倒屣迎之’，皆與今本《世説》異。”王叔岷曰：“《書鈔》九八引作‘晏乃到履迎之’。（孔廣陶《校注》：《御覽》六百十七引‘到’作‘倒’。到，古‘倒’字。）《御覽》四七四引作‘聞弼來，乃到屣迎之’，‘屣’‘履’古通。《廣雅·釋器》：‘屣，履也。’今本此文‘名’下蓋脱‘乃到履迎之’五字。”

[2] “十餘歲便好莊老”，李詳曰：“（《魏志·鍾會傳》裴注引）作‘十餘好老氏’。”

[3] “題之曰後生可畏”，李詳曰：“（《魏志·鍾會傳》裴注引）作‘歎之曰仲尼稱後生可畏’。”

可與言天人之際矣!'以弼補臺郎。弼事功雅非所長，益不留意，頗以所長笑人，故爲時士所嫉〔1〕。又爲人淺而不識物情。初與王黎、荀融善，黎奪其黃門郎，於是恨黎，與融亦不終好。正始中以公事免〔2〕。其秋遇癘疾亡〔3〕，時年二十四。弼之卒也，晉景帝嗟歎之累日〔4〕，曰:'天喪予!'其爲高識悼惜如此〔5〕。"因條向者勝理語弼曰:"此理僕以爲極〔6〕，可得復難不?"弼便作難，一坐人便以爲屈。於是弼自爲客主數番，皆一坐所不及。

○ "何晏爲" 至 "復難不"

"何晏爲吏部尚書"，龔斌曰:"魏明帝景初三年二月，曹爽徙吏部尚書盧毓爲僕射，而以何晏代之。"

"談客盈坐"，田中頤曰:"競名之席。"○崔朝慶曰:"談客，相與爲清談者也。"

"未弱冠"，崔朝慶曰:"年未二十也。"

"條向者勝理"，崔朝慶曰:"條，條舉也。清談務辨析名理，晏故以前此以爲最勝之理條舉告之也。"○王叔岷曰:"《晉書·王述傳》，述與（庾）冰《牋》有云:'且當擇人事之勝理。'亦用'勝理'一詞。"

"可得復難不"，田中頤曰:"條舉勝理，誇少年且試之。"

○ "弼便作難" 至 "一坐所不及"

"便作難"，田中頤曰:"難之未及用力，故曰'便'。"

---

〔1〕 "故爲時士所嫉"，李詳曰:"(《魏志·鍾會傳》裴注引) 作'故時爲士君子所嫉'。"
〔2〕 "正始中以公事免"，李詳曰:"(《魏志·鍾會傳》裴注引) 作'正始十年曹爽廢，以公事免'。"程炎震曰:"《魏志·鍾會傳》裴注引作'正始十年曹爽廢，以公事免'，於文爲備，此注蓋經刪節，故'其秋'字無着落。且正始止於十年，不得云'中'也。"
〔3〕 "癘疾"，袁刻本 "癘" 作 "厲"。徐震堮曰:"二字古通。"
〔4〕 "晉景帝"，徐震堮曰:"影宋本作'晉景王'，謂司馬師。"
〔5〕 "悼惜"，李詳曰:"(《魏志·鍾會傳》裴注引) 作'所惜'。"
〔6〕 "以爲極"，董刻本 "極" 上有 "理" 字，元刻本、何焯校同。余嘉錫曰:"'爲'下景宋本有'理'字。"王利器曰:"蔣校本同，餘本無'極'上'理'字。"楊勇曰:"'爲'下宋本及各本無下'理'字，《御覽》六一七引《世說》有。"朱鑄禹曰:"袁本'極'上無'理'字，似可從。一本遂以'僕以爲極可'爲句，似亦可通。"

“一坐人便以爲屈”，田中頤曰：“既無餘力故。”○崔朝慶曰：“言皆以爲其理屈，不及晏也。”

“自爲客主數番”，岡白駒曰：“爲客，起問難也，爲主，答所問難也。”○崔朝慶曰：“言以一人爲論辯之兩方，自難自答也。數番，數回也。”○賀昌群曰：“《陳書》卷三十三《張譏傳》‘敕召譏豎義’，豎義是由講人立一宗義，衍陳其説，謂之‘主’，所聽者隨義質疑問難，謂之‘客’。”《札記》。○徐震堮曰：“客主，猶言辯難。‘自爲客主’，謂自難自答。”○鄭學弢曰：“魏晉善談名理者，其析理著論類皆自設客主問答，以盡其委曲。嵇康之論尤以此見長，其所作《聲無哀樂論》，客主往復最多，讀其文可以想見當時清談名士析理之狀。”《札記》。

“一坐所不及”，田中頤曰：“謂王自相爲客主問答，更番數回，議論超越，坐客皆在下風矣。”

○注“弼別傳曰”

《弼別傳》，李詳曰：“傳爲何劭撰，見《魏志·鍾會傳》裴注引。《弼傳》甚長，劉注才得其二三耳。”○葉德輝曰：“《王弼別傳》，（《隋志》不著録。）《國志》注引用，作何劭傳。”《書目》。

“好莊者”，何啓民曰：“平叔、輔嗣的好老氏，是事實；他們的好莊，卻似乎説得太過份了一點。輔嗣除了在《周易略例·明象》，舉《莊子·外物》兔蹄魚筌之例，以明言象意外，也別無確切之資料可以證明他是如何地好莊。”《談風》頁一〇七至一〇八。

“題之”，恩田仲任曰：“《品字箋》曰：‘品題，評品而稱揚之也。’”

“補臺郎”，恩田仲任曰：“臺郎，尚書郎。”

“不識物情”，徐震堮曰：“物情，人情、人心。”《簡釋》。

“與王黎荀融善”，程炎震曰：“《御覽》二百二十一《黃門侍郎》引《傅子》曰：‘王黎爲黃門郎，軒軒然得志，煦煦然自樂。’”○余嘉錫曰：“《魏志·荀彧傳》注引《荀氏家傳》曰：‘融字伯雅，與王弼、鍾會俱知名，爲洛陽令，參大將軍軍事。與弼、會論《易》《老》義，傳於世。’”

“黎奪其黃門郎”，秦士鉉曰：“何晏議以弼爲黃門郎，侍郎丁謐致王黎於曹髦用之。”

“以公事免”，程炎震曰：“《魏志·鍾會傳》注引作：‘正始十年，曹爽廢，以公事免。’於文爲備。此注蓋經删節，故‘其秋’字無著落。且正始止於十年，不得云‘中’也。”

【彙評】

李贄曰：“自是荀奉倩一輩人。”《批補》作“見識是荀奉倩一輩人”。

王世懋曰：“此清言始禍。”評注《文章敘錄》“晏能清言”。《批補》“禍”作
“祖”。天保手批曰：“‘祖’一作‘禍’。”○曰：“此禍。”

王思任曰：“都不必到極處，所以可復可番。”

方苞曰：“恨黎及融，貽笑千古。”

周濟曰：“魏文浮華，藻繢乃極，再變而老莊之辯出焉。王何騰口，務爲高
遠，因以簡功實，隳職業。其初爲清談，其放爲任達。馴至有晉百數十年，雖裴
頠、卞壺、庚翼諸人大聲疾呼，莫之能悟也。士之聰明才力，必發舒於所寄，文
筆垂久，眾爭趨焉。隋唐因之，創爲科舉，自是以還，筆行而談廢。”《晉略·彙
傳三·清談》。

許世瑛曰：“輔嗣的確比平叔高一籌，讀此也可以篤信了。同時魏晉人談玄，
是互相辯難，一直到對方屈伏爲止。”《魏晉風流與老莊思想》。

蒙思明曰：“這雖由於在坐談客之無能，也可見王弼之重辯不重理。真理惟
一，豈能由言詞而變異。”《社會》頁一三七。

余嘉錫曰：“蓋晏之爲人，妙於言而不足於理，宜其非王弼之敵矣。”

7

何平叔注《老子》，始成，詣王輔
嗣。見王注精奇，迺神伏曰：“若斯人，可與論天人之際矣！”因以
所注爲《道德二論》。《魏氏春秋》曰：“弼論道約美不如晏，自然出
拔過之〔1〕。”

---

〔1〕“自然”，何焯曰：“‘自’上一有‘然’字。”余嘉錫曰：“‘自’上景宋本及沈本俱有‘然’字。”

○“何平叔注”至“道德二論”

“神伏”，朱鑄禹曰：“猶言心服，如今所謂衷心佩服也。”

《道德二論》，孫詒讓曰：“‘二論’即《道德論》，顯較無疑。考晏有《無爲論》，見《晉書·王衍傳》。又有《無名論》，見《列子·仲尼篇》注。‘無爲’、‘無名’，皆《道德經》語，殆即《二論》之細目與？”《札迻》卷十二。○程炎震曰：“《魏書·曹爽傳》但云《道德論》。”○余嘉錫曰：“河上公及王弼《老子注》，皆以上卷爲《道經》，下卷爲《德經》，蓋漢魏舊本如此。平叔此論亦上篇言道，下篇言德，故爲《二論》。”○王叔岷曰：“鍾嶸《詩品序》：‘孫綽、許詢、桓、庾諸公詩，皆平典似《道德論》。’謂何晏《道德論》也。《列子·天瑞篇》張湛注引何晏《道論》‘有之爲有，恃無以生’云云，所引既爲《道論》，然則《道德二論》，蓋《道論》與《德論》二篇，合爲一書者與？”

○注“魏氏春秋曰”

“弼論道約美”二句，秦士鉉曰：“約美，約取衆美也。”○劉師培曰：“所云‘論道約美’，即指《老》《易》諸注言。”《文學史》頁三九。○徐震堮曰：“《魏志》注引《弼傳》曰：‘其論道附會文辭不如晏，自然有所拔得多晏也。’”《札記》。

【彙評】

李贄曰：“不曾見王注，亦不曾見《道德二論》，定可觀也。”《初潭集》卷十二。

胡毅生曰：“輔嗣能談昧事功，天人玄論過世崇。可憐患失黃門職，便與王黎隙末終。”《讀》。

蔣凡曰：“開玄學風氣，將儒學正統引向更富於思辨、更能以簡馭繁、更具通識的精神獨立與自由的境地，是何、王的共同志趣，而《老子》又是正始玄學的最重要的理論武器，所以，當何晏見到王注出拔精奇，非自己見識所可比的時候，便主動收起了己注。於此可見何晏作爲一代玄學宗師的學術氣量。”

　　王輔嗣弱冠詣裴徽，《永嘉流人名》曰：“徽字文季，河東聞喜人，太常潛少弟也。仕至冀州刺史。”徽問曰：“夫無者，誠萬物之所資，聖人莫肯致言，而老子申之無已，何邪？”《弼別傳》曰：“弼父爲尚書郎，裴徽爲吏部郎，徽見異之，故問。”弼曰：“聖人體無，無又不可以訓，故言必及有；老莊未免於有，恒訓其所不足〔1〕。”

　　○“王輔嗣”至“無已何邪”

　　“王輔嗣”，徐子光曰：“《魏志》：王弼，山陽人。好論儒道，辭才逸辨。注《易》及《老子》，年二十餘卒。何邵爲其傳曰：‘弼父業爲尚書郎，時裴徽爲吏部郎，弼未冠，往造焉。徽一見異之，問曰：“夫無者，誠萬物之所資，然聖人莫肯致言，而老子申之無已者？”弼曰：“聖人體無，無又不可以訓，故不説也。老子是有者也，故常言無所不足。”何晏爲吏部尚書，甚奇弼，嘆曰：“仲尼稱後生可畏，若斯人者，可與言天人之際乎！”舊云神伏。’出《世説》，無載。”《蒙求集注》卷下“何晏神伏”條。

　　“弱冠詣裴徽”，王叔岷曰：“《魏志·鍾會傳》注引何劭《王弼傳》云：‘時裴徽爲吏部郎，弼未弱冠，往造焉。’與此言‘弱冠’異。”

　　“夫無者”五句，淇園曰：“曰‘有’曰‘無’，所謂同出而異名，恨王不及於此。”○田中頤曰：“言‘無’者‘有’之所原始，聖人不言，而老子申明之，其故何也。”○張萬起曰：“聖人，特指孔子。”

　　○“弼曰聖人”至“其所不足”

　　“聖人體無”數句，岡白駒曰：“‘言必及有’，若言，則必及有。”○桃井白

---

〔1〕“老莊未免於有”二句，秦士鉉曰：“‘恒訓其’《魏志》注作‘故恒言無’。按《魏志》，‘言無’下疑脱‘是其’二字。”劉盼遂曰：“按《三國志·王弼傳》注引何劭《王弼傳》云：‘老子是有者，故恒言無所不足。’較《世説》爲晰，此文‘其’字，當亦‘無’之訛也。”

鹿曰：“《魏志》注引《王弼傳》，弼曰：‘聖人體無，無又不可以訓，故不説也。老子是有者也，故恒言無所不足。’”○淇園曰：“無又不可以訓，即‘莫肯致言’之旨。”○田中頤曰：“言聖人其身全體‘無’，而‘無’無可訓，故言‘無’所出之‘有’，此其言‘有’而心‘無’也。老莊其身未免於‘有’，故訓其所不足之‘無’，此其言‘無’而心‘有’也。”○馮友蘭曰：“王弼的意思是説，在老子的思想中，尚有‘有’‘無’的對立。他從‘有’希望‘無’，所以常説‘無’。在孔子的思想中，‘有’‘無’的對立，已統一起來，孔子已與‘無’同體。從‘無’説‘有’，所以常説‘有’。用‘極高明而道中庸’的標準説，老子不‘道中庸’，正因其尚未‘極高明’；孔子已‘極高明’，所以他‘道中庸’。”《新原道》頁一〇五至一〇六。○牟宗三曰：“聖人體無而不説，老子在有而恒言，此亦‘知者不言，言者不知’、‘善易者不論易’之意也。是以‘聖人體無’即言聖人真能達到‘無’的境界。‘無’不只是一個‘智及’之空觀念，而且真能表現之於生命中，體而實有之（此體是身體力行之體）。老子是處在‘有’的境界，不能渾化掉，故不能達到‘無’的境界，因不能到，故恒言其所不足。用孔子之語表示，則老子只是‘智及’，而不能‘仁守’。”《玄理》頁一〇二。○王叔岷曰：“‘故言’以下，何劭《王弼傳》作：‘故不説也。老子是有者也，故恒言無所不足。’此文‘老壯’，當從彼文作‘老了’，徽僅問及老子也。彼文‘恒言’下‘無’字，當從此文作‘其’。無爲萬物之所資，故足；有則不足。老子是有，故恒言其所不足也。”

○注“弼別傳曰”

“弼父”，秦士鉉曰：“弼父業，業父凱，乃王粲族兄也。粲二子誅，其家書悉入業。”○程炎震曰：“《魏書·鍾會傳》注引何邵爲王弼傳曰：‘弼父業。’”○徐震堮曰：“《魏志》本傳注：‘父業，爲尚書郎。’”

【彙評】

劉辰翁曰：“看得又別。”蔣凡按曰：“道出了王弼以老莊視角闡釋聖人的微旨別趣。”

李贄曰：“王弼胡説。”

王世懋曰：“弼明老莊，此言似爲退一舍，恐非本色。”

凌濛初曰："皮膚語耳，未是妙理。"

陳澧曰："輔嗣談老莊，而以聖人加於老莊之上，然其所言'聖人體無'，則仍是老莊之學也。"《讀書記》卷一六。

湯用彤曰："弼言'聖人體無'，實陰相老莊，陽崇孔氏。表面上仍以儒家爲本位。"《論稿》頁三一。

孔繁曰："王弼這樣抬高孔子，把孔子説成玄學家，是爲了調和儒道，爲'名教出於自然'提供理論根據。玄學將道家的自然還原爲儒家的名教。從這個意義上説，它乃是老莊哲學的變種，實質上是將儒學玄學化。"《清談》。

盧盛江曰："談論老莊，討論有無，清談的内容徹底玄理化了。"《思想》頁三六。

龔斌曰："裴徽之問表明，王弼之前，玄學家雖已普遍認爲萬物以'無'爲本，然尚不能會通儒道二家。"

9

傅嘏善言虛勝，《魏志》曰："嘏字蘭碩[1]，北地泥陽人，傅介子之後也。累遷河南尹、尚書。嘏嘗論才性同異，鍾會集而論之。"《傅子》曰："嘏既達治好正，而有清理識要，如論才性[2]，原本精微，鮮能及之。司隸鍾會年甚少[3]，嘏以明知交會[4]。"荀粲談尚玄遠。《粲別傳》曰："粲字奉倩，潁川潁陰人，太尉彧少子也[5]。粲諸兄儒術論議各知名。粲能言玄遠，常以子貢稱'夫子之言性與天道，不可得而聞也'，然則六籍雖存，固聖人之糠秕。能言者不能屈。"每至共語，有爭而不相喻。裴冀州釋二家之義，通彼我之懷，常使兩情皆得，彼此俱暢。《粲

---

[1] "蘭碩"，楊勇曰："'碩'，《魏志·傅嘏傳》作'石'。"王叔岷曰："'碩''石'古通。《莊子·外物篇》：'嬰兒生無石師而能言。'唐寫本'石'作'碩'，即其比。"

[2] "如論才性"，徐震堮曰："'如'，《魏志》本傳作'好'。"楊勇曰："宋本作'如'，非。"

[3] "司隸"，楊勇曰："'司隸'下《魏志·傅嘏傳》注有'校尉'二字。"

[4] "明知"，董刻本"明"作"朋"。王叔岷曰："《魏志·傅嘏傳》注引《傅子》作'明智'，'朋'乃'明'之誤。"

[5] "太尉彧"，董刻本"彧"作"或"。楊勇曰："宋本作'或'，非。"

別傳》曰："粲太和初到京邑，與傅嘏談，嘏善名理〔1〕，而粲尚玄遠，宗致雖同，倉卒時或格而不相得意。裴徽通彼我之懷，爲二家釋〔2〕。頃之，粲與嘏善。"《管輅傳》曰："裴使君有高才逸度，善言玄妙也。"

○"傅嘏善言"至"尚玄遠"

"傅嘏善言虛勝"，岡白駒曰："虛勝，虛無勝理也。"○湯用彤曰："虛勝者，謂不關具體事實，而注重抽象原理。注故稱其所談，原本精微也。至若玄遠，乃爲老莊之學，更不近於政事實際，則正始以後，談者主要之學問也。"《論稿》頁一三。○張永言曰："謂道家玄虛、虛無理論之美妙境界。"《辭典》頁五一一。○龔斌曰："無實像謂虛。'虛勝'是當時常用語。《品藻》四八注引《劉惔別傳》'談詠虛勝'，孫盛《老聃非大賢論》'談者或以爲不達虛勝'，《金樓子》四'逸少直虛勝耳'。"

"荀粲談尚玄遠"，秦士鉉曰："玄遠，玄妙遠致也。"○劉師培曰："與嘏同時善言名理者，爲荀粲。裴松之《三國志·荀彧傳》注引何邵《荀粲傳》曰：'粲字奉倩，諸兄並以儒術論議，而粲獨好言道，常以爲子貢稱"夫子之言性與天道，不可得聞"，然則六籍雖存，固聖人之糠秕。粲兄俣難曰："《易》亦云：聖人立象以盡意，繫辭焉以盡言。則微言胡爲不可得而聞見哉？"粲答曰："蓋理之微者，非物象之所舉也。今稱立象以盡意，此非通於意外者也。繫辭焉以盡言，此非言乎繫表者也。斯則象外之意，繫表之言，固蘊而不出矣。"當時能言者莫能屈。粲與嘏善，夏侯玄亦親，常謂嘏、玄曰："子等在世途間，功名自勝我，但識劣我耳。"嘏難曰："能盛功名者，識也。天下孰有本不足而末有餘者耶？"粲曰："功名者，志局之所奬也；然則志局自一物耳，固非識之所獨濟也。"'此荀粲善言名理之證。"《文學史》頁三六。○湯用彤曰："荀粲善談名理，據《世說》注，似其所善談者才性之理也，此皆'名理'一辭之舊義。"《論稿》頁一四。○牟宗三曰："傅嘏'善名理'，荀粲'尚玄遠'，此言'名理'與'玄遠'不同。'名理'蓋猶是《人物志》之系統，以論才性爲主，尚有局限；而'玄遠'則直造象外繫表之微，此可稱爲玄理。自學問言之，才性名理尚是初級

─────────────

〔1〕　"嘏善"，董刻本無"嘏"字。
〔2〕　"爲二家釋"，天保手批曰："《魏志》注載此注'釋'作'騎驛'二字。"徐震堮《札記》曰："《魏志·荀彧傳》注引作'爲二家騎驛'。"案徐氏《校箋》曰："騎驛者，傳遞之意。"

467

的，而玄遠之理則是高級的。（依據史志，談‘名理’者爲名家，談‘玄遠’者爲玄學，不稱‘名理’。依此，傅嘏、鍾會、李豐、王廣等，俱屬名家之名理系統。若推廣言之，俱稱‘名理’，則別以才性與玄學。）自人格言之，談‘名理’者大抵不屬名士，唯到談‘玄遠’，始徹底解放，始真爲名士。”《玄理》頁六四。○何啓民曰：“粲之獨好言‘道’，此‘道’不必是老莊道家之‘道’，如解釋它爲‘性與天道’之‘道’，也許更近於事實些。而‘性與天道’，即人生和宇宙的問題，也就是討論天人之際的大學問。荀粲的那一套‘道’，既然是超出當時人的知識、常識之外，自然可説是‘尚玄遠’。與講‘才性同’的傅嘏，其有‘格而不相得意’之處，也是不難想見的。”《談風》頁七一至七二。

○“每至共語”至“彼此俱暢”

“爭而不相喻”，大典顯常曰：“‘虛勝’與‘玄遠’不太相遠，可疑。”○淇園曰：“老莊之旨尚玄尚虛，但虛靜則有意爲虛而與玄相反，玄遠則其中自有所含物而與虛相反，是其所以有爭。”○田中頤曰：“傅言虛無之勝理，荀談玄妙之遠致。雖夫‘虛’‘玄’並皆道家所尚，而‘虛’不著物，是全無也；‘玄’猶含物，是未全無矣。故‘虛’‘玄’若相反者，所以有爭也。”○秦士鉉曰：“《荀粲傳》云‘宗致雖同’，據此則是不太相遠者也。或虛不著物，是全無也，玄猶含物，是未全無也。”○朱鑄禹曰：“虛勝玄遠之談，始於魏晉，至梁不絕。後梁時，王僧虔《誡子書》云：‘設令袁令命汝言《易》，謝中書挑汝言《莊》，張吳興叩汝言《老》。又才性四本，有無哀樂，皆言家口實也。’北齊顏之推《家訓》‘《老》《莊》《周易》時謂之玄’云。玄與虛同爲清譚，而實兩派。大抵虛勝似禪宗臨濟派，玄遠似曹洞宗。”

“裴冀州釋二家之義”，博古堂朱批曰：“裴徽爲兩家騎驛。”○張萬起曰：“徽曾作冀州刺史。”

“彼我之懷”，楊勇曰：“‘彼我’即‘彼此’。”

“彼此俱暢”，田中頤曰：“曰太虛，曰太玄，本無二物，蓋天體虛，天色玄，自內視之虛，自外視之玄，畢竟歸一，是亦所以可使‘彼此俱暢’也。”

○注“粲別傳曰”

《粲別傳》，葉德輝曰：“《荀粲別傳》，（《隋志》不著録。）《北堂書鈔·藝文部六》引用，作何劭撰。”《書目》。○劉師培曰：“裴松之《三國志·荀彧傳》

468

注引何邵《荀粲傳》云云。《世説》注摘引此文，稱《荀粲别傳》，知《别傳》即邵所撰《粲傳》也。"《文學史》頁三六。

"粲諸兄"，岡白駒曰："奉倩之兄四人。"

"聖人之糠秕"，岡白駒曰："性與天道既不可得而聞，則其餘之載乎六籍者，皆非理之至者矣，是糠秕也。"

○注"粲别傳曰"至"善言玄妙也"

"嘏善名理"，秦士鉉曰："名理，即理義也。"○何啓民曰："選舉上之名實關係，在當時，很多人即了解爲才性關係。盧毓所云‘常士畏教慕善，然後有名’，便足以説明取有名即是舉性行。而由這討論中，可見得才性問題還是個懸而不決的問題，也是個最流行的談論課題，傅嘏所立‘才性同’，可能由於内容之精闢，遂爲世之‘名理’。"《談風》頁七○。按"名理"義參見《言語篇》"諸名士共至洛水戲"條。

《管輅傳》，葉德輝曰："《隋志》三卷，云管辰撰。"《書目》。

"裴使君有高才逸度"二句，余嘉錫曰："此《魏志·管輅傳》注裴松之語也。古人引書往往以注爲原文。"

"善言玄妙"，劉師培曰："《世説·文學篇》小曰‘王輔嗣弱冠詣裴徽’云云，此裴徽喜言名理之證。"《文學史》頁三六。

【彙評】

李贄曰："亦聰明，可與言也。"《初潭集》卷十三。

劉師培曰："徽、粲言理之文，今鮮可考，然清談之風，實基於此。蓋嘏、粲諸人，其辨理名理，均當明帝太和時，固較王、何爲尤早也。"《文學史》頁三六。

逯耀東曰："雖然《荀粲别傳》稱他‘好言道’，《世説新語·言語篇》又説他‘尚玄遠’，但卻不能肯定他是道家，更不能説他利用道家的思想與儒家抗衡，只能説他有消極儒家的傾向。因爲消極儒家的思想本身，本來就有幾分與道家相似之處，這是儒家思想藉道家思想爲橋梁過渡到魏晉玄學的原因。"《基礎》頁一一六。

10

何晏注《老子》未畢，見王弼自説注《老子》旨。何意多所短，不復得作聲，但應諾諾〔1〕。遂不復注，因作《道德論》。《文章敍録》曰：“自儒者論以老子非聖人，絶禮棄學，晏説與聖人同。著論行於世也。”

　　○“何晏注”至“作道德論”

　　“何意多所短”，崔朝慶曰：“言何之意義，皆王弼視爲不滿者也。”○徐震堮曰：“謂多所不如也。”

　　“但應諾諾”，田中頤曰：“何本欲語己説，而意知我多所短，彼多所長，因不復得作聲，但一一應諾聽之耳。”

　　“因作道德論”，田中頤曰：“欲以此出於其右也。”○姚振宗曰：“王弼《兩例》即《易老略例》，平叔《二論》即《道德論》也。”《考證》卷六。按“道德論”參見本篇“何平叔注老子始成”條。

　　◎凌濛初曰：“不足復出。”○許世瑛曰：“前説言平叔之注已成，後説則云其注《老子》未畢，與弼語後即輟作，看來似乎前説可信，因爲平叔縱才智不若輔嗣，也不致怯弱至此。”《魏晉風流與老莊思想》。○余嘉錫曰：“此與上文‘何平叔注老子’條，一事兩見。而一云‘始成’，一云‘未畢’，餘亦小異。蓋本出兩書，臨川不能定其是非，故並存之也。”

11

中朝時，有懷道之流，有詣王夷甫咨疑者〔2〕。值王昨已語多，小極，不復相酬答，乃謂客曰：“身今少惡，

---

〔1〕 “但應諾諾”，劉應登曰：“作‘但應之’。”余嘉錫曰：“‘諾諾’景宋本及沈校本俱作‘之’。”何焯校同。
〔2〕 “咨疑”，董刻本“咨”作“諮”。

裴逸民亦近在此，君可往問。"《晉諸公贊》曰："裴頠談理，與王夷甫不相推下。"

○ "中朝時"至"君可往問"

"中朝時"，恩田仲任曰："晉十二世十五帝，中朝四帝，都洛陽，五十四年；江左十一帝，都建康，一百二年。"○崔朝慶曰："東晉偏安於江左，故稱西晉時爲中朝時。"

"有懷道之流"二句，岡白駒曰："道，老莊之道也。當時謂之道學。曰'之流'，則非一人矣。"○淇園曰："蓋崇道家之言而常相論難，而其中一人來咨其疑也。"○恩田仲任曰："《後漢書》：'懷協道藝之士。'"

"小極"，岡白駒曰："小有厭倦也。"○平賀房父曰："極，疲也。晉時語。"○田中頤曰："此人不足相當，且以其疲，故厭卻之也。"○崔朝慶曰："《書·洪範》言六極，二曰疾。小極，小病也。"○王叔岷曰："案下言'身今少惡'，'小極'猶'少惡'，猶言少困也。《釋名·釋言語》：'惡，抏也，抏困物也。'"

"身今少惡"，田中頤曰："惡，即'極'。"○崔朝慶曰："晉人自稱，往往曰'身'。惡，疾病也。"○許世瑛曰："《世說》中有多處'身'了爲'我'字之代詞，亦即《爾雅·釋詁》所謂'身，我也'一義之實用。'身今少惡'即'我今少惡'也。"《釋"身"字》。○徐震堮曰："惡，謂體中不適也。"○周一良曰："'身'猶言'我'。"《批校》。按"身"義參見本篇"殷中軍爲庚公長史"條。

"往問"，田中頤曰："言此小問難，裴亦能辨之，幸近在此，可往問之，不必煩我也。"

【彙評】

蔣凡曰："往問裴頠，真是開了'懷道之流'的玩笑。裴頠崇'有'，與衍談《老》《莊》玄理而崇'無'針鋒相對，'咨疑者'懷尚'無'之玄理，果去請教裴頠，彼情彼景不問可知。"

471

裴成公作《崇有論》〔1〕，時人攻難之，莫能折。唯王夷甫來，如小屈。時人即以王理難，裴理還復申〔2〕。

《晉諸公贊》曰：“自魏太常夏侯玄、步兵校尉阮籍等，皆著《道德論》。于時侍中樂廣、吏部郎劉漢亦體道而言約〔3〕，尚書令王夷甫講理而才虛，散騎常侍戴奥以學道爲業，後進庾敳之徒皆希慕簡曠。頠疾世俗尚虛無之理，故著《崇有》二論以折之〔4〕。才博喻廣，學者不能究。後樂廣與頠清閒欲說理，而頠辭喻豐博，廣自以體虛無，笑而不復言。”《惠帝起居注》曰：“頠著二論，以規虛誕之弊。文詞精富，爲世名論〔5〕。”

○“裴成公”至“理還復申”

“裴成公作崇有論”，田中頤曰：“異乎時好之‘崇無’。”○余嘉錫曰：“成公，裴頠諡也。其論全載《晉書》本傳。”

“時人攻難之”，秦士鉉曰：“時人崇無，故異其論。”○徐震堮曰：“案《晉書》本傳：‘王衍之徒，攻難交至，並莫能屈。’《礼記》。

“如小屈”，李詳曰：“如，似也。爲句中助詞。《漢書·袁盎傳》：‘丞相如有驕主色。’顔師古注：‘如，似也。’”○王叔岷曰：“‘如’猶‘則’也。後

---

〔1〕 “崇有論”，程炎震曰：“《三國志·魏書·裴潛傳》注云：‘頠理具淵博，贍於論難，著《崇有》《貴無》二論，以矯虛誕之弊，文辭精富，爲世名論。’則此文亦當有‘貴無’二字，注同。”

〔2〕 “裴理還復申”，桃井白鹿曰：“‘裴’字屬上句讀，非。”

〔3〕 “劉漢”，程炎震曰：“‘劉漢’當作‘劉漠’。”徐震堮曰：“‘漢’乃‘漠’形近之訛。”楊勇曰：“宋本作‘劉漢’，非。本書《賞譽篇》注引《晉後略》‘漢少以清識爲名’云云。《晉書·劉惔傳》：‘宏弟漢字沖嘏。’以字沖嘏詳之，‘漢’又當作‘漠’是。”

〔4〕 “著崇有二論”，桃井白鹿曰：“《魏志》注引陸機《惠帝起居注》曰：‘裴頠著《崇有》《貴無》二論。’”恩田仲任曰：“此誤脫‘貴無’二字。”余嘉錫曰：“裴頠《貴無論》即附《崇有論》後。此引無‘貴無’二字，蓋宋人不考《晉書》，以爲頠既‘崇有’不應復‘貴無’，遂妄行刪去。不知《崇有》祇一篇，安得謂之‘二論’乎？”王利器曰：“《三國·魏志·裴潛傳》注引陸機《惠帝起居注》曰：‘頠理具淵博，贍於論難，著《崇有》《貴無》二論，以矯虛誕之弊。’這裏‘崇有’下當有‘貴無’二字。”徐震堮曰：“《崇有論》載《晉書》本傳。‘崇有’下當脫‘貴無’二字。”楊勇曰：“‘崇有’下當有‘貴無’二字。又‘崇有’《讀書記疑》七作‘賤有’，恐非是。”

〔5〕 “名論”，董刻本“論”作“譣”。王利器曰：“蔣校本、沈校本‘譣’作‘檢’，餘本作‘論’。案《三國志·魏志·裴潛傳》注引陸機《惠帝起居注》作‘論’。”

'劉真長與殷淵源談'一則：'劉理如小屈。'亦同例。"

"裴理還復申"，劉淇曰："還，《廣韻》：'復也。'"《辨略》卷一。○大典顯常曰："理難，難，'難當'之'難'，謂理之至也。言王之理難，裴若宜屈，然而終復得伸也。褒裴理之長也。"又曰："言他人若以夷甫所言之理難裴，則不能屈裴也。"《撮補》。○平賀房父曰："時人用王難之理攻裴，則裴又縱橫闢之，其理還復申，終不能屈之也。"○田中頤曰："時人以爲王'無'之理能難之，則裴'有'之理由此還復申明也。"

○注"晉諸公贊曰"

"清閒欲說理"，徐震堮曰："'清閒'，《晉書·裴頠傳》作'清言'。案《南史·齊始安王遙光傳》：'每與明帝久清閒。''清閒'二字常見，當是爾時常語。"○吳金華曰："'清閒'不同於'清言'，兩者不宜相混。本文的'清閒'是動詞，指秘密談話。它的前身是名詞'閒'，'閒'有時寫作'間'，均指空閒時間，引申之，則指獨處之時。"《考釋》頁六三至六四。

【彙評】

楊慎曰："晉世人皆尚虛無，而裴頠作《崇有論》；皆尚莊學，而王坦之作《廢莊論》；可謂卓然自立，不隨俗尚矣。然夷考其所爲，成公之欲而無厭，自取尹戚，徒能言之耳。坦之風格忠鯁，始終不易，殆不愧其言云。"《丹鉛餘錄》卷十四。

余嘉錫曰："《群書治要》三十引《晉書》曰：'頠深患時俗放蕩，不尊儒術，魏末以來，轉更增甚。何晏、阮籍素有高名於世，口談浮虛，不遵禮法，尸祿耽寵，仕不事事。至王衍之徒，聲譽太甚，位高勢重，不以物務自嬰，遂相放效，風教陵遲。頠著《崇有》之論，以釋其藪。世雖知其言之益治，而莫能革也。朝廷之士，皆以遺事爲高，四海尚寧，而有識者知其將亂矣。而夷狄遂淪中州者，其禮久亡故也。'案《治要》所引者，臧榮緒書也。其言痛切有識，足爲成公張目。"

13

諸葛厷年少不肯學問[1]。始與王夷甫談，便已超
詣。王歎曰："卿天才卓出[2]，若復小加研尋，一無所
愧。"厷後看《莊》《老》，更與王語，便足相抗衡。王隱
《晉書》曰："厷字茂遠，琅邪人，魏雍州刺史緒之子。有逸才，仕至司空
主簿。"

○ "諸葛厷" 至 "一無所愧"

"諸葛厷"，余嘉錫曰："《鍾會傳》注引荀綽《兗州記》，但言緒子沖，沖子
銓、玫，殊不及厷。蓋綽著書時厷尚未知名耳。"

"不肯學問"，田中頤曰："負才。" ○ 龔斌曰："厷以'得意忘言'看待
學問。"

"超詣"，田中頤曰："謂其才超凡深到也，此將及王。" ○ 崔朝慶曰："超
詣，言臻超妙之境也。"

"小加研尋"，恩田仲任曰："研，《説文》：'䃺也。'《正字通》曰：'窮究
也。'尋，探求也。" ○ 田中頤曰："言學問也。"

"一無所愧"，田中頤曰："才學備故。" ○ 崔朝慶曰："言毫無愧於當世名
流也。"

○ "厷後看莊" 至 "足相抗衡"

"莊老"，王叔岷曰："不言'老莊'，而置《莊》於《老》之上，蓋魏晉風
尚，好《莊》尤甚於好《老》也。前'何晏爲吏部尚書'一則，注引《王弼別

---

[1] "諸葛厷"，余嘉錫引《倭名類聚鈔》卷一狩谷望之注："依'茂遠'之義，作'宏'似是。"王利
器曰："據王隱《晉書》，則《世説》正文及注文'厷'字都當作'宏'，名'宏'字'茂遠'，義
正相應。若'厷'則是'肱'的本字，與'茂遠'的意思無關。本書《黜免門》'諸葛厷'，《倭
名類聚鈔》卷一引作'諸葛宏'，不誤。徐震堮曰："諸葛厷，《晉書》無傳。《倭名類聚鈔》卷
一作'諸葛宏'。"楊勇曰："宋本作'諸葛厷'，非。《倭名類聚鈔》一引《世説》作'諸葛宏'，
是。宏字茂遠，義亦相協。注同。"
[2] "天才"，劉應登曰："'天'字作'大'。"

傳》，稱弼‘十餘歲便好莊老’。後‘簡文稱許掾云’一則，注引《續晉陽秋》：‘正始中，王弼、何晏好莊老玄勝之談。’《賞譽篇》‘王太尉云’一則，注引《名士傳》曰：‘子玄有儁才，能言莊老。’又‘王平子邁世有儁才’一則，注引《衛玠別傳》，稱玠‘善通莊老’。嵇康《酒會詩》七首之四：‘猗與莊老，棲遲永年。’《文選》干寶《晉紀總論》：‘學者以莊老爲宗。’注引干寶《晉紀》：‘劉弘教曰：太康以來，天下共尚無爲，貴談莊老。’《總論》下文注又引王隱《晉書》：‘王衍不治經史，唯以莊老虛談惑衆。’《文心雕龍·明詩篇》：‘宋初文詠，體有因革，莊老告退，而山水方滋。’凡此皆置《莊》於《老》上，可證魏晉之風尚者也。”○孔繁曰：“西晉之後，由於向、郭《莊子注》的出現，莊學更爲時興，時人不稱‘老莊’而稱‘莊老’。”《清談》。

“便足相抗衡”，胡三省曰：“史炤曰：衡，車上橫木。抗衡，謂兩相抗拒，有若車衡相抗也。余謂衡所以揆平，首尾有所偏重則衡爲之低昂，商輕重者所必爭也。抗衡者，言無所低昂而平視之也。”《通鑒·唐紀五十》注。○田中頤曰：“謂匹敵也。兩‘便’字見其才卓出。”○崔朝慶曰：“抗，對也。衡，車輈上橫木。抗衡，言兩衡相對拒，不相避下也。”

14

衛玠總角時問樂令“夢”，樂云“是想”。衛曰：“形神所不接而夢，豈是想邪？”樂云：“因也。未嘗夢乘車入鼠穴，擣韲噉鐵杵[1]，皆無想無因故也。”《周禮》有六夢：一曰正夢，謂無所感動，平安而夢也。二曰噩夢，謂驚愕而夢也。三曰思夢，謂覺時所思念也。四曰寤夢，謂覺時道之而夢也。五曰喜夢，謂喜說而夢也。六曰懼夢，謂恐懼而夢也。按樂所言“想”者，蓋思夢也。“因”者，蓋正夢也。衛思“因”，經日不得[2]，遂成病。樂聞，故命駕

〔1〕 “噉鐵杵”，劉應登曰：“‘噉’字作‘取’。”淇園曰：“‘噉’字‘取’誤。”
〔2〕 “衛思因經日不得”，徐震堮《札記》曰：“《晉書·樂廣傳》作‘玠思之經月不得’。案‘因’即上文‘因也’之‘因’，故《晉書》以‘之’代之。”楊勇曰：“‘月’宋本作‘日’。《晉書·樂廣傳》作‘月’，義較佳，今從之。”

爲剖析之。衛既小差[1]。樂歎曰："此兒胸中當必無膏肓之疾！"《春秋傳》曰："晉景公有疾，求醫於秦，秦伯使醫緩爲之。未至，公夢疾爲二豎子。曰：'彼，良醫也。懼傷我焉！'其一曰：'居肓之上，膏之下，若我何？'醫至，曰：'疾不可爲也！在肓之上，膏之下，攻之不可達，刺之不可及，藥不至焉。'公曰：'良醫也。'"注："肓，鬲也。心下爲膏。"

○ "衛玠總角" 至 "豈是想邪"

"總角時問樂令夢"，恩田仲任曰："角，頭髻也。束髮謂之總，以布爲之。"○田中頤曰："總角時，即與'兒'應。問樂令夢，此窮理之問。"○崔朝慶曰："男女未冠筓者之稱總角，謂總聚其髮而結束之也。以夢何由而至爲問也。"

"樂云是想"，田中頤曰："言今切有思而見之也。"

"形神所不接"二句，田中頤曰："言不思而或有夢，以疑其不想也。"○崔朝慶曰："言夢中所遇，有爲醒時形神所不接者，恐非是想也。"

○ "樂云因也" 至 "無因故也"

"樂云因也"，張末曰："古人有言：夢者想也，形神所不接而夢者因也。夫'因'者，'想'之變。其初皆有兆於予心，遷流失本，其遠也已甚，故謂之'因'，然其初皆'想'也。而世不能明其故，以所因者爲非想。"《柯山集》卷四十《楊克一圖書序》。○葉子奇曰："夢之大端二，想也，因也。想以目見，因以類感。諺云：'南人不夢駝，北人不夢象。'缺於所不見也。蓋寤則神舍於目，寐則神棲於心。蓋目之所見，則爲心之所想，所以形於夢也。因馬而念車，因車而念蓋，因類而感也。"《草木子》卷二下。○王肯堂曰："或曰：'樂令所剖析謂何？'曰：'按《華嚴經隨疏演義鈔》，夢有五種：一熱氣多見火，謂如人鑽火得火，復理火事，以煖相分多，煖想即生，故夢於火；二冷氣多見水，謂如人鑿井得水，復理水事，以冷相分多，冷想即生，故夢於水；三風氣多見飛墜，謂如人乘風登高，運轉初息，以動相分多，動想即生，故夢飛墜；四聞見多熟境，謂如人坐禪誦經，調練身心，以慣習分多，所習之想即生，故夢熟境；五天神與心靈

---

[1] "既小差"，董刻本"既"作"即"。葉德輝曰："袁本'既'作'即'。按《御覽·人事部》三十八引作'即'，此作'既'，非。"朱鑄禹曰："作'既'亦可通。"

476

所感，謂如人平昔向善，喜奉神天，以敬奉故，念想不忘，故夢天神。夫熱氣多以至天神，皆因也，而皆由想而生，豈當復分何夢爲想、何夢爲因耶？故唯識宗屬之意識，以夢中與覺寤定中爲三種獨頭，蓋一念不生，萬像安寄，則因亦想也。"《筆塵》卷一。〇平賀房父曰："因，因緣也。東坡《夢齋銘》曰：'人有牧羊而寢者，因羊而念馬，因馬而念車，因車而念蓋，遂夢曲蓋、鼓吹，身爲王公。夫牧羊之與王公亦遠矣，想之所因，豈足怪乎？'按蘇氏能發樂令剖析之意。然有想因全無者，不可一概而論也。"〇田中頤曰："言舊嘗有思，今乍發也。"〇惲敬曰："《周禮・占夢》三曰'思夢'，樂廣所言'想'也。一曰'正夢'，二曰'噩夢'，四曰'寤夢'，五曰'喜夢'，六曰'懼夢'，廣所言'因'也。後人以'因羊念馬，因馬念車'釋'因'，是亦'想'耳，豈足盡'因'之義也。心所喜怒，精氣從之，其因乎内者歟！"《大雲山房文稿》初集卷一《釋夢》。錢鍾書按曰："夫既'因乎内'，何以不得爲'想'？'思'亦'因乎内'，何以不得與'心所喜怒'並列爲'因'？進退失據，趣歸莫定。"〇崔朝慶曰："言因緣醒時事而成夢也。"〇錢鍾書曰："《列子》'想夢自消'句張注：'此"想"謂覺時有情慮之事，非如世間常語盡日想有此事，而後隨而夢也。'蓋心中之情欲憶念，概得曰'想'，則體中之感覺受觸，可名爲'因'。當世西方治心理者所謂'願望滿足'及'白晝遺留之心印'，想之屬也；所謂'睡眠時之五官刺激'，因之屬也。《世說》劉峻注'想''因'，即符合於'六夢'：'所謂"想"者，蓋思夢也，"因"者蓋正夢也。'不及'喜夢'、'懼夢'、'噩夢'、'寤夢'，蓋劉氏解'想'義甚隘，不如張湛明通，遂無可位置四夢。其以'正夢'爲'因'，則固知'因'之別於'想'，而尚未道所以然。"《管錐篇》頁四八八至四九〇。

"搗齏啖鐵杵"，桃井白鹿曰："《周禮・天官・醢人》注：'凡醯醬所和，細切爲齏。'一曰搗辛物爲之，辛物，薑蒜之類。言鐵杵搗齏而啖其鐵杵也，與'乘車入鼠穴'對。"〇大典顯常曰："《莊子・大宗師》'齏萬物而不爲義'注：'齏，粉也。'蓋菜肉或菹之，或搗爛之，俱謂之齏。"〇朱鑄禹曰："'啖鐵杵'謂搗齏以鐵杵，必不並鐵杵食之。"

"無想無因故也"，劉應登曰："謂無此事，即無此夢。世無鼠穴容車、齏堪鐵杵之事。"〇淇園曰："言然則夢之因'因'因'想'可知也。"

〇"衛思因"至"膏肓之疾"

"命駕爲剖析之"，田中頤曰："分解其所以爲想爲因也。"〇崔朝慶曰："言駕車而往，更爲剖析其理也。”

“小差”，胡三省曰：“差，病瘳也。”《通鑒·魏紀七》注。又曰：“差，本作瘥。疾稍愈謂之差。”《梁紀十六》注。○崔朝慶曰：“差，病除也。”

“無膏肓之疾”，劉應登曰：“言其有疑必求剖釋而後已，不留以成痼。”按凌瀛初本無“而後已”，“痼”作“疾”，《批補》作“病”。○岡白駒曰：“疑慮不釋，則爲痼；有疑必求剖釋，故當必無痼疾。”○大典顯常曰：“余謂此言衛玠但以理義置胸中，致如此，則必無世俗積痼之病患也。嘆其氣體與世俗迥別也。片孝秩謂此兒胸中洞徹，恐無二豎可匿之地，蓋思理成病，解理則差，其胸中洞徹可見。”○平賀房父曰：“此就思而成病、爲釋之而差爲此言，喻衛善曉事理，而無偏固之失。”○田中頤曰：“此喻衛善曉事理，而無膠固不治之弊失也。”○崔朝慶曰：“心下爲膏，肓，膈也。言其有疑必解決而後快，必不至使疾病深積於膏肓也。”

○注“周禮有六夢”

“六夢”，朱鑄禹曰：“六夢除正夢外，皆是因六識爲之。正夢根第八識。衛所叩甚深，故聞樂言而愈疑也。噩、喜、懼是一類，不得分爲三。”

【彙評】

李贄曰：“周公、樂令、蘇子，皆一偏之談，推測之見，青天白日，各自説夢，不足信也。無時不夢，無刻不夢，天以春夏秋冬夢，地以山川土石夢，人以六根、六塵、十二處、十八界夢。夢死夢生，夢苦夢樂，飛者夢於林，躍者夢於淵。夢固夢也，醒亦夢也。蓋無時不是夢矣，誰能知其因乎？雖至聖至神，於此無逃避夢中。若問其因，亦當縮首卷舌，不敢出聲矣。善哉，衛玠形神所不接之問也，使得遭遇達摩諸祖，豈不超然夢覺之關，而何止差疾已也！惜哉，好學而無其師，真令人恨恨！”《續焚書》卷三《衛玠問夢》。

袁中道曰：“口角俊極。”評“未嘗夢乘車”三句。《舌華錄》卷一。

狄期進曰：“覺而後知其夢也，且有大覺而後知此其大夢也。”

田中頤曰：“好窮物理。”

許世瑛曰：“樂令之以善於清言見稱的確名副其實，無怪王夷甫有‘與人語甚簡至，及見廣便覺己之煩’（《晉書》卷四十三《樂廣傳》）之歎了。而叔寶從小就好用腦子，思而不得竟致成疾，爲學而犧牲的精神實在值得後人景仰摹倣的啊。"《衞玠與王濛》。

15

　　庾子嵩讀《莊子》，開卷一尺許便放去，曰："了不異人意。"《晉陽秋》曰："庾敳字子嵩，潁川人[1]，侍中峻第三子。恢廓有度量，自謂是老莊之徒。曰：'昔未讀此書，意嘗謂至理如此。今見之，正與人意暗同。'仕至豫州長史。"

○"庾子嵩"至"不異人意"

"開卷一尺許"，恩田仲任曰："程大昌《演繁露》曰：'古書皆卷，至唐始爲葉子，今書冊也。'"○田中頤曰："其讀甚少。"

"便放去"，田中頤曰："既已自得，示不復讀。"

"了不異人意"，劉淇曰："了，絶也，殊也。"《辨略》卷三。○大典顯常曰："'人'訓'我'。"《集成》。○田中頤曰："言其書解了正同乎己所思之意。此蓋庾嘗任性逍遙自得，而讀《莊子》亦唯不過此耳，故云爾。"○鄭學弢曰："意謂了不異己意也。本篇記孫安國與殷中軍共論，孫曰：'人當穿卿頰。'又《言語》謝太傅問諸子姪：'子弟亦何預人事。''人'字均指己。此《世說》存當時口語之一例。"《札記》。

○注"晉陽秋曰"

"庾敳字子嵩"，姚振宗曰："案敳有數音，以其字子嵩言之，則'敳'音當讀如'嵬'。"《考證》卷三十九。○王叔岷曰："《陶淵明集·聖賢群輔録》下，列晉中朝八達，中有'潁川庾敳字子嵩'。"

"仕至豫州長史"，程炎震曰："今《晉書·庾敳傳》不言'仕至豫州長史'，

---

[1]　"潁川"，董刻本"川"作"州"。王利器曰："各本'州'作'川'，是。"楊勇曰："宋本作'潁州'，非。"

479

而云'豫州牧長史河南郭象'云云，蓋有脱文。"〇余嘉錫曰："今《晉書·敳傳》敍其仕履，祇云'遷吏部郎，參東海王越太傅軍諮祭酒'，而其下乃有'豫州牧長史河南郭象善老莊'云云，似以豫州長史屬之郭象。然本篇注引《文士傳》及今《晉書·郭象傳》，均云象辟司空掾，太傅主簿，不言爲此官。則仕至豫州長史者，自是庾敳。《晉書》有脱誤耳。"

【彙評】

劉辰翁曰："自是讀《莊子》法。"

王世貞曰："此本無所曉而漫爲大言者，使曉人得之，便當沈湎濡首。"《藝苑卮言》卷三。

王思任曰："此或有矯時尚之意。"

蔣凡曰："王僧虔《誡子書》：'汝開《老子》卷頭五尺許，未知輔嗣何所道，平叔何所説，馬鄭何所異，《指》《例》何所明，而便盛於麈尾，自呼談士，此最險事。'庾敳此風度，就頗類後來王僧虔所誡之者。"

龔斌曰："讀書觀其大略，以至清言舉其旨要，亦成一時風氣。究其源，乃'得意忘言'原則之應用。"

16

　　客問樂令"旨不至"者〔1〕，樂亦不復剖析文句，直以麈尾柄确几曰〔2〕："至不？"客曰："至！"樂因又舉麈尾曰："若至者，那得去？"夫藏舟潛往，交臂恒謝，一息不留，忽焉生滅。故飛鳥之影，莫見其移；馳車之輪，曾不掩地。是以去不去矣，庸有至乎？至不至矣，庸有去乎？然則前至不異後至，至名所以生；前去不異後去，

―――――――――――

〔1〕 "客問樂令旨不至"，元刻本"客"作"或"。秦士鉉曰："'旨'當作'指'。"天保手批曰："'旨'字《莊子》今本作'指'。"徐震堮《札記》曰："《莊子·天下篇》作'指不至'。"
〔2〕 "确几"，桃井白鹿曰："'确'一作'擱'，又作'確'。"楊勇曰："《御覽》七〇三作'敲'。"徐震堮曰："《書鈔》一三四引《郭子》：'以麈尾確牀。''確'乃'確'之俗字，與'确'同爲'榷'之借字。"

去名所以立。今天下無去矣，而去者非假哉？既爲假矣，而至者豈實哉？於是客乃悟服。樂辭約而旨達，皆此類。

○"客問樂令"至"皆此類"

"旨不至"，謝肇淛曰："《莊子》曰：'有指不至，有日不見。'《世説》客有問樂令此語者。樂不復解，但以塵尾柄閣几上云云。柄至几上，可謂至矣，而復可提而去之，則未爲至也。蓋有指則有形，有形則可以至，亦可以去。惟無形之至，莫能去之，方爲至耳。今《世説》本作'樂令旨不至者'，遂令人讀之，茫不可解。"《文海披沙》卷一。○大典顯常曰："《莊子》有'指不至者目不見'。謝肇淛《文海披沙》中以斯語解之，改'旨'爲'指'，言有形者可至，至者亦可去，豈得爲真至者哉？注則以'至''去'拈弄成論，其詞尤妙。似是肇師等論，孝標能至是哉！"○馮友蘭曰："'旨不至'就是《莊子・天下》篇所説的'指不至'，是公孫龍一派的辯者之言。"《新原道》頁一〇四。○余嘉錫曰："《公孫龍子》有《指物論》，謂物莫非指，而指非指。《莊子・天下篇》載惠施之説曰：'指不至，至不絶。'此客蓋舉《莊子》以問樂令也。"○趙西陸曰："據此注，則晉人所見本當作'旨不至，去不絶。'《列子・仲尼篇》：'有指不至，有物不盡。'（引劉文典《莊子補正》。）"

"确几"，胡文英曰："确，小擊也。今吳諺謂擊曰'确'。"《吳下方言考》卷十。○桃井白鹿曰："堅物相觸聲。"○王叔岷曰："确，借爲'觸'。"○徐震堮曰："《説文》：'推，敲擊也。'疑借'确'爲'推'。"○鄭學弢曰："'确'，堅物相觸聲，用作動詞。《豪爽》'王大將軍年少時'條劉注：'敦以扇柄确几。'（見汪藻《考異》。今本'确'作'撞'。）《御覽》卷七四三引《世説》此條作'以塵尾柄敲几'。'撞'與'敲'皆不及'确'字傳神。"《礼記》。

"若至者那得去"，岡白駒曰："今若至者，昔那得去。云今至則昔必有去矣。至至，不至不去。"○田中頤曰："言以此爲至，又那得去，即亦不至者至之義。"○馮友蘭曰："以塵柄确几上，普通以爲塵尾至几。但其至若是真至，則至者不能去。今至者能去，則至非真至。此就'至'之名析'至'之理，就'至'之理批評某一'至'之事實。此即所謂辨名析理。"《新原道》頁一〇四。

◎劉盼遂曰："孝標注語極其玄遠，然未得樂令之旨。盼遂往作《莊子・天下

481

篇校釋》，於'旨不至至不絕'條，自謂頗得樂令之指，茲迻寫於次。盼遂按：'至不絕'三字，爲'至'之注腳，疑係後人沾附，故此條與'山出日''目不見''火不熱'諸條文法不能一律，抑或莊子以'至'之含義艱深，自注此三字以惠來學，亦未可知也。'指不至'與下條'鑿不圍枘'同一用意。夫鑿之與枘合爲一形，然鑿枘異圍，必存餘間，餘間既存，未可云圍，以見兩物之各存本性，從難滿而爲一。'指不至'者，亦猶此矣。指之取物，恒見其與物接，莫不謂之爲至。實則至者，天然一物，堅莫能破，如今世科學所謂化合然矣。淄澠之和，俞兒能辨，膠漆之堅，蟹黐可消，尚非至也。指至則不能絕，能絕既已非至。謂'指不至'，正由其能絕之故矣。當中朝時，客有問樂令指不至者，樂亦不復剖析文句，直以麈尾柄确几，曰：'至不?'客曰：'至。'樂因又舉去麈尾曰：'若至者，那得去?'於是客乃悟服。烏乎！若樂令者，誠足聆公孫子之玄諦矣。而自來無稱引之者，或乃引公孫龍子旨物之說以塗附，亦云怪矣。"○范壽康曰："麈尾先'至'而後'去'，既可'去'，則先前所謂'至'並非絕對的'至'，所以他說'若至者那得去'？普通所謂'至'與'去'係相對的，有'至'方有'去'，有'去'方有'至'，但其實這種所謂'至'並不能算做真'至'，毋寧可以說是'不至'，因爲果是真'至'，就決沒有再可以'去'的道理。這當然是根據老莊把一切現象看作是相對的那種說法的。（'旨不至'如即爲《莊子·天下篇》中的'指不至'，則樂廣的解釋似嫌過簡，因爲他只說明了'不至'，而不曾把'指'加以說明的緣故。）《文學篇》注用動靜之理來加說明，則又係另一解釋。"《魏晉的清談》。

○注"夫藏舟潛往"

"藏舟潛往"二句，桃井白鹿曰："藏舟潛往，《莊子·大宗師》：'夫藏舟於壑，藏山於澤，謂之固矣。然而夜半有力者負之而走，昧者不知也。'郭象注曰：'夫無力之力，莫大於變化者也。故乃揭天地以趨新，負山嶽以舍故。故不暫停，忽已涉新，則天地萬物無時而不移也。世皆新矣，而日以爲故。舟日易矣，而視之若舊；山日更矣，而視之若前。今交一臂而失之，皆在冥中去矣。故向者之我，非復今我也。我與今俱往，豈常守故哉？而世莫之覺，遂謂今之所遇可係而在，豈不昧哉！'交臂恒謝，《莊子·田子方》：'吾終身與女交一臂而失之，可不哀與?'"○大典顯常曰："'藏舟潛往'言化工之暗移，'交臂恒謝'言人生之不住。"

"飛鳥之影"二句，桃井白鹿曰："《列子·仲尼篇》：'有影不移。'林注：'此惠子所謂"飛鳥之景，未嘗動也"。一物有一影，才動，則後之影非前之影矣，由後影而來前之影，則未移之先是也。’成玄英：‘過去已滅，未來未至。過、未之外，更無飛時，唯鳥與影嶷然不動。’”

“馳車之輪”二句，桃井白鹿曰：“《莊子·天下》‘輪不蹍地’疏：‘車之運動，輪轉不停，前跡已過，後塗未至。除卻前後，更無蹍時。’”○平賀房父曰：“俱謂物之無常也。”

◎馮友蘭曰：“此注不知是劉孝標自己的話或是引他人的話。‘飛鳥之影，未嘗動也’，‘輪不蹍地’，亦是《莊子·天下》篇所述辯者之言。此段的大意是説：事物時時刻刻在變，一息就是一個生滅。此一息間的飛鳥之影，並不是上一息間的飛鳥之影。上一息的飛鳥之影，於上一息間已滅。此一息間的飛鳥之影，於此一息間新生。聯合觀之，則見其動。分別觀之，則不見其移。輪不蹍地，理亦如是。所謂去者，是許多一息間的去，所謂前去後去，聯合起來底。所謂至者，亦是許多一息間的至，所謂前至後至，聯合起來底。因爲前至與後至相似，所以似乎是一至，所以至之名可以立。也正因爲前去與後去只是相似，所謂一去，亦只是似乎一去，所以去之名不可以立。專就一息間的生滅説，實是無去。既無去亦無至。”《新原道》頁一○四。

【彙評】

劉辰翁：“此時諸道人乃未知此。此我輩禪也，在達摩前。”

王世懋：“此皆禪機轉語。”○曰：“注名理甚精。”

王肯堂曰：“‘至’‘去’初無定名，本體元自不動，故云觀方知彼去，去者不至，方客之所以悟服也。《法華經》偈曰：‘是法住法位，世間相常住。’《藏疏》之‘不變’、《肇論》之‘不遷’，皆謂是耳。樂令直以塵尾剖析文句，而劉辰翁、王敬美不解，以爲禪機。陋矣乎！”《筆麈》卷一。

余嘉錫曰：“樂令未聞佛學，又晉時禪學未興，然此與禪家機鋒，抑何神似？蓋老佛同源，其頓悟固有相類者也。”龔斌按曰：“禪宗重悟，玄理則以得意忘言之法直探理源，是亦以妙悟爲上，故與禪機相通也。”

鍾泰曰：“此自是樂之玄談，與‘指不至’原意全不相涉。”《莊子發微》卷五。

賀昌群曰：“大凡説究竟義，沉默勝於雄辯，否定之力大於肯定，要在不可黏滯而落言筌。《世説新語·文學篇》‘客問樂令’云云，此極類後世禪家公案。‘前“至”不異後“至”，“至”名所以生；前“去”不異後“去”，“去”名所以立。今既無"去"矣，而"去"者豈非假哉？既爲假矣，而"至"者豈實哉？'此例兼沉默與否定，並'至'與'去'而雙遣之，而'不至'之旨顯矣。"《初論》頁五八至五九。

錢鍾書曰："余曩讀《世說新語·文學篇》云：'客問樂令旨不至者'云云。又云：'殷荆州與遠公論《易》，遠公笑而不答。'又云：'支道林造《即色論》，示王坦之，坦之都無言。支曰：默而識之乎。王曰：既無文殊，誰能見賞。'竊怪舉塵無言，機鋒應接，乃唐以後禪宗伎倆，是時達摩尚未東來，何得有是。後見宋劉辰翁批本《世說》，評樂令舉塵條云：'此時諸道人卻未知此。此我輩禪也，在達摩前。'參觀《文海披沙》卷一論'旨'自當作'指'，《鬱岡齋筆塵》卷一駁禪機之說。歎爲妙解。未有禪宗，已有禪機，道人如支郎，即不能當下承當，而有待於擬議。"《談藝錄》頁二〇二。

孔繁曰："樂廣關於'旨不至'答客問，即是發揮莊子相對主義思想。樂以塵尾柄敲桌子表示'至'，旋又將塵尾拿開否認'至'。這是表示'至'或'不至'都是相對的，不確定的，是以事物在變化過程中的不穩定性，否定事物的確定性。"《清談》。

龔斌曰："惠施所說'日方中方睨，物方生方死'、'輪不蹍地，目不見'、'飛鳥之影未嘗動也'之類，與'指不至，至不絕'一樣，皆旨在說明運動及靜止之關係，即運動之連續性與間斷性。樂廣以塵尾柄抵几，又舉塵尾，正以具象解釋'指不至，至不絕'之關係，與《莊子》原意相符。"

17

初，注《莊子》者數十家，莫能究其旨要。向秀於舊注外爲解義，妙析奇致，大暢玄風。《秀別傳》曰："秀與嵇康、呂安爲友，趣舍不同。嵇康傲世不羈，安放逸邁俗，而秀雅好讀書。二子頗以此嗤之。後秀將注《莊子》，先以告康、安，康、安咸曰：'此書詎復須注[1]？

---

[1] "此書"，董刻本無"此"字。余嘉錫曰："景宋本及沈本俱無'此'字。案書不須注，亦與禪宗意思相類，其實即莊生忘筌之旨，不當有'此'字。"王利器曰："蔣校本、沈校本同，餘本'書'上有'此'字，是。"楊勇曰："各本及《晉書·向秀傳》有'此'字，是。"

徒棄人作樂事耳〔1〕！'及成，以示二子。康曰：'爾故復勝不〔2〕？'安乃驚曰〔3〕：'莊周不死矣！'後注《周易》，大義可觀，而與漢世諸儒互有彼此，未若《隱莊》之絶倫也。"秀本傳或言，秀遊託數賢，蕭屑卒歲，都無注述，唯好《莊子》，聊應崔譔所注〔4〕，以備遺忘云。《竹林七賢論》云："秀爲此義，讀之者無不超然，若已出塵埃而窺絶冥，始了視聽之表。有神德玄哲，能遺天下，外萬物。雖復使動競之人顧觀所徇，皆悵然自有振拔之情矣。"唯《秋水》《至樂》二篇未竟而秀卒。秀子幼，義遂零落，然猶有別本。郭象者，爲人薄行，有儁才。《文士傳》曰："象字子玄，河南人〔5〕。少有才理，慕道好學，託志老莊。時人咸以爲王弼之亞。辟司空掾〔6〕、太傅主簿〔7〕。"見秀義不傳於世，遂竊以爲己注。乃自注《秋水》《至樂》二篇，又易《馬蹄》一篇，其餘眾篇或定點文句而已〔8〕。《文士傳》曰："象作《莊子注》，最有清辭道旨。"後秀義別本出，故今有向、郭二《莊》，其義一也。

○ "初注莊子" 至 "猶有別本"

"莫能究其旨要"，田中頤曰："與'解義'以下反映。"
"大暢玄風"，崔朝慶曰："言暢達《莊子》玄妙之風旨也。"
"義遂零落"，田中頤曰："與'大暢'反映。"

---

〔1〕 "棄人"，大典顯常曰："本傳'棄'作'妨'。"
〔2〕 "康曰爾故復勝不"，天保手批曰："'不'一〔作〕'邪'。"牟宗三《才性與玄理》曰："此爲秀問語，'康'當屬下。"頁一四七。
〔3〕 "安乃驚曰"，楊勇曰："當作'康、安乃驚曰'。"
〔4〕 "聊應"，董刻本"應"作"隱"，何焯校同。程炎震曰："別一宋本'應'作'隱'。"王利器曰："蔣校本同，餘本'隱'作'應'。"
〔5〕 "河南"，何焯校"南"作"內"。趙西陸："《晉書・庾敳傳》、《書鈔》六十九引臧榮緒《晉書》並云'河南郭象'。《釋文敍録》作'河內人'。"
〔6〕 "司空掾"，徐震堮曰："《晉書・郭象傳》作'司徒掾'。"
〔7〕 "太傅主簿"，余嘉錫曰："景宋本及沈本俱作'太學博士'。"何焯校同。朱鑄禹曰："《晉書》本傳亦作'太傅主簿'。"楊勇曰："宋本作'太學博士'，非。"
〔8〕 "定點"，何焯校作"點定"。徐震堮《札記》曰："《晉書・郭象傳》作'點定'。"王利器曰："蔣校本'定點'乙作'點定'。"楊勇曰："《晉書・郭象傳》及本篇六七均作'點定'。蔣校本同。"

"猶有別本"，崔朝慶曰："言解《莊子》義之稿猶有別本也。"

○"郭象者"至"其義一也"

"竊以爲己注"，田中頤曰："與'薄行'應。"

"定點文句"，田中頤曰："與'儁才'應。"○恩田仲任曰："《爾雅》曰：'滅謂之點。'注曰：'以筆滅字曰點。'"○余嘉錫曰："《四庫總目》一百四十六《莊子提要》嘗就《列子》張湛注、陸氏《釋文》所引秀義，以校郭注。有向有郭無者，有絶不相同者，有互相出入者，有郭與向全同者，有郭增減字句大同小異者。知郭點定文句，殆非無證。"○朱鑄禹曰："《漢書・藝文志》，《莊子》五十三篇，今止三十三篇，乃郭象所定，大抵去其重複，或即此所謂'點定'。又嚴君平注《老子指歸》多引《莊子》，爲今本所無，卻非重複，又似爲象所芟汰，或晉時已有散佚耶？"

"其義一也"，田中頤曰："謂傳有二家而其實一家也。"

○注"秀別傳曰"

"棄人"，大典顯常曰："或解作遺棄世事之人。"朱鑄禹曰："亦可通。"

"爾故復勝不"，大典顯常曰："謂爾固復解理如是其勝耶？'不'字只作'耶'義，當時語有之。"《撮補》。

"隱莊之絶倫"，岡白駒曰："蓋言發隱旨，謂之'隱莊'。"○大典顯常曰："'解'作'莊'，誤。《隱解》，向秀所著名。"○秦士鉉曰："'解'一作'莊'，非。《晉書・向秀傳》：'《莊子》內外篇，歷世莫有適論其旨統。秀乃爲之隱解，發明奇趣。'"○朱鑄禹曰："'隱'，古'㹠'字。'隱莊'，謂隱括其旨，不似注疏家之字解句訓也，即王弼'論道約美'之意。《晉書》本傳作'隱解'，增一'解'字轉贅。《水經注》引此，亦只作'隱'。"○楊勇曰："《隱莊》，即《莊子隱解》。《隱解》，二十卷，推其至微之義也。"○吳金華曰："發微索隱叫作'隱'。古代口語中，'隱'有審察揣摩的意思。本文的'隱莊'，指闡發《莊子》的玄理。"《考釋》頁六六至六七。

"蕭屑卒歲"，恩田仲任曰："蕭屑，即'騷屑'。"

"崔譔所注"，岡白駒曰："崔譔注今不傳，僅見乎陸氏《音義》。"○大典顯常曰："《隋・經籍志》：崔譔注《莊子》十卷。"○恩田仲任曰："《唐・藝文志》：崔譔注《莊子》十卷。陸德明《釋文》云：崔譔，清河人，晉議郎。"

○注“文士傳曰”

“遒旨”，恩田仲任曰：“《文學·謝靈運傳論》曰：‘遒麗之辭無聞焉耳。’李周翰曰：‘遒，猶美也。’”

【彙評】

李贄曰：“向秀如此，似負嵇公。”○曰：“安見得？”評注《秀別傳》“未若隱莊之絶倫”。《初潭集》卷十二。

湯用彤曰：“當時放任派的人，自以爲有契於莊生，因而《莊子》一書幾成爲不經世務不守禮法者的經典。但向、郭《莊子注》上承王何等人溫和派的態度，對於《莊子》，主張齊一儒道，任自然而不廢名教，乃當時舊解外的一種新的看法。雖然不廢名教，但‘名教’爲末，故《莊子注》仍是‘大暢玄風’。”《論稿》頁一一一。

劉盼遂曰：“康王此言可謂誣枉之至矣。子玄注《莊》純出心裁，不因人熱，非宋齊邱之剽譚峭、虞預之襲王隱者比也。雪此覆盆，凡有三證，今遂依陳蘭甫氏《申范》之例作《申郭》篇。一事：向本與郭本篇卷之不同也。按《隋書·經籍志》子部道家《莊子》二十卷，晉散騎常侍向秀注，本二十卷，今缺；又《莊子》三十卷，目一卷，晉太傅主簿郭象注，梁《七録》‘三十三卷’，是《隋志》謂二本之不同也。陸氏《經典釋文敘録》：《莊子》向秀注二十卷二十六篇，郭象注三十三卷三十三篇，向秀爲音一卷，‘一’字今訛爲‘三’。《隋·經籍志》注：‘梁有向秀《莊子音》一卷。’宜據以訂正，又按《釋文敘録》謂秀注二十六篇，一作二十七篇，一作二十八篇，今謂此膡餘之篇，當即其音或目也。郭象爲音三卷，是《釋文》謂二本之不同也。篇卷既大差牾，則内涵勢難兩合，且《釋文》明言向秀注無《雜篇》。考郭本《雜篇》凡十一篇，三十三去十一，得二十二篇。今向秀注《内》《外篇》有二十六，則其有出郭本之外，若《意修》《遊鳧》之類矣。向秀無《雜篇》注，今郭本茲十一篇注文固赫然在，非出於子期之手明矣。然則‘象但點定文句’之説，果何自來哉？此《世説》謂郭本即向本之謬，可不考而自解矣。二事：向本與郭本章句釋義之不同也。按《莊子釋文》引向秀之説綦多，率皆異於郭義，如《逍遥遊》‘海運則徙於南冥’，郭注：‘非冥海不足以運其身。’向注則云：‘非海不行，故云海運。’又‘瞽者無以與乎文章之觀，聾者

487

無以與乎鐘鼓之聲'，向本於此下更有'眇者無以與乎眉目之好，夫刖者不自爲假文履'二語。《齊物論》'是黃帝之所聽熒也'，向本則'聽熒'作'蘱榮'；'何其無特操歟'，向本則'特'作'持'，注云：'無持者，行止無常也。'《養生主》'官知行而神欲止'，郭讀'知'如字，向則'知'音'智'，謂專在所司，察而後動，謂之'官智'。凡此類者甚夥，不待毛舉。是由陸氏《釋文》可見向、郭二書之不同矣。再證以張湛《列子注》，姑即《黃帝》一篇言之，'是以遭物而不慴'，注引向秀曰：'遇而不恐也。'今《莊子·達生篇》郭象本無此注。'而況得全於天乎'，注引向秀曰：'得全於天者，自然無心，委順至理也。'今《達生篇》亦無此注。'時其饑飽，達其怒心'，注引向秀曰：'達其心之所以怒而順之也。'今《人間世篇》郭注無此文。'衆雌而無雄，而又奚卵焉'，注引向秀曰：'夫實由文顯，道以事彰云云。'凡六十字，今《應帝王篇》郭注止有'言列子之未懷道也'一語。'是爲九淵焉'，注兼舉向、郭二家之說，而各自不同。'壹以是終'，注引向秀曰：'遂得道也。'今郭注則云：'使物各自終。'凡此皆義相非違，難於同歸。其間亦偶有二家合璧之處，不越十之一二爾。此又由張湛《列子注》而足證向、郭之不同矣。《列子》書雖僞，而注則誠出於張湛，湛生於中朝，去向、郭甚親，所引據諒不誣也。綜上陸、張二書所采者觀之，則向、郭二家之章句訓詁音讀，皆所有逕廷，蓋昭昭矣。即郭注中偶雷同子期之義，迹逼干流，然子慎詁《左》，多本鄭義；顏籀注《班》，時擷游秦。苟司契之在我，縱盈匊其何傷，況子玄之采獲於子期者，又非服、顏之若是巨乎？奈何哉遽以剽竊目之邪？三事：康王之前後學者均無是說也。按《世說·文學篇》注引《文士傳》云：'象慕道好學，託志老莊，人以爲土弼之亞，作《莊子注》最有清辭遒旨。'陸元朗《經典釋文敘錄》云：'惟子玄所注，特會莊生之旨，故爲世所貴。徐仙民、李弘範作《音》皆依郭本，今以郭爲主。'按張隱、徐邈、李軌皆生東晉初葉，爲康王以前之鴻生碩儒，於郭注《莊子》斠若畫一，曾無異議。陸氏造《莊子》郭注釋文，博訪墳丘，摭及向氏《音注》，亦未聞有郭象剽剟之言。然則郭注之爲匠心獨妙者，從可知矣。康王此言，於是爲無稽，原《世說》中紕誤之言最多，孝標作注指尺而糾彈者不少，惟此條則未之及，是不可不辨。自以上三耑論之，則郭象之不盜向義固已昭昭焉，若縣魏闕，乃唐修《晉書》，於《郭象傳》備載《世說》之讕語，漫不察其情僞，遂使子玄沉冤，千載莫洗。江了之夢，難通於下泉；攘瑜之嘲，永流於奕葉。悲夫！"

王叔岷曰："《晉書·郭象傳》從《世說》此說。惟於《向秀傳》則謂'莊周著内外數十篇，秀爲之隱解，郭象又述而廣之’。所謂‘述而廣之’，乃得其實。岷於一九四二年六月曾撰《莊子向郭注異同考》一篇，以向、郭二注詳加比勘，證明非僅文句多所出入，即義旨亦各有主。向氏之論，常持物之外有不生不化之主宰，郭氏則重物之自生自化。此不可一概誣其相同者也。”

18

阮宣子有令聞，太尉王夷甫見而問曰：“老莊與聖教同異？”對曰：“將無同？”太尉善其言，辟之爲掾。世謂“三語掾”。衛玠嘲之曰：“一言可辟，何假於三？”宣子曰：“苟是天下人望，亦可無言而辟，復何假一？”遂相與爲友〔1〕。《名士傳》曰：“阮修字宣子，陳留尉氏人。好《老》《易》，能言理。不喜見俗人，時誤相逢，即舍去。傲然無營，家無儋石之儲〔2〕，晏如也。琅邪王處仲爲鴻臚卿，謂曰：‘鴻臚丞差有禄，卿常無食〔3〕，能作不？’脩曰：‘爲復可耳〔4〕。’遂爲鴻臚丞、太子洗馬。”

○“阮宣子”至“相與爲友”

“令聞”，崔朝慶曰：“善譽也。”

“聖教”，崔朝慶曰：“孔子之教也。”

“將無同”，趙令時曰：“晉人論三教同異，曰：‘將無同。’曾問東坡，坡云：‘古人以將爲初，是初無同，豈復有異耶？’”《侯鯖錄》卷七。○馬永卿曰：“僕嘗與陳子直、查仲本論‘將無同’。仲本曰：‘此極易解，謂言至無處皆同也。’子直曰：‘不然。晉人謂將爲初，初無同處，言各異也。’僕曰：‘請以唐時一事證之。

〔1〕 “遂相與爲友”，凌濛初曰：“劉本作‘遂相友善’。”
〔2〕 “儋石”，董刻本“儋”作“擔”。
〔3〕 “鴻臚丞差有禄”二句，余嘉錫曰：“沈本作‘卿常無食，鴻臚卿差有録’。”何焯校同。與《晉書·阮修傳》合。
〔4〕 “爲復”，何焯校“爲”作“亦”。陶琪曰：“‘爲’疑當作‘亦’。”

霍王元軌與處士劉玄平爲布衣交。或問王所長於平,曰:王無所長。問者不解,平曰:人有所短,則見所長。蓋阮瞻之意,以謂有同則有異,今處無同,何況於異乎?此言爲最妙,故當時謂之三語掾。'二子皆肯之。"《嬾真子》卷五。○程大昌曰:"不直云'同'而云'將毋同'者,晉人語,度自爾也。庾亮辟孟嘉爲從事,亮高選儒官,正旦大會,褚裒問嘉何在,亮曰:'但自覓之。'裒歷觀,指嘉曰:'將毋是乎?''將毋'者,猶言殆是此人也,意以爲是而未敢自主也。其指孔老爲同,亦此意。"《演繁露續集》卷五。○王若虛曰:"瞻意蓋言同耳。晉人例重玄學,故戎深喜,而世多疑之。夫'將無'云者,猶'無乃'、'得無'之類。庾亮令褚裒認孟嘉於衆中,裒指嘉曰:'此君小異,將無是乎?'苟晞從子母求爲將,晞拒之,曰:'吾不以王法貸人,將無後悔邪?'劉裕受禪,徐廣攀晉帝車泣涕,謝晦謂曰:'徐君將無小過。'皆是類也。《世說》載褚裒語正作'得無',《通鑒》載謝晦語亦然。以此可知其爲同。"《滹南集》卷三十三《謬誤雜辨》。○楊慎曰:"阮瞻曰'將無同',解者不一。余按《世說》褚裒見庾亮,問孟嘉何在,亮令裒自覓之,裒歷視,指嘉曰:'將無是?'晉人語言務簡,且爲兩可之辭。'將無',疑辭,言畢竟同也。悟此言筌,千載如面矣。"《升庵集》卷六十八。○謝肇淛曰:"'將無',猶言'得無'也。意欲明其同,而又嫌於徑言,故爲婉詞耳。趙德麟《侯鯖録》載東坡訓'將'爲'初',竊恐未安。郎仁寶以'將無同'爲不同,尤失語意。謝太傅航海風急,太傅曰:'如此將無歸?'舟人即承響回棹是也。"《文海披沙》卷一。○陳殷曰:"殆將不同。"《點注》卷三。○黃生曰:"'將無'者,然而未遽然之辭。謝太傅云'將無歸',晉人語度舒緩,類如此。後人妄意生解,總由不悉當時口語耳。"《義府》卷下。○方以智曰:"'將毋''得乜''毋乃稱',皆發問之聲也。《韓詩外傳》客見周公,周公曰:'何以道旦也?'曰:'入乎將毋?'曰:'請入。'曰:'坐乎將毋?'曰:'請坐。'曰:'疾言則翕翕,徐言則不聞,言乎將毋?'《方言》:'毋寫,謂相見有得亡之辭也。'《莊子》子產曰:'子毋乃稱。'左氏用以轉語,莊韓用以結語。古人善摹人之聲音神狀如此。阮千里曰:'將毋同。'本謂'得毋乃同乎',猶言'能毋同也'。葉夢得爲之解曰:'本自無同,何因有異。'此是東坡所謂'設械匿形,推墮滉漾'之伎倆耳。"《通雅》卷五。○石川鴻齋曰:"將無同,猶言'無乃'、'得無'之類,其意蓋謂同也。"《點注》卷三。○崔朝慶曰:"'將無同',猶今語'差不多'也。"○余嘉錫曰:"蓋'將毋'者,自以爲如此,而不欲直言之,委婉其辭,與人商榷之語也。"○呂叔湘曰:"劉淇《助字辨略》釋'將無'爲'無乃',其實更接近者該是'得無'。皆表示測度而意思偏於肯定之詞語。

但‘將無’除用於事實測度外，又可用於委婉之提議，與唐宋人‘莫須’爲近。今人謂‘恐怕’、‘別是’加‘吧’字是也。”《語法札記》。○馮友蘭曰：“阮修的意思是説，老莊與孔子不能説是完全相同，亦不能説是完全相異，所以説是‘將無同’，意謂他們在根本上是相同底。”《新原道》頁一〇七。○王叔岷曰：“《莊子·漁父篇》：‘得無太甚乎？’‘得無’亦與‘將無’同義。”按“將無”義並參見《言語篇》“謝靈運好戴曲柄笠”條、《雅量篇》“謝太傅盤桓東山時”條。

“三語掾”，陳殷曰：“言因‘將無同’三語而得爲掾也。”《點注》卷三。

“一言可辟何假於三”，劉辰翁曰：“‘將無同’正是一言耳，何謂三？”

“人望”，崔朝慶曰：“言衆所仰望之人也。”

“相與爲友”，王叔岷曰：“《莊子·大宗師篇》：‘遂相與爲友。’”

◎程炎震曰：“《御覽》二百九《太尉掾門》及三百九十《言語門》引此事作《衛玠別傳》。又‘阮宣子’作‘陳留阮千里’，則是瞻，非修也。”余嘉錫按曰：“唐修《晉書》喜用《世説》，此獨與《世説》不同，知其必有所考矣。《御覽》二百九所引，先見《類聚》十九。”○劉盼遂曰：“《晉書·阮瞻傳》作：‘王戎問瞻：聖人貴名教，老莊明自然，其旨同異？瞻曰：將無同。’不作阮修、王衍問對也。《資治通鑑》從《晉書》。”○徐震堮曰：“《晉書》以爲阮瞻王戎事，見《阮瞻傳》。”《札記》。○趙西陸曰：“《藝文類聚》十九、《太平御覽》二百九及二九〇引《阮瞻別傳》均作王戎問瞻，與今《晉書》同。”○鄭學弢曰：“王衍、阮修由論《易》而及老莊與聖教同異，亦有可能。《世説》記衛玠嘲之曰：‘一言可辟，何假於三？’王戎死時，衛玠年甫及冠；王衍爲太尉，衛玠年已二十四五，《世説》殆因記衛玠之嘲而以‘三語掾’事係之王衍、阮修歟？”《札記》。

○注“名士傳曰”

“能言理”，牟宗三曰：“此言阮修能‘言理’，亦即玄理也。此又單用一‘理’字，當然亦可稱其能言‘理義’，能‘善名理’，能‘義言’等。”《玄理》頁二〇七。

“時誤相逢”，方一新曰：“‘誤相逢’即偶相逢，‘誤’是偶然的意思。《抱朴子内篇·道意》：‘幸而誤活。’‘誤活’即偶活。”《拾詁》。

“家無儋石”，秦士鉉曰：“見《揚雄傳》。”

“爲復可耳”，劉淇曰：“爲，語助。復可，猶云亦可。”《辨略》卷五。

【彙評】

李贄曰："似卓老。"《初潭集》卷十七。

許世瑛曰："'將無'這兩個字訓爲'無慮'、'都凡'(《廣雅·釋訓》),所以'將無同'者,就是説名教與自然並不相悖逆而是相成的,這一段話正足以代表魏晉風流名士所懷的真正態度,外談老莊,而内行儒教,所以'老莊與聖教將無同'的答案不是那時候一二名士之私言,可以説那時候所有名士都抱着這種態度,也就是公論了。"《魏晉風流與老莊思想》。

陳寅恪曰："'三語掾'之三語中,'將無'二語尚是助詞,其實僅'同'之一語,即名教自然二者相'同'之最簡要不煩之結論而已。"《關係》,《叢稿初編》頁二一〇。○曰:"自然與名教相同之説,所以成爲清談之核心者,原有其政治上實際適用之功用,而清談之誤國正在廟堂執政負有最大責任之達官崇尚虚無,口談玄遠,不屑綜理世務之故,否則林泉隱逸清談玄理,乃其分内應有之事,縱無益於國計民生,亦必不致使'神州陸沈,百年丘墟'也。"同上。○曰:"至王戎王衍,遂思調和此二者,而使名教與自然同一。自是,名士多以清談獵取高官,高官好以清談附庸名士,而清談誤國者,遂比比皆是矣。故此時清談,一以自然爲體,名教爲用,自然爲本,名教爲末。即散見詩文者,亦莫不歌詠自然與名教爲同一者。"《清談與清談誤國》,《雜稿》頁四五一。○曰:"自然與名教不同,本不能合一,魏末名士其初原爲主張自然、高隱避世的人,至少對於司馬氏的創業,不是積極贊助。然其中如山濤、王氏戎、衍兄弟,又自不同。象山濤,原是司馬氏的姻戚。其人雖曾'好老莊,與嵇康善',但後來終於依附司馬氏,佐成亡魏成晉之業。王戎、王衍既與晉室開國元勛王祥爲同族,王戎父王渾、王衍父王乂又都是司馬氏的黨羽,家世遺傳與環境熏習都足以使他們站到司馬氏一邊,致身通顯。而他們早年本崇尚自然,棲隱不仕,後忽變節,立人之朝,位至宰執,勢必不能不利用一已有的舊説或發明一種新説,以辯護其立場。這就是名教與自然相同之説的由來。此説意謂自然爲體,名教爲用,自然爲名教之本。既然名教原是取法自然而設,則不獨須貴名教,亦當兼明自然。有了此説,如山濤、王戎、王衍之輩,自可兼尊顯的達官與清高的名士於一身,既享朝端的富貴,仍存林下的風流,而無所慚忌。"《講演録》頁五六至五八。按:繆鉞《清談與魏晉政治》曰:"陳先生見解獨到,推闡深微,極有助於知人論世,而鉞猶欲補説一義,即竹林名士對於政治之態度,乃由正始風氣變爲西晉風氣之樞紐也。"

周一良曰：“名教自然‘將無同’之問答，《世説新語·文學篇》以爲王衍阮修事，而《晉書·阮瞻傳》係於王戎阮瞻。問答之具體人關係不大，關鍵在主張老莊自然與周孔名教相同之思想乃當時確曾流行者也。兩書皆以此事爲王衍爲太尉或王戎爲司徒時，是在晉朝建立以後。然‘將無同’之思想實源自魏末，爲曹氏司馬氏鬥爭之結果，乃‘正始之音’，而不始於司馬氏篡魏以後也。魏晉以後，此種思想一綫相承，至南北朝之末，歷代有人沿襲。較早之代表者，當推何晏與嵇康。”《史札》頁五六。

19

裴散騎娶王太尉女。婚後三日，諸婿大會〔1〕，《晉諸公贊》曰：“裴遐字叔道，河東人。父緯〔2〕，長水校尉。遐少有理稱，辟司空掾、散騎郎。”《永嘉流人名》：“衍字夷甫，第四女適遐也。”當時名士，王、裴子弟悉集〔3〕。郭子玄在坐，挑與裴談。子玄才甚豐贍，始數交未快。郭陳張甚盛，裴徐理前語，理致其微，四坐咨嗟稱快。鄧粲《晉紀》曰：“遐以辯論爲業，善敍名理，辭氣清暢，泠然若琴瑟〔4〕。聞其言者，知與不知，無不歎服。”王亦以爲奇，謂諸人曰：“君輩勿爲爾，將受困寡人女婿！”

─────────

〔1〕 “諸婿”，董刻本“婿”作“壻”。
〔2〕 “父緯”，程炎震曰：“‘緯’當作‘綽’，見《品藻篇》六條及《晉書》附《裴楷傳》，又見《后妃傳下》。”王利器曰：“‘緯’當作‘綽’。《河東聞喜裴氏譜》：‘綽，徽子，字季舒，黃門侍郎，蚤卒，追贈長水校尉。’《晉書·裴綽傳》曰：‘楷弟綽，字季舒，器宇宏曠，官至黃門侍郎、長水校尉。’”趙西陸曰：“《魏志·裴潛傳》注作‘綽’。”鄭學弢《札記》曰：“‘緯’字諸本皆然，唯汪藻《敍錄》中《河東聞喜裴氏譜》作‘綽’，云：‘字季舒，黃門侍郎，蚤卒，追贈長水校尉。’以字準名，作‘綽’者是。”楊勇曰：“宋本作‘緯’，非。《晉書·裴綽傳》曰：‘楷弟綽，字季舒。官至長水校尉。’又《后妃傳下》、本書《品藻篇》六注、汪藻《裴氏譜》均作‘綽’，是。”
〔3〕 “子弟悉集”，凌濛初曰：“劉本‘悉’上有‘皆’字。”余嘉錫曰：“景宋本及沈本‘弟’下俱有‘皆’字。”朱鑄禹曰：“皆，袁本無此字，是。”王叔岷曰：“悉皆，複語。各本無‘皆’字，恐非其舊。”楊勇曰：“本篇三七注‘悉皆廣濟’，同。又作‘悉共’。”龔斌曰：“‘皆悉’爲常語，當從宋本及沈校本。”
〔4〕 “琴瑟”，余嘉錫曰：“景宋本無‘瑟’字。”何焯校同。楊勇曰：“‘琴’下各本及《晉書·裴綽傳》有‘瑟’字，是。”

○ “裴散騎”至“寡人女壻”

“始數交未快”，龔斌曰：“意謂未臻理致，衆人未浹其心也。”

“理致”，張永言曰：“義理情致。”《辭典》頁二五九。按《大辭典》“理致”條曰：“義理，名理。”○王東曰：“同義連文，作‘義理’、‘名理’講。”《商榷》。○龔斌曰：“理致，義理之宗旨、指歸。致，宗旨。”

“寡人”，李詳曰：“晉世‘寡人’上下通稱，不以爲僭。孫過庭《書譜》述王羲之語：‘假令寡人耽之若此，未必謝之。’可謂此條磧證。張彥遠《法書要録》引作‘若吾耽之若此，未必謝之’，彥遠與虞龢並唐人，虞龢審晉世語言，故仍其舊。彥遠改同俗稱，便覺其陋。”○王利器曰：“案《通鑒》卷一二六《宋紀八》：‘臧質復書曰：寡人受命相滅，期之白登。’胡三省注：‘古者諸侯自稱曰寡人。質自以當藩方之任，自稱寡人。’衍爲太守，自以當古時的公侯，所以自稱寡人。臧質自稱寡人，與衍正復相同。”○楊勇曰：“寡人，六朝當藩方之任及相似其位者稱之。”

【彙評】

劉辰翁曰：“此豈王夷甫口中語？可笑可憎，市門婦所不道。”

張端木曰：“殊不似王夷甫口中語。”

蔣超伯曰：“東晉初始推王謝，晉初惟數王裴。《世説》云‘當時名士，王裴子弟悉集’，是其證也。”《南漘楛語》卷三。

錢穆曰：“當時裴王門第之盛，安富尊榮已臻極度，又值新女婿上門，嘉賓萃止，若如今日西俗，則正好來一場盛大舞會，而當時諸賢，則借此場合作一番清談，所説又盡是老莊玄虛，豈不誠是風流雅致乎？”《關係》。

20

衛玠始度江[1]，見王大將軍。《敦別傳》曰：“敦字處仲，琅邪臨沂人。少有名理，累遷青州刺史。避地江左，歷侍中、丞相、大將軍、揚州

---

[1] “度江”，朱鑄禹曰：“沈校本作‘渡’。”

牧。以罪伏誅。”因夜坐，大將軍命謝幼輿。《晉陽秋》曰：“謝鯤字幼輿，陳郡人。父衡，晉碩儒。鯤性通簡，好《老》《易》，善音樂，以琴書爲業。避亂江東，爲豫章太守，王敦引爲長史。”《鯤別傳》曰：“鯤四十三卒，贈太常。”玠見謝，甚説之[1]，都不復顧王，遂達旦微言。王永夕不得豫。玠體素羸，恒爲母所禁。爾夕忽極，於此病篤，遂不起。《玠別傳》曰：“玠少有名理，善《易》《老》，自抱羸疾，初不於外擅相酬對。時友歎曰：‘衛君不言，言必入真[2]。’武昌見大將軍王敦，敦與談論，咨嗟不能自已。”

○“衛玠始”至“遂不起”

“王大將軍”，陳絳曰：“晉王敦反，疾已危，明帝詔勑中外，敢有不呼王敦姓名而稱‘王大將軍’者，以軍法從事。《世説新語》，南宋人作，每稱王敦，猶必曰‘王大將軍’，何王敦死而威靈震於隔代如此也！”《金罍子》中篇卷五。

“命謝幼輿”，徐震堮曰：“命，召也。《文選》謝靈運《雪賦》：‘梁王不悦，游於兔園，迺置旨酒，命賓友，召鄒生，延枚叟。’‘命’與‘召’‘延’義並相近。”

“達旦微言”，王叔岷曰：“《吕氏春秋·精諭篇》：‘白公問於孔子曰：人可與微言乎？’《漢書·藝文志序》：‘昔仲尼没而微言絶。’（李奇注：‘隱微不顯之言也。’師古曰：‘精微要妙之言耳。’）阮侃《答嵇康詩》：‘洙泗久已絶，微言共誰聽？’《世説》此‘微言’，亦精微要妙之言也。”

“爾夕忽極”，徐震堮曰：“極，疲極也。”○楊勇曰：“忽，《爾雅·釋詁》：‘盡也。’極，疲憊也。”

“於此病篤”，徐震堮曰：“‘於是’往往作‘於此’。”《釋義》。○王叔岷曰：“‘此’猶‘是’也。”

---

[1] “説之”，董刻本、元刻本“説”作“悦”。
[2] “言必入真”，何焯校“真”作“冥”。程炎震曰：“宋本‘真’作‘冥’，疑本是‘玄’字，與‘言’爲韵。宋人避諱作‘真’，或作‘冥’耳。本篇五十八條亦有‘入玄’字。”余嘉錫曰：“‘真’景宋本及沈本俱作‘冥’。”

○注“敦別傳曰”

《敦別傳》，葉德輝曰：“《王敦別傳》，（《隋志》不著録。）《太平御覽》引用。”《書目》。

“少有名理”，徐震堮曰：“名理，謂辨名析理。《魏志·鍾會傳》：‘而博學精練名理。’《晉書·范汪傳》：‘善談名理。’”按“名理”義參見《言語篇》“諸名士共至洛水戲”條。

○注“晉陽秋曰”至“贈太常”

“避亂江東”三句，徐震堮曰：“《王敦傳》不言爲豫章太守。”《札記》。又曰：“案《晉書·謝鯤傳》：‘避地於豫章，左將軍王敦引爲長史。敦將除劉隗，鯤諫，敦怒，出爲豫章太守。’此云先爲豫章太守，非是。”

“鯤四十三卒”，趙西陸曰：“南京出土謝鯤墓誌石刻：鯤泰寧元年十一月廿八亡。”

○注“玠別傳曰”

“玠少有名理”，牟宗三曰：“此言王敦與衛玠俱善‘名理’。但此兩人皆非談才性者。衛玠，明言其善《易》《老》。《晉書》本傳即稱其‘好言玄理’。可見‘玄理’‘名理’亦可互用。”《玄理》頁二〇五至二〇六。

“言必入真”，參見校文。徐震堮曰：“‘冥’者，窮深極遠之意，與‘玄’字義相近。李德林《霸府雜集序》：‘運籌建策，通幽達冥。’‘入冥’猶‘入玄’也。”

【彙評】

劉辰翁曰：“卻不是看殺，是論極。”

黃輝曰：“當日玠喜而不寐，神情宛然，弇州不宜删。”朱鑄禹按曰：“王世貞編《世説新語補》删去此條，故云。”

21

舊云：王丞相過江左，止道聲無哀樂、嵇康《聲無哀樂論》略曰：“夫殊方異俗〔1〕，歌笑不同〔2〕。使錯而用之，或聞哭而懽，或聽歌而戚，然哀樂之情均也。今用均同之情，發萬殊之聲，斯非音聲之無常乎？”養生、嵇叔夜《養生論》曰：“夫虱處頭而黑〔3〕，麝食柏而香〔4〕，頸處險而癭，齒居晉而黃。豈唯蒸之〔5〕，使重無使輕〔6〕，芬之使香無使延哉〔7〕？誠能蒸以靈芝，潤以醴泉，無為自得，體妙心玄，庶與羨門比壽〔8〕，王喬爭年。何為不可養生哉〔9〕？”言盡意〔10〕，歐陽堅石《言盡意論》略曰：“夫理得於心，非言不暢。物定於彼，非名不辨。名逐物而遷，言因理而變，不得相與為二矣〔11〕。苟無其二，言無不盡矣。”三理而已。然宛轉關生〔12〕，無所不入〔13〕。

---

〔1〕 “殊方”，余嘉錫曰：“景宋本作‘他方’。”何焯校同。王利器曰：“蔣校本同，餘本‘他’作‘殊’。”
〔2〕 “歌笑”，何焯曰：“‘笑’疑作‘哭’。”桃井白鹿曰：“本集作‘歌哭’。”平賀庽父曰：“‘哭’作‘笑’為是。”王利器曰：“‘笑’當依《嵇康集》作‘哭’。”趙西陸曰：“《嵇康集》‘笑’作‘哭’，是。”徐震堮曰：“‘笑’《嵇康集》作‘哭’。案下文云：‘或聞哭而歡，或聽歌而戚。’亦以‘歌’‘哭’對舉，則作‘哭’是也。”
〔3〕 “箸頭”，唐鴻學曰：“《文選》五十三‘箸’作‘處’，與下重。”
〔4〕 “食柏”，余嘉錫曰：“‘食’景宋本及沈本俱作‘得’。”
〔5〕 “蒸之”，朱鑄禹曰：“‘蒸’，袁本同，沈校本作‘烝’，下同。”
〔6〕 “使輕”，董刻本“輕”作“輕”。
〔7〕 “無使延”，董刻本、沈校本、袁刻本“無”作“勿”。葉德輝曰：“《文選·養生論》作‘無’，袁本作‘勿’，非。”余嘉錫曰：“‘無’景宋本作‘勿’。”又，“延”何焯校作“脡”，並曰：“脡，尸詹切，音詹，生肉醬也。據文義，改從‘脡’字為優。”
〔8〕 “庶與”，唐鴻學曰：“《文選》五十三‘庶’作‘恕’。注引《聲類》云：‘人心度物也。’”
〔9〕 “何為不可養生哉”，唐鴻學曰：“《文選》五十三末句作‘何為其無有哉’。”徐震堮《札記》曰：“《文選》作‘何為其無有哉’。”
〔10〕 “言盡意”，鄭學弢《札記》曰：“《考異》有此條，‘言盡意’作‘言不盡意’，注不及歐陽建《言盡意論》。按‘言不盡意’，《易·繫辭》語，為正始名士所樂道，無專論，故《考異》所見別本，劉注僅舉嵇康二論。本篇載王導與殷浩談，歎曰：‘正始之音，正當爾耳。’度王導亦宗正始名士好談‘言不盡意’之理，非道西晉歐陽建《言盡意論》也。今本正文奪一‘不’字，注中擅引歐陽建《言盡意論》，疑後人所加。”
〔11〕 “不得相與”，桃井白鹿曰：“‘不’一作‘而’，誤。”
〔12〕 “宛轉關生”，《考異》“宛”作“婉”，又“關”下注曰：“一作‘開’。”
〔13〕 “無所”，《考異》“無”上有“常”字。

○“舊云王丞相”至“無所不入”

“止道”，楊勇曰：“‘止’《考異》作‘正’，是。正，止也、僅也。”○鄭學
弢曰：“《考異》‘止’作‘正’，是。正，止也，僅也。乃晉人常語。”《札記》。

“聲無哀樂養生言盡意”，敬胤曰：“《聲無哀樂》、《養生》二論並嵇康作。”
○王應麟曰：“嵇康作《言不盡意論》。”《玉海》卷三十六。○湯一介曰：“王導過
江左所道之‘三理’，或應爲‘聲無哀樂’‘養生’‘言不盡意’，且此‘三理’
之論或均爲嵇康所作。”《讀世説新語札記》。

“三理而已”，周紹賢曰：“‘理’之一字，包括一切理論，故名理、理義、
義理等，皆通用也。”《述論》頁三一。

“宛轉關生”二句，岡白駒曰：“宛轉，隨物相轉，使各適於用也。關，通
也。關生，猶云相生也。”○大典顯常曰：“言三者之理相關而生也。”《攝補》。
○恩田仲任曰：“言衆理皆由此而生。”○田中頤曰：“言其三理宛轉運行，而發
明新義，其關生如環，無所不透入萬事也。”○張萬起曰：“展轉相關連而派生
出許多觀點，萬事萬物無不包容其中。”

○注“嵇康聲無哀樂論略曰”

《聲無哀樂論》，葉德輝曰：“《書鈔·樂部十八》引作《無聲哀樂論》。”《書目》。

“殊方異俗”二句，秦士鉉曰：“夷華哀樂之情同，而其哀樂之發于聲者異
矣。夷聞華之哭而或懼，華聞夷之歌而或戚，可見音聲始無實體，然人之動心，
莫最於音聲，而知音聲之無實，則可以應物而怡適矣。”

○注“嵇叔夜養生論曰”

《養生論》，洪頤煊曰：“《隋書·經籍志》：‘梁有《養生論》三卷，嵇康
撰。’今《嵇康集》中有《養生論》一首，向子期《難養生論》一首，《答難養
生論》一首，即《隋志》所稱三卷。”《諸史考異》卷三。○葉德輝曰：“《隋志·
道家》《符子》下云：‘梁有《養生論》三卷，嵇康撰。’”《書目》。

“蝨箸頭而黑”，淇園曰：“食髮故。”○恩田仲任曰：“《抱朴子》曰：‘今
頭蝨著身皆稍變白，身蝨處頭皆漸化而黑。’”

“頸處險而癭”，桃井白鹿曰：“《淮南子·墜形訓》：‘險阻氣多癭。’注：
‘上下險阻，氣衝喉而結癭。’”○王叔岷曰：“《文選·養生論》注：‘謂人居於

山險，樹木瘤，臨其水上，飲此水則患癭。’《博物志》：‘山居之民多癭腫疾，由於飲泉水之不流者。’”

“齒居晉而黃”，吾衍曰：“嵇康《養生論》有云：‘齒居晉而黃。’六臣竟不能解。及觀《醫說》方得其旨，云：‘晉地多棗，人嘗置之懷袖中，若粵人之噉檳榔，則知甘味傷脾，故齒黃也。’”《閒居錄》。○李時珍曰：“今人蒸棗，多用糖蜜拌過，久食損脾助濕熱也。噉棗多令人齒黃生䘌，故嵇康《養生論》云云。”《本草綱目》卷二十九。○謝肇淛曰：“‘齒居晉而黃，頸處險而癭。’晉地多棗，故嗜者齒黃，然齊亦多棗，何獨言晉也？癭雖由山溪之水所致，然多北方，如滕縣、南陽、易州之處，飲其水者，輒患，至江南千峰萬壑中，居者何限？不聞其有頸疾也。至北方興夫，項背負重日久，結瘤亦如癭狀，但有面背之異耳。嶺南人好噉檳榔，齒多焦黑，寧獨晉乎？至於衍氣多仁，陵氣多貪，雲氣多痹，穀氣多壽，恐亦未盡然也。”《五雜組》卷五。○朱亦棟曰：“齒居晉而黃，善注未詳。考陸佃《埤雅·釋木》：‘世語噉棗令人齒黃。’《養生論》曰‘齒居晉而黃’，晉齒食此故也。案《史記·貨殖傳》：‘安邑千株棗，燕秦千樹栗，此其人皆與千戶侯等。’安邑，晉地也。”《群書札記》卷二。○秦士鉉曰：“《爾雅翼》：‘晉人尤好食棗，蓋安邑千株棗比千戶侯，其人實之懷袖，食無時，久之齒皆黃。’《五雜組》亦載之。江孟亭曰：‘此言其地氣使然耳，非關於棗。’”

“豈唯蒸之”三句，岡白駒曰：“延，散也。”○桃井白鹿曰：“李善《養生論》注：‘延，年長也。’”○平賀房父曰：“李善注誤矣。蓋養生家有蒸芬之法，言蒸有使重之功，芬有使香之能。凡養生者不惟此而已也，居心於玄妙則自然可延年，譬如‘蝨箸頭而黑’已下，自然而化也。”○淇園曰：“蒸之使重無使輕，芬之使香無使延。二語蓋當時言養生者有此言，而嵇因據上所言四喻以破之也。”

“羨門”，大典顯常曰：“韋昭注：‘羨門，古仙人。’”《集成》。

○注“歐陽堅石言盡意論略曰”

《言盡意論》，姚振宗曰：“《聲無哀樂論》《養生論》，嵇叔夜諸人所撰也。《言盡意論》則歐陽堅石所作，蓋亦名論。”《考證》卷三十九。○葉德輝曰：“亦見《藝文類聚·人部三》。”《書目》。

【彙評】

李贄曰：“嵇、阮稱同心，而阮則體妙心玄，一似有聞者，觀其放言，與孫登之嘯可睹也。若向秀注《莊子》，尤爲已見大意之人，真可謂莊周之惠施矣。

康與二子遊，何不就彼問道？今讀《養生論》全然不省神仙中事，非但不識真仙，亦且不識養生矣。何以當面蹉過如此耶？以此聰明出塵好漢，雖向、阮亦無如之何，真令人恨恨。雖然，若其人品之高，文辭之妙，則豈‘七賢’之所可及哉！”《焚書》卷五《讀史·養生論》。

張端木曰：“‘關生’字奇妙，近人慣用之，不知其奇也。”

繆鉞曰：“觀此所記，王導亦儼然一典型之清談名士。導喜道《聲無哀樂》，按聲無哀樂之義，發自嵇康，嵇康《聲無哀樂論》中述其理想之政治，夫所謂‘簡易之教，無爲之治’，‘蕩滌塵垢，群生安逸’，豈非亦即王導之所祈嚮而奉以實行者耶？時人不滿意於王導之政，王導亦自知之，然彼自有其理論上之根據，故頗具信心，末年自歎曰：‘人言我憒憒，後人當思此憒憒。’”《清談與魏晉政治》。

錢鍾書曰：“蓋嵇阮、歐陽之説之於清談，亦如禪宗之有‘話頭’‘公案’也。”《管錐篇》第四册，頁一二一九。

何啓民曰：“由於王導的提倡，激起江左談論的極盛，如此一來，不僅南渡之士，覺得在這一新生的土地上，無殊於中原，而能安頓生存下去；同樣的，也給予吳地之人一新的教育。中原之文化，真正地在江南生根了。”《談風》頁一九五。

22

殷中軍爲庾公長史，按《庾亮僚屬名》及《中興書》，浩爲亮司馬，非爲長史也。下都，王丞相爲之集，桓公、王長史、王藍田、《王述別傳》曰：“述字懷祖，太原晉陽人。祖湛，父承，並有高名。述蚤孤，事親孝謹，簞瓢陋巷，宴安永日。由是爲有識所知，襲爵藍田侯。”謝鎮西並在。丞相自起解帳帶麈尾，語殷曰：“身今日當與君共談析理。”既共清言，遂達三更。丞相與殷共相往反，其餘諸賢，略無所關。既彼我相盡，丞相乃歎曰：“向來語，乃竟未知理源所歸，至於辭喻不相負。正始之音，正當爾耳！”明旦，桓宣武語人曰[1]：“昨夜聽殷、

---
〔1〕 “桓宣武”，朱鑄禹曰：“沈校本無‘桓’字。”

王清言甚佳，仁祖亦不寂寞，我亦時復造心，顧看兩王掾，王濛、王述，並爲王導所辟。輒翣如生母狗馨[1]。”

○“殷中軍”至“遂達三更”

“殷中軍爲庾公長史”，大典顯常曰：“晉成帝咸和九年，庾亮都督江荆等州軍事，辟殷浩爲記室參軍。”○龔斌曰：“據《晉書》本傳，浩爲庾公記室參軍，非爲長史。”

“下都”，大典顯常曰：“建康在江之下流，故云‘下都’。”○秦士鉉曰：“建康在江之下流，故自西北者皆曰下。”

“自起解帳帶麈尾”，大典顯常曰：“蓋以麈尾繫在帳帶上也。”《集成》。○秦士鉉曰：“披帳取麈尾帶之也。”○余嘉錫曰：“麈尾懸於帳帶，故自起解之。《御覽》七百三引《世説》曰：‘王丞相常懸一麈尾，著帳中。及殷中軍來，乃取之曰：今日遺汝。’今本無之，當是此處注文。”

“身今日”，胡三省曰：“晉人多自謂爲身。”《通鑒·晉紀七》注。○恩田仲任曰：“《爾雅》曰：‘身，我也。’”○焦循曰：“《爾雅》云：‘余，身也。’舍人云：‘余，卑謙之身也。’郭璞云：‘今人亦自呼爲身。’按《三國志》張飛曰‘身是張翼德也’，稱‘身’固不卑。今俗以稱‘身’爲卑，稱‘余’爲傲，不知古義也。”《篇録》卷十八。○許世瑛曰：“兩晉宋齊時代，自呼爲身之人，若非位望尊、輩分高者，即不甘自卑屈身下人之徒，甚或欲輕視對方時，亦可‘自呼爲身’以見意也。此與欲表謙稱時用‘僕’字適正相反。至於‘僕’字喪失自謙之意，與夫‘身’字不再用以代‘我’字之時期，以文獻無徵，不敢斷言，唯以《梁》《陳》二書中不能覓得‘自呼爲身’之實證，故余有一推測：以爲六朝後半期，此種‘自呼爲身’之風氣，已漸衰微，而‘僕’字出而代‘身’字，以表自尊之意，或亦於此時漸露萌芽也。”《釋“身”字》。按“身”義參見本篇“中朝時”條。

“共談析理”，田中頤曰：“正是一戲場。”○王叔岷曰：“《莊子·天下篇》：‘析萬物之理。’嵇康《琴賦》：‘非至精者不能與之析理也。’”

---

[1] “生母狗馨”，董刻本、元刻本“馨”作“聲”。王利器曰：“各本‘聲’作‘馨’，是。”

〇 "丞相與殷" 至 "正當爾耳"

"丞相與殷共相往反"，田中頤曰："與下言殷王應。" 〇徐震堮曰："共相往反，謂反復辨難。"

"乃竟未知理源所歸" 二句，秦士鉉曰："言不知二人之理孰長也。" 〇張萬起曰："乃竟，竟然。"

"正始之音正當爾耳"，劉淇曰："此 '爾' 字，猶云如此也。"《辨略》卷三。〇岡白駒曰："魏正始中有竹林七賢，清言之宗也。" 〇桃井白鹿曰："正始，魏齊王年號。時多能言者。" 〇大典顯常曰："時多能言之士，故謂談理之善者爲 '正始之音'。然看陳子昂《脩竹篇詩序》云：'不圖正始之音復覩於茲，使建安作者相視爲笑。' 然則 '正始' 謂古雅也。" 〇田中頤曰："此言未知二人勝理孰歸，然辭喻不相負之妙，當與昔時能言者流同也。" 〇天保手批曰："正始，魏王年號。一云，陳子昂《脩竹篇詩序》：'不圖正始之音復覩於茲。' 此謂古雅也。" 〇徐震堮曰："謂正始間王何諸人談理，當亦不過如此。"

〇 "明旦" 至 "生母狗馨"

"殷王清言甚佳"，田中頤曰："言妙極勝情也。"

"仁祖亦不寂寞"，淇園曰："言亦當得以會其勝情。"

"時復造心"，田中頤曰："言少有勝情也。" 〇張萬起曰："時復，時而，時常。"《詞典》頁四〇六。又曰："造心，指心中有所悟。"同上頁二四九。

"輒翣如生母狗馨"，岡白駒曰："翣，扇也。《禮·少儀》云：'手無容不翣也。' 疏云：'容，弄也。翣，搖扇也。' 生，熟之反。母狗，牝狗也。牝狗善視人面，始來於生家者特甚，故以況焉。馨，晉人以爲語辭。言兩王都無所關，只輒搖扇視人面而已。" 〇桃井白鹿曰："翣，古與 '澀' 通，澀，色入切，吃也。又舉止羞澀也。梁武帝評羊欣書如大家婢爲夫人，雖加位遇，而舉止羞澀，終不近似。生，謂不馴熟。母狗，牝狗也。馨，語詞。蓋言兩王如欲言而不能言，其狀如生母狗。《觿》讀 '翣' 爲《少儀》'不翣' 之 '翣'，似亦通者，然生母狗方視人面，有如欲言而不能言之狀耳，未有搖扇之狀，則終爲不通矣。" 〇大典顯常曰："翣，色甲反。棺羽飾形如扇，又與 '箑' 通，扇也。《少儀》：'手無容不翣也。' 疏云：'翣，搖扇也。' 按《少儀》又云：'毋爲口容。' 並謂動搖狀。動容之 '容'，亦是已 '不翣' 也。此言兩王在側，不能開口，徒爲手容，猶母狗順弱搖尾之狀也。蓋一時形容之語耳。"○淇園曰："生母狗唯守其所乳之子，不復移視於他。據此，'輒翼'是不見其一動掉之意。"○恩田仲任曰："輒，不動貌。鄭康成曰：'周人之葬牆置翜。'乃知'翼''翜'音通。翜，不滑也，與'澀'同。生，不馴熟也。"○田中頤曰："輒翼，蓋與'蕭條'音近，即言寂寞無些勝情。馨，猶云'樣'。此言其狀如產母狗，頑守其子而不動搖也。"○秦士鉉曰："輒翼，即形容牝狗畏人之貌也。《莊子》：'輒然忘吾有四支形體。'《射雉賦》'中輟'注：'舊作中輒。輒，蓋不動貌。'生，猶生人之生，即生熟之生也。謂牝狗初來未馴而畏人也。"○朱鑄禹曰："輒，《韻會》：'每事即然也，如今言每每之義。'可釋爲：每每羞澀如初來母狗的樣兒。"○方一新曰："'輒翼'爲聯綿詞，蓋即'胆脲'之音近借字。《集韻》入聲叶韻：'胆，胆脲，肉動也。''輒翼如生母狗馨'猶言（兩王掾）肌肉抖動象活母狗一般，形容其二人插不上嘴，陷於尷尬困窘之境地的極其狼狽樣子。"《釋義》。

"馨"，馬永卿曰："山濤見王衍曰：'何物老嫗，生寧馨兒？''寧'作去聲，'馨'音亨。今南人尚言之，猶言恁地也。宋前廢帝悖逆，太后怒語侍者曰：'將刀來剖我腹，那得生寧馨兒！'此兩'寧馨'同爲一意。"《嬾真子》卷三。○吳曾曰："唐張謂詩：'家無阿堵物，門有寧馨兒。'以'寧'爲去聲。劉夢得《贈日本僧智藏詩》云：'爲問中華學道者，幾人雄猛得寧馨。'以'寧'爲平聲。蓋《王衍傳》曰：'何物老嫗，生寧馨兒。'山濤叱王衍語也。又《南史》：'宋王太后疾篤，使呼廢帝，帝曰：病人間多鬼，那可往？太后怒，謂侍者：取刀來剖我腹，那得生此寧馨兒。'按二說，知晉宋間以'寧馨兒'爲不佳也，故山濤、王太后皆以此爲詆叱，豈非以兒爲非馨香者耶？雖平去兩聲皆可通用，然張、劉二詩，義則乖矣。"《漫錄》卷四。○洪邁曰："'寧馨''阿堵'，晉宋間人語助耳。後人但見王衍指錢云'舉阿堵物卻'，又山濤見王衍曰'何物老嫗，生寧馨兒'，今遂以'阿堵'爲錢，'寧馨兒'爲佳兒，殊不然也。前輩詩'語言少味無阿堵，冰雪相看有此君'，又'家無阿堵物，門有寧馨兒'，其意亦如此。宋廢帝之母王太后疾篤，帝不往視，后怒謂侍者：'取刀來剖我腹，那得生寧馨兒。'觀此，豈得爲佳？顧長康畫人物不點目精，曰：'傳神寫照，正在阿堵中。'猶言此處也。劉真長譏殷淵源曰：'田舍兒強學人作爾馨語。'又謂桓溫曰：'使君如馨地，寧可鬭戰求勝？'王導與何充語曰：'正自爾馨。'王恬撥王胡之手曰：'冷如鬼手馨，彊來捉人臂。'至今吳中人語言尚多用'寧馨'字爲問，猶言若何也。劉夢得詩：'爲問中華學道者，幾人雄猛得寧馨。'蓋得其義，以'寧'字作平聲讀。"《容齋隨筆》卷四。

○劉昌詩曰：“晉人言多帶‘馨’字。寧馨、如馨，只如今人說恁地。”《蘆浦筆記》卷一。○張淏曰：“‘寧馨’自是晉宋間一時之語，今浙人往往尚有此談。晉人亦有單以‘馨’爲言者。《世說》劉惔謂殷浩：‘田舍兒强學人作爾馨語。’又謂桓溫曰：‘使君如寧馨地，寧可鬭戰求勝？’王導與何次道語，惟舉手指地曰：‘正自爾馨。’以上因文自可見義，無勞解説。然‘寧馨’乃書傳間假此二字以記一時俗語，吳曾以爲有非馨香之義，此誣鑿之甚。使如曾言，則‘爾馨’等語當作何説？馬永卿云‘猶言恁地’，已得其義，而欲以‘馨’音‘亨’以協南人之音，又近于好奇矣。馬雖得其義，尚恨其無證據。予嘗讀《金樓子》，見其亦載宋廢帝王太后事，云：‘太后遣人召帝，帝曰：病人多鬼，不可往。太后怒曰：引刀破我腹，那得生如此兒。’乃悟‘寧馨’即‘如此’也。是書梁湘東王蕭繹所纂，宋梁相去不遠，故知所謂‘寧馨’者即是‘如此’。又《語林》云：‘王仲祖好儀形，每覽鏡自照，曰：王仲開那生如此寧馨兒。’以此二者爲證，則義理自昭然，可以無辯矣。”《雲谷雜記》卷四。○楊慎曰：“‘馨’字晉人以爲語助辭。《王衍傳》：‘何物老嫗，生此寧馨兒。’《世說》劉真長語桓溫曰：‘使君如馨地，寧或鬭戰求勝。’王導與何次道語，舉手指地曰：‘正自爾馨。’王胡之雪中詣王螭，持其臂，螭撥其手曰：‘冷如鬼手馨，强來捉人臂。’劉惔譏殷浩云：‘田舍兒强學人作爾馨語。’合此觀之，其爲語辭了然。唐劉禹錫詩：‘幾人猛省得寧馨。’得晉人語意矣。”《丹鉛續錄》卷三。○謝肇淛曰：“阿堵、寧馨，皆俗方言也。阿堵，猶今言這個。故王夷甫謂‘舉卻阿堵物’，顧長康謂‘精神政在阿堵中’，但作‘這個’讀，其義自明。寧馨，猶今言恁地。故山濤見王衍曰‘何物老嫗，生寧馨兒’，宋廢帝悖逆，太后語侍者曰‘將刀來剖我腹，那得生寧馨兒’，但作‘恁地’讀，其義亦明。今人以錢及眼爲阿堵，又以寧馨爲稱美之詞，而不察也。”《文海披沙》卷五。○祁駿佳曰：“‘寧馨’二字乃晉宋間助語也，猶言此個也。後人但見山濤指王衍曰‘何物老嫗，生此寧馨兒’，遂以‘寧馨’爲佳兒之稱。”《遯翁隨筆》卷上。○方以智曰：“此呼語詞。吳曾定以爲不佳語，山濤、宋王太后皆以兒爲非馨，此説迂矣。今云‘能亨’，可平可仄，古人筆之于書嘗假借字。”《通雅》卷四十九。○劉淇曰：“此‘寧’字，本作去聲，與‘恁’同，俗云如此也。馨，餘語聲。《世說》‘冷如鬼手馨’‘正自爾馨’‘如馨地寧可鬭戰求勝’，並語之餘，不爲義也。”《辨略》卷二。○錢大昕曰：“‘寧馨’之‘馨’，可讀仄聲，方回《聽航船歌》‘五千斤蠟三千漆，寧馨時年欲夜行’是也。劉禹錫詩‘幾人雄猛得寧馨’，二字俱讀平聲。張謂詩‘家無阿堵物，門有寧馨兒’，‘寧’讀去聲，‘馨’讀平聲。”《養新錄》卷四。○朱亦棟曰：

“‘寧馨’二字，美惡不嫌同詞也。”《群書札記》卷十四。〇郝懿行曰：“《晉書·王衍傳》：‘何物老嫗，生寧馨兒。’《宋書·前廢帝紀》：‘太后怒，語侍者：將刀來剖我腹，那得生如此寧馨兒。’今按‘寧馨’，晉宋方言即爲‘如此’之意。沈休文著書不得其解，妄有增加，翻爲重複。又晉宋人或言‘爾馨’、‘如馨’，或單言‘馨’，此並語詞及語餘聲也。”《晉宋書故》。〇俞正燮曰：“馬永［卿］《嬾真子》謂‘馨音亨’，是也。‘馨’‘亨’本一聲者，如‘亨’‘享’同一聲。顔師古《匡謬正俗》云：‘俗言某人處爲某享，是某鄉之轉。’非也。‘享’即‘亨’即‘滸’即‘許’即‘滸’，‘某享’即‘某許’也。‘寧馨’即‘乃滸’，宋時寫作‘恁行’，元人寫作‘那杭’，亦作‘那桁’，亦作‘那行’。”《癸巳類稿》卷七。〇陸以湉曰：“‘使君如馨地’、‘正自爾馨’、‘阿見子敬’，‘馨’與‘阿’皆語助辭。”《雜識》卷一。〇沈濤曰：“《晉書·王衍傳》：‘何物老嫗，生此寧馨兒?’世遂以‘寧馨’爲佳兒之名，非也。‘寧馨’猶言那許。《世説》：‘使君如馨地。’‘冷如鬼手馨。’‘輒翣如生母狗馨。’‘强學人作爾馨語。’《蓮社高賢傳》：‘但聞疾風流馨。’六朝人語如此。吴人有‘寧馨’語，‘寧’‘如’之變也。‘寧馨’，言如許生也。”《媿斗齋》卷七。〇劉盼遂曰：“洪氏之言，蓋不經矣。考‘馨’字本爲‘䵶’字，《説文·只部》：‘䵶，詈也，從只，甹聲，讀若馨。’詈者，意内而言外也，則‘馨’之用本爲語助，自無實義。‘寧馨兒’三字讀之爲‘寧兒’亦無不可。‘寧’又‘若’之假借字也。《説文》：‘寧，願詈也。’考經典‘寧’與‘若’多以同聲通用。‘若’有如此之義，如《莊子·外物篇》之‘若魚’，《論語·公冶長》之‘若人’是矣。故‘寧’亦有如此之義矣。唐宋以來音義貤變，‘寧’與‘若’皆廢不用，又作‘恁’字代之。‘寧馨’‘如馨’‘爾馨’，‘寧’‘如’‘爾’三字一聲之轉，則‘寧馨’‘如馨’‘爾馨’三者實一語也。世有以疊韻連語解‘寧馨’，亦可以爽然自失矣。段茂堂注《説文》謂‘隋唐後則又無馨語矣’，此言亦爲失考。按隋唐人語詈多用‘生’字，即晉宋之‘馨’字也。‘馨’‘生’本同韻，可以互轉。”〇余嘉錫曰：“《宋書·前廢帝紀》：‘太后怒曰：將刀來剖我腹，那得生如此寧馨兒。’《建康實録》十三引裴子野《宋略》作‘那得生如此兒’，《金樓子·箴戒篇》同。《南史·宋本紀》中則作‘那得生寧馨兒’，是‘寧馨’之爲‘如此’，證之六朝、唐人之書而已足，無煩曲解矣。”又曰：“馨，語助詞，猶寧馨也。宋以後筆記解‘寧馨’者甚多，皆不能明備，惟郝懿行《晉宋書故》云云。”〇裴學海曰：“‘寧’，如此也。‘馨’，語助詞。《説文》只部：‘䵶，詞也，讀若馨。’‘馨’訓語助，爲‘䵶’之借字。‘寧馨’與‘爾馨’爲一語，‘爾’爲‘如此’之合聲，‘寧’爲‘爾’之聲轉，故亦訓‘如此’。‘爾’之轉爲‘寧’，猶‘泥’之轉爲‘濘’也。劉盼遂《世説新語校箋》訓‘寧馨兒’之‘寧’爲‘如此’，甚塙，而謂‘寧’爲‘若’之借字，則猶稍疏。按‘若’字訓‘如此’，亦‘爾’字之聲轉。”《集釋》卷六。

○注“王述别傳曰”

“宴安永日”，岡白駒曰：“《詩·唐風》云：‘且以喜樂，且以永日。’此言且以過日也。”

“並在”，田中頤曰：“見此集殷、王爲盟主。”

【彙評】

劉辰翁曰：“《世説》‘身’字時或可厭。”評“身今日”。○曰：“豈有所不可，故爾形容，不服善之態常有此。”評“輒翣如生母狗馨”。按《批補》“常”作“當”。

王世懋曰：“此言太粗，且仁祖何肯談出桓下？”

錢穆曰：“既不作灌夫之使酒，亦不效謝安之攜妓，僅是清談玄理，豈不風雅之絶。英雄如桓宣武，席中尚不獲讒言插論。退席語人，猶以時復造心自喜自負。可見即是清談，亦猶有儒家禮法密意行乎其間。此乃是當時人一種生活情調，即今想像，猶在目前。若真認作是一哲理鑽研，則誠如隔靴搔癢，終搔不到當時人癢處所在矣。”《關係》。

何啓民曰：“此處之‘理源所歸’，事實上亦是一相對的，而非絶對性的。由此更可見别，至少在東晉的談坐中，但求辭喻之不相負，連相對性的理喻所歸，往往都不能得到。”《談風》頁一七。

23

殷中軍見《佛經》云：“理亦應阿堵上[1]。”佛經之行中國尚矣，莫詳其始。《牟子》曰：“漢明帝夜夢神人，身有日光，明日，博問群臣。通人傅毅對曰：‘臣聞天竺有道者號曰佛，輕舉能飛，身有日光，殆將其

[1] “理亦應阿堵上”，桃井白鹿曰：“《野客叢書》引之，‘應’下有‘在’字。”田中頤曰：“一本‘應’下有‘在’字，可從。”秦士鉉曰：“《野客叢書》引‘阿堵’上有‘在’字。”楊勇曰：“《御覽》六五三作‘理應在阿堵上’。”王叔岷曰：“‘亦’字涉上文而衍，‘應’下又脱‘在’字。”

神也。'於是遣羽林將軍秦景、博士弟子王遵等十二人之大月氏國，寫取佛經四十二部〔1〕，在蘭臺石室。"劉子政《列仙傳》曰："歷觀百家之中，以相檢驗，得仙者百四十六人，其七十四人已在佛經，故撰得七十〔2〕。可以多聞博識者遐觀焉。"如此，即漢成、哀之間已有經矣，與《牟子》傳記便爲不同。《魏略·西戎傳》曰："天竺城中有臨兒國〔3〕。《浮屠經》云：'其國王生浮圖。浮圖者〔4〕，太子也。父曰屑頭邪，母曰莫邪。浮屠者，身服色黄，髮如青絲，爪如銅〔5〕。其母夢白象而孕。及生，從右脅出〔6〕，而有髻，墜地能行七步。'天竺又有神人曰沙律。昔漢哀帝元壽元年，博士弟子景盧〔7〕，受大月氏王使伊存口傳《浮屠經》。曰復豆者，其人也。"《漢武故事》曰："昆邪王殺休屠王，以其衆來降，得其金人之神，置之甘泉宮。金人皆長丈餘，其祭不用牛羊，唯燒香禮拜。上使依其國俗祀之。"此神全類於佛，豈當漢武之時，其經未行於中土，而但神明事之邪〔8〕？故驗劉向、魚豢之説，佛至自哀、成之世明矣。然則牟傳所言四十二者〔9〕，其文今存非妄。蓋明帝遣使廣求異聞，非是時無經也。

○"殷中軍"至"阿堵上"

"理亦應阿堵上"，朱亦棟曰："謂理只在眼睛前也。"《群書札記》卷三。○龔斌

---

〔1〕 "四十二部"，大典顯常曰："'四十二部'當作'四十二章'，時迦葉摩騰、竺法蘭隨秦景等來，至於白馬寺，譯四十二章經。"秦士鉉曰："'四十二部'當作'四十二章'。據《佛祖通載》，'騰、蘭初譯四十二章經'。"

〔2〕 "故撰得七十"，孫志祖《讀書脞録》卷四曰："'撰得七十'下脱'二人'二字。蓋百四十六人除七十四人外，尚有七十二人也。"沈家本《古書目》卷四曰："'七十'下似脱'二'字。陳振孫云《館閣書目》作二卷七十二人，李石《續博物志》亦云劉向傳列仙七十二人，與此注所言合。葛洪《神仙傳序》稱七十一人，今本亦七十一人，與洪所言合，而與前説則不符矣。"余嘉錫曰："景宋本無'故'字。"楊勇曰："各本有'故'字，是。"

〔3〕 "天竺城中"，平賀房父曰："或曰'城'當作'域'。"秦士鉉曰："'城中'當作'域中'。"天保手批曰："'城'當作'域'。"朱鑄禹曰："'城'疑當作'域'。"

〔4〕 "浮圖"，袁刻本"圖"作"屠"。余嘉錫曰："'屠'景宋本及沈本俱作'圖'。"

〔5〕 "身服色黄"三句，桃井白鹿："《魏志》注引《浮屠經》作'髮如青絲，乳青毛蛉，爪赤如銅'。"又《補遺》曰："《史記·大宛傳》注引《浮屠經》無'服'字。"秦士鉉曰："《魏志》注'爪'上有'乳青毛蛉'四字，'爪'下有'赤'字。"

〔6〕 "從右脅出"，大典顯常《集成》曰："'右脅'《魏志》注作'左脅'。《夷夏論》：'剖左腋而生。'"天保手批曰："'右'當作'左'。"

〔7〕 "景盧"，龔斌曰："《魏書》一一四《釋老志》作'秦景憲'，《通典》作'秦景'，《通志》作'景匿'，《三國志》注引魚豢《魏略·西戎傳》作'景盧'。"

〔8〕 "事之邪"，余嘉錫曰："'邪'景宋本作'耳'。"

〔9〕 "牟傳"，董刻本"傳"作"傅"。

曰：“意謂名理亦應在這上面。殷浩之語乃東晉名士比較儒道佛三家義理後得出之共識。”

“阿堵”，黃朝英曰：“‘阿堵’初自無據，作史者但記一時語言而已。”《緗素》卷四。○郎瑛曰：“當時方言，若今之這裏也。王衍口不言錢，家人特試之，以錢繞牀，使不能行，因曰：‘去阿堵物。’顧愷之每畫人成，多不點睛，曰：‘傳神寫照，正在阿堵間。’後人遂以錢爲阿堵，眼爲阿堵。每以語人，人尚疑之。昨見《雲谷雜記》，又引殷浩見佛經曰：‘理亦應阿堵上。’桓溫同謝安、王坦之登新亭，大陳衛兵，欲於座上害安，安舉目遍歷曰：‘諸侯有道，守在四鄰，明公何須壁間著阿堵輩。’援此爲證，其義尤明，可知當時之方言也。”《七修類稿》卷二十一。○楊慎曰：“晉人云‘阿堵’，猶唐人曰‘若個’，今曰‘這個’也。故殷浩看佛經曰‘理亦應在阿堵中’，《晉書·顧長康傳》曰‘傳神正在阿堵中’，謝安謂桓公曰‘明公何用壁後置阿堵輩’是也。”《丹鉛續錄》卷三。○桃井白鹿曰：“《千百年眼》：阿堵自是當時諺語，如今所謂此物耳。”○大典顯常曰：“此指世教言也。”○郝懿行曰：“阿堵（音者）即今人言‘者箇’。阿，發語詞。堵，從‘者’聲，義得通借。《說文》云：‘者，別事詞也。’故指其物而別之曰‘者箇’。方俗之言，有符詁訓，淺人不曉，書作‘這箇’。不知‘這’字音‘彥’，以‘這’爲‘者’，其謬甚矣。凡言‘者箇’，隨其所指，理俱可通。故《晉書·王衍傳》口未嘗言錢，晨起見錢，謂婢曰：‘舉阿堵物卻。’謂錢也。《世說·巧藝篇》顧長康曰：‘傳神寫照，正在阿堵中。’謂眼也。《文學篇》：‘殷中軍見佛經云：理亦應阿堵上。’謂經也。《雅量篇》注：‘謝安目衛士謂溫曰：明公何有壁間著阿堵輩。’謂兵也。益知此語爲晉代方言，今人讀‘堵’爲‘睹’，音則失之矣。”《晉宋書故》。劉盼遂曰：“其解‘阿堵’，與予說閭合。”○俞正燮曰：“浙東西語‘何爲底’，‘底’乃‘等’之轉，‘等’乃‘何等’之急省。‘等’義爲何等，又爲此等，故通‘底’，又通‘堵’，通‘垛’，通‘墮’，通‘得’，通‘的’。所謂‘兀底’‘恁底’‘寧底’‘凭底’‘惡得’‘惡垛’‘阿墮’‘阿堵’，皆言此等也。”《癸巳類稿》卷七。劉盼遂按曰：“其說迂曲。”○劉盼遂曰：“‘堵’即‘者’字，同音互用。《史記·張釋之傳》‘堵陽人也’韋昭注：‘堵，音赭。’《漢書·張釋之傳》師古注：‘堵，音者。’是六朝舊音，‘堵’讀爲‘者’，故可互用。《說文》：‘者，別事詞也。’《漢書·藝文志》曰‘儒家句者流’云云，‘道家句者流’云云，‘者’皆訓爲此。句讀本蘄春黃先生說。今人尚謂此爲‘者’，如‘者里’、‘者回’是也，俗書作‘這’。無以下筆，古

508

人語緩，故‘堵’字上加‘阿’以足語氣，猶名‘蒙’者稱‘阿蒙’，言‘誰’者語作‘阿誰’耳。‘阿’字本自無意義也。”按“阿堵”義參見《規箴篇》“王夷甫雅尚玄遠”條、《巧藝篇》“顧長康畫人”條。

○注“牟子曰”

《牟子》，大典顯常曰：“《隋書·經籍志》：‘《牟子》二卷，後漢太尉牟融撰。’《尚友錄》：‘牟融，字子優，後漢人。少博學，以《尚書》教授，門徒數百人。’《佛祖通載》：‘牟子，未詳名字，修經傳諸子。會靈帝崩，天下擾亂，將母避世，太守請署吏，見世亂竟不就，銳志佛道，兼研《老子》，作《牟子理惑》三十七篇，梁僧祐載於《弘明集》。’未知與《隋書》所引《牟子》同否。”《撮補》。○恩田仲任曰：“《唐書·藝文志》：‘道家有《牟子》二卷，牟融著。’按《牟子》曰：‘靈帝崩後，天下擾亂，獨交州差安。牟子將母避世交趾，年二十六歸蒼梧娶妻，志精於學，又見世亂，無仕宦意。’云云，非蕭宗時牟融。”○沈家本曰：“《隋志》：‘《牟子》二卷，後漢太尉牟融撰。’二《唐志》在道家。疑《唐志》道家之《牟子》與《隋志》儒家之《牟子》，係二人二書。惟其爲道家之《牟子》，故述及佛經事也。《文選理學權輿》有鮑案云：‘此牟子是靈帝時人。其書二卷，今見佛藏《弘明集》。’其說近之。”《古書目》卷五。

“通人傅毅”，桃井白鹿曰：“王充《論衡》：‘博覽古今，謂之通人。’”

“寫取佛經四十二部”，天保手批曰：“時迦葉摩騰、竺法蘭隨秦景等來至白馬寺譯《四十二章經》。”

◎王叔岷曰：“《御覽》引此注云：‘佛經之行束國尚焉，而記傳無聞，莫詳其始。《牟子》曰：“漢明帝夜夢見神人，身有日光，飛止殿前，意甚忻悦。明日問群臣，有通人傅毅對曰：‘聞天竺有得道者號曰佛，身有日光，殆將其神。’於是上悟，遣羽林郎秦景、博士弟子等十二人之大月氏，寫取佛經四十二章，在蘭臺石室。”’‘牟子曰’以下，與《弘明集》一所載《牟子理惑論》之文較合。”

○注“劉子政列仙傳曰”

“劉子政列仙傳”，沈家本曰：“《隋志》：‘《列仙傳讚》三卷，劉向撰，鬷續，孫綽讚。又二卷，劉向撰，晉郭元祖讚。’《舊唐志》：‘《列仙傳讚》二卷。’《新志》卷同，無‘讚’字。按《隋志》《列仙傳讚》二本，而其傳爲向作，讚爲他人，敘此甚明白。"《古書目》卷四。○葉德輝曰："《隋志》入'雜傳'。"《書目》。○趙西陸曰："《隋書·經籍志》：《列仙傳贊》三卷，劉向撰，孫綽贊。"

◎湯用彤曰："上文乃自《列仙傳序》略出。故劉宋宗炳《明佛論》有云：'劉向《列仙敘》，七十四人在佛經。'此序又稱爲'贊'，《顏氏家訓·書證篇》有云：'《列仙傳》劉向所造，而《贊》云七十四人出佛經。蓋由後人所羼，非本文也。'"《佛教史》頁一一。○王叔岷曰："考《弘明集後序》：'案漢元之世，劉向《序仙》云：七十四人出在佛經。'又《廣弘明集》十一釋法琳《對傅奕廢佛僧事》引劉向《列仙傳》云：'吾搜檢藏書，緬尋太史，創撰列仙圖，自黃帝已下六代，迄到於今，得仙道者七百餘人。向檢虛實，定得一百四十六人。'又云：'其七十四人，已見佛經矣。'所稱《列仙傳》，亦《列仙傳》之敘也。"

○注"魏略西戎傳曰"

《浮屠經》，大典顯常曰："《魏志》注引之，蓋道家僞作。"

"身服色黃"，岡白駒曰："服，音半，肉也，字從肉，與衣服之'服'不同。"○大典顯常曰："'服'通'胖'，大也。"《集成》。○秦士鉉曰："'服'應作'服'，肉也。《釋迦譜》：'太子身黃金色。'"

"復豆"，岡白駒曰："即'浮圖'也，蓋梵語同。"○秦士鉉曰："'復豆''浮圖'音通。"

○注"漢武故事曰"至"時無經也"

《漢武故事》，沈家本曰："《隋志》：'《漢武帝故事》二卷，無撰人。'二《唐志》同，《舊志》無'帝'字。今本一卷，舊題漢班固撰。隋唐志皆不言固作。"《古書目》卷四。○葉德輝曰："《隋志》入'舊事篇'，題《漢武帝故事》二卷，無撰人。"《書目》。

"魚豢之説"，秦士鉉曰："《隋書·經籍志》：'《典略》八十九卷，魏中郎魚豢撰。'《史通》：'魏京兆魚豢私撰《魏略》，止明帝。'"

"牟傳所言"，參見校文。恩田仲任曰："牟傳，牟融、傅毅。"

【彙評】

李贄曰："如此看佛經，今難其人。"

510

張萬起曰："魏晉時期，佛教理論家力圖與玄學家講的老莊之教相結合。佛教般若學借助玄學在社會上的影響，迎合適應玄學的需要，發展了自己。殷浩這句話正反映了這一歷史事實。"

24

謝安年少時，請阮光祿道《白馬論》。《孔叢子》曰："趙人公孫龍云：'白馬非馬。馬者所以命形，白者所以命色。夫命色者非命形，故曰白馬非馬也。'"爲論以示謝，于時謝不即解阮語，重相咨盡。阮乃歎曰："非但能言人不可得，正索解人亦不可得[1]！"《中興書》曰："裕甚精論難。"

○"謝安年少"至"亦不可得"

"重相咨盡"，田中頤曰："反覆詳悉。" ○崔朝慶曰："言詢問而求盡曉其義也。" ○徐震堮曰："咨，詢問也。謂重加詢問以期盡其義理。"

"正索解人"，淇園曰："索能解之之人。" ○胡鳴玉曰："'索解人'三字本連，與'能言人'一例，謂求解其義也。今用作求一能解之人不可得，意非。"《雜錄》卷一。 ○鄭學弢曰："此乃贊賞之詞。阮裕以'能言人'自許，而以'索解人'許謝安，並歎其不可多得，猶樂廣之歎衛玠：'此兒胸中必當無膏肓之疾。'皆喜見年少者研尋不倦而作贊許之。"《札記》。 ○江藍生曰："正，即使、縱使，表示讓步的連詞。"《彙釋》頁二六七。 ○龔斌曰："解人，謂解悟之人。"

○注"孔叢子曰"

《孔叢子》，葉德輝曰："《隋志》：七卷。云：'陳勝博士孔鮒撰。'"《書目》。
◎王叔岷曰："注引《孔叢子》云云，今本《孔叢子·公孫龍篇》無此文。《列子·仲尼篇》張湛注亦引《白馬論》云：'馬者，所以命形也。白者，所以命

[1] "亦不可得"，何焯曰："一作'亦不得'。"

色也。命色者，非命形也。'與今本《公孫龍子·白馬論》同。今本《公孫龍子》晚出，漢儒所見《白馬論》，本名《堅白論》。《御覽》四六四引桓譚《新論》云：'公孫龍，六國時辯士也。爲《堅白》之論，假物取譬，謂白馬爲非馬。非馬者，言白所以名色，馬所以名形也。色非形，形非色。'（《論衡·案書篇》亦云：公孫龍著《堅白》之論。）與今本《公孫龍子》分《白馬論》《堅白論》爲二篇大異。"

【彙評】

王世貞曰："杜公有云：'文章千古事，得失寸心知。'亦謂此耳。夫劌鉥心腑，指摘造化，如探大海出珊瑚，奈何令逐臭吠聲之士輕讀之也！至於有美必賞，如響之應，連城隱璞，卞生動容；流水離絃，鍾子捊心。古人所以重知己而薄感恩，夫豈欺我！"《藝苑巵言》卷八。

王世懋曰："謝公猶然，況它人乎？"

王思任曰："原不是兩層。"

馮友蘭曰："老莊的思想是經過名家，而又超過名家底。玄學家的思想也是如此。名家之學，在魏晉時亦盛行。"《新原道》頁一〇三。

25

褚季野語孫安國褚裒、孫盛，並已見。云："北人學問，淵綜廣博。"孫答曰："南人學問，清通簡要。"支道林聞之曰："聖賢固所忘言。自中人以還，北人看書，如顯處視月；南人學問，如牖中窺日。"支所言，但譬成孫、褚之理也。然則學廣則難周，難周則識闇，故如顯處視月；學寡則易覈，易覈則智明，故如牖中窺日也。

○"褚季野語"至"清通簡要"

"褚季野語孫安國"，劉應登曰："褚，北人。孫，南人。"

"淵綜廣博"，恩田仲任曰："淵，深也；綜，機縷也。"○田中頤曰："此宜施之文章言語，其或可也，又譬如霸必有大國。"

"清通簡要"，田中頤曰："此宜用之德行政事，其或可也，又譬如王不待大。"

○"支道林"至"牖中窺日"

"固所忘言"，桃井白鹿曰："《莊子·外物》：'得意而忘言。'○田中頤曰："言聖賢人倫之至，而拔其萃取之在此，故其南北固所可忘言勿論也。此將言其弊，先外聖賢。"

"自中人以還"，田中頤曰："即以褚孫輩論示之。"○楊勇曰："以還，以下也。"

"顯處視月""牖中窺日"，劉應登曰："顯處視月則廣而難周，牖中窺日則寡而易核。"○桃井白鹿曰："《隋書·儒林傳》：'大抵南人約簡，得其英華；北學深蕪，窮其枝葉。'"○平賀房父曰："牖中窺日，無所不明而見有不至；顯處視月，無所不見而明有不至。"○田中頤曰："顯處視月，廣博而少簡要，故此言無所不見，而明有不至也。牖中窺日，簡要而乏廣博，故此言無所不明，而見有不至也。"○湯用彤曰："支所言固亦譬成孫、褚之理，但'顯''牖'謂學之廣、約，'日''月'指光之明暗，白是重南輕北，而其歸宗於忘言得意，則尤見玄學第一義諦之所在也。"《論稿》頁二六。○余嘉錫曰："此言北人博而不精，南人精而不博。"○張萬起曰："顯處視月，比喻所見面廣，中心不突出。牖中窺日，比喻所見面狹，重點顯明。"

◎唐長孺曰："褚裒爲陽翟人，孫盛是太原人，所謂南北，應指河南北。束遷僑人並不放棄原來籍貫，孫、褚二人的對話，只是河南北僑人彼此推重，與《隋書·儒林傳序》所云：'南人簡約，得其精華；北學深蕪，窮其枝葉。'雖同是南北，而界線是不一致的。這種以河南北相對比的人物論大概始於束漢。褚裒所謂'北人學問淵綜廣博'，乃指大河以北流行的漢儒經説傳注；孫盛所謂'南人學問清通簡要'，乃指大河以南盛行的玄學。"《讀〈抱朴子〉推論南北學風的異同》，《論叢》頁三四七至三四九。龔斌按曰："唐氏之説值得商榷。考魏晉以至南朝，所謂南人北人，皆以大江爲界，即江南人稱南人，中原人稱北人。"○錢鍾書曰："歷來引用的人只知道'牖中窺日'仿佛'管中窺豹'，誤解支道林爲襃北貶南，而劉峻在這一節的注釋裏又襃南貶北，説什麼北人'學廣則難周，難周則識暗'，南人'學寡則易核，易核則知明'。支道林是仲裁者講公道話。孫、褚分舉南北'學問'各有長處，支支持這些長處，而指出它們也各有流弊，長處就此成爲缺點。中人以下追求廣博，則流爲淺泛；追求精簡，則流爲寡陋。浮光掠影和一孔片面都是毛病，儘管病情不同，但都是《人物志·材能》所稱‘偏材之人’。《隋書·儒林傳》敘述經學，説：‘大抵南人約簡，得其英華；北學深蕪，窮其枝葉。’這就像劉峻的注解，也簡直是唐後對南北禪宗的慣評了。”《中國詩與中國畫》，《七綴集》頁一〇至一一。

【彙評】

劉辰翁曰：“牖中窺日外面光，顯處視月罅隙透。”

方弘静曰：“顯處視月，廣而難周；牖中窺日，簡而易覈。學不貴博而貴精，此喻頗切。”《千一録》卷十七。

袁枚曰：“支公云：‘北人學問，如顯處觀月。’言其博而寡要，今之考據家也。‘南人學問，如牖中窺日。’約而能明，今之著作家也。”《隨園詩話補遺》卷三。

劉師培曰：“東晉人士，承西晉清談之緒，並精名理，善論難，以劉惔、王濛、許詢爲宗，其與西晉不同者，放誕之風，至斯盡革。大抵析理之美，超越西晉，而才藻新奇，言有深致，即孫安國所謂‘南人學問，精通簡要’。”《文學史》頁五六。

余嘉錫曰：“《北史·儒林傳序》曰：‘南人約簡，得其英華；北學深蕪，窮其枝葉。’語即本此。實則道林之旨，特爲清談名理而發。延壽亦不過謂南人文學勝於北人耳。夫朴學浮文，本難一致。春華秋實，烏可並言？北人著述存於今者，如《水經注》、《齊民要術》之類，淵綜廣博，自有千古，非南人所敢望也。”

26

劉真長與殷淵源談，劉理如小屈，殷曰：“惡，卿不欲作將善雲梯仰攻？”《墨子》曰：“公輸般爲高雲梯[1]，欲以攻宋。墨子聞之，自魯往。裂裳裹足，日夜不休，十日十夜而至於郢。見楚王曰：‘聞大王將攻宋，有之乎？’王曰：‘然！’墨子曰：‘請令公輸般設攻宋之具，臣請

---

[1]“高雲梯”，余嘉錫曰：“沈本無‘雲’字。”何焯校同。楊勇曰：“‘高’下沈本無‘雲’字。今按‘高雲’複詞，宋本是。”王叔岷曰：“《吕氏春秋·愛類篇》亦作‘高雲梯’。”

試守之。'於是公輸般設攻宋之計，墨子縈帶守之。輸九攻之，而墨子九卻之。不能入，遂輟兵。"

○"劉真長"至"雲梯仰攻"

"惡卿不欲"句，王世懋曰："此言戲劉雖善攻，不能當己之墨守。"○岡白駒曰："劉理小屈，欲罷退，殷曰：'唯恐卿不欲復爲將，卿須善具雲梯以仰攻，終不能衝入我墨守。'蓋戲誇也。"○桃井白鹿曰："惡，去聲。十一字一句。言卿本輕我，不欲將兵繕器以攻，故有今日之敗，此我所惡也。其意實謂劉雖善攻，不能當己之墨守也。"○大典顯常曰："十一字一句。言卿蓋以我爲不足抗，故不欲爲將善備來攻而容易成敗。言'惡'者，惡其似輕我也。其意實如王所言也。一說，'作'如'白眼兒遂作'之'作'，五字一句； '將'，猶須也，六字一句。"○淇園曰："此蓋殷自誇其理之勝，而曰'惡'曰'不欲'者，即姑以此以護劉之短者耳。"○秦士鉉曰："一本'將'字句，謂大將也。按十一字句，作將，作起持來也。'善'猶良，'惡'猶恨。恨其不竭智力而攻也。"○李慈銘曰："'惡卿'句有誤。"《簡端記》。○范子燁曰："'惡'字用作歎詞。殷謂劉'不欲作將，善雲梯仰攻'，（言）你不想作將領，善於（利用）雲梯仰攻。"《辨釋》。○張萬起曰："作將，制作。將，動詞，置於另一動詞後，意義有所虛化。《木蘭辭》：'爺爺聞女來，出郭相扶將。'"○蔣宗許曰："'欲'在魏晉六朝有時意義極虛，近乎語辭。'不欲作'即'不作'。'將'魏晉六朝常用於動詞後，只起音節作用而無實義。合而言之，'不欲作將善雲梯仰攻'即不作善雲梯仰攻。全句不能讀斷，'惡'後均爲賓語部分。"《臆札》。○龔斌曰："作，起也。將，扶助，扶持。'不欲作將'，謂不想起來扶持。善，修治、治理。劉尹已小屈，似公輸般之攻宋，雲梯塌毀，然不欲重起而扶持，繕戰具而再戰，故殷浩歎之以表遺憾。"

○注"墨子曰"

"縈帶守之"，桃井白鹿曰："《墨子》：'解帶爲城，以牒爲械。'陳琳《爲曹洪與文帝書》：'墨子之守，縈帶爲垣，折箸爲械。'"○趙西陸曰："注引《墨子》，檢與今本《墨子·公輸篇》文辭絕異，而與《呂氏春秋·愛類篇》略同。"○王叔岷曰："注引《墨子》云云，見《公輸篇》，惟所引之文，與《呂氏春秋·愛類篇》較合。又見《淮南子·脩務篇》。"

袁中道曰：“反句法，妙。”《舌華錄》卷九。

27

殷中軍云：“康伯未得我牙後慧^{〔1〕}。”《浩別傳》曰：“浩善《老》《易》，能清言。”康伯，浩甥也，甚愛之。

○“殷中軍”至“牙後慧”

“未得我牙後慧”，岡白駒曰：“慧，曉解也，言康伯天性俊拔，纔開口便曉解，非得我齒牙論而後曉解也。”○桃井白鹿曰：“此言康伯頗能清言，然未得我牙後之慧也。味在‘牙後’二字。”○大典顯常曰：“牙後，猶言‘言外’也。近讀《黃山遊草》者，其跋云：‘無一語拾人牙後慧。’是又言蹈襲人餘論也。”○平賀房父曰：“康伯未得已言之意，何望不言之意。是自負之言也。”○劉盼遂曰：“‘牙後慧’，猶所謂‘齒牙餘論’。《南齊書·謝朓傳》：‘美韓能含其菁華，吐其渣滓也。’後來引者多未識此語。”○徐震堮曰：“牙後慧以喻緒言餘論，猶言唾餘。”○楊勇曰：“牙後惠，不惜以言語獎惠於人也。《南史·謝朓傳》：‘朓好獎人才，會稽孔顗粗有才華，未爲時知，孔珪嘗令草讓表以示朓，朓嗟吟良久，手自折簡寫之，謂珪曰：“士子聲名未立，應共獎成，無惜牙齒餘論。”其好善如此。’此言康伯未得我獎惠也。”○朱鑄禹曰：“‘未’疑作‘末’，‘末’與‘莫’通。言莫非得我餘惠，即似我之意。”○鄭學弢曰：“‘未得’乃不及之詞，非揚棄之意。‘未得牙後慧’，況精微乎？味殷浩之言，意含惋惜，似非美康伯之能含英咀華也。”《礼記》。

---

〔1〕 “牙後慧”，董刻本“慧”作“惠”。程炎震曰：“別一宋本‘慧’作‘惠’。”朱鑄禹曰：“袁本、諸本作‘慧’。案‘惠’‘慧’通。”

28

謝鎮西少時，聞殷浩能清言，故往造之。殷未過有所通，爲謝標榜諸義，作數百語。既有佳致，兼辭條豐蔚，甚足以動心駭聽。謝注神傾意，不覺流汗交面。殷徐語左右："取手巾與謝郎拭面。"按殷浩大謝尚三歲，便是時流。或當貴其勝致，故爲之揮汗[1]。

○"謝鎮西少"至"作數百語"

"往造之"，田中頤曰："欲一舌戰。"

"未過有所通"，桃井白鹿曰："通，通名也，'酈生踵軍門上謁，使者入通'是也。言殷纔聞通謝名也。"○大典顯常曰："過有所通，謂所熟諳也。此言非所熟諳，而更爲謝榜出諸義也。"又曰："過，猶經也。蓋謂賓主禮辭曰通。"《集成》。○田中頤曰："謂始見而未過有所通謝名之交。"○秦士鉉曰："過，經嘗也。通，謂主客禮辭。客主未及寒暄也。"○徐震堮口："通，闡發也。"○朱鑄禹曰："'過'猶'甚'也，'通'指主客禮辭。"○鄭學弢曰："魏晉名士鄙薄章句，貴貫通義理，故闡釋玄理，每以'通'爲辭。"《札記》。

"標榜諸義"，胡三省曰："立表以示人曰標，揭書以示人曰榜。標榜猶言表揭也。"《通鑑·漢紀四十八》注。○龔斌曰："《高僧傳》四《支遁傳》：'標揭新理。'標榜義同標揭。先標揭綱要，此所謂'敘致'也。"

○"既有佳致"至"謝郎拭面"

"佳致"，龔斌曰："'佳致'之'致'，即'敘致'之'致'，蓋指義理也。"

"動心駭聽"，田中頤曰："與'佳致'應。"

"取手巾與謝郎拭面"，胡三省："今人盥洗以布拭手，長七八尺，謂之手巾。"《通鑑·梁紀二十二》注。○大典顯常曰："此説不足取，削之宜矣。或云可取巾與之，使其拭面，是以其年少，輕而戲之也。一説'與'猶'爲'，今從

[1] "按殷浩"至"揮汗"，凌濛初曰："劉本原無此注。"

之。”朱鑄禹按曰：“客人流汗，主人供巾以拭，未爲不可，乃謂此舉爲輕謝年少而戲弄，頗不可解。”○田中頤曰：“與，讀猶‘爲’。此既降，因撫之。”

【彙評】

劉辰翁曰：“作如此瑣語，又似可厭。”

王世懋曰：“此等政不必解，注似癡人前説夢，寧是孝標手段？”

秦士鉉曰：“謝既少年，殷又少於謝三歲，定是孩子，何能清言？又況呼謝爲郎乎？可笑。”

29

宣武集諸名勝講《易》，《易乾鑿度》曰：“孔子曰：‘易者，易也，變易也，不易也。三成德爲道包籥者[1]。易也，其德也[2]，光明四通，日月星辰布，八卦序，四時和也。變也者[3]，天地不變，不能成朝[4]；夫婦不變，不能成家。不易者，其位也。天在上，地在下；君南面，臣北面；父坐，子伏。此其不易也。故易者天地人道也。’”鄭玄序《易》曰：“易之爲名也，一

---

[1] “三成德爲道包籥者”，董刻本作“三德爲道，苟爲者”。何焯曰：“‘三’下一無‘成’字，‘道’下一無‘包籥者’三字。”桃井白鹿曰：“《太平御覽》引《易乾鑿度》‘三’上有‘管’字，‘包’作‘苞’，無‘者’字。鄭玄注：‘管，猶兼也。一言而兼此三者以成其德。’”天保手批曰：“‘三’字上有‘管’字。‘包’一作‘苞’。”李慈銘曰：“今本《乾鑿度》作：‘管三成德，爲道苞籥。（殿本作“管三成爲道德苞籥”，蓋誤。）易者，以言其德也。’以下文句，較此甚繁。古人引書，多從節省，惟此處‘三’上脱‘管’字，‘籥’下衍‘者’字，‘易也’當作‘易者’，皆傳寫之誤。”王利器曰：“蔣校本作‘三德爲道’，餘本作‘三成德，爲道包籥者’。案《御覽》卷六○九引《易乾鑿度》：‘易者，易也，變易也，不易也。管三成德，爲道苞籥。’鄭玄注曰：‘管猶兼也。一言而兼此三事，以成其德。道苞籥，齊魯之間，名門户及藏器之管爲籥。’《世説》此文，各本都有譌誤，當從《御覽》作‘管三成德，爲道苞籥’。”徐震堮曰：“‘三’上《御覽》卷六○九引《易乾鑿度》有‘管’字。鄭玄注：‘管猶兼也。’謂《易》兼簡易、不易、變易三義以成其德。應補‘管’字。”楊勇曰：“宋本作‘三德爲道苟爲者’，袁本作‘三成德爲道包籥者’，蔣、沈校本作‘三德爲道’，皆非是。此當從《御覽》，作‘管三成德，爲道苞籥’是也。”

[2] “易也其德也”，岡白駒曰：“‘其’當作‘者’。”桃井白鹿曰：“上‘也’下當有‘者’字。《觿》云：‘其’當作‘者’，非。”王利器曰：“蔣校本‘也’下有‘者’字，是。”

[3] “變也者”，李慈銘曰：“‘變也者’本作‘變易也者，其氣也’，此處亦誤脱。”

[4] “天地之變”二句，朱鑄禹曰：“清武英殿聚珍版《易乾鑿度》作‘天地不變，不能通氣；君臣不變，不能成朝’。”

518

言而函三義[1]：簡易一也，變易二也，不易三也。《繫辭》曰：'乾坤，《易》之蘊也，《易》之門户也。'又曰：'《乾》，確然示人易矣；《坤》，隤然示人簡矣。易則易知，簡則易從。'此言其簡易法則也。又曰："其爲道也屢遷，變動不居，周流六虚，上下無常，剛柔相易，不可以爲典要，唯變所適。'此則言其從時出入移動也。又曰：'天尊地卑，乾坤定矣；卑高以陳，貴賤位矣；動静有常[2]，剛柔斷矣。'此則言其張設布列不易也。"據此三義而説易之道，廣矣，大矣。日説一卦。簡文欲聽，聞此便還。曰："義自當有難易，其以一卦爲限邪？"

○"宣武集諸"至"爲限邪"

"集諸名勝"，胡三省曰："江東人士，其名位通顯於時者，率謂之佳勝、名勝。"《通鑑·晉紀三十四》注。○陳殷曰："名勝，有名望者。"《點注》卷四。○汪師韓曰："後世以地有勝景者爲名勝，非也。《晉書》：'敦、導及諸名勝皆騎從。'此名勝，猶云名士。又《北齊》：'邢邵在洛陽，會天下無事，與名勝以山水宴遊爲誤。'亦謂人也。"《談書録》。○周紀彬曰："北魏元熙將死，與知故書'廣召名勝，賦詩洛濱'云云，是知江北人士亦稱名流爲'名勝'。"《札記》。

"日説一卦"，田中頤曰："謂日以説一卦爲課限也。"

"義自當有難易"二句，岡白駒曰："其難者豈一日之所能盡哉？"○淇園曰："以難易立其程者，是爲尚其理者。以一卦爲限者，則是唯以其外面立限者。乃雖其所旨之深淺，亦可知矣。是簡文之所以不往而便還。"○田中頤曰："言卦或有難解，或有易解，而今以一卦爲限，則難者謾可省約，易者亦妄煩瑣，其聽無益可知也。"○王叔岷曰："其，猶'豈'也。"

○注"易乾鑿度曰"

"成朝"，岡白駒曰："晝夜之謂也。"○秦士鉉曰："天地成朝，晝夜也。"

"不能成家"，岡白駒曰："若夫婦而已，則不能傳家，生生之謂也。"○秦

---

[1]〕"一言而函三義"，秦士鉉曰："《乾鑿度》'言'作'名'，'函'作'含'。"
[2]〕"有常"，袁刻本"常"作"爲"。葉德輝曰："《易·正義序八論》亦作'常'。此作'常'是。"

士鉉曰："夫婦成家，生生也。或云此謂老陰老陽。"

○注"鄭玄序易曰"

"序易"，葉德輝曰："《隋志》經部有《周易》九卷，云：'後漢大司農鄭玄注。'此其序也。唐人孔穎達《易正義序》引作《易論》。"《書目》。

"確然""隤然"，秦士鉉曰："確然，健貌；隤然，順貌。"

【彙評】

李贄曰："簡文言是。"

焦袁熹曰："（簡文）曰：'義自當有難易，其以一卦爲限邪？'余謂此名言也。每見學人勤誦習者，以紙數爲課程，期在精熟，此便是爲古人所驅役，豈能得其至味乎？如遇一詩一文，會心可口，欲罷不能，因而吟諷累數十日，都不知此外更有篇卷，此境政自大佳，較之日盡盈寸者，所得多矣。"《此木軒雜著》卷五。

田餘慶曰："簡文不屑聽講，語氣之間，流露以玄學行家傲視桓温之態。"《政治》，一四三。

蔣凡曰："簡文喜歡通論，孫盛在他那裏講《易象妙於見形論》等《易》之通理，他就樂之不彼，津津有味，而以一卦爲限，不及義理之全面，他就認爲無論如何是講不好的，不值得聽。"

30

有北來道人好才理，與林公相遇於瓦官寺，講《小品》。于時竺法深、孫興公悉共聽。此道人語，屢設疑難，林公辯答清析，辭氣俱爽。此道人每輒摧屈。孫問深公："上人當是逆風家[1]，向來何以都不言？"

---

[1] "當是"，董刻本、元刻本、袁初刻本何焯校"當"作"常"，沈校本、袁重雕本作"當"。王叔岷曰："'常'字與上文'每'字相應，不必改爲'當'。"

庾法暢《人物論》曰〔1〕："法深學義淵博，名聲蚤著〔2〕，弘道法師也。"

深公笑而不答。林公曰："白旃檀非不馥，焉能逆風？"

《成實論》曰："波利質多天樹〔3〕，其香則逆風而聞。"深公得此義，夷然不屑。

○"有北來道人"至"每輒摧屈"

"好才理"，淇園曰："本是'才辨'，爲下云'疑難'，特改曰'理'耳。"○張萬起曰："才理，才思義理。這裏則偏指義理。"○龔斌曰："才理，指言理之才能也。"

"瓦官寺"，恩田仲任曰："《佛祖統記》曰：'興寧元年，詔以官瓦窯地賜沙門慧力建瓦官寺。'"○楊勇曰："瓦官寺，在金陵城内，今江蘇句容縣北。"

"小品"，恩田仲任曰："《摩訶般若波羅密經》，亦名《大品》，二十七卷，九十品，羅什共僧叡譯，以其卷帙多，故是名'大品般若'。若《小品般若波羅密經》十卷，二十九品，羅什譯，以其卷帙少，故是名'小品般若'。"○天保己批曰："講《小品》者，即林公乎？"○陳寅恪曰："日本恩田仲任《世説音釋》叁'有北來道人'條，以鳩摩羅什譯《小品般若波羅密經》當之，則又不知殷浩、支遁皆不及見此鳩摩羅什譯之《小品》也。'小品'疑即支讖譯《道行經》也。"《逍遥遊向郭義及支遁義探源》，《叢稿二編》。

"屢設疑難"，田中頤曰："是即'才理'。"

○"孫問深公"至"夷然不屑"

"上人當是逆風家"，劉應登曰："孫言'上人當是逆風家'，謂禪家多難問，今胡不言？"凌刻本"胡"作"何"。○岡白駒曰："逆風，喻善難問也。下文'逆風'，王（世懋）解備矣。"○平賀房父曰："逆風，喻對辨。"○田中頤曰："天樹蓋有紫旃檀，其香逆風而聞。此以深有可言之理而不言，故訝問之也。"○余嘉錫曰："言法深學義不在道林之下，當不至從風而靡，故謂之

〔1〕"庾法暢"，王利器曰："'庾'當作'康'，説已詳前。"
〔2〕"蚤著"，董刻本"著"作"者"。王利器曰："各本'者'作'著'，是。"
〔3〕"波利質多天樹"，趙西陸曰："'波利質多羅樹'，梵語，樹名。'天'當作'羅'。"

‘逆風家’。”○楊勇曰：“上人，有道之人。逆風家，下風家也。下風家，猶劣勢之人。”龔斌按曰：“余箋是，楊箋誤。”○王叔岷曰：“‘家’，猶‘人’也。《韓非子·功名篇》：‘堯爲匹夫，不能正三家。’《難勢篇》引《慎子》‘家’作‘人’，即‘家’‘人’同義之證。”○張萬起曰：“逆風，方向相反的風，與順風相對。比喻處於不利地位。”《詞典》頁二七四。○蕭艾曰：“逆風適與順風反。今俗語，謂唯唯諾諾之人爲‘順風倒’，然則逆風家蓋指堅持真理、獨標正義之人歟？”《探幽》頁九九。○董志翹曰：“所謂‘逆風家’，猶‘逆風者’，即指佛典中所謂‘具有戒香’之‘德人’，因其‘持戒清浄香’能逆風熏，故稱‘逆風家’。”《考釋》。

“向來”，張萬起曰：“剛才。”

“白旃檀非不馥”二句，陳敬曰：“波利質色香樹，其香逆其風而聞。今反之曰：‘白栴檀非不香，豈能逆風。’言深非不能難，正不必難也。”《陳氏香譜》卷四。○劉應登曰：“林旁答‘白旃檀焉能逆風’者，蓋波利質多天樹，其香逆風而聞。今反之云：白旃檀非不香，豈能逆風？言深非不能難之，正不必難之也。”○王世懋曰：“林公意謂波利質多天樹，才能逆風聞香；白旃檀雖香，非天樹比，焉能逆風？以天樹自許，而以白旃檀比深公，故深公不屑。如劉解‘不必難’，深公當喜而印可也。”○淇園曰：“此蓋以紫旃檀自比。”○田中頤曰：“林因比言深白旃檀，而香則香矣，未足曰逆風。此非我紫旃檀，則不能服彼也。”○余嘉錫曰：“道林以爲雖法深亦不能抗己。”○楊勇曰：“白旃檀，香木。梵語‘旃檀那’之略稱。玄應《音義》：‘旃檀那，外國香木也。有赤白紫等諸種。’《翻譯名義集》三《衆香篇》：‘阿難曰：佛世有三種香，一曰根香，二曰枝香，三曰華香。此三品香，唯能隨風，不能逆風。’”

“夷然不屑”，大典顯常曰：“余謂王（世懋）言誠是也，但以‘不屑’爲不肯之語，非也。夷，平也。不屑，謂不介意也。深蓋心服林言也。”○恩田仲任曰：“夷，平也。《正字通》曰：‘凡遇事物，輕視不如意，曰不屑。’”○田中頤曰：“林雖得貶議，以其言不欺，故聞之夷然不介於懷也。”○董志翹曰：“對於支道林之失禮，竺法深‘夷然不屑’，這也生動說明了法深‘道素淵重，有遠大之量’，同時佛家主張‘自具戒德者不作貢高’，故法深‘非不能難，正不必難也’。”《考釋》。

○注“庾法暢人物論曰”

“庾法暢”，余嘉錫曰：“《全晉文》百九十七自注曰：《高僧傳》四《康僧淵傳》云：‘康法暢著《人物始義論》等。’《世説》注作‘庾法暢’，字之誤也。”

“學義淵博”，楊勇曰：“學義，即才學。”

【彙評】

蔣凡曰：“支遁自視甚高，深公於心未許，觀兩人風貌，皆非悟空道人，逞才鬥氣，儼然是飄逸當時的風流名士。”

31

孫安國往殷中軍許共論，往反精苦，客主無間。左右進食，冷而復煖者數四。彼我奮擲麈尾，悉脱落〔1〕，滿餐飯中。賓主遂至莫忘食。殷乃語孫曰：“卿莫作強口馬，我當穿卿鼻〔2〕。”孫曰：“卿不見決鼻牛，人當穿卿頰〔3〕。”《續晉陽秋》曰：“孫盛善理義。時中軍將軍殷浩擅名一時，能與劇談相抗者，唯盛而已。”

○“孫安國”至“至莫忘食”

“殷中軍許”，沈欽韓曰：“某許猶言某處。《世説・文學篇》云‘孫安國往

〔1〕 “悉脱”，趙西陸曰：“《太平廣記》卷二百四十八、《太平御覽》卷三九〇引《郭子》、《晉書・孫盛傳》‘悉’上有‘毛’字。此脱，當據補。”
〔2〕 “我當穿卿鼻”，程炎震曰：“（《御覽》三百九十《言語門》引）作‘我當併卿控’。”余嘉錫曰：“《郭子》作‘我當併卿控’。”
〔3〕 “卿不見決鼻牛”二句，程炎震曰：“（《御覽》三百九十《言語門》引）‘決’作‘尤’，‘人’作‘我’。”

殷中軍許'，又'康僧淵忽往殷深源許'，又'支道林殷深源俱在相王許'。"梁
章鉅《三國志旁證》卷十八引。

"精苦"，龔斌曰："精，甚、極。"

"客主無間"，張萬起曰："客主雙方論辯毫無間隙，言其緊張激烈。"

"數四"，江藍生曰："一般泛言行爲、動作次數較多。有時是強調同樣的動
作或情況重復多次。"《彙釋》頁一八四。〇楊勇曰："時人習用約數之詞，猶今言
好幾次、三四次是。"

"奮擲麈尾"，徐震堮曰："《廣雅》：'擲，振也。'振，揮動也。"

〇"殷乃語孫"至"穿卿頰"

"決鼻牛"，楊勇曰："即缺鼻牛。《郭子》引作'穴鼻牛'。穴、缺、決，皆
一聲之轉，喻牛鼻破裂如缺然、穴然是也。"〇江藍生曰："'穴鼻牛'，指鼻子
豁裂的牛。'穴'作動詞，有'洞穿'義。'穴鼻'宜訓作豁鼻，與《世説》之
'決鼻'同義。"《彙釋》頁二三九。

"穿卿頰"，余嘉錫曰："牛鼻乃爲人所穿，馬不穿鼻也。然穿鼻者常決鼻逃
去，穿頰則莫能遁矣。"

◎程炎震曰："《御覽》三百九十《言語門》引作《郭子》。"按余嘉錫曰"見
《御覽》三百八十"，誤。

【彙評】

劉辰翁曰："亦是何等往復，傳之後世。"

方弘靜曰："江右以玄雅標尚，至孫、殷穿牛決馬，擲麈忘食，乃盡露色相，
故知矯情沽譽也。"《千一録》卷十七。

李贄曰："劇談固一樂事。"

王世懋曰："何至作對罵？"

伯克利手批曰："不能往，可恨。"

博古堂朱批曰："此等語便開惡道。"

　　《莊子·逍遙篇》，舊是難處，諸名賢所可鑽味〔1〕，而不能拔理於郭、向之外。支道林在白馬寺中，將馮太常共語，《馮氏譜》曰：“馮懷字祖思，長樂人。歷太常、護國將軍〔2〕。”因及《逍遙》。支卓然標新理於二家之表，立異義於衆賢之外，皆是諸名賢尋味之所不得。後遂用支理。向子期、郭子玄《逍遙義》曰：“夫大鵬之上九萬，尺鷃之起榆枋〔3〕，小大雖差，各任其性。苟當其分，逍遙一也。然物之芸芸，同資有待，得其所待，然後逍遙耳。唯聖人與物冥而循大變，爲能無待而常通，豈獨自通而已。又從有待者不失其所待〔4〕；不失，則同於大通矣〔5〕。”支氏《逍遙論》曰：“夫逍遙者，明至人之心也。莊生建言人道〔6〕，而寄指鵬、鷃。鵬以營生之路曠，故失適於體外；鷃以在近而笑遠，有矜伐於心內。至人乘天正而高興〔7〕，遊無窮於放浪。物物而不物於物，則遙然不我得。玄感不爲，不疾而速，則逍然靡不適。此所以爲逍遙也。若夫有欲當其所足，足於所足，快然有似天真，猶饑者一飽〔8〕，渴者一盈，豈忘烝嘗於糗糧，絕觴爵於醪醴哉？苟非至足，豈所以逍遙乎？”此向、郭之注所未盡。

〔1〕 “可鑽味”，李慈銘曰：“‘可’字誤。通行刪節本作‘共’。”楊勇曰：“‘可’字不誤。可者，能也，與下文‘不能’連解，意即明白。《識鑒》三‘況可親之邪’，亦同。”

〔2〕 “護國將軍”，李慈銘曰：“‘護國’當是‘護軍’，或是‘輔國’。晉有護軍將軍、輔國將軍，而無護國將軍也。”程炎震曰：“宋本‘國’作‘軍’。”余嘉錫曰：“‘國’景宋本及沈本俱作‘軍’。”按《子略》卷二引、何焯校亦均作“護軍”。趙西陸曰：“作‘護軍’是，《晉書·禮志上》云：‘護軍將軍馮懷。’”

〔3〕 “尺鷃之起榆枋”，余嘉錫曰：“沈本作‘斥鷃’。何焯校同。”王利器曰：“蔣校本、沈校本‘尺’作‘斥’，古通用。《莊子·逍遙遊》，《釋文》：‘斥如字，本亦作尺。’”朱鑄禹曰：“‘斥’，《周禮·冬官·考工記·弓人》有‘斥蠖’，後多書作‘尺蠖’，殆以音同而通。”又，董刻本“枋”作“祊”。王利器曰：“各本‘祊’作‘枋’，是。《莊子》正作‘枋’。”

〔4〕 “又從”，王世懋曰：“今注‘從’作‘順’，義一也。”

〔5〕 “大通”，董刻本、何焯校“通”作“道”。楊勇曰：“宋本作‘道’，非。”王叔岷曰：“‘大道’乃‘大通’之誤，《莊子·逍遙遊篇》郭注作‘大通’。‘同於大通’一語，本《莊子·大宗師篇》。”

〔6〕 “人道”，董刻本作“大道”。周一良《批校》曰：“人，大。”

〔7〕 “天正”，董刻本“正”作“三”。王利器曰：“各本‘三’作‘正’，是。”

〔8〕 “饑者”，余嘉錫曰：“‘饑’景宋本作‘飢’。”

○“莊子逍遥”至“遂用支理”

“舊是難處”，田中頤曰：“謂極妙而難解。”○張萬起曰：“舊，長久。”

“不能拔理”，崔朝慶曰：“言諸名賢鑽研尋味，而其理皆未能超乎郭、向二家也。”

“白馬寺”，程炎震曰：“據《高僧傳·支遁傳》敘次，則此白馬寺在餘杭。”

“將馮太常共語”，岡白駒曰：“將，與也。”○王叔岷曰：“將，猶‘與’也。《史通·二體篇》：‘遂使漢之賈誼將楚屈原同列，魯之曹沫與燕荆軻並編。’‘將’‘與’互文，其義一也。”○周一良曰：“‘將’猶言‘同’。”《批校》。

“因及逍遥”，田中頤曰：“支忽而説之，固非有宿構，甚若容易者。”

“尋味之所不得”，田中頤曰：“謂特立獨見，得乎自然者也。”○余嘉錫曰：“支並詳釋名物訓詁，如注經之體，不獨作論標新立異而已。”

○注“向子期郭子玄逍遥義曰”

《逍遥義》，葉德輝曰：“此《莊子》中之一篇，《隋志》本有向秀、郭象二家注。疑此篇二家同也。”《書目》。

“物之芸芸”，秦士鉉曰：“芸芸，多也。《老子》：‘萬物芸芸，各歸其根。’”

“同資有待”，大典顯常曰：“‘有待’‘無待’，《逍遥篇》中語。資，猶‘萬物資始’之資也。”○秦士鉉曰：“有待，有所恃也，如大鵬恃風是也。”

○注“支氏逍遥論曰”至“注所未盡”

“至人乘天正”，秦士鉉曰：“天正，天地之正也。注：陰陽二氣之正。”

“物物”，秦士鉉曰：“見《莊子》。《淮南子》注：‘物物者，造萬物者也。’”

“遥然不我得”，秦士鉉曰：“我得，即‘足於所足’也。”

“忘烝嘗於糗糧”二句，岡白駒曰：“‘烝’‘嘗’並祭名。言足於糗糧而忘烝嘗之豐饌，對醪醴而絶觴爵，此可謂至足矣。”○大典顯常曰：“秋祀曰蒸，冬祀曰嘗。用謂珍味也。醪醴，亦以非醇美言之也。”○秦士鉉曰：“絶，亦忘也。糗醪之時，不能忘懷於烝觴，是不能足於所不足故也。”

“此向郭之注所未盡”，李慈銘曰：“《太平廣記》卷八十七引《高僧傳》云：‘遁當日在白馬寺與劉系之等談《莊子·逍遥》，遁曰：‘不然，夫桀紂以殘害爲性，若適性爲得者，彼亦逍遥矣。”於是退而注《逍遥篇》，群儒舊學，莫不歎伏。'"《簡端記》。〇王叔岷曰："義慶謂'支卓然標新理於二家之表'，孝標謂支論爲'向郭之注所未盡'，然就二說比而觀之，支義誠較向、郭義切實，向、郭義則較支義深遠。支氏據莊子所述，以爲鵬鷃之所足，非至足，非所以逍遙；向、郭廣莊子所述，以爲鵬鷃大小雖差，各適性分，逍遙相同。此其異也。支義重在至人之至足，向、郭義重在聖人之無待。至足所以無待，理固無殊。向、郭更進而謂聖人能無待而常通，又順有待者不失其所待，而同於大通。此則支義之所未盡者矣。"

【彙評】

劉辰翁曰："支理如此，有何高妙，而稱道甚至？"天保手批曰："'理'作'論'，無'如此'二字。"蓋據凌瀛初本校。

王世懋曰："此論亦新奇，可備一種《莊》注。"秦士鉉按曰："今日林西沖輩略據此說。"

伯克利手批曰："'逍遙'分解亦屬拘牽，文義只'明至人之心'一語已盡。"

湯用彤曰："此文不但釋《莊》具有新義，並實寫清談家之心胸，曲盡其妙。當時名士讀此，必心心相印，故群加激揚。吾人今日三復斯文，而支公之氣宇，及當世稱賞之故，從可知矣。"評注支氏《逍遙論》。《佛教史》頁一三七。〇曰："支公通《逍遙遊》，卓然標新理於二家之表，似若支與向、郭立義懸殊。此則亦不盡然。蓋向、郭謂萬物大小雖差，而各安其性，則同爲逍遙。然向、郭言逍遙雖同，而分有待與無待。有待者必得其所待，然後逍遙。無待者則與物冥而循大變。不惟無待，而且能順有待，而使其不失其所待。有待者，芸芸眾生。無待者，聖人神人。有待者自足，無待者至足。支公新義，以爲至足乃能逍遙，實就二家之說，去其有待而存其無待。"《論稿》頁四八。何啟民按曰："湯錫予氏以爲其出諸向秀、郭象之說，其誤在認向、郭說爲同一。然向、郭之說於根本處實有差別，子期既主物之生有所待，而子玄則以爲無所待，自然而生。反視'即色'義，既云'不自有色'，待色色而爲色，是有所待也。故實從子期《莊注》來。"《談風》頁二四二。

陳寅恪曰："向、郭之'逍遙遊'義，雖不與劉氏（劭）人物才性之說相合，但其措意遣詞，實於孔才所言頗多近同之處。故疑向子期之解《逍遙遊》，不能不受當時人物才性論之影響。林公於《道行》一經實爲顒門之業，其借取此經旨以釋《莊子》，乃理所當然。據道安《道行經序》，既取《道行經》與《逍遙遊》並論，（按見《出三藏記集》七。）明是道安心目中有此格義也。依僧光'且當分析逍遥，何容是非先達’之語，（按見《高僧傳・僧光傳》。）則知先舊格義中實有以佛說解《逍遥遊》者矣。慧遠少時在南遊荆州之前，其講實相義，亦已引莊子義爲連類，（按見《慧遠傳》。）則般若之義容可與‘逍遥遊’義附會也。取此諸條，依其時代先後及地域南北之關係，綜錯推論之，則借用《道行》般若之意旨，以解釋莊子之《逍遥遊》，實是當日河外先舊之格義。但在江東，則爲新理耳。”《逍遥遊向郭義及支遁義探源》，《叢稿二編》。

何啟民曰：“《高僧傳》本傳稱遁作《即色遊玄論》，又支道林別有《即色論》。‘即色’主色空境空，與‘無心’的主空心全然相反，與‘本無義’則較接近。而支遁逍遥新理即由是而出。”《談風》頁二三八至二三九。

33

　　殷中軍_{浩也}[1]。嘗至劉尹所清言[2]。良久，殷理小屈，遊辭不已，劉亦不復答。殷去後，乃云：“田舍兒，强學人作爾馨語。”_{劉悢，已見。}

　　○“殷中軍”至“作爾馨語”

　　“遊辭”，岡白駒曰：“没緊要語。”○大典顯常曰：“《易・繫辭》：‘誣善之人其辭游。’注曰：‘游，浮罔也。’”○田中頤曰：“遊辭，用《易》字，此謂護短。”

　　“田舍兒”，龔斌曰：“鄙陋淺薄之人。”

　　“强學人作爾馨語”，田中頤曰：“‘强’，讀猶‘誣’，與‘遊辭’應。言彼田舍兒都非其有，而强學人所言以作此樣語，可鄙也。”

　　“爾馨”，岡白駒曰：“爾馨，如此也。‘如馨’、‘寧馨’皆同。”○文廷式曰：“俗語呼‘爾’爲‘你’。按‘爾’字本有‘你’音。《世説》：‘田舍兒，

────────

〔1〕 “浩也”，董刻本“浩也”作“注”，作大字。余嘉錫曰：“沈本‘浩’作大字，歸正文，無‘也’字。”何焯校同。王利器曰：“蔣校本、沈校本‘注’作‘浩’，是。餘本作‘浩也’二字小注。”楊勇曰：“此分明屬讀者汪入。蓋殷中軍已於前二二條注之，不當又在此再加‘浩也’二字。下三八‘許掾詢’之‘詢’字，《任誕》一三‘阮渾長成’之‘長成’二字，皆同此例。”

〔2〕 “劉尹所”，《太平御覽》三九〇引“所”下有“掞，字真長”四字注，“掞”當作“惔”。

強學人作爾馨語。'《晉書·王衍傳》：'何物老嫗，生寧馨兒。''爾馨'即'寧馨'。蓋與'寧'字雙聲通轉。"《奁語》卷十。○唐鴻學曰："'寧馨兒'即'這樣兒'也，'爾馨'即'寧馨'，'如爾馨'即'即這樣'，'如馨地'即'這樣地'，以此推之。"○裴學海曰："'爾'爲'如此'之今聲，'爾''此'同爲古韻脂部疊韻字。'然''乃''若''如''寧'五字，皆訓'如此'，實皆'爾'之聲轉。'爾馨'亦語轉作'寧馨'及'如馨'，如言'寧馨兒'及'如馨兒'是也。"《集釋》卷七。按"馨"義參見本篇"殷中軍爲庾公長史"條。

【彙評】

凌濛初曰："真長前豈可露此破綻伎倆？"

何启民曰："雖以殷浩之偶作遊辭，就被人譏刺爲'強學人作爾馨語'，爲有識人所瞧不起，因爲這是論難中最忌諱的。王符《潛夫論·釋難篇》就曾説過：'且吾問陰對陽，謂之彊説；論西詰東，謂之彊難。'這種不成文的論難原則，才是維護論難能求勝理的最重要原因。"《談風》頁一三。

34

　　殷中軍雖思慮通長，然於"才性"偏精。忽言及《四本》，便苦湯池鐵城[1]，無可攻之勢。《神農書》曰："夫有石城七仞[2]，湯池百步，帶甲百萬而無粟者，不能自固也。"

　　○"殷中軍"至"可攻之勢"

　　"通長"，張萬起曰："即'通常'。"

　　"才性偏精"，徐震堮曰："偏，特別、最。"《簡釋》。○楊勇曰："才性，即《才性四本論》。"○龔斌曰："江左善談《四本論》者，除殷浩外，尚有阮裕、

---

〔1〕　"苦湯池"，程炎震曰："宋本'苦'作'若'。"余嘉錫曰："'苦'景宋本作'若'。"徐震堮曰："《晉書》本傳正作'若'。"按元刻本、何焯校亦皆作"若"。

〔2〕　"七仞"，董刻本、何焯校"七"作"十"。徐震堮曰："《漢書·食貨志》晁錯疏引神農之教作'十仞'。"

謝萬、支遁、殷仲堪諸人。"

"四本"，劉應登曰："《四本論》也。"○大典顯常曰："即前所謂鍾會《四本論》也。按殷仲堪曰：'使我解《四本》，談不翅爾。'又齊顧歡隱於天台，與孔珪共談《四本》。蓋當時所雅言。"

"苦湯池鐵城"，岡白駒曰："喻議論無破綻。"○大典顯常曰："苦，他人苦之也。前章'惡卿不欲作將善雲梯仰攻'，亦斯意也。"《攝補》。○恩田仲任曰："《後漢書》曰：'金湯其險。'注曰：'金以喻堅，湯取其熱也。''鐵城'猶'金城'也。"○田中頤曰："謂未觀其內，微見其外，湯池鐵城，但可嚴憚，無可仰攻之勢，亦知其同異離合，變化無量，不可捉定，故便難苦之也。"○秦士鉉曰："苦，他人苦之也。或以屬殷，非也。"朱鑄禹按曰："劉會孟曰：'此《四本論》，鍾於戶外遙擲，不肯開門迎敵，殷苦湯池鐵城，何不雲梯仰攻？'劉蓋以'苦'屬殷。"此引劉說不知所據。○王叔岷曰："《漢書·蒯通傳》，蒯通說武信君曰：'皆爲金城湯池，不可攻也。'師古注：'金以喻堅，湯喻沸，熱不可近。''金城'猶'鐵城'也。《文選》王元長《永明九年策秀才文》注引氾勝之《（農）書》曰：'神農之教，雖有石城湯池，帶甲百萬而無粟者，弗能守也。'"

35

支道林造《即色論》，《支道林集·妙觀章》云："夫色之性也，不自有色。色不自有，雖色而空。故曰色即爲空，色復異空。"論成，示王中郎。王坦之，已見。中郎都無言。支曰："默而識之乎[1]？"《論語》曰："默而識之，誨人不倦，何有於我哉？"王曰："既無文殊，誰能見賞？"《維摩詰經》曰："文殊師利問維摩詰云：'何者是菩薩入不二法門？'時維摩詰默然無言。文殊師利歎曰：'是真入不二法門也[2]。'"

---

〔1〕"默而識"，余嘉錫曰："正文及注'默'字，景宋本俱作'嘿'。"
〔2〕"法門也"，余嘉錫曰："景宋本'也'上有'者'字。"何焯校同。

○“支道林”至“誰能見賞”

《即色論》，恩田仲任曰：“《法苑珠林》曰：‘《即色遊玄論》，晉哀帝時沙門支遁撰。’”○程炎震曰：“《高僧傳》四《支道林傳》云：‘遁注《安般》、《四禪》諸經及《即色遊元論》、《聖不辯知論》、《道行旨歸》、《學道誡》等。’”

“都無言”，田中頤曰：“論本空理，人異其所見。且王意以爲他人知之固不如作者之自知，是以都無言。是以維摩自居也。”

“默而識之乎”，田中頤曰：“此支意疑王或非之而無言，因卻用《論語》語探其意所在。”

“既無文殊”二句，岡白駒曰：“無文殊，輕支。以維摩自許也。言既無文殊，則誰能賞我耶？”○趙西陸曰：“以維摩自許也。”

【彙評】

劉辰翁曰：“殆未是維摩詰也。”

36

王逸少作會稽，初至，支道林在焉。孫興公謂王曰：“支道林拔新領異，胸懷所及乃自佳，卿欲見不[1]？”王本自有一往雋氣，殊自輕之。後孫與支共載往王許，王都領域，不與交言。須臾支退，後正值王當行，車已在門。支語王曰：“君未可去，貧道與君小語。”因論《莊子·逍遙遊》。支作數千言，才藻新奇，花爛映發。王遂披襟解帶，留連不能已[2]。《支法師傳》曰：“法師研十地，則知頓悟

---

〔1〕“欲見”，余嘉錫曰：“‘欲’景宋本及沈本俱作‘欣’。”
〔2〕“留連”，余嘉錫曰：“景宋本作‘流連’。”何焯校同。

於七住〔1〕；尋莊周，則辯聖人之逍遙。當時名勝，咸味其音旨。"《道賢論》以七沙門比竹林七賢。遁比向秀〔2〕，雅尚莊老。二子異時，風尚玄同也。

○"王逸少"至"不能已"

"拔新領異"，張萬起曰："同'標新立異'。"

"王都領域"，劉辰翁曰："'領域'未喻。"○姚範曰："王都領域，云'作守險'，又云'畦畛'，義皆過深。'領域'如雄都緊縣之義，又或作'領天下國家'、'領惡全好'之'領'，言王方都一郡治域中事也。"《援鶉堂》卷三十六。按此蓋駁方世舉之説。方説未見。○徐震堮曰："領域，似是深閉固拒之意。"○朱鑄禹曰："'領域'即守險之義。本書有'今日與談，可堅其城壘'之語，可證此意。一作自高崖岸解，似亦可通。"○楊勇曰："領域，故自矜持，不與交往，自設域限也。《孟子·公孫丑》：'域民不以封疆之固。'"○張永言曰："領域，管轄自己的範圍。比喻故自矜持。"《辭典》頁二七二。按《大辭典》"領域"條曰："領地。此處指自己擅長的言談範圍。"與此不同。○蔣宗許曰："'都'和'領域'之間應是動賓關係。都，本義為大的城邑，在中古引申而有動詞的用法。領，本義是頸項，由此引申指重要的關鍵的東西。域，疆域、範圍，與今義同。並合'都領域'之義，猶言鞏固防區、完善城防，與《文學》三四'堅城壘'意思完全一樣。"《臆札》。

"因論莊子逍遙遊"，王叔岷曰："支氏《逍遙論》數千言，今僅存劉注所引之百四十餘字。支尚有注釋《逍遙遊》字句之文，存於陸德明《釋文》中者，如《逍遙遊》'覆杯水於坳堂之上'，《釋文》：'坳堂，支遁云：謂有坳垤形也。''適莽蒼者'，《釋文》：'莽蒼，支遁云：冢間也。''朝菌不知晦朔'，《釋文》：'朝菌，支遁云：一名舜英，朝生暮落。''而徵一國者'，《釋文》：'徵，支云：成也。''而御六氣之辯'，《釋文》：'六氣，支云：天地四時之氣。''以候敖者'，《釋文》：'敖者，支云：伺彼怠傲，謂承其閒殆也。'此遺存之支注，其可珍貴，奚啻龍甲鳳毛！特標識於此。"

◎程炎震曰："《高僧傳》云：'王羲之時在會稽，素聞遁名，未之信，謂人

---

〔1〕 "七住"，楊勇曰："宋本作'七住'，非。按十住，佛家語，謂修十信後，進而住於佛地之位也。《楞嚴經》'住有十種'云云。"

〔2〕 "遁比向秀"，董刻本"遁"作"一"。王利器曰："各本'一'作'遁'，是。《高僧傳》卷四《支遁傳》作'孫綽《道賢論》，以遁方向子期'。"朱鑄禹曰："袁本、諸本作'遁'是。"

曰："一往之氣，何足可言？"後遁既還剡，經由於郡，王故詣遁，觀其風力。既至，王謂遁曰："《逍遥篇》可得聞乎？"遁乃作數千字，揭新理，才藻驚絶。王遂披襟解帶，留連不能已。仍請住靈嘉寺，意存相近。'按此自吳還剡。"

○注"支法師傳曰"

《支法師傳》，沈家本曰："《賞譽》稱《支遁別傳》，當是一書。"《古書目》卷四。○葉德輝曰："《太平御覽》引作《支遁傳》。"《書目》。

《道賢論》，葉夢得曰："《高僧傳》略載孫綽《道賢論》，以當時七僧比七賢，竺法護比山巨源，帛法祖比嵇叔夜，竺法乘比王濬沖，竺法深比劉伯倫，支道林比向子期，竺法蘭比阮嗣宗，于道邃比仲容，各以名迹相類者爲配。惜不見全文。七人支道林最著，其餘亦班班見《世説》。"《避暑録話》卷上。○徐震堮曰："孫綽著。七沙門者，以法祖匹嵇康，以道潛匹劉伶，以法護匹山濤，以法乘匹王戎，以支遁匹向秀，以法蘭匹阮籍，以于道邃匹阮咸也。見《高僧傳》。"

【彙評】

沈作喆曰："支道林説《逍遥游》至數千言，謝東山解《漁父》至萬餘言。嗚呼，多乎哉！至言妙道，一而足矣。一猶爲累，忘言可矣，奚以數千萬言爲哉？此與漢之腐儒説'若稽古'三萬字何異？"《寓簡》卷七。

陳夢槐曰："此則敘致風華，宜亟賞，烏忍删？"按《世説補》删此條。

陳寅恪曰："晉孫綽製《道賢論》以天竺七僧方竹林七賢，乃以內教之七道，擬配外學之七賢，亦'格義'之支流也。據此可知'格義'影響於六朝初年思想界之深矣。"《支愍度學説考》，《叢稿初編》頁一七一。○曰："借用《道行》般若之意旨，以解釋莊子之《逍遥遊》，實是當日河外先舊之格義。但在江東，則爲新理耳。可知林公標此新義，其文采辭令必非當日諸傖道人所能企及，固不僅意旨之新拔而已也。又向、郭舊義原出於人倫鑒識之才性論，故以'事稱其能'及'極小大之致，以明性分之適'爲言，林公窺見其隱，乃舉桀跖性惡之例，以破大小適性之説。然則其人才藻新奇，神悟機發，實超絶同時之流輩。此所以白黑欽崇，推爲宗匠，而'逍遥'新義，遂特受一世之重名歟！"《逍遥遊向郭義及支遁義探源》，《叢稿二編》。

37

三乘佛家滯義，支道林分判，使三乘炳然。諸人在下坐聽，皆云可通。支下坐，自共説，正當得兩，入三便亂。今義弟子雖傳，猶不盡得。《法華經》曰："三乘者：一曰聲聞乘，二曰緣覺乘，三曰菩薩乘。聲聞者，悟四諦而得道也。緣覺者，悟因緣而得道也。菩薩者，行六度而得道也。然則羅漢得道，全由佛教，故以聲聞爲名也。辟支佛得道，或聞因緣而解，或聽環珮而得悟[1]。神能獨達，故以緣覺爲名也。菩薩者，大道之人也。方便則止行六度[2]，真教則通修萬善，功不爲己，志存廣濟[3]，故以大道爲名也。"

○"三乘佛家"至"猶不盡得"

"滯義"，大典顯常曰："滯義，難通也。"○田中頤曰："謂三乘者，佛家所重，而其義滯礙，難通曉也。"

"支道林分判"，余嘉錫曰："釋僧佑《出三藏記集》十二，宋明帝敕中書侍郎陸澄撰《法論目錄》及釋道宣《大唐內典錄》三、釋道世《法苑珠林》一百《傳記篇》並有支道林《辯三乘論》。然則道林之分判三乘，不惟升座宣講，且已撰述成書矣。"

"支下坐"，龔斌曰："下坐，與'升座'相對而言，謂從高坐下來。"

"自共説"，凌濛初曰："'自共説'者，諸人共説也。"○淇園曰："諸人之所聽。"○張萬起曰："大家自己互相講説。"

"正當得兩"二句，王世懋曰："意謂大乘與最上乘，總是一乘，故云'正當得兩'，注似未喻。詳林公意，豈以聲聞、緣覺總之爲一乘理耶？"大典顯常按曰："如王所云，似不解此章義。當時佛法未深，故有如是事。"秦士鉉曰："此評不是。"朱鑄禹曰："劉會孟曰：案支公以三乘正當得兩，似謂聲聞、緣覺二乘，皆由悟入，菩薩一乘，獨以行得。名爲三乘，而實爲兩。以儒家所謂知之非艱、行之維艱喻之，菩薩固爲上乘，聲聞、緣覺乃歸下乘，所以爲得

---

[1] "環珮"，董刻本"珮"作"佩"。
[2] "止行"，程炎震曰："宋本'止'作'上'。"
[3] "志存"，余嘉錫曰："'志存'景宋本作'悉皆'。何焯校同。楊勇曰："'悉皆'，同義複語。"龔斌曰："作'悉皆'義長。"

兩。注止分疏三乘本義，未及支說，王弇州疑其未喻，而以最上乘與下乘同爲一乘，亦混。”按所引必非劉辰翁說，“弇州”亦“敬美”之誤。出處不詳。○凌濛初曰：“意惟支能三乘炳然，諸人輒渾矣。敬美之解未是。”○大典顯常曰：“言諸人聽支演三乘，判出分明，皆自謂三乘之理可通。及支既下坐，諸人相共覆說，乃復爲兩不爲三，亂支之義也。故雖支弟子，不盡得支之義也。”又曰：“聲聞、緣覺，俱是小乘，菩薩是大乘。大小易分，而聲、緣難分，故諸人正當但得兩之義，而混入三乘也。”《撮補》。又曰：“《高僧傳》載支遁講《維摩經》，凡在聽者咸謂審得遁旨，回令自說，得兩三反便亂。此與此章相類，或是‘入三’二字‘三反’之誤耶?”《集成》。秦士鉉按曰：“此說與本文別義。”○姚範曰：“蓋謂三乘差別，難於分明。諸人雖云炳然可通，而自說則易攪亂耳。”《援鶉堂》卷三十六。○程炎震曰：“《高僧傳》云：‘凡在聽者咸謂審得遁旨，迴令自說，得兩三反便亂。’與義爲長。”○徐震堮曰：“正，止也。晉人常語。”

“猶不盡得”，田中頤曰：“謂支獨通三乘之奧，故問對自由無滯義，弟子則僅得兩，未及三復滯，故曰不盡得也。”

【彙評】

湯用彤曰：“蓋當時人士側重清談，一登龍門，身價十倍。佛理深微，一般學者未能具解。《世說》所言，固美支公陳義之高，而名士之未能盡解佛理，亦可想見。”《佛教史》頁一三九。

許掾詢也[1]。年少時，人以比王苟子，苟子，王修小字也[2]。《文字志》曰：“修字敬仁，太原晉陽人。父濛，司徒左長史。修明秀有美稱，善隸行書，號曰‘流奕清舉[3]’。起家著作佐郎，琅邪王文學，轉中軍司馬，

---

[1] “詢也”，余嘉錫曰：“景宋本及沈本‘詢’字均大字居中，無‘也’字。”何焯校同。楊勇曰：“此‘詢也’二字，爲後人批注竄入本文。”
[2] “王修小字也”，袁刻本“修”作“脩”，下同。余嘉錫曰：“‘王脩’景宋本俱作‘王循’。又‘王修小字也’，‘小’字上景宋本及沈本俱有‘之’字。”王利器曰：“各本‘王循’都作‘王脩’，是，下並同。”王叔岷曰：“‘脩’字是。古書‘脩’‘循’相亂之例至多。”
[3] “流奕”，董刻本、沈校本“奕”作“弈”。

未拜而卒，時年二十四。昔王弼之没〔1〕，與修同年，故修弟熙乃歎曰〔2〕：‘無愧於古人，而年與之齊也。’”許大不平。時諸人士及於法師並在會稽西寺講〔3〕，王亦在焉。許意甚忿，便往西寺與王論理，共決優劣。苦相折挫，王遂大屈。許復執王理，王執許理，更相覆疏，王復屈。許謂支法師曰：“弟子向語何似？”支從容曰：“君語佳則佳矣，何至相苦邪？豈是求理中之談哉！”

○ “許掾年少”至“王亦在焉”

“王苟子”，程炎震曰：“《法書要録》載張懷瓘《書斷》云：‘王脩以升平元年卒，年二十四。’則生於咸和九年甲午，許詢或年相若耶？王脩小字，諸書皆作‘苟’，惟《顔氏家訓》作‘狗’，且以與長卿犬子並舉。黄門博聞，必自有據。蓋亦如張敬兒之比。後乃恥其鄙俚，文飾之耳。”○徐震堮曰：“‘苟子’即‘狗子’。《顔氏家訓・風操篇》：‘王修字狗子。’又《南齊書・張敬兒傳》：‘本名苟兒，宋明帝以其名鄙，改焉。’亦以‘苟’爲‘狗’也。”○王叔岷曰：“脩之字敬仁，小字苟子。‘苟’與‘敬’義相應。苟，己力反，非‘苟且’之‘苟’。《説文》：‘敬，肅也。從攴、苟。苟，自急敕也。’”

“會稽西寺”，李慈銘曰：“西寺即今光相寺，在西郭西光坊下岸光相橋之北，去予家僅數十武。光相寺者，傳是晉義熙中寺發瑞光，安帝因賜此額。西光坊本名西光相坊，其東曰東光相坊，坊與橋皆因寺得名者。”《簡端記》。

○ “許意甚忿”至“理中之談哉”

“苦相折挫”，田中頤曰：“與‘甚忿’應。”○張萬起曰：“苦，極力、竭力。”

〔1〕 “没”，董刻本作“殁”。
〔2〕 “修弟熙乃歎曰”，董刻本、沈校本無“乃”字。程炎震曰：“宋本無‘乃’字。”楊勇曰：“汪藻《太原王氏譜》：‘修弟蕴，蕴子熙。’則‘修弟’下當有‘子’字。又《晉書・王脩傳》‘歎曰’上有‘臨終’二字。”龔斌曰：“《晉書》九三《王脩傳》言脩臨終歎曰，楊箋屬之王熙，誤矣。”
〔3〕 “於法師”，桃井白鹿：“‘於’當作‘支’。一本作‘施’，以音近誤。”大典顯常曰：“‘於’當作‘支’。”陶珙曰：“當作‘支’。”李慈銘曰：“‘於’當作‘林’，李木亦誤，劉辰翁評本及坊間所行王世貞删節本皆作‘林’，不誤。”程炎震曰：“宋本‘於法師’作‘林法師’。”余嘉錫曰：“‘於’景宋本及沈本俱作‘林’。”按元刻本、何焯校亦皆作“林”。

“更相覆疏”，田中頤曰：“反復疏通。”○崔朝慶曰：“疏通其義謂之‘疏’。”

“復屈”，田中頤曰：“又一大屈，是許惡時人以王比己者，故示以力尚有餘，即所以年少也。”

“向語何似”，平賀房父曰：“何似，何如也。”○田中頤曰：“好勝之心，愈益溢沸。”

“豈是求理中之談”，淇園曰：“支蓋譏其好勝之心甚多也。”○秦士鉉曰：“理中，道理中正。”○徐震堮曰：“‘理中’二字似是爾時常語，得理之中，故曰理中，中者折中至當。《南史·顧歡傳》：‘會稽孔珪嘗登嶺尋歡，共談四本。歡曰：蘭石危而密，宣國安而疏，士季似而非，公深謬而是。總而言之，其失則同；曲而辨之，其塗則異。何者？同昧其本而競談其末，猶未識辰緯而意斷南北。群迷暗爭，失得無準，情長則申，意短則屈，所以四本並通，莫能相塞。夫中理惟一，豈容有二；四本無正，失中故也。’‘中理’猶‘理中’也，觀此可悟‘理中’之義。”按“理中”義參見《德行篇》“王戎云太保”條。

○注“文字志曰”

“流奕清舉”，岡白駒曰：“奕，美也。流奕，風流美稱。”○淇園曰：“流奕，謂不滯而奕奕也。”○秦士鉉曰：“流奕，猶言流麗。”

“脩弟熙”，張端木曰：“脩弟蘊，蘊之子熙，注云‘脩弟熙’，誤。”○劉盼遂曰：“按本書《雅量篇》注引《中興書》云：‘熙為脩弟蘊之子。’《晉書·外戚傳》亦言曰：‘濛有脩、蘊二子。’此注‘脩弟’下顯敚‘子’字。”○余嘉錫曰：“《雅量篇》注引《中興書》，但云‘熙，恭次弟’，不云‘脩弟蘊之子’。盼遂殊誤。然考《德行篇》注引《隆安記》曰‘恭，祖父濛，父蘊’，《晉書·外戚傳》云‘蘊子華，次恭’，《恭傳》亦云‘光禄大夫蘊子’，熙既為恭弟，則自是脩之弟子矣。”

“無愧於古人”二句，李慈銘曰：“今《晉書·王修傳》但云：‘年二十四，臨終歎曰：無媿古人，年與之齊矣。’先既不載王弼之歿與修同年，則‘古人’二字無著，又以其弟語為修語，皆非矣。”《簡端記》。○姚振宗曰：“後漢王延壽、魏王弼並卒年二十四。”《考證》卷三十九。○劉盼遂曰：“‘無愧古人’二句，乃用曹子桓《與吳質書》中語。‘無’疑‘德’之誤字。《晉書》作‘修臨終自歎’，較《世說》為勝。”余嘉錫按曰：“吾謂從《文字志》作熙追贊之語自得，《晉書》不知所本，未見其所以勝也。”

【彙評】

方弘静曰："許玄度與王苟子論理，王屈，許復執王理，王復屈。夫理無兩是，安得先後俱屈？清談士不謂利口哉！"《千一録》卷十七。

何啟民曰："在這方面，支道林是較一般談家們更爲明白談論只是求理的工具，求理的手段，而不是它的目的。"《談風》頁二二七。

鄭學弢曰："此則徒騁辭鋒，理無定執，與王弼之自爲客主性質迥異，故支道林曰：'豈是求理中之談哉！'"《礼記》。

王能憲曰："論辯的雙方將其所樹之義即論題互易，這種論辯方式，可以説是最典型、最純粹的談玄了。"《研究》頁一二二。

蔣凡曰："這位後來的大名士全然不講'中庸'，而是任性自然，淋漓盡致地抒忿，非用足自己的才能就不肯罷休，以至於旁觀者支遁都感到過分。其逞能而自鳴得意，想得到名僧的認可，抬舉自身價值，這便展演了俗相，故致支遁之譏。"

39

林道人詣謝公，東陽時始總角，新病起，體未堪勞。與林公講論，遂至相苦。東陽，謝朗也，已見。《中興書》曰："朗博涉有逸才，善言玄理。"母王夫人在壁後聽之，再遣信令還，而太傅留之[1]。王夫人因自出云："新婦少遭家難，一生所寄，唯在此兒。"因流涕抱兒以歸。謝公語同坐曰："家嫂辭情忼慨[2]，致可傳述，恨不使朝士見。"《謝氏譜》曰："朗父據，取太康王韜女，名綏。"

○"林道人"至"太傅留之"

"林道人詣謝公"，龔斌曰："謝安時隱居東山，支遁在會稽，故得以詣

---

〔1〕 "留之"，楊勇曰："'留之'下，《晉書·謝朗傳》有'使竟論'三字。"
〔2〕 "忼慨"，董刻本"忼"作"慷"。

謝公。"

"東陽"，秦士鉉曰："謝朗，字長度，爲東陽太守。"

"在壁後聽之"，田中頤曰："母情懇到。"

"再遣信"，方以智曰："古人謂使爲信。黃伯思《法帖刊誤》：'《炎報帖》：故遣信還。《逸少帖》：遣一信見告。'"《通雅》卷十九。○岡白駒曰："古人謂使者曰信。"按"信"義參見《方正篇》"太極殿始成"條。

"太傅留之"，岡白駒曰："叔父安留之，使竟其論。"

○"王夫人因"至"使朝士見"

"新婦"，王得臣曰："《呂氏春秋》：'白圭新與惠子相見，惠子說之以强。惠子出，白圭告人曰：有新取婦者，孺子操蕉火而鉅。新婦曰：蕉火大鉅。今惠子遇我尚新，其說我太甚者。惠子聞之曰：何事比我於新婦乎？'按今之尊者斥卑者之婦曰新婦，卑對尊稱其妻及婦人凡自稱者則亦然。"《麈史》卷二。○胡應麟曰："婦之事公姑者，例呼'新婦'。按'新婦'之稱，蓋六朝已然，而唐最爲通行，見諸小說稗官家，不可勝舉，然自主翁姑言，非主新嫁也。"《少室山房筆叢》卷二十四《莊獄委談上》。○黃生曰："漢以還呼子婦爲'新婦'。《後漢·何進傳》張讓向了婦叩頭云：'老臣得罪，當與新婦俱歸私門。'《世說》王渾妻鍾氏云：'若使新婦得配參軍，生兒當不啻如此。'（此自稱新婦。）涼張駿時童謠云：'劉新婦簁，石新婦炊。'北齊時童謠云：'寄書與父母，好看新婦子。'蓋必當時謂婦初來者爲新婦。習之既久，此稱遂不復改耳。"《義府》卷下。○秦士鉉曰："謝據，尚書謝衷第二子，年三十三没，王夫人自稱'新婦'，未詳。或云：賈充妻李氏，充既離婚，充母猶稱李氏曰'新婦'，蓋當時語。"○趙西陸曰："漢以還呼子婦爲'新婦'。《後漢書·何進傳》：張讓子婦，太后之妹也。讓向子婦叩頭曰：'老臣得罪，當與新婦俱歸私門。'是也。晉宋時又習以爲少婦自呼之辭。《世說·文學篇》云云。《規箴篇》：'王夷甫婦郭謂平子曰：昔夫人臨終，以小郎囑新婦，不以新婦囑小郎！'《排調篇》：'王渾與婦鍾氏共坐，見武子從庭過，渾欣然謂婦曰：生兒如此，足慰人意。婦笑曰：若使新婦得配參軍，生兒故可不啻如此！'"○徐震堮曰："婦人對夫弟自稱曰'新婦'。"《釋義》。

"唯在此兒"，田中頤曰："寡嫠撫孤，故終身所賴，唯有此兒。"

"致可傳述"，崔朝慶曰："'致'與'至'通。"

李贄曰："叔母欲勞，而謝母患其勞，何愛之不若也！乃謝公擊節歎賞，恨朝士不得見，何哉？"《初潭集》卷三。按"叔母"天保手批曰："皇甫士安叔母也。"

王世懋曰："此亦可入《賢媛》。"

40

支道林、許掾諸人共在會稽王齋頭。簡文。支爲法師，許爲都講。《高逸沙門傳》曰："道林時講《維摩詰經》。"支通一義，四坐莫不厭心。許送一難，衆人莫不抃舞。但共嗟詠二家之美，不辯其理之所在。

○"支道林"至"許爲都講"

"共在會稽王齋頭"，劉應登曰："名昱，封會稽王，後嗣大統，即簡文帝。"○程炎震曰："《高僧傳》云：'遁晚出山陰，講《維摩經》，遁爲法師，許詢爲都講。'則非在會稽王齋頭也。"○湯用彤曰："疑是時簡文亦在會稽也。簡文帝昱固亦善清談好名士者。"《佛教史》頁一三四。○龔斌曰："至遲於咸和九年後，會稽王已在京師。此言'共在會稽王齋頭'，疑其時簡文尚未入京，其地在山陰。"

"齋頭"，崔朝慶曰："蔬食曰齋。晉時有以'頭'作'筵'字解者。"○吳承仕曰："按'齋'字又見本書《豪爽篇》云：'桓石虔嘗往宣武齋頭。'《紕漏篇》云：'胡兒懊熱，一月日閉齋不出。'《仇隟篇》云：'劉璵兄弟就王愷宿，在後齋中眠。'並此凡四見。疑靜室可以齋心，故因名齋，當與精舍同意。《周語》：'王即齋宮。'韋昭解曰：'所齋之宮也。'齋之名其昉於此乎？"余嘉錫引。○楊勇曰："齋，或解爲臥室者，非是也。今按本書言'齋'者凡九見，皆無臥室意也。吳承仕曰：'與精舍意同。'《後書·姜肱傳》'乃就精廬求見徵君'注：'精廬即精舍也。'王先謙《集解》引黃山曰：'《儒林·蔡玄傳》：精盧暫建。彼注曰：精盧，講讀之舍。'據上所列，此之精舍，猶今言書齋、學舍是也。《言語》'齋中坐'，即精舍中坐也。《賢媛》'常著齋後'，言著精舍後近處也。《忿狷》'千人入齋'，此齋之大，絕非通常臥室所能容，益見此齋爲大舍也。《紕漏》'一月日閉齋不出'，亦非臥室可知，不然胡兒已成囚犯矣。至於《語言》'齋前種一株樹'，《任誕》'齋前種松柏'，皆於精舍前植松柏也。唯《仇隙》'後齋'、《文學》'齋頭'、《豪爽》'齋頭'，則爲精舍中之前後一室耳，臨時權作臥室，非指全齋而言。" 按參見《棲逸篇》"康僧淵在豫章"條"精舍"。

"都講"，恩田仲任曰："《僧史》略曰：'敷宣之士，挈發之由，非旁人而啓端，難在座而孤起，故梁武帝講經以枳園寺法彪爲都講。彪公先一問，梁祖方鼓舌端，載索載徵，隨問隨答。此都講之大體也。又支遁至會稽，王內史請講《維摩》，許詢爲都講。許發一問，眾謂支無以答。支答一義，眾謂詢無以難。如是問答，連環不盡。是知都講，實難其人。今之都講，不聞挈問，但舉唱行文，蓋似像古之都講耳。'《釋氏要覽》曰：'都講，即法師對揚之人。'" ○秦士鉉曰："見《楊震傳》。此謂法師對揚之人。" ○崔朝慶曰："講師也。" ○湯用彤曰："漢代儒家講經立都講。晉時佛家講經，亦聞有都講，（《世說·文學篇》許詢爲支道林都講。）似係采漢人經師講經成法。但此制自亦有釋典之依據，未必是因襲儒家法度。按佛教傳說，結集三藏時，本係一人發問，一人唱演佛語，如此往復，以至終了，集爲一經。故佛經文體，亦多取斯式。又沙門受戒時，說戒亦一師發問，一人對答。此皆都講制度之根源。吳支謙譯《大明度無極經·第一品》有曰'善業爲法都講'，又曰諸佛弟子所問應答，其文下原有注曰：'善業於此清淨法中爲都講。秋露子於無比法中爲都講。'據此則都講之制，出於佛書之問答，至爲明晰。按支謙經原注，疑係其所自注，若然，則佛教在三國之初，似已有都講之制。"《佛教史》頁八七至八八。○徐震堮曰："魏晉以後，凡和尚開講佛經，一人唱經，一人講解，主講者爲法師，唱經者爲都講。"

○"支通一義"至"理之所在"

"厭心"，恩田仲任曰："厭，飽也，足也。" ○崔朝慶曰："'厭'與'饜'通，滿足也。"

"抃舞"，恩田仲任曰："抃，《說文》：'拊手也。'" ○崔朝慶曰："拊手而

541

舞，言喜悦也。"○王叔岷曰："《列子·湯問篇》：'一里老幼喜躍抃舞。'"

"支通一義"四句，田中頤曰："'通'謂通釋，許所送難也。四句蓋互文，謂許送一難而問之，支通釋其義而答之，則四坐衆人每莫不抃舞厭心，而以支爲主，許爲客，故措語如是耳。"○徐震堮曰："口頭闡述亦曰通。"《簡釋》。○蕭艾曰："魏晉人在清談中解説一義，使之明白易曉，謂之通。對所解説，有所懷疑，提出質問，謂之難。"《探幽》頁九三。

"不辯其理之所在"，田中頤曰："二家末也，理本也，此喜其末，忘其本，亦所以見支、許才辨卓逸難及也。"

【彙評】

劉辰翁曰："理誠有之，各以辭勝，偏曲未有不通也。"

方弘靜曰："支、許共談，支通一義，許送一難，四坐嗟詠，而不辯理源所歸。夫不辯其理者，非理之談也，何以談爲？故知正始之音，政足傾覆邦國耳。"《千一録》卷十七。

何啟民曰："蓋當時談士，徒以談論技巧炫人，作意氣之爭，初不在於'求理中之談'，'不辯其理之所在'是最好的寫照。"《談風》頁二二七。

41

謝車騎在安西艱中，<small>安西，謝奕〔1〕。已見。</small>林道人往就語，將夕乃退。有人道上見者，問云："公何處來？"答云："今日與謝孝劇談一出來。"<small>《玄別傳》曰："玄能清言，善名理。"</small>

○"謝車騎"至"公何處來"

"在安西艱中"，岡白駒曰："艱中，喪中也。"○田中頤曰："在父喪也，下

---

〔1〕"謝奕"，楊勇曰："'奕'宋本作'弈'，非。"

542

‘謝孝’亦在喪之稱。”○程炎震曰：“《晉紀》：‘升平三年八月，謝奕卒。’”○鄭學弢曰：“謝奕卒時，玄年十六，十八歲當除服。支遁與謝玄劇談，當在玄十六至十八歲、支遁四十七至四十九歲之間。二人年輩不相侔，而支遁以與謝玄劇談一出爲快，推知謝玄爾時已有善談義理之譽。《世説》記謝安燕居問子姪，恒歎賞謝玄之對爲佳，如‘當由欲者不多，而使與者忘少’之對，方之真長、仲祖，亦無愧色，宜乎林道人之傾倒若是。”《札記》。

　　“公何處來”，田中頤曰：“此見林久在謝家，心疑彼居喪與平日不同，宜不劇談，因發此問者。”

　　○“答云今日”至“一出來”

　　“謝孝”，岡白駒曰：“玄在父喪，故稱謝孝。古人謂喪曰孝。”○大典顯常曰：“孝，孝子，謂居喪者，卒哭之後之稱。”○鄭學弢曰：“謝孝，猶言謝家孝子。”《札記》。

　　“劇談”，劉淇曰：“劇，《説文》云：‘尤甚也。’《世説》‘今日與謝孝劇談一出來’，劇，猶快也。”《辨略》卷五。○桃井白鹿曰：“《類書纂要》：‘劇，疾也。’謂疾快之談。《漢書》：‘揚雄口吃不能劇談。’”○周一良曰：“劇談爲暢談之義。《漢書·揚雄傳》稱其口吃不能劇談。左思《蜀都賦》有‘劇談戲論’。《世説新語·文學篇》‘謝車騎在安西艱中’條：‘今日與謝孝劇談一出來。’且可分割使用。如《文學篇》‘江左殷太常父子並能言理’條：‘揚州口談至劇。’”《論集》頁四六八至四六九。○楊勇曰：“劇談，窮之以理，苦相詰難，輕薄其詞也。《史通·言語篇》：‘劇談者，以譎誑爲言；利口者，以寓言爲主。’《西陽雜俎續集》卷四《貶誤》曰：‘予門史陸暢，江東人，語多差誤，輕薄者多加諸以爲劇語。’”龔斌按曰：“楊箋謂劇談爲‘苦相詰難，輕薄其詞’，不妥。”

　　“一出來”，劉淇曰：“一出，猶云一番，方言也。”《辨略》卷五。○翟灝曰：“俚俗謂一番曰一出。《世説》林公答人曰云云。”《通俗編》卷二三。○大典顯常曰：“一出來，猶言‘一回’也。”○田中頤曰：“言欲與謝孝子劇談，爲此一往來了。此暗以爲講理與讀禮同，艱中不妨有此事也。”○陸以湉曰：“‘今日與謝孝劇談一出來’，‘一出’，猶言一次也。”《雜識》卷一。○沈家本曰：“《字彙補》云：‘傳奇中一回爲齣，俗讀作尺，或云本是齒字，譌作齣也云云。’按‘一齣’應作‘一出’，世俗有書作‘一出’者，人以爲誤，而不知其爲暗合也。

《世說新語・文學第四》：'今日與謝孝劇談一出來。'"《日南隨筆》卷三。○鄭學弢曰："來，語辭。本篇'於法開始與支公爭名'條：'君何足復受人寄載來。'義同。"《札記》。

○注"玄別傳曰"

《玄別傳》，葉德輝曰："《謝玄別傳》，（《隋志》不著録。）《書鈔・酒食部三》引用。"《書目》。

"能清言善名理"，牟宗三曰："此言謝玄善'名理'，亦與'清言'連言，但並不說其談才性。謝玄之'名理'亦是清言玄論之'名理'耳。"《玄理》頁二○六。按"名理"義參見《言語篇》"諸名士共至洛水戲"條。

【彙評】

劉辰翁曰："此何足載？"
田中頤曰："講理不輟。"

42

支道林初從東出，住東安寺中。《高逸沙門傳》曰[1]："遁居會稽，晉哀帝欽其風味，遣中使至東迎之。遁遂辭丘壑，高步天邑。"王長史宿構精理，並撰其才藻，往與支語，不大當對。王敘致作數百語[2]，自謂是名理奇藻。支徐徐謂曰："身與君別多年，君義言了不長進[3]。"王大慚而退。

---

〔1〕"沙門"，董刻本"沙"作"少"。王利器曰："各本'少'作'沙'，是。"
〔2〕"敘致"，秦士鉉曰："'敘致'上疑脫'又'字。"
〔3〕"義言"，李慈銘曰："'義言'當作'言義'。"趙西陸曰："《高僧傳》敘此作'君語'。"周一良《批校》曰："'義言'疑當作'言義'。"

○“支道林”至“不大當對”

“從東出”，恩田仲任曰：“胡三省曰：晉宋間人多以往會稽爲入東，自建康歸會稽爲東歸。”○楊勇曰：“出，入也，至也。從東至都也。”

“王長史宿構精理”，恩田仲任曰：“《書言故事》曰：‘預先擬下文曰宿構。’”○崔朝慶曰：“言預先構思，而得精妙之理也。”○徐震堮曰：“王長史，王濛。”

“撰其才藻”，岡白駒曰：“才藻，才藻之語也。下文所謂‘數百語’，自以爲‘奇藻’者是也。”○崔朝慶曰：“才藻，言有文采之辭令也。”○張萬起曰：“撰，持，持有。引申爲依恃。才藻，才思文采。”

“不大當對”，趙翼曰：“《世説新語》王長史語‘不大當對’，言其非敵手也。元微之寄白樂天書有‘當花對酒’之語，《學齋呫嗶》載《古鏡銘》有云‘當眉寫翠，對臉傅紅’，是‘當’字皆作‘對’字解。”《陔餘叢考》卷二十四。○崔朝慶曰：“言不大能與支相敵者也。”

○“王敍致作”至“慚而退”

“敍致”，張撝之曰：“陳述事理。”○龔斌曰：“謂標明宗致或標明大要也。致，作‘義理’講，指宗旨、旨要、綱要。”

“自謂是名理奇藻”，大典顯常曰：“此及下章‘名通’‘名對’之‘名’，皆稱美之義。”《攟補》。○牟宗三曰：“王長史既構精理與支道林談，其所謂‘名理’自是‘玄理’無疑。而支謂其‘義言’了不長進，則‘義言’與‘名理’互用，即義理之言，屬玄理之‘義言’也。”《玄理》頁二〇六。按“名理”義參見《言語篇》“諸名士共至洛水戲”條。

“身與君”，許世瑛曰：“此處‘身’與‘君’相對爲言，‘君’者指王濛，‘身’者乃自謂，亦即‘我’之代詞。”《釋“身”字》。

“義言了不長進”，顧起元曰：“稱人德業益曰長進。”

◎程炎震曰：“王濛卒於永和三年，支道林以哀帝時至都，濛死久矣。《高僧傳》亦同，並是傳聞之誤。下文有‘道林、許、謝共集王家’之語，蓋王濛爲長山令，常至東耳。”○湯用彤曰：“支於哀帝即位後來都，而王濛卒於永和三年。則支來都時，濛已死久，何能詣遁長談？或系傳聞之誤。”

○注“高逸沙門傳曰”

《高逸沙門傳》，大典顯常曰：“今不傳。《晉書・支遁傳》有之。”《攝補》。

“遣中使”，大典顯常曰：“用中官爲使。”《攝補》。○恩田仲任曰：“《文選》注曰：‘天子私使曰中使。’”

【彙評】

劉辰翁曰：“豈無此等，亦穢清流。”

43

殷中軍讀《小品》，釋氏《辨空經》，有詳者焉，有略者焉。詳者爲大品，略者爲小品。下二百籤，皆是精微，世之幽滯。嘗欲與支道林辯之，竟不得。今《小品》猶存。《高逸沙門傳》曰：“殷浩能言名理，自以有所不達，欲訪之於遁。遂邂逅不遇，深以爲恨。其爲名識賞重，如此之至焉。”《語林》曰：“浩於佛經有所不了，故遣人迎林公〔1〕，林乃虛懷欲往。王右軍駐之曰：‘淵源思致淵富〔2〕，既未易爲敵〔3〕，且己所不解，上人未必能通。縱復服從，亦名不益高。若佻脱不合，便喪十年所保。可不須往！’林公亦以爲然，遂止〔4〕。”

○“殷中軍”至“小品猶存”

“小品”，陳寅恪曰：“‘小品’疑即支讖譯《道行經》也。又‘小品’乃專名。劉孝標《世說新語》文學類‘殷中軍讀小品’條注云云，語殊空泛，不能

〔1〕 “迎林公”，朱鑄禹曰：“楊愼《世說舊注》作‘迎支道林’。”
〔2〕 “淵源”，朱鑄禹曰：“《舊注》作‘仲源’。”
〔3〕 “未易爲敵”，朱鑄禹曰：“《舊注》作‘未易可當’。”
〔4〕 “林公亦以爲然遂止”，朱鑄禹曰：“《舊注》作‘林公乃不往’。”

確指。"《逍遙遊向郭義及支遁義探源》，《叢稿二編》。按"小品"義參見本篇"有北來道人好才理"條。

"下二百籤"，徐震堮曰："籤，謂書籤。有疑難處，加籤以誌之。本篇五九'問所籤'，亦即此意。"

○注"高逸沙門傳曰"至"遂止"

"能言名理"，牟宗三曰："《晉書》卷七十七《殷浩傳》，則謂其善玄言，好《老》《易》，爲風流談論者所宗。而《世說新語‧文學篇》則又謂其'思慮通長，然於才性偏精。忽言及《四本》，便若湯池鐵城，無可攻之勢'。是則殷浩之玄言名理，乃《老》《易》、才性俱在內。過江以後，名士唯殷浩擅長才性，才性亦爲清談之題目，而殷浩不一定爲形名家，'名理'亦不一定專限於才性。《老》《易》玄理亦可曰'名理'，亦可皆曰'義言'。"《玄理》頁二〇六。按"名理"義參見《言語篇》"諸名士共至洛水戲"條。

"名識"，龔斌曰："指識鑒有名者。"

"駐之"，徐震堮曰："《一切經音義》引《蒼頡篇》曰：'駐，止也。'"

"縱復服從"，張萬起曰："縱復，即使。"《詞典》頁六六八。

"佻脫不合"，徐震堮曰；"'脫'有'偶'義。'佻脫'雙聲，疑是'脫'之重言，猶言'偶或''設或'。"○龔斌曰："佻脫，輕薄、疏略。'佻''脫'兩字義相近。"

【彙評】

劉辰翁曰："逸少護林公如此，足稱沙門，然傳之貽笑。"

李贄曰："耽名廢實。"《初潭集》卷十三。

凌濛初曰："惜哉，逸少一阻，遂令妙義永絶。"○曰："猶是救飢術，王敫名念重。"

鍾惺曰："只是愛名，然說得透。"評注《高逸沙門傳》"王右軍駐之曰"云云。○曰："撥動和尚名根。"評注《高逸沙門傳》"林公亦以爲然遂止"。

佛經以爲袪練神明，則聖人可致。釋氏經曰："一切衆生，皆有佛性。但能修智慧，斷煩惱，萬行具足，便成佛也。"簡文云："不知便可登峰造極不？然陶練之功，尚不可誣。"

○"佛經以爲"至"尚不可誣"

"袪練"，岡白駒曰："袪，所謂斷煩惱也。練，所謂能脩智慧也。"

"聖人可致"，田中頤曰："此蓋勸學之語，言苟修熟神明，則其身可爲聖也。"

"登峰造極不"，大典顯常曰："言爲聖人也。不，否也。"○淇園曰："即謂'聖人可致'。"○田中頤曰："言不知其進達，直便可到聖域乎否？"

"陶練之功"二句，田中頤曰："言修業必有修業之效，此理不可曰無也。"○龔斌曰："簡文雖對成佛說生疑，但平生與高僧交往，當受'漸悟'說之影響。'陶練之功尚不可誣'，即不廢漸脩，顯屬'漸悟'之義也。"

【彙評】

湯用彤曰："漢魏以來關於聖人理想之討論有二大問題：（一）聖是否可成；（二）聖如何可以至。而在當時中國學術之二大傳統立說大體不同。中國傳統謂聖人不可學不可至；印度傳統聖人可學亦可至。學術界二說並立相違似無法調和，常使人徘徊歧路墮入迷惘，故《世說新語·文學篇》曰云云。二大傳統因流行愈久而其間之衝突日趨明朗。學人之高識沉思者，自了然於二說之不一致，故簡文帝問疑之於前，康樂作論明示於後。"《論稿》頁九九至一〇〇。按"康樂作論"指謝靈運著《辨宗論》。

于法開始與支公争名，後精漸歸支[1]，意甚不忿[2]，遂遁跡剡下。遣弟子出都，語使過會稽。于時支公正講《小品》。開戒弟子："道林講，比汝至，當在某品中。"因示語攻難數十番，云："舊此中不可復通。"弟子如言詣支公。正值講，因謹述開意。往反多時，林公遂屈。厲聲曰："君何足復受人寄載[3]！"《名德沙門題目》曰："于法開才辨從橫[4]，以數術弘教。"《高逸沙門傳》曰："法開初以義學著名[5]，後與支遁有競，故遁居剡縣，更學醫術。"

○"于法開"至"受人寄載"

"于法開"，程炎震曰："《高僧傳》四云：'法開還剡石城，續修元華寺，後移白山靈鷲寺，每與支道林争即色空義。廬江何默中明開難，高平郗超宣述林解，並傳於世。'"

"精漸歸支"，參見校文。崔朝慶曰："言精義皆出於支公也。"○徐震堮曰："情，人情、輿論。"《釋義》。○朱鑄禹曰："'情'蓋謂人情，衆人之情也。"○龔斌曰："謂人情漸歸支遁，即以支遁爲優。"

"意甚不忿"，參見校文。程炎震曰："《文選·責躬應詔詩表》李善注曰：

---

[1] "精漸歸支"，董刻本"精"作"情"。劉應登曰："'精'字作'情'。"王世懋曰："'精'字恐當作'積'。"李慈銘曰："'精'當是'稱'之誤。"程炎震曰："明本、鄂本'精漸歸支'作'情漸歸支'。"龔斌曰："作'情'是。情，物情也。"

[2] "不忿"，董刻本、袁刻本"忿"俱作"分"。李慈銘曰："'忿'當是'伏'或是'平'之誤。然各本皆同，萬曆《紹興志》引《世說》亦如是。"程炎震曰："俗作'不忿'，誤。當依明本正之，鄂本仍作'分'，不誤。"方一新《校讀札記》曰："'不忿'猶言不服，係六朝以來俗語，載籍習見，實不煩改。"

[3] "寄載"，王先謙曰："一本'載'下有'來'字。"程炎震曰："'受人寄載'下王本有'來'字，明本、鄂本亦同。《高僧傳》云：'君何足復受人寄載來耶？'"余嘉錫曰："景宋本'載'下有'來'字。袁本亦有。"

[4] "才辨"，董刻本"辨"作"辯"。

[5] "著名"，董刻本"著"作"者"。楊勇曰："宋本作'者'，非。"

'分，謂甘愜也。'不分，猶云不甘。"〇崔朝慶曰："不分，不甘愜也。"〇徐震堮曰："不分，不平不服之意。白居易《元和十三年淮寇未平詔停歲仗憤然有感詩》：'不分氣從歌裏發，無明心向酒中生。'不分氣，猶言不服之氣也。"

"開戒弟子"，崔朝慶曰："戒，告也。"〇李慈銘曰："施宿《嘉泰會稽志》稱：'弟子名法威，最知名。'"《簡端記》。〇程炎震曰："《高僧傳》云：'弟子法威。'"

"比汝至"，崔朝慶曰："比，及也。"

"何足復受人寄載"，崔朝慶曰："寄，以物付人，由此達彼也。載，舟車運物也。"〇徐震堮曰："何足，有時作'何必'解。"《釋義》。〇楊勇曰："寄載，猶委託也。《任誕》'因路寄載'，'寄載'亦寄乘也。"

【彙評】

王世懋曰："此亦豈是求理於談？"

46

殷中軍問："自然無心於稟受，何以正善人少，惡人多？"諸人莫有言者。劉尹答曰："譬如寫水著地，正自縱橫流漫，略無正方圓者。"一時絕歎，以爲名通。《莊子》曰："天籟者，吹萬不同，而使其自己也。"郭子玄注曰："無既無矣，則不能生有。有之未生，又不能爲生。然則生生者誰哉？塊然而自生耳，非我生也。我不生物，物不生我，則自然而已然，謂之天然。天然非爲也，故以天言之，所以明其自然故也。"

〇"殷中軍問"至"莫有言者"

"自然無心於稟受"，岡白駒曰："人之爲惡，皆出於有心有爲，而人生稟受之始，是自然無心也。"〇崔朝慶曰："言人稟性於自然，在自然初無用心也。"

"何以正善人少惡人多"，劉淇曰："此'正'字，猶常也。"《辨略》卷四。〇淇園曰："此蓋疑天之不欲生善人。"〇田中頤曰："謂人生自然，無心於其稟受，如此説則天宜多生善人，而今反之，何也？”○王叔岷曰：“《莊子·馬蹄篇》：‘天下之善人少，而不善人多。’晉王坦之《廢莊論》亦云：‘天下之善人少，不善人多。’”

“莫有言者”，田中頤曰：“難其答也。”

○“劉尹答”至“以爲名通”

“劉尹”，崔朝慶曰：“即劉惔。”

“寫水著地”，淇園曰：“亦以見其自然無心，亦無如之何。”○田中頤曰：“夫瀉水者，但能撥水，固不私於一滴，故著地之形有萬不同。此自然之譬也。”○崔朝慶曰：“‘寫’通‘瀉’。”○徐震堮曰：“寫，‘瀉’之本字。”

“縱橫流漫”，田中頤曰：“所以惡人多也。”

“略無正方圓”，田中頤曰：“所以善人少也。”

“名通”，田中頤曰：“是不必正理論，然在於天地傾側之時。瀉水之喻，尤爲凱切，故一時絶歎爲名通也。”○崔朝慶曰：“言名言通論也。”○余嘉錫曰：“‘通’謂解説其義理，使之通暢也。晉宋人於講經談理了無滯義者，並謂之通。‘名通’之爲言，猶之‘名言’‘名論’云爾。後人用此，誤以爲名貴通達，失其義矣。”○王叔岷曰：“《釋名·釋言語》：‘名，明也。’‘名通’猶‘明通’。《荀子·哀公篇》：‘思慮明通，而辭不争。’《賈子新書·數寧篇》：‘以陛下之明通。’”○周一良曰：“《宋書·孔琳之傳》：‘縱而不禁，既乖國憲，禁而不止，又不經通。’‘經通’意爲合理。又有‘名通’一詞，亦有通達合理之意。”《論集》頁四六五。○楊勇曰：“當作‘名言’解。”○張永言曰：“精妙的解釋。”《辭典》頁三〇二。

【彙評】

李贄曰：“此實語，非名通。”《初潭集》卷十五。○曰：“劉語極妙。”

47

康僧淵初過江，未有知者，恒周旋市肆，乞索以自營。忽往殷淵源許，值盛有賓客，殷使坐，麤與寒温，遂及義理。語言辭旨，曾無愧色。領略麤舉，一往參詣。

由是知之。僧淵氏族所出未詳，疑是胡人。尚書令沈約撰《晉書》，亦稱其有義學。

○“康僧淵”至“以自營”

“康僧淵初過江”，程炎震曰：“《高僧傳》四曰：‘康僧淵，西域人，生於長安。貌雖梵人，語實中國。晉成之世，與康法暢、支敏度等俱過江。常乞丐自資，人未之識。後因分衛之次，遇陳郡殷浩。浩因聞佛經深遠之理，卻辯俗書性情之義。自晝至曛，浩不能屈，由是改觀。’”○陳寅恪曰：“王導薨於咸康五年之七月，庾亮薨於咸康六年之正月，僧淵、法暢能與之問對，則其過江必在咸康五年以前可知。據《世說新語·排調篇》‘康僧淵初過江，未有知者’之語，王導、庾亮皆當日勳貴重臣，必非未知名之傖道人所易謁見者。然則僧淵、法暢與王導、庾亮問對之時，必在其已知名之後，而非其初過江之年。且《世說新語·排調篇》有‘王丞相每調之’之語，則淵公、茂弘二人必以久交屢見之故，始有每調之可能。而元規必見暢公持至佳之塵尾，不止一次，然後始能作‘那得常在’之問。故取此數端，綜合推計，則僧淵、法暢、敏度三人之過江，至遲亦在成帝初年咸和之世矣。”《支愍度學說考》，《叢稿初編》頁一七六。

“乞索以自營”，楊勇曰：“自營，即今俗言營救、營生。”○方一新曰：“‘營’謂存活。這一用法六朝書中習見。晉葛洪《葛洪肘後備急方》卷一：‘營死人一周。’《宋書·謝曒傳》：‘恐僕役營疾懈倦，躬自執勞。’”《拾詁》。○龔斌曰：“乞索，乞食也。自營，自活。”

○“忽往殷淵源”至“由是知之”

“寒溫”，錢大昕曰：“又《品藻篇》：‘王黃門兄弟三人俱詣謝公，子猷、子重多說俗事，子敬寒溫而已。’《晉書·阮瞻傳》：‘忽有一客通名詣瞻，寒溫畢。’”《恒言錄》卷一。阮常生按曰：“《呂氏春秋》：‘寒溫勞逸饑飽，此六者非適也。’此‘寒溫’之始見。又《漢書·京房傳》：‘分六十四卦，更直日用事，以雨風寒溫爲候。’”○龔斌曰：“猶寒暄也。”

“領略麤舉”，張永言曰：“領略，領會，理會。”《辭典》頁二七一。按《大辭典》“領略”條曰：“領略，綱領，要點。”與此不同。○蔣宗許曰：“‘略’，《廣雅·釋言》曰：‘略，要也。’即要略、概略。‘領略’義猶‘要領’‘要點’。”《叢札》。

○龔斌曰："猶言要領略陳，意同'敍致'。"

"一往參詣"，朱鑄禹曰："謂談理參義，至到深遠也。"○蔣宗許曰："一往，猶言'一舉'、'一下子'。"《叢札》。又曰："參，進入，達到。參詣，即説進入了問題的核心，抓住了關鍵。"《雜説》。

○注"僧淵氏族"至"有義學"

"僧淵氏族"，李詳曰："梁釋慧皎《高僧傳》：'康僧淵本西域人，生於長安。貌雖梵人，語實中國。晉成之世，與康法暢、支愍度等俱過江。'又有《康僧會傳》，在淵之前，云：'其先康居人，世居天竺。'僧淵蓋亦僧會之族。"○太完曰："梁沙門慧皎《高僧傳》云：'康僧淵本西域人，生於長安，貌雖梵人，語實中國。晉成之世，與康法暢、支敏度等俱過江。後於豫章山立寺，帶江傍嶺，松竹鬱茂，名僧勝達，響附成群，尚學之士，往還填委。後卒於寺。'可以釋孝標之疑。"《襲常脞語》。

"疑是胡人"，劉盼遂曰："孝標疑僧淵爲胡人，是也。本書《排調篇》記康僧淵目深而鼻高。考群書記胡人容貌，多謂爲深目高鼻，如《漢書·西域傳》：'自宛以西至安息，其人皆深目。'《北史·于闐傳》：'自高昌以西諸國人皆深目高鼻。'梁簡文帝《謝安吉公主餉胡子一頭啓》云：'方言異俗，極有可觀，山高水深，宛在其貌。'唐陸巖夢《桂州筵上贈胡子女詩》云：'眼睛深卻湘江水，鼻孔高于華岳山。'《晉書·石季龍載記》：'石宣諸子中最胡狀，目深。'以上諸書，皆以深目高鼻狀之，是胡人之容貌可識矣。僧淵鼻既山高，目亦淵深，則其爲胡斷可知矣。又按《北史·西域列傳》：'康國人皆深目高鼻多髯。'僧淵者名，而又冠以'康'者，取國籍別也。僧淵成帝時同行過江者，有康法暢，當時沙門又有康法邃，想皆康國人，因以康姓之，與中國上古神農居姜水因姓姜，黃帝居姬水因姓姬，虞帝居姚墟因姓姚之事，恰有會也。又中原當時無康姓，康僧淵實爲西域民族，蓋無疑義，不知孝標何以不能質言之也。《高僧傳》四：'康僧淵本西域人，生於長安，貌雖梵人，語實中國。'又按康氏諸人蓋皆西域康居國人。魏晉之世，西來佛徒率以祖國爲姓，從安西來之安世高，即以安爲姓；從月支來之支婁迦讖，即以支爲姓；自天竺來之竺法蘭、竺佛念諸人，即以竺爲姓。想康僧淵等自不違此公例也。康居至隋代減稱康。"

"尚書令沈約撰晉書"，沈家本曰："《隋志》：'梁有沈約《晉書》一百一十一卷，亡。'二《唐志》不著録。殆孝標時此書尚存，故得引之歟？"《古書目》卷四。

○余嘉錫曰："《梁書·武帝紀》二：'天監六年冬閏月，以尚書左僕射沈約爲尚書令，行太子少傅。九年春正月，以尚書令行太子少傅沈約爲左光禄大夫，行少傅如故。'計約之爲令，不過二年餘耳。《世説》注中孝標自敍所見，言必稱臣，蓋奉梁武敕旨所撰。當沈約遷尚書令之時，孝標正在西省，此處特書其現居之官，亦因奏御之體固當如此。然則孝標此注，蓋作於天監六、七年之間也。"

"義學"，楊慎曰："近日吴中刻《世説》，'義學'改作'學義'，大失古人語意。"《丹鉛續録》卷三。○鄭學弢曰："晉世僧人談佛經者有'數學'與'義學'之别。談事數者曰'數學'，通義蘊者曰'義學'。于法開初以義學著名，支道林語王濛：'君義言了不長進。'此皆治'義學'者也。汰法師云：'六通三名同歸，正異名耳。''殷中軍讀佛經皆精解，唯至事數處不解。'此二條皆涉及'數學'。"《札記》。

48

殷、謝諸人共集。殷浩、謝安。謝因問殷："眼往屬萬形，萬形來入眼不[1]？"《成實論》曰："眼識不待到而知虛塵[2]，假空與明，故得見色。若眼到色到，色間則無空明[3]。如眼觸目[4]，則不能見彼[5]。當知眼識不到而知。"依如此説，則眼不往，形不入，遙屬而見也。謝有問，殷無答[6]，疑闕文。

○ "殷謝諸人"至"來入眼不"

"眼往屬萬形"二句，崔朝慶曰："屬，注也。言注視也。"○楊勇曰："屬，

---

〔1〕 "眼往屬萬形"二句，張端木曰："定有闕文。"田中頤曰："此有闕文，故不强解也。"又"來入眼"，余嘉錫曰："景宋本無'來'字。"何焯校同。
〔2〕 "而知虛塵"，天保手批曰："《成實論》'而'作'故'。"
〔3〕 "若眼到色到色間則無空明"，秦士鉉曰："'色到'二字衍，'間則'當作'則間'。"余嘉錫曰："'間'景宋本及沈本俱作'聞'。"楊勇曰："'到色聞'三字疑衍，'無空明'上當有'間'字。"
〔4〕 "如眼觸目"，天保手批曰："(《成實論》)'眼'下有'箆'字，'目'作'眼'。箆，通'鎞'，藥箆也。"
〔5〕 "見彼"，龔斌曰："'彼'宋本、沈校本並作'色'。"
〔6〕 "殷無答"，龔斌曰："'殷'上宋本、沈校本有'而'字。"

矚也。”○龔斌曰：“謝安所問‘眼往屬萬形’，即《成實論》所云‘若眼到色’。色即指萬形也。‘萬形來入眼’之問，是說萬形究竟可見不可見，而其實質乃色是否空有。”

○注“成實論曰”至“疑闕文”

“若眼到色到”二句，大典顯常曰：“言如眼之到色，倘使到入色間則無空明，不能成見也。”

“謝有問”三句，王肯堂曰：“注家以謝有問殷無答，疑闕文，非也。夫眼往屬萬形，則萬形應引眼俱去，不復在我。萬形來入眼，則眼應眜瞽。雖愚之甚者，能反而思之，皆知眼不往，形不來也。然則一問之下，了知法法不相到，法法不相知，豈獨眼與色乎？若措一語則贅矣。或曰：如此則眼與色皆無也，而又何以能了了見耶？曰：如人夢中眼閉而形不接，然見諸色像，不異寤時，則夫了了見者，豈關眼與色哉？曰：了了見者，豈心乎？曰：心如能見，盲無目者當能見矣。”《筆塵》卷一。○嘉靖批曰：“正須以不著轉語為轉，那得云‘闕文’也？”

◎桃井白鹿曰：“《成實論》：問曰：‘汝言識能知，非根知，是事已成，今為根塵合故識生，為離故生耶？’答曰：‘眼識不待到故知塵，所以者何？月等遠物，亦可得見。月色不應離月而來。又假空與明，故得見色。若眼到色則間無空明，如眼篦觸眼則不得見。當知眼識不到而知。’此注所引《成實論》，校之原本，其脫誤如是。按根塵，所謂六根六塵也。眼耳鼻舌身意謂之六根，色聲香味觸法，謂之六塵，識，謂能分別六塵也。從根得名，為之六識。篦，藥篦也。《成實論》又曰：‘太近眼則不得見，如眼者藥篦則不能見。’”○大典顯常曰：“《成實論》十六卷，訶黎跋摩尊者造，以原文考之曰：‘眼識不待到故知塵’云云。”

【彙評】

方弘靜曰：“眼往屬萬形，萬形來入眼否？余以《艮》之辭答之：‘行其庭不見其人。’庭非無人也，不見見也，見不見也。是眼不屬萬形，萬形不入眼，何往何來？若曰往來，是憧憧矣。《楞嚴》以鏡論非不近似，子雲《太玄》無乃屋下架屋，是以無取乎爾也。”《千一錄》卷十四。

王世懋曰：“《楞嚴經》中具明問答，但以鏡答自明，殊勝此論。”大典顯常按曰：“《楞嚴經》卷五云：‘阿難，汝且觀此樹林泉池，此等為是色生眼根，眼生色相。汝更聽此擊鼓撞鐘，此等爲是聲來耳邊，耳往聲處。'下更廣明，此不能引。"

錢鍾書曰："《傳燈錄》卷四文益禪師指竹問僧曰'見麽'，曰'見'，師曰'竹來眼裏，眼到竹邊'；《五燈會元》卷三老宿見日影透窗，問惟政禪師'爲復窗就日、日就窗'；亦本《楞嚴》之旨，而闇同《世説》之言。"《談藝録》頁二〇四。

49

　　人有問殷中軍："何以將得位而夢棺器，將得財而夢矢穢〔1〕？"殷曰："官本是臭腐〔2〕，所以將得而夢棺屍〔3〕；財本是糞土，所以將得而夢穢汙。"時人以爲名通〔4〕。

　　○"人有問"至"以爲名通"

"將得位而夢棺器"二句，岡白駒曰："'矢'與'屎'通，糞也。"○大典顯常曰："'官''棺'通，'貲''屎'通。"秦士鉉按曰："此解似鑿。"○田中頤曰："'官''棺'音同，'貲''屎'音通，是爲其因。然今此問不然，言將吉而反夢凶，將祥而反夢不祥，皆似無因，以爲疑問，而殷特發一新意者耳。"○王叔岷曰："'屎'正作'蔏'。《説文》：'蔏，糞也。''屎'，俗；'矢'，借字。"

"所以將得而夢棺屍"，蔣超伯曰："陳士元《夢占逸旨》云：'將蒞官則夢棺，將得錢則夢穢。'注引《晉書》殷浩語云云。按夢官得棺，此諧聲之義，浩云官本臭腐，恐非。"《南滑楛語》卷四。

"所以將得而夢穢汙"，方一新曰："'汙'就是糞便，'穢汙'當屬同義連文。"《小説校釋》。

───────────────

〔1〕"矢穢"，楊勇曰："'矢'《晉書·殷浩傳》作'糞'。"龔斌曰："'矢'宋本作'屎'。"
〔2〕"官本是"，徐震堮《札記》曰："《晉書》'官'誤作'棺'。"
〔3〕"棺屍"，龔斌曰："'屍'宋本作'尸'。"
〔4〕"時人以爲名通"，天保手批曰："作'時稱名通'。"

【彙評】

王若虚曰："或問殷浩：'将蒞官而夢棺，将得財而夢糞，何也？'浩曰：'官本臭腐，故将得官而夢尸；錢本糞土，故将得錢而夢穢。'當時以爲名言。浩問劉惔：'自然無心於稟受，何爲善人少惡人多？'惔曰：'譬如瀉水着地，縱横流漫，略無方正圓者。'一時絶歎，以爲名通。人有能百擲百盧者，王衍曰：'此無奇，直後擲如前擲耳。'庾子嵩曰：'王君之言，闇得理，皆類此。'噫，三論無謂甚矣，而取重於世如此。晉士以虚談相高自名而夸世者，不可勝數，而三子其尤也。顧存而傳者若是，則餘可以想見矣。'将無同'三語，有何難道？或者乃因而辟之。'一生幾兩屐'，婦人所知，而遂以決祖、阮之勝負。其風至此，天下蒼生安得不誤哉！"《滹南集》卷二十八《臣事實辨》。

方弘静曰："殷深源夢棺夢穢之論，當時以爲名通，迄今有味乎其言，覈之則非情也。孔子言：'富與貴，人之所欲，不以其道不處。'君子之所以成其名者也，何嘗憎富而賤貴耶？是故過情之言，君子恥之。"《千一録》卷十四。

李贄曰："既是臭腐之物，何以終日書空？"《初潭集》卷十五。

王世懋曰："名言，名言。"

袁中道曰："微有腐意，終是慧語。"《舌華録》卷一。

王志堅曰："觀浩被廢，答桓温書，慮有謬誤，開閉者數十，此絶不類臭腐一官者，何向者持論之易易也！"《讀史商語》卷二。

李鄴嗣曰："世人俱慕官，官本自臭腐。世人但愛財，財本是糞土。奚爲日皇皇，使人忘寒暑。不惜圖所難，搗藥敦鐵杵。入坐無面顏，尪陋希言語。客或有笑之，怡然譚名理。願公勿復談，但恐不免耳。"《集世説詩》。

郝懿行曰："余覆按之，知其説謬戾而不通也。審如所言，稷契皋夔當辭爵位而慕巢由，舜不當富有四海。《大學》何言有土有財？無財是無養生之具，無官何有治事之人？晉人清談廢事，正坐此弊。就其所談，亦絶無名理，而苟取悦人。何以明之？官真臭腐，則尸位不爲忝；財果糞土，則食貨不足訂，而豈理也哉！"《曬書堂集》外集卷下《夢屍得官糞得財解》。

彭孫貽曰："（《晉書》）殷浩尸棺糞土之言，不若《世説》所紀爲工。"《茗香堂史論》卷一。

計大受曰："以臭腐視官，不就則已，就可無妨於尸乎？以糞土視錢，不取則已，取可無妨於穢乎？浩初匿情養望，屏居十餘年，辟除皆不就。既而入處國鈞，未有嘉謀善政，出總戎律，惟聞蹙國喪師，至被黜放，而又一旦震動於桓溫腐鼠之嚇，致竟達空函之謬，豈非無能以發馨香之治，而同逐臭之夫，而不知怍哉！史稱以夷神委命，無流放之戚，言過其實。且何以終日書空，作'咄咄怪事'四字也！若夫夢者神所交，量而後入，不思官；義然後取，不思財。思而夢，夢而爲棺爲糞，其感變之所起，官而尸、財而穢者乎？執是説也，則亦足作世警醒而戒苟冒。"《史林測義》卷十五。

周紹賢曰："清談家之談夢，又別有理致，非盡以占夢爲説也。"《述論》頁一二七。

蔣凡曰："得位夢棺、得財夢矢穢是民間迷信觀念，本無可論證，但殷浩樂辨名實，於是當作名理給分析了一回。詞面近乎調侃，詞底表白了一種清高，同時又寓意精深。"

50

殷中軍被廢東陽，浩黜廢事，別見。始看佛經。初視《維摩詰》，僧肇注《維摩經》曰："維摩詰者，秦言净名，蓋法身之大士，見居此土，以弘道也。"疑《般若波羅密》太多，後見《小品》，恨此語少。波羅密，此言到彼岸也。經云："到者有六焉：一曰檀；檀者，施也。二曰毗黎；毗黎者，持戒也〔1〕。三曰羼提；羼提者，忍辱也。四曰尸羅；尸羅者，精進也〔2〕。五曰禪；禪者，定也。六曰般若；般若者，智慧也。然則五者爲舟，般若爲導，導則俱絶有相之流〔3〕，升無相之彼岸也。故曰波羅密也。"淵源未暢其致，少而疑其多；已而究其宗，多而患其少也。

○ "殷中軍"至"恨此語少"

"被廢東陽"，大典顯常曰："《晉書》列傳四十七：殷浩爲中軍將軍，假節都督揚豫徐兗青五州軍事。上疏北征許洛，爲姚襄所敗。桓溫素忌浩，上疏罪

〔1〕 "二曰毗黎"三句，桃井白鹿曰："毗黎，並當作'尸羅'。"
〔2〕 "四曰尸羅"，桃井白鹿曰："尸羅，並當作'毗黎'。"
〔3〕 "俱絶"，程炎震曰："宋本'俱'作'爲'。"余嘉錫曰："'俱'景宋本及沈本俱作'爲'。"

浩，廢爲庶人，徙於東陽之信安。”

“疑般若波羅密太多”，大典顯常曰：“《摩訶般若波羅蜜經》亦名《大品般若波羅蜜經》，二十七卷九十品，姚秦三藏鳩摩羅什共僧叡譯。《小品般若波羅蜜經》，十卷二十九品，羅什譯。如《大般若》六百卷，爾時未譯。”又曰：“蓋殷看維摩默然不二之義，而疑《般若》之涉多説也。”《撮補》。○楊勇曰：“《般若波羅密》有《大品》《小品》。佛經初入中國，僅有《小品》，而講者亦多講《小品》。”○龔斌曰：“疑，嫌也。”按“小品”義參見本篇“有北來道人好才理”條。

“恨此語少”，淇園曰：“此蓋以見殷見佛理之深到。”○田中頤曰：“此初疑其多，後恨其少，其故何也？蓋殷被廢之始，以廢棄爲憂，而終以廢棄爲樂者，有悟於此，而爾亦看佛理精到之力耳。”

○注“僧肇注維摩經曰”

“法身之大士”，岡白駒曰：“梵言菩薩，華言大士。”○恩田仲任曰：“《維摩經》曰：‘佛身者，法身也。’肇曰：‘法身者，虛空身也。無生而無不生，無形而無不形。超三界之表，絶有心之境。陰入所不攝，稱讚所不及。寒暑不能爲其患，生死無以化其體。’大士，《天台四教儀注》曰：‘建大事故曰大士。’”

【彙評】

蔣凡曰：“玄學已經救治不了他的苦難心靈了，於是他捨舟登岸，歸向了當時盛行的般若之學。”

51

支道林、殷淵源俱在相王許。簡文。相王謂二人[1]：“可試一交言。而‘才性’殆是淵源崤函之固，崤，謂二陵之地；函，函谷關也。並秦之險塞，王者之居。左思《魏都賦》曰：“崤、函帝

---

〔1〕“二人”，張文柱曰：“‘二人’疑‘道人’。”秦士鉉曰：“‘二人’疑作‘道人’。”徐震堮曰：“案下文有‘君其慎焉’之語，‘二人’疑是‘支’字之誤。此語蓋專對支遁言之。”龔斌曰：“後文‘可試一交言’正是語二人口吻，‘二人’不誤。”

王之宅。"君其慎焉!" 支初作,改轍遠之,數四交,不覺入其玄中。相王撫肩笑曰:"此自是其勝場,安可爭鋒!"

○"支道林"至"君其慎焉"

"支道林殷淵源",程炎震曰:"道林何得與殷浩共集簡文許?前注引《高逸沙門傳》,殆隱以駁此條也。證之《高僧傳》,其誤顯然。"

"相王",顧炎武曰:"前代拜相者必封公,故稱之曰相公。若封王則稱相王。司馬文王進爵爲王,苟顗曰'相王尊重'是也。晉簡文帝及會稽王道子亦稱相王。"《日知録》卷二十四。○平賀房父曰:"《書影》云:'前代拜相者必封公,故稱之曰相公。若封王,則稱相王。晉簡文帝稱相王,魏武在漢時亦稱相王。'"秦士鉉按曰:"又有稱'王宰'者。"○徐震堮曰:"時簡文帝以會稽王居相位,故以相王稱之。司馬炎在魏時,人亦以相王相稱,與此同例。"

"才性殆是淵源嶰函之固",桃井白鹿曰:"'才性',即《四本論》,淵源所長,故曰'殆是淵源嶰函之固也'。"○大典顯常曰:"才性之論,淵源所長,故言如是,即前章所謂'殷中軍於才性偏精。忽言及四本,便苦湯池鐵城,無可攻之勢'是也。"○田中頤曰:"言殷論才性,舊所偏長,其難説破,猶嶰函之固也。"○秦士鉉曰:"《過秦論》:'據嶰函之固。'"○李慈銘曰:"此謂殷之言才性,無人可攻,如嶰函之固,即前所云'殷中軍於才性偏精'也。"《簡端記》。○徐震堮曰:"'鍾會撰四本論'條注:'《魏志》曰:會論才性同異傳於世,四本者,才性同,才性異,才性合,才性離也。'此處言'才性'指此。別條云:'殷中軍雖思慮通長,然於才性偏精,忽言及四本,便苦湯池鐵城,無可攻之勢。'即此語注腳也。"《札記》。

"君其慎",大典顯常曰:"君指支公。"○田中頤曰:"此言支特不可不虞。"

○"支初作"至"安可爭鋒"

"初作改轍遠之",桃井白鹿曰:"曹植《與吴季重書》:'改轍易行,非良樂之御。'之,指《四本論》,下曰'其玄中'是也。"○淇園曰:"言欲及才性之論則改端。"○恩田仲任曰:"初作,謂初交言。遠之,之,謂才性也。"○田中頤曰：“支聽之，自交言之初作，改轍易途以避，遠才性之論界。”○徐震堮曰：“'之'指才性，論難時避不觸及之。”

　　“數四交”，蕭艾曰：“晉人清談，每就一命題雙方各發言一次，謂之一番或一交。”《探幽》頁八五。

　　“入其玄中”，田中頤曰：“交言數四後，支不覺入其才性之圍中。”

　　“撫肩笑曰”，田中頤曰：“此本慮有之，而今果然故。”

　　“安可爭鋒”，田中頤曰：“言殷驅人於其玄中，此其所長，今支改轍遠之，尚且墜其圍中，安可得與之爭其鋒乎？”○王叔岷曰：“《史記·留侯世家》：'願上無與楚人爭鋒。'”

【彙評】

　　劉辰翁曰：“作如此語，更不成文。”評“安可爭鋒”。天保手批曰：“才性之端，淵源所長，故言如是。”

52

　　謝公因子弟集聚，問《毛詩》何句最佳，遏稱曰：謝玄小字，已見。“昔我往矣，楊柳依依；今我來思，雨雪霏霏。”公曰：“訏謨定命，遠猷辰告。”《大雅》詩也。毛萇注曰：“訏，大也。謨，謀也。辰，時也。”鄭玄注曰：“猷，圖也。大謀定命，謂正月始和，布政于邦國都鄙。” 謂此句偏有雅人深致。

　　○“謝公因子弟”至“雅人深致”

　　“何句最佳”，李調元曰：“此後人作詩所謂警句也。”《勘說》卷四。
　　“昔我往矣”四句，徐震堮曰：“見《小雅·采薇》。”
　　“偏有雅人深致”，劉淇曰：“偏，畸重之辭也。”《辨略》卷二。又曰：“'致'謂意度也。”同上卷四。○徐震堮曰：“偏，特別、最。”《簡釋》。

561

◎徐震堮曰："《晉書·列女傳》：'叔父安嘗問《毛詩》何句最佳，道韞稱："吉甫作頌，穆如清風；仲山甫永懷，以慰其心。"安謂有雅人之致。'與《世說》異。"

○注"大雅詩也"至"邦國都鄙"

"大雅詩也"，楊勇曰："見《詩·大雅·抑》。"

"毛萇注"，葉德輝曰："亦稱毛公注。《漢志》題《毛詩故訓傳》三十卷。《隋志》題《毛詩》二十卷，云：'漢河間太守毛萇傳，鄭玄箋。'"《書目》。

"鄭玄注"，葉德輝曰："即《箋》也。《隋志》，與《傳》合併，梁時分行。"《書目》。

【彙評】

宋祁曰："《詩》云'蕭蕭馬鳴，悠悠旆旌'，見整而靜也，顔之推愛之；'楊柳依依，雨雪霏霏'，寫物態，慰人情也，謝玄愛之；'遠猷辰告'，謝安以爲佳語。"《宋景文公筆記》卷中。

陳櫟曰："謝安石之説，固足以救風雲月露、流麗綺靡之弊。"《定宇集》卷七《答問》。

劉克莊曰："它日與子弟言詩，則謂'楊柳''風雪'未若'訏謨定命，遠猷辰告'之句，是以相業教詔之矣。及乎親炙久，濡染熟，玄、琰志義奮發，能以八千而走百萬之虜，遂爲經濟之彦；諸孫如康樂，如惠連，如元暉，亦迭丰風騷之盟。雖道韞一女子，猶責其弟學之不進。《孟子》曰：'人樂其有賢父兄。'余於謝傅見之。"《後村先生大全集》卷九十二《趙氏義學莊》。

劉辰翁曰："各情性所近，非謝公識量，此語爲遛拖，誰省？"

王夫之曰："謝太傅於《毛詩》取'訏謨定命，遠猷辰告'，以此八字如一串珠，將大臣經營國事之心曲寫出次第，故與'昔我往矣，楊柳依依。今我來思，雨雪霏霏'同一達情之妙。'訏謨定命，遠猷辰告'，觀也。謝安欣賞而增其遛心。"《薑齋詩話》卷二。

王士禎曰："玄與之推所云是矣，太傅所謂'雅人深致'，終不能喻其指。"《古夫于亭雜錄》卷二。

鄧繹曰："'訏謨定命，遠猷辰告'八字，非才兼師相，若伊傅、周召者不能知。其在兩漢，則惟子房、孔明庶幾之耳。古人以定國是爲難，而命之既定，則天人咸和。國是有不足定者，雖有遠猷，而不以時告，則止。或尼之，賈生所以見讒於絳、灌也。是二言者，謝安石常吟咏之，風流宰相，自應經術宏深，豈江左夷吾所敢望哉。"《藻川堂譚藝·唐虞篇》。

蔣凡曰："謝玄指認的佳句，表現了那一時代和家風賦予他的藝術感悟力。在謝玄之前，是經學解《詩》，從藝術角度體會妙處，他是很早的一位。"

53

張憑舉孝廉出都，負其才氣，謂必參時彦。欲詣劉尹，鄉里及同舉者共笑之〔1〕。張遂詣劉。劉洗濯料事〔2〕，處之下坐，唯通寒暑，神意不接。張欲自發無端。頃之，長史諸賢來清言。客主有不通處，張乃遥於末坐判之，言約旨遠，足暢彼我之懷，一坐皆驚。真長延之上坐，清言彌日，因留宿至曉。張退，劉曰："卿且去，正當取卿共詣撫軍。"張還船，同侶問何處宿，張笑而不答。須臾，真長遣傳教覓張孝廉船，同侶悰愕。即同載詣撫軍。至門，劉前進謂撫軍曰："下官今日爲公得一太常博士妙選！"既前，撫軍與之話言，咨嗟稱善曰："張憑勃窣爲理窟〔3〕。"即用爲太常博士。宋明帝《文章志》曰："憑字長宗，吳郡人。有意氣，爲鄉閭所稱。學尚所得，敏而有文。太守以才選舉孝廉，試策高第。爲愻所舉，補太常博士。累遷吏部郎、御史中丞。"

〔1〕 "舉者共"，何焯曰："'者'下一無'共'字。"余嘉錫曰："沈本無'共'字。"
〔2〕 "劉洗濯"，董刻本無"劉"字。朱鑄禹曰："袁本'洗濯'上有一'劉'字，是。"龔斌曰："宋本無'劉'字。按當有'劉'字。"
〔3〕 "張憑勃窣爲理窟"，徐震堮曰：《御覽》六一七引《郭子》作'張憑勁粹，爲理之窟'。"

○“張憑舉孝廉”至“神意不接”

“出都”，吳金華曰：“出都，猶至都也。《任誕》‘冰出錢塘口’、‘王子猷出都’，《德行》‘既出市’，《方正》注引《孔氏志怪》‘出家’，《排調》‘謝車騎出曲阿祖之’，《尤悔》注引《續晉陽秋》聞苻堅‘自出淮肥’，《言語》‘相邀出新亭’，皆同。”《詞語考釋》。楊勇按曰：“《德行》四五‘孫恩賊出吳郡’，本篇四二‘從東出’，四五‘出都’，同。”又曰：“‘出都’特指從外地進京，是六朝習語。因爲‘出’是一種由隱而顯的行爲，京城在全國處於最顯要的地位，所以進京城就可以説成‘出都’。”《考釋》頁六七至六八。

“必參時彦”，崔朝慶曰：“言參與當時名人之間也。”

“欲詣劉尹”，田中頤曰：“時彦之長者。”

“洗濯料事”，岡白駒曰：“洗濯，洒足也。”○平賀房父曰：“只是削牘也，見無意於待張。”○田中頤曰：“洗濯舊典，料理事理，而不省張也。”

○“張欲自發”至“共詣撫軍”

“欲自發無端”，崔朝慶曰：“言欲自發議論而無端緒也。”

“暢彼我之懷”，田中頤曰：“與下‘理窟’應。”○崔朝慶曰：“言使大衆皆暢適也。”

“正當取卿共詣撫軍”，秦士鉉曰：“取，猶攜也。撫軍謂簡文。”○徐震堮曰：“正，亦作‘立即’解。”《釋義》。又曰：“正當，又作‘即將’解。”《簡釋》。又曰：“撫軍，謂簡文帝。永和元年，崇德太后臨朝，進位撫軍大將軍，錄尚書六條事。故書中稱爲撫軍。”○王叔岷曰：“取，讀爲‘聚’。《莊子·天運篇》：‘取弟子遊，居寢臥其下。’覆宋本‘取’作‘聚’，即‘取’‘聚’通用之例。”○龔斌曰：“取，此謂迎接之意。袁康《越絶書·越絶吳內傳》：‘取小白立爲齊君。’”

○“張還船”至“太常博士”

“遣傳教覓張孝廉船”，胡三省曰：“傳教，郡吏也，宣傳教令者。”《通鑒·晉紀十一》注。○秦士鉉曰：“一説遣使傳教命也。”

“既前”，田中頤曰：“張前也。”○張萬起曰：“見面以後。”

“與之話言”，王叔岷曰：“《詩·大雅·抑》：‘告之話言。’《左》文六年《傳》：‘著之話言。’陶淵明《贈長沙公詩》：‘貽茲話言。’”○楊勇曰：“話言，善言也。”

　　“勃窣爲理窟”，胡文英曰：“勃窣，散塵也。吳中謂散塵爲勃窣。”《吳下方言考》卷十二。王佩諍按曰：“若果如胡說，疑‘散塵’爲稱美意，蓋言清談娓娓，比諸玉雪霏霏耳。”○岡白駒曰：“《說文》：‘窣，穴中卒出也。’蓋謂義理勃興而出也。與《子虛賦》‘勃窣’殊。窟，如月窟之窟，理所生。”○桃井白鹿曰：“勃窣，義未詳。或云：《子虛賦》‘嫚姍勃窣上金堤’注：‘勃窣，匍匐行也。’此借爲用力之意，猶《詩》云：‘凡民有喪，匍匐救之。’”又曰：“‘勃窣’即‘蹩躠’。《莊子·馬蹄篇》：‘蹩躠爲仁。’注：‘用心力貌’”《補遺》。○大典顯常曰：“《說文》：‘勃，排也。’徐曰：‘勃然興起，有所排擠也。’窣，穴中卒出也。窣地，猶突然地。然則勃窣，有所生起之貌也。”○淇園曰：“勃，排也。窣，穴中卒出也。相如《子虛》：‘嫚姍勃窣上金堤。’蓋亦以其不意而起言也。理窟，條理所在之窟。”○田中頤曰：“勃窣，蓋以雖遇其義難通處，然容易卒爾出於人意表而斷決言也。理窟，言義理所在之窟也。”○沈欽韓曰：“《楚詞》‘嫫母勃屑而日侍’注：‘勃屑，猶嫚姍，膝行貌。’《世說》‘張憑勃窣於理窟’，‘勃窣’亦蹩躠之狀也。”王先謙《漢書補注》卷五十七引。王先謙按曰：“沈說是。《文選》‘勃’作‘敦’，‘勃’‘敦’同字。”○博古堂墨批曰：“勃窣，行緩貌。”○崔朝慶曰：“勃窣，匍匐行也。理窟，言其深藏名理也。”○程炎震：“《漢書·司馬相如傳》：‘嫚姍勃窣。’師古曰：‘謂行於叢薄之間也。’《文選·子虛賦》作‘敦窣’，注引韋昭曰：‘嫚姍勃窣，匍匐上也。’《史記索隱》引作‘匍匐上下’。”○徐震堮曰：“‘勃窣’即‘婆娑’之轉音。”○楊勇曰：“勃窣，與‘勃屑’通。《漢書·司馬相如傳》‘嫚姍勃窣上金隄’顏注：‘嫚姍勃窣，謂行於叢薄之間。’《文選·子虛賦》注引韋昭曰：‘嫚姍勃窣，匍匐也。’《太倉州志》：‘吳語：體短步澀曰勃窣。’理窟，藏理之窟也。此謂張憑雖體短步澀，而理致富贍也。”○闞緒良曰：“‘勃窣’義爲‘言辭多’。在唐宋時代又寫作‘勃素’‘勃訴’。《祖堂集》卷十六《溈山和尚》：‘切忌勃素著。’《五燈會元》卷九記此事作‘勃訴’。”《札記》。

　　◎程炎震曰：“《御覽》二百二十九《太常博士》引此事云‘出《郭子》’。”○余嘉錫曰：“此出《郭子》，見《御覽》二百二十九。”

【彙評】

劉辰翁曰：“此纖悉曲折，可尚。”

嘉靖批曰：“亦何至傲昵乃爾，以貌相人，多此俗態。”

54

汰法師云："'六通'、'三明'同歸，正異名耳。"
《安法師傳》曰："竺法汰者，體器弘簡，道情冥到，法師友而善焉。"一說法汰即安公弟子也。經云："六通者，三乘之功德也。一曰天眼通，見遠方之色；二曰天耳通，聞障外之聲；三曰身通，飛行隱顯；四曰它心通，水鏡萬慮；五曰宿命通，神知已往；六曰漏盡通，慧解累世。三明者，解脫在心，朗照三世者也。"然則天眼、天耳、身通、它心、漏盡此五者，皆見在心之明也。宿命則過去心之明也。因天眼發未來之智，則未來心之明也。同歸異名，義在斯矣。

○"汰法師"至"異名耳"

"六通三明"，田中頤曰："謂蓋立耳之用凡六，立目之用凡三，所謂六通三明者也。而其論衆多，然今廢耳目之末，直據心之本，則其理同歸於一，竟不過異其名者耳。"

"正異名"，平賀房父曰："'正'當作'止'。"

○注"一說法汰即安公弟子也"

"法汰"，程炎震曰："《高僧傳》五云：'竺法汰，東莞人。少與道安同學。或有言者曰汰是安公弟子者，非也。'"余嘉錫按曰："道安本隨師姓竺，後乃以釋爲氏。由是其弟子皆姓釋。今法汰以竺爲姓，知是同門，非弟子也。"

○注"經云"

"天眼通"，桃井白鹿曰："《大明三藏法數》：'能見六道衆生死此生彼苦樂之相，及見一切世間種種形色，無有障礙，是名天眼通。'"

"身通"，秦士鉉曰："具言身如意通，亦曰神境通。"

"水鏡萬慮"，大典顯常曰："水鏡，言通知衆生萬慮，如水鏡也。"

"漏盡通"，桃井白鹿曰："《維摩經》：'八千比丘，不受諸法，漏盡意解。'《大明三藏法數》：'漏即三界見思惑也，爲羅漢斷見思惑盡，不受三界生死而得神通，是名漏盡通。'"

"慧解累世"，秦士鉉曰："以真空慧解，脫累世之惑也。"

"三明者"三句，大典顯常曰："'三明'非'朗照三世'之謂也。一曰宿住智，證明此六通中宿命通也。二曰生死智，證明此天眼天耳它心神境也。三曰漏盡智，證明此漏盡通也。"○平賀房父曰："在心，現在心，即現在漏盡明也，及朗照過去、未來，故云三明也。"

55

支道林、許、謝盛德，共集王家。許詢、謝安、王濛。謝顧謂諸人[1]："今日可謂彥會，時既不可留，此集固亦難常。當共言詠，以寫其懷。"許便問主人有《莊子》不，正得《漁父》一篇。《莊子》曰："孔子遊乎緇帷之林，休坐乎杏壇之上。孔子弦歌鼓琴，奏曲未半，有漁者下船而來，鬚眉交白，被髮揄袂，行原以上[2]，距陸而止，左手據膝，右手持頤以聽。曲終而招子貢、子路語曰[3]：'彼何爲者也?'曰：'孔氏。'曰：'孔氏何治?'子貢曰：'服忠信，行仁義，飾禮樂，選人倫，孔氏之所治也。'曰：'有土之君歟?'曰：'非也。'漁父曰：'仁則仁矣，恐不免其身。'孔子聞而求問之，遂言八疵[4]、四病[5]，以誡孔子[6]。"謝看題，便各使四坐通。支道林先通，作七百許語，敘致精麗，才藻奇拔，衆咸稱善。於是四坐各言懷畢[7]。謝問曰："卿等盡不?"皆曰："今日之言，少不自竭。"謝後

〔1〕"謝顧謂"，董刻本、沈校本無"謝"字。何焯曰："'顧'上一無'謝'字。"楊勇曰："袁本有'謝'字，是。"
〔2〕"以上"，董刻本無"上"字。王利器曰："各本'以'下有'上'字，是。《莊子·漁父篇》正作'行原以上，距陸而止。'"楊勇曰："各本及《莊子·漁父》有'上'字，是。"
〔3〕"曲終"，董刻本無"終"字。王利器曰："蔣校本、沈校本同，餘本'曲'下有'終'字，是。"朱鑄禹曰："今《莊子》正作'曲終'。"
〔4〕"八疵"，楊勇曰："'疵'宋本作'疵'，非。"
〔5〕"四病"，朱鑄禹曰："《莊子》作'四患'。"
〔6〕"誡孔子"，楊勇曰："'誡'宋本作'誠'，非。"
〔7〕"各言懷畢"，董刻本、元刻本、何焯校"畢"上有"言"字。楊勇曰："'畢'上宋本有'言'字，今依各本。"

巇難，因自敘其意，作萬餘語，才峰秀逸。《文字志》曰："安神情秀悟，善談玄遠〔1〕。"既自難干，加意氣擬託，蕭然自得，四坐莫不厭心。支謂謝曰："君一往奔詣，故復自佳耳。"

○ "支道林許謝" 至 "少不自竭"

"盛德"，岡白駒曰："美稱也。" ○大典顯常曰："當時蓋稱文學風流爲盛德。"《攟補》。○龔斌曰："指賢人君子。"

"彦會"，田中頤曰："與'盛德'應。" ○朱鑄禹曰："彦，《說文》：'美士有文，人所言也。'此'彦會'蓋謂美士之文會也。" ○蕭艾曰："《爾雅·釋訓》：'美士爲彦。'彦會，即集美士於一堂之盛會也。"《探幽》頁九九。

"當共言詠" 二句，張萬起曰："言詠，暢談吟詠。此偏指暢談。寫，即'瀉'，傾瀉，抒發。"

"使四坐通"，田中頤曰："筆戰始起。" ○徐震堮曰："口頭闡述亦曰通。"《簡釋》。

○ "謝後巇難" 至 "復自佳耳"

"謝後巇難"，張永言曰："粗難，大略論難，略加辯駁。"《辭典》頁六七。按《大辭典》"巇難"條曰："大加論難，全面辯駁。"與此不同。

"才峰秀逸"，恩田仲任曰："才峰，即才鋒。" ○張萬起曰："才峰，才華。"

"既自難干" 三句，秦士鉉曰："才峰既自有難干之勢，加之意氣所高，擬託所在，蕭散安閑。擬託，擬託物以論之也。" ○王佩諍曰："干加，疑即交加之轉語。《高唐賦》：'交加累積，重疊增益。'《楚辭·九辯》：'何說一國之事兮，亦事端而膠加。''膠'與'交'同音，'交加''干加'，均見母一聲之轉。" ○王叔岷曰："蕭然，猶翛然、悠然。《莊子·大宗師篇》：'翛然而往，翛然而來而已矣。'《釋文》：'翛音蕭，李音悠。向云：翛然，自然無心而自爾之謂。'" ○朱鑄禹曰："干加，即求進之意。" ○張萬起曰："難干，難以企及。"

---

〔1〕 "玄遠"，董刻本、沈校本 "遠" 作 "遠"。程炎震曰："宋本'遠'作'遠'。"朱鑄禹曰："袁本作'遠'，疑誤。"龔斌曰："'遠'爲形誤，作'遠'是。"

○蔣凡曰："擬託，比擬、寄託。"

"莫不厭心"，田中頤曰："上曰'稱善'，又曰'厭心'，可見此彥會諸人中，支、謝之外，無一可者，而謝超於支更一等也。"

"一往奔詣"，岡白駒曰："一往而直詣玄境。"○淇園曰："言不深用意而直到其要。不必須多言而若是奔詣之處，故復自佳。"○田中頤曰："此支以為我才藻奇拔，僅得其枝葉，謝才峰秀逸，大得其幹根，故曰'一往奔詣'。亦唯以得其要義，一馳到極，復自佳耳。"○周一良曰："《品藻篇》'郗嘉賓道謝公'條：'右軍詣。''不得稱詣。'注：'凡徹詣者，蓋深覈之名也。'此處'詣'當亦此意。"《批校》。○龔斌曰："義同'一往參詣'。"

【彙評】

劉辰翁曰："《漁父》偽書，何足千萬？"
陳夢槐曰："有此敘致，一日風流，千載可懷。"

56

殷中軍、孫安國、王、謝能言諸賢，悉在會稽王許。殷與孫共論"《易》象妙於見形"。其論略曰："聖人知觀器不足以達變，故表圓應於著龜。圓應不可為典要，故寄妙迹於六爻。六爻周流[1]，唯化所適，故雖一畫，而吉凶並彰，微一則失之矣。擬器託象，而慶咎交著，繫器則失之矣。故設八卦者，蓋緣化之影迹也[2]。天下者，寄見之一形也。圓影備未備之象，一形兼未形之形。故盡二儀之道，不與《乾》《坤》齊妙；風雨之變，不與《巽》《坎》同體矣。"孫語道合，意氣干雲。一坐咸不安孫理，而辭不能屈。會稽王慨然歎曰："使真長來，故應有以制彼。"既迎真長[3]，孫意已不如。真長既至，先令孫自敘

---

〔1〕"六爻周流"，董刻本、沈校本無"六爻"二字。王利器曰："各本'周流'上重'六爻'字，是。"
〔2〕"緣化"，何焯校"緣"作"圓"。
〔3〕"既迎"，董刻本、袁刻本、沈校本等"既"作"即"。葉德輝曰："《晉書·劉惔傳》云：'使真長來，故應有以制之，乃命迎惔。'與此'使真長來，故應有以制彼，即迎真長'語氣同。此作'既'，非。"

本理。孫虛説已語，亦覺殊不及向[1]。劉便作二百許語，辭難簡切[2]，孫理遂屈。一坐同時拊掌而笑，稱美良久。

○"殷中軍"至"稱美良久"

"王謝能言諸賢"，程炎震曰："此'王謝'是王濛、謝尚，非逸少、安石也。知者以此稱'會稽'，不稱撫軍與相王，知是成帝咸康六年以前事。當深源屏居墓所之時，濛、尚同爲會稽談客。安國雖歷佐陶侃、庾翼，容亦奉使下都。若安石、逸少，永和中始會於都下，安國方從桓温征伐蜀洛矣。注不斥言'王謝'何人，殆闕疑之意。《晉書·恢傳》取此，並没王謝不言。"

"會稽王"，徐震堮曰："指簡文帝。帝爲元帝少子，初封琅邪王，咸和元年徙封會稽王。"

"易象妙於見形"，張萬起曰："即《易象妙於見形論》，孫盛撰。《晉書·孫盛傳》：'盛又著《醫卜》及《易象妙於見形論》，浩等竟無以難之，由是知名。'"○蔣凡曰："《晉書·劉恢傳》以爲作者是孫盛，而嚴可均則認爲是殷浩。"○龔斌曰："所謂'易象妙於見形'，乃謂觀爻象之形而知《易》之精妙。故孫盛《易》學，宜歸諸魏晉《易》學中之象數一派。"

"一坐咸不安孫理"，龔斌曰："可見孫盛'易象妙於見形'之説不爲多數人贊同。"

"辭不能屈"，徐震堮曰："案《晉書》：'帝使殷浩難之，不能屈。'"《札記》。
"辭難簡切"，張萬起曰："難，極。"

【彙評】

凌濛初曰："寫得安國小巫形態逼真。"

何啓民曰："論難雖是一個較好的求'理'手段，卻有着先天的缺憾，'道'也好，'理'也好，本來没有絶對的價值標準，只有着相對的好壞比較。追求理源所歸，歸於何處既不能解決，理源遂成了一個理想的虛名。所能做到的，亦只不過是最勝義的獲致。在初時，人們尚注意於理論的探討，最後則漸趨於技巧的

---

[1] "殊不"，龔斌曰："'殊'宋本、沈校本並作'絶'。按作'殊'較勝。"
[2] "辭難簡切"，徐震堮《札記》曰："《晉書·劉恢傳》作'辭甚簡至'。"

鍛鍊。即所追求的，只是在如何方能樹立自己的‘理’，防人之來攻，或如何攻難他人的‘理’，以期獲得最後的勝利。致力的既是舊義的細微章節，遂不復有重要的新義產生。”《談風》頁一○。

蔣凡曰：“除孫盛思想近於儒家外，其餘諸人皆爲清一色的玄學名家，爭辯雙方力量極不均衡。玄家《易》論，祖祧王弼《易》注，其《周易略例‧明象》，提出了‘得意而忘言’，進一步達於‘得意而忘象’的形而上境界，對於形而下之器如象數之類，則盡皆擯落而不惜。這一理論爲兩晉玄家所繼承，成爲當時的學術主流。而從思想體系看，孫盛繼承的是漢儒的象數《易》學，屬儒學系統。據《廣弘明集》卷五，孫盛曾撰《老聃非大聖論》《老子疑問反訊》諸論，明確批判王弼《易》注及玄家之言的‘籠統玄旨’，所論‘皆妄’，認爲玄家拋棄漢儒象數《易》說，雖然‘麗辭溢目’，但卻‘泥夫大道’。可見雙方辯家觀點的勢不兩立。”

龔斌曰：“可知東晉《易》學義理派與象數派之對峙，而義理派勢力之盛，已遠超象數派。”

57

僧意在瓦官寺中，未詳僧意氏族所出。王苟子來，苟子，王修小字[1]。與共語，便使其唱理。意謂王曰[2]：“聖人有情不？”王曰：“無。”重問曰：“聖人如柱邪？”王曰：“如籌算，雖無情，運之者有情。”僧意云：“誰運聖人邪？”苟子不得答而去。諸本無僧意最後一句，意疑其闕，慶校眾本皆然[3]。唯一書有之，故取以成其義。然王修善言理，如此論，特不近人情，猶疑斯文爲謬也。

---

〔1〕 “王修”，余嘉錫曰：“景宋本作‘王循’。”楊勇曰：“宋本作‘循’，非。”

〔2〕 “意謂”，董刻本、元刻本及沈校本、何焯校“意”作“便”。楊勇曰：“‘意’宋本作‘便’，疑衍上文而誤。”

〔3〕 “慶校”，董刻本“慶”作“廣”。黃丕烈校“慶校”作“峻校”。李慈銘曰：“‘慶校眾本’，‘慶’字當作‘峻’。劉孝標本名‘峻’，《梁書》《南史》皆同。傳寫者因此書止題‘劉孝標注’，不知其本名‘峻’，遂妄改爲‘慶’，以爲臨川自注語耳。史言孝標以字行，據此則其自稱固仍本名也。各本皆誤。”程炎震：“別一宋本‘慶’作‘廣’。”唐鴻學曰：“此應作‘峻校’，宋本不訛。案峻，孝標名也，校記佚，應補入。”余嘉錫曰：“作‘慶’固非，作‘峻’亦未安。惟宋本作‘廣’，妙合語氣。‘慶’與‘廣’字形相近，因而致誤耳。孝標此注爲奉敕而作，故自稱‘臣’。以此例之，則此條必不自名曰‘峻’亦明矣。”楊勇曰：“宋本作‘廣’，是也。”

571

○“僧意在”至“答而去”

“使其唱理”，張端木曰：“‘唱理’二字新至，宋人改曰‘講學’，便腐。”○徐震堮曰：“唱，首唱，首先發言。”《簡釋》。○張萬起曰：“清談時，一方首先陳説義理叫唱理。”

“王曰無”，湯用彤曰：“聖人無情乃漢魏間流學説應有之結論，而爲當時名士之通説。”《論稿》頁六三。

“聖人如柱”，崔朝慶曰：“既云無情，故舉無生物爲問也。”

“籌算”，崔朝慶曰：“刻有數目字之竹籌，用以布算者也。”

“不得答而去”，田中頤曰：“‘去’與‘來’應。”○王叔岷曰：“不得答，猶不能答。《史記·秦始皇本紀》：‘逢大風，幾不得度。’《通鑒·秦紀二》‘得’作‘能’，即‘得’‘能’同義之證。”

○注“諸本無僧意”至“斯文爲謬也”

“慶校衆本”，參見校文。王世懋曰：“此‘慶’非臨川，則非孝標矣。”秦士鉉引“非”字上增“此注”二字。○張端木曰：“注内所云‘慶’者，不知何人，豈即臨川王義慶耶？不可解。‘慶’字必是臨川王名也，然臨川不聞自注。”○凌濛初曰：“此意爲臨川所自注。”○譚嗣同曰：“《世説新語》爲劉孝標所注，然亦時有自注者。‘慶校衆本皆然，唯一書有之，故取以成其義’云云，是自注也。”《石菊影廬筆識》。○劉遂盼曰：“慶爲康王之名，知此注語爲康王原文也。”《總論校箋凡例》。

【彙評】

劉辰翁曰：“後來放此何限，未必不祖此也。”

陳天定曰：“此等處，原著不得轉語。盧全《七碗》只得住。”《古今小品》卷八。

湯用彤曰：“何晏、王弼，曾辯聖人無喜怒哀樂，則江左僧俗所談，且上接正始也。”《佛教史》頁一三〇。

賀昌群曰：“聖人有情無情之説，亦魏晉清談所留意，而爲何晏、王弼所首倡者也。《世説·文學篇》僧意在瓦官寺與王苟子問答語，劉孝標注謂土修（苟子）亦善言理，如此持論，不近人情。然揆其旨意，正與何晏相同。苟子或祖述晏意，而譬喻失當，爲時所嗤耳。"《初論》頁七〇至七一。

王叔岷曰："《莊子·德充符》：'莊子曰：吾所謂無情者，言人之不以好惡內傷其身，常因自然而不益生也。'聖人因任自然，無心自運。不運固是無情，即運亦是無情。苟子既失其喻（如籌算），僧意又失其問（誰運聖人）矣。"

58

司馬太傅問謝車騎："惠子其書五車，何以無一言入玄？"謝曰："故當是其妙處不傳。"《莊子》曰："惠施多方，其書五車，其道舛駁，其言不中。謂卵有毛，雞三足，馬有卵，犬可爲羊，火不熱，目不見，龜長於蛇，丁子有尾，白狗黑[1]，連環可解。能勝人之口，不能服人之心。蓋辯者之囿也。"

○"司馬太傅"至"妙處不傳"

"其書五車"，岡白駒曰："其所著之書，以五車載之，謂多也。"

"無一言入玄"，龔斌曰："司馬道子'何以無一言入玄'之疑問，即據《莊子·天下篇》。"

"故當是其妙處不傳"，張萬起曰："故當，用於推測，表達委婉語氣。"《詞典》頁三四九。

【彙評】

馮友蘭曰："《世說新語》云'謝安年少時，請阮光祿道《白馬論》'云云。又云'司馬太傅問謝車騎'云云。說惠子'無一言入玄'，這是錯底。不過於此兩條可見魏晉人對於名家底注意，及他們對於公孫龍、惠施底推崇。"《新原道》頁一〇三。

蔣凡曰："司馬道子也不是一個熱衷玄學的清談家，整天酣歌醉飲，結黨弄權，並無興趣談玄論道。所以二人問答，一方是偶一問之，一方輕拂而過，彼此

---

[1] "白狗"，楊勇曰："'白'宋本作'曰'，非。"

都没有那種非辯難究詰、談出結果不可的興味和激情。"

59

　　殷中軍被廢，徙東陽，大讀佛經，皆精解。唯至"事數"處不解。_{事數，謂若五陰、十二入、四諦、十二因緣、五根、五}九〔1〕、七覺之聲〔2〕。遇見一道人，問所籤，便釋然。

　　○"殷中軍"至"便釋然"

"事數處不解"，姚範曰："劉不詳注，緣義學沙門多在符、姚二秦之世，至齊、梁以來人多涵習，故劉略舉可知。"《援鶉堂》卷三十六。

【彙評】

劉辰翁曰："果然。"
蔣凡曰："足見殷浩在政治失敗後轉入學問思辨的精誠勤苦。"

60

　　殷仲堪精覈玄論，人謂莫不研究。殷乃歎曰："使我解《四本》，談不翅爾。"_{周祗《隆安記》曰："仲堪好學而有理思也。"}

　　○"殷仲堪"至"談不翅爾"

"莫不研究"，田中頤曰："人咸以謂至精莫加焉。"
"我解四本"，劉應登曰："四本，疑爲《四本論》。"

---

〔1〕 "五九"，程炎震曰："別一宋本'九'作'力'。"余嘉錫曰："'九'景宋本作'力'。"朱鑄禹曰："'五力'袁本訛作'五九'。"
〔2〕 "七覺之聲"，何焯校"聲"作"屬"。程炎震曰："（別一宋本）'聲'作'屬'。"余嘉錫曰："'聲'景宋本及沈本作'屬'。"朱鑄禹曰："袁本作'聲'，疑非。"

"談不翅爾"，恩田仲任曰："'翅'與'啻'同，言不啻如此。"○田中頤曰："殷尚歎《四本》之高妙，云：'我能解之，談不止玄之精覈也。'"○徐震堮曰："不翅，同'不啻'，與'不止'同義，乃爾時常語。"○王叔岷曰："《莊子·大宗師篇》：'陰陽於人，不翅於父母。'成玄英疏'翅'作'啻'，'啻''翅'正、假字。"按"不翅"義參見《賞譽篇》"王長史云"條、《假譎篇》"王文度弟阿智"條。

61

殷荆州曾問遠公：張野《遠法師銘》曰："沙門釋惠遠，雁門樓煩人。本姓賈氏，世爲冠族〔1〕。年十二〔2〕，隨舅令狐氏遊學許、洛。年二十一，欲南渡就范宣子學，道阻不通，遇釋道安以爲師。抽簪落髮，研求法藏。釋曇翼每資以燈燭之費。誦鑒淹遠〔3〕，高悟冥賾。安常歎曰：'道流東國，其在遠乎？'襄陽既没，振錫南遊，結宇靈嶽〔4〕。自年六十，不復出山。名被流沙，彼國僧衆，皆稱漢地有大乘沙門。每至然香禮拜，輒東向致敬。年八十三而終。"

"'易'以何爲體？"答曰："'易'以感爲體。"殷曰："銅山西崩，靈鐘東應，便是'易'耶？"《東方朔傳》曰："孝武皇帝時〔5〕，未央宮前殿鐘無故自鳴，三日三夜不止。詔問太史待詔王朔，朔言恐有兵氣。更問東方朔，朔曰：'臣聞銅者山之子，山者銅之母，以陰陽氣類言之，子母相感，山恐有崩弛者，故鐘先鳴。《易》曰："鳴鶴在陰，其子和之。"精之至也。其應在後五日内。'居三日，南郡太守上書言山崩，延袤二十餘里。"《樊英別傳》曰："漢順帝時，殿下鐘鳴，問英。對曰：'蜀岷山崩。山於銅爲母，母崩子鳴，非聖朝災。'後蜀果土山崩〔6〕，日月相應。"二説微異，故並載之。遠公笑而不答。

〔1〕 "世爲"，王先謙曰："一本'也'作'世'，是。"
〔2〕 "年十二"，徐震堮曰："《高僧傳》作'年十三'。"
〔3〕 "誦鑒"，《世説補》"誦"作"通"，岡白駒曰："誦，當作'通'。"秦士鉉曰："'通鑒'或作'誦鑒'，費解。"程炎震曰："宋本'誦鑒'作'識鑒'。"余嘉錫曰："'誦'景宋本及沈本作'識'。"蔣凡批曰："應以宋紹興本'識鑒'爲是。"
〔4〕 "結宇靈嶽"，董刻本"宇"作"字"，"嶽"作"岳"。王利器曰："各本'字'作'宇'，是。"
〔5〕 "孝武"，董刻本作"漢武"。
〔6〕 "土山"，董刻本"土"作"上"。周一良《批校》曰："土，上。"

○“殷荆州”至“笑而不答”

“笑而不答”，王世懋曰：“易理精微廣大，謂此非易不可，執此言易又不可，遠公所以笑而不答。”○桃井白鹿曰：“《列子·仲尼篇》：‘仲尼笑而不答。’張湛注：‘亢倉言之盡矣，仲尼將何所云？今以不答爲答，故寄之一笑。’”《補遺》。○大典顯常曰：“夫寂然不動，易之體；感而遂通，易之用也。然自吾道觀之，則八識以下矣。故遠公言如是，而殷蓋不及此也。笑而不答，更妙。”《撮補》。○田中頤曰：“此以理或宜然，故笑而不答，亦不敢一定也。”○秦士鉉曰：“感固爲易體，故下經以《咸》爲首，然遺上經，俄及下經，以余觀之，則遠公之言三十卦以下矣。故王評爲是。”

○注“張野遠法師銘曰”

《遠法師銘》，大典顯常曰：“《蓮社高賢傳》：‘法師卒，謝靈運爲銘，張野爲序。’”

“范宣子”，大典顯常曰：“晉范宣字宣子，陳留人，常以讀誦爲業。誦諷之聲有若齊魯。范甯字武子，儒雅通綜，在郡立鄉校，教授恆數百人。由是江州人士並好經學，化二范之風。”

“道阻不通”，秦士鉉曰：“《蓮社高賢傳》：‘遠公年二十一，欲渡江從學范甯，適石虎暴，南路梗塞，有志不遂。’”

“遇釋道安以爲師”，桃井白鹿曰：“凌稚隆云：‘沙門稱“釋”，自道安始。’”

“道流東國”，秦士鉉曰：“道流謂後來道漸東方也。”

“襄陽既没”，岡白駒曰：“襄陽謂道安也。道安爲慕容俊所逼，乃住襄陽，條章經籍，人稱襄陽。”○秦士鉉曰：“謂道安死也。或謂襄陽之地没於苻堅，然‘既’字説不去。”

“結宇靈嶽”，楊勇曰：“靈嶽，廬山也。”

“名被流沙”，平賀房父曰：“流沙，泛指西域。”○楊勇曰：“流沙，西北域外沙漠地之泛稱。”

“八十三而終”，程炎震曰：“《高僧傳》卷六《慧遠傳》曰：‘義熙十二年八月六日終，年八十三。’”○楊勇曰：“王禕《經行廬山記》：‘義熙十二年卒，年八十二。’《高傳》六《釋慧遠傳》：‘以晉義熙十二年八月初動散，至六日困篤。終春秋八十三。’《梁僧傳》、《出三藏記》十五同。謝靈運《廬山慧遠法師誄》：‘春秋八十有四，義熙十三年秋八月六日薨。'《釋氏通鑑》同。未知孰是。"

○注"東方朔傳曰"至"並載之"

《東方朔傳》，恩田仲任曰："《唐·藝文志》：《東方朔傳》八卷。"○沈家本曰："《隋志》：'《東方朔傳》八卷。'不著撰人。二《唐志》同。《漢書·東方朔傳》曰：'凡劉向所錄朔書俱是矣，世所傳他事皆非也。'注：'如《朔別傳》皆非事實。'據此則此傳自漢世傳之，今則亡佚矣。"《古書目》卷四。○葉德輝曰："《隋志》：八卷。無撰人。"《書目》。

《樊英別傳》，大典顯常曰："《後漢》列傳七十《方術傳》：樊英字季齊，南陽魯陽人。"○葉德輝曰："《樊英別傳》，（《隋志》不著錄。）《北堂書鈔·職官》引用。"《書目》。

"蜀嶓山崩"，朱鑄禹曰："《異苑》云：'魏時，殿前鍾無故大鳴，張華曰：'蜀銅山崩。'已而果然。'是又一說，殆一事而傳說各異。"

【彙評】

劉辰翁曰："不答，最是。"

王肯堂曰："王敬美云云。此亦是陋措大語。友人董玄宰嘗謂余曰：'昔訪雪浪恩法師於滅度橋頭招提中，至橋上遇一童子，問滅度橋在何處，童子不應，顧笑而去。'余謂童子之酬機，與遠公等耳。"《筆麈》卷一。

袁中道曰："不能答。"《舌華錄》卷八。

蔣凡曰："（慧遠）笑而不答，頗有居高臨下的意味。一是回答清楚，要化一番辨析的工夫；二是殷仲堪如此解《易》，糊塗可笑。"

62

羊孚弟娶王永言女。孚弟，輔也。《羊氏譜》曰："輔字幼仁，泰山人[1]。祖楷，尚書郎。父綏，中書郎。輔仕至衛軍功曹。娶琅邪王訥之女[2]，

---

[1] "泰山"，董刻本"泰"作"太"。朱鑄禹曰："袁本'太'作'泰'，案'太''泰'古通用。"
[2] "王訥之"，楊勇曰："'納之'宋本作'訥之'，非。今依《宋书·王淮之傳》及汪《譜》改。又以永言字義，亦以'納之'爲協。"

字僧首。"及王家見壻，孚送弟俱往。時永言父東陽尚在，《王氏譜》曰："訥之字永言，琅邪人。祖彪之，光禄大夫。父臨之，東陽太守。訥之歷尚書左丞、御史中丞。"殷仲堪是東陽女壻，亦在坐。《殷氏譜》曰："仲堪娶琅邪王臨之女，字英彦[1]。"孚雅善理義，乃與仲堪道《齊物》。《莊子》篇也。殷難之，羊云："君四番後，當得見同。"殷笑曰："乃可得盡，何必相同？"乃至四番後一通。殷咨嗟曰："僕便無以相異。"歎爲新拔者久之。

○"羊孚弟"至"拔者久之"

"雅善理義"，牟宗三曰："羊孚與殷仲堪談《齊物》，可見其'善理義'，亦是玄理之'理義'。'義言''名理''理義'皆可互用，成爲當時清談之通稱，不拘其所談者爲《老》《易》，或才性，或《莊子》。"《玄理》頁二〇七。

"乃可得盡"，王叔岷曰："乃，猶'若'也。"○張萬起曰："乃可，寧可，情願。"《詞典》頁一〇二。○龔斌曰："乃可，縱然可以。《任誕》二〇'卿乃可縱適一時'。"

"乃至四番後一通"，王叔岷曰："'乃'猶'及'也。《史記·儒林列傳》：'孝文帝時，欲求能治《尚書》者，天下無有，乃聞伏生能治，欲召之。'吳昌瑩曰：'乃聞，謂及聞也。'（《經詞衍釋》六）與此'乃'字同義。"○蔣宗許曰："一通，一致。"《大辭典》頁三九五。

"僕便無以相異"，劉淇曰："此'便'字，猶云遂也，竟也。"《辨略》卷四。○許世瑛曰："'僕'字之爲第一人稱之謙詞，亦無庸置疑矣。此處'咨嗟'二字蓋有讚歎欽佩之意在焉，故殷自稱曰'僕'，非自謙之詞爲何？"《釋"身"字》。

【彙評】

劉辰翁曰："言有經緯，至料及三四，非强支持者，卻恨不傳。"

────────────

〔1〕"英彦"，朱鑄禹曰："沈校本作'彦英'。"

578

殷仲堪云[1]："三日不讀《道德經》[2]，便覺舌本間强。"《晉安帝紀》曰："仲堪有思理，能清言。"

○ "殷仲堪" 至 "舌本間强"

"舌本間强"，王世懋曰："'强'作去聲，如今俗語。"○洪園曰："《道德經》，清言所取其源，而殷常欲口清言，故不讀則自覺其舌本如不可得隨意運用也。"○田中頤曰："此言《道德經》清言者流取理之府，故恒讀此書，理義通長而言語痛快；若不讀之，僅三日許便心生鄙吝而言有所媿，爲之覺舌本間强也。"○秦士鉉曰："强，不柔和也，其亮切。"○崔朝慶曰："間，塞也。强，不和柔也。"○王佩諍曰："'間强'即梗强，見《廣雅·釋詁》。曰梗强，曰鯁强，《國語·晉語》'除梗而避强'，崔子玉《座右銘》'老氏戒剛强'，合而言之，間、鯁、梗、剛，皆見母字。'强梗'即其倒語，蓋聯綿詞不忌顛倒也。《淮南子·原道訓》'鋤其强梗'，《商子·賞刑篇》'强梗焉，有常刑而不赦'，《舊唐書·白居易傳論》'執彊鯁'，皆是。"○吳金華曰："'舌本間强'指舌根之處僵滯不靈。'舌本强'是古人常語，已見於先秦文獻：'動則病舌本强。'（《靈樞經》卷三《經脈》）"《考釋》頁七三。○郭在貽曰："當以'間强'連讀，'間强'蓋即聯綿詞'扞格'之聲轉。'扞格'又寫作'間介'，見於《孟子》，劉師培論之詳矣。總之，這一組連綿詞大抵皆爲'阻塞'、'不順'、'僵硬'的意思。所謂'舌本間强'，意謂舌根僵硬，以此來形容三日不讀《道德經》，便不復能作清言之狀。"《瑣記》。○張萬起曰："間，處。"

◎徐震堮曰："《御覽》三六七引《郭子》與此同，然'經'作'論'。"

○注 "晉安帝紀曰"

"有思理"，牟宗三曰："此又用'思理'字樣，亦未嘗不可説有'名理'，能'義言'，亦可稱其善'理義'，能'清言'。"《玄理》頁二○七。

---

[1] "仲堪"，楊勇曰："'仲'宋本作'中'，非。"
[2] "道德經"，徐震堮曰："'道德經'《晉書》本傳作'道德論'。案《道德二論》，何晏所撰。"

秦士鉉曰："三日不讀書，面目可憎，亦此意。"

64

提婆初至，爲東亭第講《阿毗曇》[1]。《出經敘》曰："僧伽提婆，罽賓人，姓瞿曇氏。儁朗有深鑒，符堅至長安[2]，出諸經。後渡江，遠法師請譯《阿毗曇》。"遠法師《阿毗曇敘》曰："《阿毗曇心》者，三藏之要領[3]，詠歌之微言。源流廣大，管綜衆經，領其宗會，故作者以心爲名焉。有出家開士字法勝，以《阿毗曇》源流廣大，卒難尋究，別撰斯部，凡二百五十偈，以爲要解，號之曰'心'。罽賓沙門僧伽提婆少玩斯文[4]，因請令譯焉。"阿毗曇者，晉言大法也。道標法師曰[5]："阿毗曇者，秦言無比法也。"始發講，坐裁半，僧彌便云："都已曉。"即於坐分數四有意道人，更就餘屋自講。提婆講竟，東亭問法岡道人曰：法岡[6]，未詳氏族。"弟子都未解，阿彌那得已解？所得云何？"曰："大略全是，故當小未精覈耳。"《出經敘》曰："提婆以隆安初遊京師，東亭侯王珣迎至舍講《阿毗曇》。提婆宗致既明，振發義奧，王僧彌一聽便自講，其明義易啓人心如此。未詳年卒。"

---

〔1〕 "東亭第"，王利器曰："蔣校本、沈校本'第'作'弟'，是。"徐震堮曰："東亭，王珣。'第'沈校本作'弟'。《晉書·王珉傳》：'時有外國沙門名提婆，妙解法理，爲珣兄弟講《毗曇經》。'則'第'當據改爲'兄弟'。"朱鑄禹曰："或云'第'字，應作'府第'解，似亦可通。"
〔2〕 "符堅至長安"，程炎震曰："'符堅'下當有脫文。《高僧傳》云：'符氏建元中來入長安。'"龔斌按曰："程說是。入長安、出諸經者乃是提婆，非符堅也。"又，余嘉錫："'符'沈校本作'苻'，是。"楊勇曰："'符'宋本作'苻'，非。"
〔3〕 "要領"，董刻本"領"作"頌"。王利器曰："各本'頌'作'領'，是。"
〔4〕 "少玩"，董刻本"玩"作"翫"。
〔5〕 "道標"，楊勇曰："'標'宋本作'摽'，非。"
〔6〕 "法岡"，程炎震曰："《高僧傳》作'法綱'。"徐震堮曰："《高僧傳》及《晉書·王珉傳》作'法綱'。"

○“提婆初至”至“都已曉”

“提婆初至”，程炎震曰：“提婆以太元十六年來至潯陽，見《高僧傳·慧遠傳》。《高僧傳》卷一《僧伽提婆傳》曰：‘隆安元年來遊京師。時衛軍東亭侯王珣建立精舍，廣招學衆，提婆既至，珣即延請，仍於舍講《阿毗曇》。’”

“東亭第”，參見校文。余嘉錫曰：“《吳地記》云：‘虎邱山本晉司徒王珣與司空王珉之別墅。咸和二年，捨山宅爲東西二寺。’按注引《出經敍》云：‘提婆以隆安初至京師，王珣迎至舍。’則此所云東亭第當在建康，非虎丘之宅也。《景定建康志》四十二第宅類無王珣宅，疑當仍在烏衣巷耳。”

“僧彌便云都已曉”，程炎震曰：“僧彌，王珉小字也。《晉書·珉傳》亦取此事。然珉卒於太元十三年。至隆安之元，首尾十年矣。《高僧傳》作‘王僧珍’，蓋別是一人，因‘珍’‘彌’二字草書相亂，故誤認爲王珉耳。”楊勇説同。王叔岷按曰：“‘彌’俗書作‘弥’。‘珍’俗書作‘珎’，‘弥’‘珎’形近故致誤耳。”○湯用彤曰：“王僧彌聽之及半，便能自講。僧彌蓋讀廬山所譯之《阿毗曇心》，再聽提婆講説，故能自講也。”《佛教史》頁二六六。○龔斌曰：“慧遠《阿毗曇心序》謂提婆於太元十六年於廬山譯出此經，則提婆過江不會早於太元十六年。其時王珉已卒，無緣見提婆。”

○“即於坐分”至“未精覈耳”

“數四有意道人”，徐震堮曰：“有意，有意識，有知解。”《簡釋》。○張萬起曰：“數四，三四個，數個。”○龔斌曰：“有意道人，有解悟之道人。”

“更就餘屋”，楊勇曰：“餘屋，別屋也。”

“所得云何”，劉淇曰：“云何，如何也。”《辨略》卷二。

“故當小未精覈”，張萬起曰：“故當，用於轉折句，有輕微轉折作用，略相當於‘只是’。”《詞典》頁三四九。

○注“遠法師阿毗曇敍曰”

“開士”，楊勇曰：“《釋氏要覽》：‘經中多呼菩薩爲開士。前秦苻堅賜沙門有德解者，號開士。’”

○注“道標法師曰”

“道標法師”，趙西陸曰：“《全晉文》卷一六五曰：‘道標，師事鳩摩羅什，

581

與道恒齊名。'此注引文見其所撰《舍利弗阿毗曇論》。"

"阿毗曇"，湯用彤曰："安世高於桓帝時到中夏，其學稽古，善於禪教。當其講説，悉就經中之事數，逐條依次，口解其義。蓋西方沙門，除初步知識外，始受佛學，均誦'毗曇'。'毗曇'（阿毗達磨）者，即'對法'，蓋對於佛教所説之法加以整理劃一。"《論稿》頁三十六。

【彙評】

王世懋曰："此是僧彌難弟處。"

65

桓南郡與殷荆州共談，每相攻難。年餘後，但一兩番。桓自歎才思轉退。殷云："此乃是君轉解。"周祗《隆安記》曰："玄善言理，棄郡還國，常與殷荆州仲堪終日談論不輟。"

○"桓南郡"至"君轉解"

"每相攻難"，田中頤曰："謂每會相攻難甚多。"
"但一兩番"，田中頤曰："謂其攻難大減。"
"才思轉退"，淇園曰："以其難得攻難，自謂才退。"○張萬起曰："轉，猶'漸漸''更加'。"

"君轉解"，岡白駒曰："言先是攻難，君之思有所未詣，今與我共談，無有攻難，乃是君才思轉入於解處。殷自負言也。"○淇園曰："言能解故無所難。"○田中頤曰："言桓此歎非其才退之謂，實謂我才退而桓才進者也。"○余嘉錫曰："言彼此共談既久，玄於己所言轉能了解，故攻難漸少，非才退也。"

◎王世懋曰："以上以玄理論文學。文章另出一條，從魏始，蓋一目中復分兩目也。"凌濛初按曰："《補》依時次溷列，便失作者之意。"

○注"周祗隆安記曰"

"棄郡還國"，秦士鉉曰："玄以父故，廢爲棄官，後補義興太守，鬱鬱不得志，嘆曰：‘父爲九州伯，兒爲五湖長。’棄官歸國。”

【彙評】

劉辰翁曰：“兩語得反覆之妙。”

方弘靜曰：“桓玄善言名理，與殷荆州攻難不輟。夫善言理者，乃大作賊耶？可以徵清談之非實矣，君子者乎，匪與論篤哉！”《千一録》卷十七。

王世懋曰：“不知所談云何，後乃相攻殺。”

蔣凡曰：“‘歎才思轉退’，其實也是他（桓玄）當時落寞心境的表達，一筆點染，神情宛然。‘荆州刺史殷仲堪甚敬憚之’（《晉書·桓玄傳》），殷仲堪與桓玄周旋，一直在玄的陰影之下，此時在這個雄豪人物面前的婉轉之詞，是他‘敬憚’之心的自然反映。”

66

　　文帝嘗令東阿王七步中作詩[1]，不成者行大法。應聲便爲詩曰：“煮豆持作羹[2]，漉菽以爲汁[3]。萁在釜下然[4]，豆在釜中泣。本自同根生[5]，相煎何太急？”帝深有慚色。《魏志》曰：“陳思王植字子建，文帝同母弟也。年十餘歲誦詩論及辭賦數萬言。善屬文，太祖嘗視其文曰：‘汝倩人邪？’植跪曰：‘出言爲

[1]　“嘗令東阿王七步中作詩”，楊勇曰：“‘嘗’宋本作‘常’。‘步’下‘中’字，李注《文選》六〇、《初學記》一〇、《蒙求》下、《御覽》八四一、《世俗》上引《世説》皆無。”
[2]　“煮豆持作羹”，趙西陸曰：“古本《蒙求注》、《初學記》引首句作‘煮豆燃豆萁’。”
[3]　“漉菽以爲汁”，董刻本“菽”作“豉”。余嘉錫曰：“‘菽’景宋本及沈本作‘豉’。”王利器曰：“蔣校本、沈校本‘豉’作‘豉’，袁本、曹本作‘菽’，王本作‘粒’，凌本作‘枝’，都是‘菽’字錯了的。”朱鑄禹曰：“袁本作‘菽’疑非。”申阜鑫曰：“影宋本作‘豉’，沈校本作‘豉’。‘豉’，‘豉’的俗體。”
[4]　“萁在釜下然”，董刻本“萁”作“箕”，“然”作“燃”。程炎震曰：“《文選·竟陵王行狀》注引後四句，‘釜’作‘竈’，下‘在’字作‘居’。”王利器曰：“各本‘箕’作‘萁’，是。《説文·艸部》：‘萁，豆莖也。’”朱鑄禹曰：“‘箕’袁本作‘萁’，是。‘燃’袁本作‘然’，‘燃’本字。”
[5]　“本自”，程炎震曰：“（《文選·竟陵王行狀》注引）‘自’作‘是’。”趙西陸曰：“古本《蒙求注》、《初學記》引‘自’作‘是’。”楊勇曰：“李注《文選》六〇、《初學記》一〇、《蒙求》下均作‘是’。”

論，下筆成章，顧當面試，奈何倩人？'時鄴銅雀臺新成，太祖悉將諸子登之，使各爲賦。植援筆立成，可觀。性簡易，不治威儀，輿馬服飾，不尚華麗。每見難問，應聲而答，太祖寵愛之，幾爲太子者數矣。文帝即位，封鄄城侯，后徙雍丘[1]，復封東阿。植每求試不得，而國亟遷易，汲汲無懽。年四十一薨。"

○ "文帝嘗令" 至 "深有慚色"

"不成者"，王叔岷曰："'者'猶'則'也。《初學記》十引'者'作'將'，'將'亦猶'則'也。《史記·楚世家》：'能致二子則生，不能將死。'《伍子胥列傳》'將'作'則'，即其證。《御覽》八四一引'者'作'當'，'當'亦猶'則'也。《史記·商君列傳》：'即弗用鞅，當殺之。''當'亦與'則'同義。"

◎ 李慈銘曰："案臨川之意，分此以上爲'學'，此以下爲'文'。然其所謂'學'者，清言、釋老而已。"《簡端記》。

○ 注 "魏志曰"

"銅雀臺新成"，龔斌曰："據《魏志·武帝紀》，建安十五年作銅雀臺。"

"復封東阿"，李慈銘曰："按《魏志》，植由鄄城侯立爲鄄城王，徙封雍丘王，又徙浚儀王，復爲雍丘王，旋徙東阿王，後進封陳王。"《簡端記》。

"求試不得"，大典顯常曰："植有《求自試表》，本集及《文選》載之。"

【彙評】

劉辰翁曰："'萁在釜下然，豆在釜中泣'，十字自然，不待下句。妙！妙！"
李贄曰："覽此詩，雖鐵爲肝，鐵索爲腸，亦軟矣。"《初潭集》卷十。
方苞曰："七步求章，煮豆燃萁，千古笑柄。魏文在九泉，得不愧死乎？"
蔣凡曰："人們羨慕他的才情，同情他的遭遇，所以在故事裏突現了其胞兄的猙獰和詩人的才氣。這樣描寫曹丕，未必公允，但兩相對比，皆形象鮮明。"

---

[1] "后徙"，余嘉錫曰："'后'景宋本作'後'。"

67

魏朝封晉文王爲公，備禮九錫，文王固讓不受。公卿將校當詣府敦喻。司空鄭沖沖已見。馳遣信就阮籍求文。籍時在袁孝尼家，《袁氏世紀》曰："準字孝尼，陳郡陽夏人〔1〕。父涣，魏郎中令。準忠信居正，不恥下問，唯恐人不勝己也〔2〕。世事多險，故治退不敢求進〔3〕。著書十萬餘言〔4〕。"苟綽《兗州記》曰〔5〕："準有儁才〔6〕，泰始中位給事中〔7〕。"宿醉扶起，書札爲之，無所點定，乃寫付使。時人以爲神筆。顧愷之《晉文章記》曰："阮籍《勸進》，落落有宏致，至轉說徐而攝之也。"一本注阮籍《勸進文》略曰："竊聞明公固讓，沖等眷眷，實懷愚心。以爲聖王作制，百代同風，褒德賞功，其來久矣。周公藉已成之業，據既安之勢，光宅曲阜，奄有龜蒙。明公宜奉聖旨，受茲介福也。"

○"魏朝封"至"阮籍求文"

"九錫"，袁枚曰："《禮緯含文嘉》有'九錫'説。曹操因而附會之，爲六朝禪位之陋習。"《隨園筆記》卷十七。○恩田仲任曰："《韓詩外傳》曰：諸侯之有德，天子錫之，一錫車馬，再錫衣服，三錫虎賁，四錫樂器，五錫納陛，六錫朱戶，七錫弓矢，八錫鈇鉞，九錫秬鬯。"○張萬起曰："前漢王莽陰謀篡漢前先加九錫。後來魏晉南北朝掌政大臣奪取政權、建立新王朝前，都加九錫，成爲

〔1〕 "陽夏"，董刻本無"陽"字。王利器曰："各本'夏'上有'陽'字，是。《晉書·袁瓌傳》正作'陳郡陽夏人'，《陳郡陽夏袁氏譜》同。"
〔2〕 "人不勝己也"，趙西陸曰："《魏志·袁涣傳》注引'人'下有'之'字，'也'作'以'，屬下讀。"
〔3〕 "治退"，余嘉錫曰："'治'沈本作'恬'。"王利器曰："蔣校本、沈校本、王本、凌本'治退'作'恬退'，是。"
〔4〕 "萬餘"，董刻本"萬餘"作"餘萬"。《魏志·袁涣傳》注引同。
〔5〕 "兗州記"，董刻本"兗"下有"准"字。王利器曰："各本無'准'字，是。這是涉下文'准有儁才'而衍的。"
〔6〕 "準有儁才"，楊勇曰："'準'宋本作'准'，非。"又，董刻本"儁"作"儁"。
〔7〕 "泰始"，董刻本"泰"作"太"。葉德輝曰："袁本'泰'作'大'。按'泰始'爲晉武紀元。《晉書》本紀作'泰始'。"徐震堮曰："沈校本作'太始'。案應據《晉書·武帝紀》作'泰始'。"

例行公事。”

“詣府敦喻”，桃井白鹿曰：“《綱目集覽》：‘敦喻，謂敦勉諭曉也。’”○田中
頤曰：“謂當敦勉喻曉，令受之也。”

“遣信就阮籍求文”，田中頤曰：“信，信使也。文，即其喻文。”按“信”義
參見《方正篇》“太極殿始成”條。

　　○“籍時在”至“以爲神筆”

“宿醉扶起”，田中頤曰：“仍是酩酊。”

“書札”，岡白駒曰：“札，編木之薄小者爲之。書札則不起草也。”○恩田
仲任曰：“札，木簡之薄小者。”

“無所點定”，恩田仲任曰：“《爾雅·釋器》：‘滅謂之點。’注曰：‘以筆滅
字曰點。’”○江藍生曰：“‘點定’，也倒文作‘定點’，義爲塗抹、修改。《爾
雅·釋器》：‘滅謂之點。’郭璞注：‘以筆滅字曰點。’又：‘斫斸謂之定。’郭璞
注：‘鉏屬。’是古時謂鉏斫之舉爲‘定’。‘點定’連文，猶言塗抹、坎削，亦
即修改之義。”《彙釋》頁四四至四五。

　　◎程炎震曰：“《晉書·阮籍傳》取此，但云‘醉後’，不言‘袁孝尼家’，
亦不云‘鄭沖’。《文紀》載阮文於魏景元四年，而云‘帝乃受命’。《文選》注
引臧榮緒曰：‘魏帝封太祖爲晉公，太原等十郡爲邑。太祖讓不受命。公卿將校
皆詣府勸進，阮籍爲之詞。’又曰：‘魏帝，高貴鄉公也。太祖，晉文帝也。’則
李氏之意，不以爲景元時。以《魏志》《晉書》考之，是甘露三年五月，以太原
等八郡爲封晉公。時昭始終讓不受也。詳阮文云‘西征靈州，東誅叛逆’，李注
引王隱《晉書》，以姜維寇隴右及斬諸葛誕事證之，於甘露三年情事爲得。若景
元四年之十月，則已大舉伐蜀，獻捷交至。魏帝策文且云‘巴漢震疊，江源雲
徹’，而勸進之箋不一及之，寧得稱爲神筆乎？故知李氏親見臧書，乃下確證。
惟所引‘十郡’字，或傳寫之誤，當爲八郡耳。張南漪云：《魏志》景元四年，
沖時已爲司徒。今考《魏志》，齊王嘉平三年，鄭沖爲司空，高貴鄉公甘露元年
十月遷司徒，盧毓代之。二年三月，毓薨。四月，諸葛誕爲司空，不就徵。自是
司空不除人。三年二月誕平，至八月，乃以王昶爲司空。則三年五月時，司空虛
位，沖或以故官兼之。而其時太尉高柔已篤老，故三司中惟沖遣信求阮文也。若
景元四年之策文，明有兼司徒武陔，必別有故，而史闕不具矣。《晉書》云‘帝
乃受命’，蓋欲盛誇阮文，故移繫其年以遷就之。《文選》但云‘鄭沖’，不具其

官，或本阮集，或昭明删之，斯其慎矣。然《選》云‘晉王’，則又誤‘公’爲‘王’矣。”余嘉錫按曰：“《晉書》與《世說》本自不同，當別有所據。程氏以爲取諸《世說》，非也。”○余嘉錫曰：“此出《竹林七賢論》，見《書鈔》百三十三，《御覽》七百一十引。”○阮廷焯曰：“相國晉公九錫之命，始於高貴鄉公甘露三年五月，五年四月復申前命。陳留王新立，乃於景元元年六月增封二郡，其後二年八月、四年二月、十月，皆屢申前命，故此牋之作，頗難定於何年。今以十郡之封，既在景元元年，其時距西征東誅將逾二載，巴蜀、吳郡猶待蕩平。且高貴鄉公被弑，陳留王新立，增二郡之封，再申請前命，或鄭沖等遂有勸進之事，則此牋之作，殆於其時乎？文帝於景元四年十月始受命，而十一月即以司徒鄭沖爲太保，固所以酬之也。”《阮籍爲鄭沖勸晉王牋考》，楊勇引。龔斌按曰：“阮氏所考符合史實，可從。”

○注“袁氏世紀曰”

“父渙”，王鳴盛曰：“義門何氏校云：‘渙當作焕，今太康縣有《魏袁焕碑》。’案北平黃叔璥玉圃輯《中州金石考》，陳州府扶溝縣有《魏袁渙碑》，此縣又有《漢國三老袁良碑》，《方輿紀要》云：‘《金石林》載入太康縣。’何氏因此遂以爲在太康，但作‘渙’甚明，不知何以云‘當作焕’。惟是《蜀志·許靖傳》云：‘靖與陳郡袁渙親善。’且其字曰曜卿，則又似從火爲合。且其父名滂，不應渙亦從水，未知其審。”《商榷》卷四十。

“恬退”，參見校文。龔斌曰：“恬退，謂淡於名利，安於退讓。”

《兖州記》，葉德輝曰：“《隋志》不著録。《書鈔·設官部十》引用。”《書目》。

○注“顧愷之晉文章記曰”

《晉文章記》，葉德輝曰：“《隋志》不著録。”《書目》。

“至轉説徐而攝之”，恩田仲任曰：“轉説，文意轉換處。攝，整頓。”

○注“一本注阮籍勸進文略曰”

“一本注”，譚嗣同曰：“名孝標前已有注。”《石菊影廬筆識》。○王利器曰：“宋人後增。”《唐寫本世説跋》。○楊勇曰：“《世說》注孝標之外，今可考者，尚有敬胤一家，宋本《世說》附《考異》五十一則是也。此處‘一本注’云云，實是劉注之語，唐殘卷《世說新書·捷悟篇》五注亦有‘一本云’，可證。是知

587

《世説》注已有三家矣。"

"光宅曲阜"二句，大典顯常曰："龜山、蒙山，魯之山名。"○恩田仲任曰："《魯頌》曰：'奄有龜蒙。'注曰：'龜山、蒙山也。'《續漢書·郡國志》曰：'泰山郡博縣有龜山。'《水經注》曰：'沂水又南逕陽都縣故城東，又南與蒙山水合。水出蒙山之陰，東流逕陽都縣南，注沂水。'"○秦士鉉曰："周公藉成據安，受大封，況晉公躬自戡定禍亂乎？龜蒙，二山名。此句出《詩經》。曲阜，縣名，謂魯國。《尚書》：'光宅天下。'又：'伯禽宅曲阜。'"

◎鄭學弢曰："注中稱'一本注阮籍勸進文略曰'云云，未達阮公之旨，所引未得要領。今按《文選》及《晉書·文帝紀》皆載阮公爲鄭沖所作牋，云：'令大魏之德，光于唐虞，明公之勳，超乎桓文，然後臨滄州，謝支伯，登箕山而揖許由，豈不盛乎！至公至平，與誰爲鄰？何必勤勤小讓也哉！'阮公舉齊桓、晉文及許由而云'與誰爲鄰'，辭義微婉，爲談者所宗。《規箴篇》載小庾（翼）在荊州，朝大會，問僚佐曰：'我欲至漢高魏武何如？'一座莫答。長史江虨曰：'願明公爲桓文之事，不願作漢高魏武也。'江虨之答，與阮籍之文有異曲同工之妙。"《札記》。

【彙評】

葉夢得曰："阮籍既爲司馬昭大將軍從事，聞步兵廚酒美，復求爲校尉。史言雖去職，常游府內，朝宴必預，以能遺落世事爲美談。以吾觀之，此正其詭譎，佯欲遠昭而陰實附之，故示戀戀之意，以重相諧，結小人情僞，有千載不可掩者。不然，籍與嵇康，當時一流人物也，何禮法之士，疾籍如仇，昭則每爲保護，康乃遂至于是，籍何以獨得于昭如是耶？至勸進之文，真情乃見。籍著《大人論》，比禮法士爲群蝨之處褌中，吾謂籍附昭，乃褌中之蝨，但偶不遭火焚耳。使王淩、毌邱儉等一得志，籍尚有噍類哉！"《避暑錄話》卷上。○曰："吾嘗讀《世説》，知康乃魏宗室婿。審如此，雖不忤鍾會，亦安能免死邪！嘗稱阮籍口不臧否人物，以爲可師，殊不然。籍雖不臧否人，而作青白眼，亦何以異？籍得全于晉，直是早附司馬師，陰託其庇耳。史言禮法之士，嫉之如讎，賴司馬景王全之。以此而言，籍非附司馬氏，未必能脱禍也。今《文選》載蔣濟《勸進表》一篇，乃籍所作，籍忍至此，亦何所不可爲！籍著論鄙世俗之士，以爲猶蝨處乎褌中；籍委身于司馬氏，獨非褌中乎？觀康尚不屈於鍾會，肯賣魏而附晉乎？世俗但以迹之近似者取之，概以爲嵇阮，我每爲之太息也。"《石林詩話》卷下。

劉克莊曰："嵇阮齊名，然《勸進表》叔夜決不肯作。"《後村詩話》前集卷一。

劉應登曰："此即以居攝之事啟之。嗣宗此筆爲大節之玷，甚矣。"評注阮籍《勸進文》"周公藉已成之業"云云。凌刻本無"甚"字。劉辰翁按曰："凡稱周公，未見即是居攝。"

劉辰翁曰："筆平順適不少多，謂爲慚筆固非，謂爲神語亦謬，直不當作耳。"王世懋按曰："未曾勸他受禪，何説不當作乎？"

陳絳曰："阮籍被後人刻畫太過，加以藻繢，將比美于中散。余以爲此非知阮籍者也。凡姦雄篡逆，必以其漸。曹操在漢室，有成跡焉。劉裕將篡晉，亦先使王弘諷朝廷更加九錫。九錫雖人臣得爲，然過是非帝且王莫酬矣。文士以刀筆贊姦，甚於武夫以干戈佐逆。是以崔琰發憤於楊訓之表草，王彪之致譏於袁弘之錫文。而嗣宗方魏公卿以九錫勸進司馬昭，籍腹稿於沉醉之中，見謂遺忘手筆於趣就之時，夸無改篡，賈勇於清壯之辭，納忠於篡逆之謀。幸前死於魏景元之四年，假少須臾毋死，則建炎革命，禪手之詔，且復出諸其懷中矣。"《金罍子》上篇卷十三。○曰："阮嗣宗勸晉王進相國受九錫一牋，深可毋作。禁人之升堂，則盍拒諸門，矧披而登諸階。步兵失矣。然其言偲偲，諸所比倫，止以伊尹周公呂尚之事，末又言'大魏之德，光於唐虞；明公盛勳，超於桓文'，而勸以'臨滄洲，謝支伯，登箕山，揖許由，固不必勤勤於小讓'，則其意指所亟，亦不可以不察。"同上中篇卷五。

王世貞曰："吾嘗讀《晉書·阮籍傳》，謂其喜怒不形於色，發言玄遠，口不臧否人物，而又云能爲青白眼，見禮俗之士以白眼對之，由是見疾如讎，以爲立言者之自相抵牾，而不知其皆實録也。謂籍以酒全其天，非也，籍乃以巧全其天者也。籍故逆知司馬氏之必篡魏，而不欲爲之臣，與荀勖、賈充輩同列，而自顧其瓌傑之貌，宏麗之文，磊落不羈之才，欲掩之而不可得，司馬氏必知之，而且欲用之。夫司馬氏欲用之，而不爲之用，必死；爲之用，而不預其謀，亦必死。死耳，又不足以成名，故託而逃之醉，一醉而連綿至六十日。彼豈其情也哉！凡其臥酒家，乞步兵廚，甚至於母死而舉二斗酒，食一蒸豚，自遠於名教之外，使何曾輩疾而惡。諸司馬氏皆以爲不死地也，曾言而不用，故無他，其言用，不過廢徙而已，不死也，然猶慮司馬氏之識之，故其乞相東平，草勸受九錫章，示若爲之用者，特不勝好酒之一念耳。使司馬氏狎而愛之，愛而舍之，以終保牖下者，巧也。昔人謂澄公以石虎爲海鷗鳥，若籍者，殆以司馬氏爲海鷗鳥也。嵇康略知之矣，而未能究，故雖稱土木形骸，不事修飾，而時露其鋒，距於土木之末。此何時也，而其與山濤書，非薄湯武之放伐。鍾會何人也，造康而箕踞待之不爲禮，且問以何所聞而來，何所見而去。夫會之來，叩籍以時事也，亦其見康意也。籍醉而不能答，會亦當恨之，特其所以恨籍者淺，而恨康者深也。知二子者莫孫登若。登故報籍以長嘯，而報康以苦辭。康下獄而後悔晚矣，人不知，乃以勸進九錫章短籍。按進章不見《籍傳》而見《文紀》，末謂：‘大魏之德，光於唐虞。明公盛勳，超於桓文。然後游滄海而謝支伯，登箕山而揖許由。’然則風之終讓也，非勸進也，不然，以炎之爲婿，豈不足爲呂公、王莽者，而至飲一醉六十日而不之許也？”《王郭兩先生崇論·王弇州崇論》卷三。李大生按曰：“論嗣宗之智，而以巧自全，見地自超，發揮殆盡。”

張鳳翼曰：“嗣宗雖爲《勸進箋》，末乃勖以支伯、許由，誚以小讓，可謂頌功而不失其正，與他勸進文不同。”凌刻本引張氏《文選纂注》。

凌濛初曰：“今讀其文，首援伊周，末稱支許，文士隱衷，悉爲勘破。若知有他日者，毛髮可豎，何云慚筆！千古眯目，致疑豪傑。”

尤侗曰：“叔夜菲薄湯武，而嗣宗勸進司馬，二人志趣不同如此。《絕交書》宜先阮而後山也。”《看鑑偶評》卷三。

伯克利手批曰：“爲逆臣長勢，正文人不幸之德，何神筆之有。”

劉師培曰：“臧榮緒《晉書》曰：‘籍善屬文論，初不苦思，率爾便成。’案籍才思敏捷，蓋亦得自元瑜。《世說·文學篇》謂魏封晉王爲公，備禮九錫，就籍求文，籍時宿醉，書札爲之，無所點定，足與臧書之說互明。”《文學史》頁四三。

曹道衡曰：“籍雖老調重彈，僞作沉醉，奈使者催逼立待，無所逃遁。援筆書版，其衷心鬱怫，當不待言。旋嵇康被殺，慘怛怒憤，如堤之決，宜其不能勝矣。籍之致死，與此二事當相關不可分。”《叢考》頁七八。

68

左太沖作《三都賦》初成，《思別傳》曰：“思字太沖，齊國臨淄人。父雍起於筆札，多所掌練，爲殿中御史。思蚤喪母，雍憐之〔1〕，不甚

---

〔1〕 “蚤喪母雍憐之”，余嘉錫曰：“景宋本作‘少孤’，非。”

教其書學。及長，博覽名文，遍閱百家。司空張華辟爲祭酒，貫謐舉爲秘書郎。謐誅，歸鄉里，專思著述。齊王同請爲記室參軍，不起。時爲《三都賦》未成也。后數年疾終〔1〕。其《三都賦》改定，至終乃上〔2〕。初，作《蜀都賦》云：‘金馬電發於高岡，碧雞振翼而云披〔3〕。鬼彈飛丸以礛磹〔4〕，火井騰光以赫曦。’今無‘鬼彈’，故其賦往往不同。思爲人无吏榦而有文才〔5〕，又頗以椒房自矜，故齊人不重也。”時人互有譏訾，思意不愜。後示張公。張華，已見。張曰：“此二京可三，然君文未重於世，宜以經高名之士。”思乃詢求於皇甫謐〔6〕。王隱《晉書》曰：“謐字士安〔7〕，安定朝那人，漢太尉嵩曾孫也。祖叔獻，灞陵令。父叔侯，舉孝廉。謐族從皆累世富貴，獨守寒素。所養叔母歎曰：‘昔孟母以三徙成子，曾父以亨家存教〔8〕，豈我居不卜鄰〔9〕，何爾魯之甚乎〔10〕？修身篤學，自汝得之，於我何有！’因對之流涕，謐乃感激。年二十餘，就鄉里席坦受書，遭人而問〔11〕，少有寧日。武帝借其書二車〔12〕，遂博覽。太子中庶子、議郎徵，並不就，終于家。”謐見之嗟歎，遂爲作敘。於是先相非貳者，莫不斂衽讚述焉。《思別傳》曰：“思造張載，問崏、蜀事。交接亦疏〔13〕。皇

---

〔1〕 “后數年”，余嘉錫曰：“‘后’景宋本作‘後’。”

〔2〕 “乃上”，董刻本“上”作“止”。《世説補》亦作“止”。平賀房父曰：“‘上’當作‘止’。”秦士鉉曰：“‘止’舊作‘上’。”楊勇曰：“各本作‘上’，非。”

〔3〕 “云披”，董刻本“云”作“雲”。程炎震曰：“明本‘云’作‘雲’。”

〔4〕 “礛磹”，秦士鉉曰：“《水經注》作‘雷激’。”唐鴻學曰：“《御覽》引作‘礛礦’，《水經注·若水篇》、《文選》注‘磹’音核。”

〔5〕 “无吏榦”，董刻本“无”作“無”，“榦”作“幹”。

〔6〕 “詢求”，楊勇曰：“《御覽》五八七、五九九作‘請序’。”

〔7〕 “士安”，董刻本“安”作“彥”。王利器曰：“各本‘彥’作‘安’，是。”楊勇曰：“宋本作‘士彥’，非。”

〔8〕 “亨家”，葉德輝曰：“‘亨’古‘烹’字，‘家’者‘豕’之誤。《晉書·皇甫謐傳》正作‘亨豕’。”李詳曰：“‘亨’古‘烹’字，‘家’當作‘豕’。”程炎震曰：“明本‘亨家’作‘烹豕’。”徐震堮《札記》曰：“‘家’當從《晉書·皇甫謐傳》作‘豕’。”余嘉錫曰：“景宋本作‘烹豕’。”

〔9〕 “卜鄰”，董刻本“卜”作“十”。王利器曰：“各本‘十’作‘卜’，是。”

〔10〕 “魯之甚”，董刻本“魯”作“曹”。大典顯常曰：“《晉書·皇甫謐傳》‘魯’下有‘鈍’字。”

〔11〕 “而問”，朱鑄禹曰：“‘問’袁本誤作‘間’。”

〔12〕 “武帝借其書二車”，余嘉錫曰：“‘其’沈本作‘與’，‘二’作‘一’。”

〔13〕 “造張載”三句，姚範《援鶉堂筆記》卷三十六曰：“注云‘造張載，問崏蜀事，交接亦疏’，乃孝標駁難之語，非《別傳》全文。”

甫謐西州高士，摯仲治宿儒知名〔1〕，非思倫匹。劉淵林、衛伯輿並蚤終，皆不爲思賦序注也。凡諸注解，皆思自爲，欲重其文〔2〕，故假時人名姓也〔3〕。”

○“左太沖”至“思意不愜”

“左太沖”，王叔岷曰：“《文選》左太沖《三都賦序》注引（南齊）臧榮緒《晉書》曰：‘左思字太沖，齊國人。少博覽文史，欲作《三都賦》，乃詣著作郎張載，訪岷邛之事，遂構思十稔，門庭藩溷，皆著紙筆，遇得一句，即疏之。徵爲秘書。賦成，張華見而咨嗟，都邑豪貴，競相傳寫。’《御覽》五八七引《世說》云：‘左思字太沖，齊國臨淄人也。作《三都賦》，十年乃成，門庭戶席，皆置筆硯，遇得一句，即便疏之。’與臧氏《晉書》所記略同，非《世說》文也。”

“三都賦初成”，李長之曰：“皇甫謐死在公元二八二年，年六十七歲，他的序文不會在這一年之後，所以我們知道，《三都賦》的寫成也不會在公元二八二年之後。同時，我們知道陸機是在公元二八〇年入洛的，他在洛陽聽說左思在寫《三都賦》，我們從這裏可以知道《三都賦》不會完成在公元二八〇之前。那末，就是在公元二八〇到二八二之間了。”《左芬》。○姜亮夫曰：“左思妹以泰始八年入宮，至咸寧時拜修儀。思因妹貴，移家洛陽，乃詣著作郎張載，訪岷、邛之事，自以所見不博，求爲秘書郎中，十年賦乃成，度機入洛時，正思得句便疏之時，十年鑄辭，則當成於武宣之間。史無成言，可據事以推之也。”《陸平原年譜》。按《三都賦》成文，《年譜》繫於元康元年。

“互有譏訾”，田中頤曰：“徒輕其人。”○吳金華曰：“互，接連不斷，更迭交錯。”《考釋》頁七四。

○“後示張公”至“皇甫謐”

“示張公”，田中頤曰：“此具眼人。”

“二京可三”，桃井白鹿曰：“班固作《兩都賦》，張衡擬之作《二京賦》，左

---

〔1〕 “仲治”，楊勇曰：“《晉書·摯虞傳》作‘仲洽’，以虞義度之，當作‘仲洽’爲協，疑唐人避諱改也。”
〔2〕 “其文”，董刻本“文”作“名”。楊勇曰：“‘文’宋本作‘名’，今依各本。”
〔3〕 “假時人名姓”，楊慎輯《世說舊注》作“假借名姓”。

思復摹之作《三都賦》，文辭之美，可並班張，故曰‘可三’。”○大典顯常曰：“言左賦可以參比班張也。”○李詳曰：“國淵謂《二京賦》博物之書。可知漢魏士人習誦者多，於淵、隆兩傳見之。”《媿生叢錄》卷二。按“淵隆兩傳”指《魏志·國淵傳》《高堂隆傳》。○楊勇曰：“《晉書·左思傳》：‘思自以其作不謝班張。’又曰：‘張載爲注《魏都》，劉逵注《吳》《蜀》，而序之曰：“班固《兩都》，理勝其辭；張衡《二京》，文過其意。至若此賦，擬議數家，傅辭會義，抑多精致。非夫研覈者，不能練其旨；非夫博物者，不能統其異。”’”

“經高名之士”，崔朝慶曰：“言經高名之士閱定也。”○王叔岷曰：“《御覽》五八七、五九九引‘經’並作‘示’，義近。高名，猶高明。”

○ “謐見之”至“斂衽讚述焉”

“先相非貳”，恩田仲任曰：“非，誹也。貳，疑也。”○田中頤曰：“非貳，即‘譏訾’。而‘譏訾’專以言語稱，‘非貳’稍涉於心稱。”

“斂衽讚述”，桃井白鹿曰：“《史記·留侯世家》：‘楚必斂衽而朝。’按斂衽，表示敬佩。《晉書·左思傳》載，陳留衛瓘作《略解》，中書郎濟南劉逵爲之《引詁》。”○崔朝慶曰：“斂衽，斂其衣襟，表示肅敬也。”

◎程炎震曰：“《御覽》五百八十七引《世説》曰：‘左思字太冲，齊國臨淄人也。作《三都賦》，十年乃成。門庭戶席，皆置筆硯，遇得一句即便疏之。賦成，時人云云。’蓋雜有注語。又‘讚述’以下，有‘陸機入洛，欲爲此賦，聞思作之，拊掌而笑，與弟雲書：此間有傖父欲作《三都賦》，須其成，當以覆酒甕耳。及思賦出，機絶歎服，以爲不能加也’五十三字。”

○注“思別傳曰”上

“父雍”，陳直曰：“洛陽出土左芬墓石云：‘父熹字彥雍，太原相，弋陽太守。’又云：‘兄思字泰沖。’本文作‘父雍’，知爲‘彥雍’之誤文。”《札記》。○曹道衡曰：“《左棻墓志》碑陰記‘父熹字彥雍’，以是而知史籍之盡誤。《世説》注、唐修《晉書》誤以字爲名，又奪去‘彥’字，皆昉自王隱。”《叢考》頁一六六。

“殿中御史”，秦士鉉曰：“居殿中以察非法者。”

“思蚤喪母”，余嘉錫曰：“宋本作‘思少孤’。思實蚤喪母，至左貴嬪選入內庭時，其父尚在也。”

“金馬”“碧雞”，秦士鉉曰：“蜀地神名，漢宣帝使王襃祀之。”

“鬼彈飛丸以礌礚”，楊慎曰：“《水經注》：瀘水傍瘴氣特惡，氣中有物，不見其形，其作有聲，中木則折，中人則害，名曰鬼彈。”《丹鉛餘録》卷一。○桃井白鹿曰：“礚，石自高而下也。”○程炎震曰：“《御覽》卷十五‘氣部’引《南中八郡志》曰：‘永昌郡有禁水，水有惡毒氣，中物則有聲，中樹木則折，名曰鬼彈。中人則奄然潰爛。’”

“火井騰光”，大典顯常曰：“西河郡鴻門有火井，火從地出。”又曰：“《文選》注：‘蜀郡有火井，火井，鹽井也。欲出其火，先以家火投之，須臾隆隆如雷，焰出通天，光輝十里。以筒盛之，接其光而無炭也。’”《集成》。

“今無鬼彈”，楊慎曰：“今本無‘鬼丸’句。”《丹鉛餘録》卷一。○梁玉繩曰：“《文選·蜀都賦》：‘金馬騁光而絕景，碧雞儵忽而曜儀。火井沈熒於幽泉，高爓飛煽於天垂。’‘火井’二句是一事。案《世説》卷五注載太沖初作賦云：‘金馬電發於高岡，碧雞振翼而雲披。鬼彈飛丸以礌礚，火井騰光以赫曦。’似‘鬼彈’、‘火井’偶對爲勝。”《瞥記》卷六。

“以椒房自矜”，桃井白鹿曰：“左思妹芬入宮有寵，思以此自矜。”○恩田仲任曰：“太沖女弟左貴嬪，名芬，有文才。《漢官儀》曰：‘皇后以椒塗壁稱椒房，取其温也。’《品字箋》曰：‘後宮悉植椒樹，椒結子極多，取繁衍也。’”

○注“王隱晉書曰”

“三徙成子”，大典顯常曰：“《列女傳》：鄒孟軻之母也，號孟母，其舍近墓。孟子之少也，嬉遊爲墓間之事，踴躍築埋。孟母曰：‘此非吾所以居處子。’乃去，舍市傍，其嬉戲爲賈人衒賣之事。孟母又曰：‘此非吾所以居處子也。’復徙，舍學宮之旁。其嬉遊乃設俎豆，揖讓進退，孟母曰：‘真可以居吾子矣。’遂居。”

“亨家存教”，何焯曰：“曾子教兒事，見《禮記·曲禮上》‘幼子常視毋誑’句疏。”○葉德輝曰：“《韓非·外儲説左上》云：‘曾父烹彘。’即此事也。”

“遭人而問”二句，桃井白鹿曰：“而，猶‘則’也；寧日，休日。”

○注“思別傳曰”下

“皆不爲思賦序注”，程炎震曰：“《魏書·衛臻傳》‘子烈’裴注：‘烈二弟京、楷皆二千石。楷子權字伯輿，晉大司馬汝南王亮輔政，以權爲尚書郎，作左思《吳都賦》序及注。序粗有文辭，注了無發明，不合傳寫。'其序《晉書·思傳》具載之。"

"凡諸注解皆思自爲"，劉盼遂曰："按《晉書·左思傳》，造《齊都賦》一年乃成。《隋書·經籍志》：《齊都賦》二卷，左思撰。今《文選》卷二十八注、《水經·淄水注》、《史記·孟荀列傳》集解皆引左思《齊都賦》注語。《齊都賦》注既思自爲，則《三都賦》注之係假銜他人，可以言而喻矣。又按《管子·經言》爰復作解，《韓非·儲説》自釋其經，嗣後若孟堅著史，於《藝文》、《地理》手繕注語，則爲文自注，古之人有行之者。況太沖《三都賦自序》云：'聊舉其一隅，攝其體統，歸諸訓詁。'則自己顯言之矣。"

"假時人名姓"，姚範曰："士安卒於太康三年，太沖賦當成於太康之初，故陸機入洛，尚有'須其成以覆酒甕'之語，時思賦未成也。"《援鶉堂》卷三十九。○徐震堮曰："二陸入洛，在太康之末，齊王冏誅趙王倫入洛，更在其後，其時賦尚未成。皇甫士安卒於太康三年，安能爲之作序？孝標之言，蓋得其實。"

◎嚴可均曰："《別傳》失實，《晉書》所棄，其可節取者僅耳。思先造《齊都賦》，成，復欲賦三都。泰始八年，妹芬爲脩儀，因移家京師，求爲秘書郎，歷咸寧至太康初，賦成，《晉書》所謂'構思十年'者也。皇甫謐卒於太康三年，而爲賦序，是賦成必在太康初。此後但可云賦未定，不得云賦未成也。其賦屢經刪改，歷三十餘年，至死方休。太康三年，張載爲著作佐郎，思訪崏蜀事，遂刪'鬼彈飛丸'之語。又交摯虞，或嘗以賦就正，此可因《別傳》而意會得之者。元康六年後，爲張華司空祭酒，容或有之，但不得云'辟'。至謂'賈謐舉爲校書郎，謐誅，歸鄉里'，又謂'摯仲治宿儒知名，非思倫匹。劉淵林、衛伯輿並蚤終，皆不爲思賦序注，凡諸注解，皆思自爲'，則《別傳》殊失實矣。賈謐本姓韓，太康三年爲賈充世孫，至惠帝時用事，思之爲秘書郎久矣，非謐所舉。永康元年，謐誅。太安二年，張方逼京師，兵火連歲，思避亂，舉家適冀州，數歲以疾終。余意度之，當是謐誅去官，久之遭亂客死，而云'歸鄉里'，非也。皇甫高名，一經品題，聲價十倍。摯虞雖宿儒，與思同在賈謐二十四友中，要是倫匹。劉逵，元康中尚書郎，累遷至侍中；衛權，衛貴妃兄子，元康初尚書郎。兩人雖蚤終，何至不可爲思賦序注？況劉、衛後進，名出皇甫下遠甚，何必假其名姓。今皇甫序、劉注在《文選》，劉序、衛序在《晉書》，皆非苟作。《魏志·衛臻傳》注云：'權作左思《吳都賦》序及注，序粗有文辭。至於爲注，了無所發明，直爲塵穢紙墨，不合傳寫。'如裴此說，權貴游好名，序不嫌空疏，而躓于爲注，使思自爲，何至塵穢紙墨？《別傳》道聽塗說，無足爲憑。《晉書》彙十八家舊書，兼取小說，獨棄《別傳》不采，斯史識也。"《全晉文》卷一四六注。吳士鑑《斠注》卷九十三按曰："《水經·淄水注》、《文選》二十八注均引左思《齊都賦》注，知注亦思自爲撰。惟本傳云'爲之都序'，又云'皆悅玩爲之訓詁'，與《別傳》'假時人名姓'之說不合。嚴氏謂《別傳》失實，是也。"

【彙評】

方弘靜曰："世之以耳師心，往往然耳。燕石是寶，荆璞見棄，有以哉其嘆之也！然文之高下，久之自定，《法言》《太玄》，當時以爲可覆瓿耳，彼惡能勢諸名卿哉？"《千一録》卷十四。

何孟春曰："文章定價，本自明白，而時世耳目，不足取信如此。士君子中蘊内晦難出而未試者，欲以求知皮相之士，豈不難哉！"凌刻本録。凌濛初按曰："太沖作賦，門庭藩溷必置筆硯十稔乃成，薛宣令人納薪以炙筆硯。"

王世懋曰："思《三賦》不朽，士安非此序幾不傳，時人薄思，故肆譏彈耳。士安一序，何足重思？而時人傳之乃爾，孝標於是爲無識矣。"

王士禎曰："太沖《三都賦》，自足接迹揚馬，乃云假諸人爲重，何其陋耶！且西晉詩氣體高妙，自劉越石而外，豈復有太沖之比？《別傳》不知何人所作，定出怨謗之口，不足信也。"《古夫于亭雜録》卷三。余嘉錫按曰："《別傳》之說雖未必可信，然彼自論《三都賦》序注耳，初不評詩也。太沖詩雖高，與賦之序注何與耶？王氏此言未免節外生枝。"

李長之曰："一個人的人格之高，並不能阻擋誣蔑的流言。説左思自爲序注，假託別人，這是一例。説他因爲左芬的關係而驕矜，被人瞧不起，又是一例。我們只從情理上看，他創作的態度那樣嚴肅，對於創作那樣忠實，豈肯卑劣地借別人的名字？如果真正利用裙帶的關係，左思不會長期間那樣不得意。"《左芬》。

曹道衡曰："《世說》注引《左思別傳》云云，此厚誣古人，迹近今日之所謂'人身攻擊'。即以常情言，左思若以椒房自重，安得有《詠史》之不平憤激；若自爲序注而假名時人，直所謂授人以柄，下愚不爲，左思以'言論準宣尼'自許，焉得出此？"《叢考》頁一六八。

69

劉伶著《酒德頌》，意氣所寄〔1〕。《名士傳》曰：“伶字伯倫，沛郡人〔2〕。肆意放蕩，以宇宙爲狹〔3〕。常乘鹿車〔4〕，攜一壺酒，使人荷鍤隨之，云：‘死便掘地以埋。’土木形骸，遨遊一世。”《竹林七賢論》曰〔5〕：“伶處天地間，悠悠蕩蕩，無所用心。嘗與俗士相牾〔6〕，其人攘袂而起，欲必築之〔7〕。伶和其色曰：‘雞肋豈足以當尊拳〔8〕！’其人不覺廢然而返。未嘗措意文章，終其世，凡著《酒德頌》一篇而已。其辭曰：‘有大人先生者，以天地爲一朝，萬期爲須臾，日月爲扃牖，八荒爲庭衢。行无轍迹〔9〕，居无室廬，幕天席地，縱意所如。行則操卮執瓢〔10〕，動則挈榼提壺，唯酒是務，焉知其餘？有貴介公子、縉紳處士，聞吾風聲，議其所以，乃奮袂攘襟，怒目切齒，陳説禮法，是非鋒起。先生於是方捧罌承糟〔11〕，銜杯漱醪，奮髯箕踞〔12〕，枕麴藉糟。無思無慮，其樂陶陶。

---

〔1〕 “意氣所寄”，李慈銘曰：“‘意氣所寄’語不完，下有脱文。”劉盼遂曰：“語意不究，下有闕文。臨川此書本未寫定。”按“究”字疑“完”之誤。

〔2〕 “沛郡”，楠西陸曰：“袁本‘郡’作‘鄴’，誤。”

〔3〕 “爲狹”，黄丕烈曰：“‘狹’作‘細’。”唐鴻學曰：“《文選》作‘狹’。”余嘉錫曰：“‘狹’沈本作‘細’。”

〔4〕 “常乘”，《世説補》“常”作“嘗”，天保手批曰：“‘嘗’‘常’通。”

〔5〕 “七賢”，董刻本“七”作“士”。王利器曰：“各本‘士’作‘七’，是。”

〔6〕 “相牾”，天保手批曰：“‘牾’一作‘忤’。”余嘉錫曰：“‘牾’景宋本及沈本俱作‘迕’。”朱鑄禹曰：“劉本作‘忤’。”

〔7〕 “欲必築之”，徐震堮曰：“《御覽》七三一引《竹林七賢論》作‘必欲毆之’。‘欲必’應據改‘必欲’。”

〔8〕 “當尊拳”，秦士鉉曰：“‘當’或作‘安’，置也。”

〔9〕 “行无轍迹”，董刻本“轍”作“軌”。黄丕烈曰：“‘轍’作‘軌’。”程炎震：“宋本‘轍迹’作‘軌迹’。”唐鴻學曰：“《文選》作‘轍’。”余嘉錫曰：“‘无’景宋本作‘無’。‘轍’景宋本及沈本俱作‘軌’。”王叔岷曰：“《文選》及《藝文類聚》七二引《酒德頌》並作‘轍’。《文選》注引《老子》曰：‘善行無轍迹。’”按此句“行无”及下句“居无”，董刻本“无”並作“無”。

〔10〕 “行則操卮執瓢”，朱鑄禹曰：“沈校本‘行’作‘止’，案《晉書》本傳、《文選》並作‘止’。”王叔岷曰：“《文選》、《藝文類聚》（七二引《酒德頌》）亦並作‘止’。”又，程炎震曰：“（宋本）‘則操卮執瓢’作‘操卮執觚’。”余嘉錫曰：“‘瓢’景宋本及沈本作‘觚’。”徐震堮曰：“影宋本及沈校本作‘觚’是。《文選·酒德頌》同。‘瓢’字失韻。”

〔11〕 “承糟”，程炎震曰：“別一宋本‘承糟’作‘承槽’。”余嘉錫曰：“‘糟’景宋本作‘槽’。”朱鑄禹曰：“袁本作‘糟’，非，與下‘藉糟’複。案《晉書》本傳、《文選》並作‘槽’。”龔斌曰：“此處作‘槽’是。槽，酒槽也。”

〔12〕 “箕踞”，余嘉錫曰：“‘箕’景宋本作‘跂’。”徐震堮曰：“‘箕’影宋本及沈校本並作‘跂’，《文選》同。”楊勇曰：“‘跂’袁本及《晉書·劉伶傳》作‘箕’，古通用。”王叔岷曰：“改‘跂’爲‘箕’，失其舊矣。”

兀然而醉，慌爾而醒[1]，静聽不聞雷霆之聲，熟視不見太山之形，不覺寒暑之切肌，利欲之感情。俯觀萬物之擾擾[2]，如江、漢之載浮萍。二豪侍側焉，如螺蠃之與蟆蛉[3]。'"

○ "劉伶著" 至 "意氣所寄"

"劉伶"，沈濤曰："《廣川書跋》：'長安李丕緒得晉《七賢帖》，世疑 "劉伶" 作 "靈"，李氏謂："史容有誤，然其字伯倫，知爲伶也。"'案《文選·酒德頌》五臣注引臧榮緒《晉書》：'劉靈字伯倫。'《文苑英華》卷十三皇甫湜《醉賦》：'昔劉靈作《酒德頌》。'彭叔夏《辨證》云：'顔延之《五君詠》：劉靈善閉關。'今《文選》仍作'伶'，蓋後人據《晉書》改。《文中子》：'劉靈，古之閉關人也。'《語林》：'天生劉靈，以酒爲名。'並作'靈'。而唐太宗《晉書》本傳作'伶'，故他書通用'伶'云云。又陸龜蒙《中酒賦》：'有臧卓擒靈之伍，我願先登。'卓謂畢卓，靈謂劉靈。李商隱《假日詩》：'誰向劉靈天幕内。'亦作'靈'，不作'伶'。蓋'伶'從令聲，'令''靈'古字通用。《荀子·彊國篇》：'其在趙者，剡然有苓，而據松柏之塞。'注：'苓與靈同。'《說文·雨部》引《詩》'靁雨其濛'，今《詩》作'零'。《虫部》引《詩》'螟蠕有子'，今《詩》作'蛉'。漢《吳仲山碑》：'神零有知。'《隸釋》云：'以零爲靈。'劉字伯倫，本取伶倫之義，而字假借作'靈'。後人習見今本《晉書》作'伶'，遂以作'靈'爲誤，是以不狂爲狂耳。《御覽·飲食部》引《世說》'劉靈縱酒放達'，今本《世說》作'伶'，蓋淺人據《晉書》所改。"《交翠軒筆記》卷四。按吳士鑑《斠注》説略同，蓋本此。○程炎震曰："《文選旁證》卷二十引《文苑英華辨證》曰：臧榮緒《晉書》：'劉靈字伯倫。'《文中子》：'劉靈，古之閉關人也。'《語林》：'天生劉靈，以酒爲名。'顔延之詩：'劉靈善閉關。'並作'靈'，而唐太宗《晉書》本傳作'伶'，故他書通用'伶'字。《文選考異》曰：《文選》六臣本《酒德頌》注，善作

[1] "慌爾"，程炎震："（別一宋本）'慌爾'作'悦爾'。"唐鴻學曰："慌，《文選》作'豁'。"按《晉書》本傳作"悦爾"。楊勇曰："'慌''悦'，正、俗字。'慌爾'《文選》作'豁爾'。"
[2] "俯觀萬物之擾擾"，唐鴻學曰："注'萬物之擾擾如江漢'《文選》作'萬物擾擾焉如江漢'，此應從之證正。"徐震堮曰："《文選》無'之'字，'擾擾'下有'焉'字。"楊勇曰："'擾擾'下《晉書·劉伶傳》有'焉'字。"
[3] "螺蠃之與蟆蛉"，董刻本"蠃"作"蠃"，"與"作"興"。王利器曰："'興'各本都作'與'，是。"朱鑄禹曰："（'蠃'）當作'蠃'。"

‘靈’，五臣作‘伶’。”○唐鴻學曰：“顧千里校《文選》云：‘作劉靈。’是。”○余嘉錫曰：“胡氏刻仿宋本《文選》李善注於《思舊賦》注引臧榮緒《晉書》、《五君詠》注引《竹林名士傳》及臧書，均作‘靈’。惟《酒德頌》注引臧書，誤作‘伶’。然《文選集注》九十三《酒德頌》下引李善注仍作‘靈’，不誤也。《御覽》所引《世說》，是《任誕篇》。以此推之，則凡本書作‘劉伶’者，皆出宋人所改無疑。”按楊勇曰：“‘劉伶’，唐以前各書皆作‘劉靈’。”王叔岷曰：“作‘靈’是故書。”與余氏說合。○陳直曰：“近年南京西善橋南朝墓葬中所發現磚刻竹林七賢圖，亦題作‘劉靈’。又《絳帖》卷八，摹有劉伶書，末作‘劉靈白’。是‘伶’字自己亦寫作‘靈’。蓋伶字伯倫，命名取義於黃帝時伶倫作樂，則作‘伶’者爲正字，作‘靈’者爲通用字。”《札記》。○曹道衡曰：“專名例不通假，劉伶仍宜作‘伶’。”《叢考》頁一二三。

《酒德頌》，朱弁曰：“東坡云：‘詩文豈在多，一頌了伯倫。’是伯倫他文字不見於世矣。予嘗閱《唐史·藝文志》劉伶有《文集》三卷，則伯倫非無他文章也，但《酒德頌》幸而傳耳。”《風月堂詩話》卷上。余嘉錫按曰：“《新唐志》並無《劉伶集》，《隋志》《舊唐志》亦未著錄，朱氏之說蓋誤。”○葉德輝曰：“見《晉書》本傳，亦見《文選》。”《書目》。○王叔岷曰：“《竹林七賢論》謂伶‘終其世，凡著《酒德頌》一篇而已’，然則《北芒客舍詩》或非伶所作，或後人僞託於伶者與？姑存疑焉。”

“意氣所寄”，參見校文。吳金華曰：“李慈銘說‘意氣所寄’語不完，下有脫文，實則不然。按此是判斷簡句，主語承上省略。謂語‘意氣所寄’，是詞組。如《文學》：‘虎少有逸才，文章絕麗，曾用《詠史詩》，是其風情所寄。’”《續稿》。

○注“名士傳曰”

“沛郡”，參見校文。葉德輝曰：“沛郡，見《漢書·地理志》、《後漢·郡國志》。晉治因之。《晉書·地理志》及《郡國志》劉昭注補引王隱《晉書·地道志》可證，故《晉書》本傳亦云‘沛國人’。此本改爲‘沛郡’，是蒙漢稱矣。然鄴在晉隸魏郡，在漢亦隸魏郡，姑存以俟考。”

○注“竹林七賢論曰”至“之與螟蛉”

“欲必築之”，大典顯常曰：“《通雅》：築者，用手擊人也。”《集成》。○天保手批曰：“築，擣也。”○王利器曰：“《御覽》卷七三一引《竹林七賢論》作

‘必欲毆之’。案《通鑑》卷七六《魏紀》八：‘師怒，以刀鐶築殺之。’胡三省注：‘刀把上有鐶。築，擣也。’又卷一百《晉紀》二二：‘僕，刀鐶上人耳。’胡注云：‘魏晉之間，率以刀鐶築殺人，言將爲生所殺也。’則‘築’自是魏晉人習用字。”〇徐震堮曰：“《左傳》宣十一年‘稱畚築’疏：‘築者築土之杵。’杵曰築，以杵擣土亦曰築，故築有擣義。”〇王叔岷曰：“築之，謂擣之。《説文》：‘築，擣也。’《淮南子·脩務篇》：‘及至勇武攘捲一擣。’”〇吳金華曰：“漢魏六朝之文，既有‘必欲’之例，也有‘欲必’之例。唐宋以後，‘欲必’的説法漸漸消失，所以《太平御覽》將‘欲必築之’改成‘必欲毆之’。此外，宋人所編《記纂淵海》引《世説》也作‘必欲’。”《考釋》頁七八。

“廢然而返”，恩田仲任曰：“《莊子》曰：‘人以其全足，笑我不全足者，衆矣。我怫然而怒，而適先生之所，則廢然而反。’郭象曰：‘見至人之知命遺形，故廢向者之怒而復常。’《玉篇》曰：‘廢，放置也。’”〇秦士鉉曰：“廢然，謂怒霽氣脱也。”

“聞吾風聲”，周一良曰：“‘聲’有‘風聲’、謡傳之意。‘風聲’亦風傳、傳聞之意。”《論集》頁四六六。

“萬物之擾擾”，王叔岷曰：“《莊子·天道篇》：‘膠膠擾擾乎！’《釋文》：‘膠膠擾擾，動亂之貌。’”

【彙評】

蘇軾口：“詩文豈在多，一頌了伯倫。”朱弁《風月堂詩話》卷上引。

葉夢得曰：“晉人多言飲酒有至於沈醉者，此未必意真在於酒。蓋時方艱難，人各懼禍，惟託於醉，可以粗遠世故。蓋自陳平、曹參以來，已用此策。《漢書》記陳平於劉、吕未判之際，日飲醇酒，戲婦人，是豈真好飲邪？曹參雖與此異，然方欲解秦之煩苛，付之清净，以酒杜人，是亦一術。不然，如酈通董無事而獻説者，且將日走其門矣。流傳至嵇、阮、劉伶之徒，遂全欲用此爲保身之計。此意惟顔延年知之，故《五君詠》云：‘劉伶善閉關，懷情滅聞見。韜精日沈飲，誰知非荒宴。’如是，飲者未必劇飲，醉者未必真醉也。後世不知此，凡溺於酒者，往往以嵇阮爲例，濡首腐脅，亦何恨於死邪！”《石林詩話》卷下。

鍾惺口：“奇。”評注《名士傳》“死便掘地以埋”。〇曰：“太狠人。”評注《竹林七賢論》“雞肋豈足以當尊拳”。〇曰：“兩般人，該盡俗士。”評注《酒德頌》“有貴介公子縉紳處士"。○曰："二語是老僧不見不聞學問，全身之術，亦不出此。"評注《酒德頌》"静聽不聞"二句。○曰："妙在竟不説破。"評注《酒德頌》"如蜾蠃之與螟蛉"。

楊時偉曰："伯倫雖把臂入林乎，然其深衷託之沈飲，余故於七賢中有獨採焉。康、籍負才，並履危機，使伶遇登，相視莫逆爾。嶺間長嘯，頌酒短章，嗚呼！豈不超然雲外哉！"《狂狷裁中》卷五。

魏裔介曰："劉伶《酒德》頌，寓意深遠，殆未可淺測之。"《鑑語經世編》卷八。

羅宗強曰："《酒德頌》所表現的狂態，則可以説他是一個完全不加檢束的人。阮咸與劉伶的行爲，當然是違背名教的，但是他們雖越名教而任自然，卻與世無爭。他們只求自己的放縱任情，而於社會並無妨礙。他們雖行爲悖於名教，而並無反名教的言論，不像嵇康的‘非湯武而薄周孔’。從他們的心態看，其實只是求自適而已。"《心態》頁一一九。

70

　　樂令善於清言，而不長於手筆。將讓河南尹，請潘岳爲表。《晉陽秋》曰："岳字安仁，滎陽人〔1〕。鳳以才穎發名。善屬文〔2〕，清綺絶世，蔡邕未能過也。仕至黃門侍郎，爲孫秀所害。"潘云："可作耳。要當得君意。"樂爲述己所以爲讓，標位二百許語〔3〕。潘直取錯綜，便成名筆。時人咸云："若樂不假潘之文，潘不取樂之旨，則無以成斯矣〔4〕。"

---

〔1〕　"滎陽"，董刻本"滎"作"滎"。王利器曰："各本‘滎’作‘滎’，是。"
〔2〕　"屬文"，龔斌曰："‘文’宋本作‘又’。按作‘文’是。"
〔3〕　"標位"，余嘉錫曰："‘位’景宋本作‘仁’，‘仁’蓋‘作’之誤，後人不識，因妄改爲‘位’。"趙西陸曰："‘位’疑是‘作’之誤。"蔣宗許《臆札》曰："原文當作‘標位’。"龔斌曰："考魏晉六朝文獻，不見有‘標作’一詞。"
〔4〕　"則無以成斯矣"，平賀房父曰："‘矣’本作‘美’，似是。"田中頤曰："‘美’一作‘矣’，非。此亦感賞其並成雙美也。"徐震堮曰："《晉書·樂廣傳》作‘則無以成斯美’。此處‘矣’字疑是‘美’之誤，或‘矣’上脱‘美’字。"

○ "樂令善於"至"以成斯矣"

"不長於手筆"，劉盼遂曰："六朝以前，通以有韻者爲文，無韻者爲筆。阮伯元《文筆對》言之綦詳。'筆'亦稱'手筆'，范曄書云：'手筆差易，文不拘韻故也。'"○王佩静曰："《文心雕龍》：'今人常言，有文有筆，以爲無韻者筆也，有韻者文也。'阮氏《文筆對》極詳其義。"

"要當得君意"，劉淇曰："要當，猶要須，重言也。"《辨略》卷四。○江藍生曰："'要'與'當''須'連用，作助動詞。'要當''要須'義爲'須要'、'應當'。"《彙釋》頁二四五。○劉尚慈曰："'要當'，在六朝文獻中是反復出現的一個複音副詞，其意義有時側重於'必須、須要'，有時側重於'應該、本該、自當'。"《瑣記》。

"標位二百許語"，參見校文。淇園曰："標位，言立目列門。"○恩田仲任曰："標位，猶條列也。標，表也。"○田中頤曰："標位，謂立綱別目也。"○秦士鉉曰："標立位置，即謂條列也。"○周一良曰："標位，猶言標舉。"《批校》。○楊勇曰："《廣雅·釋詁》：'標，書也。'位，通'畫'。《説卦》：'故《易》六位而成章。'標位者，書其大綱也。"○蔣宗許曰："標者，標明、確定。位者，地位、位置。引申之，標明地位也就是對某一事物的正確領會、理解。所以'標會'當以領會、理解釋之。"《臆札》。○龔斌曰："'標位'乃名詞，作'意旨''歸致''宗致'解。'標位二百許語'即旨意（或宗致）二百許語。"

"錯綜"，秦士鉉曰："錯綜，見《周易》。綜，理經也。蓋借織喻人事。"

【彙評】

伯克利手批曰："作事人有意且行，文人有才藻與合，相須而成。"

劉師培曰："迄於西晉，則王衍、樂廣之流，文藻鮮傳於世，用是言語、文章，分爲二途。（《世説·文學篇》謂'樂廣善於清言，而不長於手筆'云云，又謂：'太叔廣甚辯給，而摯仲洽長於翰墨。每至公坐，廣談，仲洽不能對，退著筆難廣，廣又不能答。'又謂：'江左殷太常父子並能言理，亦有辯訥之異。揚州口談至劇。太常輒云：汝更思吾論。'是當時言語、文學分爲二事。）惟出口成章，便成文彩。迄於宋齊，其風未替，亦足窺當時之風尚矣。"《文學史》頁五〇。

　　夏侯湛作《周詩》成，《文士傳》曰："湛字孝若，譙國人，魏征西將軍夏侯淵曾孫也。有盛才，文章巧思，善補雅詞，名亞潘岳。歷中書侍郎。"湛集載其《敘》曰："《周詩》者，《南陔》《白華》〔1〕《華黍》《由庚》《崇丘》《由儀》六篇，有其義而亡其辭。湛續其亡，故云《周詩》也。"示潘安仁。安仁曰："此非徒溫雅〔2〕，乃別見孝悌之性。"其詩曰："既殷斯虔，仰說洪恩。夕定辰省，奉朝侍昏。宵中告退，雞鳴在門。孳孳恭誨，夙夜是敦。"潘因此遂作《家風詩》。岳《家風詩》載其宗祖之德及自戒也。

　　○"夏侯湛"至"家風詩"

　　"此非徒溫雅"二句，王叔岷曰："鍾嶸《詩品》卷下評夏侯湛詩：'孝若雖曰後進，見重安仁。'蓋謂此也。"

　　"家風詩"，太沅閂："潘詩未見所出，記之待考。"《龔常胜語》。○余嘉錫曰："《藝文類聚》二十三載其詩云云。又《文選》五十八《褚淵碑文》注引其詩云云。"

　　○注"湛集載其敘曰"

　　"湛集"，沈家本曰："《隋志》：'晉散騎常侍夏侯湛集十卷。梁有録一卷。'二《唐志》同，無録一卷。"《古書目》卷五。○葉德輝曰："《隋志》有晉散騎常侍夏侯湛集十卷。"《書目》。

　　○注"其詩曰"

　　沈家本曰："注引詩，蓋是《南陔》一篇之辭，餘篇亡矣。"《日南隨筆》卷一。

〔1〕 "白華"，董刻本"白"作"曰"。王利器曰："各本作'白華'，是。"
〔2〕 "此非徒"，楊勇曰："'此'下，《類聚》五六、《御覽》五八六、《續談助》四皆有'文'字。"

孫子荆除婦服，作詩以示王武子。《孫楚集》云："婦胡毋氏也。"其詩曰："時邁不停，日月電流。神爽登遐，忽已一周。禮制有敘，告除靈丘。臨祠感痛，中心若抽。"王曰："未知文生於情，情生於文。一作"文於情生，情於文生"。覽之悽然，增伉儷之重。"

○"孫子荆"至"伉儷之重"

"除婦服作詩"，余嘉錫曰："《文館詞林》一百五十二有西晉孫楚《贈婦胡毋夫人別》一首，惜有目無詩。"

"王武子"，徐震堮曰："王濟。"

"文生於情情生於文"，淇園曰："上'情'孫，下'情'王，詭換法。"○田中頤曰："言此詩未知文生於情乎、情生於文乎孰是。然今覽之，我情悽然增夫婦之重焉，則作者之文成於有情，觀者之情動於有文，亦可知也。"○崔朝慶曰："言情文並茂也。"○余嘉錫曰："《文心雕龍·情采篇》云云。案彥和此論，似即從武子之言悟出。"

"覽之悽然"，淇園曰："與'情'字應。"○錢鍾書曰："作者之'文生於情'，王濟讀之悽然，讀者之'情生於文'也。"《管錐篇》頁一一八九。

"增伉儷之重"，桃井白鹿曰："伉儷，配偶也。《左傳》：'不能庇其伉儷。'"○恩田仲任曰："《文選》注曰：'伉，敵；儷，偶也。謂夫婦相敵偶也。'"○崔朝慶曰："伉儷，言相敵之匹偶也。重，言深情也。"

○注"孫楚集云"

《孫楚集》，沈家本曰："《隋志》：'晉馮翊太守孫楚集六卷。梁十二卷，錄一卷。'二《唐志》'十卷'。注引《除婦服詩》。"《古書目》卷五。○葉德輝曰："《隋志》題'馮翊太守孫楚集六卷'。"《書目》。

"神爽登遐"，岡白駒曰："謂死也。"○恩田仲任曰："《左傳》曰：'心之精爽，謂之魂魄。'登遐，言其所登高遠。"○秦士鉉曰："神爽，精魂也。《左傳》：'精爽至於神明。'《莊子》：'擇日登遐。'謂仙遊也。"○龔斌曰："神爽，謂神魂、心神。"

“一周”，龔斌曰：“謂一周年。妻死，當服一年喪服。”

“告除靈丘”，恩田仲任曰：“除，謂除喪服也。靈丘，墓也。”○徐震堮曰：“靈丘，死者稱靈。對死者而言，故稱其墓曰靈丘。”

“中心若抽”，秦士鉉曰：“《詩》：‘憂心如抽。’”

◎龔斌曰：“《藝文類聚》一五左芬《元皇后誄》云云，與孫楚詩如出一轍，惟不知孰先孰後耳。”

【彙評】

王世貞曰：“此語極有致。‘文生於情’，世所恒曉，‘情生於文’，則未易論。蓋有出之者偶然，而覽之者實際也。吾平生時遇此境，亦見同調中有此。”《藝苑卮言》卷三。

李贄曰：“孫子荆‘文生於情’，王武子‘情生於文’。”《初潭集》卷一。秦士鉉按曰：“情以人殊。”

袁中道曰：“妙甚！”評“未知文生於情”二句。《舌華錄》卷九。

陳祚明曰：“八語耳，足當安仁《悼亡》數篇。發乎情，止乎禮義，雅音之足貴若此。此詩遞爲王武子非常歎賞，故知古人誠知詩。”評注“其詩曰”。《采菽堂古詩選》卷一二。

73

太叔廣甚辯給，而摯仲治長於翰墨，俱爲列卿。每至公坐，廣談，仲治不能對。退著筆難廣，廣又不能答。

王隱《晉書》曰：“廣字季思，東平人。拜成都王爲太弟[1]。欲使詣洛，廣子孫多在洛，慮害，乃自殺。摯虞字仲治[2]，京兆長安人。祖茂，秀才。父模，

---

[1] “拜成都王爲太弟”，李慈銘曰：“‘拜’下有脫文。”王利器曰：“此句上疑有脫文。《文選·晉紀總論》注引王隱《晉書》：‘倫死後，河間王顒廢太子覃，立穎爲皇太子。’穎時爲成都王，即此事。”徐震堮曰：“‘拜’字疑當在‘成都王’下。”楊勇曰：“穎時爲成都王，故上當增‘倫死後，河間王顒廢太子覃’等字。”

[2] “仲治”，徐震堮《札記》曰：“《晉書》本傳作‘仲洽’。”王佩諍曰：“‘唐虞之治，殷周之隆’，見《漢書·藝文志》。仲治名虞，其名與字之解詁極碻，訛本《晉書》作‘仲洽’，謬甚。”

太僕卿〔1〕。虞少好學，師事皇甫謐，善校練文義，多所著述。歷祕書監、太常卿。從惠帝至長安，遂流離鄠、杜間。性好博古，而文籍蕩盡。永嘉五年，洛中大饑，遂餓而死。虞與廣名位略同，廣長口才，虞長筆才，俱少政事。衆坐廣談，虞不能對；虞退筆難廣，廣不能答〔2〕。於是更相嗤笑，紛然於世〔3〕。廣無可記，虞多所録，於斯爲勝也。”

○“太叔廣”至“又不能答”

“太叔廣”，劉應登曰：“太叔廣，晉宗屬，字季思。”秦士鉉按曰：“此説非也。”朱鑄禹曰：“或云太叔廣爲晉之宗室，非。”○大典顯常曰：“《正字通》：太叔，複姓。”《集成》。

“甚辯給”，恩田仲任曰：“辯，口捷善言。給，口捷。”○崔朝慶曰：“有口才也。”

“退著筆”，徐震堮曰：“《陔餘叢考》：陸游《筆記》：‘六朝人謂文爲筆。’顧寧人亦引其説，不知六朝人之稱文與筆，又自有別。《文心雕龍》曰：‘今俗常言，無韻者筆也，有韻者文也。’是六朝人以韻語爲文，散行爲筆耳。《北史·邢昕傳》，雜筆三十餘篇，此專言筆也。而《邢臧傳》文筆九百餘篇，《劉逖傳》文筆三十餘篇，則又文與筆並言。可見文與筆自是二種。”

○注“王隱晉書曰”

“拜成都王爲太弟”，參見校文。大典顯常曰：“《晉書》列傳二十九：成都王穎，字章度，武帝第十六子，惠帝時誅趙王倫有功，遂廢太子，立穎爲太弟，僭侈日甚，有無君之心。”○天保手批曰：“河間王顒表穎宜爲儲副，遂廢太子覃，立穎爲皇太弟。”

“慮害乃自殺”，岡白駒曰：“初，成都王穎應齊王冏舉義，誅趙王倫有功，頗謙讓，衆皆傾心。後齊王冏恃功驕奢無度，衆望愈歸穎。及冏敗，穎在鄴，懸

---

〔1〕 “太僕卿”，徐震堮曰：“《晉書考異》曰：‘案漢以太常、光禄勲、衛尉、宗正、廷尉、太僕、大鴻臚、大司農、少府爲九卿，而官名無卿字。魏晉宋齊並因漢制。梁武帝增至十二卿，始於官名下繫以卿字。’王隱晉人，亦用此稱，或係傳鈔之誤。”楊勇曰：“‘太’上《晉書·摯虞傳》有‘魏’字，是。”
〔2〕 “廣不能答”，董刻本“答”作“合”。王利器曰：“各木‘合’作‘答’。《左傳·宣公三年》：‘既合而來奔。’杜預注：‘合，答也。’《世説》‘合’字當作如是解。”
〔3〕 “於世”，董刻本“世”作“士”。王利器曰：“各本‘士’作‘世’，是。”

執朝政。既而穎亦恃功驕奢，甚於囧時，遂廢太子，立穎爲太弟，僭侈日甚，有無君之心。太叔廣在鄴，欲使詣洛，故慮害。”

“摯虞”，秦士鉉曰：“虞所著《文章志》四卷，《注解三輔決録》，《文章流別》三十卷。又善觀玄象，嘗謂人曰：‘天下方亂，避難之國，其唯涼土乎？’”

“從惠帝至長安”，秦士鉉曰：“建武元年，張方劫帝幸長安。”

“更相嗤笑”，劉師培曰：“是當時言語、文學分爲二事。”《文學史》頁五〇。○龔斌曰：“善清言者或不長於文筆，有筆才者或不善清言，此爲偏才，故‘更相嗤笑’。惟言論辯捷，又善文章者，方爲人稱賞備至。”

【彙評】

李贄曰：“李生喜也。”《初潭集》卷十三。

沈作喆曰：“樂廣善清言，能命意，而文筆非所優；潘岳能爲文，而不工於立意。太叔廣詞令辯給，摯虞不能抗，而仲治著書，又非季思所及也。安仁取彥輔之意爲作《讓河南尹表》，遂成妙製，可謂善用所短。摯與太叔爭名，更相鄙誚，可謂不善用所長。”《寓簡》卷三。

田中頤曰：“文章言語，要之意達而已矣。然今以二人不究其理否而相屈，不能答對，觀之則斯二者之爲用亦大矣哉！”

74

　江左殷太常父子並能言理，亦有辯訥之異。揚州口談至劇[1]，太常輒云：“汝更思吾論。”《中興書》曰：“殷融字洪遠，陳郡人。桓彝有人倫鑒，見融甚歎美之。著《象不盡意》、《大賢須易論》，理義精微，談者稱焉。兄子浩亦能清言，每與浩談，有時而屈，退而著論，融更居長。爲司徒左西屬。飲酒善舞，終日嘯詠，未嘗以世務自嬰。累遷吏部尚書、太常卿，卒。”

―――――――

〔1〕“揚州”，董刻本“揚”作“湯”。王利器曰：“各本‘湯’作‘揚’，是。”

○“江左殷太常”至“更思吾論”

“殷太常父子”，胡三省曰：“江南人士呼叔父、伯父爲阿父，亦爲伯父、叔父者以自稱。”《通鑑·宋紀五》注。徐震堮按曰：“叔姪稱父子，已見《漢書·疏廣傳》。”○大典顯常曰：“融與浩，叔父從子也。”○恩田仲任曰：“古者叔姪亦稱父子。《漢書·疏廣傳》曰‘父子俱稱病’是也。疏受，廣之兄子也。”○孫志祖曰：“古人稱叔姪亦曰父子。《漢書·疏廣傳》：‘父子並爲師傅。’謂廣爲太子太傅，其兄子受爲少傅也。《後漢·蔡邕傳》：‘陽球飛章言邕及質。邕上書自陳：如臣父子，欲相傷陷。’《晉書·謝安傳》：‘朝議欲以謝玄爲荆州刺史，謝安自以父子名位太重。’質乃邕之叔父，玄亦安之兄子也。《世説·文學篇》：‘江左殷太常父子並能言理。’謂殷融及兄子浩。又《通鑑》卷一百十慕輿護曰：‘以子拒父猶可，況以父拒子乎？’慕容德於寶爲叔父，亦稱父子。晉以後則罕見矣。”《讀書脞録》卷六。

“亦有辯訥之異”，劉應登曰：“蓋浩長於談，融長於筆。”○凌濛初曰：“此‘亦有辯訥’，‘亦’字承上‘太叔廣’來。《補》竄入‘桓南郡轉解’之後，便自不倫。”○田中頤曰：“謂其理均長，而施之於言語，則有遲疾之不同也。”

“口談至劇”，田中頤曰：“即‘辯’。”○楊勇曰：“即‘劇談’。”

“更思吾論”，田中頤曰：“即‘訥’。夫與其劇談，或有誣人，寧訥言自屈而快心耳。”

75

庾子嵩作《意賦》成，《晉陽秋》曰：“敳永嘉中爲石勒所害〔1〕。先是敳見王室多難，知終嬰其禍，乃作《意賦》以寄懷。”從子文康見，問曰：“若有意邪，非賦之所盡；若無意邪，復何所賦？”答曰：“正在有意無意之間。”

〔1〕 “敳”，楊勇曰：“各本及《晉書》本傳、汪藻《庾氏譜》同。《魏志·管寧傳》注引《庾氏譜》作‘顗’，陶淵明《聖賢群輔録》下作‘凱’。”

○“庾子嵩”至“無意之間”

“作意賦成”，田中頤曰：“庾見王室多難，作《意賦》以寄懷。”○秦士鉉曰：“本傳：敳著此賦以豁情，衍賈誼之《服鳥》也。”○程炎震曰：“《意賦》全文載《晉書》本傳。”

“從子文康”，徐震堮曰：“庾亮，諡文康。”

“若有意邪”四句，田中頤曰：“因言有意王室耶，非賦之可盡；無意王室耶，賦之亦無所用。則似宜辭去者矣。”

“正在有意無意之間”，淇園曰：“言無意之時，欲不忘其有意之時，是以有賦之作也。”

【彙評】

李贄曰：“庾公聰明。”○曰：“聰明。”《初潭集》卷十二。

王世貞曰：“此是遁辭，料子嵩文必不能佳，然‘有意無意之間’，卻是文章妙用。”《藝苑卮言》卷三。

王世懋曰：“此從《莊子》得來。”大典顯常按曰：“《莊子·山木篇》：‘周將處夫材與不材之間。’故王云‘從《莊子》得來’。”

狄期進曰：“無欲以觀其妙，有欲以觀其徼，玄之又玄，衆妙之門。”

張端木曰：“學莊子‘周將處材與不材之間’語。”

劉葉秋曰：“‘正在有意無意之間’，寥寥八字而含蘊甚豐，推廣之於一切文藝創作，無所不宜。有意，即著跡象，難於超脫空靈；無意，則內容散漫，無所統屬，不能集中一點。惟在有意無意之間，才能不即不離，若即若離，神而明之，恰到好處。八字真言，實開後來無數法門，非襟懷高曠、不滯于物並且文學修養很高的人，說不出這句話來。”《散記》。

76

郭景純詩云[1]：“林無靜樹，川無停流。”王隱《晉書》

---

[1]　“郭景純”，大典本“純”下有“璞”字。

曰：“郭璞字景純，河東聞喜人。父瑗，建平太守。”《璞別傳》曰：“璞奇博多通，文藻粲麗，才學賞豫，足參上流。其詩賦誄頌，並傳於世，而訥於言。造次詠語，常人無異。又不持儀檢，形質穨索，縱情嫚惰，時有醉飽之失。友人干令升戒之曰：‘此伐性之斧也。’璞曰：‘吾所受有分，恒恐用之不盡，豈酒色之能害！’王敦取爲參軍。敦縱兵都輦，乃咨以大事，璞極言成敗，不爲回屈。敦忌而害之。”詩，璞《幽思篇》者。阮孚云：阮孚別見。“泓崢蕭瑟，實不可言。每讀此文，輒覺神超形越。”

○ “郭景純詩”至“神超形越”

“林無靜樹”二句，田中頤曰：“言林樹有風有雨，時至則搖落；人身無老無少，命來則徂逝。萬物同含此機，猶川流去而不可停止也。”○王叔岷曰：“《韓詩外傳》九：‘皋魚曰：樹欲靜而風不止。’（《説苑·敬慎篇》‘止’作‘定’，《家語·致思篇》作‘停’，義並同。）《論語·子罕篇》：‘子在川上曰：逝者如斯夫！不舍晝夜。’”

“泓崢蕭瑟”二句，劉辰翁曰：“‘泓崢蕭瑟’，乃不成語。”○岡白駒曰：“蓋詣趣高深也。”○大典顯常曰：“蓋言如水之泓，如山之崢也。”《撮補》。○恩田仲任曰：“泓，水下深貌，一曰清也。崢，山之切雲者。蕭瑟，寒涼。”○平賀房父曰：“‘泓崢’猶言山水。言山之崢崢，水之泓泓，俱是蕭瑟，實所難言也。”○田中頤曰：“言川之泓深，林之崢高，俱是蕭瑟，其比興之妙，實不可以言狀也。”○方一新曰：“泓崢，寧靜清澈貌。《賞譽》三九注：‘《文士傳》曰：雲性弘靜，怡怡然爲士友所宗。’《雲笈七籤》卷十五：‘猶人弘靜，其心不撓。’並以‘弘靜’指性情沉靜穩重。‘弘靜’與‘泓崢’聲近義通。”《釋義》。

○注“璞別傳曰”

“才學賞豫”，桃井白鹿曰：“賞，賞情也。豫，暇豫之豫，謂不局促也。”○平賀房父曰：“豫，樂也。”○秦士鉉曰：“‘激賞’‘清賞’‘賞會’，皆一類語。”○張萬起曰：“賞豫，談論應對。”《詞典》頁七二七。

“不持儀檢”，恩田仲任曰：“儀，儀法也。檢，謂定檢不瀾漫者。”

“形質穨索”，恩田仲任曰：“穨縱疏索。”○秦士鉉曰：“穨索，不收斂也。”

“干令升”，王世貞曰：“楊萬里談晉于寶，一吏取《禮部韻書》下注‘晉有干寶'以進，曰：'乃干寶，非于也。'楊大喜，以爲一字師。然余家所藏宋板《晉書》《文選》，俱作于寶、于令升。及《搜神記》《周禮注》亦俱作'于'，無有稱'干'者。胡承之以爲字畫相沿之訛，而取《干子》書爲證。按《春秋》有干犨，後漢有干吉，寶豈其後耶？然漢亦自有'于定國'，焉知寶之不爲其後也。陸法言《廣韻》止引'干犨'，而不及寶。何法盛《晉書》稱寶撰《晉紀》及《搜神記》而不及《干子》，恐未可據。"《宛委餘編》十二。〇秦士鉉曰："干寶字令升，作《搜神記》。'干'舊作'于'。按《姓氏急就章》：'吳人干將，其後有晉人干寶。'"

"伐性之斧"，秦士鉉曰："見枚乘《七發》。"〇王叔岷曰："《呂氏春秋·本生篇》：'肥肉厚酒，務以自彊，命之曰爛腸之食；靡曼皓齒，鄭衛之音，務以自樂，命之曰伐性之斧。'（枚乘《七發》亦有類此之文。）"

"都輦"，平賀房父曰："輦轂之下，即謂都也。"

【彙評】

劉辰翁曰："八字慨然，不必有所起，不必有所指。"

王世貞曰："自是風波之感。"

馮友蘭曰："真風流底人有其所以爲達。其所以爲達就是其有玄心。玄心可以説是超越感，晉人常説超越，阮孚云'輒覺神超形越'。超越是超過自我；超過自我，則可以無我；真風流底人必須無我。"《論風流》。

蔣凡曰："所見是樹欲靜而風不止，逝者如斯不舍晝夜，而所感則是一種生命的力量和生滅律動的永恒，足以讓人'神超形越'。這也是深入玄境，喚起生命、個體、生機感想的審美境界。"

77

庾闡始作《揚都賦》，道溫、庾云："溫挺義之標[1]，庾作民之望。方響則金聲，比德則玉亮。"庾公聞賦成，

---

[1] "之標"，董刻本、元刻本"標"作"摽"。

求看，兼贈貺之。闡更改"望"爲"儁"，以"亮"爲"潤"云。《中興書》曰："闡字仲初，潁川人，太尉亮之族也。少孤，九歲便能屬文。遷散騎侍郎，領大著作。爲《揚都賦》，邈絕當時。五十四卒。"

○"庾闡始作"至"亮爲潤云"

《揚都賦》，余嘉錫曰："《揚都賦》見《藝文類聚》六十一，删節非全文。嚴可均據《世説》、《書鈔》、《初學記》、《文選》注、《三國志》注、《水經注》、《御覽》諸書，搜集其佚文，載入《全晉文》三十八。但《真誥握真輔第一》引有兩節二百餘字，竟漏未輯入。《類林雜説》七《文章篇》曰：'庾闡作《揚都賦》未成，出妻。後更娶謝氏，使於午夜以燃燈於甕中。仲初思至，速火來，即爲出燈。因此賦成，流於後世。'亦見敦煌寫本《殘類書·棄妻篇》。均不言出於何書。"○龔斌曰："庾闡寫成《揚都賦》在咸康五年，其時庾亮尚在，而謝安剛二十出頭，因應庾冰之召在京。如此，才有亮大爲其名價，而安卻唱反調之可能。"

"道温庾云"，劉應登曰："疑温嶠、庾亮俱曾爲揚州。"○田中頤曰："温嶠、庾亮俱嘗爲揚州。道，猶'稱'也。"

"温挺義之標"二句，田中頤曰："温、庾並皆因其姓稱其德矣。'温'乃温良之'温'，謂能在位挺立，大義之表也。'庾'與膏腴之'腴'同，謂以富下作新，庶民之望也。"○秦士鉉曰："《詩經》：'萬民所望。'"○王叔岷曰："《左》襄二十五年《傳》：'崔子曰：民之望也。'（又見《史記·齊世家》、《晏子春秋·雜上篇》。）"

"方響則金聲"二句，田中頤曰："上句蓋譬温始作仁政，下句譬庾正終其德也。"○秦士鉉曰："金聲玉振，見《孟子》。"

"改望爲儁"二句，劉應登曰："欲避庾公名，故並更旁韻也。"○田中頤曰："此因避庾名，便更旁韻者，而又有微義。蓋'望'尚有嫌於望其未成之事，'儁'乃爲已成之義，且如'潤'字與'庾'字相應，亦更新佳。"○余嘉錫曰："以'亮'字犯庾名，故改之也。"

○注"中興書曰"

"大著作"，胡三省曰："《晉志》：'著作郎一人，謂之大著作，專掌史任。

又置佐著作郎八人。'"《通鑒・晉紀二十五》注。○恩田仲任曰："《宋・百官志》曰：晉武帝以秘書並中書，惠帝復置著作郎一人，佐郎八人，掌國史。元康中改隸秘書，後別自爲省，而猶隸秘書。著作郎謂之大著作。"○秦士鉉曰："著作郎隸秘書，謂之大著作，專掌史任。'作'讀爲'佐'，非，見《顏氏家訓》。"

"五十四卒"，曹道衡曰："闡少隨舅氏過江，永嘉末，其母隨子肇在項城，死於石勒之亂，闡不櫛沐、不婚宦，絶酒肉垂二十年。則永嘉末尚未婚娶而哀毀備至，其年當未及冠。元帝爲晉王，辟之，不行，時約二十稍長。若是，其卒年當在穆帝永和中期。"《叢考》頁三〇三。

【彙評】

劉辰翁曰："作佞之俑。"

78

孫興公作庾公誄。袁羊曰："見此張緩。"于時以爲名賞。《袁氏家傳》曰："喬有文才。"

○"孫興公"至"以爲名賞"

"庾公誄"，沈家本曰："《隋志》：'晉衛尉卿孫綽集十五卷，梁二十五卷。'二《唐志》卷同。此注所引《庾公誄》外，有《與庾亮牋》、《賞譽下》。《劉惔誄敘》、同上。《庾亮碑文》、《容止》。《諫遷都表》。《輕詆》。"《古書目》卷五。

"見此張緩"，劉辰翁曰："似謂'此張紙耳'。"○王世懋曰："此未詳，恐有誤。"○朱鑄禹曰："張緩，似謂鋪敘開張，音節闡緩。"○鄭學弢曰："張，使動詞。'見此張緩'意謂讀此誄可使性緩者如弓之張也。構語與'立懦'、'廉頑'同。庾亮夏日料事，以王導之遺事爲非（見《政事》）。孫綽之誄，表其檢屬之性，故袁羊以爲可使性緩者張也。暗用董安于佩弦故事。"《禮記》。○楊勇曰："諸書不見其意，自必切合孫之實情，故有'于時以爲名賞'之讚。雖然，

613

此‘見此張緩’四字，絕非善意嘉許之詞可知，蓋孫嘗於簡文前詆袁也。”○張萬起曰：“此處或指文章跌宕起伏，疏張有度，或指對庾亮一生功過褒貶有度。”

79

庾仲初作《揚都賦》成，以呈庾亮[1]。亮以親族之懷，大爲其名價，云：“可三《二京》，四《三都》。”於此人人競寫，都下紙爲之貴。謝太傅云：“不得爾。此是屋下架屋耳，事事擬學，而不免儉狹。”王隱《論揚雄太玄經》曰：“《玄經》雖妙，非益也。是以古人謂其屋下架屋。”

○“庾仲初”至“不免儉狹”

“可三二京”二句，桃井白鹿曰：“意與‘此二京可三’同。”○朱鑄禹曰：“意謂可以並《二京》而三，齊《三都》而四。”

“於此人人”，徐震堮曰：“‘於是’往往作‘於此’。”《釋義》。○王叔岷曰：“‘此’猶‘是’也。”

“不得爾”，王叔岷曰：“‘爾’猶‘如此’也。”○朱鑄禹曰：“謂不得如此也。”

○注“王隱論揚雄太玄經曰”

“屋下架屋”，趙西陸曰：“知此語六朝人固恒言也。”

【彙評】

凌濛初曰：“太傅陽秋，紙當減價。”

張懋辰曰：“弇州删此亦宜。”按凌濛初曰：“此則弇州所删。”

---

〔1〕“以呈”，《太平御覽》一八一引“呈”作“示”。趙西陸曰：“亮爲闡從子，見前第七五則，作‘示’爲是。”按第七五則載庾亮乃庾數從子。

80

習鑿齒史才不常，宣武甚器之。未三十，便用爲荆州治中。鑿齒謝牋亦云：“不遇明公，荆州老從事耳！”後至都見簡文，返命，宣武問：“見相王何如？”答云：“一生不曾見此人！”從此忤旨，出爲衡陽郡[1]，性理遂錯。於病中猶作《漢晉春秋》[2]，品評卓逸。《續晉陽秋》曰：“鑿齒少而博學，才情秀逸，溫甚奇之。自州從事歲中三轉至治中。後以忤旨，左遷戶曹參軍、衡陽太守。在郡著《漢晉春秋》，斥溫覬覦之心也。”鑿齒集載其論，略曰：“静漢末累世之交爭，廓九域之蒙晦，大定千載之盛功者，皆司馬氏也。若以魏有代王之德，則不足[3]；有静亂之功，則孫劉鼎立。共王秦政[4]，猶不見敘於帝王，況暫制數州之衆哉？且漢有係周之業，則晉無所承魏之迹矣[5]。春秋之時，吳楚稱王。若推有德，彼必自係於周，不推吳楚也[6]。況長轡廟堂，吳蜀兩定，天下之功也。”

○“習鑿齒”至“曾見此人”

“史才不常”，劉辰翁曰：“不常，即‘非常’。”

“荆州治中”，大典顯常曰：“刺史屬官有別駕、治中，而其下有主簿、功

---

[1] “衡陽”，董刻本“衡”作“榮”。程炎震曰：“宋本‘出爲衡陽郡’‘衡’作‘榮’。《晉書·習鑿齒傳》亦作‘榮’，與宋本同。然榮陽屬司州，自穆帝末已陷没，至太元間始復，溫時不得置守，亦別無僑郡，當作‘衡陽’爲是。”余嘉錫曰：“景宋本作‘榮陽’，沈本作‘榮陽’。”王利器曰：“蔣校本、沈校本‘榮’作‘榮’，餘本作‘衡’。案作‘衡’是，本注正作‘衡’。”徐震堮曰：“劉裕平關洛以前，榮陽初不在封域之内，亦無僑置郡。習鑿齒所范之都，當據《世説新語》注作‘衡陽’爲是。”

[2] “漢晉春秋”，楊勇曰：“宋本作‘晉漢春秋’，非。”朱鑄禹曰：“當作‘漢晉’，誤倒置，袁本不誤。”

[3] “不足”，程炎震曰：“《晉書》‘不足’上有‘其道’二字。”

[4] “共王”，桃井白鹿曰：“‘工’一作‘王’，誤。”秦士鉉曰：“一作‘共工’，非。”李慈銘曰：“‘共王’當作‘共工’。”程炎震曰：“《晉書》‘王’作‘工’，別一宋本亦作‘工’。此‘王’字誤。”余嘉錫曰：“本傳載其文引‘昔共工伯有九州’云，則‘共王’爲‘共工’之誤明矣。”王利器曰：“‘共王’據《晉書·習鑿齒傳》載其《晉承漢統論》，當作‘共工’。”

[5] “且漢有係周”二句，程炎震曰：“‘漢有係周之業’二句當有誤字。《晉書》無此語。蓋隱括其文，故無可校。”余嘉錫曰：“文義甚明，並無誤字。”

[6] “不推吳楚也”，余嘉錫曰：“景宋本及沈本‘楚’下俱有‘者’字。”按董刻本“者”字滅。王利器曰：“餘本作‘不推吳楚也’。”

曹、書佐、從事史。"《撮補》。○恩田仲任曰："杜氏《通典》曰：'治中，從事史一人居中治事，主衆曹文書，用漢制也。歷代皆有。'"

"謝牋亦云"，秦士鉉曰："牋，亦書也，但自下達上之辭耳。"

"老從事"，田中頤曰："言設不遇，則一生居荊州，終老從事之賤耳。"○秦士鉉曰："言老死於下吏也。"○崔朝慶曰："從事，佐吏也。"

"見相王何如"，田中頤："忮心已露。"

"一生不曾見此人"，田中頤曰："言宣武亦宜避三舍也。此習亦慫恿焉。"

○"從此忤旨"至"品評卓逸"

"從此忤旨"，秦士鉉曰："忤桓溫旨。"○朱鑄禹曰："蓋溫既有篡逆之心，蔑視簡文，而鑿齒乃推尊從爲一生不曾見此人，故不合溫意。後習氏作《漢晉春秋》以申其尊晉之旨。"

"性理遂錯"，田中頤曰："謂習與宣武以此至相寇仇也，正是張陳相敗。"○秦士鉉曰："心氣錯亂成病也。"○崔朝慶曰："因抑鬱而精神衰弱也。"○徐震堮曰："性理，猶今語'神志'。"《簡釋》。○方一新曰："'性理'指神志。'錯'，昏亂、失常。"《釋義》。

"作漢晉春秋"，王鳴盛曰："起漢光武，終晉愍帝，凡五十四卷。其意以晉繼漢不繼魏，故爲此書。"《商榷》卷四十三。○田中頤曰："謂託此書貶斥宣武也。"○崔朝慶曰："是時桓溫覬覦非望，鑿齒著此書以裁正之。"○沈家本曰："《隋志》：'《漢晉陽秋》四十七卷，訖愍帝，晉滎陽太守習鑿齒撰。''春秋'作'陽秋'者，避簡文帝太后諱也。《唐志》'五十四卷'，卷與《晉書》本傳合。章宗源曰：'《探頤篇》曰：鑿齒以魏爲僞國者，蓋定邪正之途，明順逆之理耳。而檀道鸞稱其當桓氏執政，故撰此書，欲以絕彼瞻烏、防茲逐鹿。歷觀古之學士，爲文諷上，若豪士作賦，女史獻箴，斯皆短篇小什，可率爾而就，安有變三國之體統，改五行之正朔，勒成一書，傳諸千載，而藉以權濟物議，取誠當時？求之人情，理不當爾。'"《古書目》卷一。○葉德輝曰："習鑿齒《漢晉春秋》，《隋志》題《漢晉陽秋》四十七卷，云：'訖愍帝，晉滎陽太守習鑿齒撰。'"《書目》。

"品評卓逸"，田中頤曰："與'史才'應。"

○注"續晉陽秋曰"

"自州從事"，秦士鉉曰："州，本州也，即荊州。"

"斥溫覬覦之心"，桃井白鹿曰："《左傳》'下無覬覦'注：'下不冀望於上也。'"○博古堂墨批曰："覬覦，希幸也。"○劉盼遂曰："《史通·探賾篇》極駁檀氏此説，文繁不録。"

○注"鑿齒集載其論略曰"

"鑿齒集"，沈家本曰："《隋志》：'晉熒陽太守習鑿齒集五卷。'二《唐志》同。此注所引《漢晉春秋論》。"《古書目》卷五。○葉德輝曰："《隋志》題'滎陽太守習鑿齒集五卷'。"《書目》。

"若以魏"四句，岡白駒曰："習意欲晉越魏而繼漢也。言以魏爲有代王之德，則其道不足，以爲有静亂之功，則吴、蜀鼎立，是不可謂静亂矣。"

"共王秦政"，參見校文。大典顯常曰："《史記·三皇本紀》：'當女媧之末年也，諸侯有共工氏，任智刑以强，霸而不王，以水乘木。'據此，則'王'當作'工'。又或謂共和也。"○秦士鉉曰："共王，言三國並王。"

"不見敘於帝王"，岡白駒曰："昔共工伯有九州，始皇併於六國，猶不得見敘於帝王。"

"暫制"，秦士鉉曰："指魏。"

"係周之業"，岡白駒曰："謂漢不繼於秦，而係承於周也。"

"承魏之迹"，岡白駒曰："謂晉之事魏，在孫劉未亡日也。"○大典顯常曰："言漢不係秦而係周，則晉亦不承魏而承漢也。"《撮補》。○余嘉錫曰："鑿齒之意謂魏躬爲篡逆，晉之代魏，本非禪讓，實滅其國，猶漢之滅秦。司馬氏雖世爲魏臣，不過如漢高之禀命懷王。秦政、楚懷，皆是僭僞，漢高遂繼周而王。例之有晉，自當越魏而承漢矣。"

"彼必自係於周不推吴楚"，岡白駒曰："言春秋之時吴楚僭稱王，其强猶魏暫制數州也。若使吴楚君推有德人，禪其國家，其人藉之，得以遂有天下，彼必自係承於周，而不推吴楚以爲一代也。"○大典顯常曰："周之末，吴楚亦稱王。漢既不係秦，又不係吴楚，而獨係於周，以推有德故也。吴楚以況吴蜀也。"《撮補》。○秦士鉉曰："'彼'指漢。"

"長轡廟堂"，岡白駒曰："執轡於此，而驅馬於彼，喻坐謀於廟堂。"○大典顯常曰："譬自遠而制也。"《撮補》。○秦士鉉曰："坐廟堂，御天下，是司馬氏一統之功也。"

【彙評】

劉辰翁曰：“與奸雄語正自難，然亦何至狂疾？”按《批補》“疾”作“癡”。天保手批曰：“‘癡’一作‘疾’。”

方弘靜曰：“習鑿齒與桓秘書，時謂俊邁。夫以罷郡歸，略無歡情，其所養可知已。苟以才氣自許，豈志繫一郡乎？其文若豪，是堂堂者也。其外盛者其中必不足，沖焉而虛者，德充之符也。”《千一錄》卷十八。

81

孫興公云：“《三都》《二京》，五經鼓吹[1]。”言此五賦是經典之羽翼。

○“孫興公”至“五經鼓吹”

“五經鼓吹”，王世懋曰：“‘鼓吹’二字殊妙，此正不得以‘羽翼’解。”○岡白駒曰：“如鼓吹之輔樂章也。”○桃井白鹿曰：“《綱目集覽》：‘鼓吹，音律管壎之樂。北狄馬上之聲，漢已後爲鼓吹，亦軍中樂，於馬上奏之。《西京雜記》載漢朝大駕鹵簿，有鼓吹。’”○大典顯常曰：“《三都》《二京》，爲賦辭章豐博，音韻響亮，故王云‘鼓吹’二字殊妙。”○平賀房父曰：“‘鼓吹’猶如絲竹管弦，是以五經爲歌唱，二賦爲八音也，故王以‘羽翼’爲誤。”○田中頤曰：“蓋漢朝大駕鹵簿有鼓吹，乃先導之具，而兼有令人意氣發揚踴躍之旨。此言人謂五經質實，人謂五賦榮華，相視猶遠，殊不知五賦直是五經之鼓吹也。欲語其類甚近，故不下‘直是’字。”○秦士鉉曰：“鼓吹，鐘鼓笙笛也。”○楊勇曰：“《晉書·孫綽傳》：‘絕重張衡、左思之賦，每云《三都》《二京》，五經之鼓吹也。’《文選》亦以班孟堅《兩都》、張平子《二京》、左太沖《三都》冠其首。皆見時人於諸賦之重視也。”○張萬起曰：“在《三都賦》《二京賦》中詳細描寫了封建禮儀制度，宣揚了儒家思想道德觀點，故認爲是‘五經鼓吹’。”

─────────────

〔1〕 “五經鼓吹”，王叔岷曰：“《初學記》二一引‘經’下有‘之’字，與《晉書·孫綽傳》合。”

方弘静曰："《三都》《二京》，詞人之作，無關理訓也，何謂'五經鼓吹'耶？其視《神女》《洛神》爲愈乎爾。"《千一録》卷十四。

82

謝太傅問主簿陸退：《陸氏譜》曰："退字黎民，吴郡人。高祖凱，吴丞相。祖仰，吏部郎。父伊，州主簿。退仕至光禄大夫。""張憑何以作母誄，而不作父誄？"退答曰："故當是丈夫之德，表於事行；婦人之美，非誄不顯。"《陸氏譜》曰："退，憑壻也。"

○"謝太傅"至"非誄不顯"

"誄"，田中頤曰："誄謂稱揚其先人之美者也。此疑其私。"○崔朝慶曰："誄者，哀死而述其行之辭也。"

"故當是丈夫之德"二句，淇園曰："表於事行，言不必待作誄。"○田中頤曰："'故當是'三字，蓋謙辭。此言彼父之德，人所知而稱，故不待誄。"○崔朝慶曰："言既表見於事行，即不必以文字表彰也。"

"婦人之美"二句，田中頤曰："閫内之美，則常隱而不出，故賴此顯也。"

83

王敬仁年十三，作《賢人論》[1]。長史送示真長，

---

[1] "年十三作賢人論"，恩田仲任曰："《晉書》作《賢全論》。"張燧《讀史舉正》卷五曰："《王修傳》：'修作《賢全論》。'案《世説新語》：'王敬仁作《賢人論》。''全'蓋'人'字之誤也。"沈家本《古書目》卷五曰："其論實作'賢人'，《晉書》作'賢全'，傳寫之訛也。"姚振宗《考證》卷三十九曰："'全'當爲'人'。"趙西陸曰："《晉書·王修傳》作'年十二作《賢全論》'，《書斷》作'年十六著《賢令論》'。"楊勇曰："《晉書·王修傳》：'年十二，作《賢人全論》。'《書斷》：'年十六，著《賢令論》。'"

真長答云：“見敬仁所作論，便足參微言。”修集載其論曰：“或問：‘《易》稱賢人，黃裳元吉，苟未能闇與理會，何得不求通？求通則有損，有損則元吉之稱將虛設乎？’答曰：‘賢人誠未能闇與理會，當居然人從〔1〕，比之理盡〔2〕，猶一豪之領一梁。一豪之領一梁，雖於理有損，不足以撓梁。賢有情之至寡，豪有形之至小，豪不至撓梁，於賢人何有損之者哉？’”

○“王敬仁”至“足參微言”

“長史送示真長”，劉應登曰：“長史，濛，修父也。真長，劉惔。”

“足參微言”，淇園曰：“古云：‘仲尼没而微言絶。’此‘微言’蓋指聖言也。”

○注“修集載其論曰”

“修集”，沈家本曰：“《隋志》：‘梁有驃騎司馬王脩集三卷，録一卷。’二《唐志》二卷無録。”《古書目》卷五。○葉德輝曰：“《隋志》‘晉潯陽太守庾純集’下云：‘梁有驃騎司馬王脩集三卷’。”《書目》。

“答曰”，大典顯常曰：“言賢人未有會理之德，則不能無意乎求達。然以其賢，故人自從之，非求而後得也。則其於世何損之有？比之理盡，以理之極譬之也。‘豪’與‘毫’通。領，謂置也。如作‘頓’字義更明，且待後考。”○秦士鉉曰：“此以賢人、聖人比論也。闇會，聖人也；求通，賢人也。《莊子》曰：‘求通非聖。’然賢人、聖人在古書無太差別。可久則賢人之德，可大則聖人之業，可以觀已。蘇子瞻曰：‘見其謂之聖人則隆之，見其謂之賢人則降之，此近世之俗學。’”

【彙評】

王世懋曰：“此等論在今世未免撫掌，當時所謂名理乃爾，文章一大厄也。”
伯克利手批曰：“如此等真如夢囈，當時爲謂凝玄。”評注“一豪之領一梁”。
秦士鉉曰：“十三童能辨之，當入《夙慧篇》。”
余嘉錫曰：“此論所言，淺薄無取。‘一豪之領一梁’云云，尤晦澀難通。晉人

〔1〕 “人從”，余嘉錫曰：“‘人’景宋本作‘體’。”朱鑄禹曰：“袁本作‘人’疑非。”
〔2〕 “理盡”，董刻本“盡”作“肅”。王利器曰：“各本‘肅’作‘盡’。”

之所謂微言，如此而已。"評注"《脩集》載其論曰"。蔣凡按曰："王、余之論，似過苛酷。"

蔣凡曰："長史王濛舐犢之情可感，欣喜自家子弟有才，十三歲而能論，並將其文送給好友大名士劉惔鑒賞，欲其題拂稱揚之心可鑒。"

孫興公云："潘文爛若披錦，無處不善；《續文章志》曰："岳爲文選言簡章，清綺絶倫。" 陸文若排沙簡金[1]，往往見寶。"《文章傳》曰[2]："機善屬文，司空張華見其文章，篇篇稱善，猶譏其作文大治[3]。謂曰：'人之作文，患於不才[4]；至子爲文，乃患太多也[5]。'"

○ "孫興公"至"往往見寶"

"爛若披錦"，田中頤曰："'披'字著眼。此譬如金箔雖多，美止在外也。"○王叔岷曰："《初學記》二一引李充《翰林論》曰：'潘安仁爲文也，猶翔禽之羽毛，衣被之綃縠。'（《御覽》五九九引同。）"

"排沙簡金"，田中頤曰："'排''簡'二字著眼。此譬如渾金雖寡，美專在內也。"○秦士鉉曰："簡，分別而選之也。"○王叔岷曰："深而蕪，故若排沙簡金，乃能見寶。"

◎朱亦棟曰："鍾嶸《詩品》：'謝混云：潘詩爛若舒錦，無處不佳。陸文如披沙簡金，往往見寶。'紀曉嵐《庚辰集》云：'按舊注皆引此文，然唐試此題

────────────

[1] "排沙"，李詳曰："柳子厚《披沙揀金賦》前有小引云：出劉義慶《世説》'陸士衡文如披沙揀金'。亦作'披'字。今《世説》諸本皆作'排'，非也。"

[2] "文章傳"，王利器曰："'文章傳'當作'文士傳'。"楊勇曰："宋本作'文章傳'，非。《隋志》：'《文士傳》五十卷，張隲撰。'"王叔岷曰："'章'乃'士'之誤。鍾嶸《詩品序》所謂'張隲《文士》，逢文即書'者是也。"

[3] "猶譏其作文大治"，何焯校"治"作"冶"。李詳曰："《晉書·機傳》無此句，別本《世説》或改'治'爲'冶'，亦非。"程炎震曰："宋本'治'作'冶'。"余嘉錫曰："'治'沈本作'冶'。"朱鑄禹曰："沈校本作'冶'，疑是。"楊勇曰："沈校本作'冶'，非。"龔斌曰："當作'冶'，冶，艷麗，妖媚也。"

[4] "患於不才"，天保手批曰："《蒙求》作'患才不足'。"

[5] "太多"，秦士鉉曰："'太'一作'才'。"

乃以‘求寶之道同乎選材’爲韻，李程、席夔、張仲方三賦皆以求賢立意，疑別有所出，今不可考。’案《開天遺事》：明皇燕諸學士於便殿，顧謂李白曰：‘朕與天后任人如何？’白曰：‘天后任人如小兒，市瓜不擇香味，唯取肥大。陛下任人如淘沙取金，剖石採玉，皆得其精粹。’上大笑。唐人賦蓋本諸此，所謂‘求寶之道同乎選材’者也。”《群書札記》卷三。○李詳曰："案鍾嶸《詩品》：‘謝混云：潘詩爛若舒錦，［無處不佳。］陸文如披沙簡金，往往見寶。’如鍾所引，潘、陸各就詩文言之。"○程炎震曰："鍾嶸《詩品》以此爲謝混語，蓋益壽述輿公耳。"○劉師培曰："蓋陸氏之文工而縟，潘氏之文雖綺而清，故孫氏論文，以爲潘美於陸。"《文學史》頁五三。

○注"續文章志曰"

《續文章志》，沈家本曰："《隋志》：‘《續文章志》二卷，傅亮撰。’二《唐志》同。"《古書目》卷四。

"簡章"，朱鑄禹曰："‘簡’古與‘檢’通。‘簡章’，言檢點章法也。‘簡金’之‘簡’亦當與‘檢’同義。"

○注"文章傳曰"

"作文大治"，參見校文。大典顯常曰："才多亦曰治。《左傳》莊九年鮑叔曰‘管夷吾治于高傒’注：言管仲治理政事之才多于高傒。"《攝補》。○平賀房父曰："治，‘治理’之‘治’。左氏之注不可據。"○李詳曰："‘大治’謂推闡盡致。《顏氏家訓·名實篇》：‘治點文章，以爲聲價。’可證‘治’字之義。"○龔斌曰："張華譏陸機‘大冶’，蓋指機文辭繁且艷麗也。"

"患太多"，秦士鉉曰："‘太冶’‘太多’，俱謂繁飾。"

【彙評】

王世貞曰："然則陸之文病在多而蕪也。余不以爲然，陸病不在多而在模擬，寡自然之致。"《藝苑厄言》卷三。○曰："陸士衡翩翩藻秀，頗見才致，無奈俳弱何！安仁氣力勝之，趣旨不足，太沖莽蒼，《詠史》《招隱》，綽有兼人之語，但太不雕琢。"同上。

袁中道曰："善喻。"《舌華錄》卷六。

　　簡文稱許掾云："玄度五言詩，可謂妙絕時人。"《續晉陽秋》曰："詢有才藻，善屬文。自司馬相如、王褒、揚雄諸賢，世尚賦頌，皆體則《詩》《騷》，傍綜百家之言。及至建安，而詩章大盛。逮乎西朝之末，潘、陸之徒雖時有質文，而宗歸不異也。正始中，王弼、何晏好莊老玄勝之談，而世遂貴焉。至過江，佛理尤盛〔1〕。故郭璞五言始會合道家之言而韻之。詢及太原孫綽轉相祖尚，又加以三世之辭〔2〕，而《詩》《騷》之體盡矣。詢、綽並爲一時文宗，自此作者悉體之。至義熙中，謝混始改。"

○"簡文稱"至"妙絕時人"

"妙絕時人"，李詳曰："魏文帝《與吳質書》：'孔融，其五言詩之善者，妙絕時人。'簡文用曹語。"○余嘉錫曰："簡文之所以盛稱之者，蓋簡文雅尚清談，詢與劉惔、王濛輩並蒙歎賞，以詢詩與真長之徒較，固當高出一頭，遂爾咨嗟，以爲妙絕也。"○王叔岷曰："鍾嶸《詩品序》謂：'許詢詩平典似《道德論》。'《詩品》下品稱許'善恬淡之詞'，與簡文之説異。胡應麟《詩藪外編》卷二云：'詢詩有"青松凝素髓，秋菊落芳英"，儼是唐律。晉人稱玄度五言絕妙，則許當亦文士，非止清談者。'所稱許詩二句，見《初學記》二八。"

○注"續晉陽秋曰"

"逮乎西朝之末"，徐震堮曰："西晉建都洛陽，南渡以後，徙都建康，洛陽在建康之西，故當時稱之爲西朝，又稱中朝，以其在中原也。"

"至過江佛理尤盛"，參見校文。余嘉錫曰："《宋書·謝靈運傳論》曰：'在

---

〔1〕　"至過江佛理尤盛"，唐鴻學曰："'玄'訛'佛'，'玄理尤盛'。"余嘉錫曰："各本'至過江，佛理尤盛'。《文選集注》六十二公孫羅引檀氏《論文章》作'至江左李充尤盛'。"按余氏《箋疏》據《集注》改。曹道衡《叢考》曰："原文爲'至過江佛理尤盛'，下文又言孫許'又加以三世之辭'，於文理爲不通。余氏校改有理。"頁一九七。龔斌曰："'李充尤盛'亦屬訛誤。唐批謂'玄訛佛，玄理尤盛'，其説得其真。"

〔2〕　"加以三世"，董刻本"加"作"如"。王利器曰："各本'如'作'加'，是。《文選》江文通《雜體詩》集注及注亦作'加'。又《文選集注》'三世'上有'釋氏'二字。"朱鑄禹曰："袁本、諸本作'加'，是。"

晉中興，玄風獨扇。'《文心雕龍·明詩篇》曰：'江左篇製，溺乎玄風。'《詩品序》曰：'永嘉貴黃老，尚虛談，爰及江左，微波尚傳。'三家之言皆源於檀氏。重規疊矩，並爲一談，不聞有'佛理'之説。檢尋《廣弘明集》，支遁始有讚佛詠懷諸詩，慧遠遂撰《念佛三昧》之集。雖在典午之世，卻非過江之初。且係釋家之外篇，無與詩人之比興。檀氏安得援此一端，概之當世乎？況下文云郭璞始合道家之言而韻之，若必如今本，是謂景純合佛理於道家也。郭氏之詩以《游仙》爲最著，今存者十餘首。道家之言固有之，未嘗一字及於佛理也。檀氏安得發此虛言，無的放矢乎？此必原本殘闕，宋人肆臆妄填，乖謬不通，所宜亟爲改正者矣。李充者，元帝時人，正當渡江之始。《初學記》一八引充《送許從詩》云云，頗得老莊之旨。至其所以祖述王何，較西晉諸家爲尤甚者，吾不得而見之矣。"

"加以三世之辭"，劉盼遂曰："禪氏説過去、見在、未來爲三世，與《春秋》之張三世，非一物。"趙西陸按曰："此本黃侃《詩品講疏》。"○余嘉錫曰："《文選抄》引'三世'上有'釋氏'二字。'三世'之辭，蓋用佛家輪迴之説，以明報應因果也。詩體至此，風斯下矣。"○龔斌曰："東晉詩摻入佛理，大概始於穆帝時。其中最著名者支遁。"

"詩騷之體盡"，徐震堮曰："郭璞始以道家之言入詩，許詢、孫綽又雜以佛家語，故云'詩騷之體盡矣'。"

◎劉盼遂曰："檀氏論詩，洞見淵源，故後人多踵之者。沈約《宋書·謝靈運〔傳〕論》：'在晉中興，玄風獨秀，爲學窮於柱下，博物止於七篇。仲文始革許孫之風，叔源大變太元之體。'鍾嶸《詩品上》：'孫許桓庾諸公詩，皆平典似道德論。建安風力盡矣，逮義熙謝益壽斐然繼作。'蕭子顯《南齊書·文學傳論》：'江左風味盛道家之言，郭璞舉其靈便，許詢極其名理，仲文玄氣猶不盡除，謝混清新得名未盛。'此皆本諸檀氏之説也。"○余嘉錫曰："《宋書·謝靈運傳論》曰：'仲文始革孫許之風，叔源大變太元之氣。'《詩品序》曰：'逮義熙中，謝益壽斐然繼作。'二家之言，並導源於檀氏。然沈約以仲文、叔源並舉，而鍾嶸論詩之正變，殊不及殷氏，與道鸞之論若合符契。固知晉宋之際，於詩道起衰救弊，上摧孫許，下開顏謝，叔源爲首功，但明而未融。及風雅中興，玄談漸替，昭明《文選》一舉而廓清之，玄度、興公之詩，遂皆不入録。其間源流因革，檀氏此論實首發其蘊矣。當晉末詩體初變，殷、謝本自齊名，而衡其高下，殷不及謝，故檀論鍾序，並略而不數也。由是觀之，益壽之在南朝，率然高蹈，邈焉寡儔。革歷朝之積弊，開數百年之先河，其猶唐初之陳子昂乎?"

【彙評】

【彙評】

王世懋曰："注意引此，似非簡文過許，注理爲得。"

86

孫興公作《天台賦》成[1]，以示范榮期，《中興書》曰："范啟字榮期，慎陽人。父堅，護軍[2]。啟以才義顯於世，仕至黃門郎。"云："卿試擲地[3]，要作金石聲。"范曰："恐子之金石，非宮商中聲!"然每至佳句，"赤城霞起而建標，瀑布飛流而界道"，此賦之佳處。輒云："應是我輩語。"

○"孫興公"至"我輩語"

"擲地要作金石聲"，劉淇曰："'要'字猶須也，當也。"《辨略》卷四。○淇園曰："'要'者，要之，於其理當有之也。"○恩田仲任曰："要，必也。"○田中頤曰："言精讀此文，試扣其意，須期要作見金石聞遠之美聲也。"○王叔岷曰："'要'猶'必'也。"楊勇引。○張萬起曰："要，應當，當會。"

○注"中興書曰"

"范啟字榮期"，王叔岷曰："范啟字榮期，蓋慕榮啟期之爲人。裴啟字榮期，亦同此例。榮啟期，與孔子同時高士。詳《說苑·雜言篇》、《家語·六本

[1] "天台賦"，楊勇曰："'天台'下，《文選》、《晉書·孫綽傳》、《書鈔》一〇二均有'山'字，是。"王叔岷曰："《藝文類聚》五六引此作'天台賦'，與宋本合。《文選》作'遊天台山賦'。"
[2] "護軍"，楊勇曰："'護軍'下《晉書·范堅傳》有'長史'二字，是。"
[3] "試擲地"，王叔岷曰："《書鈔》一百二引'試'下有'以'字，《藝文類聚》（五六）引'擲'下有'置'字。"

篇》、《御覽》五百九引嵇康《高士傳》、皇甫謐《高士傳》、《列子·天瑞篇》。"

87

　　桓公見謝安石作簡文謚議[1]，看竟，擲與坐上諸客曰："此是安石碎金。"劉謙之《晉紀》載安議曰："謹按《謚法》：'一德不懈曰簡，道德博聞曰文。'《易》簡而天下之理得，觀乎人文，化成天下，儀之景行，猶有彷彿[2]。宜尊號曰太宗，謚曰簡文。"

　　○"桓公見"至"安石碎金"

　　"謚議"，葉德輝曰："《謝公簡文謚議》，《隋志》不著錄，《唐志》入'儀注'，題《晉謝公謚議》。"《書目》。○崔朝慶曰："議謚字之文也。"

　　"此是安石碎金"，淇園曰："言安石胸中有大文章，而此是僅其一碎屑也。"○田中頤曰："此文在謝僅爲碎金，亦不足用全力也。"○崔朝慶曰："言善爲文者，其緒餘亦可珍貴也。"

　　○注"劉謙之晉紀載安議曰"

　　《謚法》，葉德輝曰："《隋志》《大戴禮記》下云：'梁有《謚法》三卷，後漢安南太守劉熙注，亡。'"《書目》。

　　"儀之景行"二句，岡白駒曰："儀，度也。《詩》云：'高山仰止，景行行止。'言不已也。"○秦士鉉曰："景，大也。言儀是人之大行，似《易》所言也。"

【彙評】

劉辰翁曰："此語無識，列之《文學》亦然。"
凌濛初曰："何以便是碎金？"

---

〔1〕"謚議"，秦士鉉曰："'議'一作'儀'。"
〔2〕"彷彿"，董刻本"彷"作"仿"。

張萬起曰：“桓温的動作和語言，流露出他因篡權不遂而對簡文帝的不滿。”

88

　　袁虎少貧，虎，袁宏小字也。嘗爲人傭載運租。謝鎮西經船行，其夜清風朗月，聞江渚間估客船上有詠詩聲，甚有情致。所誦五言，又其所未嘗聞，歎美不能已。即遣委曲訊問，乃是袁自詠其所作《詠史詩》。因此相要，大相賞得。《續晉陽秋》曰：“虎少有逸才，文章絶麗，曾爲《詠史詩》，是其風情所寄。少孤而貧，以運租爲業。鎮西謝尚，時鎮牛渚，乘秋佳風月，率爾與左右微服泛江。會虎在運租船中諷詠，聲既清會〔1〕，辭文藻拔〔2〕。非尚所曾聞，遂住聽之，乃遣問訊。答曰：‘是袁臨汝郎誦詩，即其《詠史》之作也。’尚佳其率有勝致，即遣要迎，談話申旦。自此名譽日茂。”

　　○“袁虎少貧”至“甚有情致”

　　“爲人傭載運租”，李贄曰：“此人亦爲傭乎？”○秦士鉉曰：“租，田租也。”
　　“經船行”，岡白駒曰：“謝亦乘船，經過袁船而行。”○平賀房父曰：“經，嘗也。”○淇園曰：“謝蓋行其渚而經其舟。”○蔡鏡浩曰：“‘經’當爲時間副詞，猶曾、嘗。‘船行’爲當時之習慣語，指乘船航行，而不指於船邊行走。”《札記》。○江藍生曰：“‘經’作副詞，義與‘曾’相當。”《彙釋》頁一〇四。
　　“估客船”，恩田仲任曰：“‘估’與‘賈’通。”

　　○“所誦五言”至“大相賞得”

　　“所誦五言”二句，田中頤曰：“謂此夜當思彼人，時估客詠詩，尚且欲聞，

---

〔1〕　“聲既清會”，《世説補》“會”作“亮”。平賀房父曰：“‘會’當作‘亮’。”天保手批曰：“‘亮’一作‘會’，非也。”
〔2〕　“辭文藻拔”，葉德輝曰：《晉書·袁宏傳》作‘辭又藻拔’，是也。‘辭又藻拔’與‘聲既清會’語正一偶。”程炎震曰：“宋本‘文’作‘又’。”徐震堮《札記》曰：“《晉書》本傳‘文’作‘又’，是也。”余嘉錫曰：“‘文’景宋本及沈本俱作‘又’。”

況聽之久，甚有情致，又所未聞。寫謝情緒委曲詳盡。”

“遣委曲訊問”，田中頤曰：“並問其作者爲誰，故加‘委曲’字。”○秦士鉉曰：“遣，遣使也。”

“自詠其所作詠史詩”，余嘉錫曰：“《藝文類聚》五十五雜文部史傳門引晉袁宏詩曰‘周昌梗概臣，辭達部爲訥。汲黯社稷器，棟梁表天骨’云云，蓋即其租船所詠之詩，《古詩紀》四十二題爲《詠史》是也。”○王叔岷曰：“鍾嶸《詩品》卷中：‘彦伯《詠史》，雖文體未遒，而鮮明緊健，去凡俗遠矣。’”

“相要”，恩田仲任曰：“‘要’與‘邀’同。”

“大相賞得”，田中頤曰：“謂謝强迎袁，得罄其歡美之情事也。”

○注“續晉陽秋曰”

“微服泛江”，秦士鉉曰：“孔子微服過宋，微賤之服也。”

“袁臨汝郎”，岡白駒曰：“袁宏父勖，臨汝令，故稱臨汝郎。”

“申旦”，恩田仲任曰：“《楚辭》注曰：‘申，至也。’”○朱鑄禹曰：“‘申旦’猶言‘達旦’。”

【彙評】

方苞曰：“清風朗月，乘興吟詩，甚有情致。而精舍棄不易得，況運租船乎？非鎮西亦當入賞。”

周紀彬曰：“六朝人士吟詠、諷誦詩歌的風氣日濃，《世説》中已屢見，見於史傳者亦不少。觀其所爲，大抵仍因襲了古代士大夫‘稱詩以喻其志’的風氣，但少用於‘交接鄰國’的外交活動之中，而多係士人用來自我抒懷或相互酬答。吟詠、諷誦詩作的風氣大約到了南北朝時期更爲濃厚。詩歌由入樂轉到諷讀、吟詠，是古典詩歌發展史上的一個重要變化。”《札記》。

89

孫興公云：“潘文淺而净，陸文深而蕪。”

【彙評】

劉應登曰：“此二語又自作‘披錦’‘排沙’注腳。”朱鑄禹引。

方弘靜曰：“夫文不欲淺，淺則易盡；文不貴深，深則易蕪。淨而不淺，深而不蕪，古之作者，其司馬氏以前乎！”《千一録》卷十七。

黃輝曰：“二語亦當。”

陸時雍曰：“詩緣情而綺靡，病所流於蕪也。篇中累句，皆綺靡所爲。”《古詩鏡》卷九。

余嘉錫曰：“陸文固深於潘，然未見潘之果較陸爲淨也。此自興公性分所限，故喜潘之淺耳。”

90

裴郎作《語林》，始出，大爲遠近所傳。時流年少，無不傳寫，各有一通。載王東亭作《經王公酒壚下賦》〔1〕，甚有才情。《裴氏家傳》曰：“裴榮字榮期，河東人。父稱，曹城令。榮期少有風姿才氣，好論古今人物。撰《語林》數卷，號曰《裴子》。”檀道鸞謂裴松之以爲啟作《語林》，榮儻別名啟乎？

○“裴郎作”至“甚有才情”

“時流”，胡三省曰：“猶言時輩也。”《通鑒·晉紀三十二》注。

---

〔1〕“王公酒壚”，恩田仲任曰：“‘王公’即‘黃公’，聲近而誤。”秦士鉉曰：“‘王公’當作‘黃公’，以聲近誤。按《輕詆篇》亦載此事，注作‘黃公酒壚’。”劉盼遂曰：“‘王公’疑爲‘黃公’，聲之誤也。黃公酒壚或即謂王濬沖所過處也。（見《傷逝篇》。）本書《輕詆篇》注引《續晉陽秋》正作《黃公酒壚賦》。”余嘉錫曰：“‘王公’當作‘黃公’。本書《輕詆篇》注引《續晉陽秋》曰：‘河東裴啓撰《語林》。有人於謝坐敘其《黃公酒壚》，司徒王珣爲之賦。’是其證。又《傷逝篇》曰：‘王濬沖爲尚書令，經黃公酒壚下過。’云云。東亭正賦此事耳。《晉書·王戎傳》亦作‘黃’。”王利器曰：“‘王公’當作‘黃公’。本書《傷逝門》‘王濬沖爲尚書令’條，正作‘黃公’，不誤。又《輕詆門》‘庾道季詫謝公曰’條注引《續晉陽秋》：‘而有人於謝坐，敘其黃公酒壚，司徒王珣爲之賦。’即述此事，作‘黃公酒壚’。《晉書·王戎傳》亦作‘黃公酒壚’。”曹道衡《叢考》“裴啓語林”條曰：“《文學》‘王公酒壚’，此又後人傳抄之誤。劉孝標明言檀道鸞謂裴松之以爲啟作《語林》，《輕詆》注引《續晉陽秋》正作‘黃公酒壚’，若孝標所見時亦誤作‘王’，當出注。”

“各有一通”，田中頤曰：“薄倖少年，各有一通。老大則亦不過一目耳。”〇張萬起曰：“一通，一份。”

“經王公酒壚下賦”，參見校文。岡白駒曰：“東亭所作《經王公酒壚下賦》，《輕詆部》亦載此事，注作《黃公酒壚》。”〇余嘉錫曰：“以《傷逝》《輕詆》二條互證，東亭所賦即王戎事，無可疑也。”〇楊勇曰：“酒壚，累土以居酒甕者。《正字通》：‘酒壚，賣酒區。’《漢書·司馬相如傳》：‘文君當壚。’顏注：‘賣酒之處，累土爲盧，以居酒甕，四邊隆起，其一面高，形如鍛盧，故名。’”

“甚有才情”，田中頤曰：“是所以其合年少之意也。”

◎張端木曰：“此條宜併入第六卷《輕詆》下‘庾道季詫謝公’一則内。”

〇注“裴氏家傳曰”

《裴氏家傳》，沈家本曰：“《隋志》：‘《裴氏家傳》四卷，裴松之撰。’二《唐志》作《家記》三卷。”《古書目》卷四。〇葉德輝曰：“《隋志》：四卷。云裴松之撰。”《書目》。

“裴榮字榮期”，凌濛初曰：“范啟字榮期，裴郎或亦名啟字榮期耳，以爲名‘榮’者，因字而誤也。”〇秦士鉉曰：“榮啟期，見《莊》《列》等。故范啟字榮期。此裴子亦當名啟。”〇朱鑄禹曰：“以裴名‘榮’者，殆因字‘榮期’致誤。”〇楊勇曰：“宋本作‘裴榮’，非。孝標注云檀道鸞引裴松之語，謂榮爲啟之別名，恐亦非是。按《輕詆篇》二四注引《續晉陽秋》曰：‘晉隆安中，河東裴啟撰漢晉以來迄於今時，言語應對之可稱者，謂之《語林》。’《隋志》：‘《語林》十卷，東晉處士裴啟撰，亡。’汪藻《裴氏譜》所附別族，亦有‘啟字榮期’者。”〇曹道衡曰：“范榮期名啟，與裴啟名、字俱同。孝標所見《裴氏家傳》‘啟’作‘榮’，當是抄録者涉下‘榮期’而誤。”《叢考》頁一九三。

【彙評】

劉辰翁曰：“與黃公壚語不多争。”

91

謝萬作《八賢論》，與孫興公往反，小有利鈍。《中興書》曰："萬善屬文，能談論。"萬集載其敘四隱四顯，爲八賢之論，謂漁父、屈原、季主、賈誼、楚老、龔勝、孫登、嵇康也。其旨以處者爲優，出者爲劣。孫綽難之，以謂體玄識遠者[1]，出處同歸。文多不載。謝後出以示顧君齊，《顧氏譜》曰："夷字君齊，吳郡人。祖廞，孝廉。父霸，少府卿。夷辟州主簿，不就。"顧曰："我亦作，知卿當無所名。"

○ "謝萬作"至"當無所名"

《八賢論》，嚴可均曰："此蓋《八賢頌》，即繫於《論》後也。其《論》今亡。"《全晉文》卷八三注。○葉德輝曰："《初學記》十七引謝萬《八賢頌》，即論後頌也。"《書目》。○余嘉錫曰："《初學記》十七引有謝萬《八賢·楚老頌》。東晉謝萬《七賢·嵇中散讚》又引謝萬《八賢頌》'皎皎屈原'云云。當是論後繼之以頌。然《嵇中散讚》獨稱'七賢'，所未喻也。"龔斌按曰："雖'七賢''八賢'中皆有嵇康，但二文實不相混。余箋混爲一談，故不解既稱'八賢'，何以又稱'七賢'。"○趙西陸曰："萬石《八賢論》已佚。《初學記》卷十七引其《八賢頌》二條，頌屈原曰：'皎皎屈原，玉瑩冰鮮。舒采翡林，摛光虯川。'頌楚老曰：'楚老潛一，寂齗無爲。含貞內外，載葺羽儀。'蓋頌即繫於論後者也。又引其《七賢·嵇中散讚》曰：'邈矣先生，英標秀上。希巢洗心，擬莊託相。乃放乃逸，邁茲俗網。鍾期不存，奇音誰賞？'"

"小有利鈍"，田中頤曰："謝以處爲優，出者爲劣。孫以謂出處同歸。以此反覆論訂，互有得失也。"○秦士鉉曰："利鈍，優劣勝負也。"○吳金華曰："'小有利鈍'就是小有不利。'利鈍'在這裏是偏義複詞，表示不利（即'鈍'）之義。"《考釋》頁七九。

"我亦作"二句，王世懋曰："此語難解，似謂我亦算作相知者，然不能爲卿名也。"天保手批曰："'謂我'凌本作'理義'者，非也。"秦士鉉按曰："此解從王說，

[1] "體玄識遠"，徐震堮《札記》曰："《晉書》'玄'作'公'，形近之訛。"

則‘當無’上添‘然此論’三字看。”龔斌按曰：“昧王氏、《世説箋本》所釋，亦於‘卿’下斷句。”○張端木曰：“顧言我亦曾作《八賢論》，我既有佳作，卿文安得有名？”○大典顯常曰：“此蓋言我亦試作斯論，因知卿之當無所名稱也。謂難定優劣之論也。王解未明。”又曰：“‘我亦作知卿’五字一句，言我亦爲能知卿者。當無所名，言八賢優劣，定當難名目也。”《集成》。○淇園曰：“言我亦當作之往復，顧意蓋與孫同，知卿理之屈，當無所名其隱顯。”○田中頤曰：“言我亦試作此論，則從孫説，因知卿當無所可以其説得令名。設如此，則不唯小利鈍也。”○張萬起曰：“名，稱讚、稱説。”○蔣凡曰：“名，成名。”

○注“萬集載其敘”至“文多不載”

“萬集”，沈家本曰：“《隋志》：‘晉散騎常侍謝萬集十六卷，梁十卷。’二、《唐志》作‘謝方集十卷’，‘方’者‘万’之訛也。”《古書目》卷五。○葉德輝曰：“《隋志》題‘晉散騎常侍謝萬集十六卷’。”《書目》。

“四隱四顯”，秦士鉉曰：“漁、季、楚、孫四人，處也；屈、賈、龔、嵇四人，出也。漁、屈見《楚辭》，季主見《日者傳》，楚、龔見《傷逝篇》，孫、嵇見《規箴篇》。”

“季主”，岡白駒曰：“司馬季主，楚人也，賣卜長安。”○大典顯常曰：“司馬季主與賈誼論，出《史記・日者列傳》。”○唐鴻學曰：“嵇康《高士傳》作‘季玉’，司馬季玉也。《史記》作‘司馬季主’。《日者列傳》‘玉’字訛。古‘王’即‘玉’。”

“楚老”，岡白駒曰：“古隱者也。”

“龔勝”，岡白駒曰：“字君賓，彭城人也，三舉孝廉。哀帝時，徵爲諫議大夫。王莽秉政，歸隱鄉里。莽遣使奉印綬，安車駟馬徵之，拜上卿。勝語門人曰：‘誼豈一身事二主乎？’遂不食死。”○大典顯常曰：“楚龔勝死，有老父弔哭。出《前漢》列傳十二《龔勝傳》，且見是書《傷勢》部。”

“孫登”，岡白駒曰：“字公和。阮籍嘗過蘇門，與談，不答，唯大笑已。登無家，於汲郡北山土窟住，夏則編草爲裳，冬則披髮自覆。嵇康乃從之遊，問其所圖，終不答云云。”○大典顯常曰：“嵇康從孫登遊三年。出《晉書》列傳六十四《隱逸傳》，且見是書《規箴》部。”

“出處同歸”，周一良曰：“‘出處同歸’，實即調和儒道，亦即名教自然‘將無同’之思想。”《史札》頁五八。

李贄曰："綽是，且大是。"評注"出處同歸"。《初潭集》卷十二。

田餘慶曰："謝萬之見，四隱四顯雖皆爲賢，畢竟還有優劣之別。孫綽之見，則無論隱顯，'出處同歸'，更接近'將毋同'。這更是自以爲'體玄識遠'的永和名士的一般見解。"《政治》頁一四二。

龔斌曰："東晉隱逸之風極盛，謝萬《八賢論》'處者爲優出者爲劣'之説，乃是當時主流意識。而孫綽難謝萬《八賢論》'體玄識遠者出處同歸'之論，實質是自然與名教統一之老調，於東晉儒道兼修文化背景下之新彈。蓋以稱情自得，統一出處兩者之矛盾，而宗歸郭象注《莊子·逍遙遊》'適性爲逍遙'之義。"

92

桓宣武命袁彥伯作《北征賦》，《續晉陽秋》曰："宏從溫征鮮卑，故作《北征賦》，宏文之高者。"既成，公與時賢共看，咸嗟歎之。時王珣在坐，云："恨少一句，得'寫'字足韻，當佳。"袁即於坐攬筆益云："感不絶於余心，泝流風而獨寫。"公謂王曰："當今不得不以此事推袁。"宏集載其賦云："聞所聞於相傳，云獲麟於此野。誕靈物以瑞德，奚授體於虞者。悲尼父之慟泣[1]，似實慟而非假。豈一物之足傷，實致傷於天下。感不絶於余心，遡流風而獨寫。"《晉陽秋》曰："宏嘗與王珣、伏滔同侍溫坐，溫令滔讀其賦[2]，至'致傷於天下'，於此改韻。云[3]：'此韻所詠[4]，慨深千載。今於"天下"之後便移韻，於寫送之致[5]，如爲未盡。'滔乃云：'得益"寫"

---

[1] "悲尼父之慟泣"，楊勇曰："《晉書·袁宏傳》作'疚尼父之洞泣'。"
[2] "讀其賦"，董刻本"讀"作"續"。天保手批曰："'讀'作'續'，非。"徐震堮曰："'續'《晉書·袁宏傳》作'讀'，是。"朱鑄禹曰："劉本作'讀'，疑是。"
[3] "於此改韻云"，楊勇曰："'於此'上《晉書·袁宏傳》有'其本'二字，'韻'下有'珣'字。"
[4] "此韻所詠"，董刻本無"此韻"二字。楊勇曰："'所詠'上《晉書·袁宏傳》有'此賦'二字。"
[5] "寫送"，平賀房父曰："'寫送'當作'送句'。"秦士鉉按曰："不必改字。"

一句〔1〕，或當小勝。'桓公語宏：'卿試思益之。'宏應聲而益，王、伏稱善。"

○ "桓宣武"至"以此事推袁"

《北征賦》，葉德輝曰："見《晉書》本傳。"《書目》。

"恨少一句"三句，田中頤曰："此言此賦既成，良佳，而其韻中正有'寫'字，宜以此轉寫袁自己之事，而今少之，是可惜恨也。"

"泝流風而獨寫"，岡白駒曰："寫，傾也，與'寫憂'之'寫'義同。"○秦士鉉曰："'泝'猶追，追古之流風也。寫，寫情也。"○田中頤曰："袁因不經思，直益其句，亦意以此自許也。流風，所流傳之遺風，即斥孔子。"○趙西陸曰："《曲禮》：'器之溉者不寫，其餘皆寫。'注謂傳之器中也。"

"以此事推袁"，大典顯常曰："'此事'指文學。"《撮補》。○田中頤曰："桓固既嗟歎，今見此事，乃言袁已自許於古，其氣象之高如是，則當今人固不得不推尊袁也。"

○注"續晉陽秋曰"

"温征鮮卑"，程炎震曰："慕容恪死，温乃伐燕，在太和四年。"龔斌按曰："《文學》九六注引《温別傳》正作太和四年征鮮卑。"

○注"宏集載其賦云"至"王伏稱善"

"宏集"，沈家本曰："《隋志》：'晉東陽太守袁宏集十五卷。梁二十卷，錄一卷。'二《唐志》'二十卷'。"《古書目》卷五。○葉德輝曰："《隋志》題'晉東陽太守袁宏集十五卷'。"《書目》。

"獲麟於此野"，秦士鉉曰："'此野'謂魯國鉅野縣。"

"虞者"，恩田仲任曰："掌山澤者。"

"實慟而非假"，鄭學弢曰："假，憑借，因依之意。《莊子·德充符》：'吾所謂無情者，言人之不以好惡內傷其身，常因自然而不益生也。'好惡因自然而不傷其身，即'假'字之義。王弼主聖人有情，以爲'聖人茂於人者神明也，

---

〔1〕 "得益寫一句"，徐震堮《札記》曰："《晉書》於'移韻'下有'徙事'二字，下作'得益寫韻一句'，當據補，義始備。"楊勇曰："'寫'下，《晉書·袁宏傳》有'韻'字，是。"

同於人者五情也’，並以‘顏淵死，子哭之慟’爲例。袁宏《北征賦》所云‘似實慟而非假’，蓋與王弼聖人有情之説相通。”《札記》。

“傷於天下”，秦士鉉曰：“麟出非其時，故傷天下無明王也。”

“移韻”，大典顯常曰：“換韻移句也。”○李詳曰：“《晉書·袁宏傳》‘移韻’下有‘徙事’二字，此言最佳。蓋移韻便別詠古人一事，故云‘徙事’。班彪《北征》、潘岳《西征》皆如此。”

“寫送之致”，大典顯常曰：“寫送，換韻移句之際也，下文益寫一句，乃謂寫字韻也。”○秦士鉉曰：“寫，瀉下也，自上送下之義。”

“如爲未盡”，岡白駒曰：“於寫送千載之深慨，如爲未盡。”

【彙評】

劉辰翁曰：“談文有法，補句自佳。”

93

孫興公道：“曹輔佐才如白地明光錦，《中興書》曰：“曹毗字輔佐，譙國人，魏大司馬休曾孫也[1]。好文籍，能屬詞[2]，累遷太學博士、尚書郎、光祿勳。”裁爲負版絝，《論語》曰：“孔子式負版者。”鄭氏注曰[3]：“版，謂邦國籍也。負之者，賤隸人也。”非無文采，酷無裁製。”

○“孫興公”至“酷無裁製”

“白地明光錦”，方以智曰：“錦繡之質曰地。凡錦繡皆有地。《魏志》：‘賜

〔1〕 “魏大司馬休曾孫也”，徐震堮《札記》曰：“《晉書》本傳作‘高祖休’。”
〔2〕 “屬詞”，董刻本“詞”作“辭”。
〔3〕 “鄭氏注曰”，羅振玉《鳴沙石室古佚論語·鄭氏注跋》曰：“《世説新語》引‘式負版者’，鄭注此卷無是語。《集解》及《文選·華子岡詩》注並引孔注：‘負版，持邦國之籍也。’是誤以孔注爲鄭也。”唐鴻學曰：“《文選·華子岡詩》注曰：‘孔注云：負版，持邦國之籍也。’應作‘孔氏注曰’。”

635

女倭以絳地交龍錦，絳地縐粟罽。'裴松之不知，乃欲改'地'爲'綈'，引漢文'弋綈'，殊可笑也。"《通雅》卷三十七。○洪亮吉曰："《三國志·倭人傳》：'賜女王國絳地交龍錦五匹，絳地縐粟罽十張，紺地句文錦三匹。'裴松之注以爲'地'當作'綈'，非是。今考，地猶質也。絳地、紺地，蓋以絳色紺色爲質耳。今俗語尚云'質地'是矣。"《曉讀書齋初錄》卷下。○沈濤曰："'地'猶言質，今人猶以錦繡之本質爲'地'。其語蓋古，裴世期以爲'地'應作'綈'者，非也。"《瑟斗齋》卷五。○俞正燮曰："《魏志·倭國傳》云：'絳地交龍錦五匹，絳地縐粟罽十張，紺地句紋錦三匹。'臣松之以爲'地'應作'綈'，漢文帝著皂衣謂之'弋綈'是也，'地'字不體，非魏朝之失，則傳寫者之誤也。案'綈'爲厚繒，錦爲織采絲，罽爲氈字，今作毯，亦織采毛也。既爲綈，則不得爲錦爲罽矣。凡繪畫之事皆有地，錦罽皆織畫，當有地。'地'字正體也。"《癸巳存稿》卷十。○秦士鉉曰："白地錦、赤地錦，始見《魏志》。"○李詳曰："錦皆有地，即俗所謂底子也。《魏志·倭國傳》載魏賜倭有絳地交龍錦，紺地句文錦。陸翽《鄴中記》有黃地博山文錦。《御覽》八百十五引《異物志》有丹地錦。與此俱以色名。裴松之《魏志》注謂'地'應爲'綈'，謂此字不體，非魏朝之失，則傳寫之誤。此自裴誤，非魏失也。"○余嘉錫曰："《爾雅·釋天》云'素錦綢杠'，注云：'以白地錦，韜旗之竿。'《御覽》八百十五引《鄴中記》載石虎時織錦署諸錦名，有'大明光'、'小明光'。均可爲《世說》此句作證。'綈'即'地'也。'地'本俗稱，故或借用'綈'字爲之。裴松之必謂當作'綈'，蓋失之拘。"○趙西陸曰："《御覽》卷八一五引《鄴中記》載，石虎時織錦署諸錦名有'大明光'、'小明光'。"

"酷無裁製"，恩田仲任曰："言不見裁製之巧。"○田中頤曰："夫版固貴物，而負之者賤。今以明光錦之貴，不爲版裝，反爲賤者綺，是失其用者大矣。彼曹猶此，文采特可觀，其無裁製之才，亦甚也。"○朱鑄禹曰："意謂以錦製負版者之綺，用之極不得當。似喻曹之才美而用不得當也。"

【彙評】

李鄴嗣曰："文章足名家，自然合矩度。發源在經史，混混有雅致。五色之龍章，要在得裁製。今人但揉雜，不識自標置。譬如明光錦，裁爲負版綺。體法既不存，文采焉足慕。"《集世說詩》。

94

袁伯彦作《名士傳》成[1]，宏以夏侯太初、何平叔、王輔嗣爲正始名士，阮嗣宗、嵇叔夜、山巨源、向子期、劉伯倫、阮仲容[2]、王濬仲爲竹林名士[3]，裴叔則、樂彥輔、王夷甫、庾子嵩、王安期、阮千里、衛叔寶、謝幼輿爲中朝名士。見謝公。公笑曰："我嘗與諸人道江北事，特作狡獪耳！彥伯遂以箸書。"

○"袁伯彥"至"遂以箸書"

《名士傳》，沈家本曰："《晉書》本傳：'撰《竹林名士傳》三卷。'與此注所言不合。《隋志》有《正始名士傳》三卷，袁敬仲撰，而無宏書。二《唐志》：'袁宏《名士傳》三卷。'無'竹林'二字。劉注所引宏所列之人，尚不止前注所云，如郭象、《賞譽上》。王承、《德行》。庾敳、《賞譽下》。諸人皆在傳中，其不以'竹林'爲限可知。《宋志》：'袁宏《正始名士傳》二卷。'《玉海》五十八《中興書目》：'《正始名士傳》，其中卷《竹林名士》三逸，上卷增荀粲，卜卷增阮修。'《崇文〔總〕目》同。是宋世此書尚存。其書三卷，大約以'正始''竹林''中朝'分別卷數，而其名則但稱《名士傳》，《世說》及劉注可證也。後人見首卷標明'正始名士'，遂以'正始'名其書，殊失其實。《晉書》稱'竹林名士'，恐亦誤也。"《古書目》卷四。○葉德輝曰："《隋志》有《正始名士傳》三卷，云袁敬仲撰。《唐志》有《名士傳》三卷，云袁尚撰。"《書目》。○徐震堮曰："《晉書》本傳云撰《竹林名士傳》三卷。據此注，正始、竹林、中朝各爲一卷。本傳'竹林'二字疑衍。《隋書‧經籍志》又有《正始名士傳》三卷，袁敬仲撰。"按徐氏《札記》曰："《隋志》有《正始名士傳》三卷，袁敬仲撰，疑亦此書之誤。"○楊勇曰："《晉書‧袁宏傳》作《竹林名士傳》，《隋志》作《正始名士

---

〔1〕 "伯彥"，王先謙曰："'伯彥'當作'彥伯'，各本皆誤。"程炎震曰："'伯彥'王本作'彥伯'。"劉盼遂曰："'伯彥'二字誤倒。袁宏字彥伯。崇文局本已改正。"徐震堮《札記》曰："'伯彥'二字倒。"王利器曰："蔣校本'伯彥'乙作'彥伯'，是。"按下文作"彥伯"，不誤。

〔2〕 "阮仲容"，董刻本"容"作"客"。王利器曰："各本'客'作'容'，是。"

〔3〕 "王濬仲"，董刻本、何焯校"仲"作"沖"。

傳》，注：'袁敬仲撰。'按敬仲，衛宏字，當由袁宏而誤。《水經·清水注》引作'袁彥伯《竹林七賢論》'，《御覽》四四七作《七賢論》，當是一書，而引之者誤之耳。'"〇曹道衡曰："袁宏《名士傳》，《隋志》不載，《晉書》本傳記作《竹林名士傳》三卷，疑非，當從《世說》注。"《叢考》頁一〇二。

"道江北事"，徐震堮曰："江北，謂南渡以前。"

"特作狡獪"，胡鳴玉曰："王方平曰：'吾子不戲作狡獪事。'蓋古語謂戲爲狡獪，《列異傳》云《北地傳書》'小女折花作鼠以狡獪'是也。今閩人謂兒戲爲狡頑，蓋本於此。或以姦猾爲狡獪，則失之。"《褿錄》卷六。〇趙西陸曰："《史記·高祖本紀集解》：'江湖之間謂小兒多作狡獪爲無賴，猶言遊戲也。'陸游《示子遹》曰：'詩爲六藝一，豈用資狡獪？'原注：'晉人謂戲爲狡獪，今閩語尚爾。'"〇周一良曰："'狡獪'猶今言頑皮搗亂開玩笑之類，爲六代習語。不宜釋爲狡黠之意。"《世說札記》。又曰："《宋書》四一《明恭王皇后傳》：'若行此事，官便應作孝子，豈復得出入較快？'《南齊書》四十二《蕭坦之傳》：'少帝于宮中及出後堂雜戲較快。'《異苑》卷五：'此爲狡獪。'"《批校》。

〇注"宏以夏侯"至"中朝名士"

劉師培曰："嵇、阮學術文章，其影響及於當時及後世者，實與王、何諸人異派。據《世說·文學篇》謂'袁彥伯作《名士傳》'，劉氏注云云，此即嵇、阮諸人與王、何異之確證。迄於西晉，一時文士，蓋均承王、何之風，以辨析名理爲主，即干寶《晉紀總論》所謂'學者以莊老爲事，談者以虛薄爲辨'者也。"《文學史》頁四九。〇陳寅恪曰："所謂正始、竹林、中朝名士，即袁宏著之於書的，是從謝安處聽來的。而謝安自己卻説他與諸人'道江北事，特作狡獪'，初不料袁宏著之於書。"《講演錄》頁四九。曹道衡按曰："劉注此文，在'作《名士傳》成'下，蓋釋《名士傳》體例，與謝安'狡獪'了無干涉。"《叢考》頁一〇二。〇徐復觀曰："正始名士，在思想上係以《老子》爲主而傅以《易》義，這是思辨的玄學，乃由繁瑣的經學的反動而來。其中除夏侯玄有'規格局度'，爲世所重外，何、王在生活上都非常庸俗。從這些名士身上，不能啓發出藝術精神。竹林名士，在思想上實係以《莊子》爲主，並由思辨而落實於生活上，這可以説是性情的玄學。他們雖形骸脱略，但都流露出深摯的性情。在這種性情中，都含有藝術的性格。所以竹林名士實爲開啓魏晉時代的藝術自覺的關鍵人物。到了元康名士（即中朝名士），則性情的玄學已經在門第的小天地中浮薄化了，演變而爲生活情調的玄學。這種玄學，只極力在語言儀態上求其合於‘玄’的意味，實即求其合於藝術形態的意味，於是玄學完全成爲生活藝術化的活動了。”《精神》頁九〇。

【彙評】

劉辰翁曰：“是謝公語，别。”
凌濛初曰：“作《世説》亦然。”

王東亭到桓公吏，既伏閤下〔1〕，桓令人竊取其白事。東亭即於閤下更作，無復向一字〔2〕。《續晉陽秋》曰：“珣學涉通敏，文高當世。”

○“王東亭”至“向一字”

“到桓公吏”，朱城曰：“吏，官府。‘到桓公吏’，猶言到桓公辦事的府上。《後漢書·董卓傳》：‘乃悉分與吏兵。’‘吏兵’即官軍，官府裏的軍隊。《三國志·吳志·丁奉傳》：‘丁奉雖不能吏書，而計略過人。’‘吏書’即官府裏的文書。”《雜釋》。

“伏閤下”，胡三省曰：“伏閤者，伏閤門下奏事，閤門使以聞。”《通鑒·後晉紀四》注。○程炎震曰：“《宋書》五十一《宗室傳》：劉襲在郢州，暑月露幃上聽事，綱紀正伏閤，怪之，訪問乃知。”○楊勇曰：“伏閤下，即‘伏閤’，即供事於閤。‘下’字無義，即指其地是也。”○吳金華曰：“《説文解字》人部：‘伏，司也。’段玉裁注云：‘司者，臣司事於外者也。司，今之伺字。凡有所司者，必專守之。伏伺即服事也。’本文的‘伏閤下’，宜理解爲服事於閤中。”《考釋》頁八〇。

“竊取其白事”，梁永昌曰：“‘白事’猶言報告書。”《雜記》。

“無復向一字”，劉應登曰：“謂一字不犯前本。”○徐震堮曰：“向，方纔、

〔1〕 “閤下”，董刻本“閤”作“閣”，下同。朱鑄禹曰：“‘閤’袁本作‘閣’。”
〔2〕 “向一字”，余嘉錫曰：“‘向’，《北堂書鈔》六十九引作‘同’。”

以前。”《簡釋》。

桓宣武北征，《溫別傳》曰：“溫以太和四年上疏自征鮮卑。”袁虎時從[1]，被責免官。會須露布文，喚袁倚馬前令作[2]。手不輟筆，俄得七紙，殊可觀[3]。東亭在側，極歎其才。袁虎云：“當令齒舌間得利。”

○“桓宣武”至“馬前令作”

“北征”，秦士鉉曰：“《通鑒》：大和四年四月，大司馬溫伐燕，戰于枋頭，不利而還。”

“袁虎”，姚振宗曰：“袁虎，宏小字。東亭，王珣也。”《考證》卷三十九。

“被責免官”，田中頤曰：“與‘利’字照。”○余嘉錫曰：“宏蓋以對王衍事失溫意，遂致被責。”

“會須”，大典顯常曰：“須，用也。”○田中頤曰：“須，需也。”

“露布文”，封演曰：“露布，捷書之別名也。諸軍破賊，則以帛書建諸竿上，兵部謂之露布。蓋自漢已來有其名。所以名‘露布’者，謂不封檢，露而宣布，欲四方速知。亦謂之露版。”《封氏聞見記》卷四。○趙令時曰：“露布，人多用之，亦不知其始。《春秋佐助期》曰：‘武露布，文露沈。’宋均云：‘甘露見其國。布，散者。人上武文采者，則甘露沈重。’”《侯鯖錄》卷三。○洪邁曰：“用兵獲勝，則上其功狀於朝，謂之露布。”《容齋四筆》卷十。○劉辰翁曰：“謂露布流傳，須剪裁瀏亮可稱頌。”○方以智曰：“露布，露封也。軍中報捷露版不封，欲其宣布耳。王緘曳布，可笑矣。于文定，但專以爲捷狀，縣之漆竿，亦未盡也。按凡露封者皆曰露

---

[1] “袁虎時從”，趙西陸曰：“宋本《御覽》五九七引作‘時袁虎從’。”
[2] “令作”，王叔岷曰：“《書鈔》九八引‘令’作‘命’，義同。”
[3] “殊可觀”，董刻本、沈校本“殊”作“絕”。王叔岷曰：“《書鈔》九八、《御覽》五九七引‘絕’並作‘殊’，蓋袁本所本。‘絕’‘殊’同義。”

布。光武以鮑昱爲司隸，怪當司徒露布。《李雲傳》：‘乃露布上［書］，移副三府。’《東觀書》：‘有司奏孝順，號曰敬宗露布，奏可。’《獻帝春秋》曰：‘荀彧卒於壽春。壽春亡者告孫權，言曹操欲荀彧殺伏后，彧不從，故自殺。孫權露布于蜀魏，改元景初，詔曰司徒露布，咸使聞知。’蜀建興五年，詔曰丞相其露布天下。唐則載爲門下省之典制矣。《文章緣起》言露布始于蜀，誤也。其引‘文露沉，武露布’以解此者，更支。”《通雅》卷三十一。○袁枚曰：“今人以露布爲告凱旋之文，誤也。按《後漢書》：‘中元元年拜鮑昱爲司隸校尉，詔昱詣尚書，使封胡降檄。光武遣小黃門問昱有所怪否，曰：臣聞故事通官文書不著姓，又當司徒露布，怪使司隸下書而著姓也。帝報曰：吾欲使天下知忠臣之子復爲司隸也。’注：‘漢制書璽封，尚書令重封，惟赦贖令司徒印露布州郡云云。’是露布非專爲武功設也。後世以武功成爲夸耀，遂專以露布爲奏凱之文。魏人笑王肅獲三家村賊，亦復虛曳長縑，高張絹素，是矣。或曰：《春秋元命苞》‘文露沉，武露布’，奏凱之文名露布，義取諸此。”《隨園隨筆》卷十七。○趙翼曰：“《三國志·王肅傳》注引《世語》：‘馬超反，劫賈洪作露布。鍾繇識其文，曰：此賈洪作也。’《文章緣起》引此爲露布之始。然‘露布’之名，漢已有之，但非專用於軍旅耳。自賈洪作此討曹操後，遂專用於軍事，如《世說》桓溫北征，令袁宏倚馬作露布，手不停筆，俄成七紙是也。”《陔餘叢考》卷二十一。○桃井白鹿曰：“露布，以恢書獲捷之狀，後用帛。《文心雕龍》：‘露板不封，布諸視聽也。’《續博物志》：‘露布，捷書別名，以帛書揭之於竿，欲天下知聞也。’”○王叔岷曰：“《御覽》五九七引《文心雕龍》云：‘露布者，蓋露板不封，布諸視聽也。’（《容齋四筆》十‘視’作‘觀’。）見《檄移篇》，今本有脫文。”

“馬前令作”，田中頤曰：“事急。”

○“手不輟筆”至“齒舌間得利”

“七紙”，江藍生曰：“‘紙’本爲名詞，六朝時以之作文書的量詞，相當於‘張’。”《彙釋》頁二七〇。

“殊可觀”，田中頤曰：“供用有餘。”

“當令齒舌間得利”，劉應登曰：“謂文須利口也。”○王世懋曰：“按此語最深，難解。言袁有此才而官不利，徒得東亭歡賞，齒舌間得利而已，何益於事。”秦士鉉按曰：“據此，則‘當’作‘徒’乃通。”朱鑄禹曰：“劉應登曰：‘王批固明，雖然，才寧獨以官爲利耶？正難得知己賞識耳。一言贊歎，重於九遷。袁是欣語，非憤語。言‘當令’，亦是自信語，非不足語。'"按所引必非劉應登説，不知所本。○大典顯常曰："言使我露官祿，則才益得展也。如王解則'當'字不通。"○平賀房父曰："言我才止於齒舌見稱譽。怨黜免之辭也。"○淇園曰："言凡作文者，當令其讀之者齒舌間得流利無滯。"○田中頤曰："言我文未足起人，故被責退。今得東亭歡賞，則知我作文之力，當令我藉其人齒舌言語之力，其間復得就利祿也。"○范子燁曰："袁氏之意是誇耀其露布文之出色，雖無益於己，卻有益於人，令讀者於口舌間得到美好的藝術享受。"《研究》頁二二〇。○張萬起曰："意同'牙後慧'，都是'齒牙餘論'義，即以言語褒獎恩惠於人。袁虎時被免冠，故發此論。"

○注"溫別傳曰"

"自征鮮卑"，秦士鉉曰："鮮卑，燕也，都鄴，姓慕容氏，東胡之支也。初依鮮卑山，因號焉。"

【彙評】

王世懋曰："自古文人同恨。"

97

袁宏始作《東征賦》，都不道陶公。胡奴誘之狹室中，臨以白刃，胡奴，陶範。別見。曰："先公勳業如是！君作《東征賦》，云何相忽略？"宏窘蹙無計，便答："我大道公[1]，何以云無？"因誦曰："精金百鍊[2]，在割能斷。功則治人[3]，職思靖亂[4]。長沙之勳，爲史所

<hr />

〔1〕"大道公"，桃井白鹿曰："《晉書》'公'上有'尊'字，尊公，稱人父之詞。"
〔2〕"精金百鍊"，李詳曰："《晉書·宏傳》'鍊'作'汰'。"徐震堮《札記》曰："《晉書》本傳作'精金百汰'。"
〔3〕"功則治人"，徐震堮《札記》曰："（《晉書》本傳作）'功以濟時'。"楊勇曰："《晉書·袁宏傳》作'功以濟時'，《御覽》五八七作'功以治人'。"王叔岷曰："《御覽》五八七引'人'作'民'。唐人諱'民'爲'人'，《御覽》復其舊耳。"
〔4〕"靖亂"，王叔岷曰："（《御覽》五八七）'靖'作'静'，'靖''静'古通。"

讚。"《續晉陽秋》曰："宏爲大司馬記室參軍,後爲《東征賦》[1],悉稱過江諸名望。時桓温在南州,宏語衆云:'我決不及桓宣城[2]。'時伏滔在温府,與宏善,苦諫之,宏笑而不答。滔密以啟温,温甚忿,以宏一時文宗,又聞此賦有聲,不欲令人顯聞之[3]。後遊青山飲酌,既歸,公命宏同載,衆爲危懼。行數里,問宏曰:'聞君作《東征賦》,多稱先賢,何故不及家君?'宏答曰:'尊公稱謂,自非下官所敢專,故未呈啟[4],不敢顯之耳。'温乃云:'君欲爲何辭?'宏即答云:'風鑒散朗,或搜或引。身雖可亡,道不可隕。則宣城之節,信爲允也[5]。'温泫然而止。"二説不同,故詳載焉。

○"袁宏始作"至"爲史所讚"

"不道陶公",秦士鉉曰:"陶公,侃也。封長沙郡公。"

"臨以白刃",田中頤曰:"逼亦甚。"

"云何相忽略",張永言曰:"云何,爲何,如何。"《辭典》頁五六九。○張萬起曰:"云何,問原因,相當於'爲甚么'。"《詞典》頁七六。

"因誦曰",田中頤曰:"已下即窘蹙中隨口而成者,足以可想平素之文思。"

"精金百鍊"二句,田中頤曰:"二句言忠心堅固,屢歷危艱。"

"功則治人"二句,田中頤曰:"二句言才兼文武,功勞並大。"

---

[1] "後爲",董刻本"後"作"復"。王利器曰:"各本'復'作'後',是。《晉書·文苑·袁宏傳》亦作'後'。"

[2] "桓宣城",楊勇曰:"宋本作'桓宣武'。按《晉書·桓彝傳》:'補宣城內史,在郡有惠政,爲百姓所懷。'作'宣城'是,下同。"

[3] "顯聞",董刻本"聞"作"問"。

[4] "呈啟",《晉書·袁宏傳》"呈"作"遑"。王叔岷曰:"《御覽》五八七亦作'遑'。'呈'蓋'皇'之壞字,'皇''遑'古通。"

[5] "則宣城之節信爲允也",李詳曰:"《晉書·宏傳》作'信義爲允'。考宏此效左思《魏都賦》'軍容弗犯'以下四段句法,左賦每段末語'自解紛'、'若蘭芬'、'有令聞'句皆三字,與上合韻,加'也'字爲助詞。唐修《晉書》不知其模擬所出,誤添'義'字,非是。"劉盼遂曰:"'允'與上文'引''隕'爲韻,當爲一四字句。《晉書·袁宏傳》作'宣城之節,信義爲允'是也。當據以訂正。"徐震堮《札記》曰:"(《晉書》)本傳無'則'字,'信'下有'義'字。"吳金華《考釋》曰:"'信爲允也'不宜輒改爲'信義爲允'。清人嚴可均《全晉文》卷五七作'則宣城之節,信義爲允',前半句取宋本《世説新語》,後半句據《晉書》,可謂不倫不類。從品題的內容來看,讚美桓彝而強調'節'字,最爲得體。如果改作'信義爲允',那麽評讚的重點就是'信義'。可是爲朝廷效死屬於忠貞大節,'信義'二字並不足以當之。從句法形式上看,李氏認爲'則宣城之節信爲允也'是模擬左賦的句型,其説較爲可取。"頁八二至八三。龔斌曰:"李説謂袁宏效左思《魏都賦》之句法,似嫌證據不足。"

"長沙之勳"二句,岡白駒曰:"侃平王敦、蘇峻,以功封長沙郡公。"○田中頤曰:"二句言名聲施及,史可以徵。"

○注"續晉陽秋曰"

"過江諸名望",恩田仲任曰:"名,名譽。《正字通》曰:'名聞于人曰聞,爲人所仰者曰望。'"

"桓宣城",岡白駒曰:"桓彝,字茂叔,爲宣城內史,溫之父也。蘇峻反時,彝起兵赴難,遂死節。"

"文宗",恩田仲任曰:"宗是宗之爲法。"○秦士鉉曰:"文章宗匠。"

"後遊青山",恩田仲任曰:"《歷朝綱鑒》注曰:'青山磯在武昌府城北。'"○楊勇曰:"《輿地紀勝》一八:青山在當塗縣東南三十里。"

"下官",秦士鉉曰:"謙詞,對上官稱之。"

"或搜或引",秦士鉉曰:"即風鑒之事。謂搜索引用名士也。"

"二説不同",程炎震曰:"今《晉書》並採二説。孫淵如《續古文苑》曰:'皆非宏初本所有。'"○余嘉錫曰:"孝標之意,蓋疑不道陶公與不及桓彝即爲一事,而傳聞異辭。今《晉書·文苑·宏傳》則兩事並載,嘉錫以爲二者宜皆有之。"

【彙評】

焦袁熹曰:"史臣歎其《東征》一賦,才亞潘陸,豈足表其風概乎?宏作《東征賦》,不及陶、桓,幾殺其軀,窘急用智,僅而獲免。大抵爲文章者,將以垂後世之名,多不免一時之患,狐貂之毛,維躬之賊,亦足傷也。然官爵可辭,榮利可淡,竟不能廢翰墨之功,甘同草木腐朽,庶幾千載而下,有以亮其本懷云耳。"《此木軒雜著》卷一。

余嘉錫曰:"陶侃爲庾亮所忌,於其身後奏廢其子夏,又殺其子稱,由是陶氏不顯於晉。當宏作賦時,陶氏式微已甚。其孫雖嗣爵,而名宦不達。陶範雖存,復不爲名氏所與。觀《方正篇》載王脩齡卻陶胡奴米,厭惡之情可見。非必胡奴之爲人果得罪於清議也,直以其家出寒門,擯之不以爲氣類,以示流品之嚴而已。宏之不道陶公,亦猶是耳。至於桓溫,固是老兵,然生殺在手,宏安敢違忤取禍?其初所以宣言不及桓宣城者,蓋腹稿已成,欲激溫發問,因而獻諛,以感動之耳。"

　　或問顧長康："君《箏賦》何如嵇康《琴賦》？"顧曰："不賞者，作後出相遺。深識者，亦以高奇見貴。"

《中興書》曰："愷之博學有才氣[1]，爲人遲鈍而自矜尚，爲時所笑。"宋明帝《文章志》曰："桓溫云：'顧長康體中癡黠各半，合而論之，正平平耳。'世云有三絕，畫絕、文絕、癡絕[2]。"《續晉陽秋》曰："愷之矜伐過實，諸年少因相稱譽，以爲戲弄。爲散騎常侍，與謝瞻連省，夜於月下長詠，自云得先賢風制，瞻每遙贊之。愷之得此，彌自力忘倦。瞻將眠，語搥腳人令代[3]，愷之不覺有異，遂幾申旦而後止[4]。"

　　○"或問顧長康"至"高奇見貴"

　　"君箏賦何如嵇康琴賦"，田中頤曰："此蓋或心輕顧，但以箏琴相類，'康''康'又同，戲弄問之也。"○吳士鑑曰："《類聚》四十四、《初學記》十六均引《箏賦》，文曰：'其器也，則端方修直，天隆地平，華文素質，爛蔚波成。君子嘉其斌麗，知音偉其含清。罄虛中以揚德，正律度而儀形。良工加妙，輕縟璘彬。玄漆緘響，慶雲被身。'《輯注》卷九十二。"

　　"作後出相遺"，岡白駒曰："以其後於嵇出，遺棄之。"○龔斌曰："'後出'者，謂今人所作也；賤近而不賞，是謂'相遺'。"

　　"亦以高奇見貴"，田中頤曰："此顧心惡其戲，因言不識者或賤之，然識者必貴重，且子試問乎其心將如何也。"○王叔岷曰："'作''亦'互文，並猶'則'也。《詩·大雅·文王》：'儀刑文王，萬邦作孚。''作'亦與'則'同義。《史記·秦本紀》：'使鬼爲之，則勞神矣；使人爲之，亦苦民矣。''則''亦'互文，'亦'猶'則'也。"○張萬起曰："見貴，等於'貴之'。"

---

[1] "愷之"，董刻本"愷"作"凱"。王利器曰："各本'凱'作'愷'，是。《晉書·文苑傳》亦作'愷'。"王叔岷曰："'凱''愷'古通。宋曾集本《陶淵明詩四時》一首，注云：'此顧凱之《神情詩》。'作'凱之'，與此宋本同。"

[2] "畫絕文絕癡絕"，大典顯常《集成》曰："'文'一作'才'。"徐震堮《札記》曰："《晉書》本傳作'才絕、畫絕、癡絕'。"

[3] "搥腳"，董刻本"搥"作"槌"。秦士鉉曰："'槌'與'搥'同，擊也。"

[4] "申旦"，董刻本"旦"作"之"。王利器曰："各本'之'作'旦'，是。"

○注“中興書曰”至“申旦而後止”

“癡黠各半”，秦士鉉曰：“《方言》：‘黠，慧也。趙魏之間謂之黠。’”

“平平”，秦士鉉曰：“常常也。”

“先賢風制”，秦士鉉曰：“風制，風雅制作也。”

“語搥腳人令代”，桃井白鹿曰：“搥腳，猶搥足也。白居易詩：‘小奴搥我足，小婢搥我背。’”○平賀房父曰：“使搥腳人代己與愷之語。愷之不知語音之異，以爲瞻語，至申旦。”

【彙評】

凌濛初曰：“‘後出相遺’，人人然，古亦然，今亦然。”

鍾惺曰：“涉世如此四字便是妙用。”評注宋明帝《文章志》“癡黠各半”。○曰：“長康豈易戲弄，恐仍是諸年少心粗。”評注《續晉陽秋》“諸年少因相稱譽”二句。

田中頤曰：“自許居高。”

99

殷仲文天才宏贍[1]，《續晉陽秋》曰：“仲文雅有才藻，著文數十篇。”而讀書不甚廣，博亮歎曰[2]：亮別見。“若使殷仲文讀書半袁豹，丘淵之《文章敍》曰：“豹字士蔚，陳郡人。祖耽，歷陽太守。父質，琅邪内史。豹隆安中著作佐郎，累遷太尉長史、丹陽尹。義熙九年卒。”才不減班固。”《續漢書》曰：“固字孟堅，右扶風人。幼有儁才，學無常師，善屬文，經傳無不究覽。”

---

〔1〕“宏贍”，董刻本“贍”作“瞻”。楊勇曰：“宋本作‘瞻’，非。”
〔2〕“博亮”，王世懋曰：“‘傅’字訛爲‘博’，以就上文。今改正爲‘傅’。”凌濛初曰：“‘傅’字從原本耳，敬美説自是。”李慈銘曰：“此稱‘亮’者，不知何人。據注‘亮別見’之文，疑上文‘博’字當是‘傅’字，謂傅亮也。此上當以‘廣’字讀句。傅亮見卷中《識鑒篇》注。各本皆誤。”程炎震曰：“‘博’當作‘傅’，謂傅亮也。《晉書》以爲謝靈運語，亦同時人。”徐震堮《札記》曰：“‘亮’不知何指，《晉書》本傳作‘謝靈運’。”王利器曰：“‘博’當作‘傅’，各本皆誤。”

○ “殷仲文”至“不減班固”

“博亮歟曰”，參見校文。劉應登曰：“亮，庾亮。”○田中頤曰：“歟，惜之。”

“若使殷仲文”二句，楊慎曰：“郭頒《世語》云：‘殷仲文讀書半袁豹，則筆端不減陸士衡。’蓋惜其有才而寡學也。”《丹鉛餘録》卷十八。○李慈銘曰：“《晉書·殷仲文傳》作謝靈運語。”《簡端記》。○余嘉錫曰：“《晉書·仲文傳》作謝靈運語，且云‘言其文多而見書少也’，與此不同。”○趙西陸曰：“唐寫本《文選集注》殘卷江文通《雜體詩·擬殷東陽》引《雜説》云：‘謝靈運謂仲文曰：若讀書半袁豹，則文史不減班固。’”○龔斌曰：“從殷、傅、謝三人行事及年歲考之，出於傅亮或許更接近真實。仲文、傅亮以文才同仕桓玄，而此時靈運尚未入仕。”

100

　　羊孚作《雪贊》云：“資清以化，乘氣以霏。遇象能鮮，即潔成輝。”桓胤遂以書扇[1]。《中興書》口：“胤字茂祖[2]，譙國人。祖沖，太尉。父嗣，江州刺史。胤少有清操，以恬退見稱，仕至中書令。玄敗，徙安成郡[3]，後見誅。”

○ “羊孚作”至“遂以書扇”

“資清以化”二句，田中頤曰：“謂雪其性，資水之清以化成，既而駕馭六氣以飛動。此二句言其出處。”

“遇象能鮮”，岡白駒曰：“謂雪之所敷，高低委曲，其象鮮明也。謝惠連《雪賦》：‘值物賦象，任地班形。’義亦與此同。”○淇園曰：“遇象，謂遇山之皴紋、阪阜之屈曲也。”○田中頤曰：“謂萬物遇之，其大小長短之形象因此能

---

[1] “桓胤”，程炎震曰：“《御覽》五百八十八《讚門》引‘胤’作‘伊’，誤。”

[2] “茂祖”，《晉書》作“茂遠”，《世説補》同，天保手批曰：“‘遠’一作‘祖’。”楊勇曰：“‘茂遠’宋本作‘茂祖’，非。今依《晉書·桓胤傳》及汪藻《桓氏譜》。”

[3] “安成”，楊勇曰：“《晉書·桓胤傳》作‘新城’，未知孰是。”

得鮮明。此句比智。”

“即潔成輝”，大典顯常曰：“言隨物之象，皆成鮮色；即物之潔，更發光輝也。”《撮補》。○平賀房父曰：“象、潔，皆指雪。”○淇園曰：“即潔，謂即白物之上也。”○田中頤曰：“謂萬物就之，其汙穢醜惡者，一歸於潔，皆成光輝。此句比德。”

　　○注“中興書曰”

“後見誅”，秦士鉉曰：“殷仲文等謀反，欲立胤爲桓玄之嗣，事覺伏誅。”

【彙評】

劉辰翁曰：“未造理所。”
田中頤曰：“詠物意遠。”

101

　　王孝伯在京，行散至其弟王睹户前[1]，睹[2]，王爽小字也。《中興書》曰：“爽字季明，恭第四弟也。仕至侍中，恭事敗，贈太常[3]。”問：“古詩中何句爲最？”睹思未答。孝伯詠：“‘所遇無故物，焉得不速老’，此句爲佳。”

　　○“王孝伯”至“此句爲佳”

“王孝伯在京”，趙西陸曰：“京謂京口。太元十五年二月，王恭爲前將軍，

─────────────────

[1] “王睹”，董刻本、沈校本、何焯校“睹”作“睹”，下同。楊勇曰：“宋本作‘睹’，非。今依汪《譜》。”
[2] “睹”，何焯曰：“一注‘睹’上有‘王氏譜敘曰’五字，小字也。”
[3] “恭事敗贈太常”，劉辰翁曰：“‘事敗’下似落一‘誅’字。”岡白駒曰：“王恭事敗，爽亦就刑。劉辰翁云‘事敗’下落一‘誅’字，是也。”桃井白鹿曰：“‘敗’下當有‘誅’字，《晉書》：‘王恭事敗，爽亦被誅。及桓玄執政，上表理恭，詔恭贈侍中太保，爽贈太常。’”大典顯常曰：“據《晉書·王恭傳》中，當作‘恭事敗，被誅，後贈太常’。”秦士鉉曰：“‘贈’上落一‘後’字。”李慈銘曰：“‘事敗’下當有‘被誅’二字。”程炎震曰：“《晉書·爽傳》云：‘恭敗，被誅。’《王恭傳》云：‘及玄執政，爽贈太常。’此注有脫文。”楊勇曰：“‘恭事敗’下，《晉書·王恭傳》有‘及玄執政詔’五字。”

648

青兗二州刺史，鎮京口。見《晉書·孝武紀》及恭傳。”

“行散至其弟王睹户前”，王世懋曰：“散是五石散，行散，行藥也。”○凌濛初曰：“鮑明遠《行藥至城東橋》詩注：‘因疾服藥，行而宣導之。’行散亦是此解。前殷顗已有此，後復見王恭。”

“所遇無故物”二句，淇園曰：“此二句其事含造化消息之機，而語又有感慨，是以爲古詩句中之最也。”○田中頤曰：“所舉古詩句，即是出家至户行散中真景所得。詩意可愁可悲，而又忽然悟得，樂亦有餘也。”○徐震堮曰：“乃《文選·古詩十九首》‘驅車駕言邁’一詩中句。”

【彙評】

陳夢槐曰：“此亦孝伯感歆所在，便覺此句爲佳，遂詠而出之，自不待答睹思何爲。”

田中頤曰：“亦唯實境所觸，是以爲佳耳。”

張萬起曰：“魏晉士人服藥的目的是延年益壽，長生不老，然而行散中仍有‘所遇無故物，焉得不速老’之歎。此與桓温慨歎‘木猶如此，人何以堪’一樣，反映了當時士人在面對社會動盪、感嘆人生短暫的心態。”

蔣凡曰：“服藥之行散與古詩之吟哦，就在這裏重疊成了一個意義相通的完整的畫面。強烈的生命意識、悲劇意識與及時行樂的抗爭意識就成了且行且吟的底色，也就是服藥之風深層次心理狀態的形象表達。”

102

　　桓玄嘗登江陵城南樓[1]，云[2]：“我今欲爲王孝伯作誄。”因吟嘯良久[3]，隨而下筆。一坐之間，誄以之

[1] “嘗登”，楊勇曰：“‘嘗’宋本作‘常’，古通用。”
[2] “云”，王叔岷曰：《諸宮舊事》五‘云’作‘曰’，上有‘謂坐客’三字。”
[3] “吟嘯”，王叔岷曰：“(《諸宮舊事》五)‘吟嘯’作‘沈吟’。《古詩》：‘馳情整中帶，沈吟聊躑躅。’曹操《短歌行》：‘但爲君故，沈吟至今。’”

成。《晉安帝紀》曰：“玄文翰之美，高於一世。”玄集載其《誄敘》曰：“隆安二年九月十七日，前將軍青、兗二州刺史太原王孝伯薨。川岳降神，哲人是育。既爽其靈，不貽其福。天道茫昧，孰測倚伏？犬馬反噬，豺狼翹陸。嶺摧高梧，林殘故竹[1]。人之云亡，邦國喪牧。于以誄之，爰旌芳郁。”文多不盡載[2]。

○“桓玄嘗登”至“誄以之成”

“爲王孝伯作誄”，劉應登曰：“王恭爲司馬道子所害，桓玄復殺道子。”王世懋按曰：“此等亦須注邪？”○淇園曰：“其文欲得其規摹弘遠，故登樓望曠闊之次作之。”○田中頤曰：“桓意謂唯有高遠之氣，可以成斯人之文，因登此樓云云。”

“吟嘯良久”，淇園曰：“即以景致合諸其文思之工夫。”○田中頤曰：“以其山水，參考其文思也。”

“一坐之間”二句，吳金華曰：“‘間’猶言‘頃’，表示很短的一段時間。”《考釋》頁八四。○楊勇曰：“間，頃也，際也。《賞譽》‘至於理會之間’，《品藻》‘第一將盡之間’，《棲逸》注‘富貴俯仰間’，《簡傲》‘將西之間’，同。”

○注“玄集載其誄敘曰”

“玄集”，沈家本曰：“《隋志》：‘晉桓玄集二十卷。’二《唐志》同。此注所引《王孝伯誄》。”《古書目》卷五。○葉德輝曰：“《隋志》題‘桓玄集二十卷’。”《書目》。

“川岳降神”，大典顯常曰：“《詩》：‘維嶽降神，生甫及申。’”《集成》。○恩田仲任曰：“言名川名山清淑氣生賢哲之人也。”

“孰測倚伏”，桃井白鹿曰：“《老子》：‘禍兮福所倚，福兮禍所伏，孰知其極。’”○大典顯常曰：“賈誼《鵬鳥賦》：‘禍兮福所倚，福兮禍所伏。’”

“犬馬反噬”，恩田仲任曰：“反噬，喻反逆也。”○秦士鉉曰：“王恭以劉牢之爲將，甲兵悉配之。牢之反，襲恭，恭敗死。‘反噬’指此。”

---

[1]　“故竹”，董刻本“故”作“松”。
[2]　“文多不盡載”，楊勇曰：“宋本作‘文多不載書’，袁本作‘文多不盡載’，沈校作‘文多不載’。今依袁本。”朱鑄禹曰：“沈校本無‘書’字，是。”

"豺狼翹陸"，桃井白鹿曰："《莊子·馬蹄》：'翹足而陸。'司馬注：'陸，跳也。'"○秦士鉉曰："此謂跋扈也。"○朱鑄禹曰："此言豺狼舉足登陸，意指劉牢之等之跋扈。"○龔斌曰："此句指司馬道子。"

"人之云亡"二句，秦士鉉曰："《詩經》：'人之云亡，邦國殄瘁。'"

"芳郁"，秦士鉉曰："德馨名譽也。"

【彙評】

劉應登曰："史稱玄文翰之美，高於一世，信然。"

劉辰翁曰："此何難至？粗遣而已。"按《批補》作"誄文亦粗遣而已"。

陳夢槐曰："登高望遠，長懷自來，忽爾曰我今欲爲作誄，無問音辭亮直，寫得意氣慷慨。"

103

桓玄初并西夏，領荊、江二州[1]，二府·國。《玄別傳》曰："玄既克殷仲堪，後楊佺期[2]，遣使諷朝廷，朝廷以玄都督八州，領江州、荊州二刺史。"于時始雪，五處俱賀，五版並入。玄在聽事上[3]，版至即答版後，皆粲然成章，不相揉雜。

○"桓玄初並"至"二府一國"

"西夏"，胡三省曰："江左六朝以荊、楚爲西夏。"《通鑑·宋紀六》注。○大典顯常曰："西晉時有南夏、東夏之稱，則此所謂西夏，指荊雍梁益之地爾。"《撮

---

[1] "領荊"，董刻本"領"作"嶺"。王利器曰："各本'嶺'作'領'，是。"
[2] "後楊佺期"，何焯曰："'後'當作'殺'。"李慈銘曰："'後'字誤，當作'破'或作'獲'。"程炎震曰："'後'字誤，或是'殺'字。"王利器曰："'後'當移在'期'字下。"楊勇曰："'後'字當屬下句爲通。"朱鑄禹曰："據《晉書·桓玄傳》，'後'當作'殺'。"又，董刻本"楊"作"揚"，王利器曰："各本'揚'作'楊'，是。"
[3] "聽事"，董刻本、元刻本"聽"作"廳"。

補》。○徐震堮曰：“此類稱謂，本屬泛指，故隨時而異。《束皙傳》：‘秦昭王以三日置酒河曲，見金人奉水心之劍曰：今君封有西夏，乃霸諸侯。’則亦可用以稱雍梁。《姚興載記》‘西夏有焚如之禍’，又以稱涼州。”

“領荊江二州”，程炎震曰：“隆安三年十二月，桓玄襲江陵。荊州刺史殷仲堪、南蠻校尉楊佺期並遇害。蓋玄以南郡公爲廣州，并殷得荊州，并楊得雍州，又爭得桓脩之江州，故有五處並賀之事。此注未晰。”按洪頤煊《諸史考異》卷二曰：“時佺期並不爲南蠻校尉，爲南蠻校尉者桓偉也。”

“二府一國”，恩田仲任曰：“二府，後將軍、都督。一國，桓溫封南郡公，溫卒，玄襲封。”○王利器曰：“二府指後將軍和都督，一國指襲封南郡公。”○徐震堮曰：“二府，謂八州都督及後將軍。一國者，溫終，以玄爲嗣，襲爵南郡公也。”

○“于時始雪”至“不相揉雜”

“五處俱賀”，秦士鉉曰：“蓋二州州官屬，二州府官屬，及南郡官屬，謂之五處。州官理民，府官理戎。”

“五版並入”，劉應登曰：“謂答賀雪之版。”○岡白駒曰：“版，謂賀章也。”○徐震堮曰：“版，簡牘也。五板謂二州二府一國五處賀牋。”

“版至即答版後”，田中頤曰：“後，謂背也。敏給。”

“不相揉雜”，田中頤曰：“揉，與‘撓’同，擾也。此謂其答之文，每州府國皆各得體裁也。”○王叔岷曰：“‘揉雜’猶‘雜糅’，複語。”

○注“玄別傳曰”

“克殷仲堪”，大典顯常曰：“晉安帝隆安二年，王恭、桓玄、殷仲堪、楊佺期起兵，上表請討王愉、司馬尚之兄弟。既而王恭敗死，朝廷以玄爲江州刺史，佺期爲雍州刺史，黜仲堪爲廣州刺史，後復以荊州還仲堪。既而三人嫌惡，玄遂殺二人。詔桓玄都督荊江八州軍事、荊江州刺史。”

“都督八州”，陳殷曰：“《筌蹄》云：先都督荊、湘、雍、秦、梁、益、寧，又固求江州，遂督八州。”《點注》卷四。

104

桓玄下都，羊孚時爲兗州別駕，從京來詣門，牋云：
"自頃世故睽離，心事淪薀[1]。明公啟晨光於積晦，澄
百流以一源。"桓見牋，馳喚前，云："子道，子道，來
何遲？"即用爲記室參軍。孟昶別見。爲劉牢之主簿，《續晉
陽秋》曰："牢之字道堅，彭城人，世以將顯。父遁[2]，征虜將軍。牢之沈毅
多計數，爲謝玄參軍。符堅之役，以驍猛成功。及平王恭，轉徐州刺史。桓玄下
都，以牢之爲前鋒，行征西將軍。玄至歸降，用爲會稽內史。欲解其兵，奔而縊
死。"詣門謝，見云："羊侯，羊侯，百口賴卿！"

○"桓玄下都"至"百口賴卿"

"下都"，程炎震曰："元興元年三月，桓玄入京師。"

"從京來詣門"，方一新曰："據《晉書·地理志》'兗州'載：'遺黎南渡，
元帝僑置兗州，寄居京口。'故東晉時兗州治所附屬京口，'從京來詣門'言從
京口來詣門。"《校釋札記》。

"自頃"，劉淇曰："此'頃'字，猶云近來也。'頃'不訓'近'，因'少
頃''俄頃'之義，省而通耳。"《辨略》卷三。

"淪薀"，博古堂墨批曰："薀，積也。"○楊勇曰："'薀''蘊'古字通用，
爲滯積畜聚之義。《家語·入官》'道化流而不蘊'，《傷逝篇》'中心蘊結'，意與
此同。"○王叔岷曰："'綸''淪'古通。《史記·司馬相如列傳》'紛綸威蕤'，
《索隱》引胡廣曰：'綸，沒也。'即以'綸'爲'淪'。（《說文》：'淪，一曰沒
也。'）《易·繫辭》：'故能彌綸天地之道。'《釋文》引王肅注：'綸，纏裹也。'
'纏裹'與'淪積'義近。《說文》：'薀，積也。《春秋傳》曰：薀利生孽。'今本
《左》昭十年《傳》'薀'作'蘊'，'薀''蘊'，正、俗字。"○蕭艾曰："淪薀

---

[1] "淪薀"，董刻本"淪"作"綸"。楊勇曰："各本作'淪薀'。按'薀''蘊'古字通用。"王叔岷
曰："此當從宋本作'綸'。《說文》：'薀，積也。《春秋傳》曰：薀利生孽。'今本《左》昭十年
《傳》'薀'作'蘊'，'薀''蘊'正、俗字。"

[2] "父遁"，李慈銘曰："'遁'當作'建'，《晉書》作'建'。"

謂沉混積結於內，無從表白。"《探幽》頁九四。○吳金華曰："'淪蘊'或作'綸蘊'，或作'蘊淪'，連綿字，可倒置。羊孚所謂'心事淪蘊'，指憂慮國事，而心神不寧，正是當時俗語。"《續稿》。

"於積晦""以一源"，王叔岷曰："'於''以'互文。'以'亦'於'也。《史記·田完世家》：'封以下邳，號曰成侯。'《御覽》五七二引'以'作'於'，即'以''於'同義之證。"

"子道"，徐震堮曰："羊孚字子道。"

"記室參軍"，程炎震曰："玄自稱太尉，此是太尉記室參軍。"

"百口賴卿"，楊勇曰："百口，喻人口衆多也。'百口賴卿'者，猶合族賴卿以生也。"○龔斌曰："孟昶詣羊孚，必在牢之叛降桓玄之後。昶深知玄與牢之同牀異夢，故央求桓玄心腹羊孚保全九族。"

【彙評】

蔣凡曰："'子道，子道，來何遲？'促語疾呼，將桓玄的渴求之心，寫得聲情如繪，很有一些愛才癡情的生動。"

世説新語評注輯存

（中卷）

羊列榮　周興陸　輯纂

文物出版社

方正第五

【題解】

何良俊曰：“《詩·小康篇》曰：‘無縱詭隨，以謹無良。式遏寇虐，憯不畏明。’毛公傳曰：‘詭隨者，詭人之善，而隨人之惡。’鄭氏箋曰：‘王爲政無聽於詭人之善不肯行而隨人之惡者，以此敕慎無善之人，又用此止爲寇虐，曾不畏敬明白之刑罪者。’夫康成之曰‘以此’，曰‘又用此’，是蓋深得詩人之旨矣。至孔穎達正義乃曰：‘惡有大小，詭隨小惡，無良其次，寇虐則大惡也。’非唯不知詩人之旨，抑且並鄭氏之意而失之矣。蓋詭隨寇虐，其惡相因，豈有異也。夫苟國是若定，雖寇虐之人亦何能爲害。唯善惡不分，則寇虐者始恣肆而無所畏忌。一人詭隨，猶可幾也。一國詭隨，而衆論搖矣。乃至於天下詭隨，爲善者將安望哉！故詩人於每章必著詭隨寇虐，蓋三致意焉。其意以爲此詭隨者，迺無善之人。苟一縱之，則根盤芽苗，其勢必至於憪恢罔極，以衆犯政，繾綣而不可解。必無縱而謹之，則無善者始小敢肆，又用是以止寇虐，庶幾不至於作慝敗正，而小康或可冀也。此詩人之意，而孔氏以爲詭隨小惡，夫乃欲芟夷寇虐，而更壅治之耶？嘗讀屈原《卜居篇》曰：‘寧廉潔正直以自清，將突梯滑稽如脂如韋以潔楹。’蓋傷之焉。夫一善之不勝衆詭，明矣。原豈不知卑疵孋趨之足以免禍，寧自沉死而不肯爲。余觀世亦有方正如原者，然皆取禍不旋踵。嗚呼傷哉！此所載，其疾惡似已甚，稍失中，然能使詭隨斂跡，至不得自容，亦良快矣。余故以著之篇云。”《何氏語林》卷十二。〇田中頤曰：“上四篇擬四科，下諸篇不必有次。此謂行事與人分別而正直者也。”〇楊勇曰：“《漢書·董仲舒傳》：‘故舉賢良方正之士，論誼考問。’揚雄《解嘲》：‘策非甲科，行非孝廉，舉非方正。’本篇所載皆骨鯁正直之士之行誼。”〇王叔岷曰：“《管子·形勢解》：‘人主身行方正。’《史記·屈原列傳》：‘屈平疾，方正之不容也。’《儒林列傳》：‘於是招方正賢良文學之士。’”〇張萬起曰：“魏晉是最森嚴的門閥社會，在本篇中對高門望族嚴正地維護門閥制度而矜傲蔑視庶族寒士的内容亦有所表現。”

　　陳太丘與友期行，期日中。過中不至，太丘舍去，去後乃至。元方時年七歲，門外戲。_{陳寔及紀，並已見。}客問元方："尊君在不？"答曰："待君久不至，已去。"友人便怒曰："非人哉！與人期行，相委而去。"元方曰："君與家君期日中。日中不至，則是無信；對子罵父，則是無禮。"友人慚，下車引之。元方入門不顧。

　　○"陳太丘"至"不至已去"

　　"期行"，大典顯常曰："相約同行也。"《撮補》。

　　"太丘舍去"二句，田中頤曰："記明罪在於友。"○秦士鉉曰："期不至，故舍友而獨行。"

　　"時年七歲"，程炎震曰："《古文苑》邯鄲淳撰《陳紀碑》云：'年七十一，建安四年卒。'則七歲是順帝陽嘉四年乙亥，太丘年三十四。"○余嘉錫曰："據《後漢書·陳寔傳》，寔爲司空，黃瓊所辟。始補聞喜長，當在桓帝元嘉以後，寔年已四十餘矣。除太丘長，又在其後。元方七歲時，寔尚未出仕。此稱太丘，蓋追敘之辭。"

　　"尊君在不"，胡三省曰："晉人於人子之前，稱其父爲尊君、尊公。"《通鑒·晉紀二十四》注。○錢大昕曰："稱人之父曰尊公，亦有稱尊君者。《晉書·王述傳》：'此尊君不肯耳。'"《恒言錄》卷三。○靳榮藩曰："《晉書·袁宏傳》有'尊公'，《孫盛傳》有'尊君'，《北齊·高季式傳》有'家君'，近世多用之。"《綠溪語》下卷。○徐震堮曰："稱父曰君，稱人之父曰尊君，自稱其父曰家君。"

　　○"友人便怒"至"入門不顧"

　　"非人"，田中頤曰："非人，言不信也，是友橫怒沒理。"○秦士鉉曰："《易》：'否之匪人。'《莊子》：'未嘗出於非人。'"

　　"相委而去"，崔朝慶曰："委，棄也。"

　　"日中不至"四句，田中頤曰："既訌以不信，又規其無禮，督責至矣。"

“引之”，崔朝慶曰：“引，逗引，大人對小兒示愛撫也。”○楊勇曰：“《禮·檀弓》：‘喪服，兄弟之子猶子也。蓋引而進之也。’鄭注：‘牽引進也，同於己子。’”

“入門不顧”，田中頤曰：“方正。”

【彙評】

王世懋曰：“小兒語故自‘方正’。”
田中頤曰：“不令父辱。”

2

南陽宗世林，魏武同時[1]，而甚薄其爲人，不與之交。及魏武作司空，總朝政，從容問宗曰：“可以交未？”答曰：“松柏之志猶存。”世林既以忤旨見疏，位不配德。文帝兄弟每造其門，皆獨拜牀下，其見禮如此[2]。《楚國先賢傳》曰：“宗承字世林，南陽安衆人。父資，有美譽。承少而修德雅正，确然不群，徵聘不就，聞德而至者如林。魏武弱冠，屢造其門，值賓客猥積，不能得言。乃伺承起，往要之，捉手請交，承拒而不納。帝後爲司空，輔漢朝，乃謂承曰：‘卿昔不顧吾，今可爲交未？’承曰：‘松柏之志猶存[3]。’帝不說[4]，以其名賢，猶敬禮之。勅文帝修子弟禮，就家拜漢中太守。武帝平冀州，從至鄴，陳群等皆爲之拜。帝猶以舊情介意，薄其位而優其禮，就家訪以朝政，居賓客之右。文帝徵爲直諫大夫。明帝欲引以爲相，以老固辭。”

---

〔1〕 “魏武”，程炎震曰：“《御覽》四百十引此條‘魏武’上有‘與’字。”楊勇曰：“‘魏’上，《御覽》四一〇、《廣記》二三五引《世說》皆有‘與’字。”
〔2〕 “世林既以忤旨”五句，程炎震曰：“《御覽》四百十引此條無‘世林既以忤旨’以下數句。”
〔3〕 “猶存”，趙西陸曰：“《御覽》四百十引‘猶’作‘具’，宋本《御覽》作‘甚’。”
〔4〕 “不說”，董刻本“說”作“悅”。

○"南陽宗世林"至"志猶存"

"宗世林"，李詳曰："《晉書・王述傳》稱其曾祖魏司空昶白牋於文帝曰：'昔與南陽宗世林共爲東官屬。世林少得好名，州里瞻敬，及其年老，汲汲自屬，時人共笑之。'此疑是昶愛憎之言。"○程炎震曰："《晉書》七十五《王述傳》述上疏乞骸骨曰：'臣曾祖父魏司空白牋於文皇帝曰云云。'蓋即此人。《御覽》三十七《士部》引宋躬《孝子傳》曰：'宗承字世林，父資喪，葬舊塋，負土作墳，不役僮僕。一夕間土壤高五尺，松生焉。'宗承又見《三國志・魏書》十《荀攸傳》注引《漢末名士録》云：'袁術與南陽宗承會于闕下，術發怒曰："何伯求凶德也，吾當殺之！"承曰："何生英俊之士，足下善遇之，使延令名於天下。"術乃止。'"

"不與之交"，田中頤曰："謂魏武初年，人未見其可惡，而宗獨甚薄之，不相交也。"

"從容問宗"，田中頤曰："'從容'二字，見魏武本頗怨之，而今尚不釋。"

"松柏之志猶存"，田中頤曰："言操心如故不改也。"

○"世林既以"至"見禮如此"

"文帝兄弟"，秦士鉉曰："'文帝'上添'然'字看。"

"獨拜牀下"，徐震堮曰："牀，坐具。今謂之榻。《後漢書・隱逸・龐公傳》注引《襄陽記》亦云：'諸葛孔明每至德公家，獨拜牀下。'"

"其見禮如此"，田中頤曰："謂魏武既以私怨薄其位，又以尚賢優其禮。魏武亦奇人，而所以明宗方正也。"

○注"楚國先賢傳曰"

"父資有美譽"，余嘉錫曰："《後漢書・黨錮傳序》注引謝承書曰：'宗資字叔都，南陽安衆人也。御史中丞、汝南太守，署范滂爲功曹，委任政事，推功於滂，不伐其美。任善之名，聞於海内也。'"

"确然不群"，秦士鉉曰："'確''确'同，堅也。"○博古堂墨批曰："确，競勝負也。"

"徵聘"，秦士鉉曰："謂朝廷以幣帛召隱逸賢者登用之也。"

"賓客猥積"，秦士鉉曰："猥，并雜也。"○徐震堮曰："《漢書・溝洫志》：

'以爲水猥盛則放溢。'注：'猥，多也。'"

"武帝平冀州"，秦士鉉曰："袁紹子尚據冀州，魏武滅之。"

【彙評】

李贄曰："此曹公意也。"《初潭集》卷十九。

陳師曰："按史傳，宗承自少修德雅正，确然不群，人争趨之。魏武弱冠時即造交，不納。後武崇貴，亦執如此。魏武且勅文帝修弟子禮，世林亦恬然受之，豈不兩見高誼哉！"《禪寄筆談》卷四。

鍾惺曰："此處人所難。"評注《楚國先賢傳》"就家拜漢中太守"。○曰："處高士正宜如此。"評注《楚國先賢傳》"居賓客之右"。

余嘉錫曰："宗承少而薄操之爲人，老乃食丕之禄，不願爲漢司空之友，顧甘爲魏皇帝之臣。魏晉人所謂'方正'者，大抵如此。東漢節義之風，其存焉者蓋寡矣。"

3

　　魏文帝受禪，陳群有慼容[1]。帝問曰："朕應天受命，卿何以不樂？"群曰："臣與華歆，服膺先朝，今雖欣聖化，猶義形於色。"華嶠《譜叙》曰："魏受禪，朝臣三公以下，並受爵位。華歆以形色忤時，徙爲司空[2]，不進爵。文帝久不懌，以問尚書令陳群曰：'我應天受命[3]，百辟莫不說喜，形於聲色，而相國及公獨有不怡者，何邪？'群起離席長跪曰：'臣與相國曾事漢朝[4]，心雖說喜，義干其

---

〔1〕"慼容"，趙西陸曰："《蒙求》卷上注引'慼'作'蹙'。"
〔2〕"司空"，程炎震曰："《三國志・魏書》十三《華歆傳》注'空'作'徒'。"徐震堮《札記》曰："'司空'當從《魏志》本傳及注作'司徒'。"趙西陸曰："《魏志・華歆傳》注、《蒙求上》注引'司空'作'司徒'。"方一新《斠詁》曰："曹丕稱帝後，華歆由相國徙爲司徒，而不是司空。"
〔3〕"受命"，趙西陸曰："《蒙求上》注引'命'作'禪'。"
〔4〕"曾事"，趙西陸曰："《蒙求上》注引'曾'作'並'。"

色〔1〕，亦懼陛下，實應見憎。’帝大説，歎息良久，遂重異之。”

○“魏文帝”至“義形於色”

“陳群有慽容”，徐子光曰：“《世説》曰：‘文帝受禪，陳群有慼容。’陳群字長文，潁川許昌人。進司空録尚書事。初，群爲兒時，祖父實常奇異之，謂宗人父老曰：‘此兒必興吾宗。’《博物志》曰：‘太丘長陳實，實子鴻臚卿紀，紀子司空群，群子泰，四世於漢魏並有重名，而其德漸漸小減，時人爲之語曰：公慚卿，卿慚長。’‘慼’或作‘戚’。”《蒙求集注》卷上“陳群慼容”條。○劉應登曰：“陳群，字長文，寔之孫。”

“義形於色”，王利器曰：“案《公羊》桓二年《傳》：‘孔父可謂義形於色矣。’何休注：‘内有其義，而外形見於顔色。’此《世説》所本。”○張萬起曰：“不忘舊主之情流露在臉上。”

○注“華嶠譜敍曰”

“以形色忤時”，姜宸英曰：“登壇相儀之人，豈能嚴色忤時？且《譜》出華民子孫，何足徵信。”梁章鉅《三國志旁證》卷十二引。○何焯曰：“此華嶠之飾辭。歆不恥爲魏相國，又何忤哉？”梁章鉅《三國志旁證》卷十二引。

“實應見憎”，杭世駿曰：“《左》成公十三年‘呂相絶秦’篇：‘狄應且憎。’言狄雖口應秦命而心實憎秦。‘應’讀去聲，作呼應之‘應’解。《國語》‘襄王不許請隧’篇：‘其叔父實應且憎。’言雖受私賞，心且憎惡之。‘應’讀平聲，注訓‘受’也。”《訂訛類編》卷一。○吳金華曰：“‘實應見憎’，諸家無説，其中‘見’字，必爲‘且’字之誤，應據《三國志》卷一三《魏書·華歆傳》注引華嶠《譜敍》校改。‘實應且憎’是古代成語。《國語》卷二《周語》‘其叔父實應且憎’三國吳韋昭注云：‘應，猶受；憎，惡也。’卷一四《晉語》

---

〔1〕“義干其色”，程炎震曰：“《三國志》注‘干’作‘形’。”王利器曰：“蔣校本作‘義形於色’。按《蒙求》注亦作‘義形於色’。作‘義形於色’是。”趙西陸曰：“《蒙求上》注引‘干其’作‘形於’。”徐震堮曰：“《魏書·華歆傳》注引華嶠《譜敍》作‘義形其色’，是。”王叔岷曰：“《説文》：‘干，犯也。’‘其’猶‘於’也。《史記·酷吏列傳》：‘言道德者溺其職矣。’《治要》引‘其’作‘於’，即其證。‘義犯於色’，猶言‘義形於色’矣。無煩改字。”吳金華《考釋》曰：“‘義干其色’及《魏志注》‘義形其色’都是‘義形于色’之誤。‘形’訛爲‘干’，古籍罕見，應是字形殘泐所致。‘于’訛爲‘其’，古籍常見，應是俗字的形近之誤。‘其’字俗作‘亓’。”頁八六。

'懼子之應且憎'韋昭注云：'外應受我，内憎其非。'　'應且憎'在先秦文獻中接二連三地出現，顯然是當時常語，表示表面上接受而内心憎惡的意思。其中'且'是連詞，表示並列關係。"《考釋》頁八七至八八。龔斌按曰："吳説是。陳群此二語意謂吾與華歆若悦喜形於色，則怕陛下表面上接受我等欣喜，内心實憎惡之。"

【彙評】

洪邁曰："夫曹氏篡漢，忠臣義士之所宜痛心疾首，縱力不能討，忍復仕其朝爲公卿乎？歆、群爲一世之賢，所立不過如是。蓋自黨錮禍起，天下賢士大夫如李膺、范滂之徒，屠戮殆盡，故所存者，如是而已。士風不競，悲夫！"《容齋隨筆》卷十。余嘉錫按曰："容齋以二人爲一世之賢，猶未免流俗之見也。"

劉辰翁曰："'欣聖化'是何等語？'義形於色'不當自言。"

王世懋曰："華歆以虛名居首揆，陳群以心膂當新寵，猶爲此大言，寧不爲苟彧地下所笑？覽注稍知所以，臨川以入《方正》，不亦幸乎？"

凌濛初曰："所言正佞之尤。"評注華嶠《譜敘》"陳群曰"。

張端木曰："玄伯爲魏死節，而長文不能爲漢盡忠，未免遜其子一籌。"

鍾惺曰："奁奸欺世，止在此四字見出。"評"義形於色"。

李慈銘曰："陳群自比孔父，義形於色，可謂不識羞恥，顔孔厚矣！疑群爾時尚未能爲此語，與其子太對司馬昭'但見其上'之言，皆出其子弟門生妄相牼會，如華嶠《譜敘》稱其祖歆'以形色忤時'，狗面人言，何足取信！"《簡端記》。

章太炎曰："漢魏廢興之際，陳群所爲，未若華歆之甚也。及魏受禪，群與歆皆有戚容，時人議群者，猶曰'公慚卿，卿慚長'，獨於歆，魏晉間皆頌美不容口。曹植亦不慊於其兄之奪漢者，然所作《輔臣論》，稱歆：'清素寡欲，聰敏特達，志存太虛，安心玄妙。處平則以和養德，遭變則以義斷事。'然則歆之矯僞干譽，有非恒人所能測者矣。"《菿漢微言》五。

余嘉錫曰："華歆爲曹操勒兵入宮收伏后，壞户發壁牽后出，躬行弑逆。是亦魏之賈充，何至'以形色忤時'！歆、群累表勸進，安得復有戚容？莼客以爲出於其子孫所附會，當矣。"

　　郭淮作關中都督，甚得民情，亦屢有戰庸。《魏志》曰：
“淮字伯濟，太原陽曲人。建安中，除平原府丞。黃初元年，奉使賀文帝踐阼，
而稽留不及。群臣歡會〔1〕，帝正色責之曰：‘昔禹會諸侯於塗山，防風氏後至〔2〕，
便行大戮。今溥天同慶，而卿最留遲，何也？’淮曰：‘臣聞五帝先教，導民以
德，夏后政衰，始用刑辟。今臣遭唐、虞之世，是以知免防風氏之誅。’帝說之，
擢爲雍州刺史，遷征西將軍。淮在關中三十餘年〔3〕，功績顯著，遷儀同三司，
贈大將軍。”淮妻，太尉王淩之妹，坐淩事當并誅。《魏略》曰：
“淩字彥雲，太原祁人。歷司空、太尉、征東將軍。密欲立楚王彪，司馬宣王自
討之。淩自縛歸罪，遙謂太傅曰：‘卿直以折簡召我，我當不至邪〔4〕？’太傅
曰：‘以卿非肯逐折簡者也〔5〕。’遂使人送至西。淩自知罪重，試索棺釘，以觀
太傅意，太傅給之。淩行至項城，夜呼椽屬與決曰〔6〕：“行年八十，身名俱滅。
命邪〔7〕！”遂自殺。”使者徵攝甚急，淮使戒裝，克日當發。
州府文武及百姓勸淮舉兵，淮不許。至期，遣妻，百姓
號泣追呼者數萬人。行數十里，淮乃命左右追夫人還，
於是文武奔馳，如徇身首之急。既至，淮與宣帝書曰：
“五子哀戀，思念其母，其母既亡，則無五子。五子若
殞，亦復無淮。”宣帝乃表，特原淮妻。《世語》曰：“淮妻當從
坐，侍御史往收。督將及羌胡渠帥數千人叩頭，請淮上表留妻，淮不從。妻上
道，莫不流涕，人人扼腕，欲劫留之。淮五子叩頭流血請淮，淮不忍視，乃命

---

〔1〕 “而稽留不及群臣歡會”，徐震堮《札記》曰：“《魏志》作：‘而道路得疾，故計遠近爲稽留，及群
臣歡會。’語意頗晦，不如此注之明。”
〔2〕 “防風氏”，秦士鉉曰：“‘氏’字衍。”趙西陸曰：“本傳‘防風’下無‘氏’字，下同。”
〔3〕 “三十餘年”，余嘉錫曰：“‘三’景宋本及沈本作‘二’。”趙西陸曰：“作‘二十’是。”楊勇曰：
“宋本作‘二十’，袁本及《魏志·郭淮傳》均作‘三十’。袁本是。”
〔4〕 “我當不至邪”，徐震堮曰：“《魏志·王淩傳》注引《魏略》‘當’下有‘敢’字。”
〔5〕 “非肯”，董刻本“肯”作“皆”。王利器曰：“各本‘皆’作‘肯’，是。《通鑒》卷七五《魏紀》
七載此事也作‘肯’。”楊勇曰：“宋本作‘皆’，非。”
〔6〕 “椽屬”，董刻本、袁刻本“椽”俱作“掾”。
〔7〕 “身名並滅命邪”，徐震堮《札記》：“《魏志》注敓‘命’字。”

追之，於是數千騎往追還。淮以書白司馬宣王曰：'五子哀母，不惜其身。若無其母，是無五子，五子若亡，亦無淮也。今輒追還，若於法未通，當受罪於主者。'書至，宣王乃表原之。"

○ "郭淮作"至"克日當發"

"屢有戰庸"，岡白駒曰："庸，功也。"○秦士鉉曰："《周禮》：'民功曰庸。'"○天保手批曰："《書》'功庸'之'庸'。"

"坐凌事當並誅"，崔朝慶曰："凌欲立楚王彪，司馬宣王自討之，凌自縛歸罪，並誅，言罪及親屬，故妹亦被累也。"○趙西陸曰："事在魏齊王芳嘉平三年。"

"徵攝"，恩田仲任曰："收也。"○崔朝慶曰："徵，召也。攝，捕也。"

"戒裝"，張萬起曰："準備行裝。"

"克日"，桃井白鹿曰："'克'與'尅'通。克日，約定日期也。"○田中頤曰："謂訂期行日也。"○張萬起曰："限定日期。"

○ "州府文武"至"身首之急"

"勸淮舉兵"，崔朝慶曰："舉兵反抗也。"

"淮不許"，淇園曰："是其方正之處。"

"追夫人還"，恩田仲任曰："謂既發而復還之也。"

"徇身首之急"，平賀房父曰："及淮追之，文武官人奔馳而赴之者，如己有身首之急而狥之。"○田中頤曰："謂如己有身首之急而狥之也。以上寫得民情之實，次序有映應。"○崔朝慶曰："徇，奔赴也。身首之急，言急切如自身之事也。"

○ "既至淮輿"至"特原淮妻"

"五子哀戀"六句，田中頤曰："此其實欲告百姓號泣及勸舉兵之事者，而明語之，是似力要君焉，故託之五子哀念，卒曰'無淮'，亦欲其知之也。"

"宣帝乃表特原淮妻"，恩田仲任曰："宥罪曰原。"○田中頤曰："書大有與力焉。"○崔朝慶曰："下言於上曰表。原，宥也。"

○注“魏志曰”

“奉使賀文帝踐阼”，秦士鉉曰：“淮時從張郃在關中奉賀。”○趙西陸曰：“淮時護左將軍張郃於國中，奉郃使也。《魏志·郭淮傳》：‘而道路得疾，故計遠近爲稽留。’”

“稽留不及”，秦士鉉曰：“稽，遲滯也。”

“防風氏”，恩田仲任曰：“汪罔氏之君，守封禺之山，爲釐姓。封山、禺山皆在吳郡。”○秦士鉉曰：“防風者，汪芒氏之君名也，見《魯語》等。《説苑》以防風氏爲國名。”

“淮在關中三十餘年”，楊勇曰：“郭淮在關中，始自黃初元年，至嘉平二年，凡三十一年。”○龔斌曰：“建安二十年，郭淮從曹操征漢中。十二月操還，留夏侯淵屯漢中拒劉備，郭淮亦留之。建安二十五年，操死，曹丕即魏王位，賜郭淮關內侯，轉爲征西長史。據此，郭淮在關中長達三十五年左右。”

“儀同三司”，秦士鉉曰：“始於後漢鄧騭。三司，三公也。班同三司，始於馬防。”

○注“魏略曰”

“歷司空太尉征東將軍”，趙西陸曰：“據《魏志·齊王紀》及凌本傳，凌正始初爲征東將軍；二年，遷車騎將軍；九年，就遷司空；嘉平元年，進爲太尉。則此注敘其歷官，‘征東將軍’當在‘司空’前。”

“楚王彪”，秦士鉉曰：“魏武帝之第十七子。”

“折簡”，胡三省曰：“古者簡長二尺四寸，短者半之。漢制，簡長二尺，短者半之。蓋單執一札謂之簡。折簡者，折半之簡，言其禮輕也。”《通鑒·魏紀七》注。○潘眉曰：“漢制，簡長三尺，短者半之，謂之折簡。”《三國志考證》卷五。○桃井白鹿曰：“禮輕者，但須折簡之半也。”

“太傅曰”，岡白駒曰：“太傅，即司馬宣王也。”○秦士鉉曰：“太傅，司馬懿也。”

“送至西”，岡白駒曰：“西，京師也。”○秦士鉉曰：“時凌爲征東將軍，都督揚州諸軍事。”

“試索棺釘”，胡三省曰：“給棺釘者，示之以必死。”《通鑒·魏紀五》注。

“椽屬”，參見校文。恩田仲任曰：“《漢書音義》曰：‘正爲掾，副爲屬。’干寶《司徒儀》曰：'掾屬之職，敦明教義，肅慎清風，非禮不言，非法不行，以訓群吏，以重朝望，名常當其理者也。'"

〇注"世語曰"

"受罪於主者"，平賀房父曰："主者，主刑獄者。"〇天保手批曰："主者，主獄者，猶言左右。"

【彙評】

劉辰翁曰："語甚感動，節次皆是。"評"州府文武及百姓"一段。

李贄曰："此人能。"評"淮與宣帝書"。《初潭集》卷三。

王世懋曰："《世語》簡而盡，前後相應，敘事工拙見矣。"天保手批曰："王不習古文辭，故云。"

凌濛初曰："'號泣追呼'，言之過情，不足信。如注'流涕''扼腕'，則有之耳。"

田中頤曰："以上敘事詳悉，以書收束，簡約有法，可觀。"

5

諸葛亮之次渭濱，關中震動。《蜀志》曰："亮字孔明，琅邪陽都人。客於荊州，躬耕隴畝[1]，好為《梁甫吟》。長八尺，每自比管仲、樂毅，時人莫之許也。唯博陵崔州平、潁川徐元直謂為信然[2]。先主屯新野，徐庶見先主曰：'諸葛孔明，臥龍也。將軍豈願見之乎？'先主曰：'君與俱來。'庶曰：'此人可就見，不可屈致也。'先主遂詣亮，謂關羽、張飛曰：'孤之有孔明，猶魚之有水也。'累遷丞相、益州牧。率眾北征，卒於渭南。"魏明帝深

---

〔1〕"隴畝"，龔斌曰："'隴'宋本作'壠'。按'隴'通'壠'。"
〔2〕"潁川"，朱鑄禹曰："沈校本同，袁本誤作'穎'。"

懼晉宣王戰，乃遣辛毗爲軍司馬[1]。《魏志》曰："毗字佐治，潁川陽翟人。累遷衛尉。"宣王既與亮對渭而陳，亮設誘譎萬方。宣王果大忿，將欲應之以重兵。亮遣間諜覘之，還曰："有一老夫，毅然仗黃鉞，當軍門立，軍不得出。"亮曰："此必辛佐治也。"《晉陽秋》曰："諸葛亮寇於郿，據渭水南原，詔使高祖拒之。亮善撫御，又戎政嚴明，且僑軍遠征，糧運艱澀，利在野戰。朝廷每聞其出，欲以不戰屈之，高祖亦以爲然。而擁大軍禦侮於外，不宜遠露怯弱之形以虧大勢，故秣馬坐甲，每見吞併之威。亮雖挑戰，或遺高祖巾幗。巾幗，婦女之飾，欲以激怒，冀獲曹咎之利。朝廷慮高祖不勝忿憤，而衛尉辛毗骨鯁之臣，帝乃使毗仗節，爲高祖軍司馬。亮果復挑戰，高祖乃奮怒，將出應之，毗仗節中門而立，高祖乃止。將士聞見者益加勇銳。識者以人臣雖擁眾千萬而屈於王人，大略深長，皆如此之類也。"

○"諸葛亮"至"辛佐治也"

"次渭濱"，崔朝慶曰："凡師一宿爲舍，再宿爲信，過信爲次。"○楊勇曰："渭濱，今陝西郿縣、武功縣五丈原一帶。"

"軍司馬"，程炎震曰："《魏書·毗傳》云：'青龍二年，諸葛亮率眾出渭南。先是，大將軍司馬宣王數請與亮戰，明帝終不聽。是歲恐不能禁，乃以毗爲大將軍軍師，使持節。'《晉書·宣紀》亦云：'辛毗仗節爲軍師。'《通典》卷二十九：'初隗囂軍中嘗置軍師，至魏武帝又置師官四人。晉避景帝諱，改爲軍司，凡諸軍皆置之。'按此及注文'軍司馬'並衍'馬'字。蓋毗在魏世，自是軍師。臨川或沿襲晉人習用語以爲'軍司'，淺人不知，妄添'馬'字。魏晉以後，雖以司馬爲軍府之官，然不名'軍司馬'也。"

"設誘譎萬方"，崔朝慶曰："譎，詐也。萬方，多端也。言多端挑撥詐引，欲使應戰也。"

---

[1] "軍司馬"，徐震堮曰："'軍司馬'當作'軍司'，蓋晉人避'師'，改軍師爲軍司，'馬'字衍。"楊勇曰："'軍師'宋本及各本均作'軍司馬'，非是。此'師'字初乃避晉景帝諱改爲'司'，後人又以'軍司'不通，添以'馬'字也。"

○注“晉陽秋曰”

“詔使高祖拒之”，徐震堮曰：“高祖，謂司馬懿。《晉書·宣帝紀》：‘武帝受禪，上尊號曰宣皇帝，陵曰高原，廟號高祖。’”

“秣馬坐甲”，吳金華曰：“坐甲，披甲而坐。”《續稿》。

“冀獲曹咎之利”，徐震堮曰：“此以曹咎比司馬懿，欲激使出戰，因而敗之也。”

“屈於王人”，徐震堮曰：“王人，謂天子之使。《左傳》僖公八年：‘冬，王人來告喪。’此處指辛毗。”

【彙評】

朱熹曰：“司馬懿甚畏孔明，便使得辛毗来，遏令不出兵，其實是不敢出也。”《朱子語類》卷一三六。余嘉錫按曰：“斯言當矣。”

余嘉錫曰：“蓋懿自審戰則必敗，畏蜀如虎，故惟深溝高壘以自保。然以坐擁大軍而顯露怯弱之形，群情憤激，怨謗紛然，乃不得不累表請戰以弭謗。叡心知其然，遂使辛毗至軍，假君命以威衆。君臣上下，相與爲僞，設爲此謀，以老蜀師。佐治之杖節當門，裝模作樣，不過傀儡登場，聽人提掇耳。”龔斌按曰：“朵箋極是。懿不從張郃‘長訓制之’爲假，畏諸葛亮是真。諸將謂司馬懿‘畏蜀如虎’，道出懿怯懦之實情。而與亮一戰即敗，難怪受辱亦不敢出戰也。《世語》謂司馬懿爲辛毗所制，不復出戰，乃是‘大略深長’，實未得其真。”

6

夏侯玄既被桎梏，《魏氏春秋》曰：“玄字太初，譙國人，夏侯尚之子，大將軍前妻兄也。風格高朗，弘辯博暢。正始中，護軍。曹爽誅，徵爲太常。內知不免，不交人事，不畜筆研〔1〕。及太傅薨，許允謂玄曰：‘子無復憂

---

〔1〕 “不畜筆研”，恩田仲任曰：“‘筆研’一作‘華研’。”梁章鉅《三國志旁證》卷十曰：“（《三國志·夏侯玄傳》）注《魏略》曰：‘玄從西還，不交人事，不畜華妍。’《藝文類聚》卷五十八引《魏末傳》云：‘夏侯太初見召還洛陽，絕人道，不畜筆研。’此‘華妍’恐是‘筆研’之誤。”趙西陸曰：“《魏志·玄傳》注引《魏略》‘筆研’作‘華妍’，蓋誤。”

矣！'玄歎曰：'士宗，卿何不見事乎？此人尤能以通家年少遇我〔1〕，子元、子上不吾容也。'後中書令李豐惡大將軍執政，遂謀以玄代之。大將軍聞其謀，誅豐，收玄送廷尉。"干寶《晉紀》曰："初，豐之謀也，使告玄，玄答曰：'宜詳之爾！'不以聞也，故及於難。" 時鍾毓爲廷尉，鍾會先不與玄相知，因便狎之。玄曰："雖復刑餘之人，未敢聞命！"《世語》曰："玄至廷尉，不肯下辭，廷尉鍾毓自臨履玄〔2〕。玄正色曰：'吾當何辭〔3〕？爲今史責人邪〔4〕？卿便爲吾作。'毓以玄名士，節高不可屈，而獄當竟，夜爲作辭，令與事相附。流涕以示玄，玄視之曰：'不當若是邪〔5〕？'鍾會年少於玄，玄不與交，是日於毓坐狎玄，玄正色曰：'鍾君，何得如是！'"《名士傳》曰："初，玄以鍾毓志趣不同，不與之交。玄被收時，毓爲廷尉，執玄手曰：'太初何至於此？'玄正色曰：'雖復刑餘之人，不可得交。'" 按：郭頒，西晉人，時世相近，爲《晉魏世語》〔6〕，事多詳覈。孫盛之徒皆采以著書〔7〕，並云玄距鍾會。而袁宏《名士傳》最後出，不依前史，以爲鍾毓，可謂謬矣。 考掠初無一言，臨刑東市，顏色不異。《魏志》曰："玄格量弘濟，臨斬，顏色不異，舉止自若。"

---

〔1〕 "尤能"，程炎震曰："宋本'尤'作'猶'。"余嘉錫曰："'尤'景宋本及沈本作'猶'。"龔斌曰："作'猶'是。"

〔2〕 "自臨履玄"，大典顯常曰："'玄'本傳作'治'。"天保手批曰："'履'《世語》作'治'，玄本傳同。"王利器曰："《三國·魏志·夏侯玄傳》注引《世語》，'臨履'作'臨治'。"徐震堮曰："'臨履'《魏志·夏侯玄傳》注引《世語》作'臨治'，義同。"按《札記》曰："《魏志》本傳注'履'作'治'。"

〔3〕 "何辭"，岡白駒曰："《通鑑》'辭'作'罪'，義同。"

〔4〕 "爲今史"，岡白駒曰："《通鑑》'爲'上有'卿'字。"大典顯常曰："本傳'爲'上有'卿'字。"李慈銘曰："案《玄傳》注引《世語》作：'鍾毓自臨治玄。玄正色責毓曰：吾當何辭？卿爲令史責人也，卿便爲吾作。'此處'治'作'履'，'爲令史'上脱'卿'字，皆誤。"徐震堮曰："'爲'上《魏志·夏侯玄傳》注引《世語》有'卿'字，當據補。"又，董刻本、袁刻本"今"俱作"令"。程炎震曰："《魏書·玄傳》注引《世說》，'爲今史責人邪'作'卿爲令史責人也'，《通鑑》從之。宋本'今'作'令'。"

〔5〕 "玄視之曰"二句，徐震堮《札記》曰："《魏志》注作'玄視頷之而已'。"

〔6〕 "晉魏世語"，吳金華《考釋》曰："《三國志》卷四《魏書·三少帝高貴鄉公紀》注文中引作'魏晉世語'。"

〔7〕 "著書"，董刻本"著"作"者"。王利器曰："各本'者'作'著'，是。"楊勇曰："'著'宋本作'者'，非。"

○“夏侯玄”至“因便狎之”

“被桎梏”，恩田仲任曰：“桎，足械。梏，手械。”○天保手批曰：“魏齊王紀、李豐與張緝等謀廢易大臣，以大常夏侯玄爲大將軍，事覺，諸近連及者皆伏誅。”

“先不與玄相知”，淇園曰：“爲下‘狎’字曰‘先’。”

“因便狎之”，岡白駒曰：“狎，輕侮也。”○桃井白鹿曰：“狎，讀如‘雖狎必變’之‘狎’。會者，廷尉毓之弟也，以玄有名望，欲與之交，今因其至廷尉，迫而親之，其狀如舊相識者，故曰狎。”○淇園曰：“因毓爲廷尉，玄既被械。”○田中頤曰：“謂先是不相知，因其桎梏至廷尉，便親狎之若舊識者。”

○“玄曰雖復”至“顔色不異”

“未敢聞命”，劉辰翁曰：“其狎之未必以理，故非内交比也。”按凌瀛初本作：“其狎之未必以故，非内交比。”○田中頤曰：“言身是刑餘之人，死固爲分，唯如其褻漫，亦未以此許也。”

“考掠”，恩田仲任曰：“考，拷也。掠，箠治也。”

“臨刑東市”，恩田仲任曰：“《綱目集覽》：‘東市，刑人之所。’《水經注》曰：‘（穀水）自樂里道屈而東出陽渠，水南即馬市也。舊洛陽有三市，斯其一也，嵇叔夜爲司馬昭所害處也。’朱謀㙔曰：‘陸機《洛陽記》云：洛陽舊有三市，一曰金市，在宮西大城内；二曰馬市，在城東；三曰羊市，在城南。’”○天保手批曰：“玄時年四十六。”

“顔色不異”，田中頤曰：“是在其身爲不動心，在他人誰不動心？乃所以爲方正也。”

○注“魏氏春秋曰”

“大將軍前妻兄”，岡白駒曰：“大將軍，謂曹爽也。”○趙西陸曰：“大將軍，司馬師也。玄妹徽，即景懷夏侯皇后，見《晉書·后妃傳》。”○徐震堮曰：“大將軍，謂司馬師。前妻，景懷夏侯皇后。”

“正始中護軍”，李慈銘曰：“案《魏志·夏侯玄傳》：‘玄正始中爲護軍，出爲征西將軍，都督雍涼州諸軍事。曹爽誅，徵爲大鴻臚，數年，徙太常。’此處‘護軍’上有脱字。曹爽以大將軍輔政，玄爲爽之姑子也。”《簡端記》。

“太傅薨”，桃井白鹿曰：“太傅，谓司馬懿也。”

“何不見事乎”，胡三省曰：“不見事，猶今人言不曉事也。”《通鑑·魏紀八》注。

“此人尤能以通家年少遇我”，大典顯常曰：“此人，指懿。懿以玄爲通家年少，善遇之也。”《撮補》。○恩田仲任曰：“通家，世契。”

“子元子上不吾容”，岡白駒曰：“子元，司馬師之字。子上，司馬昭之字。”○龔斌曰：“夏侯玄乃曹爽之姑子，忠於曹氏。即使後來無李豐謀以玄輔政此事，司馬兄弟亦必不容玄。”

“李豐惡大將軍”，岡白駒曰：“此大將軍，謂司馬師也。”

○注“干寶晉紀曰”

“干寶晉紀”，王鳴盛曰：“自宣帝迄愍帝五十三年，凡二十卷。”《商榷》卷四十三。○沈家本曰：“《隋志》：‘《晉紀》二十三卷，干寶撰，訖愍帝。’二《唐志》作二十二卷。《晉書》本傳：‘字令升。著《晉紀》，自宣帝迄於愍帝五十三年，凡二十卷，奏之。其書簡略，直而能婉，咸稱良史。’本傳卷數與隋唐志不合，或有奪文也。《新志》‘正史’又有‘干寶《晉書》二十二卷’，自是重出。其書自宋已佚。”《古書目》卷一。○葉德輝曰：“《隋志》：二十三卷。云：‘干寶撰，訖愍帝。’”《書目》。

“不以聞也”，秦士鉉曰：“不以李豐之謀以聞大將軍。”○趙西陸曰：“不以豐謀舉聞也。”

○注“世語曰”至“可謂謬矣”

“不肯下辭”，桃井白鹿曰：“《綱目集覽》：‘下辭，屈服之辭。’”

“自臨履玄”，參見校文。胡三省曰：“臨履，謂親臨其地而履行營壘處所也。”《通鑑·漢紀五十九》注。○桃井白鹿曰：“‘履’讀爲‘理’。《晉書·宣帝紀》：‘帝勤於吏職，至於芻牧之間，悉皆臨履。’”○王利器曰：“‘臨履’就是‘臨治’的意思。”○方一新曰：“‘臨’和‘履’都有來到、到達義，又有治理義，故‘臨履’成詞之初當爲同義或近義連文，就是親臨某地、親自到某地做事的意思。”《漫記》。

“吾當何辭”三句，參見校文。胡三省曰：“自漢以來，公府有令史，廷尉則有獄史耳。玄蓋責毓以身爲九卿，乃承公府指，自臨治我，是爲公府令史而責人也。"《通鑒·魏紀八》注。○秦士鉉曰："言吾今當爲何辭哉？卿身爲九卿，如之何其下爲令史而責人耶？卿宜爲我作辭，我不能自作也。"○賀昌群曰："毓以其名士高節，不可屈，而獄當竟，乃爲捏造供詞，流涕以示玄，玄默然頷之而已。其後毌丘儉、文欽舉兵於淮南，數司馬師十一大罪，以張聲討，其第五條稱李豐等以師無人臣節，議退之，師擅加酷暴，死無罪名，可證《世語》之説爲不虛。"《初論》頁三三。

"獄當竟"，胡三省曰："竟，結竟也。"《通鑒·魏紀八》注。

"令與事相附"，胡三省注曰："爲作獄辭，使與所按之事相附合也。"《通鑒·魏紀八》注。○大典顯常曰："言爲玄作獄辭，使與所案之事相附合，以其玄不肯下辭，而獄不可不結竟也。"

"不當若是邪"，大典顯常曰："不當，猶不合也。"《撮補》。○平賀房父曰："誣我以罪，不得不若是也。"

"鍾會年少於玄"，趙西陸曰："玄以嘉平六年卒，年四十六，會死於咸熙元年，年四十，是玄長會十六歲。"

《晉魏世語》，秦士鉉曰："《世語》，郭頒所作。孫盛乃作《晉陽秋》者。"○吳金華曰："先稱'晉'後稱'魏'是當時出現過的説法。又如'夫晉魏之上'（《三國志》卷二九《方技管輅傳》注引《輅別傳》），'論晉魏故事'（《晉書》卷三九《馮紞傳》）。《晉書》出於唐代史臣之手，這裏先'晉'後'魏'，顯然是沿用晉人史料。"《考釋》頁八九。

○注"魏志曰"

"格量弘濟"，恩田仲任曰："弘濟，寬弘而濟事也。"

【彙評】

焦袁熹曰："夏侯太初，孔子所謂'知命'者與？司馬氏以忍鷙之性竊柄，再世志遷魏鼎，天方授之，冠族英士不附從者，必誅鋤乃已。雖無李豐之謀，如太初者亦當自知不免。觀其對許允言：'太傅猶能以通家年少遇我，子元、子上不我容也。'意可見矣，而世稱夏侯色以爲美談，誠由格量過絶於人，抑亦早識死所，無所回徨，束身東市，真乃意中之事耳。許允婦聞其夫被誅，神色不變，曰'早知爾耳'。酷毒在於所天，奚翅身受，彼婦猶能若是，豈況神儁如玄而有

671

不逮者也？史臣謂其與曹爽中外繾綣，榮位如斯，未聞匡弼其失，援致良才，愚則以爲爽之庸駑，神與禍會，雖進苦言，終不見聽，玄之清鑒亦已洞然，則唯有興思於尚寐，比節於結纓而已。故曰孔子所謂知名可以爲君子者，太初殆其人也。”《此木軒雜著》卷一。

伯克利手批曰：“太初輩風度超越，秉正不撓，真不負名士之目。”

胡毅生曰：“泰初見辱嵇生死，睚眦相讎事太癡。爲問潁川鍾士季，晚年持此欲安之？”《讀》。

蔣凡曰：“鍾會是司馬氏的幫兇走狗，夏侯玄鄙薄其人不與相交，臨刑東市而顏色自若，除了昭示不同政治陣營‘道不同不相爲謀’的立場分野外，還表現了一代名士在死亡降臨之際那殺身成仁的瀟灑風姿，與嵇康之‘廣陵曲散’同出一轍而千古傳誦。”

龔斌曰：“夏侯玄乃曹爽之姑子，忠於曹氏。即使後來無李豐謀以玄輔政此事，司馬兄弟亦必不容玄。玄答許允之言，表明其對己之險惡處境十分清醒。”

7

夏侯泰初與廣陵陳本善。本與玄在本母前宴飲，《世語》曰：“本字休元，臨淮東陽人。”《魏志》曰：“本，廣陵東陽人。父矯，司徒。本歷郡守、廷尉。所在操綱領，舉大體，能使群下自盡，有率御之才。不親小事，不讀法律，而得廷尉之稱。遷鎮北將軍。”本弟騫《晉陽秋》曰：“騫字休淵，司徒第二子，無賽諤風，滑稽而多智謀。仕至大司馬。”行還，徑入，至堂戶。泰初因起，曰：“可得同，不可得而雜。”《名士傳》曰：“玄以鄉黨貴齒，本不論德位，年長者必爲拜。與陳本母前飲，騫來而出〔1〕，其可得同，不可得而雜者也。”

---

〔1〕 “來而出”，大典顯常《集成》曰：“‘出’字疑當作‘起’。”天保手批曰：“‘出’恐［作］‘起’。”

○“夏侯泰初”至“可得而雜”

“行還”，楊勇曰：“行散還也。”○龔斌曰：“謂出行而還也。”

“泰初因起”，大典顯曰：“蓋起而改禮也。蓋玄於騫用鄉黨通交之禮，獨於本雜處无隔也，亦親本疏騫之心爾。”《集成》。○田中頤曰：“惡其唐突徑入。”

“可得同”，岡白駒曰：“可同與於宴。”○龔斌曰：“指與陳本志向同。”

“不可得而雜”，岡白駒曰：“長幼不可得而混雜。”○田中頤曰：“言以禮可得同飲，不以禮不可得而雜坐也。”○秦士鉉曰：“玄與騫志向不同，故云可得與我同堂相見，不可與我雜作燕語，是遇騫以非類也。注與本文不同。”○張萬起曰：“陳本弟與夏侯玄無深交，而‘徑入至堂戶’相見，是一種失禮行爲，故玄有此言。”

○注“世語曰”至“鎮北將軍”

“臨淮東陽人”“廣陵東陽人”，徐震堮曰：“《世語》與《魏志》所載異。據《後漢書·郡國志》：廣陵郡東陽，故屬臨淮。《晉志》：太康元年，復分下邳屬縣在淮南者置臨淮郡，東陽復屬臨淮。《魏志》據漢末疆域言之，《世語》及《晉書》則從晉制也。”

“使群下自盡”，龔斌曰：“自盡，自盡其才。《識鑒》二二郗超評謝玄‘使才皆盡’，《賞譽》一七引王隱《晉書》：‘吾之不足盡卿，如此射矣。’”

○注“晉陽秋曰”

“謇諤”，桃井白鹿曰：“《類書纂要》：‘謂直詞進諫也。’”○恩田仲任曰：“《正字通》曰：‘直言也。’”○龔斌曰：“謇諤，亦作‘謇鄂’‘謇愕’，正直敢言。”

“滑稽”，恩田仲任曰：“崔浩曰：‘滑，音骨。滑稽，流酒器也，轉注吐酒，終日不已。言出口成章，詞不空竭，若滑稽之吐酒也。’”按崔浩説見《史記·滑稽傳》集解引。

○注“名士傳曰”

“鄉黨貴齒”，龔斌曰：“語本《孟子·公孫丑下》：‘天下有達尊三，爵一，齒二，德三。朝廷莫如爵，鄉黨莫如齒，輔世長民莫如德。’夏侯玄拜陳本母，即所謂‘鄉黨貴齒’也。”

劉辰翁曰：“亦似未見其弟不可。”

余嘉錫曰：“以騫之爲人，太初視之，蓋不啻糞土。”

龔斌曰：“夫東漢交遊濫雜，此朱穆《絕交書》、徐幹《中論譴交》、蔡邕《正交論》等言之詳矣。漢末名士則以儒家操守矯之，交友必重好尚及志趣。承此風氣，魏晉名士不妄交遊，並視此爲名節之一。玄門第高華，在魏初爲名士之首，擇友甚嚴。”

8

高貴鄉公薨，内外誼譁。《魏志》曰：“高貴鄉公，諱髦，字彦士，文帝孫，東海定王霖之子也。初封郯縣。高貴鄉公好學夙成。齊王廢，群臣迎之，即皇帝位。”《漢晉春秋》曰：“自曹芳事後，魏人省徹宿衛，無復鎧甲，諸門戎兵[1]，老弱而已。曹髦見威權日去[2]，不勝其忿，召侍中王沈、尚書王經、散騎常侍王業，謂曰：‘司馬昭之心，路人所知也。吾不能坐受廢辱，今日當與卿自出討之。’王經諫，不聽，乃出懷中板令投地曰：‘行之決矣！正使死，何所恨！況不必死邪？’於是入白太后。沈、業奔走告昭[3]，昭爲之備。髦遂率僮僕數百，鼓譟而出。昭弟屯騎校尉伷入，遇髦於東止車門，左右訶之，伷衆奔走。中護軍賈充又逆髦，戰於南闕下。髦自用劍，衆欲退。太子舍人成濟問充曰：‘事急矣！當云何？’充曰：‘公畜汝等，正爲今日。今日之事，無所問也。’濟即前刺髦，刃出於背。”《魏氏春秋》曰：“帝將誅大將軍，詔有司復進位相國，加九錫。帝夜自將冗從僕射李昭、黃門從官焦伯等下陵雲臺[4]，鎧仗授兵[5]，欲因際會，遣使自出致討[6]，會雨而卻。明日，遂見王經等，出黃

---

[1] “戎兵”，李慈銘曰：“‘戎’當作‘戍’。”

[2] “曹髦見威權”，徐震堮曰：“‘曹髦’及下文諸‘髦’字，《魏志》注引《漢晉春秋》皆作‘帝’。”

[3] “告昭”，徐震堮曰：“‘昭’《魏志》注引《漢晉春秋》作‘文王’，下同。”

[4] “下陵雲臺”，程炎震曰：“鄂本‘下’作‘于’，《三國志·高貴鄉公傳》注則作‘下’。”

[5] “授兵”，秦士鉉曰：“或爲‘兵士’，恐非。”

[6] “遣使自出”，平賀房父曰：“‘遣使’必衍一字。”秦士鉉曰：“‘遣’字恐衍。”程炎震曰：“《三國志·高貴鄉公紀》注無‘遣使’二字。”朱鑄禹曰：“‘遣’字疑衍。”

素詔於懷曰：‘是可忍也，孰不可忍？今當決行此事。’帝遂拔劍升輦，率殿中宿衛倉頭官僮[1]，擊戰鼓，出雲龍門。賈充自外而入，帝師潰散，帝猶稱天子，手劍奮擊，衆莫敢逼。充率屬將士，騎督成倅、弟濟，以矛進[2]，帝崩於師。時暴雨，雷電晦冥。” 司馬文王問侍中陳泰曰：《魏志》曰：“泰字玄伯，司空群之子也。” “何以靜之？”泰云：“唯殺賈充，以謝天下。”文王曰：“可復下此不？”對曰：“但見其上，未見其下。”干寶《晉紀》曰：“高貴鄉公之殺，司馬文王召朝臣謀其故，太常陳泰不至[3]。使其舅荀顗召之，告以可不。泰曰：‘世之論者，以泰方於舅，今舅不如泰也。’子弟內外咸共逼之，垂涕而入。文王待之曲室[4]，謂曰：‘玄伯，卿何以處我？’對曰：‘可誅賈充以謝天下。’文王曰：‘爲吾更思其次。’泰曰：‘唯有進於此，不知其次。’文王乃止。”《漢晉春秋》曰：“曹髦之薨，司馬昭聞之，自投於地曰：‘天下謂我何？’於是召百官議其事。昭垂涕問陳泰曰[5]：‘何以居我？’泰曰：‘公光輔數世，功蓋天下，謂當並迹古人，垂美於後，一旦有殺君之事，不亦惜乎！速斬賈充，猶可以自明也。’昭曰：‘公閭不可得殺也，卿更思餘計。’泰屬聲曰：‘意唯有進於此耳，餘無足委者也[6]。’歸而自殺。”《魏氏春秋》曰：“泰勸大將軍誅賈充，大將軍曰：‘卿更思其他。’泰曰：‘豈可使泰復發後言。’遂嘔血死。”

○“高貴鄉公”至“未見其下”

“侍中陳泰”，程炎震曰：“據《泰傳》，時爲尚書左僕射，不云加侍中。”

“唯殺賈充”，劉應登曰：“充，親弒魏帝者。”○田中頤曰：“此爲亂之階者。”

“可復下此不”，崔朝慶曰：“言辦法有輕於此者否。”

“但見其上未見其下”，田中頤曰：“意在文王也。”○崔朝慶曰：“言但覺更

---

[1] “倉頭官僮”，徐震堮曰：“‘倉頭’《魏志》注引《魏氏春秋》作‘蒼頭’。”

[2] “矛進”，董刻本“矛”作“牙”。王利器曰：“各本‘牙’作‘矛’，是。”楊勇曰：“‘矛’宋本作‘牙’，非。”

[3] “太常陳泰”，徐震堮曰：“‘太常陳泰’《晉書·文帝紀》作‘僕射陳泰’。”

[4] “文王”，董刻本“文”作“天”。王利器曰：“各本‘天’作‘王’，是。”

[5] “垂涕”，董刻本“涕”作“淚”。

[6] “餘無足”，董刻本“餘”作“飲”。王利器曰：“各本‘飲’作‘餘’，是。”

須嚴重，不知有輕於此者也。"

"齊王廢"，恩田仲任曰："齊王曹芳，字蘭卿，明帝兄任城王子，明帝養爲子。"○秦士鉉曰："齊王名芳，明帝崩，即位，司馬師廢之。"

○注"漢晉春秋曰"

"司馬昭之心"二句，胡三省曰："言路人亦知其將篡。"《通鑒·魏紀九》注。
"出懷中板令投地"，岡白駒曰："板令，詔板也。"
"東止車門"，胡三省曰："漢制太子諸王至司馬門皆下車，故謂'止車門'。"《通鑒·漢紀三十九》注。
"太子舍人成濟"，胡三省曰："時未立太子，不應置東宮官屬。濟本昭之私人，授以是官耳。"《通鑒·魏紀九》注。
"公畜汝等"，龔斌曰："《晉書》二《景帝紀》：'帝陰養死士三千，散在人間。'"
◎天保手批曰："裴松之曰：習鑿齒書雖最後出，然述此事，差有次第。"

○注"魏氏春秋曰"

"將誅大將軍"，秦士鉉曰："大將軍，司馬昭也。"
"冗從僕射"，桃井白鹿曰："顏師古曰：'冗從，散職之從王者。'史炤曰：'冗從僕射，主武賁中郎、羽林郎將之屬。'"○恩田仲任曰："《宋·百官志》曰：'漢東京有中黃門冗從僕射，非其職也。魏世因其名而置冗從僕射。'史炤曰：'主武賁中郎、羽林郎將之屬。'冗，散也，雜也。從，隨行也。"
"下陵雲臺鎧仗授兵"，大典顯常曰："殿下兵衛曰仗。"○恩田仲任曰："《三國志》注曰：'《世語》曰：陵雲臺上有三千人仗。'《通鑒》曰：'慕容鳳大敗秦兵，進攻陵雲臺戍，克之，收萬餘人甲仗。'蓋陵雲臺藏甲仗之處。"○秦士鉉曰："授兵，出《左傳》。"○朱鑄禹曰："意謂取下陵雲臺之鎧仗以授兵也。"
"欲因際會"，大典顯常曰："際會，指進位九錫之時也。"○徐震堮曰："際會，猶云機會。"
"遣使自出致討"，參見校文。秦士鉉曰："自出，言使昭自出也。"○朱鑄禹曰："此謂欲因進位相國、加九錫誘使自出而除之。"

"黃素詔"，胡三省曰："《説文》曰：'素，白緻繒也。'此黃素詔者，蓋以白緻繒染爲黃色以書詔。"《通鑒·魏紀九》注。

"倉頭官僮"，楊勇曰："倉頭，夫役也。"

"雲龍門"，胡三省曰："魏明帝起洛陽宮，宮城正南門曰雲龍門。"《通鑒·晉紀二十二》注。

○注"干寶晉紀曰"至"遂嘔血死"

"太常陳泰不至"，程炎震曰："《三國志·魏書·陳泰傳》裴松之注曰：'案本傳，泰不爲太常，未詳干寶所由知之。"

"以泰方於舅"二句，胡三省曰："方，比也。言顗阿附司馬氏，己忠於魏室。"《通鑒·魏紀九》注。

"子弟内外咸共逼之"，秦士鉉曰："泰欲不出，故子弟逼之。内外，親戚也。"

"垂涕而入"，秦士鉉曰："入，入將軍府也。"

"玄伯卿何以處我"，胡三省曰："陳泰字玄伯。"《通鑒·魏紀九》注。○桃井白鹿曰："《禮記·檀弓》顔淵謂子路曰：'何以處我。'鄭玄注：'處，猶安也。'"○秦士鉉曰："處，處置也。"○楊勇曰："'卿何以處我'，《言語篇》'何以處我'同，謂你應該怎麼幫助我。"

"光輔"，恩田仲任曰："《左傳》曰：'宜其光輔五君，以爲盟主也。'"

"唯有進於此"，胡三省曰："言當以弑君之罪罪昭。"《通鑒·魏紀九》注。

【彙評】

劉辰翁曰："□載豈可使泰復發後言！真'方正'之目也，神志凜然。"

李贄曰："老賊。"

王世懋曰："千載凜凜，群有慚德矣。"按《批補》引"群"作"陳群"。○曰："（注）合數説，以實玄伯之正。"按華慶遠《論世八編》卷八引王世懋曰："陳玄伯'但見其上，未見其下'一語，劉孝標合引諸説，以實其正。玄伯，群之子。其言千載凜凜，群之'欣聖代'，有慚德矣。義形於色，其玄伯乎！"

凌濛初曰："如此兒乃與父並列，薰猶同器。"

張端木曰：“玄伯爲太丘曾孫，元方之孫，長文之子，不忝家風。”

鍾惺曰：“天生此正人，留此正論，爲賊奴公案。”《史懷》卷十八。

伯克利手批曰：“義直，是太丘孫子。”

田中頤曰：“正言立世。”

9

和嶠爲武帝所親重，語嶠曰[1]：“東宮頃似更成進，卿試往看。”還問：“何如？”答云：“皇太子聖質如初。”《晉諸公贊》曰：“嶠字長輿，汝南西平人。父逌，太常[2]，知名。嶠少以雅量稱，深爲賈充所知，每向世祖稱之。歷尚書、太子少傅[3]。”干寶《晉紀》曰：“皇太子有醇古之風，美於信受。侍中和嶠數言於上曰：‘季世多僞，而太子尚信，非四海之主。憂太子不了陛下家事，願追思文武之祚[4]。’上既重長適，又懷齊王，朋黨之論弗入也。後上謂嶠曰：‘太子近入朝，吾謂差進，卿可與荀侍中共往言。’及顗奉詔還，對上曰：‘太子明識弘新[5]，有如明詔。’問嶠，嶠對曰：‘聖質如初。’上默然[6]。”《晉陽秋》曰：“世祖疑惠帝不可承繼大業，遣和嶠、荀勖往觀察之。既見，勖稱歎曰：‘太子德更進茂，不同於故。’嶠曰：‘皇太子聖質如初，此陛下家事，非臣所盡。’天下聞之，莫不稱嶠爲忠，而欲灰滅勖也。”按：荀顗清雅，性不阿諛。校之二說，則孫盛爲得也。

〇“和嶠爲”至“聖質如初”

“所親重”，田中頤曰：“爲直不爲佞。”

---

[1] “語嶠曰”，董刻本、沈校本無“曰”字。

[2] “父逌太常”，姚範《援鶉堂筆記》卷三十曰：“《集注》：《晉諸公贊》：‘和嶠字長輿，適之子。’按‘適’《晉書》作‘逌’。”勞格《校勘記中》曰：“‘逌’《國志》作‘適’，誤。”徐震堮《札記》曰：“《晉書》本傳作‘父逌魏尚書令’。”

[3] “太子少傅”，勞格《校勘記中》曰：“《愍懷傳》云：‘和嶠爲少保。’《晉諸公贊》：‘惠帝以吏部尚書和嶠爲太子少保。’”徐震堮曰：“《御覽》二四四引作‘太子少保’，《晉書·和嶠傳》作‘太子太傅’。”

[4] “文武之祚”，余嘉錫曰：“‘祚’景宋本及沈本作‘祚’。”

[5] “弘新”，徐震堮曰：“《晉書·和嶠傳》作‘弘雅’。”

[6] “默然”，董刻本“默”作“嘿”。

“似更成進”，劉應登曰：“謂太子近勝於前也。”○田中頤曰：“帝蓋聞其成進，欲以爲安慰也。”

“聖質如初”，劉應登曰：“謂無進處。”○田中頤曰：“即言依舊不成進也。”

○注“晉諸公賛曰”

“有醇古之風”，秦上鉉曰：“醇古，尚古。言其質純樸也。”

“美於信受”，秦士鉉曰：“信姦人之言，爲其所紿。言其無智也。”

“追思文武之阼”，大典顯常曰：“‘武’疑‘景’字。蓋文帝、景帝兄弟相繼。嶠意喻武帝欲立齊王爲後也。”《集成》。○恩田仲任曰：“《檀弓》曰：‘文王舍伯邑考而立武王。’”○徐震堮曰：“對武帝言，不應稱‘文武’，‘武’疑‘景’之誤，指司馬師。”○朱鑄禹曰：“蓋諷武帝當立齊王繼位也。”

“齊王”，大典顯常曰：“《晉書》列傳八：‘齊獻王攸，文帝子也。清和平允，親賢好施，愛經籍，能屬文，復以孝聞。至武帝時，太子不令，諸子並弱，而朝臣內外皆屬意於攸。中書監荀勖、侍中馮紞皆諂諛自進，搆攸，帝納之。’”

“差進”，恩田仲任曰：“差，較也。”

○注“晉陽秋曰”

“遣和嶠荀勖往觀察之”，天保手批曰：“裴松之曰：‘和嶠爲侍中，荀顗亡没久矣。荀勖位亞台司，不與嶠同班，無緣方稱侍中。二書所云，皆爲非也。考其時位，愷實當之。’”○洪頤煊曰：“《和嶠傳》：‘後與荀顗、荀勖同侍，帝曰：太子近入朝差長進，卿俱可詣之。既奉詔還，勖顗並稱太子：明識宏雅，誠如明詔。嶠曰：聖質如初。帝不悅而起。’《魏志·荀彧傳》注引干寶《晉紀》：‘武帝使侍中荀顗和嶠俱至東宮觀察太子。’孫盛曰‘遣荀勖’，其語並同。”《諸史考異》卷二。○勞格曰：“稱太子者，干寶以爲荀顗。見《魏志·荀彧傳》注。孫盛以爲荀勖，皆誤。裴松之以爲荀愷，是也。”《雜識》卷四《校勘記中》。○程炎震曰：“與和嶠同往觀太子者，干寶以爲荀顗，孫盛以爲荀勖，王隱亦以爲荀勖。《晉書·勖傳》同王隱、孫盛，蓋取劉氏此注。《嶠傳》則並舉顗、勖二人，殊罕裁斷。惟裴松之注《三國志·荀彧傳》云云，其辨確矣。劉氏於孔融二兒事引世期説，以辨孫盛之傷理。而此未及引，或亦偶有不照歟？王隱説見《御鑒》一百四十八《皇部·太子門》。”余嘉錫按曰：“裴注先引《荀氏家傳》曰：‘愷，晉武帝時爲侍中。'然後引干寶、孫盛之説，而辨其不然。蓋以據《荀氏家傳》，惟愷與和嶠同時爲侍中也。程氏不引《家傳》，則'考其時位，愷實當之'二語，不知所謂，今爲補出。"○劉盼遂曰："按注引《晉諸公贊》，謂荀顗往看太子，又引《晉陽秋》謂荀勖往看太子。孝標駁傅氏之説，俔也。逮唐修《晉書》，乃爲調脒之説，於《和嶠傳》云：'顗、勖並詣太子。'殊屬草草。《魏志·荀彧傳》注又謂稱太子者爲荀愷，則更異矣。"○楊勇曰："'荀顗'實是'荀勖'之誤。顗薨於泰始十年，而武帝詢太子事則在太康間，前後相距約十餘年，故《魏志·荀彧傳》裴注謂'顗亡之久矣'是也。《晉書·齊王攸傳》：'中書監荀勖、侍中馮紞皆諂諛自進搆攸。'此語與劉注爲近。"

"孫盛爲得"，岡白駒曰："《晉陽秋》，孫盛所著也。"

【彙評】

王世懋曰："荀顗亦未可保。"
田中頤曰："有犯無隱。"

10

諸葛靚後入晉，除大司馬，召不起[1]。以與晉室有讎，常背洛水而坐。與武帝有舊，帝欲見之而無由，乃請諸葛妃呼靚。既來，帝就太妃間相見。禮畢，酒酣，帝曰："卿故復憶竹馬之好不?"靚曰："臣不能吞炭漆身，今日復覩聖顔。"因涕泗百行。帝於是慚悔而出。《晉諸公贊》曰："吳亡，靚入洛，以父誕爲太祖所殺[2]，誓不見世祖。世祖叔母

─────────────────

[1] "除大司馬召不起"，程炎震曰："《晉書·諸葛恢傳》云：'父靚，奔吳，爲大司馬。吳平，逃竄不出。武帝云云，詔以爲侍中，固辭不拜。'此'除大司馬召不起'七字有脱誤。"楊勇曰："'大司馬'疑是'侍中'。"
[2] "太祖"，董刻本作"世祖"。朱鑄禹曰："袁本作'太祖'，是。"楊勇曰："宋本作'世祖'，非。太祖，指司馬懿也。"龔斌曰："當作'太祖'，太祖，司馬昭也。世祖，即晉武帝。"

琅邪王妃，靚之姊也。帝後因靚在姊間，往就見焉，靚逃於廁中，於是以至孝發名。時嵇康亦被法，而康子紹死蕩陰之役。談者咸曰：‘觀紹、靚二人，然後知忠孝之道，區以別矣。’”

○“諸葛靚”至“葛妃呼靚”

“諸葛靚”，程炎震曰：“《三國志·誕傳》云：‘靚，誕小子。’”

“除大司馬召不起”，崔朝慶曰：“拜官曰除。除去舊官就新官也。不起，言不赴官也。”

“背洛水而坐”，田中頤曰：“明不復仕也。”○龔斌曰：“《晉書》四七《諸葛恢傳》記爲‘終身不向朝廷而坐’。西晉宮室在洛水之北，背洛水者，亦示不臣朝廷之意。”

“諸葛妃”，田中頤曰：“靚姊。”

○“既來帝就”至“之好不”

“就太妃間相見”，岡白駒曰：“間，猶‘所’也。”○平賀房父曰：“就靚與妃相接之間相見。”○程炎震曰：“平吳之役，琅琊王伷出涂中，靚歸命於伷。見《晉書·伷傳》。靚姊即伷妃。此云‘太妃’，或於太康四年伷薨後，始與武帝相見耳。”

“故復”，徐震堮曰：“故復，猶尚復。”《簡釋》。○王叔岷曰：“故，猶尚也。《抱朴子·對俗篇》：‘《史記·龜策傳》云：家人移牀，而龜故生。’今《史記》‘故’作‘尚’，即其證。”

“憶竹馬之好”，恩田仲任曰：“杜氏《幽求子》曰：‘年五歲有鳩車之樂，七歲有竹馬之歡。’《潛確類書》曰：‘鳩車，高二寸二分，長三寸，輪二寸二分，狀如鳴鳩形，置兩輪間行，百鳩從之。爲兒童戲也。’《唐詩鼓吹》注曰：‘竹馬，小兒騎以嬉戲者。’”○秦士鉉曰：“又郭伋事。”○崔朝慶曰：“幼年同騎竹馬時之情好也。”○龔斌曰：“《紺珠林》一三‘竹馬鳩車’條曰：‘王元長曰：小兒五歲曰鳩車之戲，七歲曰竹馬之戲。’”

○“靚曰臣”至“慚悔而出”

“臣不能吞炭漆身”二句，恩田仲任曰：“《史記》曰：豫讓欲爲智伯復讎，漆身爲癘，吞炭爲啞。”○田中頤曰：“此用豫讓事。言大讎不可不報，但身不肖，不能致死以睹聖顏，慚愧甚也。”○楊勇曰：“吞炭爲啞，漆身爲厲，喻不能變異心身以事晉室也。《晉書·諸葛靓傳》作‘漆身皮面’。《史記·刺客豫讓傳》：‘豫讓漆身爲厲，吞炭爲啞，使形狀不可知，行乞於市，其妻不識也。’《索隱》引《戰國策》：‘漆身爲厲，滅鬚去眉，以變其容，爲乞食人。其妻曰：狀貌不似吾夫，何以其音之甚相類也！讓遂吞炭以變其音也。’《戰國策·秦策三》：‘箕子、接輿漆身而爲厲，被髮而爲狂。’”

“涕泗百行”，田中頤曰：“此其至情。”

“慚悔而出”，田中頤曰：“爲晉室慚悔也。”

○注“晉諸公贊曰”

“太祖”，秦士鉉曰：“文帝司馬昭也。”

“不見世祖”，岡白駒曰：“世祖，文帝之長子，武帝也。”

“琅邪王妃”，秦士鉉曰：“琅邪王名伷，字子將，宣帝子。”

“蕩陰之役”，大典顯常曰：“《通鑑》：晉惠帝永興元年七月，司徒王戎等奉帝北征。成都王穎遣其將石超拒戰。己未，六軍敗績於蕩陰，矢及乘輿，百官分散，侍中嵇紹死之。”

“區以別矣”，秦士鉉欲曰：“出《論語》。”

【彙評】

伯克利手批曰：“紹何足比靚。”

田中頤曰：“遂志不屈。”

黃恩彤曰：“靚版橋之敗，不能與張悌同死，已屬偷生。是時瑯邪王伷兵臨吳境，吳主遣使送璽綬於伷，靚應已歸於伷矣，猶能不爲晉臣，未至失節，比之於京，差爲勝之。”《鑒評別録》卷十八。

蔣凡曰：“漢末以降，士人之國家意識淡出，而孝行意識被强化。靚字‘仲思’，自釋其義曰：‘在家思孝，事君思忠，朋友思信。’其實‘思忠’一義已大打折扣。諸葛靚之方正背後，家族仇恨當占了更大比重。”

　　武帝語和嶠曰：“我欲先痛罵王武子，然後爵之。”嶠曰：“武子儁爽，恐不可屈。”帝遂召武子，苦責之，因曰：“知愧不？”《晉諸公贊》曰：“齊王當出藩，而王濟諫請無數，又累遣常山王與婦長廣公主共入稽顙[1]，陳乞留之[2]。世祖甚恚，謂王戎曰：‘我兄弟至親，今出齊王，自朕家計，而甄德、王濟連遣婦入，來生哭人邪？濟等尚爾，況餘者乎？’濟自比被責[3]，左遷國子祭酒。”武子曰：“尺布斗粟之謠，常爲陛下恥之！《漢書》曰：“淮南屬王長，高祖少子也。有罪，文帝徙之於蜀，不食而死。民作歌曰[4]：‘一尺布，尚可縫；一斗粟，尚可舂[5]。兄弟二人，不能相容。’瓚注曰：‘言一尺布帛，可縫而共衣；一斗米粟[6]，可舂而共食。況以天下之廣[7]，而不相容也。’”它人能令疏

---

〔1〕“累遣常山王與婦長廣公主”，沈校本“王”作“主”。何焯曰：“‘婦’上當有‘甄德’二字。”桃井白鹿曰：“‘常山’下脱‘公’字，‘與’下脱‘甄德’二字。《晉書》：王濟尚常山公主，甄德尚長廣公主。”大典顯常；“當作‘常山公主與甄德婦長廣公主’。”李慈銘曰：“王濟尚常山公主，《晉書·濟傳》稱：‘濟既陳請，又累遣公主與甄德妻長廣公主俱入稽顙泣請。’此注下亦有‘甄德、王濟云云，蓋此處‘常山’下脱‘公’字，‘與’下脱‘甄德’二字。”程炎震曰：“‘常山王’宋本作‘主’。”劉盼遂曰：“按《晉書·王濟傳》：濟尚常山公主。長廣公主則甄德妻也。注中‘婦’字當在‘常山主’上。”王利器曰：“沈校本‘王’作‘主’。案《晉書·王濟傳》：‘齊王攸當之藩，濟既陳請，又累使公主（濟尚常山公主）與甄德妻長廣公主俱入稽顙泣請帝留攸。’這裏‘常山王’當作‘常山公主’，‘婦’上當有‘甄德’二字。”徐震堮曰：“‘婦’上當據《晉書》補‘甄德’二字，蓋傳寫誤脱耳。《魏志·甄皇后傳》注引《晉諸公贊》：‘司馬景王輔政，以女妻德。妻早亡，文王復以女繼室，即京兆長公主。’則‘長廣公主’之‘廣’字疑亦衍文，《晉書》又以《世説》而誤。”楊勇曰：“‘常山主’宋本作‘常山王’，非。‘長廣公主’上當有‘甄德’二字。又《晉書·后妃傳》：‘文明王皇后生廣德、京兆二公主。’則‘長廣’‘廣德’又不知孰爲正也。”
〔2〕“留之”，董刻本無“之”字。
〔3〕“自比”，董刻本、袁刻本“比”俱作“此”。周一良《批校》曰：“比，此。”
〔4〕“民作歌曰”，王叔岷曰：“《史記》所載民歌，與《漢書》合。高誘《淮南鴻烈解敍》作：‘一尺繒，好童童。一升粟，飽蓬蓬。兄弟二人，不能相容。’與《史》《漢》異。”
〔5〕“可舂”，董刻本“舂”作“春”。王利器曰：“各本‘舂’作‘春’，是，下同。”楊勇曰：“‘舂’宋本作‘春’，非。”
〔6〕“布帛”“米粟”，王叔岷曰：“《漢書》瓚注無‘布’字及‘米’字，《史記集解》引瓚注無‘帛’字及‘米’字。”
〔7〕“以天下之廣”，程炎震曰：“別一宋本‘下’作‘子’，‘廣’作‘屬’。”余嘉錫曰：“景宋本及沈本作‘以天子之屬’。”王叔岷曰：“《漢書》瓚注及《史記集解》並作‘天下之廣’，即袁本所本。”

親，臣不能使親疏[1]，以此愧陛下。”

○“武帝語和嶠”至“愧陛下”

“王武子”，岡白駒曰：“王濟字武子，風姿英爽，勇力絕人，尚武帝女常山公主。”

“先痛罵王武子”二句，淇園曰：“武帝蓋疾其諫齊王之事，然亦知其忠故。”○田中頤曰：“帝本疾其抗直，而今悟其忠諫，因忽作一護短策。”

“知愧不”，田中頤曰：“此帝前語和，欲其告知之，而和不肯許，因自用陽罵陰賞之術以試之，唯願王悟之也。”

“尺布斗粟之謠”，田中頤曰：“用《漢書》，言常爲帝恥其詒兄弟不相容之譏。”○徐震堮曰：“齊王攸爲武帝同母弟，亦猶漢文之於淮南王，故濟引‘尺布斗粟之謠’以譏之。”

“它人能令疏親”二句，參見校文。大典顯常曰：“謂荀、馮輩搆齊王，使疏兄弟之親，臣不能使親已疏之齊王也。”《集成》。○淇園曰：“令疏親，蓋謂讒以疏其可親。臣不能使親疏，謂諫以親其所疏。”○田中頤曰：“言他人佞而能令疏親、親疏，臣愚而反之，故以此不能［不］愧負陛下也。此蓋苦語，果如和言。”○楊勇曰：“《晉書·王濟傳》及《通鑒·晉紀》均作‘親親’。按和嶠，王濟之姊夫，王濟婦常山公主，《文選·褚淵碑文》注引王隱《晉書》云爲武帝姊。甄德婦廣德公主，爲文明王皇后出。《晉書·后妃傳》：‘文明王皇后生武帝、遼東悼王定國、齊獻王攸、廣德公主。’則常山、廣德二主，實武帝之姊妹。今王濟等諫請勿出齊王，武帝勿從，正是‘不能使親親’之意也。《世說》誤。”○鍾仕倫曰：“大典本‘他人能令親者疏’，指荀勖等讒害齊王司馬攸一事。‘臣不能使疏者親’，疑指王濟竭盡全力勸諫武帝勿出齊王而不果之事。”《舉偶》。

○注“晉諸公贊曰”

“齊王當出藩”，岡白駒曰：“齊王攸，武帝弟，初所欲爲嗣者也。”○秦士鉉曰：“荀勖、馮紞讒齊王攸，武帝惑之，遣攸就國。攸病篤，猶催上道，辭出，

---

[1]　“它人能令疏親”二句，董刻本“它”作“他”。程炎震曰：“《晉書·濟傳》作‘它人能親疏，臣不能使親親’。”劉盼遂曰：“按《晉書·王濟傳》、《通鑒·晉紀》皆作‘他人能親疏，臣不能令親親’，揆之情實，較《世說》爲長。”大典本作“他人能令親者疏，臣不能使疏者親”，鍾仕倫曰：“疑大典本是。‘親者疏’‘疏者親’，兩相對舉，事義更彰，且語流更順。”

信宿歐血而死。”

“遣常山王與婦長廣公主”，參見校文。岡白駒曰：“長廣公主，甄德之妻也。”○大典顯常曰：“《王濟傳》：‘濟尚常山公主。’齊王攸當之藩，濟既諫請，又累使公主與甄德妻長廣公主俱入稽顙泣請。”○秦士鉉曰：“常山公主，王濟妻；長廣公主，甄德妻也。甄德字彥孫。”○錢大昕曰：“《晉諸公贊》云：甄德字彥孫，司馬景王以女妻德，早亡，文王復以女繼室，即京兆長公主也。見《魏志·后妃傳》注。此云‘長廣公主’，封號互異。”《考異》卷二十一。

“稽顙”，恩田仲任曰：“《儀禮》注曰：‘頭觸地無容。’顙，額也。”

“來生哭人”，桃井白鹿曰：“當時多作此言。《通鑒·晉紀》：劉聰刑賞紊亂，大將軍敷數涕泣切諫，聰怒曰：‘汝欲乃公速死耶？何以朝夕生來哭人！’又嘗刑罰過差，乂、粲輿櫬切諫，聰怒曰：‘吾豈桀紂，而汝輩生來哭人。’”○秦士鉉曰：“生哭，死生人哭之也。”○朱鑄禹曰：“‘生哭’者謂以生人爲死人而哭之也。”

【彙評】

李贄曰：“濟諫留齊王，大是。”《初潭集》卷二十四。

陳師曰：“武欲封齊王出藩，王武子數入諫乞留。帝云：‘此吾家計。’蓋已甚恚矣。及詔面責，而又述‘斗粟尺布’之謠，感以親疏之誼。守正不屈，武子有焉。”《禪寄筆談》卷四。

秦士鉉曰：“此條當合‘時人共論晉武帝出齊王’一則注觀之，方有首尾。”

蔣凡曰：“武帝晚年，所立太子司馬衷懦愚，朝臣多寄希望於齊王。王濟向武帝陳情留齊王，又叫妻子常山公主進宮請求，因此觸怒武帝被責。王濟卻引用‘尺布斗粟’之歌來諷喻武帝不容同母弟齊王。在關涉國運興衰大計時，能夠‘呂望大事不糊塗’，也殊爲難能可貴。”

12

杜預之荊州，頓七里橋，朝士悉祖。王隱《晉書》曰：

"預字元凱，京兆杜陵人，漢御史大夫延年十一世孫。祖畿，魏太保〔1〕。父恕，幽州、荊州刺史〔2〕。預智謀淵博，明於治亂，常稱‘立德者非所企及，立功、立言所庶幾也’。累遷河南尹，爲鎮南將軍，都督荊州諸軍事，鎮襄陽。以平吳勳封當陽侯。預無伎藝之能，身不跨馬，射不穿札，而每有大事，輒在將帥之限〔3〕。贈征南將軍，儀同三司。"預少賤，好豪俠，不爲物所許。楊濟既名氏雄俊，不堪〔4〕，不坐而去。《八王故事》曰："濟字文通，弘農人，楊駿弟也。有才識，累遷太子太保〔5〕，與駿同誅。"須臾，和長輿來，問："楊右衛何在？"客曰："向來不坐而去。"長輿曰："必大夏門下盤馬。"往大夏門，果大閱騎。長輿抱內車，共載歸，坐如初。

○"杜預之荊州"至"物所許"

"杜預之荊州"，程炎震曰："《晉書·預傳》：‘預以羊祜薦，以本官領征南軍師。’《武紀》：‘咸寧四年十一月，杜預都督荊州諸軍事。’"

"頓七里橋"，程炎震曰："《武紀》：‘泰始十年十一月，立城東七里澗石橋。’"○余嘉錫曰："《洛陽伽藍記》二曰：‘崇義里東有七里橋，以石爲之。中朝時，杜預之荊州，出頓之所也。’"

"朝士悉祖"，朱鑄禹曰："祖，祖餞也。"

"預少賤"，余嘉錫曰："謂之‘少賤’者，據《晉書·預傳》言‘其父與宣帝不相能，遂以幽死。預久不得調，故少長貧賤’。"

"不爲物所許"，徐震堮曰："物，人，衆人，亦指輿論。"《簡釋》。○龔斌曰："班固《漢書·刑法志》‘邑無豪傑之俠’，《地理志》‘豪傑則游俠通姦’，

---

〔1〕 "太保"，徐震堮曰："《晉·職官志》，魏初唯置太傅，以鍾繇爲之；末年又置太保，以鄭沖爲之。畿卒文帝時，時未有太保官，‘太保’疑是‘太僕’之誤。"楊勇曰："《魏志·杜畿傳》：‘文帝即位，賜爵關內侯，徵爲尚書。帝征吳，以畿爲尚書僕射，統留事。薨，追贈太僕。’作‘太僕’是。"

〔2〕 "幽州荊州刺史"，徐震堮曰："恕亦未嘗爲荊州，‘荊州’二字亦疑衍文。"楊勇曰："《魏志·杜恕傳》、《晉書·杜預傳》、《宰相表》十二均無‘荊州刺史’事。"

〔3〕 "將帥之限"，徐震堮曰："‘限’《晉書·杜預傳》作‘列’。"

〔4〕 "雄俊不堪"，李慈銘曰："四字有誤。"

〔5〕 "太子太保"，徐震堮《札記》曰："《晉書·楊濟傳》作‘太子太傅’。"

又《後漢書·第五倫傳》'游俠踰侈犯義侵禮'，於此可見東漢以降，游俠不爲物所許矣。"

○"楊濟既名"至"坐如初"

"楊濟既名氏"二句，朱鑄禹曰："武帝楊皇后爲濟兄駿之女。"○朱城曰："既，本來，原來。此言楊濟本是名氏雄俊，故不屑與出身微賤的杜預爲伍。"《雜釋》。○張萬起曰："名氏，名門望族。不堪，魏晉門閥森嚴，士庶不同席。楊濟不堪爲杜預送行。"

"楊右衛"，程炎震曰："濟爲右衛將軍，本傳不載，蓋略之。"

"向來"，王佩諍曰："'向來'猶言'向者'。《左》莊三十六年《傳》：'向者牙曰：慶父材。'是其義。與自昔以來之'向來'，亦稍有別。"

"大夏門"，程炎震曰："《晉書·地理志》：'洛陽北有大夏、廣莫二門。'"○徐震堮曰："（《洛陽伽藍記》）卷五城北：'禪虛寺在大夏門御道西，寺前有閱武場，歲終農隙，甲士習戰，千乘萬騎，常在於此。'楊鉉之所言雖魏事，然其地必曠闊，故濟於此大閱騎也。"

"抱内車"，朱鑄禹曰："'内'同'納'。"○楊勇曰："内，讀爲納，入也。"

【彙評】

王世懋曰："杜元凱千載名士，楊濟倚外戚爲豪，此何足爲'方正'？"朱鑄禹按曰："似以和嶠爲'方正'。"龔斌按曰："二說皆不確。楊濟豪俊，不坐而去，此當時人以爲'方正'。時過境遷，後世評價標準不同，乃另當別論。'方正'自屬之楊，和嶠和事佬。"

陳夢槐曰："摹楊濟雄俊，不肯下人數語，的的如畫。入《方正》，則弇州刪去便不足惜。"

張端木曰："此是驕傲，非'方正'。"

章太炎曰："預父祖亦皆貴顯，非少賤也。楊濟、羊琇蓋各以外戚自矜耳。然張華起自牧豎，濟、琇見之當如何？"《眉批集》頁四二。

蔣凡曰："（楊濟）自恃世族門高、外戚權重，在杜預的餞行會上要起名士脾氣。此舉當時人或許視爲率性不羈的方正風度，今人看來，這是門閥意識的偏見，毫無風度可言。"

13

杜預拜鎮南將軍，朝士悉至，皆在連榻坐。《語林》曰：
"中朝方鎮還，不與元凱共坐[1]。預征吳還，獨榻，不與賓客共也。"時亦
有裴叔則。羊穉舒後至[2]，曰："杜元凱乃復連榻坐
客！"不坐便去[3]。《晉諸公贊》曰："羊琇字穉舒，泰山人。通濟有才
榦，與世祖同年相善，謂世祖曰：'後富貴時，見用作領護軍各十年。'世祖即
位，累遷左將軍、特進。"杜請裴追之，羊去數里住馬，既而俱
還杜許。

○"杜預拜"至"俱還杜許"

"羊穉舒後至"，李慈銘曰："《晉書·羊琇傳》作'琇與裴楷後至'，此則似
裴已先在，與彼不同。"《簡端記》。

"乃復"，楊勇曰："時人俗語，猶今言居然、竟然似。"

"連榻"，朱鑄禹曰："連榻爲慢客，專榻爲敬，預自以征吳有功，獨榻尤倨
傲非禮。"○周一良曰："連榻當是可坐數人之榻，與獨榻相對應而言。獨榻爲
尊敬而連榻則否。閻立本繪北齊校書圖，有四人共一榻，有七八人對坐兩榻，見
《山谷題跋》三題校書圖後條，當即所謂連榻。主人謙遜，則與客共坐連榻。"
《史札》頁四七三至四七四。

"不坐便去"，劉應登曰："謂杜自獨坐，而使客連榻坐，所以羊不平。"
◎余嘉錫曰："此出《郭子》，見《書鈔》一百三十三。"

○注"語林曰"

"預征吳還"，程炎震曰："按《預傳》，拜鎮南在赴荆之後，則朝士無緣悉
至也。注引《語林》云征吳還爲是。《晉書·羊琇傳》悉取此文，自與《預傳》
違伐矣。"○龔斌曰："祐以咸寧四年卒，杜預拜鎮南將軍亦在此年。時杜預尚

〔1〕"不與元凱共坐"，何焯曰："注中'元凱'二字疑誤。"
〔2〕"羊穉舒後至"，董刻本、沈校本"穉"作"稚"。朱鑄禹曰："袁本作'穉'，'穉'同'稚'。"
〔3〕"不坐便去"，徐震堮《札記》曰："'亦有裴叔則，羊穉舒後至云云'，《晉書·羊琇傳》作'琇與
裴楷後至，遂不坐而去'，無以下數句。"

未至鎮，故朝士得以悉至。"

○注"晉諸公贊曰"

"作領護軍各十年"，岡白駒曰："'各'者，領軍護軍也。"

【彙評】

劉辰翁曰："貴公子態耳，何與'方正'？"

王世懋曰："羊琇何物？與王愷爲戚里争富者，乃亦以慢鎮南爲方正耶？叔則名士，渠何獨不去？"

凌濛初曰："臨川似左袒慢鎮南者，何耶？"

余嘉錫曰："琇爲司馬師妻景獻皇后之從父弟，楊濟亦司馬炎妻武悼皇后之叔父，與杜預並晉室懿親。預功名遠出其上，而二人皆鄙預如此者，蓋以預爲罪人之子，出身貧賤，故不屑與之同坐也。此爲挾貴而驕，不當列入《方正》之篇。"

朱鑄禹曰："《晉書》本傳曰：'及齊王攸出鎮也，琇以切諫忤旨，左遷太僕。'然則羊雖以戚里放恣，而此節尚可取，故臨川稱之，蓋病預之慢客也。"

14

晉武帝時，荀勖爲中書監，虞預《晉書》曰："勖字公曾，潁川潁陰人，漢司空爽曾孫也。十餘歲能屬文，外祖鍾繇曰[1]：'此兒當及其曾祖。'爲安陽令，民生爲立祠，累遷侍中、中書監。"和嶠爲令。故事，監、令由來共車。嶠性雅正，常疾勖諂諛。王隱《晉書》曰："勖性佞媚，譽太子，出齊王，當時私議，損國害民，孫、劉之匹也。後世若有良史，當著《佞幸傳》。"後公車來，嶠便登，正向前坐，不復容勖。勖方更覓車，然後得去[2]。監、令各給車自此

---

〔1〕 "外祖鍾繇"，徐震堮曰："'外祖'《晉書》本傳作'從外祖'。"
〔2〕 "然後得去"，楊勇曰："'然'下宋本有'後'字，非。袁本無，是。"

始。曹嘉之《晉紀》曰〔1〕："中書監、令常同車入朝。至和嶠爲令，而荀勖爲監，嶠意强抗，專車而坐，乃使監、令異車，自此始也。"

○"晉武帝時"至"不復容勖"

"監令由來共車"，胡三省曰："由來，猶今人言從來。"《通鑒·陳紀一》注。○田中頤曰："謂嘗有監、令共車一故事，爾來因之也，見和、荀異車，事體非輕。"

"疾勖諂諛"，王叔岷曰："《莊子·漁父篇》：'希意道言謂之諂，不擇是非而言謂之諛。'"

"公車來"，秦士鉉曰："牽公車來給二人。"○徐震堮曰："公車，官車也。"

"正向前坐"，淇園曰："正，正中。"○吳承仕曰："登車正向前坐，此時已不立乘矣。"余嘉錫引。○楊勇曰："正，只也。"

"不復容勖"，田中頤曰："此出於疾之也。"

○"勖方更"至"自此始"

"方更覓車"，方一新曰："方更，猶言重新、重又。"《小説校釋》。

"然後得去"，參見校文。劉盼遂曰："'然'以雙聲借爲'乃'，'然得去'者，乃得去也。《莊子·天地篇》：'今然君子也。'《晉語》：'文公曰：豈不知女言，然是吾惡心也。''然'並解作'乃'字。《世説》宋本'然'下有'後'字，是不知古義者沾也。"○龔斌曰："王念孫《讀書雜誌·漢書》一二：'然，猶乃也。'"

"各給車"，崔朝慶曰："給，備也。"

◎程炎震曰："《文選·王文憲集序》注引臧榮緒《晉書》文略同。"

○注"王隱晉書曰"

"孫劉之匹"，桃井白鹿曰："魏明帝時，中書監劉放、孫資見信於主，大臣莫不交好，時稱孫劉。"○秦士鉉曰："孫資、劉放並以佞媚事主。"

"佞幸傳"，恩田仲任曰："佞，巧諂也。倖，寵也。"

---

〔1〕"晉紀"，楊勇曰："宋本作'晉記'，非。《隋志》：'《晉紀》十卷，晉前軍諮議曹嘉之撰。'"

690

○注“曹嘉之晉紀曰”

“曹嘉之晉紀”，沈家本曰：“《隋志》：‘《晉紀》十卷，晉前軍諮議曹嘉之撰。’二《唐志》卷同。”《古書目》卷四。○葉德輝曰：“《隋志》：十卷。云：‘晉前軍諮議曹嘉之撰。’”《書目》。

【彙評】

王世懋曰：“此故是長興方正，嘉之《紀》不得云‘强抗’。”

15

山公大兒著短帢[1]，車中倚。武帝欲見之，山公不敢辭，問兒，兒不肯行。時論乃云勝山公。《晉諸公贊》曰：“山該字伯倫，司徒濤長子也[2]。雄有器識[3]，仕至左衛將軍。”

○“山公大兒”至“車中倚”

“山公大兒”，余嘉錫曰：“《晉書·濤傳》：‘濤五子：該、淳、允、謨、簡。’此稱‘山公大兒’，自是該事。”

“著短帢”，參見校文。岡白駒曰：“帢，帽也，狀如弁，缺四隅，縑帛爲之。”○大典顯常曰：“疑當作‘袷’。袷，衣無絮也。”《集成》。○淇園曰：“帢，帽，蓋軍容服。”○徐震堮曰：“《魏志·太祖紀》注：‘魏太祖擬古皮弁，裁縑帛以爲帢，合乎簡易隨時之義，以色別其貴賤，可謂軍容，非國容也。’山濤兒不肯著以見武帝，故時論嘉之。”

“車中倚”，淇園曰：“倚牀而坐，此蓋好擬將帥之態度。”

---

[1] “著短帢”，董刻本、沈校本、何焯校本作“短著帢”。楊勇曰：“短，猶今人所謂倭也。各本作‘著短帢’，倒誤。宋本是。”蔣凡批曰：“宋本‘短’斷句，是。袁本等作‘著短帢’，誤。此‘短’實指孩子矮小。”

[2] “司徒濤”，董刻本“濤”作“靖”。王利器曰：“各本‘靖’作‘濤’，是。”楊勇曰：“宋本作‘立壽’，非。”

[3] “雄有”，余嘉錫曰：“‘雄’景宋本及沈本作‘雅’。”朱鑄禹曰：“袁本作‘雄’，非。”

○ "武帝欲見" 至 "勝山公"

"兒不肯行"，劉辰翁曰："直自愧其矮耳，不足言勝。"○平賀房父曰："蓋山公朝時，大兒著襲帢陪乘，在車中倚坐。武帝知之欲見，山公不得辭，問兒，兒以著襲帢不肯行，故時論以兒爲勝於山公也。"○淇園曰："蓋不欲以其傲態供上之觀玩也。"○程炎震曰："《晉志》：'成帝咸和九年制：聽尚書八座丞郎、門下三省侍官乘車，白帢低幃，出入掖門。又二宮直官著［烏］紗帢。'則前此者，王人雖宴居著帢，不得以見天子。故山該不肯行耳。"○余嘉錫曰："詳其文義，該所以不肯行者，即因著帢之故，別無餘事。"○龔斌曰："曹操創制帢帽，本出於合乎簡易隨時之義，並非'國容'，則著帢帽並非不雅。山該著帢，亦無礙見天子，何況此時該尚未出仕。總之，山該不肯行，非因著帢有礙禮儀，而是身材短小而已。"

"勝山公"，田中頤曰："父尚可見，兒不可屈致故也。"

◎李慈銘曰："《晉書·山濤傳》以爲濤第三子允'少尪疾，形甚短小，武帝欲見之，濤不敢辭，以問允，允自以尪陋不肯行。濤以爲勝己'，與此互異。"《簡端記》。○程炎震曰："《晉書·濤傳》以爲濤子淳、允並少尪疾云云，蓋別一事。"○余嘉錫曰："《御覽》三百七十八引臧榮緒《晉書》曰：'山濤子淳、元尪疾不仕，世祖聞其短小而聰敏，欲見之。濤面答："淳、元自謂形容宜絕人事，不肯受詔。"論者奇之。''元'蓋'允'之誤。其說與《世說》不同，或者各爲一事也。而唐修《晉書》兼采兩說，合爲一事。曰：'淳、允並少尪疾，形甚短小，而聰敏過人。武帝聞而欲見之。濤不敢辭，以問於允，允自以尪陋不肯行，濤以爲勝己。'其文左右采獲，使兩書所載皆失其真，可謂大誤。"

16

向雄爲河內主簿，有公事不及雄，而太守劉淮橫怒〔1〕，遂與杖遣之。雄後爲黄門郎，劉爲侍中，初不交言。武帝聞之，敕雄復君臣之好。雄不得已，詣劉，再拜曰：“向受詔而來〔2〕，而君臣之義絶，何如〔3〕？”於是即去。武帝聞尚不和，乃怒問雄曰：“我令卿復君臣之好，何以猶絶？”《漢晉春秋》曰：“雄字茂伯，河內人。”《世語》曰：“雄有節概，仕至黄門郎、護軍將軍〔4〕。”按：王隱《孫盛不與故君相聞議》曰：“昔在晉初，河內温縣領校向雄〔5〕，送御犧牛，不先呈郡〔6〕，輒隨比送洛〔7〕。值天大熱，郡送牛多暍死〔8〕。臺法甚重，太守吳奮召雄與杖〔9〕，雄不受杖，曰：‘郡牛者亦死也；呈牛者亦死也。’奮大怒，下雄獄，將大治之。會司隸辟雄都官從事，數年，爲黄門侍郎。奮爲侍中，同省，相避不相見。武帝

〔1〕 “劉淮”，大典顯常曰：“《晉書》作‘劉毅’。”恩田仲任曰：“當作‘劉準’。”秦士鉉曰：“‘淮’當作‘準’。名字義蓋取諸平直準繩。”勞格《校勘記中》曰：“《向雄傳》：‘太守劉毅嘗以非罪笞雄。’‘劉毅’當從《世説·方正篇》作‘劉準’。今本作‘淮’，誤。”程炎震曰：“劉淮字君平，則‘淮’當作‘準’，省爲‘准’，故誤爲‘淮’耳。《晉書·雄傳》作‘劉毅’，誤。考《毅傳》，未嘗爲河內也。”劉盼遂曰：“《晉書·向雄傳》作‘劉毅’，又誤之誤矣。考毅生平不爲河內。”徐震堮《札記》曰：“《晉書》本傳作‘劉毅’。”又《校箋》曰：“‘淮’亦是‘準’之壞字，準字君平，義正相扶。”王利器曰：“案《晉書·向雄傳》，‘劉淮’作‘劉毅’，疑誤。《世説》及注作‘劉淮’，‘淮’當是‘準’字錯的，名準字君平，義正相應。”王叔岷曰：“宋本《雅量篇》‘裴遐在周馥所’一則，注引鄧粲《晉紀》作‘劉淮’，與此同。‘淮’蓋本作‘准’，魏晉時俗書‘準’變爲‘准’。”楊勇曰：“以字義推之，‘準’與字‘君平’爲協也。”
〔2〕 “向受”，平賀房父曰：“‘向受’當作‘雄受’，以姓向誤。”
〔3〕 “何如”，程炎震曰：“《晉書·雄傳》作‘如何’，是也。”
〔4〕 “護軍將軍”，吳士鑑曰：“作征虜將軍是。”楊勇曰：“宋本作‘護軍’，《晉書·向雄傳》作‘征虜將軍’。”
〔5〕 “領校”，董刻本“校”作“牧”。程炎震曰：“別一宋本‘校’作‘牧’。”王利器曰：“各本‘領牧’作‘領校’。案唐杜佑《通典》卷九九《與舊君不通服議》載此事，作‘領校’。”
〔6〕 “不先”，董刻本“先”作“充”。岡白駒曰：“‘充’作‘先’，非也。”天保手批曰：“‘先’字王本作‘充’字。”王利器曰：“曹本同，各本‘充’作‘先’。《通典》無此字。”徐震堮曰：“凌刻本作‘先’，是。”
〔7〕 “隨比”，董刻本“比”作“此”。朱鑄禹曰：“袁本作‘比’，是。”龔斌曰：“當作‘比’，比，近也。”
〔8〕 “郡送牛多暍死”，何焯曰：“‘郡’疑‘部’誤，下同。”又，董刻本“暍”作“喝”。王利器曰：“各本‘喝’作‘暍’，是。《通典》作‘渴’。”楊勇曰：“‘暍’宋本作‘喝’，非。《説文》：‘暍，傷暑也。’”
〔9〕 “吳奮召雄與杖”，董刻本“吳”作“是”，“杖”作“仗”。程炎震曰：“吳奮爲河內太守，亦見《晉書·孫鑠傳》。”王利器曰：“各本‘是’作‘吳’，‘仗’作‘杖’，是。《通典》‘仗’亦作‘杖’。”

聞之，給雄酒禮，使詣奮解〔1〕，雄乃奉詔。”此則非劉淮也。《晉諸公贊》曰：“淮字君平，沛國杼秋人。少以清正稱。累遷河內太守、侍中、尚書僕射、司徒。”雄曰：“古之君子〔2〕，進人以禮，退人以禮；今之君子，進人若將加諸厀〔3〕，退人若將墜諸淵。臣於劉河內不爲戎首〔4〕，亦已幸甚，安復爲君臣之好？”武帝從之。《禮記》曰：“穆公問於子思曰：‘爲舊君反服，古邪？’子思曰：‘古之君子，進人以禮，退人以禮，故有舊君反服之禮；今之君子，進人若將加諸厀，退人若將墜諸淵。無爲戎首，不亦善乎，又何反服之有〔5〕？’”鄭玄曰：“爲兵主求攻伐〔6〕，故曰戎首也。”

○“向雄爲”至“於是即去”

“有公事不及雄”，岡白駒曰：“公事有失，其罪本不與及於雄。”○大典顯常曰：“《魏志》‘王弼以公事免’，《南史》‘謝超宗坐公事免’，及此與下‘王夷甫有公事’，皆謂吏牘公案事也。”《集成》。

“初不交言”，劉應登曰：“謂非雄之罪，而太守杖之，故憾之之深也。”

“復君臣之好”，伯克利手批曰：“當時屬吏不諱君臣之名，相沿諸侯舊習。”○王佩諍曰：“漢魏兩晉之時，長官與僚屬，誼等君臣，有喪事必往會葬，且須成服，猶有孟子所言禮爲舊君有服之意，則其義可知矣，故曰復君子之好。”○周一良曰：“主簿與太守之間稱‘君臣之好’。”《批校》。○張萬起曰：“諸王國以內史掌太守之任，以郡國與主簿的關係，故稱君臣。”

“向受詔”，岡白駒曰：“向者受詔而來。”○田中頤曰：“但曰其姓向，未及曰名者，見其怨深結不可解。”

“君臣之義絕何如”，岡白駒曰：“言君臣之義既絕矣，無復何如。”○平賀

---

〔1〕 “使詣”，董刻本無“使”字。王利器曰：“各本‘詣’上有‘使’字，義較明。”
〔2〕 “今之君子”，徐震堮《札記》曰：“《晉書》敓‘君子’二字。”
〔3〕 “加諸厀”，余嘉錫曰：“‘厀’景宋本作‘膝’。”
〔4〕 “臣於劉河內”，徐震堮《札記》曰：“《晉書》誤作‘劉河內於臣’，當據此正之。”
〔5〕 “又何反服之有”，唐鴻學曰：“今本《禮記》作‘又何反服之禮之有’，案‘之禮’二字乃衍文，此引與《通典》五十九、《白帖》三十八均無‘之禮’，明刊妄沾之，不可爲據。”
〔6〕 “主求攻伐”，程炎震曰：“別一宋本‘求’作‘來’。”余嘉錫曰：“‘求’景宋本及沈本俱作‘來’。”龔斌曰：“今本《禮記·檀弓下》正作‘來’，作‘來’是。”

房父曰："何如，言於足下何如也。"○田中頤曰："言受詔雖重，而君臣之義絶亦較重，無奈之何也。"

○"武帝聞"至"武帝從之"

"我令卿復君臣之好"，田中頤曰："強欲和諧。"

"今之君子"三句，田中頤曰："暗言劉進退輕舉，漫加橫怒也。"

"亦已幸甚"，田中頤曰："已上用《禮記》語，言不相敵讎之幸也。"

"武帝從之"，田中頤曰："不能奪也。"

○注"王隱孫盛不與故君相聞議曰"

"孫盛不與故君相聞議"，岡白駒曰："即不復君臣之好議也。"○秦士鉉曰："'相聞'或作'相問'，通音問也。"

"先呈郡"，大典顯常曰："呈之郡守也。《晉書》列傳十八有《向雄傳》，不載送牛一事，蓋出王隱《晉書》、孫盛《晉陽秋》也。"

"隨比送洛"，秦士鉉曰："比，比例也。"○楊勇曰："比，同也。"○龔斌曰："隨比，猶照近、就近。"

"喝死"，秦士鉉曰："喝，中暑病也。"

"臺法"，大典顯常曰："杜氏《通典》：'後漢建武十八年改州牧爲刺史，或謂州府爲外臺。'"《集成》。○秦士鉉曰："或云尚書御史等臺法也。"

"吳奮"，程炎震曰："吳奮爲河内太守，亦見《晉書·孫鑠傳》。"

"郡牛者亦死也"二句，大典顯常曰："言牛死因天熱，非吾不呈之故也。"又曰："言因天熱故爲郡送牛者皆共死，則設令呈牛亦不免死也。"《撮補》。○秦士鉉曰："送牛有二焉。呈太守者，謂之呈牛。不呈太守，自郡送者，謂之郡牛。蓋雄所送者，郡牛也，故曰郡牛亦死，呈牛亦死，不獨我有罪也。"○龔斌曰："溫縣位於野王、洛陽之間，若牛先送郡，再送洛陽，則路遠渴死更多，故向雄不先呈郡而就近送至洛。"

"會司隸辟雄都官從事"，秦士鉉曰："《晉書》：雄初仕郡爲主簿，太守劉毅嘗以非罪笞雄，及吳奮代毅爲太守，又以小譴繫雄獄。司隸鍾會於獄中辟雄爲都官從事。"○程炎震曰："《晉書·雄傳》云司隸鍾會辟雄。"

◎王世懋曰："注引爲真。《晉書》遂兩用之。"秦士鉉按曰："'真'疑作'證'，蓋劉準、吳奮本是一事，《晉書》誤分爲二事。"○李慈銘曰："《晉書·向雄傳》，雄爲河內主簿，太守劉毅、吳奮皆以非理辱之。後雄爲黃門侍郎，毅、奮皆爲侍中，同省，初不交言，武帝敕雄復君臣之好，雄不得已，乃‘詣毅再拜’云云。《世説·方正篇》以爲河內太守劉淮，孝標注引王隱、孫盛之言，以爲太守是吳奮，非劉淮。考《晉書·劉毅傳》，毅一生未嘗歷外任，初無爲河內太守之事。蓋唐人修《晉書》，雜采諸説，既並列兩事，又誤‘淮’爲‘毅’，上云毅、奮同爲侍中，下止云‘詣毅再拜’，皆其疏也。”《讀書記·晉書》。另見《簡端記》，文稍異。○吳士鑑曰：“《世説·方正篇》注按王隱《孫盛不與故君相聞議》曰：‘奮爲侍中，同省，相避不相見，武帝聞之，給雄酒禮，使詣奮解，雄乃奉詔。’此則非劉淮也。案本傳吳奮、劉毅確爲二事。孝標云此非劉淮，蓋但知吳奮一事也。惟‘劉毅’當是‘劉準’之誤，‘準’又脱誤爲‘淮’也。”《斠注》卷四十八。

【彙評】

王楙曰：“官屬受杖，其來久矣。《後漢》戴宏爲郡督郵，曾以職事見詰，府君欲撻之云云。《三國志》黃蓋爲守長，署兩掾教曰：‘若有姦欺，終不加以鞭杖，宜各盡心。’此正明驗古人吏屬受杖之説也。自晉至唐，此類尤多，姑摭數端。《世説》載太守劉淮杖主簿向雄，後同在政府不交言，武帝敕雄復修君臣之好。《北史》厙狄連爲鄭州刺史，開府參軍皆加捶撻。魏收爲中外府主簿，頻被箠楚。”《野客叢書》卷二十。

劉辰翁曰：“憾而已，非‘方正’之選也。”

程炎震曰：“《通典》卷九十九引王隱議曰：《禮》雖云‘君不君，臣不可以不臣。當爲小惡也，三諫不從則去，不見齒於其君，則不敢立於其朝’，至於仲子稱‘人以國士遇我，我以國士報之；以凡人遇我，我以凡人報之’，此猶輕於戎首，則可逢而避之，至死不往可也。雄無詔敕逢避，未可非也。”

陳侃理曰：“府主與故吏間的恩義是相互的，不是一辟定終身，亦不僅僅是臣對君有義務，君也要待臣以恩，這是雄繫君臣之‘義’的重要條件。”《“送故”吏與送“故吏”》。

17

齊王冏爲大司馬輔政，虞預《晉書》曰：“冏字景治，齊王攸子也。少聰惠，及長，謙約好施。趙王倫篡位，冏起義兵誅倫，拜大司馬，加九錫，政皆決之。而恣用群小，不復朝覲，遂爲長沙王所誅。”嵇紹爲侍中，詣冏咨事。冏設宰會[1]，召葛旟[2]、《齊王官屬名》曰：“旟字虛旟，齊王從事中郎。”《晉陽秋》曰：“齊王起義，轉長史。既克趙王倫，與董艾等專執威權。冏敗[3]，見誅。”董艾等《八王故事》曰：“艾字叔智，弘農人。祖遇，魏侍中。父緩[4]，秘書監。艾少好功名，不修士檢。齊王起義，艾爲新汲令，赴軍，用艾領右將軍。王敗，見誅。”共論時宜。旟等白冏：“嵇侍中善於絲竹，公可令操之。”遂送樂器[5]。紹推卻不受。冏曰：“今日共爲歡，卿何卻邪？”紹曰：“公協輔皇室，令作事可法。紹雖官卑，職備常伯[6]。操絲比竹，蓋樂官之事，不可以先王法服[7]，爲伶人之業。今逼高命，不敢苟辭，當釋冠冕，襲私服，此紹之心也。”旟等不自得而退。

○“齊王冏”至“卿何卻邪”

“咨事”，田中頤曰：“諮謀公事。”

---

[1]　“冏設宰會”，程炎震曰：“‘宰會’字恐誤，《晉書·紹傳》作‘讌會’。”徐震堮《札記》曰：“《晉書·嵇紹傳》作‘遇冏讌會’。”

[2]　“召葛旟”，董刻本“葛”作“若”。王利器曰：“各本作‘召葛旟’，是。”楊勇曰：“宋本作‘若旟’，非。各本及《晉書·嵇康傳》《齊王冏傳》均作‘葛旟’，是。”

[3]　“冏敗”，楊勇曰：“‘冏’宋本作‘圖’，非。”

[4]　“父緩”，董刻本、袁刻本“緩”俱作“綬”。王先謙曰：“一本作‘綬’。”程炎震曰：“王本作‘父綬’，明本、鄂本同。”余嘉錫曰：“‘緩’疑宋本作‘綬’。”

[5]　“送樂器”，楊勇曰：“宋本作‘送’，非。各本及《晉書·嵇紹傳》、《御覽》六八九引《世說》均作‘進’，是。”

[6]　“紹雖官卑”二句，王叔岷曰：“《御覽》六八九作‘紹雖職卑，忝備常伯’，《晉書·嵇紹傳》作‘紹雖虛鄙，忝備常伯’。”

[7]　“不可以先王法服”，董刻本同。楊勇曰：“《御覽》六八九引《世說》及《晉書·嵇紹傳》均作‘豈可以先王之服’。”王叔岷曰：“此當從宋本。如從《御覽》，‘服’上亦當補‘法’字。”

"設宰會"，參見校文。大典顯常曰："宰，屠也，烹也，調和膳羞之名。"《撮補》。○恩田仲任曰："'宰會'謂設膳羞而宴會也。"○田中頤曰："謂設宰輔會也。"○張永言曰："設置酒晏邀請僚屬集會。"《辭典》頁五七一。○張萬起曰："宰，王府官吏，猶古之家臣。"《詞典》頁二二四。

"召葛旟董艾等共論時宜"，余嘉錫曰："《晉書·齊王冏傳》載河間王顒表曰：'董艾放縱，無所畏忌。中丞按奏，而取退免。葛旟小豎，維持國命，操弄王爵，貨賂公行，群姦聚黨，擅斷殺生，密署腹心，實爲貨謀，斥罪忠良，伺闚神器。'"○張萬起曰："時宜，時勢所宜，指時政。"

"遂送樂器"，田中頤曰："此本欲逼而聽之，非卒然觸興者，且專供私歡，嵇所以不受也。"

○"紹曰公"至"自得而退"

"作事可法"，大典顯常曰："《孝經》語。"《撮補》。○恩田仲任曰："《孝經》玄宗御注曰：'制作事業，動得物宜，故可法也。'"

"職備常伯"，岡白駒曰："侍中者，《周書·立政》所云'常伯任以爲左右'，即其任也，故侍中稱常伯。"○桃井白鹿曰："《前漢·谷永傳》注：'常伯，即侍中。'"○徐震堮曰："《書·立政》：'王左右，常伯、常任。'疏：'王之親近左右，常所長事，謂三公也；常所委任，謂六卿也。'後世因稱給事天子左右之官如侍中、散騎常侍爲常伯。紹官侍中，故云。"

"操絲比竹"，大典顯常曰："《前漢·食貨志》'比其音律'師古曰：'比，謂次之也，又和也、並也。'"○秦士鉉曰："《莊子》：'比竹，笙也。'亦謂次列竹管和其音也。"○崔朝慶曰："言吹彈管弦也。"

"先王法服"，大典顯常曰："《孝經》：'非先王之法服，不敢服也。'"○崔朝慶曰："言先王制定當官之禮服也。"

"襲私服"，崔朝慶曰："襲，服也。"

"不自得"，田中頤曰："其言出於己而遂不能屈，故不自得也，與'爲歡'反映。"

○注"八王故事曰"

"不修士檢"，恩田仲任曰："《三倉解詁》曰：'檢，法度也。'"○秦士鉉曰："士檢，士人之檢行。"

王世懋曰：“中散兒故自不凡。”

龔斌曰：“嵇紹不肯操絲比竹，非僅職責有別，亦有不滿齊王冏專執威權，恣用群小之意。”

18

盧志於眾坐《世語》曰：“志字子通〔1〕，范陽人，尚書珽少子。少知名。起家鄴令，歷成都王長史、衛尉卿、尚書郎。”問陸士衡：“陸遜、陸抗，是君何物？”抗已見。《吳書》曰：“遜字伯言，吳郡人，世爲冠族。初領海昌令，號神君，累遷丞相。”答曰：“如卿於盧毓、盧珽。”《魏志》曰：“毓字子家，涿人。父植，有名於世。累遷吏部郎、尚書。選舉，先性行而後言才，進司空。珽，咸熙中爲泰山太守，字子笏，位至尚書〔2〕。”士龍失色。雲，別見。既出戶，謂兄曰：“何至如此，彼容不相知也。”士衡正色曰：“我父祖名播海內，甯有不知〔3〕？鬼子敢爾！”《孔氏志怪》曰：“盧充者，范陽人。家西三十里有崔少府墓。充先冬至一日，出家西獵，見一麞〔4〕，舉弓而射，即中之。麞倒而復起，充逐之，不覺遠。忽見一里門如府舍〔5〕，門中一鈴下有唱家

〔1〕 “字子通”，徐震堮《札記》曰：“《晉書》本傳作‘字子道’。”楊勇曰：“志字子道，字義相協，《晉書》是。”
〔2〕 “珽咸熙中爲泰山太守字子笏位至尚書”，楊勇曰：“《魏志·盧毓傳》：‘毓子欽、珽。咸熙中，欽爲尚書，珽，泰山太守。’吳士鑑《斠注》引《世語》：‘欽字子若，珽字子笏。欽泰始中爲尚書僕射，領選。’今按此句當作：‘子欽、珽。欽字子若，珽字子笏。咸熙中，欽爲尚書；珽，泰山太守。’”
〔3〕 “甯有”，董刻本、袁刻本“甯”俱作“寧”。
〔4〕 “一麞”，楊勇曰：“‘麞’宋本作‘獐’。”
〔5〕 “忽見一里門”，桃井白鹿曰：“‘里’下當有‘許’字。《搜神記》：‘忽見道北一里許，高門瓦屋，四周有如府舍，不復見麞。’”秦士鉉曰：“《搜神記》‘里’下有‘許’字，然則‘忽見’當在‘門’上。”徐震堮曰：“‘里門’，《御覽》三〇引《續搜神記》作‘黑門’。”

前〔1〕。充問〔2〕：'此何府也?' 答曰：'少府府也〔3〕。' 充曰：'我衣惡，那得見貴人?' 即有人提襆新衣迎之〔4〕。充著盡可體，便進見少府，展姓名。酒炙數行，崔曰：'近得尊府君書，爲君索小女婚，故相延耳。' 即舉書示充。充，父亡時雖小，然已見父手迹〔5〕，便歔欷無辭〔6〕。崔即勑内，令女郎莊嚴，使充就東廊〔7〕。充至，婦已下車，立席頭，共拜。爲三日畢〔8〕，還見崔。崔曰〔9〕：'君可歸矣。女有娠相，生男，當以相還；生女，當留自養〔10〕。' 勑外嚴車送客。崔送至門，執手零涕，離別之感，無異生人。復致衣一襲，被褥一副。充便上車，去如電逝，須史至家。家人相見，悲喜推問，知崔是亡人，而入其墓，追以懊惋。居四年，三月三日臨水戲，忽見一犢車〔11〕，乍浮乍没。既上岸，充往開車後户，見崔氏女與三歲男兒共載。充見之忻然，欲捉其手。女舉手指後車

---

〔1〕 "有唱家前"，《世説補》"家"作"客"，平賀房父曰："'家前'《搜神記》作'客前'。"秦士鉉曰：'客，充也。舊作'家'，誤。"天保手批："'客'一作'家'，唱家，管家僕也。"李慈銘《簡端記》曰："'有唱家前'四字有誤。《太平廣記》三百十六引《搜神記》作'唱客前'。此處'家'字蓋'客'字之誤。程炎震曰："《搜神記》十六'如府舍門中一鈴下有唱家前'作'如有府舍門中一鈴下唱客前'。劉盼遂曰："（《搜神記》）'門中鈴下有唱家前'作'門中有一鈴下唱客前'。"王利器曰："此文'有'疑當在'中'下，'家'係'客'字錯也。"周一良《史札》曰："日本目加田誠氏《新譯漢文大係》本《世説新語》注謂當據《搜神記》一六作'唱客前'，其説甚是。"頁八七。又《批校》曰："《通雅》二四'文職門鈴閣'條：'盧充見鈴下唱客前。'引此事正作'客'。"楊勇曰："《廣記》三一六引《搜神記》作'門中一鈴下唱，客前'云云，是。"
〔2〕 "充問"，天保手批："《琅邪代醉》載此文作'充前問'。"
〔3〕 "府也"，天保手批："（《琅邪代醉》）'府'字下有'少府待君久矣'。"
〔4〕 "提襆"，桃井白鹿曰："《搜神記》'提'下有'一'字。"平賀房父曰："《搜神記》'襆'上有'一'字是也。"
〔5〕 "已見"，桃井白鹿曰："《搜神記》'見'作'識'。"平賀房父曰："'見'《搜神記》作'識'，是也。"朱鑄禹曰："沈校本'已'作'由'。"
〔6〕 "便歔欷"，楊勇曰："宋本作'歔欹'。"朱鑄禹曰："袁本'便'誤作'使'。"
〔7〕 "東廊"，徐震堮曰："《草堂詩箋》二七引作'東廂'，當是。"
〔8〕 "爲三日畢"，桃井白鹿曰："《搜神記》作：'時爲三日給食，三日畢。'"天保手批："'拜爲'作'拜婚'，'日'下有'給食'二字。"程炎震曰："（《搜神記》）'爲三日'下有'給食三日'四字。"徐震堮曰："'爲'，影宋本及沈校本並無。"
〔9〕 "還見崔崔曰"，董刻本"崔"字不重。
〔10〕 "當留"，董刻本"留"作"歸"。
〔11〕 "一犢車"，桃井白鹿曰："《搜神記》'一'作'二'。"大典顯常曰："'一'當作'二'。"平賀房父曰："'一'《搜神記》作'二'，是。"秦士鉉曰："'二犢'舊作'一犢'，誤。"劉盼遂曰："（《搜神記》）'一犢車'作'二犢車'。"王利器曰："《琱玉集·感應篇》、《蒙求》卷上李瀚注'一'都作'二'。"徐震堮曰："作'一'似不誤。初時但見一車，乍沉乍没，初不注意其後尚有一車，及女舉手指示方知。鬼神之事，倏忽隱現，情事逼真。若先已見二車，則充往開車後户，爲前車耶，後車耶? 不能無所説明，似無如此鶻突文字。不得據後之'二'字以疑前之'一'字也。他書作'二'者，疑出後人臆改。"

曰：‘府君見人〔1〕。’即見少府，充往問訊。女抱兒還充，又與金盌〔2〕，別，并贈詩曰：‘煌煌靈芝質，光麗何猗猗！華豔當時顯〔3〕，嘉異表神奇〔4〕。含英未及秀，中夏罹霜萎。榮曜長幽滅，世路永無施。不悟陰陽運，哲人忽來儀。會淺離別速，皆由靈與祇。何以贈余親，金盌可頤兒。愛恩從此別，斷絕傷肝脾。’充取兒、盌及詩，忽不見二車處。將兒還，四坐謂是鬼魅〔5〕，僉遙唾之，形如故。問兒：‘誰是汝父？’兒逕就充懷。眾初怪惡，傳省其詩，慨然歎死生之玄通也。充詣市賣盌，高舉其價，不欲速售，冀有識者。欻有一老婢，問充得盌之由。還報其大家，即女姨也。遣視之〔6〕，果是。謂充曰：‘我姨姊，崔少府女〔7〕，未嫁而亡，家親痛之，贈一金盌，箸棺中。今視卿盌甚似，得盌本末，可得聞不？’充以事對。即詣充家迎兒。兒有崔氏狀，又似充貌〔8〕。姨曰：‘我舅甥三月末間産〔9〕。父曰：“春煗，溫也，願休强也。”即字溫休。‘溫

---

〔1〕 “見人”，平賀房父曰：“二字恐有誤。”天保手批：“‘人’作‘之’。”王利器曰：“蔣校本、沈校本‘人’作‘之’，較是。”徐震堮曰：“‘人’沈校本作‘之’，是。”楊勇曰：“‘人’各本作‘之’，非。唐寫本《珝玉集》卷十二《感應篇》第四所引《世説》亦作‘人’，是。”吳金華《校議》曰：“沈校本不足取。這裏的‘人’是第一人稱代詞。‘府君見人’四字是口語的記録，意思是‘府君會看見我們的’。”

〔2〕 “金盌”，余嘉錫曰：“注諸‘盌’字，景宋本及沈本俱作‘椀’。”

〔3〕 “當時顯”，周一良《批校》曰：“宋本作‘當顯時’。”

〔4〕 “嘉異”，桃井白鹿曰：“‘異’一作‘會’。”按《世説補》“異”作“會”，秦士鉉曰：“‘嘉會’舊作‘嘉會’，誤。”天保手批：“‘會’一作‘異’。”

〔5〕 “鬼魅”，余嘉錫曰：“‘魅’景宋本及沈本作‘媚’。”

〔6〕 “遣視之”，桃井白鹿曰：“‘遣’下脱‘兒’字。”平賀房父曰：“《搜神記》作‘遣兒視之’。”按秦士鉉曰：“兒，大姑之女也。”天保手批：“‘遣’作‘道’。‘遣’下《搜神記》有‘兒’字。”劉盼遂曰：“（《搜神記》）‘遣視之’作‘遣兒視之’。”余嘉錫曰：“‘遣視之’，《搜神記》及《珝玉集》皆作‘遣兒視之’。”

〔7〕 “我姨姊崔少府女”，桃井白鹿曰：“‘姊’當作‘嫁’。‘府’下脱‘生’字。《搜神記》：‘遣兒視之，果如其婢言，下車敘姓名，語充：昔我姨嫁少府生女。’”恩田仲任曰：“《搜神記》作‘我姨嫁’。”秦士鉉曰：“《記》作‘昔我姨嫁少府生女’，‘姨’即母之姊妹也。”

〔8〕 “似充貌”，董刻本、沈校本俱無“貌”字。

〔9〕 “我舅甥”，桃井白鹿曰：“《搜神記》‘舅’作‘外’。姊妹之子謂之外甥，即崔少府女。”天保手批：“‘舅’《搜神記》作‘外’。”程炎震曰：“（《搜神記》）‘舅’作‘外’。”劉盼遂曰：“（《搜神記》）‘我舅甥’作‘我外甥’。”余嘉錫曰：“‘甥’景宋本及沈本作‘生’。”王利器曰：“蔣校本、沈校本同，餘本‘生’作‘甥’。《珝玉集》作‘我甥三月末産’，《太平廣記》作‘我外甥也’。案此文‘舅生’二字即‘甥’字誤分爲二字，又把‘男’誤作‘舅’了。”徐震堮曰：“‘舅甥’‘舅生’皆不可通，此文疑原作‘我甥’，傳鈔時誤離‘甥’字爲‘男生’二字，‘男’又誤爲‘舅’，後人又改‘生’爲‘甥’，輾轉沿訛，愈不可解。”楊勇曰：“宋本作‘我舅生三月末間産’，《珝玉》作‘我甥三月末産’，疑‘舅生’爲‘甥’之離文也。”

休’蓋幽婚也。其兆先彰矣。’兒遂成爲令器。歷數郡二千石〔1〕，皆著績。其後生植，爲漢尚書。植子毓，爲魏司空。冠蓋相承至今也。’”**議者疑二陸優劣〔2〕，謝公以此定之。**

○“盧志於衆”至“盧毓盧珽”

“盧志於衆坐”，姜亮夫曰：“此事在何時不敢必，然機隨即辟太尉府掾，聲名溢揚公卿間，志即有輕吳士之心，亦當略有顧忌，則此一問對必當爲初入洛時事。”《陸平原年譜·太康十年》。

“是君何物”，劉淇曰：“何物，猶俗云甚底。盧志云陸遜陸抗是君何人也。”《辨略》卷二。○大典顯常曰：“言於君何親也。”○田中頤曰：“不顧衆坐，犯其父祖名諱，輕問其人物何如也。”○徐震堮曰：“何物，猶言‘何人’，即今語之‘什麼’，故亦言‘何物人’。《宋書》五○《張興世傳》：‘張興世何物人，欲輕據我上！’”○王佩諍曰：“物，猶人也。陸士衡之怒，以諸公列於上品世族，猶斷斷；置問，故以爲失禮，非怒其稱‘物’也。即‘何物老嫗’，亦猶《詩》言‘彼何人斯’，未嘗以人與禽獸等量齊觀。”

“如卿於盧毓盧珽”，岡白駒曰：“士衡，陸遜之孫，陸抗之子也。盧志，毓之孫，珽之子也。盧實不知，犯名問之，子衡故犯名答之，故子龍失色。”○田中頤曰：“此亦故犯其諱，言其人不待答而可知也。”

○“士龍失色”至“以此定之”

“士龍失色”，田中頤曰：“驚答之敢言更劇故。”○秦士鉉曰：“盧稱陸父祖諱，故陸亦舉其父祖諱，故士龍失色也。”

“彼容不相知”，大典顯常曰：“言彼實不知爲吾父祖，故犯諱問之也。”○崔朝慶曰：“容，或也。言盧或真不知也。”

“鬼子敢爾”，田中頤曰：“鬼子，以其先人與鬼女交育子，盧其裔而變詐可憎言之也。爾，謂云爾也。此言無其不相知之理也。”○秦士鉉曰：“鬼子，盧

---

〔1〕 “歷數郡”，董刻本“郡”作“邪”。王利器曰：“各本‘邪’作‘郡’，是。《瑯玉集》作‘歷數郡守’，《太平廣記》作‘歷郡守’。”楊勇曰：“‘郡’宋本作‘邪’，非。”
〔2〕 “優劣”，董刻本“優”作“憂”。王利器曰：“各本‘憂’作‘優’，是。《御覽》卷三八八引《郭子》作‘識者疑兩陸優劣’。”楊勇曰：“‘優’宋本作‘憂’，非。”

氏也，罵盧志語。敢者，昧冒之辭。敢爾，怒其無禮也。"〇余嘉錫曰："《御覽》三百八十九引《郭子》並無'鬼子敢爾'一句。唐修《晉書·陸機傳》亦無此語，可以爲證。此殆劉義慶著書時之所加。"〇王佩諍曰："'鬼子'猶言小鬼，晉人語也。然宋郭彖《睽車志》說則不然，志云：'盧充與崔少府女幽婚，後生子抱以還充，故陸士衡詈盧曰鬼子敢爾。'按郭說似嫌穿鑿。"

◎程炎震曰："《御覽》三百八十九《色門》引此事作《郭子》。"〇余嘉錫曰："《世說》此條采自郭澄之所撰《郭子》。"

〇注"吳書曰"

《吳書》，葉德輝曰："《隋志》：二十五卷。云：'韋昭撰。本五十五卷。梁有，今殘缺。'"《書目》。

"領海昌令"，恩田仲任曰："《通鑒》注曰：'鹽官縣，漢屬吳郡，吳屬嘉興，置海昌都尉。'《吳志》曰：'陸遜出爲海昌屯田都尉，並領縣事。'"

"號神君"，秦士鉉曰："神君，猶神明之宰也。"

〇注"魏志曰"

"父植"，秦士鉉曰："盧植，與鄭玄學馬融者。子毓，魏司空，以儒學顯。子欽，字子若，晉尚書僕射。欽子斑，衛尉卿。"

"後言才"，恩田仲任曰："言才，言語、才藝。"

"咸熙"，恩田仲任曰："魏陳留王奐年號。"

〇注"孔氏志怪曰"

《孔氏志怪》，沈家本曰："《隋志》：'《孔氏志怪》四卷，孔氏撰。'二《唐志》同。《文苑英華》顧況《戴氏廣異記序》稱'孔慎言怪志'，不知是此書否。"《古書目》卷四。〇葉德輝曰："《隋志》：四卷。云孔氏撰。"《書目》。〇唐鴻學曰："此文注有訛脫，應從《古逸叢書》中之《琱玉集》校補。"

"盧充"，余嘉錫曰："范陽盧氏皆只以植爲祖，不聞有所謂盧充者。六朝人最重譜學，若植父果爲時令器，仕歷數郡二千石，烏有不知其名字者乎？蓋盧氏在漢本自寒微，至植始大。故其子孫雖冠蓋相承，爲時著姓，亦不能退數先代之典矣。流俗相傳，乃有幽婚之說，并爲植祖杜撰名字，疑是魏晉之間有不快於盧氏者之所爲。"

"里門如府舍"，朱鑄禹曰："里門，即里閭，乃里巷之門。或曰'里閈'。"

"門中一鈴下有唱家前"，參見校文。程大昌曰："鈴下威儀，殆今典客之吏耶?"《演繁露續集》卷六。○胡三省曰："鈴下，卒也，在鈴閣之下，有警至則掣鈴以呼之，因以爲名。"《通鑒・漢紀五十四》注。又曰："鈴閣，鈴下卒及閣下威儀也。鈴下者，有使令則掣鈴以呼之，因以爲名。"《晉紀一》注。桃井白鹿曰："閣下威儀，掌出入贊導，及納謁受事。"○岡白駒曰："唐制，大臣府深嚴，懸鈴索備警，雖中夜宣事，動鈴索以代傳呼。蓋自內傳命，而使令門者亦用此。唱家，管家僕也。前，進也。唱家令充進也。"○桃井白鹿曰："鈴下，鈴下卒也。陶潛《搜神後記》：'盧充問鈴下，鈴下對曰：崔少府府也。'《搜神記》'家前'作'客前'。客，指盧充。前，進也。言門中一人鈴下唱呼客進，而報於內也。"○徐震堮曰："鈴下，官府隨從護衛之卒。《漢官儀》：'太常駕四馬，主簿前車八乘，有鈴下、侍閣、辟車、騎吏、五百等員。'《後漢書・周紆傳》注：'鈴下、侍閣、辟車，此皆以名自定者也。'按'鈴閣'乃將帥治事之所，官府亦稱之，因稱其侍從役使之人爲'鈴下'。唱，高呼也。"○周一良曰："'唱客前'，即高聲贊客進謁之意。"《史札》頁八七。又曰："前，即謁見之意。下'周伯仁爲吏部尚書'條：'既前，都不問病。'《雅量篇》'桓公伏甲'條：'相與俱前。''謝太傅與王文度'條：'日旰未得前。'《任誕篇》'裴成公'條：'不通徑前。'《仇隙篇》'王右軍素輕藍田'條：'後詣門自通，主人既哭，不前而去。'佚文'謝萬與安共詣簡文'條：'無衣可前。''但前不須衣幘。'佚文'舊制三公領兵入見'條：'皆交戟叉頸而前。'"《批校》。

"提襆"，桃井白鹿曰："襆，包袱也。"○朱鑄禹曰："襆，帊也。"

"著盡可體"，桃井白鹿曰："可體，裁制長短，可於充體。"

"尊府君"，恩田仲任曰："府君，太守之稱。"○秦士鉉曰："稱充父也。"

"敕內"，恩田仲任曰："告戒內人。"

"令女郎莊嚴"，大典顯常曰："《三體詩》注：女郎，古者婦女通稱。"《集成》。○恩田仲任曰："莊嚴，猶妝飾也。"○秦士鉉曰："女郎，稱少女之辭。"○徐震堮曰："莊嚴，裝飾、打扮的意思。"《釋義》。○江藍生曰："東漢避明帝諱改'莊'爲'嚴'，'莊'通'裝'，故'嚴'有'裝'義。其後才有'莊嚴'、'嚴裝'等。"《彙釋》頁二四二。

"爲三日畢"，恩田仲任曰："《正字通》曰：'女嫁三日送食曰餪女。'"○徐震堮曰："三日，婚後三日，設宴會親屬，後世猶有'做三朝'之禮。"

“嚴車送客”，岡白駒曰：“嚴，裝也。”○徐震堮曰：“嚴，裝辦也。”

“致衣一襲被褥一副”，恩田仲任曰：“《正字通》曰：‘衣單複具曰一襲，今人呼爲一副。’”○秦士鉉曰：“一副亦一襲也。”

“煌煌靈芝質”二句，秦士鉉曰：“女以靈芝自喻。煌煌，有光彩貌。猗猗，美盛貌。”

“哲人忽來儀”，秦士鉉曰：“來儀，見《尚書》，即來也。”

“皆由靈與祇”，秦士鉉曰：“靈祇所爲，言夙緣也。”

“何以贈余親”二句，恩田仲任曰：“頤，養也。”○秦士鉉曰：“親，謂壻也。”

“斂遥唾之”，平賀房父曰：“鬼魅唾之則消，今形如故，於是收之。”○恩田仲任曰：“《太平廣記》引《列異傳》曰：‘南陽宋定伯夜行逢鬼，問鬼何所惡，鬼答言唯不喜人唾。’”

“高舉其價”，秦士鉉曰：“貴其價也。”

“欻有”，秦士鉉曰：“欻，忽也。”

“報其大家即女姨也”，大典顯常曰：“‘家’音‘姑’。大家，女之尊稱，猶男之稱家公。‘即女姨也’，按母之姊妹爲姨，又姊妹同出爲姨。此言‘大家’，則崔少府妻之妹，於此女爲姨也。”○徐震堮口：“大家，對婦女之尊稱。‘家’音姑。《後漢書·曹世叔妻傳》：‘帝數召入宮，令皇后諸貴人師事焉，號曰大家。’此指其主婦。”

“我姨姊”，桃井白鹿曰：“兒者，崔少府女之姨之子，故謂崔少府女之母爲我姨。”○大典顯常曰：“此言我姊爲崔少府妻所生之女也。此姊妹同出之姨也，故稱姊爲姨姊。”○平賀房父曰：“大姑之女稱崔女爲姨，崔氏在年長，故曰姊，猶言從兄。”○余嘉錫曰：“兒者，女姨母所生之兒也，故稱女爲‘姨姊’。”

“我舅甥三月末間產”，參見校文。大典顯常曰：“‘舅甥’稱崔少府。甥亦多義，此所云即姊妹之夫爲甥者。”○李慈銘曰：“《搜神記》作：‘姨曰：我外甥也。即字溫休。’案‘溫休’‘幽婚’爲反語。尋此注‘姨曰我舅甥’云云，蓋漢以後俗稱從母曰姨，沿其父之稱也。此姨是崔少府妻之妹，爲女之姨，故呼女曰甥。三月末間產者，即謂女也。父即指崔少府也。溫休即女小字，故以爲幽婚之先兆。上‘姨姊’字當是‘姊壻’之誤。‘我舅甥’，‘舅’字亦衍文。今本《搜神記》以溫休爲兒之字，蓋由後人誤改。”《簡端記》。余嘉錫按曰：“燕客所校，與《珊玉集》暗合。”○王利器曰：“這是女姨說她的外甥崔氏是三月末間生人的意思。”

“父曰”，秦士鉉曰：“此父，崔少府也。”

“溫休蓋幽婚也”，岡白駒曰：“崔氏女字溫休。溫，燖也；休，猶死也。死而復燖，故爲幽婚之兆。”○桃井白鹿曰：“溫休，蓋幽婚也。崔少府女字溫休。溫休切‘幽’，休溫切‘婚’，是幽婚之兆也。”○平賀房父曰：“休，死也。死而溫，是幽婚之象。”秦士鉉按曰：“此亦一説，備參。”○劉盼遂曰：“按溫休切‘幽’，休溫切‘婚’，是二字反復讀之，得‘幽婚’也。反切之法實具於此。後人放行之，見於正史者，若吳人之於何相求成子閤，反石子岡也（《三國志·諸葛恪傳》）。荆州人之黃曇郎，反王忱也（《宋書·五行志》）。晉人之清暑殿，反楚聲也（《晉書·孝武帝紀》）。梁人之同泰寺，反太通也（《梁書·武帝紀》）。按溫休之生，當在東京初葉，與予反語始於東京之説正合。”○徐震堮曰：“此以反切爲隱語也。蓋以‘溫’爲反切上語，‘休’爲反切下語，即成‘幽’字。再以‘休’爲反切上語，‘溫’爲反切下語，成‘婚’字。”

“二千石”，秦士鉉曰：“《盧植傳》不出充父。二千石，太守也。”

◎唐鴻學曰：“此文注有訛脱，應從《古逸叢書》中之《琱玉集》校補。”○余嘉錫曰：“此事亦見《搜神記》卷一六，與此注所引《志怪》互有詳略。雖今本《搜神記》出於後人綴輯，然盧充事《廣記》三一六已引之，知實出自干寶書矣。夫同一事而寶與孔氏先後互載，可見當時已盛傳。”

【彙評】

葉夢得曰：“《晉史》以爲議者以此定二陸優劣，畢竟機優乎？雲優乎？度《晉史》意，不書於《雲傳》而書於《機傳》，蓋謂機優也。以吾觀之，機不逮雲遠矣。人斥其祖父名固非是，吾能少忍，未必爲不孝。而亦從而斥之，是一言之間，志在報復，而自忘其過，尚能置大恩怨乎？若河橋之敗，使機所怨者當之，亦必殺矣。雲愛士不競，真有過機者，不但此一事。方穎欲殺雲，遲之三日不決。以趙王倫殺趙浚、赦其子驤而復擊倫事，勸穎殺雲者，乃盧志也。兄弟之禍，志應有力。哀哉！人惟不爭於勝負强弱，而後不役於恩怨愛憎。雲累於機，爲可痛也！”《避暑録話》卷上。

李贄曰：“‘言語’。”

王世貞曰：“議者以此定二陸優劣，竊恐未爾。武帝嘗問吾彥：‘陸喜、陸抗二人，誰多也？'彦曰：'道德名望，抗不及喜；立功立事，喜不及抗。'後彦爲交州，餉士衡兄弟，士衡將受之，士龍曰：'彦本微賤，爲先公所拔，而答詔不善，安可受之！'乃止。此段事絶與此同，乃大相反，何也？要之，致嚴取與，覺士龍爲勝。"《宛委餘編》六。

王世懋曰："士龍亦别有勝兄處。"

袁中道曰："譏。"評"如卿於盧毓盧班"。《舌華録》卷八。

凌濛初曰："士龍亦自雅量。"評"彼容不相知也"。〇曰："何以便劣？"

伯克利手批曰："此之謂寧爲玉碎。"

田中頤曰："以其'失色''正色'，皆可概見其平生也。"

余嘉錫曰："晉、六朝人極重避諱，盧志面斥士衡祖父之名，是爲無禮。此雖生今之世，亦所不許。揆以當時人情，更不容忍受，故謝安以士衡爲優。此乃古今風俗不同，無足怪也。"

蔣凡曰："盧志是蓄意在大庭廣衆之中羞辱二陸兄弟，煞其威風，以示中原士族對於江南士人的藐視。當時晉滅吳不久，中原士族以戰勝者的姿態而居高臨下，並作爲西晉朝廷支柱而盛氣淩人。"《研究》頁三三。

龔斌曰："面對盧志挑釁，機清屬而直斥之，而雲則弘靜而忍，雖由兄弟殊性，亦與陸機尤以才地自負有關。"

19

羊忱性甚貞烈。趙王倫爲相國，忱爲太傅長史，乃版以參相國軍事。使者卒至，忱深懼豫禍，不暇被馬，於是帖騎而避。使者追之，忱善射，矢左右發[1]，使者不敢進，遂得免。《文字志》曰："忱字長和，一名陶，泰山平陽人[2]。

---

〔1〕"矢左右"，董刻本無"矢"字。楊勇曰："各本有'矢'字，是。"

〔2〕"泰山平陽人"，王利器曰："案《晉書·地理志上》，兗州泰山郡無平陽，'平陽'當作'南城'。有《泰山南城羊氏譜》。"徐震堮曰："《晉書·羊祜傳》：'泰山南城人。'《晉志》泰山郡有南武城，無平陽。南武城東漢曰南城，傳從其舊稱也。此'平陽'亦當作'南城'。"楊勇曰："平陽，蓋羊氏古望。《晉書·羊祜傳》作'泰山南城人'，蓋羊氏自祜之後，則以祜所封之郡而言。汪藻《南城羊氏譜》所載與此同。"

世爲冠族。父繇[1]，車騎掾。忱歷太傅長史、揚州刺史，遷侍中。永嘉五年，遭亂被害，年五十餘。”

○“羊忱性”至“遂得免”

“趙王倫爲相國”，張萬起曰：“晉司馬倫，封趙王。惠帝永康元年，殺賈后、司空張華等，自爲相國，掌朝政。”

“忱爲太傅長史”二句，楊勇曰：“太傅，司馬越也。”○龔斌曰：“永康元年四月，趙王倫自爲相國，都督中外諸軍事。羊忱版以參相國軍事當在其時。永興元年十二月，以司空司馬越爲太傅。則羊忱爲太傅長史當在趙王倫被誅後。此處言‘忱爲太傅長史，版以參相國軍事’云云，乃序次失當。”

“版”，胡三省曰：“以白版授官，非朝命也。”《通鑒·晉紀三十一》注。又曰：“晉宋之制，藩方權宜授官者謂之版授。”《宋紀十》注。○徐震堮曰：“《文選》陸機《謝平原内史表》李善注：‘凡王封拜，謂之板官。’‘版’與‘板’同。”

“不暇被馬”，徐震堮曰：“謂不暇施鞍勒。《説文》有‘犕’字，平秘切，引《易》‘犕牛乘馬’。《玉篇》云：‘犕，服也。以鞍裝馬也。’被馬即犕馬。”

“帖騎”，徐震堮曰：“謂跨不施鞍勒之馬。《南史·齊武帝諸子傳》：‘帝於園池中帖騎走竹樹下，身無虧傷。’當是爾時習語。”

○注“文字志曰”

“忱字長和一名陶”，李慈銘曰：“‘忱’《晉書·羊祜傳》作‘陶’，與注引《文字志》‘一名陶’合。惟卷中《賞譽篇》注引《羊氏譜》作‘悦’，而此下‘諸葛恢大女’一條注引《羊氏譜》仍作‘忱’，蓋《賞譽篇》注誤。”《簡端記》。○程炎震曰：“《晉書·羊祜傳》：‘陶，徐州刺史。’”

---

[1] “父繇”，董刻本“繇”作“疏”。王利器曰：“蔣校本、沈校本同，餘本‘疏’作‘繇’。案作‘繇’是，本書《賞譽門》‘羊長和父繇’條，正文及注引《羊氏譜》，又《泰山南城羊氏譜》，都作‘繇’。”朱鑄禹曰：“袁本作‘繇’，是。”楊勇曰：“宋本作‘疏’，非。”

20

王太尉不與庾子嵩交，王夷甫、庾敳。庾卿之不置〔1〕。
王曰：“君不得爲爾。”庾曰：“卿自君我，我自卿卿。
我自用我法，卿自用卿法〔2〕。”

○“王太尉”至“自用卿法”

“王太尉不與庾子嵩交”，大典顯常曰：“不交，謂不親也。”○曹道衡曰：
“敳傳云‘太尉王衍雅重之’，《王澄傳》亦云衍‘尤重澄及王敦、庾敳，嘗爲天
下人士目曰：阿平第一，子嵩第二，處仲第三’。澄傳所記與《世説·賞譽》
‘王大將軍下’條所記及注引《八王故事》謂王澄、庾敳、王夷甫爲‘四友’，
正可相合。既云王衍、庾敳爲友，又言‘不與交’，不令呼卿，二書皆以矛攻
盾。疑所記王衍或是另一王姓大官名士，附會誤作王衍。”《叢考》頁一三六至一
三七。

“卿之不置”，岡白駒曰：“稱‘卿’，相狎之辭。”○田中頤曰：“王不欲與
庾親交，而庾呼王以‘卿’，若親狎者不已也。”○崔朝慶曰：“稱之爲‘卿’
也。《韻會》：‘凡敵體相互爲卿，蓋貴之也。’”○張萬起曰：“不置，不停、
不止。”

“不得爲爾”，劉淇曰：“此‘爾’字，猶云如此也。”《辨略》卷三。○田中
頤曰：“即言勿呼以‘卿’也。”

“卿自君我”，田中頤曰：“曰君，曰卿，本有差等，王、庾蓋位相若者，而
有此異稱。庾因言貴自貴，賤自賤，各從其所見，亦其分宜也。”○徐震堮曰：
“交遊之間，對尊長稱‘公’，同輩間交情深的稱‘卿’，否則稱‘君’。”《釋
義》。又曰：“下於己者或儕輩間親昵而不拘禮書者稱‘卿’。”《簡釋》。按“卿”義
參見《溺惑篇》“王安豐婦”條。

〔1〕“庾卿”，董刻本“庾”下有“曰”。程炎震曰：“宋本‘卿’上有‘曰’字。”王利器曰：“蔣校
　　本、沈校本同，餘本無‘曰’字，是。”
〔2〕“我法”“卿法”，程炎震曰：“《晉書》五十《敳傳》兩‘法’字上並有‘家’字。”

劉辰翁曰："似狎爾，非'方正'也。"

李贄曰："'言語'已，非'方正'。"

袁中道曰："同王戎妻一語，用意不剿。"《舌華録》卷三。按王戎妻語見《溺惑篇》"王安豐婦"條。

21

　　阮宣子伐社樹，阮修，已見。《春秋傳》曰："共工氏有子曰句龍，爲后土，后土爲社。"《風俗通》曰："《孝經》稱：'社者，土也〔1〕。廣博不可備敬，故封土以爲社而祀之，報功也。'然則社自祀句龍，非土之祭也。"有人止之〔2〕。宣子曰："社而爲樹，伐樹則社亡；樹而爲社，伐樹則社移矣〔3〕。"

　　○"阮宣子"至"社移矣"

　　"社而爲樹""樹而爲社"，王叔岷曰："兩'而'字並猶'若'也。《晉書》、《御覽》'樹'上'若'字，蓋淺人所增。"

【彙評】

王世懋曰："可稱曰'辨'，未是'方正'。"

---

〔1〕　"孝經稱社者土也"，徐震堮曰："《風俗通》作'《孝經》説，社者土地之主也。'當據改。語出《孝經緯援神契》，見《後漢書·祭祀志》引。"

〔2〕　"有人止之"，王叔岷曰："《御覽》五三二引'有人'作'人有'，當從之。《晉書·阮脩傳》作'或止之'，'有'猶'或'也。《史記·淮陰侯列傳》：'人或説龍且。'又云：'人有上書告楚王信反。''人或''人有'，其義一也。"

〔3〕　"社而爲樹"四句，程炎震曰："《晉書》'亡''移'二字兩句互易。《御覽》三十〔社〕引《晉書》亦同，又五百三十二引《世説》亦同。"徐震堮《札記》曰："《晉書》本傳'亡''移'二字兩句互易，不如此文義長。"楊勇曰："《晉書·阮脩傳》、《御覽》五三二引《世説》均作'若樹而爲社，伐樹則社移；社而爲樹，伐樹則社亡。'與此文倒異。"

王思任曰："雖不信邪，直嬲之耳。"

張端木曰："言神不復能爲害也。"

22

　　阮宣子論鬼神有無者[1]，或以人死有鬼，宣子獨以爲無，曰："今見鬼者，云箸生時衣服，若人死有鬼，衣服復有鬼邪？"《論衡》曰[2]："世謂人死爲鬼，非也。人死不爲鬼，無知，不能害人。如審鬼者死人精神，人見之宜從裸袒之形[3]，無爲見衣帶被服也。何則？衣無精神也[4]。由此言之，見衣服象人，則形體亦象人。象人，知非死人之精神也。凡天地之間有鬼，非人死之精神也[5]。"

【彙評】

　　劉應登曰："此兩則皆言阮不信鬼神。前謂若因社而樹之，則其社亡。今因樹而社之，則此樹不在社，又移而他之矣。後謂若言所見之鬼者，死人之精神，則鬼所著衣，亦死人衣服之精神耶？"

　　劉辰翁曰："振古絕俗，得意之名言。"

　　王世懋曰："此王充癡語，世以阮宣子論無鬼，故附會此説，注引《論衡》有意。"

---

〔1〕　"阮宣子"，程炎震曰："《晉書》作'嘗有論鬼神有無者，皆以人死者有鬼'，於文爲合。句首'阮宣子'三字當衍。"楊勇按曰："如此論，則下'宣子'上當加'阮'字。"

〔2〕　"論衡曰"，劉繼增曰："注引《論衡》與今文有異。"王叔岷曰："注引《論衡》云云，見《論死篇》。"

〔3〕　"宜從裸袒"，董刻本"袒"作"祖"。王利器曰："各本'祖'作'袒'，是。"又，王叔岷曰："'宜從'《論衡》作'宜徒見'，'從'乃'徒'之誤。"

〔4〕　"衣無"，王叔岷曰："《論衡》'衣'下有'服'字，此誤脱。"

〔5〕　"人死"，王叔岷曰："《論衡》作'死人'，此誤倒。"

　　元皇帝既登阼〔1〕，以鄭后之寵，欲舍明帝而立簡文〔2〕。時議者咸謂〔3〕："舍長立少，既於理非倫〔4〕，且明帝以聰亮英斷，益宜爲儲副。"周、王諸公，並苦争懇切。《中興書》曰："鄭太后字阿春〔5〕，滎陽人〔6〕。少孤，先嫁田氏，夫亡，依舅吳氏〔7〕。時中宗敬后虞氏先崩，將納吳氏〔8〕，后與吳氏女遊後園，有言之於中宗者，納爲夫人，甚寵，生簡文。帝即位，尊之曰文宣太后。"唯刁玄亮獨欲奉少主，以阿帝旨〔9〕。元帝便欲施行，慮諸公不奉詔〔10〕。於是先喚周侯、丞相入〔11〕，然後欲出詔付刁。刁協。周、王既入〔12〕，始至階頭，帝逆遣傳詔〔13〕，遏使就東廂〔14〕。周侯未悟，即卻略下階〔15〕。丞相披撥傳詔〔16〕，逕至御牀前曰〔17〕："不審陛下何以見臣〔18〕。"帝默然無言，乃探懷中黃紙詔裂擲之〔19〕。由此皇儲始定〔20〕。

────────────

〔1〕　"帝既登阼"，《考異》無"帝既"二字。龔斌曰："'阼'宋本、沈校本作'祚'。"
〔2〕　"欲舍"，《考異》"欲"上有"遂"字。
〔3〕　"時議"，《考異》"時"上有"于"字。
〔4〕　"於理非倫"，《考異》作"於禮不順"。
〔5〕　"字阿春"，徐震堮曰："'字'《御覽》一三八引作'諱'。"
〔6〕　"滎陽"，楊勇曰："宋本作'榮陽'，非。"
〔7〕　"吳氏"，董刻本無"吳"字。楊勇曰："各本及《晉書·后妃傳》均有'吳'字。"
〔8〕　"納吳氏"，徐震堮曰："'吳氏'下《御覽》一三八所引有'女'字。"
〔9〕　"阿帝旨"，《考異》"阿"作"順"。朱鑄禹曰："沈校本無'帝'字。"
〔10〕　"慮諸公不奉詔"，《考異》"慮"上有"而"字，"公"下有"必"字。
〔11〕　"丞相入"，《考異》"入"下有"見"字。
〔12〕　"周王既入"，《考異》"既入"二字作"乃"。
〔13〕　"帝逆遣"，《考異》"帝"下有"便"字。
〔14〕　"遏使就東廂"，《考異》"遏"作"卻"，"使"下有"且"字。
〔15〕　"卻略"，《考異》作"略卻"。
〔16〕　"丞相披撥"，《考異》"丞相"下有"乃"字。
〔17〕　"御牀"，《考異》無"牀"字。
〔18〕　"見臣"，《考異》"見"上有"不"字。楊勇曰："《考異》有'不'字，是。"
〔19〕　"探懷"，《考異》"探"下有"出"字。
〔20〕　"皇儲始定"，《考異》"皇儲"下有"然後"二字。

周侯方慨然愧歎曰[1]："我常自言勝茂弘，今始知不如也！"《中興書》曰："元皇以明帝及琅邪王裒並非敬后所生，而謂裒有大成之度，勝於明帝，因從容問王導曰：'立子以德不以年，今二子孰賢？'導曰：'世子、宣城俱有爽明之德，莫能優劣。如此，故當以年。'於是更封裒爲琅邪王。"而此與《世說》互異，然法盛采摭典故，以何爲實？且從容調諫[2]，理或可安。豈有登階一言，曾無奇說，便爲之改計乎？

○"元皇帝"至"宜爲儲副"

"鄭后"，敬胤曰："鄭后名春，滎陽人也。祖含，臨濟令。父愷，征西參軍。后先適田氏，永嘉亂渡江，入宮，生簡文。"

"舍明帝而立簡文"，敬胤曰："簡文諱昱，字道萬，元帝少子也。初封會稽王，又封琅邪王、右將軍、太常卿、撫軍將軍、開府、錄尚書、司徒、丞相，並不拜。上性好卜筮，每事由之。從事中郎丁纂諫曰：'行路之人，並云大小事皆由左右，須卜筮而斷。'並不納。太和六年，桓溫劫廢天子，立爲帝，改年曰咸安元年。二年七月，崩，葬高平陵，廟曰太宗。生三男：道生、昌明、道子。道生拜世子，給事中。太宗上表廢之。昌明爲孝武皇帝。道子，太傅，會稽王。敬胤按：《晉書》中宗始議立太子，以琅邪王裒賢於肅祖，欲建立。王導說以立子以長，且諱又賢，不宜改革舊制。中宗猶疑，導日夕諫，故肅祖得立。《王丞相德音記》曰：'明帝字立奴，宣城公字美奴，並□許家，安東欲立美奴，公以明帝長。經月不定，上以美奴先妃所養，公固執之，明帝乃立。'今云'立簡文'，謬矣。"○李慈銘曰："簡文崩時年五十三，計當元帝之崩，才三歲耳，是年三月顗即被害。果有此言，又當在前。兒甫墮地，便欲廢立，揆之理勢，斷爲虛誣。"《簡端記》。

"於理非倫"，崔朝慶曰："倫，常也。"

"儲副"，崔朝慶曰："太子也。"

○"周王諸公"至"知不如也"

"周王諸公"，崔朝慶曰："周顗、王導。"

---

[1] "慨然"，《考異》"然"作"恨"。
[2] "調諫"，余嘉錫曰："'調'景宋本作'諷'。"按袁刻本亦作"諷"。

"遏使就東廂"，崔朝慶曰："以逆相止曰遏。廂，廊也。"

"卻略下階"，陶珙曰："'卻略'是當時方言，意猶趑趄不前。杜詩：'卻略羅峻屏。'用此意。"○徐震堮曰："卻略，卻行也。樂府《隴西行》：'卻略再拜跪，然後持一杯。'"

"披撥傳詔"，胡三省曰："傳詔屬中書舍人，出入宣傳詔旨。"《通鑒·齊紀一》注。○崔朝慶曰："從旁持之曰披。撥，捫開也。"○蕭艾曰："披撥，用手推開。"《探幽》頁八二。

"御牀"，崔朝慶曰："古人謂坐榻曰牀。"

○注"中興書曰"至"爲之改計乎"

"鄭太后字阿春"，朱鑄禹曰："文帝母名春華，簡文帝母鄭太后字阿春，故《晉陽秋》不曰'春秋'，避二后諱也。"

"帝即位尊之曰文宣太后"，徐震堮曰："案《晉書·孝武帝紀》：'太元十九年夏六月壬子，追尊會稽王太妃爲簡文宣太后。'事在孝武帝時，與《中興書》不同。"

"世子宣城"，徐震堮曰："世子謂明帝，元帝爲晉王，立爲晉王太子，故稱世子。哀初繼叔父長樂亭侯渾後，徙封宣城郡公。"

"與世說互異"，岡白駒曰："'世說'當作'世語'。"秦士鉉按曰："曰'世說'似無道理。"

"法盛采摭典故"，朱鑄禹曰："《中興書》是何法盛所撰。"

【彙評】

王世懋曰："注駁是。"

24

王丞相初在江左，欲結援吳人，請婚陸太尉。對曰：

"培塿無松柏，薰蕕不同器。杜預《左傳注》曰："培塿〔1〕，小阜；松柏，大木也。薰，香草。蕕〔2〕，臭草。" 玩雖不才，義不爲亂倫之始。"玩已見。

○"王丞相"至"亂倫之始"

"結援吳人"，淇園曰："晉本滅吳，故王在江左之初欲結援吳人也。"○江藍生曰："'援'義同'黨'，指朋黨相與爲助者。'結援'即結黨。"《彙釋》頁二五七。

"請婚陸太尉"，岡白駒曰："夫人情趨於勢要，而陸拒不敢可，所以爲方正也。"○大典顯常曰："此時陸爲丞相參軍。云'太尉'者，以其始終也。"《集成》。○秦士鉉曰："一說陸以王爲非類，拒而不許，所以爲方正也。王陸名族，秦晉匹也，而陸之言如此，是余所未解也。"

"培塿無松柏"二句，周嬰曰："《文選》沈休文奏彈王源嫁女與富陽滿氏云：'非我族類，往哲格言，薰蕕不雜，聞之前典。'李善注引《家語》：'顏回曰：聞薰蕕不同器而藏。'繹之曰：《世說新語》云云，休文所稱，蓋用此事耳。"《卮林》卷一。○岡白駒曰："按《晉書》，陸玩，字士瑤，弱冠有美名，東海王越［辟］爲掾，不就，後元帝引爲丞相參軍。王導之初至江左也，思結人情，請婚於玩，玩對曰云云。蓋此時玩未釋褐，故答如此。"○田中頤曰："言陸家無可嫁之女，縱令有之，亦不同氣類。"○程炎震曰："《文選》沈約《彈王源》注引《家語》：'顏回曰：薰蕕不同器而藏。'"○王叔岷曰："《說文》：'附，附塿，小土山也。《春秋傳》曰：附塿無松柏。'今《左》襄二十四年《傳》'附塿'作'部塿'，杜注：'部塿，小阜。'當以作'附塿'爲正，'部'借字，'培''塿'並俗字。劉孝標《辨命論》：'薰蕕不同器。'"○周一良曰："'培塿''松柏'語見《左》襄廿四年，'薰蕕'語見《孔子家語·致思篇》。"《批校》。

"義不爲亂倫之始"，劉辰翁曰："亂倫，似謂不類耳。"○岡白駒曰："夫

───────────────

〔1〕 "培塿"，董刻本"塿"作"樓"。王利器曰："各本'樓'作'塿'，是。《左》襄二十四年《傳》注亦作'塿'。"楊勇曰："'塿'宋本作'樓'，非。"王叔岷曰："《文選》左太冲《魏都賦》李注引《左傳》並作'培塿'，與此合。"

〔2〕 "蕕"，董刻本作"猶"。王利器曰："各本'猶'作'蕕'，是。"楊勇曰："宋本作'猶'，非。"

715

婦，人倫之始。”○淇園曰：“陸本吳中名族，固謂晉爲仇讎，故謂其結婚爲亂倫之始也。”○田中頤曰：“言義不爲勢利亂夫婦人倫之始。”○張萬起曰：“這裏指門第不相當而結爲婚姻。陸氏是吳中大姓，看不起北來的王導。”

○注“杜預左傳注曰”

“培塿小阜”，天保手批曰：“襄二十四年。”
“薰香草”，天保手批曰：“僖二十年。”按當在四年。

【彙評】

李贄曰：“虞、陸不同，同是賢者。”《初潭集》卷一。○曰：“今之恃勢者，可羞也。”

狄期進曰：“周鄭交質，君子曰信不由中，質無益也，何援之與有？”

袁中道曰：“反輕王謝，何也？”《舌華録》卷九。

許世瑛曰：“他爲了要羈縻吳人，想出種種籠絡的方法，像請婚於陸太尉一事就是好例。竟碰了一鼻子灰，足見懷柔眞是不易。”《王導政績和晉元帝中興》。

余嘉錫曰：“過江之初，王導勳名未著，南人方以北人爲傖父，故玩託詞以拒之。其言雖謙，而意實不屑也。”○曰：“導屢見侮於玩而不怒，亦以其族大宗強，爲吳人之望故也。若蔡謨九錫之戲，導即憤然形於詞色矣。”

陳寅恪曰：“後來北魏孝文帝爲諸弟聘漢人士族之女爲妃，及禁止鮮卑人用鮮卑語，施行漢化政策，藉以鞏固鮮卑統治地位，正與王導以籠絡吳人之故求婚陸氏、強作吳語者，正復暗合。所可注意者，東晉初年江左吳人士族在社會婚姻上，其對北人態度之驕傲，與後來蕭齊以降迥不侔矣。”《述東晉王導之功業》，《叢稿初編》頁六二。

蔣凡曰：“南北世族對立，由來已久，在長期對抗中，南人處於被壓制、被輕侮的劣勢地位，而今世異時移，中原士族偏安江南，寄人籬下，南人心理優勢占上風。陸玩之婉拒王導，是長期受壓抑後的心理反彈。”

25

諸葛恢大女適太尉庾亮兒，《恢別傳》曰：“恢字道明，琅邪陽都人。祖誕，司空〔1〕。父靚，亦知名。恢少有令問，稱爲明賢。避難江左，中宗召補主簿，累遷尚書令。"《庾氏譜》曰："庾亮子會，娶恢女，名文彪。"庾會別見。**次女適徐州刺史羊忱兒。**《羊氏譜》曰："羊楷字道茂。祖繇，車騎掾。父忱，侍中。楷仕至尚書郎。娶諸葛恢次女。"**亮子被蘇峻害，改適江虨。**虨別見。**恢兒娶鄧攸女。**《諸葛氏譜》曰："恢子衡，字峻文，仕至滎陽太守。娶河南鄧攸女。"**于時謝尚書求其小女婚。恢乃云："羊、鄧是世婚**〔2〕**，江家我顧伊，庾家伊顧我，不能復與謝裒兒婚。"**《永嘉流人名》曰："裒字幼儒，陳郡人。父衡，博士。裒歷侍中、吏部尚書、吳國內史。"**及恢亡，遂婚。**《謝氏譜》曰："裒子石，娶恢小女，名文熊。"《中興書》曰："石字石奴，歷尚書令，聚斂無厭，取譏當世。"**於是王右軍往謝家看新婦，猶有恢之遺法**〔3〕**，威儀端詳，容服光整。王歎曰："我在遣女裁得爾耳！"**

○"諸葛恢"至"恢亡遂婚"

"江家我顧伊"二句，劉辰翁曰："是纏綿語。"○徐震堮曰："'伊'，第三身稱代詞，同'彼'。"《簡釋》。

"不能復與謝裒兒婚"，田餘慶曰："琅邪陽都諸葛氏爲漢魏舊姓，鼎立時諸葛氏兄弟分仕三國爲將相，家族至晉不衰。晉元帝以琅邪王入承大統，諸葛恢爲琅邪國人，隨晉元帝過江，地位親顯，所以拒絕與尚無名望的陳郡謝氏爲婚。"《政治》頁一六三。

"恢亡遂婚"，程炎震曰："《晉紀》：永和元年五月，諸葛恢卒。"○田餘慶曰："永和元年諸葛恢死。其時庾氏勢力驟衰，謝氏、桓氏家族乘時而起，地位漸重，所以謝裒子謝石始得娶諸葛氏小女。"《政治》頁一六四。

---

〔1〕 "司空"，楊勇曰："'司空'上《魏書·諸葛恢傳》有'魏'字，是。"
〔2〕 "世婚"，楊勇曰："《御覽》五四一、《事文》後一三引《世說》均作'平婚'。"
〔3〕 "遺法"，董刻本、元刻本"遺"作"遣"。王利器曰："蔣校本同，餘本'遺'作'遣'，是。"

○"於是王"至"裁得爾耳"

"看新婦"，林伯桐曰："世俗有看新婦之禮。新昏之後，親友族黨，不論長幼，連日皆有來觀者。考《禮記》曰：'婦見舅姑，兄弟姊妹皆立於堂下西面。'又考《梁書》云：'晉宋以來，初昏婦見舅姑，衆賓皆列觀。'徐摛謂舅延外客，姑率内賓。堂下之儀，以備盛禮。然則其初不過本家兄弟姊妹相見，其後漸及親賓俱來觀禮，亦不過因婦見舅姑之日，可於堂下列觀耳。"《士人家儀考》卷二。○袁枚曰："今人新婚，親友有看新娘子之説。按《世説》謝尚書娶諸葛誕之小女，恢在時不允，恢亡乃婚，于是王右軍往謝家看新婦，容服光整，猶有恢之遺法。是晉時已有此禮。"《隨園隨筆》卷十三。○趙翼曰："世俗新婚三日内，不問親故皆可看新婦，固係陋習，然自六朝來已然。《南史·徐摛傳》：'晉宋以來，初婚三日，婦見舅姑，衆賓皆列觀。'唐李涪《刊誤》云：'婚禮來日，婦於庭拜舅姑，次謁夫之長屬及中外故舊，通謂之拜客，故有拜客之名。'今代非親非故，皆列坐而觀婦容，豈其宜哉！"《陔餘叢考》卷三十一。○俞正燮曰："看新婦禮，古也，後亦有之。《世説》云：'王右軍往謝家看新婦。'《南史·齊河東王傳》云：'武帝爲納柳世隆女，帝與群臣看新婦。'《顧協傳》云：'晉宋以來，初昏三日，婦見舅姑，衆賓皆列觀。'《封氏見聞記》云：'近代婚家有障車、下壻、卻扇及觀花燭之事，又有卜地、安障、拜堂之禮。'"《癸巳存稿》卷十一。

"我在遣女裁得爾"，黃伯思曰："晉謝石嘗求昏諸葛恢稚女，恢不許。及恢亡，乃成昏。於時王右軍往謝家看新婦，猶有恢之遺則，威儀端詳，容服光整。王歎曰：'我在遣女裁得爾耳。'始不知此何與逸少事而嗟賞若此。及觀此帖乃云：'二族舊對，故欲結援諸葛。若以家窮，自當供助昏事。'又云：'欲速知決。'始知右軍爲主兹事，故觀謝婦，發此歎也。"《東觀餘論》卷下《跋右軍論諸葛昏書後摹本》。○劉應登曰："謂恢亡，遣女能如此。我雖在，亦僅能如此也。"○余嘉錫曰："《全晉文》二十六載王羲之《雜帖》云：'二族舊對，故欲結援諸葛。若以家窮，自當供助昏事。'疑即指諸葛恢女嫁謝石事。二族爲婚，右軍嘗與聞，故往謝家看新婦，於情事亦合。右軍雖有供助之意，而云'我在遣女裁得爾耳'，則諸葛氏固不受其助也。然亦可見恢死後家已中落，其子弟欲結援强宗，遂不能守恢之遺旨矣。"○楊勇曰："在，猶'於'也。《詩·小雅·魚藻》：'魚在在藻，依於其蒲。'"○張萬起曰："遣女，嫁女。"

○注“庾氏譜曰”

《庾氏譜》，葉德輝曰：“《隋志》不著録，《國志》注引用。”《書目》。

○注“諸葛氏譜曰”

《諸葛氏譜》，葉德輝曰：“《隋志》不著録。《國志》注引用。”《書目》。

“河南鄧攸”，程炎震曰：“此云河南鄧攸，則非平陽之鄧伯道也。”○龔斌曰：“疑《諸葛氏譜》‘河南’二字有誤，以爲此鄧攸即平陽鄧伯道。諸葛恢既與王導戲爭族姓之先後，連謝裒求婚亦不允，豈會與名不見經傳之‘河南鄧攸’聯姻？”

【彙評】

劉辰翁曰：“委曲細碎，可觀。”

余嘉錫曰：“渡江之初，猶以王葛並稱。至於謝氏，雖爲江左高門，而實自萬、安兄弟其名始盛。謝裒父衡，雖以儒素稱，而官止國子祭酒，功業無聞，非諸葛氏之比，故恢不肯與爲婚。恢死後，謝氏興而葛氏微，其女遂卒歸謝氏。”

26

周叔治作晉陵太守，周侯、仲智往別。叔治以將別，涕泗不止。仲智恚之曰：“斯人乃婦女，與人別唯啼泣！”便舍去。鄧粲《晉紀》曰：“周謨字叔治，顗次弟也[1]。仕至中護軍。嵩字仲智，謨兄也。性絞直果俠[2]，每以才氣陵物[3]。顗被害，王敦使

---

[1] “次弟”，天保手批曰：“‘次’字當作‘三’。”
[2] “絞直”，董刻本‘絞’作‘狡’。秦士鉉曰：“‘狡’舊作‘狡’，今從《晉書》。又疑作‘抗直’。”王利器曰：“‘狡’字疑誤。《晉書·周嵩傳》作‘狷直果俠’，義較長。”徐震堮曰：“《晉書·周嵩傳》作‘狷直’。案作‘狡直’是也。”楊勇曰：“狷，宋本作‘狡’，非。今依各本及《晉書·周嵩傳》改。”龔斌曰：“徐箋是。當作‘絞直’。”
[3] “陵物”，余嘉錫曰：“‘陵’景宋本作‘凌’。”

人弔焉。嵩曰：‘亡兄，天下有義人，爲天下無義人所殺〔1〕，復何所弔？’敦甚銜之〔2〕。猶取爲從事中郎，因事誅嵩。”《晉陽秋》曰：“嵩事佛，臨刑猶誦經。”**周侯獨留，與飲酒言話，臨別流涕，撫其背曰：“奴好自愛〔3〕。”**阿奴，謨小字〔4〕。

○“周叔治”至“奴好自愛”

“周叔治作晉陵太守”，程炎震曰：“謨作晉陵，本傳不載，蓋略之。”

“往別”，田中頤曰：“骨肉一體，事同而意大異。”

“以將別”，岡白駒曰：“‘以’‘已’通。”

“涕泗不止”，田中頤曰：“此人之常情。”

“便舍去”，田中頤曰：“此情之野者，而令人易怒。”

“奴好自愛”，田中頤曰：“此情之文者，而令人易喜。”

◎程炎震曰：“《御覽》四百八十九引此事作《郭子》。”○余嘉錫曰：“此出《郭子》，見《御覽》四百八十九。”

○注“鄧粲晉紀曰”

“絞直果俠”，徐震堮曰：“《詩·鄭風·狡童》：‘彼狡童兮，不與我言兮。’毛傳：‘昭公有壯狡之志。’陳奐《傳疏》：‘壯狡謂剛愎。’此‘狡直’亦剛愎之意。‘狡’與‘絞’通。《論語·泰伯》：‘直而無禮則絞。’鄭注：‘絞，急也。’又《陽貨》：‘好直不好學，其蔽也絞。’義並相通。《後漢書·杜根傳》：‘好絞直。’狡直即絞直也。《晉書》作‘狷’，狷，褊急也，義亦相近。”○龔斌曰：“周嵩恚兄涕泗，不解離情，是爲‘絞直’也。”

○注“阿奴謨小字”

“阿奴”，袁枚曰：“按《周顗傳》，弟嵩醉，以燭投顗，顗不以爲忤，曰：‘阿奴火攻，固出下策。’夫嵩謂謨爲阿奴，顗謂嵩亦云阿奴，豈有二人共一小

---

〔1〕 “天下有義人”二句，徐震堮《札記》：“《晉書》本傳敚‘有義’‘無義’四字。”

〔2〕 “敦甚銜之”，楊勇曰：“‘敦甚銜之’下，《晉書·周嵩傳》有‘懼失人情，故未加害。’”

〔3〕 “奴好”，程炎震曰：“別一宋本‘奴’上有‘阿’字。”余嘉錫曰：“‘奴’上景宋本及沈本有‘阿’字。”

〔4〕 “阿奴”，余嘉錫曰：“《御覽》四百八十九‘阿奴’作‘阿孥’。”

字之理？蓋阿奴者，尊長呼卑幼，愛憐之詞也。齊高帝臨崩，執鬱林王手曰：
‘阿奴若憶翁，當好作。’又鬱林王將殺楊珉之，謂何妃曰：‘阿奴暫去。’又麥
鐵杖將度遼，謂其子曰：‘阿奴當備淺色黃衫云云。’皆以尊臨卑，泛稱男女，
非周謨小字也。”《隨園隨筆》卷十八。○恩田仲任曰：“阿奴，南北朝呼人通語。
隋麥鐵杖呼其子三人爲阿奴可證。《雅量篇》云：‘阿奴火攻，固出下策耳。’周
嵩、周謨不應同小字。阿奴非周謨小字，審矣。”○天保手批曰：“劉云仲智，
嵩字，阿奴是謨小字，可疑。”○孫志祖曰：“‘阿奴’爲周顗次弟謨小字，見
《周顗母李氏傳》。《世説·方正篇》注亦云‘阿奴，謨小字’。此顗又以呼嵩，
則非小字也。蓋晉世人通稱弟爲‘阿奴’爾。”《讀書脞録》卷六。○汪師韓曰：
“按《周顗傳》：‘顗性寬裕，友愛過人，弟嵩嘗因酒瞋目謂顗曰：君才不及弟，
何乃橫得重名？以所燃蠟燭投之。顗神色無忤，徐曰：阿奴火攻，固出下策耳。’
夫嵩謂謨爲阿奴，顗謂嵩亦云阿奴。然則阿奴豈是謨之小字哉？蓋兄於弟親愛之
詞也。《南史·齊鬱林王本紀》：‘武帝臨崩執帝手曰：阿奴若憶翁，當好作。如
此再而崩。’又《鬱林王何妃傳》：‘女巫子楊珉之有美貌，妃尤愛之，與同寢處
如伉儷。明帝與徐孝嗣、王廣之並面請，不聽。又令蕭諶、坦之固請，皇后與帝
同席坐，流涕覆面，坦之耳語於帝曰：此事別有一意，不可令人聞。帝謂皇后
曰：阿奴蹔去。’《隋書·麥鐵杖傳》：‘將度遼，謂其三子曰：阿奴當備淺色黃
衫。吾荷國恩，今是死日。我既被殺，爾當富貴。’是則‘阿奴’爲尊呼其卑，
無論男女，皆有之矣，《晉書》誤認爲小名耳。”《談書録》。○周家禄曰：“《顗
傳》顗謂弟嵩曰‘阿奴火攻，固出下策耳’，似嵩小字‘阿奴’，未知孰誤。”
《校勘記》卷四。○許世瑛曰：“‘阿奴’一名，可以説既非某人小字的專名，並且
也不含絲毫輕薄卑視的意思，純粹是一個表示親切友愛的共同稱謂。‘奴’字最
初本是卑賤者之稱，後來雖然移來稱呼自己親愛的人，也仍然衹可稱呼比自己輩
分低的，對那輩分高的，依然不敢以‘奴’字呼他，因爲尊卑的觀念猶未去
呢。”《釋“阿奴”》。○余嘉錫曰：“《德行篇》曰‘謝奕作郯令’云，此亦兄呼弟
爲阿奴也。《容止篇》曰‘王敬豫有美形’云，此父呼其子爲阿奴也。《品藻篇》
曰‘劉尹撫王長史背曰’云，又曰‘劉尹與王長史同坐’云，此蓋劉恢放誕自
恣，且示親暱於濛，故亦以此呼之。而孝標又謂‘阿奴爲王濛小字’，亦非也。”
○徐震堮曰：“案《雅量》一二伯仁亦呼仲智爲阿奴，不應兄弟二人同以阿奴爲
小字，足證此注之非。《德行》三三謝奕亦呼謝安爲阿奴，二字似是爾時長兄對
幼弟親暱之稱。有時亦施之於夫婦之間，《南史·鬱林王后妃傳》：‘帝謂皇后

曰：阿奴暫去。’”按參見《德行篇》“謝奕作剡令”條“奴”。

【彙評】

劉辰翁曰：“一樣兄弟，厚薄如此。少年陵忽，大有以此爲‘方正’，奇矯取名，最害心術，亦不得不辨。”按《批補》“大有”作“大人”，屬上讀；“最害”作“所害”。

方弘靜曰：“周伯仁疾小損，而刁玄亮對其弟大泣，佞人之斥亦何以辭。叔治別兄弟而涕泗，則友于之愛宜爾也，何謂碌碌婦女耶？仲智果俠者也，而狡斯下矣。至於火攻其兄，狼人哉！士之用情，佞毋爲玄亮，狠毋爲仲智。”《千一錄》卷二十五。

李贄曰：“兄弟。”

王世懋曰：“仲智傲狠，伯仁友愛，正都無關‘方正’。”

王思任曰：“仲智戾氣，何處著好兄好弟？”

許世瑛曰：“叔治以弟兄行將睽離，不免涕泣過度，也是人之常情，雖然有點婦人之仁，卻正是他天性特厚處，此其所以不爲二兄仲智所滿，但是適足以全軀保命。至於仲智的脾氣，真是鹵莽，常容易盛氣陵人。”《周顗與王敦》。

27

　　周伯仁爲吏部尚書，在省内，夜疾危急。時刁玄亮爲尚書令，營救備親好之至。良久小損。虞預《晉書》曰：“刁協字玄亮[1]，勃海饒安人[2]。少好學，雖不研精，而多所博涉。中興制度，皆稟於協。累遷尚書令，中宗信重之。爲王敦所忌，舉兵討之，奔至江南，敗死[3]。”明旦，報仲智，仲智狼狽來。始入户，刁下牀

〔1〕“刁協”，黃丕烈曰：“‘刀’作‘刁’。”唐鴻學曰：“‘刀’乃‘刁’之正，後改之，豎刀改作刁，俗字也。”
〔2〕“勃海”，余嘉錫曰：“景宋本及沈本作‘渤海’。”
〔3〕“奔至江南敗死”，程炎震曰：“宋本作‘敗至江南，爲人殺死’。”余嘉錫曰：“‘奔’沈本作‘敗’。‘敗死’景宋本作‘爲人所殺’，沈本作‘爲人殺死’。”

對之大泣，説伯仁昨危急之狀。仲智手批之，刁爲辟易於户側。既前，都不問病，直云：“君在中朝，與和長輿齊名，那與佞人刁協有情？”逕便出。

○“周伯仁”至“危急之狀”

“在省内”，崔朝慶曰：“省，禁署也。言入此中者，當察視不可妄也。”

“小損”，大典顯常曰：“病勢稍減也。”《集成》。○田中頤曰：“先寫刁佞媚有因，與仲智之抗直反映取重。”○崔朝慶曰：“損，減也。”○徐震堮曰：“小損，稍減。”○蔡鏡浩曰：“‘損’，專指病情好轉或痊癒。‘損’有減少之義，病況減弱，即爲好轉。‘小損’指病情略微減輕一些。”《解詁》。

“狼狽”，胡三省曰：“‘狼狽’者，倉皇而行，如恐不及之意。”《通鑒·宋紀十二》注。○大典顯常曰：“猝遽謂之狼狽。”《集成》。○恩田仲任曰：“《正字通》曰：‘狼無狽不立，狽無狼不行，相離則不能進退。故世言事乖者謂之‘狼狽’。’”

“下牀對之大泣”，田中頤曰：“佞媚至盡。”

○“仲智手批”至“逕便出”

“手批之”，恩田仲任曰：“批，手擊也。”○田中頤曰：“厭惡佞媚亦至。”

“辟易”，大典顯常曰：“《項羽紀》‘辟易數里’正義：‘開張易舊處也。’”《集成》。○王叔岷曰：“《雅量篇》‘魏明帝於宣武場’一則：‘觀者無不辟易顛仆。’亦用‘辟易’一詞。《史記·項羽本紀》：‘赤泉侯人馬俱驚，辟易數里。’《正義》釋：‘辟易，爲開張易舊處。’以‘辟’爲‘闢’之借字。《説文》：‘闢，開也。’”

“既前都不問病”，田中頤曰：“不以病爲病，但急於病佞人故。”○周一良曰：“謂周嵩既見周顗而不問其病也。”《史札》頁八六。

“那與佞人刁協有情”，淇園曰：“有情，言有親好之情。”○田中頤曰：“言不可與佞人親好情密，以汙其佳名也。”○徐震堮曰：“有情，有交誼，交好。”《簡釋》。

“逕便出”，田中頤曰：“恐復見佞人，遠之也。”

○注“虞預晉書曰”

“奔至江南敗死”，秦士鉉曰：“王敦舉兵至石頭，刁協等出戰，敗走至江乘，爲人所殺。”

【彙評】

劉應登曰：“仲智如恚弟之泣別，責兄之容佞，其言似正，亦大不近人情矣。”

劉辰翁曰：“斯人於倫好如此，尚足論名品邪？”

李贄曰：“亦可想見其人。”《初潭集》卷十。

王世懋曰：“此稍近‘方正’，然得無過邪？”

許世瑛曰：“活脱脱寫出莽漢子的本色，一點也不隨和，真合乎孔子所謂‘見善如不及，見惡如探湯’的定義。”《周顗與王敦》。

28

王含作廬江郡，貪濁狼籍[1]。王敦護其兄，故於衆坐稱：“家兄在郡定佳，廬江人士咸稱之！”時何充爲敦主簿，在坐，正色曰：“充即廬江人，所聞異於此！”敦默然。旁人爲之反側，充晏然，神意自若。《中興書》曰：“王敦以震主之威，收羅賢儁，辟充爲主簿。充知敦有異志，遂巡疏外。及敦稱含有惠政，一坐畏敦，擊節而已，充獨抗之。其時衆人爲之失色。由是忤敦，出爲東海王文學。”

○“王含作”至“神意自若”

“狼籍”，張撝之曰：“雜亂不堪，這裏形容名聲極壞。”《選注》。○龔斌曰：

---

〔1〕“貪濁”，楊勇曰：“‘濁’《晉書·何充傳》作‘污’。”

"本爲縱橫散亂貌，引申爲濫行無節制。"

"反側"，崔朝慶曰："不安也。"

"晏然"，崔朝慶曰："安然也。"○王叔岷曰："《莊子・山水篇》：'聖人晏然體逝而終矣。'成疏：'晏然，安然也。'"

○注"中興書曰"

"逡巡疏外"，龔斌曰："逡巡，退避，退讓。時王敦尚未下都，辟充爲主簿當在大興末。"

"擊節而已"，楊勇曰："此云'擊節'，乃示贊賞耳。"

【彙評】

凌濛初曰："次道如此故可，何以不滿拜相？"

顧孟著嘗以酒勸周伯仁[1]，伯仁不受。顧因移勸柱，而語柱曰："詎可便作棟梁自遇。"周得之欣然，遂爲衿契。徐廣《晉紀》曰："顧顯字孟著[2]，吳郡人，驃騎榮兄子。少有重名，泰興中爲騎郎。蚤卒，時爲悼惜之。"

○"顧孟著"至"遂爲衿契"

"以酒勸周伯仁"，淇園曰："蓋爲吏部尚書。"
"不受"，田中頤曰："頓作棟梁樣顏。"
"詎可便作棟梁自遇"，劉應登曰："言伯仁以棟梁自居而絶人也。"○岡白

─────────────

〔1〕 "顧孟著"，董刻本"著"作"箸"，注同。
〔2〕 "顧顯字孟著"，徐震堮曰："案《吳志・顧雍傳》注：'榮兄子禹，字孟著。'孟著之名，兩書不同，未知孰是。"龔斌曰："《吳國吳郡顧氏譜》作'顯，榮兄子，《魏志》作禹'，亦未定是顯是禹。"

駒曰：“自遇，自居也。”○淇園曰：“言其被黜斥未可知也。”○秦士鉉曰：“自遇，自處也。”

“得之欣然”，淇園曰：“不曰‘聞之’而曰‘得之’者，蓋以見其聞之之意，以爲得益之語也。”○秦士鉉曰：“得之，遇此嘲也。‘深公得此義，夷然不屑’，‘和嶠既得，唯笑而已’，皆同。”

“衿契”，岡白駒曰：“衿，交領也。取交結之義。”○淇園曰：“衿契，謂爲同衿之契。”○田中頤曰：“以爲得有益之言，故欣然，遂爲同衿之契也，更是布衣之交。”○秦士鉉曰：“‘衿’猶‘冰衿’之‘衿’，謂心胸也。衿契，心友也。”○天保手批曰：“《高坐傳》：‘披衿致契。’”○徐震堮曰：“猶知己。析言之，‘衿’謂衿抱，‘契’謂契誼。”《簡釋》。○朱鑄禹曰：“謂心契也。”

【彙評】

劉辰翁曰：“勸柱語柱自佳，語又佳。”
袁中道曰：“勸柱妙甚。”《舌華録》卷七。
田中頤曰：“奇甚。”

30

明帝在西堂，會諸公飲酒，未大醉，帝問：“今名臣共集[1]，何如堯舜？”時周伯仁爲僕射，因屬聲曰：“今雖同人主，復那得等於聖治！”帝大怒，還内，作手詔滿一黄紙，遂付廷尉令收，因欲殺之。按明帝未即位，顗已爲王敦所殺，此説非也。後數日，詔出周，群臣往省之。周曰：“近知當不死，罪不足至此。”

○“明帝在西”至“不足至此”

“西堂”，胡三省曰：“西堂，太極殿西堂也。建康太極殿有東西堂，東堂以

―――――――――――――

〔1〕“名臣”，朱鑄禹曰：“‘名’字疑當‘君’字，字形近似致誤。”

見群臣，西堂爲即安之地。"《通鑑·晉紀二十三》注。○程炎震曰："《晉書》：'成帝、哀帝皆崩於西堂。'洪北［江］曰：'即太極殿之東西堂。'"

"近知"，楊勇曰："近，音記，己也。《詩·大雅·崧高》'往近王舅'鄭注：'近，音記。'又《王風·揚之水》'彼其之子'箋：'其，或作記，或作己，讀聲相似。'"○張萬起曰："近，原先，當初。"

○注"按明帝未即位"

王世懋曰："注是。或當作元帝。"○程炎震曰："《晉書·顗傳》敘此事於元帝太興初，知唐人所見《世説》本作元帝。此注或後人所爲，非孝標原文。"余嘉錫按曰："《晉書》敘事與《世説》異同者多矣。此事亦或別有所本，不必定出於《世説》。且安知非唐之史臣因孝標之注加以修正？程氏疑此注是後人所爲，竊恐未然。"○徐震堮曰："按《晉書》但言帝讌羣公於西堂，不言何帝，但上文言太興初，則是元帝，非明帝也。蓋記載之誤。"《札記》。○楊勇曰："《晉書·周顗傳》：'元帝初鎮江左，請爲軍諮祭酒，出爲寧遠將軍、荊州刺史、領南蠻校尉、假節。中興既建，補吏部尚書。太興初，更拜太子少傅、尚書如故。帝讌羣公於西堂，酒酣云云。'則顗爲僕射，是在元帝時，非明帝也。故孝標注'此説非也'。"

【彙評】

張端木曰："第四卷又有明帝以周侯比郗鑒一則。"

龔斌曰："時人或將周顗與中朝名士和嶠相提並論，讀此條信然。周顗不阿人主，與當年和嶠答武帝'皇太子聖質如初'何等相似。"

31

王大將軍當下[1]，時咸謂無緣爾。伯仁曰："今主

---

[1] "王大將軍當下"，凌濛初曰："按劉本'王大將軍當下'另是一則，近諸家本俱合，疑誤。然'王大將軍'二句原自難解，姑仍近本，復記此以俟知者。"何焯曰："'王大將軍當下'另是一條，王敦東下事，在元帝末年，與上條敘明帝時事不相蒙，另起爲是。"程炎震曰："明本、宋本、葉本合上爲一條，皆誤。今從鄂本。"按"葉本"蓋即思賢講舍本。

非堯舜，何能無過？且人臣安得稱兵以向朝廷？處仲狼抗剛愎，王平子何在？"《顗別傳》曰："王敦討劉隗[1]，時溫太真爲東宮庶子，在承華門外，與顗相見，曰：'大將軍此舉有在，義無有濫[2]。'顗曰：'君年少，希更事，未有人臣若此而不作亂，共相推戴數年而爲此者乎！處仲狼抗而强忌，平子何在！'"《晉陽秋》曰："王澄爲荆州，群賊並起，乃奔豫章。而恃其宿名，猶陵侮敦，敦使勇士路戎等搤而殺之[3]。"《裴子》曰："平子從荆州下，大將軍因欲殺之[4]。而平子左右有二十人，甚健，皆持鐵楯馬鞭，平子恒持玉枕。大將軍乃犒荆州文武[5]，二十人積飲食，皆不能動，乃借平子玉枕，便持下牀。平子手引大將軍帶絶，與力士鬭甚苦，乃得上屋上，久許而死。"

○"王大將軍"至"平子何在"

"當下"，朱鑄禹曰："意似如今言'刻下''眼前'，即謂眼前之情況，指其叛逆而言。一説'當下'猶言'將下'，亦可通。"○張萬起曰："王敦於晉元帝永昌元年，以討伐劉隗爲名，在武昌起兵反，順江東下。"

"時咸謂無緣"，劉應登曰："此謂咸言敦未必至此。"○劉辰翁曰："咸，恐是人名。"朱鑄禹按曰："劉辰翁疑'咸'爲人名，非，當如劉應登所釋。"○朱鑄禹曰："其時大衆皆以爲無緣由至於如此。"

"狼抗剛愎"，胡三省曰："狼似犬，鋭頭白頰，高前廣後，貪而敢抗人，故以爲喻。"《通鑒·晉紀十四》注。○翟灝曰："今以狼抗爲難容之貌，而出處乃是言性。《玉篇》有云：'㺞㹈，身長貌，讀若郎康。'或今語別本於彼，亦未可知。"《通俗編》卷三十四。○胡文英曰："《宋書·文九王傳》：'休佑平生，狼抗無賴。'案狼抗，大而無用，不可容也。今吳諺謂物之大而無處置放者曰狼抗。"《吳下方言考》卷二。楊勇按曰："其説是。本書《時鑒篇》'嵩性狼抗，亦不容於世'，《晉書·列女傳敍》'嵩抗直，亦不容於世'，《晉書·周顗傳》'處仲剛愎彊忍，狼抗無上'，此皆以自大、無上、抗直，狀其性也。"○劉盼遂曰："狼抗，疊韻連綿字，形容貪殘之

---

[1] "討劉隗"，董刻本"討"作"計"。王利器曰："各本'計'作'討'，是。"
[2] "大將軍此舉有在"二句，徐震堮《札記》曰："《晉書》作'似有所在，當無濫邪'。"
[3] "使勇士"，董刻本"使"作"伏"。王叔岷曰："當從宋本作'伏'。《史記·商君列傳》：'衛鞅伏甲士而襲虜魏公子卬。'與此用'伏'字同例。"朱鑄禹曰："袁刻本誤作'仗'。"按袁重雕本作"伏"。
[4] "因欲"，余嘉錫曰："'因'景宋本及沈本作'伺'。"
[5] "乃犒"，楊勇曰："'犒'宋本作'搞'，非。"

貌。亦作‘欴欶’。《廣韻》十一唐：‘欴欶，貪貌。’本書《品藻篇》‘嵩性狼抗，亦不容於世’，尤爲明據。胡身之注《通鑑·晉紀》云云，是未達狀字之例也。夫雙聲疊韻之字，因聲以見義，固不拘絞於形體也。”〇余嘉錫曰：“盼遂以‘狼抗’爲疊韻字及駁胡注，皆是也。謂即《廣韻》之‘欴欶’，釋爲貪殘，則尚可商。所引周嵩語，實見本書《識鑒篇》，乃嵩對其母自敘之詞。人即能知其過，亦必不肯直認爲貪殘。且以嵩平生觀之，過於婞直則有之，未嘗有貪殘之事。嵩何苦無故自誣？此其必不然者也。《晉書·列女傳》敘嵩語作‘嵩性抗直，亦不容於世’。唐人最明於雙聲疊韻，必不望文生義。然則‘狼抗’者，抗直貌也。聯綿之字雖因聲以見義，然往往文變而義與之俱變。以《廣韻》所收之字言之，‘欴欶’爲貪貌，‘躴躿’爲身長貌，‘哴吭’爲吹貌，蓋皆‘狼抗’之變，而義各不同。”〇徐震堮曰：“‘狼抗’一詞本有聲無字，《晉書》《世説》作‘狼抗’，《玉篇》作‘躴躿’，後世如《今古奇觀·倒運漢巧遇洞庭紅》之‘若不是海船大，也著不得這樣狼抗東西’，《西遊記》孫悟空每斥豬八戒爲‘囊糠貨’，皆同此一詞也。‘躴躿’，訓身長貌，是其本義，故字從身。從而凡物之長大者，皆可謂之‘躴躿’，《今古奇觀》之例是也。物大則難容，故《通俗編》以難容之貌訓之。又大則轉動不易，不靈便，《西遊記》之‘囊糠貨’，猶言笨貨也。以之言性，則此處狼抗，乃狂妄自大之意，即從初義引申而得。而《識鑒》一四周嵩自言‘嵩性狼抗，亦不容於世’，則從第二義引申出來，言性不圓融，不善處世，動輒得罪於人，《晉紀》稱其‘狡直果俠’，‘狼抗’與‘狡直’義近，本篇二十七面斥刁協一事即其證。”〇周一良曰：“《晉書》六九《周顗傳》改爲‘剛愎强忍，狼抗無上’。又《世説·識鑒篇》周嵩‘性狼抗，亦不容於世’。‘狼抗’當時習語。晉平王休祐本傳一則稱其‘强梁自用’，再則謂其‘狼戾强梁’，‘前後忤上非一’，三則曰：‘上怒責之曰：汝剛戾如此，豈爲下之義。’以此三條結合‘狼抗無賴’語推論之，‘狼抗’當即傲慢自大，剛愎自用之意也。梁袁昂《古今書評》言‘殷鈞書如高麗使人，抗浪甚有意氣’，‘抗浪’與‘狼抗’當即一詞，有高慢之意。《廣韻》下平聲十一唐有‘躴’字，云：‘躴躿，身長貌。’‘躿’字云：‘躴躿，身長。’又有‘欶’字，云‘欴欶’。‘忼’字云：‘咉（欴?）忼很戾。’去聲四十二宕有‘閬’字，云‘閬閬門高’。諸詞得聲之源，皆與高大、狠戾有關，與傳文之‘狼抗’皆相關聯之詞也。”《史札》頁一九七至一九八。

“王平子何在”，劉應登曰：“王澄常抗王敦，爲所害。此謂咸言敦未必至此。伯仁言其爲人如是，必有此事，如殺王平子可見已。”

〇注“顗別傳曰”

“承華門”，周一良曰：“疑承華門爲東宮正門，故多以‘承華’稱東宮。”《批校》。

“大將軍此舉有在”二句，楊勇曰：“文意艱澀，殊未切要。《晉書·周顗傳》：‘王敦構逆，溫嶠謂顗曰：“大將軍此舉似有所在，當無濫邪？”’有所在，有所爲也。”〇王叔岷曰：“‘此舉有在’，義自可通，無煩增字。下句‘無有’猶‘無或’也。”〇龔斌曰：“‘義無有濫’，意謂王敦聲討劉隗之外，應該不會有他圖。敦欲蓋彌彰，而太真天真，未悉敦之狼子野心，故發此言。”

《裴子》，葉德輝曰：“當即《語林》。”《書目》。

【彙評】

許世瑛曰：“看了這段話，他（周顗）是如何爽直可以了然，尤其他説‘今主非堯舜，何能無過’兩句話，決不是面諛讒諂之徒的口吻，這種不諱君過的正直態度，真可以作我們後生小子的龜鑑啊。同時他又説‘人臣安得稱兵以向朝廷’，更是忠臣義士的本色。”《周顗與王敦》。

蔣凡曰：“‘王平子何在’一語，引王敦殺戮舊事，驚破士大夫的迷夢，令人警醒。”

32

王敦既下，住船石頭，欲有廢明帝意。賓客盈坐，敦知帝聰明，欲以不孝廢之。每言帝不孝之狀，而皆云：“溫太真所説。溫嘗爲東宮率，後爲吾司馬，甚悉之。”須臾，溫來，敦便奮其威容，問溫曰：“皇太子作人何似？”溫曰：“小人無以測君子。”敦聲色並厲，欲以威力使從己，乃重問溫：“太子何以稱佳？”溫曰：“鉤深致遠，蓋非淺識所測。然以禮侍親，可稱爲孝。"劉謙之《晉紀》曰："敦欲廢明帝，言於衆曰：'太子子道有虧，溫司馬昔在東宮悉其事。'嶠既正言，敦忿而愧焉。"

○"王敦既下"至"不孝廢之"

"既下"，秦士鉉曰："順流而下，故曰下，下都也。"

"住船石頭"，趙翼曰："六朝時，建業之地有三城。其西則石頭城，嘗宿兵以衛京師。王敦内犯，周札守石頭城，開門納敦，敦遂據之，以敗王師。"《廿二史劄記》卷八。○恩田仲任曰："伏韜《北征記》曰：'石頭城，建康西南臨江城也。'《吳志》曰：'建安十六年，孫權徙治秣陵，明年城石頭。'"

"欲有廢明帝意"，田中頤曰："王欲令衆人有廢太子意也。"○余嘉錫曰："此事當在永昌元年閏十一月元帝崩之後，明帝太寧元年四月王敦下屯于湖之前。敦方謀逆簒，故有廢帝之意。《世説》不知本之何書，以爲敦下住石頭時之事，已不免有誤。"○朱鑄禹曰："王敦犯順在元帝末，此稱'明帝'，當係據後言之，故下文仍稱'太子'。"○龔斌曰："王敦欲廢明帝之事，當以《明帝紀》及《通鑒》所記較近事實，在永昌元年三四月，公卿百官詣石頭見敦之時。"

○"每言帝"至"甚悉之"

"皆云溫太真所説"，淇園曰："皆云，'每'之對。"○田中頤曰："每皆託溫爲證，語其來由，欲以實之也。"○程炎震曰："此是永昌元年敦至石頭時事。嶠爲敦左司馬，則在明帝即位之後，不得便以司馬目嶠也。《通鑒》從《晉書·明紀》，不稱敦言'溫太真'云云，得之。"

"東宮率"，岡白駒曰："東宮官有左右衞率。"○秦士鉉曰："明帝爲太子時，溫爲衞率。"○天保手批曰："春臺曰：按'率'音律。唐有太子率更之官。"○程炎震曰："《晉書》紀傳，嶠爲太子中庶子，不爲左右衞率。考《晉志》，率與中庶子別官。（嶠）或兼攝之。"○楊勇曰："東宮率，秦官，主門衞。晉初置中衞軍，後又增左右前後衞率，是謂五率。"

"後爲吾司馬"，朱鑄禹曰："本條所記爲永昌元年敦下石頭時事，不合預言'後爲吾司馬'。《晉書·明帝紀》記此事，不言爲吾司馬，爲是。"

○“須臾溫來”至“可稱爲孝”

“作人何似”，張萬起曰：“何似，如何、怎樣。”

“小人無以測君子”，田中頤曰：“無由語太子事也，以事關大體故尚未敢遽言。”

“欲以威力使從己”，田中頤曰：“王怒其悖己而仍憚坐客，因加威力，要其屈從己說也。是其詐僞矯誣形於聲色，狀貌如畫。”○秦士鉉曰：“欲以威武屈之也。”

“鉤深致遠”，大典顯常曰：“《易·繫辭》语。”《集成》。○田中頤曰：“四字與‘聰明’應。下一句承其前說。”

“以禮侍親”二句，胡三省曰：“言太子既有鉤深致遠之才，而又盡事親之禮，所以解敦‘不孝’之誣也。”《通鑒·晉紀十四》注。○田中頤曰：“上一句與‘君子’應，下一句與‘不孝’反說。”○余嘉錫曰：“此言皇太子是否有鉤深致遠之才，誠非己之淺識所能測度，但觀其以禮事親，固不失爲孝子也。”

○注“劉謙之晉紀曰”

“嶠既正言”，楊勇曰：“正言，直言也，忠言也。”

【彙評】

李贄曰：“太真真可。”《初潭集》卷二十二。

王世懋曰：“敘事如畫。”

黃輝曰：“盛德令言。”

伯克利手批曰：“太真至是，可謂威武不能屈。”

33

　王大將軍既反，至石頭，周伯仁往見之。謂周曰：“卿何以相負？”對曰：“公戎車犯正，下官忝率六軍，而王師不振，以此負公。"《晉陽秋》曰："王敦既下，六軍敗績。顗長史郝嘏及左右文武勸顗避難，顗曰：'吾備位大臣，朝廷傾撓，豈可草間求活[1]，投身胡虜邪？'乃與朝士詣敦，敦曰：'近日戰有餘力不？'對曰：'恨力不足，豈有餘邪？'"

○"王大將軍"至"以此負公"

"既反"，田中頤曰："二字即爲言'犯正'。"

"周伯仁往見之"，桃井白鹿曰："時王師連敗，元帝令百官詣石頭，見王敦。"

"卿何以相負"，胡三省曰："愍帝建興元年，顗爲杜弢所困，投敦於豫章，故敦以爲德。"《通鑒·晉紀十四》注。○田中頤曰："王嘗德於周，因今責之。"○崔朝慶曰："背恩忘德曰負。"

"戎車犯正"，崔朝慶曰："言舉兵反也。"

"以此負公"，大典顯常曰："言吾不能效忠奮武以保國家，是以負公知己之心也。故反言答之。"《集成》。○田中頤曰："言王大負而我小負，我本當殺王而小負於王，幸也。"

○注"晉陽秋曰"

"顗長史郝嘏"，秦士鉉曰："周顗代戴淵爲護軍將軍，以郝嘏爲長史。"

"草間求活"，秦士鉉曰："言奔竄田間以求免也。"○徐震堮曰："謂忍辱偷生。'草間'謂藏身草澤之中。"

"恨力不足"二句，大典顯常曰："《通鑒》：元帝永昌元年，王敦反。帝命刁協、劉隗、戴淵、王導、周顗等分道出戰，皆大敗。帝令百官詣石頭，見敦。敦見淵曰：'前日之戰有餘力乎？'淵曰：'豈敢有餘，但力不足耳。'"○楊勇曰："《通鑒》後出，當別有據，孫盛之言，恐傳聞失之。"

【彙評】

王世懋曰："可稱曰正。"

---

[1]　"草間"，天保手批曰："'草間'一作'間厝'。"

王思任曰："反覺損顏破口者未盡。"

許世瑛曰："他（周顗）在王師敗績後，奉詔詣敦，一點也沒有畏懼之色，侃侃直談，直當得起孔夫子所説的'不辱君命'的第一等'士'。"《周顗與王敦》。

余嘉錫曰："伯仁臨難不屈，義正詞嚴，可謂正色立朝，有孔父之節者矣。《世説・方正篇》之目，惟伯仁、太真及鍾雅數公可以無愧焉。其他諸人之事，雖復播爲美談，皆自好者優爲之耳。《晉書・孝友顏含傳》曰：'或問江左群士優劣，答曰：周伯仁之正，鄧伯道之清，卞望之之節，餘則吾不知也。'諒哉言乎！"

34

　　蘇峻既至石頭，百僚奔散，王隱《晉書》曰："峻字子高，長廣掖人[1]。少有才學，仕郡主簿[2]，舉孝廉。值中原亂，招合流舊三千餘家[3]，結壘本縣，宣示王化，收葬枯骨，遠近感其恩義[4]，咸共宗焉。討王敦有功，封公，遷歷陽太守。峻外營將表曰：'鼓自鳴。'峻自斫鼓曰：'我鄉里時，有此則空城。'有頃，詔書徵峻。峻曰：'臺下云我反，反豈得活邪？我寧山頭望廷尉[5]，不能廷尉望山頭。'乃作亂。"《晉陽秋》曰："峻率衆二萬，濟自橫江，至於蔣山，王師敗績。"唯侍中鍾雅獨在帝側。或謂鍾曰："見可而進，知難而退，古之道也。君性亮直，必不容於寇讎，何不用隨時之宜，而坐待其弊邪[6]？"鍾曰：

〔1〕　"長廣掖人"，董刻本"掖"作"椋"。恩田仲任曰："掖人，當作'挺人'。胡三省曰：'掖縣在東萊郡。'《蘇峻傳》云：'長廣掖縣人。'據《志》，長廣郡有挺縣，無掖縣。"秦士鉉曰："'掖'當作'挺'。"王利器曰："各本'椋'作'掖'，是。"楊勇曰："'掖'宋本作'椋'，非。長廣無掖縣，有挺縣，豈是'挺'之誤耳？"

〔2〕　"仕郡"，董刻本"仕"作"仁"。王利器曰："各本'仁'作'仕'，是。"楊勇曰："'仕'宋本作'仁'，非。"

〔3〕　"流舊三千"，張文柱曰："'舊'一作'亡'。"余嘉錫曰："'三'景宋本及沈本作'六'。"

〔4〕　"感其"，董刻本"感"作"咸"。王利器曰："各本'咸'作'感'，是。"朱鑄禹曰："'咸'讀作'感'。《易・臨》'咸臨'王弼注：'咸，感也。'"楊勇曰："宋本作'咸'，非。"龔斌曰："《蘇峻傳》正作'感'。"

〔5〕　"我寧"，董刻本、袁刻本"甯"俱作"寧"。

〔6〕　"其弊"，程炎震曰："弊，《晉書》作'斃'。"

"國亂不能匡，君危不能濟，而各遜遁以求免，吾懼董狐將執簡而進矣！"

○"蘇峻既至"至"簡而進矣"

"百僚奔散"，田中頤曰："先見朝庭無人。"

"唯侍中鍾雅獨在帝側"，田中頤曰："'唯'是'獨'異，下得問答，其節義明白。"○崔朝慶曰："晉成帝也。"

"可見而進"二句，大典顯常曰："出《左傳》宣十二年隨武子之言。"《集成》。

"隨時之宜"，田中頤曰："此謀自便，以爲智也。"○崔朝慶曰："言暫取權宜之計，亦奔逃避難也。"○王叔岷曰："《易·隨》：'象曰：隨時之義大矣哉。'"

"不能匡"，崔朝慶曰："匡，救也。"

"董狐將執簡而進"，田中頤曰："董狐，古之良史，見於《左傳》。此言其罪明在不赦也。"○崔朝慶曰："簡，竹簡也，言史官將記其事於史籍也。"

○注"王隱晉書曰"至"王師敗績"

"流舊"，岡白駒曰："流亡舊家也。"○徐震堮曰："流，謂流寓之人。舊，世居其地者。"

"討王敦有功封公"，桃井白鹿曰："封邵陵公。"○李慈銘曰："案《晉書》，峻由淮陵內史以南塘破王敦功，進使持節冠軍將軍、歷陽內史，加散騎常侍，封邵陵公。"《簡端記》。

"有此則空城"，秦士鉉曰："有此鼓妖則有災。"○天保手批曰："《宋書·五行志》曰：蘇峻在歷陽外營，將軍鼓自鳴，如人弄鼓者。峻手自斫之，曰：'我鄉土時，有此則城空矣。'"

"臺下云我反"二句，桃井白鹿曰："'臺下'指庾亮，言臺下云我反，入朝則必下我於廷尉，我豈得活耶？"○大典顯常曰："言既以爲反，則必下我廷尉也。"○恩田仲任曰："臺下，朝廷。"

"甯山頭望廷尉"二句，岡白駒曰："言寧身在山頭而望廷尉，不能執於廷尉而望山頭。"○大典顯常曰："山頭，謂作亂處。"《集成》。○恩田仲任曰："蘇峻起自姑孰，屯於石頭。山頭，蓋即石頭。"○周一良曰："'山頭''廷尉'二語不可解。或指寧從建康以外望廷尉，不能身繫廷尉以求外援。又，‘廷尉壘’，地名，見《宋書》。《晉書·蘇峻傳》襲用二語。”《批校》。

“濟自橫江”，胡三省曰：“橫江渡在今和州，正對江南之采石，即今之楊林渡，口當利浦，在今和州東十二里。”《通鑒·漢紀五十三》注。

“至於蔣山”，胡三省曰：“蔣山即鍾山，在今上元縣東北十八里。”《通鑒·晉紀十六》注。

【彙評】

李贄曰：“庾亮可殺。”《初潭集》卷二十五。○曰：“可惜戴頭巾。”評鍾雅。同上卷二十二。

35

　　庾公臨去，顧語鍾後事，深以相委。鍾曰：“棟折榱崩，誰之責邪？”庾曰：“今日之事，不容復言，卿當期克復之效耳！”鍾曰：“想足下不愧荀林父耳。”《春秋傳》曰：“楚莊王圍鄭，晉使荀林父率師救鄭，與楚戰於邲，晉師敗績。桓子歸[1]，請死。晉平公將許之，士貞子諫而止。後林父敗赤狄于曲梁[2]，賞桓子狄臣千室[3]，亦賞士伯以瓜衍之田[4]，曰：‘吾獲狄田[5]，子之功也。微子，吾喪

––––––––

[1] “桓子歸”，董刻本“桓”作“栢”。王利器曰：“各本‘栢’作‘桓’，是。‘栢’即宋人避‘桓’字諱缺末筆形近錯了的。”
[2] “于曲梁”，楊勇曰：“‘于’宋本作‘干’，非。”
[3] “賞桓子狄臣千室”，董刻本“桓”作“栢”。王利器曰：“蔣校本、袁本、凌本‘栢’作‘桓’，是。曹本、王本‘栢’又誤作‘相’。《左》宣十五年《傳》正作‘桓’。”袁本“千室”作“子室”，徐震堮曰：“‘子室’影宋本作‘千室’，是，《左氏》宣十五年《傳》同。”
[4] “瓜衍之田”，董刻本“瓜”作“爪”，“田”作“佰”。程炎震曰：“宋本‘田’作‘縣’。”王利器曰：“蔣校本、沈校本‘佰’作‘縣’，餘本作‘田’。案本‘縣’是。《左傳》正作‘縣’。”徐震堮曰：“‘田’沈校本作‘縣’，是。《左氏》宣十五年《傳》同。”
[5] “狄田”，程炎震曰：“宋本‘田’作‘土’。”王利器曰：“蔣校本、沈校本‘田’作‘土’，是。《左傳》正是作‘土’字。”徐震堮曰：“‘田’沈校本作‘土’，是。”

伯氏矣〔1〕。'"

○"庾公臨去"至"苟林父耳"

"庾公臨去"，劉應登曰："亮因避蘇峻也。"○龔斌曰："蘇峻至京師，王師敗績，庾亮攜其弟懌、條、翼，南奔溫嶠。"

"顧語鍾"，凌濛初曰："按此'鍾'因承上文，遂不言名字。《世說》原有斷而不斷之意，不得擅攪改。"○徐震堮曰："鍾，謂鍾雅，承上條來，故僅舉其姓。"○張萬起曰："顧語，叮囑、囑託。"

"棟折榱崩"二句，胡三省曰："秦曰屋椽，齊魯曰桷，周曰榱。"《通鑒·晉紀十六》注。○龔斌曰："鍾意謂朝廷傾覆，乃庾亮之責也。"

"不愧苟林父"，劉應登曰："謂林父終以功贖敗也。"

【彙評】

劉辰翁曰："靳之甚，非相期望也。"評"想足下"句。

36

蘇峻時，孔群在橫塘爲匡術所逼。王丞相保存術，《會稽後賢記》曰："群字敬休〔2〕，會稽山陰人。祖竺，吳豫章太守。父奕〔3〕，全椒令。群有智局，仕至御史中丞。"《晉陽秋》曰："匡術爲阜陵令，逃亡無行。庾亮徵蘇峻，術勸峻誅亮，遂與峻同反。後以宛城降〔4〕。"因衆坐戲

─────────

〔1〕 "伯氏"，董刻本"氏"作"戌"。王利器曰："各本'戌'作'氏'，是。《左傳》正作'氏'。"
〔2〕 "敬休"，徐震堮曰："《晉書》本傳作'敬林'。案'休'與'群'義不相蒙，疑以作'林'爲是。"龔斌曰："《會稽山陰孔氏譜》亦作'敬林'。"
〔3〕 "父奕"，楊勇曰："'奕'宋本作'弈'，非。"
〔4〕 "宛城"，李慈銘曰："'宛'當作'苑'。苑城者，建康之宮城也。"程炎震曰："'宛城'當作'苑城'。"王利器曰："'宛'當作'苑'。《晉書·郗鑒傳》：'既而錢鳳攻逼京都，議者以王含錢鳳衆力百倍，苑城小而不固，宜及軍勢未成，大駕自出距戰。'《通鑒》卷九三《晉紀》十五載錢鳳事，注云：'苑城，蓋孫氏都秣陵所築。晉置建康於秣陵水北，南渡建都，依苑城以爲守。'字正作'苑'，不誤。若宛城，據《晉書·地理志下》，是荊州南陽國統縣，與此地望不合。"楊勇曰："宋本作'宛城'，非。苑城，即臺城也，今江寧縣治。"

語，令術勸酒〔1〕，以釋橫塘之憾。群答曰：“德非孔子，厄同匡人。《家語》曰：“孔子之宋，匡簡子以甲士圍之。子路怒，奮戟將戰。孔子止之曰：‘夫《詩》《書》之不講，禮樂之不習，是丘之過也。若述先王之道而爲咎者，非丘罪也。命也夫！歌，予和汝。’子路彈劍，孔子和之。曲三終，匡人解甲罷。”雖陽和布氣，鷹化爲鳩，至於識者，猶憎其眼〔2〕。”《禮記・月令》曰：“仲春之月，鷹化爲鳩。”鄭玄曰：“鳩，播穀也。”《夏小正》曰：“鷹則爲鳩。鷹也者，其殺之時也；鳩也者，非殺之時也。善變而之仁，故具之。”

○“蘇峻時”至“橫塘之憾”

“蘇峻時”，大典顯常曰：“蘇峻之反在晉成帝咸和二年。”

“橫塘”，恩田仲任曰：“《吳都賦》注曰：‘在淮水南近家渚，緣江築長堤，謂之橫塘，北接柵塘。’”○吳士鑑曰：“《東晉疆域志》曰：‘《圖經》稱《實錄》云橫塘在秦淮南。’”《斠注》卷七十八。○楊勇曰：“《明江寧縣志》卷一：‘橫塘，在淮水南，近陶家渚。’《實錄》：‘吳大帝自江口緣淮築堤，謂之橫塘，北接柵唐，在今秦淮逕口。’”

“釋橫塘之憾”，田中頤曰：“是即‘保存’也，王甚不方正。”

○“群答曰”至“猶憎其眼”

“德非孔子”二句，桃井白鹿曰：“群以孔姓爲匡術所逼，故引孔子爲匡人所圍事。”○田中頤曰：“以孔、匡適合其姓，引孔子爲匡人所圍事，因言順逆固可不相容。”

“鷹化爲鳩”，岡白駒曰：“喻叛人復正也。”○王叔岷曰：“《呂氏春秋・仲春紀》、《淮南子・時則篇》亦並云：‘仲春之月，鷹化爲鳩。’高注：‘鳩，謂布穀也。’”

“猶憎其眼”，田中頤曰：“此言匡雖歸順革面，然其神所存之眼，猶甚可憎也。”○秦士鉉曰：“憎眼，以其鷹眼猶存也。”

---

〔1〕 “令術勸酒”，董刻本“勸”下有“群”字。葉德輝曰：“袁本作‘令術勸群酒’，是，此本脫。”

〔2〕 “猶憎其眼”，龔斌曰：眼，《晉書》七八《孔群傳》作‘目’，且此四字下有‘導有愧色’一句。”

〇注"會稽後賢記曰"至"以宛城降"

"智局"，岡白駒曰："士有才可用爲幹局。"〇秦士鉉曰："才智幹局也。"

"術勸峻誅亮"，徐震堮曰："案《晉書·蘇峻傳》，勸峻抗命者爲任讓，非匡術。"

"以宛城降"，<u>參見校文</u>。秦士鉉曰："峻令術守宛城，即臺城。"〇周家禄曰："《蘇峻傳》有'苑城'，蓋據苑爲城，本書所謂'宮城'，《南北史》所謂'臺城'也。"<u>《校勘記》卷四</u>。〇程炎震曰："《晉書·蘇峻傳》云：峻遷天子於石頭，逼居人盡聚之後苑，使懷德令匡術守苑城。《成紀》：咸和四年春正月，術以苑城歸順。"

【彙評】

劉辰翁曰："情誓甚真，宜在朝廷之上。"

王世懋曰："丞相末年，大不滿人意，在保存諸叛賊，蓋渠於'節義'二字不大分曉。"<u>秦士鉉按曰："'在'字疑'每'之誤。"</u>天保手批曰："'蓋'一作'羞'，'渠'一作'導'。"〇曰："正氣語，乃作爾許巧妙。"

袁中道曰："妙甚。"<u>評"德非孔子"二句。《舌華録》卷六。</u>

趙翼曰："導之幸敦舉兵以除異己，安得尚稱純臣也。且導之可議者，更不止於此。成帝每幸導第，猶拜導妻曹氏，孔坦甚非之。蘇峻賊黨匡術嘗欲殺孔群，或救之得免。後術既降，與群同在導坐，導令術勸群酒，以釋前憾，群答曰云云，導有愧色。此亦皆導之弛縱處。"<u>《廿二史劄記》卷七。</u>

田餘慶曰："會稽孔愉與從子孔群本與匡術有隙，王導爲了保全匡術，令匡術於座勸孔群酒以釋孔氏之嫌。凡此諸事，都説明王導兄弟輩死亡既盡，實力已衰，不得不蓄意庇護武人降將，以供驅使，雖受到士族名士的强烈反對亦在所不顧。"<u>《政治》頁五四。</u>

739

蘇子高事平，《靈鬼志謠徵》曰："明帝初，有謠曰：'高山崩，石自破。'高山，峻也。碩，峻弟也。後諸公誅峻，碩猶據石頭，潰散而逃，追斬之。"王、庾諸公欲用孔廷尉爲丹陽。孔坦。亂離之後，百姓彫弊，孔慨然曰："昔肅祖臨崩，諸君親升御牀，並蒙眷識，共奉遺詔。孔坦疏賤，不在顧命之列。既有艱難，則以微臣爲先，今猶俎上腐肉，任人膾截耳！"於是拂衣而去，諸公亦止。按王隱《晉書》："蘇峻事平，陶侃欲將坦上[1]，用爲豫章太守，坦辭母老不行。臺以爲吳郡。吳郡多名族，而坦年少，乃授吳興内史[2]。"不聞尹京。

○"蘇子高"至"諸公亦止"

"欲用孔廷尉爲丹陽"，余嘉錫曰："《書鈔》七十六引《語林》曰：'蘇峻新平，溫、庾諸公以朝廷初復，京尹宜得望實，唯孔君平可以處之也。'"

"肅祖"，徐震堮曰："晉明帝廟號肅宗。"

"顧命之列"，黃生曰："《書》以'顧命'名。顧，眷顧也。命大臣輔嗣主，鄭重而眷顧之也。"《義府》卷上。

"俎上腐肉"二句，王叔岷曰："《史記·項羽本紀》：'樊噲曰：如今人方爲刀俎，我爲魚肉，何辭爲！'"○張萬起曰："膾截，猶言宰割。"《詞典》頁四六二。

◎程炎震曰："今《晉書》亦取此事而兼用王隱。《御覽》二百五十二《尹門》引此事作《語林》。"○余嘉錫曰："此出《語林》，見《御覽》二百五十二。"

○注"靈鬼志謠徵曰"

《靈鬼志謠徵》，葉德輝曰："'謠徵'疑其篇目也。"

---

[1] "陶侃"，董刻本"侃"作"偘"。朱鑄禹曰："'偘'同'侃'。《唐書·薛延陀傳》'偘偘不干虛譽'，'侃'作'偘'。"
[2] "内史"，楊勇曰："《晉書·孔坦傳》作'太守'。"

"碩峻弟也"，李慈銘曰："《晉書·蘇峻傳》以碩爲峻子，而《五行志》亦載此謠，又以爲峻弟石。其謠：'惻惻力力，放馬山側。大馬死，小馬餓。高山崩，石自破。'大馬死者，謂明帝崩也；小馬餓者，謂成帝幼，爲峻逼遷於石頭，御膳不足也。"《簡端記》。○丁國鈞曰："《五行志中》：'石，峻弟蘇石也。峻死後，石據石頭。'案蘇峻弟名逸，不名石。其子雖名碩，然字亦不作石。《世說·方正篇》注引《靈鬼志》云：'碩，峻弟。'亦誤。"《校文》卷二。○徐震堮曰："案《晉書》本傳，碩乃峻之子，峻弟名逸。"《札記》。

○注"不聞尹京"

"尹京"，朱鑄禹曰："東晉都建康，以丹陽爲京兆。尹京者，爲京兆尹也。"

【彙評】

劉辰翁曰："小人語，豈識國家大體，見辱'方正'。"
李贄曰："太狠了，亦説得是也。"《初潭集》卷二十六。
王世懋曰："人臣避難，且懷夙憾，那得爲'方正'耶？注得之矣。"

38

　　孔車騎與中丞共行，《孔愉別傳》曰："愉字敬康，會稽山陰人。初辟中宗參軍，討華軼有功，封餘不亭侯。愉少時嘗得一龜，放於餘不溪中，龜於路左顧者數過[1]。及後鑄印，而龜左顧，更鑄猶如此。印師以聞，愉悟，取而佩焉。累遷尚書左僕射，贈車騎將軍。"中丞，孔群也。在御道逢匡術[2]，賓從甚盛，因往與車騎共語[3]。中丞初不視，直云："鷹化爲鳩，衆鳥猶惡其眼[4]。"術大怒，便欲刃

---

〔1〕 "於路"，董刻本"於"作"中"。
〔2〕 "在御道逢匡術"，楊勇曰："《晉書·孔群傳》作'於橫塘遇之'。按橫塘有晉御道。"
〔3〕 "往與"，徐震堮曰："'往'疑當作'住'，與《晉書》'止與語'之'止'字同義。"
〔4〕 "直云"三句，徐震堮《札記》曰："此十二字不當有，涉上條而誤，《晉書》本傳無。"

之。車騎下車，抱術曰：“族弟發狂，卿爲我宥之！”始得全首領。

○“孔車騎”至“得全首領”

“鷹化爲鳩”二句，王世懋曰：“此語不當重出。”○程炎震曰：“《晉書》云‘於橫塘遇’，不出‘鷹化’之語，或是。”○余嘉錫曰：“此與上‘孔群在橫塘’一條，即一事而傳聞異辭。觀其兩條，皆以鷹化爲鳩爲言，則當同在峻敗術降之後。《晉書》不悟《世説》傳疑之意，乃合兩事爲一，云：‘蘇峻入石頭時，匡術有寵於峻，賓從甚盛。群與從兄愉同行於橫塘，遇之。愉止與語，而群初不視術，術怒欲刃之。後峻平，王導保存術。’云云。既妄易‘御道’爲‘橫塘’以附會其事，又刪去‘鷹化爲鳩，衆鳥猶惡其眼’二語以泯其跡。蓋《晉書》好采小説，不欲有所取舍，故爲此彌縫之術也。”龔斌按曰：“余《箋》可商。此條所記之事，當在蘇峻得志而匡術爲峻心腹時。二條所記顯屬二事。”

“首領”，張萬起曰：“指性命。”

○注“孔愉别傳曰”

“華軼”，秦士鉉曰：“字彥夏，平原人。太尉歆之曾孫。少有才氣，汎愛博容，衆論美之，爲江州刺史，有匡天下之志。元帝時爲琅琊王，諸將奉爲盟主，軼不從，討斬之。”

“餘不溪”，田藝蘅曰：“湖州有餘英溪、餘不溪。此地有梅溪、苕溪，其流相通，故曰餘英、餘不，其義可見矣。”《留青日札》卷十一。○恩田仲任曰：“《圖經》曰：在德清縣東。‘餘不’者，言其水之清澈，餘溪則不也。”○楊勇曰：“《寰宇記》九四：‘餘不溪，在武康縣東二十四里。其水清，與餘杭溪不類也。’”

“鑄印”，周一良曰：“漢代以來，每授官即鑄新印。任官之外，封爵亦臨時鑄印。”《史札》頁一七一。

【彙評】

劉辰翁曰：“與前則同，而造次幾惡語異，故知記載難。”

39

梅頤嘗有惠於陶公。後爲豫章太守〔1〕，有事，王丞相遣收之。侃曰："天子富於春秋，萬機自諸侯出，王公既得錄，陶公何爲不可放？"乃遣人於江口奪之。《晉諸公贊》曰："頤字仲真，汝南西平人。少好學隱退，而求實進止〔2〕。"《永嘉流人名》曰："頤，領軍司馬。頤弟陶，字叔真〔3〕。"鄧粲《晉紀》曰："初，有讚侃於王敦者〔4〕，乃以從弟廙代侃爲荆州，左遷侃廣州。侃文武距廙而求侃，敦聞大怒。及侃將涖廣州〔5〕，過敦，敦陳兵欲害侃。敦咨議參軍梅陶諫敦〔6〕，乃止，厚禮而遣之。"王隱《晉書》亦同。按二書所敘，則有惠於陶是梅陶，非頤也。頤見陶公，拜，陶公止之。頤曰："梅仲真劾，明日豈可復屈邪？"

○ "梅頤嘗有"至 "可復屈邪"

"梅頤"，姚範曰："以其字義准之，作'頤'爲近。"《援鶉堂》卷二十二。○程炎震曰："'梅頤'當作'梅賾'。《尚書·舜典》孔疏云：'東晉之初，豫章内史梅賾上《孔氏傳》。'阮元《校勘記》曰：'梅賾，元王天與《尚書纂傳》作梅頤。'是其例矣。《隋書·經籍志》亦作'梅賾'。《虞書》孔疏又引《晉書》：晉太保公鄭沖以古文授扶風蘇愉，愉字休預。預授天水梁柳，字洪季，即皇甫謐外弟也。季授城陽臧曹，字彦始。始授郡守子汝南梅賾，字仲真。真爲豫章内史。知賾之父亦嘗爲城陽太守也。"○余嘉錫曰："孔疏作'梅賾'，《釋文》

---

〔1〕 "豫章太守"，余嘉錫曰："《隋書·經籍志》、《尚書·虞書》孔疏及《經典釋文序録》均作'豫州内史'。"

〔2〕 "少好學隱退而求實進止"，程炎震曰："宋本無'好'字，'求'作'才'。"余嘉錫曰："景宋本'好'作'以'，'求'作'才'。沈本無'好'字，'求'亦作'才'。"王利器曰："沈校本無'以'字，餘本'以'作好。"楊勇曰："'少'下宋本有'以'字，袁本有'好'字。沈校本無，是。"龔斌曰："作'才'較勝。才實，謂才能真實之人。"

〔3〕 "頤弟陶字叔真"，董刻本作"頤弟叔真"，無"陶字"二字。沈校本無"陶"字。朱鑄禹曰："'頤弟'袁本下有'陶字'二字，是。"

〔4〕 "有讚"，葉德輝曰："'讚'當作'潘'，於文義始合。"余嘉錫曰："'讚'景宋本作'潘'。"

〔5〕 "侃將"，董刻本、沈校本"侃"前有"令"字。朱鑄禹曰："袁本無此字，是。"

〔6〕 "咨議"，董刻本"咨"作"諮"。

作‘枚賾’。”楊勇按曰：“‘梅賾’與‘枚賾’之異，則同音而異書耳。”

“梅仲真劄”二句，龔斌曰：“意謂我之膝，今日乃爲陶公而屈，明日便不可復屈矣。”

○注“鄧粲晉紀曰”

“有讚侃於王敦者”，參見校文。龔斌曰：“建興三年，荆州刺史陶侃破杜弢，王敦嬖人吳興錢鳳疾陶侃之功，屢毁之。‘有譖侃於王敦者’即指錢鳳。”

“有惠於陶是梅陶”，徐震堮曰：“《晉書·陶侃傳》亦作‘梅陶’。”《札記》。○余嘉錫曰：“今《晉书·陶侃傳》曰：‘敦將殺侃，諮議參軍梅陶、長史陳頒言於敦曰：周訪與侃親姻，如左右手。安有斷人左手，而右手不應者乎？敦意遂解。於是設盛饌以餞之。’與鄧粲、王隱書並合。蓋有惠於陶公者，自是梅叔真。陶公之救仲真，乃感叔真之惠，而藉手其兄以報之耳。《世說》謂頤有惠於陶公，當屬传闻之誤。”○曹道衡曰：“唐修《晉書》多本臧榮緒書，上引所記梅陶諫王敦殺陶侃事，同鄧（粲）、王（隱）一書。《世說》記作‘梅頤’，当属傳聞之誤。”《叢考》頁一九四。

【彙評】

劉辰翁曰：“其感激不輕，復自有佳處。”評“梅仲真劄”二句。○曰：“陶語殊橫。”

王世懋曰：“王、陶二公當亂後，欺幼主，擅收擅奪，無一可記。梅既是陶私人，放免而拜，雖有一言，寧便足稱‘方正’？”

40

王丞相作女伎，施設牀席。蔡公先在坐，不説而去，王亦不留。《蔡司徒別傳》曰：“謨字道明，濟陽考城人[1]。博學有識，避

――――――――――
〔1〕 “濟陽”，楊勇曰：“汪藻有《陳留考城蔡氏譜》，本書《輕詆篇》六注引《晉諸公贊》亦作‘陳留’。”

744

地江左，歷左光禄、録尚書事、揚州刺史。薨，贈司空。”

○“王丞相”至“亦不留”

“施設牀席”，田中頤曰：“王以此爲娛樂，與蔡‘不説’反。”

“不説而去”，程炎震曰：“《晉書·謨傳》：‘謨性方雅。’”

“亦不留”，田中頤曰：“以知其爲人率多此類也。”

○注“蔡司徒别傳曰”

“濟陽考城人”，張燿曰：“《蔡謨傳》：‘謨，陳留考城人。’案考城，後漢屬陳留。《晉地理志》無。”《讀史舉正》卷五。○徐震堮曰：“《晉書·蔡謨傳》作‘陳留考城人’，《輕詆》六注引《晉諸公贊》曰：‘充字子尼，陳留雍丘人。’充（《晉書》作‘克’），謨之父。案《晉書·地理志》，齊陽、陳留均無考城，有雍丘，屬陳留國。《晉書考異》曰：‘惠帝分陳留爲濟陽國，領濟陽、考城諸縣，《晉書》亦失書。’則作‘濟陽考城人’是也。”

【彙評】

方弘静曰：“王丞相作女伎，蔡司徒謨不説而去。謝太傅期功之慘，不廢絲竹，王右軍詒書規之。叔世非無正論也。風習之靡，秉鈞者惡得不任其責！晉之不競，豈盡由胡耶？”《千一録》卷十七。

李贄曰：“無味。”蔣凡按曰：“所云‘無味’者，當指蔡謨古板無味。”

伯克利手批曰：“蔡公好家法，故其後廓焉興詠，皆成名作。”

朱鑄禹曰：“傳中歷敘謨於禮儀、宗廟、制度多所議定，大都持正，不乏可采摭者，而本條殊簡略，宜李贄評爲‘無味’。”

41

　　何次道、庾季堅二人並爲元輔。《晉陽秋》曰：“庾冰字季堅，太尉亮之弟也。少有檢操，兄亮常器之，曰：‘吾家晏平仲。’累遷車騎將軍、江州刺史。”成帝初崩，於時嗣君未定，何欲立嗣子，庾及朝議以外寇方强，嗣子沖幼，乃立康帝。《中興書》曰："帝諱岳，字世同，成帝同母弟也。成帝崩，即位，年二十二。" 康帝登阼，會群臣，謂何曰："朕今所以承大業，爲誰之議？" 何答曰："陛下龍飛，此是庾冰之功，非臣之力。于時用微臣之議，今不覩盛明之世[1]。"《晉陽秋》曰："初，顯宗臨崩，庾冰議立長君，何充謂宜奉皇子。爭之不得，充不自安，求處外任。及冰出鎮武昌，充自京馳還，言於帝曰：'冰不宜出，昔年陛下龍飛，使晉德再隆者，冰之勳也。臣無與焉。'" 帝有慚色。

○ "何次道" 至 "帝有慚色"

"外寇方强"，趙西陸曰："外寇，謂漢起也。"

"嗣子沖幼"，崔朝慶曰："沖亦幼小也。"

"康帝登阼會群臣"，程炎震曰："《晉書·充傳》云：'帝臨軒，冰、充侍坐。'情事爲得。"

"飛龍"，崔朝慶曰："言登帝位也。取《易》'飛龍在天'之意。"

"庾冰之功"，龔斌曰："庾冰爲明帝明穆皇后之兄，成帝、康帝之舅。庾亮堅持立琅琊王岳，乃出於固寵專權考慮。"

"于時用微臣" 二句，崔朝慶曰："言若用己議，即無復今日康帝之登位也。"

○注 "晉陽秋曰"

"吾家晏平仲"，天保手批曰："晏平仲事見《論語》。"

○注 "中興書曰"

"年二十二"，徐震堮曰："案《晉書》本紀，廢帝以咸康八年六月即位，明年改元建元元年，二年崩，年二十三，則即位時才二十一耳。"

---

[1] "盛明"，余嘉錫曰："'盛'沈本作'聖'。" 楊勇曰："'盛'沈校本及《御覽》九九作'聖'。"

○注"晉陽秋曰"

"充不自安"二句，龔斌曰："咸康八年七月，以充爲驃騎將軍，都督徐州、揚州之晉陵諸軍事，領徐州刺史，鎭京口，避諸庾也。"

"自京馳還"，周一良曰："'京'謂京口。"《批校》。

【彙評】

李贄曰："王導知人。"《初潭集》卷二十九。

王世懋曰："《陽秋》義爲安。"

伯克利手批曰："庾亦不錯。"○曰："寔見古人直道。"

42

　　江僕射年少，王丞相呼與共棋[1]。王手嘗不如兩道許[2]，而欲敵道戲，試以觀之。江不即下[3]。王曰："君何以不行？"江曰："恐不得爾[4]。"徐廣《晉紀》曰："江彪字思玄，陳留人。博學知名，兼善弈，爲中興之冠。累遷尚書左僕射、護軍將軍。"傍有客曰[5]："此年少戲迺不惡。"王徐舉首曰[6]："此年少非唯圍棋見勝[7]。"范汪《棋品》曰："彪與王恬等棋第一品，導第五品。"

　　○"江僕射"至"試以觀之"

　　"江僕射年少"，敬胤曰："江彪字思玄，陳留人也。祖祚，字伯倫。父大

---

〔1〕 "呼與"，《考異》"呼"上有"始"字。
〔2〕 "手嘗不如"，《考異》"嘗"作"常"，"不如"下有"江"字。楊勇曰："宋本作'嘗'。"
〔3〕 "即下"，《考異》"下"有"棋"字。
〔4〕 "恐不"，《考異》"恐"下有"公"字。
〔5〕 "傍有客曰"，《考異》作"傍亦有語王曰"。
〔6〕 "舉首"，《考異》作"假道"。
〔7〕 "年少"，《考異》作"少年"。

元，散騎常侍。彪少博學善弈，爲江左第一。州舉秀才，平南溫嶠參軍、州別駕司空掾、長山令，累遷黃門郎、車騎庾冰長史、征西庾翼咨議參軍、吏部郎、御史中丞、侍中、吏部尚書護軍參軍（'參軍'一作'將軍'）、右將軍、會稽内史、尚書僕射。哀帝欲於殿庭立鴻祀，彪曰：'不可。'乃止。轉護軍將軍、國子祭酒，卒。生敳，字仲凱，驃騎咨議參軍。敳生恒、夷。恒，黃州刺史。夷字茂遠，尚書僕射，生湛之，字淵之，左光禄大夫，開府。湛之生恁，字孝箸，大箸作郎。恁生敳，南康王友。"○程炎震曰："《晉書》不載思玄之年。據其弟思悛永和九年卒，年四十九，蓋導年六十餘歲，然未必是導爲丞相時方共棋也。"

"王手嘗不如兩道許"，淇園曰："嘗，當讀作'常'。"○徐震堮曰："手，指技能，猶今語'手段'。"《釋義》。○楊勇曰："兩道許，猶兩子許。"○張萬起曰："許，助詞，置於數詞後表約數。"

"敵道戲"，徐震堮曰："謂不求饒讓。敵道猶對等也。"○朱鑄禹曰："似如今所謂不讓子對下。"○楊勇曰："敵道，今謂敵手、對手、平手是。"

"試以觀之"，田中頤曰："王與江前嘗棋時，其技不及兩道許，而今欲同手對戲，相試以觀其才也。"

○"江不即下"至"圍棋見勝"

"王不即下"，田中頤曰："面無媚色。"
"不得爾"，田中頤曰："即言當不如兩道許。"
"戲遄不惡"，田中頤曰："言以技實長云爾也。"○楊勇曰："戲，指清談也。下文'王徐舉首曰'云云，意謂此年少非唯圍棋見勝，而清談亦其能事也。"按參見《言語篇》"徐孺子年九歲"條"戲"。

"此年少非唯圍棋見勝"，岡白駒曰："凡事不下氣。"○淇園曰："此蓋美其善自持其品格也。"○田中頤曰："王觀了其不苟讓之度不可奪，因徐曰：不唯技勝，又有勝於我也。"○張萬起曰："見勝，勝我。"

【彙評】

劉辰翁曰："丞相雅量，此年少不讓，小伎自多，宜戒。"
李贄曰："'言語'。"
王世懋曰："語蘊藉，似王公。"

張端木曰："范汪《棋品》其文不傳，然汪亦必第一品也，定不在王恬、江彪下。爾時羊耽亦稱善圍棋，王中郎、支公亦好此。《南史》：宋世以琅邪王抗爲第一品矣，吳郡褚思莊、會稽夏赤松爲第二品。六朝風俗之靡，可想也。"

43

孔君平疾篤，庾司空爲會稽，省之，_{庾冰。}相問訊甚至，爲之流涕。庾既下牀，孔慨然曰："大丈夫將終，不問安國甯家之術〔1〕，迺作兒女子相問〔2〕！"庾聞，回謝之〔3〕，請其話言。_{王隱《晉書》曰："坦方直而有雅望。"}

○"孔君平"至"爲之流涕"

"孔君平疾篤"，程炎震曰："《晉書・坦傳》：年五十一。不云卒於何年，蓋在咸康二年以後、六年以前。"

"爲會稽"，田中頤曰："爲言國家作地。"

"爲之流涕"，田中頤曰："雖厚情，徒其私耳。"

○"庾既下牀"至"請其話言"

"迺作兒女子相問"，田中頤曰："譏其不及公議而流涕無益也。"○張萬起曰："迺，卻。兒女子，小女子、婦人。"

"回謝之"，張萬起曰："謝，謝罪、道歉。"

"請其話言"，大典顯常曰："《詩・大雅・抑》：'其惟哲人，告之話言，順德之行。'毛傳：'話言，古之善言也。'"○田中頤曰："即請安國寧家之術也，最難爲庾。"○徐震堮曰："話言，善言也。《詩・大雅・抑》：'慎爾出話。'傳：'善言也。'《言語》四七'不貽陶公話言'及本篇四八'永戢話言'，義並同，皆謂'遺言'。"

---

〔1〕 "甯家"，董刻本、袁刻本"甯"俱作"寧"。
〔2〕 "迺作兒女子相問"，秦士鉉曰："《通鑒》作：'爲兒女子相泣耶？'"
〔3〕 "回謝之"，余嘉錫曰："'回'景宋本及沈本作'迴'。"朱鑄禹曰："'迴'通'回'。"

劉辰翁曰："此卻非周嵩比。"評"遽作兒女子相問"。○曰："惜不見'話言'以下。"

田中頤曰："病中正言。"

44

桓大司馬詣劉尹，臥不起。桓彎彈彈劉枕，丸迸碎牀褥間。劉作色而起，曰："使君，如馨地，甯可鬭戰求勝[1]？"《中興書》曰："溫曾爲徐州刺史。"沛國屬徐州，故呼溫使君。鬭戰者，以溫爲將也。桓甚有恨容。劉尹，真長。已見。

○"桓大司馬"至"牀褥間"

"詣劉尹"，田中頤曰："蓋請清談詣也。"

"臥不起"，田中頤曰："劉謂不足答。"

"桓彎彈"，龔斌曰："漢晉間貴遊子弟挾彈遨遊，是爲風氣。"

○"劉作色"至"甚有恨容"

"使君"三句，王世懋曰："當以'使君'爲句，義自明。"

"如馨地甯可鬭戰求勝"，劉應登曰："以溫爲將卒也。"○劉辰翁曰："如馨，即如此。"○桃井白鹿曰："如馨地，猶言如此處也。言如此處當以文雅相待也，何可以武暴來勝耶？蓋譏桓溫無文雅也，故溫恨之。"○大典顯常曰："'甯'訓'那'。一說甯可，當可也。"《集成》。○田中頤曰："言即如是底，甯可與兵人鬭戰求勝，不足與我徒語談明理也。"按"馨"義參見《文學篇》"殷中軍爲庾公長史"條。

"甚有恨容"，淇園曰："恨其辱也。"○楊勇曰："太和四年，桓溫與前燕

---

[1] "甯可"，董刻本、袁刻本"甯"俱作"寧"。

戰，溫敗於枋頭，聲譽日下，常懷雪恥無時，而劉惔此語，正觸其怒。"龔斌按曰："劉惔卒於穆帝永和四五年間，距太和四年已有二十餘年矣。孝標注引《中興書》謂溫曾爲徐州刺史，故呼溫爲使君。桓溫彎弓彈劉尹事，必在溫爲徐州刺史時。"

○注"中興書曰"

"呼溫使君"，岡白駒曰："使者稱使君。刺史本出監察之任也，故自所屬稱之使君。劉惔，沛國人也。"

"以溫爲將"，岡白駒曰："《公羊傳》曰'君親無將'。"○桃井白鹿曰："將，大將之將。"

【彙評】

劉辰翁曰："如怒如笑。"
袁中道曰："有含蓄。"評"使君"三句。《舌華録》卷七。

45

　後來年少多有道深公者。深公謂曰："黃吻年少，勿爲評論宿士。昔嘗與元明二帝、王庾二公周旋。"《高逸沙門傳》曰："晉元、明二帝，游心玄虛，託情道味，以賓友禮待法師。王公、庾公傾心側席，好同臭味也。"

○"後來年少"至"二公周旋"

"多有道深公者"，湯用彤曰："《世説・德行篇》《方正篇》俱載後來人多有道深公者，疑深公曠大任遠，故細行處頗爲人所疵議。"《佛教史》頁一三三。

"黃吻年少"，胡三省曰："口邊曰吻。鳥雛始出巢者，口黃未褪，目之曰黃吻，言少艾也。"《通鑒・晉紀十六》注。○朱鑄禹曰："猶言黃口孺子也。"

"王庾二公"，龔斌曰："《高僧傳》四《竺法深傳》謂丞相王導、太尉庾元規並欽其風德。"

"周旋"，江藍生曰："指交往、往來。六朝時期使用普遍。"《彙釋》頁二七五。

【彙評】

劉辰翁曰："此語可，第深公自道，不可。"〇曰："狠語，見謂'方正'。"
按凌瀛初本"謂"作"誚"。

王思任曰："自道不可，然以道惡少亦自可。"

王世懋曰："道人乃藉人主名卿拒人，口吻寧是'方正'？"

湯用彤曰："元帝於永嘉元年至建業，名論素輕，吳人不附。乃用王導計，賓禮名賢，存問風俗，江東歸心焉。明帝欽賢愛客，雅好文辭。當時北方大亂，流人渡江。偏安之局，自當撫恤新舊，結納名士。而永嘉時，太傅越網絡清談人物，旋遭變亂，餘風被江左。《高逸沙門傳》謂'元、明二帝，游心玄虛，託情道味'，蓋亦受時流好尚之影響。故元明之世，一因玄風之南渡，一因元明二帝、王庾二公均敬禮名士，而清談大盛。當時僧人如法深、道林均固名士之秀也。"《佛教史》頁一三七。

46

　　王中郎年少時，坦之，已見。江虨爲僕射領選，欲擬之爲尚書郎。有語王者。王曰："自過江來，尚書郎正用第二人，何得擬我？"江聞而止。按《王彪之別傳》曰："彪之從伯導謂彪之曰：'選曹舉汝爲尚書郎，幸可作諸王佐邪？'"此知郎官，寒素之品也。

〇"王中郎"至"江聞而止"

"江虨爲僕射領選"，程炎震曰："《晉書·虨傳》云：'代王彪之爲尚書僕射。'則在升平三四年間，坦之年已出三十，不爲少矣。《晉書·坦之傳》敘此於爲撫軍掾之前，蓋誤。"

"正用第二人"，王世懋曰："王氏有名者，初出多作秘書郎，故以尚書郎爲

752

第二人。"○徐震堮曰："謂止用第二流人。晉人重門第，故以第二流目寒素。"
○周一良曰："'第二'即指第二流士族也。"《史札》頁一四四。

"何得擬我"，程炎震曰："王述此時爲揚州，坦之是貴遊子弟，故不作郎官也。"

○注"郎官寒素之品也"

王楙曰："漢明帝謂郎官上應列宿，不可輕畀，乃以杖撞郎藥崧。自褻慢如此。僕嘗考之，當時郎吏，雖謂清選，其實位卑，親主文案，與令史不異。郎三十五人，令史二十人，漢士往往恥爲此職。至於用杖，其輕可知。"《野客叢書》卷二十。○劉盼遂曰："按《晉書·王國寶傳》：'除尚書郎。國寶以中興膏腴之族惟作吏部，不爲餘曹，不拜。'足見尚書郎爲寒素之品也。"○余嘉錫曰："後漢尚書郎，多以孝廉或博士高第爲之。名公鉅卿，往往出於其間。至西晉山濤《啓事》，尚稱尚書郎極清望，號稱大臣之副，其爲要職可知。而過江以後，膏粱子弟遂薄之不爲，以致坦之拒之於前，國寶辭之於後。其故何也？蓋自中朝名士王衍之徒，祖尚浮虛，不以物務自嬰，轉相放效，習成風尚。以遺事爲高，以任職爲俗，江左偏安，此弊未改。尚書諸曹郎，主文書起草，無吏部之權勢，而有刀筆之煩，固名士之所不屑。惟出身寒素者爲能黽勉奉公，不以簿書期會爲恥，選曹亦樂得而用焉。"○唐長孺曰："史籍所載關於任官清濁的事大體上只是清官中的區別，如所謂'甲族不居臺郎'、'甲族不居憲臺'，也只指甲族而言，稍次的士族獲得尚書郎、治書侍御史仍然是清選。"《南朝寒人的興起》，《論叢》頁五五一。

【彙評】

袁中道曰："坦之自負爲第一流人。"《舌華錄》卷二。

蒙思明曰："至於內官，他們也有不屑爲者。第一是不居臺憲。恐怕因爲憲臺職司綱紀，容易招怨，故世族不爲而變爲寒人之官了吧。第二是不爲尚書郎（吏部除外）。這又恐怕是由於世族祖尚玄虛不習尚書事務的繁雜而不樂爲吧。"《社會》頁五七。

余嘉錫曰："坦之嘗著《廢莊》之論，非不欲了公事者，然以世族例不爲此官，亦拂然拒之矣。士大夫之風氣如此，而欲望其鞠躬盡瘁，知無不爲，何可得也！”

蔣凡曰：“魏晉以後，名士談玄之風起，士人崇尚虛無，以遺落世事爲高，以擔任實職爲俗，東晉尚沿襲此風。尚書郎主文書起草，無吏部之權勢，有刀筆之煩勞，名士均不屑受尚書郎之職。坦之爲太原王氏子弟，雖厭憎世俗放蕩，然自負門第德望第一流，難以抵擋世代風尚之吹薰。”

47

　　王述轉尚書令，事行便拜。文度曰：“故應讓杜許。”藍田云：“汝謂我堪此不[1]？”文度曰：“何爲不堪！但克讓自是美事，恐不可闕。”藍田慨然曰：“既云堪，何爲復讓？人言汝勝我，定不如我。”《述別傳》曰：“述常以爲人之處世[2]，當先量己而後動，義無虛讓，是以應辭便當固執。其貞正不踰皆此類[3]。”

　　○“王述轉”至“定不如我”

　　“王述轉尚書令”，程炎震曰：“哀帝興寧二年五月，述自揚州爲尚書令、衛將軍，以桓溫牧揚州，徙避之也。”

　　“事行便拜”，周一良曰：“‘事’指文書。”《批校》。又曰：“謂文書下即就任。”《史札》頁四五八。○梁永昌曰：“所謂‘事’就是‘文書’、‘文件’、‘文牘’。‘事行便拜’猶言‘文件下達就拜官’，是説王述當仁不讓，不來‘上表三讓’之類的虛套。”《雜記》。

　　“故應讓杜許”，程炎震曰：“《晉書》作‘子坦之諫，以爲故事應讓’。”○劉盼遂曰：“‘杜許’未詳，《晉書·王述傳》作‘坦之諫，以爲故事應讓’。”○徐震堮曰：“‘杜許’不詳何人。”○范子燁曰：“意爲依照慣例應該略表謙虛和推辭。”《研究》頁二三○。○董志翹曰：“‘讓杜’爲同義複詞，乃‘退讓拒絕’

---

〔1〕　“此不”，董刻本“不”作“否”。
〔2〕　“以爲”，董刻本“爲”作“謂”。王先謙曰：“一本‘爲’作‘謂’。案‘爲’‘謂’古通。”
〔3〕　“不踰”，程炎震曰：“‘踰’當從水。”

之義。‘許’爲句末語氣詞，相當於‘阿’。”《考索》。

“定不如我”，徐震堮曰：“定，畢竟、究竟。”《簡釋》。〇周一良曰：“‘定’猶言終於或到底，非決定、肯定之意。‘定不如我’，即到底不如我。”《史札》頁一九八。

【彙評】

胡寅曰：“讓，謙得也，自大聖人皆行之，非以示美觀也。在己則以抑亢滿，於人則以推賢，於國則以勸風俗也。正懷祖不事外飾，固賢於匿情求名者，苟稽古賢之義，不若讓之爲懿也。讓而不從，必舉所知以報國，則庶乎濟濟之風矣。仲尼以禮讓爲國爲美，詩人以‘受爵不讓’爲刺，然則坦之所見，乃賢於述也。”《管見》卷八。

劉辰翁曰：“乃盛德語。”評“何爲不堪”三句。〇曰：“亦取其真耳。”評“既云堪”二句。

洪垣曰：“自古人臣承君之命，有辭有讓有受，必皆由於其衷，非舍曰欲之而飾爲是詞者。王述其有所辭，必於不受，其有所受，必其材力足以當之，不爲虛讓，自足真宰□道。以述之真，自述行之，未必非厚俗之教，而乃以例論之，固矣。劉裕不辭乎？授爵辭，九錫辭，再辭累辭，而於受晉之禪不辭也，矯詐之計，使述見之，其不忿然乎！且以晉之浮虛而得一述焉，卓乎其亦獨行君子矣。”《說史》卷二。

范檟曰：“王述志在矯世，故應王導之辟則不同俗僞辭，晉尚書之秩則不循例虛讓，陳力就列，行其素心而已，不以世俗之態溷之也。語云：小讓如僞，大讓如慢。慢與僞，君子不由也。述肯徒讓乎？致堂以爲受爵不讓而賢坦之，豈其然哉！”《雅言集》卷下。

陳絳曰：“‘受爵不讓’，而詩人以爲刺，讓可已耶？雖然，讓也者，禮之實也，非僞而爲之也。如以爲故事而爲之也，以爲美名而爲之也，則亦異乎虞廷之所爲濟濟矣。懷祖之見，本之悃質，蓋亦以矯世之虛僞焉。此義行，則殷浩輩退以爲進，辭以爲受者，亦可以少沮矣。”《金罍子》上篇卷十三。

王世懋曰：“注引《別傳》以實述之‘方正’，真臨川忠臣也。”

戴璟曰：“禮，國之幹也；讓，禮之輿也。自昔聖人皆行之，非以示美觀也。在己則以抑亢滿，於人則以推賢才，於國則以勸風俗也。《詩》曰：‘受爵不讓，至於已斯亡。’然則王懷祖之不讓，殆非也。且試宛陵令，頗受略遺，則亦不讓之失也，可乎？”《品藻》卷十八。

尤侗曰：“懷祖拜官，則曰‘堪復何讓’；受饋，則曰‘足當自止’。其言不可爲訓，然坦率如此，故是名士風流。”《艮齋雜説》卷二。

伯克利手批曰：“若以欲之，而徒存讓迹，但以長僞。”

48

孫興公作《庾公誄》，文多託寄之辭。綽集載誄文曰：“咨予與公，風流同歸。擬量託情，視公猶師。君子之交，相與無私。虛中納是，吐誠悔非[1]。雖實不敏，敬佩弦韋。永戢話言，口誦心悲。”**既成，示庾道恩。庾見，慨然送還之，曰：“先君與君，自不至於此。”**道恩，庾羲小字。徐廣《晉紀》曰：“羲字叔和[2]，太保亮第三子[3]。拔尚率到[4]，位建威將軍、吳國内史[5]。”

○“孫興公”至“不至於此”

“作庾公誄”，程炎震曰：“咸康六年，庾亮卒。”

“託寄之辭”，岡白駒曰：“孫欲托驥尾以揚己之名，如誄文中‘與公風流同歸’，及‘君子之交，相與無私’是也。”○田中頤曰：“謂誄中多有孫以自己之身上託寄庾公之言辭，以藉聲譽者。”○秦士鉉曰：“‘託寄’出《論語》。此謂親友相共託寄也。”○張萬起曰：“託寄，攀附寄託。”

---

[1] “吐誠悔非”，葉德輝曰：“‘吐誠悔非’袁本作‘吐誠誨非’。‘誨非’猶云規過。此本作‘悔’，蓋誤。”吳金華《校議》曰：“‘悔非’應改作‘誨非’，此承王刻本之訛。”

[2] “叔和”，楊勇曰：“汪藻《庾氏譜》作‘羲叔’。按以兄會字會宗、弟龢字道季推之，則當作‘羲叔’爲是。”

[3] “太保”，葉德輝曰：“袁本‘保’誤‘和’。按本書注多稱亮爲太尉，《晉書·庾亮傳》亦云追贈太尉，則‘太和’、‘太保’均非。”余嘉錫曰：“‘太保’當依景宋本及沈本作‘太尉’。袁本作‘太和’，亦誤。”

[4] “拔尚率到”，何焯曰：“四字疑有誤。”

[5] “内史”，董刻本‘史’作‘中’。王利器曰：“各本‘中’作‘史’，是。”楊勇曰：“宋本作‘内中’，非。”

756

“慨然送還之”，田中頤曰：“殊大惡之。”

“先君與君”二句，劉應登曰：“惡其自託諂交。”○淇園曰：“蓋惡其虛誣，且以絕其託寄之意也。”

◎張端木曰：“第六卷‘孫公作王長史誄’一則，與此大同小異。”

○注“綽集載誄文曰”

“綽集”，葉德輝曰：“《隋志》題‘晉衛尉卿孫綽集十五卷’。”《書目》。

“擬量託情”，大典顯常曰：“擬量，準擬其氣度也。”《集成》。

“敬佩弦韋”，大典顯常曰：“《韓非子》：‘西門豹之性急，故佩韋以自緩；董安于之心緩，故佩弦以自急。’”

“永戢話言”，秦士鉉曰：“謂薨也。”

○注“徐廣晉紀曰”

“拔尚率到”，恩田仲任曰：“拔尚，超拔高尚；率到，真率清到。”

【彙評】

王世懋曰：“孫多穢行，故累受此辱。”按《批補》“累”作“又”。

戴君恩曰：“興公之誄，本以希榮，翻以見辱，亦足為妄附者戒矣。然庾公有子如此，真稱無忝。”《剩言》卷五。

狄期進曰：“元規雅正，道恩此慨，真其子矣。”

49

王長史求東陽，撫軍不用。簡文。後疾篤，臨終，撫軍哀歎曰：“吾將負仲祖。”於此命用之。長史曰：“人言會稽王癡，真癡。”王濛，已見。

○“王長史”至“王癡真癡”

“求東陽”，岡白駒曰：“求為東陽太守。”

"疾篤臨終"，岡白駒曰："王濛疾篤。"〇程炎震曰："《法書要錄》九載張懷瑾《書斷》云：'濛以永和三年卒，年三十九。'"

"於此命用之"，劉應登曰："此謂撫軍於其臨終方以此命之。"〇徐震堮曰："於此，猶'於是'，爾時常語。《文學》二〇'衛玠始度江'條亦云：'爾夕忽極，於此病篤，遂不起。'義並同。"

"真癡"，淇園曰："己身且死而命用之，是與不用同，然而臨終命之，是所以爲癡。"

◎程炎震曰："《御覽》四百九十《癡》引此事，云出《郭子》。"〇余嘉錫曰："此出《郭子》，見《御覽》四百九十引。"

【彙評】

王世懋曰："此何與'方正'？"

陳夢槐曰："'癡'字真哀嘆。忽至即死，猶當命之，況及臨終？撫軍真屬情癡。"

凌濛初曰："至死方得長史，枉爾巧言！"

許世瑛曰："雖然王長史笑簡文帝癡，我卻以爲從這一點上可以看出簡文帝是如何契重長史了，所以他和劉惔號爲簡文帝的入室之賓，實在不是過甚之辭。"《衛玠與王濛》。

50

劉簡作桓宣武別駕，後爲東曹參軍，《劉氏譜》曰："簡字仲約，南陽人。祖喬，豫州刺史。父珽[1]，潁川太守。簡仕至大司馬參軍。"頗以剛直見疏。嘗聽記[2]，簡都無言。宣武問："劉東曹何以不下意？"答曰："會不能用。"宣武亦無怪色。

---

[1] "父珽"，王先謙曰："一本'珽'作'挺'。"余嘉錫曰："'珽'景宋本及沈本作'挺'。"龔斌曰："當從《晉書》六一《劉喬傳》作'挺'。"

[2] "聽記"，程炎震曰："宋本、鄂本'記'作'訊'。"余嘉錫曰："'記'景宋本及沈本作'訊'。"徐震堮曰："作'記'似不誤。"

○"劉簡作"至"亦無怪色"

"聽記"，參見校文。劉辰翁曰："'聽訊'，謂同坐問囚，語都不白。"○徐震堮曰："《漢書·何武傳》：'出記問墾田頃畝、五穀美惡。'師古曰：'記，謂教命之書。'"○龔斌曰："指官員聽讀公牘文書，作斟酌或修改。"

"不下意"，劉辰翁曰："不下意，如不著意。"○徐震堮曰："提意見叫'下意'。'下'字的用法，和'下食''下飲'相同。"《釋義》。

"會不能用"，劉辰翁曰："謂我若言，君亦不用。"○徐震堮曰："會，推斷之辭，與'終'同。"《釋義》。又曰："會，今語'終究'、'反正'。"《簡釋》。○楊勇曰："會，副詞，反正、終將、終究、終歸也。《魏書·儒林傳》：'此輩會是衰頓，何煩勞也。'《規箴》：'會薈被縛。'《賢媛》：'會無婚處。'"

51

劉真長、王仲祖共行，日旰未食。有相識小人貽其餐，肴案甚盛，真長辭焉。仲祖曰："聊以充虛，何苦辭?"真長曰："小人都不可與作緣。"孔子稱："唯女子與小人為難養，近之則不遜，遠之則怨。"劉尹之意，蓋從此言也。

○"劉真長"至"與作緣"

"日旰未食"，恩田仲任曰："日旰，日晚也。"

"肴案甚盛"，恩田仲任曰："案，載肴之器。"○朱鑄禹曰："'案'古'椀'字。"

"聊以充虛"，王叔岷曰："《墨子·節用中篇》：'古者聖人制為飲食之法，曰：足以充虛繼氣。'《呂氏春秋·重己篇》：'昔先聖王之為飲食酏醴也，足以適味充虛而已。'《文子·九守篇》：'故聖人食足以充虛接氣。'"

"小人都不可與作緣"，劉辰翁曰："謂從此作因緣。"○田中頤曰："夫小人欲作因緣，多端非一，不唯飲食為餌，而人多忽之於始，悔之於後，亦未嘗無由也。唯劉庶寡過焉乎!"○崔朝慶曰："言不可與小人接近也。"○徐震堮曰：

759

"作緣，猶言來往，即今語之'打交道'。"○吴金華曰："'作緣'是佛家常語。在佛家看來，每個人的一言一行，都是自造因緣，也就是'作緣'。在等級觀念森嚴的時代，劉真長拒絕小人的款待，就是怕自己種下欠小人一筆人情債的宿緣，所以他説'小人都不可與作緣'。"《考釋》頁九四。

"小人"，徐震堮曰："士族階級輕視家中奴僕、府中吏役以及各行業之普通百姓，一概目之爲'小人'，總言之曰'群小'。"《簡釋》。○楊勇曰："小人，此指普通平民也。晉人以門第自尚，故稱平民爲小人，與孔子稱小人者自異。"○龔斌曰："疑劉恢所稱之'小人'，亦指人品低下者，與'君子'相對。"

【彙評】

王世懋曰："此語殊有益。"按《批補》"益"作"理"。

狄期進曰："小人包藏禍心，俯首君子，政爲異日地耳，可令以非道説耶？"

伍袁萃曰："劉真長云：'小人都不可與作緣。'予往往見士大夫喜與市井富兒交，彼資其勢，我利其有，畢竟受累，或至敗名檢焉，乃知真長之識高遠矣。"《林居漫録》卷三前集。

戴君恩曰："'小人都不可與作緣'，有味乎謝公之言也。非獨絶累，亦以遠嫌。"《剩言》卷五。

金俊明曰："君子與小人不兩行之，勢也。君子之拒小人也，嘗顯而疏；而小人之援君子也，嘗陰而密。偶寬一綫，便已墮其玄中。孟子不與王驩言樂，正子從之行，則切責不恕，皆是防微杜漸，劉真長所謂'作緣'者也。"潘游龍《康濟譜》卷四引。

潘游龍曰："龍以豢被醢，魚以餌受烹，君子嗜好不謹，一爲小人所中，假與作緣，則心腹肝膽皆在小人掌握中矣。要行便行，要止便止，不幾爲小人作奴隸乎？真長可謂慧人也已。"《康濟譜》卷四。

52

王脩齡嘗在東山，甚貧乏。司州，已見。陶胡奴爲烏程令，胡奴，陶範小字也。《陶侃別傳》曰：“範字道則，侃第十子也。侃諸子中最知名。歷尚書、秘書監。”何法盛以爲第九子。送一船米遺之，卻不肯取。直答語：“王脩齡若飢，自當就謝仁祖索食[1]，不須陶胡奴米。”

○“王脩齡”至“陶胡奴米”

“送一船米遺之”，田中頤曰：“求緣。”

“不肯取”，田中頤曰：“絕緣。”

“直答語”，淇園曰：“蓋以見其胸次，不以此則爲之被穢而不滌者也。”○田中頤曰：“是見其平素處。”○崔朝慶曰：“直，但也。”

“不須陶胡奴米”，田中頤曰：“此誠其後來云：有太守在矣，不須縣令之私米也。”

◎大典顯常曰：“魏姚彪覆鹽百斛於江，與此相似。《何氏語林》：‘姚彪與張溫俱至武昌，遇吳興沈珩守風糧盡，從彪貸鹽一百斛。彪性峻直，得書不答。方與溫談論，良久，呼左右倒百斛鹽著江中，謂溫曰：明吾不惜，惜所與耳。’”

○注“陶侃別傳曰”

《陶侃別傳》，葉德輝曰：“《隋志》不著録。《太平御覽》引用。”《書目》。

【彙評】

劉應登曰：“惡其人，卻其物。”

沈作喆曰：“彼以善意來，勿受則已矣；而戾氣以詬之，是爲傲物，無禮甚矣，不當於禮義之中。處世接物，不當如此。”《寓簡》卷六。

徐樹丕曰：“士君子欲嚴取與，必慎交接。交賤則辱身，交富則遭累，一與之交，寧可拒乎！徐文貞公言：欲觀士大夫名節，但不連姻富室，不接衵山人，便是端莊之士。讀前二公語，益有感於徐文貞言矣。”《識小録》卷三。

伯克利手批曰：“必有不足其人者。”

---

[1] “仁祖”，董刻本“祖”作“袓”。王利器曰：“各本‘祖’作‘袓’，是。”楊勇曰：“‘袓’宋本作‘祖’，非。仁祖，謝尚字。”

余嘉錫曰："《侃別傳》及今《晉書》均言範最知名，不知其人以何事得罪於清議，致脩齡拒之如此其甚。疑因陶氏本出寒門，士行雖立大功，而王謝家兒不免猶以老兵視之。其子夏、斌復不肖，同室操戈，以取大戮。故脩齡羞與範爲伍。於此固見晉人流品之嚴，而寒士欲立門戶爲士大夫亦至不易矣。"

趙西陸曰："陶氏非名門，故王脩齡不齒之，亦當時門戶之見也。"

蔣凡曰："陶侃雖已名列二品，但論其門第出身，則中原士人羞與齒列，並沒有真正視之爲貨真價實的上品貴族。另外，又因他是通過江南士人薦舉而致高品，更是中原士人所不齒，因而心中仍然視之爲'小人'。陶範爲陶侃之子，是小人之小人，當然就更其低賤了。所以王胡之會對他不屑一顧。"《研究》頁四三。

53

阮光禄 阮裕，已見。赴山陵，至都，不往殷、劉許，過事便還。諸人相與追之，阮亦知時流必當逐己[1]，乃遄疾而去，至方山不相及。《中興書》曰："裕終日頹然，無所錯綜[2]，而物自宗之。" 劉尹時爲會稽[3]，乃歎曰："我入[4]，當泊安石渚下耳。不敢復近思曠傍，伊便能捉杖打人不易。"

○"阮光禄"至"過事便還"

"赴山陵"，桃井白鹿曰："《晉書·阮籍傳》：成帝崩，阮裕赴山陵，事畢便

---

[1] "阮亦知"，董刻本"阮"作"既"。平賀房父曰："'既'當作'裕'。"趙西陸曰："《晉書·阮裕傳》作'裕亦審時流必當逐己'，則此作'阮'是。"徐震堮曰："沈校本作'阮'，是。《晉書》本傳作'裕'。"

[2] "錯綜"，趙西陸曰："《品藻篇》第二九'時人道阮思曠'則，注引《中興書》'錯綜'作'脩綜'。《晉書·裕傳》作'脩綜'。"

[3] "時爲"，董刻本"爲"作"索"。程炎震曰："'爲'宋本作'索'，另一宋本亦作'索'，是也。"余嘉錫曰："'爲'沈本作'索'。"

[4] "我入"，大典顯常《集成》曰："《晉書》'入'下有'東'字。"趙西陸曰："《晉書·阮裕傳》：'劉惔歎曰：我入東，正當泊安石渚下耳。'此於'入'下脫'東'字，當據補。"徐震堮曰："'我入'下《晉書》有'東'字，當據補。'東'指會稽。時阮裕居剡山，謝安方隱居東山，並在會稽，故云。'東'字疑傳刻誤脫。"

還。”○程炎震曰：“《晉書》云：‘成帝崩，裕赴山陵。’《康紀》：‘咸康八年七月，葬成帝於興平陵。’”

“殷劉許”，徐震堮曰：“殷，殷浩；劉，劉惔。”

“過事便還”，恩田仲任曰：“過事，事畢也。”○田中頤曰：“阮蔑視殷劉，故山陵事畢便還。”

○“諸人相與”至“不相及”

“諸人相與追之”，淇園曰：“諸人欲追還以見殷劉，成其賞會之同也。”○田中頤曰：“諸人欲見阮於殷劉玄理何如故。”

“時流”，恩田仲任曰：“猶言時輩。”○楊勇曰：“當時名流。”

“邁疾而去”，恩田仲任曰：“邁，速也。”○楊勇曰：“邁疾，同義連文，猶邁速也。”

“至方山不相及”，大典顯常曰：“《一統志》：‘方山在江寧府東南四十五里，形如方印。’《集成》。”恩田仲任曰：“《文選》注曰：‘《圖經》曰：方山在江寧縣東五十里，下有湖水。舊揚州有四津，方山爲東，石頭爲西。’”○田中頤曰：“遠追而不及也。”

○“劉尹時爲”至“打人不易”

“劉尹時爲會稽”，田中頤曰：“劉當近阮居。”○趙西陸曰：“《輕詆篇》記謝尚書與殷浩爲劉惔求會稽事。”

“我入當泊安石渚下”，劉辰翁曰：“安石渚，會稽地名。”○岡白駒曰：“入，入東也。於時阮裕居會稽剡縣。”○平賀房父曰：“時阮裕居會稽剡縣，故言我入剡縣，則泊安石渚不與阮近，以其容易打人之故也。”○程炎震曰：“‘我入’云云，是自揣到官後之詞，若已爲會稽，則不作此語也。康帝之初，何充當國，與惔好尚不同，或求而不得，故《晉書·惔傳》不言‘爲會稽’也。《裕傳》亦取此事，刪此句，但言‘劉惔歎曰’云云，語妙全失。咸康八年，安石年二十三。”

“不敢復近思曠傍”，田中頤曰：“安石渚，地名，與思曠傍對，其旨兼取於謝之寬、阮之猛。”○龔斌曰：“劉惔正索會稽，而阮裕急欲逃仕，志尚殊途，故惔‘不敢復近思曠傍’。”

“伊便能捉杖打人不易”，岡白駒曰：“伊，彼也，斥阮。打人不易，言能打人之所不易打。”○桃井白鹿曰：“不易，不容易也。”○大典顯常曰：“不易，言豈不易也，謂勢之將然也。殷中軍云：‘謝萬文理轉遒，成殊不易。’”○淇園曰：“言彼雖便能捉杖打人，而泊安石渚下則不易打我矣。”○恩田仲任曰：“不易，言不易當。”○秦士鉉曰：“伊，彼也。‘不易’二字衍。此與《語林》原本所載，時人有稱庾太尉，殷光禄曰‘此公好舉宗本捶人’同，諸説皆非。”○楊勇曰：“不易，不輕。”○龔斌曰：“不易，不改易，即打人不停。”

○注“中興書曰”

“無所錯綜”，恩田仲任曰：“錯綜，以織喻也。”○吳金華曰：“‘錯綜’二字，《品藻》三○‘時人道阮思曠’條注引《中興書》作‘修綜’。‘錯雜’‘修綜’都指辦理公事。”《考釋》頁一三二。

【彙評】

劉辰翁曰：“更無倫理。”龔斌按曰：“似譏阮裕舉動不合人情禮儀，實未解裕之肥遁之志也。”

余嘉錫曰：“阮、謝同時隱居會稽，方思曠赴陵還剡之日，亦正安石高臥東山之時，故真長發爲此歎。其所以言惟當泊安石渚下，不敢近思曠者，蓋安石爲真長妹壻，且其平日攜妓游賞，與人同樂，固自和易近人。而思曠則務遠時流，沈冥獨往故也。後來兩人之出處殊途，亦可於此觀之矣。”

54

王、劉與桓公共至覆舟山看。酒酣後，劉牽腳加桓公頸。桓公甚不堪，舉手撥去。既還，王長史語劉曰：“伊詎可以形色加人不[1]？”《溫別傳》曰：“溫有豪邁風氣也。”

─────────────

〔1〕 “形色加人不”，大典本無“不”字。鍾仕倫曰：“疑大典本是。‘不’疑衍。”

○"王劉與"至"加人不"

"共至覆舟山"，大典顯常曰："《一統志》：'覆舟山在江寧府北，東連鍾山，北臨玄武湖。'"《集成》。○恩田仲任曰："《水經注》曰：'上虞縣之東郭外有鮫浦，湖中有大獨、小獨二山，又有覆舟山。'"龔斌按曰："考桓溫行事，似從未至上虞縣。"○程炎震曰："《晉書·蘇峻傳》'據蔣陵覆舟山'，《成紀》作'蔣山'。《禮志》：'咸和五年，於覆舟山南立北郊。'"○徐震堮曰："《元和郡縣志》：'覆舟山，鍾山西足也，形如覆舟，故名。'"○龔斌曰："王濛卒於永和三年，不久劉惔亦卒。則其事當在永和初或更早。其時桓溫尚未有盛名。"

"牽腳加桓公頸"，田中頤曰："劉常不憚桓，故乘興作此態度而不忌也。"○楊勇曰："加，壓。《論語·公冶長》：'我不欲人之加諸我也，吾亦欲無加諸人。'"

"舉手撥去"，田中頤曰："桓甚不堪其重，而口不能制，因舉手撥去之也，折得桓豪邁，甚可人意。"

"伊詎可以形色加人不"，劉應登曰："薄溫之辭。"○劉辰翁曰："亦且不成語。"○岡白駒曰："伊，斥溫。形色加人，謂舉手撥去也。言此一時之戲，彼何可以形色加人之事乎否。"○桃井白鹿曰："形色加人，謂加怒於人也。亦曰，加聲色。"○大典顯常曰："形色，與'聲色'意同。此言渠寧可以形色加之人乎？'不'字只作'乎'義看，它亦有之。"

【彙評】

朱鑄禹曰："魏晉重門閥，桓出身行伍，故不爲時所重，而王甚且詈爲'老兵'。此王濛之言，亦猶此意，謂桓卑微不當以聲色淩人也。臨川取此爲'方正'，其亦存斯見歟？否則，豈有以足加人頸之無禮舉動，反責人不當以形色加人，而尚得謂爲'方正'？"

55

桓公問桓子野："謝安石料萬石必敗，何以不諫？"

子野〔1〕，桓伊小字也。《續晉陽秋》曰："伊字叔夏，譙國銍人。父景，護軍將軍。伊少有才藝，又善聲律，加以標悟省率，爲王濛、劉惔所知。累遷豫州刺史，贈右將軍。"子野答曰："故當出於難犯耳！"桓作色曰："萬石撓弱凡才，有何嚴顏難犯？"

○"桓公問"至"嚴顏難犯"

"桓公問桓子野"，龔斌曰："升平三年，豫州刺史謝萬北伐大敗，廢爲庶人。桓公問子野，當在謝萬敗歸，謝安出仕之後。"

"萬石"，劉應登曰："謝萬，字萬石，安親弟。"

"何以不諫"，余嘉錫曰："本書《簡傲篇》'謝公甚器愛萬'云云，推此而言，非不諫也。意者友于義重，務在掩覆，不令彰著，故無聞焉耳。《御覽》七百一引《俗說》曰：'謝萬作吳興郡，其兄安時隨至郡中。萬眠常晏起，安清朝便望牀前，叩屏風呼萬起。'其於萬之寢興尚約束之如此，豈有知其必敗而不諫者乎？"

"撓弱"，張萬起曰："懦弱無能。"《詞典》頁三七三。

○注"續晉陽秋曰"

"標悟省率"，大典顯常曰："省，省發也。率，真率也。"《集成》。○秦士鉉曰："標出警悟，省略真率。"

【彙評】

王世懋曰："此無處著'方正'。"

56

羅君章曾在人家，主人令與坐上客共語。答曰：

---

〔1〕 "子野"，徐震堮《札記》曰："案《晉書》本傳小字野王，誤。"趙西陸曰："按《晉書·桓伊傳》，伊小字曰野王。《類聚》四十四引《語林》亦作'野王'。本書《任誕篇》及《輕詆篇》注引伏滔《長笛賦敘》、《初學記》十六、《書鈔》一百六又一百十一引《語林》則並作'子野'。"

“相識已多，不煩復爾。”《羅府君別傳》曰：“含字君章〔1〕，桂陽棗陽人〔2〕。蓋楚熊姓之後，啟土羅國，遂氏族焉。後寓湘境，故爲桂陽人。含，臨海太守彥曾孫，滎陽太守緩少子也〔3〕。桓宣武辟爲別駕，以官廨諠擾，於城西池小洲上立茅茨〔4〕，伐木爲牀，織葦爲席，布衣蔬食，晏若有餘。桓公嘗謂衆坐曰：‘此自江左之清秀，豈惟荆楚而已！’累遷散騎常侍、廷尉、長沙相。致仕中散大夫〔5〕，門施行馬。含自在官舍，有一白雀樓集堂宇〔6〕，及致仕還家，階庭忽蘭菊挺生〔7〕。豈非至行之徵邪？”

○“羅君章”至“不煩復爾”

“曾在人家”，程炎震曰：“《御覽》四百九十八《簡門》引《語林》云：‘在宣武坐。’”

“令與坐上客共語”，龔斌曰：“坐上賓客初見共語，乃漢末以降上流社會風氣。”

“相識已多”二句，大典顯常曰：“不煩，猶不用。”《集成》。○平賀房父曰：“言我相識已多，不煩復與新人語。”○田中頤曰：“言我舊所相識已多有之，不煩復求新知而語也。”

○注“羅府君別傳曰”

“啟土羅國”，大典顯常曰：“《左傳》桓十二年注：‘羅，熊姓國，在宜城縣西山中。’”《集成》。○恩田仲任曰：“《水經注》曰：‘羅縣本羅子國也，故在襄

---

〔1〕 “含字”，董刻本“含”上有“羅”字。王利器曰：“原描多一‘羅’字。”
〔2〕 “棗陽”，程炎震曰：“宋本、別一宋本作‘耒陽’。”余嘉錫曰：“‘棗’沈本作‘耒’。”徐震堮《札記》曰：“《晉書》本傳作‘耒陽’。案桂陽郡有耒陽無棗陽，當以《晉書》爲正。”又《校箋》曰：“沈校本作‘耒陽’，是，《晉書》本傳同。《晉書·地理志》，桂陽郡有耒陽，無棗陽。”王利器曰：“蔣校本、沈校本‘棗’作‘耒’，是。《晉書·羅含傳》正作‘桂陽耒陽人’。”
〔3〕 “緩少子”，董刻本、袁刻本“緩”俱作“綏”。王先謙曰：“一本‘緩’作‘綏’。《世説補》同。”程炎震曰：“‘緩’王本作‘綏’，明本同，《晉書》亦作‘綏’。”余嘉錫曰：“‘緩’景宋本作‘綏’。”
〔4〕 “小洲”，楊勇曰：“宋本作‘州’。”龔斌曰：“當作‘洲’是，此指水上沙洲。”
〔5〕 “致仕中散”，張文柱曰：“‘仕’下一有‘加’字。”大典顯常《集成》曰：“‘中散’《晉書》上有‘加’字。”秦士鉉曰：“‘中散’上或有‘加’字。”程炎震曰：“《晉書·含傳》‘中’字上有‘加’字，當據補。”
〔6〕 “堂宇”，董刻本“字”作“字”。王利器曰：“各本‘字’作‘字’，是。”
〔7〕 “挺生”，秦士鉉曰：“‘挺’一作‘叢’。”

陽宜陽縣西，楚文王移之於此。'

　　"門施行馬"，程大昌曰："魏晉以後，官至貴品，其門得施行馬。行馬者，一木橫中，兩木互穿，以成四角，施之於門，以爲約禁也。《周禮》謂之'陛柜'，今官府前叉子是也。"《演繁露》卷一。○大典顯常曰："漢魏三公門施行馬柜，交互其木以爲遮攔也。《周禮·天官》'掌舍，設陛柜再重'疏：'若今行馬以爲衛也。'"

【彙評】

李贄曰："是，是。"《初潭集》卷十七。
田中頤曰："簡選交遊。"
朱鑄禹曰："此言殊傲慢，不知何以目爲'方正'。"
蔣凡曰："（羅君章）性喜靜，不勝塵世應對往來之苦。'相識已多，不煩復爾'一語，見出其以簡對繁的做人風格。嘗以官舍喧擾，於江中小洲上立茅屋，伐木爲牀、織葦爲席而居，布衣蔬食，晏如也。正可與此則互相印證。"

57

　　韓康伯病，拄杖前庭消摇〔1〕。韓伯，已見。見諸謝皆富貴，轟隱交路，歎曰："此復何異王莽時?"《漢書》曰："王莽宗族凡十侯、五大司馬〔2〕。"

　　○"韓康伯"至"異王莽時"

　　"拄杖前庭消摇"，胡鳴玉曰："消摇，即'逍遥'字，如《記·檀弓》'孔子消摇於門後'，《漢延篤傳》'夕則消摇內階'，《世説》'韓康伯拄杖前庭消摇'之類。"《褧錄》卷五。○劉盼遂曰："《［禮］記·檀弓》：'負手曳杖，消摇

---

〔1〕"拄杖"，董刻本"拄"作"柱"。王叔岷曰："'柱''拄'正、俗字，當從宋本作'柱'。"
〔2〕"大司馬"，程炎震曰："'馬'下宋本有'外戚莫盛焉'五字。"余嘉錫："'大司馬'下景宋本、沈本有'外戚莫盛焉'。"何焯校同。

768

於門。'疏：'消摇，放蕩以自寬縱。'《莊子‧逍遥遊》，《釋文》云：'義取閒放不拘，怡然自得。'按'逍遥'即'消摇'之俗字。"○余嘉錫曰："（太元）五年五月，以謝安爲衛將軍、儀同三司，封建昌縣公。石封興平縣伯，玄封東興縣侯。康伯拄杖消摇，必此時事也。"

"轟隱交路"，李詳曰："張衡《西京賦》'商旅聯隔，隱隱展展'，薛綜注：'隱隱展展，重車聲。'此言諸謝車聲屬路也。"○江藍生曰："'轟隱'狀車行聲。'轟'，《説文‧車部》：'群車聲也。'字又作'輷'，《玉篇‧車部》：'輷，呼萌切，車聲。轟，同上。''隱'字書或作'轤'，《玉篇‧車部》：'轤，于近切，車聲。'是知'轟隱'實同義複詞。"《彙釋》頁八〇至八一。○楊勇曰："喻車從嚴盛，錯綜於路也。"

【彙評】

李贄曰："妒甚。"《初潭集》卷十八。

王世懋曰："是不平語。"

張懋辰曰："卅十居閒，易生忿歎。"

蒙思明曰："宗族强大的世家往往一時同宗多人群立廟堂，這樣一來，現充宰輔的既多是世族，而新入仕途的又多出世族，則世族把握政權儼然同於世襲。"《社會》頁五四。

余嘉錫曰："康伯與諸謝積有夙嫌。蓋其心既與謝氏不平，見其兄弟叔姪三人同時受封，忌其太盛，故以王莽之十侯爲比。謝安善處功名之際，玄、琰亦盡瘁國事，有何跋扈，至同王莽？此乃康伯懷挾私憤，肆行讒謗。"

58

王文度爲桓公長史時[1]，桓爲兒求王女，王許咨藍田。王坦之、王述，並已見。既還，藍田愛念文度，雖長大猶

---

〔1〕"長史時"，余嘉錫曰："景宋本及沈本無'時'字。"

抱著郯上。文度因言桓求己女婿。藍田大怒，排文度下郯，曰："惡見文度已復癡，畏桓溫面[1]？兵，那可嫁女與之！"文度還報云："下官家中先得婚處。"桓公曰："吾知矣，此尊府君不肯耳。"後桓女遂嫁文度兒。《王氏譜》曰："坦之子愷，娶桓溫第二女，字伯子。"《中興書》曰："愷字茂仁，歷吳國內史、丹陽尹，贈太常。"

○"王文度"至"抱著郯上"

"求王女"，田中頤曰："其長史而所求女，是在常人以爲至榮。"
"許咨藍田"，田中頤曰："謂許諮父而定之也，在王不榮不辱。"
"愛念"，徐震堮曰："念，憐也。愛念，愛憐之意。"《簡釋》。
"抱著郯上"，田中頤曰："何等老癡，其和樂閒適無以尚焉。"

○"文度因言"至"嫁女與之"

"藍田大怒"，田中頤曰："在藍田以爲大辱。"
"惡見文度已復癡"二句，王世懋曰："舊以'面兵'爲句，再不可解。今始曉所以言文度癡兒，畏桓溫面孔，渠，兵也，那可嫁女與兵？"秦士鉉按曰："《晉書》：'詎可畏溫面而以女妻兵也。'此與王説合。"朱鑄禹按曰："若以'兵'字爲句，則於王述當時大怒之神氣口吻，宛然所謂如聞其聲也。"○凌濛初曰："此當以'面兵那'爲句，如'公是韓伯休那，乃不二價'，如'汝欲作沐德信那'，俱是此法。言文度癡兒，畏桓面兵耶？可嫁女與之乎？若敬美之説，亦是，然費解，又無此等文理。"朱鑄禹按曰："'那'既作'耶'字解，則下句是肯定語，於當時情辭殊不合。"○岡白駒曰："已，音'異'。王世懋'面'字爲句，是據《晉書》也。在《晉書》則故當耳，《世説》自一義。'面兵'言其面可畏，語亦奇矣。若悉據《晉書》解，則意味索然。如'惡見文度已復癡'，《晉書》作'汝竟癡耶'，今《世説》以父稱子，子亦長大，猶抱著膝上之類，此可以見《世説》之精絶。"桃井白鹿按曰："《觿》以'面兵'爲句，非。"平賀房父按曰："此説極允，'兵'字屬下，

---

[1] "惡見文度已復癡"二句，何焯曰："一無此十一字。"程炎震曰："宋本無'惡見文度已復癡畏桓溫面'十一字，別一宋本亦無。"余嘉錫曰："此十一字沈本無。"徐震堮《札記》曰："《晉書》作：'汝意癡邪，詎可畏溫面而以女妻兵也？'語意尤明。"

不成文矣。"○桃井白鹿曰："兵，賤武人之稱。"《補遺》。○大典顯常曰："按《晉書·王述傳》云：'汝竟癡耶？詎可畏溫面而以女妻兵也！'今此以'兵'居句首，而下以'之'字應，其義自明。"○淇園曰："見，猶云知也。那可嫁女與之，蓋鄙之也。"○田中頤曰："面兵，猶云面勢也。"○秦士鉉曰："兵，罵語也。蜀龐承'老革荒悖'，隋煬帝'老革多姦'，下文謝玄呼桓溫爲'老兵'，皆同，革亦兵也。"○李詳曰："《晉書·王述傳》作：'汝竟癡耶？詎可畏溫面，而以女妻兵也？'語較《世說》爲優。本書《容止篇》：'桓溫鬢如反蝟皮，眉如紫石棱。'故自可畏。"

"惡見"，岡白駒曰："惡，歎辭。"○桃井白鹿曰："惡，讀如《孟子》'惡，是何言也'之'惡'。"○大典顯常曰："惡，何也。惡見，言不當見而見也。"○田中頤曰："見，猶言知也。"○秦士鉉曰："'惡見'與'愛念'對。"○吳金華曰："'惡見'是魏晉常語，相當於今語'討厭'。"《考釋》頁九五。

○"文度還報"至"嫁文度兒"

"尊府君不肯"，田中頤曰："桓亦畏藍田之絞直者也。"

"桓女遂嫁文度兒"，余嘉錫曰："王湛娶郝普之女，周浚娶李伯宗之女，皆非其偶。而王源嫁女與滿氏，沈休文至掛之彈章，謂王、滿連姻，寔駭物聽。知寒族之女，可適名門，而名門之女，必不可下嫁寒族也。"

○注"王氏譜曰"

"坦之子愷娶桓溫第二女"，王楙曰："注又謂王愷娶桓溫第二女，不知乃其弟愉，非愷也。"《野客叢書》卷十八。○程炎震曰："《晉書·坦之傳》云：'愉爲桓氏壻。'"○余嘉錫曰："《晉書·王湛傳》稱愉爲桓氏壻，又謂愉子綏爲桓氏甥。《宋書·武帝紀》亦云綏，桓氏甥，有自疑之志，高祖誅之。唐修《晉書》縱不足據，沈約《宋書》固當可信。然則《世說》注果誤也。觀注引《中興書》，所謂'歷吳國內史、丹陽尹，贈太常'者，皆愷之官職。是孝標固以爲娶桓溫女者，是王愷而非王愉，非今本傳寫之誤。"

【彙評】

劉克莊曰："桓溫位窮將相，權震人主，而孟嘉但目以老兵，王述亦曰：

771

'兵何可與女？'王尼護軍府養馬，卒爾胡母輔之諸名士持羊酒就馬廄下與尼飲，不見護軍而去。蓋兵而佳士，士而不加兵也。古人位置人物如此。"《後村先生大全集》卷一百《何伸詩》。

余嘉錫曰："謝奕爲溫司馬，嘗逼溫飲。溫走入南康王間避之。奕遂引溫一兵帥共飲曰：'失一老兵，得一老兵，亦何所在？'今藍田又呼其子爲兵。蓋溫雖爲桓榮之後，桓彝之子，而彝之先世名位不昌，不在名門貴族之列。故溫雖位極人臣，而當時士大夫猶鄙其地寒，不以士流處之。於此可見門戶之嚴。"

田餘慶曰："桓溫尚主，居分陝之任，自非奮身行伍之輩可比。但是桓溫風格好尚，確與當世士族名士有所不同。《太平御覽》卷三五四引《語林》曰：'桓宣武與殷、劉談，不如甚。喚左右取黃皮褌褶，上馬持矟數回，或向劉，或擬殷，意氣始得雄。'桓溫門戶既不爲人所重，而他本人又須得驕矜作名士態。他談玄不勝，繼以逞武，意氣始雄。所以謝奕、王述稱桓溫爲兵，並不是沒有原因的，這除了蔑視桓溫個人以外，還兼有蔑視桓溫家族的意義。"《政治》頁一三六。

王子敬數歲時，嘗看諸門生樗蒲〔1〕。見有勝負，因曰："南風不競。"《春秋傳》曰："楚伐鄭，師曠曰：不害，吾驟歌南風。南風不競，多死聲，楚必無功。"杜預曰："歌者吹律〔2〕，以詠八風，南風音微，故曰不競也。"門生輩輕其小兒，迺曰："此郎亦管中窺豹，時見一斑。"子敬瞋目曰："遠慚荀奉倩，近愧劉真長！"遂拂衣而去。荀、劉已見。

○"王子敬"至"南風不競"

"門生"，顧炎武曰："《南史》所稱門生，今之門下人也。《宋書·徐湛之

---

〔1〕"樗蒲"，董刻本"蒲"作"蒱"。
〔2〕"吹律"，董刻本"吹"作"次"。王利器曰："蔣校本、沈校本同，餘本'次'作'吹'。按作'次'是，《左》襄十六年《傳》杜預注：'歌者吹律以歌八風。'正作'吹'。"

傳》：'門生千餘人，皆三吳富人之子，姿質端妍，衣服鮮麗云云。'《謝靈運傳》：'奴僕既衆，義故門生數千。'《南齊書·劉懷珍傳》：'懷珍北州舊姓，門附殷積。啓上，門生千人充宿衛，孝武大驚。'其人所執者，奔走僕隸之役，《晉書·劉隗傳》'周嵩嫁女，門生斷道'、《南史·齊東昏侯紀》'唯將二門生自隨'、《后妃傳》'惟一門生持胡牀隨後'是也。其初至，皆入錢爲之，《宋書·顏竣傳》'多假資禮解爲門生'、《梁書·顧協傳》'有門生始來事協，知其廉潔，不敢厚餉，止送錢二千'、《南史·姚察傳》'有門生送南布一端，花練一疋'是也。故《南齊書·謝超宗傳》云：'白從王永先。'又云：'門生王永先。'謂之'白從'，以其異於在官之人。而《宋書·顧琛傳》：'尚書寺門有制，八座以下，門生隨入者各有差，不得雜以人士。'其冗賤可知矣。"《日知錄》卷二十四。張蕭曇《經史管窺》按曰："《東觀漢記·馬嚴傳》：'從其故門生肆都學擊劍習騎射。'《三國志·袁紹傳》：'袁氏樹恩四世，門生故吏遍於天下，若收豪傑以聚徒衆。'則稱門下人爲門生，非始於《南史》矣。"〇袁枚曰："'門生'見《漢書·韋賢傳》，顏師古注：'門生者，猶云門下生也。'更有依附聲勢爲門生者，《宋書》'徐湛之門生千餘人皆三吳富人之子，每出入鮮衣怒馬，行遊里巷'是也。應邵作泰山守，未一月而殺門生，孔北海譏之，殆此類門生也。"《隨園隨筆》卷十一。〇趙翼曰："六朝時所謂門生，則非門弟子也。其時仕宦者許各募部曲，謂之義從，其在門下親侍者，則謂之門生，如今門子之類耳。其與僮僕稍異者，僮僕則在私家，此蓋在官人役，與胥吏同。然富人子弟多有爲之者。蓋其時仕宦皆世族，而寒人則無進身之路，惟此可以年資得官，故不惜身爲賤役，且有出財賄以爲之者。陸慧曉爲吏部尚書，王晏典選，內外要職多用門生義故，慧曉不甚措意。王琨爲吏部，自公卿下至士大夫，例用兩門生。江夏王義恭屬用二人，後復有所屬，琨不許。此可以見當日規制也。顧寧人既謂六朝門生與僮僕同，而謂其非在官之人，則未知門生有可入仕之路，則不得謂非在官人也。按漢時門生，本非弟子之稱。蓋其時五經各有專門名家，其親受業者爲弟子，轉相傳授者爲門生。"《陔餘叢考》卷三十六。〇余嘉錫曰："所謂在官之人，本書《賞譽篇》：'謝公作宣武司馬，屬門生數十人於田曹中郎趙悅子，悅子以告宣武。宣武云：'且爲用半。'趙俄而悉用之。'則雖以謝安之力，猶幾乎半不得用，況在他人之門生，又豈得人人入仕！史稱之曰白從，曰私門生，其非在官之人亦明矣。竊謂此種門生，蓋即《通典·食貨》五所謂'都下人多爲諸王公貴人左右佃客、典計、衣食客之類，皆無課役'者也。其初至時，入錢爲之，尤與衣食客之義協。趙氏以門生爲胥吏，官私不分，可謂亂道。”○唐長孺曰：“寒門富室子弟，爲避免徭役，或謀取入仕，投身於官僚貴族或皇室門下，充作隨從使役，稱爲門生。”《史論拾遺》。

“南風不競”，岡白駒曰：“見坐南方者有負勢也。”○田中頤曰：“用《左傳》語，言預占知其成敗。”

○“門生輩”至“拂衣而去”

“此郎”，胡三省曰：“門生、家奴呼其主爲郎，今俗猶謂之郎主。”《通鑑·唐紀二十三》注。○顧炎武曰：“郎者，奴僕稱其主人之辭。其名起於秦漢郎官。自唐以後，僮僕稱主人通謂之郎，今則與臺廝養無不稱之矣。”《日知錄》卷二十四。○余嘉錫曰：“漢時公卿得任子弟爲郎，其後習俗相沿，凡貴公子及年少爲人所尊敬者，皆呼爲郎，如周瑜、孫策等是也。乃至妻父母呼壻爲某郎，嫂呼叔爲小郎，皆緣於此。僮僕呼人爲郎，本以稱其主人之子，如此條義之門生呼獻之爲郎，《豪爽篇》桓豁童隸呼石虔爲鎮惡郎，《輕詆篇》‘王丞相輕蔡公’條注引《妒記》：‘丞相曹夫人望見兩三兒騎羊，問是誰家兒，給使答云：是第四、五等諸郎。’是也。”

“管中窺豹時見一斑”，莊綽曰：“管中窺豹，世人惟知爲王獻之事，而其原乃魏武令之語也。《魏志》注：建安八年庚申，令曰：‘議者或以軍吏雖有功能，德行不足堪任郡國之選。故明君不官無功之臣，不賞不戰之士，治平尚德行，有事賞功能，論者之言，一似管窺虎歟？’”《雞肋編》卷上。

“遠慚荀奉倩”二句，王世懋曰：“子敬故慕此二人。”秦士鉉按曰：“此評得之，言我唯慚愧不及此二人，其餘何論及，況於汝奴輩乎？”○李慈銘曰：“荀奉倩、劉真長皆主壻，獻之時方數歲，何由豫知尚主，取以自比？疑此二語是尚主以後，因他事觸怒之言，《世説》誤合觀樗蒲爲一事。或《世説》傳寫脱落耳。”《晉書札記》卷四。龔斌按曰：“獻之非以荀劉自比，李氏所疑並無依據。”

【彙評】

劉辰翁曰：“竟是小兒。”

余嘉錫曰：“《荀粲別傳》曰：‘粲簡貴不與常人交接，所交皆一時俊傑。’《晉書·劉惔傳》云：‘爲政清整，門無雜賓。’本篇又載真長言‘小人不可與作緣’。二人之嚴於擇交如此，必不畜門生。即令有之，亦必不與之歎洽。獻之自

774

悔看門生游戲，且輕易發言，致爲所侮，故以荀、劉爲愧。觀其詞氣如此，可謂幼有成人之度矣。"

龔斌曰："葛洪《抱朴子·外篇·自序》曰：'每觀戲者，慚恚交集，手足相及，醜詈相加，絕交壞友，往往有焉。'子敬僅旁觀樗蒲發一言，便受門生侮辱，以至拂衣而去，可見樗蒲確實常致忿戾與醜詈。"

60

謝公聞羊綏佳，致意令來，終不肯詣。《羊氏譜》曰："綏字仲彥，太山人。父楷，尚書郎。綏仕至中書侍郎。" 後綏爲太學博士，因事見謝公，公即取以爲主簿。

○"謝公聞"至"以爲主簿"

"致意令來"，方一新曰："致意，傳話。"《釋義》。

【彙評】

王世懋曰："謝公欲用人，何必須其一詣。"

61

王右軍與謝公詣阮公，阮思曠也。至門語謝："故當共推主人。" 謝曰："推人正自難。"

○"王右軍"至"正自難"

"故當共推主人"，淇園曰："故，與'固'通。推，推獎。"

"推人正自難"，王世懋曰："意未肯降。"○大典顯常曰："言不可容易推人也。"○田中頤曰："謝以爲阮非易承過推之人也。"

戴君恩曰："獎借後進，固士大夫盛德事，然推人正自難。"《剩言》卷五。

程炎震曰："王長於謝十七歲。阮以年少呼右軍，亦當長十余歲，視謝更爲宿齒矣。而謝不相推，豈亦如根矩之於康成耶？"朱鑄禹按曰："謝不相推，以見其自負，豈如根矩之於康成耶？"

龔斌曰："謝安未肯推阮裕，或許是裕雖屢辭徵聘，卻曾宰二郡。在謝安看來，裕隱居之志尚不如己之堅確不移，故不推挹之。"

62

太極殿始成，徐廣《晉紀》曰："孝武甯康二年[1]，尚書令王彪之等啟改作新宮[2]。太元三年二月，内外軍六千人始營築，至七月而成。太極殿高八丈，長二十七丈，廣十丈。尚書謝萬監視[3]，賜爵關内侯。大匠毛安之，關中侯。"王子敬時爲謝公長史，謝送版，使王題之。王有不平色，語信云："可擲箸門外。"謝後見王曰："題之上殿何若？昔魏朝韋誕諸人，亦自爲也。"王曰："魏阼所以不長[4]。"謝以爲名言。宋明帝《文章志》曰："太原中[5]，新宮成，議者欲屈王獻之題榜，以爲萬代寶。謝安與王語次，因及魏時起陵雲

〔1〕"甯康"，董刻本、袁刻本"甯"俱作"寧"。
〔2〕"尚書令"，董刻本"令"作"令"。王利器曰："各本'令'作'令'，是。宋本作'令'，是壞文。"楊勇曰："'令'宋本作'令'，非。"
〔3〕"謝萬"，龔斌曰："太元三年時，安弟萬已亡多年，故此'謝萬'必爲'謝安'之誤。"
〔4〕"魏阼"，董刻本"阼"作"作"，沈校本作"祚"。王利器曰："各本'作'作'阼'，是。"楊勇曰："宋本作'作'，非。"
〔5〕"太原"，董刻本"原"作"元"。葉德輝曰："袁本'原'作'元'。按《晉書·王羲之傳》載此事亦作'太元'，此作'原'，非。"程炎震曰："當依鄂本作'太元'。"朱鑄禹曰："周本（紛欣閣本）誤作'太原'，王先謙據《晉書·王羲之傳》校正之。"

閣，忘題榜，乃使韋仲將縣梯上題之[1]。比下，須髮盡白，裁餘氣息。還語子弟云：‘宜絕楷法！’安欲以此風動其意。王解其旨，正色曰：‘此奇事。韋仲將魏朝大臣，甯可使其若此[2]？有以知魏德之不長。’安知其心，迺不復逼之。”

○“太極殿”至“擲箸門外”

“太極殿”，大典顯常曰：“《初學記》云：‘歷代殿名，或沿或革，唯魏之太極，自晉以降，正殿皆名之。’”《集成》。

“語信云”，黃伯思曰：“古人謂使爲信，故逸少帖云：‘信遂不取答。’《真誥》云：‘公至山下，又遣一信相告。’《謝宣城傳》云：‘荊州信去倚待。’《陶隱居帖》云：‘明旦信還，仍過取反。’凡言‘信’者，皆謂使人也。魏晉以還所謂信者，乃使之別名耳。”《東觀餘論》卷上。○胡三省曰：“信，使也。”《通鑒·晉紀十六》注。並見《晉紀三十五》注、《宋紀九》注。○楊慎曰：“晉武帝炎報帖末云：‘故遣信還。’《南史》：‘晨起出陌頭，屬與信會。’古者謂使者曰信。《真誥》云：‘公至山下，又遣一信見告。’《謝宣城傳》云：‘荊州信去倚待。’陶隱居帖云：‘明旦信還，仍過取反。’虞永興帖云：‘事以信人口具。’凡言信者，皆謂使者也。今之流俗遂以遣書饋物爲信，故謂之書信，而謂前人之語亦然，謬矣。王右軍十七帖有云：‘往得其書，信遂不取答。’謂昔嘗得其來書，而信人竟不取回書耳。而世俗遂誤讀，‘往得其書信’爲一句，‘遂不取答’爲一句，誤矣。古樂府云：‘有信數寄書，無信心相憶。莫作瓶墜井，一去無消息。’包佶詩：‘去札頻逢信，迴帆早掛空。’此二詩尤可證。”《丹鉛續錄》卷三。○顧炎武曰：“《東觀餘論》謂‘凡言信者皆謂使人’，楊用修又引古樂府‘有信數寄書，無信長相憶’爲證，良是。然此語起於東漢以下。楊太尉夫人袁氏《答曹公卞夫人書》云：‘輒附往信。’古詩《爲焦仲卿妻作》：‘自可斷來信，徐徐更謂之。’魏杜摰《贈毌丘儉詩》：‘聞有韓衆藥，信來給一丸。’以使人爲信，始見於此。”《日知錄》卷三十二。○劉盼遂曰：“《世說》中‘信’多謂使人，漢魏六朝文例如此。”

---

[1] “縣梯上”，余嘉錫曰：“‘梯’景宋本作‘橙’。”徐震堮曰：“‘橙’作‘梯’，非是。案《晉書·王獻之傳》作‘橙’，《通鑒》一一三《晉紀》注：‘橙，都鄧翻，牀屬。’”楊勇曰：“沈校本及《巧藝篇》三均作‘梯’，非是。《晉書·王獻之傳》與宋本同。”朱鑄禹曰：“袁本初作‘梯’，後剜改。”

[2] “甯可”，董刻本、袁刻本“甯”俱作“寧”。

“擲箸門外”，程炎震曰：“今《晉書》略同《文章志》，不取《世説》，蓋以‘擲著門外’之語未可信也。”○郭在貽曰：“‘著’字當訓爲‘於’‘在’，是介詞。”《詞語考釋》。

○“謝後見王”至“以爲名言”

“韋誕諸人亦自爲”，余嘉錫曰：“《水經·穀水注》曰：‘自董卓焚宮殿，魏太祖平荆州，漢吏部尚書安定梁孟皇，善師宜官八分體，求以贖死。太祖善其法，常仰繫帳中愛翫，以爲勝宜官。北宮榜題，咸是鵠筆。南宮既建，明帝令侍中京兆韋誕以古篆書之。’案安石言‘韋誕諸人’，蓋兼指梁鵠言之也。”

“魏阼所以不長”，田中頤曰：“言大臣受屈以致此大害也。”

“以爲名言”，龔斌曰：“蓋在此言道出魏朝薄待大臣，懸仲將以高空，備受驚嚇之苦耳。”

【彙評】

劉辰翁曰：“謂薄待大臣也，然殿牌比之蹙篾擲去，似爲不可。”按《批補》“也”作“固可”。大典顯常《集成》曰：“《曲禮》：‘以足蹙路馬芻，有誅。’”

王世懋曰：“注更委悉。”

鍾惺曰：“子猷一段氣概聲價，反顯出謝公高崖。”按“子猷”爲“子敬”之誤。

李慈銘曰：“宮殿題榜，國之大事，雖在高流，豈宜爲恥。謝以宰相擇人書之，何至難言？王亦何能深拒？據《世説》言謝送版使王題之，王有不平色，後謝見王，言昔魏韋誕諸人亦爲之。王曰：‘魏阼所以不長。’是則獻之特以謝不先語之，遽使書，故有不平。及謝舉韋事，獻之意猶嗛然，故有此對。”《晉書札記》卷四。龔斌按曰：“並非謝安不先語强使獻之書，乃是獻之固不願書。”

63

　　王恭欲請江盧奴爲長史，晨往詣江，江猶在帳中。王坐，不敢即言。良久乃得及，江不應。盧奴，江斅小字也。

《晉安帝紀》曰："敳字仲凱，濟陽人〔1〕。祖正〔2〕，散騎常侍。父彪〔3〕，僕射。並以義正器素，知名當世。敳歷位內外，簡退著稱。歷黃門侍郎、驃騎咨議〔4〕。"直喚人取酒，自飲一盌〔5〕，又不與王。王且笑且言："那得獨飲？"江云："卿亦復須邪？"更使酌與王，王飲酒畢，因得自解去。未出戶，江歎曰："人自量，固爲難。"《宋書》曰："敳即湘州江夷之父也。夷字茂遠〔6〕，湘州刺史。"

○"王恭欲請"至"亦復須邪"

"請江盧奴爲長史"，程炎震曰："《晉書·孝武紀》：太元十五年，王恭爲前將軍，青兗二州刺史，持節，故得置長史。"○余嘉錫曰："《山谷內集》注八引作'江虜奴'，當從之。蓋以'虜奴'爲小字，取其賤而易長成。"

"乃得及"，淇園曰："言及請爲長史。"

"復須"，蔣凡曰："須，需要。"

○"更使酌"至"固爲難"

"得自解去"，淇園曰："江前不應，故未得其答，則不宜起歸。今因得飲酒，即得起去，故曰'得自解'。"○田中頤曰："王亦飲酒，僅自慰解而去也。"

"未出戶"，田中頤曰："欲令王聞之。"

"人自量固爲難"，大典顯常曰："言王不自量己分，乃欲以我爲佐也。"

─────────────

〔1〕"濟陽人"，朱鑄禹曰："袁本同。案《晉書》卷五十六《江統傳》作'陳留圉人'，'濟陽'誤。"
〔2〕"祖正"，吳士鑑《斠注》卷五十六曰："《世説》注《晉安帝紀》曰：'敳祖正，散騎常侍。'案祖統改爲祖正，蓋梁世避諱，凡統字皆作正。《識鑒篇》注引車頻《秦書》徐正，即《載記》之徐統，此可證也。"程炎震曰："'正'當作'統'，即江應元也。"余嘉錫曰："此避昭明太子之諱，然本書注中'統'字亦多不避，蓋爲宋人所回改。"王利器曰："'正'當作'統'，這是劉孝標避梁昭明太子蕭統的諱改的，《晉書·江統傳》載統子彪，彪子敳，《陳留圉江氏譜》同，是其證。本書《識鑒門》'郗超與謝玄不善'條，注引車頻《晉書》'徐正'，就是《晉書·載記·苻堅傳》的'徐統'，也是一個旁證。"徐震堮曰："敳乃江統之孫，此作'正'者，殆孝標避昭明太子諱耶？《日知録》二三：'唐王方慶上言：晉尚書僕射山濤啓事，稱皇太子而不名。朝臣猶尚如此，宮臣諱則不疑。'殆爾時風氣如此。《識鑒》二二注引車頻《晉書》'石虎司隸徐正'，《晉書·苻堅載記》作'徐統'，與此同例。"
〔3〕"父彪"，余嘉錫曰："景宋本及沈本作'父彪'。"王利器曰："餘本'彪'作'彪'，是。"
〔4〕"咨議"，董刻本"咨"作"諮"。
〔5〕"一盌"，董刻本"盌"作"椀"。
〔6〕"夷字茂遠"，何焯曰："'宋書曰'三字似當在'夷字茂遠'上。"

○秦士鉉曰：“彼王恭欲以我爲其屬，可謂自不知其量者。”

【彙評】

王世懋曰：“此亦僅得‘簡傲’耳。”

64

　　孝武問王爽：“卿何如卿兄。”王答曰：“風流秀出，臣不如恭，忠孝亦何可以假人！”《中興書》曰：“爽忠孝正直。烈宗崩，王國寶夜開門入，爲遺詔。爽爲黃門郎，距之曰：‘大行晏駕，太子未立〔1〕，敢有先入者，斬！’國寶懼，乃止。”

　　○“孝武問”至“可以假人”

　　“卿何如卿兄”，田中頤曰：“此暗以爽爲不如兄者問之也，不與曰‘卿兄何如卿’同。”○徐震堮曰：“爽爲王恭第四弟。”

　　“忠孝亦何可以假人”，岡白駒曰：“言不讓也。”○田中頤曰：“言於忠孝之質實，此亦不可容易假與人而論也。暗謂我之所有。”○崔朝慶曰：“言至於忠孝，未可以假人，亦不亞於恭也。”○王叔岷曰：“《左》成二年《傳》：‘仲尼曰：唯器與名不可以假人。’”○吳金華曰：“‘忠孝’是一個雙音節詞，指忠於君主，跟通常忠專指忠君、孝專指孝順父母的意思有所不同。就詞義範圍來説，‘孝’的古義大於今義，臣下忠於君主也屬於‘孝’的範疇。”《考釋》頁九七。

　　○注“中興書曰”

　　“烈宗崩”，大典顯常曰：“烈宗，孝武帝也。帝夜爲張貴人所弒。”

　　“大行晏駕”，恩田仲任曰：“《正字通》曰：‘天子崩曰大行。’韋昭曰：‘大行者，不反之辭。’《風俗通》曰：‘天子新崩，未有謚號，故總其名曰大行

〔1〕　“太子未立”，徐震堮曰：“《晉書·王藴傳》作‘太子未至’。案《安帝紀》，太元十二年立爲皇太子，二十一年孝武崩，不得云‘太子未立’，作‘至’爲是。”

皇帝。'"

"太子未立"，趙西陸曰："《晉書·王蘊附子爽傳》'太子未立'作'皇太子未至'。據《孝武帝紀》'太元十二年八月，立皇子德宗爲皇太子'，則不得云'未立'矣。"

【彙評】

劉辰翁曰："善對。"

胡毅生曰："烈宗晏駕無遺詔，國寶宵深犯閤門。我愛季明忠義語，風流何遽讓元昆。"《讀》。

65

王爽與司馬太傅飲酒。太傅醉，呼王爲"小子"。王曰："亡祖長史，與簡文皇帝爲布衣之交。亡姑、亡姊，伉儷二宮。何小子之有？"《中興書》曰："王濛女諱穆之，爲哀帝皇后。王蘊女諱法惠，爲孝武皇后。"

○"王爽與"至"小子之有"

"司馬太傅"，姚範曰："自是道子，非越也。"《援鶉堂》卷三十六。○徐震堮曰："謂會稽王道子。"

"呼王爲小子"，田中頤曰："醉餘狎而呼之。"○崔朝慶曰："輕慢之稱也。"

"布衣之交"，恩田仲任曰："顏師古曰：'布衣，貧賤之人也。'《十八史略》注曰：'未被爵命者曰布衣。'"

"何小子之有"，田中頤曰："王以爲輕侮己，故託貴冑以斥之也。"

【彙評】

劉辰翁曰："捷急語耳，非'方正'。"

王世懋曰：“非‘方正’，豈謬邪？”《批補》。

凌濛初曰：“直是賣弄。”

66

張玄與王建武先不相識，張玄已見。建武，王忱也。《晉安帝紀》曰[1]：“忱初作荆州刺史，後爲建武將軍。”後遇於范豫章許，范令二人共語[2]。范甯，已見。張因正坐斂衽，王孰視良久[3]，不對。張大失望，便去。范苦譬留之，遂不肯住。范是王之舅，《王氏譜》曰：“王坦之娶順陽郡范汪女，名蓋，即甯妹也，生忱。”乃讓王曰：“張玄，吳士之秀，亦見遇於時，而使至於此，深不可解。”王笑曰：“張祖希若欲相識，自應見詣。”范馳報張，張便束帶造之。遂舉觴對語，賓主無愧色。

○“張玄與”至“無愧色”

“不對”，張萬起曰：“不與交談。”

“苦譬留之”，崔朝慶曰：“言勸慰而欲留住之也。”○張萬起曰：“苦，極力，竭力。譬，曉喻、勸喻。”

“讓王曰”，崔朝慶曰：“讓，責也。”

“見遇於時”，崔朝慶曰：“言亦爲當時所尊重也。”

“自應見詣”，崔朝慶曰：“言來我所相訪也。”

“束帶造之”，王叔岷曰：“《論語·公冶長》：‘赤也束帶立於朝。’《宋書·隱逸·陶潛傳》：‘郡遣督郵至縣，吏曰：應束帶見之。’束帶，所以示莊

---

[1] “晉安帝紀曰”，趙西陸曰：“《晉書·王忱傳》曰：‘太元中，出爲荆州刺史，都督荆、益、寧三州軍事，建武將軍，假節。’注引《晉安帝紀》文有訛誤。”

[2] “共語”，凌濛初曰：“‘話’劉本作‘語’。”

[3] “孰視”，徐震堮曰：“‘孰’影宋本及沈校本並作‘熟’。案‘孰’與‘熟’通。”

敬也。"

【彙評】

劉辰翁曰："索事分耳,非'方正'。"

雅量第六

何良俊曰：“昔鄙夫爭一簞食，聞堯讓天下而非之；仲尼厄於陳蔡，匡坐鼓琴，子路愠，見而弗是也。夫苟能人我皆冥，則無物不遣，知有生皆幻，則何險不夷。此亦難與拘見褊心者道也。”《何氏語林》卷十四。〇田中頤曰：“雅，常也。此謂臨事見其平常之有度量者。”〇楊勇曰：“雅量，謂度量宏闊，風儀偉長也。”〇張萬起曰：“魏晉士大夫崇尚玄遠高邁，因此更加看重雅量，並以此作爲品題人物的一個重要題目和體現名士風範的重要品性。雅量者其志高遠，處世淡薄寧静；榮辱不愠，臨危不懼，視財如土，爲政寬仁。其最高境界是視死如歸。”〇龔斌曰：“晉人之‘雅量’，乃以澄明之理智，主宰易動之情感也。”

1

豫章太守顧邵[1]，環濟《吴紀》曰：“邵字孝則，吴郡人。年二十七，起家爲豫章太守，舉善以教民，風化大行。”是雍之子。邵在郡卒，雍盛集僚屬，自圍棋[2]。《江表傳》曰：“雍字元歎，曾就蔡伯喈[3]，伯喈賞異之，以其名與之。”《吴志》曰：“雍累遷尚書令，封陽遂鄉侯，拜侯還第[4]，家人不知。爲人不飲酒，寡言語。孫權嘗曰：‘顧侯在坐，令人不樂。’位至丞相。”外啟信至，而無兒書，雖神氣不變[5]，

---

[1] “顧邵”，王先謙曰：“‘邵’一本作‘劭’，《世説補》同。”程炎震曰：“王本作‘顧邵’，明本同。”余嘉錫曰：“正文及注‘邵’字景宋本俱作‘劭’。”

[2] “雍盛集僚屬自圍棋”，徐震堮曰：“《御覽》七五三引《裴子語林》作‘時雍方盛集僚屬圍棋’，‘自’字疑衍。”

[3] “伯喈”，董刻本“喈”作“喈”。王利器曰：“各本‘喈’作‘喈’，是。”

[4] “還第”，董刻本“第”作“弟”。王利器曰：“各本‘弟’作‘第’，是。”

[5] “神氣”，楊勇曰：“‘氣’，《御覽》五一八、《事文》後七引《世説》均作‘色’。本篇‘神氣’、‘神色’、‘神意’、‘意色’，皆同，皆時人所互用。”

而心了其故〔1〕。以爪掐掌〔2〕，血流沾褥〔3〕。賓客既散，方歎曰："已無延陵之高，豈可有喪明之責〔4〕?"《禮記》曰："延陵季子適齊，及其反也〔5〕，其長子死，葬於嬴、博之間。孔子曰：'延陵季子，吳之習於禮者也。'往而觀其葬焉。其坎深不至於泉，其斂以時服。既葬而封，廣輪掩坎，其高可隱也。既封，左袒〔6〕，右還其封，且號者三，曰：'骨肉歸復於土，命也。若魂氣，則無不之也。'而遂行。孔子曰：'延陵季子之於禮也，其合矣乎!'子夏哭其子而喪其明〔7〕，曾子弔之，曰：'朋友喪明則哭之。'曾子哭，子夏亦哭，曰：'天乎! 予之無罪也。'曾子怒曰：'商〔8〕，汝何無罪也? 吾與汝事夫子於洙、泗之間，退而老於西河之上，使西河之民，疑汝於夫子，爾罪一也。喪爾親，使民未有聞焉，爾罪二也。喪爾子，喪爾明，爾罪三也。'子夏投其杖而拜曰：'吾過矣! 吾過矣!'"於是豁情散哀，顏色自若。

○"豫章太守"至"心了其故"

"邵在郡卒"，岡白駒曰："邵卒於官。"○田中頤曰："寫出先見，是在其父尤宜哀惜慟絶。"

"自圍棋"，張萬起曰："自，正，正在。"

"外啟信至"二句，淇園曰："八字以雍心目所見知寫。"○田中頤曰："雍當見兒書，而今無之，必是凶信。"○張萬起曰："外，男僕、吏役。外指男僕，

---

〔1〕 "心了其故"，董刻本"了"作"子"。王利器曰："各本'子'作'了'，是。"徐震堮曰："'其'《御覽》七五三引作'有'。"

〔2〕 "掐掌"，董刻本"掐"作"搯"。陶珽曰："'搯'字不見於古，《三國志》：'魏文帝受禪時，聞有哭者，蘇則謂爲己發，將有正論，傅巽搯則，乃止。'此字始見於正史者。"楊勇曰："'掐'宋本作'搯'，非。"

〔3〕 "沾褥"，楊勇曰："'褥'，各本同。《御覽》五一八、《事文》後七引《世說》均作'襟'。"

〔4〕 "豈可有喪明之責"，楊勇曰："《御覽》五一八、《事文》後七引《世說》均無'可'字，'責'字作'痛'。"

〔5〕 "及其反也"，徐震堮曰："'及'《禮記·檀弓》作'於'。"

〔6〕 "左袒"，董刻本"袒"作"袓"。王利器曰："'袓'當從《禮記·檀弓下》作'袒'，各本都錯了。"

〔7〕 "哭其子"，各本"哭"作"喪"。方一新《斠詁》曰："當以'喪'字爲是。今本《禮記·檀弓上》正作'喪其子'。"

〔8〕 "曰商"，董刻本"商"作"同"。王利器曰："各本'同'作'商'，是。"

内指女僕。”

“心了其故”，秦士鉉曰：“先時父已聞子病重，故此時心了其故也。”

○“以爪掐掌”至“顏色自若”

“以爪掐掌”二句，岡白駒曰：“掐，爪刺也。謂爪緊按也。”○大典顯常曰：“言緊握忍悲也。”《集成》。○田中頤曰：“是忍其痛苦之所爲。”

“已無延陵之高”，田中頤曰：“季子以禮葬子，子夏哭子喪明，俱見《禮記》。”○張萬起曰：“顧雍認爲自己不能忘情，做不到季子那樣曠達知命。”

“豈可有喪明之責”，張萬起曰：“顧雍認爲自己雖然不能做到如季子般忘情，也不能像子夏那樣因喪子而毀傷身體，受到人們的指責。”

“顏色自若”，恩田仲任曰：“自若，猶言如故。”

○注“環濟吳紀曰”

“舉善以教民風化大行”，錢大昕曰：“案魏晉人引《論語》，多於‘教’字斷句。如《倉慈傳》注：‘舉善而教，恕以待人。’《顧邵傳》：‘舉善而教，風化大行。’《陸積傳》注：‘臣聞唐虞之政，舉善而教。’《晉書·衛瓘傳》：‘聖王崇賢，舉善而教。’皆是也。《劉馥傳》‘舉善而教，不能則勸’，雖引成文，亦似以四字爲句。考應劭《風俗通》載汝南太守歐陽歙下教云：‘蓋舉善以教，則不能者勸。’則漢時經師句讀已然矣。”《考異》卷十五。徐震堮按曰：“《論語·爲政》：‘舉善而教不能則勸。’今讀以‘舉善而教不能’爲一頓。”○李詳曰：“《吳志·顧劭傳》作‘舉善以教，風化大行’，案作‘舉善以教’是也。魏晉人引《論語》‘舉善而教，不能則勸’，皆以‘教’字斷句。如《魏志·徐邈傳》‘舉善而教，仲尼所美’，《倉慈傳》注引《魏略》‘舉善而教，恕以待人’，《晉書·衛瓘傳》‘聖王崇賢，舉善而教’，皆是。《吳紀》‘民’字當是後人攙入。”

○注“江表傳曰”

《江表傳》，沈家本曰：“《隋志》不著録。《唐志》‘雜傳記類’：‘虞溥《江表傳》三卷。’又‘雜史類’重出，五卷，當非二書，惟卷數不同耳。《晉書》本傳：‘字允源。除鄱陽内史，撰《江表傳》。子勃過江，上《江表傳》於元帝，詔藏於秘書。’裴松之徵引最多，皆述魏蜀吳事，而吳事尤詳。今案《江表傳》所録有漢末人，書名‘江表’，故詳於吳。”《古書目》卷二。○葉德輝曰：“《隋志》不著録，《後漢書》章懷注引用，撰人題虞浦。《唐志》入‘雜史’，題五卷，云虞溥撰。”《書目》。

2

嵇中散臨刑東市，神氣不變。索琴彈之，奏《廣陵散》。曲終，曰：“袁孝尼嘗請學此散，吾靳固不與[1]，《廣陵散》於今絶矣[2]！”《晉陽秋》曰：“初，康與東平吕安親善。安嫡兄遜淫安妻徐氏[3]，安欲告遜遣妻，以咨於康，康喻而抑之。遜内不自安，陰告安撾母，表求徙邊。安當徙，訴自理，辭引康。”《文士傳》曰：“吕安罹事，康詣獄以明之。鍾會庭論康，曰：‘今皇道開明，四海風靡，邊鄙無詭隨之民，街巷無異口之議[4]。而康上不臣天子，下不事王侯，輕時傲世，不爲物用，無益於今，有敗於俗。昔太公誅華士，孔子戮少正卯，以其負才亂群惑衆也。今不誅康，無以清潔王道[5]。’於是録康閉獄，臨死，而兄弟親族咸與共别。康顔色不變，問其兄曰：‘向以琴來不邪？’兄曰：‘以來。’康取調之，爲《太平引》，曲成，歎曰：‘《太平引》於今絶也！’”太學生三千人上書，請以爲師，不許。文王亦尋悔焉。王隱《晉書》曰：“康之下獄，太學生數千人請之，于時豪俊皆隨康入獄，悉解喻，一時散遣。康竟與安同誅。”

○“嵇中散”至“奏廣陵散”

“臨刑東市”，程炎震曰：“《水經·穀水注》：‘水南即馬市。舊洛陽有三市，斯其一也。亦嵇叔夜爲司馬昭所害處也。’朱箋引陸機《洛陽記》曰：‘洛陽舊

[1] “不與”，余嘉錫曰：“景宋本及沈本俱作‘未與’。”
[2] “絶矣”，董刻本“絶”作“紀”。王利器曰：“各本‘紀’作‘絶’，是。”
[3] “嫡兄遜”，楊勇曰：“宋本作‘遜’，《文選·思舊賦》注引干寶《晉紀》、《魏志·王粲傳》注引《魏氏春秋》、又《杜畿傳》注引《世語》均作‘巽’。”朱鑄禹曰：“《文選》注云云，據此‘嫡兄’作‘庶兄’，‘遜’作‘巽’，微異。”
[4] “異口之議”，董刻本“議”作“義”。王利器曰：“各本‘義’作‘議’。”楊勇曰：“‘議’宋本作‘義’，非。”
[5] “清潔”，余嘉錫曰：“景宋本及沈本作‘清絜’。”

787

有三市，一曰金市，在宮西大城內。二曰馬市，在城東。三曰羊市，在城南。'"
○余嘉錫曰："馬市一名東市者，以其在东門外耳。"

"廣陵散"，沈括曰："韓皋謂嵇康琴曲有《廣陵散》者，以王淩、毌丘儉輩皆自廣陵敗散，言魏散亡自廣陵始，故名其曲曰《廣陵散》。以予考之，散自是曲名，如操、弄、摻、淡、序、引之類，故潘岳《笙賦》'輟張女之哀彈，流《廣陵》之名散'；又應璩《與劉孔才書》云：'聽《廣陵》之清散。'知'散'爲曲名明矣。或者康借此名以諫諷時事，散取曲名，廣陵乃其所命，相附爲義耳。"《夢溪筆談》卷五引《盧氏雜記》。按韓皋說見《舊唐書·韓滉傳》。徐昂發《畏壘筆記》卷四曰："此論甚當，但詳應璩書語，恐《廣陵散》亦是舊曲名，未必叔夜所命。"朱亦棟《群書札記》卷二曰："《盧氏雜說》云云。按此條見《夢溪筆談》，近刻《文選》者第舉《綱目集覽》，以爲王幼學云云，誤也。"○袁枚曰："世間相傳以《廣陵散》爲嵇康所製。按潘岳《笙賦》：'輟張女之哀彈，流《廣陵》之清散。'又應璩《與劉孔才書》云：'聽《廣陵》之清散。'潘在嵇後而應在嵇先，則《廣陵散》是古曲名，非康所造，且亦未嘗絕矣。獨《唐書·韓皋傳》皋云：'嵇康琴曲所以名《廣陵散》，蓋言王淩、毌邱儉輩皆自廣陵起兵敗散，傷曹魏將亡之義，非琴曲名《散》也。'宋人又駁云：'揚州稱廣陵，蓋始於隋，晉尚未有，皋說殊非。'是又一解也。"《隨園隨筆》卷十一。○岡白駒曰："嵇康嘗遊於西洛，暮宿華陽亭，引琴而彈。夜分，忽有客詣之，與康共談音律，辭致清辯，因索琴彈之，而爲《廣陵散》，聲調絕倫，遂以授康，仍誓不傳人，亦不言其姓字。或云晉司馬懿受魏明帝顧託，後反有篡奪之心，自誅曹爽，逆節彌露。王淩都督揚州，謀立楚王彪。毌丘儉、文欽、諸葛誕前後相繼爲揚州都督，咸有匡復魏室之謀，皆爲懿父子所殺。叔夜以揚州故廣陵之地，彼四人者皆魏室文武大臣，咸散敗於廣陵，故名其曲爲《廣陵散》，言魏氏散亡，自廣陵始也。哀憤戚慘，沈痛迫切之音，盡在於是。永嘉之亂，是其應乎？又名之曰《止息》。《止息》者，晉雖暴興，終止息於此也。叔夜撰此音，將貽後代之知音者，且辟晉禍，所以託之鬼神也。"
○姚範曰："謂斥毌丘儉、諸葛誕，此自韓皋妄說。《水經注》無此。"《援鶉堂》卷三十六。按"水經注無此"蓋駁方世舉之說。方說不詳。○戴明揚曰："既云'請學其散'，則'散'明爲曲名，猶應璩稱爲清散，潘岳稱爲名散也。又梁王僧孺《詠搗衣》詩云：'散度《廣陵》音，摻爲《漁陽》曲，《別鵠》悲不已，《離鸞》斷更續。'四句皆指古曲而言。'摻'爲曲奏之通名，'散'亦皆同然也。"

○“曲終曰”至“亦尋悔焉”

“曲終”，田中頤曰：“意與琴聲俱閑。”

“靳固不與”，恩田仲任曰：“《後漢書》注曰：‘靳，固惜之也。’”○秦士鉉曰：“靳，吝也。《説文》：‘當膺也。’徐楷曰：‘靳，固也，靳制其行也。’《集韻》：‘吝也。’”○吳金華曰：“‘靳固’，同義複詞。《玉篇》：‘靳，固也。’‘靳固’本是緊收、固守之義，引申之，則表示吝惜，舍不得。”《考釋》頁一〇一。○董志翹曰：“‘靳固’之‘靳’，乃‘赾’字之假。《説文·走部》：‘赾，行難也。’段玉裁注：‘《廣雅》：“赾，難也。”今人“靳固”字當作此“赾”字。’”《考索二》。

“於今絶矣”，田中頤曰：“於今，猶言從今也。此嵇身之不恤，唯惜曲之不傳耳。”○秦士鉉曰：“此曲後世猶存，見《春渚紀聞》。又《紫霞洞譜》《盧氏雜説》亦説此曲。”○劉盼遂曰：“《御覽》五百七十九引《世説》云：‘會稽賀思令善彈琴，忽有一人形貌甚偉，著械有慘色，自云是嵇中散，謂賀於古法未備，因授以《廣陵散》，遂傳之於今不絶。’説殊詭誕。”○余嘉錫曰：“《廣陵散》乃古之名曲，彈之者不一其人，非嵇康之所獨得。康死之後，其曲仍流傳不輟，木嘗因康死而便至絶響也。《世説》及《魏志》注所引《康別傳》，載康臨終之言，蓋康自以爲妙絶時人，不同凡響，平生過自珍貴，不肯教人。及將死之時，遂發此歎，以爲從此以後，無復能繼己者耳。後人耳食相傳，誤以爲能彈此曲者，惟叔夜一人。”

“文王亦尋悔焉”，田中頤曰：“此殺之人亦至惜也。”○徐震堮曰：“文王，司馬昭。”

○注“晉陽秋曰”

“告遜遣妻”，岡白駒曰：“欲告遜於官，遣去其妻也。”○秦士鉉曰：“《文選》注：‘安妻美，庶兄巽使婦人醉而幸之。醜聲發露，巽病之，告安謗己。巽寵於鍾會，司馬昭遂徙安遠郡。安遺書與康：昔李叟入秦，及關而歎。昭惡之，追收下獄。康理之，俱死。’”

“訴自理”，岡白駒曰：“訴遜有穢惡，反誣告己，以解理分説。”

“辭引康”，大典顯常曰：“自理被誣，且引康爲證也。”《撮補》。○余嘉錫曰：“叔夜之死，實因吕安一書，牽連受禍，非僅因證安被誣事也。”

○注"文士傳曰"

"康詣獄以明之",趙西陸曰:"《嵇康集》載《與呂長悌絶交書》,即言其事,亦見《全三國文》卷四十七。"

"詭隨之民",大典顯常曰:"《大雅·民勞》'无縱詭隨'注:'詭人之善,隨人之惡。'余以爲詭謂邪僻也。隨,隨意之'隨'。"《撮補》。恩田仲任曰:"不顧是非而妄隨人也。"

"異口之議",龔斌曰:"嵇康菲薄湯武周公,是爲'異口之議'。"

"太公誅華士",恩田仲任曰:"《韓非子》曰:'狂矞華士曰:吾不臣天子,不友諸侯,耕作而食,掘井而飲,吾無求於人也。太公執誅之。'"○王叔岷曰:"《尹文子·大道下篇》、《荀子·宥坐篇》、《家語·始誅篇》,皆載孔子之言曰:'太公誅華士。''太公'乃'文王'之誤。"

"太平引",沈叔埏曰:"張騭《文史傳》云云,則是《廣陵散》似即《太平引》。"《頤綵堂文集》卷三《廣陵散考》。○周廣業曰:"《廣陵散》本名《太平引》。"《經史避名彙考》。○洪亮吉曰:"李善注《思舊賦》引《文士傳》云:'《太平引》絶於今日也。'又引《嵇康別傳》曰:'《廣陵散》於今絶矣。'據二書,則《太平引》《廣陵散》當系二曲。康臨行所彈者《太平引》,而又憶及《廣陵散》也。"《北江詩話》卷四。○徐昂發曰:"《文史傳》云:'嵇康臨死,取琴調之,爲《太平引》,曲成歎曰:《太平引》絶於今日耶?'臨命而作《太平引》,恐無是理。當以干令升《晉紀》作《廣陵散》爲正。"《畏壘筆記》卷四。

○注"王隱晉書曰"

"千人請之",趙西陸曰:"請之,謂請以爲師也。《書鈔》卷六七引王隱《晉書》云:晉文王上書,請嵇康爲博士。"

【彙評】

王世貞曰:"每歎嵇生琴、夏侯色,令千古他人覽之猶爲不堪,況其身乎!與陶徵士《自祭》《預輓》皆超脱人累,默契禪宗,德蘊空解,證無生忍者。"《藝苑卮言》卷八。

李贄曰:"會亦聰明,能言其罪。"評注《文士傳》"鍾會庭論康曰"。《初潭集》

卷十九。

唐汝詢曰："叔夜耽玄默，採藥南山陰。寄情柳下鍛，托興丘中琴。石髓不得飲，臥龍還見侵。空傳養生論，終絕廣陵音。"《顧氏詩史》卷八。

魏裔介曰："嵇康軒軒霞舉，憤世嫉俗，卒受鍾會之譖，固賢者之厄，亦由才多識寡，未講於南容三復白圭之意也。《廣陵散》其爲毌丘儉、諸葛誕、文欽而作此操乎？呂巽誣之曰：欲助毌丘儉。而會譖於昭左右，焉得不死。嗚呼！可哀也已。"《鑑語經世編》卷八。

魯迅曰："嵇康的見殺，是因爲他的朋友呂安不孝，連及嵇康。魏晉是以孝治天下的，不孝，故不能不殺。爲什麼要以孝治天下呢？因爲天位從禪讓，即巧奪豪取而來，若主張以忠治天下，他們的立腳點便不穩，辦事便棘手，立論也難了，所以一定要以孝治天下。但倘確只實行不孝，其實那時倒不很緊要的，嵇康的害處是在發議論。"《關係》。

胡毅生曰："不仕當誅嵇叔夜，無言就獄夏侯玄。二生志節高千古，當代無人爲訟冤。"《讀》。

宗白華曰："這是真性情、真血性和這虛偽的禮法社會不肯妥協的悲壯劇。這是一班在文化衰墮時期替人類冒險，爭取真實人生真實道德的殉道者。他們殉道時何等的勇敢，從容而美麗。"《晉人的美》。

唐長孺曰："嵇康爲魏室姻戚，因此不願和司馬氏合作。他的被殺止因爲呂安，呂安的不孝罪名乃由其兄之誣告，而司馬昭及其黨徒鍾會爲了他有濟世志力，所以借不孝之名來排除新政權的障礙。考嵇康的《絕交書》自稱'新失母兄之歡'，大概也不能謹守那些瑣細的事親之禮，他的同情呂安，一方面在忠於曹魏這個共同點，另一方面也在於對所謂不孝的諒解。從這兩件事看來，司馬氏政權所標榜的孝正是對付不肯與司馬氏合作的人，而嵇康、阮籍等之放誕行爲又正是對於標榜孝道的諷刺。"《魏晉南朝的君父先後論》，《拾遺》頁二四二。

3

夏侯太初嘗倚柱作書[1]。時大雨，霹靂破所倚柱，

---

〔1〕"作書"，徐震堮曰："《御覽》一三引曹嘉之《晉紀》作'讀書'。"

衣服焦然[1]，神色無變，書亦如故[2]。賓客左右，皆跌蕩不得住。見顧愷之《書贊》。《語林》曰：“太初從魏帝拜陵，陪列於松柏下[3]。時暴雨霹靂，正中所立之樹。冠冕焦壞，左右觀之皆伏，太初顏色不改。”臧榮緒又以爲諸葛誕也。

○“夏侯太初”至“不得住”

“焦然”，田中頤曰：“‘然’與‘燃’通。是鬼神亦應欲試太初。”

“跌蕩不得住”，劉應登曰：“言太初無變色，衆人莫不辟易。”○田中頤曰：“加明太初雅量。”

○注“見顧愷之書贊”至“諸葛誕也”

《書贊》，丁辰曰：“按《巧藝篇》注言，愷之歷畫古賢，皆爲之贊。‘書’字疑‘畫’字之訛。”《補晉書藝文志》卷四。○趙西陸曰：“張彥遠《歷代名畫記》曰：‘愷之著《魏晉名臣畫贊》，評量甚多。’”

“臧榮緒又以爲諸葛誕”，王鳴盛曰：“梁沈約亦作《晉書》百一十卷。沈約在臧榮緒之後，卷數又同，諒不過潤色臧書。若榮緒，既勒成司馬氏一代事迹，各體具備，卷帙繁富，諒有可觀。觀榮緒卷數比徐廣以上八家或倍之，或參倍之，則知其爲東西晉之全史。”《商榷》卷四十三。○秦士鉉曰：“臧榮緒，宋人，號披褐先生，著《晉書》一百十卷。”○程炎震曰：“《御覽》卷十三《雷部》引曹嘉之《晉紀》則以爲諸葛誕。”○余嘉錫曰：“《書鈔》百五十二、《御覽》十三、《事類賦》引曹嘉之《晉紀》曰：‘諸葛誕以氣邁稱，常倚柱讀書，霹靂震其柱，誕自若。’臧榮緒《晉書》蓋本於此。”○楊勇曰：“《書鈔》一五二引曹嘉之《晉紀》云：‘諸葛誕以氣邁稱，嘗倚柱作書，雷震其柱，誕書自若。’《魏志·夏侯玄傳》：‘玄格量弘濟，臨行東市，顏色不變，舉動自若。’二人事異，疑傳聞誤之也。”○王叔岷曰：“（《御覽》十三）引曹嘉之《晉紀》云：‘諸葛誕以氣邁稱，常倚柱讀書，霹靂震其柱，誕自若。’與《書鈔》所引小異。”

---

[1] “焦然”，余嘉錫曰：“‘焦’景宋本及沈本作‘燋’。”王叔岷曰：“‘燋’‘焦’正、假字。”
[2] “書亦如故”，程炎震曰：“《御覽》卷十三《雷部》引此條稱劉義慶《世說》，至‘書亦如故’止，無末二句。”余嘉錫曰：“《山谷内集》注引作‘讀書如故’。”徐震堮曰：“‘書’《御覽》一三引曹嘉之《晉紀》作‘讀’。”王叔岷曰：“《御覽》十三引‘書亦’作‘讀書’。”
[3] “松柏下”，余嘉錫曰：“沈本‘柏’下有‘之’字。”

【彙評】

李贄曰："史勝質，無此理。"《初潭集》卷二十。

王世懋曰："夏侯故雅量，然得無傳之小過？"

馮夢龍曰："小人全要畏雷，不畏者其心放；君子要不畏雷，不畏者其神全。元四明陳子桱作《通鑑續編》，書宋太祖廢周主爲鄭王，雷忽震其几，陳厲聲曰：'老天便打折陳桱之臂，亦不換矣。'做事須有此等骨力。"《古今譚概》卷十《越情部》。

陸世儀曰："方武箴問：人有居海，舟卒遇風浪者，人皆恐懼失常，彼獨言笑無異，可謂得性情之正否？曰：此非人情，不可訓也。陸雲倚柱讀書，震雷破柱，衣服爲焦，而雲神色不變。此晉人之矯，所謂'直是暗當故耳'，非人情也。君子之臨難也，懼而不恐。"《思辨録輯要》卷二十八。

伯克利手批曰："有此定力，纔得臨刑不變。"

4

王戎七歲，嘗與諸小兒遊。看道邊李樹多子折枝[1]。諸兒競走取之，唯戎不動。人問之，答曰："樹在道邊而多子，此必苦李。"取之信然。《名士傳》曰："戎由是幼有神理之稱也。"

【彙評】

劉辰翁曰："當入《夙惠》。"

王世懋曰："此自是'夙惠'，何關'雅量'？"

馮夢龍曰："許衡少時，嘗暑中過河陽，其道有梨，衆爭取啖之。衡獨危坐樹上自若。或問之，曰：'非其有而取之，不可。'曰：'人亡世亂，此無主矣。'

---

[1] "道邊李樹多子折枝"，秦士鉉曰："《晉書》：'看道邊李樹，子多折枝。''折枝'一説'攀援'之誤。"朱鑄禹曰："《太平御覽》三八五《幼智下》引作'道邊有李樹，子壓折枝'。"

衡曰：'梨無主，吾心獨無主乎？'合二事觀，戎爲智，衡爲義，皆神童也。"《智囊補》卷十五。

鍾惺曰："李在道邊多子，知其爲苦，必能識其甘處而就之，勢利中心目最靈警之人，步步不肯空發者也。"《史懷》卷十八。

秦士鉉曰："王戎之鑽核，非其實者明矣。"

5

魏明帝於宣武場上斷虎爪牙，縱百姓觀之。王戎七歲，亦往看。虎承間攀欄而吼，其聲震地，觀者無不辟易顛仆。戎湛然不動，了無恐色。《竹林七賢論》曰："明帝自閣上望見，使人問戎姓名而異之。"

○ "魏明帝"至"了無恐色"

"宣武場"，徐震堮曰："《水經·穀水注》：其一水自大夏門東徑宣武觀，憑城結構，不更增埤，左右夾列步廊，參差翼跂，南望天淵池，北矚宣武場。《竹林七賢論》曰：'王戎幼而清秀。魏明帝於宣武場上爲欄，苞虎牙，使力士袒褐，迭與之搏，縱百姓觀之。戎年七歲，亦往觀焉。'"

"王戎七歲"，程炎震曰："《晉書·戎傳》云：'惠帝永興二年，年七十二。'則七歲是魏齊王芳正始二年，此云'明帝'，誤矣。"趙西陸按曰："'二年'當作'元年'。"龔斌曰："戎七歲是齊王芳正始元年。"

"承間"，張萬起曰："趁機會。"

"湛然不動"，江藍生曰："指人神氣滿盛的樣子。"《彙釋》頁二六三。○張萬起曰："冷靜沉著的樣子。"

6

　　王戎爲侍中，南郡太守劉肇遺筒中箋布五端〔1〕，戎雖不受，厚報其書。《晉陽秋》曰：“司隸校尉劉毅奏：‘南郡太守劉肇以布五十疋雜物，遺前豫州刺史王戎，請檻車徵付廷尉治罪，除名終身。’戎以書未達，不坐。”《竹林七賢論》曰：“戎報肇書，議者僉以爲譏。世祖患之，乃發口詔曰〔2〕：‘以戎之爲士〔3〕，義豈懷私？’議者乃息，戎亦不謝。”

　　○“王戎爲”至“厚報其書”

　　“筒中箋布五端”，王鳴盛曰：“箭中，布名。”《商榷》卷四十八。○李詳曰：“《文選·蜀都賦》劉逵注：‘黃潤，筒中細布也。’揚雄《蜀都賦》：‘筒中黃潤，一端數金。’《左傳》昭公二十六年杜注：‘二丈爲一端。’”○劉盼遂曰：“《説文》女部：‘嬽，讀若，蜀郡布名。’虫部：‘蠸，讀若，蜀郡布名。’‘嬽’‘蠸’與‘箋’三字聲韻相近，殆‘箋’本是布名，而‘嬽’‘蠸’其音歟？”○楊勇曰：“筒中箋布，又名黃潤布。《文選》左思《蜀都賦》：‘黃潤比筒，籯全所過。’李善注：‘筒中細布也。司馬相如《凡將篇》曰：“黃潤纖美宜制褌。”揚雄《蜀都賦》：“布則蜘蛛作絲，不可見風。筒中黃潤，一端數金。”’言其細也。”○周一良曰：“《南史》一《宋武紀》：‘廣州嘗獻入筒細布一端八丈，帝惡其精麗勞人，制嶺南禁作此布。’戴凱之《竹譜》：‘單竹大者如腓，虛細長爽。嶺南夷人取其筍未及竹者，灰煮，績以爲布，其精者如縠焉。’豈即所謂‘筒中箋布’乎？”《批校》。

　　○注“晉陽秋曰”

　　“檻車徵付”，恩田仲任曰：“車上著板四周如檻形曰檻車。《字典》曰：囚

―――――――

〔1〕　“筒中箋布五端”，王鳴盛《商榷》卷四十八曰：“《王戎傳》：‘南郡太守劉肇賂戎筒巾細布五十端。’‘巾’元板作‘中’。《後漢·王符傳》章懷太子注引揚雄《蜀都賦》：‘筒中黃潤，一端數金。’元板作‘中’，是。”程炎震曰：“《晉書》四十三《戎傳》作‘筒中細布五十端’。王西莊云云。”劉盼遂曰：“《晉書·王戎傳》作‘筒中細布五十端’。”徐震堮《札記》曰：“《晉書》本傳作‘五十端’。”楊勇曰：“宋本作‘五’，疑奪文。《晉書·王戎傳》作‘筒中細布五十端’，與孝標注協。”

〔2〕　“詔曰”，龔斌曰：“‘詔’宋本、沈校本作‘言’。”

〔3〕　“以戎之爲士”，徐震堮曰：“《晉書》本傳作‘戎之爲行’。”

車也。”

【彙評】

凌濛初曰：“握牙籌者，亦偶爾耶？有福有福。”

7

裴叔則被收，神氣無變，舉止自若。求紙筆作書，書成，救者多，乃得免。後位儀同三司。《晉諸公贊》曰：“楷息瓚，取楊駿女。駿誅，以相婚黨〔1〕，收付廷尉。侍中傅祗證楷素意，由此得免。”《名士傳》曰：“楚王之難，李肇惡楷名重，收將害之。楷神色不變，舉動自若，諸人請救，得免。”《晉陽秋》曰：“楷與王戎俱加儀同三司。”

○注“名士傳曰”

“楚王之難”，吳士鑑曰：“案《世説》注引《名士傳》，又以此數語屬於楚王瑋之難，與本傳下文異。蓋《名士傳》誤以楊駿之役屬之楚王之難也。”《斠注》卷四十三。○程炎震曰：“《晉書・楷傳》：‘楚王之難，楷以匿免，不被收。’劉注具二説而不能決，蓋以廣異同。以當日情事推之，瑋舉事一日而敗，恐不得收楷。《晉書》不從《名士傳》，得之。”○徐震堮曰：“《晉書・傅祗傳》：‘尚書左僕射荀愷與楷不平，因奏楷是駿親，收付廷尉。’不言李肇。又《晉書》亦謂以楊駿之役，收付廷尉，與《晉諸公贊》同，與《名士傳》異。”○朱鑄禹曰：“《晉書》卷三十五《裴楷傳》：‘楚王瑋事發，楷素知瑋有望於己，聞有變，單車入城，匿於妻父王渾家，與亮小子一夜八徙，故得免難。’據此則以《晉諸公贊》爲是。本條劉注並列兩説，蓋未能決斷也。”

“李肇”，龔斌曰：“賈后黨。”

---

〔1〕 “相婚”，程炎震曰：“宋本‘相’作‘楷’。”余嘉錫曰：“‘相’景宋本及沈本作‘楷’。”

李贄曰："等救耳。"《初潭集》卷二十。

8

王夷甫嘗屬族人事，經時未行，遇於一處飲燕，因語之曰："近屬尊事，那得不行？"族人大怒，便舉樏擲其面。夷甫都無言，盥洗畢，牽王丞相臂，與共載去〔1〕。在車中照鏡，語丞相曰："汝看我眼光，迺出牛背上〔2〕。"王夷甫蓋自謂風神英俊，不至與人校。

○"王夷甫"至"那得不行"

"屬族人事"，秦士鉉曰："屬，囑託也。"

"經時未行"，蔡鏡浩曰："'經時'是當時的常用語，詩文中屢見，無一例作舊時解釋者。'經時'當爲'多時'之義。'經時未行'即多時未辦，故王夷甫於飲燕時需當面催問。"《札記》。

"遇於一處飲燕"，岡白駒曰："遇於夷甫與族人一處飲宴也。"○淇園曰："'飲燕'二字爲下'舉樏'作地。"

"近屬尊事"，岡白駒曰："尊，君父之稱，蓋族人年長，故以'尊'稱之。"○恩田仲任曰："尊，猶云足下。"○田中頤曰："尊，長老之稱。此唯促其屬託之事也。"

○"族人大怒"至"出牛背上"

"舉樏擲其面"，桃井白鹿曰："樏，扁楹也。《抱朴子》：'世有使酒之人，

〔1〕"與載共去"，龔斌曰："（《御覽》三六六引《晉書》）句後有'然心不能平'五字。"
〔2〕"迺出牛背上"，龔斌曰："《御覽》三六六引《晉書》作'乃在牛背上'。宋人所見《世説》同《晉書》，皆作'乃在牛背上'。'乃出牛背上'當爲宋人所改也。"

以杯㮰相擲者。’”○李慈銘曰：“《玉篇·木部》：‘㮰，力詭切，扁榼謂之㮰。’《廣韻·四紙》：‘㮰，力委切。似盤，中有隔也。’‘㮰’即《説文》之‘櫑’，讀平聲，力追切，引《虞書説》：‘山行乘㮰。’《康熙字典》引《唐韻》：‘音累，似盤，中有隔也。’”《簡端記》。○趙西陸曰：“㮰即今之菜盒子，中分七或九隔，隔各有碟，可裝菜。《儒林外史》所云‘攢盒’即㮰也。東坡所云，或是一㮰十二隔也。《御覽》七五九引《晉太康起居注》曰：‘齊王出藩，詔賜榼㮰杯盤各有差。’《東宮舊事》曰：‘漆三十五子方㮰二，葉蓋二枚。’”

“都無言”，田中頤曰：“其大怒無由，故不欲校也。”○程炎震曰：“《晉書·衍傳》云：‘然心不能平。’”

“汝看我眼光”二句，岡白駒曰：“人怒則眼光沈著，今眼光出牛背上，不與人相校也。”○大典顯常曰：“形容精神之英勃也，而其不介細故可見。”○平賀房父曰：“只是謂不介意之意，必爲不校拘。”○田中頤曰：“言汝試看我眼光，其可愕可怒者，無言㮰擲之時，而今乃出此牛背車上之中也。”○朱鑄禹曰：“人怒則眼光沈滯，今眼光出牛背上，示‘風神英俊’如常，視方才之事蔑如，不足介意也。”○張萬起曰：“牛背爲着鞭之處，眼光出於牛背上，意指不計較挨打受辱之類的小事。”○龔斌曰：“眼光落於牛背，即以牛自況。人之犯我，我不與之校，沉默負重，亦能致遠且安穩無害也。”

【彙評】

李贄曰：“便是無量。”《初潭集》卷二十。

張懋辰曰：“二語殊疏遠。”

9

裴遐在周馥所，馥設主人。鄧粲《晉紀》曰：“馥字祖宣，汝南人。代劉淮爲鎮東將軍〔1〕，鎮壽陽〔2〕。移檄四方，欲奉迎天子。元皇使甘卓攻之，馥出奔，道卒。”遐與人圍棋，馥司馬行酒。遐正戲〔3〕，不時爲飲。司馬恚，因曳遐墜地。遐還坐，舉止如常，顏色不變，復戲如故。王夷甫問遐：“當時何得顏色不異？”答曰：“直是闇當故耳。”一作闇故當耳〔4〕。一作真是鬪將故耳。

○“裴遐在”至“曳遐墜地”

“設主人”，桃井白鹿曰：“謂設酒食也。”○大典顯常曰：“謂設主賓之宴也。人，疑‘賓’字。”又曰：“蓋當時爲設宴之語。”《集成》。○秦士鉉曰：“主人，身爲主人，設餐具也。《吳志》：‘孫翊云：吾欲爲長史作主人。乃大請賓客。’《魏志》注：‘李勝出爲荊州，司馬懿曰：欲自力設薄主人。’蓋當時設宴之語。”○周一良曰：“‘設主人’蓋當時習語，猶今言作東道請客也。‘設’字引申有招待飲食之意。”《史札》頁一三。

“司馬行酒”，岡白駒曰：“司馬，將軍官屬也。”○田中頤曰：“謂馥所立司馬也。司馬，司酒政。”○程炎震曰：“《晉書·遐傳》云：‘在平東將軍周馥坐，故得有司馬。’”

“不時爲飲”，吳金華曰：“不時，不及時。裴遐沒有及時地把酒喝掉，這對行酒的司馬是非常失禮的行爲，所以司馬十分惱火。”《考釋》頁一〇一。

“曳遐墜地”，田中頤曰：“司馬亦果敢人。”

○“遐還坐”至“闇當故耳”

“復戲如故”，田中頤曰：“裴真寬宏人。”○程炎震曰：“《御覽》三百九十三《坐門》引鄧粲《晉紀》曰：‘同類有試遐者，推墮牀下，遐拂衣還坐，言無

---

〔1〕 “代劉淮爲鎮東將軍”，恩田仲任曰：“‘劉淮’當作‘劉准’。”王利器曰：“‘淮’當作‘準’，説已詳前。”徐震堮曰：“《晉書·周馥傳》作‘代劉準爲鎮東將軍’。周家祿云：‘諸傳皆言準爲征東將軍。鎮東當作征東。’‘淮’乃‘準’之壞字。《晉書》劉喬、劉輿等傳均作‘準’。”

〔2〕 “鎮壽陽”，董刻本無“鎮”字。王利器曰：“蔣校本、沈校本同，餘本‘壽’上有‘鎮’字，是。”朱鑄禹曰：“袁本上有‘鎮’字，是。”

〔3〕 “遐正戲”，龔斌曰：“宋本無‘遐’字。”

〔4〕 “闇故當耳”，王叔岷曰：“‘故當’蓋‘當故’之誤倒。”

799

異色。'《晉書·遐傳》無末二語。"

"直是闇當故"，劉辰翁曰："孫權問譚峻聽闇書，正合平聲。"又曰："'闇'，當似是俗語，今人説'熟當'。亦疑'闇'如'諳'，當上聲。"秦士鉉按曰："劉又有評，難解。"○王世懋曰："'闇當'之解，似云默受。"桃井白鹿按曰："宜姑從之耳。'闇故當'、'鬭將故'，皆未詳。"○岡白駒曰："闇當，猶云闇合也。言本無意於如此而闇然，故顏色不異也。"○大典顯常曰："闇當，蓋言無意而謾相當也。"又曰："司馬，將軍官屬，故遐謂武人不足校也。鬭將，戰鬭之將。闇當，似言麤暴不明道理而來當者。"《撮補》。○淇園曰："'闇當'當讀作'諳當'。蓋言素諳司馬之性若是，而其事與其所素諳相當之，故顏色得不變耳。此即與上'在周馥所'相映。"○田中頤曰："闇當，猶暗合。言我戲將敗時會墜地，其事相闇當，故得爾也。是以榮辱存亡，爲不過一局面上之事耳。"○陳僅曰："闇當，似云默受，'當'讀爲抵當之'當'，去聲。"《捫燭脞談》卷十二。余嘉錫按曰："陳説亦想當然耳，未便可從。"○王叔岷曰："'闇當'猶云'闇會''闇合'。"○吳金華曰："竊疑'闇當'指某種思想、言行跟事理不期而然地巧合。裴遐雅量過人，'闇當'云云，蓋謂自身久沐於儒家犯而不校之道，只不過是暗蹈而當罷了。"《考釋》頁一〇四至一〇五。

○注"鄧粲晉紀曰"

"代劉准爲鎮東將軍"四句，秦士鉉曰："元帝時爲安東將軍，鎮建業。"○楊勇曰："《晉書·周馥傳》周家禄注云：諸傳皆言准爲征東將軍。'鎮東'當作'征東'。"

"奉迎天子"，秦士鉉曰："即懷帝也。"

"元皇使甘卓攻之"三句，桃井白鹿曰："淮南太守裴碩貳於馥，讒之，故元帝攻之。"○大典顯常曰："《通鑒》：晉懷帝時，周馥鎮壽春，見寇賊滋蔓，欲移都以紓國難。執政不悦，興兵討馥，馥敗死。未幾，洛都淪没。"

○注"一作闇故當耳"

"闇故當耳"，岡白駒曰："猶云闇然耳。"○楊勇曰："'闇故'疑作'鬭變'，傳寫之誤也。李次箋《讀漢書獻疑》：'《漢書·尹翁歸傳》："入市鬭變。"黃云："漢時稱私鬭曰鬭變，或曰變鬭。《後漢書·馮異傳》注引《東觀記》、《續漢書》，云由是無争變鬭者也。"按'鬭變'疑本'鬭辨'。《大戴記》曰：

"有鬭辨之獄，則飭鄉飲酒之禮。"諸言鬭變，蓋皆本此。變、辨，聲同，假借。變鬭，傳寫誤倒。'"

　　"真是鬭將故耳"，王士禎曰："《類要》云：'兩陣既立，各以其將出鬭，謂之挑戰。'《劇談錄》白敏中興師討吐番，有酋帥衣緋茸裘，乘白馬出陣，頻召漢軍鬭將。有潞州小將善射，馳馬彎弧而出，射中其項，抽短劍，踣於鞍上，脫緋裘金帶，奔馬而還。又李臨淮將白孝德斬賊將劉龍仙事亦類。及《五代史·周德威傳》有陳章者，號陳夜叉，乘白馬，被朱甲以自異，求陽五欲生致之，德威出挑戰，禽之。唐宋已來實有鬭將之事，非盡稗官之妄說也。"《池北偶談》卷二十四。○趙翼曰："王阮亭《池北偶談》謂古來真有鬭將之事，非盡稗官之妄說云云。《春秋》僖元年，公子友帥師敗莒師於酈，獲吕拏。《傳》云：'公子友謂莒拏曰："吾二人不相說，士卒何罪！"屏左右而相搏。'是春秋時已有此事矣。"《陔餘叢考》卷四十。○岡白駒曰："言善鬭者不鬭，我真是鬭將故耳。"○秦士鉉曰："'闇''鬭'形似，'當''將'音近，故誤耳。"朱鑄禹按曰："此解亦未允。"○錢鍾書曰："杜甫《寄張山人彪》曰：'蕭索論兵地，蒼茫鬭將辰。'挑身獨戰即'鬭將'，章回小說中之兩馬相交廝殺若干回合是也。趙翼《陔餘叢考》卷四○嘗補《池北偶談》引《劇談錄》，援徵史傳中鬭將事。余觀《穀梁傳》僖公元年：'公子友謂昌拏曰：吾二人不相說，士卒何罪！屏去左右而相搏。'竊謂記鬭將事莫先於此。"《管錐篇》頁二七七。○王叔岷曰："'舉止如常，顏色不變，復戲如故'，所謂'真是鬭將'也。"○楊勇曰："'鬭將'亦作'闇將'。《六韜·犬韜》：'明將之所以遠避，闇將之所以陷敗也。'錢鍾書《管錐篇》則以'闇將'爲'鬭將'之誤，謂挑身獨戰也。《方正篇》有'鬭戰'者，殆亦此意。"○龔斌曰："'鬭將'即能鬭之將。遐稱司馬真是鬭將，乃微諷司馬不過是一能鬭之武夫而已，我何必與之較力。"

10

　　劉慶孫在太傅府，于時人士，多爲所構。唯庾子嵩縱心事外，無迹可間。後以其性儉家富，説太傅令換千萬〔1〕，冀其有吝，於此可乘。《晉陽秋》曰：“劉輿字慶孫〔2〕，中山人。有豪俠才算，善交結。爲范陽王虓所暱，虓薨，太傅召之，大相委仗，用爲長史。”《八王故事》曰：“司馬越字元超，高密王泰長子〔3〕。少尚布衣之操，爲中外所歸。累遷司空、太傅。”太傅於眾坐中問庾，庾時頽然已醉，幘墜几上〔4〕，以頭就穿取，徐答云：“下官家故可有兩娑千萬〔5〕，隨公所取。”於是乃服。後有人向庾道此，庾曰：“可謂以小人之慮，度君子之心。”

○“劉慶孫”至“於此可乘”

“多爲所構”，岡白駒曰：“多爲之所構罪過。”○秦士鉉曰：“構，讒搆也。”

“庾子嵩”，徐子光曰：“《晉書》：庾敳字子嵩，潁川鄢陵人。長不滿七尺，而腰帶十圍，雅有遠韻。參東海王越軍事，轉軍諮祭酒。時劉輿見任於越，人士多爲所構。惟敳縱心事外，無迹可間。後石勒亂，被害。”《蒙求集注》卷下“庾敳墮幘”條。

“令換千萬”，劉辰翁曰：“換，借換。”○秦士鉉曰：“《玉篇》：‘貸也。’”○梁永昌曰：“‘換’音借爲‘奐’‘貸’‘讒’，爲求索之義。這裏説的是劉慶孫慫恿司馬越向庾子嵩求索千萬（錢幣），欲庾有所吝惜，有隙可乘，從而構陷之。”《雜記》。○蔡鏡浩曰：“換，爲借支之義，而非交換之義。”《札記》。○吳金華曰：“‘換’相當於今語‘支取’‘挪用’，它的古字可能是‘奐’。《説文解字》：‘奐，取奐也。’”《考釋》頁一〇六。

〔1〕 “令換千萬”，程炎震曰：“《晉書》本傳‘換’下有‘錢’字。”朱鑄禹曰：“《晉書》卷五十《庾敳傳》‘千萬’上有‘錢’字。”
〔2〕 “劉輿”，丁國鈞《校文》卷三曰：“以弟名琨例之，疑作‘璵’是。”余嘉錫曰：“劉輿乃劉琨之兄，《晉書》附《琨傳》。《世説》此條注及《賞譽篇》‘太傅府有三才’條注皆作‘輿’。而《仇隙篇》‘劉璵兄弟’，正文及注則皆作‘璵’，必有一誤。丁國鈞《晉書校文》三云云。然今《晉書》無作‘璵’者。”楊勇曰：“宋本作‘輿’，非。本書《賞譽篇》二八、《仇隙篇》二皆作‘璵’，是。”
〔3〕 “長子”，徐震堮曰：“《晉書》本傳作‘次子’。”
〔4〕 “幘墜”，董刻本、元刻本“墜”作“墮”。
〔5〕 “故可有兩娑千萬”，恩田仲任曰：“《晉書》無‘娑’字。”程炎震曰：“‘故可’二字《晉書》無。‘娑’字《晉書》無。”徐震堮《札記》曰：“《晉書·庾敳傳》無‘娑’字。”

“冀其有咎”二句，田中頤曰：“乘，即謂乘間也，而又即謂乘間曰構也。此劉不察庾儉富，尚疑有私，故有此冀也。以上寫劉心術之饞險。”〇秦士鉉曰：“蓋欲乘其咎而讒之也。”

〇“太傅於衆”至“君子之心”

“幘墜几上”二句，程炎震曰：“《通典》卷五十七：‘幘，漢制，上下群臣貴賤皆服之。晉因之。’幘有屋，故得以頭就穿取。”

“可有兩婪千萬”，劉淇曰：“婪，語辭，猶言兩個千萬也。”《辨略》卷二。劉盼遂按曰：“淇以‘婪’爲語辭，無徵。”〇桃井白鹿曰：“《晉書音義》：兩婪，兩倍，如許多也。”〇大典顯常曰：“《五車韻瑞》：兩婪，猶許多也。”〇平賀房父曰：“猶言兩個。”秦士鉉按曰：“此説似是。”〇淇園曰：“庾蓋未嘗自許檢，而以意舉其可有之大數，故曰‘可有’也。婪，倉答切，與‘錯’音同。古錢稱曰錯刀，以黃金錯其文也。兩錯，蓋錢兩面皆用金錯乃稱錢，好者曰兩婪也。”〇恩田仲任曰：“婪，與‘些’同，語助。”〇陸以湉曰：“‘下官家有兩婪千萬’，‘婪’亦語助也。”《雜識》卷一。〇李慈銘曰：“《晉書》作‘二千萬婪’。‘婪’字蓋當時方言，如‘馨’字、‘阿堵’字比耳。”《簡端記》。〇劉盼遂曰：“兩婪千萬者，兩三千萬也。‘婪’以聲借作‘二’。‘婪’‘二’雙聲。今北方多讀‘三’如‘沙’，想當典午之世而已然矣。”〇余嘉錫曰：“《北史·儒林李業興傳》云：‘業興上黨長子人，家世農夫，雖學殖而舊音不改。梁武問其宗門多少，答曰：薩四十家。’蓋‘三’轉爲‘沙’，重言之則爲‘薩’。此又‘兩婪’爲兩三之證。”〇徐震堮曰：“婪，用在數字後，表示約數。”《釋義》。〇朱鑄禹曰：“‘婪’與‘垜’音近，疑是就當時口語之音録之，‘兩婪’猶今言兩垜或兩堆。或云‘兩婪’猶‘兩三’，‘三’讀如‘婪’，蓋描摹其醉態也。”

“隨公所取”，劉淇曰：“此‘隨’字，任從之辭也。”《辨略》卷一。

“以小人之慮”二句，秦士鉉曰：“《左傳》：‘以小人之腹，爲君子之心。’”〇李慈銘曰：“‘以小人之慮’二句，《晉書》作司馬越語。”《簡端記》。〇程炎震曰：“《晉書》以‘小人’云云爲越語。”〇徐震堮曰：“《晉書》作東海王越語。”《札記》。〇王叔岷曰：“《左》昭二十八年《傳》：‘願以小人之腹，爲君子之心。’（又見《國語·晉語九》。）”

“范陽王虓”，秦士鉉曰：“虓字武會，范陽康王綏子也。少好學馳譽。領冀州刺史。濟河破劉喬，西迎天子。永興三年，暴疾薨。”

“尚布衣之操”，岡白駒曰：“謂謙虛持布衣之操也。”

11

王夷甫與裴景聲志好不同。景聲惡欲取之[1]，卒不能回。乃故詣王，肆言極罵，要王答己，欲以分謗。王不爲動色，徐曰：“白眼兒遂作。”《晉諸公贊》曰：“遐字景聲，河東聞喜人。少有通才，從兄顏器賞之，每與清言，終日達曙。自謂理構多如[2]，輒每謝之，然未能出也。歷太傅從事中郎、左司馬，監東海王軍事。少爲文士，而經事爲將，雖非其才，而以幹重稱也。”

○“王夷甫”至“白眼兒遂作”

“惡欲取之”，岡白駒曰：“取之，令從己也。”○大典顯常曰：“言惡王欲令屈從也。”○淇園曰：“取，猶云奪也。”○徐震堮曰：“惡，與‘酷’字義同。”《釋義》。

“卒不能回”，田中頤曰：“謂裴惡王與己志好不同，欲令取去之，然卒不能回取王所操也。”○秦士鉉曰：“回，使彼回向於我也。”

“欲以分謗”，田中頤曰：“此裴既不能回王，因出一罵詈策，欲令王亦同有醜聲也。”○秦士鉉曰：“分謗，見《左氏傳》。言欲王與己相罵語，共受世之謗也。”

“白眼兒遂作”，岡白駒曰：“裴怒目視我，故稱白眼兒。作，發作也。”○平賀房父曰：“平時與我不同，果至今日，發作白眼兒，云‘遂作’可以見

---

〔1〕“取之”，何焯曰：“‘取’疑‘敗’誤。”
〔2〕“多如”，天保手批曰：“‘多’當爲‘無’。”程炎震曰：“宋本‘如’作‘知’。”余嘉錫曰：“‘如’景宋本及沈本俱作‘知’。”

也。”〇淇園曰：“蓋暗譏裴執量不弘。”〇田中頤曰：“言今其假怒者，亦遂作一真怒也。”〇秦士鉉曰：“言平時與我志好不同，果然到今日遂發作。”〇朱鑄禹曰：“此似以比之白起之眼，小而白。史稱起難與爭鋒，廉頗持守，足以當之。此夷甫謂己能持守也。遂作，謂遂起身，不與晤對也。”按此以“遂作”爲記者之辭。〇楊勇曰：“白眼，怒貌。白眼兒者，發怒之人也。”

〇注“晉諸公贊曰”

“自謂理構多如”三句，岡白駒曰：“多如，謂勝也。言裴頠與邈清言，頠每謝不如，所謂器賞之也，然未能出於頠之上。”〇桃井白鹿：“‘如’當作‘加’，言裴頠每與邈清言，坐必久矣，自謂理構相加既多，輒每辭謝欲退，然語蟬聯不絕，勢未能出還，此其所以終日達曙也。”〇大典顯常曰：“自謂，邈自謂也。謝之，頠謝之也。未能出，邈未能出頠之上也。”〇朱鑄禹曰：“意似謂頠自以爲理義多明，經常止邈之談論，然未能有以超出。”

“經事爲將”，秦士鉉曰：“經事，言久在文官，經歷吏事也。”

“以罕重稱”，岡白駒曰：“罕，猶簡也。重，威重也。”

12

王夷甫長裴成公四歲，不與相知。時共集一處，皆當時名士，謂王曰：“裴令令望何足計[1]！”王便卿裴。裴曰：“自可全君雅志。”裴頠，已見。

〇“王夷甫”至“全君雅志”

“長裴成公四歲”，程炎震曰：“據《晉書》王、裴二傳，則王長裴五歲。”

“王便卿裴”，朱鑄禹曰：“晉人呼‘卿’是平交親暱之辭。此既素不相知，而王竟稱裴爲卿，有輕視之意。”

“全君雅志”，朱鑄禹曰：“意謂保全其簡傲之素，不與之校，以見裴之雅量。”

---

〔1〕“裴令令望”，朱鑄禹曰：“本書稱裴頠曰‘裴公’，稱裴楷曰‘裴令’。此處‘令’字疑當作‘公’字。”

13

有往來者云：庾公有東下意。或謂王公："可潛稍
嚴，以備不虞。"王公曰："我與元規，雖俱王臣，本懷
布衣之好。若其欲來[1]，吾角巾徑還烏衣，《丹陽記》曰：
"烏衣之起，吳時烏衣營處所也。江左初立，琅邪諸王所居。"何所稍嚴！"
《中興書》曰："於是風塵自消，內外緝穆。"

○ "有往來者"至"布衣之好"

"有往來者"，楊勇曰："往來，偏義複詞，即來也。"○張萬起曰："指來往
於京城和武昌的人。"

"庾公有東下意"，岡白駒曰："按《晉書》云，庾亮以望重地逼，出鎮於
外，南蠻校尉陶稱間說亮當舉兵內向。"○秦士鉉曰："庾亮出爲平西將軍、豫
州刺史，時王導輔政，務存大綱，不拘細目，諸將不奉法，亮欲黜之。諮於郗
鑒，鑒不許。即是時事。"○崔朝慶曰："庾亮鎮武昌，有勸亮舉兵內向者。"
○趙西陸曰："《通鑒》此事繫諸成帝咸康四年。"

"可潛稍嚴"二句，大典顯常曰："嚴，戒嚴也。"《集成》。○恩田仲任曰：
"《正字通》曰：'凡強敵將至，設備曰戒嚴；敵退，稍弛備曰解嚴。'"○崔朝慶
曰："言可稍戒備以防意外也。"

"懷布衣之好"，崔朝慶曰："言本不欲仕宦，而好爲布衣閒居也。"○張萬
起曰："布衣之好，平民間的友誼。特指官僚貴族未顯貴時的結交。"《詞典》頁二
八五。

○ "若其欲來"至"何所稍嚴"

"角巾"，胡三省曰："《晉志》曰：'巾以葛爲之，形如幅而橫著之，古者尊
卑共服之。'余謂幅巾以橫幅爲之，角巾則巾之有角者。郭林宗遇雨，巾一角墊，
則角巾也。"《通鑒·晉紀三》注。○田中頤曰："言好友相代，故而吾去官，亦素

----

[1] "欲來"，董刻本"來"作"不"。王利器曰："蔣校本'不'作'下'，餘本作'來'，宋本'不'
字誤。"

志也。”○程炎震曰：“《通典》五十七：‘葛巾，東晉制。以葛爲之，形如帢而橫著之，尊卑共服。太元中，國子生見祭酒博士，冠角巾。’《晉書》三十四《導傳》作‘角巾還第’，似失語妙。羊祜與從弟琇書曰：‘既定邊事，當角巾東歸故里。’”○趙西陸曰：“《晉書·羊祜傳》：‘與從弟琇書曰：既定邊事，當角巾東路，歸故里。’又《王濬傳》：‘范通謂濬曰：卿旋斾之日，角巾私第，口不言平吳之事。’《晉書·輿服志》曰：‘巾，以葛爲之，形如帢而橫著之，古尊卑共可服也。’”○徐震堮曰：“角巾，閒居之服，非居官所用。王導此言，亦謂當棄官歸故里居。”○楊勇曰：“角巾，巾之有角者，即四方巾也，隱者之服。”

“烏衣”，吳曾曰：“近世小説尤可笑者，莫如劉斧《摭遺集》所載《烏衣傳》，以唐朝金陵人姓王名謝，因海舶入燕子國，其意以爲烏衣巷爲燕子國也。余按世説諸王諸謝世居烏衣巷。《丹陽記》曰：‘烏衣之起吳時烏衣營處所也。江左初立，瑯琊諸王所居。’審此則名營以烏衣，蓋軍兵所衣之服，因此得名。”《漫録》卷四。○程炎震曰：“《景定建康志》卷十六引《舊志》云：‘烏衣巷在秦淮南。晉南渡，王、謝諸名族居此，時謂其子弟爲烏衣諸郎。今城南長干寺北有小巷曰烏衣，去朱雀橋不遠。’又四十二引《舊志》云：‘王導宅在烏衣巷中，南臨驃騎航。’”○趙西陸曰：“《輿地紀勝》：‘江南東路建康府烏衣巷，在秦淮南，去朱雀橋不遠。’《舊志》云：‘王導自卜烏衣宅，本時諸謝烏衣之聚，蓋此巷也。’又曰：‘晉南渡，王謝諸子族居烏衣巷。此時謂其子弟爲烏衣諸郎。’《南史·謝弘征傳》：‘所繼叔父混風格高峻，少所交納。唯與族子靈運、瞻、曜以文義賞會，常共宴處。居在烏衣巷，故謂之烏衣之遊。混詩所言“昔爲烏衣巷，戚戚皆親姓”者也。’”

“何所稍嚴”，淇園曰：“言其於官勢非所貪情也。”○田中頤曰：“不猜嫌也。”

○注“中興書曰”

“風塵自消”，徐震堮曰：“《晉書·桓温傳》：‘風塵紛紜，妄生疑惑，辭旨危急，憂及社稷。’《劉聰載記》：‘風塵之言，謂大將軍、衛將軍及左右輔皆謀奉太弟，剋季春構變。’皆指道路流言。”

李贄曰："丞相非高，正是著數。"《初潭集》卷二十九。秦士鉉按曰："著數，得著計數也。"

陳夢槐曰："沖懷可挹，語自澹宕。"

許世瑛曰："這段記載雖然已是成帝時事，可是據《晉書·王導傳》説：'帝（明帝）崩，導復與庾亮等同受遺詔，共輔幼主，是爲成帝。'可見幼主沖齡，託孤大臣如果不能和衷共濟，必將變起蕭牆，傾覆社稷矣。王公有鑒乎此，故對離間者説此，以消禍患於無形。"《王導政績和晉元帝中興》。

14

王丞相主簿欲檢校帳下。公語主簿："欲與主簿周旋，無爲知人几案間事[1]。"

○"王丞相"至"几案間事"

"主簿"，恩田仲任曰："《宋·百官志》曰：'公府有主簿，省録衆事，主閣內事。'"

"欲檢校帳下"，大典顯常曰："晉制，諸公及諸大將軍皆置帳下督及門下督。"《集成》。○恩田仲任曰："《通典》曰：'武帝咸寧初，詔以前太尉府爲大司馬府，增置祭酒二人，帳下官騎、大車、鼓吹。'"

"欲與主簿周旋"二句，桃井白鹿曰："《類書纂要》：'周旋，猶委曲保全之謂。'"○大典顯常曰："謂相與遊驪耳。"《集成》。○田中頤曰："王本不欲苛察多事，因語主簿云：吾欲身與主簿共周旋檢校，務要無爲，唯知人情不可已，几案間之大事也。"○秦士鉉曰："周旋，猶'奉以周旋'之'周旋'，言吾欲與主簿竭力奉行職事，然勿以察淵訐直爲功。'無爲'上添'然'字看。"龔斌按曰："《世説箋本》稱王導欲與主簿竭力奉行職事，似不確。"○徐震堮曰："無爲，不必，不

---

[1] "几案"，董刻本、元刻本"几"作"机"。朱鑄禹曰："'几'古'机'字。"

應，不可。几案間事，指案牘之類。"《簡釋》。○周一良曰："周旋乃親密往來之意。"《史札》頁二〇四。○吳金華曰："'無爲'，猶言無須、犯不着，是先秦以來口語詞。"《考釋》頁一〇八。

"几案"，胡三省曰："案亦几屬，應文書皆陳於几案而省覽之。"《通鑒·梁紀十一》注。

【彙評】

李贄曰："語極當。"

周一良曰："此亦'若不容置此輩，何以爲京都'及'思我憒憒'之意。"《批校》。

15

祖士少好財，阮遙集好屐，並恒自經營，同是一累，而未判其得失。《祖約別傳》曰："約字士少，范陽遒人〔1〕。累遷平西將軍、豫州刺史，鎮壽陽。與蘇峻反，峻敗，約投石勒。約本幽州冠族，賓客填門，勒登高望見車騎，大驚。又使占奪鄉里先人田地，地主多恨〔2〕。勒惡之，遂誅約。"《晉陽秋》曰："阮孚字遙集，陳留人，咸第二子也。少有智調，而無偏異。累遷侍中、吏部尚書、廣州刺史。"人有詣祖，見料視財物。客至，屏當未盡，餘兩小簏箸背後，傾身障之，意未能平。或有詣阮，見自吹火蠟屐，因歎曰："未知一生當箸幾量屐？"神色閑暢。於是勝負始分。《孚別傳》曰："孚風韻疏誕，少有門風。"

〔1〕 "遒人"，董刻本"遒"作"道"。徐震堮《札記》曰："《晉書·祖逖傳》'遒'誤'遵'。"王利器曰："沈校本同，餘本'道'作'遒'，是。《晉書·地理志》范陽有遒縣，無道縣。"楊勇曰："宋本作'道'，非。"
〔2〕 "地主多恨"，朱鑄禹曰："沈校本無'地'字。"

○“祖士少”至“判其得失”

“祖士少”，徐子光曰：“祖約字士少，刺史逖之弟。蘇峻克京師，矯詔以爲侍中，爲石勒所殺。”《蒙求集注》卷下“祖約好財”條。

“阮遙集”，徐子光曰：“《晉書》：阮孚字遙集，始平太守咸之子。元帝以爲安東參軍。蓬髮飲酒，不以世務嬰心。轉從事中郎。終日酣縱，常爲有司所按。遷散騎常侍。嘗以金貂換酒，復爲所司彈劾，帝宥之。終廣州刺史。”《蒙求集注》卷下“阮孚蠟屐”條。

“同是一累”，崔朝慶曰：“言好之成癖，同爲日常生活之累。”○張萬起曰：“累，毛病，缺失。”《詞典》頁三九八。○方一新曰：“下句‘得失’猶言勝負、高低，意謂一個好財，一個好屐，同是缺點、不足，但仍有高下之分。徵之本書，‘累’的這一用法並非僅見於此。又如《忿捐》二劉注引《中興書》：‘述清貴簡正，少所推屈，唯以性急爲累。’言只有性急一條是其缺點。”《校釋札記》。

“未判其得失”，田中頤曰：“以財之可貴者對屐之可賤者，文有奇想，且好財之病，充腹滿身，好屐之癖，止暨兩足，得失既判，然必待下屛當，而見世間無限陰私可厭可惡，故姑託未判以起下文耳。”○呂叔湘曰：“得失，高下。”○徐文麟曰：“（謂）兩種嗜好同樣是個累，可是不能辨別他們的高下。”

○“人有詣祖”至“意未能平”

“料視”，恩田仲任曰：“料計也。”○呂叔湘曰：“檢點，料理。”

“屛當未盡”，方以智曰：“屛當，一作併當、摒擋、摒檔。《阮孚傳》言‘祖約屛當不盡’。去聲，劉平水作摒擋，吳虎臣言《世說》爲‘曹夫人併當筐篋’，即屛當也。《冥通記》：‘竟夕柄檔。’《字考》收‘併當’，以《荀子》‘併’即‘屛’也。”《通雅》卷六。○田中頤曰：“屛當，字書通作‘摒擋’，除也。此謂用手蔽匿，以障物外也。”○程炎震曰：“《德行篇》第二十九條作‘併當’，蓋同字。”○崔朝慶曰：“屛當，收拾安置也。”○呂叔湘曰：“屛當，料理，收拾，今多作‘摒擋’。”○徐文麟曰：“錢財沒有收拾完。”○徐震堮曰：“屛當，收拾整理的意思。”《釋義》。按參見《德行篇》“王長豫爲人謹順”條“併當”。

“餘兩小簏箸背後”，恩田仲任曰：“簏，竹高篋也。”○徐文麟曰：“餘下兩小簏在背後。”○徐震堮曰：“置物曰‘箸’。”《釋義》。

“傾身障之”，呂叔湘曰：“傾身，側身。”○徐文麟曰：“側轉身子去遮掩着。”

“意未能平”，田中頤曰：“以上極模好財之態。”○呂叔湘曰：“有點緊張。”○徐文麟曰：“神色有點慌張。”

○“或有詣阮”至“勝負始分”

“自吹火蠟屐”，崔朝慶曰：“融蠟膏屐齒也。”○呂叔湘曰：“屐欲其滑潤，故以蠟塗之。”○徐文麟曰：“自己吹着火在木屐上上蠟。”

“未知一生當箸幾量屐”，顏師古曰：“或問曰：今人呼履、舄、屐、屬之屬一具爲一量，於義何耶？答曰：字當作兩。《詩》云‘葛屨五兩’者，相偶之名，屨之屬二乃成具，故謂之兩。‘兩’音轉變，故爲‘量’耳。古者謂車一乘亦曰一兩，《詩》云‘百兩御之’是也。今俗音訛，往往呼爲車若干量。”《匡謬正俗》卷七。○岡白駒曰：“自歎此生有限，而畜藏屐猶未已也。”○桃井白鹿：“《字彙補》：‘量，與緉同，雙履也。’”○天保手批曰：“春臺曰：按‘量’，歎此生有限，而恐當畜藏屐猶未作兩也。聲之誤也。”○崔朝慶曰：“幾量，猶幾許也。量，或作兩，一雙也。”○呂叔湘曰：“他處引作‘幾兩’，‘兩’字是。古人屐履之屬稱‘兩’，猶後世之稱‘雙’，皆藉形容詞爲量詞也。又作‘緉’。”○徐文麟曰：“（明）不知道造　畢丁夏才幾雙木屐呢。”○徐震堮曰：“‘量’與‘兩’通。《詩·齊風·南山》：‘葛屨五兩。’孔疏：‘屨必兩隻相配，故以一兩爲一物。’亦作‘緉’。《說文》：‘緉，履兩枚也。’”○江藍生曰：“‘量’爲量詞，只用於稱數鞋類，相當於‘雙’。‘量’本字爲‘兩’。”《彙釋》頁一二四。○周一良曰：“‘量’字即‘兩’，猶言雙也。唐人恐‘兩’與‘二’字相混，往往寫‘兩’爲‘量’，以後刊刻遂因襲之。”《世說札記》。又曰：“唐人寫‘量’‘兩’二字可互易。《鳴沙石室佚書》收唐《水部式》‘若水兩過多，即與上下用水處相知開放’云云。言‘水兩’者數處，皆‘量’字也。又《南齊書》四一《張融傳》：‘並履一量。’”《批校》。

◎程炎震曰：“《御覽》三百八十九《嗜好門》引此事作《語林》。”

○注“祖約別傳曰”

“祖約”，敬胤曰：“王隱《晉書》曰：‘約字士少，逖弟也。舉平陽孝廉，司州辟七府，辟成皋令。至泗口，安西逆授臨淮太守、丞相録事從事、中書郎司直。劉隗奏免約，曰：“約變起蕭牆，患生婢僕，結恨闇昧，禍發牀褥，身被刑傷，傷其髮膚，愠深恨大，幾致凶害，聽者疑怪，談者紛紜。”安東不聽，約去。歷官太子詹事、侍中、平西將軍、豫州刺史。達壽春，胡騎數千攻城，大戰。其日西風，兵大懼。攻胡以繩繫鐵鉤挽城樓，樓柱折壞。又作鐵鉤鄜（一作欐）城登梯待上。所挽樓城西北角行牆三十步壞，約始大怖，使戴洋呼孫叔敖、伍子胥：“卿若使胡奴得城，當能持白酒寸脯箸卿前不？急令風轉賊退，當上肥牛。”中後風轉，晡賊退，約以兄弟並爲卿鎮。郗公初出便開府，合敦攻宮，師五千救臺，忠功不報，於是因蘇峻。約兄子衍，爲典兵參軍，及族子胄咸同之。邵陵令陳先帥衆至約聽事，約在內，約佃客閻秀（一作禿，下同）亦老白鬢，謂是約，便斫腰斷，稱萬歲。秀户覆不見面，先試反視，知非，即出。約自譙還壽春，約欲據武昌，温嶠將吳兵，我持中國兵，往可荊捶驅走也。温嶠見約書，長歎，燒之。約兵叛散，約怖，使戴洋於黃門户中禳厭之。約到歷陽，騰曰：“城外□有騎，當利，止有千人。”喚約因走投石勒。勒大待遇約。約本幽州名族，賓客填門。勒登高望，見車騎甚敬約，又遣左右舊鄉里先人因主炙。怨，盡打殺。’《晉陽秋》曰：‘約將數百人投石勒，勒弗見，欲誅之，以關中未定，故未斬戮。程遐曰：“天下粗定，宜顯明逆順，此漢高斬丁公也。祖約猶存，臣用惑之。”石勒乃詒曰：“祖侯遠來歸，未得善中，可集子弟一時俱見。”至日，勒辭以疾，令遐請約。及諸祖無少長既至，知禍，乃大飲醉飽。其外孫悲泣於市，約中外子姪百餘人悉屠滅之，婦女班賜諸胡。逖有奴曰王安，待之甚厚，在雝丘告安曰：“爾胡，石勒爾類也，吾亦不在爾一人。”乃厚資遣之。安既投石勒，遂爲大將。祖約之誅，安多將徒於市觀看，無何，盜逃庶子道重藏之，以爲人自蔽。道重時十歲，胡滅來奔。重名羨，小字休禿。既至京都，並以其士穉之子，縉紳互往視之。或問頗識其父不，不答曰識，慘慘麥飯色，歷歷狗髀髇，既甚騃，於是婚宦失流，莫不歎恨之也。’”按汪藻《考異》有“祖士少道王右軍”一條，今本闕。今移録敬胤注於此。

　　“占奪鄉里先人田地”，岡白駒曰：“約先人昔居幽州，多田產。”○秦士鉉曰：“占，擅據也。”

　　○注“晉陽秋曰”

　　“少有智調”，岡白駒曰：“智調，才調也。”○秦士鉉曰：“調，韻致。”

【彙評】

費袞曰：“晉史書事，鄙陋可笑者非一端。如論阮孚好屐，祖約好財，同是累而未判得失。夫蠟屐固非雅事，然特嗜好之僻爾，豈可與貪財下俚者同日語哉？而作史者必待客見其料財物，傾身障簏，意未能平，方以分勝負，此乃市井屠沽之所不若，何足以汙史筆，尚安論勝負哉！許敬宗之徒，汙下無識，東坡以爲人奴，不爲過也。”《梁谿漫志》卷五。

劉辰翁曰：“勝負本不待此，寫得祖士少慚怍殺人。”

王若虛曰：“晉史載祖約好財事，其爲人鄙猥可知。阮孚蠟屐之歎，雖若差勝，然何其見之晚邪！是區區者而未能忘懷，不知二子所以得天下重名者，果何事也？”《滹南集》卷二十八《臣事實辨》。○曰：“一生著兩屐，婦人所知，而遂以決祖、阮之勝負。其風至此，天下蒼生安得不誤哉！”同上。

王寂曰：“無物不可爲樂，如謝康樂之山水，陶彭澤之田園，嵇康之鍛，阮孚之屐，雖有所寓不同，亦各適其適也。”《拙軒集》卷五《三友軒記》。

陳絳曰：“此語皆當世清談中語。好財好屐即累，中之得失已判，何待更試於閒忙間耶？”《金罍子》中篇卷五。

陳夢槐曰：“但拈阮蠟屐最韻，有士少比擬一段，反爲飯中砂耳。”

呂叔湘曰：“魏晉間人崇尚率真、曠達，不爲外物所累，不爲世譽所牽。所以好財好屐這兩種嗜好，不從他們的本身去判斷高下，卻從嗜好者處之泰然與否來判別。有人說魏晉人對於人生的態度是藝術家的態度，這個話說得很對。”

余嘉錫曰：“好財之爲鄙俗，三尺童子知之。即好屐亦屬嗜好之偏，何足令人介意，本可置之不談。而晉人以此品量人物，甚至不能判其得失，無識甚矣。”

錢穆曰：“時人不論是非，只問自己心下如何。若貪財而心無不安，即亦爲高情勝致矣。兩晉名士貪者極多，時論不見以爲鄙也。能一切不在乎，自然更佳。”《國史大綱》頁二四二。○曰：“夫好財之與好屐，自今言之，雅俗之判，若甚易辨，得失勝負，未爲難決，而時人不爾者，正見晉人性好批評，凡事求其真際，不肯以流俗習見爲準，而必一切重新估定其價值也。而晉人估價之標準，則一本於自我之內心。故祖、阮之優劣，即定於其所以爲自我者何如耳。士少見客至，屏當財物，畏爲人見，意未能平，此其所以爲劣也。遙集見客至，蠟屐自若，神色閒暢，此其所以爲優也。凡晉人之立身行己，接物應務，銓衡人物，進退道術者，其精神態度，亦胥視此矣。"《國學概論》頁一五七至一五八。

周紹賢曰："阮孚、祖約俱爲世家公子，孚親自蠟屐，神色閑暢，語雖平易，而高懷豁達，故竟以清節終身。祖約則用心貨財，如賈豎之積藏，故終爲亂臣而自取敗亡。超脱世慮，恬静自得，此老莊之生活趣味，此晉人最崇尚之人格。"《述論》頁五〇。

16

　　許侍中[1]、顧司空俱作丞相從事[2]，爾時已被遇[3]，遊宴集聚[4]，略無不同。《晉百官名》曰："許璪字思文[5]，義興陽羨人。"《許氏譜》曰："璪祖豔[6]，字子良，永興長。父裝，字季顯，烏程令。璪仕至吏部侍郎。"嘗夜至丞相許戲[7]，二人歡極[8]，丞相便命使入己帳眠[9]。顧至曉回轉[10]，不得快執[11]。許上牀便哈臺大鼾[12]。丞相顧諸客曰[13]："此中亦難得眠

---

〔1〕"許侍中"，《考異》"侍中"下有"與"字。
〔2〕"作丞相從事"，程炎震曰："'丞相'下當脱'揚州'二字，王導爲揚州時也。"王叔岷曰："《考異》'丞相'上有'王'字，《御覽》六九九引《郭子》亦作'王丞相'。"
〔3〕"已被遇"，《考異》"已"下有"自"字，"被"下有"遽"字。
〔4〕"集聚"，《考異》無"聚"字。
〔5〕"許璪字思文"，趙西陸曰："《排調篇》第二〇則'許文思往顧和許'，此作'字思文'，必有一誤。"楊勇曰："'璪'《考異》作'藻'。按'璪''藻'文意相似。然《排調篇》二〇注一作'琛'者，殆'璪'字形近而誤也。"
〔6〕"祖豔"，楊勇曰："'豔'《考異》作'豐'，疑是'豔'之壞字。"
〔7〕"夜至"，王叔岷曰："《考異》'至'作'在'，（《御覽》六九九引）《郭子》同。"
〔8〕"歡極"，《考異》二字作"唤"。
〔9〕"丞相便命使入己帳眠"，《考異》作"丞相便命入帳中眠"。
〔10〕"顧至曉回轉"，王叔岷曰："《考異》'回轉'作'猶展轉'，（《御覽》六九九引）《郭子》同。"又，《考異》"曉"作"時"。
〔11〕"快執"，徐震堮曰："'執'影宋本作'熟'。'執'與'熟'通。"朱鑄禹曰："袁本作'執'，亦應讀作'熟'。熟者，熟睡也。"蔣凡批曰："以宋本'熟'更爲直截明白。"
〔12〕"便哈臺"，楊勇曰："'便'下《考異》有'自'字。"又，"哈"《考異》作"咳"。
〔13〕"顧諸"，王叔岷曰："《考異》'諸'上有'語'字。"楊勇曰："《事文》後一一一引《世説》'諸'作'謂'。"

處〔1〕。" 顧和字君孝〔2〕,少知名。族人顧榮曰:"此吾家騏驥也〔3〕,必興吾宗。" 仕至尚書令。五子:治、隗、淳、履之〔4〕。

○"許侍中"至"略無不同"

"許侍中",敬胤曰:"許藻字思文,義興人也,衛尉卿。祖豐,字子良,永興令。父裴,字季顯,烏程令。"

"顧司空",敬胤曰:"顧和字君孝,吳郡人也。曾祖容,字季則,吳持節鎮南將軍、荊州刺史。祖相,字令光,臨海太守。父敘,字子固,處士。《晉陽秋》曰:'和,二歲知名,族人顧榮曰:此吾家騏駬也,興吾宗者。'仕州司徒掾、王敦主簿、御史中丞、吏部尚書、領軍將軍、太常卿、國子祭酒、尚書僕射、尚書令、左光禄、開府尚書令,贈侍中司空,謚曰穆公。和五子,治、隗、淳、履之、臺民。隗字仲舒,輔國參軍。隗生敷,敷別有説。淳字叔平,仕衛將軍。淳生放,放字彦祖,散騎常侍。放生軌、尚。履之字叔仲,左西掾。履之生鮚、沖、惔、忻。沖字祖順,散騎常侍。沖生叔道。惔字祖長,安西掾。惔生疑、琰、緒(一作積)、琛,吳郡太守、尚書。琛生寶先,寶先建康令。寶生將等。臺民,大僕卿。臺民生阮之,始興相也。"

"已被遇",岡白駒曰:"被知遇也。"

"略無不同",田中頤曰:"二人優劣未判。"

○"嘗夜至"至"難得眠處"

"呬臺大鼾",方以智曰:"呬臺,即臺唶之聲也。《世説》許璪於丞相帳'呬臺大鼾',由相如'佁儗不前'之語,陸法言'黭鼇唶'之字思之,則'呬臺'固晉人常語也。"《通雅》卷十八。○胡文英曰:"呬臺,睡中鼻息聲也。吳中形鼾睡聲曰'呬臺'。"《吳下方言考》卷四。○岡白駒曰:"呬臺,即'呬怠'之

〔1〕 "亦難得眠處",徐震堮曰:"《御覽》六九九及七九三引《郭子》無'得'字。"王叔岷曰:"(《考異》)'亦'下有'是'字,(《御覽》六九九引)《郭子》同。"
〔2〕 "顧和字君孝",《考異》"顧和"上加"《晉陽秋》曰"。趙西陸曰:"注'顧和'云云,上脱引用書名。
〔3〕 "騏驥",徐震堮《札記》曰:"《晉書·顧和傳》'騏驥'作'麒麟'。"
〔4〕 "治隗淳履之",吳士鑑《斠注》卷八十三曰:"既云五子,似脱一人之名。"王利器曰:"據《吳國吳郡顧氏譜》,這裏缺了和第五子臺民名。"趙西陸曰:"據《考異》本注,'履之'下脱第五子'臺民'名。"徐震堮曰:"按《吳郡顧氏譜》,尚有第五字臺民,注闕。"

聲也。哈怠，言不正也。"○桃井白鹿曰："哈臺，囈語。鼾，鼻聲。"○淇園曰："哈臺，舊云囈語也。《玉篇》：'嚘嗋，言不正。'"○田中頤曰："此謂許加歡也，優劣始判。"○程炎震曰："《駢雅》二《釋訓》：'哈臺，鼾睡也。'《訓纂》四引《通雅》謂'哈臺，即臺嗋之聲也'，'哈'音呼來切。又嚘嗋，言不正也。《訓纂》三引《玉篇》，他亥、達改二切，則此字當從口旁台，不當從口旁合。"○劉盼遂曰："《莊子·達生篇》：'公反誒詒爲病。'《釋文》：'誒詒，司馬云：解倦貌。李頤云：失魂魄也。詒音臺。''誒詒'同從㠯聲，'哈臺'即'誒詒'也，之部，疊韻連語。"○徐震堮曰："哈臺，睡息聲。"○梁永昌曰："按《説文》：'佁，癡貌，讀若駭。'《廣韻》：'駭，五駭切，癡也。'又《廣韻》：'儓，他代切，儓儗，癡貌。''駭''儓'義同。'駭'與'哈'音近，'儓'與'臺'音近。'哈臺'猶現代所説的'癡呆'。"《雜記》。

"此中亦難得眠處"，田中頤曰："言其度量，雖我諸客，亦皆不可得及也。"○龔斌曰："言外之意實謂我作揚州刺史，百事未易了，難得安穩覺也。"

◎程炎震曰："《御覽》三百九十三《睡門》引此事，云出《郭子》。"

○注"許氏譜曰"

《許氏譜》，沈家本曰："許璪，義興陽羨人。案此與前《許氏譜》當爲二譜，前譜乃高陽人籍，不同也。"《古書目》卷四。按前《許氏譜》見《政事篇》"成帝在石頭"條注。

【彙評】

劉辰翁曰："茂弘語謬。"
凌濛初曰："丞相自謂難得眠，司空安得不至曉回轉？"
秦士鉉曰："許之於顧，每事著先。許嘗往顧許，顧在帳中眠，許至，便逕就牀角枕共語。既而喚顧共行，顧乃命左右取枕上新衣，易己體上所著。許笑曰：'卿乃復有行來衣乎？'"

17

庾太尉風儀偉長，不輕舉止，時人皆以爲假。亮有大兒數歲，雅重之質，便自如此[1]，人知是天性。溫太真嘗隱幔怛之，此兒神色恬然，乃徐跪曰："君侯何以爲此？"論者謂不減亮。蘇峻時遇害。《庾氏譜》曰："會字會宗，太尉亮長子。年十九，咸和六年遇害。"或云："見阿恭，知元規非假。"阿恭，會小字也。

〇"庾太尉"至"知是天性"

"風儀偉長"，田中頤曰："風儀，風格威儀也。偉，大也。"
"雅重之質"，天保手批曰："春臺曰：'雅重'恐當'雅量'。"
"便自如此"，田中頤曰："肖父舉止。"〇崔朝慶曰："言自幼便如此也。"〇江藍生曰："便，已、已經。"《彙釋》頁二八九。
"知是天性"，岡白駒曰："見其兒，知亮是天性也。"〇桃井白鹿曰："此兒幼年，每事大性，未有假飾。"〇淇園曰："庾亮不輕舉止。"〇田中頤曰："非假也。"

〇"溫太真"至"元規非假"

"隱幔怛之"，恩田仲任曰："怛，驚懼也。"〇田中頤曰："怛之，大聲頓叫。"〇王叔岷曰："《御覽》六九九引此文，'怛'下有注曰：'怛，驚也。'"〇朱鑄禹曰："隱藏於帳幔之後以驚恐之也。"
"神色恬然"，田中頤曰："雅重。"
"君侯何以爲此"，田中頤曰："尤其怛也。"〇張萬起曰："君侯，對尊貴者的敬稱。"
"不減亮"，崔朝慶曰："言其雅重之量不減亮也。"

---

[1] "雅重之質便自如此"，唐鴻學曰："《書鈔》百三十二引云：'年數歲，有威重之質，便自謂如父溫太真。'云云，可證今本之訛。'自如此'應作'自謂如父'，方與下合。'有'字應補，'雅'字誤，應作'威'。《書鈔》所引文勝今本。"龔斌按曰："此條明云是庾亮兒，何以牽涉'如父溫太真'？且查《書鈔》一三二卷，亦無庾亮兒之事。唐批甚不可解也。"

“蘇峻時遇害”，田中頤曰：“謂其可惜。”

○注“庾氏譜曰”

“會字會宗”，勞格曰：“《庾亮傳》：‘三子：彬、羲、龢。’彬，《庾氏譜》作‘會’。”《雜識》卷五《校勘記下》。○吳士鑑曰：“本傳實采《世説》，而《世説》誤‘彬’爲‘會’。”《斠注》卷七十二。○程炎震曰：“庾會，《晉書·亮傳》作‘彬’，蓋有二名。”○徐震堮曰：“據《晉書》謂‘温嶠嘗隱暗恒之，彬神色恬如也’云云，則會即彬也。”

“咸和六年遇害”，程炎震曰：“‘六年’當作‘三年’。”○趙西陸曰：“會，蘇峻時遇害，當在咸和三年，此注‘六年’疑爲‘三年’之誤。”

【彙評】

狄期進曰：“語曰不知其父，視其子乎。”

18

褚公於章安令遷太尉記室參軍，按庾亮《啟參佐名》，衮時直爲參軍，不掌記室也。名字已顯而位微，人未多識。公東出，乘估客船，送故吏數人投錢唐亭住。《錢唐縣記》曰：“縣近海，爲潮漂没，縣諸豪姓，斂錢雇人，輦土爲塘，因以爲名也。”爾時吳興沈充爲縣令[1]，未詳。當送客過浙江，客出，亭吏驅公移牛

---

[1] “吳興沈充”，《世説補》“吳興”作“吳人”，張文柱曰：“‘吳人’一作‘吳興’。”又，董刻本、元刻本、沈校本無“充”字。凌濛初曰：“劉本無‘充’字，注云‘未詳’。沈名若充，則字士居，見《晉陽秋》，而後注復有之，不得云‘未詳’。”王利器曰：“各本‘沈’下有‘充’。案有‘充’字是。”楊勇曰：“袁本‘沈’下‘充’字顯是校刻時增入。沈充別見《規箴篇》十六注。”龔斌曰：“原本當如宋本、沈校本無‘充’字，《演繁露》卷一三引《世説》注錢塘云‘晉人沈姓而令其縣者’，正可印證之。”

屋下。潮水至，沈令起彷徨，問："牛屋下是何物〔1〕?"
吏云："昨有一傖父來寄亭中，《晉陽秋》曰："吳人以中州人爲
傖。"有尊貴客，權移之。"令有酒色，因遙問："傖父欲
食餅不〔2〕? 姓何等? 可共語。"褚因舉手答曰："河南
褚季野。"遠近久承公名，令於是大遽。不敢移公，便
於牛屋下修刺詣公。更宰殺爲饌具，於公前鞭撻亭吏，
欲以謝慚。公與之酧宴，言色無異，狀如不覺。令送公
至界。

○ "褚公於"至"錢唐亭住"

"褚公於章安令遷太尉記室參軍"，田中頤曰："'於'字見其遷不超擢。"
○程炎震曰："《晉・地理志》，揚州臨海郡有章安縣。李申耆曰：今台州臨海
縣。《晉書・哀傳》不言爲章安令及參庾亮軍事。劉注引庾亮《啟參佐名》亦不
言亮爲何官。蓋是亮以平西鎮蕪湖時，故得置參軍。"○呂叔湘曰："於，自。
章安，縣名，在今浙江臨海縣東南，今猶有章安鎮。"

"乘估客船"，呂叔湘曰："估客船，商旅搭乘之船。'估'同'賈'。"

"送故吏數人投錢唐亭住"，王楙曰："虞預陳時政曰：'自頃長吏輕多去來，
送故迎新，交錯道路，受迎者惟恐船馬之不多見，送者惟恐吏卒之常少。窮奢極
費，謂之忠義。省煩從簡，呼爲薄俗。'范甯陳時政曰：'方鎮去官皆列精兵器
杖以爲送故，米布之屬不可勝計，監司相容，初無糾彈。其中或有清白，亦復不
見標異。送兵多者至有千餘家，少者數百戶，既力入私門，復資官廩布，兵役既
竭，枉役良人，牽引無端，以相充補。若是功勳之臣，則已享裂土之胙，豈應奉
外復置兵吏乎? 今送故宜爲節制，以三年爲斷。'二公陳時政，皆以送迎之費爲
言，想晉時之弊，莫此爲甚。"《野客叢書》卷十一。○錢大昕曰："當時州郡除代，
皆有迎吏。迎吏亦入官之一途也。謝方明自晉陵太守遷南郡相，而晉陵送故主簿
弘季咸、徐壽之並隨在西；宋孝武去鎮，顏師伯以主簿送故；隨王子隆自荊州代

---

〔1〕 "何物"，王先謙曰："一本'物'下有'人'字，是。《世説補》亦有。"程炎震曰："王本'物'
　　下有'人'字，明本、鄂本均有。"余嘉錫曰："景宋本'物'下有'人'字，袁本同。"
〔2〕 "食餅"，董刻本"餅"作"餅"。朱鑄禹曰："袁本作'餅'，即'餅'之本字。"

還，以庾於陵爲送故主簿。則當時又有送吏矣。"《考異》卷三十六。〇岡白駒曰："送褚公者，吏數人而已。"〇淇園曰："送褚之故吏相從者。"〇秦士鉉曰："或引《桓玄傳》以爲褚送故人別，非是。"朱鑄禹按曰："依文意似仍當作送故人，且按情理如有故吏相送，則亭吏宜譖褚之名位，不應自名偆父，且遽驅移牛屋下。"〇呂叔湘曰："送故，漢世重視長官與屬吏之關係，長官去職，屬吏遠送，名爲'送故'。魏晉之世猶然。錢唐亭，錢塘，縣名，在今杭縣。亭，驛亭。古時無私人經營之旅舍，官設亭以供公私行旅寄宿。"〇徐震堮曰："州郡官歿於所，佐史護喪回里，曰'送故'。官吏離任時，地方吏民斂錢相送，亦曰'送故'。"《簡釋》。〇周一良曰："送故制度，反映當時封建人身依附關係強烈，實是豪門大族與政府爭奪勞力、蔭庇民戶之一種方式。此種風氣蓋淵源於後漢。當時州郡長官與佐屬之關係，一般目爲君臣關係。後漢高門大族形成地方强大勢力，途徑之一即依靠廣布天下之門生及故吏。在此種封建隸屬關係下，地方官赴任時，當地遣吏迎新；離任時，原隸屬下之僚佐送故。晉代亦沿此制，不僅郡太守而已，縣令去任亦有送故。"《史札》頁八二。〇高敏曰："兩晉時期有關送故的做法，已經在正式形成定制的基礎上法典化了。也就是說，送故制度不僅給各級官吏、將領帶來土特產和大量錢財，而且可以給他們帶來役使兵戶和故吏的特權。曹魏時期特別是兩晉時期的'送故'之所以進一步制度化和獲得發展，並固化爲法典，都在於適應了門閥世族政治、經濟特權的需要。反過來，由於此制的確立與發展，又促成了該時期封建依附關係的發展和等級制度的鞏固，或者說是門閥政治的配套制度。"《魏晉南朝"送故"制度考略》。〇陳侃理曰："褚裒之任庾亮參軍，地在建康，即今江蘇南京。章安縣在今浙江台州。若《世說》所記此事發生在遷轉途中，即從章安到建康，是向西北行，文中所云'公東出'不合。且古人慣以京師爲'中'，離京則爲'出'，'東出'亦是出都城而東之意。故《世說》所記此事，應在褚裒遷庾亮參軍之後，送'故吏'自建康返章安而路經錢塘時。所謂'送故吏數人'，也不是幾個'送故'之吏，而是送幾個'故吏'。此條的'故吏'，應是章安縣之掾屬，官位、門第都遠低於褚裒。褚裒升遷之後，相送來京的故吏，從南京直至杭州錢塘江邊乃止，說明府主對故吏有很深的私恩。"《"送故"吏與送"故吏"》。

〇"爾時吳興"至"權移之"

"吳興沈充"，參見校文。王世懋曰："非王敦客也。"秦士鉉按曰："王敦腹心有沈充、錢鳳二人，皆勸敦反者。充字士居，敦敗，爲吳儒所殺。”〇程炎震曰：“王敦之將有吳興沈充，時已誅死，此蓋同姓名者，故云未詳。”〇王利器曰：“沈充《晉書》有傳，是王敦之黨。《王敦傳》即云充吳興人。劉孝標注以爲未詳，太不負責任了。”〇趙西陸曰：“若充，則字士居，見《晉陽秋》，而後注復有之，不得云‘未詳’。”〇徐震堮曰：“或疑即王敦之謀主沈充。充傳不言其何地人，但末言：‘兵敗，歸吳興，亡失道，誤入其故將吳儒家，儒遂殺之。’則充故吳興人也。但王敦之死在明帝太寧二年，沈充旋即敗死。而《褚裒傳》云：‘蘇峻之構逆也，車騎將軍郗鑒以裒爲參軍。’其爲庾亮太尉參軍，不知在何年，似與彼沈充不相及，且《充傳》亦不言其嘗爲錢唐令，當別是一人，故孝標云‘未詳’也。”

“亭吏驅公移牛屋下”，淇園曰：“以見辱褚之至。”〇呂叔湘曰：“牛屋，當時多以牛駕車，雖顯貴亦然。牛屋猶馬房也。”〇張萬起曰：“亭吏，掌管驛亭的小吏。”

“沈令起彷徨”，淇園曰：“以看潮候可泛與否。”〇秦士鉉曰：“時有尊貴客過江，沈當送之。潮水至，出船之候也。客將出，潮將至，沈其間散步徘徊。”

“何物”，參見校文。王先謙曰：“猶言何等人也。”〇呂叔湘曰：“何物，什麼。‘物’字已不專指物件，‘何物’合爲疑問指稱詞。”〇徐震堮曰：“‘何物’，與‘何’同。‘何物人’即‘何人’。”《簡釋》。

“權移之”，田中頤曰：“殊不知是尊貴客。”〇秦士鉉曰：“權，暫也。”

〇“令有酒色”至“於是大遽”

“有酒色”，岡白駒曰：“猶云頗醉也。”

“因遙問”四句，田中頤曰：“備寫輕褚情狀，莫所不至。”〇呂叔湘曰：“何等，亦‘什麼’。”

“遠近久承公名”，呂叔湘曰：“承，知。”〇蔡鏡浩曰：“‘承’爲聞、聽説之義。‘久承公名’即久聞公名。‘承聞’之‘承’原是敬詞，‘聞’是動詞，因省作‘承’，故‘承’單用亦有所説之義。”《札記》。

“於是大遽”，王叔岷曰：“《説文》：‘遽，一曰窘也。’”〇朱鑄禹曰：“遽，《集韻》：‘窘也，懼也。’《左傳》襄三十一年：‘豈不遽止。’注：‘遽，畏懼也。’”

○"不敢移公"至"送公至界"

"便於牛屋下修刺詣公"，秦士鉉曰："此謂不及改坐設席，直在其處執謁也。"○吕叔湘曰："修刺，寫具名片。"

"更宰殺爲饌具"三句，田中頤曰："此因設具不備之事鞭撻亭吏，其意欲以謝前慚褚之罪也。以上寫敬褚之事亦至。"

"狀如不覺"，田中頤曰："褚於榮亦復都不覺也。"

"送公至界"，田中頤曰："比前送客更是遥遠。"

○注"錢唐縣記曰"

《錢唐縣記》，沈家本曰："隋唐志皆不著録。《後漢書·朱儁傳》注、《類聚·水部》、《初學記·地部》、《御覽·珍寶部》、《寰宇記·江南東道》並引劉道真《錢唐記》。"《古書目》卷四。

◎余嘉錫曰："此條注爲宋人所刪改，非復原文。《演繁露》卷十三引《世説》注錢塘云：'晉人沈姓而令其縣者，將築塘，患土不給用，設詭曰：有致土一畚者，以錢一畚易之。土既大集，遂諉曰：今不復須土矣。人皆棄土而去。因取此土，以築塘岸，故名錢塘。'所引與今本大異。原本《説郛》卷十七有《希通録》，不知何人所作，其引《世説》注亦與《演繁露》略同。蓋所據皆未刪改以前之本。"

○注"晉陽秋曰"

"吳人以中州人爲傖"，胡三省曰："江南謂中原人爲傖，荆州人爲楚。"《通鑒·宋紀十三》注。陳寅恪《講演録》按曰："胡釋'傖'字義是對的，而釋'楚'字義則非。"頁一七五。○陸以湉曰："'傖父'、'傖道人'、'傖奴'、'傖鬼'，吳人以中州人爲'傖'，明其爲別類也。"《雜識》卷一。○章太炎曰："《晉陽秋》曰：'吳人謂中州人爲傖人。俗又謂江淮間雜楚爲傖人。'尋《方言》'壯'、'將'皆訓大，'將'、'倉'聲同，如'鶬聲將將'，'鳥獸蹡蹡'是。'傖人'猶言壯夫耳。昔陸機謂左思爲傖父，蓋謂其粗勇也。今自鎮江而下至於海濱，無賴相呼曰老傖。"《新方言》二。余嘉錫按曰："真曲説也。"○程炎震曰："《玉篇》人部：'伧，士衡切。'亦引《晉陽秋》此文，但'以'作'謂'，'州'作'國'。《廣韻》十二庚：'傖，楚人別種也。助庚切。'"○吕叔湘曰："時吳人以中州人爲'傖'，中州以吳人爲‘傖’，皆含鄙薄意。‘傖父’猶今言‘老傖’。”○許世瑛曰：“最初‘傖’字祇是攘亂之貌，凡鄙野不文之人皆可目之爲‘傖’，並無地域之分。考晉灼注書於西晉，是三國時吳人已目楚人爲傖矣。其所以輕視楚人者，蓋孫權初都武昌，旋徙建業，於是吳人以上國之民自居，而輕視楚人，遂以形容鄉愚之共名移之以稱楚人矣。嗣後三國鼎足局面成，吳不輕楚，而南北相輕矣。於是北人詈南人爲貉子，而南人譏北人爲傖人矣。又長江以北淮水流域本屬楚地，永嘉喪亂，冀、青、并、兗諸州之民相率避地於江淮間，於是僑立州郡以司牧之，詳見《宋書・州郡志》。其地多中原村鄙之民，與楚人雜處，遂謂之雜楚。吳人薄之，亦呼傖楚，而別目九江、豫章、湘州諸楚人爲傜狗，獨於荊州一帶楚人無所指目，與東渡以前統罵楚人爲傖者迥異。慧琳《一切經音義》卷六十五引《晉陽秋》曰‘又總謂江淮間雜楚爲傖’，以及《梁書》卷四十九《鍾嶸傳》所謂‘僑雜傖楚，應在綏附’等則語，皆指居於江淮間北人與當地楚人而言，然，‘傖’字之義又一變矣。”《說“傖”字在漢魏六朝人心目中的意義》。○陳寅恪曰：“《南史》七○《循吏傳・杜驥》云：‘晚度北人，南朝常以傖荒遇之。’同書七七《恩倖傳・孔範》又稱汝陰（合肥）人任蠻奴爲‘淮南傖士’，則‘傖’字在吳人心目中，爲包括淮南楚子在內的北人。”《講演錄》頁一七六。○余嘉錫曰：“‘傖’字蓋有四義。‘傖攘’本釋亂貌，故凡目鄙野不文之人皆口‘傖’，本無地域之分。《廣記》二百六十二引《笑林》曰：‘傖人欲相共弔喪，各不知儀，一人言粗習，謂同伴曰：“汝隨我舉止。”’云云，此但極言鄉愚之粗俗，不必其楚人、中國人也。一也。中國爲聲名文物之邦，彬彬大雅，本不當有荒傖之稱。但自三國鼎峙，南北相輕，於是北人罵吳人爲貉子，吳人罵北人曰傖父。降至東晉，此語尤繁。過江士大夫，皆被此目。而中原舊族，居吳既久，又以目後來之北人。《晉陽秋》所謂‘吳人以中國人爲傖’也。二也。孫權初都武昌，旋徙建業。吳人輕薄，自名上國，鄙楚人爲荒陋，亦被此目。三也。長江以北，淮水流域，本屬楚境。永嘉喪亂，幽、冀、青、并、兗諸州之民相率避地於江淮之間，於是僑立州郡以司牧之。其地多中原村鄙之民與楚人雜處，謂之雜楚。吳人薄之，亦呼傖楚，別目九江、豫章諸楚人爲傜，而於荊州之楚，無所指目，非復如東渡以前，統罵楚人爲傖矣。《晉陽秋》云：‘吳人總謂江淮間雜楚爲傖。’《梁書・鍾嶸傳》云：‘僑雜傖楚，應在綏附。’皆其義也。四也。”○趙西陸曰：“《漢書・賈誼傳》注引晉灼曰：‘吳人罵楚人曰傖。’《一切經音義》十六引《晉春秋》曰：‘吳人謂中州人爲傖人，俗又總謂江淮間雜楚爲傖人。’《晉書・

左思傳》：‘陸機入洛，與弟雲書曰：此間有傖父，欲作《三都賦》，須其成，當以覆酒甕耳。’又《周玘傳》：‘將卒，詔子勰曰：殺我者諸傖子，能復之，乃吾子也。吳人謂中州人曰傖，故云耳。’《宋書·王玄謨傳》曰：‘太原祁人也。孝武狎侮群臣，柳元景、垣護之並北人，而玄謨獨受老傖之目。’《宋書·索虜傳》：‘傖人謂換易爲博。’《南齊書·文學·丘靈鞠傳》：‘永明二年，領驍騎將軍。靈鞠不樂武位，謂人曰：我應還東掘顧榮塚。江南地方數千里，士子風流，皆出此中。顧榮忽引諸傖渡，妨我輩塗轍，死有餘罪。’《史通·雜説中》曰：‘南呼北人曰傖。’”

“中州人”，許世瑛曰：“考慧琳《一切經音義》卷六十五引《晉陽秋》曰：‘吳人謂中國人爲傖，又總謂江淮間雜楚爲傖。’是《晉陽秋》本作‘中國人’，而劉孝標引改爲‘中州人’，其所以改者，殆以孫盛爲西晉末東晉初人，其著《晉陽秋》時，正吳人輕視北人風氣最盛之際，而魏晉相沿悉稱大江以北地爲中國，故孫氏遂云‘吳人謂中國人爲傖’。及至梁代，南北對立之勢成，江南之人亦不復有恢復中原之雄心，於是各安其居，設是時孝標身居南方，而稱北方爲中國，豈非以夷人自居乎？故孝標引《晉陽秋》不得不易爲‘中州’矣。至於孫盛雖爲太原中都人，而猶云‘吳人謂中國人爲傖’者，蓋彼有恢復中原、還於舊都之志，遂以中國衣冠故族自居。由此亦可以見時代不同，而對‘傖’字之觀念亦異矣。”《説“傖”字在漢魏六朝人心目中的意義》。○余嘉錫曰：“《晉陽秋》所謂‘中國人’，指西晉時北人及過江人士言之。此‘中州’字，必孝標所改，蓋不欲稱北朝所在之地爲中國也。”

【彙評】

陳夢槐曰：“予最喜此則。寫一時雅流，宛至明悉。褚、沈俱有儁神。遠度送客泊舟，既偶爾相值，問姓具饌，自憮然爲樂，何處著‘欲以謝慚’、‘狀如不覺’數句。”

呂叔湘曰：“從前官吏出行，不免煩擾，遇到屬吏辦差不力，還要大發雷霆。所以像褚公這樣悄然來去，就值得傳爲美談。其實細想起來，官吏往來與商旅何異，並非故意要逞威風，盡可不必嘈嘈也。這段故事是很好的一篇短篇小説，也可以改編一齣獨幕劇。”

19

郗太傅在京口〔1〕，遣門生與王丞相書，求女壻。丞相語郗信："君往東廂，任意選之。"門生歸白郗曰："王家諸郎亦皆可嘉，聞來覓壻，咸自矜持。唯有一郎，在牀上坦腹臥，如不聞〔2〕。"郗公云："正此好。"訪之，乃是逸少，因嫁女與焉。《王氏譜》曰："逸少，羲之小字〔3〕。羲之妻太傅郗鑒女〔4〕，名璿，字子房〔5〕。"

○"郗太傅"至"任意選之"

"郗太傅在京口"，程炎震曰："《晉書·成紀》：咸和元年，郗鑒以車騎將軍領徐州刺史。考之《鑒傳》，初爲兗州刺史，鎮廣陵，至是兼領徐州。至蘇峻平後，乃城京口，故《地理志》亦云然。咸和四年，右軍年二十七矣。"

---

〔1〕 "郗太傅"，程炎震曰："《御覽》三百七十一《腹》、又四百四十四《知人下》引'太傅'〔作〕'太尉'。"王利器曰："蔣校本、沈校本同，餘本'郗'並作'郄'，下同。《御覽》卷三七一、又卷四四四引'太傅'作'太尉'。案作'太尉'是，《晉書·郗鑒傳》、《高平金鄉郗氏譜》都說郗鑒爲太尉，無太傅之說。此文當據《御覽》引改正。"趙西陸曰："《德行篇》'郗太尉拜司空'，《規箴篇》'郗太尉晚節好談'，俱不作'太傅'。"徐震堮曰："'太傅'《御覽》三七一、四四四並作'太尉'，是，《晉書·郗鑒傳》及《王羲之傳》並同。"楊勇曰："宋本作'太傅'，《御覽》三七一、四四四引《世說》，又二七引《中興書》，《晉書·郗鑒傳》，《王羲之傳》，汪藻《郗氏譜》，本書《德行篇》二四、《言語篇》三八、《規箴》一四，均作'太尉'，是。"張㧑之《選注》曰："據史書記載，郗鑒沒有做過太傅，'傅'字恐誤。"
〔2〕 "在牀上坦腹臥"二句，董刻本"牀"上有"東"字。王先謙曰："一本'牀'上有'東'字。《世說補》亦有。案《晉書·王羲之傳》亦作'東牀坦腹'，即本《世說》。'牀'上有'東'字是。"程炎震曰："《御覽》三百七十一《腹》、又四百四十四《知人下》引'牀'上有'東'字，王本、鄂本亦有。"徐震堮《札記》曰："《晉書·王羲之傳》'臥'作'食'。"余嘉錫曰："景宋本'牀'上有'東'字。"楊勇曰："'食'宋本作'臥'，《晉書·王羲之傳》作'在東牀坦腹食，獨若不聞'，《御覽》八六〇引《世說》作'羲之獨坦腹東牀囓胡餅，神色自若'，又三七一、四四四均作'食'，是。"王叔岷曰："《御覽》八百六十引王隱《晉書》作'羲之獨坦腹東床囓胡餅'。"龔斌曰："孔平仲《珩璜新論》上：'東牀坦腹，人謂之睡，按《羲之傳》乃食也。'則以'坦腹'下有'食'字是。"
〔3〕 "羲之小字"，秦士鉉曰："'小'字衍。"徐震堮曰："逸少乃羲之字，'小'字衍。羲之小字阿菟，見《琅邪王氏譜》。"楊勇曰："宋本'之'下有'小'字，非是。案羲之字逸少，小字阿菟，見汪藻《人名譜》。"
〔4〕 "太傅郗鑒"，徐震堮曰："'太傅'當作'太尉'。"
〔5〕 "子房"，龔斌曰："宋本、沈校本'房'下有'也'字。"

“門生”，呂叔湘曰：“魏晉之世所謂門生乃門客，非必爲弟子也。”〇徐震堮曰：“投靠世族之門客。”〇張撝之曰：“東漢末至魏晉，一些出身寒門庶族的人，依附於達官貴人之門，作爲進身的階梯，也稱門生。”《選注》。按“門生”義參見《方正篇》“王子敬數歲時”條。

“語郗信”，王世懋曰：“晉人以使爲信。”〇田中頤曰：“信，使也，即謂門生。”〇呂叔湘曰：“信，使人。恃以爲信，故稱信使。後世又稱書函爲‘信’，即以爲使人所傳。”按“信”義參見《方正篇》“太極殿始成”條。

“東廂”，桃井白鹿曰：“《史記·周昌傳》‘呂后側耳於東西聽’注：‘正寢之東西室，皆號曰廂，言似箱篋之形。’”〇田中頤曰：“東廂，正寢之東室，即諸郎所居。”

〇“門生歸”至“如不聞”

“咸自矜持”，恩田仲任曰：“矜持，自飾貌。”〇田中頤曰：“意唯欲應其選。”〇崔朝慶曰：“矜持，故爲莊嚴，致覺不自然也。”〇呂叔湘曰：“矜持，故作莊嚴；拘束，不自然。”〇楊勇曰：“自，尾詞，無義。”

“在牀上坦腹臥”，王觀國曰：“繩牀者，以繩貫穿爲坐物，即俗謂之交椅之屬是也。古人稱牀榻，非特臥具也，多是坐物。王羲之東牀坦腹而食；庾亮登南樓，據胡牀與佐史談咏，桓伊吹笛，據胡牀三弄；管寧家貧，坐藜牀欲穿；陳蕃爲豫章太守，徐孺子来，特設一榻，去則懸之，凡此皆坐物也。”《學林》卷四。余嘉錫按曰：“牀之爲物，固可坐可臥。《世説》自作‘在牀上坦腹臥’，與《晉書》不同，不得謂羲之必坐而不臥也。”〇袁文曰：“王羲之東牀坦腹，所謂東牀者，乃繩牀之牀，非牀榻之牀也。人多以其坦腹，誤認牀榻之牀，豈繩牀之上，獨不容坦腹耶？”《甕牖閒評》卷八。余嘉錫按曰：“繩牀即古之胡牀，固是坐具。但《晉書》及《世説》並不云是胡牀，不識袁氏何以知之。且胡牀又名交牀，元爲可以隨處移置。今《晉書》既云‘東牀’，恐仍是牀榻之牀耳。”〇恩田仲任曰：“坦腹，臥帖腹於席也。”〇崔朝慶曰：“坦，平也。”按參見《自新篇》“戴淵少時”條“胡牀”。

“如不聞”，田中頤曰：“不動心也。王意在此。”

〇“郗公云”至“嫁女與焉”

“訪之乃是逸少”，桃井白鹿曰：“王羲之，字逸少，導從子也。《譜》以逸少爲小字，恐誤。”

“嫁女與焉”，呂叔湘曰：“此處‘焉’字不可云可等於‘於之’，衹可云等於‘之’。但‘與焉’與‘與之’畢竟不同，因‘焉’字同時表一種語氣也。”○王叔岷曰：“焉，猶‘之’也。《御覽》二七一引‘焉’作之。又八六〇引王隱《晉書》‘乃妻之’。”

【彙評】

劉辰翁曰：“晉人風致著此，故爲第一，在古人中真不可無。”

李贄曰：“此壻好肚皮。”《初潭集》卷一。

陳夢槐曰：“‘君往東廂任意選之’，自是大門第語，斯有坦腹之兒。”

狄期進曰：“《易》曰：‘男女正，天地之大義也。’故南容三復，孔子妻之。”

劉熙載曰：“羲之之器量，見於郗公求壻時，東牀坦腹，獨若不聞，宜其書之静而多妙也；經綸見於規謝公以虛談廢務，浮文妨要，宜其書之實而求是也。”《藝概》卷五。

趙西陸曰：“《莊子·田子方篇》曰：‘宋元君將畫圖，衆史皆至，受揖而立，舐筆和墨，在外者半。有一史後至者，儃儃然不趨，受揖不立，因之舍。公使人視之，則解衣般礴臝。君曰：可矣，是真畫者也。’逸少之事，亦类此也。”

田餘慶曰：“琅邪王氏在王敦之亂後要想維持其家族勢力於不墜，必須在有實力的朝臣中尋求支援。而琅邪王氏在政治上的繼續存在，在當時又是約束庾氏專恣、穩定東晉政局的必要條件。郗鑒支持王導，王導聯結郗鑒，其背景就是這樣。家族之間的相互支援，婚和宦是重要途徑。宦，指仕途的提攜，如明帝時王導爲司徒，辟郗鑒子曇。婚，指互爲婚姻以相固結，如王氏兩代娶郗氏女。郗、王二族交好，所以郗氏求婿，首先選定琅邪王氏這一家族，然後於此家族範圍内訪求之。這就是说，婚姻先是求族，然後擇人。”《政治》頁五〇至五一。

20

過江初拜官，輿飾供饌〔1〕。羊曼拜丹陽尹，客來蚤者，並得佳設〔2〕。日晏漸罄〔3〕，不復及精〔4〕，隨客早晚，不問貴賤。《曼別傳》曰：“曼字延祖〔5〕，泰山南城人。父暨〔6〕，陽平太守。曼頹縱宏任，飲酒誕節，與陳留阮放等號兗州八達〔7〕。累遷丹陽尹，爲蘇峻所害。”羊固拜臨海〔8〕，竟日皆美供〔9〕。雖晚至，亦獲盛饌〔10〕。時論以固之豐華〔11〕，不如曼之真率〔12〕。《明帝東宮僚屬名》曰：“固字道安，太山人。”《文字志》曰：“固父坦〔13〕，車騎長史。固善草行，著名一時，避亂渡江，累遷黃門侍郎。襃其清儉，贈大鴻臚。”

○ “過江初”至“並得佳設”

“過江初”，岡白駒曰：“晉過江，元帝建都江左，曰東晉。”

---

〔1〕 “輿飾供饌”，張文柱曰：“‘輿’恐‘與’誤，《晉書》作‘相’。”岡白駒：“《晉書》作‘相飾’。”桃井白鹿曰：“‘輿’當是‘與’字之誤。《晉書》‘輿’作‘相’。”程炎震曰：“《晉書》‘輿’作‘相’。”徐震堮《札記》曰：“《晉書·羊曼傳》作‘相飾供饌’，義較長。”楊勇曰：“‘輿’疑爲‘與’之誤字，‘與’‘相’義近，‘與’‘供’對文。”周一良《批校》曰：“汪藻《世說敘錄考異》、《晉書》四九《羊曼傳》皆作‘相飾’。”按《考異》“飾”作“飭”。
〔2〕 “佳設”，《考異》“設”作“饌”。
〔3〕 “日晏”，《考異》“晏”下有“則”字。
〔4〕 “及精”，“及”《考異》曰“一作乃”。
〔5〕 “延祖”，程炎震曰：“《晉書》‘延祖’作‘祖延’。”
〔6〕 “父暨”，董刻本“暨”作“監”。楊勇曰：“《晉書·羊曼傳》、汪藻《羊氏譜》均作‘暨’。”
〔7〕 “八達”，王利器曰：“‘八達’當作‘八伯’。《晉書·羊曼傳》：‘時州里稱陳留阮放爲宏伯，而曼爲䶅伯，凡八人，號兗州八伯，蓋擬古之八儁也。’又《羊聃傳》：‘先是兗州有八伯之號，其後更有四伯。’《御覽》卷三七八引何法盛《晉中興書》：‘兗州既有八伯之號，其後更置四伯。’字都作‘八伯’，不誤。”楊勇曰：“‘八伯’宋本作‘八達’，非。”
〔8〕 “拜臨海”，《考異》作“俄臨須”。
〔9〕 “竟日皆美供”，董刻本“竟日”作“競日”。王利器曰：“各本‘競日’作‘竟日’，是。”楊勇曰：“‘竟日’宋本作‘競日’，非。”朱鑄禹曰：“袁本作‘竟日’，是。”按《考異》無“供”字。
〔10〕 “晚至亦獲”，《考異》“至”下有“者猶”二字，無“亦”字。
〔11〕 “豐華”，《考異》“華”作“腜”。
〔12〕 “不如”，《考異》“不”上有“乃”字。
〔13〕 “父坦”，楊勇曰：“《考異》作‘父悔’，注：‘一作坦。’”

“興飾供饌”，參見校文。岡白駒曰：“興，多也。”○田中頤曰：“‘興’猶‘輿薪’之‘輿’，以大而易見稱。此謂當時拜官之慶大飾供饌也。”○王叔岷曰：“‘興’‘與’古本通用。（《莊子·逍遙遊篇》‘接輿’《釋文》引一本‘輿’作‘與’，即其比。）此作‘興’，容是誤字。與，猶皆也。”○張萬起曰：“大辦宴席。興，衆，多。飾，整治，通‘飭’。”○龔斌曰：“《左傳》昭公八年‘興繕袁克’杜預注：‘興，衆也。’飾，整治。興飾，猶言多置辦。”

“羊曼拜丹陽尹”，程炎震曰：“《晉書》云：代阮孚爲丹陽尹，蓋在咸和二年。”

“佳設”，徐震堮曰：“設謂飲饌。設者陳飲食，因謂飲饌爲設。《南齊書·王僧虔傳》：‘猶客至之有設也。’”○周一良曰：“‘設’指飲食而言。孫啓治謂《荀子·大略篇》有‘寢不踰廟，設衣不踰祭服’，楊倞注：‘設，宴也。’《禮記·王制》作‘燕衣不踰祭服’，‘燕’與‘設’同義。是‘設’字如此用法先秦已有，王念孫《讀書雜誌》以爲‘設’乃‘譙’之誤，非也。”《史札》頁一三。

○“日晏漸罄”至“曼之真率”

“不問貴賤”，田中頤曰：“此即‘真率’。”

“羊固拜臨海”，敬胤曰：“固，字道安，臨海太守。父悔（一作坦），守長樂，車騎從事中郎。祖侃，字謀甫，御史中丞、國子祭酒、侍中（一本作侍御史）。”

“晚至亦獲盛饌”，田中頤曰：“此即‘豐華’。”

“不如曼之真率”，田中頤曰：“是以其在官之事，亦可想見也。”

○注“曼別傳曰”

“頹縱宏任”，岡白駒曰：“‘頹’與‘隤’通。頹縱，不修飾也。”○秦士鉉曰：“頹縱，不自修檢。”

“飲酒誕節”，桃井白鹿曰：“誕節，簡脫也。”○秦士鉉曰：“誕節，《詩經》字面。”

“兗州八達”，徐子光曰：“《晉書》：羊曼字祖延，少知名，歷晉陵太守。任達頹縱，好飲酒，溫嶠、庾亮、阮放、桓彝同志友善，並爲中興名士。時州里稱阮放爲宏伯，郗鑒爲方伯，胡毋輔之爲達伯，卞壼爲裁伯，蔡謨爲朗伯，阮孚爲

829

誕伯，劉綏爲委伯，而曼爲䰄伯。凡八人，號兗州八伯，蓋擬古之八儁也。"《蒙求集注》卷上"阮放八儁"條。○靳榮藩曰："《魏志·諸葛誕傳》注：'誕備八人爲八達。'《晉書·光逸傳》：'與胡毋輔之、謝鯤、阮放、畢卓、羊曼、桓彝、阮孚，時人謂之八達。'而《司馬孚傳》之八達則以兄弟之字爲之。此皆起於東漢之俊、顧、及、廚。"《綠溪語》上卷。○徐震堮曰："'䰄伯'之義，見《顏氏家訓·書證》云：'太山羊曼常頽縱任俠，飲酒誕節，兗州號爲"䰄伯"。此字皆無音訓，梁孝元帝嘗謂吾曰：由來不識，惟張簡憲見教，呼爲"嘳羹"之嘳。自爾便遵承之，亦不知所出。俗間又有"䰄䰄"語，蓋無所不施、無所不容之意也。'"

○注"文字志曰"

"草書"，秦士鉉曰："行書。"

【彙評】

龔斌曰："羊曼拜官待客，早來者得佳設，晚來者不復及精。此亦純任自然，胸中無貴賤之別。而羊固竟日美供，乃有意爲之。故待客豐華不如真率，因前者矜持做作耳。"

21

周仲智飲酒醉，瞋目還面，謂伯仁曰："君才不如弟，而橫得重名！"須臾，舉蠟燭火擲伯仁。伯仁笑曰："阿奴火攻〔1〕，固出下策耳！"《孫子兵法》曰："火攻有

---

〔1〕 "阿奴"，吳士鑑《斠注》卷六十九曰："《御覽》四八九引《郭子》作'阿孥'。"余嘉錫按曰："考影宋本《御覽》作'阿孥'，不作'阿孥'。'奴''孥'通用字耳。"

五：一曰火人，二曰火積，三曰火車，四曰火軍〔1〕，五曰火隊。凡軍必知五火之變，故以火攻者〔2〕，明也。”

○“周仲智”至“出下策耳”

“瞋目還面”，恩田仲任曰：“瞋目，張目也。還面，言還面而向人。”

“橫得重名”，崔朝慶曰：“橫得，得之不順理也。”○張萬起曰：“橫，無緣無故，憑空。”

“舉蠟燭火擲伯仁”，洪亮吉曰：“大抵古人之燭，或用麻，或用木蓼，或用胡麻，或用脂膏，並無所謂蠟燭。《潛夫論·遏利篇》始有‘脂蠟明燈’之語。三國以後，方屢見於書。《晉書》及《世説》：‘石崇及石季龍皆以蠟燭炊。’又《晉書·周顗傳》：‘顗弟嵩以蠟燭投顗。’蠟燭容起于東漢以後。”《北江詩話》卷四。○田中頤曰：“雖是醉中狂暴，亦吐其平生憤懣耳。”

“阿奴火攻”，黃朝英曰：“阿奴，謨小字也。然則投燭之事，當云‘阿嵩，火攻固出下策耳’，其稱‘阿奴’，蓋史誤也。”《緗素》卷八。○王楙曰：“阿奴乃謨小字，當言‘阿嵩火攻’，誤以阿嵩爲阿奴也。”《野客叢書》卷十三。朱亦棟《群書札記》卷五按曰：“仲智傲狠，伯仁不與之校，故呼其三弟而語之。此‘阿奴’正是周謨，非‘阿嵩’之誤也。”○岡白駒曰：“阿奴，仲智小字也。”桃井白庶按曰：“阿奴，蓋親狎之詞，不必周謨小字，故謝奕呼弟安亦曰‘阿奴’，出《德行篇》。《觿》云云，誤甚。”○田中頤曰：“阿奴，親狎而呼之也。言是其橫怒火攻，即固出於其下策，不如我也。”○程炎震曰：“《方正篇》、《識鑒篇》注並云：‘阿奴，謨小字。’此則以‘阿奴’目嵩。《晉書》亦同，不審因何歧異。”○余嘉錫曰：“周嵩、周謨皆稱‘阿奴’，可見爲父兄泛稱子弟之辭，非謨小字。”按“阿奴”義參見《方正篇》“周叔治作晉陵太守”條。

【彙評】

劉辰翁曰：“仲智傲狠，故無別淚。”

---

〔1〕“三曰火車四曰火軍”，桃井白鹿曰：“火車，《孫子》‘車’作‘輜’，輜重也。火軍，‘軍’當作‘庫’。李筌注《孫子兵法》曰：‘燒其輜重，焚其庫室。’”天保手批曰：“按《孫子·火攻篇》‘車’作‘輜’。”余嘉錫曰：“《孫子·火攻》作‘三曰火輜，四曰火庫’。”楊勇曰：“‘輜’‘車’意同。”

〔2〕“以火攻”，《世説補》“火”下有“佐”字。秦士鉉曰：“或無‘佐’字，非。”

許世瑛曰："雖然是寫伯仁之寬大，與友于之篤，可是也可以看出仲智是如何地蠻橫不講理了。像他這樣狼抗，又如何能爲世俗所容。所以在顗被害後，處仲使人弔焉，他回答說亡兄天下有義人，爲天下無義人所殺，復何所弔。當時敦雖容忍，終久借了別的事把他殺了。"《周顗與王敦》。

22

顧和始爲楊州從事[1]。月旦當朝，未入頃，停車州門外。周侯詣丞相，歷和車邊[2]。《語林》曰："周侯飲酒已醉，箸白袷，憑兩人來詣丞相。"和覓蝨，夷然不動。周既過，反還，指顧心曰："此中何所有？"顧搏蝨如故[3]，徐應曰："此中最是難測地。"周侯既入，語丞相曰："卿州吏中有一令僕才。"《中興書》曰："和有操量，弱冠知名。"

○"顧和始爲"至"令僕才"

"顧和始爲楊州從事"，桃井白鹿曰："時王導爲揚州刺史。"○天保手批曰："《晉書》：王導爲揚州，群從事。又云：曾祖容，祖相，和二歲喪父。"

"月旦當朝"，恩田仲任曰："月旦，朔旦。"○張萬起曰："月旦，農曆每月初一。"

"未入頃"，吳金華曰："猶言未入之際。從先秦以至魏晉六朝，'頃'表示極爲短暫時間。"《考釋》頁一〇九至一一一。

"州門"，周一良曰："'州'即州廨。"《批校》。又曰："州之治所，亦即稱爲州。如《世說新語·雅量篇》'停車州門外'，《晉書》九四《陶潛傳》'要之還州'、'舉之至州'，《南史》五一《貞陽侯明傳》'樹碑於州之內''牽至州'，

---

〔1〕 "楊州"，余嘉錫曰："'楊'景宋本作'揚'。"
〔2〕 "車邊"，楊勇曰："'邊'下，《御覽》二六四、四四四引《世説》皆有'過'字。"
〔3〕 "顧搏蝨如故"，余嘉錫曰："'蝨'字景宋本俱作'虱'。"趙西陸曰："'顧搏蝨如故'，《御覽》卷四四四，又九五一引作'擇蝨'，《晉書·顧和傳》作'擇蝨'，'擇'字是。"

‘州’皆謂州衙。”《史札》頁二一二。

“最是難測地”，王叔岷曰：“《禮記·禮運》：‘人藏其心，不可測度地。’”

“令僕才”，岡白駒曰：“令僕，謂中書令及僕射。”○恩田仲任曰：“令僕，尚書令、尚書僕射。”○田中頤曰：“令僕，謂中書令、僕射。此即言顧才度正稱其職也。”○崔朝慶曰：“謂尚書令與僕射之才也。”○張萬起曰：“泛指宰輔。”

【彙評】

張懋辰曰：“俱是名流。”

謝肇淛曰：“顧語玄著，是以受知爲令僕之才。”《文海披沙》卷五。

23

庾太尉與蘇峻戰，敗，率左右十餘人，乘小船西奔〔1〕。《晉陽秋》曰：“蘇峻作逆，詔亮都督征討，戰于建陽門外〔2〕，王師敗績，亮於陳攜二弟奔溫嶠〔3〕。”亂兵相剥掠，射誤中柁工，應弦而倒。舉船上咸失色分散〔4〕，亮不動容，徐曰：“此手那可使箸賊〔5〕！”衆迺安。

---

〔1〕 “西奔”，楊勇曰：“《御覽》一九五引《丹陽記》作‘南奔’，皆指荆州也。”
〔2〕 “戰於建陽門外”，大典顯常曰：“《通鑒》作‘宣陽門’。”勞格《校勘記下》曰：“《庾亮傳》：‘戰於建陽門外。’《本紀》：‘庾亮又敗於宣陽門內。’”周家祿《校勘記》卷四曰：“《成帝紀》作‘宣陽門內’。”吳士鑑《斠注》卷七三曰：“《成帝紀》云：‘亮敗於宣陽門。’此‘建’字爲‘宣’之訛。”
〔3〕 “攜二弟奔溫嶠”，天保手批曰：“《晉書》作‘三弟懌條翼’。”程炎震曰：“‘二弟’明本作‘三弟’，《晉書》亦作‘三弟’。”徐震堮《札記》曰：“《晉書》本傳作‘攜其三弟懌、條、翼奔溫嶠’。”余嘉錫曰：“‘二’景宋本作‘三’。”
〔4〕 “失色分散”，大典顯常曰：“本傳作‘欲散’，是。”程炎震曰：“《晉書》‘分’作‘欲’。”徐震堮曰：“《晉書·庾亮傳》作‘失色欲散’，義長。”
〔5〕 “此手那可使箸賊”，大典顯常《集成》曰：“黃汝霖以‘那’下爲句，亦非。本傳、《通鑒》並作‘何’字。”余嘉錫曰：“《晉書·亮傳》及《通鑒》九十四作‘此手何可使箸賊’。”

○“庾太尉”至“衆迺安”

“亂兵相剝掠”，田中頤曰：“敵賊亂兵乘其奔潰，剝衣掠物。”

“射誤中柂工”二句，胡三省曰：“柂以正船。柂工，一船之司命也。”《通鑒·晉紀十六》注。○岡白駒曰：“左右射亂兵，誤中柂工。‘柂’與‘舵’通。”○王叔岷曰：“《史記·李將軍列傳》：‘發即應弦而倒。’”

“此手那可使箸賊”，劉辰翁曰：“謂此箭若著賊，則亦當應弦而倒矣。謬喜其射藝之工，以悦安之。”○胡三省曰：“言射不能殺賊，而反射柂工，自恨之辭也。”《通鑒·晉紀十六》注。余嘉錫按曰：“胡注望文生義，理不可通。”○顧炎武曰：“亮意蓋謂有此善射之手，使著賊身，必應弦而倒耳。解嘲之語也。”《日知錄》卷二十七。余嘉錫按曰：“顧氏之解庾亮語雖是，而云解嘲之語，則仍以爲亮所自射，尚沿胡注之誤。”○趙紹祖曰：“柂工在船後，亮船正走而賊追之，故左右射賊，誤中柂工。船上人不知，疑舟中有變，失色欲散，而亮故示閒暇以安之，言此箭若得著賊，亦必應弦而倒也。解嘲之辭耳。”《通鑒注商》五。余嘉錫按曰：“趙氏以爲亮左右所射是也，而謂船上人疑舟中有變，則於情事尚未協。”○岡白駒曰：“箸，中也。”○桃井白鹿曰：“此手，誇射藝之工也，《通鑒》‘宋廢帝射蕭道成，正中其臍，大笑曰：此手何如’是也。劉辰翁云云，解得詳明。”○恩田仲任曰：“《南史》：‘齊武帝幸豫章王嶷東田上，呼武陵王曄使射，屢發命中，顧四座曰：此手如何？’‘此手’蓋誇射藝之巧之辭。”○秦士鉉曰：“‘那’字句，那，如何也。此手，此妙射手也。言此妙射手，汝等以爲何如？以此射賊，何有不中且斃者哉！”○天保手批曰：“那，語助。”○程炎震曰：“言以此手射賊必命中也。權詞以安衆心耳。《通鑒》胡注曰‘自恨之詞’，恐非。”○余嘉錫曰：“蓋亮左右射賊，流矢亂發，及誤中柂工，亦不知此箭是誰所射。既已肇禍，人人自疑，畏亮嗔怒，且悔且懼，故倉皇欲散。亮乃鎮靜不驚，從容談笑，言此手所發之箭若使著賊，那可復當？不惟不怒，且反獎其善射。於是衆心遂安也。”○徐震堮曰：“見不能殺賊而中舵工，乃姑爲解嘲之語，言賊不足污我手也。衆見其危難之際從容談笑，故群心稍安也。”○楊勇曰：“此手，指亮左右射賊者。”○朱鑄禹曰：“似應解作：如此好手，若射中賊，亦當應弦而倒。言無計此偶誤，而如使著賊，則斃賊必多。蓋一時詭作反解，借以安衆心耳。‘那’，語助辭，有讚嘆意。‘此手’，猶今俗説‘這一手’。”

834

“建陽門”，參見校文。恩田仲任曰：“《水經注》曰：‘穀水又東屈西而逕建春門石橋下，即上東門也。阮嗣宗詩曰“步出上東門”者也。晉曰建陽門。’江左都建康蓋倣洛陽，亦作此門也。”

【彙評】

劉辰翁曰：“當時直復難處，苟以悅安之矯情貌，見謂‘雅量’，孰知其窘？”

24

庾小征西嘗出未還。婦母阮是劉萬安妻，《劉氏譜》曰：“劉綏妻陳留阮蕃女，字幼娥。”綏別見。與女上安陵城樓上。俄頃翼歸，策良馬，盛輿衛。阮語女：“聞庾郎能騎，我何由得見？”婦告翼，《庾氏傳》曰[1]：“翼娶高平劉綏女，字靜女。”翼便爲於道開鹵簿盤馬，始兩轉，墜馬墮地，意色自若。

○“庾小征西”至“意色自若”

“庾小征西”，徐震堮曰：“庾翼官征西將軍，其兄亮亦官征西將軍，故加‘小’字以別之。”龔斌按曰：“徐箋是。”○楊勇曰：“亮兄弟五人，庾翼最小，故云。”

“上安陵城樓上”，程炎震曰：“‘安陵’當作‘安陸’。《晉書·翼傳》：康帝即位，翼上疏移鎮安陸，旋鎮襄陽。《帝紀》《通鑒》並繫於建元元年。翼以永和元年卒，年四十一，則是年三十九矣。《晉書·地理志》：‘江夏郡治

---

[1] “庾氏傳”，董刻本、袁刻本“傳”作“譜”。葉德輝曰：“袁本作‘庾氏譜’。按本書《方正》、《雅量》、《棲逸》、《排調》、《輕詆》各注均引作‘譜’，此作‘傳’，非。”

安陸。’”

“開鹵簿盤馬”，葉夢得曰：“大駕儀仗，通號‘鹵簿’。蔡邕《獨斷》已有此名。唐人謂：鹵，櫓也，甲楯之別名。凡兵衛以甲楯居外爲前導，捍蔽其先後，皆著之簿籍，故曰‘鹵簿’。因舉南朝御史中丞、建康令皆有‘鹵簿’，爲君臣通稱，二字別無義。此説爲差近。或又以‘鹵’爲‘鼓’，‘簿’爲‘部’，謂鼓駕成於部伍。不知‘鹵’何以謂之‘鼓’？又謂石季龍以女騎千人爲一鹵部，‘簿’乃作‘部’。皆不可曉。”《石林燕語》卷四。○胡三省曰：“車駕法隨從次第曰鹵簿。”《通鑒·晉紀十七》注。又曰：“導從之次第曰鹵簿。”《宋紀十》注。○孫承澤曰：“鹵簿之制兆於秦，而其名則始於漢。或曰：鹵簿，大盾也。以大盾領一部三人，故亦曰鹵部。或曰：凡兵衛以甲盾居外，爲導從捍蔽，其先後皆著之薄籍，故曰鹵簿。按《三輔黃圖》：‘天子出車駕次第謂之鹵簿，而唐制四品以上皆給鹵簿。’則鹵簿者君臣皆得通稱也。”《春明夢餘録》卷七。○方以智曰：“鹵簿，以大櫓爲衛，而紀之簿也。仗曰鹵簿，鹵，櫓也。兵衛以甲揗居外爲前導，皆著之簿，故曰鹵簿。漢有甘泉鹵簿，應劭有漢官鹵簿圖，大駕備千乘萬騎，屬車八十一乘，五營填衛。仲師注‘宮正’曰：‘若今時衛士填街蹕也。’祠宗廟用小駕，減損副車。後漢得公孫述瞽師、樂器、葆車，諸物始備。晉增流蘇、馬跡、禽鑿、脤斧之類。”《通雅》卷二十八。○劉堅曰：“羽儀前導謂之鹵簿。鹵，大櫓也，所以捍敵。部伍之次皆著之簿，故曰鹵簿。或曰：以大櫓領一部之人，唐以前郡官及外命婦皆得用之，宋時猶然。”《修潔齋閒筆》卷一。○周一良曰：“繪制出行鹵簿之圖畫，以自炫燿，南北朝以後成爲風習。封建統治者生時以鹵簿炫燿成風，然當時尚難有大幅帛或紙供繪制出行圖之用，故多在死後墓室壁畫中以此爲裝飾，自漢代已然。”《史札》頁一六五至一六六。○楊勇曰：“自漢以後，后、妃、太子、王公、大臣皆有鹵簿，各有定制，非僅爲天子所專用。”

○注“劉氏譜曰”

《劉氏譜》，沈家本曰：“劉綏，高平人。前所列之劉簡，南陽人。當是二譜。”《古書目》卷四。按前《劉氏譜》見《方正篇》“劉簡作桓宣武別駕”條注。

【彙評】

劉辰翁曰：“顏之厚耳，非‘雅量’。”

陳夢槐曰："與女上城樓上，見庾郎歸馬，欲觀能騎，極是佳事。有母若此，墮地何慚？故添佳話。"

伯克利手批曰："狗貌女情，不妨暫爾。晉人多不執棨。"

25

宣武桓溫。與簡文、太宰武陵王晞。共載，密令人在輿前後鳴鼓大叫。鹵簿中驚擾，太宰惶怖求下輿。顧看簡文，穆然清恬。宣武語人曰："朝廷間故復有此賢。"《續晉陽秋》曰："帝性溫深[1]，雅有局鎮。嘗與桓溫、太宰武陵王晞同乘，至板橋，溫密勒令無因鳴角鼓譟，部伍並驚馳，溫陽駭異[2]，晞大震。帝舉止自若，音顏無變。溫每以此稱其德量，故論者謂溫服憚也。"

○"宣武與簡文"至"復有此賢"

"太宰"，秦士鉉曰："武陵威王晞，字道叔，元帝子也。無學術而有武幹，爲桓溫所忌。"

"鹵簿"，大典顯常曰："自秦漢始有其名。《五經精義》：'車駕行，羽儀雙導，謂之鹵簿。以大盾領一部之人，故名鹵簿。'"○恩田仲任曰："《正字通》曰：'天子法從物數曰鹵簿。兵衛甲盾居外爲前導，皆著之簿，故曰鹵簿。'"○秦士鉉曰："車駕法，從次第爲鹵簿，以大盾領一部之人，故名。"按"鹵簿"義參見上條。

"太宰惶怖求下輿"，程炎震曰："晞有武幹，爲溫所忌，何至惶怖乎？據《御覽》九十九，此事出《晉中興書》，知是簡文立後，史臣歸美之詞，未足據信。"余嘉錫按曰："《黜免篇》注引《司馬晞傳》曰：'晞少不好學，尚武凶恣。時太宗輔政，晞以宗長不得執權，常懷憤慨。欲因桓溫入朝殺之。'然則其人甚有膽勇，必不聞鼓噪而惶怖亦明矣。程氏以爲史臣歸美簡文之詞，蓋是也。"

"故復有此賢"，田中頤曰："言朝廷賴有此賢，未可動移也。"○王叔岷曰：

[1]　"帝性溫深"，徐震堮曰："《御覽》九九引作'帝性韻深沉'。"
[2]　"溫陽"，董刻本"陽"作"佯"。秦士鉉曰："'陽''佯'通。"

"'故復'猶'固當'。漢樂府《東門行》:'君復自愛莫爲非。''復'亦與'當'同義。"○張萬起曰:"故復,仍然,還。"

○注"續晉陽秋曰"

"雅有局鎮",岡白駒曰:"局,有分理而不相濫也。鎮,鎮重而不輕薄也。"○秦士鉉曰:"局,志局也。鎮,鎮重也。"

"無因鳴角",秦士鉉曰:"無因,不意也,'夜光珠無因至前'是也。角,軍器。黃帝與蚩尤戰,吹角禦之。或云後魏所謂簸邏迴也。"

"至板橋",胡三省曰:"板橋市今在建康府城之西,江寧鎮北。"《通鑒·齊紀十》注。○程炎震曰:"《晉紀》亦云'同載遊板橋',《御覽》引《晉中興書》同。"○徐震堮曰:"《文選》謝玄暉《之宣城出新林浦向版橋詩》李善注:'酈善長《水經注》曰:江水經三山,又湘浦出焉。水上南北結浮橋渡水,故曰版橋。'"

26

王劭、王薈共詣宣武,《劭薈別傳》曰:"劭字敬倫,丞相導第五子。清貴簡素,研味玄賾。大司馬桓溫稱爲鳳鶵。累遷尚書僕射、吳國內史。薈字敬文,丞相最小子。有清譽,夷泰無競,仕至鎮軍將軍。"正值收庾希家。《中興書》曰:"希字始彥,司空冰長子。累遷徐、兗二州刺史。希兄弟貴盛,桓溫忌之,諷免希官,遂奔于曁陽。初,郭璞筮冰'子孫必有大禍,唯固三陽可以有後'。故希求鎮山陽,弟友爲東陽,希自家曁陽。及溫誅希弟柔、倩,聞希難[1],逃於海陵。後還京口聚衆,事敗,爲溫所誅。"薈不自安,遂

---

[1] "聞希難",大典顯常《撮補》曰:"'聞希難'當作'希聞難'。"趙西陸曰:"'希聞'二字誤倒。《賢媛篇》第二二則注引《中興書》作'希聞難而逃'。"徐震堮《札記》曰:"此文當於'倩'字斷句,'聞''希'二字誤倒。"余嘉錫曰:"注中引《中興書》'聞希難'若作'希聞難',便與《晉書》無不合矣。"方一新《雜識》曰:"《賢媛》二注引《中興書》曰:'桓溫殺庾希倩,希聞難而逃。'正作'希聞難',是《雅量》注引《中興書》誤倒之本證,不必僅據《晉書》而改。"

巡欲去。劭堅坐不動，待收信還，得不定[1]，迺出。論
者以劭爲優。

○"王劭王薈"至"以劭爲優"

"收庾希家"，程炎震曰："庾希事，《晉書·簡文紀》在咸安二年。"
"逡巡"，龔斌曰："猶言頃刻，須臾。"
"得不定"，參見校文。張萬起曰："知己無牽及。得，得知、聞知。'定'猶
'及'，牽及也。"龔斌按曰："定，止也，息也，無'及'義。"○張撝之曰："謂得知
事未定。"

○注"劭薈別傳曰"

《劭薈別傳》，葉德輝曰："《王劭王薈別傳》，（《隋志》不著録。）《書鈔·
酒食部三》引《王薈別傳》。"《書目》。

○注"中興書曰"

"唯固三陽"，岡白駒曰："三陽，謂晉陽、山陽、束陽也。"
"逃於海陵"，龔斌曰："據《晉書》八《海西公紀》，庾希逃於海陵在太和
二年初。疑所記不確，當在太和六年。太和二年時，武陵王尚未被廢，庾希逃於
海陵似不合情理。太和六年十一月桓温廢海西公，隨後立簡文帝，同時誣陷武陵
王謀反，殺庾倩、庾柔。庾希聞時難，即逃於海陵，藏身草澤半年有餘。"

"後還京口"，程炎震曰："《晉書·希傳》：'温先殺柔、倩，希逃，經年乃
於京口聚衆。'與《中興書》異。"○徐震堮曰："《晉書·庾冰傳》：桓温陷倩及
柔，以武陵王黨殺之。希聞難，便與弟邈及子攸之逃於海陵陂澤中。後聚海濱，
略漁人船，夜入京口城，稱海西公密旨，誅除凶逆。温遣東海太守周少孫討之，
城陷被擒，斬於建康市。"《札記》。

───────────

[1] "得不定"，王叔岷曰："'不'字疑涉上文兩'不'字而衍。"周一良《批校》曰："'不'字疑
衍。"

27

桓宣武與郗超議芟夷朝臣，條牒既定，其夜同宿。
《續晉陽秋》曰：“超謂温雄武，當樂推之運〔1〕，遂深自委結。温亦深相器重，
故潛謀密計，莫不預焉。”明晨起〔2〕，呼謝安、王坦之入，擲疏
示之。郗猶在帳内，謝都無言，王直擲還，云：“多！”
宣武取筆欲除，郗不覺竊從帳中與宣武言。謝含笑曰：
“郗生可謂入幕賓也。”帳，一作帷。

〇“桓宣武”至“入幕賓也”

“芟夷朝臣”，王叔岷曰：“《左》隱六年《傳》：‘爲國家者，見惡如農夫之
務去草焉，芟夷藴崇之。’杜注：‘芟，刈也；夷，殺也。’‘夷’乃‘薙’之借
字。《説文》：‘薙，除草也。從艸，雉聲。’段注：‘古雉音同夷。’”

“條牒既定”，田中頤曰：“謂分條書札，其議既定。”〇秦士鉉曰：“牒，札
也。條列其人牒上也。”〇張萬起曰：“條牒，授官的簿録名單，文書。”《詞典》
頁一九二。〇蔣宗許曰：“逐一審定，著録於冊。”《大辭典》頁三二二。按《辭典》
“條牒”條曰：“分條陳述的文書。”與此不同。

“擲還云多”，桃井白鹿曰：“多，謂芟夷朝臣之多也，故桓温取筆欲減除其
數，郗超恐其有誤，不覺發言也。”

“郗生可謂入幕賓也”，田中頤曰：“此譏郗爲謀主，而止善道惡也。蓋郗與
王力尚可衡，唯謝則從容有餘也。”〇秦士鉉曰：“《通鑑》注：‘朝廷近侍之臣
曰入幕賓。’又，簡文貴幸王濛、劉惔，號爲入室之賓。”〇張撝之曰：“入幕
賓，雙關語，既説郗超是幕府僚屬，參與機要，又調侃他躲在幕後，秘密策劃。”
《選注》。〇蔣凡曰：“‘入幕賓’是雙關語，調笑中實含譏諷，謂郗超既是幕僚，
參與機要；又登堂入室，宿桓温帳中。又，郗超字嘉賓，此處‘賓’字關涉
‘嘉賓’與‘賓客’二義。”

◎程炎震曰：“《晉書》但云王、謝詣温論事，不言芟夷朝臣。蓋以帳中竊

---

〔1〕“當樂推”，《世説補》“當”作“常”。秦士鉉曰：“‘常’或作‘當’。”
〔2〕“明晨起”，董刻本、元刻本“起”作“超”。王利器曰：“各本‘超’作‘起’，是。宋本誤。”朱
鑄禹曰：“袁本作‘起’，是。”

言，事近難信也。然敘於太和以前則誤。《通鑒》從《晉書》而移於寧康元年，殆近之。"○徐震堮曰："《晉書·郗超傳》所記與此不同。"《札記》。

○注"續晉陽秋曰"

"當樂推之運"，恩田仲任曰："《易·繫辭》曰'人謀鬼謀百姓與能'注云：'故百姓與能樂推而不厭也。'正義曰：'人樂推爲主也。'推，進之也。"○秦士鉉曰："《老子》：'樂推而不厭。'言樂推之爲主也。當，當其時也。"

"深自委結"，秦士鉉曰："委身納結也。"

【彙評】

劉辰翁曰："古人常留此等與後人笑，今人則不然。"

周濟曰："超佐溫定廢立之謀則有之矣，就宿之言至爲要密，安得宣露人間？史文似此者固不可信。"《晉略·列傳二十五·桓溫傳》注。

28

　　謝太傅盤桓東山時，與孫興公諸人汎海戲。《中興書》曰："安先居會稽[1]，與支道林、王羲之、許詢共遊處。出則漁弋山水，入則談說屬文，未嘗有處世意也。"風起浪涌，孫、王諸人色並遽[2]，便唱使還。太傅神情方王[3]，吟嘯不言。舟人以公貌閑意說，猶去不止。既風轉急，浪猛，諸人皆諠動不坐。公徐云："如此，將無歸[4]！"衆人即承響而回。於是審其量，足以鎮安朝野。

---

[1] "先居"，余嘉錫曰："'先'景宋本作'元'。"
[2] "孫王諸人色並遽"，劉應登曰："'並'字作'變'。"程炎震曰："《御覽》三百九十二《嘯門》引'孫王'二字無，'色'下有'動'字，'遽便'二字無。"
[3] "方王"，程炎震："(《御覽》三百九十二引)'方'下有'雅'字，'王'下有'逸少'二字。"
[4] "如此將無歸"，徐震堮《札記》曰："《晉書》本傳作'如此將何歸邪'。"

○“謝太傅”至“便唱使還”

“盤桓”，大典顯常曰：“《詩·大雅》：‘伴奐爾游矣。’蓋音近義通。”《集成》。○秦士鉉曰：“出《屯卦》初九，難進貌。或云：盤，磐石也；桓，桓楹也；故爲不進之意。按此謂棲遲也。”○張萬起曰：“逗留。此指隱居東山事。”

“孫王諸人色並遽”，劉應登曰：“遽，惶恐，驚慌。”○田中頤曰：“猶言皆變。”○崔朝慶曰：“孫王，孫綽、王羲之也。”

“便唱使還”，秦士鉉曰：“唱，唱言也。”○崔朝慶曰：“言提議使舟人回棹也。”○徐震堮曰：“唱，高呼也。”

○“太傅神情”至“誼動不坐”

“神情方王”，秦士鉉曰：“‘王’‘旺’通，盛也。《莊子》：‘神雖王不善。’”○崔朝慶曰：“盛也。”○王叔岷曰：“‘方王’，猶‘方盛’。‘王’借爲‘旺’。《爾雅·釋詁》：‘旺旺，美也。’郭注：‘旺旺，美盛之貌。’俗作‘旺’。《賞譽篇》‘司馬太傅府多名士’一則，‘常自神王’，‘王’亦‘旺’之借。”○江藍生曰：“‘方王’即‘方皇’‘仿皇’‘傍偟’等，一語而異形。”《彙釋》頁六〇。郭在貽按曰：“倘釋‘方王’仿偟，則與原義大相徑庭。”《讀江藍生＜魏晉南北朝小説詞語彙釋＞》，《文集》第三卷。○張撝之曰：“‘王’同‘旺’，這裏指情緒好，興致高。”《選注》。

“吟嘯不言”，田中頤曰：“閑悅有加。”

“誼動不坐”，田中頤曰：“惟歸之望。”

○“公徐云”至“鎮安朝野”

“如此將無歸”，大典顯常曰：“言風浪如此，可不歸邪？”○崔朝慶曰：“言將不得歸也。”○劉盼遂曰：“‘將無歸’者，歸也。‘將’‘無’皆發語辭。‘無’者，《漢書·貨殖傳》注：‘孟康曰：無，發聲助也。’不盡作有無字用。不直云‘歸’而云‘將無歸’者，晉人清談，舂容之語度然也。由此而觀本書，《德行篇》王戎謂太保‘將無以德掩其言’，即謂太保以德掩其言也。《任誕篇》劉尹語謝公曰：‘安石將無傷。’即謂安石將傷也。《識鑒篇》‘武昌孟嘉作庾太尉州從事’條注引《嘉別傳》曰：‘衰指嘉曰：將無是乎？’即謂是也。《晉書·阮瞻傳》：‘王戎問：聖人貴名教，老莊明自然，其旨同異？瞻曰：將無同。’即謂同也。以上所舉‘將無’二字，皆羌無實義可詁。又‘無’與‘不’係同聲，且同屬語辭，故‘將無’亦作‘將不’。本書《言語篇》‘謝靈運好戴曲柄笠’條，謝答曰：‘將不畏影者未能忘懷。’即畏影者未能忘懷也。《政事篇》‘殷仲堪當之荆州’條，王東亭問曰：‘與本操將不乖乎？’即言與本操乖也。《通鑒·晉武帝紀》胡身之注引程大昌《演繁露》中釋‘將無’之説，亦不能冰釋，故條辨之如此。”○徐震堮曰：“將無，商榷之辭。與‘得無’‘莫非’相同。‘將無歸’，莫非回去吧？”《釋義》。按“將無”義參見《言語篇》“謝靈運好戴曲柄笠”條、《文學篇》“阮宣子有令聞”條。

“承響而回”，秦士鉉曰：“承響，應其言而贊之也。”○崔朝慶曰：“言衆皆應聲回坐也。”○張萬起曰：“承響，聽到話語。承，聽聞。”

“審其量”，田中頤曰：“謂謝在東山時，已審知其度量如是也。”

【彙評】

李贄曰：“是。”評“足以鎮安朝野”。《初潭集》二十。

宗白華曰：“謝靈運泛海詩‘溟漲無端倪，虛舟有超越’，可以借來體會謝公此時的境界和胸襟。”《晉人的美》。

29

桓公伏甲設饌，廣延朝士，因此欲誅謝安、王坦之。《晉安帝紀》曰：“簡文晏駕，遺詔桓温依諸葛亮、王導故事。温大怒，以爲黜其權，謝安、王坦之所建也。入赴山陵，百官拜於道側[1]，在位望者[2]，戰慄失色。或云自此欲殺王、謝。”王甚遽，問謝曰：“當作何計？”謝神意不變，謂文度曰：“晉阼存亡[3]，在此一行。”

---

[1] “拜於”，董刻本“於”作“干”。王利器曰：“各本‘干’作‘于’，是。”
[2] “在位望”，恩田仲任曰：“《通鑒》‘在’作‘有’。”秦士鉉曰：“‘在’或作‘有’。”
[3] “晉阼”，沈校本“阼”作“祚”。徐震堮《札記》曰：“‘阼’當從《晉書》作‘祚’。”又《校箋》曰：“‘祚’原作‘阼’，據沈校本改。”

相與俱前。王之恐狀，轉見於色。謝之寬容，愈表於貌。望階趨席，方作洛生詠，諷"浩浩洪流"。桓憚其曠遠[1]，乃趣解兵。按宋明帝《文章志》曰[2]："安能作洛下書生詠，而少有鼻疾，語音濁。後名流多斆其詠[3]，弗能及[4]，手掩鼻而吟焉。桓溫止新亭，大陳兵衛，呼安及坦之，欲於坐害之。王入失措[5]，倒執手版，汗流霑衣。安神姿舉動，不異於常。舉目偏歷溫左右衛士，謂溫曰：'安聞諸侯有道[6]，守在四鄰。明公何有壁間著阿堵輩[7]？'溫笑曰：'正自不能不爾。'於是矜莊之心頓盡[8]。命部左右[9]，促燕行觴，笑語移日。"王、謝舊齊名，於此始判優劣。

　　○"桓公伏甲"至"愈表於貌"

　　"桓公伏甲設饌"，崔朝慶曰："桓公，即桓溫也。伏甲，伏帶甲之兵也。"

　　"晉阼存亡"二句，田中頤曰："言不唯我輩死生，晉阼存亡，在此一行，義不可辭也。"

　　"相與俱前"，周一良曰："《晉書》改爲'既見溫'。'前'非僅謂趨前，而有會見之意。"《史札》頁八六。

　　"王之恐狀"二句，田中頤曰："'甚遽'之實。"

　　"謝之寬容"二句，田中頤曰："'神意不變'之實。王謝優劣入畫。"

---

〔1〕"憚其曠遠"，董刻本、元刻本"憚"作"選"。劉應登曰："'憚'字作'選'。"王利器曰："各本'選'作'憚'。"朱鑄禹曰："本注原作'選'，是。袁本或後人所妄改。"
〔2〕"明帝"，董刻本"明"作"問"。王利器曰："各本'問'作'明'，是。"
〔3〕"名流"，董刻本"流"作"淬"。王利器曰："各本'淬'作'流'，是。"
〔4〕"弗能及"，余嘉錫曰："'弗'景宋本作'菩'，非。沈本作'莫'。"王利器曰："蔣校本、沈校本'菩'作'莫'，餘本作'弗'。宋本誤。"朱鑄禹曰："袁本'莫'，是。別本作'弗'乃妄改。"
〔5〕"失措"，余嘉錫曰："'措'景宋本作'厝'。"朱鑄禹曰："《集韻》曰：'同措。'"
〔6〕"諸侯"，董刻本"侯"作"侍"。王利器曰："各本'侍'作'侯'，是。"
〔7〕"何有壁間著阿堵輩"，余嘉錫曰："'何有'景宋本及沈本俱作'何須'。"楊勇曰："'堵'宋本作'蜻'，非。"
〔8〕"頓盡"，楊勇曰："'頓'宋本作'頃'，非。"朱鑄禹曰："袁本作'頓'，是。"
〔9〕"命部"，程炎震曰："'部'宋本作'卻'，別一宋本作'須'。"余嘉錫曰："'部'景宋本作'卻'。"朱鑄禹曰："袁本作'部'，非。"龔斌曰："'部'宋本、沈校本並作'卻'。按作'卻'是，卻，退也。"

○ "望階趨席" 至 "浩浩洪流"

"方作"，張萬起曰："方，仍然，還。"

"洛生詠"，田中頤曰："洛下書生詠。"○陳寅恪曰："據此則江東士族不獨操中原之音，且亦斅洛下之詠。張融本吳人，而臨危難仍能作洛生詠，雖由其心神鎮定，異於常人，要必平日北音習俗，否則決難致此無疑也。"《東晉南朝之吳語》，《叢稿二編》頁三〇五。○余嘉錫曰："安石作洛生詠，而所諷爲嵇康詩。是蓋仿洛下書生讀書之聲以詠詩，本非篇名矣。《顏氏家訓·音辭篇》曰：'音韻鋒出，各有土風，遞相非笑。指馬之諭，未知孰是。共以帝王都邑，參校方俗，考覈古今，爲之折衷，摧而量之，獨金陵與洛下耳。'東晉士夫，多是中原舊族家，存東都之俗，人傳洛下之音。是以茂弘熨腹，真長笑其吳音；安石病鼻，名流斅其高詠焉。洛生詠音本重濁，安以有鼻疾，自然逼真，而時人以吳音讀之，故非掩鼻不能近似也。《南齊書·張融傳》曰：'獠賊執融，將殺食之，融神色不動，方作洛生詠，賊異之而不害也。'蓋江南名士募安石之風流，故久而傳其聲。"○王利器曰："洛下書生詠，又叫做洛生詠，是指晉室南遷，中原人物渡江後所操的以洛陽音調爲準的北方話。本書《輕詆門》：'人問顧長康，何以不作洛生詠？答曰：何至作老婢聲。'注：'洛下書生詠，音重濁，故云老婢聲。'《齊書·張融傳》：'廣越嶔嶮，獠賊執融，將殺食之，融神色不動，方作洛生詠，賊異之而不害也。'《樂府詩集》梁元帝《長歌行》：'朝爲洛生詠，夕作據梧眠。'這些洛生詠，都指洛下書生詠。洛下指洛陽，古地理學者管山之北水之南的都邑都叫做'下'。南渡以後，中原渡江人物，仍操北方語音，與南方以金陵爲代表的吳音，是當時方言的兩大系統。南音輕浮，北音重濁，《顏氏家訓·音辭篇》寫道：'自茲厥後，音韻鋒出，各有土風，遞相非笑。指馬之喻，未知孰是。共以帝王都邑，參校方俗，考覈古今，爲之折衷，摧而量之，獨金陵與洛下耳。南方水土和柔，其音清舉而切詣，失在浮淺，其辭多鄙俗。北方山川深厚，其音沈濁而鈋鈍，得其質直，其辭多古語。'陸德明《經典釋文敘錄》區別河北江南方言不同，也寫道：'或失在浮清，或滯於重濁。'他們指出這種區別，可以幫助我們對於洛生詠的理解。本書《言語門》：'桓玄問羊孚：何以共重吳音？羊曰：當以其妖而浮。'把《世說》所謂吳聲和洛生詠結合起來看，這種區別更顯然了。"○趙西陸曰："《顏氏家訓·音辭篇》言方言不同，宜以建都地之語音爲准，惟金陵與洛下，即如後世之官話也。北方音重濁，南方音輕，謝安鼻有瘍，出氣不暢，學北音‘浩浩洪流’之詩。”

“諷浩浩洪流”，岡白駒曰：“以聲節之曰誦，緩誦曰諷。”○田中頤曰：“諷示其寬容不欲競之意。”○程炎震曰：“嵇康《贈秀才入軍》：‘浩浩洪流，帶我邦畿。’劉氏失注。”

○“桓憚其”至“始判優劣”

“憚其曠遠”，參見校文。田中頤曰：“憚其曠情遠思，能安天命。”○王叔岷曰：“‘選’猶‘善’也。《漢書·武帝紀》：‘知言之選。’應劭注：‘選，善也。’”○朱鑄禹曰：“‘選’與‘巽’通。《後漢書·清河王傳》：‘選懦之恩知非國典。’又《前漢書·西南夷傳》：‘議者選耎，復守和議。’又《後漢書·西羌傳》：‘公卿選懦，容頭過身。’‘選懦’、‘選耎’皆畏怯之意。”

“乃趣解兵”，田中頤曰：“即與‘伏甲’應。”○王叔岷曰：“‘趣’讀爲‘促’。”

“於此始判優劣”，胡三省曰：“史言王坦之雖忠於晉室，而識度劣於謝安。”《通鑑·晉紀二十五》注。○田中頤曰：“如此而始判者，乃知度量之難議於平生也久矣。”

○注“晉安帝紀曰”

“溫大怒”，秦士鉉曰：“桓溫望簡文臨終禪位於己，不然便當居攝。既不副所望，故怒。”

“在位望者”，胡三省曰：“位，列位也；中庭左右謂之位。孟子曰：‘賢者在位，能者在職。’則有位者公卿大臣也。望，名望也。”《通鑑·晉紀二十五》注。按《通鑑》“在位”作“有位”。

○注“按宋明帝文章志曰”

“止新亭”，恩田仲任曰：“《文選》注曰：‘《十洲記》曰：丹陽郡新亭在中思里，吳舊亭也。’”

“倒執手版”，胡三省曰：“沈約曰：手版則古笏矣。尚書令、僕射、尚書手版，頭復有白筆，以紫皮裹之，名笏。”《通鑑·晉紀二十五》注。

“諸侯有道”二句，秦士鉉曰：“見《春秋左氏傳》及《淮南子》。”

“阿堵輩”，秦士鉉曰：“指伏甲士。”

"笑語移日"，胡三省曰："移日，言笑語之久，不覺日晷之移。"《通鑒·晉紀二十五》注。○秦士鉉曰："日，晷也。"

【彙評】

孫元晏曰："晉祚安危只此行，坦之何必苦憂驚。謝公合定寰區在，爭遣當時事得成。"《詠史詩·王坦之》，《全唐詩》卷七六七。

胡寅曰："晉室取虛名之士，不旋踵至卿相，如庾元規、殷深源之徒，敗國殄民，死不償責，世因謂取士勿取虛名，而愚非之。殷浩聞桓溫至武昌則大懼，欲去位以避之；聞桓溫欲處以尚書令則大喜，亟作書以謝之。其情致卑鄙，殊與虛名不類。後此二十年，溫勢益強，心益肆，擅廢立之威而窺覦神器，朝士惕息之態，當什百於深源之時。而安石視溫爲敵己，然意象安閒，不爲少懾，從容談笑，而溫氣自沮，如擾龍馴虎者。安石初亦以虛名取也，其德度才器乃爾，故人在覈實而已矣。"《管見》卷八。

胡三省曰："史言王坦之雖忠於晉室，而識度劣於謝安。"《通鑒·晉紀二十五》注。

劉辰翁曰："桓自可人。"

洪垣曰："溫有北伐之志，當時在廷人材，捨溫無可與共事者，顧在人御之何如耳。王羲之、謝安輩是晉之子房也，得重任之而不違其材，則溫其亦庶乎晉之三傑矣。君子稱謝安御溫於談笑間，如擾龍馴虎，諒哉！"《說史》卷二。

李贄曰："謝固曠遠，桓亦惜才。"《初潭集》卷二十四。○曰："達者皆言曠遠解兵，癡人盡道清談廢事。"同上。

楊一奇曰："衛晉室者安也。安蓋有弘濟時艱之識，而坦之何與哉！"《史談補》卷四。

湯聘尹曰："其神宇素定，生死利害不入於其心，在《易》'震驚百里不喪匕鬯'，則其人也。"鄭賢《古今人物論》卷十九引。

凌濛初曰："'洛生詠'何物，足解大阨？"

鍾惺曰："惡習可恥。"○曰："'神姿舉動，不異於常'，全在此一番處置。"評注宋明帝《文章志》"安聞諸侯有道"三句。○曰："晉室多故，所謂管葛之名，惟謝安足以當之。內有桓溫，外有符秦，新亭之會，談笑而奪奸雄之氣；淮淝之役，從容而挫彊虜之鋒。安於此晦以用熙，巽以濟蹇，非有意從容談笑，時地機

847

權，雖欲不出於從容談笑，而不可得也。其苦心妙用，深識定力，全在喜慍不形之中。議者謂其矯情鎮物，彼倒執手板、覷墅失措者何人？何不一效安之矯乎？"《史懷》卷十九。賀裳《史折》卷上按曰："謝公誠雅量非常，固已功高名立，千古無異議矣。特反覆觀其行事，終不能以成敗論人，實未見有萬全之畫。新亭之役，高詠洛生，笑揮阿堵，信非文度可及，亦終不能阻其九錫之求，倘索之未病之前，可能終靳不與也？安之所遭，實屬有天幸。"

黃淳耀曰："古人於生死關頭整暇如此，所謂重內者輕外也。"《吾師錄》。

張貴勝曰："設有不虞，急亦無用。然到此地，卻身不由主矣。若非具大才略者，安能怡然若是？王、謝齊名，於此不得不分優劣。"《遣愁集》卷二。

伯克利手批曰："純以神氣相攝。"

彭孫貽曰："導多闇劣，安無失策。安能以公誠服諸桓，導乃不平於庾亮，陰賊於周顗，刁戴多所不和，其量去安遠矣。導於敦峻之亂，不能衛主匡國，隱忍苟容，安乃氣凌宣武，談笑服之，家國俱泰，豈導所能及耶？"朱葵之按曰："王導碌碌首鼠，而中多忮刻，不足與安並論。"《茗香堂史論》卷一。

魏裔介曰："自古強臣移人國祚，必有姦臣內應，如劉歆、華歆、賈充、崔胤之徒是也。乃謝公之從容雅量，生死富貴置之度外，溫固心竊服之，而息其妄念矣。夫以坦之名流，且倒執手版，而安從容談笑，消彌禍變，則安之鎮定，誠未易及也。"《鑑語經世編》卷九。

焦袁熹曰："朱子云：'安之待桓溫，本自無策，幸其未至太甚，使如朱全忠，安亦無如之何。廢海西時，安不能拒，大節何在？九錫已成，但故爲遷延以俟其死，不幸小瘥，將何以處之？王儉自比謝安，儉是已敗闕之謝安，安特幸未疏脫之王儉耳。伏節死義，蓋非所能。'竊謂此論苛刻，不足以服後人之心。溫謀廢立，安不能拒，誠爲可責，然於時晉諸大臣皆知事勢必不可止，豈安一小臣而能拒之？溫北征時，安投牋求歸，尋除吳興守，則當廢立之際，安蓋超然不與也。新亭之會，安謂坦之曰：'晉祚存亡，在此一行。'使溫遂肆凶暴，二人者授命著節，事在不疑，及安從容諷諭，有馴伏猛獸之能，可謂神勇者也。安後語所親："桓溫在時，吾常懼不全。'使安不能伏節死義，如王儉等所爲，則何不全之足懼也？自曹魏已來，權臣奪篡，事須有漸，如溫此時亦無便爲朱全忠之理，其諷加九錫，溫已疾篤不可起，故遷延以俟之。使其不死，自當別有以處之，史所謂盡忠匡翼者，安等事也。其濟與否，則天也。夫王儉，賣國之賊，自擬謝安，曾謂鷗鴉而可與鸞皇同群，今乃謂安特幸而不爲儉，不平之甚者也。"

《此木軒雜著》卷二。

繆鉞曰："當桓温入都欲誅王、謝移晉祚之時，謝安持以鎮静，與王坦之往見温，謂'晉祚存亡，在此一行'。可見其志存國家，臨難不懼，非但遠勝於王衍之避事逃責，即較諸王導對王敦、蘇峻之委蛇，猶爲有貞剛之氣，而見温時容態安閒，且作洛生詠，桓温服其曠逸，則又充分表示清談家之風度。"《清談與魏晉政治》。

30

謝太傅與王文度共詣郗超，日旰未得前，王便欲去。謝曰："不能爲性命忍俄頃？"超得寵桓温，專殺生之威。

○"謝太傅"至"忍俄頃"

"未得前"，周一良曰："謂未得見超也。"《史札》頁八六。

【彙評】

胡寅曰："或誚安石爲郗超屈者，安石非圖富貴持禄求容也，正惟心在王室故爾。王允之屈意於董卓，温嶠之屈意於王敦，謝安之屈意於桓温，皆不爲私，是以君子與之，與其心也。孟子曰：'有安社稷臣者，以安社稷爲悦也。'安石有焉。"《管見》卷八。

劉辰翁曰："與前泛海，各得自在。"按凌瀛初本"各"作"合"。

胡三省曰："史言謝安於風流之中，能處事應物。又郗超勢焰如此，桓温既死之後，超得終於牖下，蓋以智免也。"《通鑒·晉紀二十五》注。

王世懋曰："此意又異'雅量'。"

曹道衡曰："温有壽陽之捷，時郗超尚在温幕。温乃入都行廢立之事，立簡文，授超中書郎，爲其耳目，如司馬氏之於鍾會然。謝安、王坦之其時爲侍中，日旰未得見超，可見其專擅之狀。"《叢考》頁一九四至一九五。

田餘慶曰："謝安隱忍不發的態度，使他得以保全謝氏門户，並得以在簡文帝死後的關鍵時刻，與其他士族人物共阻桓温九錫之請，扭轉了朝局。"《政治》

頁一七四。

31

支道林還東，《高逸沙門傳》曰：“遁爲哀帝所迎，遊京邑久，心在故山，乃拂衣王都，還就巖穴。”時賢並送於征虜亭。《丹陽記》曰：“太安中，征虜將軍謝安立此亭，因以爲名。”蔡子叔前至，坐近林公。《中興書》曰：“蔡系字子叔[1]，濟陽人，司徒謨第二子。有文理，仕至撫軍長史。”謝萬石後來[2]，坐小遠。蔡暫起，謝移就其處。蔡還，見謝在焉，因合褥舉謝擲地，自復坐。謝冠幘傾脫，乃徐起振衣就席，神意甚平，不覺瞋沮。坐定，謂蔡曰：“卿奇人，殆壞我面。”蔡答曰：“我本不爲卿面作計。”其後，二人俱不介意。

○“支道林”至“移就其處”

“時賢並送於征虜亭”，田中頤曰：“欲語衆坐，盛席中有此事。”○徐震堮曰：“《景定建康志》：‘征虜亭在石頭塢，東晉太元中創。徐鉉集《送謝仲宣員外使北蕃序》云：征虜亭下，南朝送別之場。’”

“謝萬石後來”，程炎震曰：“據《高僧傳·支遁傳》：‘哀帝即位，出都，止東林寺。涉將三載，乃還東山。’考哀帝以升平五年辛酉即位，謝萬召爲散騎常侍（見《初學記》二十），會卒。則支遁還東時，萬已死一二年矣。《晉書·萬傳》敘此事，但言送客，不言支遁，殆已覺其誤也。《高僧傳》作‘謝安石’，亦誤。安石此時當在吳興，不在建康也。謝石有謝白面之稱，以‘殆壞我面’語推之，疑是謝石，後人罕見石名，故於‘石’字上或著‘安’或著‘萬’

---

〔1〕“蔡系”，董刻本、袁刻本“系”俱作“係”。
〔2〕“謝萬石”，劉盼遂曰：“慧皎《高僧傳》作‘謝安石’，是。謝氏無‘萬石’其人。蓋太傅之弟名萬，兄名石，因以致繆。”按謝萬字萬石，此失考。

850

耳。”余嘉錫按曰：“程氏謂支遁還東時，謝萬已死。其言固有明證。謂安石此時不得在建康，已失之拘。”○湯用彤曰：“《僧傳》載此，麗本作‘謝萬石’，諸本作‘安石’。謝萬字萬石。《晉書》本傳亦載此事，惟未言係送支道林。《世說》本條原注及《僧傳》俱言係哀帝時林公去京事。但萬石似已死於穆帝之世，或實安石事。”《佛教史》頁一三六。

〇“蔡還見謝”至“俱不介意”

“合襆舉謝擲地”，岡白駒曰：“合襆，與襆也。”○秦士鉉曰：“合，猶‘連’也。”

“不覺瞋沮”，田中頤曰：“醜態不妨，真是度量。”○龔斌曰：“不覺，不反悟，不覺悟。”

“卿奇人”二句，田中頤曰：“奇人而呼奇人，亦更一奇。壞面，言不爲面之可醜，實懼面之傷壞也，乃擲地故。”○龔斌曰：“王先謙《集解》：‘奇，餘也，謂閒人。‘奇’音羈。’”

“本不爲卿面作計”，岡白駒曰：“第擲，不復爲卿面用心。”○崔朝慶曰：“言我之爲此，本不計及壞卿面與否也。”○徐震堮曰：“作計，猶今語‘打算’。”

〇注“丹陽記曰”

“太安中征虜將軍謝安立此亭”，恩田仲任曰：“謝安定非安石。”○崔朝慶曰：“此謝安非太傅謝安也。”○程炎震曰：“《御覽》一百九十四《亭門》引《丹陽記》云：‘謝石創征虜亭太元中。’則‘太安’當作‘太元’，‘謝安’當作‘謝石’。”○周一良曰：“又見《高僧傳》四《支遁傳》注引《丹陽記》：‘太安中征虜將謝安立此亭，因以爲名。’案‘謝安’二字疑有誤。但此地至梁世猶爲東行者祖送之所。”《世說札記》。

【彙評】

劉辰翁曰：“送一僧何至爭近至此。子叔小人，語更深狠。”

黃輝曰：“較鴻門坐次，寫更生色。”

龔斌曰：“蔡子叔與謝萬石爭坐位，蓋欲坐近林公也。《高僧傳》四《支道林傳》敘畢此事後云：‘其爲時賢所慕如此。’”

　　郗嘉賓欽崇釋道安德問，《安和上傳》曰：“釋道安者，常山薄柳人，本姓衛，年十二作沙門。神性聰敏而貌至陋〔1〕，佛圖澄甚重之。値石氏亂，於陸渾山木食修學，爲慕容俊所逼〔2〕，乃住襄陽。以佛法東流，經籍錯謬，更爲條章，標序篇目，爲之注解。自支道林等皆宗其理。無疾卒。”餉米千斛，修書累紙，意寄殷勤。道安答直云：“損米，愈覺有待之爲煩〔3〕。”

　　○“郗嘉賓”至“有待之爲煩”

　　“德問”，岡白駒曰：“‘問’與‘聞’通，聲聞也。”○恩田仲任曰：“令德令問。”○秦士鉉曰：“道德高問。或以‘問’屬下句，爲候問之‘問’。”○朱鑄禹曰：“德行學問也。”○張萬起曰：“道德聲望。”

　　“意寄殷勤”，大典顯常曰：“意寄，猶言意向。”《集成》。○恩田仲任曰：“意氣所寄。”○田中頤曰：“此蓋郗嘗通問再三而道安不肯許，今因及書累紙，故下曰‘愈’。”

　　“損米愈覺有待之爲煩”，岡白駒曰：“晉人書牘謂見贈爲‘損’。”○大典顯常曰：“有待，用莊子語，謂身命也。”○田中頤曰：“贶物曰‘損’，於彼爲損之意也。此言因餉米愈不可待，徒重煩累也。”○秦士鉉曰：“有待，出《莊子》，謂待物而生。待，猶恃也。”○劉盼遂曰：“《莊子·齊物論》：‘景曰：吾有待而然者邪？吾所待又有待而然者邪？吾待蛇蚹蜩翼邪？’安公蓋引此語。”○余嘉錫曰：“蓋嘉賓之書，填砌故事，言之累牘不能休，而安公答書，乃直陳

──────────

〔1〕　“而貌”，秦士鉉曰：“‘而貌’一作‘面貌’。”
〔2〕　“慕容俊”，朱鑄禹曰：“袁本同，劉本（元刻本）、凌本、周本（紛欣閣本）作‘駿’。案《晉書》作‘儁’。”按紛欣閣本作“俊”。
〔3〕　“損米愈覺有待之爲煩”，余嘉錫曰：“詳審文義，‘愈覺有待之爲煩’一句，乃記者敘事之辭，非安公語也。”趙西陸曰：“《釋藏》一百五引作‘損米千斛，彌覺有待之爲煩’。”

其事，不作才語。讀之言簡意近，愈覺必待詞采而後爲文者，無益於事，徒爲煩費耳。由此觀之，駢文之不如散文便於敘事，六朝人已知之矣。"○錢鍾書曰："'有待'詞出《莊子》。晉人每狹用，以口體所需，衣食之資爲'有待'。如道安此書即謂糧食。謝靈運《山居賦》'生何待於多資，理取足於滿腹'自注：'謂人生食足則歡有餘，何待多須耶？'又'春秋有待，朝夕須資'自注：'謂寒待綿纊，暑待絺綌，朝夕餐飲。'"《管錐篇》頁一二六一至一二六二。龔斌按曰："錢氏之釋'有待'，準確無誤。"○周一良曰："'有待'，謂凡夫。"《批校》。○徐震堮曰："損者損己以利人，省己所需以與人亦曰損。"楊勇按曰："損，贈也，乃書信中常用之習語。余《疏》、徐《箋》不可從。"○吳金華曰："'損'是表敬之辭，跟古來常用的'辱賜'、'惠贈'語義相同。道安用'損米'開頭之後，接着要言不煩地敘説感受，這種感受理趣曠遠，絶無受賜若驚的世俗味道，表現出與衆不同的雅量。"《考釋》頁一一三至一一四。○張萬起曰："有待，佛教指人身。人需要依靠物質才能生活，故稱有待。"

○注"安和上傳曰"

《安和上傳》，葉德輝曰："亦稱《安法師傳》。"《書目》。
"石氏亂"，秦士鉉曰："石氏，石勒、石虎。"
"慕容俊"，秦士鉉曰："字宣英，皝子也。永和八年，僭即帝位，國號燕。"
"更爲條章"，恩田仲任曰："條章，謂整理篇章也，一二而疏舉之，若木條然也。"
"標序篇目"，恩田仲任曰："立表以示人曰標序次也。"

【彙評】

劉辰翁曰："是道人語。"

33

謝安南免吏部尚書還東，《晉百官名》曰："謝奉字弘道，會稽山陰人。"《謝氏譜》曰："奉祖端,散騎常侍。父鳳[1],丞相主簿。奉歷安南將軍、廣州刺史、吏部尚書。" **謝太傅赴桓公司馬出西,相遇破岡。既當遠別,遂停三日共語。太傅欲慰其失官,安南輒引以它端[2]。雖信宿中塗,竟不言及此事。太傅深恨在心未盡,謂同舟曰:"謝奉故是奇士。"**

〇"謝安南"至"三日共語"

"赴桓公司馬出西",程炎震曰:"《晉書·禮志》,穆帝崩,哀帝立,議繼統事,爲尚書謝奉。則升平五年,猶爲尚書。免官還東,更在其後。安石出西赴桓溫司馬,則當在升平四年,參差不合,豈弘道前此嘗免官,復再起耶?"〇楊勇曰:"出西,時謝安居東山,始受桓公命之西,故云。"

"相遇破岡",胡三省曰:"破岡,在晉陵郡,延陵縣西北。"《通鑑·宋紀九》注。又曰:"破墩即破岡,在曲阿界,秦始皇所鑿也。"《齊紀十》注。〇恩田仲任曰:"《淳化法帖》作'破塪','塪'俗'岡'字。"〇秦士鉉曰:"句容縣有破岡瀆。"〇趙西陸曰:"《讀史方輿紀要》卷二五曰:'破岡瀆,在丹陽縣西南。'"

〇"太傅欲慰"至"故是奇士"

"引以它端",田中頤曰:"以爲既往不足尤故。"〇秦士鉉曰:"引入他事,不使言及失官之事。"

"雖信宿中塗"二句,大典顯常曰:"再宿爲信。"《集成》。〇淇園曰:"'雖信宿'二句是作者以此束上,且以爲下云'故是奇士'語作襯。"〇田中頤曰:"三日之久,止談清風朗月。"

"深恨在心未盡",秦士鉉曰:"恨,懊悔也。《大傳》以不得慰安之爲遺恨。"〇朱鑄禹曰:"意謂未得安慰,存之於心以爲深恨也。"

"故是奇士",田中頤曰:"言不唯不憂失官,又使人不能慰之,故是奇特之士,似非人情也。"〇張萬起曰:"故,確實。副詞,表示確認事實,有加強語

---

〔1〕"父鳳",葉德輝曰:"袁本'鳳'作'同'。"
〔2〕"它端",董刻本"它"作"他"。

氣的作用。”

【彙評】

劉辰翁曰：“我輩人也。”

34

戴公從東出，謝太傅往看之。謝本輕戴，見但與論琴書[1]。戴既無吝色[2]，而談琴書愈妙。謝悠然知其量。《晉安帝紀》曰：“戴逵字道安[3]，譙國人。少有清操，恬和通任，爲劉真長所知。性甚快暢，泰於娛生。好鼓琴，善屬文，尤樂遊燕，多與高門風流者游，談者許其通隱。屢辭徵命，遂箸高尚之稱。”

○“戴公從東”至“知其量”

“戴公從東出”，秦士鉉曰：“逵在剡溪，故出自東入都也。”

“但與論琴書”，田中頤曰：“以爲其才淺，未及談玄，故即‘輕’也。”○龔斌曰：“琴書爲閒業，不比政事。”

“無吝色”，參見校文。岡白駒曰：“凡琴有秘靳，如叔夜《廣陵散》是也。”○桃井白鹿曰：“黃石子《遵義篇》：‘行賞吝色者阻。’此轉用爲羞澀之色也。曰‘既無’，曰‘而談’，故知非秘靳琴書之色也。”又曰：“《魏書·馮元興傳》：‘家數貧約，食客恒數十人，同其饑飽，曾無吝色。時人歡尚之。’是與前所引黃石子，並惜物顏色。《世說》用爲羞澀之色。《周易》‘悔吝’之‘吝’，先儒解爲‘羞’，又爲‘氣歉’，其義可見。”《補遺》。○平賀房父曰：“客，賓客之客，謂無客謝之色。”○田中頤曰：“‘客氣’之‘客’也，謂無挾心。”○張

---

〔1〕“琴書”，朱鑄禹曰：“唐張彥遠《名畫記》引作‘琴畫’，下同。”

〔2〕“吝色”，《世說補》“吝”作“客”。桃井白鹿曰：“客，讀如‘客氣’之‘客’，一本作‘吝色’。”又《補遺》曰：“‘客’一作‘吝’，是。”

〔3〕“道安”，程炎震曰：“明本作‘安道’。”周一良《批校》曰：“宋本作‘安道’。”

萬起曰："吝色，爲難不願意的神色。"

"悠然知其量"，田中頤曰："即'愈妙'，故悠然知其識量之深遠也。"

【彙評】

劉辰翁曰："甚善，我輩所不及。"

35

謝公與人圍棋，俄而謝玄淮上信至。看書竟，默然無言，徐向局。客問淮上利害，答曰："小兒輩大破賊。"意色舉止，不異於常。《續晉陽秋》曰："初，符堅南寇[1]，京師大震。謝安無懼色[2]，方命駕出墅，與兄子玄圍棋。夜還乃處分，少日皆辦。破賊又無喜容。其高量如此。"《謝車騎傳》曰："氐賊符堅，傾國大出，衆號百萬。朝廷遣諸軍距之，凡八萬。堅進屯壽陽，玄爲前鋒都督，與從弟琰等選精銳決戰。射傷堅，俘獲數萬計，得偽輦及雲母車，寶器山積，錦罽萬端，牛、馬、驢、騾、駝十萬頭匹[3]。"

○"謝公與人"至"不異於常"

"淮上信至"，崔朝慶曰："淮上，淮水之上游也。"

"徐向局"，崔朝慶曰："言徐即向棋局仍著棋也。"○周一良曰："'局'即棋盤。杜詩：'老妻畫紙爲棋局。'《批校》。○徐震堮曰："向局，謂轉向棋局。"

"客問淮上利害"，恩田仲任曰："利害，猶言勝敗。"○崔朝慶曰："軍事之利害也。"

"小兒輩大破賊"，胡應麟曰："'大破賊'，'大'字是晉唐口語，如'寧奇大解事'、'萬徹大健兒'之類。宋世亦有之，'向敏中大耐官職'等詞是也。若

---

[1] "符堅"，余嘉錫曰："'符'景宋本俱作'苻'，是。"
[2] "懼色"，董刻本"懼"作"體"。王利器曰："各本'體'作'懼'，是。"
[3] "頭匹"，余嘉錫曰："景宋本及沈本無'匹'字。"

‘太’字則俗談向無此例，斷爲刻本之譌。好奇者往往信之，熟於《世説》者自當燭鑒。”《少室山房筆叢·甲部·丹鉛新録四》。○張萬起曰：“《晉書》本傳於此句後云：‘既罷，還內，過户限，心喜甚，不覺屐齒之折。其矯情鎮物如此。’”

“意色舉止”二句，田中頤曰：“見其非矯飾也。”

○注“續晉陽秋曰”至“十萬頭匹”

“出墅”，陳殷曰：“田廬曰墅。”《點注》卷四。○大典顯常曰：“即東府土山之地。”《集成》。○秦士鉉曰：“墅，田廬，今所謂別業也。”

“還乃處分”，秦士鉉曰：“處分，處置分附也。”

“少日皆辦”，平賀房父曰：“少日，猶云須臾。”

“得僞輦及雲母車”，桃井白鹿曰：“《晉書·輿服志》：‘雲母車，以雲母飾犢車，臣下不得乘，以賜王公耳。’”○秦士鉉曰：“僞輦，僞天子所乘輦也。”

【彙評】

張栻曰：“安之方略可謂素定矣。惟其素定，故安靜而不撓，其矯情鎮物，豈固爲是哉？夫有所恃故耳。”《南軒集》卷十七《謝安淝水之功》。

胡寅曰：“生死驚懼不入乎胸中者，聖人誠之也，君子明之也，英雄豪傑之人輕之也，悍勇愚猛之人冥之也。符堅南伐，以秦臨晉，何啻太山之於一卵哉！人人惴恐，安石獨否，所謂明之者也。安石何明乎？晉室雖微，正朔所在，君不失道，人心所歸，將相調和，士卒豫附，加以長江之限，主客殊勢，以此待敵，勝負已分。又況符堅志驕氣盈，貪欲無厭，不思其本夷狄也，方將陵跨江淮，爲石勒、劉曜之事，於理逆矣。正使强弱相懸，直當以宗社存亡爲決，此安石了了於方寸者，所以處置優遊，靜而不擾歟？史稱其‘矯情鎮物’者，夫惟言語可以修飾而出之，若情與貌，不可矯也。使安石而矯情，則與玄賭墅棊必不能勝。玄宜勝而負，安石宜負而勝，安石之天定矣，識者固知其必勝也。”《管見》卷八。

劉辰翁曰：“只如此，本分，本分。”

胡三省曰：“史氏謂其能矯情鎮物，蓋因屐齒之折、白雞之夢而知之耳。”《通鑒·晉紀二十三》注。

夏寅曰：“晉是時上下輯睦，將相得人，加以長江之限，主客勢殊，而符堅驕淫，自逞黷武不休，雖傾國而南，衆志不一，玄石等才堪任使，能以少制衆，固亦常理也。若謝安之過户折屐，王坦之之倒執手板，以安之雅量，坦之之忠志，縱喜懼在心，而奚至於是！晉史不能決擇而書之，爲賢者累矣。"《政監》卷十四。

祝允明曰："謝安石大雅哉，君子人哉！舉姪奇勳，或曰僥倖；賭墅折屐，或曰矯情。駁語耳！"華遠慶《論世八編》卷九引。

楊慎曰："謝安聞淝水之捷，對弈，客云：'小兒輩大破賊。'《晉書》云：'兒輩遂已破賊。'《晉書》所紀，不及《世說》'大'字之勝。"《丹鉛續錄》卷三。

陳絳曰："攝書圍棋，了無喜色，安置國之成敗，而躭勝負於一枰耶？曰：國之大事，安危以之。喜懼，情也，詎能免此？安特不色焉耳，心固以爲秦、晉之不敵，猶鄒拒楚也。符堅擁百萬貔虎，咆哮而來，將以氣吞江左。當是時，晉之所托重而倚存者惟安，彼其冥測天時，明察人事，以爲果無足秦虞也。而小國當銳師，弱王御驕士，兵隳其氣則戰必衰，人生其心則變必作。故特示之整以外降敵氣，與之暇以内鎮物情，斯其算耳。夫此一棋也，當局者昏，而傍觀者瞭，非以傍觀者立乎勝負之外，而無以與耶？安蓋以棋當局，而以國傍觀，故其區畫精，其指撝當，臨大變而不懾，履成功而不居也。"《金罍子》上篇卷十三。

李贄曰："要緊着數。"

張鳳翼曰："史言謝安石矯情鎮物，人皆謂貶之，不知本自佳語。以晉之末季，處堅之入寇，人心危懼，不有以鎮之，何以應敵？自非安石，孰能矯情？今人但言矯情之非，及遇眇少事變，便矯不得。"《處實堂集》卷八《談略》。

王世貞曰："謝安石格量弘濟，故是始興以上人，然大略能用事爲功，矯情鎮物耳。淝水之勝，雖自有天幸，而玄之善用兵，亦自有以制之。符氏滅國十餘，擁百萬之衆，平襄而後，氣噉江左。獨玄以北府偏師，躑躅當鋒，覆師斬將者至再三，其膽力當何如哉！"《王郭兩先生崇論·王弇州崇論》卷三。

凌濛初曰："竟不言折屐齒。"

楊一奇曰："別墅圍棋，矯情鎮物也。過門折屐，真情發見也。"《史談補》卷四。

熊尚文曰："謝安四十而仕，前此不聞其勵志學問，而但寄情文墨山水之間。既已爲相矣，挾妓游賭，倨然名教之外，而且欲增修宫室，求免後人無能之譏，維時亂政橫俗，毫無救治。符堅大舉入寇，向非劉牢之首折其鋒，幸而天敗胡奴，不聽諸將遏之之説，麾兵使卻，符融失馬，朱序呼後，玄石雖勇，而衆寡不敵，安能以八萬衆勝彼九十萬鐵騎耶？僥倖成功，大言‘處分已定’，果誰欺乎？先儒謂其‘矯情鎮物’，嗟夫！所能矯者，得驛書之時；所不能矯者，過戶限之際。觀其望溫遙拜，候郗超至日旴而猶曰‘爲性命忍須臾’，此其畏勢畏死之真情不盡吐露耶？而論者嘉歎之不已，曾無一貶辭，信乎？”《蘭曹讀史日記》卷一。

焦袁熹曰：“東晉時正如病虛羸者，元氣大傷，客邪易入，少驚擾之，即有不測之變，故謝安以沖襟雅量，鎮定其間。彊寇方壓境，而更圍棋賭墅，游衍盡日，既所以靜壹群志，抑亦於攻守之略，任授之方，極意措思，不有疏失。人見其游心事外，而不知精神折衝，正在此處。嗚呼！殆天生此人，以延宣元之祚也。而且將帥之材，不外索於他族，內舉不避，了無掣肘之憂，是又天之所以曲成安也。豈苟然哉！”《此木軒雜著》卷二。

馮景曰：“古人當大哀大樂死生呼吸之際，亦以圍棋示度量。如顧雍與僚圍棋，外啓信至，而無兒書，雖神色不變，而心了其故。以爪掐掌，血流沾褥，賓客既散，方歎曰云云。夫元歎逆知子凶而漠然終弈，與安石既得捷書而漠然終弈，其矯情鎮物同也。然哀之極而掌血，與樂之極而屐齒折，同一鬱極而發，及其悲喜橫決，反十倍於常情，不能自主也。”《解春集文鈔》卷七《題圍棋賭墅圖》。
余嘉錫按曰：“馮氏此文，頗切於情事。”

計大受曰：“陳氏埴謂東晉諸賢，大抵務養名節，不務實用，幸而成功則爲謝安，如其無成則爲殷浩。噫！安之成功，豈幸也哉！當强敵寇境，梁益不守、樊鄧陷没之時，安每鎮以和靖，御以長算而知人善用，鎮禦北方則違衆舉親，肥水之戰又指授將帥，各當其任。此皆其實用之見稱史册者。夫惟務之有素，故能出以從容暇豫，不動聲色，而卻苻秦、安晉室也。若殷浩之遇事周章，誠由無素定之略，欲幸而爲謝安之事業，奚可得哉？”《史林測義》卷十五。按陳埴説見《木鍾集》卷十一。

施鴻曰：“宋景德初，契丹寇澶州，寇準固請車駕過河。真宗使人視準何爲，準方與楊億飲博，歌謔歡呼。真宗笑曰：準如是，吾復何憂。卒與契丹定盟而還。蓋宋之所恃者寇準也，晉之所恃者謝安也。準方略不定，不敢爲飲博歡呼；安方略不定，不敢爲圍棋賭墅。安蓋蚤計之矣，不然大敵在前，遊談不暇，以風流誤國事，此謝萬、王澄之所爲者，而安爲之乎？”《澂景堂史測》卷三。

馮友蘭曰：“王羲之聞貴府擇婿而如不聞。庾翼於廣衆中，在妻及岳母前，表演馬術墜馬，而意色自若。這都是能不以成敗禍福介意的。不過王羲之及庾翼

859

所遇見底，還可以説是小事。謝安遇見大事，亦是如此。能如此，正是所謂
'達'，不過如此底'達'，並不是可以'作'底。"《論風流》。

　　繆鉞曰："當大敵臨境之日，猶圍棋賭墅，雖曰'矯情鎮物'，亦正以見其
清談家之修養，與其見桓温時之作洛生詠相同，所謂'曠遠'之度也。"《清談與
魏晉政治》。

　　劉葉秋曰："謝安在泛海遇風，人皆驚擾之際，神態悠閒，徐表歸意；謝玄
已破苻堅，傳來捷報，他也若無其事，繼續下棋；時流認爲謝安'足以鎮安朝
野'，就是通過這類小事作出的品評。觀人於微，首重神態，以魏晉時此風爲盛，
亦略見於斯。《晉書·謝安傳》説謝安聞淮上破賊之訊，下完圍棋，進入内宅
時，在門檻上碰折了屐齒。可見他本來激動非常，所以不露喜容，乃出於矜持矯
飾，但我們卻不能不佩服他這種控制感情的修養，擔當大事，確實是應該有些雍
容氣度的。"《散記》。

36

　　王子猷、子敬曾俱坐一室，上忽發火。子猷遽走避，
不惶取屐[1]；《晉百官名》曰："王徽之，字子猷。"《中興書》曰："徽
之，羲之第五子。卓犖不羈，欲爲傲達，仕至黄門侍郎。"子敬神色恬然，
徐唤左右，扶憑而出，不異平常。《續晉陽秋》曰："獻之雖不脩
賞貫[2]，而容止不妄。"世以此定二王神宇[3]。

　　○"王子猷"至"二王神宇"

　　"上忽發火"，岡白駒曰："上，屋上也。"○田中頤曰："出於不意。"
　　"不惶取屐"，田中頤曰："'惶''遑'音近，暇也。"

---

[1]　"不惶取屐"，桃井白鹿曰："'遑'一作'惶'，誤。"沈校本"屐"作"履"。程炎震曰："《晉
　　書》作'不遑取履'。"朱鑄禹曰："《晉書》卷八十《王羲之傳》作'履'。"
[2]　"賞貫"，岡白駒曰："'賞'當作'常'。"桃井白鹿曰："'常'一作'賞'，誤。"余嘉錫曰：
　　"'賞'景宋本作'常'。"
[3]　"定二王"，天保手批曰："'定'一作'劣'，非也。"

"神宇"，岡白駒曰："精神胸宇。"○徐震堮曰："謂神情氣宇。"

○注"續晉陽秋曰"

"不脩賞貫"，參見校文。桃井白鹿曰："《卓氏藻林》：'常貫，常格也。'"
○秦士鉉曰："'常貫''舊貫'同，即常格也。"○楊勇曰："常貫，常事也。
《論語·先進》：'仍舊貫。'《集解》引鄭注：'貫，事也。'"

【彙評】

張文柱曰："神宇難定，獻難勝徽也。"

秦士鉉曰："'欲'字是病。"評注《中興書》"欲爲傲達"。

37

 符堅遊魂近境[1]，堅別見[2]。謝太傅謂子敬曰[3]：
"可將當軸，了其此處。"

 ○"符堅遊魂"至"了其此處"

 "符堅遊魂近境"，楊勇曰："太元三年秦兵十萬寇襄陽，四年襄陽陷，金陵
門戶敞開，都城屏藩盡失。尋堅兵又圍幽州之三阿，去廣陵唯百里，旌旗蔽空，
朝野震駭。七年，符堅會群臣圖伐晉室，唯王猛謂不可。'遊魂近境'，當指此
時也。"○龔斌曰："遊魂，此罵人之言，猶今言'死屍''死鬼'。太元八年八
月，符堅率衆渡淮。"

 "可將當軸"二句，劉辰翁曰："謂我在位時攻之，自任吞虜。"朱鑄禹曰：
"如劉所釋，仍不甚晰，似謂可擇有力者（當軸）爲將，於近處消滅之。"○余嘉錫曰：
"《鹽鐵論·雜論篇》曰：'車丞相即周、魯之列，當軸處中，括囊不言，容身而

---

[1] "符堅"，余嘉錫曰："'符'景宋本作'苻'，是。"
[2] "堅別見"，董刻本"見"作"目"。王利器曰："沈校本無此三字，餘本'目'作'見'，是。"
[3] "太傅"，董刻本"傅"作"博"。王利器曰："各本'博'作'傅'，是。"

去。彼哉！彼哉！'《漢書·車千秋傳贊》作'車丞相履尹、呂之業'，餘同。《文選》干令升《晉紀總論》曰：'秉鈞當軸之士，身兼官以十數。'"〇楊勇曰："當軸，政局中重要人物也。《漢書·田千秋傳贊》：'當軸處中，括囊不言。'可將當軸，可擒其領袖，了其此處之遊魂也。太元八年，安果以八萬之眾於淝水擊潰秦軍。"

38

王僧彌、謝車騎共王小奴許集。王珉[1]、謝玄，並已見。小奴，王薈小字也。僧彌舉酒勸謝云："奉使君一觴。"謝曰："可爾。"謝玄曾爲徐州，故云使君。僧彌勃然起，作色曰："汝故是吳興溪中釣碣耳[2]！何敢譸張！"玄叔父安，曾爲吳興，玄少時從之遊，故珉云然。謝徐撫掌而笑曰："衛軍，僧彌殊不肅省[3]，乃侵陵上國也。"

〇"王僧彌"至"何敢譸張"

"王小奴許"，淇園曰："許，所也。"

"奉使君一觴"，田中頤曰："蓋謙辭。"

"可爾"，大典顯常曰："爾，助語，猶山公曰'不宜爾'也，而語氣倨傲，故使僧彌怒。"又曰："'爾'與'耳'通。'耳'非佳語，不十分之辭。"《撮補》。

"勃然起"，岡白駒曰："怒其無禮答辭，直曰可耳。"〇田中頤曰："以謝言爲不遜。"

"吳興溪中釣碣"，岡白駒曰："石特立者曰碣。釣碣，蓋釣於碣上也。"〇桃井白鹿曰："釣碣，釣磯也。此言'釣碣'，猶云'釣徒'。《太平御覽》謝

---

[1] "王珉"，朱鑄禹曰："沈校本'珉'下有'字僧彌，車騎謂'六字。"何焯校同。

[2] "汝故是"，王利器曰："蔣校本、沈校本無'故'字。"朱鑄禹曰："'故'沈校本無此字。"

[3] "肅省"，李天華曰："疑作'肅眘'，形近而訛。'眘'，'慎'之古體。"

862

玄《與兄書》：‘居家大都無所爲，正以垂綸爲事，足以永日。北固下大鱸，一出釣得四十七枚。’”○淇園曰：“‘碣’當讀爲‘褐’，蓋謂謝爲吳溪中垂釣被褐之賤奴也。”○田中頤曰：“言謝本所出吳溪中釣碣上之賤人，而自過尊大也。”○秦士鉉曰：“‘碣’疑‘褐’誤，賤人所服。”○李慈銘曰：“‘碣’當作‘羯’，玄之小名也。《世說》作‘遏’，以封、胡推之，作‘羯’爲是。蓋取胡、羯字爲小名，寓簡賤之意，如犬子、狗子（亦作‘苟子’）、佛犬之類，古人小名，皆此義也。此舉其小名，故曰‘釣羯’”《簡端記》。○陳寅恪曰：“‘釣碣’之‘碣’，今所得見善本俱無異讀，但其義實不可解。頗疑是‘猗’字，即‘狗’字之訛寫。（如《荀子》二《榮辱篇》‘乳猗不遠遊’即‘有猗彘之勇者’例。）正如溫嶠目陶侃爲溪狗之例。”《魏書司馬叡傳江東民族條釋證及推論》，《叢稿初編》頁一〇九。又曰：“意者吳興本有溪人，故王珉才罵謝玄爲‘吳興溪中釣碣（釣猗）’。”《講演錄》頁二〇四。○余嘉錫曰：“《御覽》四百四十六引《語林》‘謝碣絕重其姊’，正作‘碣’，蓋‘羯’‘碣’通用。謝玄平生性好釣魚，故王珉就其小字生義，詆爲吳興溪中釣碣，言汝不過釣魚之羯奴耳。”○王利器曰：“‘碣’疑當作‘褐’。《左》哀十三年《傳》：‘余與褐之父睨之。’晉杜預注：‘褐，寒賤之人也。’《孟子·公孫丑章上》：‘視刺萬乘之君，若刺褐夫。’《荀子·大略篇》：‘衣則豎褐不完。’唐楊倞注：‘豎褐，僮僕之褐也。’此處的‘釣褐’，也就是和‘豎褐’意同。”龔斌按曰：“謝玄出身名族，爲車騎將軍，非寒賤之人。王校不可從。”○周一良曰：“陳寅恪先生謂‘碣’字義不可通，當是‘狗’字，形近致訛。‘吳興溪中釣狗’，猶言吳興以漁釣爲業之溪狗耳，與《容止篇》及《胡諧之傳》同。案六朝人每喜以狗字爲罵詈之詞，如《晉書》五七《陶謹傳》‘吳狗何等爲賊’，一〇三《劉曜載記》有‘氐狗’，《北史》九二《韓鳳傳》‘恨不得剉漢狗頭飼馬’及‘狗漢大不可耐’，皆是溪狗釣狗之比。”《論集》頁五二至五三。又曰：“《簡傲篇》：阮思曠謂謝萬‘新出門戶’。”《批校》。○楊勇曰：“‘釣褐’‘釣碣’古通用，猶言漁父也。陸龜蒙《幽谷賦序》：‘自理茶鐺，閒披釣碣。’《文苑英華》卷九引作‘釣褐’。”○范子燁曰：“謝安、謝玄皆愛釣魚，而謝玄此嗜尤深。玄之垂綸長川，固然屬於名流雅行，但當時南方之溪族人多以漁獵爲生，頗遭人輕視。所謂‘吳興溪中釣碣’，意思是‘在吳興小溪里垂釣的羯奴’。故僧彌所言，實爲嘲戲之辭。”《研究》頁二三一至二三二。

“何敢讎張”，方以智曰：“讎張，一作侜張、輈張、侗倡，通作周章、舟章、倜僷、周悼、侏張。《書》曰：‘無或讎張。’一作侜張，一作侏張。《漢書》：‘燕蓋儔張。’《晉·張華傳》：‘翰張跋扈。’《南齊》語曰：‘莫翰張付桓康。’劉琨詩：‘自傾翰張。’即周張也。《太元·去》首：‘物咸倜倡。’《詩》曰：‘誰侜予美。’注：‘侜張予之所美。’《陳忠傳》：‘周章道路。’蓋侜張、倜倡、儔張、侏張實一字。符堅《報慕容垂書》：‘侏章幽顯，布毒存亡。’《魏書·恩倖傳》：‘侏張不已。’《桓氏傳》：‘玄侏張。’《北齊·源彪傳》：‘吳賊侏張。’古‘周’有‘侏’音。泰伯後《慕歌》：‘梧桐萋萋，生於道周。宮榭徘徊，臺閣既除。’李興《表武侯》‘閭’以‘周’叶，餘可證。其用‘倜’爲俶儻之‘俶’者，則又一轉矣。”《通雅》卷六。○岡白駒曰：“‘儔張’訓誑，此謂欺人自高也。”○淇園曰：“儔張，猶云尊大也。”○恩田仲任曰：“與‘翰張’同，猶言強梁也。”○章太炎曰：“《説文》：‘儔，誑也。《周書》曰：無或儔張爲幻。侜，有廱蔽也。’《陳風》：‘誰侜予美。’傳曰：‘侜，張誑也。’‘儔’‘侜’聲義同。今人謂妄語爲侜誑，或曰胡侜，俗作‘謅’。”《新方言》二。○趙西陸曰：“《尚書·無逸》：‘民無或胥儔張爲幻。’傳：‘儔，張誑也。’注：‘儔一作侜。’《爾雅·釋訓》：‘侜，張誑也。’郭注引《書》‘儔張’作‘侜張’。”○徐震堮曰：“《書·無逸》：‘民無或胥儔張爲幻。’疏：‘無有相誑欺爲幻惑者。’《爾雅·釋訓》注引《書》作‘侜張’。《新方言》以爲‘侜’即俗語‘謅’，‘何敢儔張’猶言‘何敢妄語’。”○楊勇曰：“儔張，狂妄也。”

○“謝徐撫掌”至“陵上國也”

“衛軍僧彌殊不肅省”，王世懋曰：“此不可解。”朱鑄禹按曰：“不當於其生時呼爲‘衛軍’，故王世懋以爲不可解。此或是‘鎮軍’之誤，或係後人追稱，謝玄原話不當如此。”○凌濛初曰：“‘衛軍’或是呼小奴，豈即是以僧彌小字爲戲耶？”○岡白駒曰：“‘衛軍’稱王薈，此不直答僧彌，呼主人語之也。肅，恭也。”○姚範曰：“‘衛軍’引《左傳》語誤。蓋僧彌、車騎俱集於王薈所，故謝語薈稱‘衛軍’，見《任誕》四十八則。”《援鶉堂》卷三十六。按“引《左傳》語”蓋方世舉之説。其説不詳。○程炎震曰：“《晉書·王薈傳》不言爲‘衛軍’。珉爲薈族子，玄長珉八歲，故得於薈許斥珉小字。”○楊勇曰：“指王薈。此似當作‘鎮軍’佳。《晉書·王薈傳》：‘督浙江東五郡左將軍、會稽内史，進號鎮軍將軍，加散騎常侍。卒於官，贈衛將軍。’‘衛軍’爲贈官，謝不當以贈官稱之。”○朱鑄禹曰：“珉爲薈族子，玄與珉友，蓋以尊長自居，故前於珉之進觴時語傲慢，而此直呼薈而謂珉不檢肅省度，冒犯長上也。”○張萬起曰：“肅省，敬慎自省。謝玄於此直乎王珉小字，以示回擊。”

“侵陵上國”，恩田仲任曰：“韋昭《國語注》曰：‘上國，中國也。’”○秦士鉉曰：“上國，自稱也。”○范子燁曰：“謝玄所言，實質是以地望相嘲。在他看來，王氏本居齊魯荒鄙之地，而王珉無自知之明，居然侵淩謝氏之中州上國。”《研究》頁二三三。

○注“謝玄曾爲徐州故云使君”

“故云使君”，程炎震曰：“玄前爲兗州，不必定作徐州乃云‘使君’也。此注殊泥。”

【彙評】

劉辰翁曰：“語都無取，獨‘釣碣’可用。”

余嘉錫曰：“珉先斥玄小字，故玄以此報之，不必更論長幼也。然珉語近於醜詆，想見聲色俱厲，而玄出之以游戲，固足稱爲‘雅量’。”

39

王東亭爲桓宣武主簿，既承藉，有美譽，公甚欲其人地爲一府之望[1]。初，見謝失儀，而神色自若。坐上賓客即相貶笑。公曰：“不然，觀其情貌，必自不凡。吾當試之。”後因月朝閣下伏，公於內走馬直出突之，左右皆宕仆，而王不動。名價於是大重，咸云：“是公輔器也。”《續晉陽秋》曰：“珣初辟大司馬掾，桓溫至重之，常稱：‘王掾必爲黑頭公，未易才也。’”

---

[1]　“甚欲”，程炎震曰：“‘欲’宋本作‘敬’。宋人諱‘敬’字，宋本何以作‘乎敬’？”余嘉錫曰：“‘欲’沈本作‘敬’。”徐震堮曰：“‘敬’原作‘欲’，據沈校本改。”蔣宗許《臆札》曰：“沈校本改‘欲’爲‘敬’，不可取。”龔斌曰：“當作‘敬’。”

○“王東亭”至“即相貶笑”

“爲桓宣武主簿”，程炎震曰：“《晉書·珣傳》云爲掾，轉主簿。”

“既承藉有美譽”，桃井白鹿曰：“藉，去聲，謂世世相承藉也。《識鑒篇》：‘李勢在蜀久，承藉累葉。’《晉書·桓玄傳》：‘楊佺期自謂承藉華胄，江表莫比。’”○大典顯常曰：“承籍，謂家世也。”○秦士鉉曰：“‘藉’‘籍’通用，家籍也。”○朱鑄禹曰：“承藉，謂能繼承、憑藉先人之業蹟而有美譽也。”○吳金華曰：“‘承藉’確實是憑藉的意思，古詩中的‘承籍’也應作如是解。‘既承藉有美譽’一句，在余氏《箋疏》本中被點斷，成爲‘既承藉，有美譽’兩句。其實這六字跟詩句‘承籍有宦官’一樣，應作一氣讀之。”按“承籍有宦官”，《古詩爲焦仲卿妻作》詩句。《考釋》頁六〇至六一。○楊勇曰：“承藉，即蔭藉、門地，時人習語。”按“承藉”義參見《政事篇》“山退去東陽”條。

“欲其人地爲一府之望”，參見校文。岡白駒曰：“‘地’如‘門地’之地。”○淇園曰：“人，美譽；地，承籍。”○秦士鉉曰：“人地，人品門第也。”○張萬起曰：“人地，人的才能和門第。”○蔣宗許曰：“是説桓溫有意獎拔王珣，力圖使其聲名地位均爲府中第一。‘甚欲’連文，‘甚欲使嵇公一見’（《文學》五）、‘張甚欲話言’（《任誕》三八），正可比勘。”《臆札》。

“見謝失儀”，張萬起曰：“拜見告退有失禮儀。”

○“公曰不然”至“公輔器也”

“吾當試之”，王叔岷曰：“當，猶‘將’也。”

“月朝閣下伏”，岡白駒曰：“月朝，月朔會朝也。”○徐震堮曰：“每月朔日，叫做‘月朝’。曹操遺令：‘月朝十五。’亦作‘月旦’。”《釋義》。○楊勇曰：“月朝，即月旦朝。”

“走馬直出突之”，田中頤曰：“事出不虞。”○龔斌曰：“桓溫之試王珣，與密令人在輿前後鳴鼓試簡文同一伎倆。”

“左右皆宕仆”，岡白駒曰：“‘宕’與‘蕩’通，離本處也。”

“王不動”，田中頤曰：“即亦‘自若’也。”

○注“續晉陽秋曰”

“黑頭公”，岡白駒曰：“王珣、謝玄爲桓溫掾，溫嘗稱曰：‘謝掾年四十，必擁旄杖節，王掾當爲黑頭公。'謂壯年升顯位也。"

"未易才"，秦士鉉曰："未易，猶云不易得也。"

【彙評】

劉辰翁曰："何等試法？"

40

太元末，長星見，孝武心甚惡之。徐廣《晉紀》曰："泰元二十年九月，有蓬星如粉絮，東南行，歷須女，至央星[1]。"按太元末[2]，唯有此妖，不聞長星也。且漢文八年，有長星出東方。文穎注曰："長星有光芒，或竟天，或長十丈，或二三丈，無常也。"此星見，多爲兵革事。此後十六年，文帝乃崩。蓋知長星非關天子[3]，世説虛也。夜，華林園中飲酒，舉恉屬星云："長星！勸爾一桮酒。自古何時有萬歲天子[4]？"

○"太元末"至"萬歲天子"

"長星見"，胡三省曰："長星，所以除舊布新。"《通鑒·宋紀一》注。○陳殷曰："長星，妖星，其芒長也。見，音現。"《點注》卷四。○秦士鉉曰："長星除

---

[1]　"歷須女至央星"，桃井白鹿曰："'央'當作'哭'。"秦士鉉曰："'央星'《晉書》作'哭星'。"程炎震曰："《晉書·天文志》作'歷女虛，至哭星'，宋本'央'亦作'哭'。"余嘉錫曰："'央'沈本作'哭'。注文'歷須女'，當作'女虛'。"王利器曰："蔣校本、沈校本'央'作'哭'，凌本作'央'。案作'哭'者是。《開元占經》卷八六、《御覽》卷八七五引《晉中興書》，載此事作'歷女虛危，至哭星'。"楊勇曰："'女須'宋本作'須女'，非。'哭'宋本作'央'，非。"

[2]　"太元"，余嘉錫曰："景宋本及沈本作'泰元'。"按袁刻本"太"亦作"泰"。朱鑄禹曰："'泰'、'太'古通用。"

[3]　"蓋知"，何焯曰："'蓋'疑'益'誤。"王利器曰："'蓋'疑當作'益'。"楊勇曰："宋本及各本均作'蓋'，疑誤。"

[4]　"何時"，劉應登曰："'時'字作'曾'。"桃井白鹿曰："劉芸廬本'時'作'曾'。"田中頤曰："'時'一作'曾'，亦通。"

舊布新，故惡之。"○楊勇曰："長星即彗星。"

"勸爾一梧酒"，淇園曰："雖心惡之而勸以酒，即所以爲雅量。"

"自古何時有萬歲天子"，田中頤曰："言自古何時曾有萬歲無恙天子乎？此不煩待長星而知，宜爲飲一杯退去可也。"

◎余嘉錫曰："《開元占經》八十六引郄萌曰：'蓬星出太微中，天下立王，期不出三年。'又引《荊州占》曰：'蓬星出北斗魁中，王者坐賊死。若大臣諸侯，有受誅者。蓬星出司命，王者疾死。'又引何法盛《中興書》曰：'晉孝武太元二十年九月，有蓬星如粉如絮，東南行，歷女、虛、危，至哭星。其年烈宗崩。'然則孝武因蓬星之出，其占爲王者死，故言古無'萬歲天子'。《世說》誤'蓬星'爲'長星'耳。其言未必虛也。《占經》八十八引《幽明錄》與此同，末多'取杯酬之，帝亦尋崩也'二句。"

○注"徐廣晉紀曰"

"歷須女至央星"，參見校文。胡三省曰："《天文志》：'須女四星。'須，賤妾之稱，婦職之卑者也。鬥、牛、女，揚州分。虛二星、危三星，皆主死喪。哭泣、墳墓，四星，屬危之下，主死喪、哭泣、爲墳墓也。"《通鑑·晉紀三十》注。○桃井白鹿曰："哭，星名。此星見，有哭泣事，故名。《晉書·天文志》：太元二十年九月，有蓬星如粉絮，東南行，歷女虛，至哭星，明年，帝崩。"○恩田仲任曰："《天官書》曰'婺女'，《索隱》曰：'《爾雅》云：須女謂之務女。或作婺字。'《星經》曰：'哭，二星，在虛南，主死哭之事。'"

"太元末"，秦士鉉曰："孝武崩在太元二十一年。"

"漢文八年有長星出東方"，余嘉錫曰："'漢文八年，長星見'，見《漢書·文帝紀》。"○楊勇曰："長星，即慧星，俗謂掃把星，現則不利，有兵災。"

【彙評】

王世懋曰：""心甚惡之'四字可除。"

袁中道曰："達甚！"《舌華錄》卷七。

陳簡曰："天變之形，其應甚速。故自古遇星變，聞有恐懼，未聞有戲豫者。秦主生謂太白爲渴入井，而晉孝武勸長星杯酒，何其不知修省也。非久禍作，宜矣。"《談史補》卷四。

868

石川鴻齋曰：“長星出没，皆有定度，西人詳之，不必關時治亂，況於司馬昌明乎？當時天學不明，動以星變卜盛衰，惑之甚也。”《點注》卷四。

41

殷荆州有所識，作賦，是束皙慢戲之流。《文士傳》曰：“皙字廣微，陽平元城人，漢太子太傅疎廣後也。王莽末，廣曾孫孟達自東海避難元城，改姓，去‘疎’之足以爲束氏。皙博學多識，問無不對。元康中[1]，有人自嵩高山下得竹簡一枚[2]，上兩行科斗書，司空張華以問皙。皙曰：‘此明帝顯節陵中策文也[3]。’檢校果然。曾爲《餅賦》諸文，文甚俳諧。三十九歲卒，元城爲之廢市。”殷甚以爲有才，語王恭：“適見新文，甚可觀。”便於手巾函中出之[4]。王讀[5]，殷笑之不自勝。王看竟，既不笑，亦不言好惡，但以如意帖之而已[6]。殷悵然自失。

○“殷荆州”至“不自勝”

“有所識”，岡白駒曰：“有所識人。”

“束皙慢戲之流”，胡三省曰：“漫戲，言漫爾作戲。”《通鑒·梁紀十八》注。○岡白駒曰：“束皙作《勸農》及《餅》諸賦，文頗鄙俗。”○田中頤曰：“束皙所作文甚俳諧，此賦類之。”

---

[1] “元康中”，桃井白鹿曰：“據《晉書》，‘元康’當作‘太康’。元康，惠帝年號；太康，武帝年號。”秦士鉉曰：“‘太康’或作‘元康’，誤也。太康，武帝年號。元康，惠帝年號。今從《晉書》。”朱鑄禹曰：“當作‘太康’。《晉書》卷五十一《束皙傳》繫於晉武帝太康。”楊勇曰：“《御覽》六〇六引《文士傳》作‘太康中’。”龔斌曰：“《束皙傳》敘‘時有人於嵩高山下得竹簡’，並未明言在太康中。而張華爲司空在惠帝元康中，作‘元康’不誤。”

[2] “自嵩高山”，桃井白鹿曰：“《晉書》‘自’作‘於’。”秦士鉉曰：“‘於嵩’舊作‘自’，誤也。”

[3] “此明帝”，徐震堮《札記》曰：“《晉書·束皙傳》‘明帝’上有‘漢’字。”朱鑄禹曰：“‘明帝’上應有‘漢’字。《晉書》本傳作‘此漢明帝顯節陵中策文也’。”

[4] “函中”，程炎震曰：“《御覽》三百九十一《笑門》引‘函中’二字作‘亟’。”

[5] “王讀”，楊勇曰：“‘王’下，《御覽》三九一、七〇三引《世說》均有‘既’字。”

[6] “帖之”，程炎震曰：“（《御覽》三百九十一引）‘帖’作‘點’。”

“適見新文”，天保手批曰：“‘適’與‘正’訓。”○楊勇曰：“適，纔也，頃也。《唐書·武元衡傳》‘適從何處來’，陶淵明《形贈影詩》‘適見在世中’，是。”

“手巾函中出之”，田中頤曰：“殷以爲新文難得，故恭敬出之，以要王一笑。”○張萬起曰：“手巾函，即手巾袋。古人用來放置手巾或文稿一類東西的袋子。”

“笑之不自勝”，蔣宗許曰：“自勝，克制自己。”《大辭典》頁四六二。

○“王看竟”至“悵然自失”

“既不笑”，田中頤曰：“與‘慢戲’反應。”

“以如意帖之”，方以智曰：“古‘貼’‘帖’通用，《世説》‘以如意帖之’是也。”《通雅》卷三十一。○桃井白鹿曰：“帖，鎮定也，謂以如意置其上也。”○大典顯常曰：“帖，通‘貼’，妥帖也。謂置以鎮壓也。”○恩田仲任曰：“言以如意置其上鎮之。”○田中頤曰：“謂此賦允得其體。”○徐震堮曰：“帖，借爲妥貼熨貼之‘貼’，謂以如意壓之使平。”按“如意”義參見《豪爽篇》“王處仲每酒後輒詠”條。

“悵然自失”，田中頤曰：“悵望恨也，意大違故。”○王叔岷曰：“《莊子·説劍篇》：‘文王芒然自失。’”

○注“文士傳曰”

“去疎之足以爲束氏”，錢大昕曰：“《説文》：疏，從㐬從疋，以疋得聲。隸變‘疏’爲‘踈’，與束縛之‘束’本不相涉。疋，故‘胥’字，古人‘胥’‘疏’同聲，故從疋聲也。‘疏’之改‘束’，自取聲相轉，如耿之爲簡，奚之爲稽耳。唐人不通六書，乃有去足之説。”《考異》卷二十一。徐震堮按曰：“此言蓋斥《晉書》之妄，然《文士傳》見於《隋志》，孝標注已引之，則其説亦不始於唐人也。”○余嘉錫曰：“此説出自張隲《文士傳》。其人當生於晉代，不得歸罪於唐人也。錢氏但就《晉書》言之耳。松之於《魏志·王粲傳》注中譏隲虚僞妄作，是其學識甚陋，容或不知六書。然疏猛達時，佐隸書已盛行，隸書‘疏’字變爲從‘足’從‘束’，去其偏旁，因有‘去足’之説。此如《説文序》所謂馬頭人爲長、人持十爲斗，何必定合六書耶？”

“顯節陵”，大典顯常曰：“袁宏《後漢紀》：孝明帝十八年秋八月壬子崩於東宮。是日太子即皇帝位。壬戌葬孝明帝於顯節陵。"《撮補》。

"曾爲餅賦諸文"，秦士鉉曰："本傳：晳曾爲《勸農》及《餅賦》，文頗鄙俗，時人薄之。"

"三十九歲卒"，程炎震曰："《晉書》云年四十。"○曹道衡曰："傳記晳少遊國學，博士曹志賞之。據志傳，志始爲博士在咸寧初，齊王芳之國之前遷祭酒。世家子弟入國學，年歲約在十四五至十七八歲，設束晳於咸寧三年左右入太學，年十五，四十歲卒則在永寧二年。"《叢考》頁一五三。

【彙評】

劉辰翁曰："甚得體。慢戲，復何足贊？"
王世懋曰："如見其情狀。"
凌濛初曰："良悵，良悵。"
龔斌曰："魏晉俳諧之作，一時蔚爲大觀。殷仲堪與王恭兩人對俳諧賦之態度迥然不同，自有原因。仲堪賞愛俳諧賦溢於言表，因其實爲文章之士，《晉書》本傳稱其'善屬文'，而本人亦喜作諧隱文。《排調》六一記桓玄、殷仲堪作'了語''危語'，此即《文心雕龍·諧隱》所言之'諧辭隱語'，既可炫才，又能說笑。王恭則不然，雖亦能清言，卻讀書少，不善屬文，排斥通俗文學。"

42

羊綏第二子孚，少有儁才，與謝益壽相好，_{益壽，謝混小字也。}嘗蚤往謝許，未食。俄而王齊、王睹來。_{王睹已見。齊，王熙小字也。《中興書》曰："熙字叔和，恭次弟。尚鄱陽公主，太子洗馬，早卒。"}既先不相識，王向席有不說色，欲使羊去。羊了不昞，唯腳委几上，詠矚自若。謝與王敘寒溫數語畢，還與羊談賞，王方悟其奇，乃合共語。須臾食下，二王都不得餐，唯屬羊不暇。羊不大應對之，而盛進食，食畢便退。遂苦相留，羊義不住，直云："向者不得從命，中國尚虛。”二王是孝伯兩弟。

　　○“羊綏第二子”至“孝伯兩弟”

　　“王睹”，余嘉錫曰：“睹，王爽小字。”

　　“須臾食下”，徐震堮曰：“謂設飲饌，今謂之‘上菜’，《德行》六‘餘六龍下食’是也。”按參見《德行篇》“陳太丘詣荀朗陵”條“下食”。

　　“屬羊不暇”，余嘉錫曰：“二王敬其人，故代謝作主人，勸其加餐。”

　　“苦相留”，余嘉錫曰：“二王留之也。”

　　“義不住”，吳金華曰：“終究不肯停住。用在否定句詞前面的副詞‘義’，由上古表示義理的‘義’字虛化而成。”《考釋》頁一一五至一一六。○張萬起曰：“義，堅決。”

　　“向者不得從命”二句，余嘉錫曰：“二王先欲羊去，羊已覺之，而置不與較。及二王前倨後恭，苦留共談，羊乃云：‘向者君欲我去，不得從命者，直因腹內尚虛。今食已飽，便當逕去耳。’云‘中國尚虛’者，蓋當時人常語，以腹心比中國，四肢比夷狄也。”○龔斌曰：“《鹽鐵論》九：‘大夫曰：中國與邊境，猶支體與腹心也夫。’”

　　【彙評】

　　劉辰翁曰：“寫得直截可憎，又自如見。人情有此，傳聞之穢，小説不厭。”
　　王世懋曰：“此等語，亦傷雅量。”按凌瀛初本無“量”字。

識鑒第七

【題解】

何良俊曰："夫人情深阻而莫測，事勢倚伏而難定，況乎人方幼而即審其終，事未形而能知其著，可不謂尤難哉！《書》曰：'知人則哲，維帝其難之。'《易》曰：'知幾其神乎。'不虛耳。然子貢億則屢中，夫子顧少之焉。何平叔曰：'子貢不窮理而幸中，亦所以不虛心也。'蓋聖人者，心如明鏡，遇物便了，豈有議擬？一涉議擬，或幸中，鮮不失矣，況億以爲知者哉？《易》稱：'寂然不動，感而遂通。'釋氏所謂常寂、常照，皆此道也。後世去古聖賢甚遠，然觀其品校人物，推測事幾，多奇中，若大賢以下有不能者，何耶？蓋東漢以後尚老釋，宋世好談理性。嗚呼！清虛澄汰之功，又焉可誣也！"《何氏語林》卷十五。○田中頤曰："此謂能別識人物，而其照鑒不愆也。"○楊勇曰："識鑒，謂識見深遠，鑒別精微也。藉以品評人物也。"○張萬起曰："老莊玄學興盛、佛教傳播，士大夫階層更加重視人的精神、悟性，以至於整個魏晉時代，形成崇尚大才、眼識、神鑒的社會風氣。"

1

曹公少時見喬玄，玄謂曰："天下方亂，群雄虎争，撥而理之，非君乎？然君實亂世之英雄，治世之姦賊。恨吾老矣，不見君富貴，當以子孫相累[1]。"《續漢書》曰："玄字公祖，梁國睢陽人。少治《禮》及嚴氏《春秋》。累遷尚書令。玄嚴明有才略[2]，長於知人。初，魏武帝爲諸生，未知名也，玄甚異之。"《魏書》曰：

---

〔1〕 "當以子孫相累"，楊勇曰："《魏志·武帝紀》注引《魏書》作'願以妻子爲託'。"
〔2〕 "有才略"，董刻本無"有"字。王利器曰："蔣校本、沈校本同，餘本'才'上有'有'字，是。"楊勇曰："袁本及《魏志》注引《續漢書》均有'有'字。"

"玄見太祖曰：'吾見士多矣，未有若君者！天下將亂，非命世之才不能濟也。能安之者，其在君乎？'"按《世語》曰："玄謂太祖：'君未有名，可交許子將。'太祖乃造子將，子將納焉。"《孫盛雜語》曰："太祖嘗問許子將：'我何如人？'固問〔1〕，然後子將答曰：'治世之能臣，亂世之姦雄。'太祖大笑。"《世說》所言謬矣。

○"曹公少時"至"子孫相累"

"撥而理之"，楊勇曰："《說文》：'撥，治也。'"

"亂世之英雄"二句，胡三省曰："言其才絕世也。天下治則盡其能爲世用，天下亂則逞其智爲時雄。"《通鑒·漢紀五十》注。按《通鑒》作"治世之能臣，亂世之姦雄"。○吳文仲曰："按諸書皆云'治世之能臣，亂世之姦雄'。若云'姦賊'，恐不應太峻如此。"○湯用彤曰："'英雄'者，漢魏間月旦人物所有名目之一也。天下大亂，撥亂反正，則需英雄。漢末豪俊並起，群欲平定天下，均以英雄自許。故王粲著有《漢末英雄傳》。夫撥亂端仗英雄，故許子將目曹操曰：'子清平之姦賊，亂世之英雄。'（此引《後漢書》）而孟德爲之大悅，蓋素以創業自任也。"《論稿》頁七。

○注"孫盛雜語曰"

《孫盛雜語》，沈家本曰："《隋志》不著錄。《唐志》：'孫壽《魏陽秋異同》八卷。'疑即此書。夏侯玄、呂虔、姜維三人傳注並引《孫盛雜語》，章宗源以爲省'異同'二字。《世說·識鑒篇》《假譎篇》注並引《孫盛雜語》。章氏謂《假譎篇》注引武王私入張讓宅事，與《武紀》注同，自是一書。又《武紀》注引'寧我負人，無人負我'語作《孫盛異同評》，又曰《孫盛評》。"《古書目》卷一。○葉德輝曰："《隋志》：《雜語》五卷。無撰人。"《書目》。○楊勇曰："《魏志·武帝紀》注引作《孫盛異同雜語》。"

【彙評】

王世懋曰："注是。"

---

〔1〕"固問"，徐震堮曰："《魏志·武帝紀》注引孫盛《異同雜語》有'子將不答'四字。"

874

王思任曰：“《世說》冗軟。”

袁中道曰：“慧眼照破。”《舌華録》卷一。

鍾惺曰：“無‘亂世奸雄’一語，決不大笑。”○曰：“魏武命世奸雄，頻爲名士所輕，如宗承、許邵輩，公亦無如之何，所以感激於喬玄之知敬也。”

2

曹公問裴潛曰：“卿昔與劉備共在荆州，卿以備才如何？”潛曰：“使居中國，能亂人，不能爲治。若乘邊守險[1]，足爲一方之主。”《魏志》曰：“潛字文行，河東人。避亂荆州，劉表待之賓客禮[2]。潛私謂王粲、司馬芝曰：‘劉牧非霸王之才，而欲以西伯自處，其敗無日矣[3]！’遂南渡，適長沙[4]。”

○“曹公問”至“一方之主”

“曹公問裴潛”，余嘉錫曰：“方操與潛問答之時，備之取蜀，亦已久矣。此必（建安）二十年冬操已降張魯，與備爭漢中之時，方以備爲勁敵，懼其不克，故發此問。”○龔斌曰：“操於建安十三年八月定荆州，引用荆州名士韓嵩、鄧義等。裴潛即爲所用名士之一。《魏志·裴潛傳》敘操以潛爲倉曹屬後，即接以問答事，顯然此事必在建安十三年後不久。”

“若乘邊守險”二句，崔朝慶曰：“乘邊，言處於邊陲也。”○余嘉錫曰：“潛知備之才足以定蜀，而地狹兵少，必不能遽復中原。”○張萬起曰：“乘，占據、憑藉。”

【彙評】

劉辰翁曰：“此語未有喻者。”評“若乘邊守險”二句。

---

〔1〕 “乘邊守險”，徐震堮《札記》曰：“《魏志·裴潛傳》作‘乘間守險’。”

〔2〕 “待之”，余嘉錫曰：“‘之’景宋本作‘以’。”

〔3〕 “無日矣”，龔斌曰：“宋本無‘矣’字。”

〔4〕 “遂南渡適長沙”，余嘉錫曰：“景宋本作‘累遷尚書令，贈太常’。”何焯校同。

李贄曰：“此語無人會得。”《初潭集》卷二十三。

王世懋曰：“此語似事後論人，不宜預知至此。”

余嘉錫曰：“（潛）推測形勢而爲是言，此特戰國策士揣摩之餘習，不足以言‘識鑒’也。”

3

何晏、鄧颺、夏侯玄並求傅嘏交，而嘏終不許。《魏略》曰：“鄧颺字玄茂，南陽宛人，鄧禹之後也。少得士名。明帝時爲中書郎〔1〕，以與李勝等爲浮華被斥。正始中，遷侍中尚書。爲人好貨，臧艾以父妾與颺，得顯官，京師爲之語曰：‘以官易富鄧玄茂〔2〕。’何晏選不得人，頗由颺，以黨曹爽誅。”諸人乃因荀粲説合之，謂嘏曰：“夏侯太初一時之傑士，虛心於子，而卿意懷不可交。合則好成，不合則致隙。二賢若穆，則國之休，此藺相如所以下廉頗也。”《史記》曰：“相如以功大拜上卿，位在廉頗右。頗怒，欲辱之。相如每稱疾，望見，引車避匿。其舍人欲去之，相如曰：‘夫以秦王之威而吾廷叱之，何畏廉將軍哉〔3〕？顧秦彊趙弱，秦以吾二人故不敢加兵於趙。今兩虎鬬，勢不俱生，吾以公家急而後私讎也〔4〕。’頗聞，謝罪。”傅曰：“夏侯太初，志大心勞〔5〕，能合虛譽，誠所謂利口覆國之人。何晏、

---

〔1〕 “中書郎”，楊勇曰：“《魏志・曹爽傳》注引《魏略》作‘尚書郎’。”

〔2〕 “以官易富”，何焯曰：“‘富’《通志》作‘婦’。”徐震堮《札記》曰：“當據《魏志・曹真傳》注引作‘以官易婦’。”又《校箋》曰：“‘富’《魏志・曹真傳》注引作‘婦’，謂取臧艾父妾，是。”

〔3〕 “何畏”，唐鴻學曰：“作‘獨畏’。”

〔4〕 “吾以公家急而後私讎也”，袁刻本“後”作“復”。唐鴻學曰：“‘公家急’，作‘國家急’。‘復私讎’，明本《史記》‘復’作‘後’。”徐震堮《札記》曰：“《史記》作‘徒以先公家之急而後私讎也’。”又《校箋》曰：“《史記・廉頗藺相如列傳》作‘吾所以爲此者，以先國家之急而後私讎也’。”

〔5〕 “志大心勞”，桃井白鹿曰：“《通鑑》作‘志大其量’。”楊勇曰：“《魏志・傅嘏傳》作‘志大其量’。”

876

鄧颺有爲而躁〔1〕，博而寡要，外好利而内無關籥，貴同惡異，多言而妬前。多言多釁，妬前無親。以吾觀之，此三賢者，皆敗德之人耳！遠之猶恐罹禍，況可親之邪？”後皆如其言。《傅子》曰：“是時何晏以才辯顯於貴戚之間，鄧颺好交通〔2〕，合徒黨，鬻聲名於閭閻，夏侯玄以貴臣子，少有重名，皆求交於嘏〔3〕，嘏不納也。嘏友人荀粲有清識遠志，然猶勸嘏結交云〔4〕。”

○“何晏鄧颺”至“下廉頗也”

“因荀粲説合之”，龔斌曰：“荀粲與傅嘏、夏侯玄皆親。”
“虚心於子”，秦士鉉曰：“虚心，猶虚待也，即虚而受人之虚。”
“致隙”，崔朝慶曰：“隙，怨也。”
“若穆”，岡白駒曰：“‘穆’與‘睦’通。”
“國之休”，崔朝慶曰：“休，慶也。”

○“傅曰夏侯”至“覆國之人”

“志大心勞”，張萬起曰：“言志向大於才量，難免力不從心，故心必勞苦。”
“能合虚譽”，田中頤曰：“合，集也，猶云收。”○秦士鉉曰：“浮華相標，能合其聲譽也。”○崔朝慶曰：“言能以浮大之志概應其虚譽，使人信之也。”
“誠所謂利口覆國之人”，大典顯常曰：“《論語》：‘惡利口之覆邦家者。’”《集成》。○徐震堮曰：“《魏志・傅嘏傳》注引《傅子》作‘所謂利口覆邦國之人也’，此句在何晏下，不指夏侯玄。”○龔斌曰：“《魏志・諸葛誕傳》：‘言事者以誕、颺等脩浮華，合虚譽，漸不可長。’傅嘏稱夏侯玄‘利口覆國’，殆言事者所指之‘浮華’也。”

---

〔1〕 “有爲而躁”，桃井白鹿曰：“《通鑑》作‘有爲而無終’。”秦士鉉曰：“(《通鑑》)‘而躁’作‘無終’。”
〔2〕 “好交通”“清識遠志”，徐震堮《札記》曰：“《魏志・傅嘏傳》注‘交通’作‘變通’，‘遠志’作‘遠心’，並不如此注義長。”
〔3〕 “交於嘏”，董刻本、沈校本無“交”字。王利器曰：“各本‘求’下有‘交’字，是。”楊勇曰：“《魏志・傅嘏傳》注引《傅子》有‘交’字。”
〔4〕 “結交”，朱鑄禹曰：“‘交’，袁本同，沈校本無此字。”

○“何晏鄧颺”至“皆如其言”

“有爲而躁”，張萬起曰：“躁，指氣躁，熱中功名仕宦。”○龔斌曰：“《晉書》二七《五行志上》：‘魏尚書鄧颺行步馳縱，筋不束體，坐起傾倚，如無手足，此貌之不恭也。管輅謂之鬼躁者，凶終之徵，後卒誅也。’”○蔣宗許曰：“有所作爲但心浮氣躁。”《大辭典》頁四一二。

“博而寡要”，王叔岷曰：“司馬談《論六家要指》：‘儒者博而寡要。’”

“内無關籥”，恩田仲任曰：“‘籥’與‘鑰’同，管鍵也。”○崔朝慶曰：“言無檢點約束也。”○朱鑄禹曰：“言内無堅定意志也。”○楊勇曰：“‘籥’通‘鬮’。關籥，言檢束制度也。”王叔岷按曰：“‘鬮’‘籥’正、假字，今字作‘鑰’。”

“多言而妬前”，胡三省曰：“妬前者，忌前也。人忌勝己。”《通鑒·魏紀八》注。○岡白駒曰：“前，謂凡位望才能居己之右者。”○桃井白鹿曰：“劉子《新論》：‘妬才智之在己前。’”○秦士鉉曰：“前，謂賢於己者。”○崔朝慶曰：“己不如人而嫉人之勝於己也。”

“多釁”，崔朝慶曰：“釁，瑕隙也。”

○注“魏略曰”

“少得士名”，吳金華曰：“積學修業之士被所在地區的士族認可爲‘士人’，叫做‘得士名’。反之，如果通不過本鄉本土的士族清議，就没有‘士名’。從這個意義上將，‘士名’主要指合法的士人資格。”《考釋》頁一一八。

“以與李勝等爲浮華被斥”，秦士鉉曰：“《通鑒》延熙三年初，畢軌、丁謐、鄧颺、李勝、何晏皆有才名，而急於富貴，趨時附勢，明帝惡其浮華，抑而不用。帝曰：‘選舉取名，譬如畫地作餅，不可啖也。’”

【彙評】

劉辰翁曰：“名言。”評“遠之猶恐罹禍”二句。

王世懋曰：“據此傳，蘭碩頗先識擇交，故當動與福會，而《别傳》乃云鍾會年少，嘏以明智交會。交太初，不猶勝於交叛臣乎？”

王懋竑曰：“《通鑒》載傅嘏論夏侯玄、何晏、鄧颺語，論李豐語，此與杜畿語，皆出《傅子》。《傅子》，傅玄所著。玄，嘏從父兄弟，故多載其語。按嘏本傳：‘魏黃門侍郎，以與晏等不合免官，後起爲滎陽太守，不就。司馬懿請爲從事中郎，遂附從懿父子以傾魏。爽之死，齊王之廢，嘏皆與有力焉。’故爽誅，即以嘏爲河南尹，轉尚書，賜爵關內侯。齊王廢，進爵武鄉亭侯。及毌丘儉、文欽兵起，嘏勸師自行，與之俱東。師卒，中詔嘏還師。嘏輒與昭俱還，以成司馬氏之篡。迹其始末，蓋與賈充不異，幸其早死，不與佐命之數。此乃魏之逆臣，但以善自韜晦，不名其功，即如與昭俱還，乃嘏之本謀，顧以推之鍾會，故世莫得而議之，其與何晏、鄧颺及玄、豐不平，皆以其爲魏故，而自與鍾毓、鍾會、何曾、陳泰、荀顗善，則皆司馬氏之黨也。所譏議晏等語，大率以愛憎爲之。如晏輩固不足道，若豐、玄豈不勝於鍾會、何曾、荀顗？而嘏之好惡如此。陳壽論嘏用才達顯，而裴松之謂：‘嘏當時高流，壽所評不足見其美。’庸人之論，淺陋可笑。故陳壽僅載嘏論何晏數語，松之注則盡收《傅子》所述云云。《通鑒》又因注而爲之條分件繫，謂嘏言若蓍龜之驗，於是嘏得爲魏之名臣，而豐、玄遂與何晏、鄧颺輩同類而共棄之。此真豐、玄之不幸也。”《白田雜著》卷四。

馮夢龍曰：“蔡邕就董卓之辟，而不免其身；韋忠辭張華之薦，而竟違其禍。士君子不可不慎所因也。”《智囊補》卷六。

鍾惺曰：“何、鄧求交於傅嘏，嘏不納，居亂世自全之道，原自如此，不獨擇交而已。擇交千古難事，勢利不必言，即盛名之下，亦當斟酌，非深心卓識不知。”《史懷》卷十六。

姜宸英曰：“夏侯泰初非何、鄧比，而嘏概劣之，緣嘏是司馬之黨，故云爾，非公論也。”趙一清《三國志注補》卷二十一引。

王夫之曰：“史稱何晏依勢用事，附會者升進，違忤者罷退，傅嘏譏晏外靜內躁，皆司馬氏之徒，黨邪醜正，加之不令之名耳。晏之逐異己而樹援也，所以解散私門之黨，而厚植人才於曹氏也。盧毓、傅嘏懷寵祿，慮子孫，豈可引爲社稷臣者乎？藉令曹爽不用晏言，父事司馬懿而唯言莫違，爽可不死，且爲戴莽之劉歆。若逮其篡謀之已成而後與立異，劉毅、司馬休之之所以或死或亡，而不亦晚乎！爽之不足與有爲也，魏主叡之不知人而輕託之也，乃業以宗臣受顧命矣，晏與畢軌、鄧颺、李勝不與爽爲徒，而將誰與哉？”《讀通鑒論》卷十。

李慈銘曰：“夏侯重德，平叔名儒，嘏於是時名位未顯，何至內交見拒，且煩奉倩爲言？觀《晉書·列女傳》，當何、鄧在位時，嘏之弟玄以見惡於何、鄧，至於求婚不得，豈有太初嶽嶽，反藉嘏輩爲重？此自緣三賢敗後，晉人增飾惡言。國史既以忠爲逆，私家復誣賢爲奸，如《魏志·嘏傳》，皆不可信。《傅子》即玄所作，出於讎怨之辭，《世説》轉據舊聞，是非多謬。然太初名德，終著古今，不能相累。平叔《論語》，永列學官，以視嘏輩，直蜉蝣耳。近儒王氏懋竑《白田雜著》中言之當矣。"《簡端記》。

程炎震曰："裴松之曰：夏侯玄以名重致患，釁由外至；鍾會以利動取敗，禍自己出。然則夏侯之危兆難覩，而鍾氏之敗形易照也。嘏若了夏侯之必危，而不見鍾會之將敗，則爲識者所蔽，難以言通。若皆知其不終，而情有彼此，是爲厚薄由於愛憎，奚豫於成敗哉？以愛憎爲厚薄，又虧於雅體矣。"

繆鉞曰："當時清談名士，凡忠於魏者，嘏均有貶辭，謂夏侯玄志大其量，能合虛聲而無實才，謂何晏言遠而情近，好辯而無誠，所謂利口覆邦國之小人，謂李豐飾僞而多疑，矜小失而昧於權利，而依附司馬氏者如鍾會，嘏則以明智交之，裴松之已論其以愛憎爲厚薄。按所謂愛憎者，蓋由於政治上立場之不同也。"《清談與魏晉政治》。

余嘉錫曰："蓋玄與嘏最初皆欲立功於國，已而各行其志，嘏爲司馬氏之死黨，而玄則司馬師之讎敵也。二人之交，遂始合而終睽。傅玄著書，爲其從兄門户計，又從而傅會之耳。嘏於叛君負國之事，攘臂恐後，則其忍於誣罔以賣其死友，亦固其所。獨怪《世説》竟采其語，列於《識鑒》之篇，而後世論史者，亦皆深信而不疑，無一人能發其覆者，爲可歎也！"

4

晉武帝講武於宣武場，帝欲偃武修文，親自臨幸，悉召群臣。山公謂不宜爾，因與諸尚書言孫、吳用兵本意，遂究論。舉坐無不咨嗟，皆曰："山少傅乃天下名言[1]。"《史記》曰[2]："孫武，齊人。吳起，衛人。並善兵法。"《竹林七

---

〔1〕 "皆曰"二句，徐震堮《札記》曰："本傳作：'帝稱之曰：天下名言也，而不能用。'"
〔2〕 "史記"，董刻本"史"作"中"。王利器曰："各本'中'作'史'，是。"楊勇曰："'史'宋本作'中'，非。"

賢論》曰〔1〕："咸甯中〔2〕，吳既平，上將爲桃林、華山之事，息役弭兵〔3〕，示天下以大安。於是州郡悉去兵，大郡置武吏百人，小郡五十人。時京師猶講武，山濤因論孫、吳用兵本意。濤爲人常簡默，蓋以爲國者不可以忘戰，故及之。"《名士傳》曰："濤居魏、晉之間，無所標明〔4〕，嘗與尚書盧欽言及用兵本意〔5〕。武帝聞之，曰：'山少傅名言也。'" **後諸王驕汰，輕遘禍難，於是寇盜處處蟻合，郡國多以無備，不能制服，遂漸熾盛，皆如公言。時人以謂山濤不學孫、吳，而闇與之理會〔6〕。王夷甫亦歎云："公闇與道合。"**《竹林七賢論》曰："永甯之後〔7〕，諸王構禍，狄虜欻起，皆如濤言。"《名士傳》曰："王夷甫推歎濤'晻晻爲與道合，其深不可測'，皆此類也。"

○"晉武帝"至"天下名言"

"講武於宣武場"，王鳴盛曰："武帝泰始四年九月臨宣武觀大閱衆軍，此見《禮志》，而《帝紀》無之。《帝紀》泰始九年十一月、十年十一月、咸寧三年十一月並臨宣武觀大閱，而此志亦不載。"《商榷》卷四十七。○大典顯常曰："按《晉·禮志》，武帝泰始四年九月，咸寧元年，太康四年、六年冬，皆自臨宣武觀大閱衆軍。"《集成》。○恩田仲任曰："《水經注》曰：渠水自大夏門東，逕宣武觀，憑城結構，不更增墉，左右夾列步廊，參差翼跂，南望天淵，北矚宣武場。場西故賈充宅第。"○程炎震曰："《武紀》：泰始十年、咸寧元年、三年十一月，數臨宣武觀大閱。"○徐震堮曰："此書所記，疑即咸寧時事。"

"不宜爾"，淇園曰："爾，然也。"○田中頤曰："承'帝欲'句，言不宜偃武。"

---

〔1〕 "七賢"，董刻本"七"作"士"。王利器曰："各本'士'作'七'，是。"楊勇曰："'七'宋本作'士'，非。"
〔2〕 "咸甯"，董刻本、袁刻本"甯"俱作"寧"。
〔3〕 "息役弭兵"，董刻本、沈校本作"息弭役兵"。
〔4〕 "標明"，程炎震曰："宋本'明'作'名'。"余嘉錫曰："'明'景宋本及沈本作'名'。"
〔5〕 "嘗與尚書盧欽言及用兵本意"，徐震堮《札記》曰："《晉書》本傳作'因與盧欽論用兵之本'。"
〔6〕 "而闇與之理會"，徐震堮曰："《續談助》四引《小說》作'而闇與會'，此文'之''理'二字，疑有一衍。"方一新曰："'之'猶'其'也，指孫、吳。'理'，理論、道理；'會'，相合。'之''理'均非衍文。《小說》作'而闇與會'，失原文語氣矣。"
〔7〕 "永甯"，董刻本、袁刻本"甯"俱作"寧"。

“言孫吳用兵本意”，田中頤曰：“蓋言爲國者，不可以忘戰之旨。”

“遂究論”，田中頤曰：“究竟山所執之論也。”

“山少傅”，程炎震曰：“《濤傳》：‘咸寧初，轉太子少傅。’”

○“後諸王”至“闇與道合”

“諸王驕汰”二句，岡白駒曰：“汰，奢也。據《七賢論》，輕，輕視朝廷也。”○田中頤曰：“謂其驕太過，而輕意搆作禍難也。”

“皆如公言”，田中頤曰：“以上語偃武之弊，下明山識鑒之精到也。”

“闇與之理會”，淇園曰：“言與孫吳之理會也。”

“闇與道合”，田中頤曰：“此言與道家之理亦會合也。”

○注“竹林七賢論曰”上

“咸甯中吳既平”，吳士鑑曰：“《武帝紀》云帝臨宣武觀大閱，事在咸寧三年，尚在平吳之前。《七賢論》誤爲吳既平也。盧欽卒於咸寧四年，亦不逮平吳之後。《世說》謂舉坐以爲名言，與本傳及《名士傳》作武帝之言亦異。”《斠注》卷四十三。

“爲桃林華山之事”，大典顯常曰：“《武成》：武王既克紂，歸馬華山之陽，放牛桃林之野。”

“因論孫吳用兵本意”，陳寅恪曰：“山濤應講過兩次，第一次在平吳前，即在咸寧初年爲少傅之時。因爲有見於晉武帝閱軍講武，不忘平吳，故與盧欽言及‘爲國者不可以忘戰’。此話符合武帝講武本意，所以武帝稱之爲‘山少傅名言’。平吳之後，武帝罷去了州郡兵，因爲京師還在講武，山濤借此又論及‘孫吳用兵本意’，意爲當年講武，目的在用兵於孫吳，孫吳雖平，不能以爲天下就此大安，爲國者始終不可以忘戰，州郡武備不宜罷除。然而武帝這次不聽了。武帝不聽是有原因的，他已經封了許多王國，王國是有武備的。”《講演錄》頁三六。

○注“名士傳曰”上

“無所標明”，恩田仲任曰：“標明，標舉也。”○龔斌曰：“標明，義猶揭示、顯明。蓋指濤之深沉不露、守默少言。”

“與尚書盧欽言及用兵本意”，勞格曰：“《山濤傳》：‘吳平之後，詔天下罷軍役，濤因與盧欽論用兵之本，以爲不宜去州郡武備。’盧欽卒於咸寧四年，不逮平吳時也。傳誤。”《雜識》卷四《校勘記中》。按《通鑑考異‧晉紀三》曰：“《濤傳》云：‘與盧欽論之.'按欽,咸寧四年三月已卒。"○程炎震曰:"《濤傳》云:'與盧欽論用兵之本,以爲不宜去州郡武備。'《武紀》:'咸寧四年三月,尚書左僕射盧欽卒,山濤代之。'"

"山少傅名言",陳寅恪曰:"山濤任少傅,據《山濤傳》,是在咸寧初。到太康元年平吳之前,他已不是少傅,而是右僕射了。如果山濤的話是在平吳罷兵以後説的,武帝就應該説是'山僕射名言',而不會説'山少傅名言'。"《講演録》頁三四。又曰:"山濤以咸寧初爲少傅,盧欽卒於咸寧四年,武帝謂山濤與盧欽所論用兵本意,爲'山少傅名言',將這數者綜合起來看,可知《名士傳》所記山濤之論,是在平吳之前咸寧年間説的。"同上頁三五。

○注"竹林七賢論曰"下

"諸王構禍",秦士鉉曰:"構,猶結也,成也。惠帝永寧元年趙王倫篡位,其年齊王冏討倫,殺之。明年大安元年,長沙王乂殺冏。明年,河間王顒、成都王穎舉兵攻乂。永興元年,東海王越奉帝征穎,敗績。此時群盜王彌、劉靈、曹嶷、張昌、王如等蜂起,劉曜、石勒等陷兩京矣。"

"狡虜",恩田仲任曰:"狡,猶强也。"○秦士鉉曰:"强胡也。"

○注"名士傳曰"下

"晻晻爲與道合",恩田仲任曰:"'晻'與'暗'通。"○秦士鉉曰:"晻晻,不明白貌。"

【彙評】

王應麟曰:"山濤欲釋吳以爲外懼,又言不宜去州郡武備,其深識遠慮,非清談之流也。顏延之於七賢,不取山、王,然戎何足以比濤,猶碔之於玉也。"《困學紀聞》卷十三。

劉辰翁曰:"兵不當廢,何在孫吳?"

方弘静曰:"山巨源言孫、吳於晉武之世,時天下甫平耳,始然之勢也,乃以爲不可忘戰。其後寇盜蟻合,郡國無備,不能制服,皆如其言。夫山公之論,於今爲要。晉去州兵,今未去也,而與無同,乃不若其去也,去猶無害。"《千一録》卷十七。

李贄曰:"此公非清談之傑乎? 何廢事也?"

范光宙曰："吳亡未幾，而帝心已侈，卒之清談亂俗，而權奸亂政，視巨源先見，若燭照然。州郡之去兵也，巨源與盧欽論用兵之本，謂武備難弛，帝且以爲天下名言矣，而卒不能用。永寧以後，寇賊焱起，而莫爲之備，天下遂以大亂，如巨源言焉。噫！巨源列竹林之賢，所故陶情麴糵而蕩滅禮教者，乃固奉母以孝，居宦以廉，蓋砥礪名節中人也。而又多經國遠猷，亦七賢之表表者與！未可以清談士目之也。"《史評》卷六。

王夫之曰："人心風俗，一動而不可猝靜，虜矯習成，殺機易發，上欲撲之而不可撲也。夫秦與晉惡能攝天下之心與氣而斂之一朝哉？故陳勝有輟耕之歎，石崇有東門之嘯，爭乘虛而思起。此兵之不可急弭者，機在下也。秦之併六國滅宗周，晉之篡魏而吞吳也，謀唯恐其不險，力唯恐其不競，日進陰鷙殘忍之夫，皇皇以圖弋獲，而又崇侈奔欲，以敗人倫之檢柙；其與於成功共富貴者，抑奢淫以啓天下之忌，無以滌天下之淫邪，而畜其強狡於草澤；幸而兵解難夷，遂欲使之屈首以奉長史之法，未有能降心抑志以順從者也。上無豫教，而欲飾治安於旦夕，召侮而已矣。此兵之不可急弭者，教在上也。陶璜、山濤力排罷兵之議，從事後而言之，驗矣。"《讀通鑑論》卷十一。

陳寅恪曰："太康元年平吳之後，晉武帝罷去州郡兵，而封國的軍隊仍存。晉所封王國，大國有五，次國有六，加上小國，國數雖然遠不及郡縣爲多，但州郡兵既已罷除，封國的軍隊就是一支支不小的力量。州郡由皇帝控制，封國屬於諸王。八王之亂所以亂到西晉滅亡，就是因爲皇帝控制的州郡無武備，而封國則有軍隊。山濤死前，封建制度已經實行。他說爲國者不可以忘戰，州郡不宜去兵，是看到了諸王一旦發動戰爭，朝廷將無法控制。"《講演錄》頁四二至四三。

王仲犖曰："州郡沒有武備，宗室諸王卻擁有軍隊，諸王就是利用了手中的軍隊和擔任方鎮的權力'輕遘禍難'，釀成'八王之亂'；劉淵、石勒、汲桑、王彌等起兵，'郡國多以無備，不能制服，遂漸熾盛'。具體歷史事實說明晉武帝去州郡兵是錯誤的做法，它不但違反了'忘戰必亡'這個箴言，而且混戰局面形成之後，兵連禍結，州鎮權力愈重，州郡兵的數目也比前愈爲增多，晉武帝裁撤州郡兵的結果，跟他的願望恰恰相反。"《魏晉南北朝史》頁一九六。

5

王夷甫父乂爲平北將軍，有公事，使行人論不得。時夷甫在京師，命駕見僕射羊祜、尚書山濤。夷甫時總角，姿才秀異，敘致既快，事加有理，濤甚奇之。既退，看之不輟，乃歎曰："生兒不當如王夷甫邪？"羊祜曰："亂天下者，必此子也！"《晉陽秋》曰："夷甫父乂[1]，有簡書，將免官。夷甫年十七，見所繼從舅羊祜，申陳事狀，辭甚俊偉。祜不然之，夷甫拂衣而起。祜顧謂賓客曰：'此人必將以盛名處當世大位，然敗俗傷化者，必此人也！'"《漢晉春秋》曰："初，羊祜以軍法欲斬王戎，夷甫又忿祜言其必敗，不相貴重。天下爲之語曰：'二王當朝，世人莫敢稱羊公之有德[2]。'"

○"王夷甫父"至"尚書山濤"

"王夷甫"，李慈銘曰："此條諸人皆名，而夷甫獨字，孝標爲梁武諱，追改之耳。"《簡端記》。

"有公事"，平賀房父曰："公事，謂有公事之罪狀也，'有公事不及雄'可併見矣。"○梁永昌曰："'公事'《晉陽秋》作'簡書'，可見'公事'的'事'與'簡書'同義，'公事'就是'公文'。"《雜記》。

"使行人論不得"，平賀房父曰："王乂在外，故使使者陳解而不得申理。"○田中頤曰："謂使使者論公事於羊、山二公，而不得如意也。"

"命駕見僕射羊祜尚書山濤"，劉辰翁曰："代父致辭。"○岡白駒曰："乂令夷甫造二公申狀。"○大典顯常曰："夷甫代行人往陳事情也。"

○"夷甫時總角"至"必此子也"

"既退"，田中頤曰："夷甫退出。"

"生兒不當如王夷甫邪"，田中頤曰："山賞譽之餘，有此欽羨嘆辭也。屈理

---

[1] "父乂"，董刻本"乂"作"又"。王利器曰："各本'又'作'乂'，是。"楊勇曰："'乂'宋本作'又'，非。"
[2] "二王當朝"二句，朱鑄禹曰："《通鑒》作'二王當國，羊公無德'。"

亦當爲之伸。此徒見其外與初年耳。"

"亂天下者必此子也"，田中頤曰："羊不喜其才辨過理，而有此言也。公事當加不利。此誠識其內與末年也。"

○注"晉陽秋曰"至"羊公之有德"

"有簡書"，大典顯常曰："簡書，公案也，即上所云'公事'也。"○秦士鉉曰："《詩經》：'畏此簡書。'此謂公案。"○徐震堮曰："《詩·小雅·出車》：'豈不懷歸，畏此簡書。'疏：'古者無紙，有事則書之於簡，謂之簡書。'此指言官彈章。"

"夷甫年十七"，程炎震曰："王衍以永嘉五年卒，年五十六。則十七歲，即泰始八年，羊祜已出督荊州，不爲僕射矣。《晉書·武紀》：'泰始四年二月羊祜爲尚書左僕射，五年二月督荊。'此當是泰始五年事。《晉書·衍傳》作'年十四'，是也。"○吳承仕曰："以《衍傳》證之，時年方十四耳。"余嘉錫引。○余嘉錫曰："王衍之見祜，必當在泰始四、五年之間。《衍傳》言衍年十四，在京師造僕射羊祜。案衍爲石勒所殺，年五十六，考之《通鑑》卷八十七，事在永嘉五年。以此推之，則泰始五年，衍年十四。蓋其時祜尚未赴荊州，故衍得往見，情事正合。"

"所繼從舅羊祜"，岡白駒曰："'繼'與'係'通。"○桃井白鹿曰："《爾雅》：'母之從父昆弟曰從舅。'《晉書·羊祜傳》：'從甥王衍，嘗詣祜陳事，辭甚俊辨。''所繼'，未詳。或云：所繼，繼母也。羊祜者，王衍繼母之從父昆弟也。未知是否。"又曰："《後漢書·儒林傳》：'伏恭叔父黯無子，以恭爲後，恭事所繼母甚謹。'此以出繼叔父，故谓叔母爲所繼之母。王衍出繼父之兄弟者也，而羊祜者，其所繼母之從父昆弟也。"《補遺》。

"羊祜以軍法欲斬王戎"，徐震堮曰："《晉書·羊祜傳》：步闡之役，祜以軍法將斬王戎，故戎衍並憾之。"《札記》。

"二王當朝"二句，岡白駒曰："王戎、王衍。"○王世懋曰："別史云'二王當國，羊公無德'，更佳。"秦士鉉曰："此出祜本傳。"按"別史"當指《通鑑》。

【彙評】

李贄曰："羊公取人亦太窄。"《初潭集》卷十八。○曰："羊公退一步，是步

886

步踏實地人也。夷甫狂者，安得便在輕重？"按《批補》"安得"上有"自不相入"四字。

王世懋曰："羊公識更高於巨源。"按《批補》"識"下有"王"字。

吳崇節曰："清談何足誤天下？而誇誕成風，職業廢棄，卒至陵夷頽敗，此實階之厲矣。"《古史要評》卷二。

唐汝詢曰："晉風應不競，豺狼將搆患。生是寧馨兒，擾亂我中原。結髮稱瓊樹，名聲重丘山。龍門徒揖客，麈尾正談玄。阿堵麾牀下，雌黃生舌端。清談敗風俗，僞巧玷朝班。杖鉞居台斗，京師不能守。神州頓陸沉，吁嗟竟誰咎。白首戀簪緌，孰云無宦情。巧仕營三窟，排牆竟埋骨。悔不及清時，盡忠於晉室。"《顧氏詩史》卷八。

尤侗曰："石勒之奇，王衍識之。王衍之奸，羊祜識之。祜曰：'王夷甫方以盛名處大位，然敗俗傷化，必此人也。'祜以軍法欲斬王戎，故二人皆憾之。時爲語曰：'二王當國，羊公無德。'抑知羊公之德，正在是乎！"《看鑑補評》卷五。

秦士鉉曰："山濤見王衍少時，曰：'何物老嫗，生寧馨兒。'然誤天下蒼生者，未必非此人也。"

6

潘陽仲見王敦小時，謂曰："君蜂目已露，但豺聲未振耳。必能食人，亦當爲人所食。"《晉陽秋》曰："潘滔字陽仲，滎陽人[1]，太常尼從子也。有文學才識。永嘉末[2]，爲河南尹，遇害。"《漢晉春秋》曰："初，王夷甫言東海王越，轉王敦爲楊州[3]。潘滔初爲太傅長史[4]，言於太傅曰：'王處仲蜂目已露，豺聲未發，今樹之江外，肆其豪彊之心，是賊之也。'"《晉陽秋》曰："敦爲太子舍人，與滔同僚，故有此言。"

〔1〕 "滎陽"，董刻本"滎"作"榮"。王利器曰："各本'滎'作'榮'，是。"
〔2〕 "永嘉末"，楊勇曰："'末'宋本作'未'，非。"
〔3〕 "楊州"，余嘉錫曰："景宋本作'揚州'。"
〔4〕 "潘滔初爲太傅長史"，徐震堮《札記》曰："《晉書·王敦傳》作'洗馬潘滔'。"

習、孫二説，便小遷異。《春秋傳》曰："楚令尹子上謂世子商臣[1]，蜂目而豺聲，忍人也。"

○"潘陽仲"至"爲人所食"

"君蜂目已露"四句，顧惇量曰："按《漢書》：'鴟目虎吻、豺狼之聲者也，故能食人，亦當爲人所食。'當時方技待詔黄門者謂王莽語也。合此則其言屢驗。"○淇園曰："豺聲未振，則雖食人而不能遂其事，不遂則以其爲人怨，亦當爲人所食也。"○田中頤曰："此言王蜂目已露，以其明到，故必能食人，然豺聲未振，以其力不足，故亦當爲人所食也。"○秦士鉉曰："暴狀已見，暴威未起。"○李詳曰："《漢書·王莽傳》：'有用方技待詔黄門者，或問以莽形貌，待詔曰：莽所謂鴟目虎吻、豺狼之聲者也，故能食人，亦當爲人所食。'陽仲之語本此。"○趙西陸曰："《左傳》文公元年：'初，楚子將以商臣爲太子，訪諸令尹子上，子上曰：是人也，蠭目而豺聲，忍人也。'杜注曰：'能忍行不義。'"○王叔岷曰："當，猶將也。《史記·秦本紀》：'秦王爲人，蜂準長目，摯鳥膺，豺聲，少恩而虎狼心，居約易出人下，得志亦輕食人。'"

○注"晉陽秋曰"至"忍人也"

"轉王敦爲楊州"，龔斌曰："永嘉三年，太傅越以王敦爲揚州刺史。"

"潘滔初爲太傅長史"，秦士鉉曰："《通鑑》：永嘉五年，潘滔譖苟晞於東海王越，晞遣騎收滔，滔遁。太傅，即越也。"○徐震堮曰："太傅，謂東海王越。光熙元年八月，越爲太傅，録尚書事。"

"習孫二説便小遷異"，程炎震曰："如習説，則在惠帝末；如孫説，則在惠帝初。皆非王敦小時。孝標此注，蓋隱以規正本文。今《晉書》則從孫説。"○龔斌曰："證以《通鑑》，以習鑿齒《漢晉春秋》得其實。"

"春秋傳曰"，天保手批曰："文元年。"

【彙評】

王世懋曰："無容面斥之，注語是也。"

---

[1] "子上謂"，董刻本"上"作"曰"。王利器曰："各本'子曰'作'子上'，是。"

張溥曰：“王敦蜂目，潘滔知其噬人。凡人本量素定，議者先覺，苟爲亂夫，中情必見。”《歷代史論二編》卷四。

7

　　石勒不知書，《石勒傳》曰：“勒字世龍，上黨武鄉人，匈奴之苗裔也。雄勇好騎射〔1〕。晉元康中〔2〕，流宕山東，與平原荏平人師歡家傭〔3〕，耳恒聞鼓角鞞鐸之音，勒私異之。初，勒鄉里原上地中生石，日長，類鐵騎之象〔4〕。國中生人參〔5〕，葩葉甚盛。于時父老相者皆云：‘此胡體貌奇異，有不可知〔6〕。’勸邑人厚遇之，人多哂而不信。永嘉初，豪傑並起〔7〕，與胡王陽等十八騎詣汲桑，爲左前督〔8〕。桑敗，共推勒爲主〔9〕。攻下州縣，都於襄國。後僭正號，死，謐明皇帝。”使人讀《漢書》，聞酈食其勸立六國後，刻印將授之，大驚曰：“此法當失，云何得遂有天下？”至留侯諫，乃曰：“賴有此耳！”鄧粲《晉紀》曰：“勒手不能書〔10〕，目不識字，每於軍中令人誦讀，聽之，皆解其意。”《漢書》曰：“項羽急圍漢王於滎陽，漢王與酈食其謀撓楚權。食其勸立六國後，王令趣刻印。

---

〔1〕 “雄勇”，董刻本“雄”作“椎”。王利器曰：“沈校本同，餘本‘椎’作‘雄’，是。”楊勇曰：“宋本作‘椎’，非。”龔斌曰：“《晉書》正作‘雄’，‘椎’乃形誤。”

〔2〕 “元康”，楊勇曰：“《御覽》三三八引《石勒別傳》作‘永康’。”

〔3〕 “與平原荏平人師歡家傭”，秦士鉉曰：“‘與’上脱‘賣’字，‘庸’上脱‘爲’字。”

〔4〕 “勒鄉里原上”二句，程炎震曰：“《晉書》作‘所居武鄉北原山下，草木皆有鐵騎之象’。”

〔5〕 “國中”，岡白駒曰：“勒之家‘園中’也，作‘國中’，非。”桃井白鹿曰：“‘園’一作‘國’，誤。”程炎震曰：“《晉書》‘國中’作‘家園中’，蓋‘園’誤爲‘國’，又敓‘家’字。”徐震堮《札記》曰：“《晉書·石勒載記》‘國中’作‘園中’。”趙西陸：“《晉書·石勒載記》‘國’作‘園’。”朱鑄禹曰：“‘國’疑當作‘園’。”

〔6〕 “有不可知”，桃井白鹿曰：“《晉書》作‘其終不可量也’。”

〔7〕 “豪傑”，龔斌曰：“‘傑’宋本、沈校本作‘桀’。”

〔8〕 “左前督”，楊勇曰：“《晉書·石勒載記》作‘前隊督’。”

〔9〕 “共推”，董刻本“共”作“其”。王利器曰：“各本‘其’作‘共’，是，宋本誤。”

〔10〕 “勒手不能書”，余嘉錫曰：“景宋本及沈本作‘勒不知書’。”唐鴻學曰：“湘中本作‘勒不手不知書’，是。此段文義，與《晉書》‘勒雅好文學’相似，此校妄删‘不’字，而改‘知’爲‘能’，誤矣。”

張良入諫，以爲不可。輟食吐哺〔1〕，罵酈生曰：‘豎儒幾敗乃公事！’趣令銷印。”

○“石勒不知書”至“賴有此耳”

“云何得遂有天下”，崔朝慶曰：“云，猶言有如是也。”○張永言曰：“云何，問情況，相當於‘如何’‘怎樣’。”《詞典》頁七六。

“賴有此耳”，田中頤曰：“言遂有天下者，正賴有此諫止之力也。”

○注“石勒傳曰”

《石勒傳》，葉德輝曰：“《隋志》不著錄。按《志》有《二石傳》二卷，此疑其中一種也。《藝文類聚·祥瑞部下》引用。”《書目》。

“晉元康中”，桃井白鹿曰：“元康，惠帝年號，在太安前。《晉書》：‘太安中，并州饑亂，刺史執諸胡，賣充軍實。’勒時亦在賣中。”

“與平原荏平人師懽家庸”，大典顯常曰：“《通鑑》：晉元興二年，建威將軍閻粹說東嬴公騰執諸胡於山東，賣充軍實，勒亦被掠，賣爲荏平人師懽奴。”《集成》。

“鞞鐸之音”，岡白駒曰：“‘鞞’與‘鼙’通。”○恩田仲任曰：“鞞，騎鼓也。”

“胡王陽”，桃井白鹿曰：“胡人王陽也。”

“詣汲桑”，大典顯常曰：“《通鑑》：晉惠帝永興八年，成都王穎故將公師藩起兵於趙魏，荏平牧帥汲桑與石勒帥數百騎赴之。”《集成》。

“都於襄國”，胡三省曰：“襄國，蓋以趙襄子謚名之。”《通鑑·唐紀二》注。○恩田仲任曰：“《晉·地理志》，廣平郡有襄國縣。”

○注“漢書曰”

“吐哺”，秦士鉉曰：“哺，食在口中者。”

“幾敗乃公事”，桃井白鹿曰：“師古注：乃，汝也。公，漢王自謂也。”○秦士鉉曰：“乃，汝也。公，尊稱也。乃公，蓋自稱辭。”

---

〔1〕“輟食”，徐震堮曰：“《漢書·高帝紀》此上有‘漢王’二字，文義乃醒，當補。”

【彙評】

楊一奇曰：“夫以漢高之智，豈不石勒若？高帝居利害之中，故其智如彼；石勒處利害之外，故其智如此。蓋當局者昏，而旁觀者哲也。”《史談補》卷四。

凌濛初曰：“異哉此虜，識乃在漢高上。”

伯克利手批曰：“每見群書多述此，甚無會。”

田中頤曰：“識合古人。”

王仲犖曰：“這說明他（石勒）對歷史事件有自己的看法，憑着他的丰富的政治經驗，評論歷代帝王的是非得失，往往使聽者歎服。他欽佩漢高祖劉邦，曾說自己‘若逢高皇，當北面而事之’云云。石勒的有些措施，就是效法漢高祖的。”《魏晉南北朝史》頁二二七。

張撝之曰：“他很善於對天下紛爭的形勢作出判斷。石勒所以能在混亂的局面中成爲割據一方的後趙開國君主，並不是偶然的。”《選注》。

8

衛玠年五歲，神衿可愛。祖太保曰：“此兒有異。顧吾老，不見其大耳！”《晉諸公贊》曰：“瓘字伯玉，河東安邑人。少以明識清允稱。傅嘏極貴重之，謂之甯武子。仕至太保，爲楚王瑋所害。”《玠別傳》曰：“玠有虛令之秀，清勝之氣，在群伍之中，有異人之望。祖太保見玠五歲，曰：‘此兒神爽聰令，與眾大異，恐吾年老，不及見爾。’”

○“衛玠年”至“不見其大耳”

“神衿”，張萬起曰：“神情氣度。衿，胸懷。”

“不見其大耳”，程炎震曰：“伯玉死於永康元年，玠時六歲。”龔斌按曰：“衛瓘被賈后所害在惠帝永平元年六月，‘永康元年’乃程氏誤記。”○楊勇曰：“大，盛也。不見其大耳，猶不見其盛耳。《晉書·衛玠傳》作‘不見其成長耳’。”

○注“晉諸公贊曰”

“謂之甯武子”，余嘉錫曰：“《論語·公冶長》：‘子曰：甯武子，邦有道則知，邦無道則愚。其知可及也，其愚不可及也。'注：'孔安國曰：詳愚似實，故曰不可及也。'皇侃《義疏》引王朗曰：'智之爲名，止於布德尚善，動而不黜者也，愚無預焉。至於詳愚，韜光潛綵，恬然無用。支流不同，故其稱亦殊。'案以甯武子之愚爲詳愚，乃漢魏人解《論語》與宋儒異處。《晉書·衛瓘傳》云：'弱冠爲魏尚書郎，轉中書郎。時權臣專政，瓘優游其間，無所親疏，甚爲傅嘏所重，謂之甯武子。'權臣謂曹爽也。傅嘏乃司馬氏之黨，與爽等異趣，故以爽執政之時爲無道之世，而歎瓘之能韜光潛綵，爲似甯武子也。"

9

劉越石云："華彦夏識能不足，彊果有餘[1]。"虞預《晉書》曰："華軼字彦夏，平原人，魏太尉歆曾孫也。累遷江州刺史。傾心下士，甚得士歡心。以不從元皇命見誅。"《漢晉春秋》曰："劉琨知軼必敗，謂其自取之也。"

○ "劉越石"至"彊果有餘"

"華彦夏"，敬胤曰："軼字彦夏，平原人也。曾祖歆，字子魚，太尉。祖表，字偉容，太子少傅、光禄大夫。父瞻，字玄駿，河南尹。《晉諸公贊》曰：'軼達於當世清慎，泛愛人物，接無大小，故衆論譏之。軼至散騎常侍、江州刺史。'鄧粲《晉紀》曰：'軼表陶侃領江州義軍，將赴司馬越。侃謂其兄子臻曰：華侯雖有匡天下之志，而才不足，且鎮東不平，禍亂將作，不可託也。豫章太守周廣起衆攻軼，軼是以敗。軼由太傅長史爲江州，有蕃臣之節、憂國之誠。'《晉陽秋》曰：'軼少有志力，在江州威刑恩禮，洽於民庶，甚得江表歡心。與周馥同契中宗，使周訪將兵代屯尋陽，觀其廢興。衛展與周廣襲軼，軼軍敗奔安城，追斬之及五子，傳首建業。'干寶《晉紀》曰：'司馬越以太傅從事中郎華軼爲留府長史。永嘉四年十一月，太傅長史華軼爲江州，威風大行，有匡天下之志。遣貢入洛，命使者曰：洛道不通，皆過輸琅邪王，以明吾爲司馬氏也。五年

---

[1] "彊果"，《考異》"果"作"梁"。楊勇曰："宋本作'果'，非。《考異》作'梁'，是。本書《品藻篇》：'敦性彊梁。'"王叔岷曰："'彊梁'，原誤'果'。"

七月，琅邪王改易，華軼不從命，與裴憲連和。軼走入山，進捕梟首，誅其五子，赦其妻子二，後得免。'王隱《晉書》曰：'軼爲江州，自以素受洛臺所遣，晚受太傅救軍及糧，助討石勒等賊，又本壽春節度，或諫宜受江東節度，軼云：唯欲見詔書。遣詣揚州還，軼意守故，揚州請討。軼即時待前史衛展禮薄，與豫章太守周廣共爲内應。軼走，展追獲，又殺軼一子。'"

"彊果有餘"，參見校文。朱鑄禹曰："彊果，似謂倔强、果敢，故終以不從帝命而誅。"○王叔岷曰："'彊梁有餘'，案敦煌本《老子》：'彊梁者不得其死。'今本'彊'作'强'，'彊''强'正、假字。《莊子·應帝王篇》：'嚮疾强梁。'成疏：'强幹果決。'"○龔斌曰："'彊梁'同'强梁'。《爾雅注疏》：'彊梁者，好凌暴於物。《詩序》云：彊暴之男。'"

○注"虞預晉書曰"

"魏太尉歆曾孫也"，徐震堮曰："《魏志·華歆傳》及注：歆長子表。表有三子：廙、崎、澹，澹生軼。"

10

張季鷹辟齊王東曹掾，在洛見秋風起，因思吳中菰菜羹、鱸魚膾[1]，曰："人生貴得適意爾，何能羈宦數千里以要名爵[2]！"遂命駕便歸。俄而齊王敗，時人皆

---

[1] "菰菜羹鱸魚膾"，秦士鉉曰："本傳'羹'上有'蓴'字，《世説》脱之。"程炎震曰："《晉書·翰傳》'羹'上有'蓴'字。《御覽》二十五《秋部》引此條'菰菜羹'作'蓴菜羹'。"徐震堮《札記》曰："《晉書》本傳'羹'上有'蓴'字。"余嘉錫曰："《御覽》引作'菰菜、蓴羹、鱸魚膾'，與《晉書》合，當據補。"王利器曰："《藝文類聚》卷三，《御覽》卷二五、又卷八六二引'菰'作'蓴'。《御覽》卷九三七引仍作'菰'。又《藝文類聚》、《御覽》卷二五引'膾'作'鱠'。案《晉書·文苑傳》作'乃思吳中菰菜蓴羹鱸魚膾'，《通鑑》卷八四《晉紀六》載此事作'思菰菜蓴羹鱸魚鱠'，胡三省注云云。據此，菰與蓴是二物，《世説》此文，當從《晉書》作'乃思吳中菰菜、蓴羹、鱸魚膾'，《御覽》分類引用此文，故一出'蓴'一出'菰'，足證宋初的人所見《世説》，'羹'上是有'蓴'字的。"徐震堮曰："'菰'《御覽》二五作'蓴'。《晉書·文苑傳》作'乃思吳中菰菜、蓴羹、鱸魚膾'。"王叔岷曰："《御覽》八六二引《世説》'羹'上有'蓴'字。"
[2] "羈臣"，程炎震曰："（《御覽》二十五引）'羈臣'作'從宦'。"

謂爲見機〔1〕。《文士傳》曰：“張翰字季鷹。父儼，吳大鴻臚。翰有清才美望〔2〕，博學善屬文，造次立成，辭義清新。大司馬齊王同辟爲東曹掾。翰謂同郡顧榮曰：‘天下紛紛未已，夫有四海之名者，求退良難。吾本山林間人，無望於時久矣。子善以明防前，以智慮後。’榮捉其手，愴然曰：‘吾亦與子採南山蕨，飲三江水爾！’翰以疾歸，府以輒去除吏名〔3〕。性至孝，遭母艱，哀毀過禮。自以年宿，不營當世，以疾終于家。”

　　○“張季鷹”至“要名爵”

　　“辟齊王東曹掾”，程炎震曰：“《晉書·翰傳》：齊王冏辟爲大司馬東曹掾。”

　　“見秋風起”，田中頤曰：“即見敗機處。每誦此語，輒覺意氣蕭瑟。”

　　“思吳中菰菜羹鱸魚膾”，參見校文。陳繼儒曰：“劉孟熙云：‘永興湘湖蒓菜三月采盡，至秋則無人采矣。’孟熙此語，止見一方耳。春蒓如亂髮不足異，秋蒓長丈許，凝脂甚滑，季鷹秋風正饞此也。”《偃曝談餘》卷上。○李日華曰：“劉孟希云：‘永興湘湖蒓菜三月採盡，至秋則無人採矣。’不知孟熙特見永興之蒓耳。春蒓如亂髮不足採，秋蒓長丈許，中止一二尺，生冰甚滑，一二尺外皆棄物耳。春蒓嫩不堪作。季鷹秋風之思，正在此一二尺間也。”《六硯齋二筆》卷二。○沈長卿曰：“相傳西湖之蒓沉於湘湖，則味更甘鮮。然此物生于春夏之交，過期則了不可得。張季鷹待秋風起而思蒓，亦晚矣。古人有托而逃之言，不可泥也。”《沈氏日旦》卷四。○田中頤曰：“菰菜、鱸魚二物，皆清品，與‘要名爵’映。”○余嘉錫曰：“《嘉泰吳興志》二十曰：‘長興縣西湖出佳蒓，今水鄉亦種，夏初來賣，軟滑宜羹。夏中輒麤澀不可食，不如吳中者，至秋初亦軟美。’此張翰所以思也。”

　　“人生貴得適意”，田中頤曰：“見得官途艱難，徒多憂慮。”

　　“何能羈宦數千里以要名爵”，田中頤曰：“功名爵祿遂不可易菰菜、鱸魚也。”○秦士鉉曰：“羈，旅寓也。”

<hr />

〔1〕　“見機”，程炎震曰：“（《御覽》二十五引）‘見機’下有‘而作’二字。”
〔2〕　“翰有”，董刻本無“翰”字。楊勇曰：“各本及《晉書·文苑張翰傳》有‘翰’字，是。”
〔3〕　“府以輒去”，天保手批曰：“‘府’一作‘榮’。”余嘉錫曰：“‘府’沈本作‘榮’。”朱鑄禹曰：“沈校本‘府’作‘榮’，非。按《晉書》本傳作‘然府以其輒去，除吏名’，蓋政府以翰逕歸，故有此舉也。若沈校本乃以之屬顧，顧雖同情，而未聞輒去，不當蒙除名之懲也。”

○“遂命駕”至“謂爲見機”

“命駕便歸”，田中頤曰：“時人猶以爲奇癖。”○余嘉錫曰：“《歲華紀麗》三：‘張季鷹之歌發。《鱸魚歌》曰：“秋風起兮木葉飛，吳江水兮鱸正肥。三千里兮家未歸，恨難禁兮仰天悲。”遂掛冠而去。’”

“俄而”，田中頤曰：“人未嘗經思之敗，故曰‘俄’。”

“時人皆謂爲見機”，狄期進曰：“《易》曰：‘君子見幾，不俟終日，吉。’”秦士鉉曰：“‘幾’通‘機’。”○張㧑之曰：“‘見機’同‘見幾’，指事前能洞察事物細微的動向。”《選注》。

○注“文士傳曰”

“有四海之名”，秦士鉉曰：“暗指顧榮。”

“三江水”，秦士鉉曰：“謂錢塘江、松江、浦陽江也。”○王鳴盛曰：“三江者，松江、婁江、東江也。”《商榷》卷五一。

“以輒去除吏名”，岡白駒曰：“以輒去之罪除吏籍，不得復爲吏。”○秦士鉉曰：“輒去，即‘拜表輒行’之‘輒’。除名，謂除吏籍，不得復爲吏。”

“自以年宿”二句，岡白駒曰：“《辛甘樂傳》云：‘何身老而才之壯，齒宿而意之新也。’”○秦士鉉曰：“宿，老也。營，求也。”

【彙評】

蘇軾曰：“浮世功名食與眠，季鷹真得水中仙。不須更説知機事，直爲鱸魚也自賢。”《戲書吳江三賢畫像三首》（其二）。

胡昉曰：“有誰端的愛江湖，便若歸來意亦虛。范蠡自緣防鳥喙，季鷹非是爲鱸魚。”《輿地紀勝》卷五引。

林洪曰：“昔張翰臨風必思蓴鱸以下氣。按《本草》，蓴鱸同羹，可以下氣止嘔。以是知張翰在當世意氣抑鬱，隨事嘔逆，故有此思耳，非蓴鱸而何？”《説郛》卷七四上引《山家清供》。

沈遼曰：“季鷹道孤，翩然歸吳。誰知其志，止爲鱸魚。”《雲巢集》卷六《張季鷹東歸圖贊》。

郎瑛曰：“宋王贄運使過吳江，有詩云：‘吳江秋水灌平湖，水闊煙深恨有餘。因想季鷹當日事，歸來未必爲蓴鱸。’贊之言謂翰度時不可有爲，故飄然遠去，實非爲鱸也。至東坡《三賢贊》則曰：‘浮世功名食與眠，季鷹真得水中仙。不須更說知機早，只爲蓴鱸也自賢。’其說又高一着矣。然又嘗見《蟫精雋》載一詩云：‘黄犬東門事已非，華亭鶴唳漫思歸。直須死後方回首，誰肯生前便拂衣。此日區區求適志，他年往往見知機。不須更說蓴鱸美，但在松江水亦肥。’惜不知姓氏。此過二詩而兼得之矣。”《七修類稿》卷三十。

戴璟曰：“張翰以齊王冏之亂而有蓴鱸之思，庶乎知去就之義者也。然自愚觀之，翰於‘利見大人’之義，概乎其未聞也。考史齊王冏以張翰爲掾，乃與帷幄之寄者也。方齊王冏唱義勤王，拯皇輿於既墜，若可取也，然驕奢擅權，經年不朝，以《春秋》無將之法例之，是亦逆賊之徒耳，而翰爲之掾焉。吾聞鄭方諫五失矣，孫惠獻五難矣，嵇紹請無亡穎上矣，王豹請分州爲治矣，而翰緘默其間。逮物禁太甚，河間、新野、成都三王以方剛之年，並典戎馬處要害之地，將欲聲罪致討焉，翰於是先時而去，則雖愈乾没不知止之徒，要之始則失身以從亂，繼則杜口以養亂，至世變無聊，故爲是不得已之計耳。”《品藻》卷十六。

凌濛初曰：“羹膾故可思，然亦見敗機耳。”

張戀辰曰：“予喜長公贊‘直爲鱸魚也自賢’爲得翰意。”

鍾惺曰：“名言。”評“人生貴得適意”。

佚名曰：“總不及張季鷹之韻，千古高風，令人神往。”《智囊補》卷五手批。

丁耀亢曰：“陶潛不仕，非爲沈湎；季鷹挂冠，非固蓴鱠。皆有薇蕨之隱情，託爲膰肉之去志。”《天史》卷八。

秦士鉉曰：“人多疑菰蓴者，春木之物，至夏則剛，秋則不可食，見秋風而思之，甚無道理。或晉時之蓴與今不同。是不然。張因秋風起，忽動鄉情。鄉情動而思鄉物，春卵夏筍秋韭冬蔥，無不思及，不唯秋物已也。”

文廷式曰：“季鷹真可謂明智矣！當亂世，唯名爲大忌，既有四海之名，而不知退，則雖善於防慮，亦無益也。季鷹、彦先皆吴之大族，彦先知退，故僅而獲免。季鷹則鴻飛冥冥，豈世所能測其淺深哉！陸氏兄弟不知此義，而乾没不已，其淪胥以喪，非不幸也。”《枝語》卷五。

張撝之曰：“當時正處於‘八王之亂’的混亂時期，張翰做的是齊王司馬冏的屬官，齊王司馬冏是在起兵攻殺了篡位的趙王司馬倫以後掌握朝政大權的，但不久又被長沙王司馬乂起兵攻殺。他很可能是借思念家鄉的菰菜鱸魚爲名來跳出政治漩渦的。所以齊王敗死後，人們稱讚他早有預見，能及時抽身。”《選注》。

諸葛道明初過江左，自名道明[1]，名亞王、庾之下。《中興書》曰：“恢避難過江[2]，與潁川荀道明、陳留蔡道明俱有名譽[3]，號曰‘中興三明’。時人爲之語曰：‘京都三明各有名，蔡氏儒雅荀葛清。’”先爲臨沂令，丞相謂曰：“明府當爲黑頭公。”《語林》曰：“丞相拜司空，諸葛道明在公坐，指冠冕曰[4]：‘君當復著此。’”

○“諸葛道明”至“爲黑頭公”

“名亞王庾之下”，程炎震曰：“《晉書·恢傳》：名亞王導、庾亮。”

“明府當爲黑頭公”，李慈銘曰：“王導臨沂人，故稱恢爲明府。漢人稱明府皆屬太守，晉以後始以稱縣令，蓋尊崇之若太守。然而至今以爲故事，不知本義矣。”《簡端記》。○程炎震曰：“導臨沂人，故云明府。”○趙西陸曰：“黑頭公，謂當以壯年拜三公也。”○朱鑄禹曰：“黑頭公，謂黑頭公卿。‘黑頭’者，言髮尚未至頒白也。”

○注“中興書曰”

“潁川荀道明陳留蔡道明”，程炎震曰：“荀道明名闓，見《晉書·恢傳》。《文選·王憲集序》注引《中興書》同。”○余嘉錫曰：“荀闓者，勖之孫。《晉書》附見《勖傳》，《文選》注引《中興書》作‘荀凱’者誤。凱字景倩，或子。”○徐震堮曰：“荀闓、蔡謨並字道明。”

---

[1] “自名道明”，程炎震曰：“《御覽》三百六十四《頭下》引《世說》，無‘自名道明’四字。”
[2] “恢避難”，余嘉錫曰：“《書鈔》所引‘恢’下有：‘字道明，弱冠知名，中宗元帝爲安東，召爲主簿。’”
[3] “與潁川荀道明陳留蔡道明”，余嘉錫曰：“《書鈔》‘與’作‘于時’，‘荀’下有‘顗字’二字，‘蔡’下有‘謨字’二字。”
[4] “在公坐指冠冕曰”，朱鑄禹曰：“疑當作‘在坐，公指冠冕曰’。《晉書》卷七十七《諸葛恢傳》正作‘恢在坐，導指冠謂曰’。”

王平子素不知眉子，曰："志大其量[1]，終當死塢壁間。"《晉諸公贊》曰："王玄字眉子，夷甫子也。東海王越辟爲掾，後行陳留太守。大行威罰，爲塢人所害。"

○"王平子"至"塢壁間"

"素不知眉子"，張萬起曰："知，交好、賞識。"

"志大其量"，徐震堮曰："謂志大而量不足也。"

"死塢壁間"，胡三省曰："城之小者曰塢。天下兵爭，聚衆築塢以自守。"《通鑒·晉紀九》注。○方以智曰："塢壁，屯守也。元初元年遣兵屯河內，通俗衝要，皆作塢壁。董卓郿塢，陽嘉元年緣海各屯兵，而扶風漢陽三百塢，魏郡恒山六百十六塢。晉永嘉亂後，以塢自守，皆曰塢主。魏浚屯洛北石梁塢，魏該聚衆據一泉塢，祖逖破蓬陂塢主陳川是也。"《通雅》卷二十五。○桃井白鹿曰："塢壁，小障也。一曰庫城。《後漢·安帝紀》：'遣兵屯河內，衝要皆作塢壁。'"○大典顯常曰："塢，本作'隖'，小障也，壘壁也。"又曰："言其徒任軍旅之事，有亡其身而已。"《集成》。○田中頤曰："此言志大則貪功輕進，量小則不堪其任，是以終當於塢壁間爲小人所欺而死也。"

○注"晉諸公贊曰"

"爲塢人所害"，大典顯常曰："《晉書》：玄爲陳留太守，荒弊之時，人情不附。將赴祖逖，爲盜所害。"

【彙評】

王世懋曰："言敗可耳，何得定知死塢壁間？傅會多如此。"大典顯常《集成》按曰："王說穿鑿。"

---

[1] "志大其量"，余嘉錫曰："'其'景宋本及沈本俱作'無'。"王利器曰："餘本'無'作'其'，義較長。"趙西陸曰："作'其'爲是。《魏志·傅嘏傳》：'會有自矜色，嘏戒之曰：子志大其量，而勳業難爲也，可不慎哉！'"徐震堮曰："《魏志·傅嘏傳》嘏戒鍾會曰：'子志大其量，而勳業難爲也。'又注引《傅子》曰：'泰初志大其量。'則'其'字不誤。"

王大將軍始下，楊朗苦諫不從，遂爲王致力，乘中鳴雲露車逕前曰[1]：“聽下官鼓音，一進而捷。”王先把其手曰：“事克，當相用爲荆州。”既而忘之，以爲南郡。《晉百官名》曰：“朗字世彦，弘農人。”《楊氏譜》曰：“朗祖囂，典軍校尉。父淮[2]，冀州刺史。”王隱《晉書》曰：“朗有器識才量，善能當世。仕至雍州刺史。”王敗後，明帝收朗，欲殺之。帝尋崩，得免。後兼三公[3]，署數十人爲官屬。此諸人當時並無名，後皆被知遇，于時稱其知人。

○“王大將軍”至“稱其知人”

“中鳴雲露車”，恩田仲任曰：“《通鑑》注：‘（露車者），上無巾蓋，旁無帷裳，蓋民家以載物者耳。’”○程炎震曰：“《晉書·平原王幹傳》：‘陰雨則出犢車而内露車。’《王尼傳》：‘唯蓄露車，有牛一頭。’”○余嘉錫曰：“疑與尋常所謂‘露車’不同。”○楊勇曰：“雲露車，即雲車，亦名樓車，車上有望樓，以窺敵之進退動靜也。中鳴者，雲車中特置鼓金，擊之，指揮我軍進退也。”龔斌按曰：“楊箋謂雲露車即雲車，説亦牽强。”

“後兼三公”，參見校文。程炎震曰：“《晉·職官志》列曹尚書有三公曹。渡江止有吏部、祠部、五兵、左民、度支五尚書，而十八曹郎内仍有三公曹。蓋以他尚書攝職，故云兼也。”

○注“楊氏譜曰”

《楊氏譜》，葉德輝曰：“《隋志》：一卷。無撰人。”《書目》。

---

[1] “雲露車”，董刻本“車”作“平”。王利器曰：“曹本同，餘本‘平’作‘車’，是。”

[2] “父淮”，程炎震曰：“《魏志·陳思王傳》注：‘楊修子囂，囂子準，皆知名於晉世。準，惠帝末爲冀州刺史。’則此‘淮’字當作‘準’。《品藻篇》第七條‘楊準’，宋本亦作‘準’。《晉書·樂廣傳》亦作‘準’。”楊勇曰：“汪藻《楊氏譜》：‘準，囂子，字始立，晉冀州刺史。’當作‘準’，是。”又，董刻本無“淮”字。王利器曰：“沈校本同，餘本‘父’下有‘淮’字，是。”

[3] “三公”，李慈銘曰：“‘三公’下當有一‘曹’字。三公曹郎，主典選者。”朱鑄禹曰：“‘公’下當有‘曹郎’二字。”龔斌曰：“晉武帝置三十四曹郎，三公爲其一。江左雖有損益，均不省三公曹郎。故此作‘三公’不誤，不必增一‘曹’字。”

　　周伯仁母冬至舉酒賜三子曰：“吾本謂度江託足無所。爾家有相，爾等並羅列吾前〔1〕，復何憂？”周嵩起，長跪而泣曰：“不如阿母言。伯仁爲人志大而才短，名重而識闇，好乘人之弊，此非自全之道。嵩性狼抗〔2〕，亦不容於世。唯阿奴碌碌，當在阿母目下耳〔3〕！”鄧粲《晉紀》曰：“阿奴，嵩之弟周謨也。”三周並已見。

　　○“周伯仁”至“復何憂”

“度江託足無所”，秦士鉉曰：“言雖幸得渡江，或恐無寄住之地。”

“爾家有相”，岡白駒曰：“有人佐助。”○桃井白鹿曰：“蓋謂有神人之助也。”○秦士鉉曰：“相，天助也，即‘有相之道’之‘相’。”

“羅列吾前”，田中頤曰：“已上母值慶賀日述懷聊樂。”

　　○“周嵩起”至“目下耳”

“乘人之弊”，王叔岷曰：“《戰國策·東周策》：‘秦恐公之乘其弊也。’”

“嵩性狼抗”，徐子光曰：“《晉書》：周嵩字仲智，兄顗字伯仁，汝南安成人。中興時顗等並立貴位，嘗冬至置酒，其母舉觴賜三子，曰：‘吾本渡江託足無所，不謂爾等並貴列吾目前，吾復何憂。’嵩起曰：‘恐不如尊旨。伯仁志大而才短，名重而識闇，好乘人之弊，非自全之道。嵩性抗直，亦不容于世。惟阿奴碌碌，當在阿母目下耳。’阿奴，嵩弟，謨小字也。後顗、嵩並爲王敦所害，謨歷侍中護軍。《世説》‘抗直’作‘狼抗’，《晉書·周顗傳》：‘處仲剛愎强忍，狼抗無上。’處仲，王敦字也。”《蒙求集注》卷上“周嵩狼抗”條。○恩田仲任曰：“狼抗，謂如豺狼之抗扞也。”按“狼抗”義參見《方正篇》“王大將軍當下”條。

---

〔1〕 “爾等並羅列吾前”，董刻本、元刻本無“前”字。大典顯常曰：“《晉書》作‘爾等並貴列吾目前’。”王利器曰：“各本‘吾’下有‘前’字，屬上句讀。”
〔2〕 “狼抗”，程炎震曰：“《晉書·列女傳》作‘抗直’，《御覽》二十八《冬至部》引《晉書》亦作‘抗直’。”朱鑄禹曰：“《晉書》卷九十六《周顗母李氏傳》作‘抗直’。”
〔3〕 “目下耳”，朱鑄禹曰：“《晉書》下有‘後果如其言’。”

“不容於世”，田中頤曰：“智足以知己而不可悛改，悲夫！”

“阿奴碌碌”，田中頤曰：“此言獨當稍慰也。當時人唯碌碌則自全之道而容於世，豈不亦哀哉！”○王叔岷曰：“《平原君列傳》：‘公等録録，所謂因人成事者也。’《藝文類聚》七三引‘録録’作‘碌碌’，《廣韻》入聲屋第一‘娽’下引作‘娽娽’，‘碌’‘録’並‘娽’之借字。《説文》：‘娽，隨從也。’‘娽娽’，凡庸貌。隨從所以爲凡庸也。”按“阿奴”義參見《方正篇》“周叔治作晉陵太守”條。

【彙評】

劉辰翁曰：“語甚可悲。”陳夢槐按曰：“如讀此則，不多其識鑒，而傷其語之悲。須溪看書故别。”

李贄曰：“真自知之明、知兄之明也。”《初潭集》卷十。

凌濛初曰：“自知不容於世，然猶手批玄、亮，火攻伯仁。”

方苞曰：“絡秀，賢女也，也不能知其子，惟嵩能知之，果如所料。”

許世瑛曰：“仲智這段話説他哥哥和他自身都有缺點，不容易達到明哲保身的地步，祇有小弟叔治雖然碌碌平庸，卻宜於居亂世而得全要領以没，可謂無一字虛妄。”《周顗與王敦》。

15

　　王大將軍既亡，王應欲投世儒，世儒爲江州。王含欲投王舒〔1〕，舒爲荆州。含語應曰：“大將軍平素與江州云何，而汝欲歸之？”應曰：“此迺所以宜往也〔2〕。”《晉陽秋》曰：“應字安期，含子也。敦無子，養爲嗣，以爲武衛將軍，用爲副貳，伏

---

〔1〕 “王含”，《考異》無“王”字。
〔2〕 “所以宜往”，《考異》無“所以”二字。

誅。”江州當人彊盛時，能抗同異〔1〕，此非常人所行〔2〕。及覩衰危〔3〕，必興愍惻〔4〕。《王彬別傳》曰：“彬字世儒，琅邪人。祖覽，父正，並有名德。彬爽氣出儕類，有雅正之韻。與元帝姨兄弟〔5〕，佐佑皇業，累遷侍中。從兄敦下石頭，害周伯仁，彬與顗素善，往哭其尸，甚慟。既而見敦，敦怪其有慘容而問之。答曰：‘向哭周伯仁，情不能已。’敦曰：‘伯仁自致刑戮，汝復何爲者哉？’彬曰：‘伯仁清譽之士，有何罪？’因數敦曰：‘抗旌犯上，殺戮忠良！’音辭忼慨，與淚俱下。敦怒甚。丞相在坐，代爲之解〔6〕，命彬曰：‘拜謝。’彬曰：‘有足疾。比來見天子，尚不能拜〔7〕，何跪之有？’敦曰：‘腳疾何如頸疾？’以親故不害之。累遷江州刺史、左僕射〔8〕。贈衛將軍。”荆州守文，豈能作意表行事？”含不從，遂共投舒〔9〕。舒果沈含父子於江。傳曰〔10〕：“舒字處明，琅邪人。祖覽，知名。父會，御史。舒器業簡素，有文武榦〔11〕。中宗用爲北中郎將〔12〕，荆州刺史〔13〕、尚書僕射。出爲會稽太守。以父名會〔14〕，累表自陳。討蘇峻有功，封彭澤侯，

---

〔1〕“能抗同異”，《考異》“抗”校作“立”。桃井白鹿曰：“《晉書》《通鑑》並‘抗’作‘立’。”朱鑄禹曰：“《晉書》卷七十六《王彬傳》作‘立’，《通鑑》亦作‘立’。”

〔2〕“此非常人所行”，《考異》無“此”“行”二字，連“及”字爲句。

〔3〕“衰危”，董刻本、袁刻本“危”作“厄”。《考異》“危”校作“厄”。朱鑄禹曰：“《晉書·王彬傳》亦作‘厄’，凌本、周本（紛欣閣本）作‘危’，疑臆改。”

〔4〕“愍惻”，董刻本、沈校本“愍”作“憫”。朱鑄禹曰：“袁本作‘愍’，《晉書·王彬傳》亦作‘愍’。”楊勇曰：“宋本作‘憫’，按‘憫’或當作‘愍’。”王叔岷曰：“‘憫’，或‘愍’字。陸機《歎逝賦》：‘愍城闕之丘荒。’與此同例。”龔斌曰：“‘憫’同‘愍’，愛憐。《宋書·孝義郭原平傳》：‘府君嘉君淳行，愍君貧老。’”

〔5〕“與元帝”，平賀房父曰：“與，疑作‘爲’。”

〔6〕“爲之解”，董刻本“解”作“懼”。周一良《批校》曰：“解，懼。”

〔7〕“不能拜”，董刻本“能”作“欲”。周一良《批校》曰：“能，欲。”

〔8〕“左僕射”，徐震堮曰：“《晉書》本傳作‘右僕射’。”

〔9〕“含不從遂共投舒”，《考異》作“含遂投舒”。

〔10〕“傳曰”，董刻本“傳”上有“王舒”二字。王先謙曰：“‘傳曰’上一本有‘王舒’二字，是。《世說補》有。”程炎震曰：“‘傳曰’上王本、明本有‘王舒’二字。”余嘉錫曰：“‘傳’上景宋本及袁本有‘王舒’二字。”

〔11〕“文武榦”，董刻本“榦”作“幹”。

〔12〕“北中”，楊勇曰：“‘北’宋本作‘比’，非。”

〔13〕“荆州刺史”，趙西陸曰：“舒爲荆州，已在明帝時，‘荆州’上疑脫‘歷’字。”

〔14〕“以父名”，董刻本、沈校本無“以”字。朱鑄禹曰：“袁本‘父’上有‘以’字是。”楊勇曰：“各本有‘以’字是。”

贈車騎大將軍。"彬聞應當來〔1〕，密具船以待之〔2〕，竟不得來，深以爲恨。含之投舒，舒遣軍逆之，含父子赴水死。昔酈寄賣友見譏，況販兄弟以求安，舒非人矣！

○"王大將軍"至"舒爲荆州"

"王大將軍既亡"，龔斌曰："大寧二年七月，王敦憤惋而死。"

"王應欲投世儒"，敬胤曰："應字安期，含子也。繼敦爲子，武衛將軍。王彬字世儒，丞相從弟也。父正，字士則，都官郎。《中興書》曰：'弱冠州郡禮命，並不就。光禄傅祇辟，渡江。揚州刺史劉機以爲建武長史，中宗以爲賊曹參軍，轉鎮東典兵參軍，累遷軍咨祭酒，員外常侍侍中。從兄敦入石頭，中宗使彬銜使慰勞，會敦殺周顗，彬往哭尸，哀慟左右。既而見敦，敦怪有涕洟之處，問其所以，彬曰："向哭伯仁，情不能已。"敦曰："伯仁自致刑戮，且凡人遇汝，復何爲者哉？伯仁，世譽與君齊行，忠烈之軌邈焉。遂（數本'遂'作'逮'）其有何罪而致禍！"勃然曰："兄抗於犯順，殺戮忠義，謀圖不軌，禍及門户。"敦大怒，厲聲曰："小人之狂悖，乃可至此。爲吾不能殺爾邪？"丞相導在坐，勸彬起謝，彬曰："昨暴腳痛不能拜，且此復何所謝？"意氣自若。敦曰："腳痛不能拜（一本無'不能拜'三字），孰若頸痛？"然猶以至親，不忍加害，用爲豫章太守。彬爲人樸（一作僶）素方直，風味之好，雖居顯貴，常布衣疏食，遷江州刺史。蘇峻平，更築宫室，彬爲大匠，遷尚書僕射，薨，贈常侍、特進衛將軍、亭簡侯。'彬生彭之、彪之等。王敦反逆，彬從兄犖（一作逢）黨同凶惡，敦平，以憂死。唯丞相導與彬，行滅親之誅，忠於社稷。"楊勇按曰："《世説》敬胤注本，孝標之前，或甚通行，以其蕪雜，故未流傳。此注或由孝標加以剪裁，而取爲己有，或由宋人節略之，皆不得而知也。"

"王含欲投王舒"，敬胤曰："王含字處弘，敦兄也。敦以爲驃騎，開府荆州刺史，與錢鳳爲逆，帥衆京師，敗走。舒字處明，敦從弟也。父會，字士和，御史。舒爲敦所知，友少高尚，年三十，州禮命，太傅辟，並不就。敦爲青州，舒往依焉。敦徵拜秘書監，以兵亂路險，棄公主時金玉寶物於地，以一乘還洛。時人無不競拾，唯舒不取，敦深知之，參鎮東將軍事，溧陽令。蕭祖爲東中郎，妙

〔1〕 "彬聞"，《考異》"彬"下有"先"字。
〔2〕 "具船"，《考異》"船"作"舟"。

903

選上佐，舒爲司馬，轉後軍，宣城公裒議轉車騎司馬。裒薨，舒代裒任爲北中郎、徐州刺史。大寧初，王敦以舒爲荆州刺史，稍遷尚書僕射，拜撫軍將軍、會稽内史，秩中二千石。舒表父名會，不行，朝議字同音異，於禮無嫌。舒表音雖異而字同，乞換它郡，乃改會爲鄶。蘇峻作逆，假舒節都督揚州刺史事。舒討賊，所在平定。陶侃監浙東五郡，詔書爲江州，不平，卒，贈車騎大將軍，儀同三司、彭澤穆侯。舒生晏之、允之，允之字淵默，將軍，番禺忠侯。允之生希之，希之生沖之，沖之生範之，範之生述之。範之字貞子，武陵内史。範之生横之，横之字孟光，南郡太守，横之生謙之、儉之等也。"

○ "含語應曰"至"深以爲恨"

"與江州云何"，劉應登曰："含乃敦兄。應字安期，含子爲敦後。王彬字世儒，爲江州，嘗抗敦，敦欲殺之，故云'與之云何'。"○大典顯常曰："問辭而言其不相善也。"○秦士鉉曰："言平生大將軍與江州交態親疏、意向異同云何？"○田中頤曰："言平生不與世儒善。"

"所以宜往"，蔣凡曰："'所以'二字不可或缺，謂宜往之理，正在此耳。王彬能'抗同異'，則在朝一片欲殺聲中，自能'抗同異'而救'衰厄'，此乃非常人之行事。"宋本批語。

"能抗同異"，參見校文。胡三省曰："能立異同，謂哭周顗，數敦罪，及諫敦爲逆也。"《通鑑·晉紀十五》注。○淇園曰："'同'字因'同異'熟用並言之耳，其實'抗異'也。"○秦士鉉曰："抗，不相下也。言能立異同之義，不相讓也。"○徐震堮曰："同異，指'異議'。'抗同異'謂能持異議。"《釋義》。

"必興愍惻"，田中頤曰："言'抗同異'者，欲明其是非也。明是非者，其行内原於情，故'必興愍惻'也。"

"荆州守文"二句，胡三省曰："守文，謂守常平治世之主也。"《通鑑·晉紀十一》注。○秦士鉉曰："常法自守，不能行人意表事，非是豪傑人，故難託身。"○徐震堮曰："《漢書·外戚傳》：'繼體守文之君。'注：'守文謂遵守成法。'正與'作意表行事'相反。"○張萬起曰："守文，遵守禮法。作意表行事，不按成法辦事。"○蔣宗許曰："守文，謂遵循文王法度。語本《公羊傳·文公九年》：'繼文王之體，守文王之法度。'後泛指墨守成規，循規蹈矩。"《大辭典》頁二九六。

"遂共投舒"，田中頤曰："應之哀念可知矣，豈亦命耶？"

"深以爲恨"，田中頤曰："寫出意表人之行事，使人加多惜恨，又所以明應識鑒也。"

〇注"王彬別傳曰"

"姨兄弟"，岡白駒曰："姨兄弟，即從母兄弟也。"

"抗旌犯上"，秦士鉉曰："抗旌，所謂長戟指闕也。"

〇注"傳曰"

"以父名會"二句，桃井白鹿曰："《晉書》：帝爲之改'會'字爲'鄶'，舒不得已而行。"〇洪頤煊曰："《王舒傳》：'父會。王導欲出舒爲外援，乃授會稽内史。舒上疏辭以父名。朝議以字同音異，於禮無嫌。舒復陳音雖異而字同，求換他郡。於是改"會"爲"鄶"，舒不得已而行。'案《江統傳》：'故事，父祖與官職同名，皆得改選。'《唐律疏議》：'諸府號、官稱犯祖父名，而冒榮居之者，徒一年。'"《諸史考異》卷三。

〇注"含之投舒"至"舒非人矣"

"遣軍逆之"，秦士鉉曰："軍逆之，故含父子知其無好意，赴水而死。"

"含父子赴水死"，徐震堮曰："《晉書·王敦傳》作'舒使人沈之於江'，與《世說》同。"《札記》。

"酈寄賣友見譏"二句，恩田仲任曰："《品字箋》曰：'以内情外輸，及計賺親友，皆曰賣。'"〇秦士鉉曰："《漢書》：'酈寄與呂禄善，禄爲將軍，軍於北軍，周勃不得入北軍。勃劫寄，令給禄出遊，勃乃入北軍，天下稱酈寄賣友。'賣，謂計賺親友也；販，亦賣人以求利己也。"

【彙評】

敬胤曰："含之投舒，舒遣軍逆之，含父子赴水而死，以爲君子不事所非，不非所事。舒若以敦天性豺狼，則不應少長受其友愛。既蒙其力兵之授，委體自親，情過友于。永昌之始，風義靁同；大寧之初，曾無異議。敦死含用，乃遣軍逼迫征虜，使爲汨羅，上違典禮，下傷骨肉。舒若以含父子元惡，欲義以滅親，則拘之司牧，朝有明憲。昔酈寄猶以賣友見譏，況販兄弟以求安乎？若夫王舒可

905

謂非人乎？敬胤以爲罰不及嗣，賞延於世，大憝既斃，含等從逆，使投身胡虜，自竄三危，於國何傷，骨肉以全。王彬折凶謀於逆始，受三驅於正，可謂剛亦不吐，柔亦不茹矣。」

胡寅曰：「王彬兩責處仲，言切正而情至篤，白刃在前，不爲之變，可以爲難矣。及王應父子敗亡，乃具舟以待，欲何爲耶？將匿之耶？將得而歸諸京師耶？以愚度之，彬無匿之之心，亦欲取之耳。王應料彬惻己，是以小人之腹度君子之心也。王舒所見，猶能不納叛臣，孰謂明決如彬，而反爲之耶？苟爲不然，非惟爲義不終，亦不知彬所以處應之道竟何如也。」《管見》卷七。

劉辰翁曰：「英賢獨見，爲鑒後來，龜不自靈，可傷可戒。江州未必不以滅親自詭，不知舒後如何。」按《批補》「江州」作「彬」，「後如何」作「復如何」。天保手批曰：「『彬』一作『江州』，是『未』字恐衍。『復』一作『後』，是。」大典顯常《集成》按曰：「《説文》：詭，責也。」

胡三省曰：「王應之見，猶能出乎尋常，此敦所以以之爲後歟！」《通鑒·晉紀十五》注。

陳絳曰：「劉孝標注以爲『含之投舒』云云。唐魏徵作《晉書》，同符斯評，不謂兩人共出此語。天下之惡一也，惡於宋而保於衛，且猶不可，況天下一晉，江州、荆州，豈無君之國。含、應父子共敦存日，相扶王敦作何許事，敦敗而猶冀相存，不南走越，北走胡，翻身見投，當共再舉王敦事耶？余謂彬具舟船，將誘而致之上，既不能得，委宜深恨。舒之遣軍，正拒其來，含、應自沈，不全王誅，則彬罪也。酈寄大計賣友，何云見譏？周公大誼蔑親，當相取正。劉、魏謬評，爲亂臣賊子樹黨，詭於《春秋》之旨也。」《金罍子》上篇卷十三。

李贄曰：「嗟嗟，予安得世儒而投之！」《初潭集》卷十。

馮夢龍曰：「好凌弱者必附强，能抑强者必扶弱。應嗣逆敦，本非佳兒，但此論深徹世情，差强老婢耳。敦每呼兄含爲『老婢』。」《智囊補》卷六。

鍾惺曰：「舒素爲敦所重，當急難之際，報敦父子如此，不如彬遠矣。嘗考舒子允之寢敦帳中，聞敦與錢鳳逆謀，奔告其父舒，舒即與導俱啓明帝。舒爲荆州，則舒討賊之志，已定於敦未敗之先，非賣敦於敗後以自爲功也。身任討賊之寄，自無縱賊之理，不若彬從容事外，操放自繇也。向使具舟在舒而沈江在彬，則亦恩怨之常耳，何以爲二子乎？君臣朋友之間，視其重者而已。」《史懷》卷十九。

伯克利手批曰：「敦悖逆無上，大義滅親，豈得復全其後。舒不爲非人。」

906

　　武昌孟嘉作庾太尉州從事，已知名。褚太傅有知人鑒，罷豫章還，過武昌，問庾曰："聞孟從事佳，今在此不？"庾云："卿自求之〔1〕。"褚昄睞良久，指嘉曰："此君小異，得無是乎？"庾大笑曰："然！"于時既歎褚之默識，又欣嘉之見賞。《嘉別傳》曰："嘉字萬年，江夏鄳人。曾祖父宗，吳司空。祖父揖，晉廬陵太守〔2〕。宗葬武昌陽新縣，子孫家焉〔3〕。嘉少以清操知名。太尉庾亮領江州，辟嘉部廬陵從事。下都還〔4〕，亮引問風俗得失。對曰〔5〕：'待還，當問從事吏〔6〕。'亮舉麈尾掩口而笑〔7〕，語弟翼曰：'孟嘉故是盛德人。'轉勸學從事。太傅褚裒有器識，亮正旦大會，裒問亮：'聞江州有孟嘉，何在？'亮曰：'在坐，卿但自覓。'裒歷觀久之，指嘉曰：'將無是乎〔8〕？'亮欣然而笑，喜裒得嘉，奇嘉為裒所得，乃益器之。後為征西桓溫參軍。九月九日溫遊龍山，參察畢集，時佐史並著戎服，風吹嘉帽墮落，溫戒左右勿言，以觀其舉止。嘉初不覺，良久如廁，命取還之。令孫盛作文嘲之，成，箸嘉坐。嘉還即答〔9〕，四坐嗟歎。嘉喜酣暢〔10〕，愈多不亂。溫問：'酒有何好，而卿嗜之？'嘉曰：'明公未得酒中趣爾。'又問：'聽伎，絲不如竹，竹不如肉，何也？'答曰：'漸近自然〔11〕。'轉從事中郎，遷長史。年五十三而卒〔12〕。"

---

〔1〕 "卿自"，董刻本"卿"作"試"。周一良《批校》曰："卿，試。"
〔2〕 "廬陵"，秦士鉉曰："'廬陵'一作'廬江'。"
〔3〕 "子孫"，龔斌曰："'孫'沈校本作'因'。"
〔4〕 "下都還"，桃井白鹿曰："《陶淵明集·孟府君傳》作'下郡還'為是。下郡，即廬陵。"大典顯常曰："《晉書》作'還都'，陶潛《孟府君傳》作'下郡還'。下郡，即廬陵，今此'都'字當改'郡'字。"楊勇曰："宋本作'下都還'，《晉書·孟嘉傳》作'還都'，皆非是。陶淵明《孟嘉傳》作'下郡還'，是。"
〔5〕 "對曰"，秦士鉉曰："（淵明《孟府君傳》）'對曰'下有'不知'二字。"
〔6〕 "從事吏"，秦士鉉曰："'事'字衍。"
〔7〕 "麈尾"，董刻本"麈"作"麐"。王利器曰："各本'麈'作'麐'，是。"
〔8〕 "將無"，秦士鉉曰："《晉書》作'得無'。"
〔9〕 "即答"，楊勇曰："'即'上《晉書·孟嘉傳》、陶淵明《孟府君傳》皆有'見'字。"
〔10〕 "嘉喜"，龔斌曰："'喜'宋本作'善'。"
〔11〕 "漸近自然"，徐震堮《札記》曰："《晉書》作'漸近使之然'。"
〔12〕 "年五十三"，徐震堮曰："陶潛《孟府君傳》作'年五十一'。"

○ “武昌孟嘉” 至 “嘉之見賞”

“武昌孟嘉”，秦士鉉曰：“孟嘉，孟子二十二世孫，陶淵明外祖父也。”

“罷豫章還” 二句，秦士鉉曰：“褚裒自豫章太守徵爲侍中。《晉書》：‘裒時爲豫章太守，正旦朝亮。’” ○程炎震曰：“《晉書·褚裒傳》云：‘康帝爲琅邪王，聘裒女爲妃，於是出爲豫章太守。及康帝即位，徵拜侍中。’則裒罷豫章太守時，亮死二年矣。《晉書·嘉傳》作‘褚裒時爲豫章太守，正旦朝亮’，蓋依淵明所爲《別傳》而略節之。此注引《別傳》，並刪‘裒爲豫章’一語，亦小失也。” ○趙西陸曰：“陶淵明《孟府君傳》：‘裒時爲豫章太守，出朝宗亮。’《御覽》三九三引《孟嘉別傳》文略同。”

“眣睞良久”，恩田仲任曰：“眣睞，斜目視人也。” ○田中頤曰：“眣睞，猶歷觀也。四字爲言‘默識’作地。”

“得無是乎”，大典顯常曰：“得無，猶言得非。”《集成》。

○注 “嘉別傳曰”

《嘉別傳》，葉德輝曰：“《孟嘉別傳》，(《隋志》不著録。)《北堂書鈔·設官二十五》引用。”《書目》。 ○趙西陸曰：“注引《孟嘉別傳》，即陶淵明爲《孟府君傳》也。”

“轉勸學從事”，岡白駒曰：“習知風俗得失，莫如近下吏。大抵人情恥下問，孟嘉承上官問，不直答，而言待還，當問從事吏。亮知其意，以爲盛德，語翼曰：‘不直答而云當問從事吏，是轉勸我學從事也。’余近讀《通志》，載《孟嘉傳》，云：‘嘉，孟子二十二世孫。庾亮鎮武昌時，拔爲勸學從事。’此讀《晉書》不詳，謬爲官名也。按《晉·職官志》無勸學從事者。” ○大典顯常曰：“《晉書·職官志》，太守官屬無勸學從事，而有‘典學從事’者。勸學從事，官名也。《晉·職官志》不載之者，猶漢官名有不書於《百官表》而因事乃見者。《蜀志·尹默傳》：‘先主定益州，以爲勸學從事。’《譙周傳》：‘建興中，丞相諸葛亮領益州牧，命周爲勸學從事。’陶淵明《孟府君傳》：‘庾亮鎮武昌，並領江州，辟君部廬陵從事。下郡還，引見，問風俗得失，對曰：嘉不知，還傳當問吏。亮以塵尾掩口而笑。諸從事既去，喚弟翼語之曰：孟嘉故是盛德人也。君既辭出外，自除吏，便步歸家，母在堂，兄弟共相歡樂，怡怡如也。旬有餘日，更版爲勸學從事。是亮崇修學校，高選儒官，以君望實，故應尚德之舉。’據此，其爲官名也審矣。"

"九月九日温遊龍山"，恩田仲任曰："《九域志》曰：'太平州有龍山，桓温遊其上。杜子美詩注：在荆門外。'"○秦士鉉曰："龍山在荆州，今有落帽臺。"○楊勇曰："《元和郡縣圖志》二八：'龍山在當塗縣東南十二里，桓温嘗與僚佐九月九日登此山宴集。'"

"箸嘉坐"，秦士鉉曰："箸，置也。"

"嘉還即答"，大典顯常曰："二文不傳。東坡有擬作二篇。"

"酒有何好而卿嗜之"，鍾惺曰："此語蓋輕之矣。"○田中頤曰："此陷乎理竇者之言，所以孟云'未知'。"

"明公未得酒中趣"，田中頤曰："知者好之，不知者不好，且好者與不好者固不可共語其趣，故孟優答云爾，亦唯酣暢者而能言之。"

"聽伎"，王若虛曰："聽妓，即聽音樂也。本作'伎'。"《滹南集》卷三十三《謬誤雜辨》。

"絲不如竹"二句，楊慎曰："晉孟嘉論樂云：'絲不如竹，竹不如肉。'或問其故，曰：'漸近自然。'此語殊有鑑別。古者登歌下管與清聲在上，貴人聲也，謂之登歌，匏竹在下，謂之下管，即是此意。古人清曠高爽，故其語意暗與古合。"《丹鉛摘録》卷十二。○鍾惺曰："問得唐突。"○桃川白鹿曰："肉，歌也，出乎口，故曰肉。"○秦士鉉曰："'絲竹'二句，古語，見《資暇録》。"

"漸近自然"，王若虛曰："茅璞《三餘録》云：'《孟嘉墓誌》，桓温問聽妓"絲不如竹，竹不如肉"之意，答以"漸近自然"。晉史更之曰"漸近使之然"，殊失其旨。蓋肉聲者歌也，不假於物，故曰自然。嘉之意謂絲聲之假合，不如竹聲之漸近；竹聲之漸近，又不如肉聲之自然也。然古人以歌謳名者，如王豹、綿駒、秦青之流，皆男子也，而此專言聽妓，則知俚語所謂"詞出佳人口"者，其來已久。以古意推之，歌舞管絃，不必專言聽妓。'予謂璞表出《墓誌》之語，以證晉史之失，殊快人意。至其分別'漸近自然'之義，及辨論妓字，皆非也。蓋'漸近自然'，總言三節，只是一意，而云假合不如漸近，漸近不如自然，何邪？"《滹南集》卷三十三《謬誤雜辨》。○鍾惺曰："妙會。"○狄期進曰："絲不如竹，竹不如肉，人籟不如天籟哉！"○桃井白鹿曰："指爪假絲而爲琴，氣息假竹而爲笛，至歌則氣息自爲，無復假物，所謂'漸近自然'者如是。"○田中頤曰："絲假指爪而鳴，不如竹之假氣息而聲，竹又不如歌之無所假而真，故曰'漸近自然'。"

【彙評】

陳絳曰："謝安遲緩而取幘，孟嘉風流而落帽。二人胸中豈有溫耶？斯亦孔融、禰衡之於曹操哉！"《金罍子》下篇卷九。

方弘静曰："孟嘉既應辟而從事矣，下郡還，風俗得失自所宜知，郡將亦宜問，乃曰'當問從吏'，以是爲盛德耶？其出外便步歸，殆有所不合也。而旬餘日，更爲勸學從事，以應尚德之舉。夫前後一從事也，所勸者何學，而下郡察問風俗者非學耶？於時士人所標尚如此，安得不亂！"《千一錄》卷二十二。

凌濛初曰："既是異人，復逢善鑒，安得不識。每閱此等，令人愈急知己。"

王乾開曰："江州白眉，河南青眼，豪情契合，實爲兩難。"

17

戴安道年十餘歲，在瓦官寺畫。王長史見之曰[1]："此童非徒能畫，《續晉陽秋》曰："逵善圖畫，窮巧丹青也。"亦終當致名。恨吾老，不見其盛時耳！"

○"戴安道"至"其盛時耳"

"王長史見之"，趙西陸曰："逵卒，據《晉書》本傳，在太元二十年，其太元十二年徵逵。本傳載謝玄爲上疏，請絶召命，有云：'逵年垂耳順，常抱羸疾。'又二十年，會稽王道子及王雅、王珣等上疏，亦稱逵'年在耆老，清風彌劭'，是其享年當六十六七歲。據此上推，逵當生於成帝咸和中，則興寧二年瓦官寺初置時，逵年已卅許，安得云'十餘歲'？且王濛年三十九卒，時在永和三年，是瓦官寺建成之時，濛已先卒，故知宋本無'王'字，不以屬濛爲是。"

"恨吾老"，李詳曰："長史卒年僅三十九，猥云年老，亦晉人崇飾虛僞之一端。"○曹道衡曰："王濛約卒於永和四年，年三十九，見逵時不得言老。即或'老'意爲'今後年老'，戴逵時十餘歲，其後'盛'時，王濛亦不過五十餘歲，

––––––––––––––––––––

[1]"王長史"，龔斌曰："宋本、沈校本並無'王'字。"

安得言'不及見'?"《叢考》頁二二三。

18

王仲祖、謝仁祖、劉真長俱至丹陽墓所省殷揚州〔1〕，殊有确然之志〔2〕。《中興書》曰："浩棲遲積年〔3〕，累聘不至。"既反，王、謝相謂曰："淵源不起，當如蒼生何?"深爲憂歎。劉曰："卿諸人真憂淵源不起邪?"

〇"王仲祖"至"不起邪"

"至丹陽墓所"，桃井白鹿曰："或云：墓，殷浩父墓也。按《晉書》《綱目》並云：浩屏居時，其父羨爲長沙。庾翼《報兄冰書》云：'殷君雖多驕豪，實有風力之益，亦似由有佳兒。'殷君，即殷羨。佳兒，謂浩也。《晉書》又云：'浩後出爲揚州刺史，遭父憂去職，服闋，復爲揚州刺史。'據此，或言非也。"〇大典顯常曰："《晉書·浩傳》：'浩屏居墓所，且幾十年，時人擬之管、葛。'"〇田中頤曰："殷淵源時屏居墓所，積年不起。"

"确然之志"，胡三省曰："確然者，守志堅固不移也。"《通鑑·晉紀十九》注。〇桃井白鹿曰："'确'與'確'通，堅也。《易·文言》：'樂則行之，憂則違之，確乎不可拔。'"〇田中頤曰："今加'殊'字，乃見殷矯情過高，非其真也。"〇徐震堮曰："謂殷隱遁之志堅確不移，故下有'淵源不起，如蒼生何'之語。"

"深爲憂歎"，田中頤曰："即深爲蒼生憂歎其不起也。此已墜殷掌握中。"

"真憂淵源不起邪"，田中頤曰："言我則爲天下其起是憂也。此正屠出殷肺肝來。"〇龔斌曰："劉惔意謂殷浩必起。"

〔1〕 "王仲祖謝仁祖劉真長俱至丹陽墓所"，桃井白鹿曰："'至'一作'在'，誤。"程炎震曰："'丹陽'別一宋本作'丹楊'。"徐震堮《札記》曰："《晉書·殷浩傳》不言劉惔。"
〔2〕 "殊有确然"，龔斌曰："'殊'宋本、沈校本作'絕'。"又，徐震堮："'确'影宋本及沈校本作'確'。"龔斌曰："'确'同'確'，堅也。"
〔3〕 "棲遲"，董刻本"棲"作"桓"。王利器曰："各本'桓'作'棲'，是。"

〇注“中興書曰”

“棲遲積年”，恩田仲任曰：“棲遲，遊息。”〇秦士鉉曰：“《詩》：‘衡門之下，可以棲遲。’”

【彙評】

胡寅曰：“虛偽之人，惡人知其情？深源累辭徵辟，以養聲譽，謝尚、王濛、褚衰、司馬昱皆不能鈎深燭隱而崇獎之，不知深源世味實重，矯情遠引，以退爲進者也。”《管見》卷八。鄭賢《古今人物論》卷十九按曰：“以退爲進，中浩之本情。”

王楙曰：“殷浩當時不肯出仕，而士大夫屬望於浩如此之切，雖商之伊尹，周之呂望，殆不過此。浩之出也，竊意必能康濟四海，以慰中外之望，然經略中原，疏而無術，與桓溫不協，且所用非人，卒底山桑之衂。浩之出，不惟一事無立，而喪師辱國，殆有甚焉。朝野於是大失所望，削爵貶竄，固其宜也。而咄咄書空，不能自遣，又可笑者。浩在貶所，其甥告歸，灑然起‘貧賤親戚離’之感，至於揮淚，何遽至此！後桓溫遺書，示以引用之意，斯言未必非戲耳。浩一聞其説，欣然許之，答書慮有乖謬，以忤其意，開閉數十，竟達空函。臨事顛錯，如此可笑，其胸中可知。且喧寂聚散，人之常態，何必苦爲悲戚？讎人見招，未必美意，正以示辱，而甘心從之，其無恥如此，尤可鄙也。且殷浩一殷浩耳，向也諸公翕然引用，堅執不起；今也一聞桓溫之言，便欣然相從。向也志節甚屬，爵禄不動；今也貶所失侶，遂至悲泣。何其無特操邪？是蓋浩平日區區矯飾者，至此而敗矣。人惟誠實不可破，苟或矯僞，未有不敗者。僕嘗論之，向使殷浩始終不起，竟守此志，則天下後世將抱不足之恨，浩之爲浩，遂指以爲夷齊四皓之倫，高名偉德，照耀史册，與日月爭光可也，彼安、導輩豈能望其髣髴哉？及是一出，一敗塗地，而浩之爲浩，乃始得其真。在向之期望者，皆可指爲笑端。於是知士大夫之名節，要其終而後定，而始之區區，皆得以欺人。僕深有感於殷浩之事，且笑晉人幾爲殷浩所欺，故極論之。”《野客叢書》卷二。

姚舜牧曰：“或問：晉殷浩、謝安，少有重名，方其隱而未用也，人皆以公輔期之。或曰：‘深源不起，如蒼生何？’或曰：‘謝安不起，當如蒼生何？’及其既用也，謝安卻符秦，安晉室，功業亦可無負；而殷浩舉兵北伐，師徒屢敗，桓溫因朝野之怨而廢之如棄草芥。夫人之擬二子則同，而二子事業何其相遠？陳潛室曰：東晉諸賢，大抵務養名節，不務實用，坐而成功，則爲謝安；如其無成，則爲殷浩。然安能矯情鎮物，浩則遇事周章，較是輸他一着也。"《性理指歸》卷二十二。

李贄曰："淵源矯情爲高，故真長識其假。"《初潭集》卷十八。

王世懋曰："真長能識殷浩，駕馭桓温，豈可王劉並稱？"

戴璟曰："（浩）屢徵不就，屏居十年，及褚裒薦爲建武將軍、揚州刺史，陳讓自三月至十月，乃受拜焉，若得出處之道矣。吾以爲此少室山人索高價，終南處士指捷徑也。浩先受庾亮之辟爲記室參軍，今甘爲大臣之用而不屑爲在朝之臣，豈媚奥不若媚竈歟？向也辟之而不肯來，今也廢之而不肯去，宜袁淑以偽隱譏之也，不亦可傷哉？"《品藻》卷十八。

馮琦曰："深源知世之慕其名而不可得，益自遠引以爲高。天下見深源之遠引而不可致，望之愈深，求之愈切。然後深源者若不得已而應之。及深源既出，晉之江左猶是也，晉之陸沈猶是也，晉之夷狄强臣猶是也。安石之未出也，與深源齊名。及其出也，有安晉之功，雖以桓温之横戾，而亦未能有侮於安，猶或以矯情非之，而況於深源乎？圍棋賭墅之勝，深源必有所不能矯矣。丈夫處世，磊磊砢砢，挺挺介介，不爲九霄之鵬，則當豹隱南山之霧耳，何能役役於進退之際，而務爲譎詐以求之也。噫！深源亦未之思也。"鄭賢《古今人物論》卷十九引。賢按曰："深源不及東山，古今公論，而詞甚嚴峻。"

凌濛初曰："真長口角無處不可畏。"龔斌按曰："道出真長個性。"

鍾惺曰："虛名不能有益且害於世，卒使世受其害者，則以名用人之過也。殷淵源名理清言而非用世才，非惟無其才也，亦無其志也，縱使不出爲世用，自不失爲江左名士。其墓居十年，屢徵不出，豈不欲出哉？恐一出不效而喪其名也。其自知也審，而自處也當矣。當時王濛、謝尚、簡文强以管、葛坐之，因其不出而擬其爲管葛益堅，所以致其不得不出之道益急，陳讓自三月至七月始出。出非浩意也，然則浩何以終出也？浩不出，世始疑浩之實而其名遂失，猶之乎失名也，無寧僥倖一出，而猶庶幾萬一，思所以苟全其名。"《史懷》卷十九。

尤侗曰："'束之高閣'，庾翼固有先見；'如蒼生何'，謝尚不無失言。"《看鑑偶評》卷三。

唐汝詢曰："江左崇玄言，互相爭勝負。誕哉殷深源，虛名高北斗。不聞經國謀，徒騁懸河口。欻起濟蒼生，位列朝班右。一戰覆王師，管葛才烏有。向來徒爭名，頓落桓公後。咄咄既書空，林棲應白首。驚喜尚書薦，幽獨不能守。答

913

書竟空函，令人長拍手。”《顧氏詩史》卷八。

　　華慶遠曰：“論者謂浩不出，清名可保。然其人要非屏居可老者。”《論世八編》卷九。

　　田中頤曰：“必觀其真。”

19

　　小庾臨終，自表以子園客爲代。園客，爰之小字也。《庾氏譜》曰：“爰之字仲真，翼第二子〔1〕。”《中興書》曰：“爰之有父翼風，桓溫徙于豫章。年三十六而卒。”朝廷慮其不從命，未知所遣，乃共議用桓溫。劉尹曰〔2〕：“使伊去，必能克定西楚，然恐不可復制。”《陶侃別傳》曰：“庾翼薨，表其子爰之代爲荊州。何充曰：‘陶公重勳也，臨終高讓。丞相未薨，敬豫爲四品將軍，于今不改。親則道恩，優游散騎，未有超卓若此之授。’乃以徐州刺史桓溫爲安西將軍、荊州刺史。”宋明帝《文章志》曰：“翼表其子代任，朝廷畏憚之，議者欲以授桓溫。時簡文輔政，然之。劉惔曰：‘溫去必能定西楚，然恐不能復制。願大王自鎮上流，惔請爲從軍司馬〔3〕。’簡文不許。溫後果如惔所算也。”

　　○“小庾臨終”至“不可復制”

　　“小庾”，秦士鉉曰：“庾翼也。”○楊勇曰：“亮兄弟五，亮、懌、冰、條、翼，翼最小，故稱小庾，或稱庾小。”

　　“自表以子園客爲代”，田中頤曰：“不請朝命，但自表以其子爲代也。”○程炎震曰：“永和元年七月，庾翼卒。《晉書·翼傳》曰：‘疾篤，表第二子爰之行輔國將軍、荊州刺史。’”

　　“朝廷慮其不從命”，桃井白鹿曰：“諸庾世在西藩，人情所安，至是朝議欲

─────────────────

〔1〕　“第二子”，董刻本“第”作“弟”。王利器曰：“各本‘弟’作‘第’，是。”
〔2〕　“劉尹”，董刻本、元刻本無“尹”字。
〔3〕　“願大王自鎮上流惔請爲從軍司馬”，程炎震曰：“《晉書》作‘勸帝自鎮上流，而己爲軍司’，此‘從’字、‘馬’字並誤衍。”

914

以他人代之，恐荆州不服從其命也。”○秦士鉉曰：“朝廷慮爱之不受代。然未知遣誰人能制之。蓋諸庾世襲，似唐藩鎮。”○龔斌曰：“乃懼憚爱之不肯讓出荆州，更甚者，若其出兵阻擾，則朝廷蒙恥。”

“克定西楚”，胡三省曰：“江左謂荆州爲西楚。”《通鑒·宋紀三》注。○秦士鉉曰：“荆楚在建康西，故曰西楚。蜀亦在其中，故曰克定。《晉書》：‘荆楚，國之西門。’”

“恐不可復制”，田中頤曰：“言桓必能堪其任，然恐桓愈不可復制御也。”○蔣凡曰：“桓溫統治荆州近二十年，桓氏桓豁、桓沖、桓石民等相繼治荆，形成桓氏世莅西土的局面，而桓溫之子桓玄，卒以荆州爲根據地繼而篡晉。”

○注“陶侃別傳曰”

“臨終高讓”，秦士鉉曰：“陶侃疾篤，遣其長史送所假節鉞、麾幢、曲蓋、侍中貂蟬、太尉章、荆州刺史印。”

“敬豫爲四品將軍”二句，秦士鉉曰：“敬豫，王恬字，王導第二子。導在時，恬已爲四品，至今未遷官。”○程炎震曰：“敬豫，王恬，導第二子，爲後將軍。導薨，去官。俄起爲後將軍。《通典·晉官品》：‘後將軍，第四品。’”○徐震堮曰：“《晉書·王導傳》云，‘恬字敬豫，帝欲以爲中書令，導固讓，從之。除後將軍、魏郡太守，加給事中，領兵鎮石頭。導薨，去官。俄起爲後將軍，復鎮石頭。’何充之言蓋指此。”

“親則道恩”，岡白駒曰：“道恩，晉宗室也，故曰親。”○桃井白鹿曰：“據《晉書》，庾亮第二子庾羲，小名道恩，亮妹爲國母，故謂其族爲親。”○大典顯常曰：“道恩，庾羲小字，亮第二子也。庾皇后道憐，亮妹也，故曰親。”

“優游散騎”，桃井白鹿曰：“優遊於散騎而不進也。”○大典顯常曰：“優遊，謂不進官也。此言陶王之功、庾之親而其子不能擢進也。”○龔斌曰：“《庾羲傳》、《庾氏譜》均謂羲爲吳國内史，不聞官散騎。此散騎或是散騎侍郎。散騎郎爲閒職，故曰‘優游’。”

“何充曰”云云，桃井白鹿曰：“陶侃、王導，功臣也。庾亮，后兄也。其子猶如是，故何充引以抑庾爱之也。”

○注“宋明帝文章志曰”

“劉惔曰”云云，胡三省曰：“劉惔，談客耳；其言桓溫無不中，蓋深知溫之才者。設使昱鎮上流，恢爲司馬，未足以敵燕秦。《揚子》曰：‘非苟知之，亦允蹈之；非知之難，行之爲難也。’”《通鑑·晉紀十九》注。

【彙評】

馮夢龍曰：“恢每奇温才，而知其有不臣之志，謂會稽王昱曰：‘温不可使居形勢之地。’昱不從。及温既克蜀，昱憚其威名，乃引殷浩以抗之，由是浸成疑貳。至浩北伐無功，而温遂不可制矣。”《智囊補》卷六。佚名批曰：“殷浩名士之差。”

王夫之曰：“王導且卒而薦何充，所以制庾氏也。庾翼卒，充授桓温以荊梁軍事，所以奪庾氏也。”《讀通鑑論》卷十三。○曰：“温專其功，恢誠慮及，而胡不爲此謀也？蓋恢者，會稽王昱之客，非能主持國計者也。昱與殷浩皆虛誕亡實而荼然不振者，恢即爲此謀而固不聽，徒爲太息而無可如何。晉非無人，有人而志不能行也。”同上。

王鳴盛曰：“庾氏誠不可任，然此外豈無人？舉西夏而委之桓温，如虎傅翼，成其跋扈，晉祚幾傾，何充之罪也。”《商榷》卷五十。

20

桓公將伐蜀，在事諸賢咸以李勢在蜀既久，承藉累葉，且形據上流，三峽未易可克[1]。唯劉尹云：“伊必能克蜀。觀其蒲博[2]，不必得，則不爲。”《華陽國志》曰：

---

〔1〕“可克”，余嘉錫曰：“‘克’景宋本及沈本作‘剋’。”
〔2〕“蒲博”，天保手批曰：“‘蒲’當作‘蒱’。”按二字通。

"李勢字子仁，洛陽臨渭人〔1〕。本巴西宕渠賨人也〔2〕。其先李特，因晉亂據蜀，特子雄，稱號成都。勢祖驤，特弟也。驤生壽，壽篡位自立，勢即壽子也。晉安西將軍伐蜀〔3〕，勢歸降，遷之揚州。自起至亡，六世三十七年。"《溫別傳》曰："初，朝廷以蜀處險遠，而溫衆寡少，縣軍深入〔4〕，甚以憂懼。而溫直指成都，李勢面縛。"《語林》曰："劉尹見桓公每嬉戲必取勝，謂曰：'卿乃爾好利，何不焦頭〔5〕？'及伐蜀，故有此言。"

○"桓公將伐"至"則不爲"

"承藉累葉"，田中頤曰："謂六世也。"○秦士鉉曰："累代承家藉，保有西蜀。"

"形據上流"，岡白駒曰："形，形勢也。"○張萬起曰："形，特指地理形勢，地勢。"《詞典》頁八九。

"三峽未易可克"，恩田仲任曰："《峽程記》曰：'三峽謂明月峽，巫山峽，廣澤峽。其瞿唐灩澦之類不繫三峽之數。'"○田中頤曰："以蜀得人地二利，恐其難可勝也。"

"觀其蒲博"三句，田中頤曰："言桓於蒲博見必得之利而爲之，是其內明乎勝敗，是以知其必勝也。"○朱鑄禹曰："蒲博，樗蒲、博弈也。"○龔斌曰："不必得則不爲，意即爲則必得。"

○注"華陽國志曰"

"宕渠賨人"，大典顯常曰："《晉書·李特傳》：秦并天下，以巴地爲黔中郡，薄賦斂之，口歲出錢四十。巴人呼賦爲賨，因謂之賨人。"《撮補》。○恩田

---

〔1〕 "洛陽"，恩田仲任曰："當作'略陽'。"秦士鉉曰："'洛'當作'略'。"程炎震曰："《晉書·李特載記》作'略陽'。"余嘉錫曰："《華陽國志》亦作'略陽'，當據改。"王利器曰："'洛陽'當作'略陽'，《晉書·地理志上》：'秦州略陽郡有臨渭縣。'《華陽國志》卷九《李特雄期壽勢志》正作'略陽'。"趙西陸曰："《常志》'洛陽'作'略陽'。《晉書·地理志》：'秦州略陽郡有臨渭縣。'"

〔2〕 "巴西"，董刻本"巴"作"巳"。王利器曰："各本'巳'作'巴'，是。"楊勇曰："'巴'宋本作'巳'，非。"

〔3〕 "晉安西將軍"，程炎震曰："'晉安西將軍'下當有脫文。此所引皆酈括志文，故不能悉校。"余嘉錫曰："考《御覽》百二十三'李勢'條引曰：'嘉寧二年，晉遣安西將軍荆州刺史桓溫來伐。'此處所脫當是'荆州刺史桓溫'六字。"

〔4〕 "縣軍"，余嘉錫曰："'縣'景宋本及沈本作'懸'。"

〔5〕 "何不"，平賀房父曰："'何'下恐脫'得'字。"

仲任曰："《郡國志》注曰：'譙周《巴記》曰：建安六年劉璋分巴，以永寧爲巴東郡，以墊江爲巴西郡。'宕渠，《水經注》曰：'蓋古賨國也。'"

"六世三十七年"，陳殷曰："李雄自惠帝永興元年僭號爲成漢，至是五世，合四十四年。"《點注》卷四。○程炎震曰："'三十七'《李特載記》作'四十六'。《華陽國志》卷九云：'李氏自起事至亡，六世四十七年，僭號四十三年。'"○趙西陸曰："《常志》作：'李氏自起事至亡，六世四十七年，僭號四十三年。'《晉書·惠帝紀》，李特以永寧元年起兵，至永和三年李氏滅，應是四十七年。《李勢載記》：'始李特以惠帝太安元年起兵，至此六世，凡四十六年。'此少一年，誤。"○徐震堮曰："案《晉書·載記》，李特以惠帝太安元年起兵，至此六世四十六年。《十六國春秋》，李特以永寧元年歲在辛酉起兵，至李勢嘉寧二年，即晉穆帝永和二年歲在丁未，降於晉，首尾四十七年。此作'三十七年'，誤。"○朱鑄禹曰："《太平御覽》一二三引《蜀錄》亦云'合四十七年'。"

○注"温別傳曰"

"縣軍深入"，胡三省曰："出軍遠征，其勢懸絕，不能相及，故曰縣師。縣，讀曰懸。"《通鑒·漢紀四十四》注。

"李勢面縛"，胡三省曰："杜預曰：面縛，縛手於後，唯見其面也。"《通鑒·魏紀十》注。○恩田仲任曰："面，與'偭'通。《史記》：'秦孺子嬰面縛銜璧降。'注：'面縛，猶《陳平傳》"反接"也。俗云背蔜。'"○石川鴻齋曰："《便蒙》：面縛，縛手於前也。縛手後謂之反縛，又謂之反接。"《點注》卷三。○楊勇曰："《正字通》：'面，背也。'面縛，反縛也。《史記·項羽本紀》：'馬童面之。'可證。"○龔斌曰："《左傳》襄公十八年'衿甲面縛'楊伯峻注：'面縛，即自後縛之。'"

○注"語林曰"

"何不焦頭"，桃井白鹿曰："蓋謂救急立功也。語本於'焦頭爛額爲上客'事。"○大典顯常曰："言赴急也。《前漢·霍光傳》：'焦頭爛額爲上客。'"

李贄曰："未盡然。"《初潭集》卷二十八。

凌濛初曰："如此料法，靡有不中。"

21

謝公在東山畜妓，簡文曰："安石必出。既與人同樂，亦不得不與人同憂。"宋明帝《文章志》曰："安縱心事外，疏略常節，每畜女妓，攜持遊肆也。"

○"謝公在東山"至"與人同憂"

"在東山畜妓"，葛立方曰："會稽、臨安、金陵三郡皆有東山，俱傳以爲謝安攜妓之所。按謝安本傳，初安石寓居會稽，與王羲之、許詢、支遁遊處，被召不至，遂棲遲東山。唐裴昻與石湄等鹽湖聯句，有'興裏還尋戴，東山更問東'，此會稽之東山也。本傳又云安石常住臨安山中，坐石室，臨濬谷，悠然歎曰：'此與伯夷何遠。'今餘杭縣有東山，東坡有《遊餘杭東西巖詩》，注云：'即謝安東山，所謂"獨攜縹緲人，來上東西山"者是也。'此臨安之東山也。本傳又謂及登臺輔，於土山營墅，樓館林竹甚盛，每攜中外子姪遊集。今土山在建康上元縣崇禮鄉。《建康事跡》云：'安石於此擬會稽之東山，亦號東山。'此金陵之東山也。"《韻語陽秋》卷五。○胡三省曰："東山在今紹興府上虞縣西南四十五里，安故居今爲國慶禪寺。"《通鑑·晉紀二十三》注。

"與人同樂"，岡白駒曰："樂人之所樂。"○淇園曰："以其畜妓言。"

"與人同憂"，田中頤曰："即所以知必出也。"○楊勇曰："'同樂''同憂'，用孟子義。"

劉辰翁曰："此語別見幾微者也，與劉真長説殷浩同。"

李贄曰：“安石真率外見，故簡文見其真；淵源矯情爲高，故真長識其假。”《初潭集》卷十八。按《批補》無“安石”“淵源”。秦士鉉曰：“‘真率’指謝，‘矯情’指殷。”

華慶遠曰：“苟非真隱，具眼蚤已窺之。”《論世八編》卷九。

22

郗超與謝玄不善。符堅將問晉鼎[1]，既已狼噬梁、岐，又虎視淮陰矣。車頻《秦書》曰：“符堅字永固，武都氐人也。本姓蒲，祖父洪，詐稱讖文，改曰‘符’。言已當王[2]，應符命也。堅初生，有赤光流其室，及誕，背赤色隱起，若篆文。幼有美度，石虎司隸徐正[3]，名知人，堅六歲時，嘗戲於路，正見而異焉，問曰：‘符郎！此官街，小兒行戲，不畏縛邪？’堅曰：‘吏縛有罪，不縛小兒。’正謂左右曰：‘此兒有王霸相。’石氏亂，伯父健及父雄西入關[4]，健夢天神使者朱衣冠，拜肩頭爲龍驤將軍。肩頭[5]，堅小字也。健即拜爲龍驤，以應神命。後健僭帝號。死，子生立，凶暴，群臣殺之而立堅。堅立十五年，遣長樂公丕攻没襄陽。十九年，大興師伐晉，衆號百萬，水陸俱進，次于項城。自項城至長安，連旗千里，首尾不絕。乃遣告晉曰[6]：‘已爲晉君於長安城中建廣夏之室，今故大舉渡江相迎，克日入宅也。’”于時朝議遣玄北討，人間頗有異同之論。唯超曰：“是必濟事。吾昔嘗與共在桓宣武府，見使才皆盡，雖履屐之間，亦得其任。以此推之，容必能立勳。”元功既舉，時人咸歎超之先覺，又重其不以愛憎匿善。《中興書》

---

[1] “符堅”，余嘉錫曰：“‘符’景宋本俱作‘苻’，是。”

[2] “言已”，徐震堮《校箋》“已”作“己”。

[3] “徐正”，程炎震曰：“《晉書·符堅載記》作‘徐統’，不云爲石虎司吏。”王利器曰：“案《晉書·載記·苻堅傳上》，‘徐正’作‘徐統’，這是劉孝標避梁昭明太子蕭統諱改的。”

[4] “伯父健”，楊勇曰：“‘健’宋本作‘建’。”朱鑄禹曰：“《晉書·載記》作‘健’。”

[5] “肩頭”，楊勇曰：“《晉書·載記·苻堅傳》作‘堅頭’。《類聚》一七、《御覽》三六四引《秦記》：‘苻堅祖洪，見堅狀貌，欲令頭堅腹軟，字之曰堅。’”

[6] “乃遣告”，董刻本“乃”作“及”。王利器曰：“各本‘及’作‘乃’，是。”

曰：“于時氐賊彊盛，朝議求文武良將可鎮靖北方者。衛大將軍安曰[1]：‘唯兄子玄可任此事。’中書郎郗超聞而歎曰：‘安違衆舉親，明也。玄必不負其舉。’”

○“郗超與”至“異同之論”

“郗超與謝玄不善”，余嘉錫曰：“《晉書·超傳》曰：‘常謂其父名公之子，位遇應在謝安右，而安入掌機權，憒憒優游而已。恒懷憤憤，發言慷慨，由是與謝氏不穆。安亦深恨之。’超之與謝玄不善，蓋亦由此。”

“將問晉鼎”，桃井白鹿曰：“謂將滅晉也。楚王問周鼎，事見《左傳》。”○秦士鉉曰：“問鼎，欲奪天位也。”

“狼噬梁岐”，大典顯常曰：“孝武寧康元年冬，苻堅使楊安、王統、朱彤登攻梁州刺史楊亮、益州刺史周仲孫，破之，遂陷益州。按《孟子》‘踰梁山，邑於岐山下’，梁山乃梁州之地，岐山在雍州，此所謂梁岐是也。又《禹貢》：‘治梁及岐。’乃冀州之地。苻堅嘗伐燕，滅之，以王猛爲冀州牧。據此則爲冀州梁岐亦通。然以文勢詳之，此謂梁益之地明矣。”《集成》。秦士鉉曰：“寧康元年，苻堅使攻梁州、益州，破之，遂陷益州。梁山在梁州，岐山在雍州。”○程炎震曰：“梁謂梁州。寧康元年冬，秦取梁、益二州。‘岐’字無著，或‘益’之誤。”○楊勇曰：“梁岐，指冀州。”

“虎視淮陰”，大典顯常曰：“言見玄之使才，皆莫不盡其才也。”○田中頤曰：“謂其逼劇也，爲下言‘朝議異同’及郗稱謝刷色。”○秦士鉉曰：“虎視，欲吞之也。《易》：‘虎視眈眈。’”

“頗有異同之論”，田中頤曰：“人咸私危疑遣玄。”○張萬起曰：“異同，偏義複詞，此處偏指異。”

○“唯超曰”至“愛憎匿善”

“使才皆盡”，大典顯常曰：“言見玄之使才，皆莫不盡其才也。”○田中頤曰：“言使人才皆盡其能。”

“履屐之間”二句，胡三省曰：“履，以皮爲之；屐，以木爲之。”《通鑒·晉紀二十六》注。○田中頤曰：“言物之卑小，亦皆得其任用。”○秦士鉉曰：“履

<hr>

[1] “衛大將軍”，秦士鉉曰：“‘衛’一作‘謝’，誤。”徐震堮曰：“《晉書·謝安傳》作‘衛將軍’，‘大’字衍。”龔斌曰：“《晉書·謝安傳》、《文選》謝玄暉《和王著作八公山詩》李善注引《晉中興書》皆作‘衛將軍’，是。”

屨，賤人也。玄之使人，皆莫不盡其才。"○石川鴻齋曰："言周旋行步間。"《點注》卷四。○朱鑄禹曰："履屨之間，蓋謂奔走力役之人也。"○張萬起曰："比喻小事。"

"元功既舉"，張萬起曰："元功，大功。"

"不以愛憎匿善"，田中頤曰："此以愛憎同其理並言之耳，其實不以憎匿善也，即與'不善'應。"○楊勇曰："愛憎，猶憎也。"

◎程炎震曰："據《通鑒》百零四，此是太元二年，謝玄以征西司馬爲兗州刺史，領廣陵相。其年十二月，郗超卒。淝水之役，超固不及見，堅將彭超等攻彭城、淮陰，亦後超卒一年。"○余嘉錫曰："謝玄以太元二年冬十月爲兗州刺史，已見《晉書·孝武帝紀》。惟郗超之卒，本傳不著年月，獨見於《通鑒》耳。《文選》謝玄暉《和王著作八公山詩》注引《中興書》曰：'時盜賊彊盛，侵寇無已，朝議求文武良將可以鎮北方者，衛將軍謝安曰：'唯兄子玄可堪此任。'於是拜建武將軍，兗州刺史領廣陵相，監江北諸軍事。'孝標注與《選》注所引互有詳略。《太平御覽》五百一十二合爲一條。觀其言，則安之舉玄與郗超之歎玄不負所舉，皆在太元二年玄刺兗州之時可知矣。《世說》云'苻堅將問晉鼎'，似是太元八年苻堅傾國入侵時事。然云'虎視淮陰'，則正是預指後來三四年間秦據彭城、克淮陰、拔盱眙事也。雖遣玄時淮陰尚未失，而堅已有此謀矣。孝標引《秦書》'堅建元十九年大興師伐晉'以注之，殊爲失考。"

○注"車頻秦書曰"

"車頻秦書"，沈家本曰："隋唐志不著録。《史通·正史篇》：'宋武帝入關，曾訪秦國事，又命梁州刺史吉翰訪諸仇池，並無所獲。先是，秦秘書郎趙整參撰國史，值秦滅，隱於商洛山，著書不輟。有馮翊、車頻助其經費。整卒，翰乃啓頻纂成其書，以元嘉九年起，至二十八年方罷，定爲三卷，而年月失次，首尾不倫。河東裴景仁又正其訛僻，刪爲《秦記》十一篇。'是裴之書實本於頻也。"《古書目》卷四。○葉德輝曰："《隋志》不著録。"《書目》。

"本姓蒲"，王楙曰："苻堅，其先本姓蒲，其祖以讖文改爲苻。苻融，其先魯頃公孫，仕秦爲符璽郎，以爲氏。故苻堅之姓從艸，苻融之姓從竹，二姓固自不同。而唐義陽郡王符璘碑合從竹，而書作'苻'。而苻堅之'苻'，又有書從竹者，皆失於不契勘耳。漢碑隷書率以竹爲艸，少有從竹者，如'符節'之字皆然。今西漢書，'符瑞'多從艸。魏晉以下真書碑亦有書'符節'爲'苻節'

者，蓋古者皆通用故耳。”《野客叢書》卷二十二。〇胡三省曰：“蒲以讖文有‘草付應王’，又其孫堅背上有‘草付’字，遂改姓苻氏。”《通鑒·晉紀九》注。〇王世懋曰：“正史堅姓從苻，即‘蒲’之變也。此云‘當王應符命’，從竹，非是。”〇楊慎曰：“晉苻堅以應圖讖文改姓，其字從草不從竹，今多書作‘符’，非也。苻音蒲，其音亦別。又《左傳》‘崔苻之澤’杜預注苻亦音蒲。”《丹鉛餘錄》卷二。〇呂思勉曰：“《晉書·宣帝紀》：青龍三年，‘武都氐王苻雙强端帥其屬六千餘人來降’。青龍三年，在建興十四年之前一年，是時武都已有苻氏。草苻應王之讖，既係妄言，蒲生五丈之說，必爲矯誣，從可知矣。”《札記》頁八九二。

“隱起若篆文”，秦士鉉曰：“《苻堅傳》曰：‘隱起成字，曰“艸付臣”。’隱起，凸起也。”〇楊勇曰：“《晉書·苻堅載記》：‘背有赤文，隱起成字，曰：艸付，臣又土，王咸陽。’”〇吳金華曰：“《太平御覽》卷三七一引車頻《秦書》曰：‘苻堅生，肩背赤色隱起，狀若篆文‘付’，因爲苻氏。’《御覽》所引，文義較明，其中‘隱起’猶言鼓起、凸起，是六朝常語。”《考釋》頁一一九。

“符郎”，王世懋曰：“石虎時正姓蒲，不得云‘苻郎’。”秦士鉉按曰：“‘苻郎’一作‘蒲郎’，是。”

“堅立十五年”，徐震堮曰：“苻堅以晉穆帝升平元年僭號大秦天王，改元永興。升平二年，改元甘露，哀帝興寧三年，又改元建元。建元十五年，即晉孝武帝太元四年，苻堅陷襄陽，時堅在位已二十三年。此云‘堅立十五年’，蓋由建元十五年而誤。下‘十九年’誤亦同。”

“遣長樂公丕”，大典顯常曰：“《晉書·載記》十五：苻丕字永叔，堅之長庶子也，封長樂公，後嗣堅稱帝。”

“十五年”“十九年”，程炎震曰：“此‘十五年’、‘十九年’，並是符堅建元之年，非始立之年也。車頻本書不應有誤，蓋本是‘堅建元十五年’云云，後人妄改。符堅建元十五年，晉太元四年己卯；十九年，晉太元八年癸未。”

“次于項城”，恩田仲任曰：“《括地志》曰：‘項城，今陳州項城縣，古項子國。’”

“廣夏之室”，恩田仲任曰：“‘夏’與‘廈’同，大屋。”

“克日入宅”，岡白駒曰：“言今特渡江以迎晉君，宜克日入長安廣夏之宅也。”〇恩田仲任曰：“‘克’與‘刻’同。”〇秦士鉉曰：“克，刻約也。”

〇注“中興書曰”

“衛大將軍安”，余嘉錫曰：“謝安之拜衛將軍，據《孝武紀》在太元五年五月。《中興書》於此時已稱衞將軍安，不免小有差互耳。唐修《晉書‧玄傳》與何法盛悉合。"

【彙評】

李贄曰："知人。"評"超曰"。《初潭集》卷二十四。〇曰："安、玄、超俱妙。"
評注。同上。

23

　　韓康伯與謝玄亦無深好。玄北征後，巷議疑其不振。康伯曰："此人好名，必能戰。"《續晉陽秋》曰："玄識局貞正，有經國之才略。"玄聞之甚忿，常於衆中属色曰："丈夫提千兵，入死地，以事君親，故發，不得復云爲名。"

　　〇"韓康伯"至"復云爲名"

　　"疑其不振"，張撝之曰："振，通'整'，整治（軍隊）。"《選注》。〇張萬起曰："疑慮他不能取勝。"

　　"以事君親故發"，張撝之口："君親，這裏偏用'君'義。發，奮起。"《選注》。〇張萬起曰："君親，指君王。《洛陽伽藍記‧水寧寺》：'逆刃加於君親，鋒鏑肆於卿宰。'"

【彙評】

劉辰翁曰："此語自是。"

方弘静曰："謝玄淝水之戰，晉之存亡繫焉，在《蹇》之二'匪躬之故'矣。諸謝鼎盛，未失臣度也。韓康伯乃特以好名許之。夫戰，危事，以好名能哉？又曰：'何異王莽時。'甚矣！伯康非君子歟？奈何不成人之美，而無以異於世之謂嫉者也。"《千一録》卷十四。

陳夢槐曰："忿語，卻自雄烈。"

凌濛初曰："攘臂作事，不爲人亮，良苦。"

24

褚期生少時，謝公甚知之，恒云："褚期生若不佳者，僕不復相士。"期生，褚爽小字也。《續晉陽秋》曰："爽字茂弘[1]，河南人。太傅裒之孫，秘書監韶之子[2]。太傅謝安見其少時，歎曰：'若期生不佳，我不復論士。'及長，果俊邁有風氣。好老莊之言，當世榮譽，弗之屑也。唯與殷仲堪善。累遷中書郎、義興太守。女爲恭帝皇后[3]。"

　○"褚期生"至"不復相士"

　"褚期生若不佳者"二句，田中頤曰："此用誓約之語勢，乃保他日其當必爲佳士也。"○王叔岷曰："'者'猶'則'也，屬下讀。《晏子春秋·內篇諫上》：'令章遇桀紂，者章死久矣。'《荀子·解蔽篇》：'比至其家，者失氣而死。''者'並猶'則'也，屬下讀，與此同例。《史記·平原君列傳》：'平原君曰：勝不敢復相士。'"○周紹賢曰："才性名理，與相術同源，故謝公稱品鑒人物曰'相士'。"《述論》頁五三。

【彙評】

　許世瑛曰："以謝安對王獻之、王恭言談時，均'自呼爲身'，而此處獨自稱'僕'，足見方彼與王獻之、王恭答問時，欲以示其尊貴，故'自呼爲身'，

---

[1] "茂弘"，程炎震曰："《晉書·爽傳》作'弘茂'。"楊勇曰："宋本作'茂弘'，非。《晉書·褚爽傳》及汪藻《褚氏譜》均作'弘茂'。"

[2] "秘書監韶之子"，程炎震曰："韶，《爽傳》作'歆'，《裒傳》亦作'歆'，云字幼安。則從音欠所是。"徐震堮《札記》曰："《晉書·褚爽傳》作'父歆'，《褚裒傳》亦曰：'子歆字幼安，歷散騎常侍、秘書監。'"楊勇曰："宋本作'韶'。《晉書·褚爽傳》、汪藻《譜》、《宰相表》十二下均作'歆'。"

[3] "恭帝"，楊勇曰："宋本作'恭帝'，非。《晉書·后妃傳》：'恭思褚皇后，諱靈媛，河南陽翟人，義興太守爽之女也。'當作'恭思'是。"

而此處因讚賞褚爽之爲人時云‘此人若不佳，僕不復相士’，非專與某人語，故無庸自詡己之高貴稱‘身’，且用一自謙之詞‘僕’，益顯其語雖謙遜，而自負己之眼力之明察無花之情狀，真栩栩如生也。較之直‘自呼爲身’更覺意味雋永深刻也。”《釋“身”字》。

25

　　郗超與傅瑗周旋，瑗見其二子，並總髮[1]。超觀之良久，謂瑗曰：“小者才名皆勝，然保卿家，終當在兄。”即傅亮兄弟也。《傅氏譜》曰：“瑗字叔玉[2]，北地靈州人。歷護軍長史、安城太守。”《宋書》曰：“迪字長猷，瑗長子也。位至五兵尚書。贈太常。”丘淵之《文章錄》曰：“亮字季友，迪弟也。歷尚書令，仕光禄大夫[3]。元嘉三年，以罪伏誅。”

　　○“郗超與”至“兄弟也”

　　“見其二子”，大典顯常曰：“使超見己二子也。用《論語》語。”○張萬起曰：“見，引見。”

　　“並總髮”，田中頤曰：“諺云：旃檀之香，知於萌芽。總髮兒豈不可知乎？”○秦士鉉曰：“總髮，總角也。”○程炎震曰：“亮以宋元嘉三年死，年五十三。則生於晉孝武寧康二年甲戌，太元二年丁丑郗超卒時，年四歲耳。”楊勇按曰：“《宋書·傅亮傳》作‘四五歲’。”

　　“才名皆勝”，田中頤曰：“才名會時招禍，未必保家。”

---

[1] “總髮”，董刻本“髮”作“角”。
[2] “叔玉”，楊勇曰：“宋本作‘叔王’，非。”
[3] “仕光禄大夫”，葉德輝曰：“袁本‘仕’作‘在’，脱上橫畫。按‘在’者‘左’之誤。《宋書·傅亮傳》正作‘左光禄大夫’，可證此作‘仕’非。”李慈銘曰：“‘仕’當作‘左’。李本作‘任’，更誤。《宋書·傅亮傳》：‘少帝時，亮爲中書監尚書令。太祖登阼，加光禄大夫，開府儀同三司，本官悉如故。”程炎震曰：“宋本‘仕’作‘左’。”余嘉錫曰：“‘仕’景宋本及沈本作‘左’。”

○注“傅氏譜曰”

《傅氏譜》，葉德輝曰：“《隋志》入‘譜系’，題《北地傅氏譜》一卷，無撰人。”《書目》。

《文章録》，沈家本曰：“隋唐志不著録。”《古書目》卷四。○葉德輝曰：“《隋志》不著録，《文選》注引用。”《書目》。

“以罪伏誅”，秦士鉉曰：“《宋書》：少帝義符居喪無禮，徐羨之、謝晦、傅亮廢弑之，立文帝。既而謝晦反，死，遂及其黨。”

26

　　王恭隨父在會稽，王大自都來拜墓。恭父蘊、王忱[1]，並已見。恭暫往墓下看之，二人素善，遂十餘日方還。父問恭：“何故多日？”對曰：“與阿大語，蟬連不得歸。”因語之曰：“恐阿大非爾之友，終乖愛好。”果如其言。忱與恭爲王緒所間，終成怨隙。別見。

　　○“王恭隨父”至“果如其言”

“隨父在會稽”，程炎震曰：“王蘊爲會稽内史，當在太元四年之後、九年之前。”

“暫往墓下”，江藍生曰：“‘下’不是方位詞，否則義不可通。‘墓下’即指墓所。”《彙釋》頁二一七。○楊勇曰：“暫，猶猝也。”

“蟬連不得歸”，桃井白鹿曰：“《書敘指南》：‘語不斷曰蟬連。’”○田中頤曰：“此言以素善，故欲歸而情不得歸也。”○秦士鉉曰：“蟬連，不斷也，猶云

---

〔1〕　“王忱”，大典顯常《集成》曰：“《王蘊傳》：‘蘊爲會稽内史，時王悦來拜墓，蘊子恭往省之云云。’阿大，悦小子也。忱、悦不知孰是？”秦士鉉按：“王悦早亡，不及與恭交。《晉書》字誤。”徐震堮《札記》曰：“《晉書·王蘊傳》誤作‘王悦’。悦，王導長子，史稱其先導卒，導卒於咸和五年，王蘊是年才生，恭安能與悦爲友？其誤可見。”朱鑄禹曰：“《晉書》卷九十三《王蘊傳》作‘時王悦來拜墓’。又‘阿大’作‘阿太’，並云：‘阿太，悦小字也。’考恭爲會稽内史當在孝武帝太元四年，九年前時王悦已久卒。當以此作‘王忱’爲是。”

留連。”

○注“恭父蘊王忱並已見”

趙西陸曰：“王蘊始見於此，不得云‘已見’。《晉書·外戚傳》曰：王蘊，字叔仁，孝武定皇后父，司徒左長史濛之子也。起家佐著作郎，累遷尚書吏部郎。定後立，以後父，遷光祿大夫，領五兵尚書、本州大中正，封建昌縣侯。蘊素嗜酒，末年尤甚。及在會稽，略少醒日，然猶以和簡爲百姓所悦。時王悦來拜墓，蘊子恭往省之，素相善，遂留十余日方還。蘊問其故，恭曰：‘與阿太語，蟬連不得歸。’蘊曰：‘恐阿太非爾之友。’”

○注“忱與恭”至“別見”

“忱與恭爲王緒所間”，程炎震曰：“恭、忱之隙，別見《忿狷篇》第七條，然非因王緒，此注微誤。《晉書·蘊傳》叙此事以爲王悦，猶誤。據《賞譽篇》第百二十五條注引《晉安帝紀》，是袁悦。”余嘉錫按曰：“程氏未見唐本，故以此注爲誤。”○余嘉錫曰：“袁悦即袁悦之，王國寶之黨也。事蹟附見《晉書·國寶傳》。考唐寫本《世説·規箴篇》‘王緒王國寶相爲脣齒’條注引《晉安帝紀》，緒爲會稽王從事中郎，以佞邪親幸，間王珣、王恭於王。而《賞譽篇》注亦引《晉安帝紀》，謂恭憂孝武及會稽王之不咸，欲忱諫王。忱令袁悦言之，悦乃於王坐責讓恭妄生同異。此即所謂間恭於王，與離間沈、恭正是一事。然則袁悦之謀，實發蹤指使於緒。孝標之言，自有所本。”

27

車胤父作南平郡功曹[1]，太守王胡之避司馬無忌之難，置郡于酆陰[2]。是時胤十餘歲，胡之每出，嘗於籬中見而異焉。謂胤父曰：“此兒當致高名。”後遊集，恒

---

[1] “父作南平郡功曹”，徐震堮《札記》曰：“《晉書》本傳作‘父育爲郡主簿’。”
[2] “酆陰”，程炎震曰：“別一宋本作‘澧陰’。”余嘉錫曰：“‘酆’景宋本作‘澧’。”龔斌曰：“南平郡有澧水，當作‘澧’。”

命之。胤長，又爲桓宣武所知。清通於多士之世，官至選曹尚書。《續晉陽秋》曰：“胤字武子，南平人。父育，爲郡主簿。太守王胡之有知人識裁[1]，見，謂其父曰：‘此兒當成卿門户，宜資令學問。’胤就業恭勤，博覽不倦。家貧不常得油，夏月則練囊盛數十螢火以繼日焉[2]。及長，風姿美劭，機悟敏率。桓温在荆州，取爲從事，一歲至治中[3]。胤既博學多聞，又善於激賞[4]，當時每有盛坐，胤必同之，皆云：‘無車公不樂。’太傅謝公遊集之日，開筵以待之。累遷丹陽尹、護軍將軍[5]、吏部尚書。”

〇“車胤父”至“選曹尚書”

“南平郡”，龔斌曰：“《晉書》一五《地理志》：‘吴置以爲南郡，太康元年改曰南平。’”

“太守王胡之避司馬無忌之難”，程炎震曰：“王敦使王廙殺譙王承，别見《仇隙篇》第三條。無忌嘗爲南郡太守，蓋與胡之同時，故胡之避之。”曹道衡按曰：“《宗室傳》記無忌以建元初遷散騎常侍、轉御史中丞，出爲輔國將軍、長沙相，又領江夏相，尋轉南郡、河東二郡太守，將軍如故，隨桓温伐蜀。六年卒。桓温伐蜀在永和二年十一月至三年間，是其守南郡當在此後。如程説，胡之爲南平亦在永和二、四年間，然此時胡之以褚裒長史轉官吴興太守，則永和間自不得再在南平。程説可商。”《叢考》頁二一〇。〇曹道衡曰：“所謂‘避司馬無忌之難’，當是同在建康而避之，其時約爲成帝咸康初，司馬無忌已成年，或尚未及冠，母乃告以二家仇隙，致有抽刃相向之事。胡之以是避仇至武昌，入庾亮幕。”《叢考》頁二一〇至二一一。〇龔斌曰：“據《晉書》三七《司馬無忌傳》，咸和中，江州刺史褚裒當之鎮，無忌於餞行時將手刃胡之兄耆之，御史中丞車灌奏無忌付廷尉科罪，成帝免其罪，詔曰：‘自今已往，有犯必誅。’則胡之避司馬無忌之難當亦在此事之前。”

“選曹尚書”，張萬起曰：“吏部尚書魏時稱選曹尚書。”

---

[1] “識裁”，秦士鉉曰：“‘識裁’下當據本傳補‘嘗於籬中見而異焉’八字。”
[2] “練囊”，大典顯常曰：“練，《晉書》嘉靖本作‘練’。”程炎震曰：“《晉書·車胤傳》作‘練囊’。”徐震堮《札記》曰：“《晉書·車胤傳》‘練囊’作‘練囊’。”楊勇曰：“宋本作‘練’。沈校及《晉書·車胤傳》均作‘練’，是。”
[3] “一歲至治中”，徐震堮《札記》曰：“（《晉書》）本傳作‘稍遷别駕征西長史’。”
[4] “激賞”，桃井白鹿曰：“《晉書》作‘賞會’。”
[5] “護軍將軍”，楊勇曰：“《晉書·車胤傳》在‘丹陽尹’前。”

929

○注“續晉陽秋曰”

“資令學問”，秦士鉉曰：“資，資用。”

“取爲從事”二句，楊勇曰：“《晉書·車胤傳》：‘桓温在荆州，辟爲從事，以辯識義理，深重之，引爲主簿，稍遷別駕，征西長史，遂顯於朝廷。’與《世說》異。”

“善於激賞”，桃井白鹿曰：“激揚賞歎也。”○平賀房父曰：“善激賞之談。”○張萬起曰：“激賞，談論，清談。”《詞典》頁六七九。

【彙評】

李贄曰：“有顧侯不樂，無車公不樂，二人優劣何如？”《初潭集》卷二十八。

28

王忱死，西鎮未定，朝貴人人有望。時殷仲堪在門下，雖居機要，資名輕小，人情未以方嶽相許。晉孝武欲拔親近腹心，遂以殷爲荆州。事定，詔未出。王珣問殷曰：“陝西何故未有處分？”殷曰：“已有人。”王歷問公卿，咸云“非”。王自計才地必應在己[1]，復問：“非我邪？”殷曰：“亦似非。”其夜詔出用殷。王語所親曰：“豈有黃門郎而受如此任！仲堪此舉，迺是國之亡徵。”
《晉安帝紀》曰：“孝武深爲晏駕後計，擢仲堪代王忱爲荆州。仲堪雖有美譽，議者未以方嶽相許也。既受腹心之任，居上流之重，議者謂其殆矣。終爲桓玄所敗。”

―――――――――――

〔1〕“自計”，董刻本“計”作“許”。周一良《批校》曰：“計，許。”

○“王忱死”至“詔未出”

“西鎮未定”，崔朝慶曰：“西鎮，出鎮西方之人也。”○張萬起曰：“西鎮指荊州。”

“以方嶽相許”，崔朝慶曰：“方嶽，言管領兵權，駐節州郡，爲國重鎮者，如四方之嶽也。”○張萬起曰：“方嶽，指地方長官，如太守、刺史等。”

“以殷爲荊州”，朱鑄禹曰：“《晉書》卷九《孝武帝紀》：‘十一月癸酉，以黃門郎殷仲堪爲都督荊、益、梁三州諸軍事、荊州刺史。’其時王珣爲尚書左僕射。”

○“王珣問殷”至“咸云非”

“陝西”，胡三省曰：“蕭子顯曰：‘江左大鎮，莫過荊、揚。弘農郡陝縣，周世二伯主諸侯，周公主陝東，召公主陝西，故稱荊州爲陝西。’《通鑒·宋紀十二》注。○顧炎武曰：“晉時以關中爲陝西，東晉則以荊州爲陝西。《南齊書》曰：‘江左大鎮，莫過荊、揚，周世二伯總諸侯，周公主陝東，召公主陝西，故稱荊州爲陝西也。’”《日知錄》卷三十一。○崔朝慶：“荊州所統之郡縣，多爲周初召公所上陝以西之地，故稱陝西。”○朱鑄禹曰：“《寰宇記》卷四十六引盛弘之《荊州記》云：‘自晉室東遷，王居建業。則以荊、揚爲京師根本之所寄。荊、楚爲重鎮，上流之所總，擬周之分陝，故有西陝之號焉。’”○王利器曰：“南朝稱荊州爲陝西。《通鑒》卷一三〇《宋紀十二》：‘舅今出居陝西。’胡注云云。《南史·侯景傳》述童謠道：‘荊州天子挺應著。’其下文寫道：‘今廟樹重青，必彰陝西之瑞。’這些‘陝西’，都指荊州。”○徐震堮曰：“陝西，謂荊州。（荊揚）二州左右皇都，居其地者，其事權位望，亦猶周召二公之夾輔王室，故以此稱之，猶後世以長安稱京師也。《晉書·愍帝紀》：‘建興元年五月壬辰，以鎮東大將軍琅邪王睿爲侍中、左丞相、大都督陝東諸軍事，大司馬南陽王保爲右丞相、大都督陝西諸軍事。’時睿以鎮東大將軍都督揚州諸軍事，鎮建鄴；保在上邦，全有秦州之地。亦以陝東西爲稱。”○楊勇曰：“陶淵明詩：‘遙遙至西荊。’《顏氏家訓·勉學篇》：‘上荊州必稱陝西。’”

“未有處分”，崔朝慶曰：“處分，猶言定奪也。”○楊勇曰：“處分，猶今語安排也。”

○ "王自計" 至 "國之亡徵"

"自計才地"，陳殷曰："才地，才能門地。"《點注》卷四。○崔朝慶曰："才地，才具地位也。"○龔斌曰："地，門第。"

"黃門郎而受如此任"，程炎震曰："《安紀》：太元十七年八月，王忱卒，十一月以黃門郎殷仲堪代之。時王珣爲尚書左僕射。"

◎余嘉錫曰："梁釋寶唱《比丘尼傳》一曰：'妙音，未詳何許人也。晉孝武帝、太傅會稽王道子並相敬奉。每與帝及太傅中朝學士談論屬文。一時內外才義者，因之以自達。供嚫無窮，富傾都邑，貴賤宗事，門有車馬日百餘乘。荆州刺史王忱死，烈宗意欲以王恭代之。時桓玄在江陵，爲忱所折挫，聞恭應往，素又憚恭。殷仲堪時爲黃門侍郎，玄知仲堪弱才，亦易制禦，意欲得之。乃遣使憑妙音尼爲堪圖州。既而烈宗問妙音尼："荆州缺，外聞云誰應作者?"答曰："貧道出家人，豈容及俗中論議。如聞內外談者，並云無過殷仲堪，以其意慮深遠，荆楚所須。"帝然之，遂以代忱。權傾一朝，威行內外。'案此事奇秘，非惟史册所不載，抑亦學者所未聞。考其紀敘曲折，與當時情事悉合。《晉書·王國寶傳》曰：'中書郎范甯，國寶舅也，疾其阿諛，勸孝武帝黜之。國寶乃使陳郡袁悦之因尼支妙音致書與太子母陳淑媛，說國寶忠謹，宜見親信。'又《會稽王道子傳》曰：'于時孝武帝不親萬機，但與道子酣歌爲務，媒姆尼僧尤爲親暱，並竊弄其權。'傳中亦及王國寶、尼妙音事，與《國寶傳》同。是妙音之干預朝政，竊弄威權，實有其事。王忱死時，王恭已出鎮，而《比丘尼傳》謂烈宗欲以恭代王忱者，蓋恭雖鎮京口，總北府強兵，號爲雄劇，而所督五州，皆僑置無實地。荆州地處上游，控制胡虜，爲國藩屏，歷來皆以重臣坐鎮。孝武方爲身後之計，故欲移恭當此鉅任，而又慮無人代恭，乃訪外論於妙音，而桓玄之計得行。玄之爲此，必嘗與仲堪相要約，雖所謀得遂，固已落其度內矣。宜乎爲玄所制，聽人穿鼻，隨之俯仰，不敢少立異同。稱兵作亂，狼狽相依。逮乎玄既得志，爭權不協，情好漸乖，馴至舉兵相圖。而玄勢已成，卒身死其手，而國亦亡。王珣之言，不幸而中矣。"龔斌按曰："探微索隱，洵爲博學而有見。"

【彙評】

李贄曰："說著了，王珣自宜用。"《初潭集》卷二十六。

932

伯克利手批曰："用人雖云取望，然一軍皆驚，何以卒成薄業。仲堪優柔無斷，故爲奸所乘，倘如桓温輩，豈患不能了此？"

田餘慶曰："王珣名地出衆，桓氏故吏，自謂桓氏己之所善，由他出守桓氏世守之地，是理所當然。但是琅邪王氏此時已失去發展勢頭，王珣只以世資居位，於朝中兩派均無黨援。其他琅邪子弟，但求依違於各種勢力之間以求禄位，並無一致的政治動向。所以在東晉門閥政治的最後一個回合中，琅邪王氏已無足輕重。"《政治》頁二二九至二三〇。

賞譽第八上

【題解】

何良俊曰：“孔子嘗曰：‘吾之於人，誰毀誰譽。如有所譽者，其有所試。’則孔子但不毀人耳，亦何嘗不譽人哉！然必試耳。余觀東漢喜標樹，晉世好加獎飾，然一時雖門閥子弟，皆賢可施於行列。昔人以爲名者摩世厲鈍之具，豈不信哉！善乎，龐士元之言曰：‘欲興風俗，長道業，不美其談，即聲名不足企慕，而爲善者少。今拔十失五，猶得其半，而可以崇邁世教，使有志者自勵。’夫古多善俗，或者用此道也。後世欲以深文苛議激振頹風，然一遭譏貶，而賢者率多自棄。嗚呼，有世道之責者，可無加之慮哉！”《何氏語林》卷十六。○田中頤曰：“此謂嘉賞人之善，而令其有美譽也。”○余嘉錫曰：“《晉書·文苑·王沈傳》載沈所作《釋時論》，有曰：‘談名位者，以諂媚附勢；舉高譽者，因資而隨形。至乃空囂者，以泓噌爲雅量；璅慧者，以淺利爲錙銖。’云云。沈此論作於晉初，其言當時之褒貶無憑、毀譽失實乃如此，流風所扇，沈迷不返，蓋至過江之後而未已。此篇所載，雖未必皆然，然觀其賞譽人者，如鍾會、王戎、王衍、王敦、王澄、司馬越、桓温、郗超、王恭、司馬道子、殷仲堪之徒，並典午之罪人。被賞譽者，若樂廣、郭象、劉輿、祖約、楊朗、王應之類，亦金行之亂賊。則其高下是非，又惡可盡信哉！”○楊勇曰：“‘賞譽’謂品題其人，宣揚以延其譽也。”○張萬起曰：“玄學，作爲一種哲學體系和思想潮流，它決定着魏晉士大夫觀察和解釋宇宙萬事的原則、思辨方式和審美觀念。體現在人物鑒賞上，那就是看重人的精神、才智，諸如超脱世俗而玄遠高邁的精神境界、聰穎的天分和悟性、深邃的玄理造詣、辯給的言辭等等。才性，即人的才能及決定人的才能的内在品質，是賞譽的中心議題和重要標準，這迥異於漢代以德取士的原則。”

1

陳仲舉嘗歎曰〔1〕："若周子居者，真治國之器。"《汝南先賢傳》曰："周乘字子居，汝南安城人。天姿聰朗〔2〕，高峙嶽立，非陳仲舉、黃叔度之儔則不交也。仲舉嘗歎曰：'周子居者，真治國之器也。'爲太山太守，甚有惠政。"譬諸寶劍，則世之干將〔3〕。"《吳越春秋》曰："吳王闔閭請干將作劍。干將者，吳人，其妻曰莫邪。干將采五山之精，六金之英〔4〕，候天地，伺陰陽〔5〕，百神臨視，而金鐵之精未流。夫妻乃翦髮及爪而投之鑪中，金鐵乃濡，遂成二劍。陽曰'干將'，而作龜文，陰曰'莫邪'，而作漫理。干將匿其陽，出其陰以獻闔閭，闔閭甚寶重之。"

○"陳仲舉"至"世之干將"

"若周子居者"，程炎震曰："《類聚》引謝承《後漢書》'周乘爲交趾刺史'，當即此人。"

"世之干將"，田中頤曰："此言諸賢則我不得而知矣，若周子居者，真治國之重器，可仰觀而不可動移，譬諸寶劍，則世之干將，人多未見其施用，而信其可貴，亦唯以其精鍊純一也。"○余嘉錫曰："《風俗通》五應劭論之曰：'民生於三，事之如一。夫人雖有懇切之教，蓋子不以從令爲孝。而乘囂然要勒同儕，去喪即寵，謂能有功異也。明試無效，亦旋告退，安在其顯君父德美之有？'案子居之爲人，見褒於陳仲舉，而見貶於應仲遠。仲舉名列三君，有知人之鑒，殆非仲遠所能及。子居真治國之器，仲舉賞譽不虛。"

○注"汝南先賢傳曰"

"嶽立"，恩田仲任曰："猶言山立。"○秦士鉉曰："'嶽峙''山立''山峙'皆一類語。"

---

〔1〕 "嘗歎"，楊勇曰："宋本作'常'。"朱鑄禹曰："'常'通'嘗'。"龔斌曰："'嘗'宋本、沈校本並作'常'，注同。"
〔2〕 "天姿聰朗"，王先謙曰："一本'姿'作'資'，《世説補》同。"龔斌曰："'朗'宋本作'明'。"
〔3〕 "則世"，天保手批曰："王本無'則'字。"
〔4〕 "五山之精"二句，桃井白鹿曰："《吳越春秋》一本作'五山之鐵精，六合之金英'。"
〔5〕 "伺陰陽"，董刻本、沈校本"伺"作"司"。楊勇曰："'司''伺'古通用。"

○注“吳越春秋曰”

“金鐵乃濡”，岡白駒曰：“濡，通作‘軟’，柔也。”

“漫理”，桃井白鹿曰：“‘漫’與‘縵’同，無文也。”○平賀房父曰：“蓋謂亂文也。”

2

世目李元禮〔1〕：“謖謖如勁松下風。”《李氏家傳》曰：“膺嶽峙淵清，峻貌貴重〔2〕。華夏稱曰：‘潁川李府君，顒顒如玉山。汝南陳仲舉，軒軒若千里馬〔3〕。南陽朱公叔，飂飂如行松柏之下。’”

○“世目李”至“松下風”

“世目”，胡三省曰：“目者，因其人之才品，爲之品題也。”《通鑒·魏紀三》注。○秦士鉉曰：“目，品題也。”○劉盼遂曰：“目，題目也，亦猶品也。自魏以九品取人，士夫多長於分別流品，擅譽月旦，如劉劭《人物志》等書出焉。其品藻謂之‘題’，如何晏題王弼‘後生可畏’是也。亦謂之‘目’，有取以成書者，若《天下名士目》《名德沙門題目》《名士題目》是矣。惟其字例刁鑙，造語模略，如張憑‘勃窣爲理窟’、劉尹‘茗苛有實理’、王忱‘羅羅清疏’、中郎‘窟窟成就’、袁羊‘洮洮清便’、衛虎‘奕奕神令’、卞壼‘峰距’、高坐‘淵箸’，凡諸此類，難於殫列，皆依稀其旨，莫能洽釋。意爾時自有品藻語例，若周元公《謚法》之屬，革命時散佚耳。《隋書·經籍志》絶無題目之籍。”

“謖謖”，方以智曰：“《世說》：‘謖謖如松下風。’與‘蕭蕭’通。”《通雅》卷十。○桃井白鹿曰：“《字彙補》：‘峻拔貌。’”○大典顯常曰：“‘謖’與‘蕭’音近，或當與‘蕭蕭’通。”○田中頤曰：“言其高標，猶如勁松下風之無

---

〔1〕 “世目”，楊勇曰：“《殘卷》、《事類賦》二四、《御覽》九五三引《世說》無‘世目’二字。”

〔2〕 “峻貌”，徐震堮曰：“‘峻’字疑誤。”朱鑄禹曰：“‘貌’疑當作‘邈’。”方一新《校讀札記》曰：“‘峻’字不誤。‘峻’本義爲山高貌，六朝時則多用來形容人威嚴剛正，其例甚夥。李膺爲人剛正不阿，注重名譽，擇友甚嚴，故被譽爲‘峻貌貴重’。”

〔3〕 “若千里馬”，董刻本“若”作“如”。周一良《批校》曰：“若，如。”

不靡物而俯伏也。"○秦士鉉曰："《禮記》：'尸謖謖起也。'謖謖，風起貌。一說與'蕭蕭'通。"○王叔岷曰："謖，讀爲'蕭'。《楚辭·七諫·沈江》：'商風蕭而害生兮。'王逸注：'蕭，急貌。'蕭蕭，風急貌。'飂飂'與'謖謖'義近。《莊子·齊物論篇》：'而獨不聞之翏翏乎？'《釋文》：'翏翏，長風聲也。李本作飂。''飂''翏'正、假字。"○羅宗强曰："所謂'謖謖如勁松下風'，是指由內在道德情操所表現出來的風神氣貌，給人以剛正不阿、不可侵犯的感覺。"《心態》頁六一。○龔斌曰："喻李膺風格峻嚴，名節矯然。"

○注"李氏家傳曰"

《李氏家傳》，沈家本曰："《隋志》：'《李氏家傳》一卷。'無撰人。二《唐志》無。"《古書目》卷四。

"華夏"，恩田仲任曰："《十八史略》注曰：'中國文明，故曰華夏。'"

"頵頵如玉山"，岡白駒曰："頵頵，頭大貌，謂儀容寬大也。"○桃井白鹿曰："《説文》：'頭頵。頵，大也。'"

"軒軒若千里馬"，岡白駒曰："軒軒，謂仰之高而健也。"○恩田仲任曰："軒軒，高舉貌。"○楊勇曰："軒軒，謂標致出群拔俗。"

"南陽朱公叔"，徐震堮曰："朱穆，字公叔，桓帝時爲尚書，惡宦官亂政，勸帝悉皆罷遣。中官惡之，數因事稱詔詆毁之。穆素剛，憤懣發疽卒。《後漢書》附其祖暉傳後。"

"飂飂如行松柏之下"，岡白駒曰："飂飂，高風貌。皆謂其儀容也。"○桃井白鹿曰："《字典》：'飂，音劉，高風貌。'《淮南子》：'至陰飂飂。'"○楊勇曰："《説文》：'飂，高風也。'"○龔斌曰："與'謖謖如勁松下風'意同。"

3

謝子微見許子將兄弟，曰："平輿之淵，有二龍焉。"見許子政弱冠之時，歎曰："若許子政者，有幹國

937

之器。正色忠謇，則陳仲舉之匹〔1〕；《汝南先賢傳》曰："謝甄字子微，汝南邵陵人〔2〕。明識人倫，雖郭林宗不及甄之鑒也。見許子將兄弟弱冠時，則曰：'平輿之淵有二龍。'仕爲豫章從事。許虔字子政，平輿人。體尚高潔，雅正寬亮。謝子微見虔兄弟，歎曰：'若許子政者，榦國之器也〔3〕。'虔弟劭，聲未發時，時人以謂不如虔。虔恒撫髀稱劭，自以爲不及也。釋褐爲郡功曹，黜姦廢惡，一郡肅然。年三十五卒。"《海內先賢傳》曰："許劭字子將，虔弟也。山峙淵停，行應規表。邵陵謝子微高才遠識，見劭十歲時〔4〕，歎曰：'此乃希世之偉人也〔5〕。'初，劭拔樊子昭於市肆，出虞承賢於客舍〔6〕，召李叔才於無聞，擢郭子瑜於小吏。廣陵徐孟本來臨汝南〔7〕，聞劭高名，召功曹〔8〕。時袁紹以公族爲濮陽長〔9〕，棄官還，副車從騎，將入郡界，乃歎曰：'許子將秉持清格，豈可以吾輿服見之邪？'遂單馬而歸〔10〕。辟公府掾，敦辟皆不就。避地江南，卒於豫章也。"伐惡退不肖，范孟博之風〔11〕。"張

〔1〕 "之匹"，董刻本"匹"作"疋"。朱鑄禹曰："'疋'同'匹'。"
〔2〕 "邵陵"，程炎震曰："《後漢書·許劭傳》作'召陵'。"楊勇曰："宋本作'邵陵'，《後書·謝甄傳》作'召陵'。按召陵，漢置，故城在今河南郾城縣東三十五里，晉作邵陵，通。"朱鑄禹曰："《後漢書·許劭傳》作'召陵'，此'召'同'邵'。"
〔3〕 "榦國"，董刻本"榦"作"幹"。
〔4〕 "十歲時"，程炎震曰："'十歲時'下恐有脫文。"余嘉錫曰："《魏志·和洽傳》注引《汝南先賢傳》作'年十八歲'。"
〔5〕 "此乃"，董刻本"此"作"比"。王利器曰："各本'比'作'此'，是。'比'即'此'的壞文。"
〔6〕 "承賢"，程炎震曰："《國志·和洽傳》注引'承'作'永'。"
〔7〕 "徐孟本"，秦士鉉曰："'玉'舊作'本'，誤也。徐璆字孟玉，遷汝南太守，甚敬許劭。見《後漢書》本傳。"程炎震曰："徐孟本，徐璆也。范《書》字'孟玉'。《魏志·武紀》注引《先賢行狀》字'孟平'。《國志·和洽傳》注引《汝南先賢傳》則同此，作'孟本'。"徐震堮《札記》曰："《後漢書·許劭傳》：'初爲郡功曹，太守徐璆甚敬之。'《璆傳》：'璆字孟玉。'此云'孟本'蓋誤。"
〔8〕 "召功曹"，余嘉錫曰："'召'沈本作'辟'。"徐震堮曰："'召'蓋'辟'之壞字。"方一新《雜識》曰："'召功曹'即'辟功曹'。漢魏以來文獻中，'召'常作徵召、辟官解，不必改作'辟'。"
〔9〕 "袁紹"，董刻本"袁"作"表"。王利器曰："各本'表'作'袁'，是。"
〔10〕 "單馬"，秦士鉉曰："范《史》作'單車'。"
〔11〕 "伐惡退不肖"二句，徐震堮曰："'肖'影宋本作'有'。疑本作'伐惡退不肖，有范孟博之風'，二句各脫一字。"朱鑄禹曰："袁本'不'下有'肖'字。案無'肖'亦通，'不'可讀作'鄙'。《荀子·賦論》：'君子所敬，而小人所不者與。'又袁本、諸本均無下'有'字。"

璠《漢紀》曰：“范滂字孟博，汝南伊陽人〔1〕。爲功曹，辟公府掾。升車攬轡，有澄清天下之志。百城聞滂高名，皆解印綬去。爲黨事見誅。”

○“謝子微”至“孟博之風”

“平輿之淵有二龍”，田中頤曰：“許，平輿人，因言此地人物淵藪中，殊有許兄弟二龍在焉，他日上達，不可測也。”○楊勇曰：“《後書·許劭傳》注：‘平輿故城在今豫州汝陽縣東北，有二龍鄉，月旦里。’”

“榦國之器”，張萬起曰：“榦國，治理國家。器，才能，本領。”

“正色忠蹇”四句，岡白駒曰：“蹇，直言也。”○田中頤曰：“忠蹇，謂忠而直言也。此言許有榦國家之事之器，蓋兼有陳、范之所長，斯二美者，足以可觀也。”

“伐惡退不肖”，王叔岷曰：“《荀子·致仕篇》：‘口行相反，而聖賢者之至，不肖者之退，不亦難乎？’”

○注“汝南先賢傳曰”

《汝南先賢傳》，沈家本曰：“《隋志》‘雜傳’：‘《汝南先賢傳》五卷，魏周斐撰。’《新唐志》同，《舊志》一卷，‘斐’作‘裴’。章宗源曰：‘《史通·外篇》注作《汝南先賢行狀》，《世説》注諸書所引皆稱‘傳’，惟《御覽·人事部》引胡定在喪雪覆其屋事作‘行狀’。’《古書目》卷二。○余嘉錫曰：“《汝南先賢傳》，魏周斐撰。斐，汝南人。仕至永寧少府。”

“郭林宗不及甄之鑒”，余嘉錫曰：“《後漢書·郭太傳》曰：‘林宗謂門人曰：‘（謝甄、邊讓）二子英才有餘，而並不入道，惜乎！”甄後不拘細行，爲時所毁。’《汝南先賢傳》乃言其知人過於林宗，殆不免阿私鄉曲之言也。”

“撫髀稱劭”，岡白駒曰：“髀，股本也。”○秦士鉉曰：“《莊子》：‘雲將拊髀雀躍。’”

---

〔1〕 “伊陽”，程炎震曰：“范《書》：‘滂，汝南征羌人。’謝承《書》‘細陽人。’”余嘉錫曰：“《後漢書·黨錮傳》曰：‘滂，汝南征羌人。’注引謝承《書》曰：‘汝南細陽人。’案《續漢書·郡國志》汝南郡無伊陽縣，‘伊’當是‘細’之誤。”徐震堮曰：“《後書·范滂傳》云：‘汝南征羌人。’李賢注引謝承《書》曰：‘汝南細陽人也。’均與張璠《漢紀》異。案《來歙傳》注：‘征羌故城，在今豫州郾城縣東南。’《後書書·郡國志》汝南郡下有征羌侯國，有細陽，無伊陽。伊陽始置於唐，此處伊陽恐是細陽之誤。”

○注"海内先賢傳曰"

"行應規表"，秦士鉉曰："規表，規矩表的也。"

"樊子昭"，秦士鉉曰："《品藻篇》注：'蔣濟《萬機論》：自昭拔自賈豎，年至七十，退能守靜，進不苟競。'"

○注"張璠漢紀曰"

"澄清天下"，恩田仲任曰："澄清，猶言蕩滌。"

◎趙西陸曰："范書《滂傳》曰：'時冀州饑荒，盜賊鵾起，乃以滂爲清詔使，案察之。滂登車攬轡，慨然有澄清天下之志。及至州境，守令自知臧汙，望風解印綬去。'劉注節引《漢紀》不悉。"

【彙評】

杭世駿曰："蔣濟著《萬機論》云：'許子將褒貶不平，以拔樊子昭而抑許文休。'諸葛誕《與陸遜書》又以爲：'自漢末以來，中國士大夫如許子將輩，所以更相謗訕，或至於禍。原其本起，非爲大讎，惟坐克己不能盡如禮，而責人專以正義。'由二言觀之，則劭所謂月旦評者，特出于汝南一時之俗，傭耳僦目，借劭以相重。未數十年，而四方之士已有起而議之者。吾以知劭之無真賞，而謝、范諸人之推仰之者過也。"《道古堂文集》卷二十二《論許劭》。余嘉錫按曰："'諸葛誕'乃'諸葛恪'之誤。"

余嘉錫曰："《抱朴子·自敘篇》曰：'漢末俗弊，朋黨分部。許子將之徒，以口舌取戒，爭訟論議，門宗成讎。故汝南人士無復定價，而有月旦之評。魏武帝亦深疾之，欲取其首。爾乃奔波亡走，殆至屠滅。'就諸葛恪、葛洪之言觀之，則許劭所謂汝南月旦評者，不免臧否任意，以快其恩怨之私，正漢末之弊俗。雖或頗能獎拔人材，不過藉以植黨樹勢，不足道也。"龔斌按曰："漢末清議人物，名實不符者固所難免，但許劭識鑒，爲時所共稱，所謂'言天下拔士者，咸稱許郭'。許劭識鑒之明，漢末共推之，至東晉猶爲美談。若許劭任意臧否，豈能欺天下及後世之人？"

4

公孫度目邴原："所謂雲中白鶴，非燕雀之網所能羅也〔1〕。"《魏書》曰："度字叔濟〔2〕，襄平人。累遷冀州刺史、遼東太守。"《邴原別傳》曰："原字根矩，東管朱虛人〔3〕。少孤，數歲時過書舍而泣。師問曰：'童子何泣也？'原曰：'凡得學者，有親也。一則願其不孤，二則羨其得學，中心感傷，故泣耳。'師惻然曰：'苟欲學，不須資也。'於是就業。長則博覽洽聞，金玉其行。知世將亂，避地遼東〔4〕。公孫度厚禮之。中國既寧〔5〕，欲還鄉里，爲度禁絕。原密自治嚴，謂部落曰：'移比近郡〔6〕，以觀其意。'皆曰：'樂移。'原舊有捕魚大船，請村落，皆令熟醉，因夜去之。數日，度乃覺，吏欲追之。度曰：'邴君所謂雲中白鶴，非鶉鷃之網所能羅也。'魏王辟祭酒，累遷五官中郎長史〔7〕。"

○"公孫度"至"所能羅也"

"公孫度"，大典顯常曰："公孫度，遼東人。後漢末據遼東，威行海外，中國人士避亂者，多歸之。北海管寧、邴原、王烈皆往依焉。見《後漢書》列傳六十四。"

"非燕雀之網所能羅"，田中頤曰："網謂小網，羅謂羈絏。此賞其天資清

---

〔1〕 "燕雀之網"，楊勇曰："《魏志·邴原傳》注作'鶉鷃之網'。"
〔2〕 "度字叔濟"，程炎震曰："'叔濟'《魏書》作'升濟'。"徐震堮曰："《後漢書·王烈傳》注引《魏志》同。案《魏志》本傳作'字升濟'。注引《魏書》曰：'度語毅、儀；讖書云孫登當爲天子。太守姓公孫，字升濟，升即登也。'可知《魏書》本作'升'，不作'叔'。'叔'隷書與'升'形近，故誤'升'爲'叔'。"
〔3〕 "東管朱虛人"，恩田仲任曰："'東管'當作'東莞'。"秦士鉉曰："'莞'舊作'管'，誤也。"程炎震曰："管，當作'莞'。《魏書》十二《邴原傳》曰：'北海朱虛人。'按北海，漢郡。東莞，建安中所立。'東管''管'當作'莞'，各本皆誤。"徐震堮曰："'管'疑是'莞'之誤。《魏志·邴原傳》作'北海朱虛人'。《後漢書·郡國志》，朱虛侯國故屬琅邪，永初元年屬北海國。《晉志》東莞郡統朱虛等八縣，《別傳》蓋據晉制言之。"楊勇曰："《後書·地理志》無東管郡，有北海國，而北海國又有朱虛縣。"
〔4〕 "避地"，龔斌曰："'地'宋本、沈校本作'世'。"
〔5〕 "即寧"，董刻本、袁刻本"甯"俱作"寧"。
〔6〕 "移比"，王先謙曰："'移比近郡以觀其意'，《世説補》同。一本'比'誤作'北'。"余嘉錫曰："'比'景宋本作'北'。"徐震堮曰："'北'王校本作'比'，疑是。案《魏志》本傳注引《原別傳》：'遂遁還，南行已數里，而度甫覺。'明非北移也。"
〔7〕 "中郎"，楊勇曰："'郎'下《魏志·邴原傳》有'將'字。"

潔，絕無塵濁之氣也。"

○注"魏書曰"至"中郎長史"

"邴原別傳曰"，葉德輝曰："《邴原別傳》，（《隋志》不著錄。）《國志》注引用。"《書目》。○徐震堮曰："《魏志》本傳注引《原別傳》與此大異。"

"不須資"，秦士鉉曰："資，資用也。"

"金玉其行"，秦士鉉曰："《詩》云：'金玉其相。'又云：'金玉其音。'"

"治嚴"，恩田仲任曰："即辦裝。"○秦士鉉曰："理旅裝也。"

"謂部落曰"，恩田仲任曰："部，界也。落，藩也。猶言邨落。"

"觀其意"，岡白駒曰："觀部落者意也。"

"請村落"，秦士鉉曰："請，具飲食招之也。"

"辟祭酒"，程炎震曰："《魏書》注引《別傳》曰：'辟東閣祭酒。'"

"五官中郎長史"，恩田仲任曰："《魏志》曰：'建安十六年，天子命魏公子丕爲五官中郎將，置官屬副丞相，位在魏國諸侯上。'"

【彙評】

狄期進曰："今我遊冥冥，弋者何所慕?"

5

鍾士季目王安豐："阿戎了了解人意。"王隱《晉書》曰："戎少清明曉悟[1]。"謂"裴公之談，經日不竭"。裴頠，已見[2]。吏部郎闕[3]，文帝問其人於鍾會。會曰："裴楷

〔1〕 "清明"，劉繼增曰："'清明'似誤，按文義當作'清簡'。"
〔2〕 "裴頠"，王世懋曰："注謂'裴公'爲頠，大誤，詳語意即楷也。"楊勇曰："當作'頠楷已見'。"朱鑄禹曰："此注以鍾士季稱'裴公'云云屬之裴頠，與下文之薦裴楷不合，亦與下條異，且裴楷爲頠之從父，疑此注誤植，或本文有缺漏。"
〔3〕 "吏部郎闕"，何焯曰："'吏部郎'以下，當提行另起。"余嘉錫曰："'吏部郎'以下當別爲一條。"趙西陸曰："'吏部郎闕'以下應別爲一節。"

清通，王戎簡要，皆其選也。"於是用裴。按諸書皆云：鍾會
薦裴楷、王戎於晉文王，文王辟以爲掾，不聞爲吏部郎。

○"鍾士季"至"於是用裴"

"了了解人意"，田中頤曰："了了，謂早慧也。此言世之早慧者，神氣外
馳，而王之了了，内解人意也。"○秦士鉉曰："與'憒憒'相反，曉解也。人，
自謂也。"

"裴楷清通"，徐子光曰："晉裴楷字叔則，河東聞喜人。明悟有識量，少與
戎齊名。鍾會薦於文帝，辟相國掾。及吏部郎缺，帝問會，會曰：'裴楷清通，
王戎簡要，皆其選也。'於是用楷。楷風神高邁，容儀俊爽，博涉群書，特精理
義，時謂之'玉人'。又稱'見叔則如近玉山，映照人也'。轉中書郎，出入官
省，見者肅然改容。武帝登阼，探策以卜世數多少，既而得一，不悦，群臣失
色，楷曰：'臣聞天得一以清，地得一以寧，王侯得一以爲天下貞。'帝大悦。
累遷中書令、侍中。"《蒙求集注》卷上"裴楷清通"條。

"王戎簡要"，徐子光曰："《晉書》：王戎字濬冲，琅琊臨沂人。幼而穎悟，
神彩秀徹，視日不眩，裴楷見而目之曰：'戎眼爛爛如巖下電。'阮籍素與戎父
渾爲友。戎年十五，隨渾在郎舍，少籍二十歲，籍與之交。籍適渾俄頃輒去，過
視戎良久然後出，謂渾曰：'濬冲清賞，非卿倫也。共卿言，不如共阿戎談。'
歷官至司徒。"《蒙求集注》卷上"王戎簡要"條。

○注"按諸書皆云"

"不聞爲吏部郎"，程炎震曰："《文選》五十八《褚淵碑》注引臧榮緒《晉
書》曰：'裴楷字叔則，河東人也，爲尚書郎。吏部郎缺，太祖問其人於鍾會，
會曰：裴楷清通，王戎簡要，皆其選也。於是以楷爲吏部郎。'蓋別有本。今
《晉書·楷傳》則據臧《書》。孝標此難，蓋以楷辟掾有年，則爲吏部郎時，無
［假］鍾會再薦，［非］謂楷不爲吏部郎也。"○余嘉錫曰："臧榮緒《書》雖有
之，或因榮緒齊人，後出之書不足爲據。然《御覽》四百四十五引王隱《晉
書》，亦與《世説》同，僅少'於是用裴'四字，頗疑孝標失檢。及細考之《御
覽》，此卷所引王《書》自'衛玠妻父'以下凡十條，並與今《晉書》一字不
異。蓋其間必有一條，本引'《晉書》曰'，誤作'又曰'，於是諸條並蒙上文爲
王隱《晉書》矣。證以此注，尤爲明白。使其事果先見王《書》，孝標必不束書

不觀，妄發此言也。”

王濬沖、裴叔則二人總角詣鍾士季。須臾去後，客問鍾曰：“向二童何如〔1〕？”鍾曰：“裴楷清通，王戎簡要。後二十年，此二賢當爲吏部尚書，冀爾時天下無滯才〔2〕。”《晉陽秋》曰：“戎爲兒童，鍾會異之。”

○“王濬沖”至“無滯才”

“裴楷清通”二句，龔斌曰：“清指才識清明，通指不泥滯於物。簡要謂簡約不煩又能得其宗要。用之於行事，任率不修威儀即爲簡；用之於義理，賞其要會即爲要。”

“天下無滯才”，崔朝慶曰：“吏部掌銓敘黜陟官吏，賢者爲之，則用人必當，天下無滯才矣。”

◎余嘉錫曰：“《德行篇》注引《晉諸公贊》曰：‘戎字濬沖，文皇帝輔政，鍾會薦之曰：裴楷清通，王戎簡要。’當司馬昭輔政之時，楷年十八，戎年二十二，俱因鍾會之薦而被辟爲掾。則‘清通簡要’之評，不獨不發於二人總角之時，且不在裴楷爲吏部郎之日也。傅暢生於西晉，敘所見聞，自當不謬。此條之言，疑即出於孫盛《晉陽秋》。蓋因鍾會之辭，加之傅會，以爲美談，不足信也。”

【彙評】

胡寅曰：“以一言目人，而盡其大致，非聖賢不能也。所謂臧武仲之智，公

---

〔1〕 “向二童何如”，程炎震曰：“《初學記》十一引作‘二童是誰’，《御覽》亦同。”朱鑄禹曰：“《初學記》十一引作‘二童是誰’，《太平御覽》三八五《幼智》、又四四四《知人下》所引並同。”
〔2〕 “無滯才”，余嘉錫曰：“《通典》二十三引‘無’下有‘復’字，作‘無復滯才’。”楊勇曰：“‘無’下，《類聚》二二、四八，《書鈔》六〇，《御覽》三八五、四四四，《事文》一一引《世說》均有‘復’字。”

綽之不欲，卞莊子之勇，由也果，求也藝，賜也達，伯夷清，伊尹任，下惠和之類是也。傚此而失之，則漢末鄉謠學議相標榜者，未必皆中，而過情多矣。晉人尚清談，以虛無爲宗，則又不得其當。何晏謂司馬子元爲幾，謂夏侯泰初爲深，而自以爲神，取笑後世是也。王戎田園遍天下，親執牙籌，晝夜會計，家有好李，賣之恐人得其種，嘗鑽其核，烏在其能簡？爲三公無所建明，翼太子不聞輔導，與俗俯仰，烏在其知要？而有‘簡要’之譽，簡而要者，固如是乎？”《管見》卷七。

余嘉錫曰：“王隱《晉書》曰：‘自戎居選，未嘗進一寒素，退一虛名，理一冤枉，殺一疽嫉。隨其浮沈，門調戶選。’然則戎之爲吏部，茸闒不才已甚。鍾會復何所見，而於二十年前豫以‘天下無滯才’期之？會之藻鑒，本無足道。藉使果有此言，戎既不副所期，會爲謬於賞譽，何足播爲美談！”

7

　　諺曰：“後來領袖有裴秀[1]。”虞預《晉書》曰：“秀字季彥，河東聞喜人。父潛，魏太常[2]。秀有風操，八歲能著文。叔父徽，有聲名。秀年十餘歲[3]，有賓客詣徽，出則過秀。時人爲之語曰：‘後進領袖有裴秀。’大將軍辟爲掾。父終，推財與兄。年二十五，遷黃門侍郎。晉受禪，封鉅鹿公。後累遷左光禄、司空。四十八薨，諡元公[4]，配食宗廟。”

　　○“諺曰”至“裴秀”

　　“裴秀”，徐子光曰：“晉裴秀字季彥，河東聞喜人。少好學，有風操。八歲能屬文。叔父徽有盛名，賓客甚衆。秀時年十歲，有詣徽者，出則過秀。秀母賤，嫡母宣氏不之禮，嘗使進饌於客，見者皆爲之起。母曰：‘微賤如此，當應爲小兒故也。’宣氏知，遂止。時人爲之語曰：‘後進領袖有裴秀。’武帝時爲司空。秀儒學洽聞，留心政事，以職在地官，作《禹貢地域圖》進之，藏於秘府。”《蒙求集注》卷上“季彥領袖”條。

“後來”，龔斌曰：“義同虞預《晉書》時人語之‘後進’。”

○注“虞預晉書曰”

“大將軍辟爲掾”，徐震堮曰：“大將軍，曹爽。《魏志·裴潛傳》注引《文章敘録》曰：‘八歲能屬文，遂知名，大將軍曹爽辟。’”

“四十八薨”，程炎震曰：“泰始七年三月，秀薨。”

8

裴令公目夏侯太初：“蕭蕭如入廊廟中，不修敬而人自敬。”《禮記》曰：“周豐謂魯哀公曰：‘宗廟社稷之中，未施敬而民自敬[1]。’”一曰：“如入宗廟，琅琅但見禮樂器。見鍾士季，如觀武庫，但覩矛戟[2]。見傅蘭碩[3]，汪廧靡所不有[4]。見山巨源，如登山臨下，幽然深遠。”玄、會、嘏、濤，並已見上。

○“裴令公”至“幽然深遠”

“蕭蕭如入”二句，田中頤曰：“言夏侯威嚴可憚，是以見者其貌蕭蕭，如入廊廟中，彼不修敬而人自敬之也。修，猶云‘飾’。”○王叔岷曰：“《爾雅·

---

[1] “未施敬”，董刻本“未”作“末”。王利器曰：“各本‘末’作‘未’，是。”

[2] “但覩矛戟”，楊勇曰：“《晉書·裴楷傳》作‘森森但覩矛戟在前’。按《晉書》是。‘森森’與上文‘蕭蕭’‘琅琅’皆連緜狀詞。”

[3] “蘭碩”，劉盼遂曰：“蘭碩，《晉書》本傳作‘蘭石’，‘碩’‘石’古同字。”吳士鑑《斠注》卷三十五曰：“《魏志·傅嘏傳》‘字蘭石’，‘石’與‘碩’通。”

[4] “汪廧”，袁初刻本“汪”作“江”，重雕本作“汪”。岡白駒曰：“據《晉史》，從‘汪翔’。淇園曰：“‘江廧’不通，當作‘汪翔’。”田中頤曰：“《晉史》作‘汪翔’，可從。”李慈銘曰：“‘江’當作‘汪’。《晉書·裴楷傳》作‘傅嘏汪翔，靡所不見’。”吳士鑑《斠注》卷三十五曰：“‘汪廧’爲‘汪翔’之譌文。”程炎震曰：“宋本作‘汪翔’，《御覽》四百四十五《品藻上》引王隱《晉書》亦作‘汪翔’。”劉盼遂曰：“《晉書·裴楷傳》作‘傅嘏汪翔，靡所不見’。‘汪廧’與‘汪翔’同，通作‘汪洋’。”徐震堮《札記》曰：“《晉書·裴楷傳》‘江廧’作‘汪翔’，‘江’蓋‘汪’之形訛。”余嘉錫曰：“‘江’景宋本作‘汪’。”

946

釋訓》：‘蕭蕭，敬也。’”

“琅琅但見禮樂器”，岡白駒曰：“琅琅，有光景貌。”○田中頤曰：“蓋以文稱。”○龔斌曰：“裴令公以宗廟禮樂器目夏侯玄，當效孔子瑚璉之喻。”

“如觀武庫”二句，田中頤曰：“此以武稱。”○龔斌曰：“鍾會機警多智，且爲司馬昭親昵，氣焰淩人，故以‘武庫’喻之。”

“傅蘭碩”，參見校文。姚範曰：“傅嘏字蘭石。王厚齋云：‘“蘭石”本《淮南子》“蘭生而芳，石生而堅”。’《集注》：《傅子》曰：‘父充，黃門侍郎。’按《唐書·宰相世系表》‘充’作‘允’。”《援鶉堂》卷三十。

“汪廬靡所不有”，參見校文。王世懋曰：“據《晉史》作‘汪翔’，蓋‘汪’字訛而爲‘江’，‘翔’音訛而爲‘廬’也。然‘汪翔’亦甚費解。”大典顯常按曰：“‘翔’與‘詳’通，‘詳’又與‘洋’通，汪翔，汪洋也。”秦士鉉又按曰：“得之。汪洋，無所不有貌。”○岡白駒曰：“‘汪翔’與‘汪洋’同，廣大貌。按‘翔’與‘詳’通，‘詳’又與‘洋’通，轉借成義，所謂‘甚費解’是也。”○淇園曰：“汪翔，蓋其勢浩大之貌。‘翔’以其有出意外之物言也。”○恩田仲任曰：“曹子建《蟬賦》曰：‘懼沈泥之逢殆，赴芳蓮而巢居，安玄雲而好静，不汪翔而改度。’‘汪翔’即‘汪洋’。《史記正義》曰：‘洋音翔。’”○田中頤曰：“此以廣博言。”○天保手批曰：“汪翔，水流貌。”○朱小棟曰：“‘江廬’二字無所考，惟《逸周書·作雒解》有‘堤唐山廬’句，孔晁注：‘山廬，謂廬畫山雲。’豈‘江廬’爲‘山廬’之訛耶？抑‘唐廬’之誤耶？若《晉書》作‘汪翔’，則直作‘汪洋’解耳。”《群書札記》卷三。○李慈銘曰：“‘汪翔’即‘汪洋’，言其廣大也。‘廬’，‘翔’同音通借字。”《簡端記》。○劉盼遂曰：“‘汪廬’與‘汪翔’同，通作‘汪洋’。”○徐震堮曰：“‘廬’‘翔’一聲，‘汪翔’疑即‘汪洋’之義。”《札記》。○王叔岷曰：“作‘汪翔’是，猶‘汪洋’也。”○龔斌曰：“嘏雖依附司馬氏，但才具豐贍博奧，‘汪廬’之目蓋指此也。”

“幽然深遠”，田中頤曰：“此以悠遠言。”○龔斌曰：“濤善自藏，其底細令人看不分明，此即‘幽然深遠’之謂。”

◎余嘉錫曰：“此出王隱《晉書》，見《御覽》四百四十五。”

【彙評】

劉辰翁曰：“少得此人。”

947

9

羊公還洛，郭弈爲野王令〔1〕。《晉諸公贊》曰："弈字泰業〔2〕，太原陽曲人。累世舊族。弈有才望，歷雍州刺史、尚書。羊至界，遣人要之。郭便自往。既見，歎曰："羊叔子何必減郭太業！"復往羊許，小悉還〔3〕，又歎曰："羊叔子去人遠矣！"羊既去，郭送之彌日，一舉數百里，遂以出境免官。復歎曰："羊叔子何必減顏子！"

○"羊公還洛"至"去人遠矣"

"遣人要之"，田中頤曰："郭遣人也。"○秦士鉉曰："羊至野王界，使人召郭。"

"何必減郭太業"，岡白駒曰："此郭自謂也。初自揣羊祜才德在己之下，及既見，歎不必減己也。自稱字，見託大居其上。"○楊勇曰："何必，猶何足。減，不及，不如。"

"小悉還"，參見校文。岡白駒曰："小悉其爲人。"○平賀房父曰："'少悉''少息''少選'義並同。"○田中頤曰："此謂小知悉其人而還。"○程炎震曰："小悉，與'小選'同，少頃也。《晉書》本傳云：'少選復往。'"○徐震堮曰："'小悉'疑與'少選'同義。"《札記》。又曰："小悉，少頃的意思。"《釋義》。

"去人遠矣"，岡白駒曰："至此始知己之不及也。"○田中頤曰："人，郭自泛稱。此稍比古人。"○余嘉錫曰："弈再見羊，稍復熟悉，便自歎弗如也。"

---

〔1〕"郭弈"，楊勇曰："宋本作'郭弈'。按以字泰業義推，當作'弈'是。注同。"龔斌曰："《晉書》、《魏志·郭淮傳》裴注引《晉諸公贊》、本篇一二注引《名士傳》及各本皆作'弈'。下同。"
〔2〕"字泰業"，徐震堮曰："《晉書》本傳作'字大業'。此文云'羊叔子何必減郭太業'，則'大'亦讀'太'也。"
〔3〕"復往羊許小悉還"，桃井白鹿曰："《晉書》'復'上有'少選'二字，無'小悉還'三字。少選，須臾也。"大典顯常曰："小悉，疑當'少息'。《晉書》此七字作'少選復往'，注云：'選，一作還。'"程炎震曰："《晉書》四十五《弈傳》'復往羊許小悉還'作'少選復往'。"

○"羊既去"至"必減顏子"

"送之彌日"，岡白駒曰："彌日，猶歷日也。彌，久也。"○桃井白鹿曰："彌日，經日也，又終日也。如《寵禮篇》'真長延張憑上坐，清言彌日，因留宿，至曉張退'，則終日也。如此章'送之彌日'，'王汝南既除所生服'章'彌日累夜'，《南史·顧覬之傳》：'子綽私財甚豐，鄉里士庶多負責，覬之誘出文券一大廚，悉令焚之。綽懊嘆彌日。'則經日也。《卓氏藻林》、《類書纂要》並云：'彌日，盡日也。'可謂偏矣。"秦士鉉曰："彌日，經日也，終日也。二義並通，當從文求之。"

"一舉數百里"，岡白駒曰："郭送羊，出境數百里。"○田中頤曰："一舉謂一送行。"

"遂以出境免官"，岡白駒曰："以出境之罪免官。律凡官吏，不得無故擅離職役出境。"

○注"晉諸公贊曰"

"累世舊族"，恩田仲任曰："《三國注》注引《晉諸公贊》曰：'郭淮弟［配］字仲南，有重名，位至城陽太守。配弟鎮字季南，謁者僕射。鎮子奕字泰業。'"○程炎震曰："《魏書·郭淮傳》注引《［晉］諸公贊》曰：'郭淮弟配，配弟鎮，鎮子奕。'"

【彙評】

李贄曰："郭奕三歎。"《初潭集》卷十九。
陳夢槐曰："如此留連歎賞，令我長懷古人。"

10

王戎目山巨源："如璞玉渾金，人皆欽其寶，莫知名其器。"顧愷之《畫贊》曰："濤無所標明〔1〕，淳深淵默，人莫見其際，而其器亦入道〔2〕。故見者莫能稱謂，而服其偉量。"

○"王戎目"至"名其器"

"璞玉渾金"，岡白駒曰："渾金，未經火煉者。"○秦士鉉曰："璞玉，玉之未琢者。"

"欽其寶"，天保手批曰："欽，欽慕。"

"莫知名其器"，淇園曰："此蓋以謂其器優高，人不能量其品等也。"○田中頤曰："謂山內美外樸，如璞玉渾金，人皆以其玉金，故欽美其寶；而以其璞渾，亦莫測知其量，以定名其器也。"

○注"顧愷之畫贊曰"

《畫贊》，沈家本曰："注中所引《畫贊》甚多。《巧藝》注云：'愷之歷畫古賢，皆爲之贊。'"《古書目》卷五。

"無所標明"，參見校文。徐震堮曰："即'莫知名其器'之義。"○方一新曰："言山濤處魏晉嬗替、朋黨傾軋之際，寡言守默，無所闡明。"《釋義》。

"其器亦入道"，參見校文。徐震堮曰："'囂然'即《孟子·萬章章》之'囂囂然'，趙岐注：'囂囂然，自得之志，無欲之貌也。'"○龔斌曰："《爾雅注疏》二：'囂然，閒暇貌。'入道者，入老莊之道也。"

【彙評】

李贄曰："可謂善賞。"《初潭集》卷十九。

鍾惺曰："寫出一絕妙吏部。"

蔣凡曰："與裴楷之評'見山巨源，如登山臨下，幽然深遠'相互照應。"

---

〔1〕 "標明"，余嘉錫曰："'明'景宋本作'名'。"徐震堮曰："'明'影宋本及沈校本並作'名'，是。"方一新《釋義》曰："'標明'不誤，爲揭示闡明義。"龔斌曰："《晉書》七〇《應詹傳》：'故優遊諷詠，無所標明。'作'明'是。"

〔2〕 "其器亦入道"，董刻本作"囂然入道"。余嘉錫曰："'其器'景宋本及沈本作'囂然'。"徐震堮曰："作'囂然'是。作'其器'者疑涉正文而誤。"

羊長和父繇，與太傅祜同堂相善，仕至車騎掾，蚤卒。長和兄弟五人，幼孤。《羊氏譜》曰："繇字堪甫，太山人。祖續，漢太尉，不拜。父秘，京兆太守。繇歷車騎掾，娶樂國禎女，生五子：乘、洽、式、亮、悦也〔1〕。" 祜來哭，見長和哀容舉止，宛若成人〔2〕，乃歎曰："從兄不亡矣！"

○"羊長和"至"不亡矣"

"羊長和"，秦士鉉曰："《文字志》曰：'忱字長和，一名陶，泰山平陽人，世爲冠族。忱歷太傅長史、揚州刺史，遷侍中。永嘉五年，遭亂被害，年五十餘。'"龔斌按曰："《羊氏譜》'忱'下注：'一作陶。'與《文字志》合。"

"同堂"，桃井白鹿曰："同祖曰同堂，即從兄弟也。"○龔斌曰："羊繇、羊祜皆爲羊續之孫，是爲同堂。"

"從兄不亡"，田中頤曰："祜本爲哀來，而更喜其若成人，故曰'迺歎從兄不亡'者，言長和帖肖其父，其父猶存也。"

○注"羊氏譜曰"

"不拜"，秦士鉉曰："謂有徵命而不就職也。"

"乘洽式亮悦"，參見校文。楊勇曰："汪藻《譜》：'秉字長達，亮字長玄，忱字長和。'"

---

〔1〕"乘洽式亮悦"，李慈銘曰："'乘'當作'秉'，即卷上《言語篇》所謂'羊秉爲撫軍參軍'者也。各本皆誤。'悦'當作'忱'。"程炎震曰："羊長和名忱，則此注'乘'字當作'忱'。《晉書·羊祜傳》云：'亮字長玄。'"余嘉錫曰："'乘'景宋本作'秉'，'悦'作'忱'。"又，董刻本"洽"作"給"。周一良《批校》曰："洽，給。"

〔2〕"宛若"，董刻本"若"作"苦"。王利器曰："各本'苦'作'若'，是。"

　　山公舉阮咸爲吏部郎，目曰："清真寡欲，萬物不能移也。"《名士傳》曰："咸字仲容，陳留人，籍兄子也。任達不拘，當世皆怪其所爲。及與之處，少嗜欲，哀樂至到〔1〕，過絕於人，然後皆忘其向議。爲散騎侍郎〔2〕。山濤舉爲吏部，武帝不用。太原郭弈見之心醉〔3〕，不覺嘆服。解音，好酒以卒。"山濤《啟事》曰："吏部郎史曜出〔4〕，處缺，當選。濤薦咸曰：'真素寡欲〔5〕，深識清濁，萬物不能移也。若在官人之職，必妙絕於時。'詔用陸亮。"《晉陽秋》曰："咸行己多違禮度〔6〕。濤舉以爲吏部郎，世祖不許。"《竹林七賢論》曰："山濤之舉阮咸，固知上不能用，蓋惜曠世之儁，莫識其真故耳〔7〕。夫以咸之所犯，方外之意，稱其清真寡欲，則迹外之意自見耳。"

　　○ "山公舉"至"不能移也"

　　"舉阮咸爲吏部郎"，徐子光曰："《晉書》：阮咸字仲容，陳留尉氏人。任達不拘，與叔父籍爲竹林之遊，當世譏其所爲。咸與籍居道南，諸阮居道北，北阮富而南阮貧。七月七日北阮盛曬衣服，錦繡燦目，咸以竿挂大布犢鼻於庭，曰：'未能免俗。'歷散騎侍郎。妙解音律，善彈琵琶，雖處世不交人事，唯共親知絃歌酣宴而已。荀勖每與咸論音律，自以爲遠不及，疾之，出補始平太守。顏延年作《五君詠》，其一曰：'仲容青雲器，實禀生民秀。達音何用深，識微在金奏。郭弈己心醉，山公非虛覯。屢薦不入官，一麾乃出守。'"《蒙求集注》卷上"仲容青雲"條。○ 余嘉錫曰："《文選》顏延年《五君詠》注引曹嘉之《晉紀》曰：'山濤舉咸爲吏部郎，三上，武帝不能用也。'"

---

〔1〕"至到"，吳士鑑《斠注》卷四十九曰："恐有衍文。"按《初學記》一二、《御覽》二二六引王隱《晉書》均作"至勁"。

〔2〕"散騎侍郎"，董刻本無"侍"字。程炎震曰："宋本無'侍'字。"朱鑄禹曰："《晉書》卷四十九《阮咸傳》亦作'散騎侍郎'。"

〔3〕"郭弈"，楊勇曰："宋本作'郭奕'，非。"

〔4〕"史曜出"，王先謙曰："《世説補》同。一本'出'誤作'山'。"

〔5〕"真素"，朱鑄禹曰："'真'《晉書》本傳作'貞'。"

〔6〕"行己"，余嘉錫《箋疏》、徐震堮《校箋》"己"俱作"已"。吳金華《考釋》曰："'行已'應作'行己'。'行己'猶言立身行事。"頁一二七。方一新《校讀札記》曰："'行己'當爲'行己'之誤。'行己'謂立身行事，語出《論語》。"

〔7〕"其真"，余嘉錫："'真'景宋本作'意'。"

"清真寡欲"二句，田中頤曰："言阮清静真素之寡欲，出於天性，是以萬物衆多，尚莫有移動其心者也。"○秦士鉉曰："《孟子》：'威武不能移也。'"

○注"名士傳曰"

"哀樂至到"，吳金華曰："至到，形容感情純真、態度懇切。"《考釋》頁一二五。

"忘其向議"，恩田仲任曰："向，往時也。"○秦士鉉曰："人皆忘前時刺議而親之。"

○注"山濤啟事曰"

"史曜出處缺當選"，桃井白鹿曰："言吏部郎史曜出爲外職，故其所居官缺，當選人補之也。"○大典顯常曰："出，罷官也。處缺，屬官缺也。"

"官人之職"，大典顯常曰："謂吏部也。"《撮補》。

○注"竹林七賢論曰"

"方外"，恩田仲任曰："《莊子》曰：'遊方之外者也。'方，矩也，出於矩之外，謂離方遁圓也。"朱鑄禹按曰："即出乎規矩之外也。"○秦士鉉曰："方，猶云禮。'迹'亦意同。方之外，所謂'禮豈爲我輩設'者也。"○龔斌曰："出禮度之外也。"

"迹外之意自見"，秦士鉉曰："味其所稱，則能得其真，游方之外之意自見矣。"

【彙評】

劉辰翁曰："妙絕舉詞。"

鍾惺曰："此一段總是推重巨源，畢竟從深默中來。"

許承宣曰："觀山公此言，則山公生平可概見矣。"《金臺集》卷下。

陳澧曰："人之違禮度者，必以多欲，清真寡欲而違禮度，真是當時風氣，以違禮度乃爲遂耳。凡西晉人之違禮度者多由有意爲之也。"《東塾雜俎》卷三。

王戎目阮文業："清倫有鑒識，漢元以來，未有此人。"杜篤《新書》曰[1]："阮武字文業，陳留尉氏人。父諶，侍中。武闊達博通，淵雅之士。"《陳留志》曰："武，魏末河清太守[2]。族子籍，年總角未知名，武見而偉之，以爲勝己。知人多此類。著書十八篇，謂之《阮子》。終於家。"郭泰友人宋子俊稱泰[3]："自漢元以來，未有林宗之匹。"

○"王戎目"至"未有此人"

"清倫有鑒識"，劉辰翁曰："'清倫'亦不成語。"秦士鉉按曰："不知何謂。"凌瀛初本作"倫亦不成"。○淇園曰："清倫，其人風格清高之倫。"○恩田仲任曰："《論語》曰：'言中倫。'倫者，義理之次第也。'身中清'，隱居獨善，合道之清也。"○秦士鉉曰："清倫，清高有倫理也。"

"漢元以來"，胡三省曰："漢元，謂漢初也。"《通鑒·漢紀四十七》注。○岡白駒曰："漢元年以來也。春秋有七十子，戰國有荀孟，所不敢比，故晉之前，唯舉漢元以來而言。"○秦士鉉曰："《通鑒·漢桓帝紀》：郭林宗同郡宋沖，服林宗之德，以爲'漢元以來，未見其匹'。"○徐震堮曰："漢自武帝始立年號，故《漢書·高帝紀》但稱'元年'。'漢元以來'猶云漢初以來。"

○注"杜篤新書曰"

《新書》，沈家本曰："隋唐志皆不著録。《隋志》有《杜氏幽求新書》在'道家'，非此書也。(《杜畿傳》注) 引阮武事，與《世說·賞譽下》所引杜篤《新書》文正相同。"《古書目》卷二。○葉德輝曰："《隋志》不著録。《後漢書》本傳云：'篤著《明世論》十五篇。'疑即是書也。"《書目》。

"父諶侍中"，程炎震曰："《杜恕傳》注引《阮氏譜》：'諶字士信，徵辟無

---

[1] "杜篤"，程炎震曰："'篤'當作'氏'。《杜氏新書》引見《魏書·杜恕傳》。"
[2] "河清"，程炎震曰："宋本'河清'作'清河'。"余嘉錫曰："'河清'沈本作'清河'。"趙西陸曰："沈校本'河清'作'清河'，《御覽》五一三引同，《魏志·杜恕傳》注引《杜氏新書》亦作'清河'。《三國志》無'河清太守'。"楊勇曰："沈校作'清河'，是。"
[3] "郭泰友人宋子俊"，余嘉錫曰："《水經注》卷六《汾水注》云：'城東有徵士郭林宗、宋子浚二碑。'據此，則宋沖字子浚，今本《後漢紀》作'宋仲'字'雋'或'子俊'者，皆誤。"

所就。’”

○注“陳留志曰”

《陳留志》，沈家本曰：“《隋志》：‘《陳留志》十五卷，東晉剡令江敞撰。’二《唐志》卷同。《舊志》‘江敞’作‘江徵’。《新志》作《陳留人物志》。《初學記·人部》引作‘江微’。此注不著撰人，《賢媛》又引作《陳留志名》，疑‘名’上有脫文也。”《古書目》卷四。○葉德輝曰：“《隋志》：十五卷。云：‘東晉剡令江敞撰。’”《書目》。

“武魏末河清太守”，程炎震曰：“《杜恕傳》云：‘恕從趙郡還陳留，阮武亦從清河太守徵。’尚在嘉平之前，則非魏末。”

“族子籍”，徐震堮曰：“案《晉書·阮籍傳》云‘族兄文業’，則籍乃其族弟。”○龔斌曰：“《陳留尉氏阮氏譜》謂籍父阮瑀與武父諶爲同輩兄弟，則籍乃武之族弟。”

“宋子俊稱泰”，程炎震曰：“宋子俊語見《後漢紀》。子俊名仲。”

【彙評】

余嘉錫曰：“林宗爲人倫領袖，高名蓋世，故宋子俊稱之如此。王戎取以稱阮武，信如所言，先無以處林宗。此名士標榜之言，不足據也。”

14

武元夏目裴、王曰：“戎尚約，楷清通。”虞預《晉書》曰：“武陔字元夏，沛國竹邑人。父周，魏光禄大夫[1]。陔及二弟歆[2]、茂

---

〔1〕 “父周”二句，徐震堮《札記》曰：“《晉書》本傳：‘父周魏衛尉。’”
〔2〕 “二弟歆”，程炎震曰：“歆，《晉書·陔傳》《魏志·胡質傳》注均作‘韶’。”徐震堮《札記》曰：“（《晉書》本傳）‘歆’作‘韶’。”趙西陸曰：“《御覽》四四二引作‘韶’。”

皆總角見稱，並有品望[1]，鄉人諸父，未能覺其多少。時同郡劉公榮名知人，嘗造周，周見其三子。公榮曰：‘君三子皆國士。元夏器量最優，有輔佐之風，力仕宦[2]，可爲亞公。叔夏、季夏不減常伯、納言也。’陔至左僕射。”

○“武元夏”至“楷清通”

“目裴王”，程炎震曰：“陔在泰始初已爲宿齒，故得目戎楷。”

○注“虞預晉書曰”

“覺其多少”，岡白駒曰：“多少，優劣也。”

“名知人”，龔斌曰：“識鑒高明之人。”

“力仕宦”，龔斌曰：“《晉書》四五《武陔傳》作‘陳力就列’。《論語·季氏》：‘陳力就列。’意爲施展才力，接受職位。”

“可爲亞公”，岡白駒曰：“亞公，謂其才器，三公之亞。”○秦士鉉曰：“位亞三公也。”

“叔夏季夏不減常伯納言”，岡白駒曰：“常伯、納言，並侍中親近，補袞闕者，《書·立政》所云‘王左右常伯’是也。侍中在古號常伯者，言其道德可常遵也，夙夜出納王命，喉舌機要，故曰納言。此言其才器也。”○秦士鉉曰：“叔夏名韶，季夏名茂。常伯，侍中。《舜典》‘命汝爲納言’注：‘喉舌之官也。’”○龔斌曰：“《漢書》八五《谷永傳》‘執常伯之職’顏師古注：‘常伯，侍中也。’《漢書》一九《百官公卿表》‘龍作納言’顏師古注：‘應劭曰：納言，如今尚書，管王之喉舌也。’”

【彙評】

凌濛初曰：“總之‘清通’‘簡要’，何以疊見？”龔斌按曰：“武陔所目，意同鍾會，故凌濛初云。”

---

[1] “品望”，王先謙曰：“一本‘品’作‘器’。”余嘉錫曰：“‘品’景宋本作‘器’。”朱鑄禹曰：“周本（紛欣閣本）作‘品’疑誤。”龔斌曰：“‘器望’爲南北朝時常語，時亦用‘品望’一詞。然以下劉公榮品三子器量，則作‘器望’覺勝。”

[2] “力仕宦”，楊勇曰：“‘力’上，《魏志·胡質傳》注引虞預《晉書》有‘展’字，《晉書·武陔傳》則有‘陳’字。”龔斌曰：“語意不明，疑有脫文。”

15

庾子嵩目和嶠："森森如千丈松，雖磊砢有節目〔1〕，施之大廈，有棟梁之用。"《晉諸公贊》曰："嶠常慕其舅夏侯玄爲人，故於朝士中峨然不群，時類憚其風節〔2〕。"

○"庾子嵩"至"棟梁之用"

"庾子嵩目和嶠"，王觀國曰："《晉書·和嶠傳》：'嶠遷潁川太守，太傅從事中郎庾敳見而歎曰：嶠森森如千丈松，雖磥砢多節目，施之大廈，有棟梁之用。'又《庾敳傳》曰：'敳有重名，而聚斂積實，都官從事溫嶠奏之，敳更器嶠，曰：嶠森森如千丈松，雖礧砢多節，施之大廈，有棟梁之用。'案兩傳所譽之詞則同，一則以爲和嶠，一則以爲溫嶠，史必有一失焉。今案庾敳嘗參東海王越太傅軍事，自惠、懷以來，敳仕漸顯，正與溫嶠同時。而《溫嶠傳》亦曰嶠舉奏庾敳。以此知譽者乃溫嶠，非和嶠也。和嶠早顯，與張華同佐武帝，又在前矣。"《學林》卷三。程炎震按曰："王說是也。若非《晉書》兩載，無以知臨川之誤矣。"○黃朝英曰："《晉·庾敳傳》曰：'敳有重名，爲縉紳所推，而頗聚斂積實，談者譏之。都官從事溫嶠嘗劾奏敳，敳更器嶠，曰：嶠森森如千丈松，雖磊砢多節，施之大廈，有棟梁之用。'而《溫嶠傳》曰：'嶠爲都官從事，散騎常侍，庾敳有重名而頗聚斂，嶠舉奏之，京都振肅。'蓋是時溫嶠爲都官從事，敳爲散騎常侍，二人同在朝廷，是敳之所器者溫嶠非和嶠明矣。及觀《和嶠傳》又云：'從事中郎庾敳見而歎曰：嶠森森如千丈松，雖礧砢多節目，施之大廈，有棟梁之用。'而《世說》亦云子嵩目和嶠云云，何其謬歟？良由修史者雜出於諸儒，而非一人之筆，故其謬戾如此。今之學者至有云和氏之松千丈，益謬矣。"《緗素》卷十。○王楙曰："《庾敳傳》作'溫嶠'，《世說》與《和嶠傳》作'和嶠'。"《野客叢書》卷三。○張端木曰："《庾敳傳》作'溫嶠'，《和嶠傳》作'和嶠'，《晉書》之互異如此，然當以《世說》爲是。"○趙翼曰："考和嶠歷官多在武帝之世，其卒也在惠帝元康二年，而《庾敳傳》云參東海王越太傅軍事。按《惠帝紀》，司空越爲太傅在永興二年，敳佐府正當此時也。計和嶠之卒

〔1〕"磊砢"，劉盼遂曰："《晉書·和嶠傳》作'磥砢'，《庾敳傳》作'礧砢'。"
〔2〕"憚其"，余嘉錫曰："'憚'景宋本作'傳'。"王利器曰："各本'傳'作'憚'，是。"

已踰一紀，何從見而嘆之耶？唯時溫嶠官品甚卑，敳知其材堪大任，故爲之延譽耳，則此語當屬之溫嶠，而《和嶠傳》所云當從芟柞。《晉書》之誤，本於《世說》。”《陔餘叢考》卷六。○錢大昕曰：“《庾敳傳》：‘敳有重名，而聚斂積實，談者譏之。都官從事溫嶠奏之，敳更器嶠，曰：嶠森森如千丈松，雖礧砢多節，施之大廈，有棟梁之用。’此即一事而傳聞互異。和嶠卒於元康二年，其時東海王越未爲太傅，敳名位尚微，此語自當屬之溫嶠。”《諸史拾遺》卷一。○姚範曰：“《和嶠傳》云：‘太傅從事中郎庾敳見而歎曰：嶠森森如千丈松云云。’又《庾敳傳》云：‘敳有重名，而聚斂積實，談者譏之。都官從事溫嶠奏之，敳更器嶠，曰嶠森森如千丈松’云云。宋王楙《野客叢譚》云《世說》與《和嶠傳》並云目和嶠，疑《敳傳》作‘溫嶠’誤。按爲都官從事者實溫嶠，和嶠未嘗歷是職。且和嶠卒于元康二年，司馬越之爲太傅，則在永興元年。敳爲越從事中郎，上去元康二年相懸一紀，況其齒位亦復殊邈，和嶠豈待敳語爲重哉？《晉書·敳傳》作‘溫嶠’，自不誤。其《和嶠傳》乃又採《世說》語妄入之，斯爲誤耳。”《援鶉堂》卷三十三。○梁玉繩曰：“案《庾敳傳》，子嵩所器者乃溫太真，非和長輿也。因二嶠名同，遂誤屬於和，前後雙載。《世說》亦誤。”《瞥記》卷四。○吳士鑑曰：“和嶠卒於元康二年，其時東海王越未爲太傅，敳名位尚微，此語自當屬之溫嶠。”《斠注》卷四十五。○程炎震曰：“敳爲峻之第三子。（和）嶠於武帝初已與峻及純同官，於敳爲先達。就令爲之題目，亦當如王戎之稱太保，謝安之歎伯道，不得抑揚其詞也。”○余嘉錫曰：“庾敳目和嶠語出自王隱《晉書》，見《御覽》九百五十三，而《世說》採之。《類聚》八十八引晉袁宏詩曰：‘森森千丈松，磊砢非一節。雖無榱桷麗，較爲棟梁桀。’全用庾敳之語。知非始見於《世說》矣。至溫嶠舉奏庾敳，敳更器之，事出孫盛《晉陽秋》，見汪藻《考異》敬胤注中。今本《晉書》雜採諸家，失於契勘耳。”○徐震堮曰：“溫嶠死於成帝咸和四年，年四十二。庾敳，傳言石勒之亂，與王衍俱被害，時年五十，則當在永嘉五年。二人年輩相去殊遠，似以屬之和嶠爲是。”

“磊砢有節目”，田中頤曰：“磊砢，魁壘貌。”○崔朝慶曰：“節則木理之剛，目則木理之精。”○劉盼遂曰：“《文選·上林賦》：‘水玉磊砢。’郭璞注：‘魁壘貌。’”○余嘉錫曰：“此言其節目之多，猶石之磊磊然也。”○楊勇曰：“節，木理之剛也。目，木理之精也。”○張萬起曰：“樹木枝幹交接之處爲節，紋理糾結不順的地方爲目。”

“有棟梁之用”，田中頤曰：“言和大器，而雖高節難容，置諸百官之上，則有宰相之材用也。”

田中頤曰：“以棟梁稱。”

16

王戎云：“太尉神姿高徹，如瑤林瓊樹，自然是風塵外物。”《名士傳》曰：“夷甫天形奇特，明秀若神。”《八王故事》曰：“石勒見夷甫，謂長史孔萇曰：‘吾行天下多矣！未嘗見如此人〔1〕，當可活不〔2〕？’萇曰：‘彼晉三公，不爲我用。’勒曰：‘雖然，要不可加以鋒刃也。’夜使推牆殺之。”

○“王戎云”至“風塵外物”

“王戎云”，程炎震曰：“《晉書·戎傳》取此語與前目山濤並載，則此‘云’字亦當作‘目’。”

“如瑤林瓊樹”二句，田中頤曰：“瑤、瓊，並皆玉之美者。此言其神高，其姿徹，如瑤林瓊樹之明潔映人，未深論究之，自然知是風塵暗濁外之人物也。”○徐震堮曰：“風塵，作‘世務’或‘塵俗’解。”《釋義》。○江藍生曰：“‘風塵’，風塵污人，故以喻世俗。”《彙釋》頁六四。

○注“八王故事曰”

“推牆殺之”，梁玉繩曰：“《水經·渠水注》引《晉陽秋》言勒追東海王越，縱騎圍射，尸積如山，王夷甫死焉。是衍死於射也。”《瞥記》卷四。○徐震堮曰：“本傳言衍以太尉爲太傅軍司，及越薨，衆共推爲元帥。軍敗在越死後，《晉陽秋》之言，疑非其實。”

〔1〕 “未嘗”，董刻本“嘗”作“宦”。王利器曰：“各本‘宦’作‘嘗’，是。”
〔2〕 “活不”，沈校本“不”作“否”。朱鑄禹曰：“‘不’古與‘否’通。”

周曇曰："六合誰爲輔弼臣，八風昏處盡胡塵。是知濟弱扶傾術，不屬高談虛論人。"《詠史詩·晉門·王夷甫》。

蘇軾曰："王夷甫既降石勒，自解無罪，且勸僭號。其女惠風爲愍懷太子妃，劉曜陷洛，以惠風賜其將喬屬。將妻之，惠風杖劍大罵而死。乃知王夷甫之死，非獨慚見晉諸公，乃當羞見其女也。"《東坡志林》卷四。

鍾惺曰："衍，千古勢利中傖人，小才虛名，足以牢籠一世。勢窮情見，被石勒一老胡照膽看出，和盤托出，快甚快甚，其悅衍處悅得有趣，怒衍處怒得有識，所云'行天下未嘗見如此人'，又云'破壞天下正是君罪'，勘衍短長，始終與山濤、羊祜纖毫不爽，亦異事也。"《史懷》卷十八。

17

王汝南既除所生服，遂停墓所。兄子濟每來拜墓，略不過叔，叔亦不候。濟脫時過，止寒溫而已。後聊試問近事，答對甚有音辭，出濟意外，濟極惋愕。仍與語，轉造清微[1]。濟先略無子姪之敬，既聞其言，不覺懍然，心形俱肅。遂留共語，彌日累夜。濟雖儁爽，自視缺然，乃喟然歎曰："家有名士，三十年而不知！"濟去，叔送至門。濟從騎有一馬，絕難乘，少能騎者。濟聊問叔："好騎乘不？"曰："亦好爾。"濟又使騎難乘馬，叔姿形既妙，回策如縈，名騎無以過之。濟益歎其難測，非復一事。鄧粲《晉紀》曰："王湛字處沖，太原人。隱德，人

---

〔1〕"清微"，董刻本"清"作"精"。王先謙曰："'清微'一本'清'作'精'，《世説補》同。"葉德輝曰："袁本'清'作'精'。"龔斌曰："當作'精微'。《晉書·郗超傳》：'義理精微。'《成公綏傳》：'悟靈精微。'"

莫之知，雖兄弟宗族，亦以爲癡，唯父昶異焉。昶喪，居墓次，兄子濟往省湛，見牀頭有《周易》，謂湛曰：‘叔父用此何爲？頗曾看不？’湛笑曰：‘體中佳時〔1〕，脫復看耳。今日當與汝言。’因共談《易》，剖析入微，妙言奇趣，濟所未聞，歎不能測。濟性好馬，而所乘馬駿駃，意甚愛之。湛曰：‘此雖小駙，然力薄不堪苦。近見督郵馬，當勝此，但養不至耳〔2〕。’濟取督郵馬，穀食十數日，與湛試之。湛未嘗乘馬〔3〕，卒然便馳騁〔4〕，步驟不異於濟，而馬不相勝〔5〕。湛曰：‘今直行車路，何以別馬勝不？唯當就蟻封耳！’於是就蟻封盤馬，果倒踣〔6〕。其儁識天才乃爾。”既還，渾問濟〔7〕：“何以暫行累日？”濟曰：“始得一叔。”渾問其故，濟具歎述如此。渾曰：“何如我？”濟曰：“濟以上人。”武帝每見濟，輒以湛調之曰：“卿家癡叔死未？”濟常無以答。既而得叔後，武帝又問如前，濟曰：“臣叔不癡。”稱其實美。帝曰：“誰比？”濟曰：“山濤以下，魏舒以上。”《晉陽秋》曰：“濟有人倫鑒識，其雅俗是非，少有優潤〔8〕。見湛，歎服其德宇。時人謂湛：‘上方山濤不足，下比魏舒有餘。’湛聞之曰：‘欲以我處季孟之間乎？’”王隱《晉書》曰：“魏舒字陽元，任城人。幼孤，爲外氏甯家所養〔9〕。甯氏起宅，相

---

〔1〕 “體中佳時”，桃井白鹿曰：“《晉書》‘佳’上有‘不’字。”秦士鉉曰：“‘不佳’一本無‘不’字，非。”程炎震曰：“《晉書·湛傳》‘中’下有‘不’字。”徐震堮《札記》曰：“當從《晉書》本傳補‘不’字。”又《校箋》曰：“《晉書》本傳作‘體中不佳時’，《御覽》五一一引臧榮緒《晉書》同。”朱鑄禹曰：“‘佳’上有‘不’字是。”

〔2〕 “養不至耳”，秦士鉉曰：“《晉書》‘養’作‘芻秣’。”朱鑄禹曰：“《晉書》本傳作‘但芻秣不至耳’，文義較顯明。”

〔3〕 “湛未嘗”，董刻本“湛”作“長”。王利器曰：“各本‘長’作‘湛’，是。”

〔4〕 “卒然便馳騁”，李慈銘曰：“‘便’下疑有脫字，當作‘卒然便騎，下以‘馳騁步驟’爲一句。”龔斌曰：“‘馳騁’即‘騎’，‘卒然’二句語意完整，不誤。”

〔5〕 “而馬”，平賀房父曰：“‘而’疑當作‘兩’。”天保手批曰：“‘而’一作‘兩’。”

〔6〕 “果倒踣”，李慈銘曰：“‘果’上有脫字，當作‘濟馬果倒踣’。《晉書·王湛傳》作‘濟馬果躓而督郵馬如常’。”徐震堮曰：“《晉書》本傳作‘濟馬果躓，而督郵馬如常’，《御覽》五一一引臧榮緒《晉書》同，語意尤明。”

〔7〕 “問濟”，董刻本“問”作“門”。王利器曰：“各本‘門’作‘問’，是。”楊勇曰：“宋本作‘門’，非。”

〔8〕 “少有優潤”，董刻本、沈校本“有”作“所”，‘潤’作“調”。葉德輝曰：“袁本作‘少所優潤’。”余嘉錫曰：“‘潤’景宋本作‘調’。”徐震堮曰：“‘優潤’，影宋本及沈校本並作‘優調’。”朱鑄禹曰：“袁本初刻‘調’作‘鬮’，後印刊作‘潤’。”

〔9〕 “外氏甯家”，桃井白鹿曰：“《蒙求》作‘外家甯氏’。”

者曰：‘當出貴甥。’外祖母意以盛氏甥小而惠〔1〕，謂應相也。舒曰：‘當爲外氏成此宅相。’少名遲鈍〔2〕。叔父衡使守水碓〔3〕，每言：‘舒堪八百戶長〔4〕，我願畢矣。’舒不以介意。身長八尺二寸，不修常人近事。少工射，箸韋衣，入山澤，每獵大獲。爲後將軍鍾毓長史，毓與參佐射戲，舒常爲坐畫籌。後值朋人少，以舒充數，於是發無不中，加博措閑雅〔5〕，殆盡其妙。毓歎謝之曰：‘吾之不足盡卿，如此射矣！’轉相國參軍。晉王每朝罷，目送之曰：‘魏舒堂堂，人之領袖！’累遷侍中、司徒。”於是顯名。年二十八始宦。

○“王汝南”至“寒溫而已”

“王汝南”，徐子光曰：“《晉書》：王湛字處沖，少有識度，龍顙大鼻，少言語。初有隱德，人莫能知，兄弟宗族皆以爲癡，其父昶獨異焉。闔門守静，不交當世，沖素簡淡，器量隤然，有公輔之望。後仕至汝南內史。”《蒙求集注》卷下“濟叔不癡”條。○崔朝慶曰：“晉王湛，字處仲，太原人。司徒王渾之弟，仕至汝南內史。”

“除所生服”，大典顯常曰：“所生，謂親也。即父昶之喪也。”○田中頤曰：“此謂除父喪也。”○程炎震曰：“王昶以甘露四年卒，湛時年甫十一耳。除服後，停墓所亦不過數年，安得云三十年乎？今《晉書》同鄧粲，皆誤也。當如《世説》云‘所生服’爲是，蓋謂所生母也。”

“略不過叔”，田中頤曰：“視叔忽略爲不足過。”○張萬起曰：“略不，毫不，與下文‘略無’義同。過，探望，問候。”

“濟脱時過”，劉淇曰：“脱，或辭，猶儻也。”《辨略》卷五。○李調元曰：

---

〔1〕　“盛氏”，桃井白鹿曰：“《晉書》《蒙求》並‘盛’作‘魏’。”秦士鉉曰：“《晉書》‘盛氏’作‘魏氏’，恐非。《蒙求》亦‘盛氏’。蓋甯氏有魏氏、盛氏二甥，俱爲甯氏所養。魏鈍盛慧，故外祖母以盛氏爲應宅相，而魏舒已當顯達以應此相。”徐震堮《札記》曰：“《晉書·魏舒傳》‘盛’作‘魏’，非。”楊勇曰：“宋本作‘盛’，《晉書·魏舒傳》作‘魏’，《御覽》一八〇引王隱《晉書》作‘寧’。”

〔2〕　“遲鈍”，董刻本“遲”作“潺”。王利器曰：“各本‘潺鈍’作‘遲鈍’，是。”

〔3〕　“叔父衡”，大典顯常《集成》曰：“《晉書》作‘從叔父’。”

〔4〕　“八百戶”，桃井白鹿曰：“《晉書》、温史、朱史並‘八’作‘數’。”大典顯常《集成》曰：“《晉書》並《通鑑》作‘數百戶’，胡云：謂小邑也。”朱鑄禹曰：“《晉書》卷四十一《魏舒傳》作‘數百戶’，《通鑑》亦作‘數百戶’。”

〔5〕　“博措閑雅”，桃井白鹿曰：“《晉書》、《通鑑》並作‘容範閑雅’。”秦士鉉曰：“‘博措’恐作‘舉措’，《晉書》作‘容範’。”程炎震曰：“宋本‘博’作‘舉’。”余嘉錫曰：“‘博’沈本作‘舉’。”楊勇曰：“宋本作‘博’，非。”朱鑄禹曰：“沈校本作‘舉措’，是。義自明也。”

"脱，猶言儻。"《勛說》卷一。○岡白駒曰："脱，或然辭。"○崔朝慶曰："言或有時過之也。"○徐震堮曰："脱，或然之辭，猶言設使、偶然。"《簡釋》。楊勇按曰："注'脱復看耳'，同。"○王叔岷曰："陶淵明《與殷晉安別詩》：'脱有經過便，念來存故人。''脱'，猶儻也。"

"止寒温而已"，崔朝慶曰："言敘語寒温，不及其他也。"

○"後聊試問"至"叔送至門"

"試問近事"，平賀房父曰："近事，近世之事務。"

"濟極惋愕"，岡白駒曰："驚歎也。"

"仍與語"，張萬起曰："仍，乃，於是。"

"轉造清微"，崔朝慶曰："言聲音辭令俱佳也。"

"彌日累夜"，田中頤曰："先略而無敬者，今反懍然敬肅；先略而不過者，今反累日濡滯。"

"儁爽"，崔朝慶曰："儁，卓特也。爽，俊邁不群之意。"

○"濟從騎"至"非復一事"

"少能騎者"，凌濛初曰："當時何以每每重此？"

"聊問叔"，田中頤曰："聊，與上'聊'字映。此亦復略。"

"亦好爾"，田中頤曰："亦，與上'亦'字映。此亦自許。"

"回策如縈"，平賀房父曰："輪轉如縈。"○田中頤曰："謂旋轉如意也。"○崔朝慶曰："策，馬箠也。縈，旋繞也。"○朱鑄禹曰："言回旋策馬如帶之縈繞，蓋極言其騎術之精，控縱盤旋自如也。"○張萬起曰："回策，揮動馬鞭。"

"名騎無以過之"，董正功曰："世稱魏陽元之射、王汝南之騎，蓋重其有能而不自衒也。"《續家訓》卷八。

"非復一事"，崔朝慶曰："言其精善者不止一事也。"○張萬起曰："非復，即'非'，猶'不只''不是'。'復'虛化，不爲義。"《詞典》頁八一。

○"既還渾問"至"濟以上人"

"始得一叔"，田中頤曰："即三十年而始得也。"

"濟以上人"，王世懋曰："不言如父，而言勝己，居然有王子敬意，然濟實有勝父處。"○田中頤曰："語儁爽而心缺然，暗言父之不及，又超等也。"○崔朝慶曰：“言勝於己也。”○王叔岷曰：“下‘王長史是庾子躬外孫’一則：‘我已上人。’‘已’與‘以’同。陶淵明《與子儼等疏》：‘自謂是羲皇上人。’鍾嶸《詩品序》：‘謂鮑照羲皇上人。’”○朱鑄禹曰：“濟未敢評議與父優劣，故但以自比。”

○“武帝每見”至“二十八始宦”

“武帝每見濟”，秦士鉉曰：“‘武帝’上添‘前時’二字看。”

“癡叔死未”，田中頤曰：“此略而無敬尤甚者。”○崔朝慶曰：“王湛有隱德，人莫能知，兄弟宗族皆以爲癡。”○龔斌曰：“久不出名爲癡。《賞譽》六二：‘王藍田爲人晚成，時人乃謂之癡。’與此同意。”

“誰比”，田中頤曰：“猶‘何如我’之問。”

“山濤以下”二句，田中頤曰：“猶‘濟以上’之答。”

“年二十八始宦”，田中頤曰：“上曰三十年，今曰二十八，其年不合。彼欲言其不知之久，故便語概略，此但詳其事，以傳其實耳。言辨之與史家自有是異，不可不知。”○程炎震曰：“《晉書》湛年四十七，元康五年卒，則二十八是咸寧二年丙申。”

○注“鄧粲晉紀曰”

“頗曾看不”，江藍生曰：“‘頗’作疑問副詞，相當於‘可’。有時在‘頗’後加上‘曾’字，相當於‘可曾’。”《彙釋》頁一五九。

“體中佳時”，參見校文。胡三省曰：“謂體中不節適也。語曰不佳，微有疾也。”《通鑒·漢紀四十七》注。○桃井白鹿曰：“不佳，猶‘不快’也。”

“今日當與汝言”，鍾惺曰：“對浮人只宜如此。”

“駿駛”，恩田仲任曰：“駛，《説文》作‘駃’，云‘疾也’。”○龔斌曰：“‘駿’義同‘駛’，疾速也。”

“馬不相勝”，鍾惺曰：“出此伎倆看武子益淺焉。”○秦士鉉曰：“言無勝負也。《莊子》：‘天與人不相勝。’注：‘兩邊恰好也。’”

“直行車路”，桃井白鹿曰：“謂平路也。”○秦士鉉曰：“車路，坦途也。”

“就蟻封盤馬”，岡白駒曰：“壅土成封，曰蟻封。”○桃井白鹿曰：“《事文類聚》：‘蟻封，蟻垤也。北方謂之蟻樓，如小山子，乃蟻穴其地，墳起如丘垤，中間屈曲如古巷道。古語云：“乘馬折旋於蟻封之間。”’言蟻封之間，巷路屈曲狹小，而能乘馬折旋於其間，不失其馳驟之節，所以爲難也。’折旋，直去了又橫去，如曲尺相似，其橫轉處，欲其方如中矩也。周旋，直去卻回來，其回轉處，欲其圓如中規也。”○大典顯常曰：“蟻封，蟻垤也，乃蟻穴之所墳起，如丘垤者。蓋馬埒之内封土猶蟻垤，以試馬足，使慣峻險也。”○秦士鉉曰：“盤，盤旋，即鉤也。”

◎大典顯常曰：“《晉書·王湛傳》：所乘馬，甚愛之，湛曰：‘此馬雖快，然力薄不堪苦行。近見督郵馬當勝，但芻秣不至耳。’濟試養之，而與己馬等。湛又曰：‘此馬任重方知之，平路無以别也。’於是當蟻封内試之，濟馬果躓，而督郵馬如常。”

○注“晉陽秋曰”

“少有優潤”，參見校文。秦士鉉曰：“優潤，猶假借也。”龔斌按曰：“《世說箋本》是。優潤是假借寬待之意。”○楊勇曰：“優調，有讚許才幹意。”○朱鑄禹曰：“‘闊’‘潤’皆不甚可解。‘調’如作音調之‘調’字讀，則‘優調’似可作獎辭解。”

“欲以我處季孟之間”，鍾惺曰：“此語殊傲然不屑。”○恩田仲任曰：“《論語》曰：‘以季孟之間待之。’注曰：‘魯三卿季氏最貴，孟氏爲下卿，自尚孔子如叔孫氏。’”

○注“王隱晉書曰”

“當爲外氏成此宅相”，岡白駒曰：“言我當成貴，應此宅相。”

“水碓”，恩田仲任曰：“當即水磑，碎物之器也。古公輸般作磑，今俗謂之石磨。或訓磑爲碓下石，不知碓下石即今之石臼，非磑也。”○楊勇曰：“水碓，《方言》：‘碓或謂之磨。’郭璞注：‘即磨也。’”

“舒堪八百户長”，胡三省曰：“謂小邑長也。”《通鑒·魏紀十》注。○楊勇曰：“《御覽》五一七引《三十國春秋》：‘魏衡謂姪舒曰：汝復得爲小縣長。舒曰：堪八百户長，將老嫂入官舍，即斯願矣。’其語與《世說》異。”

“射戲”，周一良曰：“當即博射。”《批校》。又曰：“蓋射戲即博射，乃分朋而戲。”《史札》頁一六六。按《札記》引《顏氏家訓·雜藝篇》曰“别有博射，弱弓長箭，施於準的，揖讓升降以行禮焉”云。

“畫籌”，胡三省曰：“射之畫籌，猶投壺之釋算也。”《通鑒·魏紀十》注。

○岡白駒曰：“籌，箭算也。”○桃井白鹿曰：“《儀禮》‘箭籌’注：‘籌，算也。’”○朱鑄禹曰：“即記射中之數，以別勝負。”

“值朋人少”，胡三省曰：“射以兩人爲朋。射之有朋，猶古射儀之有耦也。”《通鑒·魏紀十》注。○岡白駒曰：“朋，耦也。”○桃井白鹿曰：“《綱目》注：朋，輩也。凡射者分爲兩朋，朋人均敵，以較勝負。”○大典顯常曰：“朋，射耦也。”○秦士鉉曰：“朋人，射輩耦也。《左傳》：‘射者三耦。’”

“吾之不足盡卿”二句，鍾惺曰：“此語殊深，卻救得一半。”○王叔岷曰：“《莊子·庚桑楚篇》：‘庚桑子曰：今吾才小不足以化子，子胡不南見老子？’‘吾之不足盡卿’，與‘今吾才小不足以化子’，句例相似。”○龔斌曰：“盡者，盡其才用。”

“晉王”，秦士鉉曰：“司馬昭也。時爲相國。”

“堂堂人之領袖”，桃井白鹿曰：“《卓氏藻林》：‘言爲人之儀則也。’”○秦士鉉曰：“堂堂，容貌也。出《論語》。領袖，儀則也。”

【彙評】

李贄曰：“此人義重。”《初潭集》卷二十五。

張懋辰曰：“寫事疏婉近情，幾三百字，妙無逾此。”

凌濛初曰：“豈有如此名士，三十年人不知者？不信不信。”

鍾惺曰：“濬沖之癡，陽元之遲鈍，便是從來名士深衷妙用。”○曰：“觀王武子見屈於其叔，可爲今名士孟浪輕物之戒。”○曰：“晉人崇尚虛名，士一有名於時，便公然以名士自處，孟浪輕物，其中實無所見，往往自取慚悔。此王武子所以見屈於其叔王湛也。只是一浮耳，若深心，人自然不敢輕物。鍾毓初不識魏舒，見其射，乃曰：‘我之不足盡卿，如此射矣。’此語卻沈深，救得一半。若湛之癡，舒之遲鈍，乃其名士深衷妙用，居亂世尤爲善物。”《史懷》卷十九。

尤侗曰：“述祖湛有癡叔之名，至述人復以爲痴，可謂世有痴德。然如此痴亦復佳，何必云‘臣叔不痴’？王掾不痴也。坦之欲以女妻桓温，述怒曰：‘汝竟痴耶？’然則父之痴，勝于子之痴也。”《艮齋雜説》卷二。

朱荃宰曰：“夫三十年不能使從子知，而何以驟名名士也？”《文通》卷三十。

周紹賢曰：“無所矜夸，不求人知，任人視之爲癡，此名士超逸之風度也。”《述論》頁一五六。

18

裴僕射，時人謂爲言談之林藪。《惠帝起居注》曰："頠理甚淵博，贍於論難。"

○"裴僕射"至"林藪"

"裴僕射"，徐子光曰："《晉書》：裴頠字逸民，司空秀之子。弘雅有遠識，博學稽古，少知名。中丞周弼見而歎曰：'頠若武庫兵，縱橫一時之傑也。'樂廣嘗與頠清言，欲以理服之，而頠辭語豐博，廣笑而不言，時人謂頠爲言談之林藪。累遷左僕射，後爲趙王倫所殺。"《蒙求集注》卷下"裴頠談藪"條。

19

張華見褚陶，語陸平原曰："君兄弟龍躍雲津，顧彦先鳳鳴朝陽。謂東南之寶已盡，不意復見褚生。"陸曰："公未覩不鳴不躍者耳！"《褚氏家傳》曰："陶字季雅，吳郡錢塘人，褚先生後也。陶聰惠絕倫，年三十[1]，作《鷗鳥》《水碓》二賦[2]。宛陵嚴仲弼見而奇之，曰：'褚先生復出矣！'弱不好弄，清談閑默[3]，以墳典自娛。語所親曰：'聖賢備在黃卷中，舍此何求？'州郡辟不就。吳歸命世祖[4]，補臺

---

[1] "年三十"，王先謙校："'三十'一本作'十三'，是。《世說補》同。"葉德輝曰："袁本'三十'作'十三'。按《晉書·褚陶傳》、《太平寰宇記·杭州人物》作'年十三'，則'十三'袁本爲是。"程炎震曰："'三十'王本作'十三'，明本同。"余嘉錫曰："袁本作'年十三'。"

[2] "水碓"，葉德輝曰："袁本作'水碓'。按《晉書·褚陶傳》、《太平寰宇記·杭州人物》作'碓'。'水碓'袁本爲非。"程炎震曰："'水碓'明本作'水碓'，誤。宋本作'水碓'，是。"徐震堮《札記》曰："《晉書》本傳'水碓'作'水碓'。"余嘉錫曰："'碓'景宋本及沈本俱作'碓'。"楊勇曰："'碓'袁本作'碓'，《晉書·褚陶傳》作'碓'。"

[3] "清談"，葉德輝曰："袁本'談'作'淡'。按《晉書·褚陶傳》亦作'淡'，此本非。"程炎震曰："王本'談'作'淡'。"余嘉錫曰："'談'景宋本作'淡'。"

[4] "吳歸命世祖"，程炎震曰："宋本無'祖'字。"徐震堮曰："《晉書》本傳：'吳平，召補尚書郎。'此處'吳'下亦當有'平'字，當作'吳平，歸命世祖'。"蔣宗許《臆札》曰："'吳歸命'指吳降晉，文從字順，不煩添字。"又，董刻本無"祖"字。何焯曰："一無'祖'字爲是。"王利器曰："蔣校本、沈校本同，餘本'世'下有'祖'字，是。"楊勇曰："袁本有'祖'，是。"

郎、建忠校尉。司空張華與陶書曰：‘二陸龍躍於江漢，彦先鳳鳴於朝陽，自此以來，常恐南金已盡，而復得之於吾子！故知延州之德不孤，淵岱之寶不匱〔1〕。’仕至中尉。”

○“張華見”至“不躍者耳”

“君兄弟龍躍雲津”二句，大典顯常曰：“雲津謂銀河。”《集成》。○恩田仲任曰：“《詩》曰：‘鳳鳴朝陽。’《爾雅》曰：‘山東曰朝陽。’注曰：‘旦即見日。’”○田中頤曰：“雲津、朝陽，即指東南方，兼言得意之狀，韻響有餘意。”○張萬起曰：“比喻賢才遇時而起。”

“不意復見褚生”，劉淇曰：“‘不意’者，非意所及也，猶今云不料得也。”《辨略》卷四。○田中頤曰：“以褚爲其至者。”

“未覩不鳴不躍者”，大典顯常曰：“此陸自謂己國人才固未止此也。”○淇園曰：“不鳴不躍，蓋謂自韜其才，不眩曜於人者，即伏鸞隱鵠之屬。”○田中頤曰：“言公見其既鳴既躍之眩曜才名者，而未睹不鳴不躍、潛龍臥鳳之匿名韜才者，是可恨也。”

○注“褚氏家傳曰”

《褚氏家傳》，沈家本曰：“《隋志》：‘《褚氏家傳》一卷，褚顗等撰。’二《唐志》卷同，褚結撰，褚陶注。案隋唐志撰人不同，殆家傳隨時有增益歟？此注引褚陶事，恐非陶所撰也。”《古書目》卷四。○葉德輝曰：“《隋志》：一卷。云褚顗等撰。”《書目》。

“褚先生後”，恩田仲任曰：“張晏曰：‘褚先生名少孫，漢博士也，潁川人，仕元、成間。’韋稜曰：‘《韋顗家傳》：褚少孫，梁相褚太弟之孫，宣帝時爲博士，寓居於沛，事大儒王式，故號爲先生，續《太史公書》。阮孝緒亦以爲然。’”

“弱不好弄”，岡白駒曰：“弱，幼也；弄，戲也。”

〔1〕 “延州”“淵岱”，李詳曰：“《晉書·褚陶傳》採此，‘延州’二語，《傳》作‘延門之德不孤，川嶽之寶不匱’，‘延門’自係《晉書》誤本。徐震堮曰：“‘淵岱’作‘川嶽’，是唐人避高祖諱，與以謝淵爲謝川同。”楊勇曰：“《晉書·褚陶傳》‘延州’作‘延門’，‘淵岱’作‘川嶽’。按‘延州’、‘延門’並通，指延陵季子也。季札，吳人，故云。淵岱，《晉書》避唐諱改，宋本不誤。”

“黃卷”，秦士鉉曰：“書籍也。古書用黃紙。”

“歸命世祖”，秦士鉉曰：“謂孫皓降晉也。”

“臺郎”，大典顯常曰：“謂尚書郎。”《集成》。

“與陶書”，大典顯常曰：“《三國文選》載之。”

“南金”，恩田仲任曰：“《詩》曰：‘大賂南金。’謂荊州所貢。”○秦士鉉曰：“吳越地多良金。”

“延州之德不孤”，大典顯常曰：“延州，蓋謂延陵季子，以其吳人也。”○恩田仲任曰：“延州，謂吳季札也。《左傳》曰：‘延、州來季子。’杜預曰：‘季子封延陵，後復封州來，故曰延州。’”○趙西陸曰：“延州，吳季子，見《左傳》襄公三十一年及《淮南子·精神訓》。”

“淵岱之寶不匱”，岡白駒曰：“岱，泰山也。淵出珠，山出玉。”○大典顯常曰：“《大戴禮》云：‘玉居山而木潤，淵生珠而岸不枯。’用斯語。以山為岱，乃當時語風。”《集成》。○秦士鉉曰：“或曰當作‘岱淵’。楊慎云：‘岱淵，海也。’”

【彙評】

狄期進曰：“不鳴則已，一鳴驚人；不躍則已，一躍衝天。君子恥不修耳，不恥不聞。”

20

　　有問秀才：“吳舊姓何如？”答曰：“吳府君，聖王之老成，明時之俊乂[1]。朱永長，理物之至德，清選之高望。嚴仲弼，九皋之鳴鶴，空谷之白駒。顧彥先，八音之琴瑟，五色之龍章。張威伯，歲寒之茂松，幽夜之

---

〔1〕“俊乂”，王先謙曰：“一本‘俊’作‘儁’。《世說補》同。又‘郭子玄有俊才’一條‘俊’亦作‘儁’。”

逸光。陸士衡士龍[1]，鴻鵠之裴回，懸鼓之待槌。秀才，蔡洪也。集載洪與刺史周俊書曰[2]："一日侍坐，言及吳士，詢于芻蕘，遂見下問。造次承顏，載辭不舉，敕令條列名狀，退輒思之。今稱疏所知：吳展字士季，下邳人。忠足矯非，清足屬俗，信可結神，才堪幹世。仕吳爲廣州刺史、吳郡太守。吳平，還下邳，閉門自守，不交賓客。誠聖王之老成，明時之儁乂也。朱誕字永長，吳郡人。體履清和，黃中通理。吳朝舉賢良，累遷議郎，今歸在家。誠理物之至德，清選之高望也。嚴隱字仲弼，吳郡人。稟氣清純，思度淵偉。吳朝舉賢良，宛陵令。吳平，去職。九皋之鳴鶴，空谷之白駒也[3]。張暢字威伯[4]，吳郡人。稟性堅明，志行清朗，居磨涅之中，無淄磷之損。歲寒之松柏，幽夜之逸光也。"《陸雲別傳》曰："雲字士龍，吳大司馬抗之第五子，機同母之弟也。儒雅有俊才，容貌瓌偉，口敏能談，博聞彊記。善著述，六歲便能賦詩，時人以爲項託、揚烏之儔也[5]。年十八，刺史周俊命爲主簿。俊常歎曰：'陸士龍當今之顏淵也！'累遷太子舍人、清河內史。爲成都王所害。"凡此諸君：以洪筆爲鋤耒[6]，以紙札爲良田。以玄默爲稼穡，以義理爲豐年。以談論爲英華，以忠恕爲珍寶[7]。

---

[1] "陸士衡士龍"，程炎震曰："宋本無'士衡'二字"。余嘉錫曰："景宋本及沈本無'士衡'二字"。王利器曰："餘本作'陸士衡士龍'。《太平廣記》與宋本同。案據注'陸機兄弟'云云，則當有'士衡'。"趙西陸曰："古寫本《殘類書》之一《薦舉門》有。"徐震堮曰："蘇易簡《文房四譜》引《劉氏小說》及《語林》作'陸士龍'，無'十衡'一字。"方一新《雜識》曰："《敦煌寶藏》第一二一册伯希和二五二四號《古類書·語對·人才》云：'陸士衡、士龍，鴻鵠之徘徊，懸鼓之待翅。'即取材於《世說》，而陸氏兄弟都有，是影宋本、沈校本誤脫'士衡'之證。"

[2] "周俊"，葉德輝曰："袁本與此同。按'俊'《晉書·陸雲傳》作'浚'，二本均非。"王利器曰："王本、凌本'俊'作'浚'，是。周浚《晉書》有傳，嘗爲揚州刺史。下文引《陸雲別傳》，字亦當作'浚'。"徐震堮曰："'周俊'凌刻本作'周浚'，是。《晉書》正作'周浚'。下引《陸雲別傳》'刺史周俊'及'俊常歎曰'並同。"楊勇曰："浚字開林，汝南安成人。"

[3] "白駒"，董刻本"駒"作"駒"。王利器曰："各本'駒'作'駒'，是。"楊勇曰："'駒'宋本作'駒'，非。"

[4] "張暢"，董刻本"暢"作"鳴"。王利器曰："蔣校本'鳴'作'鴻'，餘本作'暢'。"楊勇曰："宋本作'鳴'，袁本作'暢'，蔣校本作'鴻'。按以字威伯義推，當作'暘'爲協。"王叔岷曰："'鳴'乃'暘'之誤，'暢'即'暘'之隸變。暘字威伯，'暘'與'威'義正相因。'暘'借爲'蔿'，《說文》：'蔿，艸茂也。''威'借爲'葳'，《一切經音義》九八引《說文》：'葳，草木花盛皃。'"

[5] "揚烏之儔"，楊勇曰："'揚'各本作'楊'。"又，董刻本"儔"作"疇"。

[6] "鋤耒"，趙西陸曰："'鋤耒'古寫本《殘類書》作'鋤犁'。"

[7] "忠恕"，趙西陸曰："《殘類書》'恕'作'信'。"

著文章爲錦繡，蘊五經爲繒帛〔1〕。坐謙虛爲席薦，張義讓爲帷幕〔2〕。行仁義爲室宇，修道德爲廣宅〔3〕。”^{按蔡所}論士十六人，無陸機兄弟，又無“凡此諸君”以下，疑益之。

○“有問秀才”至“空谷之白駒”

“聖王之老成”，王叔岷曰：“《詩·大雅·蕩》：‘雖無老成人，尚有典刑。’”

“理物之至德”，岡白駒曰：“理物，通事理也。”○田中頤曰：“有燮理萬物之至德。”○張萬起曰：“理物，從政治民。”

“九皋之鳴鶴”二句，岡白駒曰：“九皋之鳴鶴，喻身隱而名著也。”○淇園曰：“九皋之鳴鶴，此喻其身之在隱流而名聞于世。”○恩田仲任曰：“九皋，《小雅》曰：‘鶴鳴九皋。’注曰：‘九折之澤。’鄭康成曰：‘澤，水溢出所爲坎。自外數至九，喻深遠也。’空谷，《詩》曰：‘皎皎白駒，在彼空谷。’傳曰：‘宣王之末，不能用賢，賢者有乘白駒而去者。’空，大也。陸德明曰：‘馬五尺以上曰駒。’”○田中頤曰：“鳴鶴聲聞於天，白駒志在千里，而以其身在九皋之上，空谷之中，故人多不之知者。”○王叔岷曰：“《詩·小雅·鶴鳴》：‘鶴鳴於九皋。’《白駒》：‘皎皎白駒，在彼空谷。’”

○“顧彥先”至“懸鼓之待槌”

“八音之琴瑟”二句，淇園曰：“八音之中，琴瑟爲貴。”○田中頤曰：“八音以琴瑟爲貴，五色以龍章爲文。”○張萬起曰：“比喻文采光明顯耀。”

“歲寒之茂松”二句，恩田仲任曰：“《論語》：‘歲寒然後知松柏之後凋。’幽夜，黑夜。逸光，夜珠之光。”○田中頤曰：“誠貞且明。”○王叔岷曰：“《莊子·讓王篇》：‘大寒既至，霜雪既降，吾是以知松柏之茂也。’又見《吕氏春秋·慎人篇》《淮南子·俶真篇》《風俗通·窮通篇》。”

---

〔1〕 “五經”，龔斌曰：“‘經’宋本作‘色’。”
〔2〕 “張義讓”，趙西陸曰：“古寫本《殘類書》‘張義讓’作‘縱適’。”
〔3〕 “廣宅”，趙西陸曰：“古寫本《殘類書》‘廣宅’作‘田宅’。”按：李慈銘曰：“《太平廣記》‘聖王之老成’作‘聖朝之盛佐’，‘至德’作‘宏德’，‘鳴鶴’作‘鴻鵠’，‘士龍’上無‘士衡’二字，‘玄默’作‘玄墨’，‘義讓’作‘議意’，‘修’作‘循’，‘廣宅’作‘牆宅’。中惟‘鳴鶴’作‘鴻鵠’當是《廣記》傳寫之誤，其餘皆較此本爲長。”余嘉錫曰：“敦煌寫本《殘類書·薦舉篇》引《世說》，有‘士衡’二字，餘亦皆與今本同，但有誤字耳。”

971

“鴻鵠之裵回”，田中頤曰：“將高舉。”○秦士鉉曰：“《艷歌行》：‘飛來雙白鵠，乃從西北方。五里一返顧，十里一徘徊。’”

“懸鼓之待槌”，岡白駒曰：“不擊則已，擊必發大聲，亦隱鵠之意。”○大典顯常曰：“言有擊則大鳴也。”○洪園曰：“此喻其材特拔，未爲人所舉措。”○秦士鉉曰：“懸鼓，植簨虡而懸鼓也。《漢書》注：‘建鼓，植木懸鼓。’亦同。”

○“凡此諸君”至“爲廣宅”

“以玄默爲稼穡”二句，張萬起曰：“玄默，清静無爲。”

“坐謙虛爲席薦”二句，田中頤曰：“以是保身。”○王叔岷曰：“‘義讓’疑作‘禮讓’，涉下‘仁義’字而誤。”

“行仁義爲室宇”二句，田中頤曰：“以是安心。”○王叔岷曰：“《禮記·儒行篇》：‘忠信以爲甲冑，禮義以爲干櫓。’即此節句法所本。”

◎蔣凡曰：“故事與《言語門》第二十三則‘蔡洪赴洛’似同出一源。”

○注“集載洪與刺史周俊書曰”

“洪與刺史周俊書”，龔斌曰：“《晉書》六一《周浚傳》載，浚於吳平之明年，即太康二年移鎮秣陵，時吳初平，浚‘賓禮故老，搜求俊乂’。周浚與蔡洪言及吳士，當在此時。”

“詢於芻蕘遂見下問”，恩田仲任曰：“下問，就賤者少者問也。”○秦士鉉曰：“見《詩經》。芻蕘，樵夫也。”

“造次承顔載辭不舉”，秦士鉉曰：“造次，急遽也。載，則也。”

“稱疏所知”，秦士鉉曰：“稱疏，稱舉疏列之也。”

“朱誕字永長”，陳直曰：“朱誕工書，見於《書品》下之上。《晉書·陸雲傳》‘大將軍孫惠與淮南内史朱誕書’云云，則爲朱誕入晉以後之官。又嚴可均《全晉文》卷一百二有陸雲與朱光禄書。《齊民要術》五引《吳録·地理志》曰：‘朱光禄爲建安郡，中庭有橘，冬月於樹上覆裏之。’‘朱光禄’亦疑爲朱誕也。”《札記》。

“黃中通理”，桃井白鹿曰：“《易·文言》：‘君子黃中通理，正位居體，美在其中，而暢於四支，發於事業，美之至也。’”

“居磨涅之中”二句，恩田仲任曰：“《論語》曰：‘不曰堅乎，磨而不磷。

972

不曰白乎，涅而不緇。'"

○注"陸雲別傳曰"

"項託揚烏之儔"，大典顯常曰："《史記·甘羅傳》：'項橐生七歲，爲孔子師。''託''橐'音通。楊子《法言·問神篇》：'育而不苗者，吾家之童烏乎？九齡而與我玄文。'雄子也。"

"命爲主簿"，曹道衡曰："《陸喜傳》載，太康中下詔徵南士，以喜爲散騎常侍。喜以太康五年卒，此詔或亦在太康二三年。周浚生平僅於此時一任刺史，則陸雲之入浚幕，亦在太康初也。《陸雲別傳》言'年十八，刺史周浚命爲主簿'，以太康二年計之，雲時年二十，年十八時浚尚未過江平吳，雖所記不確，但可旁證入周浚幕不得過遲。"《叢考》頁一一九。

【彙評】

劉應登曰："皆吳人。自'凡此諸君'以下數語，無復高簡之筆，不類此集，疑附益之。"

劉辰翁曰："小兒學巧。"

王思任曰："語爲宋式秀才，雖晉亦腐也。"

方苞曰："吳中舊姓，承問便答，品陌精當。如此秀才，古亦難得。"按"品陌"不詞，疑"品題"之誤。

21

人問王夷甫："山巨源義理何如？是誰輩？"王曰："此人初不肯以談自居，然不讀《老》《莊》，時聞其詠，往往與其旨合。"顧愷之《畫贊》曰："濤有而不恃，皆此類也。"

○"人問王夷甫"至"與其旨合"

"此人初不肯"四句，田中頤曰："言山不肯以談者流自居，故縱然不讀

《老》《莊》，而時聞其詠，則與之暗合。是乃老莊徒，非時人儕也。"○秦士鉉曰："然，猶'而'也。或云當作'又'。"○周一良曰："自居，自擬也。"《商兌》。○楊勇曰："初，終也，竟也。自居，猶自名也。"○張萬起曰："初不，完全不，從不。詠，諷誦，用詩歌諷託事物。"○龔斌曰："詠，言詠，此指清談。"

　　○注"顧愷之畫贊曰"

"有而不恃"，秦士鉉曰："《老子》：'長而不宰，爲而不恃。'"○王叔岷曰："《老子》二章、十章並云：'生而不有，為而不恃。'"

22

　　洛中雅雅有三嘏：劉粹字純嘏，宏字終嘏，漠字沖嘏[1]，是親兄弟，王安豐甥，並是王安豐女婿。宏，真長祖也。《晉諸公贊》曰："粹[2]，沛國人。歷侍中、南中郎將。宏，歷秘書監、光禄大夫。"《晉後略》曰："漠少以清識爲名，與王夷甫友善，並好以人倫爲意，故世人許以才智之名。自相國右長史出爲襄州刺史[3]，以貴簡稱。"按《劉氏譜》，劉邠妻，武周女，生粹、宏、漠。非王氏甥。洛中錚錚馮惠卿，名蓀，是播子。《晉後略》曰："播字友聲，長樂人。位至大宗正，生蓀。"《八王故事》曰："蓀少以才悟，識當世之宜。盋歷清職，仕至侍中。爲長沙王所害。"蓀與邢喬俱司徒李胤外孫，及胤子順並

---

[1] "漠字"，程炎震曰："漠，《魏志·管輅傳》作'漠'，《晉書·劉惔傳》作'潢'，皆形近之誤。以其字沖嘏推之，'漠'爲是也。"徐震堮《札記》曰："《晉書·劉惔傳》'漠'作'潢'。案漠字沖嘏，則作'潢'者非也。又'林下諸賢各有儁才子'條注：'簡與嵇紹、劉漠等齊名。'《晉書·山簡傳》作'劉謨'，字雖誤，亦足證作'潢'之非。"
[2] "粹"，董刻本作'桻'。王利器曰："各本'桻'作'粹'，是。"楊勇曰："宋本作'桻'，非。
[3] "襄州"，何焯曰："晉無襄州，'襄'疑當作'湘'。"王利器曰："'襄州'疑當作'湘州'，晉有湘州無襄州。"徐震堮曰："北魏孝昌中置襄州，治北平，西魏恭帝亦置襄州，治襄陽，均遠在其後。晉世並無'襄州'之名。此云'襄州'，或係'湘州'之誤。"楊勇曰："宋本作'襄州'，非。《晉書·地理志》有湘州，無襄州。"

知名〔1〕。時稱："馮才清，李才明，純粹邢。"《晉諸公贊》曰："喬字曾伯，河間人。有才學，仕至司隸校尉。順字曼長〔2〕，仕至太僕卿。"

○"洛中雅雅"至"純粹邢"

"洛中雅雅"，王世懋曰："不可解，必有誤。"

"錚錚"，崔朝慶曰："剛正不阿也。"○王叔岷曰："《後漢書·劉盆子傳》，光武帝謂徐宣等曰：'卿所謂鐵中錚錚。'《説文》：'錚，金聲也。'段注：'《後漢書》曰：鐵中錚錚。鐵堅而聲異也。'"○張萬起曰："比喻名聲響亮。"

"李胤"，程炎震曰："《晉書》四十四《李胤傳》：'字宣伯，遼東襄平人。'"

"純粹邢"，崔朝慶曰："中外皆善曰純。粹，不雜也。"

○注"晉後略曰"至"長沙王所害"

《晉後略》，沈家本曰："《隋志》：'《晉後略記》五卷，晉下邳太守荀綽撰。'二《唐志》卷同。《新志》無'記'字。荀綽，荀勖孫。《晉書·勖傳》：'綽字彥舒，博學有才能，撰《晉後書》十五篇傳於世。永嘉末爲司空從事中郎。没於石勒，爲勒參軍。'案綽原書十五篇，《隋志》五卷蓋不完矣。其官爲司空從事中郎，不言爲下邳太守，似《晉書》缺也。"《古書目》卷四。○葉德輝曰："《隋志》題《晉後略記》五卷。云：'晉下邳太守荀綽撰。'"《書目》。

"播字友聲"，程炎震曰："《晉書》三十九《馮紞傳》：'子播，大長秋。'"

"爲長沙王所害"，程炎震曰："《惠帝紀》：太安二年，又殺馮蓀。"

○注"晉諸公贊曰"下

"喬字曾伯"四句，程炎震曰："《惠帝紀》：光熙元年五月戊申驃騎范陽、王虓殺司隸校尉邢喬。"○余嘉錫曰："《魏志·邢顒傳》注引《晉諸公贊》曰：'顒曾孫喬，字魯伯，有體量局幹，美於當世。歷清職。元康中與劉渙俱爲尚書

---

〔1〕 "胤子順"，楊勇曰："'慎'宋本作'順'，避唐太宗子諱改，注作'慎'亦可證。"王叔岷曰：
　　　"'順'本作'慎'，避宋孝宗諱改之也。（宋本爲孝宗時刻本。）注作'慎'，存其舊。"
〔2〕 "順字曼長"，董刻本"順"作"慎"。楊勇曰："或是'慎字真長'之誤。"

吏部郎，稍遷至司隸校尉。’”

“順字曼長”，程炎震曰：“三子：固、真長、修。真長位至太僕卿。蓋真長即曼長，或有二名。”○徐震堮曰：“殆即真長，傳失載其名耳。‘真’與‘曼’必有一誤。”

23

衞伯玉爲尚書令，見樂廣與中朝名士談議，奇之曰：“自昔諸人没已來，常恐微言將絶。今乃復聞斯言於君矣！”命子弟造之，曰：“此人，人之水鏡也[1]，見之若披雲霧覩青天。”《晉陽秋》曰：“尚書令衞瓘見廣曰：‘昔何平叔諸人没，常謂清言盡矣，今復聞之於君！’”王隱《晉書》曰：“衞瓘有名理，及與何晏、鄧颺等數共談講。見廣，奇之，曰[2]：‘每見此人，則瑩然猶廓雲霧而覩青天[3]。’”

○“衞伯玉”至“言於君矣”

“衞伯玉爲尚書令”，程炎震曰：“《晉·武紀》：咸寧四年十月，衞瓘代李胤爲尚書令。”

“樂廣”，徐子光曰：“《晉書》：樂廣字彦輔，年八歲，夏侯玄見之，謂其父曰：‘廣神姿朗徹，當爲名士。可令專學，必能興卿門户。’衞瓘見而奇之，命諸子造焉，曰：‘此人之水鏡，見之瑩然，若披雲霧而覩青天也。’王衍自言：‘與人語甚簡，及見廣，便覺己之煩。’其爲識者歎美如此。”《蒙求集注》卷下“彦輔冰清”條。

“微言將絶”，恩田仲任曰：“李奇曰：‘隱微不顯之言也。’師古曰：‘精微要妙之言也。’”○田中頤曰：“微言，猶云‘清言’，與‘水鏡’應。此言當時

---

[1] “此人人之水鏡”，徐震堮曰：“《御覽》一五引王隱《晉書》不重‘人’字。”
[2] “奇之”，龔斌曰：“宋本無‘之’字。”
[3] “青天”，程炎震曰：“宋本注‘覩青天’下有‘也’字。”龔斌曰：“沈校本‘天’下有‘也’字。”按董刻本亦有“也”字。

人物暗濁極矣，是以微言將絕，唯於樂獨聞之也。"○秦士鉉曰："《漢書》：'孔子没而微言絕，七十子亡而大義乖。'"

○"命子弟造"至"覩青天"

"人之水鏡"，恩田仲任曰："《莊子》曰：'水静則明燭須眉，平中準，大匠取法焉。水静猶明，況聖人之心静乎！天地之鑒也，萬物之鏡也。'又曰：'聖人之心如鏡，不將不迎，應而不藏。'"○秦士鉉曰："《三國志》注：'龐德公曰：龐士元爲鳳雛，司馬德操爲水鏡。''水'一作'冰'，皆人之可以鑑己身者。"

"披雲霧覩青天"，王楙曰："今用披霧睹青天事，多指樂廣，如梁孝元詩'還思逢樂廣，能令雲霧塞'、駱賓王詩'情披樂廣天'是也。往往謂此語創見於晉，不知此語已先見於徐幹《中論》，曰：'文王畋於渭水，遇太公釣，召而與之言，載之而歸。文王之識也，灼然若驅雲而見白日，霍然如開霧而睹青天。'晉人蓋引此語以美樂廣耳。"《野客叢書》卷十二。○田中頤曰："言樂，人之清鑒，故見之蒙蔽都除，知真面目也。"

○注"王隱晉書曰"

"與何晏鄧颺等數共談講"，秦士鉉曰："《晉書》：'衛瓘，朝之耆舊，逮與正始中諸名士談。'言瓘雖逮正始之談，然見樂廣則奇之，以見廣之賢也。"

【彙評】

李贄曰："如此人，亟宜慨賞。"張懋辰本録。

24

王太尉曰[1]："見裴令公精明朗然，籠蓋人上，非

---

〔1〕"太尉"，袁刻本"太"作"大"。

凡識也。若死而可作，當與之同歸。"或云王戎語。《禮記》曰："趙文子與叔譽觀于九原，文子曰：'死者如可作也，吾誰與歸?'"鄭玄曰："作，起也。"

○"王太尉"至"云王戎語"

"裴令公"，徐震堮曰："裴楷。"

"籠蓋人上"，岡白駒曰："謂既没諸名士也。"

"若死而可作"二句，張萬起曰："作，起。此指死而復活。同歸，同歸屬。此云爲伍，作朋友。"

"或云王戎語"，程炎震曰："楷爲中書令時，衍爲黄門郎，故稱爲令公。若王戎則爲尚書僕射，名位相當矣。云衍語爲是。"○朱鑄禹曰："此當是戎語。蓋王夷甫乃不喜楷者。"○龔斌曰："王衍年輩稍晚，發此讚歎較爲合理。王衍之歎，當在楷死後。"

○注"禮記曰"

"禮記曰"，天保手批曰："《檀弓上》。"

"九原"，天保手批曰："晉墓所。"

【彙評】

袁中道曰："于'韻'未當。"《舌華録》卷五。按此條曹臣録於《韻語》，故云。

25

王夷甫自歎："我與樂令談，未嘗不覺我言爲煩。"《晉陽秋》曰："樂廣善以約言厭人心，其所不知，默如也。太尉王夷甫、光禄大夫裴叔則能清言，常曰：‘與樂君言，覺其簡至，吾等皆煩〔1〕。’”

○“王夷甫”至“我言爲煩”

“不覺我言爲煩”，田中頤曰：“以樂言簡約中理，故覺如斯耳。”

○注“晉陽秋曰”

“厭人心”三句，王叔岷曰：“‘厭人心’，猶‘足人心’。‘厭’借爲‘猒’，《說文》：‘猒，飽也，足也。’（據段注本。）《論語·子路篇》：‘君子於其所不知，蓋闕如也。’”

26

郭子玄有俊才〔2〕，能言《老》《莊》。庾敳嘗稱之，每曰：“郭子玄何必減庾子嵩！”《名士傳》曰：“郭象字子玄，自黃門郎爲太傅主簿〔3〕，任事用勢，傾動一府。敳謂象曰：‘卿自是當世大才，我疇昔之意，都已盡矣！’其伏理推心，皆此類也。”

○注“名士傳曰”

“太傅主簿”，徐震堮曰：“太傅，謂東海王越。”○朱鑄禹曰：“《晉書》卷五十《郭象傳》：‘東海王越引爲太傅主簿。’”

◎余嘉錫曰：“《晉書》象本傳云：‘東海王越引爲太傅主簿，甚見親委。遂任職當權，薰灼內外。由是素論去之。’又《苟晞傳》：‘晞上表曰：東海王越得以宗臣遂執朝政，委任邪佞，寵樹姦黨，至使前長史潘滔、從事中郎畢邈、主簿郭象等操弄天權，刑賞由己。’云云，此庾子嵩所以失望也。而象以好老莊能清言之人，行爲如此，蓋與太傅之三才，皆爲當時所側目。”

---

〔1〕 “皆煩”，程炎震曰：“宋本注‘皆煩’下有‘也’字。”龔斌曰：“‘煩’下宋本、沈校本有‘也’字。”
〔2〕 “俊才”，王先謙曰：“一本‘俊’亦作‘儁’。”
〔3〕 “自黃門郎”，董刻本無“自”字。王利器曰：“各本‘黃’上有‘自’字，是。”楊勇曰：“各本有‘自’字，是。”

王平子目太尉：“阿兄形似道，而神鋒太儁。”太尉答曰：“誠不如卿落落穆穆。”王隱《晉書》曰：“澄通朗好人倫，情無所繫〔1〕。”

○“王平子”至“落落穆穆”

“太尉”，岡白駒曰：“謂王夷甫也。”

“形似道而神鋒太儁”，桃井白鹿曰：“《後漢·黃憲傳贊》：‘頹然其處順，淵乎其似道。’”○平賀房父曰：“道，無爲也。言形似無爲而心神儁邁。”○恩田仲任曰：“《後漢書》注曰：‘言深淵不可知也。’”○田中頤曰：“言形能容物，然内尚未免有些爭氣。”○張萬起曰：“道，僧。魏晉時代稱僧人爲道人。”○蔣凡曰：“道，此指有道之人。”

“落落穆穆”，桃井白鹿曰：“《卓氏藻林》：‘落落，疏闊也。’”○大典顯常曰：“《詩》毛傳：‘穆穆，美也。’”○田中頤曰：“言卿落落離俗，穆穆含美，直是體道，誠不能及。太尉虛心之言可想。”○楊勇曰：“猶今言大方自然也。”○江藍生曰：“劉孝標注引王隱《晉書》：‘澄通朗好人倫，情無所繫。’此句正可爲‘落落穆穆’作注。‘通朗’、‘情無所繫’爲豁達、隨便、不拘於細謹之義，是‘落落穆穆’也應釋爲‘輕忽’、‘馬虎’，當爲‘落穆’之疊用。”《彙釋》頁一三六。

○注“王隱晉書曰”

“好人倫”，岡白駒曰：“擬人於其倫，故議人曰人倫。”○龔斌曰：“喜歡品鑒人物。”

【彙評】

劉辰翁曰：“然澄、衍皆不終。”

王世懋曰：“兄弟間品題略盡。”

---

〔1〕“所繫”，余嘉錫曰：“‘繫’景宋本作‘係’。”楊勇曰：“‘繫’宋本作‘係’，古通用。”

太傅有三才：劉慶孫長才，《晉陽秋》曰：“太傅將召劉輿，或曰：‘輿猶膩也，近將汙人〔1〕。’太傅疑而禦之〔2〕。輿乃密視天下兵簿、諸屯戍及倉庫處所〔3〕，人穀多少，牛馬、器械、水陸地形，皆默識之。是時軍國多事，每會議事，自潘滔以下，皆不知所對。輿便屈指籌計，所發兵仗處所，糧廩運轉，事無凝滯〔4〕。於是太傅遂委仗之。”潘陽仲大才，裴景聲清才。《八王故事》曰：“劉輿才長綜覈，潘滔以博學爲名，裴邈彊力方正〔5〕，皆爲東海王所眄，俱顯一府。故時人稱曰：輿長才，滔大才，邈清才也〔6〕。”

○“太傅有”至“景聲清才”

“太傅”，徐震堮曰：“謂東海王越。”

“長才”，田中頤曰：“通於世用。”

“潘陽仲大才”，田中頤曰：“博於古事。”○龔斌曰：“潘滔無傳，爲司馬越長史司馬，言聽計從。《晉書》六一《茍晞傳》載晞上表稱司馬越‘委任邪佞，寵樹姦黨’，潘滔其一也。尚書何綏、中書令繆播、太僕繆胤、黃門侍郎應紹，皆爲潘滔妄構，陷以重戮。”

“清才”，田中頤曰：“無私慾行。”

◎程炎震曰：“《御覽》二百六《太傅》引此文作《語林》。宋本連《賞譽下》爲一卷。”○余嘉錫曰：“此出《語林》，見《御覽》二百六引。”○朱鑄禹曰：“袁本、諸本至本條止爲‘賞譽上’，下‘林下諸賢’條起爲‘賞譽下’。”按董刻本、沈校本《賞譽篇》不分上下。

---

〔1〕 “汙人”，董刻本“汙”作“汗”。王利器曰：“各本‘汗’作‘汙’，是。”楊勇曰：“‘汙’宋本作‘汗’，非。”

〔2〕 “疑而禦之”，袁刻本“疑”作“凝”。龔斌曰：“宋本、沈校本、《晉書》六二《劉輿傳》並作‘疑’。按作‘疑’是。”

〔3〕 “屯戍”，余嘉錫曰：“‘戍’景宋本作‘戌’。”楊勇曰：“宋本作‘戌’，今依各本。”方一新《斠詁》曰：“楊改未爲允當。‘屯戌’指派兵駐守邊境，是漢魏六朝習語。‘屯戍’則義晦矣。”

〔4〕 “凝滯”，徐震堮曰：“‘凝’字各本皆同，恐爲‘疑’字之誤。”方一新《校讀札記》曰：“‘疑’‘凝’古書通用，不煩改字。”蔣宗許《臆札》曰：“比較《宋書·劉穆之傳》‘決斷如流，事無擁滯’，上文‘凝滯’更見不誤。”龔斌曰：“‘事無凝滯’，謂辦事流利無礙。‘凝滯’不誤。”

〔5〕 “彊力”，董刻本、袁刻本“力”作“立”。

〔6〕 “清才也”，龔斌曰：“沈校本無‘也’字。”

○注“晉陽秋曰”

“猶膩”，胡三省曰：“皮膚之垢，其肥滑者爲膩。”《通鑒·晉紀八》注。○朱鑄禹曰：“似謂油垢，故下云近之則汙。”

“疑而禦之”，徐震堮曰：“禦，止也。見《左傳》昭公十六年杜注。”

“凝滯”，蔣宗許曰：“形容遇事拘泥挂礙。”《臆札》。

“遂委仗之”，恩田仲任曰：“委仗，委任而馮倚也。”

○注“八王故事曰”

“綜覈”，秦士鉉曰：“錯綜覈實。”

【彙評】

李贄曰：“宜用。”《初潭集》卷二十六。

余嘉錫曰：“此三人者，劉輿最爲邪鄙。裴邈事蹟不甚詳。惟潘滔能識王敦，可謂智士。要之爲司馬越所暱，輔之爲惡，皆非君子也。”

賞譽第八下

29

林下諸賢，各有儁才子。籍子渾，器量弘曠。《世語》曰："渾字長成，清虛寡欲，位至太子中庶子。"康子紹，清遠雅正。已見。濤子簡，疏通高素。虞預《晉書》曰："簡字季倫，平雅有父風。與嵇紹、劉漠等齊名〔1〕，遷尚書，出爲征南將軍。"咸子瞻，虛夷有遠志。瞻弟孚，爽朗多所遺。《名士傳》曰："瞻字千里，夷任而少嗜欲，不修名行，自得於懷。讀書不甚研求，而識其要。仕至太子舍人。年三十卒。"《中興書》曰："孚風韻疏誕，少有門風〔2〕。初爲安東參軍，蓬髮飲酒，不以王務嬰心。"秀子純、悌，並令淑有清流。《竹林七賢論》曰："純字長悌，位至侍中。悌字叔誕〔3〕，位至御史中丞。"《晉諸公贊》曰："洛陽敗，純、悌出奔，爲賊所害。"戎子萬子，有大成之風，苗而不秀。《晉諸公贊》曰："王綏字萬子，辟太尉掾，不就〔4〕。年十九卒。"《晉書》曰〔5〕："戎子萬，有美號而太肥，戎令食糠，而肥愈甚也。"唯伶子無聞。凡此諸子，唯瞻爲冠，紹、簡亦見重當世。

○"林下諸賢"至"有遠志"

"林下諸賢"，岡白駒曰："即竹林諸賢也。"○程炎震曰："'林'謂竹

〔1〕 "劉漠"，沈校本"漠"作"謨"。程炎震曰："漠，即沖漠，今《晉書·簡傳》誤作'謨'。"

〔2〕 "風韻疏誕"二句，趙西陸曰："此二語已見《雅量篇》第一五則注引《孚別傳》。"

〔3〕 "悌字"，余嘉錫曰："晉人最重家諱，弟名'悌'，而兄字'長悌'，絕不爲弟子孫地，似非人情，恐有誤字。"

〔4〕 "不就"，董刻本"不"作"下"。王利器曰："各本'下'作'不'，是。宋本'下'字是壞文。"

〔5〕 "晉書"，趙西陸曰："注引《晉書》上脫主名。《術解篇》第一○則'郗愔通道甚精勤'注引《晉書》亦脫撰人姓名。《晉書》作者多家，《世說》注所引，有王隱、虞預、朱鳳、臧榮緒、沈約，以及何法盛諸家之作。此所引當爲臧榮緒《書》。"

林也。”

“各有儁才子”，田中頤曰：“名教外亦有名教，遂不脱得名教，故當有一種家訓耳。”

“器量弘曠”，田中頤曰：“堪以與世浮沉。”

“清遠雅正”，田中頤曰：“當以立世而得不汙穢。”

“疏通高素”，田中頤曰：“亦當以立世而得不負其所懷。”

“虛夷有遠志”，田中頤曰：“謂心虛氣平，而有高遠之志。”

○“瞻弟孚”至“見重當世”

“爽朗多所遺”，恩田仲任曰：“遺，棄也，言遺棄世事。”○田中頤曰：“謂神氣爽朗，多所遺棄小事。”○秦士鉉曰：“言遺世事不嬰心也。”○張萬起曰：“多所遺，指不拘小節、不矜細行的性格。”

“秀子純悌”，岡白駒曰：“向秀二子，《晉書》事蹟闕。”

“令淑有清流”，恩田仲任曰：“清流，清潔之流風。”○田中頤曰：“謂二人亦皆佳質不凡俗。”○張萬起曰：“有清流，清高而有時望。”

“苗而不秀”，田中頤曰：“用《論語》句。此謂本有其美資，未及秀逸而死，可以惜恨。”○王叔岷曰：“《論語·子罕》：‘子曰：苗而不秀者有矣夫！’”

○注“中興書曰”

“安東參軍”，大典顯常曰：“時元帝爲安東將軍。”《集成》。

“不以王務嬰心”，胡三省曰：“王務，猶言王事也。”《通鑒·魏紀十》注。○恩田仲任曰：“嬰，繫也。”

【彙評】

王思任曰：“字不亂下，俱錯落安致。”
田中頤曰：“結束評得簡嚴。”

30

庾子躬有廢疾，甚知名。家在城西，號曰城西公府。
虞預《晉書》曰："琮字子躬，潁川人，太常峻第二子，仕至太尉掾。"

○"庾子躬"至"城西公府"

"庾子躬有廢疾"，大典顯常曰："'廢'通'癈'。《周禮》'辨其上下長有癈疾'注：'謂癃疾。'《説文》：'癈，痼疾也。'"《集成》。○余嘉錫曰："庾子廢疾，殆亦食散致患。"《寒食散考》。○張萬起曰："廢疾，殘疾。"

"城西公府"，劉辰翁曰："謂造謁者之多。"○淇園曰："謂其能斷事公正，其言物理無所不弘通也。"○田中頤曰："人尊之以號，不敢名也。'公府'意言取理之裁決所在。"○程炎震曰："《棲逸篇》注：'李廞常爲二府辟，故號李公府。'此云'城西公府'，亦以琮嘗爲太尉掾也。"

○注"虞預晉書曰"

"太常峻第二子"，秦士鉉曰："《晉書·庾峻傳》有二子珉、敳，不載琮。"○徐震堮曰："《晉書·庾峻傳》：'子二：珉、敳。'不言官太常及有子名琮，蓋傳失載。《潁川鄢陵庾氏譜》敘峻官閥云：晉秘書監、御史中丞、侍中、諫議大夫、常侍。亦不言太常。"○龔斌曰："琮確爲峻第二子，今本《晉書》失載。"

王夷甫語樂令："名士無多人，故當容平子知。"《王澄別傳》曰："澄風韻邁達，志氣不群。從兄戎、兄夷甫，名冠當年。四海人士，一爲澄所題目，則二兄不復措意，云'已經平子'，其見重如此。是以名聞益盛，天下知與不知，莫不傾注。澄後事迹不逮，朝野失望。及舊遊識見者，猶曰：'當今名士也。'"

○"王夷甫"至"平子知"

"名士無多人"二句，岡白駒曰："一經平子題目，人莫閒然。"○桃井白鹿曰："言爲平子所知，而後得稱名士，故無多人。"○平賀房父曰："名士不須多人鑒裁，平子品題即定價。"○田中頤曰："言有識名士，世無多人。樂舊當一容平子之知，而今佳也。"○龔斌曰："意謂名士不要任意讚譽人，應讓平子知之。多，稱讚，讚美。"

　　○注"王澄別傳曰"

　　"已經平子"，朱鑄禹曰："意謂已經平子品題也。"
　　"事迹不逮"，秦士鉉曰："不逮，言不及前時名聞也。"

　　【彙評】

　　鍾惺曰："吠聲捉影，漢末以來自有此一等習氣。"評注《王澄別傳》"名聞益盛"三句。

32

　　王太尉云："郭子玄語議如懸河寫水，注而不竭。"
《名士傳》曰："子玄有儁才，能言《莊》《老》。"

　　○"王太尉"至"注而不竭"

　　"懸河寫水"，恩田仲任曰："《正字通》曰：'瀑亦稱懸河。'"○崔朝慶曰："寫，泄也。"○朱鑄禹曰："寫，古'瀉'字。"
　　"注而不竭"，王叔岷曰："《莊子·齊物論》《天地篇》並云：'注焉而不滿，酌焉而不竭。'"
　　◎余嘉錫曰："《書鈔》九十八引《語林》云：'王太尉問孫興公曰：郭象何如人？答曰：其辭清雅，奕奕有餘。吐章陳文，如懸河瀉水，注而不竭。'以爲孫綽之語，與此不同。"龔斌按曰："此王太尉是王夷甫，不容有問孫興公事。《語林》所記不確。"

司馬太傅府多名士，一時儁異。庾文康云："見子嵩在其中，常自神王。"《晉陽秋》曰："敳爲太傅從事中郎。"

○"司馬太傅"至"常自神王"

"常自神王"，翟灝曰："《莊子·養生主》：'澤雉十步一啄，百步一飲，不蘄畜乎樊中。神雖王，不善也。'《音義》曰：'王，于況反。'《世說》云云。"《通俗編》卷十五。○桃井白鹿曰："王，去聲，盛也。心神長王，志氣盈豫，謂之神王。"○田中頤曰："言子嵩在名士中獨常神氣來王，儁異中之又儁異者也。"○秦士鉉曰："'王'與'旺'通，盛也。神旺，志氣盈滿也。"○王叔岷曰："'王'借爲'暀'，美盛也。"

◎程炎震曰："今《晉書·庾敳傳》云：'敳在其中，常自神王。'不作庾亮語，蓋有脫誤。《亮傳》云：'年十六，東海王越辟爲掾，不就。'按亮年五十二，以咸康六年卒，則十六年是惠帝永興元年，正越爲太傅時。"

○注"晉陽秋曰"

"敳爲太傅從事中郎"，徐震堮曰："《晉書》本傳但言參東海王越太傅軍事，轉軍事祭酒，不言嘗爲從事中郎。"《札記》。

【彙評】

王思任曰："若手腳忙亂，終是有一太傅。"

田餘慶曰："這些人祖尚玄虛，多半沒有政治能力，在司馬越的卵翼之下醉生夢死，等待着命運的安排。他們之中多數人陸續過江，庇託於江左政權；有些名士則同王衍一起被石勒俘殺。"《政治》頁九。

太傅東海王鎮許昌，以王安期爲記室參軍，雅相知重[1]。敕世子毗曰："夫學之所益者淺，體之所安者深。閑習禮度，不如式瞻儀形；諷味遺言[2]，不如親承音旨。王參軍人倫之表，汝其師之！"或曰："王、趙、鄧三參軍，人倫之表，汝其師之！"謂安期、鄧伯道、趙穆也。《趙吳郡行狀》曰："穆字季子，汲郡人。貞淑平粹[3]，才識清通。歷尚書郎、太傅參軍。後太傅越與穆及王承[4]、阮瞻、鄧攸書曰：'禮，八歲出就外傅，十年曰幼學，明可以漸先王之教也。然學之所受者淺，體之所安者深。是以閑習禮度，不如式瞻軌儀。諷味遺言，不如親承辭旨。小兒毗既無令淑之資，未聞道德之風，欲屈諸君，時以閑豫，周旋燕誨也。'穆歷晉明帝師、冠軍將軍、吳郡太守。封南鄉侯。"袁宏作《名士傳》直云王參軍。或云趙家先猶有此本[5]。

○"太傅東海王"至"汝其師之"

"太傅東海王鎮許昌"，龔斌曰："永嘉元年，東海王越出鎮許昌。"

"雅相知重"，田中頤曰："雅素知重其人德也。"○張萬起曰："雅，極、甚。"

"敕世子毗"，張萬起曰："敕，告誡、誡飭。毗，司馬毗，東海王越子。永嘉五年，越死，毗被石勒所虜。"

"夫學之所益者淺"二句，田中頤曰："言學之所益者，未見試用，故於其

---

〔1〕 "雅相知重"，趙西陸曰："《文選·齊竟陵文宣王行狀》注引《晉中興書》作'雅相敬重'，《太平廣記》二百卅五引作'知重'。"

〔2〕 "諷味"，天保手批曰："'味'一作'咏'。"

〔3〕 "貞淑"，龔斌曰："'貞'宋本、沈校本並作'真'。"

〔4〕 "後太傅"，徐震堮曰："'後'各本皆作'代'，獨凌刻本、王刻本作'後'，是。"龔斌曰："據上下文意，當作'後'是。"

〔5〕 "袁宏作名士傳"二句，平賀房父曰："'袁宏'以下二十字爲注文誤入。"朱鑄禹曰："此以下疑原是注，誤入本文。"

入道遠而淺也；體之所安者，既經實施，故於其進德近而深也。”○龔斌曰：“體，體性，德性。司馬越之言，意謂言教所益者淺，身教所安者深。”

“閑習禮度”，田中頤曰：“以爲遠。”○張萬起曰：“閑習，熟習，反復演習。”

“式瞻儀形”，田中頤曰：“以爲近。”○張萬起曰：“式瞻，瞻。式，發語詞。”

“諷味遺言”，田中頤曰：“以爲淺。”

“親承音旨”，田中頤曰：“以爲深。”○賀昌群曰：“可證魏晉清談之重音辭理趣，故鮮傳録。”《初論》頁二〇。○徐復觀曰：“所謂‘音旨’，即是當時流行的清言或清談。”《精神》頁九二。○王叔岷曰：“《淮南子·氾論篇》：‘誦先王之書，不如聞其言；聞其言，不若得其所以言。’”○張萬起曰：“音旨，言辭旨趣。”

“人倫之表”，田中頤曰：“表範。”

○“或曰王趙鄧”至“猶有此本”

“謂安期鄧伯道趙穆也”，程炎震曰：“今《晉書·阮瞻傳》作：‘瞻與王承、謝鯤、鄧攸俱在越府，越與瞻書。’而《王承傳》則與此同。蓋兩存之。《文選·齊竟陵文宣王行狀》注引何法盛《晉中興書》亦與此同，蓋臨川所取也。”○余嘉錫曰：“此當出于王隱《晉書》。《書鈔》六十九引王《晉書》：‘王丞爲東海王越記事。越與世子毗敕曰：王參軍人倫師表。’王《晉書》即王隱《晉書》。是記此事者，不始於何法盛。且《世說》明云‘袁宏作《名士傳》直云王參軍’，則臨川實取之《名士傳》。據沈約自序，何法盛爲宋世祖時人，年輩當尚在臨川之後，安得取其書乎？”龔斌按曰：“何法盛《晉中興書》行世當不晚於元嘉初，而義慶編《世說》在元嘉中後期，完全可能得見何書。”○徐震堮曰：“《晉書·阮瞻傳》有謝鯤，無趙穆。”

“趙家先猶有此本”，岡白駒曰：“《世說》據《名士傳》而存後說者，因趙穆家猶有此本也。此本，蓋謂東海王書。”○大典顯常曰：“即注所引與趙穆書也。‘本’謂東海王筆跡也。”○秦士鉉曰：“《名士傳》唯出王參軍，不言鄧、趙二人，然趙家舊有此書，則或人之言可信也。”○程炎震曰：“《全晉文》一百三十八張湛《列子注序》云‘尋從輔嗣女壻趙季子家得六卷’，蓋即趙穆。輔嗣以嘉平元年卒，至永嘉二年已六十年。穆過江時，當暮齒矣，即於三參軍中，亦最爲老宿也。”○余嘉錫曰：“王輔嗣亡時年二十四，其女不過數歲。又十餘年，方可適人。趙穆之年，若與之相匹，則過江之時最長亦不過四十餘耳。鄧攸不知得年若干。王承卒於元帝時，年四十六。蓋與穆齒相上下，無以見穆爲老宿也。”

○“趙吳郡行狀曰”

“八歲出就外傅”，大典顯常曰：“《内則》：‘十年出就外傅學書計。’外傅，教學之師。”《集成》。

“晉明帝師”，秦士鉉曰：“此時元帝未即位，明帝未爲太子，故有師、友。蓋諸侯王置師、友、［文］學各一人。”

【彙評】

劉辰翁曰：“甚善，有味。”評“敕世子毗曰”云云。

伯克利手批曰：“事味名言。”評“體之所安者深”。

傅山曰：“吾嘗三復斯言，恒願兩郎之勤親正人遇之，莫覿面失也。”《霜紅龕集》卷二十五《家訓》。

徐復觀曰：“‘儀形’‘音旨’，是成立於生活情調之上的，這實際是以玄學的生活情調，爲教養的方法與目標，而不重在有用於應世的‘禮度’及以思想、概念爲主的‘遺言’，雖然這種遺言，把老莊的書，也會包括在内。因此此時玄學的主流，已不在思想上立足了。”《精神》頁九二。

35

　　庾太尉少爲王眉子所知。庾過江，嘆王曰：“庇其宇下，使人忘寒暑。”《晉諸公贊》曰：“玄少希慕簡曠。”《八王故事》曰：“玄爲陳留太守。或勸玄過江投琅邪王，玄曰：‘王處仲得志於彼，家叔猶不免害，豈能容我？’謂其器宇不容於敦也。”

○“庾太尉”至“忘寒暑”

“王眉子”，大典顯常曰：“眉子名玄，王衍子，澄從子。”

"庇其宇下"二句，田中頤曰："言庇在其眉宇下，則其所知可樂，而使我忘寒暑也。'庇'字著眼。"○秦士鉉曰："《左傳》：'衛在君之宇下。'"○王叔岷曰："《孔叢子・抗志篇》：'與聖人居，使窮士忘其貧賤，使王公簡其富貴。'（《莊子・則陽篇》《淮南子・俶真篇》並有類此之文。）與此語意相似。"

"忘寒暑"，淇園曰："自'庇宇'來。"○龔斌曰："喻温煦宜人。"

○注"八王故事曰"

"琅邪王"，大典顯常曰："《晉・元帝紀》：帝，琅琊恭王覲之子也。初襲封琅琊王，鎮建鄴，王敦、王導、周顗並爲腹心。"

"得志於彼"，天保手批曰："'彼'指琅邪王。"

"家叔猶不免害"，桃井白鹿曰："家叔，王澄也。眉子名玄，王衍子也，故謂王澄爲家叔。"○大典顯常曰："《王澄傳》：澄夙有盛名，出於敦右，兼勇力絕人，素爲敦所憚。會元帝徵澄爲軍諮祭酒，赴召，時王敦爲江州，鎮豫章。澄過詣敦，敦令力士路戎搤殺之。"○天保手批曰："家叔，衍弟澄也，永嘉六年王敦殺之。"○徐震堮曰："眉子不重其叔，見《輕詆》一，故云'家叔猶不免害，豈能容我'。"

【彙評】

王思任曰："竟有中和別號。"

36

　謝幼輿曰："友人王眉子清通簡暢[1]，嵇延祖弘雅劭長，董仲道卓犖有致度。"王隱《晉書》曰："董養字仲道，太始初到

〔1〕"簡暢"，董刻本"暢"作"暢"。

洛下，干禄求榮[1]。永嘉中，洛城東北角步廣里中地陷，中有二鵝，蒼者飛去，白者不能飛。問之博識者，不能知。養聞，歎曰：'昔周時所盟會狄泉[2]，此地也。卒有二鵝[3]，蒼者胡象，後明當入洛[4]，白者不能飛，此國諱也。'謝鯤《元化論序》曰[5]："陳留董仲道於元康中見惠帝廢楊悼后，升太學堂歎曰：'建此堂也，將何爲乎？每見國家赦書，謀反逆皆赦[6]，孫殺王父母[7]，子殺父母不赦，以爲王法所不容也。奈何公卿處議，文飾禮典以至此乎？天人之理既滅，大亂斯起。'顧謂謝鯤、阮孚曰：'《易》稱：知幾其神乎！君等可深藏矣！'乃與妻荷擔入蜀[8]，莫知其所終。"

○"謝幼輿"至"有致度"

"清通簡暢"，田中頤曰："心清簡而意通暢也。"

"弘雅劭長"，岡白駒曰："劭，美也。"○田中頤曰："器重弘雅而其才劭長也。"

"董仲道"，胡三省曰："董養，浚儀隱者也。"《通鑒·晉紀四》注。

"卓犖有致度"，岡白駒曰："卓犖，超絕也。"○田中頤曰："氣象卓犖而有雅致之度量也。"○王叔岷曰："《後漢書·班固傳》：'逴犖諸夏。'（注：逴犖，猶超絕也。逴音卓，犖音呂角反。）又云：'卓犖乎方州。'《文選》楊德祖《答

---

[1] "洛下干禄求榮"，桃井白鹿曰："《晉書》'干'上有'不'字。"大典顯常曰："'干禄求榮'上當有'不'字。"平賀房父曰："'下'當作'不'，屬下。"徐震堮《札記》曰："《晉書》本傳'干禄'上有'不'字。"余嘉錫曰："'下'沈本作'不'。"趙西陸："沈校本'下'作'不'，是。《異苑》卷四、《晉書·隱逸·董養傳》'干禄'上並有'不'字。"王利器："蔣校本、沈校本'下'作'不'，屬下句讀，較是。"

[2] "昔周時所盟會狄泉"，唐鴻學曰："'昔周所'，無'時'字。'狄泉此地也'。"朱鑄禹曰："袁本作'秋泉'，字形近似致誤。"龔斌曰："當作'狄泉'，或作'翟泉'。"

[3] "卒有"，桃井白鹿曰："一本'卒'作'今'。"趙西陸："《書鈔》卷七九引王隱《晉書·石瑞記》'卒'作'今'，《異苑》亦作'今'。"

[4] "後明當入洛"，葉德輝曰："袁本與此同。按'明'當爲'胡'，《晉書》帝紀第五、《五行志》中、《董養傳》、《御覽·咎徵部七》、《羽族部六》均引不全。惟晉人《琱玉集·怪異篇》引《晉書》云：'蒼者，胡象，胡當大盛。'語意正同，則'明'爲'胡'字之誤無疑。明陳耀文《天中記》五十八引王隱《晉書》亦作'後明當入洛'，則其沿誤久矣。"唐鴻學曰："'後胡當入洛'。"余嘉錫曰："'明'景宋本作'胡'。"趙西陸："《異苑》卷四作'胡'。"

[5] "元化"，楊勇曰："宋本作'元'，《晉書·董養傳》作'无'。疑'无'原作'无'，而'无'與'元'形近故誤。"

[6] "謀反逆皆赦"，徐震堮曰："'逆'上《晉書·謝鯤傳》有'大'字，是。"

[7] "王父母"，《世說補》"王"作"祖"，天保手批曰："'祖'一作'王'。"

[8] "荷擔"，董刻本"擔"作"儋"。

992

臨淄侯牋》：'聖賢卓犖。'左太沖《詠史》八首之一：'卓犖觀群書。'注：'孔融《薦禰衡表》：英才卓躒。躒與犖同。''卓犖''逴犖''卓躒'，皆同。"

○注"王隱晉書曰"

"所盟會狄泉"，秦士鉉曰："翟泉盟見《左傳》僖廿九年。"

"蒼者胡象"，淇園曰："蒼，黑也。黑主北方，故云胡象也。"

"白者不能飛此國諱也"，秦士鉉曰："晉金德，色尚白。金克木，木色蒼，故爲胡。今蒼者勝，白者負，是國家所諱也。"○趙西陸曰："唐人《琱玉集》卷十四《怪異篇》引《晉書》曰：'白者金，金衰不能飛去，其可盡言之。'"

○注"謝鯤元化論序曰"

"謝鯤"，姚振宗曰："《晉書·王廙傳》：'明帝與大將軍溫嶠書曰：痛謝琨未絕於口，世將復至此，並盛年儁才，不遂其志。廙明古多通，鯤達有識致。'史文於此數語之中，已'琨''鯤'互見。舊新《唐志》亦'鯤''琨'互異。知'琨'即爲'鯤'，即此謝鯤，非兩人，謝衡之子。又《溫嶠傳》亦以'鯤'爲'琨'。又《世說·賞譽篇》注有謝鯤《元化論序》，嚴氏未采。又有《樂廣別傳》。"《考證》卷二十九。

《元化論》，桃井白鹿曰："《无化論》，董養所著。"○程炎震曰："《晉書·董養傳》：'及楊后廢，養因游太學，升堂歎曰云云。因著《无化論》以非之。'此則'元化'當作'无化'。養作論而鯤序之也。"

"廢楊悼后"，秦士鉉曰："楊后名芷，字季蘭，惠帝繼母，駿女也。賈后淫悍，忌駿執政，誣駿爲亂，矯詔誅之。又誣后與駿同逆，諷群公，有司奏廢爲庶人，遂幽死。時中書監張華、尚書令王晃等議之，遂從晃議。"

"建此堂也"二句，胡三省曰："言庠序所以申孝弟之義，今滅母子之大倫，則建學果何爲也。"《通鑒·晉紀四》注。

"文飾禮典以至此乎"，大典顯常曰："言一切皆赦，而不赦弒父母祖父母，其罪在不容於王法也。今為天子，廢其母而殺之，公卿亦坐視不救，徒文飾禮典也。"《攟補》。

"大亂斯起"，胡三省曰："養後與妻荷擔入蜀，不知所終。"《通鑒·晉紀四》注。

王世懋曰：“逄萌、梅福以上人，豈眉子輩可擬？”評“董仲道”。

37

　　王公目太尉〔1〕：“巖巖清峙〔2〕，壁立千仞。”顧愷之《夷甫畫贊》曰：“夷甫天形瓌特，識者以爲巖巖秀峙〔3〕，壁立千仞。”

　　○“王公目”至“壁立千仞”

　　“王公目太尉”，程炎震曰：“此王公當是茂宏，《晉書》則直用顧語。”○楊勇曰：“王公，導。太尉，王衍。”

　　“巖巖清峙”，淇園曰：“言人不得相依傍以攀之也。”○田中頤曰：“言其高標清立，人不可攀躋也。”○崔朝慶曰：“巖巖，高峻貌。清，青也。去濁遠穢，色如青也。峙，屹立也。”○王叔岷曰：“《詩·小雅·節南山》：‘節彼南山，維石巖巖。’《廣雅·釋訓》：‘巖巖，高也。’”

　　○注“愷之《夷甫畫贊》”

　　《夷甫畫贊》，孫人和曰：“‘顧長康畫裴叔則’條注云：‘愷之歷畫古賢，皆爲之贊。’則王贊蓋畫之一。又知其中有《裴叔則畫贊》也。”

38

　　庾太尉在洛下，問訊中郎。庾敳。中郎留之云：“諸

―――――――――――――

〔1〕　“公目”，《考異》“目”作“曰”。
〔2〕　“清峙”，楊勇曰：“‘峙’宋本作‘峙’，古通用。”王叔岷曰：“‘峙’乃‘峙’之變。變‘止’爲‘山’，俗亦作‘峙’。”
〔3〕　“秀峙”，徐震堮曰：“《晉書·王衍傳》作‘清峙’，與正文合。”

人當來。"尋溫元甫、_{《晉諸公贊》曰："溫幾字元甫,太原人。才性清}婉。歷司徒右長史、湘州刺史,卒官。"劉王喬、曹嘉之《晉紀》曰:"劉疇字王喬,彭城人。父訥,司隸校尉。疇善談名理。曾避亂塢壁,有胡數百欲害之。疇無懼色,援笳而吹之,爲《出塞》《入塞》之聲,以動其遊客之思。於是羣胡皆泣而去之。位至司徒左長史。"裴叔則俱至,酬酢終日。庾公猶憶劉裴之才儁、元甫之清中。中,一作平。

○"庾太尉"至"元甫之清中"

"問訊中郎",張萬起曰:"問訊,問候,指禮節性問安。敳於亮爲同宗長輩,故有問候之禮。"

"劉王喬",程炎震曰:"《晉書·劉隗傳》云:'隗伯父訥,字令言。子疇,永嘉中位至司徒左長史,尋爲閻鼎所殺。'《文選·王文憲集序》注引《晉諸公贊》曰:'傅宣定九品,未訖,劉疇代之,悉改宣法。於是人人望品,求者奔競。'即此劉王喬也。傅宣以懷帝即位轉吏部郎。疇之代宣,《晉書》略之。"

"庾公猶憶劉裴",程炎震曰:"庾敳死於永嘉五年,亮時年二十三,雖早從父過江,容能憶洛下時事。若裴楷死時,亮繼數歲,縱能追爲題目,焉得憶其酬酢耶?"

"元甫之清中",朱鑄禹曰:"案《後漢書》,中品人有實中、方中,則'清中'亦類是。"

○注"曹嘉之晉紀曰"

"羣胡皆泣而去之",李慈銘曰:"《晉書·劉琨傳》言:'琨在晉陽,嘗爲胡騎所圍,琨乃乘月登樓清嘯,賊聞之,皆悽然長歎。中夜奏胡笳,賊又流涕歔欷,有懷土之切。向曉復吹之,賊並棄圍而走。'此以爲劉疇事。疇,《晉書》附《劉隗傳》,亦載此事。兩事相同,又皆劉姓,蓋傳聞各異。"《簡端記》。

　　蔡司徒在洛[1]，見陸機兄弟住參佐廨中，三間瓦屋，士龍住東頭，士衡住西頭。士龍爲人，文弱可愛。士衡長七尺餘，聲作鍾聲，言多忼慨[2]。《文士傳》曰："雲性弘静，怡怡然爲士友所宗。機清厲有風格，爲鄉黨所憚。"

　　○"蔡司徒"至"言多忼慨"

　　"蔡司徒在洛"，參見校文。趙西陸曰："《晉書·穆帝紀》：'永和二年，以左光禄大夫蔡謨領司徒，録尚書六條事。'蔡司徒，即蔡謨。"○龔斌曰："永寧元年成都王穎以陸機爲司馬，參大將軍軍事。此時兄弟倆同在洛，住參佐廨中，故蔡謨得以見之。"

　　"住參佐廨中"，岡白駒曰："蔡因見二陸，自亦住參於佐廨中。"○平賀房父曰："參佐，即蔡司徒屬官。陸住其廨中，蔡見之而稱也。"○崔朝慶曰："廨，掾屬之官署也。"

　　"士龍住東頭"二句，岡白駒曰："蔡則住中頭矣。"○田中頤曰："已上紀事，見清貧而友愛之狀。"

　　"文弱可愛"，恩田仲任曰："《宋書》劉休祐與殷琰書曰：'君本文弱，素無武幹。'文弱，猶濡弱也。"○田中頤曰："文弱，謂文人弱質之體也。此近於仁者之狀。"○秦士鉉曰："文弱，猶後世俗語云'斯文'也。"

　　"聲作鍾聲"二句，田中頤曰："此近於義者之狀。"

　　◎秦士鉉曰："此蔡道明以嘗在洛見二陸爲幸，至後年稱説之也。或謂二陸爲蔡參佐，大謬。蔡在洛時名位未顯。"○程炎震曰："機、雲死於惠帝太安二年癸亥，謨年十九矣。謨父子尼與士衡同仕於成都王穎。士衡之死，子尼救之，其投分爲不淺矣。"

---

〔1〕　"蔡司徒在洛"，趙西陸曰："《御覽》卷一八一、又卷三八八引'在'上有'説'字，當據補。'洛'下有'陽'字。《困學紀聞》卷二〇引殷芸《小説》亦有'説'字。"朱鑄禹曰："《太平御覽》三八八《聲門》引'司徒'下有'説'字是，蓋此是蔡嘗在洛見二陸，引以爲幸，後稱説之也。"

〔2〕　"忼慨"，余嘉錫曰："'忼'景宋本作'慷'。"朱鑄禹曰："'忼'同'慷'。"

○注“文士傳曰”

“怡怡然”，秦士鉉曰：“《論語》：‘兄弟怡怡。’怡怡，和也。”

【彙評】

王世懋曰：“二陸即被禍，猶爲名賢憶慕如此，蓋以得見爲幸也。”_{大典顯常}按曰：“此蔡道明嘗在洛見二陸，及其後稱説之也，故王評爲爾。”

田中頤曰：“言外欽羨。”

黄恩彤曰：“二陸之入洛，無異蜀之諸葛京，但以世胄名流，失身權貴，有忝祖父矣。”《鑒評別録》卷十九。

40

王長史是庾子躬外孫[1]，《王氏譜》曰：“濛父訥，聚潁州庾琛之女[2]，字三壽也。”丞相目子躬云：“入理泓然，我已上人。”子躬，子嵩兄也。

○“王長史”至“我已上人”

“庾子躬外孫”，大典顯常曰：“《晉書·庾峻傳》：‘有二子：珉，敳。’不載琛。”《集成》。

“入理泓然”二句，岡白駒曰：“泓然，深貌。”○大典顯常曰：“此蓋丞相向長史言之也。”《集成》。○恩田仲任曰：“泓，水下深也。”○田中頤曰：“言其入玄理深遠廣博，他人置焉我已上人也。”○朱鑄禹曰：“此言入理之深，如水

---

[1] “外孫”，平賀房父曰：“恐此下有脱落，而‘丞相目子躬’應別爲一章。”

[2] “潁州”，葉德輝曰：“袁本與此同。按‘州’當爲‘川’，《晉書·地理志》無潁州，諸庾傳亦多云‘潁川’。唐林寶《元和姓纂》六‘麋庾姓’亦止潁川、新野二郡望，無潁州也。”程炎震曰：“王本‘潁州’作‘潁川’。”周一良《批校》曰：“‘州’，當作‘川’。”按董刻本、袁重雕本作“川”。

之澈也。”

“已上人”，朱鑄禹曰：“‘已’古‘以’字。”

○注“王氏譜曰”

“濛父訥”，程炎震曰：“《晉書·濛傳》云：‘訥，新淦令。’”

【彙評】

劉辰翁曰：“第謂我已上，與郭大業、蘇子高同病。”

41

庾太尉目庾中郎：“家從談談之許。”《名士傳》曰：“敳不
爲辨析之談，而舉其旨要。太尉王夷甫雅重之也。”一作“家從談之祖”。從，
一作誦。許，一作辭。

○“庾太尉”至“談談之許”

“家從”，岡白駒曰：“亮，敳之從子，故稱‘家從’。”○程炎震曰：“敳與
亮父琛皆庾道之孫。亮爲敳之族子，敳爲從父矣，故曰‘家從’。”○劉盼遂曰：
“按《傷逝篇》：‘羊孚卒，桓玄與羊欣書曰：賢從情所信寄，暴疾而殞。’注引
《羊氏譜》曰：‘孚即欣從祖。’庾亮與庾敳行輩無可考，據‘家從’之言，知敳
爲亮祖父行也。”○周一良曰：“‘從’當即‘從父’之省稱。”《批校》。

“談談之許”，劉辰翁曰：“不成語，不可解。”○王世懋曰：“注已不能解。
按《史記》‘涉之爲王沉沉者’注：‘沉沉，猶談談，俗言深也。’‘談談’二字
見此，意言深深見許也。”按桃井白鹿曰：“王世懋説亦似牽合。”朱鑄禹曰：“‘談談’似
可如王世懋所釋，惟‘許’字不可解，王釋亦未允。”又曰：“時語方言，政不須盡
解。”○岡白駒曰：“‘談談’，王解得之。之許，言足以爲深也。”○大典顯常
曰：“‘談談’當從王説。‘許’解‘見許’未允。蓋‘許’未允。蓋‘許’猶
處也，猶俗語用‘家’字也。”《集成》。○淇園曰：“家從之類每談及庾，乃許其
賢。蓋言其近下情，以得奴輩之譽也。”○李詳曰：“談談，猶沈沈，謂言論深

邃也。《史記·陳涉世家》：‘涉之爲王沈沈者。’《索隱》：‘應劭以爲“沈沈”宮室深邃貌，音長含反。劉伯莊以“沈沈”猶“談談”，猶俗云“談談漢”是。’伯莊唐人，偶舉俗語，是晉人此稱，尚至唐代，要皆指爲深邃，或狀人物，或指言論，皆可通也。”余嘉錫按曰：“（《索隱》）‘談談漢’殿本作‘談談深’。”徐震堮按曰：“但‘之許’仍難通，恐有訛奪。”○王佩諍曰：“《莊子》‘大言炎炎’，陸氏《釋文》謂‘炎’一音‘談’，其實正作‘談’字，亦言議論深邃也。”○龔斌曰：“《雲笈七籤》八七：‘言深爲語，語深爲談，談深爲論。’談談，乃重言之，謂深深之談也。”

【彙評】

張端木曰：“同官符東橋言《世說》中有不可解者，如‘家從談談之許’、‘茗柯有實理’，予曰學陶令‘不求甚解’，符曰：‘不解則胸中鬱悶。’予曰：‘以不解解之。’”

42

庾公目中郎：“神氣融散[1]，差如得上。”《晉陽秋》曰：“數頹然淵放，莫有動其聽者[2]。”

○“庾公目”至“如得上”

“中郎”，天保手批曰：“庾中郎數字子嵩。”

“神氣融散”，淇園曰：“言能通融而散逸。”○田中頤曰：“融，《説文》：‘炊氣上出也。’此謂中郎神氣上升融散之勢，差如得出於己上也。”

“差如得上”，大典顯常曰：“上，謂長也。”○淇園曰：“言差如得上於己。”○恩田仲任曰：“上，猶言進也。”○田中頤曰：“將長於我。”○張萬起曰：“差如，頗爲。”○龔斌曰：“差如，略如，尚如。”

---

[1]　“神氣”，天保手批曰：“‘氣’一作‘色’。”按凌瀛初刻本“氣”作“色”。
[2]　“動其聽”，天保手批曰：“‘聽’一作‘德’，是。”

○注“晉陽秋曰”

“動其聽”，楊勇曰：“聽，猶心也。”○龔斌曰：“聽，耳目。散心神淡定，無有能動其耳目者。”

【彙評】

劉辰翁曰：“此神氣又似矜傲。”

43

劉琨稱祖車騎爲朗詣，曰[1]：“少爲王敦所歎。”虞預《晉書》曰[2]：“逖字士穉[3]，范陽道人。豁蕩不修儀檢，輕財好施。”《晉陽秋》曰：“逖與司空劉琨俱以雄豪著名。年二十四，與琨同辟司州主簿，情好綢繆，共被而寢。中夜聞雞鳴[4]，俱起曰：‘此非惡聲也。’每語世事，則中宵起坐[5]，相謂曰：‘若四海鼎沸，豪傑共起，吾與足下相避中原耳！’爲汝南太守[6]，值京師傾覆，率流民數百家南度，行達泗口，安東板爲徐州刺史。逖既有豪才，常忼慨以中原爲己任[7]，乃說中宗雪復神州之計，拜爲豫州刺史，使自招募。逖遂率部曲百餘家，北度江，誓曰：‘祖逖若不清中原而復濟此者，有如大江！’攻城掠地，招懷義士，屢摧石虎，虎不敢復窺河南。石勒爲逖母墓置守吏。劉琨與親舊書曰：‘吾枕戈待旦，志梟逆虜，常恐祖生先吾

---

[1] “爲朗詣曰”，《考異》無“爲”“曰”二字。
[2] “晉書”，龔斌曰：“宋本、沈校本並無‘晉’字。按當有‘晉’字。”
[3] “逖字士穉”，董刻本、沈校本“逖”上有“祖”字，“穉”作“稚”。凌濛初曰：“按祖逖字，考《晉書》及《世說》諸本皆作‘士稚’，而世人相襲但知爲‘士雅’，蓋‘稚’‘雅’形相類之誤，然失之千里矣。”秦士鉉曰：“‘稚’舊作‘雅’，誤也。”
[4] “中夜聞雞鳴”，余嘉錫曰：“《晉書·祖逖傳》作‘中夜聞荒雞鳴’。”楊勇曰：“‘雞’上《晉書》本傳有‘荒’字。”
[5] “則中宵”，余嘉錫曰：“‘則’景宋本及沈本作‘或’。”
[6] “汝南太守”，徐震堮《札記》曰：“《晉書》本傳不言爲汝南太守。”又《校箋》曰：“《晉書》本傳失載。”楊勇曰：“《晉書·祖逖傳》作‘濟陰太守’。”
[7] “忼慨”，余嘉錫曰：“‘忼’景宋本作‘慷’。”

箸鞭耳！'會其病卒，先有妖星見豫州分，逖曰：'此必爲我也！天未欲滅寇故耳[1]！'贈車騎將軍。"

○"劉琨稱"至"王敦所歎"

"祖車騎"，敬胤曰："祖逖字士稚，范陽遒人也。祖偉，字元雄。父武，字林宗，上谷太守。王隱《晉書》曰：'逖，司州主簿、秀才、大司馬齊王攏、太傅主簿、汝陰太守。部勒流民至泗口，安東逆版領徐州，逖屯淮水南，於盧州起冶鑄軍器，累遷鎮西將軍。大興四年薨，贈車騎將軍。逖州吏謝敞、府參軍李悌上書頌求開府，祖約逢書開視，輒寢之。悌等謂此自前州府本意，得之與失無與後，故宜通之。約不聽，悌常憤然。文皆遠布。'《晉陽秋》曰：'逖通濟，不拘小節，年十五未知書計。每之田舍，輒以兄意以穀帛周貧乏。與劉琨俱爲司空主簿，友善，每夜言世事，起坐相謂曰："若四海鼎沸，豪傑並起，與足下相避中原耳！"永嘉末，帥親黨五百家避地江淮，所乘車馬，以載同行老疾，躬自徒步。資有無與衆共之。又多籌略。中宗以爲徐州，俄爲軍咨祭酒，居丹徒，經年不得調。賓客多暴傑，士稚待之如子。流民萬數，楊土大飢，客從攻剽劫盜，爲吏所按，並皆護之。逖求北征，中宗給千人資，使自招募。逖率其衆一旅濟江，中流擊檝曰："祖逖不能清中原而復濟江者，有如大江！"遂定譙梁。衆二千人，與石勒接墳，不使已附者侵未附者。歲中，河南盡降。有質於胡者，僞掠其塢以令其質，胡欲渡河，皆先以告。交疏賤隸（一作賊疑），待之如九族，懸功賞不踰日，躬自儉約，子弟負推，勸督農桑，收葬枯骨，爲之祭醊。兖豫之民，聞其死，無不流涕，爲立祠。逖既破桃豹，進雍丘，石勒不敢闚兵河南，修復逖母墓，求與交好。百姓皆不意破亡之後，重遭父母。逖方欲濟河，掃定冀朔，聞載州督之，甚悵怏，則吳人無大致遠段，遣置妻子汝南大山中。'孫盛曰：'逖，廉頗、李牧也。王敦害逖，扇動郭默、章建、劉顗等及蠻，令背逖。'鄧粲《晉紀》曰：'逖與劉琨俱爲司州主簿，京都大亂，逖率親舊數百家，下所乘車馬給同行老疾者，身步涉，資糧湯藥，與衆共之。衆推爲行主，禁令肅然，法自親始。上以爲左丞相軍咨祭酒。朝廷草創，臣主之權未殊，刁協、劉隗斷內外。逖性倜儻，不數細節，以是見出爲豫州，給千人粟布，使自招募。逖與臨淮，弛其部曲，作劫求財以聚衆。刁協等以逖不時進討，奪其豫州，以衆授荀組，以逖爲

---

[1]"欲滅"，董刻本無"欲"字。王利器曰："蔣校本、沈校本同，餘本'未'下有'欲'字，是。"

輔國將軍（一本以遜子換謐爲輔國將軍），遜乃進征，所向皆平。死亡，百姓如喪父母，處處立祠。遜子換謐諧極，羨字玄舒，州治中。羨子肇，員外常侍。肇孫茂之、法開、獻之等。”

“朗詣”，岡白駒曰：“明察而深入至處也。”○大典顯常曰：“詣，至也，造也。”○淇園曰：“言其識朗達而其智能詣到於物也。”○恩田仲任曰：“朗，明也；詣，至也。”○田中頤曰：“謂未强學而其智朗悟，直到詣物理也。”○張萬起曰：“開朗豪放。‘詣’通‘逸’。”按張氏《詞典》“朗詣”條曰：“明達超詣。”與此不同。

○注“虞預晉書曰”

“不修儀檢”，岡白駒曰：“儀檢，威儀檢束也。”

○注“晉陽秋曰”

“年二十四”，龔斌曰：“太康十年遜年二十四。”

“共被而寢”，余嘉錫曰：“《文選集注》六十三引《續文章志》云：‘早與祖遜友善，嘗二大角枕同寐，聞雞夜鳴，熹而相蹋，遜遂墜地。’”

“中夜聞雞鳴”，參見校文。葉子奇曰：“蓋初更啼即爲荒雞。祖遜聞雞聲，蹴劉琨起曰：‘此非惡聲也。’遂起而舞。即此事也。”《草木子》卷三上。○胡侍曰：“余謂凡雞夜鳴不時，皆謂之荒。祖遜之聞，在於中夜，不特初更，乃有茲稱。”《真珠船》卷七。○桃井白鹿曰：“《唐義》：‘雞以三更啼，名曰荒雞，主荒亂。’”○余嘉錫曰：“周亮工《因樹屋書影》四曰：‘古以三更前雞鳴爲荒雞，又曰兵象。’”

“相避中原”，大典顯常曰：“言互爲雄長也。《左傳》晉文公語楚子曰：‘晉楚治兵，遇於中原，其避君三舍。’蓋用斯語。”《攝補》。○秦士鉉曰：“言交爲雄長也，猶日月相避爲光明之德也。”

“率流民數百家南度”，徐震堮曰：“《水經·淮水注》曰：‘淮水又東北，與大木水合，水出大木山。山即晉車騎祖遜自陳留將家避難所居也。’”龔斌按曰：“其說實誤。祖遜致妻孥汝南大木山下，時在元帝大興四年。而遜率流民南度，在永嘉五年。徐箋誤以祖遜後來北度致妻孥與先前率流民南度爲一事。”

“安東板爲徐州刺史”，胡三省曰：“未得朝命，以板授之也。”《通鑒·晉紀三十四》注。○洪頤煊曰：“《桓彝傳》：‘元帝爲安東將軍，版行逡遒令。’《文選》

陸機《表》：‘張含齎版詔書印綬，假臣爲平原内史。’李善注：‘凡王封拜，謂之版官。’然則在軍中者凡都護統軍皆得版授也。”《諸史考異》卷三。○岡白駒曰："於時元帝爲安東將軍都督揚州諸軍事，迎逖爲徐州刺史，以白板授官，非朝命也。元帝未正帝位，故曰板。"○恩田仲任曰："板，假板班品之卑者。"○秦士鉉曰："藩方權宜授官者曰板授。"○徐震堮曰："《晉書》本傳：‘元帝逆用爲徐州刺史。’案元帝時以安東將軍都督揚州諸軍事。此時劉曜陷長安，愍帝蒙塵，朝廷無主，琅琊王睿未即位，故曰‘板’。"

"中宗雪復神州"，秦士鉉曰："中宗，即安東也。雪，雪恥；復，克復也。"

"誓曰"云云，秦士鉉曰："言不清中原而還渡江水，必被神罪，其明白如大江水也。"

"石勒爲逖母墓置守吏"，胡三省曰："石勒爲逖修祖、父墓，斬童建而送其首，亦所以懈逖摧鋒越河之心。"《通鑑·晉紀十三》注。○秦士鉉曰："本傳：趙王勒爲逖修祖、父墓，置守塚二家。"

"劉琨與親舊書"，余嘉錫曰："《晉書·劉琨傳》載琨聞逖被用，與親故書，與《晉陽秋》同。《世說》此條，當亦琨書中之語。"

"枕戈待旦"，秦士鉉曰："心在用兵也。"

"先吾箸鞭"，秦士鉉曰："箸鞭，言其先立功也。此以競逐喻。"○胡鳴玉曰："箸，音灼，置也，與‘箸棋’同義。俗讀如‘沉著’之‘著’，非。"《褨録》卷三。

"豫州分"，恩田仲任曰："分，分野。李淳風曰：‘聖人觀象，分配國野。’"

【彙評】

田中頤曰："引彼重此。"

余嘉錫曰："蓋時人惡中夜雞鳴爲不祥。逖、琨素有大志，以兵起世亂，正英雄立功名之秋，故喜而相蹋，且曰‘非惡聲也’。此與尹緯見祅星而再拜，用心雖異，立意則同。"按尹緯事見《晉書·姚興載記》。

時人目庾中郎：“善於託大，長於自藏。”《名士傳》曰：“敳雖居職任，未嘗以事自嬰，從容博暢，寄通而已〔1〕。是時天下多故，機事屢起，有爲者拔奇吐異，而禍福繼之〔2〕。敳常默然，故憂喜不至也。”

○“時人目”至“長於自藏”

“託大”，岡白駒曰：“託，誇也。郭象善《老》《莊》，時人以爲王弼之亞，敳甚知之，曰：‘郭子玄何必減庾子嵩。’其託大此類也。子嵩，敳字也。”○大典顯常曰：“言寄心博大，不拘細故也。”○平賀房父曰：“託心於大道之謂，無爲也。‘善’‘長’互文。”○秦士鉉曰：“託身大道也。”○陸以湉曰：“託大，從容博暢之意。”《雜識》卷一。○徐震堮曰：“託大，謂襟懷恢廓，不以世事嬰心。注中引《名士傳》：‘未嘗以事自嬰，從容博暢，寄通而已。’即是‘託大’二字注腳。”○周一良曰：“高自位置也。”《商兌》。○張萬起曰：“託身於自然無爲的玄學大道，即超脱，不爲世事所牽。”

“長於自藏”，楊勇曰：“自藏其缺也。”○張萬起曰：“藏身，保護自己。《晉書·庾敳傳》云：‘是時天下多故，機變屢起，敳常静默無爲。’”○蔣凡曰：“以拱默自保也。”○龔斌曰：“注引《名士傳》謂‘敳常默然，故憂喜不至’，此即‘自藏’也。”

○注“名士傳曰”

“從容博暢”，趙西陸曰：“《晉書·庾敳傳》‘博暢’作‘酣暢’，謂暢於飲酒也。”

“寄通而已”，恩田仲任曰：“寄通，即託大。”○秦士鉉曰：“寄通，寄心事外，自通脱也。”

“拔奇吐異”，秦士鉉曰：“奇異馳智謀也。”

---

〔1〕“寄通而已”，秦士鉉曰：“《晉書》本傳此下尚有‘處衆人中，居然獨立’八字。”
〔2〕“禍福”，秦士鉉曰：“‘福’當作‘敗’。”

繆鉞曰："庾敳之態度最足爲西晉末名士從政借遺事以避禍者之代表。"《清談與魏晉政治》。

田餘慶曰："庾氏家族由儒入玄的轉變，開始於庾峻子庾敳。庾敳讀老莊書，暗合己意，'自謂是老莊之徒'。庾敳作《意賦》以寄懷，抒發榮辱同貫、存亡均齊之説。庾敳參東海王越軍事，與王衍、王敦諸人爲友。他既居權貴之地，處名士之間，以顯其門户位望，而又懼禍福無端，亟思觀時養晦。這是其時高門玄學之士的一種自處之道。"《政治》頁八七。

<h1>45</h1>

王平子邁世有儁才，少所推服。每聞衛玠言，輒歎息絕倒。《玠別傳》曰："玠少有名理，善通莊老。琅邪王平子高氣不群，邁世獨儌，每聞玠之語議，至於理會之閒，煮妙之際，輒絕倒於坐。前後三聞，爲之三倒。時人遂曰：'衛君談道，平子三倒。'"

○"王平子"至"歎息絕倒"

"少所推服"，程炎震曰："澄、玠皆以永嘉六年卒。澄四十四，玠二十七。蓋以澄長玠十七歲而推服玠，故為異耳。"

"歎息絕倒"，趙與時曰："晉琅邪王澄有高名，少所推服，每聞衛玠言，輒歎息絕倒。時人語曰：'衛玠談道，平子絕倒。'今流俗謂大笑爲'絕倒'，非也。"《賓退錄》卷四。秦士鉉按曰："笑極亦倒，歎極亦倒，二義通用，猶悲極亦泣，喜極亦泣也。趙與昔以流俗所用爲非，拘矣。"○俞德鄰曰："世謂大笑爲絕倒。山谷詩：'淵明醉握遠公手，大笑絕倒人不嗔。'然《晉書》王澄字平子，有高名，少所推服之，聞衛玠言，輒'歎息絕倒'。則絕倒，因歎息也。北齊崔瞻使陳，過彭城，讀道旁碑絕倒，從者以爲中惡。史謂：是碑瞻父爲徐州所立，故哀感焉。則又因哀感而絕倒矣。要之絕倒者，形體歆傾，不自支持之貌。笑而絕倒，歎而絕倒，哀而絕倒，皆以形體言，不專謂大笑也。"《佩韋齋輯聞》卷三。○趙翼曰：

"今人遇事之可笑者，每云‘絶倒’，其實此二字不僅形容可笑也。《晉書·衛玠傳》：‘王澄每聞玠言，輒歎息絶倒。時人爲之語曰：衛玠談道，平子絶倒。’《世説》：‘王敦見衛玠後，謂謝鯤曰：不意永嘉之後，復聞正始之音，阿平若在，當復絶倒。’《魏書·李苗傳》：‘苗覽《周瑜傳》，未嘗不咨嗟絶倒。’此皆言傾倒之意。趙與時《賓退録》亦引衛玠事，而論流俗以絶倒爲大笑之誤。"《陔餘叢考》卷二十二。○劉堅曰："‘絶倒’二字，古者通用，今獨用爲笑，自《韻府》注衛玠誤之也。按《魏書》：‘李苗每覽《周瑜傳》，未嘗不咨嗟絶倒。’又《北史》：‘崔瞻讀父碑未畢，哀感而絶倒。’觀此，安得獨爲笑？"《修潔齋閑筆》卷二。○靳榮藩曰："‘絶倒’出《魏書·李苗傳》。"《綠溪語》下卷。○岡白駒曰："絶倒，極笑也。"○大典顯常曰："‘絶倒’是奪氣失容之意，非笑之謂也。"《集成》。○桃井白鹿曰："絶倒，歎美之極。"○平賀房父曰："蓋言傾倒誠心而歎息也。然‘絶倒’自是大笑之事。"○田中頤曰："王之高邁，而聞衛言，輒歎息其美，甚而伏倒其身，不復動也。"○陸以湉曰："‘歎息絶倒’、‘當復絶倒’，‘絶倒’猶言笑倒也。"《雜識》卷一。○崔朝慶曰："絶倒，傾倒佩服之意。"

【彙評】

劉辰翁曰："可倒。"

朱鑄禹曰："蓋以澄長玠十七歲而傾心推服，至於如此，以見玠談理之妙也。"

46

王大將軍與元皇表云[1]："舒風概簡正，允作雅

---

〔1〕"王大將軍"，《考異》無"王"字。

人〔1〕，自多於邃。王舒已見。《王邃別傳》曰："邃字處重〔2〕，琅邪人，舒弟也。意局剛清，以政事稱。累遷中領軍、尚書左僕射。"舒、邃並敦從弟。最是臣少所知拔〔3〕。中間夷甫、澄見語〔4〕：'卿知處明、茂弘。茂弘已有令名，真副卿清論；處明親疏無知之者〔5〕。吾常以卿言爲意〔6〕，殊未有得〔7〕，恐已悔之。'臣慨然曰：'君以此試，'頃來始乃有稱之者，言常人正自患知之使過，不知使負實〔8〕。"使，一作便。

　　〇"王大將軍"至"使負實"

　　"自多於邃"，徐震堮曰："多，勝也，過也。"

　　"最是"，張萬起曰："尤其是，特別是。"

　　"中間夷甫"，錢大昕曰："成帝諱衍，故史家於王夷甫字而不名。"《考異》卷二十一。〇李慈銘曰："此於王衍獨稱字者，亦是孝標避梁武諱，追改其文。"《簡端記》。〇徐震堮曰："兄弟二人一稱名一稱字者，晉成帝名衍，故晉人於王衍皆字而不名。此上元帝表而稱'夷甫'者，蓋後人追改。"〇吳金華曰："'中間'一詞，習用於六朝，指介於遠始和目前之間的一段時間。"《考釋》頁一三〇。

　　"見語"，張萬起曰："語我，對我說。"

　　"處明"，劉應登曰："處明，舒字也。"

　　"知之使過"二句，朱鑄禹曰："意謂知之者，稱譽使過其實；不知者，遂使有負其實。"

---

〔1〕 "允作"，《考異》、董刻本、元刻本無"允"字。王利器曰："各本'作'上有'允'字，義較長。"楊勇曰："各本有'允'，是。"
〔2〕 "處重"，楊勇曰："汪藻《琅邪臨沂王氏譜》作'處沖'。附記云：'王氏有兩處沖，一邃，一湛。'"
〔3〕 "知拔"，《考異》"拔"下注曰："一作'杖'。"
〔4〕 "夷甫"，《考異》"夷甫"二字作"衍"，下無"澄見語"三字。蔣凡批曰："兄弟二人當不應自異稱呼。疑敦上元帝表時應并稱'衍、澄'之名，後因避成帝司馬衍名諱，故事作者改稱'夷甫'。"
〔5〕 "處明親疏無知之者"，《考異》作"處明既疏，無知之者"，又"既"下注曰："一作'概新'。"
〔6〕 "常以"，《考異》"常"作"嘗"。
〔7〕 "殊未有得"，龔斌曰："'殊'宋本、沈校本並作'絶'。"《考異》"得"上有"所"字。
〔8〕 "言常人正自患"二句，劉應登曰："二'使'字或作'便'，疑訛而爲'使'。"按《考異》無"言"字，作"常人正自患知之便過，不知便負實"，又"便過"下注曰："一作'便得過'。"

1007

凌濛初曰：“古今同患。”

47

周侯於荊州敗績，還，未得用〔1〕。王丞相與人書曰：“雅流弘器，何可得遺〔2〕！”鄧粲《晉紀》曰：“顗爲荊州，始至，而建平民傅密等叛迎蜀賊〔3〕。顗狼狽失據，陶侃救之〔4〕，得免。顗至武昌投王敦，敦更選侃代顗。顗還建康，未即得用也。”

○“周侯於”至“何可得遺”

“未得用”，龔斌曰：“顗未得用，乃王敦從中作梗耳。”

“雅流弘器”二句，田中頤曰：“言周風雅流中之備弘器者，以一敗故，不可遺棄也。”

○注“鄧粲晉紀曰”

“傅密等叛迎蜀賊”，大典顯常曰：“《晉書·周顗傳》：元帝初鎮江左，請爲軍諮祭酒，出爲寧遠將軍、荊州刺史、領護南蠻校尉、假節。始到州，而建平流人傅密等叛迎蜀賊杜弢，顗狼狽失據。陶侃遣將吳寄以兵救之，故顗得免，因奔王敦於豫章。敦留之。”○恩田仲任曰：“蜀賊，杜弢。”

“顗至武昌投王敦”，程炎震曰：“周顗爲杜弢所敗，投王敦。《通鑑》在建興元年。”

---

〔1〕 “未得”，《考異》“得”作“值”。
〔2〕 “可得”，《考異》無“得”字。
〔3〕 “叛迎蜀賊”，王先謙曰：“一本‘迎’作‘逆’。”楊勇曰：“‘迎’宋本作‘逆’。”龔斌曰：“《晉書》亦作‘迎’。按‘逆’猶‘迎’也。”
〔4〕 “救之”，董刻本“救”作“求”。王利器曰：“各本‘求’作‘救’，是。”

48

時人欲題目高坐而未能。桓廷尉以問周侯，周侯曰：
"可謂卓朗。"桓公曰："精神淵箸。"《高坐傳》曰："庾亮、周
顗、桓彝一代名士，一見和尚，披衿致契。曾爲和尚作目，久之未得。有云〔1〕：
'尸利密可稱卓朗。'於是桓始咨嗟，以爲標之極似。宣武嘗云〔2〕：'少見和尚，
稱其精神淵箸，當年出倫〔3〕。'其爲名士所歎如此。"

○"時人欲"至"精神淵箸"

"題目高坐而未能"，恩田仲任曰："題目，《品字箋》曰：'猶言名目。'"
○田中頤曰："見桓、周所目中的難得。"○劉盼遂曰："《高僧傳》一：'帛尸梨
密多羅，時人呼爲高坐。'"○劉葉秋曰："所謂品目，亦稱'題目'，或單説
'目'，就是對人物的德才、儀表等等品評鑒定，給予概括的考語。"《散記》。

"卓朗"，恩田仲任曰："卓，高也。朗，明也。"○田中頤曰："此以其文理
見乎外言也。"

"精神淵箸"，田中頤曰；"此以其精神含著於内言也。"

○注"高坐傳曰"

"披衿致契"，秦士鉉曰："按'孔淳之與釋法崇披衿領契'，謂朋友推誠之
交也。"○徐震堮曰："'衿'謂衿抱，'契'謂契誼。"《簡釋》。○楊勇曰："謂
性情契合也。"

"尸利密"，岡白駒曰："高坐胡名也。"

"當年"，平賀房父曰："猶言當今。"

---

〔1〕 "有云"，平賀房父曰："'有'本作'周'，似是。"
〔2〕 "以爲標似宣武嘗云"，董刻本"似"作"但"。趙西陸曰："《高僧傳》卷一《帛尸梨密傳》
曰：'桓宣武每云：少見高座，稱其精著出當年。'明'但'爲'桓'字形近之誤。一本臆改作
'似'，屬上讀，亦非。"楊勇曰："'似'宋本作'但'。"龔斌曰："《高僧傳》一《帛尸梨密傳》、
《開元釋教録》三皆作'以爲標題之極'，無'似'字。然'但'於義不通，疑爲'桓'之誤。
《高僧傳》正作'桓宣武'。"
〔3〕 "精神淵箸"二句，劉盼遂曰："《高僧傳》一《帛尸梨密多羅傳》作'桓宣武每云：少見高坐，稱
其精神箸出當年'。"湯用彤曰："《僧傳》載作'精神著出當年'，係誤引。"

張懋辰曰："其爲名士所歎如此。"

王思任曰："題目二字佳。"

49

王大將軍稱其兒云："其神候似欲可。"王應也。

○"王大將軍"至"似欲可"

"稱其兒"，敬胤曰："王敦無子，以兄含子應字安期爲子。"

"其神候似欲可"，朱鑄禹曰："謂其神情似欲使人許可。所謂其辭似憾，實深喜之。"○張萬起曰："神候，精神狀態。似欲，仿佛，好似。同義詞連用，'欲'亦'似'。"○龔斌曰："似欲，猶今語'像要'、'似乎要'。"

"可"，楊勇曰："可，適也，無過與不及之稱。魏晉人最喜用此字。"○徐復曰："晉人贊可其人曰'可'。《世説新語·賞譽》：'王大將軍稱其兒云：其神候似欲可。'又：'王仲祖、劉真長造殷中軍談，劉謂王曰：淵源真可。'亦稱'可人'、'可兒'，魏晉人書中屢見。"《奉正》。○吳金華曰："'可'猶言'快'，指精明能幹，是當時俗語詞。"《考釋》頁一三一。○張萬起曰："稱人心、使人滿意均曰'可'。"按"可"義參見本篇"桓温行經王敦墓邊過"條。

50

卞令目叔向："朗朗如百間屋。"《春秋左氏傳》曰："叔向，羊舌肹也〔1〕。晉大夫。"

---

〔1〕 "叔向羊舌肹也"，楊勇曰："宋本作'叔向羊肹也'，袁本作'叔向羊舌肹也'，沈校作'叔向乃羊舌胏也'，皆非是。"

○“卞令目”至“百間屋”

“卞令目叔向”，周嬰曰：“《世說·賞譽》《品藻》止於魏晉兩朝，因曹蜍、李志而及廉、藺，因《高士傳》而出井丹、長卿。若尚論古人，羌無其例。所謂叔向者，予以爲望之有叔名向，爲之題目，以相標榜，如王大將軍稱其兒類耳。且叔向平丘之会，以威武刧齊，以無道脅魯，以譎詐懼季孫，而又構殺萇弘，陰謀周室，則又何‘朗朗之有’？”《巵林》卷一。程炎震按曰：“周氏所疑是也。惟壺叔名向，未見其證。”余嘉錫按曰：“稱叔向而不言其姓，周氏以爲卞令之叔，不爲無理也。”趙西陸按曰：“檢《晉書·卞壼傳》，壼父粹，兄弟六人並登宰府，世稱卞氏六龍。”楊勇按曰：“‘向’或是‘曰’字之誤，孝標注書時已然也。”○劉應登曰：“此評古人處。”○文廷式曰：“《世說》皆當時語。若評論古人，不當收入。疑‘叔向’二字有誤，注則明人妄增也。”《枝語》卷五。徐震堮按曰：“宋本已有此注，非明人所增。”○余嘉錫曰：“凡題目人者，必親見其人，挹其風流，聽其言論，觀其氣宇，察其度量，然後爲之品題。卞令目叔向‘朗朗如百間屋’，蓋言其氣度恢宏，此非與之親熟者不能道。若爲春秋時之晉大夫，卞望之與之相去且千年，安得見其人而爲之題目乎？然則叔向之非羊舌肸，亦已明矣。”○朱鑄禹曰：“當時無品評古人者，‘叔向’疑當作‘叔則’。卞矣用曾稱裴楷精明洞逹。”襄試悅口，“此時壼方十餘歲之黃口小兒，決無可能品題早享盛名之老宿。朱注所疑非是。”○范子燁曰：“卞壼所品題的‘叔向’當係‘六龍’之一。其祖統、父粹及叔裒之名皆爲單字，依次類推，‘叔向’即叔父卞向。”《研究》頁二四七至二四八。○張萬起曰：“叔向，卞壼叔卞向。事跡不詳。《世說》皆爲時論，不當收入論古人題材。”

“朗朗如百間屋”，蔣凡曰：“蓋言其氣度恢宏，神情開朗，胸襟坦白。”

○注“春秋左氏傳曰”

“叔向”，趙西陸曰：“《左傳》襄公十六年：‘晉平公即位，羊舌肸爲傅。’杜注曰：‘肸，叔向也。’又襄公十一年：‘晉侯使叔肸告於諸侯。’杜注曰：‘叔肸，叔向也。’襄公十四年：‘叔向見叔孫穆於。’叔向之名始見於此，杜氏無注。”

“晉大夫”，何焯曰：“篁亭云：此恐非晉大夫叔向，注疑誤。”按“篁亭”爲蔣杲號。

王思任曰：“一句了當一人，不作如今鷖考。”

51

　　王敦爲大將軍，鎮豫章。衛玠避亂，從洛投敦，相見欣然，談話彌日。于時謝鯤爲長史[1]，敦謂鯤曰：“不意永嘉之中[2]，復聞正始之音。阿平若在，當復絶倒[3]。”《玠別傳》曰：“玠至武昌見王敦，敦與之談論，彌日信宿。敦顧謂僚屬曰：‘昔王輔嗣吐金聲於中朝，此子今復玉振於江表，微言之緒，絶而復續。不悟永嘉之中，復聞正始之音。阿平若在，當復絶倒[4]。’”

　　○“王敦爲”至“當復絶倒”

　　“談話彌日”，敬胤曰：“前篇問一夜極談而發病，困以遂死。此又曰彌日，可謂自矛楯也。魏正始，何平叔等善談玄理。”蔣凡批按曰：“敬胤注駁正之言。”

　　“永嘉之中復聞正始之音”，大典顯常曰：“正始，魏明帝年號，時多能言之士，故謂談理之善者爲正始之音。然看陳子昂《修竹篇詩序》云：‘一昨於解三處見明公《詠孤桐》篇，不圖正始之音復覩於茲，可使建安作者相視爲笑。’然則‘正始’謂古雅耳。”○秦士鉉曰：“永嘉，晉懷帝年號；正始，魏廢帝芳年號，相距甲子一週有餘。據嚴儀卿論詩體，應指嵇、阮諸人也，非《詩序》《周南》《召南》‘正始之道’、‘王化之基’之謂。觀王導與殷浩語，亦當時慣用字，不必泥。王輔嗣，正始名士；‘正始’‘竹林’，中朝相通。”○沈濤曰：“‘正始’謂魏齊王芳年號。唐李善《上文選注表》：‘虛元流正始之音，氣質馳建安

---

〔1〕 “謝鯤”，《考異》作“謝幼輿”。

〔2〕 “永嘉之中”，大典本“中”作“末”。鍾仕倫曰：“《晉書·衛玠傳》、《御覽》卷四四六引作‘永嘉之末’。”

〔3〕 “當復絶倒”，《考異》此句下有“時人以玠爲玉人”七字。

〔4〕 “絶倒”，余嘉錫曰：“景宋本及沈本‘倒’下有‘矣’字。”

之體.’以‘建安’對‘正始’，亦謂年號。後人乃作正其始解。李商隱《上京兆相公啓》：‘宮商資正始之音，寒暑協中和之序。’是唐末即已誤解。”《熨斗齋》卷五。

“阿平若在”二句，敬胤曰：“平子。”○田中頤曰：“暗言當共爲知音，獎成其名也。”○程炎震曰：“玠以永嘉四年六月南行，六年五月至豫章。王澄之死，亦當在六年。則玠、敦相見時，澄未必便死矣。且敦實殺澄，而爲此言，亦殊不近事情。《晉書》云：‘何平叔若在，當復絶倒。’或唐人所見《世説》不誤，抑‘阿平’固指何晏言，而後人傅會爲王澄耶？”○徐震堮曰：“《晉書·衛玠傳》‘阿平’作‘何平叔’，誤。‘絶倒’事見前‘王平子邁世有儁才’條。”《札記》。○余嘉錫曰：“以‘王平子邁世有儁才’條及此條注合而觀之，知此二事同出于《衛玠別傳》。先言平子聞玠之語議，輒絶倒於坐；後言阿平若在，當復絶倒。則阿平自是指王平子，文義甚明。唐修《晉書》作‘何平叔’者，後人妄改耳。《通鑑》書王澄之死、王敦之鎮豫章於永嘉六年者，特因不得其年月，故約略其時，總敘之於此，其實澄未必果死於是年，更無以見澄死定在玠至豫章之後也。”楊勇按曰：“程説是。上言‘正始’，正屬何平叔時也。余《疏》以爲王平子，非也。”龔斌按曰：“此‘阿平’當指王平子，余《箋》是也。”○張萬起曰：“當復，表示肯定或推斷，有‘必定’‘曾’等義。”《詞典》頁五○四。

○注“玠別傳曰”

“王輔嗣吐金聲於中朝”二句，秦士鉉曰：“《孟子》：‘金聲而玉振之。金聲者，始條理也，玉振者，終條理也。’中朝，西晉也。”

“不悟永嘉之中”，大典顯常曰：“不悟，猶不意。”《集成》。○楊勇曰：“不悟，猶不意、不料。”

【彙評】

葉適曰：“王戎言：祥在正始時不在能言之流。王敦亦言：不意永嘉之末，復聞正始之音。正始乃爲人所慕若是耶！”《習學記言》卷二十九。

顧炎武曰：“魏明帝殂，少帝即位，改元正始，凡九年。其十年則太傅司馬懿殺大將軍曹爽，而魏之大權移矣。三國鼎立，至此垂三十年。一時名士風流，盛于洛下。乃其棄經典而尚老莊，蔑禮法而崇放達，視其主之顛危若路人然。此即諸賢爲之倡也。自此以後，競相祖述。如《晉書》言王敦見衛玠，謂長史謝鯤曰：'不意永嘉之末，復聞正始之音。'沙門支遁以清談著名於時，莫不崇敬，以爲造微之功，足參諸正始。《宋書》：'羊玄保二子，太祖賜名曰咸，曰粲。謂玄保曰：欲令卿二子有林下正始餘風。'王微與何偃書曰：'卿少陶玄風，淹雅修暢，自是正始中人。'《南齊書》言：袁粲言於帝曰：'臣觀張緒有正始遺風。'《南史》言：何尚之謂王球：'正始之風尚在。'其爲後人企慕如此。然而《晉書·儒林傳序》云：'擯闕里之經典，習正始之餘論。指禮法爲流俗，目縱誕以清高。'此則虛名雖被於時流，篤論未忘乎學者。是以講明六藝，鄭王爲集漢之終；演説老莊，王何爲開晉之始。以至國亡於上，教淪於下，羌戎互僭，君臣屢易。非林下諸賢之咎而誰咎哉？"《日知録》卷十三。

許世瑛曰："王敦是一位殺人不眨眼的莽漢子，叔寶和他相見，馬上投緣，談話彌日，很可以見出他是如何健談了，同時也知道他所談的一定是富有趣味意境的哲學理論，而不是耍貧嘴，否則又那能使王處仲説出'阿平所在，當復絕倒'的讚語呢？"《衛玠與王濛》。

羅宗强曰："西晉名士在南渡之後，理應振作起來，在國破家亡之際，從實務而去虛誕，在心態上應該有一個較大的轉變才是。但是他們卻依然舊我。當北半個中國仍在戰火中，而江左亦動蕩不定、前途未卜之際，居然還能坐得下來，微言達旦。而這位微言達旦，使一座爲之傾倒的人物，就是兩年前過江時見茫茫之大江而百感交集的衛玠。"《心態》頁二八六。

52

王平子與人書，稱其兒："風氣日上，足散人懷。"

《永嘉流人名》曰："澄弟四子微[1]。"《澄別傳》曰："微邁上有父風。"

---

〔1〕 "弟四子微"，董刻本同。程炎震曰："《晉書·澄傳》'微'作'徽'。"余嘉錫曰："注'微'沈本俱作'徽'。'微'當作'徽'。"王利器曰："蔣校本、沈校本'微'作'徽'，凌本'弟'作'第'，都是。《琅邪臨沂王氏譜》，澄二子，次子徽。《晉書·王澄傳》亦云'次子徽'，這裏的'四'字當作'二'。"

○“王平子”至“足散人懷”

“風氣”，岡白駒曰：“逸氣也。”○淇園曰：“風度氣象。”○恩田仲任曰：“風姿氣韻。”

“足散人懷”，淇園曰：“‘人’字，平子自謂。”○田中頤曰：“‘散’自‘風’字來。此言見兒上達，以消我憂也。”○秦上鉉曰：“足慰目前之意。”○張萬起曰：“足以使人開懷。”

【彙評】

劉辰翁曰：“傲也。”

李慈銘曰：“晉宋六朝膏粱門第，父譽其子，兄夸其弟，以爲聲價。其爲子弟者，則務鄙薄父兄，以示通率。交相偶扇，不顧人倫。世人無識，沿流波詭，從而稱之。於是未離乳臭，已得華資，甫識一丁，即爲名士。淪胥及溺，凶國害家。平子本是妄人，荊産豈爲佳子，所謂‘風氣日上’者，淫蕩之風、癡頑之氣耳。長松下故當有清風，斯言婉矣。”《簡端記》。

龔斌曰：“土平子稱其兄，與王敦譽其兒‘神候似欲可’正同，此亦當時風氣如此。”

53

胡毋彥國吐佳言如屑，後進領袖。言談之流，靡靡如解木出屑也。

○“胡毋彥國”至“後進領袖”

“胡毋彥國”，徐子光曰：“晉胡毋輔之字彥國，泰山奉高人。少有知人之鑒，性嗜酒，任縱不拘小節，與王澄、王敦、庾敳俱爲太尉爲王衍所昵，號曰四友。澄嘗與人書曰：‘彥國吐佳言如鋸木屑，霏霏不絕，誠爲後進領袖也。’元帝時爲湘州刺史。”《蒙求集注》卷上“彥國吐屑”條。按“爲王衍所昵”，“爲”字衍。

“吐佳言如屑”二句，岡白駒曰：“如屑，如鋸木屑。領袖，謂倡率也。”

〇田中頤曰：“此蓋並稱群賢其一，而今特揭之者耳。言其人金玉而容易吐佳言如木屑，以此爲後進之統領也。”

◎程炎震曰：“《晉書·輔之傳》作王澄與人書語。”〇劉盼遂曰：“本條宜連上‘王平子與人書’爲一條。《晉書·胡毋輔之傳》：‘澄嘗與人書曰：彥國吐佳〔言〕如鋸木屑，霏霏不絕，誠爲後進領袖也。’”

〇注“言談之流”云

“靡靡”，恩田仲任曰：“不絕貌。”〇秦士鉉曰：“飛而不絕也。”〇楊勇曰：“《晉書·胡毋輔之傳》作‘霏霏’。《詩·小雅·采薇》：‘雨雪霏霏。’《文選》張衡《西京賦》：‘初若飄飄，後遂霏霏。’李善注：‘霏霏，雪下貌。’按‘霏霏’通‘靡靡’。”

54

王丞相云：“刁玄亮之察察，戴若思之巖巖〔1〕，虞預《書》曰〔2〕：“戴儼字若思，廣陵人。才義辯濟，有風標鋒穎。累遷征西將軍，爲王敦所害。贈左光禄大夫〔3〕，儀同三司。”卞望之之峰距〔4〕。”《卞壺別傳》曰：“壺字望之，濟陰冤句人。父粹，太常卿。壺少以貴正見稱，累遷御史中丞，權門屏跡，轉領軍尚書令。蘇峻作亂，率衆距戰〔5〕，父子二人俱死王難〔6〕。”鄧粲《晉紀》曰：“初，咸和中，貴遊子弟能談嘲者，慕王平子、謝

〔1〕 “戴若思”，《考異》無“戴”字。
〔2〕 “虞預書”，何焯曰：“‘書’上當有‘晉’字。”
〔3〕 “贈左光禄大夫”，徐震堮曰：“《晉書》本傳作‘贈右光禄大夫’。”
〔4〕 “峰距”，桃井白鹿曰：“《晉書》‘距’作‘岠’。”李慈銘曰：“《晉書》‘距’作‘岠’。”趙西陸曰：“《御覽》四四七引《郭子》亦作‘岠’。”徐震堮曰：“此句下《御覽》四四七引《郭子》有‘並一見我而服也’一句，語意始備。疑義慶有意刪去，以就《賞譽》之目。”王叔岷曰：“‘岠’‘距’古通。《穆天子傳》一：‘邛邛距虛走百里。’《爾雅·釋地》‘距’作‘岠’，即其比。”
〔5〕 “距戰”，秦士鉉曰：“一作‘距戰’，是。”余嘉錫曰：“‘距’景宋本及沈本作‘拒’。”徐震堮曰：“‘距’與‘拒’通。”
〔6〕 “父子二人俱死王難”，王利器曰：“據《晉書·卞壺傳》，當作‘父子三人，俱死王難’。”徐震堮曰：“《晉書》本傳云：‘二子眕、盱同時見害。’則‘二’當作‘三’。”楊勇曰：“宋本作‘二’，非。”

幼輿等爲達。壼属色於朝曰：‘悖禮傷教〔1〕，罪莫斯甚！中朝傾覆，實由於此！’欲奏治之。王導、庾亮不從，乃止。其後皆折節爲名士。”《語林》曰：“孔坦爲侍中，密啓成帝，不宜往拜曹夫人〔2〕。丞相聞之曰：‘王茂弘駑痾耳！若卞望之之巖巖，刁玄亮之察察，戴若思之峰距，當敢爾不？’”此言殊有由緒，故聊載之耳。

○“王丞相”至“之峰距”

“刁玄亮”，敬胤曰：“協字玄亮，渤海人也。父攸，字偉林，御史中丞。祖恭，字孝先，鎮南軍司馬。《晉陽秋》曰：‘協有史學，忠於事上，濮陽王友，長沙王左司馬。永嘉奔建康，朝儀悉協所識也。’鄧粲《晉紀》曰：‘協，中朝爲博士，疏朗多通。朝廷創軌度，多協所制。性麤雄，多忤王敦，將誅協，協入見上，上令走。協年老不能騎馬，爲追兵所及。或曰逃江南山中，爲敦兵所追。協位至尚書令、左光禄大夫。’彝字大倫，北中郎將，徐、兗二州刺史。彝子逸等同桓玄爲逆，伏誅。”

“察察”，淇園曰：“言能自潔。”○恩田仲任曰：“察察，静潔貌。”○田中頤曰：“言其清潔不可瀆也。”○王叔岷曰：“《楚辭·漁父》：‘安能以身之察察，受物之汶汶者乎？’‘察察’下王注：‘己清潔也。’”○龔斌曰：“《晉書》本傳謂‘協久在中朝，諳練舊事，凡所制度，皆裒於協焉，深爲當時所稱許’，此即所謂‘察察’也。”

“戴若思之巖巖”，岡白駒曰：“謂威儀高出於衆也。”○淇園曰：“嚴正也。”○田中頤曰：“言其嚴正不可犯也。”

“卞望之”，敬胤曰：“卞壼字望之，濟陰人也。父粹，字玄仁，中書令。祖統，字建業，琅邪太守。《晉陽秋》曰：‘壼，懷帝世著作郎，明帝宮中郎長史，琅邪世子師、御史中丞，守尚書。裁斷幹實，忠於事上，屬然欲軌正叔世，不肯苟同時好。在尚書中最任職，明帝器知之，欲以褒貶爲己任。阮孚嘲之曰：“卿恒如含瓦石，不亦勞乎？”答曰：“諸君自慢（一作浸）弘風，尚執其鄙恡，非我而誰？”庾亮召蘇峻，壼固爭之，未難壼。司馬台勸畜良馬，以備不虞。壼曰：“逆言之理無不濟，如其不然，命也，豈須馬乎？”既而壼二子眕、睠並死於宣

---

〔1〕“傷教”，楊勇曰：“‘傷’宋本作‘復’，非。”朱鑄禹曰：“袁本作‘傷教’，是。”
〔2〕“往拜”，余嘉錫曰：“景宋本及沈本俱無‘往’字。”

陽門內。徵士翟湯聞之，曰：“父死於君，子死於父，忠孝之道萃於一門。”壼，尚書令、鎮軍將軍，贈侍中、驃騎將軍，開府，諡忠貞公。始贈尚書郎，弘納議，乃加侍中。’鄧粲《晉紀》曰：‘咸和初，貴游子弟多欲爲達，壼厲色於朝曰：“悖禮傷教，莫此之甚。中朝傾覆，實此之由。”欲奏治之，王導、庾亮不同，乃止。明帝初崩，皇太子將即位，群臣進璽，王導以疾不至。壼正色於朝曰：“王公豈社稷之臣邪？大行在殯，嗣皇未立，寧是人臣辭疾之秋？”導聞之，乃輿疾而至。’壼子瞻，字彥道，廣州刺史。瞻生嗣之，字奉伯，中領軍。嗣之生延之，上虞令。延之生彬，彬今南郡丞。”

“峰距”，方以智曰：“‘峰距’一作‘峰岠’，言峰稜機距也。王茂弘曰：‘卞望之峰距。’言其神峰崖岸，峻然距閉，使人不敢犯也。”《通雅》卷七。〇岡白駒曰：“峰距，謂不可犯也。”〇淇園曰：“峰距，謂其與他山嶺相距以特立也。”〇田中頤曰：“言其特立不可攀也。”〇陳僅曰：“峰距，猶嶽峙也。言其高峻，使人不可近。”《捫燭脞存》卷十二。〇楊勇曰：“《玉篇》：‘岠，大山也。’”〇王叔岷曰：“‘距’‘岠’古通。《穆天子傳》一：‘卬卬距虛走百里。’《爾雅·釋地》‘距’作‘岠’，即其比。”〇龔斌曰：“‘峰距’喻卞壼性剛且有鋒芒。”

◎李詳曰：“丞相此品三人，語意未罄。據注，孔坦阻成帝不往拜曹夫人，故丞相激爲此語。《太平御覽》四百四十七引《郭子》語與此同，下有‘並一見我而服也’，如此方合。義慶書多本《郭子》，即郭頒《世語》也。”余嘉錫按曰：“《隋志》史部雜史類：《魏晉世語》十卷，晉襄陽令郭頒撰。子部小說家類：《郭子》三卷，東晉中郎將郭澄之撰。畔然二書。本書《方正篇》‘夏侯玄既被枉楷’條注，以郭頒爲西晉人，則自不得記王導之事。審言此語，可稱巨謬。”

〇注“虞預書曰”

“戴儼字若思”，李慈銘曰：“戴若思本名淵，《晉書》因避唐高祖諱，但稱字。此云名‘儼’，是若思有二名也。”《簡端記》。〇丁國鈞曰：“據陸機薦若思文，亦作戴淵。虞《書》云名儼。頗疑若思有更名事，而史失載。”《校文》卷三。〇徐震堮曰：“《自新》二注引虞預《晉書》曰：‘機薦淵於趙王倫曰：伏見處士戴淵。’同引虞《書》，而若思之名作‘儼’作‘淵’不同，殊不可解。”〇龔斌曰：“《禮記·曲禮上》：‘儼若思。’疑戴淵後更名儼，以合《禮記》之義。”

“辯濟”，恩田仲任曰：“言俊辯而濟事。”〇秦士鉉曰：“精辨而成事也。”

○注“卞壼別傳曰”至“聊載之耳”

“以貴正見稱”，恩田仲任曰：“貴正，簡貴清正。”○秦士鉉曰：“貴，‘貴要’‘簡貴’之貴。”

“貴遊子弟能談嘲者”，恩田仲任曰：“《周禮・師氏》：‘凡國之貴遊子弟學焉。’謂貴家子弟優游閒暇者。”○秦士鉉曰：“蓋貴族子弟無職任者。”○朱鑄禹曰：“談嘲，謂善言談、嘲諷，即今所謂詼諧也。”

“皆折節爲名士”，岡白駒曰：“貴遊子弟能談嘲者皆爲名士。”○秦士鉉曰：“折節，謂改行也。皆，皆上貴遊子弟。”

“孔坦爲侍中”三句，大典顯常曰：“《晉書》列傳四十八《孔愉傳》：坦字君平。愉從子，爲侍中。時成帝每幸丞相王導府，拜導妻曹氏，有同家人，坦每切諫。及帝既加元服，猶委政王導，坦每發憤，以國事爲己憂，言於帝曰：宜博納朝臣，諮諏善道。由是忤導，出爲廷尉。”○程炎震曰：“《通鑒》：‘咸康元年，帝幸司徒府拜導，並拜其妻。孔坦諫。’”

“駑痾”，恩田仲任曰：“駑，馬頓劣也。‘痾’，俗‘疴’字，病也。”○朱鑄禹曰：“蓋謂弱馬而又病者。”

“當取爾不”，秦士鉉曰：“導謂我駑才，故坦侮己，我若二子者，坦不敢爾也。”○龔斌曰：“《郭子》於王導目三人之下有‘並一見我而服也’一句，語意較完整。王導意謂我雖平庸且病，然若卞望之、刁玄亮、戴若思等明察、高峻者，猶皆一見而服我，而孔坦還敢如此？不滿之中，頗感驚詫。”

“此言殊有由緒”，王世懋曰：“此須注乃得了然。”

【彙評】

楊巘曰：“晉室南遷，制度草創，永嘉之亂，囂風未除。廷臣猶以謝鯤輕佻，王澄曠誕，競相祖習，以爲高達。卞壼屬色於朝曰：‘帝祚流移，社稷傾蕩，職茲浮僞，致此隳敗。猶欲崇慕虛誕，汙蠱時風，奏請翰之，以正頹俗。’王導、庾亮抑之而止。噫！西晉之風，百代所悲。移都江左，是塞源端本之日也。猶乃翼虛駕僞，宗扇佻薄，躡諸敗跡，踵其覆轍。以此創立朝綱，基構王業，何異乘膠船而泛巨浸，操朽索以馭奔駟乎？設使從卞壼之奏，黜屏浮僞，登進豪賢，左右大法，維持紀綱，則晉亦未可量也。其後王敦作逆，蘇峻繼亂，余以爲晉亂不自敦、峻，而稔於導、亮。"《原晉亂説》，《文苑英華》三百六十二引。

楊慎曰："君尊臣卑，如天高地下。成帝幸導宅，嘗拜導妻曹氏，而導偃然受之不辭。及侍中孔坦密表不宜，導聞之怒曰：'王茂弘駑痾耳。若卞望之巖巖，刁玄亮之察察，戴若恩之峰岠，當敢爾耶！'夫濱危亡之中，而不失君臣之禮，此趙襄子之所以賞周舍也，導知君臣之義，曾不如周舍乎？"《丹鉛摘録》卷十一。

王夫之曰："成帝以幼沖嗣立，委政王導，拜導及其妻曹氏，魏晉君臣之際，陵夷至此，石勒曰：'曹孟德、司馬仲達狐媚以取天下。'誠有謂也。天子之不傲倨以臨臣下者，唯當寧立而不坐，天揖同姓，時揖異姓，土揖庶姓，而不聽其趨蹌，此三代之以禮待臣，而異於暴秦之已亢者也。惡有屈一人之至尊拜其下而及其婦人哉！"《讀通鑑論》卷十三。

田餘慶曰："卞壺欲奏推貴遊子弟而王導、庾亮不從，這是新舊兩種門第矛盾的表現。儘管卞壺屢次奏彈王導，在王、庾之間偏向庾亮而爲庾亮所用，但是在這一涉及士族名士共同利益的問題上，庾、王又是保持一致，以抵抗卞壺之議。"《政治》頁九一。

蔣凡曰："三人都與王導之優游寬和的作風不同，因剛直太過而拒人千里之外。王導此語，乃譏諷孔坦欺軟怕硬。"

55

大將軍語右軍："汝是我佳子弟[1]，按《王氏譜》："羲之是敦從父兄子[2]。"當不減阮主簿。"《中興書》曰："阮裕少有德行，王敦聞其名，召爲主簿，知敦有不臣之心，縱酒昏酣，不綜其事。"

○"大將軍"至"阮主簿"

"當不減阮主簿"，田中頤曰："此蓋獎成之辭，言其成立後當然也。"

---

[1] "我佳子弟"，楊勇曰："'我'下當有'家'字。《晉書·王羲之傳》：'敦嘗謂羲之曰：汝是吾家佳子弟，當不減阮主簿。'"

[2] "敦從父兄子"，龔斌曰："據汪藻《琅邪臨沂王氏譜》，王敦與羲之父王曠爲從兄弟，羲之乃敦從兄（或從弟）子。'父'字乃衍。"

○注“中興書曰”

“不綜其事”，吳金華曰：“總理其事叫做‘綜’，這裏是管理、治理的意思。（《周易·繫辭上》‘錯綜其事’）虞翻注：‘綜，理也。’”《考釋》頁一三二。

【彙評】

田中頤曰：“特期大成。”

56

世目周侯“嶷如斷山”。《晉陽秋》曰：“顗正情嶷然，雖一時儕類，皆無敢媟近。”

○“世目”至“斷山”

“嶷如斷山”，土思任曰：“言其獨立。”○岡白駒曰：“嶷，亥高貌。”○洪園曰：“‘嶷’亦特立也。”○恩田仲任曰：“嶷，高聳貌。”○田中頤曰：“謂周嶷然特立，如斷獨山也。”○龔斌曰：“喻周顗之人格高峻特立，令人望而生畏。”

【彙評】

田中頤曰：“仰爲峻德。”

57

王丞相招祖約夜語[1]，至曉不眠。明旦有客，公頭

---

〔1〕“王丞相招祖約”，《考異》作“祖約就王丞相宿”。

1021

鬢未理〔1〕，亦小倦〔2〕。客曰："公昨如是，似失眠〔3〕。"公曰："昨與士少語〔4〕，遂使人忘疲。"

【彙評】

王世懋曰："祖約叛臣，何是爾？清談真不足貴。"蔣凡按曰："祖約叛亂是後來之事。"

凌濛初曰："丞相每與作逆者傾注。"

蔣凡曰："與祖約清言以示好，正是王導爭取流民帥支持的措施，不可輕視其政治意義。"

58

王大將軍與丞相書，稱楊朗曰："世彥識器理致，才隱明斷，既爲國器，且是楊侯淮之子〔5〕。《世語》曰："淮字始立〔6〕，弘農華陰人。曾祖彪、祖修，有名前世。父囂，典軍校尉。淮元康末爲冀州刺史。"荀綽《冀州記》曰："淮見王綱不振，遂縱酒不以官事規意，消搖卒歲而已。成都王知淮不治，猶以其名士，惜而不遣，召爲軍咨議祭酒〔7〕，

---

〔1〕 "公頭鬢"，《考異》"公"作"尚"。
〔2〕 "亦小倦"，余嘉錫曰："'亦'上沈本有'體'字。汪藻《考異》同。"
〔3〕 "公昨如是似失眠"，《考異》無"是"字。楊勇曰："'如是'複詞，'如是'是也。"
〔4〕 "昨與士"，《考異》"昨"作"昨夜"。
〔5〕 "楊侯淮"，徐震堮曰："'淮'當作'準'。《魏志·陳思王傳》注引《世說》及《冀州記》並作'準'。"楊勇曰："宋本作'淮'，非。"
〔6〕 "淮字始立"，李慈銘曰："淮，《三國·魏志·陳思王植傳》注引《世語》作'準'。以'字始立'推之，作'準'是也。蓋'準'或'省'作'准'，遂誤爲'淮'，如劉宋時王準之亦作'准之'，今遂誤爲'王淮之'矣。"程炎震曰："'淮'當作'準'，見前《識鑒篇》。《御覽》四百四十四引《郭子》曰：'準字彥清。'"王利器曰："案《三國·魏志·陳思王傳》注引《世語》'淮'作'準'，《弘農華陰楊氏譜》亦作'準'。這裏正文及注的'淮'字，都當作'準'。"
〔7〕 "召爲軍咨議祭酒"，董刻本"咨"作"諮"徐震堮曰："《魏志·陳思王傳》注引《冀州記》作'召以爲軍謀祭酒'。"

府散停家。關東諸侯欲以淮補三事，以示懷賢尚德之事[1]，未施行而卒。時年二十有七[2]。"位望殊爲陵遲[3]，卿亦足與之處[4]。"

○"王大將軍"至"與之處"

"才隱"，蔣凡曰："才學深邃。"

"陵遲"，徐震堮曰："衰微是本義。亦引申爲'蹉跎'或'坎坷'的意思。"《釋義》。又曰："蹉跎，淹滯。"《簡釋》。○蕭艾曰："謂仕宦不得志，有蹉跎歲月之意。"《探幽》頁一〇二。

"與之處"，周一良曰："處，周旋也。"《商兌》。

○注"世語曰"至"二十有七"

"成都王知淮不治"，恩田仲任曰："成都王，穎。不治，謂放縱也。"

"惜而不遣"，徐震堮曰："'遣'《魏志·陳思王傳》注引《冀州記》作'責'，疑此注本作'譴'。"○楊勇曰："'遣'通'譴'，責也。"

"府散停家"，平賀房父曰："成都王没，大將軍府散，故淮停滯於家也。"○朱鑄禹曰："謂成都王敗，府散。停家，停留在家，猶居家也。"

"以淮補三事"，岡白駒曰："三事，三公也。"○楊勇曰："《書·立政》：'任人、準夫、牧，作三事。'按即公卿、大夫、州牧也。"

59

何次道往丞相許[5]，丞相以麈尾指坐，呼何共坐，

---

〔1〕"之事"，趙西陸曰："《魏志·陳思王植傳》注引'之'下有'舉'字，當據補。"徐震堮曰："'之'下《魏志·陳思王植傳》注引《冀州記》有'舉'字，'事'字屬下句。"

〔2〕"有七"，龔斌曰："'七'下董刻本、沈校本並有'矣'字。"

〔3〕"殊爲"，龔斌曰："'殊'宋本、沈校本並作'絶'。"

〔4〕"足與之處"，《考異》"足"作"是"，"處"下有"至"字，"至"接"世目楊朗沈審經斷"句，《考異》曰："前卷此八字别是一段。"

〔5〕"丞相許"，王叔岷曰："《御覽》三九三引《郭子》'丞相'上有'王'字。"

曰:"來!來!此是君坐〔1〕。"何充,已見。

○"何次道"至"是君坐"

"何次道",敬胤曰:"充字次道,廬江潛(一作竇)人也。智祖貞,字元榦,光禄大夫。祖惲,字稺叔,豫州刺史。榦督,字彦,安豐太守。《晉陽秋》曰:'充有文義,王敦辟爲掾,轉主簿。王導器之,欲使繼相。及爲宰相所妮,庸雜起佛宇,供養沙門百數,徵使役民,功賞萬計,而姓有第(一作予)能。成帝崩,庾冰欲立長君,充欲立皇子,爭之不能,乃言於康帝曰:去年陛下龍飛者,庾冰之功,臣無預焉。'驃騎將軍,開府,録尚書,揚州刺史,贈司空,諡曰文穆公。"按"智祖貞"當作"曾祖楨","榦督"爲"父睿"之誤,"字彦"下疑脱一字。

"麈尾",崔朝慶曰:"鹿大者曰麈。古人取其尾以爲拂拭之用。"○張萬起曰:"麈是一種大鹿,麈尾搖動可以指揮鹿群的行動方向。'麈尾'取義於此,有領袖清談之義。"按"麈尾"義參見《言語篇》"庾法暢造庾太尉"條。

"來來此是君坐",田中頤曰:"此丞相有欲讓何之意,故指坐,且複言'來'字以進之,言此坐獨爲是君所設也。"

◎余嘉錫曰:"此出《郭子》,見《御覽》三百九十三及七百三引。"

【彙評】

王思任曰:"此座,爵耶?人也。"
田中頤曰:"寵遇至渥。"

---

〔1〕 "指坐呼何共坐"數句,《考異》作:"指牀呼共坐:來,此是君坐。"徐震堮曰:"'指'《書鈔》一三四引《郭子》作'確','確'乃'榷'之俗字,借作'推'。"朱鑄禹曰:"《太平御覽》三九三《坐門》引《郭子》作'確牀'。"

60

丞相治楊州廨舍〔1〕，按行而言曰〔2〕："我正爲次道治此爾！"何少爲王公所重〔3〕，故屢發此歎〔4〕。《晉陽秋》曰："充，導妻姊之子，明穆皇后之妹夫也。思韻淹濟〔5〕，有文義才情，導深器之。由是少有美譽，遂歷顯位。導有副貳已使繼相意〔6〕，故屢顯此指於上下。"

○"丞相治"至"發此歎"

"楊州廨舍"，敬胤曰："今西州也。《平陽記》曰：'揚州廨，王敦所創也。'揚州舊治壽春，唯劉繇治曲阿，吳範、諸葛恪則建業。晉自周浚至王敦，仍吳之舊。敦後領州牧。及桓溫、桓玄悉治敦。王茂弘已來及桓謙則在建康。永嘉元年，顧榮誅陳敏，揚州刺史劉機治建康，王敦代機。元帝渡江，居城府，敦便立州廨於此。及王茂弘爲州，又脩舍，守令之制置，多茂弘遺事也。宋大明中，分此廨爲二王第。元徽初改創，今無復昔構矣。"按"平陽"疑"丹陽"之誤，"治敦"疑"沿敦"之誤。周一良《批校》曰："'西州'見《晉書》七九《謝安傳》。"

"按行"，張萬起曰："巡行查看。"《詞典》頁三六九。

"故屢發此歎"，徐震堮曰："此承前條而言。"

◎余嘉錫曰："此出《郭子》，見《御覽》二百五十五引。"

○注"晉陽秋曰"

"明穆皇后"，秦士鉉曰："庾氏，明帝后也。"

"思韻淹濟"，恩田仲任曰："思韻，思慮氣韻。淹濟，淹雅而濟事。"○秦士鉉曰："韻，猶致也。"

---

〔1〕 "楊州廨舍"，《考異》、董刻本"楊"作"揚"。朱鑄禹曰："袁本、諸本作'楊州'。"又，《考異》無"舍"字。
〔2〕 "按行"，董刻本"按"作"桉"。朱鑄禹曰："袁本、諸本作'按'。"
〔3〕 "何少爲王公所重"，《考異》"何"作"充"，"重"上有"知"字。
〔4〕 "故屢發"，《考異》"故"上有"是"字。
〔5〕 "淹濟"，日賀房父曰："'濟'本傳作'雅'。"天保手批曰："'濟'一作'雅'。"
〔6〕 "副貳已"，吳金華《考釋》曰："徐氏《校箋》作'副貳己'是對的，意思是'給自己當副手'。"頁一三三。

“指於上下”，秦士鉉曰：“上下，君臣也。”

【彙評】

王世懋曰：“殊得首相傳缽心事。”恩田仲任按曰：“《增續韻府》曰：五代唐范質舉進士，主文和凝愛其文，宜冠多士，屈居第十三者，欲君傳老夫衣缽爾。有獻詩云：‘從此廟堂添故事，登庸衣缽亦相傳。’”

蔣凡曰：“揚州刺史一職往往爲宰相兼領，土導即以丞相而領揚州刺史。其後庾冰、何充、蔡謨、桓溫、謝安諸人皆兼任揚州刺史。故事中王導言‘正爲次道治此爾’，傳達出以何充爲接班人的堅定意願。”

61

王丞相拜司徒而歎曰：“劉王喬若過江，我不獨拜公。”曹嘉之《晉紀》曰：“疇有重名，永嘉中爲閻鼎所害。司徒蔡謨每歎曰：‘若使劉王喬得南渡〔1〕，司徒公之美選也。’”

○“王丞相”至“不獨拜公”

“劉王喬若過江”二句，田中頤曰：“言劉先我宜爲司徒之人也。”
◎錢大昕曰：“《裴秀傳》末云：‘王導爲司空，既拜，歎曰：裴道期、劉王喬在，吾不得獨登此位。’《劉隗傳》末云：‘王導初拜司空，謂人曰：劉王喬若過江，我不獨拜公也。’此一事而重出也。”《考異》卷二十二。○徐震堮曰：“事見《晉書·劉隗傳》。《裴秀傳》亦云：‘王導爲司空，既拜，歎曰：裴道期、劉王喬在，吾不得獨登此位。’”

○注“曹嘉之晉紀曰”

“司徒公之美選”，秦士鉉曰：“稱‘司徒’，是欲讓己官也。”朱鑄禹釋曰：“稱劉疇爲司徒公之美選，意謂欲讓己官也。”○朱鑄禹曰：“此蔡自謂不如劉疇，言若

---

〔1〕 “若使”，董刻本“使”作“浦”。王利器曰：“各本‘浦’作‘使’，是。”

劉乃克當司徒之選也。”

62

　　王藍田爲人晚成，時人乃謂之癡〔1〕。《晉陽秋》曰：“述體道清粹，簡貴靜正，怡然自足，不交非類。雖群英紛紛，俊乂交馳，述獨蔑然，曾不慕羨〔2〕。由是名譽久蘊。”王丞相以其東海子，辟爲掾。常集聚〔3〕，王公每發言，衆人競贊之〔4〕。述於末坐曰〔5〕：“主非堯舜〔6〕，何得事事皆是！”丞相甚相歎賞〔7〕。言非聖人，不能無過。意譏讚述之徒。

　　○“王藍田”至“甚相歎賞”

　　“王藍田”，劉應登曰：“述，承之子。”○胡三省曰：“昶之子湛，湛之子承，世有高名。述，承子也。”《通鑑·晉紀十七》注。

　　“爲人晚成”，吳金華曰：“‘晚成’是‘不慧’的同義語。作爲魏晉俗語，它不再表示《老子》‘大器晚成’的意義。”《考釋》頁一三四。

　　“東海子”，敬胤曰：“《晉陽秋》曰：‘東海王述，字懷祖。父丞，字安期，東海內史。’述爲丞相王導掾、左軍長史、臨海太守、會稽內史、征虜將軍、揚州刺史、散騎常侍、尚書令、衛將軍，贈驃騎將軍、兩府舊國簡侯。述二子：坦之、禕之。”○徐震堮曰：“述父承，官東海太守。”

　　“辟爲掾”，程炎震曰：“《晉書》：司徒王導辟爲中兵屬。”

　　○注“言非”至“之徒”

　　“讚述”，凌濛初曰：“讚丞相也。注云‘讚述’，誤。”○趙西陸曰：“述，

---

〔1〕　“乃謂之癡”，《考異》作“乃識之”。
〔2〕　“慕羨”，董刻本“慕”作“莫”。王利器曰：“各本‘莫’作‘慕’，是。”
〔3〕　“常集聚”，《考異》“常”作“嘗”。
〔4〕　“贊之”，《考異》“贊”作“讚”。
〔5〕　“述於”，《考異》無“於”字。
〔6〕　“主非堯舜”，程炎震曰：“《晉書》作‘人非堯舜’，是也。”
〔7〕　“甚相歎賞”，《考異》作“賞歎甚深”。

疑當作‘導’。”○朱鑄禹曰：“依文義似當作‘讚丞相’。此注疑爲後人所加。”
○龔斌曰：“述，稱述。”

【彙評】

王思任曰：“侃然，此後必不聞此。”

凌濛初曰：“一語令千古佞諛羞死。”

張撝之曰：“王述所説的‘主非堯舜，何得事事皆是’，當場諷刺了那些爭
着討好王導的人，從中可以窺見當時一班清客附炎趨勢的嘴臉，而王述之所以被
認爲‘癡’，看來也正在這些地方不隨流俗。”《選注》。

63

世目楊朗：“沈審經斷。”蔡司徒云：“若使中朝不
亂，楊氏作公方未已。”謝公云：“朗是大才。”《八王故事》
曰：“楊淮有六子[1]，曰：喬、髦、朗、琳、俊、仲[2]，皆得美名。論者以
謂悉有台輔之望。文康庾公每追歎曰：‘中朝不亂，諸楊作公未已也。’”

○“世目楊朗”至“朗是大才”

“經斷”，張萬起曰：“善於判斷。經，長、擅長。”○龔斌曰：“籌畫判斷。”
“蔡司徒”，徐震堮曰：“蔡謨。”

【彙評】

余嘉錫曰：“劉疇典選，改傅宣之成法，致令人人奔競，而王導、蔡謨以爲

---

〔1〕 “楊淮”，余嘉錫曰：“沈本作‘楊準’。”王利器曰：“蔣校本、沈校本‘淮’作‘準’，是。《弘農
　　 華陰楊氏譜》正作‘準’。”徐震堮曰：“‘淮’沈校本作‘準’，是，《魏志·陳思王傳》注引《世
　　 説》、《冀州記》並作‘準’。”
〔2〕 “喬”，徐震堮曰：“《魏志·陳思王傳》注引《冀州記》作‘嶠’。”“琳”，徐震堮曰：“《華陰楊
　　 氏譜》作‘林’。”“仲”，余嘉錫曰：“景宋本及沈本俱作‘伸’。”徐震堮曰：“影宋本及沈校本並
　　 作‘伸’，《華陰楊氏譜》同。”

可作司徒公。楊朗爲王敦致力，稱兵犯順，而謨及庾亮又惜其不作三公。當時所謂公輔之器者，例皆如此，其人才可想矣。王、庾不足論，道明、安石號稱賢者，不知其鑒裁安在也！”

64

劉萬安即道真從子〔1〕。庾公琮，字子躬。所謂“灼然玉舉”。又云：“千人亦見，百人亦見。”《劉氏譜》曰：“綏字萬安，高平人。祖奧，太祝令。父斌〔2〕，著作郎。綏歷驃騎長史。”

○“劉萬安”至“百人亦見”

“灼然玉舉”，劉應登曰：“言表表於衆人之中，即‘灼然玉舉’之意。”按凌瀛初本無“人”以下九字。天保手批曰：“分‘人’字以上爲應登評。”○田中頤曰：“以其美姿光彩特異於衆人言。”○孫志祖曰：“《晉書·阮瞻傳》‘舉止灼然’，案‘止’字疑衍。灼然者，晉世選舉之名，於九品中正中爲第二品也。《溫嶠傳》：‘舉秀才灼然二品。’蓋江左初不以第一流評嶠，故但得第二品耳。《鄧攸傳》亦云：‘舉灼然二品。’”《讀書脞録續編》卷三。○郝懿行曰：“《晉書·鄧攸傳》‘舉灼然二品’，不審‘灼然’爲何語。讀《阮瞻傳》‘舉止灼然’，《溫嶠傳》‘舉秀才灼然’，爲當時科目之名。”《晉宋書故》。○李詳曰：“此之‘灼然玉舉’，亦似被舉‘灼然’之後，庾公加以贊辭，故下云‘千人亦見，百人亦見’也。”○余嘉錫曰：“考《書鈔》六十八引《續漢書》云：‘陳寔字仲躬，舉灼然，爲司徒屬、大丘長。’則灼然之爲科目，自後漢已有之，不起於魏之中正也。又《晉書·苻堅載記》云：‘堅下書悉發諸州公私馬人，十丁遣一兵。門在灼然者，爲崇文義從。’可見當時名列灼然者甚衆。雖在九品之中，然並不能盡登二品，否則必如紀瞻、溫嶠之流，始與此選，其人當稀如星鳳，安能發爲義從？”○徐震堮曰：“按《鄧攸傳》‘舉灼然二品，爲吳王文學’，《苻堅載記》下‘門

〔1〕 “從子”，龔斌曰：“《御覽》四四六引《世説》作‘子’。按孝標注引《劉氏譜》爲萬安父斌，故當作‘從子’是。”
〔2〕 “父斌”，楊勇曰：“‘斌’宋本作‘賦’。”

在灼然者爲崇文義從’，其爲科目之名，尤爲顯然。但此處‘灼然’，恐僅作副詞用。玉舉，猶玉立也。”○張萬起曰：“灼然，晉科舉之名。玉舉，美好的人選。”○蔣凡曰：“魏晉時除皇族外無一品，故灼然二品爲最高，可見此科難以擠入。”○龔斌曰：“此‘灼然’爲赫然在目之意，用同徐幹《中論》‘灼然若披雲而見日’、《晉書》六《元帝紀》‘不顯灼然之跡’之‘灼然’。”

“千人亦見”二句，岡白駒曰：“雖雜在千百人中可見，謂超越於凡衆也。”○秦士鉉曰：“雖在千百人中，其身不自没，謂超出於衆也。”

○注“琮字子躬”

“琮字子躬”，何焯曰：“‘琮字子躬’四字，乃前‘王長史是庾子躬外孫’注脱文。”○楊勇曰：“時人通稱庾亮爲庾公，今此孝標以爲庾琮，不知何據。”

65

庾公爲護軍，屬桓廷尉覓一佳吏，乃經年。桓後遇見徐寧而知之，遂致於庾公曰：“人所應有，其不必有；人所應無，己不必無。真海岱清士。”《徐江州本事》曰：“徐寧字安期，東海郯人[1]。通朗有德素，少知名。初爲輿縣令。譙國桓彝有人倫鑒識，嘗去職無事，至廣陵尋親舊，遇風，停浦中累日，在船憂邑，上岸消摇，見一空宇，有似廨署[2]，彝訪之。云：‘輿縣廨也，令姓徐名寧。’彝既獨行，思逢悟賞，聊造之。寧清惠博涉，相遇怡然。遂停宿，因留數夕，與寧結交而別。至都，謂庾亮曰：‘吾爲卿得一佳吏部郎[3]。’亮問所在，彝即敍之。累遷吏部郎、左將軍、江州刺史。”

○“庾公爲”至“海岱清士”

“庾公爲護軍”，程炎震曰：“大寧三年十月，庾亮爲護軍將軍。”龔斌按曰：

---

[1] “郯人”，楊勇曰：“‘郯’宋本作‘剡’，非。”朱鑄禹曰：“袁本、諸本作‘郯’。”
[2] “廨署”，余嘉錫曰：“‘署’景宋本及沈本作‘舍’。”
[3] “部郎”，大典顯常曰：“二字當删。”恩田仲任曰：“二字衍文。”

“庾亮爲護軍將軍在泰寧二年十月，程誤記。”

“覓一佳吏”，大典顯常曰：“似謂掾吏。”《集成》。○田中頤曰：“覓，謂選而求之。”

“遇見徐寧而知之”，崔朝慶曰：“言賞識之也。”

“人所應有”四句，岡白駒曰：“人所應有，人情所不免也。人所應無，人情多所無也。如人所應有，己亦有，而其所應無，己亦無，則是平平人耳。不必有，不必無，故爲清士。”○大典顯常曰：“言其行雖或劣於人，然亦能有超於人也。”○淇園曰：“言其胸襟中所畜，無凡常者，而有清高者也。”○李慈銘曰：“‘己不必無’，‘不’是衍字，當作‘己必無’，與下王長史道江道群語同。若作‘不必無’，則庸下人矣，安得謂之清士？”《簡端記》。○劉盼遂曰：“‘己不必無’‘不’字係涉上文而衍。本篇：‘王長史道江道群：人可應有乃不必有，人可應無己必無。’可據正也。《晉書‧桓彝傳》作‘人所應有而不必有，人所應無而不必無’，亦誤。”余嘉錫按曰：“盼遂所言雖似有據，然余以爲徐寧、江灌之爲人原不必相同，則桓彝、王濛之品題，亦故當有異。”王叔岷曰：“‘己’下楊《校箋》從劉盼遂《箋》刪‘不’字，是。”○趙西陸曰：“《宋書‧江智淵傳》曰：‘沈懷文並與智淵友善。懷文每稱之曰：人所應有盡有，人所應無盡無者，其江智淵乎！’正因此語。”○余嘉錫曰：“夫所謂人所應無者，謂衡之禮法不當有者也。而晉之名士固不爲禮法所拘，禮所應無而竟有之者多矣。如王平子、謝幼輿之徒所爲皆是也。時流競相慕效，卞望之欲奏治之，而王導、庾亮不從。徐寧行事不知何如，然見用於庾亮，疑亦不羈之流，故桓彝評之如此。若江灌者，本傳稱其以執正積忤謝奕、桓溫，視權貴蔑如，則實方正之士。故王濛反用桓彝之語，以爲之目。”龔斌按曰：“以禮法衡之當有當無，似未確。”○王叔岷曰：“‘其’‘己’互文，‘其’猶‘己’也。”○龔斌曰：“若人所應有己亦有，人所應無己亦無，則爲隨波逐流之徒。‘人所應有其不必有，人所應無己不必無’，方是特立獨行，具有鮮明個性者也。”

“海岱清士”，岡白駒曰：“《禹貢》：‘海岱維兗州。’”○田中頤曰：“是其人奇特誠實而無修飾，故曰清士也。”○崔朝慶曰：“海岱，古稱今山東省東海與泰山間之地也。”

○注“徐江州本事曰”

《徐江州本事》，葉德輝曰：“《隋志》不著録。徐江州，徐寧也。”《書目》。

“輿縣令”，李詳曰：“案焦循《邘記》卷一，輿縣在廣陵之南，故彝從廣陵還都過此。在大浦之旁，室宇有似廨署，則輿縣似無城郭。浦所以控潮，則瀕於江矣。輿縣至宋并入江都，其地與江都皆臨江。大抵輿縣在江都之東，海陵之西，江都與今儀徵近，輿縣與瓜洲近。《宋書·州郡志》注：‘前漢屬臨淮，後漢省臨淮，屬廣陵。’又案《宋書·符瑞志》：‘文帝元嘉二十五年，廣陵太守范邈上言，所領輿縣，前有大浦，控引潮流。’此浦即《本事》‘停浦中累日’之浦，蓋浦所以障江流也。”

“憂邑”，恩田仲任曰：“‘邑’與‘悒’同，不安也。”

“思逢悟賞”，胡三省曰：“悟，開覺也。賞，褒嘉也。”《通鑒·宋紀二》注。○桃井白鹿曰：“欲逢賞心相悟之人。謝靈運詩：‘永絕賞心悟。’《卓氏藻林》：‘賞心悟，謂與賞心之友相悟對也。’”

“清惠”，秦士鉉曰：“‘惠’‘慧’通用。”

【彙評】

劉辰翁曰：“此語甚不容易，不特包罩，多風刺。”評“人所應有”四句。
袁中道曰：“含蓄。”《舌華錄》卷一。

66

桓茂倫云：“褚季野皮裏陽秋。”謂其裁中也。《晉陽秋》曰：“裒簡穆有器識。”故爲彝所目也。

○“桓茂倫”至“其裁中也”

“褚季野”，徐子光曰：“晉褚裒字季野，河南陽翟人，康獻皇后父也。少有簡貴之風，與杜乂俱有盛名，冠於中興。桓彝目之曰：‘季野有皮裏陽秋。’言其外無臧否，而内有所褒貶也。謝安亦雅重之，嘗云：‘裒雖不言，而四時之氣亦備矣。’仕至征北大將軍。”《蒙求集注》卷上“季野陽秋”條。

“皮裏陽秋”，趙與時曰：“晉簡文母鄭太后諱阿春，晉人避其諱，皆以‘春秋'爲'陽秋'。若《褚裒傳》桓彝目之曰'有皮裏陽秋'，《苟奕傳》張闓、孔愉難奕駁陳留王出城，夫謂'宋不城周，《陽秋》所譏'，則皆事在鄭后之前，晉之史官追改以避之耳。"《賓退錄》卷三。○桃井白鹿曰："晉簡文鄭太后名阿春，故諱'春'爲'陽'。"○程炎震曰："《晉書》九十三《裒傳》作：'季野有皮裏春秋。言其外無臧否，而内有所褒貶也。'"○周一良曰："《世説新語》及《晉書》之解釋皆近於望文生義。'皮裏'實即'活人'之意。《梁書》三三《劉孝綽附子諒傳》云：'少好學，有文才，尤博悉晉代故事，時人號曰皮裏晉書。'《南史》三九文同，而'裏'作'裹'。'皮裏''皮裹'義可相通，疑仍以作'裹'爲是，意即'活晉書'。以此例推之，'皮裏春秋'原意亦不外'活春秋'也。"《史札》頁九九至一○○。

"其裁中也"，桃井白鹿曰："裁中，裁斷於心中也。"○田中頤曰："言口不臧否，而裁決於中心，謹之至也。"○徐震堮曰："裁中，謂中有制裁也。"○龔斌曰："鑒裁得中之意。"

【彙評】

戴埴曰："褚裒以椒房之親，而力辭大位，有彭城之捷，固可取矣。然桓彝稱其'皮裏春秋'，則是以聖人之事許之矣，而可乎？夫季野之臧否人物不可考，但觀其談《老》《易》，則學術不端，而眩惑於異端之間。且自任伐趙，喪師蹙國，則有不量己之暗；力薦殷浩，致敗國事，則有不知人之蔽。然則'皮裏春秋'之譽，不亦太誇耶？"《品藻》卷十七。

楊一奇曰："褒貶在内，人何由知？臧否未形，論何由定？雖然，此寔居亂世而保族全身之道也。"《史談補》卷四。

67

何次道嘗送東人，瞻望，見賈寧在後輪中，曰："此人不死，終爲諸侯上客。"《晉陽秋》曰："寧字建寧[1]，長樂人，賈氏孽子也。初自結於王應、諸葛瑤。應敗，浮遊吳會，吳人咸侮辱之。聞京師亂，馳出投蘇峻，峻甚暱之，以爲謀主。及峻聞義軍起[2]，自姑孰屯于石頭，是寧之計。峻敗，先降。仕至新安太守。"

○"何次道"至"諸侯上客"

"送東人"，恩田仲任曰："東人，會稽人。"○張萬起曰："會稽處於建康之東，故當時人常以'東'指會稽。"

"在後輪中"，大典顯常曰："後輪，後車也。"《集成》。○李慈銘曰："'輪'疑是'艑'或'艙'字之誤。"《簡端記》。○趙西陸曰："'輪'當作'艑'，《宋書·張敷傳》：'卿可以皮艑載之。'"

"此人不死"二句，田中頤曰："言賈精神英揚，必不空死，後當爲上客，立功名也。"

○注"晉陽秋曰"

"孽子"，恩田仲任曰："庶子。"

"王應諸葛瑤"，秦士鉉曰："應，王敦之養子。瑤，不詳。"

"浮游吳會"，方以智曰："勾踐滅吳，則吳地皆越，故通稱會稽。漢分爲吳郡、會稽郡，故又合言'吳會'。"《通雅》卷十三。

"峻甚暱之"，徐震堮曰："賈寧爲蘇峻參軍，見《峻傳》。"

"義軍起"，秦士鉉曰："謂溫嶠、陶侃倡義於武昌。"

【彙評】

劉辰翁曰："一樣語病，此復可可。"秦士鉉按曰："此評難解。"

王世懋曰："賊何足道，當是緣丞相保存意耳。"大典顯常《集成》按曰："見《方正篇》。"

[1] "建寧"，余嘉錫曰："'寧'沈本作'長'。"
[2] "及峻聞"，秦士鉉曰："'及'字疑誤。"

68

杜弘治墓崩，哀容不稱。庾公顧謂諸客曰："弘治至
羸，不可以致哀。"《晉陽秋》曰："杜乂字弘治，京兆人。祖預、父錫，
有譽前朝。乂少有令名，仕丹陽丞〔1〕，蚤卒。成帝納乂女爲后。" 又曰：
"弘治哭不可哀。"

○"杜弘治"至"哭不可哀"

"墓崩"，趙西陸曰："謂其父母墓也。"○朱鑄禹曰："此指太寧三年閏八月
明帝崩，杜臨墓舉哀也。"龔斌按曰："朱注誤。明帝崩，無有稱'墓崩'之理。墓崩者，
墳墓崩壞也。"

世稱"庾文康爲豐年玉，稺恭爲荒年穀"。庾家論
云是文康稱"恭爲荒年穀〔2〕，庾長仁爲豐年玉"。謂亮有
廊廟之器，翼有臣世之才〔3〕，各有用也。

○"世稱庾"至"豐年玉"

"庾文康爲豐年玉"二句，大典顯常曰："豐年玉，愈增其美；荒年穀，勔
救其急。"○淇園曰："豐年則玉貴，荒年則穀貴。豐年玉以喻治世之所貴，荒
年穀以喻季世之所貴。"○田中頤曰："豐年所貴莫如玉，因謂有治世敷和之器
也。荒年所貴莫如穀，因謂有季世救急之才也。"○崔朝慶曰："豐年玉，喻其
足以潤色太平也。荒年穀，喻其足以匡濟時艱也。"○張萬起曰："豐年玉，比

---

〔1〕 "丹陽"，朱鑄禹曰："沈校本作'丹楊'。"
〔2〕 "恭爲"，李慈銘曰："'恭'上當有'稺'字。"程炎震曰："諸'庾'別無名'恭'者，此當脫
'稺'字。"
〔3〕 "臣世"，葉德輝曰："注'翼有臣世之才'，袁本與此同。按'臣'是'匡'之誤。"余嘉錫曰：
"'臣'景宋本作'匡'，是也。"按袁重雕本亦作"匡"。

喻太平之世的治國人才。荒年穀，比喻亂世時期的匡輔之才。"○楊勇曰："亮諡文康。翼字穉恭。亮、翼皆琛子。"

"恭爲荒年穀"二句，程炎震曰："長仁，庾統，見本篇'簡文帝庾赤玉'條。"○徐震堮曰："恭，穉恭之省，庾翼字。長仁名統，庾懌子。"

【彙評】

劉辰翁曰："好語，有味。"

70

世目"杜弘治標鮮，季野穆少"。《江左名士傳》曰："乂，清標令上也〔1〕。"

○"世目杜"至"季野穆少"

"標鮮"，岡白駒曰："出於衆而鮮明。"○淇園曰："其風標鮮明也。"○恩田仲任曰："標，舉也。鮮，麗也。"○田中頤曰："標格鮮明。"○秦士鉉曰："高標鮮明。"

"穆少"，岡白駒曰："穆，讀爲'默'；少，不煩瑣也。"○大典顯常曰："穆，言温和也；少，言佳妙也。"○淇園曰："清穆且不多言也。"○恩田仲任曰："即簡穆之意。"○秦士鉉曰："和穆靜少。"○張永言曰："寧靜淡泊。"《辭典》頁三〇六。○張萬起曰："沉默寡言。"《詞典》頁一八二。

○注"江左名士傳曰"

《江左名士傳》，沈家本曰："《隋志》：'《江左名士傳》一卷，劉義慶撰。'《唐志》不著録，蓋已佚。"《古書目》卷四。○葉德輝曰："《隋志》：一卷。云劉義慶撰。"《書目》。

_____

〔1〕 "令上"，天保手批曰："'上'作'士'。"朱鑄禹曰："'上'，袁本、諸本同，沈校本作'止'。"龔斌曰："作'上'是。'止'爲形誤。本篇一〇四：'尚自然令上。'"

有人目杜弘治：“標鮮清令，盛德之風，可樂詠也。”《語林》曰：“有人目杜弘治，標鮮甚清令〔1〕，初若熙怡，容無韻，盛德之風，可樂詠也〔2〕。”

○注“語林曰”

“容無韻”，參見校文。徐復觀曰：“是説初好像小孩子的熙熙怡怡，儀容上無拔俗之韻。”《精神》頁一〇六。○鄭學弢曰：“‘韻’本有聲音相諧的意思，所以道書中有‘靈音韻合’之語（《雲笈七籤》引）。裴徽、張憑於名理之爭，不左祖一方，起了融合韻合的作用。這也是清談名士門所讚許的一種態度。而杜弘治處於己有人無、己是人非的情況下，能容之韻之，可説是‘處長亦勝人’了。”《“容無韻非”解》。

【彙評】

劉辰翁曰：“晉語暢處別。”

72

庾公云：“逸少國舉。”故庾倪爲碑文云〔3〕：“拔萃國舉。”倪，庾倩小字也〔4〕。徐廣《晉紀》曰：“倩字少彥，司空冰子，皇

---

〔1〕 “標鮮”，朱鑄禹曰：“‘鮮’，沈校本同，袁本作‘解’。”龔斌曰：“‘解’宋本、沈校本並作‘鮮’。按‘解’爲‘鮮’之形誤。”
〔2〕 “初若熙怡”四句，董刻本“盛”上有“非”字，“詠也”作“也詠”。李慈銘曰：“此當以‘怡’字爲句，‘容’字上下當脱一字。”王利器曰：“袁本、曹本、王本、凌本作‘初若熙怡容無韻，盛德之風，可樂詠也’，沈校本同袁本等，惟‘盛’上有‘非’字。”徐震堮曰：“影宋本‘韻’下有‘非’字，亦不可解，疑有訛奪。”朱鑄禹曰：“袁本作‘詠也’，是。”
〔3〕 “碑文”，董刻本“文”作“丈”。王利器曰：“各本‘丈’作‘文’，是。”楊勇曰：“‘文’宋本作‘丈’，非。”朱鑄禹曰：“諸本‘丈’作‘文’，是。”
〔4〕 “庾倩”，徐震堮曰：“《隋書·經籍志》：梁有太宰長史《庾蒨集》二卷。字作‘蒨’。《晉書·武陵王晞傳》作‘藉’，他傳皆作‘倩’。《庾氏譜》作‘倩’。”

后兄也。有才具，仕至太宰長史。桓温以其宗彊，使下邳王晃誣與謀反而誅之。”

〇“庾公云”至“拔萃國舉”

“國舉”，朱鑄禹曰：“似謂舉於國，猶國士之意。”〇龔斌曰：“謂一國所推舉之人。《晉書》四五《崔洪傳》：‘崔侯有國舉才。’”

“庾倪爲碑文”，程炎震曰：“桓温殺庾倩，在咸安元年。若右軍以太元四年方卒，倩安得爲作碑乎？”龔斌按曰：“右軍卒於升平五年，庾倩可爲之作碑。”

“拔萃國舉”，張萬起曰：“才能出衆，國人所仰。”

〇注“徐廣晉紀曰”

“皇后兄也”，徐震堮曰：“廢帝庾皇后，乃庾冰女，倩之妹。”

“下邳王晃”，程炎震曰：“下邳，《晉書》紀傳皆作‘新蔡’是也。西晉初別有下邳王晃，非此人。顔之推《還冤志》云：‘太宰武陵王晞，性尚武事，好犬馬遊獵，温常忌之，故加罪狀，奏免晞及子綜官。又逼新蔡王晃使列晞、綜及前著作郎殷涓、太宰長史庾倩等謀反，頻請殺之。詔特赦晞父子，乃徙新安。殺涓、倩。倩坐有才望，且宗族甚强，所以並致極法。’”〇陶珙曰：“《晉書》紀傳皆作‘新蔡’是。西晉初別有下邳王晃，非此人。”〇徐震堮曰：“‘下邳王’當作‘新蔡王’。《黜免》七注引《司馬晞傳》云：‘太宗即位，新蔡王晃首辭引與晞及子綜謀逆。有司奏晞等斬刑，詔原之，徙新安。’‘下邳’作‘新蔡’是也。按晉宗室名晃者有二：一爲新蔡王晃，乃新蔡莊王確之後，即此是也；一爲下邳獻王晃，乃安平獻王孚之子，薨於惠帝元康六年，《晉書》三七有傳，先於武陵王晞之廢及庾倩之死七十餘年，世代邈不相涉。”

73

庾穉恭與桓温書，稱：“劉道生日夕在事，大小殊快。義懷通樂既佳，且足作友，正實良器，推此與君，同濟艱不者也〔1〕。"宋明帝《文章志》曰:"劉恢字道生,沛國人。識局明濟,有文武才〔2〕。王濛每稱其思理淹通,蕃屛之高選。爲車騎司馬。年三十六卒,贈前將軍。"

○"庾稺恭"至"艱不者也"

"義懷通樂",朱鑄禹曰:"似謂好義之懷,如義羹、義酒之類,故下文云'通樂'。"○張萬起曰:"義懷,胸懷仁義。通樂,通達快樂。"

"同濟艱不者也",王叔岷曰:"'不'讀爲否泰之'否',與'鄙'通。《論語·雍也篇》:'予所否者,天厭之!'《史記·孔子世家》'否'作'不',《論衡·問孔篇》作'鄙',與此'不'字同義。"○張萬起曰:"不,否,閉塞不通,命運不好。"

○注"宋明帝文章志曰"

"劉恢字道生",姚振宗曰:"(《隋志》:)'梁又有丹陽尹劉恢集二卷,錄一卷,亡。'案此似'劉惔集'之誤也。惔字真長,沛國相人。尚明帝女廬陵公主,歷官至丹陽尹,年三十六卒。《世說》諸篇'劉尹'者是也。《晉書》有傳。兩《唐志》有《劉惔集》二卷,與此卷數相合。又《世說·賞譽篇》數稱'王劉',即此王濛、劉惔。當時言風流者,舉濛、惔爲宗也。又案本志是處既碻有《劉惔集》,亦碻有《劉恢集》,因誤'惔'爲'恢',遂脫去一條。兩《唐志》於《劉惔集》二卷外,別有《劉恢集》五卷,是其證也。《世說·賞譽篇》注宋明帝《文章志》曰'劉恢字道生'云云,嚴氏《文編》云'劉恢爲丹陽尹',蓋沿本志此一條誤文,未及詳究也。"《考證》卷三十九。○吳士鑑曰:"《世說·德行篇》注引《劉尹別傳》作'惔,沛國蕭人',又《賞譽篇》注宋明帝《文章志》曰:'劉恢字道生,沛國人。'案本傳云'遷丹楊尹',《隋志》亦云:'梁有丹楊尹劉恢集二卷,亡。'本傳云年三十六卒,《世說》注引《文章志》亦云年三十六卒。是'劉恢'皆爲'劉惔'之譌。惟一字'真長',一字'道生'。或古人亦有兩字歟?"《斠注》卷七十五。○余嘉錫曰:"《劉惔傳》云:'尚明帝女廬陵公主。'而本書《排調篇》'袁羊嘗詣劉恢'條云:'劉尚晉明帝女。'

---

〔1〕 "艱不",博古堂朱批曰:"'不'字疑'大'字之譌。"
〔2〕 "文武",董刻本"文"作"丈"。王利器曰:"各本'丈'作'文',是。"

注引《晉陽秋》曰：‘恢尚廬陵公主，名南弟。’益可證其爲一人。《佚存叢書》本《蒙求》‘劉恢傾釀’句下李翰自注引《世説》曰：‘劉恢字真長，爲丹陽尹，常云：見何次道飲酒，使人欲傾家釀。’案此事見本篇，作‘劉尹云見何次道’云云。而《蒙求》以爲真長名恢，亦可爲古本《世説》‘恢’‘愻’互出之證。然孝標注書，於一人仕履，例不重敘。真長始末已見《德行篇》‘劉尹在郡’條下，而於此又別引《文章志》，則亦未悟其爲一人也。”○曹道衡曰：“庾翼追贈車騎將軍，此劉恢字道生爲其司馬，與庾翼所敘‘日夕在事’合。翼卒，荆州動亂，劉恢以司馬而監河中軍事，領義成太守，自屬理順。《晉書》記作‘劉愻’，誤，當爲劉恢。《宋書·劉粹傳》記‘祖恢，監河中軍事，征虜將軍’，是可證《晉書》之誤，惟‘河中’當是‘沔中’耳。若爲劉愻，其官衙當記丹陽尹。《劉愻傳》記愻‘勸帝自鎮上流’，及溫伐蜀，‘愻以爲必克’云云。若是一人，焉能一身在荆州爲司馬、監軍，復又在建康進言勸抑桓溫，又斷溫之必能克蜀？劉義慶、劉孝標記注皆不誤。”《叢考》頁一八三。

【彙評】

劉辰翁曰：“真稺恭懷抱。”

74

王藍田拜揚州，主簿請諱，教云：“亡祖先君，名播海內，遠近所知。內諱不出於外，《禮記》曰：“婦人之諱不出門。”餘無所諱。”

○“王藍田”至“餘無所諱”

“王藍田拜揚州”，程炎震曰：“永和二年十月，王述爲揚州刺史。”○徐震堮曰：“王述，襲封藍田縣侯。”○龔斌曰：“永和二年十月，殷浩爲揚州刺史。永和十年二月，殷浩因北伐失敗，廢爲庶人，以前會稽內史王述爲揚州刺史。”

“請諱”，徐震堮曰：“晉人最重家諱，故桓玄聞‘溫酒’而流涕嗚咽，陸機之怒盧志，亦以其直呼其祖、父之名也。上官就任，僚屬必先請諱，以防他時無意之中觸犯之。”

“教云”，江藍生曰：“凡上司對部下所作的批示、所下的命令，都可以叫‘教’。‘教云’，爲書面批示。”《彙釋》頁一〇〇。

“亡祖先君”，秦士鉉曰：“亡祖，湛也。先君，承也。下文云藍田‘名父之子’。”

◎王叔岷曰：“《書鈔》九四引《語林》曰：‘王藍田作會稽，外自請諱。答曰：惟祖惟考，四海所知。過此無所復諱。’”

【彙評】

凌濛初曰：“弇州以此入《方正》。”○曰：“此因有‘名播海内，遠近所知’，故入《賞譽》耳，《方正》不類。”

李慈銘曰：“此條是六朝人矜其門第之常語耳，所謂專以塚中枯骨驕人者也。臨川列之《賞譽》，謬矣。”《簡端記》。

75

蕭中郎，孫丞公婦父〔1〕。劉尹在撫軍坐，時擬爲太常，劉尹云：“蕭祖周不知便可作三公不？自此以還，無所不堪。”《晉百官名》曰：“蕭輪字祖周，樂安人。”劉謙之《晉紀》曰：“輪有才學，善三《禮》，歷常侍、國子博士。”

○“蕭中郎”至“無所不堪”

“孫丞公”，參見校文。程炎震曰：“孫統字丞公。別見《品藻篇》‘孫丞公云

〔1〕“孫丞公”，王利器曰：“蔣校本、沈校本‘丞’作‘承’，是。本書《品藻門》‘孫承公云’條，正文及注引《中興書》，都作‘承’，不誤。《晉書·孫統傳》：‘統字承公。’”朱鑄禹曰：“‘丞’，袁本同，沈校本作‘承’。案孫統字承公，則作‘承’是。”楊勇曰：“宋本作‘孫丞公’，非。”

謝公清於無奕’條。”

“撫軍”，徐震堮曰：“簡文帝時爲撫軍大將軍。”

“擬爲太常”，蔣凡曰：“蕭祖周精三《禮》，簡文擬以祖周爲太常。太常爲九卿之一，掌宗廟禮儀。”

“自此以還”，秦士鉉曰：“以還，以下也。”

【彙評】

劉辰翁曰：“語自慷慨，第載爲人婦父，似壻有佳處。”

76

謝太傅未冠，始出西，詣王長史，清言良久。去後，苟子問曰：王濛、子脩〔1〕，並已見。“向客何如尊？”長史曰：“向客亹亹，爲來逼人。”

○“謝太傅”至“客何如尊”

“未冠始出西”，徐震堮曰：“安未仕時寓居會稽，自會稽入都，故曰‘出西’。”○楊勇曰：“出西，至西也。時謝安居東山，京都在東山之西，故云。”○朱鑄禹曰：“謝安出東山時年已四十餘，濛尚未滿四十，安得有行輩之次。‘未冠’二字疑誤。”龔斌按曰：“謝安四十歲出爲桓溫司馬時，濛卒已十餘年矣，豈能詣濛？故謝安始出西詣濛之年，必在弱冠。”○周一良曰：“謝氏居會稽，簡稱爲東，至建康即出西也。”《史札》頁四二〇。

“清言良久”，田中頤曰：“與‘亹亹’應。”

“向客何如尊”，秦士鉉曰：“尊，稱父之辭，即謂長史也。”○徐震堮曰：“兒子稱父親爲‘尊’。”《釋義》。又曰：“向，方纔，以前。”《簡釋》。

---

〔1〕“子脩”，董刻本、袁刻本“脩”俱作“脩”。

○“長史曰”至“爲來逼人”

“亹亹”，黃生曰：“《易》‘成天下之亹亹’，徐鉉云：‘古無“亹”字，當作“娓娓”。’不知古無‘亹’字，固有‘聲’字。‘聲’音門，與‘娓’音同，切明毋。古人字多假借，故即‘聲’字轉爲‘娓’音，其義則《易》之所謂‘聲聲’，即《詩》之所謂‘勉勉’也。《大雅》‘勉勉我王’，《韓詩》作‘亹亹文王’，《荀子》作‘亹亹我王’，可證二字本一義。後人不知‘聲’之可轉音‘娓’，故妄加宀頭，不知‘聲聲’之即‘勉勉’，雖訓爲不倦之意，亦臆度之詞耳。”《義府》卷上。○秦士鉉曰：“亹亹，勉也，進也，‘亹亹文王’‘成天下之亹亹’是也。此言殆將及我，與殷浩‘亹亹辨論，恐□欲制支’同。”○朱鑄禹曰：“猶‘娓娓’也。”○郭在貽曰：“‘亹亹’乃形容善於言辭、説話滔滔不絕之貌。先秦已見此詞。轉聲又作‘靡靡’，如《世説新語·言語第二》‘靡靡可聽’。”《瑣記》。○楊勇曰：“亹亹，不倦也。《詩·大雅·文王》：‘亹亹文王。’”

“爲來逼人”，平賀房父曰：“人，亦長吏自言，謂殆將及我也。”○淇園曰：“言謝清言殆欲壓人也。”○田中頤曰：“言謝清言孜孜不斷，殆爲來逼壓倒我也。”○程炎震曰：“安石長王脩十四歲，此言未必然。”○張萬起曰：“爲來，爲時，指清言時。‘來’有時義。”

【彙評】

劉辰翁曰：“問向客，答向客，可觀。”
田中頤曰：“將出己上。”

77

　王右軍語劉尹：“故當共推安石。”劉尹曰：“若安石東山志立，當與天下共推之。”《續晉陽秋》曰：“初，安家於會稽上虞縣，優遊山林，六七年閒[1]，徵召不至，雖彈奏相屬，繼以禁錮，而晏然不屑也。"

○"王右軍"至"共推之"

"故當共推安石"，淇園曰："故，固也。"○田中頤曰："言故意當共推安石，勸之起也。"○龔斌曰："王右軍意謂謝安優遊山林，不屑仕進，當共推其隱逸之志。"

"若安石東山志立"二句，岡白駒曰："安後出而仕。"○淇園曰："蓋以其出仕爲憾也。"○田中頤曰："言安石志立出仕，則當與天下共推之，不待我輩之推也。"○龔斌曰："劉尹意謂謝安石確實堅持隱逸，則與天下共推之。言外之意是若安石東山之志不終，則不當共推之。"

○注"續晉陽秋曰"

"繼以禁錮"，恩田仲任曰："謂塞仕進之路也。"○秦士鉉曰："安石連拒徵命，故御史彈劾之，請禁錮終身。"

【彙評】

李贄曰："輕薄語，甚有趣。"《批補》。

王世懋曰："劉尹慣不饒人一著。"恩田仲任按曰："《正字通》曰：'俗謂寬恕曰饒。'"

凌濛初曰："最毒最毒，狠於'小草'。"

78

謝公稱藍田："掇皮皆真。"徐廣《晉紀》曰："述貞審，真意不顯。"

___

〔1〕"年閒"，董刻本、袁刻本"閒"俱作"間"。周一良《批校》曰："閒，間。"

○“謝公”至“皆真”

“掇皮皆真”，岡白駒曰：“掇皮，猶連皮也。掇，讀爲‘綴’。”○桃井白鹿曰：“掇，提掇之掇。范啓《與郗嘉賓書》，亦用‘掇皮’字。”○大典顯常曰：“掇皮，猶言‘舉體’也。”○淇園曰：“‘掇’與‘綴’同，綴皮，猶云連皮也。言其心性已真，而其皮雖屬形，連之皆真也。”○田中頤曰：“此言外面似有小假，然試提舉皮膚，則其内皆靡不真也。”○王叔岷曰：“此猶言‘舉體皆真’也。（‘舉體’猶‘通體’。）《排調篇》：‘范啓與郗嘉賓書曰：子敬舉體無饒縱，掇皮無餘潤。郗答曰：舉體無餘潤，何如舉體非真者？’‘舉體’與‘掇皮’互用，明其義相同。”○黃征曰：“‘掇’即應作刺掇解。”《俗語》。○張萬起曰：“掇皮，去掉皮。”

79

桓温行經王敦墓邊過，望之云：“可兒！可兒！”孫綽《與庾亮牋》曰：“王敦可人之目，數十年間也。”

○“桓温行”至“可兒可兒”

“可兒”，陸游曰：“晉語‘兒’、‘人’二字通用。《世説》載桓温行經王大將軍墓，望之云：‘可兒！可兒！’蓋謂‘可人’爲‘可兒’也，故《晉書》及孫綽《與庾亮箋》皆以爲‘可人’。又陶淵明：‘不欲束帶見鄉里小兒。’是以‘小人’爲‘小兒’耳，故《宋書》云‘鄉里小人’也。”《老學庵筆記》卷六。○劉應登曰：“猶‘可人’也。”○恩田仲任曰：“陳澔《禮記注》曰：‘堪可之人，可任用也。’”○田中頤曰：“可兒，謂可人意之兒也。復言之者，追思惋恨其今空死也。”○喬松年曰：“‘可兒’‘可人’，六朝人通用。蓋‘兒’字古讀聲近‘泥’，‘人’字江南人讀近‘寧’，‘泥’‘寧’雙聲，故‘人’與‘兒’通用。”《蘿藦亭札記》卷五。○余嘉錫曰：“王敦生時，固有‘可人’之目，故桓温從而稱之。然其意則贊敦爲非常之舉，猶其自命爲司馬宣王一流人物云耳。《禮記·雜記》云：‘管仲遇盜，取二人焉，上以爲公臣，曰：其所與游辟也，可人也。’鄭注云：‘言此人可也。’‘可人’二字出於此。但晉人之言‘可人’，

1045

謂其爲可愛之人，與《雜記》之意微不同。”○郭在貽曰：“‘兒’字與‘人’字通用，‘可兒’就是‘可人’。劉孝標注引孫綽與庾亮牋云：‘王敦可人之目，數十年間也。’兩文相照，足證‘可兒’即是‘可人’。又考漢魏六朝之際，‘兒’‘人’二字每每通用。”《考釋》。按“可”義參見本篇“王大將軍稱其兒”條。

○注“孫綽與庾亮牋曰”

程炎震曰：“據綽與亮牋，是溫少時語。《晉書》敘此於鎮姑孰後，誤。”龔斌按曰：“據綽與亮牋，實不能得出是桓溫少時語之結論。《晉書》、《建康實錄》九皆敘此於桓溫鎮姑孰後。”

【彙評】

趙文曰：“亦惡人言如處仲，愛聞伎説似司空。假饒眼耳渾相似，正恐肝腸自不同。”《青山集》卷八《桓溫》。

劉辰翁曰：“姦雄自相羨，名德乃不足道。”按《批補》“羨”作“善”。

陳絳曰：“王敦慕曹操，至詠其樂府歌，以如意打唾壺爲節，壺邊盡缺。桓溫慕王敦，嘗行經王敦墓，望之曰：‘可人！可人！’兇逆以氣類相慕尚如此。”《金罍子》中篇卷五。

王世懋曰：“英雄相識，故不以成敗論。”

鍾惺曰：“桓溫逆節，與敦始終心迹不異，而溫之才與功勝之。滅李勢，擊姚襄，敦概乎其未之有也。溫未及作逆而死，溫固有幸。使溫爲敦所爲，其狼狽決裂，取笑遺醜，當不至如敦之甚也。”《史懷》卷二十。賀裳《史折》卷上按曰：“此言似以溫爲愈矣。然溫經敦墓而曰‘可兒可兒’，周馥謂溫參佐曰‘恨卿不見王大將軍’，兩人之品第殆難分乎！敦無平李勢伐姚襄之功，亦無枋頭之敗，至末途決裂，敦已篤疾，不在軍中，含敗，非敦敗也。溫在時，已知謝安、王坦之不受桓沖處分，王敦病篤，亦語錢鳳解衆放兵，歸身朝廷，保全門户爲上策。□息□□之謀，應成履虎之勢，此則後人之優劣，非論人之短長也。”

秦士鉉曰：“管仲、桓溫稱盜賊爲‘可兒’‘可人’，然則非佳名也。一笑。”

李慈銘曰：“此是桓溫包藏逆謀，引爲同類，正與‘作此寂寂，將令文景笑人’語同一致。深識之士，當屏弗談。即欲收之，亦當在《假譎》《尤悔》之列，而歸之《賞譽》，自爲不倫。”《簡端記》。

章太炎曰：“宣武命世之才，志在光復，何異葛侯？但以送死事生，有忝忠

1046

貞之節，晚年復謀禪授，是以爲世所譏。要之，不以一眚而掩大德。諸表疏辭氣慷慨，則與《出師表》先後比烈矣。世人擬之王敦，何哉！"《校評》卷一百十八桓溫條。○曰："宣武之在東晉，正猶趙盾、霍光。當時風塵紛紜，寧棄國土而保宗社，是以成此貝錦也。觀其志量，固將掃除凶慝，光復舊京，豈王敦之比乎？"同上桓溫《上書自陳》條。

周一良曰："桓溫北伐之聲威所及，絕非王敦所能望其項背。傳言'溫自以雄姿風氣，是宣帝劉琨之儔，有以其比王敦者，意甚不平'，是桓溫自視亦在王敦之上。韋華自晉奔姚興，興問南方政化，華以爲'權去公家，遂成習俗。刑網峻急，風俗奢宕。自桓溫謝安已後，未見寬猛之中'。韋華以桓溫與謝安並論，頗爲客觀，其識見非當時南人所及也。"《史札》頁一○四。

80

　殷中軍道王右軍云："逸少清貴人。吾於之甚至，一時無所後。"《文章志》曰："羲之高爽有風氣，不類常流也。"

　○"殷中軍"至"無所後"

　"逸少清貴人"，楊慎曰："古書轉刻轉謬，蓋病於淺者妄改耳。如近日吳中刻《世說》'右軍清真'，謂清致而真率也。李太白用其語爲詩：'右軍本清真。'是其證也。近乃妄改作'清貴'。"《丹鉛續錄》卷三。○孫志祖曰："太白詩乃借用山公目阮咸語爾，正不必泥。《世說》又云'殷中軍道右軍清鑒貴要'，則是'清貴'，非'清真'，刻本不誤也。《晉書》庾亮上疏稱羲之'清貴有鑒裁'，亦可證。"《讀書脞錄》卷七。

　"吾於之甚至"，劉應登曰："'於之'，猶杜詩'相於'也。"○李詳曰："《呂氏春秋·不侵篇》：'豫讓，國士也，而猶以人之於己也爲念。'高誘注：'於，猶厚也。'此引申爲親愛，皆古義，或作'相於'，繁欽、孔融均有其語。"○王利器曰："'於'讀如'相於'之'於'。"○王佩諍曰："'於'有撮脣烏音，歌戈魚虞模六部古通，'於戲'之讀'嗚呼'是也。與直喉之'阿'音極近，有阿私之意。《呂氏春秋·不侵篇》：'而猶以人之於己也爲念。'高注：

‘於，猶厚也。’正是此義。古人常有以‘相於’爲友好者。孔融與人書：‘聞僻疾動，不得與足下岸幘廣座，舉杯相於，以爲邑邑。’曹植詩：‘廣情故心相於。’繁欽詩：‘何以結相於，金薄畫搔頭。’宋讀曲歌：‘君行負憐事，那得厚相於。’皆是。此處蓋言我厚之甚至，或與之相於友好甚至也。”○王叔岷曰：“‘於’猶‘與’也。《史記·淮南列傳》：‘大將軍遇士大夫有禮，於士卒有恩。’《漢紀》十二‘於’作‘與’，與此‘於’字同義。”○江藍生曰：“‘於’，待，對待，特指厚待。‘於之甚至’即待他很周到之義。”《彙釋》頁二五五。

“一時無所後”，朱鑄禹曰：“似謂對一時人物無所讓。”

81

王仲祖稱殷淵源：“非以長勝人，處長亦勝人。”《晉陽秋》曰：“浩善以通和接物也。”

○“王仲祖”至“亦勝人”

“非以長勝人”二句，岡白駒曰：“勝，優過也。”○大典顯常曰：“不恃己長而善通和，所以處長也。”○田中頤曰：“夫以長勝人，長則長矣，不勝者必不喜也。殷既以長勝人，又善處長，使人無怨長之長，勝之勝者也。”○崔朝慶曰：“言所以處其長處，亦自勝於人也。”○朱鑄禹曰：“處長，似謂處理己之所長也。”○張萬起曰：“處長，對待自己的長處。指殷浩不傲物凌人。”

【彙評】

劉辰翁曰：“空函殆智。”《批補》“殆”作“故”，天保手批曰：“‘故’作‘殆’。”大典顯常《集成》按曰：“桓溫將以浩爲尚書令，遺書告之，浩欣然許之。將答書，慮有謬誤，開閉者數十，竟達空函，大忤溫意，由是遂絕。劉評以爲此殷故意爲之，以遠叛臣之意也。”

王思任：“那得便作周公？”

馮時可曰：“此語最知殷。殷負重望，出膺時命，自當仰參高妙，坐籌廟堂，今不辭橫草霑露，甘處前茅，可謂善處長矣。師徒撓敗，豈必其罪。時承溫旨，故咎有所歸耳。既已廢居，咄咄書空，以杜牽引，以至空函達溫，其絕權遠佞，不惡而嚴，乃其用知之妙，奈何淺識者以爲周章哉？名之所歸，謗之所集也。"賀裳《史折》卷中引《藝海洞酌》。裳按曰："深源矯飾務名而無實用，故劉尹知其必出，逸少審其必敗，既不能抗衡元子，徒以激亂姚襄，北伐之役，可爲不量力之戒，乃反以此稱其善處所長，寧非夢語哉？"

82

  王司州與殷中軍語，歎云："己之府奧，蚤已傾寫而見，殷陳勢浩汗，衆源未可得測。"徐廣《晉紀》曰："浩清言妙辯玄致，當時名流，皆爲其美譽。"

  ○"王司州"至"未可得測"

  "王司州"，劉應登曰："胡之，字修齡。"

  "府奧"，秦士鉉曰："腹中所藏有也。"○朱鑄禹曰："府者高堂大宅也。奧者，密也。蓋借以喻胸中之蘊蓄，如今稱人之思慮周密者曰有城府。"○張萬起曰："胸中所有，胸臆。"《詞典》頁一五。

  "傾寫而見"，淇園曰："與'府奧'相應。"○田中頤曰："言己無復餘蘊。"○徐震堮曰："《禮記·曲禮上》疏：'寫，謂倒傳之也。'即今'瀉'字。"

  "陳勢浩汗"，田中頤曰："浩汗，大水湧出無際貌。"○張萬起曰："陳勢，即'陣勢'。浩汗，同'浩瀚'。"

  "衆源未可得測"，淇園曰："衆源存乎其浩汗之中，故未可得測也。"○田中頤曰："言殷之優長。"

83

王長史謂林公："真長可謂金玉滿堂。"林公曰："金玉滿堂，復何爲簡選？"王曰："非爲簡選，直致言處自寡耳。"謂吉人之辭寡，非擇言而出也。

○"王長史"至"自寡耳"

"金玉滿堂"，劉盼遂曰："老子《道德經》九章語。"○余嘉錫曰："老子《道〔德〕經》曰：'金玉滿堂，莫之能守。'"○張萬起曰："比喻才學富實。"

"復何爲簡選"，朱鑄禹曰："支意似謂既然金玉滿堂即可隨意發揮，何以劉之言語矜慎，似有所選擇檢點而出者？"○龔斌曰："支遁意謂劉之談辭既如金玉滿堂，無言不善，何必再加選擇？"

"非爲簡選"二句，劉應登曰："言所蘊甚富而言自寡，非擇言而出。"按凌刻本"自"作"甚"。○徐震堮曰："直，作'但'解。《孟子》：'直不百步耳，是亦走也。'"《釋義》。

【彙評】

王世懋曰："觀此知林公未簡於辭。"

84

王長史道江道群："人可應有，乃不必有；人可應無，己必無。"《中興書》曰："江灌字道群〔1〕，陳留人，僕射彪從弟也。

---

〔1〕 "江灌"，董刻本"灌"作"權"。王利器曰："各本'權'作'灌'，是。《陳留圉江氏譜》及《晉書·江灌傳》正作'灌'，本門下文'劉尹道江道群'條，注作'灌'，不誤。"

有才器，與從兄道名相亞〔1〕。仕尚書、中護軍。"

○"王長史"至"己必無"

"人可應有"二句，田中頤曰："言凡人可應有而有之事，如義而名譽從之之類，人必有之，江乃不必有也。"

"人可應無"二句，岡白駒曰："此與桓彝薦徐寧語大抵義同，而下一句云'己必無'，則唯人情之多可應無者己亦必無，此不及徐寧'已不必無'處。"○大典顯常曰："可應有，謂美也；可應無，謂惡也。"○淇園曰："要是不與人競善而無所害於人也。"○田中頤曰："言凡人可應無而無之事，如利而惡聲不歸之類，人不必無，江必無之也。"○徐震堮曰："兩'可'字疑當作'所'。"楊勇按曰："'可''所'通用。《史記・淮陰侯列傳》：'非信所與計事者。'《漢書》'所'作'可'。王念孫謂'可''所'古通用。"○王叔岷曰："前'庾公爲護軍'一則，兩'可'字並作'所'，'可'猶'所'也。"○郭在貽曰："'可'字當訓爲'所'。'人可應有'即人所應有，'人可應無'即人所應無。考'可''所'二字，古有通用之例。如《禮記・樂記》：'所以示後世有尊卑長幼之序也。'《説苑・修文》'所以'作'可以'。《晏子春秋・雜下》'所以明上也'，'可以潔下也'，'所''可'上下互文。此二字通用之證。"《考釋》。

◎朱鑄禹曰："此與前'庾公爲護軍'條庚稱徐寧語同，疑一事兩傳。又按《通鑒》注：'沈懷文稱江智淵曰：人所應有，盡有；人所應無，盡無。'則又歧出。"

【彙評】

劉辰翁曰："不及前語。"

---

〔1〕 "兄道"，程炎震曰："《晉書》八十三《灌傳》云：'才識亞於逈。'疑此注'道'字爲'逈'之誤。"余嘉錫曰："'道'景宋本作'逈'。"王利器曰："蔣校本同，袁本、王本、凌本、補本'逈'作'逈'，曹本作'道'。案作'逈'字的是，《陳留圉江氏譜》及《晉書・江逈傳》正作'逈'。"朱鑄禹曰："袁本作'逈'，是。"

85

會稽孔沈、魏顗、虞球、虞存、謝奉，並是四族之俊，于時之桀〔1〕。沈、存、顗、奉並別見。《虞氏譜》曰："球字和琳，會稽餘姚人。祖授，吳廣州刺史。父基，右軍司馬。球仕至黃門侍郎。"孫興公目之曰："沈爲孔家金，顗爲魏家玉，虞爲長、琳宗，謝爲弘道伏。"長、琳，即存及球字也。弘道，謝奉字也。言虞氏宗長、琳之才，謝氏伏弘道之美也。

○"會稽孔"至"弘道伏"

"魏顗"，程炎震曰："魏顗別見《排調》'魏長齊雅有體量'條。"

"四族之俊"，李慈銘曰："《史通·采撰篇》云：'郡國之記譜諜之書，務欲矜其州里，誇其士族，如"江東五俊"，始自《會稽典録》。'案《世説新語·賞譽下》云：'會稽孔沈、魏顗、虞球、虞存、謝奉，並是四族之俊，於時之桀。'蓋即《典録》所謂'五俊'也。"《越縵堂文集》卷十二《越中先賢祠目序例》。

【彙評】

蔣凡曰："孫綽嘗居會稽十餘年，對會稽著姓及此邦賢達有至深之了解，故品評孔魏虞謝四姓如數家珍。故事還從一個側面展示了晉人的家庭傳承意識，江山維新，門第代興，總要湧現出優秀的子弟才能光揚門第。"

86

王仲祖、劉真長造殷中軍談，談竟，俱載去。劉謂王曰："淵源真可。"王曰："卿故墮其雲霧中。"《中興書》

---

〔1〕"之桀"，余嘉錫曰："'桀'沈本作'傑'。"朱鑄禹曰："沈校本、袁本並作'傑'。按'桀'通'傑'。"

曰：“浩能言理，談論精微，長於《老》《易》，故風流者皆宗歸之。”

○“王仲祖”至“雲霧中”

“俱載去”，淇園曰：“同車而去。”

“淵源真可”，田中頤曰：“言殷以淵源爲字，其談真稱其名也。”○崔朝慶曰：“猶今言‘某人真可以’，讚歎之詞也。”○張萬起曰：“可，可人意。”按“可”義參見本篇“王大將軍稱其兄”條。

“故墮其雲霧中”，岡白駒曰：“果有空函之可鄙焉，仲祖有所見矣。”○淇園曰：“言爲殷着迷者也。”○田中頤曰：“王因以其名作緣，言卿舊來墜其雲霧渺茫中，曾不覺爲之幻迷，未知真假也。”○秦士鉉曰：“此言眩其談論絕塵，瞠若於後，只得讚他耳。”○王叔岷曰：“《史記·張儀列傳》：‘此在其術中而不悟。’”○朱鑄禹曰：“味王此言，似謂劉爲殷之談論所眩，而自墮入其言論耳。”

【彙評】

劉辰翁曰：“有美有譏。”

方以智曰：“由此觀之，以微言博趣爲名家，莫盛於此時矣。才人高人，不覺入其中者，爲其引人入勝地也。”《藥地炮莊》卷六。

秦士鉉曰：“在殷固爲‘賞譽’，在劉已入‘排調’。誠如劉評。”

87

劉尹每稱王長史云：“性至通，而自然有節。”《濛別傳》曰：“濛之交物，虛己納善，恕而後行，希見其喜慍之色。凡與一面，莫不敬而愛之。然少孤，事諸母甚謹，篤義穆族[1]，不修小潔[2]，以清貧見稱[3]。”

---

[1] “穆族”，余嘉錫曰：“‘族’景宋本及沈本作‘親’。”
[2] “小潔”，天保手批曰：“‘潔’一作‘節’。”徐震堮曰：“‘潔’影宋本及沈校本並作‘絜’。”朱鑄禹曰：“‘絜’通‘潔’。”楊勇曰：“‘潔’凌刻本作‘節’。”
[3] “清貧”，龔斌曰：“《晉書》九三《王濛傳》、《通志》一六五並作‘清約’。”

○"劉尹"至"有節"

"性至通"二句，淇園曰："無所不容。"○田中頤曰："言王性至通，故萬物遇之以一，而彼我相待之際，自然有節度在，亦能和融也。"○秦士鉉曰："或云'然'字當作'又'。按與上章'然不讀老莊'之'然'同。"

○注"濛別傳曰"

《濛別傳》，葉德輝曰："《王濛別傳》，（《隋志》不著録。）亦稱《王長史別傳》，《北堂書鈔·設官九》引用。"《書目》。

"穆族"，岡白駒曰："'穆''睦'通。"

"小潔"，龔斌曰："指善微小之事。"

【彙評】

龔斌曰："劉尹稱王長史之語，準確道出王濛儒玄兼綜之人格之美。"

88

王右軍道謝萬石"在林澤中，爲自遒上"，歎林公"器朗神儁"，《支遁別傳》曰："遁任心獨往，風期高亮。"道祖士少"風領毛骨，恐没世不復見如此人"，道劉真長"標雲柯而不扶疏"。《劉尹別傳》曰："悰既令望，姻婭帝室，故屢居達官。然性不偶俗，心淡榮利。雖身登顯列，而每抱降，閒静自守而已。"

○"王右軍"至"不扶疏"

"在林澤中爲自遒上"，岡白駒曰："遒，勁也。"○淇園曰："在林澤中，即謂在隱逸中。"○張永言曰："遒上，挺拔高邁。"《辭典》頁三五○。

"器朗神儁"，田中頤曰："即歎其不是塵俗中物也。"○張萬起曰："器朗，胸懷寬廣開朗。"

1054

“風領毛骨”，岡白駒曰：“風領，言其風足以率人也。毛骨，言外柔內剛也。”天保手批按曰：“非。”○桃井白鹿曰：“猶言風範骨格也。《晉書·元帝紀》：‘帝毛骨非常。’”○大典顯常曰：“領，統理也。風領毛骨，謂舉體清灑也。又疑‘毛’或‘冰’字，然則‘領’，項領之‘領’。”○平賀房父曰：“皮毛骨格皆有風韻也。”○恩田仲任曰：“風領，猶言風標；毛骨，蓋謂外柔內剛。”○朱鑄禹曰：“此蓋比之如高秋隼擊之義。”○張永言曰：“謂體格輕舉，清爽超凡。”《辭典》頁一一五。按《大辭典》“風領毛骨”條曰：“風度相貌（超凡出衆）。”與此不同。○董志翹曰：“‘風領’近似‘風覽’‘風鑒’，亦指外在的風度及內在的識性。‘毛骨’指外在的毛髮與內在的骨骼，引申之則指人的姿容相貌。”《考索二》。

“標雲柯而不扶疏”，岡白駒曰：“標，表也。標雲，謂高出也。木枝大者曰柯。扶疏，枝葉盛也。”○桃井白鹿曰：“雲柯，高枝也。不扶疏，枝葉少也。”○大典顯常曰：“雲柯，謂高也。不扶疏，謂不冗雜也。”○田中頤曰：“此亦言其氣英揚，不染卑下也。”○秦士鉉曰：“不扶疏，灑落也。扶疏，四布也。”○王叔岷曰：“《韓非子·揚權篇》：‘木枝扶疏。’王褒《洞簫賦》：‘標敷紛以扶疏。’‘扶’借爲‘枎’。《說文》：‘枎，枎疏，四布也。’”○張萬起曰：“標雲柯，比喻身登顯位。不扶疏，比喻在高位而自抑降，閑靜自守。”○龔斌曰：“‘標雲柯’爲清高，‘不扶疏’爲簡秀。”

○注“劉尹別傳曰”

“姻婭帝室”，秦士鉉曰：“劉恢尚明帝女廬陵公主。”

“挹降”，恩田仲任曰：“挹，退。”○秦士鉉曰：“挹，損；降，下。”

【彙評】

劉辰翁曰：“比體。”

方弘靜曰：“王丞相與祖士少約夜語，至曉忘疲。王右軍云恐沒世不復見如此人。然竟作賊。清談之鮮實乃爾，莊生以堯跖無是非，宜其流至是耶！”《千一錄》卷十七。

余嘉錫曰：“《御覽》四百四十七引《郭子》曰：‘祖士少道右軍：王家阿菟，何緣復減處仲？’右軍道士少‘風領毛骨，恐沒世不復見如此人’。王子猷說‘世目士少爲朗邁，我家亦以爲徹朗’。觀《郭子》之言，乃知王氏父子假借

1055

士少者，感其獎譽之私耳。此正晉人互相標榜之習。逸少賢者，亦自不免。《郭子》連類敘之，故自有意。"按余嘉錫曰："汪藻《考異》載敬胤注，亦有祖士少道王右軍一條，今本《世說》傳寫脫去耳。"敬胤注今移錄於《雅量篇》"祖士少好財"條。

89

簡文目庾赤玉："省率治除。"謝仁祖云："庾赤玉胸中無宿物。"赤玉，庾統小字。《中興書》曰："統字長仁，潁川人，衛將軍懌子也[1]。少有令名，仕至尋陽太守。"

○"簡文目"至"無宿物"

"省率治除"，岡白駒曰："省，簡也。率，率直也。除，猶清也。"○平賀房父曰："簡省真率而治除污濁。"○恩田仲任曰："省，簡；率，真率也。除，即掃除之'除'。"○田中頤曰："庾遇事每簡省率略，而治除之無煩累也。"○朱鑄禹曰："此言其心地簡淨真率，時時治理掃除也。臨川於簡文之目下，更採謝氏之評，似以之申釋'省率治除'之義。"

"胸中無宿物"，劉辰翁曰："與'掇皮皆真'意同。"○田中頤曰："宿，止也。亦以其省率，故胸中無留滯也。"○龔斌曰："胸中坦蕩之意。"

【彙評】

田中頤曰："胸中瀟灑。"
秦士鉉曰："似衛洗馬。"

---

〔1〕 "懌子"，李慈銘曰："'懌'當作'懌'，亮之弟也。"王利器曰："蔣校本、王本、凌本'懌'作'懌'。案作'懌'字的是，《潁川鄢陵庾氏譜》、《晉書·庾懌傳》，字都作'懌'。"趙西陸曰："陸龜蒙《小名錄》引此注作'懌'。"楊勇曰："'懌'宋本作'懌'，非。"

90

殷中軍道韓太常曰：“康伯少自標置，居然是出群
器。及其發言遣辭，往往有情致〔1〕。”《續晉陽秋》曰：“康伯
清和有思理，幼爲舅殷浩所稱。”

○“殷中軍”至“有情致”

“殷中軍”，徐震堮曰：“殷浩。”

“自標置”，岡白駒曰：“自高居也。”○田中頤曰：“高標居置其身。”○崔
朝慶曰：“標舉名目，自爲位置也。”○龔斌曰：“標置，猶品評。謂標舉品第，
評定位置。多指自高位置，有自負、自譽之意。”

簡文道王懷祖：“才既不長，於榮利又不淡，直以真
率少許，便足對人多多許。”《晉陽秋》曰：“述少貧約，簞瓢陋巷，
不求聞達，由是爲有識所重。”

○“簡文道”至“多多許”

“王懷祖”，徐震堮曰：“王述字懷祖，王承之子，坦之之父。”

“才既不長”二句，李慈銘曰：“《晉書・王述傳》云：‘初，述家貧，求試
宛陵令，頗受贈遺而修家具。爲州司所檢，有一千三百條。王導使謂之曰：“名
父之子，不患無禄，屈臨小縣，甚不宜耳。”述答曰：“足自當止。”’故曰‘於
榮利又不淡’也。”

“直以真率少許”，徐震堮曰：“古‘直’與‘特’一聲，與‘但’字、
‘止’字同義。”《簡釋》。○王叔岷曰：“陶淵明《飲酒詩》之十：‘少許便
有餘。’”

---

〔1〕“情致”，天保手批曰：“‘情’作‘清’。”

“足對人多多許”，劉淇曰：“‘許’者，語之餘聲，不爲義也。”《辨略》卷三。○恩田仲任曰：“許，語助。”○裴學海曰：“許，語末助詞也。説見《詞詮》。”《集釋》卷四。○崔朝慶曰：“言其人只唯真率，便足與別人多般之美德相當也。”○梁永昌曰：“‘多許’是衆多之義，猶言‘許多’。但‘多許’並非‘許多’之倒文。當時口語就是這樣説的。《蘇州府志》三《風俗》：‘謂衆多曰多許。許字音若，黑可切。’”《雜記》。

【彙評】

劉辰翁曰：“與‘掇皮皆真’同。”○曰：“行狀俱盡。”

王世懋曰：“道盡藍田，簡文妙於言乃爾。”

狄期進曰：“語云：巧詐不如拙誠。斯懷祖以真率勝人者耶？”

支允堅曰：“蓋真與率相因，凡多禮多言，真有不足耳。藍田簡貴，自是可取。”《異林》卷二。

92

林公謂王右軍云〔1〕：“長史作數百語，無非德音，如恨不苦。”苦謂窮人以辭。王曰：“長史自不欲苦物。”

○“林公謂”至“不欲苦物”

“長史”，徐震堮曰：“王濛。”

“如恨不苦”，劉淇曰：“《袁盎傳》：‘丞相如有驕主色。’師古云：‘如，似也。’《世説》林公謂王右軍云云。案林意以爲長史言固佳，似乎所短者不能窮人以辭也。”《辨略》卷一。○大典顯常曰：“言德音藴藉之至，人卻恨其不苦切也。”《集成》。○龔斌曰：“乃遺憾長史談鋒不咄咄逼人，以至使人窮辭也。”

“自不欲苦物”，秦士鉉曰：“長史自不欲苦人，但以其談鋒難當，故人乃自

〔1〕“右軍云”，余嘉錫曰：“景宋本及沈本無‘云’字。”

苦之耳。”

93

殷中軍與人書，道謝萬“文理轉遒，成殊不易”。《中興書》曰：“萬才器儁秀，善自衒曜，故致有時譽。兼善屬文，能談論，時人稱之。”

　　○“殷中軍”至“成殊不易”

　　“文理轉遒”，田中頤曰：“言文理每後段轉處加力，益遒健。”○龔斌曰：“轉遒，漸漸遒勁。”

　　“成殊不易”，桃井白鹿曰：“此蓋謂文理之成，殊不容易也。”○秦士鉉曰：“不易，不易得也，與桓溫所謂‘不易才也’同。一本‘遒’字句。”朱鑄禹按曰：“《箋》於‘成’字斷句，似不甚安。”○朱鑄禹曰：“此謂文理轉爲遒美，成之殊不容易也。”○張萬起曰：“成，通‘誠’，實在，誠然。”

94

王長史云：“江思悛思懷所通，不翅儒域。”徐廣《晉紀》曰：“江惇字思悛，陳留人，僕射彪弟也。性篤學，手不釋書，博覽墳典，儒道兼綜。徵聘無所就，年四十九而卒。”

　　○“王長史”至“不翅儒域”

　　“不翅儒域”，王引之曰：“《書·多士》曰：‘爾不啻不有爾土。’《釋文》：‘啻，徐本作翅。’《説文》：‘適從辵，啻聲。’‘適’‘啻’聲相近，故古字或以‘適’爲‘啻’。《秦策》曰：‘疑君者，不適三人。’‘不適’與‘不啻’同。故高注讀‘適’爲‘翅’。《史記·甘茂傳》作‘疑臣者非特三人’，‘非特’猶‘不啻’也。《孟子·告子篇》曰：‘飲食之人，無有失也。則口腹豈適爲尺寸之膚哉。’‘適’亦與‘啻’同，故趙注曰：‘口腹豈但爲肥長尺寸之膚邪？’‘但’

字正釋‘適’字。”《經傳釋詞》卷九“啻翅適”。○淇園曰：“言於道家佛家亦有所相通也。”○田中頤曰：“翅，止也。此王意以爲大抵儒者長於治人，道家長於安己言。言江其思懷兼通達玄學之奧旨也。”○秦士鉉曰：“時好玄理，故云‘不翅儒域’。”○劉盼遂曰：“按《衆經音義》引《蒼頡篇》：‘不啻，多也。’翅、啻古通。‘不翅儒域’，謂所通不止於儒域，以其並綜文學也。《文學篇》：‘殷歎曰：使我解《四本》，談不翅爾。’謂談議當勝於此也。《排調篇》：‘婦笑曰：若使新婦得配參軍，生兒故可不啻如此。’《晉書·列女傳》作‘不翅’。謂生兒當勝於此也。《假譎篇》：‘王文度弟阿智惡乃不翅。’謂頑冥殊甚也。世儒習知‘不翅’爲無異，固鉏鋙而尠通矣。《孟子》之‘奚翅食重’‘奚翅色重’注：‘若言何其重也！’依阮校刪“不”字。正與此同。”余嘉錫按曰：“‘不翅儒域’即注所謂‘儒道兼綜’也。盼遂以爲‘並綜文學’者非是。○余嘉錫曰：“《世説》中之‘不翅’，皆當作‘不但’解。‘不翅儒域’，所通不但儒家之學也。‘惡乃不翅’者，謂阿智之爲人，不但是惡而已也。”○蔣凡曰：“（惇）尊崇禮法，著《通道崇檢論》。”按“不翅”義參見《假譎篇》“王文度弟阿智”條。

○注“徐廣晉紀曰”

“儒道兼綜”，秦士鉉曰：“道，老莊學也。”

95

許玄度送母，始出都，人問劉尹：“玄度定稱所聞不？”劉曰：“才情過於所聞。”《許氏譜》曰：“玄度母，華軼女也。”按《詢集》，詢出都迎姊，於路賦詩[1]，《續晉陽秋》亦然。而此言送母，疑繆矣。

○“許玄度”至“過於所聞”

“始出都”，楊勇曰：“出都，至都也。”

---

[1] “賦詩”，董刻本“賦”作“武”。王利器曰：“各本‘武’作‘賦’，是。宋本作‘武’，就是‘賦’的壞文。”

“定稱所聞不”，田中頤曰：“暗言名浮其實。”○朱鑄禹曰：“稱，相稱也。”○龔斌曰：“定，究竟。”

“才情過於所聞”，田中頤曰：“實勝於名。”○龔斌曰：“劉惔高自標置，平素極少推重人，推重者唯王濛、謝尚、許詢數人而已。”

○注“按詢集”至“疑繆矣”

《詢集》，秦士鉉曰：“《詢集》今不傳，唯有《竹扇詩》一首。簡文云：‘玄度五言詩，妙絕時人。’”○余嘉錫曰：“《隋志》：晉徵士許詢集八卷，錄一卷。”

“此言送母疑繆”，朱鑄禹曰：“晉宋齊梁間多有以姊稱母者，《南史》中數見不鮮。孝標梁人，不應不省，此按語疑後人所增。”○龔斌曰：“《世說》中姊不爲母，《晉書》中亦未見有呼母爲姊者。雖劉知己《史通》一七‘北齊諸史三條’曰：‘呼母云姊。’《北齊書》中亦確有呼母或乳母爲姊者，然此或是夷俗，而江左未有也。”

96

阮光禄云：“王家有三年少：右軍、安期、長豫。”
阮裕、王悦、安期、王應，並已見。

○“阮光禄”至“長豫”

“有三年少”，岡白駒曰：“謂皆年少才俊也。”○田中頤曰：“謂年少而堪其可稱者，有此三人也。”○周一良曰：“古人稱少年曰‘年少’，《世說》中屢見。”《史札》頁八九。

“安期”，陶珙曰：“王承、王應均字安期。”

○注“王悦安期王應”

“王應”，葉德輝曰：“右軍，羲之；安期，王承字；長豫，王悦字。《晉書·王羲之傳》：‘裕目羲之與王承、王悦爲王氏三少。’不及王應，此注語應有誤。”○劉盼遂曰：“《晉書》蓋摭《世說》而誤，未可據《晉書》駁《世說》

也。考王承字安期，王應亦字安期。承卒於元帝渡江之初，自不與敬豫、羲之相接。應名德雖不若敬豫、羲之，然應覵荆州之守文（本書《識鑒篇》文），知迴驥於摡敚（本書《豪爽》注），敦亦稱其‘神候似欲可’者，則應亦爾時之髦士也。與敬豫、羲之既同德業，又居昆弟，三少同稱，亦固其所。且三年少皆出琅邪，承望屬太原，何能與敬豫、逸少並論乎？特以世人知承字安期者多，知應字安期者少，故唐修《晉書》遂誤王應爲王承，而未計及於情勢及劉注皆不合也。葵園乃是《晉書》而非劉注，是可謂倒植矣。”按“葵園”爲王先謙號，劉氏誤以《小識補》爲王氏所撰。余嘉錫按曰：“劉説是。唯敬豫乃王恬字，此言‘長豫’乃王悦，作‘敬豫’誤。”○周一良曰：“修《晉書》者用《世説》材料而誤解劉注。當時另有王姓而字安期者，爲王承，乃王湛之子，王渾之姪，傳見《晉書》七五，然是太原而非琅邪王氏也。《王敦傳》載王導遺王含書云：‘仲玉、安期亦不足作佳少年，本來門户，良可惜也。’仲玉乃含子瑜。此安期亦應指王應，即王含之子而出嗣王敦者。至王承則不唯非琅玡王氏，年輩亦不同，乃王導之同輩人。本傳言渡江名臣王導等皆出其下。《世説·輕詆篇》載王導言‘我與安期、千里共遊洛水邊’，即此人。阮裕固不得目爲王氏年少，王導亦不容稱‘門宗’、‘門户’也。”《史札》頁八九。

97

謝公道豫章：“若遇七賢，必自把臂入林。”《江左名士傳》曰：“鯤通簡有識，不修威儀。好迹逸而心整〔1〕，形濁而言清。居身若穢，動不累高。鄰家有女，嘗往挑之。女方織，以梭投折其兩齒。既歸，傲然長嘯曰：‘猶不廢我嘯歌。’其不事形骸如此。”

○“謝公道”至“入林”

“豫章”，徐震堮曰：“謝鯤官豫章太守。”

---

〔1〕“好迹逸”，秦士鉉曰：“‘好’字上疑有脱字。”按“上”字似誤。程炎震曰：“《晉書·鯤傳》云‘好《老》《易》’，此注‘迹逸’上蓋脱二字。”徐震堮曰：“‘好’字疑衍，或其下有脱字。”楊勇曰：“‘好’下當有‘老易’二字。”

"若遇七賢"二句，田中頤悦："以與七賢同其操好言也。"○劉盼遂曰："《晉書·劉伶傳》：'與阮籍、嵇康相遇，欣然神解，攜手入林。'謝公此語，正用其事也。"○張萬起曰："必自，一定。自，副詞詞尾。"

○注"江左名士傳曰"

"動不累高"，岡白駒曰："不爲危也。"○桃井白鹿曰："累，去聲，《書·旅獒》'終累大德'、《左傳》'相時而動，無累後人'是也。言其舉動不累高操也。"○秦士鉉曰："往挑折齒，何不爲高操之累。"○吳金華曰："'累高'比喻冒險之舉。本文'動不累高'，指一舉一動都不涉及危身之事。作爲南北朝習語，可能還與當時流行的'累棋至高'的比喻有關。"《考釋》頁一三五至一三六。

"嘗往挑之"，恩田仲任曰："挑，誘也。"

【彙評】

田中頤曰："七賢可八。"

田餘慶曰："這是謝安美化先人之語。竹林放達，有疾爲顰，元康效尤，無德折巾，東晉戴逵所論如是。永嘉以後出現的'八達'，是元康名士的孑遺，比之七賢，求貌似亦不易，'把臂入林'更無從說起。這是時代使然，不能不是如此。可是謝氏若無此由儒入玄的轉化，就不能進入名士行列，其家族地位亦無從提高，更不用說上升到士族的最高層次。所以謝鯤追隨元康名士，是謝氏家族社會地位變化的關鍵。"《政治》頁一六六至一六七。

98

王長史歎林公[1]："尋微之功，不減輔嗣。"《支遁別傳》曰："遁神心警悟，清識玄遠，嘗至京師，王仲祖稱其造微之功，不異王弼。"

────────

〔1〕 "王長史"，董刻本"王"作"土"。王利器曰："各本'土'作'王'，是。'土'即'王'的壞字。"

○“王長史”至“輔嗣”

“尋微之功”二句，淇園曰：“尋微，言尋討事物玄微之理。”○田中頤曰：“尋思聖賢之微言，而其所得之功，不減少輔嗣也。”○朱鑄禹曰：“似謂支遁精研玄理，尋求微言。注作‘造微’，義可互參。”

【彙評】

劉克莊曰：“京房、嚴君平輩以《易》爲占書，鄭司農區區訓詁，不離漢學。至王弼始一掃凡陋，以理求《易》。當時美其吐金聲於中朝，後人稱尋微之功，必曰輔嗣。先儒教人且看輔嗣《易》，而或者罪之如桀紂。烏虖，亡晉者玄也，非《易》也；衍也，非弼也。”《後村先生大全集》卷一百十一《恕齋讀易詩》。

龔斌曰：“南渡之後，佛理漸入清談領域，兼之名士名僧廣泛交往，共同探玄尋微，故士人以佛教中人擬配玄學中人。”

99

殷淵源在墓所幾十年。于時朝野以擬管、葛，起不起，以卜江左興亡。《續晉陽秋》曰：“時穆帝幼沖，母后臨朝，簡文親賢民望，任登宰輔。桓溫有平蜀、洛之勳，擅彊西陝。帝自料文弱，無以抗之。陳郡殷浩，素有盛名，時論比之管、葛，故徵浩爲揚州。溫知意在抗己，甚忿焉。”

○“殷淵源”至“江左興亡”

“幾十年”，龔斌曰：“幾，近也。《晉書》本傳作‘幾將十年’。”

“朝野以擬管葛”，崔朝慶曰：“晉穆帝永和初年也。”○程炎震曰：“《晉書》七十七《浩傳》云：‘王濛、謝尚伺其出處，以卜江左興亡。’”○余嘉錫曰：“《世說》但稱‘朝野’云云，不言何人，而《晉書》謂王濛、謝尚‘以卜江左興亡’。《識鑒篇》云：‘王、謝相謂曰：淵源不起，當如蒼生何？’《晉書》之言，即本於此。《浩傳》又載簡文答浩書曰：‘足下去就，即是時之廢興。’則簡文之意，與王、謝等。以殷浩擬管、葛者，必是此輩。蓋簡文以親賢輔政，王、謝爲風流宗主，此數人之言，即朝野之論所從出也。”○朱鑄禹曰：“管葛，指管仲、諸葛亮。”

“起不起”二句，崔朝慶曰：“言其起則興，不起則亡也。”

○注“續晉陽秋曰”

“擅彊西陝”，徐震堮曰：“時溫鎮姑孰，弟豁爲荆州刺史，故云。則（‘陝西’）亦可稱‘西陝’也。”按此注原在《識鑒篇》“王忱死”條。“陝西”義參見同條。

【彙評】

范光宙曰：“釣華采聲之士，往往養虛望以爲高，而存挹退以爲貞。士之若拔足塵表，矚然不淄焉者，而詎知其人則實究之不足，而世味之最厚者乎？若殷深源者實似之。深源才名冠世，一時方之管、葛，其出處去就，爲時興廢，名何重而望何高也。乃其出也，一舉而敗於武昌，敗於歷陽，及敗於山桑，屢戰而北。其周章如此，而欲經略中原，妄希闊效，可謂管、葛也乎？然志高而才或不逮，余未之責也，獨怪其辭辟而屏居於野，即庾翼上表薦之，遺書勸之，而猶不之起，似亦有確然之志者，胡遽以會稽王昱之言而就乎？就而進退，惟所命之，寵辱宜無所動於衷者，胡一被廢辱則咄咄而書空，一聞爲尚書令則欣然答書而誤達空函？始抗志於辟，而今且動色於世路，與讓國千乘，而失聲破釜者同也，是非矯迹遠引以退爲進者乎？庾翼以此輩宜束高閣，且誚其爲王夷甫，立名非真，誠膏肓之刺也。”《史評》卷六。

余嘉錫曰：“浩之起，但能速晉之亡耳。唐史臣之論浩曰：‘入處國鈞，未有嘉謀善政；出總戎律，唯聞蹙國喪師。是知風流異貞固之士，談論非奇正之要。’諒哉！晉人之賞譽，多不足據，如殷浩者，可以鑒矣！”

100

殷中軍道右軍：“清鑒貴要。”《晉安帝紀》曰：“羲之風骨清舉也。"

〇"殷中軍"至"貴要"

"清鑒貴要",淇園曰:"言鑒識清通而其言簡貴居要也。"〇恩田仲任曰:"清鑒,言清雅有知人之鑒。貴要,猶言簡要。"〇秦士鉉曰:"貴要,猶簡貴也。"〇張萬起曰:"識鑒高明,尊貴顯要。"

101

謝太傅爲桓公司馬,《續晉陽秋》曰:"初,安優游山水,以敷文析理自娛。桓温在西蕃,欽其盛名[1],諷朝廷請爲司馬。以世道未夷,志存匡濟。年四十,起家應務也。"桓詣謝,值謝梳頭[2],遽取衣幘,桓公云:"何煩此。"因下共語至暝[3]。既去,謂左右曰:"頗曾見如此人不?"

〇"謝太傅"至"如此人不"

"何煩此",平賀房父曰:"何須煩衣幘,是好遇之意也。"〇秦士鉉曰:"此與《寵禮篇》'謝萬詣簡文,無衣幘可進,簡文曰:但前,不須衣幘'同。"〇朱鑄禹曰:"謂何煩如此拘於禮貌,蓋親近之意。"

"因下共語",岡白駒曰:"桓就其所,謝下榻共語。"〇平賀房父曰:"下,桓下車也。"〇淇園曰:"下自梳頭之所。"〇田中頤曰:"即下到謝梳頭之處。"

"頗曾見如此人不",田中頤曰:"言雖小肖謝,人曾見之乎?恐不見也。"〇張萬起曰:"頗曾,可曾。"

---

〔1〕"欽其",董刻本"欽"作"之"。王利器曰:"蔣校本、沈校本'之'作'知','之''知'音近而誤;餘本作'欽'。"朱鑄禹曰:"沈校本作'知',是。或以'知'字草體近似'之'而致誤。"
〔2〕"梳頭",董刻本"梳"作"桓"。王利器曰:"各本'桓'作'梳',是。"
〔3〕"至暝",董刻本"暝"作"瞑"。王利器曰:"各本'瞑'作'暝',是。"朱鑄禹曰:"沈校本、袁本並作'暝',是。案暝者,日暮也。"

○注“續晉陽秋曰”

“敷文析理”，秦士鉉曰：“敷陳文藻，剖析玄理。”

“西蕃”，秦士鉉曰：“荆州也。”○徐震堮曰：“温時以征西大將軍領荆州刺史，荆州在建康之西，故稱荆州爲‘西藩’。‘蕃’同‘藩’。”

“年四十”，程炎震曰：“謝年四十，是升平三年，謝萬敗廢時也。”

“起家應務”，秦士鉉曰：“謝安以弟萬敗，乃始有出仕雪恥之志。”

【彙評】

李贄曰：“真賞矣。”《初潭集》卷十九。

102

謝公作宣武司馬，屬門生數十人於田曹中郎趙悦子。伏滔《大司馬寮屬名》曰：“悦字悦子，下邳人。歷大司馬參軍、左衛將軍。”悦子以告宣武，宣武云：“且爲用半。”趙俄而悉用之，曰：“昔安石在東山，縉紳敦逼，恐不豫人事；況今自鄉選[1]，反違之邪？”

○“謝公作”至“反違之邪”

“田曹中郎”，張萬起曰：“即田曹從事中郎，掌農政的官吏。”

“屬門生數十人”句，徐震堮曰：“《晉書考異》：門生亦有入官之路，高於僮僕一等也。”按“門生”義參見《方正篇》“王子敬數歲時”條。

“俄而悉用之”，岡白駒曰：“悉爲寮屬也。”○田中頤曰：“宣武語意欲舒緩用之，而趙以爲急務，故俄頃悉用之也。”

---

[1] “今自”，董刻本“自”作“目”。王利器曰：“各本‘目’作‘自’，是。”楊勇曰：“宋本作‘目’，非。”朱鑄禹曰：“袁本作‘自’，是。”

“縉紳敦逼”，大典顯常曰：“言縉紳之倫逼安石令出仕，但恐安石之不從事也。”○恩田仲任曰：“縉紳，謂在朝公卿大夫也。敦，猶勸也。”○秦士鉉曰：“縉紳，卿大夫也。敦，敦喻也。”

“不豫人事”，秦士鉉曰：“人事，國家之事也。”

“自鄉選”，秦士鉉曰：“鄉選，如鄉舉里選之義。”○張萬起曰：“鄉選，就鄉里選拔人才。”

“反違之邪”，岡白駒曰：“若不用所屬，是違搢紳待安石之初志也。”○田中頤曰：“言昔謝在東山時，縉紳輩敦喻逼迫，唯恐其不關預人事，況今幸爲司馬，自己嚮選舉，而反違其求耶？”

○注“伏滔大司馬寮屬名曰”

《大司馬寮屬名》，沈家本曰：“隋唐志皆不著録。《品藻》引作‘官屬’。案大司馬，桓温也。《温傳》：‘加侍中大司馬，都督中外諸軍事。’”《古書目》卷四。

【彙評】

劉辰翁曰：“悦子自佳。”
李贄曰：“悦子佳哉！”《初潭集》卷二十六。
伯克利手批曰：“只不輕出，名價遂重。”

103

桓宣武《表》云：“謝尚神懷挺率，少致民譽。”温集載其《下洛表》曰[1]：“今中州既平，宜時綏定。鎮西將軍豫州刺史尚，神懷挺率，少致人譽[2]，是以入贊百揆[3]，出蕃方司。宜進據洛陽，撫寧黎庶，謂可本官都督司州諸軍事。”

---

[1] “下洛表”，董刻本、袁刻本“下”俱作“平”。王先謙曰：“一本‘下’作‘平’，是。”
[2] “人譽”，徐震堮曰：“此‘人’字當作‘民’，蓋唐人所改。”
[3] “是以入贊”，董刻本“是”作“足”。楊勇曰：“各本作‘是’，非。”龔斌曰：“按作‘是’是。此句乃敘尚之經歷，非評價其才堪要職。”又，龔斌曰：“‘贊’宋本、沈校本並作‘論’。”

○注“桓宣武”至“致民譽”

“桓宣武表云”，張萬起曰：“晉穆帝永和十二年，桓温北伐平洛，上表薦謝尚鎮洛陽。”

○注“温集載其下洛表曰”

“温集”，沈家本曰：“《隋志》：‘晉大司馬桓温集十一卷，梁有四十三卷。又有桓温《要集》二十卷，録一卷，亡。’二《唐志》‘二十卷’。注所引爲《平洛表》。”《古書目》卷五。○葉德輝曰：“《隋志》題‘晉大司馬桓温集十一卷’。”《書目》。

“入贊百揆”，龔斌曰：“永和九年四月，以安西將軍謝尚爲尚書僕射。”

“出蕃方司”，龔斌曰：“謝尚歷任鎮西將軍、江州刺史、豫州刺史、鎮西將軍，此所謂‘出蕃方司’也。”

104

世目謝尚爲“令達”。阮遥集云：“清暢似達。”或云：“尚自然令上。”《晉陽秋》曰：“尚率易挺達，超悟令上也〔1〕。”

○“世目”至“自然令上”

“令達”，大典顯常曰：“《王濛傳》：濛嘗與孫綽商略風流人，綽曰：‘謝尚清易令達。’”○田中頤曰：“令，善也，令聞、令望之‘令’。此謂令之達者也。”

“阮遥集云清暢似達”，田中頤曰：“言以其心清氣暢，故似達人也。”○龔斌曰：“謝尚以穆帝升平初卒，時年五十。阮遥集卒於咸和二年，則阮品題謝尚時，後者尚未及二十。”

“自然令上”，田中頤曰：“上，亦‘上達’之‘上’。加‘自然’二字，言

---

〔1〕 “超悟”，徐震堮曰：“‘超’影宋本及沈校本作‘昭’。凌刻本作‘超’，義較長，但未知所據。”朱鑄禹曰：“袁本、諸本作‘招’。”

其令達非作意也。”○王佩諍曰：“蓋‘令上’二字，均有孟晉向前意，觀此處可悟。《爾雅·釋詁》：‘令，善也。’《廣雅·釋詁一》：‘靈，善也。’令上、令長、令修，同一義。《逸周書·皇門篇》之‘靈光’，《小雅·蓼蕭》之‘龍光’，《左》昭十二年《傳》之‘寵光’，均一語之轉，‘靈’‘龍’雙聲，‘龍’‘寵’疊韻，則孟晉向前之‘令上’，猶精進幹練之‘令光’耳。劉注引《晉陽秋》曰：‘尚率易挺達，招悟令上。’‘招’字疑當讀爲‘矯’，言其矯矯不群也。明於此而《豪爽篇》‘瞋目厲聲’先聲奪人之氣概，可以想見得之矣。”

【彙評】

劉辰翁曰：“即欲解不可，而可稱數。”

105

桓大司馬病〔1〕。謝公往省病，從東門入。溫時在姑孰〔2〕。桓公遙望歎曰：“吾門中久不見如此人！”

【彙評】

凌濛初曰：“門中不可少，然勿令小草之。”按“之”字疑“知”之譌。

106

簡文目敬豫爲“朗豫”。王恬，已見。《文字志》曰：“恬識理

---

〔1〕 “司馬病”，程炎震曰：“《御覽》四百五引‘病’下有‘篤’字。”
〔2〕 “姑孰”，楊勇曰：“宋本作‘熟’。”龔斌曰：“《晉書》皆作‘姑孰’。”

1070

明貴，爲後進冠冕也〔1〕。”

○“簡文”至“朗豫”

“朗豫”，岡白駒曰：“豫，取逸豫之義。”○田中頤曰：“即爲以‘朗’字加稱之敬豫也。”

【彙評】

劉辰翁曰：“此一字連其人名，如謔如諡，更自高簡。”

107

孫興公爲庾公參軍，共遊白石山。衛君長在坐，《衛氏譜》曰：“承字君長〔2〕，成陽人，位至左軍長史。”孫曰〔3〕：“此子神情都不關山水，而能作文。”庾公曰：“衛風韻雖不及卿諸人〔4〕，傾倒處亦不近。”孫遂沐浴此言。

○“孫興公”至“而能作文”

“白石山”，恩田仲任曰：“《水經注》曰：‘江水又東南逕剡縣，與白石山水會，山上有瀑布，懸水三十丈，下注浦陽江。’又曰：‘東有蕈山，南有黃山與白石山，三山爲縣之秀峰。’《臨海記》曰：‘白石之山，望之如雪。山有湖，傳云金鵝之所集，八桂之所植。’”○徐震堮曰：“《景定建康志》：‘白石山在溧水縣北二十里，高一十丈，周迴十一里。’”

“而能作文”，大典顯常曰：“能，豈能也。”○田中頤曰：“以衛作文爲

---

〔1〕 “冠冕也”，董刻本“冕”作“蓋”。王利器曰：“各本‘蓋’作‘冕’，是。凌本無‘也’字。”
〔2〕 “承字”，董刻本“承”作“永”。王先謙曰：“一本‘承’作‘永’。”余嘉錫曰：“‘衛承’當爲‘衛永’之誤。”
〔3〕 “孫曰”，董刻本無二字。王利器曰：“各本有‘孫曰’二字，是。”
〔4〕 “衛風韻雖不及卿諸人”，朱鑄禹曰：“舊以‘不及卿諸人’爲句，似不妥，蓋此庾專向孫言，下文謂即諸人對衛之傾倒亦不能與卿相比。”龔斌曰：“朱注之斷句可取。”

不真也。”○秦士鉉曰：“孫曰：此子俗物，故神情不關山水，然頗能作文字。”○朱鑄禹曰：“似謂衛之神情並不留意山水，而能文章，蓋言其非風雅之士。”

○“庾公曰”至“沐浴此言”

“傾倒處亦不近”，岡白駒曰：“不淺近，則幾于深遠矣。”○桃井白鹿曰：“傾倒，傾寫情懷也。杜甫詩：‘志士懷感傷，心胸已傾倒。’”○大典顯常曰：“傾倒，傾出情懷也，謂文辭也。近，淺近也。”○田中頤曰：“言衛風韻不及孫諸人，然其傾情倒懷，直寫其素處，卻是真率，而孫諸人亦不近及也。”○王叔岷曰：“似謂‘寄懷亦遠’也。”

“沐浴此言”，劉辰翁曰：“‘沐浴’何物？”○岡白駒曰：“敬服此言。”○大典顯常曰：“沐浴，心服也。”○徐震堮曰：“沐浴，欽佩、服膺的意思。”《釋義》。又曰：“沐浴，涵泳浸潤，引申爲服膺、傾倒之意。”○朱鑄禹曰：“意似謂愜心舒暢也。”○周一良曰：“下‘謝車騎問謝公’條注引《語林》：‘便沐浴爲論兄輩。’日譯亦作‘心服’。《左傳》僖廿四年有‘沐則心覆’語。皇甫謐《三都賦序》：‘各沐浴所聞，家自以爲我土樂，人自以爲我民良。’《弘明集》十二《范泰與生觀二法師書》：‘提婆始來，義觀之徒莫不沐浴贊仰。’”《批校》。○張永言曰：“引申爲沈浸於…中。”《辭典》頁三〇六。

【彙評】

劉辰翁曰：“庾言自佳。”

費元禄曰：“夫不關山水者，乃深得趣於山水，譬之懷綏縮珪，枯槁之士以爲桎梏，營世之士以爲腥羶。大賢處世，若遊青山而臥白雲，逍遙偃仰，無適不可，濃淡在境，了不經懷，故無非得勝場局。”《甲秀園集》卷四十七。

108

王右軍目陳玄伯：“壘塊有正骨。”陳泰，已見。

○“王右軍”至“正骨”

“壘塊有正骨”，岡白駒曰：“壘塊，不平貌。”○淇園曰：“壘塊，亦磊落之意。”○田中頤曰：“壘塊，不平貌。此謂凡人不得意，則多行不正，而陳不平中有正骨，其行不回邪也。”○楊勇曰：“正骨，猶正氣也。”○朱鑄禹曰：“此似言雖胸中不平，然風骨自正。”○張萬起曰：“壘塊，孤傲的樣子。”

109

王長史云：“劉尹知我，勝我自知。”《濛別傳》曰：“濛與沛國劉惔齊名，時人以濛比袁曜卿，惔比荀奉倩，而共交友[1]，甚相知賞也。”

○“王長史”至“自知”

“勝我自知”，田中頤曰：“夫以我知我甚似易知，然彼居燈下者未必不自失明。王蓋知此旨者耳。”

◎程炎震曰：“《御覽》四百四十四引《郭子》云：‘王仲祖云：真長知我，勝我自知。’蓋臨川改之。然仲祖未必稱真長爲尹，不如本文爲得。”

○注“濛別傳曰”

“袁曜卿”，秦士鉉曰：“名渙，魏郎中令。”

【彙評】

劉辰翁曰：“此亦古人所未道。”
李贄曰：“真可喜！”《初潭集》卷十九。
田中頤曰：“誠爲知己。”

---

〔1〕“共交友”，天保手批曰：“‘共’作‘其’。”

王、劉聽林公講，王語劉曰："向高坐者，故是凶物。"復東聽[1]，王又曰："自是鉢釪後王、何人也。"

《高逸沙門傳》曰："王濛恒尋遁，遇祇洹寺中講，正在高坐上，每舉麈尾，常領數百言，而情理俱暢。預坐百餘人，皆結舌注耳。濛云[2]：'聽講衆僧，向高坐者，是鉢釪後王、何人也。'"

○"王劉聽"至"王何人也"

"向高坐者"，恩田仲任曰："《釋氏要覽》曰：釋氏取學解優瞻穎拔者名座主，謂一座之主。古高僧呼講座爲高座，或是高座之主。"○田中頤曰："'向'當讀爲'嚮'。"○張萬起曰："向，剛才。"

"凶物"，岡白駒曰："僧而不慧悟，不過一凶物而已。"○恩田仲任曰："凶物，猶言不好人。"○田中頤曰："凶物以不當其位言之也。"○秦士鉉曰："猶言不祥人，輕詆之辭。"

"自是鉢釪後王何人"，岡白駒曰："鉢釪，釋氏飯器。傳法曰傳衣鉢。鉢釪後王，謂傳得其法者嗣於師，故曰後王。"○桃井白鹿曰："謂受衣鉢而爲法嗣者也。"○大典顯常曰："或謂鉢釪後王，蓋受其付屬以登法位之謂，言林公門下唯承順其說而莫能堪嗣法者也。是說非也。傳衣鉢付法，禪宗以來事。此時未有，況唯曰'鉢'，不曰'衣'乎？"○恩田仲任曰："王何，王弼、何晏。按《高僧傳》曰：道場寺僧覺賢志韻清遠，雅有淵致。京師法師僧弼與沙門寶林書曰：'道場禪師甚有天心，便是天竺王何風流人也。'六朝人多稱譽人有才辯者爲王何。"○田中頤曰："後王，謂受鉢釪而爲法嗣者也。言林自是鉢釪後王之才具，若捨林則更何人也？"○秦士鉉曰："鉢釪，蓋稱佛氏語。後王者，末世王於佛門者。何人，猶言何等人，叩其人品而稱之也。王濛初聞林公講，不善之，輒譏之曰：'在講座者是凶物也。'既復聽之，乃起敬心，曰：'是固佛門末

____

[1] "復東聽"，大典顯常曰："《古世說》'東'作'更'，是也。"余嘉錫曰："'東'景宋本作'更'。"申皇鑫曰："影宋本作'復更聽'，是。楊樹達《詞詮》：'更，副詞，復也，再也。''復更聽'，意爲'又再聽'。"

[2] "濛云"，余嘉錫曰："景宋本及沈本俱無'云'字。然實有脫文，疑當作'語'或'謂'，不當作'云'也。"王利器曰："餘本'濛'下有'云'字，是。"朱鑄禹曰："袁本下有'云'字，是。"

世法王也，其品格何等人也。'一説，王何，王弼、何晏也。《高僧傳》：'王濛歎支遁曰：實絆鉢之王何也。'又曰：'道場師是天竺王何風流人也。'按此説似可據，然在此章'後'字、'人'字説不去，故難從。"○程炎震曰："《高僧傳》作濛歎曰：'實絆鉢之王何也。'《音義》：'絆，側持反，舊作紲，與緇同。'緇鉢之王何，是以王弼、何晏比遁，於文爲合。《世説》此文，傳寫之誤耳。"○劉盼遂曰："慧皎《高僧傳》四《支道林傳》：'濛詣遁，遁曰：君語了不長進。濛退，乃歎曰：實絆鉢之王何也。'《音義》：'絆，側持反，與緇同。'今《世説》正文及注皆舛訛不可讀，宜據正。"○余嘉錫曰："此言林公之善談名理，乃沙門中之王弼、何晏。本篇云'王長史歎林公尋微之功，不減輔嗣'是也。'釪'即'盂'之借用字。"○王利器曰："《高僧傳》卷四《支遁傳》作'實絆鉢之王何也'，《隨函音義》云：'絆，側持反，舊作紲，與緇同。'六朝人多稱譽有才辨的人爲王何，王指王弼，何指何晏。"○趙西陸曰："今《世説》正文及注皆舛訛，不可讀。"○徐震堮曰："《高僧傳》云：'實絆鉢之王何也。''絆'字疑是'釪'字形近之誤。此文亦當從彼作'自是釪鉢之王何也'，猶言沙門中之輔嗣、平叔也。《僧肇傳》亦有'不意方袍，復見平叔'之語。又盂鉢爲佛門傳法之器，'釪鉢後王何人'作如來傳法後沙門中王何一流人物解，義亦可通。釋僧弼《與沙門寶林書》稱佛馱跋陀羅云：'道門禪師甚有天心，便是天竺王何風流人物也。'句法相類。"

○注"高逸沙門傳曰"

"恒尋遁遇祇洹寺中講"，桃井白鹿曰："恒，同'常'，'常'讀曰'嘗'。祇洹，即祇園。《大智度論》：'祇洹精舍。'"

111

許玄度言："《琴賦》所謂'非至精者，不能與之析理'，劉尹其人；'非淵靜者，不能與之閑止'，簡文其人。"嵇叔夜《琴賦》也〔1〕。劉惔真長，丹陽尹。

○"許玄度"至"簡文其人"

"非至精者"二句，田中頤曰："析，分析也。即謂劉爲至精。"

"非淵静者"二句，岡白駒曰："閑止，閒居也。"○淇園曰："閑，習也。止者，其舉止也。"○田中頤曰："即謂簡文爲淵静。"○王叔岷曰："《莊子·在宥篇》：'其居也淵而静。'陶淵明《止酒詩》：'逍遥自閑止。''閑止'一詞，蓋本《琴賦》。"

112

魏隱兄弟少有學義，《魏氏譜》曰："隱字安時，會稽上虞人〔2〕。歷義興太守、御史中丞。弟遏，黃門郎。"總角詣謝奉。奉與語，大説之，曰："大宗雖衰，魏氏已復有人。"

○"魏隱兄弟"至"已復有人"

"少有學義"，楊勇曰："學義，即才學。《品藻篇》四○：'謝安南清令不如其弟，學義不如孔巖，居然自勝。'注引《中興書》曰'巖有才學'是也，即'學義'二字之注腳。"

"大宗"，桃井白鹿曰："大宗，謂魏氏大宗也。與《夙惠篇》顧和曰'不意衰宗復生此寶'同義。《廣韻》：'魏氏本自周武王母弟受封於畢，至畢萬仕晉，封魏城，後因氏焉。'"○龔斌曰："魏隱爲小宗。"

○注"魏氏譜曰"

"歷義興太守"，程炎震曰："《晉書·安紀》：隆安三年十一月，妖賊孫恩陷會稽，義興太守魏隱委官遁。"

---

〔1〕"嵇叔夜"，余嘉錫曰："'嵇'景宋本及沈本作'稽'。"朱鑄禹曰："袁本作'稽'，非。"
〔2〕"會稽"，董刻本"稽"作"嵇"。楊勇曰："宋本作'嵇'，非。"

簡文云："淵源語不超詣簡至，然經綸思尋處，故有局陳。"

○"簡文云"至"有局陳"

"經綸思尋處"，恩田仲任曰："經者，理其緒而分之。綸者，比其類而合之。以治絲喻。"○張萬起曰："經綸，引申爲對思想觀點的整理安排。"

"故有局陳"，岡白駒曰："本謂軍之左右，各有部分，不相濫，以喻其語有次第，不相濫也。"○恩田仲任曰："局陳，謂部分陳列也。"○田中頤曰："言其所出語，不覺超詣簡至之妙，然經綸思尋其語旨處，有局局陳列之次第，不相雜亂，是以語殊有條理可聽也。"○秦士鉉曰："有局陳，有守而不亂。"○張萬起曰："局陳，即'局陣'，棋局兵陣。言人論談布置有法，猶如棋局兵陣。"○龔斌曰："此喻殷浩清言講究條理，重視佈局。"

114

初，法汰北來，未知名，車頻《秦書》曰[1]："釋道安爲慕容晉所掠[2]，欲投襄陽，行至新野，集衆議曰：'今遭凶年，不依國主，則法事難舉[3]。'乃分僧衆[4]，使竺法汰詣揚州，曰：'彼多君子，上勝可投[5]。'法汰遂渡江，至揚土焉。"王領軍供養之。《中興書》曰："王洽字敬和，丞相導第三子，累遷吳郡內史，爲士民所懷。徵拜中領軍，尋加中書令，不拜。

---

[1] "車頻"，董刻本"車"作"專"。王利器曰："各本'專'作'車'，是。"楊勇曰："'車'宋本作'專'，非。"
[2] "慕容晉"，程炎震曰："《晉書·載記》'慕容晉'作'慕容雋'。"余嘉錫曰："'晉'景宋本及沈本作'俊'。"朱鑄禹曰："疑當爲'慕容雋'，'雋''俊'音同，可通。"
[3] "法事難舉"，湯用彤《佛教史》曰："《高僧傳》多'又教化之體，宜令廣布'。"頁一五二。
[4] "乃分"，徐震堮曰："'乃'影宋本及沈校本作'仍'。仍，因也，與'乃'義相近。"
[5] "上勝"，楊勇曰："'上'字上沈校本有'則'字。"

年二十六而卒〔1〕。"每與周旋，行來往名勝許，輒與俱。不得汰，便停車不行。因此名遂重。《名德沙門題目》曰："法汰高亮開達。"孫綽爲汰贊曰："淒風拂林，明泉映壑〔2〕。爽爽法汰，校德無怍。事外瀟灑，神内恢廓。實從前起，名隨後躍。"《泰元起居注》曰："法汰以十二卒〔3〕。烈宗詔曰：'法汰師喪逝，哀痛傷懷，可贈錢十萬。'"

○"初法汰"至"名遂重"

"法法北來"，陳寅恪曰："《資治通鑒》九九云：'（晉穆帝）永和十年二月乙丑，桓温統步騎四萬發江陵，水軍自襄陽入均口，至南鄉，步兵自淅川趣武關。''九月，桓温還自伐秦，帝遣侍中、黄門勞温於襄陽。'據此，法汰之詣桓温必在永和十年九月以後。而法汰避慕容之難南詣揚州，沿沔東下，途中亦不能過久，然則其在永和十一年前後乎？"《支愍度學說考》，《叢稿初編》頁一七九。○陳統曰："法汰至建康適王洽爲領軍時，據萬斯同《東晉將相大臣年表》，洽之爲領軍在升平元年，則法汰適晉即在升平元年二年之間矣。"《慧遠大師年譜》。○湯用彤曰："竺法汰於興寧三年隨道安達襄陽，後經荆州東下至京都，居瓦官寺。簡文帝敬重之，請講《放光經》。簡文帝在位僅二年。其時瓦官寺創立未久。及汰居之，乃拓房宇，修立衆業。是汰之來都，在興寧年後，簡文帝之世也。"《佛教史》頁四五七。○龔斌曰："《道安傳》、車頻《秦書》皆云道安分張徒衆，乃在慕容俊逼陸渾時。慕容俊既於升平二年逼陸渾，則道安分張徒衆，法汰東下京師亦當在其年。"

"王領軍供養之"，湯用彤曰："王洽卒於升平二年，其時法汰尚未共道安南來。《世說》所載，應爲另一王氏子弟。"《佛教史》頁四五七。

"行來"，程炎震曰："蓋晉宋間恒語。《宋書》六十三《王華傳》：'張邵性豪，每行來常引夾轂。'"○楊勇曰："猶出行也。並見《排調》'有行來衣乎'，行來衣，出行衣也。"

---

〔1〕 "二十六"，程炎震曰："《晉書·王洽傳》作'三十六'。"楊勇曰："宋本作'二十六'，非。"

〔2〕 "明泉"，楊勇曰："《高傳》五《竺法汰傳》作'鳴絃'。"

〔3〕 "法法以十二卒"，葉德輝曰："袁本與此同。按文義，語似未完。或'二'下脱'年'字，否則'二'即'年'之誤。"程炎震曰："《高僧傳》五云：'汰以太元十二年卒，年六十八。'"董刻本"二"作"五"。余嘉錫曰："景宋本及沈本作'十五年卒'。"王利器曰："蔣校本、沈校本同，餘本作'法汰以十二卒'。案《高僧傳》卷五《竺法汰傳》：'以晉太元十二年卒。'《世說》此文，宋本及各本都有譌脱，當作'法汰以十二年卒'。"

○注“泰元起居注曰”

《泰元起居注》，沈家本曰：“《隋志》：‘《泰元起居注》二十五卷，梁有五十四卷。’二《唐志》：‘《晉太元起居注》五十二卷。’《晉書·孝武帝紀》：‘寧康四年改元爲太元。’此注作‘泰’，與《隋志》合。《唐志》作‘太’，與本紀合。未詳孰是。”《古書目》卷四。○葉德輝曰：“《隋志》二十五卷。云：‘梁有五十四卷。’”《書目》。

【彙評】

凌濛初曰：“後人如此，便有嗤者。”

115

王長史與大司馬書，道淵源“識致安處，足副時談”。

○“王長史”至“副時談”

“大司馬”，徐震堮曰：“謂桓溫。”○張萬起曰：“晉哀帝隆和初年，官大司馬。”

“淵源”，徐震堮曰：“殷浩字。”○張萬起曰：“此蓋爲隱居墓所、未爲揚州刺史之時。”

“識致安處”，朱鑄禹曰：“識致，見識情致也。”○張㧑之曰：“安處，平日居處。”○龔斌曰：“謂識見之指歸安妥也。”○蔣宗許曰：“識見高明而能安於所遇。”《大辭典》頁二八九。按《辭典》“識致”條曰：“見識和情致。”

“足副時談”，周一良曰：“副，饜也。”《商兑》。

謝公云：“劉尹語審細。”孫綽爲恢諫敘曰〔1〕：“神猶淵鏡，言必珠玉。”

○“謝公云”至“審細”

“審細”，朱鑄禹曰：“劉之出言矜慎不煩。”○楊勇曰：“審，審慎；細，精密。”

桓公語嘉賓：“阿源有德有言，向使作令僕，足以儀刑百揆。朝廷用違其才耳。”嘉賓，郗超小字也。阿源，殷浩也。

○“桓公語”至“違其才耳”

“阿源”，徐震堮曰：“浩字淵源，故以阿源呼之，猶呼王平子爲阿平也。”○張萬起曰：“名或字加‘阿’相稱，有親昵意味。”

“有德有言”，王叔岷曰：“《論語·憲問篇》：‘子曰：有德者必有言。’”

“向使”，恩田仲任曰：“向，往日也。與‘嚮’同。”

“儀刑百揆”，大典顯常曰：“《詩·大雅》：‘儀刑文王。’此謂爲儀刑也。《書·舜典》：‘百揆時敘。’謂百官也。”○崔朝慶曰：“儀刑，法式也。百揆，揆度百事，總持國政之官也。”○楊勇曰：“《後書·百官志》注：‘百揆，堯初別置，於周更名冢宰。’”

“朝廷用違其才”，田中頤曰：“不以殷爲過，專歸罪於朝廷也。”○徐震堮曰：“謂不當處以軍旅之任，北征許洛，以致傾敗。”

---

〔1〕 “恢諫”，葉德輝曰：“袁本與此同。按‘諫’當爲‘誄’。《晉書·劉恢傳》及本書《方正篇》注均引孫綽誄文，此其誄敘也。”又《書目》曰：“原注‘誄’誤‘諫’。《晉書·劉恢傳》載有孫綽誄，此其敘也。”李慈銘曰：“‘諫’疑是‘誄’字之誤。”余嘉錫曰：“景宋本作‘誄’，是也。”

李贄曰："至言，至言！桓公真至言！"《初潭集》卷十八。

118

　　簡文語嘉賓："劉尹語末後亦小異，回復其言[1]，亦乃無過。"

　　○"簡文語"至"乃無過"

"劉尹語末後"三句，秦士鉉曰："言劉語了後，亦猶與人有小異，回復其言，而後亦乃知其要歸於無過也。"○楊勇曰："末後，同義複詞，即'後'也。"○張萬起曰："回復，回味。"○龔斌曰："簡文似謂劉尹清言將盡之際，詞語與前稍有不同，然復述前言，亦無錯謬。"

119

　　孫興公、許玄度共在白樓亭，《會稽記》曰："亭在山陰，臨流映壑也。" 共商略先往名達。林公既非所關，聽訖云："二賢故自有才情[2]。"

　　○"孫興公"至"有才情"

"白樓亭"，凌濛初曰："亭名何謂？"○程炎震曰："《御覽》四十七引孔曄《會稽記》曰：'重山，大夫種墓，語訛成'重'。漢江夏太守宋輔於山南立學教授，今白樓亭處是也。'又一百九十四引同，並引《郡國志》曰：'沛國桓儼，

---

〔1〕"回復"，龔斌曰："'回'宋本作'逥'。"
〔2〕"二賢"，董刻本"二"作"一"。王利器曰："各本'一'作'二'，是。"

避地至會稽，聞陳業賢而往候之，不見。臨去入交州，留書繫白樓亭柱而別。’”

"商略先往名達"，張萬起曰："商略，品評，評論。"《詞典》頁一〇。〇吳金華曰："'先往'連文罕見，今疑'往'字可能是'德'的形訛。'舊德'、'先德'，都是當時常語，指德高望重的前輩。草書'德'字跟'往'相似。"《續稿》。

"既非所關"，朱鑄禹曰："似謂非己所關心事。"

〇注"會稽記曰"

《會稽記》，沈家本曰："《隋志》：'《會稽記》一卷，賀循撰。'二《唐志》無。"《古書目》卷四。〇葉德輝曰："《隋志》：一卷。云賀循撰。"《書目》。

120

王右軍道東陽："我家阿林，章清太出。" "林"應爲"臨"。《王氏譜》曰："臨之字仲產，琅邪人，僕射彪之子。仕至東陽太守。"

〇"王右軍"至"太出"

"我家阿林"，陸龜蒙曰："阿林，臨之小字。"《小名錄》卷上原注。〇田中頤曰："愛悅之情，溢於言外。"〇楊勇曰："我家，我之家族也。"

"章清太出"，大典顯常曰："太出，謂穎發也。"《集成》。〇恩田仲任曰："章清，猶明朗也。"〇田中頤曰："其才太出於衆，章明清白可知也。"〇張萬起曰："太出，很突出，很傑出。"

121

王長史與劉尹書，道淵源"觸事長易"。

〇"王長史"至"長易"

"觸事長易"，岡白駒曰："《易》云：'觸類長之。'"〇大典顯常曰："言長變易之理也，即《周易》之‘易’也。”○恩田仲任曰：“長易，言通變易之理。”○田中頤曰：“言觸事之艱處之，長於平易其心也。”○秦士鉉曰：“長易，謂優長而易簡也。”○張萬起曰：“觸事，遇事，辦事。長，通‘常’。”

【彙評】

劉辰翁曰：“費辭説。”

田中頤曰：“胸襟無險。”

122

謝中郎云：“王修載樂託之性[1]，出自門風。”《王氏譜》曰：“耆之字修載[2]，琅邪人，荆州刺史廙第三子[3]。歷中書郎、鄱陽太守、給事中。”

○“謝中郎”至“門風”

“謝中郎”，楊勇曰：“謝萬。萬嘗爲西中郎將。”

“樂託”，劉辰翁曰：“落魄。”○方以智曰：“落魄，一作落泊、洛度、落度、樂託、拓落、託落。《史·酈食其傳》：‘家貧落魄。’《陳書·杜稜傳》：‘少落泊，不爲當世所知。’《晉·佛圖澄傳》：‘鈴聲云：胡子洛度。’又大安童謡：‘元超兄弟大落度，上桑打椹爲苟作。’注：‘東海王超字元超，苟謂苟晞。’《蜀志·楊儀傳》：‘往者丞相亡，吾舉兵就魏氏，寧當落度如此邪？’《世説》：王耆之‘樂託出自門風’。又《揚雄傳》：‘何爲官之拓落。’又《晉·慕容暐傳》：‘孤危託落。’”《通雅》卷六。○翟灝曰：“世謂不拘謹修飾曰‘落度’，一作‘落託’。晉樂府《懊憹歌》‘攬衣未

---

[1] “王修載”，董刻本“修”作“脩”，注同。
[2] “耆之”，董刻本“耆”作“嗜”。王利器曰：“各本‘嗜’作‘耆’，是。《琅邪臨沂王氏譜》正作‘耆’。”楊勇曰：“宋本作‘嗜之’，非。”朱鑄禹曰：“袁本作‘耆’，是。”
[3] “廙第三子”，董刻本“廙”作“广冀”，“第”作“弟”。王先謙曰：“一本‘第’作‘弟’。案紛欣閣本或作‘第’或作‘弟’，它本並作‘弟’。”王利器曰：“各本‘广冀’作‘廙’，是。《琅邪臨沂王氏譜》、《晉書·王廙傳》，字正作‘廙’。”

結帶，落託行人斷'，又作'樂託'。《世說》謝中郎曰：'王修載樂託之性，出自門風。'又作'落拓'，《北史・楊素傳》：'少落拓有大志，不拘小節。'"《通俗編》卷十五。○胡鳴玉曰："'落魄'音託，又音薄。史漢《酈食其傳》：'好讀書，家貧落魄。'應劭曰：'落魄，志行衰惡貌。'師古曰：'失業無次也。'晉灼曰：'落魄、落託義同。'唐高駢詩：'未出塵埃真落魄，不趨權勢正因循。'此以'落魄'對'因循'。元遺山詩：'落魄宜多病，艱危更百憂。'此以'落魄'對'艱危'。宋處士楊朴被召，其妻送詩曰：'更休落魄貪杯酒，亦莫猖狂愛詠詩。今日捉將官裏去，這回斷送老頭皮。'此以'落魄'對'猖狂'。歷數則，其義自明。若杜牧之'落魄江湖載酒行'一絕，尤爲豪放，乃知'落魄'爲放蕩失檢之意，非淪落不堪也。又，《陳書》杜稜'少落泊，不爲當世所知'，《晉・佛圖澄傳》'鈴聲曰胡子洛度'，又大安童謠'元超兄弟大落度'，《世說》'王耆之樂託出自門風'，其義相同。"《襍錄》卷一。○岡白駒曰："託，委也，任也。隨所遇樂，不與物違也。"○桃井白鹿曰："樂託，即落魄也。《南史》：'陸驗落魄。'《梁書》作'樂拓'。又，《通鑒・魏紀》'落魄'作'落度'，音義並同。顏師古《漢書注》：'落魄，失業無倚也。'此以形容王性，猶簡文形容劉尹昏默曰'酩酊'之類。"○大典顯常曰："'落魄'之'魄'三音：一闔各切，落魄無節，又貧無家業也；一白各切，落魄失業，無次貌；一匹各切，落魄不得志貌。'落'音同'樂'，'魄'闔各切，音'託'。'樂託'即'落魄'也。落魄之性，蓋謂蕭散無營也。"○恩田仲任曰："即'落魄'。《韻府》曰：'不檢也。'"○秦士鉉曰："蓋不事事也。一說樂託，'託棲'一類語，謂樂心託身於大道也。"○劉盼遂曰："'樂託'即'落拓'，連綿字無定形也，亦作'落魄'（《漢書・酈食其傳》）、'落穆'（《晉書・王澄傳》）、'落度'（《通鑒・晉紀》），今世則言'邋遢'。"○朱鑄禹曰："樂託即落託。魏晉間以落託不羈爲名士本色，與後世所謂落魄義有別。"○周一良曰："此處之'樂託'意有轉變，不指寂寞失意，而是不羈、無拘束之意。西晉竺法護譯《生經》之《和難經》有'落度凶暴'語，《南史》六一陳暄傳，'以落魄不爲中正所品，久不得調'，亦即'落魄江湖載酒行'之'落魄'，皆謂不羈也。"《史札》頁四一。

○注"王氏譜曰"

"鄱陽"，恩田仲任曰："《晉書・地理志》：'鄱陽郡，統縣八。'"

"給事中"，恩田仲任曰："《漢書・百官表》曰：'給事中掌顧問應對，位次中常侍。'"

【彙評】

狄期進曰："'貽厥孫謀，以燕翼子'，樂託之性，不可以爲訓也。"

123

　　林公云："王敬仁是超悟人。"《文字志》曰："脩之少有秀令之稱〔1〕。"

　　○"林公"至"超悟人"

　　"超悟人"，田中頤曰："言觀王平常爲人，是超凡捷悟之人也。"

124

　　劉尹先推謝鎮西，謝後雅重劉〔2〕，曰："昔嘗北面。"按謝尚年長於惔，神穎夙彰，而曰北面於劉，非可信。

　　○"劉尹先推"至"嘗北面"

　　"雅重"，劉淇曰："此'雅'字，猶云極也。"《辨略》卷三。

【彙評】

凌濛初曰："推重耳，何足致疑！況劉亦堪此，勿論年長。"

---

〔1〕 "脩之"，王利器曰："王本、凌本無'脩'下'之'字，是。"徐震堮曰："《文學》三九注作'修'，無'之'字。《晉書》作'脩'。"
〔2〕 "謝後"，余嘉錫曰："景宋本及沈本俱無'後'字。"

1085

朱鑄禹曰：“北面不必事實，推挽之辭耳。”

125

謝太傅稱王修齡曰〔1〕：“司州可與林澤遊。”《王胡之別傳》曰：“胡之常遺世務，以高尚爲情，與謝安相善也。”

　　○“謝太傅”至“林澤遊”

“可與林澤遊”，田中頤曰：“言可同預山水清遠之席之人也。”○秦士鉉曰：“林澤，猶林下也。即‘把臂入林’之意。”○張萬起曰：“即可以作超脱世俗的方外之友。”

126

諺曰：“揚州獨步王文度，後來出人郄嘉賓〔2〕。”《續晉陽秋》曰：“超少有才氣，越世負俗，不循常檢。時人爲一代盛譽者〔3〕，語曰：‘大才槃槃謝家安，江東獨步王文度，盛德日新郄嘉賓。’”其語小異，故詳録焉。

　　○“諺曰”至“郄嘉賓”

“揚州獨步”，田中頤曰：“獨步，謂人莫相對者。”○王叔岷曰：“《後漢書·戴良傳》：‘獨步天下，誰與爲偶？’”

“後來出人郄嘉賓”，桃井白鹿曰：“郄時年少，故曰‘後來’。出人，超出於人也，《管子》‘其道非獨出人也’是也。‘獨步’‘出人’，皆不群之稱。”○大典顯常曰：“漢以來有斯類語，皆第四字與第七字協韻。出人，超出於人也。此蓋以郄年少時言也。”○平賀房父曰：“後來者，後進也。”○田中頤曰：

---

〔1〕“王修齡”，董刻本、袁刻本“修”俱作“脩”。
〔2〕“郄嘉賓”，余嘉錫曰：“‘郄’景宋本作‘郗’。”按袁刻本亦作“郗”。注同。
〔3〕“爲一代”，龔斌曰：“‘爲’宋本無此字。按當有‘爲’字。”

“‘步’‘度’、‘人’‘賓’，皆協韻。”○秦士鉉曰：“後來，後進也。”

“郄嘉賓”，方以智曰：“‘郄’‘郗’本分，而聲亦相借。《東觀餘論》曰：‘郗姓音絺，而俗作郄，因讀郄詵之郄。’詵乃晉郄縠後，郗鑒乃漢郗慮後。陸魯望詩‘一段清香染郄郎’，亦誤矣。然觀右軍帖以‘郗’爲‘郄’，誤自此始，退之所以貶爲俗書也。”《通雅》卷二十。○錢大昕曰：“漢隸從‘谷’旁者，或變作‘丞’，故‘郤’或作‘郄’，與從‘希’之‘郗’音義全別。今《晉書》刊本‘郗’字亦訛爲‘郄’，而‘郤’‘郗’二姓遂溷而無別。今考定望出河南濟陰者，讀如隙，郤正、郤詵是也；望出山陽高平者，讀如絺，郗慮、郗鑒是也。”《考異》卷二十一。按説又見《養新録》卷十二“郤郗二姓相混”條。○李詳曰：“‘郗’音絺，本高平郡望。《元和姓纂》‘郗’姓在六脂内，汪隆莊《史姓韻編》誤列晉諸郗於十一陌次‘郤’姓後，乃使鑒、愔、超祖孫音姓俱易，殊失檢照。”《魏生叢録》卷二。

○注“續晉陽秋曰”

“大才槃槃謝家安”，方以智曰：“槃槃，猶般般也。《晉語》曰：‘大才槃槃。’謂其般般也。古云‘班班’，今言‘般般’。《禮記通解》曰：‘弁猶槃槃然。’”《通雅》卷上。○桃井白鹿曰：“槃槃，大貌。《儀禮·士冠禮》‘周弁殷冔夏收’注：‘弁名出於槃。槃，大也，言所以自光大也。’”○大典顯常曰：“般，多也。”又曰：“槃，蓋槃礴之意。”《集成》。○秦士鉉曰：“‘步’‘度’，‘人’‘賓’，‘槃’‘安’，‘新’‘賓’，七言一句中押韻。漢末以來有此體。槃槃，大才貌。”

◎李詳曰：“《晉書·王坦之傳》用《續晉陽秋》説。”○趙西陸曰：“《御覽》二四九引《晉中興書》曰：‘時人爲之語言曰：楊州獨步王文度，盛德絶倫郄景興。’語又不同。”

127

人問王長史江虨兄弟群從[1]，王答曰：“諸江皆復足

---

[1]　“江虨”董刻本“虨”作“彪”，沈校本作“彪”。注同。桃井白鹿曰：“《字典補遺》‘虨’與‘彪’同。《晉書》作‘彪’。”余嘉錫曰：“‘虨’沈本作‘彪’。”朱鑄禹曰：“袁本作‘虨’，非。”

自生活。"郎及弟淳〔1〕，從灌〔2〕，並有德行，知名於世。

○"人問"至"足自生活"

"皆復足自生活"，趙翼曰："活計曰生活，見《梁書》，武帝檢視臨川王宏庫室百餘間，有錢三億餘萬，他物稱是，謂宏曰：'阿六，汝生活大可。'《北史》胡叟蓬室草筵，以酒自適，謂友人曰：'我此生活，似勝焦先。'"《陔餘叢考》卷四十三。○錢大昕曰："'生活'字本出《孟子》，今人借作家計用。《魏書·胡叟傳》：'我此生活，似勝焦先。'《南史·臨川王宏傳》：'阿六，汝生活大可。'《北史·祖瑩傳》：'文章須自出機杼，成一家風骨，何能共人同生活也。'《尉景傳》：'與爾計生活孰多？'"《恒言錄》卷四。○桃井白鹿曰："俗謂産業爲'生活'，白居易謂'作詩爲冷淡生活'之類是也。足自生活，言諸江皆賢，足自成一家風範也。《晉書》祖瑩曰'文章須自出一家風骨，何能共人同生活'是也。"○恩田仲任曰："言諸江皆賢，足立産業。"○田中頤曰："言自彪以下，諸江皆復如彪各成其材，故不借人力，而足自爲生活也。"○秦士鉉曰："此謂其人才足樹立於一世也。"○楊勇曰："'復足'之'復'，無義，襯字。生活，名位。自生活，自有名位。《品藻》二七注：'我當何處生活？'即'置我名位於何'。"龔斌按曰："王長史意謂諸江皆足以生存於世，猶今語'足有生存能力'。楊箋釋'生活'爲'名位'，恐不確。"○張萬起曰："皆復，相當於'都''全'。"《詞典》頁一三九。

128

謝太傅道安北："見之乃不使人厭，然出户去，不復

---

〔1〕"弟淳"，何焯曰："'淳'當作'惇'。"程炎震曰："'淳'當據《晉書》作'惇'。"王利器曰："'淳'當作'惇'，見《陳留圉江氏譜》及《晉書·江惇傳》。"徐震堮曰："'淳'《晉書》本傳及《江氏譜》並作'惇'，是，當據改。"楊勇曰："宋本作'淳'，非。"

〔2〕"從灌"，程炎震曰："'從灌'即'從弟灌'。"王利器曰："'從'下當補'弟'字。彪與灌爲同曾祖父之同兄弟，故正文云'江彪兄弟群從'。"趙西陸曰："'從'下當補'弟'字。"徐震堮曰："'從'下脱'弟'字。彪與惇，並統子。灌爲曹子，與彪爲同曾祖兄弟。"

使人思。”安北，王坦之也。《續晉陽秋》曰：“謝安初攜幼釋同好〔1〕，養志海濱，襟情超暢〔2〕，尤好聲律。然抑之以禮，在哀能至，弟萬之喪，不聽絲竹者將十年。及輔政，而修室第園館，麗車服，雖期功之慘，不廢妓樂。王坦之因苦諫焉。”按謝公蓋以王坦之好直言〔3〕，故不思爾。

○“謝太傅”至“使人思”

“安北”，勞格曰：“《王坦傳》：‘追贈安北將軍。’謝濤墓誌作‘平北’。”《雜識》卷五《校勘記下》。○徐震堮曰：“坦之卒後，追贈安北將軍。”

“見之乃不使人厭”三句，大典顯常曰：“此賞安北之沖虛而言爾。如注所説，何在《賞譽》？”○田中頤曰：“言其人恬淡沖虛，故其來不至使人厭惡其數來，其去亦不至使人思慕其來不繼也。”○秦士鉉曰：“此謂坦之沖淡，無赫赫之風也。然入之《賞譽》則不當，注亦誤解。又按蘇桓公性彊切，士女憚之，則曰：‘見蘇公，患其教責人，不見又思之。’故知注誤。”○朱鑄禹曰：“坦之性情沖挹平淡，故云‘見之不使人厭’；而又無風流韻度，故云‘去不復使人思’。蓋謝似嘉其能矜持自潔，不慕紛華耳。”

○注“續晉陽秋曰”

“謝安初攜幼釋同好”，參見校文。葉德輝曰：“即《晉書》本傳云‘寓居會稽，與王羲之、許詢、支遁遊處’時也。‘幼釋’猶言家小。本傳又云：‘于土山營墅，樓館林竹甚盛，每攜中外子姪往來游集。’則此爲‘幼釋’無疑矣。”

“養志海濱”，葉德輝曰：“會稽，孫亮時分立臨海，以地臨海濱也，故注云‘養志海濱’。”

“期功之慘”，桃井白鹿曰：“《綱目集覽》謂有周期大功小功之服。”○恩田仲任曰：“慘，哀也。”

〔1〕 “幼釋”，葉德輝曰：“袁本與此同。按‘釋’當爲‘稺’。”按袁重雕本作“稺”。余嘉錫曰：“景宋本作‘幼稚’。按‘釋’當是‘稺’之誤。”
〔2〕 “朝暢”，董刻本“暢”作“暢”。王利器曰：“各本‘暢’作‘暢’，是。”
〔3〕 “王坦之”，董刻本“王”作“工”。王利器曰：“各本‘工’作‘王’，是。這是壞字。”

【彙評】

郭良翰曰："蘇桓公性彊切而持毀譽，士友咸憚之，至相語曰：'見蘇桓公，患其教責人；不見又思之。'謝太傅道安北王坦之曰：'見之乃不使人厭，出戶去，不復使人思。'二者優劣自見。"《續問奇類林》卷十。

劉辰翁曰："此威儀韻度之則，一見而盡。"桃井白鹿按曰："劉說是也。注以爲謝惡其直言，冤哉！"

方弘靜曰："謝安石好聲律，期功之慘，不廢絲竹。士大夫效之，遂以成俗。夫賢者衆之表也，忍以其身爲厲階而敗先王之訓乎？期功之親，近於親者也，是而可忍，其忍於親乎？未之思也。如思之，必有聞樂而不樂者矣。"《千一錄》卷二十五。

王思任曰："此非'賞譽'。"

楊一奇曰："式曰：中書之好樂，東山之攜妓，與郭子儀窮奢極欲之意同，皆有爲而爲也。君子曰：'何必乃爾。心苟無私，何恤乎人疑。'"《史談補》卷四。

馮時可曰："或謂坦之好直言，太傅不能堪，故云然，非也。坦之吐納有致，自足動人，然無真情遠味，其諫太傅，直是取名，故不免窺破。"賀裳《史折》卷中引《藝海泂酌》。裳按曰："謂坦之好直言而太傅不能堪者，是誣安也。然謂坦之諫安，徒以取名者，亦誣坦之也。坦之雖與正流，膽薄不足持危亂，新亭之役，倒執手板；溫爲子求婚，不能引決，藍田至推之下膝。則爲安所輕，固有由耳。"

岡白駒曰："（注）'及輔政'云云。安之矯情，爲爵祿耳，故及得志，真態乃見，宜哉東山不遂。簡文先見其偽隱，劉尹輕視之，可謂明識矣。"

田中頤曰："交淡如水。"

蔣凡曰："謝、王二人性情不同，但卻能以君子之交相忘於江湖的態度，共輔幼主，以濟時艱。"

129

謝公云："司州造勝遍決。"宋明帝《文章志》曰："胡之性簡，好達玄言也。"

○“謝公”至“遍決”

“造勝遍決”，岡白駒曰：“能造勝處，無所不決。”○淇園曰：“言造文義要
勝之處，無不能決其義也。”○朱鑄禹曰：“此似譽其談玄理能造其勝處，而又
能周遍斷決也。”

【彙評】

劉辰翁曰：“不可解，亦不足取。”

130

劉尹云：“見何次道飲酒，使人欲傾家釀。”充飲酒能溫
克〔1〕。

○“劉尹”至“家釀”

“欲傾家釀”，陸游曰：“晉人所謂‘見何次道令人欲傾家釀’，猶云欲傾竭
家貲以釀酒飲之也。故魯直云‘欲傾家以繼酌’。韓文公借以作《箐詩》云：
‘有賣直欲傾家貲。’王平父《謝先大父贈箐詩》亦云：‘傾家何計效韓公。’皆
得晉人本意。至朱行中舍人有句云：‘相逢盡欲傾家釀，久客誰能散橐金。’用
‘家釀’對‘橐金’，非也。”《老學庵筆記》卷十。○秦士鉉曰：“釀，即酒也。
傾，‘傾庋’之‘傾’，言次道飲酒溫克可愛，故欲盡家藏之酒饗之。”○余嘉錫
曰：“唐李翰《蒙求》曰：‘劉恢傾釀，孝伯痛飲。’詳其文義，則所謂傾釀者，
乃欲傾倒其家釀，而非傾家貲以釀酒也。楊守敬《日本訪書志》十一曰：‘傾家
釀何等直捷，乃增成非傾家貲以釀酒，迂曲少味矣。山谷詩剪裁爲句，亦非務觀
之意。’”

◎余嘉錫曰：“考《中興書》言：‘準散帶衡門，不及世事，于時名德皆稱
之。’而《政事篇》注引《晉陽秋》曰：‘何充與王濛、劉恢好尚不同，由此見

---

〔1〕“溫克”，趙西陸曰：“《蒙求》卷下引‘溫克’下有‘故也’二字。”

讒於當世。'則劉尹此言，似當爲幼道而發，豈後人以準名不如充，遂移之次道耶？"

　　○注"充飲酒能温克"

　　"飲酒能温克"，趙西陸曰："《詩‧小雅‧小宛》：'人之齊聖，飲酒温克。'"○龔斌曰："鄭玄箋：'中正通知之人，飲酒雖醉，猶能温藉自持以勝。'"

131

　　謝太傅語真長："阿齡於此事，故欲太厲[1]。"脩齡，王胡之小字也。劉曰[2]："亦名士之高操者。"《胡之别傳》曰："胡之治身清約，以風操自居。"

　　○"謝太傅"至"高操者"

　　"阿齡"，王楙曰："胡之本字脩齡，呼'阿齡'者，即其字耳，非小字也，猶桓公呼殷淵源爲'阿源'，王處仲呼王平子爲'阿平'之類也。'阿'之一字，顧所施用，有綴以姓者，有綴以名者，有綴以字者，有綴以第行者。綴以姓如'阿阮'，綴以名如'阿戎'，綴以字如'阿平'，綴以第行如'阿大'，詎可因其稱'阿'，遂以爲小字乎？"《野客叢書》卷十八。朱鑄禹按曰："呼人名字而加'阿'字者，親暱之稱也，今江南蘇滬一帶尚如此。"按"阿"義參見《簡傲篇》"王戎弱冠詣阮籍"條。

　　"於此事"，桃井白鹿曰："此事，蓋注所謂'風操'也。"○大典顯常曰："此事，蓋謂士之志行也。"又曰："謂道理上事。"《集成》。○秦士鉉曰："此事指清言家事，與'當今以此事推袁'同，但彼指文學，此指玄理。"○龔斌曰："'此事'殆指王胡之拒受陶胡奴送米事。"

────────────

[1]　"太厲"，《世説補》"厲"作"屬"，岡白駒曰："'屬'一作'厲'，非是。"桃井白鹿曰："一本'厲'作'屬'，非。"田中頤曰："'厲'一本作'屬'，非。"天保手批曰："當作'厲'。"

[2]　"劉曰"，董刻本、元刻本"劉"作"謝"。楊勇曰："宋本作'謝'，非。"朱鑄禹曰："袁本作'劉'，是。"

“故欲太厲”，參見校文。桃井白鹿曰：“厲，磨也。”○田中頤曰：“此言齡於今日行事故意欲太苦厲，其過亦甚也。”○朱鑄禹曰：“太厲，意似謂過分磨礪也。”○張萬起曰：“確實好像太過分了。欲，好像。”

“高操者”，田中頤曰：“言其欲太厲，即亦名士之高操者所爲也。”○王叔岷曰：“陶淵明《癸卯歲十二月中作與從弟敬遠詩》：‘高操非所攀。’”

【彙評】

劉辰翁曰：“何等語！”

蔣凡曰：“謝安心胸涵容，正合‘王者不卻衆庶，故能明其德’之意。劉恢則與王胡之一樣，其門閥意識已深入骨髓，對於名士的理解，已入刁鑽褊狹一路。”

132

王子猷説：“世目士少爲朗[1]，我家亦以爲徹朗[2]。”《晉諸公贊》曰：“祖約少有清稱。”

○“王子猷”至“徹朗”

“我家”，劉盼遂曰：“‘我家’似指其父右軍也。本篇：‘謝公問孫僧奴：君家道衛君長云何？’《排調篇》：‘嘉賓謂郗倉曰：人以汝家比武侯，復何所言？’皆以‘家’謂父。”余嘉錫按曰：“謝問孫語，見《品藻篇》，非本篇也。”○徐震堮曰：“我家，‘我’也，猶以‘君家’爲君，‘此家’爲此人。”○江藍生曰：“‘汝家’猶‘汝’，‘我家’猶‘我’，‘家’字均不爲義，相當於一個音綴。”《彙釋》頁九○。

“徹朗”，張萬起曰：“極爲爽朗。”

---

〔1〕 “爲朗”，朱鑄禹曰：“《太平御覽》四四七《品藻下》引此，下有‘邁’字。”
〔2〕 “徹朗”，董刻本、元刻本作“傲朗”。劉應登曰：“‘傲’或作‘徹’。”

劉辰翁曰：“一字是病，一字是德。”評“傲朗”。朱鑄禹曰：“‘傲’字古有‘高傲’，未必是貶辭。”

王世懋曰：“晉人常在舌間轉一字作生活。”

133

謝公云：“長史語甚不多，可謂有令音。”《王濛別傳》曰：“濛性和暢，能清言，談道貴理中，簡而有會。商略古賢顯默之際，辭旨劭令，往往有高致。”

○“謝公”至“令音”

“語甚不多”二句，田中頤曰：“凡語多則華而寡要，不多則質而多實。今長史之甚不多者，可謂有令音也。令音，謂令問德音，亦以簡貴言之。”

○注“王濛別傳曰”

“談道貴理中”二句，恩田仲任曰：“理中，謂道理之中正。有會，要也。”○秦士鉉曰：“簡會，簡要也。”○朱鑄禹曰：“謂論道貴在得理之中，言簡而有會心。”

“商略古賢顯默之際”，桃井白鹿曰：“商略，論較也。顯默，謂出處語默也。”○大典顯常曰：“顯默，猶言出處也。《中庸》：‘國無道，其默足以容。’”○方一新曰：“‘顯默’，顯，宦達；默，隱遁。二字相反爲義，猶言入世與出世。”《釋義》。

134

謝鎮西道敬仁“文學鏃鏃，無能不新”。《語林》曰：“敬仁有異才，時賢皆重之。王右軍在郡迎敬仁，叔仁輒同車，常惡其遲。後以馬迎敬仁，雖復風雨，亦不以車也。”

○“謝鎮西”至“不新”

“謝鎮西道敬仁”，徐震堮曰：“謝尚官鎮西將軍。王濛子修，字敬仁。注中叔仁，乃修弟蘊。”

“文學”，胡三省曰：“漢郡曹有之，操於公府創制也。”《通鑒·漢紀五十七》注。又曰：“《晉·百官志》：王國置師、友、文學各一人。”同上《魏紀一》注。○張萬起曰：“官名。漢代於州郡及王國置文學，或稱文學掾、文學史。”

“鏃鏃”，劉辰翁曰：“‘鏃鏃’銳意，正是病。”○胡文英曰：“如箭之新治而尖也。吳中謂物之新者曰‘鏃鏃新’。”《吳下方言考》卷十。○桃井白鹿曰：“言其銳利如磨也。”○崔朝慶曰：“鏃鏃者，蓋有挺出之義。”○王叔岷曰：“《説文》：‘鏃，利也。’鏃鏃，鋒利貌。”○楊勇曰：“《説文》：‘鏃，利也。’鏃鏃，挺出貌。世因謂極新曰鏃新。”○朱鑄禹曰：“鏃，冶金新出光潔，故云鏃鏃如新出於型。此亦以喻敬仁之於文學，故下句曰無所不清斷也。”○張萬起曰：“傑出的樣子。”

“無能不新”，田中頤曰：“言其於文學銳意敏作，而無能不新者也。”○張萬起曰：“能，而，連詞。”

135

劉尹道江道群“不能言而能不言”。江灌，已見。

○“劉尹”至“不言”

“不能言而能不言”，岡白駒曰：“不能談，［而］使人不覺其不言也。”○淇園曰：“能用其不言也。”○田中頤曰：“夫‘言’末也，‘不言’本也。務本而棄末，其用力固異，是所以可謂‘能’也。”○朱鑄禹曰：“意謂於不當言者能有所不言也。”○楊勇曰：“言江雖不能言，而能以不言勝人也。”

王思任曰："此正能言。"

136

林公云："見司州警悟交至，使人不得住，亦終日忘疲。"《王胡之別傳》曰："胡之少有風尚，才器率舉，有秀悟之稱。"

〇"林公云"至"忘疲"

"不得住"，朱鑄禹曰："似與'使人應接不暇'之意同。"〇蔣凡曰："住，停止。指王胡之談鋒引人入勝，牽著人隨他的思路走。"

137

世稱："苟子秀出，阿興清和。"苟子已見。阿興，王蘊小字。

138

簡文云："劉尹茗柯有實理。"柯，一作打[1]，又作仃，又作打。

---

[1] "一作打"，王先謙曰："二'打'字必有一誤，下'打'疑'杆'。"徐震堮《札記》曰："'一作打'當作'一作杆'。'杆''仃''打'聲相同。"余嘉錫曰："'打'景宋本及沈本俱作'杆'。"王利器曰："蔣校本、沈校本'打'作'杆'，餘本'杆'作'打'。案'茗柯'當作'茗杆'，清黃生《義府》卷下云云。"

○“簡文”至“實理”

“茗柯有實理”，劉應登曰：“言如茗之枝柯小實，非外博而中虛也。”徐震堮按曰：“劉解望文生義。”○楊慎曰：“酩酊，醉貌。《晉·山簡傳》及《世說》皆作‘茗艼’，蓋假借字也。又簡文帝曰‘劉尹茗汀有實理’，‘茗汀’亦‘茗艼’也。今本一作‘茗柯’，於義不貫。”《丹鉛餘錄》卷十六。又曰：“晉簡文曰：‘劉尹茗柯有實理。’注：‘言如茗之枝柯小實，非外博而中虛也。’蔡叔子云：‘韓康伯雖無骨幹，然亦膚立。’合二條觀之，‘膚立’者，‘茗柯’之反也。宋有謠曰：‘臻蓬蓬，外頭花艷裹頭空。’‘蓬艷’正可對‘茗柯’。”《藝林伐山》卷六。○王世懋曰：“‘茗柯’不可解。”○方以智曰：“酩酊，一作茗艼、茗汀，《晉·山簡傳》作‘酩酊’，《世說》作‘茗艼’。升庵引簡文帝曰‘劉尹茗汀有實理’，今本一作‘茗柯’，誤。”《通雅》卷六。○黃生曰：“‘酩酊’二字古所無，《世說》‘茗艼無所知’，蓋借用字。今俗云‘懵懂’，即‘茗艼’之轉也。又《列子》‘眠娗謰諉’張湛注：‘眠娗，不開通貌。’詳注義，則‘眠娗’即‘茗艼’。‘劉尹茗柯有實理’注：‘柯，一作杆，又作汀，又作打。’予謂此當即襄陽人歌山簡之‘茗艼’，‘茗艼’即‘酩酊’，復轉聲爲‘懵懂’，皆一義。此云‘茗艼有實理’，言當其醉中，亦無妄語。恨傳寫訛誤，其義遂晦。”《義府》卷下。余嘉錫按曰：“不必是醉後始可稱茗艼也。黃氏必并山簡事言之，微失之拘。”○胡文英曰：“茗汀，到頂也，到底也。吳諺謂至極爲‘茗汀’。”《吳下方言考》卷七。○朱亦棟曰：“‘茗柯’二字，初不得其解。既而思之，此亦切音之法也，當從注作‘茗杆’。‘茗杆’二字合音爲‘梗’。《楚詞·橘頌》：‘願歲並謝與長友兮，淑離不淫梗其有理兮。’意正相合。或者以王右軍道劉真長‘標雲柯而不扶疏’，遂改‘茗杆’爲‘茗柯’，未可知耳。然‘茗柯’字亦自佳。”《群書札記》卷三。又曰：“《晉書·山簡傳》：‘酩酊無所知。’‘酩酊’亦作‘茗艼’，醉甚也。文英之說良是。此‘茗柯’字其爲‘茗汀’之訛無疑。”同上。○焦循曰：“《世說·賞譽篇》‘劉尹茗柯有實理’，劉峻注‘柯一作打一作汀’，按作‘打’、‘汀’是也。《任誕篇》載山季倫歌云：‘日暮倒載歸，茗艼無所知。’‘茗汀’即‘茗艼’。言無所知而有實理，如酒醉無所知稱酩酊。打，撞也，今俗寫作‘釘’，去聲。而讀‘打’爲大，上聲，而以‘打撞’爲‘頂撞’，乃‘釘’字古爲金銀之稱，今俗作‘錠’，即‘釘’字也。‘茗打’‘茗艼’則皆當日方言，而假借爲文耳。或解作茶茗之枝柯則戾矣。”《簫錄》卷十九。○桃井白鹿曰：“茗艼本謂醉甚，此借形容昏默。”○大典顯常曰：“以其從艸觀之，則非必以醉，只是不解事貌。”○淇園曰：“言酩酊之中其所發之言有實理也。”○恩田仲任曰：“《玉篇》：‘酩酊，醉甚也。’《正韻》亦作‘茗艼’，轉注古音作‘茗仃’，引簡文帝曰‘茗仃有實理’，訓‘醉貌’。”○田中頤曰：“‘茗柯’作‘茗艼’爲是。茗艼，酩酊也。言劉昏默如不解事，而有實理可觀也。”○葉德輝曰：“‘杠’與‘艼’同聲，‘茗艼’即古‘酩酊’字。本書《任誕篇》‘山季倫爲荆州’條：‘茗艼無所知。’唐人《瑯玉集·嗜酒篇》引《襄陽記》同今《晉書·山簡傳》作‘酩酊’，元熊忠《韻會舉要》二十四‘迥’引《晉書·山簡傳》尚作‘茗艼’，是元時監本未改字也。是俗書也。‘酩’‘茗’二字均不見《説文》，‘茗’字蓋起於六朝，‘酩’字尤後。‘茗杠有實理’，文句故作抑揚，本篇多此例。”○徐震堮曰：“‘茗杠’即‘酩酊’，或作‘茗艼’。《世説新語·任誕》：‘山季倫爲荆州，時出酣暢，人爲之歌曰：山公時一醉，經造高陽池，日暮倒載歸，茗艼無所知。’《晉書·山簡傳》作‘酩酊’。字亦作‘偵仃’，亦作‘偵杠’，亦作‘惧惶’，與‘薈騰’‘懵懂’皆一音之轉。‘茗杠有實理’，謂真長視若懵懂而中有實理也。《晉書》劉惔本傳：‘孫綽誄之云：居官無官官之事，處事無事事之心。’正真長‘茗杠’之證。”《礼記》。又曰：“‘茗杠’猶言‘茗艼’‘酩酊’，再轉爲‘薈騰’‘懵懂’。謂真長雖外若懵懂，而中有實理也。《晉書》：‘孫興公諫之曰：居官無官官之事，處事無事事之心。’即其應物無心、外似懵懂之證。”○余嘉錫曰：“此言真長精神雖似惛懬，而發言卻有實理。‘茗艼’爲疊韻，乃形容之詞，本無定字。故焦氏以爲作‘打’作‘仃’皆可。宋本云一作‘杠’。《説文》：‘杠，橦也。從木，丁聲。宅耕切。’蓋即‘打’之本字。原本當作‘杠’，其作‘柯’者，傳寫誤耳。”

【彙評】

劉辰翁曰：“五字最妙。”評“茗柯有實理”。○曰：“大道之極，昏昏默默。”桃井白鹿按曰：“劉評是也。”秦士鉉按曰：“見《莊子·在宥篇》，但‘大’作‘至’。”徐震堮按曰：“差爲得之。”

王思任曰：“言味不在枝葉。”

139

謝胡兒作著作郎〔1〕，嘗作《王堪傳》〔2〕。《晉諸公贊》曰：“堪字世胄，東平壽張人，少以高亮義正稱。爲尚書左丞〔3〕，有準繩操。爲石勒所害，贈太尉。”不諳堪是何似人，咨謝公。謝公答曰：“世胄亦被遇。堪，烈之子，《晉諸公贊》曰：“烈字陽秀，蚤知名。魏朝爲治書御史。”阮千里姨兄弟〔4〕，潘安仁中外，安仁詩所謂‘子親伊姑，我父唯舅’。是許允壻。”《岳集》曰：“堪爲成都王軍司馬。岳送至北邙別〔5〕，作詩曰：‘微微髮膚，受之父母。峨峨王侯，中外之首。子親伊姑，我父唯舅。’”

○“謝胡兒”至“許允壻”

“著作郎”，余嘉錫曰：“《晉書·職官志》，著作郎一人，謂之大著作郎，專掌史任。又置佐著作郎八人。著作郎始到職，必撰名臣傳一人。”

“世胄亦被遇”，朱鑄禹曰：“合下文‘堪，烈之子’觀之，此處‘世胄’似謂世家之胄，非堪之字也。”龔斌按曰：“潘岳有《北芒送別王世胄》詩，可證堪字世胄不誤。”

“潘安仁中外”，徐震堮曰：“中外，即中表，潘詩所謂‘子親伊姑，我父唯舅’是也。”

“許允壻”，劉應登曰：“阮、潘既是表兄弟，又同是許壻。”凌濛初按曰：“注云‘阮潘既是表兄弟，又同是女壻’，誤也。此正言王堪耳。況潘乃楊壻，孝標不知耶？劉孟會批亦承譌耳。”

〔1〕 “著作郎”，董刻本“著”作“箸”。
〔2〕 “王堪傳”，董刻本“傳”作“傅”。王利器曰：“曹本、王本同，袁本、凌本‘傅’作‘傳’，是。”
〔3〕 “尚書左丞”，徐震堮曰：“《晉書·石勒載記》作‘車騎將軍’。”
〔4〕 “阮千里姨兄弟”，凌濛初曰：“‘阮千里’以下，舊本另分一則。”余嘉錫曰：“景宋本於‘堪烈之子’下，另析爲一條。”徐震堮曰：“袁本亦誤分爲二，影宋本同。”楊勇曰：“本條‘阮千里姨兄弟’以下，宋本另起，誤。蔣刻本、王本、凌本則連‘謝胡兒作著作郎’爲一條，是也。”
〔5〕 “北邙”，董刻本“邙”作“如”。王利器曰：“各本‘如’作‘邙’，是。”朱鑄禹曰：“袁本作‘邙’，是。”

“爲石勒所害”，程炎震曰：“《晉書·懷紀》：永嘉四年二月，石勒襲白馬，車騎將軍王堪死之。”

○注“岳集曰”

“岳集”，沈家本曰：“此注所引有《秋風賦敘》（《言語下》）、《家風詩》（《文學》）、《送王堪詩》（《賞譽下》）。”《古書目》卷五。

“作詩曰”，余嘉錫曰：“《類聚》二十九有晉潘岳《北芒送別王世冑》詩，只八句。《文館詞林》一百五十二載其全篇，題作《贈王冑》，凡五章。見於《類聚》者，乃其末章。本注所引，則首章也。”

【彙評】

劉辰翁曰：“作文不知來歷，害事。謝公似不通。”蔣凡按曰：“在魏晉門閥社會中，譜牒學是一大學問。劉氏未能深思謝安用心所在。”

龔斌曰：“謝安對王堪之親屬關係，道來如數家珍。六朝重譜諜之學，於此可見一斑。”

140

謝太傅重鄧僕射，常言：“天地無知，使伯道無兒[1]。”《晉陽秋》曰：“鄧攸既棄子，遂無復繼嗣，爲有識傷惜。”

【彙評】

劉辰翁曰：“誄語如此，千古如生。”

---

〔1〕“常言”三句，徐震堮《札記》曰：“《晉書》本傳作‘時人哀之，爲之語曰’，‘天地’作‘天道’。”

李贄曰："伯道棄兒存姪，渠知有姪，天道正有知也。"《初潭集》卷十九。

許嵩曰："語：'此天道有知也。'夫父子之道、親親之義，豈可忍而邀一時之假名？損人倫之大義，安忍也？鄧伯道無兒，天道有知。"《建康實錄》卷七注。

博古堂墨批曰："鄧攸縛兒於樹，沽名釣譽，是天道有知。"

余嘉錫曰："《晉書》九十史臣：攸棄子存姪，以義斷恩。若力所不能，自可割情忍痛，何至預加徽纆，絕其奔走者乎？斯豈慈父仁人之所用心也？卒以絕嗣，宜哉！勿謂天道無知，此乃有知矣。"

朱鑄禹曰："鄧攸棄子，出於矯忍，如謂天地有知，則其無兒宜也。既棄子存姪，則姪即子也，又何所傷惜？臨川特下一'重'字，蓋謂謝推重鄧故云云，以明非公論，此所謂春秋筆法也。宜細體味。"

141

謝公與王右軍書曰："敬和棲託好佳。"《中興書》曰："洽於公子中最知名，與潁川荀羨俱有美稱。"

○"謝公"至"好佳"

"棲託好佳"，岡白駒曰："棲託，其所寄也。好，善也。"○田中頤曰："謂棲志託懷之好佳也。"○秦士鉉曰："棲託，謂身心之所寄託也。"○朱鑄禹曰："好佳，'好'字非實字，猶今言好壞、好好，是形容辭也。"○張萬起曰："棲託，安身，寄託。"○龔斌曰："謝安語似謂敬和身心安頓極佳。"

142

吳四姓，舊目云[1]："張文、朱武、陸忠、顧厚。"

---

〔1〕"舊目"，余嘉錫曰："'目'景宋本及沈本作'日'。"王利器曰："各本'日'作'目'，是。"楊勇曰："宋本作'日'，非。"

《吴録・士林》曰："吴郡有顧、陸、朱、張，爲四姓。三國之間，四姓盛焉。"

○"吴四姓"至"顧厚"

"張文朱武陸忠顧厚"，徐震堮曰："張，張昭之族。朱然、朱桓，在吴並以武功顯，未知孰是。陸，陸遜之族。顧，顧雍之族。"

○注"吴録士林曰"

《吴録・士林》，葉德輝曰："《吴録》中之一篇，《士林》疑即《儒林》之別名。"《書目》。趙西陸按曰："士，謂士族，非儒學。"○徐震堮曰："此書《隋志》未著録，未詳。'士林'或爲《吴録》中一篇，或係人名，皆不可知。"

【彙評】

方苞曰："標爲'文武忠厚'。"

143

謝公語王孝伯："君家藍田[1]，舉體無常人事。"按述雖簡，而性不寬裕，投火怒蠅，方之未甚。若非太傅虚相襃飾，則《世説》謬設斯語也。

○"謝公"至"常人事"

"君家"，楊勇曰："此'君家'與《品藻》'君家道衛君長云何'之'君家'異。此'君家'者，乃廣義言，泛指家族也。與本篇'汝是我家佳子弟'、'我家阿林'、'卿家仲堪'、'王家阿菟'及《賢媛》'汝若不與吾家親親者'之'家'相似，同指家族而言也。"

────────────

[1] "藍田"，紛欣閣本"田"原作"曰"。葉德輝曰："袁本與此同。按'曰'當爲'田'之誤，後'王丞相辟王藍田'一條可證。"按董刻本、袁重雕本"曰"俱作"田"。余嘉錫《箋疏》改"曰"爲"田"，此從之。

"舉體無常人事"，大典顯常曰："此蓋併藍田性急言之，以非常情都以爲風流也。注説不是。"《集成》。○王叔岷曰："鍾嶸《詩品》卷上評陸機詩：'舉體華美。'"○張萬起曰："舉體，通體。"

○注"按述雖簡"云

"投火怒蠅方之未甚"，岡白駒曰："投火，周嵩事。述之踏雞子，何異於怒蠅？可謂'方之未甚'乎！"○桃井白鹿曰："《蒙求》所謂'邾子投火，王思怒蠅'是也。王述性急，嘗怒雞卵，事出《忿狷篇》。雞卵無心，而述極怒之，故曰'投火怒蠅，方之未甚'也。"○大典顯常曰："《左傳》定公三年：'邾子怒夷射姑旋于廷，執之弗得，滋怒，自投于牀，廢于爐炭，爛，遂死。'《魏略》：'王思作書，蠅集筆端，驅去復來，思怒，自起逐蠅，遂擲筆蹋壞之。'二事共載《蒙求》。"○平賀房父曰："言雖投火怒蠅，而比方之述，未爲甚也。"

【彙評】

王世懋曰："注駁是。"

144

許掾嘗詣簡文[1]，爾夜風恬月朗，乃共作曲室中語。襟懷之詠[2]，偏是許之所長，辭寄清婉，有逾平日。簡文雖契素，此遇尤相咨嗟，不覺造厀[3]，共叉手語，達于將旦。既而曰："玄度才情，故未易多有許。"《續晉陽秋》曰："詢能言理，曾出都迎姊。簡文皇帝、劉真長説其情旨及襟懷之詠，每造厀賞對，夜以繫日[4]。"

───────────

〔1〕"許掾"，元刻本"許"作"謝"。
〔2〕"襟懷"，董刻本、元刻本"懷"作"情"。
〔3〕"造厀"，余嘉錫曰："'厀'景宋本作'膝'。"注同。
〔4〕"繫日"，董刻本"繫"作"係"。

1103

○"許掾嘗"至"多有許"

"爾夜"，李調元曰："爾夜，是夜也。"《勵説》卷三。

"共作曲室中語"，岡白駒曰："曲室，窈深室也。此謂私衷語也。"○大典顯常曰："曲室，蓋言閨閣也。"○恩田仲任曰："曲室，曲密之室也。"

"偏是"，張萬起曰："偏，更、最。"

"辭寄清婉"二句，淇園曰："辭寄，鋪辭寄情。"○恩田仲任曰："辭寄，辭之所寄。"○田中頤曰："陳辭清，寄懷婉，而視之平旦有逾也。"

"契素"，淇園曰："猶言交久也。"○田中頤曰："契交素舊。"○秦士鉉曰："平素契好，謂久深交也。"

"造郄"，胡三省曰："造，至也。對席而坐，兩下促席，俱前至膝。"《通鑑·齊紀十》注。○秦士鉉曰："謂進席，郄相接也。"

"共叉手語"，大典顯常曰："《增韻》：'俗呼拱手曰叉手。'"《集成》。○龔斌曰："叉手，抄手。兩手交籠於袖内，自在悠閒之狀。"

"未易多有許"，岡白駒曰："許，如是也。言故未易多有如是者。一云，許，語辭。"○桃井白鹿曰："許，語辭。"○淇園曰："許，如此也。"○田中頤曰："言如玄度之才情，舊來未易多有此也。此以爲月下無雙，佳人之遇耳。"

○注"續晉陽秋曰"

"繫日"，恩田仲任曰："'繫''繼'通。"

【彙評】

陳夢槐曰："寫得婉致清妙。"

145

殷允出西，郗超與袁虎書云："子思求良朋，託好足下，勿以開美求之。"《中興書》曰："允字子思，陳郡人，太常康第六子。恭素謙退，有儒者之風。歷吏部尚書。"世目袁爲"開美"，故子敬詩曰："袁生開美度。"

○"殷允出西"至"開美度"

"託好"，張萬起曰："託付，委託。"○龔斌曰："猶結好。"

"勿以開美求之"，劉應登曰："此語疑勸袁勿友殷，自襲其美。"秦士鉉按曰："此評大謬。"朱鑄禹曰："臨川收入《賞譽》者，固稱袁之開美，然亦賞之殷之謙退，故郗超作書與袁，勿以不同於己而不納交，蓋兩美之也。若是，則劉批未爲允當矣。"○岡白駒曰："言自韜勿開己之美，恐爲襲其美。"○大典顯常曰："開美，蓋開張美令也。此言袁當虛己以待殷也。蓋爲（殷）允恭素謙退也。"○恩田仲任曰："開，發也；蓋慧悟之稱，謂理識廓如。"○田中頤曰："開美，謂好揚人之美，令人易見其美也。此言殷求朋託好，是爲切磋增善，非求開其所有之美者也。"○秦士鉉曰："言殷允欲結交於足下，然其人才非若足下大賢之比也，勿以足下開美之才望於殷。"○朱鑄禹曰："開美者，開朗韻美，猶堂堂之意。殷素性謙退，與袁之開美風度正相反。故書言不必以如己之開美求之，正勸其從寬收納訂交也。"○張永言曰："開美，思想開朗，志趣高尚。"《辭典》頁二三七。○張萬起曰："開美，開豁美好。"《詞典》頁四五一。

"袁爲開美"，岡白駒曰："此言因郗之書目之。"○田中頤曰："謂袁舊有名於開美也。"

146

謝車騎問謝公："真長性至峭，何足乃重？"答曰："是不見耳！阿見子敬，尚使人不能已。"《語林》曰："羊驎因酒醉，撫謝左軍謂太傅曰：'此家詎復後鎮西？'太傅曰：'汝阿見子敬[1]，便沐浴爲論兄輩。'"推此言意，則安以玄不見真長，故不重耳。見子敬尚重之，況真長乎？

---

[1]"汝阿"，劉盼遂曰："'汝阿'不辭，'汝'爲後人沾也。"

○ "謝車騎" 至 "何足乃重"

"謝車騎"，秦士鉉曰："左將軍謝玄卒，贈車騎將軍，故或稱車騎。"

"性至峭"，大典顯常曰："峭，急也，嚴厲也。《晁錯傳》：'爲人峭直。'"
《集成》。○田中頤曰："峭，險也。言其人徒阻絕遠人。"○朱鑄禹曰："似言劉
峻拔，言鋒犀利，不蘊藉。"○蔣凡曰："當指其嚴格士庶之別、名士調門高
而言。"

"何足乃重"，劉應登曰："玄必有別事，疑安不與真長，故發此問。安曰：
是唯不見耳，爾見子敬尚重之，況見真長乎？"○王叔岷曰："乃，猶'爲'
也。"○張萬起曰："乃，如此，這樣。"

○ "答曰是不" 至 "不能已"

"是不見耳"，程炎震曰："劉惔卒時，謝玄才六七歲，故不見也。"

"阿見子敬"，岡白駒曰："阿，發語詞，如古詩'家中有阿誰'、《木蘭歌》
'阿耶''阿妹'、王凝妻謝氏云'阿大中郎'是也，後以爲親之之辭。"○大典
顯常曰："阿，入聲發語辭。"○淇園曰："'阿'乃呼其小名所蒙冒之一字，蓋
猶云汝也。"○田中頤曰："阿，'阿奴'省語。"○陸以湉曰："'使君如馨地'、
'正自爾馨'、'阿見子敬'，'馨'與'阿'皆語助辭。"《雜識》卷一。○劉盼遂
曰："阿，我也，乃謝公自謂。《三國志·辰韓傳》：'東方人名我爲阿。'此謂我
見子敬尚不能已已，則汝見真長，足重可知矣。注意以'阿'爲車騎，亦未思
'阿'於古絕無'汝'之訓也。"龔斌按曰："《魏志·辰韓傳》'東方人名我爲阿'，當
指邊鄙樂浪人之方言，非江南人自稱。"○朱鑄禹曰："阿，語助辭，吳人慣用之，今
尚如此。"

"尚使人不能已"，桃井白鹿曰："言尚謂使人不能已也。"○田中頤曰："此
言不見真長，故有是言耳。汝見子敬，尚當謂使人不能不尋見也。以子敬愈見真
長之可重。"○秦士鉉曰："言己見子敬，則欽慕不忘於懷。人，車騎自謂也。"
○張萬起曰："不能已，指使人欽敬。"

○注 "語林曰"

"謝左軍"，桃井白鹿曰："《晉書》：謝玄爲左將軍，會稽內史。"

"此家詎復後鎮西"，胡三省曰："此家，猶言此人也。"《通鑒·漢紀三十二》

注。○翟灝曰："《魏志·杜畿傳》：'張時謂畿曰：此家疏誕，不中功曹。'《吳志·朱然傳》：'征柤中，獻捷，權曰：此家前初有表，孤以爲難，今果如其言。'又《漢書·外戚傳》：'是家輕族人，得無不敢？'《後漢書·皇后紀》：'是家志不好樂，雖來無歡。''是家'、'此家'，猶言此人。"《通俗編》卷十八。○桃井白鹿曰："此家，蓋不敢斥之辭。《漢書·外戚傳》'是家輕族人'注：'是家，謂成帝也。不敢斥，故言"是家"。'"○王利器曰："'此家'和現在説的'此人'意思一樣。《後漢書·王常傳》：'後帝於大會中，指常謂群臣曰：此家率下江諸將，輔翼漢室，心如金石，真忠臣也。'袁宏《後漢紀》卷四載此事，'此家'作'此人'。"○楊勇曰："此家，此人也，有親敬意。"

"汝阿見子敬"二句，大典顯常曰："言汝見子敬，尚便悦服，而敢爲論兄輩耶？兄輩，鎮西也。"龔斌按曰："'兄輩'指子敬。謝尚是謝玄伯父，豈能稱'兄輩'？"○秦士鉉曰："汝阿，阿，助聲。"○趙西陸曰："'阿'疑'問'之誤，謂往日也。"○朱鑄禹曰："此言心服而尊爲兄長也。"○殷正林曰："'汝阿'即你我，魏晉六朝吳方言詞。"《新義》。按"沐浴"義參見《賞譽篇》"孫興公爲庾公參軍"條。

【彙評】

劉辰翁曰："不説真長説子敬，晉語高之。"按《批補》"高之"作"之高"。○曰："此等語不佳。"

李贄曰："但出公口，自然不同。"《初潭集》卷十八。

王世懋曰："不言劉尹而言子敬，甚妙。"

凌濛初曰："峭處猶可，輕薄太甚。"

147

謝公領中書監，王東亭有事，應同上省，王後至，坐促，王、謝雖不通，太傅猶斂膝容之[1]。王、謝不通事，

---

[1]"斂膝"，董刻本"膝"作"膝"。

別見。王神意閑暢，謝公傾目。還謂劉夫人曰："向見阿瓜[1]，故自未易有。按王詢小字法護[2]，而此言阿瓜[3]，未爲可解，儻小名有兩耳。雖不相關，正是使人不能已已[4]。"

○"謝公領"至"謝公傾目"

"謝公領中書監"，大典顯常曰："蓋王珣時爲秘書監也。"《集成》。○程炎震曰："太元元年正月，謝安爲中書監，王珣於時蓋爲黃門侍郎。"

"王東亭"，葉德輝曰："《晉書·安帝紀》：'東亭侯王珣卒。'即此人。《世說》稱'東亭'者，舉封地也。"

"王謝雖不通"，岡白駒曰："王珣兄弟皆謝氏壻，以猜疑致隙。謝安既與珣絕婚，又離珣弟珉妻，由是二族遂成仇釁矣。"○大典顯常曰："見《傷逝》部。"○恩田仲任曰："不通，言不往來交好。"○田中頤曰："王、謝前此有離婚之事，故曰'不通'也。"

"謝公傾目"，大典顯常曰："梁簡文詩：'少年年紀正三六，含嬌聚態傾人目。'"《集成》。

○"還謂劉"至"不能已已"

"劉夫人"，張萬起曰："謝安妻，沛國劉耽女，兄爲劉真長。"

"向見阿瓜"，劉昌詩曰："王詢，小字阿苽。"《蘆浦筆記》卷一。○劉應登曰："阿瓜，王小字，又小字法護。"

"不相關"，田中頤曰："即以'不通'言之。"

"不能已已"，岡白駒曰："不能已，重之之意。"○田中頤曰："言欽慕之情，欲已而不能已，是以斂膝容之也。"○張萬起曰："言王珣豐采出衆，使安欽羨不能自止。"

---

[1] "阿瓜"，余嘉錫曰："'瓜'景宋本及沈本俱作'苽'。"
[2] "王詢"，葉德輝曰："袁本與此同。按'詢'當作'珣'。本書《傷逝篇》注連引作'珣'。"徐震堮《札記》曰："'詢'當作'珣'。"余嘉錫曰："'詢'沈本作'珣'，是。"王利器曰："'詢'當作'珣'，沈校本不誤，餘本都錯了。"楊勇曰："宋本作'王詢'，非。沈校本、《晉書·王珣傳》、汪藻《琅邪王氏譜》均作'王珣'，是。"
[3] "阿瓜"，楊勇曰："宋本作'阿瓜'，沈校本、汪藻《太原王氏譜》均作'阿苽'。"
[4] "正是"，董刻本、沈校本"是"作"自"。朱鑄禹曰："袁本作'是'，非。"申阜鑫曰："影宋本作'正自'，是。徐仁甫《廣釋詞》：'正自，猶只是，副詞詞組。'"

○注“儻小名有兩”

“儻”，江藍生曰：“表示推測，相當於‘或者’、‘或許’。”《彙釋》頁一九三。

148

王子敬語謝公：“公故蕭灑。”謝曰：“身不蕭灑。君道身最得，身正自調暢。”《續晉陽秋》曰：“安弘雅有氣〔1〕，風神調暢也。”

○“王子敬”至“正自調暢”

“蕭灑”，岡白駒曰：“蕭灑，脫落也。”○桃井白鹿曰：“《類書纂要》：‘蕭灑，不拘也。’孔稚圭《北山移文》：‘蕭灑出塵之想。’”○恩田仲任曰：“所謂風流脫略也。”

“身不蕭灑”三句，劉應登曰：“謝謂身本不瀟灑，以其言已得其當，故襟懷自暢爾。似戲辭。江左諸人措辭多如此。”大典顯常《集成》按曰：“此說謬矣。”○恩田仲任曰：“調暢，和暢也。”○田中頤曰：“言我不當瀟灑之目，然今君道我，最得我意，正自神和氣調舒暢，則是瀟灑之目至當也。”○秦士鉉曰：“身不瀟灑，是謙辭。言身不敢自謂瀟灑，然他人評我，皆在皮相，唯君道我最得之，故衿胸自得暢爾。”○許世瑛曰：“此處一連三‘身’字，皆謝安自呼之詞，亦即‘我’也。”《釋“身”字》。

【彙評】

劉辰翁曰：“語不足道，而神情自近，愈見其真。”按《批補》“語”下有

---

〔1〕 “有氣”，余嘉錫曰：“‘氣’景宋本及沈本俱作‘器’。”徐震堮曰：“‘氣’影宋本及沈校本並作‘器’，是。”朱鑄禹曰：“袁本作‘氣’，非。案‘器’本謂器識、器局。”蔣宗許《臆札》曰：“載籍中不見‘有器’的他例。”龔斌曰：“未見獨以一‘氣’字目之，疑‘氣’或‘器’下脫一‘量’字。”

"本"字。

王世懋曰："謝公自知。"

149

　　謝車騎初見王文度，曰："見文度，雖蕭灑相遇，其復愔愔竟夕。"

　　○"謝車騎"至"愔愔竟夕"

"蕭灑相遇"，岡白駒曰："彼此以蕭灑相待遇也。"○大典顯常曰："言不在情暱也。"○秦士鉉曰："蕭灑，猶言乾凈，言其淡薄也。遇，草率遇也。"○張萬起曰："瀟灑，偶然，無意地。"

"其復愔愔竟夕"，胡三省曰："愔愔，深靜貌。"《通鑒‧唐紀七十五》注。○方以智曰："'愔'可讀懕，可讀諳，可讀音，可讀抑，無礙也。《世說》謝車騎見王文度，'雖蕭灑相遇，其復愔愔竟夕，此是悶坐淹抑之意。唐昭宗謂杜讓能曰'朕不甘心爲屠懦之主，愔愔度日'。此二'愔愔'，豈當讀如'祈招之愔愔'乎？"《通雅》卷九。○岡白駒曰："愔愔，安和貌。"○桃井白鹿曰："'愔'音'闇'，默也。《唐書》昭宗謂杜讓能曰'朕不欲愔愔度日'是也。"○大典顯常曰："《字書》：'愔愔，安和貌，又深靜貌。'"○淇園曰："言不出一語。"○田中頤曰："言見王之時，雖蕭灑相遇，作出塵之懷。既去，其復闇闇俗情竟夕，是其清風可想也。"○秦士鉉曰："愔愔，安和深靜貌。《左傳》'祈招愔愔'，臨川原本'愔愔似道'，《唐書》'愔愔度日'，皆同。言草草相會，然亦終霄驩語。然其愔愔，使人不覺竟夕。"○余嘉錫曰："《左氏》昭公十二年《傳》：'《祈招》之愔愔，式昭德音。'注云：'愔愔，安和貌。'"○徐震堮曰："《文選》嵇康《琴賦》：'愔愔琴德，不可測兮。'李善注：'《韓詩》曰：愔愔，和悅貌。《聲類》曰：和靜貌。'"○王叔岷曰："'其'，猶'乃'也。"○朱鑄禹曰："言王雖脫略，然相晤對則復安靜恬和，不覺竟夕也。"○蕭艾曰："愔愔，深靜淵默貌。郗愔字方回，顏回字子淵，此亦'愔'有淵深義之一證。"《探幽》頁八六。

150

范豫章謂王荆州：范甯、王忱，並已見。"卿風流儁望，真後來之秀。"王曰："不有此舅，焉有此甥？"

○"范豫章"至"有此甥"

"王荆州"，龔斌曰："王忱於太元十四年出爲荆州刺史。"

"風流儁望"，崔朝慶曰："風流，品格也。"○賀昌群曰："清談家自稱其所談曰風流。"《初論》頁七。

"此舅"，崔朝慶曰："范甯之妹，王忱之母也。"○趙西陸曰："《太平御覽》卷三八〇引此節末有注：'《王氏譜》曰：坦之娶范汪女姊，姊生悦。'"

【彙評】

劉辰翁曰："相佞。"

子敬與子猷書，道："兄伯蕭索寡會，遇酒則酣暢忘反，乃自可矜。"

○"子敬"至"自可矜"

"兄伯"，岡白駒曰："兄伯，謂子猷也。子猷，子敬之兄也。"○桃井白鹿曰："子猷，王羲之第五子，其兄尚有王凝之等。《觿》説非也。"○大典顯常曰："書中道兄伯事也。兄伯，蓋玄之也。"○田中頤曰："唯斥言兄。"○秦士鉉曰："兄伯，未詳指何人。子敬長兄凝之，乃天壤間王郎。"○徐震堮曰："兄伯，用以稱兄。"《簡釋》。○楊勇曰："兄伯，兄長也。《説文》：'伯，長也。'《白虎通·姓氏》：'伯者，長也；伯也者，子最長，迫近父也。'此謂兄伯，殆指凝之也。"○周一良曰："'兄伯'或指凝之。"《批校》。

“蕭索寡會”，桃井白鹿曰：“蕭索，寂寥貌，江淹《恨賦》‘秋日蕭索，浮雲無光’是也。寡會，謂寡興趣也。”○秦士鉉曰：“蕭索，寂莫貌。會，興趣。”○張永言曰：“寡會，寡合，難與他人投合。”《辭典》頁一四六。○張萬起曰：“疏淡不合流俗。”

“遇酒則酣暢忘反”，田中頤曰：“言其平日蕭寂索居，寡興會，而時遇酒，則酣暢流連，不知可反。”○王叔岷曰：“《孟子·梁惠王篇》：‘從流下而忘反謂之流，從流上而忘反謂之連。’”○楊勇曰：“忘反，猶流連無度也。”

“乃自可矜”，岡白駒曰：“矜，矜持也，言自持也。”○桃井白鹿曰：“矜，憐也。可矜，可憐，可愛。”○田中頤曰：“此以其酣暢視其蕭索，則知不得已者，乃自可起矜憐之情也。”○徐震堮曰：“可矜，猶可貴。”○朱鑄禹曰：“猶可憐憫也。”

152

　　張天錫世雄涼州，以力弱詣京師，雖遠方殊類，亦邊人之桀也。天錫已見。聞皇京多才，欽羨彌至。猶在渚住，司馬著作往詣之[1]，未詳。言容鄙陋，無可觀聽。天錫心甚悔來，以遐外可以自固。王彌有儁才美譽，當時聞而造焉。《續晉陽秋》曰：“珉風情秀發，才辭富贍。”既至，天錫見其風神清令，言話如流，陳説古今，無不貫悉。又譜人物氏族中來，皆有證據。天錫訝服。

　　○“張天錫”至“天錫訝服”

“遠方殊類”，李慈銘曰：“天錫爲軌曾孫。《晉書·軌傳》稱：‘軌爲安定烏氏人，漢張耳十七代孫。家世孝廉，以儒學顯。’是則張氏非‘殊類’矣。臨川生長江東，外視諸國，故有此言耳。”《簡端記》。○王叔岷曰：“班固《西都賦》：

―――――――――

〔1〕“著作”，董刻本“著”作“箸”。

1112

'殊方異類。'"

"心甚悔來"，龔斌曰："天錫心甚悔來，其實並非司馬著作言容鄙陋，而是'朝士以其國破身虜，多共毀之'，且'頗有嫉己者'。"

"王彌"，徐震堮曰："王珉小字僧彌。"

"氏族中來"，李慈銘曰："'中來'當是'中表'之誤。《魏晉》以來，重婚姻門望，上'謝胡兒欲作《王堪傳》，諮謝公'一條，謝公便歷舉其中外姻親，即此可證。"《簡端記》。○余嘉錫曰："《隋志》有齊永元《中表簿》五卷。可見六朝人之重中表。"○楊勇曰："中，得也。王念孫曰：'中、得義同。二字互用。'"按參見《言語篇》"孔文舉年十歲"條"中表"。

【彙評】

余嘉錫曰："此條首贊天錫爲邊人之傑，末乃盛稱僧彌才美，蓋即王氏子弟之所爲。此輩裙屐風流，不知外事，苟欲張大其詞，以見其祖爲遠方豪傑所傾服。其實天錫弒君之賊，亡國之餘，末年形神昏喪，甘爲司馬元顯弄臣，庸劣若斯，亦何足道！從來好事之徒喜假借外人以邀聲譽，梯航偶通，輒以爲一佛出世。考其始末，大都不過如此。"

蔣宗許曰："魏晉而後，重婚姻門閥，'中表'乃門閥重要的一環，成了一門專門的學問，《隋志》載有齊《中表簿》，梁王僧孺亦撰有《中表簿》，《陳書·姚察傳》云：'察既博極墳素，尤善人物，至於姓氏所起，枝葉所分，官職姻婭，興衰高下，舉而論之，無所遺失。'亦可見'中表'爲士人學問之一。"《臆札》。

153

王恭始與王建武甚有情，後遇袁悦之間，遂致疑隙。

《晉安帝紀》曰："初，忱與族子恭少相善，齊聲見稱。及並登朝，俱爲主相所待，内外始有不咸之論〔1〕。恭獨深憂之，乃告忱曰：'悠悠之論，頗有異同，當由驃騎簡於朝覲故也。將無從容切言之邪？若主相諧睦，吾徒得戮力明時〔2〕，復何憂哉？'忱以爲然，而慮弗見令〔3〕，乃令袁悦具言之。悦每欲間恭，乃於王坐責讓恭曰〔4〕：'卿何妄生同異，疑誤朝野？'其言切屬。恭雖惋悵，謂忱爲搆己也〔5〕。忱雖心不負恭，而無以自亮。於是情好大離，而怨隙成矣。"**然每至興會，故有相思時。恭嘗行散至京口射堂，于時清露晨流，新桐初引，恭目之曰："王大故自濯濯。"**

○"王恭始與"至"有相思時"

"王建武"，張萬起曰："忱字元達，小字佛大，晉平北將軍坦之子，官至荆州刺史、建武將軍。"

"袁悦之間"，田中頤曰："間，疏也。"

"遂致疑隙"，余嘉錫曰："觀《忿狷篇》'王大王恭'條，因大勸恭酒，恭不爲飲，逼之轉苦，至各呼左右，便欲相殺，其怨隙可見。"

"故有相思時"，王叔岷曰："'故有'猶'則猶'。《劉子·遇不遇篇》：'性見於人，故賢愚可定；命在於天，則否泰難期。''故''則'互文，其義一也。《後漢書·朱浮傳》：'事有柱石之寄，情同子孫之親。''有'亦與'猶'同義。"

○"恭嘗行散"至"故自濯濯"

"行散至京口射堂"，秦士鉉曰："服五石散後行步也。"○程炎震曰："太元十五年，王恭爲青、兖二州刺史，鎮京口。"

"射堂"，周一良曰："當即所謂東堂。"《史札》頁一六七。《宋書·庾悦傳》曰：

---

〔1〕 "内外"，秦士鉉曰："'内外'上疑有脱字。"
〔2〕 "戮力"，董刻本"戮"作"勠"。王先謙曰："一本'戮'作'勠'，是。《世説補》同。"朱鑄禹曰："'戮'通'勠'。"
〔3〕 "見令"，平賀房父曰："疑當作'得令'。"余嘉錫曰："'令'景宋本及沈本俱作'用'。"朱鑄禹曰："沈校本作'用'，是。"
〔4〕 "王坐責讓"，董刻本"王"作"三"，"責"作"嗔"。桃井白鹿曰："王坐，一本作'正坐'。"王利器曰："袁本、曹本、補本'三'作'王'，是。王本、凌本作'正'。"又，余嘉錫曰："'責'景宋本作'嗔'。"
〔5〕 "搆己"，余嘉錫曰："'搆'景宋本作'構'。"

1114

“（悦）要府州僚佐共出東堂。”○張萬起曰：“公卿士大夫司射博戲的場所。”○龔斌曰：“射戲（博戲）之所。”

“新桐初引”，劉辰翁曰：“言因物像如此，而想其精神也。”○淇園曰：“初引，謂其生新芽以長引其枝也。”○田中頤曰：“謂春時其枝葉初引長也，即是‘興會’。”

“故自濯濯”，岡白駒曰：“濯濯，光潔貌。觀露桐新引，想王恭之濯濯也。”○田中頤曰：“恭因忽發懷，乃言王舊灑洗其心，故其外貌似彼新桐，自然濯濯光明，都無纖塵也。”

○注“晉安帝紀曰”

“爲主相所待”，秦士鉉曰：“主，人主，孝武帝。相，宰相，驃騎將軍、會稽王道子。”

“不咸之論”，岡白駒曰：“不咸，不同也。《左傳》云：‘周公弔二叔之不咸。’時司馬道子驕恣，武帝心私惡之。”○桃井白鹿曰：“《左傳》‘弔二叔之不咸’注：‘咸，同也。’時武帝弟道子恃寵驕恣，武帝浸不能平，故內外謂爲不睦。”○恩田仲任曰：“不咸，猶言不睦也。”

“悠悠之論”，桃井白鹿曰：“謂人間之議也。”○平賀房父曰：“道路之言也。”○恩田仲任曰：“悠悠，《後漢書·崔駰傳》注曰：‘衆多也。’”○徐震堮曰：“悠悠，路人，不相關涉之人，一般人。”《簡釋》。○楊勇曰：“陶淵明《飲酒詩》之十二：‘去去當奚道，世俗久相欺；擺落悠悠談，請從余所之。’《晉書·王導傳》：‘悠悠之談，宜絕智者之口。’悠悠，指世俗之人，與‘智者’及陶詩之‘余’對文可知。”○方一新曰：“《史記·孔子世家》：‘悠悠者天下皆是也，而誰以易？’後多以‘悠悠者’指衆人、普通人。嵇康《答二郭詩三首》之一：‘天下悠悠者，不能趨上京。’《晉書·王羲之傳》：‘悠悠者以足下出處足觀政之隆替。’《高僧傳》卷四《支遁》：‘此遠流之所以歸宗，悠悠者所以未悟也。’《南齊書·王僧虔傳》：‘豈與悠悠之人同日而語？’《魏書·釋老志》：‘悠悠之人，尚爲哀痛。’‘悠悠者’、‘悠悠之人’可以省作‘悠悠’。”《拾詁》。

“驃騎簡於朝覲”，大典顯常曰：“時道子爲驃騎將軍也。”○秦士鉉曰：“簡，慢忽也。”○徐震堮曰：“驃騎謂會稽王道子。《晉書》本傳：‘太元初，拜散騎常侍、中軍將軍，進驃騎將軍。’”

“將無從容切言之”，大典顯常曰：“將無，猶言可不。言當共得間進諫也。”

《集成》。○恩田仲任曰：“切言，劁切之言。”○秦士鉉曰：“切言，苦諫也。”

“慮弗見令”，岡白駒曰：“令，命也。恐不得命也。”○秦士鉉曰：“‘見令’疑作‘見聆’。”

“於王坐責讓恭”，桃井白鹿曰：“王坐，會稽王道子之坐也。”

“恭雖惋悵”二句，秦士鉉曰：“骇恨也。構，讒也。”

“無以自亮”，岡白駒曰：“亮，明也。”

【彙評】

劉辰翁曰：“名流自別。”

王世懋曰：“佳句似賦。”

陳夢槐曰：“讀此令人自遠。”

凌濛初曰：“疑隙而相思，後世亦往有之，然未易能。”

方苞曰：“始甚有情，後遂致隙，袁悦間之也。不能，每至興會，何故相思哉？讒人可畏，《青蠅》之刺，所從來遠矣。是以君子慎之。”

154

司馬太傅爲二王目曰：“孝伯亭亭直上，阿大羅羅清疏。”恭，正亮沈烈〔1〕；忱，通朗誕放。

○“司馬”至“清疏”

“司馬太傅”，朱鑄禹曰：“會稽王司馬道子、東海王司馬越皆曾官太傅，稽考當時情事，似爲道子。”

---

〔1〕“正亮沈烈”，董刻本“亮”作“直”。余嘉錫曰：“‘沈烈’景宋本及沈本俱作‘亢烈’。”徐震堮曰：“‘正’疑當作‘貞’，宋人刻書，避仁宗嫌名，改作‘正’，如諱‘貞觀’爲‘正觀’之例。”方一新《校讀札記》曰：“當從影宋本、沈校本作‘亢烈’爲是。‘亢’謂剛直，‘烈’謂忠烈，‘亢烈’同義連文，形容王恭爲人的剛正忠鯁，與正文‘孝伯亭亭直上’的讚譽之語正相吻合，作‘沈烈’則不諧矣。”

"亭亭直上"，岡白駒曰："亭亭，聳立貌。"○田中頤曰："言不與俗競而直上高拔也。"

"羅羅清疏"，劉辰翁曰："'羅羅'，俚語。"○王思任曰："'羅羅'，出佛書。"○淇園曰："羅羅，'亭亭'之反。蓋謂常與人相關，然亦清素。"○恩田仲任曰："疏朗貌。"○田中頤曰："相反兩佳。"○崔朝慶曰："清疏之貌。"○楊勇曰："疏闊貌。"

155

王恭有清辭簡旨，能敘説而讀書少，頗有重出。《中興書》曰："恭雖才不多，而清辯過人。"有人道孝伯常有新意，不覺爲煩。

○"王恭"至"不覺爲煩"

"敘説"，龔斌曰："猶概述。清言時先概述義理也。"

"頗有重出"，大典顯常曰："重出，絫語也。"○田中頤曰："敘説中頗有重複再出之病也。"○崔朝慶曰："言所知書語少，故至於重復引用也。"○王叔岷曰："爲，猶'其'也。《史記·張耳陳餘列傳》：'此固趙國立名義，不侵爲然諾者也。''爲'亦與'其'同義。"

"常有新意不覺爲煩"，田中頤曰："即言有簡旨著新意，故不覺其重出之爲煩累也。"○秦士鉉曰："煩，重煩也。"

【彙評】

劉辰翁曰："正是刺譏。"大典顯常《集成》按曰："'常有'二字似揚似抑，故云。"田中頤曰："新意蔽瑕。"

156

殷仲堪喪後，桓玄問仲文："卿家仲堪，定是何似人？"仲文曰："雖不能休明一世，足以映徹九泉。"《續晉陽秋》曰："仲堪，仲文之從兄也，少有美譽。"

○"殷仲堪"至"映徹九泉"

"殷仲堪喪"，張萬起曰："晉安帝隆安三年，桓玄攻占荊州，殺荊州刺史殷仲堪。"

"桓玄問仲文"，張萬起曰："桓玄殺殷仲堪後，迫使朝廷使都督八州軍事，領荊、江二州刺史。仲文是玄姊夫，玄將爲亂，爲其腹心。"

"卿家仲堪"二句，田中頤曰："以世無定論作問。"

"雖不能休明一世"二句，岡白駒曰："謂足相並於古賢也。"○桃井白鹿曰："言其精爽足以洞照地下蒙暗也。"○平賀房父曰："謂傳亡後之芳也。"○田中頤曰："仲文病其或聞貶説，因言其人高德良才，生不能被用而休明一世，然死足以見知而映徹九泉也。"○秦士鉉曰："'休明'見《左傳》。"○余嘉錫曰："桓玄凮輕仲堪，侮弄之於前，又屠割之於後，乃復問其爲人於仲文者，欲觀其應對耳。蓋仲堪爲仲文之兄，而靈寶之仇，過毀過譽，皆不可也。'休明一世'，意以指玄。言仲堪平生之功業，雖不及玄，然固是一時名士，故身死之後，猶能光景常新。"

【彙評】

劉辰翁曰："苦語痛事。"

品藻第九

【題解】

沈作喆曰："甚矣，晉人之好品藻人物，而高自標致也！吾夫子所謂'賜也賢乎哉，夫我則不暇'者，諸子之謂乎！蓋其端起於東漢之末，甘陵南北部、三君八俊之流，造爲語言，以相名目。其弊至於黨與相攻，訖成禍亂，不可不戒其初也。"《寓簡》卷三。○劉辰翁曰："《世説》之作，正在《識鑒》、《品藻》兩種耳，餘備門類，不得不有，亦不盡然。"○何良俊曰："昔子貢方人，夫子曰：'我則不暇。'蓋少之也。及觀夫子之論管仲、晏子、銅鞮伯華、程本子、蘧伯玉、子産、孟公綽、甯武子諸人，其差次品列，不遺毫髮，此所謂方人者非耶？而何獨少子貢也！蓋夫子嘗曰：'不患人之不己知，患不知人也。'則夫子何嘗不貴知人哉！然所貴知人者，爲其能自考也。不然，知之雖明，奚益哉！漢晉以來喜人倫，其品目率一二語，皆微中，足以概人終身。此其人，豈必盡能自考有所益？然足使後之欲論其世者，宛然若親見其人，則斯語又烏可少哉！"《何氏語林》卷十八。○桃井白鹿曰："品，品目也。藻，加藻飾也。《禮記》疏曰：品，階格也。"○田中頤曰："品，品目也。藻，文藻也。此謂所品目之文而可觀者也。"○楊勇曰："《漢書‧揚雄傳》：'稱述品藻。'顏師古注：'品藻者，定其差品及文質也。'《後書‧許劭傳》：'初，劭與靖俱有高名，好共覈論鄉黨人物，每月輒更其品題，故汝南俗有'月旦評'焉。"○張萬起曰："同樣是品評審視人的才智、風格、氣質、風度，《賞譽篇》以讚賞延譽爲主，《品藻篇》則重在月旦人物，冷靜地審視人物的才華品性、言談舉止，分辨其流品，判定其高下。此風源於漢末清議，即鄉黨品評人物的德才察舉孝廉，以供朝廷選官。此後，在魏晉士人中間相沿成風，只是品評人物的視點，越發重視精神、才性。"

1

汝南陳仲舉、潁川李元禮二人[1]，共論其功德，不能定先後。蔡伯喈《續漢書》曰[2]：“蔡伯喈[3]，陳留圉人。通達有儁才，博學善屬文，伎藝術數，無不精綜。仕至左中郎將，爲王允所誅。”評之曰：“陳仲舉彊於犯上，李元禮嚴於攝下。犯上難，攝下易。”張璠《漢紀》曰：“時人爲之語曰：‘不畏彊禦陳仲舉，天下模楷李元禮[4]。’”仲舉遂在三君之下，謝沈《漢書》曰：“三君者，一時之所貴也。竇武、劉淑[5]、陳蕃，少有高操，海内尊而稱之，故得因以爲目。”元禮居八俊之上。薛瑩《漢書》曰：“李膺、王暢、荀緄[6]、朱寓[7]、魏朗、劉佑[8]、杜楷[9]、趙典爲八俊。”《英雄記》曰：“先是張儉等相與作衣冠糺彈[10]，彈中人相調[11]，言：‘我彈中誠有八俊、八乂[12]，猶古之八元、八凱也。’”謝沈《書》曰：“俊者[13]，卓出之名也。”姚信《士緯》曰：“陳仲舉體氣高烈[14]，有王臣之節。李元禮忠壯正直，有社稷之能。海内論之

---

〔1〕 “二人”，李慈銘曰：“‘二人’疑‘士人’之誤。”
〔2〕 “續漢書”，楊勇曰：“‘續’宋本作‘積’，非。”
〔3〕 “蔡伯喈”，趙西陸曰：“‘蔡’下疑脱‘邕字’二字。”
〔4〕 “天下模楷李元禮”，董刻本“模”作“摸”。王利器曰：“各本‘摸’作‘模’，是。”王叔岷曰：“‘時人語’二句，《後漢書·黨錮·李膺傳》倒置。”
〔5〕 “劉淑”，袁刻本“淑”作“叔”。徐震堮曰：“‘淑’原作‘叔’，據影宋本及沈校本改。”龔斌曰：“‘叔’宋本、沈校本並作‘淑’，與《後漢書》合。”
〔6〕 “荀緄”，大典顯常《集成》曰：“范史‘緄’作‘昱’。”趙西陸曰：“荀緄，《後漢書·黨錮傳》及《三君八俊録》作‘荀昱’。”楊勇曰：“宋本作‘荀緄’，非。”
〔7〕 “朱寓”，黄丕烈曰：“‘寓’作‘宇’。”程炎震曰：“宋本‘朱寓’作‘朱寓’，與范《書》合。”唐鴻學曰：“‘寓’即‘宇宙’字。”余嘉錫曰：“‘寓’沈校本及沈本作‘宇’。”
〔8〕 “劉佑”，余嘉錫曰：“‘佑’沈本作‘祐’。”楊勇曰：“宋本作‘劉佑’，非。”龔斌曰：“沈校本作‘劉祐’，與《後漢書》合。”
〔9〕 “杜楷”，大典顯常《集成》曰：“（范史）‘楷’作‘密’。”趙西陸曰：“《後漢書·黨錮傳》及《三君八俊録》‘杜楷’作‘杜密’。”楊勇曰：“宋本作‘杜楷’，非。”
〔10〕 “衣冠糺彈”，董刻本作“冠衣禮彈”。王利器曰：“蔣校本作‘衣冠禮彈’，餘本作‘衣冠糺彈’，是。”龔斌曰：“作‘糺彈’是。”
〔11〕 “人相”，秦士鉉曰：“舊作‘有相’，非。”
〔12〕 “八乂”，王利器曰：“蔣校本云：‘乂’一作‘人’，並疑誤，恐當作‘及’。”
〔13〕 “俊者”，董刻本“俊”上有“八”字。楊勇曰：“宋本有‘八’字，非。”
〔14〕 “體氣”，龔斌曰：“‘體’宋本作‘勝’。按當作‘體’。體氣，即氣質。”

未决，蔡伯喈抑一言以變之，疑論乃定也。”

○“汝南陳仲舉”至“八俊之上”

“共論其功德”，桃井白鹿曰：“諸人相共論二人功德也。”

“不能定先後”，田中頤曰：“謂海內諸人共論之，而不能定功德之先後也。”

“彊於犯上”，田中頤曰：“所謂‘不畏彊禦’是也。”○趙西陸曰：“《後漢書·許劭傳》：‘仲舉性峻，峻則少通。’”○張萬起曰：“彊於，敢於。”

“嚴於攝下”，岡白駒曰：“攝，總持也。”○龔斌曰：“攝下，統領部屬。”

“犯上難攝下易”，田中頤曰：“言犯上者逆，而義或不顧家，仁或至殺身，故難焉；攝下者順，而率以威儀，止於守己，故易也。”

◎余嘉錫曰：“《御覽》四百四十七引《士緯》，與《世說》及注略同。”

○注“張璠漢紀曰”

“時人爲之語曰”，王叔岷曰：“注引時人語二句，《後漢書·黨錮李膺傳》倒置。”

“不畏彊禦”，王叔岷曰：“《詩·大雅·烝民》：‘不畏彊禦。’彊禦，强橫之人也。”

“模楷”，恩田仲任曰：“吳正道曰：昔模木生周公冢上，其葉春青夏赤，秋白冬黑，以色得其正也。楷木生孔子冢上，其餘枝疏而不屈，以質得其直也，正與直可以爲法則，況在周、孔之冢乎？事見《淮南草木譜》。”○秦士鉉曰：“法則也。”

○注“謝沈漢書曰”

“謝沈漢書”，大典顯常曰：“謝沈字行思，有史才，撰《後漢書》百卷。”《集成》。○沈家本曰：“《隋志》：‘《後漢書》八十五卷，本一百二十二卷，晉祠部郎謝沈撰。’二《唐志》‘一百二卷’，視《隋志》增多矣。注中但稱《漢書》，或但稱‘謝沈書’，省文。當時注家引《後漢書》《後漢紀》多省‘後’字，蓋‘後’者後人分別之詞。《晉書》本傳：‘字行思，會稽山陰人，何充庾冰並稱沈有史才，遷著作郎，撰《晉書》三十餘卷。沈先著《後漢》百卷，及《毛詩》《漢書外傳》，皆行於世。’”《古書目》卷四。○葉德輝曰：“謝沈《後漢書》，《隋志》：八十五卷。云：‘本一百二十二卷，晉祠部郎謝沈撰。’”《書目》。

〇注"薛瑩漢書曰"至"論乃定也"

"八俊"，沈家本曰："《黨錮傳》：'士曰三君，次曰八俊，次曰八顧，次曰八及，次曰八廚，猶古之八元八愷也。'《世説》注引《英雄記》云云，'八乂'之名此所無。李膺、荀昱、杜密、王暢、劉佑、魏朗、趙典、朱寓爲八俊。《世説》注引薛瑩《漢書》列八俊名，有荀緄、杜楷而無荀昱、杜密，朱寓作朱寓。"《諸史瑣言》卷十一。〇徐震堮曰："薛《書》所舉八俊之名，與范《書》及張儉鄉人朱並所舉並異。范《書》有荀昱杜密，無荀緄杜楷，又朱寓作朱寓，劉佑作劉祐。"《札記》。〇張萬起曰："從孝標注看，'三君'之譽則高於'八俊'。"

《英雄記》，沈家本曰："《隋志》'雜史類'：'《漢末英雄記》八卷，殘缺，梁有十卷。'二《唐志》卷同，《新志》'末'作'書'，當爲傳寫之訛。其書今佚。"《古書目》卷一。〇葉德輝曰："《隋志》題《漢末英雄記》八卷，云：'王粲撰。殘缺，梁有十卷。'"《書目》。

"衣冠糺彈"，岡白駒曰："糺彈，謂論其優劣，如糾彈罪之輕重然。"

"八乂"，參見校文。岡白駒曰："及者，言能導引人而所宗歸也。"〇沈家本曰："《日知録》曰：'《黨錮傳》表、儉二人列於'八及'，前後不同。'蓋當時稱號，本有兩説，非前後不同也。《魏志》注中《漢紀》亦曰'八交'，《漢末名士録》曰'八友'，'交''友'疑皆'及'字之訛。"《諸史瑣言》卷十一。〇龔斌曰："《後漢書》六七《黨錮傳》曰：'及者，言其能導人追宗者也。'"

"八元八凱"，秦士鉉曰："元，善也。凱，和也。昔高辛氏有才子八人，謂之八元；高陽氏有才子八人，謂之八凱。出《左傳》文十八年。"

"俊者"，龔斌曰："《後漢書》六七《黨錮傳》曰：'俊者，言人之英也。'"

"姚信士緯"，沈家本曰："《隋志》，名家有《士緯新書》十卷，姚信撰。又《姚氏新書》二卷，與《士緯》相似。二《唐志》：'姚信《士緯》十卷。'"《古書目》卷五。〇葉德輝曰："《隋志》，《名家人物志》下云：'梁有《士緯新書》十卷，姚信撰。'"《書目》。〇徐震堮曰："《隋書·經籍志》稱梁有《士緯新書》十卷，又《姚氏新書》二卷，與《士緯》相似。《舊唐志》與《新唐志》徑稱《士緯》，卷數與《隋志》同。三志並入子部名家類。《宋志》不著録，《容齋隨筆》一六'計然《意林》'條謂此書已不傳於世。清馬國翰《玉函房輯佚書》卷七二自類書輯得《士緯》一卷。案《經典釋文》云：姚信，三國吳吳興人，字

1122

德祐。《七録》云，字元真。《吳志·陸遜傳》云：信爲遜之外生，以親附太子和，枉見流徙。孫皓時官太常，見《孫和傳》。《晉書·天文志》亦云‘吳太常姚信’。”

2

庞士元至吳，吳人並友之。《蜀志》曰：“周瑜領南郡〔1〕，士元爲功曹。瑜卒，士元送喪至吳，吳人多聞其名，及當還西，並會閶門〔2〕，與士元言。”見陸績、《文士傳》曰〔3〕：“績字公紀，幼有儁朗才數，博學多通。庞士元年長於績，共爲交友。仕至鬱林太守〔4〕。自知亡日，年三十二而卒。”顧劭、全琮，環濟《吳紀》曰：“琮字子黄〔5〕，吳郡錢塘人。有德行義概，爲大司馬〔6〕。”而爲之目曰：“陸子所謂駑馬有逸足之用，顧子所謂駑牛可以負重致遠。”或問：“如所目，陸爲勝邪？”曰：“駑馬雖精速〔7〕，能致一人耳。駑牛一日行百里〔8〕，所致豈一人哉？”吳人無以難。“全子好聲名〔9〕，似汝南樊子昭。”蔣濟《萬機論》曰：“許子將褒貶不平，

---

〔1〕 “周瑜領南郡”，董刻本“領”作“嶺”，上有“爲”字。王利器曰：“沈校本‘爲’作‘因’，餘本作‘周瑜領南郡’，‘嶺’作‘領’，是。案《三國·蜀志·龐統傳》作‘吳將周瑜，助先主取荆州，因領南郡太守’，沈校本是。”楊勇曰：“宋本作‘爲嶺’，非。今依袁本。”

〔2〕 “閶門”，董刻本“閶”作“闔”。徐震堮曰：“《蜀志·龐統傳》作‘昌門’。”楊勇曰：“各本作‘閶門’，即江蘇吳縣金閶門也。”朱鑄禹曰：“袁本、諸本作‘閶門’，是。”

〔3〕 “文士傳”，董刻本“傳”作“博”。王利器曰：“各本‘博’作‘傳’，是。”楊勇曰：“‘傳’宋本作‘博’，非。”

〔4〕 “仕至”，董刻本“仕”作“任”。楊勇曰：“宋本作‘任’，非。”

〔5〕 “琮字子黄”，葉德輝曰：“袁本與此同。按《吳志》‘全琮字子璜’是也。‘琮’‘璜’皆禮玉名，古人名字多相應也。”余嘉錫曰：“沈本作‘琮字子璜’。”王利器曰：“蔣校本、沈校本‘黄’作‘璜’。案《三國·吳志·全琮傳》作‘璜’，作‘璜’是。”徐震堮曰：“‘黄’沈校本作‘璜’，是，《吳志》正作‘璜’。”楊勇曰：“宋本作‘子黄’，非。”

〔6〕 “爲大司馬”，楊勇曰：“《吳志·全琮傳》作‘爲右大司馬’。”

〔7〕 “精速”，徐震堮曰：“《蜀志》注引張勃《吳録》無‘速’字，下句‘百里’作‘三百里’。似以《世説》爲長。”

〔8〕 “一日行百里”，李詳曰：“《蜀志·龐統傳》裴注引《吳録》作‘一日行三百里’。”

〔9〕 “全子好聲名”，龔斌曰：“《蜀志·龐統傳》作‘卿好施慕名’，義較《世説》顯明。”

以拔樊子昭而抑許文休。劉曄難曰：'子昭拔自貫豎，年至七十，退能守靜，進不苟競。'濟答曰：'子昭誠自幼至長，容貌完潔〔1〕。然觀其插齒牙，樹頰頷，吐脣吻，自非文休之敵。'"

○"龐士元"至"汝南樊子昭"

"陸子所謂駑馬有逸足之用"二句，田中頤曰："駑，頓劣也。言陸，世所謂駑馬，而其實非駑馬；顧，亦所謂駑牛，而其實非駑牛。"○余嘉錫曰："負重致遠，乃專恃駑牛馬，斯其爲用，亦已大矣。士元之於績、劭，許其有實用，而不許其能致千里，故題目之如此耳。"○張萬起曰："逸足，快足，跑得快。"

"駑馬雖精速"，張萬起曰："精速，甚速，指跑得很快。"

"能致一人"，岡白駒曰："此以單騎言，故云致一人。或曰單騎昉乎魏，非也。按《淮南子》云：'善游者溺，善騎者墮。'漢趙充國始爲騎士，以六郡良家士善騎射，補羽林，是漢以前有單騎久矣。雖《六韜》有選騎士之法，《三略》有二十八騎象二十八宿之文，說者疑其僞書，不足信也。蓋單騎起於西域，漢以來行乎中國，至於三國而漸盛耳。"○余嘉錫曰："此言績之奉公守職，不惟能盡力匡儷，其才亦有過人者。但不過庸中佼佼，未得爲一代之英傑也。"

"所致豈一人"，岡白駒曰："此以車駕牛者言，故云'豈一人哉'。古者一車駕四馬，自單騎行，而馬車廢。車但駕一牛，牛之負重致遠勝乎四馬，故六朝以來，馬唯單騎，車則駕牛。"○田中頤曰："言二子各有用所長，不可輕重也。"○余嘉錫曰："蓋績性俊快，而劭厚重。統言二人，雖各有短長，而劭之幹濟，非績所及也。"

"全子好聲名"二句，大典顯常曰："二句士元語。"○田中頤曰："此本與陸、顧二子同品目者，而不足齒列，故貶之。以其好聲名，謂非有用之人也。"○余嘉錫曰："'吳人無以難'乃張勃記事之詞。'全子'以下，又爲士元語。此種文法於古有之。"

◎程炎震曰："據《蜀·龐統傳》注，此文出於張勃《吳錄》。"

○注"文士傳曰"

"自知亡日"，秦士鉉曰："積自餞辭曰：'有漢志士，吳郡陸積。幼敦《詩》

---

〔1〕 "誠自幼至長"二句，李詳曰："《統傳》注引《萬機論》作'誠自長幼貌潔'，奪去三字，當據此校補。"徐震堮《札記》曰："《蜀志·龐統傳》注引作'子昭誠自長幼貌潔'，句有敓誤。"

1124

《書》，長玩《禮》《易》。受命南征，遘疾遇厄。遭命不幸，嗚呼悲隔。’”

○注“蔣濟萬機論曰”

《萬機論》，沈家本曰：“《隋志》：‘《蔣子萬機論》八卷，蔣濟撰。’《舊唐志》同，《新志》十卷。《玉海》六十二引《中興書目》：‘《蔣子萬機論》十卷凡五十五篇。’《文選》注引稱《蔣子萬機論》，與《隋志》同。”《古書目》卷二。○葉德輝曰：“《隋志》：八卷。云蔣濟撰。”《書目》。

“許子將褒貶不平”，岡白駒曰：“許劭字子將，好核論鄉黨人物，每月輒更其品題，故汝南俗有月旦評。”○秦士鉉曰：“許子將，許劭也。與從兄靖字文休並有人倫之鑒，而私情不協。劭爲郡功曹，排擯靖不得齒敘，時議以此少之。”

“子昭拔自賈豎”，岡白駒曰：“謂拔舉樊子昭於市肆也。”

“插齒牙”三句，岡白駒曰：“‘樹頰頰’，與‘插齒牙’‘吐脣吻’，皆謂言語也。”○大典顯常曰：“謂談論之狀。”○恩田仲任曰：“頰，額下也。蓋與人相詰辨之狀。”○朱鑄禹曰：“蓋形容樊好聲名，齗齗辯議之態，故龐以之比全琮。”

【彙評】

劉辰翁曰：“亦捷急變化語，即駿馬所致，亦如此耳。”評“駑牛一日”二句。

3

顧劭嘗與龐士元宿語，問曰：“聞子名知人，吾與足下孰愈？”曰：“陶冶世俗，與時浮沈[1]，吾不如子；《吳志》曰：“劭好樂人倫，自州郡庶幾及四方人事[2]，往來相見，或諷議而去，

---

[1] “與時浮沈”，徐震堮《札記》曰：“《蜀志·龐統傳》注引《吳錄》，‘與時浮沈’作‘甄綜人物’。”
[2] “人事”，桃井白鹿《補遺》曰：“《吳志》‘事’作‘士’。”恩田仲任曰：“人事，《吳志》作‘人士’。‘事’與‘士’通。”

或結友而別〔1〕，風聲流聞，遠近稱之。”論王霸之餘策，覽倚仗之要害〔2〕，吾似有一日之長。”劭亦安其言。《吳録》曰：“劭安其言，更親之。”

　　○“顧劭嘗”至“亦安其言”

　　“宿語”，張萬起曰：“夜裏交談。”

　　“名知人”，龔斌曰：“以識鑒人物著稱者。”

　　“陶冶世俗”，岡白駒曰：“陶冶，教化也。”○田中頤曰：“陶冶，猶言風化也。”○崔朝慶曰：“化育裁成之義。”

　　“與時浮沈”，崔朝慶曰：“活潑而不固執也。”○王叔岷曰：“司馬遷《報任安書》：‘從俗浮沈，與時俯仰。’”

　　“覽倚仗之要害”，參見校文。黃生曰：“《後漢書》：‘中臣要害。’猶今言致命傷。言身中緊要處犯之，必爲害也。借地當敵衝者，謂之要害。舊解‘於我爲要，於彼爲害’，欠確。”《義府》卷下。○顧炎武曰：“《漢書·西南夷傳》注，師古曰：‘要害者，在我爲要，於敵爲害也。’此解未盡。要害，謂攻守必爭之地。我可以害彼，彼可以害我，謂之害。人身亦有要害。《素問》岐伯對黃帝曰：‘脈有要害。’《後漢書·來歙傳》：‘中臣要害。’”《日知録》卷二十七。○大典顯常曰：“《鶡冠子》：‘禍者福之所倚，福者禍之所伏。’此謂成敗利害之際。”《集成》。○秦士鉉曰：“《老子》：‘禍兮福之所倚，福兮禍之所伏。’要害，緊要處也。在我爲要，在彼爲害。見《來歙傳》。”○崔朝慶曰：“倚仗，攻戰時憑恃之地勢也。要害，言在我爲要，在敵爲害之地也。”○余嘉錫曰：“要害本謂人身要處，黃説是也。事務之紛來，必有其至要之關節，皆處之得宜則爲福，反之則爲禍。‘倚伏’之機，正在於此。”

　　“吾似有一日之長”，劉淇曰：“此‘似’字，疑辭也。”《辨略》卷三。

──────────

〔1〕 “或諷議而去”二句，桃井白鹿《補遺》曰：“《吳志》‘諷’作‘言’，‘友’作‘厚’。”
〔2〕 “論王霸之餘策”二句，劉應登曰：“‘仗’字作‘伏’。”張文柱曰：“古本‘伏’作‘仗’。”葉德輝曰：“‘仗’當作‘伏’。”李詳曰：“《蜀志·龐統傳》引《萬機論》作‘秘策’‘倚伏’。”余嘉錫曰：“‘倚仗’景宋本及沈本作‘倚伏’，是也。”徐震堮曰：“《蜀志·龐統傳》注引《吳録》作‘論帝王之秘策，攬倚伏之要最’，《太平廣記》一六九引《世説》同。宋沈作喆《寓簡》卷三引作‘論王霸之餘略，覽倚伏之要害’。”蔣凡批曰：“‘倚伏’袁本作‘倚仗’，紹興本是。‘倚伏’者，典出《老子》，謂禍福相互依存轉化。‘要害’則指樞機關鍵或規律。作‘倚仗’則其義窒礙難通。”

“劭亦安其言”，田中頤曰：“以上龐語，其所自許而不敢欺謾，故顧亦安其言，以爲允當耳。”

〇注“吳志曰”

“好樂人倫”，桃井白鹿曰：“好擬議人物也。”〇王利器曰：“人倫就是題目人物的意思。《禮記·曲禮》：‘擬人必於其倫。’就是這個意思。《三國·魏志·司馬朗傳》：‘雅好人倫。’《蜀志·龐統傳》：‘性好人倫。’又《許靖傳》：‘有人倫臧否之稱。’義並同。”

“州郡庶幾”，錢大昕曰：“王弼以‘庶幾’爲慕聖，何晏解《論語》，亦云‘庶幾聖道’。王充《論衡》云：‘孔子之門，講習五經，五經皆習，庶幾之才也。’《顧邵傳》：‘自州郡庶幾，及四方人士，往來相見。’《晉書·王羲之傳》：‘母兄鞠育，得漸庶幾。’蓋魏晉人好用‘庶幾’字。”《考異》卷十七。〇姚範曰：“庶幾，乃謂當時知名士。《國志》多見，如《吳志·張承傳》云：‘凡在庶幾之流，無不造門。’及《顧邵傳》‘州郡庶幾’云云，又王羲之《誓墓文》：‘母兄鞠育，德漸庶幾。’”《援鶉堂》卷三十六。李詳按曰：“錢少詹《三國志考異》與姚略同。”〇徐震堮曰：“《吳志·張昭傳》：‘凡在庶幾之流，無不造門。’案語本《易·繫辭》：‘顏氏之子，其殆庶幾乎！有不善未嘗不知，知之未嘗復行也。’因以泛稱進德修業之士。”〇楊勇曰：“庶幾，賢者之稱。”

“風聲流聞”二句，楊勇曰：“風聲流聞，即風流之正解也。或言品藻，或言文學，要在遠近當共推之者。”

【彙評】

劉辰翁曰：“有懷其人。”

凌濛初曰：“惜未見其止。”

田中頤曰：“品目自明。”

4

諸葛瑾、弟亮及從弟誕，《吳書》曰："瑾字子瑜，其先葛氏，琅邪諸縣人。後徙陽都，陽都先有姓葛者，時人謂'諸葛'[1]，因爲氏[2]。瑾少以至孝稱。累遷豫州牧，六十八卒。"《魏志》曰："誕字公休，爲吏部郎，人有所屬託，輒顯其言而亞用之[3]。後有當不[4]，則公議其得失，以爲褒貶。自是群寮莫不愼其所舉。累遷楊州刺史、鎮東將軍、司空[5]。謀逆，伏誅。"並有盛名，各在一國。于時以爲"蜀得其龍，吳得其虎，魏得其狗"。誕在魏，與夏侯玄齊名；瑾在吳，吳朝服其弘量。《吳書》曰："瑾避亂渡江，大皇帝取爲長史，遣使蜀，但與弟亮公會相見，反無私面[6]。而又有容貌思度，時人服其弘量。"

○"諸葛瑾"至"服其弘量"

"蜀得其龍"三句，方孝孺曰："諸葛兄弟三人，才氣雖不相類，然孔明之下，瑾與誕亦人豪也。誕，當司馬昭僭竊之時，征東拒賈充之言，起兵討之，事雖無成，身不失爲忠義。豈非凜然大丈夫乎？世俗乃以是訾之，謂'漢得龍，吳得虎，魏得狗'，爲斯言者，必賈充之徒，自以鬻國弒君，取富貴爲得計，論人成敗而不識逆順是非之辨者也。豈非揚子雲所謂'舍其沐猴，而謂人沐猴者'邪？"《遜志齋集》卷五"諸葛誕"條。○王世貞曰："孔明爲漢丞相秉國鈞，子瑜至大將軍，亦參預吳大政，而公休仕魏至司空，各以身分事三國而不相猜，又皆三公也，又皆自致功名，封徹侯，而公休獨不終。即《世說》所載'蜀得其龍，吳得其虎，魏得其狗'，而公休之望實俱下下矣。第考其行事，恐公休亦不分爲狗也。在洛下與夏侯太初齊名，爲吏部郎、中丞尚書，皆有望實，出鎮壽春，使

[1] "謂諸葛"，余嘉錫曰："'謂'下沈本有'之'字。"徐震堮曰："沈校本有'之'字，與《吳志·諸葛瑾傳》注合。"

[2] "因爲氏"，余嘉錫曰："（沈本）'因'下有'以'字。案沈校所據宋本，與《吳志》注合。"

[3] "亞用之"，徐震堮曰："《魏志》本傳'亞'作'承'。"

[4] "有當不"，余嘉錫曰："'有'下景宋本及沈本俱有'得失'二字。"

[5] "將軍司空"，余嘉錫曰："'司空'景宋本作'以其'。"按"以其"屬下讀。楊勇曰："'將軍'下各本及《魏志·諸葛誕傳》有'司空'字。"

[6] "反無"，余嘉錫曰："'反'景宋本作'退'。"

一方蕭戢。及敗死，而麾下數百人無一降敵者，且曰‘爲諸葛公死，不恨’。此豈常人所能及哉？”《讀書後》卷二《書諸葛亮等傳後》。○胡應麟曰：“漢末，諸葛氏分處三國，並著忠誠。以爲蜀得其龍，吳得其虎，並自篤論。至魏迺曲爲訾訿，此晉人諛上之詞耳。”《史書佔畢》四。○全祖望曰：“方遜志謂‘諸葛兄弟三人，才氣雖不相類，皆人豪也’云云，善哉斯言！予觀東漢之末，東南淑氣萃於諸葛一門。觀其兄弟分居三國，世莫有以爲猜者，非大英雄不能。”《鮚埼亭集外編》二十八《書諸葛氏家譜後》。○李慈銘曰：“誕名德既重，身爲魏死，忠烈懍然，安得致此鄙薄之稱？蓋緣公休敗後，司馬之黨造此穢言，誣衊不經，深堪髮指，承祚之《志》、世期之注，削而不登，當矣。臨川取之，抑何無識！”《簡端記》。○劉盼遂曰：“按《爾雅·釋獸》：‘熊虎醜其子狗。’《釋畜》：‘犬未成豪狗。’《晉律》：‘捕虎一購錢五千，其狗半之。’知‘狗’爲稱物幼小之意，按字例，凡從‘句’之字，皆有幺小之義。非必犬也。誕之得狗名者，直緣叔季之故，非蔑之也。誕在當日固亦聲問休暢，與二昆頡頏，讀《國志》本傳及《世說》中瑣事可知。後之人昧於‘狗’之訓詁，遂菲薄之，其繆甚矣。”○余嘉錫曰：“司馬之黨必不以孔明爲龍。此所謂狗，乃功狗之狗，謂如韓盧宋鵲之類。雖非龍虎之比，亦甚有功於人，故曰‘並有盛名’，非鄙薄之稱也。觀《世說》下文云‘誕在魏，與夏侯玄齊名’，則無詆毀公休之意亦明矣。太公《六韜》以文、武、龍、虎、豹、犬爲次，知古人之視犬，僅下龍虎一等。”○趙西陸曰：“《魏志·管輅傳》注引《輅別傳》曰：‘蔡元才在朋友中最有清才，在衆人中言：本聞卿作狗，何意爲龍？輅言：潛陽未變，非卿所知，焉有狗耳，得聞龍聲乎！’然則狗信爲下賤之目，不得如劉氏曲説也。”○楊勇曰：“此言龍、虎、狗者，乃喻其才德之大、中、小也。”

○注“魏志曰”至“服其弘量”

“後有當不”三句，平賀房父曰：“吏部主選舉，故囑託多。囑託者必譽人之才德，故‘有當不’，言人有所私囑，則不拒之，必公言其所囑於衆而用之，後其人不稱職，則又公議於衆而退之。”

“大皇帝”，恩田仲任曰：“《吳志》曰：‘孫權薨，謚曰大皇帝。’”

“反無私面”，徐震堮曰：“私面，私覿也。”

王世懋曰："後兩語正自推尊武侯。"

凌濛初曰："不目武侯，特妙。《世說》佳處正以此。"

狄期進曰："孔明一世人龍，渭濱莘野之儔也。非先主三顧草廬之中，則孔明有泥蟠耳，伏爪耳。先儒謂劉備敏於曹操，旨哉！"

尤侗曰："詬面斥賈充，詞嚴義正，足褫老革，事敗就戮，麾下數百人拱手爲列，無一人降者，亦田橫義士也。世謂'魏得其狗'，此狗正不易得。若賈充者，狗之不如。"《看鑑偶評》卷三。

張攄之曰："可謂一字之評。三人各爲其主，而三國各不相疑。"《選注》。

5

司馬文王問武陔："陳玄伯何如其父司空？"陔曰："通雅博暢，能以天下聲教爲己任者，不如也。明練簡至[1]，立功立事，過之。"《魏志》曰："陔與泰善，故文王問之。"

○"司馬文王"至"立事過之"

"陳玄伯何如其父司空"，徐震堮曰："陳泰，字玄伯。司空，謂陳群。"

"天下聲教"，岡白駒曰："《書》云：'東漸於海，西被於流沙，朔南暨聲教，訖於四海。'後世以政教爲聲教，本於此。"

【彙評】

王世懋曰："亦似得之，但未及其正骨耳。"

凌濛初曰："玄伯父子，人品似難相較。"

---

〔1〕"明練"，徐震堮《札記》曰："《魏志・陳泰傳》'練'作'統'，非。"楊勇曰："'練'，《魏志・陳泰傳》作'統'。"

陶珙曰：“群之慊容而生，何如泰之嘔血而死。聲教之任，泰正能之。此王批所謂‘正骨’也。王批即以《世說》未就陳氏父子之本質評其優劣也。”

6

正始中，人士比論，以五荀方五陳：荀淑方陳寔，荀靖方陳諶，《逸士傳》曰：“靖字叔慈，潁川人。有儁才，以孝著名。兄弟八人，號‘八龍’。隱身脩學，動止合禮。弟爽，亦有才學，顯名當世。或問汝南許章[1]：‘爽與靖孰賢？’章曰：‘二人皆玉也。慈明外朗，叔慈內潤。’太尉辟，不就。年五十終，時人惜之，號玄行先生。”荀爽方陳紀，荀彧方陳群[2]，《典略》曰：“彧字文若，潁川人。爲漢侍中，守尚書令。彧爲人英偉，折節待士，坐不累席。其在臺閣間，不以私欲撓意。年五十薨，諡曰敬侯。以其德高[3]，追贈太尉。”荀顗方陳泰。《晉諸公贊》曰：“顗字景倩，彧之子。蹈禮立德，思義溫雅，加深識國體，累遷光祿大夫。晉受禪，封臨淮公。典朝儀，刊正國式，爲一代之制。轉太尉，爲台輔，德望清重，留心禮教。卒，諡康公[4]。”又以八裴方八王[5]：裴徽方王祥，裴楷方王夷甫[6]，裴康方王綏，《晉百官名》曰：“康字仲豫，徽之子。”《晉諸公贊》曰：“康有弘量，歷太子左率。”裴綽方王澄，《王朝目錄》曰：“綽字仲舒[7]，楷弟也，名亞於楷。歷中書黃門侍郎。”裴瓚方王

---

[1] “或問汝南許章”，余嘉錫曰：“‘或問汝南許章’之‘章’字誤，當作‘劭’。《魏志·荀彧傳》注引《逸士傳》作‘或問汝南許子將’。《群輔錄》引《荀氏譜》作‘汝南許劭’，皆可證。”

[2] “荀彧”，董刻本“彧”作“或”。王利器曰：“各本正文及注‘或’都作‘彧’，是。下同。”

[3] “以其德高”，王先謙曰：“一本‘德’上有‘名’字。”余嘉錫曰：“‘其’下景宋本有‘名’字。”袁刻本亦有“名”字。吳金華《考釋》曰：“疑原文作‘以其名德’，‘高’字屬於衍文。‘名德’指著稱於世的德行，贅一‘高’字不成話語。”頁一三七。

[4] “康公”，楊勇曰：“《晉書·荀顗傳》、汪藻《荀氏譜》均無‘公’字。”

[5] “又以八裴方八王”，徐震堮《札記》曰：“八裴八王多出正始以後，‘又’字以上疑有闕文。”

[6] “王夷甫”，李慈銘曰：“此稱‘夷甫’，亦孝標追改之文。”

[7] “仲舒”，徐震堮曰：“案《魏志·裴潛傳》注，綽字季舒。徽諸子，黎字伯宗，康字仲豫，楷字叔則，則綽字季舒爲是。”楊勇曰：“《魏志·裴潛傳》注、汪藻《裴氏譜》均作‘季舒’。”

敦，《晉諸公贊》曰："瓚字國寶，楷之子。才氣爽儁，終中書郎。" 裴遐方王導，裴頠方王戎，裴邈方王玄。

○"正始中"至"方王玄"

"又以八裴方八王"，馬永易曰："裴徽字文秀，第三子楷字叔則，楷弟綽字季舒，楷子瓚字國寶，楷孫欽子邈字景初，瓚子遐字叔道，徽第二子康字仲豫，楷孫季子頠字逸民。王祥字休徵，族子戎字濬沖，戎從弟衍字夷甫，衍弟澄字平子，戎子綏字萬子，衍子玄字眉子，覽孫導字茂弘，覽孫基子敦字處仲。謂之河東八裴、琅邪八王。"《實賓錄》卷三。○徐震堮曰："《晉書·裴楷傳》曰：'初裴王二族，盛於魏晉之世，時人以八裴方八王。'語意較爲周匝。"

○注"逸士傳曰"

《逸士傳》，沈家本曰："《隋志》'雜傳類'：'《逸士傳》一卷，皇甫謐撰。'《唐志》同，《世説》、《文選》注並引此書。"《古書目》卷二。○葉德輝曰："《隋志》：一卷。云皇甫謐撰。"《書目》。

"時人惜之"二句，徐震堮曰："《後漢書·荀淑傳》注引皇甫謐《高士傳》：'學士惜之，誄靖者二十六人。潁陰令丘貞追號靖曰玄行先生也。'"

◎凌濛初曰："'外朗''内潤'，弇州採作正文。"

○注"典略曰"

"在臺閣間"，岡白駒曰："臺閣，尚書臺也，亦謂之中臺。後漢衆務悉歸尚書，三公但受成事而已。尚書令，主尚書曹，奏下衆事而爲臺主。"

○注"王朝目録曰"

《王朝目録》，沈家本曰："（隋唐志皆不著録。）注中引裴綽'名亞於楷，歷中書黄門郎'，似是諸州品目王朝人物之録。"《古書目》卷四。○葉德輝曰："《隋志》不著録。《三國志》注引有《三朝録》，疑即是書。'三''王'形近易誤。"《書目》。

李慈銘曰："范武子以清談禍始，歸罪王何，謂其浮於桀紂。予謂漢末之五荀、五陳，實任達之濫觴，浮華之作俑。觀其父子兄弟，自相標榜，坐致虚聲，託名高節。太丘弔張讓之母，朱子謂其風節始纇。其後，群附曹氏，泰黨司馬。荀氏則爽爲卓用，或成操篡，顗、勖以還，名節掃地。桀紂之禍，自有所歸。輔嗣名通，平叔正直，所不受也。"《簡端記》。余嘉錫按曰："謂荀、陳虛聲，誠是。欲爲王何減清談之罪，則非事實。"龔斌按曰："李氏謂漢末任達浮華之風濫觴於五荀五陳，其論過於峻刻。"

7

　　冀州刺史楊淮二子喬與髦[1]，俱總角爲成器。淮與裴頠、樂廣友善，遣見之。頠性弘方，愛喬之有高韻，謂淮曰："喬自及卿[2]，髦小減也。"廣性清淳，愛髦之有神檢，謂淮曰："喬自及卿，然髦尤精出。"淮笑曰："我二兒之優劣，乃裴、樂之優劣。"論者評之，以爲喬

---

〔1〕"楊淮二子喬與髦"，恩田仲任曰："《三國志》作'準'，此誤作'淮'。《正字通》：'《六書故》：準俗作准。'"黃丕烈曰："'淮'作'準'，注同。"李詳曰："《志》注'淮'作'準'，'喬'作'嶠'。按喬字國彦，自宜從'喬'爲是。"程炎震曰："楊淮，宋本注均作'準'。《御覽》四百九，又四百四十四引《郭子》，亦均作'準'。"唐鴻學曰："應作'准'。正字'準'，俗字'准'，作'準'爲是。"徐震堮《札記》曰："《魏志·陳思王傳》注引《冀州記》與此文並同，惟'楊淮'作'準'。又引《世語》曰：'修子嶠，嶠子準，準字始丘。'（《賞譽》'王大將軍與丞相書'條注引作'始立'，是也。）惠帝末爲冀州刺史，又《晉書·樂廣傳》亦記此事，並作'楊準'。"余嘉錫曰："'淮'沈本俱作'準'。"王利器曰："蔣校本、沈校本'淮'作'準'，是。《三國·魏志·陳思王植傳》注引荀綽《冀州記》載此文，亦作'準'。又《晉書·樂廣傳》載此事也作'準'。"徐震堮曰："'喬'，《魏志·陳思王植傳》注引《冀州記》作'嶠'，謂'準子嶠字國彦'。《晉書·樂廣傳》：'準之二子曰喬曰髦。'"
〔2〕"自及"，董刻本"自"作"當"。

雖高韻，而檢不匝[1]，樂言爲得。然並爲後出之儁。荀綽《冀州記》曰：“喬字國彥，爽朗有遠意。髦字士彥，清平有貴識。並爲後出之儁，爲裴頠、樂廣所重。”《晉諸公贊》曰：“喬似准而疏[2]，皆爲二千石。髦爲石勒所害。”

○“冀州刺史”至“後出之儁”

“頠性弘方”，楊勇曰：“方，放也。《廣記》一六九正作‘放’。”

“廣性清淳”二句，田中頤曰：“性清白淳厚者，視物純一精到，故愛其有神明之檢省者耳。”○張萬起曰：“神檢，精神操守。”《詞典》二五四。○龔斌曰：“神檢，超群之洞察力。”

“我二兒之優劣”二句，田中頤曰：“即言二人所愛，出於其性所近。”

“檢不匝”，參見校文。岡白駒曰：“匝，周也。”○大典顯常曰：“檢，謂精神；匝，周滿也。”《集成》。○蔣凡曰：“檢，節操，操守。”

“樂言爲得”，田中頤曰：“乃裴、樂之優劣亦可知也。”

◎李詳曰：“康王此條來自荀綽《冀州記》，見《魏志·陳思王植傳》裴注引。”

○注“荀綽冀州記曰”

《冀州記》，沈家本曰：“《冀州記》《兗州記》蓋荀綽《九州記》之二種。”《古書目》卷四。按《古書目》卷一曰：“荀綽《九州記》，隋唐志不著錄。《夏侯尚傳》引荀綽《冀州記》，《杜畿傳》引荀綽《兗州記》，是其書分州爲記，與司馬彪書之例同。”

---

[1] “而檢不匝”，李詳曰：“《志》注作‘而神檢不逮’。案上文云‘愛髦之有神檢’，此故云‘神檢不逮’，當以《志》注爲長。”劉盼遂曰：“‘檢不匝’不辭，《三國志》注引《冀州記》作‘神檢不逮’，與《世說》上文相應，所宜據改。”王利器曰：“《三國志》注作‘而神檢不逮’，《晉書》作‘而神檢不足’。案《世說》‘檢’上當脫‘神’字，‘神檢’‘高韻’，都是承上文而言。《太平廣記》引此句作‘而無檢局’。”徐震堮曰：“《魏志》注引《冀州記》作‘而神檢不逮’，《晉書·樂廣傳》作‘而神檢不足’，則此處‘檢’上當脫‘神’字。”楊勇曰：“宋本作‘而檢不匝’，《魏志·陳思王傳》注引荀綽《冀州記》作‘而神檢不逮’，《晉書·樂廣傳》作‘而神檢不足’，《廣記》一六九引《世說》作‘而無檢局’。”吳金華《考釋》曰：“疑‘不匝’是‘不逮’的形誤。古寫本的‘逮’字脫落上半截，便與‘匝’相似。”頁一三九。

[2] “喬似准而疏”，徐震堮曰：“《魏志·陳思王傳》注引荀綽《冀州記》曰：‘傅暢云：喬似準而疏。’”

【彙評】

王世懋曰："《世說》意已定樂優於裴。"

劉令言始入洛，《劉氏譜》曰："納字令言〔1〕，彭城叢亭人〔2〕。祖瑾，樂安長。父魁，魏洛陽令。納歷司隸校尉。"見諸名士而歎曰："王夷甫太解明〔3〕，樂彥輔我所敬，張茂先我所不解，周弘武巧於用短，王隱《晉書》曰："周恢字弘武，汝南人。祖斐，永寧少府。父隆，州從事。恢仕至秦相，秩中二千石。"杜方叔拙於用長。"《晉諸公贊》曰："杜育字方叔，襄城鄧陵人，杜襲孫也。育幼便岐嶷〔4〕，號神童。及長，美風姿，有才藻，時人號曰'杜聖'。累遷國子祭酒。洛陽將没，爲賊所殺。"

○"劉令言"至"拙於用長"

"太解明"，參見校文。○程炎震曰："《禮記·月令》：'季夏行春令，則穀實鮮落。'《呂氏春秋·季夏紀》《淮南·時則訓》並作'解落'。《墨子·節葬篇》

〔1〕 "納字"，恩田仲任曰："'納'當作'訥'。"秦士鉉曰："'訥'舊作'納'，誤。"程炎震曰："宋本'納'作'訥'，《晉書·劉隗傳》亦作'訥'。"余嘉錫曰："注'納'沈本俱作'訥'。"王利器曰："蔣校本、沈校本'納'作'訥'，下同，是。本書《言語門》'庾稚恭爲荆州'條注引《文字志》正作'訥'。名訥字令言，義也相應。"楊勇曰："宋本作'納'，非。沈校本及《晉書·劉隗傳》、本書《言語篇》五五注均作'訥'，是。"
〔2〕 "叢亭"，楊勇曰："宋本作'藂'。按'藂''叢'古互用。"朱鑄禹曰："'藂亭'沈校本同，袁本作'叢亭'，案'藂'同'叢'。"
〔3〕 "太解明"，董刻本"解"作"鮮"。王世懋曰："或作'太鮮明'。"凌濛初曰："劉本作'鮮明'。"平賀房父曰："蓋因下'解'字而誤。"程炎震曰："《晉書·劉隗傳》'解'作'鮮'。"余嘉錫曰："《晉書·劉隗傳》作'太鮮明'，當從之。"申阜鑫曰："作'鮮明'爲是。《册府元龜》卷八百二十七作'王夷甫太鮮明'，《太平御覽》卷四百四十三作'王夷甫太鮮明'，《永樂大典》卷之二千八百九：'晚覺鄭公殊嫵媚，生憎夷甫大鮮明。'《全宋詞》所輯録葛立方《滿庭芳·評梅》：'應須是，魏徵嫵媚，夷甫太鮮明。'"
〔4〕 "岐嶷"，楊勇曰："'岐'宋本作'歧'，古通用。"王叔岷曰："'岐''歧'正、俗字。"

‘則解而食’，《魯問篇》作‘鮮而食之’。孫氏《間詁》引顧千里校語，謂‘作鮮者誤’。古‘鮮’‘解’兩字或相亂。《易·說卦》‘爲蕃鮮’疏：‘鮮，明也。取其春時蕃育而鮮明。’”○朱鑄禹曰：“似言王過刻露，少蘊藉。”○龔斌曰：“不惟容止秀麗，亦性喜於人前眩露其才。”

“我所不解”，大典顯常曰：“《孫綽傳》：綽嘗鄙山濤，曰：‘山濤吾所不解，吏非吏，隱非隱。’”《集成》。○龔斌曰：“《晉書》本傳言華‘器識弘曠，時人罕能測之’，劉令言所謂‘不解’者，殆指張華之器識‘罕能測之’乎？”

○注“劉氏譜曰”

《劉氏譜》，沈家本曰：“劉納，彭城叢亭人。與前二譜籍又不同。”《古書目》卷四。按前二譜見《方正篇》“劉簡作桓宣武別駕”條注及《雅量篇》“庾小征西嘗出未還”條注。

○注“王隱晉書曰”

“永寧少府”，胡三省曰：“魏建永寧宮，太后居之。”《通鑒·晉紀四》注。又曰：“宮置少府。”同上。

“秩中二千石”，恩田仲任曰：“《後漢書》注曰：‘百官受奉例，中二千石，奉月百八十斛；二千石，奉月百二十斛；比二千石，奉月百斛。’秩，禄稟也。中，滿也。漢制，九卿以上秩滿二千。”

○注“晉諸公贊曰”

“襄城鄧陵人”，恩田仲任曰：“‘鄧’當作‘定’。《晉書·地理志》襄城郡有定陵縣，而無鄧陵縣。”○程炎震曰：“晉無鄧陵縣。《魏書·杜襲傳》云：‘潁川定陵縣人。’此‘鄧陵’當作‘定陵’。漢潁川縣，晉分屬襄城。”○楊勇曰：“《魏志·杜襲傳》作‘潁川定陵人’。《晉書·地理志》潁川無定陵，定陵屬襄陽城。《宋志》繁昌縣下：‘漢舊名，本屬潁川，魏分潁川爲襄城。’《宣本紀》：‘增潁川之繁昌、鄢陵、新汲、父城。’則‘鄧陵’當爲‘鄢陵’之誤，但晉時則作‘定陵’是也。”

“幼便岐嶷”，秦士鉉曰：“岐嶷，謂小兒有智識也。”○王叔岷曰：“《詩·大雅·生民》：‘誕實匍匐，克岐克嶷。’朱子《集傳》：岐嶷，峻茂之狀。《後漢書·馬援傳》：‘客卿幼而岐嶷。’”

凌濛初曰：“巧於用短，短亦長；拙於用長，長亦短。”

9

王夷甫云：“閭丘沖，荀綽《兖州記》曰：“沖字賓卿，高平人，家世二千石。沖清平有鑒識，博學有文義〔1〕。累遷太傅長史，雖不能立功蓋世，然聞義不惑，當世範事，務於平允，操持文案，必引經誥，飾以文采，未嘗有滯。性尤通達，不矜不假。好音樂，侍婢在側，不釋弦管。出入乘四望車，居之甚夷，不能虧損恭素之行〔2〕，淡然肆其心志。論者不以爲侈，不以爲僭，至於白首，而清名令望，不渝於始。爲光祿勳〔3〕。京邑未潰，乘車出，爲賊所害，時人皆痛惜之。”優於滿奮、郝隆〔4〕。《晉諸公贊》曰：“隆字弘始，高平人。爲人通亮清識。爲吏部郎、揚州刺史。齊王同起義，隆應檄稽留，爲參軍王邃所殺。”此三人並是高才，沖最先達。”《兖州記》曰：“于時高平人士偶盛，滿奮、郝隆達在沖前，名位已顯，而劉寶、王夷甫猶以沖之虛貴，足先二人。”

○“王夷甫”至“最先達”

“郝隆”，參見校文。凌濛初曰：“此郝隆非曬書郝隆。”○王利器曰：“‘郝隆’當作‘郗隆’。郗隆字弘始，高平金鄉人，爲揚州刺史，被王邃所殺，見《晉書》本傳。”

---

〔1〕 “博學”，董刻本無“博”字。王利器曰：“各本‘學’上有‘博’字，義較長。”楊勇曰：“各本有‘博’字，是。”
〔2〕 “不能虧損”，余嘉錫曰：“‘能’景宋本及沈本俱作‘以’。”龔斌曰：“作‘以’是。”
〔3〕 “光祿勳”，徐震堮曰：“《晉書·懷帝紀》作‘尚書’。”
〔4〕 “郝隆”，何焯曰：“‘郝’當作‘郗’，下注同。隆乃太尉鑒之叔，事詳《晉書》。郝隆見後，桓溫參軍也。”李慈銘曰：“案《晉書》‘郝隆’作‘郗隆’，乃太尉鑒之叔父也。事附《鑒傳》，此作‘郝’疑誤。郝隆，乃桓溫時人。”王利器曰：“‘郗’‘郝’形近之誤，下注同。”

○注"荀綽兖州記曰"

《兖州記》，沈家本曰："《冀州記》《兖州記》蓋荀綽《九州記》之二種。"《古書目》卷四。

"不矜不假"，徐震堮曰："矜假，'矜'謂矜持，'假'謂造作。合言之，即矯揉造作之意。"《簡釋》。

"四望車"，龔斌曰："《南齊書》一七：'四望車，亦曰皂輪，以加禮貴臣。'《考證》：'按《東宮舊事》：太子納妃，用四望車，又軺車。《釋名》曰：軺，遙也，遠也。四向遠望之車也。據此，則四望車亦軺車之類。《通典》曰：三公有勳德者，特加皂輪，故志云以加禮貴臣也。'"

10

王夷甫以王東海比樂令，《江左名士傳》曰："承言理辯物，但明其旨要，不爲辭費，有識伏其約而能通[1]。太尉王夷甫一世龍門，見而雅重之，以比南陽樂廣[2]。"故王中郎作碑云："當時標榜，爲樂廣之儷。"

11

庾中郎與王平子鴈行。《晉陽秋》曰："初，王澄有通朗稱，而輕薄無行。兄夷甫有盛名，時人許以人倫鑒識。常爲天下士目曰：'阿平第一，子嵩第二，處仲第三。'敦以澄、敦莫己若也。及澄喪，敦敗，敦世譽如初。"

○"庾中郎"至"鴈行"

"鴈行"，王叔岷曰："《詩·鄭風·大叔于田》：'兩驂鴈行。'"○龔斌曰：

---

[1] "伏其約"，徐震堮《札記》曰："《晉書·王承傳》'伏'作'服'。"
[2] "以比"，董刻本"比"作"此"。王利器曰："各本'此'作'比'，是。"楊勇曰："宋本作'此'，非。"朱鑄禹曰："袁本作'比'，是。"

"如飛雁之排列有序。此喻庾中郎與王平子聲名前後相次。"

◎趙西陸曰："此亦王衍品題，當與上文相連。諸本誤分爲二則。"

○注"晉陽秋曰"

"敳世譽如初"，程炎震曰："澄喪敦敗之時，敳先死矣。"

【彙評】

劉辰翁曰："故事。"

12

　　王大將軍在西朝時，見周侯輒扇障面不得住[1]。敦性彊梁，自少及長，季倫斬妓，會無異色[2]，若斯傲狠[3]，豈憚於周顗乎？其言不然也[4]。後度江左，不能復爾[5]。王歎曰[6]："不知我進[7]，伯仁退？"沈約《晉書》曰："周顗，王敦素憚之，見輒面熱，雖復臘月，亦扇面不休，其憚如此。"

　　○"王大將軍"至"伯仁退"

　　"西朝"，胡三省曰："時江東謂洛都爲西朝。"《通鑒・晉紀十四》注。○徐震

---

[1]　"周侯輒扇障面"，《考異》"周侯"下有"王"字，無"障"字。楊勇曰："宋本有'障'字，非。《考異》無，是。"

[2]　"會無"，董刻本、袁刻本"會"俱作"曾"。葉德輝曰："袁本'會'作'曾'，是。"周一良《批校》曰："會，曾。"

[3]　"傲狠"，博古堂朱批曰："'傲'作'徼'。注'徼'字疑是'傲'字。"朱鑄禹曰："'傲'沈校本同，袁本作'徼'。"龔斌曰："'徼'宋本、沈校本並作'傲'。"

[4]　"其言"，王先謙曰："一本'其'作'見'。"余嘉錫曰："'其'景宋本作'此'。"按沈校本亦作"此"。

[5]　"復爾"，《考異》無"復"字。

[6]　"王歎"，董刻本"王"作"三"，《考異》無此字。朱鑄禹曰："以文義言，似當作'三'。"蔣凡批曰："當以宋紹興本'三'爲佳。'王'僅指姓氏，前已有'王大將軍'，省卻姓氏無礙文義。作'三歎'則見其驕矜神態，情味合於形象。"

[7]　"不知"，《考異》"知"下有"是"。

塏曰：“謂未南渡時，與‘中朝’義同。其時都於洛陽，自建康言，則洛陽在西，故云。”

“周侯”，敬胤曰：“周顗字伯仁，汝南安城人也。父俊，字開林，鎮東將軍。祖咸，字雒熙，睢陽令。《晉陽秋》曰：‘汝南賈泰淵顗，顗舉寒素，秘書郎。永嘉末，奔江南，頗有酒失。庾亮曰：“周侯末年，所謂鳳德之衰。”王敦下，顗長史郝鍜令顗避難，顗曰：“吾寧可草間求活，投身胡虜邪？”顗被收，經太廟，顗大呼：“賊臣王敦，枉殺忠臣。”兵以矛傷之，斬于石頭。’鄧粲《晉紀》曰：‘顗代王平子爲荆州，入境便狼狽失據。陶侃別將吳寄救免之。顗退，住武昌，入爲吏部尚書，用羅弘涪陵太守。弘父母陷賊，不時奔赴，有司奏禁止，顗除弘名，請議。顗與王導及朝士詣紀瞻，瞻有愛妾，能爲新聲。顗於眾中欲通之，露其穢惡。有司奏顗昏耽于酒，荒廢所職。詔責讓之。王敦使繆坦收顗。顗過太廟，大呼。收者以鉤琢其背，血流至踵。敦參軍於敦坐樗蒲，馬在頭被殺（一作打），曰：“周家位不至三公。伯仁垂作而不果，有似下官此馬。”’《丹陽記》曰：‘王敦斬顗及戴淵於唐積石下。顗，尚書左僕射。敦卒後贈戴淵而不及顗，顗弟謨上表請之，乃贈左光祿開府，謚康侯。’顗生閔、頤等。頤字子朝，護軍。頤生琳，字億林，東陽太守。玄孫顯，今尚書郎。顗，今散騎郎。父字文子，驃騎司馬。文子生停之，字元度，太常卿。停之生高，字善長，吳興太守。高生踐思，高弟朗，字利義，太子中舍人。朗生仁昭，今新安太守。”

“扇障面不得住”，賀昌群曰：“王敦雖臘月還以塵尾扇障面，一方固爲形容其畏憚周顗之甚，一方也正因爲服寒食散之故。服散，令人體熱，雖在隆冬，還須‘冷將息’。塵尾扇正是‘冷將息’的工具，不止是名流雅器而已。”《札記》。○楊勇曰：“不得住，不休止、不停止也。”

“不能復爾”，秦士鉉曰：“不能爾，言周不能復使王憚己也。石崇燕集，令美人行酒，客飲不盡者，便斬美人，已斬三人，王敦見之，顏色如故。王愷女伎，吹笛失調，愷毆殺之，敦在坐自若。”

“不知我進伯仁退”，劉應登曰：“謂在洛時，敦尚畏顗。過江後，敦漸得志，不復憚矣，故歎曰：‘不知是我進乎？伯仁退乎？’”劉辰翁批曰：“是。”

○注“敦性彊梁”至“不然也”

“季倫斬妓”二句，大典顯常曰：“石崇燕集，令美人行酒，客飲不盡者，使黃門斬美人。王敦嘗詣崇，固不飲，已斬三人，顏色如故。又《晉書·王敦傳》：‘王愷嘗置酒，王敦在坐，有女伎吹笛，小失聲韻，愷便毆殺之，一坐失色，敦自若。’此注似誤混。”

“其言不然也”，大典顯常曰：“敦雖傲狠如彼，其憚於周顗之正巖，亦宜有之。注者之言不然也。”○余嘉錫曰：“《言語篇》注引《晉陽秋》曰：‘顗正體巖然，儕輩不敢媟也。’然則周侯之豐采，必有使王敦自然懾服之處，見輒障面，不可謂必無其事也。”

○注“沈約晉書曰”

“沈約晉書”，葉德輝曰：“《隋志》《晉史草》下云：‘梁有沈約《晉書》一百一十一卷，亡。’”《書目》。

◎王世懋曰：“觀注引沈《書》實之，則前注駁語，似非劉筆。”○余嘉錫曰：“《建康實錄》五引《中興書》曰：‘王敦素憚顗，每見顗，輒面熱。雖冬月，仍交扇不休。’則沈約之言係采自《中興書》，非取《世説》也。”

【彙評】

劉辰翁曰：“未嘗不自知。”評“不知我進”二句。
王世懋曰：“亦未可便云不然。”評注“此言不然也”。
伯克利手批曰：“此無難曉，過江以後，王權勢日長，周處時不利故耳。”

13

會稽虞騤，元皇時與桓宣武同俠[1]，其人有才理勝望[2]。《虞光禄傳》曰：“騤字思行，會稽餘姚人。虞翻曾孫，右光禄潭兄子

---

〔1〕 “與桓宣武同俠”，《考異》“俠”作“使”。田中頤曰：“‘俠’，舊説當作‘僚’，可從。”天保手批曰：“‘俠’作‘僚’。”程炎震曰：“‘同俠’二字，亦有訛脱。”余嘉錫曰：“‘同俠’蓋‘同僚’之誤。”徐震堮曰：“‘同俠’不可解。《晉書·虞騤傳》：‘與譙國、桓彝俱爲吏部郎，情好甚篤，’疑‘俠’乃‘僚’之壞字，而‘桓宣武’下又脱‘父’字耳。”楊勇曰：“宋本作‘俠’，非。《考異》作‘使’，是。”
〔2〕 “勝望”，《考異》“勝”作“體”。

也。雖機榦不及潭，而至行過之〔1〕。歷吏部郎、吳興守〔2〕，徵爲金紫光禄大夫，卒。"王丞相嘗謂驎曰〔3〕："孔愉有公才而無公望，丁潭有公望而無公才，愉已見。《會稽後賢記》曰："潭字世康，山陰人，吳司徒固曾孫也〔4〕。沈婉有雅望，少與孔愉齊名。仕至光禄大夫。"《晉陽秋》曰："孔敬康、丁世康、張偉康俱著名，時謂'會稽三康'。偉康名茂，嘗夢得大象，以問萬雅〔5〕。雅曰：'君當爲大郡而不善也〔6〕。象，大獸也。取其音狩〔7〕，故爲大郡，然象以齒喪身〔8〕。'後爲吳郡，果爲沈充所殺。"兼之者其在卿乎〔9〕？"驎未達而喪。《虞光禄傳》曰："驎未登台鼎〔10〕，時論稱屈。"

○ "會稽虞驎"至"才理勝望"

"會稽虞驎"，敬胤曰："驎字長文。祖翻，字仲翔，侍御史。驎，光禄大夫。驎生谷，字長風，吳國内史。谷生宗，尚書郎。宗生鷟、賁、珍、繁。賁孫愁，今北中郎咨議。珍生兗，黄門郎。繁生踏，踏生安，今正員外郎。"

"元皇時與桓宣武同俠"，敬胤曰："桓彝字茂倫，譙國龍亢人。祖楷，字正則，濟北相。父顥，字景耀，公府掾。《晉陽秋》曰：'彝，漢太常相榮九世孫也，有鑒識，比之許郭，爲宣城内史。遇蘇峻之亂，爲韓晃所害，贈廷尉卿。'彝五男，溫、雲、豁、秘、沖。雲字雲子，平南將軍、江州刺史，諡曰貞侯。雲

---

〔1〕 "至行"，桃井白鹿曰："《晉書》'至'作'素'。"秦士鉉曰："《晉書》'至行'作'素行'。"

〔2〕 "吳興守"，桃井白鹿曰："《晉書》'守'上有'太'字。"

〔3〕 "謂驎曰"，《考異》無"曰"字。

〔4〕 "固曾孫"，程炎震曰："《吳書》十二《虞翻傳》注：'丁固子彌，字欽遠。孫潭。'則此'曾'字當衍。"徐震堮曰："案《晉書·丁譚傳》云'祖固'，則譚乃固之孫，與此注異。"楊勇曰："宋本有'曾'字，衍。"

〔5〕 "萬雅"，徐震堮《札記》曰："《晉書·張茂傳》作'萬推'。"

〔6〕 "君當爲大郡而不善也"，董刻本"君"作"居"。王利器曰："各本'居'作'君'。"楊勇曰："宋本作'居'，非。"又，趙西陸曰："《異苑》卷七'而不善也'作'而不能善終'。"

〔7〕 "取其音狩"，桃井白鹿曰："《晉書》'狩'作'守'。"秦士鉉曰："'狩'一作'守'，即太守也。"徐震堮曰："《晉書·張茂傳》作'狩者守也'。案此文'狩'當作'守'，乃與'郡'義相符。"

〔8〕 "喪身"，趙西陸曰："《異苑》卷七'喪'作'焚'，亦有'後必爲人所殺'句。"楊勇曰："'身'下，《考異》注引《晉陽秋》有'後當爲人所殺而取其郡'。"

〔9〕 "在卿"，《考異》無"在"字。

〔10〕 "未登"，董刻本"登"作"澄"。王利器曰："各本'澄'作'登'，是。"

1142

生厚、元、道、誰、序。〔序〕字始恭，宣城太守，贈江州刺史。序生建之、放。溫等別有說。”○岡白駒曰：“元皇，東晉元帝也。”○程炎震曰：“《晉書》七六《虞騑傳》曰：‘與誰固、桓彝俱爲吏部郎，情好甚篤。彝遣溫拜騑，騑使子谷拜彝。’則此‘宣武’當作‘宣城’。”○王佩静曰：“《説文解字》：‘俠，卑也。’有并力共命之義。又：‘相與信爲任，同是非爲俠。’見《漢書·季布傳》‘任俠有名’集注引如淳説。又：‘俠棟，棟相俠也。’見《文選·吳都賦》注。則‘同俠’有以氣節互相砥礪之義。”○楊勇曰：“溫生懷帝永嘉六年，至元皇之末，年方十二歲，不能與虞騑同朝尤明。”

“才理勝望”，張萬起曰：“勝望，很高的聲望。”

○“王丞相”至“未達而喪”

“孔愉”，敬胤曰：“孔愉字敬康，會稽山陰人。曾祖潛（一作揖），字隱微，吳太傅。祖竺（一作望），字元慎，吳豫章太守。父恬，字公默，湘東太守。《晉陽秋》曰：‘愉□系忠清，行己有恒，歷官至車騎將軍開府、餘不亭侯。一云愉少時嘗得一龜，投之餘不溪中。龜連三左顧之，愉心怪焉。及封餘不亭，工人鑄印，龜連三左顧，工異之，以告愉。愉聞之，曰：“有此。”因取而愉佩焉。’生安國、間。間宁須言，建安太守。間生静，字季恭，光禄大夫，開府。静生山士、山民等。山士，會稽太守。山士生景、亮，太子舍人。景生廣，今太尉西曹掾。山民，新興太守。山民生道存，今步兵校尉。安國別有說。”

“有公才而無公望”，岡白駒曰：“擴然大公，能容能裁，謂之公才。天下之人，知與不知，皆所仰之，謂之公望。此言有三公之才，而無民望也。”○秦士鉉曰：“《莊子》：‘卜梁倚有聖人之才而無聖人之道，我有聖人之道而無聖人之才。’王語本此。”

“丁潭”，敬胤曰：“丁潭字世康，會稽山陰人。父固，字子賤，吳司徒。祖覽，字孝連，始平長史（一本無史字）。潭，光禄大夫。《晉陽秋》曰：‘孔敬康、丁世康、張偉康俱箸名會稽，時人謂之“會稽三康”（一作俱著名之時人謂之會稽有三康）。偉康名茂，嘗夢得大象，以問萬雅。雅曰：“君當爲大郡而不善也。”或問雅，雅曰：“象，大獸也。取其音狩也，故爲大郡。然象以齒焚身，後當爲人所殺而取其郡。”後爲吳郡，果爲沈充所殺。’”

“未達而喪”，劉辰翁曰：“故是福不及耳。”按凌瀛初本、《批補》“是”作“自”。

1143

◎錢大昕曰："《丁潭傳》云：'王導嘗謂孔敬康有公才而無公望，丁世康有公望而無公才。'《虞騑傳》又云：'王導嘗謂騑曰：孔愉有公才而無公望，丁潭有公望而無公才。'此亦一事而重出也。"《考異》卷二十二。

○注"會稽後賢記曰"

《會稽後賢記》，沈家本曰："《隋志》：'《會稽後賢傳記》二卷，鍾離岫撰。'二《唐志》並三卷，無'記'字。《元和郡縣志》：'鍾離岫撰《會稽後賢傳》。'無'記'字。《通志·氏族略》：'鍾離岫，楚人。'"《古書目》卷四。○葉德輝曰："《隋志》題《會稽後賢傳記》二卷，云鍾離岫撰。"《書目》。

○注"晉陽秋曰"

"象大獸也"三句，恩田仲任曰："'大獸'與'大守'音同。"○朱鑄禹曰："'大獸'音同'大守'，即'太守'也，故曰'大郡'。"

"象以齒喪身"，恩田仲任曰："《左傳》曰：'象有齒以焚自身。'《正字通》曰：'焚身猶言殺身。'"

"沈充所殺"，秦士鉉曰："沈充，王敦黨也。張茂補吳興內史，沈充反，茂與三子遇害。"

14

明帝問周伯仁："卿自謂何如郗鑒？"周曰："鑒方臣，如有功夫。"復問郗。郗曰："周顗比臣，有國士門風。"鄧粲《晉紀》曰："伯仁清正巍然，以德望稱之。"

○"明帝問"至"國士門風"

"明帝"，程炎震曰："此'明帝'疑亦'元帝'之誤。互參後'明帝問周伯仁卿自謂何如庾元規'條。"按龔斌曰："'明帝'不誤。'明帝'之稱，乃後人追述之語，其時實爲太子。"

"自謂何如"，江藍生曰："'謂'作動詞'以爲''認爲'講。"《彙釋》頁二〇四。

　　"鑒方臣"，楊勇曰："方，比也，與下文'比'互文。"

　　"如有功夫"，秦士鉉曰："功夫，用力也。魏晉間俗語。魏王肅上疏：'治道功夫，戰士悉作。'《南史》宋文帝書：'天然勝羊欣，功夫少於欣。'"〇張萬起曰："功夫，造詣。"

　　"有國士門風"，田中頤曰："此言有德望也。"〇蔣凡曰："國士，一國之中的傑出人才。"

【彙評】

　　劉辰翁曰："兩語各可觀。"

15

　　王大將軍下，庾公問："卿有四友[1]，何者是[2]?"答曰："君家中郎[3]，我家太尉、阿平、胡毋彦國[4]。《八王故事》曰："胡毋輔之少有雅俗鑒識，與王澄、庾敳、王敦、王夷甫為四友。"今故答也。阿平故當最劣。"庾曰："似未肯劣。"庾又問[5]："何者居其右[6]?"王曰："自有人。"又問[7]："何者是?"王曰[8]："噫[9]!其自有公論[10]。"左右

---

〔1〕　"問卿有四友"，《考異》"問"下有"聞"字，"卿"作"居"。葉德輝曰："袁本'問'下有'聞'字，是。此脱。"余嘉錫曰："景宋本'卿'上有'聞'字。"
〔2〕　"何者是"，《考異》"是"上有"為"字。
〔3〕　"中郎"，《考異》有注"子嵩"二字。
〔4〕　"胡毋"，董刻本、大典本"毋"作"母"。趙西陸曰："宋本'毋'作'母'，注同。"周一良《批校》曰："毋，母。"
〔5〕　"庾又問"，《考異》"又"作"公"。
〔6〕　"何者"，《考異》"者"作"孝"。
〔7〕　"又問"，《考異》"問"下有"曰"字。
〔8〕　"王曰"，《考異》無"王"字。
〔9〕　"噫"，大典本作"意"。鍾仕倫曰："'噫'通'意'。"
〔10〕　"其自有公論"，《考異》作"自有人"。

躡公〔1〕，公乃止〔2〕。敦自謂右者在己也。

○“王大將軍”至“似未肯劣”

“王大將軍下”，岡白駒曰：“下於都也。”○崔朝慶曰：“從長江之上游而下也。”○李慈銘曰：“‘下’者，下都也。王敦鎮武昌，在上流，故以至建業爲‘下’。”《簡端記》。

“庾公”，敬胤曰：“庾亮。”

“中郎”，敬胤曰：“子嵩。”○岡白駒曰：“庾敳。”

“太尉阿平”，岡白駒曰：“王衍、王澄。”

“阿平故當最劣”，劉應登曰：“王謙言其宗人不及。”

“似未肯劣”，劉淇曰：“此‘似’字，疑辭也。”《辨略》卷三。

○“庾又問”至“公乃止”

“何者居其右”，田中頤曰：“庾非不察王意，唯不欲其居右。”○崔朝慶曰：“古人尚右，此問何人爲最也。”

“自有人”，敬胤曰：“敦意自許。”○田中頤曰：“仍示其意。”○趙西陸曰：“敦意自許。”

“何者是”，田中頤曰：“庾故自愚，愈不欲其居右。”

“左右躡公”，桃井白鹿曰：“《史記·淮陰侯列傳》：‘漢王大怒韓信，張良、陳平躡漢王足，因附耳語，漢王亦悟。’”○田中頤曰：“躡，謂用足而覺知之也。”

○注“八王故事曰”

“四友”，周嬰曰：“胡、王、庾、阮，迭爲賓主，深有曠達之致。按《八王故事》曰：‘胡母輔之少有雅俗鑒識，與王澄、庾敳、王敦、王夷甫爲四友。’《世說新語》：‘王大將軍下，庾公問：聞卿有四友，何者是？答曰：君家中郎，我家太尉、阿平、胡母彦國也。’而《晉書·王澄传》：‘王敦、謝鯤、庾敳、阮修爲王衍所親善，號爲四友。’《胡母輔之传》：‘輔之與王澄、王敦、庾敳，爲

---

〔1〕“左右躡公”，楊勇曰：“‘左’上《考異》有‘王’字，‘公’上有‘庾’字。”
〔2〕“公乃止”，《考異》“公”上有“庾”字。

太尉王衍所昵，號曰四友。’諸説不同，似五人，各有一四友，實當以夷甫爲領袖耳。”《巵林》卷九。○程炎震曰：“《晉書・輔之傳》以澄、敦、敱、輔之爲王衍四友，蓋各自標榜，不無異同也。”○徐震堮曰：“胡毋與四人合爲五人，不當云‘四’。案《晉書・胡毋輔之傳》云：‘與王澄、王敦、庾敱俱爲太尉王衍所昵，號爲四友。’謂衍之四友也。引文疑有脱字。”○張萬起曰：“周文王以閎夭、太公望、南公適、敬宜生爲四友，孔子以顔回、子貢、子張、子路爲四友。後代帝王將相多效仿，以結交四友爲尚。”

【彙評】

劉應登曰：“庾公此問甚煩，宜王敦如無人。”
劉辰翁曰：“此語庾目中無王，王目中無庾。”

16

人問丞相：“周侯何如和嶠？”答曰：“長輿嵯蘗。”
虞預《晉書》曰：“嶠厚自封植，嶷然不群。”

○“人問”至“嵯蘗”

“嵯蘗”，劉辰翁曰：“‘嵯蘗’尤今言‘牙槎’。”○岡白駒曰：“嵯蘗，言不和俗也，所云嶷然不群也。”○桃井白鹿曰：“與‘槎蘗’同。《前漢・貨殖志》：‘山不茬蘗。’師古注：‘茬，古槎字，邪斫木也。蘗，髡斬之也。’或作‘槎枿’。《晉書・王羲之傳》：‘槎枿而無屈伸。’”○大典顯常曰：“蓋或從艸，或從木，或從山，共不柔澤之貌。”○淇園曰：“言有骨幹也。”○恩田仲任曰：“蓋嶄絶峭峻文義。”○程炎震曰：“《説文》《玉篇》《廣韻》皆無‘蘗’字，蓋即‘嶭’之俗體。嵯嶭，猶云嵯峨、巀嶭，狀其高耳。《漢書・地理志》：‘左馮翊池陽，巀嶭山在北。’師古曰：‘巀嶭，今俗所呼嵯峨山是也。’《説文》段注九卷下曰：‘巀，語轉爲嵳；嶭，語轉爲峩。’”○徐震堮曰：“‘嵯蘗’當與‘巀嶭’同義。《文選》司馬相如《上林賦》：‘九嵕巀嶭。’注：‘高峻貌也。’故注引虞預《晉書》云‘嶷然不群’。”

○注“虞預晉書曰”

“厚自封植”，姚範曰：“《集注》：《晉諸公贊》：‘常慕其舅夏侯玄之爲人厚自封植。’按《北齊·司馬膺之傳》云：‘厚自封植，神氣甚高。’正本此。《北史》改爲‘方古不會俗’，《晉書》改‘厚自崇重’。”《援鶉堂》卷三十。○龔斌曰：“‘封植’，亦作‘封殖’‘封埴’。”

【彙評】

劉辰翁曰：“得體。”評“長輿嵯櫱”。

蔣凡曰：“王導評和嶠‘嵯櫱’，正顯出和嶠之高自砥礪的氣質特點，而周顗涵容大度的氣魄，也因此烘托而出。”

17

　　明帝問謝鯤：“君自謂何如庾亮？”答曰：“端委廟堂，使百僚準則，臣不如亮。一丘一壑，自謂過之。”《晉陽秋》曰：“鯤隨王敦下[1]，入朝，見太子於東宮，語及夕，太子從容問鯤曰：‘論者以君方庾亮，自謂孰愈？’對曰：‘宗廟之美，百官之富，臣不如亮。縱意丘壑，自謂過之。’”鄧粲《晉紀》曰：“鯤與王澄之徒，慕竹林諸人，散首披髮，裸袒箕踞[2]，謂之八達。故鄰家之女，折其兩齒。世爲謠曰：‘任達不已，幼輿折齒。’鯤有勝情遠概，爲朝廷之望，故時以庾亮方焉。”

　　○“明帝問”至“自謂過之”

“明帝問謝鯤”，桃井白鹿曰：“時明帝在東宮。”○程炎震曰：“《晉書·鯤傳》亦云明帝在東宮。”

“端委廟堂”，桃井白鹿曰：“端委，玄端服，委貌冠。”○大典顯常曰：

---

[1]　“隨王敦下”，徐震堮《札記》曰：“《晉書》本傳作‘嘗使至都’。”
[2]　“裸袒”，董刻本“袒”作“祖”。王利器曰：“各本‘祖’作‘袒’，是。”

《困學紀聞》：'"廟堂"二字見《漢·徐樂傳》。《九嘆》王逸注："人君爲政舉
[事]，告於宗廟，議於明堂。"'《集成》。○崔朝慶曰："端委，禮衣也。禮衣端
正無殺，故曰端。文德之衣尚褒長，故曰委。"

　　"一丘一壑"，謝肇淛曰："黃帝將適昆虞之丘，中道而遇容成子，乘翠華之
蓋，建日月之旗，驂紫虬，禦雙鳥。黃帝命方明避路，容成子曰：'吾將釣於一
壑，棲於一丘。'謝幼輿語，蓋有所本也。"《文海披沙》卷二。○翟灝曰："按
《漢書敘傳》班嗣論莊周曰：'漁釣於一壑，而萬物不奸其志；棲遲於一丘，則
天下不易其樂。'謝鯤本此爲語，故云'過之'，非泛道丘壑之勝也。"《通俗編》
卷二。龔斌按曰："翟灝所説是。一丘一壑，指泯滅榮辱，棲遲清虛，即鄧粲《晉紀》所云
'勝情遠概'。"○淇園曰："言胸中當有瀟灑對山水之趣也，謙言故曰丘壑。"○田
中頤曰："此言玄端委貌坐於廟堂，使百僚準則其禮儀，臣誠不如庾，豈不亦
心勞意忙乎？如一丘一壑，仁智之遊，我自謂過之，豈不亦清閒有餘乎？"
○崔朝慶曰："言隱處巖壑也。"○田餘慶曰："從謝鯤所答明帝之問看來，丘
壑之間與廟堂之上，是難於兼有的境界。謝鯤雖然不認爲兩者必然互相排斥，
但也不認爲兩者完全一致，而他自己的志趣則是偏向於丘壑之間的。"《政治》
頁一六七。

　　○注"晉陽秋曰"至"庾亮方爲"

　　"宗廟之美"二句，大典顯常曰："出《論語》，以比庾才德。"《集成》。
　　"散首披髮"二句，秦士鉉曰："散首，不冠也。箕踞，踞而伸足如箕
形也。"

【彙評】

　　田餘慶曰："這些元康名士經過八王之亂和永嘉之亂，過江以後更加頹廢，
連揮塵談玄的興趣也完全喪失，只是在使酒任性方面變本加厲，麻醉自己。他們
的表現又比元康時更爲放蕩，可以説是無德之尤。"《政治》頁一二九。

18

王丞相二弟不過江，曰潁^{〔1〕}，曰敞^{〔2〕}。時論以潁
比鄧伯道，敞比溫忠武^{〔3〕}，議郎^{〔4〕}、祭酒者也。《王氏譜》
曰："潁字茂英，位至議郎，年二十卒。敞字茂平，丞相祭酒，不就。襲爵堂邑
公，年二十有二而卒。"

○"王丞相"至"祭酒者也"

"二弟不過江"，劉應登曰："'不過江'，卒於渡江前也。"
"溫忠武"，王利器曰："溫忠武謂溫嶠，嶠諡忠武，見《晉書·溫嶠傳》。"

【彙評】

劉辰翁曰："此'不過江'語亦隱約。"

明帝問周侯："論者以卿比郗鑒，云何？"周曰：
"陛下不須牽顗比。"按顗死彌年，明帝乃即位。《世說》此言妄矣。

○"明帝問"至"牽顗比"

"陛下"，余嘉錫曰："此即前條'明帝問周，周答鑒方臣如有功夫'一事，
而紀載不同者也。孝標獨駁此條，以其稱'陛下'耳。"○朱鑄禹曰："此亦是

---

〔1〕 "曰潁"，程炎震曰："《晉書·王導傳》'潁'作'穎'。"朱鑄禹曰："袁本'潁'作'穎'，非。"
龔斌曰："潁字茂英，義相應，當作'潁'是。"
〔2〕 "曰敞"，朱鑄禹曰："袁本'敞'誤作'敝'。"龔斌曰："'敞'宋本、沈校本並作'敞'。按作
'敞'是。"
〔3〕 "時論以潁比鄧伯道"二句，董刻本"忠"作"仲"。王利器曰："各本'仲'作'忠'，是。"徐
震堮曰："《晉書·王導傳》作'時人以潁方溫太真，以敞比鄧伯道'。"楊勇曰："'忠武'宋本作
'仲武'，非。忠武，嶠諡也。"
〔4〕 "議郎"，李慈銘曰："'議郎'上有脫字。"楊勇曰："似脫'即'字。"

追敘明帝爲太子時事，與前‘明帝問謝鯤’條同。原注似未審，疑後人所加。”○龔斌曰：“‘陛下’一詞，因前言‘明帝’，義慶想當然所改也。”

20

王丞相云：“頃下論以我比安期[1]、千里。亦推此二人[2]。唯共推太尉，此君特秀。”《晉諸公贊》曰：“夷甫性矜峻，少爲同志所推。”

　　○“王丞相”至“特秀”

“安期千里”，李慈銘曰：“安期，王承；千里，阮瞻也。”《簡端記》。

“特秀”，張萬起曰：“出類拔萃。”

21

宋褘曾爲王大將軍妾，後屬謝鎮西。鎮西問褘：“我何如王？”答曰：“王比使君，田舍、貴人耳！”鎮西妖冶故也。未詳宋褘[3]。

　　○“宋褘曾”至“妖冶故也”

“宋褘”，王世懋曰：“宋褘是緑珠女弟。”○凌濛初曰：“宋褘有國色，善吹笛，在晉明帝宮。後帝病，以賜阮遙集。又《嶺表録異》、《事物考》各書俱言緑珠梁氏之女，不知其女弟何以又姓宋。”○謝肇淛曰：“宋褘是石崇妓緑珠弟子，一云姊子，有國色，善吹笛，晉明帝幸之，疾篤，以賜史部尚書阮遙集者。

---

[1]　“頃下”，余嘉錫曰：“《御覽》四百四十七引《郭子》，‘頃下’作‘雒下’。”

[2]　“亦推此二人”，李慈銘曰：“‘亦推此二人’句上當有脱字。”余嘉錫曰：“（《御覽》四百四十七引《郭子》）‘亦推此二人’作‘我亦不推此二人’，皆於義爲長，《世説》傳寫誤耳。”

[3]　“未詳宋褘”，劉盼遂曰：“‘未詳’與‘宋褘’四字互倒。”余嘉錫曰：“沈本作‘宋褘未詳’。”

1151

《世説》稱爲王敦妾，後又屬謝尚，不知一人耶？二人耶？劉注宋禕未詳，則又失於深考矣。按謝尚又有妾阿紀，善吹笛。尚死守志，北中郎郗曇以計得之，則阿紀之笛，當是宋禕所教也。"《文海披沙》卷一。○陶珽曰："按樂史《綠珠傳》，宋禕事綠珠弟。"○程炎震曰："《御覽》三百八十一《美婦人》引《俗説》曰：'宋禕是石崇妓珠綠弟子，有色，善吹笛，後在晉明帝處，帝疹患篤，群臣進諫，請出宋禕。帝曰：'卿諸人誰欲得之？'阮遥集時爲吏部尚書，對曰：'願以賜臣。'即與之。''珠綠'二字蓋誤倒。"○劉盼遂曰："《初學記・笛類》云：'古之善吹笛宋禕。'自注：'見《世説》，石崇綠珠弟子。'《藝文類聚・笛類》引《俗説》同。宋吳淑《笛賦》注引《世説》：'石崇婢綠珠弟子名宋禕，國色，善笛。後入宮，帝疾篤，出宋禕。帝曰："誰欲得者？"阮遥集曰："願以賜臣。"即與之。'據三書所引，似出《世説注》而今亡矣。又按：如吳氏所據，則宋禕殆由金谷園入宮，而歸阮孚，而歸王敦，而歸謝尚，一是簪笄，數易主君，如春秋夏姬之行，亦足悼矣。"○余嘉錫曰："石崇以惠帝永康元年爲孫秀所殺，謝尚以穆帝永和十一年加鎮西將軍，前後相距五十三年。禕既綠珠弟子，至此當已七十內外矣，方爲謝尚所納，殊不近情。蓋《世説》例以鎮西稱尚，不必定在此時。但禕稱尚爲使君，必在建元二年以南中郎將領江州刺史之後。上距石崇、綠珠之死，亦四十餘年矣。殆因禕善吹笛，故尚取之，以教伎人，猶之桓溫之得劉琨巧作老婢耳。"

"王比使君"二句，劉應登曰："言王近粗俗，不如謝之冶。"○崔朝慶曰："古稱刺史曰使君。凡奉使之官，亦以使君稱之。言其俗陋也。"

"妖冶故也"，崔朝慶曰："妖，豔也。冶，裝飾也。"

22

明帝問周伯仁："卿自謂何如庾元規？"對曰："蕭條方外，亮不如臣；從容廊廟，臣不如亮。"按諸書皆以謝鯤比亮，不聞周顗。

○"明帝問"至"不如亮"

"蕭條方外"，張萬起曰："指退隱山林，過隱居生活。蕭條，閒逸。"

◎余嘉錫曰："此條語意，全同謝鯤，必傳聞之誤也。" ○朱鑄禹曰："此與前明帝問謝鯤語同，伯仁非蕭條方外人，疑當時傳聞之訛。"

23

王丞相辟王藍田爲掾，庾公問丞相："藍田何似？"王曰："真獨簡貴〔1〕，不減父祖；然曠澹處〔2〕，故當不如爾。"王述猖隘故也。

○"王丞相"至"不如爾"

"辟王藍田爲掾"，龔斌曰："王導辟藍田爲掾，時在咸和七年也。"

"真獨簡貴"，淇園曰："真獨，言行以己誠真而不拘於衆。" ○秦士鉉曰："下文云'藍田掇皮皆真'。" ○張萬起曰："率真孤傲，簡約高貴。"

"不減父祖"，秦士鉉曰："祖父湛，父承。"

"曠澹處"，淇園曰："即是'一丘一壑'。"

"故當不如爾"，劉應登曰："言述性褊也。"

24

卞望之云郗公："體中有三反：方於事上，好下佞己，一反。治身清貞，大修計校〔3〕，二反。自好讀書，憎人學問，三反。"按太尉劉寔論王肅〔4〕：方於事上，好下佞己；性嗜榮貴，不求苟合；治身不穢，尤惜財物。王、郗志性儻亦同乎？

〔1〕 "真獨簡貴"，徐震堮《札記》曰："《晉書·王述傳》作'清真簡貴'。"
〔2〕 "然曠澹處"，龔斌曰："宋本、沈校本作'曠然澹處'。"按大典本亦作"曠然澹處"。
〔3〕 "大修"，董刻本、袁刻本"修"俱作"脩"。
〔4〕 "劉寔"，董刻本"寔"作"寶"。王利器曰："各本'寶'作'寔'，是。劉寔爲太尉，見《晉書·劉寔傳》。"朱鑄禹曰："袁本、諸本作'劉寔'，是。"

1153

○“卞望之”至“學問三反”

“卞望之云郗公”，程炎震曰：“卞死時，郗未拜公，不得稱‘郗公’。此‘云’字當作‘目’。”

“體中有三反”，趙西陸曰：“反，謂自相矛盾也。此謂郗鑒也。《世説引得》屬之愔，非，以卞、郗年歲考之可知。”○田餘慶曰：“三反，猶今言三種矛盾。郗鑒在性格和素養上，也是一個充滿矛盾的人物。”《政治》頁八五。

“方於事上”，田中頤曰：“方，方正也。”

“大修計校”，岡白駒曰：“計校財物也。”○田中頤曰：“凡百事物，莫不計校，故曰大脩。”○田餘慶曰：“計，計簿，計算；校，校實。‘大修計校’，當謂大聚甲兵錢穀事。《三國志·魏志·崔琰傳》曹操領冀州牧，‘校計甲兵’；《太平御覽》卷二六三引此，作‘計校甲兵’。”《政治》頁八五。○張萬起曰：“計校，算計謀劃。指爲個人得失考慮。”《詞典》頁三七。○蔣宗許曰：“《儉嗇》‘郗公大聚斂，有錢數千萬’正與‘大脩計校’相表裏，‘大脩計校’即指‘大聚斂’的行爲。”《叢札》。

【彙評】

劉辰翁曰：“人人同。”

王思任曰：“猶有一半。”

狄期進曰：“望之雅好讀書，胡‘不欲勿施’之道悵悵乎其何之也？”

25

世論溫太真是過江第二流之高者。時名輩共説人物，第一將盡之間，溫常失色。《溫氏譜序》曰：“晉大夫郤至封於溫[1]，子孫因氏，居太原祁縣，爲郡著姓。”

─────────

〔1〕“郤至”，董刻本作“郗志”。王利器曰：“各本‘郗志’作‘郤至’，是。”

○“世論溫太眞”至“常失色”

“過江第二流之高者”，崔朝慶曰：“晉室東遷，士大夫多渡江而至建業也。第二流，猶言第二等也。”

“第一將盡之間”，淇園曰：“言將及第二。”○崔朝慶曰：“言排次第一流將盡之時也。”

“溫常失色”，劉應登曰：“恐不及己。”○岡白駒曰：“自許謂第一。”○大典顯常曰：“溫之意欲居第一也。”○田中頤曰：“世既有定論，而溫尚恐爲其名輩特或有降議也。”

【彙評】

佚名曰：“常有如此人，無人如此寫。”《永樂大典》卷一一六〇三。

黃淳耀曰：“彼所謂第一流者何人哉？前之王夷甫、後之殷淵源之屬是已。天下屬安定，此曹子高自標置，噓枯吹生；及四海有微風搖之，皆周章失據，至困躓不振，以迄於死。而一時奇策儶功，乃獨出於太眞之徒。然則當時所謂第二流者，乃第一流也。而其第一流，固天下之棄材也。聚天下之棄材，尊之爲第一流，至於中原簸蕩，生民流離，而此論猶牢不可破，習俗之深，豈不痛哉！”《陶庵全集》卷二《潘麟長康濟譜序》。

朱軾曰：“夫其勤王之志之純篤如此，其禦亂之才之機宜又如彼。忠孝文武，嶠實兼之。晉統後亡，於是乎賴。而當時論者僅指爲過江第二流人物，崇虛名，墮實用，風氣之壞，運祚隨之。蓋天厭晉德，而嶠亦自是不永其年矣，豈偶然哉！”《史傳三編》卷十九。

余嘉錫曰：“太眞智勇兼備，忠義過人，求之兩晉，殆罕其匹，而當時以爲第二流。蓋自汝南月旦評以來，所謂人倫鑒裁者久矣，夫不足盡據矣。”

26

王丞相云：“見謝仁祖恒令人得上。”與何次道語，唯舉手指地曰：“正自爾馨！”前篇及諸書皆云王公重何充，謂必代己相。而此章以手指地，意如輕詆。或清言析理，何不逮謝故邪？

○“王丞相”至“正自爾馨”

“令人得上”，劉辰翁曰：“得上，亦足以發也。”○朱亦棟曰：“謂猶得駕乎其上也。劉會孟云云，非是。”《群書札記》卷三。○田中頤曰：“言令人但得上進而不欲下退。”○劉盼遂曰：“玩下文以手指地，則王丞相說謝仁祖時，當以手指天，方合‘令人得上’語氣。《世說》固善於圖貌者矣。”范子燁按曰：“如此理解十分準確。”《研究》頁二三六。○余嘉錫曰：“此言見謝尚之風度，令人意氣超拔。”

“唯舉手指地曰”二句，劉應登曰：“有尊謝卑何之意。”○王世懋曰：“此方言，意云：也只如此。故非譽之也。”○朱亦棟曰：“劉本注有尊謝卑何之意。案《賞譽篇》：‘何次道往丞相許，丞相以麈塵尾指坐，呼何共坐，曰：來，來，此是君坐。’又：‘丞相治揚州廨舍，按行而言曰：我正爲次道治此爾。何少爲王公所重，故屢發此歎。’據此則所云‘正自爾馨’者，謂正得人意中所欲言。此重之之辭，非輕之之辭也。王敬美云云，未是。”《群書札記》卷三。○桃井白鹿曰：“與《論語》‘指其掌’一例。”○平賀房父曰：“謂如地也。言其平平也。”○田中頤曰：“此示正欲下退而不得上進之意，故舉手指地也。”○秦士鉉曰：“爾馨，如是也，言猶地低下也。”○余嘉錫曰：“導與充言，而充輒曰‘正自爾馨’，是充與導意見相合，無復疑難。《論語》所謂‘於吾言無所不說’也。導之賞充，正在於此，似無輕詆之意。”龔斌按曰：“‘正自爾馨’乃王導語，非充與王導討論問題而‘意見相合’，余箋未當。”○徐震堮曰：“指地，以喻其識解凡下也。”○朱鑄禹曰：“味其語氣，仍當以譽謝輕何爲合，原注近是。”○張萬起曰：“王導蓋褒獎何充爲政之才幹，而貶抑其析理之平庸。”

“爾馨”，郝懿行曰：“此又以‘爾馨’代‘寧馨’，‘爾’讀若‘你’，亦‘寧’之轉音矣。晉宋方言，‘寧馨’即爲如此之意。”《晉宋書故》。○徐震堮曰：“爾，如此，以指地。馨，助詞。”按“馨”義參見《文學篇》“殷中軍爲庾公長史”條。

【彙評】

桃井白鹿曰：“何充與時賢好尚不同。王濛、劉惔嘗與支遁共看充，充看文書不顧之，則其談必實而不浮者，是王導所以下氣如地，亦所以謂繼己爲相。”

27

何次道爲宰相，人有譏其信任不得其人。《晉陽秋》曰：“充所暱庸雜〔1〕，以此損名。”阮思曠慨然曰：“次道自不至此。但布衣超居宰相之位，可恨唯此一條而已。”《語林》曰：“阮光禄聞何次道爲宰相，歎曰：‘我當何處生活？’”此則阮未許何爲鼎輔，二説便相符也〔2〕。

○“何次道”至“一條而已”

“何次道爲宰相”，張萬起曰：“永和中，庾冰、庾翼相繼而逝，何充官侍中、録尚書事，輔佐晉穆帝，爲一朝宰相。”

“布衣”，龔斌曰：“充早歷顯官，阮裕稱之‘布衣’，不合事實。”

“可恨”，楊勇曰：“可恨，猶所恨。‘可’‘所’通用。”

○注“語林曰”

“我當何處生活”，田中頤曰：“言彼材不宜拜相，故今我當何地位爲生活。蓋其變不可測也。”○楊勇曰：“即‘置我名位於何處’。生活，名位。”按“生活”義參見《賞譽篇》“人問王長史”條。

【彙評】

劉辰翁曰：“此一條不小。”

李贄曰：“妒極。”《初潭集》卷二十九。

王世懋曰：“此言毁譽各半，疑是不滿意多。”

凌濛初曰：“此自丞相超居之耳，次道何責焉。”

---

〔1〕“所暱”，余嘉錫曰：“‘暱’景宋本作‘昵’。”
〔2〕“相符”，程炎震曰：“‘符’字語意未合，恐有誤。”余嘉錫曰：“言二説相合，‘符’字不誤。”

王右軍少時，丞相云："逸少何緣復減萬安邪？"_劉
綏，已見。

○"王右軍"至"萬安邪"

"何緣復減萬安"，劉辰翁曰："謂更勝耳。"○朱鑄禹曰："意謂有何緣由更
不如萬安，即言其更勝也。"

郗司空家有傖奴，知及文章[1]，事事有意。王右軍
向劉尹稱之。劉問："何如方回？"《郗愔別傳》曰："愔字方回，
高平金鄉人，太宰鑒長子也。淵靖純素[2]，無執無競，簡私暱，罕交遊[3]。
歷會稽內史[4]、侍中、司徒[5]。"王曰："此正小人有意向耳！
何得便比方回？"劉曰："若不如方回，故是常奴耳！"

○"郗司空"至"何如方回"

"郗司空"，程炎震曰："司空謂郗鑒。《晉書·愔傳》作'郗愔'，誤。愔爲
司空時，王、劉死久矣。"

"傖奴"，劉應登曰："傖奴，北人。"○徐震堮曰："《一切經音義》引《晉
春秋》曰：'吳人謂中州人爲傖人，俗又謂江淮間雜楚爲傖人。'"按參見《雅量

---

[1]"郗司空家有傖奴"二句，朱鑄禹曰："《晉書》卷七十五《劉惔傳》作'郗愔有傖奴善知文章'。"
[2]"淵靖"，楊勇曰："'靖'宋本作'端'，非。"王叔岷曰："'端'乃'靖'之誤。"
[3]"簡私暱罕交遊"，龔斌曰："宋本、沈校本並無'私''罕'二字。"
[4]"會稽內史"，張燫《讀史舉正》卷五曰："《郗超傳》：'轉愔爲會稽太守。'案《愔傳》當云內
史。"
[5]"侍中司徒"，程炎震曰："《晉書》紀傳'司徒'作'司空'。"趙西陸曰："《晉書·郗愔傳》：
'卒，追贈侍中、司空。'此注'侍中'上當脫'贈'字，'司徒'亦'司空'之誤。"楊勇曰：
"《晉書·郗愔傳》、汪藻《郗氏譜》均作'司空'。"

篇》"褚公於章安令遷"條"吴人以中州人爲傖"。

"知及文章"，楊勇曰："文章，指清談。" _{龔斌按曰：謂'文章'指清談，殊無依據。}

"事事有意"，田中頤曰："此言知未及玄理，然得事事有意趣也。" ○徐震堮曰："有意，謂有意趣，有知解。與《文學》六四'分數四有意道人'義同。" ○張萬起曰："有意，有心思，有意向。"

○"王曰此正"至"常奴耳"

"意向"，田中頤曰："謂有意向君子也。" ○秦士鉉曰："味趣所向也。" ○張萬起曰："心思，意圖。" ○龔斌曰："志向。"

"若不如方回"二句，田中頤曰："此劉會欲卑方回而波及傖奴者，不則何毁之甚也。" ○秦士鉉曰："方回固已不如人，此奴又不如方回，是平平人。蓋此貶意不在傖奴，而在方回。"

○注"郗愔別傳曰"

"淵靖純素"，王叔岷曰："'靖''静'古通。《莊子·在宥篇》：'其居也淵而静。'《刻意篇》：'純素之道，唯神是守。'"

【彙評】

劉辰翁曰："語甚有氣。"

王世懋曰："劉尹大是輕薄人。"

凌濛初曰："輒問方回，薄態可掬。"

秦士鉉曰："以奴比主，已大輕薄，而又如此云云，意謂若方回亦僅等奴中之非常者，此奴尚不如方回，則只不過尋常之奴耳。劉恢口吻之谿刻可見。"

30

時人道阮思曠："骨氣不及右軍，簡秀不如真長，韶潤不如仲祖，思致不如淵源，而兼有諸人之美〔1〕。"《中興書》曰："裕以人不須廣學，正應以禮讓爲先，故終日頹然〔2〕，無所修綜，而物自宗之。"

　　○"時人道"至"諸人之美"

　　"韶潤"，恩田仲任曰："和暢温潤。"○崔朝慶曰："韶，美也。潤，飾也。"○王叔岷曰："'韶潤'猶'昭潤'。《春秋繁露·楚莊王篇》：'韶者昭也。'"

　　"思致"，崔朝慶曰："致，密緻也。"○張萬起曰："思想意趣。"○龔斌曰："指精思入微，猶今語'思維能力强'。"

　　"兼有諸人之美"，楊慎曰："（近日吳中刻《世説》）'兼有諸人之差'，謂各得諸人之參差。近乃妄改'差'作'美'。大失古人語意。"《丹鉛續録》卷三。平賀房父按曰："'美'字自可也，不須從之。"

【彙評】

　　劉辰翁曰："如此更高。"評"兼有諸人之美"。

31

　　簡文云："何平叔巧累於理，稽叔夜儁傷其道〔3〕。"理本真率，巧則乖其致；道唯虚澹，儁則違其宗。所以二子不免也。

　　○"簡文"至"傷其道"

　　"巧累""儁傷"，田中頤曰："言他人於理唯憂其不巧，何則智巧過多，反累於理。他人於道唯憂其不儁，嵇則才儁有餘，反傷其道也。"○秦士鉉曰："過巧過儁，故累傷。"○王叔岷曰："鍾嶸《詩品》卷中評嵇康詩：'過爲峻切，

---

〔1〕　"諸人之美"，天保手批曰："'美'一作'差'。"
〔2〕　"頹然"，朱鑄禹曰："《晉書》卷四十九《阮裕傳》作'静默'。"
〔3〕　"稽叔夜"，董刻本、袁刻本"稽"俱作"嵇"。

訐直露才，傷淵雅之致。'其詩如此，其人亦然。"

○注"理本真率"至"不免也"

"二子不免"，徐震堮曰："何晏黨於曹爽，爲司馬懿所殺；嵇康以呂安事，爲司馬懿所殺。皆不得其死。"○楊勇曰："二子皆黨曹氏，然孝標注從理而言，極盡精微之妙。"

【彙評】

劉辰翁曰："篤論。"

田中頤曰："'巧''儁'爲害。"

32

時人共論晉武帝出齊王之與立惠帝，其失孰多？《晉陽秋》曰："齊王攸，字大猷，文帝第二子。孝敬忠肅，清和平允，親賢下士，仁惠好施。能屬文，善尺牘。初，荀勖、馮紞爲武帝親幸，攸惡勖之佞，勖懼攸或嗣立，必誅己，且攸甚得衆心，朝賢景附。會帝有疾，攸及皇太子入問訊，朝士皆屬目於攸，而不在太子。至是勖從容曰：'陛下萬年後，太子不得立也。'帝曰：'何故？'勖曰：'百寮內外，皆歸心於齊王，太子安得立乎？陛下試詔齊王歸國，必擧朝謂之不可[1]。若然，則臣言徵矣。'侍中馮紞又曰：'陛下必欲建諸侯，成五等，宜從親始，親莫若齊王。'帝從之。於是下詔，使攸之國。攸聞勖、紞間己，憂忿不知所爲。入辭，出，歐血薨。帝哭之慟。馮紞侍曰：'齊王名過其實，而天下歸之。今自薨殞，陛下何哀之甚？'帝乃止。劉毅聞之，故終身稱疾焉。"多謂立惠帝爲重。桓溫曰："不然，使子繼父業，弟承家祀，有何不可？"武帝兆禍亂，覆神州，在斯而已。輿隸且知其若此，況宣武之弘儁乎？此言非也。

---

〔1〕"謂之"，王先謙曰："一本'謂'作'會'。"朱鑄禹曰："袁本作'會'，非。"

○“時人共論”至“有何不可”

“出齊王”，勞格曰：“齊王出鎮事在太康三年。”《雜識》卷四《校勘記中》。

“立惠帝爲重”，劉應登曰：“言其失重。”

“子繼父業弟承家祀”，張萬起曰：“子繼父業，指立惠帝爲太子事。弟承家祀，指遣齊王攸歸封國事。”○龔斌曰：“攸爲文帝子，所謂‘子繼父業’；攸爲武帝弟，此謂‘弟承家祀’。”

○注“晉陽秋曰”

“文帝第二子”，徐震堮曰：“《御覽》四一二引臧榮緒《晉書》曰：‘齊獻王攸字文獻，晉文少子。’”

【彙評】

劉辰翁曰：“未足爲據。”

王世懋曰：“注是。”

王志堅曰：“晉武帝時，太子不慧，廷臣意屬齊王攸，而荀勖、馮紞、楊珧獨陰勸帝出王，已而帝竟遣王就國，群臣力諫不從。羊琇、向雄以言不用，憤恚而卒。攸亦憤怨發病薨。齊王之出，於帝爲失計，於王不過藩臣之常而已，憤怨而死，此何以故？至於諫不從而死者，不尤可笑乎？王之心不過於爲帝耳，舉朝之臣，不過欲擁王爲帝，以取富貴耳，其實與荀馮輩之欲出王，立昏主，戴孽后，所爭亦不多也。”《讀史商語》卷二。

王夫之曰：“西晉之亡，亡於齊王攸之見疑而廢以死也。攸而存，楊氏不得以擅國，賈氏不得以逞姦，八王不得以生亂，故舉朝爭之，爭晉存亡之介也。雖然，盈廷而爭者，未得所以存晉之道也。攸即廢，晉不必亡；勖、紞不除，晉無存理。苟有圖存晉室者，小不惜官爵，大不惜軀命，揚於王廷，揭勖、紞之姦，迸之裔夷，則不待交章訟攸，而攸固以安，抑不待措攸於磐石之安，而晉固以存。”《讀通鑒論》卷十一。

王鳴盛曰：“馮紞與賈充、荀顗、荀勖搆害愍懷太子，而紞與勖又讒譖齊獻王攸。武帝之世，姦佞滿朝，開國承家，惟小人是用，宜其再世而亂，不但耽於聲色，無經國遠圖，惟説平生常事而已也。顗，彧之子；勖，爽之曾孫；頹其家

1162

聲，抑又甚矣！"《商榷》卷四十七。

方苞曰："惠帝一立，神州覆矣。所失之多，何待於論？"

王仲犖曰："把西晉王朝的權力，交給齊王攸或交給惠帝，這不僅僅是父死子繼或兄終弟及等等的封建繼承權的傳統習慣問題，它是國家頭等大事，如果國家權力交託得不得其人，就會導致幾十萬甚至幾百萬人民人頭落地。所以當東晉時期，討論這個問題的時候，還有很多人死抱住傳統觀念，認爲應該立惠帝，而桓溫卻認爲國家總體爲重，只要子繼父業有利，可以子繼父業，如果子繼父業，這個兒子不慧，會導致大亂，就得重新考慮，弟承家祀，也有何不可。桓溫從西晉王朝總體利益出發，是主張把國家權力交託給齊王攸的。"《崹華山館叢稿》頁五三二。

33

人問殷淵源："當世王公以卿比裴叔道，云何？"殷曰："故當以識通暗處。"遐與浩並能清言[1]。

○"人問殷"至"通暗處"

"識通暗處"，劉辰翁曰："似謂裴暗。"○朱鑄禹曰："'識通'是內典之八識六通。'暗處'是謂內蘊不明顯處。其意似謂當世不知我內蘊聰明智慧，而以裴相比擬，蓋不以世論爲然也。其自負不淺可知。"龔斌按曰："朱注迂曲不可解。"○張萬起曰："暗處，玄理中的隱晦精微之處。"○龔斌曰："謂心識通達不明之處，亦指清言之探微究幽。殷浩意謂世人以我比裴遐，自然是能識通幽微之故。"

【彙評】

劉辰翁曰："淺俗。"

---

〔1〕"並能"，王先謙曰："一本'能'上有'並'字，是。"

34

撫軍問殷浩："卿定何如裴逸民？"良久答曰："故當勝耳。"

○"撫軍"至"當勝耳"

"撫軍"，徐震堮曰："謂簡文帝。簡文於穆帝時以撫軍大將軍輔政。"

"良久"，田中頤曰："二字見裴意不喜。"

"裴逸民"，秦士鉉曰："裴頠字逸民。"

"故當勝耳"，田中頤曰："言撫軍心本當以裴爲勝而問也。"

【彙評】

朱鑄禹曰："本條與上下兩條合看，則殷自視之高可見。"

張萬起曰："殷浩是東晉名士，清談大家，自言勝裴逸民，亦非溢美之言。"

35

桓公少與殷侯齊名，常有競心。桓問殷："卿何如我？"殷云："我與我周旋久〔1〕，寧作我。"

○"桓公少"至"寧作我"

"殷侯"，岡白駒曰："殷浩也。"

"常有競心"，田中頤曰："字字爲殷答作地。"

---

〔1〕 "我與我周旋久"，平賀房父曰："'久'字當作'人'。"天保手批曰："'久'一作'人'。"程炎震曰："《晉書》七十七《浩傳》作'我與君'。"徐震堮《札記》曰："《晉書·殷浩傳》作'我與君周旋久'。"張萬起曰："《晉書》本傳作'我與君周旋久'，語義似更佳。"龔斌曰："白居易《喜老自嘲詩》：'任從人棄擲，自與我周旋。'王洋《和吉父贈弦父》詩：'問渠去處終無定，與我周旋便有期。'趙德麟《侯鯖録》一記蘇東坡云：'與我周旋寧作我，爲郎憔悴卻羞郎。'以上三詩，皆用《世説》此典，可證唐宋人所見《世説》，作'我與我周旋久'。"

"我與我周旋"二句，參見校文。劉應登曰："此不肯遜，又不敢競之辭。言我寧爲我而已，不與桓比擬也。"○岡白駒曰："周旋，相追逐也，謂比較優劣也。言我則與以我周旋曠日，不如寧作全我所有也。蓋子貢方人，夫子答以不暇之意。《晉書》'與我'作'與君'，改一'君'字，乃是競也，非所以稱矣。"○大典顯常曰："此言我自周旋，不與他事，故無與卿競，我寧爲我耳，是柳下惠'爾爲爾，我爲我'之意。"○田中頤曰："言我故無意競人，唯以我心立我志，與之周旋已久，寧欲終作我一家而已，是以不知其何如也。"○朱鑄禹曰："此言我自知已久，寧可自守，不欲效他人也。"

【彙評】

王世懋曰："妙於自誇。《晉書》改一'卿'字，何啻千里?"○曰："《世說新語》載殷淵源語：'我與我周旋久，寧作我。'語輕薄而大有意韻。《晉書》易一字云：'我與卿周旋久。'以'卿'易'我'，一字而義霄壤，豈唐諸賢不能解此趣耶？吾意定是後人校書淺陋者繆改之，若韓吏部子'金銀車'耳。"《王奉常集》文部卷五十四《読史訂疑》。

孫能傳曰："《世説》婉而挪深，《晋書》直而味淺，一字少異，優劣較然。"《剡溪漫筆》卷一。

袁中道曰："奇妙。"《舌華録》卷二。

田中頤曰："以我作我。"

李慈銘曰："《世説》作'我與我周旋久'，方爲語妙。此作'與君'，非。"按"此"指《晉書》。

宗白華曰："這種自我價值的發現和肯定，在西洋是文藝復興以來的事。"《晉人的美》。

郁沅曰："殷浩與桓温的對話所表現出的强烈的自我意識和對個體人格的追求，在當時是相當普遍的現象。人們珍視的是人與人的差異特徵，而不是群體類同規範。"《覺醒》。

　　撫軍問孫興公："劉真長何如？"曰："清蔚簡令。"
"王仲祖何如？"曰："温潤恬和。"徐廣《晉紀》曰："凡稱風流
者，皆舉王、劉爲宗焉。""桓温何如？"曰："高爽邁出。""謝
仁祖何如？"曰："清易令達〔1〕。""阮思曠何如？"曰：
"弘潤通長。""袁羊何如？"曰："洮洮清便。""殷洪遠
何如？"曰："遠有致思〔2〕。""卿自謂何如？"曰："下
官才能所經，悉不如諸賢；至於斟酌時宜，籠罩當世，
亦多所不及。然以不才，時復託懷玄勝，遠詠老莊，蕭
條高寄，不與時務經懷，自謂此心無所與讓也。"

　　○"撫軍問"至"清易令達"

　　"清蔚簡令"，田中頤曰："清操蔚文而簡易令善也。"

　　"温潤恬和"，淇園曰："心恬而以與物和。"○田中頤曰："温德潤透，而心
恬氣和也。"

　　"高爽邁出"，田中頤曰："高操爽朗，而神氣邁出也。"

　　"清易令達"，參見校文。淇園曰："清高而率易，令淑而通達。"○田中頤
曰："清操簡易，而令善達上也。"○楊勇曰："本篇四○：'謝安南清令，不如
其弟。'清令易達，即清令暢達。"

　　○"阮思曠"至"洮洮清便"

　　"弘潤通長"，田中頤曰："弘量潤餘，而思懷通長也。"○張萬起曰："大度
寬和，淹通兼善。"

─────────────

〔1〕　"清易令達"，余嘉錫曰："沈本作'清令易達'。"徐震堮曰："宋沈作喆《寓簡》所引同，沈校本
　　作'清令易達'。"
〔2〕　"遠有致思"，方一新《校讀札記》曰："疑'致思'爲'思致'之誤倒。《文學》四三注引《語
　　林》曰：'淵源思致淵富。'任昉《爲蕭揚州薦士表》：'思致恬敏。'《宋書》卷六三《殷景仁傳》：
　　'敏有思致。'《晉書》卷四九《阮裕傳》：'思致不如殷浩。'是'思致'固六朝人習語，指思想意
　　趣。"

“袁羊”，徐震堮曰：“羊，袁喬小字。”

“洮洮清便”，方以智曰：“《世説》言‘洮洮清便’，言洮汰世故而清且便也。”《通雅》卷三。○岡白駒曰：“清汰貌。”○恩田仲任曰：“洮洮，澄汰也。”○田中頤曰：“洮，猶洗濯。此謂時洗其心，僅清則已也。”○王叔岷曰：“洮，讀爲佻巧之‘佻’，洮洮，輕巧貌。《離騷》：‘余猶惡其佻巧。’王注：‘佻，輕也。’”○張萬起曰：“洮洮，通‘滔滔’，話多的樣子。清便，善清談，有口才。”

○“殷洪遠”至“所與讓也”

“殷洪遠”，徐震堮曰：“殷融字洪遠，浩從父。”

“遠有致思”，淇園曰：“致，風致。”○田中頤曰：“此謂不近有雅致之思也。”○張萬起曰：“曠遠有深邃的思想。”

“才能所經”，徐震堮曰：“經，長，擅長。”《簡釋》。

“斟酌時宜”二句，岡白駒曰：“籠罩當世，言被乎當世也。”○恩田仲任曰：“斟酌，猶言商量。”○秦士鉉曰：“‘籠罩’‘牢籠’同類語。《淮南子》：‘牢籠天下。’”○張萬起曰：“籠罩，洞察把握。”

“不與時務經懷”，大典顧常曰：“‘與’通‘以’。”○田中頤曰：“‘與’讀猶‘爲’。”

○注“徐廣晉紀曰”

“凡稱風流者”，恩田仲任曰：“風流，謂風致之流連也。”

【彙評】

劉辰翁曰：“語煩。”

狄期進曰：“李固有言，語曰：‘嶢嶢者易缺，皦皦者易污，盛名之下，其實難副。’故享受爵禄，不聞匡救之術，斯張楷則望於樊英矣。興公之品目，無乃華而不實乎？”

陳澧曰：“《世説》云：‘孫興公自謂託懷玄勝，遠詠老莊，蕭條高寄，不以時務經懷。然褚太傅怒之曰：真長平生何嘗相比數。’‘謝公劉夫人曰：亡兄門未有如此賓客。’‘王孝伯曰：才士不遜，亡祖何至與此人周旋！’（並《輕詆門》。）此可見晉人品藻甚嚴，才士性鄙者，雖假託玄勝，而論者皆輕詆之也。"
《東塾雜俎》卷三。

余嘉錫曰："綽所以自許，正是晉人通病。'不與時務經懷'，干寶所謂'當官者以望空爲高，而笑勤恪。其倚仗虛曠，依阿無心者，皆名重海内'者也。"

龔斌曰："孫綽之言，頗有自矜自負意味，與謝鯤答明帝所言'端委廟堂，使百僚準則，臣不如亮；一丘一壑，自謂過之'正復相同。"

37

桓大司馬下都，問真長曰："聞會稽王語奇進，爾邪？"《桓溫別傳》曰："興寧九年，以溫克復舊京[1]，肅靜華夏，進都督中外諸軍事、侍中、大司馬，加黃鉞，使入參朝政。"劉曰："極進，然故是第二流中人耳！"桓曰："第一流復是誰？"劉曰："正是我輩耳！"

○"桓大司馬"至"我輩耳"

"會稽王語奇進"，淇園曰："奇進，猶云特拔而進道也。"○恩田仲任曰："奇，猶甚也。"○徐震堮口："會稽王，謂簡文帝。"○江藍生曰："'奇'作程度副詞，猶'極'、'甚'。此例以'極進'與'奇進'相接答，是'奇'義同'極'。"《彙釋》頁一六一。

"爾邪"，徐震堮曰："猶言'然邪'。"○王叔岷曰："'爾'猶'然'也。"○江藍生曰："'爾邪'猶言'是這樣嗎'。"《彙釋》頁一六一。

◎余嘉錫曰："《續談助》四引殷芸《小説》曰：'宣武問真長：會稽王如何？劉恢答：欲造微。桓曰：何如卿？曰：殆無異。桓溫乃喟然曰：時無許、郭，人人自以爲稷、契。'是真長方以會稽王自許，而《世説》此條則自許在相王之上，蓋所出不同，傳聞異辭故也。"

---

[1] "克復"，董刻本、沈校本"克"作"剋"。

○注"桓溫別傳曰"

"興寧九年"，程炎震曰："'九年'當作'元年'。興寧無九年，檢《晉紀》是元年事，各本皆誤。興寧元年，劉惔死久矣。此當是桓溫自徐移荊時，永和元年也。"○徐震堮曰："興寧無九年，乃元年之誤。《晉書·哀帝紀》：'興寧元年三月，詔司徒會稽王昱總內外眾務。五月，加征西大將軍桓溫侍中、大司馬，都督中外諸軍事，錄尚書事，假黃鉞。'"楊勇按曰："唯興寧元年劉惔死已久，當是桓溫之另一次下都也。"龔斌曰："此事當在穆帝永和三年，桓溫克成都後下都，時會稽王執政，劉惔尚在。"

"加黃鉞"，恩田仲任曰："《古今注》：金斧，黃鉞也。漢制，大將軍出征，特加黃鉞者，以銅爲之，黃金塗刃及柄，不得純金也。得賜黃鉞，則斬持節將也。"

【彙評】

劉辰翁曰："矜而無味。"評"正是我輩耳"。秦士鉉按曰："此評是。然清言諸賢唯劉有識概，能制桓溫，此時桓威權熾盛，亦不畏面兵處。"

田中頤曰："自居第一。"

王能憲曰："桓溫握兵權之重，專擅朝政，曾廢海西而立簡文；劉惔是簡文帝所寵幸的清談名家，所以他們敢於恣意評論會稽王爲二流，而大言不慚地自封爲一流。"《研究》頁一四〇。

38

殷侯既廢，桓公語諸人曰："少時與淵源共騎竹馬，我棄去，已輒取之，故當出我下。"《續晉陽秋》曰："簡文輔政，引殷浩爲揚州，欲以抗桓。桓素輕浩，未之憚也〔1〕。"

---

〔1〕 "桓素輕浩"二句，徐震堮《札記》曰："《晉書·殷浩傳》重一'浩'字，非。《桓溫傳》云：'知朝廷仗殷浩以抗己，溫甚忿之，然素知浩，弗之憚也。'語意尤明。"

○“殷侯既廢”至“當出我下”

“共騎竹馬”，恩田仲任曰：“《唐詩鼓吹》注曰：‘小兒騎以嬉戲者。’”

“我棄去已輒取之”，平賀房父曰：“言我爲無用而棄去者，殷輒取用之也。”
朱鑄禹釋曰：“桓謂其棄去之竹馬，而殷輒撿取也。”○淇園曰：“言殷氣質自幼無自奮之氣。”○周一良曰：“已，彼也。”《商兑》。○蔣凡曰：“已，猶了或以後。”

“當出我下”，田中頤曰：“言幼時曾無競心，而其後於我如此，則天資由來當出我下之人也。”

○注“續晉陽秋曰”

“爲揚州”，秦士鉉曰：“江左改前代司隸校尉，變其職爲揚州刺史，統丹陽、吳郡、吳興、新安、東陽、臨海、永嘉、宣城、義興、晉陵十一郡。”

【彙評】

劉辰翁曰：“此語能長人格價。”

39

人問撫軍：“殷浩談竟何如？”答曰：“不能勝人，差可獻酬群心。”

○“人問撫軍”至“獻酬群心”

“差可獻酬群心”，劉淇曰：“差，僅也，略也。”《辨略》卷四。○恩田仲任曰：“差，較也。”○田中頤曰：“言其談雖不能拔群，亦差可獻問酬答，而副望群心也。”○朱鑄禹曰：“差可，意即尚可、較可。獻酬，主賓既獻酢，主復酌客曰酬。此謂尚可與衆對答，令人滿意也。”

40

簡文云："謝安南清令不如其弟，<small>安南，謝奉也。已見。《謝</small><small>氏譜》曰："奉弟聘，字弘遠。歷侍中、廷尉卿。"</small>學義不及孔巖[1]，<small>《中興書》曰："巖字彭祖，會稽山陰人。父儉，黃門侍郎[2]。巖有才學，歷丹</small><small>陽尹、尚書、西陽侯，在朝多所匡正。爲吳興太守，大得民和。後卒於家。"</small>居然自勝。"<small>言奉任天真也。</small>

○"簡文云"至"居然自勝"

"清令"，田中頤曰："清談辭令。"○張萬起曰："風姿清雅美好。"

"學義"，張端木曰："亦是'義學'之誤。"○田中頤曰："學義，文學義理。以上皆待修飾而能。"○龔斌曰："猶學問、學識。"

"居然自勝"，大典顯常曰："居然，不用動作之意。"○田中頤曰："言其居然不動作，唯任真素處，自然勝二人也。"○秦士鉉曰："居然，不用動作之意。一説猶顯然。"

【彙評】

田中頤曰："無爲自勝。"

未廢海西公時，王元琳問桓元子："箕子、比干，迹

---

[1] "孔巖"，程炎震曰："《晉書》本傳'巖'作'嚴'。"徐震堮《札記》曰："《晉書》作'孔嚴'。案《漢書·儒林傳》有嚴彭祖，嚴字彭祖，或義取此，作'巖'者疑誤。"又《校箋》曰："《晉書》及《通鑒》作'孔嚴'，是。《御覽》六二七引《中興書》同。案《漢書·儒林傳》有'嚴彭祖'，孔嚴字彭祖，或義取於此。"王利器曰："案《晉書·孔嚴傳》、《御覽》六二七引《晉中興書》，都作'孔嚴'，此誤。《會稽山陰孔氏譜》作'孔嚴'，不誤。"

[2] "父儉黃門侍郎"，程炎震曰："《晉書》本傳'父儉'作'父倫'。"徐震堮《札記》曰："(《晉書》作)'父儉黃門郎'。"余嘉錫曰："'儉'景宋本作'倫'。"楊勇曰："各本及《晉書·孔嚴傳》、汪藻《孔氏譜》均作'儉'。"

異心同，不審明公孰是孰非？”曰：“仁稱不異，寧爲管仲。”《論語》曰：“微子去之，箕子爲之奴，比干諫而死。子曰：‘殷有三仁焉。’”“子路曰：‘桓公殺公子糾，召忽死之，管仲不死，曰未仁乎？’子曰：‘桓公九合諸侯，一匡天下，不以兵車，管仲之力。如其仁！如其仁！’”

　　○“未廢海西”至“寧爲管仲”

　　“海西公”，徐震堮曰：“廢帝奕，哀帝之同母弟，興寧三年即位，太和六年廢，簡文帝咸安二年，降封海西縣公。”

　　“王元琳問桓元子”，徐震堮曰：“王珣字元琳。桓溫字元子。”

【彙評】

　　劉辰翁曰：“元子欲爲管仲，政以家有桓公。”

42

　　劉丹陽、王長史在瓦官寺集，桓護軍亦在坐，桓伊，已見。共商略西朝及江左人物。或問：“杜弘治何如衛虎？”桓答曰：“弘治膚清，衛虎弈弈神令[1]。”王、劉善其言。虎，衛玠小字。《玠別傳》曰：“永和中，劉真長、謝仁祖共商略中朝人。或問：‘杜弘治可方衛洗馬不？’謝曰：‘安得比！其間可容數人。’”《江左名士傳》曰：“劉真長曰：‘吾請評之，弘治膚清，叔寶神清。’論者謂爲知言。”

　　○“劉丹陽”至“善其言”

　　“王長史”，岡白駒曰：“王有兩長史，此王濛也。”

　　“瓦官寺”，徐震堮曰：“《景定建康志》：‘古瓦官寺，又爲昇元寺，在城西南隅。晉哀帝興寧二年，詔移陶官於淮水北，遂以南岸窰地施僧慧力，造瓦官

────────────

〔1〕 “弈弈”，張萬起曰：“‘弈弈’通‘奕奕’。”

寺。'《方輿勝覽》：'昇元寺即瓦官寺，在建康城西隅，前瞰江面，後據重岡，最爲古跡。'"

"桓護軍亦在坐"，大典顯常曰："伊遷豫章刺史在任累年，徵護軍將軍。"《集成》。○田中頤曰："此文以桓答爲主，故特表之。"

"膚清"，鍾惺曰："'膚清'二字是極俗人面目可憎者。"《史懷》卷十八。○大典顯常曰："言不深也"。○平賀房父曰："謂標格之清也。"○淇園曰："外貌清。"○張萬起曰："晉杜乂皮膚潔白如玉，儀表漂亮，時人稱爲'膚清'或'形清'。"《辭典》頁一三四。

"弈弈神令"，岡白駒曰："弈弈，盛貌。令，美善也。"○秦士鉉曰："'膚清'即形清也，'神令'即神清也。弈弈，美貌。"○徐震堮曰："'弘治'二句，《晉書·衛玠傳》以爲劉惔語，與《名士傳》同；《杜乂傳》以爲桓伊語，同《世說》。"○楊勇曰："《晉書·杜乂傳》：'桓彝亦曰：衛玠神清，杜乂形清。'《晉書·衛玠傳》：'惔又曰：杜乂膚清，叔寶神清。'"

○注"玠別傳曰"至"謂爲知言"

"永和中"，龔斌曰："王濛卒於永和三年，劉惔卒於永和四五年間，《衛別傳》又云'永和中'，據此，劉惔、王濛諸人在瓦官寺，當在永和一二年間。"

"其間可容數人"，大典顯常曰："言品第之有間也。"

"弘治膚清"二句，龔斌曰："'膚清'者形也，'神清'者神也，晉人品藻，以爲'神清'更優於'膚清'也。"

43

劉尹撫王長史背曰："阿奴比丞相，但有都長。"阿奴，濛小字也。都，美也。《司馬相如傳》曰："閑雅甚都。"《語林》曰："劉真長與丞相不相得，每曰：'阿奴比丞相，條達清長。'"

○"劉尹"至"都長"

"阿奴比丞相"二句，劉應登曰："劉與丞相不相得，故爲優濛之言，謂皆勝之也。"○岡白駒曰："都，總也。注訓'美'，非也。此非劉孝標注，所謂爲

1173

俗子攙入者也。"〇桃井白鹿曰："按袁彥伯《三國名臣贊》：'子瑜都長。'李善注：'都長，謂體貌都閑而雅，性長厚也。'亦讀'都'爲'閑雅甚都'之'都'，與此注合，則此注非俗子攙入者也。"〇田中頤曰："都，謂美而不鄙，此言無他長，但有都美之長也。"〇秦士鉉曰："長史於丞相雖事業不及，但有都長以爲勝。"

〇注"阿奴濛小字"至"條達清長"

"阿奴濛小字"，桃井白鹿曰："阿奴，恐亦親狎之詞，不必王濛小字。"〇余嘉錫曰："阿奴，非濛字。"按"阿奴"義參見《方正篇》"周叔治作晉陵太守"條。

44

劉尹、王長史同坐，長史酒酣起舞。劉尹曰："阿奴今日不復減向子期。" 類秀之任率也。

〇"劉尹"至"向子期"

"阿奴今日不復減向子期"，劉淇曰："此'復'字，語助也。"《辨略》卷五。〇田中頤曰："言王今之所作，殆同子期之真率也。"〇許世瑛曰："尊呼卑曰'阿奴'的例子很多，而摯友相稱，卻只有劉尹稱呼王長史的那兩條，大概就因爲一班友朋間還不敢以此相稱吧！劉尹所以敢稱，一面可以象徵出二人交情真不含糊，同時王長史又是一位才貌雙全的翩翩佳公子，劉尹見了他的風采英姿，真有點'我見猶憐'的意味，不由得就呼之曰'阿奴'，表示親切愛慕之意。"《釋"阿奴"》。按"阿奴"義參見《方正篇》"周叔治作晉陵太守"條。

桓公問孔西陽：“安石何如仲文？”_{西陽，即孔巖也}〔1〕。孔思未對，反問公曰：“何如？”答曰：“安石居然不可陵踐，其處故乃勝也〔2〕。”

○“桓公問”至“乃勝也”

“孔西陽”，程炎震曰：“巖蓋嘗事桓溫，《晉書》略之。”

“安石何如仲文”，何焯曰：“‘仲文’應是‘仲祖’之誤，謂王長史濛，乃安石輩流也。爾時殷仲文名猶未著，復非謝匹，不當舉以相擬。又仲祖前已屢見，故注不更及。若仲文，則別見卷末注，引證甚詳也。”○程炎震曰：“此‘仲文’未知何人，劉氏無注，蓋即殷仲文也。仲文之妻，桓玄之姊，即溫壻矣。故欲以安石擬之。又以其年輩不倫，故仍以安爲勝耳。”

“居然不可陵踐”二句，桃井白鹿曰：“其處，指風神所持。”○大典顯常曰：“居然，猶自也。言安石地步固自高勝也。”○徐震堮曰：“其處，謂其自處之道。”_{楊勇按曰：“徐説不可從。”}○楊勇曰：“處，不出仕也。‘居然不可陵踐’者，謂其終未實踐隱遁之志也。”○朱鑄禹曰：“言其出處故當勝耳。”○蔣宗許曰：“‘處’是‘出處’之‘處’，即指隱遁。（桓溫）表面上對謝肯定，而在內心中只首肯隱居東山的謝安，而輕藐作了自己司馬的謝安。”《臆札》。○龔斌曰：“‘居然不可陵踐’者，謂安石此人不可企及與超越耳。自處，謂自我保持、執持。‘其處’句意謂安石有自處之道，故勝。”

46

謝公與時賢共賞説，遏、胡兒並在坐。公問李弘度

---

〔1〕 “孔巖”，徐震堮曰：“當作‘孔嚴’。”參見本篇四〇校。
〔2〕 “故乃”，余嘉錫曰：“景宋本及沈本無‘乃’字。”

曰："卿家平陽，何如樂令？"《晉諸公贊》曰："李重字茂曾[1]，江夏鍾武人。少以清尚見稱。歷吏部郎、平陽太守。"於是李潸然流涕曰："趙王篡逆，樂令親授璽綬。《晉陽秋》曰："趙王倫篡位，樂廣與滿奮、崔隨進璽綬。"亡伯雅正，恥處亂朝，遂至仰藥。恐難以相比！此自顯於事實，非私親之言。"《晉諸公贊》曰："趙王爲相國，取重爲左司馬，重以倫將篡，辭疾不就。敦喻之，重不復自治[2]，至於篤甚。扶曳受拜，數日卒。時人惜之。贈散騎常侍。"謝公語胡兒曰："有識者果不異人意。"

　　○"謝公與"至"不異人意"

　　"共賞說"，岡白駒曰："賞說，賞品也。"○田中頤曰："共賞譽論說諸前賢也。"

　　"遏胡兒並在坐"，崔朝慶曰："謝玄與謝朗也。"○徐震堮曰："遏，謝玄小字。胡兒，謝朗小字。"

　　"樂令親授璽綬"，田中頤曰："是黨逆也。"○崔朝慶曰："璽綬，天子之印章及組綬也。"○徐震堮曰："此事不見本傳。《趙王倫傳》亦不及樂廣，與《晉陽秋》《世說》異。"龔斌按曰："《趙王倫傳》敘'群公卿士咸假稱符瑞天文以勸進'，'滿奮、崔隨、樂廣進璽綬於倫'，是樂廣在勸進之列，後又親授璽綬。"

　　"遂至仰藥"，田中頤曰："言遂至仰藥而死，豈如樂令，恐難以相比黨乎。"○崔朝慶曰："言服藥自殺也。"○余嘉錫曰："本書《賢媛篇》曰：'孫秀欲立權威，遂逼重自裁。'"○蔡鏡浩曰："'仰'爲服飲之義，指服飲毒藥。此當有服飲時之動作引申而致。"《札記》。

　　"顯於事實"，田中頤曰："言是公論。"

　　"有識者果不異人意"，田中頤曰："此謝賞李舉其實行，非虛論，以爲有識

────────────

[1] "茂曾"，王先謙曰："一本'曾'作'重'，《世說補》作'曾'。據《棲逸類》，李廞是茂曾第五子，則作'曾'者是。"余嘉錫曰："袁本誤'茂重'，沈校改。"徐震堮曰："影宋本及沈校本並作'茂曾'，是，《晉書》本傳及《棲逸》四同。"

[2] "重不復自治"，余嘉錫曰："《魏志·李通傳》注引《晉諸公贊》作'重遂不復自活'，然《賢媛篇》注云：'重知趙王倫作亂，有疾不治，遂以致卒。'則作'治'爲是。"龔斌曰："作'自活'較勝。自活，自救也。"

者。言平常亦嘗有此論，果不異於吾人之所意也。”

〇注“晉諸公贊曰”

“敦喻之”三句，大典顯常曰：“‘治’通‘理’。言勢不可避也。”《撮補》。〇平賀房父曰：“不自治，謂不以禮爲辭也。‘喻’至於‘篤甚’，而不得已受之。”〇秦士鉉曰：“一説重恥仕亂朝，雖有疾，不復自療治，遂至篤甚。然‘扶曳受拜’上，疑有脱句。”

【彙評】

劉辰翁曰：“非謝公問，弘度答，那知許事？”

王世懋曰：“樂令素著重名，忽有此論，然極是扶植世教語。”

伯克利手批曰：“此見晉時猶重名節。”

王鳴盛曰：“趙王倫之篡，樂廣素號玄虚，乃奉璽綬勸進，而琨則爲倫所信用。晉少貞臣如此。”《商榷》卷四十九。

47

王脩齡問王長史：“我家臨川，何如卿家宛陵？”長史未答，脩齡曰：“臨川譽貴。”長史曰：“宛陵未爲不貴。”《中興書》曰：“羲之自會稽王友，改授臨川太守。王述從驃騎功曹，出爲宛陵令。述之爲宛陵，多脩爲家之具，初有勞苦之聲。丞相王導使人謂之曰：‘名父之子，屈臨小縣，甚不宜爾。’述答曰：‘足自當止。’時人未之達也〔1〕。後屢臨州郡，無所造作，世始嘆服之。”

---

〔1〕“未之”，董刻本“之”作“知”。王利器曰：“沈校本同，餘本‘知’作‘之’，義較長。”徐震堮曰：“影宋本及沈校本並作‘未知’，《晉書》本傳作‘未之’。案作‘未之’義長。”楊勇曰：“袁本及《晉書·王述傳》均作‘之’。”

○“王脩齡”至“未爲不貴”

“我家臨川”“卿家宛陵”，岡白駒曰：“胡之與濛，共王氏，而族殊也。胡之、義之，琅琊王氏也。濛、述，太原王氏也，故曰‘我家’‘卿家’。”

“譽貴”，田中頤曰：“名譽貴重。”

○注“中興書曰”

“會稽王友”，岡白駒曰：“會稽王，司馬道子。”○恩田仲任曰：“《宋·百官志》曰：‘晉武帝初，王國置師、友、文學各一人。師，即傅也。景帝諱‘師’，改爲傅。其文學前漢已置。友者，因文王、仲尼四友之名也。’”

“改授臨川太守”，姚鼐曰：“王逸少初爲臨川内史，見《世説》，最可據，非江州刺史也。而《晉書》本傳誤作‘江州’。”《惜抱軒》卷五。○程炎震曰：“右軍爲臨川，今《晉書》本傳不載。據此，知與述爲宛陵同時也。蓋庾亮在江州時，咸康間。”

“述之爲宛陵”二句，岡白駒曰：“初，述家貧，求試宛陵令，頗受贈遺，而多爲家具，爲司州所檢，有一千三百條，王導使謂之云云。”○徐震堮曰：“爲家之具，謂治生之具，田園第宅之類。《晉書》省作‘家具’，義亦相同。”

“初有勞苦之聲”，平賀房父曰：“有勞苦於爲家之聲。”○恩田仲任曰：“言有使民勞苦之聲。”○朱鑄禹曰：“謂多役使縣民爲治其家用具，而民有勞苦之怨聲也。”

“名父之子”三句，平賀房父曰：“言足卜是名父之子，以屈小縣，勤爲家，甚是不宜也。”○秦士鉉曰：“述父承爲中興第一名臣。”

“無所造作”，周一良曰：“造作，治生産。”《商兑》。

【彙評】

王若虛曰：“晉王述初以家貧求試宛陵令，所受贈遺千數百條。王導戒之，答曰：‘足自當止。’時人未之達。其後屢居州郡，清潔絕倫，宅宇舊物，不華於昔，始爲當時所嘆。予嘗讀而笑之矣。所謂廉士者，唯貧而不改其節，故可貴也。今以不足而貪求，既足而後止，尚可爲廉乎？而史臣著之，以爲美談，亦已陋矣！”《滹南集》卷二十八《臣事實辨》。

凌濛初曰："直是自相誇勝。"

鍾惺曰："千古真人之語，然不易藉口。"

48

劉尹至王長史許清言，時苟子年十三，倚牀邊聽。既去，問父曰："劉尹語何如尊？"長史曰："韶音令辭，不如我；往輒破的，勝我。"《劉惔別傳》曰："惔有儁才，其談詠虛勝，理會所歸，王濛略同〔1〕，而敍致過之，其詞當也。"

○"劉尹至"至"破的勝我"

"苟子年十三"，程炎震曰："苟子年十三，是永和三年，其年王濛死矣。"

"何如尊"，王佩諍曰："'尊'爲晉人對父之稱，今人猶向所語者稱其父曰令尊。《小戴記·喪服小記》：'養尊者必易服。'注：'尊於父兄。'《爾雅·釋器》注'皆盛酒尊'，《釋文》：'尊，亦君父之稱。'是其語源也。"

"韶音令辭"，余嘉錫曰："韶音，猶美音也。今據《世說》此條云'韶音令辭'，後又云'長史韶興'，知以'韶'爲美，東晉人已如此。蓋因《論語》謂'《韶》盡美又盡善'，遂引申之云爾。此六朝人用字與兩漢不同處。"

"往輒破的勝我"，秦士鉉曰："往，猶'一往奔詣'之'往'，即言辭所向也。"○崔朝慶曰："破的，言射中的，以喻言之中理也。言發言必中理，則勝於我也。"

【彙評】

劉辰翁曰："'韶''令'亦屬矜持。"

---

〔1〕"王濛"，徐震堮曰："'王濛'上疑脫'與'字。"

謝萬壽春敗後，簡文問郗超："萬自可敗，那得乃爾失士卒情[1]？"超曰："伊以率任之性，欲區別智勇。"《中興書》曰："萬之爲豫州，氐[2]、羌暴掠司、豫，鮮卑屯結并、冀。萬既受方任，自率衆入潁，以援洛陽。萬矜豪傲物，失士衆之心[3]。北中郎郗曇以疾還彭城，萬以爲賊盛致退，便向還南[4]，遂自潰亂，狼狽單歸。太宗責之，廢爲庶人。"

○"謝萬壽春"至"區別智勇"

"壽春敗後"，程炎震曰："謝萬之敗，在升平三年。"

"那得乃爾"，陸以湉曰："'那得乃爾失士卒情'、'外人那得知'，'那得'猶言何得也。"《冷廬雜識》卷一。

"伊以率任之性"二句，龔斌曰："意謂謝萬率性傲誕，不能區別智勇，非是將才。"

【彙評】

劉辰翁曰："人人有區別，正坐失士卒情處，可以爲戒。"按大典本"正"上有"意"字。

方苞曰："矜豪傲物，安得不敗？廢爲庶人，罰不□辜。"按闕字疑爲"當"。

---

〔1〕 "士卒"，凌濛初曰："劉本無'士'字。"龔斌曰："宋本、沈校本並無'士'字。"
〔2〕 "氐"，董刻本"氐"作"氏"。王利器曰："各本'氏'作'氐'，是。"
〔3〕 "士衆之心"，余嘉錫曰："'心'景宋本及沈本作'和'。"
〔4〕 "便向還"，余嘉錫曰："'向'景宋本及沈本作'回'。"徐震堮曰："案《捷悟》六有'便回還'之語，則'回還'自是當時習語，作'回'是也。"

劉尹謂謝仁祖曰："自吾有四友〔1〕，門人加親。"謂許玄度曰："自吾有由，惡言不及於耳。"二人皆受而不恨。《尚書大傳》曰："孔子曰：'文王有四友。自吾得回也，門人加親，是非骨附邪？自吾得賜也，遠方之士至，是非奔走邪？自吾得師也，前有輝，後有光，是非先後邪？自吾得由也，惡言不入於耳，是非禦侮邪〔2〕？'"

○"劉尹謂"至"受而不恨"

"吾有四友"，參見校文。葉德輝曰："蓋尹以回視仁祖，以由視許玄度，故二人皆受而不憾。若泛語'四友'，則謝無所受。"○趙西陸曰："《魏志·陳群傳》：'文帝在東宮，深敬器焉，待以交友之禮，常歎曰：自吾有回，門人日以親。'"○張萬起曰："此處劉尹以顏回比謝尚。"

"自吾有由"，張萬起曰："此以仲由比許詢。"

○注"尚書大傳曰"

"文王有四友"，楊勇曰："《詩·大雅·緜》：'虞芮質厥成，文王蹶厥生。予曰有疏附，予曰有先後，予曰有奔奏，予曰有禦侮。'朱子注：'率下親上曰疏附，相道先後曰先後，喻德宣譽曰奔奏，武臣折衝曰禦侮。'"

【彙評】

劉應登曰："此皆語門人弟子之辭，而同輩受之不恨。"

袁中道曰："佳。"《舌華錄》卷九。

方苞曰："自居於師，而以弟子待人，其招恨宜也。"

蔣凡曰："驕狂之中，又帶幾分張揚自我的天真，所以也有可愛的一面，以

---

〔1〕 "四友"，黃丕烈校"四友"作"回也"。葉德輝曰："'四友'疑'回也'二字淆文。觀下文'自吾有由'及注'自吾得回也'、'自吾得由也'等句，可悟原本因注中有'四友'牽涉而誤。"程炎震引李慈銘校曰："'四友'字當爲'回'，與下句一例，形近故誤耳。"

〔2〕 "禦侮"，董刻本"侮"作"悔"。王利器曰："各本'悔'作'侮'，是。"

此謝、許二人不恨。”

　　世目殷中軍：“思緯淹通〔1〕，比羊叔子。”羊祜德高一世，才經夷險。淵源蒸燭之曜〔2〕，豈喻日月之明也。

　　○“世目殷”至“羊叔子”

　　“思緯淹通”，參見校文。恩田仲任曰：“思繹，審度也。”○田中頤曰：“謂其思繹之功，淹滯者因通釋也。”《集成》。○龔斌曰：“思緯，義同‘思致’。”

　　○注“羊祜”至“明也”

　　“蒸燭之曜”，秦士鉉曰：“蒸，炬也。”○徐震堮曰：“《儀禮·既夕禮》注：‘燭用蒸。’疏：‘大曰薪，小曰蒸。’蒸燭以喻光之微弱也。”○楊勇曰：“蒸燭，小燭也。”

　　◎張萬起曰：“羊祜德望高，有才略，然於清言析理，不如殷浩之名氣。孝標褒貶，未爲公允。”

【彙評】

　　方苞曰：“擬人不倫，謂爲皮相，猶□論耳。”

　　有人問謝安石、王坦之優劣於桓公。桓公停欲言，

---

〔1〕“思緯”，《世説補》“緯”作“繹”，張文柱曰：“《世説》元本‘繹’作‘緯’。”秦士鉉按曰：“《詩》有‘繹思’。”
〔2〕“之曜”，朱鑄禹曰：“‘曜’袁本作‘躍’，非。”

中悔曰："卿喜傳人語，不能復語卿。"

　　○"有人問"至"復語卿"

　　"停欲言中悔曰"，大典顯常曰："停，佇思也。"《集成》。○秦士鉉曰："桓初欲開口，中悔停言也。"○崔朝慶曰："言略沈吟而欲發言也。"○趙西陸曰："停，始也。陶淵明《擬古詩》：'行行停出門，還坐更自思。''停'字義同。"○徐震堮曰："停欲言，沈吟而欲言也。"○朱鑄禹曰："停欲言，意謂稍停思考，而方欲言又悔，蓋其所欲言必有臧否謝、王之辭，故恐問者傳説也。"○楊勇曰："停，正也。停欲言，正欲言也。《水經·江水注》：'停午時分。'即正午時分。陶淵明《擬古》：'裝束既有日，已與家人辭。行行停出門，還坐更自思。''停'蓋由'鼎'音轉。《漢書·匡衡傳》：'無説《詩》，匡鼎來。'應劭注：'鼎，方也。'方，亦正也。"吴金華按曰："徐氏以'沈吟'解釋'停'字，望文生訓。楊氏所説極是。這類用在動詞前面的'停''鼎'，猶言'方才''正值'，是漢魏六朝常語。"《考釋》頁一四〇。○蔣宗許曰："'停欲言'即'正欲言'。'停'有'正'義，六朝習見。"《礼記》。

　　"喜傳人語"，汀藍生曰："'喜'表示某種行爲動作或現象經常發生，容易發生，相當於'常'、'經常'、'容易'。"《彙釋》頁二一五。

　　"不能復語卿"，秦士鉉曰："桓所欲言，有中二人之臧否，故恐其傳之。"

【彙評】

劉辰翁曰："自佳。"

陳夢槐曰："有情有景。"

狄期進曰："君子無易由言，耳屬於垣。故《易》曰：'不出户庭無咎。'亂之所生也，則言語以爲之階。"

53

　　王中郎嘗問劉長沙曰："我何如苟子？"《大司馬官屬名》

曰：“劉爽字文時，彭城人。”《劉氏譜》曰：“爽祖昶，彭城內史。父濟，臨海令。爽歷車騎咨議[1]、長沙相、散騎常侍。”劉答曰：“卿才乃當不勝苟子，然會名處多。”王笑曰：“癡！”

○“王中郎”至“笑曰癡”

“苟子”，徐震堮曰：“王濛子脩，小字苟子。”

“乃當”，蔣宗許曰：“是，的確。”《大辭典》頁二二八。

“會名處多”，朱鑄禹曰：“似謂坦之之聲譽較苟子爲廣。言頗直率，故王笑以爲癡也。”○楊勇曰：“會名，會集名理也，即綜合名理也。”○張永言曰：“領會、領悟名理的地方。”《辭典》頁一八七。○周一良曰：“處，猶言機遇也。”《商兑》。

54

支道林問孫興公：“君何如許掾？”孫曰：“高情遠致，弟子蚤已服膺[2]；一吟一詠，許將北面。”

○“支道林”至“將北面”

“許掾”，徐震堮曰：“謂許詢。”

“北面”，張萬起曰：“古代敬師之禮。”

【彙評】

劉辰翁曰：“甚未可也。”朱鑄禹按曰：“孫答亦頗自負，故劉辰翁評之以爲不可。”

張萬起曰：“許詢非不善吟詠者，孫綽自詡之情，溢於言表。”

---

〔1〕“咨議”，董刻本“咨”作“諮”。
〔2〕“蚤已”，董刻本、元刻本“蚤”作“早”。

王右軍問許玄度："卿自言何如安石[1]？"許未答，王因曰："安石故相爲雄[2]，阿萬當裂眼争邪？"《中興書》曰："萬器量不及安石[3]，雖居藩任，安在私門之時，名稱居萬上也。"

○"王右軍"至"裂眼争邪"

"許未答"，田中頤曰："不得不小讓故。"

"安石故相爲雄"，參見校文。岡白駒曰："是謝優於許。"○桃井白鹿曰："《荀子·議兵篇》：'相爲雌雄。'"《補遺》。○大典顯常曰："言安石於阿萬猶相爲雄也。"○蔣宗許曰："'相'，自漢以下便具有指代作用。'相爲惜之'（《規箴》），'相爲美談'（《賢媛》），均是'爲你'、'爲之'的意思。'相爲雄'猶言'爲你之雄'，即'勝過你'。蓋右軍心目中，輕許詢而重謝安。"《札記》。○鍾仕倫曰："王引之《經傳釋詞》卷一'與'曰：'家大人曰：與猶爲也。''故相與雄'即'故相爲雄'，義之言謝安與許詢不相上下。"《舉偶》。

"當裂眼争邪"，岡白駒曰："玄度與萬石，當争雌雄，而云'裂眼'，則是非易矣。"○桃井白鹿曰："裂眼，苦争之狀。言安石故相爲雄於阿萬，則玄度當裂眼争優劣也。"○平賀房父曰："言安石故相爲雄，雖阿萬而非當裂眼而争者，況足下乎？"○田中頤曰："言安石舊來相共爲雄於阿萬，今許當裂眼竭力一争雄之材耶！"○秦士鉉曰："阿萬不及安石，然足下難裂眼相争，況安石乎？安石故自爲雄矣。裂眼，苦争之狀。"朱鑄禹釋曰："此謂安石故自爲雄，阿萬亦不當裂眼以争，言外之意足下尚不及萬，況安石乎？"

---

[1]　"安石"，程炎震曰："宋本'石'作'萬'。"余嘉錫曰："'石'沈本作'萬'。"徐震堮曰："沈校本作'安萬'，是。據下文'安石''阿萬'二語及《中興書》注可證。但義之不當直呼二人之名，疑'安石'下脱'萬石'二字。"

[2]　"相爲雄"，余嘉錫曰："'爲'景宋本作'與'。"龔斌曰："據文意，當作'爲'是。"大典本亦作"與"，鍾仕倫曰："疑作'與'，是。"

[3]　"不及"，董刻本"及"作"乃"。王利器曰："各本'乃'作'及'，是。"

56

　　劉尹云："人言江虨田舍，江乃自田宅屯。"^{謂能多出}
^{有也。}

　　○"劉尹云"至"自田宅屯"

"自田宅屯"，劉辰翁曰："不甚可曉，然可用。似謂田宅所屯聚也。"○朱
鑄禹曰："此似謂江自屯聚田宅，無怪人以田舍目之。"

57

　　謝公云："金谷中蘇紹最勝。"紹是石崇姊夫，蘇則
孫，愉子也。^{石崇《金谷詩敍》曰："余以元康六年〔1〕，從太僕卿出爲使}
持節，監青、徐諸軍事、征虜將軍。有別廬在河南縣界金谷澗中，或高或下，
有清泉茂林，衆果、竹柏、藥草之屬，莫不畢備。又有水碓、魚池、土窟，其
爲娛目歡心之物備矣。時征西大將軍祭酒王詡當還長安，余與衆賢共送，往澗
中，晝夜遊宴，屢遷其坐，或登高臨下，或列坐水濱。時琴瑟笙筑，合載車
中，道路並作。及住，令與鼓吹遞奏。遂各賦詩，以敍中懷。或不能者，罰酒
三斗〔2〕。感性命之不永，懼凋落之無期，故具列時人官號、姓名、年紀，又寫
詩箸後。後之好事者，其覽之哉！凡三十人，吳王師、議郎、關中侯、始平武功
蘇紹字世嗣〔3〕，年五十，爲首。"《魏書》曰："蘇則字文師，扶風武功人。剛
直疾惡，常慕汲黯之爲人。仕至侍中、河東相。"《晉百官名》曰："愉字休豫，
則次子。"山濤《啓事》曰："愉忠義有智意，位至光禄大夫。"

　　○"謝公云"至"愉子也"

"金谷中蘇紹最勝"，凌濛初曰："紹乃則之孫，愉之子。"○李詳曰："裴注

---

〔1〕 "六年"，趙西陸曰："《水經·穀水注》引'六年'作'七年'。"
〔2〕 "三斗"，王叔岷曰："《渚宮舊事》五'斗'作'升'。"
〔3〕 "武功"，董刻本"功"作"公"。朱鑄禹曰："袁本、諸本作'功'，是。"

言紹有詩，在《金谷集》。《水經・穀水注》又引作《金谷詩集》，是《金谷集》爲總集之名，如魏文帝都爲一集之集。《文選》十二有潘岳《金谷集作詩》一首，似又爲宴集之集。崇序紹年五十爲首，是尚齒也。謝公云‘蘇紹爲勝’，又似指詩而言，皆所未喻。”○余嘉錫曰：“《晉書・李含傳》云：‘含隴西狄道人，僑居始平。司徒選含領始平中正。含自以隴西人，雖戶屬始平，非所綜悉，以讓常山太守蘇韶。’今此‘蘇紹’，正籍始平，當即一人。‘紹’‘韶’不同，以其字世嗣推之，作‘紹’爲是。”

“紹是石崇姊夫”，李詳曰：“《魏志・蘇則傳》裴注云：‘石崇妻，紹之兄女。’此云紹爲石崇姊夫，疑爲輩行不倫。”龔斌按曰：“裴注云‘紹之兄女’，非‘兄女’，李詳誤記。”○徐震堮曰：“《魏志・蘇則傳》注：‘石崇妻，紹之女兄也。’與此不同。”《札記》。

○注“石崇金谷詩敘曰”

《金谷詩序》，沈家本曰：“《隋志》：‘晉衛尉卿石崇集六卷。梁有録一卷。’二《唐志》五卷，並無録一卷。《晉書》本傳：‘崇有別館在河陽之金谷，一名梓澤，送者傾都帳飲於此焉。’《金谷詩序》此時所作也。”《古書目》卷五。○葉德輝曰：“亦見《水經・穀水注》。”《書目》。

“土窟”，秦士鉉曰：“土窟，見《左傳》，然此處不知何用。”○周一良曰：“土窟蓋即今日河南陝西一帶之窟洞，故以驕奢著稱之石崇金谷園中亦有土窟，不必定爲隱逸者所居。”《史札》頁一〇〇。

“屢遷其坐”，秦士鉉曰：“《詩經》：‘乘其坐遷。’”

◎楊慎曰：“《世說新語》謂王羲之作《蘭亭記》，人以方《金谷序》，羲之甚有欣色。《金谷序》今不傳，其實《蘭亭》之所祖也。余舊得宋人石刻一本，今録於此，其辭曰：‘余以元康六年，從太僕卿出爲使持節，監青徐諸軍事、征虜將軍。有別廬在河南縣界金谷澗中，或高或下，有清泉茂林，衆果、竹柏、藥草之屬，莫不畢備；又有水碓、魚池、土窟，其爲娛目歡心之物備矣。時征西大將軍祭酒王詡當還長安，余與衆賓共送，往澗中，晝夜遊宴，屢遷共坐，或登高臨下，或列坐水次，時琴瑟笙筑，合載車中，道路並作。及住，令鼓吹迭奏，遂各賦詩，以敘中懷。或不能者，罰酒三斗。感性命之不永，懼凋落之無期，故列敘時人官號姓名年紀，又寫詩著後。後之好事者，其覽之哉！’”《丹鉛餘録》卷一。

劉尹目庾中郎："雖言不愔愔似道，突兀差可以擬道。"《名士傳》曰："敳頹然淵放，莫有動其聽者。"

○"劉尹目"至"以擬道"

"言不愔愔似道"，朱鑄禹曰："愔愔，深靜，沉默也，似謂不能沉默似悟道者。"○龔斌曰："言，當指清言。愔愔，安靜和悅貌。"按"愔愔"義參見《賞譽篇》"謝車騎初見王文度"條。

"突兀"，楊勇曰："峻起高出也。"

○注"名士傳曰"

"莫有動其聽者"，楊勇曰："聽，猶心也。"○龔斌曰："意謂不爲外物所動，此即有道者也。"

59

孫承公云[1]："謝公清於無弈[2]，《中興書》曰："孫統字承公[3]，太原人。善屬文，時人謂其有祖楚風。仕至餘姚令。"潤於林道。"《陳逵別傳》曰："逵字林道，潁川許昌人。祖淮[4]，太尉。父畛，光禄大夫。逵少有斡[5]，以清敏立名。襲封廣陵公、黄門郎、西中郎將，領梁、淮南二郡太守。"

---

〔1〕 "孫承公"，大典本"公"下有"純"字。鍾仕倫曰："疑爲劉應登注。孫純，應爲孫統。'統''純'形近而誤。"按參見"孫統"校文。
〔2〕 "無弈"，楊勇曰："宋本作《無弈》，非。"按大典本、袁刻本亦作"弈"。
〔3〕 "孫統"，董刻本"統"作"純"。余嘉錫曰："此'統'字不避昭明諱，蓋宋人所校正。"王利器曰："各本'純'作'統'，是。"
〔4〕 "祖淮"，楊勇曰："宋本作'淮'，非，今依《魏志·陳群傳》注改。"按裴注"淮"作"準"。方一新《斠詁》曰："'淮'字各本同，當爲'準'字之譌。《三國志·魏志·陳泰傳》裴注引《陳氏譜》曰：'準孫逵，字林道。'"
〔5〕 "有斡"，董刻本"斡"作"幹"。

○"孫承公"至"林道"

"清於無弈"，劉應登曰："謝奕，字無奕。"

○注"陳逵別傳曰"

程炎震曰："《魏志》二十二《陳群傳》注曰：'群之後名位遂微，謀孫佐，佐子準，太尉，封廣陵郡公，準孫逵。'"

【彙評】

劉辰翁曰："誰知二賢？只見謝公'清''潤'耳。"

60

或問林公："司州何如二謝？"林公曰："故當攀安提萬。"《王胡之別傳》曰："胡之好談諧[1]，善屬文辭，爲當世所重。"

　　○"或問"至"提萬"

"攀安提萬"，岡白駒曰："攀者，將及之也。提者，在己下也。"○大典顯常曰："言安之下，萬之上也。"○田中頤曰："言其材力故當上攀謝安，下提謝萬也。"○秦士鉉曰："攀，手及上也。提，在己下也。"○楊勇曰："在安下萬上，二者之間也。"○朱鑄禹曰："謂上攀謝安，下提謝萬，即比安不足，比萬有餘也。"

【彙評】

劉辰翁曰："語强，然有思。"

---

〔1〕"談諧"，余嘉錫曰："'諧'景宋本作'講'。"龔斌曰："作'諧'是。談諧，談謔也。"

田中頤曰：“居二謝中。”

61

孫興公、許玄度皆一時名流。或重許高情，則鄙孫
穢行；或愛孫才藻，而無取於許。宋明帝《文章志》曰：“綽博涉
經史，長於屬文，與許詢俱與負俗之談〔1〕。詢卒不降志，而綽嬰綸世務焉。”
《續晉陽秋》曰：“綽雖有文才，而誕縱多穢行，時人鄙之。”

○“孫興公”至“取於許”

“或重許高情”四句，大典顯常曰：“《晉·孫綽傳》：‘沙門支遁試問綽：君
何如許？綽曰：高情遠致，弟子早已伏膺；然一詠一吟，許將北面。’”《集成》。
○田中頤曰：“謂輕重於二而取舍於一也。”

○注“宋明帝文章志曰”

“嬰綸世務”，恩田仲任曰：“嬰，繫也。綸，纏裹也。”○秦士鉉曰：“或
云：綸，釣綸也，猶魚罣餌也。”

【彙評】

李贄曰：“才藻焉敵高情？”
方苞曰：“孫之才藻，許之高情，均有過人處。取節其可也。”

62

郗嘉賓道謝公：“造𨠑雖不深徹，而纏綿綸至。”又

─────────────

〔1〕“俱與負俗之談”，平賀房父曰：“必有脱誤。”秦士鉉曰：“‘與’疑‘有’訛，‘談’疑‘評’
訛。”余嘉錫曰：“‘與’景宋本及沈本作‘有’。”朱鑄禹曰：“袁本作‘與’，非。”

1190

曰：“右軍詣嘉賓〔1〕。”嘉賓聞之云：“不得稱詣，政得謂之朋耳！”謝公以嘉賓言爲得。凡“徹”“詣”者，蓋深覈之名也。謝不徹，王亦不詣。謝、王於理，相與爲朋儔也。

○“郗嘉賓”至“纏綿綸至”

“造郗”，楊勇曰：“猶造詣也。”○張萬起曰：“‘造膝交談’之省，引申爲談論，議論。此指談玄、清談而言。”

“深徹”，蕭艾曰：“道理通達，略無滯義謂之徹，今言透徹是也。”《探幽》頁七九。

“纏綿綸至”，蕭艾曰：“殆與《文學》二一條稱王導於三理‘宛轉關生，無所不入’相似。”《探幽》頁七九。○張萬起曰：“纏綿，周詳細密。綸至，指思想極有條例。”○龔斌曰：“意謂謝安理致之造詣雖未至深徹之境界，但已臻細密周詳矣。”

○“又曰右軍”至“言爲得”

“又曰”，徐震堮曰：“‘又曰’者，蓋記事者另發一端，言時人又有此論，不與上文相承。”○楊勇曰：“又，通‘有’。《詩·周頌·臣工》：‘亦又何求。’”

“右軍詣嘉賓”，蕭艾曰：“謂羲之已達到郗超之水平。”《探幽》頁七九。○張萬起曰：“詣，指造詣深。”

“不得稱詣”二句，劉應登曰：“此云‘詣’，非其他造之之謂。乃目其於理深詣，即謝之深徹，皆覈至之名。謝不徹，王亦不詣，其於理但相朋耳，無大高下也。”○朱鑄禹曰：“‘詣’，作造詣解似亦可通。蓋人謂右軍可造及嘉賓，故（嘉賓）聞之謙云：不得謂相及，而政可謂並駕不分高下也。”

○注“深覈之名”

“深覈”，蔣宗許曰：“即準確地把握了問題的精要、實質。”《叢札》。

---

〔1〕“又曰右軍詣嘉賓”，何焯曰：“‘又’疑‘人’誤。”徐震堮曰：“‘詣’下‘嘉賓’二字疑衍。”朱鑄禹曰：“此‘又曰’，未知何人，疑上有脫文。”周一良《批校》曰：“‘嘉賓’二字衍。”

劉辰翁曰："'造膝'是文談，可厭。"○曰："'纏綿綸至'，可觀。"

63

庾道季云："思理倫和，吾愧康伯；志力彊正，吾愧
文度。自此以還，吾皆百之。"庾龢，已見〔1〕。

○"庾道季"至"皆百之"

"思理倫和"，淇園曰："倫和，中其倫理而和。"○田中頤曰："其思理有倫
序而和解也。"○秦士鉉曰："倫和，經綸和合。"○張萬起曰："倫和，有條理
邏輯。"

"志力彊正"，田中頤曰："志正力彊而有所致也。"○張萬起曰："彊正，剛
強正直。"

"吾皆百之"，淇園曰："言百倍於其人。"○田中頤曰："'百'謂多有也。
是二'愧'以'百'償之，因自解顏。"○秦士鉉曰："百之，言有百倍之才。"

【彙評】

王世懋曰："道季比中郎，恰得。"

64

王僧恩輕林公，藍田曰："勿學汝兄，汝兄自不如

---

〔1〕"庾龢"，董刻本"龢"作"欽"。王利器曰："袁本、曹本、王本'欽'作'龢'，凌本作'龢'，
是。"楊勇曰："宋本作'庾欽'，非。"

伊。"僧恩，王禕之小字也。《王氏世家》曰："禕之字文劭〔1〕，述次子。少知名，尚尋陽公主。仕至中書郎，未三十而卒。坦之悼念，與桓溫稱之，贈散騎常侍。"

○"王僧恩"至"不如伊"

"勿學汝兄"，大典顯常曰："兄則王坦之也。蓋坦之亦嘗輕林公也。"○趙西陸曰："兄，王坦之也。坦之輕林公，見《輕詆篇》'王中郎與林公絕不相得'及'王北中郎不爲林公所知'兩則。"

"汝兄自不如伊"，田中頤曰："即是僧恩不如兄，兄又不如林公也。"

○注"王氏世家曰"

《王氏世家》，沈家本曰："《隋志》：'《王氏江左世家傳》二十卷，王褒撰。'注但稱《世家》，省文也。《唐志》無。"《古書目》卷四。

"述次子"，徐震堮曰："禕之乃述少子，述次子名虔之（當作'處之'），小字阿智，見《假譎》一二。"

【彙評】

劉辰翁曰："似佞其子而黨林公。"秦士鉉按曰："此評難解。"龔斌按曰："王述非佞子，亦非黨林公。"

65

簡文問孫興公："袁羊何似？"答曰："不知者不負其才，知之者無取其體。"言其有才而無德也。

○"簡文問"至"無取其體"

"不知者不負其才"二句，岡白駒曰："唯稱其才，是不負於羊之所有。"

---

〔1〕"文劭"，徐震堮《札記》曰："《晉書》本傳作'文郡'。"

○田中頤曰：“言不知者不辜負其才用而取之，知之者無取其體實而捨之也。”
○秦士鉉曰：“蓋言常人以其所爲，爲不孤負其才，深知其爲人者，不重其德業也。”

66

蔡叔子云：“韓康伯雖無骨榦〔1〕，然亦膚立。”

○“蔡叔子”至“膚立”

“蔡叔子”，程炎震曰：“蔡系字子叔。此‘叔子’二字蓋誤倒。”○徐震堮曰：“《雅量》三一有蔡子叔，注引《中興書》：‘蔡系字子叔。’疑是一人。”

“雖無骨榦然亦膚立”，劉辰翁曰：“外貌。”○楊慎曰：“膚立者，茗柯之反也。”《藝林伐山》卷六。○田中頤曰：“言内無其實，而外有其貌也。”○余嘉錫曰：“康伯爲人肥壯，故《輕詆篇》注引范啓云：‘韓康伯似肉鴨。’此言其雖無骨榦，而其見於外者亦足自立也。”○朱鑄禹曰：“膚立，外貌也。康伯門庭蕭寂，未爲無骨幹。”○張萬起曰：“意謂韓康伯外觀形象尚挺立。”

67

郗嘉賓問謝太傅曰：“林公談何如嵇公？”謝云：“嵇公勤著腳，裁可得去耳。”《支遁傳》曰：“遁神悟機發，風期所得，自然超邁也。”又問：“殷何如支？”謝曰：“正爾有超拔，支乃過殷。然亹亹論辯，恐□欲制支〔2〕。”

○“郗嘉賓”至“欲制支”

“勤著腳裁可得去”，岡白駒曰：“譬之戰，勤著腳，裁可得逃去耳，差遲則

〔1〕 “骨榦”，董刻本“榦”作“幹”。
〔2〕 “□欲”，程炎震曰：“《高僧傳》云：‘恐殷制支。’此處‘□’必是‘殷’字。宋本初諱‘殷’，後來未及填寫耳。”朱鑄禹曰：“‘□’諸本多作‘口’字，疑非。”

將打殺。”○桃井白鹿曰：“苦走之狀。”○大典顯常曰：“勤著腳，力步之也。”○平賀房父曰：“謂嵇不及林也。”○恩田仲任曰：“勤著腳，疾走也。”○田中頤曰：“言林公風神超拔，故嵇公勤力著腳，則裁可得從而同去也。”○余嘉錫曰：“蓋謂嵇須努力向前，方可及支。”○徐震堮曰：“‘勤著腳’，努力的意思。《高僧傳》作‘嵇努力裁得去耳’，正是這一句的注腳。”《釋義》。○蔣宗許曰：“勤著腳，努力不斷向前跑。此處謂就談玄而言嵇康非支道林對手，要跑得快才能脫身。”《大辭典》頁二五四。

“正爾有超拔”，胡三省曰：“正爾，猶言正如是也。”《通鑒·魏紀九》注。又《魏紀六》“燕王正爾爲”注曰：“爲事正如是也。”○岡白駒曰：“爾，指辭，猶其也，晉人語也。”○田中頤曰：“言正如前言，其有超拔處，支乃過殷。”○徐震堮曰：“正爾，有時作‘即使’解。”《釋義》。○王叔岷曰：“‘正爾’猶‘正唯’。”

“亹亹論辯”二句，田中頤曰：“言殷娓娓細小論辯處，則恐□欲制抑支也。”○秦士鉉曰：“亹亹，不倦意。”

○注“支遁傳曰”

“風期所得”，恩田仲任曰：“風期，風情所期。”○秦士鉉曰：“風期，風韻志期也。”

【彙評】

劉辰翁曰：“便是爭名。”

伯克利手批曰：“無爲之比擬，真可笑。”

秦士鉉曰：“據此評，則殷過支，支過嵇，嵇古今偉人也，豈殷所能企及哉？況支不如劉尹、長史乎？恐非謝公言。或云，此但於談辯上評之，非評其人也。”

余嘉錫曰：“安答王子敬，以爲支不如庾亮。又答王孝伯，謂支並不如王濛、劉惔。今乃謂中散努力，纔得及支，而殷浩卻能制支，是中散之不如庾亮輩也。乃在層累之下也。夫庾、殷庸才，王仲祖亦談客耳，詎足上擬嵇公？劉真長雖有才識，恐亦非嵇之比。支遁緇流，又不足論。安石褒貶，抑何不平？雖所評專指清談，非論人品，然安石之去中散遠矣，何從親接謦欬，而遽裁量其高下耶？此必流傳之誤，理不可信。”

68

庾道季云：“廉頗、藺相如雖千載上死人〔1〕，懍懍恒如有生氣〔2〕。《史記》曰：“廉頗者，趙良將也。以勇氣聞諸侯。藺相如者，趙人也。趙惠文王時，得楚和氏璧，秦昭王請以十五城易之。趙遣相如送璧，秦受之，無還城意。相如請璧示其瑕，因持璧卻立倚柱，怒髮上衝冠，曰：‘王欲急臣，臣頭今與璧俱碎。’秦王謝之。後秦王使趙王鼓瑟，相如請秦王擊筑〔3〕。趙以相如功大，拜上卿，位在廉頗上。”曹蜍〔4〕、蜍，曹茂之小字也。《曹氏譜》曰：“茂之字永世〔5〕，彭城人也。祖詔，鎮東將軍司馬。父曼，少府卿。茂之仕至尚書郎。”李志《晉百官名》曰：“志字溫祖，江夏鍾武人。”《李氏譜》曰：“志祖重，散騎常侍。父慕，純陽令〔6〕。志仕至員外常侍、南康相。”雖見在，厭厭如九泉下人。人皆如此，便可結繩而治，但恐狐狸猯狢噉盡。”言人皆如曹、李質魯淳愨，則天下無姦民，可結繩致治。然才智無聞，功迹俱滅，身盡於狐狸，無擅世之名也。

○“庾道季”至“猯狢噉盡”

“懍懍恒如有生氣”，岡白駒曰：“懍，與‘凜’通。”○田中頤曰：“懍懍，可敬畏貌。”○崔朝慶曰：“使人敬畏也。”○王叔岷曰：“《金樓子·立言上篇》‘懍懍’作‘凜凜’，‘懍’‘凜’並‘癛’之俗字。《說文》：‘癛，癛癛，寒也。’段注：‘引申爲敬畏之偁。’此文‘懍懍’，謂令人敬畏也。”

---

〔1〕“死人”，桃井白鹿曰：“‘死’一作‘使’，非。”大典顯常曰：“‘死’一作‘使’，屬下句，意亦通。”平賀房父曰：“‘使’字故作‘死’，是也。作‘使’字則上句不成語，且不與下‘見在’相應。”王先謙：“一本‘死’作‘使’。”葉德輝曰：“袁本如此。按文義，‘千載’‘見在’是對文，當以‘雖千載上’句，‘使人’屬下。此本改‘使人’爲‘死人’，俚率無味。”徐震堮曰：“案《金樓子》亦作‘死’，當不誤。”龔斌曰：“《藝文類聚》二二引《郭子》亦作‘死’，‘死人’與下‘見在’對文。”

〔2〕“懍懍恒如有生氣”，董刻本無“如”字。余嘉錫曰：“《山谷外集》注一引作‘尚凜凜有生氣’。”

〔3〕“擊筑”，徐震堮《札記》曰：“‘筑’當作‘缶’。”

〔4〕“曹蜍”，余嘉錫曰：“《金樓子·立言篇》作‘曹攄’，或梁元帝所見本與孝標不同。”

〔5〕“永世”，恩田仲任曰：“《佩文齊書畫譜》曰：‘《曹氏譜》曰：曹茂之字永叔。’”秦士鉉曰：“或作‘永叔’。”

〔6〕“純陽”，程炎震曰：“晉無純陽縣，恐是綏陽，屬荆州新城郡。”

“曹蚜李志”，恩田仲任曰：“《墨池瑣録》曰：‘曹蚜、李志與右軍同時，書亦争衡。’”

“厭厭如九泉下人”，岡白駒曰：“厭厭，安静貌。”○桃井白鹿曰：“‘厭’讀爲‘饜’，閉藏貌。”○余嘉錫曰：“《金樓子》作‘黯黯’。”○張萬起曰：“厭厭，同‘奄奄’，氣息微弱的樣子。”

“結繩而治”，秦士鉉曰：“《繫辭傳》：‘上古結繩而治。’”○崔朝慶曰：“上古未有文字時，結繩以記事。此言可以返於渾樸之世也。”

“狐狸貓狢噉盡”，劉應登曰：“言人皆如曹、李淳樸無爲，可如上古，但才智無聞，功跡俱泯，身盡於狐狸而已。”○大典顯常曰：“貓，野豬也。狢，如狼者，善騙羊。”○崔朝慶曰：“言恐爲獸類食盡也。”○劉盼遂曰：“詳注意，謂曹、李身噉於狐狸也。其説遠失。庾道季本謂天下人盡如曹、李之疏於世慮，則誰將烈山澤而焚之，誰復毆虎豹犀象而遠之，如是則禽獸逼人，人盡爲狐狸貓狢之餕餘矣。”○楊勇曰：“按道季之意，謂人皆如曹、李，則同死人矣，雖可結繩而治，然茹毛飲血，又恐被狐狸噉盡。孝標注亦近似，劉箋未的。”

◎程炎震曰：“《金樓子》九上引此文，云：‘並抑抗之論也。’”

○注“言人皆如曹”至“擅世之名也”

王世懋曰：“此注殊不似孝標，定爲後人攙入。”○凌濛初曰：“此注或出劉應登。”

【彙評】

李贄曰：“狐狢噉死屍，無人可治也。”《初潭集》卷十八。

王世貞曰：“庾道季云：‘廉頗、藺相如雖千載上死人，懍懍恒如有生氣。曹蚜、李志雖見在，厭厭如泉下人。’人雖不相蒙，意實有會。”《藝苑巵言》卷三。

王世懋曰：“道季此言，亦殊有生氣。”

袁中道曰：“妙絶！”評“人皆如此”三句。《舌華録》卷九。

凌濛初曰：“獨言廉、藺何也？狐狸貓狢，噉者故亦不止曹、李。”

伯克利手批曰：“快論，實雅屬。”

李飴嗣曰：“培塿無松柏，薰蕕不同器。士所志千載，確然自表異。廉藺已死人，凜凜有生氣。諸君雖見在，厭厭如下世。委軀噉貓狢，亦難得眠處。喟後九原人，庶以慰翹企。"《集世説詩》。

69

　　衛君長是蕭祖周婦兄，謝公問孫僧奴：僧奴，孫騰小字也。《晉百官名》曰："騰字伯海，太原人。"《中興書》曰："騰，統子也〔1〕。博學，歷中庶子、廷尉。"　"君家道衛君長云何？"孫曰："云是世業人。"謝曰："殊不爾，衛自是理義人。"于時以比殷洪遠。

　　○"衛君長"至"殷洪遠"

　　"衛君長是蕭祖周婦兄"，徐震堮曰："衛永字君長。蕭輪字祖周。"○楊勇曰："《賞譽篇》：'蕭中郎，孫承公婦父。'則衛永是孫統妻舅也，故有此問。"

　　"君家"，徐震堮曰："'君家'猶'君'也，與'我家'指我、'此家'指此人同例。"

　　"世業人"，胡三省曰："世業，猶言世事也。"《通鑒·漢紀五十七》注。○朱鑄禹曰："謂能守其家世之業，猶宋太祖輕吕端謂是人家子弟之承藉家聲耳。"○張萬起曰："立功名、幹事業的人。"《詞典》頁三二二。○龔斌曰："孫騰以爲衛永乃有志於世事者。"

　　"殊不爾"，陸以湉曰："'殊不爾''聊復爾耳'，'爾'猶言如此也。"《雜識》卷一。

　　"理義人"，楊勇曰："即清談名士。《文學》六二：'孚雅善理義，乃與仲堪道《齊物》。'"○張萬起曰："長於玄學義理的人。"○龔斌曰："謂衛永乃清談中人。"

---

〔1〕　"統子"，何焯曰："'統'當作'統'。"余嘉錫曰："騰，孫統子，見《晉書》五十六《孫楚傳》。此作'統'誤。"趙西陸曰："'統'當作'統'。《晉書·孫統傳》：'子騰。'"王利器曰："'統'當作'統'，各本都錯了。《太原中都孫氏譜》：'騰，統子，字北海，小字僧奴，仕至廷尉。'《晉書·孫統傳》：'後爲餘姚令，卒。子騰嗣，以博學著稱，位至廷尉。'"

70

王子敬問謝公："林公何如庾公?" 謝殊不受，答
曰："先輩初無論，庾公自足没林公。"《殷羡言行》曰："時有
人稱庾太尉理者。羡曰：'此公好舉宗本槌人〔1〕。'"

○"王子敬"至"足没林公"

"殊不受"，張萬起曰："很不願接受提問、發表意見。"

"先輩初無論"二句，劉應登曰："謂不聞說庾勝林耳。"○劉辰翁曰："只
是一句。"又曰："便與上句同。"評"庾公自足"句。○徐震堮曰："没，掩没，
勝過。"《簡釋》。○朱鑄禹曰："此謂前人未曾論兩人者，我意庾自足以掩蓋支。"

○注"殷羡言行曰"

"舉宗本槌人"，參見校文。楊勇曰："'素木槌人'者，言理不加飾，直白而
出，樸實無華而擊人也。"○朱鑄禹曰："'宗本槌人'自是釋家棒喝一類語氣。
《莊子》有'于其宗，于其本'，此蓋襲用其意。"○龔斌曰："指清言好舉根本
問難，'槌人'乃比喻耳。"

謝遏諸人共道竹林優劣，謝公云："先輩初不臧貶七
賢。"《魏氏春秋》曰："山濤通簡有德，秀、咸、戎、伶朗達有儁才。於時之
談，以阮爲首，王戎次之，山、向之徒，皆其倫也。"若如盛言〔2〕，則非無臧
貶。此言謬也。

○"謝遏"至"七賢"

"先輩初不臧貶七賢"，劉淇曰："此'初'字猶云自來、從來也。"《辨略》

---

〔1〕 "宗本"，王先謙曰："一本'本'作'木'，是。"余嘉錫曰："'宗'景宋本作'素'。"朱鑄禹
曰："王氏未言'宗木'之出處，亦未解此二字之義，疑不可從。"
〔2〕 "若如"，秦士鉉曰："或以'若如'爲衍一字，然下文亦有'若如公言'，或說非。"

卷一。○田中頤曰："言先輩以來，但稱以七賢，曾無異論也。"

【彙評】

王世懋曰："此言亦非公論。"

大典顯常曰："此謝公盛德之言。"《撮補》。

秦士鉉曰："戎鄙吝，然年五歲聞猛虎吼不動，看道邊李樹不動，十五籍友之，鍾會伐蜀，過而問之，戎答，非名賢不能言，後世戴逵輩重之，其鑽核豈其自污耶？賢者處亂世，悲夫！"評注《魏氏春秋》"王戎次之"。

余嘉錫曰："竹林諸人，在當時齊名並品，自無高下。若知人論世，考厥生平，則其優劣，亦有可言。叔夜人中臥龍，如孤松之獨立。乃心魏室，菲薄權奸，卒以忼直不容，死非其罪。際正始風流之會，有東京節義之遺。雖保身之術疏，而高士之行著。七子之中，其最優乎！嗣宗陽狂玩世，志求苟免，知囊括之無咎，故縱酒以自全。然不免草勸進之文詞，為馬昭之狎客，智雖足多，行固無取。宜其慕浮誕者，奉為宗主；而重名教者，謂之罪人矣。巨源之典選舉，有當官之譽，而其在霸府，實入幕之賓。雖號名臣，卻為叛黨。平生善與時俯仰，以取富貴。迹其終使，功名之士耳。仲容借驢追婢，偕豬共飲，貽譏清議，直一狂生。徒以從其叔父游，為之附庸而已。子期以注《莊》顯，伯倫以《酒德》著。流風餘韻，蔑爾無聞，不足多譏，聊可備數。濬沖居官則闒茸，持身則貪悋。王夷甫輩承其衣鉢，遂致神州陸沈。斯真竊位之盜臣，抑亦王網之巨蠹。名士若茲，風斯下矣。《魏氏春秋》之評，乃庸人之謬論，不足據也。"

72

　　有人以王中郎比車騎，車騎聞之曰："伊窟窟成就。"《續晉陽秋》曰："坦之雅貴有識量，風格峻整。"

　　○"有人以"至"成就"

　　"車騎"，余嘉錫曰："謝玄也。"

"窟窟成就"，余嘉錫曰："'窟窟'無義，當作'掘掘'，以形聲相近致誤耳。《説文》：'搰，掘也。掘，搰也。'《左氏》哀二十六年《傳》：'掘褚師定子之墓焚之。'《釋文》云：'本或作搰。'《莊子·天地篇》云：'子貢過漢陰，見一丈人，方將爲圃畦，鑿遂而入井，抱甕而出灌，搰搰然用力甚多，而見功寡。'《釋文》云：'搰搰，用力貌。'晉人談論，好稱引《老》《莊》，必《莊子》別本有作'掘掘'者，故謝玄用之。云'掘掘成就'者，言坦之隨事輒搰搰用力，故能成就其志業也。謝玄有經國之略，其平生使才，雖履展間，咸得其任。是亦能搰搰用其心力者。卒之克建大勳，爲晉室安危所繫，與王坦之功名略等。其稱坦之之言，殆即所以自寓也。"○趙西陸曰："窟窟，疑同'矻矻'。"○殷正林曰："窟窟，聚集貌。窟本小孔義，因而有聚集之義。"《新義》。○楊勇曰："譽坦之成就之多也。'窟窟成就'者，猶言處處有所成就，褒詞也。車騎褒中郎，即自褒也。"

謝太傅謂王孝伯："劉尹亦奇自知，然不言勝長史。"

○"謝太傅"至"長史"

"王孝伯"，徐震堮曰："王恭字孝伯。恭爲王濛之孫。"

"劉尹亦奇自知"二句，岡白駒曰："王恭慕劉惔之爲人，謝語王曰：劉尹之奇自知，不言己勝王濛，則濛不在惔之下矣。"○大典顯常曰："奇，殊甚也。"○朱鑄禹曰："此蓋以劉惔素性高傲，少所許可，而不言勝長史，故奇其有自知之明也。"○張萬起曰："奇，極。"○龔斌曰："謂劉惔於清言自視甚高，然不言勝王濛。"

【彙評】

李贄曰："自好。"

王黄門兄弟三人俱詣謝公，子猷、子重多説俗事，《王氏譜》曰：“操之字子重，羲之第六子。歷秘書監、侍中、尚書、豫章太守。”子敬寒温而已。既出，坐客問謝公：“向三賢孰愈？”謝公曰：“小者最勝。”客曰：“何以知之？”謝公曰：“吉人之辭寡，躁人之辭多，推此知之。”

○“王黄門”至“推此知之”

“王黄門”，徐震堮曰：“王徽之官黄門侍郎。”
“多説俗事”，田中頤曰：“與‘辭寡’反應。”
“寒温而已”，田中頤曰：“即‘‘辭寡’。”○趙西陸曰：“寒温，猶寒暄。”
“小者最勝”，楊勇曰：“小者，即子敬也。”
“吉人之辭寡”二句，田中頤曰：“用《易》語，乃見多説似知者，皆可煩厭也。”○劉盼遂曰：“二語本《易·繫辭傳》。”

○注“王氏譜曰”

“羲之第六子”，大典顯常曰：“操之是羲之第四子，而羲之止有五子。”○恩田仲任曰：“羲之帖曰：吾有七兒一女皆同生。”

【彙評】

王楙曰：“王子猷多言俗事，謝安以爲不如獻之。僕謂此特以一時之言察其優劣耳，未考其終身之行也。《子猷傳》所載，率多曠達，如不答長官，拄笏而看西山；不顧主人，坐輿而造竹下；山陰雪夜詠《招隱詩》而訪戴逵。觀此數事，胸中灑落，亦自不凡，未易貶之也。然《傳》又云：‘人欽其才而穢其行。’僕觀此語，始知其爲人内行不謹，爲當時所鄙，信非子敬之比。惟史氏没其迹而不書，盛陳前數事，且居名父之下，名弟之上，左右掩映，故後世聞其風者，擊節賞歎，以爲不可及，而莫知有大節之累云。”《野客叢書》卷四。
王若虚曰：“王獻之嘗與兄徽之、操之俱詣謝安，二兄多言俗事，獻之寒温而已。或問安兄弟優劣，安曰：'少者佳。吉人之詞寡。以其少言，故知之。'予謂此一時率爾之言，非確論也。吉人之詞故寡，而寡者未必皆吉人，遽以是定其優劣，可乎？晉人議論淺近不切，大抵皆此類也。"《湛南集》卷二十八《臣事實辨》。

陳師曰："謝之人鑒亦審矣。"《禪寄筆談》卷三。

75

謝公問王子敬："君書何如君家尊？"答曰："固當不同。"公曰："外人論殊不爾。"王曰："外人那得知？"宋明帝《文章志》曰："獻之善隸書，變右軍法爲今體。字畫秀媚，妙絕時倫，與父俱得名。其章草疏弱，殊不及父。或訊獻之云：'羲之書勝不〔1〕？''莫能判。'有問羲之云：'世論卿書不逮獻之？'答曰：'殊不爾也。'它日見獻之，問：'尊君書何如？'獻之不答。又問：'論者云，君固當不如？'獻之笑而答曰：'人那得知之也。'"

○"謝公問"至"固當不同"

"君書何如君家尊"，劉盼遂曰："唐孫過庭《書譜》：'謝安素善尺牘，而輕子敬之書。安嘗問：卿書如何右軍？答云：故當勝。又曰：時人那得知。敬雖權辭折安，自稱勝父，不亦過乎？後右軍題壁，子敬輒書易其處，羲之還見，乃嘆曰：吾去時真大醉也。敬乃內慚。子敬不及逸少，無惑疑焉。'按後世書家亦有謂子敬筆由篆勢，實堪跨竈，然率皆遊談不根，江湖之習，今不取焉。"○周一良："南北朝時呼父爲'尊'。稱他人之父亦可曰'尊'。"《史札》頁二〇八。

"固當不同"，田中頤曰："似謂不及父而已，亦不欲就卑也。"○秦士鉉曰："不説自優，不説自劣，故云'不同'，然其微意則在謂自優。故謝又曰：'外人論足下不及父。'"○張萬起曰："固當，加強肯定判斷，猶當然。"《詞典》頁三

〔1〕 "或訊獻之云"二句，平賀房父曰："'訊'當作'計'，'云'當作'與'。"徐震堮曰："'云'字疑衍文。不應與子語斥其父名，當以'或訊獻之羲之之書勝否'爲句。'勝否'猶言'勝負'，蓋時人相與談論，故下云'莫能判。'"朱鑄禹曰："如'訊'作'評'，'云'作'與'，則義豁然。"

九五。

○“公曰外人”至“那得知”

“外人論殊不爾”，田中頤曰：“謝察其意，因託外人論，言殊不及父。”

“外人那得知”，張懷瓘曰：“此乃短謝公也。”《書斷》卷中。○桃井白鹿曰：“‘固當不同’，據注，獻之自謂勝父，此語亦其意耳。謝悟之，故曰：‘外人論殊不爾也。’外人論獻之不及父，子敬曰：‘外人那得知。’是不平之詞。”○田中頤曰：“仍固執己前言，因併斥謝也。”○江藍生曰：“六朝時期，‘外人’之義與今不同，泛指旁人、他人。”《彙釋》頁一九九。○張萬起曰：“獻之頗有自詡之意。”

○注“宋明帝文章志曰”

“獻之善隸書”，恩田仲任曰：“隸書即今真書。”○朱鑄禹曰：“此非漢隸之隸，殆即真書，所謂今隸，故下文稱之爲‘今體’。”

“章草”，恩田仲任曰：“《書苑》曰：‘杜操善草書，章帝愛之，謂之章草。’”○秦士鉉曰：“章草亦草書之一體。”

【彙評】

王若虛曰：“謝安問王子敬書何如逸少，答曰：‘故當不同。’安言外論不爾。則又曰：‘外人安知！’或稱李含光書過其父，含光聞之，終身不書。子敬非禮矣，而含光亦太過也。”《滹南集》卷二十八《臣事實辨》。

王世貞曰：“宋、齊之際，右軍幾爲大令所掩。梁武一評，右軍復伸；唐文再評，大令大損。若唐文之論，是偏好語，不足以服大令心也。人謂右軍内擫，故森嚴而有法；大令外拓，故散朗而多姿。法自兼姿，姿不能無累法也。後人學右軍終不能似，大令已自逗漏李北海、蘇眉山、趙吳興筆，然則大令之於右軍，直父子耳，不可稱伯仲也。”《藝苑卮言》附錄二。

郭良翰曰：“此言不幾於與父爭名也乎？”《問奇類林》卷二十一。

王思任曰：“添一‘外’字便韻。”

凌濛初曰：“安石不重獻之書，得之，斷作絞紙，或大批紙尾還之。按黃魯直曰：‘右軍似左氏，大令似莊周。’”

狄期進曰：“宋有學者，三年反而名其母。其母曰：‘願子之且以名母爲後也。’父子更相目哉！”

顧悖量曰：“孫過庭《書譜》云：‘謝安素善尺牘，而輕子敬之書。子敬嘗作佳書與之，謂必存錄，安輒題後答之，甚以爲恨。安嘗問敬：卿書何如右軍？答云云。’雖權以世辭，折安所鑒，自稱勝父，不亦過乎？以子敬之豪翰，紹右軍之筆札，雖復齟傳楷則，實恐未可箕裘，況乃假託神仙，恥崇家範，以斯成學，孰愈面牆？”秦士鉉按曰：“‘假託神仙’謂子敬《飛鳥帖》也。”

秦士鉉曰：“謝公問其子以與父優劣，恐非禮。”

余嘉錫曰：“謝安既自重其書，又甚尊右軍，而頗輕子敬。其發問時，蓋亦有此意。子敬心不平之，故答之如此。所謂‘外人那得知’者，即以隱斥安石，非真與其父爭名也。”

76

　　王孝伯問謝太傅：“林公何如長史？”太傅曰：“長史韶興。”問：“何如劉尹？”謝曰：“噫！劉尹秀。”土曰：“若如公言，並不如此二人邪？”謝云：“身意正爾也。”

〇“王孝伯”至“意正爾也”

“長史韶興”，岡白駒曰：“韶音興發。”〇田中頤曰：“唯稱長史者，意示於林無所取也。下句亦同。”〇秦士鉉曰：“韶，美也。”〇余嘉錫曰：“濛自言‘韶音令辭勝劉惔’，故謝亦贊其有韶美之興會也。”

“噫劉尹秀”，淇園曰：“言‘噫’者，其意蓋以其問與劉尹之優劣，爲不當有之問也。”〇田中頤曰：“‘噫’，嗟林之不及加遠也。”

“身意正爾也”，岡白駒曰：“身，自稱也。”〇田中頤曰：“言吾實意正如是也。”〇許世瑛曰：“此句譯以口語即爲‘我的意思正如此呀’！《釋“身”字》。〇王叔岷曰：“此猶言‘我意正如此也’。晉人自呼爲‘身’。”

伯克利手批曰："頻將方外人比擬事業人，此當時無識。"

77

　　人有問太傅："子敬可是先輩誰比?"謝曰："阿敬近撮王、劉之標。"《續晉陽秋》曰："獻之文義並非所長，而能撮其勝會，故擅名一時，爲風流之冠也。"

　　○"人有問"至"王劉之標"

　　"可是"，田中頤曰："是，猶'是非'之'是'。"

　　"近撮王劉之標"，岡白駒曰："王濛、劉惔也。標，表也。立木爲標記也，故謂其拔俗爲標。"○大典顯常曰："王劉，王仲祖、劉真長也。標，樹杪也，標的也。"秦士鉉按曰："樹杪解爲是。"○淇園曰："近，不遠也。曰'撮標'則是王亦未全得與合，而其於王、劉亦未盡其本要也。"○田中頤曰："言子敬之比，不必求之先輩，乃近可觀其人，總取王、劉之所標樹之所長也。"○秦士鉉曰："近，猶頗也，略也。撮，縮聚而捎取之也，即所謂'鈔撮'也。"○徐震堮曰："王劉之標，王濛、劉惔。標，標格，風度。"○楊勇曰："標，英也，猶今言精英也。八六'一時之標，千載之英'，'標''英'對文。近，淺也。"○朱鑄禹曰："撮標，撮其要領也。"

　　○注"續晉陽秋曰"

　　"撮其勝會"，秦士鉉曰："勝會，即勝情所會得也。"○龔斌曰："'勝會'猶勝解。"

【彙評】

凌濛初曰："撮標者亦擅名耶?"

78

謝公語孝伯："君祖比劉尹，故爲得逮。"孝伯云："劉尹非不能逮，直不逮。"言濛質而恭文也。

○"謝公語"至"直不逮"

"君祖"，徐震堮曰："濛生蘊，蘊生恭，故云'君祖'。"

"直不逮"，劉淇曰："直，徑直也。"《辨略》卷五。○張萬起曰："王質劉文，各領風騷，不必擬學。"○龔斌曰："只不過不比罷了。直，義猶'特'，但，只不過。"

【彙評】

王世懋曰："孝伯自私其祖，未爲公論，畢竟劉勝王。"

袁彦伯爲吏部郎，子敬與郗嘉賓書曰："彦伯已入，殊足頓興往之氣。故知捶撻自難爲人，冀小卻當復差耳。"

○"袁彦伯"至"當復差耳"

"袁彦伯爲吏部郎"，程炎震曰："彦伯爲吏部郎在寧康中。"○龔斌曰："宏原在桓温幕府，寧康元年七月桓温卒，疑宏於温卒不久爲吏部郎，時在寧康一二年間。"

"已入"，徐震堮曰："入，謂入爲吏部郎。"

"頓興往之氣"，徐震堮曰："興往，猶邁往。頓，摧挫也。"

"捶撻自難爲人"，王楙曰："蕭琛謂郎有杖自後漢始。"《野客叢書》卷二十。○姚範曰："疑過江後郎選官資輕，故王坦之云：'過江尚書郎正用第二人。'又王筠云：‘王氏過江以來，未有居郎位者。’又漢明杖郎，魏世韓宣爲尚書郎，亦以職事受罰，背縛待杖。事見《裴潛傳》注。‘捶撻’云云，或指此類。然《王國寶傳》云：‘中興膏腴之族，惟作吏部，不作餘曹。’則吏部亦爲高授。杖郎，《南史·蕭琛傳》尤詳。”《援鶉堂》卷三十六。○余嘉錫曰：“捶撻，謂笞刑也。子敬所以言此者，既喜彥伯之入吏部，又以晉世尚書郎不免笞撻，慮其蒙受恥辱，殆難爲人也。”○徐震堮曰：“《南史·蕭琛傳》：‘時齊明帝用法嚴峻，尚書郎坐杖罰者皆即科行，琛乃密啓曰：郎有杖起自後漢，爾時郎官位卑，親主文案，與令史不異，是以古人多恥爲此職。’子敬所云‘捶撻自難爲人’，當即指此。”

“冀小卻當復差耳”，余嘉錫曰：“子敬之意謂彥伯既知此職不免捶撻，當即進表辭讓，或可得詔停罰，如王濛故事。故曰‘冀小卻，當復差耳’。《廣雅·釋言》：‘卻，退也。’《方言》三：‘差，愈也。南楚病癒者謂之差。’此條因言彥伯有興往之氣，故入《品藻》。”○徐震堮曰：“晉人以‘過後’爲‘卻後’，小卻，猶稍後。”○周一良曰：“‘小卻’指時間言，猶云稍晚、稍後。”《史札》頁一二八。○張萬起曰：“冀小卻，謂希望今後減少對郎官的杖責。差，減。”

【彙評】

王世懋曰：“足窺子敬狹中。”

80

王子猷、子敬兄弟共賞《高士傳》人及贊。子敬賞“井丹高潔”，子猷云：“未若長卿慢世。”嵇康《高士傳》曰：“丹字大春，扶風郿人。博學高論，京師爲之語曰：‘五經紛綸井大春，未嘗書刺謁一人。’北宮五王更請，莫能致。新陽侯陰就使人要之，不得已而行。侯設麥飯、蔥菜，以觀其意，丹推卻曰〔1〕：‘以君侯能供美膳，故來相過，何謂如此！’乃出盛饌。侯起，左右進輦，丹笑曰：‘聞桀、紂駕人車，此所謂人車者

---

〔1〕 “推卻”，董刻本“卻”作“子”。王利器曰：“蔣校本‘子’作‘去’，餘本作‘卻’。宋本誤。”楊勇曰：“‘卻’宋本作‘子’，非。”朱鑄禹曰：“袁本作‘卻’，是。”

邪？'侯即去輦〔1〕。越騎梁松，貴震朝廷，請交丹，丹不肯見。後丹得時疾，松自將醫視之，病愈。久之，松失大男磊，丹一往弔之。時賓客滿廷，丹裒褐不完，入門，坐者皆悚望其顏色。丹四向長揖，前與松語，客主禮畢後，長揖徑坐，莫得與語。不肯為吏，徑出，後遂隱遁〔2〕。"其贊曰："井丹高潔，不慕榮貴。抗節五王，不交非類。顯譏輦車，左右失氣。披褐長揖，義陵群萃。""司馬相如者，蜀郡成都人，字長卿〔3〕。初為郎，事景帝。梁孝王來朝，從遊說士鄒陽等，相如說之，因病免遊梁。後過臨邛，富人卓王孫女文君新寡，好音，相如以琴心挑之，文君奔之，俱歸成都。後居貧〔4〕，至臨邛買酒舍，文君當壚，相如著犢鼻褌，滌器市中。為人口吃，善屬文。仕宦不慕高爵〔5〕，常託疾不與公卿大事〔6〕。終于家。"其贊曰："長卿慢世，越禮自放。犢鼻居市，不恥其狀。託疾避官〔7〕，蔑此卿相。乃賦《大人》〔8〕，超然莫尚。"

〇"王子猷"至"長卿慢世"

"長卿慢世"，田中頤曰："'高潔'者固不辱其身，'慢世'者故意辱其身，是其異，而亦各取其性所近也耳。"〇張萬起曰："慢世，指司馬相如玩世不恭，越禮自放。"

〇注"嵇康高士傳曰"

"嵇康高士傳"，大典顯常曰："今不傳。"《撮補》。〇沈家本曰："《隋志》：'《聖賢高士傳讚》三卷，嵇康傳，周續之注。'《舊唐志》：'《高士傳》三卷，嵇康撰。《上古以來聖賢高士傳讚》，周續之撰。'《新志》：'嵇康《聖賢高士傳》八卷。'周續之書同《舊志》。《晉書·康傳》：'撰上古以來高士，為之傳

---

〔1〕 "去輦"，董刻本"去"作"未"。王利器曰："各本'未'作'去'，是。"
〔2〕 "徑出後遂隱遁"，平賀房父曰："此六字蓋衍文。"大典顯常曰："'徑出'二字，當在'不肯'上。"
〔3〕 "字長卿"，董刻本"字"作"子"。王利器曰："各本'子'作'字'，是。"
〔4〕 "居貧"，董刻本"居"作"啓"。王利器曰："蔣校本、沈校本'啓'作'苦'，餘本作'居'，宋本誤。"楊勇曰："居，宋本作'啓'，沈校作'苦'，皆非是。"
〔5〕 "仕宦"，董刻本"宦"作"官"。王利器曰："各本'官'作'宦'，是。"
〔6〕 "託疾"，董刻本"疾"作"來"。王利器曰："各本'來'作'疾'，是。"
〔7〕 "避官"，唐鴻學曰："'避官'當作'避宦'。《文選》謝惠連詩注作'患'。"趙西陸曰："《文選·秋懷詩》注引'官'作'患'。"
〔8〕 "乃賦大人"，趙西陸曰："《文選·秋懷詩注》引'乃賦大人'作'乃至仕人'。"

贊，欲友其人於千載也。'《宋書·周續之傳》：'常以嵇康《高士傳》得出處之
美，因爲之注。'《魏志·嵇康附王粲傳》注引嵇喜爲康傳曰：'撰録上古以來聖
賢隱逸、遁心遺名者，集爲傳贊，自混沌以至管寧，凡百十有九人。'《隋志》
作三卷爲是，《新志》八卷恐譌。其書宋初尚存，《御覽》引之甚夥。"《古書目》
卷四。○葉德輝曰："《隋志》題《聖賢高士傳贊》，云：'嵇康傳，周續之注。'"
《書目》。○崔朝慶曰："《高士傳》有二種，一爲嵇康撰，一爲皇甫謐撰。王徽
之、獻之所賞之《高士傳》，乃嵇康所撰。人及贊，言所傳之人及作傳者之贊語
也。"○張萬起曰："《高士傳》，嵇康著《聖賢高士傳》的簡稱。書中所寫人物，
自混沌至於管寧，凡一一九人。今僅存五十二傳五贊。傳文簡練，有文采。"

　　"五經紛綸"，大典顯常曰："《〔後〕漢書》注：'紛綸，猶浩博也。'"

　　"北宮五王更請"，恩田仲任曰："《後漢書》曰：'光武子沛王等五王居北
宮，皆好賓客，時稱北宮五王。'"

　　"陰就使人要之"，岡白駒曰："要，劫之也。"○桃井白鹿曰："陰就，光武
后光烈陰氏弟。"○恩田仲任曰："要，招也。"

　　"桀紂駕人車"，桃井白鹿曰："《後漢書》注引《帝王世紀》：'桀以人
駕車。'"

　　"越騎梁松"，秦士鉉曰："梁松字伯孫，統子也，襲封陵鄉侯，尚光武女舞
陰公主，寵幸無比。"

　　"大男磊"，岡白駒曰："磊，名也。"

　　"丹裘褐不完"，方一新曰："'裘褐'和'褐'同義，和毛布、馬褐、馬衣
相似，是卑殘貧寒者所穿的粗劣衣服。"《漫記》。

　　"四向長揖"，葉德輝曰："'四向'無解，當作'西向'。"○唐鴻學曰：
"'四向'當作'西向'。"○劉盼遂曰："'四向長揖'，猶袁紹之橫揖也（《魏
志·紹傳》注引《獻帝春秋》）。今吾鄉謂之'撒網揖'。王葵園校謂'四向無解'，
改作'西向'，失之。"○余嘉錫曰："'四向長揖'，今俗又謂之'羅圈揖'。"
○徐震堮曰："案下贊語云'披褐長揖，義陵群萃'，則'四向長揖'者，或是
環揖坐客之意，非必真指四方也。"

　　"義陵群萃"，岡白駒曰："群萃，群士也。《齊語》云：'令夫士，群萃而
州處。'"

【彙評】

李贄曰：“各人賞各人，亦好。”《初潭集》卷九。

陳夢槐曰：“俱有勝氣。”

袁中道曰：“不易與人語。”《舌華錄》卷五。

伯克利手批曰：“長卿豈得爲高士？”

余嘉錫曰：“二王平生，皆可於此見之。子敬賞井丹之高潔，故其爲人峻整，不交非類。子猷愛長卿之慢世，故任誕不羈。《中興書》言其欲爲傲達，放肆聲色頗過度。時人欽其才，穢其行，豈非慢世之效歟？”

81

有人問袁侍中《袁氏譜》曰：“恪之字元祖，陳郡陽夏人。祖王孫，司徒從事中郎。父綸，臨汝令。恪之仕黃門侍郎，義熙初爲侍中。”曰：“殷仲堪何如韓康伯？”答口：“理義所得，優劣乃復未辨；然門庭蕭寂，居然有名士風流，殷不及韓。”故殷作誄云：“荊門晝掩，閑庭晏然。”

○“有人問”至“閑庭晏然”

“乃復未辨”，田中頤曰：“言內之所得，則我亦未辨。”

“門庭蕭寂”，田中頤曰：“不與世人交通也。”

“居然有名士風流”，田中頤曰：“此外行之所見。”

“荊門晝掩閑庭晏然”，田中頤曰：“此分解‘門庭’二字，其旨安貧不慕世榮也。”○王叔岷曰：“陶淵明《歸園田居》之二：‘白日掩荊扉。’《癸卯歲十二月中作與從弟敬遠》：‘荊扉晝常閉。’‘晏然’，安然也。《莊子·山木篇》：‘聖人晏然體逝而終矣。’”

　　王子敬問謝公：“嘉賓何如道季？”答曰：“道季誠復鈔撮清悟，嘉賓故自上〔1〕。”謂超拔也。

　　○“王子敬”至“故自上”

　　“道季”，徐震堮曰：“庾龢字道季，庾亮子。”

　　“誠復”，張萬起曰：“確實，的確。”《詞典》頁三五。

　　“鈔撮清悟”，劉辰翁曰：“鈔撮，猶掇拾。”○岡白駒曰：“强取曰鈔。撮，捎取也。”○桃井白鹿曰：“量法，六十四黍曰圭，四圭爲撮，三撮爲抄。”○田中頤曰：“言誠復就先賢鈔撮其要勝之清悟者也。”○秦士鉉曰：“劉向《別録》：‘椒作抄撮八卷，授虞卿，卿作抄撮九卷。’此蓋抄撮要義也。又劉勰《新論》：‘鈞石雖平，不能無抄撮之較。’此謂小也。又薛季宣《貴遊行》：‘抄撮語麗文彫蟲，繪爲繡句欺南宮。’此謂剪裁也。今此所言，蓋謂才之秀要也。又鈔撮，猶云毫釐。按此數説，猶鈔撮要義者，與本文義合，與上文‘近撮王劉之標’相似，《魏志》注‘桓範鈔撮《漢書》中諸雜事，名曰《政要》’是也。撮，聚也。”○余嘉錫曰：“鐸椒書所以名《抄撮》，正謂采取《春秋》以著書耳。此云‘鈔撮清悟’，與《續晉陽秋》言王獻之於文義能撮其勝會同意。言庾龢之談名理，雖復采取群言，得其清悟，然不如郗超之自然超拔也。”○趙西陸曰：“《新論》：‘鈞石雖平，不能無抄撮之較。’抄撮，微細也。”○楊勇曰：“鈔，《説文》：‘又取也。’又：‘撮，圭也。一曰兩指撮也。’此言道季之清悟，實出自臨時之鈔撮耳，而非由平素之涵養而出，故視超爲下。”

　　【彙評】

　　伯克利手批曰：“謝公衡鑑不錯。”

---

〔1〕“故自上”，徐震堮曰：“《御覽》四四七引《俗説》作‘故自勝’，下有‘桓公稱云鏗鏗有文武’九字。”

　　王珣疾，臨困，問王武岡曰：《中興書》曰："諡字雅遠〔1〕，丞相導孫，車騎劭子。有才器，襲爵武岡侯，位至司徒。""世論以我家領軍比誰？"武岡曰："世以比王北中郎。"東亭轉臥向壁，歎曰："人固不可以無年！"領軍王洽，珣之父也。年二十六卒〔2〕。珣意以其父名德過坦之而無年，故致此論。

　　○"王珣疾"至"可以無年"

　　"王武岡"，恩田仲任曰："《晉書》曰：王導以討華軼功，封武岡侯，後封始興郡公。導子協，字敬祖，元帝撫軍參軍，襲封武岡侯，早卒，無子，以弟劭子諡爲嗣。"○秦士鉉曰："劭字敬倫，劭兄洽字敬和。"○張萬起曰："王諡與王珣是堂兄弟。"

　　"我家領軍"，田中頤曰："領軍，珣父，以早死，德名不尊。"

　　"世以比王北中郎"，王世懋曰："亦自尊其父耳。王中郎詎可便勝。"

　　"不可以無年"，劉應登曰："珣謂其父本勝坦之，以年二十六而卒，故德業不彰，僅得比於坦之也，故歎之。"

　　○注"其父名德過坦之而無年"

　　"名德過坦之"，劉盼遂曰："孝標指北中郎爲王坦之。坦之學詣績業，與安石齊名，洽非其比。借時人阿好，擬於不倫，珣亦宜欣然相領，不致有無年之歎。竊謂北中郎係指王舒。《晉書》舒本傳：'褚裒薨，遂代裒鎮，除北中郎將。'考舒平生庸庸無奇迹，正洽之媲，故時人得以相提並論。特人知王坦之之爲北中郎者多，知舒之爲北中郎者少，故孝標有此失耳。又南朝矜尚伐閱，擬人往往取其支屬之中，此處不應獨目太原王比琅琊也。其失二矣。"余嘉錫按曰："劉說固亦有理，但舒即諡之族祖，使諡所指爲舒，則第稱爲北中郎可矣，似不必加王字。孝標

---

〔1〕"雅遠"，徐震堮《札記》曰："《晉書》本傳作'稚遠'。"王利器曰："案《琅邪臨沂王氏譜》、《晉書·王諡傳》，'雅'都作'稚'，這裏錯了。《北堂書鈔》卷五七引《晉中興書》《琅琊王譜》，亦誤作'雅'。"

〔2〕"二十六卒"，程炎震曰："'二十六'應作'三十六'，辨見前。"趙西陸曰："《晉書·王洽傳》曰：'升平二年卒於官，年三十六。'本書《賞譽篇》下第八六則注引《中興書》作'年二十六而卒'。"楊勇曰："《晉書》本傳作'三十六'，汪藻《人名譜》作'二十六'。"

之注，恐不可易。"龔斌按曰："珣、謐談論'我家領軍比誰'時，距王舒之死將近七十年，世人對王舒行事恐多已茫然。以事理推之，此王北中郎似指王坦之較可能。又劉氏以爲'不應獨目太原王比琅琊'，乃屬臆説。"

【彙評】

淇園曰："其身疾困而歎'人固不可以無年'，其旨深矣。"

周一良曰："'人固不可以無年'，古今中外一理也。"《批校》。

84

王孝伯道謝公："濃至。"又曰："長史虛，劉尹秀，謝公融。"謂條暢也。

○"王孝伯"至"謝公融"

"濃至"，淇園曰："言其用情於人無所不厚至也。"○張萬起曰："指人作風性格濃厚深沉。"

"長史虛"，岡白駒曰："王濛虛以應物，如内無物。"○田中頤曰："'虛'猶淡，即'濃至'之反。"○龔斌曰："即虛己也。"

"謝公融"，恩田仲任曰："融，和也，長也。"○田中頤曰："濃至故自和融也。"○龔斌曰："融，暢通，通達，寬容。"

85

王孝伯問謝公："林公何如右軍?"謝曰："右軍勝林公，林公在司州前，亦貴徹。"不言若義之，而言勝胡之[1]。

---

〔1〕"不言若義之"二句，秦士鉉曰："據注，則'右軍勝林公'五字可删。"李慈銘校"不言"乙。趙西陸曰："疑當作'言不若義之而勝胡之'，下'言'字衍。又，或本文原無'右軍勝林公'句，故注云爾耶?"

○“王孝伯”至“亦貴徹”

“在司州前”，程炎震曰：“前，上也。劉孝標注‘不言若羲之，而言勝胡之（司州）’，‘勝胡之’即釋在司州之前。”

“亦貴徹”，淇園曰：“言雖劣於右軍，亦其貴處透徹。”○田中頤曰：“言右軍自勝林公，然林公在王司州之上，而亦貴要透徹，則與右軍殆相若者也。”

【彙評】

劉辰翁曰：“本書《文學篇》中多美林公，而《品藻篇》恒抑之，何也？”朱鑄禹引，不知所本。

86

桓玄爲太傅，大會，朝臣畢集。坐裁竟，問王楨之曰[1]：“我何如卿第七叔[2]？”《王氏譜》曰：“楨之字公榦，琅邪人，徽之子。歷侍中、大司馬長史。”第七叔，獻之也。于時賓客爲之咽氣[3]。王徐徐答曰：“亡叔是一時之標，公是千載之英。”一坐懽然。

○“桓玄爲”至“一坐懽然”

“桓玄爲太傅”，程炎震曰：“桓玄不爲太傅，當是‘太尉’之誤，事在元興元年。《晉書·楨之傳》作‘太尉’。”

“咽氣”，楊勇曰：“氣咽，氣塞也。心有不服，氣難舒暢也。”○張萬起曰：

---

〔1〕“王楨之”，朱鑄禹曰：“本書《排調篇》作‘禎之’，非。”
〔2〕“第七叔”，董刻本“第”作“弟”，注同。王利器曰：“沈校本同，餘本‘弟’都作‘第’，注並同，是。”朱鑄禹曰：“‘弟’通‘第’。”
〔3〕“咽氣”，徐震堮《札記》曰：“《晉書·王楨之傳》‘咽氣’作‘氣咽’。”龔斌曰：“按氣咽，氣塞不能言。作‘氣咽’是。”

"塞氣，屏住呼吸。言氣氛緊張。"

"一時之標"，崔朝慶曰："標，表也。"

"千載之英"，崔朝慶曰："英，俊邁之尤者。"

【彙評】

劉辰翁曰："善對。"

凌濛初曰："直是怕他。"

87

桓玄問劉太常曰："我何如謝太傅？" 《劉瑾集敘》曰："瑾字仲璋，南陽人。祖遐，父暢。暢娶王羲之女，生瑾。瑾有才力，歷尚書、太常卿。" 劉答曰："公高，太傅深。" 又曰："何如賢舅子敬？" 答曰："櫄、梨、橘、柚，各有其美。" 莊子曰："櫄[1]、梨、橘、柚，其味相反，皆可於口也。"

○"桓玄問"至"各有其美"

"桓玄問劉太常"，程炎震曰："《晉書》九十九《玄傳》：'玄爲相國，楚王以平西長史劉瑾爲尚書。'" ○楊勇曰："桓玄此問，乃以書比太傅與子敬也。"

"櫄梨橘柚各有其美"，恩田仲任曰："櫄，似梨而酢；柚，似橙而酢。" ○田中頤曰："此言應由其嗜好而所取異也。" ○王叔岷曰："《説文》：'櫄，櫄果，似梨而酢。'注引《莊子》，見《天運篇》，今本'櫄'作'柤'，'櫄''柤'正、假字。《淮南子·説林篇》：'梨橘棗栗不同味，而皆調於口。'"

○注"劉瑾集敘曰"

《劉瑾集敘》，沈家本曰："《隋志》：'晉太常卿劉瑾集九卷，梁五卷。'二

――――――――――

〔1〕 "櫄"，趙西陸曰："《莊子·天運篇》'櫄'作'柤'，《太平御覽》九六九、又九七三引同。《初學記》二十一，《太平御覽》六百十、九百六十六引作'櫄'，與劉注所引同。"

《唐志》'八卷'。"《古書目》卷五。○葉德輝曰："《隋志》有'晉太常卿劉瑾集九卷'。"《書目》。

"祖遐"，秦士鉉曰："《晉書》又有劉遐字正言者，蓋與此人別人。"

【彙評】

凌濛初曰："最好答法。"

狄期進曰："靈寶而仿佛太傅，比蹤子敬，風馬牛相及乎？"

余嘉錫曰："桓玄之爲人，性耽文藝，酷愛書畫，純然名士家風，而又暴戾恣睢，有同狂狡。蓋是楊廣、趙佶一流人物，但彼皆帝王家兒，適承末運；而玄乃欲爲開國之太祖，爲可笑耳。其平生最得意者，尤在書法。畢生景仰，惟在二王。結習既深，故屢以獻之自比。其不上擬右軍者，以永和勝流，淪喪都盡，無可發問故也。身爲操、莽，而自命若斯，寧復有英雄之氣乎？"

蔣凡曰："劉瑾回答，雖從容機智，貌似公允無偏，實則已被桓玄的淫威懾服。"

88

舊以桓謙比殷仲文。《中興書》曰："謙字敬祖，沖第三子〔1〕，尚書僕射、中軍將軍。"《晉安帝紀》曰："仲文有器貌才思。"桓玄時，仲文入，桓於庭中望見之，謂同坐曰："我家中軍，那得及此也！"

○"舊以桓謙"至"得及此也"

"桓玄時仲文入"，張萬起曰："晉安帝時，桓玄爲太傅，當權掌朝政。"
"庭中"，張萬起曰："庭，廳堂。"
"中軍"，恩田仲任曰："桓謙。"

---

〔1〕"第三子"，董刻本"第"作"弟"。王利器曰："凌本'弟'作'第'，是。"楊勇曰："'二'宋本作'三'，非。今按《晉書·桓沖傳》：'沖七子：嗣、謙、脩、崇、弘、羨、怡。'汪藻《桓氏譜》同。"

規箴第十

何良俊曰："臧孫有言曰：'石猶生我。疢之美，其毒滋多。'嗚呼，自古天子有四海，諸侯饗國，卿大夫持禄守官，士庶人保其家，何可一日不聞讜言乎！"《何氏語林》卷十九。○恩田仲任曰："有所諷刺救失，謂之規箴。"○田中頤曰："規，正也；箴，戒也。此謂規箴人之過失，以令思改悛也。"○楊勇曰："規箴者，能以忠正之言相規勸箴砭之也。"○王叔岷曰："《左》昭十六年《傳》：'子寧以他規我。'杜注：'規，正也。'昭二十六年《傳》：'子孝而箴。'注：'箴，諫也。'何晏《景福殿賦》：'圖象古賢，以當箴規。'"

1

漢武帝乳母嘗於外犯事，帝欲申憲，乳母求救東方朔。《漢書》曰："朔字曼倩，平原厭次人。"《朔別傳》曰："朔，南陽步廣里人。"《列仙傳》云〔1〕："朔是楚人。武帝時上書說便宜，拜郎中。宣帝初，棄官而去，共謂歲星也。"朔曰："此非脣舌所爭，爾必望濟者，將去時但當屢顧帝，慎勿言！此或可萬一冀耳。"乳母既至，朔亦侍側，因謂曰："汝癡耳！帝豈復憶汝乳哺時恩邪？"帝雖才雄心忍，亦深有情戀，乃悽然愍之，即敕免罪。《史記·滑稽傳》曰："漢武帝少時，東武侯母嘗養帝，後號大乳母。其子孫從奴〔2〕，横暴長安中，當道奪人衣物。有司請徙乳母於邊，奏可。乳母入辭。帝所幸倡郭舍人發言陳辭，雖不合大道，然令人主和說。乳母乃先見，爲下

---

〔1〕 "傳云"，董刻本、袁刻本"云"俱作"曰"。
〔2〕 "其子孫從奴"，楊勇曰："《史記·滑稽東方朔傳》作'其子孫奴從'。"

泣。舍人曰：'即入辭，勿去，數還顧〔1〕。'乳母如其言。舍人疾言罵之曰：'咄！老女子，何不疾行！陛下已壯矣，寧尚須乳母活邪〔2〕？尚何還顧邪？'於是人主憐之。詔止毋徙〔3〕，罰請者。"

○"漢武帝"至"即敕免罪"

"申憲"，崔朝慶曰："憲，法也。言致之於法也。"○徐震堮曰："申，伸也。憲，法也。申憲，謂致之於法。"

"此非脣舌所爭"，王叔岷曰："《史記‧留侯世家》：'此難以口舌爭也。'"

"心忍"，張萬起曰："心地殘忍、心腸剛硬。"

◎趙與時曰："《西京雜記》載：'武帝欲殺乳母，告急於東方朔云云。'《史記‧滑稽傳》褚先生曰：'乳母家子孫奴從者橫暴長安中，有司請徙乳母家室，處之於邊，奏可，乳母當入辭，先見郭舍人云云。'此一事耳，一以爲殺，一以爲徙；一以爲東方朔，一以爲郭舍人。《西京雜記》顏師古固嘗辨其妄，褚所書他事牴牾者亦多，皆未可盡信。"《賓退録》卷八。○王世懋曰："本郭舍人事，附會東方生以爲奇。"○王叔岷曰："《史記》褚少孫補《滑稽列傳》，'東方朔'作'郭舍人'，當從之。補《傳》記郭舍人事後，續記東方朔事，《世説》因誤郭舍人爲東方朔耳。下文'即敕免罪'下，注引《滑稽傳》云云，可參看。孝標引古書，往往多所改易，不必與褚補《滑稽傳》盡同也。"

○注"朔別傳曰"

《朔別傳》，葉德輝曰："《東方朔別傳》，《隋志》不著録。《北堂書鈔‧樂部三》引用。"《書目》。

○注"史記滑稽傳曰"

"東武侯母"，趙西陸曰："《史記索隱》曰：'東武，縣名。侯，乳母姓也。'正義曰：'《高祖功臣表》云：東武侯郭家，高祖六年封子他，孝景六年棄市國除，蓋他母常養武帝。'二説不同。"

---

〔1〕 "即入辭"三句，楊勇曰："《史記‧滑稽東方朔傳》作'即入見，辭去，數還顧'。"
〔2〕 "寧尚須乳母活邪"，楊勇曰："《史記‧滑稽東方朔傳》作'寧尚須汝乳而活邪'。"
〔3〕 "毋徙"，楊勇曰："'毋'宋本作'母'，非。"

佚名曰：“妙語動人。”《智囊補》卷二十手批。

博古堂朱批曰：“注似得情。”

蔣凡曰：“臨川選此作爲‘規箴’開篇，或是借古諷今而另有寓意。劉宋之初，文帝屠戮皇室手足，無情傾軋，故臨川借武帝之動情而諷之乎？”

2

京房與漢元帝共論，因問帝：“幽、厲之君何以亡？所任何人？”答曰：“其任人不忠。”房曰：“知不忠而任之，何邪？”曰：“亡國之君，各賢其臣，豈知不忠而任之？”房稽首曰：“將恐今之視古，亦猶後之視今也。”

《漢書》曰[1]：“京房字君明，東郡頓丘人。尤好鍾律，知音聲，以孝廉爲郎。是時中書令石顯專權，及友人五鹿充宗爲尚書令[2]，與房同經，論議相是非[3]，而此二人用事。房嘗宴見，問上曰：‘幽、厲之君何以亡？所任何人？’上曰：‘君亦不明，而臣巧佞。’房曰：‘知其巧佞而任之邪？將以爲賢邪？’上曰：‘賢之。’房曰：‘然則今何以知其不賢？’上曰：‘以其時亂而君危知之。’房曰：‘是任賢而理，任不肖而亂，自然之道也。幽、厲何不覺悟而更納賢？何爲卒任不肖以至亡？’於是上曰：‘亂亡之君，各賢其臣。令皆覺悟，安得亂亡之君？’房曰：‘齊桓、二世何不以幽、厲疑之[4]，而任豎刁、趙高，政治日亂邪？’上曰：‘唯有道者能以往知來耳。’房曰‘自陛下即位，盜賊不

---

[1] “漢書曰”，董刻本無“曰”字。楊勇曰：“各本有‘曰’字，是。”

[2] “及友人”，徐震堮曰：“‘及’，《漢書·京房傳》作‘顯’，謂石顯。”

[3] “相是非”，徐震堮《札記》曰：“《漢書·京房傳》無‘是’字。”楊勇曰：“‘相’下宋本有‘是’字，《漢書·京房傳》無。”龔斌曰：“《漢書》是。議論相非，謂議論相左。”

[4] “疑之”，徐震堮曰：“‘疑’影宋本作‘卜’，是，《晉書》同。”

禁，刑人滿市'云云，問上曰：'今治也？亂也〔1〕？'上曰：'然愈於彼。'房曰：'前二君皆然。臣恐後之視今，猶今之視前也。'上曰：'今爲亂者誰？'房曰：'上所親與圖事帷幄中者。'房指謂石顯及充宗。顯等乃建言，宜試房以郡守，遂以房爲東郡〔2〕。顯發其私事，坐棄市。"

〇"京房與"至"後之視今也"

"任人不忠"，田中頤曰："言其受任之人不忠，故亡。"

"豈知不忠而任之"，田中頤曰："言君心賢其臣故任，不知其不忠也。"〇王叔岷曰："《史記·屈原列傳》：'人君無愚智賢不肖，莫不欲求忠以自爲，舉賢以自佐。然亡國破家相隨屬，而聖君治國累世而不見者，其所謂忠者不忠，而所謂賢者不賢也。'"

"將恐今之視古"二句，田中頤曰："將，將來也。是其主意，切在覺悟帝，故稽首也。"〇王叔岷曰："《呂氏春秋·長見篇》：'今之於古，猶古之於後世也；今之於後世，亦猶今之於古也。'"

〇注"漢書曰"

"五鹿充宗"，秦士鉉曰："充宗字君孟，與京房同治《公羊春秋經》。"

"與房同經論議相是非"，趙西陸曰："蘇輿曰：'充宗爲梁丘《易》，同經異師，又乘貴口辨，務陵抗語家，匪獨師説異同也。'"

"任豎刁趙高"，秦士鉉曰："齊桓任豎刁，秦二世任趙高。"

"愈於彼"，大典顯常曰："言雖不敢曰治，而愈彼齊桓二世之亂也。"《撮補》。

---

〔1〕 "今治也亂也"，董刻本"治也"作"治邪"。大典顯常《撮補》曰："'也'字作'耶'看。"徐震堮曰："'治也'沈校本作'治邪'，《漢書》同。'亂也'《漢書》作'亂邪'。'也''邪'古通。"王佩諍曰："'也'當讀作'耶'。俞氏樾《古書疑義舉例》謂韓公《馬説》結句之'也'字，及《論語·爲政篇》子張問'十世可知也'之'也'字，均當讀作'耶'字。正與此處用法相同。"

〔2〕 "東郡"，余嘉錫與曰："'東'沈本作'魏'。"楊勇曰："宋本作'東'，沈校本及《漢書·京房傳》作'魏'。"

　　陳元方遭父喪，哭泣哀慟，軀體骨立。其母愍之，竊以錦被蒙上。郭林宗弔而見之，謂曰：“卿海内之儁才，四方是則。如何當喪，錦被蒙上？孔子曰：‘衣夫錦也，食夫稻也，於汝安乎？’”《論語》曰：“宰我問：‘三年之喪，期已久矣。’子曰：‘食夫稻，衣夫錦，於汝安乎？夫君子居喪，食旨不甘，聞樂不樂，居處不安，故不爲也！今汝安，則爲之。’”吾不取也！”奮衣而去。自後賓客絶百所日[1]。所，一作許。

　　○“陳元方”至“絶百所日”

　　“陳元方遭父喪”，徐震堮曰：“《御覽》五六一引《語林》與此文同。《御覽》七〇七亦引《語林》，作‘傅信字子思’，不云陳元方。”按楊勇曰：“蓋有二說耳。”

　　“軀體骨立”，崔朝慶曰：“言瘠瘦露其骨也。”

　　“奮衣”，張萬起曰：“振衣，以示憤怒不滿。”

　　“絶百所日”，黄生曰：“《漢書·張良傳》：‘父去里所復還。’師古曰：‘行一里許而還。’又《疏廣傳》：‘問金餘尚有幾所。’師古曰：‘猶言幾許。’愚按‘所’‘許’又同從數字而來，蓋約計其數如此耳。《周書·君奭》：‘多歷年所。’此用所之自。隋煬帝詩：‘聞名爾許時。’猶如許時也。昭明太了詩：‘念人一去許多時。’則竟似近人俚語矣。”《義府》卷下。○劉淇曰：“《漢書·疏廣傳》：‘數問其家，金餘尚有幾所。’師古云：‘幾所，猶言幾許。’又如《史記·留侯世家》‘父去里所復還’，《吳志·周魴傳》‘才留三千所兵守武昌耳’，《世說》‘自後賓客絶百所日’，諸‘所’字，並‘許’辭也。”《辨略》卷三。○崔朝慶曰：“所，不定之詞。猶言百許日。”○徐震堮曰：“‘許’‘所’同義。”

　　◎程炎震曰：“林宗之没，乃先於太丘二十餘年。范《書》、《蔡集》皆明著之，此之誣謗，可謂巨謬。”又曰：“此出《語林》，見《御覽》五百六十一，文較略。又七百七引較詳。”○趙西陸曰：“《文選·陳太丘碑文》曰：‘年八十有

〔1〕“百所日”，徐震堮曰：“《御覽》五六一、八一五、七〇七引《語林》並作‘百許日’。”

三，中平三年卒。’而郭泰卒於建寧二年，已先卒十七年矣。《魏志·陳群傳》注引《魏書》曰：‘寔之亡也，自太原郭泰等無不造門。’”

【彙評】

劉應登曰：“居喪而戚過，理之常也。毋若閔之，勉其少釋而已，私以錦被蒙之，何益之有？元方知之，自應撤去，何待它人之責？愚人且不如此，況陳乎？”

凌濛初曰：“無意中受謗，莫可自解，古來同恨。”

4

孫休好射雉，至其時則晨去夕反〔1〕。群臣莫不止諫〔2〕：“此爲小物，何足甚耽？”休曰〔3〕：“雖爲小物，耿介過人〔4〕，朕所以好之。”環濟《吳紀》曰：“休字子烈，吳大帝第六子〔5〕。初封琅邪王，夢乘龍上天，顧不見尾。孫琳廢少主〔6〕，迎休立之。銳意典籍，欲畢覽百家之事。頗好射雉，至春，晨出莫反〔7〕，唯此時捨書〔8〕。崩，謚景皇帝。”《條列吳事》曰：“休在位丞丞〔9〕，無有遺事〔10〕，唯射雉可譏〔11〕。”

―――――――――――

〔1〕 “則晨去”，徐震堮曰：“‘則’字唐寫本無。”
〔2〕 “莫不止諫”，余嘉錫曰：“唐本作‘莫不上諫曰’。”徐震堮曰：“‘止諫’唐寫本作‘上諫曰’，《廣記》四六一引《語林》同，當據改。”
〔3〕 “休曰”，徐震堮曰：“唐寫本作‘休答曰’。”按唐寫本“何足甚耽休答曰雖爲小物”十一字爲小字，在“耿介過人”側。
〔4〕 “耿介”，凌濛初曰：“劉本作‘剛介’。”
〔5〕 “吳大帝第六子”，余嘉錫曰：“唐本作‘齊太皇帝第六子也’。”楊勇曰：“唐卷作‘齊太皇帝’，誤。”
〔6〕 “孫琳”，徐震堮曰：“唐寫本作‘孫綝’，是，《吳志》同。”
〔7〕 “莫反”，余嘉錫曰：“‘莫’唐本作‘暮’。”
〔8〕 “舍書”，唐寫本“舍”作“捨”。
〔9〕 “在位”，唐寫本“位”作“政”。楊勇曰：“宋本及各本作‘位’。”
〔10〕 “無有遺事”，余嘉錫曰：“‘無’唐本作‘少’。”又，唐寫本“遺”作“違”。
〔11〕 “唯射雉可譏”，余嘉錫曰：“唐本作‘頗以射雉爲譏云爾’。”

○“孫休好”至“所以好之”

“好射雉”，郝懿行曰：“魏晉以還，從禽即麓，捨業遊戲。‘射雉’一事，孫休嘗所措意，潘安仁遂以作賦，風靡所漸，乃至日有萬幾，而馳鶩擊場，晨出莫反，白龍魚服，蓋不足言矣。徐爰注潘賦而云：‘晉邦過江，斯藝乃廢。歷代迄今，寡能厥事。’斯不然也。”《晉宋書故》。○張萬起曰：“漢魏以來，流行射雉。射雉有雉場和雉場用具，以馴養的媒雉招引野雉，射者隱於翳（雉場用具）後以窺伺，待雉來射取。”

“耿介過人”二句，田中頤曰：“好，謂好嘉也。夫雉者，止也。士贄爲雉，取諸守境不越之義，乃表守臣節不違之意也。而耿介者，亦獨立執飾之旨，是欲以振興士風，勉勵節義，故曰‘好之’也。”○秦士鉉曰：“《士相見》：‘其贄各執雉。’注：‘取其守介不失節也。’耿介，執介，特立也。《文選》注：‘耿介，執節之士也。’”○龔斌曰：“《禮記·曲禮下》‘士雉’孔疏：‘士雉者，雉取性耿介，唯敵是赴。士始升朝，宜爲赴敵。’”

○注“環濟吳紀曰”至“射雉可譏”

“孫琳”，秦士鉉曰：“字子通，代孫峻知朝政，領中外諸軍事。後孫休誅之。”

《條列吳事》，葉德輝曰：“《隋志》不著錄。按本書引‘孫休射雉’一事，《北堂書鈔·設官九》、徐堅《初學記》十一引‘胡沖閑刀筆’一事，撰人題薛瑩。”《書目》。○余嘉錫曰：“《初學記》十一引有薛瑩《條列吳事》。《吳志·薛綜傳》注引干寶《晉紀》：‘武帝問瑩孫皓之所以亡，吳士存亡者之賢愚，瑩各以狀對。’”

【彙評】

劉辰翁曰：“乃似有風。”

余嘉錫曰：“權父子皆有此好，但權聞義能徙，而休飾辭拒諫，以故貽譏當世。”

　　孫皓問丞相陸凱曰[1]："卿一宗在朝有幾人[2]?"陸曰[3]："二相[4]、五侯、將軍十餘人。"皓曰："盛哉!"陸曰："君賢臣忠，國之盛也。父慈子孝，家之盛也。今政荒民弊，覆亡是懼，臣何敢言盛!"《吳録》曰："凱字敬風[5]，吳人，丞相遜族子[6]。忠鯁有大節，篤志好學。初爲建忠校尉[7]，雖有軍事，手不釋卷[8]。累遷左丞相。時後主暴虐，凱正直彊諫，以其宗族彊盛，不敢加誅也[9]。"

　　○"孫皓問"至"何敢言盛"

　　"孫皓問丞相陸凱"，蔣凡曰："故事當發生於陸凱拜相的寶鼎元年至建衡元年凱卒三年之間。"

　　"二相五侯將軍十餘人"，張萬起曰："二相，指陸遜、陸凱。吳赤烏七年，陸遜代顧雍爲相。孫皓時，陸凱爲左丞相。五侯，指陸胤等人。將軍十餘人，指陸抗等人。"

　　"覆亡是懼"，田中頤曰："即與'盛'反。"○崔朝慶曰："言唯懼覆亡也。"

　　○注"吳録曰"

　　"初爲建忠校尉"，徐震堮曰："案《吳志》本傳：'拜建武都尉，領兵。雖

---

〔1〕"孫皓"，唐寫本"皓"作"晧"，下同。
〔2〕"卿一宗在朝有幾人"，余嘉錫曰："'有幾人'唐本作'有人幾'。"趙西陸曰："古寫本《殘類書》之一引此句作'卿一門在朝者幾'。古本《蒙求》卷中注引《世説》'宗'作'家'。"
〔3〕"陸曰"，唐寫本《陸》下有"答"字。
〔4〕"二相"，古本《蒙求》卷中注引《世説》"二"作"三"。
〔5〕"字敬風"，余嘉錫曰："'字敬風'下唐本有'吳郡'二字。"
〔6〕"族子"，唐寫本"子"下有"也"字。
〔7〕"建忠校尉"，張文柱曰："'建忠'一作'建武'。"大典顯常《集成》曰："《唐類函》諸校尉無'建忠'者。《吳志》本傳作'建武校尉'。"
〔8〕"手不釋卷"，余嘉錫曰："'卷'唐本作'書'。"徐震堮曰："唐寫本作'手不釋書'，《吳志》本傳同。"
〔9〕"不敢加誅也"，余嘉錫曰："沈本'不'上有'故'字。"徐震堮曰："'也'字唐寫本無。"

統軍，手不釋書。赤烏中，除儋耳太守，討朱崖，斬獲有功，遷爲建武校尉。'與此所記不同。"《札記》。

【彙評】

王世懋曰："忠臣之言。"

龔斌曰："孫皓之問，忌憚陸氏之盛，意在言外；陸凱之答，等同諫言，忠誠内發。"

6

何晏、鄧颺令管輅作卦，云[1]："不知位至三公不？"卦成，輅稱引古義，深以戒之[2]。颺曰："此老生之常談。"《輅别傳》曰："輅字公明，平原人也。明《周易》，聲發徐州。冀州刺史裴徽舉秀才，謂曰：'何、鄧二尚書有經國才略[3]，於物理無不精也[4]。何尚書神明清徹，殆破秋豪[5]，君當慎之。自言不解《易》中九事[6]，

---

〔1〕"作卦云"，徐震堮曰："'云'唐寫本無。"

〔2〕"戒之"，龔斌曰："'戒'唐寫本作'誡'。"

〔3〕"何鄧二尚書"，徐震堮《札記》曰："《魏志》本傳注引作'丁鄧二尚書'。案丁謂丁謐，下文有'何尚書'云云，則此作'丁'者是也。"龔斌曰："《管輅傳》及注引《輅别傳》皆謂何晏、鄧颺。作'何鄧二尚書'是。"

〔4〕"無不精也"，唐寫本、董刻本無"無"字。徐震堮《札記》曰："《魏志》注敓'無'字。"余嘉錫曰："'無不精也'，《魏志》本傳注引無'無'字。"王利器曰："餘本'不'上有'無'字，義較長。"

〔5〕"神明清徹殆破秋豪"，楊勇曰："'清徹'唐卷及《魏志·管輅傳》均作'清微'，誤。"又，董刻本"豪"作"毫"。

〔6〕"不解易中九事"，梁章鉅《三國志旁證》卷十八曰："（《三國志·管輅傳》）注：'自言不解易九事。'按《南齊書·張緒傳》及《南史·何晏傳》並以爲'七事'，誤也。《梁書·伏曼容傳》及《世説·文學篇》皆作'九事'，與此同。"梁玉繩《瞥記》卷三曰："事見《魏志·管輅傳》注，《南齊書·張緒傳》及《南史》並以爲'七事'，誤也。《梁書·伏曼容傳》亦云'九事'，《世説》同。"

必當相問。比至洛，宜善精其理。'輅曰：'若九事皆至義〔1〕，不足勞思〔2〕。若陰陽者，精之久矣。'輅至洛陽，果爲何尚書問九事，皆明。何曰：'君論陰陽，此世無雙也。'時鄧尚書在，曰：'此君善《易》，而語初不論《易》中辭義〔3〕，何邪？'輅答曰：'夫善《易》者，不論《易》也。'何尚書含笑贊之曰：'可謂要言不煩也。'因謂輅曰：'聞君非徒善論《易》，至於分蓍思爻，亦爲神妙。試爲作一卦，知位當至三公不？又頃夢青蠅數十來鼻頭上〔4〕，驅之不去，有何意故？'輅曰：'鴟鴞，天下賤鳥也〔5〕。及其在林食桑椹〔6〕，則懷我好音〔7〕。況輅心過草木〔8〕，注情葵藿，敢不盡忠？唯察之爾。昔元、凱之相重華，宣慈惠和〔9〕，仁義之至也。周公之翼成王，坐以待旦，敬慎之至也。故能流光六合，萬國咸寧，然後據鼎足而登金鉉，調陰陽而濟兆民，此履道之休應，非卜筮之所明也。今君侯位重山岳〔10〕，勢若雷霆，望雲赴景，萬里馳風。而懷德者少，畏威者衆，殆非小心翼翼多福之士〔11〕。又鼻者，《艮》也，此天中之山，高而不危，所以長守貴也。今青蠅臭惡之物，而集之焉。位峻者顛，輕豪者亡，必至之分也。夫變化雖相生，極則有害。虛滿雖相受，溢則有竭。聖人見陰陽之性，明存亡之理，損益以爲衰，抑進以爲退。是故山在地中曰《謙》，雷在天上

---

〔1〕 "若九事皆至義"，劉盼遂曰："唐寫本'至義'作'王義'，是也。王謂王輔嗣也。若今本作'至義不足勞思'，既云'至義'，如之何勿思？況輅所視至義者即陰陽邪？唐本一字之微，値等千金矣。"楊勇曰："宋本作'若九事比王義'，各本作'若九事比至義'，唐卷作'若九事皆王義者'，《魏志·管輅傳》注引《輅別傳》作'若九事皆至義者'。按唐卷是。王義者，王弼之義也。"

〔2〕 "不足勞思"，秦士鉉曰："'不足'上當有'然'字。"

〔3〕 "不論"，徐震堮《札記》曰："當從《魏志》注作'不及'。"

〔4〕 "又頃夢青蠅數十來鼻頭上"，楊勇曰："宋本作'又夢青蠅數十來鼻頭上'，各本作'又頃夢青蠅數十來鼻上'，唐卷作'又頃連青蠅數十頭來鼻上'。"龔斌曰："宋本、沈校本並無'頃'字。唐寫本作'又頃連青蠅'。"

〔5〕 "鴟鴞天下賤鳥也"，楊勇曰："宋本作'鴟，天下賤鳥也'，袁本作'鴟鴞，天下賤鳥也'，唐卷作'鴟鴞，天下之賊鳥'。今依唐卷。"吳金華《校議》曰："唐寫本《世說新書》殘卷'賤'作'賊'，於義爲長。自古以來，鴟鴞被視爲凶殘背逆之鳥。"又，龔斌曰："宋本、沈校本並無'鴟'字。"按董刻本無"鴞"字，沈校本無"鴟"字，此誤校。

〔6〕 "食桑椹"，龔斌曰："'食'下宋本、沈校本有'其'字。"

〔7〕 "懷我"，董刻本、沈校本"我"作"其"。楊勇曰："宋本作'其'，非。"

〔8〕 "心過草木"，徐震堮《札記》曰："《魏志》注作'心非草木'。"

〔9〕 "宣慈惠和"，龔斌曰："唐寫本無'宣慈'二字。按'宣慈惠和'與下文'坐以待旦'相對，故當從各本。"

〔10〕 "山岳"，余嘉錫曰："唐本'山'字似是後人所補。疑原本作'東'字。《魏志》本傳作'山'。"龔斌曰："'山'宋本、沈校本並作'東'。"

〔11〕 "多福之士"，徐震堮《札記》曰："《魏志》注'士'作'仁'。"余嘉錫曰："傳作'多福之仁'。"

曰《大壯》[1]。《謙》則裒多益寡，《大壯》則非禮不履[2]。伏願君侯上尋文王六爻之旨，下思尼父《象》《彖》之義，則三公可決，青蠅可驅。'鄧曰：'此老生之常談。'輅曰[3]：'夫老生者，見不生。常談者，見不談也[4]。'"晏曰："知幾其神乎！古人以爲難。交疏吐誠[5]，今人以爲難。今君一面盡二難之道[6]，可謂'明德惟馨'。《詩》不云乎：'中心藏之，何日忘之！'"《名士傳》曰："是時曹爽輔政，識者慮有危機。晏有重名，與魏姻戚，內雖懷憂，而無復退也[7]。著五言詩以言志曰：'鴻鵠比翼遊，群飛戲太清。常畏大網羅[8]，憂禍一旦并。豈若集五湖，從流唼浮萍[9]。永寧曠中懷[10]，何爲怵惕驚。'蓋因輅言，懼而賦詩[11]。"

○"何晏鄧颺"至"何日忘之"

"老生之常談"，恩田仲任曰："老生，老書生。"○崔朝慶曰："謂老年書生

---

[1]"大壯"，董刻本"壯"作"牡"，下同。王利器曰："唐寫本及各本'大牡'都作'大壯'，是，下並同。"

[2]"大壯則非禮不履"，徐震堮曰："'大'唐寫本無，是，《魏志·本傳》同。《易·大傳》：'君子以非禮弗履。'注：'壯而違禮則凶，凶則失壯也。'"

[3]"輅曰"，楊勇曰："'輅'宋本及各本作'又'。"

[4]"常談者見不談也"，徐震堮曰："此句下沈校本有'未幾晏、颺皆伏誅'一句。"何焯校同。

[5]"交疏吐誠"，徐震堮曰："唐寫本作'交疏而吐誠'，《魏志》本傳注作'交疏而吐其誠'。"

[6]"一面"，徐震堮曰："'面'下《魏志》本傳注有'而'字。"

[7]"無復退也"，唐寫本"也"作"地"。吳金華《考釋》曰："楊氏《校箋》據唐寫本《世說新書》殘卷將'也'改爲'地'，可從。'無復退'不成話，'無復'後面應是名詞或名詞性的詞組。"頁一四八。

[8]"常畏大網羅"，楊勇曰："唐卷作'常畏天網羅'，宋本作'常畏大網羅'，沈校作'常畏大羅網'。"王叔岷曰："'天''大'於義並拙，恐是'失'之壞字。'失'猶'墜'也。《廣雅·釋詁二》：'墜，失也。'"龔斌曰："作'大網羅'於義亦通，作'失羅網'非是，而以唐寫本作'天網羅'最佳。"

[9]"從流唼浮萍"，董刻本"唼"作"妾"，"萍"作"溢"。王利器曰："唐寫本'妾'作'啑'，各本作'唼'，宋本作'妾'誤。唐寫本'溢'作'荓'，各本作'萍'，宋本作'溢'，失韻，非是。"楊勇曰："宋本作'從流妾浮溢'，唐卷作'從流啑浮荓'，各本作'從流唼浮萍'。今按宋本'妾'字無義，'溢'字又失韻，皆非是。唐卷'啑''荓'與各本'唼''萍'義同。"王叔岷曰："'妾'乃'唼'之壞字，'唼''啑'同字。《說文》作'喋'，云：'喋，嗒也。從口集聲，聲若集。''嗒'即嚼字。（《說文》：嗒，或從爵）'溢'乃'荓'之誤，'荓''萍'音義同。"

[10]"永寧"，王利器曰："蔣校本、沈校本'寧'作'言'，義較長。"朱鑄禹曰："沈校本作'永言'，是。"

[11]"蓋因輅言懼而賦詩"，楊勇曰："唐卷作'因管輅言，懼而著詩也'。"

平常之議論，不足深信也。”

“知幾其神乎”，大典顯常曰：“《易傳》語。”

“交疏吐誠”，岡白駒曰：“今輅始見何、鄧而言其誠實。” ○吳金華曰：“‘吐誠’即吐露誠款。本書《方正》四八注引孫綽文有‘吐誠誨非’之語。”《考釋》頁一四七。○張萬起曰：“交情不厚，吐露真誠。”

“一面盡二難之道”，田中頤曰：“道，猶言也。管既‘知幾’又‘吐誠’，是盡古今二難之言也。” ○蔣宗許曰：“一面，初次見面。”《大辭典》頁三九四。

“明德惟馨”，大典顯常曰：“《書·君陳》語。” ○田中頤曰：“‘明德’與‘知幾’應，‘唯馨’與‘吐誠’應。” ○徐震堮曰：“《書·君陳篇》語。疏云：‘明德之所遠及，乃惟爲馨香耳。’”

“中心藏之”二句，岡白駒曰：“《詩·小雅·隰桑》篇。義取服膺之，然晏不能退，所謂説而不繹也。” ○龔斌曰：“何晏以此表示不忘管輅之告誡。”

○注“輅別傳曰”

《輅別傳》，沈家本曰：“《隋志》：‘《管輅傳》三卷，管辰撰。’二《唐志》作二卷。辰，輅之弟。”《古書目》卷二。○葉德輝曰：“《管輅別傳》，《隋志》不著録。《初學記》引作《管公明別傳》。”《書目》。

“平原人”，梁章鉅曰：“此是平原郡之平原縣。漢中興後作國，建安中國除，魏黃初三年復作國，七年除爲郡。”《三國志旁證》卷十八。

“聲發徐州”，秦士鉉曰：“聲，名也。”

“謂曰”，秦士鉉曰：“輅將赴洛，故徽謂之也。”

“何鄧二尚書”，參見校文。秦士鉉曰：“《魏志》，曹爽輔政，拔丁謐爲散騎常侍，遂轉尚書。於時謗書謂臺中有三狗，謂何鄧丁也。”

“九事皆至義”二句，劉盼遂曰：“輔嗣本荀、劉之義注《易》，盡袪陰陽飛伏之説，獨有千古。輔嗣以魏正始十年卒，公明以正始九年十月舉秀才入洛，是時輔嗣《易注》當早已傳寫，洛陽紙貴矣。公明於《易》特精陰陽，不崇玄論，故以王義爲不足勞思。”

“九事皆明”，狄期進曰：“韋編三絕，尼父猶爾，談何容易！”

“夫善易者不論易也”，田中頤曰：“此謂玄旨在辭義外，而又言何不論《易》之非不善《易》者也。” ○劉盼遂曰：“《荀子·大略》：‘善爲《詩》者不説，善爲《易》者不占。’輅言蓋本於此。”

“論易至於分蓍思爻”，秦士鉉曰：“論《易》，理學也。分蓍，卜筮，術也。歧而爲二。”

“有何意故”，吳金華曰：“‘意故’猶言由來、緣故，是東漢以來常用的雙音節詞。”《考釋》頁一四四。

“在林食桑椹”二句，大典顯常曰：“《詩·魯頌》：‘翩彼飛鴞，集于泮林。食我桑椹，懷我好音。’”

“注情葵藿敢不盡忠”，胡三省曰：“葵藿，草也，傾葉於日，日雖不爲回光，終是誠心向日也。”《通鑒·魏紀四》注。○岡白駒曰：“注情如葵藿之向日也。”○恩田仲任曰：“《拾遺記》曰：‘東極有傾籬豆，見日即傾葉。’”○秦士鉉曰：“葵藿獨向日，我心過草木，豈不注情而盡忠乎？我注情於君，甚於葵藿。曹植書云：‘葵藿之傾葉，太陽雖不爲之回光，然向之者誠也。’”

“元凱之相重華”，秦士鉉曰：“八元八凱，見《左氏傳》。”

“坐以待旦”，大典顯常曰：“《孟子》：‘周公思兼三王而施四事，幸而得之，坐以待旦。’”

“萬國咸寧”，秦士鉉曰：“見《乾·彖傳》。”

“據鼎足而登金鉉”，岡白駒曰：“據鼎足，爲三公也。鉉，鼎耳也。《易》云：‘黃耳金鉉。’”○大典顯常曰：“《易》‘鼎黃耳金鉉’注：‘鉉，扛鼎而舉之也。’此言處三公也。”

“望雲赴景”二句，秦士鉉曰：“‘赴景’‘馳風’，謂四方來歸。”

“天中之山”，裴松之曰：“相書謂鼻之所在爲天中。鼻有山象，故曰‘天中之山’也。”《三國志·魏志·管輅傳》注。○大典顯常曰：“鼻有山象，故曰山，見下《排調》‘康僧淵’下注。《易》，艮卦爲山。”

“高而不危”二句，大典顯常曰：“《孝經》語。”《集成》。

“夫變化雖相生”二句，秦士鉉曰：“陰陽寒暑是相生之物，然淫則作害。”

“山在地中曰謙”，岡白駒曰：“艮下坤上爲《謙》。艮，山也；坤，地也。夫山者，高者也，而在地中，《謙》之象也。”

“雷在天上曰大壯”，岡白駒曰：“乾下震上爲《大壯》。乾，天也；震，雷也。夫雷者，陽氣之聲也，而震天上，《大壯》之象也。”

“裒多益寡”，岡白駒曰：“此《謙·象》辭也。‘裒’與‘掊’通，掊，減也。古《易》作‘掊’。”○恩田仲任曰：“言晏據權勢，揆分爲多，當思自減損也。”○秦士鉉曰：“取己之多，增人之寡。”

“非禮不履”，岡白駒曰：“此《大壯·象》辭也。”○大典顯常曰：“蓋管爲何作卦，遇《謙》之《大壯》也。”《集成》。

“夫老生者”四句，胡三省曰：“言必見其死也。”《通鑑·魏紀七》注。秦士鉉按曰：“恐謬解。”○岡白駒曰：“見不生，見乎未然也。見不談，不談而知之。”○大典顯常曰：“此承鬮語勢而警之也，言唯老生者以能見不生之理，常談者以能見不談之理。‘常’‘長’音通。”

◎劉盼遂曰：“注文脫誤甚多，今逐唐寫本注如下，見以梗概。”

《輅別傳》曰：“輅字公明，平原原人。八歲便好仰觀星辰，得人輒問。及成人，果明《周易》仰觀風角占相之道，聲發徐州，號曰‘神童’。冀州刺史裴徽召補文學，一見清論終日，再見轉爲部鉅鏃從事，三見轉爲治中，四見轉爲別駕。至十月，舉爲秀才。臨辭，徽謂曰：‘何、鄧二尚書有經國才幹，於物理不精也。何尚書神明清微，殆破秋豪，君當慎之。自言不解《易》中九，必當相問。比至洛，宜善精其理也。’輅曰：‘若九事皆王義者，不足勞思也。若陰陽者，精之久矣。’輅至洛，果爲何尚書所請，共論《易》九事，九事皆明。何曰：‘君論陰陽，此世無雙也。’時鄧尚書在坐，曰：‘此君善《易》，而語初不及《易》中辭義，何耶？’輅尋聲答曰：‘夫善《易》者不論《易》。’何尚書含笑贊之曰：‘可謂要言不煩也。’因謂輅曰：‘聞君非徒善論《易》而已，至於分蓍思爻，亦爲神妙。試爲作一卦，知位當至三公不？又頃連青蠅數十頭來鼻上，駈之不去，有何意故？’輅曰：‘鴟鴞，天下賊鳥。及其在林食桑椹，則懷我好音。況輅心過草木，注情葵藿，敢不盡忠，唯之耳。昔元、凱之相重華，惠和仁義之至也。周公之翼成王，坐而待旦，敬慎之至也。故能流光六合，萬國咸寧，然後據鼎足而登金，調陰陽而濟兆民，此履道之休應，非卜筮之所明也。今君侯位重山岳，勢若雷電，望雲赴景，萬里馳風。而懷德者少，畏威者衆，殆非小心翼翼多福之士。又鼻者《艮》，此天中之山，高而不危，所以長守貴也。今青蠅，臭惡之物，集而之焉。位峻者顛，輕豪者亡，必至之分也。夫變化雖相生，極則有害；虛滿雖相受，溢則有竭。聖人見陰陽之性，明存亡之理，損益以爲衰，抑進以退，是故山在地中曰《謙》，雷在天上曰《大壯》。《謙》則裒多益寡，《壯》則非禮不履。仲伏願君侯上尋文王六爻之旨，下思尼父《彖》《象》之義，則三公可決，青蠅可駈。’鄧尚書曰：‘此老生之常談。’輅曰：‘夫老生者見不生，常談者見不談也。’”按“平原原人”，龔斌曰：“唐寫本衍一‘原’字。”“仰觀星辰”，“星”寫本爲小字。“得人輒問”，“得人”爲小字。“清論終日”，“論”下衍

1231

"綸"字。"鉅鑣從事"，余嘉錫引"鑣"作"鹿"，是。"共論易九事"二句，劉引作"共論易九九事，事皆明"，誤，此據余引。"頊連青蠅"，余引"頊"作"項"。龔斌曰："'頊連'難解，作'頊夢青蠅'較勝。""林食桑椹"，劉引"桑"作"棄"，誤，余引作"桑"是。"心過草木"，劉引"心"作"不"，誤，余引作"心"是。"萬國咸寧"，"萬"寫本作"万"，下"萬里馳風"同。"又鼻者艮"，"又"爲小字。"輅曰"，"輅"爲小字。"壯則非禮不履"，余引"壯"上增"大"字。

○注"名士傳曰"

"與魏姻戚"，大典顯常曰："晏妻金鄉公主，太祖女也。"《集成》。

"著五言詩以言志曰"，王叔岷曰："鍾嶸《詩品》卷中評何晏詩：'平叔《鴻鵠》之篇，風規見矣。'即此注所稱之言志詩也。丁福保輯《全三國詩》中之魏詩，載何晏《擬古詩》云：'雙鶴比翼遊，群飛戲太清。常恐失網羅，憂禍一旦并。豈若集五湖，順流唼浮萍。逍遙放志意，何爲怵惕驚。'與此注所載晏詩頗異。"

【彙評】

李贄曰："説而不繹。"《初潭集》卷十九。

王世懋曰："何晏悦而不繹，差勝鄧颺，無救敗亡。"

吳崇節曰："管輅所言，皆持身之正法，聖賢之格訓也，而僅以卜筮目之者，非知輅矣。"《古史要評》卷二。

狄期進曰："稱引古義，管公明與人子言，依於孝；與人臣言，依於忠者乎？"

鍾惺曰："管公明不取何鄧，策其必敗，鬼幽鬼躁，涉於輕詆，不知公明有極推重何鄧處，而一片苦心，惜何鄧亦不知耳。嘗云：'見何鄧二尚書，使人神思清發，夜不假寐。終日行世中，所見皆白日欲寢之人。'何鄧名理清言，公明是何等精神，二子在其映照中久矣，但憂其識不足耳。孫登有言：'吾子才高識寡，難乎免於今之世矣。'公明之於何鄧，即蘇門之於叔夜，憂之惜之，非詆之也。老生者見不生，常談者見不談，二語欲哭，恨不能身代何鄧之危。"《史懷》卷十七。

方苞曰："生且不能，何況於老；談亦難得，更無論常。"

蔣凡曰：“鄧颺貪墨，傲慢無禮，故譏誚‘老生常談’，實不知時局之艱危。晏之説而不繹，知而不行，關乎整個政局，客觀形勢如此，區區個人，何力回天，悲哉！”

7

晉武帝既不悟太子之愚，必有傳後意。諸名臣亦多獻直言。帝嘗在陵雲臺上坐[1]，衛瓘在側，欲申其懷[2]，因如醉跪帝前，以手撫牀曰：“此坐可惜。”帝雖悟，因笑曰：“公醉邪[3]？”《晉陽秋》曰：“初，惠帝之爲太子，咸謂不能親政事。衛瓘每欲陳啟廢之而未敢也。後因會醉，遂跪牀前曰：‘臣欲有所啟。’帝曰：‘公所欲言者，何邪？’瓘欲言而復止者三，因以手撫牀曰：‘此坐可惜。’帝意乃悟[4]，因謬曰：‘公真大醉也。’帝後悉召東宮官屬大會，令左右齎尚書處事以示太子，令處決。太子不知所對。賈妃以問外人，代太子對，多引古詞義。給使張弘曰[5]：‘太子不學，陛下所知，宜以見事斷，不宜引書也。’妃從之。弘具草奏，令太子書呈，帝大説，以示瓘。於是賈充語妃曰：‘衛瓘老奴，幾敗汝家。’妃由是怨瓘，後遂誅之。”

○“晉武帝”至“公醉邪”

“不悟太子之愚”，崔朝慶曰：“惠帝爲武帝之次子，泰始三年，立爲皇太子。”

“有傳後意”，崔朝慶曰：“言意欲傳位於惠帝也。”

“諸名臣亦多獻直言”，秦士鉉曰：“‘亦’字對衛瓘而言之。”○崔朝慶曰：“惠帝之爲太子，咸謂不能視政事。”

---

[1] “嘗在”，龔斌曰：“唐寫本無‘在’字。”
[2] “欲申”，余嘉錫曰：“唐本‘欲’下有‘微’字。”
[3] “醉邪”，唐寫本“邪”作“耶”。
[4] “帝意乃悟”，楊勇曰：“唐卷作‘意乃悟’，宋本及各本作‘帝意乃悟’，皆拙。今作‘帝乃悟’。”
[5] “張弘”，徐震堮《札記》曰：“《晉書·惠帝紀》作‘張泓’。”

"欲申其懷"，崔朝慶曰："言欲申諫阻之意也。"

"此坐可惜"，田中頤曰："坐，即帝坐也。隱語。"○崔朝慶曰："意謂太子登此座，則此座可惜也。"

"公醉邪"，田中頤曰："言何為爾也。此帝亦有所忌。"

○注"晉陽秋曰"

余嘉錫曰："唐本與今本文字不同，另錄如下。"

《晉陽秋》曰：初，惠帝之為太子，朝廷百寮咸謂太子不能親政事。衛瓘每欲陳啟廢之而未敢也。後因會醉，遂跪世祖床前曰："臣欲有所啟。"帝曰："公所言何耶？'欲言而止者三，因以手撫床曰："此坐可惜。"意乃悟，因謬曰："公真大醉耶？"帝後悉召東宮官屬大會，令左右齎尚書處事以示太子處決，太子不知所對。賈妃以問外，或代太子對，多引古義。給使張泓曰："太子不學，陛下所知，今宜以見事斷，不宜引書也。"妃從之。泓具草，令太子書呈帝，帝讀大悅，以示瓘。於是賈充語妃："衛瓘老奴，幾破汝家。"妃由是怨瓘，後遂誅。按"泓具草"唐寫本"具"作"其"。

【彙評】

錢纮曰："衛瓘之言見察，昏弱之惠遂廢，則晉祚靈長，亦未可量也。"《宋文鑒》卷七十九《晉武》。

蘇軾曰："晉惠帝為太子，衛瓘欲陳啓廢立之策而不敢發。會燕淩雲臺，瓘託醉跪帝前，曰：'臣欲有所啓。'欲言之而止者三，因拊牀曰：'此坐可惜！'帝意乃悟，曰：'公真大醉。'賈后由是怨之。此何等語，乃於眾中言之，豈所謂'不密失身'者耶？以瓘之智，不宜暗此。殆鄧艾之冤，天奪其魄爾。"《東坡志林》卷四。

元好問曰："青蓋朝來帝座新，豈知衛瓘是忠臣。"《雜著九首》之四。

戴璟曰："太子天下本，其賢耶，天下受其福；其不才耶，天下罹其害。惠帝問蟆問廩，不辨菽麥，衛伯玉謂'此座可惜'，而請帝廢之，是也。然武帝亦不可與言之人。瓘不量其君，而謬進其說，是浚源而求深者矣。且亂之所生也，則言語以為階。賈后凶戾姦巧，必陰置左右以伺上聽。《詩》曰：'耳屬于垣，君子無易由言。'又按《春秋》晉殺其陽處父，譏漏言也。何伯玉不此之慮乎？

逮帝無易儲之意，伯玉於此飄然遠遁，尚懼不脫，而乃貪戀大位，猶不知止。他日子孫九人同罹橫禍，蓋有以取之矣。吾安得撫伯玉之牀而嘆息之哉？"《品藻》卷十六。

范檟曰："衛瓘居天位，食天禄，當爲天下得人。稔知太子識暗蛙鳴，智通糜食，其不堪仔肩，亦既明矣，宜昌言不諱，如和嶠不了家事之諫，或可以悟帝心。倘慮屬垣之嫌，則宜如范宗尹造膝之請諫，而不聽則當如二疏，見幾而作。不當佯醉撫牀，而謬云'此座可惜'也。夫臣子所恃以動君上者，至誠而已，不誠未有能動者也。天下之事，寧有大於易儲，而顧以詭辭醉語諷之，其能以建信乎？"《雅言集》卷下。

袁中道曰："不甚佳。"評"此坐可惜。"《舌華録》卷六。

鍾惺曰："此人尤高識。"評注《晉陽秋》"張弘曰太子不學"云云。○曰："君臣各有一段苦境寫得出。"

魏禧曰："人臣懷忠進説，事干骨肉禁掖左右權臣大將者，其君從與不從，皆當重爲秘密，勿露風指，使人測言者爲誰，致其下以忠謀殺身。帝於瓘言秘而不宣，然得太子答，先以示瓘，便使形跡昭然，瓘大蹎蹜，自露破綻，亦見瓘無識量學識處。"《日録》卷三。

田中頤口："隱語切喻。"

黃恩彤曰："瓘之諫亦譎矣！帝知其意，而舉朝不知也。迨帝省太子對，輒先以示瓘，而瓘大蹎蹜，則事發於不意，真情自不能隱。由是機表於賈充，怨結於賈后矣。"《鑒評別録》卷十八。

8

王夷甫婦，郭泰寧女，《晉諸公贊》曰："郭豫字太寧[1]，太原人。仕至相國參軍，知名。早卒[2]。"才拙而性剛[3]，聚斂無厭，

---

〔1〕"太寧"，徐震堮曰："唐寫本作'泰寧'。"

〔2〕"早卒"，龔斌曰："'卒'下唐寫本有'也'字。"又，董刻本"早"作"蚤"。

〔3〕"才拙"，龔斌曰："'拙'唐寫本作'出'。按作'拙'是。"

干豫人事〔1〕。夷甫患之而不能禁。時其鄉人幽州刺史李陽，京都大俠，《晉百官名》曰："陽字景祖〔2〕，高尚人〔3〕。武帝時爲幽州刺史。"《語林》曰："陽性遊俠〔4〕，盛暑，一日詣數百家別，賓客與別〔5〕，常填門，遂死于几下〔6〕，故憚之〔7〕。"猶漢之樓護，《漢書·遊俠傳》曰："護字君卿，齊人。學經傳〔8〕，甚得名譽。母死，送葬車三千兩〔9〕。仕至天水太守〔10〕。"郭氏憚之。夷甫驟諫之，乃曰："非但我言卿不可，李陽亦謂卿不可〔11〕。"郭氏小爲之損〔12〕。

○"王夷甫婦"至"不能禁"

"郭泰寧女"，程炎震曰："《魏志》二十六《郭淮傳》注引《晉諸公贊》曰：'淮弟配，配子豫，女適王衍。'"

"聚斂無厭"，崔朝慶曰："言積聚資財也。"

"干豫人事"，岡白駒曰："問遺宴會，凡事皆干豫之。"○桃井白鹿曰："人事，外事，男子所治。婦而預之，所謂牝雞之晨也。《觿》以'人事'爲問遺宴

---

〔1〕"干豫"，余嘉錫曰："唐本'豫'作'預'。"
〔2〕"景祖"，董刻本'祖'作'相'。王利器曰："唐寫本及各本'相'都作'祖'，是。"
〔3〕"高尚人"，李慈銘曰："晉無高尚縣，二字有誤。"程炎震曰："宋本作'高平'。李陽云'鄉人'，則當爲并州人。然并州無高尚縣，而高平國高平縣別屬兗州，恐皆有誤字。"余嘉錫曰："唐本、景宋本及沈本作'高平人'。"朱鑄禹曰："袁本作'高尚'，非。"龔斌曰："石勒、李陽皆爲上黨武鄉人，與太原陽曲同屬并州。作'高尚人''高平人'皆誤。"
〔4〕"陽性遊俠"，徐震堮曰："此句下唐寫本有'爲幽州'一句，《御覽》四七三引《語林》有'爲幽州刺史，當之職'二句，語意尤明。"
〔5〕"賓客與別"，岡白駒曰："此疑脫誤。"秦士鉉曰："'與別'誤衍。"按《淵鑒類函》"遊俠"條引裴啓《語林》，《太平御覽》四七三引亦無"與別"二字。大典顯常《攝補》曰："'賓客與別'，當言賓客之詣別者，不必衍。"
〔6〕"遂死於几下"，"几下"唐寫本作"凡下"。大典顯常《攝補》曰："'遂死'以下八字不解，恐有誤。"秦士鉉曰："'遂'至'几下'誤衍。"天保手批曰："'遂'下八字衍文乎?"
〔7〕"故憚之"，岡白駒曰："此疑脫誤。"秦士鉉曰："'憚之'上脫'郭氏'二字。"余嘉錫曰："'故憚之'唐本無。"
〔8〕"學經傳"，余嘉錫曰："唐本作'學淵博'。"
〔9〕"送葬車三千兩"，余嘉錫曰："唐本作'送葬者二三千兩'。"楊勇曰："宋本及各本作'送葬車三千兩'，唐卷作'送葬者二三千兩'，《漢書·樓護傳》作'送葬者致車二三千兩'。"
〔10〕"天水太守"，唐寫本"守"下有"也"字。董刻本"守"作"寺"。王利器曰："各本'寺'都作'守'，是。"
〔11〕"謂卿不可"，楊勇曰："'謂'下宋本及各本有'卿'字，唐卷無，《晉書·王衍傳》同。"
〔12〕"小爲之損"，余嘉錫曰："唐本作'爲之小損'。"

會，未允。”○崔朝慶曰：“參預他人之事也。”

“患之而不能禁”，田中頤曰：“豈唯牝雞之晨。”○余嘉錫曰：“衍婦之與賈后，中表女兄弟也。依倚其權勢，是以衍雖患之而不能禁。”

○“時其鄉人”至“郭氏憚之”

“鄉人幽州刺史李陽”，李治曰：“李陽有二。其一上黨武鄉人，與石勒鄰居，歲嘗與爭麻池，迭相毆擊者。其一爲幽州刺史，京師大俠也。王衍患妻郭剛愎貪戾不能禁，因謂之曰：‘非但我言卿不可，李陽亦謂不可。’郭氏爲之少損。《衍傳》又謂陽爲鄉人，或當爲琅邪臨沂人，其後溫嶠軍食盡，貸於陶侃，侃難之，竟陵太守李陽說侃，侃乃分米五萬石以餉嶠軍者，即此李陽也。”《敬齋古今黈》卷十一。龔斌按曰：“《魏志·郭淮傳》謂淮太原陽曲人，陽曲屬并州，既稱李陽爲‘鄉人’，則李陽亦爲并州人。‘鄉人’者，謂與夷甫婦爲同鄉，非指李陽與王衍爲同鄉，乃琅琊臨沂人。李治所疑非是。”

“京都大俠”，崔朝慶曰：“言其好任俠，爲同黨所推重也。”

○“夷甫驟諫”至“小爲之損”

“驟諫之”，江藍生曰：“‘驟’義爲‘頻繁’‘屢次’，與作‘急猝’解者不同。‘驟諫之’猶言屢次勸告她。”《彙釋》頁二七三。○楊勇曰：“驟，頻數也，猶今言屢次也。《左傳》文十四年：‘公子商人驟施於國。’《楚辭·九歌·湘夫人》：‘時不可兮驟得。’”

“李陽亦謂卿不可”，田中頤曰：“王既不能勝，因假援兵。”

“小爲之損”，崔朝慶曰：“言其惡習少減也。”○楊勇曰：“小損，即小差也，猶今言稍微好轉，稍微改進也。”

◎余嘉錫曰：“此事本出《郭子》，乃郭澄之所著。《晉書·文苑傳》稱澄之太原陽曲人，蓋即淮、配之後，故能知夷甫家門之事矣。”

○注“語林曰”

秦士鉉曰：“《淵鑒類函》‘遊俠’條引裴啓《語林》曰：‘晉李陽大俠，士庶無不傾心。爲幽州刺史，當之職，盛暑一日詣數百家別，賓客常填門。’”

劉辰翁曰：“非夫。”恩田仲任按曰：“言非丈夫。”

方弘静曰：“李陽盛暑一日詣數百家，賓客填門，遂死於几下。古之天刑人哉！王夷甫悍婦猶憚陽，蓋盛有名譽也。當是時，有中立不倚者，陽所不入其門，則可謂君子矣。夷甫輩惡足以識此，乃不能正其室，而借陽以憚之耶！”《千一録》卷二十四。

王乾開曰：“可謂計無所之。”

凌濛初曰：“爲畏内者開門户。”

蔣凡曰：“史稱‘衍妻郭氏，賈后之親，藉中宫之勢，剛愎貪戾，聚斂無厭’云云，可證王衍之懼内，非本性如此，而是畏權懼勢也。人畏權勢，故乏謇謣忠節。”

9

王夷甫雅尚玄遠，常嫉其婦貪濁[1]，口未嘗言“錢”字[2]。《晉陽秋》曰：“夷甫善施舍，父時有假貸者，皆與焚券[3]，未嘗謀貨利之事。”王隱《晉書》曰：“夷甫求富貴得富貴，資財山積，用不能消，安須問錢乎？而世以不問爲高，不亦惑乎[4]！”婦欲試之，令婢以錢遶牀[5]，不得行[6]。夷甫晨起，見錢閡行，呼婢曰：

---

〔1〕“常嫉”，余嘉錫曰：“‘嫉’唐本作‘疾’。”楊勇曰：“‘嫉’唐卷作‘疾’，古字通。”
〔2〕“錢字”，余嘉錫曰：“唐本無‘字’字。”
〔3〕“與焚券”，余嘉錫曰：“‘焚券’唐本作‘之’。”
〔4〕“而世以不問爲高不亦惑乎”，唐寫本作：“而世乃以問爲高，亦惑哉！”龔斌曰：“從上下文義看，作‘不問’是。”
〔5〕“遶牀”，唐寫本“遶”作“繞”，《晉書》本傳同。
〔6〕“不得行”，徐震堮《札記》曰：“當從《晉書》本傳，‘不’上增‘使’字。”又《校箋》曰：“‘不’上有‘使’字，語意更備。”

"舉卻阿堵物〔1〕。"

○ "王夷甫" 至 "阿堵物"

"口未嘗言錢字"，田中頤曰："不言'錢'字，雖由玄遠，亦爲其婦矯激也。"

"不得行"，田中頤曰："但要其言'錢'字。"

"見錢閡行"，岡白駒曰："閡，與'礙'同，隔閡也。"○崔朝慶曰："閡，阻隔也。"○余嘉錫曰："《廣雅·釋言》：'礙，閡也。'《玉篇》：'閡，止也。與礙同。'"

"舉卻"，王佩諍曰："卻，猶去也。《國策·秦策》：'怒戰慄而卻。'注：'退也。'《廣雅·釋詁》：'卻，讓也。'《增韻》：'卻，止也。'《孟子》：'卻之爲不恭。'注：'不變也。'《呂氏春秋·知接篇》：'無由接固卻其忠言。'注：'不用也。'《漢書·袁盎傳》：'盎引卻慎夫人座。'注：'退而卑之也。'均屬去義。此文言舉阿堵物去也。"

"阿堵物"，馬永卿曰："古今之語大都相同，但其字各別耳。古所謂'阿堵'者，乃今所謂'兀底'也。王衍曰：'去阿堵物。'謂口不言去却錢，但云去却兀底爾。如'傳神寫照，正在阿堵中'，蓋當時以手指眼，謂在兀底中爾。後人遂以錢爲'阿堵物'，眼爲'阿堵中'，皆非是。蓋此兩'阿堵'同一意也。蓋衍之意，以謂此錢不當置於此，當屏藏之於他處也。"《嬾真子》卷三。沈濤《瑟斗齋》卷七按曰："此説'阿堵'字甚确。"○黄朝英曰："'阿堵'初自無據，作史者但記一時語言而已。《顧愷之傳》亦云'傳神寫照正在阿堵中'，獨不見此，何耶？宋景文公寫真詩云：'誰謂彼己子，而傳阿堵神。'又答書詩云：'久謝輪囷器，羞言阿堵神。'皆用此也，豈有它義。"《緗素》卷四。○朱翌曰："王衍見錢曰'阿堵物'，'阿堵'如言'阿底'。衍口不言錢，故云。今人遂謂錢爲'阿堵'，不知晉宋間人用'阿堵'語甚多。"《猗覺寮雜記》卷下。○王楙曰："今人稱錢爲'阿堵'，蓋祖王衍之言也。阿堵，晉人方言，猶言這個耳。王衍當時指錢而爲是言，非真以錢爲'阿堵'也。今直稱錢爲'阿堵'，不知'阿堵'果何

---

〔1〕 "呼婢曰舉卻阿堵物"，朱亦棟《群書札記》卷三曰："（'舉卻阿堵物'）《晉書·王衍傳》作'舉阿堵物卻'。"余嘉錫曰："唐本'呼'作'令'，無'曰''卻'二字。"王佩諍曰："唐寫本《世説新語》殘卷作'呼婢舉阿堵物卻'，應從之乙正。"楊勇曰："宋本及各本作'呼婢曰舉卻阿堵物'，唐卷作'令婢舉阿堵物卻'，《晉書·王衍傳》作'謂婢曰舉阿堵物卻'。"

物邪？且顧長康曰：‘傳神寫照，正在阿堵中。’謝安曰：‘明公何須壁間著阿堵輩。’殷中軍曰：‘理應在阿堵上。’此皆言‘阿堵’，豈必錢邪？此與王子猷以竹爲‘此君’之意同，裴迪詩曰‘竹君’者是也。”《野客叢書》卷八。○莊綽曰：“前世謂‘阿堵’，猶今諺云‘兀底’，‘寧馨’猶‘恁地’也，皆不指一物一事之詞，故‘阿堵’有錢目之異，‘寧馨’有美惡之殊。而張渭詩云：‘家無阿堵物，門有寧馨兒。’與款頭無異矣。”《雞肋編》卷下。○劉應登曰：“阿堵物，猶言‘這個物’，非以名錢。”○王若虛曰：“夫阿堵者，謂阿底耳。顧愷之云‘傳神寫照正在阿堵中’，殷浩見佛經云‘理在阿堵上’，謝安指桓溫衛士云‘明公何須壁間阿堵輩’是也。”《滹南詩話》卷二。○楊慎曰：“《晉書》云王衍口不言錢，晨起見錢堆牀前，曰‘阿堵’。近世不解此，遂謂錢曰‘阿堵’，可笑。晉人云‘阿堵’，猶唐人曰‘若箇’，今人曰‘這箇’也。故殷浩看佛經曰‘理亦應在阿堵中’，《晉書·顧長康傳》曰‘傳神正在阿堵中’，謝安謂桓公曰‘明公何用壁後置阿堵輩’是也。凡觀一代書，須曉一代語，觀一方書，須通一方之言，不爾不得也”《丹鉛續錄》卷三。○祁駿佳曰：“‘阿堵’二字亦晉宋間助語，亦猶言此個也。後人但見王衍指錢云‘屛卻阿堵物’，遂以‘阿堵’爲錢貫之稱。”《遯翁隨筆》卷上。○袁枚曰：“王衍不言錢，謂妻曰‘將去阿堵’，‘阿堵’者，猶云這物也。山濤曰‘何物老嫗，生寧馨兒’，‘寧馨’者，猶云那樣也。今人皆誤用。”《隨園隨筆》卷十八。○李調元曰：“阿堵，猶言若箇也。《世說》王衍曰：‘舉卻阿堵物。’世人遂稱錢爲‘阿堵’，非。”《卍齋璅錄》卷四。○錢大昕曰：“‘阿堵’之‘阿’，前人有讀平聲者，洪容齋所引‘語言少味無阿堵，冰雪相看有此君’，‘家無阿堵物，門有寧馨兒’是也。”《養新錄》卷四。○朱亦棟曰：“所云‘阿堵物’者，亦謂眼前物耳。今俗語猶有眼睛前頭之說，即此意也。須溪、升庵之説，似猶未的耳。”《群書札記》卷三。又曰：“余向以‘阿堵’作眼前解。今以切音求之，‘阿堵’二字切音爲‘箇’，則須溪之説近是。若新仲所云‘阿底’，去之遠矣。”同上卷十四。按此言“須溪”，疑是劉應登之誤。○桃井白鹿曰：“阿堵物，猶言此物，夷甫口未嘗言‘錢’字，至此猶言‘阿堵物’而已。”○陸以湉曰：“‘舉卻阿堵物’、‘傳神寫照正在阿堵中’，‘阿堵’猶言這箇也。”《雜識》卷一。按“阿堵”義參見《文學篇》“殷中軍見佛經云”條、《巧藝篇》“顧長康畫人”條。

【彙評】

劉辰翁曰："但意不在錢，言錢何害?" 蔣凡按曰："一針見血，見識不凡。"

陳絳曰："王衍之口不言錢，王敦之口不言色，卒無改爲王衍、王敦。而酌貪泉者亦何害爲吳隱之。是亦存乎人焉耳。"《金罍子》中篇卷五。

王世懋曰："人性不同。廉貪不繫貧富，王隱此言非也。如隱言，王安豐豈貧於夷甫耶?"

尤侗曰："王衍口不言錢，和嶠有錢癖，雅俗迥別。以吾觀之，嶠真而衍詐。"《艮齋雜説》卷四。

蔣勵常曰："王衍不言錢，王敦不好色，卒無改其爲衍與敦。夫其不言者，矯也。使其真澹然於二者，何必不言哉!"《十室遺語》卷三。

呂思勉曰："其少日之輕財，正是矯情以干譽耳。矯情者，假之也，而不知其終不可假也。終不免於排牆之禍，哀哉!"《札記》頁八八一。

10

王平子年十四五〔1〕，見王夷甫妻郭氏貪欲〔2〕，令婢路上儋糞〔3〕。平子諫之，並言不可〔4〕。郭大怒，謂平子曰："昔夫人臨終，以小郎囑新婦〔5〕，不以新婦囑小郎!"《永嘉流人名》曰〔6〕："澄父乂，第三娶樂安任氏女〔7〕，生澄〔8〕。"急捉衣裾，將與杖。平子饒力，爭得脱，踰窗

〔1〕 "年十四五"，徐震堮《札記》曰："《晉書·王澄傳》作'年十四'。"
〔2〕 "郭氏"，楊勇曰："'郭'下宋本及各本有'氏'字，唐卷及《晉書·王澄傳》並無'氏'字。"
〔3〕 "儋糞"，余嘉錫曰："唐本'儋'作'擔'。"楊勇曰："'儋'，唐卷作'擔'，誤。《晉書》作'擔'，古通用。"王叔岷曰："'擔'乃'擔'之誤。'儋''擔'正、俗字。"
〔4〕 "並言不可"，余嘉錫曰："唐本'言'下有'諸'字。"徐震堮曰："有'諸'字義長。"
〔5〕 "囑新婦"，唐寫本"囑"作"屬"，下同。
〔6〕 "人名曰"，楊勇曰："唐卷無'曰'字。"
〔7〕 "娶樂安任氏女"，董刻本"娶"作"取"。王先謙曰："一本'娶'作'取'。"朱鑄禹曰："'取'通'娶'。"龔斌曰："唐寫本作'娶'。"又，唐寫本無"女"字。
〔8〕 "生澄"，楊勇曰："'澄'下唐卷有'也'字。"

而走。

　　○“王平子”至“踰窗而走”

　　“王平子”，崔朝慶曰：“王平子，即王澄，王夷甫之弟也。”○程炎震曰：“衍長澄十三歲。”○龔斌曰：“此言平子年十四五，則時在太康四五年間。”

　　“並言不可”，朱鑄禹曰：“唐寫本作‘並言諸不可’是。蓋若但諫阻儋糞，郭似尚不至大怒，惟言其諸般不可，乃激郭大怒也。此一字具見古本之可貴。”

　　“夫人臨終以小郎囑新婦”，崔朝慶曰：“屬，託也。”○徐震堮曰：“婦人稱夫弟曰小郎，自稱曰新婦。夫人，稱其姑也。”

　　“小郎”，趙翼曰：“女呼夫之弟曰‘小郎’，是六朝人語。《晉書》，謝道韞爲小郎解圍。《世說》，王衍妻使婢擔糞，王澄諫之，嫂曰：‘太夫人臨終，以小郎囑新婦，不以新婦囑小郎。’《南史·孫棘傳》，棘與弟薩欲相代死，棘妻許氏亦寄語棘曰：‘君當門戶，豈可委罪小郎？且大家臨亡，以小郎屬君。’謝述奉兄純之喪還，經西塞，遇風喪舫，漂不知所在，述乘小船尋求，經純妻庾舫過，庾遣人謂曰：‘小郎去必無及，寧可存亡俱盡耶？’述不聽。”《陔餘叢考》卷三十六。

　　“捉衣裾”，崔朝慶曰：“裾，衣裏也，即今俗所謂大襟。”

　　○注“永嘉流人名曰”

　　“生澄”，劉應登曰：“王乂前娶生衍，第三娶樂安任氏生平子。”

【彙評】

　　蔣凡曰：“故事雖短，卻是有矛盾，有情節，跌宕起伏，令人眼花繚亂。大怒痛罵、捉衣與杖，連續動作乾脆利落，一個凶悍潑婦的形象，呼之欲活。”

　　元帝過江猶好酒[1]，王茂弘與帝有舊，常流涕諫[2]。帝許之，命酌酒[3]，一酣[4]，從是遂斷[5]。鄧粲《晉紀》曰：“上身服儉約，以先時務。性素好酒，將渡江[6]，王導深以諫[7]，帝乃令左右進觴[8]，飲而覆之[9]，自是遂不復飲[10]。克己復禮[11]，官修其方[12]，而中興之業隆焉。”

　　○“元帝過江”至“從是遂斷”

　　“過江猶好酒”，田中頤曰：“見帝亦心知不可，但習爲性，不能自禁也。”

　　“常流涕諫”，田中頤曰：“‘常’讀作‘嘗’。此極真情。”

　　“一酣”，敬胤曰：“舊云：酌酒一唾，因覆梧寫地，遂斷也。”○周祖謨曰：“唐寫本‘一唾’，‘唾’當即‘唖’字之誤。”余嘉錫引。○楊勇曰：“‘唖’通‘歅’。《説文》：‘歅，歠也。’《德行篇》注引《晉安帝紀》：‘石門有貪泉，一歅重千斤，試使夷齊飲，終當不易心。’《晉書·循吏吳隱之傳》亦作‘歅’。唐卷作‘唾’，形與‘唖’近而誤。”

　　“從是遂斷”，田中頤曰：“誠是克己。”

　　○注“鄧粲晉紀曰”

　　“飲而覆之”，秦士鉉曰：“元帝覆杯池在金陵古城臺北三里，一名曲池。”○程炎震曰：“《清一統志》五十《建康志》：‘覆杯池，在上元縣北三里。晉元

---

〔1〕 “元帝”，《考異》“元”上有“晉”字。
〔2〕 “常流涕諫”，唐寫本、《考異》“常”作“嘗”。《考異》“諫”下有“之”字。
〔3〕 “命酌”，《考異》“命”上有“即”字。
〔4〕 “一酣”，劉辰翁曰：“‘一酣’語謬。”余嘉錫曰：“唐本作‘一唾’。”
〔5〕 “從是遂斷”，余嘉錫曰：“唐本無‘遂’字。”楊勇曰：“唐卷作‘從此斷’，《考異》作‘從此遂斷’。”
〔6〕 “渡江”，余嘉錫曰：“‘渡’唐本作‘度’。”
〔7〕 “深以諫”，余嘉錫曰：“唐本‘諫’上有‘戒’字，‘諫’下無‘帝’字。”
〔8〕 “帝乃令”，楊勇曰：“唐卷無‘帝’字。”
〔9〕 “飲而覆之”，楊勇曰：“唐卷無‘飲’字。”
〔10〕 “遂不復飲”，余嘉錫曰：“唐本無‘遂’字。”
〔11〕 “克己復禮”，唐寫本“克”作“剋”，“禮”作“礼”。
〔12〕 “官修其方”，唐寫本“修”作“脩”。

帝以酒廢事，王導諫之，帝覆杯池中以爲戒，因名。'"

"官修其方"，胡三省曰："魏晉之間謂國家爲'官'。"《通鑒·魏紀六》注。
○秦士鉉曰："方，方面也。"○周一良曰："修，循。"《批校》。

【彙評】

胡寅曰："酒之能亡身喪家敗國，古訓審矣。禹惡旨者，周公戒群飲彝飲者，
孔子戒困者亂者，聖人無是也，以教人耳。人能止酒者，非以病以喪以怨，以異
端之禁，則否也。士而能止者，以荒思廢業也，則既賢矣。未聞人主能飲而不飲
也。能飲而不飲，惟晉元爲然。不嗜飲不能飲而不飲，未足貴也。能飲者之於
酒，甚夫多欲者之於色也，而況人君口備味，耳備聲，體備遊逸，情備便嬖，凡
可以佐佑觴爵者，無所不備，於是焉抑制而不飲以終其身，非立志堅確，期於有
成，孰能如此！晉元名論不高，人心未附，始初建國，事以酒廢，聞王導一言，
銘心自克，其終濟大業，百有餘年，不亦宜乎！"《管見》卷七。

謝肇淛曰："晉元帝度江之初，時以酒廢政務，王導諫之，遂覆盃終身不飲。
唐玄宗初即位，常以醉後傷一人，遂四十餘年永絕此味。夫以中庸之主，挾萬乘
之尊，而能以一言一事，永斷嗜慾，今人以士庶之家，耽湎麴糵，或傷人犯物，
或敗德喪儀，而恬不知戒，有苦口相勸，反悻悻自以爲是，其不逮二主遠矣。"
《文海披沙》卷五。

凌濛初曰："'遂斷'不足紀，'一酹'而斷，乃有致。"

田中頤曰："正是絕愛生別。"評"一酹"。

蔣凡曰："殷紂王湎首酒池，奢靡荒淫，自喪其國。王導此諫，目光深遠。
元帝啗酒盟誓而遂斷，正見其復國之決心。君明臣賢，魚水相諧，故有東晉之
中興。"

12

謝鯤爲豫章太守，從大將軍下至石頭[1]。敦謂鯤

---

〔1〕"大將軍"，唐寫本、袁刻本"大"俱作"太"。

曰〔1〕：“余不得復爲盛德之事矣。”鯤曰：“何爲其然？但使自今已後〔2〕，日亡日去耳〔3〕！”《鯤別傳》曰：“鯤之諷切雅正，皆此類也。”敦又稱疾不朝，鯤諭敦曰〔4〕：“近者，明公之舉，雖欲大存社稷，然四海之内〔5〕，實懷未達。若能朝天子，使群臣釋然〔6〕，萬物之心於是乃服。仗民望以從衆懷〔7〕，盡沖退以奉主上，如斯則勳侔一匡〔8〕，名垂千載。”時人以爲名言。《晉陽秋》曰：“鯤爲豫章太守〔9〕，王敦將肆逆〔10〕，以鯤有時望〔11〕，逼與俱行〔12〕。既克京邑〔13〕，將旋武昌，鯤曰：‘不就朝覲〔14〕，鯤懼天下私議也〔15〕。’敦曰：‘君能保無變乎？’對曰：‘鯤近日入覲〔16〕，主上側席，遲得見公，宮省穆然，必無不虞之慮。公若入朝，鯤請侍從。’敦曰：‘正復殺君等數百〔17〕，何損於時？’遂不朝而去〔18〕。”

○ “謝鯤爲”至“日去耳”

“從大將軍下石頭”，蔣凡曰：“故事發生在元帝永昌元年，大將軍王敦以清

〔1〕 “敦謂”，楊勇曰：“‘敦’上唐卷有‘王’字。”
〔2〕 “已後”，唐寫本“已”作“以”。
〔3〕 “日亡日去耳”，大典顯常云：“《晉書》‘亡’作‘忘’。”程炎震曰：“日亡，《晉書》作‘日忘’，是。”徐震堮《札記》曰：“《晉書》本傳作‘日忘日去耳’。”楊勇曰：“‘亡’‘忘’通，《列子·仲尼》‘知而亡情’是也。”龔斌曰：“《晉書》四九《謝鯤傳》、《通鑒》作‘忘’。”
〔4〕 “鯤諭敦”，楊勇曰：“‘諭’唐卷作‘喻’，古通用。”
〔5〕 “之内”，徐震堮曰：“‘内’唐寫本作‘心’。”
〔6〕 “群臣”，大典顯常曰：“《晉書》‘群’作‘君’。”平賀房父曰：“作‘君’是也。”
〔7〕 “仗民望”，楊勇曰：“唐卷無‘仗’字，奪。”
〔8〕 “勳侔一匡”，龔斌曰：“唐寫本作‘勳一侔匡’。”
〔9〕 “豫章太守”，龔斌曰：“唐寫本無‘太守’二字。”
〔10〕 “肆逆”，楊勇曰：“‘逆’唐卷作‘遂’，誤。”
〔11〕 “以鯤有時望”，唐寫本無“有”字。又，余嘉錫曰：“唐本‘時’作‘民’。”
〔12〕 “俱行”，楊勇曰：“唐卷無‘行’字。”
〔13〕 “既克”，唐寫本“克”作“剋”。
〔14〕 “不就朝覲”，董刻本“覲”作“觀”。余嘉錫曰：“‘就’唐本作‘敢’。”王利器曰：“各本‘覲’都作‘覲’，是。唐寫本此句作‘不敢朝覲’。”
〔15〕 “議也”，龔斌曰：“唐寫本無‘也’字。”
〔16〕 “入覲”，余嘉錫曰：“唐本‘入’下有‘朝’字。”
〔17〕 “殺君”，唐寫本“殺”作“煞”。
〔18〕 “而去”，龔斌曰：“唐寫本作‘而去也’。”

君側爲名，起兵武昌，師指建康，四月破石頭城，朝廷潰敗。"

"不得復爲盛德之事"，胡三省曰："王敦無君之心形於言也。"《通鑑·魏紀十四》注。○恩田仲任曰："謂難掩無君之迹也。"○田中頤曰："言君臣猜嫌堅結，故今其勢不得不爲逆也。"○龔斌曰："盛德之事，猶賢人君子之事。敦自知犯上作亂，故云。"

"日亡日去"，胡三省曰："言日復一日，浸忘前事，則君臣猜嫌之迹亦日去耳。"《通鑑·晉紀十四》注。按《通鑑》"亡"作"忘"。○岡白駒曰："使不臣心，日亡日去耳。"○大典顯常曰："王敦既反，戰克王師，故有是言也。謝曰'日亡日去'，言使舊惡日滅，不宜終自處於逆行也。"又曰："王敦至石頭，君臣之際大生猜嫌。故王敦之言謂君臣如是相嫌，則其勢自然不能爲盛德之事也。故鯤答如是。"《攝補》。○田中頤曰："言但使其既成嫌猜，日亡日去，漸以無之而可也。"

○"敦又稱疾"至"以爲名言"

"稱疾不朝"，田中頤曰："前無君之心形於言，此又不臣之行見於事。"

"實懷未達"，岡白駒曰："有未達乎其意者。"○田中頤曰："言未達其意而疑懼。"○秦士鉉曰："四海人心未達王敦所爲。"○龔斌曰："意謂人皆未明敦之真實懷抱，亦即四海之人皆不達'雖欲存社稷'之懷。此乃婉諷之詞。"

"萬物之心"，田中頤曰："萬物，蓋謂'四海'。"

"仗民望以從衆懷"，田中頤曰："民望，亦謂'萬物'。衆懷，乃謂群臣。蓋總'主上'及'衆懷'、'民望'而一之，自外稱之曰'四海'，自內稱之曰'萬物'。"○秦士鉉曰："民望，民所願望也。"

"盡沖退以奉主上"，岡白駒曰："沖，虛也。《老子》云：'大盈若沖。'沖退，蓋言謙虛退遜也。"

"勳侔一匡"，大典顯常曰："一匡，齊桓公事也。"○田中頤曰："齊桓事業。"○王叔岷曰："《論語·憲問》：'管仲相桓公，霸諸侯，一匡天下。'"

"名垂千載"，田中頤曰："前說於幽，故其言簡。此說於明，故其辭詳。"

○注"晉陽秋曰"

"主上側席"二句，李賢曰："側席，謂不正坐，所以待賢良也。"《後漢書·章帝紀》注。○胡三省曰："王者側席待賢，鯤用此語也。遲，待也。"《通鑑·魏紀十四》注。○大典顯常曰："《後漢·章帝紀》注：側席，謂不正坐也，所以待賢良之心切也。"《集成》。○周一良曰："'遲'字古訓有等待、期望之意。魏晉南北朝文獻中猶如此用。如《世說新語·規箴篇》注引《晉陽秋》云：'主上側席，遲得見公。'"《論集》頁四六七。

"宮省穆然"，胡三省曰："穆然，和敬之意。"《通鑒·魏紀十四》注。

"正復殺君等數百"二句，岡白駒曰："我殺如君者數百，何損於時。敦時誅殺忠賢，輕罵鯤云爾。"○大典顯常曰："言己果不朝而禍起，則難及君等已，雖然，何妨也。"又曰："謝言我從君入朝，苟有變，則身當之也。是以其身爲重也，故敦嘲之，言君等本不足重，即殺數百人，無損於時，則以身當之言啗我，我何動乎？"《撮補》。○平賀房父曰："鯤言從朝，其意謂我從則變不起也，故王言朝廷何顧君不致誅於我乎？雖殺如君等者數百，無損於時也。"○徐震堮曰："正復，即使。"《簡釋》。○朱鑄禹曰："言下之意，似謂如君等文墨之士所殺數百亦無損於時，極言其無足輕重，朝廷何致以有君隨追而遂不加誅我乎？"

【彙評】

劉辰翁曰："終是晉人。"

王世懋曰："此乃真名言。"

鍾惺曰："以幼輿不檢，而石頭對處仲數語，綱常所關，勁氣直節，不減陳玄伯。嗣宗勸進，不能無愧顏。"

13

元皇帝時，廷尉張闓_{葛洪《富民塘頌》}曰[1]："闓字敬緒，丹

---

〔1〕"頌曰"，余嘉錫曰："唐本'頌'下有'敘闓'二字。"楊勇曰："'闓'字疑衍。"

陽人，張昭孫也〔1〕。"《中興書》曰："闓，晉陵内史〔2〕，甚有威德〔3〕。轉至廷尉卿〔4〕。"在小市居，私作都門，蚤閉晚開〔5〕。群小患之，詣州府訴，不得理，遂至樞登聞鼓〔6〕，猶不被判。聞賀司空出，至破岡，連名詣賀訴。《賀循別傳》曰〔7〕："循字彦先〔8〕，會稽山陰人。本姓慶，高祖純，避漢帝諱〔9〕，改爲賀氏。父劭〔10〕，吳中書令，以忠正見害〔11〕。循少嬰家禍，流放荒裔，吳平乃還。秉節高舉〔12〕，元帝爲安東，王循爲吳國内史〔13〕。"賀曰〔14〕："身被徵作禮官，不關此事。"群小叩頭曰："若府君復不見治〔15〕，便無所訴。"賀未語，令且去，見張廷尉當爲及之。張聞，即毀

〔1〕 "張昭孫也"，李詳曰："洪以闓爲張昭孫，《晉書》謂曾孫。"程炎震曰："《晉書·闓傳》云：'張昭曾孫。'"徐震堮《札記》曰："《晉書》本傳作'昭之曾孫'。"楊勇曰："昭，唐卷作'照'，非。"龔斌曰："'昭'唐寫本作'照'，《吳志》作'昭'。按'昭''照'通。"

〔2〕 "闓晉陵内史"，余嘉錫曰："唐本作'累遷侍陵内史'，疑當有脫誤。"楊勇曰："《晉書·張闓傳》：'遷侍中，帝踐阼，出補晉陵内史'。當作'闓累遷侍中、晉陵内史'是。"龔斌曰："晉時無'侍陵'。《晉書》本傳敍闓官職謂'遷侍中'、'出補晉陵内史'，則唐寫本脫'中''晉'二字。"

〔3〕 "威德"，余嘉錫曰："唐本'德'作'惠'。"

〔4〕 "轉至廷尉卿"，余嘉錫曰："唐本作'轉廷尉，光祿大夫卒也'。"

〔5〕 "蚤閉"，董刻本"蚤"作"早"，下同。

〔6〕 "樞登聞鼓"，余嘉錫曰："'樞'唐本作'打'。"楊勇曰："'樞'唐卷作'打'。今按'樞''打'意同。"

〔7〕 "賀循別傳曰"，楊勇曰："唐卷無'曰'字，奪。循，唐卷作'脩'。"下同。

〔8〕 "循字"，楊勇曰："唐卷無'循'字，奪。"

〔9〕 "避漢帝諱"，余嘉錫曰："唐本'漢'下有'安'字。"徐震堮曰："漢安帝名祜，父清河孝王，名慶。則此文當作'避漢安帝父諱'。"

〔10〕 "父劭"，楊勇曰："宋本及各本作'劭'，唐卷作'邵'，《晉書·賀循傳》、《吳志·賀邵傳》作'邵'。按以興伯之字推，殆作'邵'是。"

〔11〕 "忠正"，余嘉錫曰："唐本作'中正'。"

〔12〕 "秉節高舉"，余嘉錫曰："唐本作'秉節高厲舉，勔以'，'以'下有脫文。"楊勇曰："唐卷作'秉節高厲舉，勔以'，疑唐本下當有'正'字。"

〔13〕 "安東王循爲吳國内史"，秦士鉉曰："'王'字衍。"李慈銘曰："'王'當作'上'。元帝以琅琊王爲安東將軍，上循爲吳國内史，見循本傳。"徐震堮《札記》曰："'安東王'當作'安東將軍'。"余嘉錫曰："'王'唐本作'上'，是也。"又，楊勇曰："'内史'下唐卷及《晉書·賀循傳》有'遷太常太傅，薨，贈司空也'等字。"

〔14〕 "賀曰"，余嘉錫曰："唐本自'賀曰'提行另起，非是。"

〔15〕 "見治"，楊勇曰："'治'唐卷作'理'，避高宗諱改。則此殘卷爲唐高宗後舊物無疑。"

門，自至方山迎賀。賀出見，辭之曰[1]：“此不必見關[2]，但與君門情，相爲惜之。”張愧謝曰：“小人有如此[3]，始不即知，蚤已毀壞。”

○“元皇帝時”至“當爲及之”

“私作都門”，程炎震曰：“《晉書》八十《循傳》云：‘廷尉張闓住在小市，將奪左右近宅以廣其居，乃私作都門。’於事相類。《御覽》一百八十引《丹陽記》曰：‘張子布宅在淮水，面對瓦官寺門。’”

“檛登聞鼓”，胡三省曰：“古者，設諫鼓，立謗木，所以通下情也。《周禮》：‘太僕建路鼓於大寢之門外，以待達窮者。’鄭司農注云：‘窮謂窮冤失職者，來擊此鼓，以達於王，若今時上變事擊鼓矣。’此則登聞鼓之始也。‘登聞鼓’之名，蓋始於魏晉之間。檛，擊也。”《通鑒·晉紀四》注。徐震堮按曰：“伐登聞鼓，先見於《晉書·武帝紀》泰始五年。

“賀司空”，程炎震曰：“《循傳》：‘贈司空。’”

“身被徵作禮官”二句，李慈銘曰：“此云‘被徵作禮官’，是循改拜太常之日。今《晉書·循傳》敘此事在循起爲元帝軍諮祭酒之日，蓋誤。”《簡端記》。○程炎震曰：“被徵作禮官，當是建武、太興間改拜太常時。《晉書》敘於元帝承制以爲軍諮祭酒時，非也。”○許世瑛曰：“此二語即言：‘我奉詔做禮官，張氏私作都門，不便商民事，非我分内所應治理者。’”《釋“身”字》。

○“張聞即毀”至“蚤已毀壞”

“方山”，胡三省曰：“建康城東北有方山埭，截淮立埭於山南。曰方山者，山形方如印。”《通鑒·宋紀八》注。

“賀出見辭之曰”，余嘉錫曰：“‘出辭見之’者，以群小訴詞示闓也。今本‘辭見’二字誤倒。”○龔斌曰：“辭，解説，辯解。賀雖終受群小所託，但徵作禮官，本不過問此事，故對張闓解釋之。”

〔1〕 “賀出見辭之曰”，余嘉錫曰：“唐本‘賀’下有‘公之’二字，‘見辭’作‘辭見’。”又曰：“唐寫本作‘賀公之出辭見之曰’，‘公之’二字當是衍文。”楊勇曰：“唐卷語煩，意又不健。”

〔2〕 “不必”，楊勇曰：“唐卷無‘必’字。”

〔3〕 “如此”，楊勇曰：“宋本及各本有‘如’字，唐卷無。”

"不必見關"，張萬起曰："見關，關我。關係到我，與我有關。"

"與君門情"，李慈銘曰："循祖齊爲吳將軍，與張昭交善，故云'門情'。"《簡端記》。○張萬起曰："門情，通家世交。"

○注"葛洪富民塘頌曰"

"富民塘頌"，李慈銘曰："案《晉書·闓傳》，闓爲昭之曾孫，補晉陵内史，立曲阿新豐塘，漑田八百餘頃。每歲豐稔，葛洪爲其頌。即此所云'富民塘'也。"《簡端記》。○李詳曰："《晉書·闓傳》：爲晉陵内史，立曲阿新豐塘，漑田八百餘頃，每歲豐稔。葛洪爲其頌。用二十一萬一千四百二十功，以擅興造免官。公卿並爲之言：'張闓興陂漑田，可謂益國，而反被黜，使群下難復爲善。'帝感悟，以闓爲大司農。"

○注"賀循別傳曰"

"避漢帝諱"，桃井白鹿曰："安帝諱祜，其餘漢帝無諱'慶'者。安帝父清河王名慶，慶純避之也。"○徐震堮曰："當從《晉書》本傳作'避（漢）安帝父諱'。"《札記》。又曰："賀鑄《慶湖遺老集序》引《會稽先賢傳》：'安帝時，避帝本生諱，改姓賀氏。'"

"秉節高舉"，大典顯常曰："言不就仕也。"

"元帝爲安東"，桃井白鹿曰："元帝襲封琅琊王，爲安東將軍。"

【彙評】

劉辰翁曰："'門情'字可稱。"

李詳曰："覈其本傳，始終無玷，其私作都門，蚤閉晚開，亦爲檢遏姦軌起見，不應賀循輕徇群小之情，反相規誡。《世説》此語，殆爲虛妄。"

14

郗太尉晚節好談，既雅非所經，而甚矜之。《中興書》

曰：“鑒少好學博覽[1]，雖不及章句[2]，而多所通綜[3]。”後朝覲，以王丞相末年多可恨，每見，必欲苦相規誡。王公知其意，每引作它言[4]。臨還鎮[5]，故命駕詣丞相，丞相翹須屬色[6]，上坐便言：“方當乖別[7]，必欲言其所見。”意滿口重，辭殊不流[8]。王公攝其次，曰：“後面未期，亦欲盡所懷，願公勿復談。”郗遂大瞋，冰衿而出[9]，不得一言。

○“郗太尉”至“引作它言”

“郗太尉晚節好談”，程炎震曰：“郗鑒以咸和四年三月爲司空，猶鎮京口。”

“既雅非所經”二句，大典顯常曰：“言郗固不貫談論，故臨發言而矜持不得自由也。”○平賀房父曰：“作者欲見郗欲以善辨規箴王公使屈之意，故特言之耳。”○洪圜曰：“言少時未習其談，而其意甚以其善談自矜也。”○田中頤曰：“謂以晚年好談，雖非所經久習熟，然甚以善談自矜持之也。”○徐震堮曰：“所經，是‘所長’或‘所習’的意思。”《釋義》。

“以王丞相末年多可恨”，田中頤曰：“‘以’者，郗意以也。”

“每引作它言”，田中頤曰：“郗無緣復出言。”

———

[1] “博覽”，余嘉錫曰：“‘博覽’下唐本有‘群書’二字。”
[2] “雖不及章句”，余嘉錫曰：“唐本作‘學雖不章句’。”
[3] “通綜”，楊勇曰：“‘綜’下唐卷有‘也’字。”
[4] “它言”，唐寫本“它”作“他”，董刻本作“佗”。
[5] “臨還鎮”，徐震堮曰：“‘臨’下唐寫本有‘當’字。”
[6] “丞相翹須屬色”，余嘉錫曰：“唐本及沈本無‘丞相’二字。‘翹須’，唐本作‘翹鬚’。”徐震堮曰：“‘丞相’二字唐寫本及沈校本無，則‘翹須屬色’者乃郗也。當讀‘翹須屬色，上坐便言’。”朱鑄禹曰：“蓋以文意言，‘翹須屬色’屬郗，與下句連讀。若以之屬王，則語氣中斷。此本及他本皆誤衍。”蔣凡批曰：“‘丞相’二字重，應刪。因‘翹須屬色’者當爲郗鑒，故後有‘王公攝其次’之言以接續，如此讀文義方可連貫。”龔斌曰：“唐本是。此句承上句，主語乃郗鑒，非王導。”
[7] “乖別”，余嘉錫曰：“唐本作‘永別’。”楊勇曰：“宋本即各本作‘乖’，今依唐卷。”方一新《斟詰》曰：“‘乖別’義爲分別、離別，切合文義。”
[8] “不流”，余嘉錫曰：“唐本作‘不溜’。”楊勇曰：“‘流’唐卷作‘溜’，古通用。《說文》：‘流，水行也。’《文選》潘岳《射雉賦》：‘泉涓涓而吐溜。’陶淵明《歸去來辭》：‘泉涓涓而始流。’”
[9] “冰衿”，余嘉錫曰：“唐本作‘冰矜’。”楊勇曰：“宋本及各本作‘冰衿’，非。今依唐卷。”方一新《釋義》曰：“‘冰衿’當從唐寫本《世說新書》作‘冰矜’。”

〇"臨還鎮"至"辭殊不流"

"故命駕"，田中頤曰："故，故意也。"

"翹須厲色"，參見校文。岡白駒曰："翹，舉起也。在頰曰髯，在頤曰須。"〇田中頤曰："寫得莊嚴拒人之狀。"〇天保手批曰："'須''鬚'仝。"

"上坐"，秦士鉉曰："郗上坐也。"

"方當乖別"，平賀房父曰："太尉之言也。"〇龔斌曰："乖別，乖隔，離別。"

"意滿口重"，龔斌曰："謂意多而話語重復。"

"辭殊不流"，田中頤曰："寫郗欲言而口舌蹇澀，殊異於平日之狀。"

〇"王公攝"至"不得一言"

"攝其次"，岡白駒曰："攝乖別之次也。攝，代也。"〇平賀房父曰："攝，猶承也。郗曰欲言其所見，未開口，王逕承其次而言，使郗不能言也。"〇蔣凡曰："及時抓緊時機。"

"後面未期"三句，田中頤曰："言後面未期，我亦欲爲公盡所懷，唯願公今後勿復好爲此拙談也。"〇秦士鉉曰："後會難期，今日款語，且欲盡平生之懷，願君勿爲無用之談。"〇朱鑄禹曰："蓋王謂臨別亦欲申所懷，願勿復更瑣瑣，即所謂引作他言也。"

"冰衿而出"，參見校文。王世懋曰："'冰衿'二字未解。"〇凌濛初曰："'冰衿'，意者寒戰也。人怒極，恒有此。"〇張自烈曰："言懷抱冷也。"《正字通》卷一。〇方以智曰："冰衿，猶言冷也。《世説》曰'郗大瞋，冰衿而出'云云。《樂預傳》：'人笑褚公，至今齒冷。'《雲皋書》：'冰衿齒冷。'正用此。"《通雅》卷五。〇朱亦棟曰："王敬美曰：'冰衿'二字切音爲'噤'，謂寒戰而口不能言也。凌氏之解得之。"《群書札記》卷三。按原文當有脱誤。〇桃井白鹿曰："衿，與'襟'同。冰衿，蓋謂襟懷冰結也。郗爲王所折，襟懷不得融散，故凝結如冰爾。"〇大典顯常曰："'衿'與'噤'聲異而音同。冰衿，當是冰噤，謂不能出言也。《臨濟録》：'冷噤噤地。'亦言不能出聲也。"〇淇園曰："冰，猶云冷。冷衿，言以其不得意，衿懷頓冷也。"〇秦士鉉曰："冰衿，冰冷胸懷也。衿，心胸也。猶言爽然自失。"〇陳僅曰："冰衿謂涕泗沾衿。"《捫燭脞存》卷十二。〇余嘉錫曰："'冰衿'不可解。余初疑'冰'字爲'砅'字之破。乃觀唐寫本，則作‘冰矜’，點畫甚分明，其疑始解。蓋郗公不善言辭，故瞋怒之餘，惟覺其顏色冷若冰霜，而有矜奮之容也。”周一良曰：“余說是也。嵇康《家誡》：‘而勿太冰矜，趍以不言答之，勢不得久，行自止也。’正作‘矜’。‘矜’蓋矜持之意，冰則謂其嚴厲。”《論集》頁四六九。○徐震堮曰：“冰矜，掃興的意思？”《釋義》。○戴明揚曰：“冰矜，六朝常語也。與‘冰凝’、‘冰凌’、‘冰稜’、‘凌競’皆由寒涼之義而有凜然之義。《廣記》三二六引《述異記》：‘冰矜而言。’亦同。”《嵇康集校注》卷十。○方一新曰：“冰，狀臉色冷若冰霜貌；矜，狀臉色嚴肅貌。‘冰矜’即猶今言臉色陰沉、難看。”《釋義》。

【彙評】

劉辰翁曰：“寫得鄭重，可憎。”

王世懋曰：“敘得情狀如畫。”

秦士鉉曰：“此章甚可誦，然非‘規箴’。”

程炎震曰：“陶侃、庾亮先後欲起兵廢導，皆以鑒不許而止。導乃拒諫如是，信乎其憒憒乎！”

田餘慶曰：“王導末年憒憒，頗有亂政，郗鑒屬色進言，必有糾其憒憒之政的具體意見。這正是郗鑒不在其位，旁觀者清，以及郗鑒處亂世而有其方的表現，是王導所不能及的。”《政治》頁五九。

蔣凡曰：“當時庾太后臨朝，政事一決於庾氏，王導雖貴為丞相，也只能受制庾氏，‘正封錄諾之’。王導晚年，實權已失，地位岌岌可危，不憒憒又將如何？鑒之性格與導異，是個知其不可為而為之的忠義之士，故以導晚年為恨而欲強諫之。但導綜觀全局，明知其無可奈何，終令老帥不得一言，又見其心知肚明的智者形象。作者寫來，鄭重可懷，其敘事情狀及人物對話，生動如畫。”

15

王丞相爲揚州，遣八部從事之職[1]。顧和時爲下傳還，同時俱見。諸從事各奏二千石官長得失[2]，至和獨無言。王問顧曰："卿何所聞？"答曰："明公作輔，寧使網漏吞舟，何緣采聽風聞，以爲察察之政？"丞相咨嗟稱佳，諸從事自視缺然也[3]。

○"王丞相"至"和獨無言"

"遣八部從事之職"，胡三省曰："州有部從事，部管内諸郡。揚州時統丹陽、會稽、吳、吳興、宣城、東陽、臨海、新安八郡，故分遣部從事八人。"《通鑒·晉紀八》注。○程炎震曰："《晉志》州所領郡各置部從事一人。元帝時，揚州當領十郡，一丹陽，二宣城，三吳，四吳興，五會稽，六東陽，七新安，八臨海，九義興，十晉陵也。《通鑒》卷九十太興元年胡注不數義興、晉陵。"

"下傳"，程炎震曰："《通典》三十二：'別駕從事史一人，從刺史行部，別乘傳車。'此云'下傳'，蓋和但以從事隨部從事之部，如別駕從刺史，別乘傳車，故云'下傳'。案：晉制，從事、部從事，各職。"

○"王問顧曰"至"缺然也"

"網漏吞舟"，王叔岷曰："《史記·酷吏列傳》：'網漏於吞舟之魚。'《正義》：'法令疏。'"

"風聞"，周亮工曰："'風聞'二字始此。"《因樹屋書影》卷七。○余嘉錫曰："《漢書·南粵王趙佗傳》曰：'佗上書皇帝，又風聞老夫父母墳墓已壞削，兄弟宗族已誅論。'注師古曰：'風聞，聞風聲。'《文選》四十沈休文《奏彈王源》曰：'風聞東海王源嫁女與富陽滿氏。'李善注即引尉佗語爲證。可見二字始於

[1] "之職"，程炎震曰："《晉書·和傳》作'之部'，是。"楊勇曰："'之職''之部'意同，即之部述職也。"
[2] "各奏"，楊勇曰："唐卷重'各'字。宋本及《晉書·顧和傳》不重。今從唐卷。《言語》《文學》《賞譽》均有'人人'句法，可參。俗語也。"
[3] "缺然也"，龔斌曰："唐寫本無'也'字。"

《漢書》，不始於《世説》。"

"察察之政"，龔斌曰："察察，苛察，煩細。《老子》：'其政察察，其民缺缺。'"

"自視缺然"，王叔岷曰："《莊子·逍遥遊篇》：'堯讓天下於許由，曰：吾自視缺然。'《淮南子·繆稱篇》：'自視猶触如也。''触如'猶'缺然'。"

【彙評】

胡寅曰："江東草創，正須慎擇牧守令長，以撫循百姓，爲國基本。若一郡一縣或非其人，則受害者衆矣。然則守令得失，正宰相所當知也。不以察察爲政，以此俟赤子可耳，爲民上者，姦暴貪汙，容而不治，顧曰'網漏吞舟'，不亦謬乎！且風聞不可聽者，謂誣罔者也。若按其舉刺之虚實而加刑賞焉，又何惡於風聞。且宰相於天下，安得物物而目覩之哉？顧和之言，若臧而否，愚所不取也。"《管見》卷七。

劉辰翁曰："爲爾盛德不難，又看事如何，何徒獨無言？"按凌瀛初本"徒獨"作"獨徒"。

方弘静曰："羅含爲從事，不檢校江夏，其答語似有意，桓宣武奇之，可也，以謝仁祖爲賢者也。顧和概不奏得失，豈一時諸郡俱賢者哉？王丞相乃咨嗟稱佳，而諸從事自視缺然，吾不知之也。今之所遣檢校者，或以苞苴，或以好惡，其得失惡可定哉？不若不奏之爲佳耳。"《千一録》卷十四。

王世懋曰："如此，何遣從事爲？"

黄恩彤曰："和此言，當時後世皆以爲雅談。然江左君臣但當卧薪嘗膽，訓農勵兵，以雪恥復仇爲急務。似此雍容之論，徒滋寬弛，非所宜也。網取恢恢，政忌察察，皆柱下緒言。和殆亦善談老莊者邪！"《鑒評別録》卷二十一。

許世瑛曰："因爲他的目的在綏輯吴人，所以政尚寬簡，禁網疏闊。"《王導政績和晉元帝中興》。

陳寅恪曰："顧和所謂'網漏吞舟'，其實是'寬小過，總大綱'，或'不存小察，弘以大綱'。而'大綱'在當時就是求得内部的'和靖'，以共同對付北方胡族統治者。故不能把顧和説的'網漏吞舟'，解釋成爲王導主張什麽事情都不要管，或任便豪族胡作非爲。"《講演録》頁一五九。

繆鉞曰："由此事可見王導政治之主張。東晉初立國之基，本極微弱，當時有三種人尤不易應付。一爲土著之吳人，二爲南渡之名士，三爲擁兵之方鎮。王導則本其‘網漏吞舟’之政策，以寬和處之。”《清談與魏晉政治》。

蔣凡曰：“東晉之初，江東士民騷然，元帝欲行法家之政，建康街頭猶如刑場，血流漂杵，故郭璞借《易》卦占筮上疏諫之。王導輔政，則極力扭轉這一不利團結建國的傾向，而以道家無爲鎮靜、順應自然相規勸。顧和獨受表揚，正見王導從全局出發的政治家胸懷。”

16

蘇峻東征沈充[1]，《晉陽秋》曰：“充字士居，吳興人。少好兵[2]，詣事王敦[3]。敦克京邑，以充爲車騎將軍，領吳國內史。明帝伐王敦，充率衆就王含[4]，謂其妻曰：‘男兒不建豹尾，不復歸矣！’敦死[5]，充將吳儒斬首於京都[6]。”請吏部郎陸邁與俱。《陸碑》曰[7]：“邁字功高[8]，吳郡人[9]。器識清敏，風檢澄峻。累遷振威太守[10]、尚書吏部郎[11]。”將至吳，密勑左右[12]，令入閶門放火以示威[13]。陸知其

---

〔1〕“沈充”，唐寫本“沈”作“沉”。
〔2〕“少好兵”，徐震堮《札記》曰：“《晉書·沈充傳》‘兵’下有‘書’字。”
〔3〕“詣事”，唐寫本“詣”作“詣”。
〔4〕“充率衆”，楊勇曰：“唐卷無‘率’字，奪。”
〔5〕“敦死”，楊勇曰：“‘死’下唐卷有‘使蘇峻討充’。”
〔6〕“充將吳儒斬首於京都”，葉德輝曰：“袁本與此同。按‘於’上當有‘送’字。《晉書·沈充載記》：‘誤入故將吳儒家，儒誘充內壁中，後遂殺之。’是充死在儒家，不得云‘斬首於京都’也。”徐震堮《札記》曰：“案本傳，充敗歸吳興，誤入其故將吳儒家，爲儒所殺。此句疑有脫誤。”余嘉錫曰：“沈本‘於’作‘送’，是也。唐本作‘使蘇峻討充，充將吳儒斬送充首’。”王利器曰：“唐寫本作‘充將吳儒斬送充首’；蔣校本、沈校本‘於’作‘送’，是。”
〔7〕“陸碑”，龔斌曰：“唐寫本無‘陸’字。”
〔8〕“功高”，余嘉錫曰：“唐本、沈本‘功’作‘公’。”
〔9〕“吳郡人”，楊勇曰：“宋本及各本作‘吳郡人’，唐卷‘吳郡人吳’。今作‘吳郡吳人’，是。”
〔10〕“累遷振威太守”，余嘉錫曰：“‘振威太守’唐本作‘振威長史’。”楊勇曰：“唐卷、沈本並作‘長史’。又唐卷無‘遷’字。”
〔11〕“吏部郎”，楊勇曰：“唐卷無‘郎’字。”
〔12〕“密勑”，余嘉錫曰：“唐本及沈本‘密’上有‘峻’字。”
〔13〕“閶門”，楊勇曰：“唐卷作‘昌門’。”

意〔1〕，謂峻曰：“吳治平未久〔2〕，必將有亂。若爲亂階，請從我家始〔3〕。”峻遂止。

〇“蘇峻東征”至“峻遂止”

“東征沈充”，張萬起曰：“東征沈充事，在明帝太寧二年。沈充助王敦爲逆，庾亮督蘇峻軍討平之。”

“將至吳”，張萬起曰：“沈充在吳地起兵響應王敦，故至吳討之。”

“謂峻曰”，楊勇曰：“‘謂’上唐卷有‘一’字。一謂，決辭，猶乃謂。《呂氏春秋·知士》：‘一至此乎？’”

“吳治平未久”四句，參見校文。劉應登曰：“陸恐其放火以禍其鄉，故先爲此言，以破其計。”〇劉辰翁曰：“謂放火階亂。語稍不白。”〇楊勇曰：“來久，已久也。《術解篇》：‘小人母，年垂百歲，抱疾來久。’《通鑒》一一一《晉紀》三二：‘孫恩因民心騷動，自海島率其黨人。時三吳承平日久，民不習戰，故郡縣皆望風奔潰。’亦證‘來久’之實也。”

“若爲亂階”，王叔岷曰：“《詩·小雅·巧言》：‘職爲亂階。’”

17

陸玩拜司空〔4〕，《玩別傳》曰：“是時王導、郗鑒、庾亮相繼薨殂，朝野憂懼，以玩德望，乃拜司空〔5〕。玩辭讓不獲〔6〕，乃歎息〔7〕，謂朋友曰〔8〕：‘以我爲三公，是天下無人矣。’時人以爲知言。”有人詣之，索美

---

〔1〕 “陸知”，楊勇曰：“‘陸’下唐卷有‘密’字。”
〔2〕 “未久”，唐寫本“未”作“來”。趙西陸曰：“‘來’字是。”楊勇曰：“宋本作‘未’，非。唐卷作‘來’，是。”龔斌曰：“從永嘉初元帝始鎮建業，至明帝太寧初，尚未滿二十年，故作‘未久’是。”
〔3〕 “請從”，余嘉錫曰：“唐本‘請’作‘可’。”
〔4〕 “陸玩拜司空”，《考異》作：“王導、郗鑒、庾亮相繼薨，朝野憂懼，以陸玩拜司空。陸辭，不獲已，乃歎息謂賓客曰：‘以我爲三公，是天下無人矣。’時人以爲知言。”
〔5〕 “以玩德望乃拜司空”，余嘉錫曰：“唐本作‘以玩有德望，乃拜爲司空’。”
〔6〕 “不獲”，余嘉錫曰：“唐本‘獲’下有‘免既拜’三字。”
〔7〕 “歎息”，唐寫本“息”下有“也”字。楊勇曰：“‘也’字疑衍文。”
〔8〕 “朋友”，余嘉錫曰：“（唐本）‘朋友’作‘賓客’。”

酒〔1〕，得，便自起，瀉箸梁柱間地〔2〕，祝曰："當今乏才，以爾爲柱石之用〔3〕，莫傾人棟梁。"玩笑曰："戢卿良箴〔4〕。"

○"陸玩拜"至"卿良箴"

"陸玩拜司空"，程炎震曰："咸康六年正月，陸玩爲司空。"

"瀉箸梁柱間地"，田中頤曰："欲如君臣相警告者。"○崔朝慶曰："言以酒注於梁柱間之地上也。"

"柱石之用"，恩田仲任曰："《後漢書》曰：'柱石之臣，宜居輔弼。'注曰：'柱石，承棟梁也。'"○田中頤曰："即言司空之重任。"○崔朝慶曰："以喻其爲司空也。"

"莫傾人棟梁"，崔朝慶曰："以喻國家也。"

"戢卿良箴"，田中頤曰："戢，爲藏之心而不失也。"○崔朝慶曰："戢，收藏也。"○徐震堮曰："戢，藏也，即'中心藏之'之意。"

【彙評】

王世懋曰："即此量，亦自可作司空。"

袁中道曰："佳。"評"莫傾人棟梁"。《舌華録》卷六。

余嘉錫曰："玩雖居公輔，謙虛不辟掾屬，然則玩非貪榮干進者也。或人之譏，蓋狂誕之積習耳。"

---

〔1〕"索美酒"，楊勇曰："唐卷作'索羹杯酒'。《晉書·陸玩傳》作'索杯酒'。"

〔2〕"瀉箸梁柱"，余嘉錫曰："'瀉'唐本作'寫'。"《考異》無"梁"字。

〔3〕"柱石之用"，余嘉錫曰："唐本'用'作'臣'。"《考異》同。楊勇曰："《御覽》一八七引《世說》作'任'。"又，《考異》"石"作"植"。

〔4〕"玩笑曰戢卿良箴"，《考異》無七字，汪藻補"箴"作"規"，又校"規"作"箴"。王利器曰："《御覽》卷一八七引'戢'作'感'，是。"方一新《斟詁》曰："《太平御覽》作'感'，疑係後人所改。"

小庾在荆州，公朝大會，問諸僚佐曰：“我欲爲漢高、魏武何如？”翼，別見〔1〕。宋明帝《文章志》曰：“庾翼名輩，豈應狂狷如此哉〔2〕？時若有斯言，亦傳聞者之謬矣〔3〕。”一坐莫答〔4〕，長史江虨曰：“願明公爲桓、文之事，不願作漢高、魏武也。”

○“小庾在”至“魏武也”

“小庾在荆州”，蔣凡曰：“明帝咸康六年庾亮死，弟翼代其任荆州刺史、安西將軍、都督江荆司雍梁益六州諸軍事，鎮武昌。故事當發生於是年之後。”

“欲爲漢高魏武”，崔朝慶曰：“欲效劉邦、曹操以智力取天下也。”

“桓文之事”，崔朝慶曰：“齊桓公、晉文公皆諸侯盟主，攘夷狄以尊周室者。”

【彙評】

王世懋曰：“注是。”

凌濛初曰：“無味。”

蔣凡曰：“庾亮死後，作爲東晉四大家族之一的外戚世家鄢陵庾氏，已從權力巔峰開始下滑，這是其他士族政敵造謠，陰謀逼迫庾氏交出權力。”

---

〔1〕 “翼別見”，楊勇曰：“宋本及各本作‘翼別見’，唐卷作‘亦見’，皆非是。按翼事已具《言語篇》五三注，當作‘翼已見’是。”

〔2〕 “狂狷如此”，董刻本“狷”作“涓”。王利器曰：“唐寫本及各本‘涓’都作‘狷’，是。”楊勇曰：“唐卷無‘如此’二字。”

〔3〕 “時若有斯言”二句，唐寫本作：“諸有若此之言，斯傳聞之謬矣。”徐震堮曰：“影宋本及沈校本無‘時’字。案有‘時’字義長。‘時若有斯言’乃當時流傳有此言，故下云‘亦傳聞者之謬’。”

〔4〕 “一坐”，唐寫本“坐”作“座”。

羅君章爲桓宣武從事，《含別傳》曰："刺史庾亮初命含爲部從事[1]，桓温臨州，轉參軍[2]。"謝鎮西作江夏，往檢校之[3]。《中興書》曰："尚爲建武將軍[4]、江夏相。"羅既至，初不問郡事[5]，徑就謝數日，飲酒而還。桓公問有何事，君章云："不審公謂謝尚何似人[6]？"桓公曰："仁祖是勝我許人。"君章云："豈有勝公人而行非者，故一無所問。"桓公奇其意而不責也。

○"羅君章"至"往檢校之"

"羅君章爲桓宣武從事"，蔣凡曰："羅含、謝尚與桓温三人的交往與友誼，當發生在桓温代庾翼鎮荆州的穆帝永和元年，時羅含仍爲部從事，不久即被桓温轉爲參軍。"

"謝鎮西作江夏"二句，大典顯常曰："漢以後皆以刺史督察郡國也。"○田中頤曰："羅當檢校謝也。"○程炎震曰："案《晉書》七十九《謝尚傳》，尚爲江夏相時，庾翼以安西將軍鎮武昌，在咸康之間。至建元二年，庾冰薨時，已遷江州刺史。温以永和元年代翼爲荆州，尚已去江夏矣。《晉書》八十二《含傳》與此同。蓋皆誤以庾翼爲桓温也。又案，刺史庾亮以含爲部從事，《晉書·含傳》亦同。惟《御覽》引《羅含別傳》作'庾廙'，'廙'即'翼'之誤文，知是稚恭，非元規也。"

---

[1] "含爲部從事"，龔斌曰："唐寫本作'含郎爲從事'。按唐寫本非。"
[2] "轉參軍"，余嘉錫曰："唐寫本作'轉爲參軍也'。"
[3] "往檢校"，朱鑄禹曰："《太平御覽》二六五《從事門》引此，'往'上有'使'字。"
[4] "尚爲"，龔斌曰："'爲'下唐寫本有'書'字。按'書'字衍。"
[5] "郡事"，周一良《世説札記》曰："唐寫本作'郡家事'。案當從唐寫本，'郡家'猶言州家。"《批校》亦曰："郡家，猶'前家''台家'之類，唐寫本是也。"楊勇曰："'郡'下唐卷有'家'字，《御覽》二六五引《世説》同。"
[6] "謝尚何似人"，余嘉錫曰："唐本'謝尚'下有'是'字。"申阜鑫曰："《太平御覽》卷二百六十五載此事，亦作'謝尚是何似人'。"

○“羅既至”至“不責也”

“不問郡事”，參見校文。周一良曰：“‘家’字與表示機構之詞相連，可以作爲集體名詞。‘初不問郡事’，唐寫本‘郡’字下有‘家’字，是也。”《史札》頁一三。○周紀彬曰：“郡家，猶言州家。”《札記》。○楊勇曰：“此言‘郡家事’，猶言郡政事也。《晉書·王敦傳》：‘此家事，我便當行。’《通典》一〇四：‘不以家事辭王事。’‘家事’爲政事之意也。”

“勝我許人”，恩田仲任曰：“許，語助。”○徐震堮曰：“許，表示微小的分量，同‘些’。”《釋義》。○朱鑄禹曰：“許，是語助辭，或作少許解亦可通。”○張萬起曰：“我許，我儕，我輩。”

“奇其意而不責”，田中頤曰：“奇羅之識權，而不責失從事之職也。”

◎張懋辰曰：“弇州以此條入《寵禮》。”

○注“含別傳曰”

“轉參軍”，大典顯常曰：“晉成帝咸和九年，以庾亮都督江荆等州軍事，穆宗永和元年以桓温都督荆梁等州軍事。”

20

王右軍與王敬仁、許玄度並善。二人亡後，右軍爲論議更克[1]。孔巖誡之曰[2]：“明府昔與王、許周旋有情，及逝没之後，無慎終之好，民所不取。”右軍甚愧。

○“王右軍”至“右軍甚愧”

“論議更克”，岡白駒曰：“克，勝也，蓋駁二人論，而立己之議也。”○桃井白鹿曰：“克，與‘刻’通，謂駁二亡友更慘覈也。”○田中頤曰：“謂有爲二

---

[1] “更克”，楊勇曰：“克，宋本作‘剋’，唐卷、袁本並作‘克’，古通用。”按沈校本亦作“剋”。
[2] “孔巖”，余嘉錫曰：“唐本作‘孔嚴’。”徐震堮曰：“‘巖’唐寫本作‘嚴’，是。”龔斌曰：“唐寫本、《晉書》本傳並作‘嚴’。按作‘嚴’是。”

人之論議，則比之昔日更克覈，不小瑕也。”○程炎震曰：“觀此知許詢先右軍卒。嚴可均《全晉文》一百三十五謂詢咸安中徵士，誤。”

“明府”，李慈銘曰：“右軍爲會稽內史，孔山陰人，故稱王爲明府。”《簡端記》。

“周旋有情”，田中頤曰：“即與‘並善’應。”

“無慎終之好”，恩田仲任曰：“《書》曰：‘慎厥終，惟其始。’”○田中頤曰：“即與‘更克’應。”

“民所不取”，田中頤曰：“自稱。以上言是誠渝薄，而非重厚之風也。”○徐震堮曰：“嚴，山陰人，義之嘗爲會稽內史，嚴爲其部民，故自稱曰‘民’，而以‘民府’稱義之。”○蔣凡曰：“故事當發生在義之任會稽內史期間，具體在永和元年至十一年之間，因永和九年義之作《蘭亭序》，許詢同遊，而十一年，他與揚州刺史王述鬧矛盾，誓墓挂冠，此則孔嚴稱‘民’，則義之尚在任內，故下限在離任之前。”

【彙評】

王世懋曰：“此規大有益文道。”按《批補》“文”作“交”。

21

謝中郎在壽春敗，臨奔走，猶求玉帖鐙[1]。太傅在軍，前後初無損益之言。爾日猶云：“當今豈須煩此[2]？”按，萬未死之前，安猶未仕，高臥東山，又何肯輕入軍旅邪[3]？《世説》此言，迂謬已甚[4]。

[1]“帖鐙”，楊勇曰：“‘鐙’唐卷作‘橙’，御覽七六四引《世説》同。按‘鐙’‘橙’古通用。”
[2]“豈須煩此”，董刻本無“豈”字。蔣凡曰：“唐寫本作‘豈復煩此’，袁本作‘豈須煩此’，語義更明。”
[3]“又何”，楊勇曰：“‘何’上‘又’字唐卷無。”
[4]“迂謬”，余嘉錫曰：“唐本作‘连謬’。”方一新《校讀札記》曰：“二字當從殘寫本《世説新書》作‘连謬’爲是，蓋‘连’‘迂’形近，因而致誤耳。”

○“謝中郎”至“豈須煩此”

“壽春敗”，蔣凡曰：“故事發生在穆帝升平二年，豫州刺史監司豫冀并四州軍事謝萬，受命北征敗歸之時。”

“玉帖鐙”，張萬起曰：“供騎馬時踏腳的用具，有玉飾。”

“初無損益之言”，楊勇曰：“損益，猶言獻替也。《三國·吳書·駱統傳》：‘嘗勸權以尊賢接士，勤求損益。’《宋書·王華傳》：‘寧子先爲高祖太尉主簿，陳損益曰云云。’”○張萬起曰：“損益之言，進善抑惡之言，指批評或規勸的話。”○龔斌曰：“《方正》五五桓公問桓子野：‘謝安石料萬石必敗，何以不諫？’子野答曰：‘故當出於難犯耳。’由此觀之，謝萬敗後，時人確有謝安初無損益之言之傳聞。”

○注“世説此言迂謬已甚”

劉應登曰：“萬未死前，尚未仕，何有在其軍中之理，又發此言乎？”○王世懋曰：“注駁是。”○凌濛初曰：“萬北征時，太傅亦常俱行，注駁未是。”○劉盼遂曰：“按本書《簡傲篇》‘謝萬北征’條：‘謝公甚器愛萬，而審其必敗，乃俱行。自隊主將帥以下，無不身造，厚相遜謝。’是本書明言安在軍旅中矣。又《太平御覽》卷七百一引《俗説》云：‘謝萬作吳興郡，其兄安時隨至郡中。萬眠常晏起，安清朝便往牀前，叩屏風呼萬起。’此亦可爲壽春之役，謝公從行之旁證也。劉氏之糾於是爲失。”○徐震堮曰：“《通鑒》亦以安爲白衣隨軍，與《世説》不異。故孝標雖有此疑，而謂安必不輕入軍旅，亦無確證。”○田餘慶曰：“謝安隨謝萬在任，材料非一處，當然是可信的，迂謬者是劉注而不是《世説》。劉注以謝安名高而回護之，不明白謝安爲門户事任而匡護謝萬的心機，這更是劉孝標的失察之處。‘謝萬未死之前，安猶未仕’之語亦有未諦。據《謝安傳》，謝安廢黜，謝安‘始有仕進志’，桓溫請安爲司馬；稍後‘溫當北征，會萬病卒，安投箋求歸’云云。據此，知謝安出仕在謝安被廢黜而‘未死之前’，謝安東歸在謝萬病卒之後，只不過二事相隔不久，謝安仕征西府爲司馬的時間甚爲短暫就是了。”《政治》頁一七三。

【彙評】

劉辰翁曰：“不論有無，足備故實，甚可發明。”按凌瀛初本無“足備”二字。

王大語東亭："卿乃復論成不惡[1]，那得與僧彌
戲！"《續晉陽秋》曰："珉有儁才[2]，與兄珣並有名，聲出珣右[3]。故時
人爲之語曰[4]：'法護非不佳，僧彌難爲兄[5]。'"

○"王大語"至"僧彌戲"

"論成不惡"，李慈銘曰："'論成不惡'四字當有誤。或云'論成'者，謂
時人'法護非不佳，僧彌難爲兄'之語，珣劣於珉，世論已成也。"《簡端記》。
○楊勇曰："唐卷作'倫伍'，是。按倫伍者，品論人物之次第也。時人品論高
下，猶軍伍之有先後，故有難兄難弟之言。"○張萬起曰："論成，猶'定評'，
指品評已有定論。"○龔斌曰："倫伍，同輩，流輩，此作'流品'解。《宋書·
臧質傳》：'光絕倫伍。'《宋書·顏竣傳》：'踰越倫伍。'此句意謂卿流品亦不
差，即時人所云'法護非不佳'之意。"○蔣宗許曰："論成，猶言論定，指人
們品評等第。按古寫本《世說新語》作'倫伍'，指夥伴，同輩，似亦可爲一
說。比較而言，以'論成'爲上。"《大辭典》頁二一二。

"僧彌"，劉應登曰："僧彌，珉小字也。"

○注"續晉陽秋曰"

"法護非不佳"二句，劉應登曰："法護，珣小字，即東亭。言東亭雖不惡，
那得及王珉也。"○田中頤曰："言兄誠佳美，然比之其弟，則弟更超出，難爲
之兄也。"○秦士鉉曰："僧彌才美，難爲其兄。"

---

[1] "論成"，余嘉錫："唐本作'倫伍'。"
[2] "珉有"，楊勇曰："'珉'袁本作'民'，非。"按袁重雕本作"珉"。
[3] "聲出珣右"，董刻本作"而聲出珣"。余嘉錫："唐本、景宋本及沈本'名'下俱有'而'字。"
　　王利器曰："唐寫本、蔣校本、沈校本作'與兄珣並有明，而聲出珣右'，餘本作'與兄珣並有明，
　　聲出珣右'，'出珣'下有'右'字是。"楊勇曰："宋本作'而聲出珣'，袁本作'聲出珣右'，唐
　　卷、沈校作'而聲出珣右'。"
[4] "故時人"，楊勇曰："唐卷無'故'字，非。"
[5] "僧彌"，楊勇曰："唐卷作'阿彌'，均是珉小字。"

殷覬病困〔1〕，看人政見半面。殷荊州興晉陽之甲，《春秋公羊傳》曰："晉趙鞅取晉陽之甲，以逐荀寅、士吉射。寅、吉射者〔2〕，君側之惡人〔3〕。"往與覬別，涕零，屬以消息所患。覬答曰："我病自當差，正憂汝患耳！"《晉安帝紀》曰："殷仲堪舉兵，覬弗與同，且以己居小任，唯當守局而已，晉陽之事，非所宜豫也〔4〕。仲堪每邀之〔5〕，覬輒曰：'吾進不敢同，退不敢異。'遂以憂卒〔6〕。"

○ "殷覬病困"至"政見半面"

"殷覬"，秦士鉉曰："字伯通，仲堪從兄也。"

"看人政見半面"，劉應登曰："見半面，此病狀出。"按凌刻本無"此"字，"出"作"也"。○田中頤曰："謂病困甚，而不能正視人。"○余嘉錫曰："'看人政見半面'者，即皇甫謐所謂'服藥失節度，則目瞑無所見'。《醫心方》卷二十引釋慧云：'散發後熱氣衝目，漠漠無所見。'覬病正如此。蓋目光已散，故止見半面也。"《寒食散考》。又曰："殷覬之病困，正坐凶小病而誤服寒食散至熱之藥，又違失節度，飲食起居，未能如法，以致諸病發動，至於困劇耳。"○徐震堮曰："'政'同'正'，止也。"○楊勇曰："食散調攝失度而致患也。"

○ "殷荊州"至"憂汝患耳"

"興晉陽之甲"，大典顯常曰："晉安帝隆安元年，僕射王國寶、將軍王緒依附會稽王道子亂政，王恭遣使與殷仲堪謀討國寶等，桓玄亦說仲堪曰：'孝伯疾惡深至，宜潛與之約，興晉陽之甲，以除君側之惡，此桓、文之勳也。'仲堪然之，乃結郗恢與從兄覬等謀，覬曰：'人臣當各守職分，朝廷是非，豈藩屏所制

---

〔1〕 "殷覬病困"，李慈銘曰："《晉書》'殷覬'作'殷顗'。"徐震堮《札記》曰："《晉書》本傳'覬'作'顗'。"又，董刻本"困"作"因"。王利器曰："各本'因'都作'困'，是。"

〔2〕 "寅吉射者"，唐寫本作"荀寅、士吉射者"。

〔3〕 "惡人"，楊勇曰："'人'下唐卷有'者'字。"

〔4〕 "宜豫也"，余嘉錫曰："唐本'豫'作'預'。"楊勇曰："唐卷無'也'字。"

〔5〕 "邀之"，徐震堮曰："'邀'唐寫本作'要'，'邀'與'要'通。"

〔6〕 "憂卒"，楊勇曰："'卒'下唐卷有'矣'字。"

也！晉陽之事，不敢預聞。’晉陽之甲，見《左傳》定公十三年。”○平賀房父曰：“謂除君側之惡。”

　　“屬以消息所患”，劉應登曰：“‘消息所患’，令善治疾。”○岡白駒曰：“消息，猶云調攝也。所患，病也。”○桃井白鹿曰：“‘屬’與‘囑’通。息，生長之義。消息，消除疾病，息長元氣也。”○田中頤曰：“消息，言善養之。”○焦循曰：“《世說》：殷覬病困，殷荊州屬以消息所患。按‘消息’二字，二王帖中多有之。右軍帖云：‘知君如常，吳興轉勝，甚慰，想得此涼日佳，患散乃委頓耿耿，且以佳興消息。’又云：‘可令謝長史且消息。’又云：‘疾人甚憂耿耿，消息比佳耳。’又云：‘知君故乏劣，腹痛甚，懸情災雨，比日復何似？善消息，遲後問。’又云：‘想散患得差，餘當以漸消息耳。’又云：‘昨紫石散未佳，卿先羸甚。羸甚好消息。’大令帖云：‘衛軍猶未平和而哀勞，殊未得盡消息理，常以不寧。’此帖‘消息理’三字斷句，言因哀苦勞瘁，未能盡消息之道，所以不得安好。又帖云：‘獻之白兄靜息應佳，何以復小惡邪？伏想比消息理盡轉勝耳。礜石深是可疑事，兄熹患散，輒發癰熱爲積乃不易，願復更思。獻之唯賴消息，內外極生冷，而心腹中恒無他。’前云‘未得盡消息理’，此云‘比消息理盡轉勝’，兩可互明。又帖云：‘得五日告知君轉勝，甚慰甚慰。雨過此復何如？想消息日平復耳。’又帖云：‘不審尊體復何如？昨夜眠多少？願盡寬喻理憂馳，可復言，若得消息者。’二王諸帖，凡稱‘消息’，皆問疾，蓋即調養之意。故哀勞則未盡消息理，盡寬喻理則得消息，而右軍以佳興爲消息，則消息不專言醫藥服食也。又《晉書》：‘謝幼度移鎮東陽城，欲道疾篤，上疏，詔遣醫一人，令自消息。’《北史·彭城王勰傳》：‘勰以帝神力虛弱，唯令以食味消息。’均可與《世說》相證。按《金匱·瘧病篇》云：‘以飲食消息之謂風瘧，輕不必治以藥，但飲食調養之而已。’醫士不讀書，不能博覽，‘消息’二字不知何解。又按《鹽鐵論·申韓篇》：‘文學曰所貴良醫者，貴其審消息而退邪氣也。’昭十九年《公羊傳》云：‘樂正子春之視疾也，復加一飯則脫然愈，復損一飯則脫然愈，復加一衣則脫然愈，復損一衣則脫然愈。’何休注云：‘脫然，疾除貌也。言消息得其節。’荀悅《申鑒》云：‘故喜怒哀樂思慮必得其中，所以養身也；寒暄虛盈消息必得其中，所以養體也。’阮籍《達莊論》云：‘心氣平治，消息不虧。’右諸條皆宜引仲景《金匱》之注，而歷來注《金匱》者不知。”《箋錄》卷十四。○余嘉錫曰：“‘消息’云者，散發後將息之詞也。”《寒食散考》。○徐震堮曰：“消息，修養、珍攝的意思。”《釋義》。○錢鍾書曰：“‘消息’，今語所謂

1266

'修養'、'休息'。"《管錐篇》頁一一一〇。○楊勇曰："消息，即將息，調攝也。"

"我病自當差"二句，田中頤曰："言我病天時偶然，故自當差。如汝所患，此自作之，正可以憂也。"○李慈銘曰："《顗傳》：'顗謂仲堪曰：我病不過身死，但汝病在滅門。幸熟爲慮，勿以我爲念也。'語較明顯而伉直。"《簡端記》。○張萬起曰："差，即'瘥'，病愈。"

○注"晉安帝紀曰"

"守局而已"，岡白駒曰："局，部分也，謂其所守也。"○桃井白鹿曰："局，職分也。"

"進不敢同"二句，岡白駒曰："進不敢同於汝所爲，退不敢異於我所守。"○桃井白鹿曰："言我雖進不敢同於汝，而退不敢異於汝，但守我職分耳。"○大典顯常曰："退不敢異，不欲絕骨肉也。"《撮補》。○秦士鉉曰："王國寶、王緒依附會稽王道子亂政，王恭約殷仲堪謀討之。桓玄說仲堪使與之曰：'興晉陽之甲，除君側之惡，乃與從兄顗謀。'顗曰：'人臣當各守職分。朝廷是非，豈藩屏所制也。我雖進不敢同於汝，而又不敢異於汝。'"

【彙評】

李贄曰："各人憂各人，最是。"《初潭集》卷九。

袁中道曰："有諷意。"《舌華錄》卷三。

蔣凡曰："顗答仲堪之問，不憂己病，而'正憂汝患'，正是爲國爲家而盡最後之忠諫。"

24

遠公在廬山中，《豫章舊志》曰："廬俗字君孝，本姓匡，夏禹苗裔，東野王之子[1]。秦末，百越君長與吳芮助漢定天下，野王亡軍中。漢八

────────

[1] "之子"，楊勇曰："'子'下唐卷有'也'字。"

年，封俗鄱陽男〔1〕，食邑茲部，印曰盧君〔2〕。俗兄弟七人，皆好道術，遂寓于洞庭之山〔3〕，故世謂盧山。孝武元封五年，南巡狩，浮江〔4〕，親覿神靈，乃封俗爲大明公〔5〕，四時秩祭焉。”遠法師《盧山記》曰：“山在江州尋陽郡，左挾彭澤〔6〕，右傍通川，有匡俗先生，出自殷、周之際，遁世隱時，潛居其下〔7〕。或云：匡俗受道於仙人，而共遊其嶺，遂託室崖岫〔8〕，即巖成館，故時人謂爲神仙之廬而命焉〔9〕。”《法師遊山記》曰〔10〕：“自託此山二十三載〔11〕，再踐石門，四遊南嶺〔12〕，東望香爐峰，北眺九江。傳聞有石井方湖，中有赤鱗踊出〔13〕，野人不能敍，直歎其奇而已矣〔14〕。”雖老，講論不輟。弟子中或有墮者〔15〕，遠公曰：“桑榆之光，理無遠照。但願朝陽之暉，與時並明耳。”執經登坐，諷誦朗暢〔16〕，詞色甚苦〔17〕。高足之徒，皆肅然增敬〔18〕。

---

〔1〕“鄱陽”，余嘉錫曰：“《山谷外集》注九引作‘鄡陽’，與《水經注》合，當據改。”楊勇曰：“唐卷作‘鄡陽’。”
〔2〕“食邑茲部印曰盧君”，秦士鉉曰：“‘印’當作‘因’，以聲近訛。”余嘉錫曰：“唐本作‘食邑滋部，號曰越盧君’。”
〔3〕“遂寓於洞庭之山”，余嘉錫曰：“唐本‘寓’下有‘爽’字。《御覽》四十一引《盧山記》作‘遂寓精爽於洞庭之山’。”
〔4〕“浮江”，楊勇曰：“唐卷無‘浮’字。”
〔5〕“大明公”，徐震堮曰：“《御覽》四一引《盧山記》作‘文明公’。”
〔6〕“左挾”，唐寫本、董刻本‘挾’俱作‘俠’。王利器曰：“唐寫本及各本‘俠’都作‘挾’，是。”王叔岷曰：“‘俠’‘挾’古通。《漢書·叔孫通傳》：‘殿下郎中俠陛。’師古注：‘俠與挾同。’宋本作‘俠’，存唐本之舊。”
〔7〕“遁世隱時”二句，楊勇曰：“唐卷作‘遁世隱潛，時居其下’。”
〔8〕“遂託室”，董刻本無“託”字。王利器曰：“唐寫本及各本‘遂’下都有‘託’字，是。”龔斌曰：“沈校本無‘遂’。”
〔9〕“故時人”，楊勇曰：“唐卷無‘故’字。”
〔10〕“遊山記”，龔斌曰：“唐寫本作‘山遊記’。”
〔11〕“二十三載”，徐震堮曰：“《御覽》（四一）引《盧山記》作‘二十二載’。”
〔12〕“四遊”，余嘉錫曰：“‘四’唐本作‘西’。”龔斌曰：“《御覽》四一引遠法師《遊山記》作‘四遊’。作‘西’誤。”
〔13〕“踊出”，余嘉錫曰：“‘踊’唐本作‘涌’。”
〔14〕“已矣”，楊勇曰：“‘矣’唐卷作‘也’。”
〔15〕“有墮者”，李慈銘曰：“‘墮’當作‘惰’。”余嘉錫曰：“‘墮’唐本作‘惰’。”徐震堮曰：“‘墮’乃‘惰’之借字。”
〔16〕“諷誦朗暢”，徐震堮曰：“‘朗暢’二字唐寫本無，則‘諷誦’二字連上。”王叔岷曰：“宋本作‘朗暢’，‘暢’乃‘暢’之隸變。疑唐本脫‘朗暢’二字。”
〔17〕“詞色”，唐寫本“詞”作“辭”。
〔18〕“增敬”，楊勇曰：“‘敬’下唐卷有‘也’字。”

○"遠公在"至"肅然增敬"

"或有墮者"，岡白駒曰："'墮'與'惰'通。"○田中頤曰："墮，怠惰也。"

"桑榆之光"，岡白駒曰："桑榆，晚景也，此喻身老，其教不能被及也。"○恩田仲任曰："《後漢書》注曰：'謂日將夕在桑榆間，言晚暮也。'"○田中頤曰："喻自己之老耄。"○崔朝慶曰："日落之時，其光尚留於桑榆之上，以喻人之晚年也。"

"朝陽之暉"，大典顯常曰："桑榆，喻己之老。朝陽，喻弟子之少壯。"○平賀房父曰："言我年老不能致遠，汝年少當自勵耳。"○崔朝慶曰："朝陽之暉，言人當少年時，如日初出之光也。此語勸弟子乘年少時努力放光明也。"

"諷誦朗暢"二句，田中頤曰："優遊不迫，勤勉懇到。"○張萬起曰："苦，盡力，竭力。"

"高足之徒"，崔朝慶曰："弟子中之程度過人也。"

○注"豫章舊志曰"

《豫章舊志》，沈家本曰："《隋志》：'《豫章舊志》三卷，晉會稽太守熊默撰。'二《唐志》有徐整《豫章舊志》八卷，而無熊默書。《隋志》又有《豫章舊志後撰》一卷，熊欣撰，《唐志》已無，蓋並亡佚矣。"《古書目》卷四。○葉德輝曰："《藝文類聚·鳥部中》引用，不題撰人。"《書目》。

"盧俗字君孝"，李慈銘曰："'君孝'，《續漢書·郡國志》注作'君平'。"《簡端記》。○余嘉錫曰："《水經注》三十九引《豫章舊志》，盧俗名字與此注同。"

"印曰盧君"，岡白駒曰："印，因也，謂世世稱盧君。"○余嘉錫曰："《水經注》作'漢封俗于鄡陽，曰越盧君'。"

《廬山記》，沈家本曰："隋唐志皆不著錄。今有釋惠遠《廬山記略》一卷，當即是書。"《古書目》卷四。○葉德輝曰："《隋志》不著錄。《水經注》引用。"《書目》。

《法師遊山記》，沈家本曰："隋唐志皆不著錄。此亦記廬山之事。法師，即惠遠也。"《古書目》卷四。○葉德輝曰："《隋志》不著錄。《太平御覽》引用。"《書目》。

◎余嘉錫曰："《高僧傳》六《慧遠傳》曰：後隨安公，南逝樊、沔。僞秦建元九年，秦將苻丕寇并襄陽，道安爲朱序所拘，不能得去，乃分張徒衆，各隨所之。遠於是與弟子數十人南適荊州，住上明寺。後欲往羅浮山，及屆潯陽，見廬峰清靜，足以息心，始住龍泉精舍。刺史桓伊爲遠復於山東更立房殿，即東林是也。遠創立精舍，洞盡山美，卻負香爐之峰，傍帶瀑布之壑，仍石疊基，即松栽構，清泉環階，白雲滿室。復於寺內別置禪林，森樹煙凝，石逕苔合。凡在瞻履，皆神清而氣肅焉。"

【彙評】

方弘靜曰："遠公老而講論不輟，執經諷誦，詞色甚苦。雖非會道，可以愧逢衣之不學而空談欺世者。"《千一錄》卷二十五。

狄期進曰："人生寄一世，奄忽若飆塵，何不策高足，先據要路津。"

25

桓南郡好獵，每田狩，車騎甚盛。五六十里中，旌旗蔽隰〔1〕。騁良馬，馳擊若飛，雙甄所指，不避陵壑。或行陳不整，麞兔騰逸〔2〕，參佐無不被繫束〔3〕。桓道恭，玄之族也，《桓氏譜》曰："道恭字祖猷〔4〕，彝同堂弟也〔5〕。父赤之，太學博士。道恭歷淮南太守、僞楚江夏相〔6〕。義熙初〔7〕，伏誅。"時爲賊曹參軍，頗敢直言。常自帶絳綿繩箸腰中，玄問：

---

〔1〕 "旌旗"，楊勇曰："唐卷無'旌'字。"
〔2〕 "麞兔"，楊勇曰："'兔'唐卷作'菟'。"
〔3〕 "不被"，唐寫本無"被"字。
〔4〕 "字祖猷"，趙西陸曰："'字'字衍，唐寫本作'道恭祖猷，桓彝同堂弟也'。"
〔5〕 "彝同堂弟"，楊勇曰："'彝'上唐卷有'桓'字。'弟'唐卷作'第'。"
〔6〕 "江夏相"，李慈銘曰："《晉書·桓玄傳》作'江夏太守'。"
〔7〕 "義熙初"，楊勇曰："'初'唐卷作'元'。"

"此何爲〔1〕？"答曰："公獵，好縛人士，會當被縛〔2〕，手不能堪芒也〔3〕。"玄自此小差。

○"桓南郡"至"不被繫束"

"桓南郡"，呂叔湘曰："桓玄，温之子，嗣父爵爲南郡公。"

"雙甄所指"，胡三省曰："楊正衡曰：甄音堅。戰陣有左拒右拒，拒，方陣也。有左甄右甄，甄，左右翼也。"《通鑒·晉紀十二》注。又曰："蓋晉人以左右翼爲左右甄。"同上。○岡白駒曰："甄，陣名。雙甄，猶兩翼也，《左傳》所云'將獵爲兩甄，置左右司馬'是也。"○吳士鑑曰："《左傳》文十年杜注：'將獵，張兩甄，故置左右司馬。'此杜氏以晉制況周制者。《世説》云云，'雙甄'即'兩甄'。《文選》注引《孫子》曰：'長陣爲甄。'"《斠注》卷五十八。○程炎震曰："《晉書》五十八《周訪傳》：'訪擊杜曾，使將軍李恒督左甄，許朝督右甄。'《左傳》文十年杜注：'將獵，張兩甄。'《通鑒》九十建武元年胡注云云。"○呂叔湘曰："軍中有左甄右甄，猶今言左翼右翼。狩獵亦如作戰，故亦以此爲稱。"○王利器曰："《左》文十年《傳》杜注：'將獵，張兩甄。'《晉書·周訪傳》：'使將軍李恒督左甄，許朝督右甄。'《通鑒》卷九〇《晉紀十二》注引楊正衡云云。《文選》王元長《三月三日曲水詩序》：'昭灼甄部。'注引《孫子兵法》曰：'長陣爲甄。'"

"參佐無不被繫束"，田中頤曰："謂以騰逸爲其罪，雖參佐縛之也，從獸無厭，不覺至此，所以不無直言。"

○"桓道恭"至"自此小差"

"賊曹參軍"，呂叔湘曰："參軍爲州府參佐官名，分曹辦事，賊曹是其一。"○張萬起曰："王府或軍府中掌管盜賊之事的屬官。"

"會當被縛"，呂叔湘曰："會當，總有一天要。注意此句已換主語，'你動

---

〔1〕"問此何爲"，余嘉錫曰："唐本'問'下有'用'字。"楊勇曰："'問'下唐卷有'用'字，《類聚》二四引《世説》同。"王叔岷曰："《渚宮舊事》五'問'下亦有'用'字。"

〔2〕"會當被縛"，楊勇曰："唐卷及《渚宮舊事》五作'會當縛'，《類聚》二四引《世説》作'會被'。"王叔岷曰："《類聚》（二四）引此作'會被縛'，無'當'字。唐卷無'被'字。以此參驗，則作'會當被縛'，蓋存《世説》之舊。《渚宮舊事》亦作'會當被縛'。"

〔3〕"堪芒"，王叔岷曰："《類聚》引'芒'作'痛'。"

不動要綑人，我有一天要被綑’。"○徐震堮曰："會，今語‘終究’、‘反正’。"《簡釋》。

"手不能堪芒"，淇園曰："芒，芒繩。"○田中頤曰："意言不能忍被縛獸芒繩之辱也。"○秦士鉉曰："芒，芒索也。縛人士與縛山獸同，故不堪也。"○崔朝慶曰："言將來桓氏合族將見縛於人，恐不堪粗繩之芒刺，故豫習之也。"○呂叔湘曰："芒，刺也。縛人用粗繩，繩粗則有刺。故自備綿繩，縛時可免芒刺。"○趙西陸曰："芒，刺也。縛人用粗繩，有刺，故自備綿繩。"

"自此小差"，田中頤曰："自此不至復視士猶獸也。"○呂叔湘曰："小差，稍愈，略好。謂縛人之事稍減。"○徐震堮曰："差，損也，減也，故疾小愈曰差。小差，言其威焰稍減。"

○注"桓氏譜曰"

"道恭字祖猷"二句，秦士鉉曰："同堂，同祖也。"○李慈銘曰："桓道恭，別無所見，但以時代論之，彝者玄之祖，道恭安得爲彝之同堂弟？疑此注‘字’下有脫文，當是道恭之祖名猷，爲彝同堂弟耳。"《簡端記》。田餘慶按曰："唐寫本《世說新書》可以解答李氏所發之疑，只不過‘字’下並無脫文，而‘字’本身是一衍字。"《政治》頁一三二。楊勇按曰："宋本‘字’字乃是衍文，當作‘道恭祖猷，桓彝同堂弟也’。汪藻《譙國龍亢桓氏譜》，彝與道恭皆九世同堂兄弟。可證李說之實。"龔斌按曰："楊箋既稱道恭祖猷是桓彝同堂弟，又據《桓氏譜》謂道恭與桓彝是九世同堂兄弟，以爲李說是，顯然抵牾。桓彝於咸和三年戰死，年五十三，而此條注引《桓氏譜》謂道恭義熙初伏誅。咸和三年至義熙初，已有八十年，則道恭與桓彝爲同堂兄弟無有其理，故以道恭祖猷（或楷）與桓彝爲同堂兄弟較爲可信。"

"僭楚江夏相"，桃井白鹿曰："桓玄反，自稱楚王，遷安帝於尋陽。"○秦士鉉曰："僭楚，晉安帝元興二年，桓玄廢帝篡位，國號楚。"

【彙評】

呂叔湘曰："規箴之事，往往直言難於接受，不如婉轉其辭以爲諷說，此事是其一例。然諷說鄰於譏刺，轉而招怨，則又不如直言之可以邀諒也。"

26

王緒、王國寶相爲脣齒，並上下權要[1]。《王氏譜》曰：
"緒字仲業，太原人。祖延。父又[2]，撫軍[3]。"《晉安帝紀》曰："緒爲會
稽王從事中郎，以佞邪親幸。王珣、王恭惡國寶與緒亂政，與殷仲堪克期同
舉[4]，内匡朝廷。及恭表至，乃斬緒以説諸侯。國寶，平北將軍坦之第三子。
太傅謝安，國寶婦父也，惡而抑之不用。安薨，相王輔政，遷中書令，有妾數
百。從弟緒有寵於王，深爲其説，國寶權動内外。王珣、王恭、殷仲堪爲孝武所
待，不爲相王所眄。恭抗表討之，車胤又爭之。會稽王既不能拒諸侯兵[5]，遂
委罪國寶，付廷尉賜死。" 王大不平其如此，乃謂緒曰："汝爲
此欻欻[6]，曾不慮獄吏之爲貴乎？"《史記》曰："有上書告漢丞
相欲反[7]，文帝下之廷尉。勃既出，欷曰：'吾嘗將百萬之軍，安知獄吏之爲
貴也？'"

○ "王緒王國"至"爲貴乎"

"相爲脣齒並上下權要"，參見校文。田中頤曰："謂二人表裏相助，並互輕弄
權要。"○王佩諍曰："《爾雅·釋言》：'弄，玩也。'《左》僖九年《傳》'弱不
好弄'注：'戲也。'觀下文'王大不平其如此，乃謂緒曰汝爲此欻欻，曾不慮
獄吏之爲貴乎'云云可知矣。"

"王大不平"，岡白駒曰："王大，王忱也。"○大典顯常曰："字元達，國寶
之弟。"

"爲此欻欻"，方以智曰："儵儵，或作欻欻、歘歘。王國寶謂王緒曰：'汝

---

[1] "上下"，余嘉錫曰："唐寫本作'弄'，是也。'弄'俗作'卡'。"王利器曰："唐寫本'上下'二
字作'弄'，是。'上下'即是'弄'的別體字'卡'誤分而爲兩個字的。"王佩諍曰："'上下'
二字日本頗黎版影印宋汪藻《考異》本作'卡'，六朝別字中之'弄'字也。"周一良《世説札記》
曰："六朝碑刻'弄'字往往寫成'卡'。"
[2] "父又"，董刻本"又"作"又"。王利器曰："唐寫本及各本'又'都作'又'，是。"
[3] "撫軍"，何焯曰："下疑有脱文。"
[4] "克期"，董刻本"克"作"剋"。
[5] "既不能"，董刻本"既"作"卮"。王利器曰："唐寫本及各本'卮'都作'既'，是。"
[6] "爲此"，楊勇曰："'爲'下唐卷有'作'字。"
[7] "有上書告漢丞相欲反"，董刻本"上"作"土"。王利器曰："唐寫本及各本'土'都作'上'，
是。"

爲此欻欻，曾不慮獄吏之爲貴乎？’‘欻欻’，猶言倏忽速變之意。《元命包》‘大壯劈仡仡趯欻欻’注：‘欻，許勿切。’《説文》：‘有所吹起。’陸法言曰：‘暴起也。’二火三火義同。甯戚見管仲，急稱：‘浩浩乎！儵儵乎！’即‘欻’俗作‘倐’。”《通雅》卷九。〇大典顯常曰：“謂輕暴也。”〇恩田仲任曰：“《玉篇》：‘暴起貌’。”〇徐震堮曰：“《一切經音義》引《倉頡篇》：‘欻，卒起也，亦忽也。’‘欻欻’義同，蓋以喻其輕舉妄動。”〇王佩諍曰：“‘欻’爲‘歘’本字。《説文解字》：‘歘，有所吹起。從欠炎聲，讀若忽。’欻欻，動也。《元包经》：‘劈仡仡，趯欻欻。’又奄欻，爲去來不定之意。《文選》左太沖賦：‘慌罔奄欻。’”〇王叔岷曰：“‘欻’當爲‘歘’，借爲‘忽’。《説文》：‘歘，有所吹起。從欠炎聲，讀若忽。’忽忽，心神迷亂也。《文選》宋玉《高唐賦》：‘悠悠忽忽。’注：‘忽忽，迷貌。’”

“曾不慮獄吏之爲貴乎”，大典顯常曰：“言恐陷刑獄也。”〇淇園曰：“言後必以其輕薄佞曲獲罪也。”〇張萬起曰：“曾不慮，竟不顧忌。獄吏之爲貴，指入獄受獄吏折磨之苦。”

〇注“王氏譜曰”至“廷尉賜死”

《王氏譜》，沈家本曰：“王緒，太原人。按此與琅邪之王各自爲宗，其譜亦必不同也。《容止》引《王氏譜》：‘王納，太原人。’當爲一譜。《排調》引王氏家譜亦太原籍。”《古書目》卷四。

“祖延”，秦士鉉曰：“或云王延，述弟也。未詳。”

“克期”，恩田仲任曰：“‘克’‘剋’通，剋期，約定日期也。”

“爲孝武所待”，岡白駒曰：“所禮待也。”

◎余嘉錫曰：“唐本與今本文字不同，另録如下。”

《王氏譜》曰：“緒字仲業，太原人。祖延早終，父乂撫軍。”《晉安帝紀》曰：“緒爲會稽王從事中郎，以佞邪親幸，間王珣、王恭於王。王恭惡國寶與緒亂政，與殷仲堪克期同舉，内匡朝廷。及恭至，乃斬緒於市，以說于諸侯。”《國寶別傳》曰：“國寶字國寶，平北將軍坦之第三子也。少不脩士業，進趣當世。太傅謝安，國寶婦父也，惡其爲人，每抑而不用。會稽王妃，國寶從妹也，由是得與王早遊，間安於王。安薨，相王輔政，超遷侍中、中書令，而貪恣聲色，妓妾以百數，坐事免官。國寶雖爲相王所重，既未爲孝武所親，及上覽萬機，乃自進於上，上甚愛之。俄而上崩，政由宰輔。國寶從弟緒有寵於王，深爲

1274

其説，王忿其去就，未之納也。緒説漸行，遷左僕射、領吏部、丹陽尹，以東宮兵配之。國寶既得志，權震外内。王珣、恭、殷仲堪並爲孝武所待，不爲相王所昵，國寶深憚疾之。仲堪、王恭疾其亂政，抗表討之。國寶懼之，不知所爲，乃求計於王珣。珣曰：‘殷、王與卿素無深讎，所競不過勢利之間耳。若放兵權，必無大禍。’國寶曰：‘將不爲曹爽乎？’珣曰：‘是何言與！卿寧有曹爽之罪，殷、王，宣王之疇耶？’車胤又勸之，國寶尤懼，遂解職。會稽王既不能距諸侯之兵，遂委罪國寶，收付廷尉賜死也。”按唐寫本“惡其爲人”原作“其惡爲人”。“上覽萬機”，“萬”原作“万”。“丹陽尹”，“陽”原作“楊”。“國寶懼之”，原無“之”字。

○注“史記曰”

余嘉錫曰：“篇末所引《史記》，刊削太甚，不見獄吏之所以爲貴，亦失古人引書之意。”○龔斌曰：“唐寫本所引《史記》亦較詳，另録如下。”

《史記》曰：“漢丞相周勃就國，有上書告勃反，文帝下之廷尉。吏稍侵辱，勃以千金予獄吏，吏教勃以其子婦公主爲證，帝於是赦勃，復爵邑。勃既出，曰：‘吾嘗將百萬之軍，安知獄吏之爲貴耶？’”

27

桓玄欲以謝太傅宅爲營，謝混曰：“召伯之仁[1]，猶惠及甘棠；《韓詩外傳》曰：“昔周道之隆，召伯在朝，有司請召民[2]。召伯曰：‘以一身勞百姓，非吾先君文王之志也[3]。’乃暴處於棠下[4]，而聽

---

[1] “召伯”，楊勇曰：“‘召’唐卷作‘邵’，古字通用。今本《詩經》亦作‘召’。”注“召伯”唐寫本“召”亦作“邵”。
[2] “請召民”，唐鴻學曰：“《外傳》作‘請營召以居’，此應作‘請營召’。”徐震堮《札記》曰：“《外傳》作‘請營召以居’。案此注於《外傳》原文頗多割裂。”王叔岷曰：“注‘有司請召民’句，文意不明，‘召民’疑當作‘營召’。《外傳》一作‘有司請營召以居’。”
[3] “文王之志”，天保手批曰：“‘志’當作‘意’。”
[4] “暴處於棠下”，余嘉錫曰：“唐本作‘曝處於棠樹之下’。”王叔岷曰：“‘暴’字不必從唐卷。‘暴’‘曝’正、俗字。《外傳》作‘召伯暴處遠野，廬於樹下’。”

訟焉〔1〕。詩人見召伯休息之棠〔2〕，美而歌之曰：'蔽芾甘棠〔3〕，勿翦勿伐〔4〕，召伯所茇。'"**文靖之德**〔5〕，**更不保五畝之宅。**"玄慚而止。

○"桓玄欲"至"玄慚而止"

"以謝太傅宅爲營"，大典顯常曰："按《一統志》，揚州府，晉廣陵郡，移治淮陰，此地屬焉。東晉分置海陵、山陽二縣。謝安宅在府城傍，今爲民居。手植雙檜，唐時猶存。安以尚書僕射鎮廣陵，有惠政，築埭城北，人思之，如召伯爲召伯埭。"○秦士鉉曰："營，軍營。"○余嘉錫曰："《景定建康志》卷四十二引《舊志》曰：謝安宅在烏衣巷驃騎航之側，乃秦淮南岸，謝萬居之北。"○張萬起曰："安卒於晉孝武太元十年，至安帝時已死十餘年，以其宅爲軍營，蓋在此時。"○蔣凡曰："桓玄欲以謝安居宅爲兵營，時當安帝元興元年，桓玄兵入京師建康，加己總揆，都督中外諸軍事、丞相，陵辱朝廷，幽擯宰輔，權勢方熾。"

"謝混"，張萬起曰："謝琰子，謝安孫。"

"文靖之德"二句，岡白駒曰："文靖，謝安謚也。"○田中頤曰："言召伯之仁行在於身，而外猶惠及甘棠；謝之德澤被於民，而内不足保五畝之小宅耶？"

【彙評】

蔣凡曰："在篡國奪權的鬥爭中，桓玄一方面拉攏士族，其'慚而止'的行爲，是安慰如王謝家族一類高門士族的表面文章。但另一方面，則是利用一切機會，打壓王謝家族，以樹立桓家天下之威信，這才是本質行爲。"

---

〔1〕 "聽訟焉"，楊勇曰："'聽訟焉'下唐卷有'百姓大悦'句。"王叔岷曰："《外傳》亦有此四字。"
〔2〕 "休息之棠"，余嘉錫曰："唐本'休'上有'所'字，'棠'作'樹'。"王叔岷曰："《外傳》作'之所休息樹下'。"
〔3〕 "蔽芾甘棠"，唐鴻學曰："'甘棠勿翦'，《詩考·外傳》第二事，'甘常'、'芾'，此從毛改。"楊勇曰："唐卷作'蔽茇甘棠'，宋本及各本作'蔽芾甘棠'，今本《詩·召南·采蘋》與宋本同。"
〔4〕 "勿伐"，楊勇曰："'伐'宋本作'戈'，非。"
〔5〕 "文靖"，朱鑄禹曰："《晉書》卷七十九：'謚曰文靖。'唐寫本作'靜'，'靜'通'靖'。"

捷悟第十一

【題解】

　　何良俊曰："漢世稱見事敏速者，曰一日千里，蓋言捷也。夫有觸即悟，其孔子所云耳順非耶？然孔子必俟知命之後，而後世小生率能及此，余竊怪之。嘗觀釋氏菩薩乘六度五者，皆以慧爲導師，然定復生慧，其與吾儒明則可以至於誠，誠則自無不明，一道也。故初地之慧，謂之世諦；既定之慧，謂之真諦。真諦則與理㴱㴱，即耳順是也。然初地之慧，本於賦畀；既定之慧，假於修習。賦畀必由天降，修習可以力强。此其難易之辯也。奈何後世初地之慧與古不異，而既定之慧尟焉無聞，豈人之易其所難，顧難其所易耶？孔子曰：'十室之邑，必有忠信如丘者焉，不如丘之好學。'嗚呼惜哉！"《何氏語林》卷二十一。○恩田仲任曰："捷，敏疾也。《廣韻》：'悟，心了也。'"○田中頤曰："捷，疾也；悟，覺也。此謂遭事之難解，先人而敏捷悟知之也。"○楊勇曰："捷悟，謂速悟也。"○蔣凡曰："本門七則故事，魏之楊脩一人獨占四則，是當然的主角。大概因爲楊脩後來慘死曹操屠刀之下，人們以此特殊形式來嘆息一代天才的英年早逝吧。"

1

　　楊德祖爲魏武主簿，時作相國門，始構榱桷，魏武自出看，使人題門作"活"字，便去。楊見，即令壞之。既竟[1]，曰："門中'活'，'闊'字。王正嫌門大也[2]。"《文士傳》曰："楊脩字德祖，弘農人，太尉彪子[3]。少有才學思

---

〔1〕　"既竟"，徐震堮曰："《御覽》一八三無此二字。"

〔2〕　"正嫌"，唐寫本無"正"字。

〔3〕　"太尉彪子"，唐寫本無"彪"字，"子"下有"也"字。楊勇曰："當作'太尉彪子也'是。"

榦〔1〕。魏武爲丞相，辟爲主簿。脩常白事〔2〕，知必有反覆教，豫爲答對數紙〔3〕，以次牒之而行。敕守者曰〔4〕：‘向白事，必教出相反覆〔5〕，若按此次第連答之〔6〕。’已而風吹紙次亂〔7〕，守者不別〔8〕，而遂錯誤。公怒推問，脩慚懼，然以所白甚有理，終亦是脩。後爲武帝所誅〔9〕。”

○“楊德祖”至“嫌門大也”

“作相國門”，張撝之曰：“造相國府的門。當時曹操任相國。”《選注》。

“榱桷”，張撝之曰：“榱，屋椽的總稱。桷，方的椽子。”《選注》。

“題門作活字”，田中頤曰：“意嫌門之闊大過度，然以其構榱桷，亦不欲其壞也。”

“即令壞之”，田中頤曰：“‘即’字見不待思慮，乃捷悟處。”

“王正嫌門大”，張萬起曰：“王，指曹操。操封魏王。”

○注“文士傳曰”

“脩常白事”，岡白駒曰：“‘常’‘嘗’通。”

“有反覆教”，岡白駒曰：“言白此事，必反復詰之。”○秦士鉉曰：“反覆，謂再三反覆問之也。”○吳金華曰：“‘反覆’，辨難，討論。‘反覆教’指上級詰難下屬的公文。‘相反覆’，猶言相駁，相難。”《考釋》頁一五○。

“以次牒之而行”，大典顯常曰：“牒，札也，簡也。牒之，謂爲牒具之也。行，外出也。”《撮補》。○恩田仲任曰：“‘牒’‘疊’通。言以次重疊也。”

“敕守者”，岡白駒曰：“守者，有司也。”○桃井白鹿：“《魏志》：‘敕守舍兒。’《書敘指南》：‘看家人曰守舍兒。’”

---

〔1〕 “思榦”，唐寫本、董刻本“榦”俱作“幹”。余嘉錫曰：“‘思榦’下唐本有‘早知名’三字。”

〔2〕 “常白事”，唐寫本“常”作“嘗”。

〔3〕 “答對”，楊勇曰：“唐卷無‘對’字。”

〔4〕 “敕守者”，大典顯常《撮補》曰：“《魏志》作‘敕守舍兒’。”

〔5〕 “必教出相反覆”，余嘉錫曰：“唐本作‘必有教出相反覆’。”

〔6〕 “若按此次第連答之”，龔斌曰：“唐寫本作‘若案此第連之而已’。”

〔7〕 “已而風吹”，唐寫本“已而”作“而已”，上讀，“風”上有“有”字。

〔8〕 “守者”，楊勇曰：“唐卷無‘者’字。”

〔9〕 “脩慚懼”四句，余嘉錫曰：“‘脩慚懼’下，唐本作：‘以實對，然所白甚有理，初雖見怪，事亦終是。脩之才解，皆此類矣。爲武帝所誅。’”楊勇曰：“才解，率天才而解之也。”方一新《釋義》曰：“才解，天才悟性。”

“向白事”，秦士鉉曰：“謂前日有所奏事也。”

“若按此次第連答之”，岡白駒曰：“若，汝也。言初詰須以第一紙答之，再詰則以第二紙答之也。”

“遂錯誤”，吳金華曰：“‘錯誤’一詞，始見於漢末魏晉文獻。‘王肅曰：此久遠之書，年數錯誤，未可詳也。’（唐司馬貞《史記索隱》卷六七）王肅是三國時人，當時‘錯’字已有‘錯誤’之義，所以‘錯誤’連文，得以構成同義複詞。”《考釋》頁一五一。

“終亦是脩”，岡白駒曰：“終以脩答爲是。”

◎徐震堮曰：“《後漢書》本傳及《魏志·陳思王傳》注引《世語》，並與此小異。”《札記》。

【彙評】

狄期進曰：“德祖每當就植慮事有闕，忖度操意，豫作答教，坐是收殺。豈目能見百步之外，而不能自見其睫耶？抑所謂利令智昏也。”

佚名曰：“此等人物，我雅不喜。”《智囊補》卷十五手批。

2

人餉魏武一桮酪[1]，魏武噉少許，蓋頭上題“合”字以示衆[2]。衆莫能解。次至楊脩，脩便噉，曰：“公教人噉一口也[3]，復何疑？”

○“人餉魏武”至“復何疑”

“題合字以示衆”，王叔岷曰：“《金樓子·立言下篇》：‘有寄檳榔與家人者，

---

〔1〕 “一桮酪”，楊勇曰：“‘桮’，宋本作‘盃’，唐卷作‘杯’。”

〔2〕 “蓋頭上題合字以示衆”，楊勇曰：“唐卷作‘蓋頭題上爲合字以示衆’，《御覽》四三二引《世說》同，《初學記》一七引《世說》作‘體酪器上爲合字以示衆’，《御覽》八五八引《世說》則作‘乃題上作合字以示衆’。”

〔3〕 “一口也”，楊勇曰：“‘口’下唐卷無‘也’字。”

題爲“合”字，蓋人一口也。’亦題‘合’字之例。”

“脩便噉”，田中頤曰：“‘便’亦見捷悟處。”

“教人噉一口”，袁中道曰：“不成語。”《舌華録》卷一。○田中頤曰：“人一口即‘合’字。”○崔朝慶曰：“分拆‘合’字形，爲‘人一口’三字也。”

“復何疑”，田中頤曰：“與‘莫解’應。”

【彙評】

伯克利手批曰：“脩逞此等聰明，皆是持虎鬚。”

3

　　魏武嘗過曹娥碑下，楊脩從，碑背上見題作“黃絹幼婦，外孫虀臼”八字[1]。魏武謂脩曰：“解不[2]？”答曰：“解。”魏武曰：“卿未可言[3]，待我思之。”行三十里[4]，魏武乃曰[5]：“吾已得。”令脩別記所知。脩曰：“黃絹，色絲也，於字爲‘絕’。幼婦，少女也，於字爲‘妙’。外孫，女子也，於字爲‘好’。虀臼，受辛也[6]，於字爲‘辝’[7]。所謂‘絕妙好辝’也。”魏

〔1〕　“見題作黃絹幼婦外孫虀臼八字”，楊勇曰：“唐卷，《書鈔》一〇二，《御覽》九三、四三二、五八九引《世說》均無‘見’字。”王叔岷曰：“《書鈔》一百二引‘見’字在‘碑’字上，‘虀’作‘韲’。《御覽》四三二、五八九引‘虀’亦並作‘韲’，九三引作‘薑’。‘虀’之或體作‘齏’，‘韲’‘薑’並俗字。”又，唐寫本“虀臼”作“齊旧”，下同。

〔2〕　“謂脩曰解不”，余嘉錫曰：“唐本‘曰’下有‘卿’字。”楊勇曰：“唐卷無‘曰’字，‘解’上有‘卿’字，《御覽》四三二、五八九，《世俗》引《世說》同。”

〔3〕　“卿未”，楊勇曰：“宋本及各本有‘卿’字，唐卷無，《御覽》九三、四三二引《世說》有。”

〔4〕　“三十”，唐寫本作“卅”。

〔5〕　“乃曰”，楊勇曰：“唐卷無‘乃’字。”

〔6〕　“受辛也”，楊勇曰：“唐卷無‘也’字，《書鈔》一〇二，《御覽》九三、四三二、五八九引《世說》同。按上文皆有‘也’字，此亦當有。”

〔7〕　“於字爲辝”“絕妙好辝”，余嘉錫曰：“兩‘辝’字唐本俱作‘辤’。”朱鑄禹曰：“‘辝’當作‘辤’，即古‘辭’字，則所謂‘受辛’也。”

武亦記之，與脩同，乃歎曰：“我才不及卿，乃覺三十里[1]。”《會稽典録》曰：“孝女曹娥者，上虞人。父盱[2]，能撫節按歌[3]，婆娑樂神[4]。漢安二年，迎伍君神[5]，泝濤而上，爲水所淹，不得其尸。娥年十四，號慕思盱，乃投瓜于江[6]，存其父尸曰[7]：‘父在此，瓜當沈。’旬有七日，瓜偶沈，遂自投於江而死。縣長度尚悲憐其義，爲之改葬[8]，命其弟子邯鄲子禮爲之作碑[9]。”按曹娥碑在會稽中[10]，而魏武、楊修未嘗過江也[11]。《異苑》曰：“陳留蔡邕避難過吳，讀碑文，以爲詩人之作[12]，無詭妄也[13]。因刻石旁作八字[14]。魏武見而不能了，以問群寮，莫有解者[15]。有婦人浣於汾渚，曰：‘第四車解。’既而，禰正平也。衡即以離合義解之[16]。或謂此婦人即娥靈也[17]。”

〔1〕 “我才不及卿乃覺三十里”，唐寫本作：“我才不如卿，卅里覺。”余嘉錫曰：“‘乃覺’，《山谷外集》注十五引‘覺’作‘較’。”徐震堮曰：“《御覽》九三作‘乃較三十里’。”楊勇曰：“宋本及各本作‘及’。唐卷，《御覽》九三、四三二、五八九，《事文》別六，《世俗》引《世説》均作‘如’。宋本作‘乃覺三十里’，唐卷作‘三十里覺’，《世俗》同。”

〔2〕 “父盱”，楊勇曰：“‘盱’唐卷作‘盼’，《後漢·列女·曹娥傳》與宋本同。”朱鑄禹曰：“唐寫本作‘盼’，是。”龔斌曰：“《後漢書》八四《列女傳》作‘盱’，當作‘盱’是。”

〔3〕 “按歌”，余嘉錫曰：“唐本作‘安歌’。”楊勇曰：“唐卷‘安’誤。”

〔4〕 “婆娑樂神”，楊勇曰：“唐卷無‘娑’字，奪。《後書》作‘婆娑迎神’。”按《後漢書·曹娥傳》作‘迎婆娑神’。

〔5〕 “伍君神”，《世説補》“伍”作“五”，桃井白鹿曰：“《古文苑》載《曹娥碑》‘五’作‘伍’，注：伍子胥爲濤神。”

〔6〕 “投瓜”，余嘉錫曰：“注‘投瓜’及下文‘瓜’字唐本俱作‘衣’。”又曰：“以理度之，作‘衣’爲是。”徐震堮曰：“‘瓜’影宋本作‘爪’，《後漢書》及《水經注》並作‘衣’，是也。《後漢書》注曰：‘衣字或作爪，見項原《列女傳》。’此作‘瓜’，乃‘爪’字之誤，下二‘瓜’字同。”楊勇曰：“作‘衣’是，作‘瓜’無義。衣者，人死復衣以招其魂也。”

〔7〕 “存其父尸”，程炎震曰：“宋本‘存’作‘祝’。”余嘉錫曰：“‘存’沈本作‘祝’。”楊勇曰：“《後漢》、沈校並作‘祝’。”又，唐寫本“尸”作“屍”。

〔8〕 “爲之改葬”，龔斌曰：“‘之’唐寫本作‘其’。”又，唐寫本“葬”作“瘞”。

〔9〕 “爲之作碑”，龔斌曰：“‘之’唐寫本作‘其’。”

〔10〕 “按曹娥碑在會稽中”，唐寫本“按”作“案”。又，楊勇曰：“唐卷無‘曹’字‘中’字。”按楊慎輯《世説舊注》亦無“中”字。

〔11〕 “楊修未嘗過江也”，唐寫本、董刻本“修”俱作“脩”。楊勇曰：“唐卷無‘也’字。”

〔12〕 “以爲”，楊勇曰：“唐卷無‘以’字。”

〔13〕 “無詭妄”，楊勇曰：“‘無’下唐卷有‘以’字。”

〔14〕 “因刻石旁”，楊勇曰：“唐卷無‘因’字。”又，唐寫本“旁”作“傍”。

〔15〕 “解者”，楊勇曰：“‘解’唐卷作‘知’。”

〔16〕 “即以”，楊勇曰：“‘即’唐卷作‘便’。”

〔17〕 “此婦人即娥靈也”，龔斌曰：“唐寫本無‘人’字。”又，唐寫本無“也”字。

○“魏武嘗過”至“好辭也”

“楊脩”，徐子光曰：“後漢楊修字德祖，太尉震玄孫。好學有俊才，爲丞相曹操主簿。操平漢中，欲轉寇蜀漢而不得進，欲守之又難爲功。操出教唯曰：‘雞肋而已。’衆莫能曉。修獨曰：‘夫雞肋食之則無所得，棄之則如可惜。公歸計決矣。’操於此迴師。修之幾決，多有此類。又嘗出行，籌操有問外事，乃逆爲答記，勑守舍兒：‘若有令出，依次通之。’既而果然。操怪其速，廉之知狀，忌修，遂因事殺之。《語林》曰：‘修至江南，讀《曹娥碑》，碑背有八字曰：“黄絹幼婦，外孫虀臼。”操不解，問修曰：“卿知否？”修曰：“知之。”操曰：“且勿言，待朕思之。”行三十里乃得之，令修解，修曰：“黄絹色絲，色絲絶字；幼婦少女，少女妙字；外孫女子，女子好字；虀臼受辛，受辛辭字。”操曰：“一如朕意。俗云：有智無智，校三十里。”’”《蒙求集注》卷上“楊修捷對”條。

“黄絹幼婦”二句，王鳴盛曰：“《曹娥傳》注引《會稽典録》盛誇邯鄲淳碑文之美，蔡邕題云：‘黄絹幼婦，外孫虀臼。’自謂絶妙好辭也。今觀其文，淺陋荒率，何絶妙之有？皆文士增飾耳。”《商榷》卷三十八。○劉盼遂曰：“按‘絶’字，《説文》從刀絲，卪聲，非從色也。‘妙’字不見古籍，推美好之意，於《説文》當爲‘愐’字，不從少女也。文辭之‘辭’，從𤔔辛會意，從受辛者誼爲辤讓，未可掍也。伯喈於‘絶妙好辭’四字謬者凡三，甚矣。漢魏小學之不講也，此等訛誤，在漢碑已觸目而是。然碑刻以行文，不主説字，故無足責。”

“虀臼”，皮錫瑞曰：“今所傳八字皆作‘虀臼’，此獨運‘蒜臼’，當以‘蒜’字爲是。‘虀’味酸而不辛，唯蒜味辛，且但聞搗蒜，不聞搗虀，蒜臼蓋搗蒜之臼，故云‘受辛’。”《師伏堂筆記》卷三。○趙西陸曰：“《珊玉集》十二引《語林》作‘蒜臼’。”

“受辛也”，陳直曰：“《説文》：‘辤，不受也。’與辭賦之‘辭’，本爲兩字。在東漢碑刻上，皆用假借字作‘辤’，如鄭固、夏承、北海相景君碑等，是其明證。本文解‘受辛’爲‘辭’，亦係從當時之隸體。”《礼記》。

○“魏武亦記”至“覺三十里”

“我才不及卿乃覺三十里”，劉淇曰：“較，比量之辭，又通作‘覺’。《世説》‘我才不及卿，乃覺三十里’，又‘唯東亭一人常在前，覺數十步’。”《辨略》卷四。○盧文弨曰：“‘覺’有與‘校’音義並同者。《詩·定之方中》正義引鄭志云：‘今就校人職，相覺甚異。’趙岐注《孟子·中也養不中章》：‘如此賢不肖相覺，何能分寸？’又《富歲子弟多賴章》：‘聖人亦人也，其相覺者，以心知耳。’《續漢書·律志中》：‘至元和二年，《太初》失天益遠，日月宿度相覺浸多。’《晉書·傅玄傳》：‘古以步百爲畝，今以二百四十步爲畝，所覺過倍。’《宋書·天文志》：‘斗二十一，井二十五，南北相覺四十八度。’凡此皆以‘覺’爲‘校’也。後人有不得其義而致疑者，更或輒改他字，故爲詳證之。”《鍾山札記》卷三。程炎震按曰：“盧說是也。”周一良按曰：“《廣韻》去聲三十六‘效’收‘覺’‘較’二字，皆云‘又音角’。‘較’下訓云‘不等’。二字同音，‘覺’‘較’可以相通，足補盧氏之說。”《史札》頁二一六。○秦士鉉曰：“諺云：‘有智無智較三十里。’”○崔朝慶曰：“言行三十里而始覺也。”○吳承仕曰：“‘覺三十里’，‘覺’讀爲‘校’。後云‘東亭一人常在前，覺數十步’，亦同。”余嘉錫引。○徐震堮曰：“‘覺’即‘較’也。本篇七：‘唯東亭一人常在前，覺數十步。’《假譎》六：‘命騎追之，已覺多許里。’句法相同，義亦無異。‘覺’爲‘較’之借字。《御覽》引‘覺’爲‘較’，可爲左證。”○楊勇曰：“覺，較也。《御覽》四三二、《事文》別六引《世說》正作‘較’。《術解篇》：‘苟試以校己所治鐘鼓金石絲竹，皆覺短一黍。’《御覽》五六五引《世說》作‘皆短較一米’。”○王叔岷曰：“《御覽》九三引‘覺’作‘較’，古字通用。《楚辭·九歎·遠遊》：‘服覺皓以殊俗兮。’王注：‘覺，較也。’”○周一良曰：“‘覺’字蓋當時習語，表示程度之意，往往用於表數量之詞之後。《三國志·魏志》九《夏侯玄傳》：‘自上以下，至於朴素之差，示有等級而已，勿使過一二之覺。’《晉書》七七《蔡謨傳》：‘方之於前倍半之覺也。’‘我才不及卿乃覺三十里’唐寫本作‘我才不如卿三十里覺’。按似以唐寫本爲長，‘覺’字用法同，猶言我才不如卿之程度達三十里也。《假譎篇》‘王大將軍既爲逆’條：‘命騎追之，已覺多許里。’《晉書》四七《傅玄傳》：‘古以百步爲畝，今以二百四十步爲一畝，所覺過倍。’似‘覺’字又可用爲動詞，猶言增加、剩餘、超過矣。”《世說札記》。○郭在貽曰：“‘覺’作‘差’講，蔣禮鴻先生《義府續貂》考訂甚詳。”《瑣記》。○梁永昌曰：“‘覺’就是‘較’，是‘差’‘相差’‘差別’之意。‘三十里覺’猶言‘三十里之差’。”《雜記》。按“覺”義參見本篇“王東亭作宣武主簿”條。

　　○注“會稽典録曰”至“過江也”

　　《會稽典録》，沈家本曰：“《隋志》：‘《會稽典録》二十四卷，虞豫撰。’二

《唐志》卷同，‘豫’作‘預’。《晉書》本傳作‘預’。《傳》云‘著《會稽典錄》二十篇’，與隋唐志不同。”《古書目》卷二。○葉德輝曰：“《隋志》：二十四卷。云虞預撰。”《書目》。

“撫節按歌”，岡白駒曰：“《楚辭》：‘綏節兮按歌。’按歌，蓋曼聲歌也。”

“婆娑樂神”，王應麟曰：“《曹娥碑》云：‘盱能撫節按歌，婆娑樂神，以五月時迎伍君。’《傳》云‘迎婆娑神’，誤也。”《困學紀聞》卷十三。○袁枚曰：“《後漢書·孝女曹娥傳》：‘娥父曹盱爲巫祝，五月五日于縣江迎婆娑神，溺死云云。’按邯鄲淳曹娥碑文：‘盱能撫節安歌，婆娑樂神，以漢安二年五月迎伍君，逆濤而上，爲水所淹云云。’是盱所迎之神爲伍君，其曰‘婆娑樂神’，婆娑，舞貌也。范氏乃以婆娑爲神號，豈不爽歟？邯鄲氏碑文在范史之前，范氏想亦據碑作史，特未審諦耳。此一條周青原舍人所言。”《隨園隨筆》卷十八。○朱亦棟曰：“‘迎婆娑神’即‘婆娑樂神’，其云‘迎婆娑神’者，乃倒字法，非誤也。古文每有此種句法。”《群書札記》卷二。○秦士鉉曰：“婆娑，舞貌。”○沈欽韓曰：“《曹娥碑》云：‘盱能撫節按歌，婆娑樂神，以五月時迎伍君。’《詩正義》引李巡曰：‘婆娑，槃辟舞也。’孫炎曰：‘舞者之容婆娑然。’是婆娑非神名也。”《後漢書疏證》卷十。○吳騫曰：“‘婆娑’本舞態，盱爲巫祝，故能歌儛樂神。蔚宗直以‘婆娑’爲神名，殊莫絡也。”《尖陽叢筆》卷二。○李慈銘曰：“婆娑，本作‘媻娑’。《説文》：‘媻，奢也。娑，舞也。’《詩》曰：‘市也婆娑。’《釋文》：‘婆，《説文》作媻。’《爾雅》李巡注云：‘媻娑，盤辟舞也。’今作‘婆’，是俗字。媻娑，猶般旋也，亦作媻跚。《爾雅》、《毛傳》但以‘婆娑’爲舞。前書《地理志》及《潛大論·浮侈篇》皆引《詩》‘風’以爲巫祝鼓舞事神之狀，蓋出三家詩。此云‘婆娑迎神’，爲巫祝事，與諸説合。”《後漢書札記》卷六。按“婆娑”義參見《黜免篇》“桓玄敗後”條。

“迎伍君神”二句，桃井白鹿曰：“《古文苑》載《曹娥碑》，注：‘伍子胥爲濤神。’”○沈欽韓曰：“《曹娥碑》云：‘以五月時迎伍君。’《藝文類聚·會稽典錄》云：‘於縣江泝濤迎波神。’考《水經注》云：‘潮水之前揚波者伍子胥，後重水者大夫種。’則伍君正是波神。碑文與《典錄》合。《世説》注引《典錄》與碑同。”《後漢書疏證》卷十。○吳騫曰：“此蓋言盱以逆伍君，即今競渡之俗。”《尖陽叢筆》卷二。

“存其父尸”，岡白駒曰：“存，察問也。”○平賀房父曰：“存，猶按檢。”○秦士鉉曰：“索父尸所存也。”

“縣長度尚”，恩田仲任曰：“漢度尚字博平，爲上虞長，發摘奸非，人謂神明。”

“邯鄲子禮爲之作碑”，桃井白鹿曰：“《古文苑》注引《會稽典録》：‘度尚弟子邯鄲淳，字子禮，作《曹娥碑》。’”○凌曙曰：“《後漢書・列女傳》：‘元嘉元年度尚爲曹娥立碑。’注引《會稽典録》云：‘度尚弟子邯鄲淳，字子禮，時甫弱冠而有異才云云。’《水經注》云：‘上虞縣有《曹娥碑》，縣令度尚使甥邯鄲子禮爲碑文以彰孝烈。’二書皆云字子禮，而《魏志・王粲傳》‘潁川邯鄲淳’注引《魏略》云：‘淳一名竺，字子叔。’則此爲二人無疑，而寫石經者子叔耳。”《舊學蓄疑・雜録》。

“魏武楊修未嘗過江也”，陸深曰：“楊德祖與曹孟德讀《曹娥碑》。娥，上虞人，今曹娥江在寧、紹兩界中。孫權據越，當時孟德何緣得至江滸耶？”《儼山外集》卷一。○謝肇淛曰：“曹娥碑在會稽中，曹操未嘗南行至此，何由得見？即孝標注亦疑此。余按《三國演義》中載，操征漢中時過蔡琰莊，見有碑刻云云。此雖小説，於理爲近，足破千古之疑。又按《典略》以爲《陳太邱碑》，當亦以前事矛盾，故更之耳，不知‘黃娟’語出李北海《曹娥碑》，當時下筆，必有考據。”《文海披沙》卷一。○陳絳曰：“蔡邕題《曹娥碑》後八字，《世説》以爲楊修解，《異苑》以爲禰衡解，謂魏武見而不能曉，以問群僚，莫有知者。有婦人浣於江渚，曰第四車中人解，乃禰正平也。衡便以離合意解之。更荒唐矣。考史，曹操平生不過江。兩説並虛。”《金罍子》中篇卷四。○沈欽韓曰：“按《水經注》：‘上虞江之道南有《曹娥碑》，縣令度尚使甥邯鄲子禮爲碑文以彰孝烈。’操身未到吳，安能至浙江見《娥碑》？其妄不足辨也。”《後漢書疏證》卷十。○徐熥曰：“孟德決無到曹娥江之理，或是當時傳印邯鄲淳曹娥碑文，而孟德與楊脩猜度之，只見墨本，非親摩碑石也。禰衡之解又不知何據。《語林》云：‘操讀碑於汝南。’其爲摹本無疑。”《徐氏筆精》卷七。

○注“異苑曰”

《異苑》，沈家本曰：“《隋志》：‘《異苑》十卷，宋給事劉敬叔撰。’《唐志》無。敬叔，彭城人，元嘉中爲給事黃門郎。”《古書目》卷四。○葉德輝曰：“《隋志》入‘雜傳’，題十卷，云：‘宋給事劉敬叔撰。’”《書目》。

“無詭妄也”，岡白駒曰：“蓋言《三百篇》遺意，而無詭妄者也。”

“第四車解”，大典顯常曰：“第四，謂乘第四之車者解之。”

【彙評】

王觀國曰：“觀國讀《南史》，劉顯幼聰敏，號神童。齊武帝時爲尚書郎，有沙門訟田，帝大書曰：‘卜下貝。’有司未辨，遍問莫知。顯曰：‘卜貝文爲與上人。’帝因忌其能，出之。楊修亦以才能敏捷爲操所知，後操忌修而殺之。《書》曰：‘人之有技，若己有之，人之彦聖，其心好之。不啻如自其口出，是能容之。’魏齊二主於此有愧焉。”《學林》卷七。

劉辰翁曰：“雖經論注，猶覺艱塞，不知古人何見，作此不切。”按凌刻本、凌瀛初本“艱塞”作“難解”，無“不切”二字。

李贄曰：“或以修聰敏異常，又與袁氏爲婚，故曹公忌之。夫曹公愛才，今古所推，雖禰正平之無狀，猶爾相容，陳孔璋之檄辱及父祖，且收以爲記室，安得有此？且有此，安得兼群雄而并天下也？其欲謀立臨淄，爲丕等所譖是的，蓋臨淄本以才捷愛幸，秉意投修，故修亦自以植爲知己。植既數與修書，無所避忌，修亦每於操前馳騁聰明，則修之不善韜晦，自宜取敗。修與禰正平、孔北海俱相知，俱是一流人，故俱敗。”《焚書》卷五《讀史·楊修》。

馮夢龍曰：“德祖聰穎太露，爲操所忌，其能免乎？晉宋人主，多與臣下爭勝詩字，故鮑照多累句，僧虔用拙筆，皆以避禍也。”《智囊補》卷十五。

佚名曰：“小聰明，太賣弄，亂世安得不殺身？才士宜戒。”《智囊補》卷十五手批。

凌濛初曰：“伯喈故好作此無謂語，焉得不秘《論衡》於帳中。”

4

魏武征袁本初，治裝，餘有數十斛竹片，咸長數寸，衆云並不堪用[1]，正令燒除[2]。太祖思所以用之[3]，

〔1〕 “衆云並不堪用”，余嘉錫曰：“唐本作‘衆並謂不堪用’。”朱鑄禹曰：“《太平御覽》三五七《楯下》引同唐寫本，文義較通順。”楊勇曰：“唐卷作‘衆並謂不堪用’，《事類賦》二四，《御覽》三五七、九六二引《世說》同。《書鈔》一二一作‘衆謂不堪用’。”
〔2〕 “正令”，王利器曰：“《御覽》卷三五七，又卷九六二引‘令’作‘合’。”
〔3〕 “太祖思”，余嘉錫曰：“唐本‘太祖’下有‘甚惜’二字。”王叔岷曰：“《御覽》三五七、九六二引‘太祖’下並有‘意甚惜’三字。”

謂可爲竹椑楯[1]，而未顯其言。馳使問主簿楊德祖，應聲答之，與帝心同[2]。衆伏其辯悟。

〇"魏武征袁"至"伏其辯悟"

"魏武征袁本初"，趙西陸曰："袁紹始見於此，體例應注其仕履。"〇曹道衡曰："據《魏志·武帝紀》、《通鑑》卷五四，建安二年、四年均有曹操征袁紹事，此當在四年。"《叢考》頁二〇。

"治裝"，張萬起曰："整治裝備。"

"主簿楊德祖"，陸侃如曰："'主簿'當是'郎中'之誤。"《繫年》頁三三七。曹道衡《叢考》按曰："説可商。"〇曹道衡曰："（楊脩）爲曹操主簿當在建安四年。"《叢考》頁二〇。

【彙評】

劉辰翁曰："以上四則，皆德祖之所以可惜、所以致疑也。傷哉！"

5

王敦引軍垂至大桁[3]，明帝自出中堂[4]。温嶠爲

---

[1] "竹椑楯"，唐鴻學曰："《書鈔》百二十二引作'竹甲盾'，此應作'竹椑楯'，二字通也。'椑'字非此義也。"余嘉錫曰："'椑'唐本作'押'。"徐震堮曰："'椑'《御覽》三五七作'甲'。"楊勇曰："《書鈔》一二一，《事類賦》二四，《御覽》三五七、九六二引《世説》均作'甲'。"龔斌曰："當從唐寫本作'押'。'押'同'甲'，謂盔甲與盾牌也。"

[2] "應聲答之與帝心同"，余嘉錫曰："唐本作'應聲答，與帝同'。"楊勇曰："唐卷無'之'字，《書鈔》一二一引《世説》有。'心'《書鈔》一二一、《御覽》三五七引《世説》並作'正'字，唐卷奪。"

[3] "引軍"，董刻本"軍"作"車"。王利器曰："唐寫本及各本'車'都作'軍'，是。"

[4] "明帝自出中堂"，桃井白鹿曰："温史、朱史並'出'作'屯'。《函史》：'帝止南皇堂。'"恩田仲任曰："'出'字温公《通鑑》、朱子《網目》皆作'屯'。"秦士鉉曰："'自出'或作'自屯'。"朱鑄禹曰："唐寫本無'自'字。"

丹陽尹，帝令斷大桁〔1〕，故未斷，帝大怒，瞋目〔2〕，左右莫不悚懼〔3〕。按《晉陽秋》、鄧《紀》皆云〔4〕：敦將至，嶠燒朱雀橋以阻其兵〔5〕。而云未斷大桁〔6〕，致帝怒〔7〕，大爲謬謬。一本云“帝自勸嶠入”，一本作“噉飲帝怒”，此則近也〔8〕。召諸公來。嶠至不謝，但求酒炙〔9〕。王導須臾至〔10〕，徒跣下地〔11〕，謝曰〔12〕：“天威在顏，遂使溫嶠不容得謝〔13〕。”嶠於是下謝〔14〕，帝乃釋然〔15〕。諸公共歎王機悟名言〔16〕。

○“王敦引軍”至“自出中堂”

“王敦引軍”，敬胤曰：“敦時在南州，病已困，不能下都，是王含、錢鳳軍也。”○桃井白鹿曰：“《晉書》：時王敦病篤，使王含行。”○蔣凡曰：“晉明帝太寧二年，王敦第二次舉兵犯闕，直逼建康，上表稱誅姦雄，以溫嶠爲首。”

“大桁”，胡三省曰：“朱雀橋亦曰大桁。”《通鑒·晉紀八》注。又曰：“朱雀桁即大航也。在秦淮水上，以其在朱雀門外，故名。‘桁’與‘航’同。”《宋紀十五》注。又曰：‘六朝都建康，航秦淮而度者非一處，當朱雀門者爲大航，當東府城者爲小航。’《陳紀九》注。○李調元曰：“浮橋曰航。晉時有朱雀航、柵航。”

---

〔1〕 “溫嶠爲丹陽尹”二句，徐震堮曰：“唐寫本作‘使丹楊尹溫嶠斷大桁’。”
〔2〕 “帝大怒瞋目”，唐寫本“目”作“盛”。《考異》作“帝大悠瞋盛”。
〔3〕 “莫不”，《考異》“莫”作“無”。
〔4〕 “鄧紀”，余嘉錫曰：“唐本作‘鄧粲《晉紀》’。”
〔5〕 “嶠燒朱雀橋以阻其兵”，余嘉錫曰：“唐本‘兵’下有‘勢’字。”楊勇曰：“‘燒’唐卷作‘破’。”
〔6〕 “而云未斷大桁”，楊勇曰：“唐卷作‘而此云未斷桁’。”
〔7〕 “帝怒”，楊勇曰：“‘帝’下唐卷有‘大’字。”
〔8〕 “一本云帝自勸嶠入”三句，唐寫本作：“一本云‘帝自勸嶠，不飲，帝怒’。此則近之者也。”
〔9〕 “召諸公來嶠至不謝但求酒炙”，《考異》此句作：“召諸公，溫至謝，但求酒炙。”汪藻校“酒”下有“及”字。徐震堮曰：“‘但求酒炙’唐寫本作‘但求酒及炙’。”
〔10〕 “王導”，《考異》“導”作“公”。
〔11〕 “下地”，《考異》“地”作“牀”。
〔12〕 “謝曰”，《考異》“謝”下有“之”字。
〔13〕 “不容”，余嘉錫曰：“唐本無‘容’字。”
〔14〕 “嶠於是”，《考異》無“嶠”字。
〔15〕 “帝乃釋然”，《考異》“乃”作“廼”，“然”下有“而解”二字。
〔16〕 “王機悟名言”，楊勇曰：“‘言’唐卷作‘語’。”《考異》“王”下有“公”字。

《卍齋璅録》卷十。○秦士鉉曰："'桁'與'航'同，浮橋也。大桁，指朱雀橋，跨秦淮水，晉孝武帝建。一曰自吳已有之。"○劉盼遂曰："大桁即南桁，亦名朱雀橋。《晉書》與《世説》數名間出，未能講畫。"○徐震堮曰："即朱雀航。《景定建康志》：'案《輿地志》云：大航，用杜預河橋之法，本吳時南淮大橋也。一名朱雀橋，當在朱雀門下，度淮水。王敦作逆，溫嶠燒絶之。'"

"明帝自出中堂"，胡三省曰："按蕭子顯《齊書·高帝紀》：'桂陽王休範之反，詣貴會議。帝曰：中堂舊是置兵地，領軍宜屯宣陽門爲諸軍節度。'則中堂當在宣陽門外。"《通鑒·晉紀十五》注。○田中頤曰："蓋議防禦。"○張萬起曰："中堂，都城屯軍之所，在建康宣陽門外。"《詞典》頁三五三。

○ "溫嶠爲" 至 "莫不悚懼"

"溫嶠"，敬胤曰："溫嶠字太真，太原人也。祖恭，字仲儀，濟南太守。父襜，字少卿，河東太守。《晉陽秋》曰：'嶠爲司隸都官從事，庾敱有重名，具瞻所推，而頗聚斂積實。嶠舉敱，京都伏之，莫不斂手，敱更器之。大郡舉灼然，司空辟。永嘉還鄉里，參平北劉楷軍事，司空右司馬，行上黨太守。'《建興起居注》曰：'大將軍琨遣右司馬溫嶠西討胡，至上黨。石勒要之，琨與戰，勒走。建武初，遣嶠奉表勸進，宣暢琨。至，上甚重之，王導等並交之。中宗即位，詔留拜散騎長史、太子中庶子，屢上直言。及侍臣箴、明帝詔命文章，悉令嶠具草。詔以爲中書令，辭，乃免。永昌元年，王敦至石頭，太子欲出擊之，嶠苦諫，未從。又扣馬説以持重之宜，乃止。御史中丞梅陶馳勸太子行，以鞭擊抗曰："社稷事去矣。"敦聞嶠諫太子，出要之，請爲左司馬。'《晉紀》曰：'王敦以不孝罪明帝，衆言曰太子道虧。溫司馬昔在東宮，悉其行，集衆問嶠："太子何如人？"答曰："小人無以測君子。"又問，聲色甚厲。答曰："鉤深致遠，非思淺所識，然以禮事親（一作體性言之），可稱爲孝。"敦惎。敦與嶠言論，往往諷以大順，敦神色不平。嶠乃勤其府事，交其腹心吐誠。敦命驗，每事咨度錢鳳，爲之聲價曰："錢世儀精神滿腹。"鳳信之。欲樹爲京尹，使構天門，嶠辭非才，言甚苦切。敦問其人，嶠稱舉錢鳳，鳳愈自委服，固舉嶠。或曰："鳳頗嘗譖嶠，嶠患之。後敦大會，使嶠行酒，錢鳳託醉不飲，嶠以手版搏鳳耳曰：溫太真行酒，錢鳳安敢不飲！於是鳳言之敦，以私憾不納也。"敦既遣嶠爲揚州，及別，執手復垂涕，嶠亦流淚。至閣復還，如此者再三，敦益信之。及至都便立。太寧中，敦作逆，詔加嶠中壘將軍，嶠表敦罪狀。敦聞，失起聲曰："溫小子凶狡，要當生縛族后稷然襐然（一作託）。"初云敦已死，數日與王導書，後書曰："太真別未幾日，作此事！"群公見之，咸共駭怖。敦卒，加嶠前將軍。咸和初，出爲平南將軍、江州刺史，以爲刺史宜治豫章，都督宜鎮武昌。嶠聞蘇峻敗京都鎮，號哭登舟，推陶侃爲盟主。侃先箋庾亮曰："吾疆場外將，本非國家顧命大臣，今日之事，本不敢當。"嶠諭請卑辭屈曲，行人相述，嶠參軍王愆期曰："蘇峻豺狼，如遂須至，四海雖廣，明公寧有容足地乎？賢子越騎酷没，天下爲公痛心，況慈父情邪？"乃許之。江州食盡於荆州，侃大怒曰："使君前云不憂無良將兵糧，唯欲得君爲主，今戰類此，良將安在？荆州接胡、蜀二虜，倉廩當備不虞。若復無食，州民便欲西歸。"嶠始恐侃不同，故甘言以請。既而侃至，以爲譏己，嶠卑辭謝之，曰："且騎虎之勢，安可中下哉？"侃將李陽曰："今事若不捷，雖有粟，焉得而食諸？"侃乃以米五萬斛給軍。峻平，嶠遊于江州，薨，贈侍中、驃騎、開府，重贈大將軍，謚忠武公。嶠平王敦功，封新建縣侯；平蘇峻，封始安郡公。二男式之、放之，安城太守，封宗荔浦，又改南野，今猶有後裔。'"

"帝令斷大桁"，敬胤曰："《晉陽秋日紀》、鄧粲《晉紀》並曰：'賊至，温嶠燒朱雀橋以挫其鋒。上欲親帥攻之，不得渡，大怒。嶠陳持重之計，久之乃聽。賊果不得渡。'而《説》云帝令斷橋，不順旨，與明文有違。《丹陽記》曰：'大桁者，吳時南津大橋也，名曰朱雀橋。安吳東門號青龍門，西門曰白虎門，北門曰玄武，而南門乃曰公車，未備四方之名，則橋曰朱雀，將用配三門邪？大寧二年，王含軍至，丹陽尹温嶠燒絶之，以遏南衆。定後，京師顯有事故。乏良材，無以復之，故橝骨（一作皆）白盤爲浮船。至咸康三年，侍中孔議復橋，於是稅術之行者其材，又值苑（一作薨）官初創，乃（一作及）將架橋轉以治城，故浮航相仍至今。太元中，驃騎府立東桁，改朱雀爲大桁。'《晉起居注》曰：'白舟爲桁，都水使者王讓立之。'"龔斌按曰："敬胤注文較完整，文義得明。蓋帝之所以大怒，乃因斷桁後不得渡，非是令斷桁而不斷。"

"故未斷"，桃井白鹿曰："故，猶也。"○秦士鉉曰："一説，故，故意也。"

○"召諸公來"至"機悟名言"

"嶠至不謝"二句，田中頤曰："温自謂無罪而遭大怒，故求酒爲欲解其不平也，是其變不可測之時。"○張萬起曰："不謝，不謝罪。"○龔斌曰："以示不改斷桁之意也。"

"徒跣下地"，張萬起曰："徒跣，光腳。"

"天威在顏"二句，大典顯常曰："《左傳》僖公九年：'王使宰孔賜齊侯胙，且無下拜，齊侯曰：'天威不違顏咫尺。'"○淇園曰："塗飾得妙。"○恩田仲任曰："《卓氏藻林》曰：'君尊如天，其威常在。顏，面前也。'"○田中頤曰："言至尊甚迫近，因致溫驚遽，欲謝而不可得謝也。"

"嶠於是下謝"，蕭艾曰："下謝，跪下承認錯誤。"《探幽》頁七七。

○注"按晉陽秋鄧紀皆云"

"嶠燒朱雀橋以阻其兵"，胡三省曰："朱雀橋在吳建業宮城之南，跨秦淮水。世傳晉孝武建朱雀門，上有兩銅雀，故橋亦以此得名。余謂朱雀橋自吳以來有之，蓋取前朱雀之義，非晉孝武之時始有此名也。"《通鑑·晉紀八》注。○桃井白鹿曰："《金陵覽古》：'晉孝武建朱雀門，上有兩銅雀，故橋亦以此得名，去烏衣巷不遠。'"○大典顯常曰："《函史》：'溫嶠燒朱雀橋，帝大怒，嶠曰：今宿衛單寡，徵外兵未至，若賊驟勝，社稷不保，陛下何憂一橋！'此文當是。"

"噉飲帝怒"，大典顯常曰："即下所謂'但求酒炙'也。"

"此則近也"，程炎震曰："《晉書》六十七《嶠傳》云：'嶠燒朱雀桁以挫其鋒。帝怒之，嶠曰：'今宿衛寡弱，徵兵未至，若賊豕突，危及社稷，陛下何惜一橋？'蓋同孫、鄧。"

"機悟名言"，張萬起曰："機敏聰悟，善於言詞。"

【彙評】

劉辰翁曰："未見橋當斷不當斷，亦非求酒炙時也。"

田中頤曰："凡事出於小，而敗於大者何限？王能察此，使君臣無事保安，蓋歎賞之也。"

蔣凡曰："當時明帝二十幾歲，溫嶠三十幾歲，二人英年負氣，爲小事而各不妥協。這裏以年輕人的負氣之盛，不肯妥協，來襯托王導的機敏與成熟。"

郗司空在北府，桓宣武惡其居兵權。《南徐州記》曰[1]：“徐州人多勁悍，號精兵[2]，故桓溫常曰[3]：‘京口酒可飲，箕可用，兵可使[4]。’”郗於事機素暗，遣牋詣桓，方欲共獎王室，脩復園陵。世子嘉賓出行，於道上聞信至，急取牋，視竟[5]，寸寸毀裂，便回。還更作牋，自陳老病，不堪人間，欲乞閑地自養。宣武得牋大喜[6]，即詔轉公督五郡，會稽太守。《晉陽秋》曰：“大司馬將討慕容暐，表求申勸平北愔及袁真等嚴辦。愔以羸疾求退，詔大司馬領愔所任。”按《中興書》，愔辭此行，溫責其不從，轉授會稽。《世說》爲謬[7]。

○“郗司空”至“其居兵權”

“郗司空”，岡白駒曰：“郗愔字方回，鑒之長子。”○程炎震曰：“太和二年九月，郗愔爲徐州刺史。四年，轉會稽。”○張萬起曰：“死後贈司空。”

“北府”，胡三省曰：“晉都建康，以京口爲北府，歷陽爲西府，姑孰爲南州。”《通鑒·晉紀二十四》注。又曰：“晉人謂京口爲北府。謝玄破俱難等，始兼領徐州，號北府兵者，史終言之。”《晉紀二十六》注。○王鳴盛曰：“《宋書》：‘桓玄與劉邁書曰：北府人情云何？卿近見劉諱何所道？’此北府是京口一別稱。

---

[1] “記曰”，楊勇曰：“唐卷無‘曰’字，奪。”
[2] “徐州人多勁悍號精兵”，余嘉錫曰：“唐本作：‘徐州民勁悍，號曰精兵。’”
[3] “故桓溫”，董刻本“故”作“放”。王利器曰：“唐寫本及各本‘放’都作‘故’，是。”
[4] “京口酒”三句，徐震堮《札記》曰：“《晉書·郗超傳》作‘酒可飲，兵可用’，無‘箕可用’一句。”楊勇曰：“‘可使’下唐卷有‘也’字。”朱鑄禹曰：“唐寫本無‘口’字。”
[5] “取牋視竟”，余嘉錫曰：“唐本‘視’下重一‘視’字。”
[6] “大喜”，朱鑄禹曰：“‘喜’唐寫本作‘嘉’。”
[7] “表求申勸平北”句，王先謙曰：“一本‘平北’下有‘將軍’二字，是。《世說補》有。此脫。”余嘉錫曰：“唐本作：‘表求勒平北將軍愔及袁真等嚴辦。愔以羸疾，不堪戎行，自表求退，聽之。詔大司馬領愔所任，授愔冠軍將軍、會稽内史。案《中興書》，愔辭此行，溫責其不從處分，轉授會稽。疑《世說》爲謬者。’”按唐寫本“勒”上原有“申”字，“辦”作“辯”，“羸”上有“素”字。又，“申勸”董刻本“勸”作“勒”。王利器曰：“唐寫本‘勸’作‘勒’，蔣校本作‘勒’，云：‘疑勒誤。’案作‘勒’是。”又，“平北愔”董刻本“愔”作“惜”，王利器曰：“唐寫本及各本‘惜’都作‘愔’，是，當據改。”

建業在京口之西而稍南。《通鑑》一百十三卷：‘桓玄遣吳甫之等相繼北上。’胡三省注：‘自建康趣京口爲北上，故桓玄有北府之稱。’”《商榷》卷五十四。○錢大昕曰：“按《荀羨傳》，除北中郎將、徐州刺史，監徐兗二州、揚州之晉陵諸軍事。羨以北中郎將都督諸軍，故有北府之稱，省文也。”《考異》卷二十。又曰：“徐兗二州都督，例以北爲號，故有北府之稱，如褚裒號征北大將軍，荀羨、郗曇號北中郎將，范汪號安北將軍，庾希號北中郎將，郗愔號平北將軍。”同上卷二十二。○劉盼遂曰：“北府者，北中郎將之府也。後亦有平北、安北、鎮北等將軍爲之。北中郎將常領徐州刺史，因亦稱徐州刺史爲北府。及徐州刺史移鎮京口，又名京口爲北府矣。徐州刺史得北府之名，始於元帝時之王舒。京口由爲徐州治而得名北府，始於太和二年之郗愔。此北府之來歷可考者也。胡氏注與錢氏《考異》皆失之。”按此爲《排調篇》“郗司空拜北府”條注。○鄧安生曰：“北府之名，在東晉本爲北中郎將、鎮北（大）將軍、平北將軍等都督府之省文。其軍府在晉孝武帝太元以前，或置於江北之淮陰、下邳、廣陵，或設於江南之京口。太元以後，則專在京口。”《東晉四府考略》。

“惡其居兵權”，田中頤曰：“居兵權，即謂在北府。”○張萬起曰：“郗愔忠於晉室，又掌握着朝廷的主要兵權，溫心忌之，欲罷其北府。”

　　○“郗於事機”至“脩復園陵”

“事機素暗”，張萬起曰：“事機，指世事的機宜、機謀。”
“共獎”，張萬起曰：“一起輔助。”
“脩復園陵”，大典顯常曰：“晉初都洛陽，而陵廟在焉，劉曜之亂，洛陽覆沒，中宗即位於建康，中原爲胡所據，故圖恢復者以‘脩復園陵’爲言。”○秦士鉉曰：“時洛陽沒於胡，故東晉言恢復，以‘修復園陵’爲言。園陵，先帝墓也。”

　　○“世子嘉賓”至“閑地自養”

“世子嘉賓”，桃井白鹿曰：“郗愔子，時爲桓溫參軍。”○恩田仲任曰：“《初學記》曰：‘漢制天子之嫡嗣稱皇太子，諸侯王之嫡稱世子，後代咸因之。’《文選注》曰：‘《韓詩外傳》：所以爲世子何？言世世不絕。’”
“寸寸毀裂”，田中頤曰：“此與父之‘素暗’反。”
“不堪人間”，張萬起曰：“不能勝任世間繁重職務。”

1293

"乞閑地自養"，恩田仲任曰："閑地，閒散之地，謂散職也。"○田中頤曰："此與'脩復'之事相反。"○程炎震曰："《晉書》六十七《愔傳》云：用其子超計，以己非將帥才，不堪軍旅，又固辭，解職。"

○"宣武得牋"至"會稽太守"

"轉公督五郡"，岡白駒曰："公，爵也。《晉・職官志》云：'諸公及開府位從公者，品秩第一品。'"○桃井白鹿曰："郗愔，司空，故稱'公'耳，非此時賜公爵也。此章首云'郗司空'，次云'郗'，末不復云'郗'者，文在世子嘉賓，後有所嫌也。"○劉盼遂曰："由平北將軍轉會稽，謫之，非獎之也。如劉說，則宜獎以崇授矣。"○田餘慶曰："桓溫乃順水推舟，轉郗愔爲會稽内史、都督五郡軍事，自己則兼領徐、兗二州。作梗多年的京口重鎮問題，未動刀兵，戲劇性地解決了。"《政治》頁一五一。○張萬起曰："轉，調換官職。此指升任。"
"會稽太守"，凌曙曰："《郗超傳》：'溫白牋大喜，即轉愔爲會稽太守。'《愔傳》云：'轉冠軍將軍、會稽太守。'按《職官志》：'諸王國以内史掌太守之任。'是時簡文爲會稽王，則愔爲内史而非太守也。"《舊學蓄疑》。

○注"南徐州記曰"

"兵可使"，恩田仲任曰："《隋・地理志》曰：京口其人並習戰，號爲天下精兵。俗以五月五日爲鬥力之戲。"○田餘慶曰："桓溫所說京口兵，即是以京口爲基地的徐、兗都督所部兵，造基於郗鑒所組的以北來流民爲主體的軍隊，素以勁悍見稱。郗鑒以後，雖其刺史、都督不全出自郗氏家族，但京口兵始終處於郗氏影響之下。桓溫以郗愔多'故義'，就是指此。"《政治》頁一五○。

○注"晉陽秋曰"至"世說爲謬"

"慕容暐"，秦士鉉曰："慕容暐王於燕。"
"表求申勸平北愔及袁真等嚴辦"，岡白駒曰："嚴辦，從軍之治裝已具也。愔至此辭疾不從。"○桃井白鹿曰："表求，蓋猶表請也。申勸，蓋猶言敦喻也，屬下句讀。《綱目》：'桓溫請與徐兗刺史郗愔、豫州刺史袁真等伐燕。'《綱目集覽》：'凡治行李曰嚴辦。'"

【彙評】

劉辰翁曰："此等後人不能亮也，哀哉！"○曰："嘉賓入幕，豈得已哉！觀其處父子間，有足取者。"

馮夢龍曰："超黨於桓，非肖子也。然爲父畫免禍之策，不可用非智。後超病將死，緘一篋文書屬其家人，父若哀痛，以此呈之。父後哭超過哀，乃發篋睹稿，皆與桓謀逆語，怒曰：'死晚矣。'遂止。父身死而猶能以術止父之哀，是亦智也。然人臣之義，則寧爲愔之愚，勿爲超之智。"《智囊補》卷五。佚名批曰："郗超可謂觀過知仁，惜！"

佚名曰："此一着後宜哭之。"《智囊補》卷五手批。

蔣凡曰："愔不明溫心，信致桓氏，欲'共獎王室，修復園陵'，一片丹心，耿如日月。而超則早知桓溫異志，不欲老父對抗蹈險，故急取父箋'寸寸毀裂'而另代作箋。溫之'大喜'，實喜超而非愔也。"

7

王東亭作宣武主簿，嘗春月與石頭兄弟乘馬出郊[1]。時彥同游者，連鑣俱進。石頭，桓遁小字[2]。《中興書》曰："遁字伯道，溫長子也。仕至豫州刺史[3]。"唯東亭一人常在前，覺數十步，諸人莫之解。石頭等既疲倦，俄而乘輿回[4]，

---

[1] "出郊"，余嘉錫曰："'郊'唐本下有'野'字。"

[2] "桓遁小字""遁字伯道"，余嘉錫曰："注兩'遁'字唐本俱作'熙'。"龔斌曰："'小字''字'下唐寫本有'也'字。"

[3] "仕至豫州刺史"，董刻本"仕"作"仁"。王利器曰："唐寫本及各本'仁'都作'仕'，是。"楊勇曰："'刺史'下唐卷有'也'字。"

[4] "乘輿回"，董刻本"乘"作"乘"。王利器曰："唐寫本及各本'乘'都作'乘'，是。"又，董刻本"回"作"向"。王利器曰："唐寫本及各本'向'都作'回'，屬上爲句。"徐震堮曰："'回'唐寫本及影宋本作'向'，是。當於'輿'字下逗，'向'字屬下讀。"楊勇曰："作'回'作'向'皆是。'回'者返也。'向'字當屬下讀，亦不能少。'向'者昔前也。'向諸人皆似從官'者，昔前諸人皆似從官也。"申卓鑫曰："作'向'是，屬下句，當從徐說。楊樹達《詞詮》：'向，時間副詞，曩也，先時也。'"

諸人皆似從官，唯東亭弈弈在前[1]。其悟捷如此[2]。

○"王東亭"至"悟捷如此"

"王東亭作宣武主簿"，蔣凡曰："溫爲大司馬在哀帝興寧元年，時珣爲其主簿。則故事當發生於興寧年間，正是桓溫勢力騰騰上升之時。"

"連鑣俱進"，張萬起曰："並馬一起前進。"

"常在前"，楊勇曰："今驗文意，此'前'字當是'後'字無疑，蓋沿下文'前'字致誤也。不然，俄而乘輿回，東亭亦必與諸人皆似從官，不會在前矣。"

"覺數十步"，程炎震曰："《鍾山札記》三云云。此'覺數十步'亦是校數十步。"○周一良曰："上文'三十里覺'。《晉書》七七《蔡謨傳》：'方之於前，倍半之覺也。'蓋當時成語，有程度之意。《晉書》四七《傅玄傳》：'古以百步爲畝，今以二百四十步爲一畝。所覺過倍。'覺，蓋有增加、餘剩之義。"《批校》。按"覺"義參見本篇"魏武嘗過曹娥碑下"條。

○注"桓遐小字"

余嘉錫曰："《晉書·桓溫傳》：溫六子：熙、濟、歆、禕、偉、玄。熙字伯道。未有名'遐'者。自宋本《世説》誤作'遐'，諸本並從之，莫有知其誤者矣。唐寫本作'熙'，不誤。"

【彙評】

劉辰翁曰："小夫之談，何足言'悟'？"

---

[1] "弈弈在前"，朱鑄禹曰："'在前'唐寫本上有'常自'二字。"
[2] "悟捷"，余嘉錫曰："唐本作'悟攝'。"楊勇曰："'捷'唐卷作'攝'，非。"

夙惠第十二

【題解】

何良俊曰："世言早慧者，大未必佳。自孔文舉小時，大中大夫陳韙已有是語。殆不然。夫黄帝狥齊，后稷岐嶷，此皆大聖人也，豈後果不佳耶？蓋人性皆善，而根有利鈍。若穎脱者，最易爲善。夫既易爲善，則亦易爲惡，在所以養之耳。後人不論所養，而概責之早慧。吁，可怪哉！"《何氏語林》卷二十二。○恩田仲任曰："夙，早也。慧，曉解也。正者爲德慧，早見事幾者爲智慧。"○秦士鉉曰："'惠''慧'通。早歲智慧。"○余嘉錫曰："'夙惠'，唐本作'夙慧'。"○楊勇曰："'慧'宋本作'惠'，古通用。夙慧，謂夙有成人之智慧也。"○張萬起曰："崇拜天才幾乎成了當時的社會風氣。可以説魏晉是我國天才論達到頂峰的世代。天才必早慧，所以魏晉人特別關注小兒的聰明智慧。"

1

賓客詣陳太丘宿，太丘使元方[1]、季方炊。客與太丘論議，二人進火，俱委而竊聽。炊忘箸箅[2]，飯落釜中[3]。太丘問[4]："炊何不餾[5]？"元方、季方長跪曰："大人與客語，乃俱竊聽，炊忘箸箅，飯今成糜[6]。"太丘

---

〔1〕 "太丘"，楊勇曰："唐卷無'丘'字，奪。"
〔2〕 "箸箅"，程炎震曰："'箅'當作'算'，字之誤也。"唐鴻學曰："'算'，甑蔽也，訛'箅'。"趙西陸曰："'箅'當作'算'，各本皆誤。"又，唐寫本"箸"作"著"，下同。
〔3〕 "飯落"，楊勇曰："唐卷無'飯'字。"
〔4〕 "太丘問"，楊勇曰："唐卷作'丘問之'。"
〔5〕 "炊何不餾"，楊勇曰："唐卷作'炊何留'，《御覽》八五九、《事文》續一六作'炊何遲留'。"
〔6〕 "飯今成糜"，楊勇曰："宋本作'飯今成糜'，唐卷作'今皆成糜'，《御覽》八五九引同。"

曰："爾頗有所識不？"對曰："仿佛志之[1]。"二子俱説[2]，更相易奪，言無遺失。太丘曰："如此，但糜自可[3]，何必飯也！"

○"賓客詣"至"委而竊聽"

"元方季方炊"，余嘉錫曰："蓋如《世説》之言，元方、季方年皆尚幼，故列之《夙慧篇》。據山松《書》，則元方年已長大，亦即抱子也。太丘有六子，《後漢紀》二十三稱長子元方，小子季方，則二人之年相去必遠，不得如《世説》所記，俱是幼童也。"按"山松書"指《御覽》四三二引袁山松《後漢書》。

"論議"，龔斌曰："同'談論''言論'，主要是人物品鑒及學術議論，爲魏晉清言之濫觴。"

"委而竊聽"，崔朝慶曰："言委棄炊事而竊聽論議也。"

○"炊忘箸箅"至"炊何不餾"

"炊忘箸箅"二句，參見校文。岳元聲曰："甑底住飯者，謂之箅，所以蔽飯。箅，取魚器也。"《方言據》卷下。○桃井白鹿曰："箸，附也。箅，《説文》：'蔽也，所以蔽甑底。'"○田中頤曰："箅，小籠所以蔽甑底也。落，散落也，即謂成糜之狀。"○李慈銘曰："《説文》：'箅，蔽也，所以蔽甑底。'甑者，蒸飯之器。《考工記》：'陶人爲甑七穿。'蓋甑底有七穿，必以竹席蔽之，米乃不漏。"《簡端記》。○李詳曰："《説文》竹部：'箅，蔽也，所以蔽甑底。'段注：'甑者，蒸飯之器。底有七穿，必以竹席蔽之，米乃不漏。'案甑底以木爲方格，不著箅則米漏下成糜矣。"○朱鑄禹曰："蓋以箅置釜中，上箸米，煮水沸，氣上蒸而成飯，即今俗稱之竹箅子。'箅'是'箆'之本字。"

"炊何不餾"，桃井白鹿曰："餾，音溜。《玉篇》：'飯氣蒸也。'"○大典顯常曰："孫炎曰：'蒸之曰饙，均之曰餾。'《説文》：'饙，一蒸米也。'按一蒸米者，謂一番之蒸也。均之者，謂合數番之蒸熟而均之也。此言'炊何不餾'，蓋

---

[1] "仿佛志之"，唐寫本作"髣記之"，當脱"髣"字。余嘉錫曰："'志'唐本作'記'。"
[2] "二子俱説"，余嘉錫曰："'二子'下唐本有'長跪'二字。"楊勇曰："唐卷作'二子長跪俱説'，《御覽》八五九、《事文》續一六作'子長跪俱説'，宋本及各本作'二子俱説'。"
[3] "但糜自可"，董刻本"糜"作"縻"。

謂均之在飯籥也，非飯氣流之謂也。"○秦士鉉曰："餾，《玉篇》：'飯氣蒸也。'郭璞曰：'饋熟曰餾。'"○李慈銘曰："《爾雅·釋言》：'饋、餾，稔也。''稔'者，'飪'之假借。《説文》：'飪，大熟也。'郭注：'饋熟爲餾。'《詩·大雅釋文》引孫炎云：'蒸之曰饋，均之曰餾。'《説文》：'餾，飯氣蒸也。'《詩》正義引作'飯氣流也'。蓋餾之爲流也，再蒸而飯熟，均則氣液欲流也。"《簡端記》。○李詳曰："《爾雅·釋言》：'饋，餾，稔也。'郭璞注：'今呼餐飯爲饋，饋熟爲餾。'邢疏：'《説文》：饋一蒸米，餾，飯氣流也。'然則蒸米謂之饋，饋必餾而熟之。"

○"元方季方"至"何必飯也"

"長跪"，田中頤曰："謝俱委棄之罪。"

"仿佛志之"，田中頤曰："仿佛，猶云粗也。謙辭。"○恩田仲任曰："仿佛，猶依稀也。《説文》：'若似也。'"○崔朝慶曰："言仿佛能記其語也。"

"更相易奪"二句，岡白駒曰："彼之所失，此乃得。"○崔朝慶曰："易奪，補正也。"○徐震堮曰："更，更迭也。易奪，謂彼此穿插。"

"何必飯也"，田中頤曰："暗言相共論議亦可也。"

2

　何晏七歲[1]，明惠若神[2]，魏武奇愛之。因晏在宮内，欲以爲子[3]。晏乃畫地令方，自處其中。人問其故，答曰："何氏之廬也。"魏武知之，即遣還[4]。《魏略》

---

[1]　"何晏七歲"，楊勇曰："'晏'下唐卷有'年'字，《御覽》三百五引同。"
[2]　"明惠"，余嘉錫曰："唐本作'明慧'。"王叔岷曰："《御覽》三八五引'惠'亦作'慧'。"
[3]　"因晏在宮内欲以爲子"，程炎震曰："《御覽》三百八十五引'在宮内'上有'母'字，是也。"余嘉錫曰："唐本作：'以晏在宮内，因欲以爲子。'"徐震堮曰："'因晏在宮内'，《御覽》三八五作'晏母在宮内'，是。"
[4]　"遣還"，徐震堮曰："'還'下唐寫本有'外'字。"

曰：“晏父蚤亡，太祖爲司空時納晏母〔1〕。其時秦宜禄阿鰾亦隨母在宫〔2〕，並寵如子，常謂晏爲假子也。”

　　○“何晏七歲”至“即遣還”

　　“奇愛之”，吴金華曰：“‘奇愛之’，即‘奇之愛之’或‘奇而愛之’的緊縮語。‘奇’是特别賞識、非常看重的意思。”《考釋》頁一五三至一五四。楊勇按曰：“奇，極、特也。吴《考》望文。”龔斌按曰：“吴氏謂‘奇愛’是‘奇而愛之’之緊縮語，其説甚是。”

　　“何氏之廬也”，田中頤曰：“言此中所有之身，不爲他人之物。”○龔斌曰：“古人重親親之義，於同族異族分别極嚴，何晏答曰‘何氏之廬’亦此意。”

　　“即遣還”，田中頤曰：“因從其志而明不以爲子也。”○張萬起曰：“唐寫本‘還’後有‘外’字，意爲遣送回外家。外，指外祖父、外祖母。”

　　○注“魏略曰”

　　“秦宜禄阿鰾”，參見校文。○恩田仲任曰：“《通典》曰：‘前代丞相有蒼頭字宜禄，至漢代有所關白則叩閤呼宜禄，遂以爲常。’”○秦士鉉曰：“宜禄，内小臣官名。”○李慈銘曰：“《三國志·曹爽傳》云：‘晏，何進孫也，母尹氏，爲太祖夫人，晏長於宫省，又尚公主。’注引《魏略》云：‘太祖爲司空時，納晏母，並收養晏。其時秦宜禄兒阿蘇亦隨母在公家，並見寵如公子。蘇即朗也。’”《簡端記》。○趙西陸曰：“秦宜禄，即秦朗，父爲吕布將。”○楊勇曰：“《通鑑·魏紀六》明帝景初二年：‘帝令給使辟邪齎手詔召之。’胡注：‘辟邪，給使之名，猶漢丞相蒼頭呼爲宜禄也。’宜禄，或是蒼頭之别稱，非必人名。”

---

〔1〕　“太祖爲司空時納晏母”，董刻本“祖”作“祖”。王利器曰：“唐寫本及各本‘祖’都作‘祖’，是。”楊勇曰：“宋本及各本作‘納晏母’，唐卷作‘納晏母，並收養’，《魏志·曹爽傳》注引《魏略》作‘納晏母，並收養晏’。”

〔2〕　“秦宜禄阿鰾亦隨母在宫”，桃井白鹿曰：“一本作‘秦宜禄兒阿鯝’。”秦士鉉曰：“‘鯝’或作‘鰾’，訛也。或作‘蘇’，蘇，即朗也。”大典顯常云：“‘鯝’‘蘇’音通。”平賀房父曰：“‘禄’下脱‘兒’字。”李慈銘“禄”下增“子”字，“鰾”改爲“穌”，見《簡端記》。程炎震曰：“《魏書·曹爽傳》注引作‘阿蘇’，即秦朗也。‘鰾’是誤字。”徐震堮《札記》曰：“《魏志·曹真傳》注作‘秦宜禄阿蘇，蘇即朗也’。下文作：‘文帝憎之，每不呼其姓氏，常謂之爲假子。’”余嘉錫曰：“以《魏略》校本注，‘秦宜禄’下當有‘兒’字，‘阿鰾’當是‘阿蘇’。”王利器曰：“唐寫本‘阿鰾’作‘何鯵’。案《三國·魏志·曹爽傳》注引《魏略》作：‘其時秦宜禄兒阿蘇，亦隨母在公家，並見寵如公子。蘇即朗也。’此文‘禄’下脱‘兒’字，‘阿鰾’‘何鯵’‘阿蘇’，未知誰是，‘何’當是‘阿’形近錯的。”趙西陸曰：“‘鰾’唐寫本作‘穌’，是。”

○龔斌曰："秦宜禄事跡見《魏志·明帝紀》注引《獻帝紀》、《蜀志·關羽傳》注引《蜀記》。因秦宜禄妻擄至魏宮，其子朗（阿蘇）亦隨母在宮，曹操甚愛之。"

◎桃井白鹿曰："《魏志》注引《魏略》：'其時秦宜禄兒阿蘇亦隨母在公家，並見寵如公子。蘇即朗也。'"○李詳曰："裴注引《魏略》作：'秦宜禄兒阿蘇隨母在公家，並見寵如公子。蘇即朗也。蘇性謹慎，而晏無所顧憚，服飾擬於太子，故文帝特憎之，每不呼其姓字，嘗謂之爲假子。'此較劉注爲長。"○劉盼遂曰："注文脱譌，今録唐本。"

《魏略》曰："晏父早亡，太祖爲司空時納晏母，并收養。其時秦宜禄何鯵亦隨母在公家，並見如寵公子。鯵性謹慎，而晏無所顧，服飭擬太子，故太子特憎之，每不呼其姓字，常謂之假子。"《魏氏春秋》曰："晏母尹爲武王夫人，故晏長於王宮也。"按"如寵公子"，余嘉錫曰："'如寵'當作'寵如'。"

【彙評】

劉辰翁曰："字形語勢皆稱，奇事奇事。"

陳絳曰："晏以家知有何氏，不知有曹氏，故操不得而子，終得遣還。以國則知有曹氏，不復知有司馬氏，故師、昭不得而臣，終當見殺。晏，忠孝人也。忠不忘公，孝不忘本矣。"《金罍子》中篇卷五。

王思任曰："不美孝童，但恨淫賊。"

蔣凡曰："《太平御覽》卷三九三引《何晏別傳》，曹操命晏與諸子長幼相次，晏不從，'坐則專席，止則獨止'。人問其故，答曰：'禮，異族不相貫坐位。'引經據典，見其早慧，與畫地爲廬言行同一性質。"

3

晉明帝數歲[1]，坐元帝𠐴上[2]。有人從長安來，

---

〔1〕"數歲"，徐震堮曰："'數歲'上唐寫本有'年'字。"
〔2〕"𠐴上"，唐寫本、董刻本"𠐴"作"膝"。

元帝問洛下消息，潸然流涕[1]。明帝問何以致泣，具以東渡意告之[2]。因問明帝：“汝意謂長安何如日遠？”答曰：“日遠[3]。不聞人從日邊來[4]，居然可知。”元帝異之。明日，集群臣宴會，告以此意，更重問之。乃答曰[5]：“日近。”元帝失色，曰：“爾何故異昨日之言邪[6]？”答曰：“舉目見日，不見長安[7]。”

○“晉明帝”至“不見長安”

“晉明帝數歲”，程炎震曰：“永嘉元年，元帝始鎮建業。明帝時年九歲。若建興元年，愍帝立於長安，則十五歲矣。《初學記》卷一引劉昭《幼童傳》云：‘元帝爲江東都督，鎮揚州。時中原喪亂，有人從長安來。元帝問洛下消息，潸然流涕。帝年數歲，問泣故。’云云。以爲元帝始鎮時較合。”

“潸然”，田中頤曰：“潸，涕流貌。”○楊勇曰：“《説文》：‘潸，涕流貌。’《詩·小雅·大東》：‘潸焉出涕。’”

“東渡”，崔朝慶曰：“因中朝傾覆，乃國於江東也。”

“居然可知”，徐震堮曰：“居然，猶言昭然，顯然。”

“舉目見日”二句，張撝之曰：“顯然帶有雙關的意思，包含着沉痛的家國之慨。”《選注》。

○注“案桓譚新論”

劉盼遂曰：“唐寫本有注八十餘字，今本挩去，爰迻録之。”

---

[1] “潸然”，楊勇曰：“‘潸’，宋本作‘潸’，唐卷作‘潜’，皆非。《御覽》三引劉昭《幼童傳》作‘潸’，是。”
[2] “東渡”，余嘉錫曰：“‘渡’唐本作‘度’。”
[3] “答曰日遠”，朱鑄禹曰：“唐寫本無‘日遠’二字。”楊勇曰：“《晉書·明帝紀》作‘對曰長安近’。”
[4] “不聞人從日邊來”，李慈銘曰：“《初學記》卷一、《事類賦》卷一俱引劉昭《幼童傳》，‘不聞人從日邊來’下，俱有‘只聞人從長安來’一句。”
[5] “乃答曰”，龔斌曰：“‘曰’唐寫本作‘云’。”
[6] “曰爾何”，朱鑄禹曰：“唐寫本作‘率爾問’。”
[7] “舉目見日”二句，李慈銘曰：“《初學記》引《幼童傳》作‘舉頸不見長安，只見日’，《事類賦》引《幼童傳》作‘舉頭見日，不見長安’。”楊勇曰：“唐卷作：‘舉目則見日，舉目不見長安。’”

案桓譚《新論》：“孔子東遊，見兩小兒辯，問其遠近。日中時遠。一兒以日初出遠，日中近者曰，初出大如車蓋，日中裁如盤蓋。此遠小而近大也。言遠者，日月初出，愴愴涼涼，及中如探湯，此近熱遠愴乎？”明帝此對，爾二兒之辯耶也！按“近者曰”，余嘉錫引“曰”作“日”，屬下句。“探湯”，劉引“湯”作“陽”，誤，余引作“湯”。“爾二兒”，唐寫本“爾”原作“尔”。趙西陸曰：“注‘問其遠近’句有脱誤。《法苑珠林》引《新論》作‘問其故，一兒曰：我以日始出時近’云。”徐震堮曰：“‘日中時遠’，有脱漏。‘日初出遠’，（‘遠’）當作‘近’。‘日中近者’，（‘近’）當作‘遠’。‘言遠者’，（‘遠’）當作‘近’。‘愴愴’，當作‘滄滄’。‘尔二兒’，（‘尔’當作）‘亦’。”楊勇曰：“唐卷誤字殊多，不可卒讀，今校正之。‘問日遠近’，唐卷‘日’作‘其’。‘一兒以日中時遠’，唐卷作‘日中時遠’。今依《列子·湯問》增。‘日中遠者曰’，唐卷作‘日中近者曰’，非，今億改。‘言日初出遠者曰’，唐卷作‘言遠者曰’，今億改。‘日初出愴愴涼涼’，唐卷作‘月初出愴愴涼涼’，今億改。凡此，今本《列子》亦誤，不足據。”

◎嚴可均曰：“殷敬順《列子釋文》卷下云：‘滄滄，桓譚《新論》亦述此事，作“愴涼”。’據知《新論》原文具如《列子·湯問篇》，惟‘愴涼’字有異。”《全後漢文》卷十五《新論》注。余嘉錫按曰：“今觀唐本此注，足以證成嚴氏之説。且知晉人偽撰《列子》敍此事，全襲自《新論》也。”○劉盼遂曰：“兩兒辯日，事見今傳世《列子·湯問篇》中，孝標注《世説》不引《列子》而引《新論》，亦足爲《列子》偽書之一證矣。”

【彙評】

袁中道曰：“前劣後勝。”《舌華録》卷一。

4

司空顧和與時賢共清言。張玄之、顧敷是中外孫[1]，

---

〔1〕 “顧敷”，《考異》“敷”下有“字祖根”三字。

年並七歲〔1〕，《顧愷之家傳》曰〔2〕："敷字祖根，吳郡吳人。滔然有大成之量。仕至著作郎〔3〕，二十三卒〔4〕。"在牀邊戲。于時聞語，神情如不相屬。瞑於燈下〔5〕，二兒共敘客主之言〔6〕，都無遺失〔7〕。顧公越席而提其耳，曰："不意衰宗復生此寶。"

○"司空顧和"至"如不相屬"

"中外孫"，徐震堮曰："子所生爲中，女所生爲外。"

"年並七歲"，王世懋曰："年歲與本集矛盾。"○楊勇曰："《言語篇》五一，張年九歲，顧年七歲。"

"神情如不相屬"，岡白駒曰："二兒於時聞其清言，而如不屬其意。"○田中頤曰："屬，猶'耳屬于垣'之'屬'。此謂如無意聞其語。"○張萬起曰："不相屬，不注意於清言者。"○龔斌曰："相屬，相關。"

○"瞑於燈下"至"復生此寶"

"瞑於燈下"，吳曾云："牀凳之凳，晉已有此器。《世説》：'顧和與時賢共清言，張玄之、顧敷是中外孫，年七歲，在牀邊戲，于時聞語，神情如不相屬，瞑在鐙下。'乃作此'鐙'字。今《廣韻》以鐙爲鞍鐙之鐙，豈古多借字耶？凳，《廣韻》云出《字林》，殆後人所撰耳。《廣韻》別出一'櫈'字，注云：'几櫈。'其義亦通。"《漫録》卷二。孫志祖《讀書脞録》卷七按曰："'鐙'即'燈'古字，《楚詞》'華鐙錯些'可證。又借爲鞍鐙字，與牀凳何涉耶？《世説》自謂'燈下'，不得云'凳下'也。《字林》乃晉呂忱所作，則'凳'字亦古矣，吳謂晉有此器，誤。據《世説》

---

〔1〕 "並七歲"，《考異》無"並"字。
〔2〕 "顧愷之"，龔斌曰："唐寫本作'顧凱'。"
〔3〕 "仕至箸作郎"，唐寫本"箸"作"著"，"郎"作"佐"。余嘉錫曰："唐本無'郎'字，'作'下有'佐，苗而不秀，年'六字。"楊勇曰："當如宋本'仕至著作佐郎'是。"按董刻本無"佐"字。龔斌曰："'著作郎''著作佐郎'何者爲是，尚不能定。"
〔4〕 "二十三"，唐寫本作"廿三"。
〔5〕 "瞑於"，《考異》"於"作"在"。《世説補》"瞑"字作"瞑"。
〔6〕 "二兒共敘客主之言"，《考異》"二"下有"小"字，"客主"作"主客"。余嘉錫曰："唐本'二'下有'小'。"
〔7〕 "遺失"，朱鑄禹曰："唐寫本無'失'字。"

之‘鐙’字而斥《字林》之‘櫈’字，深所未喻。”○岡白駒曰：“‘瞑’與‘眠’通。”○龔斌曰：“《楚辭·招魂》‘後得瞑些’王逸注：‘瞑，臥也。’”

“提其耳”，秦士鉉曰：“提耳，出《詩》語，欲二子審聽今我所語也。”○吳金華曰：“形容語重情切以期引起聽者充分注意的情態。其中‘提’字，似乎不是描寫拉扯耳朵的實際動作。《顏氏家訓》卷一《序致》：‘魏晉以來所著諸子，理重事復，遞相模效。吾今所以復爲此者，非敢軌物範世也，業以整齊門戶，提撕子孫。’所謂‘提撕子孫’，用《詩經》的話來説，就是對子孫‘提其耳’，也就是告誡叮嚀以期子孫能對某一問題有足夠的認識。”《考釋》頁一五四至一五五。

○注“顧愷之家傳曰”

《顧愷之家傳》，沈家本曰：“注引顧敷事，此顧氏家傳，非愷之一人之傳也。隋唐志皆不著録。”《古書目》卷四。

5

　　韓康伯數歲〔1〕，家酷貧，至大寒，止得襦〔2〕。母殷夫人自成之，令康伯捉熨斗，謂康伯曰〔3〕：“且箸襦〔4〕，尋作複褌〔5〕。”兒云〔6〕：“已足，不須複褌也〔7〕。”母問其故，答曰〔8〕：“火在熨斗中而柄熱〔9〕，今既箸襦〔10〕，

---

〔1〕 “康伯數歲”，余嘉錫曰：“‘康伯’下唐本有‘年’。”
〔2〕 “止得襦”，朱鑄禹曰：“‘止’唐寫本作‘正’。”方一新《校讀札記》曰：“殘寫本《世説新書》作‘正得襦’，是。各本皆誤。‘正’又作‘政’，止也，僅也，系六朝俗語，典籍習見。”
〔3〕 “謂康伯曰”，徐震堮曰：“唐寫本作‘謂兒曰’。”
〔4〕 “且箸襦”，楊勇曰：“‘且箸襦’唐卷作‘著’。”
〔5〕 “複褌”，余嘉錫曰：“‘褌’唐本俱作‘褌’。”
〔6〕 “兒云”，劉應登曰：“‘兒’字作乃。”徐震堮曰：“影宋本及沈校本並作‘乃云’。”
〔7〕 “不須複褌也”，楊勇曰：“《晉書·韓伯傳》作‘不復須’。”龔斌曰：“唐寫本作‘不復須褌’。”
〔8〕 “答曰”，楊勇曰：“唐卷作‘兒云’。”
〔9〕 “火在熨斗中而柄熱”，余嘉錫曰：“唐本‘柄’下有‘尚’字。”朱鑄禹曰：“唐寫本作‘火在斗中而柄尚熱’。”
〔10〕 “箸襦”，唐寫本“箸”作“著”。

下亦當煥，故不須耳〔1〕。"母甚異之，知爲國器。

○"韓康伯"至"知爲國器"

"止得襦"，田中頤曰："襦，短衣也。此即'酷貧'。"

"殷夫人"，張萬起曰："豫州太守殷羨女，康伯母。"

"捉熨斗"，秦士鉉曰："熨，火斗也。持火所以申繒。"

"複暉"，桃井白鹿曰："複，衣有裏也。'暉'與'褌'同，貫兩脚，上繫腰中也。"○楊勇曰："暉之重者，今言夾褲是。"

"知爲國器"，田中頤曰："韓之言不唯慰母，其本末上下同機相含之理，可推而治國家矣，故加下一句。"○王叔岷曰："《史記·韓長孺列傳》：'唯夫子以爲國器。'"

◎謝肇淛曰："張蕪小時，母謂其寒，欲作袴，蕪曰：'且作褲，如熨斗著火，其柄自熱。'此二事絕類，今人知有康伯，而不知有蕪。"《文海披沙》卷四。

6

晉孝武年十二〔2〕，時冬天，晝日不箸複衣〔3〕，但箸單練衫五六重，夜則累茵褥。謝公諫曰："聖體宜令有常〔4〕。陛下晝過冷，夜過熱，恐非攝養之術。"帝曰："晝動夜靜〔5〕。"《老子》口："躁勝寒，靜勝熱〔6〕。"此言夜靜寒，宜

〔1〕"故不須"，朱鑄禹曰："'故'唐寫本下有'云'字。"
〔2〕"十二"，余嘉錫曰："唐本作'十三四'。"楊勇曰："唐卷、《類聚》七〇、《白帖》四、《御覽》七〇八、《續助談》四引《世說》均作'十三四'。"
〔3〕"不箸"，唐寫本"箸"作"著"，下同。
〔4〕"聖體"，楊勇曰："唐卷、《類聚》七〇、《白帖》四、《御覽》七〇八、《續助談》四引《世説》均無'聖'字。"
〔5〕"晝動"，楊勇曰："唐卷、《類聚》七〇、《御覽》七〇八、《續助談》四引《世説》均無'晝動'二字。按孝標注引《老子》意，亦無'晝動'二字。"
〔6〕"靜勝熱"，余嘉錫曰："注'熱'唐本及景宋本俱作'暑'。"

重肅也〔1〕。謝公出歎曰："上理不減先帝。"_{簡文帝善言理也〔2〕}。

○"晉孝武"至"不減先帝"

"單練衫"，恩田仲任曰："練，熟絲繒也。衫，衣之通稱。" ○程炎震曰："'練'當作'練'。《晉書·王導傳》：'練布單衣。'《音義》：'色魚反。'《廣韻》：'所菹切。'練，葛。《御覽》二十七作'單絹'，則'練'字似不誤。"

"晝動夜靜"，田中頤曰："言晝有事務，務故動，動則自熱；夜無事息，息故靜，靜則自冷，以是節量適中也。"

【彙評】

劉辰翁曰："不盡答而具。"

7

桓宣武薨〔3〕，桓南郡年五歲，服始除，桓車騎與送故文武別，_{《桓沖別傳》曰："沖字玄叔〔4〕，溫弟也。累遷車騎將軍、都督七州諸軍事〔5〕。"}因指與南郡〔6〕："此皆汝家故吏佐。"玄應

---

〔1〕"夜靜寒宜重肅也"，余嘉錫曰："唐本作'夜靜則寒，宜重茵'。"元刻本"肅"作"覆"。申阜鑫曰："當依唐本殘卷。《說文解字·艸部》：'茵，車重席，從艸，因聲。''茵'即坐臥車用的襯墊、褥子。"
〔2〕"簡文帝"，楊勇曰："唐卷無'帝'字。"
〔3〕"桓宣武"，楊勇曰："唐卷無'宣'字。"
〔4〕"玄叔"，徐震堮曰："唐寫本作'玄子'。案《晉書》本傳作'字幼子'。桓溫兄弟五人，溫字元子，雲字雲子，豁字朗子，秘字穆子，四人皆以'子'爲字，沖不當獨異，作'叔'誤，'玄'字亦'幼'字左半形近之訛。"楊勇曰："宋本及各本作'玄叔'，唐卷作'玄子'，皆誤。今按《晉書·桓沖傳》作'幼子'，汪藻《桓氏譜》同，是。"
〔5〕"諸軍事"，余嘉錫曰："'諸軍事'下唐本有'荊州刺史，薨，贈太尉'八字。"
〔6〕"指與南郡"，王先謙曰："一本'與'作'語'，是。《世說補》同。"余嘉錫曰："'與'唐本及景宋本俱作'語'。"

聲慟哭[1]，酸感傍人。車騎每自目己坐曰："靈寶成人，當以此坐還之。"靈寶，玄小字也。鞠愛過於所生[2]。

○"桓宣武薨"至"故吏佐"

"桓宣武薨"，張萬起曰："晉孝武寧康元年大司馬桓溫死。"

"年五歲服始除"，蔣凡曰："服喪三年，服除，當是寧康三年。故《晉書·玄傳》稱'年七歲，溫服終，府州文武辭其叔父沖'云云，據禮制，玄'年七歲'爲是。"

"與送故文武別"，岡白駒曰："與送己文官、武官別。此皆溫之故吏，故稱'故文武'。"○平賀房父曰："桓車騎與南郡共送宣城時文官武官之歸者也。"○徐震堮曰："州郡官殁於任所，佐吏護喪回里，曰'送故'。"按"送故"義參見《雅量篇》"褚公於章安令遷"條。

"汝家故吏佐"，方以智曰："舊所治府，其掾屬則曰故吏。"《通雅》卷十九。○龔斌曰："汝家，汝父也。"

○"玄應聲"至"過於所生"

"玄應聲慟哭"二句，田中頤曰："蓋南郡通達人情，有父之風，故其慟哭令人酸感不已也。"○楊勇曰："酸感，猶悲哀也。《晉書·苻堅載記》：'皆悲號哀慟，酸感過人。'同。"

"靈寶成人"，田中頤曰："成人，謂年長。"

"以此坐還之"，田中頤曰："亦酷肖其父言之也。"○張萬起曰："桓沖是桓玄叔父，桓溫死，因玄年幼，代爲居任，故有此語。"○龔斌曰："坐，坐位，指代職位。"

"鞠愛過於所生"，岡白駒曰："鞠，養也。"○秦士鉉曰："所生，己所生之子也。"○龔斌曰："鞠愛，猶愛撫。"

─────────────

[1] "慟哭"，余嘉錫曰："唐本作'慟泣'。"
[2] "鞠愛過於所生"，朱鑄禹曰："'所生'下唐寫本有'焉'字。"楊勇曰："唐卷作'鞠愛過所生焉'，今從唐卷。"

【彙評】

狄期進曰："車騎代温，乃心王室。玄之敗也，車騎孫胤宥而復誅，至夷其族。嗚呼，南郡襲封，誰其尸之。"

伯克利手批曰："玄小才何堪重任，沖自不失厚。"

豪爽第十三

【題解】

何良俊曰：“夫豪爽者，略於檢節，故其小德或多出入，然與齷齪孅嗇、縛窄家人、細務狹小者殊矣。”《何氏語林》卷二十一。〇楊勇曰：“豪爽，謂神氣豪上，不落凡俗，言行舉止爽朗令人意快也。”〇蔣凡曰：“《世說》作者不以成敗論英雄。本門十三則故事中，王敦成爲主角的有五則。王敦因叛逆而被釘在歷史的恥辱柱上。但他在本門中，仍然成爲士人心目中的‘英雄’。桓温亦然。”

1

王大將軍年少時[1]，舊有田舍名，語音亦楚[2]。武帝喚時賢共言伎藝事[3]。人皆多有所知[4]，唯王都無所關[5]，意色殊惡，自言知打鼓吹[6]。帝令取鼓與

---

[1] “王大將軍”，《考異》無“王”字。
[2] “語音亦楚”，《考異》作“語亦楚音”。
[3] “共言伎藝事”，楊勇曰：“‘藝’下唐卷有‘之’字，《考異》、《書鈔》一三〇、《事類賦》（華麟祥校刊本）一一同。”又，《考異》“言”作“語”。
[4] “人皆多有”，余嘉錫曰：“唐本‘人’下重一‘人’字。”楊勇曰：“唐卷重‘人’字，《考異》、《晉書·王敦傳》、《事類賦》（華本）一一同。”
[5] “唯王都無”，《考異》“王”下有“敦”。
[6] “打鼓吹”，桃井白鹿曰：“《晉書》無‘吹’字。”平賀房父：“‘吹’字衍文。”田中頤曰：“《晉書·王敦傳》無‘吹’字爲是。”秦士鉉曰：“‘吹’字衍，《晉書》無之。”朱鑄禹曰：“《晉書》卷九十八本傳無‘吹’字，是。”龔斌曰：“朱注可從。”按唐寫本、《書鈔》卷一百八引《世說》並有“吹”字。

之〔1〕。於坐振袖而起，揚槌奮擊〔2〕，音節諧捷〔3〕，神氣豪上，傍若無人。舉坐歎其雄爽〔4〕。或曰：敦嘗坐武昌釣臺〔5〕，聞行船打鼓，嗟稱其能。俄而一槌小異，敦以扇柄撞几曰〔6〕：“可恨！”應侍側曰：“不然，此是回颿槌〔7〕。”使視之，云“船人入夾口”〔8〕。應知鼓又善於敦也〔9〕。

〇“王大將軍”至“知打鼓吹”

“有田舍名”，岡白駒曰：“謂不文雅也。”〇恩田仲任曰：“猶言野人。”〇田中頤曰：“謂舊來有野人之目，其辭亦不閒雅。”

“語音亦楚”，劉辰翁曰：“王敦楚語。”〇顧炎武曰：“五方之語雖各不同，然使友天下之士而操一鄉之音，亦君子之所不取也。故仲由之喭，夫子病之；鴂舌之人，孟子所斥。而《宋書》謂高祖‘雖累葉江南，楚言未變，雅道風流，無聞焉爾’，又謂長沙王道憐‘素無才能，言音甚楚，舉止施爲，多諸鄙拙’。《世說》言：‘劉真長見王丞相，既出，人問見王公云何，答曰：未見他異，惟聞作吳語耳。’又言：‘王大將軍年少時，舊有田舍名，語音亦楚。’又言：‘支道林入東，見王子猷兄弟還，人問見諸王何如，答曰：見一群白項鳥，但聞喚啞啞聲。’《北史》謂丹楊王劉昶呵罵僮僕，音雜夷夏，雖在公坐，諸王每侮弄之。夫以創業之君，中興之相，不免時人之譏，而況士大夫乎？北齊楊愔稱裴讞之曰：‘河東士族，京官不少，惟此家兄弟全無鄉音。’其所賤可知矣。”《日知錄》卷二十九。余嘉錫按曰：“此數書所指之‘楚’，雖稱名無異，而區域不同。則其語音亦當有別，未可一概而論也。”〇大典顯常曰：“此蓋用孟子語，謂其鄉音之不正已。”《撮

〔1〕 “帝令取鼓與之”，余嘉錫曰：“唐本‘帝’下有‘即’字。”楊勇曰：“宋本及各本作‘帝令取鼓與之’，唐卷作‘帝即令取鼓與’，《考異》作‘帝即令取鼓與之’。”王叔岷曰：“《書鈔》一百三十引此‘帝’下亦有‘即’字。”按《考異》“帝”上有“武”字。
〔2〕 “揚槌奮擊”，《考異》作“楊桴痛槌”。
〔3〕 “諧捷”，《考異》“諧”作“詣”。
〔4〕 “舉坐”，《考異》“舉”上有“於是”二字。
〔5〕 “敦嘗坐武昌釣臺”，《考異》“敦”上有“王”，“臺”下有“上”。
〔6〕 “撞几”，吳金華《考釋》曰：“今檢《考異》，‘撞几’在汪藻所見宋本中作‘确机’。‘机’與‘几’相同，‘确’與‘撞’有別。竊以爲本文當以‘确’爲正。”頁一五六。
〔7〕 “回颿槌”，淇園曰：“‘槌’，‘櫏’訛。”按《考異》、袁刻本“槌”俱作“櫏”。
〔8〕 “船人入夾口”，大典顯常曰：“‘夾’當作‘峽’。”楊勇曰：“衍‘人’字。”《考異》“夾”注曰：“一作樊。”
〔9〕 “應知鼓又善於敦”，《考異》“應”上有“以”字，無“又”字。

補》。○秦士鉉曰："楚，'傖楚'之'楚'。"○朱鑄禹曰："蓋言王鄉音不改，語不正也。"

○"帝令取鼓"至"歎其雄爽"

"揚桴奮擊"，岡白駒曰："桴，枹也。"

"音節諧捷"，秦士鉉曰："捷，捷疾也。"

"傍若無人"，王叔岷曰："《史記·刺客荊軻傳》：'旁若無人者。''旁''傍'正、假字。"

"歎其雄爽"，田中頤曰："上文有抑有揚，於是謂其所可取在於雄爽也。"

○注"或曰"至"善於敦也"

"行船打鼓"，大典顯常曰："杜詩'打鼓發船何郡郎'注解：'凡下峽之船必擊鼓爲節，聽前船鼓聲既遠，後船始發，恐相值互觸，必致損壞。'"《集成》。

"撞几曰可恨"，田中頤曰："俄頃中一槌之小異，王直言可恨，此亦善識鼓節者。"○楊勇曰："可恨，可惜也。"

"回颿槌"，大典顯常曰："回帆，船至峽口轉帆也。"《撮補》。○龔斌曰："'颿'同'帆'。指船返回所槌之鼓聲也。"

"船人入夾口"，田中頤曰："謂船上江也。果知是回帆之槌。"

"應知鼓又善於敦"，龔斌曰："彼時出航與返航鼓聲不同，王應識之而王敦不識，故云。"

◎余嘉錫曰："袁本有此注，而唐本及宋本皆無之。考之汪藻《考異》，乃知是敬胤注也。孝標本未見敬胤書，故二家注無一條之偶合者，不應於此條獨錄其注，而沒其名。袁本亦出於宋本，此必宋人所羼入，猶之《尤悔篇》'劉琨善能招延'條下有敬胤按云云，亦宋人所附錄耳。"

【彙評】

王乾開曰："王大將軍自請鼓吹，桓宣武上馬舞矟，各以技癢，輒不讓人。"

王處仲[1]，世許高尚之目[2]，嘗荒恣於色[3]，體爲之敝[4]。左右諫之[5]，處仲曰[6]：“吾乃不覺爾。如此者，甚易耳！”乃開後閣[7]，驅諸婢妾數十人出路[8]，任其所之。時人歎焉。鄧粲《晉紀》曰：“敦性簡脱，口不言財[9]，其存尚如此[10]。”

○“王處仲”至“時人歎焉”

“世許高尚之目”，秦士鉉曰：“《易》上九：‘高尚其志。’”○崔朝慶曰：“王敦性簡脱，口不言財。”○龔斌曰：“高尚，此指豪奢。”

“體爲之敝”，田中頤曰：“敝，罷也。”○張萬起曰：“敝，疲弊，損壞。”

“後閣”，恩田仲任曰：“《説文》曰：‘閣，門傍户。’”○張萬起曰：“内室。”

○注“鄧粲晉紀曰”

“簡脱”，秦士鉉曰：“脱，脱略也。”○龔斌曰：“亦作‘簡俊’，謂簡易通脱，落拓不羈。”

“其存尚如此”，恩田仲任曰：“存尚，言存其高尚之意。”○秦士鉉曰：“存，其志所存也。高，高尚也。”○朱鑄禹曰：“言其所存志向之高也。”

---

[1] “王處仲”，《考異》作“王敦”。
[2] “高尚之目”，《考異》作“其高可之自”。
[3] “荒恣於色”，《考異》作“恣欲”。
[4] “爲之敝”，王先謙曰：“一本‘敝’作‘弊’。”按唐寫本、《考異》、董刻本、元刻本“敝”皆作“弊”。
[5] “諫之”，《考異》作“有諫之者”。
[6] “處仲曰”，《考異》作“敦云”。
[7] “乃開後閣”，《考異》作“可開内後閣”。徐震堮曰：“‘開’下唐寫本有‘内’字。”
[8] “驅諸婢妾數十人”，《考異》作“於是逐婢妾數十”。
[9] “言財”，余嘉錫曰：“唐本‘財’下有‘位’字。”
[10] “如此”，龔斌曰：“唐寫本作‘若此’。”

【彙評】

劉辰翁曰："自是可傳，傳此者少。"按《批補》"此"作"之"。

王思任曰："英雄事，再數一人來。"

馮夢龍曰："鐵石心腸，英雄手段。"《古今譚概》卷十《越情部》。

蔣凡曰："表面是釋放奴婢，使其獲得自由，故人們許之以高尚。實際上，作爲大將軍的王敦，昔日對於結髮妻子襄城公主這個天潢之胄，尚且敢把她單身拋棄於兵荒馬亂的青州，更何況是招之即來、揮之即去的婢妾呢？"

3

　　王大將軍自目〔1〕："高朗疏率〔2〕，學通《左氏》。"
《晉陽秋》曰："敦少稱高率通朗，有鑒裁。"

　　○注"晉陽秋曰"

　　"少稱高率通朗"，余嘉錫曰："敦煌本《晉紀》殘卷曰：'敦內體豺狼之性，而外飾詐僞，以眩或當世。自少及長，終不以財位爲言，布衣疏食，車服羸苦，語輒以簡約爲首，故世目以高帥朗素。'"

---

〔1〕　"自目"，董刻本"自"作"首"，凌刻本作"眉"。凌濛初曰："'眉目'劉本作'自目'。"王利器曰："唐寫本、汪藻《考異》引一本、袁本"首"作"自"，汪藻《考異》、曹本、王本、凌本作"眉"。案據注引《晉陽秋》云云，則作"自"爲是。"朱鑄禹曰："唐寫本、沈校本、袁本均作'自目'。"蔣凡曰："唐寫本、袁本作'自目'，謂自我評價，於義更佳。"
〔2〕　"高朗疏率"，徐震堮《札記》曰："《晉書·王敦傳》作'眉目疏朗'，與此異議。"余嘉錫曰："'高朗'下沈本有'性'字。"王利器曰："蔣校本、沈校本'朗'下有'性'字。"按唐寫本、董刻本、袁刻本皆無"性"字。

　　王處仲每酒後輒詠〔1〕：“老驥伏櫪〔2〕，志在千里。烈士暮年〔3〕，壯心不已。”魏武帝樂府詩。以如意打唾壺〔4〕，壺口盡缺〔5〕。

　　○“王處仲”至“壺口盡缺”

　　“如意”，吳曾曰：“齊高祖隱士明僧詔竹根如意，梁武帝賜昭明太子木犀如意，石季倫、王敦皆執鐵如意。三者竹、木、鐵爲之，蓋爪杖也。故《音義指歸》云：‘如意者，古之爪杖也。或骨、角、竹、木，削作人手指爪，柄可長三尺許。或脊背癢，手所不到，用以搔抓，如人之意。’然釋流如文殊亦執之，豈欲搔癢邪？蓋講僧尚執之，私記節文祝辭於柄，以備忽忘，手執目對，如人之意。凡兩意耳。”《漫録》卷二。○方以智曰：“如意，因於爪杖而談者以代塵尾。石季倫、王敦皆執鐵如意。《音義指歸》云：‘如意者，古之爪杖也。或骨、角、竹、木，作人手指，柄三尺許。背癢可搔，如人之意。清談者執之，鐵者兼藏禦侮。’”《通雅》卷三十四。○崔朝慶曰：“如意出於印度，其端作手指形，亦有作心字形者，以骨角竹木玉石銅鐵等爲之，長三尺許，記文於上，以備遺忘，兼有我國叞杖及笏之用。近世仿造如意，以爲玩具，長不過一二尺，其端改作芝形雲形。”

　　◎劉辰翁曰：“四則皆處仲，至此欲盡。”

---

〔1〕 “王處仲每酒後輒詠”，《考異》“王處仲”作“王大將軍”，袁刻本“輒”作“轍”。龔斌曰：“唐寫本及各本皆作‘輒’，是。”
〔2〕 “老驥伏櫪”，唐寫本“老驥”二字倒，“櫪”作“歷”。楊勇曰：“伏櫪，馬伏槽櫪也。《漢書·李尋傳》作‘伏歷’，古字通。”
〔3〕 “暮年”，唐寫本同，《考異》、董刻本、元刻本“暮”作“莫”。
〔4〕 “以如意打唾壺”，《考異》無“唾”字，汪藻校“壺”下有“口”字。程炎震曰：“《晉書·敦傳》‘唾壺’下有‘爲節’二字。”楊勇曰：“《晉書·王敦傳》作‘以如意打唾壺爲節’，《書鈔》一三五引《語林》：‘以如意擊珊瑚唾壺。’”
〔5〕 “壺口盡缺”，《考異》四字作“邊盡缺”。敬胤曰：“一本於此卷後，復出一段云：‘王敦每酒後輒詠魏武樂府曰云云，以如意打玉唾壺，唾壺盡缺。’”余嘉錫曰：“唐本‘壺’上有‘唾’字，‘口’作‘邊’。”

【彙評】

王世貞曰："即玄德悲髀肉生意也。"評"以如意打唾壺"二句。〇曰："其人不足言，其志乃大可憫矣。"

王世懋曰："老賊故自豪，此意尤可憐。"

郭良翰曰："温與敦亦是一世之雄，皆晉亂臣。彼其一種牢騷不平之氣，皆有鬱勃而若不得發者，故隨處慨咏若此。"《問奇類林》卷八。

田中頤曰："慷慨之氣，伏仰可掬。"

張撝之曰："'以如意打唾壺'的動作，活畫出人物酒後的狂態。"《選注》。

龔斌曰："王敦酒後輒詠魏武詩，乃藉以吐露其問鼎之心。"

5

　晉明帝欲起池臺，元帝不許。帝時爲太子，好養武士[1]。一夕中作池[2]，比曉便成。今太子西池是也[3]。
《丹陽記》曰："西池，孫登所創，《吳史》所稱西苑也。明帝修復之耳。"

　〇"晉明帝"至"西池是也"

　"帝時爲太子"，蔣凡曰："司馬紹立爲太子，在元帝太興元年三月之時。永昌元年王敦舉兵向闕，元帝憂憤告謝，太子紹即位。"

　"西池"，程炎震曰："《初學記》十引徐爰《釋問注》曰：'西苑内有太子池，孫權子和所穿，有土山臺，晉帝在儲宮所築，故俗呼太子池，或曰西池。'《文選》二十二謝鯤《遊西池》注曰：'西池，丹陽西池。'"

　◎徐震堮曰："案《晉書·温嶠傳》：'時太子起西池樓觀，頗爲勞費，嶠上疏以爲朝廷草創，巨寇未滅，宜應儉以率下，務農重兵，太子納焉。'與此所紀不同。"《札記》。

---

〔1〕　"好養武士"，徐震堮曰："唐寫本、影宋本及沈校本作'好武養士'。"王叔岷曰："《御覽》六七引作'養武士'，蓋略'好'字。九八引作'好養武士'，蓋袁本所本。"
〔2〕　"作池"，唐寫本、《御覽》六七、九八均無"池"字。
〔3〕　"是也"，徐震堮曰："'是也'二字唐寫本無。"

○注“丹陽記曰”

“孫登”，秦士鉉曰：“《吳志》：孫登字子高，孫權長子，立爲皇太子，卒。”

◎秦士鉉曰：“或引徐爰《釋問》注曰：‘西明内有太子池，孫權子和所穿。’” ○余嘉錫：“唐本作：‘《丹陽記》曰：“西池者，孫登所創，《吳史》所稱西苑宜是也。中時埋廢，晉帝在東，更脩復之。故俗太子西池也。”’”

【彙評】

劉辰翁曰：“如此，復何請爲？”

凌濛初曰：“乃亦涸‘豪爽’之科。”

6

王大將軍始欲下都[1]，處分樹置[2]，先遣參軍告朝廷，諷旨時賢。祖車騎尚未鎮壽春，瞋目厲聲，語使人曰：“卿語阿黑[3]：敦小字也。何敢不遜！催攝面去[4]，須臾不爾，我將三千兵槊腳令上！”王聞之而止[5]。

○“王大將軍”至“諷旨時賢”

“始欲下都”，桃井白鹿曰：“時帝都江左，自西北來者，順流而下，故自西北來曰下，還西北曰上。”

---

[1] “王大將軍”，《考異》無“王”字。
[2] “處分樹置”，凌濛初曰：“‘處分’劉本作‘更分’。”余嘉錫曰：“‘處分’，唐本、景宋本及沈本俱作‘更分’。”蔣凡曰：“‘更分’袁本作‘處分’，義止處分。當以宋本‘更分’爲佳。”按唐寫本作“更處分”，《考異》同。申阜鑫曰：“當依唐本殘卷，作‘更處分’，意思是‘另行安排’。”
[3] “阿黑”，楊勇曰：“唐卷作‘阿理’。”
[4] “攝面”，余嘉錫曰：“汪藻《考異》敬胤注本‘面’作‘回’。”徐震堮曰：“‘面’唐寫本作‘向’。”董志翹《考索》曰：“‘催攝面去’疑‘催攝而去’之訛。”蔣宗許《臆札》曰：“敬胤注本作‘回’，是。”
[5] “王聞之而止”，《考異》作“王聞乃止”。

“處分樹置”，參見校文。田中頤曰：“謂下都之處分事既立定。”○秦士鉉曰：“處分政事，樹置官司也。本傳：王敦立大功於江左，專任閫外，手握强兵，遂欲制朝廷問鼎。”○朱鑄禹曰：“更分者，更動處分，有所樹置也。”○張萬起曰：“‘處’上唐寫本有‘更’字。重新安排設置，指政府部門官職的設置安排。”

“告朝廷”，龔斌曰：“指永昌元年率衆向京師，上疏以誅劉隗爲名。”

“諷旨時賢”，張萬起曰：“委婉地傳達旨意，暗示意圖。”

○“祖車騎”至“聞之而止”

“祖車騎尚未鎮壽春”，秦士鉉曰：“壽春在豫州。逖以徐州刺史居京口，尋爲奮威將軍、豫州刺史。”○程炎震曰：“祖逖自梁國退屯淮南，《通鑒》在太興二年。胡注曰：‘此淮南郡，治壽春。’”

“語使人曰”，許世瑛曰：“祖世言說這話時還在他做徐州刺史，居京口，後來自告奮勇，請求北伐。”《周顗與王敦》。

“催攝面去”，參見校文。王思任曰：“催攝面去，猶云快收拾嘴臉去也。”按《佩文韻府》卷七六“攝面”條用王注。○岡白駒曰：“攝，引持也。攝回，言攝致之也。”○田中頤曰：“令使人催促攝持王而回去。”○秦士鉉曰：“催攝，謂急促收兵而回也。”○楊勇曰：“‘攝’通‘捷’，速也。《捷悟篇》‘其悟捷如此’，唐卷作‘其悟攝如此。’面去者，反面而去也。猶《史記·項羽本紀》馬童面縛之‘面’也。”○蔣宗許曰：“催，在魏晉南北朝有‘快、速’義。攝，魏晉南北朝有‘撤，撤退’義。合‘催攝’而言，則即‘快撤，趕快撤’之意，由此可知敬胤注本‘面’作‘回’是。‘催攝回去’等於説‘趕快撤回去’。”《叢札》。

“須臾不爾”，大典顯常曰：“言苟有須臾之間止此也。”○田中頤曰：“相待須臾，若不回去。”○秦士鉉曰：“謂遲留不回也，猶言須臾間不爲然也。”

“將三千兵櫟脚令上”，劉辰翁曰：“似謂檻致之耳。古言俗字，容有通用。”○王思任曰：“櫟脚令上，明謂縛在高處也。”○胡文英曰：“櫟脚，猶索性也。吳中凡事不妥而欲竟其功者，曰櫟脚如此也。”《吳下方言考》卷十一。○桃井白鹿曰：“櫟，矛也。蓋謂以矛刺其腳而强令上也。”○大典顯常曰：“櫟脚，似謂桎梏其足。令上，令上江還也。”○田中頤曰：“矛長丈八，謂之櫟。此言用櫟爲刺船腳，令之推而上江還也。”○王佩諍曰：“‘櫟脚’二字疑均爲同音假借，仍爲語助辭，出《古尊宿語録》，而朱子《文集》《語録》，用當時語體文作者，兩用此字，一見《文集·與吕伯恭書》：'不覺索性説了。'一見《語録》解《論語·微子章》：'比干索性死了，箕子最難。'槳腳者，猶吴人用酈生馬上語，爲急速義。槳腳令上，猶言加速孟晉耳。"又曰："令上，非命令向前也，不能望文生義。蓋'令上'二字，均有孟晉向前意。"○楊勇曰："槳同稍。'我將三千兵槳腳令上'者，即我將三千兵以槳刺腳，令其上歸也。"

"聞之而止"，敬胤曰："舊云：王敦甚憚祖逖。或云王有異志，祖曰：'我在，伊何敢！'聞乃止。逖以太興（一作和）末死，敦以永昌便遘逆。"○岡白駒曰："敦爵位隆重，專任闑外，手控强兵，群從貴顯，威權無比，遂欲專制朝廷，有問鼎之心，然畏祖逖，不敢發，欲下都，欲率衆内向焉，蓋以它事爲名也。"

【彙評】

許世瑛曰："如果士言不率師北伐，或者朝廷上還有擁彊兵而竭忠事主的名將，也許處仲不敢妄動呢。他（元帝）當時如果不對王導略有疏遠之意，仍一味地信任他，劉隗、刁協也不致突然倚爲心膂，而王敦也無題可借，縱有不遜之心，亦無所施其技矣。所以第一次王敦之叛，元帝似乎也不得辭其咎。"《周顗與王敦》。

蔣凡曰："祖逖之叱王敦，真將軍也。語呼'阿黑'，稱其小名，非親非故，則蔑賤視之也。開口即煞大將軍的威風。'何敢'之斥，義正詞嚴，凜然作色而情見於辭。活用口語方言，聲喝醋暢淋漓，動作勁疾痛快，氣勢一往無前，説得虎虎有生氣，而令王敦生畏。"

7

庾稚恭既常有中原之志〔1〕，文康時權重〔2〕，未在

---

〔1〕"之志"，朱鑄禹曰："'之'唐寫本無此字。"
〔2〕"文康時"，朱鑄禹曰："'時'唐寫本無此字。"

己。及季堅作相〔1〕，忌兵畏禍，與稺恭歷同異者久之〔2〕，乃果行。傾荆、漢之力，窮舟車之勢，師次於襄陽。《漢晉春秋》曰："翼風儀美劭，才能豐贍〔3〕，少有經緯大略。及繼兄亮居方州之任，有匡維內外、埽蕩群凶之志。是時，杜乂、殷浩諸人盛名冠世，翼未之貴也。常曰：'此輩宜束之高閣，俟天下清定，然後議其所任耳〔4〕！'其意氣如此。唯與桓溫友善〔5〕，相期以寧濟宇宙之事〔6〕。初，翼輒發所部奴及車馬萬數，率大軍入沔，將謀伐狄，遂次于襄陽。"《翼別傳》曰："翼爲荆州，雅有正志〔7〕。每以門地威重〔8〕，兄弟寵授，不陳力竭誠，何以報國。雖蜀阻險塞，胡負凶力，然皆無道酷虐，易可乘滅。當此時，不能掃除二寇〔9〕，以復王業，非丈夫也。於是徵役三州，悉其帑實，成衆五萬，兼率荒附，治戎大舉，直指魏、趙〔10〕，軍次襄陽，耀威漢北也。"大會參佐〔11〕，陳其旌甲〔12〕，親授弧矢曰〔13〕："我之此行〔14〕，若此射矣！"遂三起三疊，徒衆屬目〔15〕，其氣十倍。

○"庾稺恭"至"乃果行"

"庾稺恭"，張萬起曰："庾翼字稺恭，庾亮弟。亮死後，授安西將軍、荆州刺史，代亮鎮武昌。"

---

〔1〕"季堅"，楊勇曰："'堅'唐卷作'賢'，誤。"
〔2〕"歷同異"，余嘉錫曰："'歷'唐本作'厤'。"
〔3〕"豐贍"，董刻本"贍"作"瞻"。楊勇曰："宋本作'瞻'，非。"
〔4〕"俟天下清定"二句，楊勇曰："唐卷無'定然'字。《晉書・庾翼傳》作'俟天下太平，然後議其所任耳'。"龔斌曰："沈校本無'耳'字。"
〔5〕"桓溫"，楊勇曰："'桓'下各本有'溫'字，是。唐卷及宋本無，奪。"朱鑄禹曰："袁本下有'溫'字是。"
〔6〕"相期"，董刻本"相"作"桓"。王利器曰："唐寫本及各本'桓'都作'相'，是。"
〔7〕"正志"，余嘉錫曰："'正'景宋本及沈本作'大'。"朱鑄禹曰："袁本、劉本（劉應登本）作'三志'，王本、周本（紛欣閣本）作'正志'，皆非。"
〔8〕"威重"，徐震堮曰："'威'沈校本作'盛'。"龔斌曰："作'威'是。威重，威權，威勢。"
〔9〕"掃除"，董刻本"掃"作"罪"。王利器曰："唐寫本及各本'罪'都作'掃'，是。"
〔10〕"魏趙"，余嘉錫曰："沈本作'趙魏'。"徐震堮曰："唐寫本及沈校本並作'趙魏'。"
〔11〕"參佐"，余嘉錫曰："唐本作'寮佐'。"
〔12〕"旌甲"，楊勇曰："'旌'唐卷作'旂'，古通用。"
〔13〕"親授"，余嘉錫曰："'授'唐本作'援'。"龔斌曰："援，持也，執也。作'援'是。"
〔14〕"此行"，楊勇曰："宋本及各本有'此'字，唐卷無。"
〔15〕"徒衆屬目"，朱鑄禹曰："唐寫本脫'衆屬'二字。"

“文康時權重”，徐震堮曰：“翼兄亮，諡文康。”○張萬起曰：“晉明帝死，成帝年幼，亮以帝舅掌朝政。”

“季堅作相”四句，李詳曰：“《晉書·庾翼傳》不見此事。《庾冰傳》：‘弟翼，當伐石季龍，冰求外出，除都督七州軍事，鎮武昌，以爲翼援。’《翼傳》：‘翼遷襄陽，舉朝謂之不可，唯兄冰意同。’似季堅非與翼歷同異者。《世說》此語，不知何出。”○徐震堮曰：“冰字季堅。”○張萬起曰：“蘇峻亂後，庾冰繼兄亮爲相。”

“歷同異者久之”，張萬起曰：“經過長時間的意見不一致。”

○“傾荆漢”至“其氣十倍”

“師次於襄陽”，程炎震曰：“《晉書·康帝紀》：建元元年，庾翼遷鎮襄陽。《通鑒》同。”○張萬起曰：“康帝建元元年，庾翼受命率晉軍北伐，屯兵襄陽。”

“三起三疊”，徐震堮曰：“《左傳》昭公二十六年杜注：‘起，發也。’故以發射爲起。《汰奢》六‘武子一起便破的’，《排調》六二‘卿此起不破’，‘起’皆訓‘發’。疊，擊鼓也。凡軍中閱射，中的則以擊鼓爲號。三起三疊，猶言三發三中也。”

○注“漢晉春秋曰”

“易可乘滅”，吳金華曰：“易可，用在動詞或動詞性詞組前面，意義相當於‘易’。它通常用在否定句中。”《考釋》頁一五七。

◎劉盼遂曰：“今録唐寫本注，以補宋本剥敓之失。如次。”

《漢晉陽秋》曰：“翼風儀美劭，才能豐贍，少有經緯大略，乃繼兄亮居方州之任，有匡維内外、掃蕩羣凶之志。是時杜乂、殷浩諸人盛名冠當世，翼皆弗之貴也。常此輩宜束之高閣，俟天下清後議其所任耳。意氣如此。唯與桓友善，相期以寧濟宇宙之事。初，翼取輒發部奴及車牛驢馬以萬數，率大軍入巧，將謀伐狄，次于襄陽。”《翼別傳》：“翼之爲荆州，雅有志，每以門地威重，兄弟寵授，不陳力竭誠，何以報國。雖蜀阻險，胡負凶力，然皆無道酷虐，易可乘滅。當吾時不能掃除二寇，以復王業，非丈夫也。於是徵役三州，悉具帑實，成衆五萬，兼率荒附，治戎大舉，直指趙魏，軍次襄陽，躍威沔漢。”按劉氏《校箋》誤係此注在《規箴篇》“小庾在荆州”條。“匡維内外”，唐寫本“内外”原作“外内”。“萬數”“五萬”，“萬”均作“万”。“大軍入巧”，龔斌曰：“‘沔’唐寫本誤作‘巧’。”“沔

1321

漢",余引作"沔漢"。

【彙評】

劉辰翁曰:"聞其語矣,未見其人也。"

王世懋曰:"惜其無成。"

鍾惺曰:"東晉曠識不怵於虛名者,唯陶侃、卞壺、庾翼數人。"

伯克利手批曰:"有此等人,所以尚保江左。"

蔣凡曰:"因康帝崩,兄堅卒,家事國事,殷憂迭至,加以朝廷諸臣多有異同之論,北伐之事不果於行,惜其無成,但不可以勝敗論英雄。東晉屢弱,朝廷紛爭,氣自不振。庾翼師出荆漢,振臂高呼,志復中原,其陽剛之氣,鼓動國家,民心振奮。"

龔斌曰:"庾翼常有中原之志,究其因,固然有報國之志,然亦兼懷家族之憂。成帝咸和末,庾亮薨,弟冰、翼相繼爲將相,權傾天下。慕容皝曾上表成帝及與庾冰書,皆言及后黨權勢過重,必有傾辱之禍。皝與庾冰書言辭尤峻云云。庾冰見書甚懼,然以其絶遠不能制。"

8

　桓宣武平蜀,集參僚置酒於李勢殿,巴、蜀縉紳莫不來萃[1]。桓既素有雄情爽氣,加爾日音調英發,敘古今成敗由人,存亡繫才[2]。其狀磊落[3],一坐歎賞[4]。既散,諸人追味餘言。于時尋陽周馥曰:"恨卿輩不見王

---

〔1〕"來萃",余嘉錫曰:"唐本作'悉萃'。"

〔2〕"存亡繫才",楊勇曰:"'存'上唐卷有'在'字,衍。"

〔3〕"其狀",余嘉錫曰:"唐本作'奇拔'。"

〔4〕"歎賞",余嘉錫曰:"唐本作'讚賞不暇坐'。"

大將軍〔1〕。"《中興書》曰："馥，周撫孫也，字湛隱〔2〕。有將略，曾作敦掾〔3〕。"

○"桓宣武"至"存亡繫才"

"平蜀"，程炎震曰："永和三年，桓溫平蜀。"○蔣凡曰："平蜀之戰始於穆帝永和二年，三年蜀漢主李勢投降。桓溫聲譽日隆。"

"李勢"，桃井白鹿曰："後蜀第六主，時溫滅之。"○恩田仲任曰："晉惠帝永寧中，巴西民李特據廣漢，弟雄僭號成都王。雄卒，兄子班立。雄子越殺班，立其弟期。雄弟壽殺期自立。壽卒，子勢立。"

"爾日"，岡白駒曰："爾日，當日也。"

○"其狀磊落"至"王大將軍"

"其狀磊落"，石川鴻齋曰："《擎要注》：'礌落，魁壘貌。'"《點注》卷四。○楊勇曰："磊落，儀態俊偉也。"

"尋陽周馥"，田中頤曰："馥嘗爲王掾，故能知悉之。"

"恨卿輩"句，田中頤曰："言設令諸人見王，則桓之雄爽不足多也。"

○注"中興書曰"

"馥周撫孫"，李治曰："周撫有二。其一訪之子，被范賁斬。"《敬齋古今黈》卷四。○大典顯常曰："此與《雅量篇》周馥不同。按《晉書·周訪傳》，子撫強毅有父風，其子楚，孫瓊，而不載馥。"《集成》。○徐震堮曰："撫爲周訪子。馥不見《周訪傳》，訪傳但附子楚孫瓊，不及餘孫。"○龔斌曰："此周馥非《晉書》六一《周馥傳》之周馥。以年代論之，永和初周撫助桓溫征蜀，以功遷平西將軍，興寧三年卒。若周撫果有孫周馥，則馥亦無可能作王敦掾。"

"湛隱"，參見校文。徐震堮曰："疑是深沉之義。"○方一新曰："'湛隱'即

---

〔1〕 "王大將軍"，余嘉錫曰："'大將軍'下唐本有'馥曾作敦掾'五字。"徐震堮曰："注引《中興書》'曾作敦掾'一句，唐寫本無，蓋將注語誤入正文。"

〔2〕 "字湛隱"，唐寫本無"字"。王先謙曰："一本'湛'作'裎'，《世說補》作'湛。'"方一新《釋義》曰："唐寫本《世說新書》無'字'字是。'字'字蓋宋人附會增益之。"

〔3〕 "曾作敦掾"，余嘉錫曰："唐本作'仕晉壽太守'。"按唐寫本"仕"下有"至"字。楊勇曰："疑後人從正文移此。"

沉穩。”《釋義》。又曰：“《太平御覽》卷二五六引劉宋何法盛《晉中興書》曰：‘晉桓伊，字叔夏，譙國人，湛隱有武幹，又善音律，爲中興第一。’‘湛隱有武幹’與《世說》‘湛隱有將略’句式全同，‘湛隱’也是深沉持重的意思。”《雜識》。

【彙評】

劉應登曰：“馥曾爲王掾，心不服桓，故稱王以劣桓，然桓實勝王。”
李贄曰：“桓溫雄氣，周馥具眼。”《初潭集》卷二十八。
王世懋曰：“敦雖敗，猶令人有餘畏，桓溫所以歎爲‘可兒’。”

9

桓公讀《高士傳》，至於陵仲子，便擲去，曰：“誰能作此溪刻自處！”皇甫謐《高士傳》曰：“陳仲子，字子終〔1〕，齊人。兄戴相齊〔2〕，食禄萬鍾。仲子以兄禄爲不義〔3〕，乃適楚，居於陵〔4〕。曾乏糧三日，匍匐而食井李之實，三咽而後能視〔5〕。身自織屨〔6〕，令妻辟纑〔7〕，以易衣食。嘗歸省母，有饋其兄生鵝者〔8〕，仲子嚬顣曰：‘惡用此鶃鶃爲哉〔9〕？’後母殺鵝〔10〕，仲子不知而食之〔11〕。兄自外入曰：‘鶃鶃肉邪〔12〕？’仲子出

---

〔1〕 “子終”，龔斌曰：“唐寫本無‘子’字。”
〔2〕 “兄戴相齊”，董刻本“戴”作“載”。王利器曰：“唐寫本同，各本‘載’都作‘戴’，是。”又，余嘉錫曰：“‘相齊’唐本作‘爲齊丞〔相〕’。”
〔3〕 “不義”，楊勇曰：“唐卷作‘義不’，倒。”
〔4〕 “居於陵”，余嘉錫曰：“‘居於陵’下唐本有‘自謂於陵仲子，窮不求不義之食’十三字。”王叔岷曰：“《高士傳》中《陳仲子傳》‘居於陵’下亦有‘自謂於陵仲子，窮不苟求不義之食’二句。”
〔5〕 “三咽而後能視”，楊勇曰：“‘咽’唐卷作‘因’，又無‘後’字，皆非是。”
〔6〕 “織屨”，唐寫本“屨”作“履”。
〔7〕 “令妻”，龔斌曰：“唐寫本無‘令’字。”
〔8〕 “有饋”，朱鑄禹曰：“‘有’唐寫本作‘人’。”
〔9〕 “惡用此”，余嘉錫曰：“‘此’唐本作‘是’。”
〔10〕 “殺鵝”，唐寫本“殺”作“煞”。
〔11〕 “而食之”，唐寫本作“与母食之”。
〔12〕 “肉邪”，唐寫本“肉”作“内”。龔斌曰：“‘邪’唐本作‘也’。”

門，哇而吐之〔1〕。楚王聞其名，聘以爲相，乃夫婦逃去，爲人灌園〔2〕。」

○“桓公讀”至“溪刻自處”

“溪刻自處”，劉辰翁曰：“‘溪刻’雖不可知，要是苦語。”○方以智曰：“人之谿刻曰趷落（音各拉），曰寠數。”《通雅》卷四十九。○岡白駒曰：“按《莊子》云‘室無空虛，則婦姑勃谿’注：‘谿，反戾也。’與此‘溪’義同。彼言婦姑相反戾，此言反戾於人情也。刻，覈也。”○桃井白鹿曰：“《晏子春秋·問下》：‘溪盎而不苛，刻廉而不劌。’按《説文》：‘山瀆無所通，曰溪。’《爾雅疏》：‘盎，瓦器也，可以盛水盛酒。’或云：‘盎’當是‘隘’字之轉誤。要之，‘溪盎’，蓋謂不寬裕也。此言‘溪刻’，豈出於‘溪盎’‘刻廉’乎？《通雅》：‘人之谿刻曰趷落曰寠數。’按《釋名》：‘寠數，猶局促。’蓋刻廉則不寬裕，故合爲局促意耳。”○大典顯常曰：“蓋溪，險隘不平之意；刻，慘害不和之意。”○秦士鉉曰：“《荀子·非十二子篇》‘綦谿利跂’，《讀荀子》以‘谿利’爲‘溪刻’之誤。”○崔朝慶曰：“‘溪’與‘谿’通，山瀆無所通者。刻，削也，謂胸襟閉塞，意見褊狹也。”○劉盼遂曰：“按《莊子·天下篇》‘謑髁無任’《釋文》引王叔之云：‘謑髁爲謹刻也。’按‘謑髁’雙聲連語，即‘溪刻’矣。‘謑’‘溪’同音，‘髁’‘刻’溪母同紐，得通用也。《荀子·非十二子篇》：‘忍情性綦谿利跂，苟以分異人爲高，不足以合大衆明大分，是陳仲史鰌也。’‘利’當爲‘刻’之誤字。桓公此語正用《荀子》。”○徐震堮曰：“溪刻，同‘谿磝’。《新書·耳痹》：‘越國之俗，谿徼而輕艶。’注：‘徼，當作磝。慘磝也。’《史記·韓非列傳》：‘韓子慘磝少恩。’‘溪刻’即苛刻、刻薄之意。”○楊勇曰：“溪刻，謂用心深閟而行事苛刻不近情理也。”

○注“皇甫謐高士傳曰”

“擗纑”，大典顯常曰：“《孟子》趙注：‘績其麻曰辟，練其麻曰纑。’”○恩田仲任曰：“擗，劈開也。《孟子》作‘辟’。朱注曰：‘績也。纑，練麻也。’”

“頞顣”，恩田仲任曰：“朱注曰：‘顣’‘蹙’同，蹙，鼻頭促貌。”

---

〔1〕“哇而吐之”，王叔岷曰：“‘嘗歸省母’至‘哇而吐之’云云，今本《高士傳》無，或誤脱。”楊勇曰：“‘哇’唐卷作‘桂’，誤。”
〔2〕“灌園”，余嘉錫曰：“‘灌園’下唐本有‘終身不屈其節’六字。”

"鵙鵙"，恩田仲任曰："朱注曰：鵝聲。"

"哇而吐之"，恩田仲任曰："哇，强嘔。"○秦士鉉曰："哇，於吐之聲。又强吐也。"

【彙評】

李贄曰："於陵仲子，於世何用！"《初潭集》卷十七。

蔣凡曰："姦雄屈人之節，隱士則不屈其節，二者相互水火，故桓溫讀《高士傳》而格格不入，宜哉！"

10

桓石虔，司空豁之長庶也，《豁别傳》曰："豁字朗子，温之弟[1]。累遷荆州刺史，贈司空[2]。"小字鎮惡。年十七八未被舉[3]，而童隸已呼爲鎮惡郎。嘗住宣武齋頭[4]。從征枋頭，車騎沖没陳，左右莫能先救。宣武謂曰："汝叔落賊，汝知不？"石虔聞之[5]，氣甚奮。命朱辟爲副，策馬於數萬衆中[6]，莫有抗者，徑致沖還[7]，三軍歎服。

---

〔1〕 "温之弟"，余嘉錫曰："唐本下有'少有美譽也'五字。"又，唐寫本"弟"下有"也"字。

〔2〕 "贈司空"，余嘉錫曰："唐本作'薨贈司空，謚敬也'。"

〔3〕 "十七八"，楊勇曰："唐卷作'十八九'。"

〔4〕 "嘗住宣武齋頭"，唐寫本"嘗"作"常"。楊勇曰："'齋'唐卷作'齊'，古字通。"

〔5〕 "聞之"，楊勇曰："唐卷、《御覽》二七九引《世說》均無'之'字。"

〔6〕 "策馬於數萬衆中"，唐寫本作"縈馬於數中"。楊勇曰："《御覽》二七九引《世說》無'數'字，《晉書·桓石虔傳》同宋本。"

〔7〕 "徑致"，余嘉錫曰："'徑'唐本作'遂'。"

河朔後以其名斷瘧〔1〕。《中興書》曰：“石虔有才榦，有史學〔2〕，累有戰功。仕至豫州刺史〔3〕，贈後軍將軍〔4〕。”

　　○“桓石虔”至“其名斷瘧”

　　“未被舉”，張萬起曰：“舉，庶生子被正式承認身份地位。”○周一良曰：“舉，禮遇。”《商兌》。

　　“鎮惡郎”，田中頤曰：“以桓爲稱其名者，畏憚之也。爲下言‘斷瘧’。”

　　“從征枋頭”，胡三省曰：“漢建安九年，魏武於（淇）水口下大枋木以成堰，遏淇水東入白溝以通漕運，故時人號其處曰‘枋頭’。杜佑曰：‘枋頭在今汲郡衛縣界。’宋白曰：‘枋頭城在今衛縣南去河八里。’”《通鑒·晉紀十》注。○桃井白鹿曰：“枋頭，地名，時没苻秦。”○大典顯常曰：“《桓溫傳》：溫伐苻堅，慕容垂傳末波等率衆八萬距溫，戰於林渚，溫擊破之，遂至枋頭。苻堅使其將王鑒等率兵以救，溫遣桓伊及弟子石虔等逆擊大破之。”○程炎震曰：“枋頭之役，在太和四年己巳。沖時已爲江州，不從征。《晉書》七十四《石虔傳》云：‘從溫入關，沖爲苻健所圍。石虔躍馬赴之，拔沖於數萬衆之中而還。’事在永和十年甲寅，相距十六年。石虔蓋年少，較可信。”○張萬起曰：“廢帝太和四年，桓溫率軍北征，戰於枋頭，大敗。桓沖、桓石虔均隨溫出征，參加了枋頭之戰。”

　　“車騎沖没陳”，岡白駒曰：“桓沖，豁之弟也，爲苻健所圍。”○田中頤曰：“没，謂陷陣中而不見也。”○張萬起曰：“‘陳’通‘陣’。”

　　“以其名斷瘧”，岡白駒曰：“取其‘鎮惡’。”○桃井白鹿曰：“石虔壯猛，北人畏之，故呼其名以斷瘧耳，非取‘鎮惡’之義也。《南史》：‘齊桓康摧堅陷陣，膂力絶人，江南人畏之，以其名怖小兒，畫其形於寺中，病瘧者寫形貼著牀

〔1〕　“後以”，唐寫本作“遂以爲”。王叔岷曰：“《御覽》二七九引此作：‘河朔遂以其威，時有患瘧者，怖之多愈。因斷瘧焉。’‘後’作‘遂’，與唐卷合。‘時有’以下，疑據《晉書·桓豁傳》補。”
〔2〕　“有才榦有史學”，唐寫本、董刻本“榦”作“幹”。楊勇：“（‘有史學’）唐卷作‘爽出而史學’。”范子燁《研究》曰：“‘爽出’是單音複合詞。爽，爽快、直爽。出，超群、超邁。它是一個典刑的六朝語詞。此處用以形容石虔高傲豪爽、卓然獨立的英雄品格，生動而優雅。宋人不解，遂妄删之。”頁二〇五。
〔3〕　“豫州刺史”，余嘉錫曰：“‘刺史’下唐本有‘封於唐縣’四字。”按周一良《批校》、楊勇《校箋》並謂唐寫本作“封作唐縣”。
〔4〕　“贈後軍將軍”，徐震堮《札記》曰：“《晉書》本傳作‘贈右將軍’。”

壁，無不立愈。'亦同石虔事。"○田中頤曰："亦以其武勇見憚至於此耳。"
○楊勇曰："《晉書·桓豁傳》：'時有患瘧疾者，謂曰"桓石虔來"以怖之，病
者多愈。'其見畏如此。"

【彙評】

劉辰翁曰："小名鎮惡，遂能斷瘧。第不知當時桓温愧此兒不？"

11

　　陳林道在西岸，《晉陽秋》曰："逵爲西中郎將，領淮南太守，戍歷
陽[1]。" 都下諸人共要至牛渚會。陳理既佳[2]，人欲共言
折[3]。陳以如意拄頰[4]，望雞籠山歎曰："孫伯符志業
不遂！"《吳録》曰："長沙桓王諱策，字伯符，吳郡富春人。少有雄姿風
氣[5]，年十九而襲業，衆號孫郎。平定江東，爲許貢客射破其面[6]，引鏡自
照，謂左右曰：'面如此！豈可復立功乎[7]？'乃謂張昭曰[8]：'中國方亂，
夫以吳、越之衆，三江之固[9]，足以觀成敗。公等善相吾弟[10]。'呼大皇帝，
授以印綬曰：'舉江東之衆，決機於兩陳之間[11]，卿不如我；任賢使能，各盡

---

〔１〕 "歷陽"，楊勇曰："'陽'下唐卷有'也'字。"
〔２〕 "既佳"，余嘉錫曰："唐本作'甚佳'。"按唐寫本作"甚既佳"，此誤校。
〔３〕 "言折"，徐震堮曰："唐寫本作'柝'，是，'柝'即'析'字。"楊勇曰："宋本作'言折'，非。
　　　 唐卷作'言析'，是。"蔣宗許《臆札》曰："作'折'不誤。折者，指以論辯使對方折服，《世
　　　 說》中多有其例。"
〔４〕 "拄頰"，唐寫本"拄"作"駐"，董刻本作"柱"。王叔岷曰："柱、拄，正、俗字。駐，借字。"
〔５〕 "風氣"，余嘉錫曰："唐本無'氣'字。"
〔６〕 "爲許貢客射破其面"，余嘉錫曰："唐本'破'作'傷'。"楊勇曰："唐卷作'爲許貢客射，射傷
　　　 其面。'"
〔７〕 "豈可復立功"，余嘉錫曰："唐本無'可'字，'功'下有'業'字。"
〔８〕 "張昭"，龔斌曰："唐寫本脫'張'字，'昭'作'照'。"
〔９〕 "三江之固"，董刻本"三"作"二"。王利器曰："各本'二'作'三'，是。"楊勇曰："唐卷無
　　　 '三江之固'句。"
〔10〕 "吾弟"，龔斌曰："'弟'唐寫本作'苐'。"
〔11〕 "決機於兩陳"，楊勇曰："唐卷無'於'字。"龔斌曰："唐寫本脫'陳'字。"

其心〔1〕，我不如卿。慎勿北渡〔2〕！'語畢而薨〔3〕，年二十有六〔4〕。" 於是竟坐不得談。

○ "陳林道"至"共言折"

"陳林道在西岸"，程炎震曰："《穆紀》：永和五年，有西中郎將陳逵。"○周一良曰："歷陽稱西岸。"《批校》。○朱鑄禹曰："西岸，指長江之西岸。"○蔣凡曰："永和五年八月，征北大將軍褚裒北伐失敗，退在廣陵，西中郎將陳逵焚壽春而遁。據理推之，故事當發生於永和五年北伐失敗後，痛心疾首，無意玄談。"

"牛渚會"，恩田仲任曰："《續漢書·郡國志》曰：'秣陵縣南有牛渚。'《後漢書》注曰：'牛渚，山名，突出江中，謂爲牛渚沂，今在定州當塗縣北。'"○秦士鉉曰："牛渚山在太平府，下有磯，亦名。然犀浦去采石磯僅一里。"○蔣凡曰："聚會牛渚。"

"共言折"，參見校文。岡白駒曰："言折，即議論也。"○楊勇曰："言析，即清談析理。陶淵明詩'疑義相與析'是也。"

○ "陳以如意"至"坐不得談"

"望雞籠山"，胡三省曰："雞籠山在臺城北郊。"《通鑒·宋紀五》注。○大典顯常曰："雞籠山在和州西北四十里，則自牛渚可望也。"《集成》。○恩田仲任曰："《隋書·地理志》曰：'餘杭郡富陽縣有雞籠山。'"○秦士鉉曰："雞籠山在嘉興府，以形似名。"○徐震堮曰："《景定建康志》：'雞籠山在城西北六七里，高三十丈，周迴一十里。'案《輿地志》云：'在覆舟山之西二百餘步，其狀如雞籠，因以爲名。'"

"孫伯符志業不遂"，田中頤曰："言以孫之英雄而志業不遂，亦天也。我理既佳，人强欲共言折之，亦任其所欲也。豪宕之氣見乎言外。"

"竟坐不得談"，平賀房父曰："言可對我者，特孫伯符一人，而志業不遂，

〔1〕 "其心"，余嘉錫曰："唐本下有'以保江東'四字。"
〔2〕 "北渡"，唐寫本"渡"作"度"。
〔3〕 "而薨"，楊勇曰："唐卷無'而'字。"
〔4〕 "年二十有六"，龔斌曰："唐寫本作'年廿六'。"

可惜哉！言此見其豪爽以蔑視諸人，所以竟坐不得談也。拄頰望山，益見其態。"

按朱鑄禹釋曰："蓋蔑視諸人，以如意拄頰，豪爽之態可見，以此諸人爲其氣所攝，竟不得談也。"龔斌按曰："陳遠雞籠山，突發'孫伯符志業不遂'之歎，諸人受此感染，故竟坐不得談。非如《世説箋本》所言，陳遠蔑視諸人。"

○注"吳録曰"

"長沙桓王諱策"，秦士鉉曰："孫策父堅爲長沙太守，擊劉表，被射殺。後策年十七，乃渡江攻殺吳郡太守許貢等。策年少，故稱孫郎。"

"爲許貢客射破其面"，岡白駒曰："先是，孫策殺吳郡太守許貢，貢客爲復仇。"○龔斌曰："許貢客，指許貢之客。《吳志·孫破虜傳》載，許貢爲吳郡太守，先是，孫策殺貢，貢小子與客亡匿江邊。策單騎出，與客相遇，客射傷策。時在建安五年。"

"三江之固"，胡三省曰："韋昭曰：三江謂吳松江、錢塘江、浦陽江也。《吳地記》云：'松江東北行，七十里得三江口，東北入海爲婁江，東南入海爲東江，並松江爲三江。'"《通鑒·漢紀五十五》注。

"呼大皇帝"，秦士鉉曰："大皇帝，策弟權也。"

【彙評】

劉辰翁曰："可歎。"

陳夢槐曰："可悲，可歎。"

袁中道曰："意佳於王。"《舌華録》卷二。按王子猷語見《簡傲篇》"王子猷作桓車騎參軍"條。

蔣凡曰："牛渚山與雞籠山，是昔日孫策戰勝劉繇、決戰江東的故地。陳遠坐牛渚望雞籠山而歎孫伯符'志業不遂'，弔古抒懷，借他人之酒杯，以澆自己的塊壘。"

12

王司州在謝公坐，詠"入不言兮出不辭，乘回風兮載雲旗[1]"。《離騷·九歌·少司命》之辭[2]。語人云："當爾時，覺一坐無人[3]。"

○"王司州"至"一坐無人"

"王司州"，徐震堮曰："謂王胡之。"

"入不言兮"二句，秦士鉉曰："入不言，出不辭，蓋謂不與坐客言，傍若無人也。"○崔朝慶曰："首句言神往來奄忽，入不語言，出不決辭，其志難知也。次句言司命之去，乘風載雲，其形貌不可得見也。"

"覺一坐無人"，田中頤曰："其詠中以其'入不言出不辭'直爲己事，故覺如是耳。"○崔朝慶曰："因神往於超現實之神靈境界，故覺一坐無人也。"

○注"離騷九歌"

"離騷"，趙西陸曰："此以《離騷》稱《楚辭》也。"○王叔岷曰："注以《離騷》統稱《楚辭》也。"

【彙評】

劉辰翁曰："此復何足語人？"

13

　桓玄西下，入石頭。外白："司馬梁王奔叛。"《續晉陽秋》曰："梁王珍之字景度[4]。"《中興書》曰："初，桓玄篡位，國人有孔璞

---

[1] "入不言兮"二句，唐寫本無二"兮"字。又，唐寫本、董刻本"回"作"迴"。王叔岷曰："'回''迴'，正、俗字。"
[2] "之辭"，楊勇曰："'辭'下唐卷有'也'字。"
[3] "一坐"，唐寫本"坐"作"座"。
[4] "字景度"，董刻本無"景"字。王利器曰："唐寫本及各本'度'上都有'景'字，是。宋本把'景'字錯列在下一行去了。"

1331

者〔1〕，奉珍之奔尋陽〔2〕。義旗既興，歸朝廷，仕至太常卿〔3〕，以罪誅〔4〕。"玄時事形已濟，在平乘上箛鼓並作，直高詠云〔5〕："簫管有遺音，梁王安在哉？"阮籍《詠懷》詩也〔6〕。

○"桓玄西下"至"安在哉"

"桓玄西下"，張萬起曰："桓玄平荊、雍後，自爲荊江二州刺史。安帝元興元年，率軍自江陵東下，攻入建康。二年，廢晉稱帝，國號楚。"

"事形已濟"，岡白駒曰："篡位事形已成。"○楊勇曰："事形，即事勢、形勢。"○龔斌曰："謂擊潰王師之事已成。"

"在平乘上箛鼓並作"，桃井白鹿曰："平乘，船名。《輕詆篇》：'桓溫入洛，過淮泗，踐北境，與諸僚屬登平乘樓，眺矚中原。'胡三省《通鑒》注：'平乘樓，大船之樓。'《隋書》：'楊素伐陳，坐平乘大船，容貌雄偉。'是也。"○淇園曰："平乘似船名，恐亦以其船底平坦，其左右可以置箛鼓，而己身坐其中央者也。而此言平乘者，以見玄在其箛鼓中高詠得意之狀，故特言船爲平乘也。"○田中頤曰："平乘，大船名，亦以便於置箛鼓言也。上，謂樓上。"○劉盼遂曰："本書《輕詆篇》：'桓公在平乘樓眺矚中原。'《通鑒》胡注：'平乘樓，大船之樓。'知'平乘'爲戰艦名也。"按參見《輕詆篇》"桓公入洛"條"平乘樓"。

"直高詠"，田中頤曰："見不以司馬奔介意，乃豪爽也。"

"簫管有遺音"二句，淇園曰："'簫管有遺音'，即據箛鼓而言；'梁王安在哉'，蓋以梁王不敢敵而奔爲快心之事。"○田中頤曰："阮籍《詠懷》詩，此轉取以'簫管'比我'箛鼓'，以'梁王'比司馬奔也。"

○注"中興書曰"

"珍之奔尋陽"，秦士鉉曰："《宣五王傳》：宣帝子梁孝王肜，肜玄孫珍之。

---

〔1〕 "有孔璞者"，唐寫本四字作"死槃"。
〔2〕 "奔尋陽"，董刻本"奔"字上有"景"。劉盼遂曰："《晉書·元四王傳》作'奔壽陽'。唐寫本正作'壽陽'。"余嘉錫曰："唐本作'奔壽陽'。"王利器曰："唐寫本及各本都沒有'景'字，是。這就是從上一行錯亂來的。又唐寫本'尋陽'作'壽陽'，是。《晉書·元四王傳》正作'奔壽陽'，當據改。"
〔3〕 "太常卿"，楊勇曰："唐卷、《晉書》並無'卿'字，是。"
〔4〕 "以罪誅"，楊勇曰："'誅'下唐卷有'者'字。"
〔5〕 "高詠"，楊勇曰："唐卷無'詠'字。"
〔6〕 "阮籍"，楊勇曰："唐卷無'籍'字。"

元興二年桓玄篡位，梁王國臣孔璞奉珍之奔壽陽，後爲劉裕所害。"○吴士鑑曰："珍之蓋以桓玄篡逆，故爾背叛。稱之爲司馬梁王，此桓氏之言也。本傳謂爲裕所害，似在玄敗之後。疑桓玄時珍之未死，至劉裕時猶得爲參軍耳。"《斟注》卷三十八。

"義旗既興"，秦士鉉曰："謂劉裕起兵討桓玄。"

【彙評】

劉辰翁曰："以此爲達，可笑。"

蔣凡曰："阮詩借詠古事來抨擊魏王奢靡誤國而身死國滅，抒發憂國憂民之情。但桓玄則僅借'梁王'之稱，以自鳴得意而已。"

世説新語評注輯存

（下卷）

羊列榮　周興陸　輯纂

文物出版社

容止第十四

【題解】

何良俊曰："珠藏淵而川暉，玉韞石而山潤。苟符采炳發，雖重波積壤，何能掩焉！顏子曰：'苟有溫良在中，斯眉睫與之矣。'嗚呼容止之於人，豈直黼黻藻繪而已耶！"《何氏語林》卷二十二。○恩田仲任曰："威儀也。邢昺《孝經》疏曰：謂禮所止也。"○田中頤曰："止謂容貌舉止之儀則可觀者。"○楊勇曰："《孝經》：'容止可觀，進退可度。'唐玄宗注：'容止，威儀也。'《禮記·月令》：'有不戒其容止者。'鄭玄注：'容止，猶動靜。'臨川所選，或重形宇之美，或重風神之英，而動靜舉止，一出本真，不尚裝作也。"○王叔岷曰："'容'訓動，則借爲'搈'。《廣雅·釋詁一》：'搈，動也。'《說文》：'搈，動搈也。'"按此說蓋本俞樾《群經平議》。○張萬起曰："被品評更多的似乎是女性化的柔弱、白皙。當時的容止品鑒並非只是簡單地表面化地評價美貌，而是特別注重人的內在美的表現，即風姿神韻的超凡脫俗。人的內在美是以人的智慧、品格、才華爲基礎的。這恰恰是和魏晉人物品題重精神、重才性這一總的原則相一致。"○蔣凡曰："精神升華是魏晉士人欣賞'容止'之美的關鍵。"

1

魏武將見匈奴使，自以形陋，不足雄遠國[1]，《魏氏春秋》曰："武王姿貌短小，而神明英發[2]。"使崔季圭代[3]，帝自

---

[1] "不足雄遠國"，趙西陸曰："《御覽》三八九引'不足'下有'以'字。《太平廣記》一六九引殷芸《小說》'雄'作'懷'。"王叔岷曰："《太平廣記》一六九引殷芸《小說》載此事，'雄'作'懷'，'雄'字勝。《御覽》四四四引《語林》亦載此事，作'雄'，與此同。"

[2] "英發"，趙西陸曰："《御覽》三百七十八引'發'作'徹'。"

[3] "崔季圭代"，董刻本、元刻本"圭"作"珪"，下注同。徐震堮曰："此下《御覽》七七九引《語林》有'當坐'二字，語意尤備。"

捉刀立牀頭[1]。既畢[2]，令間諜問曰[3]：“魏王何如？”匈奴使答曰：“魏王雅望非常[4]，《魏志》曰：“崔琰字季珪,清河東武城人。聲姿高暢,眉目疏朗,鬚長四尺[5],甚有威重。” 然牀頭捉刀人，此乃英雄也。”魏武聞之[6]，追殺此使[7]。

○ “魏武將見”至“立牀頭”

“魏武將見匈奴使”，程炎震曰：“建安二十一年五月,操進爵爲魏王。其時代郡烏丸行單于普富盧與侯王來朝。七月,匈奴南單于呼廚泉將其名王來朝。殆此時事。然其年琰即誅死,恐非實也。”

“自以形陋”，張撝之曰：“自以,自以爲。”《選注》。

“不足雄遠國”，崔朝慶曰：“言不足以姿容雄服遠國也。” ○呂叔湘曰：“雄,用作動詞,示威也。” ○徐文麟曰：“不足以威脅遠方國家。”

“捉刀立牀頭”，周廣業曰：“‘捉’即‘操’也。魏諱改‘捉’,六朝因之。”《經史避名匯考》卷九。 ○呂叔湘曰：“捉刀,握刀。” ○徐震堮曰：“持物曰‘捉’。”《釋義》。

○ “既畢”至“追殺此使”

“既畢”，田中頤曰：“相見禮畢。”

“令間諜問”，田中頤曰：“間諜,反間也。此謂密令人假問之。” ○秦士鉉曰：“諜,伺也。伺候間隙往來間者,今謂之細作。”

“雅望非常”，張撝之曰：“雅望,指高雅的儀表風度。”《選注》。

“此乃英雄也”，田中頤曰：“言霸王之資,而誠人主也。” ○徐文麟曰：

---

[1] “帝自捉刀立牀頭”，趙西陸曰：“《御覽》九十三引《世說》‘帝’作‘當’,‘頭’下有‘坐’字。《太平廣記》一六九引殷芸《小說》‘帝’作‘當之’。”
[2] “既畢”，趙西陸曰：“《太平廣記》一六九引殷芸《小說》‘既’作‘事’。”
[3] “令間諜問曰”，徐震堮曰：“《廣記》一六九引《小說》同,《御覽》七七九引《語林》作‘令人問曰’。”
[4] “魏王”，趙西陸曰：“《御覽》九十三引《世說》無‘魏’字。”
[5] “鬚長”，董刻本“鬚”作“須”。
[6] “魏武”，趙西陸曰：“《御覽》九十三引《世說》‘武’作‘王’。”
[7] “追殺此使”，趙西陸曰：“《太平廣記》一六九引殷芸《小說》‘追’作‘馳’。《御覽》三八九引‘此使’作‘其使’。”

"（謂）魏王品貌非常，然而牀邊拿刀的人，那是個英雄呢。"

"追殺此使"，田中頤曰："唯忌其識鑒，特追殺之，故曰'此使'，不曰'其使'也，是文其過。"

【彙評】

劉知幾曰："昔孟陽臥牀，詐稱齊后；紀信乘輿，矯號漢王。或主邁屯蒙，或朝罷兵革，故權以取濟，事非獲已。如崔琰本無此急，何得以臣代君者哉？且凡稱人君，皆慎其舉措，況魏武經綸霸業，南面受朝，而使臣居君座，君處臣位，將何以使萬國具瞻、百寮僉矚也？又漢代之於匈奴，其爲綏撫勤矣，雖復賂以金帛，結以親姻，猶恐虺毒不悛，狼心易擾，如輒殺其使者，不顯罪名，復何以懷四夷於外蕃，建五利於中國？且曹公必以所爲過失懼招物議，故誅彼行人，將以杜茲謗口，而言同綸綍，聲遍寰區，欲蓋而彰，止益其辱。雖愚暗之主，猶所不爲，況英略之君，豈其若是！夫芻蕘鄙説，閭巷譌言，諸如此書，通無擊難，而裴引《語林》斯事編入《魏史》注中，持彼虛詞，亂茲實錄，故特申掎摭，辨其疑誤者焉。"《史通·暗惑篇》。余嘉錫按曰："此事近於兒戲，頗類委巷之言，不可盡信。然劉了玄之持論，亦復過當。考《後漢書·南匈奴傳》：自光武建武二十五年以後，南單于奉藩稱臣，入居西河，已夷爲屬國，事漢甚謹。順帝時，中郎將陳龜迫單于休利自殺。靈帝時，中郎將張脩遂擅斬單于呼徵。其君長且俯首受屠割，縱殺一使者，曾何足言？且終東漢之世，未嘗與匈奴結姻，北單于亦屢求和親。雖復時有侵軼，輒爲漢所擊破。子玄張大其詞，漫持西京之已事，例之建安之朝，不亦愼乎？"

劉辰翁曰："謂追殺此使，乃小説常情。"

李贄曰："不得不殺。"《初潭集》卷二十四。

王世懋曰："匈奴中乃有此人，然適足自禍。"

秦士鉉曰："此使不凡，不可不殺。"

吕叔湘曰："追殺匈奴使者，則似乎未必真。此時曹操對於他的野心已不十分掩飾，且即令匈奴使人識破，亦無何等危險也。"

2

何平叔美姿儀，面至白[1]，魏明帝疑其傅粉[2]。正夏月，與熱湯麫[3]。既噉，大汗出，以朱衣自拭，色轉皎然[4]。《魏略》曰：“晏性自喜，動静粉帛不去手[5]，行步顧影。”按此言，則晏之妖麗，本資外飾。且晏養自宫中，與帝相長，豈復疑其形姿，待驗而明也？

○“何平叔”至“色轉皎然”

“與熱湯麫”，馬永卿曰：“東坡詩云：‘剩欲去爲湯餅客，卻愁錯寫弄麞書。’‘湯餅’，人皆以爲明皇王后故事，非也。劉禹錫《贈進士張盥詩》云：‘憶爾懸弧日，余爲座上賓。舉箸食湯餅，賀辭天麒麟。’東坡正用此詩，故謂之‘湯餅客’。必食湯餅者，則世所謂長命麫者也。”《嬾真子》卷三。○黄朝英曰：“煮麪謂之湯餅，其來舊矣。案《後漢·梁冀傳》云：‘進鴆加煮餅。’《世説》載何平叔美姿容面至白，魏文帝疑其傅粉，夏月令食湯餅，汗出以巾拭之，轉皎白也。又案吳均稱餅德曰‘湯餅爲最’。又《荆楚歲時記》云：‘六月伏日並作湯餅，名爲辟惡。’又齊高帝好食水引麫。又《唐書·王皇后傳》云：‘獨不念阿忠脱

---

[1] “面至白”，趙西陸曰：“《類説》引‘至’作‘潔’。”朱鑄禹曰：“《太平御覽》三六五《面》引，‘面至白’作‘而絶白’。”

[2] “魏明帝”，王利器曰：“《初學記》卷十引魚豢《魏略》，《北堂書鈔》卷一二八、又卷一三五、《御覽》卷二一、又卷三七九引《語林》，‘明帝’都作‘文帝’，此疑誤。”徐震堮曰：“《御覽》二一引《語林》作‘魏文帝’，《御覽》三六五引《語林》，注云：‘《世説》同。’足證《世説》本作‘魏文帝’，作‘魏明帝’者傳刻之誤。”王叔岷曰：“《御覽》二一、八百六十引《語林》，亦並作‘魏文帝’。此作‘明帝’，涉下一則‘魏明帝’而誤也。”周一良《批校》曰：“從《魏略》‘與帝相長’之語觀之，則作‘文帝’爲是。”吳金華《考釋》曰：“唐寫本《瑚玉集》卷一四《美人篇》云：‘何晏，字叔平，魏時南陽宛人也，面恒似妝，文帝常疑之傅粉。’這也是唐人所見文獻原作‘文帝’的確證。”頁一六一。

[3] “與熱湯麫”，趙西陸曰：“《類説》引‘與’作‘賜’。”楊勇曰：“‘湯麫’，《後書·李固傳》謂爲‘煮餅’。”

[4] “皎然”，趙西陸曰：“《類説》引‘皎然’作‘皎白’。”

[5] “粉帛”，桃井白鹿曰：“‘粉帛’《魏略》作‘粉白’。”恩田仲任曰：“帛，《三國志》注作‘白’，‘帛’‘白’通。”秦士鉉曰：“據《董覺傳》，‘自喜’句‘白’或作‘帛’，字通用。”葉德輝曰：“袁本與此同。按《魏志·曹爽傳》作‘粉白’，此誤。”徐震堮曰：“《魏志·曹爽傳》注引《魏略》及《通鑒》並作‘粉白’，是。”吳金華《考釋》曰：“‘帛’‘白’二字，古來通用。如《左傳》閔公二年‘大帛之冠’，《説苑·反質篇》作‘大白之冠’；《史記》卷四七《孔子世家》的‘子白’，《孔子家語》作‘子帛’。（餘略）”頁一六二。

紫半臂易斗麪，爲生日湯餅邪？'《倦遊雜録》乃謂'今人呼煮麪爲湯餅'，誤矣。《嬾真子録》謂'世之所謂長命麪，即湯餅也'，恐亦未當。余謂凡以麪爲食具者，皆謂之餅，故火燒而食者呼爲燒餅，水瀹而食者呼爲湯餅，籠蒸而食者呼爲蒸餅。"《緗素》卷二。○徐時棟曰："湯餅即今麪也。記東坡詩注明言之。及閲山谷詩'湯餅一杯銀線亂'，益信然矣。又《歸田録》云：'湯餅淫麪。'又《倦遊録》云：'凡以麪爲食煮之皆謂之湯餅。'亦見《青箱雜記》。"《煙嶼樓筆記》卷六。○趙西陸曰："《玉燭寶典》卷六：'《荆楚記》云：伏日並作湯餅，名爲辟惡餅。'案束晳《餅賦》：'立冬猛寒，清晨之會，涕凍鼻中，霜凝口外，充虚解戰，湯餅爲最。弱似春綿，白若秋練。氣勃鬱以揚布，香飛散而遠遍。行人失涎於下風，童僕空嚼而斜眄，擎器者舐脣，立侍者乾咽。'然則此非其時，當以麥熟嘗新，因言辟惡耳。"

"以朱衣自拭"二句，田中頤曰："'朱衣'二字刷色。'轉皎'見得以粉爲汗。"○江藍生曰："'轉'應訓爲'越來越'。"《彙釋》頁二八〇。

○注"魏略曰"至"驗而明也"

"晏性自喜"，岡白駒曰："謂喜修飾姿儀也。"

"粉帛不去手"，王楙曰："《世説》載何晏潔白，魏帝疑其傅粉，以湯餅試之，其拭愈白，知其非傅粉也。僕考《魏略》：'晏自喜，動静粉白不去手。'則知晏嘗傅粉矣。《前漢·佞幸傳》籍孺、閎孺傅脂粉以婉媚幸上，此不足道也。《東漢·李固傳》，章曰：'大行在殯，路人掩涕，固獨胡粉飾貌，搔頭弄姿，槃旋偃仰，從容冶步，略無慘怛之心。'《顔氏家訓》謂梁朝子弟無不熏衣剃面，傅粉施朱。以此知古者男子多傅粉者。"《野客叢書》卷十二。○胡三省曰："以自塗澤也。"《通鑑·魏紀七》注。○梁章鉅曰："（《三國志·曹爽傳》）注：'晏性自喜，動静粉白不去手。'案此注所云，正與《世説》相反也。"《三國志旁證》卷十。○余嘉錫曰："古之男子，固有傅粉者。《漢書·佞幸傳》云：'孝惠時，郎侍中皆傅脂粉。'《後漢書·李固傳》曰：'梁冀猜專，每相忌疾。初，順帝時，諸所除官，多不以次，固奏免百餘人。此等既怨，又希望冀旨，遂共作飛章，虛誣固罪曰：大行在殯，路人掩涕，固獨胡粉飾貌，搔頭弄姿。'云云。此雖誣善之詞，然必當時有此風俗矣。"○朱鑄禹曰："疑傅粉是當時事實，曹植亦有之，見《三國志·邯鄲淳傳》。又《漢書》梁冀令人奏李固亦云。"

"晏之妖麗"，余嘉錫曰："《晉書·五行志》曰：'尚書何晏，好服婦人之

1339

服。傅玄曰：此服妖也。'晏之行動妖麗，於此可見。"○趙西陸曰："《魏志·管輅傳》注引《輅別傳》曰：'輅言："何之視候，則魂不守宅，血不華色，精爽煙浮，容若槁木，謂之鬼幽。"蓋晏耽情聲色，服藥濟欲，精華內竭，憔悴形外。'劉注稱其妖麗本資外飾，信矣。"

"晏養自宮中"，王世懋曰："晏養宮中時，尚未有明帝，注駁未當。"徐震堮引作劉辰翁語，按曰："辰翁不知'明'是誤字，反據以責孝標，誤矣。"○桃井白鹿曰："《魏略》：'太祖爲司空時，納晏母，並收養晏。'"○大典顯常曰："自，猶於也。"《集成》。

【彙評】

周嬰曰："《漢書·佞倖傳》：'孝惠時，侍郎侍中皆冠鵔鸃，貝帶，傅脂粉，化閎籍之俗也。'觀此，則知漢初之制，凡飛蟬耀鬢，豐貂珥首者，服飾皆然。《魏略》曰：'邯鄲淳詣曹植，植呼常從取水自澡，訖，傅粉，遂科頭，拍袒胡舞。'則不但諧臣媚子爲之，名士亦未免俗矣。"《巵林》卷五。

陳絳曰："《世說》載其潔白云云，《魏略》乃譏其粉白不去手，此《魏略》用司馬家誣説耳，豈信史乎！亦猶梁冀之於李固，冀怨李固，使人飛章誣固曰：'大行在殯，路人掩涕，而固獨胡粉飾貌，搔頭弄姿。'吁！既曰'誣'，何所不至也！世嘗言晉世浮兢之俗長自何晏，予觀傅咸疏云：'正始中，任何晏以選舉，內外之衆職，各得其才，粲然之美，於斯可觀。'按晏任選舉如此，蓋用世材矣，安在其浮兢耶？然非傅公公忠，不能當司馬家時爲此言也。"《金罍子》中篇卷五。

方弘靜曰："魏何晏好著婦人之服，粉白不去手。梁周弘正著紅褌錦絞髻綠絲布袴，士人冶容，羞惡之心喪矣。"《千一錄》卷二十四。

顧炎武曰："何晏之粉白不去手，行步顧影；鄧颺之行步舒縱，坐立傾倚；謝靈運之每出入，自扶接者常數人。後皆誅死。而魏文帝體貌不重，風尚通脫，是以享國不永，後祚短促。史皆附之《五行志》，以爲貌之不恭。昔子貢於禮容俯仰之間，而知兩君之疾與亂，夫有所受之矣。子曰：'君子不重則不威，學則不固。'揚雄《法言》曰：'言輕則招憂，行輕則招辜，貌輕則招辱，好輕則招淫。'四明薛岡謂：'士大夫子弟不宜使讀《世說》，未得其雋永，先習其簡傲。'推是而言，可謂善教矣。"《日知錄》卷十三。

余嘉錫曰："何晏之粉白不去手，蓋漢末貴公子習氣如此，不足怪也。"

蔣凡曰："魏明帝'疑其傅粉'，也透露出士夫貴族對於外貌修飾之美非常重視的信息，後來發展成爲一代貴族男性青少年逐步女性化的一種妝飾。如東晉謝玄身佩香囊，就引起了叔父謝安的不滿。"

3

魏明帝使后弟毛曾與夏侯玄共坐，時人謂"蒹葭倚玉樹"。《魏志》曰："玄爲黄門侍郎，與毛曾並坐。玄甚恥之，曾説形於色[1]。明帝恨之[2]，左遷玄爲羽林監。"

○"魏明帝"至"倚玉樹"

"后弟毛曾"，秦士鉉曰："《魏志》：'明悼毛皇后，河内人。'"○程炎震曰："《魏志·后妃傳》：'毛后，河内人。'曾，駙馬都尉，遷散騎侍郎。又《玄傳》作'散騎黄門侍郎'。"

"蒹葭倚玉樹"，岡白駒曰："玄朗朗如日月入懷，故喻玉樹。蒹葭，微物也，故並坐云'蒹葭倚玉樹'。"○田中頤曰："蒹葭，喻鄙，若小人；玉樹喻貴，若君子。此曾與玄不可共坐競美，而殊賴其外親犯之，因以爲比。"

○注"魏志曰"

"玄甚恥之"，龔斌曰："據《魏志·后妃毛皇后傳》：'（后父）嘉本典虞車工，卒暴富貴，明帝令朝臣會其家宴飲，其容止舉動甚蚩騃，語輒自謂"侯身"，時人以爲笑。'夏侯玄出身高貴，個性持重，爲一時名士之冠，自然恥與此等蚩騃子共坐。"

"羽林監"，梁章鉅曰："《宋書·百官志》云：羽林監，漢武帝太初元年初置，建章營騎。後更名林騎，置令丞東京。又置左右監，至魏不改。"《三國志旁證》卷十。

---

[1] "曾説形於色"，岡白駒曰："'曾'當作'不'。玄恥之，不悦之色形於面，故明帝恨之。"桃井白鹿曰："《魏志》'曾'作'不'。"大典顯常《撮補》曰："爲毛曾亦通。"平賀房父曰："《魏志》作'不'是。若爲毛曾，則不應於明帝恨之。"徐震堮《札記》曰："《魏志·夏侯玄傳》作'不悦形於色'，無'曾'字。"趙西陸曰："《魏志·夏侯玄傳》作'不悦形之於色'。"

[2] "恨之"，秦士鉉曰："（《魏志》）'恨之'作'恨玄'。"

1341

時人目夏侯太初"朗朗如日月之入懷〔1〕",李安國"頹唐如玉山之將崩〔2〕"。《魏略》曰:"李豐字安國,衛尉李義子也。識別人物,海内注意。明帝得吳降人,問江東聞中國名士爲誰,以安國對之。是時豐爲黄門郎,改名宣。上問安國所在,左右公卿即具以豐對。上曰:'豐名乃被於吳、越邪?'仕至中書令,爲晉王所誅。"

○"時人目"至"將崩"

"朗朗如日月之入懷",田中頤曰:"言其美質而有光澤也。"

"頹唐如玉山之將崩",岡白駒曰:"'穨'與'頹'同,廢也。'唐'與'蕩'通,言容貌頹然搖蕩。'如玉山之將崩',蓋謂肥大偉長也。"○桃井白鹿曰:"王褒《洞簫賦》:'穨唐遂往。'李善注:'穨唐,隤墜貌。'"○大典顯常曰:"頹唐,此蓋言不檢束之容也。"○淇園曰:"'穨唐'之'唐',猶荒唐、旁唐之'唐'。蓋其勢無物支撐之意。疑安國美而體婉柔,故曰將崩也。"○田中頤曰:"此言其美容不任支撐也。"○王叔岷曰:"《文選》王子淵《洞簫賦》:'穨唐遂往。'注:'穨唐,隤墜貌。''穨'借爲'隤',《説文》:'隤,下隊也。''隊'俗作'墜'。"

○注"魏略曰"

"上問安國所在",岡白駒曰:"降人以豐對,而豐已更名,故問其所在。"○徐震堮曰:"《南史·顧歡傳》:'歡曰:蘭石危而密,宣國安而疏,士季似而非,公深謬而是。'傅嘏字蘭石,鍾會字士季,王廣字公淵,《南史》避唐高祖諱易'淵'爲'深',則宣國乃李豐字無疑。《魏略》云'改名宣',謂改字'安國'爲'宣國',非謂改'豐'爲'宣'。明帝知豐字宣國,而不知其舊字安國,故問安國所在,而左右公卿具以豐對,亦可見豐名未嘗改也。"

---

〔1〕 "朗朗如日月之入懷",徐震堮曰:"《御覽》四四七引《郭子》作'朗如明月入懷',此'日'字或'明'字之誤。"

〔2〕 "頹唐",葉德輝曰:"袁本'頹'作'穨'。"按董刻本亦作"穨"。

【彙評】

劉辰翁曰：“何其開爽！”

5

嵇康身長七尺八寸，風姿特秀。《康別傳》曰：“康長七尺八寸，偉容色，土木形骸，不加飾厲，而龍章鳳姿，天質自然。正爾在群形之中，便自知非常之器。”見者嘆曰[1]：“蕭蕭肅肅，爽朗清舉。”或云：“肅肅如松下風，高而徐引。”山公曰：“嵇叔夜之爲人也，巖巖若孤松之獨立；其醉也，傀俄若玉山之將崩。”

○“嵇康身長”至“玉山之將崩”

“七尺八寸”，周一良曰：“魏一尺約二四點一二公分，七尺八寸爲一八八點一三公分。”《批校》。

“蕭蕭肅肅”，岡白駒曰：“蕭蕭，蕭散也，安閒之意。肅肅，嚴整之貌。”○張萬起曰：“形容人風度瀟灑而嚴整。”《詞典》頁三一〇。

“爽朗清舉”，田中頤曰：“‘蕭蕭’即爲‘爽朗’，‘肅肅’即爲‘清舉’。”○張永言曰：“清舉，清高俊逸。”《辭典》頁三四六。

“巖巖若孤松之獨立”，恩田仲任曰：“巖巖，高貌。”○田中頤曰：“言嵇高標，巖巖如孤松之特秀，而獨立於凡卉之上也。”

“傀俄”，岡白駒曰：“傀，偉也。俄，與‘峨’通，傾貌。”○桃井白鹿曰：“傀，奇也，大也。徐氏《説文注》：‘人材傀偉。’俄，與‘峨’通，傾也。《詩·小雅》：‘側弁之俄。’”○淇園曰：“傀謂其形貌特大以成其物也。俄者以其將崩言。”○田中頤曰：“傀，偉大也。俄，傾頹也。”○秦士鉉曰：“傀，傀偉。俄，傾斜。”○徐震堮曰：“與‘巍峨’同。”○楊勇曰：“傀俄，猶巍峨，高峻也。”○王叔岷曰：“傀俄，衺傾貌，與‘頹唐’義相近。‘傀’亦借爲‘隤’。

---

〔1〕“嘆曰”，董刻本、袁刻本“嘆”俱作“歎”。

《廣雅・釋詁二》：'隕，衺也。'《詩・小雅・賓之初筵》：'側弁之俄。'鄭箋：'俄，傾貌。'"○朱鑄禹曰："傀俄，似謂傾倒之意。《詩・小雅》：'側弁之俄。'白居易詩作'駊俄'，李商隱詩作'鬖鬌'，蓋各録一時方言之音，不必有正字。"

【彙評】

劉辰翁曰："有'醉'字又別。"

6

　　裴令公目王安豐"眼爛爛如巖下電"。王戎形狀短小，而目甚清炤[1]，視日不眩。

　　○"裴令公"至"巖下電"

　　"眼爛爛如巖下電"，岡白駒曰："爛爛，明也。"○大典顯常曰："喻目光之深。"《集成》。○田中頤曰："言其眼光明朗，觸物而動，譬如巖穴下電之眩曜激射，莫所不及也。"○秦士鉉曰："此言電光激照高巖。"

　　◎李慈銘曰："下裴令公疾，夷甫謂其'雙目閃閃，若巖下電。'此云裴以稱王戎。臨川雜采諸書，故有重互。"《簡端記》。

　　○注"王戎形狀"至"不眩"

　　"清炤"，恩田仲任曰："炤，明也。"

　　"視日不眩"，程炎震曰："《藝文類聚》一七引《竹林七賢論》云：'王戎眸子洞徹，視日而眼明不虧。'"

---

〔1〕　"清炤"，朱鑄禹曰："'炤'沈校本作'照'。案'炤'同'照'。"

1344

潘岳妙有姿容，好神情。《岳別傳》曰："岳姿容甚美，風儀閒暢。"少時挾彈出洛陽道，婦人遇者，莫不連手共縈之。左太沖絶醜，《續文章志》曰："思貌醜顇，不持儀飾。"亦復效岳遊遨，於是群嫗齊共亂唾之[1]，委頓而返。《語林》曰："安仁至美，每行，老嫗以果擲之，滿車。張孟陽至醜，每行，小兒以瓦石投之，亦滿車。"二説不同。

○"潘岳妙"至"委頓而返"

"效岳遊遨"，朱鑄禹曰："潘或遊於狹斜，左亦效之，以作遊戲耳。"

"群嫗齊共亂唾之"，田中頤曰："群嫗，見上'婦人'者乃衆少女。"○徐震堮曰："婦女老少皆可稱嫗。《南史・鄧郁傳》：'從少嫗三十，年皆可十七八許。''群嫗'當與上文'婦人'同義。"○鄭學弢曰："嫗，在古代是婦女的通稱，既可用它稱老年婦女，也可用它稱年青婦女。《鹽鐵論・毀學篇》：'趙女不擇醜好，鄭嫗不擇遠近。'這段話裏所説的'擇'，是指選擇配偶；'女'與'嫗'互文見義，都是指未婚婦女。晉干寶《搜神記》卷五所記丁嫗的故事更可以證明少婦也可以稱'嫗'。"《釋"嫗"》。

"委頓而返"，岡白駒曰："按《左傳》云：'甲兵不頓。'孔疏云：'頓，謂挫傷折壞，今俗語委頓是也。'"○田中頤曰："謂中道廢而還也。此句亦於潘必有反映者矣。以上寫出其絶醜之實，亦當如此厭惡貶黜者耳。"○王叔岷曰："'委頓'猶'委惰'。《楚辭・哀時命》：'欿愁悴而委惰兮。'王注：'委惰，懈倦也。''惓'與'倦'同。"

○注"潘岳別傳曰"

《潘岳別傳》，葉德輝曰："《隋志》不著録。《國志》注引用。"《書目》。

○注"續文章志曰"

"思貌醜顇"，恩田仲任曰："醜顇，醜陋而顦顇也。"○方一新曰："'醜顇'

---

[1]　"群嫗"，趙西陸曰："《琱玉集》十四《醜人篇》引《晉抄》'嫗'下有'圍繞'二字。"

連言，就文義上看，應該屬於同義連文，'頜'也是醜陋的意思。"《漫記》。

〇注"語林曰"

"張孟陽至醜"，程炎震曰："《晉書·潘岳傳》作'張載'，蓋用《語林》。"
〇王叔岷曰："《御覽》七六七引《語林》云：'晉張載，字孟陽，甚醜。每出，爲小兒擲瓦盈車。'與此注所引略異。"

"二說不同"，徐震堮曰："《晉書·潘岳傳》與《語林》所記同。"《札記》。

【彙評】

劉辰翁曰："理不犯群媼，何至委頓！"

王世懋曰："太沖縱醜，未聞醜人必爲群媼所唾，好事者之談也。《語林》亦然。"恩田仲任按曰："好事，朱晦庵曰：'謂喜造言生事之人也。'"秦士鉉按曰："劉、王二氏，不省得'效'字，故爲此說爾。蓋戲而效之，故得亂唾委頓也。亂唾者、委頓者，皆戲也。"

凌濛初曰："要之，借彼形此，不足多辨。"〇曰："老嫗亦復擲果。"評注《語林》"老嫗以果擲之"。

盧文弨曰："此蓋岳小年時，婦人愛其秀異，縈手贈果。今人亦何嘗無此風？要必非成童以上也。婦人亦不定是少艾，在大道上，亦斷不頓起他念。至岳更無用以此爲譏議。乃史臣作論，以挾彈盈果與望塵趨貴相提並論，無乃不倫？"《鍾山札記》卷三。余嘉錫按曰："盧氏之辨甚確。"

周中孚曰："或謂此蓋岳小年時，婦人愛其秀異，縈手贈果，要必非成童以上也。婦人亦不定是少艾，況在大道上。案男女授受不親，禮也。史云'少時'，何見得非成童以上？至遇之者皆連手縈繞，投果滿車，則婦人亦衆矣，豈竟無少艾相慕者乎？史臣以挾彈盈果與望塵趨貴並論，正譏其人自少至壯無一善狀，以爲不倫，非也。"《鄭堂札記》卷二。

8

　王夷甫容貌整麗，妙於談玄，恒捉白玉柄麈尾，與手都無分別。

○ "王夷甫" 至 "無分別"

"妙於談玄"，余嘉錫曰："《文選》四十九《晉紀總論》注引王隱《晉書》曰：'王衍不治經史，唯以莊老虛談惑世。'"

"捉白玉柄麈尾"，賀昌群曰："麈尾之用，未必始於樂廣、王衍，而談士用麈尾，從史傳來看，則始於王、樂。"《礼記》。

"與手都無分別"，朱鑄禹曰："意其手之白與玉色無所分別也。《晉書》卷四十三《王衍傳》作'與手同色'。"

【彙評】

黃輝曰："好摹寫。"

錢穆曰："想王夷甫捉麈清談之頃，必有一番閒情雅致，始以見其容之整。麗固可羨，整則可矜。從此清談捉麈，亦成爲門第中一種風流。陳顯達自以門寒位重，每遷官，常以愧懼之色戒其子，勿以富貴陵人。曰：麈尾蠅拂，是王謝家物，汝不須捉此。取而燒之。此亦見清談與當時門第背景之關係矣。"《關係》。

9

潘安仁、夏侯湛並有美容，喜同行，時人謂之"連璧"。《八王故事》曰："岳與湛著契，故好同遊。"

○ "潘安仁" 至 "連璧"

"並有美容"，田中頤曰："即爲言'璧'。"

"喜同行"，田中頤曰："即爲言'連'。"○程炎震曰："《晉書·湛傳》：'每行止，同輿接茵。'"

"謂之連璧"，徐子光曰："晉潘岳字安仁，滎陽中牟人，少以才穎見稱鄉邑爲奇童，謂終、賈之儔也。夏侯湛字孝若，譙國譙人，幼有盛才，文章宏富，善構新詞，美容觀。與潘岳友善，每行止同輿接茵，京都謂之連璧。岳美姿儀，辭藻絕麗，少時常挾彈出洛陽道，婦人遇之者，皆連手縈遶投之以菓，滿車而歸。

舉秀才，名冠世，爲衆所疾。棲遲十年，出爲河陽令。負其才，爵爵不得志，後至黃門侍郎。湛舉賢良，對策中第，終散騎常侍。”《蒙求集注》卷上“岳湛連璧”條。○余嘉錫曰：“《文選集注》百十三上《夏侯常侍誄》注引臧榮緒《晉書》曰：‘湛美容觀，才章富盛，早有名譽。與潘安仁友善，每行止，同興接茵，京師謂之連璧。’”○趙西陸曰：“鳴沙石室古籍叢殘唐寫本《類書》三種之一引《語林》：‘夏侯湛與潘岳爲友，二人並美貌，連臂而行，洛中謂之連璧。’”

10

裴令公有儁容姿，一旦有疾至困，惠帝使王夷甫往看[1]。裴方向壁臥，聞王使至[2]，強回視之。王出，語人曰：“雙目閃閃[3]，若巖下電，精神挺動，體中故小惡[4]。”《名士傳》曰：“楷病困，詔遣黃門郎王夷甫省之，楷回眸屬夷甫云：‘竟未相識。’夷甫還，亦歎其神儁。”

○“裴令公”至“故小惡”

“有儁容姿”，岡白駒曰：“俊雅也。”○田中頤曰：“謂有高出於人，不順柔之容姿。”○崔朝慶曰：“儁，卓特也。”

“聞王使至”，岡白駒曰：“聞王衍含命而至。”○田中頤曰：“王使，王爲使者也。”

“雙目閃閃若巖下電”，田中頤曰：“雙目閃閃，暫見帶光貌。若巖下電，此亦以覺其激射遠及言。”○秦士鉉曰：“閃閃，翻動貌。”

“精神挺動”，岡白駒曰：“挺動，不沈靜也，此所以‘體中故小惡’也。”○平賀房父曰：“謂氣象儁拔也。”○淇園曰：“‘若巖下電’即是‘精神挺

〔1〕“惠帝”，徐震堮曰：“《御覽》三六六作‘武帝’。”楊勇曰：“《御覽》三六六、《續談助》四引《世說》並作‘武帝’，不知孰是。”
〔2〕“聞王使至”，徐震堮曰：“《續談助》四引《小説》作‘聞王來’。‘王使’疑是‘王人’之義。”
〔3〕“雙目”，董刻本、元刻本“目”作“眸”。王先謙曰：“一本‘目’作‘眸’。《世説補》作‘眸’。”
〔4〕“小惡”，王叔岷曰：“《御覽》三六六引‘惡’下有‘耳’字。”

動’。”○田中頤曰：“以其‘閃閃’言。”○李詳曰：“枚乘《七發》‘筋骨挺解’與上下‘委隨’‘墮窳’相廁，則此‘挺解’亦是倦劮之貌。‘挺動’義並相同。”徐震堮按曰：“挺解云挺，當訓弛訓緩，《呂氏春秋・仲夏》‘挺重囚’注：‘挺，緩也。’此云‘挺動’，不得混爲一談。”○徐震堮曰：“‘挺’亦‘動’也，見《呂氏春秋・忠廉》‘不足以挺其心矣’注。‘精神挺動’承上語來。”○楊勇曰：“此‘精神挺動’，乃狀下‘體中故小惡’也。則此‘挺動’當作振動解，即不安貌。”○張永言曰：“《南齊書・張融傳》載融《海賦》：‘踉動崩五山之勢，瞗瞬煥七曜之文。’按‘踉’下原注‘音挺’。《顏氏家訓・勉學》：‘捵挏，此謂撞擣挺挏之，今之爲酪酒亦然。’按‘挺挏’同‘挺動’。”《辭典》頁四三六。○張萬起曰：“此言精神恍忽。”○方一新曰：“失譯《無明羅刹集》卷上：‘挺動兩目，光如掣電。’《古小説鉤沉》輯《幽明録》：‘挺動其耳目。’細繹文意，此二例‘挺動’當解作轉動。‘挺動’一詞都與形容目光鋭利、炯炯有神有關。”《拾詁》。○龔斌曰：“形容精神煥發有神。”

“體中故小惡”，平賀房父曰：“眼如電，精神挺動，但體中小惡已。”○淇園曰：“言其疾本非甚重。”○王叔岷曰：“‘故’猶‘乃’也。”

○注“名士傳曰”

“屬夷甫”，秦士鉉曰：“‘屬’‘矚’同。”

11

有人語王戎曰：“嵇延祖卓卓如野鶴之在雞群[1]。”答曰：“君未見其父耳[2]！”康，已見上。

○“有人語”至“見其父耳”

“嵇延祖”，程炎震曰：“《晉書・紹傳》：‘起家爲秘書丞，始入洛。’”

---

[1] “卓卓”，徐震堮《札記》曰：“《晉書・嵇紹傳》‘卓卓’作‘昂昂’。”趙西陸：“古寫本《殘類書》之一、又古寫本《修文殿御覽》殘卷、又《類聚》卷九〇引《竹林七賢論》‘卓卓’作‘昂昂’，《晉書・嵇紹傳》亦作‘昂昂’。”
[2] “君未見”，凌濛初曰：“‘君’劉本作‘卿’。”

“卓卓如野鶴之在雞群”，恩田仲任曰：“卓卓，特立貌。”○田中頤曰：“野鶴，喻大。雞群，喻小。”○王叔岷曰：“《楚辭·哀時命》：‘處卓卓而日遠兮。’王注：‘卓卓，高貌。’”

“未見其父耳”，田中頤曰：“言更又其特異。”

【彙評】

李贄曰：“嵇紹不如父。”《初潭集》卷七。

12

　　裴令公有儁容儀，脱冠冕，麤服亂頭皆好，時人以爲“玉人”。見者曰：“見裴叔則如玉山上行，光映照人[1]。”

　　○“裴令公”至“映照人”

“麤服亂頭皆好”，田中頤曰：“謂不須外飾，而全體美質也。”
“光映照人”，田中頤曰：“言其光瑩高映照人。”

【彙評】

黃輝曰：“寫得裴令公容采飛動。”

13

　　劉伶身長六尺，貌甚醜顇[2]，而悠悠忽忽，土木形

---

[1] “見裴叔則如”二句，楊勇曰：“《晉書·裴楷傳》作‘見裴叔則如近玉山，映照人也’。”
[2] “醜顇”，余嘉錫曰：“‘顇’景宋本作‘悴’。《文選集注》九十三《酒德頌》注引臧榮緒《晉書》曰：‘劉靈父爲太祖大將掾，有寵，早亡。靈長六尺，貌甚醜悴，而志氣曠放，以宇宙爲挾也。’‘悴’不作‘顇’，與宋本合。”

骸。梁祚《魏國統》曰：“劉伶字伯倫,形貌醜陋,身長六尺,然肆意放蕩,悠焉獨暢,自得一時,常以宇宙爲狹。”

○“劉伶”至“土木形骸”

“貌甚醜頯”, 岡白駒曰：“頯,䫏也。”○田中頤曰：“頯,謂枯瘦也。”○方一新曰：“‘醜頯’就是醜,當爲同義連文。‘頯’也爲醜義。字又作‘悴’。《異苑》卷九：‘晉南陽趙侯,少好諸異術,姿形悴陋,長不滿數尺。’‘悴陋’也是同義連文,‘悴’與‘陋’同義。”《漫記》。

“悠悠忽忽”, 桃井白鹿曰：“《字典》：‘忽忽,不省事也。’《晏子春秋》：‘景公築長庲之臺,晏子起舞曰：歲已暮矣,而禾不穫,忽忽矣若之何?’”○田中頤曰：“悠悠,忘懷悠遠。忽忽,不省人事。”○趙西陸曰：“《文選》宋玉《高唐賦》：‘悠悠忽忽,怊悵自失。’李善注：‘悠悠,遠貌。忽忽,迷貌。’”○王叔岷曰：“‘悠悠忽忽’,略言之則爲‘悠忽’。《淮南子·脩務篇》：‘我誕謾而悠忽。’高注：‘悠忽,遊蕩輕物也。’”○張萬起曰：“飄忽自在、酒醉迷離的樣子。”

“土木形骸”, 恩田仲任曰：“土木,不藻飾也。”○田中頤曰：“即以其‘悠悠忽忽’故。”○余嘉錫曰：“《漢書·東方朔傳》曰：‘土木衣綺繡,狗馬被繢罽。’《類聚》二十四引應璩《百一詩》曰：‘奈何季世人,侈靡及宮牆。飾巧無窮極,土木被朱光。’此皆言土木之質,不宜被以華采也。土木形骸者,謂亂頭麤服,不加修飾,視其形骸,如土木然。”○朱鑄禹曰：“言視形骸如土木,不置意修飾也。”

○注“梁祚魏國統”

《魏國統》, 大典顯常曰：“《北史·儒林傳》：梁祚,北地泥陽人,撰《魏國統》。”《集成》。○恩田仲任曰：“《唐·藝文志》曰：梁祚《魏書國記》十卷。”○沈家本曰：“《隋志》：‘《魏國統》二十卷,梁祚撰。’《舊唐志》作《國紀》十卷,《新志》作《魏書國紀》十卷。《後魏書·儒林傳》：‘梁祚,北地泥陽人。篤志好學,爲統萬鎮司馬徵爲散令,撰並陳壽《三國志》,名曰《國統》。’案此注引劉伶事。又《初學記·人部》《文部》、《御覽·兵部》《人事部》《四夷部》所引並稱《魏國統》,則作‘紀’者誤也。”《古書目》卷四。○葉德輝曰：“《隋志》：二十卷。云梁祚撰。”《書目》。

【彙評】

蕭士瑋曰："世家子弟,須以數百卷書浸貫於胸中,雖悠悠忽忽,土木形骸,而遠神自出。今率膏沐妍皮,牢裹癡骨,何異陶公所云'舉體自貨,迎送恬然'者也!"周亮工《因樹屋書影》卷四引。

14

驃騎王武子是衛玠之舅,儁爽有風姿,見玠輒歎曰:"珠玉在側,覺我形穢!"《玠別傳》曰:"驃騎王濟,玠之舅也。嘗與同遊,語人曰:'昨日吾與外生共坐,若明珠之在側,朗然來照人。'"

○"驃騎王"至"覺我形穢"

"珠玉在側"二句,田中頤曰:"儁爽,人而見之自覺形穢也。"

【彙評】

劉辰翁曰:"覺甥之好。"
李贄曰:"王濟不如甥。"《初潭集》卷七。

15

有人詣王太尉[1],遇安豐、大將軍、丞相在坐[2];往別屋,見季胤、平子。石崇《金谷詩敘》曰:"王詡字季胤,琅邪人。"《王氏譜》曰:"詡,夷甫弟也,仕至脩武令[3]。"還,語人曰:

---

〔1〕 "有人詣",趙西陸曰:"《御覽》卷八〇三引《語林》句首有'中朝'二字。"
〔2〕 "在坐",趙西陸曰:"《臥遊録》引'坐'作'堂'。"
〔3〕 "脩武令",徐震堮曰:"'令'上影宋本及沈校本有'縣'字。"

"今日之行，觸目見琳琅珠玉。"

○"有人詣"至"琳琅珠玉"

"觸目見琳琅珠玉"，田中頤曰："觸目，歷觀六人故。琳琅，亦玉名。"

16

王丞相見衛洗馬，曰："居然有羸形，雖復終日調暢，若不堪羅綺。"《玠別傳》曰："玠素抱羸疾。"《西京賦》曰："始徐進而羸形，似不勝乎羅綺[1]。"

○"王丞相"至"不堪羅綺"

"居然有羸形"，田中頤曰："言無他疾病而羸瘦之形。"○徐震堮曰："居然，'顯然'的意思。"《釋義》。

"調暢"，淇園曰："體調氣暢。"○楊勇曰："謂食散調養也。"○蕭艾曰："指風度調和、精神舒暢而言也。"《探幽》頁一〇一。

"不堪羅綺"，淇園曰："此言其羸。"○田中頤曰："天賦羸形而婉柔故。"

【彙評】

劉辰翁曰："婦人語。"
陳夢槐曰："此語足表洗馬雅弱風流。"

---

〔1〕"不勝"，王叔岷曰："《文選·西京賦》作'不任'。'勝''任''堪'並同義。"

17

王大將軍稱太尉“處衆人中[1]，似珠玉在瓦石間”[2]。

○“王大將軍”至“瓦石間”

“稱太尉”，程炎震曰：“《晉書·衍傳》：王敦過江，嘗稱之。”○徐震堮曰：“太尉，謂王衍。”

◎趙西陸曰：“古寫本《殘類書》之一《薦舉門》、《類聚》卷二二引同。”○張懋辰曰：“此則弇州所删。”

18

庾子嵩長不滿七尺，腰帶十圍，頹然自放。

○“庾子嵩”至“自放”

“庾子嵩”，徐震堮曰：“庾敳。”

“腰帶十圍”，田中頤曰：“五寸曰圍。”○秦士鉉曰：“圍，抱也。”

“頹然自放”，岡白駒曰：“言無儀飾也。”○田中頤曰：“自放，神氣爲之舒暢。”○蔣凡曰：“形容精神委散、自由舒展。”

19

衛玠從豫章至下都[3]，人久聞其名[4]，觀者如堵牆。玠先有羸疾，體不堪勞，遂成病而死。時人謂“看

---

〔1〕 “太尉處衆人中”，《考異》“太尉”作“王夷甫”，“人”下有“之”字。
〔2〕 “似珠玉”，《考異》“似”作“如”。
〔3〕 “至下都”，楊勇曰：“宋本有‘至’字，衍。《御覽》七三九、七四一引《世説》無‘至’字，是。”
〔4〕 “聞其名”，王叔岷曰：“《御覽》七三九、七四一引‘名’並作‘姿容’。”

殺衛玠”〔1〕。《玠別傳》曰：“玠在群伍之中，寔有異人之望。齠齔時，乘白羊車於洛陽市上，咸曰：‘誰家璧人？’於是家門州黨號爲‘璧人’。”按《永嘉流人名》曰：“玠以永嘉六年五月六日至豫章，其年六月二十日卒。”此則玠之南度豫章四十五日，豈暇至下都而亡乎？且諸書皆云玠亡在豫章，而不云在下都也。

○“衛玠從”至“看殺衛玠”

“至下都”，徐震堮曰：“下都，謂建鄴。晉舊都洛陽，故稱建鄴爲下都。”○楊勇曰：“‘至’字爲衍文。此‘下都’者，下京都建鄴也。”

“觀者如堵牆”，劉辰翁曰：“謂候見者多，徒欲看耳。”○余嘉錫曰：“《禮記·射義》：‘孔子射於矍相之圃，蓋觀者如堵牆。’”

“看殺衛玠”，田中頤曰：“其死即因乎觀者之多也。此等文往往頗類莊生寓言。”○趙西陸曰：“《世說補》注：按衛叔寶以與謝幼輿劇談得病。補見《文學》注，不須此紛紛也。”

○注“玠別傳曰”至“在下都也”

“齠齔時”，唐鴻學曰：“‘齠’即‘髫’，‘齔’與‘毀’通，兒童之換齒也。”

“乘白羊車”，姚鼐曰：“《通鑒》：‘太康二年帝既平吳，掖庭殆將萬人，常乘羊車恣其所之，宮人以竹葉插戶，鹽汁灑地引地車。’按羊車見《考工記》。《晉書·車服志》：‘羊車一名輦車。’此自是車名，非以羊駕其車之謂。竹葉鹽汁之云，必出小説，流俗不達車制者所妄造。唐修《晉書》誤取之，而溫公乃又承其誤。《南齊書志》亦有‘近世不復駕羊’之語，蓋亦未考，古本非‘駕羊’也。”《惜抱軒》卷五。

“家門州黨”，恩田仲任曰：“二千五百家曰州，二百五十家曰黨。”

“豈暇至下都而亡乎”，許世瑛曰：“玠亡在豫章，抑建鄴，成爲歷史上的一個疑案。《世說》卷二《文學篇》記載着‘衛玠始度江見王大將軍’云云，似乎又説他病篤在豫章，並且卷五《傷逝篇》也説：‘衛洗馬以永嘉六年喪，謝鯤哭之，感動路人。咸和中，丞相王公教曰：衛洗馬當改葬，此君風流名士，海内所瞻，可修薄祭，以敦舊好。’按咸和是晉成帝年號，而衛玠卒於晉懷帝永嘉六年，

---

〔1〕 “時人謂”，王叔岷曰：“《御覽》兩引‘謂’下並有‘之’字。”

其間相隔二十餘年，方才把他的靈柩改塋於江寧，那麼最初他一定不死在江寧，否則又那會先葬於豫章，後來再改遷的呢。根據這一點他一定亡於豫章，是無可置疑的了。"《衛玠與王濛》。○楊勇曰："孝標注謂玠永嘉六年五月六日至豫章，其年六月二十日卒，因南渡止有四十五日，豈暇至洛陽古城之下都而亡？其說甚是。然又不知'至'字爲衍文。"

【彙評】

孫元晏曰："叔寶羊車海内稀，山家女壻好風姿。江東士女無端甚，看殺玉人渾不知。"《詠史詩·衛玠》，《全唐詩》卷七六七。

許世瑛曰："他一定亡於豫章，是無可置疑的了。如果這個大前提決定，'看殺衛玠'那一段記載就有好事者爲之説的嫌疑，並且縱使叔寶體弱，與謝幼輿通宵對話，容或因勞致疾，以至病篤不起，也決不會因爲觀者如堵，就會體不堪勞，成疾而死的。如果真是如此，豈不比《紅樓夢》裏所説的林姑娘還要不濟嗎？請想寧有是理，所以我以爲這個傳説的形成，完全由於叔寶太美了，而且是東方式的文弱美，爲了要證實他的確美而弱，好事者就杜撰了這個故事，好讓人相信。"《衛玠與王濛》。

20

周伯仁道桓茂倫："嶔崎歷落，可笑人。"或云謝幼輿言。

○ "周伯仁"至"謝幼輿言"

"道桓茂倫"，徐震堮曰："桓彝。"○吳金華曰："'道'作評議講，後面有直接賓語（所評之人）和間接賓語（評語）。"《考釋》頁一六三。

"嶔崎歷落"，方以智曰："周顗歎茂弘'嶔崎歷落'，即磊落也。"《通雅》卷七。○岡白駒曰："嶔崎，聳立貌。歷落，魁礧貌。此本石之貌，蓋謂其無文飾而椎樸也。"○桃井白鹿曰："《字彙》：嶔崎，山不正貌。歷落，疏闊貌。"○田中頤曰："言其容止譬如山路低昂，出顯不恒，其不正平者，歷亂相聚乎其一身，真可笑殺之人也。"○張萬起曰："嶔崎,山高峻的樣子,形容人奇崛不群。歷落,猶磊落。"

"可笑人",李治曰："周顗歎重桓彝云:'茂倫嶔崎歷落,可笑人也。'渭上老人以爲古人語倒,治以爲不然。蓋顗謂彝爲人不群,世多忽之,所以見笑於人耳!此正言其美,非語倒也。"《敬齋古今黈》卷四。吳金華按曰:"'語倒'即說反話。"《考釋》頁一六三。○岡白駒曰："固可笑之人也。"○郭在貽曰:"'可笑'一詞,亦'非常'義。'可笑人'即非常之人。'可笑'作'非常'解,《祖堂集》一書中屢屢見之。"《瑣記》。

"或云謝幼輿言",程炎震曰："《晉書·彝傳》亦謂是周顗語。"○李詳曰:"《晉書·桓彝傳》作周顗語。"

【彙評】

劉辰翁曰："太白全用此語,似切似偷。"按指李白《上安州李長史書》。

21

　　周侯説王長史父:《王氏譜》曰:"訥字文開[1],太原人。祖默[2],尚書。父祐[3],散騎常侍[4]。訥始過江,仕至新淦令。""形貌既偉,雅懷有概,保而用之,可作諸許物也。"

　　○"周侯説"至"諸許物也"

　　"周侯説",張萬起曰："説,評論。"

---

〔1〕 "訥字文開",董刻本、元刻本"訥"作"訕",下同。王利器曰:"蔣校本同,餘本作'訥字文開',下'訕'字並同。案'訥字文開'是,《太原晉陽王氏譜》:'訥,佑子,字文開,新淦令。'"朱鑄禹曰:"袁本作'訥'是。"又,董刻本"開"作"淵"。余嘉錫曰:"'開'景宋本作'淵'。"朱鑄禹曰:"袁本作'文開'是。"

〔2〕 "祖默",楊勇曰:"《晉書·王濛傳》作'曾祖黯'。按'黯'爲'默'之誤。"

〔3〕 "父祐",秦士鉉曰:"一作'佑'。"程炎震曰:"'祐'當作'祐',各本皆誤。"余嘉錫曰:"'祐'景宋本作'祐'。《言語篇》注作'佐',《晉書》楊駿、王湛、王濟、王濛等傳並作'佑'。"楊勇曰:"宋本作'祐',非。汪藻《太原王氏譜》、本書《汰侈篇》九注並作'佑',是。"

〔4〕 "散騎常侍",張熷《讀史舉正》卷五:"《王濛傳》:'祖佑,北軍中候。'案《世説新語》注《王氏譜》:'佑,散騎常侍。'"

“雅懷有概”，岡白駒曰：“概，節概也，謂操介。”〇大典顯常曰：“概，量也。”〇田中頤曰：“‘概’與‘慨’同。謂雅懷中有慷慨之氣象。”〇王叔岷曰：“‘概’猶‘量’也。《漢書・楊惲傳》：‘漂然皆有節概。’師古注：‘概，度量也。’”〇周一良曰：“有概，‘高概遠量’（《抱朴・備闕》），‘操乏端概’（《宋文》），‘淺概’（《梁文》），‘忠貞爲概’（《梁文》），‘弱識褊概’（《梁文》）。”《批校》。〇張萬起曰：“概，風度節操。”

“保而用之”，岡白駒曰：“保，保任也。”〇田中頤曰：“言保護而能任用之。”

“可作諸許物也”，劉辰翁曰：“諸許，猶言一切也。”〇岡白駒曰：“官職莫所不可。”〇大典顯常曰：“諸多，猶許多也。”《攝補》。〇田中頤曰：“諸許，舊説‘猶云一切’爲是。此言可作成幾百事物也。”〇秦士鉉曰：“諸許，猶‘許多’。”〇徐震堮曰：“謂所用非一端也。《後漢書・楚王英傳》：‘勉強飲食諸許。’‘諸許物’猶言諸物。”吳金華按曰：“援引《後漢書》爲例，實屬誤證。（《楚王英傳》）詔文中的‘諸許’指參與楚王謀逆的許氏諸人。當時諸許均已在押，所以詔文特將釋放諸許的情況告訴許太后。徐氏《校箋》把‘勉強飲食諸許’連成一讀，未免粗疏。”《考釋》頁一六四。〇吳金華曰：“‘許’是表示約略之數的附加語。”《考釋》頁一六四。

22

祖士少見衛君長云：“此人有旄仗下形[1]。”

〇“祖士少”至“旄仗下形”

“旄仗下形”，岡白駒曰：“旄，羽旄也。仗，劍戟總稱。旄仗下形，謂勇武也。”〇淇園曰：“言有可爲將率之相。”〇恩田仲任曰：“殿下兵衛曰仗。旄，以旄牛尾爲之。”〇楊勇曰：“《説文》：‘旄，幢也。’《定聲》：‘旄字亦作犛，旄旛竿節也。’‘旄仗下形’即旄仗形，‘下’字副詞，無義。”〇朱鑄禹曰：“此言衛有帝王之象也。”龔斌按曰：“非是。”〇蔣凡曰：“旄杖，旄節儀仗。旄節爲將帥信物。言外之意，見出衛永具有擁旄節雄視一方的將帥之風度氣象。”〇龔斌曰：

---

[1] “旄仗”，余嘉錫曰：“‘仗’景宋本作‘杖’。”龔斌曰：“《漢書・五行志》：‘出軍行師，把旄杖鉞。’據此，當作‘杖’。”

"秉旄杖節,當指主持軍旅之事。祖約云'此人有旄仗下形',乃贊歎永有將帥風度。"

23

石頭事故,朝廷傾覆。《晉陽秋》曰:"蘇峻自姑孰至于石頭〔1〕,逼遷天子。峻以倉屋爲宮,使人守衛。"《靈鬼志謠徵》曰:"明帝末有謠歌〔2〕:'側側力,放馬出山側〔3〕。大馬死,小馬餓。'後峻遷帝於石頭,御膳不具。"溫忠武與庾文康投陶公求救〔4〕,陶公云:"肅祖顧命不見及,且蘇峻作亂,釁由諸庾,誅其兄弟,不足以謝天下。"徐廣《晉紀》曰:"肅祖遺詔,庾亮、王導輔幼主而進大臣官,陶侃、祖約不在其例。侃、約疑亮寢遺詔也。"《中興書》曰:"初,庾亮欲徵蘇峻,卞壺不許。溫嶠及三吳欲起兵衛帝室,亮不聽,下制曰:'妄起兵者誅!'故峻得作亂京邑也。"于時庾在溫船後聞之,憂怖無計。別日,溫勸庾見陶,庾猶豫未能往,溫曰:"溪狗我所悉,卿但見之,必無憂也!"庾風姿神貌,陶一見便改觀。談宴竟日,愛重頓至。

○"石頭事故"至"愛重頓至"

"石頭事故",張萬起曰:"咸和二年,歷陽太守蘇峻以誅庾亮爲名,舉兵反,攻陷都城建康,自掌朝政,並遷晉成帝於石頭城。"

"投陶公求救",程炎震曰:"以《晉書》陶侃、溫嶠、庾亮諸傳參考之,亮

〔1〕 "姑孰",楊勇曰:"'孰'宋本作'熟',非。"
〔2〕 "明帝末有謠歌",董刻本"歌"下有"曰"。程炎震曰:"《晉書·五行志》作'明帝太寧初'。"
〔3〕 "側側力放馬出山側",董刻本奪一"側"字。程炎震曰:"(《晉書·五行志》)重'力'字,無'出'字。"徐震堮《札記》曰:"《晉書·五行志》作'惻惻力力,放馬山側,大馬死,小馬餓,高山奔,石自破'。"
〔4〕 "投陶公求救",余嘉錫曰:"景宋本及沈本俱無'陶公求救'四字。"王利器曰:"蔣校本、沈校本同,餘本作'溫忠武與庾文康投陶公求救,陶公云',義較明白。"

奔溫嶠於尋陽。侃後自江陵至，溫、庾未嘗投陶也。"

"誅其兄弟"，趙西陸曰："謂亮及弟冰、翼。"

"別日"，張永言曰："他日，指後來某日。"《辭典》頁二三。

"溪狗我所悉"，王謨曰："按《韻書》，江右人曰偊。《南史‧胡諧之傳》：'是何偊狗。'諧之南昌人，故云。今考諧之本傳云：'上欲獎以貴族盛姻，以諧之家人語偊，音不正，乃遣宮內四五人往諧之家教子女語。二年後，帝問曰："卿家人語音已正未？"諧之答曰："宮人少，臣家人多，非惟不能得正音，遂使宮人頓成偊語。"帝大笑。'又云：'諧之就梁州刺史范柏年求佳馬，柏年患之，謂使者："馬非狗子，那可得爲應無極之求？"接使人薄。使人致恨，歸謂諧之曰："柏年：諧之是何偊狗，無厭之求！"'以偊音不正，故斥爲偊狗耳。又《世說》載云云，陶亦江右人，土音相同，是則偊本江右人發語聲，如勾吳、於越之類。"《江西考古錄》卷十。○李慈銘曰："前代人呼江西人爲雞。高新鄭見嚴介溪，有'大雞小雞'之謔，常不解所謂。按《南史‧胡諧之傳》：'諧之，豫章南昌人。齊武帝欲獎以貴族盛姻，以諧之家人語偊，音不正，乃遣宮內四五人往諧之家教子女語。二年後，帝問諧之曰："卿家人語音正未？"答曰："宮人少，臣家人多，非唯不能得正音，遂使宮人頓成偊語。"帝大笑。'又范柏年云'胡諧是何偊狗'。乃知江西人曰'偊'，因'偊'誤爲'雞'也。"《越縵堂日記》第五冊。○程炎震曰："'溪狗'之'溪'，當從亻。'偊狗'字亦見《南史‧胡諧之傳》。陶，豫章人，故云偊狗。李蓴客《孟學齋日記》以明人呼江西人爲'雞'，是'偊'之誤。"○劉盼遂曰："陶久刺交廣，五溪卵育之地，故溫取以戲之也。"○周一良曰："有所謂溪人者，多以漁釣爲業，如唐代蠻蜑漁蜑之比。散在南境諸州。蓋陶公正是漁賤户之溪人，故顯貴之後，猶不能逃太真之輕詆。"《政策》，《論集》頁五一。○陳寅恪曰："據《後漢書》一一六《南蠻傳》略云：'[帝高辛氏之畜狗]槃瓠得[帝]女，負而走入南山，經三年，生子一十二人，六男六女。槃瓠死後，因自相夫妻。語言侏離，今長沙武陵蠻是也。'同書同卷章懷注引干寶《晉紀》云：'武陵、長沙、廬江、郡夷，槃瓠之後也。雜處五溪之內。'此支蠻種所以號爲'溪'者，與五溪地名至有關係。江左名人如陶侃及淵明亦出於溪族。《世說新語‧容止篇》'石頭事故，朝廷傾覆'條記庾亮畏見陶侃，而溫嶠勸亮往之言曰：'溪狗我所悉，卿但見之，必無憂也。'夫太真目士行爲溪人，或沿中州冠帶輕詆吳人之舊習，非別有確證，不能遽信爲實。然據《後漢書‧南蠻傳》章懷注引干寶《晉紀》，知廬江郡之地即士行鄉里所在，原爲溪族雜處區域。士行少時既以捕魚爲業，又出於溪族雜處之廬江郡，故於太真溪狗之誚，終不免有重大之嫌疑。”又曰：“‘傒’即‘溪’字，所以從人旁者，猶俚族之‘俚’字，其初本只作‘里’，後來始加人旁。”《魏書司馬叡傳江東民族條釋證及推論》，《叢稿初編》頁八九至九四。○余嘉錫曰：“《淮南子·本經訓》云：‘傒人之子女。’注云：‘傒，繫囚之繫，讀若雞。’是‘傒’可轉爲‘雞’之證。南朝士夫呼江右人爲傒狗，猶之呼北人爲傖父，皆輕詆之辭。陶侃本鄱陽人，家於尋陽，皆江右地，故得此稱。”○趙西陸曰：“陶侃本鄱陽人。吳平，徙家廬江之尋陽，故溫嶠以‘傒狗’詈之。”

“愛重頓至”，劉淇曰：“頓，遽然也。”《辨略》卷四。

◎郎瑛曰：“蘇峻之亂，因庾亮輕下詔征之，既而下石頭，朝廷傾覆，亮奔溫嶠。嶠勸亮見陶侃。蓋時起義兵而衆推侃爲盟主也。侃意正欲誅亮以謝天下，亮猶豫不敢。此事重出。其一曰溫云：‘溪狗我所悉知。卿但見之。’因而陶見庾貌丰姿神爽，遂改觀，歡宴終日。一曰：‘卿但遙拜，保無他也。’陶見之不覺釋然。殊不思陶乃尚事功而厭清談，飲有限而鄙時流者，豈丰姿神爽使能改欲誅之意，且得歡宴終日耶？又使遙拜保無他？亮亦天子以下一人，此言輕可語之耶？《陶傳》自云：‘庾請拜謝。’陶曰：‘元規乃拜士行耶？’此足以見其實也。況一條自相矛盾。此書以清談奇譎高尚穎敏之事爲主，故多取於晉者，似不作可也。”《七修類稿》卷二十三。

○注“靈鬼志謠徵曰”

《靈鬼志謠徵》，沈家本曰：“《隋志》：‘《靈鬼志》三卷，荀氏撰。’二《唐志》同。案注中所引有‘謠徵’二字，似是此書之篇目。”《古書目》卷四。○葉德輝曰：“《隋志》：三卷。云荀氏撰。按《謠徵》疑其篇目也。”《書目》。

“側側力”四句，徐震堮曰：“《晉書·五行志》作：‘惻惻力力，放馬山側，大馬死，小馬餓。高山崩，石自破。’云：‘及明帝崩，成帝幼，爲蘇峻所逼，遷於石頭，御膳不足，此“大馬死，小馬餓”也。高山，峻也，又言蘇峻尋死。石，峻弟蘇石也。峻死後，石據石頭，尋爲諸公所破，復是崩山石破之應也。’”

王世貞曰："自陶士行歿，而梅陶與人書謂'陶公機神明鑒似魏武，忠順勤勞似孔明'，而纂史者略節其善而稱之，遂以爲江左之巨擘。吾以爲士行知爲名鎮將而已，殆不知有晉也。當處仲之作逆也，士行雖失職居廣州，然所部不乏軍食，且負嶺海之固，坐視其先後之兵起，而進不聞一言以相阻，退不聞與譙王、甘卓之盟以掎其後。假令處仲遂得志，始興當爲司馬孚，而士行不亦爲孔光、王舜乎？蘇峻之難，京師已失守矣，當號哭而勤王，以死誓討賊可也，而乃以不預顧命爲恨。其拒溫平南曰：'吾疆場外將，不敢越局。'士行何官何寄也，而稱越局？茲何時也，而尚恨顧命之不預哉？兵既發而復追之還，食有餘而不肯貸太真，至動義旗回指之説，然後勉強以趨事，僥倖而成功耳。假令太真款，郗氏伏，峻亦遂得志，而勸進之箋亦可自荊州發乎？亦遂可爲峻之孔光、王舜乎？或若劉、石之分王乎？吾不知其所自處也。史稱其有異志，以夢折翼祥而止；又稱其瓌瑋珍異，富於天府，寧盡誣哉！凡士行之所爲治，治於其所自有之地而已。其有功於晉者，僅居一焉，而又不純。唐之李臨淮亦類之，臨淮之功，大於士行，而不能終。其勸王忠嗣之行賂，與激史思明之叛，蓋可以窺其所以不終矣。吾嘗謂是二公者，稱名將可也，稱賢臣不可也。"李玄白按曰："責侃以不知，有晉斷案嚴明，堪令俯首。"《王郭兩先生崇論·王弇州崇論》卷三。

王世懋曰："陶士行不能殺元規，未是英雄。"

王夫之曰："溫嶠，人傑也，亮敗竄，而嶠敬之不衰，必有以矣。峻雖反，主雖危，而終平大難者，郗鑒、溫嶠也；以死殉國者，卞壺也；皆亮所引與同衛社稷者也。抑權臣，扶幼主，亮與諸君子有同心，特謀大而智小，志正而術疏耳。"《讀通鑒論》卷十三。

24

庾太尉在武昌，秋夜氣佳景清，使吏殷浩[1]、王胡

---

[1] "使吏"，程炎震曰："'使'字宋本及《晉書·亮傳》均作'佐'。"徐震堮《札記》曰："《晉書·庾亮傳》'使吏'作'佐使'。"余嘉錫曰："'使'景宋本及沈本俱作'佐'。"龔斌曰："《藝文類聚》七〇亦作'佐'，是。"

之之徒登南樓理詠。音調始遒〔1〕，聞函道中有屐聲甚厲，定是庾公。俄而率左右十許人步來，諸賢欲起避之。公徐云：“諸君少住，老子於此處興復不淺！”因便據胡牀〔2〕，與諸人詠謔，竟坐甚得任樂。後王逸少下，與丞相言及此事。丞相曰：“元規爾時風範，不得不小穨〔3〕。”右軍答曰：“唯丘壑獨存〔4〕。”孫綽《庾亮碑文》曰：“公雅好所託，常在塵垢之外〔5〕。雖柔心應世，蠖屈其迹，而方寸湛然，固以玄對山水。”

　　〇“庾太尉”至“欲起避之”

　　“庾太尉在武昌”，恩田仲任曰：“《宋書·州郡志》：‘《晉起居注》：太康元年改江夏爲武昌郡。’”〇蔣凡曰：“陶侃死後，庾亮代其鎮武昌，任征西將軍，江、荊、豫三州刺史，時在咸和九年，其人生已進入晚年。”

　　“理詠”，恩田仲任曰：“理詠，猶言發詠。”〇田中頤曰：“此謂理詠性情，而其詩之音調始遒貫之時。”〇張萬起曰：“調理韻律，吟詠詩歌。”〇龔斌曰：“理詠，謂言詠、談詠也。”

　　“聞函道中”，吳聿曰：“函道，今所謂胡梯是也。”《觀林詩話》。〇秦士鉉曰：“函道，閣道也。按登樓梯兩邊有障者。”〇徐震堮曰：“此函道當指樓梯。”

　　“屐聲甚厲”，田中頤曰：“‘甚厲’二字，見庾平生端拱巍然之姿。此爲言風範。”〇張萬起曰：“厲，疾速。”

　　“欲起避之”，田中頤曰：“嚴憚之也。”

　　〇“公徐云”至“甚得任樂”

　　“老子”，翟灝曰：“《老學庵筆記》：‘南鄭俚俗謂父曰老子，雖年十七八，有子亦稱老子。乃悟西人所謂大范老子，蓋尊之以爲父也。’按西人並不以‘老子’爲尊，唯自稱有然。《後漢書·韓康傳》：‘亭長使奪其牛，康即與之。使者

〔1〕 “始遒”，楊勇曰：“‘始’，《類聚》七〇引《世説》作‘甚’。”
〔2〕 “因便”，余嘉錫曰：“‘因’沈本作‘自’。”
〔3〕 “小穨”，余嘉錫曰：“‘穨’景宋本作‘頹’。”趙西陸曰：“《臥遊録》引‘小’作‘少’。”
〔4〕 “獨存”，元刻本作“猶存”。
〔5〕 “常在”，董刻本“在”作“任”。王利器曰：“各本‘任’都作‘在’，義較長。”

欲奏殺亭長，康曰：此自老子與之，亭長何罪？'康乃京兆霸陵人，止可爲的證者。《三國志‧甘寧傳》注：'夜入魏軍，軍皆鼓譟舉火。還見權，權曰：足以驚駭老子否？'此'老子'似謂曹操。權豈欲尊操而云然乎？《晉書‧陶侃傳》：'顧謂王愆期曰：老子婆婆，正坐諸君輩。'《應詹傳》：'鎮南大將軍劉弘謂曰：君器識宏深，後當代老子于荊南矣。'《庾亮傳》：'諸君少住，老子于此興復不淺。'諸人不皆西產，而其自稱如此，必當時無以稱父者，故得通行不爲嫌。若《五代史‧馮道傳》：'耶律德光誚之曰：汝是何等老子？對曰：無材無德，癡頑老子。'更顯見其稱之不尊矣。"《通俗編》卷十八。○錢大昕曰："'老子'爲長老之通稱。《晉書‧孝友傳》：'潘綜與父驃共走避賊，驃年老行遲，賊轉逼驃，驃亦請賊曰：兒年少自能走，今爲老子不去，老子不惜死，乞活此兒。'則似對其子言之矣。《老學庵筆記》：'西陲俚俗謂父爲老子。'"《恒言錄》卷三。○秦士鉉曰："老子，猶言老夫。陶侃'老子婆婆正坐諸君'，亦是。"○沈欽韓曰："《馬援傳》：'頗哀老子，使得放遊。'甄阜梁丘賜移書光武叔父趙王良曰：'老子不率宗族，單綺騎牛。'此則野老之賤稱也。晉庾亮云：'老子於此興復不淺。'陶侃去武昌，曰：'老子婆婆，正坐諸君。'則貴者通自稱，猶曰老夫也。"《後漢書疏證》卷十。○劉盼遂曰："自稱'老子'爲當時通語。陶侃怒庾亮築石頭以擬老子（《通鑑‧晉紀》），何點謂梁武帝乃欲臣老子（《梁書》本傳），皆是。今北人往往自誇曰'替老子'，其遺語也。此語始見於韓康（《後漢書‧逸民傳》）。"○余嘉錫曰："漢、晉人之自稱'老子'，猶'老夫'也，有自謙之意焉。至宋時，流俗乃稱爲人父者爲'老子'。陸游言西人稱大范老子，事見朱子《三朝名臣錄》七引《名臣傳》云：'仲淹領延安，養兵畜銳，夏人聞之，相戒曰："今小范老子腹中自有兵甲，不比大范老子可欺也。"戎人呼知州爲老子。大范謂雍也。'是則西夏人之稱大范，固非尊敬其人，然呼知州爲老子，正是以其爲父母官而尊之，猶後人之稱官爲老爺也。翟氏據漢、晉人之所以自稱者以駁陸游，是不知古今之異也。"○周一良曰："《宋書》九一《潘綜傳》：'驃亦請賊曰：兒年少，自能走，今爲老子不走去。老子不惜死，乞活此兒。'是'老子'非自傲之詞，如今人所云也。"《批校》。又曰："'老子'蓋老人所通用之第一人稱代詞，不似後代之作爲倨傲之第一人稱。《世說新語‧容止篇》載庾亮對僚屬自稱'老子於此處興復不淺'，與諸人詠謔甚歡，亦非由於對下屬而傲慢也。"《史札》頁二〇九。

"於此處"，淇園曰："此處，指諸人在坐之處。"○張萬起曰："對於此事。指吟詩之事。"

“詠謔”，田中頤曰：“詠詩且戲謔。”○龔斌曰：“‘詠謔’即清言戲謔，爲‘理詠’内容也。”

“竟坐甚得任樂”，田中頤曰：“謂諸人因得任意歡樂也。”○張萬起曰：“竟坐，終坐。”

○“後王逸少”至“丘壑獨存”

“王逸少下”，淇園曰：“下江也。”○恩田仲任曰：“下，謂往都也。”○趙西陸曰：“《晉書·王羲之傳》：‘征西將軍庾亮請爲參軍，累遷長史。’”

“元規爾時風範”二句，王世懋曰：“王意重庾。”○大典顯常曰：“《晉陽秋》：‘亮端拱巖然，郡人嚴憚之，覿接之者，數人而已。’故王云爾。”○田中頤曰：“言庾平生作意自重之風範，爲此不得不小頹。”○趙西陸曰：“《晉書·庾亮傳》：‘風格峻整，動由禮節。閨門之内，不肅而成。’”○張萬起曰：“小穨，稍有敗損。”

“唯丘壑獨存”，岡白駒曰：“謂忘身在勢位也。亮嘗有丘壑志，故人以謝鯤方亮，謝云一丘一壑，自謂過之。”○大典顯常曰：“言當爾時，庾唯以丘壑之心相接耳。按《新論》，齊之華士棲遲丘壑而太公誅之。班固《敘傳》：‘漁釣於一壑，則萬物不奸其志；棲遲於一丘，則天下不易其樂。’《簡文帝紀》：‘自足山水，棲遲丘壑。’《洛陽伽藍記》：楊元慎父辭‘自得丘壑，不事王侯’。梁簡文帝《安成蕃王墓誌》：‘得意琴書，忘言丘壑。’與前‘一丘一壑’，猶言江湖湖海也。”○田中頤曰：“言其風範大穨，唯有山水風月之懷獨存也。”

○注“孫綽庾亮碑文曰”

“雅好所託”，岡白駒曰：“雅好，志尚不俗也。”○平賀房父曰：“託心於無爲也。”○田中頤曰：“雅好，謂素好。”

“雖柔心應世”二句，田中頤曰：“柔者，無所礙礙之謂，乃見得山水之好，其天賦。”○秦士鉉曰：“柔心應世，猶屏風也。尺蠖，蟲名，屈伸而行者。《繫辭》：‘尺蠖之屈，以求信也。’”

“方寸湛然”，岡白駒曰：“湛，澄也，澹也。”○恩田仲任曰：“安也。”○田中頤曰：“深没貌。”

“固以玄對山水”，田中頤曰：“此語其雅好所託，故曰‘固’也。言其思之所在，未曾忘對山水之趣也。”

【彙評】

李白曰：“清景南樓夜，風流在武昌。庾公愛秋月，乘興坐胡床。龍笛吟寒水，天河落曉霜。我心還不淺，懷古醉餘觴。”《陪宋中丞武昌夜飲懷古江夏》。

劉辰翁曰：“觀此語，元規巍峨可想。”按凌瀛初本“可想”作“可思”。

王思任曰：“一時清美豪逸，如對畫秋。”

袁中道曰：“事更韻。”《舌華錄》卷五。

唐汝詢曰：“南樓秋月明，庾公興不淺。把酒坐胡牀，忽與塵氛遠。風流良足多，經綸竟如何？誰令召蘇峻，幾滅晉山河。”《顧氏詩史》卷八。

徐乾學曰：“南樓月上時，元規甚瀟灑。長嘯據胡牀，縱橫命觴斝。是時方清宴，江介無戎馬。物望殷深源，清言褚季野。賓佐堪留連，山川足吟寫。千古庾征西，流傳入風雅。一朝召寇至，宮省如亂蓬。膝屈陶太尉，心慚鍾侍中。狼狽尚征鎮，茂弘愁西風。雖荷棟梁任，曾無分寸功。猶餘清興發，差與名士同。”《憺園文集》卷四《南樓》。

25

王敬豫有美形，問訊王公。王公撫其肩曰[1]：“阿奴恨才不稱！”又云：“敬豫事事似王公。”《語林》曰：“謝公云：‘小時在殿廷會見丞相，便覺清風來拂人。’”

○“王敬豫”至“似王公”

“王敬豫”，秦士鉉曰：“王恬字敬豫，導第二子。”

“問訊王公”，秦士鉉曰：“王公，即王丞相。”○楊勇曰：“問訊，問起居、問安也。”○方一新曰：“問訊，猶言拜見、請安。《賢媛》：‘時來問訊。’《簡傲》：‘見郗公攝履問訊。’《排調》：‘方攝履問訊，’《儉嗇》：‘常朝旦問訊。’”《釋義》。

“恨才不稱”，田中頤曰：“此謂徒有美形。”○余嘉錫曰：“《德行篇》：‘丞相見長豫輒喜，見敬豫輒嗔。’注引《文字志》曰：‘王恬字敬豫，少卓犖不羈，

---

〔1〕“王公”，董刻本、元刻本無二字。周一良《批校》曰：“宋本‘王公’二字不迻。”

疾學尚武，不爲導所重。’此恨其才不稱貌，亦嘖之也。”○楊勇曰：“恨，惜也。”

“又云”，淇園曰：“‘又云’之‘又’字恐‘或’字誤，不然王公無自稱‘王公’之理。”○秦士鉉曰：“‘又云’，記者載世之所云也。”○李慈銘曰：“‘又云’字有誤。上文乃導自謂其子之語，下不得作‘又云’也。當是他人品目之語。”《簡端記》。○楊勇曰：“‘又’，有也。正是李説‘他人品目之語’。”○朱鑄禹曰：“‘又云’，此爲臨川附記當時人之評論。”

“事事似王公”，田中頤曰：“此謂不唯美形，亦有才度。”

○注“語林曰”

“便覺清風來拂人”，田中頤曰：“言殿廷本當威嚴之地，面丞相而便覺清風來拂地也。”○程炎震曰：“王導卒時，謝安才二十歲，何由於殿廷見導乎？蓋從其父衰官京師，故得見耳。”

26

王右軍見杜弘治，歎曰：“面如凝脂，眼如點漆，此神仙中人。”《江左名士傳》曰：“永和中，劉真長、謝仁祖共商略中朝人士。或曰：‘杜弘治清標令上，爲後來之美，又面如凝脂，眼如點漆，粗可得方諸衛玠。’”時人有稱王長史形者，蔡公曰：“恨諸人不見杜弘治耳！”

○“王右軍”至“杜弘治耳”

“杜弘治”，徐子光曰：“晉杜乂字弘治，成恭皇后父也。性純和，美姿容，有盛名於江左。王羲之目之曰：‘膚若凝脂，眼如點漆，此神仙人也。’桓彝亦曰：‘衛玠神清，杜乂形清。’仕爲丹陽丞。”《蒙求集注》卷上“弘治凝脂”條。

“面如凝脂”，王叔岷曰：“《詩·衛風·碩人》：‘膚如凝脂。’”

“有稱王長史形者”，崔朝慶曰：“稱其形貌俊美也。”

“蔡公”，張萬起曰：“指蔡謨。”

“恨諸人不見杜弘治”，田中頤曰：“言王非不美形，然特人間中之尤物者，恨不見杜之神仙也。"

○注"江左名士傳曰"

"清標令上"，朱鑄禹曰："神情清舉高尚也。"
"粗可得"，楊勇曰："猶今言差不多也。"
"方諸衛玠"，秦士鉉曰："杜形清，衛神清。"

【彙評】

伯克利手批曰："晉人尚儀容，真可謂皮相。"

27

劉尹道桓公："鬢如反猬皮，眉如紫石稜[1]，自是孫仲謀、司馬宣王一流人。"宋明帝《文章志》曰："溫爲溫嶠所賞，故名溫。"《吳志》曰："孫權字仲謀，策弟也。漢使者劉琬語人曰：'吾觀孫氏兄弟，雖並有才秀明達，皆禄祚不終[2]。唯中弟孝廉，形貌魁偉，骨體不恒，有大貴之表。'"《晉陽秋》曰："宣王天姿傑邁，有英雄之略。"

○"劉尹道"至"一流人"

"鬢如反猬皮"，參見校文。岡白駒曰："猬，毛有刺，如栗房。反，毛反張也。"○楊勇曰："反猬毛，即倒猬毛也。如猬鼠毛反倒之錯亂也。"

"眉如紫石稜"，參見校文。桃井白鹿曰："紫石，藥石，出隴州者，其稜甚鋭，見《嶺表録異》。"○恩田仲任曰："《本草綱目》引《嶺表録異》曰：'瀧州山

---

[1]　"鬢如反猬皮"二句，大典顯常《撮補》曰："'紫石稜'非眼不可形容人，爲'眉'恐非。"平賀房父曰："《晉書》'鬢'作'須'，'皮'作'磔'，'眉'作'眼'，俱是。"秦士鉉曰："《晉書》：'鬢作蝟毛磔。''眼'或作'眉'，誤。"程炎震曰："《晉書·溫傳》作'眼如紫石稜，鬢作蝟毛磔，孫仲謀、晉宣王之流亞也'，《御覽》三百六十六引'眉'亦作'眼'。"又，《御覽》三六六引《郭子》"皮"作"毛"。楊勇曰："宋本作'反猬皮'，非。今據《御覽》改。"
[2]　"禄祚"，余嘉錫曰："'祚'景宋本及沈本俱作'祚'。"徐震堮《札記》曰："《吳志》'祚'作'祚'。"

中多紫英石，其色淡紫，其質瑩澈，隨其大小皆五稜，兩頭如箭鏃。'○朱鑄禹曰："以之譬喻眼色淡紫色而瑩澈。若'眉'，乃不可通矣。"○張萬起曰："二句謂桓溫鬢毛稠密而四向豎起，雙眉濃重而剛健，狀貌非凡。"

"孫仲謀司馬宣王一流人"，田中頤曰："以爲貴達之相。"○趙西陸曰："《御覽》三六三引《江表傳》曰：'孫權生而方頤大口，目有精光。'"

○注"吳志曰"

"中弟孝廉"，秦士鉉曰："孫權初舉孝廉。"○徐震堮曰："謂孫權。《吳志》本傳：'郡察孝廉，州舉茂才。'"

"骨體不恒"，楊勇曰："不恒，不常、不凡也。"

【彙評】

劉辰翁曰："英物爾醜。"

李鄴嗣曰："將軍磊砢流，振袖時獨起。鬢如反猬皮，顧眄亦可喜。盤馬始兩轉，一發應一矢。慷慨常自言，大白即滿舉。丈夫提千兵，要在雪國恥。志士痛朝危，老驥驟千里。若死户牖間，故自常奴耳。"《集世説詩》。

周紹賢曰："善談名理者，亦好談相術（如溫嶠、劉惔爲桓溫相面），才性名理與相術之理路相通，惟品鑒人才，可佐朝廷取士之用，故爲士大夫所尚；相人者，務言人之休咎，故流行於民間。"《述論》頁四一。

蔣凡曰："桓溫相貌毛磔奇偉，不可以尋常觀之，頗有一代梟雄之相。"

28

王敬倫風姿似父。作侍中，加授桓公，公服從大門入。桓公望之，曰："大奴固自有鳳毛。"大奴，王劭也，已見。《中興書》曰："劭美姿容，持儀操也[1]。"

---

[1]　"持儀操"，董刻本無"操"字。余嘉錫曰："景宋本及沈本無'操'字。"王利器曰："蔣校本、沈校本同，餘本'儀'下有'操'字，是。"龔斌曰："儀操，謂儀容操守也。"

○"王敬倫"至"從大門入"

"風姿似父"，朱鑄禹曰："劭爲王導第五子。"

"作侍中加授桓公"，張端木曰："似奉敕往桓許宣命加授也。事在謝超宗前。"○大典顯常曰："哀帝興寧元年五月，加征西大將軍桓溫侍中、大司馬，都督中外諸軍事、録尚書事，假黄鉞。"《集成》。○程炎震曰："《御覽》二百七引《晉中興書》曰：'桓溫授侍中太尉，固讓不受。旬月之中，使者八至，軺軒相望於道。溫遂親職。'按《晉書·穆紀》：'永和八年七月丁酉，以征西大將軍桓溫爲太尉。'《溫傳》則云'固讓不拜'，據此知溫終就職也。《晉書·哀紀》：'興寧元年五月，加征西大將軍桓溫侍中、大司馬，都督中外諸軍事、假黄鉞，録尚書事。'似加侍中在後。然侍中爲門下省之長官，溫既爲太尉，必加侍中，其後自尉轉馬，則加官如故，《晉書》不及析言也。劭之授溫，蓋即永和八年事。至《晉書·劭傳》不言其爲侍中，此'作侍中'字恐有誤，文或應在'加授桓公'下。"

"大門"，恩田仲任曰："外門。"

○"桓公望之"至"有鳳毛"

"大奴"，龔斌曰："汪藻《琅邪臨沂王氏譜》謂王劭小字大奴。"

"自有鳳毛"，洪邁曰："宋孝武嗟賞謝鳳之子超宗曰：'殊有鳳毛。'今人以子爲鳳毛，多謂出此。按《世説》王劭風姿似其父導，桓溫曰："大奴固自有鳳毛。'其事在前，與此不同。"《容齋隨筆》卷四。○來斯行曰："今人稱佳子弟爲鳳毛，以爲始於謝超宗，因超宗父名鳳，故稱曰鳳毛。不知王劭風姿似其父導，桓大司馬曰：'大奴固自有鳳毛。'其事已在超宗前。"《槎庵小乘》。○王世貞曰："宋謝鳳子超宗，宋孝武嗟賞其才曰：'超宗殊有鳳毛。'洪景盧載《世説》王劭風姿似其父導，桓溫曰：'大奴固自有鳳毛。'以爲始於此。然不若超宗之切也。王嘉《拾遺記》稱青鳳吉光裘事，亦在桓溫語後，恐鳳毛別自有出處，不可曉。"《宛委餘編》四。○謝肇淛曰："'鳳毛'出處，原以稱謝超宗者，超宗父名鳳故耳。《世説》王始興子劭精神似父，亦有鳳毛之譽。此'鳳'從何而來哉？今人引用超宗事則可耳，劭在超宗前，此語無謂也。"《文海披沙》卷五。○方以智曰："'鳳毛'之稱，因謝莊跨竈之稱，因王朗雜識也。宋帝謂謝莊曰：'超宗殊有鳳毛。'劉道隆覓之，誠可笑也。桓公望王敬倫曰：'大奴固自有鳳毛。'王朗云：‘家人有嚴君焉，井竈之謂也。’吳崇賀人生子云‘寄語王渾防跨竈’是也。”《通雅》卷十九。○岡白駒曰：“宋武帝亦嗟賞謝超宗，曰：‘殊有鳳毛。’然鳳文名未聞，應是係於靈運而言。桓溫賞王劭似父，曰‘有鳳毛’，則此稱舊矣。世謂‘鳳毛’稱出於超宗，而不知本出於王劭也。蓋武帝本於此，而因適其父名鳳，特舉稱耳。”○淇園曰：“言有賢父之遺風。”○田中頤曰：“言不假公服而固自有其體貌之美似父也。”○程炎震曰：“《晉書·劭傳》云：‘雖家人近習，未嘗見其有墮替之容。’《雅量篇》‘王劭王薈共詣宣武’條注引《劭薈別傳》曰：‘桓溫稱劭爲鳳雛。’然則‘有鳳毛’者，猶鳳雛耳。”余嘉錫按曰：“《金樓子·雜記篇》上曰：‘世人相與呼父爲鳳毛，而孝武亦施之祖，便當可得通用。不知此言意何所出？’據其所言，是南朝人通稱人子才似其父者爲鳳毛。元帝已不能知其出處矣。《劭薈別傳》言桓溫稱劭爲鳳雛，彼自用龐士元事，與此意同而語異，不必即出於一時。雖可取以互證，然不得謂鳳毛即鳳雛也。”○朱鑄禹曰：“《雅量篇》引《劭薈別傳》曰：‘桓溫稱劭爲鳳雛。’然則‘有鳳毛’者，猶言得老鳳之毛羽也。”

29

　　林公道王長史：“斂衿作一來，何其軒軒韶舉！”《語林》曰[1]：“王仲祖有好儀形[2]，每覽鏡自照，曰：‘王文開那生如馨兒！’時人謂之達也。”

　　○“林公道”至“軒軒韶舉”

　　“斂衿作一來”，田中頤曰：“斂衿，整服。”○楊勇曰：“斂衿，猶斂衽，謂整斂衣襟以示肅敬也。”○張萬起曰：“作一來，做某一動作時。來，時。”○蔣宗許曰：“作一，整飭高邁的樣子。”《大辭典》頁四六八。

　　“軒軒韶舉”，張端木曰：“《集韻》：‘韶，美也。’凡言韶華、韶光取此。”○岡白駒曰：“軒軒，自得貌。韶，和暢也。”○大典顯常曰：“《通雅》：‘軒軒，猶仙仙也。’”《集成》。○淇園曰：“他人之一來，當莫見其偉度，而長史一來則軒

―――――――――

〔1〕“語林”，董刻本“語”作“書”。王利器曰：“各本‘書’都作‘語’，是。”
〔2〕“王仲祖”，董刻本“王”作“吾”。王利器曰：“曹本‘吾’同，餘本作‘王’，是。”

軒也。”〇田中頤曰：“言不是舞鶴，則神仙不可以人間目也。”〇王叔岷曰：“《文選》木玄虛《海賦》：‘翔霧連軒。’注：‘軒，舉也。’軒軒，舉貌。後‘海西時’一則，‘軒軒如朝霞舉’，亦同例。‘韶’借爲‘超’。”〇楊勇曰：“軒軒，謂標致出群拔俗也。”

〇注“語林曰”

“王文開”，岡白駒曰：“文開，父訥字也。”〇徐震堮曰：“濛父，名訥。”

“那生如馨兒”，裴學海曰：“如，猶若此也。《世説·容止篇》引《語林》云：‘那得生如馨兒。’那，何也。馨，語助詞。‘如馨兒’與‘寧馨兒’爲一語。‘如’古讀若‘奴’，與‘寧’爲雙聲。”《集釋》卷七。按“馨”義參見《文學篇》“殷中軍爲庾公長史”條。

“謂之達”，龔斌曰：“《藝文類聚》六四束皙《近遊賦》：‘婦皆卿夫，子呼父字。’意謂子呼父字鄙陋不合禮儀。王濛直呼父字，故時人謂之達。”

【彙評】

袁枚曰：“六朝避諱苛嚴，已屬可笑。王濛自照鏡曰：‘王文開生此兒。’豈他人不得稱父字，而子乃得稱父字，豈不更可笑乎！”《隨園隨筆》卷十六。

許世瑛曰：“看了《語林》的話，王氏的丰姿美艷不言可喻，同時他覽鏡自照，稱其父字一段話，真有點不可一世，和‘犂牛之子騂且角’（《論語·雍也》）頗相類似。可是那還是別人的評語，這個是自賞自譽，非卓爾不群、瀟灑曠達的人不能説出這樣話，魏晉六朝人的可愛，也正在此。”《衛玠與王濛》。

蔣凡曰：“直呼父名，自歎自憐，真是脱盡俗氣，而自然可愛，形象地見魏晉風度之一斑。”

30

時人目王右軍：“飄如遊雲[1]，矯若驚龍。”

─────────────

〔1〕 “如遊雲”，楊勇曰：“《晉書·王羲之傳》、《御覽》三八九引《世説》作‘若’。”

○"時人目"至"若驚龍"

"飄如遊雲"，淇園曰："'飄如遊雲'云云，言其體度作用並超邁絕俗也。"
○田中頤曰："概言至輕。"

"矯若驚龍"，岡白駒曰："矯首之狀。"○田中頤曰："蓋言高舉。"○趙西
陸曰："曹植《洛神賦》：'翩若驚鴻，婉若遊龍。'爲此語所本。"○王叔岷曰：
"宋玉《神女賦》、曹植《洛神賦》並云'婉若遊龍'。"

◎大典顯常曰："本以稱右軍書，今以爲容止，謬。"《集成》。○秦士鉉曰：
"《晉書》：'羲之隸書爲古今之冠。其筆書勢，飄若浮雲，矯若驚龍。'此以爲容
止。"○程炎震曰："《晉書·羲之傳》'論者稱其筆勢'是也，今乃列於《容止
篇》。"○劉盼遂曰："按《晉書·王羲之傳》：'尤善隸書，爲古今所無。時人論
其書勢，飄若遊雲，矯若驚龍。'考羲之生平謹數斂斂，守禮人也。其容止端凝，
不飄不矯，斷然可知。《世說》采當時熟語，未加甄辨，誤入《容止》類矣，宜
從《晉書》之說改入《巧藝》中。"

【彙評】

凌濛初曰："便似評其書法。"
田中頤曰："容如其筆。"

31

王長史嘗病，親疏不通。林公來，守門人遽啟之曰：
"一異人在門，不敢不啟。"王笑曰："此必林公。"按《語
林》曰："諸人嘗要阮光祿共詣林公。阮曰：'欲聞其言，惡見其面。'"此則林公
之形，信當醜異。

○"王長史"至"必林公"

"親疏不通"，楊勇曰："通，通報，傳達。"○張萬起曰："指斷絕一切

往來。”

“遽啟之”，田中頤曰：“異之，故‘遽’。”

“此必林公”，田中頤曰：“其奇異無雙，故斷決知之。”

【彙評】

凌濛初曰：“闇者識異，大奇大奇。”按朱鑄禹曰：“此‘異人’出闇者之口，蓋如注所云極其形醜耳，非謂能識其異也。凌評未允。”

楊勇曰：“林公之異，異在神駿。”龔斌按曰：“亦未允。”

32

　　或以方謝仁祖不乃重者。桓大司馬曰：“諸君莫輕道，仁祖企腳北窗下彈琵琶[1]，故自有天際真人想[2]。”《晉陽秋》曰：“尚善音樂。”《裴子》云：“丞相嘗曰：‘堅石挐腳枕琵琶，有天際想。’”堅石，尚小名。

　　○“或以方”至“真人想”

“或以方謝仁祖不乃重者”，大典顯常曰：“‘不’上加‘爲’字看。”《撮補》。○田中頤曰：“或心輕謝，恥與之比方。”○余嘉錫曰：“言有比人爲謝尚者，其意乃實輕之。若曰‘某不過謝仁祖之流耳’。”○趙西陸曰：“《論語·憲問篇》：‘子貢方人。’方，比也。”○徐震堮曰：“上下似有缺文。”○楊勇曰：“盧文弨《考證》：方，《古論》‘謗’作‘方’，以聲近而通。”按盧氏說見劉寶楠《論語正義》引。○方一新曰：“以，有也。乃重，如此看重。方，評論人之短長。《論語·憲問》：‘子貢方人。’方，評論人也。陸德明《釋文》：‘方人，如字。孔云：比方人也。鄭本作謗。謂言人之過惡。’”《解詁》。○吳金華曰：“兩句的意思

────────────

〔1〕 “仁祖企腳北窗下彈琵琶”，楊勇曰：“《類聚》四四、《書鈔》一一〇、《初學記》一六、《白帖》一八引《世說》作‘仁祖企腳在北牖下彈琵琶’。”

〔2〕 “真人想”，楊勇曰：“《類聚》四四、《書鈔》一一〇、《初學記》一六、《白帖》一八引《世說》並作‘意’。”

是:有人對謝仁祖説三道四,不太看重仁祖。'乃',猶言'甚'。"《考釋》頁一六五。○蔣宗許曰:"方,比並、比況。不乃重,猶言不那麼貴重。意思是説有人把謝仁祖與他人相提並論,而用來比況的人實遠不如謝,所以桓溫才有'莫輕道仁祖'云云的打抱不平。'方謝仁祖'後宜不斷句。"《臆札》。龔斌按曰:"余箋、蔣説是。"

"莫輕道",田中頤曰:"即言其可重。"○張萬起曰:"輕道,看不起,輕視。道,評論。"

"企腳北窻下",淇園曰:"以望天際也。"○恩田仲任曰:"企,舉趾也。"○李慈銘曰:"'企'同'跂','企'亦舉也。"《簡端記》。○周一良曰:"企腳,挈腳。"《批校》。○江藍生曰:"猶言垂足於北窗。"《彙釋》頁一六三。○吳金華曰:"'北窗'指寢室或堂屋北面的窗户。把臥席設在北窗之下,是古來傳統習慣。(《禮記·喪大記》)'北牖下'換成六朝語言就是'北窗下'。"《考釋》頁一六五至一六六。楊勇按曰:"'北窗下'即北窗,'下'字無義,吳失解。"

"故自有天際真人想",恩田仲任曰:"真人,仙人也。"○田中頤曰:"言謝常有此高想,而其天性爾,人故曰'故自'也。"○王叔岷曰:"《莊子·大宗師篇》:'天與人不相勝也,是之謂真人。'郭注:'真人同天人。'"○張永言曰:"想,情懷,心境。"《辭典》頁四九三。○吳金華曰:"'常言:五六月中,北窗下臥,遇涼風暫至,自謂是羲皇上人。'(陶淵明《與子儼等疏》)所謂'自謂是羲皇上人',跟謝仁祖'有天際真人想'是同樣情調。"《考釋》頁一六六。

◎劉盼遂曰:"《樂府廣題》云:'謝尚爲鎮西將軍,著紫羅襦,據胡牀,在市中佛國門樓上彈琵琶,作《大道曲》。市人不知爲三公也。'較《世説》爲詳。"○余嘉錫曰:"《類聚》四十四引《俗説》曰:'謝仁祖爲豫州主簿,在桓溫閣下。桓聞其善彈箏,便呼之。既至,取箏令彈,謝即理絃撫箏,因歌《秋風》,意氣甚遒。桓大以此知之。'"

○注"裴子云"

"挈腳枕琵琶",岡白駒曰:"挈,懸持也。蓋謂臥而自挈其腳也。"○大典顯常曰:"踞牀腳不着地。'企腳'亦同意。枕,臨。"《撮補》。○恩田仲任曰:"'枕'當作'扰'。《説文》:'扰,深擊也。'"○秦士鉉曰:"挈,懸持也。"○朱鑄禹曰:"'企腳''挈腳'並如今俗語翹腳也。"

劉辰翁曰："俗語。"

李鄴嗣曰："企腳北窗下,涼風颯復生。都不道陶公,已得千載情。"《集世説詩》。

宗白華曰："'天際真人'是晉人理想的人格,也是理想的美。"《晉人的美》。

33

王長史爲中書郎,往敬和許。敬和,王洽,已見。爾時積雪,長史從門外下車,步入尚書,著公服[1]。敬和遙望,歎曰："此不復似世中人!"

○"王長史"至"似世中人"

"王長史爲中書郎",程炎震曰："王濛爲中書郎,當在康帝時。《王洽傳》不言爲尚書省何官,蓋略之。"

"往敬和許",大典顯常曰："往過敬和之許也。"○恩田仲任曰："許,所也。"○田中頤曰："往過其門前也。"○秦士鉉曰："往,猶過。"

"著公服",大典顯常曰："以始下車狀言之,非到此而著也。"《集成》。

"敬和遙望",秦士鉉曰："遙望,目送也。"

【彙評】

劉辰翁曰："雪中宜爾。"

---

[1] "步入尚書著公服",劉應登曰："'尚書'下有一'省'字。"凌濛初曰："劉本'尚書'下有一'省'字,無'著公服'三字。"秦士鉉曰："'著公服'當在'步入'上。"余嘉錫曰："景宋本及沈本'著'作'省',又無'公服'二字。"朱鑄禹曰："'著'字似爲'省'字形似之訛,'公服'二字疑衍。"龔斌曰："本篇二八記王劭'公服從大門入',依其例,'公服'二字恐非衍。"

簡文作相王時，與謝公共詣桓宣武。王珣先在内，桓語王："卿嘗欲見相王，可住帳裏。"二客既去，桓謂王曰："定何如？"王曰："相王作輔，自然湛若神君[1]，《續晉陽秋》曰："帝美風姿，舉止端詳[2]。"公亦萬夫之望。不然[3]，僕射何得自没[4]？"僕射，謝安。

○"簡文作"至"定何如"

"簡文作相王時"二句，恩田仲任曰："相王，簡文帝也，以會稽王入相，故稱相王。"○程炎震曰："桓温自徐移荆，迄於廢立，與簡文會者二：前在興寧三年乙丑洌洲，後在太和四年己巳涂中。此是會涂中事。知非洌洲會者，王珣以隆安四年卒，年五十二，則生於穆帝永和五年己酉。傳云'弱冠爲桓温掾'，則洌洲會時，珣年十七，未入温幕。簡文以太和元年始爲丞相，前此不得稱相王也。"

"定何如"，徐震堮曰："'定'，有時作'畢竟'用。"《釋義》。○楊勇曰："定，到底、究竟也。"○王叔岷曰："'定'猶'當'也。陶淵明《擬古》九首之三：'君情定何如？'亦同例。"

○"王曰相王"至"何得自没"

"湛若神君"，田中頤曰："湛，讀爲'澹'。"

"公亦萬夫之望"，岡白駒曰："公，斥桓温也。"○秦士鉉曰："《秦風》：'百夫之望。'"○張萬起曰："萬夫，猶萬民。"

"僕射何得自没"，岡白駒曰："自没，言因相王桓公在，謝安有而如無。"○大典顯常曰："自没，猶言自失也。"又曰："言唯相王一人，則謝公不至如此

---

[1] "自然湛若神君"，凌刻本"湛若"作"浩若"。凌濛初曰："劉本作'自是神君'，無'浩若'二字。"龔斌曰："宋本、沈校本並無'然'字。"

[2] "端詳"，余嘉錫曰："'端'景宋本及沈本作'安'。"

[3] "不然"，董刻本"然"作"如"。劉應登曰："'不然'作'不如'。"朱鑄禹曰："'如'沈校本、袁本作'然'，是。"

[4] "自没"，劉應登曰："'自没'作'自是'。"大典顯常《集成》按曰："作'自是'可疑。"秦士鉉亦按曰："此説不通。"

自失也。”《集成》。○淇園曰：“自没，言自没其美。蓋言爲相王及桓所壓也。”○楊勇曰：“自没，自嘆不如。”○朱鑄禹曰：“蓋詔媚桓温之語，謂其具出衆之姿，故使僕射乃自以爲不及也。”○蕭艾曰：“淹入水中曰没，此處引申爲自晦。”《探幽》頁八八。○張萬起曰：“自没，自己甘心居人之後。”

○注“僕射謝安”

“僕射”，程炎震曰：“據《排調篇》‘君拜於前，臣立於後’語，知太和六年謝安猶爲侍中。則太和四年，安亦以侍中從行，非僕射也。尋其時日，僕射乃王彪之。檢《彪之傳》，三爲僕射：初以病不拜，次在穆帝升平二年戊午謝奕卒時，其年當出爲會稽内史，居郡八年，至興寧三年爲桓温劾免下吏，會赦免，左降爲尚書。頃之，復爲僕射。考《廢紀》：興寧三年，即位有赦。十二月以會稽内史王彪之爲尚書僕射。紀傳皆合。自此至孝武寧康元年桓温死後，乃自僕射遷尚書令。珣爲彪之子姪行。‘僕射何得自没’者，正以彪之不從行，巽言以解其被劾之前嫌耳。注以僕射爲安，不知安爲僕射在孝武寧康元年桓温死後。且安嘗事温，珣即謝壻，何爲辭費乎？此等似非劉注，孝標不至若是。”

【彙評】

王世懋曰：“此東亭媚語，安石恐未肯便没。”

蔣凡曰：“桓温因不滿王彪之，曾於興寧三年劾罷之，後遇赦復職不久。因此王珣一方面巴結桓温，一方面又借機爲族叔彪之開脱。”

35

海西時，諸公每朝，朝堂猶暗，唯會稽王來，軒軒如朝霞舉。

○“海西時”至“朝霞舉”

“海西”，岡白駒曰：“廢帝奕，降爲海西公。”○崔朝慶曰：“晉廢帝，名奕，字延齡，成帝之子。在位五年，桓溫廢帝爲東海王。簡文帝咸安二年，降封海西縣公。”

“朝堂猶暗”，田中頤曰：“謂諸公同等，無甚辨別。”

“會稽王”，徐震堮曰：“謂簡文帝，時以會稽王輔政。”

“軒軒如朝霞舉”，劉辰翁曰：“與‘神君’語映。”按“神君”語見前條。○田中頤曰：“謂其特異獨明也。”○秦士鉉曰：“軒軒，輕舉貌。”○崔朝慶曰：“軒軒，高舉貌。言其容光照人也。”

36

　　謝車騎道謝公：“遊肆復無乃高唱，但恭坐捻鼻顧睞，便自有寢處山澤間儀。”

○“謝車騎”　至　“山澤間儀”

“謝車騎”，徐震堮曰：“謝玄。”

“遊肆復無乃高唱”，岡白駒曰：“陸士衡《連珠》云：‘絕節高唱，非凡耳所悲。’”○田中頤曰：“言謝於遊宴肆意之席，則復無東山高唱之趣。”○龔斌曰：“遊肆，恣意遊覽。高唱，謂高呼也。”

“捻鼻顧睞”，岡白駒曰：“睞，傍視也。”○恩田仲任曰：“捻，指捻也。睞，邪視。”○楊勇曰：“捻鼻，猶捉鼻也。作洛下書生詠狀。”

“有寢處山澤間儀”，秦士鉉曰：“大意謂謝公好洛生詠，故云公不須必爲高唱，但其捻鼻顧眄，亦有邱壑情。”○張萬起曰：“寢處山澤，棲止山林川澤，指隱居。”

【彙評】

劉辰翁曰：“意態略似，但不成語。”

李贄曰：“善形容叔父。”《初潭集》卷七。

袁中道曰：“形肖略盡。”《舌華錄》卷六。

37

謝公云：“見林公雙眼，黯黯明黑[1]。”孫興公見林公[2]：“稜稜露其爽。”

　　○“謝公云”至“露其爽”

“黯黯明黑”，恩田仲任曰：“黯黯，《玉篇》曰：‘烏減切，黑也。’”○張萬起曰：“形容雙眼黑亮而有神。”

“稜稜露其爽”，岡白駒曰：“稜稜，有廉隅也。爽，爽氣也。”○恩田仲任曰：“稜稜，高起也。”○田中頤曰：“稜，有威靈也。此言於發露其爽睛，則其光稜稜也。”○秦士鉉曰：“稜，有骨角貌。”

【彙評】

蔣凡曰：“孫綽心目中的林公，別是一個威嚴爽朗而豪氣干雲的人物。因爲孫氏出身庶族寒門，躋身上流貴族社會甚屬不易，因而仰頭見名士，故有此評。”

38

庾長仁與諸弟入吳，欲住亭中宿[3]。諸弟先上，見群小滿屋，都無相避意。長仁曰：“我試觀之。”乃策杖將一小兒，始入門，諸客望其神姿，一時退匿[4]。長仁已見，一説是庾亮。

---

〔1〕“明黑”，秦士鉉：“‘明黑’疑有誤。”朱鑄禹曰：“‘明’疑有誤。”
〔2〕“孫興公”，李慈銘曰：“‘孫興公’下當有一‘云’字。”
〔3〕“欲住”，凌濛初曰：“‘住’劉本作‘往’。”朱鑄禹曰：“‘住’疑當作‘往’。”蔣凡曰：“朱鑄禹謂‘住’疑爲‘往’之形訛，似可從。”龔斌曰：“住，停也，留也。作‘住’不誤。”
〔4〕“退匿”，凌濛初曰：“劉本無‘匿’字。”

○ "庾長仁" 至 "一時退匿"

"庾長仁"，秦士鉉曰："庾統字長仁，懌子。"

"將一小兒"，楊勇曰："猶憑一小兒。"○張萬起曰："將，攜帶。小兒，小人，即下人、傭人。"

"一時退匿"，田中頤曰："敬異之也。"○楊勇曰："一時，猶同時也。"

○注 "長仁" 至 "庾亮"

"一說是庾亮"，王世懋曰："庾亮爲是。"○龔斌曰："懌唯有子統，不聞有他子。而庾亮有弟懌、冰、條、翼，王世懋謂是庾亮，其説是。"

◎趙西陸曰："《御覽》卷一八五引《世説》曰：'庾太尉初渡江，行路人有避雨者，悉聚諸廳事上。征西、車騎自譬遣之，不肯去。太尉新沐頭，散髮高詠，從閣内出，避雨者退，莫有留者。'疑在此則注中。"

39

有人歎王恭形茂者，云："濯濯如春月柳。"

○ "有人歎" 至 "春月柳"

"歎王恭形茂"，崔朝慶曰："歎，稱美也。茂，美也。"

"濯濯如春月柳"，岡白駒曰："新清貌，如水之浣物。"○恩田仲任曰："濯濯，光潔貌。"○田中頤曰："歎秀美清明。"○崔朝慶曰："濯濯，肥潔貌。"○王叔岷曰："《詩·大雅·崧高》：'鉤膺濯濯。'毛傳：'濯濯，光明也。'此文'濯濯'，蓋光潔貌。"

自新第十五

【題解】

何良俊曰：“堯舜尚不能無過，今之庸衆人乃曰我無過，是果堯舜之弗若歟？故人之遂其過，乃至没其身而不悔。惜哉！是以聖人重改過，其稱顏子之好學曰：‘不貳過。’又曰：‘丘也。幸苟有過人，必知之。’嗚呼，後之人有過而能自知，又不難於自改者，亦庶幾孔子之徒矣。”《何氏語林》卷二十三。○田中頤曰：“此謂自新改其操行，大不似舊時也。”○王叔岷曰：“《史記·倉公列傳》：‘雖欲改過自新，其道莫由。’”○楊勇曰：“自新，謂自行更新革去過失也。《史記·孝文紀》：‘雖復欲改過自新，其道無由。’《漢書·匡衡傳》：‘比年大赦，使百姓得改行自新，天下幸甚。’”○張萬起曰：“歷史上流傳廣的自新故事，當屬本篇的周處、戴淵這兩則。他們洗心向善後都做出了一番事業。大約載入我國正史並爲之立傳的自新人物也只此二人。周處故事還被改編成戲劇（京劇《除三害》），所以流傳更爲廣泛。”

1

周處年少時，兇彊俠氣[1]，爲鄉里所患。《處別傳》曰：“處字子隱，吳郡陽羨人。父魴，吳鄱陽太守。處少孤，不治細行。”《晉陽秋》曰：“處輕果薄行，州郡所棄。”又義興水中有蛟[2]，山中有邅跡一作白額。虎，並皆暴犯百姓，義興人謂爲三横，而處尤劇。或説處殺虎斬蛟，實冀三横唯餘其一。處即刺殺虎[3]，

---

[1] “俠氣”，程炎震曰：“《御覽》三百八十六引‘俠’作‘使’。”

[2] “義興”，董刻本、元刻本於“興”下有“中”字。

[3] “處即刺殺虎”，楊勇曰：“《類聚》九六、《御覽》三八六、《事文》三三引《世説》並作‘而處既刺殺虎’。”

又入水擊蛟，蛟或浮或没，行數十里，處與之俱。經三日三夜，鄉里皆謂已死，更相慶。竟殺蛟而出〔1〕。聞里人相慶，始知爲人情所患，有自改意。《孔氏志怪》曰："義興有邪足虎，溪渚長橋有蒼蛟，並大噉人，郭西周〔2〕，時謂郡中三害。"周即處也。乃自吳尋二陸〔3〕，平原不在，正見清河，具以情告，並云："欲自修改，而年已蹉跎，終無所成。"清河曰："古人貴朝聞夕死，況君前途尚可。且人患志之不立，亦何憂令名不彰邪？"處遂改勵〔4〕，終爲忠臣孝子。《晉陽秋》曰："處仕晉爲御史中丞，多所彈糾。氐人齊萬年反，乃令處距萬年。伏波孫秀欲表處母老，處曰：'忠孝之道，何當得兩全？'乃進戰。斬首萬計。弦絕矢盡，左右勸退，處曰：'此是吾授命之日。'遂戰而没。"

○ "周處年少"至"而處尤劇"

"周處"，徐子光曰："晉周處字子隱，義興陽羨人。膂力絶人，不修細行，州曲患之。處自知爲人所惡，慨然有改勵之志，謂父老曰：'今時和歲豐，何苦而不樂？'父老歎曰：'三害未除，何樂之有。'處曰：'何謂也？'答曰：'南山白額猛虎，長橋下蛟，並子爲三矣。'處曰：'吾能除之。'乃入山射殺猛虎，投水搏殺蛟。遂立志好學，有文思，志存義烈，言必忠信克己。期年，州府交辟仕吳，爲御史中丞，凡所糾劾，不避寵戚。及氐人齊萬年反，朝臣惡處強直，皆曰：'處名將子，忠烈果毅。'乃使隸夏侯駿西征。伏波將軍孫秀謂之曰：'卿有老母，可以此辭。'處曰：'忠孝之道，安得兩全。既辭親事君，父母安得而子乎？'已而戰敗，左右勸退，處按劍曰：'此吾効節授命之日，何退之爲？且古者良將受命凶門以出，蓋有進無退也。諸君負信，勢必不振，我爲大臣，以身殉國，不亦可乎？'遂力戰而没。追贈平西將軍。"《蒙求集注》卷上"周處三害"條。

---

〔1〕 "竟殺蛟"，楊勇曰："'竟'上《類聚》九六、《御覽》三八六引《世說》有'處'字。"
〔2〕 "郭西周"，楊勇曰："'郭'上疑有'合'字。"
〔3〕 "乃自吳"，余嘉錫曰："'自'景宋本及沈本作'入'。"徐震堮《札記》曰："《晉書》本傳'自吳'作'入吳'。"
〔4〕 "遂改勵"，楊勇曰："'遂'下，《類聚》九六、《御覽》三八六、《事文》三三引《世說》有'自'字。"

“兇彊俠氣”，田中頤曰：“兇彊所以爲鄉患，俠氣所以爲改勵。而在當時，則俠氣亦助爲兇彊耳。”

“義興水中”，楊勇曰：“《元和郡縣志》二十五：‘宜興縣荆溪，是周處斬蛟處。’”

“山中有邅跡虎”，岡白駒曰：“邪足虎，其跡邅轉。”○大典顯常曰：“《志怪》曰：‘邪足虎，邅行不進貌。’‘邅跡’、‘邪足’，蓋同意。”○秦士鉉曰：“邅跡，不詳。諸家臆解。”○楊勇曰：“山，荆南山也，又名君山、銅官山。”○胡漸逵曰：“《廣雅·釋詁四》：‘邅，轉也。’《離騷》‘邅吾道夫昆侖兮’王逸注云：‘邅，轉也，楚人名轉曰邅。’‘邅跡’乃指邅迴之行迹，亦即徘徊之行迹。”《“邅跡”管見》。

“三橫”，恩田仲任曰：“猶言‘三害’。”

“處尤劇”，崔朝慶曰：“劇，甚也。”

○“或説處殺”至“有自改意”

“唯餘其一”，岡白駒曰：“‘一’謂周處也，初未嘗望於處之死。”○田中頤曰：“其意實冀其三橫俱除絕，而知不可得，故不得已，唯餘其一周而語之也。”○秦士鉉曰：“‘餘’當作‘除’，寫誤也。‘其一’即處也。蓋里人非不欲殺蛟虎，但其主意在除周處，故謂其已死而相慶也。”○崔朝慶曰：“言虎蛟如遭害，則三橫唯餘一處也。”

“即刺殺虎”，王叔岷曰：“《藝文類聚》九六引‘即’作‘既’。‘既’猶‘即’也。《戰國策·趙策二》：‘今王即定負遺俗之慮。’《史記·趙世家》‘即’作‘既’。《潛夫論·潛歎篇》：‘君王年即耇邪？明既衰邪？’‘即’‘既’互文，其義相同。”

“皆謂已死”，岡白駒曰：“謂處亦死。”

○“乃自吳尋”至“終無所成”

“自吳尋二陸”，勞格曰：“處没於惠帝元康七年，《處碑》作九年，誤，此依《本紀》。年六十有二，推其生年，當在吳大帝之赤烏元年。陸機没於惠帝太安二年，年四十三，推其生年，當在吳景帝之永安五年。赤烏與永安相距二十餘載，則處弱冠之年，陸機尚未生也。此云‘入吳尋二陸’，未免近誣。又考《陸機傳》：‘年二十而吳滅，退居舊里。’是吳未亡之前，機未嘗還吳也。或以爲處尋二陸，當在吳亡之後，其說亦非也。考吳亡之歲，處年亦四十三，筮仕已久。又據本傳，處仕吳爲東觀左丞、無難督，故王渾之登建鄴宮，處有對渾之言。如使吳亡之後，處方厲志好學，則爲東觀左丞、無難督者，果何人乎？以此推之，知《世說》所云，盡屬謬妄。又案《處碑》，世傳陸機所撰，亦有'來吳事余厥弟'之語。此碑係唐陳從諫所重樹，竄改舊文，事迹錯互，不可盡據以爲信。"《雜識》卷五《校勘記下》。徐震堮按曰："陸機集《周處碑》言處事陸雲。顧炎武《金石文字記》辨爲僞作。"○陸侃如曰："'自吳尋二陸'，似二陸在建鄴，但見雲而歎蹉跎，可見勵志好學當在中年，不必以機、雲生晚爲疑。雲勉處當在吳亡前不久，與舉賢良時相近。"《繫年》頁六七三。曹道衡按曰："說更誤。陸雲年十三即分領抗兵，至吳亡前未嘗在建鄴。"《叢考》頁一二六。

"平原不在正見清河"，劉應登曰："陸機爲平原內史，陸雲爲清河內史。"

"具以情告"，江藍生曰："'情'義爲'實'、'誠'。其用作名詞者，六朝時習見。'具以情告'猶言把實情原原本本地告訴對方。"《彙釋》頁一六五至一六六。

"欲自修改"三句，恩田仲任曰："蹉跎，失時也。《玉篇》：'過也。'"○田中頤曰："悔恨之辭。"○張搗之曰："修改，改正過錯。"《選注》。

○"清河曰"至"忠臣孝子"

"貴朝聞夕死"，田中頤曰："此言晚學亦所貴。"○王叔岷曰："《論語·里仁篇》：'朝聞道，夕死可矣。'《藝文類聚》三十引司馬遷《悲士不遇賦》：'朝聞夕死，孰云其否？'"

"前途尚可"，田中頤曰："言春秋尚富可成。"○秦士鉉曰："年未老，後來尚可學以立身。"

"改勵"，張搗之曰："改過自勉。"《選注》。

"終爲忠臣孝子"，田中頤曰："此一句是談者之口氣，謂其人物與'兇彊'遂反也。"

○注"處別傳曰"

"吳郡陽羨人"，恩田仲任曰："《隋書·地理志》：毗陵郡有義興縣，舊曰陽羨，置義興郡。平陳，郡廢。"○張贇曰："《周處傳》：'處，義興陽羨人。'案陽羨本屬吳郡，至永嘉四年，處子玘破錢璯，乃置義興郡，處時安得預稱？"《讀

1385

史舉正》卷五。○錢大昕曰：“陽羨縣前漢屬會稽，後漢屬吳郡，吳孫皓改屬吳興。《晉志》吳興郡統縣十，不及陽羨者，漏也。後有‘吳興之陽羨’語可證。《周處傳》‘義興陽羨人’，義興郡因處子玘起義而立，處生前未有此郡，當書‘吳興’爲正。”《養新錄》卷六。○周濟曰：“本傳作義興陽羨人也。按陽羨，漢屬吳郡，吳分吳爲吳興，屬吳興郡，晉初因之。元帝時處子玘三定江南，始立義興郡，治陽羨。”《晉略‧列傳四‧周處傳》注。○周家祿曰：“《周處傳》：‘義興陽羨人。’按《玘傳》帝以玘頻興義兵，別置義興郡，以彰其功。《處傳》不得豫稱義興，蓋‘吳興’之誤。《地理志》‘割吳興之陽羨’是也。”《校勘記》卷四。○吳士鑑曰：“《晉書校文》三曰：‘義興郡置於元帝時，西晉無此郡名。傳蓋以後蒙前。’案《文選‧關中詩》注引王隱《晉書》作‘吳興人’。蓋未置義興以前，陽羨本屬吳興也。”《斠注》卷五十八。○余嘉錫曰：“陽羨漢屬吳郡，吳寶鼎元年分屬吳興郡，見《吳志‧孫皓傳》注。晉惠帝永興元年分屬義興郡，見《晉書‧地理志》。此作‘吳郡’，乃‘吳興’之誤。”○龔斌曰：“《晉書‧周處傳》作‘義興陽羨’，《處別傳》仍以陽羨舊屬而稱。”

○注“孔氏志怪曰”

“溪渚長橋”，胡三省曰：“長橋，在今常州宜興縣。”《通鑒‧晉紀二》注。○大典顯常曰：“元改名萬安橋。”《集成》。

“郭西周”，恩田仲任曰：“蓋周處居在郭西。”

○注“晉陽秋曰”

“伏波孫秀”，大典顯常曰：“伏波將軍孫秀欲爲處上書以母老免也。”《撮補》。○徐震堮曰：“兩孫秀，《晉書》皆無傳。一爲吳主權弟匡之孫，爲前將軍、夏口督，孫皓忌之，秀遂奔晉，晉以爲驃騎將軍，儀同三司，封會稽公，附《吳志‧孫匡傳》。注引《晉諸公贊》曰：‘吳平，降爲伏波將軍，開府如彼。永寧中卒，追贈驃騎將軍。’及本書《惑溺》四所記即此人也。本書《仇隙》一陷石崇、潘岳於死者，爲別一孫秀。”

“何當得兩全”，吳金華曰：“‘當’，副詞，與‘可’用法相近，常用於口語。”《考釋》頁一六六。方一新《讀考釋》按曰：“《世說》例應以‘何當’爲詞，猶言何時，是從六朝到唐宋慣用的口語詞。單立‘當’條作釋，似有未妥。”

【彙評】

　　王世貞曰：“周子隱感奮時譏，折節砥礪，文武果亮，爲時所儀。抗忤權戚，委命疆圉，若無可憾者，吾猶謂其爲晉而死六陌，不若爲吳而死無難。”《讀書後》卷二《書周處傳後》。

　　狄期進曰：“天地鑒洗心之物，父母不棄改過之子，故仲尼曰：‘能補過者，君子也。’”

　　張貴勝曰：“人患不自知其過，及知而不能改耳。苟能猛省，誰人不可造就？然非英雄，恐未易及此。”《遣愁集》卷十。

　　楊時偉曰：“改過之於人，大矣哉！故夫風雷之益，貴神速也。子隱一奮而三害立消，自勝之難難於蛟虎。此忠勇殉節，不過復亨剛反之餘事爾。善乎謝鯤之告王敦曰：‘但使日亡日去。’有味斯言，誰謂迷復之後遂無悟幾也？”《狂狷裁中》卷五。

2

　　戴淵少時，遊俠不治行檢，嘗在江、淮間攻掠商旅〔1〕。陸機赴假還洛，輜重甚盛，淵使少年掠劫。淵在岸上，據胡床〔2〕，指麾左右，皆得其宜。淵既神姿峰穎〔3〕，雖處鄙事，神氣猶異。機於船屋上遙謂之曰：“卿才如此，亦復作劫邪？”淵便泣涕，投劍歸機，辭屬非常〔4〕。機彌重之，定交，作筆薦焉。虞預《晉書》曰：“機薦淵於趙王倫曰：‘蓋聞繁弱登御，然後高墉之功顯；孤竹在肆，然後降神之曲成。伏見處士戴淵，

---

〔1〕　“嘗在”，楊勇曰：“‘嘗’《蒙求》作‘常’，古通。”

〔2〕　“胡床”，董刻本、袁刻本“床”俱作“牀”。

〔3〕　“神姿峰穎”，余嘉錫曰：“‘峰穎’《御覽》四百九十作‘鋒穎’。”按“四百九十”當作“四百九”。徐震堮曰：“‘峰’《御覽》四〇九作‘鋒’，是。”又，楊勇曰：“‘神’《蒙求》下、《御覽》四〇九引《世說》作‘風’。”王叔岷曰：“‘神’當作‘風’，涉下‘神氣’字而誤也。《御覽》四百九引‘神姿峰穎’作‘風姿鋒穎’。‘峰’‘鋒’取義同。”

〔4〕　“辭屬非常”，余嘉錫曰：“《御覽》四百九十作‘辭屬非常’。”按“四百九十”當作“四百九”。徐震堮曰：“‘辭屬’《御覽》四〇九作‘辭屬’，是。屬，謂吐屬。”

砥節立行，有井渫之潔；安窮樂志，無風塵之慕〔1〕。誠東南之遺寶，朝廷之貴璞也〔2〕。若得寄跡康衢〔3〕，必能結軌驥騄；耀質廊廟，必能垂光瑜璠。夫枯岸之民，果於輸珠；潤山之客，烈於貢玉〔4〕。蓋明暗呈形，則庸識所甄也。'倫即辟淵。"**過江，仕至征西將軍。**

○"戴淵少時"至"皆得其宜"

"戴淵"，崔朝慶曰："晉戴淵，字若思，廣陵人，元帝之忠臣也。王敦之參軍呂猗説敦收淵而害之。"

"遊俠不治行檢"，崔朝慶曰："言不自檢點其行爲也。"

"赴假還洛"，岡白駒曰："假，休假也。"○大典顯常曰："蓋陸乞假東歸，而復還洛陽也。"《集成》。○趙西陸曰："赴假，謂假滿還任也。《宋書·張敷傳》：'會敷赴假還江陵，太祖謂沙門曰：張敷應西，當令相載。'陶淵明有《辛丑歲赴假還江陵夜行途口》詩。"

"輜重"，秦士鉉曰："行者之資也。"

"據胡床"，陶穀曰："胡床，施轉關以交足，穿縧條以容坐，轉縮須臾，重不數斤。"《清異録》卷下。○胡三省曰："胡牀，蓋今交椅之類。孔穎達曰：今之交牀，制本自虜來，隋以讖有胡，改名交牀。"《通鑒·晉紀十九》注。○崔朝慶曰："胡牀，施轉關以交足，穿縧條以容坐，轉縮須臾，重不數斤，遊覽旅行所用者也。"○余嘉錫曰："'胡床'即交床。"按參見《雅量篇》"郗太傅在京口"條"牀"、《任誕篇》"王子猷出都"條"胡牀"。

○"淵既神姿"至"征西將軍"

"神姿峰穎"，參見校文。崔朝慶曰："峰穎，皆言其不凡也。"○張永言曰："挺拔煥發。"《辭典》頁一一四。○張萬起曰："峰爲山的頂部，穎爲物尖端。峰穎比喻突出，超群。"《詞典》頁一九九。

"神氣猶異"，王叔岷曰："《御覽》引作'神氣獨異於衆'。'猶'與'獨'同義。《文選》王粲《從軍詩》五首之四：'許歷爲完士，一言獨敗秦。'《史記·

---

〔1〕 "砥節立行"四句，徐震堮《札記》曰："《晉書》本傳'砥節'二句在'安窮'二句之下。"
〔2〕 "朝廷之貴璞也"，徐震堮曰："《晉書》本傳作'宰朝之奇璞也'。"
〔3〕 "寄跡"，徐震堮曰："《晉書》本傳作'託跡'。"
〔4〕 "烈於貢玉"，董刻本、袁刻本"烈"作"列"。朱鑄禹曰："劉本(劉應登本)作'烈'疑是。"

趙奢傳》《索隱》引‘獨’作‘猶’。《論衡·自紀篇》：‘猶獨不得此人同時。’‘猶獨’，複語，其義相同。”

“作筆薦焉”，恩田仲任曰：“作筆，謂作文也。”○程炎震曰：“《晉書·若思傳》云：‘遂與定交，後舉孝廉，機薦於趙王倫。’”○王叔岷曰：“《文心雕龍·總術篇》：‘今人常言有文有筆，以爲無韻者筆也，有韻者文也。’彼所謂‘筆’，今所謂‘文’也。此所謂‘筆’，亦同例。‘作筆薦焉’，猶言爲文薦之。”

“仕至征西將軍”，田中頤曰：“既有駕御之才，又有將帥之略，可知也。”○張萬起曰：“晉將軍名號有東西南北四征將軍。”

○注“虞預晉書曰”

“繁弱登御”，岡白駒曰：“繁弱，夏后氏之良弓名。”○大典顯常曰：“《左傳》：‘封父之繁弱。’《荀子》：‘繁弱、鉅黍，古之良弓也。’”○楊勇曰：“繁弱，亦作‘蕃弱’。”

“高墉之功顯”，桃井白鹿曰：“《易·解》上六云：‘公用射隼于高墉之上。’”

“孤竹在肆”，桃井白鹿曰：“《周禮·大司樂》‘孤竹之管’注：‘孤竹管，以竹之特生者爲之。’肆，列也。”

“井渫之潔”，桃井白鹿曰：“《易·井》九三‘井渫不食’注：‘渫，不停汙之謂也。修己全潔而不見用。’”○大典顯常曰：“當井之義而不見食，修己全潔而不見用也。”○龔斌曰：“井渫，謂井已浚治。比喻潔身自持。《周易·井卦》‘井渫不食’鄭玄注：‘謂已浚渫也，猶臣修正其身以事君也。’”

“風塵之慕”，周一良曰：“風塵，仕宦也。”《商兌》。

“寄跡康衢”，秦士鉉曰：“《列子》：‘堯微服遊於康衢。’”

“枯岸之民”四句，岡白駒曰：“枯岸，謂採盡珠也。孟嘗君爲合浦太守，郡境舊採珠以易米食。先時二千石貪穢，使民採珠，積以自入。珠忽失去，合浦無珠，餓死盈路。孟嘗君行化一年，而珠復還。此言明形則庸民亦能識珠也。潤山之客，謂卞和也。和再刖而猶獻之，故云‘烈於貢玉’。此言暗形則識者難辨也。”○桃井白鹿曰：“《大戴禮》：‘玉居山而木能潤，淵生珠而岸不枯。’陸言本於此。枯岸，即不枯岸也，以對‘潤山’，故云‘枯岸’耳。果輸、列貢，徒變文耳，於義無異。陸意言戴淵德器明著無蔽，己雖庸識，猶能審之，猶枯岸之珠，潤山之玉，雖庸民俗客，無疑於貢輸也。”○恩田仲任曰：“《史記·龜策

1389

傳》曰：'淵生珠而岸不枯者，潤澤之所加也。'徐廣曰：'一無不字。許氏説《淮南》以爲滋潤鍾於明珠，致令岸枯也。'"_{秦士鉉曰："許氏《淮南注》云云，恐謬。"}○王叔岷曰："《荀子·勸學篇》：'玉在山而草木潤，淵生珠而岸不枯。'"

【彙評】

劉辰翁曰："二陸此令。"

李贄曰："戴淵時時有，陸機世世無。"《初潭集》卷十七。

張端木曰："周處遠投，戴淵從學，想見二陸豐概，洵是非常。"

徐樹丕曰："若思以名士作賊甚異，平原作啓獨荐一作賊人，亦甚異；以作賊人後爲清白士，亦甚異。古人所謂使貪使盜，豈此耶！要之，風塵澒洞時，難與平世同論，猶鬼出夜不出晝，若平世用盜，是白日見魑魅也。"《識小録》卷四。

沈長卿曰："予嘗謂盜賊中有人觀于戴征西，其榜樣哉！假令機名雖盛，而力不能汲引，淵必不歸也。文法掣肘，論議牽制，而不行其言，機必不薦也。古人立賢無方，獨一成湯乎哉！"《沈氏日旦》卷十二。

方苞曰："淵在岸上，指揮得宜，機與定交，作筆薦焉。高□如陸者，有幾人哉？"

企羨第十六

【題解】

　　何良俊曰："夫自賢者日損,見人之賢者日益。夫苟見人之賢，企而望之，常若不及，則其進善寧有窮乎？故曰：'好善優於天下。'不虛耳！"《何氏語林》卷二十四。○恩田仲任曰："《正字通》曰：'心慕曰企仰。'《玉篇》曰：'羨，貪欲也。'"○田中頤曰："此謂不堪企望欽羨人之美也。"○楊勇曰："企慕,謂舉踵仰慕其神韻德望也。"

1

　　王丞相拜司空，桓廷尉作兩髻[1]，葛裙策杖，路邊窺之，歎曰："人言阿龍超,阿龍故自超。"阿龍，丞相小字。不覺至臺門。

　　○"王丞相"至"至臺門"

　　"王丞相拜司空"，程炎震曰："《元紀》：太興四年七月，王導爲司空。"
　　"桓廷尉作兩髻"，岡白駒曰："不著巾幘也。"○楊勇曰："桓廷尉,桓彝。"
　　"葛裙策杖"，田中頤曰："裙,下裳也。以上桓改裝微行，欲王之不知己也。"
　　"人言阿龍超"，洪邁曰："《世説》王丞相拜司空，桓廷尉歎曰：'人言阿龍超，阿龍故自超。'呼三公小字，晉人浮虛之習如此。"《容齋隨筆》卷七。○岡白駒曰："超於衆也。"○程炎震曰："導、彝同年生，彝蓋差長，故李闡爲顏含碑云：'王公雖重，故是吾家阿龍。君是王親丈人，故呼王小字。'碑見《續古文苑》卷十五。晉人自言呼小字之例如此。洪容齋《隨筆》卷七以爲晉人浮虛之

---

[1]　"兩髻"，徐震堮曰："《御覽》三九四引《郭子》作'兩角髻'。"龔斌曰："作'兩角髻'是。"

習，似未考也。"余嘉錫按曰："彝與導長幼不可知。晉人於相與親狎者，亦得呼其小名，不必皆丈人行也。程氏因此遂謂彝長於導，未免過泥。"○余嘉錫曰："《御覽》引《郭子》注云：'導小名赤龍。'"

"臺門"，恩田仲任曰："《古今注》曰：'城門皆築土爲之，累土曰臺，故亦曰臺門。'"○田中頤曰："臺門，即司空所居。此其至之間，見得王自然超出，頻頻歎之者。"○張萬起曰："晉宋間朝廷禁省爲臺，禁城爲臺城，禁城門爲臺門。"○龔斌曰："此'臺門'非指城門，當指臺府之門。"

◎余嘉錫曰："此事出《郭子》，見《御覽》三百九十四。"

【彙評】

李贄曰："羨極。"《初潭集》卷二十八。

2

　　王丞相過江，自說昔在洛水邊[1]，數與裴成公、阮千里諸賢共談道。羊曼曰："人久以此許卿[2]，何須復爾？"王曰："亦不言我須此，但欲爾時不可得耳[3]！"欲，一作歎[4]。

　　○"王丞相"至"不可得耳"

　　"裴成公阮千里"，徐震堮曰："裴頠、阮瞻。"
　　"羊曼"，敬胤曰："羊曼字延祖，太山人也。祖發，字伯子，淮北護軍。父暨，字不齊，青州刺史。曼少縱誕無行檢，與胡母輔之等八人昏飲淫悖，自相題目爲'八達'。世稱曼爲都致，阮放爲宏伯，郄鑒爲方伯，胡母輔之爲裁伯，蔡

[1]　"昔在洛水"，龔斌曰："'在'前汪藻《考異》下有'數'字。"按《考異》下句無"數"字。
[2]　"久以此"，《考異》"久"下有"自"。
[3]　"但欲爾时不可得耳"，《考異》"欲"作"歎"，"耳"作"爾"。
[4]　"歎"，《考異》作"數歎"。

謨爲朗伯，阮孚爲誕伯，劉綏爲委伯，羊曼爲愞伯，號兗州八伯，擬古之八元。以陳留江淵以能食爲穀伯，史疇大肥爲笨伯，高平張嶷以狡妄爲猾伯，曼弟聃以狼戾爲鎖伯，以擬古之四凶。按，江淵，學士，中興初爲國子祭酒、大鴻臚、襄邑李侯。淵生象、猊。象字元衛，尉定侯，六世孫淹，今驍騎將軍。猊字虞，南康太守，猊子靜，建安太守。靜生隆、籍、奧等。隆，給事中。隆生廠、永等。廠，武昌太守。廠生該，安西參軍事。該生練等。籍，臨水内史。籍生嶷，吳令。嶷生法、真等。奧，御史中丞，生臻、乂等。史疇位至豫章太守、御史中丞、武昌内史，民其後也。江淵儒學爲業，史疇名行無違，以能食體肥並云四凶，可謂誣矣。羊聃凶狂，信四凶矣。曼位至丹陽、會稽、太常卿。曼生賁，字虎賁，秘書郎也。”

“人久以此許卿”二句，大典顯常曰：“言人既久以此道許卿，何須企羨它裴阮爲？”○田中頤曰：“言人久以此裴阮諸人之事許卿，故不須復企羨如是也。此暗言可與我輩共談道。”○楊勇曰：“許，推許。”

“亦不言我須此”二句，王世懋曰：“今非得其人，但欲得其時而不可得，故云。”○大典顯常曰：“言我不必企羨它，言之但悲往遊之不可復而言之爾。丞相言不在企羨，而意則在乎企羨矣。”○田中頤曰：“言我亦非必須此諸人，但欲其如是時而不可得故也。此暗言羊輩不足共談道。”○朱鑄禹曰：“意似謂我並非欲示曾與諸賢談玄理之道，乃追思昔日之遊不可再得耳。”

○注“欲一作歎”

王叔岷曰：“《考異》‘欲’作‘歎’，義長。”楊勇按曰：“王説是。‘歎’亦有企慕意。”

【彙評】

劉辰翁曰：“至無緊要語，懷抱相似。”

3

王右軍得人以《蘭亭集序》方《金谷詩序》，又以已敵石崇，甚有欣色。王羲之《臨河敘》曰："永和九年，歲在癸丑，莫春之初，會于會稽山陰之蘭亭，修禊事也〔1〕。群賢畢至，少長咸集。此地有崇山峻嶺，茂林修竹。又有清流激湍，映帶左右，引以爲流觴曲水，列坐其次。是日也，天朗氣清，惠風和暢，娛目騁懷，信可樂也。雖無絲竹管絃之盛，一觴一詠，亦足以暢敘幽情矣。故列序時人，錄其所述。右將軍司馬太原孫丞公等二十六人〔2〕，賦詩如左，前餘姚令會稽謝勝等十五人，不能賦詩，罰酒各三斗。"

○ "王右軍" 至 "甚有欣色"

"得人"，王叔岷曰："《呂氏春秋·義賞篇》：'武王得之矣。'高注：'得，猶知也。'此文'得'，亦猶知也。後'郗嘉賓得人以己比符堅'，亦同例。"

"以蘭亭集序方金谷詩序"，楊慎曰："《金谷序》今不傳，其實《蘭亭》之所祖也。"《丹鉛餘錄》卷一。○凌濛初曰："《金谷序》，《世説·品藻》注中有之。用修集載之，以爲'得所未見'，殆不可曉。"按楊慎所錄《金谷序》參見《品藻篇》"謝公云金谷中蘇紹最勝"條。○劉盼遂曰："《晉書·王羲之傳》：'或以潘岳《金谷詩序》方其文。'考《金谷詩序》爲石崇作，備載本書《品藻篇》注中，不聞潘有所作也，《晉書》誤記。又按羲之《臨河敘》極橆石氏《金谷詩敘》，故時以爲比，而王欣然就之也。"○余嘉錫曰："《金谷詩敘》無題爲潘岳者，其文已略見《品藻篇》'金谷中蘇紹最勝'條注中。觀其波瀾意度，知逸少《臨河敘》實有意仿之，故時人以爲比。"○徐震堮曰："《晉書》本傳作'或以潘岳《金谷詩序》方其文'。案下文'比於石崇'，'潘岳'二字疑衍。"《札記》。

〔1〕 "修禊事也"，葉德輝曰："袁本'禊'作'褆'。按'褆''禊'二字形聲劃然不同，疑孝標所見與今本異。何元錫夢華跋宋本《會稽掇英總集》云：'《蘭亭序》"修褆事也"，時本作"修禊事也"，與《世説》注不合。'何所指時本當是閣鈔，是時杜刻未出。所據《世説》，當是袁本。孫星衍伯淵《續古文苑·臨河敘》注云：'此文唐人所傳，石刻"莫"字作"暮"，"褆"字作"禊"，"暢"字作"暢"，皆俗書，晉代所未有，疑刻本漫漶重書之誤。'據此則孫所見《世説》亦是袁本，且以袁本爲是。舊刊又有一明刻劉辰翁評小字本，亦作'褆'，與袁本同出宋槧，則此作'禊'是臆改也。"唐鴻學曰："孫伯淵引'修褆'以證《蘭亭》作'禊'非右軍真跡，乃唐人臨本。'禊'字出《字苑》，十行本正作'褆'。"

〔2〕 "孫丞公"，董刻本作"孫公"。王利器曰："蔣校本、沈校本同，餘本'孫'下有'丞'字。案當作'孫承公'，也就是孫統。《晉書·孫統傳》：'征北將軍褚裒聞其名，命爲參軍，辭不就。家于會稽，性好山水。'蘭亭雅集，承公正是其時其地的人物，而羲之所舉郡望又同，當爲孫統無疑。《晉書》本傳不敘官右將軍司馬事，當據羲之這篇敘補入。"趙西陸曰："王利器校：'當作孫承公。'按唐何延年謂右軍永和中與太原孫承公四十有二人修被禊，擇毫制序。孫統，字承公。"楊勇曰："《晉書·孫統傳》：'統字承公。'當作'孫承公'是。"

“蘭亭”，恩田仲任曰：“《水經注》曰：‘浙江又東與蘭溪合，湖南有天柱山，湖口有亭，號曰蘭亭，又曰蘭上里，太守王羲之、謝安兄弟數往造焉。吳郡太守謝勖封蘭亭侯，蓋取此亭以爲封號也。’”

○注“王羲之臨河敘曰”

《臨河敘》，桑世昌曰：“是序又名《臨河序》，劉孝標當有所據。”《蘭亭考》卷八。○張端木曰：“此敘實仿《金谷》。”○秦士鉉曰：“以王此文誤爲《蘭亭記》，蓋始東坡。又，此文王意模劉琨《贈盧諶詩序》。”○嚴可均曰：“此與帖本不同，又多篇末一段，蓋劉孝標從本集節録者。”《全晉文》卷二十六注。余嘉錫按曰：“今本《世説》注經宋人晏殊、董弅等妄有刪節，然則此序所刪除之字句，未必盡出於孝標之節録也。”○沈家本曰：“此注所引《臨河敘》，即《蘭亭修禊序》也。《晉書》本傳全録此文，亦不言《臨河》。”《古書目》卷五。○葉德輝曰：“即《蘭亭序》也。”《書目》。○徐震堮曰：“《蘭亭序》梁人謂《臨河敘》。”○朱鑄禹曰：“此與文中《蘭亭集敘》皆後人所加之稱，蓋右軍當時敘諸人脩禊詩，並無題目，故後世所題不一。除本條所列兩者外，尚有《蘭亭脩禊帖》、《蘭亭敘》等。”

“二十六人”“十五人”，田藝蘅曰：“《天章寺碑》云云，《世説》以‘謝藤’作‘謝縢’、‘餘杭令’作‘餘姚令’。何延之《蘭亭記》云四十一人，有許詢、支道林。《晉書》列傳又有李充。當以碑爲正。”《留青日札》卷一。○沈家本曰：“王逸之修禊蘭亭，群賢畢至，其預會者世傳人數互有歧異。今考宋桑世昌《蘭亭考》載，自羲之而下凡四十二人，其成二篇者十一人，其成一篇者一十五人，詩不成罰酒三觥者一十六人。何延之《蘭亭記》、張懷瓘《書斷》均云‘右軍與孫統等四十一人’者，觀其用一‘與’字，蓋不數右軍，故爲四十一，詞氣應爾，非有抵捂。劉峻《世説注》卷六作四十一人，或傳寫譌‘二’爲‘一’。又有作二十四人、三十一人者，皆誤。”《日南隨筆》卷一。

【彙評】

蘇軾曰：“當年不識此清真，强把先生擬季倫。”《又書王晉卿畫四首·山陰陳迹》。○曰：“此許敬宗之言。敬宗，人奴也，見季倫金多，故以爲賢於右軍耳。夫二十四友，皆望塵之流，豈足比方逸少耶？”桑世昌《蘭亭考》卷八引。按程炎震曰：“《晉書》取此，東坡譏之。”即指此。

劉辰翁曰：“敵石崇，亦何等語！”大典顯常《集成》按曰：“言石崇凶物，右軍那得與之比也。”

李贄曰：“好一筆議論，要與序文不類。”評《蘭亭序》。《初潭集》卷十三。

4

王司州先爲庾公記室參軍，後取殷浩爲長史。始到，庾公欲遣王使下都。王自啟求住，曰：“下官希見盛德，淵源始至，猶貪與少日周旋。”

○“王司州”至“少日周旋”

“始到”，田中頤曰：“到著曰到，至在曰至。”

“遣王使下都”，崔朝慶曰：“下都，東夏入都也。”○楊勇曰：“使下都，使下建康也。”

“下官希見盛德”三句，桃井白鹿曰：“與，參與也。”○大典顯常曰：“言平生希見盛德之人，幸而今遇淵源始至，故貪少住，相與周旋。”○田中頤曰：“希，冀望也。此言我常冀見盛德人，故雖殷始至，猶喜其人，心貪與之少住日，周旋而不厭也。”○崔朝慶曰：“少日，不多時日也。周旋，相談敘也。”○朱鑄禹曰：“謂向慕殷之爲人，而未見其盛德，今初到，猶貪少住些時相與談論。”

5

郗嘉賓得人以己比符堅〔1〕，大喜。

○“郗嘉賓”至“大喜”

“得人”，楊勇曰：“得，知也。”

---

〔1〕 “符堅”，余嘉錫曰：“景宋本作‘苻堅’，是。”

1396

王世懋曰："無謂。"
凌濛初曰："助桓之本色。"

6

孟昶未達時，家在京口。《晉安帝紀》曰："昶字彥達[1]，平昌人。父馥，中護軍。昶矜嚴有志局，少爲王恭所知。豫義旗之勳，遷丹陽尹。盧循既下[2]，昶慮事不濟，仰藥而死。"嘗見王恭乘高輿[3]，被鶴氅裘。于時微雪，昶於籬間窺之，歎曰："此真神仙中人[4]！"

○"孟昶未達"至"被鶴氅裘"

"家在京口"，大典顯常曰："《晉書》王恭太元中代沈嘉爲丹楊尹，豈其時歟？"○程炎震曰："太元十五年二月，王恭爲青、兗二州刺史，鎮京口。"

"王恭"，徐子光曰："《晉書》：王恭字孝伯，太原晉陽人。少有美譽，清操過人，自負才地高華，有宰輔之望。爲佐著作郎，嘆曰：'仕宦不爲宰相，才志何足以騁！'累遷安北將軍。爲會稽王道子所害。恭美姿儀，人多愛悦。或目之云：'濯濯如春月柳。'嘗披鶴氅裘，涉雪而行，孟昶窺見，曰：'此真神仙中人也。'恭爲性不弘，闇於機會，尤信佛法，臨刑猶誦佛經。"《蒙求集注》卷下"王恭鶴氅"條。

"被鶴氅裘"，岡白駒曰："折鶴羽爲裘，謂之鶴氅裘。"

○"于時微雪"至"神仙中人"

"于時微雪"，田中頤曰："'微雪'爲言'神仙'刷色。"

---

[1] "彥達"，徐震堮曰："嚴可均《全晉文》作'彥遠'。昶，《晉書》無傳，未知嚴氏所據。"
[2] "既下"，董刻本無"既"字。
[3] "嘗見"，楊勇曰："'嘗'《書鈔》一五二、《御覽》七七四、《白帖》四引《世說》作'常'，古通。"
[4] "中人"，楊勇曰："'人'下，《書鈔》一二九、一四〇、一五二，《御覽》七七四引《世說》有'也'字。"

“籬間窺之”，田中頤曰：“‘籬間’一句見孟恥影不敢出也。”○徐震堮曰：“《景定建康記》引環濟《吳紀》曰：‘天紀二年，衛尉岑昏表修百府，自宮門至朱雀橋，夾路作府舍。又開大道，使男女異行。夾道皆築高牆瓦覆，或作竹藩。’籬門南朝多有之。《南史·王儉傳》：‘宋世宮門外六門，城設竹籬。’《裴之儉傳》：‘大同初，四籬門外，桐柏凋盡。’此所謂籬，疑即竹藩籬門之類，或京口亦有此制。”

“真神仙中人”，劉淇曰：“真，誠也，信也。”《辨略》卷一。

○注“晉安帝紀曰”

“志局”，桃井白鹿曰：“謂立志自守也。”○張萬起曰：“志向度量。”《詞典》頁六八四。

“豫義旗之勳”，恩田仲任曰：“吳子曰：‘禁暴救亂曰義兵，義必以禮服。’‘義旗’猶‘義兵’。”○秦士鉉曰：“義旗，義兵也。謂劉裕起兵討桓玄。”○龔斌曰：“元興三年二月，建武將軍劉裕帥沛國劉毅、東海何無忌等舉義兵討玄。此所謂舉義旗也。”

“盧循既下”，桃井白鹿曰：“義熙六年，盧循逼建康。”○大典顯常曰：“下，下都也。”○秦士鉉曰：“盧循字子先，諶之曾孫，為廣州刺史。安帝六年謀反，衛將軍劉毅戰於桑落洲，敗績，尚書僕射孟昶懼，自殺。”

“仰藥而死”，恩田仲任曰：“《歷朝綱鑑》注曰：‘仰藥，仰口飲藥。’又曰：‘仰首而飲藥也。’”

【彙評】

孫元晏曰：“春風濯濯柳容儀，鶴氅神情舉世雄。可惜教君仗旄鉞，枉將心地託牢之。”《詠史詩·王恭》，《全唐詩》卷七六七。

張端木曰：“神仙中人乃能作賊，取人以貌，洵不足憑。”

李慈銘曰：“《顏氏家訓·勉學篇》云：‘梁朝全盛之時，貴遊子弟無不燻衣剃面，傅粉施朱，駕長簷車，跟高齒屐，坐碁子方褥，憑斑絲隱囊，從容出入，望若神仙。’昶之所謂，正此類也。王恭憑藉戚畹，早據高資，學術全無，驕淫自恣。及荷孝武之重委，任北府之屏藩，首創亂謀，妄清君側。要求既遂，跋扈益張。再動干戈，連橫群小。昧於擇將，還以自焚。坐使諸桓得志，晉社遽移。

金行之亡，實爲罪首。梟首滅族，未抵厥辜。孟昶寒人，奴顏乞相，驚其炫麗，望若天人，鄙識瑣談，何足儷述？而當時歎爲名士，後世載其風流，六代陵遲，職由於此。昶得遭時會，緣藉侯封。其子靈休，遂移志願。臨汝之飾，貽穢千秋。其父殺人報仇，其子必將行劫，此之謂矣！"《簡端記》。

余嘉錫曰："矜飾容止，固是南朝士大夫一病，然名士風流，儀形俏美者，自易爲人所企慕，此亦常情。《晉書·王恭傳》載此事云云，然則昶之賞恭，乃美其姿容，非第羨其高輿鶴氅裘而已。藁客乃鄙昶爲寒人，詆爲奴顏乞相，不知本書所載，若此者多矣！"

蔣凡曰："王恭美姿儀，當時譽播人口，其乘高輿披鶴裘，是魏晉貴族生活之一斑，正見其興味風神之所在，當時自然而然，並非矯飾。至於孟昶之歎美，出自內心真情流露，是潛意識的言行，更無炒作之嫌。"

傷逝第十七

【題解】

何良俊曰："夫死生去來，特旦暮耳，而昔人傷之，無乃幾於怛化耶？杜輔玄有言，共陰而息，尚有將別之悲，窮轍以游，亦興中途之歎，況情之所鍾，正在我輩，往而不返，能無傷乎？若氣機迴環，逝川不息，固當如之濠上耳。"《何氏語林》卷二十四。○王世懋曰："《世說》唯《傷逝》獨妙，無一語不解損神。"○田中頤曰："此謂痛傷人之逝去。"○王叔岷曰："陸機有《歎逝賦》，亦傷逝之意也。"○楊勇曰："傷逝，謂對死亡者有所感傷也。庾信《紇豆陵氏墓誌銘》：'孫子荆之傷逝，怨起秋風。'"○張萬起曰："傷逝意指悲悼亡人。此篇共十九則，生動感人地記述了魏晉名士溺於真情，不拘禮法地哭吊死者，甚至痛悼亡故以至滅性的故事，讀之令人怦然心動。"

1

王仲宣好驢鳴。《魏志》曰："王粲字仲宣，山陽高平人。曾祖龔[1]，父暢[2]，皆爲漢三公。粲至長安見蔡邕，邕奇之[3]，倒屣迎之曰：'此王公孫，有異才，吾不及也！吾家書籍，盡當與之。'避亂荆州，依劉表，以粲貌寢通脫，不甚重之。太祖以從征吳[4]，道中卒。"既葬，文帝臨其喪[5]，顧語同遊曰[6]："王好驢鳴，可各作一聲以送之。"赴客

---

[1]　"曾祖龔"，董刻本"龔"作"襲"。
[2]　"父暢"，徐震堮《札記》曰："當從《魏志》本傳作'祖父暢'。"趙西陸曰："'父暢'上脱'祖'字。《三國志·魏志·王粲傳》曰：'曾祖父龔，祖父暢，皆爲漢三公。父謙，爲大將軍何進長史。'"
[3]　"邕奇之"，董刻本無"邕"字。
[4]　"太祖以從"，程炎震曰："'太祖'以下當有脱文。"
[5]　"文帝"，王叔岷曰："《藝文類聚》九四、《御覽》九百一引'文帝'上並增'魏'字。"
[6]　"同遊"，朱鑄禹曰："臨喪而曰'同遊'似不合，疑當是'赴'字，形似致訛。"

皆一作驢鳴。按戴叔鸞母好驢鳴，叔鸞每爲驢鳴以説其母。人之所好，儻亦同之。

○“王仲宣”至“作驢鳴”

“赴客”，恩田仲任曰：“赴弔之客。”○崔朝慶曰：“往弔之客也。”

“一作驢鳴”，田中頤曰：“設平生作此不學之驢鳴，則必不任捧腹。而今方極哀之時，追念其所好，以忘可恥，作酷醜態，乃爲傷逝也。”

○注“魏志曰”

“王公孫”，秦士鉉曰：“王氏世爲三公，故曰王公。”

“貌寢通脱”，大典顯常曰：“通脱，疏陋也。”○秦士鉉曰：“寢，醜陋也。”○徐震堮曰：“通脱，《魏志》本傳作‘通侻’。注云：‘通侻者，簡易也。’脱，脱略也，‘侻’‘脱’義同。”○楊勇曰：“寢，貌不揚也，短小也，醜惡也。”○龔斌曰：“《魏志·王粲傳》裴注：‘貌寢，貌負其實也。’”

“太祖以從征吳道中卒”，秦士鉉曰：“太祖，曹操。荆州降，粲歸曹操。”○程炎震曰：“《魏志·粲傳》：建安二十一年，從征吳。二十二年春，道病卒，時年四十一。”

○注“按戴叔鸞母好驢鳴”

“戴叔鸞”，秦士鉉曰：“‘叔’疑‘伯’誤。後漢慎陽人戴伯鸞性至孝。蓋此人。”○余嘉錫曰：“叔鸞名良，事見《後漢書·逸民傳》。”○趙西陸曰：“注語見《御覽》三八九引《語林》，事亦見《後漢書·逸民·戴良傳》。”○王叔岷曰：“注稱戴良母事，見《後漢書·逸民·戴良傳》。”

【彙評】

劉昌詩曰：“晉人放曠，至於弔喪亦出禮法之外。”《蘆浦筆記》卷三。

劉辰翁曰：“不應送客盡能驢鳴。”王世懋按曰：“劉語太癡。”

謝肇淛曰：“驢鳴又何可悦？而子以是悦母，友以是悦朋，君以是悦臣，皆不可曉。”馮夢龍《古今譚概》引。凌濛初引張鼎思《代醉篇》曰：“驢鳴亦何咄咄異人，子以是悦親，父以是悦朋，君以是悦臣。是不可曉。”

揆叙曰："王粲好驢鳴，將葬，文帝命赴客各作驢鳴一聲以送之。王武子之喪，名士畢至，孫子荆後來，哭畢，向靈牀曰：'卿常好我作驢鳴，今爲卿作之。'戴叔鸞母好驢鳴，叔鸞每作驢鳴以悦之。范廷召最惡驢鳴，聞之輒爲擊殺。夫驢鳴一也，好之則君以是悦其臣，友以是悦其朋，子以是悦其母，惡之則至於擊殺，均非性情之正也。然驢鳴有何可愛耶？若殺之則爲已甚矣。"《陳光亭雜識》卷三。

汪師韓曰："好者固奇，而惡者亦太甚矣。"《談書録》。

余嘉錫曰："此可見一代風氣，有開必先。雖一驢鳴之微，而魏晉名士之嗜好，亦襲自後漢也。況名教禮法，大於此者乎？"

張萬起曰："魏晉文人多以歌嘯爲行氣修煉的養生術，力求氣之拉長盛壯。而且吟嘯也最足以表現文人的風度逸態。吟嘯之盛或如鸞鳳之音，或若高柳之蟬、巫峽之猿，等等。好驢鳴蓋亦此類。"

王濬沖爲尚書令，著公服，乘軺車，經黃公酒壚下過，韋昭《漢書注》曰："壚[1]，酒肆也。以土爲墮，四邊高似壚也。"顧謂後車客："吾昔與嵇叔夜、阮嗣宗共酣飲於此壚，竹林之遊亦預其末。自嵇生夭、阮公亡以來，便爲時所羈紲。今日視此雖近，邈若山河。"《竹林七賢論》曰："俗傳若此。潁川庾爰之嘗以問其伯文康，文康云：'中朝所不聞，江左忽有此論，皆好事者爲之也[2]。'"

○"王濬沖"至"酒壚下過"

"王濬沖爲尚書令"，徐震堮曰："王戎字濬沖。"○朱鑄禹曰："案《晉書》卷四十三《王戎傳》，戎爲尚書令，在惠帝永寧二年返宮時。其時距嵇阮之亡，且四十年矣。"

---

[1] "壚"，徐震堮曰："《史記》作'鑪'，《漢書》作'盧'。"
[2] "皆好事者爲之也"，董刻本"皆"作"蓋"，"也"作"耳"。周一良《批校》曰："皆，蓋。也，耳。"

“乘軺車”，岡白駒曰：“四向遠望之車。”○秦士鉉曰：“以牛馬駕車曰軺。”○崔朝慶曰：“輕車也。”○徐震堮曰：“《晉書・輿服志》：‘軺車，古之時軍車也。一馬曰軺車，二馬曰軺傳。漢世貴輜軿而賤軺車，魏晉重軺車而賤輜軿。三品將軍以上、尚書令軺車黑耳，有後户；僕射但有户無耳，並皂輪。’”○楊勇曰：“《史記・季布傳》：‘朱家迺乘軺車之洛陽。’《集解》引徐廣曰：‘馬車也。’又《索隱》：‘案謂輕車，一馬車也。’”○王叔岷曰：“《說文》：‘軺，小車也。’段注：‘《漢・平帝紀》：立軺併馬。服虔曰：立軺，立乘小車也。’”

“經黄公酒壚下過”，淇園曰：“言不復就其所。蓋爲下云‘邈若山河’作地。”○沈家本曰：“‘黄壚’二解。一黄泉也。《淮南子・兵略訓》：‘蟠乎黄壚之下。’曹植《責躬詩》：‘嘗懼顛沛，抱罪黄壚。’一吳師道詩‘黄壚呼酒足自慰’，此用《王戎傳》黄公酒壚事。”《日南隨筆》卷三。○余嘉錫曰：“《淮南・覽冥訓》云：‘考其功烈，上際九天，下契黄壚。’注云：‘黄泉下壚土也。’《文選》曹子建《責躬詩》云：‘昊天罔極，生命不圖。嘗懼顛沛，抱罪黄壚。’《魏志・王粲傳》注引《吳質別傳》曰：‘文帝崩，質思慕作詩曰：何意中見棄，棄我歸黄壚。’然則黄壚所以喻人死後歸土，猶之九京黄泉之類也。此疑王戎追念嵇阮云亡，生死永隔，故有黄壚之歎。傳者不解其意，遂傅會爲黄公酒壚耳。”

<small>曹道衡按曰：“說極精。”《叢考》頁一〇一。楊勇按曰：“據文意，則此黄公酒壚實有其地，故下文有‘視此雖近，邈若山河’之感。余説謂爲‘黄壚’，與文意不切，強辭。”龔斌按曰：“當以楊箋爲是。”</small>○趙西陸曰：“酒肆之‘壚’，本字當作‘罏’，‘壚’、‘鑪’、‘廬’皆通借字。《漢書・食貨志》如淳注曰：‘酒家開肆待客設酒爐，故以鑪名肆。’顏注曰：‘廬者賣酒之區也，以其邊高形似鍛家廬，故取名耳。’”○徐震堮曰：“《後漢書・孔融傳》注：‘累土爲之，以居酒瓮，四邊隆起，一面高，如鍛鑪，故名鑪，字或作壚。’”○江藍生曰：“‘下’不是方位詞，否則義不可通。‘酒壚’即酒肆，‘酒壚下’即指該酒肆處。”《彙釋》頁二一七。

○“顧謂後車”至“邈若山河”

“預其末”，岡白駒曰：“亦預在其末列。”

“嵇生夭”，趙西陸曰：“短折曰夭。嵇康卒年四十。《蜀志・先主傳》注：‘先主遺詔曰：人五十不稱夭。’”

“爲時所羈紲”，田中頤曰：“酣飲之放心可想。”○張萬起曰：“羈紲，馬籠頭和繮繩，喻羈絆、束縛。”

“邈若山河”，田中頤曰：“言昔樂今憂，死者休，生者勞，其懸絶亦若隔山河也。”○秦士鉉曰：“山河，言其遠絶也。”○程炎震曰：“王戎爲尚書令，在惠帝永寧二年，去嵇、阮之亡，且四十年矣。此語殊闊於世情。《晉書》取此而不云爲尚書令時，蓋亦知戴逵之説而不能割愛也。”余嘉錫按曰：“臨川既載謝安語入《輕詆》，而仍敍黃公酒壚於此，其不能割愛，與《晉書》同。”○龔斌曰：“王戎於晉室八王之亂時，常出遊以避禍，經黃公酒壚追思故友，念及當下爲世事羈絆，不禁發此深沉感歎。程氏謂王戎語‘殊闊於世情’，實未識王戎此時之處境及無奈之心境耳。”

◎余嘉錫曰：“此事蓋出裴啓《語林》。”

○注“韋昭漢書注曰”

“韋昭漢書注曰”，徐震堮曰：“韋昭此解見《史記·司馬相如傳》《集解》引，《漢書》注不采。”

“以土爲墮”，岡白駒曰：“墮，讀與‘射埲’之‘埲’同。”○徐震堮曰：“‘墮’字疑是‘埰’之借，同‘埲’。《一切經音義》引《字林》：‘埰，小堆也，吳人謂積土爲埰。’‘墮’與‘埰’形聲俱相近。”

“似壚”，秦士鉉曰：“壚，當作鍛鑪。”

○注“竹林七賢論曰”

“庾爰之嘗以問其伯文康”，秦士鉉曰：“伯，伯父也。文康，庾亮謚。”○徐震堮曰：“爰之，庾翼子。文康，庾亮。”○龔斌曰：“庾亮卒於咸康六年，此時爰之十五歲左右。則爰之問嵇康竹林之遊當更年少。”

【彙評】

李贄曰：“可傷！”《初潭集》卷十九。

陳夢槐曰：“二語痛絶。”

鍾惺曰：“富貴已極，而黃壚數語，強作清態，尤爲可厭，千古勢利中老奸，大率如此。”《史懷》卷十八。

伍俶儻曰：“居然猶美於‘迢迢牽牛星’，富有詩意。”《暮遠樓自選詩》附《談

1404

3

　　孫子荆以有才，少所推服，唯雅敬王武子。武子喪時，名士無不至者。子荆後來，臨屍慟哭[1]，賓客莫不垂涕。哭畢，向靈牀曰：“卿常好我作驢鳴，今我爲卿作。”體似真聲[2]，賓客皆笑。孫舉頭曰：“使君輩存，令此人死！”《語林》曰：“王武子葬，孫子荆哭之甚悲，賓客莫不垂涕。既作驢鳴，賓客皆笑。孫曰[3]：‘諸君不死，而令武子死乎[4]？’賓客皆怒。”

　　○“孫子荆”至“我爲卿作”

　　“少所推服”二句，田中頤曰：“二句爲孫後語作地。”

　　“雅敬”，江藍生曰：“‘雅’字更接近於程度副詞‘頗’、‘甚’。”《彙釋》頁二四一。

　　“武子喪時”，程炎震曰：“《晉書·濟傳》：年四十六，先渾卒。不著何年。”○曹道衡曰：“（孫）楚卒於惠帝元康三年，則王濟之卒，當在元康元年或二年。濟卒，孫楚有《王驃騎誄》。”《叢考》頁一七一。

　　“今我爲卿作”，恩田仲任曰：“作，作驢鳴也。”○田中頤曰：“孫臨屍及向靈牀，都事死如事生，初未爲賓客作也。”

　　◎王叔岷曰：“《初學記》二九引《晉書》云：‘王濟好驢鳴，孫楚哭之，曰：“子好驢鳴，爲汝作一聲。”’所記不同，而與篇首‘王仲宣好驢鳴’事相類。”

---

〔1〕　“臨屍”，董刻本“屍”作“尸”。
〔2〕　“體似真聲”，大典顯常曰：“《晉書》作‘體似聲真’，是。”田中頤曰：“《晉書》作‘體似聲真’，若可從者。然此謂並己體貌專擬，似其真聲之意，與‘好驢鳴’接應更佳。”秦士鉉曰：“‘聲真’一作‘真聲’。”李慈銘曰：“‘真聲’誤倒。《晉書·王濟傳》作‘體似聲真’，今據改。李本亦誤。”劉盼遂曰：“‘真聲’宜從《晉書》，乙作‘聲真’。”徐震堮《札記》曰：“《晉書·孫楚傳》‘真聲’作‘聲真’。”蔣宗許《臆札》曰：“《晉書》不明‘體’義而妄改。”
〔3〕　“孫曰”，余嘉錫曰：“景宋本及沈本‘孫’下俱有‘聞之’二字。”何焯校同。
〔4〕　“令武子”，余嘉錫曰：“景宋本及沈本‘令’下有‘王’字。”何焯校同。

1405

○"體似眞聲"至"令此人死"

"體似眞聲"，參見校文。淇園曰："言其體貌亦似驢眞作聲也。"○蔡鏡浩曰："'體'猶模擬、效法。'體似眞聲'，即模擬得好像眞的驢叫聲一樣，句子十分通順，並無錯處。《續晉陽秋》之'悉體之'，即都效法他們之義。"《札記》。○蔣宗許曰："體，摹仿，摹擬。此義習見於魏晉而下，如'體離朱之視聽'（曹植《蟬賦》）、'體君歌，逐君音'（鮑照《代夜坐吟》）、'悉體之'（劉注引《續晉陽秋》）。"《臆札》。

"使君輩存"二句，田中頤曰："言賓客皆可死者而不死，王不可死者而死也。"

4

王戎喪兒萬子，山簡往省之，王悲不自勝。簡曰："孩抱中物，何至於此？"王曰："聖人忘情，最下不及情。情之所鍾，正在我輩。"王隱《晉書》曰："戎子綏，欲取裴遁女〔1〕。綏既蚤亡，戎過傷痛，不許人求之，遂至老無敢取者。"簡服其言，更爲之慟。一說是王夷甫喪子，山簡弔之。

○"王戎喪兒"至"何至於此"

"王戎喪兒萬子"，吳士鑑曰："'萬子'爲綏之字，本傳誤以'萬'爲名。"《斠注》卷四十三。○余嘉錫曰："《賞譽篇》注引《晉諸公贊》曰：'王綏字萬子，年十九卒。'"

"孩抱中物"，張端木曰："萬子没，年已十九，云'孩抱中物'，不可解。"○秦士鉉曰："幼孩懷抱，謂嬰兒。按萬子年已長矣，'孩抱'語似不當。"○程炎震曰："《晉書·王衍傳》取此，云'衍嘗喪幼子'，蓋以萬年十九卒，不得云

---

〔1〕 "裴遁女"，吳士鑑《斠注》卷四十三曰："'裴遁'當作'盾'，'盾'與'康'不知孰是。"王利器曰："'遁'當作'盾'。《晉書·裴憲傳》：'康子盾，少歷顯位。永嘉中爲徐州刺史。'《河東聞喜裴氏譜》：'盾，康子，徐州刺史。'"楊勇曰："宋本作'裴遁'，非。"

'孩抱中物'也。"

　　○"王曰聖人"至"更爲之慟"

　　"聖人忘情"，田中頤曰："以爲如天地。"○張萬起曰："指聖人能超脱，不爲世俗之情所擾。'聖人忘情'或'聖人無情'，是魏晉士人常常談論的題目。"

　　"最下不及情"，田中頤曰："以爲如木石。"○龔斌曰："不及情，謂未識情也。"

　　"情之所鍾正在我輩"，田中頤曰："言聖人所忘之情，最下不及之情，一鍾以在中人我輩也。"

　　"更爲之慟"，秦士鉉曰："慟，舊注：哀過也。今按痛苦而心動也。"

　　○注"王隱晉書曰"

　　"至老無敢取者"，秦士鉉曰："戎不許他人娶裴女，故其女至年老，人不敢娶之，畏戎之權勢也。"

　　○注"一説是王夷甫喪子"

　　"工夷甫喪子"，吳士鑑曰："《世説》誤'衍'作'戎'，合爲一事。注引王綏事以實之，亦誤也。"《斠注》卷四十三。○余嘉錫曰："《晉書·王衍傳》作'衍嘗喪幼子，山簡弔子'，即注所載一説也。"○徐震堮曰："《晉書》正作王衍事，見本傳。"《札記》。○趙西陸曰："《顏氏家訓·勉學篇》：'王夷甫悼子，悲不自勝，異東門之達也。'亦以爲王衍。"

　　【彙評】

　　李贄曰："王戎不成人，王戎大不成人！"《初潭集》卷一。

　　王世懋曰："妙語實境。"

　　陶珙曰："戎但痛己子，而不恤人女，恃權專横，不顧人情，豈尚得謂'情之所鍾正在我輩'耶？"

　　宗白華曰："晉人雖超，未能忘情，所謂'情之所鍾，正在我輩'，是哀樂過人，不同流俗。"《晉人的美》。

　　王叔岷曰："《列子·力命篇》：'魏人有東門吳者，其子死而不憂。其相室曰："公之愛子，天下無有。今子死不憂，何也？"東門吳曰："吾常無子，無子之時不憂。今子死，乃與嚮無子同。臣奚憂焉？'若東門吳者，可謂忘情者矣。"

5

有人哭和長輿曰："峨峨若千丈松崩。"

　　○"有人"至"松崩"

　　"哭和長輿"，程炎震曰："《晉書》四十五《和嶠傳》云：'元康二年卒，永平初策諡曰簡。'周保緒《晉略》列傳五曰：'元康在永平後，嶠非先卒，必豫於衛瓘之禍，何諡之有？'清殿本《考證》曰：'永平定屬永康之誤，今改正。'按永康元年四月，賈后廢後，追復故皇太子位號，嶠得策諡，事或有之。然晉初追諡者少，衛瓘受禍，僅乃得之。張華且不得諡，恐嶠非其比也。疑'永平'字不誤。嶠自永熙元年卒，誤爲元康二年耳。永熙元年之明年，即永平元年。"

　　"峨峨若千丈松崩"，淇園曰："峨，猶《詩·小雅》'側弁之俄'之'俄'，蓋其傾崩出於人意外之貌。"○田中頤曰："峨峨，蓋隕墜貌。言不可復起也。"○秦士鉉曰："'峨''俄'同，高而傾危也，《詩》'側弁之俄'及'傀俄玉山崩'皆同。"

　　【彙評】

　　蔣凡曰："悼念和嶠，實是爲國惜才，流露出時人對於國家局勢動蕩的擔心。不久八王亂起，繼之五胡亂華而西京淪亡。千丈松崩，正是黍離之哀的前奏曲，悲呼痛哉！"

6

衛洗馬以永嘉六年喪，謝鯤哭之，感動路人。《永嘉流人名》曰："玠以六年六月二十日亡,葬南昌城許徵墓東〔1〕。玠之薨,謝幼輿發哀於武昌,感慟不自勝。人問:'子何鄉而致哀如是〔2〕?'答曰:'棟梁折矣,何得不哀?'"咸和中,丞相王公教曰:"衛洗馬當改葬。此君風流名士,海内所瞻,可脩薄祭,以敦舊好。"《玠別傳》曰:"玠咸和中改遷於江寧。丞相王公教曰:'洗馬明當改葬。此君風流名士,海内民望,可脩三牲之祭,以敦舊好。'"

○"衛洗馬"至"以敦舊好"

"感動路人",楊勇曰:"動,古'慟'字。"

"教曰",岡白駒曰:"諭告之詞曰教。"

"可脩薄祭",田中頤曰:"此亦敦舊好也。其所欽慕蓋如此。"○崔朝慶曰:"脩,飭也,整備也。"

○注"永嘉流人名曰"

"許徵墓",恩田仲任曰:"按《後漢書》,許劭字子將,司空楊彪辟舉方正、敦樸徵,皆不就。及孫策平吳,南奔豫章而卒。《豫章記》曰:'許子將墓在郡南四里。'"○秦士鉉曰:"後漢許劭字子將,墓在豫章。凡被徵,或就或不就,皆稱徵君。"

"謝幼輿發哀於武昌",龔斌曰:"衛玠卒於豫章時,謝鯤亦在彼地。王敦將亂,羈録朝士有望者置己幕府,謝鯤爲長史。則謝鯤在武昌,於王敦將作亂時,距衛玠之死已有年矣。"

○注"玠別傳曰"

"改遷於江寧",許嵩曰:"未知本葬何處。"《建康實録》卷五自注。余嘉錫按曰:"許嵩未考《世説》注。"○趙西陸曰:"《建康實録》卷五曰:'玠葬新亭東,今在縣南十里。'"

"明當改葬",桃井白鹿曰:"明,蓋謂明日也。《太平御覽》引《語林》:

---

〔1〕 "許徵",恩田仲任曰:"'徵'下誤脱'君'字。"秦士鉉曰:"'徵'下脱'君'字。"龔斌曰:"當作'許徵君',指漢末許劭。"
〔2〕 "何卹",董刻本作"何恤",袁刻本作"可血"。

'夏少明未知名，聞裴逸民知人，入洛從之。裴云：君明可更來。明往，果知之。'亦謂明日爲'明'。"

7

顧彥先平生好琴，及喪，家人常以琴置靈牀上。張季鷹往哭之[1]，不勝其慟，遂徑上牀，鼓琴作數曲，竟，撫琴曰："顧彥先頗復賞此不？"因又大慟，遂不執孝子手而出。

○"顧彥先"至"復賞此不"

"及喪"，程炎震曰："永嘉六年，顧榮卒。《晉書·榮傳》：子毗。"○龔斌曰："《晉書》九五《戴洋傳》：'榮果以十二月十七日卒。'"

"張季鷹往哭之"，張萬起曰："與顧榮同鄉，相友善。"

"顧彥先頗復賞此不"，田中頤曰："語亦感愴。"○楊勇曰："頗，猶可，疑問副詞。"

○"因又大慟"至"手而出"

"不執孝子手而出"，岡白駒曰："在父喪，曰孝子。"○恩田仲任曰："《禮記》曰：'祭稱孝子孝孫，喪稱哀子哀孫。'"○田中頤曰："此見其真素處。"○崔朝慶曰："言其傷慟之極，至於忘禮數也。"○劉盼遂曰："弔喪臨去，與孝子把握爲禮，在古無徵，此自當時習俗，僅於此及下文王東亭哭謝公條見之。"○余嘉錫曰："《顏氏家訓·風操篇》曰：'江南凡弔者，主人之外，不識者不執手。'云云。然則凡弔者，皆須執主人之手。此條言不執孝子手，後'王東亭'條言不執末婢手，皆著其獨於死者悼慟至深，本不爲生者弔，故不執手，非常禮也。"

---

[1] "張季鷹"，黃丕烈曰："'膺'作'鷹'。"唐鴻學曰："明萬曆有姓季名膺，雲間人，即襲世爲名。此應從'月'作'膺'，不應改從'鳥'。"

【彙評】

劉昌詩曰："晉人放曠，至於弔喪，亦出禮法之外。王子猷、子敬俱病篤，而子敬先亡，子猷來奔喪，都不哭。子敬素好琴，便徑入坐靈牀上，取子敬琴談。弦既不調，擲地云：'子敬，人琴俱亡！'因慟絕良久，月餘亦卒。顧彦先平生好琴，及喪，家人常以琴置靈牀上。張季鷹往哭之，遂徑上牀鼓琴，作數曲竟，撫琴曰：'顧彦先頗賞此不？'因大慟，遂不執孝子手而出。此二事如一。"《蘆浦筆記》卷三。

鄧球曰："古人義重知己之死不渝如此也。吳季札出使遇徐君，徐君愛其劍而弗言。札心知之，爲使上國，未獻。及還，徐君已死，札歎曰：'始吾心以許之，豈以死倍吾心哉！'乃解劍繫徐君墓樹去。晉顧榮與郡人張翰爲知友。榮素好琴，及喪，家人嘗置琴於靈座。翰往哭之，慟，既而上牀鼓琴，因歎曰：'顧彦先復能賞此不？'又慟哭，不弔喪主而去。晉王濛與劉惔齊名，濛有塵，疾篤，於燈下轉塵尾視之，歎曰：'如此人，曾不得四十也。'既卒，惔以犀把塵尾置棺中，因痛絕。又觀後漢梁鴻與京兆高恢友善，同學老子，隱鞸陰山中。及鴻東遊，思恢，作詩曰：'鳥嚶嚶兮友之則，念高子兮僕懷思。想念恢兮爰集茲。'二人亦遂不復相見。古人友義然也。"《閒適劇談》卷四。

8

庾亮兒遭蘇峻難遇害。諸葛道明女爲庾兒婦，既寡，將改適，亮子會，會妻父彪[1]，並已見上。與亮書及之。亮答曰："賢女尚少，故其宜也。感念亡兒，若在初没。"

○"庾亮兒"至"若在初没"

"庾亮兒遭蘇峻難遇害"，田中頤曰："其死可惻。"○張萬起曰："庾亮

---

[1] "父彪"，何焯曰："'父'當作'文'，見前注。按庾會妻名文彪，見《方正篇》注。"李慈銘曰："'父'當作'文'，會妻名文彪也，見卷中《方正篇》注。"程炎震曰："此'父'字當作'文'。文彪，會妻名也。"

兒,指庾會。會字會宗,小字阿恭。按《晉書》作庾彬,考其事跡,當是一人。"

"諸葛道明女",張萬起曰:"指諸葛文彪,諸葛恢長女。"

"及之",田中頤曰:"即及改適之議也。"

"故其宜也",淇園曰:"故,固也。"

"若在初沒",田中頤曰:"庾前曾所望乎其兒及女者蓋多多矣,而及遇一害,萬緒都絕焉。今得此書,其感念自不得不若初沒也。"○崔朝慶曰:"言其死如在目前,而婦即改嫁,未免此情難堪耳。"

【彙評】

李贄曰:"好!"評"亮答曰"。《初潭集》卷一。

王世懋曰:"聲有餘痛。"

陳夢槐曰:"王衍喪子,不許人娶裴女,庾亮畢竟勝王多多。"蔣凡按曰:"(王衍)應作'王戎'。"

田中頤曰:"傷溢言外。"

許世瑛曰:"會死後,他的妻子要改嫁,由女方家長親自寫信告訴男方家長,可見那時候改嫁是當然的事,並無羞愧難以見人的感覺。所以庾亮不能責備對方,用無恥、無情義的話來譏笑毒罵,只好說'感念亡兒,若在初沒'來感動她,希望她自動提出不改嫁的話來。因爲年青的小媳婦硬要她守節,實在是一椿殘忍不仁道的事,庾亮回答說'賢女尚少,故其宜也',就是於理不當耽誤人家的青春,只好動之以情了。"《一斑》。

龔斌曰:"庾亮答諸葛恢之語理允情深,前二語見仁者之心,後二語見父子深情。千載之下,仍令人動容不已。"

9

庾文康亡,何揚州臨葬云:"埋玉樹箸土中,使人情何能已已!"《搜神記》曰:"初,庾亮病,術士戴洋曰:'昔蘇峻事,公於白

1412

石祠中許賽車下牛，從來未解。爲此鬼所考〔1〕，不可救也。’明年，亮果亡。”《靈鬼志謠徵》曰〔2〕：“文康初鎮武昌，出石頭，百姓看者於岸歌曰〔3〕：‘庾公上武昌，翩翩如飛鳥；庾公還揚州，白馬牽旒旐。’又曰：‘庾公初上時，翩翩如飛鴟；庾公還揚州，白馬牽旒車〔4〕。’後連徵不入，尋薨，下都葬焉。”

○“庾文康”至“何能已已”

“庾文康亡”，恩田仲任曰：“文康，庾亮謚。”○程炎震曰：“咸康六年，庾亮卒。何充時爲護軍將軍、參録尚書事。”

“何揚州”，秦士鉉曰：“何充爲揚州刺史。”

“何能已已”，岡白駒曰：“已，止也。下‘已’，語終辭。”○田中頤曰：“言其可哀惜之情，欲已而不能已，理宜然也。”○秦士鉉曰：“已已，疊詞。”

○注“搜神記曰”

“許賽車下牛”，錢大昕曰：“賽，本祭名，今世鄉社賽神以豐儉較勝負，因以賽爲爭勝之義。‘賽’與‘勝’亦聲相近也。”《恒言録》卷二。○岡白駒曰：“報祭曰賽。”○大典顯常曰：“賽，還願也。蓋方蘇峻之亂，庾有所禱於白石洞中，曰解車牛賽之，而後終不解也。”○恩田仲任曰：“《正字通》曰：‘今俗報祭曰賽願。’”

“從來未解”，周一良曰：“‘未解’猶言未還願。”《批校》。○方一新曰：“解，酬神，履行對神靈許下的諾言。引申爲踐約、還願。”《釋義》。

“爲此鬼所考”，恩田仲任曰：“‘考’同‘拷’。”

◎余嘉錫曰：“《還冤志》曰：‘晉時庾亮誅陶稱。後咸康五年冬節會，文武數十人忽然悉起向階拜揖。庾驚問故，並云：“陶公來。”陶公是稱父侃也。庾亦起迎。陶公扶兩人，悉是舊怨，傳詔左右數十人皆操伏戈。陶公謂庾曰：“老僕舉君自代，不圖此恩，反戮其孤，故來相問。陶稱何罪？身已得訴於帝

---

〔1〕 “昔蘇峻事”四句，恩田仲任曰：“《晉書》本傳作：‘昔蘇峻時，公於白石祠中祈福，許賽其牛，至今未解，故爲此鬼所考。’”朱鑄禹曰：“《搜神記》作：‘於白石祠中祈福，許贈其牛，至今未解。’《晉書》卷九十五《戴洋傳》同。”

〔2〕 “靈鬼志”，朱鑄禹曰：“‘鬼’沈校本誤作‘思’。”

〔3〕 “於岸”，《廣記》一四一引《世說新書》“岸”下有“上”字。

〔4〕 “庾公初上時”四句，徐震堮《札記》曰：“《晉書·五行志》‘飛鴟’作‘飛鳥’，‘旒車’作‘流蘇’。”

矣。"庾不得一言，遂寢疾。八年一日死。'此與《搜神記》不同。與其謂亮死於白石之鬼，不如謂亮死於陶侃，使知嫉功妒能、背恩負義之不可爲，亦以見人心世道之公也。亮以咸康五年殺陶稱，六年正月卒。《還冤記》作八年，傳寫之誤耳。"

○注"靈鬼志謠徵曰"

"白馬牽旒旐"，岡白駒曰："此死徵也。"○恩田仲任曰："旒，旗常之末垂者。旐，《爾雅》：'緇廣充幅長尋曰旐。'"○秦士鉉曰："白馬、旒旐，皆喪車之象。"

"下都葬焉"，徐震堮曰："本傳云'喪至車駕親臨'，《五行志》亦云'以喪還都葬'。此云'下都'，即'還都'之義。晉人凡自上游至建業皆曰'下'，南朝猶然。《太平廣記》一四一引此作'還都葬之'。"《礼記》。

【彙評】

劉辰翁曰："皆無據，獨遺此，第資後人筆墨耳。"

方弘靜曰："庾文康病篤，術士謂其許賽白石祠牛，未解，爲鬼所考，不可救。此記之者妄也。文康名卿，賽牛小過，白石何鬼？詎無明神而得考之耶？乃其居輔佐之位，不能靖亂，而求助於鬼，此爲可考也。"《千一錄》卷二十五。

宗白華曰："傷逝中猶具悼惜美之幻滅的意思。"《晉人的美》。

10

王長史病篤，寢臥鐙下[1]，轉麈尾視之，歎曰："如此人，曾不得四十！"及亡，劉尹臨殯，以犀柄麈尾箸柩中，因慟絕。《濛別傳》曰："濛以永和初卒，年三十九。沛國劉惔與濛至交，及卒，惔深悼之。雖友于之愛，不能過也。"

---

〔1〕"鐙下"，董刻本、袁刻本"鐙"俱作"燈"。

“王長史病篤”，程炎震曰：“《法書要録》卷九載張懷瓘《書斷》稱：‘濛以永和三年卒，年三十九。’”○趙西陸曰：“據此，當生於永嘉三年。”

“如此人”二句，田中頤曰：“以清談有志如此人，而不得年，實足自惜也。”○余嘉錫曰：“《高僧傳》八《釋道慧傳》云：‘慧以齊建元二年卒，春秋三十有一。臨終呼取塵尾授友人智順，順慟曰：“如此之人，年不至四十，惜矣！”因以塵尾柄納棺中而葬焉。’智順此言，正敩王濛耳。”○蔣凡曰：“曾、竟、居然。”

“以犀柄塵尾箸柩中”，田中頤曰：“鍾愛之物。”

“因慟絶”，田中頤曰：“臨終之言，懍乎屬耳，不得不慟絶也。”

○注“濛別傳曰”

“友于之愛”，岡白駒曰：“謂兄弟之愛。《書》云：‘友于兄弟。’”

【彙評】

許世瑛曰：“他所以臨終自歎，如此曾不得四十，不是貪生怕死，希冀享樂，實在自悼天不假我以年，不克盡展己才，以留金石之功，祇好齎志没地，長懷無已啊。”《衛玠與王濛》。

賀昌群曰：“六朝談士之重視其塵尾，正是重視他自己的學術生命。‘王濛病篤’云云，這與《雲仙雜記》方鎔自以酒脯祭他的棕櫚葉拂一樣的心情。”《札記》。

11

支道林喪法虔之後[1]，精神霣喪，風味轉墜。《支遁傳》曰：“法虔，道林同學也。儁朗有理義，遁甚重之。”常謂人曰：“昔匠石廢斤於郢人，《莊子》曰：“郢人堊漫其鼻端，若蠅翼，使匠石運斤斲

---

[1]“法虔”，龔斌曰：“‘虔’沈校本作‘虖’，注同。”

之，堊盡而鼻不傷，郢人立不失容〔1〕。” 牙生輟絃於鍾子，《韓詩外傳》曰：“伯牙鼓琴，鍾子期聽之。方鼓琴，志在太山，子期曰：‘善哉乎，鼓琴！巍巍乎，若太山！’莫景之間〔2〕，志在流水，子期曰：‘善哉乎，鼓琴！洋洋乎，若流水！’鍾子期死，伯牙擗琴絶絃，終身不復鼓之，以爲在者無足爲之鼓琴也。” 推己外求〔3〕，良不虛也！冥契既逝〔4〕，發言莫賞，中心蘊結〔5〕，余其亡矣！” 卻後一年，支遂殞。

○“支道林”至“支遂殞”

“支道林喪法虔之後”，蔣凡曰：“支遁卒於太和元年，法虔早其一年而逝。”

“精神實喪”二句，田中頤曰：“傷逝之極。”○張萬起曰：“精神頹廢消沉。”

“推己外求”，大典顯常曰：“言推己之情，求匠、牙之事也。”○秦士鉉曰：“推己之心，求古人匠石、牙生之心。”

“冥契既逝”，岡白駒曰：“心情暗符合曰冥契。”○秦士鉉曰：“冥契，猶云暗合也，同心若合符契也。”○張萬起曰：“冥契，指相互投合默契的人，知音者。”

“卻後一年支遂殞”，秦士鉉曰：“卻後，猶云爾後也。”○程炎震曰：“《高僧傳》卷四云：‘乃著《切悟章》。臨亡成之，落筆而卒。’”○張萬起曰：“卻後，過後。”

○注“韓詩外傳曰”

“莫景之間”，岡白駒曰：“莫，與‘暮’通。”○平賀房父曰：“猶言暫時。”

---

〔1〕 “莊子曰”，趙西陸曰：“《莊子·徐無鬼》篇：‘莊子送葬，過惠子之墓，顧謂從者曰：“郢人堊慢其鼻端若蠅翼，使匠石斲之，匠石運斤成風，聽而斲之，於郢人立不失容。”宋元君聞之，召匠石曰：“嘗試爲寡人爲之。”匠石曰：“臣則嘗能斲之，雖然，臣之質死久矣。”自夫子之死也，吾無以爲質矣，吾無與言之矣。’劉注必備引以詮廢斤之文，爲後人誤删落耳。”
〔2〕 “莫景之間”，恩田仲任曰：“《韓詩外傳》無此四字。”徐震堮《札記》曰：“今本《外傳》無‘莫景之間’四字。”
〔3〕 “推己外求”，程炎震曰：“‘外求’，《高僧傳》作‘求人’。”徐震堮曰：“《高僧傳》作‘推己求人’。”
〔4〕 “冥契既逝”，徐震堮曰：“《高僧傳》作‘寶契既潛’。”
〔5〕 “蘊結”，葉德輝曰：“袁本‘蘊’作‘薀’。按《説文》有‘薀’無‘蘊’。‘蘊’俗字。”

"在者", 大典顯常曰: "言存世者也。" ○秦士鉉曰: "今時生在之人。"

◎王叔岷曰: "《韓詩外傳》云云, 又見《呂氏春秋·本味篇》《説苑·尊賢篇》《列子·湯問》。注引《韓詩外傳》, 蓋滲雜《呂氏春秋》之文引之。"

【彙評】

王世懋曰: "支公乃爾耶？名理何在？"

12

郗嘉賓喪, 左右白郗公"郎喪", 既聞, 不悲, 因語左右: "殯時可道。"公往臨殯, 一慟幾絕。《中興書》曰: "超年四十一[1], 先愔卒。超所交友, 皆一時俊乂。及死之日, 貴賤爲誄者四十餘人。"《續晉陽秋》曰: "超黨戴桓氏, 爲其謀主[2], 以父愔忠於王室, 不令知之。將亡, 出一小書箱付門生[3], 云: '本欲焚此, 恐官年尊, 必以傷愍爲斃[4]。我亡後, 若大損眠食, 則呈此箱。' 愔後果慟悼成疾, 門生乃如超旨[5], 則與桓溫往反密計[6]。愔見即大怒曰: '小子死恨晚！' 後不復哭。"

○注"中興書曰"至"不復哭"

"超年四十一", 參見校文。程炎震曰: "《晉書·超傳》不著卒年。《通鑑》繫之太元二年十二月, 當必有據。"

"恐官年尊", 朱鑄禹曰: "官, 超稱愔。魏晉間人稱尊長曰'官'。"

"以傷愍爲斃", 參見校文。吳金華曰: "'斃''弊'二字古來通用, 無須校

─────────

[1] "四十一", 程炎震曰: "'一'宋本作'二', 《晉書》亦云'四十二'。"趙西陸曰: "袁本'二'字作'一', 誤。"曹道衡《叢考》曰: "《晉書》記年四十二, 宋本《世説·傷逝》注引《中興書》同, 通行本傳刻誤作'四十一'。"頁一九五。
[2] "謀主", 董刻本"主"作"王"。王利器曰: "各本'王'作'主', 是。"
[3] "出一小書箱", 楊勇曰: "《晉書·郗超傳》作'出一小箱書', 《通鑑》一〇四《晉紀》二六同。"
[4] "爲斃", 余嘉錫曰: "'斃'《晉書》作'弊', 是。"徐震堮曰: "'斃'《晉書·郗超傳》作'弊', 是。弊, 病憊也。"
[5] "超旨", 楊勇曰: "'旨'下《晉書·郗超傳》有'呈之'二字。"
[6] "則與", 楊勇曰: "'則'下《晉書·郗超傳》有'悉'字。"

改。如唐許嵩《建康實錄》卷九《烈宗孝武皇帝》載郗超此語，其文作‘必悲傷爲敝’，這是六朝人用‘斃’而唐人用‘敝’之例。又如今本《爾雅·釋言》：‘弊，踣也。’敦煌唐寫本《爾雅白文》作‘斃，踣也’，跟《左傳》定公八年孔穎達《正義》所引相合，可見唐以前通行的《爾雅》古抄本作‘斃’不作‘弊’。再如《禮記·表記》‘斃而後已’鄭玄注：‘斃，仆也。’《經典釋文》：‘斃音弊，仆也，本又作弊。’可見‘斃’‘弊’音同義通。”《考釋》頁一七一。

【彙評】

蘇軾曰：“予讀而悲之，曰：‘士之所甚好者名也，而愛莫如於父子。今嘉賓以父之故而暴其惡名，方回以君之故而不念其子，嘉賓可謂孝子，方回可謂忠臣也。悲夫！’或曰：‘嘉賓與桓溫謀叛，而子以孝子稱之，可乎？’曰：‘采葑采菲，無以下體。嘉賓之不忠，不待誅絶而明者，其孝可廢乎？王述之子坦之，欲以女與桓溫。述怒排坦之曰：汝真癡也，乃欲以女與兵！坦之是以不與桓溫之禍。使郗氏父子能如此，吾無間然者矣。’”《郗方回郗嘉賓父子事》。○曰：“若方回者，可謂忠臣矣，當與石碏比。然超不謂之孝，可乎？使超知君子之孝，則不從溫矣。東坡先生曰：超，小人之孝也。”《東坡志林》卷四。

胡寅曰：“孝於親，忠於君者，人之良心，不可亡也。超爲子則不孝，爲臣則不忠，然恐其父以己死故，哀悼成疾，思所以寬之，是良心之孝也。知與溫密計爲不忠，可以怒其父，而寬其憂，是良心之忠也。所以淪胥不自反者，利欲汨之耳。”《管見》卷八。

劉辰翁曰：“何其岑寂。”

周汝登曰：“郗超謀逆私札，自污其名，以舒親憂，不忍於父而忍於君子，如鄧攸不忍於兄而忍於子，何哉？第五倫之於子姪，所謂愛有差等，理固當然，何謂私乎？若郗愔，知大義矣。”華慶遠《論世八編》卷九引。

李贄曰：“愔真忠，超真孝。”《初潭集》卷八。

陳簡曰：“超本不足齒，而能慮其父哀悼成疾，故自暴其身後之惡以止之，其志亦足憐也。”《史談補》卷四。

鍾惺曰：“覽郗超本末，知忠孝故有二理。超俊物，不幸爲溫所知，亦可見當時無知超者；至不愛其身以報所知，不愛其名以報所生，於古而今，猶爲傷心。”

方苞曰：“臨殯而幾絶，愔真慈父；開箱而止哭，愔實忠臣。”

戴公見林法師墓，《支遁傳》曰：“遁太和元年終于剡之石城山，因葬焉。”曰：“德音未遠，而拱木已積[1]。冀神理綿綿，不與氣運俱盡耳！”王珣《法師墓下詩序》曰：“余以寧康二年，命駕之剡石城山，即法師之丘也。高墳鬱爲荒楚，丘壟化爲宿莽，遺跡未滅，而其人已遠。感想平昔，觸物悽懷。”其爲時賢所惜如此[2]。

〇“戴公見”至“俱盡耳”

“戴公”，秦士鉉曰：“蓋戴安道也，但其稱公不詳。或云：蓋僧名。”〇徐震堮曰：“戴逵。”

“拱木已積”，岡白駒曰：“謂經年也。拱木，出於《左傳》。”〇桃井白鹿曰：“《爾雅》注：‘兩手合持爲拱。’《左傳》：‘爾墓之木拱矣。’”〇田中頤曰：“拱木，謂墓木也。兩手合持曰拱。”〇秦士鉉曰：“謂墓上樹大，年月逾邁也。”〇崔朝慶曰：“兩手所圍曰拱，言其墓木已長大也。”〇楊勇曰：“《左傳》僖公三二年：‘秦穆公使謂蹇叔曰：爾墓之木拱矣。’杜注：‘合手曰拱。’按後人又稱拱木爲墓木。”

“神理綿綿”，桃井白鹿曰：“謝靈運詩：‘事爲名教用，道以神理超。’”〇崔朝慶曰：“綿綿，長不絕也。”〇王叔岷曰：“《老子》六章：‘綿綿若存。’”

“不與氣運俱盡”，恩田仲任曰：“氣謂五氣，運謂五運也。”〇田中頤曰：“言冀形骸外所存神理，綿綿不絕，猶墓木長大，不與氣運俱盡耳。”〇秦士鉉曰：“氣運，法師之假合身。”〇張萬起曰：“氣運，年壽、壽數。”

〇注“王珣法師墓下詩序曰”

“化爲宿莽”，桃井白鹿曰：“草經冬不凋，曰宿莽。見《楚詞》。”〇大典顯常曰：“《離騷》：‘攬洲之宿莽。’”〇秦士鉉曰：“宿莽，舊草也。”

“其人已遠”，趙西陸曰：“孝武帝寧康二年，上距廢帝太和元年已八年。”

---

[1] “拱木已積”，董刻本“拱”作“栱”。王利器曰：“各本‘栱’作‘拱’，是。”楊勇曰：“‘拱’宋本作‘栱’，非。《高傳》四《支遁傳》作‘拱木已繁’。”
[2] “時賢”，王先謙曰：“一本‘賢’作‘人’。《世說補》作‘賢’。”

王子敬與羊綏善。綏清淳簡貴，爲中書郎，少亡。綏
已見。王深相痛悼，語東亭云："是國家可惜人！"

○"王子敬"至"可惜人"

"少亡"，朱鑄禹曰："即早亡。"

"相痛悼"，張萬起曰："即痛悼之。"

"國家可惜人"，田中頤曰："此以其清淳簡貴，可作國家之用言之者耳。"
○周一良曰："東漢稱天子曰'國家'，如《後漢書·祭祀志》注引馬第伯《封禪
儀記》：'國家居太守府舍，諸王居府中。'又《馮異傳》載異上書：'皆自國家
謀慮，愚臣無所能及。'皆指光武帝。魏晉沿襲後漢舊習，亦稱皇帝爲'國
家'。"《史札》頁一五至一六。

15

王東亭與謝公交惡。《中興書》曰："珣兄弟皆壻謝氏，以猜嫌離
婚。太傅既與珣絕婚，又離妻[1]，由是二族遂成仇釁。"王在東聞謝喪，
便出都詣子敬道："欲哭謝公。"子敬始臥，聞其言，便
驚起曰："所望於法護。"護，珣小字。王於是往哭。督帥刁
約不聽前，曰："官平生在時，不見此客。"王亦不與語，
直前，哭甚慟，不執末婢手而退。末婢，謝琰小字。琰字瑗度[2]，
安少子。開率有大度，爲孫恩所害。贈侍中、司空。

---

[1] "又離妻"，桃井白鹿曰："'又'上當有'珉'字。據《晉書》，妻者王珉妻，即謝安女也。"秦士
　　鉉曰："'離妻'間當補'珉'字。"李慈銘曰："'離'下脱'珉'字，今據《晉書·王珣傳》
　　補。"徐震堮《札記》曰："'離'下當從《晉書·王珣傳》增'珉'字。"
[2] "琰字瑗度"，趙西陸曰："注'琰字瑗度'云云，上脱引用書名。"

○“王東亭”至“末婢手而退”

“所望於法護”，田中頤曰：“王與謝交惡，而非意惡，故其欲哭，不唯不害，實所望也。”○程炎震曰：“子敬長元琳五歲，故得斥其小字。《晉書·珣傳》云‘詣族弟獻之’，誤矣。”

“督帥刁約”，劉應登曰：“刁乃謝公部下吏。”○恩田仲任曰：“督帥，公府屬官。”○秦士鉉曰：“督帥，謝屬吏，治喪事者。”○張萬起曰：“督帥，府中總管。”

“官平生在時”，胡三省曰：“宋齊之間，義從私屬，以至婢僕，率呼其主爲‘官’。”《通鑒·宋紀十六》注。桃井白鹿按曰：“刁約在晉已言之，非始於宋也。”○田中頤曰：“官，呼其主之稱。”○許世瑛曰：“晉時卑賤者稱尊貴者曰‘官’。”楊勇引。○徐震堮曰：“門下及屬吏稱府主曰‘官’。”《釋義》。

“末婢”，田中頤曰：“謝子。此王盡情慟哭，不在弔慰也。”

○注“末婢”至“司空”

“開率”，秦士鉉曰：“開，即真率。”○朱鑄禹曰：“開朗真率也。”

“孫恩所害”，大典顯常曰：“隆安四年，謝琰鎮會稽，孫恩寇邢浦，至會稽，琰出戰，兵敗。”《集成》。

【彙評】

徐樹丕曰：“夫珣爲桓公重，然温、玄當事，終不以此蒙議，豈非以清遠故乎？哭太傅一節尤難。人情不能忘睚眦，況絕婚大隙！賢者無固我，於此可見。今人受知政府，當其失勢，便欲借以立名。古今人不相及，於此可見。”《識小録》卷三。

伯克利手批曰：“足見當時名流以服謝公。”

16

　　王子猷、子敬俱病篤，而子敬先亡。獻之以泰元十三年卒，年四十五。子猷問左右：“何以都不聞消息？此已喪矣！”語時了不悲。便索輿來奔喪，都不哭。子敬素好琴，便徑入坐靈牀上，取子敬琴彈，弦既不調，擲地云："子敬！子敬[1]！人琴俱亡。"因慟絶良久，月餘亦卒。《幽明録》曰："泰元中，有一師從遠來，莫知所出。云：'人命應終，有生樂代者[2]，則死者可生。若逼人求代，亦復不過少時。'人聞此，咸怪其虛誕。王子猷、子敬兄弟，特相和睦。子敬疾，屬纊，子猷謂之曰：'吾才不如弟，位亦通塞，請以餘年代弟。'師曰：'夫生代死者，以己年限有餘，得以足亡者耳。今賢弟命既應終，君侯算亦當盡，復何所代？'子猷先有背疾，子敬疾篤，恒禁來往。聞亡，便撫心悲惋，都不得一聲，背即潰裂。推師之言，信而有實。"

○"王子猷"至"月餘亦卒"

"何以都不聞消息"二句，大典顯常曰："蓋以子猷在病，不令聞子敬之喪也。"○田中頤曰："此以其病篤，故不告子敬之亡者，而子猷自察知之也。"○崔朝慶曰："消息，謂關於子敬病狀之音信也。消謂減，息謂增，人事唯有吉凶善惡，故稱音信爲消息。"

"語時了不悲"，大典顯常曰："語之不悲，奔之不哭，而後慟絶之情益可見也。"

"慟絶良久"，田中頤曰："是其不悲又不哭者，皆急乎彈琴，而未得小暇。弦既不調，忽爾有人琴俱亡之語，因始慟絶，何悲哀加之。"

"月餘亦卒"，田中頤曰："此速其死也。"

○注"獻之以"至"四十五"

"年四十五"，程炎震曰："《法書要録》九載張懷瓘《書斷》曰：'子敬爲中書令，太元十一年卒於官，年四十三。族弟珉代居之，至十三年而卒，年三十八。'案所載珉年，與《晉書》合，知所稱子敬之年，亦當不誤。此注或傳寫之譌耳。"曹道衡按曰："《歷代名畫記》卷五所記獻之卒年、年歲同。《王獻之傳》記謝安卒，

───────────────

[1] "子敬子敬"，何焯曰："'子敬'，俞氏藏本不重文，少下二字。"余嘉錫曰："景宋本及沈本無下'子敬'二字。"趙西陸曰："宋劉昌詩《蘆浦筆記》卷三同。"
[2] "有生樂代者"，徐震堮《札記》曰："《晉書·王徽之傳》作'有生人樂代者'，當據補。"張萬起曰："此脱'人'字。"

獻之上疏議加殊禮，‘未幾，獻之遇疾’，‘俄而卒於官’，謝安卒於太元十年八月，獻之以次年病卒，與傳所言皆合。”《叢考》頁二二一。

○注“幽明録曰”

《幽明録》，沈家本曰：“《隋志》：‘《幽明録》二十卷，劉義慶撰。’二《唐[志]》作三十卷。章宗源曰：‘幽明或作幽冥。《史通》言唐修《晉書》多取《幽明録》。’”《古書目》卷四。○葉德輝曰：“《隋志》：二十卷。云劉義慶撰。”《書目》。

“有生樂代者”，桃井白鹿曰：“生，謂生人也。”○大典顯常曰：“言有生人之欲爲之代死者也。”

“屬纊”，恩田仲任曰：“《喪大記》云：‘屬纊以俟絶氣。’陳澔曰：‘纊，新綿也。屬之口鼻，觀其動否，以驗氣之有無也。’”

“位亦通塞”，岡白駒曰：“彼通我塞。”○秦士鉉曰：“子敬之位通顯，子猷之位塞。”

“恒禁來往”，秦士鉉曰：“蓋二人俱病，故不使甲聞乙之危篤，恐其傷心也。”

“都不得　聲”，余嘉錫曰：“了敬亡時，了猷尚能奔喪，且有人琴俱亡之歎。其不哭也，‘蓋强自抑止，以示其曠達，猶原壤之登木，莊生之鼓缶耳，非不能哭也。安得謂之‘都不得一聲’乎？”

【彙評】

劉辰翁曰：“亦是何物語，可用言情。”

李贄曰：“觀此説，則生者命長，死者可代。而子猷無可代之年，是以卒不得代耳。然兄弟相知之痛，如何可忍也！卒以撫心慟哭，背潰疽裂，而遂俱死。傷哉！初何嘗有册文金縢，做出許多勞攘來耶？”《初潭集》卷十。

狄期進曰：“鬼伯一何相催促，人命不得少踟躕。”

余嘉錫曰：“蓋爲天師道者欲自神其術，造此妄説，以惑庸愚。以子敬兄弟名高，又家世奉道，故託之以取信耳。”評注《幽明録》。

孝武山陵夕，王孝伯入臨，告其諸弟曰："雖榱桷惟新，便自有《黍離》之哀！"《中興書》曰："烈宗喪，會稽王道子執政，寵幸王國寶，委以機任。王恭入赴山陵，故有此歎。"

○"孝武山陵"至"黍離之哀"

"山陵夕"，岡白駒曰："謂孝武崩。"○恩田仲任曰："《文選》注曰：'《三秦記》曰：秦名天子冢曰長山，漢曰陵，故通名山陵。'山陵夕，謂葬之夕。"○秦士鉉曰："山陵，謂天子葬。"○蔣凡曰："太元二十一年九月，孝武帝被弑，其弟司馬道子執政，元顯專權。"

"王孝伯入臨"，秦士鉉曰："臨，謂臨喪也。"○程炎震曰："《晉書·安紀》：太元二十一年十月，葬孝武帝於隆平陵。王恭自京口入赴。"○張萬起曰："入，入都。"

"榱桷惟新"二句，岡白駒曰："言雖宮室新麗，而有荒廢之哀象。《黍離》詩閔宗周也。"○田中頤曰："黍離，原於《詩》，序謂故宗廟宮室盡爲禾黍。此言今朝廷雖榱桷之小新立，非棟梁之材，故便自有宮室變爲禾黍離離之哀也。"○張萬起曰："榱桷，椽子。常用以比喻擔負國家重任的人。此指會稽王司馬道子等。"

【彙評】

蔣凡曰："王恭作爲孝武帝王皇后之兄，帝'深相欽重'。爲牽制司馬道子，委恭爲平北將軍、兖青二州刺史、都督兖青冀幽并徐州晉陵諸軍事，鎮京口。帝崩，王恭自京口入都奔喪，感到烏雲滿天，國家將亂，故興'黍離'之歎。"

龔斌曰："王恭與道子之間早已結怨。及孝武帝崩，道子執政，寵溺王國寶，委以機權。恭每正色直言，道子神憚而忿之。太元之末，朋黨之爭已趨激烈。王恭謂'榱桷惟新，便自有《黍離》之歎'，其實乃預感腥風血雨將臨，晉室之衰無可避免。不久，王恭即舉兵討王國寶，內亂遂起，直至晉室覆滅。"

羊孚年三十一卒，桓玄與羊欣書曰："賢從情所信寄，暴疾而殞，孚已見。《宋書》曰："欣字敬元，太山南城人。少懷靜默，秉操無競。美姿容，善笑言，長於草隸。"《羊氏譜》曰："孚即欣從祖〔1〕。"祝予之歎，如何可言！"《公羊傳》曰："顏淵死，子曰：'噫！天喪予！'子路亡，子曰：'噫！天祝予！'"何休曰："祝者，斷也。天將亡夫子耳。"

○"羊孚年"至"疾而殞"

"年三十一卒"，李慈銘曰："卷上《言語篇》注引《羊氏譜》，稱孚卒年四十六。"《簡端記》。○程炎震曰："《言語篇》'桓玄問羊孚'條注引《羊氏譜》，作'年四十六'。"

"賢從情所信寄"，岡白駒曰："羊孚是欣之從兄弟，故稱賢從。桓言此人我情所信寄者。"○張萬起曰："信寄，信賴寄託。"

"祝予之歎"二句，田中頤曰："此言賢者死而將相從亡也。"○張萬起曰："祝予，斷我，亡我。用為悼念後輩死亡之詞。"

19

桓玄當篡位，語卞鞠云：卞範，已見。"昔羊子道恒禁吾此意。今腹心喪羊孚，爪牙失索元，《索氏譜》曰："元字天保，燉煌人。父緒，散騎常侍。元歷征虜將軍、歷陽太守。"《幽明錄》曰："元在歷陽，疾病，西界一年少女子姓某，自言為神所降，來與元相聞，許為治護。元性剛直，以為妖惑，收以付獄，戮之於市中。女臨死曰：'卻後十七日，當令

---

〔1〕"從祖"，李慈銘曰："孚與欣為從兄弟，皆徐州刺史忱之曾孫。孚祖楷，父綏。欣祖權，父不疑，以年論之，孚當為欣之兄。此注'從祖'下脱一'兄'字，各本皆誤。"王利器曰："案《泰山南城羊氏譜》，孚與欣皆羊忱之曾孫，此文'從祖'下應當補'兄'字。"楊勇曰："汪藻《羊氏譜》：'孚、欣，皆忱曾孫。''祖'下當有'兄'字。正文桓玄與羊欣書，稱孚為'賢從'，亦證當有'兄'字是。"

索元知其罪。'如期，元果亡。"而恩恩作此觝突^{〔1〕}，詎允天心？"

○"桓玄"至"允天心"

"爪牙"，張萬起曰："引申指武臣或助手、親信。"

"作此觝突"，徐震堮曰："觝突，本義與'唐突'相近。或作'牴突'。《後漢書·臧宫傳》：'内國憂其牴突。'注：'抵觸也。'亦作'底突'。《南史·江革傳》：'革精信因果，而帝未知，謂革不奉佛法，因賜革《覺意詩》五百字云：唯當勤精進，自强行勝修。豈可作底突，如彼必死囚。又手敕曰：果報不可不信，豈得底突，如對元延明耶？'此處似謂鹵莽行事。"○朱鑄禹曰："'觝'當作'抵'。抵，忤也，冒犯。'抵突'意謂行動冒犯突兀也。"○龔斌曰："玄將欲篡逆，與昔羊、索恒禁其意相違，所謂'觝突'蓋指此。"

○注"幽明録曰"

"與元相聞"，方一新曰："相聞，相識、結識。"《釋義》。

"許爲治護"，方一新曰："治護，治療、醫治。'許爲治護'猶言許諾爲索元治病。"《拾詁》。

──────────

〔1〕"恩恩"，董刻本、袁刻本並作"怱怱"。

棲逸第十八

【題解】

何良俊曰："余好觀莊生言,見其輕詆舜,至比之卷婁;又言堯往見四子,窅然喪其天下。太過,或者以爲寓言也。然太史公稱由、光義至高,箕山有許由冢,似誠有之。世言隱士率多避世,不然。夫古有鑿坏築巖之徒,漢興猶傳東園、綺季,東都有嚴光、周黨。斯其人豈必盡衰世哉?蓋鍾鼎、丘園,亦各其性生也。惟有道之君,優顯異節,隱士乃著。若汙濁之世,雖神龍威鳳,猶隱鱗藏羽,則隱士常數倍於平世,由不自見史傳所載什一耳。余所取,不必盡巖藪之士。蓋達情任運,冥心出處者,庶幾孔子之所謂時。古稱陸沈金馬門,即藏史漆園,皆遁世也。其視後世以終南爲捷徑,既專一壑,聞車馬而驚猜者,相去何如哉!昔謝萬作《八賢論》,孫興公以爲體玄識遠,則出處同歸,世以興公理爲得,不誣也。"《何氏語林》卷二十。○田中頤曰:"此謂隱棲遁居山林間者也。"○楊勇曰:"棲逸,謂隱逸山林也。"○蔣凡曰:"魏晉處於動蕩亂世,士夫之命,朝不保夕,因而隱逸思想乘勢大興並具有玄學時代的新特點。"

1

阮步兵嘯,聞數百步。蘇門山中,忽有真人[1],樵伐者咸共傳説。阮籍往觀,見其人擁厀巖側。籍登嶺就之,箕踞相對。籍商略終古,上陳黄、農玄寂之道,下考三代盛德之美,以問之,仡然不應。復敍有爲之教[2],棲神導氣之術以觀之,彼猶如前,凝矚不轉。籍因對之

---

[1] "真人",趙西陸曰:"《臥遊録》引'真人'作'隱者'。"
[2] "之教",董刻本"教"作"外"。王利器曰:"蔣校本同,餘本'外'作'教'。"楊勇曰:"《晉書·阮籍傳》:'著《達莊論》,敍無爲之貴。'按'無爲之貴'與'有爲之外'意合。"

長嘯。良久，乃笑曰："可更作。"籍復嘯。意盡，退，還半嶺許，聞上嗤然有聲，如數部鼓吹，林谷傳響。顧看，迺向人嘯也。《魏氏春秋》曰："阮籍常率意獨駕，不由徑路，車跡所窮，輒慟哭而反〔1〕。嘗遊蘇門山，有隱者莫知姓名，有竹實數斛、杵臼而已。籍聞而從之，談太古無爲之道〔2〕，論五帝三王之義〔3〕，蘇門先生翛然曾不眄之〔4〕。籍乃嘐然長嘯，韻響寥亮。蘇門先生乃逌爾而笑。籍既降，先生喟然高嘯，有如鳳音。籍素知音，乃假蘇門先生之論，以寄所懷。其歌曰：'日没不周西，月出丹淵中。陽精晦不見〔5〕，陰光代爲雄。亭亭在須臾，厭厭將復隆。富貴俛仰間〔6〕，貧賤何必終。'"《竹林七賢論》曰："籍歸，遂著《大人先生論》，所言皆胸懷間本趣，大意謂先生與己不異也。觀其長嘯相和，亦近乎目擊道存矣。"

○"阮步兵嘯"至"箕踞相對"

"阮步兵嘯"，張萬起曰："晉代嘯咏極爲盛行，神仙家將其作爲行氣修煉的養氣術，以求氣之拉長盛壯。漢魏六朝的文士名士亦多好之，以致被視爲文人逸態、名士風度，有悠然獨往的超逸之情。"○龔斌曰："《説郛》一〇〇：'孫廣《嘯旨》：夫氣激於喉中而濁謂之言，激於舌而清謂之嘯。言之濁可以通人事，達性情；嘯之清可以感鬼神，致不死。蓋出其言善，千里應之；出其嘯者，萬靈受職。斯古之學道者哉。有晉太行山偓君孫公獲之，迺得道而去，無所授焉。阮嗣宗得少分，其後湮滅，不復聞矣。'"

"蘇門山"，趙西陸曰："《元和郡縣圖志》十六曰：蘇門山在衛縣西北十一里，孫登所終，阮籍、嵇康所造之處。"○張萬起曰："太行山支脈，又名蘇嶺、

---

〔1〕 "慟哭"，楊勇曰："'慟'宋本作'働'。"
〔2〕 "談太古"，徐震堮曰："'談'上《魏志·王粲傳》注引《魏氏春秋》有'與'字，是。"
〔3〕 "三王"，董刻本"王"作"皇"。余嘉錫曰："'王'景宋本及沈本作'皇'。"王利器曰："蔣校本、沈校本同，餘本'皇'作'王'，是。"
〔4〕 "翛然曾不眄之"，董刻本"翛"作"偹"。桃井白鹿曰："《魏志》注引《魏氏春秋》作'蕭然曾不經聽'。"王叔岷曰："《魏志·王粲傳》注、《御覽》三九二引《魏氏春秋》並作'蕭然'，'翛''蕭'古通。"
〔5〕 "晦不見"，徐震堮曰："'晦'《魏志·王粲傳》注引作'蔽'。"《御覽》五七一引同，董刻本"晦"作"嘒"。
〔6〕 "俛仰"，董刻本"俛"作"俯"。

百門山。”

“箕踞相對”，田中頤曰：“倨傲。”○張萬起曰：“爲傲慢不敬或隨意不經之態。”○蔣凡曰：“阮籍箕踞，是一種重在舒適自由的習慣行爲。其箕踞面對蘇門山真人，並無不敬之心。”

○“籍商略”至“仡然不應”

“商略終古”，恩田仲任曰：“《莊子音義》曰：‘終古，久也。’”○田中頤曰：“猶言太古。”○秦士鉉曰：“終古，《楚辭》字，謂古往今來。”

“仡然不應”，岡白駒曰：“仡然，壯持不爲之動也。”○大典顯常曰：“《公羊傳》：‘祈彌明，國之力士也，仡然從乎趙盾而入。’仡，壯勇貌。今此所云，蓋不動貌。或當作‘屹’。”○恩田仲任曰：“常作‘屹然’，山獨立壯武貌。”○徐震堮曰：“《史記·司馬相如傳》：‘仡以佁儗兮。’《索隱》引張揖曰：‘仡，舉頭也。’‘仡然不應’，謂凝視不語，故下云‘彼猶如前凝矚不轉’。”○王叔岷曰：“仡然，舉頭貌。《史記·司馬相如傳》：‘仡以佁儗兮。’《索隱》：‘張揖曰：仡，舉頭也。’”○朱鑄禹曰：“《詩·大雅》：‘崇墉仡仡。’毛傳：‘仡仡，高大也。’又《公羊傳》宣公六年：‘祈彌明，國之力士也，仡然從乎趙盾而入。’則此作‘仡’是。”

○“復敘有爲”至“凝矚不轉”

“有爲之教”，平賀房父曰：“孔子之道。”○田中頤曰：“‘無爲’之反。”○張萬起曰：“指儒家理論。”

“棲神導氣之術”，平賀房父曰：“老莊之法。”○秦士鉉曰：“謂道家仙術。”○王叔岷曰：“《淮南子·泰族篇》：‘棲神於心。’”○張萬起曰：“道家保其根本、養其元神、導引胎息的方術。”

“凝矚不轉”，恩田仲任曰：“凝，定也。矚，視之甚。”○秦士鉉曰：“凝矚，熟視也。”○龔斌曰：“爲不理不睬之狀。”

○“籍因對之”至“向人嘯也”

“嗜然有聲”，岡白駒曰：“嗜然，遥聞貌。”○桃井白鹿按，“‘嗜’，音義未詳，疑與‘啾’同，猶‘鰌’或作‘鰍’之類。成公綏《嘯賦》：‘啾啾響作。’”○王叔岷曰：“嗜，蓋與‘啾’同。《文選》馬季長《長笛賦》注引《蒼頡篇》：‘啾，衆聲也。’‘啾’之作‘嘁’，猶‘鰌’亦作‘鰍’也。”○朱鑄禹曰：“‘嘁’疑與‘遒’通。遒，勁健也。鮑照詩：‘獵獵晚風遒。’”

“數部鼓吹”，恩田仲任曰：“《品字箋》曰：卷帙謂之一部者，言必有總挈之宏綱。鼓吹亦謂之一部者，以其整齊之法則也。”

○注“魏氏春秋曰”

“翛然曾不昒之”，桃井白鹿曰：“翛，無心貌，《莊子·大宗師》‘翛然而往’是也。”○秦士鉉曰：“下‘劉驎之’條亦曰：‘翛然而退。’蓋無心輕物貌。《莊子·大宗師》：‘翛然而往。’‘翛’本飛羽貌，故借爲輕意。”○王叔岷曰：“《莊子·大宗師篇》向秀注：‘翛然，自然無心而自爾之謂。’”

“嘐然長嘯”，大典顯常曰：“《字彙》：‘嘐，居肴反，音交，雞鳴聲。’”○秦士鉉曰：“嘐，本雞鳴聲。”朱鑄禹按曰：“《廣韻》：‘《詩》云：雞鳴嘐嘐。’”

“韻響寥亮”，恩田仲任曰：“寥亮，《文選》注：‘聲高貌。’”

“逌爾而笑”，恩田仲任曰：“逌，笑貌。《玉篇》：‘氣行貌。’”○秦士鉉曰：“班固《答賓戲》：‘主人逌爾而笑。’”朱鑄禹按曰：“注曰：‘逌爾，寬舒顏色之貌。’”

“其歌曰”，余嘉錫曰：“此歌即《大人先生傳》中採薪者所歌二章之一。”○徐震堮曰：“此歌見阮籍《大人先生傳》，此乃節引。”

“日沒不周西”，恩田仲任曰：“《山海經》注曰：‘此山形有缺，不周帀處，因名云。西北不周風自此山出。’”

“月出丹淵中”，大典顯常曰：“日月出沒互代，以比人世無恒定也。”《集成》。○恩田仲任曰：“《山海經》曰：‘東南海之外，甘水之間，有羲和之國，有女子名曰羲和，方日浴于甘淵。’丹淵當即甘淵。”

“亭亭在須臾”二句，桃井白鹿曰：“厭，同‘壓’，閉藏貌。”○大典顯常曰：“亭亭，高舉貌。厭厭，消沮閉藏貌。下句‘富貴’承‘亭亭’，‘貧賤’承‘厭厭’。”《集成》。○秦士鉉曰：“亭亭，高貌；厭厭，暗微也。”

○注“竹林七賢論曰”

“目擊道存”，大典顯常曰：“《莊子·田子方》：仲尼見溫伯雪子而不言，子路問之，仲尼曰：‘若夫人者，目擊而道存矣。’”○恩田仲任曰：“目擊者，言目才往，意已達。”○秦士鉉曰：“目擊，目相及也。”

1430

【彙評】

陳絳曰："蘇門之不答阮籍,蓮社之不受謝靈運,察其神矣。吁!誕而不節,豈真吾儒之棄耶!"《金罍子》下篇卷九。

王世懋曰："'有爲之教'四字甚深。"

袁宏道曰："嗣宗語意,微涉牽率,棲神導氣在山水間爲俗談,置之勿答是已。及劃然長嘯,林谷傳響,真意所到,先生曷嘗廢應酬哉?唯世無發其籟者,故不鳴也。"張懋辰本録。

陳天定曰："對真人當以精神相接,喋喋何爲?"《古今小品》卷八。

李鄴嗣曰："我生驗風骨,宜置邱壑中。相招得同趣,採藥凌高峰。荒榛横今古,人獸俱無蹤。退還半嶺許,雲氣猶蒙籠。哂然作長嘯,樵伐始能逢。世人但翹首,絶徑焉可從。"《集世説詩》。

2

嵇康遊於汲郡山中,遇道士孫登,遂與之遊。康臨去,登曰:"君才則高矣,保身之道不足。"《康集序》曰:"孫登者,不知何許人。無家,於汲郡北山土窟住。夏則編草爲裳,冬則被髮自覆[1]。好讀《易》,鼓一絃琴,見者皆親樂之。"《魏氏春秋》曰:"登性無喜怒,或没諸水[2],出而觀之,登復大笑。時時出入人間,所經家設衣食者,一無所辭[3];去,皆舍去[4]。"《文士傳》曰:"嘉平中,汲縣民共入山中,見一人,所居懸巖百仞,叢林鬱茂,而神明甚察。自云'孫姓,登名,字公和'。康聞,乃從遊三年。問其所圖,終不答。然神謀所存良妙,康每蕭然歎息。將別,謂曰:'先生竟無言乎?'登乃曰:'子識火乎?生而有光,而不用其光,果然在於用光。人生有才,而不用其才,果然在於用才。故用光在乎得薪,所以保

〔1〕 "被髮",董刻本"被"作"披"。朱鑄禹曰:"'被'通'披'。"
〔2〕 "没諸水",天保手批曰:"'没'一作'投'。"
〔3〕 "一無所辭",徐震堮《札記》曰:"《晉書·隱逸傳》'辭'上衍一'受'字。"
〔4〕 "舍去",董刻本"舍"作"捨"。朱鑄禹曰:"'舍'與'捨'通。"

其曜；用才在乎識物〔1〕，所以全其年。今子才多識寡，難乎免於今之世矣！子無多求！'康不能用。及遭呂安事，在獄爲詩自責云〔2〕：'昔慚下惠〔3〕，今愧孫登！'"王隱《晉書》曰："孫登即阮籍所見者也。嵇康執弟子禮而師焉。魏晉去就，易生嫌疑，貴賤並没，故登或默也〔4〕。"

○"嵇康遊"至"道不足"

"汲郡"，胡三省曰："晉泰始二年,始分河内爲汲郡,史追書也。"《通鑒·魏紀十》注。

◎李慈銘曰："《水經·洛水篇注》引臧榮緒《晉書》稱：'孫登嘗經宜陽山，作炭人見之，與語不應。太祖聞之，使阮籍往觀，與語亦不應。籍因大嘯別去，登上峰，行且嘯，如簫韶笙簧之音，聲振山谷。籍怪而問作炭人，作炭人曰："故是向人聲。"籍更求之，不知所止。推問久之，乃知姓名。孫綽敘《高士傳》，言在蘇門山，又別作《登傳》。孫盛《魏春秋》亦言在蘇門山，又不列姓名。阮嗣宗著《大人先生論》，言"吾不知其人，既神游自得，不與物交"。阮氏尚不能動其英操，復不識何人而能得其姓名也。'案酈氏之論甚覈。蘇門長嘯者，與汲郡山中孫登，自是二人。王隱蓋以時地相同，牽而合之。榮緒推問二語，即承隱《書》而附會。唐修《晉書》復沿臧説，不足信也。"《簡端記》。○余嘉錫曰："葛洪《神仙傳》六《孫登傳》敘事與《嵇康集敘》及《文士傳》略同，並無一字及於阮籍者。蓋洪爲西晉末人，去登時不遠，故其書雖怪誕，猶能知登與蘇門先生之爲二人也。"

○注"康集序曰"

"汲郡北山"，秦士鉉曰："北山，即共北山，在河内共縣。"○趙西陸曰："《水經·清水注》：'共縣，即共和故國，山在國北，所謂共北山也。仙者孫登之所處。'《通鑒》七十八曰：'康嘗詣隱者汲郡孫登。'"

---

〔1〕 "識物"，徐震堮《札記》曰："《隱逸傳》'識物'作'識真'。"
〔2〕 "自責"，董刻本"自"作"目"。王利器曰："各本'目'作'自'，是。《三國·魏志·王粲傳》注、《文選·幽憤詩》注引《魏氏春秋》亦作'自'。"
〔3〕 "下惠"，趙西陸曰："《晉書·嵇康傳》、《文選·幽憤詩》'下惠'作'柳惠'，《晉書·隱逸·孫登傳》、《魏志·王粲傳》注引《魏氏春秋》作'柳下'。《文選》江文通《雜體詩》注引《幽憤詩》亦作'柳下'。"
〔4〕 "或默"，董刻本"默"作"嘿"。

"鼓一絃琴"，朱亦棟曰："此與陶淵明蓄無弦琴，每醉輒撫弄以寄其意，皆千古韻事也。又《列仙傳》：'太真王夫人王母，少女玉卮也，每彈一弦琴，即百禽飛集，時乘白龍，周遊四海。'此又一一弦琴也。"《群書札記》卷三。

○注"魏氏春秋曰"

"登復大笑"，岡白駒曰："人或投諸水，欲觀其怒，登既出，便復大笑。"

○注"文士傳曰"

"嘉平"，恩田仲任曰："魏齊王芳年號。"

"神明甚察"，恩田仲任曰："《內經》云：'心，君主之宮，神明出焉。'"

"用光在乎得薪"四句，岡白駒曰："人之有才，多不自用，而用諸物，識物用之，即自用也。夫火之有光，不得薪則已。人之有才，亦不得其物則藏，所以全身也。"○秦士鉉曰："火生有光，必用其光，而妄用之則反滅之，故用光在薪，得薪托光，其曜萬古不滅。物，物情也，即時情也。"

"難乎免於今之世矣"，秦士鉉曰："《論語》語。"

"子無多求"，秦士鉉曰："多求，奔馳多歧也。"

"今愧孫登"，王楙曰："蓋孫登嘗謂康曰：'子才多識寡，難免於今之世。'此所以有愧孫之語。"《野客叢書》卷二十七。○徐震堮曰："見《文選》嵇康《幽憤詩》。"

○注"王隱晉書曰"

"貴賤並沒"，秦士鉉曰："魏滅晉興之際，或就魏去晉，或就晉去魏，各易生嫌疑，無貴無賤，並斃世禍。"

【彙評】

李夢陽曰："嵇康從登遊三年，問終不答。別去，曰：'先生竟無言乎？'登乃曰：'火生而有光，而不用其光。人生有才，而不用其才。故用光在乎得薪，所以保其耀；用才在乎識真，所以全其年。子才多識寡，難免於今之世矣！'言如斯而已。若登者，誠何如人哉？登者未赫赫聞者也。非有河上公之授經、龐鹿門之耦耕，非如陶隱居巖處而朝議、淵明嗜酒苦詩也，逃污而潔我隨，安卑而尊我追，含之而見者不謂其無，峻絕而當時不以爲敖，苦約而天下不以爲矯。孔子

1433

曰：‘邦無道，其默足以容。’而世之不幸，莫大於使人默。”《空同集》卷四十一
《嘯臺重修碑》。

王思任曰：“不如上則佳遠。”

鍾惺曰：“一部老莊學問。”評注《文士傳》“用才在乎識物”二句。○曰：“叔夜
有用世之才而無其志，然其始亦豈茫茫然不知保身之哲，而必自試於禍哉？觀其
問道於蘇門，著論於養生，省躬於幽憤，蓋亦欲終其性命之情，而恐不得者，卒
以才高識寡，難免於世。然則向子期、劉伯倫何爲皆以天年終也？豈其識皆出叔
夜上乎？予謂才如金，識如火，銖絪之微，則洪爐一煅，已爲純鋼，鈞石之多，
則車薪易迸，未免鑛雜。惟叔夜才高，所以益見其識寡，故叔夜之才，用之以叔
夜之識不足，而向、劉之識，用之以向、劉之才有餘。”《史懷》卷十九。

　　山公將去選曹，欲舉嵇康。康與書告絕。《康別傳》曰：
“山巨源爲吏部郎，遷散騎常侍，舉康，康辭之，並與山絕。豈不識山之不以一官
遇己情邪？亦欲標不屈之節，以杜舉者之口耳！乃答濤書，自說不堪流俗，而非
薄湯武。大將軍聞而惡之。”

○“山公”至“告絕”

“選曹”，張萬起曰：“主選拔官吏的官署，特指吏部。”

“舉嵇康”，孫志祖曰：“郎瑛《七脩類稿》謂：‘《傳》云山濤將去選官，舉
康自代。夫濤爲吏部辭官時武帝受禪後事也，康死久矣。’此則郎氏之誤。案
《魏志·王粲傳》云：‘時又有譙郡嵇康至景元中坐事誅。’裴注引山濤《行狀》：
‘濤始以景元二年除吏部郎。’舉康自代蓋在此時。至武帝受禪後，濤再爲吏部，
史並不云‘舉康自代’，何得以後事牽混景元中邪？且山公爲吏部郎中遷散騎常
侍，是以舉康自代，亦非辭官而舉康也。”《讀書脞錄》卷三。

○注“康別傳曰”

“吏部郎”，胡三省曰：“魏尚書郎有二十三員，吏部其一也。”《通鑒·魏紀
十》注。

“遷散騎常侍”，程炎震曰：“《魏志》二十一《嵇康傳》注曰：‘案《濤行狀》，濤以景元二年除吏部郎。’蓋當年即遷，故康書云：‘女年十三，男年八歲。’而景元四年康被誅時，嵇紹十歲也。《晉書·康傳》亦云：‘濤去選官，舉康自代。’惟《文選》注引《魏氏春秋》云：‘山濤爲選曹郎，舉康自代。’而裴松之因之，蓋漏去濤之遷官一節耳。康書云‘聞足下遷’，是濤已遷官之證。又云：‘前年從河東遷，顯宗、阿都説足下議以吾自代。’則別是一事，不必定是代爲吏部郎。”

“非薄湯武”，趙西陸曰：“《文選》載書曰：‘又每非湯武而薄周孔，在人間不止此事，會顯世教所不容，此甚不可一也。’五臣李周翰注曰：‘湯與武王以臣伐君，故非之；周公、孔子立禮使人讒競，故薄之。’”

“大將軍聞而惡之”，胡三省曰：“湯武革命而康菲薄之，故昭聞而怒。”《通鑒·魏紀十》注。○徐震堮曰：“大將軍，謂司馬昭。”

【彙評】

徐元文曰：“叔夜雅性曠逸，不堪羈靮，其自信甚審。苦絶巨源，直是道其意中語耳，豈計司馬昭聞而惡之哉！《魏氏春秋》謂康非薄湯武，是以見惡，實未然也。昭父子方欲飾爲禪讓，豈惡夫譏湯武者？徒以其志節高邁，不立權臣之朝，而又負天下重望，顯明臧否，託姻曹氏，隱然異趨，非有嗣宗游府内與朝宴驪，宜其蒙嫉也。巨源之欲舉，固出樂推叔夜之辭，絶亦非矯讓。晉魏之間，乃猶有推轂名賢、脫屣高位若二君子者，可尚矣夫！”《含經堂集》卷三十《跋嵇叔夜絶交書後》。

袁枚曰：“孔稚圭《北山移文》、嵇康《與山巨源絶交書》，皆偶爾興到之作。孔與周交好無間，而山公與嵇亦並未絶交也。”《隨園隨筆》卷二十四。

4

李廞是茂曾第五子[1]，清貞有遠操，而少羸病，不

[1] “第五子”，楊勇曰：“《御覽》三八六引《世説》作‘第六子’。”

肯婚宦。居在臨海，住兄侍中墓下〔1〕。既有高名，王丞相欲招禮之，故辟爲府掾。廞得牋命〔2〕，笑曰："茂弘乃復以一爵假人！"《文字志》曰："廞字宗子，江夏鍾武人。祖康〔3〕，泰州刺史。父重，平陽太守。世有名望。廞好學，善草隸，與兄式齊名。躄疾不能行坐，常仰臥，彈琴、讀誦不輟。河間王辟太尉掾，以疾不赴。後避難，隨兄南渡，司徒王導復辟之。廞曰：'茂弘乃復以一爵加人！'永和中卒。廞嘗爲二府辟，故號李公府也。式字景則，廞長兄也。思理儒隱，有平素之譽。渡江，累遷臨海太守、侍中。年五十四而卒。"

○ "李廞是" 至 "一爵假人"

"不肯婚宦"，江藍生曰："婚宦，以字面義求之，當指婚娶與仕宦。但在六朝文獻中有時偏指婚娶。"《彙釋》頁八四。

"住兄侍中墓下"，田中頤曰："示其不婚宦。"○張萬起曰："侍中，指李廞兄李式。式渡江後，官至侍中。"

"以一爵假人"，劉辰翁曰："如云借看。"○田中頤曰："言王以己之心度人之心，欲以一爵假與我，是可笑也。"○秦士鉉曰："《左傳》云：'器與名不可以假人。'字出於此，語意甚異。"○王叔岷曰："'假人'，《文字志》作'加人'，'假''加'古通。《論語‧述而篇》：'加我數年。'《史記‧孔子世家》'加'作'假'，即其比。"

○注 "文字志曰"

"與兄式齊名"，陳直曰："李式善草隸，亦見《書品》中之上。《晉書‧文苑李充傳》：'充從兄式，善隸書，官侍郎。'羊欣《能書人名》云：'李式善寫隸草，弟定，子公府，能名同式。'又按：李廞爲式之弟，嘗爲二府辟，故稱李公府。羊欣則作李廞之子，未知孰是。"《札記》。

---

〔1〕 "住兄侍中墓下"，龔斌曰："《御覽》三八六作'常住兄侍中幕下'。"
〔2〕 "牋命"，程炎震曰："《御覽》三八六引'牋命'作'板命'，是也。"
〔3〕 "祖康"，李慈銘曰："'康'當作'秉'，已見前《德行篇》注。"程炎震曰："'祖康'當作'祖秉'，見《德行篇》。"徐震堮曰："'康'《晉書‧李重傳》作'景'。《魏志‧李通傳》作'秉'，是也。唐高祖父名昞，故唐人諱'昞'爲'景'，'昞''秉'同音，故《晉書》亦諱'秉'爲'景'。此作'康'者，乃'秉'字形近之誤。"

"河間王"，秦士鉉曰："名顒。"

"二府"，恩田仲任曰："太尉、司徒。"

"儒隱"，秦士鉉曰："儒者而好隱遁也。"

5

何驃騎弟以高情避世[1]，而驃騎勸之令仕。答曰："予第五之名[2]，何必減驃騎？"《中興書》曰："何準字幼道，盧江灊人。驃騎將軍充第五弟也。雅好高尚，徵聘一無所就。充位居宰相，權傾人主，而準散帶衡門，不及世事。于時名德皆稱之。年四十七卒。有女，爲穆帝皇后。贈光禄大夫。子恢[3]，讓不受。"

○"何驃騎"至"減驃騎"

"予第五之名"二句，岡白駒曰："言名望不假爵位也。"○田中頤曰："言己高情避世之名，不減驃騎富貴仕宦之聲也。"

○注"中興書曰"

"散帶衡門"，岡白駒曰："散帶，束帶之反，此蓋謂布衣之服。"○桃井白鹿曰："《韻會》：'不自檢束爲散。'"○恩田仲任曰："散，不束也。"○秦士鉉曰："散帶，衣服不修飾也。衡門，隱士之居。"○張萬起曰："指隱居避世，不做官。"《詞典》頁六九五。

"名德"，秦士鉉曰："名德之人。"

---

〔1〕 "驃騎弟"，王叔岷曰："《御覽》二三八引'弟'下有'第五'二字。"楊勇曰："'弟'下《類聚》四八引《世説》有'五'字，又二三八引《世説》有'第五'字。"

〔2〕 "第五之名"，紛欣閣本"第"作"弟"。王先謙曰："'予第五之名'，又注'充第五弟也'，一本兩'第'字並作'弟'。"李慈銘曰："'弟'同'第'。"王叔岷曰："《類聚》四八、《御覽》（二三八）引'名'並作'稱'。"

〔3〕 "子恢"，程炎震曰："'恢'《晉書·準傳》作'惔'。"趙西陸曰："《晉書·何准傳》'恢'作'惔'，《宋書》、《南史》之《何攸之傳》並'恢'。"徐震堮曰："'恢'《晉書·外戚傳》作'惔'，《廬江何氏譜》作'恢'。"楊勇曰："'子惔'上《晉書·何準傳》有'封晉興縣侯'，是。"

【彙評】

劉辰翁曰:"古無此語。"

李贄曰:"宰相弟正好如此。"《初潭集》卷十。

狄期進曰:"陽鳥歸飛雲,蛟龍樂潛居。人生一世間,貴與願同俱。"

6

阮光禄在東山,蕭然無事,常内足於懷。《阮裕別傳》曰:"裕居會稽剡山,志存肥遁。"有人以問王右軍,右軍曰:"此君近不驚寵辱,《老子》曰:"寵辱若驚,得之若驚,失之若驚。"雖古之沈冥,何以過此?"《楊子》曰:"蜀莊沈冥。"李軌注曰:"沈冥,猶玄寂,泯然無迹之貌。"

○"阮光禄"至"何以過此"

"阮光禄",張萬起曰:"指阮裕。朝廷曾授以金紫光禄大夫。"

"内足於懷",田中頤曰:"所以不驚。"○崔朝慶曰:"言其恬然知足,無所希求也。"

"此君近不驚寵辱"三句,田中頤曰:"寵辱,猶得失。沈冥,猶玄寂,與'蕭然'應。此言阮幾近老子之不驚寵辱,故雖古蜀莊之沈冥,不能過此也。"○崔朝慶曰:"沈冥,猶玄寂,言通玄之士也。"○王叔岷曰:"《史記·季布欒布傳贊》:'雖往古烈士,何以加哉?'即此句法所本。"

○注"阮裕別傳曰"

"志存肥遁",岡白駒曰:"(《易·遯》上九)王弼注曰:'超然絶志,心無疑顧,憂患不能累,矰繳不能及。'《淮南子》:'遯而能飛,吉孰大焉!'張平子《思玄賦》:'欲飛遯以保名。'曹子建《七啓》:'飛遯離俗。'是皆以'肥'爲'飛'。楊用修云:'古文"肥"作"芭"字,或誤作"蜚",遂有飛遯之說。'然上九有飛象,處到極地而欲遯,不飛何適?從'飛'爲是。漢世距古未遠,

1438

其所傳必有所承。”○桃井白鹿曰：“《易·遯》上九：‘肥遯無不利。’”○秦士鉉曰：“肥，‘飛’之誤。曹植《七啓》、張衡《思玄賦》皆作‘飛’，義則通。”○沈濤曰：“姚寬《西谿叢語》曰：‘肥字古作𦍋，與古𧔥字相似，即今之飛字，後世遂改爲肥字。’案《釋文》正義引《子夏傳》云：‘肥，饒裕也。’《集解》引虞翻云：‘乾盈爲肥。’皆爲肥瘠之‘肥’，初非‘飛’字之誤。蓋‘飛’‘肥’聲相近。”《熨斗齋》卷一。○楊勇曰：“《易·遯》上九：‘肥遯無不利。’疏：‘肥，饒裕也。上九最在外極，無應於内，心無疑顧，是遯之最優，故曰肥遯。’”

○注“楊子曰”

“蜀莊”，秦士鉉曰：“蜀郡嚴君平也。避後漢明帝諱，‘莊’皆作‘嚴’。”

“李軌注”，沈家本曰：“《隋志》：‘《揚子法言》十五卷，解一卷，揚雄撰，李軌注。’《舊唐志》：‘《揚子法言》十三卷，李軌注。’《新志》作三卷。《宋志》之十三卷，不言何人注者，當即李軌本也。自温公集注風行，而李注遂微。”《古書目》卷五。○葉德輝曰：“《漢志》入‘儒家’，揚雄所序下。《隋志》入‘儒家’，題《揚子法言》十五卷，解一卷，云：‘揚雄撰，李軌注。’”《書目》。

7

孔車騎少有嘉遯意，年四十餘，始應安東命。未仕宦時，當獨寢[1]，歌吹自箴誨[2]，自稱孔郎，遊散名山[3]。《孔愉別傳》曰：“永嘉大亂，愉入臨海山中，不求聞達，中宗命爲參軍。”百姓謂有道術，爲生立廟。今猶有孔郎廟。

○“孔車騎”至“應安東命”

“孔車騎”，張萬起曰：“指孔愉。愉死後贈車騎將軍。”

---

[1] “當獨”，董刻本、袁刻本“當”俱作“常”。
[2] “歌吹”，李慈銘曰：“‘歌吹自箴誨’句有誤。”余嘉錫曰：“景宋本無‘吹’字。”
[3] “名山”，余嘉錫曰：“景宋本及沈本俱作‘山石’。”王利器曰：“蔣校本、沈校本同，餘本‘山石’作‘名山’。”

“少有嘉遁意”，余嘉錫曰：“《水經注》四十《漸江水注》云：‘湖水又逕會稽山陰縣。縣南九里有侯山，山孤立長湖中，晉車騎將軍孔敬康少時遯世，棲跡此山。’《嘉泰會稽志》九：‘會稽縣侯山在縣西四里。舊經云：“南湖侯山，迴在湖中，俗名九里山。蓋昔時去縣之數也。”孔愉少棲此山。’”〇王叔岷曰：“《易·遯》：‘嘉遯貞吉。’《魏志·管寧傳》：‘嘉遯養浩。’‘遯’與‘遯’同。”

“應安東命”，徐震堮曰：“安東，晉元帝，時爲安東將軍。”

〇“未仕宦時”至“孔郎廟”

“爲生立廟”，李慈銘曰：“《晉書·孔愉傳》云：‘東還會稽，入新安山中，改姓孫氏。以稼穡讀書爲務，信著鄉里。後忽捨去，皆謂爲神人，而爲之立祠。’”《簡端記》。〇余嘉錫曰：“《寰宇記》一百四曰：‘歙縣孔靈村，在縣南二十五里。按《晉書》云：“孔愉字敬康，會稽人。永嘉之亂，避地入新安山谷中，以稼穡讀書爲業，信著鄉里。後忽捨去，皆以爲神人，爲之立廟。”按所居止在此，故謂之孔靈山。祀其上。’羅願《新安志》三歙縣古跡云：‘孔靈村在縣南三十里。孔愉東還會稽，入新安山中，事見《晉書》本傳。而《世說》亦云：“自稱孔郎，遊散名山，百姓爲生立廟。”是其事也。今此村禱賽猶及孔愉先生云。’自注曰：‘《愉別傳》云“愉入臨海山中”，而《晉書》又以爲會稽有新安山，然《世說》既稱“遊散名山”，明非一處。今此地以孔名，而《寰宇志》《祥符經》皆言是愉隱處，不可没也。’案《晉書》言歸會稽，後入新安山中去耳。非謂會稽有新安山也。”〇徐震堮曰：“案《晉書·孔愉傳》：惠帝末歸鄉里，行至江淮間，遇石冰、封雲爲亂。雲逼愉爲參軍，不從，將殺之。賴雲司馬張統營救獲免。東還會稽，入新安山中，改姓孫氏，以稼穡讀書爲業，信著鄉里。後忽捨去，皆謂爲神人，而爲之立祠。”

〇注“孔愉別傳曰”

“中宗命爲參軍”，程炎震曰：“《晉書》七十八《愉傳》云：‘永嘉中，元帝以安東將軍鎮揚土，命爲參軍。邦族尋求，莫知所在。建興初，始出應召。’又《晉書》云：‘入新安山中。’”〇徐震堮曰：“中宗乃元帝廟號。案《晉書·孔愉傳》：‘永嘉中，元帝始以安東將軍鎮揚土，命愉爲參軍。邦族尋求，莫知所在。建興初，始出應召，爲丞相掾，仍除駙馬都尉、參丞相軍事，時年已五十矣。’”

劉辰翁曰："謬得人敬禮，似死人，可怪羞。可戒。"

8

南陽劉驎之，高率善史傳，隱於陽岐。于時符堅臨江[1]，荊州刺史桓沖將盡訏謨之益[2]，徵爲長史，遣人船往迎，贈貺甚厚。驎之聞命，便升舟，悉不受所餉[3]，緣道以乞窮乏[4]，比至上明亦盡。一見沖，因陳無用，翛然而退[5]。居陽岐積年，衣食有無，常與村人共。值己匱乏[6]，村人亦如之[7]。甚厚爲鄉閭所安[8]。鄧粲《晉紀》曰："驎之字子驥，南陽安衆人。少尚質素，虛退寡欲。好遊山澤間，志存遁逸。桓沖嘗至其家，驎之方條桑，謂沖：'使君既枉駕光臨，宜先詣家君。'沖遂詣其父。父命驎之，然後乃還，拂短褐與沖言[9]。父使驎之自持濁酒菹菜供賓，沖敕人代之[10]。父辭曰：'若使官人，則非野人之意也。'沖爲慨然，至昏乃退。因請爲長史，固辭。居陽岐，去道斥近，人士往來，必投其家。驎之身

---

〔1〕"符堅臨江"，余嘉錫曰："《北堂書鈔》六十八引作'苻永固臨江上'。"

〔2〕"桓沖"，余嘉錫曰："《北堂書鈔》（六十八）引作'桓車騎'。"

〔3〕"悉不受所餉"，平賀房父曰："蓋'受'字'辭'之誤。"田中頤曰："'不'字當刪去。"秦士鉉曰："'不'字衍。或云'受'當作'聲'。"天保手批曰："'受'一作'聲'。"李慈銘曰："當作'悉受所餉'，'不'字衍。"

〔4〕"以乞"，徐震堮曰："'乞'下沈校本有'氣'字，蓋後人注音，傳寫者誤作正文耳。"

〔5〕"翛然"，葉德輝曰："袁本'翛'作'修'。按《莊子》，則作'翛'是。"余嘉錫曰："《北堂書鈔》（六十八）引作'蕭然'。"趙西陸曰："《書鈔》卷六八引'翛然'作'蕭然'。"

〔6〕"值己"，董刻本、元刻本"值"作"直"。王利器曰："各本'直'作'值'，是。"楊勇曰："古字通。"

〔7〕"如之"，董刻本、元刻本"如"作"知"。王利器曰："'知'蔣校本同，餘本作'如'。"楊勇曰："各本作'如'，非是。"龔斌曰："據文意，當作'如'。楊箋作'村人亦知之甚厚'，誤。"

〔8〕"甚厚"，李慈銘曰："'厚'字疑衍。"楊勇曰："'厚'字當屬上句讀爲是。"

〔9〕"拂短褐"，董刻本作"短"作"裋"。葉德輝曰："袁本作'拂裋褐'。按《晉書·劉驎之傳》亦作'裋褐'，此本誤。"余嘉錫曰："'短'景宋本作'裋'。"

〔10〕"代之"，楊勇曰："'代之'下《晉書·隱逸劉驎之傳》有'斟酌'二字。"

自供給，贈致無所受〔1〕。去家百里，有孤嫗疾，將死，謂人曰：‘唯有劉長史當埋我耳〔2〕！’驎之身往候之，疾終〔3〕，爲治棺殯。其仁愛皆如此。以壽卒。”

○“南陽劉驎之”至“贈貺甚厚”

“劉驎之高率”，徐子光曰：“《晉書》：劉驎之字子驥，南陽人。少尚質素，虛退寡欲，不修儀操，人莫之知。好遊山澤，志存遯逸。車騎將軍桓沖聞其名，請爲長史。驎之固辭，居于陽岐。來往莫不投之，驎之躬自供給，士君子頗以爲勞累，更憚過焉。凡人致贈，一無所受。《世說》載‘驎之高率善史傳’。”《蒙求集注》卷上“劉驎高率”條。○王叔岷曰：“陶淵明《桃花源記》：‘南陽劉子驥，高尚士也。’”

“隱於陽岐”，恩田仲任曰：“《增續韻府》曰：‘陽岐山在萍鄉縣，世傳楊朱泣岐之所。’”○李詳曰：“陽岐，村名，去荆州二百里。見後《任誕篇》注。”○程炎震曰：“陽岐注見《任誕篇》‘桓車騎在荆州’條。”

“符堅臨江”，秦士鉉曰：“時秦王符堅據有中原，且夕將渡江攻晉。”

“訏謨之益”，大典顯常曰：“《詩·大雅》‘訏謨定命’毛傳：‘訏，大；謨，謀也。’”○張萬起曰：“訏謨，大的謀劃。符堅南侵，將攻打荆州，桓沖爲荆州刺史，他率衆渡江，在江南上明築城，遷州治於此。”

○“驎之聞命”至“上明亦盡”

“以乞窮乏”，劉應登曰：“‘乞’音氣。”○桃井白鹿曰：“乞，予也。”○李詳曰：“乞，與也。”

“比至上明亦盡”，岡白駒曰：“上明，地名，在江陵。桓沖上疏移鎮上明，即此也。時沖屯上明。”○大典顯常曰：“《晉書·沖傳》：‘沖上疏移鎮上明。’《綱目質實》：‘上明，城名，在荆州松滋縣境。’桓沖自襄陽退，築之自屯。”○李慈銘曰：“《晉書·地理志》：‘渡江後，於漢武陵郡屖陵縣界上明地僑立河東郡，統安邑等八縣。’屖陵，晉屬南平郡，今湖北公安縣。”《簡端記》。○程炎震曰：《晉書》七十四《桓沖傳》：‘屖陵縣界，地名上明，北枕大江，西接三

---

〔1〕 “無所受”，董刻本“受”作“就”。王利器曰：“各本‘就’作‘受’，是。”
〔2〕 “唯有”，董刻本“唯”作“只”。周一良《批校》曰：“唯，只。”
〔3〕 “疾終”，董刻本“疾”作“值”。周一良《批校》曰：“疾，值。”

峽。於是移鎮上明。’《水經注》三十四《江水篇》：‘江水又東經上明城北。晉太元中，苻堅之寇荆州也，刺史桓沖徙渡江南，使劉波築之，徙州治此城。其地夷敞，北據大江。’《通典》一百八十三：‘江陵郡松滋縣西有廢上明城，即沖所築。’《通鑒》一百四：‘桓沖自江陵移鎮上明。’在太元二年。” ○徐震堮曰：“上明，荆州刺史治所。”

○“一見沖”至“鄉閭所安”

“因陳無用”，張萬起曰：“無用，沒有才能。”

“翛然而退”，葉德輝曰：“《莊子·大宗師》‘翛然而往’，《釋文》引司馬彪注：‘翛然，儵疾貌。’”

“值己匱乏”二句，龔斌曰：“意謂己衣食無，村人亦與己共，一如己與村人共也。”

○注“鄧粲晉紀曰”

“條桑”，秦士鉉曰：“《詩經·七月》：‘蠶月條桑。’謂采桑枝也。”

“使君既枉駕”二句，秦士鉉曰：“使君謂沖，家君謂驎之父也。”

“官人”，龔斌曰：“官府奴僕也。男爲官奴，女爲官妓。”

“去道斥近”，岡白駒曰：“按《晉書》本傳作‘在官道之側’。斥，開拓也。蓋去官道開地而居，與官道相近，故人士往來必投其家。” ○桃井白鹿曰：“或云：斥，‘擬斥乘輿’之‘斥’。斥近，謂逼近也。” ○朱鑄禹曰：“疑‘斥’‘側’以聲通義借。” ○吳金華曰：“疑‘斥’當作‘仄’，形近之誤。‘仄’是‘側’的古字。‘側近’猶言附近、鄰近。”《考釋》頁一七三。方一新《讀考釋》按曰：“‘側近’一詞已見於六朝典籍，如《三國志·魏志·夏侯玄傳》：‘所得至者，更在側近。’《先秦漢魏晉南北朝詩·晉詩》卷一九《青溪小姑曲》：‘開門白水，側近橋梁。’”

“唯有劉長史”，秦士鉉曰：“劉曾有長史之命，故直稱長史耳。”
◎余嘉錫曰：“粲所紀驎之事，乃親所見聞，皆實録也。”

【彙評】

劉辰翁曰：“苻堅臨江方聘此野人，爲可以親老桓矣，而於白面何譏，宜以□□。”

1443

王世懋曰："注尤佳。"

9

南陽翟道淵與汝南周子南少相友[1]，共隱于尋陽。庾太尉説周以當世之務，周遂仕，翟秉志彌固。其後周詣翟，翟不與語。《晉陽秋》曰："翟湯字道淵，南陽人，漢方進之後也。篤行任素，義讓廉潔，饋贈一無所受。值亂多寇，聞湯名德，皆不敢犯。"《尋陽記》曰："初，庾亮臨江州，聞翟湯之風，束帶躧屐而詣焉[2]。亮禮甚恭。湯曰：'使君直敬其枯木朽株耳。'亮稱其能言，表薦之。徵國子博士[3]，不赴。主簿張玄曰：'此君臥龍，不可動也。'終于家。"

○"南陽翟道淵"至"不與語"

"汝南周子南"，程炎震曰："子南别見《尤悔篇》'庾公欲起周子南'條。"○趙西陸曰："子南，周邵字。邵事具《尤悔篇》第一則，依本書注例，當標'周邵别見'。"

"當世之務"，秦士鉉曰："當於一世之務。"○張萬起曰："'當世'並非當代之義，而應是從政爲官之義。'當世之務'是從政之事，爲官之事。《後漢書·張衡傳》：'衡不慕當世。''不慕當世'即不羨慕當官。《三國志·魏書·曹休傳》：'肇有當世才度。''有當世才度'是有當官的才幹。與'當世'相近的詞語有'當國''當政'。"《筆記》。

"翟不與語"，田中頤曰："示絶交也。"

---

[1] "南陽翟道淵"，程炎震曰："《晉書》九十四《湯傳》作'道深'，唐人避諱改也。南陽，《晉書》作'尋陽'，《帝紀》兩見，前云'尋陽'，後云'南陽'，當兩存之。"余嘉錫曰："《御覽》五百三引《晉中興書》曰：'翟湯字長淵，尋陽人。耕而後食。凡有饋贈，一無所受。庾亮薦湯，以國子博士徵，不起。'案湯爲方進之後，則其先本南陽翟氏，過江後僑居尋陽。'長淵'之與'道淵'，不知孰是。"龔斌曰："《御覽》四二五引《晉中興書》作'道淵'，而《御覽》五〇三、八一七引《晉中興書》作'長淵'，一書而不同。疑作'長淵'者誤。"
[2] "躧屐"，楊勇曰："宋本作'屐'，非。當作'履'是。《簡傲篇》：'王子敬兄弟見郗公，躧履問訊，甚修外生之禮。及嘉賓亡，皆著高屐，儀容輕慢。'"周一良《批校》曰："屐，當是'履'。"
[3] "徵國子博士"，董刻本、沈校本"徵"上有"湯"字。

○注“晉陽秋曰”

“篤行任素”，秦士鉉曰：“任素，猶守素也，任真性也。”

○注“尋陽記曰”

《尋陽記》，沈家本曰：“《隋志》無，《新唐志·地理類》：‘張僧鑒《潯陽記》二卷。’當即是書。‘尋’‘潯’古今字。觀注中所引，亦記事書，非地理書。”《古書目》卷四。○葉德輝曰：“《隋志》不著録。魏酈道元《水經注》引用，《初學記·地理上》引用，撰人題張僧鑒。”《書目》。

“庾亮臨江州”，秦士鉉曰：“爲江州刺史也。”

“直敬其枯木朽株”，王世懋曰：“此語似深似淺，蓋用鄒陽《書》中語，雖謙己無能爲先容誤知，而陰刺庾公不能自別夜光也。”○平賀房父曰：“鄒陽語，借言無用於世也。”○秦士鉉曰：“《文選》鄒陽《書》：‘枯木朽株，樹功而不忘。’”

“徵國子博士不赴”，程炎震曰：“《晉書·成紀》：咸和八年四月，以束帛徵。《康紀》：建元元年六月，又以束帛徵。”龔斌按曰：“除程氏所言二次外，咸康元年八月亦徵之。”○朱鑄禹曰：“咸和之徵以庾亮薦，建元則以庾翼征石季龍，湯出僮僕，康帝嘉之，復以散騎常侍徵，固辭老疾不至。”

“臥龍”，龔斌曰：“時人以隱士不可起者爲‘臥龍’。”

10

　　孟萬年及弟少孤，居武昌陽新縣。萬年遊宦，有盛名當世。少孤未嘗出京邑，人士思欲見之，乃遣信報少孤云：“兄病篤。”狼狽至都。時賢見之者，莫不嗟重，因相謂曰：“少孤如此，萬年可死。”袁宏《孟處士銘》曰：“處士名陋，字少孤，武昌陽新人，吳司空孟宗後也[1]。少而希古，布衣蔬食，棲遲

---

〔1〕“孟宗”，董刻本“孟”作“子”。王利器曰：“各本‘子’都作‘孟’，是。《晉書·隱逸·孟陋傳》：‘孟陋，字少孤，武昌人也，吳司空宗之曾孫也。’”

蓬蓽之下，絶人間之事〔1〕，親族慕其孝。大將軍命會稽王辟之〔2〕，稱疾不至。相府歷年虛位，而澹然無悶〔3〕，卒不降志，時人奇之。”

○“孟萬年”至“兄病篤”

“居武昌陽新縣”，丁國鈞曰：“陋與孟嘉兄弟，嘉傳作江夏鄳人，此傳則云武昌人，錢氏《考異》曾舉其異，而未及辨正。按嘉、陋爲武昌之陽新人，見《世說·棲逸篇》，《孟嘉別傳》及陶淵明《孟府君傳》皆同。惟兩傳既言孟氏爲武昌陽新人，而又特志嘉爲江夏鄳人。《別傳》不知誰作，淵明則嘉之外孫，所言必不謬。意孟氏自宗葬陽新，後子孫遂爲土著，嘉則復自陽新遷鄳，故淵明云然，否則一傳中，不應自相矛盾也。《晉書》於陋兄弟各别其籍，正其精審處。”《校文》卷三。○趙西陸曰：“《晉書·地理志》，武昌郡有陽新縣，故城在今湖北陽新縣西南。”

“出京邑”，周一良曰：“建康稱京師，亦曰京邑。‘少孤未嘗出京邑’，謂未至首都建康也。”《史札》頁一二三。○吳金華曰：“猶言到京都。‘京邑’兼承‘萬年遊宦’一句。”《考釋》頁六九。

“云兄病篤”，田中頤曰：“託病以要見之，誠不得已之策。”

○“狼狽至都”至“萬年可死”

“狼狽至都”，胡三省曰：“猝遽謂之狼狽。”《通鑑·晉紀二》注。○田中頤曰：“此狼狽不妨爲高士。”○江藍生曰：“六朝小説中，‘狼狽’作‘匆遽’、‘慌忙’講，在句中作狀語，其例習見。”《彙釋》頁一二〇。○楊勇曰：“狼狽，跛行也。”○郭在貽曰：“‘狼狽’似有迅疾、快速、倉卒義。”《瑣記》。

“少孤如此”二句，岡白駒曰：“今見少孤賢如此，萬年不足愛惜。”○桃井白鹿曰：“言萬年縱實病篤，有弟如此，則可以死也。《德行篇》‘荀巨伯遠看友人疾’章，李贄評：‘有友如此，此可以死。’亦與此同。”○大典顯常曰：“少孤佳妙如是，縱使萬年實病死，亦可已。”《攟補》。○田中頤曰：“言少孤雖以兄之僞病，其厚如此，假令萬年篤病，亦可死而無憾也。”○崔朝慶曰：“言有弟如此，足以相繼也。”

---

〔1〕 “人間”，龔斌曰：“‘間’董刻本作‘好’。按當作‘間’是。”
〔2〕 “大將軍命”，徐震堮曰：“‘命’字誤衍。”
〔3〕 “澹然無悶”，秦士鉉曰：“四字當作‘遲之’，前人以爲有脱誤，是也。”

○注“袁宏孟處士銘曰”

“棲遲蓬蓽”，秦士鉉曰：“棲遲，遊息也。蓬蓽，蓽，草也；蓬户蓽門。”

“絶人間之事”，龔斌曰：“‘人間’猶‘人世’、‘世間’也。”

“會稽王辟之”，程炎震曰：“《晉書》云‘以壽終’。此銘仍稱‘會稽王’，則在簡文未立時。”○徐震堮曰：“時帝以撫軍大將軍會稽王輔政，故曰‘大將軍會稽王’。下云‘相府歷年虚位’，並指會稽王。”

“稱疾不至”，余嘉錫曰：“《御覽》五百四引《晉中興書》曰：‘孟陋字少孤，少而貞潔，清操絶倫，口不言世事。時或漁弋，雖家人亦不知所之。太宗輔政，以爲參軍，不起。桓温躬往造焉。或謂温宜引在府，温歎曰：“會稽王不能屈，非敢擬議也。”陋聞之曰：“億兆之人，無官者十居八九，豈皆高士哉？我病疾，不堪忝相王之命，非敢爲高也。”’今《晉書·隱逸傳》同。”

【彙評】

劉辰翁曰：“‘少孤’名‘陋’，皆怪。萬年何辜？”○曰：“僞病何死？”

11

康僧淵在豫章，去郭數十里，立精舍。旁連嶺[1]，帶長川，芳林列於軒庭，清流激於堂宇。乃閒居研講，希心理味，庾公諸人多往看之。觀其運用吐納，風流轉佳，加已處之怡然[2]，亦有以自得，聲名乃興。後不堪，遂出。僧淵已見。

○“康僧淵”至“激於堂宇”

“立精舍”，王觀國曰：“《晉書》：‘孝武帝初奉佛法，立舍於殿内，引沙門

---

[1] “旁連嶺”，董刻本、元刻本“旁”作“傍”。
[2] “加已”，余嘉錫曰：“景宋本及沈本無‘已’字。”

居之，因此世俗謂佛寺爲精舍。'按古之儒者，教授生徒，其所居皆謂之精舍。故《後漢·包咸傳》曰：'咸住東海，立精舍講授。'又《劉淑傳》曰：'淑少明五經，隱居立精舍講授。'以此觀之，則精舍本爲儒士設，至晉孝武立精舍以居沙門，亦謂之精舍，非有儒釋之別也。"《學林》卷七。○吳曾曰："《三國志》注引《江表傳》曰：'于吉來吳，立精舍，燒香讀道書，製作符水以療病。'然則晉武以前道士亦立精舍矣。"《漫録》卷四。○胡三省曰："精舍，佛寺也。僧徒專精修行之地，故謂之精舍。"《通鑒·晉紀二十》注。○方以智曰："《廣川跋御史臺精舍記》：'唐崔湜撰。湜謂佛之所舍，摩騰至洛建精舍爲始，誤也。包咸東海立精舍教授，此在西漢末。魏武嘗曰：譙東五十里築精舍；徐庶折節，學問精舍；阮孝緒以鹿車爲精舍；徐伯珍立精舍蒙山；陳寔立精舍講授；戴顒立黃鵠山竹林精舍；張漢直弟出精舍遇之。古人于其居也以是名之，蓋精舍言精一齋心也。'智謂凡屋之傍齋即曰精舍，言潔也。《姜肱傳》：'其盜謝肱于精廬。'亦是其讀書處，今指蘭若。"《通雅》卷三十八。○翟灝曰："精舍本爲儒士設，晉時別居沙門，乃襲用其名耳。《三國志》注引《江表傳》曰：'于吉來吳，立精舍，燒香讀道書，制作符水以療病。'晉武以前，道士亦嘗襲精舍名矣。"《通俗編》卷二十四。○桃井白鹿曰："《釋迦譜》：'息心所棲曰精舍。'又講讀之舍曰精舍。《後漢·李充傳》：'充立精舍講授。'"○秦士鉉曰："精舍，精廬學舍也。"○徐震堮曰："蓋以專精講習所業爲義。今儒釋肄業之地，通曰'精舍'。"

○"乃閒居"至"不堪遂出"

"希心理味"，岡白駒曰："欲心味名理。"○張萬起曰："希心，仰慕之心，此指誠心、潛心。理味，體會玩味。"

"庾公"，湯用彤曰："恐指庾爰之，見《晉書·庾翼傳》《范宣傳》。"《佛教史》頁一二七。龔斌按曰："《世說》無有稱庾爰之爲'庾公'之例。"

"運用吐納"，桃井白鹿曰："吐納，謂吐納言語也，蓋取諸《莊子》'吐故納新'而變用之。"○秦士鉉曰："吐納，猶進退語默也。"○楊勇曰："吐納，猶談吐也。《梁書·蕭子顯傳》：'嘉其容止吐納。'"

"加已"，秦士鉉曰："已，'人己'之'己'。或以爲'以'，亦通。"○朱鑄禹曰："'已'古通'以'。"○張萬起曰："己，用爲第三人稱，猶他。"蔣凡按曰："亦通。"○龔斌曰："《荀子·非相》'何已也'楊倞注：'已，與以同。'"

"後不堪遂出"，岡白駒曰："不堪閒居也。"○大典顯常曰："不堪，不堪棲逸也。"〇秦士鉉曰："晚節不堪隱棲,遂出仕官。"〇程炎震曰："《高僧傳》云:'後卒於寺。'"

【彙評】

劉辰翁曰："與後'差互',皆慚甚。"按"差互"指傅約"隱事差互"。
田中頤曰："寫出如賦。"評"旁連嶺"四句。

12

戴安道既厲操東山,《續晉陽秋》曰:"逵不樂當世,以琴書自娛,隱會稽剡山,國子博士徵,不就。"而其兄欲建式遏之功。《戴氏譜》曰:"逯字安丘[1],譙國人。祖碩,父綏,有名位。逯以武勇顯,有功,封廣陵侯,仕至大司農。"謝太傅曰:"卿兄弟志業,何其太殊?"戴曰:"下官'不堪其憂',家弟'不改其樂'[2]。"

〇"戴安道"至"不改其樂"

"厲操東山",崔朝慶曰:"言其厲高隱之操也。"〇張萬起曰:"厲操,激勵節操。此指隱居。"

"式遏之功",桃井白鹿曰:"《詩·大雅·民勞》:'式遏寇虐。'"〇田中頤曰:"式遏,此謂止亂。"〇崔朝慶曰:"式遏,言止絕,不爲害民之事也。"〇張萬起曰:"這裏指做官建立事功。"

"不堪其憂",岡白駒曰:"故欲取封侯。"

---

[1] "逯字安丘",桃井白鹿:"逯,與'遁'同。"秦士鉉曰:"《晉書》'逯'作'逸',云逸之弟也。"李慈銘曰:"'逯'《晉書》作'逸',附見《謝玄傳》,言是逸之弟,封廣興侯。"王利器曰:"《晉書·謝玄傳》'逯'作'逸',云是'處士逸之弟'。《通鑑》卷一百《晉紀二二》:'苟羨聞龕已敗,退還下邳,留參軍譙國戴逸等,將二千人守泰山。'注引楊正衡曰:'逸音遁。'《通鑑》卷一○四《晉紀二六》:'秦兗州刺史彭超請攻沛郡太守戴逸於彭城。'注引楊正衡曰:'逸,古遁字。'《世說》作'逯',錯了。"
[2] "家弟",桃井白鹿:"《晉書》'家弟'作'家兄'。"李慈銘曰:"(《謝玄傳》)'家弟'作'家兄'。"趙西陸曰:"《白氏六帖·事類集》卷六'兄弟門'亦云'戴逸,逸之弟',與《晉書》同。"

1449

“不改其樂”，田中頤曰：“用《論語》。言己不可及，以明其異也。”○秦士鉉曰：“‘人不堪其憂，回也不改其樂’。”

◎李詳曰：“《晉書·謝玄傳》附載戴逵，引此云：‘逵處士遬之弟。’又云：‘家兄不改其樂。’與《世說》‘兄弟’互異。”○徐震堮曰：“《晉書·謝玄傳》謂逵乃處士遬之弟，云：‘謝安嘗謂逵曰：卿兄弟志業何殊？逵曰：下官不堪其憂，家兄不改其樂。’與《世說》不同。”

13

　　許玄度隱在永興南幽穴中，每致四方諸侯之遺。或謂許曰：“嘗聞箕山人似不爾耳！”許曰：“筐篚苞苴，故當輕於天下之寶耳！”鄭玄《禮記注》云：“苞苴，裹肉也。或以葦，或以茅。”此言許由尚致堯帝之讓，筐篚之遺，豈非輕邪？

　　○“許玄度”至“天下之寶耳”

“永興”，秦士鉉曰：“揚州會稽縣。”○龔斌曰：“《建康實錄》八：‘詢幼沖靈，好泉石，清風朗月，舉酒永懷。中宗聞而徵爲議郎，辭不受職，遂托跡居永興。’《劄録》三：‘詢隱不仕，召爲朝議郎，不就，築室永興縣西山，蕭然自致，乃號其岫曰蕭然山。’”

“四方諸侯”，張萬起曰：“指各地官員。”

“嘗聞箕山人”二句，張萬起曰：“箕山人，指許由。”○龔斌曰：“此言譏諷許詢之隱，與古代隱士不同。”

“天下之寶”，余嘉錫曰：“《易·繫辭傳》曰：‘天地之大德曰生，聖人之大寶曰位。’此言‘天下之寶’，謂堯讓許由以天子之位耳。”○王叔岷曰：“《呂氏春秋·貴生篇》：‘天下，重物也。’《史記·伯夷列傳》：‘天下重器。’”○張萬起曰：“天子之位。”

【彙評】

劉辰翁曰：“小辨有理。”

方弘静曰：“此後世貪污之吏所藉口，而縱其谿壑之無厭者也。《孟子》所謂‘如以利，則枉尋直尺可爲’者，乃拔本塞源之論矣。”《千一録》卷八。

李贄曰：“妙言。”《初潭集》卷十六。

張端木曰：“吾鄉陳眉公以此爲宗。”

蔣凡曰：“許詢赴都，寓於丹陽尹劉惔家中，羨慕其錦衣美食，而有‘殊勝東山’隱居生活之歎。故事中許詢之言，不過是一種自我解嘲的無力辯解，充分表現了其隱居的虛僞矯飾。”

龔斌曰：“許詢雖有高尚之名，其實與當世顯宦交遊，受官府饋贈，行徑與翟湯、劉驎之及張忠、宋纖等不同。玄度在羲之前尚有‘愧色’，而此云‘筐篚之遺’爲微不足道，簡直不知羞恥矣。”

14

范宣未嘗入公門。韓康伯與同載，遂誘俱入郡。范便於車後趨下。《續晉陽秋》曰：“宣少尚隱遁[1]，家于豫章，以清潔自立。”

○“范宣”至“趨下”

“入郡”，秦士鉉曰：“郡，郡廨。”○周一良曰：“‘郡’即郡廨，始與‘不入公門’之言相應。”《史札》頁二一一。

“車後趨下”，吳承仕曰：“據此，是晉時車制與周制略同。據《考工記》，皆從車後登降也。”余嘉錫引。

【彙評】

龔斌曰：“宣拒入官府，故於車後趨下，‘清潔自立’竟如此。《晉書》九四《董京傳》：‘孫楚時爲著作郎，數就社中與語，遂載與俱歸，京不肯坐。’董京與范宣事相類，皆真隱士也。”

---

〔1〕“隱遁”，董刻本“遁”作“遁”。王利器曰：“各本‘遁’作‘遁’，是。”

郗超每聞欲高尚隱退者，輒爲辦百萬資，并爲造立居宇。在剡爲戴公起宅，甚精整〔1〕。戴始往舊居〔2〕，與所親書曰："近至剡，如官舍〔3〕。"郗爲傅約亦辦百萬資，傅隱事差互，故不果遺〔4〕。約，瓊小字。

○"郗超每聞"至"不果遺"

"高尚隱退"，吳金華曰："'高尚'指不願做官。它由'高尚其事'一語截略而成。漢魏文獻中，所謂'高士'、'高尚士'，多指不願出仕之人。"《考釋》頁一七四。

"爲戴公起宅"，趙西陸曰："戴公，戴逵。"

"與所親書"，葉德輝曰："亦見《藝文類聚·人部二十》。"《書目》。

"近至剡如官舍"，李詳曰："《晉書·郗超傳》：'性好聞人棲遁，有能辭榮拂衣者，超爲之起屋宇，作器服，畜僕豎，費百金而不吝。'戴公云：'近至剡，如官舍。'驗諸《晉書》，益信。"

"差互"，徐震堮曰："猶言蹉跎不遂。"○楊勇曰："猶差錯也，亦紛意雜不齊意。"○張萬起曰："猶言乖互，指事情出差錯或未辦成。"《詞典》頁四六九。○龔斌曰："此謂錯失時機。"

○注"約瓊小字"

余嘉錫曰："劉注但稱約爲傅瓊小字，而不言瓊爲何如人，似有脫文。本書《識鑒篇》言'郗超與傅瑗周旋'，《南史·傅亮傳》云：'亮，晉司隸校尉咸之玄孫也。父瑗，與郗超善。'瓊疑亦咸之曾孫，瑗之兄弟行，故得與超相識。其

---

〔1〕 "精整"，趙西陸曰："《類聚》卷三六、《御覽》卷五一〇引無'整'字。"
〔2〕 "始往舊居"，趙西陸曰："《剡錄》卷四引無'舊居'二字。"徐震堮曰："《御覽》五一〇作'始往居，如入官舍'。'舊'字無義，自是衍文。"楊勇曰："'往'下宋本有'舊'字，衍。《類聚》三六、《御覽》五一〇引《世說》無'舊'字。"
〔3〕 "如官舍"，趙西陸曰："《類聚》卷三六、《御覽》卷五一〇引'如'下有'人'字，是。"徐震堮曰："'入'字應補。"
〔4〕 "果遺"，朱鑄禹曰："沈校本無'遺'字。"

隱事差互，事不可考。"范子燁按曰："此説非。案注中之'瓊'，乃'瑗'字之訛。《識鑒》二五注引《傅氏譜》：'瑗字叔玉，北地靈州人，歷護軍長史、安城太守。'此文首句下，當有'小字約'三字，爲宋人刪去。今檢汪藻《北地傅氏譜》第七世，云：'瑗，咸孫，字叔玉，小字約，位至安城太守。'適可爲證。"《研究》頁二〇五。○楊勇曰："宋本作'瓊'，非。當作'瑗'是。《宋書·傅亮傳》：'父瑗，以學業知名，位至安成太守。瑗與郗超善，超嘗造瑗，見其二子迪及亮。'汪藻《傅氏譜》亦作'瑗'，是。"

【彙評】

李贄曰："予無人趲逐，幸矣。"《初潭集》卷十六。

王志堅曰："郗超好聞人棲遁，有能辭榮拂衣者，超爲起屋宇，作器服，畜童堅，費百金而不吝。然以父位在謝安之下，恒懷憤憤，遂與謝氏不穆。噫！人之性行，乃有自相矛盾如此者。"《讀史商語》卷二。

蘇戡曰："丈夫儻然如繫囚，自斷猶堪歸隱邱。人間郗超不再得，縱有高隱誰復收。當時戴公剡中宅，精整乃與官舍侔。辦資百萬意奇絶，未用夷跖窮推求。咄哉傅約隱不果，慎勿輕詆渠非優。從來寒酸痼山水，爲取名節驕王侯。士人麤願衣食足，鬼神靳汝寧相酬。嘉賓可作吾可隱，買山豈畏譏巢由。"

16

　許掾好遊山水[1]，而體便登陟。時人云："許非徒有勝情[2]，實有濟勝之具。"

○"許掾好遊"至"濟勝之具"

"許掾"，徐震堮曰："許詢。"

"好遊山水"，田中頤曰："即'勝情'。"

---

［1］　"山水"，趙西陸曰："古本《蒙求注》卷中引《世説》'水'作'澤'。"
［2］　"許非徒"，余嘉錫曰："《後山詩集》注引作'卿'。"

“體便登陟”，田中頤曰：“即‘濟勝之具’。”○崔朝慶曰：“言其身體健捷也。”

“有勝情”，秦士鉉曰：“好景勝之情。”○崔朝慶曰：“雅勝之情致也。”○張萬起曰：“勝情，美好的情致。”

“濟勝之具”，田中頤曰：“濟勝，成勝情也。”○秦士鉉曰：“濟，度也。跋涉勝地也。一云濟成勝情也。”○崔朝慶曰：“即言其身體也。”○龔斌曰：“即指‘體便登陟’，謂體質佳，能登山涉水以攬勝景也。”

◎徐子光曰：“舊注：‘《世説》云：許詢字玄度，好游山澤，而體便登陟。時人曰：許非徒有勝情，有濟勝之具。詢隱永興幽穴，每致四方詩之遺。或謂許曰：嘗聞山人乃似爾耳。許曰：筐篚包苴，固當輕於天下之寶。’今本無載。”《蒙求集注》卷下“許詢勝具”條。○趙西陸曰：“古寫本《文選》江淹《雜體詩》集注引《雜説》曰：‘詢性好山水而涉足游，時人謂許掾非止有勝情，亦有濟世之具。’”

17

郗尚書與謝居士善，常稱：“謝慶緒識見雖不絶人，可以累心處都盡。”尚書，郗愔也，別見。檀道鸞《續晉陽秋》曰：“謝敷字慶緒，會稽人，崇信釋氏。初入太平山中十餘年，以長齋供養爲業，招引同事，化納不倦。以母老還南山若邪中。内史郗愔表薦之，徵博士，不就。初，月犯少微星，一名處士星[1]。占云：‘以處士當之。’時戴逵居剡，既美才藝，而交遊貴盛，先敷著名，時人憂之。俄而敷死，會稽人士以嘲吴人云：‘吴中高士，便是求死不得。’”

○“郗尚書”至“都盡”

“謝居士”，徐子光曰：“晉謝敷字慶緒，會稽人。性澄靖寡欲，入太平山十餘年，召皆不就。”《蒙求集注》卷上“謝敷應星”條。○趙西陸曰：“敷著有《識三

[1] “一名處士星”，程炎震曰：“《初學記》一、《御覽》七引此，‘一名處士星’上有‘少微’二字。”徐震堮曰：“‘一名’上《晉書·天文志》有‘少微’二字，語意尤明。”

本論》，戴逵、支遁書與往返論之。見梁僧祐《出三藏記集》卷十一。”○龔斌曰：“《法苑珠林》一八：‘晉謝敷字慶緒，會稽山陰人也。鎮軍將軍輶之兄子也。少有高操，隱於東山，篤信大法，精勤不倦，手寫《楞嚴經》，當在都白馬寺中。寺爲災火所延，什物餘經並成煨燼，而此經止僬紙頭界外而已，文字悉存，無所毀失。敷死時，友人疑其得道，及聞此經，彌復驚異。’《釋文紀》九《釋僧□僧遷法服法支鳩摩羅耆婆等答秦主書》：‘晉國戴逵被褐於剡縣，謝敷羅髮於若耶。’”

“識見雖不絕人”，崔朝慶曰：“言不絕勝於人也。”

“累心處都盡”，田中頤曰：“言其識見不超絕，故身未遁，然可以名利累心者都盡無之，故其心已能隱也。”○崔朝慶曰：“言凡可以爲心性之累者，彼都已排除淨盡也。”

○注“檀道鸞續晉陽秋曰”

“太平山”，趙西陸曰：“《寰宇記》卷九十六曰：“太平山在餘姚縣東七十八里，接連天台，即謝敷隱居之所。”○徐震堮曰：“施宿《會稽志》曰：‘謝敷宅在會稽五雲門外一里。或云在雲門寺東，與何諹宅相近。’按何諹即何胤，避宋太祖諱而改。”

“長齋”，秦士鉉曰：“依佛法不食葷肉。”

“招引同事”二句，大典顯常曰：“招納同事之人，化納之佛道也。菩薩四攝法中有同事攝。”

“南山若邪”，秦士鉉曰：“若邪，地名。”○楊勇曰：“南山，在今浙江金華縣東南三十五里，周四百餘里，脈自括蒼山來，深邃幽遠，千峰層畺，陰崖積雪，經春不消，其最高之巘曰箬陽（箬邪），去縣百里。”

“徵博士不就”，徐震堮曰：“《晉書·隱逸傳》作：‘鎮軍郗愔召爲主簿，臺徵博士，皆不就。’案愔以會稽内史加鎮軍，都督浙江東五郡軍事。”《札記》。

“吳中高士”二句，秦士鉉曰：“戴逵居吳，剡即吳中也。欲死而應天象，不能得。”○朱鑄禹曰：“此蓋譏逵交遊貴盛，非真處士。”

【彙評】

王世懋曰：“此語故未易當。”按凌刻本“語”作“許”。

1455

賢媛第十九

何良俊曰："夫無非無儀，女婦所貴。然觀王孺仲、樂羊子之妻，與孟德耀、辛憲英諸人，其深識高行，世所稱賢者，尚不敢望其彷彿，則又豈可以一切少之哉！若蔡文姬辱身虜庭，君子恥之。縱文才卓出，亦何足稱焉！"《何氏語林》卷二十二。○恩田仲任曰："《正字通》曰：'淑女有德之稱。'"○田中頤曰："此謂才行超絶乎人而可以稱其美之女也。"○余嘉錫曰："本篇三十二條，其前十條皆兩漢三國事。有晉一代，唯陶母能教子，爲有母儀，餘多以才智著，於婦德鮮可稱者。題爲'賢媛'，殊覺不稱其名。唐修《晉書》，《列女傳》纔三十四人，而五人出於外族。其晉人行義足尚者，不過十餘人耳。考之傳記，晉之婦教，最爲衰敝。夫君子之道，造端夫婦。故《關雎》以爲風始，未有家不齊而國能治者。婦職不修，風俗陵夷，晉之爲外族所侵擾，其端未必不由於此也。故具列當時有識之言，以爲世戒。干寶《晉紀總論》曰：'其婦女莊櫛織紝，皆取成於婢僕，未嘗知女工絲枲之業、中饋酒食之事也。先時而婚，任情而動，故皆不恥淫逸之過，不拘妬忌之惡。有逆於舅姑，有反易剛柔，有殺戮妾媵，有黷亂上下，父兄弗之罪也，天下莫之非也。又況責之聞四教於古，修貞順於今，以輔佐君子者哉？'《抱朴子·外篇·疾謬篇》曰：'今俗婦女，休其蠶職之業，廢其玄紞之務。不績其麻，市也婆娑。舍中饋之事，修周旋之好。更相從詣，之適親戚。承星舉火，不已於行。多將侍從，暐曄盈路。婢使吏卒，錯雜如市。尋道褻謔，可憎可惡。或宿于他門，或冒夜而返。游戲佛寺，觀視畋漁。登高臨水，去境慶弔。開車褰幃，周章城邑。盃觴路酌，絃歌行奏。轉相高尚，習非成俗。生致因緣，無所不肯。誨淫之源，不急之甚。刑于寡妻，邦家乃正。願諸君子，少可禁絶。婦無外事，所以防微矣。'"○張萬起曰："這裏品評婦女的標準與德行四門及識鑒、賞譽、捷悟等門中極力褒獎的士大夫的品德一無二致。"○龔斌曰："古來皆以德爲婦人'四德'之首，而魏晉以才智有識者爲'賢媛'，此正見傳統婦德標準之式微，與當時人物品題推重才智之士相一致。"

陳嬰者，東陽人。少脩德行，箸稱鄉黨。秦末大亂，東陽人欲奉嬰爲主[1]，母曰："不可。自我爲汝家婦，少見貧賤[2]，一旦富貴，不祥。不如以兵屬人。事成，少受其利；不成，禍有所歸。"《史記》曰："嬰故東陽令史，居縣素信，爲長者[3]。東陽人欲立長，乃請嬰。嬰母見之[4]。乃以兵屬項梁，梁以嬰爲上柱國。"

○"陳嬰者"至"禍有所歸"

"東陽人"，余嘉錫曰："《史記正義》引《括地志》云：'東陽古城，在楚州盱眙縣東七十里，秦東陽縣城也，在淮水南。'"○趙西陸曰："秦東陽縣故城在今安徽天長縣西北。"

"汝家婦"，龔斌曰："汝家，猶汝父。"

"少見貧賤"，參見校文。崔朝慶曰："言自年少即見汝家長貧賤也。"

"一旦富貴不祥"，田中頤曰："推言損益之理。"

"不成禍有所歸"，田中頤曰："斷得明哲。"○崔朝慶曰："言得禍自有他人受之也。"

○注"史記曰"

"素信爲長者"，恩田仲任曰："師古曰：'素立恩信，號爲長者。'長者，有德之稱。《韓子》曰：'重厚自居曰長者。'《風俗通》曰：'春秋末，有賢人著書，號鄭長者，謂年耆德艾，事長於人，以之爲長者。'"○秦士鉉曰："史注：

---

[1] "奉嬰爲主"，王叔岷曰："'主'當作'王'，《史記·項羽本紀》、《漢書·項籍傳》、班彪《王命論》、《續列女傳·陳嬰之母傳》、荀悅《漢紀》一皆作'王'，《世說》載此事，文句與《王命論》及《漢紀》較合。"

[2] "少見貧賤"，秦士鉉曰："'少'當作'常'。"天保手批曰："'少'一作'常'。"趙西陸："此句《史記》作'未嘗聞汝先古之有貴者'。"

[3] "素信爲長者"，徐震堮曰："《史記·項羽本紀》作'素信謹，稱爲長者'。"

[4] "見之"，岡白駒曰："'見'當作'止'。"桃井白鹿曰："班固《敘傳》'見'作'止'。"秦士鉉曰："'止'舊作'見'，誤。"趙西陸曰："《世說補》作'止'。"余嘉錫曰："'見'景宋本及沈本作'諫'。"

'素立恩信稱長者。'《左傳》：'石乞曰：長者使余勿言。'"〇楊勇曰："長者，猶善者。"

"上柱國"，恩田仲任曰："《漢書》注曰：'柱國，上卿官也，若國相矣。'"

漢元帝宮人既多，乃令畫工圖之，欲有呼者，輒披圖召之[1]。其中常者，皆行貨賂。王明君姿容甚麗[2]，志不苟求，工遂毀爲其狀[3]。後匈奴來和，求美女於漢帝，帝以明君充行。既召見而惜之。但名字已去，不欲中改，於是遂行。《漢書·匈奴傳》曰："竟寧元年，呼韓邪單于求朝[4]，自言願壻漢氏以自親，元帝以後宮良家子王嬙字明君賜之[5]。單于懽喜，上書願保塞。"文穎曰："昭君本蜀郡秭歸人也。"《琴操》曰："王昭君者，齊國王穰女也。年十七，儀形絕麗，以節聞國中。長者求之者，王皆不許，乃獻漢元帝。帝造次不能別房帷，昭君恚怒之[6]。會單于遣使，帝令宮人裝出，使者請一女。帝乃謂宮中曰：'欲至單于者起。'昭君喟然越席而起。帝視之，大驚悔。是時使者並見，不得止，乃賜單于。單于大說，獻諸珍物。昭君有子曰世違。單于死，世違繼立。凡爲胡者，父死妻母。昭君問世違曰：'汝爲漢也？爲胡也？'世違曰：'欲爲胡耳。'昭君乃吞藥自殺。"石季倫曰："昭以觸文帝諱，故改爲'明'。"

---

[1] "召之"，王叔岷曰："《御覽》三八一引'之'作'焉'，義同。"

[2] "王明君"，李詳曰："《御覽》三百八十一引此作'昭君'，蓋未見劉注引石季倫曰'昭以觸文帝諱，故改爲明'。是劉義慶循石崇舊稱作'明'，非不知爲'昭'也。《御覽》作'昭'，自是宋人改正。"

[3] "志不苟求"二句，李詳曰："《御覽》（三百八十一引）作'志不可苟求工，遂毀爲甚醜'，當從《御覽》，否則今本必去'爲'字，方令人解。"余嘉錫按："無不可解者，不必從《御覽》也。"

[4] "呼韓邪單于求朝"，王先謙曰："'求'當爲'來'，各本皆誤。"余嘉錫曰："'求'景宋本及沈本作'來'。"徐震堮曰："《漢書·匈奴傳》作'單于復入朝'。"

[5] "王嬙"，徐震堮《札記》曰："《漢書》'嬙'作'牆'。"

[6] "恚怒之"，余嘉錫曰："'之'景宋本及沈本作'久'。"

○“漢元帝”至“於是遂行”

“其中常者”，崔朝慶曰：“言姿色中常也。”

“王明君”，王觀國曰：“晉石崇作《王昭君辭》，其序曰：‘王明君本爲王昭君，以觸文帝諱改之。’按《前漢·元帝紀》曰：‘王嬙爲閼氏者，書其名也。’注云：‘王氏女，名嬙，字昭君。’是也。而《後漢·匈奴傳》曰‘王昭君字嬙’，誤矣。五臣注《文選》謂‘昭君，后妃之位’，亦誤。”《學林》卷四。

“毀爲其狀”，崔朝慶曰：“言故意毀其狀於圖畫中也。”○余嘉錫曰：“爲者，作也。謂工人於作畫時故意毀其容貌。”

“匈奴來和”，張萬起曰：“和，指和親。”

“充行”，張萬起曰：“以其他女子充當公主出行。”

◎王觀國曰：“蓋單于請婚，當時朝議許與單于和親，則漢之君臣講之素定矣。及單于來朝，而以待詔掖庭王嬙爲閼氏，豫選定也。其禮儀恩數，皆已素定，非倉卒臨事而爲之也。單于和親，乃漢家大事，若以宮女妻之，而未嘗簡閱其人，憑畫圖以定大事，恐當時君臣，不如此之鹵莽。漢賜單于閼氏，乃披畫圖則貌陋者賜之，又非和親之意。蓋小說多出於傳聞，不可全信。”《學林》卷四。○王楙曰：“此事《前漢》既略，當以《後漢》爲正，其他紛紜，不足深據。”《野客叢書》卷八。○余嘉錫曰：“《漢書》明言呼韓邪願壻漢氏以自親，則其意在求尚漢公主，非如《雜記》以《世說》所言，但求美女而已。漢以呼韓邪已爲藩臣，與漢高和親時強弱不侔，不欲以宗室女妻之，而賜之以後宮良家子。故昭君之爲閼氏，漢所命也。”

○注“琴操曰”

《琴操》，沈家本曰：“《隋志·樂類》：‘《琴操》三卷，晉廣陵相孔衍撰。’《琴操鈔》二卷，又一卷，並無撰人。《舊唐志》孔衍書卷同，別有桓譚《琴操》二卷。《新志》桓二卷，孔一卷。《宋志》孔衍《琴操引》三卷。”《古書目》卷三。○葉德輝曰：“《隋志》：三卷。云：‘晉廣陵相孔衍撰。’”《書目》。

“造次不能別房帷”，龔斌曰：“造次，急遽，匆忙。房帷，指宮闈，內宮。別房帷，指識別宮妃之優劣。”

“昭君有子曰世違”云，王世懋曰：“胡族妻後母耳。《漢書·匈奴傳》詳甚。立者故非昭君所以生子也。”○凌濛初曰：“按《漢書》：‘胡族妻後母。呼韓邪死，子復株絫復妻昭君。'復株絫者，大閼氏子也。昭君爲寧胡閼氏，子伊屠知牙師爲右日逐王。不聞世違繼立，亦不聞吞藥。"○劉盼遂曰："按《漢書·匈奴傳》：'呼韓邪單于死，復株絫若鞮單于立，復妻王昭君，生二女。'則《琴操》'吞藥'之説失實。"○余嘉錫曰："據兩《漢書》所言，則昭君子不名世違，且未立爲單于，昭君亦未自殺。《琴操》之言，與正史不合。孝標不引兩《漢書》而引《琴操》，豈欲曲成昭君之美耶？"○徐震堮曰："案《漢書·匈奴傳》，昭君生子曰伊屠知牙師，爲右日逐王。呼韓邪死，雕陶莫皋立，爲復株絫若鞮單于，復妻昭君，非昭君所生也。《琴操》所云，齊東野人之語，孝標舍《漢書》而引之，何也？"

【彙評】

劉辰翁曰："畫有巧拙，豈可披圖索耶？眼不見耶？"

李贄曰："蔡文姬、王明君同是上流婦人，生世不幸，皆可悲也。"《初潭集》卷四。

3

漢成帝幸趙飛燕，飛燕讒班婕妤祝詛，於是考問。辭曰："妾聞'死生有命，富貴在天'。脩善尚不蒙福[1]，爲邪欲以何望？若鬼神有知，不受邪佞之訴[2]；若其無知，訴之何益？故不爲也。"《漢書·外戚傳》曰："成帝趙皇后，本長

---

[1] "脩善尚不蒙福"，余嘉錫曰：《漢書·外戚傳》作'修正尚不蒙福'，'正'與'邪'對，所以辨祝詛之無益。此改爲'脩善'，非也。"徐震堮《札記》曰："《漢書·外戚傳》'修善'作'修正'。"王叔岷曰："《漢書·外戚傳》、《續列女傳·班女婕妤傳》'脩尚'並作'修正'。"龔斌曰："'脩善''立善'乃當時常語。《世説》作'脩善'，實更勝於'脩正'。"

[2] "不受邪佞之訴"，余嘉錫曰："《漢書》作'不受不臣之訴'。趙飛燕僭告許皇后、班婕妤挾媚道祝詛後宮，罟及主上，故以'不臣之訴'。改爲'邪佞'，則其語泛而不切。"徐震堮《札記》曰："《外戚傳》'邪佞'作'不臣'。"王叔岷曰："（《漢書·外戚傳》《續列女傳·班女婕妤傳》）'邪佞'並作'不臣'。"

安宮人。初生，父母不舉，三日不死，乃收養之。及壯，屬河陽主家學歌舞[1]，號曰飛燕。帝微行過主，見而説之，召入宮，大得幸，立爲后。班婕妤者，雁門人。成帝初，選入宮，大得幸，立爲婕妤。帝遊後庭，嘗欲與同輦，婕妤辭之。趙飛燕譖許皇后及婕妤，婕妤對有辭致，上憐之，賜黃金百斤。飛燕嬌妒[2]，婕妤恐見危，中求供養太后於長信宮[3]。帝崩，婕妤充奉園陵。薨，葬園中。”

○ “漢成帝”至“故不爲也”

“趙飛燕”，徐子光曰：“《西京雜記》曰：‘飛燕爲皇后，女弟在昭陽殿。后體輕腰弱，善行步進退，昭儀不能及，但弱骨豐肌，尤工笑語。二人並色如紅玉，爲當時第一。’”《蒙求集注》卷下“飛燕體輕”條。

“祝詛”，崔朝慶曰：“以言告神謂之祝，請神加殃謂之詛。”

“死生有命”二句，田中頤曰：“言不可以人力得。”○張攡之曰：“這是引用《論語·顏淵篇》中子夏對司馬牛説的話。”《選注》。

“脩善尚不蒙福”二句，田中頤曰：“修善尚恐不足蒙福，況爲邪，欲以何所怙望其成事乎？”

“故不爲也”，田中頤曰：“言呪詛即邪佞之訴，而其有知無知俱無益，故不爲也。”

○注“漢書外戚傳曰”

“長安宮人”，桃井白鹿曰：“師古注：‘省中侍使官婢，名曰宮人，非天子掖庭中也。事見《漢舊儀》。’言‘長安’者，以別甘泉等諸宮省也。”

“父母不舉”，恩田仲任曰：“《綱目質實》曰：‘舉者，養育之義。’”

“雁門人”，徐震堮曰：“《漢書·外戚傳》不云‘雁門’。《文選·兩都賦》

---

[1] “河陽主”，桃井白鹿曰：“《漢書》作‘陽阿主’，師古注：‘陽阿，平原之縣也。’”大典顯常《集成》曰：“今俗書‘阿’字作‘河’，或作‘河陽’，皆後人所妄改也。”秦士鉉曰：“《漢書》注：‘陽阿，平原之縣也。’‘阿’字作‘河’，或作‘河陽’，誤也。《列女傳》王照圓補注曰：‘《外戚傳》河陽作陽阿，然《五行志》及荀悦《漢紀》亦俱作河陽。’”徐震堮《札記》曰：“案《外戚傳》，‘河陽’作‘陽阿’。師古：‘陽阿平原之縣也，今俗書阿字作河，又或爲河陽，皆後人所妄改耳。’”余嘉錫：“據《漢書·外戚傳》及師古注，當作‘陽阿主’。”王利器曰：“《漢書·外戚傳下》‘河陽’作‘陽阿’。師古曰：‘陽阿，平原之縣也。今俗書“阿”字作“河”，又或爲“河陽”，皆後人所妄改耳。’這裏的‘河陽’當據《漢書》改爲‘陽阿’。”
[2] “嬌妒”，桃井白鹿曰：“《漢書》‘嬌’作‘驕’。”余嘉錫曰：“《漢書》作‘趙氏姊弟驕妒’。”
[3] “中求”，恩口仲任曰：“《漢書》無‘中’字。”李慈銘曰：“‘中’字當衍。今本《漢書》作‘恐久見危，求共養太后長信宮’，無‘中’字。”按《列女傳》同。龔斌曰：“‘中’字非衍。‘中’表時間，於‘初’之後，‘終’之前。”

注引《後漢書·班固傳》曰北地人。今《後漢書·班彪傳》作扶風安陵人。案《漢書敘傳》：‘始皇之末，班壹避地於婁煩。’師古曰：‘婁煩，雁門之縣。’此云‘雁門人’，亦是。”

　　“對有辭致”，余嘉錫曰：“‘有辭致’三字，乃檃括之詞，非原文。”

　　“恐見危中”，參見校文。恩田仲任曰：“危中，中傷也。”按此以“中”字屬上讀。

　　“充奉園陵”，恩田仲任曰：“《後漢書》注曰：‘園謂塋域，陵曰山墳。’《正字通》曰：‘帝后葬所曰園。’”

【彙評】

　　方弘靜曰：“旨哉言也！婦人之識明達猶爾，以漢武英略不世出者，而有思子之臺，嗟何及耶！”《千一録》卷二十五。

　　李贄曰：“大見識。”《初潭集》卷四。

　　郭良翰曰：“語出綽約婦人，極悽惋可傷，而理自正。”《問奇類林》卷八。

　　方苞曰：“祝詛無益，説理精透，迷悟惑解。是豈尋常婦人所能者！”

　　田中頤曰：“難矣，婕妤！”評“於是考問”。

4

　　魏武帝崩，文帝悉取武帝宮人自侍。及帝病困，卞后出看疾[1]。太后入戶，見直侍並是昔日所愛幸者。太后問：“何時來邪？”云：“正伏魄時過。”因不復前而歎曰：“狗鼠不食汝餘，死故應爾！”至山陵，亦竟不臨。《魏書》曰：“武宣卞皇后，琅邪開陽人。以漢延熹三年生齊郡白亭[2]，有黃氣滿室移日。父敬侯怪之，以問卜者王越[3]。越曰：‘此吉祥也。’年二十，太祖

---

〔1〕“卞后”，朱鑄禹曰：“‘卞’下似脱‘太’字。”

〔2〕“延熹三年”，王叔岷曰：“《魏志·后妃傳》注引《魏書》‘三年’下有‘十二月己巳’五字。”

〔3〕“王越”，大典顯常《集成》曰：“《魏志》作‘王旦’。”程炎震曰：“《魏志·后妃傳》注引兩‘越’字均作‘旦’。”徐震堮曰：“《御覽》一三八引作‘王旦’，《魏志·武宣卞皇后傳》注同。”王叔岷曰：“（《魏志·后妃傳》注引《魏書》）‘王越’作‘王旦’。”

納於譙。性約儉，不尚華麗，有母儀德行。”

○“魏武帝崩”至“所愛幸者”

“悉取武帝宮人自侍”，李詳曰：“《魏志·曹爽傳》：‘詐作詔書，發才人五十七人送鄴臺，使先帝婕妤教習爲伎。’據此，文帝特取其姣好者耳。若云‘悉取’，齊王時鄴臺安得有故婕妤耶？魏武帝《遺令》：‘吾婕妤伎人皆著銅雀臺。’以知文帝所取宮人，皆銅雀伎也。”

“太后入戶”，桃井白鹿曰：“即卞后，文帝母。”○秦士鉉曰：“入戶，入文帝之室。”

“直侍並是昔日所愛幸者”，桃井白鹿曰：“‘直’與‘值’通。”○恩田仲任曰：“直侍，女侍。”○秦士鉉曰：“直侍，後宮女侍也。愛幸，武帝所寵。”

○“太后問”至“竟不臨”

“正伏魄時過”，岡白駒曰：“譬先帝崩，嗣子將立之際，蓋謂文帝爲太子在喪時也。”○桃井白鹿曰：“‘伏’‘復’音同。伏魄，即復魄也。《太平御覽·喪禮》引《禮運注》：‘復，招魂復魄也。’《顏氏家訓·終制篇》：‘不勞復魄，殮以常衣。’”○大典顯常曰：“過，猶‘來’也。”○秦士鉉曰：“伏魄，招魂也。指武帝死時。”○周一良曰：“‘伏魄’當即‘覆魄’。”《批校》。

“不復前”，張萬起曰：“前，相見。”

“狗鼠不食汝餘”，桃井白鹿曰：“《漢書》，元後罵王莽曰：‘受人孤寄，奪取其國，人如此者，狗豬不食其餘。’卞后之言蓋本于此。”○恩田仲任曰：“罵文帝爲狗鼠。不食汝餘，《左傳》曰：‘人將不食吾餘。’注曰：‘言自害其甥，必爲人所賤。’《正義》曰：‘人將賤吾，不肯復食噉吾之餘食也。’”○田中頤曰：“言雖狗鼠所恥之行。”○余嘉錫曰：“卞后言此，斥丕之所爲，禽獸不如也。”○吳金華曰：“‘狗鼠’在漢魏俗語中喻指賤物。‘狗鼠不食汝餘’，是古來罵人的常語，意思是：連狗鼠也看不起你。”《考釋》頁一七五。

“死故應爾”，大典顯常曰：“猶言固宜。”○田中頤曰：“故，固也。”

“竟不臨”，田中頤曰：“既崩猶未釋也。”○秦士鉉曰：“臨，臨哭也。”

【彙評】

劉辰翁曰：“賦銅雀復少此，咄咄。”

李贄曰：“以上皆不賢夫也。夫而不賢，則雖不溺志於聲色，有國必亡國，有家必敗家，有身必喪身，無惑矣。彼卑卑者乃專咎於好酒及色，而不察其本，此俗儒所以不可議於治理歟！”《初潭集》卷三。

王世懋曰：“銅雀臺上妓，亦復在邪？”

5

趙母嫁女，女臨去，敕之曰：“慎勿爲好！”女曰：“不爲好，可爲惡邪？”母曰：“好尚不可爲，其況惡乎〔1〕？”

《列女傳》曰：“趙姬者，桐鄉令東郡虞韙妻，潁川趙氏女也。才敏多覽。韙既没，文皇帝敬其文才〔2〕，詔入宮省。上欲自征公孫淵，姬上疏以諫〔3〕。作《列女傳解》，號《趙母注》。賦數十萬言。赤烏六年卒。”《淮南子》曰：“人有嫁其女而教之者〔4〕，曰：‘爾爲善，善人疾之。’對曰：‘然則當爲不善乎？’曰：‘善尚不可爲，而況不善乎？’”景獻羊皇后曰：“此言雖鄙，可以命世人。”

○“趙母嫁女”至“其況惡乎”

“慎勿爲好”，田中頤曰：“戒篋之辭。”

“不爲好”二句，田中頤曰：“理實之言可厭甚矣！乃母所以敕之。”

“好尚不可爲”二句，田中頤曰：“言女道不如無爲而順事也。”

“其況惡乎”，王叔岷曰：“‘其況’注引《淮南子》作‘而況’，‘其’猶‘而’也。惟今本《淮南子·説山篇》無‘而’字。”○吳金華曰：“‘其況’同‘豈況’。在《尚書》《詩經》世代，轉折連詞常用單音節詞‘矧’，稍後則有‘況’。‘其況’是由‘況’發展而來的雙音節詞。‘豈況’在口語中常跟前句的‘尚’相呼應，構成轉折語氣。本文所載既爲趙母口語，自當以作‘其況’爲

---

〔1〕 “其況”，余嘉錫曰：“沈本無‘其’字。”徐震堮曰：“‘其’字沈校本無。”
〔2〕 “文皇帝”，秦士鉉曰：“孫權崩，謚曰大皇帝。謚法無‘大’。”李慈銘曰：“‘文皇帝’當作‘大皇帝’，謂孫權也。”王利器曰：“王本、凌本‘文皇帝’作‘大皇帝’，是。大皇帝即孫權。”趙西陸曰：“《世説補》作‘大’。王世懋評點本、凌瀛初本作‘大’。”
〔3〕 “以諫”，余嘉錫曰：“沈本無‘以’字。”
〔4〕 “嫁女”，趙西陸曰：“《淮南子·説山訓》‘女’作‘子’，《意林》引作‘女’。”

1464

優。沈校本沒有‘其’字，當屬一味求簡者所刪。”《考釋》頁一七六至一七七。

○注“列女傳曰”

《列女傳》，秦士鉉曰：“或云：此《列女傳》指皇甫謐《列女傳》。”○李慈銘曰：“《隋書·經籍志》自劉向撰《列女傳》後，有高氏《列女傳》八卷，項原《列女後傳》一卷，皇甫謐《列女傳》六卷，綦毋邃《列女傳》七卷，此所引當是項原《列女傳》。”《簡端記》。○沈家本曰：“《隋志》所録《列女傳》，除但作頌讚者，凡五家：劉向、高氏、項原、皇甫謐、綦毋邃。今惟向書存。此注所引趙姬爲孫權時人，即注《列女傳》之趙母，其文爲向書所未及。注既不題撰人，難遽定何人之書。二《唐志》無高氏一家，‘項原’《舊志》作‘顔原’，《新志》又增多劉熙一家，爲《隋志》所無也。”《古書目》卷四。○李詳曰：“《隋書·經籍志》有《列女後傳》十卷，項原撰；《列女傳》六卷，皇甫謐撰；《列女傳》七卷，綦毋邃撰。趙姬之事當在此數傳内。”○葉德輝曰：“《隋志》：十五卷。云：‘劉向傳，曹大家注。’”《書目》。

《趙母注》，李慈銘曰：“孫氏志祖曰：《後漢書皇后紀論》‘李善《文選注》言《列女傳》有虞貞節注，蓋即趙母注也。’”《簡端記》。○李詳曰：“《志》又有趙母注《列女傳》七卷。《文選》范蔚宗《後漢書皇后紀論》善注引《列女傳》‘曲沃負’條，有‘虞貞節曰’云云。章宗源《隋〔書〕經籍志考證》謂即趙母《列女傳注》，‘貞節’疑爲虞之賜號。”

“淮南子曰”，余嘉錫曰：“《淮南·説山訓》曰：‘人有嫁其子而教之曰：“爾行矣，慎無爲善。”曰：“不爲善，將爲不善邪？”應之曰：“善且由弗爲，況不善乎？”’孝標所引與今本不同。”○趙西陸曰：“《文選·馬汧督誄》：‘語曰：或戒其子，慎無爲善。’”

“景獻羊皇后”，秦士鉉曰：“羊皇后，晉景帝后。景帝，司馬師也。后名徽瑜，泰山南城人。父衜，上黨太守。”

◎余嘉錫曰：“敦煌本《古類書》殘本第二種《貞烈部》首引獻皇后語二條，羊皇后語一條。羅振玉《跋》謂即晉景獻羊后是也。其第四條曰：‘昔人有女將嫁，其父誡之曰：“慎勿立善名。”女曰：“當作惡，可乎？”父曰：“善名尚不可立，而況於惡乎？”后聞之曰：“善哉！訓言‘鳥惡網羅，人惡勝己’，豈虚也哉！”’意與此同而文異。其語較趙母及《淮南子》尤爲明晰。”

方弘静曰："《詩》曰：'無非無儀。'蓋其義也，豈惟女德宜爾！爲善無近名。近名之善，乃不可爲耳。然近名之善，非善也。善奚不可爲？"《千一録》卷二十四。○曰："有一善，惟恐人不知，淺人哉，是有意爲善者也。有意爲善，非善也。"同上卷二十五。

王世懋曰："何必减莊子。"○曰："'不思善，不思惡'，古德先生不過盡此兩言。記《世説》趙母教女云：'慎勿爲好。'其女曰：'不爲好，可爲惡邪？'曰：'好尚不可爲，何況惡乎？'女子乃有此玄解，而凡學妄以爲非！噫，彼尚未生善念，何知善念之爲累！"《王奉常集》卷五十二。

王思任曰："超禪入聖之語。"

袁中道曰："不必解，妙。"《舌華録》卷一。

凌濛初曰："便是'無非無儀'本旨。"

余嘉錫曰："蓋古之教女者之意，特不願其遇事表暴，斤斤於爲善之名，以招人之妒嫉，而非禁之使不爲善也。"

6

許允婦是阮衛尉女[1]，德如妹，《魏略》曰："允字士宗，高陽人。少與清河崔贊俱發名於冀州。仕至領軍將軍[2]。"《陳留志名》曰："阮共字伯彦，尉氏人。清真守道，動以禮讓。仕魏，至衛尉卿。少子侃，字德如，有俊才，而飭以名理。風儀雅潤，與嵇康爲友。仕至河内太守。"奇醜[3]。交禮竟，允無復入理[4]，家人深以爲憂[5]。會允有客

---

〔1〕 "允婦是"，趙西陸曰："敦煌《古類書》'是'作'者'。"

〔2〕 "領軍將軍"，趙西陸曰："《魏志·夏侯玄傳》引當作'中領軍'。"

〔3〕 "奇醜"，余嘉錫曰："'奇醜'下《殘類書》多'有德藝'三字。"

〔4〕 "交禮竟允無復入理"，趙西陸曰："敦煌《古類書》無'竟'字，'允'下有'更'字。"

〔5〕 "家人深以爲憂"，趙西陸曰："敦煌《古類書》'家人'下有'父母'，無'以'字。"

至〔1〕，婦令婢視之〔2〕，還答曰：“是桓郎。”桓郎者，桓範也〔3〕。《魏略》曰：“範字允明〔4〕，沛郡人。仕至大司農，爲宣王所誅。”婦云：“無憂，桓必勸入〔5〕。”桓果語許云：“阮家既嫁醜女與卿，故當有意〔6〕，卿宜察之。”許便回入内〔7〕。既見婦，即欲出〔8〕。婦料其此出，無復入理〔9〕，便捉裾停之〔10〕。許因謂曰：“婦有四德，卿有其幾？”《周禮》：“九嬪掌婦學之法，以教九御：婦德、婦言、婦容、婦功。”鄭注曰：“德謂貞順，言謂辭令，容謂婉娩，功謂絲枲〔11〕。”婦曰〔12〕：“新婦所乏唯容爾〔13〕。然士有百行，君有幾〔14〕？”許云：“皆備。”婦曰：“夫百行以德爲首〔15〕，君好色不好德，何謂皆備〔16〕？”允有慚色，遂相敬重。

---

〔1〕 “會允”，趙西陸曰：“敦煌《古類書》‘會允’作‘允會’。”
〔2〕 “婦令”，趙西陸曰：“敦煌《古類書》無‘婦令’二字。”
〔3〕 “桓範”，董刻本“桓”作“相”。王利器曰：“各本‘相’作‘桓’，是。”楊勇曰：“宋本作‘相範’，非。”
〔4〕 “範字允明”，趙西陸曰：“《魏志·曹爽傳》注引作‘字元則’。”吳金華《考釋》曰：“《魏書·曹爽傳》注引《魏略》作‘元則’，應據以校改。以‘範’爲名，以‘則’爲字，是當時習尚。鄧艾少年時候，因爲讀了陳寔碑文‘文爲世範，行爲士則’兩句，就自名爲‘範’，取字‘士則’。事見《三國志》卷二八《魏書·鄧艾傳》。吳範，字文則，見《三國志》卷六二《吳範傳》。”頁一七九。龔斌曰：“《通志》七九、《歷代名畫記》四亦云桓範字‘元則’。”
〔5〕 “無憂桓必勸入”趙西陸曰：“敦煌《古類書》作‘無憂矣，當必勸入’。”
〔6〕 “故當有意”，余嘉錫曰：“‘故當有意’下《殘類書》有‘門承儒冑，必有德藝’二句。”
〔7〕 “許便回入内”，趙西陸曰：“敦煌《古類書》作‘許便入’。”
〔8〕 “既見婦即欲出”，趙西陸曰：“敦煌《古類書》作‘既見，即欲卻出’。”
〔9〕 “婦料其此出”二句，大典顯常《集成》曰：“《魏氏春秋》‘理’作‘意’。”趙西陸曰：“敦煌《古類書》作‘婦知其出，當必不來’。”
〔10〕 “便捉裾停之”，余嘉錫曰：“‘便捉裾停之’《殘類書》作‘捉衫裾停之’。”
〔11〕 “容謂婉娩”二句，董刻本“容”作“客”，“枲”作“枲”。趙西陸曰：“‘枲’敦煌《古類書》作‘泉’。”王利器曰：“各本‘客’作‘容’，‘枲’作‘枲’，都是。”
〔12〕 “婦曰”，趙西陸曰：“敦煌《古類書》‘婦’下有‘答’字。”
〔13〕 “唯容爾”，趙西陸曰：“敦煌《古類書》此處有‘婦即問允曰’五字。”
〔14〕 “有幾”，趙西陸曰：“敦煌《古類書》‘幾’上有‘其’字。”
〔15〕 “百行”，趙西陸曰：“敦煌《古類書》‘百行’下有‘之中’二字。”
〔16〕 “何謂皆備”，余嘉錫曰：“‘何謂皆備’下，《殘類書》此下作‘放衫，允不敢去，甚有愧懅，乃謝過’。”按《殘類書》無“允有慚色”句。

○“許允婦”至“遂相敬重”

“許允”，秦士鉉曰：“《魏略》：許允，世冠族。父據，仕歷典農校尉、郡守。”

“奇醜”，吳金華曰：“‘奇’，程度副詞，表示特別、異常之義。這個俗語雖見於南北朝文獻，但文例極少。”《考釋》頁一七七。

“交禮竟”，崔朝慶曰：“言新婚交拜之禮方罷也。”

“婦有四德”，楊勇曰：“班昭《女戒》：‘女有四行：婦德、婦言、婦容、婦功。’”

“好色不好德”，王叔岷曰：“《論語·子罕篇》：‘子曰：吾未見好德如好色者也。’”

○注“魏略曰”下

“爲宣王所誅”，大典顯常曰：“曹爽以桓範鄉里老宿特禮之，然不甚親。及司馬懿奏爽罪惡，範往歸爽，勸爽以天子幸許昌，爽不從，懿遂收爽兄弟，並何晏、鄧颺，皆誅之。”《集成》。

○注“鄭注曰”

“容謂婉娩”，桃井白鹿曰：“謂柔順也。《禮·內則》：‘女子十年不出，姆教婉娩’。”○恩田仲任曰：“婉，順也。娩，媚也。”

“功謂絲枲”，恩田仲任曰：“《爾雅》疏曰：‘枲一名麻。’《廣韻》：‘無子曰苴，有子曰枲。’”○楊勇曰：“絲枲，絲麻也。此云女紅也。”

【彙評】

李贄曰：“事奇，語奇，文奇。”《初潭集》卷一。○曰：“此夫嫌婦，太無目也。”同上。

陳師曰：“嘗考阮氏乃阮伯彥之女，德如之妹。伯彥清真守道，動以禮讓；德如有俊才，而名理自飭，風儀雅潤。父兄如此，女妹安得不賢乎？備此盛德，亦足以掩貌醜矣。”《禪寄筆談》卷九。

張端木曰：“如此明決，即奇醜亦可愛。夫所惡於醜婦者，惡其貌醜必心險也。”

歸曰：“現時夫有嫌其婦貌醜者，願其婦援允婦義，轉質其夫之百行。”《許允婦》。

7

許允爲吏部郎，多用其鄉里[1]，魏明帝遣虎賁收之。其婦出誡允曰[2]：“明主可以理奪，難以情求。”既至，帝覈問之[3]，允對曰[4]：“‘舉爾所知’。臣之鄉人，臣所知也。陛下檢校爲稱職與不，若不稱職，臣受其罪[5]。”既檢校[6]，皆官得其人，於是乃釋。允衣服敗壞[7]，詔賜新衣。初，允被收，舉家號哭。阮新婦自若，云：“勿憂，尋還。”作粟粥待，頃之允至。《魏氏春秋》曰：“初，允爲吏部，選遷郡守。明帝疑其所用非次，將加其罪。允妻阮氏跣出[8]，謂曰：‘明主可以理奪，不可以情求。’允領之而入。帝怒詰之，允對曰：‘某郡太守雖限滿，文書先至，年限在後[9]，日限在前。’帝前取事視之[10]，乃釋然。遣出，望其衣敗，曰：‘清吏也。’”

─────────────

〔1〕 “多用其鄉里”，趙西陸曰：“敦煌《古類書》‘多’下有‘任’字，去‘其’字。”

〔2〕 “其婦出誡允”，余嘉錫曰：“‘其婦出誡允’，《殘類書》作‘有人告明帝，明帝收之。其婦出閤，隔紗帳誡允’。”按《殘類書》無‘魏明帝遣虎賁收之’句。

〔3〕 “既至帝覈問之”，趙西陸曰：“敦煌《古類書》‘既’作‘允’，‘帝’下有‘前’字，無‘之’字。”

〔4〕 “對曰舉而所知”，余嘉錫曰：“‘允對曰’下，《殘類書》作‘臣比奉詔，各令舉而所知’。”

〔5〕 “檢校爲稱職與不”三句，趙西陸曰：“敦煌《古類書》‘檢校爲稱職與不若不稱職臣受其罪’作‘試之，若材稱職，赦臣罪；材不稱職，臣請受其罪’。”

〔6〕 “既檢校”，趙西陸曰：“敦煌《古類書》三字作‘上應之’。”

〔7〕 “敗壞”，趙西陸曰：“敦煌《古類書》‘敗’作‘破’。”

〔8〕 “跣出”，董刻本“跣”作“洗”。王利器曰：“各本‘洗’作‘跣’，是。《三國·魏志·夏侯尚傳》注引《魏氏春秋》亦作‘跣’。”

〔9〕 “年限在後”，恩田仲任曰：“《北堂書鈔》引《魏氏春秋》‘年限在後’下有‘某守雖後’四字，此誤脫也。”趙一清《三國志注補》曰：“《御覽》卷二百十六‘日限’上有‘某守雖後’四字。”楊勇曰：“《北堂書鈔》引《魏氏春秋》‘年限在後’下有‘某守雖後’四字，其意尤顯，《御覽》同。”

〔10〕 “取事”，張文柱曰：“‘事’疑‘書’誤。”

○“許允爲”至“頃之允至”

“多用其鄉里”，崔朝慶曰：“言多用其鄉里之人也。”

“明主可以理奪”二句，平賀房父曰：“舉其所知而稱職，是以理奪也，情不言而可知也。奪求者，奪求帝心也。”○田中頤曰：“以理則足明非其私，以情則尚見疑其私。”○王叔岷曰：“《呂氏春秋·慎行論》：‘無忌勸王奪。’高注：‘奪，取也。’”○江藍生曰：“‘奪’字由‘强取’之義引申出‘迫使改變’之義。”《彙釋》頁五二。

“覈問之”，田中頤曰：“覈，猶驗也。”

“舉爾所知”，徐震堮曰：“《論語·子路》：‘曰：焉知賢才而舉之？曰：舉爾所知。爾所不知，人其舍諸？’”

“舉家號哭”，李調元曰：“舉家，猶云全家。今尚有此言。”《勦説》卷三。

“頃之允至”，田中頤曰：“謂婦之先見，都不愆也。”

○注“魏氏春秋曰”

“疑其所用非次”，平賀房父曰：“允爲吏部時，超遷一郡守用之，以郡守年限未滿，明帝以爲非次。”

“頷之而入”，恩田仲任曰：“頷，謂俯頷答之也。”

“某郡太守雖限滿”四句，岡白駒曰：“朝廷文書，先至於彼。譬如其文書云：‘文書至日即行之。’若據日限則先於其限，是日限在前也。若據年限，則後於文書，是年限在後也。”○大典顯常曰：“言某郡太守雖年限已滿，而文書先至，吾所以論遷次者，以年限爲次，以日限爲最也。蓋太守有同年限滿者，考其日限前後而次第之，不以文書之先至爲先也。”○平賀房父曰：“‘限’下脱‘未’字，言雖年限未滿，而以文書先至，故用之。文書之日限在年限之前也。”

“取事視之”，平賀房父曰：“‘事’當作‘書’，即文書也。”朱鑄禹按曰：“‘事’謂關乎其事之文卷，似亦可通。”○蔡鏡浩曰：“‘事’當爲‘白事’一詞之省稱，專指向上級官府請示、報告用的公文。”《札記》。

【彙評】

王世懋曰：“得婦如此，故當耐其奇醜。”

陳師曰："觀此，阮氏更明達事體，豈啻閨閫中稱賢淑哉！"《禪寄筆談》卷九。

袁中道曰："前二句乃名語。"評"明主可以理奪"二句。《舌華錄》卷八。

8

　　許允爲晉景王所誅，門生走入告其婦。婦正在機中，神色不變，曰："蚤知爾耳！"《魏志》曰："初，領軍與夏侯玄[1]、李豐親善，有詐作尺一詔書，以玄爲大將軍，允爲太尉，共錄尚書事。無何，有人天未明乘馬以詔版付允門吏[2]，曰：'有詔。'因便驅走[3]。允投書燒之，不以關呈景王。"《魏略》曰："明年，李豐被收，允欲往見大將軍。已出門，允回遑不定[4]，中道還取袴[5]。大將軍聞而怪之曰：'我自收李豐，士大夫何爲恩恩乎[6]？'會鎮北將軍劉静卒，以允代静。大將軍與允書曰：'鎮北雖少事，而都典一方。念足下震華鼓，建朱節，歷本州，此所謂著繡晝行也。'會有司奏允前擅以廚錢穀乞諸俳及其官屬[7]，減死徒邊，道死。"《魏氏春秋》曰："允之爲鎮北[8]，喜謂其妻曰：'吾知免矣！'妻曰：'禍見於此，何免之有？'"《晉諸公贊》曰："允有正情[9]，與文帝不平，遂幽殺之。"《婦人集》載阮氏與允書，陳允禍患所起，辭甚酸愴，文多不錄。門人欲藏其兒，婦曰："無豫諸兒事。"後徙居墓所，景王遣鍾會看之，若才流及父，當收。兒以咨母，母曰："汝等雖佳，才具不多，

---

〔1〕 "領軍"，徐震堮曰："《魏志》'領軍'下有'高陽許允'四字。"

〔2〕 "無何有人"，秦士鉉曰："本傳作'有何人'。"

〔3〕 "驅走"，徐震堮曰："《魏志》作'馳走'。驅走，謂驅馬而走。"

〔4〕 "不定"，董刻本"定"作"走"。王利器曰："蔣校本、沈校本同，餘本'走'作'定'。案《三國·魏志·夏侯尚傳》注引《魏略》亦作'定'，作'定'義較長。"

〔5〕 "取袴"，余嘉錫曰："'袴'景宋本作'絝'。"

〔6〕 "士大夫何爲恩恩"，董刻本"夫"作"木"。王利器曰："各本'木'都作'夫'，是。"又，董刻本、袁刻本"恩恩"俱作"忽忽"。

〔7〕 "廚錢"，桃井白鹿曰："《魏志》注引《魏略》'廚'作'廟'。"

〔8〕 "鎮北"，董刻本"北"作"此"。王利器曰："各本'此'都作'北'，是。《三國·魏志·夏侯尚傳》注引《魏氏春秋》正作'北'。"

〔9〕 "正情"，董刻本"正"作"王"。余嘉錫曰："沈本作'主'。"王利器曰："蔣校本、沈校本'王'作'主'，餘本作'正'。"朱鑄禹曰："沈校本作'主'，是。"

率胸懷與語，便無所憂。不須極哀，會止便止。又可少問朝事[1]。"兒從之。會反以狀對，卒免。《世語》曰："允二子：奇，字子太。猛，字子豹。並有治理。"《晉諸公贊》曰："奇，泰始中爲太常丞。世祖嘗祠廟，奇應行事，朝廷以奇受害之門，不令接近，出爲長史。世祖下詔，述允宿望，又稱奇才，擢爲尚書祠部郎。猛禮學儒博，加有才識，爲幽州刺史。"

○ "許允爲"至"及父當收"

"爲晉景王所誅"，大典顯常曰："景王，司馬師也，注所云'大將軍'也。"○張萬起曰："《通鑑》繫於高貴鄉公正元元年。"

"蚤知爾耳"，田中頤曰："不爲不虞之事。"○王叔岷曰："此猶言早知如此矣。"

"無豫諸兒事"，田中頤曰："此亦先見。"○張萬起曰："豫，關涉。"

"若才流及父當收"，恩田仲任曰："才流，才學風流。"○崔朝慶曰："言兒之才具流品如及其父，則當收錄而加罪也。"

○ "兒以咨母"至"狀對卒免"

"汝等雖佳"四句，岡白駒曰："率胸懷與語，但須率汝之胸懷與會語，莫復用意。"○平賀房父曰："言汝等雖佳也，才之具猶未多，故率胸懷與會語，則可無憂也。"

"會止便止"，岡白駒曰："會，鍾會也。"○大典顯常曰："止，止哭也。蓋會爲弔者來也。"○田中頤曰："唯從鍾弔哭，不須獨自極哀。鍾哭止，己亦便止，若不以父事爲怨者。"○余嘉錫曰："會蓋假弔問之名以來，故必涕泣。會止兒亦止，以示不知其父得禍之酷。"○徐震堮曰："會，有時亦作'應當'解。"《釋義》。

"可少問朝事"，平賀房父曰："問朝事，志在官途，無意於復讎。但多則疑詐，故曰'可少問'。"○余嘉錫曰："令兒少問及朝廷之事者，陽爲愚不曉事，不知會之偵己，無所疑懼也。"

"卒免"，趙西陸曰："《魏志》注《魏氏春秋》曰：'雖會之識鑒，而輸賢

---

[1] "可少問"，桃井白鹿曰："《魏志》注'可'下有'多'字。"楊勇曰："'可'下《魏志·夏侯尚傳》注引《魏氏春秋》有'多'字。多少，稍微、略微。"

婦之智也。’”

〇注“魏志曰”

“領軍”，岡白駒曰：“謂許允。”

“作尺一詔書”，恩田仲任曰：“《後漢書》注曰：尺一謂板，長尺一，以寫詔書。”〇沈欽韓曰：‘《六典注》：‘《漢舊儀》云：以武都紫泥封，青布囊，白素裏，兩端縫尺一板，中約署封拜，王公以下皆用皇帝行璽。蔡邕《獨斷》云：策書制長二尺，短者半之。《陳蕃傳》：尺一選舉。注謂板長尺一，以寫詔書。知封拜皆用尺一詔也。’”梁章鉅《三國志旁證》卷十引。〇趙西陸曰：“摯虞《決疑要注》云：‘尚書召王公及位班王公者，皆用尺一。’（《書鈔》卷七十引）公以下皆用皇帝行璽。”

“不以關呈景王”，恩田仲任曰：“關，通也。呈，示也。”〇秦士鉉曰：“關呈，啟示之也。”

〇注“魏略曰”

“中道還取袴”，平賀房父曰：“自中道而還家，除禮衣也。言始欲訴己情於景王，遲疑不進，竟不至也。”

“何爲怱怱”，秦士鉉曰：“《魏略》曰：‘是時朝臣遽者多耳，而衆人咸以爲意在允也。’”〇張萬起曰：“怱怱，惶恐不安的樣子。”《詞典》頁六六五。

“乞諸俳”，秦士鉉曰：“乞，去聲，予也。”

“減死徙邊道死”，朱鑄禹曰：“《魏書·夏侯玄傳》引云：‘允以嘉平六年秋徙，妻子不得自隨，行道未到，以其年冬死。’”

〇注“魏氏春秋曰”

“吾知免矣”，秦士鉉曰：“曾子語。”

“禍見於此”，余嘉錫曰：“師欲殺允而先遷其官，且與書通殷勤者，蓋師雖因允與夏侯玄、李豐親善而疑之，然無實狀可指。故師雖疑允，亦無可發怒，乃令出鎮河北，慰諭使去，欲以軍法誅之耳。阮氏明智，知其將然，故曰‘禍見於此’也。”

〇注“晉諸公贊曰”上

“允有正情”，王叔岷曰：“當從宋本作‘王情’，‘王’借爲‘暀’，盛也。

《雅量篇》：‘太傅神情方王。’與此‘王’字同義。”○龔斌曰：“正情，指方正之情。因方正不阿，故與文帝不平。”

“與文帝不平”二句，余嘉錫曰：“允實死於司馬師爲大將軍時。‘文帝’當是‘景帝’之誤。‘道死’之與‘幽殺’，亦自不同。考《魏志・毌丘儉傳》注引儉及文欽等表曰：‘近者領軍許允，當爲鎮北，以廚錢給賜，而師舉奏加辟，雖云流徙，道路餓殺。天下聞之，莫不哀傷。’則允實爲師所殺，非僅死於道路而已。或疑儉等之表，出於仇口，欲著師之罪，未必不故甚其辭。然《世說》此條本之孫盛《魏氏春秋》，亦云‘允爲景王所誅’。裴松之《齊王紀》注據《夏侯玄傳》及《魏略》以考允之事，而云：‘允收付廷尉，徙樂浪，追殺之。’不用道死之説。夫豈無所見而云然？蓋師以允與李豐交結，事出曖昧，所坐放散官物，又罪不至死，故使人暗害之，託云‘道卒’。”

“阮氏與允書”二句，秦士鉉曰：“《魏志》崔贊亦嘗以處世太盛戒允云。”

“辭甚酸愴”，恩田仲任曰：“《正字通》曰：‘悲痛曰酸。’愴，悲惻也。”

○注“晉諸公贊曰”下

“太常丞”，恩田仲任曰：“《通典》曰：‘秦置，掌行禮及祭祀小事，總署曹事，舉廟中非法。’”

“尚書祠部郎”，恩田仲任曰：“魏尚書有祠部郎，主禮制。”

【彙評】

李贄曰：“如此，男子不能。”《初潭集》卷二。

王世懋曰：“惜不載其書。”○曰：“高識至此，幾可與司馬宣王對付。”

趙西陸曰：“《魏志》注《魏氏春秋》曰：‘雖會之識鑒，而輸賢婦之智也。’”

9

　　王公淵娶諸葛誕女。入室，言語始交，王謂婦曰：“新婦神色卑下，殊不似公休！”婦曰：“大丈夫不能仿佛彥雲,而令婦人比蹤英傑!"《魏氏春秋》曰:"王廣字公淵,王淩子也〔1〕。有風量才學,名重當世。與傅嘏等論才性同異,行於世。"《魏志》曰:"廣有志尚學行,淩誅,并死。"臣謂王廣名士,豈以妻父爲戲,此言非也。

○"王公淵"至"比蹤英傑"

"公休",岡白駒曰:"誕之字。"

"大丈夫不能"二句,岡白駒曰:"彥雲,王淩之字。"○田中頤曰:"言王以己不能肖其父,故欲令我比蹤吾父耶?"○蔡鏡浩曰:"'仿佛'猶效法,與'比蹤'互文,此義甚明。《魏書·裴叔業傳》:'非敢追蹤輕舉,髣髴高蹤。''髣髴'與'追蹤'互文,與《世說》中之例正相類似,義亦同。"《札記》。

◎周一良曰:"敦煌本《殘類書》:'王公淵取諸葛誕女。入室,言語交,王謂婦曰:"新婦神色卑下,殊不似公休耶?"婦曰:"大丈夫不能髣髴彥雲,而令婦人比踪英傑,豈不愧哉?"'"《批校》。

○注"魏氏春秋曰"至"此言非也"

"風量才學",恩田仲任曰:"風量,風韻度量。"

"臣謂",王世懋曰:"注駁太迂,且忽下'臣'字,詎是孝標注?"朱鑄禹按曰:"疑是裴松之逸注。"龔斌按曰:"孝標注自稱'臣',於《世說》中不止此處。故有人據此推斷《世說注》爲孝標奉詔而作。"

10

王經少貧苦,仕至二千石,母語之曰:"汝本寒家子,仕至二千石,此可以止乎!"經不能用。爲尚書,助魏,不忠於晉,被收。涕泣辭母曰:"不從母敕,以至今日!"母都無慼容,語之曰:"爲子則孝,爲臣則忠。有

---

〔1〕 "王淩",董刻本、袁刻本"淩"作"陵",下同。王利器曰:"'陵'當作'淩',各本都錯了。《三國·魏志·王淩傳》:'王淩字彥雲,太原祁人也。子廣,有志尚學行,死時年四十餘。'"

孝有忠，何負吾邪？"《世語》曰："經字彥偉，清河人。高貴鄉公之難，王沈、王業馳告文王，經以正直不出。因沈、業申意，後誅經及其母。"《晉諸公贊》曰："沈、業將出，呼經，不從[1]，曰：'吾子行矣！'"《漢晉春秋》曰："初，曹髦將自討司馬昭，經諫曰：'昔魯昭不忍季氏，敗走失國，爲天下笑。今權在其門久矣，朝廷四方，皆爲之致死，不顧逆順之理，非一日也。且宿衛空闕，寸刃無有[2]，陛下何所資用？而一旦如此，無乃欲除疾而更深之邪？'髦不聽。後殺經，并及其母。將死，垂泣謝母。母顏色不變，笑而謂曰[3]：'人誰不死，往所以止汝者，恐不得其所也。以此并命，何恨之有？'"干寶《晉紀》曰："經正直，不忠於我，故誅之。"按傅暢、干寶所記，則是經實忠貞於魏，而《世語》既謂其"正直"，復云"因沈、業申意"，何其相反乎？故二家之言深得之。

○"王經少貧苦"至"經不能用"

"仕至二千石"，謝肇淛曰："二千石，'石'字即古鈞石之'石'，五權之名。北人多讀作旦音，非也。《漢明帝起居注》：'上令虎賁王吉射烏，吉祝曰：烏鳴啞啞，引弓射之中作腋，陛下壽晚年，臣爲二千石。'又《皇甫規傳》：'時人語曰：徒見二千石，不如一逢掖。'則'石'音如字久矣。"《文海披沙》卷一。○張萬起曰："漢魏内自九卿郎將、外至郡守尉的俸禄等級都是二千石。後因稱郎將、郡守和知府爲二千石。"

"此可以止乎"，岡白駒曰："可止於此，勿欲復進。"○田中頤曰："言以己意，則過望可以止也。"

○"爲尚書"至"何負吾邪"

"助魏不忠於晉被收"，大典顯常曰："不忠於晉，此自晉而言耳。"○田中頤曰："此忠於魏而不利於晉，遂爲晉被收也。"○余嘉錫曰："云'助魏'，正是許

---

[1] "呼經不從"，程炎震：《魏志·高貴鄉公紀》注引重'經'字，是。"趙西陸曰："《通鑒》卷七十七作'沈、業奔走告昭，呼經欲與俱，經不從'。《考異》曰：'《世語》曰：'經因沈、業申意。'今從《晉諸公贊》。'"

[2] "寸刃無有"，趙西陸曰："'寸刃無有'句，《魏志》三《少帝紀》注引作'兵甲寡弱'。"徐震堮曰："《御覽》九四引作'兵甲寡弱'。"

[3] "笑而謂曰"，余嘉錫曰："'笑'景宋本及沈本作'哭'。"

1476

其以身殉國。云‘不忠於晉’，則其忠於魏可知。”

“不從母救”二句，田中頤曰：“悔而謝罪。”

“爲子則孝”二句，王叔岷曰：“《莊子·漁父篇》：‘事親則慈孝，事君則忠貞。’”

“何負吾邪”，田中頤曰：“不以爲怨，而反慰之。”

◎余嘉錫曰：“此條出自裴啓《語林》，見《御覽》四百四十。”

○注“世語曰”

“經字彥偉”，趙一清曰：“偉，《管輅傳》注作‘緯’。”《三國志注補》。○張㸌曰：“《輅別傳》曰：‘彥緯斂手謝輅。’案彥緯蓋經字也。”《讀史舉正》卷三。○錢大昕曰：“《世語》：‘經字彥偉。’《管輅傳》注：‘字彥緯。’當從糸旁。”《考異》卷十五。○余嘉錫曰：“《文選》四十七《三國名臣序贊》曰‘王經字承宗’，李注云：‘裴松之曰：經字彥偉。今云承宗，蓋有二字也。’案今本《魏志·夏侯尚書傳》注引《世語》作‘字彥偉’，與此同。而《文選集注》九十四引陸善經、李善注皆作‘字彥緯’，當從之。”○趙西陸曰：“《魏志·管輅傳》注引《輅別傳》、《文選·三國名臣贊》注均作‘彥緯’。錢大昕曰：‘當從糸旁。’”

“以正直不出”，程炎震曰：“此‘正直’，謂以尚書在直，非忠貞之謂也。因沈、業申意，固是誣善之辭，然孝標誤認‘正直’二字與干寶同解，亦爲失矣。”○張萬起曰：“正直，陪侍皇帝，不離左右。直，值班。”○吳金華曰：“從當時侍中、尚書的值班制度來看，《世語》和《晉書》的‘正直’，都是跟‘次直’相對而言的。魏晉制度，皇帝出門時只有‘正直’陪同，嬪妃出來才由‘次直’隨從。《世語》的‘經以正直不出’，指高貴鄉公在宮中決定討伐司馬昭那天，王經身爲正直，必須陪侍皇帝而不能出宮。《晉書》的‘經正直，不忠於我’，指王經身爲正直，最了解高貴鄉公的舉動，但卻沒有忠於司馬氏而及時報信。劉孝標將‘正直’當作形容詞，失之太遠；程炎震把‘正直’解爲正在值班，仍有未達。”《考釋》頁一八〇至一八一。

○注“漢晉春秋曰”

“魯昭不忍季氏”，秦士鉉曰：“魯季氏世執魯國之政强專，昭公不能忍而伐之，而不勝，遂死於外。”

“權在其門”，秦士鉉曰：“其門，指司馬氏。”

“人誰不死”，秦士鉉曰：“《左傳》語。”

“以此并命”，岡白駒曰：“就刑曰就命，母子並就命，故云‘并命’。”○大典顯常曰：“‘此’字正謂得其所也。命，即刑也。”《撮補》。○恩田仲任曰：“謂相從死也。”

○注“干寶晉紀曰”至“深得之”

“不忠於我”，秦士鉉曰：“自晉而言之，故曰我。”

“既謂其正直復云因沈業申意”，姚範曰：“昭所假太后令云：‘尚書王經，凶逆無狀。’則當預高貴鄉公之謀，豈有意可申者？”《援鶉堂》卷三十。○何焯曰：“《夏侯玄傳》注采晉武帝太始元年詔曰：‘故尚書王經，雖身陷法辟，然守志可嘉，門戶湮沒，意常潛之’云云，按此詔可見因沈業申意之言亦誣。”《義門讀書記》。○趙一清曰：“案王經之死，天變見於上，《晉書·文帝紀》亦云：‘殺尚書王經，貳於我也。’可謂直筆。”《三國志注補》。○吳士鑑曰：“經果申意，則得禍必輕，《世語》所云，殆沈、業之徒飾詞以厚誣忠烈。郭頒無識，筆之於書，非實錄也。”《斠注》卷二。○趙西陸曰：“事在高貴鄉公甘露五年，即陳留王景元元年。”

“二家之言深得之”，王世懋曰：“是。”○恩田仲任曰：“二家，傅暢、干寶。”

【彙評】

李贄曰：“大似王章。”評注《漢晉春秋》“母顏色不變笑而謂曰”。《初潭集》卷二。

王世懋曰：“讀史至王章妻、王經母，未嘗不流涕也。”

田中頤曰：“知止足分。”

孫志祖曰：“陳壽《魏志》不爲王經立傳，而附見於《夏侯尚傳》末。朱昭芑《史糾》譏之。案壽爲司馬氏之臣，不能無所回避，其曲筆猶可諒也。宋臨川義慶作《世說》時，晉室久移，乃於《賢媛篇》載經母事，而曰：‘經助魏，不忠於晉。’此何言歟？夫司馬氏亦魏臣也。經以身殉國，豈得謂之助魏不忠於晉乎？臨川此言，三綱壞矣。”《讀書脞錄續編》卷三。余嘉錫按曰：“孫氏此言，似正而實未達文義，殆不足取。”

11

山公與嵇、阮一面，契若金蘭。山妻韓氏，覺公與二人異於常交，問公。公曰：“我當年可以爲友者，唯此二生耳！”妻曰：“負羈之妻亦親觀狐、趙，意欲窺之，可乎？”他日，二人來，妻勸公止之宿，具酒肉。夜穿墉以視之〔1〕，達旦忘反〔2〕。公入曰：“二人何如？”妻曰：“君才致殊不如〔3〕，正當以識度相友耳。”公曰：“伊輩亦常以我度爲勝。”《晉陽秋》曰：“濤雅素恢達〔4〕，度量弘遠，心存事外，而與時俛仰〔5〕。嘗與阮籍、嵇康諸人箸忘言之契。至於群子屯蹇於世，濤獨保浩然之度。”王隱《晉書》曰：“韓氏有才識。濤未仕時，戲之曰：‘忍寒〔6〕，我當作三公，不知卿堪爲夫人不耳？’”

○“山公與”至“窺之可乎”

“一面契若金蘭”，胡三省曰：“一面，一覯面之頃也。”《通鑑·宋紀十》注。○恩田仲任曰：“《易》曰：‘二人同心，其利斷金；同心之言，其臭如蘭。’朱子《本義》曰：‘斷金、如蘭，言物莫能間，而其言有味也。’契，約也。”

“山妻韓氏”，恩田仲任曰：“山濤父爲濤娶韓氏，人曰佳兒佳婦，駕鳳對儷。”

“我當年”，田中頤曰：“別他日以語今，曰‘當年’也。”○張萬起曰：“當年，現在，當今。”

“負羈之妻”三句，田中頤曰：“語已不凡。”○秦士鉉曰：“狐趙，狐偃、趙衰也，即公子從者也。《左傳》僖公二十四年傳文。”按徐震堮曰：“見《左傳》僖公

---

〔1〕 “穿墉”，朱鑄禹曰：“《太平御覽》四〇九《交友四》引《竹林七賢論》作‘牖’，是。”按《御覽》卷四四四引《七賢論》，“牖”作“牖”。

〔2〕 “達旦”，楊勇曰：“‘旦’宋本作‘且’，非。”

〔3〕 “才致”，余嘉錫曰：“景宋本及沈本俱無‘致’字。”

〔4〕 “雅素”，余嘉錫曰：“景宋本作‘雅量’。”

〔5〕 “俛仰”，董刻本“俛”作“俯”。

〔6〕 “忍寒”，徐震堮《札記》曰：“當從《晉書·山濤傳》作‘忍饑寒’。”

二十三年。"

○"他日二人"至"我度爲勝"

"夜穿墉以視之",崔朝慶曰:"堂中北墙謂之墉。"○朱鑄禹曰:"作'牖'是。考《儀禮》云:'堂中北牆謂之墉。''牖'則窗户之屬。蓋穿窗紙縫以窺,於理較合。"

"正當以識度相友",平賀房父曰:"君才致不及二子,而以君有識度,取此相友耳。"秦士鉉按曰:"此以'相友'二字偏屬二子,非也。"○田中頤曰:"以山識度爲長故。"○秦士鉉曰:"君才固難與二子相當,但以識度與之,則可得勝耳。故公承其言曰:彼輩亦常推重我識度。"○徐震堮曰:"正當,只應,只能。"《簡釋》。

"伊輩亦常"句,田中頤曰:"以此言證妻能觀人也。"○秦士鉉曰:"伊,彼也,猶'伊人'之'伊'。"

◎程炎震曰:"此文全出於《竹林七賢論》,見《全晉文》一百三十七引《御覽》四九,又四百四十四。"

○注"晉陽秋曰"

"心存事外",秦士鉉曰:"事外,世事之表也。"

"與時俛仰",秦士鉉曰:"俯仰,猶梏梗應人也。"

"忘言之契",岡白駒曰:"意氣相投。"○恩田仲任曰:"《莊子》曰:'言者所以在意也,得意而忘言。吾安得夫忘言之人而與之言哉!'郭象曰:'至兩聖無意,乃都無所言也。'"○秦士鉉曰:"謂相親而不言,莫逆於心也。"

"屯蹇於世",秦士鉉曰:"屯蹇,不偶也。皆《易》卦名。"

【彙評】

鍾惺曰:"山公妻窺嵇阮,亦云:'君才致不足,正當以識度相友耳。''才''識'二字,正與蘇門暗合。叔夜不免,阮公令終,其善敗亦分於此。"《史懷》卷十六。

田中頤曰:"識人能中。"

余嘉錫曰:"蓋濤善揣摩時勢,故司馬氏權重,則攘臂以與其逆謀;賈充寵盛，則緘口以避其朋黨。進不廷爭，以免帝怒；退有後言，以結充歡。首鼠兩端，所如輒合。此真所謂心存事外、與時俯仰也。傳言'濤再居選職，每一官缺，輒擬數人，視帝意所欲爲先'，其迎合之術，可謂工矣。操是術以往，其取三公，直如俯拾地芥，豈但以度量勝嵇阮而已乎？"○曰："嵇阮諸人，雖屯蹇於世，然如濤浩然之度，則固叔夜之所深羞，而嗣宗之所不屑也。"

朱鑄禹曰："《山公啓事》想俱由山婆鑑定耶？一笑。"○曰："有此才識之妻，山公以此相嘲，寧不爲韓所笑乎？"

12

王渾妻鍾氏生女令淑，虞預《晉書》曰："渾字玄沖，太原晉陽人，魏司徒昶子[1]。仕至司徒。"武子爲妹求簡美對而未得。有兵家子，有儁才，欲以妹妻之，乃白母，《王氏譜》曰："鍾夫人名琰之[2]，太傅繇之孫[3]。"曰[4]："誠是才者，其地可遺，然要令我見。"武子乃令兵兒與群小雜處，使母帷中察之。既而，母謂武子曰："如此衣形者，是汝所擬者非邪？"武子曰："是也。"母曰："此才足以拔萃，然地寒，不有長年，不得申其才用。觀其形骨，必不壽，不可與婚。"武子從之。兵兒數年果亡。

○"王渾妻"至"帷中察之"

"令淑"，平賀房父曰："令、淑，皆善也。"○崔朝慶曰："令淑，善也。"

---

[1] "司徒"，趙西陸曰："注'魏司徒昶子'，'司徒'當作'司空'。"

[2] "名琰之"，徐震堮《札記》曰："《晉書·列女傳》作'字琰'。"朱鑄禹曰："《晉書》卷九十六《王渾妻鍾氏傳》作'琰'。"

[3] "繇之孫"，桃井白鹿曰："《晉書》，鍾夫人名琰，太傅繇之曾孫。"大典顯常曰："據《晉書·列女傳》，王渾妻鍾氏字琰，魏太傅繇曾孫，父徽。"李慈銘曰："《晉書》：'渾妻鍾氏字琰，太傅繇曾孫。'此下一條正文亦作'曾孫'。"程炎震曰："《晉書》云：'字琰，繇曾孫。父徽，黃門郎。'下條亦云'曾孫'。"楊勇曰："'孫'上當有'曾'字。《晉書·列女鍾琰之傳》：'王渾妻鍾氏，字琰，潁川人，魏太傅繇曾孫也。'"朱鑄禹曰："下'王司徒婦鍾氏女'條亦作'曾孫'。"

[4] "白母曰"，李慈銘曰："'母'下當重'母'字。"

"求簡美對"，秦士鉉曰："美對，佳壻也。"○崔朝慶曰："言簡選佳偶也。"
○朱鑄禹曰："'簡'與'檢'通，選擇也。'求簡'者，即求選也。"

"誠是才者"二句，岡白駒曰："誠是才儁耶，門地不必論。"○大典顯常曰：
"地，門地也。下云'地寒'，謂賤也。"○崔朝慶曰："言可勿論其地位也。"
○徐震堮曰："地謂門地。其地可遺，謂門地可以不論。下'地寒''地'字義亦
同。"○楊勇曰："言勿以門地相計也。"

"要令我見"，朱城曰："要，助動詞，當、須。六朝文獻中，'要'單獨作助
動詞已經出現。"《雜釋》。

　　○"既而母謂"至"數年果亡"

"汝所擬者"，恩田仲任曰："擬，揣度准擬。"○秦士鉉曰："擬，準擬也。言
欲妻之。"

"才足以拔萃"，田中頤曰："與'雜處'應。"○崔朝慶曰："超拔乎衆萃之
中也。"○王叔岷曰："《孟子·公孫丑篇》：'拔乎其萃。'《後漢書·蔡邕傳》：
'曾不能拔萃出類。'"

"然地寒"三句，岡白駒曰："門寒身素，無世祚之資。"○桃井白鹿曰："長
年，長命也，《管子》'導血氣以求長年'是也。言門地寒酸，若非有長命，則不
得申其才能也。與下文'必不壽'相應。"○王叔岷曰："《管子·中匡篇》：'導
血氣以求長年。'陶淵明《讀史述七十二弟子章》：'回也早夭，賜獨長年。'"

"數年果亡"，田中頤曰："'果'與'必'字應。"

【彙評】

李贄曰："異哉，鍾氏也！"《初潭集》卷一。

方苞曰："'誠是才者，其地可遺'，鍾氏識過男子。"

陶珙曰："世以'相攸'爲擇壻雅詞，不知'求簡美對'四字尤爲切當也。"

13

賈充前婦，是李豐女。豐被誅，離婚徙邊。《婦人集》

曰："充妻李氏，名婉，字淑文。豐誅，徙樂浪。"後遇赦得還，充先已取郭配女。《賈氏譜》曰："郭氏，名玉璜[1]，即廣宣君也[2]。"武帝特聽置左右夫人。李氏別住外，不肯還充舍。《晉諸公贊》曰："世祖踐阼，李氏赦還，而齊獻王妃欲令充遣郭氏，更納其母。充不許，爲李氏築宅而不往來。充母柳氏將亡，充問所欲言者。柳曰：'我教汝迎李新婦尚不肯，安問他事！'"郭氏語充："欲就省李。"充曰："彼剛介有才氣，卿往不如不去[3]。"《充別傳》曰："李氏有淑性令才也。"郭氏於是盛威儀，多將侍婢。既至，入戶，李氏起迎，郭不覺腳自屈，因跪再拜。既反，語充，充曰："語卿道何物？"按《晉諸公贊》曰："世祖以李豐得罪晉室，又郭氏是太子妃母，無離絕之理，乃下詔勅斷，不得往還。"而王隱《晉書》亦云："充既與李絕婚，更取城陽太守郭配女，名槐。李禁錮解，詔充置左右夫人。充母柳亦敕充迎李。槐怒，攘臂責充曰：'刊定律令，爲佐命之功，我有其分。李那得與我並？'充乃架屋永年里中以安李[4]。槐晚乃知。充出，輒使人尋充。詔許充置左右夫人。充答詔，以謙讓不敢當盛禮。"《晉贊》既云世祖下詔不遣李還，而王隱《晉書》及《充別傳》並言詔聽置立左右夫人，充憚郭氏，不敢迎李。三家之説並不同，未詳孰是[5]。然李氏不還，別有餘故，而《世説》云"自不肯還"，謬矣。且郭槐彊狠[6]，豈能就李而爲之拜乎？皆爲虛也。

---

[1] "玉璜"，董刻本"玉"作"王"。王利器曰："凌本同，餘本'王'作'玉'。"

[2] "廣宣君"，張文柱曰："'宣'《晉書》作'成'。"李慈銘曰："郭氏先封廣城君，病篤改封宜城君，無'廣宣'之號。"王利器曰："《晉書·賈充傳》云：'充婦廣城君郭槐性妬忌。'又云：'惠帝即位，賈后擅權，加充廟備六佾之樂，母郭爲宜城君，及郭氏亡，謚曰宣。'《御覽》卷二○二引潘岳《宜城宣君誄》：'考終定謚，實曰宣君。'是郭氏先封廣城君，後改封宜城君，卒謚曰宣。此文'廣宣君'疑當作'宜城宣君'。"趙西陸曰："'廣'下脱'城'字。《晉書·賈充傳》：'及郭氏亡，謚曰宣。'"徐震堮曰："《晉書·賈充傳》作'充婦廣城君郭槐'，《御覽》二○二引潘岳《宜城宣君誄》，'宣'，其謚也。'廣'下疑奪'城'字。按趙萬里《漢魏六朝墓誌集釋》載《夫人宜成宣君郭氏之柩》謂槐字媛韶。'宜成'當作'宜城'，乃後之改封。"楊勇曰："宋本作'廣宣君'，非。郭氏或先封廣城君，後改封宜城也，但不當作'廣宣君'也。"

[3] "不去"，桃井白鹿曰："《晉書》'去'作'往'。"秦士鉉曰："《晉書》'不去'作'不往'。"

[4] "永年里"，恩田仲任曰："《晉書》作'永平里'。"秦士鉉曰："'永年'《晉書》作'永平'。"趙西陸曰："永年里，《蒙求注》上作'永平里'。"

[5] "未詳"，董刻本"未"作"木"。王利器曰："各本'木'作'未'，是。"

[6] "彊狠"，余嘉錫曰："'狠'景宋本作'很'。"

○“賈充前婦”至“左右夫人”

“遇赦得還”，余嘉錫曰：“當是以泰始元年十二月遇赦。其時充年四十八矣。齊王攸年已十九，李氏女必已爲齊王妃。”

“取郭配女”，楊勇曰：“趙萬里《漢魏六朝墓誌集釋》云：‘郭氏字媛韶，太原陽曲人，廿一歲出嫁賈氏，元康六年年六十卒。’據此推，知郭氏廿一歲，即正元元年，其年春二月李豐被誅，是充休李氏之當年，即續娶郭氏耳。”

“置左右夫人”，田中頤曰：“二婦俱無罪，雖然，賈以何德能刑二女，於是爲賈亦難矣。”○余嘉錫曰：“武帝素敬憚攸，故李自樂浪還後，帝以其王妃之母，不便令充離異。充又寵後妻而輕故劍，不肯聽其母之言，遣郭納李。帝亦不欲重違其意，乃調停其間，聽令兩妻並立。”

○“李氏別住”至“道何物”

“卿往不如不去”，岡白駒曰：“往不如不往。”○恩田仲任曰：“不去，不往也。”○田中頤曰：“去，亦猶往。”

“盛威儀多將侍婢”，田中頤曰：“欲以此抗剛介。”○朱鑄禹曰：“將，即攜或率也。”

“因跪再拜”，田中頤曰：“假固不能勝真。”

“語卿道何物”，大典顯常曰：“言吾向語卿道李何物耶？證前語云爾。”○秦士鉉曰：“我向告卿言何物乎？豈不爲此耶？果如我所言。何物，猶何等言也。”○吳承仕曰：“‘語卿道何物’，以今語譯之，當云：‘我曾告訴你説的是什麽？’‘何物’即‘什麽’，‘麽’即‘物’之聲轉。”余嘉錫引。

○注“婦人集曰”

“李氏名婉”，李詳曰：“案《隋書·經籍志》：‘梁有晉太宰賈充妻《李扶集》一卷。’是充妻之名扶也。”○劉盼遂曰：“按《隋志》注，晉太宰賈充妻《李扶集》一卷，不作‘婉’。”○余嘉錫曰：“李氏名字，劉注引《婦人集》甚明。‘婉’之與‘扶’，無因致誤。《隋志》有司徒王渾妻《鍾夫人集》一卷，此之‘李扶’，疑亦‘李夫人’之誤。下條注‘世稱《李夫人訓》’，可以爲證。”

“樂浪”，秦士鉉曰：“郡名，在遼東。”

○注“賈氏譜曰”

“郭氏名玉璜”，陳直曰：“洛陽出土賈充妻宜城宣君郭槐墓石，作夫人名槐字媛韶，太原陽曲人，父城陽太守諱配字仲南，春秋六十，元康六年卒。與本文作‘名玉璜’，有所不同。”《礼記》。○朱鑄禹曰：“注引王隱《晉書》云名槐，今《晉書》卷四十《賈充傳》亦名槐，豈郭有兩名耶？”

○注“晉諸公贊曰”

“世祖踐阼”，恩田仲任曰：“《正字通》曰：‘天子即位曰洰阼。’踐阼，即洰阼也。”

“教汝迎李新婦尚不肯”，桃井白鹿曰：“李新婦，即李氏也。或以‘李’爲句，‘新婦’指郭氏，非。”

○注“王隱晉書亦云”至“皆爲虛也”

“我有其分”，秦士鉉曰：“賈充定律佐命之時，郭槐爲婦，爲之内助，故曰‘分’，非預刊定之事。”

“那得與我並”，吳金華曰：“‘並’本是平等並列的意思，這裏引申作‘攀比’講，是口語詞。”《續稿》。

“不敢當盛禮”，秦士鉉曰：“盛禮，謂左右夫人也。”

“三家之説並不同”，余嘉錫曰：“三家之言皆是也。王隱《書》及《沖別傳》所言‘詔置左右夫人’，與《晉諸公贊》言‘世祖下詔，勅斷往還’，本非一時之事。傅暢與王隱等各記其所聞，雖不相通，而未嘗牴牾。孝標未能細心推勘，乃疑三家之説不同耳。”

【彙評】

王世懋曰：“駁是。”

李詳曰：“郭攘佐命之功，顧膺夫人之號，其舉可愧死，而當其時，固自得也。”《媿生叢録》卷二。按顧媚膺夫人號事，見余懷《板橋雜記》中卷。

余嘉錫曰：“武帝感充能爲晉爲成濟之事，及己之得立爲太子，充與有力，其待充乃如慈母之愛嬌子，務順適其意，惟恐不至。既爲創匹嫡之制，又寵樹其後妻，斷其結髮之恩，顛倒錯謬，未有如斯之甚者也！"

14

賈充妻李氏作《女訓》，行於世。李氏女，齊獻王妃；郭氏女，惠帝后。充卒，李、郭女各欲令其母合葬，經年不決。賈后廢，李氏乃祔葬，遂定。《晉諸公贊》曰："李氏有才德，世稱《李夫人訓》者。生女合[1]，亦才明，即齊王妃。"《婦人集》曰："李氏至樂浪，遺二女《典式》八篇[2]。"王隱《晉書》曰："賈后字南風，爲趙王所誅。"

〇"賈充妻"至"葬遂定"

"齊獻王妃"，桃井白鹿曰："李氏女荃爲齊獻王攸妃。攸，武帝弟也。"〇大典顯常曰："齊獻王攸，文帝子，其妃則充子，李氏所生。"

"充卒"，龔斌曰："賈充卒於太康三年四月，時年六十六。"

"賈后廢"，張萬起曰："賈后，賈充女，名南風，晉惠帝后。"〇龔斌曰："永康元年四月，梁王肜、趙王倫矯詔，廢賈后爲庶人。"

15

王汝南少無婚，自求郝普女。《郝氏譜》曰："普字道匡，太原襄城人。仕至洛陽太守[3]。"司空以其癡，會無婚處，任其意，

---

[1] "生女合"，程炎震曰："《晉書》四十九《充傳》云：'李氏生二女：裒、裕。裒一名荃，裕一名濬。'此'合'字，蓋即'荃'字之誤。"徐震堮《札記》曰："《晉書·賈充傳》：'生女荃，爲齊攸妃。'"

[2] "典式"，余嘉錫曰："兩《書》作'戒'或'誡'，而此作'式'，未知孰是。疑當作'誡'。"王利器曰："《初學記》卷四引賈充李夫人《典戒》，《玉燭寶典》卷一引李夫人《典誡》。這裏作'典式'疑誤。"

[3] "太原襄城人仕至洛陽太守"，程炎震曰："襄城不屬太原，洛陽亦無太守，皆有誤字。《御覽》四百九十引此事，云出《郭子》，注云：'郝氏，襄城人。父匡，字仲時，一名普，洛陽太守。'"

便許之。《魏氏志》曰〔1〕：“王昶字文舒，仕至司空。”既婚，果有令姿淑德。生東海，遂爲王氏母儀。或問汝南：“何以知之？”曰：“嘗見井上取水，舉動容止不失常，未嘗忤觀，以此知之。”《汝南別傳》曰：“襄城郝仲將，門至孤陋，非其所偶也。君嘗見其女，便求聘焉。果高朗英邁，母儀冠族。其通識餘裕，皆此類。”

○“王汝南”至“便許之”

“王汝南”，沈家本曰：“王湛，王昶子，字處仲，汝南太守。”《古書目》卷四。

“少無婚”，平賀房父曰：“漢以來多女家擇婿。汝南無求者，故久無室。”

“自求郝普女”，程炎震曰：“王昶卒時，湛才十一歲，豈能自覓婦耶？”

“司空以其癡”二句，秦士鉉曰：“會，猶必也。”○崔朝慶曰：“會無婚處，言正因無從求婚處也。”○張萬起曰：“婚處，婚配對象。《世説》中屢見，如‘下官中先得婚處’（《方正》），‘那得至今未有婚處’（《假譎》）。”

“任其意便許之”，秦士鉉曰：“雖郝氏門地孤陋，非其偶，而任其意，便許之。”

○“既婚”至“以此知之”

“東海”，徐震堮曰：“王承官東海太守。”

“何以知之”，崔朝慶曰：“言何以知郝氏女之令淑也。”

“未嘗忤觀”，岡白駒曰：“忤，逆也。”○平賀房父曰：“忤觀，蓋謂彷徨回視而失儀也。”○田中頤曰：“此謂正視其物，而目又不逆他物而移觀也。”○秦士鉉曰：“《漢書》：‘目不忤視。’《北魏志》：‘郡臣忤視者，鑿其目。’”○崔朝慶曰：“言容貌未嘗違失也。”○朱鑄禹曰：“未嘗彷徨回頭，怒目相視，蓋承上文舉止安詳、不失常度而言。”○張萬起曰：“忤觀，逆視，舉目直視。”○龔斌曰：“不旁觀逆視也。《漢書》六八《金日磾傳》‘目不忤視’顏師古注：‘忤，逆也。’”

〔1〕“魏氏志”，何焯曰：“‘氏’字衍。”葉德輝曰：“袁本與此同。按‘氏’字誤衍。”王利器曰：“‘氏’字疑衍，今《三國志》有《王昶傳》。”

○注“汝南別傳曰”

“郝仲將”，秦士鉉曰：“仲將，蓋普字。《譜》作‘道匡’，未詳孰是。”○余嘉錫曰：“《郝氏譜》云‘譜字道匡’，而此稱‘郝仲將’，《郭子》注又云‘匡字仲時’。‘時’‘將’二字，必有一誤，以其名匡推之，疑作‘時’爲是。”

【彙評】

方苞曰：“井上取水，舉動容止不失常度。一見求聘，獨具只眼。”

16

王司徒婦，鍾氏女，太傅曾孫[1]，《王氏譜》曰：“夫人，黃門侍郎鍾琰女。”亦有俊才女德。《婦人集》曰：“夫人有文才，其詩賦頌誄行於世。”鍾、郝爲娣姒[2]，雅相親重。鍾不以貴陵郝，郝亦不以賤下鍾。東海家內，則郝夫人之法；京陵家內，範鍾夫人之禮[3]。

○“王司徒婦”至“夫人之禮”

“亦有俊才女德”，凌濛初曰：“此‘亦’字承上來，《補》亦溷列。”○大典顯常曰：“‘亦’字映上‘王汝南’章。”○田中頤曰：“配稱郝氏，‘亦’之也。”

“鍾郝爲娣姒”，大典顯常曰：“兄弟之妻相謂曰娣姒。以年長爲姒，少爲娣，不以夫之長幼名也。”○趙西陸曰：“鍾琰，王渾妻；郝氏，郝普女，王湛妻。渾、湛爲兄弟，鍾、郝爲妯娌。娣姒即妯娌。”

---

[1] “王司徒婦”三句，趙西陸曰：“敦煌古寫本《殘類書·貞烈部》引作‘司徒王胄之婦，即是太尉鍾繇之女’，下無‘亦’字。”徐震堮曰：“本篇一二注作‘太傅繇之孫’。”
[2] “鍾郝爲娣姒”，趙西陸曰：“《殘類書》引作‘而鍾氏與郝女爲娣姒’。”
[3] “東海家內”四句，趙西陸曰：“《殘類書》‘法’作‘令範’，‘範’作‘則’，‘禮’作‘軌儀’。”

“東海家内”四句，劉應登曰：“承爲東海守，渾封京陵侯。”○余嘉錫曰：“渾之官以司徒爲重，不應忽稱其世爵。余謂此亦指其子孫襲封者言之也。考《晉書・渾傳》，渾子濟嗣，先渾卒。子卓，字文宣，嗣渾爵，拜給事中。卓名不顯，故《世說》但稱爲京陵侯之家耳。”○趙西陸曰：“《晉書・列女傳》曰：‘禮儀法度爲中表所則。’東海，指王承，王湛與郝氏所生子承，官東海太守。京陵，指王渾，襲京陵侯。”○朱鑄禹曰：“蓋謂王承閨門之内以郝之法爲則，而王渾家則以鍾之禮爲範也。”

○注“王氏譜曰”

“鍾琰女”，桃井白鹿曰：“‘琰’當作‘徽’。”○李慈銘曰：“《晉書・列女傳》：‘琰父徽，黃門侍郎。’《三國志》繇孫名見者，曰豫，封列侯；曰駿，嗣爲定陵侯；（毓七子，而毓弟會傳又有兄子峻，蓋即一人。）曰邕；曰毅；曰迅。邕、毅皆隨鍾會死於蜀。徽又一人也。琰是鍾夫人名，此注誤。”《簡端記》。○程炎震曰：“‘琰’當作‘徽’。”○王利器曰：“本門上文‘王渾妻鍾氏生女令淑’條注引《王氏譜》：‘鍾夫人名琰之，太傅繇之孫。’《晉書・列女傳》：‘王渾妻鍾氏，字琰，潁川人，魏太傅繇曾孫也。父徽，黃門郎。’此注誤，當云：‘夫人名琰，黃門侍郎鍾徽女。’”○徐震堮曰：“案夫人名琰，不應父女同名。《晉書・列女傳》作‘父徽，黃門郎’。《魏志・鍾繇傳》：‘子毓、會。’《鍾毓傳》：‘子駿嗣。’《鍾會傳》不言有子，但言兄子邕隨會俱死，會所養兄子毅及峻、迅等下獄當伏誅，下詔特原峻、迅兄弟。並無名‘徽’或‘琰’者，竟不知夫人之父爲誰。”

○注“婦人集曰”

“詩賦頌誄行於世”，文廷式曰：“《初學記》卷三引鍾夫人詩曰：‘冽冽季冬，素雪其霏。’《類聚》九十二有鍾夫人《鶯賦》。《晉書藝文志》丁部。○趙西陸曰：“《隋書・經籍志》：‘梁有司徒王渾妻《鍾夫人集》五卷，亡。’《唐志》作二卷。”

【彙評】

劉辰翁曰：“兩婦著書。”凌濛初按曰：“諸本俱於‘家内’下句，劉本獨於‘則’

'範'下句，意《內則》《內範》是王家兩部女書也，故須溪云然。然無據，未知孰是。"又《批補》作"兩婦著言爲娣姒"，"著言"或作"相謂"，秦士鉉按曰："以《內則》《內範》爲書名，固無所考，又'相謂'二字誤爲'著言'，亦非。"

17

李平陽，秦州子，李重，已見。《永嘉流人名》曰："康字玄冑[1]，江夏人，魏秦州刺史[2]。"中夏名士。于時以比王夷甫。孫秀初欲立威權，咸云："樂令民望不可殺[3]，減李重者又不足殺。"《晉諸公贊》曰："孫秀字俊忠，琅邪人。初，趙王倫封琅邪，秀給爲近職小吏。倫數使秀作書疏，文才稱倫意。倫封趙，秀徙戶爲趙人，用爲侍郎，信任之。"《晉陽秋》曰："倫篡位，秀爲中書令，事皆決於秀。爲齊王所誅。"遂逼重自裁。初，重在家，有人走從門入，出鬢中疏示重。重看之色動，入內示其女，女直叫"絕"。了其意，出則自裁。按諸書皆云[4]："重知趙王倫作亂，有疾不治，遂以致卒。"而此書乃言自裁，甚乖謬。且倫、秀兇虐，動加誅夷，欲立威權，自當顯戮，何爲逼令自裁？此女甚高明，重每咨焉。

　　○"李平陽"至"逼重自裁"

　　"李平陽秦州子"，大典顯常曰："《晉書》列傳十六：李重，字茂曾，江夏鍾武人，自本國中正累遷至廷尉，再遷中書郎，後出爲平陽太守。"

　　"中夏"，恩田仲任曰："猶言中國。"

　　"民望"，沈濤曰："《魏敬史君碑》陰有'民望二十餘人'，錢少詹跋尾云：

---

〔1〕"康字玄冑"，秦士鉉曰："'康'《晉書》作'景'。'康'舊作'重'，誤。"李慈銘曰："'康'當作'秉'，已見前。"徐震堮《札記》曰："《晉書·李重傳》作：'父景，秦州刺史，都亭定侯。'"王利器曰："《三國·魏志·李通傳》注引王隱《晉書》：'緒子秉，字玄冑，有雋才，爲時人所貴，官至秦州刺史。'此文'康'字就是'秉'形近錯的。"
〔2〕"秦州"，秦士鉉曰："'秦'一作'泰'。"
〔3〕"民望"，董刻本"民"作"氏"。
〔4〕"諸書"，董刻本無"諸"字。

'民望，其義未詳，多至二十餘人，蓋非官職之稱。'案'民望'謂民人有鄉里之望者，猶今人言俊秀也。《張猛龍碑》陰有'魯郡士望等二十餘人'，亦是其類。此碑又有'都民望陳樹'，當是尤其矯矯者。"《熨斗齋》卷八。

"減李重者又不足殺"，平賀房父曰："言樂廣有名望，故不可殺。其他減於李重者，亦不足殺也。"○田中頤曰："言李名士之居中者，而但此人不可不殺也。"○徐震堮曰："減，不及也。"

○"初重在家"至"重每咨焉"

"重看之色動"，田中頤曰："心徒異之。"○張萬起曰："色動，臉色變了。"

"女直叫絕"，田中頤曰："了其意，故不堪悲哀而叫絕也。"○徐震堮曰："'直'作'但'解。"《釋義》。○楊勇曰："'叫絕'，即叫窮，喚奈何，皆絕極、窮盡時之呼喚。"

"出則自裁"，桃井白鹿曰："箋中疏蓋不顯言，有可怪詞，故李重看之色動，入示其女。女解疏義，直叫'絕'，重乃了其意，出則自殺也。"秦士鉉按曰："此以二'自裁'屬李重。'出則'之'則'訓'而'。一說，女子使重自殺之意，及重出，女亦在內自殺。"○大典顯常曰："出，平陽出也；自裁，女自裁也。"○程炎震曰："李重之死，本傳云'永康初'，永康止一年，故《通鑒》繫之元年。"○趙西陸曰："《晉書·李重傳》：'永康初，趙王倫用爲相國左司馬，以憂逼成疾而卒，時年四十八。'"

"重每咨焉"，田中頤曰："此卻語女平素高明，故重每事咨問，而行莫所不宜，以歸重於女也。"○秦士鉉曰："此女高明，重每咨問諸事，故示之也。"

○注"按諸書皆云"

"此書乃言自裁"，王世懋曰："駁是。"○秦士鉉曰："見'謝公與諸賢共賞說'注。"○李慈銘曰："前《品藻篇》亦有'仰藥自裁'之言，則重之死，當時固有異論。"《簡端記》。○徐震堮曰："《晉書》本傳：'永康初，趙王倫用爲相國左司馬，以憂逼成疾而卒。'與孝標語合。"○龔斌曰："'自裁'說僅見於李弘度。弘度爲李重之姪，說當可信，故《世說》采之。"

【彙評】

劉辰翁曰："咸語大毒，害事。"

18

周浚作安東時，行獵，值暴雨，過汝南李氏。李氏富足，而男子不在[1]。有女名絡秀，聞外有貴人，與一婢於內宰豬羊[2]，作數十人飲食，事事精辦，不聞有人聲。密覘之，獨見一女子，狀貌非常，浚因求爲妾。父兄不許，絡秀曰："門戶殄瘁，何惜一女？若連姻貴族，將來或大益。"父兄從之。《八王故事》曰："浚字開林，汝南安城人[3]。少有才名。太康初，平吳，自御史中丞出爲揚州刺史。元康初，加安東將軍。"遂生伯仁兄弟。絡秀語伯仁等："我所以屈節爲汝家作妾，門戶計耳。按《周氏譜》："浚取同郡李伯宗女。"此云爲妾，妄耳。汝若不與吾家作親親者，吾亦不惜餘年！"伯仁等悉從命。由此李氏在世，得方幅齒遇[4]。

○"周浚作"至"伯仁兄弟"

"作安東"，桃井白鹿曰："作安東將軍。"

"門戶殄瘁"，田中頤曰："殄，絕也。瘁，猶衰也。此與下'語伯仁'襯接。"○王叔岷曰："《詩‧大雅‧瞻卬》：'邦國殄瘁。'毛傳：'殄，盡；瘁，病也。'王念孫云：'殄、瘁，皆病也。《周官‧稻人》：夏以水殄草而芟夷之。鄭注：殄，病也。'（《經義述聞》七）"

"將來或大益"，蒙思明曰："所謂'大益'，大概就是要求世族周氏的提拔吧。"《社會》頁五八。

---

[1] "男子不在"，桃井白鹿曰："《晉書》：'會其父兄不在。'"

[2] "豬羊"，董刻本"豬"作"猪"。

[3] "安城"，王利器曰："案《晉書‧周浚傳》：'周浚字開林，汝南安成人也。'《晉書‧地理志上》豫州汝南郡亦作'安成'。此注作'安城'，錯了。"趙西陸："'安城'當作'安成'。《晉書‧地理志上》豫州汝南郡有安成。"楊勇曰："宋本作'安城'，非。《晉書‧周浚傳》作'安成'，是。"

[4] "由此李氏在世"二句，李詳曰："'得方幅齒遇'《晉書‧列女‧李氏傳》作'得爲方雅之族'。"徐震堮《札記》曰："《晉書‧列女傳》作'由此李氏遂得爲方雅之族'。"

"生伯仁兄弟"，程炎震曰："伯仁死於永昌九年壬午，年五十四，則生於泰始五年己丑。開林若於元康初爲安東始納絡秀，伯仁已二十餘歲。此之誣妄，不辨可明。孝標更以譜證之，尤爲堅據。《晉書》乃猶取入《列女》，誤矣。"

○"絡秀語"至"不惜餘年"

"門户計耳"，田中頤曰："即爲'殄瘁'計耳。"

"作親親"，秦士鉉曰："親親，即親也。六朝人有此語。"○郝懿行曰："'親親'即親戚，當時方言耳。《世説‧賢媛篇》'汝若不與吾家作親親者'，言與吾家作親戚也。《宋書‧王鎮惡傳》：'鎮惡軍人與毅東來將士，或有是父兄子弟中表親親者。'《孝義‧蔣恭傳》：'晞張妻息是婦之親親。'"《宋瑣語‧言詮》。○朱鑄禹曰："重文以加重語氣。"○周一良曰："'親親'，與'親戚'同，泛指同姓（包括兄弟）及異姓而言也。'作親親'猶言作親戚相往來也。"《史札》頁二一。

"不惜餘年"，大典顯常曰："言欲死也。"○田中頤曰："言死也。是誓約之辭。"

○"伯仁等"至"方幅齒遇"

"得方幅齒遇"，劉應登曰："方幅，猶言幅員也，即天下。"○劉辰翁曰："方幅者，四面看得一樣也。"○李贄曰："四面一樣，皆得齒及。"○郝懿行曰："方幅者，當時方言，猶今語云'公然'也。《世説》曰：'王中郎以圍棋爲手談，故其在哀制中，祥後客來，方幅會戲。'《宋書‧武三王義季傳》云：'本無驅馳平原，方幅爭鋒理。'《吳喜傳》云：'不欲方幅露其罪惡。'與此皆同。"《晉宋書故》。余嘉錫按曰："此郝氏《晉宋書故》之説也，其實出於意測，殊非確詁。如《世説》此條，若解作'由此李氏在世，得公然齒遇'，已不成語。又如《周禮‧宰夫》注：'若今時舉孝廉方正。'賈疏曰：'方正者，人雖無別行，而有方幅正直者也。'《真誥稽神樞》第一敍大茅山事云：'至齊初，乃敕句容人王文清仍立此館，號爲崇玄。開置堂宇廂廊，殊爲方幅。'皆不得解爲'公然'也。"○岡白駒曰："齒，並也，言凡爲李氏親族者並得寵遇也。劉云'方幅者四面看得一樣'，是也。"○桃井白鹿曰："齒，列也。以爵位相次列，亦名爲齒，《左傳》'寡人若朝於薛，不敢與諸任齒'是也。晉時周氏爲甲族，周氏之所同列，則諸貴不得不同列，故曰'得方幅齒遇'也。"○大典顯常曰："方幅，言無缺遺也。齒遇，以輩行相待遇也。"○恩田仲任曰："齒遇，以年齒相對遇。"○田中頤曰："'方幅'與上'連姻'

及‘親親’應，謂四方邊幅相屬也。齒，列也。是得公然同列之遇也。”○陳僅曰：“此處及注引《語林》：‘祥後客來方幅會戲。’方幅謂方袍幅巾，猶言衣冠也。”《捫燭脞存》卷十二。王佩諍按曰：“陳說是也。”○余嘉錫曰：“蓋截木爲方，裁帛爲幅，皆整齊有度。故六朝人謂凡事之出於光明顯著者爲方幅。此言‘方幅齒遇’，猶言正當禮遇之也。”○徐震堮曰：“‘方幅’二字乃當時口語，有明白正當之意。《巧藝門》‘王中郎以圍棋爲坐隱’條注引《語林》亦有‘祥後客來方幅會戲’之語。《南史·臨汝侯坦之傳》：‘帝夜遣內左右密賂文季，文季不受。帝大怒。坦之曰：官若詔敕出賜，令舍人主書送往，文季寧敢不受。政以事不方幅，故仰遣耳。’意皆相近。《晉書》不解當時口語，往往以意改易，如此者甚衆。”《札記》。又曰：“蓋‘方幅’本意指形體方整，引申爲正大、正當、公然諸義。此處‘方幅齒遇’，猶今言正當待遇。”○王佩諍曰：“《南史·徐勉傳》：‘吾清明門宅既失西廂，不復方幅。’《北史·樊子蓋傳》：‘宜選賢良宿德有方幅者教習之。’‘方幅’正與裴松之注陳壽《三國志》所謂‘單家寒門’者互相對待。”○周一良曰：“（‘方幅’）蓋由規矩、齊整引申而爲正規、正式之意，再轉而爲公然。”《史札》頁三○○。按“方幅”義參見《巧藝篇》“王中郎以圍棋爲坐隱”條。

○注“按周氏譜”至“妄耳”

《周氏譜》，沈家本曰：“周浚，汝南安城人。此與前《周氏譜》之籍陳郡者不同。”《古書目》卷四。按前《周氏譜》見《德行篇》“郗公值永嘉喪亂”條注。

“此云爲妾”，張端木曰：“《譜》或諱言作‘妾’，未可據以駁《世說》也。”○朱鑄禹曰：“案《晉書》卷六十一《周浚傳》云：‘鄉人史曜素微賤，衆所未知，浚獨引之爲友，遂以妹妻之，曜竟有名於世。’然則浚之妻爲史氏，而絡秀爲妾或非無據，而《周氏譜》諱之歟？”龔斌按曰：“《周浚傳》乃謂浚以妹妻史曜，非謂史曜以妹妻周浚。”

【彙評】

李贄曰：“此婦求夫，求勢力也。”《初潭集》卷一。○曰：“好女子，與文君奚殊也？有好女子便立家，何必男兒？”同上。

　　陶公少有大志，家酷貧，與母湛氏同居。同郡范逵素知名，舉孝廉，<small>逵未詳。</small>投侃宿。于時冰雪積日，侃室如懸磬，而逵馬僕甚多。侃母湛氏語侃曰：“汝但出外留客，吾自爲計。”湛頭髮委地，下爲二髲，<small>一作髦。</small>賣得數斛米，斫諸屋柱，悉割半爲薪，剉諸薦以爲馬草。日夕遂設精食，從者皆無所乏。逵既歎其才辯，又深愧其厚意。明旦去，侃追送不已，且百里許。逵曰：“路已遠，君宜還。”侃猶不返，逵曰：“卿可去矣！至洛陽，當相爲美談。”侃迺返。逵及洛，遂稱之於羊晫〔1〕、顧榮諸人，大獲美譽。《晉陽秋》曰：“侃父丹〔2〕，娶新淦湛氏女〔3〕，生侃。湛虔恭有智算，以陶氏貧賤，紡績以資給侃，使交結勝己。侃少爲尋陽吏，鄱陽孝廉范逵嘗過侃宿，時大雪，侃家無草，湛徹所臥薦剉給。陰截髮，賣以供調〔4〕。逵聞之歎息。逵去，侃追送之。逵曰：‘豈欲仕乎？’侃曰：‘有仕郡意。’逵曰：‘當相談致。’過廬江，向太守張夔稱之。召補史，舉孝廉，除郎中。時豫章顧榮或責羊晫曰〔5〕：‘君奈何與小人同輿？’晫曰：‘此寒俊也。’”王隱《晉書》

---

〔1〕　“羊晫”，徐震堮《札記》曰：“《晉書》本傳‘羊晫’作‘楊晫’。”

〔2〕　“侃父丹”，余嘉錫曰：“‘侃父丹’下沈本有‘吳揚武將軍’五字。”何焯校同。楊勇曰：“沈校及《晉書·陶侃傳》有‘吳揚武將軍’字。”

〔3〕　“湛氏女”，朱鑄禹曰：“（沈校本）無‘女’字。”

〔4〕　“供調”，吳金華《考釋》曰：“‘供調’應當是‘供設’之誤。《説文解字》：‘供，設也。’‘供設’連文，特指陳設飲食或物品，是漢魏六朝常語。”頁一八二。

〔5〕　“豫章顧榮或責羊晫”，王世懋曰：“注‘顧榮’下有刊落。”岡白駒曰：“‘豫章’下有刊落。‘羊晫’《晉》作‘楊晫’，未知孰是。”大典顯常曰：“《晉書》曰：侃至洛陽，時郎中令楊晫，侃州里也，侃詣之，晫與同乘見中書郎顧榮，榮甚奇之。吏部郎溫雅謂晫曰：‘奈何與小人共載？’晫曰：‘此人非凡器也。’此所云即此事，而有刊落。”程炎震曰：“《晉書》云：時豫章國郎中令楊晫，侃州里也，爲鄉論所歸。侃詣之，晫曰：‘《易》稱貞固足以幹事，陶士行是也。’與同乘，見中書郎顧榮。此注有脫文。”徐震堮《札記》曰：“案‘顧榮’上有闕文。《晉書》本傳曰：‘楊晫與同乘見中書郎顧榮，榮甚奇之。吏部郎溫雅謂晫曰：奈何與小人共載？’”余嘉錫曰：“此注所引《晉陽秋》，初不言羊晫事，而忽云或則晫與小人同載，語意突兀。且‘豫章顧榮’四字，亦無着落。蓋由宋人妄刪，原文必不如此。”王利器曰：“案《晉書》本傳云云，此注有脫落，當據本傳補正。”楊勇曰：“顧榮，吳國吳郡人；今謂‘豫章’，其間必有脫文。”

曰：“侃母既截髮供客，聞者歎曰：‘非此母不生此子。’乃進之於張夔〔1〕。羊晫亦簡之。後晫爲十郡中正〔2〕，舉侃爲鄱陽小中正，始得上品也。”

○“陶公少有”至“馬僕甚多”

“范逵素知名”，田中頤曰：“爲下言‘稱之諸人’作地。”○崔朝慶曰：“晉范逵，鄱陽人。史書無逵之他事蹟，而逵能結交當世名流，陶公且賴以顯達，逵必未爲官而早卒也。”

“室如懸磬”，王觀國曰：“似懸空器，若家徒四壁之義也。”《學林》卷一。○虞兆湰曰：“蓋磬之縣者，中高而兩旁下，其間空洞無物，今人民貧乏，家無儲蓄，止餘屋舍，屋脊高起而兩簷下垂，望之適如磬形也。”《天香樓偶得》。○岡白駒曰：“《左傳》‘磬’作‘罄’，古文通用。”○大典顯常曰：“《左傳》僖公二十六年：‘室如懸罄。’杜注：‘如，而也。懸，音玄。罄，盡也。’服虔曰：‘言室屋皆廢撤，榱橑有如懸磬。’孔晁曰：‘懸磬，但有桷，無覆蓋。’”○恩田仲任曰：“如垂一器空中無物，若家徒四壁之義。”○秦士鉉曰：“韋昭云：‘懸罄，言府藏空虛如懸罄也。’《通藝録》：‘有室如懸磬之圖。’蓋此室如懸磬，猶言徒四壁立。”○顧大韶曰：“家徒四壁立，貧之極也，然猶有四壁也。至室如懸磬，則止有梁柱，如磬之懸，蓋並其四壁而無之矣。”《炳燭齋隨筆》。○崔朝慶曰：“懸磬，器中空也，喻家之匱乏。”○王叔岷曰：“《國語·魯語上》：‘室如懸磬。’”

○“侃母湛氏”至“大獲美譽”

“下爲二髲”，大典顯常曰：“《詩·鄘風》：‘不屑髢也。’疏：‘髢一名髲，益髮也。髮少則以髢益之。’《春秋傳》：‘衛莊公見己氏之妻髮美，使髡之，以爲呂姜髢。’髲，皮意切。”○崔朝慶曰：“下，剪下也。髲，益髮也，因髮少，聚他人髮益之也。”○朱鑄禹曰：“髲，即今所謂假髮也。”

“剉諸薦”，恩田仲任曰：“《正字通》曰：‘槀曰薦，莞曰席。’”

“深愧其厚意”，蔡鏡浩曰：“‘愧’並非慚愧之義，而爲感謝之義。此義由前者引申而來。”《札記》。

“且百里許”，張萬起曰：“且，將近。”

---

〔1〕 “乃進之於張夔”，董刻本“夔”作“逵”。秦士鉉曰：“‘乃進’上疑脫‘逵’字。”朱鑄禹曰：“袁本作‘夔’是。”
〔2〕 “十郡”，桃井白鹿曰：“‘十郡’當作‘本郡’。”周一良《批校》曰：“當作‘本郡’。”

“羊晫”，崔朝慶曰：“羊晫，侃州里也。《晉書》作‘楊晫’，豫章國郎中令，後爲十郡中正。”

○注“晉陽秋曰”

“娶新淦湛氏女”，李詳曰：“《晉書·列女·湛氏傳》：‘侃父丹娉爲妾。’與《晉陽秋》異，然云‘娉’，似非妾稱。”

“交結勝己”，大典顯常曰：“與勝己者結交也。”

“賣以供調”，吳金華曰：“‘供調’當是‘供設’之誤。《説文解字》：‘供，設也。’‘供設’連文，特指陳設飲食或物品，是漢魏六朝常語。”《考釋》頁一八二。

“豫章顧榮或責羊晫”，參見校文。周一良曰：“顧榮非豫章人，當從此傳作溫雅爲是。溫氏太原望族，故目寒族出身之陶侃爲小人。顧榮雖是吳中高門，然在洛陽則地位未必高於來自南方之陶士行也。”《史札》頁六八。

○注“王隱晉書曰”

“羊晫亦簡之”，桃井白鹿曰：“簡，書也。與書於張而稱侃也。”○恩田仲任曰：“簡之，簡擇也。”

“始得上品”，恩田仲任曰：“上品，猶言入流。品，流品也。”○秦士鉉曰：“上品，猶就官也。”

◎余嘉錫曰：“《御覽》二百六十五引《晉書》曰：‘楊晫、陶侃共載詣顧榮。州大中正溫雅責晫與小人共載，晫曰：‘江州名少風俗，卿已不能養進寒儁，且可不毀之。’楊晫代雅爲大中正，舉侃爲鄱陽小中正。’其事與今《晉書》同而文異。《職官分紀》四十引作王隱《晉書》，是也。”

【彙評】

劉辰翁曰：“富貴可致，此髮不可爲也。”

方弘靜曰：“陶士行之賢也，羊晫與之遊。或責之曰：‘奈何與小人同輿？’魏晉以來，舉士不以才而以地，故上品無寒門。陶母截髮供客，乃致美譽耳。當是時，非上智中立之士，惡能遯世無悶哉？今時以科第爲羅，寒俊足以自振，士生斯世幸矣，而不能處於不兢之地，則士負時也。”《千一録》卷十四。○曰：“史載陶侃母湛氏截髮供客事，以爲美談，曰非此母不生此子，可謂有智算矣。余殊不取其客與其子也。夫范逵與侃同郡，寧不知其家酷貧？乃冰雪投宿，僕馬甚多，使其母截髮供之，何其忲也。侃送客百里猶不返，匪德行是依，乃欲干仕進耳。自道觀之，宜目之市交，胡可稱也！君子在旅而貞，不宜煩人；在困而亨，不宜附人。故客如郭林宗者賢矣，吾不與逵；主如茅容者賢矣，吾不與侃。"同上卷二十五。

李贄曰："此婦教子求功名也。"《初潭集》卷二。

張端木曰："晉時髮價如此貴耶？二髮得幾許米，乃能供給饌乏？"

凌濛初曰："不堪再遇一客。"

鍾惺曰："侃母截髮饌賓，爲其子仕進津逮之地，蓋直以一片苦心，感勵其子，亦是大很人。有此母不患無此子。侃果以范逵薦爲廬江太守。張夔督郵，夔妻有疾，侃犯雪迎醫數百里外，以英雄而執臣僕之役，負有用之才，屈身事人，以求必用，即師其母截髮之意也。"《史懷》卷十九。

田中頤曰："厚意無尚，誰不感歎！"

焦袁熹曰："史稱陶侃母湛氏髮委地，下爲二髮，賣得數斛米，設精食待客，僕從俱無乏。湛髮雖極豐美，而二髮何以得易米如此之多也？吾意爾時婦女競尚修飾，務於華侈，不惜重費買之，故髮價貴且易售邪？不然恐傳聞之辭，不能無少過矣。"《此木軒雜著》卷二。

20

　　陶公少時[1]，作魚梁吏，嘗以坩鮓餉母[2]。母封鮓付使，反書責侃曰："汝爲吏，以官物見餉，非唯不益[3]，

---

〔1〕"陶公"，楊勇曰："《類聚》七二，《書鈔》一四六，《御覽》七五八、八六二引《世說》並作'陶侃'。"

〔2〕"坩鮓"，黃丕烈曰："'鮓'作'鮺'。"唐鴻學曰："鮺，《說文》：'臧魚也。從魚，差省聲。'"余嘉錫曰："'鮓'景宋本及沈本俱作'鮺'。"王叔岷曰："《書鈔》一四六引'鮺'作'鮓'，下同。"又，楊勇曰："'坩'上《類聚》七二，《書鈔》一四六，《御覽》七五八、八六二引《世說》並有'一'字。"

〔3〕"非唯不益"，王叔岷曰："《藝文類聚》七二、《御覽》七五八及八六二皆引作'非唯不能益吾'。"

乃增吾憂也〔1〕。"《侃別傳》曰："母湛氏，賢明有法訓。侃在武昌，與佐吏從容飲燕，常有飲限〔2〕。或勸猶可少進，侃悽然良久曰：'昔年少，曾有酒失，二親見約，故不敢踰限。'及侃丁母憂〔3〕，在墓下，忽有二客來弔，不哭而退，儀服鮮異，知非常人。遣隨視之，但見雙鶴沖天而去〔4〕。"《幽明錄》曰："陶公在尋陽西南一塞取魚，自謂其池曰鶴門。"按吳司徒孟宗為雷池監〔5〕，以鮓餉母，母不受。非侃也。疑後人因孟假為此說。

○ "陶公少時"至"增吾憂也"

"以坩鮓餉母"，岡白駒曰："坩，土器也，大受五升。鮓，藏魚也，魚醢之大臠者。"○恩田仲任曰："坩，土器。《正字通》曰：'盛物器。'"○秦士鉉曰："鮓，與'鮺'同。《晉書》作'鮺'，藏魚也。"○章太炎曰："《說文》：'鮺，藏魚也。'側下切，字亦作'鮓'。《淮南》言'鮺'如字，《廣韻》'鮺'音如想。今浙江謂藏魚為鮺。"《新方言》六。○程炎震曰："《晉書·湛氏傳》：'以一坩鮺遺母。'《音義》：'坩，苦甘反。'《玉篇》：'坩，口甘切，土器也。'《廣韻》二十三談：'坩，坩甊，苦甘切。'"又曰："《說文》：'鮺，藏魚也。南方謂之鱻，北方謂之鮺。一曰大魚為鮺，小魚為鱻。從魚，差省聲。'《玉篇》：'鮺，仄下切，藏魚也。鮓同上。'《廣韻》三十五馬：'鮓，《釋名》曰：鮓，菹也。以鹽米釀魚以為菹。側下切。'《御覽》八百三十四謝玄《與兄書》：'昨日疏成後出鈞，手所獲魚，以為二坩鮓，今奉送。'又八百六十二《與婦書》略同。"○唐鴻學曰："坩，土器也。《廣韻》。"○陳直曰："長沙發掘報告，兩漢墓葬中有'魚鮓一斛'封泥匣題字。長沙砂子塘西漢木槨墓中，亦發現有'魚鮓一笱'封泥匣題字，蓋楚人善制魚鮓及干魚也。"《禮記》。○王叔岷曰："《說文》作'鮺'，云：'鮺，藏魚也。從魚，差省聲。'段注：'俗作鮓。《釋名》曰：鮓，菹也。以鹽米釀魚為菹，孰而食之也。'"

"以官物見餉"，田中頤曰："即為魚梁吏，故曰官物。"

---

〔1〕 "乃增"，楊勇曰："'乃'下《類聚》七二，《書鈔》一四六，《御覽》七五八、八六二引《世說》並有'以'字。"
〔2〕 "常有飲限"，余嘉錫曰："沈本作'飲常有限'。"
〔3〕 "丁母憂"，趙西陸曰："古寫本修文《御覽》殘卷引、《事類賦》十六引《陶侃別傳》'憂'作'艱'。"
〔4〕 "沖天而去"，趙西陸曰："古寫本修文《御覽》殘卷'沖天而去'作'飛而沖天'。"
〔5〕 "雷池監"，恩田仲任曰："雷池監，《吳錄》曰：'為監魚池司馬。''雷池'恐'魚池'之誤。"

○注“幽明録曰”至“假爲此説”

“陶公在尋陽西南一塞取魚”，恩田仲任曰：“胡三省曰：‘編竹木斷水取魚也。’《類篇》作‘篧’。”○周一良曰：“有所謂溪人者，多以漁釣爲業，如唐代蠻蜑漁蜑之比。劉敬叔《異苑》云：‘釣磯山者，陶侃嘗釣於此山下水中，得一織梭，還挂壁上。有頃雷雨，梭變成赤龍，從空而去。其山石上猶有侃跡存焉。’《晉書》本傳亦載此事。劉孝標注引《幽明録》云云，是陶公出身微賤，少時以漁釣爲事。”《政策》，《論集》頁五一。

“鶴門”，王謨曰：“《通志》：‘九江府城西十五里有鶴問湖，世傳晉陶侃擇地葬母，至此遇異人，云前有牛眠處可葬，已而化鶴飛去。’鶴問，當作‘鶴門’。劉義慶《幽明録》云云，是亦陶侃故事，後人因以名湖矣。”《江西考古録》卷四。

“吳司徒孟宗”，程炎震曰：“孟宗事見《孝子傳》，《御覽》六十五《雷水部》引之。”○余嘉錫曰：“《類聚》七十二引《列女後傳》曰：‘吳光禄勳孟宗爲監魚池司馬。罷職，道作兩器鮓以歸奉母。母怒之，曰：‘吾老，爲母戒言，唯聽飲彼水，何吾言之不從也？’宗曰：‘於道作之，非池魚也。’母曰：“汝爲主魚吏，而獲鮓以歸，豈可家至户告耶？”乃還鮓於宗。宗伏，謝罪，遂沈鮓於江。’”○龔斌曰：“作雷池監之孟宗，即孟嘉曾祖父也。《吳録》、袁宏《孟處士銘》、陶淵明《孟府君傳》皆言孟宗爲司空，當可信也。孝標稱‘司徒’，疑誤記。”

“雷池監”，胡三省曰：“雷池即在大雷之東，今池州界。《水經注》：‘青林水西南歷尋陽，分爲二。’”《通鑒·晉紀十五》注。○余嘉錫曰：“此注作‘雷池監’，而《列女後傳》作‘監魚池司馬’，彼此不同。《三國志·孫皓傳》：‘建衡三年，司空孟仁卒。’注引《吳録》曰：‘仁字恭武，江夏人也。本名宗，避皓字易焉。除爲鹽池司馬。自能結網，手以捕魚，作鮓寄母。母因以還之曰：汝爲魚官，而鮓寄我，非遠嫌也。’‘鹽’疑當作‘監’，以形近致誤。”按趙西陸引《吳録》並曰：“《全三國文》卷七三《孟宗小傳》‘鹽’作‘監’。”

【彙評】

劉辰翁曰：“真陶母。”

田中頤曰：“嚴範規子。”

21

桓宣武平蜀，以李勢妹爲妾[1]，甚有寵，常著齋後[2]。主始不知[3]，既聞，與數十婢拔白刃襲之[4]。《續晉陽秋》曰：“溫尚明帝女南康長公主。”正值李梳頭[5]，髮委藉地[6]，膚色玉曜，不爲動容，徐曰[7]：“國破家亡，無心至此[8]。今日若能見殺，乃是本懷[9]。”主慚而退。《妒記》曰：“溫平蜀，以李勢女爲妾。郡主兇妒，不即知之。後知，乃拔刃往李所，因欲斫之。見李在窗梳頭，姿貌端麗，徐徐結髮，斂手向主，神色閑正，辭甚悽惋。主於是擲刀前抱之，曰：‘阿子，我見汝亦憐，何況老奴[10]。’遂善之[11]。”

○“桓宣武”至“慚而退”

“李勢”，大典顯常曰：“《晉書・載記》二十一：李勢字子仁，後蜀第六世，爲晉所滅。”

“常著齋後”，劉辰翁曰：“齋後著妾。”○崔朝慶曰：“燕居之室曰齋，言常

---

[1] “李勢妹”，程炎震曰：“《御覽》一百五十四引‘妹’作‘女’。”徐震堮曰：“‘妹’《御覽》一五四作‘女’，與注引《妒記》合。”
[2] “箸齋後”，趙西陸曰：“古寫本《殘類書》‘箸’作‘置之’。”
[3] “主始不知”，趙西陸曰：“古寫本《殘類書》‘主’作‘公主’，‘始’作‘初’。”
[4] “與數十婢拔白刃”，趙西陸曰：“古寫本《殘類書》‘與’作‘領’，‘拔’作‘將’，‘白’作‘棒’。”
[5] “李梳頭”，趙西陸曰：“古寫本《殘類書》此下有‘立於牀上’四字。”
[6] “髮委藉地”，趙西陸曰：“古寫本《殘類書》此下有‘姿貌絶麗’四字。”
[7] “徐曰”，趙西陸曰：古寫本《殘類書》‘徐’下有‘下地，結髮斂手而言’。”
[8] “無心至此”，趙西陸曰：“古寫本《殘類書》‘無心至此’作‘父母厝□，偷存旦暮，以生’數字。”
[9] “若能見殺乃是本懷”，趙西陸曰：“古寫本《殘類書》‘殺’作‘煞’，‘乃是’作‘實悷’。”王叔岷曰：“‘乃是本懷’，《類説》三十一、《御覽》三八一引‘是’並作‘其’，‘其’猶‘是’也。《史記・呂氏本紀》：‘孝惠見問，迺知其戚夫人。’《御覽》八七引‘其’作‘是’，亦其比。”
[10] “何況老奴”，趙西陸曰：“古寫本《殘類書》‘老奴’上有‘駲種’二字。”
[11] “遂善之”，趙西陸曰：“古寫本《殘類書》作‘因厚禮相遇’。”

令居於齋後也。”

“主始不知”，田中頤曰：“主，公主。”

“與數十婢拔白刃襲之”，田中頤曰：“寫凶妒之狀。”○周一良曰：“‘拔白刃’可省爲‘拔白’。見《南齊書》七《東昏紀》、二九《周盤龍傳》。”《批校》。

“髮委藉地”二句，田中頤曰：“寫得有容色。”

“本懷”，張永言曰：“本願，本心所期待的。”《辭典》頁一七。

○注“續晉陽秋曰”

“明帝女南康長公主”，恩田仲任曰：“《後漢書》注曰：‘漢制，皇女皆封縣公主，其尊崇者加號長公主。’臧榮緒《晉書》曰：‘帝之姑姊妹皆爲長公主。’”

○注“妒記曰”

《妒記》，大典顯常曰：“不傳。”《撮補》。○沈家本曰：“《隋志》：‘《妒記》二卷，虞通之撰。’《新唐志》同。《宋書·后妃傳》：‘宋世諸主莫不嚴妒，太宗每疾之。湖孰令袁慆妻以妒忌賜死，使近臣虞通之撰《妒婦記》。’似此記奉詔作也。”《古書目》卷四。○葉德輝曰：“《隋志》：二卷。云虞通之撰。”《書目》。

“郡主兇妒”，恩田仲任曰：“郡主，即南康公主。”

“阿子”，恩田仲任曰：“阿，入聲發語辭。阿子指李氏。”○余嘉錫曰：“《宋書·五行志》二曰：‘晉穆帝升平中，童子輩忽歌於道，曰《阿子聞》，曲終輒曰：“阿子，汝聞不？”無幾，穆帝崩。太后哭曰：“阿子，汝聞不？”’據此，則‘阿子’乃晉人呼兒女之詞。蓋公主憐愛李勢妹，以兒女子畜之，呼爲‘阿子’者，親之也。《類聚》十八引《妒記》作‘阿姊’者，非。”○徐震堮曰：“《類聚》一八引《妒記》作‘阿姊見汝，不能不憐。’然‘阿子’亦見於《晉書·五行志》：‘穆帝升平中，兒輩忽歌於道，曰《阿子聞》，曲終輒云：“阿子，汝聞否？”無幾而帝崩。太后哭之曰：“阿子，汝聞否？”’則‘阿子’似是一種親昵之稱，但不知其確義耳。”

◎余嘉錫曰：“敦煌本《殘類書》第二種曰：‘桓宣武平蜀，以李勢妹爲妾，甚有寵，私置之後齋。公主初不知，既聞，領數十婢將棒襲之。正值李氏梳頭，髮委藉地，姿貌絕麗，膚色玉曜，不爲動容。徐下地結髮，斂手而言曰：“國破家亡，父母屠口，偷存旦暮，無心以生。今日若能見殺，實愜本懷。”主乃擲刀杖，泣而前抱之曰：“我見汝尚憐愛，心神悽愴，何況賊種老奴耶！”因厚禮相

1502

遇。'其敘述詳瞻，過於《世説》及《妒記》矣。"○王叔岷曰："《藝文類聚》十八引《妒記》云：'桓大司馬以李勢女爲妾，桓妻南郡王拔刀率數十婢往李所，因欲斫之。見李在窗前梳頭，髮垂委地，姿貌絶麗。乃徐下地結髮，斂手向主，曰："國破家亡，無心以至今日。若能見殺，實猶生之年。"神色閑正，辭氣悽惋。主乃擲刀前抱之，曰："阿子，見汝不能不憐，何況老奴！"遂善遇之。'與劉注所引，頗有出入。"

【彙評】

劉辰翁曰："何其傾吐。"評李勢妹語。

李贄曰："賢主哉！雖妒色而能好德，過男子遠矣！"《初潭集》卷一。

陳師曰："夫觀主携婢挾刃時，此何心也，一聞李言，翻然易慮，且優遇之，誠無忝乘彝矣。若李之從容應變，視死如歸，非中有定見，能然哉？予蓋兩賢之，且以愧妒婦之不悛者。"《禪寄筆談》卷九。

鍾惺曰："'我見亦憐'四字慧甚。因思世上婦人見妒者，正坐愚醜耳。"

22

庾玉臺，希之弟也。希誅[1]，將戮玉臺。希已見。玉臺，庾友小字。《庾氏譜》曰："友字惠彦，司空冰第三子[2]。歷中書郎、東陽太守。"玉臺子婦，宣武弟桓豁女也[3]。《庾氏譜》曰："友字弘之[4]，長子宣，娶宣武弟桓豁之女，字女幼。"徒跣求進，閽禁不内。

---

〔1〕"希誅"，趙西陸曰："《類説》引作'希被誅'。"
〔2〕"第三子"，董刻本"第"作"弟"。王利器曰："各本'弟'作'第'，是。"朱鑄禹曰："'弟'通'第'。"
〔3〕"桓豁女"，李詳曰："《晉書·庾冰傳》作'桓秘女'。"趙西陸曰："《晉書·庾冰傳》：'友子婦，桓秘女也。'《通鑑》卷一〇三作'桓豁女'，與《世説》同。"徐震堮《札記》曰："《晉書·庾冰傳》作'桓秘女'，秘，豁之弟也。"
〔4〕"字弘之長子宣"，桃井白鹿曰："'字弘之'當在'宣'下。"何焯校同。大典顯常曰："當作'宣字弘之，友長子'。"朱鑄禹曰："'長子宣'，《晉書》卷七十三《庾亮傳》：'友子叔宣，右衛將軍。'汪藻《敘録·庾氏譜》亦作'叔宣'。"

1503

女厲聲曰：“是何小人？我伯父門，不聽我前！”因突入，號泣請曰：“庾玉臺常因人，腳短三寸，當復能作賊不？”宣武笑曰：“壻故自急。”遂原玉臺一門。《中興書》曰：“桓溫殺庾希弟倩，希聞難而逃〔1〕，希弟友當伏誅。子婦桓氏女，請溫〔2〕，得宥。”

○“庾玉臺”至“不聽我前”

“將戮玉臺”，田中頤曰：“兄既服誅，將連戮弟。”

“閽禁不內”，恩田仲任曰：“閽，守門隸。”

“不聽我前”，蔡鏡浩曰：“‘聽’爲准許之意。此義當由‘聽憑’之義引申而來，當時習用。”《札記》。

○“因突入”至“能作賊不”

“因突入”，田中頤曰：“以其將戮，急遽就救，因衝突入門而前，無有顧畏。”

“庾玉臺常因人”，大典顯常曰：“言不能自立也。”《撮補》。○平賀房父曰：“玉臺事事因人，不能自爲。”○淇園曰：“因倚而行。”○張萬起曰：“庾玉臺行動常要依靠別人幫助。”○龔斌曰：“因人，謂跟隨人，附和人。”

“腳短三寸”二句，劉應登曰：“言足短，不能自行，因人而行，明其無它。然子婦稱其小字，不以爲怪。”○凌濛初曰：“胡毋父，子猶稱。”按事見《世說補·任誕》“胡毋彥國至湘州”條。○平賀房父曰：“腳短於人三寸，喻其拙也。言始負者因諸兄，諸兄既伏誅，玉臺才短，豈復能獨作賊乎？”○田中頤曰：“言腳短三寸，常賴人行步，其才短，亦可想。此人而不能作賊，明也。”○秦士鉉曰：“腳短，指實，非喻也。稱小字，爲宣武輩慣呼之也。”○朱鑄禹曰：“言玉臺常因人成事，而才具短拙，不復能作亂也。‘腳短三寸’，比喻之辭，猶今俗語‘比人短一頭’或‘趕不上人腳後跟’之類。”

---

〔1〕 “桓溫殺庾希倩希聞難而逃”，桃井白鹿曰：“‘倩希’之‘希’衍。”大典顯常曰：“‘倩希’當作‘倩柔’。”

〔2〕 “請溫”，董刻本“請”作“澋”。余嘉錫曰：“沈本作‘訴’。”王利器曰：“蔣校本、沈校本‘澋’作‘訴’，餘本作‘請’，宋本誤。”吳金華《校議》曰：“‘訴’的常用義是自訴、控告或譖訴之類，跟本文之義不合。”

○“宣武笑曰”至“玉臺一門”

“壻故自急”，岡白駒曰：“桓溫託言避國家嫌疑，其以壻故，特急之耳。”
○桃井白鹿曰：“桓溫意言此舉不啻玉臺不免，壻故自危急，汝焉得不來請乎？蓋
戲女之詞。”○大典顯常曰：“言壻家固當急之。”○淇園曰：“言吾本無意誅
也。”○田中頤曰：“言吾本無意誅，唯以壻故爲避嫌疑計，而女亦急遽，不覺語
玉臺腳短之醜也。”○余嘉錫曰：“友若不獲赦，則宣亦當從坐，故曰‘壻故自
急’。”○徐震堮曰：“夫亦曰壻，猶言夫壻。”《簡釋》。○朱鑄禹曰：“此有兩解皆
可通。一謂壻固當自急，一謂壻乃自情急，以明己實無欲誅戮之意。”

“原玉臺一門”，恩田仲任曰：“原，宥罪。”○田中頤曰：“原情而免之也。”

○注“庾氏譜曰”

“冰第三子”，大典顯常曰：“《晉書》：‘庾冰七子：希、襲、友、蘊、倩、
邈、柔。’”《集成》。

○注“中興書曰”

“桓溫殺庾希倩”二句，秦上鉉口：“桓溫譖友及倩，殺之，希聞難，與弟邈
及子攸之逃海陵澤中聚衆。事在咸安二年。”

“請溫得宥”，楊勇曰：“《廣雅·釋言》：‘請，乞也。’又《釋詁》：‘請，
求也。’”○吳金華曰：“‘請’指爲人求情，是漢魏六朝常語。《三國志·魏書·
武帝紀》：‘出關，過中牟，爲亭長所疑，執詣縣，邑中或竊識之，爲請得解。’
《廣雅·釋言》：‘請，乞也。’又《釋詁》：‘請，求也。’是其義。”《校議》。

23

　　謝公夫人幃諸婢，使在前作伎，使太傅暫見，便下
幃。太傅索更開，夫人云：“恐傷盛德。”劉夫人，已見。

○“謝公夫人”至“便下幃”

“幃諸婢”，大典顯常曰：“《左傳》宣十七年：‘齊頃公帷婦人使觀之。’用斯

語法。”《撮補》。○田中頤曰：“幬，單帳也。”○朱鑄禹曰：“此‘幬’字作動詞用。”

“作伎”，張萬起曰：“唱歌跳舞。”

“使太傅暫見”，田中頤曰：“許暫見者，欲其舒暢神氣也。”○王叔岷曰：“‘使’猶‘如’也。《漢書·外戚傳》：‘使鬼神有知，不受不臣之愬。如其無知，愬之何益。’‘使’‘如’互文，其義一也。（《世說·賢媛篇》‘使’‘如’並作‘若’，義亦同。）《廣雅·釋言》：‘乍，暫也。’則‘暫’亦‘乍’也。‘使太傅暫見’，猶言‘如太傅乍見’耳。陶淵明《與子儼等疏》：‘五六月中北窗下臥，遇涼風暫至。’‘暫’亦‘乍’也。”

○“太傅索”至“恐傷盛德”

“索更開”，田中頤曰：“當復開而不開，因求其開，故曰‘索’。”

“恐傷盛德”，田中頤曰：“言恐過耽樂，有傷害盛德也。”○龔斌曰：“盛德，敬稱品德高尚之人。此謝夫人稱謝安，略有調侃意味。”

◎余嘉錫曰：“《類聚》三十五引《妒記》曰：‘謝太傅劉夫人，不令公有別房。公既深好聲樂，後遂頗欲立妓妾。兄子外生等微達此旨，共問訊劉夫人，因方便稱《關雎》《螽斯》有不忌之德。夫人知以諷己，乃問：“誰撰此詩？”答曰：“周公。”夫人曰：“周公是男子，相爲爾。若使周姥撰詩，當無此也。”’疑是時人造作此言，以爲戲笑耳。然亦可見其以妒得名，乃有此等傳說矣。”

【彙評】

王世懋曰：“此直妒耳，何足稱賢？”
袁中道曰：“風流人有此一□。”
周一良曰：“妙！”《批校》。

24

桓車騎不好箸新衣。浴後，婦故送新衣與[1]。《桓氏譜》

---

〔1〕“浴後婦故送新衣與”，唐鴻學曰：“《書鈔》百二十九引作‘新衣往’。”王叔岷曰：“《御覽》三九五、六八九引‘後’並作‘訖’。三九五引‘故’作‘固’，義同。《書鈔》一二九引‘與’作‘往’。”

曰："沖娶琅邪王恬女,字女宗〔1〕。" 車騎大怒,催使持去〔2〕。婦更持還,傳語云："衣不經新,何由而故?" 桓公大笑〔3〕,箸之。

○"桓車騎"至"大笑箸之"

"送新衣與",方一新曰："與,給、給予。在這裏省略了賓語。'與'的這一用法在佛典中較爲常見。姚秦鴻摩羅什譯《自在王菩薩經》卷上:'以天眼與。'北涼曇無讖譯《金光明經》:'我今當與。'"《拾詁》。

"催使持去",王叔岷曰："《書鈔》引作'使使送還',恐非其舊。《事類賦》(注)、《御覽》引'持'並作'將',義同。《呂氏春秋·報更篇》:'臣有老母,將以遺之。'《初學記》二六引'將'作'持'。《韓詩外傳》一:'鮑焦衣弊膚見,挈畚持蔬。'《新序·節士篇》'持'作'將'。並同例。"

"衣不經新"二句,淇園曰："語媚甚。"○田中頤曰："此婦陰寄己身上之事而言,故以人傳語,桓亦大笑其意也。"

○注"桓氏譜曰"

"娶琅邪王恬女",余嘉錫曰："《仇隙篇》注引《桓氏譜》又曰:'桓沖後娶潁川庾蔑女,字姚。'此條所記之婦,不知是王是庾也。"

25

王右軍郗夫人謂二弟司空、中郎曰:司空,愔,已見。《郗曇別傳》曰:"曇字重熙〔4〕,鑒少子。性韻方質,和正沈簡。累遷丹陽尹、北

〔1〕 "王恬女字女宗",董刻本作"王恬安字女也"。王利器曰："各本'安'作'女','也'作'宗',是。"
〔2〕 "催使持去",唐鴻學曰："'使使持去'。"楊勇曰："《書鈔》一二九引《世說》作'使使送還',《事類賦》一二,《御覽》三九五、六八九引《世說》作'催使將去'。"王叔岷曰："《書鈔》引作'使使送還',恐非其舊。《事類賦》注、《御覽》引'持'作'將',義同。"
〔3〕 "桓公大笑",趙西陸曰："《御覽》卷三九五、又卷六八九引'桓'下無'公'字,是。"又,王叔岷曰："《御覽》三九五、六八九引'笑'下並有'而'字。"
〔4〕 "重熙",董刻本"熙"作"淵"。王先謙曰："一本'熙'作'淵'。《世說補》作'熙'。據《排調類》《輕詆類》俱稱郗重熙,則作'熙'者是。"王利器曰："《高平金鄉郗氏譜》、《晉書·郗曇傳》亦作'重熙',又本書下文《排調門》《輕詆門》都作'重熙',此作'重淵',錯了。"趙西陸曰："《晉書·郗曇傳》作'字重熙'。"

中郎將、徐兗二州刺史。”“王家見二謝，傾筐倒庋〔1〕；二謝：安、萬。見汝輩來〔2〕，平平爾。汝可無煩復往。”

○“王右軍”至“無煩復往”

“王家見二謝”，余嘉錫曰：“此‘王家’乃指其夫右軍。”

“傾筐倒庋”，參見校文。岡白駒曰：“庋，閣板爲之，所以藏食物也。”○田中頤曰：“筐，飯器；庋，亦藏食之閣也。曰‘傾’曰‘倒’，並皆謂王家舉人其相待之情至如此也。”○秦士鉉曰：“‘傾’‘倒’，謂厚待之。”

“平平爾”，恩田仲任曰：“平平，平易。”○秦士鉉曰：“不異平日也。”○王叔岷曰：“《後漢書·班超傳》：‘任尚曰：我以班君當有奇策。今所言，平平耳。’‘耳’與‘爾’同。”○朱鑄禹曰：“舊以‘平平爾’斷句，蓋以‘爾’與‘耳’通。然按此句文義，似應以‘平平爾汝’爲句，所謂‘爾汝之交’，意謂不相尊重也。且如以‘汝’字屬下，則與上文‘汝輩’亦不合。”

“無煩復往”，恩田仲任曰：“止往也。”○秦士鉉曰：“往，猶來也。”○田中頤曰：“言其意相反，平平爾，故可無煩復往來也。”

○注“郗曇別傳曰”

“累遷丹陽尹”，趙西陸曰：“《晉書·郗曇傳》不載其爲丹陽尹。”

【彙評】

劉辰翁曰：“語悉世情，可以有省。”

程晢曰：“右軍薄妻弟而厚兒之叔舅，有此二失，無人拈出，爲賢者諱耶？”《蓉槎蠡說》卷五。

支允堅曰：“右軍乃名流，竟爾世情，爲兒女子所窺，那得不愧。近來郡邑搢紳相迎，有緩步急步，士君子何故當其冷面。”《異林》卷二。

伯克利手批曰：“惓忠於王室，亦何憾二謝。”

---

〔1〕 “倒庋”，劉應登曰：“‘庋’作‘庪’。”桃井白鹿曰：“劉芸廬本‘庋’作‘庪’。”余嘉錫曰：“‘庋’景宋本及沈本作‘庪’。”楊勇曰：“‘倒庪’或作‘倒庋’，袁本作‘倒庋’，皆非是。《魏志·王粲傳》：‘倒庪迎之。’”

〔2〕 “汝輩”，楊勇曰：“‘汝’宋本作‘女’，古通用。”

1508

陳錫路曰："二謝謂安、萬也，右軍第二子凝之婦叔。郗夫人語較量彼此厚薄，宛然意氣聲口，儻亦是右軍之一蔽乎。"《黃孄餘話》卷四。

田餘慶曰："郗、王以政治利益相近而交好聯姻的事，是在成帝時特定條件下出現的。時過境遷，姻婭關係雖還存在，家族之間卻漸趨疏遠，甚至出現嫌隙。此時陳郡謝氏門户日就興旺，故郗夫人有此語。"《政治》頁五一。

曹道衡曰："郗曇卒於升平五年，羲之亦以是年卒，是二家之隙，種因遠早於郗超之卒，特以郗超權勢熏灼，仍結秦晉而親上加親。此固世族間常態，不足怪。"《叢考》頁二二〇。

26

王凝之謝夫人既往王氏，大薄凝之。既還謝家，意大不說。太傅慰釋之曰："王郎，逸少之子，人材亦不惡[1]，汝何以恨乃爾[2]？"答曰："一門叔父，則有阿大、中郎；群從兄弟，則有封、胡、遏、末。封胡，謝韶小字。遏末，謝淵小字。韶字穆度，萬子，車騎司馬。淵字叔度，奕第二子[3]，義興太守。時人稱其尤彥秀者。或曰封、胡、遏、末，封謂朗[4]，遏謂玄，末謂韶，朗玄淵[5]；一作胡謂淵，遏謂玄，末謂韶也[6]。不意天壤之中，乃有王郎！"

○"王凝之"至"恨乃爾"

"謝夫人"，岡白駒曰："王凝之妻謝道韞。"○徐震堮曰："謝道蘊，安兄奕

---

[1] "人材"，董刻本、元刻本"材"作"身"。周一良《批校》曰："宋本'材'作'身'，是也。"

[2] "乃爾"，余嘉錫曰："'乃'景宋本作'迺'。"

[3] "奕第二子"，董刻本"第"作"弟"，"子"作"字"。王利器曰："各本作'奕第二子'，是。"

[4] "封謂朗"，何焯曰："此三字疑當在'一作'下。"李慈銘曰："此處'封謂'下脫'韶胡謂'三字，'韶朗玄'三字誤衍，當作'封謂韶，胡謂朗，遏謂玄，末謂淵'，《晉書·謝萬傳》可證。彼'淵'作'川'，唐人避高祖諱。"

[5] "郎玄淵"，平賀房父曰："或曰'朗玄淵'當作'胡謂淵'，是説極有理。"徐震堮曰："疑是'胡謂淵'之誤。"龔斌曰："此三字爲衍文。"

[6] "一作胡謂淵"三句，平賀房父曰："'一作'以下衍文。不然脫'封謂朗'三字。"何焯曰："'遏謂玄末'四字疑衍。韶、朗、玄、淵，四人小字，《晉書》可考。《晉書》作'淵'謂'川'，蓋唐避廟諱，故以'川'易'淵'也。"李慈銘曰："'一作'下脫'封謂朗'三字，以文義推之可知。"徐震堮《札記》曰："注中'朗''玄''淵'三字有誤。"

之女。"

"太傅慰釋之"，范子燁曰："《太平御覽》卷五二〇《宗親部》一〇《夫妻》類所引《晉書》，寬慰道韞者是她的父親謝奕，而不是叔父謝安。在《晉書》的這段傳文的敘述中，'奕曰'更爲自然，更爲暢達，也更合文境。"《釋證》。

"人材亦不惡"，參見校文。田中頤曰："人身，謂凝之之人物。"〇許世瑛曰："'人身'乃'本身'之意，口語言之，'人身亦不惡'一語即'他本身也不壞呀'！"《釋"身"字》。〇徐震堮曰："人身，猶言人材。"〇周一良曰："人身，南北朝習語，意即'人材'。如《宋書》一〇〇《序傳》：'沈邵人身不惡。'《梁書》二〇《陳伯之傳》：'臨川内史王觀，僧虔之孫，人身不惡，便可召爲長史。'《魏書》二四《崔道固傳》：'崔道固人身如此，豈可爲寒士至老乎？'《北齊書》三一《王昕傳》亦有'好門户，惡人身'之語。《北齊書》三九《祖珽傳》：'項羽人身亦何由可及。'皆是其例。亦謂之'身材'，如《北齊書》三八《趙彦深傳》：'叔堅身材最劣。'"《世説札記》。

〇"答曰一門"至"乃有王郎"

"阿大"，王楙曰："晉有兩'王大'，或稱之曰'阿大'，一小名，一第行。如謂'王大固自濯濯'，'阿大羅羅清疏'，'王大勸恭飲，恭不飲'，此指王忱耳。忱小字佛大，故云。如謂'一門叔父，有阿大、中郎'，'與阿大語蟬連不得歸'，'僧彌王大選草'，此指王悦耳。悦，導長子。導嘗曰：'勿使大郎知。'故知其爲第行也。"《野客叢書》卷十六。〇余嘉錫曰："道韞不應面呼安爲阿大，疑是謝尚耳。尚父鯤，只生尚一人，故稱阿大。安兄弟六人，見《紕漏篇》注。大兄奕，次兄據，均見《言語篇》及注。則安乃第三，非大也。其於叔父獨不及安者，尊者之前，不敢斥言之也。"〇張忱石曰："謝道韞只有伯父謝尚一人，則'阿大'必當指謝尚無疑。"《"阿大中郎"考》。〇楊勇曰："若以排行言，在道韞父輩，最大者爲謝尚，故前人往往以謝尚爲'阿大'，實則非也。按謝尚卒於晉穆帝升平初，年五十，其時道韞可能還未出嫁。若以名位顯者而言，則此時謝安聲價不亞於謝尚。又道韞云'一門叔父則有阿大中郎'，則謝尚非屬'叔父'之列，而實爲伯父。推道韞叔父之中，除謝據屬'中郎'外，其餘謝安、謝萬、謝石、謝鐵四人皆是，而名位最著者爲謝安。故最能當此語中'阿大'之稱者，非謝安莫屬。"《阿大爲謝安考》。〇范子燁曰："謝道韞所謂'阿大'就是指她的父親謝奕。在我國一些地區方言的稱謂系統中，'大'就是指父親。"《釋證》。

“中郎”，大典顯常曰：“中郎謂萬，爲夫人叔父。‘阿大’不審。”《集成》。○程炎震曰：“中郎，謝萬。‘阿大’不知何指，當即謂安。”○徐震堮曰：“中郎，謝據。阿大，不知何指。”○周法高曰：“劉注説：‘中，章仲反。’可見當讀去聲，但與‘仲’不同。劉注以兄弟三人，第二人通常稱爲中郎。現在兄弟六人，中間幾個兒子大概可以通融一下，都稱中郎，所以老二謝據和老四謝萬都稱中郎。不過據汪藻譜所附小傳，謝據年三十三卒，大概在謝家算不得是出類拔萃的人物；因此，中郎應當指謝萬。汪藻在《謝氏譜》末謂‘謝中郎、阿大中郎、阿萬’下注‘並萬’。可見汪氏也以爲‘阿大中郎’之‘中郎’指謝萬。”《讀世説新語小札》。按范子燁《釋證》曰：“‘中郎’是謝道韞對叔父謝萬的稱呼。”從周説。○張忱石曰：“《紕漏篇》‘謝虎子嘗上屋熏鼠’條劉孝標注云：‘中郎，據也。章仲反。’特別注明這裏的‘中’爲‘章仲反’，‘中郎’即是‘仲郎’。那末‘中郎’究竟是官稱還是行第，謝萬還是謝據呢？謝道韞提及的‘封胡遏末’皆是‘群從兄弟’謝韶等人的小名，則‘阿大中郎’也應是其‘一門叔父’的小名爲是。由此可以推定，這裏的‘中郎’是行第稱謂的謝據。”《“阿大中郎”考》。○楊勇曰：“汪藻《謝氏譜》附載‘虎子，中郎’下注云：‘並據，以居兄弟之中，故謂之中郎。中，音丁仲切。萬稱中郎異此。’體味《賢媛篇》謝道韞之意，所謂‘一門叔父則有阿大中郎’者，以此爲吻合。張忱石、徐震堮並謂‘中郎’爲謝據者，是也。”《阿大爲謝安考》。

“群從兄弟”，徐震堮曰：“群從，同宗曰從。同宗兄弟，總稱‘群從’。”《簡釋》。

“封胡遏末”，劉應登曰：“封胡遏，韶、朗、玄小字。末，疑是末婢，琰小字。”○周家祿曰：“《列女・王凝之妻謝氏傳》：‘復有封胡羯末。’《謝萬傳》作‘封胡羯末’。”《校勘記》卷四。○李慈銘曰：“《晉書・謝萬傳》作‘封胡羯末’。”《簡端記》。○李詳曰：“《晉書・列女・謝氏傳》：‘封謂謝歆，胡謂謝朗，羯謂謝玄，末謂謝川。’與注引三説都異。”○程炎震曰：“《晉書》七十九《謝萬傳》及九十六《列女傳》作‘封胡羯末’。又云：‘封謂謝韶，胡謂謝朗，羯謂謝玄，末謂謝淵。’按‘川’即‘淵’，唐人避諱改。”○劉盼遂曰：“封胡遏末，劉注不能確定主名。《晉書・列女傳・謝道蘊傳》：封謂歆，胡謂朗，羯謂玄，末謂川。‘川’即‘淵’也，唐人諱改。《謝萬傳》：封謂韶，按‘韶’字是，《列女傳》‘歆’乃字誤。餘同《列女傳》。又考《傷逝篇》王珣‘不執末婢手而還’，注謂‘末婢，謝琰’，則‘末’乃謝琰歟？琰小字又名望蔡，見《輕詆篇》注。《假譏篇》注：'遏，謝玄小字。'《文學篇》'與謝孝劇談'注謂謝玄也，則玄小字復又名孝。晉人小名紛繁，往往又安頭減尾，故易於混淆矣。" 龔斌按曰："'望蔡'爲謝琰封爵，非其小字。" ○余嘉錫曰："《傷逝篇》云：'王東亭聞謝喪，往哭，不執末婢手而出。'注云：'末婢，謝琰小字。'則'末'當即謝琰。孝標此注乃謂'遏末，謝淵小字'，《晉書》亦謂'末'是謝淵，淵與琰是從父兄弟，不應小字同用'末'字，其誤必矣。" 龔斌按曰："最有歧義者爲'末'，《晉書·謝萬傳》、李慈銘謂'末'指謝淵（川），《謝氏譜》、劉盼遂、余箋則謂'末'指謝琰。" ○徐震堮曰："《晉書·列女傳》'遏'作'羯'，云'封謂謝歆，胡謂謝朗，羯謂謝玄，末謂謝川'，皆其小字也。"《札記》。

"不意天壤之中"二句，田中頤曰："言唯凝之可大薄之人物也。" ○張萬起曰："乃，竟。"

【彙評】

劉應登曰："此二則皆婦人薄忿夫家之事，不當並列《賢媛》中。"

劉辰翁曰："怨恨至此，我輩所不能道，未可盡非。"

陳絳曰："婦人自矜其才知，以傲睨其夫，而亦以'列女'稱。君子曰：漢列女之有蔡琰，晉列女之有鍾、謝，列女之辱也。"《金罍子》下篇卷十一。

李贄曰："此婦嫌夫，真非偶也。"《初潭集》卷一。○曰："康伯母、凝之妻尤卓越。謝氏大有文才，大怨凝之，孰知成凝之萬世名者哉！謝氏一人可分三四人。" 同上卷二。

袁中道曰："眼空兩家之婦，太難相。"《舌華録》卷九。

凌濛初曰："'忿狷'爲是。" 按凌濛初曰："弇州以此入《忿狷》。"

汪師韓曰："謝夫人之林下風安在耶！"《韓門綴學》卷二。

曹道衡曰："（范）甯出爲豫章太守，在郡大設庠序，遠近至者千餘人，以私禄資給衆資，此爲東晉興儒家大事之一，傳記江州刺史王凝之上言劾甯云'肆其奢濁，所爲狼籍'，則王郎之爲閨中所鄙，亦良有以矣。"《叢考》頁二二二。

蔣凡曰："謝安從維護王謝家族之間的政治聯盟出發，不希望其婚姻破裂，因而一方面對姪女加以慰釋，另一方面又加以批評。"

27

韓康伯母隱古几毀壞[1]，卞鞠見几惡，欲易之。鞠，卞範之，母之外孫也。答曰："我若不隱此，汝何以得見古物？"

　　○"韓康伯"至"得見古物"

　　"隱古几"，恩田仲任曰："隱，依也。"○田中頤曰："隱，倚也。"○趙西陸曰："《孟子·公孫丑下》'隱几而臥'，趙注：'隱倚其幾而臥也。'《莊子·齊物論》'隱几而坐'，《釋文》曰：'隱，憑也。'《説文》夊部曰：'㐭，所依據也。'即'隱'字，隱、依、倚，字異義同。"

　　"我若不隱此"二句，田中頤曰："此示之以勤儉，而欲不忘其本出於貧賤也。"○余嘉錫曰："《晉書·範之傳》云：'玄僭位，以範之爲侍中，封臨汝縣公。玄既奢侈無度，範之亦盛營館第，自以佐命元勳，深懷矜伐，以富貴驕人。'然則範之爲人，蓋習於奢靡，平生服用，必力求新異，韓母言不因己不得見古物，蓋譏之也。"

王江州夫人語謝遏曰："汝何以都不復進？夫人，玄之妹。爲是塵務經心，天分有限[2]？"

　　○"王江州"至"天分有限"

　　"王江州夫人語謝遏"，朱亦棟曰："王江州即王凝之，夫人即謝道韞。遏即謝玄小字。"《群書札記》卷三。○徐震堮曰："凝之官江州刺史。"

　　"爲是塵務經心"二句，大典顯常曰："'爲是'二字亦繫下句，言塵務使然耶？天分使然耶？《楞嚴經》：'爲是聲來耳畔，耳往聲處？'《臨濟録》：'爲是神

---

〔1〕 "古几"，董刻本"几"作"凡"，下同。王利器曰："各本'凡'作'几'，下並同，是。"
〔2〕 "有限"，朱鑄禹曰："《晉書》卷九十六《王凝之妻謝氏傳》下有'耶'字，於文意較合。"

通妙用，本體如然？'皆同語法。"〇田中頤曰："言其都不復進者，應爲是塵務經心，且天分有限也。'爲'字蒙下二句。"〇趙西陸曰："《晉書·列女傳》作：'嘗譏玄學植不進，曰：爲塵務經心，爲天分有限邪？'"〇徐震堮曰："爲是，與'抑'字義同，現代語作'還是'。案張衡《髑髏賦》：'爲是上智？爲是下愚？爲是女人？爲是丈夫？'此語由來已久。"《釋義》。又曰："爲是，或作'爲'，猶言'豈是'。"《簡釋》。〇郭在貽曰："'爲'、'爲是'、'爲復'、'爲當'，是習見於漢魏六朝以迄隋唐時期的俗語詞，它們都能作選擇連詞用，猶言'抑或'、'還是'。"《訓詁札記》。

〇注"夫人玄之妹"

"玄之妹"，王世懋曰："此豈女弟待兄言？注誤矣，'妹'當作'姊'。"王利器按曰："王說是，下文'謝遏絕重其姊'，正作'姊'可證。"徐震堮按曰："本篇三'謝遏絕重其姊'，則王氏之言是也。"〇朱亦棟曰："下條明云：'謝遏絕重其姊，張元常稱其妹。'則'妹'字乃刻本之訛，非孝標之誤也。王以爲注誤，過矣。"《群書札記》卷三。〇余嘉錫曰："後條明云'謝遏絕重其姊'，《御覽》八百二十四引有謝玄《與姊書》，則道韞是姊，非妹。況其言爲爾汝之辭，直相誠勵，亦非所以對兄。'妹'字決爲傳寫之誤無疑。"

【彙評】

劉辰翁曰："婦人乃能激發。"

29

郗嘉賓喪，婦兄弟欲迎妹還[1]，終不肯歸[2]，《郗氏譜》曰："超娶汝南周閔女，名馬頭。"曰："生縱不得與郗郎同室，

---

[1] "婦兄弟欲迎妹還"，楊勇曰："《御覽》五一七、《事文》別二引《世說》並作'婦弟欲迎姊還'。"王叔岷按曰："《御覽》五一七引作'婦弟欲迎其姊還'。"

[2] "終不"，楊勇曰："'終'上《御覽》五一七、《事文》別二引《世說》並有'姊'字。"

死寧不同穴[1]！"《毛詩》曰："穀則異室，死則同穴。"鄭玄注曰："穴謂壙中墟也。"

○"郗嘉賓"至"不同穴"

"迎妹還"，大典顯常曰："馬頭兄弟欲使馬頭還改適也。"《集成》。○田中頤曰："寡婦而曰'妹'者，見其年尚少也。"

"生縱不得"二句，田中頤曰："此言矢不改嫁也。"

◎劉毓崧曰："嘉賓係郗超之字。據'欲迎妹還'之語，則此婦必已至郗氏，不在母家；據'不得與郗郎同室'之語，則雖適郗超，尚未成禮。孝標注引《郗氏譜》云：'超娶汝南周氏女，名馬頭。'既謂之娶，而又未同室者，當是童養待年之婦也。"《通義堂集》卷二《嫁殤非未婚守志辨》。○李詳曰："儀徵劉氏毓崧《通義堂集·嫁女非未昏守志辨篇》引此云：'既謂之娶，而又未同室者，當是童養待年之婦也。'超卒於東晉太元二年十二月，原注據《通鑒》卷一百四。年四十二，原注據《郗超傳》。其婦周氏當是繼室。蓋超以寧康三年夏秋之間丁母憂，至太元二年秋冬之間，心喪甫畢，不過兩三月而即身亡。意者未丁母憂以前，迎婦待年。因居喪而不及成禮與？抑或既除母喪以後，迎婦待疾，因身沒而不及成禮與？二者雖難以臆斷，而其為童養未婚之婦，固可以推測而知也。"○許世瑛曰："這一段話雖然沒有明說馬頭的哥哥弟弟，要想把他們的妹妹馬頭迎回家去，幹什麼事，但是從馬頭那兩句話裏看起來，一定也是預備替她另說婆婆家，讓她改嫁，是無疑的事。"《一斑》。

○注"毛詩曰"至"壙中墟也"

"毛詩曰"，徐震堮曰："見《王風·大車》。"
"穀"，恩田仲任曰："穀，生也。"

30

謝遏絕重其姊，張玄常稱其妹，欲以敵之。有濟尼

---

[1] "不同穴"，王叔岷曰："《御覽》（五一七）引'穴'下有'也'字。"

者，並遊張、謝二家。人間其優劣，答曰：“王夫人神情散朗，故有林下風氣。顧家婦清心玉映，自是閨房之秀。”

○“謝遏絕重”至“閨房之秀”

“絕重其姊”，桃井白鹿曰：“姊即道韞。”

“王夫人”，劉應登曰：“疑即江州夫人，前以爲玄妹，非。”○秦士鉉曰：“王夫人即謝夫人也，此稱夫家姓。”○周壽昌曰：“古稱婦人，皆從其母家姓。《世說》稱謝公女曰‘王夫人’，則以夫姓。”《思益堂日札》卷三。○吳金華曰：“這裏的‘王’不見得是周壽昌所說的‘夫姓’，而是‘王家’‘王凝之’或‘王江州’的省稱。本篇有‘王凝之謝夫人’條，又有‘王江州夫人’條，均指謝道韞。濟尼稱張玄之妹爲‘顧家婦’，而不稱‘張新婦’，足見跟‘顧家’相對而言的‘王’是‘王家’的省稱。”《續稿》。

“王夫人林下風氣”，桃井白鹿曰：“林下風氣，竹林諸賢風氣。”○余嘉錫曰：“林下，謂竹林名士也。《賞譽篇》曰：‘林下諸君，各有儁才子。’是其證。此言王夫人雖巾幗，而有名士之風，言顧不如王。”

“顧家婦”，桃井白鹿曰：“即張玄妹。”

【彙評】

劉辰翁曰：“晉時尼輩亦能道此。”按《批補》“道此”作“如是”。

陳師曰：“夫謝、張姊妹之才，似各有勝，以尼之品藻可知。然尼自負人鑑，其風致醞藉，亦豈尋常箕帚哉！良可稱賞矣。”《禪寄筆談》卷九。

余嘉錫曰：“道韞以一女子而有‘林下風氣’，足見其爲女中名士。至稱顧家婦爲‘閨房之秀’，不過婦人中之秀出者而已。不言其優劣，而高下自見，此晉人措詞妙處。”

31

王尚書惠嘗看王右軍夫人，《宋書》曰：“惠字令明，琅邪人。

歷吏部尚書，贈太常卿[1]。"問："眼耳未覺惡不？"《婦人集》載謝表曰："妾年九十，孤骸獨存，願蒙哀矜，賜其鞠養。"答曰："髮白齒落，屬乎形骸；至於眼耳，關於神明，那可便與人隔？"

○"王尚書惠"至"便與人隔"

"王尚書惠"，劉應登曰："惠爲孫族。"○程炎震曰："王惠，劭之孫，導之曾孫，右軍孫行也。"○趙西陸曰："《宋書·王惠傳》曰：'祖劭，車騎將軍；父默，左光禄大夫。'案《晉書》，劭爲導之子，於右軍爲從兄弟，則右軍夫人，惠之從祖母也。"

"未覺惡不"，徐震堮曰："惡，此謂視聽衰退。"

"那可便與人隔"，岡白駒曰："若眼不見，耳不聞，便是與人間隔絶也。"○田中頤曰："甚於此者，形骸有時乎盡矣，神明則未曾亡也。故夫人自言形骸雖衰，神明不與少年隔異也。"○秦士鉉曰："神明精爽，則眼明耳聰，我那與人隔乎？隔，猶隔一塵之隔。人，指壯者。"

○注"婦人集載謝表曰"

"賜其鞠養"，余嘉錫曰："夫人若與右軍年相上下，則其九十歲當在太元十七年前後。然王凝之至隆安三年五月始爲孫恩所害，夫人上此表時，若凝之猶在，則不應云'孤骸獨存'。夫人爲郗愔之姊，愔以太元九年卒，年七十二。夫人蓋較愔僅大二三歲，則其九十歲時，正當隆安三四年間，其諸子死亡殆盡，朝廷憫凝之歿於王事，故賜其母以鞠養也。"

【彙評】

袁中道曰："絀。"《舌華録》卷九。

---

[1]"太常卿"，楊勇曰："'常'下宋本有'卿'字，《宋書·王惠傳》無。"

32

韓康伯母殷，隨孫繪之之衡陽，《韓氏譜》曰：“繪之字季倫[1]。父康伯，太常卿[2]。繪之仕至衡陽太守。”於闔廬洲中逢桓南郡。卞鞠是其外孫，時來問訊。謂鞠曰：“我不死，見此豎二世作賊！”在衡陽數年，繪之遇桓景真之難也，《續晉陽秋》曰：“桓亮字景真，大司馬溫之孫。父濟，給事中。叔父玄，簒逆見誅。亮聚衆於長沙，自號湘州刺史，殺太宰甄恭[3]、衡陽前太守韓繪之等十餘人。爲劉毅軍人郭珍斬之[4]。”殷撫屍哭曰[5]：“汝父昔罷豫章，徵書朝至夕發。汝去郡邑數年，爲物不得動，遂及於難，夫復何言！”

○“韓康伯母”至“二世作賊”

“闔廬洲”，胡三省曰：“闔廬洲，在江中。賀循曰：‘惟有闔廬一處，地勢險奧，亡逃所聚。’”《通鑑·晉紀一五》注。徐震堮按曰：“賀循語見《晉書》本傳。”○余嘉錫曰：“闔廬洲不知所在，遍考地理書未見。此洲所以不見記載者，殆已沈没，或變爲陸地，與岸相連矣。”

“時來問訊”，余嘉錫曰：“在範之已爲玄長史之後。”

“見此豎二世”，岡白駒曰：“此豎，斥桓玄與桓溫二世也。言此以兼箴卞也。”○秦士鉉曰：“二世，桓溫及玄也。”○余嘉錫曰：“方康伯母遇之江中時，範之正從玄作亂，而韓母乃面斥玄爲賊，蓋欲以訓戒之也。”○徐震堮曰：“‘此豎’指桓玄，桓溫威權震主，已蓄逆謀，未及而死，故云二世。”

[1] “繪之”，楊勇曰：“《晉書·韓伯傳》作‘瑜之’，未知孰是。”
[2] “太常卿”，楊勇曰：“‘常’下宋本有‘卿’字，《晉書·韓伯傳》無。”
[3] “太宰甄恭”，李慈銘曰：“‘太宰’下當有脱字。”
[4] “郭珍”，李慈銘曰：“《桓玄傳》作‘郭彌’。”吳士鑑《斠注》卷九十九曰：“‘彌’或書作‘弥’，故誤作‘珍’，又改爲‘珍’也。”徐震堮《札記》曰：“《晉書·桓玄傳》云：‘廣武將軍郭彌斬於益陽。’”楊勇曰：“殆‘珍’與‘彌’俗體形近而誤也。”
[5] “撫屍”，董刻本“屍”作“尸”。

○“在衡陽”至“夫復何言”

“遇桓景真之難”，田中頤曰：“果如其言。”○程炎震曰：“桓亮之難，在義熙元年乙巳，距永和十二年殷浩歿時，整五十年。浩卒年五十二。康伯之母如是浩姊，年當百餘；如是浩妹，亦九十餘矣。”○余嘉錫曰：“《建康實錄》九云：‘太元五年八月，太常韓伯卒，伯母殷浩姊，伯早孤，卒時年四十九。’以此推之，康伯當生於咸和七年壬辰，下至義熙元年乙巳繪之死時，首尾七十四年。其母爲殷浩之姊，生康伯時年當三十餘歲，至此固已百餘歲矣。”

“爲物不得動”，大典顯常曰：“言去官而不與事也。繪之既罷衡陽太守。”○秦士鉉曰：“言汝罷衡陽，即日當去，而不敢去，留連數年，是爲物所繫著故也。物，指嗜慾。”○蔣凡曰：“因種種人事牽纏，遲遲不離開湖湘地區。”

“夫復何言”，岡白駒曰：“昔韓伯之罷豫章也，徵書朝至夕發，其趨於事如此急，竟以善終。汝爲物不得動，遂及於難，故云‘夫復何言’。”

【彙評】

余嘉錫曰：“晉之士大夫感溫之恩，多黨附桓氏。母以一婦人獨名其父子作賊，雖是銜其兄浩被廢之雠，然詞嚴義正，能明於順逆，可不謂賢歟！”

術解第二十

【題解】

何良俊曰：“夫術，小數也，然觀其變幻詭異，有不可以理推者。嗚呼，亦神矣！況君子學道，苟至於精義入神，則其妙又曷可勝窮耶？”《何氏語林》卷二十三。○恩田仲任曰：“《後漢書》注曰：‘術謂醫方卜筮。’”○田中頤曰：“此謂技術曉解之奇妙者也。”○楊勇曰：“術解，謂於術數解譬精微也。”

1

荀勖善解音聲，時論謂之“闇解”。遂調律呂，正雅樂。每至正會，殿庭作樂，自調宮商〔1〕，無不諧韻。阮咸妙賞，時謂“神解”。每公會作樂，而心謂之不調。既無一言直勖，意忌之，遂出阮為始平太守。後有一田父耕於野，得周時玉尺，便是天下正尺。荀試以校己所治鐘鼓〔2〕、金石、絲竹，皆覺短一黍〔3〕，於是伏阮神識。《晉後略》曰：“鐘律之器，自周之末廢，而漢成、哀之間，諸儒修而治之〔4〕。至後漢末，復墮矣〔5〕。魏氏使協律知音者杜夔造之，不能考之典禮，徒依于時絲管之聲、時之尺寸而制之，甚乖失禮度。於是世祖命中書監荀勖依典制，定鐘律。既鑄

---

〔1〕 “自調”，桃井白鹿《補遺》曰：“‘調’當作‘謂’。《晉書·樂志》：‘荀勖作新律笛十二枚，以調律呂，正雅樂，正會殿庭作之，自謂宮商克諧云云。’”
〔2〕 “鐘鼓”，董刻本、沈校本“鐘”作“鍾”。朱鑄禹曰：“‘鍾’通‘鐘’。”
〔3〕 “一黍”，恩田仲任：“《晉書》《隋書》皆作‘一米’。”徐震堮曰：“《晉書·樂志》及《律曆志》引《世說》並作‘一米’。”
〔4〕 “治之”，董刻本“治”作“冶”。王利器曰：“各本‘冶’作‘治’，是。”
〔5〕 “復墮”，李慈銘曰：“‘墮’有許規、徒可二反，作‘隳’者俗謬。”

律管〔1〕，慕求古器，得周時玉律數枚，比之不差。又諸郡舍倉庫，或有漢時故鐘，以律命之，皆不叩而應，聲響韻合〔2〕，又若俱成〔3〕。"《晉諸公贊》曰："律成，散騎侍郎阮咸謂勗所造聲高〔4〕，高則悲。夫亡國之音哀以思，其民困。今聲不合雅，懼非德政中和之音，必是古今尺有長短所致。然今鐘磬是魏時杜夔所造〔5〕，不與勗律相應，音聲舒雅〔6〕，而久不知夔所造，時人爲之，不足改易。勗性自矜，乃因事左遷咸爲始平太守，而病卒。後得地中古銅尺，校度勗今尺，短四分，方明咸果解音，然無能正者。"干寶《晉紀》曰："荀勗始造《正德》《大象》之舞〔7〕，以魏杜夔所制律呂校大樂，本音不和〔8〕。後漢至魏，尺長於古四分有餘，而夔據之，是以失韻。乃依周禮，積粟以起度量，以度古器，符于本銘，遂以爲式，用之郊廟。"

○ "荀勗善解"至"謂之不調"

"闇解"，岡白駒曰："不知法度而暗合曰闇解。"○田中頤曰："言闇當之解也，雖不中正，尚能諧韻故。"○蕭艾曰："謂其冥思默想，有所識解。"《探幽》頁九六。○張永言曰："心中自然領會。"《辭典》頁五。○張萬起曰："深解，精通。闇，深。"

"正會"，大典顯常曰："《晉書·禮志》：漢儀有正會禮。晉氏受命，武帝更定元會儀，咸寧注是也。"《撮補》。○張萬起曰："皇帝元旦朝會群臣稱正會或元會。"

"妙賞"，秦士鉉曰："妙於賞鑒也。《晉書》：'阮咸妙達八音。'"

"神解"，田中頤曰："言神明之解也，即與'闇'反。"○蕭艾曰："神，謂其

---

〔1〕 "律管"，龔斌曰："'律'下宋本、沈校本並有'之'字。"
〔2〕 "聲響"，董刻本、袁刻本"響"作"音"。王先謙曰："一本'響'作'音'。《世説補》作'響'。"
〔3〕 "又若"，朱鑄禹曰："袁本作'皆'。似以'若'爲長。"
〔4〕 "散騎侍郎阮咸"，程炎震曰："《文選》注引《晉諸公贊》作'中護軍長史阮咸'。"
〔5〕 "然今鐘磬"，秦士鉉曰："'然今'以下三十六字疑有脱誤。或云：'然今'以下七句遥接'又若俱成'之下，'勗性自矜'以下接'長短所致'之下，蓋錯誤也。"
〔6〕 "舒雅"，恩田仲任曰："疑此下有脱誤。"
〔7〕 "大象"，桃井白鹿《補遺》曰："《晉書》'象'作'豫'。"
〔8〕 "校大樂本音不和"，李慈銘曰："'本音'當作'八音'，《晉書·律曆志》、《宋書·律志》俱作'八音'。"王利器曰："《御覽》卷十六引王隱《晉書》作'檢校太樂總章、鼓吹八音，與律呂乖錯'，《宋書·律志》作'檢校太樂總章、鼓吹八音，與律乖錯'，《晉書》《隋書》作'校太樂八音不和'，此文'本音'錯的。"徐震堮曰："《御覽》一六引王隱《晉書》及《晉書·樂志》《律曆志》並作'八音'，是。"

神妙。"《探幽》頁九六。○張萬起曰："通過神靈感應而領悟理解。一種自然天成的通透理解。"

"公會"，張萬起曰："因公事而集會。"

○"既無一言"至"伏阮神識"

"無一言直勛意忌之"，桃井白鹿曰："直，價也，謂賞鑒也。"○大典顯常曰："直，正也。咸心非之，而口不道也。直，猶正也。"《攈補》。○恩田仲任曰："直，當也，言無一言當荀勛意，故忌而出之。"○李慈銘曰："'直'下疑當重一'勛'字，謂咸無一言直勛，故勛忌之也。又案'直'同'值'，遇也，謂咸遭勛意忌也。"《簡端記》。○龔斌曰："直，謂以某某爲是。"

"始平太守"，張萬起曰："始平，西晉郡名，治所在槐里（今陝西興平縣東南）。"

"天下正尺"，陳直曰："阮氏《積古齋鐘鼎款識》卷十，有晉尺題字云：'周尺，《漢志》劉歆銅尺，後漢建武銅尺，晉前尺並同。'此當爲荀勛得周尺以後校勘得出之尺寸，與本文正同。"《札記》。

"覺短一黍"，程炎震曰："《晉書‧律曆志》云：'後始平掘地得古銅尺，歲久欲腐，不知何代所出。果長勛尺四分。'又史臣案云：'又漢章帝時，零陵文學史奚景於泠道舜祠下得玉律，度以爲尺，相傳謂之漢官尺，以校荀勛尺，勛尺短四分。漢官、始平兩尺度同。'"○劉盼遂曰："按《晉書‧律曆志》：'始平掘地得古銅尺，歲久欲腐，不知所出何代。果長勛尺四分云云。'較《世說》爲析。"○徐震堮曰："覺，較也。"○張萬起曰："古代度量衡定制以黍爲準。長度即取黍的中等子粒，以一個縱黍爲一分，百黍即一尺。"

"伏阮神識"，田中頤曰："忌心頓消也。"

○注"晉諸公贊曰"

"古今尺有長短所致"，大典顯常曰："《晉書》：'咸言止於長短所致。'"《攈補》。
"然今鐘磬"，桃井白鹿曰："據《晉書》，'然今'以下，非阮咸之言。"
"音聲舒雅"四句，大典顯常曰："言杜夔所造音調比勛卻爲舒雅，且既久相傳，至不復知夔所造，時人皆用之，何須改易也。咸意蓋以勛爲劣於夔也。"《攈補》。○李慈銘曰："'不知'疑當作'不如'，謂勛所造不如夔也。又案此當以'舒雅'讀句，由其聲舒雅而人不知是夔所造，蓋勛未曾製鐘磬，猶是夔所爲也。”《簡端記》。龔斌按曰：“當作‘不知’是。謂音聲舒雅，然人皆不知是夔所造。”

“左遷咸爲始平太守而病卒”，程炎震曰：“《晉書·樂志》云：‘出咸爲始平相。’誤。又云：‘於此伏咸之妙，復徵咸歸。’”〇徐震堮曰：“此與《晉書·阮咸傳》同，獨《晉書·樂志》於‘得周玉尺，以校己所治，皆短一米，服咸之妙’下，言‘復徵咸歸’，不知何據。”《札記》。又曰：“《御覽》五六五引《世說》，末亦有‘徵阮南還’語。”

【彙評】

劉盼遂曰：“荀尺合於周漢之尺，誠天下之正尺也。阮氏始平玉尺較勖尺長羨四分，其不合古度可知。而時人寡識，據無聞之一尺，忽周漢之兩器，誣荀生爲不調，揚阮氏之神解，雷同臧否，何其謬哉！宜《晉志》史臣之深譏之也。自臨川爲此誣罔，劉彥和從而和之，於是公曾闇解，久受屈抑。”

2

荀勖嘗在晉武帝坐上食筍進飯[1]，謂在坐人曰：“此是勞薪炊也。”坐者未之信，密遣問之，實用故車腳[2]。

〇“荀勖嘗”至“故車腳”

“勞薪炊”，恩田仲任曰：“隋王劭曰：‘昔師曠食飯，云是勞薪所爨。晉平公使視之，果是車輞。’”〇楊勇曰：“勞薪，車輞也。輞木以運轉不息，故曰勞薪。《北史·王劭傳》：‘昔師曠食飯，云是勞薪爨。晉平公使視之，果然車輞。’《釋名》：‘輞，网也。謂网羅周輪之外也。’”

“用故車腳”，恩田仲任曰：“《宛委餘編》曰：‘乃故車軸腳也。’”〇楊勇曰：“《齊書·薛淵傳》：‘不能乘車，去車腳，使人舁之而去。’今人云車輪是也。”

---

[1] “嘗在”，王叔岷曰：“《藝文類聚》八十、《御覽》八百五十引‘嘗’並作‘曾’，義同。”
[2] “密遣問之實用故車腳”，楊勇曰：“‘密’上當有‘帝’字，‘之’下當有‘外云’二字。《類聚》八〇、《御覽》八五〇引《世說》作‘帝密遣問，外云實是故車腳’。《晉書·荀勖傳》：‘帝遣問膳夫，乃云實用故車腳。’”王叔岷曰：“《藝文類聚》（八十）引‘實’上有‘外荅云’三字。”

◎楊愼曰：“王劭《奏改火疏》云：‘昔師曠食飯，云是勞薪所炊。晉平公使視之廚，果是車軸。’今傳爲符郎事，非也。此又作荀勖。”凌刻本引。按符郎事見《晉書》本傳。○沈濂曰：“《北史·王劭傳》：‘上表云：昔師曠食飯云：是勞薪所爨。晉平公使視之，果然車輞。’《晉書·荀勖傳》：‘勖常在帝坐，進飯，謂在坐人曰：此是勞薪所炊。’帝遣問膳夫，乃云：實用故車腳。古今事有相同者。”《懷小編》卷九。○趙西陸曰：“《瑯玉集》十四《別味篇》曰：‘師曠，周時晉國卿也，晉平公曾賜曠御食，既食，曰：‘此必是勞薪爲爨。’平公試問宰人，宰人對云：‘用故車腳炊飯。’出《史記》。《世說》一云荀勖亦然。”

【彙評】

劉辰翁曰：“薪豈知勞，而煙氣亦異耶？”

3

　　人有相羊祜父墓，後應出受命君。祜惡其言，遂掘斷墓後，以壞其勢。相者立視之曰：“猶應出折臂三公。”俄而祜墜馬折臂，位果至公。《幽明錄》曰：“羊祜工騎乘。有一兒五六歲，端明可喜。掘墓之後，兒即亡。羊時爲襄陽都督，因盤馬落地，遂折臂。于時士林咸歎其忠誠。”

4

　　王武子善解馬性。嘗乘一馬，箸連錢障泥[1]。前有

〔1〕 “連錢障泥”，桃井白鹿曰：“《晉書》‘錢’作‘乾’。”大典顯常曰：“他書亦多作‘連乾’。李白詩集注引斯事，作‘連錦障泥’。”秦士鉉曰：“《晉書》作‘連乾鄣泥’。”程炎震曰：“連錢，《晉書·濟傳》作‘連乾’。《御覽》三百五十九引同。”徐震堮《札記》曰：“《晉書》本傳‘連錢’作‘連乾’，疑是音近之誤。”王叔岷曰：“《初學記》二二、《御覽》三五九引‘錢’並作‘乾’，《御覽》又引‘障’作‘彰’，並通用字。”楊勇曰：“《晉書·王濟傳》、《書鈔》一二六、《御覽》七七三引《世說》並作‘連乾’。”

水，終日不肯渡〔1〕。王云：“此必是惜障泥。”使人解
去，便徑渡。《語林》曰：“武子性愛馬，亦甚別之〔2〕。故杜預道：‘王武
子有馬癖，和長輿有錢癖。’武帝問杜預〔3〕：‘卿有何癖？’對曰：‘臣有《左
傳》癖。’”

　　○“王武子”至“便徑渡”

　　“箸連錢障泥”，桃井白鹿曰：“馬飾曰連乾。顧況詩：‘金鞍玉勒錦連乾。’”
○恩田仲任曰：“當是障泥，有錢文。障泥，遮擁泥濘也。”○秦士鉉曰：“顧況
詩：‘金鞍玉勒錦連乾，騎入桃花楊柳煙。’李白詩：‘臨流不肯渡，似惜錦障
泥。’注引此章作‘連錦障泥’。庾信詩：‘連錢障泥渡水騎。’蓋‘連乾’‘連
錢’‘連錦’義相通。”○徐震堮曰：“《爾雅·釋畜》‘青驪驎驒’注：‘色有深
淺斑駁隱粼，今之連錢驄。’本指馬毛斑駁如錢文，此施於障泥，當指花飾。
‘連錢’‘連乾’義同。”○楊勇曰：“連錢原爲禽之斑紋，以其文采足以威儀，遂
造爲馬飾也。障泥，馬韉也。下垂腹旁，用障塵土飛揚也。”

　　“終日不肯渡”，參見校文。吳金華曰：“秦漢以來，‘終日’既可當‘終一
日’講，也可當‘良久’講。本文的‘終日’，即相當於‘良久’。”《考釋》頁一
八四。

　　“便徑渡”，田中頤曰：“馬意果在此故。”

【彙評】

　　李清照曰：“嗚呼！自王播、元載之禍，書畫與胡椒無異；長輿、元凱之病，
錢癖與傳癖何殊。名雖不同，其爲惑則一也。”《金石錄後序》。

---

〔1〕　“終日不肯渡”，程炎震：“《御覽》引無‘日’字，是也。”王利器曰：“《御覽》卷三五九引無
　　　‘日’字，又卷七七三引‘終日’作‘馬終’，《晉書》也無‘日’字，此文‘日’字當衍。”徐震
　　　堮曰：“‘日’字《晉書·王濟傳》及《御覽》三五九所引並無，是。”楊勇曰：“宋本有‘日’字，
　　　衍。《初學記》二二，《御覽》三五九、七七三引《世説》及《晉書·王濟傳》皆無。”吳金華
　　　《校議》曰：“本文‘終日不肯渡’一句有無‘日’字皆可通，在沒有足夠證據的情況下，不宜是彼
　　　而非此。”
〔2〕　“別之”，董刻本“別”作“則”。王利器曰：“各本‘則’作‘別’，是。‘別’就是本傳所謂‘善
　　　解馬性’的意思。”龔斌曰：“當作‘別’是。別，鑒別。”
〔3〕　“問杜預”，余嘉錫曰：“景宋本及沈本無‘杜’字。”

劉辰翁曰："馬猶惜物。"

5

陳述爲大將軍掾，甚見愛重。及亡，郭璞往哭之，甚哀，乃呼曰："嗣祖，焉知非福！"俄而大將軍作亂，如其所言。《陳氏譜》曰："述字嗣祖，潁川許昌人。有美名。"

　　○"陳述"至"所言"

　　"大將軍"，徐震堮曰："謂王敦。"

【彙評】

方弘靜曰："郭璞哭陳嗣祖曰：'焉知非福！'即知之矣。彼王敦者何嘗桎梏之，不使遯耶？"《千一錄》卷十四。

李贄曰："璞已自知其禍矣。"《初潭集》卷二十四。

鍾惺曰："璞之嗜酒好色，其真情畢見於此矣。士生太平，安得知之！"《史懷》卷十六。

晉明帝解占塚宅，聞郭璞爲人葬，帝微服往看。因問主人："何以葬龍角？此法當滅族！"主人曰："郭云此葬龍耳，不出三年當致天子。"帝問："爲是出天子邪？"答曰："非出天子，能致天子問耳。"青烏子《相塚書》曰[1]：

---

〔1〕"青烏子"，余嘉錫曰："'烏'宋本作'烏'。"王利器曰："蔣校本、沈校本同，餘本'烏'作'鳥'，是。"徐震堮曰："影宋本及沈校本並作'青烏子'。"

"葬龍之角,暴富貴,後當滅門。"

○"晉明帝"至"致天子問耳"

"葬龍角",大典顯常曰:"《事玄要言》:'晉郭璞《葬書》曰:勢止形昂,前澗後岡。龍首之藏,鼻顙吉昌,角目滅亡。'"《集成》。○平賀房父曰:"風水有龍角者,葬其地則應族滅。"○恩田仲任曰:"《五雜俎》曰:'葬地大約以生氣爲主,故謂之龍。'"

"爲是出天子",田中頤曰:"爲,讀猶'謂'。"

"能致天子問",劉辰翁曰:"'致問'無理,致能來耳。"

○注"青烏子相塚書"

"青烏子",大典顯常曰:"地理五經中有《葬經》,漢青烏著。又《説郛》有青烏子《相地骨經》。"《撮補》。○恩田仲任曰:"《列仙全傳》曰:'青烏公者,彭祖之弟子也。入華陰山中學道,後服金液而昇天。'"○葉德輝曰:"《隋志》不著録。《唐志·五行家》作《青烏子》三卷,無撰人。《書鈔·酒食部六》引作《青烏子葬書》,《藝文類聚·山部上》引作《青烏子相冢書》。"《書目》。○徐震堮曰:"青烏先生,相傳爲彭祖弟子,有《葬經》,故世稱相風水爲青烏術。《新唐書·藝文志》子部五行類有《青烏子》三卷。《舊唐書·經籍志》作'青烏子'。"

7

　　郭景純過江,居于暨陽,墓去水不盈百步[1],時人以爲近水。景純曰:"將當爲陸。"《璞別傳》曰:"璞少好經術,明解卜筮[2]。永嘉中[3],海內將亂,璞投策歎曰:'黔黎將同異類矣!'便結

---

[1]　"墓去水不盈百步",王利器曰:"《御覽》卷五五八引作'母亡安墓,不盈百步',案原文疑當作'母亡安墓,去水不盈百步',今本和《御覽》都有奪落。"楊勇曰:"'墓'上當有'母亡安'三字。《御覽》五五八引《世説》作'母亡安墓,不盈百步'。《輿地紀勝》九:'今父老云申港八里許,有郭璞母墓。'"

[2]　"卜筮",董刻本"卜"作"十"。王利器曰:"各本'十'作'卜',是。"

[3]　"永嘉中",余嘉錫曰:"'中'沈本作'末'。"

親暱十余家，南渡江，居於暨陽。”今沙漲，去墓數十里皆爲桑田。其詩曰：“北皁烈烈，巨海混混；壘壘三墳，唯母與昆。”

○“郭景純”至“皆爲桑田”

“居于暨陽”，張端木曰：“暨陽，在今常州府江陰縣。按江陰，漢毗陵地，晉爲暨陽，梁改江陰。今江陰黃山後即郭璞宅。”○李慈銘曰：“暨陽，晉屬毗陵郡，即今常州府江陰縣。”《簡端記》。○余嘉錫曰：“《寰宇記》九十二江陰縣條下曰：‘郭璞宅在黃山北長廣村，去縣七里，吳時烽火之所也。’”○徐震堮曰：“《輿地紀勝》：‘今父老云：去申港八里許，有郭璞母墓。’《毗陵志·古跡門》有郭陂，亦云與暨陽接界。”

“將當爲陸”，田中頤曰：“將，將來也。”○張萬起曰：“當，將。”

“去墓數十里皆爲桑田”，顧炎武曰：“《王惲集》乃云：‘金山西北大江中，亂石間有叢薄，鴉鵲棲集，爲郭璞墓。’按史文元謂去水百步許，不在大江之中。且當時即已沙漲爲田，而暨陽在今江陰縣界，不在京口，又所葬者璞之母，而非璞也。世之所傳皆誤。”《日知錄》卷三十一。楊寧按曰：“既云母葬江陰，則璞不妨在京口，王惲之言未可駁。”

○“其詩曰”至“唯母與昆”

“北皁烈烈”，大典顯常曰：“《詩·蓼我》：‘南山烈烈。’注：‘高大貌。’《撮補》。”○楊勇曰：“胡承珙《毛詩後箋》：‘烈烈，山之高峻險阻。’”

“巨海混混”，田中頤曰：“豐流貌，言巨海爲之水增加。”○楊勇曰：“《孟子·離婁》：‘原泉混混，不舍晝夜。’朱子注：‘混混，湧出之貌。’”

“壘壘三墳”二句，顧炎武曰：“則璞又有二兄同葬。”《日知錄》卷三十一。○岡白駒曰：“唯母與昆與己三矣。”○田中頤曰：“壘壘，塚相次貌。言他塚無之，唯有母與吾昆弟而已。”○朱鑄禹曰：“蓋預營生壙也。”

○注“璞別傳曰”

“黔黎將同異類”，秦士鉉曰：“黔黎，蒼生也。異類，戎狄也。”○朱鑄禹曰：“蓋預知西晉將遭外族入侵而南遷也。”

【彙評】

洪邁曰：“此説蓋以郭爲先知也。世傳《錦囊葬經》爲郭所著，行山卜宅兆者，印爲元龜。然郭能知水之爲陸，獨不能卜吉以免其非命乎？廁上衙刀之見淺矣。”《容齋隨筆》卷一。

陳昌圖曰：“世疑璞安宅兆而不能卜吉免禍。然璞爲王敦所殺，自謂今日必死，吾數止此云云，可以知其術之精，而生死大數，固難責其倖免矣。”《南屏山房集》卷十八。

8

王丞相令郭璞試作一卦，卦成，郭意色甚惡，云：“公有震厄！”王問：“有可消伏理不？”郭曰：“命駕西出數里[1]，得一柏樹，截斷如公長[2]，置牀上常寢處，災可消矣。”王從其語。數日中，果震柏粉碎[3]，子弟皆稱慶。王隱《晉書》曰：“璞消災轉禍,扶厄擇勝,時人咸言京管不及[4]。”大將軍云：“君乃復委罪於樹木。”

○“王丞相”至“委罪於樹木”

“令郭璞試作一卦”，程炎震曰：“《晉書·璞傳》云：‘時參王導軍事。’”

“消伏理”，徐震堮曰：“理,作‘方法’解，與‘道’字、‘法’字的用法一樣。”《釋義》。

“乃復委罪於樹木”，田中頤曰：“此苦語。言王依舊，今乃復委己罪於無辜之樹木也。”

---

〔1〕 “數里”，徐震堮《札記》曰：“《晉書·郭璞傳》作‘數十里’。”
〔2〕 “截斷”，徐震堮曰：“‘斷’《御覽》一三引作‘短’。”
〔3〕 “柏粉碎”，徐震堮曰：“‘粉’《御覽》一三引作‘樹’。”
〔4〕 “京管不及”，朱鑄禹曰：“《晉書》本傳作‘雖京房、管輅不能過也’。”

方弘静曰：“郭景純爲王丞相消伏震厄，乃委罪於樹木，然命盡日中，何以不能消也？葬龍耳能致天子問，葬近水即當爲陸，如所云則青鳥眠牛爲公爲卿易易耳，何其後無顯者也？余所見談堪輿之學者，己則無祀，安能令人添丁？朝夕不給，安能爲人致富？事理易察，而世猶惑之，傾貲搆訟而不悟。”《千一録》卷二十五。

李贄曰：“郭能脱王震厄，而不能自脱日中厄，何哉？豈其可脱與否，一由定數，公但能預知之者耶？”《初潭集》卷十四。

9

桓公有主簿善别酒，有酒輒令先嘗。好者謂“青州從事”，惡者謂“平原督郵”。青州有齊郡，平原有鬲縣。“從事”言到臍，“督郵”言在鬲上住〔1〕。

○“桓公有”至“鬲上住”

“好者謂青州從事”二句，朱翼中曰：“醖釀須酴米偷酸，酘醲偷甜。淛人不善偷酸，所以酒熟入灰；北人不善偷甜，所以飲多令人膈上懊憹。桓公所謂‘青州從事’‘平原督郵’者，此也。”《北山酒經》卷上。○王楙曰：“徐彭年《家範》：‘其子問：人稱酒爲青州從事，謂何？曰：《湘山野録》云：昔青州從事善造酒，故云。’僕考《世説》與此説不同。桓公有主簿善别酒，好者謂‘青州從事’，惡者謂‘平原督郵’，蓋青山有齊郡，平原有鬲縣，言好酒下臍，而惡在膈上住也。從事美官，而督郵賤職，故取以爲喻。”《野客叢書》卷十。○宮夢仁曰：“從事，美官。督郵，賤職。”《讀書紀數略》卷五十二。○大典顯常曰：“余謂從事，順通上下之情者也；督郵，主糾諸縣之罰負者也。故從事以譬酒味之醇和，督郵以

---

〔1〕 “青州有齊郡”四句，余嘉錫曰：“任淵《山谷内集》注一引‘平原督郵’止。以下作注云‘青州有齊郡’云云。‘言到臍’作‘謂到齊下’，‘言在鬲上住’作‘謂到鬲上住也’。今本誤作大字，混入正文。”“鬲上住”，楊勇曰：“‘膈’宋本作‘鬲’，今改。”王叔岷曰：“《類林》三一引‘鬲’正作‘膈’。”

譬酒味之酣烈。"○田中頤曰："若顯言之,則殺風景,故作異名用之。"

"齊郡",田中頤曰："'齊'與'臍'通。"○李詳曰："'臍'古亦作'齊'。《莊子‧達生篇》:'與齊俱入。'《釋文》:'司馬云:齊,回水,如磨齊也。'《史記‧封禪書》:'祠天齊淵。'《索隱》:'臨淄城南有天齊泉,言如天之腹齊也。'"

"鬲縣",田中頤曰："'鬲'與'膈'同。"○徐震堮曰："'鬲'借作'膈'。"

"鬲上住",田中頤曰："直到臍下之酒即好,膈上停住之酒即惡。"○崔朝慶曰："鬲,與'膈'通,在胸腔、腹腔之間。'到臍'及'在鬲上住',皆言酒力之所及也。"○楊勇曰："'齊''臍'、'鬲''膈'皆音近。言惡酒但至膈而止,美酒則及於臍也。"

10

郗愔信道甚精勤,常患腹内惡,諸醫不可療。聞于法開有名,往迎之。既來,便脈,云:"君侯所患,正是精進太過所致耳。"合一劑湯與之。一服即大下,去數段許紙如拳大,剖看,乃先所服符也。《晉書》曰:"法開善醫術,嘗行,莫投主人[1],妻產,而兒積日不墮。法開曰:'此易治耳。'殺一肥羊,食十餘臠而針之。須臾兒下,羊脅裹兒出[2]。其精妙如此。"

○"郗愔信道"至"所服符也"

"郗愔信道",程炎震曰："郗愔奉天師道,見後《排調篇》'二郗奉道'條。"○余嘉錫曰:"《御覽》六百六十六引《太平經》曰:'郗愔字方回,高平金鄉人。爲晉鎮軍將軍。心尚道法,密自遵行。善隸書,與右軍相埒。手自起寫道經,將盈百卷。於今多有在者。'"

---

[1] "莫投主人",李慈銘曰："'投'下有脱字。《嘉泰會稽志》作'嘗旅行,莫投主人,其家妻產'。"楊勇曰："'主人'下當有'家值'二字。"龔斌曰："'妻產'前省略'主人',於文義無礙,非有脱字。"

[2] "裹兒出",董刻本"裹"作"裏"。王利器曰："各本'裏'作'裹',是。"楊勇曰："'裹'宋本作'裏',誤。《高傳》四《于法開傳》:'羊膜裹兒出。'"

"于法開"，文廷式曰："魏晉沙門皆依師爲姓。余以《僧傳》考之，于法蘭高陽人，于道邃燉煌人，于法開不知何許人，然事蘭公爲弟子，則從師姓也。起姓于，未知何本。竊意其師必于闐國人，以國爲姓，文不具耳。"《枝語》卷十四。

"大下"，周一良曰："下，用作腹瀉意。"《史札》頁九五。

"先所服符"，余嘉錫曰："太平道及五斗米道皆教病人叩頭思過，因以符水飲之。《甄命授》亦云：'若翻然奉張陵道者，我當與其一符使服之。如此，必愈而豁矣。'是奉天師道者，皆以符水治病。然亦有無病服符者。《真誥·協昌期篇》有'明堂內經開心辟妄符'，用開日旦朱書，再拜服之，一日三服。郗愔所服，蓋此類也。"○張萬起曰："符，即符籙，也稱符字、墨字、丹書。"

【彙評】

劉辰翁曰："如此則羊脂可。"

方弘靜曰："夫郗忠於王室，非愚人也，乃爾，況癡兒女子乎！"《千一錄》卷二十五。

11

殷中軍妙解經脈，中年都廢。有常所給使，忽叩頭流血。浩問其故，云："有死事，終不可說。"詰問良久，乃云："小人母年垂百歲，抱疾來久，若蒙官一脈，便有活理。訖就屠戮無恨。"浩感其至性，遂令昇來，爲診脈處方。始服一劑湯，便愈。於是悉焚經方。

○"殷中軍"至"終不可說"

"妙解經脈"，文廷式曰："《圖書集成·藝術典·醫部·名醫別傳》引《醫學入門》云：'殷浩精通經脈，著《方書》。'"《枝語》卷三十三。○程炎震曰："《晉書》八十四《仲堪傳》云：'躬學醫術，究其精妙。'《隋書·經籍志》：'梁有《殷荆州要方》一卷，殷仲堪撰，亡。'不聞殷浩，蓋傳寫之失也。"○余

1532

嘉錫曰："諸書並不言殷浩通醫術,余初亦疑爲仲堪之誤。既而考之唐寫本陶弘景《本草集注序録》云:'自晉世已來,其貴勝阮德如、張茂先、裴逸民、皇甫士安及江左葛稚川、蔡謨、殷淵源諸名人等,並亦研精藥術。凡此諸人,各有所撰用方。'云云,乃知殷中軍果妙解經脈。"

"給使",恩田仲任曰:"給使令者。"○張萬起曰:"指供差遣的人。"

"有死事"二句,秦士鉉曰:"死事,猶言一大事,謂母將死也。言臣有大事,然不可向君侯請之。請之,則爲大無禮,必被死罪。"○崔朝慶曰:"可,肯也。"○朱鑄禹曰:"猶言有死而已,而事終不敢遽言之。"○張萬起曰:"死事,關係人命的事。"

○"詰問良久"至"屠戮無恨"

"抱疾來久",岡白駒曰:"自得疾久矣。"○楊勇曰:"來久,日久。"○龔斌曰:"來久,即由來已久之意。"

"蒙官一脈",恩田仲任曰:"官,凡婢妾僕役稱己主爲官。"○崔朝慶曰:"一脈,一診察其脈。"

"訖就屠戮",秦士鉉曰:"訖,終也,謂母活後也。"

○"浩感其"至"悉焚經方"

"令昇來",恩田仲任曰:"昇,二人對舉曰昇。"

"診脈處方",恩田仲任曰:"診,候脈也。"○秦士鉉曰:"處,處劑;方,方藥也。"

"始服一劑湯便愈",田中頤曰:"百歲久病而一劑便愈,豈不術解乎?"

"悉焚經方",秦士鉉曰:"經方,經絡療法。"○崔朝慶曰:"《漢書·藝文志》有經方十一家,凡言藥劑療治之法皆屬之,今其書多不傳。"

【彙評】

劉辰翁曰:"診之似達,焚方又隘,無益盛德。"

方弘靜曰:"殷深源感一廝役,悉焚經方,余甚恨之。人可活,何惜一診。蘇長公曰:'此身上可侍玉皇,下可與丐人遊。'乃達諭也。"《千一録》卷二十五。

凌濛初曰:"寫得觳觫,宛轉可矜。"

巧藝第二十一

【題解】

何良俊曰："夫德成而上，藝成而下。藝非君子所先也。然孔子曰：'游於藝。'又曰：'吾不試故藝。'至以博奕爲賢於無所用心，則亦豈聖人之所廢哉。余觀莊生言：'宋元君將畫圖，一畫史後至，僵僵然不趨，受揖不立，因之舍，則解衣磐礴，贏。君曰：是真畫者也。'後世稱王維之畫爲天機所到。嗚呼，夫能遺人而後可以全於天，是豈惟藝哉，進於道矣！他如輪扁之輪，郢人之斤，庖丁之解牛，皆所謂遺人以全天者也。苟僅能執繩墨、守途轍而不失者，是工徒之廝役也，曷足以言藝哉！"《何氏語林》卷二十三。○恩田仲任曰："《後漢書》注云：'藝謂禮樂書數。'"○田中頤曰："此亦編奇功有材藝者也。"○楊勇曰："巧藝，謂技藝精妙也。"

1

彈棋始自魏宫内，用妝匳戲〔1〕。傅玄《彈棋賦敍》曰："漢成帝好蹴踘〔2〕，劉向以謂勞人體，竭人力，非至尊所宜御，乃因其體作彈棋。今觀其道，蹴踘道也。"按玄此言，則彈棋之戲，其來久矣。且《梁冀傳》云："冀善彈棋，格五。"而此云起魏世，謬矣。文帝於此戲特妙〔3〕，用手巾

---

〔1〕 "宫内用妝匳戲"，董刻本、袁刻本"匳"俱作"奩"。李慈銘曰："'奩'或作'匳'。案'妝籢'之'籢'，《説文》作'籢'，是正字。或作'匳'、作'奩'者，俗謬。"李詳曰："《御覽》七百五十五引此作'彈棋始自魏文帝宫内用裝器戲也'。"王利器曰："《藝文類聚》卷七四、《御覽》卷七五五引此句作'宫内用裝器戲也'，《太平廣記》卷二二八引作'宫内用裝棋戲也'，《通鑒》卷九八《晉紀二〇》注引作'内宫用粧奩之戲'。"又，董刻本"妝"作"牀"。王利器曰："蔣校本、沈校本同，袁本、曹本'牀'作'妝'，王本、凌本、補本作'粧'。按'牀'當作'妝'。"朱鑄禹曰："袁本作'妝'是。"
〔2〕 "好蹴踘"，唐鴻學曰："'擊鞠'訛'蹴踘'。《夢溪筆談》十八《技藝》二'鞠球'正之也。《西京雜記》訛與此同。"
〔3〕 "此戲特妙"，王叔岷曰："《藝文類聚》七四引'戲'作'技'，'戲'字蓋涉上文而誤。"楊勇曰："'戲'，《類聚》七四、《御覽》七五五引《世説》並作'伎'。"

角拂之，無不中[1]。有客自云能，帝使爲之。客箸葛巾角[2]，低頭拂棋，妙踰於帝。《典論》常《自敘》曰[3]："戲弄之事，少所喜，唯彈棋略盡其妙。少時嘗爲之賦。昔京師少工有二焉[4]：合鄉侯東方世安[5]、張公子，常恨不得與之對也。"《博物志》曰[6]："帝善彈棋，能用手巾角。時有一書生，又能低頭以所冠葛巾角撇棋也。"

○"彈棋始自"至"妙踰於帝"

"彈棋始自魏宫内"二句，陸游曰："吕進伯作《考古圖》云：'古彈棋局狀如香爐。'蓋謂其中隆起也。李商隱詩云：'玉作彈棋局，中心亦不平。'今人多不能解。以進伯之説觀之，則粗可見，然恨其藝之不傳也。"《老學庵筆記》卷十。○謝肇淛曰："彈棋之戲，世不傳矣，即其局亦無有識之者。吕進伯謂其形似香爐，然中央高，四周低，與香爐全不似也。弘農楊牢，六歲詠彈棋局云：'魁形下方天頂突，二十四窗中月。'想其制方二尺有四寸，其中央高者猶圓耳。今閩中婦人女子尚有彈子之戲，其法以圍棋子五，隨手撒幾上，敵者用意去其二，而留三，所留必隔遠，或相黏一處者，然後彈之，必越中子而擊中之，中子不動則勝矣。此即彈棋遺法。魏文帝客以葛巾拂無不中者也，但無中央高之局耳。"《五雜俎》卷六。○王思任曰："此道失傳。首十一字作一句讀，不曾云'魏世'也。"○恩田仲任曰："李善《文選注》引《藝經》曰：'棋正彈法，二人對局，白黑棋各六枚，先列棋相當，更先控三彈不得各去。'"○李詳曰："《御覽》七百五十五引《彈棋經後序》曰：'自後漢沖、質已後，此藝中絶。至獻帝建安中，曹公執政，禁闌幽密，至於博弈之具，皆不得妄置宫中。宫人因以金釵玉梳，戲於妝奩之上，即取類於彈棋也。及魏文帝受禪，宫人所爲，更習彈棋焉。'案陸

---

[1] "無不中"，王叔岷曰："《御覽》七五五、《太平廣記》二二八引'中'下並有'者'字。"
[2] "箸葛巾角"，秦士鉉曰："'葛巾'下疑有脱字，或云'著'當作'用'。"
[3] "常自敘"，李慈銘曰："'常'當是'帝'字之誤。"余嘉錫曰："'常'景宋本及沈本作'帝'。"徐震堮曰："《魏志·文帝紀》注正作'帝'。"
[4] "少工有二焉"，余嘉錫曰："'少工'《魏志》注作'先工'，當據改。'焉'《魏志》注作'馬'。"王利器曰："《太平廣記》引'少'作'妙'，義較勝。"徐震堮曰："'少工'，《魏志·文帝紀》注作'先工'，《御覽》七五五引《典論》同。《廣記》二二八作'妙工'。'少'恐即'妙'之誤。'二焉'，《魏志》注及《御覽》均作'馬'，是。《後漢書·馬援傳》載其孫朗封合鄉侯，故此'馬合鄉侯'非朗即朗之子孫。'二焉'二字實'馬'字之誤。"
[5] "世安"，余嘉錫曰："《魏志》注作'安世'。"徐震堮曰："東方世安，《魏志》注作'東方安世'。"
[6] "博物志"，董刻本"志"作"記"。

游《老學庵筆記》，大名龍興寺佛殿有魏宮玉彈棋局，上有黃初中刻字，政和中取入宮中。"余嘉錫按曰："《後序》蓋唐末人所作，其敘漢魏事絶不可信。"

"用手巾角拂之"，陸游曰："魏文帝善彈棋，不復用指，第以手巾角拂之。有客自謂絶藝，及召見，但低首以葛巾角拂之，文帝不能及也。此説今尤不可解矣。"《老學庵筆記》卷十。○岡白駒曰："不用指擊，用手巾拂，故稱特妙。"○田中頤曰："此尚用指。"

"低頭拂棋"，田中頤曰："此全用頭。"

○注"傅玄彈棋賦敘曰"至"魏世謬矣"

《彈棋賦》，葉德輝曰："《太平御覽》引用。"《書目》。

"今觀其道蹵踘道也"，沈括曰："《西京雜記》云：'漢元帝好蹵踘，爲勞求相類而不勞者，遂爲彈棋之戲。'予觀彈棋絶不類蹵踘，頗與擊踘相近，疑是傳寫誤耳。"《夢溪筆談》卷一八。○黃朝英曰："今人又以蹵鞠爲擊鞠，蓋蹵擊一也。沈存中乃以擊鞠爲擊木毬子，故謂與蹵鞠異，反以爲傳寫之誤，非也。故《唐書》所載，但云'擊毬'，不謂之'鞠'，其義甚明。"《緗素》卷九。

《梁冀傳》，葉德輝曰："《唐志》題二卷，無撰人。"《書目》。

"格五"，黃朝英曰："漢吾丘壽王'以善格五召待詔'，注云：'格五，簺也。'《説文》曰：'行棋相塞，謂之簺。'鮑玄《簺經》曰：'簺有四采，塞、白、乘、五是也。乘五，至五即格，不得行，故云格五。'簺，先代反。又世俗有蹵融之戲，謂以弈局取一道，人各行五棋，即所謂格五也。唐《資暇集》謂'融'宜作'戎'，此戲生於黃帝蹵鞠，意在軍戎也，殊非圓融之義。又引庾元威著《座右方》所言'蹵戎者，今之蹵融也'。其説甚佳，然謂生於黃帝蹵鞠，則又誤矣。"《緗素》卷九。○凌濛初曰："按張表臣《珊瑚鉤詩話》：'弈棋，取一道人行五子，謂之蹵融。融者，戎也，生於黃帝蹵鞠戎旅之間爲戲耳。庾元規曰：蹵戎者，今之蹵融也。漢謂之格五，取五子相格之義以名之耳。'格五之説見此。"○方以智曰："格五，向謂蹵戎，徐文長謂即撝蒱。徐文長曰：'唐崔龜從自敘撝蒱即五木，恐格五即撝蒱，今之雙陸也。'智謂撝蒱乃骰子打馬，則十二棋握槊即雙陸之局，以五木投子爲擲呼也。格五或是五木後，乃用六子。"《通雅》卷三十五。

"此云起魏世謬矣"，馬端臨曰："按《西京雜記》云：'劉向作彈棋。'《典論》云：'前代馬合鄉、張公子皆善彈棋。'然則起於漢朝，非自魏始。《世説》

誤矣。"《文獻通考》卷二二九。○胡三省曰："劉貢父詩曰：‘漢皇初厭蹵鞠勞，侍臣始作彈棋戲。’彈棋蓋始於漢也。《世説》曰彈棋始自魏内宫粧奩之戲，此説誤也。"《通鑑·晉紀二十》注。○王世懋曰："如此駁，皆極精。"○凌濛初曰："《西京雜記》曰：‘漢武好蹵踘，有進彈棋者以代之，帝賜以青羔裘。’後漢蔡邕已有《彈棋賦》，注駁‘起魏世’不及此，何也？"

○注"博物志曰"

《博物志》，孫志祖曰："楊升庵《丹鉛録》云：‘漢有《博物記》，非張華《博物志》也。’周公謹云：‘不知誰著，考《後漢》注，始知《博物記》爲唐蒙作。’案張華《博物志》亦稱《博物記》，無二書也。但今世所行《博物志》非完書，後人見劉昭注引有佚文，遂疑別一書爾。《續漢書·郡國志》‘犍爲郡’下有《蜀都賦》注：‘斬鑿之跡今存，昔唐蒙所造。’本謂唐蒙開道事也，其下乃引《博物記》：‘縣西百里有牙門山。’升庵誤以‘唐蒙所造’連下‘博物記’爲讀，云‘唐蒙作《博物記》。’鹵莽甚矣。胡元瑞《丹鉛新録》亦未加駁正。"《讀書脞録》卷四。○葉德輝曰："《隋志》十卷，云張華撰。"《書目》。○趙西陸曰："今本《博物志》無此條，考《後漢書》注，《博物記》乃唐蒙所作，《三國志》裴注嘗引之，當別系一書。《提要》言之審矣。書鈔一三六引作《博物志》。"

"葛巾角撇棋"，大典顯常曰："撇，與‘擎’同，小擎也。"○余嘉錫曰："文帝用手巾角拂之，書生以葛巾角撇棋者，蓋時人皆以手彈之使起，二人獨不用手，所以爲巧。"

○注"典論常自敘曰"

張萬起曰："《魏志·文帝紀》注引曹丕《典論·自敘》作：‘昔京師先工有馬合鄉侯、東方安世、張公子，常恨不得與彼數子者對。’文字與此異。"

【彙評】

方苞曰："帝用手巾絶妙，孰知客更能，以所冠葛巾撇其棋，妙逾於帝。所謂强中有强也。"

陵雲臺樓觀精巧[1]，先稱平衆木輕重[2]，然後造構，乃無錙銖相負揭。臺雖高峻，常隨風搖動[3]，而終無傾倒之理[4]。魏明帝登臺，懼其勢危，別以大材扶持之，樓即頹壞[5]。論者謂輕重力偏故也。《洛陽宮殿簿》曰："陵雲臺上壁方十三丈[6]，高九尺。樓方四丈，高五丈。棟去地十三丈五尺七寸五分也。"

〇"陵雲臺"至"力偏故也"

"陵雲臺"，大典顯常曰："《一統志》：'淩雲臺在洛陽縣舊寧陽門外冰井地，魏文帝築，高二十三丈，登之可見孟津。'"《集成》。〇趙一清曰："《寰宇記》卷三引陸機《洛陽記》云：'臨商陵雲等八觀在宮之西，唯絕頂一觀在東，是號曰九觀。'"《三國志注補》卷二。〇程炎震曰："《水經注》十六《穀水篇》引《洛陽記》曰：'陵雲臺東有金市，金市北對洛陽壘。'《御覽》一百七十八引《述征記》曰：'陵雲臺在明光殿西，高八丈，累堺作道，通至臺上。'則陵雲臺永嘉後猶存。"余嘉錫按曰："臺高八丈，未爲極峻，不稱'陵雲'之名。蓋亦字有脫誤也。"

"無錙銖相負揭"，岡白駒曰："無相負持也。若此倚彼力，彼賴此勢者，彼此一廢，則傾倒，無相負持，故雖隨風動搖而無傾倒。"〇大典顯常曰："四方相構，稱重相載也，有錙銖相負則偏重也。"《撮補》。〇徐震堮曰："《後漢書·左雄傳》注：'負謂欠負。'《説文》：'揭，高舉也。''負揭'二字連用，猶言

---

[1] "精巧"，楊勇曰："'精'上，《類聚》六三、《初學記》二四、《御覽》一七六、《廣記》二二五引《世説》並有'極'字。"

[2] "先稱平衆木輕重"，楊勇曰："《類聚》六三、《初學記》二四、《御覽》一七六、《廣記》二二五引《世説》作'先稱平衆材輕重當宜'。"

[3] "常隨風"，楊勇曰："宋本作'常'，《類聚》六三、《初學記》二四、《御覽》一七六、《廣記》二二五引《世説》並作'恒'。避諱改。"

[4] "而終無傾倒之理"，楊勇曰："《初學記》二四、《廣記》二二五引《世説》並作'而終無崩隕'。"

[5] "即頹壞"，董刻本"頹"作"頹"。楊勇曰："'即'，《類聚》六三、《初學記》二四、《御覽》一七六、《廣記》二二五引《世説》作'便'。"按《類聚》《廣記》引"即"下有"便"字，見王叔岷校。

[6] "十三丈"，余嘉錫曰："《藝文類聚》六十二引楊龍驤《洛陽記》曰：'陵雲臺高二十三丈，登之見孟津。'此注中'十三丈'上疑脫'二'字。"

高下。”○楊勇曰：“負揭，猶擔負也。《莊子·胠篋》：‘負匱揭篋，擔囊而趨。’此意左右稱平擔負，無錙銖輕重差異也。”○張永言曰：“負揭，或墜或翹，不平衡。”《辭典》頁一二六。

“輕重力偏”，張萬起曰：“重心偏斜。”

○注“洛陽宮殿簿曰”

《洛陽宮殿簿》，沈家本曰：“《隋志》：‘《洛陽宮殿簿》一卷。’無撰人。二《唐志》作三卷。今久佚。”《古書目》卷四。○葉德輝曰：“《隋志》入‘地理’，題一卷，無撰人。”《書目》。

【彙評】

方苞曰：“輕重即得，傾倒自無，隨風擺動何害乎？惜明帝不悟，而誤以扶持致壞也。”

3

韋仲將能書。魏明帝起殿，欲安榜，使仲將登梯題之。既下，頭鬢皓然，因敕兒孫：“勿復學書[1]。”《文章敘錄》曰：“韋誕字仲將，京兆杜陵人，太僕端子。有文學，善屬辭。以光禄大夫卒。”衛恒《四體書勢》曰：“誕善楷書，魏宮觀多誕所題。明帝立陵霄觀，誤先釘榜，乃籠盛誕，轆轤長絙引上，使就題之。去地二十五丈，誕甚危懼。乃戒子孫，絕此楷法，箸之家令。”

○“韋仲將”至“勿復學書”

“韋仲將能書”，余嘉錫曰：“《御覽》七百四十七引《三輔決録》曰：‘韋誕字仲將，除武都太守。以書不得之郡，轉侍中。洛陽、鄴、許三都宮觀始就，

---

[1] “因敕兒孫勿復學書”，楊勇曰：“《御覽》七四七引《世說》作‘因是敕誡兒孫勿復學書’，《世俗》引《世說》作‘因誡兒孫勿復學書’。”

命誕銘題，以爲永制。以御筆墨皆不任用，因奏曰：夫工欲善其事，必先利其器。用張芝筆、左伯紙及臣墨，兼此三具，又得臣手，然後可以逞徑丈之勢，方寸千言。'"○王叔岷曰："《御覽》七四七引'能'作'善'，義同。《史記·萬石列傳》：'有姊能鼓琴。'《御覽》五一七引'能'作'善'，亦同例。"

"魏明帝起殿"，余嘉錫曰："《水經·穀水注》曰：'魏明帝上法太極，于洛陽南宮起太極殿于漢崇德殿之故處。南宮既建，明帝令侍中京兆韋誕以古篆書之。'"

"欲安榜"，田中頤曰："安，安置也。"

"勿復學書"，田中頤曰："深自懲艾。"○余嘉錫曰："誕之戒子孫，乃專令絕大字楷法，並非禁使永不學書也。"

○注"文章敍録曰"

"韋誕字仲將"，程炎震曰："《魏志》二十一《劉劭傳》注引《文章敍録》云：'誕，太僕端之子。建安中爲郡上計吏，特拜郎中。稍遷侍中、中書監。以光禄大夫遜位。年七十五，卒於家。'"○陳直曰："韋誕字仲將，亦見於《三國志》裴注、《書品》、《齊民要術》等書。近年西安廣濟街口出土後秦時追立漢京兆尹司馬芳殘碑陰第一行題名，有'故吏功曹史杜縣韋誕字子茂'，據此韋誕當日蓋有兩字。"《札記》。

○注"衛恒四體書勢曰"

《四體書勢》，葉德輝曰："《隋志》入'小學'，題一卷，云：'晉長水校尉衛恒撰。'"《書目》。

"誕善楷書"，恩田仲任曰："書法至晉，始爲撇捺點畫端楷方正，遂曰楷書。"

"明帝立陵霄觀"五句，李治曰："《書法録》云：'魏明帝凌雲臺初成，令韋誕題牓，高下異好，就點正之。因危懼，以戒子孫，無爲大字楷法。'王僧虔《名書録》云：'魏明帝起凌雲臺，誤先釘牓，而未之題。籠盛韋誕，鹿盧引上書之。去地二十五丈，誕甚危懼，乃戒子孫，絕此楷法。'李子曰：魏明帝之爲人，人主中俊健者也。興工造事，必不孟浪。況凌雲殿非小小營構，其爲匠氏者，必極天下之工。其爲將作者，亦必極當時之選。樓觀題牓，以人情度之，宜必先定，豈有大殿已成，而使匠石輩遽挂白牓哉？誤釘後書之説，萬無此理，而《名書録》載之，晉史又載之，是皆好事者之過也。"《敬齋古今黈》卷六。余嘉錫按曰："衛恒去韋誕時不遠，又與王僧虔皆世代書家，縱所言不能無少誤，然父師相傳，豈得全

1540

無所本呼？" ○余嘉錫曰："李所引《書法録》不知出何書，其文乃與張懷瓘《書斷》全同。據其所言，此榜乃是在平地書就，及懸之臺上，方覺其不佳。榜既高大，又已釘牢，取之甚難，故懸誕使得上，令就加描潤耳。高下異好，書畫之常。懷瓘此説，必别有所據，足以正從來相傳之失矣。"

"箸之家令"，恩田仲任曰："家令，猶言家訓。"

◎大典顯常曰："《四體書勢》中不載此文，但曰：'韋誕太和中爲武都太守，以能書留補侍中。魏氏寶器銘題，皆誕書也。'"《撮補》。○程炎震曰："《晉書》三十六《桓傳》［載］《四體書勢》無此文。惟《篆書篇》云：'韋誕師淳而不及。太和中，誕爲成都太守，以能書留補侍中。魏氏寶器銘題，皆誕所書也。'《三國志・劉劭傳》注引同。詳其文意，謂誕善篆書，非謂楷隸也。"○徐震堮曰："此事不見於《晉書・衛桓傳》所引《四體書勢》，惟《王獻之傳》謝安述以試獻之之語，與此略同。《法書要録》引王僧虔《條疏古來能書人名啓》及《論書》韋誕條，與此正同。疑僧虔語本出衛桓，《晉書》所引或非全文。"

【彙評】

顏之推曰："吾幼承門業，加性愛重，所見法書亦多，而翫習功夫頗至，遂不能佳者，良由無分故也。然而此藝不須過精。大巧者勞而智者憂，常爲人所役使，更覺爲累。韋仲將遺戒，深有以也。"《顏氏家訓・雜藝》。

李贄曰："故以蔡中郎殉葬也。"《初潭集》卷十四。

凌濛初曰："豈至學書者必遭此？"

田中頤曰："巧藝之極，至此亦可哀夫。"評"頭鬢皓然"。

4

鍾會是荀濟北從舅，二人情好不協。荀有寶劍，可直百萬[1]，常在母鍾夫人許[2]。《孔氏志怪》曰："劭以寶

---

[1] "百萬"，楊勇曰："'萬'下《書鈔》有'金'字。"
[2] "鍾夫人"，楊勇曰："'夫'上《御覽》一八〇、三四三引《世説》有'太'字，是。"龔斌曰："此母乃劭母，非鍾會之母也。劭母'鍾夫人'不誤，不可改爲'鍾太夫人'。"

劍付妻。"會善書，學荀手跡[1]，作書與母取劍，仍竊去不還。《世語》曰："會善學人書。伐蜀之役，於劍閣要鄧艾章表[2]，皆約其言[3]，令詞旨倨傲[4]，多自矜伐。艾由此被收也[5]。" 荀勖知是鍾而無由得也[6]，思所以報之。後鍾兄弟以千萬起一宅[7]，始成，甚精麗，未得移住。荀極善畫[8]，乃潛往畫鍾門堂[9]，作太傅形象，衣冠狀貌如平生。二鍾入門[10]，便大感慟，宅遂空廢。《孔氏志怪》曰："于時咸謂勖之報會，過於所失數十倍。彼此書畫，巧妙之極。"

○"鍾會是"至"宅遂空廢"

"鍾會是荀濟北從舅"，大典顯常曰："晉武帝封勖濟北郡公。荀，母鍾夫人，與會從兄弟也。"《集成》。○程炎震曰："《晉書》三十九《勖傳》：'武帝受禪，改封濟北郡公，固辭為侯。'"○龔斌曰："《晉書》三九《荀勖傳》謂從外祖是鍾繇。考《魏志·鍾繇傳》，荀勖外祖乃鍾演，母鍾夫人是鍾演之女。"

"二人情好不協"，田中頤曰："六字冒頓。"○張萬起曰："情好，感情，情誼。"

"學荀手跡"，田中頤曰："學謂擬似也。"

"仍竊去不還"，王叔岷曰："'仍'猶'因'也。"

"以千萬起一宅"，田中頤曰："'千萬'即上'百萬'之十倍。"

---

[1] "學荀"，趙西陸曰："《魏志·鍾會傳》裴注引《世語》'學'作'效'。"
[2] "章表"，趙西陸曰："《魏志·鍾會傳》裴注引《世語》'章'作'草'。"
[3] "約其言"，趙西陸曰："《魏志·鍾會傳》裴注引《世語》'約'作'易'。"徐震堮曰："'約'《魏志·鍾會傳》及《御覽》三四三所引並作'易'。"
[4] "倨傲"，葉德輝曰："袁本'倨傲'作'促夫'。按'促夫'疑'促失'之誤。'倨傲'是此本臆改。《魏志·鍾會傳》注引《世語》作'令辭指悖傲'，亦與此異。"趙西陸曰："《魏志·鍾會傳》裴注引《世語》'倨傲'作'悖傲'。"
[5] "由此被收也"，趙西陸曰："《魏志·鍾會傳》裴注引《世語》'由此被收也'作'又毀文王報書，手作以疑之也'。"
[6] "荀勖知"，程炎震曰："勖，《御覽》一百八十、又三百四十三引並作'深'，是也。"
[7] "一宅"，王叔岷曰："《御覽》一百八十、三四三引'一宅'並作'新宅'。"
[8] "荀極善書"，楊勇曰："'荀'下'極'字，《御覽》一八〇、三四三引《世說》無。"
[9] "門堂"，程炎震曰："（《御覽》一百八十、又三百四十三引）'門堂'下有'並'字，是也。"
[10] "二鍾入門"，王叔岷曰："《御覽》一百八十、三四三引'鍾'下並有'來'字。"

"太傅形象"，馬永易曰："太傅名繇。二鍾謂繇二子毓、會云。"《實賓録》卷三注。

○注"世語曰"

"要鄧艾章表"，岡白駒曰："要，遮也。言遮奪其表章，學鄧書，約其言，倨傲其文，矜伐其事，換以奏之。"○龔斌曰："要，攔截也。"

"約其言"，恩田仲任曰："約，謂約省也。"

"艾由此被收也"，岡白駒曰："鍾會、鄧艾，並仕魏，艾自尚書累遷鎮西將軍，都督隴右諸軍事，會爲鎮西將軍，景元中，與艾大舉伐蜀，會有異志，艾爲會所構，死於蜀。"

【彙評】

劉辰翁曰："可與優孟相發明，而□□大異。"

陳絳曰："魏鍾會善效人書，其傾鄧艾也，於劍閣要艾章奏白事，皆易其言，令辭旨悖慢，多自矜伐。又毀晉公昭報書，手作以疑之。宋夏竦怨石介之斥己也，因介嘗奏記於富弼，責以行伊周之事，竦乃先遣女奴，陰習介書，卒改伊周爲伊霍，又作介爲弼撰廢立詔草，介以得罪。小人之害君子，其術不一端，而可畏有如此。"《金罍子》中篇卷五。

伯克利手批曰："一班狡獪兒。"

田中頤曰："鍾以書，荀以畫，皆達人之相爲敵仇者至於此已。"

5

羊長和博學工書，《文字志》曰："忱性能草書，亦善行隸，有稱於一時。"能騎射，善圍棋。諸羊後多知書，而射、奕餘藝莫逮[1]。

---

[1]"射奕"，董刻本"奕"作"弈"。

○“羊長和”至“餘藝莫逮”

“射奕餘藝”，龔斌曰：“奕，通‘弈’。《廣雅·釋言》：‘圍棋，弈也。’”

○注“文字志曰”

“善行隸”，龔斌曰：“疑‘行隸’同‘隸行’，乃行書及隸書之並稱。”

6

戴安道就范宣學，《中興書》曰：“遠不遠千里，往豫章詣范宣，宣見遠，異之，以兄女妻焉。”視范所爲，范讀書亦讀書，范鈔書亦鈔書[1]。唯獨好畫，范以爲無用，不宜勞思於此[2]。戴乃畫《南都賦圖》[3]，范看畢咨嗟，甚以爲有益，始重畫。

○“戴安道”至“始重畫”

“鈔書”，秦士鉉曰：“鈔書，謄寫也。”

“戴乃畫南都賦”，大典顯常曰：“《南都賦》，漢張衡所作。南都在南陽，光武舊里，以置都焉。”○王叔岷曰：“《御覽》七百五十引‘乃’作‘爲’，‘乃’猶‘爲’也。《戰國策·秦策五》：‘王后乃請趙而歸之。’《史記·呂不韋列傳》《正義》引‘乃’作‘爲’，亦其比。”

“始重畫”，田中頤曰：“不巧藝，則誰能至此！”

---

〔1〕 “鈔書”，董刻本“鈔”作“抄”。
〔2〕 “不宜勞思於此”，董刻本“宜”字殘。王利器曰：“《類說》卷三一引作‘不宜勞心’，無‘於此’二字。”
〔3〕 “戴乃畫南都賦圖”，楊勇曰：“《名畫記》五引《世說》作‘遠乃與宣畫南都賦’，《御覽》七五〇引《世說》作‘戴安道爲范宣畫南都賦’。”

7

謝太傅云：“顧長康畫，有蒼生來所無。”《續晉陽秋》曰：“愷之尤好丹青，妙絕於時。曾以一廚畫寄桓玄，皆其絕者，深所珍惜，悉糊題其前。桓乃發廚後取之，好加理後[1]，愷之見封題如初，而畫並不存，直云：‘妙畫通靈，變化而去，如人之登仙矣[2]。’”

〇“謝太傅”至“所無”

“有蒼生來所無”，王叔岷曰：“《類說》三一引‘有’作‘自’，義同。《莊子·人間世篇》：‘回之未始得使，實自回也；得使之也，未始有回也。’‘自’‘有’互文，‘自’亦‘有’也。《文心雕龍·夸飾篇》：‘才非短長，理自難易也。’‘自’亦與‘有’同義。《孟子·公孫丑篇》：‘自生民以來，未有夫子也。’”

◎余嘉錫曰：“《歷代名畫記》五引劉義慶《世說》云：‘謝安謂長康曰：卿畫自生人以來未有也。’又云：‘卿畫蒼頭，古來未有也。’並與今本不合。又引云：‘桓大司馬每請長康與羊欣論書畫，竟夕忘疲。’今本亦無此語。”

〇注“續晉陽秋曰”

“好加理後”，參見校文。徐震堮曰：“理謂修理。”〇龔斌曰：“謂細心修理如初。理，修理；復，復原。”

【彙評】

李贄曰：“只得如此道，亦畢竟是變化去也。”《初潭集》卷十四。

8

戴安道中年畫行像甚精妙。庾道季看之，語戴云：

---

[1] “好加理後”，董刻本“後”作“復”。葉德輝曰：“袁本‘後’作‘復’。”
[2] “登仙”，朱鑄禹曰：“《晉書》卷九十二《顧愷之傳》‘登仙’下有‘了無怪色’四字，語意較完。”

“神明太俗，由卿世情未盡。”戴云：“唯務光當免卿此語耳。”《列仙傳》曰：“務光，夏時人也。耳長七寸，好鼓琴，服菖蒲韭根〔1〕。湯將伐桀，謀於光，光曰：‘非吾事也。’湯曰：‘伊尹何如？’務光曰：‘彊力忍詬，不知其它。’湯克天下，讓於光，光曰：‘吾聞無道之世，不踐其土。況讓我乎？’負石自沈於盧水〔2〕。”

○“戴安道”至“此語耳”

“行像”，恩田仲任曰：“‘行’即行住坐臥之‘行’。《法苑珠林》曰：‘襄州華嚴寺行像者，古來木像，及周滅法，人藏其首。隋開皇乃出，如前莊嚴，以爲坐像云云。’”○大典顯常曰：“王氏《畫苑·歷代名畫記》注：‘戴逵畫有《阿谷處女圖》《孫綽高士圖》《胡人弄猿圖》《濠梁圖》等，並傳前代。’《丹鉛錄》：‘《山海經》曰：“太行山一名五行山。”《列子》作“大形”，則“行”本音也。’按‘行像’之‘行’亦與‘形’通。《撮補》。○淇園曰：“蓋行樂圖。”○秦士鉉曰：“或云：猶云立像也。一說‘行’‘形’通用，即形像也。據下文二人所論，則似爲真像。”○楊勇曰：“行像，即形象。‘行’讀如‘形’。”○朱鑄禹曰：“此即後世所謂行樂圖之類。或云‘行’與‘形’通，‘行像’即形像，亦可通。”○龔斌曰：“行像乃指佛像也，能移動行走，故曰行像。法顯《佛國記》記法顯於西域觀行像：‘最先行像離城三四里，作四輪像車’云云。法顯所見行像乃立車中而行。”

“庾道季”，徐震堮曰：“庾亮子龢，字道季。”

“神明太俗”二句，田中頤曰：“言胸中俗氣，自形於畫。”○楊勇曰：“神明，即神情。”○龔斌曰：“逵雖有高尚之名，然非真正棲遲衡門者，故庾戲之。”

“唯務光當免卿此語”，田中頤曰：“言是唯務光之爲人，而畫務光之爲人，當得免此語。不則，人固不能無之也。”

○注“列仙傳曰”

王叔岷曰：“注引《列仙傳》云云，本《莊子·讓王篇》。（又見《呂氏春秋·離俗篇》，‘盧水’作‘募水’。）”

---

〔1〕“韭根”，余嘉錫曰：“‘韭’，《名畫記》五引作‘薤’。”
〔2〕“盧水”，秦士鉉曰：“盧，音閭，一作‘蓼’。”余嘉錫曰：“‘盧水’（《名畫記》五）引作‘瀘水’。”

李贄曰："此答未善。予因代答一轉語云：'與俗人看，便是真俗。'"評"戴云"。《初潭集》卷十四。

9

顧長康畫裴叔則，頰上益三毛。人問其故，顧曰："裴楷儁朗有識具，正此是其識具。"看畫者尋之，定覺益三毛如有神明，殊勝未安時[1]。愷之歷畫古賢，皆爲之贊也。

○"顧長康"至"未安時"

"此是其識具"，湛園曰："此，三毛。"○恩田仲任曰："識具，識量才具。"

"看畫者尋之"二句，蘇軾曰："凡人意思各有所在，或在眉目，或在鼻口。虎頭曰：'頰上加三毛，覺精采殊勝。'則此人意思蓋在鬢頰間也。"《傳神記》。○桃井白鹿曰："尋，尋究。"○田中頤曰："謂看畫家尋求其意。"○張攄之曰："尋，尋思，仔細思量。"《選注》。

"殊勝未安時"，岡白駒曰："安，益三毛也。"○田中頤曰："其所益三毛，如有神明，而勝於其未安置之時殊甚也。"○秦士鉉曰："安，置也，即謂畫之也。"

王中郎以圍棋是坐隱，支公以圍棋爲手談。《博物志》曰："堯作圍棋，以教丹朱。"《語林》曰："王以圍棋爲手談，故其在哀制中，祥後客來，方幅會戲。"

---

[1] "殊勝"，王叔岷曰："《藝文類聚》七四引'勝'下有'向'字。"

○"王中郎"至"爲手談"

"坐隱"，沈長卿曰："予謂'隱'字未確，盍改爲'坐戰'？"《沈氏日旦》卷七。佚名按曰："'戰'不如'隱'，'隱'趣悠然，'戰'則索然無味。"○田中頤曰："以身坐而心與俗遠言之。"○張萬起曰："坐下來隱語。隱語，指不直述本意而借它辭暗示的話。"

"手談"，吳曾曰："唐《杜陽編》云：'大中間，日本國貢玉棋子，云：本國南有集真島，島上有手譚池，池中出棋子。'此又何耶？"《漫録》卷六。○田中頤曰："以用手而會得玄理言之。"○張萬起曰："《顏氏家訓·雜藝》：'圍棋有手談、坐隱之目，頗爲雅戲，但令人耽憒，廢喪實多，不可常也。'"

◎朱亦棟曰："《金樓子》：'初，猶教丹朱棋，以文桑爲局，象犀爲子。'按《瑯嬛記》：'吳耽不好棋，見人着輒曰：汝非死將軍，奈何以鬼陣相攻。後人因名棋曰鬼陣。'此與'手談'雅語正相反也。《續博物志》：'《語林》云：王中郎以圍棋爲坐隱。或亦謂之爲手談，又謂之爲棋聖。'《西京雜記》：'杜陵杜夫子善弈棋，爲天下第一人。或譏其費日，夫子曰：精其理者足以大裨聖教。''棋聖'之稱，其以是乎？"《群書札記》卷三。○梁章鉅曰："王中郎者，王坦之也。在哀制中，客來即用方幅爲會戲，故曰坐隱。支公者，支遁也。又《群仙傳》云：'王積薪夜宿村店，聞隔壁圍棋。及明視之，則無棋局。問之，乃手談也。'又按《顏氏家訓》云：'圍棋有手談、坐隱之目，頗爲雅戲。但令人耽憒，廢喪實多，不可常也。'則知此語由來尚矣。"《浪跡三談》卷一。○余嘉錫曰："《水經注》二十二《渠水注》引《語林》曰：'王中郎以圍棋爲坐隱，或亦謂之手談，又謂之爲棋聖。'"

○注"語林曰"

"祥後"，秦士鉉曰："祥，小祥也。"

"方幅會戲"，桃井白鹿曰："即'方幅齒遇'之'方幅'。"○大典顯常曰："方幅，言善應之也。"○余嘉錫曰："《隋書·音樂志》引沈約奏曰：'《檀弓》叢雜，又非方幅典誥之書也。'《梁書·徐勉傳》：'嘗爲書誡子崧曰：前割西邊，施宣武寺。既失西廂，不復方幅。'《陳書·姚察傳》：'補東宫學士，宫內所須，方幅手筆，皆付察立草。'《南史·蕭坦之傳》：'帝夜遣內左右，密賜文季，文季不受，帝大怒，坦之曰：官若詔敕出賜，令舍人主書送往，文季寧敢不受？政以事不方幅，故仰遺耳。’又《豫章王綜傳》：‘普通四年，爲都督南兗州刺史，頗勤於事，而不見賓客。其辭訟則隔簾理之，方幅出行，垂帷於輿。每云惡人識其面也。’詳此諸證，則‘方幅’之言，謂事物之正當者耳。”按“方幅”義參見《賢媛篇》“周浚作安東時”條。

【彙評】

王世貞曰：“彼王中郎之坐隱，支道人之手談，雅語也。”

王世懋曰：“雅語。”

陳夢槐曰：“支語尤妙。”

錢穆曰：“當時名士清談，特如鬥智。其時又好圍棋，稱之爲坐隱，又稱曰手談。正因圍棋亦屬鬥智，故取以擬清談也。然則清談亦可稱口弈，或舌棋，見其亦僅屬一種憑口舌之對弈。亦可稱爲談隱，以時人直是以談話作山林，出言玄遠，即是隱於談，卻不必脫身而去，真隱於山林也。以清談與弈棋相類視，要之清談乃是一種日常生活，若謂專求哲理，豈不甚違當時之情實乎？”《關係》。

11

顧長康好寫起人形。《續晉陽秋》曰：“愷之圖寫特妙〔1〕。”欲圖殷荊州，殷曰：“我形惡，不煩耳〔2〕。”顧曰：“明府正爲眼爾〔3〕。仲堪眇目故也。但明點童子，飛白拂其上，使如輕雲之蔽日〔4〕。”日，一作月〔5〕。

―――――――

〔1〕 “愷之”，董刻本、沈校本無“之”字。

〔2〕 “不煩耳”，《世説補》“耳”作“爾”。秦士鉉曰：“‘煩爾’或作‘煩耳’。”楊勇曰：“‘不’上《類聚》七四引《世説》有‘卿’字。”朱鑄禹曰：“‘耳’似當作‘爾’。爾，如此也。”

〔3〕 “正爲眼”，王叔岷曰：“《藝文類聚》（七四）、《御覽》七百四十‘正’下並有‘當’字。”

〔4〕 “使如輕雲之蔽日”，徐震堮曰：“‘日’，《晉書》本傳作‘月’，下有‘豈不美乎！仲堪乃從之’九字，語意始備。”楊勇曰：“宋本作‘使’，《名畫記》五引《世説》作‘便’。”

〔5〕 “一作月”，程炎震曰：“《晉書》九十二《愷之傳》亦作‘月’。”葉德輝曰：“《晉書·顧愷之傳》正作‘月’。”楊勇曰：“《類聚》七四、《名畫記》五、《御覽》七四〇引《世説》並作‘月’。”

○“顧長康”至“雲之蔽日”

“正爲眼爾”，劉辰翁曰：“仲堪眇目。”○淇園曰：“言爲眼眇不欲爲也。”

“童子”，恩田仲任曰：“‘童’與‘瞳’通。”

“飛白拂其上”，岡白駒曰：“以飛白書法拂之也。飛白，始於蔡邕，邕見匠施堊帚作之，字體輕微不滿。”○大典顯常曰：“此非飛白之書也，以白粉拂之也。”○田中頤曰：“言用白粉輕輕拂過明點上。”○秦士鉉曰：“白，粉也。飛白，與杜詩‘霏紅’之‘霏’同。”○張萬起曰：“此指用飛白筆法作畫。”

“輕雲之蔽日”，田中頤曰：“言如此則似而有神彩加。”○趙西陸曰：“曹植《洛神賦》曰：‘仿佛兮若朝雲之蔽月。’此用其語。”

12

顧長康畫謝幼輿在巖石裏。人問其所以，顧曰：“謝云：‘一丘一壑，自謂過之。’此子宜置丘壑中[1]。”

○“顧長康”至“置丘壑中”

“一丘一壑”二句，田中頤曰：“過之，謂過人。”○趙西陸曰：“‘一丘一壑’云云，謝鯤對明帝語，已見《品藻》。”按參見《品藻篇》“明帝問謝鯤”條。

“宜置丘壑中”，田中頤曰：“言畫在傳神，而不在形似，故推此語意，本宜然也。”

【彙評】

張萬起曰：“畫謝幼輿在巖石里和裴叔則頰上益三毛一樣，都體現了顧愷之‘以形寫神’‘遷想妙得’的繪畫理論。它不拘於生活細節的真實，不單純追求形似，而是以丰富的想象、活躍的聯想，得妙於神。”

---

〔1〕“此子宜置丘壑中”，王叔岷曰：“《藝文類聚》（七四）引作‘此子自宜置於丘壑之中’。”

顧長康畫人，或數年不點目精。人問其故，顧曰：
"四體妍蚩,本無關於妙處，傳神寫照，正在阿堵中。"

○"顧長康"至"阿堵中"

"不點目精"，秦士鉉曰："'目精'即'目睛'。"○田中頤曰："謹慎之
至。"○趙西陸曰："'精'同'睛'。"○吳金華曰："古人認爲，一個人的視力
如何，關鍵在於瞳孔，漢魏六朝稱瞳孔爲'童子精'、'目精'，先秦世代則稱之
爲'明'。例如：'子夏喪其子而喪其明。'（《禮記》卷七《檀弓》）鄭玄注：
'明，目精。'"《考釋》頁一八八。

"四體妍蚩"，趙西陸曰："四體,四肢。妍蚩，美醜也。蚩，同'媸'。"

"傳神寫照正在阿堵中"，洪邁曰："顧長康畫人物，不點目睛，曰：'傳神寫
照，正在阿堵中。'猶言此處也。"《容齋隨筆》卷四。○朱亦棟曰："謂傳神只在
眼精中也。"《群書札記》卷三。○桃井白鹿曰："傳神，謂傳移精神也。凡描寫人
物，傳其神爽，在目中一點，故曰'傳神寫照正在阿堵中'。阿堵中，猶如言此
中也。當時顧愷之指畫像之眼而説人，故云此中也。"○田中頤曰："言傳其神
明,寫出照人，正在此目精之一點也。"○秦士鉉曰："傳神，謂傳移精神也，即
真影也。"○趙西陸曰："阿堵，晉人語，猶今言這個，此指目睛。"○楊勇曰：
"寫照，猶映照也。"按"阿堵"義參見《文學篇》"殷中軍見佛經云"條、《規箴篇》
"王夷甫雅尚玄遠"條。

【彙評】

湯用彤曰："數年不點睛,具見傳神之難也。四體妍媸，無關妙處，則以示形
體之無足重輕也。漢代相人以筋骨，魏晉識鑒在神明。顧氏之畫理，蓋亦得意忘
形學説之表現也。"《論稿》頁三四。

顧長康道畫：“手揮五絃易，目送歸鴻難。”

○ “顧長康”至“歸鴻難”

孫能傳曰：“畫家寫古人詩意，始於晉顧長康。長康重嵇叔夜四言詩，因爲之圖，恒云：‘手揮五絃易，目送歸鴻難。’‘目送歸鴻，手揮五絃’，乃叔夜《送秀才入軍》詩。長康取爲圖，嘆其有難易之別耳。《世説》止云‘道畫’，劉孝標注亦失引。不讀《晉書》，不解所以。梁時諸王所跋《清夜游西園》，圖亦長康之筆。”《剡溪漫筆》卷三。○凌濛初曰：“‘目送歸鴻，手揮五絃’，乃嵇叔夜《送秀才入軍》詩中語。”○朱亦棟曰：“此言真得畫家三昧。唐彦謙詩：‘高樓瞪目歸鴻遠，始信嵇康欲畫難。’本此。”《群書札記》卷十一。○程炎震曰：“《晉書》：‘愷之每重嵇康四言詩，因爲之圖。’”○劉盼遂曰：“嵇叔夜《贈秀才[入]軍詩》：‘目送歸鴻，手揮五弦。’”○余嘉錫曰：“《世説》不言作圖，語意不明。《淮南子·俶真訓》云：‘夫目視鴻飛，耳聽琴瑟之聲，而心在雁門之間。’叔夜之意，蓋出於此。”○趙西陸曰：“此引嵇詩以喻畫，即傳神阿堵之意。《晉書》曰：‘愷之每重嵇康四言詩，因爲之圖。恒云：手揮五弦易，目送歸鴻難。’謂重嵇詩而畫之，失其旨矣。”

【彙評】

劉辰翁曰：“正似留譜與後人。”

李贄曰：“留譜與人。”《初潭集》卷十四。

王士禎曰：“兼可悟畫理。”

宗白華曰：“晉宋人欣賞自然，有‘目送歸鴻，手揮五弦’的超然玄遠的意趣，這使中國山水畫自始即是一種‘意境中的山水’。”《晉人的美》。

蔣凡曰：“手揮五弦，因有形可寫，所以爲易。目送歸鴻，因是心想眼追，視之無形而意在象外，此所以爲難。”

寵禮第二十二

【題解】

何良俊曰："今郡縣不請士、宰相不俛眉之日久矣。昔孔子當春秋間，齊、魯、陳、衛之君聘問接轍。其道雖不得大行，然不可謂不知之也，世猶悲其不遇。使生於今之世，苟非守章句、擢甲科，曾不得與士之最下者齒，安望其若此哉！三代之風逖哉邈矣。東漢猶有'徒見二千石，不如一逢掖'之言，或者東漢去古未遠。夫以秦檜之當國，猶能優一陸士規，時宋室雖季，非無多聞懿實之士。奈何其所禮者，特文華浮競之徒，卒之挾勢黷賄，而後之不欲下士者，遂爲口實。夫天道下濟而光明，上不下交，世漸否塞，徒使有志之士憤嘅盈襟。嗚呼，斯豈特在上者之過哉！"《何氏語林》卷二十四。○田中頤曰："此編寵遇禮待，殊異於常者也。"○趙西陸曰："宋汪藻《世說敘錄》作'寵數'。"○蔣凡曰："承永嘉西晉覆亡之痛，司馬南渡，建立江南的偏安小王朝。這時皇族對於中央朝廷的控制力，人人削弱，因而必須借助大士族的支撐，通過給予權臣以超越禮儀的特殊待遇，來收買人心，以便穩固政權。同樣，那些野心勃勃的高門士族，也在積極'招兵買馬'，籠絡人才，給予爲其所用之士，以不次的超擢與禮遇。'寵禮'不是一般意義上的舉賢授能，其政治奧秘，並非爲'義'而設，而是專爲'利'而行。"

1

元帝正會，引王丞相登御牀〔1〕，王公固辭，中宗引之彌苦。王公曰〔2〕："使太陽與萬物同暉，臣下何以瞻

---

〔1〕"引王丞相登御牀"，楊勇曰："《類聚》四、《御覽》六八引《世說》作'引丞相王導登御牀'。"
〔2〕"王公曰"，徐震堮曰："《御覽》二九引作'文獻曰'。案王導諡文獻。"楊勇曰："《類聚》四、《御覽》二九、九八引《世說》作'文獻曰'。"王叔岷曰："《御覽》二九引'文獻曰'下有注云：'文獻，王導諡。'"

仰〔1〕?"《中興書》曰："元帝登尊號,百官陪位,詔王導升御坐,固辭然後止。"

○"元帝正會"至"何以瞻仰"

"正會",岡白駒曰:"元帝即正帝位,始會百官。"

"中宗引之彌苦",田中頤曰:"寵遇之至。"○徐震堮曰:"中宗,元帝廟號。"

"太陽與萬物同暉",田中頤曰:"太陽,喻帝。萬物,自喻。"

"臣下",田中頤曰:"群臣下民。"

【彙評】

王若虛曰:"曷不但言禮不可瀆,上下之分不可亂,而猥假此喻人主之尊,止圖瞻視而已邪? 晉士虛談類如此!"《滹南集》卷二十八《臣事實辨》。

蔣凡曰:"元帝正會,極力拉攏王導共登御牀,推其內在心理,真假參半。"

2

桓宣武嘗請參佐入宿,袁宏、伏滔相次而至。蒞名,府中復有袁參軍,彥伯疑焉,令傳教更質。傳教曰:"參軍是袁、伏之袁,復何所疑?"

○"桓宣武"至"何所疑"

"蒞名",朱鑄禹曰:"蓋列名於入宿之數,似桓徵入宿備朝夕顧問,在當時為寵近尊禮也。"○龔斌曰:"此指傳教唱名。"

"傳教更質",胡三省曰:"傳教,郡吏也,宣傳教令者也。"《通鑒·晉紀十一》

---

〔1〕 "瞻仰",徐震堮曰:"此下《御覽》二九有'乃止'二字。"楊勇曰:"《類聚》四、《御覽》九八'瞻仰'作'仰瞻',下作'帝乃止'。"王叔岷曰:"《御覽》二九引'瞻仰'下有'乃止'二字,'乃'上當有'帝'字。"

注。○張萬起曰："質,問,質詢。"

◎凌濛初曰："此則弇州所删。"又曰："《補》中删此,令人不知'袁伏之袁',後須溪之批,竟似無謂。"按劉辰翁批語未見。

【彙評】

王世懋曰："'蒞名'二字,可傳典故。"

蔣凡曰："傅教的回答,妙語解人,正是針對袁宏的心理世界而發,可謂一語破的。"

　　王珣、郗超並有奇才[1],爲大司馬所眷拔[2]。珣爲主簿,超爲記室參軍[3]。超爲人多須[4],珣狀短小[5]。于時荆州爲之語曰[6]:"髯參軍,短主簿,能令公喜,能令公怒。"《續晉陽秋》曰:"超有才能,珣有器望,並爲温所暱。"

---

[1]　"奇才",王叔岷曰:"《藝文類聚》十九引'奇'作'俊'。《御覽》二四九引'奇'作'儁',四六五引作'雋'。'儁'與'俊'同,'雋'借字。"
[2]　"爲大司馬",王叔岷曰:"(《藝文類聚》十九引)'爲'下有'桓'字。《御覽》(二四九、四六五)兩引'爲'下並有'桓温'二字,'温'字不必有。"
[3]　"記室參軍",朱鑄禹曰:"《太平御覽》二四九'記室參軍'條引此,下有'桓時爲荆州'五字。"
[4]　"多須",余嘉錫曰:"'須'景宋本作'髯'。"徐震堮曰:"《晉書》本傳正作'髯'。"楊勇曰:"《類聚》一九,《御覽》二四九、四六五引《世說》作'鬚',是。《説文》:'須,面上毛也。'須多則爲之髯,不當云爲'多髯'也。"
[5]　"珣狀",余嘉錫曰:"'珣'下景宋本有'行'字,非。沈本有'形'字。"王利器曰:"蔣校本、沈校本'行'作'形',是。餘本無'形'字。"徐震堮曰:"'狀'上沈校本有'形'字,《御覽》二四九同。影宋本作'行',蓋'形'字音近之誤。"楊勇曰:"'形'宋本作'行',沈校、《類聚》一九,《御覽》二四九、四六五引《世說》作'形'。"朱鑄禹曰:"'行''形'通。"
[6]　"荆州爲之語",程炎震曰:"《晉書·超傳》作'府中語曰'。此'荆州'字誤。珣弱冠從温,已移鎮姑孰,不在荆州矣。"朱鑄禹曰:"《晉書》卷六十七《郗超傳》作'府中語曰',《太平御覽》四六五'歌'條引作'時人爲之歌',皆不云'荆州'。"又,楊勇曰:"'語',《類聚》一九,《御覽》二四九、三七四、四六五引《世說》並作'歌'。《排調》五'汝歌',《古小説鉤沈》引作'汝語',殆時人'歌''語'並用。"

1555

○“王珣郗超”至“令公怒”

“眷拔”，張永言曰：“愛重提拔。”《辭典》頁二三三。○蔣宗許曰：“猶言特別喜愛、賞識。六朝時以‘拔’作爲雙音詞的後一詞素的構詞現象很常見。”《臆札》。

“荊州”，張萬起曰：“庾翼亡故，桓溫代爲荊州刺史，鎮守西藩。”

“髯參軍”，徐子光曰：“《晉書》：郗超字景興，太尉鑒之孫。少卓犖不羈，有曠世之度。善談論，義理精微，大司馬桓溫辟爲參軍。溫英氣高邁，罕有所推，與超言常謂不能測，遂傾意禮待，超亦深自結納。時王珣爲溫主簿，亦爲溫所重。府中語曰：‘髯參軍，短主簿。能令公喜，能令公怒。’超髯珣短故也。”《蒙求集注》卷上“郗超髯參”條。

“短主簿”，徐子光曰：“晉王珣字元琳，丞相導之孫。弱冠與謝玄爲溫掾。溫嘗謂之曰：‘謝掾年四十必擁旄仗節，王掾當作黑頭公，皆未易才也。’孝武時爲僕射領吏部。帝雅好典籍，以才學文章見昵。夢人以大筆如椽與之，既覺，語人曰：‘此當有大手筆事。’俄而帝崩，哀冊謚議皆珣所草。”《蒙求集注》卷上“王珣短簿”條。○支允堅曰：“珣後至司徒，然在桓溫府爲主簿，故稱短簿。虎丘寺乃其捨宅爲之，今有短簿祠。”《異林》卷二。○趙西陸曰：“《古今注》卷中：‘猿一名參軍，羊一名髯鬚主簿。’”○曹道衡曰：“珣狀短小，在溫幕與郗超同見寵信。”《叢考》頁二〇四。

◎余嘉錫曰：“此出《晉陽秋》，見《書鈔》六十九引。”

【彙評】

戴璟曰：“士君子立身行己，自有法度，最不可不擇索從也。班固之從竇憲，朱穆之從梁冀，皆一失其身而萬事瓦裂者也。桓溫專權方命，視君如委裘，而臣子之禮殆覊縻焉。蓋不待廢立之舉，而天下皆知其凶逆矣，其視憲冀，不相上下者也。使有忠義激烈者，豈屑爲之用哉？夫何郗超以髯爲參軍，王珣以短爲主簿？凡廢立之事，超爲之謀，而珣亦無諫焉，此知有權臣，而不知有王室者也。然則以《春秋》之法論之，二子能逃黨惡之誅乎？”《品藻》卷十八。

4

許玄度停都一月，劉尹無日不往。乃歎曰："卿復少時不去，我成輕薄京尹！"《語林》曰："玄度出都，真長九日十一詣之，曰：'卿尚不去，使我成薄德二千石。'"

○"許玄度"至"輕薄京尹"

"不去"，大典顯常曰："去，猶來也。言許來都也。"《集成》。○秦士鉉曰："去，歸去也。或訓'來'，大謬。"

"成輕薄京尹"，岡白駒曰："爲其九日十一詣之故也。"○田中頤曰："言以其日往，於職事有荒廢，遂成'輕薄京尹'之名也。"

【彙評】

李贄曰："知己實難，吾何以死也！"《初潭集》卷十九。
凌濛初曰："得劉尹如此，甚難甚難。"

孝武在西堂會，伏滔預坐。還，下車呼其兒[1]，兒，即系也[2]。丘淵之《文章録》曰："系字敬魯，仕至光禄大夫。"語之曰："百人高會，臨坐未得他語[3]，先問：'伏滔何在？在此

---

[1] "呼其兒"，王叔岷曰："《書鈔》八二引'呼'上有'便'字。《御覽》五三九引'呼'上有'使'字，'使'乃'便'之誤。"
[2] "即系也"，李詳曰："《傳》載滔子系之，劉注作'系'，又引《文章録》'系字敬魯'。《晉書》二名，與劉引異。"程炎震曰："《晉書》九十二《滔傳》'系'作'系之'。"趙西陸："《晉書·文苑·伏滔傳》作'子系之'。《隋書·經籍志》集部：'梁有光禄大夫伏系之集十卷，録一卷，亡。'"徐震堮《札記》曰："《晉書》本傳曰：先呼子系之，謂曰云云。與此不同。"
[3] "百人高會臨坐"，李慈銘曰："'臨'上當有脱字。《晉書·伏滔傳》作'百人高會，天子先問伏滔在坐不'。"楊勇曰："'百人高會'上，《書鈔》八二、《御覽》五三九引《世説》並有'天子'二字。"

不？'此故未易得。爲人作父如此，何如？"

○"孝武在"至"如此何如"

"西堂"，胡三省曰："建康太極殿有東西堂，東堂以見群臣，西堂爲即安之地。"《通鑒·晉紀二十三》注。龔斌按曰："西堂亦用以群臣議事，宴飲大臣，本非一定。"

"呼其兒語之曰"，田中頤曰："自喜自矜之辭。"

"故未易得"，岡白駒曰："此寵遇故未易得。"

【彙評】

李贄曰："十分像。"○曰："亦俗亦不俗。"《初潭集》卷八。

王世懋曰："何器小乃爾！袁虎所以恥爲伍也。"

方苞曰："百人高會，先問伏滔；下車呼兒，自誇作父。喜動眉宇，千載如見。"

蔣凡曰："一副小人得志之態，活龍活現。袁宏以'袁伏'並稱爲恥，伏滔器小，該當如此。"

6

卞範之爲丹陽尹，羊孚南州暫還，往卞許，云："下官疾動不堪坐。"卞便開帳拂褥，羊徑上大牀，入被須枕。卞回坐傾睞[1]，移晨達莫[2]。羊去，卞語曰："我以第一理期卿，卿莫負我。"丘淵之《文章錄》曰："範之字敬祖，濟陰冤句人。祖嶷，下邳太守。父循，尚書郎。桓玄輔政，範之遷丹陽尹。玄敗，伏誅。"

---

[1]"回坐傾睞"，董刻本"回"作"迴"，"睞"作"睞"。王利器曰："各本'睞'作'睞'，是。"

[2]"達莫"，董刻本、元刻本"莫"作"暮"。

○“卞範之”至“移晨達莫”

“疾動不堪坐”，徐震堮曰：“動，發作也。”○楊勇曰：“疾動，藥發動也。羊亦服五石散者。”

“入被須枕”，李天華曰：“‘須枕’無義，當作‘項枕’。《三國志·蜀書》云簡雍‘獨擅一榻，項枕臥語’，‘項枕’謂以頸就枕。”

“回坐傾睞”，淇園曰：“開帳時移坐，而今回坐也。傾睞者，傾首數睞羊所也。”○恩田仲任曰：“傾睞，遊眺也。”○秦士鉉曰：“傾心睞視，護持之。”

○“羊去卞語”至“莫負我”

“移晨達莫”，岡白駒曰：“移，當爲‘從’。”○桃井白鹿曰：“移，如移日之移。‘移晨’字自佳。”○秦士鉉曰：“通夜申旦，未嘗少懈也。”

“我以第一理期卿”二句，岡白駒曰：“以持論第一期卿。”○秦士鉉曰：“我以卿爲第一等人，故今敬待如此，卿前躓所進，莫辜負我所期望。”○賀昌群曰：“絕對之究竟原則，魏晉人稱爲第一理。”《初論》頁五七。○龔斌曰：“‘理期’爲復合動詞，義猶今語‘理解及期望’也。《晉書》一一五《徐嵩傳》：‘汝曹羌輩，豈可以人理期也。’《宋書》六〇《范泰傳》：‘河南非復國有，羯虜難以理期。’”

任誕第二十三

【題解】

胡三省曰："任者,任物之自然。"《通鑒·晉紀四》注。○何良俊曰："世所謂任誕,其孔門狂者之流歟?昔孔子傳道不得中行,而思其次曰'必也狂狷乎',豈不以狂者志意高遠,易於入道耶?自東漢尚清名,好爲詭激之行。魏晉以來,又喜言莊老,一時如嵇阮輩,以率情任性爲得大道之本。其後阮孚、謝鯤之徒,咸共祖述,浸以成風。觀其脫落禮教,不持名檢,固多可非。然能矙然塵埃之表,舉天下不足迴其顧,則豈流俗所能庶幾乎?奈何世無孔子,莫爲折中,以斯人而卒於狂也,惜哉!"《何氏語林》卷二十五。○陳繼儒曰:"世謂任誕起于江左,非也。漢末已有之矣。仲長統《見志詩》曰:'寄愁天上,埋憂地下。叛散五經,撿滅風雅。'鄭泉嗜酒,臨卒謂同類曰:'必葬我陶家之側,庶千載化而成土,幸見取爲酒甕,實獲我心矣。'二子蓋劉、阮之先著鞭者也。"《枕譚》。○田中頤曰:"此謂任意氣所欲,而放誕逾節者也。"○余嘉錫曰:"國於天地,必有興立。《管子》曰:'四維不張,國乃滅亡。'自古未有無禮義,去廉恥,而能保國長世者。自曹操求不仁不孝之人,而節義衰;自司馬昭保持阮籍,而禮法廢。波靡不返,舉國成風,紀綱名教,蕩焉無存。以馴致五胡之亂,不惟亡國,且幾亡種族矣。君了見微而知著,讀《世說·任誕》之篇,亦千古之殷鑒也。《文選》四十九干寶《晉紀總論》曰:'風俗淫僻,恥尚失所,學者以老莊爲宗,而黜六經;談者以虛薄爲辯,而賤名檢;行身者以放濁爲通,而狹節信。'又曰:'觀阮籍之行,而覺禮教崩弛之由。'又曰:'民風國勢如此,雖以中庸之才,守文之主治之,辛有必見之於祭祀,季札必得之於聲樂,范燮必爲之請死,賈誼必爲之痛哭。又況我惠帝以蕩蕩之德臨之哉!'李善注引王隱《晉書》曰:'貴游子弟,多祖述於阮籍,同禽獸爲通。'《抱朴子·外篇·刺驕篇》曰:'世人聞戴叔鸞、阮嗣宗傲俗自放,見謂大度,而不量其材力非傲生之匹,而慕學之。或亂項科頭,或裸袒蹲夷,或濯腳於稠衆,或溲便於人前,或停客而獨食,或行酒而止所親。此蓋左衽之所爲,非諸夏之快事也。昔辛有見被髮而祭者,知戎之將熾。余觀懷、愍之世,俗尚驕褻,夷虜自遇,其後羌胡猾夏,侵掠上京,及悟斯事,乃先著之妖怪也。'《全晉文》三十五應詹上疏陳便宜曰：'元康以來，賤經尚道，以玄虛宏放爲夷達，以儒術清儉爲鄙俗。望白署空，顯以台衡之望；尋文謹案，目以蘭薰之器。永嘉之弊，未必不由此也。'"○蔣凡曰："任誕者，任達與荒誕之謂也。任達主要指無形精神世界的識見曠達，率性任情，意志自由自在而回歸天性之自然；荒誕則由虛入實，着重於言語行爲方面的乖戾無常，突破世俗常規而不守名教禮法。以'任誕'言行來表達自由個性和精神解放的理想和願望，這既是一種扭曲的智慧，也是一種重壓之下生命熱情的迸發。"

1

陳留阮籍，譙國嵇康，河内山濤，三人年皆相比，康年少亞之。預此契者，沛國劉伶，陳留阮咸，河内向秀，琅邪王戎。七人常集于竹林之下，肆意酣暢，故世謂"竹林七賢"。《晉陽秋》曰："于時風譽扇于海内，至于今詠之。"

○"陳留阮籍"至"年少亞之"

"陳留阮籍"，胡三省曰："《姓譜》：殷有阮國，在岐、渭之間。周詩有'侵阮徂共'之辭，子孫以國爲姓。後漢有己吾令阮敦。"《通鑑·魏紀十》注。

"康年少亞之"，程炎震曰："阮以漢建安十五年庚寅生，山以建安二十年乙未生，少阮五歲。嵇以魏黃初四年癸卯生，少阮十三歲。王戎以魏青龍二年甲寅生，蓋於七人中最後死也。沈約《七賢論》曰：'仲容年齒不懸，風力粗可。'"○趙西陸曰："亦見《魏志·王粲傳》注引《魏氏春秋》、《文選·思舊賦》注引臧榮緒《晉書》、《水經·清水注》、《晉書·嵇康傳》。《晉書·阮籍傳》曰：'景元四年冬卒，年五十四。'當生於建安十五年。《山濤傳》曰：'太康四年薨，年七十九。'當生於建安十年。嵇康以景元三年伏誅，年四十，當生於黃初四年。三人中濤年最長，嵇次之，康則少於籍十三載。又《王戎傳》曰：'永興二年薨，年七十二。'當生於青龍二年，少籍二十四歲。伶、咸、秀年並無考。"○徐震堮曰："按《晉書·阮籍傳》，籍以魏陳留王奂景元四年卒，年五十四，則其生當在漢獻帝建安十四年。《山濤傳》言卒於晉武帝太康四年，年七十九，則當生於建安十年，長阮籍四歲。《嵇康傳》但云死時年四十，不言死於何年，《通鑑》繫其事於景元三年，則其生當在魏文帝黃初四年，蓋小山濤十八歲，小阮籍十四歲，故云‘少亞之’。楊勇按曰：“嵇死於景元四年，當生於黃初五年。”

○“預此契者”至“竹林七賢”

“預此契”，張萬起曰：“契，聚會，約會。”

“竹林七賢”，葉夢得曰：“晉人貴竹林七賢。竹林在今懷州修武縣。初若欲避世遠禍者，然反由此得名。嵇叔夜所以終不免也。”《避暑錄話》卷上。○胡應麟曰：“七賢不始竹林。《後漢書》袁秘等七人以身扞刀，救郡守皆死，褒曰七賢。”《史書佔畢》六。○程炎震曰：“《文選》卷二十一《五君詠》注引《魏氏春秋》曰：‘康寓居河內之山陽縣，與河內向秀友善，遊於竹林。’《水經注》卷九《清水篇》曰：‘長泉水出白鹿山，東南伏流，逕十三里，重源濬發於鄧城西北，世亦謂之重泉也。又逕七賢祠東，左右筼篁列植，冬夏不變貞萋，向子期所謂“山陽舊居”也。後人立廟於其處。廟南又有一泉，東南流注於長泉水。郭緣生《述征記》所云“嵇公故居，時有遺竹”也。’《御覽》一百八十引《述征記》曰：‘山陽縣城東北二十里，魏中散大夫嵇康園宅，今悉爲田墟。而父老猶謂嵇公竹林，時有遺竹也。’”○范壽康曰：“竹林之遊始於何時，固不明瞭，但是嵇之受死刑是在魏末景元三年，當時王戎的年齡還不過是二十九歲，照這一點推測，就算王戎年未弱冠即已加入他們的遊談，所謂竹林之遊也不過是景元三年以前一二十年間的事情。”《魏晉的清談》。○湯用彤曰：“‘竹林’一語本見佛書，西晉洛都有竹林寺，但竹林高上與釋教有無關係，無明文。”《佛教史》頁一二九。○陳寅恪曰：“七賢所遊之‘竹林’，則爲假托佛教名詞，即‘Velu’或‘Venuvana’之譯語，乃釋迦摩尼說法處，歷代所譯經典皆有記載，而法顯、玄奘所親歷之地。”《三國志曹沖華佗傳與佛教教事》，《寒柳堂集》頁一八〇。又曰：“所謂‘竹林七賢’者，先有‘七賢’，即取《論語》‘作者七人’之事數，實與東漢末‘三君’‘八廚’‘八及’等名同爲標榜之義。殆西晉之末，僧徒比附內典外書之‘格義’風氣盛行，東晉初年乃取天竺‘竹林’之名加於‘七賢’之上，至東晉中葉以後江左名士孫盛、袁宏、戴逵輩遂著之於書（《魏氏春秋》《竹林名士傳》《竹林名士論》），而河北民間亦以其說附會地方名勝，如《水經注》九《清水篇》所載東晉末年人郭緣生撰著之《述征記》中嵇康故居有遺竹之類是也。”《關係》，《叢稿初編》頁二〇二。○陳直曰：“竹林七賢名次排列的先後，現存有三種不同形式。本文爲第一種，陶潛《聖賢群輔録》與此相同。第二種，《晉書·嵇康傳》云：'康所與神交者，惟陳留阮籍，河内山濤。豫其流者，河内向秀、沛國劉伶、籍兄子咸、琅琊王戎，遂爲竹林之遊。'《嵇康傳》雖未明言以嵇康爲首，實際是敍七賢之次第。第三種爲近年南京西善橋南朝墓葬中所發現磚刻竹林七賢圖，其次序以嵇康爲首，次阮籍、山濤、王戎、向秀、劉伶、阮咸等七人。第一、二兩種次序大同小異，第三種則異同很大。"《礼記》。○楊勇曰："此'竹林'一詞，爲梵文譯語，即竹林寺或竹林精舍也，與我國佛寺、精舍意同。如此，則《世説》中所謂'林下諸賢'、'林下風氣'之'下'字無義，與'京下''都下'意同，即竹林寺、竹林精舍也。《賞譽》九七'把臂入林'之'林'字，則爲'竹林'二字之縮寫，指清談，非入山林意。《傷逝》'竹林之遊'、《品藻》'竹林優劣'，以及《排調》'竹林酣飲'，皆指七賢。"○曹道衡曰："'竹林七賢'之名，始見《魏志·王粲傳》裴注、《文選·五君詠》善注引《魏氏春秋》。"《叢考》頁一○二。

◎凌濛初曰："此則弇州所删。按此首載見'竹林'爲《任誕》之始，不宜删去。"

【彙評】

葉夢得曰："七人如向秀、阮咸，亦碌碌常材，無足道，但依附此數人以竊聲譽。山巨源自有志於世，王戎尚愛錢，豈不愛官，故天下少定，皆復出。巨源豈戎比哉？而顏延之概黜此二人，乃其躁忿私情，非爲人而設也。唯叔夜似真不屈於晉者，故力辭吏部，可見其意。又魏宗室壻，安得保其身，惜其不能深默，絕去圭角。如管幼安，則庶幾矣。阮籍不肯爲東平相，而爲晉文帝從事中郎，後卒爲公卿，作勸進表，若論於嵇康前，自宜杖死。顏延之不論此而論濤、戎，可見其陋也。"《避暑録話》卷上。

洪垣曰："竹林七友，其將寄於醉以求自全乎？曰：非也，憤魏晉之不道而不能有爲，蓋欲逃於名教之外，以逭其愆焉耳，然而非君子居身之道也。其惟嵇康乎！濤爲吏部郎，舉康自代，康與濤書，自説不堪流俗，乃又菲薄湯武，致使鍾會唧而譖之，卒爲司馬昭所殺，是欲逃之名教之外而終有所不能矣。"《説史》卷二。

丁奉曰："史譏七賢輕蔑禮法，遺落世事，然特會飲竹林時然也。山濤喪母，負土爲墳，居官清約，俸入散之親故。阮籍卻武帝之婚，沉醉六十日，文帝不得言。嵇康絕選部之薦。皆名教所係，不可概以酒客視之也。咸、秀雖無可考，然亦身逢篡亂、托酒自全者。惟戎以好利稱達，可怪耳。"華慶遠《論世八編》卷八引。

范檟曰："七賢以放曠自恣，當世美其風流，前史記其醜惡，守禮法者羞稱之，是以迹不以心也。試以嵇康言之，非薄湯武，文王事殷之志也；箕踞好鍛，廣州運甓之勤也。不禮鍾會，以其阿附於司馬；明證呂安，爲其見誣於兄巽。其是非之心，諒非果於忘世者。故臥龍不可起，見譖於鍾會，至死薄殷周，見昧於朱氏，而卒見殺於昭也，亦以此占胸中之所存矣。以阮籍言之，口不臧否而待人以青白眼，豈無意於人物？居喪飲酒，而慟哭必至嘔血，豈不情於哀戚？觀於大人先生之傳，足徵本趣之攸存矣。王戎規鍾會保功之難，何知人之哲也；山濤典選而用人惟允，向秀注《莊子》而郭象竊之，真希世之材也。其餘劉伶、阮咸，亦磊落不羈之士。竹林非逸游之會，窮途豈無故之哭哉！"《雅言集》卷下。

方弘靜曰："竹林七君，其聞伯夷之風者歟？其佯狂以避世者歟？何其辯之不早也。山、王卒贊維新，是以不足詠耳。嗟乎！漢氏桓、靈以來，海內鼎沸久矣，有能定於一者，萬姓之倒懸不亦解乎？山公是以引中散也。而司馬氏非順天應人者也，湯武且薄之，寧比於竊鉤者？此志也，山公寧不知之，啓事中毋乃爲穿歟？七〔君〕不堪之書，將何以免。若中散之論養生，豈惟識寡，乃蹈白刃者也，非智非愚，何以望蘇門哉？嗣宗累月之辟，窮途之哭，賈充輩固以繩之，其得免幸耳！廣武之歎，余嘗深悲焉，無論懿，亂世之姦足雄哉？"《千一錄》卷十四。

譚元春曰："七賢名盛一時，顏延之於其中黜卻二人曰五君，山與王也不與。"華慶遠《論世八編》卷八引。

吳崇節曰："七人皆以清談遺世，敗俗傷化，晉室陵夷之禍，此其作俑，誠國家之蟊蠹，名教之罪人也，惡得賢。若慳鄙之王戎，則又不賢之尤者矣。"《古史要評》卷二。

陳簡曰："嘗觀山濤竭事母之孝，守廉官之節；阮籍辭曹爽之召，卻晉武之婚；嵇康悟養生之道，絕選部之舉；此皆名義所關，不可概以酒人易之也。咸、秀、伶雖碌碌無奇，而值魏晉篡亂之日，悉托飲以自完，亦贍於周身之哲矣。若乃王戎嗜利，直商賈之流耳，顧亦號達，何哉？"《史談補》卷三。

顧炎武曰："國亡於上，教淪於下，羌戎互僭，君臣屢易，非林下諸賢之咎，而誰咎哉？"《日知錄》卷十三。

張彥士曰："竹林七子，謂之醉客，可；謂之狂士，亦可；以爲賢，則未也。賢者必孝，籍聞母死而求爲客決賭，喪盡良心矣，可謂孝乎？賢者必貞，咸幸姑婢，累騎追還，則淫蕩之甚，無賴極矣，可謂貞乎？賢者必恭，康則箕踞無禮，不恭甚也。賢者重身，伶則荷鍤自隨，曰死便埋我，是輕身之極也。賢者必重義而輕利，王戎則鑽核以自私，孳孳爲利之徒也。向秀無片長之可錄。惟山濤爲儔中矯矯一人而已，其餘皆酒色放誕之流，以之爲國則國無法紀，以之爲家則家無訓範。慕放達之虛名，甘爲名教之罪人，其不與嵇康並死也，倖也。時號七賢，亦憤世嫉俗之意耳，非真慕其人而取之也。"《讀史矕疑》卷四。

魯迅曰："他們七人中差不多都是反抗舊禮教的。這七人中，脾氣各有不同。嵇阮二人的脾氣都很大。阮籍老年時改得很好，嵇康就始終都是極壞的。"《關係》。

2

阮籍遭母喪[1]，在晉文王坐，進酒肉。司隸何曾亦在坐，《晉諸公贊》曰："何曾字穎考，陳郡陽夏人。父夔，魏太僕。曾以高雅稱，加性仁孝[2]，累遷司隸校尉。用心甚正，朝廷師之[3]。仕晉至太宰。"曰："明公方以孝治天下，而阮籍以重喪，顯於公坐飲酒食肉，宜流之海外，以正風教。"文王曰："嗣宗毀頓如此，君不能共憂之，何謂？且有疾而飲酒食肉，固喪禮也。"籍飲噉不輟，神色自若。干寶《晉紀》曰："何曾嘗謂阮籍曰：'卿恣情任性，敗俗之人也。今忠賢執政，綜核名實，若卿之徒，何可長也！'復言之於太祖，籍飲噉不輟。故魏、晉之間，有被髮夷傲之事，背死忘生

---

[1] "母喪"，楊勇曰："喪，《御覽》八四五引《世說》作'憂'。"

[2] "加性仁孝"，余嘉錫曰："'加'沈本作'天'。"趙西陸曰："《魏志·何夔傳》注引作'加'。"按《魏志》注引作"加性純孝"。

[3] "師之"，葉德輝曰："袁本'師'作'怵'。按'怵'者'憚'之譌文。《北堂書鈔》六十一引王隱《晉書》載此事作'時人敬憚之'，可知'怵'爲'憚'字，此作'師'，非。"余嘉錫曰："'師'景宋本作'憚'。"

之人，反謂行禮者，籍爲之也。”《魏氏春秋》曰：“籍性至孝，居喪雖不率常禮，而毀幾滅性[1]。然爲文俗之士何曾等深所讎疾[2]。大將軍司馬昭愛其通偉，而不加害也。”

○ “阮籍遭”至“神色自若”

“阮籍遭母喪”，程炎震曰：“《晉書》三十三《曾傳》：‘嘉平中爲司隸校尉，積年遷尚書。正元中爲鎮北將軍。’則嗣宗喪母，亦當在嘉平中，時年四十餘，昭未輔政。《籍傳》敘於文帝讓九錫後，誤。”

“司隸何曾”，徐子光曰：“《晉書》：何曾字穎考，陳留陽夏人。少好學博聞。仕魏爲司徒，武帝踐阼拜太尉。曾性至孝，閨門整肅，自少及長，無聲樂嬖幸之好。年老與妻相見，皆整衣冠，相待如賓。然性奢豪，務在華侈，帷帳車服，必窮極綺麗。廚膳滋味，過於王者。每朝，見不食太官所設，帝輒命取其食，蒸餅上不坼作十字不食。食日萬錢，猶曰無下箸處。劉毅等數劾奏曾侈忕無度，帝以其重臣，一無所問。”《蒙求集注》卷下“何曾食萬”條。○余嘉錫曰：“曾乃司馬氏之死黨。”○張萬起曰：“司隸，即司隸校尉。掌察舉百官及京師近郡治安的官。”

“流之海外”，崔朝慶曰：“流，移其居處，放逐之也。”

“有疾而飲酒食肉”二句，徐震堮曰：“《禮記·曲禮》：‘居喪之禮，頭有創則沐，身有瘍則浴，有疾則飲酒食肉，疾止復初。不勝喪乃比於不慈不肖。’故云。”○楊勇曰：“有疾，有服食之疾也。魏晉士人，尚食五石散，嗜之既久，轉成隱疾，須飲酒食肉、不能哀。不飲酒則藥不能發，不食肉則不堪稍勞，而哀則大頹神情。故食散之人，雖遭大喪，必常食酒肉如故，不然則大潰矣。”龔斌按曰：“魏晉人服五石散固須飲酒，但不聞必須食肉。”

◎余嘉錫曰：“此出王隱《晉書》，見《書鈔》六十一。亦出干寶《晉紀》，見《文選集注》八十八嵇叔夜《與山巨源絕交書》注。”

【彙評】

葉夢得曰：“阮籍既爲司馬昭大將軍從事，聞步兵廚酒美，復求爲校尉。史言

---

[1] “不率常禮而毀幾滅性”，王叔岷曰：“《魏志·王粲傳》注引《魏氏春秋》‘常禮’作‘常檢’，‘幾’下有‘至’字。”
[2] “文俗之士”，王叔岷曰：“(《魏志·王粲傳》注引《魏氏春秋》)‘文俗’作‘禮法’。”

雖去職，常游府內，朝宴必與，以能遺落世事爲美談。以吾觀之，此正其詭譎，佯欲遠昭而陰實附之。故示戀戀之意，以重相諧結。小人情僞，有千載不可掩者。不然，籍與嵇康當時一流人物也，何禮法之士疾籍如仇，昭則每爲保護，康乃遂至於是，籍何以獨得於昭如是耶？至勸進之文，真情乃見。籍著《大人論》，比禮法士如群蝨之處褌中。吾謂籍附昭乃褌中之蝨，但偶不遭火焚耳。使王淩、毌丘儉等一得志，籍尚有噍類乎？”《避暑錄話》卷上。余嘉錫按曰：“世之論籍者，惟葉氏爲得之。然王淩、毌丘儉之死，在懿及師時，非昭所殺，葉說亦有誤。”

王志堅曰：“阮籍居喪飲酒，何曾欲擯諸四裔，可謂守禮之士矣。然曾日食萬錢，是何禮法也？《曾傳》稱其生平無嬖幸，與妻相見如嚴賓，再拜上酒，既畢便出，一歲中如是者不過再三，然何遵乃其庶出之子，所謂禮法者乃作僞之藪耳。此嗣宗所謂‘褌中蝨’也。”《讀史商語》卷二。

方弘靜曰：“阮嗣宗佯狂於魏晉之間，於其他猶可也，母死而留客圍棋決賭不爲止，哭鄰女而盡哀，此何爲者也！何曾非其人，不足以正其罪耳！”《千一錄》卷十七。○曰：“何曾匪人也，其謂阮嗣宗可誅則正，無七賢則無三窟，無三窟則無五胡。雖然，何、阮則薰猶者也。”同上卷十八。

尤侗曰：“阮籍居喪，飲酒食肉，不孝也；爲司馬昭勸進，不忠也；與嫂別，不弟也；叔夜死弗能救，不友也。雖有《詠懷》，亦何足取！”《看鑑偶評》卷三。

方苞曰：“籍性至孝，而居喪不率常禮，當時文俗之士深所仇疾。”

洪亮吉曰：“魏晉以來，風俗淩夷極矣，然秦秀議賈充之定諡，何曾斥阮籍之居喪，而清議未盡廢也。下逮六朝，而風教始掃地矣。”《曉讀書齋二錄》卷上。

陳寅恪曰：“阮籍雖不及嵇康之始終不屈身司馬氏，然所爲不過‘祿仕’而已，依舊保持其放蕩不羈之行爲，所以符合老莊自然之旨，故主張名教身爲司馬氏佐命元勳如何曾之流，欲殺之而後快。觀於籍於曾之不能相容，是當時人心中自然與名教不同之又一例證也。”《關係》，《初編》頁二○七。

余嘉錫曰：“籍之附昭，或非其本心。然既已懼死而畏勢，自暱於昭，爲昭所親愛。又見高貴鄉公之英明，大臣諸葛誕等之不服，鑒於何晏等之以附曹爽而被殺，恐一旦司馬昭事敗，以逆黨見誅。故沈湎於酒，陽狂放誕，外示疏遠，以避禍耳。後人謂籍之自放禮法之外，端爲免司馬昭之猜忌及鍾會輩之讒毀，非也。使籍果不附昭，以昭之奸雄，豈不能燭其隱而遽爲所瞞，從而保護之，且贊其至慎，憂其毀頓也哉？觀其於高貴鄉公時，一醉六十日以拒司馬昭之求婚。逮高貴鄉公已被弒，諸葛誕已死，昭之篡形已成，遂爲之草勸進文，籍之情可以見矣。”

唐長孺曰："他並非真正與他母親有何惡感，只是以放誕的行爲來反抗像何曾那些人所提倡的孝行，亦即是與政府不合作的表示。"《魏晉南朝的君父先後論》，《拾遺》頁二四一。

3

劉伶病酒〔1〕，渴甚，從婦求酒。婦捐酒毀器，涕泣諫曰："君飲太過，非攝生之道，必宜斷之！"伶曰："甚善。我不能自禁，唯當祝鬼神自誓斷之耳。便可具酒肉。"婦曰："敬聞命。"供酒肉於神前，請伶祝誓。伶跪而祝曰："天生劉伶，以酒爲名。一飲一斛〔2〕，五斗解酲。毛公注曰："酒病曰酲。"婦人之言〔3〕，慎不可聽〔4〕。"便引酒進肉，隗然已醉矣〔5〕。見《竹林七賢論》。

○ "劉伶病酒"至"已醉矣"

"劉伶病酒"，徐子光曰："《晉書》：劉伶字伯倫，沛國人。放情肆志，常以細宇宙、齊萬物爲心。常乘鹿車，攜一壺酒，使人荷鍤隨之，謂曰：'死便埋我。'其遺形骸如此。"《蒙求集注》卷下"劉伶解酲"條。○張永言曰："病酒，醉酒後隔夜仍存的餘醉。"《辭典》頁二六。

"天生劉伶"二句，黃生曰："'天生劉伶，以酒爲名'，古'名''命'二字通用，謂以酒爲命也。《孟子》'其間必有名世者'，《漢·楚元王傳》作'命世'，此二字通用之證。"《義府》卷下。○岡白駒曰："名，如'師出有名'之名，言天之生劉伶，爲酒故也。"○平賀房父曰："自天生劉伶，以飲酒名於天下。"○田中頤曰："以飲酒爲天生之宜。"

〔1〕 "劉伶"，王叔岷曰："《御覽》八四六引'伶'作'靈'，下同。《藝文類聚》七二引《語林》亦同。"
〔2〕 "一飲一斛"，王叔岷曰："《藝文類聚》（七二）引《語林》'斛'作'石'。"
〔3〕 "婦人之言"，徐震堮《札記》曰："《晉書》本傳作'婦兒之言'。"
〔4〕 "慎不可聽"，王叔岷曰："（《藝文類聚》七二引《語林》）'不'作'莫'。"
〔5〕 "隗然"，恩田仲任曰："'隗然'，當作'塊'。"秦士鉉曰："'隗'或作'塊'，是。"

“一飲一斛”，岡白駒曰：“十斗爲斛，今一斗三合，此大言耳。”

“五斗解醒”，岡白駒曰：“但飲五斗，可以解酒病。”○田中頤曰：“酒病曰醒，此即證前言。”○秦士鉉曰：“醒，宿醉也。《風賦》：‘愈病析醒。’”

“隗然已醉”，徐震堮曰：“隗然，《晉書》本傳同。‘隗’疑‘隤’之通借。‘隤’即‘頹’字。”蔣宗許《臆札》按曰：“不必視爲通假，‘隗’爲‘巋’之別體。‘隗然’‘頹然’‘傀俄’幾者間是相通的。”○王叔岷曰：“《御覽》四百八十引《竹林七賢論》作：‘仍引酒御肉，隗然而已復醉矣。’‘隗’借爲‘穨’，俗作‘頹’。”○方一新曰：“古從‘鬼’與從‘貴’得聲之字常可通假。如《墨子·七患》：‘四穀不收謂之饋。’孫治讓《墨子閒詁》引邵晉涵說：‘饋與匱通。’《漢書·賈誼傳》：‘執醬而親饋之。’顏師古注：‘饋字與饋同。’‘隗然’即‘隤然’，亦即‘頹然’，形容醉酒後委靡頹唐的樣子。”《拾詁》。

【彙評】

狄期進曰：“七賢任放爲達，故去巾幘，脫衣露醜惡，謂得大道之本。《詩》曰：‘相鼠有皮，人而無禮，胡不遄死？’”

胡毅生曰：“雷霆靜聽不聞聲，酒渴還須酒解醒。千古奇情誰會得，婦言不用祇劉伶！”《讀》。

4

劉公榮與人飲酒，雜穢非類。人或譏之，答曰：“勝公榮者，不可不與飲；不如公榮者，亦不可不與飲；是公榮輩者，又不可不與飲。”故終日共飲而醉。《劉氏譜》曰：“昶字公榮，沛國人。”《晉陽秋》曰：“昶爲人通達，仕至兗州刺史。”

○“劉公榮”至“共飲而醉”

“雜穢非類”，恩田仲任曰：“非類，賤者。”

"不如公榮者"，田中頤曰："此所以雜非類。"

◎洪邁曰："王戎詣阮籍，時兗州刺史劉昶字公榮在坐。阮謂王曰：'偶有二斗美酒，當與君共飲。彼公榮者無預焉。'二人交觴酬酢，公榮遂不得一杯，而言語談戲，三人無異。或有問之者，阮曰：'勝公榮者，不得不與飲酒；不如公榮者，不可不與飲酒；唯公榮可不與飲酒。'此事見《戎傳》，而《世說》爲詳。又一事云：公榮與人飲酒，雜穢非類，人或譏之，答曰：'勝公榮者不可不與飲，不如公榮者亦不可不與飲，是公榮輩者又不可不與飲。'故終日共飲而醉。二者稍不同。公榮待客如是，費酒多矣，顧不蒙一杯於人乎？東坡詩云：'未許低頭拜東野，徒言共飲勝公榮。'蓋用前事也。"《容齋隨筆》卷一二。

○徐震堮曰："與《簡傲門》'王戎弱冠詣阮籍'條蓋一事，傳聞有異耳。《晉書·王戎傳》亦以爲阮籍語，末句作'惟公榮可不與飲'，同《簡傲門》，與此異。"《札記》。

【彙評】

何良俊曰："此人大駭。有美酒何不留之以澆阮嗣宗胸中壘魂？乃與此頑鈍人沃渾腸濁肺耶！"《四友齋叢説》卷三十三。

方弘靜曰："劉公榮無人不與飲，本欲釣奇，無乃合汙，奚足爲達也！王、劉飲終日而不及之，蓋篾之耳。沈炯《獨酌謠》：'智者不我顧，愚者余不要。'亦以反其語也。夫獨酌則固，無人不與飲則雜。君子是以重三益，而慎三樂也。"《千一錄》卷二十五。

李贄曰："通得。"《初潭集》卷十七。

袁中道曰："慧人。"《舌華錄》卷五。

5

步兵校尉缺，廚中有貯酒數百斛，阮籍乃求爲步兵校尉。《文士傳》曰："籍放誕有傲世情，不樂仕宦。晉文帝親愛籍，恒與談戲，任其所欲，不迫以職事。籍常從容曰：'平生曾遊東平，樂其土風，願得爲東平太守。'文帝説，從其意。籍便騎驢徑到郡，皆壞府舍諸壁障，使内外相望，然後教令清寧[1]。十餘日，便復騎驢去。後聞步兵廚中有酒三百石，忻然求爲校尉。於是入府舍，與劉伶酣飲。"《竹林七賢論》又云："籍與伶共飲步兵廚中，並醉而死。"此好事者爲之言。籍景元中卒，而劉伶太始中猶在。

○"步兵"至"校尉"

"廚中有貯酒數百斛"，程大昌曰："今人謂公庫酒爲兵廚酒，言公庫之酒，因犒軍而釀也。太守正廳爲設廳，公廚爲設廚，皆以此也。漢有步兵校尉，掌上林苑屯兵。晉阮籍聞步兵廚營人善醞釀，有貯酒三百斛，乃求爲之，則亦兵廚之祖也。"《演繁露續集》卷六。○張萬起曰："廚，廚房，此指廚營。廚營貯酒爲犒軍而用。"

◎王叔岷曰："《魏志·王粲傳》注引《魏氏春秋》曰：'籍聞步兵校尉缺。廚多美酒，營人善釀酒，求爲校尉。遂縱酒昏酣，遺落世事。'"

○注"文士傳曰"至"太始中猶在"

"任其所欲"，田中頤曰："在帝寵禮至矣，阮則爲任誕也。"

"從其意"，田中頤曰："悦其自就職事。"

"復騎驢去"，田中頤曰："乘驢到，騎驢去，其真率處，最見任誕。"

"竹林七賢論又云"，王叔岷曰："《御覽》八四引劉注作：'或云："籍與劉靈飲步兵廚中，酒未盡，並醉而物故。"皆好事者爲之。籍景元中卒，太始中靈猶存焉。'文小異。"

"劉伶太始中猶在"，程炎震曰："《晉書·伶傳》云：'泰始初，對策罷，以壽終。'"

6

劉伶恒縱酒放達[2]，或脱衣裸形在屋中，人見譏之。伶曰："我以天地爲棟宇，屋室爲幝衣，諸君何爲入

---

[1] "清寧"，徐震堮曰："《御覽》四九八引《文士傳》作'清當'。"
[2] "恒縱酒"，龔斌曰："'恒'宋本作'嘗'，沈校本作'常'。"

我幝中^[1]？"鄧粲《晉紀》曰："客有詣伶，值其裸袒，伶笑曰：'吾以天地爲宅舍，以屋宇爲幝衣，諸君自不當入我幝中，又何惡乎？'其自任若是。"

　　○"劉伶恒"至"入我幝中"

　　"人見譏之"，田中頤曰："譏其過甚。"

　　"我以天地爲棟宇"三句，田中頤曰："言其放，而所見則達也。"○趙西陸曰："《莊子‧列禦寇篇》：'莊子曰：吾以天地爲棺槨，以日月爲連璧，星辰爲珠璣，萬物爲齎送。'此伶語所本。"

　　○注"鄧粲晉紀曰"

　　"又何惡乎"，平賀房父曰："既入褌中，則又何惡我裸體乎？"

【彙評】

　　方弘静曰："漢靈之無道也，裸遊館，何異桀紂哉！竹林劉、阮之風，蓋啓之矣。晉之士而賢也，則何必痛心於靈也！"《千一錄》卷十八。

　　李贄曰："不是大話，亦不是白話。"《初潭集》卷十七。

　　張端木曰："復何所取？"

　　范壽康曰："這些行動要不外是對於儒家的禮法的挑戰，同時也就不外是道家思想的宣揚。阮籍等居喪母而不守禮，這大概是他們體驗着老莊的'死生一如'的主張罷。劉伶的裸居屋中，這也不過是道家所主張的去虛僞、任自然的那種理論的實踐。他們所作的，一言以蔽之，要不外是一種想脱離世俗的束縛而放浪於自由的境地的活動。從通俗的眼光看，他們這些行動固屬怪誕，但由老莊的思想講，這些卻都是很合理而且是應加提倡的行爲了。"《魏晉的清談》。

---

〔1〕"屋室爲幝衣"二句，王叔岷曰："《御覽》八四五引'幝'作'褌'，《類林》三一引上'幝'字作'褌'，下'幝'字作'裩'。'褌'爲'幝'之或體。'裩'，俗字。《御覽》（八四五）引'何爲'作'何以'，'以'猶'爲'也。"

7

阮籍嫂嘗還家^{〔1〕}，籍見與別^{〔2〕}。或譏之^{〔3〕}，《曲禮》："嫂叔不通問。"故譏之。籍曰："禮豈爲我輩設也^{〔4〕}！"

○"阮籍嫂"至"我輩設也"

"籍見與別"，田中頤曰："不避嫌疑。"

"禮豈爲我輩設"，岡白駒曰："言禮本爲我輩以下設，達者不必拘禮。"

【彙評】

陳絳曰："禮，叔嫂不通問。又曰：'叔嫂之無服也。'曰不相見，則其明微別嫌，又不止於不相通問，不相爲服矣。晉阮籍嫂嘗還家，籍見與別，人或譏之，籍曰：'禮豈爲我輩設也。'方悟去古未遠，雖晉人猶知謹禮如此。"《金罍子》中篇卷二。

陳夢槐曰："此語與'名教中自有樂地'俱勝。"

李贄曰："漫！"評"禮豈爲我輩設也"。《初潭集》卷三。

孫鑛曰："禮意猶圓。阮籍謂'禮豈爲我輩設'，則太放。"《藥地炮莊》卷三引。

呂留良曰："晉人曰：'禮豈爲我輩設耶？'此真禽獸之言，而後世猶以爲美談。此良知之説所以日熾也。"《四書講義》卷四。

李邦直曰："晉有阮籍者，知禮之足以爲治，而不知禮之原。其言曰：'禮豈爲我輩設哉！'抑亦妄矣！彼亦無他，以己之厭禮法，而謂君子皆然；覩薄世之溺夫欲，而謂聖人之事不足樂，特爲侈論，以高天下也。虛無之説勝而晉亡，斯籍輩爲之耳。"《禮論上》。

---

〔1〕 "還家"，王叔岷曰："《藝文類聚》二九、《御覽》四八九引'還'並作'歸'。"
〔2〕 "籍見與別"，楊勇曰："'籍'下《晉書·阮籍傳》、《類聚》二九、《御覽》四八九引《世説》並有'相'字。"
〔3〕 "或譏之"，王叔岷曰："(《藝文類聚》二九、《御覽》四八九引)'或'上並有'人'字。"
〔4〕 "設也"，按楊勇校，《晉書·阮籍傳》、《類聚》二九、《白帖》六、《御覽》四八九引《世説》"也"作"耶"。

魏源曰："《詩》《書》《禮》《樂》，皆外益之事，而性情心術賴焉，無外之非内也。晉人歧而二之，高者索諸冥冥，蕩者曰'禮豈爲我輩設'。豈知先王所以爲教乎，左規右矩，前華後繩，而中權衡焉。《詩》曰：'抑抑威儀，爲德之隅。'"《古微堂集》内集卷一《默觚》上。

繆荃孫曰："或云：'禮豈爲我輩設？'是言一出而晉亂。"

陶珽曰："我可以行禮，故禮不爲我設。今人藉口此語，皆嗣宗罪人。"

皮錫瑞曰："晉人高語《莊》《老》，謂'禮豈爲我輩設'，醜放嫚易，以子字父，遂有五胡亂華之禍。足見細微末節，所關甚鉅。"《經學通論·三禮》。

魯迅曰："魏晉時代，崇尚禮教的看來似乎很不錯，而實在是毀壞禮教，不信禮教的。表面上毀壞禮教者，實則倒是承認禮教，太相信禮教。魏晉的破壞禮教者，實在是相信禮教到固執之極的。"《關係》。

牟宗三曰："以浪漫文人之生命爲底子，則一切禮法皆非爲我而設。在此，一個'非人文'的生命與禮法有永恒之衝突。所謂永恒的衝突，是説依其奇特之生命，本質上即是與禮法相衝突，乃永不得和諧者。在此，生命是一獨立自足之領域，它不能接受任何其他方面之折衷。"《玄理》頁二五一。

8

阮公鄰家婦有美色，當壚酤酒。阮與王安豐常從婦飲酒，阮醉，便眠其婦側。夫始殊疑之，伺察，終無他意。王隱《晉書》曰："籍鄰家處子有才色[1]，未嫁而卒。籍與無親，生不相識，往哭[2]，盡哀而去。其達而無檢，皆此類也。"

○"阮公鄰家"至"終無他意"

"王安豐"，徐震堮曰："王戎。"

"終無他意"，田中頤曰："卻知是其真素也。"

---

〔1〕 "籍鄰家處子有才色"，徐震堮曰："《晉書》本傳作'兵家女有才色'。"
〔2〕 "往哭"，余嘉錫曰："'哭'下沈本有'之'字。"徐震堮曰："《晉書》本傳作'徑往哭之'。"

○注“王隱晉書曰”

“鄰家處子”，恩田仲任曰：“處子，女子未適人者。”

【彙評】

李贄曰：“淡！”評注“往哭盡哀而去”。《初潭集》卷三。

馮夢龍曰：“《禮》云：‘知死不知生，哭而不弔。’步兵亦猶行古之道也。”評注“往哭盡哀而去”。《情史》卷五。

鍾惺曰：“不相識而哭，方見真好色。不然，哭亦常情，呆烏乎好？”

朱亦棟曰：“是亦一卓文君也。”《群書札記》卷五。

牟宗三曰：“酒色之性不必盡壞，此足以表露‘生命’一領域之真摯與獨特。如生命如其爲生命，獨立自足而觀之，則生命有其獨立之真處，亦有其獨立之美善處。此大都爲浪漫文人所表現之領域，即‘生命’之領域。如‘兵家女有才色，未嫁而死’，此亦天地靈秀之氣之一瞬即逝者，此中誠有一種清潔高貴、無可奈何之悲情，常爲詩人文人之慧眼所獨識，亦常只爲詩人文人之生命所表現。此詩文之所以獨立，詩人文人之所以自成一格之故。阮籍‘徑往哭之，盡哀而還’，此亦以其有獨特之生命與靈慧，故能默契此天地靈秀之氣之少女之在蒼茫中之命運。此中有一種生命之賞識，亦有一種天地之憾之哀情，此是無可奈何者。其哭之盡哀，正是此賞識與哀情之恰當之表現。塵土中盡有悲劇式之優美靈魂，亦盡有悲劇式的良善靈魂。天地故鍾靈秀於此，此非天地之憾而何？在此種賞識與哀情之中，生命之凸出自非粗枝大葉之禮俗所能約束，禮法在此用不上，亦是實情。”《玄理》頁二五〇至二五一。

孔繁曰：“這真有些柳下惠坐懷不亂的味道，而柳下惠是被儒家尊爲聖人的。不難看出，象阮籍那樣的狂誕之士卻是恪守禮教的正人君子。”《清談》。

劉葉秋曰：“阮嗣宗之放誕不羈，則顯示了他的襟懷坦蕩，不拘形跡。衝決兩漢以來的禮法束縛，要求個性解放，爲魏晉名士風流的一個方面。但這只能從魏晉特定的時代環境中去理解，不妨視爲嘉話，卻是摹效不得的。”《散記》。

郁沅曰：“個體意識的覺醒與個性自由之追求，使魏晉人的情感衝破‘非禮勿動’的倫理本位束縛，表現出對宇宙和人生的一往深情。”評注。《覺醒》。

9

阮籍當葬母，蒸一肥㹠，飲酒二斗，然後臨訣，直言"窮矣"[1]！都得一號[2]，因吐血，廢頓良久。鄧粲《晉紀》曰："籍母將死，與人圍棋如故，對者求止，籍不肯，留與決賭。既而飲酒三斗，舉聲一號，嘔血數升，廢頓久之。"

〇"阮籍當"至"廢頓良久"

"直言窮矣"，唐長孺曰："孝子喚奈何，喚窮，疑爲洛陽及其附近的哭法。大概父母之喪，孝子循例要喚'窮'。"《讀〈抱朴子〉推論南北學風的異同》，《論叢》頁三四四。〇徐震堮曰："'直'作'但'解。"《釋義》。〇楊勇曰："《類聚》引《笑林》：'孝子哭，復喚"窮矣"。'"〇江藍生曰："'直'習爲'特'之通假字，六朝亦然。"《彙釋》頁二七〇。

"廢頓"，張永言曰："沮喪頹唐。"《辭典》頁一一二。〇張萬起曰："昏厥，昏倒。"

◎余嘉錫曰："居喪而飲酒食肉，起於後漢之戴良。故《抱朴子》以良與嗣宗並論。良事已見《德行篇》'王戎和嶠'條下。"

〇注"鄧粲晉紀曰"

"決賭"，胡三省曰："與決勝負也。"《通鑒·魏紀十》注。

【彙評】

陳絳曰："余謂是子本無天性，籍酒行之，舉聲一號，殆迺酒狂。吐血數升，復是酒病。何孝之有！"《金罍子》上篇卷十三。

方弘靜曰："阮嗣宗佯狂於魏晉之間乎，其他猶可也，母死而留客圍棋決賭不爲止，哭鄰女而盡哀，此何爲者也？何曾非其人，不足以正其罪耳。"《千一錄》卷十七。

---

[1] "直言"，余嘉錫曰："'言'沈本作'云'。"
[2] "都得一號"，趙西陸曰："'都'下疑脫'不'字，《傷逝篇》十六注引《幽明錄》'都不得一聲'，語正同。"

王世懋曰："非復人情。"

沈長卿曰："罪阮籍者，謂其母垂死，猶圍棋決賭。此名教中常談耳。籍，蓋原壤之流，立意自廢者，彼正欲令人作如是觀。"《沈氏日旦》卷三。

李慈銘曰："父母之喪，苟非禽獸，無不變動失據。阮籍雖曰放誕，然有至慎之稱，文藻斐然，性當不遠。且仲容喪服追婢，遂爲清議所貶，沈淪不調。阮簡居喪偶黍臛，亦至廢頓，幾三十年。嗣宗晦迹尚通，或者居喪不能守禮，何至聞母死而留棋決賭，臨葬母而飲酒烹豚？天地不容，古所未有。此皆元康以後八達之徒，沈溺下流，妄誣先達，造爲悖行，崇飾惡言，以籍風流之宗，遂加荒唐之論。爭爲梟獍，坐致羯胡，率獸食人，掃地都盡。鄧粲所紀，《世說》所取，深爲害理，貽誤後人，有志名教者，亟當辭而闢之也。"《簡端記》。余嘉錫按曰："以空言翻案，吾所不取。"

牟宗三曰："母死吐血，固是真性情，然'與人圍棋'，必'留與決賭'，則亦是矯違。此處，圍棋之事並無足以使其必壓抑母終之痛者，何強忍爲？或因好勝之心過強，遂抵住其痛母之心乎？抑或故示無動於衷乎？性情之際，主觀心理之事，極曲折微細，固難一律；生命之不經，亦非可以常情論。然在此，若一有心理之曲折，便非性情之純。任何俗情，任何膠著，皆必爲母終之痛所衝破，此方是至孝之性，方是性情之真純。阮籍此等處，只可説是生命之奇特，不可説是性情之真純。至居母喪，裴楷往弔，則'散髮箕踞，醉而直視'；嵇喜來弔，則'作白眼'；嵇康'賫酒挾琴'來，則'見青眼'。此皆因激憤而故作怪態。夫一般社交，厭其虛僞無實，故示怪態，猶可説也；居母喪而作怪態，則主客皆成虛僞。父母之喪，昊天罔極，此處最易見真純與平實，此時只有一哀戚之痛，任何奇特與怪妄皆容不下。夫自東漢末年，徐稚以'雞酒薄祭，不告姓名'哭黃瓊，'置生芻一束於廬前而去'弔郭太，名士之借矜兀以顯虛妄之真，其由來久矣，殊不知其皆僞也。本屬性情之事，卻轉移之借以顯世俗之惡濁，成一客觀禮俗問題之激蕩、社會人品分野之鬥爭。主觀性情之事，轉化而爲客觀之憤世嫉俗，則一切皆僞，遂使風俗益壞，而人心益發不可收拾。降至魏晉之際，此情尤顯，阮籍爲其代表者也。"《玄理》頁二四八至二四九。

10

阮仲容、咸也。步兵居道南，諸阮居道北。北阮皆富，南阮貧。七月七日，北阮盛曬衣，皆紗羅錦綺。仲容以竿掛大布犢鼻褌於中庭。人或怪之，答曰："未能免俗，聊復爾耳！"《竹林七賢論》曰："諸阮前世皆儒學，善居室，唯咸一家尚道棄事，好酒而貧。舊俗：七月七日，法當曬衣。諸阮庭中，爛然錦綺〔1〕。咸時總角，乃豎長竿挂犢鼻褌也〔2〕。"

○"阮仲容"至"紗羅錦綺"

"阮仲容步兵居道南"，李慈銘曰："阮籍爲步兵校尉，阮咸未嘗爲此官。此處'步兵'二字蓋衍。後人或疑'仲容步兵'連文，是並舉咸、籍二人，故《晉書·阮咸傳》遂云：'咸與籍居道南。'蓋即本《世說》之文。然臨川如果並舉咸、籍，則籍當在咸先，而云'仲容步兵'，成何文理？且下但言仲容掛褌，何須連及嗣宗？注引《七賢論》亦無籍事。又孝標於下條'步兵'下注曰'籍也'，而於此無注，則原本無此二字可知。唐修《晉書》，多本《世說》，而《咸傳》載此，乃有'咸與籍'之文，則爾時《世說》已誤也。"《簡端記》。○龔斌曰："《御覽》三一引《竹林七賢論》較孝標注引詳明，稱'唯籍一巷，尚道業，好酒而貧'，後敘阮咸時總角，以竿掛大布犢鼻褌暴之云云，則阮籍、阮咸共居於一巷，位於道南。"

"七月七日"，余嘉錫曰："《御覽》卷三十一引《韋氏月錄》曰：'七月七日曬曝革裘，無蟲。'又引崔寔《四民月令》曰：'七月七日暴經書及衣裳，習俗然也。'《全唐詩》沈佺期《七夕曝衣篇》自注引王子陽《園苑疏》云：'太液池邊有武帝閣，帝至七月七日夜，宮女出后衣曝之。'"

○"仲容以竿"至"聊復爾耳"

"犢鼻褌"，恩田仲任曰："《正字通》曰：'褌短者爲犢鼻。'李時珍云：'犢鼻，穴名也，在膝下。'袴裁至膝也。"○崔朝慶曰："形如犢鼻之短褲，僅蔽膝以上者，備保之服也。又膝以上二寸爲犢鼻穴，言褲之長才至此也。"

---

〔1〕 "錦綺"，趙西陸曰："錦綺，《玉燭寶典》七、《初學記》四、《御覽》八百十六引，並作'錦綈'。《類聚》四、《書鈔》一百五十五、《御覽》三十一又六百九十六、《事類賦注》五，引作'綈錦'。"

〔2〕 "挂犢鼻褌"，董刻本"挂"作"掛"。趙西陸曰："掛，《類聚》四、《書鈔》一百五十五、《初學記》四、《白氏六帖》、《事類集》一、《御覽》三十一又八百十六、《事類賦》七作'標'，《玉燭寶典》七作'欘'。唯《御覽》六百九十六作'掛'。"

"未能免俗"，翟灝曰："《家語・困誓篇》：'孔子曰：惡有修仁義而不免俗者乎？''免俗'二字見此。"《通俗編》卷十一。○大典顯常曰："言從俗爲曬也。"

"聊復爾耳"，田中頤曰："言從俗曬衣，聊爲此也。"○陸以湉曰："'爾'猶言如此也。"《雜識》卷一。○張萬起曰："姑且如此而已。"《詞典》頁九九。

○注 "竹林七賢論曰"

"善居室"，秦士鉉曰："《論語》語。居，'廢居'之'居'。"

"唯咸一家尚道棄事"，秦士鉉曰："道，老莊也。"○陳寅恪曰："所謂'儒學'即遵行名教之意，所謂'尚道'即崇尚自然之意，不獨證明阮咸之崇尚自然，亦可見自然與名教二者之不能合一也。"《關係》，《叢稿初編》頁二〇九。

◎王叔岷曰："《初學記》四引《竹林七賢論》曰：'七月七日，諸阮庭中，爛然莫非錦綺。咸時總角，乃豎長竿標大布犢鼻褌於庭中，曰："未能免俗，聊復共爾。"'與劉注所引有異，而與正文所述略同。"

【彙評】

李贄曰："人曬我亦曬，何妨乎？"《初潭集》卷十七。

11

阮步兵籍也。喪母，裴令公楷也。往弔之。阮方醉，散髮坐牀，箕踞不哭。裴至，下席於地，哭，弔唁畢，便去。或問裴："凡弔，主人哭，客乃爲禮。阮既不哭，君何爲哭？"裴曰："阮方外之人，故不崇禮制；我輩俗中人，故以儀軌自居。"時人歎爲兩得其中[1]。《名士傳》曰："阮籍喪親，不率常禮。裴楷往弔之，遇籍方醉，散髮箕踞，旁若無人[2]。楷哭

---

〔1〕 "兩得其中"，徐震堮曰："'其中'二字《晉書・阮籍傳》無。"
〔2〕 "旁若"，董刻本、沈校本"旁"作"傍"。朱鑄禹曰："'傍'通'旁'。"

1579

泣盡哀而退，了無異色。其安同異如此。”戴逵論之曰：“若裴公之制弔〔1〕，欲冥外以護內，有達意也，有弘防也。”

○“阮步兵”至“嗟畢便去”

“裴令公往弔之”，程炎震曰：“阮長於裴且三十歲，宜裴以儀軌自居。然阮喪母在嘉平中，楷時未弱冠，似未必有此事。《御覽》五百六十一引《裴楷別傳》云：‘初陳留阮籍遭母喪，楷弱冠往弔。’”

“下席於地哭”，桃井白鹿曰：“裴下席於地哭也。”○田中頤曰：“裴下所坐之席而於地哭也。”

“弔嗟畢便去”，淇園曰：“‘嗟’‘唶’同。”○張萬起曰：“哀悼死者曰弔，安慰死者家屬稱唶。”

◎余嘉錫曰：“《書鈔》八十五引《裴楷別傳》云：‘阮籍遭母喪，楷往弔。籍乃離喪位，神氣晏然，縱情嘯詠，旁若無人。楷便率情獨哭，哭畢而退。’”

○“或問裴”至“兩得其中”

“方外之人”，劉盼遂曰：“《莊子·大宗師》曰：‘孔子曰：彼遊方之外者也，丘遊方之內者也。’司馬彪注曰：‘方，常也，言彼遊心於常教之外也。’”

“我輩俗中人”，田中頤曰：“彼爲彼，我爲我。”

“兩得其中”，田中頤曰：“謂在其人，各得宜也。”○趙西陸曰：“《世説補》注曰：‘案裴公自行中道耳，乃云兩得。’謬矣。”○徐震堮曰：“中，當也。”○張萬起曰：“事理得當曰中。”

○注“戴逵論之曰”

“制弔”，大典顯常曰：“謂修弔禮也。”

“欲冥外以護內”，岡白駒曰：“冥外，不較人是非也；護內，以儀軌自居也。不較人是非，達意也；以儀軌自居，弘防也。”○大典顯常曰：“冥外，不與它競也。護內，守己禮也。”

---

〔1〕“制弔”，余嘉錫曰：“‘制’景宋本及沈本俱作‘致’。”

方弘静曰："阮嗣宗喪母，裴令弔之，客哭主人不哭，時乃以爲各得其中。甚矣，情之易恣，而坊之易壞也！《莊子》之書，蓋有死而不哭者，多寓言耳，而以爲真而慕之，是癡者之夢鹿也！"《千一録》卷十七。

李贄曰："戴子通。"評注"戴逵論之曰"。《初潭集》卷六。

王世懋曰："豈可以嗣宗爲得中？此言何可訓也！"

唐長孺曰："這也是以方内、方外區別對於禮法的態度，這時名教與自然合一之説尚未有一致的認識，所以各從所執，時人還以爲兩得其中。東晉之後玄學中的方外之士已不被肯定，於是區別内外轉移於佛教與儒術之分。"《魏晉玄學之形成及其發展》，《論叢》頁三二九。

12

諸阮皆能飲酒，仲容至宗人閒共集，不復用常杯斟酌，以大甕盛酒[1]，圍坐相向大酌[2]。時有群豬來飲[3]，直接去上，便共飲之。

○"諸阮皆"至"共飲之"

"宗人閒"，張萬起曰："'閒'同'間'，表示處所。"

"群豬來飲"，董志翹曰："'群豬'當是'群諸'之訛也。'群'有'衆'義，'諸'亦有'衆'義，'群諸'爲同義複詞，意爲'衆輩'、'衆人'。"《考釋》。

"直接去上"，程炎震曰："《晉書》四十九《阮咸傳》云：'咸直接去其上。'"○楊勇曰："'直接'與今義同，即徑直也。"

---

〔1〕"大甕"，董刻本'甕'作'甕'。余嘉錫："《山谷外集》注七引作'盆'。"
〔2〕"圍坐相向大酌"，周一良《批校》曰："《晉書》四九《阮咸傳》作'圍坐相向，大酌更飲'。更飲即輪流。"
〔3〕"群豬"，董刻本"豬"作"猪"。

李贄曰："何須接去，更作牛飲其可。"《初潭集》卷十七。
王世懋曰："無人道矣。"

13

阮渾長成，風氣韻度似父，亦欲作達。步兵曰："仲容已預之[1]，卿不得復爾。"《竹林七賢論》曰："籍之抑渾，蓋以渾未識己之所以爲達也。後成兄子簡，亦以曠達自居。父喪，行遇大雪，寒凍，遂詣浚儀令。令爲它賓設黍臛[2]，簡食之，以致清議，廢頓幾三十年。是時竹林諸賢之風雖高，而禮教尚峻。迨元康中，遂至放蕩越禮。樂廣譏之曰：'名教中自有樂地，何至於此！'樂令之言有旨哉！謂彼非玄心，徒利其縱恣而已。"

○"阮渾長成"至"不得復爾"

"阮渾長成"，岡白駒曰："渾，籍之子，字長成。蓋仍其字，輳巧以成文。"○桃井白鹿曰："此總舉姓名與字，非有意然，如《寵禮篇》'皇甫度遼解官歸鄉'章注云'張奐然明、段熲紀明'是也。"○大典顯常曰："此以其字兼以義。"《集成》。○恩田仲任曰："《唐・藝文志》有阮長成、阮仲容《難答論》三卷。"○秦士鉉曰："長成，長大也。言成長之後似父也。渾字長成，故或謂如'張奐然明'，或謂名字必衍其一，皆非。讀'似父'二字，則知'長成'爲長大也。"○徐震堮曰："《晉書・阮籍傳》作'子渾字長成'。"《礼記》。又曰："此處'長成'二字似只作'成長'義用。"

"欲作達"，田中頤曰："夙欲作達。"○張萬起曰："以曠達自居，學作放達。"

"仲容已預之"二句，劉辰翁曰："不成語。"○岡白駒曰："與籍等爲竹林遊，故曰預之。"○淇園曰："阮蓋亦自厭其放達。"○田中頤曰："言乃父已在

---

〔1〕 "仲容已預之"，趙西陸曰："《晉書・阮籍傳》作'仲容已豫吾此流'，語較明晰。"
〔2〕 "它賓"，董刻本"它"作"他"。

放達之列，事既固矣，汝宜不爲之也。此阮亦自厭其惡習，故有此言。"○魯迅曰："可知阮籍並不以爲他自己的辦法爲然。"《關係》。○繆鉞曰："推阮籍之意，阮咸已屬多事，阮渾欲作達，更可不必矣。"《清談與魏晉政治》。○錢穆曰："此見籍之所爲，自有隱衷，激而出此，故不願子弟之效法也。"《概論》頁一五五。

○注"竹林七賢論曰"

"設黍臛"，大典顯常曰："肉羹也。徐曰：羹以菜爲主，臛以肉爲主。"《集成》。○楊勇曰："黍，酒器，受三升，此訓作酒。"

"以致清議"，岡白駒曰："謂非議也。"○大典顯常曰："朝廷之議也。"○秦士鉉曰："得譏於名教中者。"

"廢頓"，張萬起曰："廢止不用。"《詞典》頁六三〇。

【彙評】

李贄曰："不是無達意，只是無玄心；不恨無韻，只恨無骨。"《初潭集》卷五。
凌濛初曰："作達何妨再世。"
李伍漢曰："此亦見沉酣於酒，非步兵得已處。"《蜜雲篇文集》卷八《瑤湖剩語》。
朱建新曰："他們之所以'作達'，恐怕是因爲遭世大亂，要想'明哲保身'的一種'掩護'作用。所以即如嵇阮二人，他們有的時候，簡直又小心得一言一笑都不敢苟且。"《研究》。
馮友蘭曰："'作達'大概是當時的一個通行名詞，達而要作，便不是真達，真風流底人必是真達人。"《論風流》。
趙西陸曰："《人物志·八觀篇》：'純宕似流，不能通道；依宕似通，行傲過節。通者亦宕，宕者亦宕，其宕則同，其所以爲宕則異。'（劉昞注曰：通人之宕簡而達道，純宕傲僻以自恣。）'道而能節者通也，通而時過者偏也，宕而不節者依也。'"

14

裴成公婦，王戎女。王戎晨往裴許，不通徑前。裴從姝南下，女從北下，相對作賓主，了無異色。《裴氏家傳》曰：“顏取戎長女。”

○“裴成公”至“了無異色”

“不通徑前”，劉淇曰：“徑，猶直也。”《辨略》卷四。○秦士鉉曰：“不通，不通報也。”○周一良曰：“謂不待通報，徑直入見裴顏也。”《史札》頁八六。

【彙評】

龔斌曰：“王戎晨往婿家，不通徑入其内室，亦屬不合禮儀之放達。而婿、女棄長幼之序，與戎相對作賓主禮，了無異色，亦是任達。父達，女達，婿亦達。”

15

阮仲容先幸姑家鮮卑婢。及居母喪，姑當遠移，初云當留婢，既發，定將去[1]。仲容借客驢箸重服自追之[2]，累騎而返。曰：“人種不可失！”即遙集之母也。《竹林七賢論》曰：“咸既追婢，於是世議紛然。自魏末沈淪閭巷，逮晉咸寧中，始登王途。”《阮孚別傳》曰：“咸與姑書曰：‘胡婢遂生胡兒。’姑答書曰：‘《魯靈光殿賦》曰：“胡人遙集於上楹。”可字曰遙集也。’故孚字遙集。”

○“阮仲容”至“定將去”

“幸姑家鮮卑婢”，桃井白鹿曰：“鮮卑，東胡。《後漢·鮮卑傳》：‘依鮮卑

────────────

[1] “定將去”，余嘉錫曰：“‘定’沈本作‘迺’。”徐震堮曰：“‘定’，沈校本作‘迺’，義長。”楊勇曰：“《晉書·阮咸傳》作‘自從去。’”吳金華《考釋》曰：“此文作‘定’、作‘迺’皆可通，但據魏晉語言習慣來看，似以作‘定’義長。”頁一九二。方一新《校讀札記》曰：“當作‘定’。漢魏六朝文獻中，‘定’有乃、卻之義，常表輕微轉折的語氣。”蔣宗許《臆札》曰：“‘定’在六朝有‘卻’義，表轉折，説明事非初所料計。從沈校本改‘乃’反於義不暢。”

[2] “借客驢”，徐震堮曰：“‘驢’，《晉書·阮咸傳》作‘馬’，《通鑑》七八《魏紀》同。”蔣凡曰：“《晉書·咸傳》作‘馬’，驢難兼載，馬可‘累騎’，於義爲勝。”

1584

山，因號焉。’”○大典顯常曰：“鮮卑者，東胡之支也，漢建武中內屬，後漸盛，據遼東遼西。”○吳金華曰：“這裏的‘幸’，指男子與比自己地位低的女子同房。”《續稿》。

“定將去”，參見校文。淇園曰：“定，決定也。”○王叔岷曰：“‘定’猶‘已’也。《史記·項羽本紀》：‘項梁聞陳王定死。’《宋世家》：‘聞文公定立。’《趙世家》：‘主父定死。’諸‘定’字皆與‘已’同義。《漢書·禮樂志》：‘九夷賓將。’師古注：‘將，猶從也。’‘定將去’猶云‘已從去’耳。”○吳金華曰：“定，猶言終究、到底。”《考釋》頁一九二。

○“仲容借客”至“遙集之母也”

“箸重服”，桃井白鹿曰：“親喪所著，故云重服。”○恩田仲任曰：“在父母哀制中，故云。”○田中頤曰：“重服，謂重喪服也。”○周一良曰：“‘重服’即喪服也。《晉書》四七《傅咸傳》：‘逮至漢文，以天子體大，服重難久，遂制既葬而除。’”《批校》。

“累騎而返”，胡三省曰：“累，重也。兩人共馬，謂之累騎。”《通鑒·魏紀十》注。○大典顯常曰：“謂二人騎一馬也。”

“人種不可失”，岡白駒曰：“欲以此婢生嗣，故云‘人種’。”○淇園曰：“蓋婢已有孕。”○田中頤曰：“所幸婢已有孕也。”○程炎震曰：“咸云‘人種’，則孚在孕矣。《孚傳》云：‘年四十九卒。’以蘇峻作逆推之，知是咸和二年。則生於咸寧五年。”龔斌按曰：“‘人種’，謂用以繁衍後代者，非一定指有孕之女。細審下文注引《竹林七賢論》文義，阮咸追胡婢，時在魏末。阮孚生於晉武帝咸寧五年，則咸追胡婢時，婢實未孕也。”○吳金華曰：“‘人種’指遙集，而不是指遙集之母。廣義地說，‘人種’跟‘後代’是同義語。”《續稿》。

○注“竹林七賢論曰”

“沈淪閭巷”，龔斌曰：“阮咸居母喪，重服追婢，有違喪禮，故遭世議，沈淪閭巷十年有餘。此又可證魏末晉初禮教尚峻。”

“咸寧中始登王途”，程炎震曰：“泰始五年荀勖正樂時，咸已爲中護軍長史、散騎侍郎，而云‘咸寧中始登王途’，非也。”

○注“阮孚別傳曰”

“胡人遙集於上楹”，桃井白鹿曰：“（《文選》）張載注：‘胡夷之畫形，著在上楹也。'李周翰注：'以木刻胡人形，在高處，故云遥集上楹。'"○秦士鉉曰："蓋刻胡人之形象於楹，故云遥集上楹。"

"孚字遥集"，大典顯常曰："余謂生即命之，且不與'孚'字相表，則'遥集'本小字耳，後遂以爲字也。"

【彙評】

李贄曰："甚矣，聲色之迷人也。破國亡家，喪身失志，傷風敗類，無不由此，可不慎歟！然漢武以雄才而拓地萬餘里，魏武以英雄而割據有中原，又何嘗不自聲色中來也。嗣宗、仲容流聲後世，固以此耳。豈其所破敗者自有所在，或在彼而未必在此歟？吾以是觀之，若使夏不妹喜，吳不西施，亦必立而敗亡也。周之共主寄食東西，與貧乞何殊？一飯不能自給，又何聲色之娛乎！固知成身之理，其道甚大；建業之由，英雄爲本。彼瑣瑣者，非恃才妄作，果於誅戮，則不才無斷，威福在下也。此興亡之所在也，不可不慎也。"《初潭集》卷三。

唐汝詢曰："阿咸素清狂，玉釭盛美酒。酩酊無所知，群豕皆賓友。懷中琵琶聲，馬上嬋娟婦。取此遺形骸，何須防衆口。"《顧氏詩史》卷八。

范壽康曰："喪禮本是儒家所最重視的禮節，而曠達派諸人卻以爲這種形式的禮節毫無意義，阮籍、王戎只重悲哀的自然的流露，而阮咸卻並悲哀加以抛棄了。"《魏晉的清談》。

16

　任愷既失權勢，不復自檢括。或謂和嶠曰："卿何以坐視元裒敗而不救？"和曰："元裒如北夏門，拉攞自欲壞，非一木所能支。"《晉諸公贊》曰："愷字元裒，樂安博昌人。有雅識國幹，萬機大小多綜之。與賈充不平，充乃啟愷掌吏部，又使有司奏愷用御食器，坐免官。世祖情遂薄焉。"

　○"任愷既失"至"敗而不救"

　"不復自檢括"，田中頤曰："謂放誕也。此與和之言應。"○沈濂曰："《晉書》：何曾一食萬錢，猶云無下箸處。《任愷傳》：愷極滋味以自奉養，一食萬錢，猶言無可下筯處。世多知曾事，罕知愷事。"《懷小編》卷九。

"敗而不救"，程炎震曰："《晉書·愷傳》云：'賈充遣尚書右僕射高陽王珪奏愷，遂免官。'考《武紀》，珪爲僕射在泰始七年，至十年薨。愷之免官，當在此數年中。和嶠時爲中書令，故人責以不救也。"

○"和曰元裒"至"木所能支"

"北夏門"，桃井白鹿曰："《集覽》：'夏門，洛陽城門名。'"《補遺》。○程炎震曰："北夏門蓋即大夏門。"○劉盼遂曰："北夏門，即大夏門。《晉書·地理 [志]》'河南郡洛陽'注：'北有大夏、廣莫二門。'"○余嘉錫曰："和嶠於洛陽十二門獨舉北夏門者，蓋以其最壯麗繁盛也。"○徐震堮曰："《太平寰宇記》西京洛陽縣：'北面有二門，其西漢曰夏門，晉改爲大夏門，正在亥上。'則夏門乃大夏門之故名，以其在北，遂稱爲北夏門歟？於諸門中最爲雄峻，故特舉以爲喻。"

"拉攞自欲壞"，胡文英曰："拉攞，一帶也。吳諺謂'一概'曰'一拉攞'。"《吳下方言考》卷六。○岡白駒曰："拉，敗；攞，裂也。"○桃井白鹿曰："拉攞，猶'拉攡'也。"○大典顯常曰："蓋城門時將壞倒者，取以爲喻也。"○淇園曰："拉攞，與'拉攡'同。左思《吳都賦》'菈攤雷硠'注：'菈攤，木摧傷之聲。'"○秦士鉉曰："《説文》：'拉，摧也。攞，裂也。'"○陸以湉曰："'拉攞'猶言摧裂也。"《雜識》卷一。○余嘉錫曰："《説文》：'拉，摧也。''攞'字始見《集韻》八戈及《類編》十二上，云：'良何切，揀也。'《韻會舉要》二十哿云：'朗可切，裂也。'均與'拉攞'之義不相切。此乃六朝俗字，其義則推物使動也。今通作'挪'。"○王佩諍曰："宮室之'拉攞'，猶衣服之'襤褸'，草木之'零落'，皆破壞之貌，互爲雙聲疊韻連語，正所謂自欲壞也。"○吳金華曰："拉攞，猶言折裂崩摧，是雙聲連綿詞。或作'菈攤'。《文選》卷五左思《吳都賦》：'飛焰浮煙，載霞載陰，菈攤雷硠，崩巒弛岑。'李善注：'菈攤雷硠，崩弛之聲。菈，朗答切。攤，音獵。'拉攞，即摧折某物使之崩裂。"《續稿》。○方一新曰："《吳都賦》：'菈攤雷硠，崩巒弛岑。'李善注：'菈攤雷硠，崩弛之聲。'五臣本作'拉攡'，呂延濟注：'拉攡，木摧傷之聲。'從下文'崩巒弛岑'一句看，李注爲優。'菈攤'，聯綿象聲詞，用以狀物體崩裂之聲，或作'拉攡'，聲轉之則爲'拉攞'矣。"《釋義》。

"非一木所能支"，田中頤曰："此言其放誕，非己微力所制止也。"○王叔岷

1587

曰："《治要》引《慎子·知忠篇》、《事文類聚後集》二三引《莊子》，並云：'廊廟之材，非一木之枝也。'"

○注"晉諸公贊曰"

"有雅識國幹"，秦士鉉曰："國幹，幹於國事者，即國之楨也。"

【彙評】

王懋竑曰："《任愷傳》稱愷忠正，有佐世器局，然愷本尚明帝公主而爲晉用，與嵇康異矣。又自罷免後縱酒耽樂，極滋味以自奉，日食萬錢，猶云無下箸處，則亦未得爲賢也。"《讀書記疑》卷七。

余嘉錫曰："任愷爲侍中，總門下樞要，管綜既繁，權勢日重，自爲人所側目。加以與賈充不平，充朋黨甚盛，浸潤多端，毀言日至，雖慈母猶不免投杼，況人主乎？嶠與愷親善，武帝所素知。若復以口舌相救，將益爲帝所疑，於事終無所益。蓋愷之必敗，如城門之自壞，非一朝一夕之故矣。故其言如此。"

17

劉道真少時，常漁草澤，善歌嘯，聞者莫不留連。有一老嫗，識其非常人，甚樂其歌嘯，乃殺豚進之。道真食豚盡，了不謝。嫗見不飽，又進一豚，食半餘半，迺還之。後爲吏部郎，嫗兒爲小令史，道真超用之。不知所由[1]，問母，母告之。於是齎牛酒詣道真，道真曰："去！去！無可復用相報。"劉寶，已見。

○"劉道真"至"復用相報"

"超用之"，田中頤曰："以此報。"○張萬起曰："越級任用。"

---

[1] "不知所由"，《類聚》九十四引《郭子》作"兒不知所由"。趙西陸曰："'兒'字當校補。"

“不知所由”，秦士鉉曰：“其子不知其故也。”

“去去無可復用相報”，岡白駒曰：“無可復報汝之贈遺。”○王叔岷曰：“曹植《雜詩》六首之一：‘去去莫復道。’”

◎龔斌曰：“此條出《郭子》，見《類聚》九四。”

【彙評】

劉辰翁曰：“市井笑語。”

方弘靜曰：“韓信得食於漂母，而報之千金，此烈士之爲也。劉真長以歌嘯悅老嫗而飽其豚，已足羞矣。及爲吏部郎，超用其兒，是以官市豚也，惡乎可？其免於官邪之罰，幸矣，而目之曰賢者哉？”《千一錄》卷十四。

18

阮宣子常步行，以百錢挂杖頭，至酒店，便獨酣暢。雖當世貴盛，不肯詣也。《名士傳》曰：“修性簡任[1]。”

○“阮宣子”至“不肯詣也”

“阮宣子”，徐子光曰：“《晉書》：阮修字宣子，咸從弟也。好《易》《老》，善清言，性簡任，不修人事。常步行，以百錢掛杖頭，至酒店便獨酣暢，雖當世富貴，而不肯顧。家無儋石之儲，晏如也。與兄弟同志常自得於林皋間。王衍與修談《易》，言寡旨暢，衍歎服焉。修居貧，年四十餘未有室，王敦等歛錢爲婚，皆名士也，時慕之者求入錢而不得。後爲太子洗馬。避亂爲賊所害。”《蒙求集注》卷上“阮修杖頭”條。

“不肯詣也”，田中頤曰：“是其酣暢之趣，不可以貴盛易也。”

---

〔1〕“修性”，董刻本、袁刻本“修”俱作“脩”。

19

山季倫爲荆州，時出酣暢〔1〕。人爲之歌曰："山公時一醉，徑造高陽池。日莫倒載歸，茗芋無所知〔2〕。復能乘駿馬〔3〕，倒箸白接籬〔4〕。舉手問葛彊〔5〕，何如并州兒〔6〕?"高陽池在襄陽。彊是其愛將，并州人也。《襄陽記》曰："漢侍中習郁，於峴山南，依范蠡養魚法作魚池，池邊有高隄，種竹及長楸，芙蓉、菱芡覆水〔7〕，是遊燕名處也。山簡每臨此池，未嘗不大醉而還，曰：'此是我高陽池也!'襄陽小兒歌之。"

　　○"山季倫"至"造高陽池"

　　"山季倫爲荆州"，徐子光曰："晉山簡字季倫，司徒濤之子。温雅有父風。永嘉中爲征南將軍，鎮襄陽。四方寇亂，天下分崩，朝野危懼，簡優游卒歲，惟酒是耽。諸習氏，荆土豪族，有佳園池，簡每出，多之池上，置酒輒醉，名之曰高陽池。時有童兒歌曰：'山公出何許，往至高陽池。日夕倒載歸，酩酊無所知。時時能騎馬。倒著白接籬。舉鞭向葛彊，何如并州兒。'彊家在并州，簡愛將也。"《蒙求集注》卷上"山簡倒載"條。○程炎震曰："《晉書》四十三本傳：永嘉三年，簡鎮襄陽。"

---

〔1〕 "山季倫爲荆州時出酣暢"，趙西陸曰："《事類賦》十七引首十字作：'山簡鎮襄陽時，習氏有佳園池。時至酣飲，名之曰高陽池。時。'"

〔2〕 "茗芋"，劉盼遂曰："《晉書》'茗芋'作'酩酊'。"余嘉錫曰："《水經沔水注》及《類聚》九引《襄陽記》作'酩酊'。"楊勇曰："《類聚》九引《襄陽記》，《事類賦》六八七、八四五引《世説》並作'酩酊'。"按楊校《事類賦》當作《御覽》，《事類賦》引《世説》見卷一七。

〔3〕 "復能乘駿馬"，楊勇曰："《晉書·山簡傳》作'時時能騎馬'，《事類賦》一七，《御覽》六八七、八四五引《世説》作'時復乘駿馬'。"王叔岷曰："《御覽》（四九七）引《襄陽耆舊記》'復能乘駿馬'作'時時能騎馬'。"

〔4〕 "接籬"，徐震堮曰："'籬'原誤作'篱'，今改正。"方一新《校讀札記》曰："實不必改。接籬，帽名，所謂連語也。連語之字，義存乎聲，當不可執於形爲説。"

〔5〕 "舉手問葛彊"，桃井白鹿《補遺》曰："李白集注引此歌'手'作'鞭'，《韻府群玉》亦'手'作'鞭'。"王叔岷曰："（《御覽》四九七引《襄陽耆舊記》）'舉手'作'舉鞭'，《晉書·山簡傳》同。"

〔6〕 "何如并州兒"，桃井白鹿《補遺》曰："《韻府群玉》'如'作'似'，'并州'作'幽并'。"

〔7〕 "菱芡"，唐鴻學曰："'菱芡'，訛'茨'。"朱鑄禹曰："'袁本'芡'作'茨'。"龔斌曰："當作'芡'。芡，水生植物，又名雞頭。"

“人爲之歌曰”，王叔岷曰：“《藝文類聚》九引《襄陽記》作：‘山公何所往？來至高陽池。日夕倒載歸，酩酊無所知。’《御覽》四九七引《襄陽耆舊記》作：‘山公出何許？往至高陽池。日夕倒載歸，酩酊無所知。’《晉書·山簡傳》同。”

“徑造高陽池”，黃朝英曰：“簡鎮襄陽時，諸習有佳園池。簡每出遊之池上，置酒輒醉，名置曰高陽池。然則襄陽習池謂之高陽池者，蓋取酈生高陽酒徒之義也。”《緗素》卷九。○岡白駒曰：“漢習郁所鑿池。習氏世居於此，爲荊土豪族，有佳園池，山簡每出遊池上，置酒輒醉，名曰高陽池。”○余嘉錫曰：“《水經注》二十八《沔水注》曰：‘池長七十步，廣二十步，西枕大道，東北二邊，限以高隄，楸竹夾植，蓮芰覆水，是遊宴之名處也。山季倫之鎮襄陽，每臨此池，未嘗不大醉而還。’”○張萬起曰：“高陽，酒徒代名詞。”

○“日莫倒載”至“無所知”

“日莫倒載歸”，李治曰：“《晉書·山簡傳》：襄陽人歌曰：‘日莫倒載歸。’人說‘倒載’甚多，俱不灑脫。吾以爲倒身于車中，無疑也。言‘倒’即倒臥，言‘載’即其車可知。倒載來歸，既而復能騎駿馬也。蓋歸時以茗艼之故，倒臥車中。比入城，酒稍解，遂能騎馬。雖能騎馬，終被酒困，故倒著白接籬也。”《敬齋古今黈》卷十。

“茗艼無所知”，黃生曰：“‘酩酊’二字古所無，《世說》‘茗艼無所知’，蓋借用字。今俗云‘懵懂’，即‘茗艼’之轉也。”《義府》卷下。○胡鳴玉曰：“‘茗艼’即‘酩酊’字。《世說》：‘日莫倒載歸，茗艼無所知。’《晉書·山簡傳》同。”《褖錄》卷五。○劉盼遂曰：“‘茗艼’‘酩酊’均於古無所出。黃生《義府》云：‘《列子》“眠娗誣諉”張湛注：“眠娗，不開通貌。”詳注意，則“眠娗”當即讀“茗艼”。’黃說或然也。”按“茗艼”義參見《賞譽篇》“簡文云劉尹茗柯有實理”條。

○“復能乘”至“并州人也”

“復能乘駿馬”，秦士鉉曰：“初載車，後又乘馬，故曰復。”

“倒箸白接籬”，桃井白鹿曰：“白接籬，帽也。‘接籬’通作‘睫攡’。《爾雅》注：“江東取鷺頭翅背上長翰毛，以爲睫攡，名曰白鷺縗。”○張淏曰：“杜子美詩云‘醉把青荷葉，狂遺白接籬’，王洙注引《世說》山簡倒著白接籬事，且云：‘接籬，衫也。’予按郭璞《爾雅注》云：‘白鷺頭翅背上皆有長翰毛，今江東人取以爲睫攤。'又《廣韻》云:'接羅,白帽。'而《集韻》又作'䍠'及'氎',亦云白帽。李白《答人贈烏紗帽》云:'領得烏紗帽,全勝白接羅。'則'接羅'爲帽明甚,非衫也。洙誤矣。"《雲谷雜記》卷二。

"舉手問葛彊"二句,桃井白鹿曰:"言山簡舉手問於葛彊,云何如耶?并州兒也。《魏略》:'曹植初得邯鄲淳,甚喜,延入坐,不先與談,時天暑熱,植因呼常從取水自澡,訖,傅粉,遂科頭拍袒,胡舞五椎鍛,跳丸擊劍,誦俳優小説數千言訖,謂淳曰:邯鄲生何如耶?'亦與此同趣。"又曰:"《韻府群玉》注云:'幽并多遊俠,士習鞍馬。'此葛彊并州人,善騎,故山簡戲問之云:吾騎技孰與并州兒?"《補遺》。○大典顯常曰:"何如,問此趣何如也。"○田中頤曰:"并州兒,即葛彊也。言我酣醉氣暢之狀態,以爲何如也。"

"高陽池在襄陽"三句,田中頤曰:"釋文簡勁。"

○注"襄陽記曰"

"此是我高陽池也",大典顯常曰:"《史記》酈食其叱沛公使者曰:'吾高陽酒徒也!'"

【彙評】

胡曾曰:"古人未遇即銜杯,所貴愁腸得酒開。何事山公持玉節,等閑深入醉鄉來。"《詠史詩·高陽池》。

王志堅曰:"山簡鎮襄陽,嗜酒不恤政事,表順陽内史劉璠得衆心,恐百姓劫璠爲主,詔徵璠爲校尉,南州由是遂亂。今人以習家池事爲美談,不知山公當日乃爾狼狽。蹋歌兒童殆譏也,非頌也。"《讀史商語》卷二。

狄期進曰:"且醉習家池,莫看墮淚碑。"

賀裳曰:"接羅倒著,酩酊無知,縱習池,誠可供樽俎舉鞭,豈所以當折衝也!"《史折》卷上。

李鄴嗣曰:"勸汝一桮酒,倒箸白接羅。此中有真味,外人那得知。"《集世説詩》。

20

張季鷹縱任不拘,時人號爲"江東步兵"。或謂之曰："卿乃可縱適一時,獨不爲身後名邪[1]?"答曰："使我有身後名,不如即時一杯酒[2]。"《文士傳》曰："翰任性自適,無求當世,時人貴其曠達。"

○"張季鷹"至"即時一杯酒"

"江東步兵",岡白駒曰："比阮籍也。"○大典顯常曰："喻其意氣。"《攟補》。○田中頤曰："阮步兵之徒,而但別其冠字耳。"○崔朝慶曰："謂其倜儻不羈,嗜酒放蕩,如步兵校尉阮籍也。"○劉盼遂曰："以季鷹擬阮嗣宗也。"○徐震堮曰："步兵,謂阮籍。籍嘗爲步兵校尉。翰,吳人,故曰江東步兵。"

"乃可縱適一時",恩田仲任曰："胡三省曰:'適,歡極也。'"○張永言曰："乃可,哪可,豈可。"《辭典》頁三〇八。○吳金華曰："縱適,即放縱適意。"《考釋》頁一九三。

"身後名",許世瑛曰："'身'字又可與'後'字連用,成爲'身後'一詞,以表'死後'之意。此兩'身後名'亦即指'死後名譽'言也。"《釋"身"字》。

"不如即時一杯酒",田中頤曰："要名則勞心矯性,唯酒則養神順命,故有此言也。"

【彙評】

李白曰："吾觀自古賢達人,功成不退皆殞身。子胥既棄吳江上,屈原終投湘水濱。陸機雄才豈自保,李斯稅駕苦不早。華亭鶴唳詎可聞,上蔡蒼鷹何足道。君不見吳中張翰稱達生,秋風忽憶江東行。且樂生前一杯酒,何須身後千載名。"《行路難》其三。

費袞曰："真達者之言也。"《梁谿漫志》卷五。

龔相曰："淵明詩:'雖留身後名,一生亦枯槁。死去何所知,稱心固爲好。'是不重身後名也。又作《擬古》,乃云:'生有高世名,既没傳無窮。'是欲名彰也。二意相反,不如張季鷹云:'與我身後名,不如生前一杯酒。'"《復齋漫錄》,胡仔《苕溪漁隱叢話後集》卷三引。按吳曾《漫録》卷十亦有此説。

---

[1]"獨不爲",余嘉錫曰："景宋本及沈本無'獨'字。"
[2]"一杯酒",董刻本"杯"作"盃"。

魏了翁曰：“此與淵明‘歸去來’意同。”《經外雜抄》卷二。

陸樹聲曰：“張季鷹因秋風起，思吳中蓴菜鱸魚，幡然曰：‘人生貴適忘，安能羈臣數千里以要名爵？’觀其語顧榮曰：‘天下紛紛，禍難未已。夫有四海之名者，求退良難。吾本志山林，無望於時。’故託言以去。而或者乃謂之曰：‘子獨不爲身後名？’不知翰方逃名當世，何暇計身後名耶？”《長水日抄》。

鄒泉曰：“夫季鷹嘗言：‘有四海之名者，求退良難。’彼且逃生前之名矣，又何意身後名耶？乃今譚曠達者頗屈指季鷹，然則身後之名，豈必求諸當世然後有哉？”《尚論編》卷九。

李贄曰：“正身後名也。”《初潭集》卷十七。

王世懋曰：“張季鷹云：‘使我有身後名，不如生前一杯酒。’余以謂季鷹非真立名者，直自遣耳。”《王奉常集》卷六。○曰：“季鷹此意甚遠，欲破世間嗷名客耳。渠亦那能盡忘？本謂忘名，乃令此言千載。”華慶遠《論世八編》卷九引王世懋曰：“張翰本謂忘名，卻令一言千載。”

王思任曰：“‘酒’字至此而出。”

狄期進曰：“良無磐石固，虛名復何益？”

袁中道曰：“真名言。”《舌華錄》卷五。

唐汝詢曰：“季鷹寥廓士，性本耽林藪。扁舟聞琴聲，中道逢佳友。相攜入京洛，投迹鴛鸞後。感事生歸心，秋風動高柳。蓴鱸奚足思，危邦不可久。揚帆五湖陰，掛席三江口。偉哉張步兵，生涯何所有。身後千秋名，生前一杯酒。”《顧氏詩史》卷八。

鄧原岳曰：“平生遑遑爲嗷名計，顧名是何物，形乃先化。此子桓所以興悲，季鷹因而致慨也。”《西樓全集》卷十八。

孫繼皋曰：“皇甫規之附名也，韓伯休之逃名也，杜預之好異代名也，張季鷹不願有千秋名也，此其心皆不能忘名，而或以趨，或以避。趨與避則有間矣，其心爲名所動則一也。夫士顧實至與否耳，名誠不足狗，亦復安足避哉？”《宗伯集》卷六十二。

龔斌曰：“陶淵明《飲酒詩》之三：‘道喪向千載，人人惜其情。有酒不肯飲，但顧世間名。所以貴我者，豈不在一生。一生復能幾，倏如流電驚。鼎鼎百年內，持此欲何成？’此詩幾可作張翰‘使我有身後名，不如即時一杯酒’二語之注腳。”

21

畢茂世云："一手持蟹螯，一手持酒梧〔1〕，拍浮酒池中，便足了一生〔2〕。"《晉中興書》曰："畢卓字茂世，新蔡人。少傲達，爲胡毋輔之所知。太興末，爲吏部郎，嘗飲酒廢職。比舍郎釀酒熟，卓因醉，夜至其甕間取飲之〔3〕。主者謂是盜，執而縛之，知爲吏部也，釋之。卓遂引主人燕甕側，取醉而去。温嶠素知愛卓，請爲平南長史，卒。"

○"畢茂世"至"足了一生"

"畢茂世"，敬胤曰："畢卓字茂世，新蔡人也。祖衍，字泰林，樂安太守；父諶，字正雛，中書郎。卓與阮放、桓彝、謝琨、胡毋輔之、羊曼、光逸、阮孚號爲八達。卓位至吏部郎。"○徐子光曰："晉畢卓字茂世，新蔡鮦陽人。少希放達，爲吏部郎，常飲酒廢職。比舍郎釀熟，卓因醉夜至其甕間盜飲，爲掌酒者所縛。明旦視之，乃畢吏部也，遽釋其縛。卓遂引主人宴於甕側，致醉而去。常謂人曰：'得酒滿數百斛船，四時甘味置兩頭，右手持酒杯，左手持蟹螯，拍浮酒船中，便足了一生矣。'過江爲温嶠長史。"《蒙求集注》卷上"畢卓甕下"條。

"拍浮酒池中"，恩田仲任曰："拍，拊也。順流曰浮。《南史》曰：'時天寒甚，乃脱衣，口銜三頭，拍浮而還。'"○田中頤曰："拍，當讀作'泊'。拍浮，蓋猶云漂泊。言其身所望，止於此言也。"○劉盼遂曰："唐人寫本《文選》王子淵《四子講道論》：'膺騰撇波而濟水。'《集注》引鈔曰：'膺騰撇波，今之拍浮也。言騰躍其匈，瀝水波而浮也。'日本《倭名類聚鈔·術藝部》有'拍浮'，狩谷望之注：'今俗所謂水泅者是也。'"○王利器曰："'拍浮'就是拍水浮游，也就是游泳的意思。《南史》卷四六《戴僧静傳》'拍浮而還'，義與此同。"○徐震堮曰："拍浮，即游泳之義。凡游泳者皆以手拍水，故曰拍浮。《北史·劉豐傳》：'船纜

〔1〕 "一手持蟹螯"四句，王叔岷曰："《藝文類聚》四八引《晉中興書》作'右手執酒卮，左手持蟹螯'，七二引《晉中興書》作'右手執酒杯，左手執蟹螯'。"龔斌曰："畢卓之語《晉書》本傳作：'嘗謂人曰：得酒滿數百斛船，四時甘味置兩頭，右手持酒杯，左手持蟹螯，拍浮酒船中，便足了一生矣。''酒池'作'酒船'，《類聚》二六引《晉中興書》同。"
〔2〕 "一生"，楊勇曰："'生'下《考異》有'内'字。"
〔3〕 "甕間"，董刻本"甕"作"甖"，下同。

忽絶，漂至城下，豐拍浮向土山，爲浪激，不時至。'"〇周一良曰："'拍浮'猶今言撲騰。《廬山遠公話》（《變文集》）：'凡人渡水，第一須解怕（拍）浮，不解，徒勞下水。'則'拍浮'即游泳。"《批校》。

〇注"晉中興書曰"

"新蔡人"，程炎震曰："《晉書·卓傳》云：'新蔡鮦陽人。'"

"比舍"，秦士鉉曰："比，相連比而居也。"

【彙評】

凌濛初曰："持蟹螯，猶不如讀《離騷》。"

唐汝詢曰："畢生甕底臥，一醉復忘情。拍浮酒船中，便足了此生。司徒揮麈尾，天子問蛙聲。朝端人盡醉，何忍獨爲醒。"《顧氏詩史》卷八。

李鄴嗣曰："士固有失意，形神若不交。設復非快飲，何以寄消搖。一手持酒梧，一手持蟹螯。便足了一生，頹然任所遭。使我身後名，千載徒遥遥。"《集世說詩》。

22

賀司空入洛赴命，爲太孫舍人。經吳閶門[1]，在船中彈琴。張季鷹本不相識，先在金閶亭[2]，聞絃甚清，下船就賀，因共語[3]，便大相知說。問賀："卿欲何之？"賀曰："入洛赴命，正爾進路。"張曰："吾亦有事北京，因路寄載。"便與賀同發。初不告家，家追問迺知。

<hr />

[1] "閶門"，董刻本、元刻本"閶"作"昌"。
[2] "金閶亭"，董刻本、元刻本作"金昌亭"。
[3] "共語"，董刻本、元刻本"語"作"話"。楊勇曰：《晉書·張翰傳》作'乃就循言譚'。"龔斌曰："'共語'爲習語，作'共語'是。"

○“賀司空”至“大相知説”

“太孫舍人”，秦士鉉曰：“太孫，惠帝子皇孫遹也。”○程炎震曰：“《晉書》六十八《循傳》作‘太子舍人’，是愍懷太子也。永康元年，愍懷廢死，後立其子爲皇太孫，太子官屬即轉爲太孫官屬。”○徐震堮曰：“按《晉書·賀循傳》，循爲武康令，陸機薦之，召補太子舍人。趙王倫簒位，轉侍御史，辭疾去職。是循之赴洛，乃應太子舍人之徵，非太孫舍人也。《通鑒》八三《晉紀》，惠帝永康元年四月己亥，相國倫矯詔賜賈后死，五月己巳，詔立臨海王臧爲皇太孫，太子官屬即轉爲太孫官屬。是太孫之有官屬，已在趙王簒位之後。‘太孫’爲‘太子’之誤無疑。”

“吳閶門”，胡三省曰：“《孫權記》注曰：吳西郭門曰閶門。夫差作，以天門通閶闔，故名之。後春申君改曰昌門。”《通鑒·漢紀五十一》注。

“金閶亭”，胡三省曰：“金昌亭在昌門內。”《通鑒·宋紀二》注。○恩田仲任曰：“謝歆《金昌亭詩序》曰：‘余入吳，行逢昌門，忽覩新亭，傍川帶河，其榜題曰金昌。訪之耆老，曰：朱買臣爲會稽，逢迎吏於此與買臣爭席，買臣出其印綬，群吏慚懼自裁，因建亭曰金傷，沿訛爲昌。’”按謝歆《詩序》另見《輕詆篇》“褚太傅初渡江”條注，文字與此略異。

“大相知説”，張萬起曰：“知説，賞識愛悦。”

○“問賀卿”至“追問迺知”

“正爾進路”，楊勇曰：“正爾，正是、正要也。”○張萬起曰：“進路，趲路，行路。”《詞典》頁二二一。

“有事北京”，崔朝慶曰：“當時南方之人稱洛陽爲北京。”○徐震堮曰：“二人皆吳人，故稱洛陽爲北京。”

“因路寄載”，田中頤曰：“託有事而請寄身同載也。”○崔朝慶曰：“言附載於賀舟也。”○張萬起曰：“因路，沿路。寄載，搭乘。”

“家追問迺知”，平賀房父曰：“張初無意於造京，一時因賀發作，便寄載而行，故不告家也。”○秦士鉉曰：“張此時入洛就官，後因秋風起歸鄉。然則張身後蓴鱸佳名，起此一行矣。”○田中頤曰：“是爲任誕。”

【彙評】

王世懋曰：“此故有致。”

方苞曰：“素昧平生，聞琴相就，達哉翰也！不告家而去，尤達。”

俞樾曰：“門生吹笛隨新息以南征，名士彈琴招季鷹而北上，此羈旅之交不可

無也。”《賓萌集》卷一。

23

祖車騎過江時〔1〕，公私儉薄，無好服玩〔2〕。王、

庾諸公共就祖〔3〕，忽見裘袍重疊〔4〕，珍飾盈列〔5〕，諸

公怪問之〔6〕。祖曰：“昨夜復南塘一出〔7〕。”祖于時恒

自使健兒鼓行劫鈔，在事之人，亦容而不問。《晉陽秋》曰：

“逖性通濟，不拘小節。又賓從多是桀黠勇士，逖待之皆如子弟。永嘉中〔8〕，流民

以萬數，揚土大饑〔9〕，賓客攻剽，逖輒擁護全衛，談者以此少之，故久不得調。”

○“祖車騎”至“南塘一出”

“公私儉薄”，張萬起曰：“公庫私府都不豐裕。”

“共就祖”，淇園曰：“‘共’字與下‘在事之人亦容而不問’作地。”

“復南塘一出”，胡三省曰：“晉都建康，自江口沿淮築堤。南塘，秦淮之南

塘岸也。”《通鑒·晉紀十五》注。○田中頤曰：“語氣容易，若未曾知忌憚者。”

---

〔1〕 “過江時”，《考異》“時”上有“左爾”二字，下有“既”字。

〔2〕 “無好服玩”，《考異》“無好”上有“常亦”二字，“玩”作“後”。

〔3〕 “共就祖”，《考異》“共”下有“往”字，無“就祖”二字。

〔4〕 “忽見”，《考異》“見”下有“祖”字。

〔5〕 “珍飾”，《考異》“飾”作“飭”。

〔6〕 “怪問”，《考異》“怪”下有“而”字。

〔7〕 “昨夜復南塘一出”，《考異》作“昨夜已復在南塘下發”。葉德輝曰：“袁本‘夜’作‘定’。按
　　《晉書·祖逖傳》作‘比復南塘一出’，語氣正同，則作‘定’者是。”按袁重雕本作“夜”。

〔8〕 “永嘉”，董刻本“嘉”作“声”。王利器曰：“各本‘声’作‘嘉’，是。”

〔9〕 “揚土”，董刻本“土”作“士”。朱鑄禹曰：“袁本作‘土’，疑是。”

○秦士鉉曰：“南塘，蓋劫盜所在，故祖言如此。”○朱鑄禹曰：“南塘當是通行孔道，故爲盜劫出没之地。”○張萬起曰：“一出，去一遭，到一趟。”

○“祖于時”至“容而不問”

“健兒”，吳曾曰：“今所在以軍卒爲‘健兒’，往往以杜詩‘健兒勝腐儒’爲證，非也。東晉時軍卒已有‘健兒’之稱。”《漫録》卷二。○桃井白鹿曰：“健兒，壯士也。”

“鼓行劫鈔”，恩田仲任曰：“鼓行，鳴鼓而行，言無所懼也。鈔，强取也。”○張萬起曰：“此處指公開進行。”○龔斌曰：“《史記》五五《留侯世家》‘鼓行而西’《集解》：‘晉灼曰：鼓行而西，言無所畏也。’《漢書》三一《項羽傳》‘引兵鼓行而西’顏師古注：‘鼓行，謂擊鼓而行，無畏懼也。’”

“在事之人”二句，秦士鉉曰：“此直是盜賊，於時士風，豈可問焉？”朱鑄禹釋曰：“如此行徑，直是盜賊，而有司不問，則其時士風豈可問乎？”○張萬起曰：“在事之人，當事的人，負責官員。”

◎敬胤曰：“王隱《晉書》曰：初，逖爲濟陰太守，部勒流民至泗口，元帝逆版領徐州。及至江南，十五六詣丹陽太守王導，乃得一相見。遣逖爲豫州，絹布三千疋，使自募人得七八百，了不給仗。西臺徐州，丞相又遣逖曰：‘大陰奴爲唵麥屑邪，何以白鬢拒守？’逖盡殺之。逖與胡相對，逖饑，令作白布囊盛土千數，賊欲取之，曰因令檐曰米，賊遂得米無限。胡饑，石勒遣十驢負米，逖知之，攻取盡得，桃豹乃走。”○程炎震曰：“《晉書・逖傳》：‘逖撫慰之曰：“比復南塘一出不？”或爲吏所繩，逖輒擁護救解之。’蓋用《晉陽秋》語而較詳，於事爲合。如《世説》所云，則士雅自行劫矣。”

○注“晉陽秋曰”

“流民以萬數”，石川鴻齋曰：“流民，謂自他州流入者也。”《點注》卷三。

“久不得調”，袁枚曰：“《漢書》‘十年不調’顏師古注：‘調，選也。’蓋陞遷也。今之調簡，漢人謂之换，《薛宣傳》‘以平陵之薛恭换鉅鹿之尹賞’是也。”《隨園隨筆》卷九。

【彙評】

李贄曰：“擊楫渡江，誓清中原，使石勒畏避者，此盜也。俗儒豈知！”《初潭集》卷十七。

王世懋曰：“未聞嵇阮作賊。”

王思任曰：“此豈小節，然猶勝講道學者。”

袁中道曰：“能作能言，必非凡盜。”《舌華錄》卷二。

魏禧曰：“《世說》載祖士稚恒自使健兒鼓行劫鈔，裘袍重疊，珍飾盈列。鄧粲《晉紀》載周伯仁詣紀瞻，觀伎於衆中，欲通瞻愛妾，露其醜穢，顏無怍色。此皆盜賊禽獸所爲，二賢疏誕，斷不至此，必當時小人謗之。或好事者以晉人不尚行檢，欲怪其說，而不知蔑正人，毒後世，禍甚酷也。”《日錄》卷三。

伯克利手批曰：“豪傑作事，便難以常行拘。”

田中頤曰：“此蓋祖或有憤世，以謂當今輕裘肥馬者，雖事固萬殊，然其意則與強賊不異，而反不如其鼓行劫鈔之公然也。故其身則儉薄，而在事之人亦容之。是殆寓言之流與？不則，任誕之弊，亦何一至於此也？噫！”

秦士鉉曰：“逖是豪傑人，而談者少之。古今無有眼人，舉世皆同。”

田餘慶曰：“（流民帥）南來後對於東晉政權若即若離，在政治上保留有相當大的獨立性。甚至於玩忽朝命，跋扈專橫。他們雄踞一方，各行其是，無王法也無軍紀，有的還要靠打家劫舍、攔截行旅以籌給養，連祖逖所部也是這樣。祖逖的行徑，與北方塢主郭默‘以漁舟抄東歸行旅’、魏浚‘劫掠得穀麥’完全一樣。尊貴如西陽王羕，當其統流民於江西之時，也是放縱部屬‘斷江劫掠’，與其他流民帥同。”《政治》頁四一。

24。

鴻臚卿孔群好飲酒。王丞相語云：“卿何爲恒飲酒 [1]？不見酒家覆瓿布，日月糜爛 [2]？”群曰：“不爾，不見糟

---

[1] “何爲恒飲酒”，楊勇曰：“《晉書·孔群傳》、《事類賦》一七、《御覽》八四五、《事文續》一五引《世說》並無‘何爲’二字。”

[2] “日月糜爛”，程炎震曰：“《晉書·群傳》‘日月’下有‘久’字。”楊勇曰：“宋本作‘日月糜爛’，《晉書·孔群傳》作‘日月久糜爛邪’，《事類賦》一七引《世說》作‘不久糜爛’，《御覽》八四五、《事文續》一五引《世說》作‘日月久則糜爛’。”龔斌曰：“《晉書》七八《孔群傳》作‘日月久糜爛邪’，語意顯明而宛轉，最佳。”

肉〔1〕，乃更堪久？”群嘗書與親舊〔2〕：“今年田得七百
斛秫米〔3〕，不了麴蘖事〔4〕。”群已見上。

○“鴻臚卿”至“麴蘖事”

“鴻臚卿”，張萬起曰：“掌朝賀慶弔等禮儀。”

“覆瓿布日月糜爛”，田中頤曰：“言酒糜爛人腸亦同之。”○張萬起曰：“日
月，意爲經日月，即年長日久。”○龔斌曰：“意謂恒飲酒非攝生之道，觀覆瓿布
時間久了糜爛可知。”

“不見糟肉乃更堪久”，田中頤曰：“以王言爲非，言酒堪久保人壽。”○張萬
起曰：“糟肉，用酒或酒糟腌制的肉。”

“今年”，張聯榮曰：“‘今年’即‘今’，義猶‘將’。”《禮記》。

“不了麴蘖事”，岡白駒曰：“言雖得七百斛秫米，不足了麴蘖事。北人釀酒
用秫米。”○大典顯常曰：“不了，豈不了也。《説命》：‘若作酒醴，爾惟麴蘖。’”
○田中頤曰：“言不匱酒之需。”○楊勇曰：“麴蘖，酒母也。《書·説命》：‘若作
酒醴，爾惟麴蘖。’傳：‘酒醴須麴蘖以成。’”

【彙評】

袁中道曰：“韻極。”評“不見糟肉”二句。《舌華録》卷八。

25

有人譏周僕射與親友言戲，穢雜無檢節。鄧粲《晉紀》
曰：“王導與周顗及朝士詣尚書紀瞻觀伎。瞻有愛妾，能爲新聲。顗於衆中欲通其

---

〔1〕 “不見糟肉”，楊勇曰：“宋本作‘不見糟肉’，《晉書·孔群傳》作‘公不見肉糟淹’，《事類賦》一
七引《世説》作‘公不見糟中肉乎’，《御覽》八四五、《事文續》一五作‘公不見糟中肉’。”
〔2〕 “嘗書與親舊”，楊勇曰：“《晉書·孔群傳》作‘嘗與親友云’，《事類賦》一七、《御覽》八四五
引《世説》作‘常與親舊書云’。”
〔3〕 “田得”，董刻本“田”作“由”。朱鑄禹曰：“袁本作‘田’是。”
〔4〕 “不了麴蘖事”，董刻本“蘖”作“糵”。朱鑄禹曰：“疑上當有脱文，或云當作‘豈不了’。”

妾，露其醜穢，顏無怍色。有司奏免顗官，詔特原之。"周曰："吾若萬里長江，何能不千里一曲。"

○"有人譏"至"千里一曲"

"檢節"，恩田仲任曰："檢謂定檢不瀾漫也。"

"吾若萬里長江"二句，田中頤曰："言人不可以千里一曲之小，譏萬里長江之大。"○張萬起曰："古代傳說黃河全長九千里，自崑崙山發源，每千里一曲，經九曲而流入渤海。此處用以比喻人不拘小節，作風上有小毛病。"

○注"鄧粲晉紀曰"

"尚書紀瞻"，龔斌曰："紀瞻，字思遠，丹陽秣陵人。祖亮，吳尚書令。父陟，光祿大夫。"

"新聲"，龔斌曰："指東晉始流行之清商俗樂。"

"欲通其妾"二句，徐震堮曰："《晉書》本傳不詳其事，但言荒醉失職，爲有司所奏。"《札記》。

【彙評】

方弘靜曰："晉元康中，貴游子弟相與爲散髮之飲，對弄婢妾。逆之者傷好，非之者負譏。蓋亡國之風哉！紂之時未若是甚也。周伯仁醉欲通紀瞻婢，露其醜穢，爲司憲所劾，猶謂名士，曾不知有恥，此老、莊棄禮之效也。其亦幸而免於四凶之誅也，而責以忘中原耶！"《千一錄》卷十八。

李贄曰："好晉武，宜其敗。"評注鄧粲《晉紀》云。《初潭集》卷三。

王世懋曰："達人先須去欲，周顗、謝鯤何乃以色爲達？"

狄期進曰："惟公懋德，克勤小物。"

方苞曰："'顗於眾中欲通其妾，露其醜穢'，如此之人不殺何待？豈但免官而已哉！原之何爲？"

李慈銘曰："伯仁在洛之時，名德已重。及乎晚節，大義凜然，人推國士之風，世有斷山之目。王敦見之而面熱，賁大歎以爲振衰。《晉陽秋》謂其'正情巋然，一時儕類無敢媟近'，雖渡江以後，憂傷時事，多醉少醒，蓋亦信陵之遺意，何至如鄧粲所記，大衆之中，欲通人妾，露其醜穢，此乃盜賊所不敢，禽獸所不爲，誣妄不經，悖謬斯甚。或由王敦、王導之徒銜其強直，造此詖辭，自好之士所不道也。"《簡端記》。

余嘉錫曰："伯仁名德，似不宜有此。然魏晉之間，蔑棄禮法，放蕩無檢，似此者多矣。《御覽》八百四十五引《典論》曰：'孝靈末，常侍張讓子奉爲太醫令，與人飲，輒去衣露形，爲戲樂也。'可見此風起於漢末。伯仁大節無虧而言戲穢雜，蓋習俗移人，賢者不免。以彼任率之性，又好飲狂藥，昏醉之後，亦復何所不至？固不可以一眚掩其大德，亦不必曲爲之辯，以爲必無此事也。"

26

溫太真位未高時，屢與揚州、淮中估客樗蒲，與輒不競[1]。嘗一過，大輸物，戲屈，無因得反。與庾亮善，於舫中大喚亮曰："卿可贖我！"庾即送直，然後得還。經此數四。《中興書》曰："嶠有儁朗之目，而不拘細行。"

○"溫太真"至"經此數四"

"與輒不競"，岡白駒曰："不競，不强也，謂輸。"○田中頤曰："謂溫屢敗。"

"嘗一過大輸物"，大典顯常曰："一過，一回也。物，謂財。"○劉尚慈曰："輸，獻納、交出之意。'輸物'即納財物、下賭注之義。"《璅記》。

"戲屈"，張萬起曰："玩輸。"

"無因得反"，大典顯常曰："戲既窮盡，身不能脫也。"《撮補》。○田中頤曰："爲債典其身故。"○張萬起曰："無因，無辦法。"

"送直"，恩田仲任曰："直，債也。"○張萬起曰："直，即'值'。此指

---

[1] "與輒不競"，徐震堮曰："'與'字疑涉上而衍。"蔣宗許《臆札》曰："'與'爲動詞，指參與，不當言衍。"

贖金。"

"經此數四",田中頤曰:"與上'屢'字應,是其不知懲者,乃爲任誕。"

【彙評】

劉辰翁曰:"太真賭身奴價。"
王思任曰:"有溫有庾。"

27

溫公喜慢語[1],下令禮法自居。《卞壺別傳》曰:"壺正色立朝,百寮嚴憚,貴遊子弟,莫不祗肅。"至庾公許,大相剖擊,溫發口鄙穢[2],庾公徐曰:"太真終日無鄙言。"重其達也。

○"溫公喜"至"無鄙言"

"溫公喜慢語",恩田仲任曰:"'慢'與'嫚'通,侮易也。"○朱鑄禹曰:"溫公,桓溫。"○蔣凡曰:"溫公指溫嶠,按卞壺大桓溫三十一歲,卞死於晉成帝咸和三年(328),桓溫生於312年,卞卒时桓年僅十六歲。朱説不可信。"

"至庾公許大相剖擊",岡白駒曰:"溫與卞相剖擊也。剖,判;擊,觸也。"○田中頤曰:"剖擊,謂剖折其非,擊攻其惡也。"○徐震堮曰:"庾公,庾亮。"○王叔岷曰:"剖擊,猶'掊擊'。《莊子·人間世篇》:'自掊擊於世俗者也。'《逍遙遊篇》:'吾爲其無用而掊之。'《釋文》引司馬彪云:'掊,擊破也。'"

"發口鄙穢",田中頤曰:"傳者明溫鄙穢,與庾言反接。"

"終日無鄙言",岡白駒曰:"雖言鄙穢,而無俗事也。"○田中頤曰:"捨辭取意耳。"

---

〔1〕"溫公",元刻本無"公"字。
〔2〕"溫發口",沈校本無"溫"字。

李贄曰："是正是反?"《初潭集》卷十七。

袁中道曰："反語妙甚,又愛之至。"《舌華録》卷三。

28

周伯仁風德雅重,深達危亂[1]。過江積年,恒大飲酒。嘗經三日不醒[2],時人謂之"三日僕射"。《晉陽秋》曰:"初,顗以雅望,獲海内盛名,後屢以酒失。庾亮曰:'周侯末年,可謂鳳德之衰也。'"《語林》曰:"伯仁正有姊喪三日醉,姑喪二日醉,大損資望。每醉,諸公常共屯守。"

○注"語林曰"

"伯仁正有姊喪三日醉"二句,馬國翰曰:"《太平御覽》卷四百九十七引《語林》:'周伯仁過江恒醉,止有姊喪三日醒,姑喪三日醒也。'案劉引當與《御覽》同。後人以《世説》有'三日不醒'語,遂改兩'醒'字爲兩'醉'字,'止'訛爲'正','三'訛爲'二'耳。"《裴子語林校輯》卷上注。○劉盼遂曰:"詳文義,《御覽》爲長。誠如劉注所引,則伯仁將於姑姊喪外皆終日醒矣。謬誤所宜訂正。"○余嘉錫曰:"《御覽》所引,於文理事情,皆較《世説》注爲協。馬説是也。《南史·陳慶之傳》載慶之子暄與兄子秀書云:'昔周伯仁度江,唯三日醒,吾不以爲少。'云云。正是用《語林》,可以爲證。"○趙西陸曰:"'正'與'止'同。"○徐震堮曰:"二'醉'字並當作'醒'。正有,止有也。"

---

[1] "風德雅重"二句,余嘉錫曰:"'雅重',《北堂書鈔》五十九引作'雅凝'。"朱鑄禹曰:"《太平御覽》二一一《左右僕射門》引此,無此二句。"

[2] "嘗經三日不醒",余嘉錫曰:"晏殊《類要》二十八引作'顗常醉,及渡江,三日醒。'"徐震堮曰:"'三日不醒'《御覽》二一一及四九七作'三日醒'。《南史·陳暄傳》:'與兄子秀書:昔聞周伯仁渡江,唯三日醒。''不'字衍。"楊勇曰:"宋本作'嘗經三日不醒',《類聚》四八,《御覽》二一一、四九七引《世説》作'嘗經三日醒'。按'三日僕射'與《類聚》所引意同,宋本'不'字衍。"王叔岷曰:"《御覽》八四五引此作'嘗經三日不醒',與宋本合。"

袁中道曰："以酒失,名當更進。"評注《晉陽秋》"鳳德之衰"。《舌華録》卷六。

陶珙曰："伯仁於衆中露穢,姊姑之喪酣酒,尚得謂之'風德雅重',則晉人所云'風德',概可知矣。"

29

衛君長爲温公長史,温公甚善之。每率爾提酒脯就衛,箕踞相對彌日。衛往温許亦爾。衛永,已見。

30

蘇峻亂,諸庾逃散。庾冰時爲吳郡,單身奔亡,民吏皆去。唯郡卒獨以小船載冰出錢塘口,蘧篨覆之。時峻賞募覓冰,屬所在搜檢甚急。卒捨船市渚,因飲酒醉還,舞棹向船曰:"何處覓庾吳郡?此中便是。"冰大惶怖,然不敢動。監司見船小裝狹,謂卒狂醉,都不復疑。自送過淛江,寄山陰魏家,得免。《中興書》曰:"冰爲吳郡,蘇峻作逆,遣軍伐冰,冰棄郡奔會稽。"後事平,冰欲報卒,適其所願。卒曰:"出自廝下,不願名器。少苦執鞭,恒患不得快飲酒。使其酒足餘年,畢矣,無所復須。"冰爲起大舍,市奴婢,使門内有百斛酒,終其身。時謂此卒非唯有智,且亦達生。

○ "蘇峻亂"至"蘧篨覆之"

"諸庾逃散",張萬起曰:"庾亮在建康與蘇峻大戰,敗,率弟南奔。"

“時爲吳郡”，洪頤煊曰：“《晉書·庾冰傳》：‘出補吳興内史，會蘇峻作逆，遣兵攻冰，冰不能禦，便棄郡奔會稽。’案‘吳興’當作‘吳國’。《王舒傳》云：‘時吳國内史庾冰棄郡奔舒。’《顧衆傳》：‘時吳國内史庾冰棄於會稽。’皆可證。”《諸史考異》卷三。○勞格曰：“《庾冰傳》：‘出補吳興内史。’‘興’一作‘國’，‘國’字是也。”《雜識》卷五《校勘記下》。○徐震堮曰：“《晉書·庾冰傳》：‘出補吳興内史。’《王舒傳》云：‘時吳國内史庾冰。’按吳郡即吳國，不當云‘吳興’也。《文館詞林》四五七孫綽撰《庾冰碑銘》亦作‘吳郡’。”

“單身奔亡”，程炎震曰：“咸和二年二月,庾冰奔會稽。”龔斌按曰：“庾冰奔會稽在咸和三年二月。程氏誤記。”

“蓬篨覆之”，胡三省曰：“《説文》：‘蓬篨，竹席也。’予謂從草者，今蘆蕠也。”《通鑑·晉紀十六》注。○方以智曰：“篷篨，今之蘆席之類也。《廣韻》曰：‘篷篨，蘆蕠也。’篷篨，織竹如席，規以爲囷，以貯穀粟，或以取魚。擁腫不能俯者似之，故因以名其疾。《晉語》曰：‘篷篨不可使俯。’吳隱之以篷篨爲屏風，可知竹簟薄曲之類，概可通呼耳。”《通雅》卷三十四。○恩田仲任曰：“《正字通》曰：‘方言，江東稱蓬篨爲廕，葦類，可爲席。’《類編》：‘蓬篨，竹與蕠所爲粗席，皆謂之蓬篨。’”○李詳曰：“《説文》：‘篷篨，粗竹席也。’《通鑑》九十四作‘蓬蕠’，胡注從草者，今蘆蕠也。案古人從草從竹之字互用，胡氏亦望文生義耳。其實竹席蘆席皆可覆之。”○余嘉錫曰：“《方言》五曰：‘簟，宋、魏之間謂之笙，或謂之篷笛。自關而西，或謂之簟，或謂之蒢，其粗者謂之篷篨。自關而東，或謂之篕掞。’郭注曰：‘江東呼篷篨爲‘籧’，音廢。’”

○“時峻賞募”至“魏家得免”

“賞募覓冰”，平賀房父曰：“掛賞而募覓冰。”○張萬起曰：“募，搜捕。”○蔣凡曰：“賞募，懸賞。覓，此指捉拿。”

“所在”，江藍生曰：“‘所在’義爲‘處處’‘到處’。”《彙釋》頁一八九。

“市渚”，張萬起曰：“到小洲上買東西。”

“送過淛江”，楊勇曰：“淛江,即浙江古名也。”○王叔岷曰：“《書鈔》七七引此作‘浙江’，亦稱‘制河’。《莊子·外物篇》：‘自制河以東。’（本亦作‘淛河’。）《釋文》：‘制河，諸設反，依字應作浙。河亦江也。北人名水皆曰河。’《御覽》八三四引《莊子》作‘浙江’。”

○“後事平”至“且亦達生”

“廝下”，秦士鉉曰：“廝養，下賤之卒。”○楊勇曰：“‘廝’，或作‘䬓’。《集韻》：‘析薪養馬者。’故凡賤役，亦通謂廝。‘下’無義。”

“不願名器”，岡白駒曰：“名器，官位也。《左傳》云‘唯名與器不可以假人’是也。”○秦士鉉曰：“名，爵位也。器，車服也。”○楊勇曰：“《書鈔》七七引《世說》作‘品’，是。名品者，上品也。魏置九品官人制，先由中正品評，後由吏部敘用。此謂名品，猶今言大官也。”○張撝之曰：“名器，指官位及與之相應的待遇。”《選注》。

“少苦執鞭”，大典顯常曰：“《論語》：‘執鞭之士。’此謂賤役也。”《撮補》。○恩田仲任曰：“執鞭，賤者之事也。《周禮·條狼氏》：‘下士八人，執鞭以辟道也。’”○田中頤曰：“少猶早也。”

“使其酒足餘年畢矣”，岡白駒曰：“餘年之事止於此矣。”○田中頤曰：“其，卒自稱。”○張萬起曰：“餘年，後半生。”

“無所復須”，張撝之曰：“須，通‘需’。”《選注》。

“終其身”，田中頤曰：“以答蓬篨之恩。”○許世瑛曰：“‘終其身’亦即‘終身’，‘一輩子’、‘至死方止’之意。”《釋“身”字》。

“且亦達生”，岡白駒曰：“人生之事莫過於此，是達生理也。”○秦士鉉曰：“通達生命之道。《莊子》有《達生篇》。”○崔朝慶曰：“言於生活之態度至曠達也。”

【彙評】

李贄曰：“此卒有大人相，名亦不肯傳也。”《初潭集》卷二十二。

王世懋曰：“爲卒計，誠無踰此。”

陳天定曰：“非智人，何能作達？沾沾利名者，皆駚人也。”《古今小品》卷八。

張貴勝曰：“非唯有膽，而實有大略。更妙在功成之後，知足安分，不特達觀，其識見尤高人百倍。”《遣愁集》卷二。

方苞曰：“蓬篨履冰，醉而舞棹，自送過江，卒亦譎甚矣，而實智甚。不願作官，但願飲酒，以此終身，何其達也。”

　　殷洪喬作豫章郡，《殷氏譜》曰：“羨字洪喬，陳郡人。父識，鎮東司馬。羨仕至豫章太守。”臨去，都下人因附百許函書[1]。既至石頭，悉擲水中，因祝曰[2]：“沈者自沈，浮者自浮，殷洪喬不能作致書郵[3]。”

　　○“殷洪喬”至“致書郵”

　　“殷洪喬作豫章郡”，程炎震曰：“羨於咸康中爲長沙，見《庾翼傳》。作豫章未知何時，蓋亦成帝時。”○楊勇曰：“《御覽》七一引《晉書》：‘殷羨建元中爲豫章太守。’”○龔斌曰：“《御覽》七一引《晉書》、《太平寰宇》一○六皆言殷建元中爲豫章太守。”

　　“既至石頭悉擲水中”，吳曾曰：“汪藻彥章爲江西提學，作《石頭驛記》云：‘自豫章絕江而西，有山屹然。並江西出，曰石頭渚。世以爲殷洪喬投書之地。今且千載，而洪喬之名與此山俱傳。’然則石頭之名，汪彥章徇流俗之失，竟以爲洪喬投書之地，失之矣。予嘗考之，蓋江南有兩石頭。鍾山龍蟠，石頭虎踞，與夫王敦、蘇峻之所據者，此隸乎金陵者也。余孝頃與蕭勃即石頭作兩城，二子各據其一，此豫章之石頭也。洪喬爲豫章太守，都下人士因其行，致書百餘函，次石頭皆投之。蓋金陵晉室所都，都下人士以羨出守，故因書以附之。投之石頭，謂羨出都而投，而非抵豫章而投之也。後人以羨嘗守豫章，而豫章適有石頭，故因石頭之名號投書渚矣。”《漫錄》卷九。○惲敬曰：“《世說》言石頭，皆指秣陵之石頭，如王敦住石頭、蘇峻至石頭是也。豫章之石頭，見《晉書》周訪及侯安都傳。今《世說》此條蒙‘作豫章郡’而曰‘既至石頭’，其豫章之石

---

[1]　“都下人因附百許函書”，余嘉錫曰：“《書鈔》一百三引《語林》作‘郡下人’，《御覽》五百九十五作‘郡人’。”按此當是本條“都下人”校文，整理者誤係於注《殷氏譜》“陳郡人”下。又曰：“《書鈔》、《御覽》引《語林》均作‘郡人附書’，疑《世說》‘都’字爲傳寫之譌。”王叔岷曰：“《書鈔》一百三引《語林》作‘郡下人因附書百餘函’。此文‘都’乃‘郡’之誤。《御覽》五九五引《語林》作‘郡人因寄百餘函書’，‘郡’下略‘下’字。《藝文類聚》五八引《語林》‘人寄百餘函書’，‘人’上略‘郡人’二字。”楊勇曰：“《御覽》七○引《宣城記》、《御覽》五九三、《書鈔》一○三引《語林》並作‘郡人’。”

[2]　“因祝曰”，王叔岷曰：“《藝文類聚》、《御覽》引《語林》‘曰’上並有‘之’字。”

[3]　“作致書郵”，王叔岷曰：“（《藝文類聚》、《御覽》引《語林》）‘致’並作‘達’。”

頭歟？其時朝野多故，豫章大鎮，或書有不可達者，故託辭爲此，抑爲州將者以此聳人聽聞，豫絕繫援，皆未可知。《世說》列之‘任誕’，非也。”《大雲山房文稿》初集卷一《駁朱錫鬯書楊太真外傳後》。〇余嘉錫曰：“此事原有二說。《世說》及今《晉書·殷浩傳》均作都下人附書。羨既不肯爲人作致書郵，則不必攜至豫章而後擲之水中。吳曾以爲是金陵之石頭，固自有理。然《御覽》七十一引《晉書》曰：‘殷羨建元中爲豫章太守。去郡，郡人多附書一百餘封。行至江西石頭渚岸，以書擲水中，故時人號爲投書渚。’是附書者乃豫章郡人，而非都下人士，且明明指爲江西石頭渚矣。《寰宇記》一百六載其事於洪州南昌縣石頭渚條下，並不始於汪彥章。吳曾之說知其一，未知其二也。”

“沈者自沈”二句，田中頤曰：“此事誕，而浮沈之言則任也。”

“作致書郵”，秦士鉉曰：“郵，驛也。《説文》：‘境上行書舍也。’”〇沈欽韓曰：“蓋郵卒本催人爲之。”《後漢書疏證》卷六。〇惲敬曰：“爲寄書郵。”《駁朱錫鬯書楊太真外傳後》。〇張萬起曰：“致書郵，送信的郵差。”

◎余嘉錫曰：“此出《語林》，見《御覽》五百九十五引。”

〇注“殷氏譜曰”

“鎮東司馬”，大典顯常曰：“爲鎮東將軍司馬也。”《撮補》。

“仕至豫章太守”，徐震堮曰：“《晉書·殷浩傳》云：‘終於光禄勳。’”《札記》。

【彙評】

陳絳曰：“殷洪喬不爲致書郵，史稱其資性介立，是不然。人亦皆爲有情，受人之書而不爲致之，以爲‘介’可乎？則如毋受之而已矣。按《庾翼傳》，羨先爲長沙，在郡貪殘。翼時代兄亮鎮武昌，兄冰與翼書，以羨屬之云云。夫昔時長沙，今日豫章，既曰貪殘，豈徵‘介立’？人我一也，使庾冰書一付之浮沉，洪喬當自不願矣。”《金罍子》上篇卷十三。

袁文曰：“今人託附書，每云‘不至浮沈’。晉殷羨作豫章太守，臨去，都下人因寄百許函書。羨至石頭，悉擲水中，曰：‘沈者自沈，浮者自浮。’‘浮沈’蓋起於此也。”《甕牖閒評》卷八。

王世懋曰：“大亡賴。”按《批補》“亡”作“無”。恩田仲任按曰：“《漢書》注曰：‘多詐狡猾曰無賴。’”

1610

袁中道曰："既受人寄而復擲，殊無味，但語可誦耳。"《舌華録》卷二。

尤侗曰："殷洪喬不作寄書郵，論者以爲美談。予謂羨果介立，不受寄書可也，既受而復投之，于信云何？羨居官貪黷，人謂由有佳兒。生兒如浩，亦未爲佳。浮沉之言，適來空函之報耳。"《艮齋續説》卷九。

田中頤曰："誠是大無賴。"

32

王長史、謝仁祖同爲王公掾。《王濛別傳》曰："丞相王導辟名士時賢，協贊中興。旌命所加，必延俊义。辟濛爲掾。" 長史云："謝掾能作異舞。" 謝便起舞，神意甚暇。《晉陽秋》曰："尚性通任，善音樂。"《語林》曰："謝鎮西酒後，於槃案間，爲洛市肆工鴝鵒舞[1]，甚佳。" 王公熟視，謂客曰："使人思安豐[2]。" 戎性通任，尚類之。

○"王長史"至"思安豐"

"謝仁祖"，徐子光曰："晉謝尚字仁祖，八歲神悟夙成。其父鯤嘗携之送客，或曰：'此兒一座之顏回也。'尚曰：'坐無尼父，焉別顏回。'席賓歎異。及長，善音樂，博綜衆藝，王導比之王戎，長呼爲小安豐，辟爲掾。始到府通謁，導以其有勝會，謂曰：'聞君能作鴝鵒舞，一坐傾想。'尚便著衣幘而舞。導令坐者撫掌擊節，尚俯仰其中，旁若無人。其率情如此。終衛將軍、散騎常侍。"《蒙求集注》卷上"謝尚鴝鵒"條。

"長史云"，徐震堮曰："《晉書·謝尚傳》不言王濛，但言'始到府通謁，導以其有勝會，謂曰'云云。"《札記》。

"神意甚暇"，田中頤曰："閒暇也。"

"使人思安豐"，劉應登曰："言仁祖之達似王戎。" ○田中頤曰："其氣象能類故。"

---

〔1〕 "爲洛市肆工鴝鵒舞"，董刻本"工"作"上"。秦士鉉曰："'洛'下或有'中'字。"
〔2〕 "安豐"，元刻本"安"上有"王"字。

○注“王濛別傳曰”

“旄命所加”，岡白駒曰：“旄，旄節也，使者銜命所擁節是也。”○平賀房父曰：“旄，標也。旄命，謂振拔。”_{秦士鉉按曰：“恐非。”}○秦士鉉曰：“旄命，求賢使者執以爲信者也。”

○注“語林曰”

“爲洛市肆工鴝鵒舞”，凌濛初曰：“舞名亦備一種故事。”○大典顯常曰：“洛陽未覆，市肆繁華，其間有雜扮舞伎之類。仁祖酒後宴間爲爾狀態，工爲斯舞。”_{《撮補》}。○楊勇曰：“《鴝鵒舞》，亦名《鸜鵒舞》，俗名《八哥舞》。”

【彙評】

施鴻曰：“妙伎所以自娛也，以之娛人，豈士君子所爲哉？晉人則不然，妙伎娛人以爲放達而不之恥也。謝仁祖之舞，阮千里之琴，往往爲人作之而不辭。夫作之而不辭者，豈真有以自負哉？放誕成風，漫亦爲之也。”_{《澂景堂史測》卷三。}

33

王、劉共在杭南[1]，酣宴於桓子野家。_{伊，已見。}謝鎮西往尚書墓還，葬後三日反哭[2]。諸人欲要之，初遣一信，猶未許，然已停車。重要，便回駕。諸人門外迎之，把臂便下，裁得脫幘，箸帽酣宴[3]。半坐，乃覺未脫衰。_{尚書，謝裒[4]，尚叔也，已見。宋明帝《文章志》曰：“尚性輕率，不}

---

〔1〕 “杭南”，朱鑄禹曰：“《太平御覽》五四七《喪服門》引作‘朱雀航’。”
〔2〕 “葬後三日反哭”，徐震堮曰：“《御覽》五四七引《郭子》作‘是葬後三日’。”
〔3〕 “脫幘箸帽”，張萬起曰：“疑‘幘’‘帽’誤倒。”
〔4〕 “謝裒”，葉德輝曰：“袁本‘裒’作‘東’。按《晉書·謝安傳》云：‘謝安，尚從弟也。父裒，太常卿。’據此則安爲尚從弟，裒是尚叔矣。袁本作‘東’非。”

拘細行。兄葬後〔1〕，往墓還，王濛、劉惔共遊新亭，濛欲招尚，先以問惔曰〔2〕：‘計仁祖正當不爲異同耳。’惔曰：‘仁祖韻中自應來。’乃遣要之。尚初辭〔3〕，然已無歸意。及再請〔4〕，即回軒焉。其率如此。”

○“王劉共”至“已停車”

“共在杭南”，程炎震曰：“杭，朱雀桁也。”○劉盼遂曰：“‘杭’、‘桁’皆‘斻’之俗字。杭南即南桁也。”○趙西陸曰：“杭南，大桁之南。”○徐震堮曰：“‘杭南’者，即王謝諸族所居之地。”○楊勇曰：“杭南即大桁南，指烏衣巷也。”

“三日反哭”，張萬起曰：“反哭，古代喪禮，埋葬後喪主要奉神主返於廟而哭。”

“諸人欲要之”，岡白駒曰：“王、劉諸人欲邀招之。”○恩田仲任曰：“‘要’‘邀’同。”

“初遣一信”，秦士鉉曰：“一信，一使也。”

“已停車”，桃井白鹿曰：“‘車’即謝素所乘之車。停，留而不進也。言諸人初遣使者邀謝於歸路，謝猶未許，然已無歸家之意，故停車不進，諸人再遣使者邀之，謝即回車來也。”○田中頤曰：“謝口猶未許，然已停車不前，是欲回駕也。”

○“重要”至“未脱衰”

“重要”，凌濛初曰：“猶多重要。”○岡白駒曰：“重遣信固要。”

“把臂便下”，大典顯常曰：“言諸人初遣一使要謝，謝猶未許，然已停車不行，有欲來之意，諸人重要之，謝便回車而來也。”○田中頤曰：“謝下車也。”

“脱幘箸帽”，參見校文。大典顯常曰：“帽，喪冠也。”○田中頤曰：“謂裁得脱喪幘而更著帽，則直就酣宴也。”○蔣凡曰：“‘脱帽’‘著幘’，以示自由隨意。”

“半坐”，張永言曰：“中坐，坐了好一陣。”《辭典》頁一二。

“乃覺未脱衰”，淇園曰：“一請便停車，是不得不忘脱衰。”○田中頤曰：“半坐之久，乃始覺未脱衰衣也。”

---

〔1〕 “兄葬後”，龔斌曰：“當是‘叔葬後’。《晉書》本傳謂尚七歲喪兄，宋明帝《文章志》誤記。”
〔2〕 “以問”，董刻本“以”作“已”。朱鑄禹曰：“‘已’通‘以’。”
〔3〕 “尚初辭”，余嘉錫曰：“‘尚初辭’下沈本有‘不往’二字。”
〔4〕 “及再請”，龔斌曰：“‘及’宋本作‘乃’。”

〇注“宋明帝文章志曰”

“不爲異同耳”，秦士鉉曰：“異同，謂違也。‘耳’疑作‘否’，不然不與下文相應。”

“韻中自應來”，大典顯常曰：“韻，趣也。”〇平賀房父曰：“言仁祖同韻中之人，必不拒我。”〇恩田仲任曰：“韻中，謂中心有韻致，不同常人之拘執也。”

【彙評】

張端木曰：“不脱衰而與宴，此非任誕，乃無忌憚也。”

34

桓宣武少家貧，戲大輸，債主敦求甚切，思自振之方，莫知所出。陳郡袁耽[1]，俊邁多能。《袁氏家傳》曰：“耽字彦道，陳郡陽夏人，魏中郎令渙曾孫也[2]。魁梧爽朗，高風振邁，少倜儻不羈，有異才[3]。士人多歸之。仕至司徒從事中郎。”宣武欲求救於耽。耽時居艱，恐致疑，試以告焉，應聲便許，略無慊恪[4]。遂變服，懷布帽，隨温去與債主戲。耽素有藝名，債主就局曰：“汝故當不辦作袁彦道邪[5]？”遂共

---

〔1〕 “袁耽”，龔斌曰：“一作‘袁耿’。耽，‘耿’之異字。”
〔2〕 “中郎令”，趙西陸曰：“‘中郎’二字當作‘郎中’，此誤乙。《魏志·袁渙傳》、《文選·三國名臣贊》、本書《文學篇》注引《袁氏世紀》、《言語篇》八十三注引《續晉陽秋》、《晉書·袁瑰傳》、《陳郡陽夏袁氏譜》並作‘郎中令’。”徐震堮曰：“‘中郎令’當作‘郎中令’。《魏志·袁渙傳》：‘魏國初建，爲郎中令。’”
〔3〕 “少倜儻不羈有異才”，余嘉錫曰：“沈本作‘少有異才，倜儻不羈’。何焯校同。”
〔4〕 “慊恪”，董刻本、沈校本“慊”俱作“嫌”；袁初刻本作“慊”，重雕本作“嫌”。余嘉錫曰：“景宋本作‘嫌恪’，‘慊’沈本作‘嫌’。”按余校有誤，董刻本“恪”作“恪”。朱鑄禹曰：“‘恪’同‘恪’。”
〔5〕 “袁彦道邪”，岡白駒曰：“《晉書》‘邪’作‘也’。”桃井白鹿曰：“耶，語助，《晉書》作‘也’。”

戲。十萬一擲，直上百萬數[1]，投馬絕叫，傍若無人，探布帽擲對人曰：“汝竟識袁彦道不？”《郭子》曰：“桓公樗蒱，失數百斛米，求救於袁躭。躭在艱中，便云：‘大快。我必作采，卿但大喚。’即脫其衰，共出門去。覺頭上有布帽，擲去，箸小帽。既戲，袁形勢呼袒[2]，擲必盧雉，二人齊叫，敵家頃刻失數百萬也。”

○“桓宣武”至“遂共戲”

“躭時居艱”二句，岡白駒曰：“居艱，居喪也。”○大典顯常曰：“恐致疑，桓恐躭之遲疑不肯也。”

“略無慊吝”，參見校文。秦士鉉曰：“慊，疑也。吝，氣歉也。”○張萬起曰：“慊，疑惑。吝，顧惜。”

“懷布帽”，大典顯常曰：“布帽，喪帽也。”

“汝故當不辦作袁彦道邪”，大典顯常曰：“辦，猶‘能’也。債主不知此即彦道也。”○徐震堮曰：“不辦，亦作‘不會’或‘不見得’解。”《釋義》。又曰：“不辦，不能，不會。”《簡釋》。

○“十萬一擲”至“袁彦道不”

“投馬絕叫”，岡白駒曰：“絕叫，叫盧也。”○恩田仲任曰：“馬，博子也。”○劉盼遂曰：“《小戴記》：‘投壺請爲勝者立馬。’注：‘馬，勝算也。’《晉書·周顗傳》：‘有一參軍樗蒱馬於博頭被殺。’”○吳承仕曰：“投馬之馬，當即今所謂籌馬歟？”余嘉錫引。○徐震堮曰：“《禮記·投壺》：‘勝飲不勝者，正爵既行，請爲勝者立馬。’注：‘馬，勝算也。’疏：‘請爲勝者立馬者，此謂行正爵畢，而爲勝者立馬者，則反取筭以爲馬，表於勝數也。’‘馬’即後世所謂籌碼。樗蒱之馬，疑亦此類。”○楊勇曰：“‘絕叫’‘大喚’，皆博藝時以張聲勢也。”

“傍若無人”，田中頤曰：“此寫袁辨博絕藝之狀。”

“探布帽擲對人”，岡白駒曰：“探取向所懷布帽也。對人，即債主也。古人

---

[1] “百萬數”，劉盼遂曰：“‘數’字宜依《晉書·袁耽傳》作‘耽’，下屬讀，方合。”
[2] “呼袒”，趙西陸曰：“《御覽》七五四引《郭子》‘袒’作‘咺’，注曰：‘音怛，咺，相呵。’”吳金華《考釋》曰：“其字應作‘呼咺’。影宋本《太平御覽》卷七五四引《郭子》作‘呼咺’，並給‘咺’字作注云：‘音恒；咺，相呵。’其中‘咺’應是‘咺’的形訛，‘恒’應是‘怛’的形訛。《廣韻·入聲十二曷》：‘咺，當割切，相呵。’”頁一九四。

有所激，輒擲帽，《史記》'薄太后以冒絮提文帝'類是也。"○田中頤曰："對人，謂對局之人，即債主也。擲布帽者，示其已是袁也。"

"汝竟識袁彥道不"，程炎震曰："《晉書》八十三《耽傳》云：'其通脱若此。'"

○注"郭子曰"

《郭子》，恩田仲任曰："《唐·藝文志》曰：《郭子》三卷，郭思澄著。"○吳騫曰："考《隋書·經籍志》，東晉中郎郭澄之撰《郭子》三卷，其書久不傳。劉峻引豈即此乎？然不若從正史之爲得也。"《拜經樓詩話》卷三。○沈家本曰："《隋志》：'《郭子》三卷，東晉中郎郭澄之撰。'二《唐志》：'《郭子》三卷，郭澄之撰，賈泉注。'"《古書目》卷五。○葉德輝曰："《隋志》：三卷。云：'東晉中郎郭澄之撰。'"《書目》。

"我必作采"，岡白駒曰："采，紅點也。"○桃井白鹿曰："作采，作貴采也。《博經》：'所擲骰子，謂之瓊，瓊有五采。'"

"形勢呼祖"，參見校文。恩田仲任曰："言張形作勢，大呼祖褐也。"○秦士鉉曰："'呼祖'或作'叫祖'。似是大張形勢，叫盧祖肩也。"○吳金華曰："此處'形勢'是動詞，猶言助威、助勢。"《考釋》頁四一。又曰："'呼咀'是命令式、禁止性的大聲吆喝。賭者投擲賭具時，希望轉動的賭具按自己的意願停止下來，總要呼'盧'呵'雉'。袁耽爲桓温助威而'呼咀'，正是賭徒的慣技。"同上頁一九四。

"擲必盧雉"，岡白駒曰："盧、雉皆紅點也，得紅點爲勝。"○桃井白鹿曰"盧、雉，並貴采名，盧最貴。"○大典顯常曰："博塞有梟盧雉犢之采。劉毅樗蒲，餘人並黑犢，毅獨得雉。"

【彙評】

田餘慶曰："桓、袁與名士任誕並不一樣，直是無賴賭徒行徑。"《政治》頁一三四。

35

王光祿云："酒，正使人人自遠。"光祿，王蘊也。《續晉陽秋》曰："蘊素嗜酒,末年尤甚。及在會稽,略少醒日。"

○"王光禄"至"自遠"

"人人自遠",岡白駒曰："使神情深遠。"○田中頤曰："總智愚賢不肖一概言之,故曰'人人'也。自遠,言自然高遠也。"○王叔岷曰："陶淵明《連雨獨飲詩》:'試酌百情遠。'"○張萬起曰："自遠,自己忘掉自己。"

【彙評】

陳繼儒曰："酒令人遠,香令人幽,石令人雋,琴令人寂,茶令人爽,竹令人冷,月令人孤,棋令人閒,杖令人輕,水令人空,雲令人曠,劍令人悲,蒲團令人枯,美人令人憐,僧令人淡,花令人韻,金石彝鼎令人古。"張懋辰本錄。

36

劉尹云："孫承公狂士,每至一處,賞翫累日,或回至半路卻返。"《中興書》曰："承公少誕任不羈。家於會稽,性好山水。及求鄞縣,遺心細務,縱意遊肆,名阜盛川〔1〕,靡不歷覽。"

○"劉尹云"至"半路卻返"

"孫承公",徐震堮曰："孫統。"
"或回",龔斌曰："回,掉轉,扭轉。"

【彙評】

周密曰："與訪戴事相似。"《志雅堂雜鈔》卷上。

---

〔1〕"盛川",王先謙曰："一本'盛'作'勝'。"

37

袁彥道有二妹：一適殷淵源，一適謝仁祖。《袁氏譜》曰：
"虮大妹名女皇，適殷浩。小妹名女正[1]，適謝尚。"語桓宣武云[2]：
"恨不更有一人配卿。"

○"袁彥道"至"一人配卿"

"恨不更有一人配卿"，田中頤曰："此袁二妹各適名士，而袁又以桓爲一佳
婿，因云尚恨嫁女之不多也。"

【彙評】

王世懋曰："企羨甚。"

凌濛初曰："二人已足强人意。"

張萬起曰："袁虮言此，不合君子之風，有失禮儀，實際上是爲了討好桓溫。
作者置於《任誕》，是認爲袁虮言行任放不羈。"蔣凡按曰："'討好桓溫'之説，則
不敢苟同。二人年輕時本是惺惺相惜的好友。桓溫年輕時的地位與處境，與後來威權顯赫的
大司馬不可同日而語。袁虮短命，待桓溫發達時，早已墓木拱矣。"

桓車騎在荆州，張玄爲侍中，使至江陵，路經陽岐
村[3]。村臨江，去荆州二百里。俄見一人，持半小籠生魚，徑
來造船，云："有魚欲寄作膾。"張乃維舟而納之。問其

---

[1] "女正"，董刻本"正"作"在"。楊勇曰："若以大妹名'女皇'度之，小妹自當是'女正'也。"
朱鑄禹曰："袁本作'正'是。"

[2] "語桓"，趙西陸曰："《御覽》五一七引'語'上有'嘗'字。"

[3] "陽岐"，董刻本、沈校本"岐"作"歧"。《御覽》八六二引同。袁初刻本作"岐"，重雕本作
"歧"。朱鑄禹曰："陽歧，今不知所屬，或當作'陽岐'。"

姓字，稱是劉遺民。《中興書》曰：“劉驎之，一字遺民。”已見。張素聞其名，大相忻待。劉既知張銜命，問：“謝安、王文度並佳不？”張甚欲話言，劉了無停意[1]。既進膾，便去，云：“向得此魚，觀君船上當有膾具，是故來耳。”於是便去。張乃追至劉家，爲設酒，殊不清旨。張高其人，不得已而飲之。方共對飲[2]，劉便先起，云：“今正伐荻，不宜久廢。”張亦無以留之。

○“桓車騎”至“陽岐村”

“桓車騎在荆州”，徐震堮曰：“桓車騎，桓沖。”○龔斌曰：“太元二年十月桓沖作荆州刺史，太元九年二月卒於任上。”

“張玄”，徐震堮曰：“一作張玄之。”

“使至江陵”，平賀房父曰：“張爲使者，造桓車騎於江陵。”

“陽岐”，程炎震曰：“《舊唐書·地理志》：‘石首縣，顯慶元年移治陽岐山下。’《御覽》四十九引《荆南記》云：‘石首縣陽岐山，山無所出，不足可書。本屬南平界。’”

○“俄見一人”至“大相忻待”

“欲寄作膾”，秦士鉉曰：“欲借寄張船而作膾。”

“劉遺民”，孫志祖曰：“《史通·雜説上·史記篇》注云：‘劉遺民、曹續，皆於《檀氏春秋》有傳。至於今《晉書》，則了無其名。’案《宋書·周續之傳》言：‘彭城劉遺民遁跡廬山，陶淵明亦不應徵召，謂之“尋陽三隱”。’《史通》所稱劉遺民，殆即其人。白居易《宿西林寺》詩：‘木落天晴山翠開，愛山騎馬入山來。心知不及柴桑令，一宿西林便卻回。’注云：‘柴桑令，劉遺民是也。’《七修類稿》：‘劉遺民，名程之，字仲思，遺民號也。嘗爲柴桑令，故陶集中有和酬劉柴桑詩。’”《讀書脞録》卷三。○葉廷琯曰：“劉孝標注《世説新語》引《中興書》云：‘劉驎之一字遺民。’驎之今《晉書》有傳，《史通》

〔1〕 “無停意”，余嘉錫曰：“‘停’，《渚宮舊事》引作‘留’。”
〔2〕 “方共”，余嘉錫曰：“‘共’，《渚宮舊事》引作‘欲’。”

所指必別是一人，或驎之因與程之字同，故改字‘子驥’未可知。”《吹網錄》卷一。○李慈銘曰：“據此注引何法盛《書》，則遺民是驎之別字，豈柴桑令又一人歟？今《晉書·劉驎之傳》不言‘一字遺民’。”《簡端記》。○余嘉錫曰：“《渚宮舊事》五作‘問其姓氏，稱劉道岷。’注云：‘一云字道民。’案道民、遺民，自是兩人。《廣弘明集》三十二有釋慧遠與隱士劉遺民等書，道宣注云：‘彭城劉遺民，以晉太元中除宜昌、柴桑二縣令。值廬山靈邃，足以往而不返。丁母憂，去職入山。於西林澗北，別立禪坊，養志閒處。在山一十五年，年五十七。’《蓮社高賢傳》云：‘劉程之字仲思，彭城人。劉裕以其不屈，乃旌其號曰‘遺民’。’據此，則其人雖與劉驎之同時，同號遺民，而其名字、里貫、仕履以及平生事績，乃無一同者。其非一人，瞭然易見。《棲逸篇》注言驎之居陽岐，去道斥近。《晉書·驎之傳》亦言居於陽岐，在官道之側。與此條張玄往江陵，而道經陽岐村者合。然則與玄遇者，自是驎之，與白蓮社中之劉遺民固絕不相干也。蓋驎之自字道民，後人校《世說》者但知有廬山之劉遺民，遂妄改爲‘遺’耳。”○徐震堮曰：“劉遺民，《晉書》無傳，惟《宋書·周續之傳》云：‘遺民遁迹廬山。’劉驎之字子驥，《晉書》有傳，即《桃花源記》所云南陽劉子驥也。孝標注合爲一個，疑莫能明。”○龔斌曰：“桓沖自太元二年十月至太元九年二月爲荆州刺史，沖徵劉驎之爲長史，必在此數年中。而道宣注釋慧遠《與隱士劉遺民等書》，謂劉遺民太元中除宜昌、柴桑令。可見劉驎之、劉遺民必非一人。又陶淵明《桃花源記》謂太元中劉驎之欲尋桃花源，不久病卒。則驎之死於太元年間。而佚名《蓮社高賢傳》謂劉遺民卒於義熙六年。此又可證劉驎之、劉遺民絕非同一人。”

○“劉既知”至“無以留之”

“銜命”，大典顯常曰：“銜命，奉使也。”○田中頤曰：“即銜命而使也。”

“了無停意”，田中頤曰：“劉了其意，無停留意。”○張永言曰：“了無，全無，毫無。”《辭典》頁二六七。○張萬起曰：“了，表示程度。全，完全。用在否定詞‘不’‘無’前。”《詞典》頁一〇一。

“進膾”，秦士鉉曰：“進，食也。”

“殊不清旨”，岡白駒曰：“旨，美也。”○吳金華曰：“清，指清淳；旨，指味美。”《考釋》頁一九四。

“今正伐荻”二句，田中頤曰：“託伐荻而去也。”

王思任曰："趣在有無之間。"

39

王子猷詣郗雍州，《中興書》曰："郗恢字道胤，高平人。父曇，北中郎將。恢長八尺，美髭髯[1]，風神魁梧。烈宗器之，以爲蕃伯之望。自太子左率擢爲雍州刺史。"雍州在內，見有㲲㲪[2]，云："阿乞那得此物？"阿乞，恢小字。令左右送還家。郗出見之[3]，王曰："向有大力者負之而趨。"《莊子》曰："夫藏舟於壑，藏山於澤，謂之固矣。然有大力者負之而走[4]，昧者不知也。"郗無怍色。

○"王子猷"至"無怍色"

"見有㲲㲪"，劉應登曰："㲲㲪，氈屬。"○凌濛初曰："《通俗文》曰：'罽氈細者謂之㲲㲪，施大牀之前，小榻之上，所以登而上牀也。'氈㲪，亦作毹氍，音塔登，罽也。按《南史》云，中天竺國出氍㲪。"○方以智曰："中天竺有氍㲪，今曰氆氇，秦蜀之邊多有之，似褐五色方錦，從外徼來，廣中洋泊亦有至者，又名多羅絨，其大者曰罽，方數丈，彼中依堂作毺故也。"《通雅》卷三十七。○唐鴻學曰："㲲㲪，罽也。《太平廣記》引《通俗文》：'織毛謂之罽氈。細者謂之㲲㲪。'從'昜'之聲，又從'龠'。《干祿字書》：'踏、蹋，上通下正。'"○李慈銘曰："'㲲㲪'當作'氍氈'。《一切經音義》引《通俗文》：'織毛褥曰毹毹，細者謂之氍氈。'《北堂書鈔》引《通俗文》：'罽毹之細者曰氍氈。'《後漢書·西域傳》注引

---

[1] "髭髯"，董刻本"髭"作"鬚"。

[2] "㲲㲪"，劉盼遂曰："'㲲'爲'氍'之誤字。《御覽》七百八《氍㲪類》引此事作'鋪氍㲪'。又引《通俗文》：'氍㲪者，施大牀之前，小榻之上，所以登而上牀也。'氍音毹，㲪音登。"余嘉錫曰："'㲲'沈本作'氍'。"朱鑄禹曰："'㲲'當作'氍'。"

[3] "見之"，董刻本、袁刻本"見"作"覓"。

[4] "大力"，王叔岷曰："注引《莊子》云云，見《大宗師》，'力'上本無'大'字，此據正文增之。"

《埤倉》：‘氈毹，毛席也。’《玉篇》：‘氈毹，席也。’《集韻》：‘氈毹，罽也。’字書、韻書並無‘氍’字。”《簡端記》。○程炎震曰：“‘氍’即‘氈’字。《玉篇》：‘氈，他臘切，氈毹席。毹，都能切，氈毹也。’《廣韻》二十八盍：‘氈，吐盍切，氈毹。’又十七登：‘毹，都滕切，氈毹。’《後漢書》百十八《西域傳》‘天竺國有細布好氈毹’，注：‘氈，它盍反。毹，音登。’《埤蒼》：‘白毛席也。’《釋名》曰：‘施之承大牀前，小榻上，以登牀也。’按今本《釋名》卷六作‘榻登’。賢注所引亦小異。”○吳承仕曰：“據此，是氈毹尚希有，故時人珍之。”余嘉錫引。○趙西陸曰：“《御覽》七百八引《通俗文》曰：‘織毛褥，謂之氍毹。細者謂之氈毹。名氍毹者，施大牀之前，小榻之上，所以登而上牀也。’”

○注“中興書曰”

“魁梧”，秦士鉉曰：“謂壯大也。”

“蕃伯之望”，秦士鉉曰：“藩任牧伯，邊將刺史之類。”

“左率”，秦士鉉曰：“左衛率府。”

【彙評】

王世懋曰：“此見郗雅量乃可耳。”

40

謝安始出西戲，失車牛，便杖策步歸。道逢劉尹，語曰：“安石將無傷？”謝乃同載而歸[1]。

○“謝安始出”至“同載而歸”

“西戲”，楊勇曰：“戲，指清談。”○蕭艾曰：“‘戲’字作蒲博解。謝安出門賭博，把駕車的牛都輸掉了。”《探幽》頁二九五。○蔣凡曰：“戲，遊玩。”

---

[1]　“謝乃同載”，朱鑄禹曰：“‘謝’此字疑衍。”

　　襄陽羅友有大韻，少時多謂之癡。嘗伺人祠，欲乞食，往太蚤，門未開。主人迎神出見，問以非時，何得在此，答曰：“聞卿祠，欲乞一頓食耳。”遂隱門側。至曉，得食便退，了無怍容。爲人有記功〔1〕，從桓宣武平蜀，按行蜀城闕觀宇，內外道陌廣狹〔2〕，植種果竹多少，皆默記之。後宣武漂洲與簡文集〔3〕，友亦預焉。共道蜀中事，亦有所遺忘，友皆名列，曾無錯漏。宣武驗以蜀城闕簿，皆如其言，坐者歎服。謝公云：“羅友詎減魏陽元！”後爲廣州刺史，當之鎮，刺史桓豁語令莫來宿。答曰：“民已有前期。主人貧，或有酒饌之費，見與其有舊。請別日奉命。”征西密遣人察之。至日〔4〕，乃往荊州門下書佐家，處之怡然，不異勝達。在益州語兒云：“我有五百人食器。”家中大驚。其由來清，而忽有

〔1〕 “爲人有記功”，沈校本“功”作“初”。劉應登曰：“‘功’字作‘初’。”凌濛初曰：“‘功’字劉本作‘初’，屬下句。”楊勇曰：“《蒙求上》作‘爲人多强記’。”龔斌曰：“‘功’沈校本作‘初’，屬下句。按沈校本誤。”

〔2〕 “按行蜀城闕觀宇”二句，吳金華《考釋》曰：“唐寫本《琱玉集》卷一二引《晉抄》云：‘按行蜀城闕，觀內外屋宇、街巷廣狹、園苑殖種果多少。’兩文相較，頗疑本文‘觀宇內外’可能有誤，從下文桓宣武對‘蜀城闕簿’來看，本文‘按行蜀城闕’五字應作一讀，‘觀宇內外道陌廣狹’應作一讀。”頁一九五。

〔3〕 “漂洲”，李慈銘曰：“漂洲，當作‘溧洲’。本作‘烈洲’，亦作‘洌洲’。在今江南江寧縣西南七十里，以旁有烈山得名。此因‘烈’誤‘洌’，因‘洌’誤‘溧’，遂訛作‘漂’耳。《晉書·桓溫傳》作‘洌洲’，《桓沖傳》亦誤作‘漂洲’。”王利器曰：“《晉書·桓溫傳》云云，即指此事，‘漂洲’作‘洌洲’。又《桓沖傳》‘文武謝安送至漂洲’，應當就是這個‘漂洲’。又《劉牢之傳》：‘不得已，率北府文武屯洌洲。’《通鑑》卷一一二《晉紀三四》作‘牢之軍溧洲’，胡三省注云云。又《通鑑》卷一〇一《晉紀二三》：‘會大司馬溫於洌洲。’胡注：‘今姑孰江中有洌洲。即其地。’案胡注説‘溧洲’最明白，這裏作‘漂洲’，就是‘溧洲’形近錯的，《晉書·桓沖傳》的‘漂洲’，胡注亦作‘溧洲’，是個很好的證據。”

〔4〕 “至日”，余嘉錫曰：“‘日’景宋本及沈本作‘夕’。”

此物，定是二百五十沓烏檽。《晉陽秋》曰："友字它仁[1]，襄陽人。少好學，不持節檢。性嗜酒，當其所遇，不擇士庶。又好伺人祠[2]，往乞餘食，雖復營署壚肆，不以爲羞。桓溫常責之云[3]：'君太不逮！須食，何不就身求？乃至於此！'友傲然不屑[4]，答曰：'就公乞食，今乃可得，明日已復無。'溫大笑之[5]。始仕荊州，後在溫府，以家貧乞祿。溫雖以才學遇之[6]，而謂其誕肆，非治民才，許而不用。後同府人有得郡者，溫爲席起別[7]，友至尤晚。問之，友答曰：'民性飲道嗜味[8]，昨奉教旨，乃是首旦出門，於中路逢一鬼，大見揶揄，云："我只見汝送人作郡，何以不見人送汝作郡[9]？"民始怖終慚[10]，回還以解，不覺成淹緩之罪。'溫雖笑其滑稽，而心頗愧焉。後以爲襄陽太守，累遷廣、益二州刺史。在藩舉其宏綱，不存小察，甚爲吏民所安說。薨於益州[11]。"

○ "襄陽羅友"至"了無怍容"

"大韻"，張萬起曰："韻，風度氣質。"

"迎神出見"，張萬起曰："迎神，迎接神。依風俗於天亮之前出門相迎。"

"欲乞一頓食"，吳曾曰："食可以言一頓。《世說》羅友嘗伺人祠，欲乞食，

---

[1] "字它仁"，余嘉錫曰："'它'沈本作'宅'。"王利器曰："蔣校本、沈校本'它'作'宅'，是。"按袁初刻本作"它"，重雕本則作"宅"。楊勇曰："友字宅仁，用《論語》及《孟子》義。"吳金華《考釋》曰："唐寫本《珠玉集》卷一二所引《晉鈔》作'他人'，可見唐人所見有關資料中，羅友的字是'佗仁'。'佗'是'它'的後起字，通常寫作'他'。'佗'有美義，古人常用來作名字。由此推測，羅友的字也許就是'佗仁'。"頁一九六。
[2] "又好"，董刻本、沈校本作"之好"，屬上讀。
[3] "桓溫常責之"，董刻本、沈校本作"桓過營責之"。
[4] "友傲然"，董刻本"友"作"之"。王利器曰："各本'之'作'友'，是。"
[5] "溫大笑"，董刻本"溫"作"羅"。王利器曰："各本'羅'作'溫'，是。"
[6] "以才學"，董刻本"以才"作"此之"。余嘉錫曰："沈本'才'作'文'。"朱鑄禹曰："沈校本作'以文'是。"
[7] "起別"，余嘉錫曰："'起'景宋本及沈本作'赴'。"龔斌曰："按當作'赴'。赴別，謂赴餞別至席也。"
[8] "民性飲道"，桃井白鹿曰："道，一作'酒'。"葉德輝曰："袁本與此同。按'飲道'當作'飲酒'。"王利器曰：《渚宮舊事》卷五作'臣性嗜酒'，這裏的'道'字，懷疑就是'酒'字形近錯了的。"
[9] "作郡"，董刻本"作"作"住"。王利器曰："各本'住'作'作'，是。《渚宮舊事》亦作'作'。"
[10] "始怖"，余嘉錫曰："'怖'景宋本及沈本作'恠'。"
[11] "益州"，董刻本"州"作"泊"。王利器曰："各本'泊'作'州'，是。"

主人迎神出，曰何得在此，答曰：‘聞卿祠，欲乞一頓食耳。’”《漫録》卷二。
○王楙曰：“《漫録》曰：‘食可以言頓。《世説》羅友曰：欲乞一頓食。’僕謂
‘頓’字豈惟食可用。如《前漢書》‘一頓而成’，是言事也。《唐書》‘打汝一
頓’，是言杖也。《晉書》‘一時頓有兩玉人’，是言人也。宋明帝：‘王忱嗜酒，
時以大飲爲上頓。’是言飲也。豈獨食哉！《續釋常談》引《世説》以證‘一頓’
二字出處，不知二字已見《前漢書》矣。”《野客叢書》卷二十九。○翟灝曰：
“《文字解詁》：‘續食曰頓。’《世説》：‘羅友少時嘗伺人祠，曰：欲乞一頓食。’
又吳領軍使婢賣物供客，比得一頓食，殆無氣可語。《宋書·徐湛之傳》，會稽
公主見太祖曰：‘汝家本貧賤，今日得一頓飽食，便欲殘害我兒子！’”《通俗編》
卷三十二。○錢大昕曰：“《世説·任誕篇》：‘襄陽羅友伺人祠，欲乞食，曰：聞
卿祠，欲乞一頓食耳。’《南史·徐湛之傳》：‘今日有一頓飽食，欲殘害我兒
子。’杜子美詩：‘頓頓食黃魚。’《舊唐書·食貨志》：‘宜付所司決，痛杖一
頓。’”阮常生按曰：“《水經注》：《爾雅》曰‘山一成謂之頓丘’，《釋名》謂‘一頓而成丘，
無高下小大之殺也’。”《恒言録》卷二。

○“爲人有”至“魏陽元”

“爲人有記功”，程炎震曰：“桓溫以永和三年丁未平蜀，至興寧三年乙丑，
凡十九年，是真強記者矣。”○徐震堮曰：“記功，記憶力。”《簡釋》。

“宣武漂洲與簡文集”，王利器曰：“《晉書·桓溫傳》：‘簡文帝時輔政，會
溫於洌洲，議征討事。’即指此事。”○張萬起曰：“時簡文爲會稽王。”

“漂洲”，參見校文。胡三省曰：“溧水出溧陽縣，在建康東南。元顯遣牢之西
上擊桓玄，亦其路也。《晉書·劉牢之傳》作‘洌洲’。又桓沖發建康，謝安送
至溧洲。宋武陵王討元凶邵，四月戊午至南州，辛酉次溧洲，丙寅次江寧。今舟
行自采石東下，未至三山，江中有洌山，即洌洲也。‘洌’‘溧’聲相近，故又
爲‘溧洲’。”《通鑑·晉紀三十四》注。按《通鑑》作“溧洲”。○程炎震曰：“《御
覽》六十九引《丹陽記》曰：‘烈洲在縣西南。’《輿地志》云：‘吳舊津所也。
內有小水，堪泊船，商客多停以避烈風，故以名焉。王濬伐吳宿於此。簡文爲相
時，會桓元子之所也。亦曰漂洲。洲上有山，山形似栗。伏滔《北征賦》謂之
烈洲。’又曰：‘江寧縣二十五里有洌洲。’按‘漂洲’當作‘溧洲’，即洌洲也。
簡文會溫於洌洲，《通鑑》在哀帝興寧三年二月。”

“羅友詆減魏陽元”，余嘉錫曰：“《晉書》：‘魏舒字陽元，任城樊人也。官

至司徒，諡曰康.’傳不言其强記，其事未詳.”○楊勇曰：“減，不如、不及.”

○“後爲廣州”至“沓烏㯓”

“刺史桓豁”，程炎震曰：“興寧三年，桓豁爲荆州.”

“已有前期”，龔斌曰：“謂前已有邀約.”

“不異勝達”，徐震堮曰：“勝謂名流，達謂顯達者.”《簡釋》。○朱鑄禹曰：“勝達，謂勝流、達官也.”

“二百五十沓烏㯓”，劉辰翁曰：“烏㯓，不知何物，當是猥語.”○李慈銘曰：“沓，重也。㯓，已見卷中之上《雅量篇》。其器似盤，中有隔，蓋猶唐之牙盤，今之手合。一器中攢聚數十隔，故友二百五十重烏㯓者，每隔之下必有其托，遂成五百食器矣。友家清貧，蓋用黑漆此器，故云烏㯓.”《簡端記》。○程炎震曰：“《玉篇》：‘沓，重疊也.’《廣韻》：‘沓，重也，合也.’㯓當爲有蓋之器，故一㯓可爲兩人食器也.”○劉盼遂曰：“沓，猶今之套也.”○余嘉錫曰：“㯓之爲器，其形似盤而有蓋，又似盒，中分數隔。一隔之中，別置小盤以盛菜，如今之碟子，爲其便於洗滌也，故謂之㯓。㯓之爲言累也，盒爲母，而碟爲子，幾隔則爲幾子。此所謂‘沓’者，舉碟言之，欲其數之多，故以一碟一隔爲一沓。蓋取出其碟，隔中亦可以盛菜，故二百五十沓，而可爲五百人食器也。但不知凡爲幾㯓，㯓有幾子耳。程氏以㯓與盒，有兩人食器，非也。烏㯓者，塗之使黑，而不用漆，極言其清貧耳.”○江藍生曰：“‘沓’爲‘重疊’‘累疊’之義。此處‘沓’已用如量詞.”《彙釋》頁一九二至一九三。○楊勇曰：“《廣韻》：‘㯓，盤中有隔者也.’《玉篇》：‘沓，重疊也.’七子㯓、九子㯓或三十五子㯓者，即七格㯓、九格㯓、三十五格㯓也.”

○注“晉陽秋曰”

“營署壚肆”，秦士鉉曰：“營署，《文選·西征賦》云：‘營宇寺署.’壚，酒家賣酒處。肆，市肆.”

“常責之”，秦士鉉曰：“‘常’‘嘗’同.”

“就身求”，秦士鉉曰：“身，我也.”

“就公乞食”三句，秦士鉉曰：“就君乞食有盡時，遍乞無盡時.”

“有得郡者”，秦士鉉曰：“得郡，爲太守也.”

“爲席起別”，大典顯常曰：“爲席，設祖席也。起別，猶言集別也.”《撮

1626

補》。○秦士鉉曰："起別,猶云送別。"

"民性飲道嗜味",桃井白鹿曰："民,自稱。"

"首旦出門",秦士鉉曰："首旦,早旦。"

"大見揶揄",桃井白鹿曰："《字典》:'揶揄,舉手相弄也。'《後漢·王霸傳》:'市人皆大笑,舉手揶揄之。'"○秦士鉉曰："揶揄,舉手弄笑也。"

"送人作郡",秦士鉉曰："作郡,作郡守也。"

"回還以解",大典顯常曰："迴避以得脫也。"《撮補》。○秦士鉉曰："解,謂病已。"

"薨於益州",余嘉錫曰："《渚宮舊事》五云:'友墓在公安縣南。'"

【彙評】

李贄曰："桓竟不識羅也。"《初潭集》卷十七。

袁中道曰："妙極。"評注《晉陽秋》"我只見汝送人作郡"二句。《舌華録》卷六。

凌濛初曰："乞祠直齊人之儔,然對桓語自別。"

鍾惺曰："有此一段,乃可解'非治民才'之疑。"

蒙思明曰："另有一種學風與清談外表似乎背道而馳,而實際意義則完全一致,那便是記誦之學。因爲當時人爲要蒐羅談資、炫燿碩學,又看重博聞强記的學問。"《社會》,一四〇。

王叔岷曰："陶淵明亦曾乞食,有《乞食詩》。然羅友之乞食,乃名士任誕習氣,與陶公爲飢所逼而乞食者大異矣!"

42

桓子野每聞清歌,輒喚"奈何"!謝公聞之曰:"子野可謂一往有深情。"

○"桓子野"至"有深情"

"清歌",蔣凡曰："無伴奏的挽歌。"

"喚奈何",錢大昕曰："《世説》:'桓子野每聞清歌,輒喚奈何。'《抱朴子·

外篇》：'喚求朋類。'《宋書·廬陵王義真傳》：'緣道叫喚。'《南史·始興王濬傳》：'臺内叫喚，宮門皆閉。'《魏書·后妃傳》：'乃喚彭城北海二王。'《隋書·譙國夫人傳》：'鑄兵聚衆，而後喚君。'"《恒言録》卷二。○岡白駒曰："'奈''那'通。《古今樂録》云：'夷伊、那何，皆曲調之遺聲。'喚奈何，蓋以應和其聲也。"○桃井白鹿曰："奈何，蓋不勝喜之詞，猶《詩》云'如此邂逅何'、'其舊如之何'。"○大典顯常曰："《古今樂録》：'夷伊、那何，皆曲調之遺聲。'然此賞之，喚奈何也。"○平賀房父曰："歎美之聲也。蓋賞歌有其聲，猶此云'挨約'。"○秦士鉉曰："奈何，猶云'可奈何乎'，謂不禁情也。"○張萬起曰："一人唱，衆人以'奈何'相和。"○蔣凡曰："魏晉時人弔喪，孝子循例哭喚'奈何'。"

"一往有深情"，田中頤曰："言桓是真素，以其一意所向，有深情在然也。"○蕭艾曰："感情傾注，不可遏止，謂之一往情深。"《探幽》頁八五。

【彙評】

何良俊曰："唯深於情者，然後知此。王夷甫言：'情之所鍾，正在我輩。'"

蔣凡曰："東晉時羊曇善唱樂，桓伊能挽歌，袁山松喜歌《行路難》，時人謂之'三絶'。"

43

張湛好於齋前種松柏。《晉東宮官名》曰："湛字處度，高平人。"《張氏譜》曰："湛祖巍，正員郎。父曠，鎮軍司馬。湛仕至中書郎。"時袁山松出遊，每好令左右作挽歌。山松別見。《續晉陽秋》曰："袁山松善音樂。北人舊歌有《行路難曲》[1]，辭頗疏質，山松好之，乃爲文其章句，婉其節制。每因酒酣，從而歌之，聽者莫不流涕。初，羊曇善唱樂，桓尹能挽歌，及山松以《行路難》繼之，時人謂之三絶。"今云挽歌，未詳。時人謂

---

〔1〕"北人"，徐震堮曰："'北人'二字《晉書·袁山松傳》無。"楊勇曰："宋本作'比人'，非。"

"張屋下陳屍[1]，袁道上行殯"。裴啟《語林》曰："張湛好於齋前種松，養鴝鵒。袁山松出遊，好令左右作挽歌。時人云云。"

○"張湛好"至"道上行殯"

"張湛"，徐震堮曰："《隋書·經籍志》：'張湛《列子注》八卷。'注云：'字處度，光祿勳。'"

"張屋下陳屍"，劉應登曰："言松柏可爲棺具。" ○凌濛初曰："當因塚墓必栽松柏，故云。" ○張萬起曰："古人皆於房舍前後植桑種柳，而墓地才種植松柏。"

○注"續晉陽秋曰"

"行路難曲"，孫志祖曰："山松既歌《行路難曲》，復於出遊好令左右作輓歌也。自是二事，不當牽合，《晉書》本傳兩載之。"《讀書脞錄續編》卷四。 ○程炎震曰："《御覽》四百九十七《酣醉門》引《俗記》曰：'宋褘死後，葬在金城南山，對琅琊郡門。袁山松爲琅琊太守，每醉，輒乘輿上宋褘冢，作《行路難歌》。'《晉書》八十三《山松傳》並取兩說。"

【彙評】

劉辰翁曰："何足爲異！"

龔斌曰："至東晉，任誕之風彌漫天下，作挽歌亦成任達之舉。山松、桓伊之外，庾晞、武陵王晞也喜挽歌。庾晞每自搖大鈴爲唱，使左右和之。武陵王晞喜爲挽歌，自搖大鈴，使左右習和之。"

44

羅友作荆州從事，桓宣武爲王車騎集別。車騎，王洽，

---

[1] "陳屍"，董刻本"屍"作"尸"。

別見。友進，坐良久，辭出，宣武曰：‘卿向欲咨事，何以便去[1]？’答曰：“友聞白羊肉美，一生未曾得喫，故冒求前耳，無事可咨。今已飽，不復須駐。”了無慚色。

○“羅友作”至“了無慚色”

“羅友作荆州從事”，余嘉錫曰：“《渚宫舊事》五云：‘友與兄崇及甥習鑿齒同爲温從事。’”

“集別”，岡白駒曰：“會集飲宴以送別也。”○大典顯常曰：“會集而送別也。”

“卿向欲咨事”，田中頤曰：“羅其進坐時托諮事而來也。”○秦士鉉曰：“咨，咨稟也。”○徐震堮曰：“咨事，有公事稟告，猶今語‘請示’。”《簡釋》。

“白羊”，張萬起曰：“吳地所產的一種羊，白色。《爾雅·釋畜》‘牡羒’注‘謂吳羊白羝’。《義疏》：‘羝，牡羊也；吳羊，白色羊也。’”

“冒求前”，田中頤曰：“冒，言强冒席。”○周一良曰：“求前，求謁見。”《商兌》。

【彙評】

狄期進曰：“衣有衿結，言有壇宇，行有表坊，奈何以身之察察，受物之汶汶乎？”

45

張驎酒後挽歌甚悽苦，桓車騎曰：“卿非田橫門人，何乃頓爾至致？”驎，張湛小字也。《譙子法訓》云：“有喪而歌者。或曰：‘彼爲樂喪也，有不可乎？’譙子曰：‘《書》云：“四海遏密八音。”何樂喪之有？’曰：‘今喪有挽歌者，何以哉？’譙子曰：‘周聞之：蓋高帝召齊田橫至千

---

[1] “卿向欲咨事何以便去”，王叔岷曰：“《御覽》八六三引作‘卿向欲諮事，今何以去’，《渚宫舊事》五‘咨’亦作‘諮’，‘咨’‘諮’正、俗字。《爾雅·釋詁》：‘咨，謀也。’”

戶鄉亭[1]，自剄奉首，從者挽至於宮[2]，不敢哭而不勝哀，故爲歌以寄哀音。彼則一時之爲也。鄰有喪，舂不相，引挽人銜枚，孰樂喪者邪?”按《莊子》曰：“綍謳所生，必於斥苦。”司馬彪注曰：“綍，引柩索也[3]。斥，疏緩也。苦，用力也。引綍所以有謳歌者，爲人有用力不齊，故促急之也。”《春秋左氏傳》曰：“魯哀公會吳伐齊，其將公孫夏命歌《虞殯》[4]。”杜預曰：“《虞殯》，送葬歌，示必死也[5]。”《史記·絳侯世家》曰：“周勃以吹簫樂喪。”然則挽歌之來久矣，非始起於田橫也。然譙氏引《禮》之文，頗有明據，非固陋者所能詳聞。疑以傳疑，以俟通博。

○ “張驎酒後”至“頓爾至致”

“酒後挽歌甚悽苦”，程炎震曰：“《晉書》卷二十《禮志》曰：漢魏故事，大喪及大臣之喪，執綍者輓歌。新禮以爲輓歌出於漢武帝役人之勞歌，聲哀切，遂以爲送終之禮。雖音曲摧愴，非經典所制，違禮設銜枚之議。方在號慕，不宜以歌爲名，除輓歌。摯虞以爲：‘輓歌因唱和而爲摧愴之聲，銜枚所以全哀，此亦以感衆。雖非經典所載，是歷代故事。《詩》稱“君子作歌，唯以告哀”，以歌爲名，亦無所嫌，宜定新禮如舊。’詔從之。”

“出橫門人”，李匡乂曰：“代云挽歌始自田橫門人，非也。《左傳》曰：‘魯哀公會吳伐齊，將戰，齊將公孫夏令歌《虞殯》。’杜注：‘《虞殯》，送葬歌也。’如是則已有久矣。”《資暇集》卷中。○徐子光曰：“前漢田橫，狄人，故齊王田氏之族，秦末自立爲齊王。漢將灌嬰敗橫軍，遂平齊地。橫懼誅，與其徒居海島中。高帝召之，乃與其客二人乘傳詣洛陽，謝使者曰：‘橫始與漢王俱南面稱孤，今王爲天子，而橫爲亡虜，其愧已甚。’遂自剄，令客奉其頭奏之。高帝爲之流涕，以王禮葬之，拜其二客爲都尉。既葬，二客穿其冢旁[孔]，皆自剄。其餘五百人，在海中聞橫死，亦皆自殺。李周翰曰：‘橫自殺，從者不敢哭，而不勝

---

[1] “至千戶鄉亭”，董刻本、袁刻本“千”作“于”，“戶”作“尸”。王利器曰：“‘尸’袁本、曹本同，餘本作‘戶’，是。”龔斌曰：“作‘尸’是。《史記》九四《田儋列傳》作‘尸鄉’。《集解》引應劭曰：‘尸鄉在偃師。’又《漢書》一〇〇下《敘傳》：‘（田）橫雖雄材，伏於海島，沐浴尸鄉。’”

[2] “自剄奉首從者挽至於宮”，王叔岷曰：“劉注引《法訓》，‘奉首’上當補‘令客’二字，‘從’下當補‘使’字，《史記》可證。”

[3] “綍引柩索也”，葉德輝曰：“袁本作‘綍爲引柩也’。”

[4] “其將”，秦士鉉曰：“當作‘齊將’。”

[5] “送葬歌示必死也”，趙西陸曰：“杜注‘歌’下有‘曲’字，無‘也’字。《書鈔》九十二引無‘曲’字、‘也’字。”

1631

哀，故爲悲歌以寄情。’後廣之爲《薤露》《蒿里》，歌以送終。至李延年分爲二等，《薤露》送王公貴人，《蒿里》送士大夫庶人，挽柩者歌之，因呼爲挽歌。”《蒙求集注》卷上“田横感歌”條。○凌濛初曰：“按干寶《搜神記》曰：‘挽歌者，喪家之樂，執紼者相和之聲也。挽歌辭有《薤露》《蒿里》二章，出田横門人。横自殺，門人傷之悲歌，言人如薤上露，易稀滅也，亦謂人死精魂歸於蒿里，故有二章。至李延年分爲二等，《薤露》送王公貴人，《蒿里》送士大夫庶人，使挽柩者歌之。’按《古挽歌辭》曰：‘薤上露，何易晞。露晞明朝更復落，人死一去何時歸！’又曰：‘蒿里誰家地，聚斂魂魄無賢愚。鬼伯一何相催促，人命不得少踟躕。’○王叔岷曰：“崔豹《古今注》云：‘《薤露》《蒿里》，送喪（原誤哀）歌也，出田横門人。横自殺，門人傷之而作悲歌，言人如薤上露，易晞滅。至李延年乃分爲二曲，《薤露》送王公貴人，《蒿里》送士大夫庶人，使挽柩者歌之，俗呼爲挽歌。’”

“頓爾至致”，淇園曰：“‘悽苦’即是‘至致’。”○秦士鉉曰：“至致，謂極其旨也。按《史記》：‘致至則危。’”○吳金華曰：“‘至致’一詞，是‘至到’的同義詞，形容情真意摯。”《考釋》頁一二六。○張永言曰：“頓爾，猶頓然，一下子，突然。”《辭典》頁九六。按《大辭典》“頓爾”條曰：“猶頓然，頹唐的樣子。”與此不同。○龔斌曰：“桓車騎意謂卿無喪事，何悲歌如此？”

○注“譙子法訓云”

《譙子法訓》，沈家本曰：“《隋志》：‘《譙子法訓》八卷，譙周撰。’二《唐志》同。《蜀志》本傳：‘所著有《法訓》。’”《古書目》卷五。○葉德輝曰：“《隋志》：八卷。云譙周撰。”《書目》。

“有喪而歌者”，岡白駒曰：“此譙周設論也，言豈有居喪而歌者乎？”

“四海遏密八音”，秦士鉉曰：“《書》所云堯崩時也。遏，絕也。密，靜也。”

“何樂喪之有”，岡白駒曰：“何有奏樂於喪之理乎？”

“戶鄉亭”，參見校文。楊勇曰：“應劭曰：‘尸鄉，在偃師城西。’臣瓚曰：‘案廄置，謂置馬以傳譯者。’按尸鄉亭即尸鄉廄置。”

“挽至於宮”，秦士鉉曰：“宮，高祖之宮。”

“鄰有喪舂不相”，王叔岷曰：“《禮記·曲禮》：‘鄰有喪，舂不相。’鄭注：‘相，謂送杵聲。’”

○注“按莊子曰”

“紼謳”，大典顯常曰：“余竊以爲《莊子》所謂‘紼’者似非引柩之索，豈有引柩者而以斥苦發謳之理哉？蓋凡引物之索通謂之‘紼’，《詩》‘紼纚維之’是也。”

◎秦士鉉曰：“今《莊子》無此語。”○趙西陸曰：“檢今本《莊子》，無此語，當在佚文中。《酉陽雜俎》續集卷四曰：予近讀《莊子》曰：‘紼謳於所生，必於斥苦。’司馬彪注云：‘紼讀曰拂，引柩索；謳，挽歌；斥，疏緩；苦，急促，言引紼謳者，爲人用力也。’《太平御覽》五五二曰：《莊子》曰：‘紼謳所生，必於斥苦。’司馬彪注云：‘紼，引柩索也；斥，疏緩；苦，用力。引紼所有謳者，爲人用力，慢緩不齊，促急之也。’”○王叔岷曰：“劉注引《莊子》云云，乃逸文，又見《初學記》十四、《御覽》五五二、《事文類聚前集》五九、《合璧事類前集》六八。”

○注“史記絳侯世家曰”至“以俟通博”

“周勃以吹簫樂喪”，大典顯常曰：“《史記·絳侯世家》：‘周勃常以吹簫給喪。’事亦見《漢書索隱》。《左傳》歌《虞殯》，猶今挽歌類也。歌者或有簫管。”○趙西陸曰：“《史記·絳侯周勃世家》曰：‘常爲人吹簫給喪事。’《集解》引傅瓚：‘吹簫以樂喪賓，若樂人也。’《索隱》曰：‘《左傳》歌《虞殯》，猶今挽歌類也。歌者或有簫管。’”

“非始起於田橫”，岡白駒曰：“然其有歌辭，始於田橫，《薤露》《蒿里》是也。”

【彙評】

王世懋曰：“此注即是挽歌事始，博洽乃爾。”

龔斌曰：“《通俗通》曰：‘酒酣之後，續以挽歌。’張麟酒後挽歌，乃承漢末風流遺韻。張麟酒後挽歌與袁山松出遊好作挽歌同，皆爲晉人任誕放達之舉。”

46

王子猷嘗暫寄人空宅住，便令種竹。或問：“暫住,何煩爾?”王嘯詠良久,直指竹曰:“何可一日無此君?”《中興書》曰:“徽之卓犖不羈,欲爲傲達,放肆聲色頗過度。時人欽其才,穢其行也。”

○“王子猷”至“無此君”

“嘯詠”,張萬起曰:“據《封氏聞見記》引唐孫廣《嘯旨》,嘯有十五章,其四曰高柳蟬嘯:‘華林修竹下,特宜爲之。’”

“何可一日無此君”,田中頤曰:“王不知其爲煩,唯言縱是一日暫住,亦不可無此竹也。曰‘此君’者,寓己推尊之意。”

◎凌濛初曰:“弇州以此入《棲逸》。何元朗《語林》又載入《簡傲》。”

○注“中興書曰”

“欽其才穢其行”,王楙曰:“王子猷多言俗事,謝安以爲不如獻之。僕謂此特以一時之言察其優劣耳,未考其終身之行也。子猷傳所載率多曠達,如不答長官,拄笏而看西山;不顧主人,坐輿而造竹下;山陰雪夜,詠《招隱詩》而訪戴逵。觀此數事,胸中灑落,亦自不凡,未易貶之也。然傳又云‘人欽其才而穢其行’,僕觀此語,始知其爲人內行不謹,爲當時所鄙,信非子敬之比,惟史氏没其跡而不書,盛陳前數事,且居名父之下,名弟之上,左右掩映。故後世聞其風者,擊節賞歎,以爲不可及,而莫知有大節之累云。”《野客叢書》卷四。○秦士鉉曰:“欽,崇重也。”

【彙評】

真德秀曰:“昔王子猷居必種竹,曰‘何可一日無此君’,而子猷行不副名,見謂汙濁。然則子猷固愛此君,政恐此君不愛子猷耳。”《陳慧父竹坡詩稿》。

何良俊曰:“余謂子猷大不解事。竹豈足以當此?余每對酒輒曰:‘何可一日無此君?’”《四友齋叢說》卷三十三。

袁中道曰:“當入《韻語》。”《舌華錄》卷五。

李鄴嗣曰:“閒庭對好竹,歠詠常不已。一日無此君,即誰可共語。體中雖小

1634

蘇，若不堪羅綺。里人適造坐，相求爲作敘。近頗厭賣文，吾靳固不與。客去命僵扉，移牀置隱几。惟應此竹下，當有清風耳。"《集世説詩》。

　　王子猷居山陰，夜大雪，眠覺，開室，命酌酒。四望皎然，因起仿偟，詠左思《招隱詩》，《中興書》曰："徽之任性放達，棄官東歸，居山陰也。" 左詩曰："杖策招隱士，荒塗橫古今。巖穴無結構，丘中有鳴琴。白雪停陰岡[1]，丹葩曜陽林。" 忽憶戴安道。時戴在剡[2]，即便夜乘小船就之。經宿方至，造門不前而返。人問其故，王曰："吾本乘興而行，興盡而返，何必見戴！"

　　○ "王子猷" 至 "小船就之"

　　"四望皎然"，田中頤曰："即興。" ○徐文麟曰："望出去四面一片白。"

　　"詠左思招隱詩"，田中頤曰："詩中有'白雲停陰岡'之句，與雪相似，因詠此詩。"

　　"忽憶戴安道"，田中頤曰："詩中又有'丘中有鳴琴'之句，戴善彈琴，故忽憶之。" ○吕叔湘曰："戴安道，戴逵。"

　　"戴在剡"，恩田仲任曰："剡縣屬會稽郡。《越州記》曰：'剡溪在嵊縣。'"○程炎震曰："山陰剡，即揚州會稽縣。" ○吕叔湘曰："剡縣在今嵊縣西南。有剡溪，爲曹娥江上游，自山陰可溯流而上。" ○楊勇曰："《輿地紀勝》一〇：'剡溪，在嵊縣南一百五十步，今人稱爲戴溪，又名雪溪。'"

　　○ "經宿方至" 至 "何必見戴"

　　"經宿方至"，大典顯常曰："經宿，經一夜也。"《撮補》。○徐文麟曰："過了

〔1〕 "白雪"，凌濛初曰："'白雪停陰岡'，《文選》作'白雲'。" 岡白駒曰："《文選》作'白雲'爲是。" 秦士鉉曰："或作'白雲'，非。宋本《文選》作'雪'。雪後發詠，蓋因此句而生。" 徐震堮曰："《文選》左思《招隱》作'白雲'。"

〔2〕 "在剡"，王叔岷曰："《藝文類聚》二引《語林》'剡'下有'溪'字。"

一夜才到達。"

"造門不前而返"，呂叔湘曰："造，到。"○徐文麟曰："到了戴家門首没有進去，就回來了。"○周一良曰："曰'何必見戴'，是'前'即見也。"《史札》頁八六。

"吾本乘興"三句，田中頤曰："言其本意在乘興而行，不必在見戴也。"○秦士鉉曰："興，情意興起也。"○徐文麟曰："（謂）我本來趁着一股興致去的，興致盡了就回來了，何必看見戴逵？"

○注"中興書曰"至"丹葩曜陽林"

"棄官東歸"，胡三省曰："自建康歸會稽爲東歸。"《通鑒·宋紀三》注。

"荒塗橫古今"，岡白駒曰："言荒廢之途難踐，古今皆然。以喻時也。"

"巖穴無結構"，秦士鉉曰："結構，屋宇也。"

【彙評】

高似孫曰："劉原父《徽之像贊》曰：人生誰不知，妄爲世所束。興來當暫住，興盡期自復。大雪暗溪路，新晴月微燭。去非斯人慕，返豈斯人辱。優遊便所適，偃蹇尚幽獨。"《剡録》卷七。

陸容曰："山陰夜興一事，見稱於人尚矣。或筆之書，或繪之圖，或形之歌詠。雖以杜少陵博雅，其於《卜居篇》終亦致意焉。蓋二子人品不凡，而事復奇異，故没世之後，仰其風流標致，而樂道之如此。愚竊有議焉。夫朋友之交，義與信而已矣。故往來過從之際，必視義之可否，誠心以行之，未嘗率意任情爲高也。如子猷於安道，義不當往，不往可也；義當往，則造門不入其室，豈人情乎？今日乘興而來，興盡而返，是朋友之交，非出於誠心，而特以適吾性耳。推此類也，君臣父子，何莫非適興之具哉！是其猖狂自恣，凌躒大閑，其流之弊，必將以弁髦芻狗視人倫，而不知怪矣。何足爲訓哉！噫！晉士夫風致如此，人顧歆慕而傳記之，則晉之爲晉可知矣。"賀詳《留餘堂史取》卷四引。祥按曰："陸公議論，得古人未道，不知蕭陳已先得矣。韋居安《梅磵詩話》載蕭山則一詩云：'訪戴何如不訪休，清談生忌晉風流。渡江一楫無人畫，多畫王家剡雪舟。'元人陳子上亦有一絶云：'月照清溪雪滿山，孤舟乘興只空還。一時來往成兒戲，底事流傳滿世間。'皆與陸公同意。"

王世懋曰："大是佳境。"

陳繼儒曰："予喜賞雪，每戲曰：古今二鈍漢，袁安閉户，子猷返棹，底是避

寒，作許題目。"_{張懋辰本引。}

凌濛初曰："讀此每令人飄飄欲飛。"

伯克利手批曰："率情徑行，在晉人以爲高。"

張貴勝曰："興至則雪夜登舟便行，興已則詣門不晤而返。良由胸次蕩然，了無執着，全没一毫沾滯。人能如此，正是實實受用處。"_{《遣愁集》卷六。}

唐汝詢曰："王獻性豪邁，不受簪緵羈。西山有爽氣，翩然遂來歸。竹下不問主，雪中寧扣扉。乘興任所適，何必見心期。"_{《顧氏詩史》卷八。}

吕叔湘曰："雪夜訪戴也是很有名的一個故事，這也可以表示當時任性率真之風氣。"

宗白華曰："這截然地寄興趣於生活過程的本身價值而不拘泥於目的，顯示了晉人唯美生活的典型。"_{《晉人的美》。}

錢穆曰："子獻之訪戴，其來也，不畏經宿之遠；其返也，不惜經宿之勞；一任其意興之所至，而無所於屈。其尊内心而輕外物，灑落之高致，不羈之遠韻，皆晉人之所企求而嚮往也。"_{《概論》頁一五八。}

劉葉秋曰："王子獻之冒雪放舟，造門不入，雖似怪僻，實見真率。"_{《散記》。}

羅宗強曰："後來的很多士人，都爲這個故事所感動。它不僅表達一種真摯的友情，更重要的是傳達士人的傳統性格裏那種忘情的趣味。這趣味蘊含高雅脱俗的情調，而且是純情的，情來即興，情盡即止。"_{《心態》頁二九九。}

48

王衛軍云："酒正自引人箸勝地^[1]。"_{王箸^[2]，已見。}

○"王衛軍"至"著勝地"

"酒正自引人箸勝地"，劉辰翁曰："與'自遠'同。"○張端木曰："與王藴'酒正使人自遠'語同。"○田中頤曰："此善知其趣者，然既至勝地，則不爲任誕者鮮矣。"○張萬起曰："正自，的確、確實。'自'爲詞綴。這句話與本篇三

---

〔1〕"箸勝地"，王叔岷曰："《書鈔》一四八引《郭子》'箸'作'入'。"
〔2〕"王箸"，余嘉錫曰："'箸'景宋本及沈本俱作'薈'。"

五王光禄云‘酒正使人人自遠’的旨趣是一致的。”

【彙評】

何良俊曰：“王佛大忱言：‘三日不飲酒，覺形神不相親。’王光禄蘊言：‘酒正使人人自遠。’王衛軍薈言：‘酒正自引人着勝地。’此三言者，正所謂酒德，所謂妙理也。”《四友齋叢説》卷三十三。

49

王子猷出都，尚在渚下。舊聞桓子野善吹笛，《續晉陽秋》曰：“左將軍桓伊善音樂。孝武飲燕，謝安侍坐，帝命伊吹笛。伊神色無忤，既吹一弄，乃放笛云：‘臣於箏乃不如笛，然自足以韻合歌管。臣有一奴，善吹笛，且相便串，請進之。’帝賞其放率，聽召奴。奴既至，吹笛，伊撫箏而歌《怨詩》，因以爲諫也。”而不相識。遇桓於岸上過，王在船中，客有識之者，云是桓子野〔1〕。王便令人與相聞〔2〕，云：“聞君善吹笛，試爲我一奏。”桓時已貴顯〔3〕，素聞王名，即便回下車，踞胡牀，爲作三調。弄畢，便上車去。客主不交一言。

○“王子猷”至“爲我一奏”

“王子猷出都”，曹道衡曰：“徽之應辟而由山陰之建康，時年二十餘歲。”

〔1〕 “云是桓子野”，徐震堮《札記》曰：“《晉書·桓伊傳》：‘客呼其小字，曰：此桓野王也。’疑誤讀《世説》於‘王’字斷句，致有此誤。”又《校箋》曰：“桓伊小字子野，見於《方正》五五‘桓公問桓子野’。孝標注云：‘子野，桓伊小字也。’義慶與孝標去晉世不遠，宜不誤。而《晉書》本傳敘此事云：‘客呼其小字曰：此桓野王也。’《桓氏譜》亦從之。疑莫能明，豈誤讀此文所致？《古小説鉤沉》引《語林》亦有桓野王解音云云，但《晉書》好掇拾小説，不甚擇別，《語林》原書久佚，出於類書，似不如《世説》及孝標注之足據。”
〔2〕 “相聞”，王叔岷曰：“《書鈔》一一一引此‘相聞’同，《藝文類聚》四四引作‘相問’，‘聞’‘問’古本通用，此當作‘聞’。”
〔3〕 “桓時”，王叔岷曰：“《類聚》（四四）引‘時’上有‘爾’字，‘爾時’一詞，本書習見。”

《叢考》頁二一八。

"尚在渚下"，田中頤曰："王既出都，船尚在渚下也。" ○秦士鉉曰："舟尚泊渚下未發。" ○程炎震曰："《晉書》八十一《伊傳》云：王徽之赴召京師，泊舟青溪側。" ○楊勇曰："渚下，即渚側。渚，即青溪渚也。在今江蘇江寧縣東北。晉都僧施嘗汎舟於此，每溪一曲，作詩一篇。" ○周一良曰："'出都'即入都。《世説》之渚即青溪渚。《德行篇》云'周鎮罷臨川郡還都，未及上，住泊青溪渚'，蓋入建康城前泊舟之地。"《史札》頁四二〇。

"令人與相聞"，田中頤曰："聞，告也。" ○周一良曰："'相聞'猶言通訊或通消息。"《史札》頁二六八。○方一新曰："猶言令人與結識。'相聞'均用於初次見面的場合。姚秦鳩摩羅什譯《衆經撰雜譬喻》卷一：'當與彼王諸長者所在相聞，爲作宮室。'《古小説鉤沉》輯《幽明録》：'問：女郎姓何？那得忽相聞？'"《釋義》。

○"桓時已貴"至"不交一言"

"回下車"，張萬起曰："轉身下車。晉時車制皆於車後上下，故曰'回下車'。"

"踞胡牀"，程大昌曰："今之交牀，制本虜來，其始名胡牀。桓伊下馬，據胡牀取笛三弄是也。隋以讖有胡，改名交牀。"《演繁露》卷十四。○余嘉錫曰："《晉書·五行志》曰：'泰始之後，中國相尚用胡牀。'"按參見《雅量篇》"郗太傅在京口"條"牀"、《自新篇》"戴淵少時"條"胡牀"。

"爲作三調"，大典顯常曰："《隋書·音樂志》：'近代書記所載縵樂鼓琴，多云三調。三調之聲其來久矣。'"《集成》。

"弄畢便上車去"，田中頤曰："王、桓俱不以貴顯，此亦任誕。" ○秦士鉉曰："樂曲曰弄。" ○張萬起曰："弄，演奏樂器。"

"不交一言"，田中頤曰："'舊聞'、'素聞'相對，二人情狀乃見，而相知之深，尤各在不言。"

○注"續晉陽秋曰"

"左將軍桓伊"，趙西陸曰："《晉書·桓伊傳》：'以破苻堅功，進號右軍將軍，卒，贈右將軍。'此稱左將軍，疑誤。"

"相便串"，桃井白鹿曰："串，與'慣'通，習也。" ○周一良曰："猶言相配合。'串'即'慣'。"《批校》。

"歌怨詩"，田中頤曰："取諸讒臣搆忠，臣君爲之惑。"

【彙評】

王世懋曰："佳境乃在末語。"

彭孫貽曰："桓伊帝座箏歌，胡牀弄笛，可謂風流調達，乃忠誠王室，經緯周詳，千古人豪，當不多見。"《茗香堂史論》卷一。

施鴻曰："夫徽之固倨矣，而叔夏者始聞其名也，則爲之弄笛，既見其人也，則嘿然而去。彼以爲此王濛、謝萬之流也，何足與言？然則叔夏之胸中眼中，真不見有徽之矣。其倨其恭，聽彼自爲之，吾聊以三弄微窺之耳。不然，豈其輕以伎娛人而優伶自遇乎？故叔夏之笛，皆有爲爲之也。"《澂景堂史測》卷三。

孫原湘曰："下車來，三弄畢。上車去，不坐別。兩相知，不相識。如此江山如此客，六代風流一支笛。"《天真閣集》卷四《邀笛步》。

馮友蘭曰："王徽之與桓伊都可以說是爲藝術而藝術的，他們的目的在於藝術而不在於人。爲藝術的目的既已達到，所以兩個人亦無須交言。"《論風流》。

羅宗強曰："在徽之來說，他純然是一種感情的要求，像他欣賞別人家的竹園一樣，情之所至，便請一位並不相識的名士吹笛。於常識，這是沒有禮貌的。但對於名士來說，卻不失爲一種高雅情趣的流露。而在桓伊來說，已處貴顯地位，本可以拒絕一位並不相識的人的過分要求。但他也是一位重情的人，情之所至，便也忽略了地位與禮節，爲之吹奏。"《心態》頁三〇〇。

50

　　桓南郡被召作太子洗馬，《玄別傳》曰："玄初拜太子洗馬，時朝廷以溫有不臣之迹，故抑玄爲素官。" 船泊荻渚。王大服散後已小醉，往看桓。桓爲設酒，不能冷飲，頻語左右令"溫酒來"。桓乃流涕嗚咽，王便欲去。桓以手巾掩淚，因謂王曰："犯我家諱，何預卿事？"《晉安帝紀》曰："玄哀樂過人，每歡慼之發，未嘗不至嗚咽。" 王歎曰："靈寶故自達。" 靈寶，玄小字也。

《異苑》曰：“玄生而有光照室，善占者云：‘此兒生有奇耀，宜目爲天人〔1〕。’宣武嫌其三文，復言爲‘神靈寶’，猶復用三。既難重前，卻減‘神’一字〔2〕，名曰‘靈寶’。”《語林》曰：“玄不立忌日，止立忌時，其達而不拘，皆此類。”

○“桓南郡”至“溫酒來”

“被召作太子洗馬”，程炎震曰：“《晉書·玄傳》：‘年二十三，始拜太子洗馬。’則是太元十六年，王忱已爲荆州。”

“船泊荻渚”，大典顯常曰：“玄襲爵南郡公。此蓋自荆州下江赴都也。”《撮補》。○程炎震曰：“此荻渚在江陵。”

“不能冷飲”，馬永卿曰：“《晉史》載裴秀服寒食散，當飲熱酒而飲冷酒，薨，年四十八。據此，則又是不客飲冷物也。又問一名醫，答云：‘食物則宜冷，而酒則宜熱。’僕初不信，後讀《千金方》第二十五卷：‘解五石毒，一切冷食，唯酒須令溫。’然則《裴秀傳》所謂‘當飲熱酒’亦非。”《嬾真子》卷五。○岡白駒曰：“服散後忌冷飲。”○余嘉錫曰：“王大者，王忱。服散後須飲熱酒。”《寒食散考》。

○“桓乃流涕”至“故自達”

“流涕嗚咽”，田中頤曰：“犯‘溫’字故。”
“王便欲去”，田中頤曰：“不解其由。”
“犯我家諱”二句，岡白駒曰：“‘令溫酒來’，‘溫’即玄之父諱。”○田中頤曰：“言卿犯我家諱，故我哀如此，然我家諱無預卿之情事，故勿去也。”○余嘉錫曰：“《顏氏家訓·風操篇》曰：‘《禮》云：見似目瞿，聞名心瞿。有所感觸，惻愴心眼。若在從容平常之地，幸須申其情耳。必不可避，亦當忍之，不必期於顛沛而走也。梁世謝舉甚有聲譽，聞諱必哭，爲世所譏。又有臧逢世，臧嚴之子，篤學修行，不墜門風。孝元經牧江州，遣往建昌督事，郡縣民庶，競修牋書。有稱‘嚴寒’者，必對之流涕。不省取記，多廢公事。’由顏氏之言觀之，知聞諱而哭，乃六朝之舊俗。故雖凶悖如桓玄，不敢不謹守此禮也。”○朱鑄禹

---

〔1〕“目爲天人”，余嘉錫曰：“‘目’景宋本作‘字’。”袁刻本作“自”，徐震堮曰：“‘字’原作‘自’，據影宋本及沈校本改。”按“自”字沈本未校。又，吳承仕曰：“嫌有三文，‘天人’非三文也，此注恐有奪誤。”余嘉錫曰：“宣武嫌其三文，若字爲‘天人’，則止二文。蓋‘天人’下脫一字。今本《異苑》亦誤作‘目爲天人’。”徐震堮曰：“據下文‘嫌有三文’之語，‘天人’上下疑脫一字。”
〔2〕“重前卻減”，秦士鉉曰：“‘前卻’，‘前’字衍。一云‘前卻’，猶言進退也。”

曰："玄爲桓温之子，頻令温酒，'温'字犯桓温之名，故云。"

"靈寶故自達"，岡白駒曰："不顧客在，乃流涕嗚咽，故以爲達。"○田中頤曰："言可哀者哀，可樂者樂，哀樂俱由真情，不出矯飾者，唯是舊來自然之達人能之也。"

○注"玄別傳曰"

"抑爲素官"，岡白駒曰："非勢要曰素官。"○秦士鉉曰："素，空也，賤也。"○周一良曰："太子洗馬東晉南朝始終被目爲清官。'素官'猶言清顯而無權勢。"《史札》頁二一九。

○注"語林曰"

"不立忌日"，徐乾學曰："桓玄庶母烝嘗，靡有定所，忌日見賓客遊宴，惟至亡時，一哭而已。期服之內，不廢音樂。"《讀禮通考》卷一一三。○吳騫曰："《世說新語》注：'桓玄不立忌日，惟立忌時。'《南史·張融傳》：'融有氣義，忌月三旬不聽樂。'後世但知忌日而不知忌月，並忌時亦未嘗言也。《通典》：晉穆帝納后，值忌月。范汪與王彪之書以九月爲康帝忌月，王以禮經無忌月之文，竟定九月納后。"《尖陽叢筆》卷一。○徐震堮曰："《晉書》本傳曰：'忌日見賓客，唯至亡時一哭而已。'"《札記》。

◎余嘉錫曰："《御覽》卷五百六十二引《世說》曰：'桓玄呼人温酒，自道其父名。既而曰：英雄正自粗疏。'今《世說》既無其語，且正與此相反，不知本出何書。恐是孝標之注，蓋引他書，以明與《世說》不同。今本爲宋人所削耳。"范子燁按曰："徵引它書，以顯明與《世說》之不同，此乃孝標注通例之一。故《御覽》所引《世說》，當係本條之劉注，而爲宋人所刪去者。"《研究》頁二〇〇。○趙西陸曰："《語林》云：'桓玄不立忌日，止立忌時，每至日，絃觴無廢。'"

【彙評】

王世懋曰："道得靈寶哀樂情狀。"

張端木曰："本傳：玄性貪鄙，好奇異，尤愛寶物，珠玉不離於手。人士有法書好畫及佳園宅者，悉欲歸己，猶難逼奪之，皆蒱搏而取。嗟乎，靈寶安能達？"

蒙思明曰："這種對偏狹孝行的過分看重，並不是道德水準的提高，而是道德水準的低落。因爲這只是私人的家庭的道德，而不是社會的國家的道德。也就是過份的看重家族，所以對國家的責任心十分缺乏。"《社會》頁一三一。

許世瑛曰："從這一段記載裏，我們知道了好幾件事：一，王忱也是喫藥的；二，喫了藥，必須冷食，唯獨酒卻須喝熱的。所以王忱在服散後，去看桓玄，哪怕已經喝了不少熱酒，到了小醉的程度，也依然不能喝冷的。嚴守禁忌，一點也不敢違背，可見喫了藥所受的限制大了，絲毫不能大意。拿我們現在的立場來看，實在有點樂不敵苦、得不償失啊！可說那時候一般富豪名流，卻樂此不彼，大概真如何晏所説'非唯治病，亦覺神明爽朗'的吧！"《一斑》。

51

王孝伯問王大："阮籍何如司馬相如？" 王大曰："阮籍胸中壘塊，故須酒澆之。"言阮皆同相如，而飲酒異耳〔1〕。

○"王孝伯"至"酒澆之"

"王大"，徐震堮曰："王忱。"

"胸中壘塊故須酒澆之"，岡白駒曰："壘塊，不平也。"○大典顯常曰："壘塊，與'礧磈'同，衆石貌。'礧'又通作'磊''礌''礨''罍'。'磈'亦作'巋'。"○淇園曰："言'胸中壘塊'，即其所以賢於相如。"○田中頤曰："言司馬徒慢世耳，阮則胸中本多壘塊不平之事，然而故意須酒澆之，是以爲賢也。"○秦士鉉曰："壘塊，衆石貌，此謂胸中不平之氣作積聚也。"

【彙評】

李贄曰："是貶？是賞？"《初潭集》卷十八。

蔣凡曰："阮籍生於篡弑相繼的亂世，飲酒不醉則有可能被卷入政治漩渦而喪命，所以悲劇的人生常用作達的喜劇形式加以表演。"

---

〔1〕 "言阮皆同相如"二句，《御覽》八四五引作："言同相如，惟有酒異。大，忱小字。"

52

王佛大歎言："三日不飲酒，覺形神不復相親。"《晉安帝紀》曰："忱少慕達，好酒，在荆州轉甚，一飲或至連日不醒，遂以此死。"宋明帝《文章志》曰："忱嗜酒，醉輒經日〔1〕，自號上頓。世嗻以大飲爲'上頓'〔2〕，起自忱也。"

○"王佛大"至"相親"

"形神不復相親"，田中頤曰："此即歎酒之能不小小也。"○陶琪曰："《文選》嵇康《養生論》曰：'呼吸吐納，服食養身，便形神相親，表裏俱濟。'"

◎王叔岷曰："《書鈔》一四八引《郭子》亦云：'王佛大嘆言：三日不飲酒，覺形神不復和親。'"

○注"晉安帝紀曰"

程炎震曰："《北堂書鈔》一百四十八引祖台之與王荆州忱書曰：'君須復飲，不廢止之，將不獲已耶？通人識士，累於此物，古人屏爵棄邑，焚罍毀榼。'案'邑'字有誤。《御覽》四百五十七引作'卮'。"○余嘉錫曰："竇革《酒譜·誡失篇》亦引云：'古人以酒爲戒，願君屏爵棄卮，焚罍毀榼。殛儀狄於羽山，放杜康於三危。古人繫重離必有贈言，僕之與君，其能已乎？'合此兩書觀之，知台之嘗勸忱戒酒，而忱不從，故卒死於酒。"○龔斌曰："《宋書》六〇《范泰傳》：'沈嗜酒，醉輒累旬，及醒，則儼然端肅。泰謂忱曰："酒雖會性，亦所以傷生，遊處以來，常欲有以相戒。當卿沉湎，措言莫由，及今之遇，又無假陳説。"沈嗟歎久之，曰："見規者衆矣，未有若此者也。"'"

【彙評】

狄期進曰："何如殷仲堪'三日不讀《道德經》，便覺舌本間强'？"

陳錫路曰："此語致有味。'相親'即程子所云'浹洽'，非沈湎之謂也。所

---

〔1〕"醉輒經日"，王叔岷曰："《御覽》八四五引注'醉輒經日'作'一飲或連日不醒'。"
〔2〕"世嗻"，朱鑄禹曰："'嗻'即'諺'字。"

惜忧非能然，故卒用飲敗耳。"《黃孄餘話》卷三。

53

王孝伯言："名士不必須奇才，但使常得無事，痛飲酒，熟讀《離騷》[1]，便可稱名士[2]。"

○"王孝伯"至"可稱名士"

"王孝伯"，徐震堮曰："王恭。"

"但使"，張萬起曰："只要。"《詞典》頁一七九。

"痛飲酒"三句，大典顯常曰："凡事盡力為之皆曰痛。"《集成》。○田中頤曰："言如此則氣象闊大，自為任誕，故可稱名士也。"

【彙評】

費袞曰："昔人有云：'痛飲讀《離騷》，可稱名士。'世往往道其語，予常笑之。方痛飲時，天地一醉，萬物同歸，乃復攢眉於幽憂悲憤之作，而顧稱名士邪？"《梁谿漫志》卷五。

袁中道曰："但恐再擴天地，不能貯名士耳。"《舌華錄》卷五。

朱荃宰曰："夫痛飲酒，何關於名？而常得無事，又無乃不知名者也。且人知飲酒讀《騷》之名名士，而不知常得無事之名名士。甚矣，其不達於孝伯之旨之輕重也。"《文通》卷三十。

馮友蘭曰："這話是對於當時的假名士說底。假名士只求常得無事，只能痛飲酒，熟讀《離騷》。他的風流，也只是假風流。"《論風流》。

余嘉錫曰："此言不必須奇才，但讀《離騷》，皆所以自飾其短也。恭之敗，正坐不讀書。故雖有憂國之心，而卒為禍國之首，由其不學無術也。自恭有此說，而世之輕薄少年，略識之無，附庸風雅者，皆高自位置，紛紛自稱名士。政

---

[1] "熟讀"，董刻本"熟"作"孰"。朱鑄禹曰："孰，'熟'本字。"

[2] "便可稱"，余嘉錫曰："'便'，《山谷內集》注十二引作'自'，又十九引作'便足'。"

使此輩車載斗量，亦復何益於天下哉？"

劉葉秋曰："以無事爲貴，以痛飲爲快，藉讀《騷》以抒積鬱，這是王孝伯的名士觀。"《散記》。

周紹賢曰："若王恭所言，亦只就名士超逸生活之外表而言，名士之本質，豈僅能享清閒，痛飲酒，讀《離騷》而已哉？若然，此又宋明儒者所詆娸之名士也。"《述論》頁一五六。

楊勇曰："孝伯此言，雖存譏刺，然亦見當時士流學問之一斑。"

54

王長史登茅山，大慟哭曰："琅邪王伯輿，終當爲情死。"《王氏譜》曰："廞字伯輿，琅邪人。父薈，衛將軍。廞歷司徒長史〔1〕。"周祗《隆安記》曰："初，王恭將唱義，使喻三吳。廞居喪，拔以爲吳國內史〔2〕。國寶既死，恭罷兵，令廞反喪服。廞大怒，即日據吳都以叛。恭使司馬劉牢之討廞〔3〕，廞敗〔4〕，不知所在。"

○注"王氏譜曰"至"不知所在"

"廞字伯輿"，劉應登曰："王廞，字伯輿，薈子，導孫。"

"王恭將唱義"，大典顯常曰："《王恭傳》：恭抗表京師，討國寶及緒。會稽王收國寶，賜死，斬緒於市，深謝愆失。恭乃還京口。恭之初抗表也，慮事不捷，乃版前司徒左長史王廞爲吳國內史，令起兵於東。會國寶死，令廞解軍去職。廞怒，以兵伐恭。恭遣劉牢之擊滅之。"○龔斌曰："唱義，謂發起義軍。"

"廞大怒"，徐震堮曰："《通鑒·晉紀》三一：'廞以起兵之際，誅異己者頗多，勢不得止，遂大怒。'"

---

〔1〕 "司徒長史"，楊勇曰："《晉書·王薈傳》：'廞歷太子中庶子、司徒左長史。'"
〔2〕 "拔以爲"，何焯曰："'拔'疑當作'版'，《通鑒》可據。時王恭抗表起兵，故輒用白版除授也。"
〔3〕 "討廞"，王利器曰："蔣校本、沈校本'討廞'作'討之'。"徐震堮曰："'廞'沈校本作'之'。"
〔4〕 "廞敗"，董刻本"廞"字滅。王利器曰："各本'□'作'廞'。"

【彙評】

邱煒萲曰："王伯輿終當爲情死。咄哉，梟雄亦有打不破之關耶？若郭令公姬侍滿前，文文山聲伎自隨，此自是英雄本色。胡忠簡黎渦有情，蘇長公六如説偈，此自是菩薩心腸。情之所鍾，正在我輩。友人慈谿李芷汀東沉詩云：'願爲葵扇遮嬌面，消受脂香過一生。'晉江王詠裳《漢秋》詩云：'安得化身爲彩筆，吮毫時節接芳脣。'儗以陶令《閒情》，遽便賢者之過。"《五百石洞天揮麈》卷十一。

蔣凡曰："登茅山有感，發出'爲情而死'之慟哭，似爲日後悲劇命運埋伏筆，同時又爲魏晉任誕名士悲劇作一收束。"

簡傲第二十四

何良俊曰："昔夫子許仲弓以南面。仲弓蓋簡者也，故以子桑伯子爲問。及夫子曰：'可也簡。'則又以居敬行簡爲可，居簡行簡爲太簡。仲弓其善於用簡者乎？嘗觀夫子在陳之歎曰：'吾黨之小子，狂簡不知所以裁之。'夫裁之者，亦唯持之以敬而已。此所載曰簡傲，其即太簡者耶？惜無夫子以裁之，終亦爲伯子之流爾矣！"《何氏語林》卷二十六。○田中頤曰："此謂簡約守已而倨傲過度者也。"○楊勇曰："簡傲，謂疏略傲慢也。"○張萬起曰："簡傲的行爲居然大多能被士人接受並給予尊重，即使是像桓溫、桓沖、謝安這樣權傾一時的權貴或大名士，均給予理解，不以爲怪，可見當時慢世風氣之盛。"

1

晉文王功德盛大[1]，坐席嚴敬，擬於王者。《漢晉春秋》曰："文王進爵爲王，司徒何曾與朝臣皆盡禮，唯王祥長揖不拜。"唯阮籍在坐，箕踞嘯歌，酣放自若[2]。

○"晉文王"至"酣放自若"

"晉文王"，程炎震曰："咸熙元年，昭進爵爲王，阮已先一年卒矣。"○朱鑄禹曰："本條當是昭爲相國尚未進爵時事，故曰'擬於王者'。至首稱'文王'，蓋後之追稱也。"

"坐席嚴敬"二句，蔣凡曰："一解謂司馬昭坐席間莊嚴肅穆，神情與帝王相

---

[1] "功德盛大"，楊勇曰："《類聚》一九、《白帖》一八、《御覽》三九二引《世説》並作'德盛功大'。"
[2] "酣放"，楊勇曰："放，《類聚》一九引此同，《御覽》三九二引《世説》作'飲'。"王叔岷曰："'放'字蓋存此文之舊矣。"

似。一解謂坐席之群臣神色莊敬嚴肅，如在帝王駕前。二解俱通，但相比而言，似後解更佳。”

“箕踞嘯歌”，崔朝慶曰：“箕踞，謂坐時曲兩腳形如箕也。”○張萬起曰：“於大庭廣衆之下尊者面前放聲長嘯，則是傲然無禮、任誕放肆的行爲。”

【彙評】

余嘉錫曰：“祥與何曾、荀顗並爲三公，曾、顗皆司馬氏之私黨，而祥特以虛名徇資格得之。祥若同拜，將徒爲昭所輕。長揖不屈，則汲黯所謂‘大將軍有揖客，反不重耶’之意也。故昭亦以祥爲見待不薄，不怒而反喜。此正可見祥之爲人，老於世故，亦何足貴！魏晉之際，若王祥等輩，皆馮道之流，其不爲人所笑罵者，亦幸而不遇歐陽氏爲作佳傳耳。”按此《德行篇》“王戎云太保”條評語。

羅宗强曰：“阮籍之所以獲得如此之特殊待遇，只有一種解釋，那便是社會輿論問題，通過阮籍，影響名士群體，使他們不與司馬氏政權爲敵。”《心態》頁一四六。

2

王戎弱冠詣阮籍，時劉公榮在坐。阮謂王曰：“偶有二斗美酒，當與君共飲。彼公榮者，無預焉。”二人交觴酬酢，公榮遂不得一桮[1]，而言語談戲，三人無異。或有問之者，阮答曰：“勝公榮者，不得不與飲酒；不如公榮者，不可不與飲酒；唯公榮，可不與飲酒。”《晉陽秋》曰：“戎年十五，隨父渾在郎舍，阮籍見而說焉。每適渾俄頃，輒在戎室久之。乃謂渾：‘濬沖清尚，非卿倫也。’戎嘗詣籍共飲，而劉昶在坐[2]，不與焉。昶無

〔1〕 “一桮”，余嘉錫曰：“‘桮’景宋本作‘桮’。”
〔2〕 “劉昶”，董刻本“昶”作“秒”。王利器曰：“各本‘秒’作‘昶’，是。”

恨色。既而戎問籍曰：'彼爲誰也？'曰：'劉公榮也。'濬沖曰〔1〕：'勝公榮，故與酒；不如公榮，不可不與酒；唯公榮者，可不與酒。'"《竹林七賢論》曰："初，籍與戎父渾俱爲尚書郎，每造渾，坐未安〔2〕，輒曰：'與卿語，不如與阿戎語。'就戎，必日夕而返。籍長戎二十歲，相得如時輩。劉公榮通士，性尤好酒。籍與戎酬酢終日〔3〕，而公榮不蒙一栝，三人各自得也。戎爲物論所先，皆此類〔4〕。"

○"王戎弱冠"至"不與飲酒"

"交觴酬酢"，崔朝慶曰："主答客曰酬,客報主人曰酢。"

"或有問之者"，程炎震曰："《晉書》四十三《戎傳》作戎問籍答。"

"阮答曰"云，劉辰翁曰："殆用公榮語調公榮。"按公榮語見《任誕篇》"劉公榮與人飲酒"條。○岡白駒曰："劉公榮嘗飲酒，雜穢非類，人或譏之，答曰：勝公榮者，不可不與飲；不如公榮者，亦不可不與飲；是公榮輩者，又不可不與飲。阮翻其一語以調之。"○田中頤曰："此翻用劉前語以戲謔也。言上者賞之以酒，下者恤之以酒，唯中人公榮者而不飲可也。"○崔朝慶曰："此蓋略變公榮之語，以戲公榮也。"

◎洪邁曰："此事見《戎傳》，而《世說》爲詳。又一事云：'公榮與人飲酒，雜穢非類，人或譏之云云。'二事稍不同。公榮待客如此，費酒多矣，顧不蒙一杯於人乎？"《容齋隨筆》卷十二。○徐震堮曰："此文與《任誕》四劉公榮之言相類，蓋公榮先有此言，故嗣宗稍變其語以戲之。入《簡傲》不如入《排調》。"

○注"晉陽秋曰"

"戎年十五"，陸侃如曰："籍長戎二十四年,戎十五歲時籍恐已辭尚書郎了。因爲籍辭職後又做曹爽的參軍，辭參軍後歲餘曹爽被害，那麼籍爲尚書郎下距爽死，決不會只有一年，而爽卻死於戎十六歲的正月。所以如果籍與渾因共事而相交，戎年恐僅十一二歲。"《繫年》頁五四一。

---

〔1〕 "濬沖曰"，桃井白鹿："此下疑有脫文。"徐震堮曰："味前後問答之辭,此數語當屬阮籍，'濬沖曰'三字疑衍文。"

〔2〕 "坐未安"，董刻本"未"作"术"。王利器曰："各本'术'作'未'，是。"

〔3〕 "酬酢"，余嘉錫曰："'酬'景宋本及沈本作'醻'。"

〔4〕 "此類"，董刻本"此"作"比"。王利器曰："各本'比'作'此'，是。"

“俄頃”，秦士鉉曰：“俄頃而去。”

○注“竹林七賢論曰”

“阿戎”，王楙曰：“晉宋人多稱‘阿’，如云‘阿戎’、‘阿連’之類。或者謂此語起於曹操稱‘阿瞞’，僕謂不然。觀漢武帝呼陳后爲‘阿嬌’，知此語尚矣。設謂此婦人之稱，則間以男子者，如漢殽阮碑陰有‘阿奉’、‘阿買’、‘阿興’等名。韓退之‘阿買不識字’，知‘阿買’之語有自。”《野客叢書》卷十三。○劉昌詩曰：“古人稱呼，每帶‘阿’字，以至小名小字，見於史傳者多有之。《漢高祖紀》‘武負’注：‘俗呼老大母爲阿負。’魯肅拍呂蒙背曰：‘非復吳下阿蒙，’曹操小名阿瞞，唐明皇小名亦云阿瞞。鍾士季目王安豐謂‘阿戎了了解人意’，阮籍謂王渾‘共卿語不如與阿戎談’，此謂渾子戎。又杜詩‘守歲阿咸家’注謂：‘杜位小字也。’‘阿奴’有五。劉君撫王長史皆曰：‘阿奴比丞相，俱有都長。’阿奴蓋濛小字也。《語林》曰：劉真長與丞相不相得，每曰：‘阿奴比丞相條達清長矣。’齊武帝臨崩執廢帝手曰：‘阿奴若憶翁，好作梓宮。’又周謨、周仲智皆小字阿奴。”《蘆浦筆記》卷一。龔斌按曰：“其説不確。‘阿’作人名之修飾，多有親昵之意，猶今之昵稱。”○田藝蘅曰：“阿者，吳人以爲語助詞，亦啟口聲。”《留青日札》卷二一。○顧炎武曰：“《抱朴子》：‘禰衡游許下，自公卿國士以下，衡初不稱其官，皆名之云阿某，或以姓呼之爲某兒。’《三國志·呂蒙傳》注：‘魯肅拊蒙背曰：非復吳下阿蒙。’《世說》注：‘不如與阿戎語。’皆是其小時之稱也。亦有以‘阿’挈其字者。《世說》：桓公謂殷淵源爲阿源，謝太傅謂王修齡爲阿齡，謂王子敬爲阿敬。‘阿’者，助語之辭，古人以爲慢應聲。”《日知錄》卷三十二。○趙翼曰：“俗呼小兒名輒曰‘阿某’，此自古然。如漢武云：‘若得阿嬌，當以金屋貯之。’魯肅拊呂蒙背曰：‘非復吳下阿蒙。’阮籍謂王渾曰：‘與卿語，不如共阿戎談。’亦有不連其名，而直以次第呼之者。各處方言不同，而以‘阿’呼名，遍天下無不同也。”《陔餘叢考》卷三十八。○翟灝曰：“蓋‘阿’者發語辭，語未出口，自然有此一音。”《通俗編》卷三十三。○李詳曰：“案《隸釋》漢殽阮碑陰云：其間四十人，皆字其名，而係以‘阿’字，如劉興阿興、潘京阿京之類，必編户民，未嘗表其德，書石者欲其整齊而强加之。此見‘阿’字託始之義。”

“籍長戎二十歲”，程炎震曰：“籍長戎實二十四歲。”

“相得如時輩”，秦士鉉曰：“時輩，與我齒德相比之人。”

“物論”，秦士鉉曰：“世議。”

李贄曰："通得。"《初潭集》卷十七。

袁中道曰："即將公榮語戲之,妙甚!"《舌華録》卷四。

王世懋曰："即以公榮語翻出,更妙,滑稽之雄。"

3

　　鍾士季精有才理,先不識嵇康。鍾要于時賢儁之士,俱往尋康。康方大樹下鍛,向子期爲佐鼓排。康揚槌不輟,傍若無人,移時不交一言。鍾起去,康曰:"何所聞而來?何所見而去?"鍾曰:"聞所聞而來,見所見而去〔1〕。"《文士傳》曰:"康性絶巧,能鍛鐵。家有盛柳樹,乃激水以圍之,夏天甚清涼,恒居其下傲戲,乃身自鍛。家雖貧,有人説鍛者〔2〕,康不受直。唯親舊以雞酒往,與共飲噉〔3〕,清言而已。"《魏氏春秋》曰:"鍾會爲大將軍兄弟所暱,聞康名而造焉。會名公子,以才能貴幸,乘肥衣輕,賓從如雲。康方箕踞而鍛,會至,不爲之禮,會深銜之。後因吕安事,而遂譖康焉。"

　　○"鍾士季"至"所見而去"

　　"精有才理",張萬起曰:"才思。"

　　"于時賢儁",田中頤曰:"于時,猶言當時。"

　　"大樹下鍛",劉應登曰:"鍛鐵也。"○胡三省曰:"康性巧而好鍛。鍛,小冶也。"《通鑑·魏紀十》注。○李慈銘曰:"《説文》:'鍛,小冶也。'《急就篇》:'鍛鑄鉛錫鐙錠鐎。'顏師古注:'凡金鐵之屬,椎打而成器者謂之鍛,銷冶而成者謂之鑄。'王應麟《補注》引《倉頡篇》曰:'鍛,椎也。'"《簡端

_____

〔1〕 "聞所聞而來"二句,王叔岷曰:"《魏志·王粲傳》注引《魏氏春秋》作'有所聞而來,有所見而去'。"

〔2〕 "説鍛",余嘉錫曰:"'説'景宋本及沈本作'就'。"按《御覽》卷三八九引《文士傳》同。

〔3〕 "往與共",董刻本"與"作"興"。王利器曰:"各本'興'作'與',是。"

記》。○余嘉錫曰：“《魏志·王粲傳》注、《文選·思舊賦》注並引《魏氏春秋》曰‘康寓居河內之陽，鍾會聞康名而造之’云云。嵇、向偶鍛之地在洛邑，不在山陽，故會得與一時賢儁俱往尋康。”

“佐鼓排”，岡白駒曰：“‘排’與‘韝’‘橐’‘韛’通，韋囊吹火具也。”○桃井白鹿曰：“《後漢·杜詩傳》：‘造水排，鑄農器。’注：‘冶者爲排以吹炭，今激水鼓之。’”○李詳曰：“《一切經音義》引《埤倉》：‘橐作韛，又作排，鍛家用吹火，令熾者也。’《〔後〕漢書·杜詩傳》：‘造作水排，鑄爲農器。’章懷注：‘排，音蒲敗反，冶鑄者爲排以吹炭。排當作橐，古字通用。’案韛以熟牛皮爲之，故字從韋。吾鄉冶銅者尚有此製。‘韛’‘韝’同字。”余嘉錫按曰：“審言引《音義》有刪改，且誤以‘作排’以下均爲《埤倉》語。”○程炎震曰：“《後漢書·杜詩傳》：‘遷南陽太守，造作水排，鑄爲農器。’賢注：‘排，音蒲拜反，冶鑄者爲排以吹炭。排當作橐，古字通用。’《魏書·韓暨傳》：‘徙監冶謁者，舊時治作馬排，每一熟石，用馬百匹。更作人排，又費工力。暨乃因長流爲水排。’裴注曰：‘排，蒲拜反，爲排以吹炭。’《晉書·杜預傳》：‘又作人排新器。’《音義》曰：‘排，蒲界反。’《玉篇》：‘韝，皮拜切，韋囊也。可以吹火令熾，亦作橐。’《廣韻》十六怪：‘韝，韋囊，吹火。橐，上同，並蒲拜反。’蓋古只作‘排’，後乃造‘韝’‘橐’字。《文選》二十一《五君詠》注引《向秀別傳》曰：‘秀嘗與嵇康偶鍛於洛邑，故鍾得見之。’又十六《思舊賦》注引《魏氏春秋》‘康寓居河內之山陽，鍾會大將軍所昵’云云。蓋中有刪節，故併兩處爲一。”○劉盼遂曰：“今俗謂之風箱。”○唐鴻學曰：“排，排囊，又作韝，作橐，冶者以排囊鼓火。《說文》段注‘砭’字云。”○趙西陸曰：“《漢書·終軍傳》注如淳曰：‘鑄銅鐵，角熾火，謂之鼓。排同韝，吹火具。’《晉書·向秀傳》：‘（嵇）康善鍛，（向）秀爲之佐，相對欣然，傍若無人。’”○徐震堮曰：“《說文》‘砭’下段注：‘冶囊謂排囊，其自或作韝，冶者以韋囊鼓火。’按即今鍛鐵時所用風箱，古者以革爲之，故字從韋。”○朱鑄禹曰：“《晉書》卷三十四《杜預傳》：‘又作人排新器。’按舊以水力鼓動，以此改用人力，故曰‘新器’。”

◎余嘉錫曰：“嵇、鍾問答之語，亦出《魏氏春秋》。見《三國志·王粲傳》注引。”

○注“魏氏春秋曰”

“大將軍兄弟”，大典顯常曰：“司馬師及昭也。”《集成》。

"乘肥衣輕"，秦士鉉曰："肥馬輕裘。"

"賓從"，秦士鉉曰："'賓''儐'同，從者也。"

【彙評】

袁中道曰："有禪意。"《舌華録》卷一。

洪垣曰："其惟管寧乎!居魏晉而能不與於魏晉，名行修潔，皆出自然，而康之以箕倨鍛冶傲鍾會也，猶不免以盛意矯而爲之，孫登固已知其不免矣。"《説史》卷二。

虞兆漋曰："與《維摩經》維摩問文殊師利'不來相而來，不見相而見'，文殊師利答云'若來已更不來，若去已更不去'，雖淺深不同，而機鋒要自一致。"《天香樓偶得》。

馮友蘭曰："晉人本都是以風神氣度相尚。鍾會、嵇康既已相見，如奇松遇見怪石，你不能希望奇松怪石會説話。鍾會見所見而去，他已竟見其所見，也就是不虚此行了。"《論風流》。

蔣凡曰："嵇、鍾二人，道不同不相爲謀。鍾多次試探嵇，欲因其言行之失而置之死地。以此，嵇從不假鍾以臉色，其傲對鍾會，'移時不交一言'，正是一種不合作的蔑視。'何所聞而來'與'聞所聞而來'諸語，對話生動，閃爍着刀光劍影，在委婉的修辭藝術中，卻同時埋伏了抗爭與殺機。"

4

嵇康與呂安善，每一相思，千里命駕。《晉陽秋》曰："安字中悌[1]，東平人，冀州刺史招之第二子[2]。志量開曠，有拔俗風氣。"干寶《晉紀》曰："初，安之交康也，其相思則率爾命駕。"安後來，值康

---

[1] "中悌"，唐鴻學曰："《文選》注作'仲悌'，應從之。"余嘉錫曰："'中'景宋本及沈本作'仲'。"朱鑄禹曰："《魏志》卷十六《杜恕傳》注：呂昭次子安，字仲悌；三子粹，字季悌，河南尹。則作'仲悌'是。"

[2] "刺史招"，王利器曰："《三國・魏志・王粲傳》注、《文選・思舊賦》注引《魏氏春秋》，'招'作'昭'，此疑誤。"趙西陸曰："'招'當作'昭'。《魏志・杜恕傳》注引《世語》曰：'呂昭，字子展，東平人。'又《王粲傳》注引《魏氏春秋》亦作'東平呂昭'。"

不在，喜出户延之，不入。《晉百官名》曰："嵇喜字公穆,歷揚州刺史,康兄也。阮籍遭喪,往弔之。籍能爲青白眼,見凡俗之士,以白眼對之。及喜往,籍不哭,見其白眼,喜不懌而退。康聞之[1],乃齎酒挾琴而造之,遂相與善。"干寶《晉紀》曰："安嘗從康,或遇其行,康兄喜拭席而待之,弗顧,獨坐車中。康母就設酒食,求康兒共與戲[2]。良久則去,其輕貴如此。"題門上作"鳳"字而去。喜不覺，猶以爲欣故作[3]。"鳳"字，凡鳥也。許慎《説文》曰："鳳,神鳥也。從鳥,凡聲。"

○"嵇康與"至"凡鳥也"

"千里命駕"，秦士鉉曰："雖在千里之外,猶命駕而往。"○田中頤曰："固是爲康不遠千里也。"

"門上作鳳字"，田中頤曰："'鳳'字合則靈鳥,離則凡鳥。嵇兄弟賢凡相違,猶其同一字而遠甚,是其微意。"

"以爲欣故作"，岡白駒曰："作,起也,特起謝之。"○桃井白鹿曰："故,猶本也;作,即作'鳳'字也。二字屬下句讀。"

"鳳字凡鳥也"，恩田仲任曰："《弘簡錄》曰:'倪若水曰:常聞往聖以鳳凰爲凡鳥,麒麟爲凡獸。'"○王叔岷曰："《金樓子·立言篇》下:'世人有忿者,題其門爲"鳳"字,彼不覺,大以爲欣。而意在凡鳥也。'又云:'人有罵奴,而命名"風"者,凡蟲也。'亦此類也。"

○注"晉陽秋曰"

"安字中悌"，趙西陸曰："《文選·與山巨源絶交書》:'前年從河東還,顯宗阿都説足下議以吾自代。'李善注:'《嵇康文集》注曰:阿都,呂仲悌,東平人也。康與呂長悌《絶交書》曰:少知阿都志力開悟,每喜足下家復有此弟。'"

"冀州刺史招"，程炎震曰："《魏志》十六《杜恕傳》:'鎮北將軍呂昭,又領冀州牧。'注引《世語》曰:'昭字子展。長子巽,字長悌,爲相國掾,有寵

---

[1] "聞之",董刻本"聞"作"閒"。王利器曰:"各本'聞'作'閒',是。"
[2] "與戲",董刻本、袁刻本"與"俱作"語"。
[3] "故作",徐震堮曰:"二字疑衍。"蔣宗許《札記》曰:"正確的斷句是:'故作鳳字,凡鳥也。''故'義同古代漢語的'所以',表示某種動作行爲的原因。"龔斌曰:"'故作'二字非衍。'故作'猶言'所以作'。"

於司馬文王。次子安，字仲悌。次子粹，字季悌，河南尹。’按昭爲冀州，蓋在太和中。”

○注“晉百官名曰”

“青白眼”，周祁曰：“阮籍能爲青白眼。母死，嵇喜來弔，籍作白眼。弟康齎酒挾琴造焉，籍大悅，乃見青眼。故後人有‘青盼’、‘垂青’之語。人平視，睛圓則青。上視，睛藏則白。上視，怒目而視也。”《名義考》卷六。

【彙評】

狄期進曰：“人生非麋鹿，安得長聚首？可恨鄰里間，十日不一見顏色。”

凌濛初曰：“本無謂，適助後人談資。”

陸世儀曰：“顧嵇康、呂安彼此投契，亦不過放浪形骸，縱情詩酒，以取快一時。若夫天人性命之微，道德仁義之旨，則孰與言之，而孰與倡之乎？”《桴亭先生文集》卷四《贈如皋吳白耳序》。

5

陸士衡初入洛，咨張公所宜詣，劉道真是其一。陸既往，劉尚在哀制中。性嗜酒，禮畢，初無他言，唯問：“東吳有長柄壺盧，卿得種來不？”陸兄弟殊失望，乃悔往。

○“陸士衡”至“在哀制中”

“陸士衡初入洛”，王鳴盛曰：“《陸機傳》：‘機年二十而吳滅，退居舊里，閉門勤學，積有十年。至太康末，與弟雲俱入洛。’案杜子美《醉歌行別從姪勤落第歸詩》云：‘陸機二十作《文賦》。’今觀《晉書》本傳無‘二十作文賦’語，子美殆別有據也。其後機與雲同被害，機年四十三，雲年四十二。吳滅在太康元年，時機年二十，太康終於十年，機太康末入洛，則年二十九，雲二十八矣。"《商榷》卷四十九。

"咨張公"，趙西陸曰："張公，張華。"

"劉道真是其一"，田中頤曰："即陸宜詣之一。" ○徐震堮曰："劉寶。"

"尚在哀制中"，淇園曰："此爲下'失望'作地。" ○張萬起曰："哀制，爲父母致喪的禮制。"

○ "性嗜酒" 至 "乃悔往"

"性嗜酒"，淇園曰："與問壺盧作地。"

"東吳有長柄壺盧" 二句，恩田仲任曰："《本草綱目》曰：'壺，酒器也；盧，飲器也。此物各象其形，又可爲酒飯之器，因以名之。'" ○田中頤曰："壺盧，與 '葫蘆' 音通，可作酒器者也。此視陸兄弟尚不如一葫蘆也。" ○余嘉錫曰："居喪飲酒，自是京洛間之習俗。蓋自阮籍居母喪，飲酒食肉，士大夫慕其放達，相習成風。劉道真任誕之徒，自不免如此。"

"殊失望乃悔往"，田中頤曰："不勝其辱也。" ○余嘉錫曰："士衡兄弟，吳中舊族，習於禮法，故乍聞道真之語，爲之駭然失望。當時因風尚不同，南北相輕，此亦其一事。"

【彙評】

劉辰翁曰："北人凌傲有此，然二陸自佳，不聞説劉道真者。"

袁中道曰："入輕薄，妙。" 評 "東吳有長柄壺盧" 二句。《舌華録》卷九。

秦士鉉曰："此事非'簡傲'，宜屬 '紕漏'。"

余嘉錫曰："寶亦治喪服之學者，而其居喪乃如此，違其實而習其文，此魏晉之經學，所爲有名無實也。"

蔣凡曰："就劉寶而言，是明白告知二陸，要求推揚，免開尊口；就二陸看，則深感中原士人唯我獨尊而目中無人，此所以有受辱悔往之痛。"《研究》頁三八。○曰："劉寶對於剛投降歸順不久的東吳士人，實是心存歧視。劉寶本身雖是治喪禮的專家，但卻任誕而行，不顧禮儀，故意只問酒事，而不及其他，令二陸兄弟難堪。"

6

王平子出爲荆州，《晉陽秋》曰："惠帝時，太尉王夷甫言於選者，以弟澄爲荆州刺史，從弟敦爲青州刺史。澄、敦俱詣太尉辭。太尉謂曰：'今王室將卑，故使弟等居齊、楚之地，外可以建霸業，内足以匡帝室，所望於二弟也！'"王太尉及時賢送者傾路。時庭中有大樹，上有鵲巢。平子脱衣巾，徑上樹取鵲子。涼衣拘閡樹枝，便復脱去。得鵲子還，下弄，神色自若，傍若無人。鄧粲《晉紀》曰："澄放蕩不拘，時謂之達。"

○"王平子"至"樹取鵲子"

"出爲荆州"，程炎震曰："《通鑒》八十六以澄刺荆，繫之永嘉元年。蓋光熙元年劉弘卒，即議代者，明年澄乃之鎮耳。"

"王太尉"，程炎震曰："光熙元年王衍爲司空，明年十一月爲司徒。"

"送者傾路"，平賀房父曰："謂聚於一路也。"○田中頤曰："與下'若無人'反映。"

○"涼衣拘閡"至"傍若無人"

"涼衣拘閡樹枝"，恩田仲任曰："《方言》曰：'衳繿謂之禪。'注曰：'今又呼爲涼衣。'《正字通》口：'今俗以短衣有袖襯長衣者爲衳。'"○田中頤曰："涼衣，近膚之服，蓋褻衣類。"○崔朝慶曰："涼衣，著體之小衫也。脱去涼衣，則袒臂露胸矣。"○王利器曰："案《方言》卷四：'衳繿謂之禪。'晉郭璞注：'今又呼爲涼衣也。'據此，則平子之脱去涼衣，正如劉伶的脱衣裸形一般，都是説連禪都脱了，一絲不掛的意思。"○楊勇曰："拘閡，與'挂閡'通。亦作'絓閡'。《晉書·摯虞傳》：'皆絓閡而不得通。'"

"傍若無人"，田中頤曰："脱去涼衣，尚不知慚而如是也，此簡傲而類任誕者。"

○注"晉陽秋曰"

"惠帝時"，程炎震曰："《晉書》四十三《澄傳》作'惠帝末'，是也。"

“言於選者”，秦士鉉曰：“選者，選人之官。”

“敦爲青州刺史”，程炎震曰：“《通鑑考異》引《晉春秋》‘青州’作‘揚州’，温公駁之，蓋所見本偶誤耳。”○龔斌曰：“王敦以永嘉元年爲青州刺史，繼爲中書監，後作揚州刺史。”

“齊楚之地”，秦士鉉曰：“青州，齊也；荆州，楚也。”

【彙評】

劉辰翁曰：“此鵲子何足以辱？”

王世懋曰：“此何可取？”

王思任曰：“不滿送者之意。”

尤侗曰：“王衍以弟澄爲荆州，敦爲青州，而自居中，以爲三窟。但不知排牆之下，有窟否乎？敦既殺澄，身亦隨斃，三窟無一窟矣。”《看鑑補評》卷五。

伯克利手批曰：“輕佻率易，已寓作死之道。”

李慈銘曰：“王澄一生，絕無可取，狂且恃貴，輕傲喪身。既無當世之才，亦絕片言之善，虛叨疆寄，致亂逃歸，徒以王衍、王戎紛紜標榜，一自私其同氣，一自附於宗英。大言不慚，厚相封殖。觀於此舉，脱衣上樹，裸體探鷇，百是無賴妄人風狂乞相，以爲‘簡傲’，何啻癲言！晉代風流，概可知矣。舍方伯之威儀，作驅鳥之兒戲，而委以重鎮扼上流。夷甫之流，謀國如是，晉之不競，亦可識矣。”《簡端記》。

陳澧曰：“嵇、阮始爲狂放，然二人又不同。嵇似憤時，嫉時俗而爲之，阮則爲此以避禍耳。謝幼輿、胡毋彦國之徒，則有意爲此，駭俗而得名者，異後世之假道學，如上樹探鵲之類，又更可歡也。僞爲狂放而粗鄙矣。”《東塾雜俎》卷三。

7

高坐道人於丞相坐，恒偃臥其側。見卞令，肅然改容，云：“彼是禮法人[1]。”《高坐傳》曰：“王公曾詣和上，和上解

---

〔1〕 “禮法人”，蔣凡曰：“宋本‘人’上二字模糊不清，據袁本當作‘禮法’。”

帶偃伏，悟言神解。見尚書令卞望之，便斂衿飾容。時歎皆得其所。”

○“高坐道人”至“禮法人”

“卞令”，徐震堮曰：“卞壺。”

“肅然改容”，田中頤曰：“偃臥是放誕之至，然而見卞則反肅然改容，謹慎亦至也。”

【彙評】

郭良翰曰：“壺不賢於頤，而能以禮法使人見重。”《問奇類林》卷八。按“頤”指程頤。

秦士鉉曰：“是亦似不可屬‘簡傲’。”

陶珽曰：“直是依人而施，尚得謂爲出世高僧耶？”

8

桓宣武作徐州，時謝奕爲晉陵。《中興書》曰：“奕自吏部郎出爲晉陵太守。”先粗經虛懷，而乃無異常。及桓還荆州〔1〕，將西之間，意氣甚篤，奕弗之疑。唯謝虎子婦王悟其旨，虎子，謝據小字，奕弟也。其妻王氏，已見。每曰：“桓荆州用意殊異，必與晉陵俱西矣！”俄而引奕爲司馬。奕既上，猶推布衣交。在溫坐，岸幘嘯詠，無異常日。宣武每曰：“我方外司馬。”遂因酒，轉無朝夕禮〔2〕。桓舍入内，奕輒復隨去。後至奕醉，溫往主許避之。主曰：“君無狂司馬，我

─────────

〔1〕 “還荆州”，董刻本、元刻本“還”作“遷”。程炎震曰：“此‘還’字當作‘遷’。”
〔2〕 “朝夕禮”，程炎震曰：“《晉書》七十九《奕傳》，‘朝夕’作‘朝廷’。”徐震堮《札記》曰：“《晉書·謝奕傳》作‘無朝廷禮’。”余嘉錫曰：“‘遂因酒，轉無朝夕禮’，《書鈔》六十八引作‘遂因酒縱誕’。”龔斌曰：“謝奕與溫布衣之交，豈會對之行朝廷禮儀？故作‘朝夕’爲是。”

何由得相見[1]?"

○ "桓宣武"至"方外司馬"

"粗經虛懷",張萬起曰:"經,經營,此指表述、述說。虛懷,即心懷。"

"桓還荊州",程炎震曰:"建元元年,溫爲徐州。永和元年,遷荊州。"

"奕既上",趙西陸曰:"上,謂西去江陵。江陵,荊州治所,溯江而行,故曰上。"

"岸幘嘯詠",胡三省曰:"岸幘者,幘微脫額也。"《通鑒·晉紀十四》注。○楊勇曰:"幘本覆額,露額曰岸。"

"方外司馬",張萬起曰:"言雖然做了官,卻不拘於禮法。多形容那些言行放蕩不羈的人。"《詞典》頁九。

○ "遂因酒"至"得相見"

"轉無朝夕禮",周一良曰:"'朝夕'疑即日常之意。"《批校》。○楊勇曰:"越來越無朝夕禮。"○張萬起曰:"沒有早晚的禮儀,指一般的常禮。"○龔斌曰:"《後漢書》三二《樊宏傳》:'子孫朝夕禮敬,常若公家。'朝夕禮,即'朝夕禮敬'也。"

"後至奕醉",朱鑄禹曰:"《晉書》卷七十九《謝奕傳》作:'嘗過溫飲,溫走入南康主門避之。'於情理爲合。若奕已醉,又何避之有?"

"往主許",劉應登曰:"溫妻,公主。"○徐震堮曰:"《晉書·桓溫傳》:'選尚南康長公主。'主,元帝之女。"○周一良曰:"'主'謂桓溫所'尚'南康長公主。是直至東晉之世,公主猶不嫁於婿家,自有居第,而'尚主'者來第成婚,公主之子女亦與母同住也。"《史札》頁一三六。

【彙評】

劉辰翁曰:"謝奕如不受駕馭,復似勝嘉。"

---

[1] "相見",何焯曰:"一本下有七字注:'主乃溫妻公主也。'"

9

謝萬在兄前，欲起索便器。于時阮思曠在坐曰："新出門户，篤而無禮。"

○ "謝萬在"至"篤而無禮"

"欲起"，楊勇曰："起，旋也。《左傳》定公三年：'夷射姑旋焉。'杜注：'旋，小便也。'"

"阮思曠"，徐震堮曰："阮裕。"

"新出門户"，周一良曰："《宋書》六○《荀伯子傳》：'嘗自矜蔭藉之美，謂王弘曰：天下膏粱唯使君與下官耳，宣明之徒不足數也。'《宋書》六三《王曇首傳》亦記曇首輕謝晦之語。是王謝雖並稱，王之自視又高於謝，時人亦不以謝爲第一流門閥也。"《世説札記》。又曰："王氏居膏粱，而謝晦不與也。"《批校》。○楊勇曰："謝氏在晉前，門户不盛，至衡爲晉國子祭酒，經鯤、尚而後興。至萬時，阮裕謂爲新出之門户，亦見時人對新户之未見重也。《賢媛篇》：'王右軍郗夫人謂二弟司空、中郎曰：王家見二謝，傾筐倒屣，見爾輩來，平平耳。汝可無煩復往。'然則此時之謝已盛於王矣。當在肥水之戰後，而王之自視亦稍損之。"○田餘慶曰："陳留阮氏，漢魏舊族，世所知名。阮謝通家，累世交好，但阮裕卻以地望自炫於謝萬，斥謝氏門户後起無禮。可知直到東晉中期，謝氏在舊族眼中還沒有特別地位，不受尊敬。"《政治》頁一六四。○蔣凡曰："萬在謝家尚未發達之時，簡傲舊日門閥，故爲阮裕所斥。"

"篤而無禮"，張永言曰："真率而不懂禮節。"《辭典》頁九三。○張萬起曰："篤，甚。"《詞典》頁四九四。

10

謝中郎是王藍田女壻，《謝氏譜》曰[1]："萬取太原王述女，名

---

〔1〕"謝氏譜"，董刻本"譜"作"言昔"。王利器曰："各本'言昔'作'譜'，是。"

荃。"嘗箸白綸巾[1]，肩輿徑至揚州聽事見王，直言曰：
"人言君侯癡，君侯信自癡。"藍田曰："非無此論，但晚
令耳[2]。"《述別傳》曰："述少真獨退靜，人未嘗知，故有晚令之言。"

○"謝中郎"至"晚令耳"

"箸白綸巾"，恩田仲任曰："陸德明曰：'綸，繩也。'蓋合絲爲綸其狀如繩
以織巾也。"○張萬起曰："六朝時穿戴都説'著'。"

"肩輿"，胡三省曰："肩輿，平肩輿也，人以肩舉之而行。"《通鑒·晉紀八》
注。又曰："平肩輿，使人就捆肩之，故曰平肩。"《梁紀二》注。○趙翼曰："南
朝亦間有乘肩輿者。《晉書》：'陶淵明令一門生兩兒舁輿。'《宋書》：'武帝與范
泰登彭城，泰有足疾，特命乘輿。'是皆六朝已乘肩輿之證。蓋轎本南俗，浸尋
而及於王公士大夫，或私用之，尚未著爲定令耳。"《陔餘叢考》卷二十七。○程炎
震曰："《文選》十六《閒居賦》注引周遷《輿服雜事記》曰：'步輿方四尺，
素木爲之，以皮爲襻捆之。自天子至於庶人，通得乘之。'"○楊勇曰："亦作平
肩輿，猶今之小轎也。《晉書·謝萬傳》：'乘平肩輿徑至聽事。'"

"至揚州聽事見王"，程炎震曰："萬以升平三年敗廢，五年起爲散騎常侍。
述時皆爲揚州。"○徐震堮曰："《晉書·王述傳》：'代殷浩爲揚州刺史。'"

"人言君侯癡"，趙翼曰："蓋自漢以來，君侯爲貴重之稱，故口語相沿，凡
稱達官貴人皆爲'君侯'耳。"《陔餘叢考》卷三十六。○王叔岷曰："《御覽》二
四九引《語林》云：'王藍田少有癡稱，王丞相以地辟之。既見，無他問，問：
來時米幾價？藍田不答，直張目視王公。王公云：王掾不癡，何以云癡？'又見
四百九十。亦見《書鈔》六八，文較略，'以地辟之'作'以記室辟之'。"

"信自"，張萬起曰："確實，的確。"《詞典》頁一一八。

"晚令"，張萬起曰："遲得美名。指成名晚。王述年輕時，不求聞達，少爲
人知，後得王導賞識提拔，三十歲以後，才漸知名。"

---

〔1〕 "白綸巾"，董刻本"白"作"曰"。王利器曰："各本'曰'作'白'，是。"
〔2〕 "晚令"，徐震堮《札記》曰："《晉書·謝萬傳》'令'作'合'。"周一良《史札》曰："作'晚
　　合'者誤。"頁八八。

11

王子猷作桓車騎騎兵參軍，桓問曰："卿何署？"答曰："不知何署，時見牽馬來，似是馬曹。"《中興書》曰："桓沖引徽之爲參軍，蓬首散帶，不綜知其府事。"桓又問："官有幾馬？"答曰："不問馬，何由知其數？"《論語》曰："廄焚，孔子退朝曰：'傷人乎？'不問馬。"注："貴人賤畜，故不問也。"又問："馬比死多少？"答曰："未知生，焉知死？"《論語》曰："子路問死。孔子曰：'未知生，焉知死？'"馬融注曰："死事難明，語之無益，故不答。"

○"王子猷"至"焉知死"

"卿何署"，岡白駒曰："問其所屬官也。"○田中頤曰："署，廨署。"

"似是馬曹"，岡白駒曰："曹，署局也，如漢時分尚書爲四曹，爲常侍曹，爲民曹是也。"○大典顯常曰："'似是'二字妙，終不認得騎兵之稱也。"《集成》。○淇園曰："王蓋不悅爲桓參軍，不得已而爲之，是以不綜知其職事耳。"○田中頤曰："此王初不欲爲參軍，但不得已而就之，故不綜知其職事，今值桓詰問，不敢欺也。"○張萬起曰："只有騎曹，沒有馬曹。馬曹是王徽之的戲言。"

"官有幾馬"，張撝之曰："官，公家。"《選注》。

"比死多少"，張萬起曰："比，近來。"

"未知生焉知死"，田中頤曰："此簡傲之太簡者，非耶？"○曹道衡曰："借孔子語而示放達傲誕，《晉書》改作'不知馬'，幾同點金成鐵。"《叢考》頁二一八。

○注"中興書曰"

"蓬首散帶"，桃井白鹿曰："《韻會》：不自檢束爲散。"

◎龔斌曰："《事文類聚》前集二八引《世說》：'王徽之有雋才，少爲桓沖參軍。從沖值雨，便下馬入沖車中，謂沖曰：豈有獨擅一車，不容國士乎？'當亦爲宋人刪削。"

【彙評】

劉辰翁曰："亦似小説書袋子。"恩田仲任按曰："南唐彭利用事已見前。"

王世懋曰："子猷穢行，然風流多爲後世口實，語亦自佳。"

方苞曰："不知歸署，復不知其數，不知其死，焉用是馬曹爲哉？"

蒙思明曰："實務的鄙視，雖是任何一個時代中安富尊榮的人們的常態，而在魏晉南北朝則特別顯著。他製造一種空氣，使人感覺不涉事務爲高遠，而躬親事務爲庸俗，因而形成一個禁人作事、迫人偷閑的世風。這類事例中最不近情理者，莫過於王徽之的故事。倘使從政的人都和王徽之一樣，則世間事還有可爲嗎？"《社會》頁一四四。

12

謝公嘗與謝萬共出西，過吳郡。阿萬欲相與共萃王恬許，恬已見。時爲吳郡太守。太傅云："恐伊不必酬汝，意不足爾！"萬猶苦要，太傅堅不回，萬乃獨往。坐少時，王便入門內[1]，謝殊有欣色，以爲厚待己。良久，乃沐頭散髮而出，亦不坐，仍據胡牀，在中庭曬頭，神氣傲邁[2]，了無相酬對意。謝於是乃還。未至船，逆呼太傅[3]。安曰："阿螭不作爾[4]！"王恬小字螭虎。

○ "謝公嘗"至"意不足爾"

"共出西"，徐震堮曰："二謝居會稽，故以入吳爲出西。"

---

〔1〕 "門內"，董刻本"門"作"間"，元刻本作"閤"。桃井白鹿《補遺》曰："'門'疑當作'閤'。"王利器曰："蔣校本'間'作'閤'，餘本作'門'，宋本誤。《晉書·王恬傳》、《藝文類聚》卷七〇引《郭子》都無此字。"周一良《批校》曰："宋本'門'作'間'，疑是'閤'誤。"朱鑄禹曰："袁本'間'作'門'，是。"

〔2〕 "傲邁"，董刻本、沈校本"傲"作"憿"。朱鑄禹曰："憿，'傲'或字。"

〔3〕 "太傅"，董刻本、元刻本、沈校本"傅"下有"安"字。朱鑄禹曰："袁本不重'安'字。"

〔4〕 "不作爾"，元刻本"不"作"故"。淇園曰："'不'當從舊本作'故'。"

“相與共萃”，田中頤曰：“萃，猶云集。”

“恐伊不必酬”，岡白駒曰：“伊，指王恬。”○徐震堮曰：“不必，未必。”《簡釋》。

“意不足爾”，大典顯常曰：“言汝必憾之也。”○田中頤曰：“言王本簡傲，故今恐彼不必酬對，而汝爲之意懷不滿足也。”○朱鑄禹曰：“不足爾，猶今言‘不值得如此’。”○龔斌曰：“意不足爾，猶言吾意不必往也。”

○“萬猶苦要”至“相酬對意”

“萬猶苦要”，田中頤曰：“剛氣自負。”○張萬起曰：“苦，竭力，極力。要，通‘邀’。”

“太傅堅不回”，田中頤曰：“必知其不酬也。”○張萬起曰：“回，改變。”

“王便入門内”，田中頤曰：“王令人延入謝於門内也，爲下云‘曬頭’作地。”

“亦不坐”，田中頤曰：“不與萬同坐也。”

“了無相酬對意”，田中頤曰：“簡傲超絶。”

○“謝於是”至“不作爾”

“逆呼太傅”，田中頤曰：“既辱於王，又慚於太傅，故未待至船而逆呼也。”

“不作爾”，參見校文。劉辰翁曰：“‘故作爾’三字極得情態。何必爾。”凌濛初按曰：“舊本‘阿螭故作爾’，故劉云然。”○李贄曰：“‘不作爾’，肯准爾也。‘故作爾’，故如此也。”《初潭集》卷十八。○王世懋曰：“此語猶今諺云：他不作準你。”○姚旅曰：“今秣陵猶謂不貴重曰‘不作’。”《露書》卷二。○桃井白鹿曰：“意似言阿螭待汝，得無如吾言乎？”○大典顯常曰：“言阿螭果不爲酬待也。與上‘不足爾’同語法。”○田中頤曰：“‘作’下即略折‘酬對’二字。此太傅見萬有遽色，而復語吾前意也。”○李慈銘曰：“‘作’當作‘足’，此仍述安石語，‘不足爾’，言不足往也。”《簡端記》。楊勇按曰：“此‘作’字不必改，‘阿螭不作爾’，即言‘阿螭不酬對也’。”○張萬起曰：“不作，不做作。”○龔斌曰：“作‘故作爾’較勝，意謂‘故如此’，即本來如此。”

【彙評】

伯克利手批曰：“放曠人以能傲爲高，故争相用傲。”

余嘉錫曰："江左王謝齊名,實在安立功名以後。此時謝氏兄弟甫有盛名,而其先本非世族,故阮裕譏爲新興門户。王恬貴游子弟,宜其不禮謝萬也。"

13

王子猷作桓車騎參軍[1]。桓謂王曰[2]:"卿在府久[3],比當相料理[4]。"初不答[5],直高視,以手版拄頰云:"西山朝來,致有爽氣。"

○"王子猷"至"有爽氣"

"王子猷作桓車騎參軍",曹道衡曰:"《世說》記桓沖恒書'車騎'或'桓車騎'。沖以興寧三年爲江州刺史,在任凡十三年。王徽之爲桓沖參軍,當在江州。"《叢考》頁二一八。

"比當相料理",田中頤曰:"此稍欲責其職事也。"○秦士鉉曰:"料理,治事也。"○楊勇曰:"《一切經音義》:'《通俗文》曰:理亂,謂之撩。《説文》:撩,理也。謂撩將整理也。'今多作料理之'料'。"○張萬起曰:"比當,近期將。料理,照顧、安排。"按"料理"義參見《德行篇》"吴道助附子兄弟"條。

"手版拄頰",胡三省曰:"手版,即古笏也。參佐施敬府公,故持手版。"《通鑒·晉紀七》。

"西山朝來"二句,劉淇曰:"致,與'至'通,極也。"《辨略》卷四。○恩田仲任曰:"爽氣清快也。"○田中頤曰:"言吾意常在西山,只看朝來致有爽快之氣耳。"○徐震堮曰:"'致'同'至'。"《釋義》。○吴金華曰:"朝來,早晨。"

---

[1] "王子猷作桓車騎參軍",《考異》作"王子猷已大司馬見温參軍",汪藻校"温"作"桓車騎"。余嘉錫曰:"《渚宫舊事》五作'王子猷爲桓温參軍',誤也。"

[2] "桓謂王",《考異》"桓"作"恒",無"王"字。

[3] "卿在府久",《考異》"久"上有"日"字。楊勇曰:"'久'上《晉書·王徽之傳》、《書鈔》六九、一二八引《世說》有'日'字。"王叔岷曰:"《御覽》二四九引此作'卿在府久',《渚宫舊事》五同。與宋本合。"

[4] "比當",汪藻校"比"字衍。

[5] "初不答",《考異》"初"上有"徽之"二字,"不"下有"酬"字,"答"作"荅"。秦士鉉曰:"'初'上脱'王'字。"

《考釋》頁一九七。○楊勇曰：“西山，殆用伯夷事。《史記·伯夷列傳》：‘伯夷、叔齊，隱於首陽山，作歌曰：登彼西山兮，采其薇矣。’此以伯夷自況也。”○曹道衡曰：“西山在豫章西，即王勃《滕王閣詩》‘珠簾暮卷西山雨’之西山。”《叢考》頁二一八。

【彙評】

劉辰翁曰：“是知此人。”

馮夢龍曰：“大有超然塵外意，然冷面相向，亦大難爲人矣。”《古今譚概》卷十二《矜嫚部》。

蔣凡曰：“刻畫貴遊子弟傲慢神氣，活龍活現。答非所問，自說自話，正見其不嬰世務的邁往不羈之態。”

14

謝萬北征，常以嘯詠自高，未嘗撫慰衆士。謝公甚器愛萬，而審其必敗，乃俱行，從容謂萬曰：“汝爲元帥，宜數喚諸將宴會，以說衆心。”萬從之。因召集諸將，都無所說，直以如意指四坐云：“諸君皆是勁卒。”諸將甚忿恨之。謝公欲深箸恩信，自隊主將帥以下，無不身造，厚相遜謝。及萬事敗，軍中因欲除之。復云：“當爲隱士[1]。”故幸而得免。萬敗事已見上。

○“謝萬北征”至“萬從之”

“謝萬北征”，大典顯常曰：“《通鑒》：東晉穆帝升平二年，以謝萬監司、豫等州軍事，北伐燕慕容儁。”《撮補》。

“未嘗撫慰衆士”，田中頤曰：“與‘必敗’應。”○余嘉錫曰：“《晉書·王

〔1〕“當爲隱士故”，凌瀛初刻本、《世說補》等“故”下斷句，余嘉錫、徐震堮等注本“故”字屬下讀。

義之傳》：‘萬爲豫州都督，義之遺萬書誡之曰：“以君邁往不屑之韻，而俯同群辟，誠難爲意也。然所謂通識，正自當隨事行藏，乃爲遠耳。願君每與士之下者同，則盡善矣。食不二味，居不重席，此復何有？而古人以爲美談。濟否所由，實在積小以致高大，君其存之！”萬不能用。’觀此章所敍，萬之輕傲諸將，正所謂‘邁往不屑’之氣也。右軍之言，深中其病。以此等狂妄之徒，而付之征伐之任，其敗固宜。”

“以説衆心”，田中頤曰：“説，即謂‘撫慰’也。”○張萬起曰：“《爾雅·釋詁上》：‘悦，服也。’郭璞注：‘喜而服從。’”

○“因召集”至“厚相遜謝”

“直以如意指四坐”三句，胡三省曰：“如意，鐵如意也。凡奮身行伍者，以‘兵’與‘卒’爲諱。既爲將矣，而稱之爲卒，所以益恨也。”《通鑒·晉紀二十二》注。劉盼遂按曰：“‘兵’諧聲‘病’。‘卒’用爲‘瘁’。”○田中頤曰：“此呼將以卒，故適欲以‘勁’字慰之，亦反益取忿恨也。”○李慈銘曰：《晉書》本傳作：‘諸將皆勁卒。’此改、省各一字，便失語氣。”

“隊主”，胡三省曰：“江南軍制，呼長帥爲隊主、軍主。隊主者，主一隊之稱。軍主者，主一軍之稱。”《通鑒·宋紀五》注。

“無不身造”二句，胡三省曰：“《晉史》言安性遲緩，而爲其弟慮乃周密如此，宜其能爲晉室内消桓温之變，外破苻秦之師也。”《通鑒·晉紀二十二》注。○許世瑛曰：“‘無不身造’者即‘無一不親身拜訪’之意。”《釋“身”字》。

○“及萬事敗”至“幸而得免”

“事敗”，大典顯常曰：“《通鑒》：萬以燕兵大盛，即引兵退，衆驚潰。狼狽單歸，廢爲庶人。”《撮補》。

“軍中因欲除之”，岡白駒曰：“欲歸罪於萬也。”○田中頤曰：“與‘忿恨’應。”

“當爲隱士”，劉應登曰：“隱士指安，時未出仕。”○桃井白鹿曰：“復云，軍士復云也。隱士，即隱者。劉芸廬云云，是也。《綱目》云：‘及萬被廢，安始有出山雪恥之志。’可見此時安未出仕也。‘爲隱士故’，與‘爲李將軍地’文意略似。要言以謝安之故忍之也。《綱目》云：‘萬狼狽單歸，軍士欲圖之，以安故止。’是也。”○趙西陸曰：“劉注是。《通鑒》卷一〇〇：‘萬狼狽單歸，軍士欲因其敗而圖之，以安故而止。'"○徐震堮曰："謝安時未仕，故稱隱士，意謂當爲謝安故貸其一死耳。"

"幸而得免"，岡白駒曰："萬廢免爲庶人。"

【彙評】

劉辰翁曰："甚得駭態。"

李贄曰："可以見謝公矣。"《初潭集》卷十。

田中頤曰："簡傲危身。"

蔣凡曰："謝萬之傲慢，自恃門第高華，視人如糞土，見其狂悖之性，而毫無遮飾。以之治國安邦，帥師作戰，則猶如兒戲一般，豈能不敗?"

15

王子敬兄弟見郗公，躡履問訊，甚修外生禮。及嘉賓死，皆箸高屐，儀容輕慢。命坐，皆云："有事，不暇坐。"既去，郗公慨然曰："使嘉賓不死，鼠輩敢爾[1]!"愔子超，有盛名，且獲寵於桓溫，故爲超敬愔。

○"王子敬"至"修外生禮"

"躡履問訊"，劉盼遂曰："古者入室，脫履而行席上，晉時尚然。此條及《排調篇》'謝遏躡履問訊'，皆言入室問訊，無暇脫履，正以形容其尊敬之甚也。《莊子·天運篇》'士成綺鴈行避影，履行遂進而問'，正同此意。"○徐復曰："'問訊'作問候解。《爾雅·釋言》：'訊，言也。'郭璞注：'相問訊。'"《辠正》。○楊勇曰："《定聲》：'古曰屨，漢以後曰履，今曰鞋。'按鞋，猶今之革履也。"

───────────────

[1] "鼠輩"，劉應登曰："'鼠'作'兒'。"劉辰翁曰："只'兒輩'是，別本作'鼠輩'，非。"蔣凡曰："'鼠輩'袁本改作'兒輩'，誤。應以宋本爲是，非如此無以見老人激動憤慨之色。"按袁刻本亦作"鼠"。

“修外生禮”，崔朝慶曰：“晉人稱甥曰外生。王羲之爲郗鑒之壻，郗愔與獻之兄弟爲舅甥。”○徐震堮曰：“羲之娶郗鑒女，故子敬兄弟於愔爲甥。”

○ “及嘉賓死”至“鼠輩敢爾”

“皆箸高屐”，盧文弨曰：“屐可以遊山，亦可以燕居著之，謝安之屐齒折是也。紈綺少年喜著高齒屐，見《顏氏家訓》中。大抵通俗之服，非正服也。宋阮長之爲中書郎，直省，應往鄰省，誤著屐出閤，依事自列門下。事見《南史》。蓋宮省清嚴之地，宜著履舄，在直所容可不拘，而出閤則必不可褻，此其所以自劾也。”《龍城札記》卷三。周一良按曰：“《世説新語·簡傲篇》王子敬兄弟‘皆著高屐’，《南齊書》二七《李安民傳》安民‘著屐上聽事’，又三四《虞玩之傳》‘玩之猶躡屐造席’，‘履’與‘屐’之區別，皆足以證成盧説。”《史札》頁二一一。

“鼠輩敢爾”，崔朝慶曰：“言其子郗超若在，王氏兄弟畏其權勢，不敢如此無禮也。”

【彙評】

劉辰翁曰：“備極世情。”

方弘靜曰：“郗司空愔爲外生子敬兄弟所慢，嘆曰：‘使嘉賓不死，鼠輩敢爾！’夫嘉賓黨於權臣，故王氏畏之，狐媚以假威者耳。司空既以其死爲晚矣，寧見慢於時，無寧附勢以取重，乃心王室，固宜爾也，鼠子奚足計耶？”《千一録》卷十四。

王世懋曰：“慢意可掬。”

凌濛初曰：“應未見通桓密謀耳。”

閔景賢曰：“世薄風漓，往往名流爲表率矣。”華慶遠《論世八編》卷九引。

姚鼐曰：“《郗超傳》言王獻之兄弟於超死後，簡敬於郗愔。此本《世説》，吾謂其誣也。子敬佳士，豈慢舅若此？且超權重，爲人所畏，乃簡文時。及孝武時，桓溫喪，超失勢矣，其存没豈尚足重輕於其父哉？”《惜抱軒》卷五。

蔣凡曰：“王家兄弟簡慢舅父，並非爲政治立場，而是琅邪王家貴遊子弟那根深蒂固的門閥觀念所致。超死之後，郗家頓失支撐，形勢發生變化。琅邪王家自視爲天下第一貴族，連陳郡謝家也不在話下，更何況是高平郗家呢？”

16

王子猷嘗行過吳中，見一士大夫家極有好竹。主已知子猷當往，乃灑埽施設〔1〕，在聽事坐相待。王肩輿徑造竹下，諷嘯良久。主已失望，猶冀還當通。遂直欲出門。主人大不堪，便令左右閉門不聽出。王更以此賞主人，乃留坐，盡歡而去。

〇"王子猷"至"盡歡而去"

"灑埽施設"，恩田仲任曰："施設，飲食甚設。"〇徐震堮曰："施設，謂具飲饌。"〇周一良曰："營辦飲食亦謂之施設。'灑掃施設'，此指設酒食，非謂施設用具或其他。"《史札》頁一三。

"在聽事坐相待"，岡白駒曰："古者受事治事處謂之聽事，後語省直曰'聽'，漢晉皆然。六朝以來，乃始加'广'作'廳'。"

"徑造竹下諷嘯良久"，田中頤曰："王之與竹，簡傲之韻，本是伯仲耳。"

"冀還當通"，岡白駒曰："通，通名刺也。"〇田中頤曰："冀還自竹下時當通謁。"

"以此賞主人"，田中頤曰："王本心唯在賞好竹，今不得已而作辭賞之也。"

【彙評】

方弘靜曰："王子猷看竹不問主人，豈足爲風流雅事！《詩》不云乎：'折柳爲圃，狂夫瞿瞿。'謝康樂伐木開徑，遂使人疑作山賊矣，此亦去賊何遠？袁粲爲尹而徒步造部民竹所，又以車騎羽儀驚其主人，以此爲高，君子恥之。陸士衡齋東竹篠之飲，良可思哉，惜其辨之不早也。"《千一錄》卷二十六。

王乾開曰："管馬不知馬槽，看竹寧問主人。風流亦多，倡狂太甚。"

郭良翰曰："白眼如此，亦太傲世無禮矣。此爲狂徒俑端！"《續問奇類林》卷十九。

---

〔1〕 "灑埽"，董刻本"埽"作"掃"。王利器曰："各本'掃'作'掃'，是。"龔斌曰："'掃'同'埽'。"

陳寅恪曰："天師道對於竹之爲物，極稱賞其功用。琅邪王氏世奉天師道，故世傳王子猷之好竹如是之甚，疑不僅高人逸致，或亦與宗教信仰有關。"《天師道與濱海地域之關係》，《叢稿初編》頁九至一〇。

錢穆曰："此亦可見晉人風度。灑掃請坐，則走而不顧。閉門强制，乃以此見賞。要之一任内心，不爲外物屈抑，凡清談家行徑，均可以此意求之。若夫聖賢之禮法，家國之業務，固非晉人之所重也。"《概論》頁一五八。

蔣凡曰："見竹而不見人，賤視主人而毫不顧惜，正見其只知自我的張狂。"

17

王子敬自會稽經吳，聞顧辟疆《顧氏譜》曰："辟疆，吳郡人。歷郡功曹、平北參軍。"有名園。先不識主人，徑往其家，值顧方集賓友酣燕[1]，而王遊歷既畢，指麾好惡，傍若無人。顧勃然不堪曰："傲主人，非禮也；以貴驕人，非道也。失此二者，不足齒人，傖耳[2]！"便驅其左右出門。王獨在輿上[3]，回轉顧望[4]，左右移時不至[5]，然後令送箸門外，怡然不屑。

〇"王子敬"至"左右出門"

"顧辟疆有名園"，余嘉錫曰："《吳郡志》十四云：'顧辟疆園，自西晉以來傳之，池館林泉之盛，號吳中第一。晉、唐人題詠甚多，今莫知遺跡所在。考龜蒙之詩，則在唐爲任晦園亭。今任園亦不可考矣。'案顧辟疆，東晉人，《志》

---

〔1〕"酣燕"，楊勇曰："'燕'下，《類聚》六五、《御覽》八二四引《世說》並有'園中'字。"
〔2〕"不足齒人傖耳"，李慈銘曰："《晉書》作'不足齒之傖耳，便驅出門'。此處'人'字疑是'之'字形誤。"徐震堮《札記》曰："《晉書‧王獻之傳》'人'作'之'，'傖耳'連上作一句讀。"余嘉錫曰："'人'沈本作'之'。"楊勇曰："沈校、《類聚》六五引《世說》作'之'，《晉傳》同，是。"
〔3〕"在輿上"，王叔岷曰："《藝文類聚》（六五）引'在'作'坐'。"
〔4〕"回轉"，董刻本"回"作"迴"。楊勇曰："迴，《類聚》六五引《世說》作'展'。"
〔5〕"左右"，王叔岷曰："《藝文類聚》（六五）引'左右'作'而僕從'。"

云‘西晉以來傳之’，誤也。”

“指麾好惡”，崔朝慶曰：“言指麾各處而評論其好惡也。”○徐震堮曰：“謂指點評論。”

“驅其左右出門”，李慈銘曰：“《晉書》言‘便驅出門’，蓋采《世説》之文而誤。子敬固爲無禮，亦安得遽摽之門外？依臨川所説，乃是驅其左右，斯爲近理云。”《簡端記》。

○“王獨在輿上”至“怡然不屑”

“王獨在輿上”，李慈銘曰：“云‘王獨在輿上’者，六朝貴游登臨游歷，多以肩輿，如陶淵明門生舁竹輿，上條王子敬看竹亦云‘肩輿徑造竹下’也。”《簡端記》。○余嘉錫曰：“《顏氏家訓·涉務篇》曰：‘梁世士大夫皆尚褒衣博帶，大冠高履。出則車輿，入則扶持。郊郭之内，無乘馬者。’今以晉人之事觀之，則出必車輿，自是江南習俗。”

“怡然不屑”，崔朝慶曰：“凡遇事物，輕視不加意，曰不屑。”

【彙評】

劉辰翁曰：“兄弟所遭不同，達故自堪。”

伯克利手批曰：“在當時以爲高，其實只是客作做意，粧起花頭耳。”

蔣凡曰：“所謂‘怡然不屑’，只不過是貴遊子弟死要面子的自我解嘲而已。”

排調第二十五

【題解】

何良俊曰：“《詩》美衛武公善謔，即孔子於子游亦有牛刀之戲。蓋弛張委蛇，先哲之盛事也。下至衰世之君，所爲失德，累數諫而不從者，優伶之徒往往以一言悟主，易於轉圜，若優孟、優旃、黃幡綽、敬新磨之類是也。太史公稱談言微中，亦可以解紛。則排調亦何可少哉！然稍過甚，則亦多爲厲階。故世稱君子雅謔，以不虐爲善。此編所載，庶幾近之。”《何氏語林》卷二十七。○大典顯常曰：“‘排’通‘俳’，戲謔也。調，嘲笑也。”《集成》。○田中頤曰：“排，斥也。調，嘲也。此謂戲排調人之非，若其事之愚也。”○程炎震曰：“‘排’當作‘俳’。《金樓子·捷對篇》曰：‘諸如此類，合曰俳調。過乃疏鄙，不足多稱。’《魏志》二十九《華佗傳》注引曹植《辯道論》曰：‘自家王與太子及余兄弟，並以爲調笑。’《文心雕龍·諧隱篇》云：‘魏文因俳俼以著笑書，薛綜憑宴會而發嘲調。’亦一證也。”○楊勇曰：“排調，即調弄、嘲戲也。”○張萬起曰：“魏晉人重才性，不僅表現在莊重的談玄論理中，在相互的嘲戲調笑中，也經常顯示出人的才華學識和機敏幽默。看似在嘲戲，實則在鬥智慧、鬥才學、鬥捷悟、鬥思辨、鬥哲理。”

1

諸葛瑾爲豫州，遣別駕到臺，瑾已見。語云：“小兒知談，卿可與語。”連往詣恪，《江表傳》曰：“恪字元遜，瑾長子也。少有才名，發藻岐嶷[1]，辯論應機，莫與爲對。孫權見而奇之，謂瑾曰：‘藍田生玉，真不虛也！’仕吳至太傅。爲孫峻所害。”恪不與相見。後於張輔吳

---

[1]“岐嶷”，董刻本“岐”作“歧”。朱鑄禹曰：“袁本作‘歧’是。”

坐中相遇，環濟《吳紀》曰："張昭字子布,忠正有才義,仕吳,爲輔吳將軍。"別駕喚恪："咄咄郎君。"恪因嘲之曰："豫州亂矣,何咄咄之有？"答曰："君明臣賢,未聞其亂。"恪曰："昔唐堯在上,四凶在下。"答曰："非唯四凶[1]，亦有丹朱。"於是一坐大笑。

○"諸葛瑾"至"不與相見"

"遣別駕到臺"，胡三省曰："江南謂禁中爲臺。"《通鑒·宋紀六》注。○袁枚曰："六朝朝廷以禁省爲臺,故稱宮軍爲臺軍, 禁城爲臺城, 法令爲臺格, 使者爲臺使。"《隨園隨筆》卷六。○秦士鉉曰："別駕,刺史屬官之最貴者, 亞刺史。"○徐震堮曰："魏晉間謂朝廷禁省爲臺, '到臺' 猶言入朝。"○楊勇曰："別駕,漢官, 爲刺史佐吏。刺史行部, 別駕乘傳車行從。"

"語云"，岡白駒曰："瑾語別駕也。"

"小兒知談"二句，岡白駒曰："時瑾之家眷皆在都。"○田中頤曰："謂瑾心欲遣其試清語。"

"恪不與相見"，田中頤曰："爲言'咄咄'作地。"

○"後於張"至"咄咄之有"

"咄咄郎君"，胡三省曰："自漢以來,門生故吏率稱恩門子弟爲郎君。"《通鑒·魏紀八》注。○趙翼曰："吳斗南云:漢制, 二千石以上得任其子爲郎, 故謂人之子弟爲郎。又其時稱相國爲相君, 尚書令、中書令爲令君, 使者曰使君, 太守曰府君, 故謂郎亦曰'郎君'云云。是'郎君'之稱, 其原皆出於漢任子也。漢以後, 則凡身事其父者, 皆呼其子爲'郎君', 而'郎君'遂爲貴介及裙屐少年之美稱。"《陔餘叢考》卷三十七。○翟灝曰："郎君是貴公子之稱,唐亦以稱新進士。"《通俗編》卷十八。○大典顯常曰："《説文》:'咄, 相謂也。'《字彙》:'咄咄, 驚怪聲。'余謂'咄'或爲驚怪聲, 或爲呵聲, 或爲尤聲, 或爲不平聲, 或心目切近處便發斯聲, 如'咄咄郎君''咄咄逼人'是也。"○田中頤曰："蓋嗟恨其連往不見也。"按"咄咄"義參見本篇"桓南郡與殷荆州語次"條、《黜免篇》"殷中

---

[1]"非唯"，楊勇曰："'非',《類聚》二五引《世説》作'豈'。"

軍被廢”條。

“豫州亂矣”二句，岡白駒曰：“其意謂別駕不才，豫州必亂矣。”○淇園曰：“言豫州亂矣乎？不則何咄咄之有。”○田中頤曰：“言豫州別駕心亂矣乎？本無可咄咄之事也。”

○“答曰君明”至“一坐大笑”

“君明臣賢”二句，岡白駒曰：“‘君’謂瑾，‘臣’自謂也。”○田中頤曰：“言所遣之君明，所來之臣賢，故未聞人謂其亂者也。”○秦士鉉曰：“三國及晉以來，官呼長官曰君，呼屬官稱臣。”

“唐堯在上”二句，田中頤曰：“言君雖明，然臣不賢者，世或有之，是其證也。”○秦士鉉曰：“言我父雖明，而屬官不賢。”

“亦有丹朱”，恩田仲任曰：“堯子名朱，封丹淵，故稱丹朱。”○田中頤曰：“言豫州之有恪，猶堯而有丹朱也。”○王叔岷曰：“‘亦’猶‘且’也。《史記·高祖本紀》：‘去輒燒絕棧道，以備諸侯盜兵襲之，亦示項羽無東意。’《通鑒·漢紀一》‘亦’作‘且’，即其證。”

◎程炎震曰：“黃龍元年，瑾爲豫州牧。張昭，嘉禾五年卒。當在此八年中。恪死時年五十一，是時三十上下矣。”

○注“江表傳曰”

“發藻岐嶷”，岡白駒曰：“發藻，發言有文也。岐嶷，幼而有知識也。”

“藍田生玉”，恩田仲任曰：“《京兆記》曰：‘藍田生美玉如藍，故曰藍田。’《水經注》曰：‘麗戎之山，一名藍田，其陰多金，其陽多玉。’《漢書·地理志》曰：‘京兆藍田縣出美玉。’”

“爲孫峻所害”，恩田仲任曰：“《吳志》曰：孫峻字子遠，孫堅弟，靜之曾孫也。少便弓馬，孫權末徙武衛都尉，爲侍中。權臨終受遺詔輔政。峻因民之多怨搆恪，與亮謀，置酒請恪。亮還內，峻起廁，解長衣，著短服出曰：‘有詔收諸葛恪。’恪拔劍未得，而峻刀交下。恪既誅，峻遷丞相、大將軍，封富春侯。”

【彙評】

王世懋曰：“恪發端殊未見致。”

1677

晉文帝與二陳共車，過喚鍾會同載，即駛車委去。比出，已遠。既至，因嘲之曰："與人期行，何以遲遲？望卿遙遙不至。"會答曰："矯然懿實，何必同群！"帝復問會："皋繇何如人？"答曰："上不及堯、舜，下不逮周、孔，亦一時之懿士。"二陳，騫與泰也。會父名繇，故以"遙遙"戲之。騫父矯，宣帝諱懿，泰父群，祖父寔，故以此酬之。

○"晉文帝"至"遙遙不至"

"與人期行"二句，楊勇曰："《詩·邶風·谷風》：'行道遲遲。'毛傳：'遲遲，舒行貌。'"○王叔岷曰："《史記·留侯世家》：'與老人期，後何也？'即此句法所本。"

"望卿遙遙不至"，劉應登曰："會父繇，故以'遙'犯之。"○楊慎曰："鍾繇，字元常，取'咎繇陳謨，彰厥有常'之義也。今多以'繇'音'由'，非。晉《世說》載庾公謂鍾會曰：'何以久望卿，遙遙不至？'蓋舉其父諱以嘲之，此可証矣。"《丹鉛餘錄》卷十五。胡鳴玉《褉錄》卷五按曰："升菴謂庾公嘲鍾會，偶然失檢耳。"○王世懋曰："今人呼鍾元常名，類作'由'音，觀此定當稱'遙'。"○趙翼曰："（《通鑑》）獻帝初平三年，分注：'黃門侍郎鍾繇。'《集覽》云：'繇，古由字，或音宙。'按《世說》晉文帝嘲鍾會曰：'與人期行，何以遲遲？望卿遙遙不至。'劉孝標注：'會父名繇，故以"遙遙"戲之。'又景王嘲鍾毓曰：'皋繇何如人？'對曰：'古之懿士。'據此則'繇'字當讀餘韶切。"《陔餘叢考》卷十五。沈濤《懷小錄》卷十一按曰："'由''搖'一聲之轉耳。《通雅》：繇之有宙音，始於顏師古。《左傳》其'繇'本作'籀'字，乃史籀之名。或謂占辭，亦籀文也。《左傳》占卦之'繇'仍是謂其來由之辭耳。"○姚範曰："蓋舊讀'繇'爲'遙'，以其父名爲戲也。今皆讀爲'由'音。"《援鶉堂》卷三十。○李詳曰："鍾會父繇，魏時自音'遙'，非如今時音'由'也。《禮·檀弓》：'詠斯猶。'鄭注：'猶，當爲搖，聲之誤。秦人猶搖聲相近。'又《爾雅·釋詁》：'繇，喜也。'郭注：'《禮記》：詠斯猶。猶即繇，古今字耳。'"

○“會答曰”至“一時之懿士”

“矯然懿實”二句，劉應登曰：“騫父矯，文帝父懿，泰父羣故也。”

“皋繇何如人”，岡白駒曰：“特犯毓父名以調戲。”○大典顯常曰：“皋陶音‘繇’。毓，鍾繇之子。”○李慈銘曰：“皋陶，古皆作‘咎繇’。《説文》言部‘謨’字下引《虞書·咎繇謨》，許君所稱，古文《尚書》也。《離騷》《尚書大傳》《漢書》皆作‘咎繇’，故司馬師以戲鍾會，非僅取同音也。”《簡端記》。趙西陸按曰：“‘司馬師’‘師’當作‘昭’。”

【彙評】

劉應登曰：“司馬昭是時魏之臣子，而紀述者直以帝目之，斯爲失矣。此兩節嘲語俱謬，亦不足録。”

方苞曰：“‘望卿遥遥不至’，故犯人諱，惡劣極矣，反以爲機警。五胡之禍，豈無自哉？”

3

　　鍾毓爲黄門郎，有機警[1]，在景王坐燕飲。時陳羣子玄伯、武周子元夏同在坐，《魏志》曰：“武周字伯南，沛國竹邑人。仕至光禄大夫。”共嘲毓。景王曰：“皋繇何如人？”對曰：“古之懿士。”顧謂玄伯、元夏曰：“君子周而不比，羣而不黨。”孔安國注《論語》曰：“忠信爲周，阿黨爲比。黨，助也。君子雖衆，不相私助。”

　　○“鍾毓爲”至“羣而不黨”

“機警”，恩田仲任曰：“《網目集覽》曰：‘有機關而警省也。’”

---

[1]　“機警”，董刻本、袁刻本“機”作“讗”。桃井白鹿曰：“‘讗’當作‘機’。”王利器曰：“蔣校本‘讗’作‘機’，是。”

"皋繇何如人"，田中頤曰："皋陶之'陶'音'繇'，'繇'即毓父名。"

"古之懿士"，岡白駒曰："懿，景王父名。"

"顧謂玄伯元夏曰"，徐震堮曰："陳泰字玄伯，武陔字元夏。"

"周而不比"二句，岡白駒曰："二子與景王共嘲，故云君子不比不黨。周、群，乃二子父名。"○大典顯常曰："用《論語》語以斥其諱。"

◎余嘉錫曰："此與上一條即一事，而傳聞有異耳。"

○注"魏志曰"

"武周"，趙西陸曰："《魏志》無《武周傳》，此注所引見《魏志‧胡廣傳》裴注引虞預《晉書》。"

【彙評】

伯克利手批曰："以先代諱爲戲，殊屬無爲。"

方苞曰："累累如是，可惡可厭。"

4

　　嵇、阮、山、劉在竹林酣飲，王戎後往。步兵曰："俗物已復來敗人意！"《魏氏春秋》曰："時謂王戎未能超俗也。"王笑曰："卿輩意亦復可敗邪？"

　　○"嵇阮山劉"至"復可敗邪"

"俗物已復來敗人意"，劉淇曰："此'已'字猶'又'也。"《辨略》卷三。○田中頤曰："語氣明明太逼。"

"卿輩意亦復可敗邪"，田中頤曰："言以達自許卿輩，而其意亦復與俗子同可敗而言之耶？"○張萬起曰："亦復，即'亦'。'復'虛化，不爲義。"《詞典》頁一八。

【彙評】

費袞曰："足見戎之高致。"《梁谿漫志》卷七。

袁中道曰："妙甚。"評"卿輩意"句。《舌華錄》卷七。

程哲曰："王安豐道旁苦李不取，家有好李，則鑽核而賣。簡要若此，只宜偕和長輿結伴鉏李園，不應入嵇阮竹林。步兵有云：'俗物敗人意。' 應憎多此一賢耳。"《蓉槎蠡說》卷九。

龔煒曰："此一答大不俗。然其平日持籌握算，惟利是視，終不免帶些俗氣。"《巢林筆談》卷六。

范壽康曰："《魏氏春秋》謂王戎未能超俗，所以阮籍加以調侃，但在我們看來，七人既關係親密的至友，這不過是平常的諧謔，阮籍並不抱有輕視王戎之意的。"《魏晉的清談》。

5

晉武帝問孫皓：《吳錄》曰："皓字元宗，一名彭祖，大皇帝孫也。景帝崩，皓嗣位，爲晉所滅，封歸命侯。" "聞南人好作《爾汝歌》〔1〕，頗能爲不？"皓正飲酒，因舉觴勸帝而言曰："昔與汝爲鄰，今與汝爲臣〔2〕。上汝一梧酒〔3〕，令汝壽萬春。"帝悔之。

○"晉武帝"至"帝悔之"

"聞南人好作爾汝歌"二句，參見校文。田中頤曰："視孫甚鄙。" ○梁玉繩

〔1〕 "爾汝歌"，方一新《斠詁》曰："疑本作《汝歌》，今本誤言'爾'字耳。考六朝人好作'汝語''汝歌'。《古小說鉤沉》輯《裴子語林》、《敦煌寶藏》第一二一冊伯希和二五二四號《古類書語對》、《建康實錄》卷四引《後主》注，均記孫皓爲晉武帝作'汝語'或'汝歌'事，語句與本條大同小異，蓋係同源。又《太平御覽》卷一一八引《世說》作'女歌'，卷五七一引《世說》作'汝歌'，並爲今本不當有'爾'字之證。"楊勇按曰："其說是。時人'歌''語'可互用。"范子燁《論〈汝語〉》曰："《世說》所謂'爾汝歌'，原文應爲'汝語'，'爾'字爲衍文，'歌'字乃'語'字的異文。晉人還有'了語''危語'，尤足以證明'爾汝歌'本作'汝語'之實。'汝語'就是句句帶有'汝'字的韻語。"
〔2〕 "今與汝爲臣"，楊勇："《御覽》一一八、五七一引《世說》作'今爲汝作臣'。"
〔3〕 "一梧酒"，朱鑄禹曰："袁本同，沈校本'梧'作'杯'。案'梧'同'杯'。"

曰："爾汝者,賤簡之稱也。故《孟子》云:'人能充無受爾汝之實,無所往而不爲義。'"《瞖記》卷二。○張萬起曰:"《爾汝歌》,魏晉間盛行於南方的民歌。"

"昔與汝爲鄰"四句,田中頤曰:"'爾'亦'汝'也,蓋相親狎者之所歌也。此呼帝以'汝'而代陛下也。"○秦士鉉曰:"與,猶於也。"

"帝悔之",田中頤曰:"大以爲辱,悔其命之。"

【彙評】

蔡絛曰:"范温元實議論卓爾過人,當宣和初,嘗爲吾言:孫皓曰:'昔與汝爲鄰,今與汝爲臣。勸汝一杯酒,令汝壽萬春。'武帝悔之。及陳後主上隋文帝詩曰:'日月光天德,山河壯帝居。太平無以報,願上登封書。'且一種降君,就中後主真駑才。"《鐵圍山叢談》卷四。

尤侗曰:"孫皓作《爾汝歌》,亦不至死,晉武帝尚有大度,豈如宋太宗以'小樓昨夜又東風'殺李後主乎?"《看鑑偶評》卷三。

伯克利手批曰:"如是滑稽,何救亡國。"

張萬起曰:"'爾''汝'爲古代尊長對卑幼的對稱代詞,平輩之間用之,表示親昵或不客氣。司馬炎本想嘲弄孫皓,不想孫皓竟然真的起而作歌,一句一個'汝'字,反而大大嘲弄了自己。"

范子燁曰:"晉武帝作爲剛剛取得大一統勝利的君王,他對孫皓這貌似不經心的一問,卻是頗有機心的。機心之一是借用'汝'字的卑賤意義凌辱來自南方的亡國之君。機心之二是故意設置一個'藝術的圈套',讓孫皓自己來鑽,充當卑賤的'演員'角色。"《論"汝語"》。

6

孫子荊年少時欲隱[1],語王武子"當枕石漱流"[2],

---

〔1〕"欲隱",天保手批曰:"本傳作'隱居'。"
〔2〕"王武子",楊勇曰:"'子'下,《晉書·孫楚傳》、《御覽》三六八引《世說》並有'曰'字,《廣記》二四五引《世說》作'云'。"

誤曰"漱石枕流"。王曰："流可枕、石可漱乎[1]？"孫曰："所以枕流，欲洗其耳；《逸士傳》曰："許由爲堯所讓，其友巢父責之。由乃過清泠水洗耳拭目，曰：'向聞貪言，負吾之友。'"所以漱石，欲礪其齒。"

○ "孫子荊"至"欲礪其齒"

"孫子荊年少時欲隱"，曹道衡曰："楚少時，濟尚爲孩提，焉得與語此？"《叢考》頁一四一。

"枕石漱流"，恩田仲任曰："陸雲《逸民賦》曰：'陋此世之險隘分，又安足以盤遊？杖短策而遂往，乃枕石而嗽流。'"○秦士鉉曰："《蜀志》：'綿竹秦宓枕石漱流，吟詠緼袍。'陸雲《逸民賦》：'杖短策而遂往，乃枕石而嗽流。'"○李詳曰："《蜀志·秦宓傳》：'枕石漱流，吟詠緼袍。'"余嘉錫按曰："此乃《彭羕傳》兼薦宓於許靖語，不在《宓傳》。"○余嘉錫曰："《宋書·樂志三》魏武帝《秋胡行》曰：'遨游八極，枕石漱流飲泉。沈吟不決，遂上升天。''枕石漱流'四字，始見於此。然彭羕薦秦子勑亦用之，未必襲自魏武，疑其前更有出處也。《晉書·隱逸·宋纖傳》，太守楊宣畫其像作頌曰：'爲枕何石？爲漱何流？身不可見，名不可求。'知此語爲魏晉人所常用矣。"○蔣宗許曰："其語原出康僧會《法鏡經序》，云：'或有隱處山澤，漱石枕流。專心滌垢，神與道俱。'（《全三國文》卷七十五）"《叢札》。

"所以枕流"四句，田中頤曰："言今方初隱，'枕流'則得洗去濫耳之俗聞，'漱石'則得磨礪染齒之舊習，其如此而後，欲就彼山水枕石漱流以起臥焉。"○王叔岷曰："《史記·伯夷列傳》《索隱》引《莊子》云：'堯讓天下於許由，由遂逃箕山，洗耳於潁水。'"

◎余嘉錫曰："此出王隱《晉書》，見《御覽》五十一引。"

【彙評】

王世懋曰："誤語乃得佳，遂爲口實，此王子敬畫蠅也。"恩田仲任按曰："口

---

[1] "流可枕石可漱乎"，楊勇曰："《晉書·孫楚傳》、《御覽》三六八引《世説》並作'流非可枕，石非可漱'。"王叔岷曰："《太平廣記》二四五仍作'流可枕石可漱乎'。"

實,常不去口。《吳志》注:'曹不興善畫,孫權使畫屏風,誤落筆點素,因就以作蠅。既進御,權以爲生蠅,舉手彈之。'王維詩曰:'屏風誤點惑孫郎。'用此事也。《名畫記》曰:'王獻之畫扇,誤落筆,就成烏駮牸牛,極絕妙。'《晉書》亦曰:'獻之工草隸,善丹青。桓溫嘗書扇,筆誤落,因畫作烏駮牸牛,甚妙。'與曹不興事相類,故評誤以畫蠅爲子敬也。"秦士鉉按曰:"吳曹弗興誤點屏風,因畫成蠅;王子敬畫扇,誤落筆,就畫一牛,甚妙。王以畫蠅爲子敬事,誤也。"

狄期進曰:"誤語更自然,非捷給亦不能有此。"

朱亦棟曰:"宋景濂《竹溪逸民傳》:逸民謂其友曰:'吾將漁於山,樵於水矣。'其友疑其誕,逸民曰:'樵於水,志豈在薪?漁於山,志豈在魚!'此語乃真可與'漱石枕流'作對也。"《羣書札記》卷三。

淇園曰:"此遁辭,何名言之有。"

7

頭責秦子羽云:子羽未詳。"子曾不如太原溫顒、潁川荀寓、溫顒已見。《荀氏譜》曰:"寓字景伯,祖式,太尉。父保〔1〕,御史中丞。"《世語》曰:"寓少與裴楷、王戎、杜默俱有名,仕晉,至尚書。"范陽張華、士卿劉許〔2〕、《晉百官名》曰:"劉許字文生,涿鹿郡人〔3〕。父放,魏驃騎將軍。許,惠帝時爲宗正卿。"按許與張華同范陽人,故曰士卿,互

〔1〕"祖式""父保",李慈銘曰:"'式'當作'或','保'當作'俁'。《三國志·荀彧傳》:'子俁,御史中丞。'注引《荀氏家傳》曰:'俁字叔倩。子寓,字景伯。'又引《世語》云云,與此同。"程炎震曰:"祖式、父保,當據《魏志》十《荀彧傳》改作'荀或'、'父俁'。"王利器曰:"《潁川潁陰荀氏譜》:'寓,俁子,字景伯,與裴楷、王戎齊名,晉尚書。俁,或子,字叔倩,御史中丞。或,緄子,字文若,漢侍中、尚書令、萬歲亭侯、光禄大夫、參丞相軍事,年五十卒,諡曰敬,咸熙二年贈太尉。'《三國·魏志·荀彧傳》:'彧子惲,嗣侯,惲弟俁,御史中丞。'注:'《荀氏家傳》曰:"俁字叔倩。俁子寓,字景伯。"《世語》曰:"寓少與裴楷、王戎、杜默俱有名京邑,仕晉,位至尚書。"'據此,則此文'式'當是'或'字錯的,'保'當是'俁'錯的。"
〔2〕"士卿劉許",桃井白鹿曰:"'士卿'本集作'上郡'。"王利器曰:"《藝文類聚》卷十七引晉張敏《頭責子羽文》'士卿'作'上郡'。"吳金華《考釋》曰:"'士卿'不誤。"意以劉許爲涿郡人,魏文帝時涿郡改稱范陽郡,與張華同鄉,則劉孝標'互其辭'之說可信;且晉時上郡之廢近百年,張敏不當以上郡稱劉許籍貫。頁二〇二。龔斌按曰:"吳氏考釋確切,可從。"
〔3〕"涿鹿郡人",徐震堮曰:"案下文謂許與張華同范陽人,《晉書·地理志》范陽國注:'漢置涿郡,魏文帝更名范陽郡,武帝置國,封宣帝弟子綏。''鹿'字疑衍。"按余箋"郡"誤作"都"。

其辭也。宗正卿，或曰士卿。義陽鄒湛、河南鄭詡。《晉諸公贊》曰："湛字潤甫，新野人。以文義達，仕至侍中。詡字思淵，滎陽開封人，爲衛尉卿。祖泰，揚州刺史。父褒〔1〕，司空。"此數子者，或謇喫無宮商〔2〕，或尫陋希言語，或淹伊多姿態，或譇譀少智諝，或口如含膠飴，或頭如巾𩇓杵。《文士傳》曰："華爲人少威儀，多姿態。"推意此語，則此六句，還以目上六人，而"口如含膠飴"，則指鄒湛。湛辯麗英博，而有此稱〔3〕。未詳。而猶以文采可觀，意思詳序，攀龍附鳳，並登天府。"《張敏集》載《頭責子羽文》曰："余友有秦生者，雖有姊夫之尊，少而狎焉〔4〕。同時好暱〔5〕，有太原溫長仁顒、潁用荀景伯寓〔6〕、范陽張茂先華、士卿劉文生許〔7〕、南陽鄒潤甫湛、河南鄭思淵詡。數年之中，繼踵登朝，而此賢身處陋巷，屢沽而無善價，亢志自若〔8〕，終不衰墮，爲之慨然。又怪諸賢既已在位，曾無伐木嚶鳴之聲，甚違王、貢彈冠之義〔9〕，故因秦生容貌之盛，爲頭責之文以戲之，并以嘲六子焉。雖似諧謔〔10〕，實有興也。"其文曰："維泰始元年，頭責子羽曰：'吾託子爲頭〔11〕，萬有餘日矣。大塊稟我以精，造我以形。我爲子植髮膚〔12〕、置鼻耳、安眉須〔13〕、插牙齒，眸子摛光，

〔1〕 "父褒"，何焯曰："'褒'當作'袤'。"李慈銘曰："'褒'當作'袤'。《晉書·鄭袤傳》：'袤，字林叔，滎陽開封人。'漢大司農衆之玄孫，父即范《書》所言之公業也。"王利器曰："'褒'當作'袤'。鄭袤《晉書》有傳，詡是其子。"徐震堮曰："'褒'當作'袤'。鄭袤《晉書》四十四有傳，詡乃其第四子。"

〔2〕 "謇喫"，余嘉錫曰："'喫'景宋本及沈本作'吃'。"注同。徐震堮曰："'喫'乃'吃'之俗字。"

〔3〕 "此稱"，董刻本"此"作"比"。王利器曰："各本'比'作'此'，是。"

〔4〕 "狎焉"，《容齋五筆》（下稱《容齋》）"焉"作"之"。李慈銘曰："'狎焉'洪本作'狎之'。"案洪本即《容齋》，下同。

〔5〕 "好暱"，李慈銘曰："'好暱'（洪本）作'暱好'。"徐震堮曰："《類聚》一七及《容齋五筆》'好暱'並作'昵好'。"

〔6〕 "潁用"，董刻本、袁刻本"用"俱作"川"。

〔7〕 "文生"，《容齋》"文"作"先"。

〔8〕 "亢志"，《容齋》"亢"作"抗"。

〔9〕 "甚違"，《容齋》"甚"作"又"。

〔10〕 "雖似"，楊勇曰："'似'宋本作'以'，非。"

〔11〕 "吾託子爲頭"，徐震堮曰："《類聚》（一七）及《容齋五筆》並作'吾託爲子頭'。"

〔12〕 "植髮膚"，李慈銘曰："'植'洪本作'蒔'。"

〔13〕 "安眉須"，李慈銘曰："'須'（洪本）作'額'。"

雙顴隆起〔1〕。每至出入之間〔2〕，遨遊市里，行者辟易，坐者竦跂。或稱君侯，或言將軍，捧手傾側，佇立崎嶇〔3〕。如此者，故我形之足偉也。子冠冕不戴，金銀不佩〔4〕，釵以當笄〔5〕，帕以代幗〔6〕，旨味弗嘗〔7〕，食粟茹菜，隈摧圊間，糞壤汙黑〔8〕，歲莫年過，曾不自悔。子厭我於形容〔9〕，我賤子乎意態〔10〕。若此者乎〔11〕，必子行己之累也〔12〕。子遇我如讎，我視子如仇，居常不樂，兩者俱憂，何其鄙哉！子欲爲人寶也〔13〕，則當如皋陶、后稷〔14〕、巫咸、伊陟，保乂王家〔15〕，永見封殖。子欲爲名高也〔16〕，則當如許由、子臧〔17〕、卞隨、務光，洗耳逃祿，千歲流芳。子欲爲遊說也，則當如陳軫、蒯通、陸生、鄧公，轉禍爲福，令辭從容〔18〕。子欲爲進趣也，則當如賈生之求試，終軍之請使，砥礪鋒穎，以榦王事〔19〕。子欲爲恬淡也，則當如老聃之守一，莊周之自逸，廓然離

---

〔1〕 "雙顴"，李慈銘曰："'顴'洪本作作'權'。"

〔2〕 "之間"，徐震堮曰："《類聚》（一七）及《容齋五筆》並作'人間'。"

〔3〕 "崎嶇"，徐震堮曰："《容齋五筆》作'踦足區'。"

〔4〕 "不戴""不佩"，李慈銘曰："（洪本）兩'不'俱作'弗'。"

〔5〕 "釵以"，徐震堮曰："'釵'《容齋五筆》作'艾'。"

〔6〕 "帕以代幗"，李慈銘曰："（洪本）'帕'作'幓'，乃'帕'之誤，'帕'即'帕'字。'幗'作'帶'，當以洪本爲是，'帶'與'戴''佩'叶。"徐震堮曰："《容齋五筆》作'幓以代帶'。"

〔7〕 "旨味"，李慈銘曰："'旨'洪本作'百'，疑誤。"徐震堮曰："'旨'《容齋五筆》作'百'。"

〔8〕 "糞壤"，董刻本"壤"作"壞"。

〔9〕 "我於"，徐震堮曰："'於'字《容齋五筆》無。"

〔10〕 "子乎"，徐震堮曰："'乎'字《容齋五筆》無。"

〔11〕 "若此者乎"，徐震堮曰："'乎'字《容齋五筆》無，當據刪。"

〔12〕 "行己之累"，徐震堮曰："《容齋五筆》脫'之'字。"

〔13〕 "人寶也"，桃井白鹿曰："人寶，本集作'仁賢'。"李慈銘曰："'人寶'洪本作'仁賢'，誤。六'也'字俱作'耶'，古'也''耶'通用。'也'自爲古。"徐震堮曰："'人寶也'《類聚》（一七）及《容齋五筆》並作'仁賢耶'。"吳金華《考釋》曰："'人寶'當依《類聚》《容齋》作'仁賢'，'人''仁'二字古書常常混用；'寶''賢'形近，當爲傳寫之誤。"頁一九九。

〔14〕 "后稷"，董刻本"稷"作"得"。王利器曰："各本'得'作'稷'，是。《藝文類聚》、《容齋五筆》引亦作'稷'。"

〔15〕 "保乂"，董刻本、袁刻本"乂"俱作"乂"。

〔16〕 "子欲爲名高也"，徐震堮曰："'也'字，《類聚》（一七）及《容齋五筆》並作'耶'。以下'子欲爲'云云各句末'也'字並作'耶'。案'也''耶'古通。"

〔17〕 "子臧"，桃井白鹿曰："本集作'子臧'。子臧，曹公子，讓國。"秦士鉉曰："'子臧'，本傳作'子臧'，是。子臧出《左傳》，不受曹國者。"天保手批曰："'臧'，'臧'誤也。"李慈銘曰："'臧'洪本〔作〕'臧'。"余嘉錫曰："'臧'沈本作'臧'。"王利器曰："蔣校本、沈校本'臧'作'臧'。案《藝文類聚》、《容齋五筆》引正作'臧'，作'臧'是。"楊勇曰："《左傳》成公十五年、《類聚》一七、《容齋五筆》引《世說》並作'子臧'，是。"

〔18〕 "令辭"，《容齋》、沈校本"令"作"含"。桃井白鹿曰："本集'令'作'含'。"李慈銘曰："'令'洪本作'含'，疑此誤。"

〔19〕 "榦王事"，董刻本"榦"作"幹"。

1686

欲〔1〕，志陵雲日。子欲爲隱遁也，則當如榮期之帶索，漁父之瀺灂，棲遲神丘〔2〕，垂餌巨壑。此一介之所以顯身成名者也〔3〕。今子上不希道德〔4〕，中不效儒墨，塊然窮賤，守此愚惑。察子之情，觀子之志，退不爲於處士〔5〕，進無望於三事〔6〕，而徒酖日勞形，習爲常人之所喜，不亦過乎！'於是子羽愀然深念而對曰：'凡所教敕，謹聞命矣。以受性拘係〔7〕，不聞禮義〔8〕，設以天幸〔9〕，爲子所寄。今欲使吾爲忠也〔10〕，即當如伍胥〔11〕、屈平。欲使吾爲信也，則當殺身以成名。欲使吾爲介節邪〔12〕，則當赴水火以全貞。此四者〔13〕，人之所忌〔14〕，故吾不敢造意。'頭曰：'子所謂天刑地網〔15〕，剛德之尤，不登山抱木，則褰裳赴流。吾欲告爾以養性，誨爾以優游，而以蟻蝨同情〔16〕，不聽我謀，悲哉！俱寓人體〔17〕，而獨爲子頭！且擬人其倫，喻子儔偶。子不如太原溫顒〔18〕、潁川荀寓、范陽張華、士卿劉許、南陽郇湛、河南鄭詡。此數子者，

---

〔1〕 "廓然離欲"，李慈銘曰："'廓'洪本作'漠'，'欲'作'俗'。"余嘉錫曰："'欲'沈本作'俗'。"徐震堮曰：《類聚》（一七）及《容齋五筆》作'漠然離俗'。"

〔2〕 "神丘"，徐震堮曰："《容齋五筆》作'神岳'。"

〔3〕 "一介之所以"，李慈銘曰："'一介之'下洪本有'人'字，此脫。"徐震堮曰："'一介之'下《容齋五筆》多'人'字。"

〔4〕 "不希"，李慈銘曰："'希'洪本作'晞'，下同。"

〔5〕 "退不爲於處十"，徐震堮曰："《類聚》（一七）作'退不能爲處士'，《容齋》作'退不爲處士'"

〔6〕 "望於三事"，徐震堮曰："《類聚》（一七）'於'作'乎'，《容齋》脫'於'字。"

〔7〕 "以受"，李慈銘曰："'受'上洪本無'以'字，此誤衍。"

〔8〕 "不聞"，余嘉錫曰："'聞'景宋本及沈本俱作'閑'。"袁刻本作"閒"，徐震堮曰："'閒'與'閑'通。《容齋》作'聞'。"龔斌曰："'閒'通'閑'，習也。"

〔9〕 "設以"，李慈銘曰："'設'洪本作'誤'。"余嘉錫曰："'也'沈本俱作'邪'。"徐震堮曰："'設'《類聚》（一七）作'吾'，《容齋》作'誤'。作'設''誤'。"

〔10〕 "今欲使吾爲忠也"，龔斌曰："'今'下《容齋》有'子'字。"又，"忠也"及下文"信也""節也"，李慈銘曰："三'也'字（洪本）亦皆作'耶'。"余嘉錫曰："'也'沈校本俱作'邪'。"徐震堮曰："'也'沈校本作'耶'。下'爲信也''也'字同。《類聚》（一七）及《容齋》同。"

〔11〕 "伍胥"，李慈銘曰："'伍'洪本作'包'。"徐震堮曰："《類聚》（一七）作'子胥'，《容齋》作'包胥'。"

〔12〕 "吾爲介節邪"，李慈銘曰："'介'字下當脫兩句，洪本並脫'介'字。"

〔13〕 "四者"，楊勇曰："'四'宋本作'曰'，非。"

〔14〕 "人之"，桃井白鹿曰："本集'人'作'子'。"

〔15〕 "天刑"，董刻本"刑"作"州"。王利器曰："各本及《容齋五筆》引'州'作'刑'，是。"楊勇曰："'刑'宋本作'州'，非。"

〔16〕 "以蟻蝨同情"，李慈銘曰："'以'洪本作'與'。"余嘉錫曰："'以'沈本作'與'。"徐震堮曰："《類聚》（一七）及《容齋》並作'與'。"

〔17〕 "俱寓"，徐震堮曰："'寓'《類聚》（一七）及《容齋》並作'御'，非。"

〔18〕 "子不如太原"，李慈銘曰："'子不如'洪本作'曾不如'。案當作'子曾不如'。"王利器曰："《藝文類聚》'子'下有'曾'字，《容齋五筆》'子'作'曾'。"徐震堮曰："《類聚》（一七）作'子曾不如'，《容齋》作'曾不如'。"又，董刻本"太"作"大"。王利器曰："各本及兩書引'大'作'太'，是。"按兩書指《類聚》《容齋》。

或謇喫無宮商[1]，或尪陋希言語，或淹伊多姿態，或謇譁少智諝，或口如含膠飴，或頭如巾蟞杵[2]，而猶文采可觀[3]，意思詳序，攀龍附鳳，並登天府。夫舐痔得車，沈淵得珠[4]，豈若夫子徒令脣舌腐爛，手足沾濡哉！居有事之世，而恥爲權圖[5]，譬猶鑿池抱甕[6]，難以求富。嗟乎子羽！何異檻中之熊[7]，深穽之虎，石間餓蟹，竇中之鼠[8]。事力雖勤，見功甚苦[9]，宜其拳局翦蹙[10]，至老無所希也。支離其形，猶能不困，非命也夫！豈與夫子同處也[11]。’”

○“頭責秦子羽”至“潁川荀寓”

“頭責秦子羽”，岡白駒曰：“此晉張敏所作，以戲秦生，並嘲六子。”○田中頤曰：“張敏因秦生容貌之盛，託之爲頭，作《頭責》之文以戲之。”○姚振宗曰：“秦子羽者，張敏姊夫也。其文作於泰始元年。”《考證》卷三十九。○楊勇曰：“‘子羽’疑爲虛設之詞。頭責秦子羽者，殆即頭責人之羽毛也。”○龔斌曰：“所謂‘頭責子羽’者，非頭責人之羽毛，而是責子羽‘行己之累’，即行爲不合時宜，故始終一無所獲，甚至頭亦爲之不快也。”

“太原溫顒”，徐震堮曰：“溫顒前未見。按《晉書·任愷傳》：‘賈充既爲帝所遇，欲專名勢，而庾純、張華、溫顒、向秀、和嶠之徒皆與愷善，楊珧、王恂、華廙等，充所親敬，於是朋黨紛然。’顒之名僅見於此。”

---

[1] “宮商”，桃井白鹿曰：“宮商，本集作‘口舌’。”

[2] “巾蟞杵”，程炎震曰：“《文心雕龍·諧隱篇》作‘握春杵’。”

[3] “而猶文采”，李慈銘曰：“‘猶’下洪本有‘以’字，與正文合。”余嘉錫曰：“‘猶’下沈本有‘以’字。”徐震堮曰：“《類聚》（一七）及《容齋》並有‘以’字。”

[4] “得珠”，李慈銘曰：“‘得珠’洪本作‘竊珠’。”

[5] “權圖”，徐震堮曰：“《類聚》（一七）及《容齋》並作‘權謀’。”

[6] “鑿池抱甕”，董刻本、《容齋》“池”作“地”，“甕”作“甄”。

[7] “檻中”，李慈銘曰：“‘檻中’洪本作‘牢檻’。”徐震堮曰：“《類聚》（一七）及《容齋》並作‘牢檻’。”

[8] “竇中”，徐震堮曰：“‘竇’《類聚》（一七）及《容齋》並作‘窀’。”

[9] “事力雖勤見功甚苦”，徐震堮曰：“《類聚》（一七）作‘事力雖多，而見功甚少’，《容齋》作‘事雖多而見功甚少’。案‘哭’字此處用韻。”

[10] “拳局翦蹙”，董刻本、《容齋》“翦”作“煎”，袁刻本作“剪”。桃井白鹿曰：“本集‘剪’作‘煎’。”李慈銘曰：“‘拳’洪本作‘卷’，‘翦’作‘煎’。”余嘉錫曰：“‘翦’景宋本及沈本俱作‘煎’。”徐震堮曰：“‘拳局’《類聚》（一七）作‘蹉跎’。‘剪蹙’影宋本、沈校本與《類聚》（一七）及《容齋》同作‘煎蹙’。”

[11] “非命也夫”二句，李慈銘曰：“洪本作‘命也夫，與子同處’。”徐震堮曰：“《容齋》作‘命也夫與子同處’，義長。”

“潁川荀寓”，徐震堮曰：“案《魏志·荀彧傳》：‘子惲嗣侯。惲弟俁。’注引《荀氏家傳》：‘俁子寓，字景伯。’則‘寓’當作‘寓’，或彧之孫，俁之子。注並誤。但《通鑒》晉惠帝元康九年，裴頠上表曰：‘去元康四年大風，廟闕屋瓦有數枚傾落，免太常荀寓。’作‘寓’，不知是否一人。”

○“范陽張華”至“河南鄭詡”

“士卿劉許”，程炎震曰：“《魏書·劉放傳》‘子正’裴注曰：‘《頭責子羽文》曰：士卿劉許，字文生，正之弟也。與張華六人並稱，文辭可觀，意思詳序。’”○李詳曰：“《魏志·劉放傳》裴注引《頭責子羽》有此語。劉注引《晉百官名》：‘許，惠帝時爲宗正卿。’裴云：‘惠帝世，許爲越騎校尉。’”○王利器曰：“《三國·魏志·劉放傳》注：‘頭責子羽曰：“士卿劉許，字文生，正之弟也。與張華六人並稱，文辭可觀，意思詳序。”晉惠帝世，許爲越騎校尉。’案《隋書·經籍志四》：‘梁有宗正劉詡集二卷，錄一卷。’《唐書·經籍志·丁部》：‘張敏集二卷，劉詡集二卷。’《新唐書·藝文志·丁部》同，都作‘劉詡’，疑此文‘許’當爲‘詡’字錯了的。”龔斌按曰：“《魏志·劉放傳》注、《晉百官名》、洪邁《容齋隨筆五筆》四皆作‘劉許’，諸書不可能皆誤，孝標亦不會不察。《新唐書·藝文志》實作‘劉許’。”○徐震堮曰：“《魏志·劉放傳》注曰：‘晉惠帝世，許爲越騎校尉。’《隋書·經籍志》，梁有宗正《劉詡集》二卷，《唐書·經籍志》有《劉詡集》二卷，次於《張敏集》二卷之後，而《新唐書·藝文志》則作《劉許集》，名與本書及《魏志》注所載同。”

“義陽鄒湛”，余嘉錫曰：“《晉書·地理志》，武帝平吳，分南陽立義陽郡。張敏此文作於泰始元年，在未平之前。故注引此文，兩稱‘南陽鄒湛’。此作‘義陽’者，蓋後來所改。”

○“此數子者”至“希言語”

“謇喫無宮商”，方以智曰：“讙怚，凌誶以言狀之。讙怚，一作讙極、謇喫。《列子》曰：‘讙怚凌誶，好凌辱責罵人也。’怚，吃也。《說文》曰：‘急性也。’《方言》：‘讙怚，吃也。或謂之軋，謂之躄。’郭璞曰：‘江東曰喋，皆謂口吃好言之狀。’《世說》，《張敏集·頭責子羽文》：‘或謇喫無宮商。’”《通雅》卷五。○岡白駒曰：“口吃也。此謂溫顒。”○秦士鉉曰：“‘謇’‘讙’同，吃也。‘喫’亦與‘吃’通。宮商，樂音也，此借稱辭令。”○張萬起曰：“此以‘無宮商’形容人因口吃説話不協調。”

“尫陋希言語”，岡白駒曰：“尫，《左傳》所謂‘公欲焚巫尫’是也，杜注云：‘瘠病之人，其面上向，俗謂天哀其病，恐雨入其鼻，故爲之旱。’其陋貌可知。此謂荀寓。”○恩田仲任曰：“尫，僂也。”○秦士鉉曰：“尫，病弱也。”○張萬起曰：“尫陋，突胸仰向，形容醜陋。”○龔斌曰：“尫陋，瘦弱醜陋。”

○“或淹伊”至“巾齏杵”

“淹伊多姿態”，岡白駒曰：“淹，滯也，謂不便利也。此謂張華。”○平賀房父曰：“蓋淹伊，脩飾取媚貌。”○田中頤曰：“淹伊，猶鬱伊不舒貌。”○張萬起曰：“淹伊，矯揉造作的樣子。”

“譁譁少智諝”，岡白駒曰：“諝，才智之稱。此謂劉許。”○田中頤曰：“諝，詐也。”○秦士鉉曰：“諝，智思也。”

“口如含膠飴”，岡白駒曰：“言語不分明也。”○秦士鉉曰：“不能開口言論也。”

“頭如巾齏杵”，岡白駒曰：“如施巾於齏杵之上。此謂鄭詡。”○秦士鉉曰：“如以巾承齏杵之擣，蓄縮不敢出頭也。”○余嘉錫曰：“言其頭小而銳，如擣齏之杵，而冠之以巾也。”

○“而猶以”至“並登天府”

“意思詳序”，張萬起曰：“意思，思想、意圖。詳序，審慎有序。”

“攀龍附鳳”，岡白駒曰：“攀龍鱗，附鳳翼，言近於君也。”○大典顯常曰：“揚子《法言》：‘淵騫之徒攀龍鱗，附鳳翼。’此用言仕進之路。”《撮補》。○王叔岷曰：“揚雄《法言·淵騫篇》：‘攀龍鱗，附鳳翼。’《後漢書·光武帝紀》：‘耿純曰：士大夫從大王於矢石之間，固望攀龍鱗，附鳳翼，以成其志耳。’”

“並登天府”，田中頤曰：“言猶以此有可取而見舉也，秦則異乎此矣。”○秦士鉉曰：“天府，出《史記·蘇秦傳》，本謂沃壤，今此稱朝廷。”○張萬起曰：“入朝做官。”

○注“晉百官名曰”

“互其辭”，秦士鉉曰：“互辭，一稱地，一稱官也。”

○注“張敏集載頭責子羽文曰”

“張敏集載頭責子羽文”，洪邁曰：“有張敏者，太原人，仕歷平南參軍、太子舍人、濟北長史。其一篇曰《頭責子羽文》，極爲尖新，古來文士皆無此作，恐《藝文類聚》《文苑英華》或有之，惜其泯没不傳，謾採之以遺博雅君子。其文九百餘言，頗有束方朔《客南》、劉孝標《絶交論》之體。”《容齋五筆》卷四。余嘉錫按曰：“洪氏未考《世説》，故不知《頭責子羽文》具存孝標注中。且云‘《文苑英華》或有之’，夫《英華》上繼《文選》，起自梁代，安得有晉人文耶？”○嚴可均曰：“張敏，太原中都人，咸寧中爲尚書郎，領秘書監，太康初出爲益州刺史。”《全晉文》卷八○注。○沈家本曰：“《隋志》：‘晉尚書郎張敏集二卷。梁五卷。’二《唐志》並二卷。”《古書目》卷五。○葉德輝曰：“《隋志》題‘晉尚書郎張敏集二卷’。《頭責子羽文》，亦見《國志》注。”《書目》。○文廷式曰：“《張敏集》，《遂初堂書目》尚著録。是此書南宋猶存。”《補晉書藝文志》丁部六。○余嘉錫曰：“《隋志》有晉尚書郎《張敏集》二卷；梁五卷。唐宋《志》仍二卷。《文選》五十六《劍閣銘》注引臧榮緒《晉書》曰：‘張載作《劍閣銘》，益州刺史張敏見而奇之，乃表上其文。世祖遣使鑴石記焉。’據今《晉書·張載傳》，事在太康初。”○曹道衡曰：“吳步闡降，詔祜迎闡，然闡竟爲陸抗所擒，祜坐貶平南將軍。事在泰始八年十二月。張敏爲平南參軍當在此時。泰始元年，封勗濟北郡公，勗固辭，改封侯。太康初詔勗爲光禄大夫，開府辟召，是張敏爲濟北長史當在此時。載作《劍閣銘》當在泰始九年，若《張載傳》所記益州刺史張敏事不誤，則敏爲平南參軍後未幾即出爲益州。”《叢考》頁一四三。按曹道衡《叢考》曰：“善注引臧榮緒《晉書》曰：‘載隨父入蜀，作《劍閣銘》。’按《類聚》卷二七録載《敍行賦》曰：‘歲大荒之孟夏，余將往乎蜀都。’‘大荒’爲‘大荒落’省稱。據《爾雅·釋天》，太歲在巳曰大荒落。此‘大荒’當指泰始九年癸巳。”頁一六四至一六五。

“此賢身處陋巷”二句，秦士鉉曰：“此賢，謂秦生。‘陋巷’‘屢沽’‘善價’，皆《論語》語。”

“伐木嚶鳴”，大典顯常曰：“《詩·小雅》：‘伐木丁丁，鳥鳴嚶嚶。嚶其鳴矣，求其友聲。相彼鳥矣，猶求友聲。矧伊人矣，不求友生？’”

“王貢彈冠”，大典顯常曰：“《前漢》列傳四十二：王吉字子陽，貢禹字少翁，共琅邪人。相與爲友，世稱‘王陽在位，貢禹彈冠’，言其取舍同也。”○秦士鉉曰：“王陽、貢禹相親，一人先在位，則一人彈冠塵而待其薦己。”

“大塊”，岡白駒曰：“造物之名曰大塊。”○秦士鉉曰：“出《莊子》，謂地。”

“捧手傾側”二句，岡白駒曰：“此敬之之狀也。崎嶇，不安貌。”○大典顯常曰：“言畏懼不敢自安之狀也。”○秦士鉉曰：“傾側、崎嶇，不敢安坐也。”

“金銀不佩”，秦士鉉曰：“金銀，金銀印章。”

“釵以當笄帕以代幗”，岡白駒曰：“帕，帽也。幗，婦人首飾也。此言唯不戴幗婦人耳，譏無丈夫志也。”○大典顯常曰：“疑當作‘幗以代帕’，言假以婦女之物施之頭也。”又曰：“‘幗’字協韻，是以幗爲代之謂也。”《撮補》。○平賀房父曰：“當云‘幗以代帕’，倒語協韻。謂無丈夫氣概。”○楊勇曰：“疑當作‘幗以代帕’也。言以婦飾爲男冠，謔之之詞。”

“隈摧園間”，岡白駒曰：“隈，猶隱也。摧，挫也。言屈隱於園間也。”○大典顯常曰：“隈摧，蓋與‘猥獕’通，鄙瑣也。”○恩田仲任曰：“疑當作‘腲脮’。《洞蕭賦》‘阿那腲脮’注曰：‘舒遲貌。’”

“若此者乎”二句，岡白駒曰：“乎，語助。言子之如此者，必是直行己意之所欲之所致也。”

“永見封殖”，秦士鉉曰：“子孫爲諸侯也。”

“賈生之求試”，秦士鉉曰：“賈誼求試爲屬國官，以制匈奴單于。”

“終軍之請使”，秦士鉉曰：“終軍請纓使南越。”

“榮期之帶索”，岡白駒曰：“見於《孔子家語》。”○大典顯常曰：“《列子》：‘榮啓期鹿裘帶索，鼓琴而歌。’”

“漁父之瀺灂”，桃井白鹿曰：“魚浮沈貌。潘岳《閒居賦》：‘游鱗瀺灂。’”○大典顯常曰：“此蓋指《莊子》漁父。瀺灂，《字彙》：‘水小聲。’《續字彙》：‘水落地聲。’”

“棲遲神丘”二句，秦士鉉曰：“棲遲指榮期，垂餌指漁父。”

“此一介”，秦士鉉曰：“一介之人。”

“無望於三事”，秦士鉉曰：“三事，謂三公。”

“設以天幸”，參見校文。岡白駒曰：“設，假設辭，言雖受性拘係，不習禮義，爲子所寄，是若天幸也。”○桃井白鹿曰：“本集‘天幸’作‘太宰’，言頭爲一身之太宰也。”○秦士鉉曰：“設，猶偶也。”○吳金華曰：“此文當從《容齋》作‘誤’，是偶然之義。‘雖有一善，是爲誤中，未足以存’（後漢王符《潛夫論》卷一三《慎微》），‘賊頻攻橋，誤有漏失’（《三國志》卷一四《董昭傳》），‘時誤相逢，即舍去’（《文學》一八“阮宣子有令聞”條注引《名士傳》），其中‘誤’都是偶然的意思。”《考釋》頁二〇〇。

“剛德之尤”，秦士鉉曰：“剛德，《左傳》字。尤，猶最也。”

“不登山抱木”二句，秦士鉉曰：“登山抱木，則鮑焦、介推之屬。褰裳赴流，務光、紀他、申徒狄之屬，皆憤世而死者。”

“讙譁少智諝”，桃井白鹿曰：“讙譁，本集作‘驒騱’。《說文》：‘驒騱，野馬。’”

“舐痔得車”，大典顯常曰：“《莊子》：‘秦王有病召醫，破癰潰痤者得車一乘，舐痔者得車五乘。’”

“沈淵得珠”，王叔岷曰：“《莊子·列禦寇》云：‘河上有家貧者恃緯蕭而食者，其子没於淵，得千金之珠。’”

“鑿池抱甕”，秦士鉉曰：“出《莊子·天地篇》，但‘池’《莊子》作‘隧’。”

“拳局窮蹙”，岡白駒曰：“拳局，一作蜷屈，回顧不前也。窮蹙，困縮也。”○恩田仲任曰：“拳局，與‘踡跼’同，不伸也。”○秦士鉉曰：“拳局，不舒也。”

“支離其形”，岡白駒曰：“《莊子》云：‘支離疏者，有役則以病不受功。上與病者粟，則受三鐘。支離其形者，猶足全天年，況支離其德者乎！’”○大典顯常曰：“《莊子·人間世》注：‘支離，身體無收拾之貌。’”

【彙評】

劉應登曰：“文甚奇。”

蔣凡曰：“頭責子羽，寓言之體，俳諧之文，以羽頭責羽身，數落身之無能，實則諷刺時政，寄寓精深，給人以啓迪。看來作者張敏，是熟諳當日政壇腐敗的人。謇吃醜陋或譁衆取寵之徒，通過無恥手段，攀龍附鳳而直登天府。反之，賢明耿直之士的遭遇和命運，則可想而知。”

8

王渾與婦鍾氏共坐，見武子從庭過，渾欣然謂婦曰：

“生兒如此，足慰人意。”婦笑曰：“若使新婦得配參軍，生兒故可不啻如此！”《王氏家譜》曰：“倫字太沖[1]，司空穆侯中子，司徒渾弟也。醇粹簡遠，貴老莊之學，用心淡如也。爲《老子例略》《周紀》。年二十餘，舉孝廉，不行。歷大將軍參軍。年二十五卒[2]，大將軍爲之流涕。”

〇“王渾與”至“不啻如此”

“武子”，徐震堮曰：“王濟字武子，渾之子。”

“新婦”，張萬起曰：“婦人自稱。”按“新婦”義參見《文學篇》“林道人詣謝公”條。

“得配參軍”，趙西陸曰：“《晉書·列女·鍾氏傳》：‘參軍，謂渾中弟淪也。’”

“不啻如此”，劉應登曰：“不啻，言不但如此。”

◎程炎震曰：“《御覽》三百九十一引《郭子》同，唯末有‘淪字太沖，爲晉文王大將軍軍，從征壽春，遇疾亡，時人惜焉’五句。蓋《郭子》本文，而臨川刪之。下‘軍’字上當脫‘參’字。”

〇注“王氏家譜曰”

《王氏家譜》，葉德輝曰：“《隋志》不著錄。《國志》注引作《王氏譜》。”《書目》。

【彙評】

趙與時曰：“鍾笑曰：‘若使新婦得配參軍，生兒故不翅如此。’參軍者，渾弟淪也。顧謂之烈女，真可發一笑。”《賓退錄》卷三。

郎瑛曰：“鍾琰，繇孫也，適王渾，生濟。渾嘗與之同坐，濟過庭而渾曰：‘生子如此，足慰矣。’琰笑曰：‘若使新婦得配參軍，生子不翅如此。’參軍，

〔1〕 “倫字太沖”，李慈銘曰：“‘倫’當作‘淪’。”余嘉錫曰：“‘倫’沈本作‘淪’。”趙西陸曰：“《太原王氏譜》同。”王利器曰：“沈校本‘倫’作‘淪’。案作‘淪’是。《太原晉陽王氏譜》載昶四子，渾、深、淪、湛，都從水旁立名，是其證。”徐震堮曰：“《晉書·列女王渾妻鍾氏傳》及《御覽》三九一引《郭子》並作‘淪’。”
〔2〕 “年二十五”，董刻本無“年”字。

渾弟淪也。琰心欲淪，何其淫也！不滿於夫可知矣。雖聰慧弘雅，能文有識，婦人何貴於此哉！二琰收入《列女傳》，是故顯其醜也。"《七修類稿》卷十五。按"二琰"指蔡琰與鍾琰。

陳絳曰："參軍，渾弟湛也。出語亂倫如此，名在《列女傳》，何哉？"《金罍子》下篇卷十一。

王世懋曰："此豈婦人所宜言，寧不啟疑，恐賢媛不宜有此。"

袁中道曰："太戲。"《舌華錄》卷四。

陳霆曰："參軍，謂渾弟湛也。《晉史》傳鍾氏於《列女》，然因其言而概其心，正可發笑。今呂東萊《晉書詳節》中乃無鍾氏之語。疑爲之掩瑕，特抹之爾。"《兩山墨談》卷一。

許自昌曰："讀《晉史》至此，每嘆夫人此言乃千古大英雄知己之言也。假使腐儒聽此，又以爲瓜田李下矣。噫，俗儒可與語千古哉！"《樗齋漫録》卷七。

張端木曰："兵家子不壽，鍾夫人一見便知之，豈參軍不壽，夫人獨不識耶？"

汪師韓曰："鍾夫人之禮安在耶！"《韓門綴學》卷二。

盛大士曰："晉人以清談相尚，而婦人女子亦相率效尤。其謔浪笑傲若此！"《樸學齋筆記》卷一。

李慈銘曰："閨房之内，夫婦之私，事有難言，人無由測。然未有顯對其夫欲配其叔者。此即倡家蕩婦、市里淫姐，尚亦慚於出言呈，赧其顏頰。豈有京陵盛閥，太傅名家，夫人以禮著偁，乃復出斯穢語？齊東妄言，何足取也！"《簡端記》。

9

　　荀鳴鶴、陸士龍二人未相識，俱會張茂先坐。張令共語〔1〕。以其並有大才，可勿作常語。陸舉手曰："雲間陸士龍。"荀答曰："日下荀鳴鶴。"陸曰："既開青雲

---

〔1〕"令共語"，朱鑄禹曰："（'共'）袁本作'其'。又《太平御覽》三九〇《言語門》上有'介'字。"龔斌曰："宋本、沈校本並作'共'。按作'共'是。"

覩白雉，何不張爾弓，布爾矢[1]？"荀答曰："本謂雲龍騤騤，定是山鹿野麋[2]。獸弱弩彊[3]，是以發遲。"張乃撫掌大笑。《晉百官名》曰："荀隱字鳴鶴，潁川人。"《荀氏家傳》曰："隱祖昕，樂安太守。父岳，中書郎[4]。隱與陸雲在張華坐語，互相反覆，陸連受屈，隱辭皆美麗，張公稱善云。世有此書，尋之未得。歷太子舍人，延尉平，蚤卒[5]。"

　　○"荀鳴鶴"至"撫掌大笑"

　　"雲間陸士龍""日下荀鳴鶴"，劉應登曰："'雲間'、'日下'者，荀字從'日'，陸名曰'雲'。"○徐震堮曰："華亭古名雲間。《元和郡縣志》：'華亭，天寶十載置。《吳地記》：地名雲間。'日下，指京都。荀，潁川人，與洛陽相近，故云。"○周一良曰："陸氏吳郡吳人，而陸遜封於華亭。陸雲因字士龍而自稱'雲間'，後世因用爲華亭之別名。《世說新語》注引《荀氏家傳》，荀隱祖昕樂安（當從荀岳墓誌作平）太守，父岳中書郎（當從墓誌作侍郎），官位皆不高。然據荀岳墓誌，荀氏潁川之高門，通婚姻者皆當時大族。宋代荀伯子曾對琅琊王氏之王弘云：'天下膏粱唯使君與下官。'故荀隱亦敢與陸氏相抗。其稱'日下'，當由'鳴鶴'而來。荀氏隸籍潁川潁陰，在洛陽東南不遠，西晉潁川郡所治許昌縣又爲漢魏舊都，此荀鳴鶴所以自誇日下之又一原因歟？"《史札》頁九七。

　　"開青雲覩白雉"，劉盼遂曰："'日''雉'聲近，故取以相謔。或當時'日'讀同'雉'，抑'雉'讀同'日'，亦未可知。考之《唐韻》，'雉'在上聲五旨，'日'在入聲五質，古韻則'雉'在脂部，'日'在至部，二部比鄰互轉。考之《聲類》，'雉'入澄紐，'日'入日紐，古音同屬舌頭，可以交通。知當時二字音讀幾於全同，至今日此二字急言之尚難分辨，故士龍得取鳴鶴所云之

---

[1]　"布爾矢"，朱鑄禹曰："'布'《太平御覽》（三九〇）作'挾'。"
[2]　"定是"，楊勇曰："'定'，《類聚》二五、《御覽》三九〇、《廣記》二五三引《世說》作'乃'。"
[3]　"獸弱"，楊勇曰："'弱'，《類聚》二五、《御覽》三九〇、《廣記》二五三引《世說》作'微'。"
[4]　"樂安太守""中書郎"，周一良《批校》曰："'樂安太守'當從《荀岳傳》作'樂平太守'。'中書郎'當作'中書侍郎'。墓誌右側稱：'隱，司棣左西曹掾。'"
[5]　"歷太子舍人"三句，董刻本"延"作"廷"。王先謙："'延'當爲'廷'，各本皆誤。"范子燁《研究》曰："'歷太'以下十字，當在'中書'句下。"頁二〇四。

‘日’，諧音作‘雉’，復加‘白’字，以與‘青雲’對文，用作嬉笑。不然，‘開青雲覩白雉’，‘雲’已故有，‘雉’果何指，非雅謔矣。又彼時士女習於以諧聲作劇談，如安陵女子嘲鍾毓兄弟中央高，謂‘兩頭瞻’也，‘瞻’又以諧音代‘膻’。晉文帝嘲鍾會‘遲遲望卿，遙遙不至’，‘遙’以諧聲代‘繇’，皆其例證。於‘日’‘雉’相代爲謔，又何疑焉。”○張萬起曰：“此句嘲弄荀不是鶴。”○龔斌曰：“‘既開青雲覩白雉’意即‘日下見鳴鶴’。‘開青雲’暗對‘日下’，‘白雉’暗指‘鳴鶴’。蓋魏晉時盛行射雉，而無有射鶴，鶴色多白，故以‘白雉’代指。”

“本謂雲龍騤騤”四句，王叔岷曰：“張衡《南都賦》：‘馴飛龍兮騤騤。’《廣雅·釋訓》：‘騤騤，盛也。’”○張萬起曰：“此句嘲弄陸不是龍。”○龔斌曰：“荀隱數語乃反嘲‘雲間陸士龍’非是雲中强龍，實乃山野弱獸，我有强弩，遲發亦中耳。”

○注“荀氏家傳曰”

“父岳”，吳士鑑曰：“荀岳墓碣云：‘岳字於伯，小字異姓，樂平府君之第一子。夫人東萊劉仲雄之女。息男隱，字鳴鶴。隱，司徒左西曹掾。子男瓊，字華孫。’又歷敘岳之官閥，自本郡功曹史至中書侍郎。案《世説》注引《家傳》：‘岳父昕，樂安太守。’當據碑作‘樂平’以正之。《家傳》隱官廷尉平，而碑作左西曹掾。蓋初爲廷尉平，而終於西曹掾，亦當以碑爲得實。劉仲雄名毅，本書有傳。惟荀昕不見史傳，碑又不敢直書其名。考《魏志·荀攸傳》，攸叔父衢。裴注引《荀氏家傳》曰：‘衢子祈，字伯旗，位至濟陰太守。’疑‘昕’與‘祈’即一人，因字形相近而誤。或曾歷濟陰、樂平兩郡，而碑與傳各舉其一耳。”《斠注》卷五十四。余嘉錫按曰：“荀岳墓碣見《芒洛冢墓遺文》三編，題爲《墓誌銘》，略云：‘君樂平府君第二子。’碑陰又云：‘岳字於伯，小字異姓。’吳氏引作‘樂平第一子’，又引作‘小字異姓’，蓋諦視拓本不審耳。碑立於元康五年十月，而云‘息男隱，字鳴鶴，年十九’，隱雖蚤卒，未必即死於是年。然則碑言隱官司徒掾，蓋立碑時之官。《家傳》言歷廷尉平，蚤卒，則其最後之官。吳氏以爲終於西曹掾，非也。樂平君之名，以其字伯旗推之，當是旂常之‘旂’。作‘祈’與‘昕’者，皆傳寫之誤。”○陳直曰：“荀岳墓碣略云：‘岳官中書侍郎，樂平府君之第二子。’又云：‘以正始七年正月八日癸未生於譙郡府丞官舍。’譙郡丞府應爲荀岳父荀昕或岳祖父歷官之一。荀岳以晉元康五年七月卒，年五十歲。墓碣又云：‘次息男隱，字鳴鶴，年十九，娶琅琊王士瑋女。’敘鳴鶴官司徒左西曹掾，與本文歷官不同。”
《札記》。

"世有此書尋之未得"，余嘉錫曰："'世有此書尋之未得'兩句，乃孝標之語，謂有一書具載鳴鶴、士龍反覆之辭，而尋之未得，故不能知其詳也。"

【彙評】

方弘靜曰："晋之清談，古之所謂利口者哉。雲龍野麋，張弓挾矢之嘲，亦何足道也！彼期期艾艾者，竟著勳名，而老生常談，乃知幾篤論。尚德尚言，不啻千里矣！君子與其辯，寧默！"《千一錄》卷二十五。

袁中道曰："前狂後謔。"《舌華錄》卷四。

蔣凡曰："以白雉嘲諷荀氏非鶴，以山鹿野麋嘲弄陸氏非龍，則在修辭暗藏玄機，此一玩笑已頗見南北士族相互輕詆的潛意識。"

10

陸太尉詣王丞相，_{陸玩，已見〔1〕。}王公食以酪。陸還遂病。明日與王牋云："昨食酪小過，通夜委頓。民雖吳人，幾爲傖鬼。"

〇"陸太尉"至"幾爲傖鬼"

"食以酪"，岡白駒曰："酪，江南所無也。"

"委頓"，秦士鉉曰："病也。"

"民雖吳人"，秦士鉉曰："民，自稱詞。"

"幾爲傖鬼"，大典顯常曰："《晉陽秋》：'吳人謂中州人爲傖。'"〇田中頤曰："'幾'下略折'死'字。"〇秦士鉉曰："食北土之物而欲死，故曰'爲傖鬼'。南人侮北人曰'傖'。"〇程炎震曰："《晉書·玩傳》云：'其輕易權貴如

---

〔1〕 "陸玩"，董刻本、元刻本"玩"作"琬"。王利器曰："各本'琬'作'玩'，是。"朱鑄禹曰："袁本作'玩'，是。"

此。’”○徐震堮曰：“北人食酪，南人所不習，故云。”按參見《雅量篇》“褚公於章安令遷”條“吳人以中州人爲傖”。

◎余嘉錫曰：“《類聚》七十二引《笑林》曰：‘吳人至京，爲設食者有酪蘇，未知是何物也。強而食之，歸吐，遂至困頓。謂其子曰：與傖人同死，亦無所恨，然汝故宜慎之。’《笑林》爲魏邯鄲淳所著，在陸玩之前，疑玩即用其語，以戲王導耳。”

【彙評】

許世瑛曰：“王公以堂堂宰相竟遭如此蔑視，其所以絲毫不動聲色者，一面固然是他的雅量，可是另一面恐怕他爲了要收買民心，使吳中豪傑甘心臣服，雖受侮辱，也祇好強忍忿怒，假裝不經意的模樣，像他這種做品真可算得洞悉孔子說的‘小不忍則亂大謀’的另一義了。同時吳人不易對付，他爲了要安撫他們，煞費苦心的真實情況，觀此也可以得其十之八九矣。”《王導政績和晉元帝中興》。

11

元帝皇子生，普賜群臣。殷洪喬謝曰：殷羡，已見。“皇子誕育，普天同慶。臣無勳焉，而猥頒厚賚。”中宗笑曰：“此事豈可使卿有勳邪？”

○“元帝皇子”至“卿有勳邪”

“皇子生”，程炎震曰：“元帝六男，唯簡文帝生於即位之後。此當即簡文也。”

“皇子誕育”，秦士鉉曰：“《詩·生民》云：‘誕生后稷。’誕，語詞也。後世遂謂‘生’爲‘誕’。”

“猥頒厚賚”，胡三省曰：“賚，賜也。”《通鑑·魏紀十》注。○田中頤曰：“頒，分也。此謝其賜之辱。”○張萬起曰：“猥，謙詞，表示使對方屈尊。”

◎王楙曰:"南唐時宮中嘗賜洗兒果,有近臣謝表云:'猥蒙寵數,深愧無功。'此正用《世説》事,而李後主亦曰:'此事如何著卿有功?'故東坡《洗兒詞》謂'深愧無功,此事如何著得儂',又用南唐史中語。僕又觀《北史》有一事亦相類:秦孝王妃生男,隋文帝大喜,頒賜群官有差,李文博曰:'今王妃生男,於群臣何事?乃妄受賞。'此事亦然,但其言差隱耳。"《野客叢書》卷十。

12

諸葛令、王丞相共爭姓族先後,王曰:"何不言葛、王,而云王、葛?"令曰:"譬言驢馬,不言馬驢,驢寧勝馬邪?"諸葛恢〔1〕。

○"諸葛令"至"寧勝馬邪"

"諸葛令",趙西陸曰:"諸葛恢爲尚書令,故稱諸葛令。"

"云王葛",田中頤曰:"因以王爲先。"

"驢寧勝馬邪",田中頤曰:"此其欲先之,甚不知比驢比馬,自賤且穢者耳。"○余嘉錫曰:"凡以二名同言者,如其字平仄不同,而非有一定之先後,如夏商、孔顏之類,則必以平聲居先,仄聲居後,此乃順乎聲音之自然,在未有四聲之前,固已如此。故言王葛驢馬,不言葛王馬驢,本不以先後爲勝負也。"

【彙評】

蒙思明曰:"這簡直是無聊的笑話了。總之,門户的標榜,是世族抬高地位壓抑寒門的方法,而内部的衝突,又是這一方法更升一級更窄一層的運用而已。"《社會》頁一二三。

---

〔1〕 "諸葛恢",余嘉錫曰:"'恢'下景宋本及沈本有'已見'二字。"

13

劉真長始見王丞相，時盛暑之月，丞相以腹熨彈棋局，曰："何乃渹〔1〕?"吳人以冷爲渹〔2〕。劉既出，人問見王公云何，劉曰："未見他異，唯聞作吳語耳!"《語林》曰："真長云:'丞相何奇? 止能作吳語及細唾也。'"

○"劉真長"至"作吳語耳"

"腹熨彈棋局"，岡白駒曰："彈棋局以玉石爲之，故熨腹以取冷。"○大典顯常曰："熨，俗謂火斗，納以火，用按繒，令申也。今假以冷按爲熨，苟奉倩出中庭取冷還以身熨婦亦爾。局用玉石，故以取冷。"○田中頤曰："熨謂按摩而若申縮也。"

"何乃渹"，參見校文。程大昌曰："《玉篇》曰:'渹，音虛觥反，水石聲也。'腹熨棋局，水石之聲非所言也。今鄉俗狀涼冷之狀曰'冷渹'。'冷渹'即真長之謂吳語也。"《演繁露》卷六。○葉夢得曰："今二浙乃無此語。"《避暑錄話》卷下。按陳繼輅《合肥學舍札記》卷二曰："吳語謂冷爲渹。《避暑錄》乃云今吳中無此語，何耶?"俞正燮《癸巳類稿》卷七曰："《錄話》言王丞相'何乃渹'，謂'渹'爲冷，今二浙無此語，則誤甚。"余嘉錫曰："程大昌爲休寧人，其地於春秋及三國時正屬吳。"○凌濛初曰："按字書，渹，虛觥切，水浪聲。韻書，呼宏切，水石聲，又大也。"○方以智曰："乃渹，猶云那行也。《世說》真長見王導，曰'何乃渹'，劉出曰'惟聞吳語'。程大昌按:'《玉篇》言"渹"虛觥反，今鄉俗狀涼冷之狀曰冷渹。'此解非也。八庚與七陽通，'渹'當作亨康切，吳人之聲嘗有之，意以爲何如則

〔1〕"何乃渹"，劉盼遂曰："《太平御覽》七百五十五引作'何乃㵾'。"王利器曰："《御覽》卷二一、又卷七五五引'何'下有'如'字。又《御覽》卷三七一引'渹'作'韵'，又卷二一、卷七五五作'㵾'。案作'㵾'是。《説文》水部云:'㵾，冷寒也。''渹''韵'都無冷意。"按"韵"當作"詷"。唐鴻學曰："渹，《太平御覽》七百五十五引作'㵾'。《説文》:'冷寒也。'"徐震堮曰："《御覽》二十一引《世説》此條，注'吳人以冷爲渹'下有'音楚敬反'四字小注，他卷或作'㵾'或作'詷'。"楊勇曰："《事類賦》四、《御覽》二一引《世説》並作'何如乃渹'，《御覽》三七一引《世説》作'何如乃詷'，《御覽》七五五引《世説》作'何乃詷'。"
〔2〕"吳人以冷爲渹"，王利器曰："《御覽》卷二一引作:'吳人以冷爲渹也，音楚敬反。'又卷三七一引作:'吳人以冷爲詷，或作渹，音與鄭相近。'又卷七五五引作:'吳人以冷爲㵾，音楚敬反。'又《御覽》卷三四引《語林》作'渹'，並注云:'吳人以冷爲渹，渹音楚敬反。'案今人以冰鎮物，正呼楚敬音。"

曰'那行'，'行'字亦音亨康切。《老學庵筆記》曰：'閤門促人曰那行。'是即'何乃淘'之聲也。"《通雅》卷四十九。○胡文英曰："何，虛問之辭。那淘，猶如何也。吳中呼若何爲'那淘'。"《吳下方言考》卷二。○朱亦棟曰："按《集韻》：'淘與瀨同，冷也，吳人謂之淘。'《說文解字》：'冷，寒也。楚人謂冷曰瀨。'當從孝標說爲是。"《羣書札記》卷三。○岡白駒曰："且熨且言：何乃冷之至此。都不與劉語。"○大典顯常曰："《字彙》：'江東呼厭極爲淘，音馨。'此爲冷或厭極之，義可通。"《集成》。○田中頤曰："此言其冷而覺愉快也。"○段玉裁曰："《太平御覽》引此事，'淘'作'瀨'。《集韻》《類編》皆云：'瀨、淘二同，楚慶切，吳人謂冷也。'今吳俗謂冷物附他物，其語如鄭國之鄭，即'瀨'字也。"《說文解字注》十一篇水部。李詳按曰："《太平御覽》七百五十五引作'何如乃瀨'，注：'吳人以冷爲瀨也。音楚敬切。'"余嘉錫按曰："此句之義，當以段氏說爲定。"○俞正燮曰："王導暑日以腹熨棋局，學吳語曰'何乃淘'者，'何'字一句，言其熱至此也；'乃淘'一句，今吳語'那杭'，文言'奈何'，六朝俗語寧馨、爾馨、如馨也，意言其熱故熨棋局取冷耳。"又曰："'乃淘'即寧馨、爾馨、如馨，馬永卿《嬾真子》謂'馨音亨'是也。"《癸巳類稿》卷七。劉盼遂按曰："俞氏之說迂回特甚，果'乃淘'與'寧馨''奈何'同義，且同時方言，何臨川不作'何寧馨'而故爲是半獄乎？又以'奈何'例'寧馨'，亦不盡通。"○陸以湉曰："'何乃淘'，吳人以冷爲'淘'也。"《雜識》卷一。○李慈銘曰："《玉篇》：'淘，虛舩切，水浪淘淘聲。'《廣韻》：'呼宏切，水石聲，又大也。'《集韻》：'水相擊聲。'俱無'冷'訓。《說文》：'訇，駭言聲。'《韻會》引作'駭言聲'。訇，從言，匀省聲，虎橫切。'淘'即從訇聲。蓋因寒而駭呼，其聲若宏，因爲'淘'字耳。今吳下亦無此方言。"《簡端記》。○文廷式曰："《御覽》七百五十四引《世說》'丞相以腹熨棋局，問曰：何如乃瀟'，注：'吳人以冷爲瀟也。音楚敬切。'卷三十四引《語林》作'何如淘'。'淘'字亦音楚敬切。余謂'瀨''淘'皆'清'字之別體耳。《曲禮》：'冬溫而夏清。'《釋文》：'清，才性反，字從冫，冰冷也。本或作水旁，非也。'《呂氏春秋·有度篇》：'冬不用翣，非愛翣也，清有餘也。'即此字。"《枝語》卷三。○沈濤曰："《太平御覽》二十一《時序部》引作'何如乃淘'，是'何'下尚有一'如'字。'乃淘'二字有聲無義，猶今人之言'那亨'。何如那亨，今吳語正如是，非以冷爲'淘'也。程大昌《演繁露》引《世說》亦作'何如乃淘'，是所據本勝於石林，然曰：'今鄉俗狀涼冷之狀者曰冷淘淘。'則亦不知'乃淘'之即'那亨'，而爲舊注所惑矣。周公謹

《癸辛雜識》載徐淵子《一翦梅》詞：‘他年青史總無名，我也能亨，你也能亨。’注：‘能亨，鄉音也。’案‘能亨’蓋即‘那亨’之轉音。”《熨斗齋》卷七。

○注“語林曰”

“細唾”，岡白駒曰：“唾，謂不顧人也。《左傳》云‘先軫不顧而唾’，《莊子》曰‘不見夫唾者乎？大者如珠，小者如霧’，蓋所謂‘細唾’是已。”○大典顯常曰：“蓋嘲語音不正也。唾，猶奉咳唾之唾，謂發語也。”《撮補》。○平賀房父曰：“瑣細言語也。”

【彙評】

李贄曰：“正此是其奇異。”《初潭集》卷二十九。

王世懋曰：“真長故不喜丞相。”

顧炎武曰：“五方之語雖各不同，然使友天下之士而操一鄉之音，亦君子之所不取也。故仲由之喭，夫子病之；鴃舌之人，孟子所斥。而《宋書》謂：‘高祖雖累業江南，楚言未變，雅道風流，無聞焉爾。’又謂：‘長沙王道憐素無才能，言音甚楚，舉止施爲，多諸鄙拙。’《世說》言：‘劉真長見王丞相，既出，人問見王公云何，答曰：未見他異，惟聞作吳語耳。’又言：‘王大將軍年少時，舊有田舍名，語音亦楚。’又言：‘支道林入東，見王子猷兄弟還，人問：見諸王如何？答曰：見一群白項烏，但聞喚啞啞聲。’夫以創業之君，中興之相，不免時人之譏，而況於士大夫乎？北齊楊愔稱裴讞之曰：‘河東士族，京官不少，惟此家兄弟，全無鄉音。’其所賤可知矣。”《日知錄》卷二十九。

陳寅恪曰：“吳語者，當時統治階級之北人及江左吳人士族所同羞用之方言，王導乃不惜屈尊爲之，故宜爲北人名士所笑，而導之苦心可以推見也。”《述東晉王導之功業》，《叢稿初編》頁六二。○曰：“琅邪王導本北人，沛國劉惔亦是北人，而又皆士族。然則導何故用吳語接之？蓋東晉之初，基業未固，導欲籠絡江東人心，作吳語者，亦其開濟政策之一端也。觀《世說・政事篇》所載‘王丞相拜揚州’之條，則知導接胡人，尚操胡語。臨海任客當是吳人，雖其屬於何等社會階級，不可考知，但值東晉創業之初，王導用事之際，即使任是士流，當亦用吳語接待。然此不過一時之權略，自不可執以爲三百年之常規明矣。”《東晉南朝之吳語》，《叢稿二編》頁三〇七至三〇八。

余嘉錫曰：“顧氏謂士大夫不宜操鄉音，固是通論，然瑯琊王氏本非吳人，而以吳語爲真長、道林所笑，故當別自有意，非鄉音之謂也。蓋四方之音不同，各操土風，互相非笑，惟以帝王都邑所在，聚四方之人，而通其語言，取泰去甚，便爲正音，《顏氏家訓》論之詳矣。東漢、魏晉並都洛陽，風俗語言爲天下之準則。及五胡雲擾，中原士夫相牽過江，雖久居吳土，舉目有山河之異，而舉止風流，猶有承平故態。談玄便思正始名士，詠詩必學洛下書生，雖曰樂操土風，亦所以自表其爲故家舊族也。王導系出瑯琊，生於京洛，思舊之情，時縈夢寐。第以元帝初鎮建康，吳人不附，導勸帝虛己順心，引用南士，又自欲與陸玩結婚，皆所以調和南北、消弭異同也。即其造次之間，偶作吳語，亦將以此達彼我之情，猶之禹入裸國而裸耳。然則真長之譏王導，無乃猶未察其用心，而索之於形骸之內也乎？”

14

王公與朝士共飲酒，舉瑠璃盌謂伯仁曰[1]：“此盌腹殊空，謂之寶器，何邪？”以戲周之無能。答曰：“此盌英英，誠爲清徹，所以爲寶耳[2]！”

○“王公與”至“爲寶耳”

“此盌腹殊空”三句，劉辰翁曰：“伯仁空洞見嘲。”○田中頤曰：“以伯仁爲無材而得令名者也。”

“此盌英英”三句，大典顯常曰：“《詩·小雅·白華》：‘英英白雲。’《毛傳》：‘英英，白雲貌。’今此所謂蓋光華貌。”○淇園曰：“即以解其空。”○田中頤曰：“清光貌。”○朱鑄禹曰：“英英，輕明之貌。”

“所以爲寶耳”，田中頤曰：“即言己其空曠，所以爲貴也。”

---

〔1〕“瑠璃盌”，余嘉錫曰：“諸‘盌’字景宋本俱作‘椀’。”
〔2〕“爲寶耳”，余嘉錫曰：“‘耳’下沈本有‘公乃王導’四字，分列兩行，爲小注。”

15

謝幼輿謂周侯曰：“卿類社樹,遠望之，峨峨拂青天；就而視之，其根則群狐所託，下聚溷而已！”謂顗好媟瀆故。答曰：“枝條拂青天,不以爲高；群狐亂其下，不以爲濁。聚溷之穢，卿之所保，何足自稱！”

○“謝幼輿”至“何足自稱”

“下聚溷而已”，田中頤曰：“言人物似太高，而其實媟瀆卑下也。”○秦士鉉曰：“溷，濁也。”○張萬起曰：“溷，污穢物、糞便。”

“枝條拂青天”，田中頤曰：“言高且大之至。”

“聚溷之穢”，岡白駒曰：“謝鯤放蕩，嘗挑鄰家女，女投梭，折其兩齒，鯤傲然無慚色，其穢行如此，故云‘聚溷之穢’。”

“卿之所保”，岡白駒曰：“保，據也。”○大典顯常曰：“保，保任也。謝亦有挑鄰女等事，故周亦嘲及。”○秦士鉉曰：“保，猶居也。”

“何足自稱”，田中頤曰：“言若夫聚溷之穢，卿之所保容其身於此，我何足自稱述之哉！”○朱鑄禹曰：“此謂聚溷正卿等所保有，何必自道，蓋反脣相譏也。”

【彙評】

劉辰翁曰：“二謝皆有理，爲伯仁難。”

16

王長豫幼便和令，丞相愛恣甚篤。每共圍棋，丞相欲舉行[1]，長豫按指不聽。丞相笑曰：“詎得爾？相與似

---

〔1〕“舉行”，《考異》無“行”字。

有瓜葛。"蔡邕曰："瓜葛,疏親也。"

○"王長豫"至"按指不聽"

"王長豫",敬胤曰："悅,字長豫,丞相子也。少以相長知彰著稱,侍講東宫,拜騎都尉,稍遷中書郎,蚤卒,贈常侍,謚貞世子。"○岡白駒曰："導之長子。"

"幼便和令",淇園曰："和令,即和順令色之謂。"

"欲舉行",恩田仲任曰："蓋下子局上曰行。既下而復舉去,故曰'舉行'。"○田中頤曰："謂欲舉所既置子而改行。"

"按指不聽",恩田仲任曰："《廣韻》曰:'按,抑也。'"○程炎震曰："'按指不聽',《晉書》六十五《悅傳》云'争道'。"○楊勇曰："今於棋當殺之時,而介於情誼,又不能殺之以盡,故按指不動,猶瓜葛之情難以切斷也。"舊《校箋》。○吳金華曰："'不聽'猶言不許,'丞相欲舉行'是指王導投下一子後又想拿起來重走,'長豫按指不聽'是指王悅按住對方手指不准其悔棋。"《考釋》頁二○三。

○"丞相笑曰"至"似有瓜葛"

"詎得爾相與似有瓜葛",孔平仲曰："俗所謂'瓜葛',亦有所出也。《後漢·禮儀志》上陵儀注:'苟先帝有瓜葛之屬,男女畢會也。'晉王導與子悅弈棋争道,導笑謂:'與子有瓜葛,那得爾耶?'"《珩璜新論》卷上。○陸佃曰："瓜葛皆延蔓相及,故屬之綿遠者,取譬瓜葛。"《埤雅》卷十八。○翟灝曰："蔡邕《獨斷》:'後上原陵,凡與先帝先後有瓜葛者皆會。'《漢書·禮儀志》注亦云:'苟先帝有瓜葛之屬,男女畢會。'《世説》王導與子悅圍棋争道,導笑曰:'相與似有瓜葛,那得爾?'魏明帝《種瓜篇》:'與君新爲婚,瓜葛相結連'。"《通俗編》卷三十。○岡白駒曰："父子而言'似有瓜葛',是調戲之也。"○大典顯常曰："'瓜葛'謂骨肉系屬也。蓋以棋行相連比之,調長豫不容舉我行也。"○恩田仲任曰："胡三省曰:'瓜葛有所附麗,言非至親,或群從中表相附麗以敘親好,若瓜葛然。'"○楊勇曰："《晉書·王悅傳》作:'相與有瓜葛,那得爾邪?'瓜葛,關係密切也。"○吳金華曰："王導用調侃的口吻對心愛的兒子説:'那能這樣?我們之間似乎還有些親屬關係吧?'言下之意,是希望孩子能留點情面,允許他悔棋。"《考釋》頁二○三。

○注“蔡邕曰”

“蔡邕曰”，沈家本曰：“注引蔡邕曰‘瓜葛疏親也’，不言所引書名。考《續漢書·禮儀志》‘四姓親家婦女’注：‘蔡邕《獨斷》曰：凡與先後，有瓜葛者。’知孝標所引，亦《獨斷》之文也。今本無此文，已佚。《後漢書·邕傳》：‘所著有《獨斷》。’《玉海》五十一《中興書目》：‘二卷，采前古及漢以來典章制度、品式稱謂，考證辨釋，凡數百事。’隋唐志皆不著録，疑其書本在《邕集》中。”《古書目》卷五。

【彙評】

王思任曰：“曾見一抄本，‘按指不聽’下有曰‘尊親不可’四字，更覺脈氣。”

張鳳翼曰：“夫父子雖天性之親，以棋酒相狎侮，如此得無嘻嘻之斉乎？然以晉人風度擬之，今時暌乖者則大有間。”《處實堂集》卷八《談輅》。

田中頤曰：“愛篤戲笑。”

明帝問周伯仁：“真長何如人？”答曰：“故是千斤犗特。”王公笑其言。伯仁曰：“不如捲角牸，有盤辟之好。”以戲王也。

○“明帝問”至“笑其言”

“明帝”，楊勇曰：“‘明帝’之稱，此後人追記語。顗死元帝大興四年，明年永昌十一月元帝崩，明帝即位。”

“真長何如人”，王世懋曰：“此定誤作‘真長’。或是道真。”龔斌按曰：“毫無依據。”

“千斤犗特”，余嘉錫曰：“《玉篇》云：‘犗，加敗切。犗之言割也，割去其勢，故謂之犗。’《説文》：‘扑特，牛父也。’案真長年少有力，故伯仁比之騗牛，言其馴擾而有千斤之力也。”〇徐震堮曰：“犗音戒，《莊子·外物》疏：‘犍牛也。’謂去勢之牛。《玉篇》：‘特，牡牛。’”

〇“伯仁曰”至“盤辟之好”

“捲角牸”，余嘉錫曰：“《玉篇》曰：‘牸，母牛也。’”

“有盤辟之好”，余嘉錫曰：“《論語·鄉黨篇》‘足躩如也’《集解》引包氏曰：‘足躩，盤辟貌。’敦煌本《論語》鄭注作‘逡巡貌’。然則‘盤辟’即逡巡也。《漢書·何武傳》曰：‘坐舉方正，所舉者，槃辟雅拜。’師古曰：‘槃辟，猶言槃旋也。’又《儒林傳》曰：‘魯徐氏善爲頌。’注蘇林曰：‘不知經，但能盤辟爲禮容。’以此數說考之，則盤辟爲從容雅步，不能速行之貌也。牛老則捲角，筋力已盡，行步盤旋，不能速進。導在當時雖爲元老宿望，而有不了事之稱，故伯仁以此戲之。”〇徐震堮曰：“此言捲角牸不能如千斤犗特之任重致遠，而折旋進退，皆如乘者之意。”

18

　　王丞相枕周伯仁郄[1]，指其腹曰：“卿此中何所有？”答曰：“此中空洞無物，然容卿輩數百人[2]。”

〇“王丞相”至“數百人”

“容卿輩數百人”，田中頤曰：“即言容物有餘裕之大器也。”〇劉葉秋曰：“蘇東坡《寶山晝睡》絶句云：‘七尺頑軀走世塵，十圍便腹貯天真。此中空洞渾無物，何止容君數百人。’即用此典。”《散記》。

【彙評】

袁中道曰：“問輕薄。”《舌華錄》卷二。

謝肇淛曰：“周語近誇。”《文海披沙》卷五。

---

〔1〕“周伯仁郄”，董刻本“郄”作“膝”。
〔2〕“然容”，楊勇曰：“‘然’下《晉書·周顗傳》有‘足’字。”

陳師曰："夫導之訊顗,意本藐然,而顗之應語,矢口誇大。蓋晉尚清談虛誕,固宜導之有是問,顗之有是答。然善戲謔兮!二君之風流醞籍,亦可想見。矜夸自賢者,視此可以戒矣。"《禪寄筆談》卷三。

干寶向劉真長《中興書》曰:"寶字令升,新蔡人。祖正[1],吳奮武將軍。父瑩,丹陽丞。寶少以博學才器著稱,歷散騎常侍。"敍其《搜神記》,《孔氏志怪》曰:"寶父有嬖人,寶母至妒,葬寶父時,因推著藏中。經十年而母喪,開墓,其婢伏棺上,就視猶煖[2],漸有氣息。輿還家,終日而蘇。說寶父常致飲食,與之接寢[3],恩情如生。家中吉凶,輒語之,校之悉驗。平復數年後方卒。寶因作《搜神記》,中云'有所感起'是也。"劉曰:"卿可謂鬼之董狐。"《春秋傳》曰:"趙穿攻晉靈公於桃園,趙宣子未出境而復。太史書:'趙盾弒其君。'宣子曰:'不然。'對曰:'子爲正卿,亡不越境,反不討賊,非子而誰?'孔子曰:'董狐,古之良史也,書法不隱。趙盾,古之賢大夫也,爲法受惡。'"

○注"中興書曰"

"父瑩丹陽丞",文廷式曰:"《晉書·干寶傳》:'父瑩,丹陽丞。'《輿地紀勝》:嘉興府古跡有干瑩墓。注云:'干寶之父也。墓在海鹽。'"《枝語》卷六。

20

許文思往顧和許[4],顧先在帳中眠。許至,便徑就

---

[1] "祖正",吳士鑑《斠注》卷八十二曰:"疑梁人避諱,改'統'爲'正'。"程炎震曰:"《晉書》八十二《寶傳》作'祖統'。"
[2] "猶煖",董刻本"煖"作"暖"。
[3] "接寢",《搜神記》作"寢接"。
[4] "許文思",楊勇曰:"宋本作'許文思',非。本書《雅量篇》注引《晉百官名》:'許璪字思文,義興陽羨人。'是。"

牀角枕共語。許琛，已見[1]。既而喚顧共行，顧乃命左右取枕上新衣[2]，易己體上所著。許笑曰："卿乃復有行來衣乎[3]？"

○"許文思"至"行來衣乎"

"角枕"，龔斌曰："以角製或用角裝飾之枕頭。"

"枕上新衣"，參見校文。徐震堮曰："'桁'同'桁'，衣架也。"

"行來衣"，胡三省曰："行來，猶言往來也。"《通鑒·晉紀十八》注。○徐震堮曰："行來，往來、出入之義。《後漢書·陸康傳》：'除高成令，縣在邊垂，舊制令戶一人具弓弩以備不虞，不得行來。'注：'行來，猶往來也。'《賞譽》一一四：'初法汰北來，未知名，王領軍供養之，每與周旋行來，往名勝許，輒與俱。'《南史·孝義·郭原平傳》：'每行來，見人牽埭未過，輒迅楫助之。'義並同。因謂出門爲行來，出門所著衣服曰'行來衣'。"

【彙評】

王世懋曰："意似譏其欠真率。"

21

康僧淵目深而鼻高，王丞相每調之。僧淵曰："鼻者面之山，《管輅別傳》曰："鼻者天中之山。"《相書》曰："鼻之所在爲天中，鼻有山

---

[1] "許琛已見"，徐震堮曰："許琛前未見。《晉書》亦無傳。唯《雅量》一六許侍中下注：'許璪字思文。'疑即其人，'琛'或是'璪'之誤。"

[2] "取枕上新衣"，董刻本"枕"上有"机"字，袁刻本"枕"作"桁"。張端木曰："桁，當作'桁'，古樂府《東門行》'還視桁上無懸衣'。"葉德輝曰："袁本'枕'作'桁'。按'桁'與'桁'同聲字，桁，衣架也。古樂府《東門行》'還視桁上無懸衣'是也。此本作'枕'，涉上文'角枕'字誤。"余嘉錫曰："'枕'，景宋本作'机枕'，沈本作'其枕'。"楊勇曰："宋本作'取机枕上新衣'，袁本作'取桁上新衣'，沈校作'取其桁上新衣'，惜陰軒叢書本作'取几上新衣'。"

[3] "衣乎"，董刻本"乎"下有"王"字。王利器曰："各本無'王'字，是。"朱鑄禹曰："'王'是衍文。"

象，故日山。” 目者面之淵。山不高則不靈，淵不深則不清。”

○“康僧淵”至“則不清”

“鼻者面之山”，蔣凡曰：“《説卦傳》有‘艮爲山’之説。八卦中的艮卦，象徵物爲山。而鼻在人的臉上，部位突出如山，故艮卦又有鼻象。”

“山不高則不靈”二句，李詳曰：“梁簡文《謝安吉公主餉胡子一頭啓》：‘山高水深，宛在其貌。’即用僧淵此事。胡子者，胡奴也。僧淵本胡人。”○劉葉秋曰：“讀此可知《陋室銘》的‘山不在高有仙則名，水不在深有龍則靈’二句，實本僧淵語略加變化而成。”《散記》。

○注“管輅別傳曰”

《管輅別傳》，葉德輝曰：“《初學記》引作《管公明別傳》。”

22

何次道往瓦官寺禮拜甚勤。充崇釋氏，甚加敬也。阮思曠語之曰：“卿志大宇宙，《尹子》曰[1]：“天地四方曰宇，往古來今曰宙。”勇邁終古。”終古，往古也。《楚辭》曰：“吾不能忍此終古也。”何曰：“卿今日何故忽見推？”阮曰：“我圖數千户郡，尚不能得；卿迺圖作佛，不亦大乎！”思曠，裕也。

○“何次道”至“不亦大乎”

“見推”，秦士鉉曰：“推獎我。”
“圖數千户郡”，秦士鉉曰：“圖作小郡守。”

---

[1] “尹子”，王先謙曰：“一本‘尹’作‘尸’，是。《世説補》同。”按董刻本、袁刻本俱作“尸”。朱鑄禹曰：“周本(紛欣閣本)作‘尹’非。”

何良俊曰："今之士大夫皆欲官至卿寺,積財巨萬;然後兼修性命,壽至數百歲,享盡世間之福;臨了又做活佛。其志之大,豈不又萬萬於何次道哉?然世豈有是事!不如裴晉公言雞豬羊蒜,逢着便喫;生老病死,符到便行。蓋深得達之生理。"《四友齋叢說》卷二十二。

謝肇淛曰："夫萬户侯誠難求也。即心是佛,何遠之有!"《五雜組》卷十三。

狄期進曰："天堂無則已,有則君子登;地獄無則已,有則小人入。"

凌濛初曰："《排調》可取,思曠亦陋。"

汪砢玉曰："今士大夫身享富貴,臨老便思生天作佛,鮮不爲阮笑矣。"《珊瑚網》卷十七。

23

庾征西大舉征胡[1],既成行,止鎮襄陽。《晉陽秋》曰:"翼率衆入沔,將謀伐狄。既至襄陽,狄尚彊,未可決戰。會康帝崩,兄冰薨,留長子方之守襄陽,自馳還夏[2]。"殷豫章與書,送一折角如意以調之。豫章,殷羨。庾答書曰:"得所致,雖是敗物,猶欲理而用之[3]。"

○"庾征西"至"理而用之"

"征胡",秦士鉉曰:"胡,後趙也。"

"止鎮襄陽",張萬起曰:"康帝建元元年,翼率四萬大軍北伐,駐軍襄陽。"

"送一折角如意",岡白駒曰:"譏其無圭角勇氣也。與遺巾幗意同。"○田中頤曰:"'折'與'成行'反映。此意謂止而不征,其素心也。"○楊勇曰:"諧音

---

[1] "征胡",王叔岷曰:"《類說》三一引'征胡'作'伐胡'。"

[2] "自馳還夏",董刻本"夏"下有"口"。王先謙曰:"'自馳還夏'下缺一字,諸本一字模胡,《世說補》作'夏口',是。"

[3] "理而用之",王叔岷曰:"《類林》(三一)引'理'作'整'。"

照原字讀。折角如意者，不全如其意也。戲言庾之征胡，未必能如意成事也。"

"雖是敗物"二句，大典顯常曰："言己之功未可廢也。"《撮補》。○田中頤曰："'敗''廢'音近。此言己有意復舉也。"○哈佛手批曰："言己之功未可廢，猶欲復舉也。"○朱鑄禹曰："殷以庾伐胡中途頓止，故遺折角如意以譏之，庾覆書反以敗物還譬殷。"

【彙評】

劉辰翁曰："能言，自別。"

蔣凡曰："翼率軍四萬北伐受阻，殷羨則贈折角如意加以譏諷。其態度是幸災樂禍。對於殷羨的調侃嘲諷，庾翼並不退縮，其答辭委婉蘊藉，有君子之風，但態度堅決，言外之意，殷雖是缺德'敗物'，但經修治，仍冀物盡其用。二者相形，君子小人顯明呈現。"

24

桓大司馬乘雪欲獵，先過王、劉諸人許。真長見其裝束單急，問："老賊欲持此何作？"桓曰："我若不爲此，卿輩亦那得坐談？"《語林》曰："宣武征還，劉尹數十里迎之，桓都不語，直云：'垂長衣，談清言，竟是誰功？'劉答曰：'晉德靈長，功豈在爾？'"二人說小異，故詳載之。

○"桓大司馬"至"那得坐談"

"先過王劉諸人許"，田中頤曰："爲下言'卿輩'作地。"

"裝束單急"，徐震堮曰："謂戎裝也。《宋書·沈慶之傳》：'慶之戎服履襪縛袴入，上見而驚曰：卿何意乃爾急裝？慶之曰：夜半喚隊主，不容緩裝。'"江藍生按曰："《三水小牘》：'有婦人至門，服裝單急，曳履而抱持襁嬰。'此處'單急'顯然不能作戎裝解。"○周一良曰："意謂其以戎服爲行裝。'裝束'亦稱'束裝'，多用爲整裝待發之意。"《史札》頁二二八。○江藍生曰："'單急'，指服裝隨便、草率。桓溫身著戎服，異於常裝，故劉真長以爲‘單急’。”《彙釋》頁三六至三七。〇吳金華曰：“《資治通鑒》卷九七《晉紀·穆帝永和元年》作‘裝束甚嚴’，‘嚴’跟‘單急’也是同義語。”《考釋》頁二〇三。

“老賊欲持此何作”，田中頤曰：“以其忙而敗靜境，調之曰老賊。”

“卿輩亦那得坐談”，胡三省曰：“溫以此語答恢，盡之矣；溫亦知恢之悉其才，故發是言。”《通鑒·晉紀十九》注。〇田中頤曰：“言己爲此忙，所令得其静。”

【彙評】

劉辰翁曰：“此賊終健。”

李贄曰：“此答無味，因代劉答一轉語云：‘坐則談清言，行則建事功。’”評注“晉德靈長”二句。《初潭集》卷二十三。

王世懋曰：“此各不妨兩出。”評注“二人説小異”。

尤侗曰：“劉惔、王濛亦浩一流耳，溫所云‘我不爲此，卿安得坐談乎’？”《看鑑偶評》卷三。

田餘慶曰：“庾翼與桓溫相期寧濟之事以及桓溫諷劉惔之事，足以證明在江左門閥政治環境中，真正負盛譽的名士，都是政治上的無能之輩，而且往往是真正掌權者的嘲弄對象。”《政治》頁一四五。按“相期寧濟”之事見《豪爽篇》“庾穉恭既常有中原之志”條注。

25

褚季野問孫盛：“卿國史何當成？”孫云：“久應竟，在公無暇，故至今日。”褚曰：“古人‘述而不作’，何必在蠶室中？”《漢書》曰：“李陵降匈奴，武帝甚怒。太史令司馬遷盛明陵之忠，帝以遷爲陵遊説，下遷腐刑。乃述唐、虞以來，至于獲麟，爲《史記》。”遷與任安書曰：“李陵既生降，僕又茸之以蠶室[1]。”蘇林注曰：“腐刑者，作密

---

[1] “茸之以蠶室”，徐震堮《札記》曰：“《漢書》‘茸’下無‘之’字。”又《校箋》曰：“‘之’字沈校本無，《漢書·司馬遷傳》同。”

室蓄火，時如蠶室。舊時平陰有蠶室獄。”

○“褚季野”至“在蠶室中”

“卿國史何當成”，大典顯常曰：“謂《晉陽秋》也。”○崔朝慶曰：“孫盛著《晉陽秋》，詞直而理正，咸稱良史。何當成，言何時成也。”○王叔岷曰：“‘何當’猶言‘何時’。”○江藍生曰：“‘何當’猶‘何時’，用於詢問時間，見丁樹聲先生《‘早晚’與‘何當’》。”《彙釋》頁七六。○曹道衡曰：“褚哀卒於永和五年，下距枋頭之役達二十年。設此事可信，則孫盛撰作前後或近三十年。”《叢考》頁一九○。

“久應竟”二句，岡白駒曰：“竟，即成也。言本應成久。”○大典顯常曰：“久，猶言早也。”《集成》。○恩田仲任曰：“《詩》曰：‘夙夜在公。’注曰：‘公事也。’”○張萬起曰：“在公，身任公職。”《詞典》頁二八三。

“古人述而不作”二句，大典顯常曰：“言當遵古人‘述而不作’之訓，何乃事難成之國史以曠日耶？”○田中頤曰：“此用司馬遷罹腐刑而後作史之事，言孫國史遵古人‘述而不作’之訓，亦不作可也。”○楊勇曰：“《論語·述而》：‘子述而不作，信而好古。’此意當遵古人之訓，何必況日自苦作史耶？”

○注“漢書曰”

“茸之以蠶室”，大典顯常曰：“師古曰：‘茸，推也。推置蠶室之中。’《文選》作‘佴’，如淳曰：‘佴，次之也。’”《集成》。○徐震堮曰：“《文選》作‘佴之蠶室’。顏師古曰：‘茸，人勇反，推也。蠶室，初腐刑所居溫密之室也。謂推致蠶室之中也。’”

【彙評】

蔣凡曰：“孫盛作爲桓溫下屬，著《晉陽秋》直敘溫枋頭之敗，溫怒，謂盛子曰：‘枋頭誠爲失利，何至乃如尊君所説！若此史遂行，自是關君門户事。’以孫盛全家性命前途相脅，迫其删改。諸子號泣，乞盛爲家族百口計。但盛大怒，斷然置權臣的生命威脅於不顧，無愧於一代良史之譽。”

26

謝公在東山，朝命屢降而不動。後出爲桓宣武司馬，將發新亭，朝士咸出瞻送。高靈時爲中丞[1]，亦往相祖。先時，多少飲酒，因倚如醉，戲曰："卿屢違朝旨，高臥東山，諸人每相與言：'安石不肯出，將如蒼生何[2]？'今亦蒼生將如卿何？"謝笑而不答。高靈已見。《婦人集》載桓玄問王凝之妻謝氏曰[3]："太傅東山二十餘年，遂復不終，其理云何？"謝答曰："亡叔太傅先正，以無用爲心，顯隱爲優劣，始末正當動静之異耳。"

○"謝公在"至"亦往相祖"

"東山"，胡三省曰："東山，在今紹興府上虞縣西南四十五里。安故居今爲國慶禪寺。"《通鑒·晉紀二十三》注。○桃井白鹿曰："《地理志》：'東山，在上虞縣西南四十五里。'"

"屢降而不動"，田中頤曰："與'屢違'應。"

"出爲桓宣武司馬"，趙西陸曰："桓温爲征西大將軍，請爲司馬。"○龔斌曰："升平三年，謝萬以兵敗廢爲庶人，則謝安出爲桓温司馬，當在此後不久。"

"瞻送"，田中頤曰："瞻，当作'餞'。"○吳金華曰："'瞻送'，送別。這也是晉宋之語。郊原遠送謂之'瞻送'，淵源很古。"《考釋》頁二〇四。

"高靈時爲中丞"，程炎震曰："《晉書》七十一《崧傳》，不言嘗爲中丞，蓋略之。《安傳》則同此。"○趙西陸曰："高崧，小字阿酈，見《言語篇》第八二'謝萬作豫州都督'則。《晉書·高崧傳》不載其爲中丞。"

○"先時多少"至"笑而不答"

"多少飲酒"二句，岡白駒曰："不知先時多少飲酒，似醉不醉，似醒不醒。蓋託於醉也。"○江藍生曰："'多少'作副詞，相當'微略''稍微'。有時表

---

[1] "高靈"，岡白駒曰："注及《晉書》，'靈'當作'酈'。"徐震堮《札記》曰："《漢書·高崧傳》'靈'作'酈'。"朱鑄禹曰："高崧小名靈，一作'酈'。"張萬起曰："當爲'高酈'。高崧小字酈。"

[2] "將如蒼生何"，楊勇曰："《晉書·謝安傳》作'蒼生今亦將如卿何'。"

[3] "王凝之"，董刻本"凝"作"疑"。王利器曰："各本'疑'作'凝'，是。"

示一個不定的少量。‘多少飲酒’言略喝了點酒。”《彙釋》頁五一至五二。

“將如蒼生何”，秦士鉉曰：“蒼生，謂萬民。”○王玉樹曰：“晉人皆謂民爲‘蒼生’。”《經史雜記》卷二。

“蒼生將如卿何”，淇園曰：“蓋謂以譏其爲桓司馬。”○田中頤曰：“此亦似戲而不戲，似譽而不譽，諷刺居多。言向諸人爲蒼生所望乎安石者大矣，故曰‘安石不肯出，將如蒼生何’；而今且居其任，將復虐其民，其爲責亦不小矣，故曰‘蒼生將如卿何’也。”○秦士鉉曰：“以卿之才，屈於桓幕，蒼生亦爲卿惜之。”

“笑而不答”，秦士鉉曰：“此謝公妙處。”○程炎震曰：“《安傳》云：‘安甚有愧色。’”

○注“婦人集載”

“東山二十餘年”，田中頤曰：“人以爲優。”

“遂復不終”，田中頤曰：“人以爲劣。”○張萬起曰：“遂復，同‘遂’，竟、終。”《詞典》頁六七九。

“亡叔太傅先正”，岡白駒曰：“以正爲先，下文‘始末正當’是已。或云‘先正’，先賢之稱，本諸《書·説命》，然我家亡叔，不應對人稱先賢。”○桃井白鹿曰：“正，讀爲‘本所以疑，正爲此耳’之‘正’。先正，猶言本正也。”○大典顯常曰：“《説命》：‘昔先正保衡。’孔傳：‘正，長也，先世長官之臣。’或謂夫人呼亡叔不當稱‘先正’，乃更屬下句解之，牽強不通。余謂謝安嘗爲太傅，爲政，故夫人以‘先正’稱之，何爲不可，亦猶先臣、先大夫之稱也。”○秦士鉉曰：“《説命》：‘昔先正保衡。’指伊尹也。此亦指太傅。”

“以無用爲心”二句，岡白駒曰：“‘無’字兼屬於此二事，言無以用於世爲心，又無以隱顯爲優劣也。”○桃井白鹿曰：“蓋言無用者心也，隱顯者迹也。亡叔本正以無用爲心，其迹雖隱顯爲優劣，其始末正當動定之異耳，而心固無動定之異也。《晉書》：謝安雖受朝寄，然東山之志，始末不渝。”○大典顯常曰：“隱顯爲優劣，言以隱顯生優劣之迹也，猶謝萬《八賢論》以處者爲優，出者爲劣也。”○田中頤曰：“言常以無爲爲其心，豈以隱顯爲優劣乎？”○秦士鉉曰：“以無用爲心，謂虛心應物也。”

“始末正當動静之異”，岡白駒曰：“顯爲動，隱爲静。”○大典顯常曰：“正，當正也。六朝以來語‘動静’，言出處也，即所隱顯也。”○平賀房父曰：“始末正當，謂以無用各當其宜。”秦士鉉按曰：“得之。”○淇園曰：“言人則以其隱爲優，以其顯爲劣，然於公乃始末正當止自動靜之異耳。”○田中頤曰：“言以此言之，始末正當其心同一，而但從其所在，有動靜之異耳。”○秦士鉉曰：“始隱未顯，人或以此爲優劣，然唯是有出處動靜之迹異耳，於道則始末正當無有優劣也。”

【彙評】

胡三省曰：“江東人士始焉所期望者殷浩，浩既無以滿衆望矣，繼而所望者謝安，而安卒能匡輔晉室。世之論者，皆優安而劣浩。余謂盛名之下，其實難副。浩之所以敗，正以與桓溫齊名，其心易溫；又值石氏之亂，以爲可以立功，敗於輕率也。謝安當桓溫擅政之時，又身嘗爲之僚屬，而懲浩之所以失，戒溫而爲之備；溫既死而值秦之强，兢兢焉爲自保之謀，常持懼心，此其所以濟也。”《通鑒‧晉紀二十三》注。

李贄曰：“高崧自謂極得意語，孰知只贏得謝公一笑！”《初潭集》卷二十六。

王世懋曰：“似醉不醉，語妙絕。”

范光宙曰：“安石爲東晉傑出人物，議者或比之殷浩，余謂其出處似浩，而意度過之。夫其布衣時，已有公輔之望，累辭辟而日放浪於山水文籍間，士大夫至謂安石不出如蒼生何，此其望重一時，與浩等也。顧浩有虛名，遇事類周章闊實用，而安石之矯情鎮物，度越人表，人謂幸而成功則爲安石，不幸而無成則爲殷浩，豈誠然哉！”《史評》卷六。

汪之昌曰：“安累被朝旨而不出，而應桓溫司馬之辟。案溫之入關，材略如王猛亦嘗進謁於軍門，殆以當日江左人物，可與共事者，舍之而誰？安亦猶是此志歟？”《青學齋集》卷十八《羊祜謝安合論》。

27

初，謝安在東山居布衣時[1]，兄弟已有富貴者，翕

---

[1]　“居布衣”，秦士鉉曰：“一本無‘居’字，爲是；或‘居’上脱‘隱’字。”

集家門〔1〕，傾動人物。劉夫人戲謂安曰：“大丈夫不當如此乎？”謝乃捉鼻曰〔2〕：“但恐不免耳！”

○“初謝安”至“當如此乎”

“在東山居布衣時”，胡三省曰：“東山，在今紹興府上虞縣西南四十五里。安故居今爲國慶禪寺。”《通鑒·晉紀二十三》注。○田中頤曰：“身居布衣之時。”

“兄弟已有富貴者”，胡三省曰：“謝尚、謝奕、謝萬皆爲方伯，盛於一時。”《通鑒·晉紀二十三》注。

“翕集家門”，淇園曰：“謝翕受之也。”○秦士鉉曰：“翕，合也。賓客輻輳其家也。”

“傾動人物”，大典顯常曰：“言顯榮之勢。”《撮補》。○秦士鉉曰：“人物，即世人。”

“大丈夫不當如此乎”，田中頤曰：“言謝爲小丈夫，嘗試激之，是排調也。”○王叔岷曰：“《史記·高祖本紀》：‘大丈夫當如此也。’”

○“謝乃捉鼻”至“恐不免耳”

“捉鼻”，劉辰翁曰：“此捉鼻，似臭。”○岡白駒曰：“擁鼻，此生常態。”○大典顯常曰：“‘如惡惡臭’之意。”○田中頤曰：“此自指其身，且故令其聲微，以若私語也。”○秦士鉉曰：“一云‘捉鼻’，微聲有態。”○余嘉錫曰：“安少有鼻疾，語音重濁。所以捉鼻者，欲使其聲輕細以示鄙夷不屑之意也。”○朱鑄禹曰：“此形容謝習於當時吳中文士之態。”

“但恐不免耳”，吳曾曰：“謝安雖有盛名，而當桓溫恣橫之際，所以不仕者，政畏溫耳。故雖有司按奏被召，歷年不至，禁錮終身而不辭。而其妻不解其意，既見家門富貴，而安獨靜退，乃曰：‘大丈夫不如此也。’安掩鼻曰：‘恐不免耳。’其後遂爲桓溫司馬，竟受簡文顧命，與王坦之同事，而溫欲殺之。坦之流汗沾衣，倒執手版，安則從容就席。以此觀之，安之所以答妻以‘不免’之言，而推求所以掩鼻之意，蓋畏溫知之而不免其禍耳，非爲不免富貴也。張文潛《和蘇東坡先生西山舊事詩》有云：‘謝公富貴知不免，醉眼未爲蒼生開。’豈失史

〔1〕 “翕集”，楊勇曰：“宋本作‘集翕’，非。”
〔2〕 “捉鼻”，大典顯常曰：“‘捉’本傳作‘掩’。”楊勇曰：“‘捉’《晉書·謝安傳》作‘掩’。”

意耶?"《漫録》卷三。余嘉錫按曰:"以文義考之,其説非是。"○王若虚曰:"謝安初不就徵辟,夫人劉氏見家門富貴,而安獨静退,謂曰:'丈夫不如此也。'安掩鼻曰:'但恐不免耳。'説者皆以爲恐不免富貴,而吳曾《漫録》云'恐不免禍難'。此於'不免'字固亦可通,然以掩鼻之意觀之,似不爾也。"《滹南集》卷三十三《謬誤雜辨》。○胡三省曰:"言恐亦不免如諸兄弟也。"《通鑒·晉紀二十三》注。○岡白駒曰:"言終不能拒徵命。"○大典顯常曰:"言富貴非所求,吾顧恐其及己。"○田中頤曰:"言富貴必及其身也。"○秦士鉉曰:"不免於富貴。楊素所云'恐富貴來逼臣',亦用謝意。"○余嘉錫曰:"安意蓋謂己本無心於富貴,故屢辭徵召而不出,但時勢逼人,政恐不得免耳。"○朱鑄禹曰:"其言若憾,實深喜之。此所以捉鼻故作款段之態,低聲言之也。"

【彙評】

凌濛初曰:"婦人心實羨此,劉猶能涉戲。知己知己。"○曰:"'遠志'哉?"評"但恐不免"。

28

支道林因人就深公買印山[1],深公答曰:"未聞巢、由買山而隱。"《逸士傳》曰:"巢父者,堯時隱人。山居,不營世利,年老以樹爲巢而寢其上,故號巢父。"《高逸沙門傳》曰:"遁得深公之言,慚恧而已。"

○"支道林"至"買山而隱"

"因人就深公買印山",大典顯常曰:"梁《高僧傳·竺道潛傳》曰:'潛字

---

[1] "印山",恩田仲任曰:"'印山'當作'岫山'。"程炎震曰:"'印山'當作'岫山',見《德行》《言語篇》注。《高僧傳》四亦作'岫山'。《音義》云:'吾浪切,山名,在越剡縣。'"劉盼遂曰:"'印'爲'岫'之誤。"王利器曰:"《藝文類聚》卷三六、《御覽》卷五一〇引同。案'印山'當作'岫山'。《高僧傳》卷四《竺道潛傳》:'支遁遣使求買岫山之側沃洲小嶺,欲爲幽棲之處。潛答云:欲來輒給,豈聞巢由買山而隱?'《音釋》云:'岫,吾浪切,山名,在越剡縣。'本書《言語門》'支公好鶴'條:'住剡東岫山。'就是此山。宋本又誤作'岫山'。"徐震堮《札記》曰:"'印'當作'岫'。《言語門》云:'支公好鶴,住剡東岫山。'"

法深，姓王，雖復從運東西，而素懷不樂，乃啟還剡之岇山，遂其先志。於是逍遙林阜以畢餘年。支遁遣使求買岇山之側沃洲小嶺，欲爲幽棲之處。潛答云：欲來輒給，豈聞巢、由買山而隱？’《一統志》：‘紹興府沃州山在新昌縣。東晉支遁居之，有養坡放鶴亭。’”○趙西陸曰：“深公，竺法深。《嘉泰會稽志》：在縣東四十里，晉僧法深、支遁皆隱居此。”○張萬起曰：“因，通過。”

“印山”，參見校文。桃井白鹿曰：“《武昌記》：‘奉新縣有石，臨水高三十丈，上有字，髣髴似印，故曰印山。’一本作邛山。或云即岇山也。按《集韻》：‘岇，五浪切，山名，在越剡縣界。’《言語篇》：‘支公好鶴，住剡東岇山。’注：‘支公書曰：山去會稽二百里。’”○劉盼遂曰：“《言語篇》：‘支公好鶴，住剡東岇山。’慧皎書稱‘沃洲山’。支遁蓋統言則一，析言則別也。”

“未聞巢由買山而隱”，田中頤曰：“言欲隱但隱，買山則大非也。”○蔣凡曰：“意譏支公方外之人而遊於方内，雖富足而不免於俗也。”

○注“高逸沙門傳曰”

“慚惡”，大典顯常曰：“《小爾雅》：‘心愧爲惡。’”《集成》。

【彙評】

葉夢得曰：“竺法深，王敦之弟，賢於王氏諸人遠矣。即支遁求買沃州報之，未聞巢、由買山而隱者，蓋遁猶輸此一着，想見其人物也。”《避暑錄話》卷上。

程哲曰：“深公直是吝岇耳。”《蓉槎蠡説》卷九。

宋長白曰：“固知朱户不若蓬門也。”《柳亭詩話》卷八。

29

王、劉每不重蔡公。二人嘗詣蔡語，良久，乃問蔡曰：“公自言何如夷甫？”答曰：“身不如夷甫。”王、劉相目而笑曰：“公何處不如？”答曰：“夷甫無君輩客！”

"王劉每不重蔡公"，徐震堮曰："蔡公，蔡謨。"○張萬起曰："王劉，指王濛、劉真長。每，常。"

"自言何如夷甫"，秦士鉉曰："王夷甫名重天下，非蔡比，故舉以嘲蔡。"

"身不如"，許世瑛曰："'身不如'即'我不如'也。"《釋"身"字》。

"夷甫無君輩客"，岡白駒曰："夷甫客皆賢俊。"○秦士鉉曰："無若君輩俗客。"○朱鑄禹曰："蓋王、劉故以夷甫之盛名以侮之，而蔡乃有此答。"

【彙評】

劉辰翁曰："不深不淺許。"

袁中道曰："妙甚。"《舌華録》卷九。

程哲曰："不識王、劉何以堪此！"《蓉槎蠹説》卷八。

蔣凡曰："不深不淺之間，足令輕薄者茫然自失。"

龔斌曰："謨乃一儒雅謙慎之君子，無論個性及作風均與王濛、劉恢等風流名士迥異，此王、劉每不重蔡謨之由也。東晉公亮守正之士，常不獲優譽，蔡謨其一也。"

30

張吳興年八歲，虧齒，玄之，已見。先達知其不常，故戲之曰："君口中何爲開狗竇？"張應聲答曰[1]："正使君輩從此中出入！"

○"張吳興"至"此中出入"

"不常"，田中頤曰："不凡常也。"

"開狗竇"，田中頤曰："即調其虧齒。"○楊勇曰："狗竇，狗洞也。"

[1]"答曰"，余嘉錫曰："沈本無'答'字。"

31

郝隆七月七日出日中仰臥〔1〕。人問其故，答曰：
"我曬書。"《征西寮屬名》曰："隆字佐治，汲郡人。仕吳至征西參軍〔2〕。"

　　○"郝隆"至"曬書"

　　"七月七日"，秦士鉉曰："七月七日是曬物之日，看阮咸犢鼻可知。"○余嘉
錫曰："《玉燭寶典》卷七及《太平御覽》卷三十一引崔寔《四民月令》曰：
'七月七日曝經書及衣裳。'"

　　"我曬書"，田中頤曰："言我都無俗物堪曬者，故曬吾胸中幾多書而已。"
○余嘉錫曰："郝隆因此自謂曬書，亦兼用邊韶'腹便便，五經笥'之語耳。"

謝公始有東山之志〔3〕，後嚴命屢臻，勢不獲已，始
就桓公司馬。于時人有餉桓公藥草，中有"遠志"。公
取以問謝："此藥又名'小草'，何一物而有二稱〔4〕？"
《本草》曰："遠志一名棘菀，其葉名小草。"謝未即答。時郝隆在坐，

〔1〕　"七月七日"，大典顯常曰："諸書引《世說》，此下有'人皆曬衣'四字，下亦有'我曬腹中
書'。"徐震堮曰："'七月七日'下《御覽》三一有'見鄰人皆曝曬衣服，隆乃'九字，語意更
備。"楊勇曰："'七日'下，《類聚》四、《事類賦》五、《御覽》三一引《世說》作：'見鄰人皆
曝曬衣服，隆乃仰臥出腹，云曬書。'《蒙求》上作：'人皆曬衣書，惟隆於庭向日仰臥。人問之，
答曰：我曬腹中書耳。'"
〔2〕　"仕吳"，何焯曰："'吳'字疑衍。"李慈銘曰："'吳'字誤衍。"劉盼遂曰："'吳'字衍文。征西
謂桓溫。溫以永和二年進位征西大將軍開府，隆既仕溫，不得云'吳'也。《言語篇》注引《征西
寮屬名》曰：'毛玄仕至征西行軍參軍。'文例正同。"王利器曰："'吳'當衍。征西謂桓溫，溫進
位征西大將軍，在永和二年，去吳之亡，已六十六年。隆既仕溫，不得於六十六年前又仕吳，'吳'
爲衍文明甚。又據下文，則隆爲桓溫南蠻參軍。"徐震堮曰："'吳'字衍。桓溫爲征西將軍，隆爲
溫征西參軍也，不當言'吳'。"
〔3〕　"謝公"，楊勇曰："《類聚》二五、《御覽》四六六、《事文》別二〇引《世說》作'太傅'。"
〔4〕　"何一物"，楊勇曰："'何'下《類聚》二五、《御覽》四六六、《事文》別二〇引《世說》並有
'以'字。"

應聲答曰："此甚易解：處則爲遠志，出則爲小草。"謝甚有愧色[1]。桓公目謝而笑曰："郝參軍此過乃不惡[2]，亦極有會。"

○"謝公始有"至"桓公司馬"

"有東山之志"，田中頤曰："與'遠志'應。"

"嚴命"，張萬起曰："指皇帝詔命。"

"勢不獲已"，淇園曰："此蓋記者爲謝護短，且爲下'有愧色'作反襯。"○田中頤曰："與'有愧色'反接。"

"就桓公司馬"，張萬起曰："《通鑑》晉穆帝升平四年：'及弟萬廢黜，安始有仕進之志，時已年四十餘。征西大將軍桓溫請爲司馬，安乃赴召，溫大喜，深禮重之。'"

○"于時人有"至"則爲小草"

"郝隆在坐"，李詳曰："《御覽》九百八十九引此下有'謝因曰：郝參軍多知識，試復道看'二語，蓋畏其口也。"

"處則爲遠志"二句，凌濛初曰："按《博物志》：'遠志苗曰小草，根曰遠志。'故以出處爲風。"○李時珍曰："此草服之能益智强志，故有遠志之稱。《世說》載郝龍譏謝安云：'處則爲遠志，出則爲小草。'《記事珠》謂之醒心杖。"《本草綱目》卷十二《草部》。○淇園曰："蓋譏其爲桓司馬以媚權勢，而無特立之志也。"○秦士鉉曰："喻謝隱居有遠大之志，出仕而無大功。"○余嘉錫曰："遠志之與小草，雖一物，而有根與葉之不同。葉名小草，根不可名小草也。郝隆之答，謂出與處異名，亦是分根與葉言之。根埋土中爲處，葉生地上爲出。既協物情，又因以譏謝公，語意雙關，故爲妙對也。"○吳金華曰："魏張揖《廣雅》卷一〇《釋草》：'棘苑，遠至也，其上謂之小草。'因爲'小草'是'遠志'的苗（説見王念孫《廣雅疏證》），所以郝隆用'小草'隱射謝安，旨在嘲諷他改變隱居之志（即所謂'遠志'）而成爲熱衷於功名利祿的上層人物。"《考釋》頁二〇六。

---

[1] "甚有"，紛欣閣本無"有"字，李慈銘曰："'甚'下脱'有'字。"王叔岷曰："《藝文類聚》二五、《御覽》四六六、九八九引'甚'皆作'殊'。"

[2] "此過"，余嘉錫曰："'過'，《御覽》及《渚宮舊事》五並作'通'。"楊勇曰："宋本作'過'，非。《御覽》九八九引《世說》作'通'，是。"王叔岷曰："《渚宮舊事》五'過'亦作'通'。"

○范子燁曰："晉人講究服食養生,遠志爲其時之士人所喜用,因而桓温等人對它都很熟悉,並取其雙關意義以爲嘲戲之辭。"《研究》頁二五五。

○ "謝甚有愧"至"亦極有會"

"甚有愧色",田中頤曰："直是小草。"

"此過",參見校文。大典顯常曰："此過,猶言這一段也。"○田中頤曰："此過,猶云此一話也。"○秦士鉉曰："此過,猶言這回也。"○徐震堮曰："'過',《御覽》九八九作'通',是。通,闡述也,屢見。'此通'猶言'此論'。"○楊勇曰："'此通'者,猶'此回'也。"

"極有會",大典顯常曰："有會,猶言有趣。言郝之善謔以解謝公之懷也。"○恩田仲任曰："會,猶趣也。"○楊勇曰："會,即會心;有會,有勝意也。"○張萬起曰："會,勝意、意趣。"

○注"本草曰"

《本草》,沈家本曰："《隋志》:'《神農本草》八卷。又四卷,雷公集注。《甄氏本草》三卷。'所録者此三種,其梁有而亡者二十種。《舊唐志》録十六種,《新志》録十一種。此注不著撰人,未知所引者何書。"《古書目》卷五。

【彙評】

李贄曰："李生因代謝答一轉語云:參軍誤了,出則爲遠志,處則爲小草。"

王世懋曰："機鋒偶到,故不可忍,然足成終身大隙。"

狄期進曰："謝公、殷刺史負重名等耳,譙城之走、淝水之捷,事業霄壤焉,故曰俗論皆言,處士純盜虛聲,願先生弘此遠謨。"

袁中道曰："謝公爲一出受多許苦。"《舌華録》卷七。

李鄴嗣曰："處則爲遠志,出則爲小草。古人以爲難,出處事不小。獨寢自箴誨,高名庶常保。"《集世説詩》。

朱軾曰："謝安與殷浩當韋布時,並負蒼生之望。其應桓温之召也,高崧嘗戲之曰:'今日蒼生將如卿何?'蓋陰以浩之前車相諷厲。而安獨克弘遠謨,一雪處士虛聲之謗。固知體公識遠,則隱顯同歸。而郝隆所誚,處爲遠志、出爲小草者,未爲通論矣。"《史傳三編》卷一九。

蔣凡曰："謝安之隱與仕,也即處與出,自有其苦衷。其素願在隱,高臥東山二十餘年,豈是作假之人的矯飾! 其終不免於仕,關鍵在陳郡謝氏家族利益。郝隆不同,他大概出於庶族寒門,故對士族名士不稍寬容,其言雖戲,其態度卻是咄咄逼人而逞其智辯。以任人採擷的'小草',影射謝安,旨在嘲諷他改變了自己高隱山林的'遠志',成爲熱衷功名的人物。至於桓温,能禮聘安入幕,傾動朝野,因而'大喜,深禮重之',故其言與郝隆的嘲諷不同,略帶幾分得意之色。但又因其出自兵家,少小貧寒,門第並非一流士族,故在郝謝二人之間,其理解與同情砝碼,似向郝氏傾斜。"

33

庾園客詣孫監[1],值行,見齊莊在外,尚幼,而有神意。庾試之曰:"孫安國何在?"即答曰:"庾穉恭家。"庾大笑曰:"諸孫大盛,有兒如此!"又答曰:"未若諸庾之翼翼。"還,語人曰:"我故勝,得重喚奴父名。"《孫放別傳》曰:"放兄弟並秀異,與庾翼子園客同爲學生。園客少有佳稱,因談笑嘲放曰:'諸孫於今爲盛。'盛,監君諱也。放即答曰:'未若諸庾之翼翼。'放應機制勝,時人仰焉。司馬景王、陳、鍾諸賢相酬,無以踰也。"

○"庾園客"至"庾穉恭家"

"庾園客詣孫監",秦士鉉曰:"孫時爲秘書監。"○徐震堮曰:"園客,庾爰之小字。孫監,孫盛字安國,官中書監。"

"值行",秦士鉉曰:"值孫不在家也。"

"齊莊",岡白駒曰:"孫盛次子放,字齊莊。"

"庾穉恭家",岡白駒曰:"園客以放父字問之,放亦以園客父字答之。"○秦士鉉曰:"穉恭,園客父庾翼字。"

---

[1] "庾園客",大典顯常《集成》曰:"古《世說》注'園客'一作'爰客'。"余嘉錫曰:"正文及注'庾園客','園'景宋本及沈本作'爰'。"楊勇曰:"宋本作'庾爰客',非。"

○“庾大笑曰”至“唤奴父名”

“諸孫大盛”，岡白駒曰：“特犯放父名。”○張萬起曰：“放父名盛，庾爰之故云‘盛’字以戲孫放。”

“翼翼”，田中頤曰：“翼翼，盛多貌。園客父名翼。”○張萬起曰：“翼，園客父名，放故云‘翼’字以回敬。”

“重唤奴父名”，岡白駒曰：“奴，罵稱彼也。云‘翼翼’，是重唤也。”

○注“孫放別傳曰”

“陳鍾諸賢”，恩田仲任曰：“陳鍾，陳群、鍾會。”

【彙評】

王世懋曰：“更佳在結，注不如矣。”

袁中道曰：“晉唐人多以父名爲戲，亦大惡事。”《舌華録》卷四。

李慈銘曰：“父執盡敬，禮有明文。入門問諱，尤宜致慎。而魏晉以來，舉此爲戲，效市井之脣吻，成賓主之嫌釁。越檢踰閑，深堪忿疾。而鍾、馬行之於前，孫、庾效之於後。飲其狂藥，傳爲佳談。夫子云：‘群居終日，言不及義，好行小慧，難矣哉！’若此者，乃不義之極致，小慧之下流。誤彼後生，所宜深戒。‘愛親者，不敢惡於人；敬親者，不敢慢於人。’斯道也，自天子以達於庶人，一也。”《簡端記》。

蔣凡曰：“魏晉士庶對立，又在兒輩身上，見其影迹。”

34

范玄平在簡文坐，談欲屈，引王長史曰：“卿助我。”《范汪別傳》曰：“汪字玄平，潁陽人。左將軍略之孫[1]。少有不常之

---

[1] “潁陽人左將軍略之孫”，程炎震曰：“《晉書》七十五《汪傳》‘潁陽’作‘順陽’，‘略’作‘晷’。”徐震堮曰：“《晉書》本傳作‘雍州刺史晷之孫’，《良吏傳》云：‘晷字彦長，二子廣、稚，稚子汪。’作‘略’誤。”楊勇曰：“宋本作‘略’非，當作‘晷’是。范晷，《晉書》有傳。《姓纂》、汪藻《范氏譜》同。”

志，通敏多識，博涉經籍，致譽於時。歷吏部尚書、徐兗二州刺史。”王曰：“此非拔山力所能助〔1〕！”《史記》曰：“項羽爲漢兵所圍，夜起歌曰：‘力拔山兮氣蓋世，時不利兮騅不逝。’”

○“范玄平”至“所能助”

“非拔山力所能助”，岡白駒曰：“此言吾無力矣，唯時不利耳。時簡文居勢要，蓋不能敢也。”○桃井白鹿曰：“此蓋割雞焉用牛刀之意。”○田中頤曰：“此用項羽事，言范談欲屈之拙，雖以己拔山力，非所能助，而有暗以己拔山大力自居，視其事小小，爲不足助者也。”○秦士鉉曰：“我雖有大力，不能助此事。”

35

郝隆爲桓公南蠻參軍，三月三日會，作詩。不能者〔2〕，罰酒三升〔3〕。隆初以不能受罰，既飲，攬筆便作一句云〔4〕：“娵隅躍清池。”桓問：“娵隅是何物〔5〕？”答曰：“蠻名魚爲娵隅。”桓公曰：“作詩何以作蠻語〔6〕？”隆曰：“千里投公，始得蠻府參軍〔7〕，那得不作蠻語也〔8〕！”

○“郝隆爲”至“蠻語也”

“南蠻參軍”，秦士鉉曰：“時桓兼南蠻校尉，校尉屬有參軍。”

───────

〔1〕 “所能助”，徐震堮曰：“‘助’，《書鈔》九八、《類聚》五五、《御覽》六一七引《郭子》作‘救’。”
〔2〕 “三月三日會作詩不能者”，余嘉錫曰：“《渚宮舊事》五作‘三月三日大會參佐，令賦詩，遲者’。”
〔3〕 “三升”，余嘉錫曰：“景宋本及沈本作‘三斗’。”王叔岷曰：“《渚宮舊事》五‘斗’作‘升’。”
〔4〕 “便作一句”，徐震堮曰：“‘作’下《御覽》二四九有‘其’字，則當於‘作’字下逗。”
〔5〕 “娵隅”，朱鑄禹曰：“《御覽》（二四九）下有注‘子論反’三字。”
〔6〕 “作詩何以作蠻語”，楊勇曰：“《御覽》三九〇、《渚宮舊事》五同宋本。《白帖》二一、《御覽》三九〇、七八五、《廣記》二四六、《事文》別六引《世說》作‘何爲作蠻語’。”王叔岷曰：“《御覽》三百九十引此仍作‘作詩何以作蠻語’，《渚宮舊事》作‘作詩何以蠻語’，‘以’下蓋脱‘作’字。”
〔7〕 “蠻府”，楊勇曰：“‘蠻’上《白帖》二一、《御覽》七八五、《廣記》二四六引《世說》並有‘一’字。”王叔岷曰：“《御覽》三百九十、《類説》（三一）引此仍作‘始得蠻府參軍’。《渚宮舊事》同，又‘蠻語’下無‘也’字，而有‘溫大笑’三字。”
〔8〕 “作蠻語也”，余嘉錫曰：“《渚宮舊事》五無‘也’字，‘語’下有‘溫大笑’三字。”

1728

“三月三日會”，張萬起曰：“三國魏以後，以三月三日爲祓禊日。”

“姤隅躍清池”，朱亦棟曰：“‘姤隅’二字合音爲‘魚’，亦切音之法也。”《群書札記》卷三。

“那得不作謾語”，田中頤曰：“‘蠻’與‘謾’音近，蓋轉讀，謂爲亂語也。言千里投公，本欲有所爲者，而僅止蠻府參軍，是非吾宿志，故不得不作謾語而慰也。”○蔣凡曰：“言外謂府主辜負了自己那祖腹曬書的學問文章。”

【彙評】

狄期進曰：“賈誼一歲中超遷至太中大夫，張釋之十年不得調。汲長孺曰：‘陛下用群臣如積薪耳，後來者居上。’”

36

袁羊嘗詣劉恢[1]，恢在內眠未起。袁因作詩調之曰：“角枕粲文茵，錦衾爛長筵。”《唐詩》曰[2]：“晉獻公好攻戰，國人多喪。”其詩曰：“角枕粲兮，錦衾爛兮；予美亡此，誰與獨旦？”袁故嘲之。劉尚晉明帝女，《晉陽秋》曰：“恢尚廬陵長公主，名南弟。”主見詩不平，曰：“袁羊，古之遺狂！”

○“袁羊嘗”至“古之遺狂”

“角枕粲文茵”二句，蔣凡曰：“袁羊之詩，反古詩意而用之，嘲諷駙馬貪戀女色，日晚不起，對不起等待多時的朋友。”

“古之遺狂”，劉盼遂曰：“左氏昭公二十一年《傳》：‘子產卒，仲尼聞之，出涕曰：古之遺愛也。’昭十四年：‘叔向尸叔魚於市，仲尼曰：叔向，古之遺

---

〔1〕 “劉恢”，程炎震曰：“‘恢’當作‘惔’，各本皆誤，下同。”徐震堮曰：“‘恢’乃‘惔’之誤。《晉書》無劉恢。”朱鑄禹曰：“尚廬陵公主者劉惔也。則‘恢’當作‘惔’，諸本皆誤，注亦誤。”

〔2〕 “唐詩”，余嘉錫曰：“沈本‘詩’下有‘序’字。”徐震堮曰：“沈校本有‘序’字，是。此是《唐風·葛生》小序。”

直。'廬陵主蓋效其語體。"

"唐詩",何楷曰:"《世説》云云,劉孝標亦引《小序》以見袁以死嘲劉,故主不平耳,則其爲悼亡之詩舊矣。"《詩經世本古義》卷二十三下。○姜炳璋曰:"劉孝標謂袁以死嘲劉,故主不平,則'角枕''錦衾'其作斂時衣物也,由來舊矣。"《詩序補義》卷十。○魏源曰:"正以語涉悼亡耳。"《詩古微》中編之三。○顧廣譽曰:"何楷云云。案此則昔人早有爲是説者,然於詩辭究太迫切。如嚴云婦人指其夫征役所死之地,郝氏敬以'角枕錦衾'爲斂襲之具,皆非詩指。"《學詩詳説》卷十。

37

殷洪遠答孫興公詩云:"聊復放一曲。"劉真長笑其語拙,問曰:"君欲云那放?"殷曰:"檣臘亦放,何必其槍鈴邪?"殷融,已見。

○"殷洪遠"至"槍鈴邪"

"放一曲",余嘉錫曰:"謂放聲長歌也。"
"笑其語拙",劉辰翁曰:"何物語取笑?"
"檣臘",王世懋曰:"方言難解。"○方以智曰:"拉沓,猶拉襍也。拉襍,一作拉颯,轉爲檣臘。晉孝武太元末京口謡:'黄雄雞,莫作雌,衣被拉颯棲。'猶拉襍也。《有所思篇》:'拉襍摧燒之。'東坡曰:'學者作拉襍變,便自謂長卿。'《世説》殷融曰:'檣臘亦放,何必其鎗鈴邪?'"《通雅》卷六。○張端木曰:"《考工記》:桃氏爲劍,臘廣二寸,有半寸。注:臘謂兩刃。疏:兩面各有刃也。"○胡文英曰:"檣臘,洩氣聲。今諺謔人詩之不工者,曰檣臘然放也。"《吳下方言考》卷十一。○余嘉錫曰:"'檣'與'榻'同,見《廣韻》入聲二十八盍。檣臘者,擊鼓之聲也。《説文》:'鼞,鼓聲也。''鼞'爲鼓聲,通作'榻',故疾言之則爲榻榻,徐言之則爲榻臘。《隋書·樂志下》龜茲、疏勒樂器皆有答臘鼓。'答臘'即榻臘，蓋象其聲以爲之名也。《通典》一百四十四曰：'答臘鼓制，廣羯鼓而短，以指揩之，其聲甚震。俗謂之揩鼓。'《敦煌瑣綴》中有唐人所作《字寶》，其入聲字有'手檛拉'，蓋檛臘本爲鼓聲，及轉爲答臘，又轉爲檛拉，遂爲揩鼓之專名。以其純用手擊，故謂之'手檛拉'。可與此條互證。"○饒宗頤曰："檛臘，即梵語之灑臘也。唐僧金剛智以金剛語言爲讚云：'其讚詠法，晨朝當以灑臘音韻，午時以中音，黄昏以破音，中夜以第五音韻讚之。'（金剛頂《瑜伽中略出念誦經》卷四）灑臘，爲梵語 Sādava 之漢譯，乃古典梵樂七調（Rāga）之第五。殷融言以檛臘（音韻）放曲，意謂效梵音之詠放歌，亦無不可，何必鎗鎗鈴鈴，如朝廷美士之爲乎？'檛臘'之爲'灑臘'者，以音論之，'檛'字從'翕'，古'翕'通'吸'，從'及'聲之字亦復讀爲'颯'，'檛'讀如'颯'，則與梵語首音正符合。唐大曲之歇拍，亦稱爲'㲻'（《夢溪筆談》），以其爲殺聲。《集韻》：'悉合切，音趿。'故知'檛'宜讀如'㲻'，故'檛臘''灑臘'並爲 Sādava 之譯語，可無疑義。自南齊以來，竟陵王蕭子良輩造《經唄新聲》，梵唱遂流行于時，故殷融以爲戲謔。"楊勇引。

"檛鈴"，余嘉錫曰："《説文》：'鎗，鐘聲也。'段注曰：'引申爲他聲。'《廣雅·釋訓》曰：'鈴，鈴聲也'。此云'檛臘亦放，何必鎗鈴'者，謂己詩雖不工，亦足以達意，何必雕章繪句，然後爲詩？猶之鼓雖無當於五聲，亦足以應節，何必金石鏗鎗，然後爲樂也？"○饒宗頤曰："《荀子·大略》：'朝廷之美，濟濟鎗鎗。'《詩·小雅·楚茨》作'濟濟蹌蹌'，傳云："蹌蹌，士之容也。"鈴鈴，《廣雅·釋訓》云：'聲也。'《文選》孫綽《天台山賦》：'振金策之鈴鈴。'鎗鈴，殆謂朝士之動有玉珮之聲，以喻雅音，與梵響之爲胡音正反。"楊勇引。

【彙評】

蔣凡曰："魏晉名士，大概受到民間樂府詩的影響，經歷了從雅到俗的轉化。殷融'聊復放一曲'，劉恢笑其'語拙'，其實是譏其詩直用口語的平民化傾向。但殷融並不買賬，他堅持自己的主張和實踐。從中可以體會到魏晉文學雅與俗的矛盾及其發展。"

　　桓公既廢海西，立簡文，《晉陽秋》曰：“海西公諱奕，字延齡，成帝子也。興寧中即位。少同閹人之疾，使宮人與左右淫通，生子。大司馬溫自廣陵還姑孰〔1〕，過京都，以皇太后令，廢帝爲海西公。”侍中謝公見桓公拜〔2〕。桓驚笑曰〔3〕：“安石，卿何事至爾？”謝曰：“未有君拜於前，臣立於後〔4〕！”

　　○“桓公既”至“立於後”

　　“廢海西”，岡白駒曰：“桓温廢帝奕爲海西公。”

　　“驚笑”，秦士鉉曰：“侍中位貴，故桓驚其拜也。”

　　“未有君拜於前”二句，胡三省曰：“當是時，晉之君臣蓋可知矣。《春秋》之義所謂微而顯者也。”《通鑑·晉紀二十五》注。○桃井白鹿曰：“古音‘拜’‘廢’同。桓廢君海西而立臣簡文，故謝特拜桓以排調之。章首曰‘廢海西，立簡文’，其意可見矣。”○恩田仲任曰：“《公羊傳》曰：‘周公何以稱太廟于魯？封魯公以爲周公也。周公拜乎前，魯公拜乎後。’何休曰：‘父子俱拜者，明以周公之功封魯公也。’言天子猶致敬於桓公，而臣在其後立而不拜，豈有此理？‘拜’‘廢’同音，借諷桓公廢海西而立簡文帝也。”朱鑄禹按曰：“‘拜’‘廢’同音之説似牽強，未允。”○秦士鉉曰：“天子猶貴重桓公，況人臣如我者，何可不拜？一説‘拜’‘廢’同音，以誚桓之廢君也。”○蔣凡曰：“謂君主被廢而拜於前，作爲臣下則怎敢不拜？言外之旨，婉諷桓温勢壓君主，氣蓋群臣，有自立爲帝的篡位陰謀。”

　　○注“桓公既”

　　“閹人之疾”，秦士鉉曰：“陽痿也。”

---

〔1〕　“自廣陵”，董刻本“自”作“目”。王利器曰：“各本‘目’作‘自’，是。”
〔2〕　“侍中”，董刻本“侍”作“徒”。王利器曰：“各本‘徒’都作‘侍’，是。這是被後人描錯了，不成字。”
〔3〕　“驚笑曰”，徐震堮曰：“‘笑’字《晉書·桓温傳》無。”
〔4〕　“立於後”，徐震堮《札記》曰：“《晉書·桓温傳》‘立’作‘揖’。”

胡寅曰：“（深源）忍恥而下桓溫。或曰：謝安石拜桓溫，不類是乎？曰：溫嘗問之，對以未有君拜於前臣揖於後者。彼用《巽》之九二‘敬而得中’，豈與浩之頻巽志窮者比乎？”《管見》卷八。

39

郗重熙與謝公書，道：“王敬仁聞一年少懷問鼎[1]。郗曇、王脩，已見[2]。《史記》曰：“楚莊王觀兵於周郊，周定王使王孫滿迎勞楚王，王問鼎大小輕重，對曰：‘在德不在鼎。’莊王曰：‘子無阻九鼎，楚國折鉤之喙，足以爲九鼎也。’”不知桓公德衰，爲復後生可畏[3]？”《春秋傳》曰：“齊桓公伐楚，責苞茅之不貢。”《論語》曰：“後生可畏，焉知來者之不如今[4]？”孔安國曰：“後生，少年。”

○“郗重熙”至“後生可畏”

“懷問鼎”，王叔岷曰：“《左》宣三年《傳》：‘楚子觀兵於周疆，定王使王孫滿勞楚子，楚子問鼎之大小輕重焉。對曰：在德不在鼎。’”

“桓公德衰”，蔣凡曰：“桓公者，原係春秋五霸之一的齊桓公，這裏則語帶雙關，同時暗喻桓溫之失德。”

“爲復”，王叔岷曰：“‘爲復’猶‘乃亦’。”○張萬起曰：“表示選擇，相當於‘還是’。”《詞典》頁二四四。

---

[1] “聞一年少”，董刻本、元刻本“聞”作“閒”。王利器曰：“各本‘閒’作‘聞’，是。”朱鑄禹曰：“袁本作‘聞’，是。”

[2] “郗曇王脩”，董刻本“曇”作“雲”。余嘉錫曰：“沈本無‘王脩’二字。”王利器曰：“各本‘郗雲’作‘郗曇’，是。”

[3] “後生”，董刻本“生”作“王”。王利器曰：“各本‘王’作‘生’，是。”

[4] “焉知”，董刻本“焉”作“正”。王利器曰：“各本‘正’作‘焉’，是。‘正’就是‘焉’的壞字。”

蔣凡曰：“曇爲愔弟，其政治立場，同於乃兄。但處桓溫勢力方熾之時，難以明言，故借他人之口，以傳聞中‘年少懷問鼎’的流言，來對桓溫的政治野心進行不點名的批評。”

40

張蒼梧是張憑之祖，嘗語憑父曰：“我不如汝。”憑父未解所以，蒼梧曰：“汝有佳兒。”《張蒼梧碑》曰：“君諱鎮，字義遠，吳國吳人。忠恕寬明，簡正貞粹。泰安中，除蒼梧太守。討王含有功，封興道縣侯。”憑時年數歲，斂手曰：“阿翁，詎宜以子戲父？”

○“張蒼梧”至“以子戲父”

“汝有佳兒”，大典顯常曰：“意言憑父之不佳也。”

“詎宜以子戲父”，田中頤曰：“即言不可以子之故嘲其父也。”○趙西陸曰：“《顏氏家訓·教子篇》：‘父子之嚴，不可以狎。狎則怠慢生焉。’”

41

習鑿齒、孫興公未相識，同在桓公坐。桓語孫：“可與習參軍共語。”孫云：“蠢爾蠻荊，敢與大邦爲讎？”習云：“薄伐玁狁，至于太原。”《小雅》詩也。《毛詩注》曰：“蠢，動也。荊蠻，荊之蠻也。玁狁，北夷也。”習鑿齒，襄陽人；孫興公，太原人。故因詩以相戲也。

○“習鑿齒”至“至于太原”

“孫興公”，余嘉錫曰：“《渚宮舊事》五云‘王恂，太原人，爲征南主簿，在温坐嘲習鑿齒’云云，與本書及注皆不同，蓋别有所本。然爲征南主簿，乃琅邪王珣，非太原人。《舊事》不可從。”〇王叔岷曰：“《渚宫舊事》五‘孫興公’作‘王恂’。”

“蠢爾蠻荆”二句，淇園曰：“蠻荆，楚人。”〇田中頤曰：“習，楚人，故以小荆蠻比，以大邦自比。”〇楊勇曰：“《詩·小雅·采芑》：‘蠢爾蠻荆，大邦爲讎。’”

“薄伐獫狁”二句，田中頤曰：“孫，太原人，因以獫狁比。以上並《詩》語。”〇楊勇曰：“《詩·小雅·六月》：‘薄伐玁狁，以奏膚公。’獫狁，即玁狁，漢之匈奴也。”

【彙評】

蔣凡曰：“在二人尚未相識之時，如此戲言，實是戲中有戲。如果結合兩晉南北士人的緊張關係來考察，則爲士人積習所致，是傳統偏見在作怪。”《研究》頁四〇。

42

桓豹奴是王丹陽外生，形似其舅[1]，桓甚諱之。豹奴，桓嗣小字。《中興書》曰：“嗣字恭祖，車騎將軍沖子也。少有清譽。仕至江州刺史。”《王氏譜》曰：“混字奉正，中軍將軍恬子[2]。仕至丹陽尹。”宣武云：“不恒相似，時似耳！恒似是形[3]，時似是神。”桓逾不説。

〇“桓豹奴”至“逾不説”

“宣武云”，朱鑄禹曰：“桓嗣爲沖之長子，温之姪也。”

---

〔1〕“其舅”，楊勇曰：“《御覽》三九六引《世説》無‘其’字。”

〔2〕“混字奉正中軍將軍恬子”，董刻本無上“軍”字。王利器曰：“各本‘中’下有‘軍’字，是。《琅邪王氏譜》正作‘中軍將軍’。”徐震堮曰：“《晉書·王悦傳》：‘無子，以弟恬子琨爲嗣，襲導爵，丹陽尹。’《宋書》及《南史·王誕傳》並作‘混’，《晉書》作‘琨’，誤。”

〔3〕“恒似是形”，楊勇曰：“‘是’《御覽》三九六引《世説》作‘則’。”王叔岷按曰：“‘則’猶‘是’也。《史記·吕后本紀》：‘即立齊王，則復爲吕氏。’《齊悼王世家》《漢書·高五王傳》‘則’並作‘是’，即其比。”

"時似是神"，田中頤曰："若言其不大似，而實言其所甚諱也。"

"桓逾不説"，王世懋曰："觀此知王混不爲風流所與。"○余嘉錫曰："情性之似即神似也。桓嗣方以似其舅爲諱，而温謂其神似，故逾不説。"

【彙評】

蔣凡曰："嗣羞與母舅相似，卻是何爲？一來可能作爲東晉四大家族之冠的琅邪王氏，自王導死後，勢力日蹙，而桓氏雖是兵家出身，並非高貴，卻勢力日熾，在桓温之時，達到權勢的頂點。桓、王二家，門第與權力的矛盾鬥爭，錯綜複雜。桓嗣處於家族鼎盛時期，盛氣凌舅，如王獻之兄弟之傲倪郗愔一樣，並非特例。而且，琅邪王家子孫，並非人人優秀，王混可能就是一個'君子之澤，三世而斬'的俗物。桓温調侃姪子，'恒似是形，時似是神'，外貌似娘舅，形出自然，無法更改；神情之'時似'，性情嗜好相似，才是真缺點。嘲弄的口吻，説明桓温也不以嗣爲風流人物。"

43

王子猷詣謝萬，林公先在坐，瞻矚甚高。王曰："若林公鬚髮並全[1]，神情當復勝此不？"謝曰："脣齒相須，不可以偏亡。《春秋傳》曰：'脣亡齒寒。'鬚髮何關於神明？"林公意甚惡[2]，曰："七尺之軀[3]，今日委君二賢。"

○"王子猷"至"委君二賢"

"瞻矚甚高"，淇園曰："林意卑視子猷，是以高瞻不肯視之也。"○田中頤曰："林目中若無王謝者，故得排調。"○秦士鉉曰："甚高，謂下視一坐也。"○張萬起曰："形容支道林高傲的神態。"○蔣凡曰："指顧盼之間的高朗神態。"

---

〔1〕"鬚髮"，余嘉錫曰："'鬚'景宋本俱作'須'。"
〔2〕"意甚惡"，徐震堮曰："沈校本作'意色甚惡'，義較長。"
〔3〕"七尺"，董刻本"七"作"士"。王利器曰："各本'士'作'七'，是。"

○龔斌曰："猶言眼界甚高。"

"鬚髮並全"，平賀房父曰："林公浮屠無髮，唯鬚在，故云爾。"○秦士鉉曰："林公有鬚而無髮。"

"復勝此不"，秦士鉉曰："縱鬚髮並全,亦何益於神明乎?"

"脣齒相須"三句，余嘉錫曰："《容止篇》'王長史'條注言：'林公之形，信當醜異。'疑道林有齞脣歷齒之病。謝萬惡其神情高傲，故言正復有髮無關神明；但脣亡齒寒，爲不可缺耳。其言謔而近虐，宜林之怫然不悦也。"

"意甚惡"，大典顯常曰："以二子相與商量己形也。"

"委君二賢"，岡白駒曰："唯任二賢評。"

【彙評】

袁中道曰："絀。"《舌華録》卷九。

蔣凡曰："何止謝萬，王徽之因僧人禿頂無髮而作爲發噱談笑之資，亦同樣是惡作劇。拿別人忌諱的生理缺陷來開玩笑，正見王謝家族貴遊子弟的無禮與傲慢。"

44

郗司空拜北府，《南徐州記》曰："舊徐州都督以東爲稱。晉氏南遷，徐州刺史王舒加北中郎將。北府之號，自此起也。"王黃門詣郗門拜云："應變將略,非其所長。"驟詠之不已。郗倉謂嘉賓曰："公今日拜,子猷言語殊不遜，深不可容!"倉，郗融小字也。《郗氏譜》曰："融字景山，愔第二子，辟琅邪王文學，不拜而蚤終。"嘉賓曰："此是陳壽作諸葛評。《蜀志》陳壽評曰："亮連年動衆，而無成功，蓋應變將略，非其所長也。"王隱《晉書》曰："壽字承祚，巴西安漢人。好學，善著述。仕至中庶子。初，壽父爲馬謖參軍，諸葛亮誅謖，髡其父頭。亮子瞻又輕壽，故壽撰《蜀志》[1]，以愛憎爲評也。"人以汝家比武侯，復

---

[1]"故壽撰蜀志"，余嘉錫曰："景宋本無'故壽'二字，非。"

何所言？"

○"郗司空"至"復何所言"

"郗司空拜北府"，周一良曰："郗司空，愔。"《批校》。○張萬起曰："北府，東晉的軍備建制之一，掌握着朝廷的主要兵權。"按"北府"義參見《捷悟篇》"郗司空在北府"條。

"王黄門"，周一良曰："徽之。"《批校》。

"驟詠之"，楊勇曰："驟，頻數也，屢次也。"○龔斌曰："王子猷以爲郗愔無將才，故一再曼聲詠吟'陳壽諸葛評'以表其意。"

"郗倉謂嘉賓"，楊勇曰："超字嘉賓，融小字倉，皆愔子。"

"子猷言語殊不遜"，徐震堮曰："王子猷，羲之子徽之，爲郗愔外甥，故融責其不遜。"

"深不可容"，劉淇曰："深，極也，甚也。"《辨略》卷二。○崔朝慶曰："言甚不可寬容也。"

"以汝家比武侯"，徐震堮曰："汝家，猶言汝，此以指其父愔。"○楊勇曰："汝家，汝父也。《夙慧》'此皆汝家故吏佐'，《賢媛》'自我爲汝家婦'，又'我所以屈節爲汝家作妾'，皆是。"

【彙評】

袁中道曰："一詠已不佳，何至驟詠？子猷滯貨！"《舌華録》卷八。

伯克利手批曰："觀此知當時傾服武侯至矣。"

蔣凡曰："徽之不知人情世故的調侃，卻也有幾分真實的可愛。知父莫若子，郗超的自我解嘲，也是對乃父的一種認識。超曾背父代其作箋給桓温，謂'己非將帥才，不堪軍旅'，雖出於政治機變之需，卻也是實話實説。"

45

王子猷詣謝公，謝曰："云何七言詩？"《東方朔傳》曰：

"漢武帝在柏梁臺上，使群臣作七言詩。"七言詩自此始也。**子猷承問，答曰："昂昂若千里之駒，汎汎若水中之鳬。"**出《離騷》。

○"王子猷"至"水中之鳬"

"昂昂若"二句，徐震堮曰："見《楚辭·卜居》。"○張萬起曰："王子猷巧妙地用《卜居》的詩句回答謝安，以千里駒與水中鳬對舉來影射謝公出處之不同態勢。"龔斌按曰："二語若戲比爲官者兩種態度，當更貼切。"

○注"出離騷"

"離騷"，徐震堮曰："此以《離騷》泛指《楚辭》。《文心雕龍·辨騷》亦以《騷》爲《楚辭》之總稱。"

【彙評】

王士禎曰："二語已盡歌行之妙。是時七言作者未盛，子猷又不以詩名，而其言如此。"《漁洋詩話》卷上。

周中孚曰："其實古今人七言從無此種句法。子猷所舉，不過一時口給，不可爲典要。顧寧人謂《招魂》《大招》去其'些''只'即是七言，得之矣。"《鄭堂札記》卷二。

劉盼遂曰："七言詩原始，古來說者衆矣，而家各不同。茲臚引衆說，而予以折衷。摯虞《文章流別論》：'古詩有三言、四言、五言、六言、七言、九言。七言者，"交交黃鳥止於桑"之屬是也，於俳諧倡樂亦用之。'劉勰《文心雕龍·章句篇》：'六言、七言者，雜出《詩》《騷》，而體之篇成於兩漢。'任昉《文章原始》云：'七言詩漢武帝柏梁殿連句。'劉孝標《世說新語·排調篇》注：'《東方朔傳》曰：漢武帝在柏梁臺上，使群臣作七言詩。七言詩自此始也。'孔穎達《毛詩正義·關雎》疏：'七字者，"如彼筑室於道謀""尚之以瓊華乎而"之類也。'顧炎武《日知錄》卷二十一'七言之始'條：'七言之興，自漢以前固多有之，如《靈樞經·刺如真邪篇》"凡刺小邪日以大，補其不足乃無害，視其所在迎之界"，宋玉《神女賦》"羅紈綺繢盛文章，極服妙采照萬方"，此皆七言之祖。'盼遂考諸家之說，皆有所失。《詩經》句度四言爲宗，偶有嘽緩不足爲據，柏梁連句出《三秦記》，《靈樞經》出於南宋，論者謂爲王冰所造，皆難爲證。漢世七言，若《凡將》《飛龍》《滂熹》《急就》等，外有東方朔之七言，戴良之《尋父零丁》，形骸雖似，而意味全非，不得逕斥爲七言詩也。七言詩蓋萌芽于後漢，而棽儷於梁陳。典午之世，闃然未之預也。不然，以謝公之博贍，豈不知七言詩爲何物，必待問而後明哉？且子敬舉《楚辭》爲對，亦意存詼詭，非即以之定詩體也。使文而翦去首尾以爲詩，則凡百典籍，靡不爲七言詩矣。此《招魂》《大招》去其‘些’‘只’便是七言之説，所由不可通也。後人更有以《皇娥》《白帝子》《擊壤》《箕山》《大道》《狄水》《獲麟》《南山》《采葛》《婦成人》《易水》諸辭爲七言不毀之廟，抑幾於兒戲矣。”

蔣凡曰：“故事的時代背景，當在謝安隱居東山的四十歲以前。高隱山林則志氣昂揚，自由奔放；一旦出仕，則如水中之鳧，隨波逐浪而苟且偷生。二者生命價值不一樣。徽之戲謔之言，寓其人生認識，並爲謝安之或出或處，暗中出謀畫策。大概因謝安與王羲之友善，父執名士，故子猷排調之時，尚存善意，這在子猷身上，似不多見。”

46

王文度、范榮期俱爲簡文所要。范年大而位小，王年小而位大。將前，更相推在前。既移久，王遂在范後。王因謂曰：“簸之揚之，穅秕在前[1]。”范曰：“洮之汰之，沙礫在後。”王坦之、范啟，已見[2]。世説是孫綽、習鑿齒言[3]。

○“王文度”至“沙礫在後”

“所要”，秦士鉉曰：“要，迎也。”

“既移久”，大典顯常曰：“時久也。”《攟補》。○秦士鉉曰：“移，移晷刻也。”

“簸之揚之”二句，秦士鉉曰：“簸揚，以箕颺物也。”○余嘉錫曰：“《詩·小

〔1〕“穅秕”，董刻本“穅”作“穅”。王叔岷曰：“‘穅’‘穅’正、俗字。”
〔2〕“已見”，董刻本、沈校本“見”下有“上”。
〔3〕“世説”，余嘉錫曰：“‘世’景宋本及沈本作‘一’。”

1740

雅·大東》曰：‘維南有箕，不可以簸揚。’《書·仲虺之誥》曰：‘肇我邦予有夏，若苗之有莠，若粟之有秕。’《孔傳》曰：‘始我商家，國於夏世，欲見翦除，若莠生苗，若秕在粟，恐被鋤治簸颺。’《釋文》曰：‘颺，音揚。’案文度之言，全出孔傳。”○王叔岷曰：“《説文》：‘簸，揚米去穅也。’”

“洮之汰之”二句，田中頤曰：“洮汰，猶洗濯也。簸揚、洮汰，並皆與‘相推在前’應。此二語試易置之，則爲善辭讓者之語，是乃排調。”○余嘉錫曰：“釋慧琳《一切經音義》二十八引《通俗文》云：‘淅米謂之洮汰。’榮期因文度比之爲糠秕，故亦取義於淅米。米經洮汰，則沙礫留於最後也。”

○注“世説是孫綽習鑿齒言”

程炎震曰：“《晉書》五十六《綽傳》作孫、習語。”○孫人和曰：“世説，猶世人説也。”○徐震堮曰：“《晉書》同，見《孫綽傳》。”《礼記》。○龔斌曰：“《建康實録》八、《通志》一二四下亦謂是孫、習語。”

【彙評】

劉辰翁曰：“二語易位乃可。”

狄期進曰：“更相推讓，何其恭也。更相戲謔，又何倨也。所由殆與師師濟濟遠矣。”

嘉靖批曰：“何前恭而後倨耶？”

蔣凡曰：“王坦之和范啓，都是當日名士。對話引經據典，炫燿學問，句對雖然生動貼切，但説話尖酸刻薄，互相奚落調侃的同時，表現出名士相輕的陋習。”

47

劉遵祖少爲殷中軍所知，稱之於庾公〔1〕。庾公甚忻

---

〔1〕 “劉遵祖少”二句，趙西陸曰：“《事類賦》十八引首句作‘殷中軍嘗稱劉遵祖於庾公’。”

然〔1〕，便取爲佐。既見〔2〕，坐之獨榻上與語〔3〕。劉爾日殊不稱，庾小失望，遂名之爲"羊公鶴"。昔羊叔子有鶴善舞〔4〕，嘗向客稱之。客試使驅來，氄毿而不肯舞〔5〕。故稱比之。徐廣《晉紀》曰："劉爰之字遵祖，沛郡人。少有才學，能言理。歷中書郎、宣城太守。"

○"劉遵祖"至"爲羊公鶴"

"坐之獨榻上與語"，田中頤曰："蓋欽待而敬異之也。"○朱鑄禹曰："坐之獨榻者優禮也。"

"爾日殊不稱"，田中頤曰："不足贊稱也。"○秦士鉉曰："爾日，當日也。不稱，不稱其名也。"○崔朝慶曰："言所談不稱其譽也。"

"名之爲羊公鶴"，田中頤曰："此小失望而目以'羊公鶴'，最是排調。已下此其故事。"

○"昔羊叔子"至"故稱比之"

"昔羊叔子有鶴"，王象之曰："《說苑》：'晉羊祜爲荊州刺史，得鶴於此，故曰鶴澤。'象之竊謂羊祜在晉，止屯襄陽，不應得鶴於此而有其地。及羊祜已没，杜預繼之，始平吳耳。其年月不相應，當考。"《輿地紀勝》卷六十八。余嘉錫按曰："《說苑》恐是《寰宇記》之誤。"○恩田仲任曰："《荊州記》曰：'晉羊祜鎮荊州，嘗取江陵澤中鶴，教之翔舞，以娱賓客，因名鶴澤。'《廣輿記》曰：'鶴澤在荊州府境。'"

"善舞"，王叔岷曰："《御覽》（九一六）引'善'作'能'，義同。《吕氏春秋·蕩兵篇》：'能用之則爲福，不能用之則爲禍。'（今本上'能'字作

---

〔1〕"忻然"，余嘉錫曰："景宋本及沈本無'然'字。"
〔2〕"既見"，王叔岷曰："《御覽》九一六引'既'作'引'。"楊勇曰："《事類賦》一八、《御覽》九一六引《世説》作'引見'。"
〔3〕"坐之"，王叔岷曰："（《御覽》九一六引）無'之'字。"楊勇曰："'之'字，《事類賦》一八、《御覽》九一六引《世説》無。"
〔4〕"善舞"，楊勇曰："'善'，《事類賦》一八、《御覽》九一六引《世説》作'能'。"
〔5〕"不肯舞"，楊勇曰："'肯'，《事類賦》一八、《御覽》九一六引《世説》作'能'。"王叔岷曰："《御覽》引'肯'作'能'，'肯'字勝。"

1742

‘善’，據高誘注改。）《亢倉子‧兵道篇》‘能’並作‘善’，即其證。”

“氄氀而不肯舞”，桃井白鹿曰：“《字典》：‘氄氀，毛散貌。’”○淇園曰：“每其回旋垂羽而不肯揚舞。”○田中頤曰：“模寫見得其態踟躕，滿面羞色，與劉接應。”○江藍生曰：“‘童蒙’‘氄氀’實爲一語，字又作‘瞳矇’‘朣朦’‘重蒙’等，義並爲‘愚癡貌’。”《彙釋》頁一九七。

◎范子燁曰：“《初學記》卷八引《世說》：‘晉羊祜鎮荊州，於江陵澤中得鶴，教其舞動，以樂客友。’此當屬本條原注。”《研究》頁二〇一。

【彙評】

劉辰翁曰：“‘羊公鶴’可稱甚多甚多。”

48

魏長齊雅有體量[1]，而才學非所經。初宦當出，虞存嘲之曰：“與卿約法三章：談者死，文筆者刑，商略抵罪。”魏怡然而笑，無忤於色。《魏氏譜》曰：“顗字長齊，會稽人。祖胤，處士。父說，大鴻臚卿。顗仕至山陰令。”《漢書》曰：“沛公入咸陽，召諸父老曰：‘天下苦秦苛法久矣[2]，今與父老約法三章耳：殺人者死，傷人及盜抵罪。’”應劭注曰：“抵，至也。但至於罪。”

○“魏長齊”至“無忤於色”

“雅有體量”，岡白駒曰：“有大體、度量。”

“才學非所經”，淇園曰：“此爲下‘約法三章’作地。”○田中頤曰：“自是一個人物。”○楊勇曰：“經，長也。”

“約法三章”，田中頤曰：“此擬沛公與父老約法之語，即嘲其‘才學非所經’

---

[1] “魏長齊”，程炎震曰：“《金樓子‧立言篇》作‘魏長高’。又云：‘更覺長高之爲高，虞存之爲愚也。’則‘長齊’當作‘長高’，草書相近之誤耳。”

[2] “苛法”，董刻本“苛”作“可”。王利器曰：“各本‘可’作‘苛’，是。”

也。”〇王叔岷曰：“《史記·高祖本紀》：‘沛公西入咸陽，還軍霸上，召諸縣父老豪桀曰：與父老約法三章耳，殺人者死，傷人及盜抵罪。’”

“談者死”，岡白駒曰：“談，清言也。”

“商略抵罪”，岡白駒曰：“商略古人得失。”〇大典顯常曰：“當時風俗殊重清談，亦可見矣。商略，謂論人物也。”《撮補》。〇張萬起曰：“此三項都是當時文人士大夫風流儒雅之事。魏顗才學不足，不擅長這些文人的勾當，所以虞存如此調笑他。”

“無忤於色”，田中頤曰：“即‘有體量’也。”

【彙評】

蕭繹曰：“魏長高有雅體，而才學非所矜。初官出，虞存嘲之曰：‘與卿約法三章：談死，文筆刑，商略抵罪。’魏怡然而笑，無忤於色。更覺長高之爲高，虞存之爲愚也。”《金樓子·立言篇上》。

49

郗嘉賓書與袁虎，道戴安道、謝居士云：“恒任之風，當有所弘耳。”以袁無恒，故以此激之。袁、戴、謝並已見。

〇“郗嘉賓”至“以此激之”

“謝居士”，楊勇曰：“名敷字慶緒。”
“恒任之風”，龔斌曰：“恒任，堅守不變之意。”
“當有所弘”，蔣凡曰：“通過袁宏名諱之釋義，鼓勵他發揚‘恒任’傳統精神，從而克服自己那‘無恒’的缺點。”

50

范啟與郗嘉賓書曰：“子敬舉體無饒縱，掇皮無餘潤。”郗答曰：“舉體無餘潤，何如舉體非真者？”范性矜假多煩，故嘲之。

○“范啟與”至“故嘲之”

“子敬舉體”二句，王叔岷曰：“‘舉體’猶‘通體’，與‘掇皮’爲互文，明其義相同，故下文又云：‘舉體無餘潤。’”○朱鑄禹曰：“‘掇皮’，案下文似即是‘舉體’之異稱。”按“掇皮”義參見《賞譽篇》“謝公稱藍田”條。○蔣宗許曰：“縱，假設連詞，即使。這也是打比譬，説縱然剝去皮也不含有多餘之物，表裏如一，舉體皆真。”《叢札》。○張萬起曰：“饒縱，丰腴。此指身體丰滿肥胖。‘無饒縱’是説王獻之身體脊瘦。”

“舉體無餘潤”二句，蔣凡曰：“獻之‘舉體無饒縱’，身瘦乾巴，缺乏潤澤，當然不是優點，但與范啟的‘舉體非真’，全身没有一點真正屬於自己的東西相比，誰的缺陷更大呢？”

“矜假”，徐震堮曰：“謂其性矜持，多做作。”

51

二郗奉道，二何奉佛，皆以財賄。謝中郎云：“二郗詔於道，二何佞於佛〔1〕。”《中興書》曰：“郗愔及弟曇奉天師道。”《晉陽秋》曰：“何充性好佛道，崇修佛寺，供給沙門以百數。久在揚州，徵役吏民，功賞萬計，是以爲遐邇所譏。充弟準，亦精勤，唯讀佛經〔2〕、營治寺廟而已矣〔3〕。”

○“二郗”至“佞於佛”

“二郗詔於道”，陳寅恪曰：“郗氏一門在西晉時與趙王倫關係之密如此，則

---

〔1〕 “詔於道”“佞於佛”，王叔岷曰：“《類説》三一引此，‘詔’‘佞’二字互易，標題亦作‘詔佛佞道’。”
〔2〕 “唯讀”，余嘉錫曰：“景宋本及沈本無‘唯’字。”趙西陸曰：“《晉書·何準傳》有‘唯’字。”朱鑄禹曰：“袁本‘讀’上有‘唯’字。”
〔3〕 “而已矣”，余嘉錫曰：“景宋本及沈本無‘矣’字。”朱鑄禹曰：“‘而已’袁本下有‘矣’字。”楊勇曰：“《晉書·外戚何準傳》有‘唯’字，無‘矣’字。”

郗隆父子與孫秀等實皆倫之死黨，事敗俱以身殉，不過一處中樞、一居方鎮之別耳。故以東晉時愔、曇之篤信天師道，及鑒字道徽、恢字道胤而推論之，疑其先代在西晉時即已崇奉此教。至嘉賓之奉佛，與其家風習特異者，猶之愔忠於王室，而超黨於桓氏，宗教信仰及政治趨向皆與其父背馳也。"《天師道與濱海地域之關係》，《叢稿初編》頁二二至二三。

"二何佞於佛"，余嘉錫曰："《法苑珠林》五十五引《冥祥記》曰：'晉司空廬江何充，字次道，弱而信法，心業甚精。常於齋堂，置於空座，筵帳精華，絡以珠寶，設之積年，庶降神異。後大會，道俗甚盛。'可見其佞佛之甚也。"

【彙評】

沈赤然曰："晉何充供養沙門以百數，靡費巨萬，至親友貧乏，絕無所施。梁朱異財寶充積，未嘗散施，廚下珍饈腐爛，每月常棄十數車，雖諸子親房，亦不分贍。或謂余：二人之不肯周卹貧乏，一也，然暴殄天物，似供伊蒲饌稍優。余曰：朱異只是一味慳吝，何充轉欲以此求福，彌見其愚耳，何優之有！"《續筆》卷六。

52

王文度在西州，與林法師講，韓、孫諸人並在坐。林公理每欲小屈，孫興公曰："法師今日如著弊絮在荊棘中，觸地挂閡。"

○ "王文度"至"觸地挂閡"

"西州"，李吉甫曰："謝安薨，道子代領揚州，仍前府舍，故稱爲東府，而謂揚州廨爲西州。"《元和郡縣志》卷二六。龔斌按曰："《晉書》七九《謝安傳》：'左右曰：此西州門。'據此，謝安未薨之前已有'西州'之名。" ○ 胡三省曰："揚州刺史治臺城西，故曰西州。"《通鑑·宋紀二》注。又曰："揚州治所在建康臺城西，故謂之西州。"《宋紀五》注。○ 徐震堮曰："《元和志》：'州廨，王敦及王導所創也。後會稽王道子於東府城領州，故號此爲西州。'"

"與林法師講"，程炎震曰："坦之未嘗爲揚州。支遁下都在哀帝時，王述方刺揚州，蓋就其父官廨中設講耳。"

"韓孫諸人"，恩田仲任曰："韓康伯、孫興公。"

"如著弊絮在荆棘中"，恩田仲任曰："《匈奴傳》曰：'其得漢繒絮以馳草棘中，衣袴皆裂敝，以示不如旃裘之完善也。'"

"觸地挂閡"，淇園曰："地，猶云'處'也。言爲韓屈，亦爲孫屈也。"○田中頤曰："言爲王爲韓又爲己，無言不屈也。"○梁永昌曰："'觸地'猶言'到處'，似是魏晉時代新産生的口語詞。"《雜記》。○張萬起曰："挂閡，挂礙。"

53

范榮期見郗超俗情不淡，戲之曰："夷、齊、巢、許，一詣垂名。何必勞神苦形[1]，支策據梧邪？"郗未答。韓康伯曰："何不使遊刃皆虛？"《莊子》曰："昭文之鼓琴，師曠之支策[2]，惠子之據梧，三子之智幾矣，皆其盛也，故載之末年。庖丁爲文惠君解牛，三年之後，未嘗見全牛也。用刀十九年矣[3]，所解數千牛[4]，而刀刃若新發於硎[5]。文惠君問之，庖丁曰[6]：'彼節者有間，而刀刃無厚；以無厚入有間，恢恢乎其於遊刃必有餘地。'"

○"范榮期"至"遊刃皆虛"

"勞神苦形"二句，王叔岷曰："《德充符篇》：'莊子曰：'今子外乎子之神，

[1] "何必"，何焯曰："'必'上宋元本俱無'何'字。"朱鑄禹曰："袁本'必'上有'何'字。"龔斌曰："宋本、沈校本並無'何'字。"
[2] "支策"，趙西陸曰："《莊子補正》曰：'古書多言杖策，罕言枝策。《讓王篇》'因杖策而去之'，亦'杖策'連文。"
[3] "用刀"，趙西陸曰："'用'當作'臣'，形近而誤也。《養生主篇》作'今臣之刀十九年矣'。"
[4] "數千牛"，余嘉錫曰："景宋本及沈本無'數'字。"朱鑄禹曰："袁本'千'上有'數'字。"
[5] "發於硎"，唐鴻學曰："《列子釋文》作'硋'，又作'礙'。"
[6] "文惠君問之庖丁"，趙西陸曰："'文惠君問之庖丁曰'二句，疑當在'三年之後'句上，下並敚'始臣之解牛之時，所見無非牛者'句。"

1747

勞乎子之精，倚樹而吟，據槁梧而瞑。'"

○注"莊子曰"

"莊子曰"，王叔岷曰："注引《莊子》云云，見《齊物論篇》。"

【彙評】

劉辰翁曰："韓語別似有味，此處用不得。"

54

簡文在殿上行，右軍與孫興公在後。右軍指簡文語孫曰："此噉名客[1]！"簡文顧曰："天下自有利齒兒。"後王光祿作會稽，謝車騎出曲阿祖之。王蘊、謝玄，已見。王孝伯罷秘書丞[2]，在坐，謝言及此事，因視孝伯曰："王丞齒似不鈍。"王曰："不鈍，頗亦驗。"

○"簡文在殿"至"噉名客"

"噉名客"，岡白駒曰："噉名，謂好名也。"○淇園曰："噉名，言以口辨而得享名譽，然無其實也。"○恩田仲任曰："蓋嘲簡文名過其實。"○田中頤曰："言好名譽而無其實。"○楊勇曰："猶云好名之甚者。"○余嘉錫曰："考宋曾慥《類說》四十九載殷芸《小說》引《世說》作：'右軍指孫曰："此是噉石客。"簡文曰："公豈不聞天下自有利齒兒耶？"'夫簡文既稱右軍為公，則不得復呼之為'利齒兒'，益知此語不為右軍而發。蓋道家有噉石之法，右軍以興公善於持

---

〔1〕"噉名客"，余嘉錫曰："宋晁載之《續談助》卷四載《殷芸小說》引《世說》'噉名'亦作'噉石'，知今本'名'字，確為傳寫之誤矣。"按余氏前引宋曾慥《類說》四十九載《殷芸小說》引《世說》"噉名"即作"噉石"。方一新《校釋札記》曰："'噉名'不誤。"龔斌曰："'噉石客'之'石'，當為'名'之誤。"

〔2〕"罷秘書丞"，楊勇曰："'罷'上《續談助》四有'時'字。"

論，然多強辭奪理，故戲之爲‘啖石客’。簡文聞之，便解其意，因答言彼齒牙堅利，自能啖石耳。亦以譏興公也。下文謝玄亦云‘王丞齒似不鈍’，正是以右軍戲興公者譏之。後人不解‘啖石’之義，妄改爲‘噉名’。又以簡文語與右軍意不相干，復改右軍指孫爲指簡文語孫，於是右軍與簡文共嘲興公者，變爲二人互相嘲矣。不知使此語在簡文即位以後，則天子也，即在未即位以前亦相王也，右軍非狂誕之徒，安敢如此輕相戲侮耶？”○方一新曰：“考《三國志‧魏志‧盧毓傳》記明帝詔云：‘選舉莫取有名，名如畫地作餅，不可啖也。’這大概就是《世說》本條‘噉名客’一語的源頭。所謂‘噉名’當爲靠名吃飯（度日）之意。”《校釋札記》。○蔣凡曰：“其時簡文雖未即位，但在穆帝永和年間，頭銜很多，封琅邪王而不去會稽王號，侍中、撫軍大將軍、司徒、丞相、錄尚書事、相王之尊，頭上光環炫人眼目，有名過其實之嫌，故右軍有‘啖名客’之調。”○龔斌曰：“《魏志‧盧毓傳》：‘選舉莫取有名者，名如畫地作耕，不可啖也。’可見當時即有‘啖名’之喻。”

○“簡文顧曰”至“曲阿祖之”

“天下自有利齒兒”，岡白駒曰：“言天下自有甚焉者，己不足道也。蓋因‘噉’字云‘利齒’。”○人典顯常曰：“對‘噉名客’，以言口之便捷也。”又曰：“謂利口善詆人也。”《撮補》。○淇園曰：“言齒利故得噉名，蓋亦以此嘲右軍也。”○田中頤曰：“言右軍有此利口可惡，且其齒銳利，故所噉虛聲尤大矣。”○秦士鉉曰：“天下好名固有甚於我者。”○張永言曰：“利齒兒，牙齒堅利的人。喻指口才好，能言善辯的人。”《辭典》頁二六一。○方一新曰：“‘利齒兒’當是形容王羲之伶牙俐齒之辭，綴一‘兒’字以示調謔，而非‘齒牙堅利自能啖石’之謂。”《校釋札記》。

“作會稽”，秦士鉉曰：“作會稽內史。”

“謝車騎出曲阿祖之”，秦士鉉曰：“曲阿，地名。祖，送餞也。”○程炎震曰：“謝玄時蓋鎮廣陵。”○張萬起曰：“曲阿，晉代縣名，在今江蘇丹陽。”

○“王孝伯罷”至“頗亦驗”

“罷秘書丞”，岡白駒曰：“凡官以善去曰罷，以罪去曰免。此自乞去也。”○淇園曰：“此蓋以爲下文‘不鈍’作地。蓋言以其口辨少時得爲秘書監，然爲其無實，故尋被罷。”

"王丞齒似不鈍"，田中頤曰："言王亦當不辱噉名客之目。"○張萬起曰："蓋指王恭善噉名利。此時王恭罷秘書丞，升轉中書郎之職。"

"不鈍頗亦驗"，大典顯常曰："驗，謂罷秘書丞也，言坐言語也。"朱鑄禹釋曰："謂坐言語罷官也。"蔣凡按曰："王恭年輕時一帆風順，其'罷秘書丞'，旋遷中書郎，並非罷官失意之言。朱解誤。"○田中頤曰："言我實利齒，故坐言語罷秘書丞，是頗亦可驗其言也。"○蔣凡曰："謂己齒雖利，但見實效，並非徒逞口舌之辯。"

【彙評】

王世懋曰："此欲破世間噉名客耳，本謂忘名，乃令此言千載。"

55

謝遏夏月嘗仰臥，謝公清晨卒來，不暇著衣〔1〕，跣出屋外，方躡履問訊。公曰："汝可謂前倨而後恭。"《戰國策》曰："蘇秦說惠王而不見用，黑貂之裘弊，黃金百斤盡，大困而歸〔2〕。父母不與言〔3〕，妻不爲下機〔4〕，嫂不爲炊。後爲從長〔5〕，行過洛陽，車騎輜重甚衆，秦之昆弟妻嫂側目不敢視。秦笑謂其嫂曰：'何先倨而後恭〔6〕？'嫂謝曰：'見季子位高而金多〔7〕。'秦歎曰：'一人之身，富貴則親戚畏懼，貧賤則輕易之，而況於他人哉〔8〕！'"

---

〔1〕 "不暇"，楊勇曰："《御覽》二一、《事文》後二一引《世說》作'未'。"
〔2〕 "大困"，趙西陸曰："《戰國策·秦策一》'大困'作'資用乏絕'。"
〔3〕 "父母不與言"，趙西陸曰："《戰國策·秦策一》此五字在'嫂不爲炊'下。"
〔4〕 "妻不爲下機"，趙西陸曰："《戰國策·秦策一》無'爲'字，'機'作'紝'。"
〔5〕 "後爲從長"，趙西陸曰："'後爲從長'以下文與《史記·蘇秦傳》略同，而與今本《國策》異。'從'下《史記》有'約'字。"
〔6〕 "何先倨而後恭"，趙西陸曰："《戰國策·秦策一》'恭'作'卑'。"王叔岷曰："注引《戰國策》云云，見《秦策一》。'何先倨而後恭'，本作：'嫂何先倨而後卑也？'《史記·蘇秦傳》作'何前倨而後恭也'，與此正文尤合。(注所引《戰國策》云云，與《史記》文較合。)"
〔7〕 "位高而金多"，趙西陸曰："《戰國策·秦策一》'高'作'尊'，'金多'作'多金'。"
〔8〕 "秦歎曰"五句，趙西陸曰："《戰國策·秦策一》：'蘇秦曰：嗟乎，貧窮則父母不子，富貴則親戚畏懼，人生世上，勢位富貴，盍可忽之哉？'《史記》末句作'況衆人乎'。"

“躡履問訊”，朱鑄禹曰：“魏晉人士，平常著屐，以躡履爲敬。”

56

顧長康作殷荆州佐，請假還東。爾時例不給布颿，顧苦求之，乃得。發至破冢，遭風大敗。周祗《隆安記》曰〔1〕：“破冢，洲名，在華容縣。”作牋與殷云：“地名破冢，真破冢而出。行人安穩，布颿無恙。”

○“顧長康”至“遭風大敗”

“請假還東”，秦士鉉曰：“假，休暇。東，京師也。”○張萬起曰：“顧長康是晉陵無錫人，自荆州回家向東而行。”

“布颿”，秦士鉉曰：“‘颿’‘帆’同。”○楊勇曰：“‘颿’通‘帆’。《釋名》：‘帆，汎也。隨風張幔曰汎，使舟疾汎汎然也。’”

“遭風大敗”，岡白駒曰：“大敗，謂傾覆也。”

○“作箋與殷”至“布颿無恙”

“破冢而出”，胡三省曰：“破冢在江岸之東。”《通鑒‧晉紀三十七》注。○大典顯常曰：“冢，爲墳塚之義。”《撮補》。○田中頤曰：“即就其名，以言死中得活之大敗。”○龔斌曰：“寓死裏逃生之意，亦以文爲滑稽也。”

“行人安穩”二句，袁枚曰：“今人贈遠輒曰布帆無恙。按《晉書‧顧愷之傳》云云，是謂帆無恙，非謂人無恙也。”《隨園隨筆》卷十八。汪師韓《談書録》曰：“今人贈遠多云布帆無恙。按《晉書‧顧愷之傳》云云，此謂帆無恙，非謂人無恙也，而文人多誤用。”似襲袁説。○田中頤曰：“言君愛惜所存、我苦求所得之一布帆幸無恙，勿以爲憂也。此蓋重之如人物以排調耳。”○秦士鉉曰：“調殷之初惜布帆

---

〔1〕“隆安記”，董刻本“隆”作“降”。王利器曰：“各本‘降’作‘隆’，是。”

也。"〇余嘉錫曰："漢、晉時常語於人之無憂無病者，皆謂之無恙。布帆，物也，非人也，安得謂之無恙乎？蓋本當云：'布帆安穩，行人無恙。'因帆已破敗，不可言安穩，故易其語以見意。此乃以文滑稽耳。"

57

符朗初過江[1]，裴景仁《秦書》曰："朗字元達，符堅從兄[2]。性宏放[3]，神氣爽悟。堅常曰：'吾家千里駒也。'堅爲慕容沖所圍，朗降謝玄，用爲員外散騎侍郎。吏部郎王忱與兄國寶命駕詣之。沙門法汰問朗曰：'見王吏部兄弟未？'朗曰：'非一狗面人心，又一人面狗心者是邪[4]？'忱醜而才，國寶美而狠故也[5]。朗常與朝士宴，時賢並用唾壺，朗欲夸之，使小兒跪而張口[6]，唾而含出。又善識味，會稽王道子爲設精饌，訖，問：'關中之食，孰若於此？'朗曰：'皆好。唯鹽味小生。'即問宰夫，如其言。或人殺雞以食之，朗曰：'此雞棲恒半露。'問之，亦驗。又食鵝炙，知白黑之處，咸試而記之，無豪釐之差。著《符子》數十篇，蓋老莊之流也。朗矜高忤物，不容於世，後衆讒而殺之[7]。"王咨議大好事，問中國人物及風土所生，終無極已。《王氏譜》曰："肅之字幼恭，右將軍羲之第四子[8]。歷中書郎、驃騎咨議。"朗大患之。次復問奴婢貴賤，朗云："謹厚有識中者，乃至十萬；無意爲奴婢問者，止數千耳。"

---

[1] "符朗"，余嘉錫曰："正文及注諸'符'字，景宋本俱作'苻'。"
[2] "符堅從兄"，葉德輝曰："袁本與此同。按《晉書・苻朗載記》作'從兄子'。"黃丕烈校"從兄"作"從兄子"。余嘉錫曰："苻朗爲苻堅從兄子，此注'兄'下脱'子'字。"
[3] "宏放"，余嘉錫曰："'宏'景宋本作'宕'。"朱鑄禹曰："《晉書》亦作'宏'。"楊勇曰："'宏'宋本作'宕'，非。"
[4] "朗曰"云，楊勇曰："《晉書・載記・苻朗傳》作：'朗曰：吏部爲誰，非人面而狗心，狗面而人心者乎？'"
[5] "狠故"，董刻本"狠"作"很"。
[6] "張口"，董刻本"張"作"開"。
[7] "後衆讒而殺之"，楊勇曰："《晉書・載記・苻朗傳》作'後數年王國寶讒而殺之'。"
[8] "第四子"，董刻本"第"作"弟"。王利器曰："各本'弟'作'第'，是。"

1752

○“符朗初”至“朗大患之”

“符朗初過江”，蔣凡曰：“苻朗原爲前秦家族中堅，官青州刺史。太元九年，謝玄伐秦，取河南，取青州，朗降於玄。”

“中國人物”，秦士鉉曰：“中國，即關中也。”

“終無極已”，田中頤曰：“無由及清談也。”○張萬起曰：“始終没完没了。”

“大患之”，張萬起曰：“患，厭惡，討厭。”

○“次復問”至“止數千耳”

“問奴婢貴賤”，洪園曰：“價之貴賤。”

“謹厚有識中者”，桃井白鹿曰：“中，如‘深中寬厚’之‘中’。有識中，謂有識於心也。”○恩田仲任曰：“識中，心中有知識者。”○田中頤曰：“謂爲人謹厚而蘊有清識於中心者也。此喻己。”○徐震堮曰：“‘有識中’謂有識。”○朱鑄禹曰：“《廣韻》曰：‘矢至的曰中。’此蓋謂中意也。”○張萬起曰：“識中，六朝時凡得其當者每以‘中’字係之，如‘理中’‘事中’‘記中’。”

“無意爲奴婢問者”，大典顯常曰：“言漫然所問之奴婢也。”○恩田仲任曰：“漫然而問之奴婢。”○田中頤曰：“謂内無美意而漫然爲婢問者也。此喻王。”○秦士鉉曰：“‘無意’與‘識中’對。‘無意爲奴婢問’，謂無意識而唯問奴婢之事者，止數千錢之賤奴婢也。”○徐震堮曰：“‘問’字疑涉上而衍。‘無意’與‘有識’相對，謂無所知解。”○蔣宗許曰：“‘爲奴婢問’猶‘作奴婢問’，即問奴婢之類問題。”《札記》。○范子燁曰：“此句並無訛奪和衍文。符朗的意思是説恭謹厚道、富有見識的奴婢價值十萬，而那些缺乏頭腦爲奴婢之事不斷發問的家伙卻僅值數千。”《研究》頁二四一。

○注“裴景仁秦書曰”

“裴景仁秦書”，沈家本曰：“《隋志》：‘《秦記》十一卷，宋殿中將軍裴景仁撰，梁雍州主簿席惠明注。’二《唐志》同，惟‘席惠明’作‘杜惠明’。《宋書·沈曇慶傳》：‘裴景仁助戍彭城，多儁人，多悉戎荒事，曇慶使撰《秦記》十卷，敍苻氏本末。其書傳於世。’《史通》亦稱《秦記》。是其書本名《秦記》，而諸書所引有稱《苻書》者，《初學記·地部》。有稱《前秦記》者，《御覽·

人事部》。亦有稱《秦書》者，《御覽·人事部》。參錯不同。此注亦稱《秦書》，似其書亦有《秦書》之名也。"《古書目》卷四。〇葉德輝曰："《隋志》題《秦記》十一卷，云：'宋殿中將軍裴景仁撰。'"《書目》。

"關中之食"，秦士鉉曰："關中，苻朗之鄉。"

"皆好"二句，秦士鉉曰："此地之食皆好於關中。生，不熟。"

"雞棲"，秦士鉉曰："棲，塒也。"

【彙評】

蔣凡曰："王肅之雖然出身琅邪王氏家族，但本人頗俗，問奴婢價即是一例。故朗患之，一語雙關，諷刺蕭之如'無意爲奴婢問者'，是個心中無知無識的俗物。"

58

東府客館是版屋。謝景重詣太傅，時賓客滿中，初不交言，直仰視云："王乃復西戎其屋。"《秦詩敘》曰："襄公備其兵甲，以討西戎，婦人閔其君子，故作詩曰：'在其版屋，亂我心曲。'"毛公注曰："西戎之版屋也。"

〇"東府客館"至"西戎其屋"

"東府"，恩田仲任曰："會稽王道子府。"〇張萬起曰："會稽王司馬道子領揚州刺史，府第在州東，故稱東府。"按"東府"義參見《言語篇》"謝景重女適王孝伯兒"條。

"版屋"，田中頤曰："'版'同'板'，以片木代瓦爲屋。"

"太傅"，恩田仲任曰："道子。"

"王乃復西戎其屋"，岡白駒曰："王，會稽王司馬道子。"〇大典顯常曰："調道子將亂國家也。"《集成》。〇田中頤曰："西戎之俗，以板爲屋，因嘲言之，王以己所好，不止屋上，其屋中舉賓客，皆西戎而不足共談也。"〇秦士鉉曰：

"府中之人亦如西戎。"○程炎震曰："左思《三都賦序》曰：'見在其版屋，則知秦野西戎之宅。'"○余嘉錫曰："此必座中之人有不可於意者，故不與之交言，且微辭以譏之。"○張萬起曰："謝重無視一座賓客，唯以秦野西戎之宅來調侃揚州客館，似還含有對賓客的嘲諷。"

○注"秦詩敘曰"

"秦詩敘"，徐震堮曰："此《秦風·小戎》序及詩。"

59

顧長康噉甘蔗，先食尾[1]。問所以[2]，云："漸至佳境[3]。"

○"顧長康"至"佳境"

"顧長康"，吳曾曰："洪（駒父）以虎頭爲愷之小字，蓋取《歷代名畫記》云：'顧愷之字長康，小字虎頭。晉陵無錫人。'然予考《世說》，乃謂：'顧愷之爲虎頭將軍，每食蔗自尾至本，人或問，曰：漸入佳境。'則知虎頭非小字，《名畫記》之誤，而洪又承其失耳。"《漫錄》卷五。○孫志祖曰："長康此語見《世說·排調篇》，然並無'爲虎頭將軍'之文。《晉書》本傳亦不言其嘗居此職也，且虎頭將軍未悉其爲何等官屬。仍當以《名畫記》爲正。《藝文類聚》'甘蔗類'引《世說》有'爲虎頭將軍'語。"《讀書脞錄》卷五。

"漸至佳境"，淇園曰："不言味美處，而謂爲'佳境'，即是排調。"

【彙評】

李贄曰："言近喻遠。"

---

[1]　"先食尾"，楊勇曰："《晉書·顧愷之傳》作'恒自尾至本'，《類聚》八七引《世說》作'自尾至本'。"
[2]　"問所以"，王先謙曰："一本'問'上有'人'字。"按董刻本、袁刻本有"人"字。
[3]　"漸至"，楊勇曰："'至'，《顧愷之傳》、《類聚》八七引《世說》作'入'。"

袁中道曰：“可參。”《舌華録》卷一。

田中頤曰：“言近意深。”

60

　　孝武屬王珣求女壻，曰：“王敦、桓溫，磊砢之流〔1〕，既不可復得，且小如意，亦好豫人家事，酷非所須。正如真長、子敬比，最佳。”珣舉謝混。後袁山松欲擬謝婚，《續晉陽秋》曰：“山松，陳郡人。祖喬，益州刺史。父方平，義興太守。山松歷秘書監、吳國內史。孫恩作亂，見害。初，帝爲晉陵公主訪壻於王珣，珣舉謝混云：‘人才不及真長，不減子敬。’帝曰：‘如此便已足矣。’”王曰：“卿莫近禁臠。”

　　○“孝武屬”至“比最佳”

　　“磊砢之流”，秦士鉉曰：“磊砢，大志也。”○張萬起曰：“磊砢，樹大多節，以喻人之有奇才異能。”

　　“小如意亦好豫人家事”，桃井白鹿曰：“人家事，天子家事也。二人皆窺窬天下。”○淇園曰：“其人物可愛小如人意者，其人或好豫人家事。是誇小智好擾人家事者。”○周一良曰：“王桓皆豪門大族而爲晉皇室女婿，皆控制長江中游，擔負所謂‘分陝’之任，威權震主。故孝武帝謂王敦桓溫皆‘小如意亦好豫人家事’（《晉書》七九《謝混傳》作‘才小富貴便豫人家事’）。”《史札》頁一〇〇。

　　“酷非所須”，田中頤曰：“言二人磊砢之才流，世既不可復得，且其人雖小有如人意，亦好豫國事，欲亂天下，故酷非所需也。”○徐震堮曰：“酷，甚也，極也。”《簡釋》。

　　“真長子敬比最佳”，大典顯常曰：“《晉書·謝混傳》：孝武帝爲晉陵公主求壻，謂王珣曰：‘主壻但如劉真長、王子敬便足。如王處仲、桓元子誠可，小富

〔1〕 “之流”，董刻本“流”作“不”。王利器曰：“各本‘不’作‘流’，是。‘不’就是‘汦’字的壞文。”王叔岷曰：“‘不’乃‘汦’之壞字。‘汦’，俗‘流’字。宋本‘流’字大都作‘汦’。”

貴，便豫人家事。'"〇龔斌曰："劉惔尚明帝女廬陵公主，王子敬尚簡文帝女新安公主。"

〇"珣舉謝混"至"近禁臠"

"袁山松欲擬謝婚"，桃井白鹿曰："據《晉書》，未幾帝崩，故袁欲以女妻之。後謝竟尚晉陵公主。"

"禁臠"，范正敏曰："今人於榜下擇壻，號臠壻，其語蓋出諸袁山松。"《遯齋閒覽·諧謔》。〇岡白駒曰："禁臠，豕領肉，用以供御膳者，故況焉。"〇桃井白鹿曰："《晉書·謝混傳》：'元帝始鎮建業，公私窘罄，每得一㹠，以爲珍膳，項上一臠尤美，輒以薦帝，群下未嘗敢食，于時呼爲禁臠，故珣因以爲戲。'"〇田中頤曰："此言謝者天子所簡選而爲公主可薦之物，然而今卿欲令己女先食之，是其僭越，豈得無欲作帝所嫌王敦、桓溫之流乎？"〇程炎震曰："《混傳》云云，蓋是《世說》本文，而今本失之。不然，'禁臠'二字，孝標不容無注也。"〇劉盼遂曰："《晉書·謝混傳》云云，故王珣舉以喻謝也，劉氏失注。"

【彙評】

孫元晏曰："尚主當初偶未成，此時誰合更關情。可憐謝混風華在，千古翻傳禁臠名。"《詠史詩·謝混》，《全唐詩》卷七六七。

劉辰翁曰："謀壻至矣。"

田餘慶曰："東晉末年的士族中，已找不到王敦、桓溫那樣才能出衆、磊砢英多的人才。王珣是王導之孫，桓溫同黨，曾謂桓溫廢昏立明，有忠貞之節。孝武帝面對王珣指責王敦、桓溫，意在表示對王、桓家族淩駕皇室的不滿，借以警告王、桓家族。謝混風流有美譽，王珣雖與謝氏家族已成讎釁，仍不得不從人望以舉謝混，可見門第與風流仍然是考察人物的主要標準。"《政治》頁二一九至二二〇。

61

桓南郡與殷荆州語次，因共作了語。顧愷之曰："火燒平原無遺燎。"桓曰："白布纏棺豎旒旐〔1〕。"殷曰：
"投魚深淵放飛鳥〔2〕。"次復作危語。桓曰："矛頭淅米
劍頭炊〔3〕。"殷曰："百歲老翁攀枯枝。"顧曰："井上轆
轤臥嬰兒〔4〕。"殷有一參軍在坐，云："盲人騎瞎馬〔5〕，
夜半臨深池〔6〕。"殷曰："咄咄逼人！"仲堪眇目故也。

《中興書》曰："仲堪父嘗疾患經時，仲堪衣不解帶數年。自分劑湯藥，誤以藥手
拭淚，遂眇一目。"

○"桓南郡"至"放飛鳥"

"語次"，張萬起曰："談話之間。次，時、時候。"

"作了語"，秦士鉉曰："了，終了也。"○崔朝慶曰："了語，言事物之終了
也。"○江藍生曰："作了語，則要求句末諧'了'韻，而且句子要有'了'的意
思。從句末看，'燎''旐''鳥'皆與'了'諧韻。（三字皆上聲，'燎''旐'
爲小韻，'了''鳥'爲篠韻，《廣韻》'小''篠'二韻同用。）"《彙釋》頁一二
六。○楊勇曰："舉已了之事相與戲語也。"

"白布纏棺豎旒旐"，王先謙曰："《禮·檀弓》鄭注：'旌之旒，緇布廣充幅
長尋曰旐。'此'旒旐'二字所本。"○張萬起曰："旒旐，出殯時在靈柩前的
幡旗。"

---

〔1〕 "纏棺豎旒旐"，紛欣閣本"旐"原作"旆"。葉德輝曰："袁本'旆'作'旐'。按'旐'字是。
《禮·檀弓》鄭注：'旌之旒緇布廣充，幅長尋，曰旐。'此'旒旐'二字所本。《晉書·顧愷之傳》
亦作'旒旐'，惟'纏棺'作'纏根'。"徐震堮《札記》曰："《晉書·顧愷之傳》'棺'誤作
'根'。"余嘉錫："豎，《渚宮舊事》五作'附'。"楊勇曰："'豎'《晉書·顧愷之傳》、《御覽》
三九〇引《世說》並作'樹'。"王叔岷："《渚宮舊事》五'豎'作'附'。"
〔2〕 "投魚深淵"，葉德輝曰："袁本'淵'作'潤'。按《晉書》傳'深淵'作'深泉'，明唐人避高祖
諱改，此作'淵'是。"
〔3〕 "淅米"，董刻本"淅"作"浙"。王利器曰："袁本、補本'浙'作'淅'，是。"
〔4〕 "顧曰井上轆轤臥嬰兒"，李慈銘曰："《晉書·顧愷之傳》脫'顧曰井上'一句，又脫'夜半'二
字，皆誤，當據此補。"徐震堮《札記》曰："（《晉書·顧愷之傳》）脫'井上轆轤'一句。"王叔
岷曰："《御覽》三百九十引'臥'作'安'。"
〔5〕 "瞎馬"，唐鴻學曰："睆，瞎之正。《説文》：'睆，重文睨字。'嚴校議詳之。慧琳《一切經音義》
引《淮南》許注：'目内白翳病也。'即瞎之本字。今《説文》脫訛，若人即不知'睨'字，又作
'暍'，《玉篇》亦爲後人所改。"
〔6〕 "夜半"，趙西陸曰："《御覽》三九〇引無'夜半'二字。《晉書·顧愷之傳》亦無。無者是。既
盲人瞎馬，其危固不待夜半也。"

○“次復作”至“臥嬰兒”

“作危語”，田中頤曰：“令人心危懼之語也。”○崔朝慶曰：“危語，言危險之事也。”○余嘉錫曰：“《古文苑》有宋玉《大言賦》《小言賦》，爲楚襄王、唐勒、景差、宋玉共造，如聯句之體。如《大言賦》，宋玉曰‘方地爲車，圓天爲蓋。長劍耿耿倚大外’云云。了語、危語，意蓋仿此。”○江藍生曰：“危語四句末尾的‘炊’‘枝’‘兒’‘池’四字皆與‘危’字一韻（平聲支韻），四句話皆言險情。”《彙釋》頁一二六。○楊勇曰：“舉驚險之事相與戲語也。”

“矛頭淅米劍頭炊”，恩田仲任曰：“淅米，汰米。”○程炎震曰：“某氏曰：‘《內則》云：析稂。魏武嘲王景興在會稽析粳米。’‘析’與‘淅’古字通，故韓孟聯句有‘析玉不可從’，俗謬改作‘淅’。若淅米，則不合用矛頭也。”余嘉錫按曰：“此說穿鑿不可從。淅米固不合用矛頭，炊飯豈當用劍頭耶？此不過言於戰場中造飯，死生呼吸，所以爲危也。”

○“殷有一”至“眇目故也”

“盲人騎瞎馬”二句，田中頤曰：“五言二句又押韻。”

“咄咄逼人”，葉夢得曰：“咄咄逼人，蓋拒物之聲。”《石林詩話》卷上。○胡三省曰：“咄咄，嗟咨語也。”《通鑑·晉紀二十一》注。又曰：“毛晃曰：咄咄，嗟咨語也。”《梁紀一》注。○恩田仲任曰：“咄咄，驚怪聲。”○田中頤曰：“言其語最質實，而見近似我也。”○崔朝慶曰：“咄咄，驚怪聲也。”○余嘉錫曰：“咄咄，驚歎之辭。‘咄咄逼人’，亦晉人口頭常語。《法書要錄》卷二宋羊欣采古來能書人名曰：‘王脩善隸行，與羲之善，殆窮其妙，子敬每省脩書云：咄咄逼人。’又卷十王右軍與司空郗公書曰：‘獻之，字子敬，少有清譽，善隸屬，咄咄逼人。’《淳化閣帖》卷五衛夫人書曰：‘衛有一弟子王逸少，甚能學衛真書，咄咄逼人。’”按“咄咄”義參見本篇“諸葛瑾爲豫州”條、《黜免篇》“殷中軍被廢”條。

“眇目故也”，凌濛初曰：“如此乃不妨於眇。”○田中頤曰：“此即其解。”

◎余嘉錫曰：“此出《語林》，見《類林雜說》五引。”

○注“中興書曰”

“疾患經時”，江藍生曰：“‘疾’用爲動詞，義爲生病、染病，蔣氏《通釋》已發之。‘疾患’連文，多作動詞講。”《彙釋》頁八二。

"分劑湯藥"，吳金華曰："'分劑'二字舊讀去聲，是同義平列的雙音節詞。《廣韻·去聲二十三問》：'分，分劑。'又《十二霽》：'劑，分劑。'可爲參證。'分劑湯藥'，猶言配制湯藥。"《考釋》頁二〇六。

【彙評】

沈長卿曰："噫，燎原之火，洵靡有孑遺矣。儻松柏蒼翠，雨雪紛紛，雖烈焰無如之何，則'火燒平原無遺燎'猶未了也。夫人生平，洵定於蓋棺矣。儻報怨者啓墓而鞭屍，殛奸者斲棺而梟首，則'白布纏棺豎旒旐'猶未了也。魚鳥還其故鄉，洵適矣。儻釣者出之重泉之下，弋者落之層霄之上，則'投魚深淵放飛鳥'猶未了也。然則何時是了？菩薩永不墮輪迴，此之謂了語也。邪術有吞針者，正法有折刀者，則'矛頭淅米劍頭炊'猶未危也。吐納導引之流，齒落更生，髮星再墨，則'百歲老翁攀枯枝'猶未危也。孺子將入於井，幸遇怵惕惻隱之人忙來拯救，則'井上轆轤臥嬰兒'猶未危也。然則何等是危？即參軍所云'盲人騎瞎馬，夜半臨深池'，安知此夜無月，又安知此馬非熟遊之地，而詎以爲危乎？'兀術破汴偪臨安，正心誠意獻君王'，此之謂危語也。"《沈氏弋說》卷六《駁晉人了語危語說》。

62

桓玄出射，有一劉參軍與周參軍朋賭[1]，垂成，唯少一破。劉謂周曰："卿此起不破，我當撻卿。"周曰："何至受卿撻！"劉曰："伯禽之貴，尚不免撻，而況於卿！"《尚書大傳》曰："伯禽與康叔見周公，三見而三笞。康叔有駭色，謂伯禽曰：'有商子者，賢人也，與子見之。'乃見商子而問焉。商子曰：'南山之陽有木焉[2]，名喬。'二三子往觀之[3]，見喬實高高然而上。反，以告商子。

---

[1]"有一"，楊勇曰："'一'字《類聚》二五引《世説》無。"
[2]"有木"，董刻本"木"作"大"。王利器曰："各本'大'作'木'，是。"
[3]"二三子"，徐震堮曰："《叢刊》本《尚書大傳》同，'三'字疑衍，下同。《文選》任昉《王文憲集序》注所引皆作'二子'。"龔斌曰："往觀者乃伯禽、康叔二人，'三'字爲衍。"

商子曰：‘喬者，父道也。南山之陰有木焉，名曰梓。’二三子復往觀焉，見梓實晉晉然而俯。反，以告商子。商子曰：‘梓者，子道也。’二三子明日見周公，入門而趨，登堂而跪。周公拂其首，勞而食之，曰：‘爾安見君子乎?’”《禮記》曰：“成王有罪，周公則撻伯禽。”亦其義也。**周殊無忤色**[1]。**桓語庾伯鸞曰**：《晉東宫百官名》曰：“庾鴻字伯鸞，潁川人。”《庾氏譜》曰：“鴻祖義，吴國内史[2]。父楷，左衛將軍[3]。鴻仕至輔國内史[4]。”**“劉參軍宜停讀書，周參軍且勤學問。”**

○“桓玄出射”至“唯少一破”

“劉參軍”，楊勇曰：“‘劉參軍’殆是劉簡之。周則未詳。”

“朋賭”，胡三省曰：“射以兩人爲朋，射之有朋，猶古射儀之有耦也。”《通鑑·魏紀十》注。○岡白駒曰：“朋，偶也。”○淇園曰：“爲左右朋而賭射。”○徐震堮曰：“謂賭射時數人共爲一朋，一朋猶一組也。《北史·長孫晟傳》：‘開皇十九年，賜射於武安殿，選善射十二人，分爲兩朋。’即其例。”

“垂成唯少一破”，恩田仲任曰：“破，謂破的。”○田中頤曰：“破，謂破的也。此蓋左右各四矢而周但餘一矢，其矢中則左右無勝敗，故曰唯少一破。若不中則爲劉朋之敗，故下‘劉謂周’也。”○徐震堮曰：“謂再中一箭，即可取勝。破，破的。簡稱‘破的’爲‘破’，乃爾時常語。”○朱鑄禹曰：“垂成，言一局將終也。”

○“劉謂周曰”至“而況於卿”

“此起不破我當撻卿”，秦士鉉曰：“此起，猶言此一發也。‘王武子一起便破

〔1〕 “忤色”，楊勇曰：“‘忤’宋本作‘作’，同。”朱鑄禹曰：“‘作’通‘忤’。”王叔岷曰：“正字作‘牾’，《説文》：‘牾，逆也。’”
〔2〕 “祖義吴國内史”，李慈銘曰：“‘義’當作‘羲’，太尉亮次子也。《晉書》作‘會稽内史’。（此據《楷傳》。而羲本傳作‘吴興内史’，則誤。吴興非國，當曰太守，不當曰内史也。‘吴興’蓋‘吴國’之譌。）”王利器曰：“‘義’當作‘羲’，《潁川鄢陵庾氏譜》及《晉書·庾羲傳》俱作‘羲’，可證。”楊勇曰：“宋本作‘義’，非，各本及汪藻《庾氏譜》並作‘羲’，是。”
〔3〕 “左衛將軍”，李慈銘曰：“‘左衛將軍’《晉書》作‘左將軍輔國内史’。”
〔4〕 “輔國内史”，恩田仲任曰：“‘内史’當作‘長史’。輔國將軍屬官有長史。不然，當是輔國將軍，又爲其國内史。”秦士鉉曰：“輔國將軍屬官有長史，無内史，詳《釋》。”李慈銘曰：“（‘輔國内史’）亦有誤。輔國唯有將軍，安得有内史?”

的'亦是。"○余嘉錫曰："此蓋桓玄僚屬,分朋賭射。劉、周同在一朋,周當起射,如不破的,則全朋不勝,故戲言激之。"○徐震堮曰："'此起不破',謂此發不中。'起'訓'發',謂發射。"

"何至受卿撻",田中頤曰："言此一矢雖關一朋之榮辱,亦何至受卿撻之甚乎?"

"尚不免撻",田中頤曰："以伯禽舉事不中則周公撻之,證其當撻。"

○"周殊無"至"勤學問"

"周殊無忤色",劉應登曰："謂周不學,故不知劉言爲譏己。"凌刻本"言"作"説"。○田中頤曰："周不學而不悟也。"

"宜停讀書",凌濛初曰："劉亦何至,遂'宜停'?"○淇園曰："言劉所引之事,其義不與賭射之事相中。"○余嘉錫曰："劉濫引故事,比擬不倫,以《書傳》資其利口,故曰'宜停讀書'。"

"且勤學問",岡白駒曰："'宜停''且勤',欲損過而益不足,乃均平。此本於老子:'道其猶張弓乎? 有餘者損之,不足者與之。'"○田中頤曰："劉所引證與賭射之事不相中故,周即不知其引證之不中故。"○余嘉錫曰："周被罵而無忤色,蓋本不知伯禽爲何人,故曰'且勤學問'。"

○注"尚書大傳曰"至"亦其義也"

"晉晉",恩田仲任曰："《尚書大傳》注:'肅貌。'"

"撻伯禽",秦士鉉曰："周公佐成王,使其子伯禽與成王游處,王有過則撻伯禽,欲令王感悟也。"

○注"晉東宮百官名曰"

《晉東宮百官名》,沈家本曰："隋唐志皆不著録。此注所引當桓玄時,安帝未立太子。疑是安帝在東宮時也。"《古書目》卷四。

【彙評】

劉辰翁曰："謬汙。"

63

桓南郡與道曜講《老子》，王侍中爲主簿，在坐。桓曰：“王主簿，可顧名思義。”王未答，且大笑。桓曰：“王思道能作大家兒笑[1]。”道曜，未詳。思道，王禎之小字也[2]。老子明道，禎之字思道，故曰“顧名思義”。

○“桓南郡”至“大家兒笑”

“王侍中”，蔣凡曰：“指王禎之，曾官侍中，故稱。”
“大家兒”，楊勇曰：“大孩兒。”○張永言曰：“大族名家的子弟。”《辭典》頁七二。○龔斌曰：“謂巨室子弟。大家，巨室也。”

○注“顧名思義”

趙西陸曰：“《魏志·王昶傳》曰：爲兄子及子作名字，皆依謙實，以見其意，遂書戒之曰：‘欲使汝曹立身行己，遵儒者之教，履道家之言，故以玄默沖虛爲名，欲使汝曹顧名思義，不敢違越也。’”

祖廣行恒縮頭。詣桓南郡，始下車，桓曰：“天甚晴朗，祖參軍如從屋漏中來[3]。”《祖氏譜》曰：“廣字淵度，范陽人。父台之，仕光禄大夫[4]。廣仕至護軍長史。”

○“祖廣行”至“屋漏中來”

“從屋漏中來”，袁枚曰：“《爾雅》：‘西北隅謂之屋漏。’鄭康成云：‘屋，

---

〔1〕“王思道”，楊勇曰：“‘道’下《類聚》二五引《世説》有‘故’字。”
〔2〕“王禎之”，程炎震曰：“‘禎’當作‘楨’。《品藻篇》‘楨之字公幹’，則字當從木，《晉書》亦從木。”
〔3〕“屋漏中來”，王叔岷曰：“《類林》三一引‘中’作‘下’。”
〔4〕“仕光禄”，何焯曰：“‘仕’疑‘左’誤。一無此字。”余嘉錫曰：“景宋本及沈本無‘仕’字。”

小帳也。漏，隱也。’孔疏云：‘室内可以施小帳而漏隱之處。’宋儒以爲暗室也。孫炎云：‘屋漏者，當室之白日光所漏入也。’陳見復以爲即《禮經》‘陽厭’之説。《詩》云‘不愧’者，以陽厭是祭末事，助祭者至此易倦，故以不愧戒之。”《隨園隨筆》卷十一。○桃井白鹿曰：“屋漏，‘夜雨屋漏’之‘屋漏’。排調縮頭，其意可見。”○秦士鉉曰：“古詩：‘屋漏在上，知之在下。’《孝子傳》：‘夜雨屋漏。’非謂室之屋漏。”○趙西陸曰：“《爾雅·釋宮》曰：‘西北隅謂之屋漏。’郭璞注曰：‘《詩·抑》曰：“尚不愧於屋漏。”其義未詳。’《御覽》一百八十八引犍爲舍人曰：‘古者徹屋西北隅以炊，浴没者，訖而復之，故謂之屋漏也。’郝疏：‘《釋名》云：“西北隅曰屋漏。”禮，每有親死者，輒徹屋之西北隅聚以爨灶，渚沐供諸喪用，時若值雨則漏，遂以名之。’”

【彙評】

袁中道曰：“善譬。”《舌華録》卷四。

65

桓玄素輕桓崖。崖在京下有好桃，玄連就求之，遂不得佳者。崖，桓脩小字。《續晉陽秋》曰：“脩少爲玄所侮，於言端常嗤鄙之。”玄與殷仲文書，以爲嗤笑，曰：“德之休明，肅慎貢其楛矢[1]；如其不爾，籬壁間物，亦不可得也。”《國語》曰：“仲尼在陳，有隼集陳侯之庭而死，楛矢貫之，石砮尺有咫。問於仲尼，對曰：‘隼之來遠矣。此肅慎之矢也。昔武王克商，通道于九夷、百蠻，使各以方賄貢，於是肅慎氏貢楛矢。古者分異姓之職[2]，使不忘服也，故分陳以肅慎之貢。若求之故府，其可得。’使求，得之金櫝，如初[3]。”

---

〔1〕 “肅慎”，王叔岷曰：“《類林》（三一）引‘肅慎’上有‘則’字。”
〔2〕 “分異姓之職”，桃井白鹿曰：“《國語》‘姓’下有‘以遠方’三字。職，貢也。”程炎震曰：“《國語》作‘分異姓以遠方之職貢’，此恐有脱字。”
〔3〕 “如初”，余嘉錫曰：“《國語》作‘如之’。”

○“桓玄素”至“不得佳者”

“桓玄素輕桓崖”，張萬起曰：“（玄）與脩爲同堂叔伯兄弟。”

“京下”，秦士鉉曰：“猶都下也。”

“遂不得佳者”，徐震堮曰：“遂，終也，竟也。”

○“玄與殷仲文”至“不可得也”

“以爲嗤笑”，田中頤曰：“嗤崖之固執不與，又自笑己連求不已也。”

“德之休明”，秦士鉉曰：“出《左傳》。”

“肅慎貢其楛矢”，秦士鉉曰：“肅慎，東北遠夷。楛，木名。”○龔斌曰：“韋昭注：‘肅慎，北夷之國。’嗤笑桓脩爲九夷百蠻，有賄貢之職。”

“如其不爾”，淇園曰：“言桓崖不達人情。”○田中頤曰：“謂不休明者。”

“籬壁間物”，田中頤曰：“謂其在近之物。”○張永言曰：“謂家園所産之物。泛指常見之物。”《辭典》頁二五七。

“亦不可得也”，田中頤曰：“此即嗤笑貪與吝相會耳。”○龔斌曰：“桓玄‘德之休明’數語，乃自我調侃，意謂己德不休明，以至籬壁間物亦不可得。”

○注“國語曰”

“以方賄貢”，桃井白鹿曰：“方賄，土宜也。”○朱鑄禹曰：“方，方物也。”

“使不忘服”，秦士鉉曰：“以遠物分賜異姓之國，使監以不忘歸服天子也。”

“求之故府”，秦士鉉曰：“故府，藏故物之府。”

“得之金櫝如初”，桃井白鹿曰：“《國語》‘如初’作‘如之’，注：‘如之，如孔子之言也。’”○秦士鉉曰：“故府之矢如今隼所帶來之矢也。”

輕詆第二十六

【題解】

何良俊曰：“或問子西，孔子曰：‘彼哉彼哉。’蓋厭絕之也。至孟子於管、晏猶或輕之，則聖賢亦詆訶人耶？嗚呼，聖賢之心，非不欲并包兼容，然是非之公，卒何可掩？不有所貶，後將安懲！”《何氏語林》卷二十八。○恩田仲任曰：“輕，輕之也。詆，訐也。”○田中頤曰：“此謂輕易其人而詆毀之也。”○王叔岷曰：“輕詆，謂輕鄙詆毀也。篇中諸‘輕’字，皆輕鄙義。”○蔣凡曰：“名士之間的相輕相詆，常是一語中的，令人難以爭辯而不得不服。而且，名士相輕，大多率爾而對，出於性格之自然，其態度天真而不加掩飾，這一點同樣也很可愛。”

1

王太尉問眉子：“汝叔名士，何以不相推重？”眉子已見。叔，王澄也。眉子曰：“何有名士終日妄語？”

○“王太尉”至“終日妄語”

“眉子”，岡白駒曰：“太尉王衍，衍子眉子，叔即衍弟也。”

“何以不相推重”，田中頤曰：“言汝叔名士，似宜推重者，而何以常相輕？”

“何有名士終日妄語”，田中頤曰：“言世間何有所謂名士而終日妄語如我叔者耶？”○徐震堮曰：“‘安有’常作‘何有’。”《釋義》。

【彙評】

劉辰翁曰：“兩可之詞。”

陳繼儒曰："王太尉問眉子云：'汝叔澄名士，何以不相推重？'眉子曰：'何有名士終日妄語？'黃庭堅魯直作艷語，人爭傳之，秀鐵面呵之，曰：'翰墨之妙，甘施於此乎？'魯直笑曰：'友當置我於馬腹中耶？'秀曰：'汝以艷語動天下淫心，不止馬腹，正恐生泥犁中耳。'夫吾黨戒口頭妄語易，戒筆頭艷語難。直至兩處皆刊削得去，方是打成一片的三鍼人也。"《讀書鏡》卷六。

朱荃宰曰："夫名下應接，勢必終日妄語，而何以謂終日妄語非名士也。"《文通》卷三十。

華慶遠曰："晉人清言，其極佳者，曰：'何有名士終日妄語。'此言猶爲近古。然名士妄語，筆甚於舌。"《論世八編》卷九。

庾元規語周伯仁："諸人皆以君方樂。"周曰："何樂？謂樂毅邪？"《史記》曰："樂毅，中山人。賢而爲燕昭王將軍，率諸侯伐齊，終於趙。"庾曰："不爾。樂令耳！"周曰："何乃刻畫無鹽，以唐突西子也。"《列女傳》曰[1]："鍾離春者[2]，齊無鹽之女也。其醜無雙，黃頭深目，長壯大節，鼻昂結喉，肥項少髮，折腰出胸[3]，皮膚若漆。行年三十[4]，無所容入，衒嫁不售，乃自詣齊宣王，乞備後宮，因說王以四殆。王拜爲正后[5]。"《吳越春秋》曰："越王句踐得山中採薪女子，名曰西施，獻之吳王。"

○"庾元規"至"西子也"

"唐突西子"，吳曾曰："律有唐突之罪。按馬融《長笛賦》：'濞瀑噴沫，犇

---

[1] "傳曰"，楊勇曰："'曰'字宋本無。"

[2] "鍾離春"，董刻本"春"作"春"。余嘉錫曰："'春'景宋本作'春'。"王利器曰："蔣校本、沈校本'春'作'春'，是。"

[3] "出胸"，何焯曰："'出'爲'凸'，一臨校本作'亞'。《後漢書》注引'出'作'凸'。"徐震堮曰："'出'沈校本作'凸'。"

[4] "三十"，趙西陸曰："今本《列女傳》'三十'作'四十'。"

[5] "王拜"，董刻本"拜"字空格。

遶碭突。'李善注：'碭，徒郎切。'以'唐'爲'碭'。李白《赤壁歌》云：'鯨鯢唐突留餘迹。'劉禹錫《磨鏡篇》云：'卻思未磨時，瓦礫來唐突。'亦作此'唐突'字。魏曹子建《牛鬭》詩云：'行彼土山頭，欻起相搪突。'見《太平廣記》。"《漫録》卷一。○王楙曰："僕謂'碭''搪''唐'三字不同，皆一意爾。東漢陳群曰：'蕪菁唐突人蔘。'在諸人之先，正用此'唐'字。若引曹子建詩用'搪突'字，則《魏志》子建謂韓宣'豈應唐突列侯'，又用此'唐'字矣。晉人'無鹽唐突西施'之語，乃用漢人之意，豈但見於唐人劉、李二公而已。漢碑有'乘虛唐突'之語，《孔融傳》有'唐突宮掖'。"《野客叢書》卷二十九。○胡三省曰："唐突，《唐韻》作'傏俗'，不遜也。"《通鑑·陳紀二》注。○魏茂林曰："按翟氏灝《通俗編》卷十三引《毛詩》鄭箋'豕之性唐突難禁制'，《後漢書·殷頴傳》'唐突諸郡'，曹植《牛鬭詩》'欻起相唐突'，晉《子夜歌》'小喜多唐突'，《晉書·周顗傳》'唐突西施'，《南史·王思遠傳》'唐突卿宰'，《陸厥傳》'那得此道人，禄藪似隊父唐突人'，又《後漢書·孔融傳》'摚突宮掖'，《文選·長笛賦》'奔遶碭突'，'摚'與'碭'皆'唐'之通用字。《困學紀聞》云'唐突見《南史·陸厥傳》'，不知其前已多見。"《駢雅訓纂》卷二。程炎震按曰："此條援據甚博，唯考今本范書《孔融傳》實作'唐'，不作'摚'。"○平賀房父曰："刻畫，妝飾也。無鹽，喻樂令。唐突，猶陵轢。西子，周自比。"○田中頤曰："以無鹽比樂令，以西子比樂毅。此庾欲曰'樂令'，而偏但稱'樂'，因令周意謂比樂毅，是猶庾刻意畫作無鹽，以唐突卒出乎周所自比西施之前也。此輕詆樂令抑亦至矣。"○程炎震曰："《文選》卷四十任昉《到大司馬記室箋》曰：'唯此魚目，唐突璵璠。'注引孔融《汝潁優劣論》：陳群曰：'頗有蕪菁，唐突人參。'張銑注：'唐突，詆觸也。'惠氏棟《後漢書補注》卷十六'唐突'注引丁度曰：'搪突，觸也。'吳曾曰：'律有唐突之罪。'"○劉盼遂曰："周此語，蓋謂以無鹽比西子也，正詆庾語之失當。《鹽鐵論·散不足篇》：'馬戲鬭虎，唐銻追人。''唐銻''唐突'，並'唐逮'之轉聲。《説文·辵部》：'唐逮，及也。'世人通解'唐突西子'爲輕侮西子，誤矣。"○蔣宗許曰："冒犯褻瀆西子。此謂抬高了樂廣而貶低了自己，實不屑以樂廣爲伍。"《大辭典》頁三一八。

○注"列女傳曰"

"無所容入"，吳金華曰："'容入'是由兩個近義詞組合而成的複音詞。先秦以來，表示接受、容納的'容''入'頗爲常用。"《考釋》頁二○八。

"銜嫁不售"，恩田仲任曰："銜嫁,行且賣也,夸賣於道也。售,賣去手也。"

"說王以四殆"，恩田仲任曰："《列女傳》曰：西秦南楚，壯勇不立，一殆也；漸臺五層，萬民疲困，二殆也；賢者伏匿山林，諂諛左右，三殆也；沈湎夜繼，俳優縱橫，四殆也。"○秦士鉉曰："殆，危也。說齊國有四危事。"

【彙評】

袁中道曰："語俊。"《舌華録》卷二。

3

深公云："人謂庾元規名士,胸中柴棘三斗許。"

○"深公"至"三斗許"

"深公"，周嬰曰："注曰：'深公即殷源也。'辨曰：《世説》之稱'公'者，山、張、羊、和、溫、褚、王、蔡、庾、謝、郗、陶及桓宣武，十三人耳，皆位登臺司，巍然公輔者也。其若叔夜以名勝共尊，安道以高隱見賞，衆譽所歸，亦得茲號，然皆繫之姓氏，無析字而稱之者。惟慧遠、道安、法深、道林，以方外緇侶，取名之半，綴之以'公'，猶云耆宿耳。殷在《世説》中稱殷侯浩、殷淵源、殷中軍、殷揚州，至桓公稱'阿源'盡矣，不登臺輔，望非稽戴，顧得稱公，於例未允。且浩字淵源，唐以諱淵，改爲深源。蕭梁之日，安得以'深'代'淵'乎？予謂'深公'者，竺法深也。前注云：法深道徽高扇，直永嘉亂，考室剡縣岫山中。支道林宗其風範。《世説》法深凡五見，而於此獨以爲殷侯，必非孝標撰也。孝標注多爲敬胤者淆，敬胤蓋唐人，此注抑愈下矣。雖然，《世説》曰：有人道深公謂曰：黃吻年少，勿爲評論宿士。昔嘗與元、明二帝，王、庾二公周旋。觀此則元規於法深不薄，而茲乃發輕詆語。夫倚庾之貴以拒誹，訾庾之短以鬵重，法深豈高逸沙門哉！"《卮林》卷一。程炎震按曰："周嬰《卮林》引此條下有'深公即殷源也'六字，力辨其誤。今以此本無此注，故不録入。”朱鑄禹按曰：“本條諸本皆無注，唯劉本末有‘深公即殷源也’六字注。考深公即竺法深，作‘殷源’非。”○崔朝慶曰：“僧法深，不知其俗姓，蓋衣冠之胤也。”

“胸中柴棘”，淇園曰：“柴以其妨塞言，棘以其刺觸言。概其胸中專拒人欲傷人之心甚多，未可謂名士也。”○恩田仲任曰：“《後漢書》注曰：‘荆棘，榛梗之謂也。喻紛亂也。’柴棘猶荆棘也。”○張萬起曰：“喻人心胸狹窄，對人忌刻。”

【彙評】

王世懋曰：“此言得其深。”

4

庾公權重，足傾王公。庾在石頭[1]，王在冶城坐[2]，大風揚塵，王以扇拂塵[3]，曰：“元規塵汙人！”按王公雅量通濟，庾亮之在武昌，傳其應下，公以識度裁之，囂言自息。豈或回貳，有扇塵之事乎？王隱《晉書·戴洋傳》曰：“丹陽太守王導問洋得病七年。洋曰：‘君侯命在申，爲土地之主，而於申上冶，火光昭天[4]，此爲金火相爍[5]，水火相炒，以故相害。’導呼冶令奕遷，使啟鎮東徙[6]，今東冶是也。”《丹陽記》曰：“丹陽冶城，去宫三里，吴時鼓鑄之所，吴平猶不廢。”又云：“孫權築冶城，爲鼓鑄之所。”既立石頭大塢，不容近立此小城，當是徙縣冶空城而置冶爾[7]。

---

[1] “庾公權重”三句，《考異》無十二字。
[2] “王在冶城坐”，《考異》“王”下有“公”字，無“坐”字，下句無“大”字。
[3] “拂塵”，《考異》“塵”作“之”，曰：“一作塵。”
[4] “昭天”，余嘉錫曰：“‘昭’景宋本作‘照’。”
[5] “相爍”，余嘉錫曰：“‘爍’景宋本及沈本作‘鑠’。”
[6] “啟鎮東徙”，趙西陸校補“冶東安病遂差東安”八字。楊勇曰：“‘徙’下《考異》有‘冶東安，病遂差。東安’等字。”
[7] “徙縣冶空城而置冶爾”，王先謙曰：“當是‘徙縣治空城而置冶爾’，上‘冶’當爲‘治’，各本皆誤，《世説補》不誤。”余嘉錫曰：“‘縣冶空城’‘金陵本冶’兩‘冶’字皆當作‘治’。”王利器曰：“汪藻《考異》、蔣校本、王本、凌本、補本‘縣冶’作‘縣治’，是。”

冶城疑是金陵本冶〔1〕。漢高六年，令天下縣邑〔2〕，秣陵不應獨無。

○“庾公”至“在冶城坐”

“足傾王公”，岡白駒曰：“王公，謂王導也。”

“石頭”，楊勇曰：“石頭即石首，漢華容縣也。晉析置石首縣。孝標注‘既立石頭大塢’云云，深爲得之，然不知石頭即爲石首，亦一失耳。”龔斌按曰：“孝標云‘既立石頭’，乃指孫權築石頭城，而石頭與遠在荆州之石首小縣了無相涉。”

“冶城”，參見校文。敬胤曰：“《丹陽記》曰：‘冶城之宮三里，吳時爲鼓鑄之所，後吳平猶不廢。’王隱《晉書·戴洋傳》曰：‘丹陽太守王導問洋得病七年。洋曰：“君侯平命在申，爲土地之主，而於申上大冶，火光照天，此爲金火相爍，水火相炒，以故相害。”導呼冶令奕遜，使啟鎮東徙，冶東安，病遂差。’東安，今東冶是也，里名道安戶，守爲揚州，以城內爲國，觀郭之所處也。推《周公城錄》，冶城疑是金陵本理也。按漢高祖六年，令天下縣邑城，秣陵不應獨無。傳者云：‘孫權築冶城，爲鼓鑄之所。’既已立石頭爲塢，不容近立此小城，當是徙縣治，空城而置冶耳。今還巷東曰舊亭里，是定縣俱西處高原也。”○周應合曰：“冶城在今運巷東舊里亭，今俗呼爲黃泥巷。”《景定建康志》卷十六引《世説叙錄》。又云：“丹陽冶城，去宮三里。今天慶觀即其地。”同上卷二十引《世説叙錄》。○趙西陸曰：“《六朝事蹟編類》卷三曰：‘冶城本吳冶鑄之所，因以爲名。’《寰宇記》：‘晉元帝太興初，以王導疾久，方士戴洋云：君本命在申，而申地有冶金，火相爍不利。遂移冶城於石頭城東，以其地爲園。’徐廣《晉紀》云：‘成帝適司徒府，觀冶城園，即此也。’”○楊勇曰：“冶城，今江蘇江寧縣西。

〔1〕“冶城疑是金陵本冶”，董刻本亦作“本冶”。王利器曰：“蔣校本、沈校本同，汪藻《考異》‘本冶’作‘本理’，餘本作‘本治’。作‘本治’是，‘本理’即‘本治’避唐諱改的。”又，李詳曰：“案《困學紀聞》書類《周公城錄》條原注：‘《世説》注云：推《周公城錄》，冶城宜是金陵本里。’據此知今注‘冶城’上當奪‘推周公城錄’五字，‘宜’‘疑’、‘治’‘里’，並以音同傳寫之誤。《萬氏集證》謂王原注當在《言語篇》‘謝公登冶城’注中，非也。”唐鴻學曰：“推《周公城錄》，冶城宜是金陵本里。《困學紀聞》二注引《世説》注云云，此注脱五字。案《禹貢釋文》作《周公職錄》，《通志·藝文略》云：‘《周公城名錄》一卷。’《太平御覽》百五十七引《太一式占》《周公城名錄》云云，與《釋文》所引同。‘治’避諱爲‘理’，‘職’‘宜’均訛。”
〔2〕“縣邑”，岡白駒曰：“此‘邑’下脱一‘城’字。按《漢書》：高祖六年，令天下縣邑城。師古曰：令縣邑筑城也。”桃井白鹿曰：“《漢書》‘邑’下有‘城’字，注：令縣邑築城也。”何焯曰：“‘邑’下當有‘城’字，見《漢書·高帝紀》。”李慈銘曰：“‘縣邑’下脱‘城’字，今據《漢書》補。”劉盼遂曰：“《漢書·高紀》‘邑’下有‘城’字，宜據增。”王利器曰：“汪藻《考異》‘邑’下有‘城’字，是。《漢書·高紀》正有‘城’字。”

《寰宇紀》九○：‘古冶城在上元縣西五里。’徐廣《晉紀》：‘成帝適司徒府，游觀冶城之園，即此。’《讀史方輿紀要》二○：‘冶城在府西石城門外。’”

○“大風揚塵”至“塵汙人”

“以扇拂塵”，賀昌群曰：“麈尾的作用是在拂與扇之間，可以‘拂穢清暑’。王導《麈尾銘》云：‘拂穢清暑，虛心以俟。’又，徐陵《麈尾銘》：‘拂静塵暑，引飾妙詞。’‘拂静塵暑’也是指拂與扇兩用而言，因麈尾有‘毫’，可以拂，其形扁平，可以扇。”《札記》。

“元規塵汙人”，胡三省曰：“史言導不平之心不能自禁於言語之間者，惟此而已。”《通鑒·晉紀十八》注。○劉體仁曰：“咸康四年，庾亮與郗鑒牋，欲共起兵廢導，鑒不從。是時亮雖居外鎮，而遥執朝廷之權。既據上流，擁强兵，趣勢者多歸之。導内不能平，常遇西風塵起，舉扇自蔽，徐曰：‘元規塵汙人。’則亮與導又幾於兩不相容矣。”《通鑒札記》卷六。○田中頤曰：“此王厭惡風塵，因偶言元規方面風塵汙我清流，宜並除去之也。蓋視庾猶一塵芥耳。”

◎程炎震曰：“此云庾在石頭，王在冶城，蓋咸和元、二年間。《晉書·導傳》云：‘亮居外鎮，據上流，擁强兵。’則是亮鎮武昌時，《通鑒》因之繫之咸康四年。蓋以蘇峻叛前，王、庾不聞有郤也。”龔斌按曰：“與咸和一二年間情勢正合。”○趙西陸曰：“《晉書·王導傳》曰：‘時亮雖居外鎮，而執朝廷之權，既據上流，擁强兵，趣向者多歸之。導内不能平，常遇西風塵起，舉扇自蔽，徐曰：元規塵汙人。’《通鑒》從之，繫於成帝咸康四年。錢大昕《考異》二十二曰：‘按《王導傳》，咸和五年薨，時年六十四，計其生年則武帝泰始三年丁亥歲也。與“本命在申”之説不合。’案《晉書·成帝紀》咸康五年導卒。本傳作‘咸和’，乃‘咸康’之誤，其生年正當武帝咸寧二年丙申歲。”

○注“按王公雅量”至“不應獨無”

“雅量通濟”，恩田仲任曰：“通濟，通達而濟事。”○秦士鉉曰：“通脱而濟事。”
“傳其應下”，秦士鉉曰：“武昌在上流，京師在東，故曰下。”
“囂言自息”，岡白駒曰：“紛紛之説自息。”
“回貳”，岡白駒曰：“猜疑也。”○秦士鉉曰：“懷疑也。”
“君侯命在申”，岡白駒曰：“申於五行屬金。”○秦士鉉曰：“言以申歲生也。”
“爲土地之主”，岡白駒曰：“謂爲丹陽太守。”○秦士鉉曰：“爲此鎮城之主也。一云：申方位坤，坤卦爲土，故曰土地之主也。”

“於申上冶”，岡白駒曰：“丹陽有冶所。”○秦士鉉曰：“於申上，於鎮城之申位也。”

“金火相爍”二句，大典顯常曰：“申於五行屬金，而金生水也。”○秦士鉉曰：“言申在西，於五行屬金，金生水，今用火大冶，此金水與火相炒爍。”

“使啟鎮東徙”，徐震堮曰：“鎮東指琅邪王睿，即元帝，時以鎮東大將軍鎮建鄴。”

【彙評】

唐順之曰：“亮以天子元舅，雅尚風流，樂親賢士，不怙寵以害賢良，不貪暴以作威福，當主少國疑之際，而能任衆賢之有爲，較之國戚劉竇王梁輩，不啻霄壤矣。紛紛舉動乖錯，或亦無學之所致，何足厚非哉？至於王導身居宰衡，名冠群英，其決裂乖張，則深有可責者。於王敦之不赴國難也，不當爵而爵；於郭默之專殺也，當討而不討。依違君臣之際，苟全倥傯之間，有過可指，無善可録，庸庸厚福，其塵亦自污人矣，何責於亮者。”《兩晉解疑》。

王世懋曰：“偶然語，亦難定謂無。”

戴璟曰：“（亮）以太后之兄，而風格整峻，與賢士相爲周旋，其視董重、楊峻，真不啻如糞土也，猶惜其召蘇峻而處事太疏，殺南頓而用間太濫耳，有何大奸顯惡污人乎？考史王導用趙胤、賈寧，多不奉法，庾亮以爲居師傅之尊，養無益之士，而欲起兵廢之，斯言殆私憾而發耳。若論導之輔晉，雖時有裨益，而處王敦一事，未免磷緇。吾謂王導以王敦爲兄而仗其凶惡，以殺戴淵、周顗，若使有太后以爲女弟，則其作威作福，又豈有窮極哉？於時若有秉《春秋》誅心之法者，亦將昌言曰：王導塵污人矣。”《品藻》卷十七。

許世瑛曰：“劉孝標以爲這是齊東野語，好事者爲之説，欲中傷王公，而我且以爲固無妨也。兩人權位相侔，難免要有悻悻之色、不豫之容，這也是人之常情，並且不欺屋漏又豈是易爲之事，那麼王公在無人時偶作此語，也不算盛德之累，並且正因爲他能識大體，不以私怨而誤國，所以才能佐三朝而奠定東晉偏安百年之基。”《王導政績和晉元帝中興》。

周一良曰：“王敦失敗後，明帝、成帝依靠外戚庾氏，明帝庾皇后之弟、成帝之舅庾亮遂掌大權，先在朝廷，後出鎮荆州，自上游制王氏。王導對庾亮之態度，從‘元規塵汙人’一語，足見怨懟之深。蓋世家大族與司馬氏皇室固有矛盾，而世族門閥之間，亦復互相争奪也。”《史札》頁七六。

田餘慶曰：“王導以塵埃喻庾亮而以扇拂塵，對政敵庾亮則字而不名，使人感到王、庾處理嫌隙，大概也同清言（‘元規塵污人’）一樣含蓄雋永。其實不然。在清言的後面，存在着與名士風流旨趣大不相同的現實利益的衝突。陰謀詭計，刀光劍影，充斥於兩個門户，也就是兩大勢力之間，其殘酷性並不亞於其他朝代統治者内部的鬥争。”《政治》頁一○五。

蔣凡曰：“成帝咸和年間，時庾亮作爲江、荆、豫三州刺史，都督六州軍事，掌控長江中上游雄兵，幾次萌發‘東下意’，進京逼迫王導罷相，但因郗鑒反對而止。以此，王導發爲‘元規塵污人’的慨歎，以喻潁川鄢陵庾氏氣燄的甚囂塵上。王導之言，雖屬輕詆性質，卻也合乎事實。言語之中，反映出庾、王二族的門閥之争及朝廷的複雜矛盾。”

5

王右軍少時甚澀訥。在大將軍許，王、庾二公後來，右軍便起欲去。大將軍留之曰：“爾家司空、王丞相，已見。元規，復可所難[1]？”

6

王丞相輕蔡公，曰：“我與安期、千里共遊洛水邊，何處聞有蔡充兒[2]？”《晉諸公赞》曰：“充字子尼，陳留雍

---

[1] “復可”，王先謙曰：“‘可’當爲‘何’，各本作‘可’。蓋‘何’、‘可’通借。”程炎震曰：“王本‘可’作‘何’。”王利器曰：“曹本、王本、凌本‘可’作‘何’，是。”
[2] “蔡充兒”，洪頤煊曰：“‘充’蓋‘克’訛。”李慈銘曰：“‘充’《晉書·蔡謨傳》作‘克’。”徐震堮《札記》曰：“蔡謨之父，《晉書·蔡謨傳》《王導傳》並云名‘克’，恐是形近而誤。”余嘉錫曰：“‘蔡充兒’之‘充’及注‘充’字，景宋本俱作‘克’。”王利器曰：“蔣校本‘克’作‘克’，餘本作‘充’，‘克’即‘充’字，‘克’又是‘克’之誤。注文及《陳留考城蔡氏譜》正作‘克’。”

丘人。"《充別傳》曰："充祖睦,蔡邕孫也〔1〕。充少好學,有雅尚,體貌尊嚴,莫有媟慢於其前者。高平劉整有儁才,而車服奢麗,謂人曰:'紗縠,人常服耳。嘗遇蔡子尼在坐,終日不自安。'見憚如此。是時,陳留爲大郡,多人士,琅邪王澄嘗經郡境,問〔2〕:'此郡多士〔3〕,有誰乎?'吏曰〔4〕:'有江應元、蔡子尼。'時陳留多居大位者,澄問:'何以但稱此二人?'吏曰:'向謂君侯問人,不謂位也。'澄笑而止。充歷成都王東曹掾,故稱東曹。"《妒記》曰:"丞相曹夫人性甚忌,禁制丞相不得有侍御,乃至左右小人,亦被檢簡,時有妍妙,皆加誚責。王公不能久堪,乃密營別館,眾妾羅列,兒女成行。後元會日,夫人於青疏臺中,望見兩三兒騎羊,皆端正可念。夫人遙見,甚憐愛之,語婢:'汝出問,是誰家兒?'給使不達旨,乃答云:'是第四王等諸郎〔5〕。'曹氏聞,驚愕大恚,命車駕,將黃門及婢二十人,人持食刀,自出尋討。王公亦遽命駕,飛轡出門,猶患牛遲,乃以左手攀車蘭〔6〕,右手捉麈尾,以柄助御者打牛,狼狽奔馳,劣得先至。蔡司徒聞而笑之,乃故詣王公,謂曰:'朝廷欲加公九錫,公知不?'王謂信然,自敘謙志。蔡曰:'不聞餘物,唯聞有短轅犢車,長柄麈尾。'王大愧。後貶蔡曰:'吾昔與安期、千里,共在洛水〔7〕。'"

---

〔1〕 "蔡邕孫也",余嘉錫曰:"'孫也'沈本作'從孫'。"又曰:"各本作'充祖睦蔡邕孫'者固誤,淳熙本作'蔡邕從孫'亦非也。以世次考之,睦乃蔡邕從子。"王利器曰:"蔣校本、沈校本'孫也'作'從孫'。案作'從孫'是。據《陳留考城蔡氏譜》,邕與睦是從兄弟,蔡充是邕的從孫,非充祖睦是邕的從孫。這裏所引,簡落太甚,以致文意淆混了。"徐震堮曰:"睦乃邕之從孫。睦之從孫乃充,非睦。'祖睦'二字,案文義當在'蔡邕從孫也'之下。"龔斌曰:"按汪藻《陳留考城蔡氏譜》,蔡克祖睦,父德。睦,質子。邕,稜子。睦爲邕之從弟,則克乃蔡邕從孫,《充別傳》誤。余箋謂'睦乃蔡邕從子',亦誤。"

〔2〕 "琅邪王澄嘗經郡境",王先謙曰:"一本'境'上有'入'字。"李慈銘曰:"《晉書》作'琅琊太守呂豫遣吏迎澄,澄問吏〔曰〕'云云。此注'入境問'下疑脫'吏曰'二字。"余嘉錫曰:"景宋本'郡'下有'入'字。"

〔3〕 "多士",李慈銘曰:"'多士'疑當作'名士'。"

〔4〕 "吏曰",董刻本'吏'作'夬'。王利器曰:"各本作'吏曰'是。《晉書》亦作'吏曰'。"

〔5〕 "第四王等",董刻本'王'作'五'。王先謙曰:"一本'王'作'五'是,《世說補》作'五'。"

〔6〕 "車蘭",余嘉錫曰:"'蘭',《類聚》三十五引《妒記》作'攔'。按'攔'當從木,作'欄'字。"徐震堮曰:"《後漢書·東夷傳》注:'蘭,即欄也。'"楊勇曰:"蘭,通闌、攔。《説文》:'闌,門遮也。'"

〔7〕 "吾昔與安期千里"二句,王先謙曰:"'共在洛水'下一本有'集處不聞天下有蔡充兒正念蔡前戲言耳'十七字,此脫。《世説補》亦有。"李慈銘曰:"'洛水'下脫'集處不聞天下有蔡充兒,正念蔡前戲言耳'。"余嘉錫曰:"景宋本及沈本無'昔'字。注文'王大愧,後貶蔡曰'下袁本作:'吾昔與安期、千里共在洛水集處,不聞天下有蔡克兒。正念蔡前戲言耳。'"按董刻本與袁刻本同,但無"昔"字。

○“王丞相”至“蔡充兒”

“輕蔡公”，田中頤曰：“王嘗有不平於蔡之事。”

“與安期千里共遊洛水邊”，劉盼遂曰：“按《晉書·阮瞻傳》：‘瞻與王承俱在東海王越府。’《王導傳》：‘導參東海王越軍事。’故三子得同遊也。”○徐震堮曰：“安期，王承字；千里，阮瞻字。”

“何處聞有蔡充兒”，參見校文。岡白駒曰：“充，蔡謨父。”○田中頤曰：“言安期、千里咸名士，故於天下名士亦靡不知，而我與其諸人共遊談之時，未嘗聞有此兒，則其人可知已。”

○注“充別傳曰”

“充祖睦蔡邕孫也”，參見校文。陳繼儒曰：“《晉書·后妃傳》：‘景獻羊皇后父道，上黨太守；母，陳留蔡邕女也。’又《羊祜傳》：‘祜，蔡邕外孫，景獻皇后同產弟。祜討吳有功，當進爵土，乞以賜舅子蔡襲。詔封襲關內侯。’是邕未嘗無嗣。其文姬爲董祀妻者，想又一女也。”《偃曝談餘》卷上。○王世懋曰：“《蔡文姬傳》謂‘魏公痛邕無嗣’，今安得有孫？”○周嬰曰：“羊祜討吳有功，將晉爵土，乞以賜舅子蔡襲，襲非邕之孫乎？又《世說新語》注引《蔡充別傳》曰：‘充祖睦，蔡邕孫也。’而《晉書·蔡謨傳》曰：‘蔡睦，魏尚書。睦生德，樂平太守。德生充，爲東曹掾。充生謨，至司徒。謨生紹、系等。’世系昭然。邕未嘗爲庭堅之不祀也。而史言‘曹操痛邕無嗣，遣使者以金璧贖琰還’，豈爲其子早凋故乎？然《蔡豹傳》曰：‘豹高祖質，漢衛尉左中郎將邕叔父也。祖睦，魏尚書。父宏，陰平太守。’據此，則睦爲邕叔父之孫，與《世說》不同，未知孰是。”《卮林》卷六。○沈長卿曰：“羊祜爲蔡邕外孫，祜平吳當封，乞以爵土壤舅子蔡襲，詔封襲關內侯。又《蔡充別傳》：‘祖睦乃蔡邕孫也。’則邕豈真絕嗣？而説者爲邕無子，悉以書授王粲，此何解耶？夫亦有子而不好學讀書，與無子同，即淵明五子，但覓梨栗之意歟？以故《蔡邕傳》亦不明言有子無子也。想邕女應不止文姬一人，特以慧穎故，且曹公贖歸，遂彪炳青史耳。”《沈氏日旦》卷三。○王鳴盛曰：“《蔡邕傳》：‘臣年四十有六，孤特一身。’案邕無子孫，故云然。《列女·董祀妻傳》：‘曹操素與邕善，痛其無嗣。’”《商榷》卷三十七。○李慈銘曰：“《後漢書·蔡邕傳》邕上疏有‘臣年四十有六，孤特一身’之語。不言其後有子否也。其女《文姬傳》謂‘曹操愍邕無嗣’。按《晉書·羊祜傳》：

'祜爲蔡邕外孫，討吳有功，當進爵土，請以封舅子蔡襲，遂封襲關內侯。'是邕有孫，昔人已有言之者。今按《世說·輕詆篇》注引《蔡充別傳》曰：'充祖睦，蔡邕孫也。'則邕孫不止一人，尤有明證。充，司徒謨之父。《晉書》作'克'，附見《謨傳》。"《讀書記·後漢書》。○余嘉錫曰："羊祜之舅子襲，自是蔡邕之孫。惟是否邕有子先死，僅遺幼孫，抑邕本無子孫，而襲父子以同宗入繼，皆不可知。至於蔡睦，則實非邕後，《晉書·蔡豹傳》有明文可考。《元和姓纂》八亦云：'蔡攜生稜，稜生邕、質，元孫克。'與《晉書》合。《世說》注多脫誤，不可據。"

"江應元"，徐震堮曰："江統，字應元，著《徙戎論》，見《晉書》卷五六。"

○注"妒記曰"

"性甚忌"，徐震堮曰："忌，妒也，今語曰'妒忌'。"《簡釋》。

"侍御"，恩田仲任曰："妾媵。"○秦士鉉曰："侍妾也。"

"左右小人"二句，秦士鉉曰："小人，婢子也。簡，亦撿擇也。"

"元會日"，岡白駒曰："元日百官朝賀曰元會。"

"青疏臺"，桃井白鹿曰："疏，刻鏤也。《後漢·梁冀傳》：'窗牖皆綺疏青瑣。'注：'鏤爲綺文也。'"○大典顯常曰："青，青瑣；疏，綺疏也。"○恩田仲任曰："《後漢書》注曰：'青瑣，謂刻爲瑣文而以青飾之也。'《說文》曰：'疏，門戶疏窻。'"○徐震堮曰："《文選·古詩十九首》'交疏結綺窗'李善注：'薛綜《西京賦》注曰：疏，刻穿之也。''青疏'與'青瑣'義近。《漢書·元后傳》：'赤墀青瑣。'師古注：'青瑣者，刻爲連環文而青塗之也。'《溺惑》五：'會賈女於青瑣中看，見壽，說之。'青疏、青瑣，並指窗櫺。"○楊勇曰："即今之窗花是。"按參見《溺惑篇》"韓壽美姿容"條"青璅"。

"可念"，秦士鉉曰："可愛也。"

"第四王等諸郎"，參見校文。岡白駒曰："曰'第四五等'，則猶有其上等可知矣，所謂'兒女成行'是已。蓋言我公別館兒女極眾，此第四、五等諸郎耳。或云：第，第宅也，即謂別館也。"○秦士鉉曰："皆導之庶子也。"

"黃門"，恩田仲任曰："閹人。"○周一良曰："《汰侈篇》、《石崇傳》：'黃門交斬美人。'則兩晉貴族家皆有黃門。"《批校》。

"以柄助御者打牛"，趙西陸曰："《北堂書鈔》一三四引《世說》曰："王丞相夫人酷妒,公有妾在別宅中,生數子。正會日,出前戲。夫人問誰家兒,可餘許。左右實答。夫人怒,駕往宅。人馳報公。公在車中,事急,以麈尾柄車中,助打牛。"

"劣得先至",岡白駒曰:"劣,僅僅,不足之辭。"○秦士鉉曰:"劣,僅也。見《國語》。僅先曹氏而至救之。"

○注"犢車"

程大昌曰:"漢初馬少,故曰'自天子不能具醇駟,將相或乘牛車'。言唯天子之車然後有馬,然亦不能純具一色,至將相則時或駕牛。自吳楚誅後,諸侯惟是食租衣稅,無有橫入,故貧者或乘牛車。則此之以牛而駕,自緣貧寠無資可具,非有禁約也。漢韋元成以列侯侍祠,天雨淖,不駕駟馬而騎至廟下,有司劾奏削爵,則舍車而騎,漢已有禁矣。東晉惟許乘車,其或騎者,御史彈之,則漢法仍在也。至其駕車,遂改用牛。王導駕短轅犢車,犢,牛犢也。王濟之八百里駁,駁亦牛也,言其色駁而行速,日可八百里也。石崇之牛,疾奔人不能追,此其所以寶之也。《南史》,吳興太守之官,皆殺輀下牛以祭項羽,知駕車用牛也。豈通晉之制,皆不得駕馬也耶?"《演繁露》卷一。按"王濟之八百里駁",余嘉錫曰:"此王愷之牛,《演繁露》誤作王濟。"○趙翼曰:"西漢百官皆乘車,或貧不能具馬,則以牛駕車。陰就以人輦,爲井丹所叱,則東漢亦皆乘車也。魏晉以來,則乘車而改用犢。《世說》石崇、王愷並遊,日晚爭入洛陽,崇牛數十步後迅若飛禽,愷牛絕走不能及。六朝時上自天子,下至士大夫,皆乘牛車,所謂'短轅犢車,長柄麈尾',亦一時風尚使然也。"《陔餘叢考》卷二十七。○錢大昕曰:"牛車本庶人所乘。《史記·平準書》言:'漢興,接秦之蔽,自天子不能具鈞駟,而將相或乘牛車。'則漢初貴者已乘之矣。晉時御衣車、御書車、御輶車、御藥車、畫輪車皆駕牛,則並施於鹵簿。《隋書·閻毗傳》言:'屬車八十一乘,以牛駕車,不足以益文物。'是自晉至隋,屬車皆駕牛也。《石崇傳》:'崇與王愷出游,爭入洛城,崇牛迅若飛禽,愷絕不能及,密貨崇帳下問其所以,答曰:牛奔不遲,良由馭者逐不及,反制之,可聽蹁轅則駛矣。'《王衍傳》:'衍引王導共載,在車中攬鏡自照,謂導曰:爾看吾目光在牛背上矣。'《王導傳》:'導營別館以處衆妾,妻曹氏將往焉,導恐妾被妻辱,遽命駕,猶恐遲之,以所執麈尾驅牛而進。'《世說》:'劉尹臨終,外請殺車中牛祭神,答曰:某之禱久矣。'此則自晉至隋王公士大夫競乘牛車之證也。"《考異》卷二十。○徐震堮曰:"《晉書·輿服志》：‘古之貴者，不乘牛車。漢武帝推恩之末，諸侯寡弱，貧者至乘牛車。其後稍見貴之，自靈、獻以來，天子至士，盡以爲常。’”

【彙評】

劉辰翁曰：“人之輕詆，更累其父。”

李贄曰：“真潑婦也，然亦幸有此好漢矣。”評注“妒記曰”。《初潭集》卷一。

王世懋曰：“此非注不得所以。”按凌刻本、凌瀛初本“非”作“得”。

袁中道曰：“可入《譏語》。”評注《妒記》“不聞餘物”三句。《舌華録》卷四。按《舌華録》有“譏語”門。

王鳴盛曰：“看似煌煌一代名臣，其實乃並無一事，徒有門閥顯榮、子孫官秩而已。所謂翼戴中興、稱江左夷吾者，吾不知其何在也。以懼婦爲蔡謨所嘲，乃斥之云：‘吾少遊洛中，何知有蔡克兒。’導之所以驕人者，不過以門閥耳。”《商榷》卷五十。

李慈銘曰：“袁術謂生平以來不聞天下有劉備，王導謂昔在洛下與群公遊戲，何處聞有蔡充兒？予謂國有顏子，而不知者多矣。公路不足道，茂宏亦爲此言邪？而徐禧遂至以朝廷用我作御史中丞，豈容不知直詰曾子固矣。”《越縵堂日記補乙集》。

胡毅生曰：“少年莫妄評耆宿，輕薄相嘲更可嗤。不道諸賢遊洛日，何曾聞有蔡充兒。”《讀》。

蔣凡曰：“王導自有脾氣和個性，不允許別人有損其自我尊嚴。蔡謨與他朝廷共事，也是當時中原世族中的名公巨卿，可能出於對王導的輔政的不滿，曾在丞相府坐，導令作伎，謨‘不悦而去，導亦不之止’。又因導妾雷氏‘頗預政事’以納賄，蔡謨爲‘雷尚書’，又以‘朝廷欲加公九錫’之言來譏諷王導之執政。王導因此大爲惱火，而以‘何處聞有蔡克兒’相詆。開玩笑中，輕慢之色，潛伏了一場政治矛盾。”

7

褚太傅初渡江，嘗入東，至金昌亭。吳中豪右，燕集亭中。謝歆《金昌亭詩敍》曰：“余尋師，來入經吳，行達昌門，忽覩斯亭，傍川帶河，其榜題曰‘金昌’。訪之耆老，曰：‘昔朱買臣仕漢，還爲會稽内史，逢其迎吏，遊旅北舍〔1〕，與買臣爭席。買臣出其印綬，群吏慚服自裁。因事建亭，號曰“金傷”，失其字義耳。’”褚公雖素有重名，于時造次不相識，别敕左右多與茗汁，少箸粽，汁盡輒益，使終不得食。褚公飲訖，徐舉手共語云：“褚季野！”於是四座驚散，無不狼狽。

　　○“褚太傅”至“無不狼狽”

　　“于時造次”，楊勇曰：“造次，倉卒也。《論語・里仁》：‘造次必於是。’”

　　“别敕左右”，張永言曰：“識别，鑒别、辨别。”《辭典》頁三八九。按此“别”字屬上。《大辭典》“别敕”條曰：“另外安排，另外吩咐。”“别”字屬下，與此不同。○蔣宗許曰：“‘别敕’猶言另外（安排、吩咐、命令），本是漢魏而後的一個常見詞語。《三國志・魏書・程昱傳》：‘别敕范方。’《梁書・王僧辯傳》：‘别敕僧辯云。’《宋書・蕭惠開傳》：‘别敕有司以屬疾多。’又《原平傳》：‘會太宗别敕用人。’”《大辭典前言》頁四。

　　“少箸粽”，姚範曰：“向讀《南史・張纘傳》：‘纘死後，書卷珍寶財務，湘東悉揀取之，以粽蜜之屬還其家。’則粽似可經時藏蓄之物。”《援鶉堂》卷三十六。○沈濤曰：“段氏《説文解字注》：‘糂，以米和羹也，從米甚聲。注桑感切，《廣韻》《集韻》《類篇》《干禄字書》皆有“糘”字，云蜜漬瓜食也，桑感切。蓋“糂”有零星之義，故今之小菜，古謂之“糂”，别製其字作“糘”。《通鑒》盧循遺劉裕益智糘，宋廢帝殺江夏王義恭，以蜜漬目睛，謂之鬼目糘。《廣韻・二先》：“枸橼樹皮可作糘。”《南方草木狀》：“建安八年交州刺史張津以益智子糘餉魏武帝。”俗多改“粽”字。胡三省注《通鑒》曰：“角黍也。”蓋誤認爲送韻之“粽”字。《齊民要術》引《廣州記》：“益智子取外皮，蜜煮爲糂，味辛。”徑作“糂”字。’案《酉陽雜俎》載後梁韋琳組表云：‘以臣爲粽熬將軍、油蒸校尉。’注‘粽’一作‘糂’。亦段説之一證。”《懷小編》卷十八。○李慈銘曰：

─────────

〔1〕“遊旅北舍”，王先謙曰：“‘遊’當爲‘逆’，各本皆誤。‘北’一本作‘比’，是。”余嘉錫曰：“景宋本‘遊’作‘逆’，‘北’作‘比’。袁本‘遊’亦作‘逆’。”

"《通鑒》：'盧循遺劉裕益智粽。'《宋書》：'廢帝殺江夏王義恭，以蜜漬目睛，謂之鬼目粽。'近儒段玉裁謂：'"粽"皆當作"粽"。《廣韻》《集韻》《類篇》《干祿字書》皆有"粽"字，云蜜漬瓜食也，桑感切。"粽"即"糝"字，今之小菜。'案段說是也。《玉篇》《廣韻》皆以'粽'爲'糭'之俗，訓云'蘆葉裹黍'，與《宋書》所謂'蜜漬'者，迥不相合。《世說》此處'粽'字亦是'粽'之誤。當以'少箸粽'讀句，謂多與以茗汁，而少與以小菜，如今客來與茶，別設菜果一二也。若作'糭'，則茗汁中豈可著此。且古人角黍非常食之物，未聞有以待客者。"《簡端記》。○唐鴻學曰："'粽'應作'粽'，乃'糝'之別。《說文》：'糝，以米和羹也。''糝'，古文'糝'，桑感切。此'粽'字人不識桑感切之音，認爲送韻之'糭'，'粽'字也。"○余嘉錫曰："考之諸書，凡釋'粽'字，皆謂蜜漬瓜果，蓋即今之所謂蜜餞。凡茶坊中猶爲客設之以佐茶。此俗古今不異。段氏、李氏解爲小菜，非是。"楊勇按曰："段、李氏解本不誤，彼所謂小菜，即今之謂茶點。余氏曲解其意，非是。"

"終不得食"，楊勇曰："食，蝕也。《易‧豐》：'月盈則食。'"

◎蔣凡曰："前《雅量》有錢塘令沈充戲褚，褚舉手答曰：'河南褚季野。'事異而情節略同，則傳聞之異也。"

○注"謝歆金昌亭詩敘"

"謝歆"，沈家本曰："謝歆，不詳何許人。或是'謝韶'之訛。《隋志》：'梁有車騎司馬謝韶集三卷，亡。'"《古書目》卷五。○姚振宗曰："案《晉書‧列女‧謝道韞傳》亦言'封胡羯末'，云'封謂謝歆'，與《謝萬傳》末稱'謝韶'者異，是'歆'爲'韶'之誤無疑。"《考證》卷三十九。○葉德輝曰："《隋志》'東陽太守袁宏集'下云：'梁有車騎司馬謝韶集三卷。'此'歆'疑'韶'之訛。謝韶見《謝安傳》，《晉書》並無謝歆也。"《書目》。○余嘉錫曰："《全晉文》百三十五云：'歆，爵里未詳。'案《隋志》注：梁有車騎司馬謝韶集三卷。'歆''韶'形近，或即其人。"

◎凌濛初曰："於此知金昌。"

【彙評】

王世懋曰："此殊不近'輕詆'，大都是縣令沈充意，不足重出。"

8

王右軍在南，丞相與書，每歎子姪不令，云：“虎
㹙、虎犢，還其所如。”虎㹙，王彭之小字也。《王氏譜》曰：“彭之字
安壽，琅邪人。祖正，尚書郎。父彬，衛將軍。彭之仕至黃門郎。虎犢，彪之小
字也。彪之字叔虎[1]，彭之第三弟。年二十而頭鬚皓白[2]，時人謂之王白鬚。
少有局幹之稱[3]。累遷至左光祿大夫。”

○“王右軍”至“還其所如”

“王右軍在南”，程炎震曰：“王導卒於咸康五年，彪之年三十四。此蓋彪之
初爲郎時，右軍當在江州。”○朱鑄禹曰：“右軍當在江州，故曰‘在南’。”○蔣
凡曰：“按《晉書》本傳羲之任江州刺史，出於庾亮臨死前的推薦，亮卒於咸康
六年，羲之赴江州任，必在是年之後。而王導先亮一年而卒。咸康六年之後的江
州刺史王羲之，怎能收到已故王導之信呢？程、朱之說明有誤。此信必然寫於咸
康五年之前。當時政事一決於庾氏家族，晚年王導早被架空。”○龔斌曰：“疑
王右軍在南，殆作征西將軍庾亮參軍或長史，當在武昌。庾亮卒後，方爲江州
刺史。”

“每歎子姪不令”，田中頤曰：“意謂子姪爲不令順者也。”○張萬起曰：“不
令，不優秀，不傑出。”

“還其所如”，劉應登曰：“言其真如㹙犢爾。”○岡白駒曰：“如，真如㹙，
真如犢也。”○桃井白鹿曰：“如，往也。劉伶《酒德頌》：‘縱意所如。’言虎㹙、
虎犢皆不才，如真㹙犢，唯其所往。”○田中頤曰：“言二子不才，真如㹙犢，故
今還任其意所往，不復訓責也。”○秦士鉉曰：“此因二人名而輕詆之也，不然，二
‘虎’字無謂。還，助語。一云任也。如，往也。”龔斌曰：“此處‘如’當釋爲‘似’
‘像’，不當訓‘往’。”○余嘉錫曰：“言彭之、彪之，生長高門，而才質凡下，羊質虎
皮，恰如其名也。又案：言彭之真豚犬之流，彪之初生之犢，二人之才正如其小
字耳。”

---

[1] “字叔虎”，徐震堮曰：“‘叔虎’《晉書》作‘叔武’，乃唐人避太祖諱，改‘虎’爲‘武’。”
[2] “頭鬚”，余嘉錫曰：“注兩‘鬚’字，景宋本俱作‘須’。”
[3] “局幹”，董刻本“幹”作“幹”。

○注"王氏譜曰"

"父彬",桃井白鹿曰:"王彬字世儒,丞相導從弟。"

"局幹之稱",桃井白鹿曰:"《字典》:'博局外有垠堮周限可用,故謂人材爲幹局。'"

【彙評】

蔣凡曰:"導憂琅邪王氏家族的地位與利益,故有此信,歎子姪不争氣,而望羲之奮起光復琅邪王氏的聲望。"

9

褚太傅南下,孫長樂於船中視之。長樂,孫綽。言次及劉真長死,孫流涕,因諷詠曰:"人之云亡,邦國殄瘁。"《大雅》詩。毛公注曰:"殄,盡;瘁,病也。"褚大怒曰:"真長平生,何嘗相比數,而卿今日作此面向人!"孫回泣[1],向褚曰:"卿當念我!"時咸笑其才而性鄙。

○"褚太傅"至"邦國殄瘁"

"褚太傅南下",程炎震曰:"此蓋褚裒彭城敗後還鎮京口時,故云'南下',永和五年也。其冬,裒卒矣。"○曹道衡曰:"褚裒以穆帝永和初爲徐、兖二州刺史,鎮京口。永和五年七月北伐石虎,敗績,八月退屯廣陵,旋還鎮京口。而《建康實録》載劉惔以永和三年十二月爲丹陽尹,其卒當在四五年。《世説》記裒'南下',諱敗績也。"《叢考》頁二二四。

"孫長樂於船中視之",恩田仲任曰:"孫綽襲爵長樂侯。"○曹道衡曰:"時孫綽爲揚州刺史殷浩建武長史,'於船中視之'云云,當是往慰其敗。"《叢考》

---

〔1〕"回泣",董刻本"回"作"迴"。

1783

頁二二四。

“言次”，胡三省曰：“謂言論之次，猶今云語次。”《通鑑·漢紀六十》注。○張萬起曰：“言談之間。”

“人之云亡”二句，曹道衡曰：“語及劉惔，引《詩·大雅·瞻卬》語，意當是與惔交善，痛其病故，且以美之。《左傳》文六年秦穆公以三良殉，‘君子曰’即引此二句以爲‘無善人之謂’。”《叢考》頁二二四。

○“褚大怒”至“才而性鄙”

“褚大怒”，曹道衡曰：“時褚裒以國器自居而戰敗，羞憤交加，旋即病卒。乍聞此言，疑孫之借劉以諷己，遂致勃然。”《叢考》頁二二四。○蔣凡曰：“北伐失敗，心緒不佳，故其‘大怒’，實是乘機抒發心中鬱積的一種情緒宣洩。”

“何嘗相比數”，大典顯常曰：“言真長未嘗與長樂也。”○恩田仲任曰：“比，親也。數，密也。”○田中頤曰：“言劉平生不以孫比數諸人。”○張萬起曰：“比數，看重，重視。”

“作此面向人”，田中頤曰：“言今日陽作與劉爲知己之面孔以向示人，其欺甚也。”○朱鑄禹曰：“此謂孫於劉生前並不曾親密，而今雅託知交，而作此態向人也。”

“回泣”，張萬起曰：“停止哭泣。”

“卿當念我”，田中頤曰：“祈求情原之辭。”○曹道衡曰：“孫亦自悔失言，乃泣求其諒宥，故作此乞憐語。”《叢考》頁二二四。

◎程炎震曰：“《御覽》六十六引《語林》曰：‘褚公遊曲阿後湖，狂風忽起，船傾。褚公已醉，乃曰：“此舫人皆無可以招天譴者，唯有孫興公多塵滓，正當以厭天欲耳。”便欲捉孫擲水中。孫懼無計，唯大呼曰：“季野，卿念我。”’疑即此一事，而此文未全。褚裒曰‘真長’云云，亦是常語，孫何爲便作哀鳴？知必有惡劇也。臨川蓋以捉擲水中非佳事，故節取之。曲阿在京口，地亦相合，故是一時事。”余嘉錫按曰：“此可見褚裒深惡綽之爲人。”曹道衡按曰：“程氏以永和初在曲阿後湖泛舟事與此爲一，不當。褚裒敗績，不數月即病卒，且此時亦決無意興泛舟遊覽。孫於船中視之，當是於其南下途中迎候。”《叢考》頁二二四。

【彙評】

劉辰翁曰：“邦國之歎，何必平生。”

1784

凌濛初曰："孫乃傷真長，真長當屍視。"

袁中道曰："孫狀尤能發千載下人笑。"《舌華錄》卷九。

程哲曰："綽到處爲人所憎，捉擲水中，馮夷其受乎？"《蓉槎蠡說》卷五。

10

謝鎮西書與殷揚州，爲真長求會稽。殷答曰："真長標同伐異，俠之大者。常謂使君降階爲甚，乃復爲之驅馳邪？"

○"謝鎮西"至"驅馳邪"

"標同伐異"二句，田中頤曰："謂善同於己者而標之，嫉異於己者而伐之，是任俠之大者。"○朱鑄禹曰："俠，漢魏時，以爲非士大夫所尚，故《史記》刪《游俠列傳》，論者以爲太史公蓋有所爲而然，非正論也。此既目真長爲大俠，而下文又以降階爲已甚，況爲之馳驅，則晉時亦不以俠爲士大夫之高行可知矣。"○吳金華曰："'俠'是氣狹量小的意思，通常寫作'狹'。'標同伐異'的人，當然也屬於性狹之類。'狹'寫作'俠'，是漢代以來民間流傳簡筆字。"《考釋》頁二○九。

"常謂使君降階爲甚"，岡白駒曰："常謂，我常意謂。使君，斥謝也。降階，敬重之也。"○桃井白鹿曰："降階，下等也。言我常以彼令君下等尊己爲甚。"○秦士鉉曰："降階，自卑而尊人也。"

"乃復爲之驅馳邪"，大典顯常曰："言謝降己敬真長，既爲太甚，而復爲之驅役求郡耶？"○平賀房父曰："奔走爲之謀。"○田中頤曰："言殷心常謂謝爲劉下等卑身，尚且爲甚，況今乃復爲彼驅馳役使耶？"○楊勇曰："乃復，居然、竟然。"○王叔岷曰："《孟子·滕文公篇》：'王良曰：吾爲之範我馳驅。'"

【彙評】

劉辰翁曰："又有謂真長如此者，爲人自難。"

方弘静曰：“劉真長擅名江表，而殷揚州論之曰：‘標同伐異，俠之大者。’此足以究清談者之概矣。”《千一録》卷十七。

王世懋曰：“此語亦有情。”

11

桓公入洛，過淮泗，踐北境，與諸僚屬登平乘樓，眺矚中原，慨然曰：“遂使神州陸沈，百年丘墟，王夷甫諸人不得不任其責！”《八王故事》曰：“夷甫雖居台司，不以事物自嬰，當世化之，羞言名教。自臺郎以下，皆雅崇拱默，以遺事爲高。四海尚寧，而識者知其將亂。”《晉陽秋》曰：“夷甫將爲石勒所殺，謂人曰：‘吾等若不祖尚浮虛，不至於此！’”袁虎率而對曰[1]：“運自有廢興，豈必諸人之過？”桓公懍然作色，顧謂四坐曰：“諸君頗聞劉景升不？《劉鎮南銘》曰：“表字景升，山陽高平人。黄中通理，博識多聞。仕至鎮南將軍、荆州刺史。”有大牛重千斤，噉芻豆十倍於常牛，負重致遠，曾不若一羸牸。魏武入荆州，烹以饗士卒，于時莫不稱快。”意以況袁。四坐既駭，袁亦失色[2]。

○“桓公入洛”至“不任其責”

“桓公入洛”三句，桃井白鹿曰：“時桓溫以征討大都督勒舟師入洛，大破賊，安諸陵。”○程炎震曰：“桓溫‘入洛’，是永和十二年伐姚襄時。‘過淮泗’，是太和四年征慕容暐時。首尾十四年，非一役也。此以‘入洛’與‘過淮泗’並舉，殊誤。《晉書·溫傳》敘此於伐姚襄時，而云自江陵北伐，過淮泗，尤誤。案入洛之役，戴施屯河上，勒舟師以逼許、洛，溫不自御也。周保緒《晉

---

[1] “率而”，王先謙曰：“一本‘而’作‘爾’，是。《世説補》作‘爾’。”余嘉錫曰：“‘而’景宋本作‘爾’。”

[2] “意以況袁”三句，《事類賦注》卷二十二引作“蓋況宏也，坐中皆失色”。

略·列傳二十五》曰：'溫伐燕，自姑熟乘舟，順江而下。入淮、泗，登平乘樓。'此爲合矣。"○余嘉錫曰："《文學篇》曰：'桓宣武北征，袁虎時從，被責免官。'注引《溫別傳》曰：'溫以太和四年上疏，自征鮮卑。'案袁宏之免官，不見於《晉書》本傳。據孝標注，則在太和四年。與此條所云'過淮泗，踐北境'，正一時之事。蓋宏因此對，失溫之意，遂致被責免官矣。"

"平乘樓"，胡三省曰："平乘樓，大船之樓。"《通鑑·晉紀二十二》注。○秦士鉉曰："大船上設樓者。"○程炎震曰："《宋書》六十三《王曇首傳》：'太祖鎮江陵，曇首轉長史。太祖入奉大統，曇首固陳，上乃下，嚴兵自衛。中兵參軍朱容子抱刀在平乘戶外。'又六十一《武三王江夏王義恭傳》曰：'平乘船皆下兩頭，作露手形，不得擬象龍舟，悉不得朱油。'○李詳曰："《隋書·楊素傳》：'樓船亦有平乘之名。'"按參見《豪爽篇》"桓玄西下"條"平乘"。

"神州陸沈"，陳殷曰："陸沉，乾没也。"《點注》卷四。○恩田仲任曰："陸沈，謂陷没也。"○秦士鉉曰："神州，謂中國。出《史記·鄒陽傳》。陸沈，乾没也，没於胡也。"○余嘉錫曰："陸沈者，無水而沈。《淮南子·覽冥訓》'是謂坐馳陸沈，晝冥宵明'及此條之'神州陸沈'，皆其本義。"

"百年丘墟"，淇園曰："言陷於北胡百年，如爲丘墟。"○張萬起曰："百年，喻時間長久。自西晉术永嘉之亂至穆帝永和時，實際上只有約五十年左右。"

"王夷甫諸人不得不任其責"，胡三省曰："以王衍等尚清談，而不恤王事，以致夷狄亂華也。"《通鑑·晉紀二十二》注。余嘉錫按曰："身之之言，與劉注同意。"○田中頤曰："夷甫諸人徒崇尚浮虛故。"○余嘉錫曰："溫雖頗慕風流，而其人有雄姿大略，志在功名，故能矯王衍等之失。英雄識見，固自不同。"

○"袁虎率而"至"袁亦失色"

"運自有廢興"二句，陳寅恪曰："袁虎不知桓溫所以説王衍等人要負神州陸沉的責任，是因爲王衍等那些負有最大責任的達官，崇尚虛無，不以國事爲務。"《講演録》頁五八。○余嘉錫曰："宏亦祖尚玄虛，服膺夷甫者。桓溫所謂'諸人'，正指中朝名士，固宜爲之强辯矣。"

"懍然作色"，田中頤曰："心大憤怒。"

"頗聞劉景升不"，秦士鉉曰："景升，劉表字，爲荆州牧。"○江藍生曰："'頗'作疑問副詞，相當於'可'，最常見的是用在動詞短語前而殿以'否(不)'。"《彙釋》頁一五九。

“曾不若一羸牸”，胡三省曰：“温意以牛況宏，徒能糜俸禄，而無經世之用。牸，疾置反，牝牛也。”《通鑑·晉紀二十二》注。○淇園曰：“袁處重位食厚禄而不材。”○秦士鉉曰：“羸，疲弱也。”○張攄之曰：“曾，還，卻。”《選注》。

“魏武入荆州”，秦士鉉曰：“表死，子琮嗣。魏武向荆州，琮降。”

“烹以饗士卒”，田中頤曰：“以上比言袁不材而食厚禄，其罰宜烹以饗之矣。”

○注“八王故事曰”

“台司”，秦士鉉曰：“三公也。”
“以遺事爲高”，秦士鉉曰：“遺事，不治事也。”

【彙評】

蕭繹曰：“道家虚無爲本，因循爲務。中原喪亂，實爲此風。何、鄧誅於前，裴、王滅於後，蓋爲此也。”《金樓子·立言篇上》。

孔平仲曰：“晉王坦之非時俗放蕩，著《廢莊論》，裴頠以王衍之蔽，著《崇有論》，江惇以放達不羈者道之所棄也，著《通道崇檢論》，虞預以阮籍裸袒比之伊川被髮，所以氐羌遍於中國，以爲過衰周之時，而范甯亦以王弼、何晏二人之罪深於桀紂，云一時之禍輕，歷代之罪重，自喪之釁小，迷衆之愆大也。桓温北伐，矚望中原，曰：‘使神州陸沈，百年丘墟，王夷甫諸人不得不任其責。’而衍爲石勒所害，亦自言：‘吾曹向若不祖尚玄虚，戮力以匡天下，猶可不至今日。’近世士大夫往往尊向釋氏，有持經拜僧者，視此亦可戒矣。”《孔氏雜説》卷二。

沈作喆曰：“王僧達好畋獵，何尚之致仕後，復膺朝命，於宅設八關齋，大集朝士，自行香，至僧達，曰：‘願郎且放鷹犬，勿復游獵。’僧達曰：‘家養一老狗，放之無處，去已復來。’尚之失色。桓温狼暴，僧達凉德，至以畜獸比人。所謂亡道之人，不可與久處者邪！”《寓簡》卷三。

熊賜履曰：“陶宏景之詩有曰：‘平叔任散誕，夷甫坐談空。不悟朝陽殿，化作阿房宫。’而何敬容亦有‘江南爲戎’之歎。蓋自晉及梁，其亂亡如出一轍，皆學老莊氏而失之罪，推原其本，是亦老莊之罪也。然則有天下者，懲魏晉蕭梁之禍，其可不以堯舜周孔之道爲師哉！”《學統》卷四十五。

方弘静曰："王夷甫將爲石勒所殺,謂人曰:'吾等若不祖尚浮虛,不至於此!'所謂'其言也善'者耶?奈何悠悠者且欲復爲爾!"評注《晉陽秋》"吾等若不祖尚浮虛"二句。《千一録》卷十七。

張鳳翼曰："士人空談無實,只占地步者,足以釀成世道之禍。如晉人尚玄虛之談,而致五胡亂華;宋人倡道學之目,而致二帝北行是也。然晉人之説,失之高而無實;宋人之習,流於俗而無恥。晉有陶侃之惜分陰,蓋嘗以身救之,而王導亦以爲王夷甫諸人不得不任其咎,則有以言責之者矣。宋惟陳公輔陳賈謝,廓然能自拔流俗,極論其偽。而至今庸惡陋劣之夫,猶以此術變亂士習,然則道學之禍甚於清談也。悲夫!"《處實堂集》卷八《談輅》。

凌濛初曰："老賊大狠。"

尤侗曰："袁宏爲桓溫記室,一言忤旨,溫比之劉景升千斤大牛,欲殺以享軍。及溫求九錫,宏爲文甚美,誠畏之耶?如此則牛不如也。"《看鑑偶評》卷三。

方苞曰："景升之才,大而無用,只能噉芻豆耳。舉以況袁,宜其失色也。"

張貴勝曰："雖曰成事在天,然而謀事必須在人。所謂天居其半,人居其半也。若但委之氣數,未免隨波逐流,與世浮沈,豈不悮事!"《遣愁集》卷十。

黃恩彤曰："溫之罪夷甫,爲會稽王等言之也。宏當時名士,故其言如是。溫以景升大牛況之,殊咄咄相逼。"《鑒評別録》卷二十三。

余嘉錫曰："《晉書·殷浩傳》庾翼貽浩書曰:'王夷甫,先朝風流士也。然吾薄其立名非真,而始終莫取。若以道非虞夏,自當超然獨往,而不能謀始,大合聲譽,極致名位,正當抑揚名教,以靜亂源。而乃高談莊老,説空終日,雖云談道,實長華競。及其末年,人望猶存,思安懼亂,寄命推務。而甫自申述,徇小好名,既身囚胡虜,棄言非所。凡明德君子,遇會處際,寧可然乎?而世皆然之。益知名實之未定,弊風之未革也。'案晉人之論王夷甫者,庾翼之言爲最切矣。《翼傳》言見桓溫總角,便期之以遠略,謂有英雄之才。固宜其議論之有合也。"

周紹賢曰："(桓溫)謂中原淪陷,爲衍兵敗之罪也。夫衍在朝,正八王弄權之時,內亂已萌,外患遂來,豈能不敗?衍以軍事非己所長,強被推當,勝非己功,故前次有功而不居,此次失敗,雖引咎自責,而其責果在衍乎?故當時袁宏曾駁桓溫之語曰:'運有興廢,豈必夷甫諸人之過?'此帝室分裂,用人不當之過也。"《述論》頁一七七。

張撝之曰："桓溫容不得別人的反問,竟用曹操殺牛饗軍的故事相威脅,未免有點霸道，但他用消耗飼料極多而毫無用處的大牛來比方那些崇尚清談的人，還是有意義的。”《選注》。

蔣凡曰：“桓溫之言，一箭雙鵰，另有政治意圖。清談名士，多出於華麗家族，指責名士清談誤國，矛頭同時指向了不合作的高門貴族。因此，他對袁宏的話會勃然大怒。”

12

　　袁虎、伏滔同在桓公府。桓公每遊燕，輒命袁、伏[1]。袁甚恥之，恒歎曰：“公之厚意，未足以榮國士！與伏滔比肩，亦何辱如之？”

　　○“袁虎伏滔”至“何辱如之”

　　“同在桓公府”，余嘉錫曰：“《文選·三國名臣序贊》引《晉陽秋》曰：‘袁宏爲大司馬府記室參軍。’本書《言語篇》注引《中興書》曰：‘伏滔少有才學，舉秀才，大司馬桓溫參軍。’足證二人同在桓溫府也。按之《晉書》帝紀，桓溫之爲安西將軍，在穆帝永和元年，其爲大司馬，在哀帝興寧元年前後，相距已十有八年。宏先爲安西參軍，則其入桓溫幕府亦已久矣。”

　　“輒命袁伏”，張萬起曰：“輒，總是，常常。”

　　“未足以榮國士”，岡白駒曰：“不足榮，是輕桓也。稱國士，自許高矣。”○田中頤曰：“言厚意不足償其辱也。”

【彙評】

　　王應麟曰：“袁宏以伏滔比肩爲辱，似知恥矣，而失節於桓溫之九錫，恥安在哉？”《困學紀聞》卷十三。

　　劉辰翁曰：“卻又效‘袁伏之袁’。”

---

[1] “袁伏”，董刻本、元刻本無“伏”字。楊勇曰：“各本及《晉書·袁宏傳》並有‘伏’字。”龔斌曰：“此處當作‘袁伏’。”

凌濛初曰："不畏烹大牛耶？"

蔣凡曰："袁、伏二人俱受桓溫寵遇，不過情況有異，程度不同。《晉書·文苑·滔傳》稱滔有才學，桓溫引爲參軍，深加禮接，每宴集之所，必命滔同遊，其寵遇不在袁下。但論其爲人，袁宏性格强正亮直，'雖被溫禮遇，至於辯論，每不阿屈'，而伏滔作《正淮》二篇，實桓氏集團謀士，其心胸品性難與袁宏相較量，故袁恥與比肩。"

13

高柔在東，甚爲謝仁祖所重。既出，不爲王、劉所知。仁祖曰："近見高柔，大自敷奏，然未有所得。"真長云："故不可在偏地居，輕在角䚡奴角反。中，爲人作議論。"高柔聞之，云："我就伊無所求。"人有向真長學此言者，真長曰："我寔亦無可與伊者[1]。"然遊燕猶與諸人書："可要安固。"安固者，高柔也。孫統爲《柔集敍》曰："柔字世遠，樂安人。才理清鮮[2]，安行仁義。婚泰山胡毋氏女[3]，年二十，既有倍年之覺，而姿色清惠，近是上流婦人。柔家道隆崇，既罷司空參軍、安固令，營宅於伏川。馳動之情既薄，又愛玩賢妻，便有終焉之志。尚書令何充取爲冠軍參軍，俇俇應命，眷戀綢繆，不能相舍[4]。相贈詩書，清婉辛切[5]。"

○"高柔在東"至"高柔也"

"高柔在東"，文廷式曰："《世說》'高柔在東'云云，與魏之高柔別是一人。魏高柔，字文惠，《三國志》有傳。《書鈔》一百一十高文惠《與婦書》曰：'今置琵琶一枚，音甚清亮也。'一百三十六高文惠婦《與文惠書》云：'今奉織

---

〔1〕 "寔亦無可與伊者"，劉應登曰："作'寔亦無不與者'。"
〔2〕 "清鮮"，董刻本"清"作"青"。王利器曰："各本'青'作'清'，是。"
〔3〕 "泰山胡毋"，董刻本"泰"作"太"，"毋"作"母"。
〔4〕 "相舍"，王先謙曰："一本'相'作'祖'。"
〔5〕 "辛切"，余嘉錫曰："'辛'沈本作'新'。"龔斌曰："辛切，謂辛酸悲切也。亦通。"

成襪一量。’《御覽》六百八十九高文惠婦《與文惠書》：‘今聊奉組生履一緉。’六百八十八高文惠婦《與文惠書》曰：‘今奉總給十枚。’據《世説》注當是高世遠婦。《書鈔》《御覽》誤也。”《補晉書・藝文志》丁部。余嘉錫按曰：“文氏説是也。嚴可均《全三國文》五十四亦疑之，而不能定。”○張萬起曰：“東，指會稽。”

“大自敷奏”，蔣凡曰：“敷奏，陳述進奏。希企上知而有所作爲。”

“角䚋”，胡文英曰：“角䚋，牆根隱隙之地也。吳中謂門後暗地曰角䚋。”《吳下方言考》卷十。○李詳曰：“《廣韻》四覺：‘䚋，屋角。’今人謂屋隅爲角䚋，當作此字。”○唐鴻學曰：“《説文・角部》：‘觕，調弓也。’於角切。此‘䚋’乃‘觕’之別體，‘角䚋’，方俗語‘啐’也。”○劉盼遂曰：“䚋，《説文》作‘觕’，云調弓也，與此不合。疑當爲‘膈’。《廣雅・釋器》：‘膈，膜也。’《説文》：‘膈，肉表革裏也。’”○余嘉錫曰：“今俗作‘角落’。”○王佩諍曰：“（‘䚋’）讀如‘落’字，來母作彈舌音，讀入日母，而五胡亂華及梵天經未入震旦前，固無所謂彈舌音，今我吳仍讀若‘各落’。劉説近是，然《廣韻》注‘䚋’爲屋角，則肉表革裏者自爲‘膈’，牆根隱隙者自爲‘䚋’耳。”

“我就伊無所求”，龔斌曰：“高柔語謂我於真長無所央求。”

“安固”，程炎震曰：“安固縣屬揚州臨海郡。”

○注“孫統爲柔集敘曰”

“安行仁義”，秦士鉉曰：“《中庸》：‘或安而行之。’”

“倍年之覺”，大典顯常曰：“言其知慧如老成也。”○恩田仲任曰：“覺，猶智也。”○徐震堮曰：“‘覺’同‘較’，相差也。”○周一良曰：“覺，差別也。”《商兑》。

“近是上流婦人”，桃井白鹿曰：“近是，猶言‘幾是’。”○秦士鉉曰：“近是，猶殆是也。”○吳金華曰：“‘近’，魏晉口語，相當於古漢語中常用的‘殆’、‘蓋’之類。”《考釋》頁二一〇。

“營宅於伏川”，岡白駒曰：“云與孫鄰居，則‘伏川’當作‘畎川’。”○劉盼遂曰：“本書《言語篇》孫綽築室畎川，高士遠時亦鄰居，則柔與綽同居畎川矣。此注作‘伏’，‘畎’與‘伏’必有一誤。”○趙西陸曰：“‘伏川’蓋‘畎川’之誤。孫統即綽兄，則柔與綽正是鄰居。”

“馳動之情”，秦士鉉曰：“馳動，奔走仕途也。”

“傴俛應命”，秦士鉉曰：“傴俛，謂强而就之也。”

"眷戀綢繆"，恩田仲任曰："眷，顧念也。戀，眷念係慕也。綢繆，纏綿也。"〇秦士鉉曰："補亡詩：'眷戀庭闈。'《詩經》：'綢繆束薪。'"

"清婉辛切"，恩田仲任曰："婉，順也。辛，悲痛也。言酸辛淒切。"〇秦士鉉曰："《詩經》：'清揚婉兮。'"

【彙評】

劉辰翁曰："真長對仁祖語，大是有情。謂偏處言輕，不足爲高重耳。高柔誤認。別本'愛玩賢妻'、'隱而不遂'，極可觀。"_{按劉本刪去注文，故云。}

李贄曰："此人太真。"

陶珙曰："真長對仁祖之言，大是有情。謂偏處言輕，不足爲高重耳，而高不免誤解。"

14

劉尹、江虨、王叔虎、孫興公同坐，江、王有相輕色。虨以手歆叔虎云："酷吏！"詞色甚彊。劉尹顧謂："此是瞋邪[1]？非特是醜言聲、拙視瞻。"_{言江此言非是醜拙，似有忿於王也。}

〇"劉尹"至"拙視瞻"

"王叔虎"，徐震堮曰："王彪之字叔虎。"

"以手歆叔虎"，徐震堮曰："《後漢書·張衡傳》注：'歆，猶脅也。'疑此處亦有威脅之意，故注云然。"〇朱鑄禹曰："歆，猶按也。"〇楊勇曰："'歆'同'脅'。張衡《應閒》：'干進苟容，我不忍以歆肩。'注：'歆，亦脅也。'"〇梁永昌曰："按《玉篇》：'歆，呼吸切。'又：'闟，呼急切，戟名。'疑《輕詆》門的'歆'借作'闟'，也就是'戟'。所以'以手歆'，就是《左傳》所

---

[1]"瞋邪"，朱鑄禹曰："瞋，爲'嗔'之正字。"

謂的‘戟其手’，也就是張衡《西京賦》所謂‘祖裼戟手’的‘戟手’。《資治通鑒·後漢隱帝乾祐三年》：‘劉銖罷青州歸，久奉朝請，未除官，常戟手於執政。’胡三省注：‘戟手者，戟其手而詬怨之。’‘戟手’是一種動作，手指有的伸出，有的卷曲，成爲戟狀。所謂‘彪以手歃叔虎’，是說江彪用手指向王叔虎而罵之。”《雜記》。〇方一新曰：“‘歃’當爲‘慴’字之借，恐嚇。《集韻·葉韻》：‘歃，虛涉切，懼貌。或作慴。’是二字相通之證。‘慴’字用作懼、恐懼，是漢魏六朝常義。‘以手歃叔虎’之‘歃’用如動詞。蓋江彪以手擬對方，比劃示威，欲恐嚇王叔虎，使之懼己；加之口出晉語，故被劉惔疑爲瞋怒之舉動。”《拾詁》。

“酷吏”，劉辰翁曰：“謂真長酷。”〇張萬起曰：“據《晉書·王彪之傳》載，彪之爲廷尉，執法嚴，時人比之漢代張釋之。”

“詞色甚彊”，蔣凡曰：“聲色俱厲的樣子。”

“醜言聲拙視瞻”，蔣凡曰：“醜言聲，説話難聽。拙視瞻，臉色難看。”

15

　　孫綽作《列仙商丘子贊》曰：“所牧何物?殆非真豬[1]。儻遇風雲，爲我龍攄。”《列仙傳》曰：“商丘子胥者,商邑人[2]。好吹竽牧豕，年七十，不娶妻而不老。問其須要[3]，言‘但食老朮[4]、昌蒲根、飲水，如此便不饑不老耳’。貴戚富室，聞而服之，不能終歲輒止，謂將有匿術[5]。”孫綽爲贊曰：“商丘卓犖，执策吹竽。渴飲寒泉[6]，飢食菖蒲[7]。所牧何物?

---

〔1〕　“真豬”，董刻本“豬”皆作“猪”。
〔2〕　“子胥者商邑人”，《列仙傳》卷下“子胥”作“子胥”，“商邑”作“高邑”。唐鴻學曰：“道藏本《列仙傳》作‘子胥高邑人’，訛，贊語與此不合。此爲孫綽之詞。再考。”
〔3〕　“須要”，余嘉錫曰：“景宋本作‘道要’。”按袁刻本亦作“道要”。龔斌曰：“作‘道要’是。道要，謂道術之要旨也。”
〔4〕　“老朮”，董刻本、袁刻本“朮”俱作“术”。楊勇曰：“‘朮’宋本作‘术’，非。”
〔5〕　“謂將”，董刻本“謂”作“吁”。王利器曰：“袁本、曹本同，蔣校本、王本、凌本、補本‘吁’作‘謂’，是。”楊勇曰：“‘謂’宋本作‘吁’，非。方一新《校讀札記》曰：“‘吁’字各本同。此字與上下文不協，疑係‘呼’字之誤。‘吁’、‘呼’形音並近，易誤。‘呼’在這裏是以爲、認爲的意思；將，或許。‘呼將有匿術’猶言認爲或許還有秘術。‘呼’字自東漢以來，常作以爲、認爲用，蓋當時口語。”
〔6〕　“渴飲”，董刻本“飲”作“引”。
〔7〕　“菖蒲”，董刻本“菖”作“昌”。

殆非真豬。儻逢風雲[1]，爲我龍攎。” 時人多以爲能。王藍田語人云[2]：“近見孫家兒作文，道何物真豬也。”

○ “孫綽作” 至 “真豬也”

《列仙商丘子贊》，《四庫全書總目》曰：“《隋志》載《列仙傳》贊三卷，劉向撰，鬷續，孫綽贊。又《列仙傳贊》二卷，劉向撰，晉郭元祖贊。此木二卷，較孫綽所贊少一卷。又《世説新語》所載孫綽《商丘子胥贊》：‘所牧何物？殆非真豬。儻遇風雲，爲我龍攎。’此本《商丘子胥贊》亦無此語。然則此本之贊，其郭元祖所撰歟？” 卷一百四十六《列仙傳提要》。按《列仙傳》參見《文學篇》“殷中軍見佛經” 條。

“爲我龍攎”，岡白駒曰：“攎，騰也。言若遇風雲際會，此豬爲龍騰矣。”○桃井白鹿曰：“攎，舒也。班固《敍傳》：‘卒不能攎首尾，奮翼鱗，振拔汙塗，跨騰風雲。’師古注：‘攎，申也，以龍爲喻。’”○大典顯常曰：“攎，舒也，猶言騰也。班固《敍傳》：‘攎首尾，奮翼鱗。’張衡《思玄賦》：‘八乘攎而超驤。’”○田中頤曰：“此言商丘寓豬以示不才，然儻一遇時，則大申其才用。”○秦士鉉曰：“‘龍攎’字出於潘岳《西征賦》。”○哈佛手批曰：“舒也，猶飛騰也。言若遇風雲際會，此豬爲龍而飛騰耳。藍田因反其語，云孫綽自謂何物，我視之，真豬也，言不才也。”○徐震堮曰：“潘岳《西征賦》：‘忽蛇變而龍攎，雄霸上而高驤。’《後漢書·張衡傳》注：‘攎，猶騰也。’”

“道何物真豬也”，岡白駒曰：“道，謂也。余初謂如何物，及視之，乃真豬也，直用其贊語詆之。”○桃井白鹿曰：“道，云也。言彼自云何物，我視之，真豬惡，因其贊語詆其不才。”○大典顯常曰：“一説此蓋嘲‘何物’‘真豬’二語之拙也。”《集成》。○恩田仲任曰：“言此二句就中鄙拙。”○田中頤曰：“此言其文中云‘何物’，是即孫自言己真豬也。”○朱鑄禹曰：“蓋以贊中‘所牧何物，殆非真豬’兩句拙湊，故取以爲譏誚耳。”○楊勇曰：“句法與後‘問是何物塵垢囊’同。依劉説，則此‘何物真豬也’，是何等真豬也。所以言真豬之甚也。”

○注 “列仙傳曰”

“匿術”，徐震堮曰：“謂秘而不宣之術。”○龔斌曰：“當爲匿形之術，即隱

---

[1] “風雲”，董刻本 “雲” 作 “雨云”。王利器曰：“各本‘雨云’作‘雲’，此誤分一字爲二字。”
[2] “王藍田”，董刻本 “田” 作 “曰”。王利器曰：“各本‘曰’作‘田’，是。”

身術。"

"孫綽爲贊"，葉德輝曰："孫綽《列仙傳贊》，《隋志》：三卷。云：'劉向撰，孫綽贊。'"《書目》。

【彙評】

方弘靜曰："孫興公匪徒行穢也，王藍田並鄙其文，豈非以人廢哉！'何物真豬'，故乃惡語。"《千一錄》卷十七。

蔣凡曰："述輕其人，故合其前二句爲'何物真豬'粗俗之句，這是化神奇爲腐朽之筆，采用點金成鐵法來醜詆孫綽。"

16

桓公欲遷都，以張拓定之業。孫長樂上表諫，此議甚有理[1]。桓見表心服，而忿其爲異，令人致意孫云："君何不尋《遂初賦》，而彊知人家國事？"孫綽《表》諫曰："中宗龍飛，實賴萬里長江畫而守之耳。不然，胡馬久已踐建康之地，江東爲豺狼之場矣。"綽賦《遂初》，陳止足之道。

○"桓公欲"至"人家國事"

"桓公欲遷都"，程炎震曰："永和十二年，桓溫請遷都洛陽。"○張萬起曰："桓溫率兵北伐，打敗姚襄，收復洛陽，上表請遷都。表載《晉書·桓溫傳》。"

"張拓定之業"，田中頤曰："張拓地定亂之業也。"○秦士鉉曰："拓，啓土；定，定基。"

"忿其爲異"，田中頤曰："即忿異議。"

"何不尋遂初賦"二句，田中頤曰："言孫己不尋自作《遂初賦》知止足之意，而反彊知人家國事，豈不戾乎！此孫當蒙褒賞，而反但得詆，亦由其平生爲

---

[1] "此議"，陶琪曰："'此'字疑衍。或作'止'，非。"

人被輕也。"○秦士鉉曰："'尋'與'燖溫'之'燖'同，重也，繼也。"○周一良曰："'知'猶言管。"《批校》。

○注"孫綽表諫曰"

"孫綽表諫"，葉德輝曰："《晉書》本傳諫移都洛陽疏。"《書目》。○徐震堮曰："《晉書》五六《孫綽傳》錄全文。"

"中宗龍飛"，秦士鉉曰："中宗，元帝。龍飛，謂即帝位。"

【彙評】

蔣凡曰："朝廷諸臣既有收復失土、恢復中原一綫希望的興奮一面，同時又震懾於桓溫權勢的迅速膨脹，故各高門士族大姓，聯合抵制桓氏集團。在此形勢下，孫綽表諫之事，不知不覺成爲了國家政治鬥争的産物。桓之詆孫，正是針對孫'彊知人家國事'出發，令其溫習其早年《遂初賦》的知足知止之義，早早退出官場爲好。這是一種含蓄的政治威脅。"

17

孫長樂兄弟就謝公宿，言至款雜〔1〕。劉夫人在壁後聽之，具聞其語。謝公明日還，問："昨客何似？"劉對曰："亡兄門未有如此賓客。" 夫人，劉惔之妹。謝深有愧色。

○"孫長樂"至"深有愧色"

"言至款雜"，參見校文。岡白駒曰："款，款曲也。款曲，猶委曲也，《後漢書》'謹言，與人不款曲'是也。"○田中頤曰："款曲而猥雜也。"○崔朝慶曰："言所談款洽而無序也。"○方一新曰："'款'字古有中空、空闊義，引申之，

---

〔1〕 "款雜"，楊勇曰："宋本作'歎雜'，《御覽》四〇五作'駿雜'，皆非是。"王叔岷曰："'歎'蓋'駁'之誤。《御覽》引作'駿'，'駿'亦'駁'之誤。'駁'，俗'駮'字。"方一新《斟詁》曰："'駁雜'自是可通，然'款雜'亦未必誤。"

則有空洞、空泛義。如《漢書・司馬遷傳》：'實不中其聲者謂之款，款言不聽，姦乃不生。'顏師古注引服虔曰：'款，空也。'是'款言'即指空話、空談。'款雜'猶言空泛蕪雜。"《斠詁》。

"明日還"，田中頤曰："孫還去也。三字插。"

"深有愧色"，田中頤曰："以友觀人故。"

【彙評】

劉辰翁曰："是興公果不爲真長所比數也。"按凌刻本、凌瀛初本"比數"作"許"。

王世懋曰："此卻輸真長一着，然乃是謝公享福處。"

程哲曰："真長門庭，何其峻也。及自爲客，則受人譏，身不如夷甫，夷甫無君輩客，不識王、劉何以堪此！"《蓉槎蠡説》卷八。

蔣凡曰："蓋孫氏兄弟，統誕任不拘，綽通率粗鄙，與高門世族名士典雅淡遠之風神，相距甚遠。受家族傳統影響，劉夫人雖爲女流，卻同樣具有濃厚貴族文化的高雅意識，與俗人俗世文化頗有抵忤。孫綽父楚曾上言朝廷，要求國家選賢任能，'無係世族，必先逸賤'。孫綽兄弟受家庭影響，其文化觀念介乎士庶雅俗之間，而非純而又純的貴族雅文化，所以形成'言至款雜'的習慣。統早卒，綽後來雖然努力接近高門名士，爭取融入貴族沙龍之中，但仍多次受侮。其因'俗'見詆，當與魏晉世族根深蒂固的門閥意識有關。"

18

簡文與許玄度共語，許云："舉君、親以爲難。"簡文便不復答。許去後而言曰："玄度故可不至於此！"按《邴原別傳》："魏五官中郎將嘗與群賢共論曰：'今有一丸藥，得濟一人疾，而君、父俱病，與君邪？與父邪？'諸人紛葩[1]，或父或君。原勃然曰：'父子，一本也。'亦不復難。"君、親相校，自古如此。未解簡文詰許意。

---

[1] "紛葩"，余嘉錫曰："'葩'沈本作'紛'。"徐震堮曰："紛葩，沈校本作'紛紛'。《魏志・邴原傳》注引作'紛紜'。'葩'字恐誤。"

○“簡文與”至“不至於此”

“舉君親以爲難”，大典顯常曰：“許蓋以君與親二件相難以資談也，故簡文以爲害德而不應也。與注所引之旨蓋異。”○田中頤曰：“簡文本爲桓温廢海西而所立，是簡文無君也，而今許欲舉君父執重之論，以詰難之也。”○秦士鉉曰：“難，難問也。”○張萬起曰：“舉君親，在君親間擇其一。”

“不至於此”，劉辰翁曰：“似謂玄度無忠國事耳。‘舉君親’，謂忠孝兩難也。”○岡白駒曰：“許之爲人，故可不至於此。劉云‘似謂許無忠事’，是也。”○平賀房父曰：“言忠孝之事，非玄度所能及。”○秦士鉉曰：“猶云其論固不至於此而可也。”

○注“按邴原別傳”

“諸人紛葩”，大典顯常曰：“紛葩，議論多生貌。”《集成》。○恩田仲任曰：“紛葩，猶言紛紜。”○楊勇曰：“紛葩，猶紛紛也。《文選》馬融《長笛賦》：‘紛葩爛漫。’李注：‘紛葩，盛多貌。’又嵇康《琴賦》：‘霍紛漢葩。’”吳金華按曰：“楊氏解‘紛葩’爲‘紛紛’，可從。查《藝文類聚》卷八一所引《邴原別傳》，與裴松之《三國志注》相同，其字也作‘紛葩’。可見唐人所據《魏志》的注文不作‘紛紜’。其實‘紛葩’未必有誤，而‘紛紛’之文或許是唐宋以後的寫刻者所改。”《考釋》頁二一一。○方一新曰：“‘紛葩’爲漢魏六朝人習語。《文選》卷一八馬融《長笛賦》：‘紛葩爛漫。’李善注：‘紛葩，盛多貌。’又同卷嵇康《琴賦》：‘霍鑊紛葩。’張銑注：‘紛葩，繁亂之音。’字又作‘芬葩’。《文選》卷五左思《吳都賦》：‘芬葩蔭映。’《陸雲集》卷三《失題二首》之二：‘芳問芬葩。’‘紛葩’的本義爲盛多、繁亂貌，引申之可指人數衆多。”《釋義》。

“未解簡文誚許意”，楊勇曰：“簡文自在君位，故以君先，其所誚責，有何未解。”

◎李詳曰：“《魏志·邴原傳》裴注引《原別傳》與劉絶異，疑劉隱括《別傳》語。”

【彙評】

方弘靜曰：“許玄度君親之難，簡文不答，正合爾爾誚之，乃非過也。劉注何不解其意？孔子云：‘邇之事父，遠之事君。’”《千一録》卷十七。

大典顯常曰：“君父之義，或有所重，或有所輕；一丸之藥，或有所急，或有所不急。豈可無權於毫釐之間乎？魏賢之論，可謂固矣。"《集成》。

秦士鉉曰："夫忠孝兩難，人倫之至變，非席上之談。君父之尊，何容優劣？如一丸之事，世所必無，此與瞽瞍殺人之問同，大有傷於德。夫食肉不食馬肝，不爲不知味；論道不舉君親，不爲不知道。"

唐長孺曰："許詢何故對簡文帝提出這個問題，可能也與當時桓溫與晉室對立的局勢有關，但劉孝標以爲君親相校、自古如斯的説法，實在是魏晉以後的定論，自漢以至三國君親之間是容許有所選擇的。"《魏晉南朝的君父先後論》，《拾遺》頁二三八。

19

謝萬壽春敗後，還，書與王右軍云："慚負宿顧。"右軍推書曰："此禹、湯之戒。"《春秋傳》曰："禹、湯罪己，其興也勃焉。"言禹、湯以聖德自罪，所以能興。今萬失律致敗，雖復自咎，其可濟焉〔1〕？故王嘉萬也〔2〕。

○"謝萬壽春"至"禹湯之戒"

"壽春敗後"，程炎震曰："升平三年，謝萬敗。"

"慚負宿顧"，余嘉錫曰："《晉書·王羲之傳》：'萬爲豫州都督，羲之遺書誡之曰："願君每與士之下者同，則盡善矣。"萬不能用，果敗。'故此書云'慚負宿顧'。"○王佩諍曰："顧，眷顧也。《文選》張衡賦：'神歆馨而顧德。'俗謂親戚照料曰照顧，常相買賣曰主顧，予以保全曰顧全，均此一義所引申。"

"禹湯之戒"，王世懋曰："此右軍故調之。注以爲'王嘉萬'，誤矣，獨不思題是'輕詆'也。"○張萬起曰："右軍此言之意是譏諷他不過是收買人心而已。"

---

〔1〕 "其可"，何焯曰："'可'疑'何'誤。"王利器曰："'可'疑當作'何'。"朱鑄禹曰："'可'似當讀作'何'，方與上文相應。"楊勇曰："'可'字作'何'，則未必然。"

〔2〕 "王嘉萬"，王先謙曰："'故王嘉萬也'各本同。案萬自罪，王云'此禹湯之戒'，所以深致其非，非嘉之也。'嘉'蓋'詆'字之誤，後人妄改。玩劉注是'詆'非'嘉'，且本書入之'輕詆門'，尤明證。"余嘉錫曰："右軍此語，乃譏笑之詞，其不嘉萬亦明矣。'王'字疑當作'不'。"王利器曰："蔣校本、沈校本'王'作'不'。"趙西陸曰："當是'不'字。"徐震堮曰："'王'沈校作'丕'，疑'不'字之誤。王校以'嘉'字爲誤，是；以爲當作'詆'，則未必然。"

○注“今萬失律”至“嘉萬也”

“雖復自咎其可濟焉”，參見校文。徐震堮曰：“‘可’當作‘何’。‘雖復自咎，其何濟焉’，是一開一闔語氣，乃深責之，而僅曰‘此禹湯之戒’，乃以反語致譏諷之意。”○吳金華曰：“其可，相當於‘豈可’，而比‘豈可’略帶委婉語氣，與文理正合。”《考釋》頁二一一。○楊勇曰：“此乃反問句，句法與《文學篇》‘其以一卦爲限邪’正同。”○張萬起曰：“可，通‘何’，言謝萬此舉無濟於事。”

20

　蔡伯喈睹睞笛椽，孫興公聽妓，振且擺折。伏滔《長笛賦敘》曰：“余同寮桓子野有故長笛[1]，傳之耆老，云：‘蔡邕伯喈之所製也。’初，邕避難江南，宿於柯亭之館，以竹爲椽，邕仰眂之，曰：‘良竹也。’取以爲笛，音聲獨絕。歷代傳之至於今。”王右軍聞，大嗔曰：“三祖壽一作臺。樂器，虺瓦一作尪凡。弔孫家兒打折。”

　○“蔡伯喈”至“振且擺折”

“睹睞笛椽”，岡白駒曰：“蔡邕眂柯亭椽爲之，故名曰睹睞笛椽。”○大典顯常曰：“睹，見也。睞，盼睞顧視也，即注所云‘仰眂’。笛椽，當作‘椽笛’。”○田中頤曰：“此‘睹睞’即謂‘仰眂’也。椽，即竹椽也。”○余嘉錫曰：“考《類聚》四十四引《語林》‘子野令奴張碩吹睹脚笛’，與此作‘睹睞’不同。疑以‘睹脚’爲是。蓋蔡邕睹竹椽之脚，而知其爲良材，遂以爲名。猶之琴名焦尾也。”○趙西陸曰：“‘笛椽’二字疑倒。”○徐震堮曰：“‘笛椽’疑當作‘椽笛’。據伏滔《賦敘》，則椽已取爲笛，不當仍目之爲椽。且下云‘三祖壽樂器’，尤足見其是笛非椽。”楊勇按曰：“蔡邕所見時仍爲椽，未爲笛。伏《賦敘》乃後來事。徐說非是。”龔斌按曰：“疑‘椽’乃衍字，此句僅敘蔡邕之笛。”

---

〔1〕“同寮”，王叔岷曰：“《書鈔》一一一、《藝文類聚》四四、《初學記》十六皆作‘同僚’。‘寮’、‘僚’古通。《左》文七年《傳》：‘同官爲寮。’”

“聽妓振且擺折”，岡白駒曰：“聽妓，借妓令吹也。擺，搖也。”○大典顯常曰：“使妓吹而聽之也。一說，聽，任也，任妓吹弄也。”《集成》。○恩田仲任曰：“擺，持而振動也。”○秦士鉉曰：“‘且’字難解。聽，聽任也。”○朱鑄禹曰：“似謂孫聽伎女，振衣而起，且隨節奏而搖擺磬折作態也。”○蔡鏡浩曰：“‘擺’爲打擊之義十分明顯。上文之‘擺折’即下文之‘打折’。《玉篇》手部：‘擺，同捭。’《説文》：‘捭，兩手擊也。’”《札記》。○張萬起曰：“聽，聽任。擺折，打斷、摔斷。”○蔣凡曰：“聽妓，觀賞歌女表演。”

○“王右軍聞”至“孫家兒打折”

“三祖壽樂器虺瓦弔”，劉辰翁曰：“三祖，上三代保守此笛。‘虺瓦弔’，若非地名，即不祥短命。”○朱亦棟曰：“虺瓦弔，當是晉人之辭。考裴淵《廣州記》曰：‘弔蛇頭鼈身，水宿亦木栖。’俗謂曰：弔膏至輕利，以銅瓦器貯之浸出，而惟雞卵盛之不漏，治諸毒，絶驗也。此爲近之。弔，一名吉弔。”《群書札記》卷三。○岡白駒曰：“壽謂保守而存之久也。”○桃井白鹿：“三祖謂魏銅雀臺。”秦士鉉按曰：“其説長。”○大典顯常曰：“二句難解，大抵當如劉所云，然如此則此笛王家所藏，與注所云相違。”又曰：“三祖壽樂器，《通鑑·宋順帝紀》：‘今之《清商》，實由銅雀三祖風流遺音盈耳。’胡三省曰：‘魏太祖起銅雀臺於鄴，自作樂府，被於管弦，後遂置清商令以掌之。’三祖，謂太祖、高祖、烈祖也。據此則‘一作臺’是也。蓋斯笛元銅雀臺樂所用也。虺瓦弔，蓋悲物破壞之辭。”《集成》。○淇園曰：“三祖，高祖也。‘壽’字與‘弔’字反對。《詩·小雅》云：‘維虺維蛇，女子之祥。’又云：‘乃生女子，載弄之瓦。’是虺瓦爲女子所親之物。三祖之壽者，蓋謂其漢代所傳之古物也。孫愛妓女，其死當爲虺瓦，所弔之人而今打折之也。”○余嘉錫曰：“此條語不可通，雖從‘一作’，亦終難解，必有誤字也。”○張萬起曰：“虺，打、率。瓦弔，陶製紡錘。”○范子燁曰：“蔡氏之椽笛東晉時在孫綽手中，且爲其聽伎所常用，並因此而擺折。王羲之珍愛此笛，尊之爲‘三祖壽樂器’，猶孔子器舉瑚璉，頗有神聖的意味。‘虺瓦’是對女子的蔑稱，語本《詩·小雅·斯干》：‘維虺維蛇，女子之祥。’又：‘載衣之裼，載弄之瓦。’虺謂青蛇，瓦指紡錘。弔，訓至、來。‘孫家兒’是羲之對孫綽的蔑稱。王羲之對寶笛之折於孫氏家妓之手一事十分不滿，因而反爲詆詈之辭。”《研究》頁二四二至二四三。○龔斌曰：“壽，保全。《國語·楚語下》‘臣能自壽也’韋昭注：‘壽，保也。’《晏子春

1802

秋》六《內篇》'壽三族'吳則虞《集釋》：'壽三族者，言保三族也。'三祖壽樂器，即三祖所保之樂器也。"

○注"伏滔長笛賦敘曰"

《長笛賦》，葉德輝曰："《書鈔‧樂部》引用。"《書目》。

"宿於柯亭之館"，余嘉錫曰："《御覽》一百九十四引《郡國志》曰：'柯亭，一名千秋亭，又名高遷亭。'《會稽記》云：'漢議郎蔡邕避難宿於此亭，仰觀椽竹，知有奇聲，因取爲笛，果有異聲。'《後漢書‧邕傳》注引張騭《文士傳》曰：'邕告吳人曰："吾昔嘗經會稽高遷亭，見屋椽竹東間第十六可以爲笛。"取用，果有異聲。'"

21

王中郎與林公絶不相得。王謂林公詭辯，林公道王云："箸膩顏帢，縐布單衣，挾《左傳》，逐鄭康成車後，問是何物塵垢囊？"中郎，坦之。帢，帽也。《裴子》曰："林公云：'文度箸膩顏[1]，挾《左傳》，逐鄭康成，自爲高足弟子。篤而論之，不離塵垢囊也。'"

○"王中郎"至"塵垢囊"

"詭辯"，田中頤曰："言不正之辯也。"

"箸膩顏帢"，王士禎曰："《世說》林公道王中郎云：'著膩顏帢，縐布單衣，挾《左傳》，逐鄭康成車後'云云。按魏造白帢，橫縫其前後，名之曰顏。永嘉間，稍去其縫，名無顏帢也。"《居易錄》卷三十二。按余嘉錫曰："《居易錄》已解釋甚詳，但未引《晉書‧五行志》耳。"○岡白駒曰："文度非尤時俗放蕩，以膩著顏，祗整其威儀也。"○桃井白鹿曰："膩，絹滑有光澤也。顏，帢額也。《晉書‧五行志》'魏造白帢，橫縫其前，名之曰顏。後去其縫，名曰無顏帢'是也。"

---

〔1〕"箸膩顏"，徐震堮曰："'顏'下疑脫'帢'字。"

○恩田仲任曰："《搜神記》曰：'魏武軍中無故作白帢，此縞素凶喪之徵也。初橫縫其前以別其後，名之曰顏帢。傳行之至永嘉之間，稍去其縫，名曰無顏帢。'膩，滑澤也。"○李慈銘曰："《晉書・五行志》：'魏造白帢，橫縫其前以別後，名之曰顏帢。至永嘉之間，稍去其縫，名無顏帢。'據此，則江東時以顏帢爲舊制，故道林以'膩顏帢'誚之。"《簡端記》。○徐震堮曰："《魏志・太祖紀》注：'魏太祖擬古皮弁，裁縑帛爲帢，合乎簡易隨時之義。'膩，垢膩也。"○朱鑄禹曰："膩顏帢，殆謂垢膩之顏帢。"

"繪布單衣"，恩田仲任曰："'繪'當作'榻'。《史記》：'榻布皮革千石。'榻，吐合切，疊布也。馬援'都布單衣'，注云：'即荅布。'荅布即蕃布之稍粗者，即榻布也。"○秦士鉉曰："繪，'橲'訛。'橲布'出《史記・貨殖傳》。《後漢書》'公孫述爲馬援製都布單衣'，《東觀漢記》'荅布'，皆同。顏師古《漢書》注：'麁厚之布也。'《方言》：'單衣，古謂之深衣。'"○徐震堮曰："'繪'字不見字書，未詳其義，疑是'紿'之俗字。"○楊勇曰："當作'緆'是。繐緆，衣敝破也。單衣，深衣也，猶今長衫也。"○朱鑄禹曰："'繪'，字書無此字。'榻'《字彙》作'橲'，故'繪'疑爲'緆'之俗體。"○張萬起曰："繪布，一種粗葛布。單衣，僅次於朝服的盛服。此譏王的正統。"

"挾左傳"，劉盼遂曰："坦之平生不聞治《左氏傳》，林公此語蓋隱斥藍田矣。考《通典》卷五十九：'晉穆帝永和三年納后，王述議曰：《左氏傳》曰：娶者大吉非常吉。又傳曰：鄭子罕如晉賀夫人，鄰國猶相賀，況臣下邪？如此便應賀，但不在三日內耳。今因廟見成禮而賀，亦是一節也。'云云。此議控援《左氏》義立說，至爲精到，足微述之深於《左氏》矣。又，《隋書・經籍志》經部'春秋類'有《春秋旨通》十卷，原注：'王述之傳。'又，《春秋左氏經傳通釋》四卷，原注：'王述之撰。'則述之或即述歟？考南朝一字名，往往下加'之'字，如張玄亦作玄之，顧悅亦作悅之，袁悅亦作悅之矣。緣'之'字本屬語詞，不存實義，或加或省，無關弘恉，如公罔之裘本爲公罔裘也，介之推爲介推也，麗之姬本爲麗姬也，是皆以'之'字爲助語，所以暢言也。茲更舉二證以明之。東晉義熙以前忌二名，凡二名者多以'之'字殿尾，如王坦之、袁悅之、祖台之等是矣。又胡毋彥國父子及顧長康、王右軍父子，皆名'某之'，不以爲嫌，是皆以'之'爲語助，不存實義故耳。知此則王述之爲王述，可無疑矣。"○余嘉錫曰："《晉書・坦之傳》及《經典釋文序錄》並不言坦之治《左傳》。《隋書・經籍志》有《春秋左氏經傳通解》四卷、《春秋旨通》十卷，並王述之撰。六朝人名有‘之’字者，多去‘之’爲單名。述之疑即王述。故《金樓子·立言篇》云‘王懷祖頗有儒術’，蓋謂此也。坦之傳其父學，故支遁因而譏之耳。”

“逐鄭康成車後”，岡白駒曰：“宗鄭玄解説也。”○張萬起曰：“譏諷他死守遺經，步古人後塵。”

“問是何物塵垢囊”，淇園曰：“人若問是何如人，即當答云是塵垢囊。”○劉盼遂曰：“考‘何物’二字，爲六朝時人通用成語，不作化居解也。本書《雅量篇》‘褚公於章安令’條：‘沈令問牛屋下是何物人。’《言語篇》‘羊秉爲撫軍參軍’條：‘帝問曰：夏侯湛作羊秉敘，是卿何物？’《輕詆篇》‘孫綽作列仙商丘子贊’條：‘近見孫家兒作文，道何物？’《晉書·王衍傳》：‘山濤曰：何物老嫗？’《北史·魏收傳》：‘收曰：何物小子。’綜上諸則觀之，則‘何物’之函義爲‘何類’或‘何等’，居然可知矣。然則是‘何物塵垢囊’者，是何等塵垢囊也，所以言塵垢囊之甚也。”○余嘉錫曰：“《後漢書·襄楷傳》云：‘天帝遺以好女，浮屠曰‘此但革囊盛血’，遂不眄之。’注云：‘《四十二章經》：天神獻玉女於佛，佛曰：此是革囊盛衆穢耳。’‘塵垢囊’即‘革囊盛衆穢’之意，其鄙坦之至矣。”

○注“裴子曰”

“篤而論之”，余嘉錫曰：“‘篤而論之’猶云要而言之。蓋魏晉人常語也。《金樓子·立言》下引諸葛亮曰：‘追觀光武二十八將，下及馬援之徒，忠貞智勇，無所不有。篤而論之，非減曩時。’”

【彙評】

劉辰翁曰：“林下文會，形容得人。”

凌濛初曰：“林公禪伯，不怕口業。”

余嘉錫曰：“坦之獨抱遺經，謹守家法，故能闢莊周之非儒道，箴謝安之好聲律。名言正論，冠絕當時。夫奏《簫韶》於溱洧，襲冠裳於裸國，固宜爲衆喙之所咻，群犬之所吠矣。若支遁者，希聞至道，徒資利口，嗔癡太重，我相未除，曾不得爲善知識，惡足稱高逸沙門乎？《書鈔》百三十五引《語林》云：‘王□爲諸人談，有時或排擯高禿，以如意注林公云：“阿柱，汝憶搖櫓時否？”

阿柱，乃林公小名。'案《書鈔》所稱王某，蓋即王中郎。本篇又言其嘗作《沙門不得爲高士論》。其輕侮支遁如此，宜遁之報以惡聲矣。"

朱鑄禹曰："支道林譏王坦之爲'塵垢囊'，口吻亦實輕薄，非禪師所宜有。"

蔣凡曰："坦之父述，通經好儒，著《春秋旨通》十卷。坦之本人，史稱'演《廢莊》之論，道煥崇儒'。支遁在此爲清談家張目，故譏王氏父子爲步鄭玄後塵的守舊人物。支遁輕詆王坦之，實是對於坦之輕詆的反擊。"

22

孫長樂作王長史誄云："余與夫子，交非勢利，心猶澄水，同此玄味。"《禮記》曰："君子之交淡若水，小人之交甘若醴。"王孝伯見曰："才士不遜，亡祖何至與此人周旋！"

○"孫長樂"至"此人周旋"

"作王長史誄"，程炎震曰："《法書要録》卷九載張懷瓘《書斷》：'王濛永和三年卒，年三十九。'"

"同此玄味"，田中頤曰："玄，猶玄酒之'玄'，即謂澄水也。"○張萬起曰："玄味，玄妙的旨趣。"

"才士不遜"，田中頤曰："孫之爲人，宜外以文才待，而不可以心知交，故雖得其言不遜之詆，仍稱以'才士'也。"○張萬起曰："遜，謙虛，恭順。"

○注"禮記曰"

趙西陸曰："注文見《莊子·山木篇》。《禮記·表記》作：'君子之接如水，小人之接如醴。君子淡以成，小人甘以壞。'鄭注曰：'接或爲交。'"

【彙評】

劉辰翁曰："興公到處爲死人所擯。"

王世懋曰："興公一生受此苦，至死猶煩人。"

23

謝太傅謂子姪曰："中郎始是獨有千載！"車騎曰："中郎衿抱未虛，復那得獨有？"_{中郎，謝萬。}

○"謝太傅"至"那得獨有"

"始是獨有千載"，岡白駒曰："'始'當作'殆'。獨有於千載，言千載一人也。"○田中頤曰："言中郎殆是可得獨有千載之名，非車騎輩所及也。"

"衿抱未虛"，岡白駒曰："'衿'與'襟'同。虛己聽容曰虛襟。"○恩田仲任曰："'抱'與'褒'同，'衿褒'猶'襟懷'也。"○田中頤曰："言中郎與我輩有競心，是衿抱未全虛也。虛則得獨，然而未虛，故不得獨有也。"○秦士鉉曰："衿抱，謂心。"

24

庾道季詫謝公曰："裴郎云：'謝安謂裴郎乃可不惡，何得爲復飲酒？'_{庾龢、裴啟，已見。}裴郎又云：'謝安目支道林，如九方皋之相馬，略其玄黃，取其儁逸。'"《支遁傳》曰："遁每標舉會宗，而不留心象喻，解釋章句，或有所漏，文字之徒，多以爲疑。謝安石聞而善之曰：'此九方皋之相馬也，略其玄黃，而取其儁逸。'"《列子》曰："伯樂謂秦穆公曰：'臣所與共儋纆薪菜者〔1〕，有九方皋〔2〕，此其於馬，非臣之下也。'公使行求馬，反，曰：'得矣！牡而黃〔3〕。'使人取之，牝而驪〔4〕。公曰：'毛物牡牝之不知〔5〕，何馬之能知也？'伯樂曰：'若皋之觀

---

〔1〕 "儋纆薪菜"，唐鴻學曰："'采'訛'菜'。"余嘉錫曰："'纆'景宋本作'纏'。"
〔2〕 "九方皋"，王叔岷曰："《淮南子·道應篇》'九方皋'作'九方堙'，《白帖》二九引作'九方皋'，蓋與《列子》相溷。惟'九方堙'當即'九方皋'也。（《莊子·徐無鬼篇》有'九方歅'，'歅'與'堙'通。）"
〔3〕 "牡而黃"，余嘉錫曰："'牡'景宋本作'牝'。"王利器曰："各本'牝'作'牡'，是。"朱鑄禹曰："袁本'牝'作'牡'，是。"龔斌曰："'牡而黃'及以下'牝牡'或'牡牝'皆於義無礙。"
〔4〕 "牝而驪"，徐震堮曰："'牝'原作'牡'，據影宋本改。案《列子》正作'牝'。"
〔5〕 "牡牝"，唐鴻學曰："'毛物牡牝之不知'，'牝''牡'互訛，'尚弗能知'也。"余嘉錫曰："景宋本及沈本俱作'牝牡'。"

馬者，天機也。得其精〔1〕，亡其麤。在其內，亡其外。見其所見，不見其所不見。視其所視，遺其所不視。若彼之所相，有貴於馬也〔2〕。'既而馬果千里足〔3〕。"謝公云："都無此二語，裴自爲此辭耳！"庾意甚不以爲好〔4〕，因陳東亭《經酒壚下賦》。讀畢，都不下賞裁〔5〕，直云："君乃復作裴氏學！"於此《語林》遂廢。今時有者，皆是先寫，無復謝語。《續晉陽秋》曰："晉隆和中，河東裴啟撰漢魏以來迄于今時言語應對之可稱者，謂之《語林》。時人多好其事，文遂流行〔6〕。後說太傅事不實，而有人於謝坐敍其黃公酒壚，司徒王珣爲之賦，謝公加以與王不平，乃云：'君遂復作裴郎學。'自是眾咸鄙其事矣。安鄉人有罷中宿縣詣安者，安問其歸資。答曰：'嶺南凋弊，唯有五萬蒲葵扇，又以非時爲滯貨。'安乃取其中者捉之，於是京師士庶競慕而服焉。價增數倍，旬月無賣。夫所好生羽毛，所惡成瘡痏。謝相一言，挫成美於千載；及其所與，崇虛價於百金。上之愛憎與奪，可不慎哉！"

　　○"庾道季"至"爲此辭耳"

　　"詫謝公"，岡白駒曰："'詫'當作'託'。劉謂詫，誑託也。"○桃井白鹿曰："《字典》：'詫，丑亞切，誇也。'《史記》：'子虛過詫烏有先生。'《集韻》：'呼訝反，告也。'"○田中頤曰："詫，謂未質其實不而易告之也。此庾意在爲裴誇。"○陶琪曰："'詫'有二義，一誇耀，一誑詐。此蓋誇也。"○張萬起曰："詫，告訴。"○龔斌曰："詫，告知也。《莊子·達生》'詫子扁慶子'成玄英疏：'詫，告也。'《類編》七：'又虛訝切，告也。'"

　　"乃可"，張萬起曰："確實。"《詞典》頁一○二。

　　"何得爲復飲酒"，岡白駒曰："已可謂達矣，復何須飲酒？"○平賀房父曰："不飲酒者似不曠達，蓋裴啟不好飲酒，故假謝公言云然。"○田中頤曰："言其胸中蕭灑，故可不惡，又何須藉酒驅惡乎？"○秦士鉉曰："裴郎

---

〔1〕 "得其精"，余嘉錫曰："'得'景宋本作'問'。"王利器曰："各本'問'作'得'，是。"
〔2〕 "貴於馬也"，唐鴻學曰："'貴乎馬也'。"
〔3〕 "馬果千里足"，唐鴻學曰："'馬至果天下之馬'，《列子》校。此與《淮南》混。"
〔4〕 "意甚"，朱鑄禹曰："沈校本'甚'作'其'。"
〔5〕 "讀畢都不下賞裁"，李慈銘曰："'讀畢'下當有'謝公'字。"
〔6〕 "文遂"，董刻本"文"作"又"。王利器曰："各本'又'作'文'，是。"

胸中固無磊塊，何以更以酒澆之？何得，猶‘何以’也。一説，裴性不喜酒，人以爲不達，故裴託之謝公云：何須更飲酒，固不飲亦自佳。何得，猶何須也。”

“略其玄黄取其雋逸”，田中頤曰：“是亦專美其舍外飾取本實也。”

“裴自爲此辭”，大典顯常曰：“是時裴啟撰《語林》，而中載斯二條，庾道季爲舉之問謝安，而安云已嘗無斯言，裴故作此二條也。”

◎凌濛初曰：“‘目支’一段，弇州采入《賞譽》。此既是裴郎誑託，不足復存。”

○“庾意甚”至“無復謝語”

“因陳東亭經酒壚下賦”，大典顯常曰：“庾意蓋推獎裴啟也。王東亭所作《黄公酒壚賦》蓋亦《語林》所載，庾復舉之以詫謝也。謝固與王不平，以故益復斥貶詆庾以作裴氏學。”○田中頤曰：“以上二條裴所撰《語林》中載之者，而謝自云無此二語，庾意甚不快，因又舉《語林》所載條讀畢以質之也。”

“讀畢都不下賞裁”，岡白駒曰：“謝都不賞裁。”○秦士鉉曰：“謝公讀畢也。”○張永言曰：“賞裁，鑒定，評語。”《辭典》頁三七五。

“復作裴氏學”，岡白駒曰：“經酒壚下事，亦非實事，庾亮云此中朝所不聞，江左忽有此論，蓋好事者爲之耳，與裴郎支道林事，同一謬妄，故以爲裴氏學。”○田中頤曰：“此謝既不喜裴，又不平東亭，故益復斥之，不下賞裁，遂詆波及庾。”○秦士鉉曰：“作如裴氏詆謬之學。”

“語林遂廢”，田中頤曰：“謝之言重於當時故。”

○注“庾龢裴啟已見”

趙西陸曰：“庾龢見《言語篇》第七九則，裴啟見《文學篇》第九〇則。”

○注“支遁傳曰”

《支遁傳》，余嘉錫曰：“《支遁傳》不知誰撰，蓋必作於《語林》成書之後，故采取其語，今《高僧傳》亦仍而不改。”

“標舉會宗”，大典顯常曰：“會，要會；宗，宗旨。”《撮補》。○秦士鉉曰：“會宗，大義所在。”○王叔岷曰：“《文學篇》注引支遁《逍遥遊論》百四十餘字，陸德明《莊子釋文》引支氏《莊子·逍遥遊》注六條，比而觀之，支氏標舉會宗，固長於解釋章句。”

“留心象喻”，秦士鉉曰：“象喻，言語譬喻。”

〇注“續晉陽秋曰”

《語林》，趙西陸曰：“沈家本《世説注所引書目》曰：‘案劉注所引此卷及他卷，但稱《語林》。《方正》上稱《裴子》，《任誕》稱裴啟《語林》。’《隋書·經籍志》：‘梁有《語林》十卷，東晉處士裴啟撰，亡。’二《唐志》不著録，豈真以謝公一言，世遂不重其書漸致銷亡邪？劉氏所引甚多，是梁代尚有其書，並見録於《七録》，其亡也不知在何時矣。”〇曹道衡曰：“裴啟之年當少於謝安、王坦之。哀帝隆和間撰成《語林》，其時謝安四十餘歲，王坦之三十餘歲，稱‘裴郎’，啟或僅二十餘歲。”《叢考》頁一九三。

“罷中宿縣詣安”，岡白駒曰：“中宿，縣名。言罷縣令將歸，詣安也。”〇桃井白鹿曰：“《地理志》：廣州始興郡有中宿縣。”

“蒲葵”，桃井白鹿曰：“《本草綱目》‘椶櫚’條集解，時珍云：‘別有蒲葵，葉與此相似而柔薄，可爲扇笠。’許慎《説文》以爲椶櫚，誤矣。”

“以非時爲滯貨”，秦士鉉曰：“非時所好。滯貨，不售也。”

“取其中者”，徐震堮曰：“中者，猶言合者、可者。”

“旬月無賣”，岡白駒曰：“旬月，一月也。無賣，賣盡無餘貨也。”〇恩田仲任曰：“言旬月之間皆售，無可賣者。旬，徧也。旬月猶言滿一月也。”

“所好生羽毛”二句，秦士鉉曰：“二句出張衡《西京賦》。所好者使其人生羽毛飛揚，所惡則使其生瘡。痏亦傷也。”

“挫成美”，秦士鉉曰：“成美，《語林》。”

“崇虛價”，秦士鉉曰：“虛價，蒲扇。”

【彙評】

孫元晏曰：“拋捨東山歲月遥，幾施經略挫雄豪。若非名德喧寰宇，争得蒲葵價數高。”《詠史詩·蒲葵扇》，《全唐詩》卷七六七。

劉應登曰：“賞語自是。”評“謝安目支道林”三句。

劉辰翁曰：“誑託致敗。”

方弘静曰：“謝公捉蒲葵扇，爲鄉人增價。夫扇微物耳，而歸資五萬，他物可知。此吏曰不汙，不信也。何以異於棒槌官哉！棒槌官者，有貪令，無物不取，即棒槌亦滿載，人傳笑稱爲棒槌官也。喧聞都下，而猶以遷去，何以正百官也。謝公則令已罷耶，亦傷惠矣！《千一録》卷十八。

湯用彤曰：“沙門支道林爲東晉談玄之領袖，其所制作，群公賞爲名通，其爲學風格如此，南方之習尚可知矣。”評注《支遁傳》。《論稿》頁二六。

余嘉錫曰：“《傷逝篇》載‘王戎過黄公酒壚’事，注引《竹林七賢論》曰‘俗傳若此’云云，是此事之不實，庾亮已辯之於前，謝安蓋熟知之。乃俗語不實，流爲丹青。王珣既因之以作賦，裴啓又本之以著書。於草野傳聞，不加考辨，則安石之深鄙其事，斥爲裴郎學，非過論也。但王珣賦甚有才情，謝以與王不平，故於其賦之工拙不置一詞。意以爲選題既誣，其文字亦無足道焉耳。”

25

王北中郎不爲林公所知，乃箸論《沙門不得爲高士論》。大略云：“高士必在於縱心調暢[1]。沙門雖云俗外，反更束於教，非情性自得之謂也。”

○“王北中郎”至“之謂也”

“王北中郎”，徐震堮曰：“王坦之官北中郎將。”

“沙門雖云俗外”，秦士鉉曰：“忿林公而及沙門。”

“束於教”，田中頤曰：“名教也。”○王叔岷曰：“《莊子·秋水篇》：‘曲士不可以語於道者，束於教也。’”○蔣凡曰：“被佛家戒律所約束。”

【彙評】

凌濛初曰：“是‘塵垢囊’業報。”按“塵垢囊”見本篇“王中郎與林公絶不相得”條。朱鑄禹曰：“言當受教義所約束，故凌評云云。”

---

〔1〕“調暢”，董刻本“暢”作“暘”。

大典顯常曰：“六度之行，皆樂道而爲者也。乃以是爲束，則高士所爲，皆可謂束矣。故知者以爲樂，不知者以爲束，中郎何不知之甚！若以不遇合林公，故爲斯言，則亦可謂忿戾矣。”《集成》。

田中頤曰：“此論所作本出乎其私恨，然其‘束於教’之語，殊含輕詆，奇矣。”

26

  人問顧長康：“何以不作洛生詠？”答曰：“何至作老婢聲！”洛下書生詠，音重濁，故云老婢聲。

  ○“人問顧”至“老婢聲”

  “洛生詠”，余嘉錫曰：“洛下書生詠者，效洛下讀書之音以詠詩也。”○張永言曰：“指晉世南遷，中原人物渡江後所操的以洛陽音調爲主的北方話，其音重濁。”《辭典》頁二八六。○張萬起曰：“指帶重濁鼻音的吟詠。東晉渡江士族，以能作洛生詠爲貴。謝安尤善，名流多學其詠。”《詞典》頁二六二。按“洛生詠”義參見《雅量篇》“桓公伏甲設饌”條。

  “作老婢聲”，田中頤曰：“洛生詠，音重濁，故似老婢聲也。言諷詠之高雅者多矣，何至下作老婢聲。”

【彙評】

  余嘉錫曰：“陸法言《切韻序》云：‘吳楚則時傷輕淺，燕趙則多傷重濁。’洛下雖非燕趙，而同在大河南北，故其音亦傷重濁。長康世爲晉陵無錫人，習於輕淺，故鄙夷不屑爲之。”○曰：“長康漫論聲韻，而忽作此詈人之語，《世說》亦入之《輕詆篇》，則其言必有所爲。長康素爲桓溫所親暱，溫死，謝安執政，而長康作詩哭溫，有‘魚鳥無依’之歎。然則‘老婢’之譏，殆爲謝安發也。亦可謂不識好惡者矣。”

殷顗、庾恒並是謝鎮西外孫。《謝氏譜》曰：“尚長女僧要適庾龢，次女僧韶適殷歆[1]。”殷少而率悟，庾每不推。嘗俱詣謝公，謝公熟視殷曰：“阿巢故似鎮西。”巢，殷顗小字也。於是庾下聲語曰：“定何似？”謝公續復云：“巢頰似鎮西。”庾復云：“頰似，足作健不[2]？”《庾氏譜》曰：“恒字敬則。祖亮，父龢。恒仕至尚書僕射。”

○“殷顗”至“足作健不”

“少而率悟”，恩田仲任曰：“真率明悟。”○秦士鉉曰：“真率穎悟。”

“謝公”，劉應登曰：“謝公，言安也。”

“下聲語”，田中頤曰：“下聲，復云也。‘下聲’見其‘不推’之情狀。”○朱鑄禹曰：“下聲，猶言低聲或小聲。”○龔斌曰：“下聲即發聲，發言。”

“定何似”，徐震堮曰：“‘定’，有時作‘畢竟’用。‘定何似’，到底象在哪裏？”《釋義》。

“足作健不”，王思任曰：“言其無骨立。”○岡白駒曰：“强有力爲健，此謂能幹事也。言頰之似，亦足爲健乎否。”○大典顯常曰：“足健，蓋譬俊邁也。”○田中頤曰：“頰則似矣，唯當不足作鎮西之儁邁也。”○秦士鉉曰：“足作鎮西之健否？”○趙西陸曰：“《樂府詩集·企喻歌》：‘男兒欲作健，結伴不須多。’”○張萬起曰：“作健，作强者，成爲强者。”○蔣宗許曰：“‘作健’就是‘作劼’。謝安盛贊殷顗，庾恒心中大大不平，於是以‘能作健不’而譏刺之。”《釋“作健”》。

---

[1]　“殷歆”，程炎震曰：“《晉書·殷顗傳》‘父康’，此云‘歆’，未知孰是。”吳士鑑《斠注》卷八十三曰：“‘歆’疑是‘康’字之訛。”趙西陸曰：“《晉書·殷顗傳》曰：‘父康，吳興太守。’”龔斌曰：“汪藻《陳郡長平殷氏譜》亦云殷顗父康，無有‘殷歆’者。疑《謝氏譜》誤。”

[2]　“作健”，董刻本“健”作“徤”。

舊目韓康伯：將肘無風骨〔1〕。《説林》曰〔2〕："范啟云：'韓康伯似肉鴨。'"

○"舊目"至"風骨"

"將肘無風骨"，岡白駒曰："將，去聲。將肘，拱之狀也。"○桃井白鹿曰："或云'將'當作'捋'。《前漢·鄒陽傳》：'攘袂而正議。'注：'攘袂，猶今人云捋臂。'"○恩田仲任曰："將肘，疑當作'將牢'。胡三省曰：'將牢，謂先自固而不妄動也。猶今人之言把穩也。'蓋言韓康伯將牢太過，所乏者矯矯風節也。"周一良《世説札記》按曰："其説是也。'將牢太過'見《晉書》一一六《姚萇載記》。"○田中頤曰："捋肘，猶扼腕也。風骨，風雅之骨相。"○余嘉錫曰："《方言》一云：'京、奘、將，大也。秦晉之間，凡人之大謂之奘，或謂之壯。燕之北鄙，齊楚之郊，或曰京，或曰將，皆古今語也。'據此，則'將'爲'壯'之聲轉。康伯爲人肥大，故范啓以肉鴨比之。凡人肥則肘壯。此云'將肘'者，江北傖楚人語也。"○趙西陸曰："'將'疑是'脟'之誤。《廣韻》入聲十七薛云：'脟，脅肉。'"○朱鑄禹曰："《晉書》卷一一六《姚萇載記》曰：'萇大敗登于安定東，置酒高會，諸將咸曰：若值魏武王，不令此賊至今，陛下將牢太過耳。'意亦謂持重，則'將牢'蓋當時慣用之口語。又或云'捋肘'，言捋其肘但見其肥，不露骨，借以譏其無風節，故注引《語林》，謂似肉鴨，説似亦可通。"

○注"説林曰"

"肉鴨"，桃井白鹿曰："《事言要玄》：東坡曰：'李西臺字出群拔萃，肥而不剩肉，如世間美女，豐肌而神氣清秀者也。不然，則《世説》所謂"肉鴨"而已。'"○秦士鉉曰："肉鴨，謂笨肥無姿。"

【彙評】

余嘉錫曰："《品藻篇》云：'韓康伯雖無骨榦，然亦膚立。'同譏其無骨，

---

〔1〕"將肘"，秦士鉉曰："'將'又作'捋'。將肘，難解。"余嘉錫曰："'將'景宋本作'捋'。"
〔2〕"説林"，何焯曰："'説'疑當作'語'。"孫人和曰："《説林》即《語林》之誤。"

而毀譽不同，愛憎之見異耳。”

29

　　符宏叛來歸國[1]。謝太傅每加接引，宏自以有才，多好上人，坐上無折之者。適王子猷來，太傅使共語。子猷直孰視良久，回語太傅云：“亦復竟不異人！”宏大慚而退。《續晉陽秋》曰：“宏，符堅太子也。堅爲姚萇所殺，宏將母妻來投，詔賜田宅。桓玄以宏爲將，玄敗，寇湘中，伏誅。”

　　○“符宏叛”至“慚而退”

　　“符宏叛來歸國”，胡三省曰：“苻秦之亡，符宏奔晉，從諸桓於荊、楚。”《通鑑·後周紀三》注。○秦士鉉曰：“‘叛’字衍。一云：‘叛’與‘判’通，與本國判離而來也。”○程炎震曰：“太元十年六月，符宏來降。”余嘉錫按曰：“見《晉書·孝武帝紀》，與《通鑑》作七月不同。”○江藍生曰：“六朝時期‘叛’字有‘逃跑’義。‘叛’還常跟‘去’、‘來’、‘還’等趨向動詞構成動趨式。”《彙釋》頁一五一至一五二。

　　“多好上人”，秦士鉉曰：“好上人，《左傳》字，上陵也。”○楊勇曰：“上人，陵人也。《左傳》桓公五年：‘君子不欲多上人。’”

　　“直孰視良久”，田中頤曰：“譬如貓之制鼠，苻氣已索矣。”

　　“不異人”，田中頤曰：“謂爲碌碌凡俗人。”○秦士鉉曰：“人，凡人也。”

　　“大慚而退”，田中頤曰：“屈折之甚也。”

　　○注　“續晉陽秋曰”

　　“宏符堅太子”，秦士鉉曰：“符堅太子曰符丕，符宏則蓋其弟，非太子也。”

　　“寇湘中伏誅”，余嘉錫曰：“《晉書·桓玄傳》云：‘安帝反正，湘州刺史苻宏走入湘中，害郡守。長史檀祇討宏於湘東，斬之。’又《苻堅載記》云：‘桓玄篡位，以宏爲涼州刺史。義熙初，以謀殺被誅。’”

[1]　“符宏”，余嘉錫曰：“‘符’景宋本作‘苻’。”注同。

袁中道曰："無味甚。"《舌華録》卷九。

30

　　支道林入東，見王子猷兄弟。還，人問："見諸王何如？"答曰："見一群白頸烏，但聞喚啞啞聲。"

　　○ "支道林"至"啞啞聲"

　　"白頸烏"，徐震堮曰："王琦注李賀《染絲上春機》引《世説》此事，末云：'王氏子弟多服白領故也。'蓋以釋'白頸烏'之義，但未知所據。"

　　"聞喚啞啞聲"，陸游曰："古所謂揖，但舉手而已。今所謂喏，乃始於江左諸王。方其時，惟王氏子弟爲之。故支道林入東，見王子猷兄弟，還，人問諸王如何，答曰：'見一群白頸烏，但聞喚啞啞聲。'即今喏也。"《老學庵筆記》卷八。余嘉錫按曰："道林之言，譏王氏兄弟作吴音耳。啞啞之聲與唱喏殊不相似，放翁之説，近於傅會。"○俞樾曰："按此，則唱喏乃烏衣風韵也。未知是否，但宋時唱喏聲轉可得其仿彿。"《茶香室三鈔》卷十一。○劉盼遂曰："晉時'烏'讀魚韻，'啞'讀麻韻，魚模變爲歌麻。由于南朝時北人尚不盡遵行也，王丞相北人喜吴語，其子弟多規倣之，'白脰烏'本讀魚韻，遂喚作'啞'，讀入麻韻，以取媚當時。林公譏之，蓋比於顏之推之譏鮮卑語也。"○王叔岷曰："《淮南子·原道篇》：'烏之啞啞。'"

31

　　王中郎舉許玄度爲吏部郎。郗重熙曰："相王好事，不可使阿訥在坐[1]。"訥，詢小字。

---

〔1〕　"在坐"，王先謙曰："一本'坐'下有'頭'字，《世説補》有。"余嘉錫曰："景宋本'坐'下有'頭'字。"龔斌曰："坐頭猶言坐處。"

○“王中郎”至“在坐”

“王中郎舉許玄度”，岡白駒曰：“時坦之爲簡文參軍從事。”○大典顯常曰：“郗曇，字重熙。”○程炎震曰：“坦之嘗爲撫軍掾，郗愔爲撫軍司馬，蓋同時。然坦之晚進位卑，恐未得舉玄度也。”龔斌按曰：“郗重熙爲郗曇，非郗愔，愔字方回。程氏誤記。”

“相王好事”二句，劉辰翁曰：“甚惡之之辭。”○大典顯常曰：“相王，簡文也。此言相王、阿訥風流正同，恐其有害於政事。”○田中頤曰：“言相王若有識，則好事矣，使許在高位，其禍不測也。”○秦士鉉曰：“玄度、相王風流相似，恐其相共談議，有害於政事。”○張萬起曰：“好事，喜歡多事。”

32

王興道謂謝望蔡“霍霍如失鷹師”。《永嘉記》曰：“王和之字興道，琅邪人。祖翼[1]，平南將軍。父胡之，司州刺史。和之歷永嘉太守、正員常侍。”望蔡，謝琰小字也。

○“王興道”至“失鷹師”

“霍霍如失鷹師”，岡白駒曰：“霍霍，謂猝遽也。使鷹者曰鷹師，猶捕魚者曰漁師也。”○大典顯常曰：“霍霍，與‘揮霍’同，猝遽也。”○淇園曰：“霍霍，手足躁。”○田中頤曰：“霍霍，謂猝遽而手足不定。失鷹師，失鷹之鷹師。”○蔣凡曰：“謝琰貴遊子弟，性褊急浮躁，難以容人，故和之譏爲就像一個丟掉了獵鷹的馴鷹師，除了心浮氣躁之外，還有什麽能耐呢？”

○注“永嘉記曰”

《永嘉記》，沈家本曰：“《隋唐志》不著録。《初學記·地部下》引鄭緝之《永嘉記》。”《古書目》卷四。○葉德輝曰：“《隋志》不著録。《書鈔·藝文部十》

---

[1]　“祖翼”，何焯曰：“‘翼’當作‘廙’。”程炎震曰：“‘翼’當據《晉書》作‘廙’。”王利器曰：“‘翼’當作‘廙’。《琅邪臨沂王氏譜》《晉書·王廙傳》都作‘廙’。”楊勇曰：“宋本作‘翼’，非。《晉書·王廙傳》、汪藻《琅邪臨沂王氏譜》並作‘廙’，是。”朱鑄禹曰：“‘翼’當作‘廙’，諸本並誤。”

引用，《初學記·地部下》引用撰人題鄭緝之。"《書目》。

"正員常侍"，恩田仲任曰："《通典》曰：歷代常侍或有員外者，或有通直者。其非員外及通直者，或謂之正員散騎侍郎。"

"望蔡謝琰小字"，郎瑛曰："望蔡是謝琰居官地名，注爲琰之小字，琰之小字末婢也。"《七修類稿》卷二十三。○凌濛初曰："謝封望蔡侯，非小字也。"○秦士鉉曰："謝琰封望蔡侯。望蔡縣屬豫章郡。注爲小字，誤。"○葉德輝曰："'望蔡'，地名。《晉書·謝琰傳》'封望蔡公'是也。注云'小字'，誤。"○程炎震曰："《謝琰傳》'封望蔡公'，非小字，注誤。"○王利器曰："謝琰小字末婢，不是望蔡。望蔡是謝琰的爵名。《陳國陽夏謝氏譜》：'琰以功封望蔡縣公。'《晉書·謝琰傳》：'以勳封望蔡公。'子混，襲爵，因而本書《賞譽門》亦稱謝混爲望蔡。從此可以證明望蔡不是謝琰的小字了。"

33

桓南郡每見人不快，輒嗔云："君得哀家梨，當復不烝食不[1]?"舊語：秣陵有哀仲家梨甚美，大如升，入口消釋。言愚人不別味，得好梨烝食之也。

○"桓南郡"至"烝食不"

"不快"，桃井白鹿曰："不慧也。"○大典顯常曰："猶不敏也。"《撮補》。○秦士鉉曰："作事不快利，即癡也。"

"輒嗔"，恩田仲任曰："嗔，怒也。"

"君得哀家梨"二句，田中頤曰："言得哀氏之好梨，亦當復烝食之，其捐清美大者也。"○邱嘉穗曰："世皆以'哀梨'與'並剪'並稱，'哀'字非姓、非地，殊不可解。吳令君柱國爲余言：'此梨出我河南尉氏縣袁家，其大如橙，味香美，不可名狀。''哀'字乃'袁'字之變。蓋昔人慮上官誅求之累而故誤其字以遁跡也。今尉

---

[1] "復不烝食不"，程炎震曰："某氏：《北户錄》引作'不烝不食'。"楊勇曰："'復'下'不'字，《事類賦》二七、《御覽》九八六引《世説》無。"王叔岷曰："《御覽》九八六引'復'下無'不'字，'烝'作'蒸'。《類説》三一引'烝'亦作'蒸'。'烝''蒸'正、假字。"

氏人家希有此種，而亦不能絕，覓之最艱，號曰‘藏梨’。生平僅一嘗之，果爲天下諸梨之冠。"《東山草堂邇言》卷五。○朱鑄禹曰："桓語意似是反詰之辭，謂得哀家梨當亦知不蒸而食，何不解事而鈍滯如此！原注似直解原語，未會桓之意旨。"

【彙評】

劉辰翁曰："説得甚近人意。"

凌濛初曰："蒸哀家梨者，甚多甚多。"

假譎第二十七

何良俊曰："夫君子所貴者誠。假譎則於誠何有哉？蓋雖權以濟事，亦君子所不道也。"《何氏語林》卷二十九。○恩田仲任曰："假，非真也。譎，詭詐。"○田中頤曰："假，借也。譎，詐也。此謂一時非真，但權宜行欺詐者也。"○楊勇曰："假譎，複詞。《說文》：'假，非真也。'又：'譎，權詐也。'假譎者，謂設詐謀以誑誤於人而便其私意也。"

1

魏武少時，嘗與袁紹好爲游俠，觀人新婚，因潛入主人園中，夜叫呼云："有偷兒賊[1]！"青廬中人皆出觀，魏武乃入，抽刃劫新婦。與紹還出，失道，墜枳棘中，紹不能得動，復大叫云："偷兒在此！"紹遑迫自擲出，遂以俱免。《曹瞞傳》曰："操小字阿瞞，少好譎詐，遊放無度。"孫盛《雜語》云："武王少好俠，放蕩不修行業。嘗私入常侍張讓宅中，讓乃手戟於庭[2]，踰垣而出，有絕人力，故莫之能害也。"

○ **"魏武少時"至"遂以俱免"**

"偷兒賊"，參見校文。大典顯常曰："賊，謂作賊也。"《撮補》。○吳金華曰："偷兒至，即今語偷兒來了。"《續稿》。

---

[1] "偷兒賊"，王叔岷曰："《太平廣記》一百九十引殷芸《小說》'賊'作'至'。"吳金華《續稿》曰："'偷兒賊'的'賊'字頗似贅文。《太平廣記》一九○作'至'。"

[2] "讓乃手戟於庭"，徐震堮曰："《魏志·武帝紀》注引《雜語》作'讓覺之，乃舞手戟於庭'，當據補。舞戟於庭者乃操，非張讓也。"

"青廬"，段成式曰："北方婚禮,用青布幔爲屋在門內外,謂之青廬,於此交拜迎婦。"《酉陽雜俎》卷一。徐震堮按曰："'屋'與'幄'同。"○余嘉錫曰："《爲焦仲卿妻作》：'其日牛馬嘶,新婦入青廬。'"○龔斌曰："《類書》四二'青廬'條：'士大夫家婚禮,露帳謂之入帳,新婦乘鞍,北朝餘風也。北方婚禮用青布幔爲屋,謂之青廬,於此交拜,以竹枝打壻爲戲,有至大委頓者。'"

"與紹還出",岡白駒曰："曹、袁共俱出。"○張萬起曰："還出,退出。"

"復大叫云",大典顯常曰："此使紹窘急而乞活也。"

"遑迫自擲出",岡白駒曰："若非遑迫,則不至於自擲出,終將見捕。魏武點計亦巧矣。"○田中頤曰："紹遽惶迫,自奮擲身而脫出也。"○張萬起曰："擲,騰躍,跳。"

○注"曹瞞傳曰"至"能害也"

《曹瞞傳》,沈家本曰："《隋志》不著錄。《舊唐志》：'一卷,吳人作。'《新志》同。"《古書目》卷二。○葉德輝曰："《唐志》：一卷。云吳人作。"《書目》。

【彙評】

劉辰翁曰："倉卒出此,又難。"
凌濛初曰："劫之欲何爲?"

2

魏武行役,失汲道[1],軍皆渴[2],乃令曰[3]："前有大梅林,饒子,甘酸,可以解渴。"士卒聞之,口皆出

[1] "失汲道",余嘉錫曰："沈本無'道'字。"楊勇曰："《初學記》九,《御覽》二九五、九七〇,《事文》後二五引《世説》並無'汲'字。"
[2] "軍皆渴",秦士鉉曰："一本'軍'上有'三'字。"余嘉錫曰："景宋本'軍'上有'三'字。"
[3] "乃令曰",王叔岷曰："《御覽》二九五作'公令曰',九百七十引作'帝令曰'。(《初學記》九引作'帝曰',蓋略'令'字。)"

水〔1〕，乘此得及前源。

　　○“魏武行役”至“得及前源”

　　“口皆出水”，田中頤曰：“如此則不遑論其言之信不信，而足以解渴矣。”○崔朝慶曰：“聞言梅子，則口涎自出也。”

　　◎余嘉錫曰：“《通典》一百五十六引此作《世説新書》，字句小異。”

【彙評】

　　劉辰翁曰：“華池解渴之妙，存想有功。”恩田仲任按曰：“《抱扑子》曰：或問堅齒之道，答曰：‘養以華池，漱以濃液。’《養生要》尹氏内解曰：‘口爲華池。’”秦士鉉按曰：“《黄庭經》注云：‘口爲華池，腹爲玉池。’又見《抱扑子》等。”

　　佚名曰：“小聰明。”《智囊補》卷十四手批。

3

　　魏武常言〔2〕：“人欲危己，己輒心動。”因語所親小人曰：“汝懷刃密來我側，我必説心動。執汝使行刑，汝但勿言其使，無他，當厚相報！”執者信焉〔3〕，不以爲懼，遂斬之。此人至死不知也。左右以爲實，謀逆者挫氣矣。《曹瞞傳》曰：“操在軍，廩穀不足，私語主者曰：‘何如〔4〕？’主者云：‘可以小斛足之。’操曰：‘善。’後軍中言操欺衆，操題其主者背以徇曰〔5〕：‘行小斛，盜軍穀。’遂斬之。仍云：‘特當借汝死，以厭衆心。’其變詐皆此類也。”

---

〔1〕　“口皆出水”，楊勇曰：“《事類賦》二六，《御覽》二九五、九七〇，《事文》後二五引《世説》並作‘口皆水出’。”

〔2〕　“常言”，余嘉錫曰：“景宋本及沈本作‘常謂’。”

〔3〕　“執者信焉”，余嘉錫曰：“執者，《廣記》一百九十引殷芸《小説》作‘侍者’。”楊勇曰：“《御覽》三七六作‘懷刃者信焉’。《廣記》一九〇作‘侍者信焉’。”

〔4〕　“何如”，趙西陸曰：“《魏志·武帝紀》注引《曹瞞傳》‘何如’作‘如何’，文義較長。”

〔5〕　“題其主者背以徇”，王叔岷曰：“《魏志·武帝紀》注引《曹瞞傳》作‘取首題徇’。”

○"魏武常言"至"挫氣矣"

"無他"，岡白駒曰："其使無他，言終使汝無死。"○大典顯常曰："其使無他，使無患害也。"○秦士鉉曰："他，患害也。"

"當厚相報"，田中頤曰："言汝但勿自言，我其使人密救，無刑殺之事，而後當厚報其功也。"

"執者信焉"，岡白駒曰："執者，見執者，即所親小人也。"○大典顯常曰："執者，謂承命者也。"又曰："小人信魏武言，便如所囑也。"《撮補》。

【彙評】

劉辰翁曰："文字中留此，鬼當夜哭。"

李贄曰："不必，甚不必。"○曰："如何至今亦知？"《初潭集》卷二十五。

王乾開曰："奸雄假譎，至死欺人。嗟嗟敗面中風，同愚父及叔父矣，尚何軍士不在智術簸弄中也。"

田中頤曰："魏武此術爲謀逆者計矣。而此事非用所親者，則不足取信於左右；又非用小人者，則不足爲之用。故用之而所親小人猶如是，豈不假譎之忍者耶？"

4

魏武常云："我眠中不可妄近，近便斫人〔1〕，亦不自覺，左右宜深慎此！"後陽眠〔2〕，所幸一人竊以被覆之，

---

〔1〕 "不可妄近近便斫人"，董刻本"近便斫人"作"便斫人"，不重"近"字。王叔岷曰："《書鈔》二十引'便斫人'作'近輒斫人'。《太平廣記》一百九十引殷芸《小說》同。《御覽》三九三引此，'便'上亦重'近'字。"

〔2〕 "陽眠"，余嘉錫曰："《廣記》一百九十引殷芸《小說》作'陽凍'。"楊勇曰："'陽'，《御覽》三九三、《事文》後二一引《世說》並作'佯'。"王叔岷曰："《太平廣記》（一百九十）引殷芸《小說》'陽'亦作'佯'。佯，俗字。"

因便斫殺。自爾每眠〔1〕，左右莫敢近者〔2〕。

○“魏武常云”至“莫敢近者”

“陽眠”，田中頤曰：“陽，佯也。”
“所幸一人”二句，田中頤曰：“所幸與所親，自斫殺與令人斬，亦又益酷。”
“左右莫敢近者”，田中頤曰：“此亦謀逆者遠矣。”

【彙評】

李贄曰：“譎莫譎於魏武，姦莫姦於司馬宣王。自今觀之，魏武狡詐百出，雖其所心腹之人，不吝假睡以要除之，而司馬宣王竟奪其頷下之珠，不必遭其睡也。故曹公之好殺也已極，而魏之子孫即反噬於司馬。司馬之噬曹也，亦可謂無遺留矣，而司馬氏之子孫又即啖食於犬羊之群，青衣行酒，徒跣執蓋，身爲天子，反奴虜於鮮卑，戮辱於厥廷之下也。一何慘毒酷裂，令人反袂掩面含羞，而不忍見之歟！然則天之報施善人，竟何如哉！吾是以知天之報施果不爽也。吾又以知譎之無益，姦之受禍也。”《初潭集》卷二十五。
凌濛初曰：“所爲不良，心亦兢兢，作此多狡。”
伯克利手批曰：“用心如是，亦良苦矣。始知奸人亦不易作。”

5

袁紹年少時，曾遣人夜以劍擲魏武，少下，不箸。魏武揆之，其後來必高，因帖臥牀上。劍至果高。按袁、曹後由鼎跱，迹始攜貳。自斯以前，不聞釁隙，有何意故而剚之以劍也？

○“袁紹年少”至“劍至果高”

“少下不箸”，田中頤曰：“以暗夜故少下不中也。”○吳承仕曰：“‘少下不

---

〔1〕“自爾每眠”，楊勇曰：“《御覽》三九三、《事文》後二一引《世說》並作‘自後安眠’。”
〔2〕“左右”，楊勇曰：“《御覽》三九三、《事文》後二一引《世說》並作‘人’字。”

著’者，劍著牀下耶？此節記事可疑。”余嘉錫引。

“帖臥牀上”，桃井白鹿曰：“謂俯而腹著地也，猶孫荊玉‘反腰貼地’之‘貼’。”〇大典顯常曰：“帖，帖著也。”〇劉盼遂曰：“‘帖’爲‘黏’之借字。《説文·黍部》：‘黏，相箸也。’帖臥者，去薦褥與牀板親也。本書《方正篇》：‘羊忱不暇被馬，於是帖騎而避。’謂不施鞍薦，人馬相附也。今吾鄉謂爲騎帖馬。‘帖’依《公羊釋文》讀丁簟反，《正字通》作‘驔’，俗字。”

〇注“按袁曹後由鼎跱”云

“剚之以劍”，恩田仲任曰：“剚，側吏切，插刃也。”〇楊勇曰：“‘剚’通‘傳’，以物插地也。《管子·輕重》：‘春有以剚耕，夏有以剚耘。’”

【彙評】

劉辰翁曰：“自非露臥，劍至即上，又不如遷以避之。小説多巧。”

凌濛初曰：“英雄相忌，不必有隙。”

6

王大將軍既爲逆，頓軍姑孰[1]。晉明帝以英武之才，猶相猜憚，乃箸戎服，騎巴賨馬[2]，齎一金馬鞭，陰察軍形勢。未至十餘里，有一客姥，居店賣食[3]。帝過愒之[4]，謂姥曰：“王敦舉兵圖逆，猜害忠良，朝廷駭懼，社稷是憂。故劬勞晨夕，用相覘察，恐形迹危露，

〔1〕“姑孰”，董刻本“姑”作“妹”，“孰”作“熟”。余嘉錫曰：“‘孰’景宋本作‘熟’。”王利器曰：“各本‘妹’作‘姑’，是。此本注亦作‘姑’。”

〔2〕“巴賨馬”，程炎震曰：“《晋书·明紀》作‘巴滇馬’。”

〔3〕“賣食”，余嘉錫曰：“景宋本及沈本無‘賣’字。”王利器曰：“蔣校本、沈校本同，餘本‘食’上有‘賣’字。”朱鑄禹曰：“袁本‘食’上有‘賣’字，疑是。”

〔4〕“愒之”，元刻本“愒”作“謁”。劉應登曰：“‘愒’作‘謁’。”王利器曰：“蔣校本、沈校本同。”徐震堮曰：“‘之’字疑衍。”

或致狼狽。追迫之日，姥其匿之。”便與客姥馬鞭而去。行敦營帀而出〔1〕，軍士覺，曰：“此非常人也！”敦臥心動，曰：“此必黃須鮮卑奴來！”命騎追之，已覺多許里，追士因問向姥：“不見一黃須人騎馬度此邪？”姥曰：“去已久矣，不可復及。”於是騎人息意而反。《異苑》曰：“帝躬往姑孰，敦時晝寢，卓然驚悟曰〔2〕：‘營中有黃頭鮮卑奴來〔3〕，何不縛取？’帝所生母荀氏，燕國人〔4〕，故貌類焉。”

○“王大將軍”至“居店賣食”

“王大將軍既爲逆”，程炎震曰：“此明帝太寧二年事。”

“猜憚”，秦士鉉曰：“猜，亦疑也。”

“騎巴賓馬”，凌濛初曰：“巴賓馬，注不解。杜光庭《錄異紀》云：‘巴人呼賦爲賨。’然則巴賨者，巴所貢也。” ○岡白駒曰：“巴賨，蜀中地，蓋蠻夷所居，揚雄《蜀都賦》云：‘東有巴賨，綿亘百濮。’”○桃井白鹿曰：“巴賨，《風俗通》所謂‘巴有賨人，剽勇，高祖募取定三秦’者是也。其地馬亦壯駿，稱巴賨馬。”

“陰察軍形勢”，田中頤曰：“‘陰察’與‘猜憚’應，‘形勢’與‘頓軍’應。”○張熷曰：“《王敦傳》：‘帝微服至蕪湖，察敦營壘。’案《本紀》作‘于湖’爲是，時敦屯于湖，未嘗在蕪湖也。”《讀史舉正》卷五。

○“帝過憩之”至“馬鞭而去”

“帝過憩之”，王世懋曰：“‘憩’字無謂，恐是‘謁’字誤耳。”淇園曰：“此皆非，‘憩’蓋‘歇’字之訛。”秦士鉉曰：“劉王二君謂‘謁’字之誤，大謬。”朱鑄禹按曰：“‘憩’是‘愒’之本字，蓋帝過而小憩也。王敬美以爲是‘謁’字之誤，似未審。”○岡白駒曰：“《説文》‘憩’訓‘息’，於此義自明暢。王云‘憩字無謂，當作謁’，

---

〔1〕 “敦營帀”，董刻本、袁刻本“帀”俱作“匝”。
〔2〕 “卓然”，凌濛初曰：“《異苑》尚有‘夢日環其城’五字，恐不可少。”大典顯常《集成》曰：“《異苑》此上有‘夢日環其城’五字。”趙西陸曰：“《異苑》卷四有‘夢日環其城’句，此脱，應據補，始明晰。”
〔3〕 “黃頭”，吳金華《考釋》曰：“‘黃頭’是‘黃須’之誤，應據《世説》之文校正。”頁二一三。
〔4〕 “燕國人”，楊勇曰：“《晉書·明帝紀》作‘燕代人’。”

何必改作？”○大典顯常曰：“《詩·小雅》：‘不尚愒焉。’乃‘憩’正字，訓‘息’。”○田中頤曰：“愒，‘憩’正字，息也。”○博古堂墨批：“愒，音氣，息也。”○李慈銘曰：“《説文》：‘愒，息也。’今作‘憩’，乃‘愒’之俗。”《簡端記》。

“與客姥馬鞭而去”，大典顯常曰：“此帝方往敦營，過客姥而譎如既往而反，故下姥曰：‘去已久矣，不可復及。’蓋其反也，亦易途而走也。”○田中頤曰：“此帝未至之前，預計後必有追者，故告以若既往而反者，又與馬鞭以之易途而去也。”

○“行敦營市”至“息意而反”

“敦臥心動”，余嘉錫曰：“《晉書·明帝紀》云：‘帝至于湖，陰察敦營壘而出。有軍士疑帝非常人。’又：‘敦正晝寢，夢日環其城，驚起曰：此必黃鬚鮮卑奴來也。’與《世説》‘敦臥心動’之説合。”

“黃須鮮卑奴”，恩田仲任曰：“《晉書》曰：‘帝母荀氏燕代人，帝狀類外氏，須黃。’”○田中頤曰：“帝母鮮卑人也。”○陳寅恪曰：“晉明帝之母爲燕代人，燕代正當是拓跋部人之地。明帝須黃，狀類外氏。其母極有可能是鮮卑人。”《講演録》頁九六。

“已覺多許里”，梁永昌曰：“猶言‘已相差許多里’，追不及了。”《雜記》。按“覺”義參見《捷悟篇》“魏武嘗過曹娥碑下”條。

◎秦士鉉曰：“《晉書·明帝紀》與此不同。”

○注“異苑曰”

“所生母”，江藍生曰：“即生母。”《彙釋》頁一九〇。

◎余嘉錫曰：“《神仙傳》九《郭璞傳》云：‘王敦鎮南洲，欲謀大逆，乃召璞爲佐。時明帝年十五。一夕，集朝士，問太史：王敦果得天下邪？史臣曰：王敦致天子，非能得天下。明帝遂單騎微行，直入姑熟城。敦正與璞食，璞久之不白敦。敦驚曰：吾今同議定大計，卿何不即言？璞曰：向見日月星辰之精靈，五嶽四海之神祇，皆爲道從翼衛，下官震悸失守，不即得白將軍。敦使聞，謂是小奚戲馬，檢定非也。遣三十騎追不及。’據其所言，則敦並未晝寢，且亦不知是明帝。語涉妄誕，恐不足信。”

凌濛初曰：“老賊乃靈。”

彭孫貽曰：“明帝單騎微行，窺王敦營，可謂白龍魚服，非萬乘之略也。”《茗香堂史論》卷一。

7

王右軍年減十歲時〔1〕，大將軍甚愛之，恒置帳中眠。大將軍嘗先出，右軍猶未起。須臾，錢鳳入，屏人論事，《晉陽秋》曰：“鳳字世儀，吳嘉興尉子也。姦諂好利，爲敦鎧曹參軍。知敦有不臣心，因進説。後敦敗，見誅。”都忘右軍在帳中，便言逆節之謀。右軍覺，既聞所論，知無活理，乃剔吐汙頭面被褥〔2〕，詐孰眠〔3〕。敦論事造半，方意右軍未起〔4〕，相與大驚曰：“不得不除之！”及開帳，乃見吐唾縱橫，信其實孰眠，於是得全。于時稱其有智。按諸書皆云王允之事，而此言義之，疑謬。

○“王右軍”至“稱其有智”

“年減十歲”，田中頤曰：“減，少也。”○張萬起曰：“減，不足，不到。”

“都忘右軍”，江藍生曰：“‘都’，不表示總括，而表示程度百分之百地，義

---

〔1〕 “年減”，余嘉錫曰：“‘減’沈本作‘裁’。”王利器曰：“蔣校本、沈校本‘減’作‘裁’。”徐震堮曰：“義並可通。”朱鑄禹曰：“沈校本作‘裁’，是。”楊勇曰：“‘減’沈校作‘裁’，非。‘減’字爲時人常語。”

〔2〕 “剔吐”，博古堂朱批曰：“‘剔’字疑是‘陽’字。”余嘉錫曰：“‘剔’沈本作‘陽’。”楊勇曰：“‘剔’沈校作‘陽’，億改。”龔斌曰：“當作‘陽’，‘陽’同‘佯’。”

〔3〕 “孰眠”，劉應登曰：“‘孰’作‘熟’。”凌濛初曰：“‘孰’‘熟’通，劉本作‘熟’。”余嘉錫曰：“‘孰’沈本作‘熟’。”下同。

〔4〕 “方意”，余嘉錫曰：“‘意’沈本作‘憶’。”徐震堮曰：“‘憶’原誤作‘意’。”蔣宗許《臆札》曰：“‘意’‘憶’爲古今字。”

也爲‘完全’。”《彙釋》頁四七。

“聞所論”，田中頤曰：“即逆謀密事之論。”

“剔吐”，參見校文。桃井白鹿曰：“剔，解也，蓋謂解散吐唾，下云‘吐唾縱橫’是也。”○大典顯常曰：“剔，解骨也。此蓋手指攪咽令吐嘔也。”又曰：“王右軍少時患癲，此蓋爲癲發狀態也。”《撮補》。○崔朝慶曰：“剔吐，言以指觸舌下出涎水也。”○楊勇曰：“剔，洩去也。《淮南子·要略》：‘剔河而道九歧。’”○朱鑄禹曰：“下文云：‘吐唾縱橫。’似吐者爲唾液，非胃中食物。熟睡時流唾液，今人亦有之，義之爲裝熟睡，故假作之。”

“造半”，張萬起曰：“到中途。”

○注“按諸書皆云”至“疑謬”

“王允之事”，郎瑛曰：“王敦與錢鳳謀逆，夜爲王充之所聞，允之吐被醉睡，記爲王右軍者，紛紛不一。”《七修類稿》卷二十三。○桃井白鹿曰：“《晉書》：王允之字深猷，敦從子。”○劉盼遂曰：“按錢氏大昕《疑年録》所考，右軍以元帝太興四年生，王敦死於明帝太寧元年，時右軍裁四歲耳，惡能機警若是。考王允之生於惠帝太安二年，當敦謀逆時，允之年正十餘，則諸書説爲允之事爲得，《晉書》不從《世説》，是也。”○徐震堮曰：“《晉書》正作‘王允’之事，見本傳。”《札記》。○余嘉錫曰：“《御覽》四百三十二引《晉中興書》曰：‘王允之字淵猷，年在總角，從伯敦深智之。嘗夜飲，允之辭醉先眠。時敦將謀作逆，因允之醉，別牀臥。夜中與錢鳳計議。允之已醒，悉聞其語，恐或疑，便於眠處大吐，衣面並汙。鳳既出，敦果照視，見其眠吐中，以爲大醉，不復疑之。’今《晉書·允之傳》略同，且曰：‘時父舒始拜廷尉，允之求還定省，敦許之。至都，以敦、鳳謀議事白舒，舒即與導俱啟明帝。’其非右軍事審矣。《世説》之謬，殆無可疑。”

【彙評】

李贄曰：“右軍大半無計，王敦大半舊情。”《初潭集》卷十八。

狄期進曰：“重耳將行謀於桑下，蠶妾在其上，以告姜氏，姜氏殺之，而謂公子曰：子有四方之志，其聞之者吾殺之矣。吁，右軍亦危矣哉！”

8

陶公自上流來，赴蘇峻之難，令誅庾公，謂必戮庾，可以謝峻。《晉陽秋》曰："是時成帝在繈褓，太后臨朝，中書令庾亮以元舅輔政，欲以風軌格政，繩御四海。而峻擁兵近甸，爲逋逃藪。亮圖召峻，王導、卞壼並不欲。亮曰：'蘇峻豺狼，終爲禍亂，晁錯所謂削亦反，不削亦反。'遂下優詔，以大司農徵之。峻怒曰：'庾亮欲誘殺我也。'遂克京邑。平南溫嶠聞亂，號泣登舟，遣參軍王愆期推征西陶侃爲盟主，俱赴京師。時亮敗績奔嶠，人皆尤而少之。嶠愈相崇重，分兵以配給之。"庾欲奔竄則不可，欲會恐見執，進退無計。溫公勸庾詣陶，曰："卿但遙拜，必無它[1]。我爲卿保之。"庾從溫言詣陶，至便拜。陶自起止之，曰："庾元規何緣拜陶士行[2]？"畢，又降就下坐。陶又自要起同坐。坐定[3]，庾乃引咎責躬，深相遜謝。陶不覺釋然。

○"陶公自上"至"不覺釋然"

"自上流來"，張萬起曰："當時陶侃爲荊州刺史，率軍東下，保衛晉室。"

◎張端木曰："此段與第五卷《容止》門所記語異事同。"○程炎震曰："此是咸和三年，亮奔尋陽時。《晉書》六十六《侃傳》敘侃語於石頭平後，非也。"

【彙評】

劉辰翁曰："陶審自知。"

王懋竑曰："侃得書即戎服登舟，子喪不臨，晝夜倍道而進，豈其旬日之間，

---

〔1〕"無它"，董刻本"它"作"他"。
〔2〕"陶士行"，吳士鑑《斠注》卷六十六曰："《世説·言語篇》注引《陶氏敘》，《類聚》七十九，《御覽》二百六十五、三百九十八引王隱《晉書》，《輿地紀勝》三十均作字'士衡'。"余嘉錫曰："'行'景宋本作'衡'。"朱鑄禹曰："《晉書》卷六十六《陶侃傳》'衡'作'行'。袁本亦作'衡'。"
〔3〕"同坐坐定"，余嘉錫曰："景宋本及沈本無下一'坐'字。"

而前後頓易若是？嶠以四月出師，僅有衆七千人，惴惴不能自保，尚在尋陽。侃倍道疾赴，以五月即至，戎卒四萬，旌旗數百里，軍威大振，勤王之師，未有先焉者也。此豈有一毫顧望之心、遲疑之跡也哉？侃之疾至尋陽，不獨勇赴國難，亦救亮、嶠於垂亡。蓋已釋然，無恨於亮。且亮國之元舅，非得詔，侃安敢以加誅。特以郡議所指，而亮亦以前事自疑，故用嶠計，詣侃拜謝，而侃即歡然，與共談宴，同趨建康。其公心大度又如此。"《白田雜著》卷四。

陳絳曰："庾亮、陶侃因蘇峻而釋憾，郭子儀、李光弼遇安禄山而解仇，以心爲國，而毋以有已者然夫！"《金罍子》下篇卷九。

王世懋曰："庾實畏死，遜謝未得云'譎'。"

伯克利手批曰："士行以英姿起於微，得貴重人一拜，自然怒釋。"

尤侗曰："晉之南渡，温嶠功爲第一。王敦謀逆，嶠爲司馬，能以詭計自脱爲丹陽尹，遂至建康，畫討敦之謀。敦怒，欲自拔其舌。其志略已足見矣。蘇峻之難，嶠首倡義，洒泣登舟，戡平禍亂，全得其力。其貽陶侃書，辭氣慷慨，情理曲至，卒能反敗爲功。獨怪侃坐擁八州，富强莫比，顧以不預顧命爲恨，自誘疆場外將，不敢越局，既遣龔登，旋復追還，及嶠貸糧，便欲西歸，委而去之，置君父于何地？是知侃非純臣也。若非嶠再三苦諫，則侃且與卞、敦同罰，惡能享長沙之封乎？史稱其據上流，握强兵，潛有窺窬之志，每思八翼之祥，自抑而止，得其心矣！"《看鑑補評》卷五。

9

温公喪婦。從姑劉氏，家值亂離散[1]，唯有一女，甚有姿慧，姑以屬公覓婚。公密有自婚意，答云："佳壻難得，但如嶠比云何？"姑云："喪敗之餘[2]，乞粗存活[3]，便

---

〔1〕"離散"，楊勇曰："'散'，《類聚》四〇、《御覽》五四一引《世説》無。"

〔2〕"喪敗"，楊勇曰："'敗'，《類聚》四〇、《御覽》五四一引《世説》作'破'。"

〔3〕"乞粗存活"，楊勇曰："《類聚》四〇、《御覽》五四一引《世説》作'乞得粗相存活'。"鍾仕倫曰："(大典本)'乞請存活'，各本作'乞粗存活'。今按：疑作'乞請存活'是，'乞請'爲魏晉習語。《三國志·吳書·諸葛恪傳》曰：'恪跪曰：乞請筆益兩字。'《曹植集校注》卷一《請祭先王表》：'乞請水瓜五枚，白柰二十枚。'粗、請，形近而訛。"

足慰吾餘年，何敢希汝比！”卻後少日〔1〕，公報姑云：
“已覓得婚處〔2〕，門地粗可，壻身名宦，盡不減嶠〔3〕。”
因下玉鏡臺一枚。姑大喜。既婚，交禮，女以手披紗扇，
撫掌大笑曰〔4〕：“我固疑是老奴，果如所卜〔5〕！”按《溫氏
譜》，嶠初取高平李𣋒女，中取琅琊王詡女，後取盧江何遘女。都不聞取劉氏，
便爲虛謬。谷口云：“劉氏，政謂其姑爾，非指其女姓劉也。孝標之注，亦未爲
得。”玉鏡臺，是公爲劉越石長史，北征劉聰所得。王隱
《晉書》曰：“建興二年，嶠爲劉琨假守左司馬，都督上前鋒諸軍事〔6〕，討劉
聰。”《晉陽秋》曰：“聰一名載，字玄明，屠各人。父淵，因亂起兵，死。聰
嗣業。”

○“溫公喪婦”至“屬公覓婚”

“從姑劉氏”，大典顯常曰：“從姑之歸劉氏者。”○呂叔湘曰：“從姑，隔房
姑母。‘劉’當是夫家之姓。”

“甚有姿慧”，呂叔湘曰：“又漂亮又聰明。”

“屬公覓婚”，呂叔湘曰：“屬，託。”

○“公密有自”至“敢希汝比”

“但如嶠比云何”，呂叔湘曰：“但，祇。如嶠比，和我差不多的。云何，如
何，怎麼樣。此處等於説‘要得要不得’？”

“喪敗之餘”，呂叔湘曰：“‘幸而經亂未死’之意。”○張撝之曰：“經過喪
亂衰敗之後活下來的人。”《選注》。

──────────

〔1〕“卻後少日”，楊勇曰：“《類聚》四〇、《御覽》五四一引《世説》作‘卻數日’。”
〔2〕“已覓得”，楊勇曰：“‘已’下‘覓’字，《類聚》四〇、《御覽》五四一、《白帖》六引《世説》
　　並無。”
〔3〕“壻身名宦盡不減嶠”，楊勇曰：“《類聚》四〇、《御覽》五四一、《白帖》六引《世説》作‘壻身
　　不減嶠’。”
〔4〕“撫掌”，楊勇曰：“‘撫掌’二字，《類聚》四〇、《御覽》五四一引《世説》無。”
〔5〕“我固疑是老奴”二句，王叔岷曰：“《藝文類聚》四十、《御覽》五四一引作‘固嫌是此老奴，果
　　如所疑’。‘嫌’‘疑’互文，‘嫌’亦‘疑’也。《説文》：‘嫌，一曰疑也。’”
〔6〕“都督上”，王利器曰：“蔣校本、沈校本無‘上’字，是。”徐震堮曰：“‘上’字沈校本無。”

“乞粗存活”，田中頤曰：“言乞壻家產賴以粗可爲己存活也。”○吕叔湘曰：“粗，馬馬虎虎。”

“足慰吾餘年”二句，田中頤曰：“言得如是則足安慰矣，不必須大富貴也。”○張永言曰：“汝比，你（們）這類人。”《辭典》頁三六四。

○“卻後少日”至“姑大喜”

“卻後少日”，淇園曰：“‘少日’二字即婦疑之所起。”○吕叔湘曰：“卻後，此事之後，過後。卻，去、隔。”○徐震堮曰：“卻後，‘過後’或‘之後’的意思。”《釋義》。

“覓得婚處”，張萬起曰：“婚處，婚配對象。”

“門地粗可”，吕叔湘曰：“門地，門第。”○朱城曰：“粗，副詞，大致、大體、基本上。”《雜釋》。

“壻身名宦”，吕叔湘曰：“身，本人。名，聲譽。宦，官職。言‘壻身名宦’，對上文‘門地’言。”

“不減嶠”，吕叔湘曰：“不比我差。”

“下玉鏡臺”，田中頤曰：“以示爲名宦者之聘。”○吕叔湘曰：“鏡臺，鏡座。古鏡銅製，形圓，下承以座，其狀當如今之大理石小插屏。”○周一良曰：“《文苑英華》一五四梁簡文帝《同劉咨議詠春雪詩》：‘思婦流黄素，溫姬玉鏡臺。看花言可插，定自非春梅。’”《批校》。○張萬起曰：“下，下聘禮。”

○“既婚交禮”至“劉聰所得”

“手披紗扇”，岡白駒曰：“婦人出以扇蔽面。披，開也。”○桃井白鹿曰：“《禮·內則》：‘女子出門，必擁蔽其面。’《觿》所據蓋此爾，於此不允。婚禮，侍兒以紗扇蔽新婦，徹扇曰卻扇。唐人有《卻扇》詩是也。唐中宗景龍二年，召王公近臣入閣守歲。酒酣，上謂御史大夫竇從一曰：‘聞卿久無伉儷，今夕爲卿成禮，可乎？’從一拜謝。俄而內侍引燭籠步障金縷羅扇，其後有人衣禮衣花釵，令與從一對坐，卻扇易服，乃皇后乳母王氏本蠻婢也。上與侍臣大笑，詔嫁爲從一妻。是最明證。此云女以手披紗扇，言女自卻扇也。”○恩田仲任曰：“婚禮，侍兒以紗扇蔽新婦，撤扇謂之卻扇，亦曰披扇。無侍兒者，乃自披扇。鄭軌詩：‘隔扇護妝華。’”○田中頤曰：“此即女自卻扇也。”○吕叔湘曰：“披，推開，撥開。紗扇，其製不詳，大概用爲障蔽，故手披紗扇始見表面。”又曰：

“後世謂成婚爲‘卻扇’，語本此。”

“疑是老奴”，桃井白鹿曰：“老奴，斥溫嶠。南康長公主亦嘗斥夫桓溫爲老奴。”○田中頤曰：“老奴，斥溫也。言知玉鏡是老奴之假譎，然唯爲姑許也。”○秦士鉉曰：“老奴，蓋晉人俗稱。然桓溫之婦猶可恕，此是新婦，老奴其夫，恐是記者之詞。”○呂叔湘曰：“老奴，猶言‘老東西’‘老傢伙’，蓋此時溫嶠已在中年。”○王佩諍曰：“昵稱兄弟姊妹謂之奴，‘奴’‘儂’日母雙聲，猶言我兄我弟我姊我妹耳，不然姑女之於嶠，畢竟中表兄妹，何至以臧獲僕婢之稱相加耶？‘奴’‘儂’‘戎’均通轉音。此言‘老奴’，正猶他處稱‘阿戎’也。”○朱鑄禹曰：“老奴，雖不敬之稱，而亦係親暱之辭。此新婦爲中表至戚，素日熟識，故不復拘牽。況既手披紗扇撫掌大笑而得以新婦爲言乎？蓋禮法至宋儒而後張，唐且脫略，況晉人乎？”

“所卜”，呂叔湘曰：“卜，估料。非真占卜也。”

“北征劉聰所得”，田中頤曰：“以見玉鏡之貴。”

○注“按溫氏譜”云

“高平李暅”，余嘉錫曰：“《晉書·閻鼎傳》有中書令李暅，爲鼎所殺。”

“不聞取劉氏”，秦士鉉曰：“從姑所適劉氏之家有女，嶠娶之，然《溫氏譜》不載嶠娶劉氏，故孝標疑之矣。”○程炎震曰：“溫嶠三娶，見《晉書·禮志》中，孝標此難是也。”○余嘉錫曰：“《御覽》五百五十四引《晉中興書》曰：‘溫嶠葬豫章。至嶠後妻何氏卒，便載嶠喪還都。詔令葬建平陵北，並贈嶠二妻王氏、何氏始安夫人印綬云。’案《晉書》本傳同，並與《溫氏譜》合。詔書不及李氏者，蓋以早亡，又不從葬故也。嶠之不婚劉氏，亦已明矣。”

“谷口云”，王世懋曰：“觀此明知後人添注。”○靳榮藩曰：“嶠之從姑自氏溫，嫁於劉或可謂之劉氏，其女何得不氏劉耶？《綠溪語》下卷。○何焯曰：“谷口，未詳。從姑劉氏家者，謂溫公姑所適夫家劉氏也，則姑女姓劉，何疑？孝標注未誤。”○岡白駒曰：“從姑，即父之從父姊妹，是溫氏矣。劉氏，乃其女姓也，故孝標亦疑‘不聞嶠娶劉氏’。添注駁孝標何也？且云‘劉氏政謂其姑’，此以從姑爲何族耶？可笑。家即劉家，從姑所嫁之家也。”○張端木曰：“谷口何人耶？觀此則此書非孝標原本，又爲後人參雜。”○桃井白鹿曰：“從姑，父之從父姊妹。溫嶠從姑適劉氏也。谷口云：‘劉氏政謂其姑爾。’誤甚。”○大典顯常曰：“以下後人所添，谷口不知其誰，從姑豈有他姓，謬矣。”○李慈銘曰：

1834

"'谷口'以下，蓋宋人校語。既謂其姑，必仍温姓，何得云劉？宋人疏謬，往往如是。"《簡端記》。○譚嗣同曰："孝標之注，亦未爲得。案嶠姑自是姓温，何言姓劉。此駁甚謬。"《石菊影廬筆識》。○程炎震曰："'谷口'不知何人。此數語宋本已有之，當考。姑既適劉，其女非劉而何？"○唐鴻學曰："'谷口云'以下爲校者之辭，未詳其人。谷口乃鄭氏。"○徐震堮曰："此注殊憒憒，安有其姑劉氏而女不姓劉者。谷口不知何人，蓋後人評語羼入本注。考《温嶠傳》，平北大將軍劉琨妻，嶠之從母也。此所云從姑，當即指琨妻。"《札記》。又曰："《爾雅·釋親》：'母之姊妹爲從母。'嶠母崔氏，見《晉書》本傳。此事大抵子虛烏有，殆流俗傅會劉琨家事，而誤'從母'爲'從姑'歟？"○范子燁曰："谷口乃北宋學者、詩人潘淳。《假譎》九注中之'谷口'，當即'谷口小隱'之省稱。"《研究》頁一八〇至一八一。

○注"晉陽秋曰"

"屠各"，恩田仲任曰："《後漢書》注曰：'胡號。'《康熙字典》曰：'北方種落名。'"○龔斌曰："《後漢書》七三《公孫瓚傳》：'續爲屠各所殺。'李賢注：'屠各，胡號。'"

【彙評】

凌濛初曰："初婚女子，乃有撫掌之笑。"

狄期進曰："劉之屬婚於公也，豈所謂見季狀貌，因重敬之，臣有息女，願爲箕帚妾乎？女之撫掌大笑也，豈所謂宋弘威容德器，群臣莫及乎？"

呂叔湘曰："這個故事也很有名，富有戲劇的意味。元代關漢卿有'玉鏡臺'雜劇（《元曲選》甲集）。"

10

　　諸葛令女，庾氏婦，既寡，誓云："不復重出！"此女性甚正彊，無有登車理。即庾亮子會妻，父彪，已見上〔1〕。恢既許江思玄婚，乃移家近之。初，誑女云："宜徙於是。"家人一時去，獨留女在後。比其覺，已不復得出。江郎莫來〔2〕，女哭詈彌甚，積日漸歇。江彪暝入宿，恒在對牀上。後觀其意轉帖，彪乃詐厭，良久不悟，聲氣轉急〔3〕。女乃呼婢云："喚江郎覺！"江於是躍來就之，曰："我自是天下男子，厭何預卿事而見喚邪？既爾相關，不得不與人語。"女默然而慚，情義遂篤。葛令之清英，江君之茂識，必不背聖人之正典，習蠻夷之穢行。康王之言，所輕多矣。

○"諸葛令女"至"不復得出"

"不復重出"，淇園曰："出，出嫁。"

"登車"，恩田仲任曰："《昏儀》曰：'壻執鴈入，揖讓升堂，乃拜，奠鴈，蓋親受之於父母也。降，出御婦車，而壻授綏御輪三周。'"○秦士鉉曰："登車，謂往嫁也。《婚儀》曰：'壻御婦車授綏，御輪三周。'《周南》'王姬之車'鄭箋訓'之車'爲'往車'亦同。"

"移家近之"，岡白駒曰："諸葛移家，而近於江。"

"家人一時去"，岡白駒曰："既徙而復歸於舊家。"○楊勇曰："一時，猶同時也。"

"不復得出"，秦士鉉曰："此恢欲女近江家，因誑云舉家宜移，女以爲舉家真移。而既移之後，家人皆去，而女獨留，不復得出，便迎江郎來就之也。"

---

〔1〕 "即庾亮子會妻父彪已見上"，何焯曰："上七字當在'恢'字下，'彪已見上'當在'江思玄'下。"李慈銘曰："'父彪'亦'文彪'之誤，已見前。"程炎震曰："'父彪'當做'文彪'，見《方正篇》'諸葛恢大女'條。"余嘉錫曰："此所敘即彪事，不應稱'父彪'。'彪'當作'恢'。"王利器曰："'父彪'當做'文彪'，見《方正門》'諸葛恢大女適太尉庾亮兒'條引《庾氏譜》。《傷逝門》'庾亮兒遭蘇峻難遇害'條注作'父彪'，也是'文彪'錯的。"
〔2〕 "莫來"，余嘉錫曰："'莫'景宋本作'暮'。"
〔3〕 "聲氣轉急"，凌濛初曰："劉本作'聲鳴'。"

○ “江郎莫來”至“情義遂篤”

“莫來”，田中頤曰：“暮來也。”

“積日漸歇”，田中頤曰：“與‘意轉帖’應。”

“其意轉帖”，岡白駒曰：“帖，妥帖也，謂定。”○桃井白鹿曰：“帖，安定也。”○田中頤曰：“帖，穩定也，與‘情義篤’應。”

“詐厭”，岡白駒曰：“‘厭’‘魘’通。”○大典顯常曰：“魘，謂寐中魘也。氣窒心懼而神亂則魘。”○恩田仲任曰：“‘厭’與‘魘’通。《説文》：‘夢驚也。’《類篇》：‘夢不祥也。’”○李慈銘曰：“‘厭’俗作‘魘’。”《簡端記》。○李詳曰：“厭，眠内不祥也。見《一切經音義》七引《倉頡篇》。《説文》：‘厭，笮也。’案笮，迫也。今人病厭，如有壓迫之者，驚呼不自覺是也。《説文》‘寐’下云：‘寐而厭也。’《山海經·西山經》：‘翼望之山，有鳥焉，名曰鵸鵌，服之使人不厭。’與此皆‘厭’之古字，俗作‘魘’。”余嘉錫按曰：“玄應《音義》七《正法華經音》引《倉頡篇》云：‘伏合人心曰厭。亦眠内不祥也。’審言本此爲説。然其書卷一《大方等大集經音》及慧琳《音義》曰：‘《十六大智度論音》並引《字苑》云：厭，眠内不祥也。《倉頡篇》云：伏合人心曰厭。’然則‘眠内不祥’非《倉頡篇》之語也。審言誤矣。”

“聲氣轉急”，楊慎曰：“近日吳中刻《世説》，‘聲鳴轉急’改‘鳴’作‘氣’，大失古人語意。”《丹鉛續録》卷三。○龔斌曰：“作‘聲氣’較佳。聲氣轉急，謂呻吟、呼吸轉爲急促。”

“天下男子”，恩田仲任曰：“非親類也。”○朱鑄禹曰：“似即謂一般男子，猶語‘路人’。”

“既爾相關”二句，平賀房父曰：“我即魘，不關卿事，則不須喚起我。既使喚我，則相關也，何得不容我相共語乎？”○田中頤曰：“關，謂預情事也。”○張萬起曰：“相關，關心我。”

○注“葛令”至“多矣”

“康王之言”，桃井白鹿曰：“康王，臨川王劉義慶。《南史》：‘劉義慶元嘉二十一年薨於都下，追贈司空，謚曰康王。’是也。”

【彙評】

王世懋曰：“此政不必有頭巾氣。”

許世瑛曰："諸葛恢的大女兒，本來想守寡的，他父親不但不成全她，反倒用詭計騙她改嫁江彪。這樣看起來，那時候，夫死，女子改嫁是常情，守節反是變態，人們並不怎樣重視這守節的女子，我想那時候不會有人替那守節的婦人立牌坊的吧！"《一斑》。

11

愍度道人始欲過江[1]，與一傖道人爲侶，謀曰："用舊義在江東，恐不辦得食。"便共立"心無義"。既而此道人不成渡，愍度果講義積年。《名德沙門題目》曰："支愍度才鑒清出。"孫綽《愍度贊》曰："支度彬彬，好是拔新。俱稟昭見，而能越人。世重秀異，咸競爾珍。孤桐嶧陽，浮磬泗濱。"後有傖人來，先道人寄語云："爲我致意愍度，無義那可立？舊義者曰："種智有是[2]，而能圓照[3]。然則萬累斯盡，謂之空無；常住不變，謂之妙有。"而無義者曰："種智之體，豁如太虛，虛而能知，無而能應。居宗至極，其唯無乎？"治此計，權救饑爾，無爲遂負如來也！"

○ "愍度道人"至"不辦得食"

"愍度道人"，程炎震曰："《高僧傳》四'愍度'作'敏度'，云：'敏度亦聰哲有譽，著《傳譯經録》，今行於世。'"○余嘉錫曰："《高僧傳》四《康僧淵傳》云：'晉成之世，與康法暢、支敏度等俱過江。敏度亦聰哲有譽，著《傳譯經録》，今行於世。'"

"傖道人"，大典顯常曰："自江東而謂中原人爲傖。"○陳寅恪曰："康僧淵之於支敏度，殆亦《世説》所謂同謀立新義之傖道人乎？"《支愍度學説考》，《叢稿

---

[1] "愍度"，恩田仲任曰："愍度，《高僧傳》作'敏度'。"趙西陸曰："愍度，他書作'憨度'，又作'敏度'。"
[2] "種智有是"，平賀房父曰："'有是'當作'是有'。"湯用彤《論稿》引作"種智是有"，頁四九。何啟民《談風》曰："('有是')當作'是有'。"頁二三二。
[3] "圓照"，秦士鉉曰："或作'攝照'。"

初編》頁一六四。何啟民按曰：“陳寅恪氏疑其即康僧淵。然淵實西域人，而非如《一切經音義》引《晉陽秋》言‘吳人謂中州人爲傖人’之傖道人明甚。”參見《雅量篇》“褚公於章安令遷”條“吳人以中州人爲傖”。

“不辦得食”，徐震堮曰：“不辦，作‘不能’解。”《釋義》。○江藍生曰：“事情不能成功謂之‘不辦’，猶今語‘辦不到’、‘不能’。”《彙釋》頁二一。

○“便共立”至“講義積年”

“心無義”，岡白駒曰：“立心於無之義。”○大典顯常曰：“乃空宗之義。”《撮補》。○恩田仲任曰：“《大藏法數》曰：三家異論：支敏度‘心無義’，支道林‘即色義’，竺法汰‘本無義’。”○田中頤曰：“無，有之反也。此假譎新創‘無義’以謀食也。”○陳寅恪曰：“《道行般若波羅蜜經·道行品》之‘有心無心’之句，即梵文本之 cittam acittam；‘心’即 cittam，‘無心’即 acittam。而‘無心’二字中文諸本除《道行般若波羅蜜經》及《摩訶般若波羅蜜鈔經》外，其餘皆譯‘非意’或‘非心’。故知‘無心’之‘無’字應與下之‘心’字聯文，而不屬於上之‘心’字。‘無心’成一名詞，‘心無’不成一名詞。‘心無義’者殆誤會譯文，失其正讀，以爲‘有“心無”心’，遂演繹其旨，而立‘心無’之義歟？但此不僅由於誤解，實當日學術風氣有以致之。”《支愍度學説考》，《叢稿初編》頁一六六。○湯用彤曰：“蓋玄學家詮無釋有，多偏於空形色，而不空心神，悉可稱爲‘色無義’也。獨有支愍度乃立‘心無義’，空心而不空色，與流行學相徑庭，故甚可異也。”《論稿》頁四九。○余嘉錫曰：“‘無義’出《三藏記》十二。陸澄《法論》目録有劉遺民《釋心無義》。”○趙西陸曰：“心無義，即玄學家所談之空無。”

“不成渡”，岡白駒曰：“傖道人不過江。”

“愍度果講義積年”，岡白駒曰：“講無義也。”○大典顯常曰：“初約相侶渡，而道人不渡，愍度獨渡，以講心無義也。”○田中頤曰：“即講新義也。”○程炎震曰：“《高僧傳》五《法汰傳》云：‘時沙門道恒頗有才力，常執心無義，大行荊土。汰曰：“此是邪説，應須破之。”乃大集名僧，令弟子曇壹難之。日色既暮，明日更集。慧遠就席，攻難數番，關責鋒起。恒自覺義途差異，神色微動，麈尾扣案，未即有答。遠曰：“不疾而速，杼柚何爲？”坐者皆笑。心無之義，於是而息。’蓋道恒述敏度義者也。尋敏度過江，當庾亮在江州。法汰過江，則桓溫在荊州，相去殆二十餘年也。”○陳寅恪曰：“據《世説新語》之説，‘心無義’乃愍度所立，爲得食救飢之計者。元康《肇論》疏引《世説》，並云：‘從是以後，此義大行。’又引《高僧傳·法汰傳》‘道恒執心無義，爲慧遠所破，心無之義，於此而息’之語，是其意謂‘心無義’創於愍度，息於道恒也。”《支愍度學説考》，《叢稿初編》頁一七三至一七四。

○“後有傖人”至“負如來也”

“先道人寄語云”，岡白駒曰：“即傖道人也。”○秦士鉉曰：“即先時爲侶之傖道人。愍度在江東講‘無義’，後有北人行南，故寄託語云云。”

“致意愍度”，方一新曰：“致意，傳話，捎話給人。《假譎》前‘寄語’，後云‘致意’，可證‘致意’即‘寄語’。”《釋義》。

“治此計權救饑爾”，恩田仲任曰：“權，暫也。”○趙西陸曰：“《詩》‘靡人不周’箋：‘賙給之，權救其急。’”

“無爲遂負如來”，劉應登曰：“二人元知舊義之非，故共謀過江，不用此義。愍度後遂仍用舊義，爲人講以得食，故譏之。”王世懋按曰：“劉强作解事。彼謂舊義不得食，故創新義動人耳。爲救饑改義，故曰‘負如來’。所謂‘那可立’‘心無義’，非舊義也。文理尚不通，何妄下雌黄？”凌濛初曰：“劉注似不合。”桃井白鹿曰：“本或不載此説，使讀者不知劉説誤，故特出之。”○岡白駒曰：“舊義真是如來本旨也。”○田中頤曰：“規其假譎積年不輟之不可也。”○徐震堮曰：“無爲，不必，不應，不可。”《簡釋》。

○注“孫綽愍度贊曰”

《愍度贊》，葉德輝曰：“此亦《沙門贊》之一。”《書目》。

“好是拔新”，岡白駒曰：“《小雅》云：‘好是正直。’”○大典顯常曰：“綽之所贊，亦似稱其‘立心無’。”《集成》。

“俱稟昭見”，岡白駒曰：“謂人皆受靈性也。”

“孤桐嶧陽”，恩田仲任曰：“蔡沈：東海郡下邳縣西有葛嶧山。陽者，山南也。孤桐，特生之桐，其材中琴瑟。《詩》云：‘梧桐生矣，于彼朝陽。’蓋草木之生，以向日爲貴也。”

“浮磬泗濱”，岡白駒曰：“人珍汝，如嶧陽孤桐，如泗濱浮磬。嶧山孤桐，材中琴。泗水中石，可以爲磬，輕如鴻毛，故曰浮磬。並希世寶也。”○大典顯常曰：“嶧桐泗磬，俱出《禹貢》，以況度也。”《集成》。○恩田仲任曰：“泗水出魯國卞縣桃墟西北，陪尾山源有四泉俱導，因以爲名。濱，水旁也。金仁山曰：泗水之濱，浮生之石，可以爲磬。蓋石根不著巖崖，而自特生者，故謂之浮。”

　　○注“舊義者曰”至“其唯無乎”

　　“種智有是”，恩田仲任曰：“《涅槃經》曰：‘衆生佛性，即一切種智。’《法華要解》曰：‘佛智見者徹了實相，真知真見也。在法名一佛乘，在因名一大事，在果名一切種智。’”

　　“萬累斯盡”四句，平賀房父曰：“萬累如霜，種智如日，累消，故曰‘空無’；種智之體，常住而不變，故曰‘妙有’。”

　　“舊義者”“無義者”，大典顯常曰：“晉代羅什以還，多立般若真空之理。然此曰‘舍舊義’而‘立心無義’，又曰‘無爲遂負如來’，則其所主，蓋道家虛無之類，以投合時俗耳。”《集成》。○陳寅恪曰：“孝標所引新舊之義，皆甚簡略，未能據此遂爲論斷。然詳繹‘種智’及‘有’‘無’諸義，但可推見舊義者猶略能依據西來原意，以解釋般若‘色空’之旨。新義者則採用《周易》老莊之義，以助成其説而已。”《支愍度學説考》，《叢稿初編》頁一六一。○湯用彤曰：“據此，則舊義謂盡累之謂空。此正吉藏所言之虛妄不執也。而愍度乃已屏棄舊義，而推求心之體，以爲豁如太虛。虛而能知，無而能應。則元康吉藏之解，猶未見其全也。”《佛教史》頁二○二。又曰：“舊義與新義之別，在一以心神爲實有，一以心神爲虛豁。晉末劉遺民者，亦心無義家。其致僧肇書中有曰：‘聖心冥寂，理極同無，不疾而疾，不徐而徐。’此即心無義也。肇答書有曰：‘聞聖有知，謂之有心。聞聖無知，謂等太虛。’前者乃舊義，後者即心無義。”《論稿》頁四九至五○。○何啟民曰：“舊義之云‘有’，乃是‘妙有’，而非‘實有’，雖有而不滯，雖空而不空。無義則以心體虛豁，而能知應，間採王輔嗣《老注》之説，依稀爲道家之言。”《談風》頁二三二。

【彙評】

　　劉辰翁曰：“以‘無’救饑。”

　　方弘静曰：“愍度立無義以救饑，寧負如來，講義積年，遂無悟者。江東浮慕之士，那不爲傖道人所笑耶！脱值上根，何從得食。”《千一録》卷十七。

　　王世懋曰：“因悟晉人清談豎義，亦是救饑。”

梁章鉅曰：“明儒多用此術。陽明之致良知，其一也。大抵各立一義，以動天下，其才力不及者，亦必於師説少變焉。”《退庵隨筆》卷十八。

12

王文度弟阿智，惡乃不翅，當年長而無人與婚。孫興公有一女，亦僻錯，又無嫁娶理。因詣文度，求見阿智。既見，便陽言：“此定可，殊不如人所傳，那得至今未有婚處！我有一女，乃不惡，但吾寒士，不宜與卿計，欲令阿智娶之。”文度欣然而啟藍田云：“興公向來，忽言欲與阿智婚。”藍田驚喜。既成婚，女之頑囂，欲過阿智。方知興公之詐。阿智，王虔之小字〔1〕。虔之字文將，辟州別駕，不就。娶太原孫綽女〔2〕，字阿恒。

○“王文度弟”至“求見阿智”

“惡乃不翅”，岡白駒曰：“不翅容貌陋惡也，其性質亦頑囂。”○桃井白鹿曰：“不翅，猶言不止。”○大典顯常曰：“‘惡’謂癡頑也。‘翅’通‘啻’。不啻，猶云無限也。”○淇園曰：“言不翅如尋常稱惡者。”○恩田仲任曰：“‘惡’謂癡頑，‘不翅’猶言甚也。”○李詳曰：“《説文》：‘痕，病不翅也。’段氏注：‘翅同啻。’《倉頡篇》曰：‘不啻，多也。’案《一切經音義》七引。古語‘不啻’，如楚人言夥頤之類。《世説新語》‘惡乃不翅’，晉宋間人尚作此語。”○余嘉錫曰：“此言阿智之爲人，不但是惡而已。”○趙西陸曰：“《孟子·告子下》‘奚翅食重’、‘奚翅色重’，《國語·魯語上》‘奚啻其聞之也’，‘奚翅’亦即‘何啻’。”○徐震堮曰：“不翅，與‘不啻’同，作‘不止’解是一般用法，亦引申

〔1〕 “阿智王虔之小字”，董刻本、沈校本“虔”作“處”，下同。楊勇曰：“各本作‘王虔之’，非。”龔斌曰：“汪藻《太原晉陽王氏譜》：‘處之，述子，字文將，小字阿智。州辟別駕，不就。’‘虔’乃‘處’之形訛。”
〔2〕 “娶太原”，董刻本無“娶”字。王利器曰：“各本‘太’上有‘娶’字，是。”

作‘無以復加’或‘異常’的意思。”《釋義》。又曰：“惡乃不竇，謂惡乃不止也。”○江藍生曰：“惡乃不翅，義爲頗爲愚癡。不翅，不只也。”《彙釋》頁一五三。按“不翅”義參見《賞譽篇》“王長史云”條。

“僻錯”，恩田仲任曰：“僻，邪僻也。錯，舛錯也。”○田中頤曰：“謂奇僻錯繆之惡對。”○江藍生曰：“‘僻錯’同義連文，指智力不正常。”《彙釋》頁一五三。○方一新曰：“‘僻錯’同義連文，指昏亂、癡呆。”《釋義》。

○“既見便”至“興公之詐”

“陽言”，朱鑄禹曰：“‘陽’與‘佯’通。《禮·檀弓》：‘陽若善之。’《前漢書·高帝紀》：‘陽尊懷王爲義帝，實不用其命。’”

“此定可”，田中頤曰：“言可妻。”○徐震堮曰：“定，有時作‘畢竟’用。‘定可’，畢竟不錯。”《釋義》。

“與卿計”，秦士鉉曰：“‘卿計’下添‘雖然’二字看。”

“女之頑囂”，王叔岷曰：“《一切經音義》二引《蒼頡篇》云：‘囂，惡也。’”○龔斌曰：“陸德明《釋文》：‘心不則德義之經爲頑，口不道忠信之言爲囂。’”

“欲過阿智”，江藍生曰：“欲，仿佛、好似。此言孫興公之女好象比王藍田之子還要癡呆。”《彙釋》頁二五五至二五六。

○注“阿智王虔之小字”

余嘉錫曰：“此注當是引《王氏譜》，各本皆脱去書名。”

【彙評】

方弘静曰：“王阿智惡乃不趨，其婦阿恒頑囂又倍，於時所謂中正者寧不知耶？而州猶辟之，徒籍舊業耳。山上之苗，澗底之松，百尺條不若徑寸草，由來久矣。何以使草澤無遺賢耶？王猛捫蝨與桓温談而不能識，宜矣！”《千一録》卷十四。

李贄曰：“孫興公、諸葛令，愛女之心一也。”《初潭集》卷一。

馮夢龍曰：“阿智得婦，孫女得夫，大方便，大功德，何言詐乎？”《古今譚概》卷二十一《譎知部》。

凌濛初曰：“女頑既無人知，何爲定詐與？阿智那得遂無嫁娶理！”

方苞曰："阿智惡矣，而阿恒之頑嚚欲過之，可稱絕對。"

13

　　范玄平爲人好用智數，而有時以多數失會。嘗失官居東陽，桓大司馬在南州，故往投之。桓時方欲招起屈滯，以傾朝廷，且玄平在京，素亦有譽，桓謂遠來投己，喜躍非常。比入至庭，傾身引望，語笑歡甚。顧謂袁虎曰："范公且可作太常卿。"范裁坐，桓便謝其遠來意。范雖實投桓，而恐以趨時損名，乃曰："雖懷朝宗，會有亡兒瘞在此，故來省視。"桓悵然失望，向之虛佇，一時都盡。《中興書》曰："初，桓溫請范汪爲征西長史，復表爲江州，並不就。還都，因求爲東陽太守，溫甚恨之。汪後爲徐州，溫北伐，令汪出梁國，失期，溫挾憾奏汪爲庶人。汪居吳，後至姑孰見溫〔1〕，溫語其下曰〔2〕：'玄平乃來見，當以護軍起之〔3〕。'汪數日辭歸，溫曰："卿適來，何以便去？"汪曰：'數歲小兒喪，往年經亂，權瘞此境，故來迎之〔4〕，事竟去耳。'溫愈怒之，竟不屑意。"

　　○"范玄平"至"喜躍非常"

　　"多數失會"，岡白駒曰："數，術也。"○平賀房父曰："失會，失機會也。"○田中頤曰："謂有時以多智數，卻過失機會也。"○徐震堮曰："數即智數之數，謂權詐。會，際會、機會之會。范有時以好用智數而坐失機緣，如本節所記是也。"○王叔岷曰："《説文》：'數，計也。'"

　　"南州"，恩田仲任曰："謂荊州也。"○張萬起曰："指荊州或姑孰。此指

<hr>

〔1〕　"姑孰"，余嘉錫曰："'孰'景宋本作'熟'。"
〔2〕　"溫語其下"，董刻本無"溫"字。王利器曰："各本'語'上重'溫'字，是。"
〔3〕　"起之"，余嘉錫曰："'起'沈本作'處'。"徐震堮曰："案'起'，起用也，亦通。"
〔4〕　"故來迎之"，董刻本無"故"字。余嘉錫曰："'故'沈本作'因'。"

姑孰。”

　　“招起屈滯”，張萬起曰：“招起，招攬起用。屈滯，屈處下位久不得遷升的人。”

　　“以傾朝廷”，淇園曰：“招其屈滯則府致多賢，且以見己德盛，桓欲以是聲勢傾壓朝廷也。”○田中頤曰：“言欲舉賢以傾朝廷之望。”

　　“桓謂遠來投己”，田中頤曰：“謂，讀作‘意’。”

　　“喜躍非常”，楊勇曰：“‘喜躍’即《惑溺》‘喜踊’，歡喜欲跳。”

　　○“比入至庭”至“一時都盡”

　　“懷朝宗”，大典顯常曰：“《禹貢》：‘江漢朝宗于海。’用謂朝於京也。”○李詳曰：“晉時禮謁上官，謂之朝宗。陶潛《孟府君傳》‘褚裒爲豫章太守，出朝宗亮’是也。《晉書·范汪傳》去此語，唐之史臣蓋不審所云，疑以謂僭。”

　　“故來省視”，大典顯常曰：“此言范之意在於朝京，而爲省視亡兒，路由此爾。”○田中頤曰：“此范裁坐之時，已欲先述以相投之旨，而桓先發語，范因卻用智數作此譎辭，欲以自重也。”

　　“虛佇”，秦士鉉曰：“虛心佇立而待之也。謂展待之也。”

　　【彙評】

　　劉辰翁曰：“真有如此强口者，《世説》雖鄙，然種種備。”

　　方苞曰：“好用智數，卒以此失，何如忠信之爲得也。”

　　李慈銘曰：“范素忤桓，此之遠來，自以己事，窺溫奸志，直折其謀。進退較然，可謂不畏强禦。《世説》乃謂其‘多數失會’，又云‘恐以趨時損名’。夫遠省兒喪，安知其實投桓氏？既曰投桓，何又辭去？此皆矯誣之言，妄誣賢者也。”《簡端記》。

　　程炎震曰：“玄平自爲桓溫長史，後與溫立異，閒廢積年。豈當晚節，更希苟合？孝標引《中興書》，蓋以駁正《世説》。唐修《晉書》於《汪傳》乃棄彼取此，亦不樂成人之美矣。”

　　余嘉錫曰：“注引《中興書》，並無范實投桓而恐以趨時損名之語。且云：‘溫愈怒之，竟不屑意。’然則范本無投桓之心可知矣。《晉書·儒林傳》載汪孫弘之與司馬道子牋曰：‘桓溫於亡祖，雖其意難測，求之於事，正免黜耳，非有至怨也。'蓋溫怒汪甚至，故其意難測。又與王珣書曰：'吾少嘗過庭，備聞祖考之言，未嘗不發憤衝冠，情見乎辭。'又曰：'上憤國朝無正義之臣，次惟祖考有没身之恨。'然則汪之恨溫亦切矣。"

蔣凡曰："汪子《范甯傳》：'終溫之世，兄弟無在列位者。'則桓溫與范汪仇怨甚深。"

14

　　謝遏年少時，好箸紫羅香囊，垂覆手〔1〕。太傅患之，而不欲傷其意，乃譎與賭，得即燒之。遏，謝玄小字。

○"謝遏"至"燒之"

"箸紫羅香囊"，張淏曰："帶此囊於朝服之外，故云'著'，亦猶《世説》云'謝遏年少時好著紫羅香囊'之義也。"《雲谷雜紀》卷一。

"垂覆手"，余嘉錫曰："'覆手'不知何物，恐是手巾之類。《御覽》七百十六引《竹林七賢論》曰：'王戎以手巾插腰。'殆即所謂'垂覆手'也。"

【彙評】

劉辰翁曰："爲大人故難。"

楊以貞曰："謝安石不遽奪幼度之香囊，范希文不明斥達道之挾邪，《儒行》所謂'賢者之過，可微辨而不可面數'，范、謝得之也。"《志遠齋史話》卷一。

蔣凡曰："因受當日社會風氣的影響，貴遊子弟大多有佩戴香囊和手巾飾物的習慣，謝玄也不能免俗。"

---

〔1〕"垂覆手"，朱鑄禹曰："《太平御覽》三八九《嗜好部》引無此三字。"龔斌曰："《御覽》三八九、七〇四引《世説》皆無'垂覆手'三字，疑此三字衍。"

黜免第二十八

【題解】

何良俊曰：“夫尺有所短，寸有所長，況三代以下士鮮全德，世率以寸朽而棄大材，微纇而遺美寶。君子蓋深惜之。”《何氏語林》卷二十九。○田中頤曰：“此謂貶黜免脫，以罹災禍者也。”○張萬起曰：“每一則故事大都有着嚴峻的政治背景，對權貴們的明爭暗鬥、頤指氣使和被黜官吏的憤懣不平、無可奈何都有生動形象的反映。”

1

諸葛厷在西朝[1]，少有清譽，爲王夷甫所重，時論亦以擬王。後爲繼母族黨所讒，誣之爲狂逆。將遠徙，友人王夷甫之徒，詣檻車與別[2]。厷問：“朝廷何以徙我？”王曰：“言卿狂逆。”厷曰：“逆則應殺，狂何所徙！”厷已見。

○“諸葛厷”至“何所徙”

“西朝”，崔朝慶曰：“晉自武帝至愍帝都洛陽，在建康之西北，故稱西朝。”

“亦以擬王”，田中頤曰：“擬，猶比也。”○崔朝慶曰：“言其可與王比並也。”

“詣檻車與別”，岡白駒曰：“師古《漢書》注云：‘車爲檻形，以板四周之，無所通見。一作轞車。’”○田中頤曰：“與‘所重’應。”

---

〔1〕 “諸葛厷”，余嘉錫曰：“《倭名類聚鈔》卷一引作‘宏’。”楊勇曰：“宋本作‘諸葛厷’，非。”
〔2〕 “檻車”，余嘉錫曰：“景宋本及沈本無‘車’字。”龔斌曰：“有‘車’是。”

桓公入蜀，至三峽中，部伍中有得猿子者〔1〕。《荆州記》曰："峽長七百里，兩岸連山，略無絶處，重巖疊障，隱天蔽日。常有高猿長嘯，屬引清遠〔2〕。漁者歌曰：'巴東三峽巫峽長，猿鳴三聲淚沾裳〔3〕。'"其母緣岸哀號，行百餘里不去，遂跳上船，至便即絶。破視其腹中，腸皆寸寸斷。公聞之怒，命黜其人。

〇"桓公入蜀"至"命黜其人"

"桓公入蜀"，蔣凡曰："桓温西征入蜀，事在永和二年。"

"至三峽中"，程炎震曰："《御覽》五十三引庾仲雍《荆州記》曰：'巴陵，楚之世有三峽：明月峽、廣德峽、東突峽，即今之巫峽、秭歸峽、歸鄉峽。'"〇張萬起曰："三峽所指，歷代説法不一。"

"部伍"，張萬起曰："部曲行伍。"

【彙評】

劉辰翁曰："此怒亦何可少！"

凌濛初曰："桓公猶有此，大不似阿黑忍殺石家妓。"

田中頤曰："百餘里而尚不去，萬物固一情矣。"〇曰："悲哀莫慘乎此。"評"腸皆寸寸斷"。

宗白華曰："一代梟雄、不怕遺臭萬年的桓温，也不缺乏這英雄的博大的同情心。"《晉人的美》。

---

〔1〕 "猿子"，"猿"董刻本作"獲"，下同。

〔2〕 "清遠"，朱鑄禹曰："《太平御覽》五十三《峽部》引作'淒異'。"

〔3〕 "猿鳴三聲"，黄丕烈曰："猿'作'獲'。"唐鴻學曰："'蝯'正字，'獲''猿'均俗。'巫峽長'三字應删。"龔斌曰："'猿'宋本、沈校本並作'獲'。按'猿'同'獲'。"又，"三聲"董刻本、沈校本、袁刻本"三"作"一"。葉德輝曰："袁本'三'作'一'。"按《藝文類聚·獸部下》、《御覽·獸部二十二》引《宜都山川記》均作'三聲'，袁本作'一'非。"徐震堮曰："《水經·江水注》亦作'三'。"

殷中軍被廢，在信安，終日恒書空作字。揚州吏民尋義逐之，竊視，唯作“咄咄怪事”四字而已。《晉陽秋》曰：“初，浩以中軍將軍鎮壽陽，羌姚襄上書歸降。後有罪，浩陰圖誅之。會關中有變，符健死〔1〕。浩偽率軍而行，云‘修復山陵’。襄前驅，恐，遂反。軍至山桑，聞襄將至，棄輜重馳保譙。襄至，據山桑，焚其舟實，至壽陽，略流民而還。浩士卒多叛，征西溫乃上表黜浩，撫軍大將軍奏免浩，除名爲民。浩馳還謝罪。既而遷于東陽信安縣。”

○“殷中軍”至“四字而已”

“殷中軍被廢”，程炎震曰：“永和十年，殷浩廢徙。”

“信安”，張萬起曰：“晉屬東陽郡，治所在今浙江衢縣。”

“書空作字”，陳殷曰：“書空，望空書寫。”《點注》卷四。○張萬起曰：“用手指在空中虛寫文字。”

“尋義逐之”，岡白駒曰：“逐，追也。吏民嘗與浩有恩義者，追從之。”○淇園曰：“欲尋其所書之義，因逐其運畫以視之。”○田中頤曰：“尋思殷舊恩之義而逐之來也。上四字插。”○吳金華曰：“《漢書》卷一《高帝紀上》：‘羽使卒三萬人從漢王，楚子諸侯人之慕從者數萬人。’其中‘慕從’是‘慕義而從’的簡縮語。本文的‘義逐’猶言‘義從’；‘義’即慕義，‘逐’即追隨。”《考釋》頁二一五。○楊勇曰：“慕其義而追隨之也。”○張撝之曰：“尋義，探求意義。逐，追，探明。這裏指探尋殷浩在空中書寫的是什麼字。”《選注》。

“咄咄怪事”，胡三省曰：“咄咄，嗟諮語也。”《通鑒·晉紀二十一》注。○劉淇曰：“咄咄，驚歎聲也。”《辨略》卷五。○陳殷曰：“咄，呵也。”《點注》卷四。○岡白駒曰：“咄咄，驚怪聲，言咄咄此何謂也。蓋自怪何以至此也。”○田中頤曰：“殷以己被廢，不知何故，唯爲咄咄可怪訝之事也。”○周祈曰：“咄咄，驚怪聲。浩山桑之敗，心不能平，故自驚怪如此。”《名義考》卷六。○程炎震曰：“《御覽》五十引《涼州記》曰：‘赫連定據平涼，登此山，有群狐遶之而鳴。射之，竟不得一。定乃歎曰：‘咄咄！此亦怪事也。’”余嘉錫按曰：“‘咄咄’者，歎詫之聲，觀赫連定語可見。”○楊勇曰：“此云‘咄咄’，當是怪事之形容詞，驚奇意也。”按“咄咄”義參見《排調篇》“桓南郡與殷荊州語次”條。

○注“晉陽秋曰”

“苻健死”，秦士鈜曰：“苻健殺其大臣，健兄子眉自洛陽西走。浩以爲苻健既死，故以姚襄爲先驅向洛陽。”

“襄前驅恐遂反”，岡白駒曰：“使襄前驅。初，浩惡襄殺魏憬以并其衆，遷襄於梁，故恐怨，遂反。”○桃井白鹿曰：“《晉書》：殷浩以姚襄爲先驅向洛陽。”

“軍至山桑”，陳殷曰：“山桑，《筌蹄》云：‘魏郡邑。’”《點注》卷四。

“焚其舟實”，恩田仲任曰：“舟實，舟中所載。”

“撫軍大將軍”，徐震堮曰：“時簡文帝以撫軍大將軍輔政。”

【彙評】

胡寅曰：“深源自布衣有大名，累辭徵辟，初若蟬蛻垢污，鶴庚塵表，萬鍾袞冕，皆不屑意者。晚節積用弗成，身名俱隳，乃更眷眷台司，忍恥而下桓溫，寵辱若驚之態，形於答書開閉之時，智巧莫施，其天自見。然後深源之表裏本末著矣。非有能發其覆匿者，蓋自發之也。”《管見》卷八。

夏寅曰：“浩之北伐，諸賢交諫而皆不從，正以與會稽王昱相得。昱既以浩才堪經濟，而浩復以昱爲知己，而不知玄談虛論，叮以笑傲於山巔水涯，白帢烏巾，胡牀羽扇，一言當會，衆口咨嗟，以之增名勝風流，而豈可當折衝禦侮將相之任者哉？”《政鑑》卷十四。

丁奉曰：“殷浩人品，終身三變。方其累辭徵辟，屢居墓所，似一高士也。及其刺揚州，抗桓溫，毅然以北伐爲任，似一賢臣也。至用兵屢敗，爲溫所廢，徒書空咄咄。及溫致書，將以爲尚書令，即欣然喜，追答書，慮有謬誤，開閉者十數，竟達空函。此所謂苟患失之，無所不至，誠一鄙夫也。”鄭賢《古今人物論》卷十九引。佚名《尚論編》卷五按曰：“空函事，有謂是深源苦心。此時與距俱難爲辭，故不如以空函答之，而自處於誤。此正是不受桓溫籠絡處。此說亦可爲深源解嘲。然書空咄咄，又何說耶？”按“苦心”之說見《賞譽篇》“王仲祖稱殷淵源”條劉辰翁評語。

唐順之曰：“浩非三變也，一而已矣。始辭徵辟，以退爲進也。繼而北伐邀功，自飾也。終而空函，真情逼露矣。始終一鄙夫，何變之有。從來處士盜虛聲，當以浩爲第一。"《兩晉解疑》。

洪垣曰："譽不喜，毀不怒，能不以人之招麾爲去來也，非士行哉？而浩也不然，吾深爲養望者惜之。"《説史》卷二。

吳崇節曰："殷浩之北伐，才智不足也，而恢復中原之志，猶有可取者。至於書空咄咄，竟達空函，其沮喪無聊之態，覬覦復用之心，何急切哉？則其初之挹退，不過養高釣譽，爲榮進之媒，非真如隆中之臥，不求聞達者也。而時人乃有管葛之擬，過情甚矣。"《古史要評》卷二。

蔣凡曰："殷浩之書空作字，不僅爲個人出處感慨，更是爲桓溫得意、國家前途堪憂而發。"

4

桓公坐有參軍椅烝薤[1]，不時解，共食者又不助，而椅終不放，舉坐皆笑。桓公曰："同盤尚不相助，況復危難乎？"勅令免官[2]。

○"桓公坐"至"勅令免官"

"椅烝薤"，沈濂曰："《太平御覽·菜部》：'《世説》曰：桓公坐有參軍猗音羈，筯取物出。烝薤，不時解，共食者又不助，而猗終不放，舉座皆笑。'案《北堂書鈔·飲食部》：'《世語》曰：桓公坐有參軍石倚食烝而共，桓公故不設箸，而倚終不放。'據此'倚'是人名，而《世説》作'猗'，注更可異。"《懷小編》卷十八。○李慈銘曰："'椅'當讀作'掎'，此謂以箸夾之也。"《簡端記》。○程炎震曰："椅，當是人名，然上下恐有脱文。"○余嘉錫曰："'椅'《御覽》九百七十七引作'猗'，注云：'音羈，筯取物也。'案'猗'爲筯取物者。釋玄應

---

［1］ "參軍椅烝薤"，王叔岷曰："《書鈔》一四五引此文'椅'作'名倚'，'烝'上有'食'字。以'倚'爲參軍名，屬上絶句，則'烝'上當有'食'字。如《御覽》九七七所引之注爲孝標逸注，則《書鈔》所引不足據矣。"

［2］ "勅令"，余嘉錫曰："'勅'景宋本作'敕'。"

《一切經音義》十五引《通俗文》：‘以箸取物曰敲。’《御覽》七百六十引同，並有注曰：‘音羈。’則‘掎’與‘敲’通用字也。今本誤作‘椅’，遂不可解。《書鈔》四十五引作‘參軍名倚’，則以爲人名。其書傳寫失真，不足據。此所謂‘掎烝薤不時解’、‘掎終不放’者，謂以箸取薤不得，乃反覆用箸，終不釋手也。今世傖人猶有反手挾菜者，其狀鄙野，故爲舉坐所笑。”〇王利器曰：“《御覽》卷九七七‘椅’作‘掎’，下同，並引注道：‘音羈，箸取物也。’疑當從《御覽》作‘掎’才是對的。《御覽》卷八四九引下文曰‘而掎終不放’，正作‘掎’。《禮記·少儀》：‘爲君子擇烝薤，則絕其本末。’”〇王叔岷曰：“《御覽》九七七引此‘椅’作‘掎’，有注曰：‘音羈，筯取物也。’‘椅’當作‘掎’，（俗書從扌、從木之字往往相亂。）屬下讀，‘掎’‘掎’正、假字。《説文》：‘掎，偏引也。’故此文可訓爲‘筯取物’。”〇周一良曰：“‘椅’當是人名。”《批校》。〇梁永昌曰：“《太平御覽》卷七六〇引服虔《通俗文》：‘以箸取物曰敲，音羈。’今蘇州、上海方言謂以筷子取物，音正爲‘羈’。‘椅’、‘敲’字都從‘奇’得聲，古音必相近。”《雜記》。〇郭在貽曰：“‘椅’本字當爲‘敲’。《説文》三下支部：‘敲，持去也，從支，奇聲。’《敦煌掇瑣》一〇四《俗務要名林》：‘敲，以筯取物也。’《廣韻》平聲五支韻‘居宜切’小韻内收‘敲’字，云‘箸取物也’。字又作‘掎’、作‘剞’。《敦煌掇瑣》一〇三《字寶碎金》：‘筯掎夾，音飢，又剞。’”《考釋》。

“不時解”，劉盼遂曰：“按《戴記·少儀》：‘爲君子擇烝薤，則絕其本末。’參軍共食而不時解，非侍君子之道矣。”龔斌按曰：“其説不確。參軍以箸取薤，薤凝結不即解，可知食薤須費些功夫，並非參軍不解薤以待他人食也。”〇余嘉錫曰：“《齊民要術》九《素食篇》有薤白蒸，觀其作法，乃是米薤同蒸，調以油豉。則蒸熟後必凝結如飱不可解，故挾取較難耳。”〇王叔岷曰：“‘不時’猶‘不即’。陶淵明《讀山海經》十三首之一：‘既耕亦已種，時還讀我書。’‘時’亦與‘即’同義。”〇張萬起曰：“一時分解不開。”

“勅令免官”，龔斌曰：“桓公乃免不相助之共食者，非免參軍也。”

【彙評】

劉辰翁曰：“二怒皆可觀。”按一怒見同篇“桓公入蜀”條。

王世懋曰：“譏評可耳，何至免官？”

殷中軍廢後，恨簡文，曰："上人箸百尺樓上，儋梯將去。"《續晉陽秋》曰："浩雖廢黜〔1〕，夷神委命，雅詠不輟，雖家人不見其有流放之戚。外生韓伯始隨至徙所，周年還都。浩素愛之，送至水側，乃詠曹顏遠詩曰：'富貴它人合〔2〕，貧賤親戚離。'因泣下。"其悲見于外者，唯此一事而已。則"書空""去梯"之言，未必皆實也。

○"殷中軍"至"儋梯將去"

"殷中軍廢後"，余嘉錫曰："上條注引《晉陽秋》言'征西溫上表黜浩，撫軍大將軍奏免浩，除名爲民'，撫軍大將軍者，簡文也。浩除名徙信安，事在永和十年。時簡文方以撫軍錄尚書事輔政，故疏請廢浩，雖出於溫，而定其罪罰者則實簡文。《言語篇》'顧悅與簡文同年'條注引《中興書》曰：'悅上書理浩，或諫以浩爲太宗所廢，必不依許。'然則浩之得罪，以情言之，簡文乃迫於桓溫，非其本懷。以事言之，則固明明撫軍之所奏請，不得謂非太宗之所廢也。由是世人相傳：浩恨簡文，有上樓去梯之語。"

"上人箸百尺樓上"，秦士鉉曰："初，浩屏居不起，簡文時爲相王，徵書頻至，起爲建武將軍、楊州刺史。"○龔斌曰："桓溫既滅蜀，威勢轉振，朝廷憚之。簡文徵殷浩，實欲引之爲心腹，以對抗桓溫，由此浩與溫頗相疑貳。浩之起，實乃應簡文之請。"

"儋梯將去"，翟灝曰："此屬喻言，而其事亦實有。《蜀志・諸葛亮傳》：劉琮將亮游後園，共上高樓，飲宴之間，令人去梯，因謂亮曰：'今日上不至天，下不至地，可以言未？'"《通俗編》卷二十四。○岡白駒曰："'儋'與'擔'通。"○田中頤曰："此設比喻，以悔恨其至危至艱，不可復初也。"○章太炎曰："《説文》：'儋，何也。'今人謂肩任爲'儋'，手持亦謂之'儋'，'儋'字變作'擔'。"《新方言》六。○程炎震曰："《説文》：'儋，何也。'《管子・七法》：'檐竿而欲定其末。'注：'檐，舉也。'"○楊勇曰："以兩肩作梯，謂之'儋梯'。"○王叔岷曰："《類説》三一引作'擔將持去'。'儋''擔'正、俗字，

'將''持'同義。"○龔斌曰："儋梯，猶舉梯，扛梯。殷浩北伐軍敗，桓溫上疏罪浩。簡文迫於桓溫，終定浩罪罰，廢爲庶民。浩恨簡文不盡力相救，處己於無助境地，此所謂'儋梯將去'也。"

○注"續晉陽秋曰"

"外生韓伯始隨至徙所"，余嘉錫曰："韓伯家素貧窶，其母子初必依浩爲生。浩以永和十年被廢，伯從之經年，年已二十有四。其辭去還都，蓋以浩在困頓中，不宜復累之。故浩有感於曹顏遠之詩，以素愛之不忍別，因而自傷，非怨之也。"○徐震堮曰："韓康伯母殷，見《德行》四七，注引鄭輯《孝子傳》云：'康伯母，揚州刺史殷浩之妹，聰明婦人也。'"

"曹顏遠詩"，大典顯常曰："《感舊詩》見《文選》。注云：曹攄字顏遠，譙國人。"《集成》。

【彙評】

李贄曰："當哭。"評注《續晉陽秋》"雅詠不輟"。《初潭集》卷二十四。○曰："真。"評注"詠曹顏遠詩"。同上。

凌濛初曰："奇恨。"

余嘉錫曰："浩之得罪，固由於自請北伐，大敗於姚襄，致桓溫得因以爲罪，然其爲政，亦甚失人情。其尤謬者，莫過於處置蔡謨一事。浩以無功新進，憑其威勢，輒欲專殺大臣。使其果行，苟羨縱不舉兵，桓溫亦必入清君側。晉室之亂，可翹足而待也。浩縱不戰敗，亦必覆公餗，敗國家事，不待桓溫之廢之也。免官禁錮，咎由自取，復何怨乎？"

蔣凡曰："用也簡文，廢也簡文，此殷浩之所怨也。"

6

鄧竟陵免官後赴山陵，過見大司馬桓公。公問之曰：“卿何以更瘦[1]？”《大司馬寮屬名》曰：“鄧遐字應玄[2]，陳郡人，平南將軍岳之子。勇力絶人，氣蓋當世，時人方之樊噲。爲桓溫參軍，數從溫征伐，歷竟陵太守[3]。枋頭之役，溫既懷恥忿，且憚遐[4]，因免遐官[5]，病卒。”鄧曰：“有愧於叔達，不能不恨於破甑！”《郭林宗別傳》曰：“鉅鹿孟敏，字叔達，敦朴質直。客居太原，雜處凡俗，未有所名。嘗至市買甑，荷儋墮地壞之[6]，徑去不顧。適遇林宗，見而異之，因問曰：‘壞甑可惜，何以不顧？’客曰：‘甑既已破，視之何益？’林宗賞其介決[7]，因以知其德性，謂必爲美士，勸令讀書。遊學十年，遂知名，三府並辟，不就。東夏以爲美賢。”

○“鄧竟陵”至“恨於破甑”

“鄧竟陵”，程炎震曰：“竟陵郡，惠帝分江夏置。東晉時屬荆州，亦當屬江州。”

“赴山陵”，程炎震曰：“咸和二年十月，葬簡文帝於高平陵。”

“過見”，張萬起曰：“探望拜見。”

“有愧於叔達”二句，岡白駒曰：“破甑，喻免官。”○田中頤曰：“言我不能如叔達不恨於破甑，徒深悔前過，是可愧恥也。”○楊勇曰：“言己無叔達之明，必有破甑之恨。此悔言也。”

○注“大司馬寮屬名曰”

“枋頭之役”，大典顯常曰：“《桓溫傳》：桓溫伐慕容暐，遂至枋頭，軍糧竭盡。桓焚舟步退，自東燕出倉垣，經陳留，鑿井而飲。行七百餘里，慕容垂以八

---

[1] “何以更瘦”，程炎震曰：“《御覽》三百七十八引‘何以更瘦’下，原注徐廣《晉紀》曰‘鄧遐勇力絶人’云云。此注當有脱文。”趙西陸曰：“《御覽》三七八引此文注自徐廣《晉紀》。”

[2] “應玄”，徐震堮曰：“《晉書·鄧遐傳》作‘應遠’。”

[3] “從溫征伐”，程炎震曰：“（《御覽》三百七十八引）‘從溫征伐’下有‘爲冠軍將軍’五字，無‘歷’字。”

[4] “憚遐”，楊勇曰：“‘遐’下《晉書·鄧遐傳》有‘之勇’二字。”

[5] “遐官”，龔斌曰：“沈校本無‘遐’字。”

[6] “荷儋”，袁初刻本作“何儋”，重雕本作“何擔”。黄丕烈曰：“‘何儋’作‘荷擔’。”唐鴻學曰：“‘何儋’正，‘荷擔’俗。”徐震堮曰：“‘何’影宋本及沈校本並作‘荷’，《後漢書·郭泰傳》同。案‘何’乃‘荷’之本字，《説文》：‘何，儋也。’”龔斌曰：“沈校本作‘荷擔’。”

[7] “介決”，何焯曰：“‘介’當從《通鑑》作‘分’。”

千騎追之，戰於襄邑，温軍敗績，死者三萬人。温甚恥之。"○恩田仲任曰：
"《十八史略》曰：燕人攻陷洛陽，戍將死之。桓温帥師伐燕，戰於枋頭，大敗
而還。"

　　○注"郭林宗別傳曰"

　　"賞其介決"，王先謙曰："謂分明立決也。"
　　"三府並辟"，秦士鉉曰："謂太尉、司徒、司空。"
　　"東夏"，岡白駒曰："中國曰華夏，故東方爲東夏。"○恩田仲任曰："東夏，
《文選》注曰：會稽郡也。"○徐震堮曰："泛指東方諸郡國。太原在洛陽之東，
故云。隨疆變遷而所指不同。"○楊勇曰："泛指關東諸地。"

　　【彙評】

　　劉辰翁曰："甚真。"
　　蔣凡曰："遐原爲温之參軍，勇力過人，氣蓋當世，隨温征戰，功勛卓著，
號爲名將。但温於枋頭打敗後，既懷恥忿，且忌憚遐之勇果，因免遐官。罷官
廢主等一連串大動作，是其實現政治野心的重要步驟，明眼人一看便知。故鄧
遐'不能不恨於破甑'的答辭，義形於色而話外有話，桓温聽後，能無
愧乎？"

7

　　桓宣武既廢太宰父子[1]，仍上表曰："應割近情，以
存遠計。若除太宰父子，可無後憂。"簡文手答表曰：
"所不忍言，況過於言？"宣武又重表，辭轉苦切[2]。簡

────────────

[1] "太宰"，朱鑄禹曰："《太平御覽》九十九《晉簡文帝門》引'太宰'下有'武陵王晞'四字。"
[2] "宣武又重表辭轉苦切"，王叔岷曰："《御覽》九九引'切'下更有'爲國家之計，必應行事'九
　　字。"朱鑄禹曰："《太平御覽》（九十九）引作'桓公得此答又重有表'，'辭轉苦切'下有'爲國
　　家之計必應行事'九字。"

文更答曰〔1〕："若晉室靈長〔2〕，明公便宜奉行此詔〔3〕。如大運去矣，請避賢路!"桓公讀詔，手戰流汗〔4〕，於此乃止。太宰父子，遠徙新安。《司馬晞傳》曰："晞字道升〔5〕，元帝第四子。初封武陵王，拜太宰。少不好學，尚武凶恣。時太宗輔政，晞以宗長不得執權，常懷憤慨，欲因桓溫入朝殺之。太宗即位，新蔡王晃首辭，引與晞及子綜謀逆〔6〕。有司奏晞等斬刑，詔原之，徙新安。晞未敗四五年中，喜爲挽歌，自搖大鈴，使左右習和之。又燕會，使人作新安人歌舞離別之辭〔7〕，其聲甚悲。後果徙新安。"

○"桓宣武"至"遠徙新安"

"廢太宰父子"，程炎震曰："咸安元年，桓溫廢武陵王晞。"○張萬起曰："太宰，官名。輔佐皇帝處理政務，相當於太師。"

"割近情"，崔朝慶曰："言排除私情也。"

"手答"，張萬起曰："親筆批復。"

"晉室靈長"，崔朝慶曰："靈，福也。"

"請避賢路"，崔朝慶曰："言避去要道，以讓賢者也。"

【彙評】

劉辰翁曰："桓終可告語者，豈唯不迕而已。"

凌濛初曰："不得不流汗。"

彭孫貽曰："謝安謂簡文惠帝之流，責備太過。康樂比之赧獻，可謂不遜。"

〔1〕 "簡文更答曰"，楊勇曰："《御覽》九九、三八七引《世説》作'簡文復手答曰'。"
〔2〕 "若晉室"，楊勇曰："'若'下，《御覽》九九、三八七引《世説》有'使'字。"
〔3〕 "便宜奉行此詔"，程炎震曰："'此詔'《晉書·文帝紀》作'前詔'，是。"朱鑄禹曰："'奉行此詔'《太平御覽》（九十九）作'應奉詔書'，《晉書》卷九《文帝本紀》作'奉行前詔'，是。"楊勇曰："'宜'《御覽》九九、三八七引《世説》作'應'。'此詔'《簡文紀》作'前詔'。"
〔4〕 "汗流"，楊勇曰："宋本作'流汗'，《御覽》九九、三八七引《世説》並作'汗流'。"
〔5〕 "道升"，《晉書·元四王傳》作"道叔"。吳士鑑《斠注》曰："'升'與'叔'形近致誤。"徐震堮曰："作'叔'者，隸書形近之誤。"
〔6〕 "與晞"，董刻本"晞"作"暉"。王利器曰："各本'暉'作'晞'，是。《晉書·元四王傳》正作'晞'。"楊勇曰："'晞'宋本作'暉'，非。"
〔7〕 "使人作新安人"，余嘉錫曰："'使人'景宋本作'倡妓'。"按袁刻本亦作"倡妓"。

《茗香堂史論》卷一。

計大受曰：“桓溫無剛忍之性，惟晉無直臣以抗抑之，故溫有昌披之行。其請誅武陵王晞也，帝不允，手詔以不奉行則請避賢路，溫遂覽之汗流，視漢之莽卓操丕，魏之司馬懿父子，不猶非其剛戾忍詢比而大義可動者乎？如使忠直同朝，時聞糾正，自可消其逆萌。若虛名之殷浩，雅度之謝安，彼固不之憚，而入幕之賓爲之謀主，以成其震主之威、陵上之迹，乃遂安於不能流芳後世而遺臭萬載也。夫天生其奇骨英聲而具雄略，足託以宏濟艱難、恢復中原之勳者，卒之企景文而太息，可處仲而思齊由，神器之是窺，終王靈之弗暢，雖溫自棄於下流，而晉之君臣亦不得不交任其責矣。”《史林測義》卷十五。

余嘉錫曰：“《晉書·簡文紀》云：‘帝雖神識恬暢，而無濟世大略。故謝安稱爲惠帝之流，清談差勝耳。’嘉錫以爲簡文雖制於權臣，而能保全海西公及武陵王晞，其人蓋長者而短於才。然其言不惡而嚴，足令桓溫駭服。即此一事，以視惠帝之聽人提掇，弒母殺子，戮舅廢妻，皆懵然不能出一語者，相去何止萬萬！”

呂思勉曰：“可謂處變不驚矣。然謝安稱爲惠帝之流，謝靈運跡其行事，亦以爲姒獻之輩。即孝武幼稱聰悟，謝安歎其精理不減先帝，亦未見其才略之有餘於簡文也。”《札記》頁八七九。

蔣凡曰：“其手答‘若大運去矣，請避賢路’，實在是對司馬皇室命運的最後一搏，哀告之聲，不絕於耳。”

8

桓玄敗後，殷仲文還爲大司馬咨議，意似二三，非復往日。大司馬府聽前，有一老槐，甚扶疏。殷因月朔，與衆在聽，視槐良久，歎曰：“槐樹婆娑，無復生意！”《晉安帝紀》曰：“桓玄敗，殷仲文歸京師，高祖以其衛從二后，且以大信宣令[1]，引

---

〔1〕“宣令”，王利器曰：“蔣校本‘令’作‘全’，是。”龔斌曰：“‘宣’宋本作‘宜’。按當作‘宣令’是。宣令，猶宣示也。”

爲鎮軍長史。自以名輩先達，位遇至重，而後來謝混之徒，皆疇昔之所附也[1]，今比肩同列，常怏然自失。後果徙信安。"

○"桓玄敗後"至"甚扶疏"

"殷仲文還爲大司馬咨議"，桃井白鹿曰："時宋高祖爲大司馬。"○秦士鉉曰："大司馬，劉裕也。"朱鑄禹按曰："是時劉裕爲太尉，《箋》疑誤。"○程炎震曰："義熙元年三月，琅邪王德文爲大司馬，後爲恭帝。《晉書》九十九《仲堪傳》取此事，而不言爲大司馬咨議，蓋略之。"○朱鑄禹曰："此蓋謂琅邪王德文。是時劉裕爲太尉。"○張萬起曰："因其投玄前曾爲會稽王司馬道子咨議參軍，玄敗後投朝廷又爲大司馬劉裕咨議參軍，故曰'還爲'。"

"意似二三"二句，岡白駒曰："言有貳心。《詩》云：'二三其德。'"○平賀房父曰："意不純一，非如往日。"○田中頤曰："殷既喪怙，疑惑多歧，非復如往日銳意期成也。"○秦士鉉曰："'意似'二句，外人意想語。"○王佩静曰："《詩·衛風·氓之蚩蚩篇》：'士也罔極，二三其德。'言心有攜二，不能純一也。"○周一良曰："'二三'一詞，傳統用指參差乖離，如《詩經》之'二三其德'，《左傳》之'二三孰甚焉'。南北朝文獻中亦有此種用法。"《史札》頁三五四。○張萬起曰："二三，不專心，心神不定。"

"府聽"，徐震堮曰："官舍視事之所曰'聽事'，簡言之曰'聽'，即'廳'字。"

○"殷因月朔"至"無復生意"

"月朔"，張萬起曰："農曆每月初一。該日官署衙門依例要集會議事。"

"槐樹婆娑"二句，胡三省曰："婆娑，肢體緩縱不收之貌。"《通鑒·晉紀十七》注。○岡白駒曰："婆娑，衣揚貌。蓋以喻枝葉隨風耳。無復生意，託以言其不甘也。"○桃井白鹿曰："《文選》王褒《洞簫賦》注：'婆娑，分散也。'《瑣言》：'石晉趙令公塋塚，檽棗婆娑異常，望氣者曰：此家有登宰輔者。後令公大拜。'《芥子園畫傳》：'二株畫法，二株有兩法：一大加小，是爲負老；一小加大，是爲攜幼。老樹婆娑多情，幼樹須窈窕有致，如人之聚立，互相顧盼。'無復生意，樹老矣，無復榮生，喻己失勢。"○淇園曰："婆娑，蓋泄散不能整束

---

[1] "所附"，岡白駒曰："《晉書》作'所輕'。"秦士鉉曰："'附'《晉書》本傳作'輕'。"

之意。”○田中頤曰：“婆娑，分散不收束也。言槐樹婆娑既老，無復往日榮生之意也。”○秦士鉉曰：“婆娑，分散也。無生意，喻己失勢。陶侃曰：‘老子婆娑。’肢體緩縱不收貌。又見《洞簫賦》，庾信《枯樹賦》出此。”○李詳曰：“婆娑，本訓爲舞貌。舞必宛轉傾側，引申爲人偃息縱弛之狀，項岱注《漢書敘傳》‘婆娑，偃息’是也。《隋志》：《漢書敘志》五卷，項岱注。仲文此語，謂槐樹婆娑剝樂，無復生趣，與陶桓公言‘老子婆娑’正同。”余嘉錫按曰：“《文選》四十五班孟堅《答賓戲》：‘婆娑乎術藝之場。’注：‘項岱曰：婆娑，偃息也。’蓋李善引項氏《敘傳注》之語，不見於《漢書》顏注。審言不明著出處，聊爲補之。”○朱鑄禹曰：“此蓋借老樹披散支離，以喻己之失勢也。”按“婆娑”義參見《捷悟篇》“魏武嘗過曹娥碑下”條。

○注“晉安帝紀曰”

“高祖以其衛從二后”，岡白駒曰：“高祖，宋武帝劉裕也。二后，晉室二后也。桓玄爲劉裕所敗，仲文因奉二后投義軍。”○桃井白鹿曰：“宋高祖劉裕，時爲晉臣。桓玄西走，留永安何皇后及王皇后於巴陵，殷仲文因叛玄，奉二后歸建康。”○大典顯常曰：“《晉書》：仲文從玄，玄爲劉裕所敗，仲文奉二后投王師。二后，穆章何皇后、安僖王皇后也。”○吳士鑑曰：“《晉安帝紀》爲宋初人撰，故稱劉裕爲高祖。”《斠注》卷十。

“自以名輩先達”二句，岡白駒曰：“此自許也，言我是名輩先達，當得至重也。”

“後來謝混”，張萬起曰：“後來，後輩。”《詞典》頁六五七。

“疇昔之所附”，岡白駒曰：“所屬附於己者。”

【彙評】

張萬起曰：“殷仲文自認爲保二后有功，必當受朝廷重用，不料只爲大司馬參軍，而與謝混等門生故吏比肩同列，因而心灰意冷，故眼望槐樹，發此感慨，實則以老槐自況。”

9

殷仲文既素有名望，自謂必當阿衡朝政。忽作東陽太守，意甚不平。《晉安帝紀》曰：“仲文後爲東陽〔1〕，愈憤怨，乃與桓胤謀反〔2〕，遂伏誅〔3〕。仲文嘗照鏡不見頭〔4〕，俄而難及。” 及之郡，至富陽，慨然歎曰：“看此山川形勢，當復出一孫伯符！”孫策，富春人。故及此而歎。

　　○“殷仲文”至“孫伯符”

　　“殷仲文”，徐子光曰：“《晉書》：殷仲文，陳郡人。轉尚書，素有名望，自謂必當朝政。又謝琨之徒，疇昔所輕者，並皆比肩，常怏怏不得志。忽遷洛陽太守，意彌不平。後謀反伏誅。仲文嘗照鏡，不見其面，數日而遇禍。”《蒙求集注》卷下“仲文照鏡”條。按“洛陽太守”誤。

　　“阿衡”，秦士鉉曰：“伊尹之號。”○朱鑄禹曰：“《書·太甲》：‘不惠于阿衡。’傳：‘阿，倚；衡，平。’”○張萬起曰：“輔佐。”

　　“意甚不平”，田中頤曰：“既有名望，自許又貴，然而忽作東陽太守，出於其不意，是以意甚不平，稍有叛心也。”

　　“至富陽”，恩田仲任曰：“富陽，即富春。”○朱鑄禹曰：“避晉諱改。”

　　“當復出一孫伯符”，岡白駒曰：“殷竊自況。”○淇園曰：“稍有叛心。”○田中頤曰：“孫，富春人，因即言己當復自立一方也。”○秦士鉉曰：“仲文以己比孫策，甚不自揣，又況鏡不見頭。”○張萬起曰：“殷仲文發此慨歎之際，亦即他謀反之心已決之時。”

　　○注“晉安帝紀曰”

　　“伏誅”，程炎震曰：“義熙三年二月，仲文誅死。”

【彙評】

　　李贄曰：“此子曾讀《楞嚴》來，想見頭在鏡中也。”《初潭集》卷二十四。

---

〔1〕 “仲文”，董刻本“文”作“丈”。王利器曰：“各本‘丈’作‘文’，是。”

〔2〕 “乃與”，董刻本無“與”字。王利器曰：“各本‘乃’下有‘與’字，是。《蒙求》卷中注亦有‘與’字。”

〔3〕 “遂伏誅”，朱鑄禹曰：“沈校本無‘遂’字。”

〔4〕 “不見頭”，秦士鉉曰：“‘頭’一作‘面’。”徐震堮《札記》曰：“《晉書》本傳‘頭’作‘面’。”

儉嗇第二十九

【題解】

何良俊曰："孔子曰：'與其不孫也，寧固。'蓋深惡奢僭甚之也。夫齊相以濯冠見譏，魏人以葛屨興刺，下此則戔戔小人，纖嗇委瑣，又安足道哉！"《何氏語林》卷二十九。○恩田仲任曰："儉，約也。嗇，《說文》：'愛嗇也。'《正字通》曰：'慳也，吝也。'"○田中頤曰："此謂儉約過度，吝嗇甚者也。"

1

和嶠性至儉，家有好李，王武子求之[1]，與不過數十。王武子因其上直[2]，率將少年能食之者，持斧詣園，飽共噉畢，伐之，送一車枝與和公。問曰："何如君李？"和既得，唯笑而已。《晉諸公贊》曰[3]："嶠性不通，治家富擬王公，而至儉，將有犯義之名。"《語林》曰："嶠諸弟往園中食李，而皆計核責錢。故嶠婦弟王濟伐之也[4]。"

○"和嶠性"至"唯笑而已"

"不過數十"，田中頤曰："雖曰好李，以王名士之求，而其與纔不過數十，即是儉嗇。"○楊勇曰："《晉書·王濟傳》：'和嶠性至儉，家有好李，帝求之不過數十。'與《世說》異。"

---

[1] "王武子求之"，徐震堮《札記》曰："《晉書·王濟傳》作'帝求之'。"

[2] "因其上直"，桃井白鹿曰："《晉書》'因'作'侯'。"王先謙曰："一本'直'作'真'。"

[3] "晉諸公贊曰"，董刻本"贊"作"替"。王利器曰："各本'替'作'贊'，是。"又，李詳曰："《魏志·和洽傳》裴注引《晉諸公贊》作'家產豐富，擬於王公，而性至儉吝'。"趙西陸按曰："《御覽》四百七十一引同。"

[4] "王濟"，朱鑄禹曰："袁本'濟'誤作'齊'。"

"因其上直"，田中頤曰："其，和也。"〇張萬起曰："上直，官吏上朝輪值。凡入值者，五日一歸家。"

"和既得"，桃井白鹿曰："得，得此事也，如'深公得此義，夷然不屑'之'得'。"〇大典顯常曰："承人言曰'得'，乃當時語法。'深公得義，夷然不屑'亦同。"《集成》。〇田中頤曰："知得此事也。"

"唯笑而已"，田中頤曰："唯笑其無賴而不怒也。此儉嗇之有雅量者。"

〇注"晉諸公贊曰"

"嶠性不通"，秦士鉉曰："不通，不通達也。"

"犯義"，龔斌曰："傷義，害義。《孟子·離婁上》：'君子犯義，小人犯刑。'"

【彙評】

李贄曰："視計核責錢者爲何如？世間故自有一種貪夫也。然終勝口談仁義而心與嶠一般者。"《初潭集》卷九。

華文脩曰："杜元凱謂嶠有'錢癖'，然自有高韻，與今之守錢虜異矣。"馮夢龍《古今譚概》卷十三《貧儉部》引。

2

王戎儉吝，其從子婚，與一單衣，後更責之[1]。王隱《晉書》曰："戎性至儉，不能自奉養，財不出外，天下人謂爲膏肓之疾。"

〇"王戎儉"至"更責之"

"單衣"，張萬起曰："指士大夫的便服。"

"更責之"，徐震堮曰："《說文》：'責，求也。'徐楷曰：'責者，追迫而求

---

[1] "後更責之"，王叔岷曰："《藝文類聚》四十、《御覽》五四一引'後'上並有'裁'字，'裁'與'縫'同。"

1863

之也。’猶索取也。”

“不能自奉養”，王叔岷曰：“‘能’猶‘善’也。”

“膏肓之疾”，王叔岷曰：“《左》成十年《傳》：‘疾不可爲也，在肓之上，膏之下，攻之不可，達之不及，藥不至焉，不可爲也。’”

3

司徒王戎，既貴且富，區宅僮牧[1]，膏田水碓之屬，洛下無比[2]。契疏鞅掌，每與夫人燭下散籌筭計。《晉諸公贊》曰：“戎性簡要，不治儀望，自遇甚薄，而產業過豐，論者以爲台輔之望不重。”王隱《晉書》曰：“戎好治生，園田周徧天下。翁嫗二人，常以象牙籌晝夜算計家資。”《晉陽秋》曰：“戎多殖財賄，常若不足。或謂戎故以此自晦也。”戴逵論之曰：“王戎晦默於危亂之際，獲免憂禍，既明且哲，於是在矣。或曰：‘大臣用心，豈其然乎？’逵曰：運有險易，時有昏明，如子之言，則蘧瑗、季札之徒，皆負責矣。自古而觀，豈一王戎也哉？”

○“司徒王戎”至“散籌筭計”

“水碓”，胡三省曰：“爲碓水側，置輪碓後，以橫木貫輪，橫木之兩頭，復以木長二尺許，交午貫之，正直碓尾。木激水灌輪，輪轉則交午木戛擊碓尾木而自舂，不煩人力，謂之水碓。”《通鑒·魏紀十》注。○岡白駒曰：“依水涯，壅土流，設水車，轉輪與碓身交，激使自舂，其利十倍。”○蒙思明曰：“擁水碓者獲利之大不難想見，所以魏晉以來特別盛行，而世家大族多競相設置。”《社會》頁一〇五。

“契疏鞅掌”，岡白駒曰：“契疏，券也。鞅掌，煩事重擾也。”○桃井白鹿曰：“契，券也。疏，小券也。鞅掌，爲事煩擾，不暇作容儀也，《詩·小雅》：

---

[1]“僮牧”，王叔岷曰：“《御覽》四七二引‘牧’作‘役’。”
[2]“無比”，王叔岷曰：“（《御覽》四七二引）‘無’作‘莫有’。”

‘或王事鞅掌。’”○恩田仲任曰：“《文心雕龍》曰：‘疏者，布也。布置物類，撮題近意，故小券短書，號爲疏也。’”○田中頤曰：“契、疏，皆券也。鞅掌，用《詩》字，此謂爲事勞也。”○趙西陸曰：“《毛傳》：‘鞅掌，失容也。’孔疏：‘言事煩鞅掌然，不暇爲儀容也。’馬端辰《毛詩傳箋通釋》曰：‘鞅掌，疊韻，即秧穰之類。禾之葉多曰秧穰，人之事多曰鞅掌，其義一也。傳訓“失容”，亦狀事多之貌。’”○徐震堮曰：“契，券契也。凡條其事而記之曰疏。契疏，券契簿籍之類。”

“散籌筭計”，田中頤曰：“即是‘鞅掌’。”○秦士鉉曰：“籌，運算元也。”○張撝之曰：“散籌，擺開籌碼。”《選注》。

○注“晉諸公贊曰”

“不治儀望”，吳金華曰：“‘儀望’是近義複詞。儀，儀表；望，外貌。”《考釋》頁二一七。

“台輔之望不重”，余嘉錫曰：“《御覽》七百十六引《竹林七賢論》曰：‘王戎雖爲三司，率爾私行，巡省田園，不從一人，以手巾插腰。戎故吏多大官，相逢輒下道避之。’”

○注“王隱晉書曰”

“戎好治生”，恩田仲任曰：“治生，治生產也。”
“翁嫗二人”，恩田仲任曰：“翁嫗，猶言夫妻也，謂戎與夫人。”
“象牙籌”，陳殷曰：“象牙筭子。”《點注》卷三。

【彙評】

方弘靜曰：“王戎父没，辭百萬賻，以此顯名；而晚節有好貨之譏，乃至靳一李、責單衣，何先後之戾也！孟子所謂好名而見色於簞食豆羹者耶？清談者鮮實，晉所以不競也。”《千一録》卷十七。

王世懋曰：“晦默吾道，何至作此？王翦請田宅，恐不至是。”恩田仲任按曰：“《通鑑》曰：秦王使王翦伐楚，將六十萬人，王自送之霸上。翦請美田宅甚衆。王曰：‘將軍行矣，何憂貧！’”

唐汝詢曰：“濬沖守財虜，謬與群賢友。侚促牙籌間，清風復何有。中原遭喪亂，朝士咸奔走。當時嘉李樹，移植江南否。"《顧氏詩史》卷八。

余嘉錫曰："戎之鄙吝，蓋出於天性。戴逵之言，名士相爲護惜，阿私所好，非公論也。"

4

王戎有好李，賣之[1]，恐人得其種[2]，恒鑽其核。

【彙評】

盧元昌曰："凡人事跡不忘，便有計得喪，較多寡，幸生惘死，種種繫著。無論王戎李，和嶠錢，固屬貪心所使。"《杜詩闡》卷十七。

5

王戎女適裴頠，貸錢數萬[3]。女歸，戎色不説。女遽還錢，乃釋然[4]。

【彙評】

陳天祥曰："石崇、王愷之驕矜，未嘗聞其有吝也；王戎、和嶠之吝嗇，未嘗聞其有驕也。大抵驕而不吝、吝而不驕者多，驕吝兼有者少。"《四書辨疑》卷五。

凌濛初曰："單衣猶賣，何疑數萬！"

---

[1] "賣之"，董刻本、元刻本"賣"上有"常"字。
[2] "得其種"，楊勇曰："'得'下'其'字，《晉書·王戎傳》、《事文》後二五、《類聚》八六引《世説》並無。"
[3] "貸錢數萬"，徐震堮曰："此下《晉書》本傳有'久而未還'一句，語意始備。"
[4] "乃釋然"，楊勇曰："宋本及各本作'乃釋然'，《晉書·王戎傳》作'乃歡'，《類聚》四〇、《御覽》五四一引《世説》並作'乃懌'。按'懌''歡'意同。作'釋'疑形近致誤。"

伯克利手批曰："行意割恩,凡聚斂人皆如是。"

賀昌群曰："若王戎之興利聚錢,每自執牙籌,晝夜算計,其女適裴頠,貸錢數萬,戎迫其償還;又家有好李,常出售之,恐人得種,乃鑽其核,以此獲譏於世,人謂之膏肓之疾。然而觀其與王弼說延陵、子房,超超玄著,何等氣象,及父卒於涼州,故吏賻贈數百萬,戎辭而不受,則知其決非貪財好貨之流,正如蕭何爲相國,多買長安田宅以自污,使高帝不疑其有他,用晦以保其身,同一用心耳。"《初論》頁四一。

6

衛江州在尋陽,《永嘉流人名》曰:"衛展字道舒,河東安邑人。祖列〔1〕,彭城護軍。父韶,廣平令。展,光熙初除鷹揚將軍、江州刺史。"有知舊人投之,都不料理,唯餉"王不留行"一斤〔2〕。此人得餉,便命駕。《本草》曰:"王不留行,生太山,治金瘡,除風,久服之輕身。"李弘範聞之曰:"家舅刻薄,乃復驅使草木〔3〕。"《中興書》曰:"李軌字弘範,江夏人。仕至尚書郎。"按軌,劉氏之甥,此應弘度,非弘範也〔4〕。

○"衛江州"至"驅使草木"

"料理",秦士鉉曰:"料理,用心執事也。此二字見范史《禮儀志》。"○周一良曰:"關照也。"《商兑》。

"王不留行",桃井白鹿曰:"《本草》草名。時珍曰:'此物性走而不住,雖有王命,不能留其行,故名。'"○恩田仲任曰:"顏師古曰:'不留行,言無所稽留,不廢於行。'"○田中頤曰:"此示欲令之去也。"

─────────

〔1〕 "祖列",楊勇曰:"汪藻《衛氏譜》作'烈'。"
〔2〕 "留行一斤",董刻本"留"字滅。王利器曰:"各本空白是'留'字。《類說》卷三二引作'惟餉王不留行一本'。"王叔岷曰:"《類說》三二引'斤'作'本'。"
〔3〕 "草木",余嘉錫曰:"'草'景宋本作'卉'。"
〔4〕 "弘範也",龔斌曰:"'範'下宋本、沈校本並有'者'字。"

“便命駕”，田中頤曰：“即去也。”

“驅使草木”，田中頤曰：“言其儉嗇之酷,用之如使奴僕也。”○周一良曰：“驅使，處置也。”《商兑》。○張萬起曰：“役使草木去逐客。”

　　○注“永嘉流人名曰”

“衛展”，徐震堮曰：“《隋書·經籍志》有光祿大夫衛展集十二卷，梁有十五卷，亡。《初學記》二〇衛展表曰：‘諺言：延尉獄，平如砥，有錢生，無錢死。此諺之起，死生之出於此注獄也。’”

“光熙初”，程炎震曰：“《晉書》三十六《展傳》云‘永嘉中’。光熙止一年，明年即爲永嘉。”

　　○注“此應弘度”

“弘度”，恩田仲任曰：“李充字弘度。”○徐震堮曰：“李充《晉書》有傳。”

【彙評】

袁中道曰：“妙。”《舌華錄》卷七。

7

　　王丞相儉節〔1〕，帳下甘果，盈溢不散〔2〕，涉春爛敗。都督白之，公令舍去，曰〔3〕：“慎不可令大郎知〔4〕。”王悦也。

---

〔1〕 “丞相”，楊勇曰：“‘相’下《考異》有‘性’字，《御覽》四三一引《郭子》同。”
〔2〕 “不散”，《考異》“不”下有“能”字。
〔3〕 “舍去曰”，楊勇曰：“‘去’下《考異》有‘敕’字，《御覽》（四三一）引《郭子》同。”王叔岷曰：“《御覽》引《郭子》‘去’下有‘勅’字，‘敕’‘勅’正、俗字。”又，《考異》“曰”作“云”。
〔4〕 “令”，《考異》曰：“一作‘使’。”

敬胤曰："《韓詩外傳》曰：'宋燕相齊，見逐，歸舍。召門尉陳饒等二十六人曰："諸大夫有能與我赴諸侯者乎？"皆伏而不對。燕曰："悲夫！士大夫易得而難用之。"饒謹對曰："三叔之稷，不足於士，君廄馬有餘粟。果梨後宮以相擲，士不得一嘗。綾紈綺縠，從風而弊，士不得以爲緣。夫財幣者，君之所輕，命者，士之所重，君不能行君所輕，而使士行其所重，譬猶鉛刀畜之，而干將用之，不亦難乎？"燕慙曰："燕之過也。"'《呂氏春秋》曰：'楚人有獻魚楚王者，〔曰〕："今日漁穫食之不盡，賣之不售，棄之又惜，故來獻之。"左右曰："鄙哉，辭。"楚王曰："子不知，漁者仁人也。"'《家語》曰：'孔子之楚，有漁者獻魚甚強，孔子不受。獻者曰："天暑市遠，衒之不售，不若獻之君子。"再拜受，使弟子掃除祭之。弟子曰："夫人將棄之，今吾子將祭之，何也？"孔子曰："吾聞之，務施而不務餘財者，聖人也。今受聖人賜，可無祭乎？"'"

8

蘇峻之亂，庾太尉南奔見陶公，陶公雅相賞重。陶性儉吝。及食，啖薤，庾因留白[1]。陶問："用此何爲？"庾云："故可種。"於是大歎庾非唯風流，兼有治實。

○"蘇峻之亂"至"有治實"

"因留白"，楊勇曰："白，薤根也，以其色白，故云。"
"治實"，蔣凡曰："辦事務實。"

【彙評】

劉辰翁曰："小説取笑。豈有熟薤更種耶？陶未易愚。"按凌刻本無"豈有熟薤更

---

〔1〕　"及食"三句，楊勇曰："《御覽》九七七引《世説》作：'及食，庾啖薤，因留白。'"

種耶”句。

王世懋曰：“陶公故可以誚取，豈辦殺元規者？”華慶遠《論世八編》卷九引王世懋曰：“陶士行不辦殺元規，未是豪傑。且噉薤留白，可以誚取如是。”

凌濛初曰：“直揣竹頭木屑之心。”

馮夢龍曰：“直是投其儉性，何治實之有！”《古今譚概》卷十三《貧儉部》。

沈赤然曰：“庾亮噉韭，陶侃稱其非惟風流，兼有實行。後周王罷與客食瓜，見客侵膚稍厚，瓜皮落地，罷就地手取自食，客爲慚沮。然則與人共食，正復不易，非僅饞叉惡嚼、顛倒匕筯爲人所憎鄙已也。”《續筆》卷六。

余嘉錫曰：“陶公愛惜物力，竹頭木屑，皆得其用。既是性之所長，亦遂以此取人。其因庾亮噉薤留白，而賞其有治實，猶之有一官長取竹連根，而超兩階用之之意也。此之儉吝，正其平生經濟所在。與王戎輩守財自封者，固自不同。”

9

郗公大聚斂[1]，有錢數千萬。嘉賓意甚不同，常朝旦問訊[2]。郗家法，子弟不坐，因倚語移時，遂及財貨事。郗公曰：“汝正當欲得吾錢耳！”迺開庫一日，令任意用。郗公始正謂損數百萬許。嘉賓遂一日乞與親友周旋略盡[3]。郗公聞之，驚怪不能已已。《中興書》曰：“超少卓犖而不羈[4]，有曠世之度。”

○“郗公大”至“令任意用”

“意甚不同”，崔朝慶曰：“言不滿其聚斂也。”

“常朝旦”，秦士鉉曰：“‘常’‘嘗’通。”

---

[1] “聚斂”，元刻本“聚”作“娶”。
[2] “問訊”董刻本“訊”作“訉”。
[3] “周旋略盡”，楊勇曰：“《晉書·郗超傳》，《御覽》一九一、八三六，《事類賦》一〇引《世說》作‘周旋都盡’。”
[4] “犖而”，朱鑄禹曰：“沈校本無‘而’字。”

1870

“因倚語移時”，岡白駒曰：“倚，倚柱也。”○恩田仲任曰：“倚語，立談。”○秦士鉉曰：“家法不許坐，因立倚而語，故意得移時也。”○徐震堮曰：“《釋文》引王肅注：‘倚，立也。’倚語，謂立語也。”

“正當欲得”，張萬起曰：“正當，只是，只不過。”《詞典》頁五五。

○“郗公始正”至“不能已已”

“正謂損數百萬許”，田中頤曰：“是郗十分放膽處，而其意尚儉嗇，謂不過減損十一許而已。”○崔朝慶曰：“言即任意用亦不過損數百萬耳。”○張萬起曰：“正謂，只是以爲。”

“周旋略盡”，平賀房父曰：“庫中之錢，周旋之間略盡也。”○恩田仲任曰：“周旋，猶言須臾。”○田中頤曰：“周旋一時，千萬略盡空矣。”○秦士鉉曰：“周旋，猶云暫時。”○徐震堮曰：“周旋，引申爲相與有交往之人。”《簡釋》。○周一良曰：“‘周旋’亦可用作名詞，指親密往來之人。”《史札》頁二〇五。

○注“中興書曰”

“卓犖而不羈”，胡三省曰：“卓犖不羈，卓，高也；犖，有力也；言其氣韻甚高，且有才力，譬之馬駒逸群，不可得而羈縶也。”《通鑒·晉紀十九》注。

“曠世之度”，恩田仲任曰：“曠世，猶言間世也。間隔幾世才生，言不可多得也。”

◎趙西陸曰：“此引《中興書》與《言語篇》第五十九則注重出。”

【彙評】

劉辰翁曰：“吾見嘉賓，每有可喜。”

王志堅曰：“郗愔事天師道，而其子超奉佛。愔好聚斂，超獨好施與。超之爲人，可謂賢於其父。然愔恬而忠，超競而逆，恐佛法之所收，在愔不在超也。”《讀史商語》卷二。

汰侈第三十

【題解】

　　何良俊曰："《記》曰：'奢則逼上。'正孔子所謂不孫也。夫僭擬者，王誅之所不赦。余觀侈汰之徒，皆取禍不旋踵，蓋有所由來矣。"《何氏語林》卷二十九。○大典顯常曰："汰，奢汰。《荀子》：'閨門之內，般樂奢汰'。"《集成》。○恩田仲任曰："汰，過也。侈，奢泰也。《六書故》曰：'好廣也。'"○田中頤曰："汰，泰也。侈，奢也。即上'儉嗇'之反。"○楊勇曰："汰侈，謂驕溢奢侈逾分也。《左傳》昭公元年：'楚王汰侈。'"○張萬起曰："聚斂驕奢、揮霍無度與貪鄙吝嗇、視財如命是魏晉士大夫生活作風走向的兩個極端，所以《世說新語》特立《汰侈》和《儉嗇》這兩個門類來表現。在我國歷史上，最典型的汰侈奢靡和慳吝貪鄙的故事都出自《世說新語》。"○蔣凡曰："'儉嗇'者錢財不許使用，'侈汰'者則聚斂無數錢財專爲自己享用，實際核心所在都是'爲我'二字。"

1

　　石崇每要客燕集[1]，常令美人行酒。客飲酒不盡者，使黃門交斬美人[2]。王丞相與大將軍嘗共詣崇[3]。丞相素不能飲[4]，輒自勉彊，至於沈醉。每至大將軍，固不飲[5]，以觀其變。已斬三人，顏色如故，尚不肯

〔1〕　"石崇"，楊勇曰："'石崇'下，《考異》有'王愷競以豪侈相夸，崇'九字。無'已斬三人'以下二十九字。"
〔2〕　"客飲酒不盡者"二句，《考異》作"酒不盡，黃門交斬美人"。
〔3〕　"王丞相與大將軍嘗共詣崇"，《考異》作"將軍與丞相共詣崇"。
〔4〕　"素不能飲"，"素"，《考異》曰："一作'性'。""能飲"作"耐酒"。
〔5〕　"每至大將軍固不飲"，《考異》作"大將軍每固不飲"。

飲。丞相讓之，大將軍曰：“自殺伊家人，何預卿事！”

王隱《晉書》曰：“石崇爲荆州刺史，劫奪殺人，以致巨富。”《王丞相德音記》曰：“丞相素爲諸父所重。王君夫問王敦：‘聞君從弟佳人，又解音律，欲一作妓〔1〕，可與共來。’遂往。吹笛人有小忘，君夫聞，使黄門階下打殺之，顔色不變。丞相還，曰：‘恐此君處世，當有如此事。’”兩説不同，故詳録。

○“石崇每”至“何預卿事”

“美人行酒”，周一良曰：“古人宴會時飲酒，非如後代每人有杯，而是行酒人執鍾或樽勺，依次傳送，即所謂行酒。”《史札》頁四六五。○張㧑之曰：“美人，指家伎、女奴。”《選注》。

“黄門”，徐震堮曰：“東漢黄門令及中黄門諸官，皆以宦官爲之，後世遂以黄門爲閹人之代稱。嵇康《與山巨源絕交書》：‘豈可見黄門而後稱貞哉。’此處指僕役之供内室使令者，以其出入閨閫，故以閹人爲之。”

“交斬”，徐震堮曰：“《禮記·坊記》注：‘交，更也。’更互之義。黄門非一人，故使更互爲之。”

◎程炎震曰：“《晉書》九十八《敦傳》兼取行酒及吹笛兩事，但云土愷，不云石崇。又不言已殺三人，較可信。”○李慈銘曰：“《晉書·王敦傳》以此爲王愷事，非石崇。疑皆傳聞過實之辭。崇、愷雖暴，不至此也。”《簡端記》。○徐震堮曰：“《晉書·王敦傳》作王愷事。”《札記》。

○注“王隱晉書曰”

“劫奪殺人以致巨富”，曹道衡曰：“史學家多以崇在荆州劫掠而致富。然其與王愷爭富，《世説》《晉書》皆記晉武助愷，則崇在任荆州前已成豪富。王濟、石崇皆預平吴之役，吴人數十年生聚所積，多入此輩私室，不言可喻。”《叢考》頁一二一。

---

〔1〕 “作妓”，王先謙曰：“‘妓’當爲‘伎’。”王利器曰：“‘作妓’當作‘作伎’。本書《方正門》‘王丞相作女伎’條，又《言語門》‘王子敬語王孝伯’條注引魏武遺令：‘月朝十五日，輒使向帳作伎。’都正作‘作伎’，可證。”

○注"王丞相德音記曰"

《王丞相德音記》，沈家本曰："隋唐志皆不著録。丞相，王導。此亦雜傳之屬。"《古書目》卷四。

"作妓"，參見校文。徐震堮曰："《華嚴經音義》上引《切韻》：'妓，女樂也。'又作'伎'，《方正》四○'王丞相作女伎'是也。"○楊勇曰："《集韻》：'妓音伎，女樂也。'"

【彙評】

敬胤曰："《孟子》曰：'人皆有不忍人之心，行不忍人之政，治天下可運之掌上。見孺子將入於井，有惻隱之心。無惻隱之心，非人也。'王敦可謂非人。《王丞相德音記》曰：'王敦曾要公詣王君夫，聽妓。妓吹笛小失，君夫便令黃門牽箸階下打殺之，敦顏色自若。公還歎息，語從弟廙、弟敞、穎曰：'稱是君處世，當有如此事也。'"

蘇軾曰："王濟以人乳蒸㹠，王愷使妓吹笛，小失聲韻便殺之，使美人行酒，客飲不盡，亦殺之。時武帝在也，而貴戚敢如此，知晉室之亂也久矣。"《東坡志林》卷四。

劉辰翁曰："決無斬人勸飲，血當盈庭矣。"

李贄曰："石崇、王敦，兩賢相厄。"《初潭集》卷三。

王世懋曰："無論處仲忍人，觀此事，晉那得不亂？"

王思任曰："或有炫人之戲。"

袁中道曰："有此主人，亦有此客。"《舌華錄》卷二。

凌濛初曰："直當使竹林中人詣石，以保美人首領。"

馮夢龍曰："惡人遇惡人，只是婢妾悔氣，覺呂太后筵席殊散澹。"《古今譚概》卷十六《鷙忍部》。

方苞曰："勉強沈醉，人情也。殺二人而不肯飲，且顏色如故，宜其作賊耳。殺人致富，能安享乎？請觀其後。"

博古堂墨批曰："以人命爲兒戲，國法何在？宜召戎狄之禍也。"○曰："是時士多不檢，祖車騎尚有南塘之行，又何論其斬奴乎？是皆西晉放達之風所致，以是知禮讓爲治國之本也。"

石崇廁常有十餘婢侍列，皆麗服藻飾〔1〕。置甲煎粉、沈香汁之屬〔2〕，無不畢備〔3〕。又與新衣箸令出〔4〕，客多羞不能如廁。王大將軍往，脫故衣，箸新衣〔5〕，神色傲然〔6〕。群婢相謂曰："此客必能作賊。"《語林》曰："劉實詣石崇〔7〕，如廁，見有絳紗帳大牀〔8〕，茵蓐甚麗，兩婢持錦香囊〔9〕。實遽反走，即謂崇曰：'向誤入卿室內。'崇曰：'是廁耳。'"

○"石崇廁"至"無不畢備"

"十餘婢侍列"，李詳曰："《漢書·外戚·衛皇后子夫傳》：'帝起更衣，子夫侍尚衣。'更衣即廁所，有美人列侍，帝戚平陽主家始有之。石崇仿之，所以爲侈。"

"甲煎粉沈香汁"，桃井白鹿曰："甲煎，香名。《貞觀紀聞》云：'隋主每除夜焚沈香數車，光暗則以甲煎沃之，香聞數里。'"○恩田仲任曰："甲煎，揚雄《方言》曰：'有汁而乾之曰煎。'范曄《香序》曰：'棗膏昏鈍，甲煎淺俗。'《廣志》曰：'甲煎出南方。范曄《和香方》曰：甲煎，煎棧香也。'"○徐震堮

---

〔1〕 "麗服藻飾"，《考異》"麗服"下注曰："一作'美麗'。"又，《考異》"飾"作"飭"。

〔2〕 "甲煎粉、沈香汁"，大典顯常曰："疑當作'甲煎汁、沈香粉'。"

〔3〕 "無不"，《考異》"無"作"莫"。

〔4〕 "與新衣箸令出"，徐震堮《札記》曰：《晉書·王敦傳》作'有如廁者皆易新衣而出'，語意尤備。"

〔5〕 "新衣"，《考異》"衣"作"服"。

〔6〕 "神色"，《考異》"神"作"意"。

〔7〕 "劉實"，董刻本"實"作"寔"，下同。葉德輝曰："袁本'實'作'寔'。按寔，《晉書》有傳，正作'寔'。"

〔8〕 "絳紗帳"，唐鴻學曰："'有絳紗帳'，'絳'乃'桽'之訛。"徐震堮曰："《晉書·劉寔傳》作'絳蚊帳'。"

〔9〕 "持錦香囊"，黃丕烈校"持"作"桽"。葉德輝曰："袁本'持'作'桽'。按《說文》：'桽，桽雙也。'《廣韻》：'帆未張。'言兩婢慎香囊，如帆之未張，正未登廁時情事。六朝綺語，錘鍊可玩。若作'持'，則應十餘婢，非兩婢事矣。《晉書·劉寔傳》亦作'持'，均非。"唐鴻學曰："持，宋本作'桽'，後人不識此字之義而妄改。《說文》：'桽，雙也，从木，羍聲，讀若鴻。'《廣韻》：'桽，雙帆未張。'"劉盼遂曰："王說（當作葉說）甚新而乖實特甚。今考袁本作'持錦囊'，沈寶硯以傳是樓宋本校袁本，校語中無說，想亦同袁本也。《太平御覽》一百八十六引《語林》作'兩婢持飾香囊'，又一百四引《語林》云：'石崇廁內兩婢持飾囊是籌也'，是引《語林》者亦作'持'不作'桽'。"朱鑄禹按曰："謂'慎香囊如帆之未張，爲未登廁情事'，亦未明所據。又'持'字，《說文》：'握也。'《廣韻》：'執也。'皆訓作以手握執而已。且錦香囊似非體大質重之物，何以言'持'即應十餘婢乃能從事？均所未喻。"

曰："《宋書·范曄傳》：'撰《和香方》，其序之曰：棗膏昏蒙，甲煎淺俗。'庾信《鏡賦》：'脂和甲煎。'倪璠注引陳藏器《本草拾遺》：'甲煎以諸藥及美果花燒灰和蠟治成，可作口脂。'"

○"又與新衣"至"能作賊"

"與新衣箸令出"，岡白駒曰："客如廁者,必與新衣。"
"神色傲然"，田中頤曰："與'多羞'反映。"
"必能作賊"，田中頤曰："言其神色亦當不難御人侍婢也。"○周一良曰："'作賊'南北朝習語，猶言造反，非謂盜竊也。"《世説札記》。按"作賊"義參見《言語篇》"桓玄義興還後"條。

○注"語林曰"

"持錦香囊"，參見校文。劉盼遂曰："香囊爲清薗之具，如今之所爲手紙，自不待大，兩婢持之者，兩婢各有所持也。"○楊勇曰："香囊殆即香袋,内儲香料，外裹錦緞，製如棕狀。"

【彙評】

蘇軾曰："廁中婢曰：'此客必能作賊也。'此婢能知人，而崇乃令執事廁中，殆是無所知也。"《東坡志林》卷三。
李贄曰："粧村得好。"《初潭集》卷三。
凌濛初曰："何物婢子乃知人。"評"此客必能作賊"。
尤侗曰："有賊眼必有賊心，何怪？獨怪王愷未嘗作賊，乃以貴戚專殺，幾無法矣。典午之亡，宜哉！"《艮齋雜説》卷五。

3

武帝嘗降王武子家[1]，武子供饌，並用瑠璃

---

〔1〕"嘗降"，楊勇曰："'嘗'宋本作'常'，古通用。"

器〔1〕。婢子百餘人，皆綾羅綺襦〔2〕，以手擎飲食。烝豘肥美，異於常味。帝怪而問之，答曰："以人乳飲豘〔3〕。"帝甚不平，食未畢，便去。王、石所未知作〔4〕。

襦，一作襦。

○"武帝嘗降"至"所未知作"

"降王武子家"，田中頤曰："降，猶云幸。"○程炎震曰："濟尚常山公主，故帝幸其家。"

"綺襦"，桃井白鹿曰："《玉篇》：'襦，婦人上服。'《方言》：'裙自關而東，或謂之襦。'"○程炎震曰："《玉篇》：'襦，力貨切，女人上衣也；襦，彼皮切，關東人呼裙也。'兩字皆得通，未知孰是。"○陶琪曰："《宋史》，太后命製一小黃羅襦，可數歲小兒長短者，乃爲少主即位用。是不專爲女子服，當是半臂之類，兒女皆可服者。"○徐震堮曰："'襦'字不見字書，作'襦'是也。'綺'與'袴'同。襦，顏師古《急就篇》注：'裳即裳也。一曰帔，一曰襦。''綺襦'即袴裙。"

"蒸豘"，大典顯常曰："豘，同豚，豕子也。"《集成》。

"王石所未知作"，劉應登曰："王石，王愷、石崇。"○徐震堮曰："謂王愷、石崇所不能爲。"

【彙評】

陳絳曰："晉王濟家，武帝嘗幸之，因設燕，蒸豚甚肥美，帝問之，曰：'用人乳汁飲之。'帝變色而起。唐侯君集家得二姬，顏色殊異，問之，乃不火食，

---

〔1〕 "並用瑠璃器"，楊勇曰："宋本作'並'，《類聚》八四、八五，《書鈔》一二九，《御覽》四七二、七五六、八一六引《世説》皆作'悉'。"王叔岷曰："《御覽》四七二引此作'並不用盤，悉用琉璃器'（琉與瑠同），則'並'似非'悉'之誤，'並'下蓋脱'不用盤悉'四字耳。《藝文類聚》八四引此作'盤悉用瑠璃器'，八五引作'槃悉用瑠璃器'，'槃'與'盤'同，上蓋略'並不用'三字。《書鈔》一二九，《御覽》七五六、八一六引此皆略'並不用盤'四字。"
〔2〕 "綺襦"，程炎震曰："《御覽》四百七十二引'綺襦'作'袴褶'。"楊勇曰："'襦'，《類聚》八五，《書鈔》一二九，《御覽》四七二、八一六引《世説》作'褶'。"
〔3〕 "以人乳飲豘"，徐震堮《札記》曰："《晉書·王濟傳》作'以人乳蒸之'。"
〔4〕 "王石所未知作"，徐震堮曰："《御覽》三七一引《世説》無此六字。"

1877

止食人乳耳。人之驕奢，乃有至於是者！晉符朗之逃奔江南也，每與朝士燕，不用唾壺，使兩小兒跪而張口，承唾含出。宋謝景仁性矜嚴貞潔，居宇淨麗。每唾，轉唾左右人衣，事畢即聽一月澣濯。故每欲唾，左右爭來受焉。人之豪貴，迺有至於是者。"《金罍子》中篇卷五。

李贄曰："是何言歟！"《初潭集》卷二十五。

馮夢龍曰："独兒無用，殆有甚者，武帝自不悟耳。"《古今譚概》卷十四《汏侈部》。

4

　　王君夫以粘糒澳釜〔1〕，石季倫用蠟燭作炊。君夫作紫絲布步障碧綾裏四十里，石崇作錦步障五十里以敵之。石以椒爲泥〔2〕，王以赤石脂泥壁。《晉諸公贊》曰："王愷字君夫，東海人，王肅子也。雖無檢行，而少以才力見名，有'在公'之稱〔3〕。既自以外戚，晉氏政寬，又性至豪。舊制，鴆不得過江，爲其羽礫酒中〔4〕，必殺人。愷爲翊軍時，得鴆於石崇而養之，其大如鵝，喙長尺餘，純食蛇虺。司隸奏按愷、崇，詔悉原之，即燒於都街。愷肆其意色，無所忌憚。爲後軍將軍，卒謚曰醜。"

　　○"王君夫"至"蠟燭作炊"

　　"王君夫"，趙西陸曰："《事類賦》十引首有'石崇與貴戚王愷、羊琇之徒，以奢靡相尚'。"

　　"石季倫"，徐子光曰："《晉書》：石崇字季倫。父苞位至司徒，臨終分財物

〔1〕　"粘糒"，楊勇舊校曰："《類聚》八〇作'粘糖'，《御覽》四七二作'粘糒'，及八五二作'飴餔'。"王叔岷按曰："《藝文類聚》八十引'粘糒'作'粘糖'。"
〔2〕　"石以椒爲泥"，楊勇曰："《晉書·石崇傳》作'崇塗屋以椒'，《類聚》八九、《御覽》九五八引《世説》作'石崇以椒泥泥屋'，《御覽》四七二引《世説》作'石以椒爲泥泥屏'。按依下文意，'泥'下當有'泥屋'二字。"
〔3〕　"在公"，董刻本"公"作"軍"。王利器曰："各本'軍'作'公'，是。"楊勇曰："'公'宋本作'軍'。各本及《晉書·王愷傳》並作'公'。"
〔4〕　"爲其"，秦士鉉曰："'爲其'之'爲'，疑作'以'。"

與諸子，獨不及崇。其母以爲言，苟曰：‘此兒雖小，後自能得。’爲荊州刺史，刼遠使商客，致富不貲。後拜衛尉，財産豐積，室宇宏麗，後房百數皆曳紈綉，珥金翠，絲竹盡當時之選，庖膳窮水陸之珍，與貴戚王愷、羊琇之徒，以奢靡相尚。”《蒙求集注》卷下“季倫錦障”條。

“粔糒燠釜”，胡三省曰：“粔，盈之翻，餳也。《説文》曰：米蘖煎也。一曰濡弱者爲米台。燠，於到翻。今台、明謂以水沃釜爲燠鑊。”《通鑒·晉紀三》注。○程炎震曰：“《晉書》三十三《崇傳》無‘糒’字。《音義》出‘粔糒’二字。‘糒’是乾飯，疑衍此字。《晉書音義》：‘粔，與之反。’考《玉篇》《廣韻》皆無‘粔’字，而《廣韻》‘飴’字正切‘與之’。蓋‘粔’‘飴’同字。又《廣韻》：‘燠，烏到切。’燠釜，以水添釜，則字當從水。”○徐震堮曰：“糒，乾飯。謂以餳糖和飯擦鍋子。”○王叔岷曰：“此當以‘飴餔’爲正，‘粔’‘糒’並俗字，‘糒’‘糖’並‘糒’之誤。《説文》曰：‘飴，米蘖煎也。’段注：‘米部曰：“蘖，芽米也。”火部曰：“煎，熬也。”以芽米熬之爲飴，今俗用大麥。’《廣雅·釋器》：‘飴，餳也。’《釋名·釋飲食》：‘餔，哺也。如餳而濁可哺也。’‘餔’如餳而濁，故與‘飴’連文。”

“蠟燭作炊”，胡三省曰：“蠟，蜜滓也。”《通鑒·晉紀三》注。

○“君夫作”至“石脂泥壁”

“步障”，胡三省曰：“夾道設之以障蔽，若今之罘罳。”《通鑒·晉紀三》注。○大典顯常曰：“《綱目集覽》：‘步障，今罘罳是也。以小竹交結爲之，衣以布或帛，可舒可卷。’”

“以椒爲泥”，胡三省曰：“椒性温而芬馥。”《通鑒·晉紀三》注。

“赤石脂”，胡三省曰：“《本草圖經》曰：‘赤石脂，出濟南射陽及太山之陰。’蘇恭云：‘濟南太山不聞出者，惟虢州盧氏縣、澤州陵川縣、慈州呂鄉縣並有，及宜州諸山亦出。今出潞州，以色理鮮膩者爲勝。’”《通鑒·晉紀三》注。

○注“晉諸公贊曰”

“在公之稱”，岡白駒曰：“《詩》云：‘夙夜在公。’在公，歇後也。”○秦士鉉曰：“在公，謂才之可用也。”

“自以外戚”，桃井白鹿曰：“王愷，文明皇后之弟也。”○龔斌曰：“王愷之姊元姬爲文帝后,生武帝,則武帝乃愷外甥。"

"鳩不得過江",恩田仲任曰:"楊廉夫《鐵崖集》云:鳩出蘄州黃梅山中,狀類訓狐,聲如擊腰鼓,巢於大木之巔,巢下數十步皆草不生也。"○秦士鉉曰:"鳩似鷹而大,狀如鴉,蛇入口即爛,其屎溺著石,石皆黃爛。飲水處,百蟲吸之皆死。"

"羽櫟酒中",恩田仲任曰:"櫟,捎也,擊也。"○秦士鉉曰:"或疑作'攪'。"○朱鑄禹曰:"櫟,讀作'擽'。擽,《唐韻》《集韻》並音略,擊也。"

"愷爲翊軍",胡三省曰:"武帝太康元年,初置翊軍校尉。"《通鑒·晉紀五》注。○恩田仲任曰:"《宋·百官志》曰:'太子翊軍校尉,晉武帝太康初置,江左省。'"○秦士鉉曰:"太子翊軍校尉,西晉置,江左省。"○程炎震曰:"《武紀》:太康元年六月,初置翊軍校尉官。"

"司隸奏按愷崇",程炎震曰:"《崇》《愷傳》並云:司隸傅祇。案祇爲司隸,在元康元年。"○李詳曰:"《晉書·王愷傳》:'石崇與愷將爲鳩毒之事。司隸校尉傅祇劾之。'案司隸所劾,因愷、崇豢養毒鳥,留之害人,故焚於都街。如《晉書》言,似二人謀爲悖逆之事,殊爲誤會。《左傳》莊公三十二年《正義》引《晉諸公賛》曰:'晉制:鳩不得渡江,有重法。石崇爲南中郎,得鳩,以與王愷。養之大如鵝,喙長尺餘,純食蛇虺。司隸傅祇於愷家得此鳥,奏之,宣示百官,燒於都街。'以三書所引覈之,《正義》最悉。"

"燒於都街",吳金華曰:"都街,城內的通衢大道之稱,又叫'都市'。本文指洛陽城內的大街。"《考釋》頁二一八。

"爲後軍將軍",程炎震曰:"《晉書·崇傳》云:'崇得鳩鳥雛,以與後軍將軍王愷。'《愷傳》亦云'轉後將軍'。"

"諡曰醜",朱鑄禹曰:"怙威肆行曰醜。"

【彙評】

楊一奇曰:"愷爲盜臣致富,崇爲貪吏致富,皆爲富不仁者,是故不可驕也,矧可鬭耶? 愷絕崇滅,卒死於富,宜矣。"《史談補》卷三。

5

石崇爲客作豆粥，咄嗟便辦。恒冬天得韭蓱齏[1]。又牛形狀氣力不勝王愷牛，而與愷出遊，極晚發，爭入洛城，崇牛數十步後，迅若飛禽，愷牛絕走不能及。每以此三事爲撳腕[2]。乃密貨崇帳下都督及御車人[3]，問所以。都督曰："豆至難煮，唯豫作熟末，客至，作白粥以投之。韭蓱齏是搗韭根，雜以麥苗爾。"復問馭人牛所以駛。馭人云："牛本不遲[4]，由將車人不及制之爾[5]。急時聽偏轅[6]，則駛矣。"愷悉從之，遂爭長。石崇後聞，皆殺告者。《晉諸公贊》曰："崇性好俠，與王愷競相誇衒也[7]。"

○ "石崇爲客"至"咄嗟便辦"

"咄嗟便辦"，宋祁曰："汾晉之間，尊者呼左右曰咄，左右必曰嗟，而司空圖作《休休記》又用之。修書學士劉羲叟爲予言《晉書》'咄嗟而辦'非是，宜言'咄喏而辦'。然'咄嗟'前世人文章中多用之，或自有義。"《宋景公筆記》卷上。○吳曾曰："孫楚詩云：'三命皆有極，咄嗟安可保。'李善引《蒼頡篇》曰：'咄，啐也。'《説文》：'啐，驚也。'咄，丁忽切；啐，倉憒切。王弼《周易注》曰：'嗟，憂歎之辭。'乃知宋爲是而劉爲非。"《漫録》卷七。○葉夢得曰：

---

〔1〕 "韭蓱齏"，恩田仲任曰："《正字通》引石崇事伯'韭蓱齏'，曰'蓱'即'芹'字。"秦士鉉曰："《晉書》作'韭蓱齏'。《字典》'蓱'同'蓱'，或云'萍'，蓋謂萍之初生者也。"程炎震曰："《晉書》作'蓲'，是其俗字。《玉篇》無'蓲'字。《廣韻》始有之。"王叔岷曰："《御覽》八四一引'蓱'作'萍'，'蓱'與'萍'同。"
〔2〕 "每以此"，余嘉錫曰："《晉書·石崇傳》'每'上有'愷'字。"
〔3〕 "密貨"，徐震堮曰："'貨'《御覽》二七作'賄'。"
〔4〕 "牛本"，楊勇曰："'本'，《晉書·石崇傳》、《事類賦》二二引《世説》作'奔'。"
〔5〕 "由將車人不及制之爾"，桃井白鹿曰："《晉書》：'由御者逐之不及而反制之。'"余嘉錫曰："《晉書·石崇傳》此句作'良由馭者逐之不及而反制之'。"徐震堮曰："《晉書·石崇傳》作'良由馭者逐不及，反制之'，語意更明。"楊勇曰："《事類賦》二二引《世説》作'良由御者逐之不及而反制之'。"
〔6〕 "偏轅"，徐震堮《札記》曰："（《晉書·石崇傳》）'偏'作'蹁'。"
〔7〕 "誇衒"，董刻本"衒"作"眩"。

"劉貢父以司空圖詩中'咄嗟'二字，辨《晉書》所載'石崇豆粥，咄嗟而辦'爲誤。以'嗟'爲'嗟'，非也。孫楚詩自有'三命皆有極，咄嗟不可保'之語。咄、嗟，皆聲也。自晉以前，未見有言'咄'。殷浩所謂'咄咄逼人'，蓋拒物之聲。'嗟'乃歎聲。'咄嗟'猶言呼吸。疑是晉人一時語，故孫楚以云云爾。"《石林詩話》卷上。王楙按曰："'咄咄逼人'乃殷仲堪語，石林謂殷浩，誤也。殷浩語乃'咄咄書空'。"○王楙曰："僕觀魏陳暄賦'漢帝咄嗟'，《抱朴子》'不覺咄嗟復彫枯'，李白詩'臨岐胡咄嗟'，王績詩'咄嗟建城市'，張說詩'咄嗟長不見'，陳子昂詩'咄嗟吾何歎'，司空圖詩'笑君徒咄嗟'，此詩於'花'字韻押，是亦以爲'咄嗟'。貢父所舉乃別一詩，曰'咄嗟休休莫莫'。且陳暄、葛稚川、左太沖、陳子昂、李太白之徒，皆在司空圖之前，其言已可驗矣，況復圖有前作'咄嗟'字，無可疑者。僕又推之，竊謂此語自古而然，非特晉也。《前漢書》'項羽意烏猝嗟'，李奇注：'猝嗟，猶咄嗟也。'後漢何休注《公羊》曰：'噫，咄嗟也。'此'咄嗟'已明驗漢人語矣。又《戰國策》有'叱咄''叱嗟'等語，益知此語自古而然。貢父所説，固已未廣。石林引孫楚詩，且謂晉人一時之語，亦未廣也。"《野客叢書》卷二十三。○凌濛初曰："劉貢父曰：'咄嗟，宜作咄嗟，以司空圖詩爲證。'不知孫楚詩自有'三命皆有極，咄嗟安可保'。'咄嗟'猶言呼吸，蓋是晉人一時語。"○方以智曰："'咄嗟'與'咄唶''咄咤'同，非'嗟'也。"《通雅》卷三十一。○劉堅曰："'咄''嗟'皆聲也。咄，殷浩所謂'咄咄逼人'，蓋拒物之聲。嗟，乃嘆聲。咄嗟，猶言呼吸間也。"《修潔齋閑筆》卷二。○岡白駒曰："言頃刻便辦也。按《增韻》云：'咄嗟，咨語也。'蓋咨語之間便辦，故以咄嗟爲頃刻之義也。"○桃井白鹿曰："《字典》《韻會補》：'嗟，子夜切，音借，同唶。'《三蒼詁》：'咄嗟，易度也，猶言呼吸之間。古有《咄唶歌》。'"○大典顯常曰："咄嗟之間，言其速也。"○恩田仲任曰："《傷寒論》張機序曰：'賚百年之壽命，持至寶之重器，委付庸醫，恣其所爲，咄嗟嗚呼，厥身既斃。'《鶡冠子》曰：'樂嗟苦咄，徒隸人至。'《品字箋》曰：'咄嗟，速也，猶言頃刻也。'"○桂馥曰："左思《詠史詩》：'俛仰生榮華，咄嗟復枯凋。'此言蘇秦、李斯，忽而榮華，忽而枯凋也。馥謂'咄嗟便辦'，猶言一呼即至耳。豆粥難成，唯崇家立具，稱其疾也。"《札樸》卷五。○郝懿行曰："案《說文》：'咄，相謂也。''咄嗟'蓋咨嗟相命之聲。"《證俗文》卷十七。○李詳曰："左思《詠史詩》'咄嗟復彫枯'，孫楚《陟陽侯詩》'咄嗟安可保'，二字並爲晉世方言，猶云儵忽也。"○余嘉錫曰："咄嗟，本叱咤之聲，王楙所言，是其本義。至左思、孫楚及《世說》所謂'咄嗟'，皆言其疾速，乃後起之義。自是魏晉時人語。葉石林引證雖有誤，其以'咄嗟'爲呼吸，固不誤也。"

○ "恒冬天"至"爲搤腕"

"韭蓱虀"，參見校文。田中頤曰："'蓱'與'萍'同，此謂韭之初生者也。虀，虀菹也。"○秦士鉉曰："虀，墜也。墜音隊，虀菹也。"○程炎震曰："《齊民要術》八引崔寔曰：'八月取韭菁，作擣虀。'故冬天爲難得。《文選》卷四張平子《南都賦》：'浮蟻若蓱。'善注曰：'如蓱之多者。''韭蓱' 蓋亦如此。"

"數十步後"，岡白駒曰："其相發之初,崇牛故後數十步。"

"搤腕"，岡白駒曰："搤，握也。搤腕，謂自夸也。"○朱鑄禹曰："'搤腕' 當即自逞其强能之意。"○張萬起曰："搤腕,握住手腕，情緒激動不平時的動作。"

○ "乃密貨崇"至"以麥苗爾"

"帳下都督"，恩田仲任曰："《晉·職官志》曰：'驃騎已下及諸大將軍置帳下都督。三品將軍亦置帳下都督。'"○張萬起曰："帳下,指家中。都督，指總管家。"

"韭蓱虀是擣韭根"二句，平賀房父曰："萍，冬日絕無者也，故以麥苗代之，人不知之，以爲萍也。"秦士鉉按曰："據此說，《正字通》作'虀'非是。'蓱'冬日所產者也。"○田中頤曰："即所以冬得韭蓱。"○朱鑄禹曰："《晉書·石崇傳》：'韭蓱虀是擣韭根雜以麥苗耳。''萍'亦冬日所無者，故以麥苗代之，取其色似萍以愚人耳。"龔斌按曰："其說存疑。冬日北方麥苗正越冬，且擣碎亦不可食。"

○ "復問馭人"至"殺告者"

"由將車人不及制之爾"，岡白駒曰："將車之人，不能及牛，而制之故爾。"○大典顯常曰："言將車之人不及牛馳，而反控牛令遲也。"《集成》。○恩田仲任曰："不及，不及知之。制，拘制之。"○吳金華曰："所謂'將車人不及制之'，可以理解爲駕牛車者不懂得如何控制牛車。'不及'，相當於今語的'不懂得'、'不理解'，魏晉口語多有其例。"《考釋》頁二二一。

"急時聽偏轅則駃"，岡白駒曰："聽偏轅，脫其一旁也。"○恩田仲任曰："《正字通》曰：'蹁音篇。蹁躚，旋行貌。'《晉·石崇傳》：'牛本不遲，良由馭者制之，可聽蹁轅則快矣。'據此說，'偏'當作'蹁'。"○江藍生曰："'駃'義爲疾速，形容詞，不作動詞解。《玉篇·馬部》：'山吏切，疾也。'此言牛行本不慢，因駕車人駕馭不了，反而控制其行速。當牛急行之時，聽憑轅偏，不去管它，就快了。"《彙釋》頁一七七。○楊勇曰："轅，駕車之木，左右各一，下與軸連，向前伸出。古時車用二輪，平實板滯難行，若令偏之，則重心側向一邊，吃力面減少，車便靈活而易行也。"

【彙評】

王肯堂曰："《世說》所載，多非事實，如石崇火浣衫、珊瑚樹事，定皆無之。此君亦當時俊傑，若蠢不曉事如此，血污西京市久矣，豈待趙王倫哉！至於豆粥韭萍，乃三家邨乞兒所爲鋪張豪侈，遂至及此，殺風景極矣！"《筆麈》卷四。

6

王君夫有牛，名"八百里駁[1]"，常瑩其蹄角。王武子語君夫："我射不如卿，今指賭卿牛，以千萬對之。"君夫既恃手快，且謂駿物無有殺理，便相然可。令武子先射。武子一起便破的，卻據胡牀，叱左右速探牛心來。須臾，炙至，一臠便去。《相牛經》曰："《牛經》出甯戚[2]，傳百里奚。漢世河西薛公得其書，以相牛，千百不失。本以負重致遠[3]，未服輜軒，故文不傳。至魏世，高堂生又傳以與晉宣帝，其後王愷得其書焉。"臣按其《相經》云[4]："陰虹屬頸，千里[5]。"注曰："陰虹者，雙筋白尾骨屬頸[6]，甯戚所飯者也。"

---

[1] "八百里駁"，秦士鉉曰："'駁'一作'駁'，疑'駿'之誤。"
[2] "相牛經曰牛經"，楊勇曰："沈校無'曰牛經'三字。"
[3] "本以"，楊勇曰："'本'疑誤。"
[4] "相經"，董刻本"相"作"柏"，王利器曰："各本'柏'作'相'，是。"楊勇曰："'相'宋本作'柏'，非。"
[5] "千里"，程炎震曰："《齊民要術》六引《相牛經》，'千里'上有'行'字。"
[6] "雙筋白尾骨屬頸"，董刻本"頸"作"輕"。余嘉錫曰："'白'沈本作'自'。"王利器曰："各本'輕'作'頸'。《齊民要術》卷六引《相牛經》作'有筋白毛骨屬勁'，《初學記》卷二九引甯戚《相牛經》作'雙筋自尾骨屬頸'，案《初學記》引是。此文當作'雙筋自尾骨屬頸'。"朱鑄禹曰："'輕'爲'頸'之誤。"

愷之牛，其亦有陰虹也〔1〕。甯戚《經》曰：“棰頭欲得高，百體欲得緊〔2〕，大膁疏肋難齡齝〔3〕，龍頭突目好跳〔4〕。又角欲得細，身欲促〔5〕，形欲得如卷。”

○“王君夫有”至“千萬對之”

“八百里駁”，程大昌曰：“王濟之‘八百里駁’，駁，亦牛也。言其色駁而行速，日可八百里也。”《演繁露》卷一。余嘉錫按曰：“此王愷之牛，誤作王濟。”○田中頤曰：“與‘駿物’應。”○崔朝慶曰：“駁，猛獸名，能食虎豹。”○張萬起曰：“駁，毛色黑白相間的馬。”

“瑩其蹄角”，朱鑄禹曰：“瑩，此借作動詞，謂常磨拭之使光潔如玉也。”○龔斌曰：“瑩，妝飾，塗飾。”

“射不如卿”，田中頤曰：“與‘手快’應。”○劉尚慈曰：“‘射’是博射，是完全區別於戰陣禦敵之射的一種文人的戲射，而且博射必賭，必伴以飲宴，故曰‘宴射’，又稱‘射戲’。”《瑣記》。

○“君夫既恃”至“一臠便去”

“恃手快”，趙西陸曰：“手快，謂射技之精。”

“相然可”，恩田仲任曰：“然，不忤也。可，許也。”○崔朝慶曰：“然可，許諾之謂也。”○吳金華曰：“‘然可’，猶言‘允許’、‘許可’。‘然可’也是有‘以爲然，可之’結合而成的雙音節詞。”《考釋》頁二二二。

“炙至一臠便去”，桃井白鹿曰：“時重牛心炙，見《王羲之傳》。”

---

〔1〕 “其亦有陰虹”，余嘉錫曰：“景宋本及沈本無‘其’字。”徐震堮曰：“‘其’字影宋本及沈校本無，非是，此句乃揣測之辭。”又，董刻本“虹”作“紅”。王利器曰：“各本‘紅’作‘虹’，是。”楊勇曰：“‘虹’宋本作‘紅’。”朱鑄禹曰：“‘紅’爲‘虹’之誤。”

〔2〕 “百體”，恩田仲任曰：“《齊民要術》‘百’作‘一曰’二字。”

〔3〕 “大膁疏肋難齡齝”，董刻本“難齡齝”作“難齝”。恩田仲任曰：“《齊民要術》作‘大膁疏肋難飼’。”余嘉錫曰：“景宋本及沈本無‘齡’字；‘齝’沈本作‘齠’。”王利器曰：“蔣校本、沈校本同。餘本‘難齝’作‘難齡齝’。《齊民要術》作‘難飼’，《御覽》卷八九九引《相牛經》作‘難飴’。案當從《要術》作‘難飼’。”徐震堮曰：“‘齝’上衍‘齡’字。案《齊民要術》所引亦無此字。”楊勇曰：“袁本作‘難齡齝’，《齊民要術》六作‘難飼’，《御覽》八九九《相牛經》作‘難飴’，均非是。”

〔4〕 “突目”，董刻本“目”下有“欲”字。王利器曰：“各本無‘欲’字，是。《齊民要術》、《御覽》（卷八九九）都無‘欲’字。”

〔5〕 “身欲促”，恩田仲任曰：“《齊民要術》作‘身欲得促’。”朱鑄禹曰：“《齊民要術》‘欲’下有‘得’字，是。”

○注"相牛經曰"至"欲得如卷"

《相牛經》，沈家本曰："《隋志》：梁有齊侯大夫甯戚《相牛經》、王良《相牛經》、高堂隆《相牛經》，已亡。此注不著撰人，下文別引甯戚經，知非甯書，當爲王、高二書也。二《唐志》但列甯書。此注云云，下引《相經》，又引甯戚經，然則先引者高堂生之書乎？高堂生，《隋志》所稱高堂隆也。"《古書目》卷五。○葉德輝曰："《隋志·五行》《相牛經》下云：'梁有齊侯大夫甯戚《相牛經》。'"《書目》。

"高堂生"，秦士鉉曰："高堂隆也。"

"臣按"，陶珙曰："注有稱'臣'者，或孝標奉命注耶？《漢書》有'臣瓚'者，乃薛瓚也。"

"棰頭欲得高"二句，桃井白鹿曰："棰頭、百體，並未詳。棰，一作垂。《太平御覽》'牛'條引《相牛經》有'膺庭欲得廣，蘭陵欲得大，垂星欲得有怒肉'等文，而並有注，此注所載亦皆有之，獨缺'垂頭''百體'二句，殊爲可憾，蓋亦膺庭、蘭陵之類。"○大典顯常曰："'棰'通'槌'，謂頭如槌也。《齊民要術》作'插頭'，《潛確類書》作'種頭'，《初學記》作'大膲'。膲，喉也。或引《說文》曰：'腫，馬及鳥脛上結骨。'《韻會》曰：'臀也。'然並未詳。"

"大膁疏肋難齝齝"，大典顯常曰："膁，腰左右虛肉處。肋，脅骨也。齝，齧也。齝，食之已久，復出嚼之也。難齝齝，不多呞也。"○徐震堮曰："齝，《爾雅·釋獸》：'牛曰齝。'注：'食之已久，復出嚼之。'即反芻之義。"

"形欲得如卷"，龔斌曰："《齊民要術》六注：'卷者，其形側也。'"

【彙評】

劉辰翁曰："以此爲快，是略無惜吝意也，要亦君夫殺之。"
馮夢龍曰："彼以爲豪，我以爲俗。"《古今譚概》卷八《不韻部》。

7

王君夫嘗責一人無服餘衵[1]，因直內箸曲閣重閨

[1] "衵"，董刻本、元刻本作"祖"。楊勇曰："宋本作'祖'非，各本作'衵'是。"

裏，不聽人將出。遂饑經日，迷不知何處去。後因緣相
爲，垂死，迺得出。

○"王君夫"至"迺得出"

"無服餘衵"，趙西陸曰："衵，女子近身衣也。《左傳》宣公九年：'陳靈公與孔寧儀行父通於夏姬，皆衷其衵服，以戲於朝。'《古今注》謂爲婦人腰綵，即今襪肚也。"○楊勇曰："衵，音日，近身衣也。"○朱鑄禹曰："此蓋褻服以責之，但餘貼身小衣耳。"

"直内"，朱鑄禹曰："'内'同'納'。"

"不聽人將出"，龔斌曰："不聽人，不讓人。將出，帶出。"

"因緣"，楊勇曰："因緣，親近小吏也。《後書·陳寵傳》：'事類渾錯，易爲輕重，不良得生因緣。'注：'因緣，謂依附以生輕重也。'"○朱鑄禹曰："似謂偶值機緣，經人相助之意。"○張永言曰："朋友，同夥。"《辭典》頁五四三。○張萬起曰："憑藉，依靠。"《詞典》頁三九四。

8

石崇與王愷爭豪，並窮綺麗，以飾輿服。《續文章志》曰："崇資産累巨萬金，宅室輿馬，僭擬王者[1]。庖膳必窮水陸之珍。後房百數，皆曳紈繡，珥金翠，而絲竹之藝，盡一世之選。築榭開沼，殫極人巧。與貴戚羊琇、王愷之徒競相高以侈靡，而崇爲居最之首，琇等每愧羨，以爲不及也。"武帝，愷之甥也[2]，每助愷。嘗以一珊瑚樹，高二尺許，賜愷。枝柯扶疏，世罕其比。愷以示崇，崇視訖，以鐵如意擊之，應手而碎。愷既惋惜，又以爲疾己

---

[1] "僭擬王者"，袁刻本"僭"作"借"。張萬起曰："借，當作'僭'。郭忠恕《佩觿》云，俗以'借倪'之'借'爲'逾僭'之'僭'，非。"
[2] "武帝愷之甥也"，董刻本"甥"作"舅"。王利器曰："各本'舅'作'甥'。《太平御覽》卷二三六引亦作'甥'，是。《晉書·王濟傳》也說：'王愷以帝舅奢豪。'"楊勇曰："'甥'宋本作'舅'，非。各本及《廣記》二三六引皆作'甥'，是。"大典本作"愷之武帝甥也"，鍾仕倫曰："作'武帝愷之甥也'是，大典本誤。"

之寶，聲色甚厲〔1〕。崇曰：“不足恨，今還卿。”乃命左右悉取珊瑚樹，有三尺、四尺，條榦絶世〔2〕，光彩溢目者六七枚，如愷許比甚衆〔3〕。愷惘然自失〔4〕。《南州異物志》曰〔5〕：“珊瑚生大秦國，有洲在漲海中，距其國七八百里，名珊瑚樹洲。底有盤石，水深二十餘丈，珊瑚生於石上。初生白，軟弱似菌。國人乘大船，載鐵網，先没在水下，一年便生網目中，其色尚黄，枝柯交錯，高三四尺，大者圍尺餘。三年色赤，便以鐵鈔發其根〔6〕，繫鐵網於船，絞車舉網。還，裁鑿恣意所作。若過時不鑿，便枯索蟲蠹。其大者輸之王府，細者賣之。”《廣志》曰：“珊瑚大者，可爲車軸。”

○“石崇與”至“惘然自失”

“以鐵如意擊之”，胡三省曰：“鐵如意，手搲也，以鐵爲之，若今之骨朵子。”《通鑒·晉紀三》注。○方以智曰：“如意因於爪杖，而談者以代麈尾。齊高祖賜隱士明僧紹竹根如意，梁武帝賜昭明太子木犀如意，石季倫、王敦皆執鐵如意。《音義指歸》云：‘如意者，古之爪杖也，或骨角竹木作人手指，柄三尺許，脊癢可搔，如人之意。清談者執之。鐵者兼藏禦侮。’”《通雅》卷三十四。

“不足恨”，徐震堮曰：“不足，不必，不值得。”《簡釋》。

“如愷許比甚衆”，崔朝慶曰：“言與愷所有大小相近者甚多也。”

“惘然自失”，王叔岷曰：“《莊子·説劍篇》：‘文王芒然自失。’‘惘然’猶‘芒然’，自失貌。”

◎余嘉錫曰：“此出《語林》，見《御覽》七百三。”

---

〔1〕“甚厲”，楊勇曰：“‘甚’《晉書·石崇傳》、《廣記》二三六引《世説》作‘方’。”

〔2〕“絶世”，楊勇曰：“‘世’《晉書·石崇傳》、《廣記》二三六引《世説》作‘俗’。”王叔岷曰：“《廣記》（二三六）引‘有’下有‘高’字。‘絶世’蓋《世説》之舊。唐人避太宗諱，以‘俗’代‘世’，《廣記》承之耳。《史記·平原君列傳》‘夫賢士之處世也’，《文選》曹子建《求自試表》注，吳季重《答東阿王書》注引‘世’並作‘俗’，亦避太宗諱也。”

〔3〕“比甚衆”，楊勇曰：“‘比’下《晉書·石崇傳》有‘者’字。”

〔4〕“惘然”，王叔岷曰：“《太平廣記》（二三六）引此作‘悵然’。”

〔5〕“南州異物志”，大典本無“南州”二字。

〔6〕“鐵鈔發其根”，大典本無“發”字。鍾仕倫曰：“疑大典本是。《説文》段注：‘叉者，手指相造也，手指突入其間而取之，是之謂鈔。字從金者，容以金鐵諸器刺取之矣。’‘鐵鈔其根’，恐謂以鐵器從珊瑚樹下截斷其根而取之。”

○注"續文章志曰"

余嘉錫曰："《宋書·五行志》曰：'晉興，何曾薄太官御膳，自取私食。子劭又過之。而王愷又過劭。王愷、羊琇之疇，盛致聲色，窮珍極麗。至元康中，夸恣成俗，轉相高尚。石崇之侈，遂兼王、何而儷人主矣。崇既誅死，天下尋亦淪喪，僭侈之咎也。'《晉書·五行志》同。"

○注"南州異物志曰"

《南州異物志》，沈家本曰："《隋志》：'《南州異物志》一卷，吳丹陽太守萬震撰。'二《唐志》同。"《古書目》卷四。○葉德輝曰："《隋志》：一卷。云：'吳丹陽太守萬震撰。'"《書目》。

《廣志》，沈家本曰："《隋志》：'《廣志》二卷，郭義恭撰。'《新唐》同。"《古書目》卷五。

【彙評】

劉辰翁曰："此乃足爲戲耳。"

唐順之曰："奢侈者，亡國之本；恃財者，殺身之媒。富者衆怨之歸也，而況可鬭乎？王愷國戚，朝廷嬖之，其富也固宜。崇一荆州刺史耳，安享王者之富，僭逾之罪干明王之誅，況肆行無忌，猶欲碎珊瑚以壓國戚，其死也不待知者而明之矣，豈必綠珠爲禍媒哉？"《兩晉解疑》。

王世懋曰："石尚有火浣布事，尤奇。《世說》不載，豈謂更遠情實耶？"恩田仲任按曰："《魏志》曰：梁冀嘗會客，佯爭酒，失杯而汙之，僞怒，爭燒之。布得火，然如灰，垢盡火滅，粲然絜白。《神異錄》曰：南方有火山，晝夜火燃。火中有鼠，重百斤，毛長二尺。常居火中，出外而色白，以水逐沃之即死，取其毛，織以爲布。"秦士鉉按曰："《太平御覽》引《晉書》云：'外國進火浣布，帝爲衫衣，來幸崇家，崇奴僕五十人，皆衣火浣布衫，帝大慚。'"朱鑄禹曰："今《晉書·石崇傳》不載此事。"

吳崇節曰："馬援有言：積財而不能散，不過守財虜耳。有道之士，塵土軒冕，瓦礫珠玉，而況可炫之以競富鬭靡耶？怨積禍極，身亡族滅，向之所競鬭者，果安在哉？吁！亦可鑒矣。"《古史要評》卷二。

9

王武子被責，移第北邙下[1]。《晉諸公贊》曰："濟與從兄恬不平[2]。濟爲河南尹，未拜，行過王宮[3]，吏不時下道，濟於車前鞭之，有司奏免官。論者以濟爲不長者。尋轉太僕，而王恬已見委任，濟遂斥外。"于時人多地貴，濟好馬射，買地作埒，編錢市地竟埒[4]。時人號曰"金溝"。溝一作埒[5]。

○"王武子"至"曰金溝"

"王武子"，徐子光曰："晉王濟字武子，太原晉陽人。少有逸才，風姿英爽，氣蓋一時。好弓馬，勇力絶人。善《易》及老莊，文詞俊茂，技藝過人。和嶠、裴楷齊名，尚常山公主，起家拜中書郎，遷侍中。坐免官，乃移第北邙山下。性豪侈，麗服玉食。時洛京地甚貴，濟買地爲馬埒，編錢滿之，時人謂爲'金埒'。"《蒙求集注》卷上"武子金埒"條。

"北邙"，龔斌曰："山名，因在洛陽之北，故名。東漢、魏晉時王侯公卿多葬於此。"

"買地作埒"，徐震堮曰："埒，界埒也，又庫垣也。謂築短垣圍之以爲界埒。"

"編錢匝地竟埒"，張萬起曰："所用的錢編起來可以繞地一圈，圍滿地界。"

"金溝"，楊勇曰："《寰宇記》三：'金埒，在北邙山下。'"

○注"晉諸公贊曰"

"不長者"，龔斌曰："長者，謂德行高尚之人。王濟無理而鞭吏，故論者以

---

[1] "北邙"，朱鑄禹曰："《晉書》卷四十三《王濟傳》作'北芒'。"龔斌曰："'邙'宋本作'芒'。按'邙'通'芒'。"按《初學記》十八引亦作"芒"。

[2] "從兄恬"，吳士鑑《斠注》卷四十二曰："'恬'當爲'佑'字之訛。"余嘉錫曰："注'兄恬'、'王恬'，'恬'沈本俱作'佑'。"徐震堮《札記》曰："《晉書·王濟傳》'恬'作'佑'。按恬乃王導之子，非特世代有前後，濟太原王，恬琅邪王，族望不同。"又《校箋》曰："'恬'沈校本作'佑'，是，《晉書》本傳同。"王利器曰："蔣校本、沈校本'恬'作'佑'，下同。案'佑'是，《太原晉陽王氏譜》正作'佑'，若'恬'，則是琅邪王氏，不是一族。"王佩諍曰："'恬'字近人吳氏士鑑《晉書斠注》以爲當作'佑'，今按沈寶研校宋本正作'佑'。"趙西陸曰："《琅琊臨沂王氏譜》：'《世説》云：王武子與從兄恬不平。則初亦一族。'蓋據宋本誤文爲説，未是。"

[3] "行過王宮"，王佩諍曰："'王宮吏'范《書》作'官吏'，疑誤。"趙西陸曰："'過'當作'遇'，'宮'當作'官'。"

[4] "市地"，董刻本、袁刻本"市"俱作"匝"。楊勇曰："'匝'，《類聚》六六，《初學記》一八，《蒙求中》，《事類賦》一〇，《御覽》四七二、八三六引《世説》並作'布'。"

[5] "溝一作埒"，余嘉錫曰："景宋本無此四字。"

濟非長者。"

10

石崇每與王敦入學戲^{〔1〕}，見顏、原象《家語》曰："顏回字子淵，魯人。少孔子二十九歲而髮白，三十二歲蚤死^{〔2〕}。"原憲，已見。而歎曰："若與同升孔堂，去人何必有間！"王曰："不知餘人云何，子貢去卿差近。"《史記》曰："端木賜字子貢，衛人。嘗相魯，家累千金，終於齊。"石正色云："士當令身名俱泰，何至以甕牖語人^{〔3〕}！"原憲以甕爲巨牖^{〔4〕}。

○"石崇每與"至"甕牖語人"

"入學戲見顏原象"，大典顯常曰："戲，遊也。"○田中頤曰："石每常與王入學遊戲，適見顏回、原憲之像。"○曹道衡曰："'每與王敦入學戲'，自在(崇)任國子博士時。"《叢考》頁一二一。

"去人何必有間"，岡白駒曰："言何必與七十子相去遠哉。"○大典顯常曰："言古人今人何必相遠也。"

"子貢去卿差近"，平賀房父曰："子貢結駟連騎，故以諷石崇侈靡。"○田中頤曰："言不知孔門其餘弟子與石云何，但子貢富貴，故去卿汰侈差近也。"○曹道衡曰："敦謂崇似子貢，子貢之富以貨殖，石崇之富以劫奪，敦語蓋寓譏嘲也。"《叢考》頁一二一。

"身名俱泰"，岡白駒曰："言欲身富，名亦盛也。"

"何至以甕牖語人"，田中頤曰："言士如子貢，身名俱泰可冀也。原憲以甕

---

〔1〕 "石崇每與王敦入學戲"，楊勇曰："《晉書·石崇傳》作'嘗與王敦入太學'，《書鈔》八三引《世説》作'石季倫每與王敦入學堂'。"
〔2〕 "三十二蚤死"，董刻本"蚤"作"早"。王叔岷曰："今本《家語》'三十一早死'句，'一'乃'二'之誤，當據劉注訂正。《史記索隱》引《家語》亦作'三十二'。"
〔3〕 "甕牖"，董刻本"甕"作"甕"，下同。
〔4〕 "巨牖"，董刻本、袁刻本"巨"作"户"。

爲户牖之貧，則不足語矣。"○王叔岷曰："《莊子·讓王篇》：'原憲居魯，甕牖二室。'（又見《高士傳》卷上。）《韓詩外傳》一、《新序·節士篇》亦並云：'原憲居魯，蓬户甕牖。'"

○注"原憲以甕爲巨牖"

程炎震曰："原憲甕牖，見《韓詩外傳》、《新序·節士篇》及《莊子·讓王篇》。此注不備引，恐非孝標之舊矣。"楊勇按曰："原憲甕牖，已見《言語篇》九注，程以此注非孝標之舊，失考。"

【彙評】

方弘静曰："石季倫見顔淵像，曰：'若與同升孔堂，去人何必有間？'其不自量，王處仲譏之矣。而宋齊丘，字回師，則以孔子自居，喪心乃爾，不得死宜也！而世有效之者。"《千一録》卷十八。

袁中道曰："雄而雅細。"《舌華録》卷二。

凌濛初曰："季倫即富，原無村氣。"

11

彭城王有快牛，至愛惜之。朱鳳《晉書》曰："彭城穆王權，字子輿，宣帝弟馗子。太始元年封。"王太尉與射，賭得之。彭城王曰："君欲自乘，則不論；若欲噉者，當以二十肥者代之。既不廢噉，又存所愛。"王遂殺噉。

○"彭城王"至"遂殺噉"

"彭城王"，程炎震曰："權子植，孫釋，並爲彭城王。權薨於咸寧元年，衍才二十歲。此彭城王，未必定是權。"

"王太尉與射"，徐震堮曰："彭城王權薨於咸寧元年，時王衍年才二十，名位尚微，不合有賭射之事。"○張萬起曰："射，此指博射，魏晉南北朝時江南士人的一種娛樂。"

"遂殺噉"，徐震堮曰："遂，作'竟'字用。"《釋義》。

◎徐震堮曰："此事不見《晉書》。疑與王武子事本屬一事，傳聞有異耳。"
《札記》。

【彙評】

劉辰翁曰："與君夫速之同。"

王世懋曰："南渡後更不能見此汰侈矣。北魏末諸王復相競爲之，魏尋亂。"

12

王右軍少時，在周侯末坐，割牛心噉之。於此改觀。
俗以牛心爲貴，故羲之先噉之〔1〕。

○"王右軍"至"改觀"

"王右軍少時"，程炎震曰："《晉書》八十《羲之傳》云：'年十三，嘗謁周顗。時重牛心炙，坐客未噉，顗先割啗羲之，於是始知名。'右軍十三歲，是建興四年。"○劉盼遂曰："按伯仁被害在元帝永昌元年，時羲之剛三歲，烏能躡履到門邪？《晉書・右軍傳》載右軍年十三謁顗，蓋緣《世說》之誤而塗附耳。"
龔斌按曰："劉盼遂謂《世說》之誤，殆信錢大昕《疑年録》。錢氏以爲羲之生於大興四年。"

【彙評】

劉辰翁曰："何足改觀！"

張萬起曰："這則故事收入《汰侈》，大約並非食之先後問題，而是（周顗）特意宰牛割心給他（右軍）吃，以此奢侈之舉提高他的地位和名望。"

---

〔1〕 "噉之"，余嘉錫曰："'噉'景宋本作'食'。"按袁刻本亦作"食"。

忿狷第三十一

【題解】

何良俊曰：“夫以伯夷之隘，尚曰‘君子不由’。若夫勁狹之徒，一遭忿忤，即怒目攘臂，其去伯夷何遠哉！然且曰：‘望望然去之。’在伯夷則有然矣。故孟子非惡伯夷，惡後世之以伯夷爲口實者。嗚呼，君子何可不知所以自養也！”《何氏語林》卷二十九。〇恩田仲任曰：“悁，《後漢書》注曰：恚也。”〇田中頤曰：“此謂忿怒之餘，狷急難忍者也。”〇程炎震曰：“‘狷’當作‘悁’。《文選》潘岳《西征賦》：‘方鄷郃之忿悁。’注引《戰國策》張儀曰：‘秦忿悁含怒之日久矣。’《史記·魯仲連列傳》曰：‘棄忿悁之節。’”〇魯迅曰：“晉朝人多是脾氣很壞，高傲，發狂，性暴如火的，大約便是服藥的緣故。”《關係》。〇張萬起曰：“忿狷，即憤怒褊急之意。魏晉人急躁易怒，大抵是不平衡心態的一種反映，原因恐怕是複雜的。社會動蕩、世路艱難、宦海沉浮，造成人們難於言表的憂患心理，鬱積於內心的痛苦便常常借機發洩出來。忿狷的反面，豁達大度也是魏晉人所欣賞的作風，而且這兩種品性又常表現在一個人身上。除了政治因素外，這恰恰是魏晉人崇尚自然率真，強調個性及自我價值的一種表現。”

1

魏武有一妓，聲最清高，而情性酷惡。欲殺則愛才[1]，欲置則不堪。於是選百人一時俱教。少時，還有一人聲及之[2]，便殺惡性者[3]。

---

[1] “殺則愛才”，秦士鉉曰：“‘則’一本作‘而’，古文通用。”
[2] “還有”，余嘉錫曰：“‘還’景宋本作‘果’。”
[3] “惡性”，楊勇曰：“《御覽》五六八、《事文》後一六引《世說》作‘性惡’。”王叔岷曰：“《御覽》五六八引‘惡’上有‘向’字。”

○“魏武有”至“惡性者”

“情性酷惡”，田中頤曰：“是自負其聲者。”○徐震堮曰：“酷，與‘甚’字‘極’字同。”《釋義》。

“一時俱教”，江藍生曰：“‘一時’作副詞，義爲‘一起’、‘全部’。”《彙釋》頁二四八。

“便殺惡性者”，田中頤曰：“是不失其兩欲也。‘便’字見其平生不堪忿狷。”○吳金華曰：“‘惡性’，六朝以前叫‘恎’。梁顧野王《玉篇》説：‘恎，徒結切，惡性也。’‘惡性’，主要指性情急燥、暴躁。”《考釋》頁二二三至二二四。

【彙評】

田中頤曰：“便殺歌妓。”

王藍田性急。嘗食雞子，以筯刺之，不得，便大怒，舉以擲地。雞子於地圓轉未止，仍下地以屐齒蹍之[1]，又不得，瞋甚[2]，復於地取内口中[3]，齧破即吐之[4]。王右軍聞而大笑曰：“使安期有此性，猶當無一豪可論[5]，況藍田邪？”《中興書》曰：“述清貴簡正，少所推屈，唯以性急爲累。”安期，述父也。有名德，已見。

────────

[1] “仍下地以屐齒蹍之”，趙西陸曰：“古本《蒙求注》卷下‘仍’作‘乃’。”又，楊勇曰：“‘蹍’《晉書·王述傳》作‘踏’。”
[2] “瞋甚”，董刻本“瞋”作“瞋”。王利器曰：“蔣校本‘瞋’作‘嗔’，餘本作‘瞋’，《晉書》亦作‘瞋’，宋本誤。”
[3] “口中”，董刻本“口”作“曰”。王利器曰：“各本‘曰’作‘口’，是。”
[4] “齧破”，趙西陸曰：“古本《蒙求注》卷下‘齧’作‘嚼’。”
[5] “使安期有此性”二句，趙西陸曰：“古本《蒙求注》卷下‘安期’作‘東海’，‘豪’作‘毫’。”

○“王藍田”至“藍田邪”

“王藍田”，吕叔湘曰：“王述，襲爵藍田侯，故稱王藍田。”

“性急”，田中頤曰：“急，褊急也。”

“仍下地以屐齒蹍之”，恩田仲任曰：“蹍，旋足重踐之也。”○田中頤曰：“蹍，謂用力摩履也，是忘其爲食，刺之竟至此也。”○徐震堮曰：“仍，與‘乃’同。”《釋義》。又曰：“仍，因。”《簡釋》。

“取内口中”，吕叔湘曰：“内，同‘納’。”

“使安期有此性”三句，大典顯常曰：“‘豪’通‘毫’。言無所取也。”又曰：“右軍素與藍田不愜。”《集成》。○田中頤曰：“此言安期雖名德，假有此性急之事，猶當無一毫可論採，況於藍田爲人耶？固不足異也。”○吕叔湘曰：“安期，述父承，字安期，沖淡寡欲，爲政清静，有名於時。無一豪可論，不足道，無可取。‘豪’同‘毫’，一毫猶今言一點。”

○注“中興書曰”

“以性急爲累”，程炎震曰：“《晉書》七十五《述傳》曰：‘既躋重位，每以柔克爲用。’”

【彙評】

朱孟震曰：“得無似癡者所爲耶？然則王氏之癡，仍當歸述矣。”《汾上續談》。

李贄曰：“狀得佳樣出。”《初潭集》卷二十。

王乾開曰：“欲蠲人憂，贈以丹橘。欲蠲人之忿，贈以青松。第合歡之草，嵇康可種。藍田食雞子，性似不可解，故佩韋自緩，佩弦自急，因物憬悟，存乎其人。”

華慶遠曰：“王述快人，温一勁敵也。逸少以性急二字抹煞之，可見江左之風。”《論世八編》卷九。

吕叔湘曰：“王述和他同時一般人的性格不同，是方正剛强一流人。《世説新語》中還記有他幾件事：如桓温求他的孫女做兒媳，他堅持不許；又如他拜尚書令不作照例的辭讓，他的兒子王坦之（文度）告訴應該讓，藍田云：‘汝謂我堪此不？’文度曰：‘何爲不堪？但克讓自是美事，恐不可闕。’藍田慨然曰：‘既云堪，何爲復讓？人言汝勝我，定不如我。'這也很可以表現他的性格。但吃一雞子鬧到暴跳如雷，則大可不必耳。"

蔣凡曰："王述的性急是有名的，但王羲之的譏評卻另有緣故。因二人素來不愜，故羲之'聞而大笑'，見其輕蔑聲色，因子而譏及其父，尤見其傲慢與偏見。後羲之誓墓去官，即與其輕視王述有關。"

3

王司州嘗乘雪往王螭許。王胡之、王恬，並已見。恬小字螭虎。司州言氣少有牾逆於螭，便作色不夷。司州覺惡，便輿牀就之，持其臂曰："汝詎復足與老兄計？"按《王氏譜》，胡之是恬從祖兄。螭撥其手曰："冷如鬼手馨，彊來捉人臂！"

○"王司州"至"捉人臂"

"作色不夷"，岡白駒曰："不平色形於面。"○張萬起曰："作色，因生氣而變了臉色。不夷，不愉快。"

"輿牀就之"，岡白駒曰："輿，舁也。"○徐震堮曰："《禮記·曾子問》：'遂輿機而往。'疏：'抗舉以往。''輿牀就之'猶言移牀就之。"

"詎復足與老兄計"，平賀房父曰："老兄，司州自言。計，計較。"○田中頤曰："言不足計較是非而不平者也。"

"撥其手"，恩田仲任曰："撥，除也。"

"冷如鬼手馨"二句，王棠曰："此'馨'字作歇語音用。"《燕在閣知新錄》卷三十二。○王叔岷曰："劉淇云：'馨，餘語聲，不爲義也。'"按"馨"義參見《文學篇》"殷中軍爲庾公長史"條。

○注"按王氏譜"

"胡之是恬從祖兄"，張端木曰："胡之，廙子也；恬，導子也，同爲覽之曾孫。注誤。"○楊勇曰："汪藻《琅邪臨沂王氏譜》：'胡之，廙子，正孫。恬，導子，裁孫。'皆曾祖覽後也。"

4

桓宣武與袁彦道樗蒲，袁彦道齒不合，遂厲色擲去五木。温太真云："見袁生遷怒，知顔子爲貴。"《論語》曰："哀公問弟子孰爲好學，孔子曰：'有顔回者，好學，不遷怒，不貳過，不幸短命死矣。'"

○"桓宣武"至"顔子爲貴"

"齒不合"，岡白駒曰："齒，五木所記。"○桃井白鹿曰："齒，骰子之眼。"○恩田仲任曰："齒，籌上所記也。言齒不與己意合也。"○秦士鉉曰："不合，不如己所期也。"○趙西陸曰："齒，骰子。"○徐震堮曰："齒，博齒也，即骰子。"

"擲去五木"，岡白駒曰："五木，籌也，古用五子，以木爲之，故曰五木，後世以骨爲之。"○田中頤曰："此袁籌之齒數不合，因移怒於五木，擲去之也。"○趙西陸曰："五木，樗蒲戲具。本以木爲之，一具凡五，故名五木。後世謂之骰子。其形式古今各異。"○楊勇曰："《樗蒲經》：'古斲木爲子，一具凡五子，故名五木。後世轉而用石、用玉、用象牙、用骨。'"

"知顔子爲貴"，田中頤曰："此用《論語》反以調其忿狷也。"

◎余嘉錫曰："桓温以孝武帝寧康元年卒，年六十二。逆數至成帝咸和四年温嶠卒時，凡四十五年。温纔十七歲。袁彦道卒於咸康初，年二十五，其長於温不過數歲。兩童子兒戲相争，事所恒有，未足深責也。"

【彙評】

劉辰翁曰："於此識彦道。"

5

謝無奕性麤彊。以事不相得，自往數王藍田，肆言極罵。王正色面壁不敢動。半日，謝去。良久，轉頭問左右小吏曰："去未？"答云："已去。"然後復坐。時人歎其性急而能有所容。

○"謝無奕"至"能有所容"

"麤彊"，恩田仲任曰："猶言猛暴也。"○張永言曰："浮躁倔強。"《辭典》頁六七。○張萬起曰："或言'粗'借爲'怚'。粗彊，猶驕橫。"《詞典》頁五一五。

"不相得"，呂叔湘曰："鬧翻。"

"往數"，恩田仲任曰："數，責也。"○呂叔湘曰："數，詰責，數落。"○徐震堮曰："數，謂數其罪而責之。"

"肆言極罵"，呂叔湘曰："肆言，縱言，痛快地說。"

"然後復坐"，呂叔湘曰："復正面而坐也。"

"性急而能有所容"，大典顯常曰："按《王述傳》，述性急爲累，'嘗食雞子'云云，既踰重位，每以柔克爲用。謝無奕性麤，'嘗忿事不相得'云云。據此則述既能改性也。"○田中頤曰："歎是最爲難也。"

【彙評】

支允堅曰："嵇叔夜愛惡無迹，而致憎於鍾會。其死也，以忤物名。王藍田褊躁有名，而能容於謝奕。其仕也，以忍性勝。難乎觀士矣。"《異林》卷一。

方苞曰："性急人能如此容物，真難得。"

呂叔湘曰："王述自知性急，卻能設法抑制，這也就很可佩服。"

6

　　王令詣謝公，值習鑿齒已在坐，當與併榻。王徙倚不坐，公引之與對榻。去後，語胡兒曰："子敬實自清立，但人爲爾多矜咳〔1〕，殊足損其自然〔2〕。"劉謙之《晉紀》

―――――――――

〔1〕"人爲爾多矜咳"，秦士鉉曰："'人'字衍。"余嘉錫曰："'咳'沈本作'硋'。"
〔2〕"殊足"，秦士鉉曰："一無'足'字。"

曰："王獻之性甚整峻，不交非類。"

○"王令詣"至"損其自然"

"併榻"，周一良曰："《三國志·吳志·魯肅傳》'權即見肅，合榻對飲'，《諸葛融傳》'合榻促坐，量敵選對'，'合榻'即共榻，必是共坐連榻上也。'併榻'即同榻合榻。王獻之自命'不交非類'，故不與習連榻。"《史札》頁四七四。

"徙倚不坐"，恩田仲任曰："遷徙而立倚。"○田中頤曰："以爲浼己故。"○楊勇曰："《楚辭·哀時命》'獨徙倚而彷徉'注：'徙倚，低徊也。'"

"去後語胡兒"，岡白駒曰："王獻之去後，謝安語謝朗。"○大典顯常曰："胡兒，謝朗小字。"

"人爲爾多矜咳"，大典顯常曰："爾，其也。"○田中頤曰："爲，讀猶'謂'也。爾，斥言王也。"○周一良曰："爾多，猶言如此多。"《批校》。

"矜咳"，劉辰翁曰："'矜咳'二字極不成語，然極有似。"○胡文英曰："咳，小歎。吳人小作歎息聲，則曰咳。"《吳下方言考》卷六。○岡白駒曰："自賢曰矜。其態作咳聲，故云矜咳。言此舉唯在子敬，則實是清立也。但人爲如此，多是矜咳，殊足損其自然。"○恩田仲任曰："'咳'與'欬'同。《曲禮》：'車上不廣欬。'鄭康成注：'爲若自矜。'疏曰：'欬，聲欬也。車已高，若在上而聲大欬，似自驕矜。'"○田中頤曰："謂己自矜飾，而故意作咳也。"○徐震堮曰："矜持的意思。"《釋義》。又曰："沈校本'咳'作'硋'，疑是。《後漢書·方術傳序》：'夫物之所偏，未能無蔽，雖云大道，其硋或同。'注：'硋音五愛反。'則'硋'即'礙'也。矜，矜持；硋，拘執。晉人講門地，士庶不同坐，書中屢見。謝安見獻之不肯與習同榻，故以拘於習俗譏之。"○楊勇曰："猶今言'擺架子'。"○王叔岷曰："'咳'借爲'侅'。《説文》：'侅，奇侅，非常也。''矜侅'猶言矜奇。子敬之清立，由於人爲。人爲則多矜奇，而損其自然矣。"按王讀"但人爲爾"爲句。○朱鑄禹曰："此即謂故作咳，以示矜莊，今俗語所謂'裝腔作勢'也。"○蕭艾曰："咳，音該，同胲。《漢書·藝文志》有《五音奇胲用兵》，故訓奇胲爲非常。矜，有自賢之意。矜咳，謂其裝腔作勢、矯揉造作。"《探幽》頁九七。

【彙評】

李贄曰："子敬清立，故多人爲；謝公夷粹，豈皆自然？"《初潭集》卷十八。按此以“但人爲爾”爲句，故云。

余嘉錫曰：“習鑿齒人才學問獨出冠時，而子敬不與之併榻，鄙其出身寒士，且有足疾耳。所謂‘不交非類’者如此，非孔子‘無友不如己者’之謂也。”

7

王大、王恭嘗俱在何僕射坐。《中興書》曰：“何澄字子玄[1]，清正有器望。歷尚書左僕射。”恭時爲丹陽尹，大始拜荆州。《靈鬼志謠徵》曰：“初，桓石民爲荆州，鎮上時[2]，民忽歌《黃曇曲》曰：‘黃曇英，揚州大佛來上朋[3]。’少時，石民死，王忱爲荆州。”佛大，忱小字也。訖將乖之際，大勸恭酒。恭不爲飲，大逼彊之，轉苦[4]，便各以幙帶繞手。恭府近千人[5]，悉呼入齋，大左右雖少，亦命前，意便欲相殺。何僕射無計，因起排坐二人之間，方得分散。所謂勢利之交，古人羞之。

○“王大王恭”至“古人羞之”

“恭時爲丹陽尹”，張萬起曰：“《晉書·王恭傳》：‘太元中，代沈嘉爲丹陽尹。’”

“幙帶”，楊勇曰：“‘幙’，‘裙’本字，下裳也。”

“意便欲相殺”，余嘉錫曰：“恭與忱有隙，詳見《賞譽篇》注引《晉安帝紀》。”

---

[1] “子玄”，程炎震曰：“《晉書·何準傳》作‘季玄’。”

[2] “上時”，何焯曰：“‘時’當作‘明’，見《晉書·五行志》。”李慈銘曰：“‘上時’當作‘上明’，下文‘上朋’亦‘上明’之誤。晉宋《五行志》皆作‘上明’。”徐震堮《札記》曰：“《晉書·五行志》‘上時’‘上朋’並作‘上明’，當據改。”王利器曰：“蔣校本、沈校本‘上時’作‘上明’。案當作‘上明’。本書《棲逸門》‘南陽劉驎之’條：‘比至上明亦盡。’又《尤悔門》‘桓車騎在上明’條，都作‘上明’，《晉書·五行志中》載此事正作‘上明’。”

[3] “上朋”，余嘉錫曰：“沈本作‘上明’。”王利器曰：“沈校本‘上朋’作‘上明’，是。《晉書》正作‘上明’。”朱鑄禹曰：“‘時’、‘朋’兩字皆爲‘明’之誤無疑。”

[4] “轉苦”，葉德輝曰：“袁本‘苦’作‘言’。”

[5] “千人”，蕭艾《探幽》曰：“‘千’字乃‘十’字之誤。”頁一二〇。

"勢利之交"二句，蔣凡曰："語出《漢書·張耳陳餘傳贊》。"

○注"靈鬼志謠徵曰"

"鎮上時"，參見校文。胡三省曰："《晉志》：'上明在漢武陵郡屠陵縣界。'《水經注》：'上明城在枝江縣，其地夷敞，北據大江。江氾枝分，東入大江。縣治洲上，故以枝江爲稱。'杜佑曰：'上明即今江陵松滋縣西，廢。'大明城，桓沖所築也，沖疏曰：'南平屠陵縣界，地名上明，田土膏良，可以資業軍人。在吳時，樂鄉城以上四十里，北枕大江，西接三峽。'宋白曰：'上明城，桓沖所築，在今松滋縣西。'"《通鑒·晉紀二六》注。○桃井白鹿曰："上明，城名，在荆州松滋縣境。桓沖自襄陽退，築之自屯（《綱目質實》）。"○李慈銘曰："上明者，荆州地名也。卷下之上《棲逸篇》：'劉驎之見荆州刺史桓沖，比至上明。'《宋書·州郡志》：'荆州刺史桓沖始治上明。'今湖北荆州府松滋縣有上明故城。"《簡端記》。○徐震堮曰："案《桓沖傳》，沖到江陵，上疏曰：'南平屠陵縣界，地名上明，田土膏良，可以資業軍人，臣輒隨宜處分，於是移鎮上明。'"《札記》。○王利器曰："《渚宫舊事》卷五：'屠陵縣界，地名上明。'原注引《荆州志》曰：'上明、中明、下明，謂之三明。明猶渠。'"

"大佛來上朋"，參見校文。徐震堮曰："《（五行）志》云：'忱小字佛大，是大佛來上明也。'"

"石民死王忱爲荆州"，程炎震曰："太元十四年六月，桓石虔卒，王忱代之。明年王恭亦出鎮京口矣。"

【彙評】

劉辰翁曰："何物俗狀！"

田餘慶曰："王忱與王恭，少年時齊名友善，俱爲貴胄公子。涉身政治以後，他們分屬於孝武帝與司馬道子兩方，逐漸生嫌而爲釁隙。劉義慶以此事歸入'忿狷'一類，以品性相責，只是見其一面；但所謂'勢利之交'，似又近二王忿爭的實質。不久以後，王恭出鎮京口，二王的忿爭成爲兩藩的對立，這比起京師主、相之間的爭執，更爲明朗。"《政治》頁二二七。

桓南郡小兒時，與諸從兄弟各養鵝共鬭。南郡鵝每不如，甚以爲忿。迺夜往鵝欄間[1]，取諸兄弟鵝悉殺之。既曉，家人咸以驚駭，云是變怪，以白車騎。車騎曰："無所致怪，當是南郡戲耳！"問，果如之。

○"桓南郡"至"果如之"

"養鵝共鬭"，劉辰翁曰："不聞鬭鵝何如。"○凌濛初曰："按《新唐書·田令孜傳》云：'帝沖騃，喜鬭鵝，一鵝至直五十萬錢。'司馬溫公《考異》云：鵝非可鬭之物，改爲'賭鵝'。蓋'鬭鵝'亦不過出其毛色，以相勝耳。如云'鬭草'，草亦豈自能鬭耶？正亦不必改耳。"

"車騎"，徐震堮曰："桓沖，玄之季父。"

"南郡戲耳"，田中頤曰："唯老大固盡其性耳。"○吳承仕曰："車騎口中，何云南郡？此記事不中律令處。"余嘉錫引。

---

[1]　"鵝欄"，秦士鉉曰："欄，一作'栅'。"

讒險第三十二

【題解】

何良俊曰："夫讒險之毒,慘於戈兵。是以吉甫慈父也,伯奇孝子也,不能不致疑於掇蠭之間。成王明君也,周公賢臣也,猶必有待於風雷之變。故孔子以浸潤之譖、膚受之愬不行,既謂之明,又謂之遠。嗚呼難矣! 況乎義闕君臣,恩非父子。聽言者非成王、吉甫之能詳,致謗者無周公、伯奇之可指,幾何其不見惑於交搆之徒耶? 巷伯之詩,欲'取彼譖人,投之有昊',亦豈過也!"《何氏語林》卷二十九。○恩田仲任曰:"讒,譖也。險,心險也。"○田中頤曰:"此謂口讒佞而心險惡者也。"○楊勇曰:"讒險,謂崇飾惡言以毀善害能也。"

1

王平子形甚散朗,內實勁俠〔1〕。鄧粲《晉紀》云:"劉琨嘗謂澄曰:'卿形雖散朗〔2〕,而內勁狹〔3〕,以此處世,難得其死!'澄默然無以答。後果爲王敦所害。劉琨聞之曰:'自取死耳!'"

○"王平子"至"勁俠"

"內實勁俠",胡三省曰:"言其心輕易動,又豪俠自喜也。"《通鑑·晉紀十》注。按《通鑑》"勁"作"動"。程炎震按曰:"胡注曰云云,雖望文生義,然可知宋時梅磵所見本即是'動'字。"○湯用彤曰:"其心輕躁,非真達者也。"《佛教史》頁一二五。○吳金華曰:"'狹''俠'二字古代通用,此文似以'勁俠'爲優。本書《自

---

〔1〕 "勁狹",程炎震曰:"《晉書》四十三《王澄傳》作'動俠'。"徐震堮《札記》曰:"《晉書》本傳'勁'作'動',非。"又《校箋》曰:"'勁狹'影宋本作'勁俠',《晉書·王澄傳》作'動俠',《通鑑》八八《晉紀》同。"

〔2〕 "卿形",董刻本"形"作"汧"。王利器曰:"各本'汧'作'形',是。《晉書·王澄傳》亦作'形'。"楊勇曰:"'形'宋本作'汧',非。"

〔3〕 "內勁狹",余嘉錫曰:"景宋本'內'下有'實'字。"

新》一‘周處年少時’條：‘凶强俠氣，爲鄉里所患。’頗疑‘勁俠’跟‘凶强俠氣’的意思相近，是帶有貶義色彩的詞語。”《考釋》頁二二六。○張萬起曰：“此言王澄剛愎自用、狹隘，好恃强使氣。”

◎凌濛初曰：“何與‘讒險’？”○蔣凡曰：“可能刊刻遺漏，今之所見，故事未完。”

2

　　袁悦有口才[1]，能短長説[2]，亦有精理。始作謝玄參軍，頗被禮遇。後丁艱，服除還都，唯齎《戰國策》而已。語人曰：“少年時讀《論語》《老子》，又看《莊》《易》，此皆是病痛事，當何所益邪？天下要物，正有《戰國策》。”既下，説司馬孝文王[3]，大見親待，幾亂機軸。俄而見誅。《袁氏譜》曰：“悦字元禮，陳郡陽夏人。父朗，給事中。仕至驃騎咨議。太元中[4]，悦有寵於會稽王，每勸專覽朝權，王頗納其言。王恭聞其説[5]，言於孝武，乃託以它罪[6]，殺悦於市中。既而朋黨同異之聲，播於朝野矣。”

○“袁悦有”至“被禮遇”

“能短長説”，顏師古曰：“應劭曰：‘短長術興於六國時，長短其語，隱謬用相激

---

[1]　“袁悦”，徐震堮《札記》曰：“《晉書》本傳、《會稽王道子傳》及《王國寶傳》並作‘袁悦之’。”龔斌曰：“《德行》四〇注引《晉安帝紀》亦作‘袁悦之’。蓋晉人或於名下加‘之’字。”
[2]　“能短長説”，大典顯常曰：“《晉書·王湛傳》中有‘袁悦能短能長’，一作‘能短長説’。”平賀房父曰：“一本作‘能短長説’，非本文意。”秦士鉉曰：“王弇州擬作‘長短説’。或云一本作‘能長能短’爲是。”
[3]　“司馬孝文王”，徐震堮《札記》曰：“《晉書》作‘文孝王’。”
[4]　“太元中”，余嘉錫曰：“自‘太元中’以下，似別引一書，非《袁氏譜》之書。傳寫脱去書名耳。”范子燁《研究》曰：“並非‘傳寫脱去書名’，而是宋人有意删去《晉安帝紀》之名，將其文並入《袁氏譜》。”頁二〇三。
[5]　“王恭”，董刻本、袁刻本“恭”作“綮”。葉德輝曰：“袁本‘恭’作‘綮’，非。”王利器曰：“沈校本、王本、凌本、補本‘綮’作‘恭’，是。”朱鑄禹曰：“沈校本作‘王恭’是。”
[6]　“它罪”，董刻本“它”作“他”。

怒也。’張晏曰：‘蘇秦、張儀之謀，趣彼爲短，歸此爲長。《戰國策》名《長短術》也。’”《漢書·張湯傳》注。○司馬貞曰：“欲令此事長則長説之，欲令此事短則短説之，故《戰國策》亦名《短長書》是也。”《史記·田儋列傳索隱》。○岡白駒曰：“揣摩術也。按短長説興於六國時，行長入短，其語隱謬，用相激怒，《史記》所謂‘謀詐用而縱橫短長之説起’是也。”○平賀房父曰：“只是口才。”○田中頤曰：“此謂口才縱橫，巧混是非。”○徐震堮曰：“（劉向《戰國策序》）高誘注：‘六國時縱橫之説，一曰《短長書》，一曰《國本》。’此云‘短長説’，蓋謂縱橫捭闔之説。”○王叔岷曰：“《史記·田儋列傳贊》：‘蒯通者，善爲長短説。’《索隱》：‘《戰國策》亦名《短長書》。’”

“有精理”，田中頤曰：“此所以令人易善聽也，與‘禮遇’‘親待’接應。”

○“後丁艱”至“有戰國策”

“丁艱”，岡白駒曰：“丁，當也。父母喪曰艱。”○恩田仲任曰：“《品字箋》曰：‘情之難堪者曰艱，故世以守制爲丁艱。’丁，當也，值也。”

“病痛事”，秦士鉉曰：“言徒病痛學者之事。按我邦武田信玄終身不讀《論語》，此亦以此書爲病痛事。”○張萬起曰：“病痛，指身體的小災小病。病痛事，比喻小事。”○龔斌曰：“猶言壞事、缺憾事。”

“當何所益”，王叔岷曰：“‘當’猶‘將’也。”

“天下要物”二句，田中頤曰：“此其所貴固戾人之性，是所謂能短能長之説。斯人而不見誅者，未之有也。”

○“既下”至“俄而見誅”

“既下”，秦士鉉曰：“既下江也。”○張萬起曰：“即下都。”

“司馬孝文王”，秦士鉉曰：“孝文，司馬道子謚。”○李慈銘曰：“‘孝文’當作‘文孝’，《晉書》作‘文孝’。”《簡端記》。○徐震堮曰：“即會稽王司馬道子，《晉書》作‘文孝王’，本書皆作‘孝文王’，不詳其故。”

“幾亂機軸”，大典顯常曰：“機軸，謂政事樞要也。”《攟補》。○恩田仲任曰：“機，弩牙也，所以主發。軸，車軸，所以持輪。皆在物之要者，故謂權要用事爲機軸。”○龔斌曰：“《後漢書》一七《馮異傳》：‘今軼守洛陽，將軍鎮孟津，俱據機軸。’李賢注：‘機，弩牙也；軸，車軸也。皆在物之要，故取喻焉。’”

“俄而見誅”，田中頤曰：“‘俄’字見是其隱惡，假無人誅，必有鬼誅也。傳者深寓戒於此矣。”

○注“袁氏譜曰”

“會稽王”，岡白駒曰：“即司馬道子。”

“專覽朝權”，岡白駒曰：“覽，與‘攬’通，執也。”

“王恭聞其說言於孝武”，大典顯常曰：“《王恭傳》：會稽王道子執政，恭每正色直言，道子深憚而忿之，於是國難始結。後遂爲道子所殺。”

“乃託以它罪”二句，余嘉錫曰：“悦嘗離間王忱、王恭，見《賞譽篇》‘王恭與王建武甚有情’條。《晉書·王國寶傳》曰：‘中書郎范甯，國寶舅也。疾其阿諛，勸孝武帝黜之。國寶乃使陳郡袁悦之因尼妙音致書與太子母陳淑媛，說國寶宜見親信。帝知之，託以他罪殺悦之。’與此不同。蓋孝武之積怒於悦，非一事也。”

【彙評】

劉辰翁曰：“亦近名言。”

陳澧曰：“如袁悦者，乃中《戰國策》之毒而死者也。”《讀書記》卷十二。

朱建新曰：“這種反清談、斥玄虛的議論，也可以代表幾個有志之士的意見。”《研究》。

賀昌群曰：“袁悦能長短說，亦有精理。魏高誘嘗注《呂氏春秋》《戰國策》，至今猶存。此爲儒家、道家以外諸子學之復興，蓋魏晉間思想解放運動中一時之風氣焉。”《初論》頁一〇。

蔣凡曰：“袁悦雖能言善辯而‘有精理’，但其心思，主要花在撈取實際政治利益之上，唯利是圖而不顧國家與民族利益。”

3

孝武甚親敬王國寶、王雅[1]。《雅別傳》曰：“雅字茂建，東

[1]“親敬”，董刻本“敬”作“數”。王利器曰：“蔣校本、沈校本同，餘本‘數’作‘敬’，是。”楊勇曰：“宋本作‘數’，非。”龔斌曰：“數，近也。作‘數’較勝。親數，親近。《左傳》文公十六年：‘無日不數於六卿之門。’杜預注：‘數，不疏。’《晉書》八三《王雅傳》：‘雖在外職，侍見甚數。’‘甚數’即其親也。”

海上人〔1〕，少知名。”《晉安帝紀》曰：“雅之爲侍中，孝武甚信而重之。王珣、王恭特以地望見禮，至於親幸，莫及雅者。上每置酒燕集，或召雅未至，上不先舉觴。時議謂珣、恭宜傅東宮，而雅以寵幸，超授太傅〔2〕、尚書左僕射。”雅薦王珣於帝，帝欲見之。嘗夜與國寶、雅相對〔3〕，帝微有酒色，令喚珣。垂至，已聞卒傳聲。國寶自知才出珣下，恐傾奪要寵〔4〕，因曰：“王珣當今名流，陛下不宜有酒色見之，自可別詔也〔5〕。”帝然其言，心以爲忠，遂不見珣。

○“孝武甚親”至“遂不見珣”

“卒傳聲”，龔斌曰：“指差吏傳報來客已到之聲。”
“別詔”，蔣凡曰：“另發詔令。”

○注“雅別傳曰”

“超授太傅”，李慈銘曰：“‘太傅’當作‘太子少傅’。《晉書》：‘會稽王道子領太子太傅，以雅爲太子少傅。’”《簡端記》。○程炎震曰：“太元十二年立太子，雅嘗爲傅。明年，珣自吳國內史授爲尚書右僕射，代譙王恬之，蓋雅薦之。”

【彙評】

劉辰翁曰：“情理具是具是。”

---

〔1〕 “雅字茂建東海上人”，董刻本、袁刻本“上”俱作“沂”。李慈銘曰：“《晉書·王雅傳》：‘東海郯人，魏衛將軍之曾孫。’‘茂建’作‘茂達’。”吳士鑑《斠注》卷八三曰：“案本書《地理志》，東海郡下有郯縣，無沂縣，作‘郯’爲是。”王利器曰：“《晉書·王雅傳》作‘雅字茂達，東海剡人’。《世說》‘剡’作‘沂’，誤，東海無沂縣。”按“剡”當作“郯”。徐震堮曰：“《晉書》本傳作‘字茂達，東海郯人’。案《晉書·地理志》，東海郡有郯無沂。”楊勇曰：“《晉書·王雅傳》作‘字茂達，東海郯人’，《魏志·王朗傳》作‘東海郡人’。”
〔2〕 “太傅”，李慈銘曰：“‘太傅’當作‘太子少傅’。《晉書》：會稽王道子領太子太傅，以雅爲太子少傅。”
〔3〕 “國寶雅”，董刻本、元刻本“雅”上有“及”字。王先謙曰：“一本‘雅’上有‘及’字。”
〔4〕 “要寵”，余嘉錫曰：“‘要’景宋本作‘其’。”
〔5〕 “別詔”，王先謙曰：“一本‘詔’下有‘召’字。”余嘉錫曰：“景宋本‘詔’下有‘召’字。”

李贄曰："總是不急，若是召幸，肯中止乎？"《初潭集》卷二十五。

蔣凡曰："王國寶出身於太原晉陽王氏家族，宰相謝安之婿，一心只想往上爬，眼睛只看天，是個典型的反復無常讒險小人。王雅有知人之明，而非讒險小人，性質與王國寶不同。"

4

王緒數讒殷荆州於王國寶，殷甚患之，求術於王東亭。曰："卿但數詣王緒，往輒屏人，因論它事[1]，如此，則二王之好離矣。"殷從之。國寶見王緒問曰："比與仲堪屏人何所道？"緒云："故是常往來，無它所論。"國寶謂緒於己有隱，果情好日疏，讒言以息。按國寶得寵於會稽王，由緒獲進，同惡相求，有如市賈，終至誅夷，曾不攜貳，豈有仲堪微間而成離隙？

○"王緒數讒"至"讒言以息"

"求術於王東亭"，余嘉錫曰："《寵禮篇》言珣爲桓溫主簿，荆州爲之語曰：'髯參軍，短主簿。能令公喜，能令公怒。'則其人必長於揣摩。時人以爲多智數，故造爲此言耳。"

"往輒屏人"，張萬起曰："屏人，屏退他人。"

"二王之好離"，田中頤曰："二王，即緒與國寶也。此息讒之術。"

"故是常往來"，崔朝慶曰："言只是尋常交往也。"

"於己有隱"，田中頤曰："意有隱匿之事也，反益疑之。"

"讒言以息"，田中頤曰："息，不行也。"○龔斌曰："王緒詆毀殷仲堪之讒言，因二王情好日疏而得以止息。"

○注"按國寶得寵"至"成離隙"

"會稽王"，徐震堮曰："會稽文孝文王道子，簡文帝子，孝武帝時進位

---

[1]"它事"，董刻本、元刻本"它"作"他"，下同。

丞相。”

“由緒獲進”，程炎震曰：“《晉書·國寶傳》云：‘國寶進從祖弟緒。’與此注異。”○余嘉錫曰：“唐寫本《規箴篇》注引《國寶別傳》云云，是則國寶之復得寵於會稽王，實由王緒之力。”

“同惡相求”二句，王叔岷曰：“《左》昭十三年《傳》：‘同惡相求，如市賈焉。’”

“終至誅夷曾不攜貳”，恩田仲任曰：“攜，離也。貳，疑也。”○余嘉錫曰：“當王恭討國寶檄至時，緒尚説國寶令矯道子命召王珣、車胤殺之，以除衆望。而國寶爲珣、胤所動，遂上疏解職。既而悔之，方謀拒恭。道子乃委罪國寶，付廷尉賜死，並斬緒以謝恭。故孝標謂二人‘終至誅夷，曾不攜貳’。然則其未死之前，未嘗爲殷仲堪所間亦明矣。”○王叔岷曰：“《左》昭十三年《傳》曰：‘諸侯事晉，未敢攜貳。’”

【彙評】

劉辰翁曰：“小人姦態，殊未易絶。畏哉！”

李贄曰：“好不濟王緒，非東亭能也。”《初潭集》卷二十五。

王思任曰：“絶似長書。”

馮夢龍曰：“此曹瞞間韓遂、馬超之故智，張濬殺平陽牧守亦用此術。”《智囊補》卷十八。

尤悔第三十三

【題解】

何良俊曰：“夫言行，君子之樞機也。使言而見尤，行而致悔，豈自修之道耶？故夫子於多聞多見，既闕其疑，殆又欲君子之慎其餘也。”《何氏語林》卷三十。○田中頤曰：“此謂追尤、後悔其事既去之非者也。”○楊勇曰：“《漢書·敘傳》：‘淺爲尤悔，深爲敦害。’”○王叔岷曰：“《論語·爲政篇》：‘言寡尤，行寡悔，禄在其中矣。’”

1

魏文帝忌弟任城王驍壯，因在卞太后閤共圍棋，並噉棗。文帝以毒置諸棗蒂中〔1〕，自選可食者而進。王弗悟〔2〕，遂雜進之。既中毒，太后索水救之。帝預敕左右毀缾罐〔3〕，太后徒跣趨井，無以汲。須臾遂卒。《魏略》曰：“任城威王彰，字子文，太祖卞太后第二子。性剛勇而黄須。北討代郡，獨與麾下百餘人突虜而走。太祖聞曰：‘我黄須兒可用也〔4〕！’”《魏志春秋》曰〔5〕：“黄初

---

〔1〕 “置諸”，王叔岷曰：“《藝文類聚》八七引‘置’作‘著’。”
〔2〕 “而進王弗悟”，楊勇曰：“‘而’下宋本有‘進’字，《類聚》八七、《御覽》九六五引《世説》並無‘進’字。”王叔岷曰：“宋本‘而’下‘進’字乃涉下‘雜進’字而衍。當據《類聚》及《御覽》所引删，‘而’字屬下讀。”龔斌曰：“宋本及各本皆作‘自選可食者而進’，進，謂噉也，正應上文‘並噉棗’。”
〔3〕 “帝預敕左右毀缾罐”，楊勇曰：“《類聚》八七、《御覽》九六五引《世説》作‘帝預敕毀器’。”
〔4〕 “黄須兒”，董刻本無“兒”字。王利器曰：“蔣校本、沈校本同，餘本‘須’下有‘兒’字，義較長。”楊勇曰：“袁本有‘兒’字，《魏志》同，是。”
〔5〕 “魏志春秋曰”，葉德輝曰：“袁本與此同。按‘志’當作‘氏’。《國志》注引此極多，均作《魏氏春秋》也。《魏氏春秋》，孫盛撰，見《隋書·經籍志》。”李慈銘曰：“‘志’當作‘氏’。”徐震堮《札記》曰：“當作‘魏氏春秋’。《隋志》：《魏氏春秋》二十卷，孫盛撰。”王利器曰：“‘志’當作‘氏’。”

三年〔1〕，彰來朝。初，彰問璽綬，將有異志，故來朝不即得見，有此忿懼而暴薨〔2〕。"　復欲害東阿，太后曰："汝已殺我任城，不得復殺我東阿。"《魏志·方伎傳》曰："文帝問占夢周宣：'吾夢磨錢文，欲滅而愈更明，何謂〔3〕？'宣悵然不對。帝固問之，宣曰：'陛下家事，雖欲爾，而太后不聽，是以欲滅更明耳〔4〕。'帝欲治弟植之罪〔5〕，逼於太后，但加貶爵。"

　　○"魏文帝"至"須臾遂卒"

　　"因在卞太后閤共圍棋"二句，郝經曰："今觀《魏氏春秋》云'來朝不即得見，彰忿怒暴薨。'安有圍碁進棗之事？且太后徒跣趨井，亦非情事。《世說》之語，恐不足據也。"《續後漢書》卷二十九中。

　　"棗蔕"，張萬起曰："蔕，同'蒂'。"

　　"自選可食者而進"，大典顯常曰："進，謂喫也。"○田中頤曰："選無毒者而進喫，以示王也。"○秦士鉉曰："進，亦食也，非進餐義。"

　　"毀缾罐"，恩田仲任曰："罐，汲水器。"○田中頤曰："甚矣，忍人之用心亦至也。"

　　"趨井無以汲"，吳承仕曰："須水豈必須井邊汲？豈無豫儲之水耶？想見古時生具之拙。"余嘉錫引。○李詳曰："此毒爲礜石等品，惟冷水及新汲井華水可以救之。"

　　○"復欲害"至"殺我東阿"

　　"不得復殺我東阿"，林國贊曰："《后妃傳》注引《魏書》，稱東阿王爲有司所奏，卞后終不假借。及見文帝，亦不以爲言。裴注非之。案曹丕偪於卞后，不

---

〔1〕　"三年"，程炎震曰："'三年'《魏志·彰傳》作'四年'。曹子建《贈白馬王彪詩序》亦作'四年'。"趙西陸曰："《彰傳》曰：'黃初三年，立爲任城王。四年，朝京都，疾薨於邸。'《陳思王植傳》亦曰：'黃初四年，徙封雍丘王；其年，朝京都。'《文選·贈白馬王彪詩》李善注曰：'黃初四年五月，白馬王、任城王與植俱朝京師，會節氣到洛陽，任城王薨。'則此'三年'當是'四年'之誤。"徐震堮曰："《魏志·任城王傳》作'四年朝京都'。"

〔2〕　"有此忿懼而暴薨"，秦士鉉曰："'有此'一作'因此'。"李慈銘曰："'有'蓋'用'字之誤。"趙西陸曰："《志》注引作'彰忿怒暴薨'。"王叔岷曰："《魏志·任城威王彰傳》注引《魏氏春秋》'忿懼'作'忿怒'。"

〔3〕　"何謂"，楊勇曰："何謂，（《魏志·方伎傳》）作'此何謂邪'。"

〔4〕　"欲滅"，楊勇曰："《魏志·方伎傳》作'欲令滅'。"

〔5〕　"帝欲治"，徐震堮曰："'帝'上《魏志·方伎傳》有'時'字，是。"

能深罪植，史有明文。《植傳》注引《魏略》正同。且彼時植方爲臨菑侯，迨徙王東阿，丕已卒八年矣，亦不得於彼時遽稱東阿王。《世說新語》稱魏文帝既害任城王，復欲害東阿。太后曰：'汝已殺我任城，不得復殺我東阿。'亦足與裴說互參。惟稱植爲東阿，乃與《魏書》同誤。"《三國志裴注述》卷一。余嘉錫按："《魏志》植本傳，植以太和三年徙封東阿，即丕死後之三年。林氏以爲丕卒已八年者，亦誤。"〇余嘉錫曰："《魏書》之稱東阿，時代雖誤，猶可諉爲史臣敘事之詞。若《世說》此語出於卞氏口中，安得預稱其後來之封號？其誤又甚於《魏書》矣。蓋彰之暴卒，固爲丕所殺，又實有害植之意，以卞氏不聽，得免。世俗遂因其事而增飾之耳。"

〇注"魏志春秋曰"

"問璽綬"，秦士鉉曰："璽綬，天子重物。問之，欲爲天子也。"〇趙西陸曰："《魏志·賈逵傳》曰：太祖崩洛陽，逵典喪事。時鄢陵侯彰行越騎將軍，從長安來赴，問逵先王璽綬所在。逵正色曰：'太子在鄴，國有儲副。先王璽綬，非君侯所宜問也。'遂奉梓宮還鄴。"

【彙評】

劉辰翁曰："丕安得爲人？此卞后所以不哭也。"按凌刻本、《批補》無"此"字，"卞后"作"太后"。

李贄曰："好個兄，真好個兄！兄弟猶然，何況他人？其後曹丕子孫盡爲司馬屠戮，天之報施不爽矣。"《初潭集》卷十。

2

王渾後妻，琅邪顏氏女。王時爲徐州刺史，交禮拜訖，王將答拜，觀者咸曰："王侯州將，新婦州民，恐無由答拜。"王乃止。武子以其父不答拜，不成禮，恐非夫婦，不爲之拜，謂爲"顏妾"。顏氏恥之，以其門貴，終不敢離。婚姻之禮，人道之大，豈由一不拜而遂爲妾媵者乎？《世説》之言，於是乎紕繆。

　　○"王渾後妻"至"不敢離"

　　"時爲徐州刺史"，程炎震曰："《晉書·渾傳》：'武帝受禪，遷徐州刺史。'"

　　"州將"，周一良曰："州刺史亦可通稱州將。"《史札》頁一〇。

　　"新婦州民"，徐震堮曰："《晉書·地理志》，琅邪國屬徐州，故云。"

　　○注"婚姻之禮"云

　　王世懋曰："此亦非劉注。"

3

　　陸平原河橋敗[1]，爲盧志所讒，被誅。王隱《晉書》曰："成都王穎討長沙王乂，使陸爲都督前鋒諸軍事。"《機別傳》曰："成都王長史盧志，與機弟雲趣舍不同。又黃門孟玖求爲邯鄲令於穎，穎教付雲。雲時爲左司馬，曰：'刑餘之人，不可以君民！'玖聞此怨雲，與志讒構日至。及機於七里澗大敗，玖誣機謀反所致，穎乃使牽秀斬機。先是，夕夢黑幔繞車[2]，手決不開，惡之。明旦，秀兵奄至。機解戎服[3]，著衣幀見秀[4]，容貌自若，遂見害，時年四十三，軍士莫不流涕。是日天地霧合，大風折木，平地尺雪。"干寶《晉紀》曰："初，陸抗誅步闡，百口皆盡，有識尤之。及機、雲見害，三族無遺。"

---

〔1〕"河橋"，董刻本作"沙橋"。王利器曰："蔣校本、沈校本同，各本'沙橋'作'河橋'。《晉書·陸機傳》亦作'河橋'。案作'河橋'是。《通鑑》卷一一四《晉紀三六》注：'沙橋在江陵城北。'據《晉書·機傳》：'列軍自朝歌至於河橋。'則河橋在朝歌附近，與江陵之沙橋，地望之差，何止千里。"楊勇曰："宋本作'沙橋'，非。"

〔2〕"黑幔"，董刻本"幔"作"慢"。王利器曰："各本'慢'作'幔'，是。"

〔3〕"解戎服"，董刻本"解"作"索"。葉德輝曰："袁本'解'作'索'。按《晉書·陸機傳》作'機釋戎服'，則此作'解'是。"徐震堮曰："'索'凌刻本作'解'。案'解'與下句'著衣幀'相應。"

〔4〕"著衣幀"，桃井白鹿："《晉書》作'著白帢'。帢，同'幀'。"秦士鉉曰："幀，與'帢'同。本傳亦作'帢'。"

臨刑歎曰："欲聞華亭鶴唳，可復得乎！"《八王故事》曰："華亭，吳由拳縣郊外墅也，有清泉茂林。吳平後，陸機兄弟共遊於此十餘年。"《語林》曰："機爲河北都督〔1〕，聞警角之聲，謂孫丞曰〔2〕：'聞此不如華亭鶴唳〔3〕。'故臨刑而有此歎。"

○"陸平原"至"可復得乎"

"河橋敗"，胡三省曰："河橋，即富平津河橋。"《通鑒·晉紀七》注。按《晉紀二》胡三省注曰："《水經注》：'孟津又曰富平津。'杜佑曰：'富平津在河陽縣南。'"○大典顯常曰："惠帝大安二年，成都王穎舉兵欲攻長沙王乂、廢帝，以陸機爲前鋒都督，向洛陽，乂奉帝及穎兵戰於建春門，大破之。"○余嘉錫曰："《晉書·惠帝紀》：'太安二年十月戊申，破陸機於建春門。'《水經注》十六《穀水注》曰：'穀水又東屈，南逕建春門石橋下。昔陸機爲成都王穎入洛，敗北而還。'"○徐震堮曰："《晉書·武帝紀》：'泰始十年，立河橋於富平津。'又《杜預傳》：'預又以孟津渡險，有覆没之患，請建河橋於富平津。'"

"被誅"，田中頤曰："至此而後悔者，豈明哲之謂哉？"

"欲聞華亭鶴唳"二句，劉應登曰："華亭，吳由拳縣郊外墅也，清泉茂林。吳平後，機兄弟遊此十餘年。後成都王穎討乂，機爲前鋒督，兵敗，穎遂斬機。初陸抗誅步闡，百口皆盡，有識尤之。機、雲之誅，三族無遺。"○胡三省曰："機發此言，有咸陽市上歎黃犬之意。華亭時屬吳郡嘉興縣，界有華亭谷、華亭水。至唐始分嘉興縣爲華亭縣。今縣東七十里，其地出鶴，土人謂之鶴窠。"《通鑒·晉紀七》注。○余嘉錫曰："《元和郡縣志》二十五曰：'華亭縣，華亭谷在縣西三十五里，陸遜、陸抗宅在其側。遜封華亭侯。陸機曰'華亭鶴唳'，此地是也。'"

○注"王隱晉書曰"

"使陸爲都督前鋒諸軍事"，張熷曰："《陸機傳》：'成都王穎討長沙王乂，假機後將軍。'案《穎傳》作'前將軍'，《通鑒》同。"《讀史舉正》卷五。○勞格曰："《成都王穎傳》：'以平原內史陸機爲前鋒都督，前將軍假節。'《機傳》

---

〔1〕 "都督"，楊勇曰："'督'宋本作'贒'，非。"
〔2〕 "孫丞"，秦士鉉曰："'丞'一作'拯'。"朱鑄禹曰："《晉書·陸機傳》作'孫拯'。《魏志》作'丞'。"
〔3〕 "鶴唳"，王叔岷曰："《書鈔》一二一、《御覽》三三八引《語林》並作'鶴鳴'。"

云：'假機後將軍，河北大都督。'"《雜識》卷五《校勘記下》。

○注"機別傳曰"

"孟玖求爲邯鄲令"，程炎震曰："《晉書·雲傳》作'孟玖欲用其父爲邯鄲令'，與此不同。"

"刑餘之人"，恩田仲任曰："宦官，刀鋸之餘也。" ○龔斌曰："黃門爲閹者，故云。"

"日至"，周一良曰："無虛夕也。"《商兌》。

"七里澗"，胡三省曰："《水經注》：'鴻臺陂在洛陽東北二十里，其水東流，左合七里澗。武帝泰始十年，立城東七里澗石橋。'"《通鑒·晉紀六》注。○大典顯常曰："即河橋地。"

"箸衣帢"，岡白駒曰："帢，同'帢'，士服也，狀如弁，缺四隅者。" ○朱鑄禹曰："帢，《集韻》《韻會》乞洽切，並音恰。《玉篇》：'帽也，絹幘也。同帢。'"○龔斌曰："白帢爲便帽，著之見客有輕慢之意。"

○注"干寶晉紀曰"

"陸抗誅步闡"，大典顯常曰："《吳志·陸抗傳》：鳳皇元年，西陵督步闡據城以叛，遣使降晉。抗攻之，遂陷西陵城，誅夷闡族及其大將。"

○注"八王故事曰"

"由拳縣"，楊勇曰："秦置。三國吳改禾興縣，今浙江嘉興是也。"

◎趙西陸曰："古寫本《修文御覽》殘卷引《晉八王故事》曰：'陸機爲成都王所誅，顧左右而歎曰："今日欲聞華庭鶴唳，不可復得。"華亭，吳由拳縣郊外野也，有清泉茂林。吳平後，機兄弟素遊於此，十有餘年耳。'"

○注"語林曰"

"孫丞"，大典顯常曰："孫丞，機司馬也。機誅，丞下獄，亦夷三族。" ○恩田仲任曰："《魏志》：'《文士傳》曰：丞好學，有文章，作《螢火賦》行於世。爲黃門侍郎，吳平赴洛，爲范陽涿令，甚有稱績。陸機爲成都王大都督，請丞爲司馬，與機俱被害。'《晉書》曰：'字顯世，吳郡富春人，'"

劉辰翁曰：“三世將忌如此。”按《史記·王翦列傳》曰：“夫爲將三世者必敗。”

唐順之曰：“才不足以禍人，人自爲才禍耳。機、雲二子，表表晉室，當司馬家兒推兩同氣，舉國若狂。穎何人斯，而機乃委質耶？玖何人斯，而機乃與同列耶？機不慎殺身以及弟，雲不諫兄以並及於戮，所謂智足安時者安在也？華亭之鶴，止堪與上蔡之犬同傳，殊可羞已。”《兩晉解疑》。

李贄曰：“早那里去？如天道何！”《初潭集》卷二十四。

凌濛初曰：“猶是鬼子餘恨。”

郭子章曰：“伐吳之役，張華以爲利在獲二儁，豈不以天才綺麗，口論辯博，爲一時冠乎！然晏景遇害，機、雲入洛，彼時名未著者，乃得死所，而文人不護細行，即事二姓，不恥乎何見之晚也，以爲未與政，則分領父兵，以爲歸命昏暴，何亡一言相正，以爲君降臣隨，未可如何，則張悌有言：‘敵到，君臣俱降，無復一人死難者，國家之辱也。’機與雲，胡不悌如也？國君死社稷，卿大夫死衆，士死制，是故國君去國，止之曰‘奈何去社稷’；大夫去國，止之曰‘奈何去宗廟’；士去國，止之曰‘奈何去墳墓’。機、雲學富五車，腹笥三篋，豈其未聞此語，則以生死之情牽，而君臣之義闇也？二子既出世家，又負才名，而不得采西山之薇，沈汩羅之水，中夜欝思，豈無幾希之萌？不得已，乃作《辯亡論》二篇，不知者以爲追悼故主，纂述先德。予嘗反復讀之，而知其意旨所在矣。其曰：‘歸命末葉，群公既喪，黔首瓦解，皇家土崩。雖忠臣孤憤，烈士死節，將奚捄哉！’信斯言也，萇弘之碧，可以無埋；弘演之肝，可以無納；蘇卿之雪，可以無齧；常山之舌，可以無斷。李陵衛律，彼皆通儒；劇秦美新，總是質論。即晏景、張悌，皆可以死，可以無死。何其舛也！故辯吳之亡，匪爲吳辯，乃所以辯其兄弟之不亡爾。機赴洛之詩曰：‘希世無高行，營道無烈心。’嗚呼！心無烈，惡能視死如歸；行無高，惡能視君如身。機固自度之審矣，盍不反思其祖遜訓曰：‘子弟苟有才，不憂不用，不宜私出以要榮利。若其不佳，終爲取禍。’此名言也。機應楊駿之辟，雲仕吳王之邸，已而並自結于成都，竟以羈旅單宦，駢首就戮，百口莫保，三族靡遺，大犯榮利之戒，終來不佳之禍。乃知遜之語匪以教全琮，實以箴諸孫也。予又計二子降晉之日，以及孟玖之讒，才廿四年耳。幸廿四年之生，博三族之誅，抱千古之恨，而又無以自列於古忠臣之林，可謂上負乃祖，下媿乃兄矣。”《王郭兩先生崇論·郭青螺先生崇論》卷五。李克生曰：“責機、雲以不殉吳而事晉，亦發前人所未發。”

周嬰曰：“委身非所，以臣伐君，天人不與。長沙忠於帝室，羊及皇甫，帝所倚仗，而謂之稱亂。諂頌成都，以及孔懷，謂逆爲順，祗爲詞費，且臨事而懼，此正其時，而游情文墨，以百萬之師爲謔。曾未浹日，身死族殲。於盧志何尤，於孟玖何恨乎？”《巵林》卷七。

范光宙曰：“二陸荊衡杞梓也，世爲吳將，一旦而國破君亡，宜上之進而鼓喙揚髭，振旅興廢，爲楚包胥之義。次之退而蹲林枕石，含靈隱曜，爲晉處士之節。即不然而入洛，其庶幾彈冠賢路，振衣英軌，以匡時難，乃諸王之相攻者何人，而委身事之也。附趙王倫不可，去而之齊王冏；齊王冏不可，又去而之成都王穎；銜美非所，罕有常安。當其見收於冏，幸而獲原，獨不可以傷弓而高舉、驚雁而遠逝乎？乃負其才望，依依不去，而競以讒間，殺於成都王之手。嗚呼！文藻宏麗，獨步當時，言論慷慨，冠絕終古，所故稱三吳之豪者，而遽至此耶！唐太宗有言：‘激浪之心未騁，遽骨修鱗；凌雲之意將騰，先灰勁翰。’不亦可憫乎？”徐方虎按曰：“藉令韜奇擇居，一聽顧榮、戴若思之勸而還吳，尚不至有滅祀之禍矣。至於不復聞華亭鶴唳爲悲，不亦晚乎？”《史評》卷六。

支允堅曰：“陸士衡天才秀逸，辭藻宏麗；士龍藻思柔情，英銳漂逸；如朗日懸光，重巖積雪，真一代之豪，惜才多識少。賈謐何以善？成都何以事？穴碎雙龍，巢傾兩鳳，覆宗絕祀，良可悲矣。蓋三世爲將，釁鐘末葉，誅降不祥，殃及後昆。且傑於文者，造物所忌，不自抑損，而飛纓振綬於權戚悍王間，矧又作三軍督耶？其禍之伏也，亦自取之矣。”《異林》卷二。

唐汝詢曰：“浚儀雖解綬，鹿苑遂揚鞭。牙旗空際折，黑幰夢中懸。隋珠與和璧，相繼沒窮泉。華亭清唳鶴，竟歸華表前。不及張司馬，秋風歸釣船。”《顧氏詩史》卷八。

秦士鉉曰：“此與李斯求牽黃犬出上蔡東門語意絕相類。”

張萬起曰：“陸機於吳亡入洛之前，與弟雲居於華亭，閉門讀書十年。此時聽不到華亭鶴唳的遺憾，大有追悔當初走出田園讀書生活而投身宦海，以至招來殺生之禍的感嘆。”

蔣凡曰：“陸機之悔在軍事原因之外。一是他不聽友人顧榮、戴若思等勸告，在中原行將大亂之際，不急流勇退，而是‘負其才望，而志曠世難’，盲目而主動地投入了八王之亂的非正義戰爭中。其次，是中原士族對江南士人的歧視與偏見。盧志曾於衆坐，辱及陸機父祖，故機回罵之爲‘鬼子敢爾’。被讒遇害，正是受到打擊報復，禍根早已埋下。南北士人對抗之激烈，思此能無悔乎！"

4

劉琨善能招延[1]，而拙於撫御。一日雖有數千人歸投[2]，其逃散而去[3]，亦復如此。所以卒無所建。鄧粲《晉紀》曰："琨爲并州牧，糺合齊盟，驅率戎旅，而内不撫其民，遂至喪軍失士[4]，無成功也。"敬徹按[5]："琨以永嘉元年爲并州，于時晉陽空城[6]，寇盜四攻，而能收合士衆[7]，抗行淵、勒[8]，十年之中，敗而能振。不能撫御[9]，其得如此乎？凶荒之日[10]，千里無煙，豈一日有數千人歸之[11]？若一日數千人去之，又安得一紀之間以對大難乎[12]？"

○注"敬徹按"

"敬徹"，李慈銘曰："'敬徹'不知何人，翌改。"《簡端記》。○徐震堮曰："'敬徹'不知何人，此注亦後人所加。"《札記》。○余嘉錫曰："汪藻《考異》録第十卷五十一事，與《世説》多重出，惟有三事爲今本所無。其注則與孝標注全不同，多自稱'敬胤案'。汪藻云：'其所載以宋、齊人爲今人，則敬胤者，孝標以前人也。'又案：孝標並不採用敬胤注，而獨有此一條，蓋宋人所附入也。"

---

[1] "招延"，《考異》作"延衆"。
[2] "一日"，楊勇曰："'一日'下《考異》有'之中'二字。"
[3] "逃散"，《考異》無"散"字。
[4] "失士"，何焯校"士"作"土"。
[5] "敬徹"，余嘉錫曰："'徹'景宋本作'胤'。"
[6] "空城"，龔斌曰："'城'下汪藻《考異》有'迥然'二字。"
[7] "士衆"，《考異》"士"作"大"。
[8] "抗行"，徐震堮曰："沈校本作'抗衡'。案《書譜敘》：'吾書比之鍾張，鍾當抗行，或謂過之。'作'行'義亦可通。"
[9] "不能"，《考異》"不"上有"若"字。
[10] "凶荒之日"，《考異》作"且凶荒之世"。
[11] "一日有數千人歸之"，《考異》"一日"下有"而"字，"歸之"下有"未足以成功"五字。
[12] "大難乎"，楊勇曰："'以對大難乎'下，（《考異》）尚有'《世説》苟欲愛奇，而不詳事理也'十二字。"

敬胤曰:"《世説》苟欲愛奇而不詳事理也。"

劉辰翁曰:"意氣不足恃,須是規模宏遠,甚可鑒也。"

王世懋曰:"敬徹是何人?大都作頭巾氣者,亂劉注,可恨!"

余嘉錫曰:"遺民所以逃散者,實因乏食故也。神農之教曰:'有石城十仞,湯池百步,帶甲百萬,而無粟者,不能守也。'大禹曰:'民無食也,則我弗能使也。'饑困如此,而責琨不能撫御,是必王敦黨徒之議論,所謂'設淫辭而助之攻'也。"

蔣凡批曰:"敬胤爲劉琨辯護,言之有理。"

5

王平子始下,丞相語大將軍:"不可復使羌人東行。"平子面似羌。按王澄自爲王敦所害,丞相名德,豈應有斯言也!

○"王平子"至"面似羌"

"始下",朱鑄禹曰:"澄於惠帝末爲荆州,後杜弢等叛,棄州而走,會元帝徵爲軍諮祭酒,此蓋赴召,始從東下也。"

【彙評】

劉辰翁曰:"導亦爲此言耶?"

蔣凡曰:"澄東下時,名出敦右,素爲敦所憚。'澄猶以舊意侮敦',令敦憤怒不堪。敦之殺澄,亦在料中。而當時敦、導一體,正在全力構建琅邪王氏的新權力中心。導平昔勸敦防澄,不令東下,自也可能。"

6

王大將軍起事,丞相兄弟詣闕謝。周侯深憂諸王,始入，甚有憂色。丞相呼周侯曰："百口委卿！"周直過不應。既入，苦相存救。既釋，周大説，飲酒。及出，諸王故在門。周曰："今年殺諸賊奴，當取金印如斗大繫肘後。"大將軍至石頭，問丞相曰："周侯可爲三公不？"丞相不答。又問："可爲尚書令不？"又不應。因云："如此，唯當殺之耳！"復默然。逮周侯被害，丞相後知周侯救己，歎曰："我不殺周侯，周侯由我而死。幽冥中負此人！"虞預《晉書》曰："敦克京邑，參軍呂漪説敦曰〔1〕：'周顗、戴淵，皆有名望，足以惑衆〔2〕。視近日之言〔3〕，無慚懼之色，若不除之，役將未歇也。'敦即然之，遂害淵、顗。初，漪爲臺郎，淵既上官，素有高氣，以漪小器待之，故售其説焉。"

○"王大將軍"至"繫肘後"

"丞相兄弟詣闕謝"，岡白駒曰："兄弟，群從兄弟也。王敦之舉兵，劉隗勘帝盡除王氏。王導率群從，詣闕請罪。"○田中頤曰："謝，謝罪。"○崔朝慶曰："憂其被害也。"○張萬起曰："王導時爲司空、録尚書事，王敦是其從兄，既反，導每日攜兄弟子姪到朝廷待罪。"

"深憂諸王"，岡白駒曰："以諸王事爲憂，蓋欲周旋以免之也。"

"百口委卿"，胡三省曰："欲使顗保護導以全其家也。"《通鑑·晉紀十四》注。○陳殷曰："一家百口，託在救解。"《點注》卷四。○岡白駒曰："欲賴卿免罪也。"○崔朝慶曰："言如遇害，以一家百口相託也。"○張萬起曰："百口，指全家人。"

"諸王故在門"，桃井白鹿曰："故，猶也。"

"今年殺諸賊奴"二句，田中頤曰："此周初不欲爲王見德，故示有欲殺之之意，而王徒見其飲酒，不知本是爲己耳。"○蔣凡曰："諸賊奴，指王敦叛軍。"

---

〔1〕 "呂漪"，《晉書》、《通鑑》俱作"呂猗"。
〔2〕 "惑衆"，董刻本無"衆"字。王利器曰："各本'惑'下有'衆'字，句斷，是。"朱鑄禹曰："袁本'惑'下有'衆'字，是。"
〔3〕 "視近日之言"，王先謙曰："一本'日'誤'可'，《世説補》不誤。"朱鑄禹曰："沈校本無'視'字。"

○“大將軍至”至“負此人”

“問丞相”，岡白駒曰：“此時丞相奉詔詣石見敦。《晉書》云：王敦構逆，王師敗績，周顗奉詔詣敦，後與戴若思俱被收。又曰：敦既得志，問導曰：周顗、戴若思，南北之望，當登三司，無所疑也。蓋其意欲以其才能釋免之，故問導也。”○田中頤曰：“周之榮辱存亡繫乎王之一言矣。”

“丞相不答”，田中頤曰：“不以爲可也。”

“又不應”，田中頤曰：“又不爲可也。”

“復默然”，田中頤曰：“亦不爲不可也。”

“幽冥中負此人”，胡三省曰：“自愧於敦三問不答之時也。”《通鑒·晉紀十四》注。○田中頤曰：“言不知不識幽冥中負周之中心也。”○余嘉錫曰：“《建康實錄》五引《中興書》曰：‘顗死後，王導校料中書故事，見顗表救己殷勤，乃執表垂泣，悲不自勝，告諸子曰：“吾雖不殺伯仁，伯仁因我而死。幽冥之中，負此良友。”’今《晉書》顗本傳略同。”

○注“虞預晉書曰”

“近日之言”，胡三省曰：“謂二人答敦之言。”《通鑒·晉紀十四》注。○桃井白鹿曰：“事見《方正篇》。”

“漪爲臺郎”，胡三省曰：“晉謂尚書郎爲臺郎。”《通鑒·晉紀十四》注。

【彙評】

秦觀曰：“顗之死，雖假手於敦，實導意也。若使後世良史書曰：‘王導殺周顗。’不亦宜乎？以此觀之，則趙盾之事從可知矣。”《淮海集》卷二一《王導論》。鄭賢《古今人物論》卷十八按曰：“伯仁之死，不惟人罪之，導亦自知其罪矣。”

施德操曰：“禹錫問余曰：周伯仁救王導，逮事已解，固當同車入見，雖告之以相救之意，庸何傷？卒不告，後竟遇害。伯仁亦□□。余曰：不然。此所以見古人用心處也。元帝與王導，豈他君臣比？同甘共苦，相與奮起於艱難顛沛之中。今以王敦，遂相猜疑如此，此君子所以深惜也。故伯仁之救導，欲其盡出於元帝，不出於己，所以全君臣終始之義。伯仁之賢，正在於此。”《北窗炙輠錄》卷上。余嘉錫按曰：“此論推勘伯仁心事可謂入微。”

1922

胡寅曰："言之不可不慎也。曰：'省表事佳時乎，時會當有變。'此崔琰之所以死也。曰：'願陛下勿憂大臣有罪者，臣謹即行誅。'此劉洎之所以死也。皆以疑似之言，可以兩曉故也。周伯仁所謂'賊奴'者，指王敦、錢鳳、沈充之徒耳，既不諾茂弘所請，而揚殺賊奴取金印之言，茂弘意其謂己，所以不能忘懷者也。當茂弘懇懇之時，顗若對曰：'此蓋非愚所敢任。上體貌大臣，忠邪自當有別。'如此既無市恩之嫌，又無失言之禍，兩得之矣。伯仁既失之於口，茂弘又失之於心，王敦問所以處周、戴者，至於再三，導竟不答，志在於殺也。清遠之量於是乎隘，而君子不由矣。"《管見》卷七。

王楙曰："人不可自處曖昧之地。曖昧之地，災禍之所由生，可不戒哉！僕觀晉王處仲作亂，劉隗勸帝盡誅王氏，王導率群從詣闕請罪。值周顗將入，導呼顗謂曰：'伯仁，以百口累卿。'顗直入不顧，既見帝，言導忠純，申救甚至。帝納其言，顗喜，飲酒至醉而出。導猶在門，又呼顗，顗不與言，顧左右曰：'今年殺賊奴，取金印如斗大繫肘。'顗既出，又上表明導，言甚切至。導不知救己而銜之。處仲既得志，問導曰：'周顗南北之望，當登三司。'導不應。又曰：'若不三司，便應令僕。'又不答。處仲曰：'若不爾，當誅。'又無言。顗竟至死。導後檢中書故事，見顗表救己，殷勤款至，執表涕泣，告諸子曰：'吾雖不殺伯仁，伯仁由我而死。幽冥之中，負此良友。'此顗自召禍端，無足怪者。夫救人而不使人知，顗蓋示以公道，志非不佳，然密爲申救，不示私恩，足矣，何至告之而不應，出入殿門有揚揚自得之色？且至有'殺賊奴'之罵，外貌外言，尚且若此，則其在內可知，不惟不能救己，反以陷己必矣，安得無此疑？當此之際，雖使善人長者，亦所不能堪。導豈陷賢者！當處仲三問而三不答，可見導中心有不能堪者。顗死而後，方知向者訑訑是拒之際，乃拳拳申救之時，吁無及矣，人誰得而知之？以是知人不可自處於曖昧之地，而況立朝於危疑之際，尤爲難事，稍有間隙，性命不可保，其可明開禍隙以示人哉！宜顗之不得其死也。將以避恩，反以召禍，哀哉！"《野客叢書》卷三。

劉辰翁曰："不任受德可也，爾時當以取金印語爲怨，非不幸也。"○曰："非茂弘不聞此言。"

孔平仲曰："夫有德於人，不使人知，乃長者之事，而獲報如此！"《孔氏雜説》卷三。

楊慎曰："王導非純臣也。世徒見晉明帝以大義滅親襃之，而實不然。夫敦之用周、戴爲三司令僕，欲使助己爲亂耳。導當正言爵在朝廷，非臣下所得專賞；

及其言應誅，導當正言刑在朝廷，非臣下所得專罰可也。然導豈智不出此哉？假賊手以戕忠臣，其心不止報私怨而已。使敦謀幸成，則導能如朱全昱乎？能如司馬孚乎？吾知其不能也。」《丹鉛摘錄》卷十一。○曰：「此爲漏網逆臣無疑。」○曰：「是借劍於敦，而殺顗也。非敦反，乃導反也。」

張溥曰：「敦據石頭，加守尚書令，無一策破賊，反贊殺周顗、戴淵，是時與周札迎降、呂猗姦諂，幾無以異。」《歷代史論二編》卷四。

陳絳曰：「致堂所以教伯仁處良善，然當是時，導爲反者族，天子方蓄疑於鬼車，顗亡意於救導則已，救之則不得不午其跡，不然，且以爲求而應之，是徒益天子之疑，而無救於導也。要之，顗救人於危疑之中，故其術益深；導望人於迫切之際，故其怨特至。此導之所以生，而顗之所以殺，然負則導矣。」《金罍子》上篇卷十三。○曰：「伯仁之救茂弘也，其術亦平原之救辟陽也。」同上。○曰：「王導之於王敦，亦司馬師、昭之〔於〕司馬孚也。幸敦以不成事而死耳！」同上下篇卷九。

王世貞曰：「周伯仁吾所不解。過江以後，若使追喪亂之艱難，此身之非有，或散髮巖阿，或棲遲冗列，用拙挫名，以酒蔽身，可也。既居九列，參密議，而縱飲沈湎，狂僻廢禮，且夫密疏申救始興而不言德，固若長者。夫以元老故交，哀呼求救，了不之盼，而顧左右云‘今年殺諸賊奴，取金印如斗大繫肘’，寧能不使之飲恨橫髮耶？伯仁、若思，即始興救之，久亦必殺，但小緩耳。伯仁死，始興不能無罪。檢表而泣，以情語諸子，猶庶幾哉！」李克生按曰：「始興有伯仁由我之歎，閱此則亦伯仁自取耳。」《王郭兩先生崇論·王弇州崇論》卷三。

王世懋曰：「注似爲丞相解紛。」

戴璟曰：「自古亂臣賊子畜無君之心，必先翦其所忌而後動於惡。周顗、戴淵翼衛晉室，此固敦之所忌而欲翦之者也。然三問於王導，固以二子朝野屬望而良心未敢斬絕也。夫何王導以怨報德而三問不答，以致忠良受戮？是非敦殺之，乃導殺之也。」《品藻》卷十七。

吳崇節曰：「王敦叛逆，王導不能無罪。即周顗不爲申救，導亦烏可讎之？況周、戴南北之望，敦欲殺之，正以剪朝廷之羽翼，而爲篡位計也。導宜以大義諍其不可，而乃不答，以默贊之，詎徒爲伯仁冤，而逆敦之虐焰愈熾矣。是非特假手以報私讎，而且助賊以戕良輔，重爲社稷危也。導自愧其負友，而吾則謂之負君，猶以大義滅親許之，豈其然乎？」《古史要評》卷二。

陳簡曰：「敦反，導不能無罪。晉靈公欲殺趙盾，遁出本，其弟穿弑公於桃園，書曰：‘趙盾弑其君。’夷皋客有毀郭解者，解之客殺之，公孫弘曰：‘解雖不知，其罪甚於解，殺之。'遂族解。敦之反，導不能防於始，又不能止於今，以遁、解事論，導雖有格天下之烈、蓋世之勛，不能贖也。"《史談補》卷四。

范光宙曰："導實殺伯仁，而曰'吾雖不殺伯仁'，將誰欺乎？導初求救而伯仁之不顧導，示公也，示不爲導而爲晉，且不以救導爲己功也。乃導於敦三問而不答，誠何心哉？讎伯仁之不顧於初，而使敦殺之也。趙穿弑靈公，而《春秋》歸獄於盾；郭解之客殺人，而公孫弘坐罪於解。蓋不誅其操刃者，而誅其首謀者耳。顗有時望，導固忌之而又唧之，於是假手於敦，而甘心於顗，是亦盾、解等爾。"吳新埜按曰："顗亦有以自取焉。導因敦待罪，顗時見帝，導呼之以求救，顗於此時微諷焉可也，何直入不顧耶？及帝許其救，導呼之如故，顗宜述帝意慰之，何竟不一言以滋其疑乎？既不與導言，亦不宜顧左右曰'殺諸賊奴取金印'，致積忿於導，以假殺於賊敦之手也。顗之取咎，不亦拙乎？"《史評》卷六。

方鵬曰："伯仁之死，王導固不能無罪矣，然亦有以自致也。方導率諸族人詣臺謝罪，求救於顗，時顗未知帝意云何，不顧宜也。及入見帝，稱導忠誠，申救甚力，帝固已許之矣，顗當宣布恩威，委曲慰諭，以安諸王之心，以孤賊敦之黨，豈非保身，亦以定亂，策之上也。奈何屢呼不應，導已恨之，及顧左右有'殺賊奴取金印'之語，則導安得而不疑之哉？夫所謂'殺奴取印'者，謀耶？戲耶？以謀則疏，以戲則虐，皆不善處變者也，其及也宜矣。"《責備餘談》卷下。

尤侗曰："王導之殺伯仁，固矣！獨怪導之附逆，顗不伸大義以誅之，反言導忠誠，申救甚力，又上表明其無罪，抑何愚也！伯仁徒得虛名，過江之後，惟有飲酒，祇作三日僕射耳。"《艮齋續說》卷九。

王鳴盛曰："導兄敦反雖非導謀，然敦欲殺溫嶠，私與導書言之，見《嶠傳》。欲殺周顗，亦商之於導，而導遂成之，見《顗傳》。導固通敦矣。導孫珣則又桓溫黨也。孰謂王氏爲忠於晉哉？明帝崩，成帝即位，群臣進璽，導以疾不至，卞壺正色曰：'王公非社稷之臣耶？'大行在殯，嗣皇未立，寧人臣辭疾時？後導又稱疾不朝，而私送車騎將軍郗鑒，壺奏導虧法從私，無大臣節，請免官，並見《壺傳》。導爲正直所羞如此。"《商榷》卷五十。

陳繼輅曰："敦三問周戴，皆不答，遂致遇害，是直以計殺之，豈君子之所爲？"《合肥學舍札記》卷六。

洪亮吉曰："渡江來，不安坐。茂倫一言伯仁賀，向見夷吾在江左。夷吾有急呼伯仁，伯仁百口還理君。爲君瀝肝膽，爲君全令名。伯仁言，感天子，夷吾不言伯仁死。三司耶？令僕耶？知人不易古所嗟。夷吾亦殺鮑叔牙。"《呼伯仁》。

沈赤然曰："王敦見周顗則面熱，雖冬月扇面不休，則敦心中未嘗無一日忘情於伯仁哉！故三司令僕之問，初非本心，即弘茂爲言，恐亦不免。"《隨筆》卷五。〇曰："周伯仁之死，固由茂弘，然無'今年殺諸賊奴，取金印如斗大'一語，茂弘雖怨其呼語不顧，亦必無死之之心。甚矣酒之爲害也！"《續筆》卷四。

許世瑛曰："一班人都以爲這是王公的白璧微瑕，我也不欲被阿諛之譏而爲之辯，可是我以爲周侯也有不是，祇不過'薄乎云爾'，惡得無罪。因爲在他初入見元帝時，不與王公交言，尚可説不與罪人語，可是俟其出時，元帝已有赦意，又何必裝聾作啞，説俏皮話，尋倒霉人的開心，豈不是孟子所謂'小有才，未聞君子之大道也，則足以殺其軀而已矣'嗎。所以我以爲這完全因爲周伯仁既才非祁奚，而王茂弘亦無叔向之德所造成的大不幸啊。"《王導政績和晉元帝中興》。〇曰："伯仁這種開玩笑的態度，我實在不敢贊一詞，因爲無論你是鬧着玩，拿眼看命要不保的人尋開心，總不合乎恕道吧。仲智説他'好乘人之弊'一語真是不錯。"《周顗與王敦》。

呂思勉曰："導外寬而內忌，顗外率而內寬也。此稟賦之殊也。"《札記》頁八八〇。

7

王導、溫嶠俱見明帝，帝問溫前世所以得天下之由。溫未答。頃，王曰："溫嶠年少未諳，臣爲陛下陳之。"王迺具敘宣王創業之始，誅夷名族，寵樹同己，及文王之末高貴鄉公事。宣王創業，誅曹爽，任蔣濟之流者是也。高貴鄉公之事，已見上。明帝聞之，覆面箸牀曰："若如公言，祚安得長[1]！"

〇"王導溫嶠"至"祚安得長"

"王導溫嶠"，程炎震曰："《晉書·宣紀》載此事，但云導，不言嶠，蓋

---

[1]　"祚安得長"，葉德輝曰："袁本'祚'作'胙'，非。"李慈銘曰："'祚'李本作'胙'是也，古無'祚'字。"余嘉錫曰："袁本'祚'作'胙'。"

略之。”

“誅夷名族”，張萬起曰：“懿先後殺死大將軍曹爽、吏部尚書何晏、太尉王淩等。”

“寵樹同己”，崔朝慶曰：“言附同於己者，則寵用之也。”○張萬起曰：“指培植蔣濟等。”

“覆面箸牀”，李慈銘曰：“《晉書·宣帝紀贊》曰：‘晉明掩面，恥欺偽以成功。’”

“若如公言祚安得長”，田中頤曰：“此帝常聽左右之諛言，未嘗聞其實説。今忽問之者，而雖溫亦忌憚未答。少頃，王乃自請陳諸不善事，意庶有以規戒焉。於是帝大異平常所知，故覆面悲哀，然帝心猶未能深信，故曰‘若如公言’。”○崔朝慶曰：“建置社稷曰胙。”○楊勇曰：“‘祚’通‘胙’，福也。《左傳》宣三年：‘天祚明德。’《周語》：‘必有章譽蕃育之祚。’”○張萬起曰：“‘祚’通‘阼’，帝位。”

【彙評】

趙與時曰：“明帝以面覆牀，曰：‘若如公言，晉祚復安得長遠？’殊不思牛繼馬後，晉已絶矣。”《賓退錄》卷二。

陳絳曰：“凡懿、昭之所以狐媚鼠竊而取魏之天下，非將以遺其子若孫耶？而其子孫聞之，且將有不勝其媿恨者，掩面之舉，果誰使之然耶？夫爲人祖父，遺子孫以天下之大、帝王之貴，而不足以弭其讟；爲人子孫，藉祖父以天下之大、帝王之貴，而且不足以盖其辱，則是天理之果在於人心，而不容以親掩，不可以利没也。”《金罍子》上篇卷十三。

鍾惺曰：“孽報怨對，夫人間一種幽顯之理，妙在從晉兒孫口中託出，方能使亂賊悚然。”《史懷》卷十八。

8

王大將軍於衆坐中曰：“諸周由來未有作三公者。”有人答曰："唯周侯邑五馬領頭而不克〔1〕。"大將軍曰〔2〕："我與周，洛下相遇，一面頓盡。值世紛紜，遂至於此！"因爲流涕。鄧粲《晉紀》曰："王敦參軍有於敦坐樗蒱，臨當成都〔3〕，馬頭被殺〔4〕，因謂曰：'周家奕世令望，而位不至三公，伯仁垂作而不果，有似下官此馬。'敦慨然流涕曰：'伯仁總角時，與於東宮相遇，一面披衿，便許之三司，何圖不幸，王法所裁〔5〕，悽愴之深，言何能盡！'"

○"王大將軍"至"因爲流涕"

"由來未有"，胡三省曰："由來，猶今人言從來。"《通鑒·陳紀一》注。○秦士鉉曰："由來，猶從來。《左傳》字面。"

"邑五馬領頭而不克"，參見校文。岡白駒曰："此喻樗蒱也。邑，未成都也，成都則是克矣。五，五次也。馬，樗蒱馬子也。按周顗爲荆州刺史，爲兗州刺史，補吏部尚書，拜太子太傅，轉尚書左僕射，是五次馬領頭也。然未至三公，譬之未成都，故曰邑。顗有酒失，數爲有司所繩，譬之馬頭被殺，故曰不克。"○田中頤曰："此蓋借樗蒱事言周侯垂作三公而不果也。五，五木也。馬，馬子也。領頭，猶云成都，謂將大勝也。邑與都對，此既成邑，未至成都也。"○秦士鉉曰："或云'馬頭''博頭'音通，'領頭'亦同義。五，五木。馬，馬子也。領頭，猶云'成都'。邑小都大，既成邑，未至成都，謂將勝而敗也。或云'五'當作'至'，'領'字衍，謂邑至馬頭而不克也。一說五木皆領頭是曰邑，全成都則克也。"○張萬起曰："以樗蒱戲作喻，説周顗功敗垂成。五馬領頭，棋局已達絕勝地步。"

"一面頓盡"，田中頤曰："心已許其作三公也。"○龔斌曰："義同鄧粲《晉紀》所云'一面披衿'，謂一見面即真心相示，毫無保留。"

"遂至於此"，岡白駒曰："言周被殺也。"

---

〔1〕"周侯邑"，李慈銘曰："'邑'疑'已'字之誤。"楊勇曰："'已'宋本作'邑'，疑誤，當作'已'。"

〔2〕"大將軍"，楊勇曰："宋本作'丈將軍'，非。"

〔3〕"成都"，余嘉錫曰："'都'景宋本作'者'，是。"楊勇曰："'都'宋本作'者'，非。各本作'都'是。"

〔4〕"有於敦坐樗蒱"三句，桃井白鹿曰："《晉書》：'馬於博頭被殺'。"李慈銘曰："《晉書·顗傳》作'敦坐有一參軍樗蒱，馬於博頭被殺'。"

〔5〕"王法所裁"，大典顯常《集成》曰："《顗傳》作'自貽王法'。"

○注"鄧粲晉紀曰"

"臨當成都馬頭被殺"，段成式曰："魏戲法，先立棋於局中，餘者間白黑圍繞之，十八籌成都。"《酉陽雜俎續集》卷四。○王世懋曰："非注幾不知'馬頭'作何語。"凌濛初按曰："偶同耳。五馬領頭，恐政不似此解。敬美何見?"○岡白駒曰："臨當成都，將克也。按《晉書》云：顗之死也，敦坐有一參軍樗蒲，馬於博頭被殺，因謂敦曰周家奕世令望，而位不至三公，及伯仁，將登而墜，有似下官此馬。"○大典顯常曰："成都，蓋弈家語，謂欲勝也。《顗傳》作'一參軍樗蒲，馬於博頭被殺，因謂'云云，蓋'領頭'、'博頭'及'成都'同義。"○徐震堮曰："成都，《御覽》七五三引《投壺變》：'三百六十籌得一馬，三馬成都。'此所云'馬頭'及下文'下官此馬'之'馬'，疑即《樗蒲經》'打馬'、'踏馬'之'馬'。"○龔斌曰："喻周顗將作三公竟未成。"

"垂作而不果"，吳金華曰："楊樹達《詞詮》卷三指出：凡事與預期者相合曰'果'，不合者曰'不果'。"《考釋》頁二二七。

"許之三司"，大典顯常曰："必當至三公也。"《撮補》。○徐震堮曰："《後漢書·順帝紀》注：'三司，三公也，即太尉、司空、司徒也。'"

【彙評】

劉辰翁曰："雖無有益，可以得人!"

蔣凡曰："對王敦而言，周顗忠義害事，擋住自己去路，所以非殺不可。但在殺人之後，眼淚不妨流淌，惺惺作態，虛偽矯飾，以便迷亂人眼，於此方見政治家的本色。王導不簡單，王敦也非等閑。"

9

　　温公初受劉司空使勸進，母崔氏固駐之，嶠絕裾而去。《温氏譜》曰："嶠父襜[1]，娶清河崔參女。"迄於崇貴，鄉品猶

[1]　"父襜"，趙西陸曰："《晉書·温嶠傳》作'父憺'。"

不過也。每爵皆發詔。虞預《晉書》曰："元帝即位，以溫嶠爲散騎侍郎。嶠以母亡，逼賊，不得往臨葬，固辭。詔曰：'嶠以未葬，朝議又頗有異同，故不拜。其令八坐議[1]，吾將折其衷。'"

○ "溫公初受"至"皆發詔"

"溫公初受劉司空使勸進"，徐震堮曰："劉司空，劉琨。" ○張萬起曰："琨爲司空，任嶠爲右司馬。永嘉亂後，晉室南渡，劉琨派溫嶠出使過江，勸原鎮守江左的司馬睿即位，是爲晉元帝。"

"固駐"，張萬起曰："堅決阻止。"

"鄉品猶不過"，李慈銘曰："《晉書·孔愉傳》云：'初，愉爲司徒長史，以平南將軍溫嶠母亡，遭亂不葬，乃不過其品。至蘇峻平，而嶠有重功，愉往石頭詣嶠，嶠執愉手流涕曰："天下喪亂，忠孝道廢。能持古人節，歲寒不凋者，唯君一人耳。"時人咸偁嶠居公，而重愉之守正。'"《簡端記》。○吳承仕曰："鄉評不與，而發詔特進之。然則平人進爵，必先檢鄉評矣。當時九品中正之制乃如此。"余嘉錫引。○楊勇曰："不過，不獲鄉評之同意，猶今言不獲通過也。"

○注"虞預晉書曰"

"令八坐議"，馬永卿曰："尚書謂之八座，其來久矣，然學者少究其源。或以六曹二丞爲八座，或以六曹二僕爲八座，皆非也。此事載於《晉書·職官志》。"《嬾真子》卷二。○趙與時曰："後漢以六曹尚書并令僕爲八座，魏以五曹尚書二僕一令爲八座。"《賓退錄》卷六。○徐震堮曰："'八坐'同'八座'。漢晉以六曹尚書及令、僕二人爲八座。"

"折其衷"，龔斌曰："鄉品偏於孝，發詔則重忠，可見忠孝終究難於兩全，故必待元帝折衷，而溫嶠惟有執人之手流涕耳。"

【彙評】

張栻曰："溫太真忠義慷慨，風節表著，足以爲晉室名臣，古今所共推，不待

---

[1] "令八坐議"，袁刻本"八"作"入"。朱鑄禹曰："《晉書》本傳作'詔三司、八坐議其事'。"龔斌曰："宋本、沈校本並作'八'。作'八'是，'入'乃形誤。"

詳言。然吾獨有所恨者，絕裾之事也。昔之人不以窮達得失累其心，聽天所命而行其性命之情，故或仕或不仕，皆非有所爲也，於其身所處之義當然也。自後功名之裕興，而遷就趨避之説起，三綱始斁而不得其正，雖豪傑之士，一爲功名富貴所誘，失其性者多矣，可勝歎哉！太真少時嘗以孝友篤至稱，一旦奉劉琨之檄，將命江左，母崔固止之不可，至於絕裾而行。噫！太真有母若此，身固不得已許琨矣。獨不見徐元直之事乎？元直所謂方寸亂矣，蓋其天性不可已者也，而太真獨忍於此乎？若既以委質爲人之臣，當危難而無避，可也。將命之舉，豈無他人？太真念母，獨不得辭乎？度其意，不過以江左將興，奉檄勸進，微倖投富貴之機，赴功名之會耳，而其所喪不過甚乎？或曰，使太真不來江左，則寧復有後世之事業？太真固不得以兩全矣。此殆不然。昔人之事業，皆非有所爲而爲之，事理至前，因而有成之耳。若懷希慕求必之心，則其私欲而已，苟可以就異日之事，則凡背君親，賊性命，皆可以屑爲，此三綱之所由壞，而弊之所由生也。故伯夷、叔齊固不受其國，夫子以爲求仁而得仁。商之三臣，微子不得不去，箕子不得不爲奴，而比干不得不死，皆素其位而行也。豈直太真之事業爲不足道，就使太真能佐晉室剋復神州，一正天下，勳烈如此，浮雲之過太虛耳，豈足以塞其天性之傷也？夫太真順母之心而終其身，雖泯滅無聞於後，顧其所全者大，於身無愧，烏能以此易彼哉？故予謂太真稱爲功名之士則可，尚論古人則可憾矣。"《南軒集》卷十八《溫嶠得失》。鄭賢《古今人物論》卷十八按曰："太真素稱至孝，而絕裾一事，誠有可疑，宜不免君子之譏也。"

劉辰翁曰："語晦昧，略不可曉，不知'絕裾'之是非。"

王世懋曰："語遠。"

洪垣曰："王睿忝撥亂之主，王導乏匡輔之材，溫嶠欲因劉琨以出，而母固止之，笈褵之流，豈無遠慮，而遂可忽之哉！且其初入建康，所與有事者，不過爲琨奉表勸進耳。此國家大議，公庭已有任其責者，嶠獨不可以已乎，乃悍然絕裾而去。其忍於母也，情孰甚焉。及後國難未靖，桀逆未梟，自愧以母亡不得奔喪，固辭職授，於義斯又難矣。或者乃曰：嶠之不孝在是，孝亦在是。謂以討平王蘇之功贖之也，又安知其後之必有是哉？君子亦惟審於其初而已矣。"《説史》卷二。

范槚曰："古者求忠臣於孝子之門。絕裾之事，説者爲太真病之，非也。劉琨以一州之力，處劉聰、石勒之衝，外結猗盧、疋磾之助，而能乃心王室，忠矣。太真既受右司馬之職，此身殆非己有，故琨使嶠奉表，義也。嶠爲之使，亦義也。崔氏之留，直母子情耳。義以制情，由是則將母有不違也。太真敢自留哉？觀其在朝，屢求反命而不許，除散騎常侍而固辭，心豈一日忘其母哉？特壓於桀逆未梟，梓宮不返之詔，戚焉而不果歸耳。卒之功光竹帛而爲晉名臣，出於陶侃之上，則嶠之賢著矣。忠孝果二道哉！”《雅言集》卷下。

吳崇節曰：“絕裾之嶠，人皆罪其不孝。但觀其以僞醉擊錢鳳，以涕泗詆王敦，而以忠謀輸朝廷，卒除大逆，則其絕裾者，毋亦憤國家之傾危而出身以拯之，不得不移孝以爲忠者與？若以貪位忘親概擬之，則苛矣。”《古史要評》卷二。

范光宙曰：“太真忠義慷慨，風節表著，爲晉名臣。其匡濟時艱，翼戴王室，即陶侃、郗鑒諸臣而下，不逮也。獨絕裾一節，不免於人物。夫母子天性，勳名浮漚也。徐元直以母之故，去劉而歸曹，卒不失爲孝。劉琨之命，母固止之，太真獨不可辭乎？而絕裾以去，及母亡，又以阻亂，不得奔喪。是戰國吳起之流與？急於赴義，而忍於忘親即勳，蓋當代君子亦奚取云。”范日升按曰：“自古論忠臣，必求於孝子之門。太真之絕裾，以非孝也，然亦忠。晉無太真，其不爲敦、峻所盡者得乎？觀其與敦謬爲勤敬，深結錢鳳，何等機警。及於峻也，獨洒泣登舟，慨然赴難。夫豈侃、鑒輩所能及乎？委蛇斃敦，慷慨誅峻，嶠誠晉室忠臣哉！而猶以絕裾訾之，固矣。”《史評》卷六。

計大受曰：“溫嶠奉劉琨表往建康勸進，母崔固止之，絕裾而去，張宣公繩以徐庶之事，謂嶠有母在，此身固不得以許琨。若既以委質爲臣，當危難而無避可也，將命之舉，豈不得辭？不過投富貴之機，赴功名之會，而其天性所傷已甚。夫嶠之以身許琨也，豈自今日哉？琨遷大將軍，嶠爲從事中郎、上黨太守加建威將軍督護前鋒軍事，將兵討石勒，則嶠已委質於琨，而爲晉陪貳臣矣，故即死綏之義莫之敢逃，夫何出使江左可自執，不違將母之情而辭其命乎？且屬二都傾覆，社稷乏祀，何危難如之？繼絕存亡，憤激天下忠臣義士之氣，此日將命惡得不任？嶠則忍於去母，以成大不忍於國，卒使其母無愧王孫賈母，豈猶是州閭稱孝之可同哉？琨妻爲嶠之從母，琨深禮嶠，嶠必可無失養之慮，非如徐母之見質曹操而亂其方寸者，其母亦但倚門倚閭之私情，而嶠斷以大義不之顧耳。然嶠非遂欲留仕江左，既至即屢求返，命不許乃不得以終養，其心固未嘗須臾忘其母，而孳孳功名富貴之爲也。若張氏之論，爲世熱中仕途、背親滅性，嚴其防可焉。”《史林測義》卷十五。

唐汝詢曰：“吁嗟溫太真，表表真忠臣。所悲將命際，割愛遠辭親。豈無庭闈戀，應羞兒女仁。中原戰爭息，親顯金閨籍。惜哉時不逢，親死尚從戎。辭官歸

1932

葬母，存心原不負。莫將忠義士，頓作西河守。"《顧氏詩史》卷八。

周濟曰："史稱嶠母崔攬衣留嶠，嶠絕裾而行。吾友包世臣曰：'樂平之敗，琨由董狐奔薊，嶠從戎奔北，安能奉母行閒？此欲明嶠忠義，而爲之詞爾。'"《晉略·列傳十九·溫嶠傳》注。

唐長孺曰："溫嶠本是二品，爲什麼說'鄉品不過'？我想自從他絕裾南行之後，中正曾行降品之故。既已降品，便不得爲清官，所以每逢陞遷，須要皇帝用特旨施行。《晉書·禮志》和《溫嶠傳》都記載他拜官時群臣的議奏，雖然認爲他的行爲不算錯誤，不得遂私情以虧王命，但是中正所執行的鄉閭之評卻仍然不能通過。這裏可以說明西晉之初，帝皇大臣所提倡的孝正符合於門閥家族的利益，因此孝先於忠在後來成爲公議。"《魏晉南朝的君父先後論》，《拾遺》頁二四四至二四五。

蕭艾曰："司馬氏當政，提倡以孝治天下，孝道尤爲清議所重。溫嶠既絕裾而去，其後母亡又阻亂不歸葬，自然要受到鄉議的制裁，此所以不得列入第一流。"《探幽》頁一一九。

10

庾公欲起周子南，子南執辭愈固。庾每詣周，庾從南門入，周從後門出。庾嘗一往奄至，周不及去，相對終日。庾從周索食，周出蔬食，庾亦彊飯，極歡；并語世故，約相推引，同佐世之任。既仕，至將軍、二千石，《尋陽記》曰："周邵字子南，與南陽翟湯隱於尋陽廬山。庾亮臨江州，聞翟、周之風，束帶躡履而詣焉。聞庾至，轉避之。亮後密往[1]，值邵彈鳥於林，因前與語。還，便云：'此人可起。'即拔爲鎮蠻護軍、西陽太守。"其集載與邵書曰："西陽一郡，戶口差實，非履道真純，何以鎮其流遁？詢之朝野，僉曰足下。今具上表，請足下臨之無讓。"而不稱意。中宵慨然曰："大丈夫

---

〔1〕 "亮後"，董刻本、袁刻本"後"俱作"復"。周一良《批校》曰："後，復。"

乃爲庾元規所賣〔1〕！”一歎，遂發背而卒。

　　○“庾公欲起”至“發背而卒”

　　“一往奄至”，岡白駒曰：“往出於其不意。”○朱鑄禹曰：“奄，《説文》：‘一曰忽也，遽也。’”

　　“彊飯”，張萬起曰：“勉强吃飯，努力進食。”

　　“世故”，張萬起曰：“世事。”

　　“同佐世之任”，蔣凡曰：“佐世，輔助朝廷。”

　　“二千石”，張萬起曰：“指郡守。”

　　“爲庾元規所賣”，田中頤曰：“言身立大丈夫之志，自矢不出，而誤爲庾所賣，出其身於世也。”

　　“發背而卒”，岡白駒曰：“背發癰而卒。”○大典顯常曰：“蓋疽發也。”○恩田仲任曰：“《千金方》曰：‘凡腫起背胛間，頭白如黍粟，四邊相連腫亦黑，令人悶亂，即名發背。凡發背，皆因服食五石散、更生散所致。’”

　　○注“尋陽記曰”

　　“鎮蠻護軍”，秦士鉉曰：“初名南夷校尉。《宋書·百官志》曰：‘武帝寧州置鎮蠻校尉。’”

　　“西陽太守”，恩田仲任曰：“西陽，《宋·州郡志》曰：‘本縣名，二漢屬江夏，魏立弋陽郡，又屬焉。晉惠帝又分弋陽爲西陽國，屬豫州。’”○秦士鉉曰：“西陽、南蔡等郡，置鎮蠻護軍。”

　　○注“其集載與邵書曰”

　　“其集”，沈家本曰：“《隋志》：‘晉太尉庾亮集二十一卷，梁二十卷，録一卷。’二《唐志》二十卷。”《古書目》卷五。○葉德輝曰：“《隋志》題‘晉太尉庾亮集二十一卷’。”《書目》。

　　“户口差實”，岡白駒曰：“言户口新集也。”

　　“鎮其流遁”，恩田仲任曰：“流遁，流寓遁逃之民。”

---

〔1〕“大丈夫”，龔斌曰：“宋本、沈校本並無‘大’字。”

劉辰翁曰："初不自知才品、功業所稱。二千石不自足，以躁死。"蔣凡按曰："一語中其外似淡薄而內欲富貴之病。"

李贄曰："遲了遲了，莫怪庾也。"《初潭集》卷二十四。

11

阮思曠奉大法，敬信甚至。大兒年未弱冠，忽被篤疾。《阮氏譜》曰："牖字彥倫[1]，裕長子也。仕至州主簿。"兒既是偏所愛重，爲之祈請三寶，晝夜不懈。謂至誠有感者，必當蒙祐[2]。而兒遂不濟。於是結恨釋氏，宿命都除。以阮公智識，必無此弊。脫此非謬，何其惑歟！夫文王期盡，聖子不能駐其年；釋種誅夷，神力無以延其命。故業有定限，報不可移。若請禱而望其靈，匪驗而忽其道，固陋之徒耳，豈可以言神明之智者哉[3]？

○"阮思曠"至"宿命都除"

"奉大法"，岡白駒曰："釋氏自稱其道曰大法。"○江藍生曰："六朝小説中，'法'特指佛法，又稱'大法'，佛家稱'法家'。"《彙釋》頁五四。

"偏所愛重"，徐震堮曰："偏，特別、最。"《簡釋》。

"祈請三寶"，恩田仲任曰："三寶，佛、法、僧。"

"兒遂不濟"，岡白駒曰："祈請無靈而死。"○恩田仲任曰："謂子死也。"○王叔岷曰："'遂'猶'終'也。"

"宿命都除"，大典顯常曰："宿命，佛家語，今借言宿心耳。"○恩田仲任

---

[1] "牖字"，程炎震曰："《晉書・裕傳》云：'三子：備、寧、普，備早卒。''牖''備'字相近，恐是《晉書》誤也。"王利器曰："案《陳留尉氏阮氏譜》、《晉書・阮裕傳》'牖'都作'備'，《世説》作'牖'，誤。"趙西陸曰："《晉書・阮裕傳》'牖'作'備'，《陳留尉氏阮氏譜》同。"楊勇曰："《晉書・阮裕傳》、汪藻《尉氏譜》並作'備'。"

[2] "蒙祐"，余嘉錫曰："'祐'沈本作'佑'。"按袁刻本亦作"佑"。

[3] "豈可以"，余嘉錫曰："'以'景宋本及沈本俱作'與'。"按袁刻本亦作"與"。

曰："謂信宿緣業報之意頓盡。"〇田中頤曰："謂宿昔所歸依敬信之心都除。"
〇楊勇曰："宿命，猶宿心也。《文選》嵇康《幽憤詩》：'內負宿心，外恧良朋。'
言宿昔本心所奉大法，於今疑惑盡起，信心盡去矣。"

〇注"以阮公"至"智者哉"

"文王期盡"，大典顯常曰："《文王世子》：文王謂武王曰：'我百爾九十，
吾與爾三焉。'文王九十七而終，武王九十三而終。"

"聖子"，恩田仲任曰："武王、周公。"

"釋種誅夷"，大典顯常曰："《瑠璃王經》：瑠璃太子八歲，時與梵志子好苦
遊。迦毗羅國釋種摩訶男家，時新起一講堂，欲請如來。爾時瑠璃至講堂，陞師
子之座，諸釋種罵之。後瑠璃紹位，往伐釋種，取萬二千釋種諸女，刖劓耳鼻，
截斷手足，推之坑塹。佛告比丘：往昔此羅閱城有池多魚，人捕魚食之。池中有
二魚，一名麩，二名多舌，各懷報怨。一小兒在岸見魚跳而喜，以杖打魚頭。爾
時羅閱人者，今釋種是。麩魚者，瑠璃王是。多舌魚者，梵志、好苦是。小兒
者，即我身是。以是因緣，瑠璃王殺釋種也。"〇秦士鉉曰："文王百年而崩，非
夭也，不必惜矣。釋種盡滅，則可哀也。注文可謂不類也。瑠璃王結恨釋種，伐
之，取萬二千釋種，極慘毒。"

【彙評】

劉辰翁曰："思曠如此，復何足道？"

李贄曰："阮太俗物，劉太道理。"《初潭集》卷八。

王世懋曰："注理高，但人情未可必。"凌瀛初本"未"作"不"。蔣凡按曰："所
論甚是。裕痛愛子女，因親情之痛而一時喪失理智，並非不可能，這正寫出了一個有血有肉有
感情有缺點的名士全貌。"

王思任曰："此癡甚多，此癡已久。"

凌濛初曰："祈請既惑，結恨尤僻。"

方苞曰："始而敬信，繼而結恨。人皆笑其後，吾尤鄙其初。"

周召曰："欲以奉佛至誠，免兒一死，可謂愚甚。然猶恨而知改。世有已見其
不靈，而崇奉之心牢不可破者，其惑溺尤在阮裕之上。真可笑也！"《雙橋隨筆》
卷八。

12

桓宣武對簡文帝，不甚得語。廢海西後，宜自申敘，乃豫撰數百語，陳廢立之意。既見簡文，簡文便泣下數十行。宣武矜愧，不得一言。

○"桓宣武"至"不得一言"

"不甚得語"，蔣凡曰："謂語不投機，很少説話。"

"宜自申敘"，龔斌曰："《晉書》九《建文帝紀》：'及初即位，溫乃撰辭欲自陳述，帝引見，對之悲泣，溫懼不能言。'"

桓公臥語曰："作此寂寂，將爲文、景所笑！"既而屈起坐，曰："既不能流芳後世，亦不足復遺臭萬載邪？"
《續晉陽秋》曰："桓溫既以雄武專朝，任兼將相，其不臣之心，形于音迹。曾臥對親僚，撫枕而起曰：'爲爾寂寂，爲文、景所笑！'衆莫敢對。"

○"桓公臥"至"萬載邪"

"爲文景所笑"，王世懋曰："文、景，司馬師兄弟也。"○田中頤曰："文、景，晉二帝也。此稍自尤無爲。"○楊勇曰："蓋言其篡位也。"

"屈起坐"，大典顯常曰："屈膝而起坐也。"○張萬起曰："屈，通'崛'。"○蔣凡曰："勃然坐起。"

"即不能流芳"二句，田中頤曰："此悔其大功若大惡俱無能爲也。"

○注"續晉陽秋曰"

"形于音迹"，恩田仲任曰："音，謂言語。迹，謂行事。"

【彙評】

胡寅曰："元子所謂芳與臭者，即忠與逆也。雖然，非真知芳臭者也。使其知爲忠之芳，如飢人之聞黍稷，其肯舍而不爲乎？使其知爲逆之臭，如顙人之聞糞穢，其肯貪而爲之乎？惟其知之不深也，故舍忠爲逆，亦僥倖有成，以其成而蓋其臭也。豈不愚哉！溫父茂倫，忠義大節，嚴嚴如秋霜華嶽，而不克負荷，甘於遺臭，擇術如此，夫豈足以當沈勁涕唾之餘乎？"《管見》卷八。

劉辰翁曰："此等較有俯仰，大勝史筆。"

王旭曰："偶閱晉史，至桓溫有'大丈夫不能流芳百世，亦當遺臭萬年'之語，因掩書而嘆曰：芳可流，臭可遺乎？是蓋姦雄一時之言，而非其志之所存也。及觀其終，則彼身既不免爲跋扈之臣，而其子玄又以僭逆致敗，果無芳之可流，而臭之遺者將不止於萬年矣。異哉，何其言之應而如是耶！蓋有是言即有是心，心即天也，禍福感應之源也，一念之善，善即應之；一念之惡，惡亦從焉。"《蘭軒集》卷十三《流芳堂記》。

楊一奇曰："溫亦知以忠爲芳，以逆爲臭也。夫既以忠爲芳，即當忠焉以流芳。夫既以逆爲臭，則勿逆焉以遺臭。何不乃爾耶？"《史談補》卷四。

王世貞曰："至今爲書生罵端，然直是大英雄語。"

王世懋曰："曲盡奸雄語態，然自非常人語。"

袁中道曰："英雄語，自當駭世。"《舌華錄》卷七。

范光宙曰："溫跋扈與敦、峻等，其初亮、翼比之方邵，何充亦薦其宜督荊襄，獨劉惔謂不可使居形勝，能逆覩其隱爾。溫嘗曰：'男子不流芳百世，則遺臭萬年。'噫！溫所爲芳乎？臭乎？始以兵降蜀漢，敗秦將，潰姚襄，威名振熠。曩逡巡不敢北向者，稍舒華夏之忿，令矢心王室，爲朝廷克復故壤，庶其流芳也乎！乃以髯參短簿之謀，請都洛陽，請移鐘虡，甚之廢帝立昱，以鎮壓海內，恥枋頭之挫，而效伊霍之舉，此無異怒其室而作色於其父，其遺臭亦既多矣。然溫久專大柄，廢置天子如弈然，其爲曹、懿無難也，而猶顧忌不敢染指於其鼎。史於溫卒，不姓而官，亦不盡貶，意有在也。"《史評》卷六。

蔣凡曰："垂垂老翁，來日無多，時不我待，不臣野心，不能不孤注一擲。冒險之事，勝王敗寇，有僥幸成功的機會，更有失敗後遭人唾罵的可能。故勃然'屈起'，而興不能'流芳後世'、亦當'遺臭萬年'之歎。其所詠歎，出語驚天動地，奈何時運不濟，不久即一命嗚呼，功業盡化雲煙。"

14

謝太傅於東船行，小人引船，或遲或速[1]，或停或待，又放船從橫，撞人觸岸。公初不呵譴[2]。人謂公常無嗔喜。曾送兄征西葬還，征西，謝奕[3]。日莫雨駛[4]，小人皆醉，不可處分。公乃於車中，手取車柱撞馭人，聲色甚厲。夫以水性沈柔，入隘奔激，方之人情，固知迫隘之地，無得保其夷粹[5]。《孟子》曰："湍水，決之東則東，決之西則西。搏而躍之，可使過顙；激而行之，可使在山。豈水之性哉？人可使為不善，性亦猶是也。"

○"謝太傅"至"保其夷粹"

"於東"，張萬起曰："指在會稽。"

"送兄征西葬還"，龔斌曰："升平二年秋八月，安西將軍謝奕卒。"

"雨駛"，江藍生曰："'駛'義為疾速，形容詞，不作動詞解。"《彙釋》頁一七七。○郭在貽曰："'駛'古有迅疾之義，作形容詞用。'雨駛'，謂雨疾也。《搜神記》卷十九：'無笠，雨駛，可入船就避雨。'此'雨駛'與《世說新語》用法全同。"《考釋》。○吳金華曰："'駛'字形容雨雪來勢之猛，是當時習語。'駛'的本義就是迅猛疾速。東漢許慎用'水吏'解釋'沚'字，可見'水駛'是漢人俗語，本文'雨駛'的說法跟'水駛'相似。"按段玉裁注："吏同使，謂水

---

[1] "或速"，余嘉錫曰："景宋本及沈本作'或疾'。"

[2] "呵譴"，董刻本"呵"作"何"。王利器曰："各本'何'作'呵'。"楊勇曰："'呵'宋本作'何'，非。"朱鑄禹曰："'何'在此應讀作'呵'。"

[3] "征西謝奕"，趙西陸曰："謝奕為安西將軍，卒贈鎮西將軍。《文學篇》第四一則'謝車騎在安西艱中'，此作'征西'，疑誤。"楊勇曰："'謝奕'宋本作'謝弈'，非。"

[4] "日莫雨駛"，董刻本、元刻本"莫"作"暮"。程炎震："《御覽》卷十'雨部'引'駛'作'馭'，無'小'字，是也。"徐震堮曰："'駛'《御覽》一○作'馭'，下無'小'字，當於'雨'下逗，'馭人'連讀。"吳金華《考釋》曰："原文可通，《御覽》不足為據。"頁二二八。蔣宗許《臆札》曰："《御覽》不可從。'日莫雨駛'指天晚了雨下得很疾。"

[5] "夷粹"，劉應登曰："'夷粹'作'純美'。"按"夫以水性沈柔"五句，范子燁《研究》曰："《御覽》卷一○、《事類賦》注引《世說》此文，無'夫以'句以下。故知本為孝標注，而為宋人混入正文者。"頁二○三。

疾。"《考釋》頁二二八至二二九。

"處分"，張萬起曰："處置，安排。"

"夷粹"，龔斌曰："《文選》顏延年《陶徵士誄》：'貞夷粹温。'張銑注：'夷，平也；粹，不雜也。'"

【彙評】

李贄曰："至言，至言！"《初潭集》卷二十。

凌濛初曰："獨此則忽入議論，跌宕可喜。"評"夫以水性沈柔"五句。

15

簡文見田稻不識，問是何草，左右答是稻。簡文還，三日不出，云："寧有賴其末，而不識其本！"文公種菜，曾子牧羊[1]，縱不識稻，何所多悔！此言必虛。

○注"文公"至"必虛"

"文公種菜"二句，參見校文。王世懋曰："二語出《説苑》。"○葉德輝曰："《淮南子·泰族訓》作'文公樹米，曾子架羊'，高誘注：'文公，晉文公也。樹米而欲生之也。架，連架，所以備知也。'"○余嘉錫曰："《淮南子·泰族訓》曰：'夫觀逐者，於其反也。而觀行者，於其終也。故舜放弟，周公殺兄，猶之爲仁也。文公樹米，曾子架羊，猶之爲知也。'高誘注云：'文公，晉文公也。樹米而欲生之也。架，連架所以備知也。'其語仍不可解。《新語·輔政篇》曰：

---

[1] "文公種菜"二句，黃丕烈曰："'菜'作'米'，'牧'作'枷'。"唐鴻學曰："《意林》引陸賈《新語》：'文公種米，曾子枷草，智者所短，不如愚者所長。'注云：'一本訛架羊。'《淮南子·泰族篇》許慎注：'枷，連枷，所以扑禾也。'俗本訛'備知也'，今訂正。"王利器曰："《類説》引'牧羊'作'枷羊'。此文'種菜'當作'種米'，'牧羊'當作'架羊'。"楊勇曰："當作'文公種米，曾子架羊'是。"王叔岷曰："注當作'文公種米，曾子架羊'，楊説是。'菜''牧'二字，蓋淺人妄改。《劉子·觀量篇》'文公種米，曾子植羊'，《天中記》五四引'米'作'菜'，與此同誤。'植羊'亦當作'架羊'，'植'字蓋因上句'種'字聯想而誤，或亦淺人所改。《新語·輔政篇》'曾子駕羊'，《意林》引'駕'作'枷'。宋本《説苑·雜言篇》'曾子架羊'，他本'架'作'駕'。《尸子》云：'羊不任駕鹽車。'則當以'駕'爲正。'架'借字。"

1940

'故智者之所短，不如愚者之所長。文公種菜，曾子駕羊，相士不熟，信邪失方。察察者有所不見，恢恢者何所不容。'《說苑·雜言篇》曰：'文公種米，曾子駕羊，孫叔敖相楚，三年不知軛在衡後。務大者，固忘小。'劉子《新論·觀量篇》曰：'項羽不學一藝，韓信不營一飡，非其心不愛藝，口不嗜味，由其性大，不綴細業也。晉文種米，曾子植羊，非性闇惷，不辯方隅，以其運大，不習小務也。'以此參互考之，知'菜'當作'米'，'牧'當作'駕'。此言君子可大受，而不可小知。故智有所不明，神有所不通。如種田當樹穀，駕車當用牛，此愚夫愚婦之所知也，而文公、曾子不知。然不可謂之不智，何者？君子之學務其大者、遠者，薄物細故，雖不知無害也。故曰'縱不識稻，何所多悔'。若作'種菜''牧羊'，則語意全失。高誘之注，望文生義，亦非也。"○王利器曰："陸賈《新語·輔政篇》：'故智者之所短，不如愚者之所長，文公種米，曾子駕羊。'《淮南·泰族篇》：'文公種米，曾子架羊，猶之爲智也。'《說苑·雜言篇》：'文公種米，曾子架羊。'《劉子新論·觀量章》：'文公種米，曾子植羊，非性闇惷，不辨方隅，以其運大，不習小務也。'袁孝政注云：'晉文學外國種米，種雖不生，言其志大也。魯國曾參學外國人剉羊皮，用土種之，雖不生，其志大也。'"

【彙評】

王世懋曰："簡文生長富貴，不知稼穡艱難。此愧大是良心，而注駁之，何居？"蔣凡按曰："此又一勝解也。"

顧惇量曰："此悔甚是。《豳風》《無逸》，不過充此一念耳。原注駁之，謬矣。"《世說補》引。

16

桓車騎在上明畋獵[1]。東信至，傳淮上大捷。語左

〔1〕 "畋獵"，董刻本"畋"作"政"。王利器曰："蔣校本、沈校本、袁本'政'作'畋'，是。"朱鑄禹曰："袁本作'畋'，是。"王叔岷曰："'政'非誤字。'政'與'正'同。《渚宮舊事》五作'正獵'，可證也。"

右云："群謝年少大破賊。"因發病薨。談者以爲此死賢於讓揚之荆。《續晉陽秋》曰："桓沖本以將相異宜,才用不同,忖己德量,不及謝安,故解揚州以讓安,自謂少經軍鎮。及爲荆州,聞符堅自出淮、肥[1],深以根本爲慮,遣其隨身精兵三千人赴京師[2]。時安已遣諸軍,且欲外示閒暇[3],因令沖軍還。沖大驚,曰:'謝安乃有廟堂之量,不閑將略。吾量賊必破襄陽,而并力淮、肥。今大敵果至,方遊談示暇[4],遣諸不經事年少,而實寡弱,天下誰知[5]?吾其左衽矣!'俄聞大勳克舉,慚慨而薨。"

○"桓車騎"至"讓揚之荆"

"上明畋獵",桃井白鹿曰:"上明,城名,在荆州松滋縣境。桓沖自襄陽退,築之自屯。"

"讓揚之荆",程炎震曰:"寧康元年,沖爲揚州。三年,改徐州,鎮丹徒。太元二年,桓豁卒,始代爲荆州,非自揚之荆也。"○余嘉錫曰:"沖先本以江州刺史監江、荆、豫三州之六郡軍事,溫死後,乃徙督揚、江、豫三州,揚州刺史代溫居任。及讓揚州,改授都督徐、兗、豫、青、揚五州之六郡軍事,徐州刺史。至是,謝安忽無故解其徐州。蓋安意在強幹弱枝,以尊王室,不欲桓氏兵權過重,故解沖方鎮之任,以朝廷親信之王蘊代之。至太元二年,桓豁卒,乃復用沖都督荆、江等七州軍事、荆州刺史,始得復領重鎮。"

○注"續晉陽秋曰"

"解揚州以讓安",余嘉錫曰:"《孝武紀》云:'寧康三年五月,以中軍將軍揚州刺史桓沖爲鎮北將軍、徐州刺史,鎮丹徒。尚書僕射謝安領揚州刺史。'此即《續晉陽秋》所謂'解揚州以讓安'也。"

"慚慨而薨",程炎震曰:"太元八年十月,有肥水之捷。九年二月,桓沖卒。《晉書》七十四《沖傳》云'沖本疾病,加以慚恥',得之。"

---

〔1〕 "聞符堅自出淮肥",董刻本"符"作"苻","肥"作"淝",下"淮肥"同。

〔2〕 "三千",王先謙曰:"一本'三'作'二'。"

〔3〕 "閒暇",董刻本"閒"作"門"。王利器曰:"各本'門'作'閒',是。"楊勇曰:"'閒'宋本作'門',非。"朱鑄禹曰:"袁本'門'作'閒',是。"

〔4〕 "示暇",趙西陸曰:"《晉書·桓沖傳》'示'作'不'。"《通鑒》卷一○五同。"

〔5〕 "而實寡弱天下誰知",程炎震曰:"'天下誰知',《晉書·桓沖傳》作'天下事可知'。"徐震堮曰:"《晉書·桓沖傳》作'衆又寡弱,天下事可知'。"

【彙評】

吕祖謙曰:“沖憂晉室之危,而謂吾其左衽,乃事理之當然,初不足爲過。淝水之捷,沖於此喜而不寐可也,尚何慚恥之有?沖之所以慚恥者,不過自咎其言之不中耳。然推是心而充之,則其害事甚矣。楊國忠之於禄山是已,此誠可爲深戒。使沖之言果驗,吾意其未必能死也。”王禕《大事記續編》卷三十二引。

劉辰翁曰:“談者刻薄,豈非更讓荆耶?”

王世懋曰:“此當時誣桓阿謝之言,非盛德語。”

湯聘尹曰:“謝文靖當秦兵入寇,視之若無事,時弈酒不廢也。宋人謂其以秦築館疏爵相待,是以不懼。嗚呼!是何亮賢者之薄也,豈彼未睹安石之素耶?當其盤桓東山時,與孫興公輩泛海中流,風起浪猛,莫不色阻聲諠,而公神情方王,吟嘯自如。至於大司馬入朝,公與坦之有新亭之迎,温伏甲設饌,欲芟夷朝士,坦之容儀失措,而公也雍容望階趨席,方作洛生詠,諷‘浩浩洪流’,且曰:‘諸侯有道,守在四鄰,何用壁間著阿堵輩。’温遂笑而輟兵。其神宇素定,死生利害不入於其心,在《易》‘震驚百里,不喪匕鬯’,則其人也。且秦師百萬,長驅入境,國人方荷擔遷亡之不暇,而吾又示之以弱,是未見敵而先自敗也。晉寧不秦也,是故静以鎮之,逸暇以待之,庸以紓國人之懼,而疑敵之伺我者。費禕臨敵而弈碁,萊公禦虜而飲博,豪傑之所爲,豈恒情之所能測哉?”佚名《尚論編》卷五引。

余嘉錫曰:“沖不知謝玄之必能立勳,其知人料事,誠不及郗超。然淝水破敵,江左危而復安,舉國以爲大慶。沖聞捷音,固當驚喜出於意外。縱恥其前言之失,不過慚沮而已,亦復何關利害,而遂至於發病以死乎?今以《晉書》及《通鑒》考之,則沖之死,蓋自有其故矣。沖畏堅太甚,又夙輕安不知兵,料其必敗,且已與安有隙,故發此憤懣不平之言耳。既而玄等竟獲大捷,勳庸莫二,而己無尺寸之功。回思居分陜之任,既已六年,喪敗頻仍,而大功乃出於向前所薄視之少年,不免相形見絀。此乃於桓氏之威望有損,不徒自愧而已。沖之爲人,非能不以得喪動心者,固宜其憤怒傷身,鬱鬱以死矣。然但深自怨艾,而不爲跋扈之舉,爲國家生事,此所以談者以爲此死‘賢於讓揚之荆’也。”

17

桓公初報破殷荊州〔1〕，周祗《隆安記》曰："仲堪以人情注於玄，疑朝廷欲以玄代己，遣道人竺僧悆齎寶物遺相王寵倖媒尼左右〔2〕，以罪狀玄，玄知其謀，而擊滅之。"曾講《論語》〔3〕，至"富與貴，是人之所欲，不以其道得之，不處"，孔安國注曰："不以其道得富貴，則仁者不處。"玄意色甚惡。

○"桓公初報"至"意色甚惡"

"初報破殷荊州"，岡白駒曰："桓玄破殷仲堪，乃求領江荊二州。"○桃井白鹿曰："報怨破之，故曰'報破'。"○田中頤曰："以私怨破之，故添'報'字。"○程炎震曰："隆安三年十二月，玄襲江陵。"○趙西陸曰："報，謂得報也。"○劉尚慈曰："報，當爲'報復'義。"《璅記》。○蔣凡曰："初報，剛剛接到報告。"

"意色甚惡"，田中頤曰："玄於是悟破殷之事非公道也。"○龔斌曰："桓玄初以投靠仲堪起家，最後殺仲堪而取代之，此正《論語》所謂'不以其道得之'者也，故桓玄'意色甚惡'。"

○注"周祗隆安記曰"

"注於玄"，岡白駒曰："意所嚮曰注。時人皆注意於玄。"

"道人竺僧悆"，桃井白鹿曰："悆，俗'愯'字，道人之名。《太平御覽》引許氏《志怪》：'沙門竺僧瑤得神符。'此曰道人竺僧悆，瑤、悆，皆其名。"

"遣相王寵倖媒尼左右"，大典顯常曰："此事《晉書》無載。但《會稽王道子傳》云：'時孝武帝不親萬機，但與道子酣歌爲務。姏姆尼僧尤爲親暱。道子

〔1〕 "桓公"，何焯曰："'公'疑當作'玄'。《世說》中凡稱'桓公'皆桓大司馬也。至靈寶，多直書其名，或稱'南郡'而已。臨川王父高祖唱義討靈寶之篡，乃明其爲賊者，故臨川書法如此，觀下文云'玄意色甚惡'，則上文'公'字尤顯誤無疑。"程炎震引陳景雲曰："'桓公'當作'桓玄'。"徐震堮曰："'公'疑作'玄'，形composiçã近致誤。書中以桓公稱溫，玄皆稱其名，或稱桓南郡。"
〔2〕 "竺僧悆"，張文柱曰："'悆'一作'潛'。"岡白駒曰："悆，當作'潛'，屬下句。或以爲僧名，非是。"恩田仲任曰："'悆'與'愯'同。一作'僧潛'。"
〔3〕 "曾講"，李慈銘曰："'曾'當作'會'。"

又崇信浮屠之學，吳興聞人奭上疏曰：尼姑屬類傾重亂時云云。’”《撮補》。〇秦士鉉曰：“相王，王而爲相者，司馬道子也。媒尼，尼而爲媒者。”〇余嘉錫曰："所謂媒尼，疑即是妙音。既因玄納交以得官，又欲師其故智以傾玄。"按此爲《識鑒篇》"王忱死"條注，妙音事亦參見彼條。〇趙西陸曰："‘媒’，當作‘姑’。"

紕漏第三十四

【題解】

何良俊曰："夫南山之竹，不揉自直，然括而羽之，可以射遠。況天之降才爾殊，不必盡會稽之竹箭也。不加隱括，欲無紕漏，其能免乎？是以君子貴學也。"《何氏語林》卷三十。○恩田仲任曰："紕，舛錯也。漏，滲漏也。"○田中頤曰："紕漏，猶紕繆也，謂其事之差錯。"○楊勇曰："紕漏，謂陋劣粗疏不解事也。"○張萬起曰："《尤悔》中記載的過失，多爲或關軍國、或涉身家的所謂大事。本門《紕漏》所記多爲日常生活中，言談舉止的不慎或失誤。"

1

王敦初尚主〔1〕，敦尚武帝女舞陽公主〔2〕，字脩褘。如廁，見漆箱盛乾棗，本以塞鼻，王謂廁上亦下果〔3〕，食遂至盡〔4〕。既還，婢擎金澡盤盛水〔5〕，琉璃盌盛澡豆，因倒箸水中而飲之〔6〕，謂是乾飯。群婢莫不掩口而笑之〔7〕。

---

〔1〕 "王敦初尚主"，楊勇曰："《御覽》八七引作'初尚武帝舞陽公主'。"王叔岷曰："《考異》作'王大將軍尚主'，《御覽》三九一、七百六十引此並同。《書鈔》一三五引此作'王將軍尚公主'，'王'下蓋脫'大'字。"

〔2〕 "舞陽公主"，徐震堮曰："《晉書·王敦傳》作'襄陽公主'。"

〔3〕 "王謂廁上亦下果"，《考異》"謂"作"云"，無"亦"字。

〔4〕 "食遂至盡"，《考異》作"食之遂盡"。

〔5〕 "金澡盤"，《考異》無"金"字。

〔6〕 "因倒箸水中"，王叔岷曰："《考異》'箸'上有'豆'字，《藝文類聚》八四、《書鈔》（一三五）、《御覽》三九一引此亦皆有'豆'字。"

〔7〕 "群婢莫不"句，王叔岷曰："《考異》作'群婢莫不笑'，《御覽》三九一引同。《書鈔》（一三五）引作'群婢莫不笑之'，《御覽》七一二引作'群婢莫不大笑也'，並與《考異》較合。"蔣凡批曰："'莫不掩口而笑之'比'莫不笑'形態活現，不可等視，于此見藝術之精粗。後來諸本，無不依紹興本，此乃汪藻《敘錄考異》之功也。"

○“王敦初”至“而笑之”

“王敦初尚主”，敬胤曰：“晉安帝女舞陽公主，字修禕。”《考異》“王大將軍初尚主豫”條注。楊勇按曰：“‘晉安帝’當作‘晉武帝’。”

“下果”，徐震堮曰：“謂設果食。下，即《德行》六‘餘六龍下食’之‘下’。”

“擎金澡盤”，田中頤曰：“擎，捧也。”

“澡豆”，胡侍曰：“澡豆，今謂之肥皂，出德州者佳。”《墅談》卷四。○恩田仲任曰：“《本草》曰：‘豌豆作澡豆，去䵟䵔，令人面光澤。’時珍曰：‘《千金外臺》洗面方盛用畢豆麨，亦取其勻膩耳。’”○余嘉錫曰：“《千金方》六下《面藥篇》有：‘洗手面令白淨悅澤澡豆方：每日常用，以漿水洗手面甚良。’又有：‘洗面黑不淨澡豆洗手面方：用洗手面，十日色白如雪，三十日如凝脂。神驗。’又有：‘洗面藥澡豆方：每旦取洗手面，百日白淨如素。’又有：‘澡豆治手乾燥少潤膩二方、澡豆方、桃人澡豆主悅澤去䵟䵔方。’”

“謂是乾飯”，劉辰翁曰：“‘乾飯’語贅。”○張萬起曰：“乾飯，稠稀飯。”

◎劉盼遂曰：“按《白帖記》：‘大將軍王敦至石崇廁，取箱食棗，群婢笑之。’玉溪生《藥轉詩》：‘香棗何勞問石崇。’皆以為石家事，意別有據。”

【彙評】

李贄曰：“妝村得好！”《初潭集》卷三。

2

元皇初見賀司空，言及吳時事，問：“孫皓燒鋸截一賀頭[1]，是誰？”司空未得言，元皇自憶曰：“是賀劭[2]。”劭即循父也。皓凶暴驕矜[3]，劭上書切諫，皓深恨之。親近憚劭

---

[1]“截一賀頭”，朱鑄禹曰：“沈校本無‘一’字。”
[2]“賀劭”，徐震堮《札記》曰：“《吳志》《晉書》並作‘邵’。”
[3]“皓凶暴”，趙西陸曰：“‘皓凶暴驕矜’以下，引《吳志·賀邵傳》文，此上當有‘吳志曰’三字，傳寫偶脫。”楊勇曰：“‘皓’上《吳志·賀邵傳》有‘吳志曰’三字。”

貞正，譖云謗毀國事，被詰責。後還復職。劭中惡風，口不能言語，皓疑劭託疾，收付酒藏，考掠千數，卒無一言。鋸殺之〔1〕。司空流涕曰："臣父遭遇無道，創巨痛深，無以仰答明詔〔2〕。"《禮記》〔3〕："創巨者其日久，痛深者其愈遲。"元皇愧慚，三日不出。

○"元皇初見"至"三日不出"

"燒鋸截一賀頭"，錢大昕曰："《晉書·賀循傳》：'元帝與循言及吳事時，因問曰："孫皓常燒鋸截一賀頭，是誰邪?"循未及言，帝悟曰："是賀劭也。"循流涕曰："先父遭遇無道，循創痛巨深，無以上答。"'此傳不載燒鋸截頭事，裴注亦不之及。"《考異》卷十七。按"此傳"指《吳志·賀邵傳》。○趙西陸曰："《三國志》裴注：'按《皓傳》，燒鋸截頭，是陳聲事，非賀邵事，但皓淫刑所及，被害非一，或聲、邵均遭鋸頭，亦未可知。'《晉書校文》三曰：'《吳志》無鋸截事，但言邵中風，不能言，皓疑其託疾，掠致死。《世說》誤以陳聲事屬之邵。注言邵中風，不能言，爲皓考殺，蓋亦以燒鋸事不足信，故引《邵傳》正之。'"○徐震堮曰："《通鑒》八○《晉紀二》云：'吳中書令賀劭中風不能言，去職數月，吳主疑其詐，收付酒藏，考掠千數，卒無一言，乃燒鋸斷其頭，徙其家族於臨海。'與此注全同，或即取材於此。"

"仰答明詔"，張萬起曰："仰、明，敬詞。"

○注"劭即循父也"云

"皓凶暴驕矜"，趙西陸曰："《三國志·吳志·孫皓傳》：皓愛妾，或使人至市劫奪百姓財物，司市中郎將陳聲，素皓幸臣也，恃皓寵遇，繩之以法。妾以愬皓，皓大怒，假他事燒鋸斷聲頭，投其身於四望之下。"

---

〔1〕 "鋸殺之"，余嘉錫曰："'鋸'景宋本作'遂'。"按袁刻本亦作"遂"。
〔2〕 "臣父遭遇無道"三句，程炎震曰："《晉書》六十八《循傳》'臣父'作'先父'，'創巨'上有'循'字，'明詔'二字無。蓋以元帝爲安東時，循非王國官，不當稱'臣'也。"朱鑄禹曰："(《賀循傳》）'無以仰答明詔'作'無以上答'。蓋此時賀循非王國官，不當稱'臣'，而安東亦不當稱'明詔'也。"
〔3〕 "禮記"，董刻本作"禮云"。葉德輝曰："'禮記'袁本作'禮云'。"

1948

蔡司徒渡江，見彭蜞，大喜曰："蟹有八足，加以二螯。"令烹之。既食，吐下委頓，方知非蟹。後向謝仁祖説此事，謝曰："卿讀《爾雅》不熟，幾爲《勸學》死[1]。"

《大戴禮·勸學篇》曰："蟹二螯八足[2]，非蛇蟺之穴無所寄託者[3]，用心躁也。"故蔡邕爲《勸學章》取義焉。《爾雅》曰："蝑蛦，小者勞[4]。"即彭蜞也[5]，似蟹而小。今彭蜞小於蟹，而大於彭蛦，即《爾雅》所謂蝑蛦也。然此三物，皆八足二螯，而狀甚相類。蔡謨不精其小大，食而致弊，故謂讀《爾雅》不熟也。

○ "蔡司徒"至"方知非蟹"

"蔡司徒渡江"，程炎震曰："《晉書》七十七《謨傳》云：'避亂渡江，時明帝爲東中郎將，引爲參軍。'蓋建興中。"

"彭蜞"，龜圖曰："《證俗音》：'有毛者曰蟛蜞，無毛者爲蟛蛦。'俗呼彭越，訛耳。《世説》云蔡司徒誤食蟛蜞吐下，謝仁祖曰：'卿讀《爾雅》不熟，幾爲《勸學》死。'"段公路《北户録》卷一"蟛蜞"注。

"蟹有八足"二句，田中頤曰："以八足二螯者，唯蟹爲然，而不察彭蜞亦如之者也。"○秦士鉉曰："蟹大足有毛似鉞者曰螯。"○張萬起曰："此爲蔡邕所作《勸學章》中的句子。蔡邕是蔡謨的從曾祖，謨熟讀其文章，順口吟之。"

"吐下委頓"，岡白駒曰："蓋此方言也。江南飲毒藥潊，謂之頓愍，頓愍即

────────────────

[1] "勸學"，《晉書·蔡謨傳》作"勸學"，王鳴盛《十七史商榷》卷五十曰："蔡邕有《勸學篇》，取之《大戴禮·勸學篇》，亦見前祖逖之兄納傳，作'勸'者非。"洪頤煊《諸史考異》卷三曰："此作'勸學'是淺人所改。"

[2] "二螯"，李慈銘曰："'螯'俗字。《説文》'蟹'字注作'敖'。《荀子》、《大戴》亦俱作'螯'。"

[3] "蛇蟺"，徐震堮曰："《大戴禮記》'蟺'作'魚旦'，二字古通。"

[4] "蝑蛦小者勞"，董刻本"蛦"作"潊"。岡白駒曰："《爾雅》'勞'作'螃'。"恩田仲任曰："《爾雅》作'小者螃，即彭蛦，似蟹而小'。"王利器曰："各本'潊'作'蛦'，是，下同。"徐震堮曰："'勞'《爾雅·釋魚》作'螃'，是。"

[5] "彭蜞"，劉盼遂曰："《爾雅·釋魚》：'蝑蛦小者螃。'郭注引或曰：'即彭蛦也。'孝標此處蓋本郭注，而'蛦'訛爲'蜞'，致下文不可通。"王利器曰："《御覽》引'蜞'作'蛦'。案《爾雅·釋魚》：'蝑蛦小者螃。'郭璞注引或曰：'即彭蛦。'孝標此處，即本郭注，《御覽》引不誤，今本誤'蛦'爲'蜞'，致下文義不可通，當據《御覽》改正。"徐震堮曰："'蜞'《爾雅·釋魚》郭璞注作'蛦'，是。"

委頓也，猶云瞑眩。"○張萬起曰："吐下，上吐下瀉。下，腹瀉。"

"方知非蟹"，田中頤曰："方，猶言始悟也。"

○"後向謝仁祖"至"勸學死"

"讀爾雅不熟"二句，劉應登曰："蔡謨不熟《爾雅》，所以不精其小大，而誤食之致吐也，故以爲幾爲《勸學》所誤而死。"○田中頤曰："《勸學篇》以'蟹二螯八足'譬其用心之躁，因用此言蔡幾爲之錯繆躁死也。"○胡鳴玉曰："《荀子》亦有《勸學篇》，作'六跪二螯'，與《大戴禮》少異。謝蓋謂蔡不精《爾雅》，而徒信《勸學篇》'二螯八足'之言，幾爲其所誤而致死也。'幾爲勸學死'，坊本、類書作'勤學'，《韻府》亦然。《野客叢書》最稱博洽，亦曰：'蔡謨讀《爾雅》不精，誤食彭蜞，取後世幾爲《勤學》死之誚。'乃知此誤其來尚矣。"《緯錄》卷二。○王念孫曰："'蟹有八足，加以二螯'，即蔡邕《勸學篇》文，與'鼫鼠五能，不成一技'，皆取義於《大戴禮·勸學篇》。其斷四字爲句，亦正相似。司徒熟於蔡邕《勸學篇》'蟹有八足加以二螯'之語，不熟於《爾雅·釋魚》'蜎蠗'之文，因而誤食彭蜞，故曰：'讀《爾雅》不熟，幾爲《勸學》死也。'"劉盼遂引任大椿《小學鉤沉》卷五校語。盼遂按曰："王氏此說極是，可以釋諸異說之紛紜矣。"○李慈銘曰："《大戴禮·勸學》云'蟹二螯八足'，《荀子·勸學篇》云'蟹六跪而二螯'，'跪'即足也，'六'亦'八'之誤。《大戴·勸學》即本《荀子》。後蔡邕用之作《勸學篇》，如《急就》《凡將》之流。其文蓋四字爲句。'蟹有八足，加以二螯'二語，疑即《勸學篇》語。謨爲邕之從曾孫行，故誦其語。而謝尚以'爲《勸學》死'嘲之。"《晉書札記》卷四。余嘉錫按曰："李氏此解，最爲明晰。《魏書·劉芳傳》及《文選注》《類聚》《御覽》《法書要録》諸書引蔡邕《勸學篇》皆四字句，可證也。"

○注"大戴禮勸學篇曰"至"爾雅不熟也"

"蛇蟺"，恩田仲任曰："蟺，蚓別名。"

"蔡邕爲勸學章"，葉德輝曰："《隋志》題《勸學》一卷，云蔡邕撰。"《書目》。

"蟛蜞"，恩田仲任曰："《正字通》曰：'有毛者曰蟛蜞，無毛者曰蟛蜞。'"○秦士鉉曰："蟹最小無毛者彭蜞。'彭''蟛'通。"

"不精其小大"，吳金華曰："'精'有深入了解、仔細區別之義。本文的'精'是深知細察的意思。"《考釋》頁二三〇。

王世懋曰：“蝘蜓食之乃不吐，此便非實録。”凌濛初按曰：“《埤雅》曰：‘彭蜞有毛，海人亦食之。’《本草會編》曰：‘彭蜞處處有之，鄉村間取爲常食。’《蟹史》曰：‘味腥膏薄，食之令人泄瀉。’合諸説，則食彭蜞不吐明矣。”

4

任育長年少時〔1〕，甚有令名。武帝崩，選百二十挽郎，一時之秀彦〔2〕，育長亦在其中。王安豐選女壻〔3〕，從挽郎搜其勝者〔4〕，且擇取四人，任猶在其中。童少時神明可愛，時人謂育長影亦好〔5〕。自過江，便失志。王丞相請先度時賢共至石頭迎之〔6〕，猶作疇日相待〔7〕，一見便覺有異。坐席竟〔8〕，下飲，便問人云〔9〕：“此爲茶爲茗〔10〕？”覺有異色〔11〕，乃自申明云：“向問飲爲熱爲冷耳〔12〕。”嘗行從棺邸下度〔13〕，流涕悲哀。王丞相聞之曰：“此是有情癡。”《晉百官名》曰：“任瞻字育長，樂安人。父琨，少

〔1〕 “育長”，《考異》曰：“一作‘長育’，下同。”
〔2〕 “一時之秀彦”，《考異》作“皆一時秀彦”，並曰：“一作‘皆時之秀彦’。”
〔3〕 “選女壻”，《考異》“選”作“揀”。
〔4〕 “搜其勝者”，《考異》“搜”下注曰：“一作‘换’。”
〔5〕 “人謂”，《考異》“謂”作“云”。
〔6〕 “請先度時賢共至石頭迎之”，《考異》“請先”作“諸人”；“石頭”作“白石”，並曰：“一作‘石頭’。”“迎”下無“之”字。
〔7〕 “猶作疇日”，《考異》“猶”上有“人”字，“日”作“昔”。
〔8〕 “席竟”，《考異》“竟”作“既”。
〔9〕 “便問”，《考異》無“便”字。
〔10〕 “爲茶”，《考異》“茶”作“荼”。
〔11〕 “異色”，《考異》“異”下有“怪”字。
〔12〕 “向問飲爲熱爲冷耳”，《考異》“問”下有“向”字，又曰：“一作‘餉爲冷爲熱耳’。”
〔13〕 “棺邸下度”，《考異》“邸”作“底”。余嘉錫曰：《示兒編》卷十七引作‘棺底下’，無‘度’字，非是。”

府卿。瞻歷謁者、僕射、都尉、天門太守。"

○ "任育長" 至 "影亦好"

"任育長"，敬胤曰："育長名瞻，樂安人也。祖暉，字叔季，大將軍掾。父混，字仲仁，少府。即過江，爲侍御史、天門太守。瞻妻，光祿顏含女。生王戎，已有一女。爲太子中庶子，散騎常侍，永平初爲侍中。安豐求女壻於世祖挽郎之中，此不然矣。"

"挽郎"，恩田仲任曰："挽梓宮之郎。《歷朝綱鑒》注曰：'天子之棺，以梓木爲之，故曰梓宮。'" ○ 高步瀛曰："《北堂書鈔》設官部八引《續漢書·百官志》曰：'輼車拂挽爲公卿子弟，六卿。十人挽兩邊。白素幘，委貌冠，都布衣也。' 可見挽郎之設，起於後漢。《世説》曰：'武帝崩，選百二十挽郎。'《書鈔》又引《晉要事》曰：'咸康七年，尚書僕射諸葛恢奏：恭皇后今當山陵，依舊公卿六品清官子弟爲挽官，非古也。豈牽曳國士，爲之役夫，請悉罷之。' 此晉時挽郎也。《南齊書·高逸傳》：'何求元嘉末爲宋文帝挽郎。'《周書·檀翥傳》：'年十九，爲魏孝明帝挽郎。' 此南北朝時挽郎也。唐代尚沿之。" 余嘉錫引。 ○ 余嘉錫曰："後漢挽郎三百人，晉武只百二十，已減於舊。《晉書·禮志》曰：'成帝咸康七年，皇后杜氏崩。有司奏依舊選公卿以下六品子弟六十人爲挽郎。詔停之。孝武帝太元四年，皇后王氏崩，有司奏請選挽郎二十四人。詔停之。' 其數更鋭減，且停罷不行矣。"

"任猶在其中"，淇園曰："曰'猶'者，言其神彩猶未減。" ○ 田中頤曰："以上二事曰'亦'曰'猶'者，任時秀彦神彩，猶旺未減也。"

"育長影亦好"，平賀房父曰："謂無所惡也，美之至也。" ○ 淇園曰："言其神彩甚勝。" ○ 張萬起曰："影，形象，相貌。"

○ "自過江" 至 "便覺有異"

"失志"，大典顯常曰："蓋失心之疾也。"《集成》。 ○ 田中頤曰："自此反若病心失者也。" ○ 張萬起曰："精神恍惚，失去神智。"

"請先度時賢共至石頭迎之"，桃井白鹿曰："言王導請勸先是所渡江之時賢，與之共至石頭而迎任育也。" ○ 恩田仲任曰："度，渡也，謂過江也。《寰宇記》曰：'迎擔湖，晉南渡衣冠席卷過江，客主相迎，行李塞於湖上，後人因呼迎擔湖也。'" ○ 秦士鉉曰："蓋過江諸賢，有先時渡江者與後時渡江者也。迎之，謂王迎任也。"

"猶作疇日相待"，田中頤曰："王故請先渡江之時賢共往迎任，猶作昔日有令名時之遇也。”

“一見便覺有異”，岡白駒曰：“丞相一見育長，便覺異於疇日。”○平賀房父曰：“王一見育長，便覺其異常。”○淇園曰：“言神色稍昏眊。”

○“坐席竟”至“爲茶爲茗”

“下飲”，劉辰翁口：“謂設茶也。”○大典顯常曰：“謂飲酒。”○秦士鉉曰：“行酒也。”○李詳曰：“陸羽《茶經》引此條並原注曰：‘下飲，謂設茶也。’”○徐震堮曰：“設茶、送茶曰‘下飲’。”《簡釋》。

“便問人云”，淇園曰：“任問。”

“爲茶爲茗”，大典顯常曰：“此任精神恍惚，謬以爲茶也而問之。郭弘農云：‘早取爲茶，晚取爲茗。’”○田中頤曰：“早取爲茶，晚取爲茗。此任卒然發問也。”○劉盼遂曰：“《爾雅·釋木》：‘檟，苦茶。’郭璞注：‘今呼早采者爲茶，晚采者爲茗。’陸璣《毛詩草木蟲魚疏》云：‘椒，蜀人作茶。樗，吳人以其葉爲茗。’是南朝時人皆以‘茗’與‘茶’有以異也，後人混‘茗’‘茶’爲一，故育長茲問不解所謂矣。”

○“覺有異色”至“爲冷耳”

“覺有異色”，岡白駒曰：“任覺承問者有怪色。”○桃井白鹿曰：“《茶經》：‘任育長覺人有怪色。’”○淇園曰：“任覺人聞己語者有異色。”

“自申明”，秦士鉉曰：“任乃申明云云。”

“向問飲爲熱爲冷”，大典顯常曰：“覺人之有異色而改換言也，其失志迷謬之狀可見。蓋‘熱’音近‘茶’，‘冷’韻近‘茗’。”○田中頤曰：“此任覺人聞己語者有異色，誤以爲酒，因又遽爾詭換此言也。”○秦士鉉曰：“‘問飲’之‘飲’，亦酒也。”○劉盼遂曰：“育長下飲之初，未辨茗茶，故爾致問。及既辨別，遂改口作音近之字，冀以彌縫其忸怩。蓋‘茗’與‘冷’在晉時同讀青部音，‘熱’與‘茶’在晉時同讀麻部音也。‘茶’‘熱’、‘茗’‘冷’皆系音近之字，育長當時月沒星替，舌吰雌黃，而其侘傺之狀與失志之態，宛然如在目中，此《世説》一書所以爲茂製歟！”

○“嘗行從”至“有情癡”

“行從棺邸下度”，岡白駒曰：“邸，逆旅舍也。度，過也。此蓋歸葬者寄於逆旅，而育長適過其下也。"○桃井白鹿曰："郡國朝宿之舍在京師者，率名邸。言任瞻嘗行從棺之度於邸下也。"又曰："'邸''底'通。《爾雅·釋器》：'邸謂之柢。'注：'根柢皆物之邸。邸即底，通語也。'此言任瞻途逢人之奉棺而行，乃自棺底下過也。"《補遺》。大典顯常《撮補》曰："《考》說似有理。"○大典顯常曰："'棺'疑'館'字。或以爲任行從棺之度邸下，然語路不穩。流涕悲哀，蓋亦適然耳。"○田中頤曰："此任嘗行步，自前武帝棺所在之邸下而經渡，忽焉流涕悲哀也。"○余嘉錫曰："棺邸者，賣棺之店也。《唐律疏議》卷四曰：'居物之處爲邸，沽賣之所爲店。'"

"有情癡"，田中頤曰："言任此事是有情則有情矣，而其癡亦甚也。"

○注"晉百官名曰"

"天門太守"，秦士鉉曰："天門，武陵充縣有松梁山，其頂上石名天門，因此名郡。"

【彙評】

劉應登曰："此皆失志所爲。"

劉辰翁曰："人才失志，此比甚多。"

袁中道曰："任樂受。"評"此是有情痴"語。《舌華錄》卷五。

蔣凡曰："年少任瞻，神明可愛，是在正常的和平年代。但自經中原喪亂，社稷丘墟，一旦過江，就有寄人籬下而失神落魄之感。環境改變了人。其爲茶爲茗之問，出口即誤，雖改爲冷爲熱之辯，仍難掩蓋其神情恍惚之態。"

5

謝虎子嘗上屋熏鼠。虎子，據小字。據字玄道[1]，尚書褒第二子[2]。

---

〔1〕"玄道"，楊勇曰："汪藻《謝氏譜》作'玄通'。"
〔2〕"尚書褒第二子"，徐震堮曰："'褒'影宋本作'哀'，是。"龔斌曰："宋本、沈校本並作'哀'。按作'哀'是。"又，董刻本"第"作"弟"。王利器曰："各本'弟'作'第'，是。"

年三十三亡。胡兒既無由知父爲此事，聞人道"癡人有作此者"，戲笑之。時道此，非復一過。太傅既了己之不知，因其言次，語胡兒曰："世人以此謗中郎，亦言我共作此。"中郎，據也。章仲反。按世有兄弟三人，則謂第二者爲中。今謝昆弟有六，而以據爲中郎，未可解[1]。當由有三時，以中爲稱，因仍不改也。胡兒懊熱，一月日閉齋不出。太傅虛託引己之過，以相開悟，可謂德教。

○"謝虎子"至"非復一過"

"無由知父爲此事"，秦士鉉曰："時胡兒幼，故不知父爲此事。"

"戲笑之"，田中頤曰："即胡兒不知父之事而戲笑之。"

"非復一過"，岡白駒曰："時時言此事，非復一次也。"○田中頤曰："胡兒數戲笑之也。"○楊勇曰："一過，一次也。"

○"太傅既了"至"我共作此"

"己之不知"，大典顯常曰："'己'者自胡兒言也。"○田中頤曰："己，猶其也，指言胡兒。"○龔斌曰："己，彼也。"

"言次"，蔣凡曰："言語之間。"

"言我共作此"，岡白駒曰："太傅言，我亦共作此事。"○田中頤曰："中郎，即虎子也，此太傅虛託以分謗者耳。"

○"胡兒懊熱"至"可謂德教"

"懊熱"，劉辰翁曰："'懊熱'是愧。"○淇園曰："懊悔熱中。"○恩田仲任曰："懊，惱也。熱者，熱中也。袁了凡曰：'熱中'只是胸中鬱煩，不敢自安之意。"

"一月日閉齋不出"，吳金華曰："魏晉南北朝之文，歷時一月每稱'一月日'，歷時月餘則稱'月餘日'。古籍中'一月日'跟'一月'的不同之處在於，

---

[1] "未可"，楊勇曰："'未'宋本作'末'，非。"

前者相當於今語‘一個月’，後者則相當於今語‘一月份’。”《考釋》頁二三一。

　　“可謂德教”，張文柱曰：“末用贊語極是，《世説》中正難得此種斷語。”
○田中頤曰：“損己以益人，有德之教也。”

　　○注“中郎據也”至“仍不改也”

　　“章仲反”，劉應登曰：“中，章仲反，次也。”
　　“謝昆弟有六”，楊勇曰：“汪藻《陳國陽夏謝氏譜》：‘哀子六：奕、據、安、
萬、石、鐵。’”

6

　　殷仲堪父病虛悸，聞牀下蟻動，謂是牛鬭。《殷氏譜》
曰：“殷師字師子〔1〕。祖識、父融，並有名。師至驃騎咨議，生仲堪。”《續晉
陽秋》曰：“仲堪父曾有失心病，仲堪腰不解帶，彌年，父卒。”孝武不知是
殷公〔2〕，問仲堪：“有一殷，病如此不？”仲堪流涕而起
曰：“臣進退唯谷。”《大雅》詩也。毛公注曰：“谷，窮也。”

　　○“殷仲堪”至“進退唯谷”

　　“父病虛悸”，恩田仲任曰：“悸，心動也。”
　　“殷公”，恩田仲任曰：“《正字通》曰：‘父曰公。’”○田中頤曰：“謂仲堪
父。”○程炎震曰：“此‘公’字作‘父’字解。”方一新《校讀札記》按曰：“‘公’
字自有‘父’義，程説是。”龔斌按曰：“程説是。殷公，謂殷仲堪之父也。”○趙西陸曰：
“公，父親。”○朱鑄禹曰：“父曰公，今尚稱人父曰尊公。”
　　“有一殷”二句，岡白駒曰：“有一殷姓者病此，果如此否？”
　　“進退唯谷”，恩田仲任曰：“孔穎達曰：谷謂山谷。墜谷是窮困之義，故云
谷窮。”○田中頤曰：“用《詩》語。言君父兩重，故不能不答，又不能答也。”

────────────

〔1〕　“字師子”，楊勇曰：“宋本作‘師子’，非。汪藻《殷氏譜》作‘子桓’，是。”
〔2〕　“殷公”，王利器曰：“《御覽》卷七四一、又卷九四七引‘公’作‘父’，是。”龔斌曰：“‘公’字
　　　不誤。公，父也。”

○秦士鉉曰："進謂君也,退謂父也,不答則有隱於君，答之則有説辱父異病，故云進退窮矣。"○張萬起曰："殷仲堪不回答則違抗君命,若回答則觸父諱，故曰進退唯谷。"

○注"續晉陽秋曰"

"彌年"，恩田仲任曰："彌，猶終也。"

【彙評】

周召曰："當日情事，使今人處之，未必如此。"《雙橋隨筆》卷七。

7

虞嘯父爲孝武侍中，帝從容問曰："卿在門下,初不聞有所獻替。"虞家富春，近海〔1〕，謂帝望其意氣〔2〕，對曰："天時尚煗，鰲魚蝦鯢未可致〔3〕，尋當有所上獻。"帝撫掌大笑。《中興書》曰："嘯父，會稽人，光禄潭之孫〔4〕，右將軍純之子〔5〕。少歷顯位，與王廞同廢爲庶人〔6〕。義旗初，爲會稽内史。"

○"虞嘯父"至"有所獻替"

"從容問"，恩田仲任曰："從容，《正字通》曰：'緩談也。'"○張萬起曰：

---

〔1〕"虞家富春近海"，楊勇曰："《晉書·虞嘯父傳》作'嘯父家近海'，《御覽》九四三、《事文》後三四引《世説》作'虞家富近海'。按《晉書·虞潭傳》：'會稽余姚人。'則知'春'字爲衍文。"

〔2〕"謂帝望其意氣"，楊勇曰："《晉書·虞嘯父傳》作'謂帝有所求'，《御覽》九四三引《世説》作'謂帝望其意'，《事文》後三四引《世説》作'謂帝望其貢'。"

〔3〕"鰲魚蝦鯢未可致"，李詳曰："《晉書·虞嘯父傳》作'天時尚溫，鰲魚蝦鮓未可致'，'鮓'與'鯢'同。"余嘉錫曰："'鯢'景宋本作'鰲'。"徐震堮《札記》曰："《晉書》本傳'鯢'作'鮓'。"王叔岷曰："《御覽》九四三引'鰲'作'鮓'，'鰲'與'鱉'同。俗作'鮓'。"

〔4〕"光禄"，董刻本"光"作"九"。王利器曰："各本'九'作'光'，是。"楊勇曰："'光'宋本作'九'，非。"

〔5〕"右將軍純之子"，秦士鉉曰："按《晉書》'純'當作'仡'，字之誤。'將軍'下脱'司馬'二字。"李詳曰："《晉書·虞潭傳》：'子仡嗣，官至右將軍司馬。仡卒，子嘯父嗣。'是名'仡'，不名'純'。'右將軍司馬'又與'右將軍'有異也。"朱鑄禹曰："應作'右將軍司馬仡之子'。"

〔6〕"同廢爲庶人"，程炎震曰："《晉書》云：'有司奏嘯父與廞同謀。'此當脱'謀'字。"

“從容,委婉。”

“門下”,張萬起曰:“即門下省,皇帝侍從、顧問衙署。”

“不聞有所獻替”,淇園曰:“有所獻替,則必因人以聞,故曰‘聞’也。”○張撝之曰:“獻替,獻可替否,即貢獻正確的意見,替換錯誤的意見。”《選注》。

○“虞家富春”至“撫掌大笑”

“望其意氣”,王世懋曰:“‘意氣’二字新甚。”○桃井白鹿曰:“王符《潛夫論》:‘百姓廢桑而趨府庭者,非朝脯不得通,非意氣不得見。訟不訟輒連月日,舉室釋作,以相瞻視。辭人之家,輒請鄰里應對送餉。比事訖竟,亡一歲功。’《漢書·宣帝紀》:‘飾廚傳,稱過使客。’注:‘修飾意氣,以稱過使。’《通鑑·晉紀》:‘慕容寶勸其父垂殺符堅曰:願不以意氣微恩,忘社稷之重。’注:‘意氣微恩,謂符堅厚禮垂父子也。’此云‘帝望意氣’即此。”○大典顯常曰:“意氣,謂恩情餽問也。”○秦士鉉曰:“或云:意氣,餽餉也,蓋與‘遺饌’通。”○王棠曰:“‘意氣’如俗語所謂送人事,今時所謂送人情者是也。王符《愛日篇》:‘非意氣不得見。’仲長統《法誡》:‘意氣不滿,宣帝詔吏或飾廚傳,稱過使客,以取名譽。’韋昭注:‘修飾意氣,以稱過客而已。’”《燕在閣知新錄》卷三十二。○程哲曰:“‘意氣’二字,餽送之謂也。”《蓉槎蠡説》卷十。○程炎震曰:“‘意氣’二字恐誤,《晉書》但云‘謂帝有所求’。”○趙西陸曰:“稽康《家誡》曰:‘不須行小小束修之意氣,若見窮乏而有可以賑濟者,便見義而作。’以餽獻爲‘意氣’,漢晉人習語也。”○徐震堮曰:“‘意氣’蓋餽獻或進奉,亦指餽獻之物。”《簡釋》。○楊勇曰:“與‘貢’義近。”

“鮆魚蝦鮺”,參見校文。桃井白鹿曰:“鮆,魚名,可爲醬。《異魚圖贊》:‘鮆魚之味,其美在額。’《臨海異物志》:‘鮆魚至肥,炙食甘美。諺曰:寧去累世田宅,[不去鮆魚額]。’”○田中頤曰:“鮆魚蝦鮺,並皆名産。”○李慈銘曰:“‘鮺’當作‘鮓’,《説文》:‘鮺,藏魚也。’《玉篇》:‘鮺,仄下切,藏魚也。’又:‘鮓,同上。’《釋名》:‘鮓,菹也。以鹽米釀魚一爲菹也,熟而食之。’《廣韻》:‘鮓,側下切。’《晉書·虞嘯父傳》作‘蝦鮓’。又案《説文》《玉篇》俱無‘鮆’字。《廣韻·十三祭》:‘鮆,魚名,可爲醬。征例切。’”《簡端記》。

“尋當”,恩田仲任曰:“尋,不多時也。”

○注"中興書曰"

"義旗初爲會稽內史"，恩田仲任曰："義旗，劉裕起兵討桓玄。"○程炎震曰："《晉書》云：'桓玄用事，以爲太尉左司馬，遷護軍將軍，出爲會稽內史。義熙初去職。'與此不同。"

【彙評】

劉辰翁曰："如此謬，子孫之羞也。"
李贄曰："此過不惡。"《初潭集》卷二十四。

8

王大喪後，朝論或云"國寶應作荆州"。《晉安帝紀》曰："王忱死，會稽王欲以國寶代之。孝武中詔用仲堪[1]，乃止。"國寶主簿夜函白事，云："荆州事已行。"國寶大喜，而夜開閣喚綱紀[2]，話勢雖不及作荆州，而意色甚恬。曉遣參問，都無此事。即喚主簿數之曰："卿何以誤人事邪？"

○"王大喪"至"事已行"

"作荆州"，朱熹曰："漢荆州刺史是守襄陽，魏晉以後以江陵爲荆州。"《朱子語類》卷二。○秦士鉉曰："作荆州刺史也。荆州，江陵也。"

"國寶主簿"，程炎震曰："王忱死時，國寶爲中領軍，故其屬官得有主簿。"

"荆州事已行"，田中頤曰："此主簿誤信'或云'説也。"○吳金華曰："本文'夜函白事'、'荆州事已行'和'都無此事'三個'事'都指公文，只有'卿何以誤人事邪'一句的'事'相當於今語'事情'。"《考釋》頁二三二。○張

---

[1] "孝武"，秦士鉉曰："疑作'太元'。"
[2] "而夜"，余嘉錫曰："景宋本及沈本作'其夜'。"

萬起曰："已行,已定。"

○"國寶大喜"至"誤人事邪"

"綱紀",胡三省曰："綱紀,即謂州別駕及治中諸從事也。"《通鑒·漢紀五十二》注。又曰："郡綱紀,功曹之屬;縣綱紀,主簿録事史之屬。"《晉紀六》注。又曰："綱紀,綜理府事者也。"《晉紀十五》注。又曰："綱紀,謂官屬綱紀衆事者也。"《晉紀二十五》注。又曰："郡以僚佐爲綱紀。"《晉紀二十九》注。又曰："州郡上佐謂之綱紀,言其綱紀州郡之事也。"《梁紀三》注。○岡白駒曰："謂官屬僕隸之干事者。"○桃井白鹿曰："晉明帝太寧二年,詔王敦綱紀除名,參佐禁錮。《通鑒》注:'綱紀,綜理府事者也。參佐,諸僚屬也。'《綱目》注:'綱紀,別駕、治中之類。'"○李詳曰:"《文選》三十六李善注:'綱紀,謂主簿也。'又引虞預《晉書》:'東平主簿王豹白事齊王曰:況豹雖陋,故大州之綱紀也。'觀此條下喚主簿,是綱紀即主簿也。"按"綱紀"義參見《政事篇》"王安期爲東海郡"條。

"話勢雖不及作荆州",岡白駒曰："語不及作荆州之事也。"○楊勇曰:"勢,即政治形勢。"按此以"話勢"屬上讀。○張萬起曰:"話勢,談話的趨向。"

"意色甚恬",岡白駒曰："恬,安也。謂得意狀。"⊙田中頤曰:"即與'大喜'應,謂得意也。"○秦士鉉曰:"恬,悦安也。"

"曉遣參問",田中頤曰："遣參佐察問也。"

○注"晉安帝紀曰"

"會稽王",岡白駒曰："司馬道子。"

"中詔",大典顯常曰："使内臣宣,謂之中詔。"《集成》。○秦士鉉曰:"詔令特下,不由宰相。"按"中詔"義參見《德行篇》"殷仲堪既爲荆州"條。

【彙評】

劉辰翁曰："傳聞亦不可無。"

凌濛初曰："道意色殊肖。"評"意色甚恬"。

田餘慶曰："殷仲堪得爲荆州,是孝武帝對司馬道子鬥争的一大勝利。"《政治》頁二二八。

惑溺第三十五

【題解】

何良俊曰：“夫欲之惑人，迺至於溺而不能返，蓋自中人以上，有不能免者。其能奮然自拔者幾人哉？故孟子以爲養心莫善於寡欲。老子曰：‘爲道日損。’孰能知損之爲道，君子哉！”《何氏語林》卷三十。○恩田仲任曰：“《正字通》曰：凡人情沈湎不反曰溺。”○田中頤曰：“此謂迷惑溺没，不可救藥者也。”○楊勇曰：“惑溺，謂女色可令心志惑亂陷溺也。”○張萬起曰：“作者是以一種否定的態度來寫這些故事的，但其中有些故事，在今天看來，卻是頗爲生動的愛情故事，情味盎然，從中我們所見到的是真誠率真的感情和新鮮活潑的個性。”

1

魏甄后惠而有色，先爲袁熙妻，甚獲寵。曹公之屠鄴也，令疾召甄，左右白：“五官中郎已將去。”公曰：“今年破賊，正爲奴。”《魏略》曰：“建安中，袁紹爲中子熙娶甄會女。紹死，熙出在幽州〔1〕，甄留侍姑。及鄴城破，五官將從而入紹舍〔2〕，見甄怖〔3〕，以頭伏姑卻上。五官將謂紹妻袁夫人〔4〕：‘扶甄令舉頭。’見其色非凡，稱歎之。太祖聞其意，遂爲迎娶，擅室數歲。”《世語》曰：“太祖下鄴，文

---

〔1〕“出在”，余嘉錫曰：“‘在’景宋本及沈本作‘任’。”
〔2〕“五官將”，董刻本“官”作“宫”。王利器曰：“各本‘宫’作‘官’，是，下同。”
〔3〕“見甄怖”，董刻本“甄”作“爲”。余嘉錫曰：“沈本無‘見’字，‘甄’下有‘驚’字。”王利器曰：“蔣校本、沈校本作‘甄驚怖’，宋本誤。”
〔4〕“袁夫人”，盧弼《三國志集解》曰：“‘紹妻袁夫人’，應據《三國志·后妃傳》改作‘紹妻劉夫人’。”趙西陸曰：“‘袁夫人’‘袁’當作‘劉’。《志》注引作‘劉’。”吴金華《考釋》曰：“‘袁夫人’，應當據《三國志》卷五《魏書·后妃傳》注引《魏略》，校改爲‘劉夫人’。袁紹的妻子姓劉，照例應稱‘劉夫人’或‘劉氏’，不得稱爲‘袁夫人’。”頁二三五。

帝先入袁尚府，見婦人被髮垢面垂涕〔1〕，立紹妻劉後。文帝問，知是熙妻，使令攬髮，以袖拭面〔2〕，姿貌絕倫。既過，劉謂甄曰：‘不復死矣〔3〕。’遂納之，有子〔4〕。”《魏氏春秋》曰：“五官將納熙妻也〔5〕，孔融與太祖書曰：‘武王伐紂，以妲己賜周公。’太祖以融博學，真謂書傳所記。後見融問之，對曰：‘以今度古，想其然也。’”

○“魏甄后”至“正爲奴”

“惠而有色”，恩田仲任曰：“‘惠’與‘慧’通。”

“屠鄴”，恩田仲任曰：“顏師古曰：‘破取城邑，誅殺其人，如屠六畜然。’”○龔斌曰：“建安十年正月，曹操攻拔鄴，袁熙奔遼西烏丸。”

“五官中郎”，大典顯常曰：“魏文帝嘗爲五官中郎將。”《撮補》。

“正爲奴”，劉淇曰：“《世說》‘正爲奴’，又云‘正封錄諾之’，又云‘看人政見半面’，又云‘正索解人亦不可得’，又云‘正從朱衣上過’，又云‘政當無復今日事不’，又云‘此正小人有意向耳’，又云‘正自爾馨’，諸‘正’字，猶止也。‘正’得爲‘止’者，‘即’之轉也。”《辨略》卷四。○淇園曰：“蓋魏武本意欲內之爲己妾。”○恩田仲任曰：“奴，猶言阿奴。”○龔斌曰：“罪人子女沒入官府者之通稱。此指甄后。”

○注“魏略曰”

“熙娶甄會女”，趙西陸曰：“《魏志·后妃傳》曰：‘文昭甄皇后，中山無極人，明帝母，漢太保甄邯後也，世吏二千石。父逸，上蔡令。建安中，袁紹爲中子熙納之。熙出爲幽州，后留養姑。及冀州平，文帝納后於鄴，有寵，生明帝及東鄉公主。’注引《魏書》曰：‘逸取常山張氏，生后。’《太平寰宇記》卷六十曰：‘無極縣有後漢給事中甄逸墳。’此云‘甄會女’，蓋誤。《後漢書·孔融傳》注引

---

〔1〕 “被髮垢面垂涕”，董刻本“垢面垂涕”作“如垂涕”。王叔岷曰：“‘如垂涕’猶言‘而垂涕’，下文‘使令攬髮，以袖拭面’，正對此‘被髮如垂涕’而言，文義完好，無煩增改。”
〔2〕 “以袖”，董刻本“袖”作“神”。王利器曰：“各本‘神’作‘袖’，是。”楊勇曰：“‘袖’宋本作‘神’，非。”朱鑄禹曰：“袁本作‘以袖’是。”
〔3〕 “不復”，趙西陸曰：“《志》注引‘不復’作‘不憂’。”
〔4〕 “有子”，余嘉錫曰：“景宋本作‘有寵’。”趙西陸曰：“袁本誤作‘玉’。《志》注引亦作‘寵’。”徐震堮曰：“《魏志·后妃傳》注引《世説》正作‘寵’。”龔斌曰：“宋本、沈校本並作‘寵’。王刻本作‘子’。按作‘寵’是。”
〔5〕 “熙妻”，董刻本“妻”作“妾”。王利器曰：“各本‘妾’作‘妻’，是。”

《袁紹傳》：'熙，紹之中子也。甄氏，中山無極人，漢太保甄邯後也。父逸，上蔡令。'《魏書》亦云'逸'，則'會'字誤。"○吳金華曰："盧弼在《三國志集解》中指出，《世説新語》之文'蓋本作"娶甄逸女，會紹死"，因刊本之誤，遂訛謂甄后父名"會"也'。此説雖屬臆測，但按之文義則甚合情理。"《考釋》頁二三五。

○注"魏氏春秋曰"

"五官將"，秦士鉉曰："謂曹丕。"

"武王伐紂"二句，田中頤曰："武王，喻曹。妲己，喻妻。周公，喻五官將。此雖排調，兼有諷刺之意，蓋以理之所必無言之也。"

"想其然也"，田中頤曰："言其事類之也。"

【彙評】

楊慎曰："甄氏何物一女子，致曹氏父子三人交争之如此？"《升庵集》卷六十八。
梁章鉅曰："注：'文帝就視，見其顏色非凡，稱歎之。太祖問其意，遂爲迎娶。'按此史氏之飾辭也。《世説·惑溺篇》云云，此當得其實也。"《三國志旁證》卷七。

2

荀奉倩與婦至篤[1]，冬月婦病熱，乃出中庭自取冷[2]，還以身熨之。婦亡，奉倩後少時亦卒[3]。以是獲譏於世。《粲別傳》曰："粲常以婦人才智不足論，自宜以色爲主[4]。驃騎將軍曹洪女有色，粲於是聘焉[5]。容服帷帳甚麗，專房燕婉。歷年後婦病亡，

---

〔1〕"與婦"，趙西陸曰："古本《蒙求注》引《世説》'與'作'夫'。"
〔2〕"中庭自取冷"，楊勇曰："'庭'下'自'字，殘卷、《類聚》三二引《世説》皆無。"
〔3〕"後少時"，趙西陸曰："古本《蒙求注》引《世説》'後少時'作'歲餘'。"
〔4〕"自宜以色爲主"，董刻本"主"作"至"。王利器曰："各本作'自宜以色爲主'，《蒙求》卷下李瀚注引同，《三國·魏志·荀彧傳》注引何劭《荀彧傳》亦同，宋本誤。"楊勇曰："宋本作'自宜以色爲至'，非。"
〔5〕"聘焉"，董刻本"聘"作"興"。王利器曰："各本'興'作'聘'，《蒙求》（卷下）注引同，《三國志》注作'娉'，宋本誤。"楊勇曰："'聘'宋本作'興'，非。"

未殯，傅嘏往唁粲〔1〕，粲不明而神傷〔2〕。嘏問曰：‘婦人才色並茂爲難。子之聘也，遺才存色，非難遇也〔3〕，何哀之甚？’粲曰：‘佳人難再得！顧逝者不能有傾城之異，然未可易遇也〔4〕。’痛悼不能已已，歲餘亦亡〔5〕。亡時年二十九〔6〕。粲簡貴，不與常人交接，所交者一時俊傑〔7〕。至葬夕，赴期者裁十餘人〔8〕，悉同年相知名士也。哭之，感慟路人。粲雖褊隘，以燕婉自喪，然有識猶追惜其能言。”奉倩曰：“婦人德不足稱，當以色爲主。”裴令聞之曰：“此乃是興到之事，非盛德言，冀後人未昧此語〔9〕。”何劭論粲曰：“仲尼稱‘有德者有言’。而荀粲減於是，力顧所言有餘〔10〕，而識不足。”

○“荀奉倩”至“未昧此語”

“與婦至篤”，恩田仲任曰：“《麗藻》曰：‘粲妻曹佩翠。’”○田中頤曰：“‘至篤’即爲‘惑溺’。”

“出中庭自取冷”，淇園曰：“蓋奉倩身日裸裎出庭取冷。”

“以身熨之”，田中頤曰：“欲消熱也。”○張萬起曰：“熨，貼。”

“興到之事”，恩田仲任曰：“鄭康成《禮記注》曰：‘興之言喜也，歆也。’陳澔曰：‘興者，意之興起而不能自已者。’”○田中頤曰：“言荀所言，此乃其惑溺興到之事而發之。”○秦士鉉曰：“興到，一時興情所到。”

---

〔1〕 “唁粲”，趙西陸曰：“《魏志·荀彧傳》注‘唁’作‘喑’。錢大昕《三國志辨疑》曰：‘唁疑當作喑，弔生曰喑。’《御覽》三八〇引《晉陽秋》‘唁’作‘喑’。《蒙求注》引作‘弔’。”

〔2〕 “不明而神傷”，董刻本、沈校本、《蒙求注》引“明”作“哭”。李慈銘曰：“‘明’字誤，《三國志·荀彧傳》注作‘哭’。”徐震堮《札記》曰：“《魏志·荀彧傳》注引作‘不哭而神傷’。”龔斌曰：“沈校本作‘雖不明’。”

〔3〕 “遺才存色非難遇也”，趙西陸曰：“《蒙求注》引‘存色’作‘好色’，‘非難遇也’作‘此自易遇’。《志》注引‘存色’作‘好色’。”

〔4〕 “傾城之異然未可易遇也”，趙西陸曰：“《蒙求注》‘傾城之異’作‘傾國之色’；‘未可’下有‘謂之’二字。與《志》注引同。”吳金華《考釋》曰：“‘未可易遇’，據《三國志》卷一〇《魏書·荀彧傳》注引《晉陽秋》應作‘未可謂之易遇’，其中‘謂之’二字不可删略。”頁二三七。

〔5〕 “歲餘亦亡”，趙西陸曰：“《蒙求注》‘歲餘亦亡’作‘尋亦卒’。”

〔6〕 “亡時”，楊勇曰：“‘時’上宋本重‘亡’字，疑衍。”

〔7〕 “所交者”，趙西陸曰：“《志》注引‘者’作‘皆’。”

〔8〕 “赴期者”，徐震堮《札記》曰：“《魏志（荀彧傳）》注‘赴’下無‘期’字。”

〔9〕 “未昧”，天保手批曰：“‘未’，‘不’誤也。”

〔10〕 “力顧”，余嘉錫曰：“‘力’景宋本及沈本作‘内’。”

"冀後人未昧此語"，岡白駒曰："冀後人不爲此語所昧也。" ○大典顯常曰："言不惑於此語也。" ○田中頤曰："既非盛德者之言，故冀後人未至昧没，出此語之前須自警醒也。"

○注 "粲別傳曰"

"專房燕婉"，秦士鉉曰："燕婉，夫婦相悦也。"

"佳人難再得"，秦士鉉曰："李延年歌曰：'豈不知傾城與傾國，佳人不再得。'" ○龔斌曰："荀粲之語，蓋即《李夫人歌》意。"

○注 "何劭論粲曰"

"力顧所言有餘"，岡白駒曰："力，行也，言不稱於行也。"

【彙評】

顔之推曰："荀奉倩喪妻，神傷而卒，非鼓缶之情也。"《顔氏家訓·勉學篇》。

李贄曰："曹公痛子，逆知其子之必欲有婦；荀子痛婦，逆知其婦之必欲以身爲殉。體悉人情，一至此哉！然荀之葬也，送者無多人，而人人皆知名士，哭荀至於感動路人，則荀真人世可惜之人矣。雖無多人，人實無多。"《初潭集》卷一。

馮夢龍曰："奉倩竟以傷逝不壽，同脱火宅，固所願也。"《古今譚概》卷三《癡絶部》。

牟宗三曰："婦死而神傷，與王衍喪子而言'鍾情正在我輩'，同一情調，此亦是名士情調。唯王衍是官僚名士，荀粲則是一富才情之青年名士。"《玄理》頁六四。

3

賈公閭《充別傳》曰："充父逵，晚有子，故名曰充，字公閭，言後必有充閭之異[1]。" 後妻郭氏酷妒。有男兒名黎民，生載周[2]，

---

[1] "充閭之異"，岡白駒曰："本傳作'充閭之慶'。"
[2] "生載周"，楊勇曰："《晉書·賈充傳》作'生三歲'，《御覽》三七一引《異苑》作'生二歲'。" 王叔岷曰："《藝文類聚》三五引王隱《晉書》作'三歲'，與《晉書·賈充傳》合。"

充自外還，乳母抱兒在中庭，兒見充喜踊，充就乳母手中嗚之〔1〕。郭遥望見，謂充愛乳母，即殺之。兒悲思啼泣，不飲它乳〔2〕，遂死。郭後終無子。《晉諸公贊》云：“郭氏即賈后母也。爲性高朗，知后無子，甚憂愛恩懷〔3〕，每勸屬之。臨亡，誨賈后，令盡意於太子，言甚切至。趙充華及賈謐母，並勿令出入宮中。又曰：‘此皆亂汝事！’后不能用，終至誅夷。”臣按：傅暢此言，則郭氏賢明婦人也。向令賈后撫愛恩懷〔4〕，豈當縱其妒悍，自斃其子。然則物我不同，或老壯情異乎？

○“賈公閭”至“終無子”

“生載周”，劉辰翁曰：“周歲也。”天保手批按曰：“又云‘載’‘再’音近，言二年謂乎？”○大典顯常曰：“載，始也。或疑‘裁’字。周，一周歲也。”《集成》。○恩田仲任曰：“‘載’‘再’通。”○王叔岷曰：“‘載’‘再’同。‘生載周’猶言‘生二歲’。《御覽》三七一引《異苑》作‘年始二歲’，與《世說》合。”○張萬起曰：“載周，始周歲。載，始。”

“乳母”，陳直曰：“洛陽出土晉徐美人墓石，元康九年刻。徐美人名義，爲賈充家之乳母，所哺乳者爲賈充之女賈皇后及驃騎將軍韓壽之妻。本文所敘之乳母，所哺乳者則爲賈充之子也。”《札記》。

“手中嗚之”，桃井白鹿曰：“嗚之，嘔咐慈愛之聲。”○大典顯常曰：“嗚，弄兒之聲。”○恩田仲任曰：“嗚，與‘歍’通。《説文》曰：‘歍，口相就也。’”○崔朝慶曰：“嗚，大人對小兒示親昵也。”○劉盼遂曰：“《説文》‘烏’下引孔子曰：‘烏于呼也！’取其助氣，故以爲烏呼，聲轉則爲‘燠休’。左氏昭公三年《傳》杜注：‘燠休，痛念之聲。’服虔注：‘若今小兒痛，父母以口就之，曰燠

〔1〕 “充就乳母手中嗚之”，桃井白鹿曰：“嗚之，《晉書》作‘拊之’。”程炎震曰：“《晉書·充傳》作‘充就而拊之’。”楊勇曰：“《類聚》三五引王隱《晉書》作‘就乳母手中戲之’，又三七一引《異苑》作‘充外入，就乳母抱中嗚撮’。”王叔岷曰：“《藝文類聚》（三五）引王隱《晉書》‘嗚之’作‘惡之’。（‘惡’、‘嗚’同音通用。）”

〔2〕 “它乳”，董刻本“它”作“他”。

〔3〕 “甚憂愛恩懷”，余嘉錫曰：“‘憂’沈本作‘撫’。”王利器曰：“蔣校本、沈校本‘憂’作‘撫’。”徐震堮曰：“沈校本作‘撫’，是。”闞緒良《札記》曰：“‘憂’有‘愛’義，不必改。”又，董刻本“恩”作“惥”。王利器曰：“各本‘恩’作‘惥’，下同。案‘惥’即‘恩’避唐李世民諱的缺筆字。”

〔4〕 “向令”，何焯曰：“‘向’疑‘尚’誤。”

休，代其痛也。'今人拍拊小兒，長呼烏烏，音仍如燠。此文之鳴小兒，猶漢人之'燠休'，'嗚''烏'通用字。"○周祖謨曰："'嗚之'者，親之也。"余嘉錫引。○周一良曰："劉敬叔《異苑》十則作'就乳母懷中嗚撮'，皆親吻之意。吳康僧會譯《六度集經》五睒菩薩章'嗚口吮足'，意同。《廣韻》入聲一屋'噈'字下云：'歍噈，口相就也。'與'嗚撮'字異而音義皆同。"《史札》頁四九。○楊勇曰："'嗚'亦作'歍'。《説文》：'歍，口相就也。'段注：'口與口相就也。'今人謂之'吻'也。"

"遂死"，田中頤曰："是猶婦手殺兒也。"

"後終無子"，田中頤曰："此其報。"

○注"晉諸公贊云"

"憂愛"，闞緒良曰："憂'有'愛'義。《敦煌變文集‧王昭君變文》：'憎女憂男。'"《札記》。○龔斌曰："'憂'仍當作'憂慮'解。當時賈后、賈謐欲害太子，朝野皆知，郭氏深懷憂慮也。"

"愍懷"，岡白駒曰："愍懷太子，惠帝長子也。"○徐震堮曰："愍懷太子遹，惠帝長子，謝才人所生。"

"趙充華及賈謐母"，恩田仲任曰："姓趙名粲。充華，婦官九嬪之一。《宋書‧后妃傳》曰：'晉武帝採漢魏之制，置貴嬪、夫人、貴人，是爲三夫人，位視三公。淑妃、淑媛、淑儀、修華、修容、修儀、婕妤、容華、充華，是爲九嬪，位視九卿。'《晉書》曰：'九嬪銀印青綬。'"○李慈銘曰："趙充華，趙粲，武帝充華也。賈謐母，賈午，韓壽妻也。"《簡端記》。

"臣按"，王世懋曰："此亦非孝標注，然猶近古。"按徐震堮曰："'臣'不知何人，此段疑是後人評語，闌入注文。"

"物我不同"，秦士鉉曰："物，謂他人，即乳母也。我謂我子，即賈后也。"

"老壯情異乎"，岡白駒曰："及其老年，異於壯時情乎？"

【彙評】

陳絳曰："晉賈充、宋秦檜皆無子。已以姦臣妬人國，亦以妬妻自滅其家，天道哉！"《金罍子》中篇卷五。

支允堅曰："賈充、秦檜皆無子。蓋充妻欲後其甥，而趣殺其子於乳母之懷；

檜妻於後其姪，而故出其子於孕婦之腹。己以姦臣害國，卒以妬妻滅宗，天道哉！"《異林》卷二。

鍾惺曰："天假手妬婦，斬賊奴之後，自是快事。"《史懷》卷十八。

余嘉錫曰："槐之撫愛愍懷，諒非虛語。《世說》及《晉書》所載槐之妬悍或晉人惡充父女者過甚之辭也。"

4

孫秀降晉，晉武帝厚存寵之，《太原郭氏錄》曰："秀字彥才[1]，吳郡吳人，爲下口督[2]，甚有威恩。孫皓憚欲除之，遣將軍何定遡江而上，辭以捕鹿三千口供廚。秀豫知謀，遂來歸化。世祖喜之，以爲驃騎將軍、交州牧。"妻以姨妹蒯氏，室家甚篤。妻嘗妬，乃罵秀爲"貉子"。《晉陽秋》曰："蒯氏，襄陽人。祖良，吏部尚書。父鈞，南陽太守。"秀大不平，遂不復入[3]。蒯氏大自悔責，請救於帝。時大赦，群臣咸見。既出，帝獨留秀，從容謂曰："天下曠蕩，蒯夫人可得從其例不？"秀免冠而謝，遂爲夫婦如初。

○ "孫秀降"至"請救於帝"

"孫秀降晉"，胡三省曰："秀，吳主權弟匡之孫。"《通鑒·晉紀一》注。○程炎震曰："泰始六年十二月，孫秀來奔。"

"厚存寵之"，胡三省曰："厚其封賞，以攜吳人。"《通鑒·晉紀一》注。

"室家"，張永言曰："夫婦，夫妻。古人以男子有妻曰室，女子有夫曰家。"《辭典》頁三九三。

"貉子"，章太炎曰："《說文》：'貉，北方豸種。'凡相輕賤則罵'貉子'。晉時孫秀妻蒯氏常呼秀曰'貉子'。今江南運河而東，相輕詆則呼貉子。"《新方

---

〔1〕 "秀字"，董刻本"秀"作"季"。王利器曰："各本'季'作'秀'，是。"
〔2〕 "下口"，何焯曰："'下'當作'夏'。"趙西陸曰："注'下口'當作'夏口'。"
〔3〕 "遂不復入"，王叔岷曰："《藝文類聚》三五引《郭子》'遂'下有'出'字。"

言》二。○程炎震曰："'狢''貉'同字。《蜀志·關羽傳》注引《世略》'羽罵孫權爲狢子'。《御覽》二百四十九引《後秦記》曰：'姚襄遣參軍薛瓚使桓溫，溫以胡戲瓚。瓚曰：在北曰狐，居南曰貉。何所問也？'"○余嘉錫曰："魏晉以降，北人率罵吳人爲貉子。關羽、孟超之言，可以爲證。然《北史·王羆傳》云：'神武遣韓軌、司馬子如宵濟襲羆，羆持一白棒大呼而出曰：老羆當道臥，貉了那得過。'則只是尋常晉人之詞。軌，太安狄那人。子如，河內溫人。並非吳人也。"○趙西陸曰："貉，或作'貊'。《説文》曰：'北方豸種。'《字林》曰：'北方人，非獸也。'《北史·王羆傳》：'老羆當道臥，貉子那得過。'"

○"時大赦"至"夫婦如初"

"從容謂曰"，張萬起曰："從容，委婉。"

"天下曠蕩"，蔣宗許曰："'曠蕩'即'赦免、赦罪'之義。"《雜説》。

"可得從其例不"，崔朝慶曰："言可否從大赦之例寬容之。"

"遂爲夫婦如初"，王叔岷曰："《左》隱元年《傳》：'遂爲母子如初。'即此句法所本。"

○注"太原郭氏録曰"

《太原郭氏録》，沈家本曰："隋唐志皆不著録。此當是家傳。案何法盛《晉中興書》易'傳'爲'録'。《文選》注所引《陳郡謝録》《潁川庾録》《琅邪王氏録》，並是《中興書》之傳，故李氏所引亦時冠以《中興書》之名。劉注引何書但曰《中興書》，未嘗及某郡某録。此《太原郭氏録》亦未冠《中興書》之名，此自是郭氏之家傳，非何書之傳也。或以此亦是《中興書》之傳者，恐非。"《古書目》卷四。○李詳曰："注引《太原郭氏録》，此何法盛《中興書》也。傳寫遺其書名。法盛《中興書》於諸姓名爲一録，如《會稽賀録》《琅琊王録》《陳郡謝録》《丹陽薛録》《潯陽陶録》等，凡數十家。此《郭氏録》當衍'氏'字。"○葉德輝曰："《隋志》不著録。"《書目》。

◎趙西陸曰："此注當有脱誤。孫秀事，而在《太原郭録》，亦未合。"

○注"晉陽秋曰"

"父鈞"，陳直曰："《三國志·劉表傳》裴注引《傅子》記蒯越事，蒯良字子柔，弟越字異度，中廬人，良子鈞仕至南陽太守。《襄陽耆舊傳》輯本'蒯鈞'則誤作'蒯欽'。"《札記》。

5

韓壽美姿容，賈充辟以爲掾。充每聚會，賈女於青
璅中看[1]，見壽，説之[2]。恒懷存想[3]，發於吟詠。
後婢往壽家，具述如此，并言女光麗[4]。壽聞之心動，
遂請婢潛修音問，及期往宿。壽蹻捷絕人[5]，踰牆而
入，家中莫知。《晉諸公贊》曰："壽字德真，南陽赭陽人[6]。曾祖暨，
魏司徒，有高行。"壽敦家風，性忠厚，豈有若斯之事? 諸書無聞，唯見《世
説》，自未可信。自是充覺女盛自拂拭，説暢有異於常[7]。後
會諸吏，聞壽有奇香之氣，是外國所貢，一箸人，則歷
月不歇。《十洲記》曰："漢武帝時，西域月氏國王遣使獻香四兩，大如雀卵，
黑如桑椹，燒之，芳氣經三月不歇。"蓋此香也。充計武帝唯賜己及陳
騫，餘家無此香，疑壽與女通，而垣牆重密，門閣急峻，
何由得爾? 乃託言有盜，令人修牆。使反曰："其餘無
異，唯東北角如有人跡。而牆高，非人所踰。"充乃取女

---

〔1〕 "賈女"，楊勇曰："宋本作'賈'，《御覽》三九二引《世説》作'其'。"
〔2〕 "説之"，董刻本"説"作"悦"。徐震堮曰："此下《御覽》三九二有'乃問其婢識此人否，婢説
是其先主女'二句。"王叔岷曰："《御覽》三九二引'悦之'作'心甚悦之'，下更有'乃問其
婢，識此人否? 婢説是其先主女'十五字。"
〔3〕 "恒懷"，楊勇曰："'恒'《御覽》三九二引作《世説》作'内'。"
〔4〕 "光麗"，楊勇曰："宋本作'光'，《御覽》三九二引作《世説》作'色'，今從之。"方一新《斠
詁》曰："'光麗'自是漢魏以來人語，義爲艷麗、美麗，不應改。"
〔5〕 "蹻捷"，王叔岷曰："《御覽》（三九二）引'蹻'作'趫'，'趫''蹻'正、假字。"
〔6〕 "赭陽"，恩田仲任曰："《晉書》作'堵陽'。"程炎震曰："'赭陽'《晉書·謐傳》作'堵陽'。"
王利器曰："《晉書·賈謐傳》'赭陽'作'堵陽'，案《晉書·地理志下》，荆州南陽國有'堵
陽'，無'赭陽'，《世説》誤。"趙西陸曰："《晉書·地理志》：荆州南陽國有堵陽。此作'赭'，
誤。"徐震堮曰："《續漢書·地理志》南陽郡、《晉書·地理志》南陽國下並有堵陽，無赭陽。
'赭''堵'音讀相同，赭陽即堵陽也。《文選·南都賦》：'赭陽東陂。'則作'赭'亦有據。"
〔7〕 "説暢"，董刻本、袁刻本"暢"俱作"暘"。

左右婢考問，即以狀對。充秘之，以女妻壽。《郭子》謂與韓壽通者，乃是陳騫女，即以妻壽，未婚而女亡。壽因娶賈氏，故世因傳是充女。

○“韓壽美”至“家中莫知”

“韓壽美姿容”，田中頤曰：“已是冶容誨淫。”

“青璅中看”，周祁曰：“《漢書》：‘給事黃門之職，日暮入對青瑣門。’孟康曰：‘以青畫户邊鏤中，天子之制也。’師古曰：‘刻爲連瑣文，而青塗也。’”《名義考》卷三。○岡白駒曰：“青瑣，宫門刻爲連環文，以青塗抹，此天子制，充隆寵，特賜此制。”○桃井白鹿曰：“‘璅’同‘瑣’，此云‘青璅’，謂窗也。《後漢·梁冀傳》‘窗牖皆綺疏青瑣’、《妒記》‘王丞相夫人於青疏臺中望’、《書敘指南》‘青飾窗曰青瑣’、《類書纂要》‘賈充女於瑣窗窺見韓壽’是也。”○秦士鉉曰：“‘瑣’‘璅’同，以青飾窗。”按參見《輕詆篇》“王丞相輕蔡公”條“青疏”。

“潛修音問”，蔣凡曰：“暗中傳遞消息。”

“蹻捷絶人”，田中頤曰：“壽亦幸有奇術，遂得偷香耳。”○王叔岷曰：“《説文》：‘趫，善緣木之士也。’（段注本）引申有健捷義。《文選》曹子建《七啓》：‘蹻捷若飛。’注：‘《廣雅》曰：“趫，趨行也。”今爲“蹻”，古字無定也。’”

○“自是充覺”至“以女妻壽”

“女盛自拂拭”二句，岡白駒曰：“説，音‘悦’。”○田中頤曰：“女則自不覺其盛飾異常也。”○龔斌曰：“拂拭，修飾。”

“急峻”，田中頤曰：“二字與‘蹻捷’映。”○江藍生曰：“‘急’從‘窄’‘緊’義，引申出‘嚴峻’‘嚴切’之義，多與同義語連用。”《彙釋》頁八六至八七。

“何由得爾”，田中頤曰：“疑念轉加不已。”

“以狀對”，張萬起曰：“狀，情況，實情。”

“以女妻壽”，田中頤曰：“是惑溺中之一奇會也。”

◎李詳曰：“《晉書·賈謐傳》載此事，劉注言諸書無聞，唯見《世説》，是《晉書》撮《世説》可知。其辭小異者，不具論。如‘託言有盜’上，《晉書》有‘乃夜中陽驚’句；‘東北角如有人迹’，《晉書》作‘如狐狸行處’，皆以《晉書》爲勝。”○余嘉錫曰：“《類聚》三十五引臧榮緒《晉書》曰：‘賈充後妻郭氏，又生二女，少有淫行。年十四五，通於韓壽，充未覺。時外國獻奇香，世祖分與充，充以賜女。充與壽坐，聞其衣香，心疑之。充家嚴峻，牆高丈五，薦以枳棘。周行東北角，如狐狸行迹。充潛知，殺婢，遂以女妻之。'疑即因《世説》加以粉飾。唐修晉史，全本臧《書》，故亦以爲充女也。"

○注"晉諸公贊"

"赭陽"，_{參見校文。}陳直曰："《八瓊室金石補正》卷九，有韓壽神道題字，文云：'（晉）故散騎常侍驃騎將軍南陽堵陽韓壽府君墓神道。'共二十字。歷官與裴注均合，惟劉注赭陽人，據神道當爲'堵陽'之誤字。"_{《札記》。}

○注"十洲記曰"

《十洲記》，沈家本曰："《隋志》：'《十洲記》一卷，東方朔撰。'二《唐志》同。《新志》入'神仙家'。《宋志》亦隸'神仙'。《四庫目録》入'小説家'。此與《神異經》相類，乃六朝人所依託者。"_{《古書目》卷四。}○葉德輝曰："《隋志》：一卷。云東方朔撰。"_{《書目》。}

○注"郭子謂"至"是充女"

"乃是陳騫女"，李慈銘曰："案《世説》注引《郭子》言韓壽備香私通者，乃陳騫之女，即此所謂'子女穢行'也。"_{《晉書札記》卷三。}按"子女穢行"語見《晉書·陳騫傳》。○余嘉錫曰："《御覽》五百引《郭子》云：'賈公閭女悦韓壽，問婢"識不"，一婢云是其故主。女内懷存想。婢後往壽家説如此。壽乃令婢通己意，女大喜，遂與通。'案孝標方引《郭子》，謂壽所通者陳騫女，以駁《世説》。若如《御覽》所引，則正與《世説》合。一書之中，豈得自相違異？疑'賈公閭'三字本作'陳休淵'，宋人校《御覽》者據《世説》妄改之。《御覽》九百八十一又引《郭子》曰：'陳騫以韓壽爲掾，每會，聞壽有異香氣，是外國所貢，一著衣，歷日不歇。騫計武帝唯賜己及賈充，他家理無此香。嫌壽與己女通，考問左右，婢具以實對。騫以女妻壽。壽時未婚。'按此是《郭子》本文。孝標以其文與《世説》多同，遂隰括引之耳。《御覽》所引未全，故無女亡娶賈之語。"

【彙評】

李贄曰："賈充賊奴，以女妻壽，是亦可也。温之詐，壽之偷，等耳。壽以高

1972

材捷足，故偷；温以有扇遮面，故詐。”《初潭集》卷一。

馮夢龍曰：“充女既已及筭矣，充既才壽而辟之，舍壽將誰婿乎？亦何俟其女自擇也。雖然，賈午既勝南風，韓壽亦强正度。使充擇婿，不如女自擇耳。”《情史》卷三。

伯克利手批曰：“充亂臣賊子，天故數其□並女失行以污之也。”

張撝之曰：“在我國古代小説戲曲中，有不少類似的才子佳人故事，這是較早的一篇。”《選注》。

6

　　王安豐婦常卿安豐。安豐曰：“婦人卿婿，於禮爲不敬，後勿復爾[1]。”婦曰：“親卿愛卿，是以卿卿[2]；我不卿卿，誰當卿卿？”遂恒聽之。

○“王安豐”至“恒聽之”

“常卿安豐”，袁枚曰：“向人稱‘卿’，以上臨下之詞。王渾妻曰：‘我不卿卿，誰當卿卿？’謔語也。宋璟責楊再思曰：‘卿非張卿家奴，何郎之有！’正語也。南齊陸慧曉未嘗卿士大夫，曰：‘貴人不可卿，賤者乃可卿。人生何容立輕重於懷抱。’故終身常呼人位。又《韻會》曰：‘秦漢以來，君呼臣爲卿。凡敵體相呼，亦爲卿。’”《隨園隨筆》卷十六。○趙翼曰：“六朝以來，大抵以‘卿’爲敵以下之稱。王戎妻呼戎爲卿，戎曰：‘婦那得卿婿。’答曰：‘親卿愛卿，是以卿卿；我不卿卿，誰復卿卿？’山濤謂妻曰：‘我當爲三公，不知卿堪作夫人否？’夫呼妻爲卿則無詞，妻呼夫爲卿則謂不可，益見卿爲敵以下之稱也。”《陔餘叢考》卷三十六。○秦士鉉曰：“晉時‘卿’非貴稱也。”○袁文曰：“此婦稱夫爲‘卿’也。山濤謂其妻曰：‘我後當爲三公，但不知卿堪作夫人否？’此夫稱婦爲‘卿’也。觀古人閨閫之間，其情意如此，亦可見當時風俗之美。”《甕牖閑評》卷三。○劉盼遂曰：“按束晢《近遊賦》云：‘婦皆卿夫，子呼父字。’以自嘲

---

〔1〕“復爾”，王叔岷曰：“《類説》三一引‘復爾’作‘如之’。”
〔2〕“是以”，王叔岷曰：“（《類説》三一引）‘是以’作‘故爲’。”

其不迪檢柙，故知'卿卿'之言，非如賓之效也。"○徐震堮曰："於此稱謂之間，亦可見當時夫婦間之關係。《世説》列此事於《惑溺門》，亦以戒夫婦爲篤而無禮也。"

"恒聽之"，岡白駒曰："戎遂聽婦卿己。"○田中頤曰："知其不敬而聽之，非惑溺而何？"

【彙評】

凌濛初曰："長舌婦耳，然故令人溺。"

狄期進曰："'女曰雞鳴，士曰昧旦'，賢夫婦之警也如是。"

張貴勝曰："饒有韻藉，想見晉人風致，千載下猶覺口角含香。"《遣愁集》卷一。

陶珽曰："此是親近卿法。如庾子嵩'卿自君我，我自卿卿'云云，是疏遠卿法。"

7

王丞相有幸妾姓雷，頗預政事，納貨。蔡公謂之"雷尚書"。《語林》曰："雷有寵，生恬、洽[1]。"

○"王丞相"至"雷尚書"

"預政事納貨"，田中頤曰："此雖夫人不宜如是，況賤妾乎？所以爲惑溺也。"

"蔡公"，楊勇曰："謨也。"

"雷尚書"，田中頤曰："即預政事故。"○張萬起曰："譏諷王導放任愛妾攬權干政。"

【彙評】

楊勇曰："此與《輕詆》'王丞相輕蔡公'條互讀，益見情趣。"

----

〔1〕"生恬洽"，余嘉錫曰："景宋本及沈本俱作'生洽恬'。"趙西陸曰："作'恬洽'是，恬兄洽弟也。"

仇隙第三十六

【題解】

何良俊曰："甚哉,怨毒之於人! 遂相讎陷,有殺其身而不悔者。吁可畏哉! 故一朝之患,忘其身以及其親,亦聖賢之深戒也!"《何氏語林》卷三十。○恩田仲任曰："'隙'與'隙'同,怨也。"○田中頤曰："此謂仇讎怨隙之深結者也。"○楊勇曰："仇隙,謂怨憤嫌隙而仇害之也。"

1

孫秀既恨石崇不與綠珠,干寶《晉紀》曰:"石崇有妓人綠珠,美而工笛,孫秀使人求之。崇別館北邙下,方登涼觀,臨清水[1]。使者以告,崇出其婢妾數十人以示之,曰:'任所以擇。'使者曰:'本受命者,指綠珠也,未識孰是[2]?'崇勃然曰:'綠珠,吾所愛,不可得也!'使者曰:'君侯博古知今,察遠照邇,願加三思。'崇不然。使者已出又反,崇竟不許。"又憾潘岳昔遇之不以禮。後秀爲中書令,岳省內見之[3],因喚曰:"孫令,憶疇昔周旋不?"秀曰:"中心藏之,何日忘之?"岳於是始知必不免。王隱《晉書》曰:"岳父文德,爲琅邪太守,孫秀爲小吏給使[4],岳數蹴蹋秀,而不以人遇之也[5]。"後收石崇、歐

---

[1] "方登涼觀臨清水",葉德輝曰:"袁本'觀'字闕。按《晉書·石崇傳》作'方登涼臺,臨清流',此本作'觀',蓋臆補也,當從《晉書》爲是。"

[2] "未識",董刻本"未"作"朱"。王利器曰:"各本'朱'作'未',是。"

[3] "岳省內見之",王叔岷曰:"《文選》潘安仁《金谷集作詩》注引'岳'下有'於'字。"

[4] "爲小吏給使",葉德輝曰:"袁本'吏'作'史'。按《晉書·潘岳傳》作'小史給岳',則此作'小吏',非。"唐鴻學曰:"'時爲小吏',據《文選》二十注引改,《賢媛》'李平陽'注亦作'小吏'。"

[5] "以人遇之",李詳曰:"《文選》潘岳《金谷集詩》善注引隱《書》作'不以仁遇'爲是。'人''仁'古通。"唐鴻學曰:"'以人'作'以仁'。"

陽堅石，同日收岳。《晉陽秋》曰：“歐陽建字堅石，渤海人。有才藻，時人爲之語曰：‘渤海赫赫，歐陽堅石。’初，建爲馮翊太守，趙王倫爲征西將軍，孫秀爲腹心[1]，撓亂關中，建每匡正，由是有隙。”王隱《晉書》曰：“石崇、潘岳與賈謐相友善，及謐廢，懼終見危，與淮南王謀誅倫，事泄，收崇及親期以上皆斬之。初，岳母誡岳以止足之道，及收，與母別曰：‘負阿母！’崇家河北，收者至。曰：‘吾不過流徙交、廣耳！’及車載東市[2]，始歎曰：‘奴輩利吾家之財。’收崇人曰：‘知財爲害，何不蚤散？’崇不能答。”石先送市，亦不相知。潘後至，石謂潘曰：“安仁，卿亦復爾邪？”潘曰：“可謂‘白首同所歸’。”《語林》曰：“潘、石同刑東市[3]，石謂潘曰：‘天下殺英雄，卿復何爲[4]？’潘曰：‘俊士填溝壑，餘波來及人。’”潘《金谷集詩》云[5]：“投分寄石友，白首同所歸。”乃成其讖[6]。

　　○“孫秀既恨”至“同日收岳”

　　“緑珠”，葉廷珪曰：“緑珠生白州雙角山下。越俗以珠爲上寶，生女名珠娘，生男名珠兒，緑珠之字，由此而稱。”《海録碎事》卷七下。○王楙曰：“《海録碎事》云云，僕謂不然，以女名珠者，珍愛之意也，如彭寵之女名女珠，奇章公牛僧孺愛姬名真珠，皆珍愛之謂。且彭寵南陽人，初非越俗也。”《野客叢書》卷一六。○胡三省曰：“緑珠善吹笛。《太平廣記》曰：‘今白州雙角山下有緑珠井，昔梁氏之女有容貌，石崇使交州，以真珠二斛買之。梁氏之居，舊井存焉，汲取者必誕美女，里閭以美女無益，遂以石填之。’”《通鑒·晉紀五》注。○余嘉錫曰：“崇於惠帝時嘗以南中郎將、荆州刺史兼南蠻校尉。其買緑珠，或在此時。”

---

〔1〕 “孫秀爲腹心”，龔斌曰：“宋本作‘秀腹心’。”
〔2〕 “車載”，李慈銘曰：“‘車載’下脱一‘詣’字，當據《晉書·石崇傳》補。”
〔3〕 “東市”，葉德輝曰：“袁本‘市’作‘司’。按《晉書·石崇傳》作‘東市’，袁本作‘司’非。”
〔4〕 “卿復何爲”，王叔岷曰：“《類説》四九引殷芸《小説》‘卿復何爲’作‘君復何爲者’，一本‘者’作‘爾’。”
〔5〕 “潘金谷集詩云”，唐鴻學曰：“潘安仁《金谷集》作詩。”楊勇曰：“宋本作‘潘金谷詩集序云’，袁本作‘潘金谷集詩云’，《文選》作‘岳金谷集詩’，《御覽》五八六、《事文》別三二引《世説》作‘潘金谷詩云’。”
〔6〕 “成其讖”，趙西陸曰：“《御覽》五八六引‘讖’上有‘詩’字。宋本《御覽》‘讖’作‘詩’。”

“秀爲中書令”，龔斌曰：“趙王倫篡位在永寧元年正月，四月孫秀爲齊王冏所殺。秀爲中書令僅數月。下文潘岳唤孫秀爲‘孫令’，則其時當在永寧元年正月至四月間。”

“中心藏之”二句，岡白駒曰：“《小雅·隰桑》詩辭。”○田中頤曰：“言深藏不忘，必有報也。”

“知必不免”，田中頤曰：“石則未嘗知也。”

“同日收岳”，田中頤曰：“孫一時報復之也。”

○“石先送市”至“成其讖”

“亦不相知”，田中頤曰：“謂雖同日所收，亦不相知。”

“可謂白首同所歸”，田中頤曰：“乃相共嗟歎也。”○程炎震曰：“石、潘之死，《通鑒》繫之永康元年，崇年五十二。岳《秋興賦》云：‘晉十有四年，余春秋三十有二。’則是年五十四。”

“投分寄石友”二句，彭大翼曰：“‘投分’言交友當投分義也，‘石友’言友如石之堅貞也。”《山堂肆考》卷一〇五。○岡白駒曰：“分，猶志也。一云：分，義也。石友，堅固相締如石也。”○桃井白鹿曰：“李善注：‘分，猶志也。’阮瑀《爲武帝與劉備書》曰：‘披懷解帶，投分寄意。’一說：分，分義也，周瑜與魯肅結‘僑札之分’是也。石友，猶石交也。《史記》蘇秦謂齊王曰：‘此棄仇讎而得石交者。’”○恩田仲任曰：“石友，言情好親密也。”○田中頤曰：“石友，兼言金石之交也。”

“成其讖”，岡白駒曰：“前定徵兆之言曰讖。”

○注“王隱晉書曰”

“岳父文德”，恩田仲任曰“名芘。”○程炎震曰：“《晉書》五十五《岳傳》云‘父芘’，則‘文德’蓋其字也。”

“小吏給使”，胡三省曰：“給史，在左右給使令者也。”《通鑒·晉紀二十一》注。

“與淮南王謀誅倫”，龔斌曰：“淮南王，指晉武帝子淮南忠壯王允，字欽度。永康元年舉兵討趙王倫，不克，允及二子皆遇害。”

“親期以上”，秦士鉉曰：“親期，兄弟、伯叔父之屬，服期一年之喪者。”

“交廣”，恩田仲任曰：“交州、廣州。”○秦士鉉曰：“皆南海地。”

○注“語林曰”

“俊士填溝壑”二句，恩田仲任曰：“趙岐注《孟子》曰：‘君子固窮，故常念死無棺槨、没溝壑而不恨也。’”○秦士鉉曰：“疑二句是詩語。”

【彙評】

袁中道曰：“前狂。”《舌華録》卷六。

郭子章曰：“遹之廢，賈后主之，賈謐譖之，而潘岳成之也。徐考其跡，奉充爲主，結謐爲友，置其身于二十四友之黨。每候郭槐，降車路左，望塵跽拜，豈亦拙者之宜然乎？方賈后之紿遹入朝也，置於别室，逼之惡物，陳舞之酒已罄，承福之楮已具，而陛下自了、中宫手了之書遂布，遹雖欲不幽于金墉，不可得已，乃自了手了之草，誰爲創之？則岳也。嗚呼！岳之罪，可勝誅哉！遹之無罪，道路而知之也。賈之凶妬，亦道路而知之也。岳爲人臣子，諂附宫闈，殘戕國本，至於覆敗。共君之死，主者驪姬，而集苑集枯之謡，則優施也。扶蘇之殺，主者趙高，而不能辟地立功之書，則李斯也。岳蓋合優施斯高爲一人也。孫秀之讒，趙倫之誅，天若假手，爲遹報者，獨恨其陳屍之時，未暴其罪耳。岳之母，居嘗讓岳曰：‘女當知足，而干没不已乎？’及敗，岳謝母曰：‘負阿母。’岳知負母，而不知負國。負國不忠，負母不孝，不忠不孝，回視《閒居賦》若兩人語。語曰：‘文士不護細行。’岳且不護其巨矣！嗚呼！王夷甫離太子之昏，而勸石勒稱尊號；陸士衡應楊駿之辟，而爲趙王撰禪詔；沈休文出懷中之詔，而説蕭衍絶巴陵。晉宋人清談，不顧其行，類如此。故《文選》《世説》二書，讀者不可不論其世也。”《王郭兩先生崇論·郭青螺崇倫》卷五。

支允堅曰：“潘安仁思緒雲騫，詞鋒景换，初齡秀穎，舉試雒邑，能以綜學潤之政事，繼而入補遭讒，濡於白刃。蓋抱負本自不凡，而羶塗列前，聲勢相引，遂不自持。其《金谷詩》：‘投合寄石友，白首同所歸。’後與石同罹孫秀之難，真詩讖矣。”《異林》卷二。

方苞曰：“‘緑珠吾所愛，不可得也！’以此殺身，謂之情癡，猶過獎耳，真愚人而已矣。”

張貴勝曰：“語云：‘富者衆之怨也，色者姦之媒也。’季倫既以富樹怨，又復以色致姦。《易》曰：‘慢藏誨盗，冶容誨淫。’崇兼坐其病，安得不敗且死。”

《遣愁集》卷十二。

沈作喆曰："石季倫《金谷澗詩序》云：'感性命之不永，懼凋落之無期。'予讀而悲之曰：使崇而果知是理也，豈復有白首同歸之禍哉！"《寓簡》卷三。

2

劉璵兄弟少時爲王愷所憎[1]，嘗召二人宿，欲默除之。令作阬，阬畢[2]，垂加害矣。石崇素與璵、琨善，聞就愷宿，知當有變，便夜往詣愷，問二劉所在。愷卒迫不得諱，答云："在後齋中眠。"石便徑入，自牽出[3]，同車而去。語曰："少年，何以輕就人宿！"劉璨《晉紀》曰[4]："琨與兄璵俱知名，遊權貴之間[5]，當世以爲豪傑。"

○"劉璵兄弟"至"輕就人宿"

"劉璵"，陳直曰："劉璵工書，見《書品》中之下。《晉書·劉琨傳》僅云琨兄璵字慶孫，官驃騎將軍，才能綜核。與劉注皆不言其能書。"《札記》。

"欲默除之"，田中頤曰："謂欲眠中加害，令其人不知也。"○秦士鉉曰："默除，密殺之也。"

"當知有變"，張萬起曰："變，變故，事故。"

---

[1] "劉璵"，李慈銘曰："'璵'《晉書》作'輿'。"丁國鈞《校文》卷三曰："以弟名'琨'例之，疑本作'璵'。然今《晉書》無作'璵'者。"徐震堮曰："《賞譽》二八注引《晉陽秋》及《八王故事》並作'劉輿'。"楊勇曰："《晉書·劉輿傳》、《劉琨傳》及本書《雅量篇》一〇注、《賞譽篇》二八注均作'輿'。"

[2] "令作阬阬畢"，朱鑄禹曰："袁本兩'坑'皆作'阬'。案'阬''坑'同。"龔斌曰："宋本、沈校本並作'坑'，下'阬'同。"

[3] "牽出"，徐震堮《札記》曰："《晉書·石崇傳》'牽'作'索'。"

[4] "劉璨晉紀"，董刻本"劉璨"作"劉濬"。何焯曰："當作'鄧粲'。"葉德輝《書目》曰："隋、唐志均不著錄，疑即'鄧粲'之誤。"趙西陸曰："《文心雕龍·史傳篇》曰：'至劉璨《晉紀》，始立條例。'是'粲'一作'璨'。"楊勇曰："按《隋志》，《晉紀》有陸機、干寶、曹嘉之、鄧粲、劉謙之、徐廣六家，別無有'劉濬'或'劉璨'者。當作'鄧粲《晉紀》'是。"

[5] "之間"，余嘉錫曰："'間'沈本作'門'。"楊勇曰："宋本作'間'，非。各本作'門'，是。"

“迫不得諱”，田中頤曰：“諱，隱也。”

“後齋中眠”，蔣凡曰：“後齋，後面書齋。”

“何以輕就人宿”，田中頤曰：“言其不慮危也。”

【彙評】

李贄曰：“石大可人。”《初潭集》卷十七。

3

　　王大將軍執司馬愍王[1]，夜遣世將載王於車而殺之，當時不盡知也。《晉陽秋》曰：“司馬丞字元敬[2]，譙王遜子也。爲中宗相州刺史[3]，路過武昌，王敦與燕會，酒酣，謂丞曰：‘大王篤實佳士，非將御之才。’對曰：‘焉知鉛刀不能一割乎？’敦將謀逆，召丞爲軍司馬，丞歎曰：‘吾其死矣！地荒民解[4]，勢孤援絕。赴君難，忠也；死王事，義也。死忠

<hr>

〔1〕“司馬愍王”，董刻本“愍”作“愍”，下文及注同。楊勇曰：“《晉書》本傳作‘司馬閔王’，《書鈔》六一引《晉中興書·宗室錄》作‘譙愍王’。”

〔2〕“司馬丞字元敬”，《通鑒·晉紀十三》“丞”作“承”，胡三省注曰：“承音拯，以此觀之，則前作‘承’誤也。”李慈銘曰：“‘丞’《晉書》作‘承’，‘元敬’作‘敬才’。”徐震堮曰：“‘司馬丞’《晉書》本傳作‘司馬承’。《通鑒》九一《晉紀》作‘譙王承’，注以爲‘音拯，作承誤’，則此下諸‘丞’字皆當作‘承’。”楊勇曰：“宋本作‘元敬’，《晉書》本傳作‘敬才’，《書鈔》六一引《晉中興書·宗室錄》作‘士恭’，又七二引作‘士敬’。”王叔岷曰：“‘司馬丞’《晉書》‘丞’作‘承’，下同。‘丞’‘承’古通。《史記·酷吏·張湯傳》‘於是丞上指’，《漢書》‘丞’作‘承’，《藝文類聚》四五引《風俗通》佚文云：‘丞者，承也。’並其證。‘元敬’，蓋‘士敬’之誤。《晉書》作‘敬才’，亦當作‘士敬’，‘士’誤爲‘才’，復倒在‘敬’字下耳。《書鈔》六一引《中興書》作‘士恭’，孔廣陶《校注》云：‘本《鈔·刺史篇》（卷七二）引他事作“士敬”，以避宋諱，傳鈔者改“敬”作“恭”耳。’”

〔3〕“相州”，王先謙曰：“各本同。‘相’當作‘湘’，《世説補》不誤。”李慈銘曰：“‘相’當作‘湘’。”王利器曰：“蔣校本、沈校本‘相’作‘湘’。案‘湘’是，《晉書》正作‘湘’。”徐震堮曰：“《晉書》本傳正作‘湘州’。《晉書·懷帝紀》：‘分荆、江八郡爲湘州。’《地理志》以爲分荆州及廣州之九郡，置湘州。”楊勇曰：“‘湘’宋本作‘相’，非。”

〔4〕“地荒民解”，李慈銘曰：“《晉書》作‘地荒民鮮’。‘解’乃‘鮮’字之誤。”王利器曰：“《晉書》‘民解’作‘民鮮’，是。”徐震堮曰：“《晉書》本傳作‘鮮’是，‘解’乃形近之譌。”吳金華《續稿》曰：“‘解’字未必有誤。‘解’在這裏作爲形容詞，表示人心離散，與正文合。”

與義，又何求焉？’乃馳檄諸郡丞赴義〔1〕。敦遣從母弟魏乂攻丞〔2〕，王廙使賊迎之，薨於車。敦既滅，追贈驃騎〔3〕，謚曰愍王。”雖愍王家，亦未之皆悉，而無忌兄弟皆穉。《無忌別傳》曰：“無忌字公壽，丞子也。才器兼濟，有文武幹。襲封譙王、衛軍將軍。”王胡之與無忌長甚相暱，胡之嘗共遊，無忌入告母，請爲饌。母流涕曰：“王敦昔肆酷汝父，假手世將。《司馬氏譜》曰：‘丞娶南陽趙氏女〔4〕。’”《王廙別傳》曰：“廙字世將。祖覽，父正。廙高朗豪率。王導、庾亮遊于石頭，會廙至，爾日迅風飛驟，廙倚船樓長嘯，神氣甚逸。導謂亮曰：‘世將爲復識事〔5〕。’亮曰：‘正足舒其逸耳〔6〕。’性倨傲，不合己者面拒之〔7〕，故爲物所疾。加平南將軍，薨。”吾所以積年不告汝者，王氏門彊，汝兄弟尚幼，不欲使此聲著，蓋以避禍耳！”無忌驚號，抽刃而出，胡之去已遠。

　　○“王大將軍”至“去已遠”

　　“無忌兄弟皆穉”，田中頤曰：“無忌，即愍王子。此唯母獨恨其死而憾其穉也。”

　　“王胡之與無忌”二句，秦士鉉曰：“王胡之字脩齡，世將之子。”○徐震堮曰：“‘王胡之’《晉書·譙烈王無忌傳》作‘王廙子丹陽丞耆之’。按胡之字脩齡，耆之字脩載，下條云王脩載，則是耆之，非胡之。《琅邪臨沂王氏譜》：‘廙四子，頤之襲爵，晉東海内史；胡之字脩齡，司州刺史；耆之字脩載，中書郎；

---

〔1〕 “諸郡丞”，李慈銘曰：“‘諸郡’下衍‘丞’字，或是‘亟’字之誤。”王利器曰：“蔣校本、沈校本無‘丞’字，是。”趙西陸曰：“沈校本無‘丞’字。”徐震堮曰：“‘丞’字沈校本無，是。”
〔2〕 “魏乂攻丞”，董刻本“乂”作“文”。王利器曰：“各本‘文’作‘乂’，是。《晉書》作‘敦遣南蠻校尉魏乂、將軍李恒、田嵩等甲卒二萬以攻承。’”楊勇曰：“‘乂’宋本作‘文’，非。”朱鑄禹曰：“《晉書·閔王承傳》亦作‘乂’。”
〔3〕 “追贈驃騎”，楊勇曰：“《晉書·司馬承傳》：‘敦卒，詔贈車騎將軍。’”
〔4〕 “趙氏”，董刻本“氏”作“民”。王利器曰：“各本‘民’作‘氏’，是。”
〔5〕 “世將爲復識事”，徐震堮《札記》曰：“（《晉書》）本傳作‘爲傷時識事’。”朱鑄禹曰：“《晉書》卷七十六《王廙傳》作：‘世將爲傷時職事。’語意較完。”
〔6〕 “其逸”，李慈銘曰：“‘逸’下脫‘氣’字，當據《晉書》補。”徐震堮《札記》曰：“（《晉書》）本傳‘逸’下有‘氣’字。”
〔7〕 “拒之”，董刻本“拒”作“距”。

羡之，鎮軍掾。’”

“母流涕曰”，田中頤曰：“此積年無極仇隙之語。”

“假手世將”，蔣凡曰：“借王廙之手加以殺害。”

○注“晉陽秋曰”

“大王”，周一良曰：“指元帝。”《批校》。

“焉知鉛刀不能一割乎”，胡三省曰：“後漢班超之言。”《通鑒·晉紀十三》注。

“軍司馬”，李慈銘曰：“軍司馬，《晉書》作‘軍司’，是也。魏、晉有軍司，主一軍之事，以高秩重望者居之。承既藩王，又爲方伯，故敦以爲軍司，不當爲軍司馬也。”《簡端記》。○徐震堮曰：“軍司即軍師，晉避景帝諱，改爲軍司。《通典·職官典》以爲即監軍之職。”龔斌按曰：“其説是。考魏末仍用‘軍師’之名。兩晉時期，北方胡人政權仍有‘軍師將軍’名號。”○龔斌曰：“王敦以永昌元年舉兵於武昌，則敦召閔王承爲軍司，當在此前不久。”

“地荒民解”，參見校文。朱鑄禹曰：“民解，謂民心離散。”○吳金華曰：“‘解’即‘離散’。《漢書》三二《張耳陳餘傳》：‘今獨王陳，恐天下解也。’顏注：‘謂離散其心也。’”《考釋續編》。

“魏乂攻丞”，參見校文。胡三省曰：“敦從母魏氏，乂其弟也。”《通鑒·晉紀十四》注。○趙西陸曰：“《晉書·閔王承傳》：‘敦遣南蠻校尉魏乂等攻承，相持百餘日，城遂没。乂檻送承，荆州刺史王廙承敦旨，於道中害之。”

○注“無忌別傳曰”

“衛軍將軍”，趙西陸曰：“《晉書·烈王無忌傳》：‘永和六年薨，贈衛將軍。’”

○注“司馬氏譜曰”至“將軍薨”

“趙氏女”，吳士鑑曰：“趙氏，當爲無忌之母。”《斠注》卷三十七。

《王廙別傳》，葉德輝曰：“《隋志》不著録。《書鈔·舟部下》引用。”《書目》。

“廙字世將”，秦士鉉曰：“‘廙’或作‘翼’，字相通。據系，廙，覽第六子，導季父也。”

“會廙至”，徐震堮曰：“《晉書》本傳：廙爲荆州，嘗從南下，旦自尋陽，迅風飛帆，暮至都。”《礼記》。

1982

"飛颿"，岡白駒曰："'颿''帆'同。"

　　"世將爲復識事"，田中頤曰："言世將若不畏迅風者，彼爲復能識辨事乎不？"○秦士鉉曰："識事，猶解事，即達理也。達而後如此乎？安而後如此乎？亦此意。"

　　"正足舒其逸"，田中頤曰："言世將不唯能爾，其迅風正適足舒長其平生之逸氣也。"○秦士鉉曰："如此風，方才足舒其逸足之氣耳，謂其豪氣也。"

【彙評】

李贄曰："仁傑之姊，世俗所誇。無忌之母，卓老所歎。"《初潭集》卷四。

田餘慶曰："琅邪王氏門强如此，以至宗室不敢道其殺親之讎，這正是强烈地反映了門閥政治的特性。如果説西晉自武帝以來，士族名士是司馬氏皇權的裝飾品，那麼東晉司馬氏皇權則是門閥政治的裝飾品。西晉尚屬皇權政治，東晉則已演變爲門閥政治。"《政治》頁二三。

4

　　應鎮南作荊州，王隱《晉書》曰："應詹字思遠，汝南南頓人[1]，璩曾孫也[2]。爲人弘長有淹度，飾之以文才。司徒何充歎曰[3]：'所謂文質之士！'累遷江州刺史、鎮南將軍[4]。"**王脩載、譙王子無忌同至新亭與別，坐上賓甚多，不悟二人俱到。有一客道："譙王**

---

[1] "汝南南頓"，董刻本"南"字不重。王利器曰："各本重'南'字，是。"朱鑄禹曰："《晉書》本傳亦作'南頓'。"

[2] "璩曾孫也"，吳士鑑《斠注》卷七十曰："秀子詹，《世説·仇隙篇》注引王隱《晉書》誤作'曾孫'。"趙西陸曰："《晉書·應詹傳》作'魏侍中璩之孫也'。《魏志·王粲傳》注引《文章敍録》：'璩子秀，秀子詹。'此'曾'字衍。"

[3] "司徒何充歎曰"，趙西陸曰："《晉書·應詹傳》作'何劭'，'充'字誤。"吳士鑑《斠注》卷七十曰："'何充'當從本傳作'何劭'。"徐震堮《札記》曰："《晉書》本傳作：'司徒何劭見之曰：君子哉若人。'"

[4] "鎮南將軍"，趙西陸曰："《晉書·應詹傳》曰：'卒，贈鎮南大將軍。'此注脱'贈'字。"

丞致禍[1]，非大將軍意，正是平南所爲耳。”無忌因奪直兵參軍刀，便欲斫。脩載走投水，舸上人接取，得免。

《中興書》曰：“褚襃爲江州[2]，無忌於坐拔刀斫裒者之，裒與桓景共免之。御史奏無忌欲專殺害[3]，詔以贖論。”前章既言無忌母告之，而此章復云客敘其事，且王廙之害司馬丞，遐邇共悉，脩齡兄弟豈容不知？孫盛之言[4]，皆實錄也。

○“應鎮南”至“接取得免”

“應鎮南作荆州”，程炎震曰：“應詹止作江州，不作荆州，此‘荆’字當作‘江’。孝標注不加糾正，知當時尚未誤也。”○趙西陸曰：“《晉書·應詹傳》：‘遷都督江州諸軍事，平南將軍，江州刺史。’《明帝紀》同，在太寧二年。此云作‘荆州’，誤。”

“王脩載”，張萬起曰：“王耆之字脩載，王廙子。官鄱陽太守、給事中。”

“平南所爲”，張萬起曰：“平南，指王廙。廙助敦爲亂，官平南將軍、荆州刺史。”

“直兵參軍”，張萬起曰：“值班的參軍。”

“接取得免”，趙西陸曰：“《晉書·列王無忌傳》：‘遷黃門侍郎。江州刺史褚裒當之鎮，無忌及丹陽尹桓景等餞於版橋。時王廙子丹陽丞耆之在坐，無忌志欲復仇，拔刀將手刃之，裒、景命左右救捍獲免。’據《晉書·外戚·褚裒傳》：‘康帝即位（建元元年），以后父苦求外出，除建威將軍、江州刺史。’去司馬承之死（永昌元年），已二十年。”

○注“中興書曰”

王世懋曰：“（注）是。”○程炎震曰：“詹爲江州，在明帝太寧二年，去承之死才三年。承之難，無忌以少得免，則爾時未能報仇也。褚裒爲江州，以《裒傳》及《康紀》參考，是咸康八年代王允之，則去承死二十一年，無忌已官黄

---

[1] “王丞”，徐震堮《札記》曰：“《晉書》‘丞’作‘承’。”楊勇曰：“宋本作‘丞’非，當作‘承’。”

[2] “褚襃”，李慈銘曰：“‘襃’當作‘裒’。”余嘉錫曰：“注兩‘襃’字，景宋本俱作‘裒’。”

[3] “御史奏無忌”，李慈銘曰：“‘御史’《晉書》作‘御史中丞車灌’。”程炎震曰：“《晉書》三十七《無忌傳》云‘時王廙子丹陽丞耆之在坐’，又云‘丹陽尹桓景’，又云‘御史中丞車灌奏’。”

[4] “孫盛”，葉德輝曰：“袁本‘孫’作‘法’。按《中興書》，何法盛作，故前引而後申明之。此作‘孫’非。《隋書·經籍志》有孫盛撰《晉陽秋》，與此無涉也。”余嘉錫曰：“‘孫’景宋本作‘法’，是。”

門侍郎矣。《晉書》從《中興書》爲是。"

5

王右軍素輕藍田，藍田晚節論譽轉重，右軍尤不平。藍田於會稽丁艱，停山陰治喪。右軍代爲郡，屢言出弔，連日不果。後詣門自通，主人既哭，不前而去，以陵辱之。於是彼此嫌隙大搆[1]。後藍田臨揚州，右軍尚在郡，初得消息，遣一參軍詣朝廷，求分會稽爲越州。使人受意失旨，大爲時賢所笑。藍田密令從事數其郡諸不法，以先有隙，令自爲其宜。右軍遂稱疾去郡，以憤慨致終。《中興書》曰："義之與述志尚不同，而兩不相能。述爲會稽，艱居郡境。王義之後爲郡，申慰而已[2]，初不重詣，述深以爲恨。喪除，徵拜揚州，就徵，周行郡境，而不歷義之。臨發，一別而去。義之初語其友曰：'王懷祖免喪，正可當尚書，投老可得爲僕射。更望會稽，便自邈然。'述既顯授，又檢校會稽郡，求其得失，主者疲於課對。義之恥慨，遂稱疾去郡，墓前自誓不復仕[3]。朝廷以其誓苦，不復徵也。"

○"王右軍"至"憤慨致終"

"藍田於會稽丁艱"，龔斌曰："永和十年二月，以前會稽內史王述爲揚州刺史，則其於會稽治母喪當在永和八九年間。"

"代爲郡"，張萬起曰："王義之代王述爲會稽內史。"

"不前而去"，周一良曰："謂不見主人而去也。"《史札》頁八六。

"臨揚州"，張萬起曰："臨，出任。"《詞典》頁四六二。○方一新曰："在'臨'

─────────────

[1] "大搆"，董刻本"搆"作"構"。
[2] "申慰"，董刻本"慰"作"尉"。趙西陸曰："袁本作'尉'。"
[3] "墓前自誓"，趙西陸曰："《御覽》四百八十引'墓'上有'於父母'三字，《晉書·王義之傳》有。《晉書·王義之傳》載其墓前自誓文，時在永和十一年三月。"

的後面跟地名，‘臨’都是任職、到任義，常指擔任州郡的行政長官。”《漫記》。

“分會稽爲越州”，崔朝慶曰：“當時未置越州，至隋始以會稽郡置越州。”○龔斌曰：“會稽轄屬揚州，義之恥居王述之下，故求分會稽爲越州。”

“受意失旨”，蔣凡曰：“錯誤領會其意圖。”

◎程炎震曰：“《晉書》八十《義之傳》用《中興書》，不取此文。蓋‘以陵辱之’云，太不近情也。”

○注“中興書曰”

“兩不相能”，周一良曰：“謂不相得也。”《商兌》。○張萬起曰：“不和、不服氣。”《詞典》頁六四五。

“投老可得爲僕射”，楊勇曰：“投老，猶云到老也。《後書·仇寬傳》：‘母宋寡養孤，苦身投老。’”

【彙評】

蕭繹曰：“王懷祖之在會稽居喪，每聞角聲即灑掃，爲逸少之弔也。如此累年，逸少不至。及爲揚州，稱逸少罪。逸少於墓所自誓，不復仕焉。余以爲懷祖爲得，逸少爲失也。懷祖地不賤乎逸少，頗有儒術，逸少直虛勝耳。才既不足，以爲高物，而長其狠傲，隱不違親，貞不絶俗，生不能養，死方肥遯。能書，何足道也！若然，魏颺之善畫，綏明之善棋，皆可凌物者也。懷祖構怨，宜哉！主父偃之心，蘇季子之歎，自於懷祖見之。”《金樓子·立言篇下》。

劉辰翁曰：“右軍審爾，非令德。”○曰：“右軍爲郡有不法耶？”

凌濛初曰：“果‘苦’否？然右軍風流，正不須一仕。”評注《中興書》“以其誓苦不復徵”。

尤侗曰：“王逸少出處甚高，要爲王懷祖所激成也。王述與義之齊名，而義之甚輕之。述先爲會稽，以母喪居郡，義之代述止一弔，遂不重詣。述每聞角聲，謂義之當候己，輒灑帚待之，而義之竟不顧，述深以爲恨。及述爲揚州刺史，將就徵，周行郡界，而不過義之，臨發一別而去。此報施之常，曲先在義之矣。及義之恥爲述下，遣使詣朝廷，求分會稽爲越州，行人失辭，大爲時賢所笑，內懷愧恨。後述檢察會稽，主者疲於簡對，義之深恥之，遂稱病去郡，于父母墓前自誓不出。其悻悻之氣，小之乎爲丈夫也。其謂諸子曰：‘吾不減懷祖，而位遇懸邈，當由汝等不及坦之耶?'以身之降辱，歸罪于子，已屬可嗤，要其功名之念甚重，而生平恩怨，未能遣之于懷。晚年高尚，或勉强而行之，亦賢者之累也。"《艮齋雜説》卷二。

賀裳曰："鍾氏極推右軍。但推經世之才，憂國之心可耳，並云鎮物之量，竊意右軍所短正此。觀其待王藍田者甚失宜也。無論少與齊名，即以前守居於境内，累年略不一詣，及聞顯授，恥爲之下，遽解郡誓墓前，既無辭輕薄，後亦何解褊衷。鍾子謂其始終以山水田園自娛，不知其中殊有大介介者在。或亦即鍾子寄託之言也。"《史折》卷上。按鍾惺《史懷》卷十九曰："王逸少經世之才，憂國之心，鎮物之量，不減謝安石。"

6

　　王東亭與孝伯語，後漸異。孝伯謂東亭曰："卿便不可復測!"答曰："王陵廷争，陳平從默，但問克終云何耳[1]。"《漢書》曰："吕后欲王諸吕，問右相王陵[2]，以爲不可。問左丞相陳平，平曰：'可。'陵出讓平，平曰：'面折廷争，臣不如君；全社稷，定劉氏，君不如臣。'"《晉安帝紀》曰："初，王恭赴山陵，欲斬國寳。王珣固諫之，乃止。既而恭謂珣曰：'此日視君[3]，一似胡廣。'珣曰：'王陵廷争，陳平從默，但問克終如何也。'"

　　○"王東亭"至"終云何耳"

　　"語後漸異"，岡白駒曰："有與己不合。"○蔣凡曰："語，交談，交換意見。異，指意見不合。"

　　"王陵廷争"二句，胡三省曰："謂王陵以廷争失位，陳平以慎默終能安劉。'争'讀曰'諍'。"《通鑒·晉紀三十》注。○岡白駒曰："各有所見。"○淇園曰："此暗以王陵比孝伯。"○趙西陸曰："《漢書·王陵傳》顔師古注曰：'廷争，謂當朝廷而諫争。'"

---

〔1〕 "克終"，徐震堮《札記》曰："《晉書·王珣傳》'克'作'歲'。"
〔2〕 "右相"，董刻本"右"作"左"。
〔3〕 "此日視君"，王利器曰："'此日'疑當作'比日'。"趙西陸曰："'此日'當作'比日'，《晉書·王珣傳》作'比來'。《通鑒》作'比來'，胡三省注：'比，近也。'"

"克終云何耳"，岡白駒曰："言當問成敗於結末耳。"○田中頤曰："此以陵比孝伯，以平自比，言己雖克終，唯孝伯不克終也。"○王叔岷曰："'云何'注引《晉安帝紀》作'如何'，'云'猶'如'也。"○吳金華曰："'克終'，魏晉成語，指能夠使某件事達到預期的效果。"《考釋》頁二三九。

○注"晉安帝紀曰"

"王恭赴山陵"，大典顯常曰："時孝武晏駕也。"○恩田仲任曰："山陵，孝武帝崩。"

"欲斬國寶"，桃井白鹿曰："時孝武晏駕，王國寶爲司馬道子謀事，王恭欲誅之。"

"此日視君"，岡白駒曰："王恭之欲斬國寶，珣止之曰：'國寶雖終爲禍亂，要罪逆未彰，今便先事而發，必大失朝野之望，況擁彊兵，竊發於京輦，誰謂非逆。國寶若遂不改，惡布天下，然後順時望除之，亦無憂不濟也。'恭乃止，既而謂珣曰'比來視君'云云。"

"一似胡廣"，胡三省曰："謂依違於權姦之間，以保祿位。"《通鑑·晉紀三十》注。○岡白駒曰："蓋言珣之苟容也。"○桃井白鹿曰："胡廣，後漢人，周流四公，歷事六帝，溫柔謹愨，常遜言恭色，以取媚於時，無忠直之風。"○秦士鉉曰："後漢胡廣爲三公，憚梁冀，不能與爭，得佞媚之譏。"○龔斌曰："王恭語乃譏王珣憚王國寶。"

【彙評】

周一良曰："此語大有意味。"評"王陵廷爭"三句。《批校》。

7

　　王孝伯死，縣其首於大桁。司馬太傅命駕出至標所，孰視首[1]，曰："卿何故趣欲殺我邪？"《續晉陽秋》曰："王恭

---

[1]　"孰視"，董刻本、沈校本"孰"作"熟"。朱鑄禹曰："'熟''孰'古通。"

深懼禍難，抗表起兵。於是遣左將軍謝琰討恭〔1〕，恭敗，走曲阿，爲湖浦尉所擒。初，道子與恭善，欲載出都，面相折數。聞西軍之逼，乃令於兒塘斬之〔2〕，梟首於東桁也。”

○“王孝伯”至“殺我邪”

“縣其首於大桁”，岡白駒曰：“大桁，朱雀橋也。”

“標所”，岡白駒曰：“標，表也。立木爲表，書姓名罪狀。”○吳金華曰：“標，古籍或寫作‘摽’，指專設於刑場的高柱。”《考釋》頁二四〇。

“孰視首”，田中頤曰：“熟視，見其死顏，猶有餘憎也。”

“趣欲殺我”，吳金華曰：“‘趣欲’猶言‘急欲’，也是當時口語。”《考釋》頁二四一。○張萬起曰：“趣，通‘促’，急促。”

○“續晉陽秋曰”

“面相折數”，岡白駒曰：“《晉書》云：湖浦尉收恭，以送京師。道子聞其將至，欲出與語，面折之，而未之殺也。時桓玄等已至石頭，懼其有變，即於建康之倪塘斬之。”○恩田仲任曰：“數，責也。直指人過曰‘折數’。”

“西軍之逼”，桃井白鹿曰：“桓玄、楊佺期等與王恭同反，謂之西軍。”○龔斌曰：“桓玄、殷仲堪等率軍自荊、江二州而來，故稱‘西軍’。”

“兒塘”，胡三省曰：“倪塘在建康東北方山埭南，倪氏築塘，因以爲名。”《通鑒·晉紀三十二》注。○徐震堮曰：“《讀史方輿紀要》二〇：‘倪塘在上元縣東南二十五里。’‘兒’與‘倪’同。”

“東桁”，桃井白鹿曰：“在國之東，故曰東桁。”

8

桓玄將篡，桓脩欲因玄在脩母許襲之。庾夫人云：“汝等近過我餘年，我養之，不忍見行此事。”《桓氏譜》曰：

─────────

〔1〕 “左將軍”，趙西陸曰：“‘左’當作‘右’。《晉書·安帝紀》及《謝琰傳》，琰時爲右將軍。”
〔2〕 “兒塘”，李慈銘曰：“兒，古‘倪’字，《晉書》作‘倪塘’。”

"桓沖後娶潁川庾蔑女〔1〕，字姚。"《晉安帝紀》曰："脩少爲玄所侮，言論常鄙之，脩深憾焉，密有圖玄之意。脩母曰：'靈寶視我如母，汝等何忍骨肉相圖！'脩乃止。"

　　○"桓玄將篡"至"見行此事"

　　"桓脩"，張萬起曰："字承祖，小字崖，沖子。娶簡文帝女武昌公主爲妻，官至撫軍大將軍。"

　　"等近過我餘年"，岡白駒曰："餘年無幾，故曰近過。"○大典顯常曰："言使我無事以過餘年也。"《撮補》。○淇園曰："欲言己死應不在遠，故稱曰'近'。"○楊勇曰："近，親也。庾夫人意：汝等親近，何得骨肉相殘。要殺，且過我餘年邪！"○吳金華曰："竊疑這個'近'應讀爲'僅'，就是'庶幾''勉強'之意。庾夫人的意思是：你們好歹讓我平靜地過完晚年吧。"《考釋》頁二四一。○龔斌曰："近，歷時短。近過，意謂很快過去。庾夫人語意是：你們讓我度過（短短）餘年。"

　　"養之"，岡白駒曰："玄幼常在沖所，庾氏撫養之。"

　　"不忍見行此事"，田中頤曰："此庾固知其不克終，然唯不忍面見之也。"

　　○注"桓氏譜曰"至"脩乃止"

　　"庾蔑"，李慈銘曰："庾蔑爲明穆皇后伯父袞之子。袞見《晉書·孝友傳》。蔑官至侍中。"《簡端記》。

　　【彙評】

　　劉辰翁曰："《世説》所載，多無識俚語，然皆今人所有，得而用之，則古亦不可謂無故，自未可棄耳。即尋常字面，亦不當忽。無暇細評。"
　　凌濛初曰："不如使成之，此便非日磾之明。"
　　張端木曰："桓脩不殺玄，致晉有覆滅之禍。及劉裕討玄，先殺桓脩，國亡家破，一婦人貽之禍也。"

---

〔1〕　"桓沖"，董刻本"桓"作"恒"。王利器曰："袁本、曹本、王本同，蔣校本、沈校本、凌本、補本'恒'作'桓'，是。"

1990

徵引文獻

一、歷代《世說新語》評注與研究

《世說新語》宋董弅刻本。通稱"董刻本"、"景宋本"或"宋本"。文學古籍刊行社1956年影日本金澤文庫藏本，收錄汪藻《世說敘錄》（含《考異》及《人名譜》各一卷）、唐寫本《世說新書》殘卷（簡稱"唐寫本"），並附王利器《世說新語校勘記》。另有中華書局1999年覆印日本藏珂瓓版影印本。

《世說新語》劉應登刪注本。劉辰翁批點。又稱"劉本"，台灣"國家圖書館"藏元刻本。

《世說新語》明嘉靖四十五年刻本。台灣"國家圖書館"藏本有批語，此稱"嘉靖批"。

《永樂大典》。簡稱"大典本"。錄有《世說》近一百四十則，部分包含劉應登、劉辰翁批注。

《世說新語》明袁褧嘉趣堂重雕本。通稱"袁刻本"、"袁本"。《四部叢刊》影印本附沈寶硯校語，通稱"沈校本"或"沈本"。美國加利福尼亞大學伯克利分校藏初刻本有批語，簡稱"伯克利手批"。

《世說新語》王世懋批本。明萬曆八年喬懋敬刻。

《世說新語》凌濛初本。錄劉辰翁、楊慎、王世貞、王世懋、張鳳翼、吳文仲、王乾開、凌濛初諸家評語。書中有元刻劉應登注本（稱"劉本"）校語，此皆係於凌濛初。通稱"凌刻本"。

《世說新語》凌瀛初四色套印本。錄劉應登、劉辰翁、王世懋評語。北京圖書館出版社2004年版。此稱"凌瀛初本"。

《世說新語》張懋辰刻本。錄劉辰翁、王世貞、王世懋、凌濛初、陳夢槐、李贄、王思任、袁宏道、陳繼儒、王乾開、黃輝、張懋辰諸家評語。明萬曆間刻本。

《世說新語補》張文柱校注本。明萬曆十三年刻本。

《世說新語》紛欣閣本。清光緒十七年思賢講舍重雕本。國家圖書館藏本有孫人和一九三三年八月墨筆過錄李慈銘校注，朱筆過錄何焯校語。

《李卓吾批點世說新語補》。日本安永八年林九兵衛刻本。簡稱《批補》。錄劉應登、劉辰翁、王世懋、李贄諸家評點。神户大學藏本有天保間佚名批語，簡稱"天保手批"。

《世説新語》張端木批點明刻本。台灣"國家圖書館"藏清乾隆年間刻本。

《世説新語》周氏博古堂本。國家圖書館藏萬曆三十七年刻。有佚名朱筆批本和墨筆批語兩種，分別簡稱"博古堂朱批"和"博古堂墨批"。

《世説新語》湖北崇文書局本。光緒三年刻本，劉繼增批。

狄期進：《世説補菁華》。明萬曆二十九年刻本。

鍾惺：《世説新語注抄》。明萬曆四十五年刻本。

岡白駒：《世説新語補觿》。日本寬延二年京都林九兵衛風月莊左衛門刻本。

桃井白鹿：《世説新語補考》。日本寶曆十二年京師書林風月莊左衛門刻本。

桃井白鹿：《世説新語補考補遺》。日本寬政三年皇都書肆刻本。簡稱《補遺》。

大典顯常：《世説鈔撮》。日本寶曆十三年平安書肆風月莊左衛門刻本。

大典顯常：《世説鈔撮補》。日本明和九年平安書肆刻本。簡稱《撮補》。

大典顯常：《世説鈔撮集成》。日本寬政六年京都書肆刻本。簡稱《集成》。

平賀房父：《世説新語補索解》。日本永安三年林權兵衛刻本。

皆川淇園：《世説啓微》。日本京都大學藏文化十二年跋刻本。

恩田仲任：《世説音釋》。日本文化十三年東璧堂刻本。

田中頤：《世説講義》。日本文化十三年修道館刻本。

秦士鉉：《世説箋本》。日本文政八年滄浪居刻本。哈佛燕京圖書館藏本有批語，簡稱"哈佛手批"。

王先謙：《世説新語校勘小識》。思賢講舍本附録。

葉德輝：《世説新語校勘小識補》。思賢講舍本附録。凡葉氏之説未標明出處者，皆録自《小識補》。按：劉盼遂以爲王先謙所撰，後來注家往往從之。干先謙序曰："葉君迺舉袁本與周本對勘，復以《國志》《晉書》《宋書》及《書鈔》《類聚》《御覽》各類書兩相比決，擇善而從，補爲小識。"則《小識補》爲葉氏所撰甚明。

葉德輝：《世説新語注引用書目》。附思賢講舍本。簡稱《書目》。

陶珙：《世説新語零拾》。朱鑄禹《集注》轉録。

李詳：《世説箋釋》。《制言月刊》第五十二期，1939年。後收入《李審言文集》，江蘇古籍出版社1989年版。

程炎震：《世説新語箋證》。《國立武漢大學文哲季刊》第七卷第二、三期，1942年。按：《文哲季刊》所載《箋證》，止於《賞譽篇上》，其餘均從余嘉錫《箋疏》轉録。又按：程氏所稱"宋本"即沈校本，"明本"即袁刻本，"館本"即文津閣《四庫全書》本，"鄂本"即湖北崇文局刊本。又"王本"當指王先謙校本，余嘉錫以爲王世貞評點本，恐非。

劉盼遂：《世説新語校箋》。清華大學研究院《國學論叢》第一卷第四號，1928年。

後收入《劉盼遂文集》，北京師範大學出版社 2002 年版。

    崔朝慶：《世説新語選注》。商務印書館 1928 年版。

    沈劍知：《世説新語校箋》。止《德行篇》"謝夫人教兒"條。《南京學海月刊》第一卷第一、二、三、六期，1944 年；第二卷第一期，1945 年。

    余嘉錫：《世説新語箋疏》。上海古籍出版社 1993 年版。

    趙西陸：《世説新語校釋》。國家圖書館 2005 年影印本。

    徐震堮：《世説新語校箋》。中華書局 1984 年版。附《世説新語詞語簡釋》，簡稱《簡釋》。

    王叔岷：《世説新語補正》。藝文印書館 1975 年版。

    周一良：《批校世説新語》。天津人民出版社 2017 年版。簡稱《批校》。

    楊勇：《世説新語校箋》。中華書局 2006 年版修訂本。

    楊勇：《世説新語校箋論文集》。正文書局 2003 年版。簡稱《論文集》。

    朱鑄禹：《世説新語彙校集注》。上海古籍出版社 2002 年版。

    張撝之、劉德重：《世説新語選注》。上海古籍出版社 1987 年版。簡稱《選注》。

    王能憲：《世説新語研究》。江蘇古籍出版社 1992 年版。簡稱《研究》。

    蕭艾：《世説探幽》。湖南出版社 1992 年版。簡稱《探幽》。

    張永言：《世説新語辭典》。四川人民出版社 1992 年版。簡稱《辭典》。

    張萬起：《世説新語詞典》。商務印書館 1993 年版。簡稱《詞典》。

    吳金華：《世説新語考釋》。安徽教育出版社 1994 年版。簡稱《考釋》。

    蔣凡：《世説新語研究》。學林出版社 1998 年版。簡稱《研究》。

    張萬起、劉尚慈：《世説新語譯注》。中華書局 1998 年版。

    范子燁：《世説新語研究》。黑龍江教育出版社 1998 年版。簡稱《研究》。

    李天華：《世説新語新校》。岳麓書社 2004 年版。

    劉強：《世説新語會評》。鳳凰出版社 2007 年版。按方苞評語轉録於此書。

    張撝之：《世説新語譯注》。上海古籍出版社 2007 年版。

    蔣凡、李笑野、白振奎：《全評新注世説新語》。人民文學出版社 2009 年版。按：蔣凡另有數條批宋本語，此稱"蔣凡批"。

    龔斌：《世説新語校釋》。上海古籍出版社 2011 年版。

    蔣宗許、陳默等：《世説新語大辭典》。上海古籍出版社 2015 年版。簡稱《大辭典》。

    張伯偉：《日本世説新語注釋集成》。鳳凰出版社 2019 年版。

二、古代學術論著（清代以上）

蕭繹：《金樓子》。陳志平疏證。上海古籍出版社 2014 年版。

顏之推：《顏氏家訓》。王利器集解。上海古籍出版社 1983 年版。

劉知幾：《史通》。浦起龍通釋。上海古籍出版社 1978 年版。

李匡文：《資暇集》。中華書局 2012 年版。

許嵩：《建康實錄》。中華書局 1986 年版。

沈括：《夢溪筆談》。胡道靜校注。古典文學出版社 1957 年版。

蘇軾：《東坡志林》。王松齡點校。中華書局 1981 年版。

趙令時：《侯鯖録》。中華書局 2002 年版。

馬永卿：《嬾真子》。《叢書集成初編》本。

黃朝英：《靖康緗素雜記》。上海古籍出版社 1986 年版。簡稱《緗素》。

葉夢得：《避暑録話》。《叢書集成初編》本。

葉夢得：《石林詩話》。逯銘昕校注。人民文學出版社 2011 年版。

胡寅：《致堂讀史管見》。宛委別藏宋寶祐二年宛陵郡齋刻本。簡稱《管見》。

程大昌：《演繁露》。文淵閣四庫本。

張栻：《南軒集》。《張栻全集》，長春出版社 1992 年版。

徐子光：《蒙求集注》。《叢書集成初編》本。

王觀國：《學林》。中華書局 1988 年版。

馬永易：《實賓録》。文淵閣四庫本。

陸游：《老學庵筆記》。中華書局 1979 年版。

莊綽：《雞肋編》。中華書局 1983 年版。

王楙：《野客叢書》。中華書局 1987 年版。

羅大經：《鶴林玉露》。中華書局 1983 年版。

朱熹：《朱子語類》。中華書局 1986 年版。

洪邁：《容齋隨筆》。中華書局 2015 年版。

吳曾：《能改齋漫録》。上海古籍出版社 1960 年版。簡稱《漫録》。

費袞：《梁谿漫志》。《知不足齋叢書》本。

趙與時：《賓退録》。上海古籍出版社 1983 年版。

張淏：《雲谷雜記》。中华书局 1958 年版。

陳敬：《陳氏香譜》。文淵閣四庫本。

劉克莊:《後村先生大全集》。《四部叢刊》本。

王應麟:《困學紀聞》。上海古籍出版社 2008 年版。

李治:《敬齋古今黈》。中華書局 1995 年版。

王若虛:《滹南集》。《叢書集成初編》本。

胡三省:《資治通鑑注》。中華書局 1956 年版。《資治通鑑》簡稱《通鑑》。

葉子奇:《草木子》。中華書局 1959 年版。

郎瑛:《七修類稿》。上海書店出版社 2001 年版。

夏寅:《政監》。明成化十六年刻本。

鄒泉:《尚論編》。明萬曆十五年黃門刻本。

楊慎:《升庵集》。文淵閣四庫本。

楊慎:《丹鉛餘録·續録·摘録》。文淵閣四庫本。

何良俊:《何氏語林》。天津教育出版社 2008 年版。

何良俊:《四友齋叢說》。中華書局 1997 年版。

陳師:《禪寄筆談》。明萬曆二十一年刻本。

楊一奇、陳簡:《史談補》。明萬曆二十五年刻本。

鄭賢:《古今人物論》。明萬曆余彰德刻本。

王肯堂:《鬱岡齋筆塵》。明萬曆三十年刻本。簡稱《筆塵》。

唐順之:《兩晉解疑》。《學海類編》本。

陳絳:《金罍子》。明萬曆三十四年刻本。

方弘靜:《千一録》。萬曆二十六年刻本。

郭良翰:《問奇類林》。明萬曆三十七年刻本。

洪垣:《覺山先生説史》。明萬曆四十二年刻本。簡稱《説史》。

王世貞:《宛委餘編》。《弇州山人四部稿》本。

王世貞:《弇州山人讀書後》。明天啓崇禎間刻本。

田藝蘅:《留青日札》。明萬曆三十七年刻本。

李贄:《初潭集》。中華書局 1974 年版。

李贄:《焚書》。中華書局 1975 年版。

張鳳翼:《處實堂集》。按卷八爲《談輅》。明萬曆間刻本。

曹臣:《舌華録》。録袁中道評語。黄山書社 1999 年版。

胡應麟:《史書佔畢》。《少室山房筆叢》,上海書店出版社 2001 年版。

陳繼儒:《讀書鏡》。明萬曆寶顔堂秘笈刻本。

謝肇淛：《文海披沙》。明萬曆三十七年刻本。

谢肇淛：《五雜俎》。中華書局1959年版。

馮夢龍：《古今譚概》。中華書局2007年版。

馮夢龍：《智囊補》。明積秀堂刻本。

戴璟：《新編漢唐通鑒品藻》。明嘉靖十七年西安府刻本。簡稱《品藻》。

范槚：《洗心居雅言集》。萬曆三十六年刻本。簡稱《雅言集》。

吳崇節：《新鐫古史要評》。清乾隆刻本。

王志堅：《讀史商語》。明萬曆刻本。

陳天定：《古今小品》。清道光九年刻本。

潘游龍：《康濟譜》。明崇禎間刻本。

賀詳：《留餘堂史取》。明末刻本。

鍾惺：《史懷》。《叢書集成新編》本。

周嬰：《卮林》。《叢書集成初編》本。

胡侍：《真珠船》。《叢書集成初編》本。

黃淳耀：《吾師錄》。《叢書集成初編》本。

李衷純：《王郭兩先生崇論》。明天啓四年刻本。

張貴勝：《遣愁集》。商務印書館1917年版。

徐樹丕：《識小錄》。涵芬樓1916年影明稿本。

范光宙：《史評》。清順治十五年刻本。

支允堅：《梅花渡異林》。明崇禎間刻本。

佚名：《尚論編》。明末刻本。

沈長卿：《沈氏日旦》。明崇禎七年刻本。

張自烈：《正字通》。清康熙九年序弘文書院刻本。

周祁：《名義考》。文淵閣四庫本。

戴君恩：《剩言》。文淵閣四庫本。

楊時偉：《狂狷裁中》。明天啓刻本。

張溥：《歷代史論》。明崇禎刻本。

祁駿佳：《遯翁隨筆》。清道光二十年中印吟館刻本。

唐汝詢：《顧氏詩史》。萬曆二十八年刻本。

三、古代學術論著（清代）

方以智：《通雅》。中國書店 1990 年版。

方以智：《藥地炮莊》。華夏出版社 2016 年版。

顧炎武：《日知錄》。黃汝成集釋。岳麓書店 1994 年版。

尤侗：《艮齋雜説・續説》。按卷七至卷十爲《續説》。中華書局 2006 年版。

尤侗：《看鑑偶評》。按卷五爲《補評》。中華書局 2006 年版。

王夫之：《讀通鑒論》。中華書局 1975 年版。

王夫之：《薑齋詩話》。戴鴻森箋注。人民文學出版社 1981 年版。

華慶遠：《論世八編》。上海圖書館藏稿本。

彭孫貽：《茗香堂史論》。《碧琳琅館叢書》本。

施鴻：《澂景堂史測》。康熙八年自刻本。

程哲：《蓉槎蠡説》。清康熙間刻本。

李鄴嗣：《集世説詩》。《叢書集成續編》本。

魏裔介：《鑑語經世編》。清康熙十四年自刻本。

魏禧：《魏叔子日録》。《魏叔子文集》，中華書局 2003 年版。

王士禎：《古夫于亭雜録》。中華書局 2004 年版。

王士禎：《漁洋詩話》。文淵閣四庫本。

劉淇：《助詞辨略》。中華書局 2004 年版。

黃生：《義府》。中華書局 1984 年版。

焦袁熹：《此木軒雜著》。清嘉慶九年此木軒刻本。

徐昂發：《畏壘筆記》。上海古籍出版社 1985 年版。

虞兆漋：《天香樓偶得》。清鈔本。

朱軾：《史傳三編》。文淵閣四庫本。

王懋竑：《白田雜著》。文淵閣四庫本。

陳繼輅：《合肥學舍札記》。清道光十六年刻本。

翟灝：《通俗編》。東方出版社 2013 年版。

胡鳴玉：《訂譌襍録》。《叢書集成初編》本。簡稱《襍録》。

姚範：《援鶉堂筆記》。清嘉慶十九年刻本。簡稱《援鶉堂》。

趙一清：《三國志注補》。上海古籍出版社 2008 年版。

袁枚：《隨園隨筆》。江蘇廣陵古籍刻印社 1991 年版。

周廣業：《經史避名匯考》。北京圖書館出版社 1999 年版。

張熷：《讀史舉正》。《叢書集成初編》本。

劉堅：《修潔齋閑筆》。清乾隆六年自刻本。

王鳴盛：《蛾術編》。迮鶴壽注。清道光二十一年世楷堂刻本。

王鳴盛：《十七史商榷》。上海書店出版社 2005 年版。簡稱《商榷》。

趙翼：《廿二史劄記》。中華書局 2013 年版。

趙翼：《陔餘叢考》。上海古籍出版社 2011 年版。

錢大昕：《廿二史考異》。上海古籍出版社 2004 年版。簡稱《考異》。

錢大昕：《十駕齋養新錄》。上海書店 1983 年版。簡稱《養新錄》。

錢大昕：《恒言錄》。中華書局 2019 年版。

洪亮吉：《曉讀書齋雜錄》。含四錄。上海古籍出版社 1996 年版。

洪亮吉：《北江詩話》。中華書局 1985 年版。

吳騫：《尖陽叢筆》。《適園叢書》本。

洪頤煊：《諸史考異》。《叢書集成初編》本。

朱亦棟：《群書札記》。光緒四年武林竹簡齋重刊本。

王謨：《江西考古錄》。江西人民出版社 2015 年版。

孫志祖：《讀書脞錄》。清嘉慶四年刻本。

姚鼐：《惜抱軒筆記》。清道光元年刻本。簡稱《惜抱軒》

李調元：《勦說》。《叢書集成初編》本。

李調元：《卍齋璅錄》。《叢書集成初編》本。

郝懿行：《晉宋書故》。《郝懿行集》第五冊，齊魯書社 2010 年版。

沈赤然：《寄傲軒讀書隨筆·續筆》。清嘉慶十年胡氏刻本。簡稱《隨筆》《續筆》。

計大受：《史林測義》。清嘉慶十九年楓溪別墅刻本。

汪師韓：《談書錄》。《昭代叢書》本。

沈可培：《濼源問答》。清嘉慶二十年雪浪齋刻本。

沈濂：《懷小編》。咸丰四年始言堂刻本。

梁玉繩：《瞥記》。清嘉慶刻清白士集本。

靳榮藩：《綠溪語》。《山右叢書初編》本。

蔣勱常：《十室遺語》。清咸豐九年刻本。

顧廣譽：《學詩詳說》。清光緒三年《平湖顧氏遺書》本。

陳僅：《捫燭脞存》。清咸豐四年繼雅堂木活字本。

周中孚：《鄭堂札記》。《叢書集成新編》本。

俞正燮：《癸巳類稿》。商務印書館 1957 年版。

俞正燮：《癸巳存稿》。《連筠簃叢書》本。

沈欽韓：《後漢書疏證》。上海古籍出版社 2006 年版。

凌曙：《舊學蓄疑》。《清人考訂筆記》本，中華書局 2004 年版。

嚴可均：《全上古三代秦漢三國六朝文》。中華書局 1958 年版。

周濟：《晉略》。清光緒二年味雋齋刻本。

丁晏：《漢鄭君年譜》。《叢書集成三編》本。

焦循：《易餘籥錄》。清光緒十四年刻本。簡稱《籥錄》。

梁章鉅：《三國志旁證》。《叢書集成初編》本。

陳錫路：《黃嬭餘話》。清光緒二年刻本。

鄭珍：《鄭學錄》。清同治四年刻本。

沈濤：《交翠軒筆記》。《清人考訂筆記》本。

沈濤：《銅熨斗齋隨筆》。《清人考訂筆記》本。簡稱《熨斗齋》。

勞格：《讀書雜識》。按《晉書校勘記》上中下分見卷三、卷四、卷五。清光緒三年刻本。簡稱《雜識》。

葉廷琯：《吹網錄》。清同治八年刻本。

陸以湉：《冷廬雜識》。中華書局 1984 年版。簡稱《雜識》。

黃恩彤：《鑒評別錄》。清同治九年刻本。

蔣超伯：《南漘楛語》。新文化書社 1912 年版。

李慈銘：《越縵堂讀書記》。雲龍輯。上海書店 2000 年版。簡稱《讀書記》。

李慈銘：《越縵堂讀書簡端記》。王利器輯。天津人民出版社 1980 年版。簡稱《簡端記》。按所錄李氏校語均出此書，不標明出處。

李慈銘：《越縵堂讀史札記》。北京圖書館出版社 2003 年版。

汪之昌：《青學齋集》。清光緒三十一年刻本。

文廷式：《純常子枝語》。江蘇廣陵古籍刻印社 1990 年版。簡稱《枝語》。

李詳：《媿生叢錄》。《清人考訂筆記》本。

沈家本：《諸史瑣言》。中華書局 1964 年版。

沈家本：《日南隨筆》。商務印書館 2017 年版。

沈家本：《古書目三種》。按卷三、卷四、卷五爲《世說注所引書目》。《叢書集成三編》本。

姚振宗：《隋書經籍志考證》。開明書局 1936 年師石山房叢書本。簡稱《考證》。

胡元儀：《北海三考》。《叢書集成續編》本。

丁國鈞：《晉書校文》。清光緒二十年錫山文苑閣木活字排印本。簡稱《校文》。

皮錫瑞：《經學歷史》。中華書局 1981 年版。

譚嗣同：《石菊影廬筆識》。《譚嗣同全集》上冊，中華書局 1981 年版。

石川鴻齋：《點注十八史略校本》。國家圖書館影日本明治十六年東京山中市兵衛刻本。簡稱《點注》。按此書錄有陳殷音釋。

周家祿：《晉書校勘記》。清光緒十六年廣雅書局刻本。簡稱《校勘記》。

吳士鑑：《晉書斠注》。中華書局 2008 年影民國十七年吳興劉氏嘉業堂刻本。簡稱《斠注》。

陳澧：《東塾雜俎》。《敬躋堂叢書》本。

陳澧：《東塾讀書記》。上海古籍出版社 2012 年版。簡稱《讀書記》。

四、現代學術論著

章太炎：《新方言》。清光緒三十四年鉛印本。

章太炎：《章太炎全集·眉批集》。上海人民出版社 2017 年版。

章太炎：《全上古三代秦漢三國六朝文校評》。王仲犖輯。《歷史論叢》第一輯，齊魯書社 1980 年版。簡稱《校評》。

劉師培：《中國中古文學史》。人民文學出版社 1959 年版。簡稱《文學史》。

呂思勉：《呂思勉讀史札記》。上海古籍出版社 2005 年版。簡稱《札記》。

陳寅恪：《金明館叢稿初編》。三聯書店 2001 年版。簡稱《叢稿初編》。

陳寅恪：《金明館叢稿二編》。三聯書店 2001 年版。簡稱《叢稿二編》。

陳寅恪：《寒柳堂集》。三聯書店 2001 年版。

陳寅恪：《講義與雜稿》。三聯書店 2002 年版。簡稱《雜稿》。

陳寅恪：《魏晉南北朝史講演錄》。萬繩楠整理。黃山書社 1987 年版。簡稱《講演錄》。

湯用彤：《漢魏兩晉南北朝佛教史》。《湯用彤全集》第一卷，河北人民出版社 2000 年版。簡稱《佛教史》。

湯用彤：《魏晉玄學論稿》。《湯用彤全集》第四卷。簡稱《論稿》。

湯用彤：《魏晉玄學聽課筆記》。《湯用彤全集》第四卷。

馮友蘭：《新原道》。三聯書店 2007 年版。

陳垣：《通鑒胡注表微》。商務印書館 2011 年版。

余嘉錫：《余嘉錫論學雜著》。中華書局 1963 年版。簡稱《雜著》。

錢穆：《國史大綱》。商務印書館 1996 年版。

錢穆：《國學概論》。商務印書館 1997 年版。簡稱《概論》。

賀昌群：《魏晉清談思想初論》。《賀昌群文集》第二卷，商務印書館 2003 年版。簡稱《初論》。

裴學海：《古書虛字集解》。中華書局 2004 年版。簡稱《集釋》。

蒙思明：《魏晉南北朝的社會》。上海世紀出版集團 2007 年版。簡稱《社會》。

姜亮夫：《陸平原年譜》。古典文學出版社 1957 年版。

徐復觀：《中國藝術精神》。華東師範大學出版社 2001 年版。簡稱《精神》。

陸侃如：《中古文學繫年》。人民文學出版社 1985 年版。簡稱《繫年》。

牟宗三：《才性與玄理》。廣西師範大學出版社 2006 年版。簡稱《玄理》。

唐長孺：《魏晉南北朝史論叢》（外一種）。河北教育出版社 2000 年版。簡稱《論叢》。

唐長孺：《魏晉南北朝史論拾遺》。中華書局 1983 年版。

錢鍾書：《談藝錄》。中華書局 1993 年版。

錢鍾書：《七綴篇》。上海古籍出版社 1985 年版。

錢鍾書：《管錐篇》。中華書局 1986 年版。

王仲犖：《魏晉南北朝史》。上海人民出版社 2003 年版。

王仲犖：《蜡華山館叢稿》。中華書局 1987 年版。

周一良：《魏晉南北朝史札記》。中華書局 1985 年版。簡稱《史札》

周一良：《魏晉南北朝史論集》。北京大學出版社 1997 年版。簡稱《論集》。

伍俶儻：《暮遠樓自選詩》。學海出版社 1978 年版。

周紹賢：《魏晉清談述論》。台灣商務印書館 1987 年版。簡稱《述論》。

逯耀東：《魏晉史學的思想與社會基礎》。中華書局 2006 年版。簡稱《基礎》。

何啟民：《魏晉思想與談風》。學生書局 1982 年版。簡稱《談風》。

田餘慶：《東晉門閥政治》。北京大學出版社 2005 年版。簡稱《政治》。

江藍生：《魏晉南北朝小說詞語彙釋》。語文出版社 1988 年版。簡稱《彙釋》。

羅宗強：《玄學與魏晉士人心態》。浙江人民出版社 1991 年版。簡稱《心態》。

曹道衡、沈玉成：《中古文學史叢考》。中華書局 2003 年版。簡稱《叢考》。

盧盛江：《魏晉玄學與文學思想》。南開大學出版社 1994 年版。簡稱《思想》。

五、現代論文

蘇戡：《閱世説新語記郗超事極奇其意戲題一首》。《小説月報》第十一卷第二期，1920 年。

魯迅：《魏晋风度及文章与药及酒之关系》。《北新》第二卷第二期，1927 年。簡稱《關係》。收入《而已集》，人民文學出版社 1973 年版。

太完：《襲常脞語》。《錢業月報》第十五卷第九號，1935 年。

莊永綏：《評世説新語》。《上海江西校刊》，1936 年第一期。簡稱《評》。

歸：《許允婦》。《海事》第九卷第十一期，1936 年。

戴明揚：《廣陵散考》。《輔仁學誌》第五卷第一、二期，1936 年。附於《嵇康集校注》，中華書局 2015 年版。

傅芸子：《正倉院考古記》。《國聞周報》第十三卷第二十一至二十四期，1936 年。

陳統：《慧遠大師年譜》。《史學年報》第二卷第三期，1936 年。

范壽康：《魏晉的清談》。《國立武漢大學文哲季刊》第五卷第二期，1936 年。

余嘉錫：《寒食散考》。《輔仁學誌》第七卷第一、二期，1938 年。收入《余嘉錫論學雜著》上册，中華書局 2007 年版。

周一良：《南朝境内之各種人及政府對待之政策》。《中央研究院歷史語言研究所集刊》第七本第四分，1938 年。簡稱《政策》。

胡毅生：《讀世説新語》。《民族詩壇》第四卷第二期，1940 年。簡稱《讀》。

宗白華：《論世説新語和晉人的美》。《星期評論（重慶）》第十期，1941 年。收入《宗白華全集》第二卷，安徽教育出版社 1994 年版。簡稱《晉人的美》。

吕叔湘：《筆記文選讀：世説新語》。《國文雜志》第一卷第三期，1942 年。收入《吕叔湘全集》第九卷，遼寧教育出版社 2002 年版。

朱建新：《世説新語之研究》。《真知學報》第一卷第六期，1942 年。簡稱《研究》。

徐文麟：《譯"世説新語"八則》。《國文雜誌》第一卷第六期，1943 年。

馮友蘭：《論風流》。《哲學評論》第九卷第三期，1944 年。收入《三松堂學術論集》，北京大學出版社 1984 年版。

周一良：《中國的梵文研究》。《思想與時代》第三十五期，1944 年。

周一良：《世説新語札記》。見《魏晉南北朝史論集》。簡稱《世説札記》。

周一良、王伊同：《馬譯世説新語商兌》。《清華學報》（台灣）第二十卷第二期，1990 年。簡稱《商兌》。

許世瑛：《王羲之父子與天師道之關係》。《讀書青年》第一卷第三期，1944 年。

許世瑛：《王導政績和晉元帝中興》。《讀書青年》第一卷第六期，1944 年。

許世瑛：《衛玠與王濛——讀世說新語之一》。《藝文雜誌》第三卷第一、二期，1945 年。

許世瑛：《周顗與王敦——讀世說新語之二》。《藝文雜誌》第三卷第三期，1945 年。

許世瑛：《說"傖"字在漢魏六朝人心目中的意義》。《自強月刊》第一卷第三期，1946 年。

許世瑛：《魏晉風流與老莊思想》。《北平中學生》，1946 年創刊號。

許世瑛：《從世說新語看魏晉人習俗的一斑》。《台灣新社會》第一卷第七期，1948 年。簡稱《一斑》。

許世瑛：《讀世說新語——釋"身"字》。《讀書通訊》第一五一期，1948 年。簡稱《釋"身"字》。

許世瑛：《釋"阿奴"》。《國文月刊》第七十五期，1949 年。

賀昌群：《世說新語札記》。《國立中央圖書館館刊》復刊第一號，1947 年。簡稱《札記》。

陳寅恪：《陶淵明之思想與清談之關係》。收入《金明館叢稿初編》。簡稱《關係》。

李長之：《西晉大詩人左思及其妹左芬》。《国文月刊》第七十期，1948 年。簡稱《左芬》。

繆鉞：《清談與魏晉政治》。《中國文化研究彙刊》第八卷，1948 年。

徐震堮：《世說新語札記》。《浙江學報》第二卷第二期，1948 年。簡稱《札記》。

徐震堮：《世說新語裏的晉宋口語釋義》。《華東師大學報》，1957 年第三期。簡稱《釋義》。

唐長孺：《南朝的屯、邸、別墅及山澤占領》。《歷史研究》，1954 年第四期。簡稱《占領》。

唐君毅：《論中國哲學思想史中理之六義》。《新亞學報》第一卷第一期，1955 年。簡稱《六義》。

古直：《陶侃及陶淵明是漢族還是溪族呢》。《光明日報》，1957 年 7 月 14 日。

王佩諍：《世說新語校釋掇瑣》。《華東師範大學學報》，1957 年第四期。

錢穆：《略論魏晉南北朝學術文化與當時門第之關係》。《中國學術思想史論叢》卷三，安徽教育出版社 2004 年版。簡稱《關係》。

陳直：《讀世說新語札記》。《文史考古論叢》，天津古籍出版社 1988 年版。簡稱《札記》。

郭在貽：《世說新語詞語考釋》。《郭在貽文集》第三卷，中華書局 2002 年版。簡稱《考釋》。

郭在貽：《魏晉南北朝史書語詞瑣記》。《郭在貽文集》第三卷。簡稱《瑣記》。

郭在貽：《訓詁札記》。《郭在貽文集》第三卷。

張忱石：《"阿大中郎"考》。《文史》第五輯，1978 年。

徐復：《陶淵明集舉正》。《南京師範大學學報》，1980 年第一期。簡稱《舉正》。

鄭學弢：《釋"嫗"》。《徐州師範學院學報》，1980 年第二期。

鄭學弢：《讀世說新語文學篇札記》。《徐州師範學院學報》，1982 年第二期、1983 年第四期、1985 年第四期。簡稱《札記》。

鄭學弢：《世說新語"容無韻非"解》。《蘇州大學學報》，1986 年第三期。

梁永昌：《世說新語字詞雜記》。《華東師範大學學報》，1981 年第三期。簡稱《雜記》。

周紀彬：《讀世說新語札記》。《北京師範大學學報》，1981 年第四期。簡稱《札記》。

孔繁：《從世說新語看清談》。《文史哲》，1981 年第六期。簡稱《清談》。

劉葉秋：《鄴下風流在晉多——讀〈世說新語〉散記》。《文史知識》，1983 年第一期。簡稱《散記》。

鄧安生：《東晉四府考略》。《歷史教學》，1983 年第四期。

胡漸逵：《"遺跡"管見》。《湘潭大學學報》，1984 年第二期。

湯一介：《讀世說新語札記》。《文獻》第二十輯，1984 年。

殷正林：《世說新語中所反映的魏晉時期的新詞和新義》。《語言學論叢》第十二輯，1984 年。簡稱《新義》。

吳其昱：《世說新語所引胡語蘭闍考》。許章真譯。《書目季刊》第二十卷第一期，1986 年。

蔡鏡浩：《世說新語語詞札記》。江蘇省語言學會 1986 年年會論文。簡稱《札記》。

蔡鏡浩：《魏晉南北朝詞語解詁》。《蘇州大學學報》，1986 年第四期。簡稱《解詁》。

吳金華：《世說新語小札》。《南京大學學報》，1991 年第一、二期。簡稱《小札》。

吳金華：《世說新語校議》。《古籍整理研究學刊》，1991 年第二期。簡稱《校議》。

吳金華：《世說新語考釋續稿》。《文教資料》，1995 年第二期。簡稱《續稿》。

郁沅：《主體精神與審美意識的覺醒》。《文學評論》，1989 年第三期。簡稱《覺醒》。

郁沅：《魏晉南北朝文學理論的主潮》。《中華國學》，1990 年第二期。簡稱《主潮》。

周法高：《讀世說新語小記》。《書目季刊》第二十四卷第二期，1990 年。

方一新：《世説新語語詞釋義》。《語言研究》，1990 年第二期。簡稱《釋義》。

方一新：《世説新語詞語校讀札記》。《杭州大學學報》，1991 年第四期。簡稱《校讀札記》。

方一新：《世説新語解詁》。《古籍整理研究學刊》，1991 年第五期。簡稱《解詁》。

方一新：《世説新語詞語拾詁》。《杭州大學學報》，1994 年第一期。簡稱《拾詁》。

方一新：《世説新語校釋札記》。《杭州大學學報》，1994 年第四期。簡稱《校釋札記》。

方一新：《讀世説新語雜識》。《杭州大學學報》，1995 年第三期。簡稱《雜識》。

方一新：《世説新語斠詁》。《文史》第四十一輯，1996 年。簡稱《斠詁》。

方一新：《讀世説新語考釋》。《古籍整理研究學刊》，1997 年第二期。簡稱《讀考釋》。

方一新：《魏晉南北朝小説詞語校釋札記》。《杭州師範學院學報》，2000 年第一期。簡稱《小説校釋》。

方一新：《六朝語詞考釋漫記》。《古漢語研究》，2002 年第一期。簡稱《漫記》。

黃征：《魏晉南北朝俗語詞考釋》。《杭州大學學報》，1990 年第三期。

蔣宗許：《世説新語校釋札記》。《古漢語研究》，1992 年第二期。簡稱《札記》。

蔣宗許：《世説新語疑難詞句雜説》。《綿陽師專學報》，1995 年第二期。簡稱《雜説》。

蔣宗許：《説説〈世説新語〉中的"人""人事"》。《文史知識》，1996 年第十二期。簡稱《人事》。

蔣宗許：《世説新語語詞叢札》。《漢語史研究集刊》，1998 年第一輯（上）。簡稱《叢札》。

蔣宗許：《世説新語校箋臆札》。《文史》，1999 年第四輯。簡稱《臆札》。

蔣宗許：《釋"作健"》。《西南民族大學學報》，2006 年第一期。

楊勇：《阿大爲謝安考》。《書目季刊》第二十七卷第四期，1993 年。

張聯榮：《六朝詞語札記》。《語言學論叢》第十八輯，1993 年。簡稱《札記》。

朱城：《魏晉南北朝詞語雜釋》。《古籍整理研究學刊》，1994 年第四期。簡稱《雜釋》。

范子燁：《〈世説新語·文學〉"劉真長與殷淵源談"條辨釋》。《古籍整理研究》，1995 年第四期。簡稱《辨釋》。

范子燁：《論"汝語"——對《世説新語》"爾汝歌"的還原闡釋》。《中國文化》，2007 年第一期。簡稱《論"汝語"》。

范子燁：《"孤獨的""袁公"》。《文史知識》，2010 年第三期。

范子燁：《"王凝之謝夫人既往王氏"釋證》。《淮陰師範學院學報》，2011 年第一期。簡稱《釋證》。

羅國威：《世説新語唐鴻學批注輯録》。《四川大學學報》，1996 年第一期。按：此文所輯録者，實包括黄丕烈與唐鴻學二家批注。凡不可分辨者，均繫於唐氏。

劉尚慈：《世説新語釋詞瑣記》。《中國語文》，1996 年第三期。簡稱《瑣記》。

高敏：《魏晉南朝“送故”制度考略》。《歷史研究》，2000 年第六期。

闞緒良：《世説新語詞語札記》。《古漢語研究》，2004 年第二期。簡稱《札記》。

董志翹：《佛教文獻與世説新語疑難詞語考釋》。《中古近代漢語探微》，中華書局 2007 年版。簡稱《考釋》。

董志翹：《世説新語疑難詞語考索》。《古漢語研究》，2007 年第二期。簡稱《考索》。

董志翹：《世説新語疑難詞語考索二》。《四川大學學報》，2008 年第一期。簡稱《考索二》。

張萬起：《詞彙筆記三則》。《古漢語研究》，2008 年第一期。簡稱《筆記》。

王東：《世説新語及劉注商榷三則》。《語言研究》，2008 年第三期。簡稱《商榷》。

張徽：《世説新語書札一則》。《中華文史論叢》，2011 年第一期。

陳侃理：《“送故”吏與送“故吏”》。《中華文史論叢》，2012 年第三期。

申阜鑫：《世説新語校釋札記》。南京師範大學 2013 年碩士學位論文。

鍾仕倫：《〈永樂大典〉録〈世説新語〉考辨舉隅》。《文獻》，2014 年第二期。

後　　記

　　《輯存》一書是由周興陸和我合作完成的教育部人文社會科學研究項目的成果。此前興陸已將其獨立完成的部分，以《世説新語彙校彙注彙評》爲題出版。《彙評》所録材料，不少是比較難得的，《輯存》盡量給予保留，但其中參證、佚文、序跋題識等部分，我不能有所損益，以爲存之《彙評》可也，所以在此書中也就不重複收録了。另外，《彙評》收録不少日本古代學者的注文，當初在國内還是不易見到的，但現在張伯偉先生的《日本世説新語注釋集成》已經刊行，所以我在此基礎上做了重新整理篩選。但編纂《輯存》的目的，終不在刻意地追求與同類著作之間的異同，重要的是將《世説》解讀的各種可能性提供給現代讀者，以及表現《世説》研究的整個過程。就閲讀而言，古今不能有所厚薄，所以對於當代的成就，固不以其時代相近而加以忽略。但特就文獻的價值而言，古今之間亦不能無所輕重，尤其是散見於古代筆記雜著中的考論文字，裒輯不易，況且對於重新認識《世説》的研究史，意義甚大，所以在整理上用力要多一些。

　　在劉孝標注以後，最有影響的是劉應登、劉辰翁的批注。其所開啓者，便是盛行於明代的批點之風。這頗使人懷疑古代《世説》之學，主要走批點的途徑，與以經史之學爲主體的學術傳統，是不在一條綫上的。或者説，它並没有進入傳統學術的正軌，畢竟在孝標注之後，再也没有出現有學術份量的古注本。而義理闡發和訓詁考證，確實是批點的短處。若然，則古代《世説》之學，實不足觀。要説它不是傳統顯學，固無可疑，因爲《世説》其書，史而非史，文而非文，宜其未居主流。但由批點之學的流行，斷定它不在學術的正軌上，卻非事實。批點是一路，除此之外，古代《世説》之學實際上還有另一路，以各種筆記雜著爲載體，所關注的問題，有其自己的連貫性。此一路原本是從傳統經史之學衍生出來的一脈，表明《世説》之學猶未出學術主軌。具體地説，又可以分爲兩種，一是筆記之學，側重於史事考證和語詞訓詁；一是史評之學，側重於人物事件的評論。當然，其中並非都以《世説》爲直接的研究對象，而是屬於正史研究的範疇，但是如果史料上與《世説》重合的話，那麼彼此相通，就不在話下。在現代學者中，余嘉錫箋疏《世説》，頗資借於古人筆記，足以證明筆記之學的價值。但史評之學卻沒有得到現代學者的重視，實際上，比如王世貞、鍾惺各自在《讀書後》或《史懷》中的論述，比見諸凌刻本或《注抄》的批點，内涵更爲丰富，因此史評之學理當成爲現代《世説》研究的重要資源，何況它本身似乎就可以構出一部《世説》評論史來。

現代《世説》的研究，終未以傳統批點之學爲基礎，這不僅僅是形式的問題。從接受史的性質來分析，大體上説，批點之學屬於閲讀史，筆記史評之學屬於研究史。基於閲讀經驗與學術研究的差别，可與現代學術脈理相通者，在此不在彼，自不容有疑。批點之學固不足於學術的内涵，但其片言隻語仍然值得重視與珍惜，這是因爲它最貼近閲讀經驗，不深刻，但未必不真實。這放在研究史上，爲其短處；放在閲讀史上，卻是長處。而《世説》在閲讀史上的地位，相比於它在學術史上的地位，故自高出不少，正由古人對於《世説》所持的閲讀興趣，經久不息，始可確立其文化史的價值。研究之所得，往往見諸文字，欲察研究之變，可按文而探幽索隱。而閲讀之所感，大抵存乎一時之心目，鮮有文獻可徵。賴有批點之文，其跡略可考尋焉。此古人批點之所以爲貴者。即興趣而言，閲讀與研究本非兩截。《世説》在近代研究史上的地位日趨見重，這與古人反復批點，保持其閲讀史上的重要地位，不能無關。則古人批點，其推動研究之功，亦不可没。近時閲讀《世説》之風，未見其衰，批點在引導閲讀上的獨特作用，正不必廢。若批點者根植於學術，脱去空疏舊習，則今人之批點，足以爲推進之用，使研究與閲讀，不相遠離。

因爲輯録的範圍，並不局限於對《世説》的直接評注，所以在爬羅剔抉的過程中，常常有漫無邊際的感覺，同時又訢然於不斷的發現。今且告一段落，勒成此書，而興陸兄適從復旦調離，正好做個留念。出版之事，多虧海意兄勞心費力，竟使我不覺其煩。

《輯存》的出版，得到了復旦大學中國古代文學研究中心的資助，特此誠謝！

羊列榮　謹記
二〇一九年十月
於復旦書馨公寓